后周纪

第一卷

潜龙

严优 著

北京出版集团
北京十月文艺出版社

一世光阴如锦水东逝，滚滚有涯。站在入海口回望，也许人生不过是：相信有意义，学会不失望……

——题记

目录

开卷曲

数英雄[1]

我本狂生也！
兴亡弹指替，雷霆袖底风，问世间谁是英雄。
昔年碧血埋青冢，神驹蹄急衔玉弓。
又有傲骨藏绿水，鹧鸪声切说穷通。
西蜀云，燕山雪，江南月，半生百战送归鸿。
俗子不识我襟抱，常将私虑拟深衷。
不须揣度，满腔豪情，一世功业，管他哪个做传颂。

你岂不孤独！
草莽成霸业，布衣谋王图，忍耻原本真丈夫。
天意难问不堪问，人情易悲复自悲。
巫咸彭祖终一死，几曾有谁到瑶台。
生前事，身后评，世间名，扬手抛洒作粪土。
投鞭断流江不老，红尘抖擞归有路。
碧落无声，人生长恨，知你意者，古来英雄从头数。

注：
1.这一曲《数英雄》，献给本书中所有的英雄。此为本书“吴钩十三曲”之第一曲。吴钩，古之名刀。

一　河中火焰

公元949年，后汉乾祐二年七月二十一，壬戌日。这一天恰逢处暑，盘桓累月的暑气消退了，天地间晴朗无风。

河中府。河中子城城下。

已经持续了年余的河中平叛之战即将迎来最后的破城时刻。外围的罗城早在八日前已经告破，谁也没有想到，刚被褫夺了鲁国公封号的河中节度使李守贞会将河中子城加固到如此地步。

鼓角凄厉，烟尘滚裹。杀声已嘶哑，箭矢如飞蝗。无数或兴奋、或狰狞、或急迫、或惊惧的面孔在倾颓的城堞两侧交错浮现。云梯与缒绳之上的勇夫如蚂蚁缘茎，冒着沸油、礌石与滚木的死亡威胁拼命仰攻。裹着铁尖的轒辒巨车正被数十个兵卒合力猛推，向残破的子城城门做最后的冲撞。

古城已经彻底显露出迟暮之态。

在罗城外围，连绵不绝的新建栅营显示出攻城者年余来所做的水磨功夫是多么精细有效。就像往骆驼背上堆放稻草，今天，最后一根稻草已经放到了河中城这头老骆驼的背脊上。

此时，这曾令全军费解的栅营战术的发明者、此番河中三镇平叛之战的援军统帅、后汉最高军事长官枢密使郭威，正立马于攻城大军的阵前静观战况。他所在的位置正对着城门的方向，这是一个随时可以直接冲进城去的位置，而不是通常意义上的中军稳坐之地。临阵对敌中身先士卒是他一贯的作风。

“以双倍之力，再援桴鼓！”郭枢密的声音不大，但极富穿透力。立时便有身边一名军校应喏而去。顷刻，原已有些减弱的鼓声轰然爆起。

郭威时年四十五岁，正处于一个统帅最为年富力强的黄金时代。此时，他脸上除了惯常的稳重深沉，还略有几分不易为人察觉的漫不经心。

河中顷刻可下，呼应着河中一起叛乱的永兴赵思绾、凤翔王景崇还能有几天寿命？完成去年刚刚继位的小皇帝刘承祐交给他的任务，至此已经毫无悬念了。

可是，以后呢？

紧贴着郭威右手立马默观战况的，是他的长子郭荣。郭荣字君贵，时年二十八岁，拜左监门卫大将军。左监门卫大将军是禁军环卫官的一种，例由皇家宗室充任，也用作颁赏给武将的恩典。郭荣得到环卫官的尊衔是在两年前，其时，父亲郭威帮助先皇——今上刘承祐的爹刘知远创建了大汉，官拜枢密副使，加太尉，他便拜了左监门卫将军。先皇短寿，登基一年就驾崩了，小皇帝继位后，父亲升了一级为枢密使；郭荣也升了级，为大将军。

但环卫官毕竟只是虚衔，郭荣的实际职务，是随侍父亲，做他牙兵的指挥使。这个职位虽然不是很高，却有着随时在父亲身边学习并实践的便利。

世人眼中权倾天下的郭枢密的大公子，并不是一个仅仅倚仗老爹威风快速上升的纨绔青年。自十五岁束发从军迄今将近十三年，他扈从郭威左右，在刘知远麾下南征北战，历经石敬瑭起事、契丹入汴、刘知远称帝等诸般历史大关节，渐渐养成了一种静观山崩海啸的阔大气度。

紧贴着郭威左手驻马的中年将领是王峻。王峻比郭威年长两岁，时任后汉宣徽南院使。王峻与郭威相交于微时，早在石敬瑭时期两人就一起事奉刘知远，是有着二十年袍泽之谊的老战友，王峻更是郭威青少时结义的“十兄弟”之一。河中等三镇叛乱，王峻原本被派为郭从义监军，一起到长安去平定永兴军。不过王峻与郭从义脾性难合，很快就闹得势同水火。郭威出马平叛后，王峻就被转派来给郭威做兵马总监。

彼时军中尊左。对于王峻居主帅之左，而郭荣只能居右这个站列方式，军中人并不感到诧异。王峻在军中的年资太深了，便是郭枢密，待他也素来恭让。

在郭威、郭荣、王峻这三人的身旁，王殷、刘词、李琼、李重进、张永德、郭崇威、韩重赟、扈彦珂、韩通等一众将领率领着他们身后庞大的禁军队伍森然而列。

皇朝有将。

不过，皇朝的良将，无论此刻在不在平叛现场，帝位交更以来，倒有一半聚集到了郭枢密身旁。

郭枢密想起了去岁七月，先期派出平叛的白文珂、郭从义、常思诸部接连遭受挫败，小皇帝亲幸自己府宅，低声垂问他：“我想麻烦郭公去为我办事，可以吗？”时年十八岁的小皇帝语气是谦恭的，甚至都没有使用“朕”来自称，但他的眼神里却有一些谦恭之外的东西。

小皇帝并不是那么会隐藏自己的人。

饶是久经历练，郭枢密一念及此，心里仍不免感到几丝寒意。

城门处传来一阵紧似一阵的呼喝声。郭威向右侧微微一转头，对儿子重申早已下达过的军令：“荣哥儿，城破之后，你即刻带人直入李氏宅邸，擒拿李氏合族，不得走脱一人。”

“得令。”君贵在马上施礼应喏。

郭威向儿子凑得更近些，又低声道：“秘密找到她，小心带出来。”

“喏。”君贵低声回答。

郭威又将头转向左侧，向王峻说道：“秀峰兄，城破之后，你带人直赴牙库，查没河中所有库产，俘获营所中负隅顽抗的牙兵。”然后，他加重语气，意味深长地补充了一句，“凡是缴械投降的，就不要杀了！”

王峻微微一笑，不以为然地说道：“文仲放心，我自有分寸。”

郭威不再多说，转向李重进、王殷等重申任务。君贵的眉头却皱了起来，他非常清楚王峻的这个回答意味着什么，不由得暗暗深吸一口气，努力平息胸中涌上来的厌恶。

子城之内，还有一重是牙城。牙城所保护的，是节度使的居第。

此时，河中牙城已经燃起了冲天的火光。禁军尚未冲进来，牙城内已是一片末世景象，呼喝叱骂，鬼哭狼嚎。李守贞宅邸内的数百家众，在极度惊惶中完全依照本能进行着盲目的自救。他们中的大多数人，顺手抄起任何一点值钱的东西往怀里一揣，就向紧闭的牙城城门疯狂奔去。

城门已经被锁死、堵死，没有人给他们开门。

但是李守贞的家人不在此列。一刻钟以前，李守贞已经将妻妾儿女及族众聚集到府衙前的空场中。在那里，按照他的吩咐，已经堆积了半场一人高的木柴。木柴上，浇了城中剩下的最后几桶猛火油[①]。

“点火！”他厉声吩咐。

火龙腾腾升空又舔落平地。府衙前的空场上，无数的火龙腹部贴地，抽搐着开始了最后的疯狂之舞。

李守贞是个勇猛果决之人，对付手无缚鸡之力的妇孺更是不在话下。他生命中的最后一场剑舞非常华丽，伴随着数十道鲜血喷泉，以及无数尖锐的悦耳人声——至少，在他听来是悦耳的。

被长剑刺中、砍中的妇孺老幼，又被李守贞亲手一一投入火

---

① 猛火油：石油。

龙腹中。这些都是他的人，处理他们，他绝不假手于人。

数十个着火的孱弱身躯在阿鼻地狱中呼号拱蠕着，很快就声形俱灭，只剩团团从火场中熠熠新生的油润焰苗。

李守贞向内宅方向张望了一下。他在等长子李崇训。

牙城的城门处传来砰砰巨响。

来不及了。他大喝一声："训哥儿，莫再耽搁，速来赴火！"喝罢，他将长剑往自己脖颈上一勒，就着那狰狞的疼痛抽搐，奋力纵身跳入火中。

距此不远处，另外几条火龙缠绕在衙署的房屋内和廊柱间。浓烟腾腾，各种黑色的碎片在火焰中脱离了它们原本寄寓的所在，低空中随意飞舞。

此时的李崇训正提着一把剑，沿着火龙纷扰的内宅廊柱，在各个房间中没头没脑地张皇寻找。

"君怜！君怜！你在哪里？你出来！"他的声音嘶哑，渐至低落。夫妻本是同林鸟，大难临头各自飞。他绝望了。

牙城的城门处响起了更剧烈的声音。不能再耽搁了，再耽搁一点点，就真的来不及了。他将心一横，大声道："好，你不去，我去了！"说罢，他疾步跑向府衙前的漫地火龙，就像他的父亲一样，将长剑向自己喉间狠命一勒，挣扎着翻滚进那烈烈火场中。

此时，在衙署上百个房间的最深处，李崇训的妻子符翚符君怜正从重重帘幕中机敏、谨慎地穿过。来自前堂的烟火正急速向这边蔓延，灼热的气浪和污浊的空气让她感到窒息。可是，这些都比不上身边几个仆从的聒噪更惹人烦恼。

乳母唐氏紧紧地搀着她，一面替她分开前进路上的帘幕流苏、倾塌板牒等杂物，一面恨恨道："……国公爷那边我也不好再多埋怨，可是你说说，朱雀！往年她都是开了春许久才进山，去岁怎的偏偏过了元日就走了？若是现时她在，别的不说，就凭她那套奇门遁甲之术，也必定能将姐儿带出去啊！何至于蓬头垢面，东躲西藏，遭此大罪！……”

君怜微微叹口气：“妈妈[1]，她哪里会什么奇门遁甲之术！她不在这里才是幸运呢。我一个人倒霉就够了，何苦拉上她？”

“她怎的不会？”唐氏反驳道，“前年秋后我看她舞剑，又走了一通怪异的步子，便问她，怎的她居然也要习技击了。她跟我说，她学的不是进攻之术，而是逃逸之术。你听听，逃逸之术！今日用上，可不就正当时了吗？”

这时年轻的内官范承璋接了话：“唉，要是廷献在，也用不着榷娘子的什么逃逸术，只怕此时咱们早出了子城了。唐妈妈，你说姐儿身边统共就这么两个会几手的人，平常用不着他们时，抬眼就见得到，怎的事到临头，他们竟跟约好了似的，全都跑了呢？”

君怜不悦地瞥承璋一眼。承璋自知失言，孩子气地嘟了一下嘴。唐氏忙不迭向承璋脑门当中敲个爆栗：“再胡说撕嘴！廷献是替犁娘回兖州哭奠祖母太夫人尽孝去的，谁承想刚走不久，李郎他们家就起事了呢？围城围了一年多，便是个耗子都进不来！廷献那孩子我看着长大的我知道，但凡有点法子，他敢不早些回来守着姐儿吗？”

承璋撇嘴道：“唐妈妈偏心。我也是唐妈妈看着长大的，我还一直守着姐儿呢，怎的就不夸我？”

君怜再次微微叹口气。越是紧张，他们就越是话多。可是不让他们说，难道让他们哭吗？

忽然一声巨响，阵阵异样的喧哗轰然传到耳边。一直默默跟随着主家躲藏的侍女采儿等惊叫起来。唐氏和范承璋都闭了嘴，侧耳静听。

---

① 口语，本书中用以称呼乳母，相当于“嬷嬷”。

这个时候，迫在眉睫的火龙就不算什么了，后汉天子的禁军已经进入河中府衙。

符家带来的最后五个仆从相互紧紧拉握在一起，身子不由自主地发起了颤。覆巢之下，安有完卵？真真是汉兵已略地，四面楚歌声。府衙就这么大，前有火龙，后有追兵，他们已经无处可逃。

“犟娘，不怕，跑，咱们赶紧再往后面跑！”唐氏勉力振作道。

“对对，咱们跑吧！”众人纷纷附和。

君怜抬手止住了这小小的骚动。为了这个时刻的到来，她不是已经在心里暗暗准备了一年多吗？她看着自己的亲从们，冷静地说道：“不，不跑了。咱们就在这里，等。”

公爹和丈夫的“起事”，她从一开始就不认为会成功，可是她无法劝阻。打从河中李氏自立为“秦王”的那天起，她就知道最后将是怎样惨烈的一个结局。如果不能绝处逢生，那么，乱刃加身也好，身首异处也好，烈焰吞噬也好……业报的地狱，该去就去吧；渡劫的时刻，该来就来吧。她已经准备好了，她决定不再躲闪。

“承璋，把剑给我。”君怜命令道。

承璋从自己背上解下负剑，双手呈给她。那是前年于归[①]时，父亲魏国公符彦卿所赠的嫁妆“侵霜”剑。宝剑侵霜，冰心胜雪，多么深厚的期许。今日命悬一线，她唯一能够依靠的，也只有这把侵霜剑而已。倘不能御敌，便用以了断。做到一切可做的，足矣。

兵士的喧哗越来越近。冲天火焰中，被焚毁的旧梦毕剥作响，被追击的家众哭号上遏云端。

---

① 于归：出嫁。《诗经·桃夭》：“之子于归，宜其室家。”意思是，这个女孩子出嫁了，会使家庭融洽美满。

从前种种，都要在今日死了。可是今后种种，还能在明日生吗？

“不要怕，你们都站到我身后去，禁军来了，我自有办法对付。”君怜说着，排众而出，面对紧闭的房门，挈剑当胸。

众人一时都被她镇住。只有承璋略一愣，便挺身而出，伸出双臂，又挡在了她的面前。

“承璋，让开！”

“我不！”

“承璋！”

“不！”

房门被猛地冲开，一群挨门搜捕逆犯家属的士卒扑进来。可是看到屋中人的架势，这群如狼似虎的青壮汉子全都一愣。

“谁敢无礼？！”君怜将长剑一振，厉声道，“我是符魏公长女，你们枢密太尉与我父亲是多年旧交，情若兄弟。去叫你们指挥使来！”

一阵骚动。然后安静下来。

有人迅速跑开。未几，又有人疾步过来。

几名军校引全副戎装的君贵来到门前，指着屋内禀道：“大将军，就在这里。”

穿过炽热变形的空气望向屋内，君贵看到了一个被烟火熏褪了颜色的横剑小娘子。一望而知，她虽然神情冷静、目光坚毅，身子骨却是文弱的。也许长久持握宝剑力有不胜，她的胳膊和身子都有些微的摇晃。而且，她显然不常耍剑，所摆出的，并不是一个标准的、有威慑力的持剑姿势。

可是，在暧暧青烟的托衬中，君贵却仿佛看见了一个女战神。

二　异姓兄妹

唐中期安史之乱以来，藩镇割据，兵燹[1]连年，良田荒废，白骨如莽，世间陷入持续的大黑暗时代已近两百年。大分裂冲垮了旧有的以士族世家为主体的政权结构，起于微末的庶族与边外归化的藩将应时崛起，轮番登上历史舞台。被称作“沙陀三王朝”的后唐、后晋、后汉，便是这股新潮流的典型代表。

沙陀三王朝弄潮而来，带给世间的仍然是一片黑暗。

可是，在昏昧的黑暗中，已有一般人难以察觉的新流涌动。只有少数极具远见卓识的预言家，才会将这新流正确地理解为来自上苍的青鸟之讯，讯告一个大光明时代即将来临。

他们在黎明前最浓重的黑暗中伸出了五指，等待着。

公元949年，后汉乾祐二年七月二十一日，这一天在后世的史官看来，只是河中府李守贞之乱被平复的日子。然而对于郭荣与符翚而言，这一天却意义非凡。

不过这个意义，即便是当时的他们也毫无察觉。要到两年之后，一切天翻地覆，他们才会蓦然醒悟。

郭枢密的行军帐中，闲杂人等均已退出。君贵引君怜走到郭威座前。君贵向郭威施了便礼，指着君怜回禀道：“父亲，这便是符魏公的女公子了。”

---

① 兵燹（xiǎn）：因战乱所造成的焚烧、破坏。

郭威看着眼前这个服容略显凌乱神色却淡定沉静的小女子，温言道：“老夫与符公多年旧识，惜乎各柄兵务，竟不曾有家眷相亲之机。昔年也曾听闻符公长女许嫁河中李节度长子之事，奈何老夫庶务缠身，一时昏聩，竟至遗忘此节。若不是日前接到令尊密信，还不知会酿成何等大祸。兵火无情，你必定受了不少惊吓，没能早些遣密谍将你营救出来，这是老夫对不住令尊之处，还请贤侄女不要介怀为是。”

君怜听了郭威的话，整顿衣襟，动容答道：“伯父此言，教愚侄女如何承受得起？李氏叛乱，愚侄女身为逆属，引颈就戮原是分所必然。伯父能顾念与家父旧谊，拔救愚侄女于水火之中，免除附逆自祸的污名，愚侄女便是粉身碎骨，亦难报答万一。请伯父受愚侄女一拜。”说罢，她敛衽顿首，郑重行了个大礼。

郭威忙下座搀起，一面端详她，一面对君贵笑道：“如此娇弱之躯，竟能在白刃乱丛中自行保全性命，真乃奇女子也！——大哥儿，你觉不觉得，她倒有几分像你母亲？”

君贵一愣，迅即便笑道：“是。儿子第一眼见到她，也和爹想得一样。”

郭威喜道：“如此甚好！”遂又向君怜温言道，“老夫一生最爱奇才，贤侄女大有英雄气，老夫甚是喜欢。贤侄女，你可愿认老夫为义父吗？”

君怜听闻此言，稍一愣，立时正色答道：“小女原本愚钝昏昧，不期竟蒙老大人垂青，譬如葵花之向骄阳，焦苗之盼甘澍[①]，敢不应命？父亲在上，请受女儿三拜。”说罢，她整顿衣衫，重新郑重地向郭威行了拜认高堂的稽首大礼。

君怜又转向君贵，兄妹俩正式行礼厮见，少不得互相尊谦几句。

① 甘澍（shù）：及时雨。

待两人礼毕，郭威朗声笑了起来："好，好！女儿如今青春几何？"

君怜笑道："好教父亲得知，女儿今年十九岁。"

郭威点点头："比你这个君贵哥哥，倒要小上一大截子。"因又问，"女儿闺名唤作什么？"说着看向君贵，"也好教我们对你有个称呼啊。"

君怜道："女儿单名一个翚字，翚锦的翚；小字君怜，君子的君，怜惜的怜。"

"好极！妙极！"郭威拊掌，来回看着自己眼前这两个孩子笑道，"一个君贵，一个君怜，真好一双俊儿女！"

君贵见父亲如此高兴，便也笑向君怜道："'如鸟斯革，如翚斯飞。'[①]符魏公与夫人对妹妹的爱重，真是昭然若鉴。"

君怜微微红了脸："兄长说笑了。"

此时外间军士入报，说王监军有事求禀。郭威刚命召入，王峻已经等不及，自己掀开帐门大踏步地进来了。一路走，一路便大声道："枢密，文仲，你看我这回找到什么好物事！"

帐内人都看到，王峻的身后跟着两个军校，一前一后抬着个红漆大箱子。

郭威面无表情地点下头，算是应答。君贵微微皱了皱眉。君怜避之不及，索性大大方方转向来人，含笑看着他。

"秀峰兄，你来得好。这是我刚刚找到的义女，符魏公的女公子。"郭威向君怜略一指，笑道，"当年她尚在髫龄[②]，我与符魏公交游时见了她十分喜爱，便将她认为义女。不想长大嫁了李氏大郎，倒有今日这一番祸事！我也忘了她在这里，若不是恰好被君

---

① 出自《诗经·小雅·斯干》，该诗是祝贺宫室落成的歌辞。翚（huī）的本义是五彩锦雉，这里是大飞之意。另，翚、翟之纹又是当时尊贵女性的礼衣纹样。

② 髫（tiáo）龄：指年幼。

贵撞到，还不知命运几何呢。”

王峻早瞧见营帐中有这么个小娘子，听了郭威此言，便笑道：“既是枢密的义女公子，那倒要恭喜你们父女团聚了。枢密放心，营中再是人多口杂，这点小事，谅也无人敢于多言。便是传到小官家耳朵里也不算什么。适才我已命人清点过，李守贞和他那几个子侄，全都在衙署前的焦炭里了，走脱个把女眷，小官家是不会计较的。”

听了他这番话，郭威心情复杂地点点头。他很了解这个峻兄，因在先帝刘知远那里就得到过不少宠幸，为人横断惯了，说话行事百无禁忌，向来一点余地都不留。那些只能做不能说的，和只能说不能做的，在他这里并没有清晰的界限。

听到王峻清点李氏家族遗骨一事，君贵暗暗有些心惊。缉拿李氏全族，是父亲对自己下达的命令，自己也如令照办了，死生人数已经全部报给了父亲知晓。王峻得到的命令是去接收河中牙库，这是最肥美的差事，是父亲对他的照顾，那么他冷不丁来插手逆犯与逆属的点结事宜，到底是什么意思？

“王伯父，”君贵淡淡道，“有劳您替我数焦炭了。我的手下人或许粗疏了些，但点数这件事，总还是会做的。”

王峻看着君贵嘿嘿一笑：“荣哥儿，不怕你着恼，你才数过几次焦炭？伯父我打从清泰年间开始数焦炭，一路数了十几二十年，别管他是烧成两截的还是抱在一起的，是没脑袋的还是少胳膊腿儿的，我还一次都没有数错过呢。”说着，他意味深长地瞥一眼君贵，“说句实在话，你王伯父喜欢数焦炭。”

君贵闭上了嘴。有些人，有些事，现在必须忍耐。

郭枢密清清嗓子，抬手止住王峻，向儿子道：“荣哥儿，你带妹子出去，寻一处干净宅院暂且妥善安置下来。过几日河中事了，你亲自送你妹子回兖州，将她交还给符魏公。”

君贵应喏。当下兄妹二人向郭威与王峻施礼，告辞而出。

平叛军的行营设在罗城之外。营帐间，数不清的兵将列队鱼贯往来，有抱举着各种物资的，也有押解着各色男女俘虏的，人马欢腾，呼喝不止。河中郡自古繁华，唐代元稹《会真记》中所记崔莺莺与张生的故事，就发生在辖内普救寺。李守贞在此经营数年，更是将周遭县乡风物大肆搜刮麇集于城中。故此打下河中郡，对于虎视眈眈的数万禁军，不啻又一个中饱私囊的绝佳机会。

君贵皱眉四下环顾，向君怜苦笑道："此处人颠马乱，声气繁杂，妹子还是先到我营帐去暂坐片刻为好。我即刻便派人替你寻安置处去。你的亲从，少时也命人给你送过来。"

君怜道："有劳兄长。"

君贵向身后的亲随裨将曹瀚吩咐几句，曹瀚领命而去。君贵引着君怜走向自己的营帐，一路不再说话。

君贵的营帐离主营并不远，可是半里之内，风气迥然不同。距离营帐十丈之外，已经有持械士卒警戒，及至走到跟前，更看清环营一圈全副戎装的戍卫，个个神情严肃，一丝不苟。见到君贵一行走来，纷纷执礼如仪，噼啪一阵金戈相碰之声。

旁人正在热热闹闹地瓜分磨耗了年余才得到的巨大战果，如同群鹫之趋腐尸，怎么君贵兄这里的士卒，倒老老实实恪遵本职，丝毫不为所动呢?

仿佛看穿了君怜的心思，君贵淡淡解释了一句："他们不是禁军，都是我的牙军。"

禁军，是天子的亲军；牙军，是藩镇的亲军。君怜出自豪门，父家与夫家都是名藩之守，她自小熟稔藩阃庶务，只听这一句，顿时了然。

世人都说，郭枢密掌典禁军是如何位高权重，其实他们不知道，刘家天子的禁军，并不是当今最值得敬畏的武装力量。世人又都惋惜不解，为何骁勇谨厚的郭府长子在禁军中并无高阶实职，他们却不知道，郭氏历年汰递而出的精锐牙兵，其实都掌握在这个长子的手里。

进了营帐，君贵吩咐加设软垫，请君怜小憩，自己却并不落座。君怜轻声道："无端扰了兄长，小妹着实惭愧。兄长劳累半日，也请坐下歇息。"

君贵笑道："妹妹不必拘束。'兄长'叫着生分，你若不嫌弃，不妨同我京中的弟妹们一般，叫我'荣哥哥'或'大哥'便是。"

君怜微笑："好的，荣哥哥。"君贵亦莞尔，点头称善。

有使女上来奉汤水。君贵道："这是我们府中常吃的'千金汤'，方子是东京的继母亲自调配的，犟妹妹尝尝。"君怜邀君贵共享，君贵便在案前坐下。

君怜抿了一口汤水，问道："不知荣哥哥在京中有几个弟妹？都几岁了？"

君贵笑道："算起来，我共有五个妹子，两个兄弟。只是前三个妹子都夭折了，目下最大的四妹妹，去年嫁了张氏子永德。剩下的二弟青哥儿八岁，三弟意哥儿五岁。最小的是五妹，今年年初才出生，我和父亲，都还没有亲眼见到。"

君怜点点头，又问："哥哥自己呢，有几个孩儿？"

君贵道："我与你嫂子刘氏，共育有三子，长子宜哥儿六岁，次子喜哥儿四岁，三哥儿则是前年出生的。"

君怜微微叹口气，点头道："幼年子弟如此众多，你们东京府中，想必热闹得紧。"

君贵笑道："还不止这些。我的二叔三叔前些年战殁，他们的几个儿子尚未成年，也一并养在我们府中，由我继母居首统领管教呢。"

君怜点头道："子侄如云，真是兴旺之家。虽说因为战乱骨肉暌违经年，好在此间之事不日便可了断，你们也终于可以团聚了。"

君贵见她眉目清肃，语意低沉，想她刚刚与丈夫死别，于这“骨肉”“团聚”等字眼上，可能尤觉触目惊心，便安慰道：“妹妹回家见了符公与夫人，岂不更是美事一桩？我听说符魏公府上，也是儿女成群，不知犁妹妹有几个兄长、几个弟妹？”

君怜道：“我有两个哥哥，均已成家生子。底下三个弟弟，尚未成年。五个妹妹，二妹即将出阁，三妹、四妹、六妹年纪尚小，五妹却不幸夭折了。去岁围城之前接到家书，提及我爹爹的三娘子有喜，如今肯定已经诞下了，只是音信隔绝，尚不知是男是女。”

两人交换完各自的家庭情况，一阵沉默。

对于彼此的好感，从府衙烟火中的第一次对视时就开始滋生了，然而交情却需要时间来积淀。在好感与交情的赛跑中，交情还远远落在后面。所以，沉默是最好的平衡。

何况，君贵本是个轻易不多言的人，而君怜刚刚死里逃生，正自心事重重，也没有兴致多说闲话。很多时候，沉默原本就是一种默契。

故而，两人虽然相对枯坐，帐内气氛却并不显得沉闷拘束。

千金汤在喉间浸润，空气中增添了一丝柔和的清凉。君怜忽然想起一事，重新开了口：“适才，父亲提到哥哥的母亲，不知是否就是……就是坊间盛传的那位慧丽明果的柴氏夫人呢？”

君贵眼中闪过一丝绵长的怀念与思慕之色，缓缓点头道：“是。”

三　柴氏夫人

公元926年，后唐明宗天成元年六月十七日，雨。

汴京城外。广顺客栈。

雨已经接连下了四五天，近晌时分，忽然停了。但天上暗沉沉的积云还在，看上去不久还会再有一场新雨。官道已经冲毁，赶路人的脚步被禁锢在羁旅之中。当然，急着赶路也没有必要。事实上，现在已经没有什么事是非要掐准时间完成的了。

柴昭仪站在广顺客栈二楼的窗前，默默看着从远远伸出的瓦檐间断续坠落的雨滴。风雨如晦，客中没有鸡鸣。纵然节令在六月里，屋内却是寒冷的。可是柴昭仪坚持让二楼的木窗半开着，她需要这泼天的寒气来平静自己纷乱的心绪。

她是后唐庄宗李存勖的昭仪，位列九嫔之首，原也是宫中的正二品内命妇。可是庄宗为乱兵所杀，他父亲的义子李嗣源（后世称明宗）以六十岁高龄继了位。李嗣源年龄既老，又不爱女色，力倡廉俭，对于庄宗满盈的后宫无所取用，一纸诏令将她们都遣散回家。柴昭仪乡梓在邢州，父母得了诏令，便叫上哥哥守礼，一起急急入京来接她。谁知四个人出了城刚到黄河边上，就被这连绵的大雨绊住了脚步。

父母兄长对于她是敬畏的，她是官家身边的人，到底气度排场不同。虽说刚经离丧，失了天家依靠，可父母兄长不肯委屈了她，为她单独安排了一间上房居住，他们三人便守在隔壁。

对于庄宗，柴昭仪并没有过多的怀念。这个男人在登上帝位前，曾经是当时最著名的军神，奇袭汴城，灭掉后梁，创建后唐，风头一时无两。可惜，他在即位后便将豪杰之气尽数抛散，露出了贪财残忍的暴君本相。柴昭仪能在他拥挤如云的后宫中活下来，不是靠他的恩惠，而完全是靠自己的机变与智慧。

柴昭仪还很年轻，只有二十一岁。前半生斩断了，后面还有大半生，难道就这样回乡去随便嫁个乡豪罢了吗？父母倒是甫见面就跟她提了，知道她将会被遣返的消息后，已经有好几位乡豪来提过亲。

男人的竞争心是奇怪的，能得到一个天家嫔御，似乎是种莫大的荣耀。

可是她痛恨这种浅薄。

屋檐处忽然噼啪作响，来了一阵急雨。趁着短暂雨歇赶路的人们咒骂着，跑到就近的墙根下。广顺客栈的店家是仁厚的，特意将屋檐挑出老远，好教路人有地方躲避。

柴昭仪面前窗户正对的墙根下也来了两个借避的行路客，零散的对话直入她耳中。

“……还有一事我不明白，杨尚书乃当朝重勋，此番征讨范延光，指名要你去，你怎的托病不从，却甘心仍旧做这递送军报的勾当呢？”

“哼，范延光胆小怕事，有何可虑？杨光远素无英雄气，便是要了我去，又有何用？难不成便会派我做先锋，或是就肯听从我的计谋了？”

“那要依你说，连杨公都不配用你，倒是谁能够用你呢？”

“哼，不怕你笑我狂妄，放眼望去，这天下配用我的，就只有刘都虞候一人而已！”

“刘都虞候？你是说侍卫司那个马步都虞候刘公知远吗？”

“正是他。”

“既如此，你怎的不索性投奔了他去呢？”

“大丈夫欲做大事，必得有资本。我想得刘公重用成就一番事业，必须招兵买马，拉一支队伍前去投奔，方是上策。否则，白眉赤眼地去了，谁拿你当个人物？我岂是低声下气强求功名之人？”……

自打听清了第一句话，柴昭仪便将身子伏在窗台上，观察着说话者。到底是怎样的狂徒，竟然敢将当世权臣杨光远、范延光、刘知远等放在口中随意臧否？柴昭仪不是后宫圈养的无知金丝雀，凭借在宫闱中得到的各种消息，她对于朝堂人事有着超常的敏感和认知。

让她倍感惊讶的是，这个卑微的避雨者的见解竟然与自己完全一致。

他到底是什么人？

从二楼上，柴昭仪只能看到说话者的头项，她注意到那狂徒的脖颈间有一团青色的物事。

柴昭仪飞快地跑下楼，叫来店小二低声问道：“小二哥，外间避雨的那汉子，你可认得？”

店小二将头探出门外瞧了瞧，缩回来汇报：“认得一个，就是脖颈间有雕青的那个，”说着，他拍了拍自己的右侧脖子，“他是禁军中一个马步军使‘郭雀儿’，常从小店经过的，有时候还来打个尖。”

“郭雀儿？”

“对。娘子没见着他脖颈间雕的那只雀儿？早年他原是在潞州李继韬麾下从的军，李氏被庄宗诛灭之后，他便给隶配到牙兵‘雀儿都’里做了马直。‘雀儿都’里的所有军卒都得雕青，所以他脖子上也有那么一个。”

“此人秉性如何？有何本事？”

“郭雀儿嘛，性情豪阔，不爱外财，待人是极痛快的。他还能写会算，在军中也很受他那些兄弟的欢迎。”

柴昭仪笑着点点头：“你去将他和他的同伴请进来，替我置办些酒菜给他们食用。不要提我，我自在一旁观瞧。”

在柴昭仪眼里，大步流星走进客栈、坐下就吃的郭雀儿器宇轩昂，无论从哪个方面来看都是她所见过的最有英雄气概的男子，甚至远胜军神时代的庄宗。

柴昭仪立在客栈内院滴雨檐下，叫小二哥将郭雀儿请过来叙话。小二哥忙不迭跑到郭雀儿跟前，将他一推，笑嘻嘻道：“郭军爷，你的好事来了！”

郭雀儿一愣：“什么好事？”

小二将嘴向内院一努：“你当这顿酒肉是谁请的？就是那位娘子。你当那娘子是谁？说出来可别吓你一跳！她是先帝的柴昭仪！她找你，快去快去！说不定要赏你什么好物事呢。”

郭雀儿莫名其妙地走过去，向那窈窕背影迟疑地一揖，开口道：“敢问，是娘子找我吗？”

柴昭仪含笑回过头来。她那惊人的美艳，立时晃花了青年郭雀儿的眼睛。

“有劳军使移步。不敢请问军使高姓大名？乡梓何处？”

“在下……在下邢州郭威郭文仲。”

“哦？军使是邢州人氏？”

“是。”

“敢问军使青春几何？”

“在下目今二十有二。”

“敢问军使可有妻室？”

“一贫如洗，一事无成，谁肯嫁我？”

柴昭仪眼中的笑意更深了，直视他片刻，以不容置疑的语气道：“郭军使器宇非凡，将来必非池中之物。今有一人愿意嫁你，郭军使敢娶吗？”

郭威终于从这一连串密集的发问攻势中镇静下来，鼓起勇气凝视着柴昭仪的眼睛，良久，缓缓问道：“……谁？”

“我。”柴昭仪笑靥如花。

柴昭仪上楼来汇报自己已择定路过的军使为新婿的消息，将父母和兄长都吓了一跳。可她一点也不像是玩笑，她似乎已经打定主意，今日就要跟着那军使私奔了似的。

阿孃[1]哭了起来：“闺女啊，你怎的如此自暴自弃？你是事奉过天子的人，改嫁至少得嫁个节度使啊，怎的逆旅中随便找个军使便嫁了？如此草率，你自己颜面何在？我和你父兄的颜面何在？”

柴昭仪平静地抚着母亲的肩：“阿孃，你要相信女儿的眼光。我在朝堂内，往来先帝跟前的文臣武将，隔帘不知见过多少，无一人有这郭军使的气度！其人前途，实在不可限量。若非连日大雨，我哪有机会邂逅他？贵人可遇不可求，命机可执不可失，我非他不嫁。”

一尺长、半尺高、半尺宽的黑漆木匣，金珠翠玉塞了满匣，这是事奉先帝三年她所攒下的全部赏赐与例份。柴昭仪捧出一半来交到母亲手中：“女儿本当回家亲奉羹汤，在父母跟前多尽些孝心的……”又从匣中挑出几件大的交给柴守礼，“一向颇得哥哥嫂嫂照拂，这些，替侄儿侄女们添些嚼用……”

合上木匣，她轻松笑道：“剩下的，就是我的嫁妆。”

当夜，广顺客栈的十六支红烛将他们的婚房照得红亮通透，光魅如同仙洞。

新婚三日后，小两口送别父母兄长，开始商量未来的日子。

柴氏将全部嫁妆倾匣倒在桌上：“这些珠宝变卖后，至少可以得钱五百万。哥哥招募一彪得力的军士，打刀枪，造盔甲，买良

① 阿孃，或孃孃，当时的口语中指母亲。

马，尽速投效刘都虞候麾下，去干你的大事吧！”

一向刚硬不羁的雕青军使郭雀儿默然良久，喉头梗阻，热泪盈眶。半晌，他低哑地唤了妻子一声：“英娘……”

广顺客栈的雨中邂逅，催生了一个当世女子所能拥有的最疯狂、最宏大的梦想。然而英娘丝毫没有声张，她将这个梦想默默深埋于自己的心井之中，即便对丈夫郭威，也始终守口如瓶。

两个月后，郭威成为刘知远副贰，随行扈从，逐渐倚为腹心。

第二年，英娘诞下长女，可惜不足半岁，便一病夭折了。

第三年，英娘诞下次女，没想到不足周岁，再次夭折。

心碎欲绝的英娘被郭威送回邢州母家抚疗伤痛。兄长柴守礼的长子柴荣时年七岁，很喜欢这个美丽、温柔却不时露出戚容的姑姑，常拿着自己的小玩意儿去找她：“姑姑，可否帮我穿穿小木车的绳子？”“姑姑，我刚刚爬树摘下的枣儿，给你吃。”“姑姑，野鸭子在河湾那边下蛋了，我带你去看。”……

英娘去找柴守礼：“哥哥，跟你商量个事儿。”

“妹妹请说。”

“把荣哥儿给我，好不好？”

“啊？”愕然之后，柴守礼一阵心慌，荣哥儿可是他的长子。妹妹疼爱侄子，自己更宠亲儿。

英娘哭了起来：“我没有儿子，我连闺女都没有。我喜欢荣哥儿，他也喜欢我，我要他做我的儿子……”

“妹妹莫哭，啊。听哥哥说，你还这么年轻，你将来能生自己的。”

“哥哥放心，就算我以后生了自己的，荣哥儿也是我的长子，这一点，永远都不变。我怎么舍得委屈了荣哥儿？他的前程，我担保着落在郭郎身上。”

在老柴家，没有人能够拒绝这个素来说一不二的小妹。

跟随着刘知远去了魏博的郭威回来休沐，英娘牵着柴荣到村头迎接。郭威欣然将内侄抱起骑到马背上，绿树炊烟里，一路牵着缰绳相伴往家去。英娘容颜一扫多日积郁，变得欢喜而明亮。她挽着郭威的胳膊，低声对丈夫耳语："我跟哥哥说好了，把荣哥儿给咱们做儿子。"

郭威停下脚步，惊讶地看着妻子。

英娘从容道："我还会给你生的，但荣哥儿要做长子。前两胎都是弱质娇女，体若蒲柳，没能养活，影响了子嗣的旺盛之气。荣哥儿身强气壮、秉性纯良，有他开头，我就不怕了。"

郭威与七岁的内侄柴荣一起生活了七天，也爱上了这个淳厚的孩子。休沐结束前一日，郭威出面置办了一桌酒席，将岳丈岳母与内兄全家请到一起。当着阖家人的面，柴荣向郭威与柴氏行了跪拜大礼，正式过继给郭威和柴氏为长子，改名郭荣。荣哥儿从此管郭威叫父亲，管英娘叫母亲，管自己的生父生母叫舅舅、舅母。

从此英娘很少随军了，专心在家奉亲、课子、做营生。郭威少年时因兵燹骤失怙恃[①]，是姨母韩氏含辛茹苦将幸存的他和四姐、二弟、三弟拉扯长大。如今四姐早已出嫁，二弟、三弟被郭威带到军中谋求前程，英娘便将姨母韩氏接了过来，朝夕奉养。彼时家中尚有积蓄，英娘置下十几亩良田，雇了几个佃户耕作。虽说地中出产不多，还要应付各种苛捐杂税，但左支右绌着，到底算是安定守业了。有了友戚们相互帮衬，日子对付得也算平展。郭威珍重家园，虽然随着刘知远移镇藩阃，但只要得暇，必定回来省亲团聚。

英娘亲自给荣哥儿发蒙，教他识字，给他讲经，要他读史

① 失怙：指丧父；失恃：指丧母。

背诗。受英娘与郭威影响，荣哥儿于诸经之中偏爱黄老，英娘便特意叫人去远处替他搜书。有一次郭威回来，听说荣哥儿已经能够诵读《道经》，十分惊喜，便从怀里掏出一本书对英娘道："这是我的宝物，劳烦你替他抄一本留在家里，以后慢慢讲给他听。"

英娘拿过来看，原来是本已经快揉烂的《阃外春秋》。

英娘抄了两本。父子俩一人一本。

郭威亲自教授荣哥儿刀枪骑射和腿脚功夫，可在家的时日毕竟有限，难以监督。于是，郭威给儿子留了作业。作业有三样：铜钱、石锁、黄鼬。铜钱系在树枝上，每天于五十步之外对准钱眼射箭；石锁十斤，要求最终举过头顶、稳稳绕地走三圈；黄鼬关在一间门窗紧闭的空屋子里，要求徒手捉住。

下次回来，郭威会检验这一阶段的成果。如果作业完成得好，就可以晋级到难度更大的下一关。

荣哥儿十岁那年，英娘赠他"君贵"为字。孩子大了，没有字显得粗鄙，官宦子弟友朋间交往也不方便。即便现在不大用得上，早晚是需要的。

随着郭威在军中地位渐升，整个柴家和郭家上下对英娘都有了一种迷信。但凡她认定的事情，不必细述缘由，大家自会替她找出道理来赞成。比如"君贵"这个表字，便得到了众人交口称赞。大家一致认为它吉利得很，现成得很，合该荣哥儿来用。

荣哥儿十一岁那年，英娘再次诞下一个女儿。这一回，女儿存活了下来，英娘却在产后感染恶疾，百般医治无效，撒手人寰。

郭威在妻子去世前一日仓皇赶回，亲耳听到了妻子的三条遗言：

郭郎，你必成大事，我不会看错。只管往前走，走到头，大胆，小心，留神左右。事成那日，不要忘记燃一炷香告诉我。

你要好生看护荣哥儿。荣哥儿也必成大事，我不会看错。

不必长久为我服丧，赶紧再找个好娘子。成亲之日，替我求她，求她帮忙养大咱们的女儿。

四　廷献归来

关于柴氏的传奇，当她在世时便已在军中悄然流播。二十年来，随着后唐末帝李从珂为石敬瑭所灭，随着石敬瑭的嗣子石重贵为契丹所灭，随着契丹撤回草原、石敬瑭的心腹重将刘知远取代石氏入主中原，郭威在刘氏集团中的地位稳步高升，直至今日权倾朝野，连继位的小皇帝也对他忌惮三分。世人追本溯源，自然更少不了去大力钩沉郭枢密在青壮时期的绮丽往事。

从这个时代久负盛名的军神皇帝身边回归，放弃了改嫁乡豪的大好未来，于草末微尘中巨眼识英，以全部嫁妆资助丈夫寻求前程，只身奉亲养子留守家园，英年早逝无缘分享丈夫发迹后的丝毫荣光……柴氏夫人的故事，是皇朝坊间最让人唏嘘感慨、扼腕叹息的一个传奇。

君怜轻轻道："想来，真不知这位柴氏夫人，是何等高义磊落的奇女子……"她并不是在发问，她的眼睫半垂，似乎受到君贵眼中流露出的怅怀之情的感染，不由得遐思邈邈。

君贵与柴氏相处的年头不长，对于母亲的感情却很深厚，轻易不肯向人叙说自己对她的心怀，也很少向人忆及邢州乡间那段美好童年的吉光片羽。甚至对发妻刘氏，多年来他也只是偶尔抒发过两句大略的感慨而已。

可是今日面对君怜，君贵却涌起了强烈的诉说的冲动。

"其实，我对于母亲的印象已经很模糊了，她离去得太早，那时候，我还是个孩子……

“可是，有时候闭上眼睛，我又仿佛看见她就在那里向我伸出手来。她说，荣哥儿，你要体谅爹的难处，你的心中，不能有丝毫的怨愤……

“我常常会为很多事情烦躁不已，我做不到像爹那样深沉稳重。每当怒气难以抑制的时候，我总听到母亲在安慰我。她说，大哥儿，不要急躁，不要急躁……闭上眼睛。闭上眼睛，外面的一切就都看不见了，你心里的灯，就亮起来了……

“那时为了练习武艺，我经常在一间空空的屋子里追一只黄鼬。一开始，我完全追不到，气得连饭也不吃，母亲就是那样对我说的。她把我搂在怀里，一直一直看着我。她的目光那么温和。她摸着我的头。她的手，那么轻柔……

“我那时候心志不定，头脑中常有许多痴顽的念头。母亲并不呵责，反而对我说，任何事，看准了就去做，迈开大步往前走，要相信自己做得到。虽说凡事不能急躁，可是，也不必瞻前顾后、迟疑畏缩……

“这些话，我本来以为自己早就遗忘了。可是最近这几年，不知怎的，它们却又从我的心底钻出来，一遍一遍在我耳旁回响着。细细一算，我不见母亲之面，竟已有十七年了……

“母亲待我，恩重如山，可是，我没能照顾好她留下的唯一骨血。四年前，我的三妹妹还是病故了。她，只活了十三岁……”

君怜静静地听着，眼中泛起了泪光。

君贵从自己的遐思中回过神来，看见了君怜的眼睛。他感到自己说多了。对于心事重重的人，外人的多言是一种负担。

他展颜一笑：“不过随口说说，翚妹妹不必挂怀。这些话，素常我也是不说的。”

君怜目光闪烁：“小妹明白，难荣得哥哥今日肯敞露心扉。”

君贵看着她，顿了片刻，缓缓道：“适才爹也说了，你的模样气度，颇有些神似我的母亲……”

君怜垂首。

两个人都没再说话，熟悉的沉默再次降临这间宽敞的营帐。

沉默，却有什么暖融融地化在里面了，比起之前的沉默，这新生的沉默更像是一种亲近。

未几，有军校进来禀告：“大将军，外面来了个人，说是务必求见符娘子。”

“一个人？”君贵略有些诧异。君怜的仆从，都被暂且安置在了后营中，本待找到合适的宅院便一起送过去的，怎么会有一个人单独跑了出来？

君怜心念一动：“荣哥哥，让他进来，可以吗？”

君贵点头，向军校吩咐：“让他进来。”

帐门分开。一个素服青年迈步入内，略一张望，便急急走到君怜近前下拜施礼，语声惶恐而又沉痛：“姐儿，小人回来迟了，险教姐儿陷于不测。小人罪无可恕，请姐儿责罚。”

这人一身中官服色，君贵乍见之下有些惊讶——适才在李宅，他并没有留意到君怜身边仆从中也有人如此装束。转念一想，他们符家累世王侯，府中用着几个黄门，倒也并不稀奇。其时，不仅宫廷禁苑，一些王侯世家府中也常有内侍服役。这些供职于宫外的内侍，有些由世家自行购得，有些则来自官家的赏赐。

看装束，听称呼，这青年定是符府遣来事奉君怜的中官无疑，只不知他在这场祸乱中是怎生一番经历，又怎的自承其罪、要求责罚。

君怜眼中蓦然充满泪水，缓缓站起身来，轻声道：“廷献，你可算回来了。”

那廷献抬眼见她哀戚满面，心中更觉惨痛，低头道：“委屈了姐儿，都是小人无能。小人自去岁三月听闻河中事变，就遵国公之命急急赶回来。不想城门紧闭，竟再无一日开启。小人屡屡欲间道入城，终不能如愿。八月之后，城外长堑新起，栅营连绵，小人连靠近城墙的机会也找不到了……”

君怜叹了口气：“你起来说话。”

廷献站起身，看了看默坐一旁的君贵，略一整衣衫，又向君贵下拜道：“这位必定便是郭大将军了。小人斗胆替魏国公多多拜上大将军，大将军仗义搭救我家犟娘子之恩，符氏上下没齿难忘。”

君贵笑道：“罢了，你家犟娘子现在成了我爹的义女、我的义妹。既是一家人，感谢的话就不必说了。”

廷献闻言略感意外，抬头看向君怜。君怜淡淡道：“诚如大将军所言。今日所幸上天垂怜，是荣哥哥的牙兵首先找到了我，才有了后来的义亲相认。若是被别的什么人带领的禁军发现……廷献，你现在见到的我，或许便是一堆焦炭了。”

廷献额头的冷汗涔涔而下。

帐内的空气凝滞了，三个人都没有说话，各自保持着原来的姿势沉默着。有一种微妙的情绪在沉默中绷紧。

君贵原本想叫廷献起身，可是他从君怜的话语中，感觉到了一种压抑的气恼。今日之事，不管她怎么强作镇定，必定是惊心动魄、撕心裂肺的。她或许在迁怒，但这是他们主仆之间的事，自己不好插嘴。

帐门开启，曹瀚急急入内。他走到近前向君贵一礼，欲待开口，又看了一眼垂头跪在上首两人前面的陌生人。曹瀚生性周密谨慎，外人当前，即便所禀告的事情不涉任何秘密，他也不轻易开口。

“宅院找到了？”还是君贵开口问道。

“是。合适的居所太不好找了。城中深宅大院，都被他们洗劫一空，好些宅子顺手便放火烧了。属下找来找去，只找到一间中等的。外院略有残破，内宅倒还齐全。屋主没跑，属下已经命他们暂时避去后院偏房居住几日，正院让给符娘子。属下多派些人手去守卫，想来应无大碍。”

“好，”君贵点头道，“如此你即刻去叫辆车来，将符娘子的仆从全部送过去。叫郑仁诲多安排些粮草杂物送到他们居处。跟着你出去的人，留一个给我带路，我亲自护送符娘子去歇息。”

夜色沉沉地垂下来，新入住的宅院中，影影绰绰的烛影摇曳。

“去，去再找些蜡烛来，将各处统统点上！黑乎乎的是什么丧气景象！”唐氏从正屋内室出来，到过堂中急急向众使女下达命令。恰此时范承璋从外面进来，一面走一面嘟囔着：“这户人家真是，连块云片糕都没有！”

“你就知道贪嘴！”唐氏狠狠地瞪承璋一眼，“现下人手不够，他们李府的仆从全都私散了，要做的事情又那么多，你怎的还不知道懂事些？”

承璋悻悻道：“我不懂事？搬箱子、打井水、扛粮袋，哪样不是我干的？”说着瞥了室外一眼，“真正不懂事的人在外面呢。”

唐氏不由压低了声音：“怎么，廷献还在廊下跪着呢？”

“可不。”承璋道，“适才我让他起来吃饭，他也不埋。”

“姐儿没发话，他自然不肯起来。”唐氏叹了口气。

承璋撇了撇嘴：“我看他的心也太重了，姐儿又没说罚他。他自己回来就往廊下一跪，好像要负荆请罪似的。其实姐儿大人有大量，未必跟他计较。再说了，李郎家要放这把火，跟他陈廷献有什么关系？”

“嗯……”唐氏摇摇头，“我看姐儿此次，是真的有些生廷献的气呢。”

“啊，这是为何？”承璋惊讶道，“他不是一直都在想方设法进来吗？围城围得那么紧，进不来也不是他的错啊。”

“你这孩子想事就只看眼前！”唐氏习惯地戳了戳承璋的脑门，

“你还记得吗，去年，老太夫人的丧事一出来，姐儿原本是想派你回兖州去代为祭奠的，廷献自告奋勇要跑这一趟差，姐儿就把你替下了。我看啊，现下姐儿只怕就是在怨他这件事呢。”

“这，这……不会吧，为这个？廷献又不是活神仙，哪能预见到李家要生事？”

“得了，咱们也别瞎猜了。廷献愿意跪，就让他跪着；愿意饿，就让他饿着。兴许他跪一宿，饿一宿，到明儿早上，姐儿的气就消了。犟娘这孩子，我还不知道！”

“可我还是没明白……”

“唉，你那榆木疙瘩脑袋，也不必明白了。你们俩都是十一二岁就来到符家，从小相伴着姐儿长大的，姐儿在意什么你们不知道吗？亏了你们还比她大个三两岁的！我告诉你，别看姐儿什么都不说，心里一部大九经，啥也别想瞒过她！”

“不是……唐妈妈，恁[①]这些话，我是越发听不懂了……”

“不懂就算了，让你装懂你也不会。去，赶紧帮着把姐儿的被褥熏透了。惊魂吊命的一天，李宅活生生几十口子，一眨眼工夫，嘁里咔嚓就全都化成了焦炭！我看，还是让姐儿服点收惊的汤水，早些睡下的好……”

月光洒在寂静的院落中。树影婆娑。是轮忧郁的下弦月。

月光将廊下的人影移上台阶。影动人不动。

房门轻轻打开了。采儿披衣出来，走到廊下人跟前低声道：“姐儿叫你起来，去睡觉。”

廊下人不语，亦不动。采儿无奈地看他片刻，转身慢慢离去。

东方既白。明星有烂。将翱将翔。

妆扮周整的采儿再次来到廊下人跟前：“姐儿说，你不必这

---

① 本书表示第二人称尊称时，“恁”用于较轻松随意的语境，“您”用于较正式严肃的语境。但这并非当时的实际用法。

样，你再不起来，就直接回国公爷身边去吧，她也不敢用你了。”接着，采儿换了个语气低声道，“廷献，你不会是在赌气吧？你快别这样了。姐儿本来心绪就差，你老杵在这里不言不语的，我看姐儿这回是真的生气了。”

廷献艰难地站起身，腿脚麻木，身子摇晃得厉害，采儿忙从旁搀扶。廷献摆摆手，转身一瘸一拐向西厢的下房走去。采儿在他背后追了一句：“哎，姐儿让你去吃点东西。”廷献回过头，平静地问：“你……能帮我找些素笺纸和笔墨来吗？”

五　中军帐中

日头高悬。郭威的主营内，群英济济，皇朝的骁勇们坐而议事。

坐在郭威下首左侧的，主要是一溜皇朝勋宿，跟随高祖刘知远打下江山的老牌战将，以王峻、王殷、扈彦珂为首。右侧，主要是一溜少壮军官，以君贵、李重进、张永德为首。除此之外，还有一些中间派和文官，如刘词、韩通、李琼、向训、郑仁诲、李穀等，也各依位序，间杂坐于其中。

议事并不全是议事，渐渐变成了高声争执。

正在发言的是君贵，他的脸上有着难以掩饰的怒气："……上次军前会议已经明确规定，城破之后，禁止剽掠民宅。他们竟敢无视申令，大肆烧杀抢夺，难道视枢密使的军令如同儿戏吗？河中城的百姓也是汉室子民，他们恣意凌虐百姓，难道丝毫不顾及天子脸面吗？"他口中斥责着"他们"，眼睛却死死盯住王峻。

王峻稳坐如钟，微微冷笑道："不知大将军这话从何说起？禁军诸班直，一向恪遵枢密严令，只在各处搜索李氏余党。碰到负隅顽抗的，手起刀落砍杀几个，自然在所难免。难不成大将军的意思，弟兄们见到逆党，倒要放下刀枪，恭请逃窜不成？"

君贵也冷笑道："普通宅院里的黎民百姓也是逆党吗？手无缚鸡之力的妇孺老幼也是逆党吗？抢人钱财，还要害人性命，还要一把火毁灭罪证，这是哪里的道理！昨日抓到的那些人违抗枢密军令，我非杀不可！”

王峻噌地站起身，向郭威一揖：“枢密，河中郡叛逆朝廷，据险顽抗一年有余，致使禁军兴师远伐。虽然托赖枢密良谋，天子兵将折损甚少，但战事迁延，毕竟人困马乏，以致上下疑惑，军心动摇。枢密试想，区区一个李守贞，哪来这么大的本事？如果不是全城军民无知狂妄，在背后一力支持，又帮他筑城加垒，又供他粮草车马，他李守贞怎么可能拖这么久？依在下看，这河中城内没一个无辜的，人人都在助纣为虐，个个都是为虎作伥！”说着，他瞥一眼君贵，“何况，诚如大将军所言，河中子民亦是汉家百姓。汉家百姓，就让汉家天子自己操心好了。依在下看，只要拿下河中府，官家才不会在乎死了多少人呢！便是夷平河中全城，官家只怕也是拊掌称善的多。”

话音未落，王殷起身道：“王监军此言，甚是中肯！咱们辛苦替官家打天下、平叛贼，打下的城池男女，原本就是官家许给咱们的。便是前朝天佑、同光以来，也莫不如此。大将军，你年纪尚轻，虽然在营防有些年资，但对于军中一两百年留下来的传统，只怕还是领会不够。试问，哪个男儿从军不是为了钱财？哪个汉子拼命不是为了女色？该许的不许，该给的不给，如此何以驱策将士？何以建功立业？何以报效朝廷？”

其余诸将尽皆缄默。会议之前，谁也没想到，这样激烈的争执会直接在两派的代表人物之间发生，毫无居中的缓冲地带。

君贵按剑而起，正要开口反驳，郭威沉着脸摆了摆手：“好了，都不要说了。禁止杀伤无辜，是我的命令；严密追杀逆党，也是我的命令。”他看向儿子，“君贵，你昨天抓了他多少人？现在何处？”

君贵揖道：“一共十七人，现押在我营房外。”

“重重责打一顿，放还王监军自行约束！”郭威以不容置疑的语气说道。

君贵还欲力争，郭威向他射去一个凌厉的眼神。

郭威转脸看向王峻："满城附逆云云，未免言过其实。今日是城破第三日，已经剽掠了三天两夜，再饥渴的军将也该餍足了。秀峰，传我的命令，即刻整军归营，清点缉拿李氏余党的成果。要是有人再敢滋扰民宅，纵火劫杀……"他扫视群属，缓缓道，"你们替我去问问他们，可还记得去岁的李审吗？军中刚刚重申禁酒令，他就带头喝，还恰恰撞到老夫眼皮子底下。当时多少人来劝？没用！老夫也不舍得斩，可是，不斩他何以服众？今日你们就替老夫去告诉他们，有谁觉着自己年资比李审深、脖子比李审硬的，不妨来试试。老夫的刀，也好久没有项上鲜血来喂喂了！"

众人整齐应喏。君贵等归座。全营肃然，再无一丝声响。

郭威向君贵道："说下一个议题。"

君贵再次起身道："卑职建议，已经俘虏的河中军士，尽速集中到一起，辨明罪责，该收编的收编，该系狱的系狱，该流配的流配。否则，难免有人以杀降取乐。这些士卒都是我中原同胞，大多还是李守贞在本地招募的朴野乡民，又不是化外生番。滥杀降卒，不仅损我军威，而且将原本可资利用的兵源无端变为白骨，也不是兴军旺师之道。"

郭威点点头。王峻似笑非笑道："大将军，你有所不知，这些降卒狡狯凶顽，不杀几个，不足以叫他们知道害怕，老老实实听咱们号令。"

"那就一定要虐杀吗？"君贵的声音带上了寒意，"栅营外的深坑里，一昼夜戏弄完又活埋了的，究竟有多少人，王监军不会不知道吧？"

王峻冷笑一声。君贵闭了嘴，眼睛望向父亲。

郭威转向李重进："重进，你主要负责受降的事，说说你的见闻。"

李重进便是郭威四姐的儿子，时年三十岁。郭威的父亲郭简，原本是顺州刺史。卢龙节度使刘仁恭自立，割据幽州图谋河朔，未几攻破顺州，郭简夫妇及家中多数亲人遇难。彼时郭威尚在龆龀[①]之年，稍长几岁的四姐拼死护着他和二弟、三弟在乱军中逃出城去，投奔了姨母韩氏，方才保得性命。后来四姐长大，嫁与同乡李氏子，生下重进兄弟。再后来，重进成年娶妻，父母接连病故，重进就辞别妻子，投奔舅舅麾下谋求前程。

李重进生得高大威猛，面色较深，天然一股重将威风。其时，他在禁军中担任右厢五军指挥使，领左班殿直，官阶并不算高，可是有他的形貌在前，加上他与郭威的关系，再加上他素来心高气傲、桀骜不驯，寻常人等并不放在眼里，因此军中人对他，一向颇有几分忌惮。

听了郭威的问询，重进起身答道："卑职所辖兵马，连日大力搜敌纳降，只要听到别的军厢捕获了新的叛军，卑职必定会派人前去督促移交。只是卑职手下兵力有限，不能一一及时盘查。昨夜坑降之事，卑职亦有耳闻，只知道坑杀甚众，尚不知具体实情。"

君贵感激地看了李重进一眼。这表兄弟俩，平日并不很亲近。两个人的脾性，都不是那种在军中很吃得开的呼朋唤友的类型。日常起居既不在一处，所辖职域又鲜有重合，勾当差遣也较少交叠，故而虽是亲戚，又同为禁军少壮派军将，两人却并没有形成外人臆想中的联盟之势。

倒是张永德反而跟君贵更亲近些。张永德，字抱一，今年二十一岁，去岁刚娶了郭威的第四女鹭娘为妻，如今是郭威的女婿、君贵的妹夫。

张永德站起身来向郭威一礼："枢密，卑职昨日恰好经过栅营

---

① 龆龀（tiáo chèn）：儿童换牙的年龄，代指七八岁的童年时期。

附近，听闻了坑降之事。据说活埋在坑里的，有四五十人之多。如需确认数目，卑职愿领命即刻去办。”

与李重进的黑沉形貌相反，张永德面如丰年玉，身似绝顶松，素日待人辞色谦和，是个很容易让人一望而生好感的翩翩青年。他是禁军左厢五军指挥使，领东头供奉官，品阶虽比李重进高一级，也仍是个小武官。

其时，禁军分为侍卫亲军和六军，其中侍卫亲军又分为马军和步军。但六军战斗力经唐乱一路衰退，渐渐只突出其仪仗与荣职功能，侍卫亲军才是禁军战斗主力。

常例，皇帝通过枢密院制定军事策略、决定军政大事；通过侍卫亲军司管理禁军将士，从而掌握国朝军事大权。侍卫亲军司的最高统帅是马步军都指挥使，全称为“侍卫亲军马步军都指挥使”，简称“都帅”①。其时，这一职位由与郭威同为先帝顾命大臣的史弘肇担任。也就是说，枢密使郭威与都帅史弘肇，就是小皇帝在军事上最主要依靠的两个人。

侍卫亲军司执掌的主要是诸厢以上的军事统领权。其主要指挥官，在都帅之下，依次降序为：马步军副都指挥使（副都帅）、马步军都虞候、马步军副都虞候、马军都指挥使（马帅）、步军都指挥使（步帅）。其中，马帅与步帅基本平级而略高。

侍卫亲军的基本编制，由下到上依次为：伍（五人），队（二十人），都（百人），营（五都为一营，又称一指挥，五百人），军（五营为一军，两千五百人），厢（十军为一厢，两万五千人）。

相应地，侍卫亲军中厢以下各级主要指挥官，从下到上依次为：伍长、队长、都头、营指挥使（或省掉“营”字）、军都指

① 当时“都帅”这一称呼所指有些混乱，殿前都指挥使、马军都指挥使、步军都指挥使除了自己原本的简称，有时候也会简称“都帅”。本书区别使用这些简称：以“都帅”指侍卫亲军马步军都指挥使；以“殿帅”指殿前都指挥使；以“马帅”指侍卫亲军马军都指挥使；以“步帅”指侍卫亲军步军都指挥使。

挥使（军头）、厢都指挥使（厢主）。各级都指挥使均有副都指挥使和都虞候为其佐贰。

但实际上，因百十年间社会经历巨大变迁，人口骤减，军中制度也是改了又乱，乱了又改，实际配置兵额往往很难满员，弹性很大。尤其在军、厢这两级，五代中前期，有以五百人就成军的，也有以数千人就成厢的。像此番平叛，张永德和李重进以供奉官和殿直领禁军差遣，都领的是最小规模的厢下面不满员的五个军，实际上各自下辖的只有两千多人而已。而且，他们并不是厢主，军中人因他们是郭枢密至亲，便习惯抬称他们为“张左厢”“李右厢”。

君贵蒙父荫挂职禁军，其职衔左监门卫大将军属于六军系统，但他真正统领的是郭氏牙军；而张永德和李重进所领职的左右厢兵，属于禁军的侍卫亲军系统。在实际军事操作中，这两方面军队都归郭威辖领。牙军、禁军并肩作战，不仅有亲戚之情，也有同袍之谊。

说起来，郭威的外甥和女婿官阶不高，其实是郭威刻意谦抑的结果。少帝继位，他晋位枢密使，儿子被皇帝钦升了大将军，如果这时候再忙着给自家其他子弟求官晋爵，未免太过招摇，那不是他素日的为人行事。张永德之所以名列左厢，品阶比李重进略高，是因为他的父亲张颖年资深，在石敬瑭时代就与郭威为同侪，及至永德成年后被保举求官时，自然也就有个更高的起点。

张永德追随郭威已有两三年光景，别看年轻，办事妥帖沉稳，颇得郭威赏识。

张永德此言一出，中军帐中起了一阵小小的骚动。

从同州过来援战的刘词也起身揖道：“枢密，关于此事，卑职也有耳闻。卑职手下有人亲见昨夜情形，如若枢密下令，卑职可立即遣人将他们叫来问话。”

郭威的眉头皱了起来。不用调查，他也知道此事必定是真的。

这帮由皇粮和野食混合豢养的大兵什么样，他打从十八岁投效到李继韬麾下时就知道了。但是这个眉头，他必须要皱。

王峻、王殷等站起身来。今日郭荣、李重进、张永德的发难，他们视为郭枢密麾下少壮派对自己这帮老家伙的挑衅。可是他们一点都不在乎。剽掠也罢，杀降也罢，这都是军中的老传统，并不是他们自己新兴的规矩。年轻人想跟老传统作对，还欠火候。便是郭枢密本人，虽然也数落，也教训，但终究并不能把他们怎么样。汉家皇帝的天下，郭枢密自己的地位，不就是在这样一次又一次的烧杀剽掠中累积起来的？站到了高台上就自己撤梯子？谁会那么傻！

“枢密，请容属下禀报。”王殷朗声道，“昨日那些个凶徒，的确是被坑杀了，可他们个个死有余辜！李氏已经举家赴火，他们还不识时务，不但不听从命令缴械投降，反而东逃西窜，试图寻机反抗。更有甚者，躲在陋巷中向我禁军施放冷箭，暗挥屠刀，致使我军颇有损伤。我大汉天军的威风，岂容这些鼠辈亵渎？属下因此下令将他们一体坑杀，以此警告叛逆，严正军法！”

“哼，”君贵冷笑道，“他们是在保护自己的家小！你们不放火，不剽掠，不奸淫，不滥杀，他们还会这样顽抗到底吗？”

“够了！”郭威站起身来，“凶徒该杀，但不要滥杀。杀降不吉，也有负上苍好生之德。重进，传我严令，此后所有降卒，必须交给你来判断处置。该杀该收，按照军法呈报。谁不执行，你尽管报我知晓。”

重进肃然一礼，大声应喏。

“大军不日便要开拔，凤翔的王景崇、永兴的赵思绾，还等着咱们去收拾。李榖、彦珂、崇威，你三人留下，向我回报辎重编组事宜。余下诸人，即刻散去，做自家勾当！”

众人齐声应喏。

铁甲铿锵，老的少的，纷纷走出中军帐。

中军帐外。君贵叫住了大步流星向自己马夫走去的李重进："三哥！"重进在李氏家族兄弟大排序中行三，家人常唤他"三郎"。

李重进知是君贵，转过身来，礼貌地一笑。

君贵向重进拱手一揖："多谢三哥。"有些话，不用多说，一切尽在眼神里。重进再一笑。重进的笑是难得的，这一笑，令他向来严肃、桀骜的面容如同春风般和煦。

张永德从旁经过，见了二人，亦是停步轻轻一笑。今天他们似乎小小地胜了半截。

三人互相简单地行礼致敬罢，也没什么话说，各自走向自己的马夫，上马迅疾离开。

君贵的马向城门驰去，鬃毛飞扬。四五个裨将随之奔驰。紧紧扈从在身后的曹瀚、林远大声问道："大将军，咱们去哪儿呀？"

君贵亦大声作答："去看望符娘子！"

六　求大光明

君怜暂寓的宅院中，小小的花园草木葳蕤。战火并没有烧光这个城中所有的花树，至少，这里的景致基本保持了原样，木欣欣以向荣。

君怜与君贵坐在小园内的一处旱亭中叙话。军士喧嚣声从院外依稀传来。

君贵的脸上有一些显而易见的愤懑。君怜吩咐仆从进了汤水，含笑问道："荣哥哥今日似乎心里有事？"

君贵"嗯"了一声，顿了顿，说道："我今日在营中，跟他们吵了一架。"

君怜并没问"他们"是谁，也没问他为何吵架，却拿起汤壶，替君贵倒了一盏厨下备好的茯苓汤放到他跟前，微笑道："客中诸事不齐，不然，小妹应当亲自替荣哥哥点一盏茶来尝。小妹不才，点茶的功夫，还是勉强过得去的。"

君贵做个手势示谢，端起汤盏来喝一口，问道："对了，翚妹妹自家的要紧东西，昨日他们从火场中到底抢出来多少？"

君怜一笑："抢出来几只细软箱笼，还有少许书稿——能够抢出命来，已经很知足了，荣哥哥不必再为此费心。"

两个人坐着喝了一回茯苓汤，君怜方慢慢问道："适才荣哥哥说跟人吵了一架，现下心中恼怒可稍解了？哥哥若是愿意说，小妹在这里听着。"

君贵“哼”了一声：“前日在父亲营帐中，进来了一个叫王峻的，你可记得？”

君怜点头：“记得。小妹听闻，开运四年耶律德光入汴时，有个王峻王指挥只身被先帝派去奉表朝贺、打探军情，还带回了一支木拐，是否就是他？”

“对。那次他也算为先帝立了大功，后来在军中就愈发骄横了。”

“嗯。”

“那日王峻教人抬着一只箱子进来，你看见了吧？”

君怜点头。

“那算是每次战后的例贡。父亲为人俭素，吃穿用度，一向不事奢华。可是人家送过来了，父亲还不能说不要。”

君怜再点头：“主帅不要，底下的人就不好大肆出手。”

“是这个话。这箱子就是拿来堵住父亲的嘴的，所以每每父亲接过这些物事后，转眼便分赏给了身边亲随。底下的军将见了主帅这个态度，却并不觉得自己应该收手，照旧我行我素。这些年来，军中从未真正禁断过剽掠之事。”君贵说着，长长呼出一口气，“……唉，我当然知道，父亲有很多难处……”

“义父在那个位置，想必有许多事都是情非得已。既然无可奈何，荣哥哥就不必烦恼了。”君怜柔声道。

“可是，他们抢人家东西也就罢了，抢完还杀人，恨不得一个活口不留！欺男霸女，奸淫掳掠，简直是恶贯满盈，罪不容赦！我怎能与这样的败类为侪僚？”君贵咬着牙，仿佛又回到了刚才的中军帐，“对待投降了的败军，他们就像猫儿捉了耗子一般，尽情戏耍：让他们持械互殴，逼着他们走火炭，捆住手脚把他们的头一遍遍浸到水里……戏耍到半死，又统统驱赶到大坑里活埋……堂堂大汉禁军彼此攀比，竞相以残忍狠辣为能事。如此队伍，还谈得上什么保家卫国、统一疆土？”

君怜侧耳静静倾听，没有说话。

“更可笑的是，他们说，只有这样才能驱策将士、建功立业。他们还反问我：哪个男儿从军不是为了钱财？哪个汉子拼命不是为了女色？”

君怜深深地看着他：“我知道，哥哥绝不是为了这些。那么，哥哥可否告诉我，你多年从军征战，究竟为的是什么？”

一阵长长的沉默。

半晌，君贵一字一顿，缓缓说道：“我为天下苍生。”

又是一阵长长的沉默。

君怜慢慢啜一口汤水，目光闪烁：“这是个乱世，神仙打架，苍生遭殃……荣哥哥，我也是苍生之一员。哥哥看到了，即便像我这样的家世，在这乱世中也无法自保。别人檐下放一把怒火，自家命运便朝夕云泥。”

君贵点点头，语气愈发沉重：“乱世之中，‘生灵涂炭’不是几个字，而是一幕幕活生生的人间惨剧。我正式从军是在前朝天福元年，那一年，恰逢石敬瑭为了灭掉清泰帝，派桑维翰引契丹军南下直入虎北口。那时父亲跟随本朝太祖，在石氏军中为指挥。我亲眼见到桑维翰为了犒赏契丹人，将他们带到我们汉人的城中，允许他们随意劫掠。其时先帝和父亲都曾经谏言，契丹狼子野心，不可纵容，石氏根本不听。

“当年十一月，石氏被契丹人立为大晋皇帝。契丹兵与晋兵一同南下，沿途哀鸿遍野。

“后来，石敬瑭履行求援时的承诺，将幽云十六州割归契丹，连同州中生民，统统成为胡虏臣属，不许越界南去。交割那日，多少汉家子民椎心泣血，痛哭号啕，有人甚至选择举家从城头跳下，也不甘心就此被出卖给残暴的异族……

“从军十三年来，我亲眼见到多少庶民在我面前身陷泥涂，又亲眼见到多少百姓在我身边变成焦炭……我总在想，那些人，他们为了当皇帝、当高官，无所不用其极，可是天下争到手里了，天下的子民都是他们的了，他们却丝毫不懂得爱惜。如果人命在他们眼中不过是草芥，如果他们的目的只是奢侈享乐，那么聚敛了财富之后，他们索性收手享受去好了，何苦窃据大位，为祸人间……”

君怜静静地听着，面色不改，却心惊肉跳。

她知道，君贵的念头已经走得太遥远了，早已超出了一个为人臣者应当恪守的边界；君贵的话也说得太过火了，尤其最后那几句，句句都可能给他带来杀身之祸。可是，君怜从君贵清亮明澈的眼睛中，看到了无比炽烈的火焰，也读懂了他真正的志向。

谓有菩提心，终放大光明。

霎时，一团希望的火焰也从君怜自己眼中升起。

后世的史家曾经使用过很多词汇来形容郭荣的形貌与秉性。然而，在乾祐二年七月二十三日的符君怜眼中，万千美词都抵不过这两个字：英锐。

英锐。这是君贵给君怜的第一印象，也是终其一生，被她所反复证实和加深的印象。透过君贵犀利的外表，君怜分明看到他的内心燃烧着荡涤乾坤的熊熊火焰，足以佛来烧佛，魔来杀魔。

“荣哥哥，”她重新奉上一盏茯苓汤，看定君贵，低声道，“夏桀无道，成汤灭之；殷纣横暴，姬发替之。天下至理，有无相生，否极泰来。安史之乱迄今已近两百年，娑婆世界，众生颠倒，其苦何如！黎民百姓祖祖辈辈祈盼圣贤出世以解倒悬，其愿心之切，几曾有一日停歇？神鹿只合大德者驾驭，鼎彝定须大才者铭勒。哥哥既然有此大志，则人世荣枯、现世果报、来生轮回，均不足为虑。小妹虽不才，也当发愿，每日为哥哥三祷七祝，静盼哥哥功成……小妹笃信，有你，有父亲，世间终有大光明。”

君贵静静地看着君怜。

对于君贵而言，君怜是一个美貌的女子，却不是一个应该放到美貌的类型中去品评的女子。她似乎有一种精魂独立于自己的形貌之外，举手投足，一颦一笑，君贵看到的都是那个精魂。肥瘦妍媸于她都不重要。君贵相信，哪怕有一天她完全变作另外一个模样，自己也能从她的言辞气韵中，还原出那个叫作符翚的精魂来。

她怎么可能那样强大！

生平第一次，他对别人说出了隐藏在自己内心最深处的秘密。他不知道自己为什么会说出来，他只知道，自己说得很隐晦，完全可以被视作一场随口而发的牢骚。他必须那样隐晦。

那样隐晦，却被她一眼看穿了。

一种深刻的感动，顿时令他心神俱醉。

半晌，君贵展颜一笑："听闻世上有一种解语花，今日，我算是亲眼见到了。"

君怜亦微笑，眼中有了一点泪光。

君贵向君怜举杯："我对妹妹，已经毫无隐瞒；妹妹对我，也是冰心可鉴。兄妹易得，知己难求。今日咱们就此订约，从此奋力前行，无论成败，不许回头。"

君怜也举杯还礼，笑得像个孩子："好，这是咱们兄妹间的秘密，不到那一日，咱们谁也不告诉。"

公元949年，后汉乾祐二年七月二十三日，郭荣与符翚，两个同样有着高度精神洁癖的理想主义者，在河中城的旱亭花木间订下了一个约定。

后世的史家很少去关注这个约定对接下来的历史的意义，然而对于一个即将到来的、持续将近两百年的大光明时代而言，这个约定是如此重要。因为，这个心照不宣的秘密，这个公开达成的约定，就是大光明时代的光源。

大光明不是全光明，大光明时代也有黑暗。然而正如太阳之内有黑子，正如扶桑树下有阴影，正如阴霾的白昼再昏暗也亮过满天星光的黑夜，大光明时代的光芒胜过了幽暗。君贵与君怜口中的茫茫众生，在即将到来的这个全新时代中，将有机会突破阶级藩篱，过上比以往更加随性自在、滋润丰富的日子。

使女上来添了一次汤饮。旱亭里的两个人，最要紧的话已经说了，代之以心有灵犀的沉默。

风正清，花正香，汤正暖，心正热。

忽然，院门方向传来一阵短暂的喧哗，继之，是一阵脚步声。

一个使女急急穿廊而来，到旱亭外施一礼，低声回禀："娘子，朱雀他们回来了。"君怜一喜，忙道："快引进来呀。"

未几，只见一个极清俊的少年郎君出现在连接着旱亭的长廊一端。他身着一件月白色的文士长衫，长衫四周镶绲了紫色的细边。腰间系着一条青色的绫带，绫带上也镶绲着一圈金边。长衫之外，又披着件素色轻袍，一路走，袍子便一路随身飘摇，神采煞是风流。

君怜站起身，未待他近前便笑道："朱雀，你不会是自己回来的吧？"

那少年郎君淡淡一笑："有师兄和师妹送我到门口，不肯进来，走了。"

君怜向君贵一指："你回来得正好，正巧郭枢密的大公子荣哥哥在这里，他可是我的救命恩人，你们见见。"

君贵闻言，忙也站起身来，等着与那少年郎君正式厮见。

不想那少年郎君将眼睛向君贵一扫，神情一愣，顿时停下了脚步。他这一停，令君怜和君贵颇感意外。霎时，三人间的空气有些凝滞。

君怜奇道："朱雀？"

那少年郎君听她催促，把脸一沉，忽然转身离了长廊，头也不回，径直向内室走去。

剩下君贵一脸尴尬，不知自己到底是哪里入不了这新来的少年人的法眼。

君怜忙道："荣哥哥休怪。这是我闺中的金兰姐妹榷娘，因是外出，便做了男儿打扮。她跟我同岁，秉性原有些孤高，轻易不肯理睬外人。想来是因我事先没跟她打招呼便让她见你，所以她恼了我，不声不响地走了。都是我思虑不周，还请哥哥见谅。"

君贵尴尬稍解，自嘲道："原来是妹妹的闺中密友，难怪不理我。"

君怜道："她九岁时家中遭遇变故，遂来到我家，成了我父母的义女，相伴我一起长大。我们原本是形影不离的，我出阁后，她不愿在我家孤守，也跟着我过来了。"

君贵奇道："她怎的……没有许嫁吗？"

君怜道："她性情略显偏执，又颇有些慕道，家父家母原说替她操持婚事的，她抵死不从，他们也只得作罢。现在谁也不知道，她会不会哪天就入了道，不在我们这俗世间打滚了。"

君贵素来偏好黄老，一听朱雀慕道，不由笑道："原来你这位姐妹还是仙家人物，哪天有缘，倒要请教她了。不过，此番河中之变，围城经年，她怎的反而不在城里呢？"

君怜叹了口气："朱雀虽说跟着我过来了，却不爱老在别人家寄寓。因此，每年总有几个月她要出去云游，找她师父采药去。"

"她师父？"

"对，她师父出身著名的医药世家，一连三代都是前前朝和前朝的医正，后来被宫廷隐事连累遭到贬谪，索性远离皇苑，在民间开馆，悬壶济世。她师父不仅妙手仁心，还带得一帮弟子，采药练气，进退吐纳，朝朝暮暮修习养生之术。"

君贵愈发好奇："长这么大，我也算是见过几个奇人的。你将你这姐妹和她师父说得如此玄妙，看来竟是我未曾见识过的人物，这可引动了我的心思了。几时有缘，非要见面接谈一番才好。”

君怜笑道：“这有何难？待我将朱雀说通了，你自跟她切磋仙道去吧。”

七　朱雀在迩

寓居的宅院正房内，日光盈室。

君怜从外步入，见朱雀正坐在桌前，慢条斯理摆弄着一些药粉、花草和矿石。她的跟前，是一些素色的瓶瓶罐罐：金的，银的，青瓷的，敞口的，加盖的，广口的，细颈的……高矮胖瘦，各不相同。另有石捣钵、铁药碾、蓍草和算筹等，也散放一旁。

朱雀有一种本事，善于提炼不同药物的特质，并将它们搭配出全新的性质——后世的人也许会将这种本事叫作化学天赋。朱雀还有一种本事，会卜算推演，闲时常拿着蓍草与算筹左右运算，然后独自秉笔沉思——后世的人也许会将这种本事叫作数学天赋。

然而在翚娘子房中，朱雀最为众人所侧目的本事，是她专会跟翚娘子抬杠。翚娘说往东，她便说往西也无所谓；翚娘说向上，她便说向下也可以；翚娘偏好研读释家经典，她便早早择定了道家法门；翚娘得时出阁，她偏立志不嫁……

房下诸人倾向于将朱雀的孤高古怪理解为孩子气，就像承璋一样，看着是个大人模样了，却不时说出几句痴气呆话来，一派天真烂漫。比如，她对于充满敬意的称呼“権娘子”颇不以为然，反而鼓励他们直呼自己“朱雀”，虽然那通常是长辈或密友的特权；又如，她虽然精于配制药物，却从不替人瞧病，大概是不愿被人视为医卜之流。因此对待朱雀，房下诸人尽管不理解，却也包容着，把她的种种古怪行迹当作他们日常生活的一部分来看待。毕竟，翚娘子就一直纵容着她。

可在朱雀自己，却是非常认真地唱着反调，尽管这些反调其实是出自她下意识的反应。比如今天的事，她就有她非如此不可的理由。

君怜走到桌前，看着桌上的物事，斟酌着，淡淡道："这回好，出去了一年有余，看来你收获不小啊。"

朱雀"嗯"了一声。

"你适才……是怎么了?"

"没怎么。那人走了吗?"

"是啊，你一见面就给人家甩脸子瞧，谁受得了? 还不赶紧落荒而逃?"

"走了就好。"

"朱雀，郭公子是我的救命恩人，你们初次见面，你怎的如此无礼?"

"哼!"

"怎么了?"

"我跟他，可不是初次见面。"

"什么?!"

"那一年，就是他带着人抄了我们家的!"

后晋天福四年五月某日。阴天。

汴京城内麦秸巷。内廷医正高宅。

九岁的朱雀蹲在一个五尺长的冰玉碾子前，心花怒放，左看右看，不时伸手小心触摸一下。乳母王氏过来，试图牵她的手："姐儿，看了这半日，咱们该走啦。尚书爷临上朝前说了，要你回家陪他用午食呢，晚了，他老人家该着急了。"

高医正也在一旁应和："是啊，姐儿快回府去吧。反正冰玉碾子放在这里，这么沉，谁也拿不走，姐儿要看，随时再来嘛。"

朱雀扭头问道：“高大夫，这真的是从极北苦寒之地采来的玉石做的吗？”

高医正点头：“是的，一些偏僻方子的去火药，非得用这种冰玉碾子研磨药材，才能激发功效。在下为令堂调配的那蜜丸，就有好几味药材出自这碾子的功夫。”

“那……我也想用这碾子研磨药材耍。”

“改日一定请姐儿再来玩耍。今日既然尚书有命，在下可不敢留姐儿了。走，在下亲自护送姐儿回去。”

马车在距离尚书礼部侍郎[①]杜府大门一箭之地停下。车走不动了。密密层层的人群围在那里，喧哗声雷动。“这是怎么回事啊？”王氏和朱雀同时问道。

“你们先别出来，待在下过去打探一下。”坐在前面马车夫旁的高医正急忙向车厢内说道，然后跳下车，挤进了人群。

“朱雀，你别出去！朱雀！”

“我到前面去看看嘛，我又不下车。”王氏阻拦不住，朱雀已经钻出车厢，站到了车夫身旁。这个位置高高的，视线非常好。

一望之下，朱雀呆了。

她看到，自己府中的亲长老幼，正次第被人从大门口押解出来，送进门外的一辆辆囚车。他们个个披枷带锁，面色灰暗。自己的祖父尚书礼部杜侍郎已经在第一辆囚车中，现在领头被推搡出来的，正是自己的父亲和母亲。几个军将骑马守在门外，指挥着那些呼喝奔跑的士兵完成抄家任务。

朱雀只看清了距离大门最远，却离自己最近的那个军将的脸。那是一张干净、冷峻的少年脸，看起来只有十七八岁。那张脸的主人骑在马上，精神抖擞，英气勃发。可是，他干的却是世界上

---

① 因当时尚书多为虚衔，与六部职司分离，而六部实际长官多以侍郎充任，故有“尚书某部侍郎”的说法。

最邪恶、最无耻的事情，他带人毁灭了她的家园！

朱雀脸色煞白，张口结舌，说不出一句话来。

高医正急急忙忙拨开人群挤回来：“走！走！掉转马头，快走！快走！”

朱雀被乳母王氏强行抱进车厢，车辆掉头，疾驰而去。朱雀在王氏怀里死命挣扎，手指着身后家宅的方向：“啊！啊！啊！……”王氏忙捂住她的嘴，泪水直落：“我知道，我知道！不要说话，姐儿，不要说话！”

内廷医正高宅。深夜。高医正与妻子在商议。

“……于今之计，杜家小姐儿怕是只有两种地方可以藏身了。”

“哪两种地方？”

“一是极偏远的乡间，另一种，只能是深宅大院。”

“极偏远的乡间，匪患横行，难保平安，还是深宅大院妥当些，也不至于委屈了杜家小姐儿。”

“朝中的高门大户虽然多，可是……交给谁好呢？”

“……嗯，有一个人，应该是最妥当的。”

“谁？”

“同州节度使，符彦卿。他们符家与杜尚书有旧，他是个敢担事的，人又周到。那年他讨乌录山凯旋，官家召爹去替他瞧伤，我也跟着去了，亲眼见过他。我看他的气象与常人大不相同，杜家小姐儿交给他，咱们可以放心，也对得起杜尚书素日待咱们的恩义了。”

朱雀就这样去到符家，成了君怜的童年伙伴。那个在杜府门前驭马踟蹰的少年的脸，就此深刻地留在了她的童年噩梦中。朱雀对自己不幸身世的所有仇怨，都指向了这个少年指挥使。

君怜挨着朱雀坐下，伸手抚住她的胳膊，叹口气，轻声道：“朱雀，他当年不过一个小小的指挥使，只能奉命行事。拿你全家、杀你全家的人，是与你祖父有嫌隙的小人，是下达命令的前朝官家，与他何干呢？”

“哼，耀武扬威，飞扬跋扈，拿着鸡毛当令箭，亲手教人家破人亡，怎能说与他无干？”朱雀怒道。

“朱雀，你的痛苦，我完全明白。”君怜低声道，“换了我是你，也难免一时迁怒于他。”

“你不可能完全明白。”朱雀冷然道。

“我可以。”

“……君怜，我问你，我叫什么名字？”

“啊？”

“我叫什么名、什么字？”

“……你嘛，姓杜名榷；表字嘛……朱雀是你的闺名、乳名，却不是表字。”

“你答对了一半。榷也不是我的名。”

“……怎么呢？”

朱雀陷入回忆，微微扬头：“那时候，我很快就要满十岁了。有一天，祖父将我叫到他的书房里，告诉我他已经替我想好了一个美名，写在一张纸笺上。可是他将纸笺藏起来，我想看，他不给。他说，再过两个月就是我的十岁生辰，他绞尽脑汁，想了十个晚上，才想到了这个美名送我做礼物，所以一定要等到我生辰那天给他们磕了头、吃了面，才会将这个谜底揭晓。没想到，半个月后，我家突罹大难，我……再也不可能得到自己的名了。”

“……那么，你第一次到我家来，告诉我你叫杜榷，这个名，是你替自己起的？”

“对。‘朱雀’是我从自己的家族那里得到的唯一命名。我只能用‘雀’这个音[1]，替自己找一个字作为名。”

---

① 据《唐韵》《广韵》等，“雀”“榷”在当时并不完全同音，本书此处依今音行文。榷，渡水的横木。

君怜心中一酸，握住了朱雀的手："朱雀，你愿不愿我赠你一个字号？我一定绞尽脑汁，花费一个月去想，想个极美、极好的。"

"……日后再说吧。"朱雀忽然换了一副淡淡的语气，"无名、无字、无号，也挺好的。人在这世间，原本就是一无所有的。"

君怜苦笑道："要真能这么豁达，就好了。你瞧瞧我现在，不比你……"她说不下去了，端起桌上的一盏汤水来。

"别喝！"朱雀立刻冷冷地说。

君怜惊讶地看着她，然后扫了一眼桌上的瓶瓶罐罐，忽然惊觉。

"你到底在做什么？"君怜沉下脸来。

"有什么药，无色，无臭，无味……"朱雀继续调弄着自己的各种材料，慢条斯理道，"可是人不知不觉喝下去之后……"

"朱雀！"君怜意识到她不是在开玩笑，"你要下毒？！你疯了吗？我不许你伤他！"

"我没疯，你才疯了。"朱雀以嘲笑的眼神看着她，"你不过认识他三两天，就为他疯了。"

君怜真的动了怒："你胡说什么？你一个堂堂尚书之后，怎能背地里使阴招害人？"

朱雀毫不示弱地盯着她："我何尝使了阴招？是你自己关心太过吧？何况，哪条王法规定我，见了仇家不能报仇？下毒，就是我自己的报仇方式。"

君怜噌地站起身："你若想伤他，得先过我这一关。伤了我性命，你再伤他。"

朱雀仍旧坐在那里，冷冷地审视她，半晌，鼻子里哼了一声："翚娘，你我是什么交情，今日你竟然为了一个男子跟我翻脸？"

君怜收敛着怒气："榷娘，他不是'一个男子'，他是'那个男子'。"

"哪个男子？"朱雀不屑地问。

“吊民伐罪，周发殷汤。”君怜柔缓了语气，“榷娘，他是可以做很多好事、很多大事的人。过去的事已经过去了，又不是他的错失，你现在急急忙忙地想要杀他，有什么用呢？”

朱雀默然片刻。

“……我知道，你一直胸怀大志。”她换了副淡漠的语气，“你想把宝押在他身上？”

君怜恳切道：“他是我的义兄，又救了我性命，不提什么押宝不押宝的话，你可否看在我的颜面上，算他一个功过相抵，放过他呢？”

“哼！”朱雀冷笑道，“我看你是真的疯了。”

君怜听她语气，知道危机已经解除，欢喜地重新坐到朱雀身边：“那咱们说好了，你永远都不可以伤他！”

朱雀翻了一个白眼：“我若真打算下手，还会坐在这里犹豫吗？”

君怜惊喜道：“原来你只是吓唬我的？”

朱雀瞥她一眼：“我吓唬你做什么？我没有即刻下手，是因为我算了算命数。”

“什么命数？”

“嘿，我算来算去，他都不可能死在我的手里。”

君怜长出了一口气：“那太好了，从此以后，咱们可以……”

“少来。”朱雀斩钉截铁道，“你想让我给他好脸，那可不能够。”

君怜不再恋战：“好吧，咱们不说郭家哥哥了。你出去这么长时间，就没有什么东西带给我吗？”

八　无量寿经

“有。”朱雀起身，从旁边的书桌上拿过来一本蓝皮小书册。

“西蜀诸人的长短句，纤秾绮丽，真是越来越让人看不下去了。这次访到的好些的，我都替你抄在这里。欧阳炯有一首《三字令》，韵调颇为别致。”她翻着指给君怜看，“‘春欲尽，日迟迟’，‘人不在，燕空归’。还有一首《渔父》，意境略类柳柳州，却比柳柳州更有道气，我早已能背诵。……牛希济这次抄到四首，其中的《生查子》，是这两句好：‘春山烟欲收，天澹星稀小。’……江南[①]的李皇帝也有几首，舞榭歌台的，坊间传得很热，也一并抄在这里了。”

君怜看着书出了一回神：“这几日，我总想起上次你抄回来那首鹿虔扆的《临江仙》：‘烟月不知人事改，夜阑还照深宫。藕花相向野塘中。’——朱雀，人事已改，咱们怕是回不去了。”

朱雀不以为然：“回不去能怎样？回得去又如何？道祖老君说，吾所以有大患者，为吾有身。及吾无身，吾有何患？——你也是想太多。”

“你说得对。”君怜自嘲道，“佛经上说，一切诸佛，乘如实道来成正觉，故此叫作‘如来’。又说，去而不去，不去而去，乃为妙去，故作‘如去’。此番我家破人亡，没能如诸佛安稳而来，

---

① 江南：指南唐，建都金陵（今南京），其时唐主为李璟，字伯玉。

倒是去而不去，不去而去，似乎足证一番‘如去’之善了……”

俩人正说着，承璋轻轻走进来，向君怜行个便礼，双手捧出一个折册，赔笑道：“姐儿，有人托我给你呈上这个。”君怜接过来，见封面是几个工楷的墨字：佛说无量寿经。

真是说佛陀，佛陀到。

朱雀抢过来看，一面问承璋：“这是谁献的宝？”

“回榷娘子的话，还能有谁？廷献呗。”承璋笑道，“就在下房里窝着抄了两天。这么多字，我看着就头大，真不知他是怎么抄完的。”

“这可奇了，他抄的，为何他自己不来献宝，倒要教你来代献？”朱雀不解道。

承璋看君怜一眼，欲言又止。

朱雀道：“廷献又惹你们主子生气了？”

承璋笑道：“没有没有，他比榷娘子你离开河中还早，前日才刚回来，哪能那么快就犯事。”

朱雀也笑了起来：“你倒舍得用‘犯事’这两个字！你也不想想，打小，你们俩究竟谁犯的事多！对了，上次廷献犯的什么事来着，罪名我没记住，我就记着他自己跑去抄了篇《八大人觉经》，那个倒是不长。”

承璋偷伺君怜的脸色，向朱雀道：“嘿嘿，我也不记得了。”

君怜不理他俩，将折册拿过来打开，细细读了起来。

圆光流转。梵音如磬。

君怜沉浸在《佛说无量寿经》的世界里。

“……光颜巍巍，威神无极……日月摩尼，珠光焰耀，皆悉隐蔽，犹如聚墨……一切恐惧，为作大安……十方来生，心悦清净，已至我国，快乐安隐……”

室内长久地安静下来。

朱雀轻声问承璋：“廷献人呢？”

承璋答："在外面站着呢。"

朱雀踱出来，远远看着廊下人，似笑非笑地拖长了声音道："哼，真是王孙已居歆，役夫尚嗷嗷[①]。廷献，看来你家主子是真打算累死你呢。"

廷献抬头见是朱雀，忙伏身下拜，恭敬礼道："権娘子，你回来了。"

朱雀啧啧摇头："得了，快起来吧。抄经抄得手抽筋了没有？再这么一跪一起的，别连腿也抽筋了。廷献，我真是不明白，你为人这么勤谨，礼数这么周到，比承璋那厮不知要妥帖多少倍，你主子为何老是对你不满意，老是挑三拣四的？不如你跟了我吧，我保证比你主子待你好一百倍。"

廷献垂头道："権娘子真会说笑。"

此时君怜也走了出来，含笑道："廷献，你别听她的。'发愿于彼，力精所欲。''忍力成就，不计众苦。'……你且下去，掌灯之后你来，向我细细回报国公府那边的事情。"

一脸倦容的廷献终于露出了笑意："喏。"

河中城外，大汉平叛军行营。

天高云淡。远处，大军正在撤营。车马罗陈，有士卒整衣集结，有士卒往来奔走。

撤营的杂声只是背景，距离营房一里之外，竟是难得的清静。隐隐传来远处野塘中的阵阵蛙鸣。

郭枢密与君贵在杂草地上缓缓步行。两人的十数名亲随，各自列了松散的队形，隔着两丈远跟在后面。

这个距离，是一种默契。枢密使与大将军有体己话要说时，

① 居歆：语出《诗·大雅·生民》，安然享用之义。嗷嗷：语出《诗经·小雅·鸿雁》，哀号，此处取饥饿而嗷嗷待哺之义。

往往会下达一个手势，亲随们根据这个手势的强烈程度，通常都能准确地判断出自己应该保持的距离：有些话只是父子俩私下讨论军情，手势很轻微，那么离近点也不要紧；有些话与他们郭家内务有关，手的摆动幅度中等，那么需要稍微离得远些；还有的时候，郭枢密的手连连往外挥两下，眼神也很深沉，那就不知道他们要说什么了，最好是落在两丈之外。

今天，郭枢密将手有力地挥动了两下，可是，走在草地上的父子俩一直没有说话。

君贵能够感觉出来，父亲对于自己在上次军事会议上的表现不大满意，不过父亲没有明言。父亲不明言，自己有些话也就不好说。年岁渐长，身份渐尊，可是父子之间反而不如从前那么无话不谈了，不知不觉间，似乎有了些许隔阂。

良久，君贵开了口："此次护送符家妹妹去兖州，父亲有什么话要嘱咐我吗?"

"没什么特别的。你办事稳当，该说什么，该做什么，该留神什么，原本无须我来交代。符魏公是什么人，你将他女儿从杀身之祸中抢救出来，又亲自送还给他，他岂能不发自内心地感激咱们父子待他的情分？郭氏与符氏的交谊添笃，那也不必说了。"

"儿子明白……儿子不在父亲身侧，父亲千万保重贵体，不要过于操劳。"

"这也无须你来提醒。你继母派来的使女天天守着我，从早到晚，四五样进补的东西逼着我吃。还不如原来你庶母董氏跟着我时，倒能少吃两样。"

君贵不由笑道："张孃孃心细，连我这边也命儿子媳妇支派了一个使女来。我回说以前杨孃孃在时，已经派过一个，不必再添，张孃孃也不容我反驳。"

郭枢密叹了一口气："京中那么一大家子要她打理，她还能抽出心神来记挂咱们爷儿俩，也真是难为她了。你董小孃新诞了五妹，正需好生调理，一时却帮不上她什么忙。”

其时，郭威府中有一妻一妾。柴昭仪病故次年，郭威娶了汴京杨氏为继室。杨氏兢兢业业养育着柴昭仪留下的荣哥儿和三妹鹂娘，自己也诞下了四妹鹭娘和次子青哥儿一双儿女。彼时荣哥儿居长，见家境困难，还曾跟随乡人外出贩卖茶叶补贴家用。君贵与杨氏相处了三年余，十五岁要被郭威带到军中时，杨氏拉着他的手直送到河梁，哭泣难舍。君贵二十岁那年，由郭威安排、杨氏操持，替他娶了同军的刘都虞候之女梅娘为妻。次年，郭威父子随刘知远出镇太原，杨氏病故。又次年，郭威在太原再娶张氏为继室，如今家中的第三子意哥儿便是张氏所出。本朝高祖称帝那年，郭威随高祖路过洛阳，想起杨氏生前曾再三褒赞的一个贤德乡妹董氏就在此城中。郭威命人寻访，恰好彼时董氏寡居，郭威便以礼纳她为妾。

郭威长念与英娘的旧情，对所有继室，并不要求先前的子女呼之为母，而是以口语化的“孃孃”相称，以此保留母亲在他们各自心目中的位置。同时，也是为英娘保留了在自己心目中的唯一位置。后来杨氏去世，鹭娘和青哥儿对继母张氏的称呼便也循从此例。

君贵见父亲牵挂家里，便试探道：“儿子送完符家妹妹回来，或许父亲还在永兴与凤翔讨逆，父亲是否要我先行返京一趟，去看望两位孃孃及弟、妹、从弟们?”

“不必。”郭威断然道，“你送罢君怜，就速速回到我的身边。家中诸事自有她们两个及梅娘料理，何须担忧？将来的事，待你返回，爹想尽快与你商议对策。”

君贵心头一热。在过往十几年的军旅生涯中，父亲曾经无数次地明示或者暗示，要自己站到他的身边去，可是却没有哪一次，像今日这般让他心中五味杂陈。

“父亲，那日军前会议，儿子不该……”他艰难地说。

郭威抬起右手制止："不必多言，你性如烈火，爹知道。"

君贵的眼圈红了："让爹为难，绝不是儿子的本意。"

郭威叹了口气："荣哥儿，这几日，我老是想起你的母亲……有些事情，我也不知道该怎么办才好，我希望她能告诉我……"

君贵的泪水滑落，又悄悄抹去。郭威余光中见到这一幕，心中一阵难过，却不动声色。

默然片刻，郭威道："儿子，爹给你讲件有意思的事。清泰年间，镇州的秘琼杀了节度使董温琪全家，董温琪在任上贪积的巨万资财，全都被秘琼夺为已有。过了没多久，石氏入汴建鼎，强行调秘琼到齐州做防御使。当时的天雄军节度使范延光半路截杀了秘琼全家，将秘琼劫夺董温琪的那笔财宝，加上秘琼自己积攒的一应金宝、侍姬全都据为己有。范延光原本就贪残，家中积财颇厚，有了董温琪和秘琼的钱，身家翻了两三番不止。后来，范延光自己就依据邺都叛乱了。于是河阳的杨光远受命去平范氏的叛……"

郭威忽然停顿下来，眯起了眼睛："杨光远平邺，爹就是在那年邂逅你母亲的……"

"是吗？"君贵的眼神一亮。

"对。后来你母亲告诉我，她无意中听到了我对范、杨二人的评价，与她心中的想法一致，所以她就决定跟随我……"郭威叹口气，立刻又摇摇头，"说远了，说远了，今天咱们不说这些，还是说回那笔雪球一般越滚越多的财宝吧。范延光被杨光远围攻得没办法，就向朝廷请降，得到了保证不死的铁券丹书。可是杨光远一来惦记着范延光的财物，二来怕以后遭到报复，就不顾朝命，私自溺杀了范延光，将范氏的钱物和姬仆全数夺了过去。这样，加上他自己不停搜刮得来的财富，杨光远就成了当时最奢侈、最僭越的藩主。据说他受勋赴任的时候，仆从姬妾的马队超过了一千骑之数。"

“啊？”

“不可思议，是不是？这还只是够格骑在马上的人数。再后来，曾经平定范延光之乱的杨光远却效法范延光，在青州举起了反旗。这回，你知道是谁去平定的了吧？”

“杨光远……啊，李守贞？！”

郭威点头：“对！李守贞。李氏平定杨光远，就得到了从董温琪、秘琼、范延光、杨光远手中一路传递下来的全部财产。李氏自己在河中又多行刻剥，所以，他的财富，应该是一个大得惊人的数目。也因此，这次他才敢走范延光、杨光远他们的老路，挑头举起叛旗。”

君贵忽然有所警觉，沉默片刻，谨慎地说道：“此次平定李守贞，是爹挂的帅……”

郭威意味深长地看着儿子：“所以，现在你明白为何我命王峻、王殷等去接收河中的牙库了？军中人人都知道，李守贞的资财，是官家指派的王监军他们经手接管的。他们怎么报给我，我就怎么听着，数目对得上对不上，但凡有人追究，自有王监军去应答。他孝敬我的那部分物事，你知道的，我一样没留，全都赏给了牙军的亲近将校。”

“那么将来对永兴的赵思绾、凤翔的王景崇，爹也要如此处置吗？”

郭威鼻子里一笑：“大哥儿啊，赵思绾、王景崇，这都是不足挂齿的小人物，如何对付他们，不是需要过多费神的事情；便是王峻、王殷之辈，今日也不值得你耿耿于怀……”他看着儿子，压低了声音，“现下最头疼的，其实只有一个人。”

“谁？”

“官家。”

君贵一惊，无声地看着父亲。郭威目光灼灼回视儿子，缓缓点了点头。

“我总执兵柄，朝野不知有多少人衔恨忌惮。杨邠、苏逢吉、史弘肇与我同为顾命大臣，却各怀心思，整日在御前争吵不休。小皇帝为人轻佻，专宠谀臣，便对太后也是阳奉阴违。他若听信别人挑唆，或许很快就会削藩。而咱们，就是他削藩的工具。届时，只怕所有的矛头都会转向咱们父子……”

君贵沉默，面色凝重。

“你此去兖州，知道该怎么做了吧？”

“知道。善结名藩，以备远患。”

“你能想到这一步，就对了。”郭威神情严肃，“你想整军，爹也想整军，可现在还没到整军的时候。该忍的，天上就是掉刀子，你也得给我忍住。”

君贵看着父亲，低声道：“喏。”

“至于那些不该忍、不必忍的……”郭威目光凌厉，“君贵，爹最锋利的宝剑，就着落在你的身上了。”

君贵热血沸腾，肃然答道：“是，儿子明白。”

九　左厢右厢

大汉左监门卫大将军行帐。

君贵与亲随正在议事。君贵全身轻装，端居上首。身前两列轻装军将亦分左右肃穆而坐，俨然一个小型的郭枢密中军帐。

大军即将开拔，这是最后的行帐会议。

“……留一百精锐给我即可。其余的遵枢密令，暂归张左厢永德和李右厢重进指挥。孙璘、季飞卫，散了会，你们就领队过去，分别向两位指挥报到。”

孙璘显然不太赞成主官的安排：“可是大将军，此去兖州路途遥远，你们又取道北线，路上未必太平。若是大将军领兵疾行也就罢了，如今带着女眷车辆，一百军士只怕是太少了，怎么也得两百人啊。”

“一百人够了，有曹瀚和林远他们跟着我，不必担心。咱们牙军的人马，必须首先保证在枢密驾前听用。”

众将点头称是。孙璘不再坚持。

“曹瀚，符娘子那边的行装都收拾好了吗？”

曹瀚一礼：“卑职今日一早已经着人去帮着打点，他们行箧原本不多，现下全都装车待发了。”

君贵点头。

“张美，这一百来人的粮草物资，都齐备了吗？”

张美也一礼：“十车粮草什物，全部装齐待发。”

“带着你的人押着这些车辆，照咱们之前拟定的路线，即刻出发。”

“喏。”

君贵站起身：“我没什么要说的了。你们都知道自己该做什么、不该做什么，各自尽心吧。撤帐。”众将全部起身，应喏行礼，转身离去。

君贵向孙璘和季飞卫二人使个眼色。二人快步来到他身边：“大将军。”

“我有三句话嘱咐你们。”君贵低声道，“第一，看好咱们自己的人。牙军与禁军习性迥异，无论是有人闹事，还是有人学坏，都不是我愿意看到的。”

“是，大将军放心。”

“第二，归张左厢和李右厢指挥就如同归我指挥，他们的军令，你们执行起来尤其要坚决。”

“是，卑职明白。”

“第三，枢密身边那几个人的言行，你们只需替我留心即可，不要发生冲突。”

“是，大将军放心，卑职完全明白。”

“去吧。”

军卒已经开始撤帐。君贵正要往帐外走，一个人却掀开帐门进来了，朗声道：“荣兄，还好你在这里。”

锦袍幞头，长身轻步，是妹夫禁军左厢五军指挥使、领东头供奉官张永德。

君贵一向喜欢这个温文尔雅的少年，见他来找自己，便笑道：“抱一，大军立时开拔，你不去父亲跟前候着，跑我这儿来做什么？”

永德亦笑道：“自然是有事要求内兄帮忙。”

君贵引永德向帐外走，一边奇道：“哦？说说看。”

永德从怀中掏出一个布囊，又从布囊里取出一只瓷瓶，向君贵道：“家父素有湿痹顽疾，久治不愈。听闻河中郡有名医善疗此疾，愚弟自来到此地后便多方打探，总是未果。不想昨日却机缘巧合，从另一位世代名医那里得了这瓶药丸。荣兄此去兖州，想必会掠魏博、齐州、兖州三州之交界而过。家父这一向在齐州乡间养病，距离三州交界处的驿馆也不很远，不知兄长可否差人替愚弟将此药捎与家父？”

君贵接过瓷瓶，上下打量着抱一，笑道：“都说张家二郎是纯孝之人，今日我可算见识了。你若是生在两汉，倒不必求恩荫，直接举孝廉，也可做得大官。”

永德笑道：“不过一瓶药丸，内兄何必笑话我？”

君贵温和道：“我哪里是笑话你？孝乃百行之先，愚兄自知多有不足，原该向你请教。还是爹眼光厉害，我四妹妹嫁了你，果然不屈她素日抱负。”

四妹鹭娘是杨氏所生，她出生时，君贵尚未从军，与这个妹子及柴昭仪所生的三妹鹂娘，曾有几年在邢州家中共处的时光，比之别的弟妹，感情尤为不同。如今三妹早夭，君贵对四妹的夫婿自然会格外留意。

张永德素知他兄妹要好，听他将话题一下子从药丸跳到了妹子，忙笑道：“四姐儿在我跟前，成天荣哥哥三个字不离口，内兄你就是她最大的靠山，比岳丈还管用。故此，旁人便借我一百个胆子，我也绝不敢委屈了她！”

去年四妹出嫁时只有十四岁，言行尚不脱小女儿形状，君贵听张永德这么一说，不由笑道：“这丫头，怎么能拿我来吓唬自己夫婿呢！”

说话间，两人已经走到栉列待发的辎重车附近。君贵从张永德手中要过布囊，将瓷瓶放回。永德说：“家父住处地址与药丸的服用之法，愚弟已经写好放在囊中了，届时荣兄提醒送药的人一声。”

君贵道："抱一放心，这药我亲自去送，忘不了。"

永德眼中闪过一丝惊讶之色，稍顿，便要撩袍下拜。君贵忙拽住他："得啦，替世叔送药不过是举手之劳，郭张两家原本世交，你我又是姻亲兄弟，何须这些繁文缛节？"永德这才点头作罢。

君贵因又问道："此番我去兖州，手下牙兵多半都转归你和李三哥节制，他们可曾去向你报到了？"

永德道："孙璘带了两个军来，我已命他将队伍编入前军，再过两刻，听枢密号令，先遣出发。"

"李三哥那边的情况呢？"

"这个……愚弟就不清楚了。"张永德为难地说，"内兄知道，李三哥不大爱跟人说话，我与他也素无军情往来。"

君贵面无表情地看着他："孙璘跟季飞卫是同时出发的，你的营帐比李三哥的营帐离我近，季飞卫去找李三哥，难道没有从你那里经过？你的营帐撤得早，四面通透，你难道看不见？我素日是怎么教你的，做一个统军的将领，该不该眼观六路、耳听八方？"

永德不意君贵忽然严厉，当下脸一红，有些语塞："荣兄……"

"倘若今天孙、季两军不是划归你和李三哥辖制，而是划归王监军辖制呢？你也这么大大咧咧不关心吗？还是你早已安排了人，稍后会将整编情况向你回报？"

永德赧然垂目道："荣兄，我知道了。我这就去找李三哥问。"

"不必了。"君贵道，"我说的，不只是今天的事。你在父亲跟前学了这几年，该有的器局要早自具备。……另外，趁着此次牙军混营，你手下那五军禁兵，今后该怎么改造汰练，你自己要好好琢磨。行了，你从速回去吧，父亲少时就会找你。三哥那边，我自去查看。"

君贵一面说，张永德就一面点头。等他说完，永德揖道："荣兄教训得是，愚弟明白了。”君贵看着他谦恭的样子，忽然扑哧一笑，搡他一拳道：“你呀，不仅真孝，还真悌，我要是你的亲兄长，不知会有多受用。唉，可惜我京中那两个兄弟，都是不足十岁的顽童，比你可差太远了。”

张永德走后，君贵径向李重进营房而去。李重进所部诸军早已全部整备完毕，正在原地歇息待命。见君贵过来，李重进从胡床[1]上站起身。季飞卫远远见到，也忙向这边跑来。

李重进军阶比君贵低好几级，先施一礼：“大将军。”君贵忙还礼：“三哥。”他既然叫三哥，说明他来不是传达军令或者交代正经军事的，李重进便也不再多礼，等着他发话。

对李重进，君贵就不能像对张永德那样随随便便开口指点了。彼时重进从军已近八年，立过不少战功，是员经验丰富的宿将。因为郭威始终在先帝刘知远和新君刘承祐面前保持一种逊让姿态，重进的军阶一直升得很缓慢，甚至尚在从戎未久的张永德之下，这不能不让他感到郁闷。虽然他从未在公开场合表达过不满，但从他对表弟君贵的态度上，明眼人多少可以察觉一些端倪。

对此，君贵自己当然更是心里雪亮。

“三哥，飞卫年轻，他所部两军在愚弟麾下也缺少教练，此番归入三哥辖制，倘若他们有什么不妥当的地方，还请三哥看我颜面上，及时拨正为好。”君贵客客气气地说。

“嘿，贤弟说笑了。”李重进淡淡道，“你训练的亲兵，怎么可能缺少教练？倒是我原辖的这些禁军，该向季指挥多学学才是。”

君贵向季飞卫看了一眼。季飞卫忙向李重进揖道：“李右厢说哪里话来？李右厢素来威猛善战，军中弟兄们都很敬仰。在下有幸跟随李右厢，只怕要学的太多，每日的时间不够。”

---

① 胡床：类似于现在的交椅、马扎，有型号和具体形制差异。

李重进一笑，向君贵道："此番我将他们分作五部，混编入我原来的五军中。每部一名指挥，五名指挥横向听从各军首号令，负责行军监督与阵后操练。作战时，五部合为一部，纵向还听季指挥辖制。"

君贵见他一下子猜到自己来意，又解答了自己关切的问题，心下佩服，笑道："三哥通透，愚弟可不知该说什么了。"

李重进道："你的人马交给我，我不会亏待他们的。"

君贵看看季飞卫，以一种轻松的语气向李重进道："他们若不听号令，任由三哥收拾。"

这当儿，只见曹瀚飞奔而来，到了君贵跟前匆匆一礼："大将军，符娘子主从几人已经接过来了。"

君贵点点头，向重进一礼："如此便有劳三哥，愚弟告辞。"

当下在场几人相互礼过，君贵匆匆离去。重进看着君贵的背影，静静地出了片刻神。

君贵扎营之地。

营帐早已收好不见。地上除了因经年被帐幕遮挡不见阳光而枯萎的草痕，片纸皆无。

君怜与朱雀便站在这片草痕中，各自戴着一顶浅色的帷帽，薄纱面帘从帷帽宽宽的边沿直垂到脖颈处。所有的符府仆从围在她们身边，静静等待。

见君贵过来，君怜便将面帘掀起挂在帽檐边，露出面目来向他微微一福："荣哥哥。"

君贵回她一礼："翚妹妹来了。"又将眼光向朱雀一扫。朱雀在面纱中瞧得清楚，却把眼睛转向一旁，只当没看见。

君怜忙道："荣哥哥，容我介绍，这是我的义姊榷娘。"又转脸向朱雀，微笑着，却带着点旁人不易察觉的强硬，一字一句道，"榷娘，这是我的义兄郭大公子。"

君贵向朱雀一揖："権娘子，幸会。"朱雀无奈，便在帷帽中微微一低头，算是答了礼。君贵早知她古怪，当下也不计较，对君怜说："走吧，我领妹妹去向父亲辞行。"

中军所在处，郭威站在一匹高头大马旁，身边扈从整齐而列。

君贵领着君怜一路走来，身后几个军校相随。

君怜走到郭威近前，伏身下拜，依依惜别："父亲，连日多蒙照拂，女儿今日就要别过了，万望父亲珍重贵体。女儿返家后，必定日日为父亲祷祝，唯愿父亲椿龄鹤寿，福运绵永。"

郭威将她搀起，温言道："回去见了符公和夫人，千万替我问候一声。待我返京后，符公若入汴朝阙，一定到我府里来坐坐，我们老哥儿俩好好叙叙。"

君怜连声答应，红着眼圈退到一旁。

君贵便也上来拜别。郭威笑道："去吧，我没什么话了。将你妹妹安全交还给她爹，比什么都重要。"君贵忙应喏。

郭枢密翻身上马，向身旁的军校吩咐道："传令全军，开拔。"

军校得令，擎着一面红色的小令旗飞奔而去，一路大声呼喝："全军开拔！全军开拔！全军开拔！……"

车辚辚，马萧萧。络绎星轺。振缨看吴刀。

一〇　趵跃于途

郊野。年久失修、坑洼不平的官道。官道之外是苍莽的野草荒原。

远远几处零散人家，炊烟直上。金乌在西。

一长队人马以较快的速度在官道上迤逦前行。这是一支混编的队伍，步军如虎，马军如龙，队伍中央还有两辆马车，或许可比作鹰窠。

车中的坐客自然并不是鹰隼。头一辆车中坐着君怜、朱雀、唐氏和朱雀的使女五两。朱雀早撩开一角窗帘往外看了半晌，此时放下窗帘，叹口气，将身子向后一靠，闭目不语了。君怜瞧她一眼，也不言语，学她闭了眼睛养神。后一辆车中坐着君贵的两个使女远山、秋池，以及采儿等三个符府旧从。来自路面的颠簸传到了车辆中的每一个人身上，大家都有些不舒服，却又勉力忍耐。

陈廷献与范承璋骑马分别扈从在君怜头车两侧，另有几名马军军校，也在两车左近护卫。

一匹快马从队伍的前方驰回，到头车处勒停，转辔。陈廷献忙迎上去礼道："敢问军使，可是来传大将军钧令的吗？"

那军使点头道："大将军命我传语符娘子，前方五里便是今日扎营处。他自在那边等着，请符娘子不必着急，安心过去。"廷献揖礼称谢，那军使在马上施个便礼，匆匆向着来路而去。

当下廷献隔着窗帘唤道：“姐儿。”

君怜掀开窗帘，露出半张脸：“不必说了，我听见了。”

廷献笑道：“今日歇宿倒早，想来是因连日赶路辛苦，大将军有意让姐儿们多休息些时候。”

君怜点点头，因问道：“咱们这是到哪里了？”

廷献答：“依小人看，大约快到相州地界了。”

朱雀在车中哼了一声：“每日紧赶慢赶，这才多少天工夫，就到了相州地界？车子颠簸得像筛糠一样！咱们又不是他的兵士，随他摆布。”

君怜听她发君贵的牢骚，心下暗笑，却又忍住了，另抻出一个话茬来：“哎，我听说相州境内有一座大大的万佛寺，里面佛像林立，千姿百态，多由白石雕琢而成。咱们跟郭公子说说，顺道去看看可好？”

朱雀虽然曾经四处云游，倒没造访过万佛寺，便答道：“那也未尝不可。不过，不知此间还有没有清雅的道观，也值得咱们访一访的？”

廷献道：“小道观自然有，现存的大道观似乎不多。听说中唐时期，曾经有李家公主在此间的道观寄名，可惜两百年乱离，早被战火烧光了。”

君怜点头。

廷献又道：“对了，听说临漳有魏武帝和建安诸子曾经燕饮歌赋的铜雀台，虽是遗迹，仍可推想昔年楼阙嵯峨的景象。两位姐儿若有兴致，倒是该去那里看看。”

君怜道：“嗯。‘欣群才之来萃兮，协飞熊之吉梦’，的确值得一访。”

朱雀撇嘴道：“哼，‘东风不与周郎便，铜雀春深锁二乔’，有什么好访的？”

承璋在马上听得真切，不由扑哧一笑。廷献也忍俊不禁，将脸背向车窗偷偷一乐。

君怜不动声色放下窗帘，转头看着朱雀。朱雀也板着脸看她。两人互瞪片刻，忽然绷不住，齐齐笑将起来。

未几到了一处前望溪流、背倚山坡的半开阔处。车辆停毂，君怜众人下得车来，见四围早有先到的兵士扎营警戒，埋锅造饭。

君贵早已等在此地，此时便几步过来，笑道：“犟妹妹一路辛苦，今日咱们早些扎营。翌日旦明出发，一鼓作气赶到相州城，妹妹就可在衙署借宿一晚，比营地总归舒适便当些。”

因当着朱雀，君怜不愿显得自己与君贵过于亲厚，便客气笑道：“有劳兄长筹划。”

四下渐有薄暮之色。山风吹过，衣袂鼓荡。君贵见她二人只披了轻袍，也没有将风帽兜起，忙道：“此处风乱，你们的营帐已经扎好，我带妹妹过去。”又向君怜身后的朱雀看了一眼，“榷娘子也请一同前往。”此时朱雀离君贵很近，原本呆着脸看向别处，不意他突然向自己发话，不自在地向后退了一步，垂目答道：“你们且去，我自会跟着。”

君贵心下纳罕，欲言又止，一路领着众人去了营地中央的一顶大帐。当下用了晚餐，各自安歇。君贵照例在君怜帐外加派了多名军士轮班值岗，一夜无话。

次日起来，朱雀叫五两替自己拿出了男子衣衫穿上。君怜奇道：“你这是要做什么？”

朱雀道：“今日你义兄还不知要如何催策马匹赶路呢，我不坐车了，我要骑马。”

君怜道：“骑马？好啊。马在哪儿呢？”

朱雀道：“叫你义兄拨两匹给咱们呀。你也别坐车了，跟我一起骑马吧。”

君怜将脸转向一旁：“那是人家马军的脚力。咱们占了几匹，就得有几名马军变步军，影响人家的军务。”

朱雀道：“嘁，你少唬我，又不是打仗，谁说马军就不能下来走走路、松松筋骨了？何况，马军都有备用的马匹，又不是一人只有一马。我爹爹当年就在马军司做都虞候，这点道理我还是懂的。”

君怜道：“那你自己去跟郭公子说。”

朱雀撇嘴道：“他是你的义兄，又不是我的义兄，自然是你去说妥当。”

君怜道：“我不管。你平素不理人家，这时候想借人家的马来骑，还不该给人家一个好脸吗？”

朱雀恼火道：“哼，些许小事，你何至于如此回护他？我不骑了！”

君怜不理她，自己披了轻袍步出帐门。只见天边几缕朝霞灿然，显见得将是一个晴好天气，倒正适宜骑马在途。

廷献与承璋正立在帐外闲聊，见君怜出来，忙过来问安。君怜道：“承璋，你去大将军那里瞧瞧他是否有闲，若有闲你便来回我，我过去找他。”

承璋领命而去。不多时回来报告：“姐儿，大将军现在忙完了，正让人撤帐呢。”君怜一听，忙对廷献道：“咱们的帐大，也要让他们快撤，大将军昨日说过要提早出发的。”廷献答应着离去安排。

君怜正要动身往君贵营帐方向去，却见君贵自己走来了，身后跟着曹瀚等三四个亲随。

当下两人互相见礼问安罢，君贵道：“羣妹妹，你的从人说你有事找我？”

君怜笑道：“荣哥哥昨日说今夜要去相州衙署借宿，那么今日是一定会赶到相州城的了？”

君贵答道：“是，抓紧时间，日落前是赶得到的，我已经安排人去打前站了。”

君怜道：“一百来人，衙署怕是容不下吧？”

君贵道：“衙署留五十人轮班守卫你们，余下的在附近的武成王庙中借宿即可。这样安排，妹妹觉得有什么问题吗？”

君怜忙摇头道：“没有，只是顺便问问。小妹另有个不情之请，哥哥且听一听，若是为难，就罢了。”

君贵道：“请讲。”

君怜道：“素闻相州城外有座万佛寺，寺中留有北朝以来的数千佛像，四方供奉甚勤，虽历逢战乱，仍不改香火鼎盛。不知，我和榷娘可否……”

君贵迟疑道：“礼拜浮图，原是美事一桩。可是车行缓慢，只怕抵达寺庙时已是暮课时间，人家关了门，外人难进了。”

君怜笑道：“不怕慢，我们都会骑马。”

君贵挑了挑眉毛：“你们会骑马？有多会骑？”

君怜道：“我以前常跟着父亲和兄长去郊猎，虽然力道差些，弯弓射箭不在行，但在马上跑大半天还是可以的。”

君贵又问：“榷娘子呢？”

君怜道：“她跟随师父出门云游时，也有骑马赶路的时候。”

君贵道：“那就好办了。我率一队马军护送你们径去万佛寺，其余的人仍按原计划行进，两不耽误。”

君怜含笑：“如此便全凭荣哥哥安排。”

当下议定，君贵这边由曹瀚精点五十名马军军使随行，君怜这边则由陈廷献、范承璋扈从护卫。至于脚力，君贵不放心假手于人，要亲自去挑选两匹脾性温驯、耐受劳苦的牝马来给君怜和朱雀骑。

君贵一离开，朱雀便从正在拆卸的营帐中走出来。君怜回头，不动声色抿住嘴看她。朱雀啧啧叹道：“一箭双雕，不战而屈人之马，犟娘子真是人物。”

君怜恨道：“你不出力，还要冷言冷语？”

朱雀道:“岂敢?我明明是在奉呈对你的景仰啊。”

君贵挑完马,让人牵着一起回来。走近发现君怜已换了骑装,英姿飒爽,朱雀也换了男装,雌雄莫辨,不由得向她俩多看上几眼,笑道:“你们这身打扮倒爽利,适合骑行。”君怜一笑。

朱雀如愿舍车换马,心下颇感得意,也跟着笑了一下。她这一笑让君贵颇感意外。君贵只觉得这榷娘子的喜怒常常出人意表,似乎的确有点仙家脾性,难以捉摸。

日上层云,数十匹快马前后相继,沿着官道疾驰而去。滚地尘土飞扬。

午后,一行人便来到临漳万佛寺左近。远远望见一片伽蓝丛林,宝殿高垣,巍峨盘纡。寺院前人流如织,山墙上香烟似雾,似乎正有一场法事在做。其时世乱民艰,各地州郡常见城郊垣墙倾圮、良田荒芜的衰败景象,不想此处却别是一般洞天福地,让人一见之下,恍然而生出离人间之感。

众人在距宝刹一里处的树林中下了马。廷献与承璋过来,替君怜和朱雀将风帽兜在头顶整理好,遮住一半面目。朱雀着男装原本就是不想要这些麻烦,被承璋好歹哄着兜了帽子,看上去又是个女眷模样了,心里不由得嫌郭荣招摇,拜庙带几十个人来做什么,弄这么大动静,倒叫人束手束脚,无法尽兴。

君贵自己及麾下军将俱是一身民间轻装,看上去不再杀气腾腾,而更像某个府宅的主仆啸聚游玩。因来礼佛,不好在人前现出刀兵,君贵令大家将长兵器都留在树林中,只在身上藏好刀匕袖箭等短兵器以防万一。于是留下五人看守马匹和兵器,其他人跟随入寺。

一众服色统一的军士将君贵与君怜、朱雀簇拥在中间,浩浩荡荡向庙门走去,引得旁边香客频繁侧目。

君怜低声道:“荣哥哥,此间是远近闻名的大兰若,来的多是虔诚香客,安全上不至于有什么大碍,带这么多随从,似乎过于张扬了吧?”

君贵摇头道：“你有所不知，像这等所谓的方外之地，人员来路最为庞杂，难免发生意外之事，还是教他们在外围遮挡一圈，方是安全。”

君怜笑道：“这几十号人，遮挡的也不止一圈两圈，难不成少时进了大殿，也要围成这样进香吗？”

君贵一怔，自己也感到了滑稽：“妹妹说的也是，他们身怀刀兵，还是不入大殿的好。”因向身边的林远、邓锦等吩咐几句，林、邓两人便各自带了十数人向两翼散开，只远远与主流呼应。君怜看得清楚，知道这还是行军布阵的章法，不由莞尔。

四围屏障减少，核心内的空气总算清爽一些，朱雀长长呼出一口气。

将近山门，众人自然而然地将小圈子合并成两三人并列的队伍。正打算迈槛而入，忽然门内一阵喧哗，就见几个胖大和尚领着几个小沙弥甩着袖子走出来。前引的小沙弥一路大声警示：“阿弥陀佛，让开让开！阿弥陀佛，让开让开！”那架势，倒与州牧郡守出巡时的衙吏喝道无异。

君贵等正待避让一旁，忽见山门外有几个香客往前一扑，抱住了居中的那个大和尚：“无垢法师，你可算出来了！”

那无垢法师高大壮硕，看上去面带几丝凶相，见人扑来，敏捷地将身子一闪。无奈三个香客同时发动，门口空间又有限，他竟没能闪开。无垢法师不耐烦道：“张施主，你究竟有何事，放开手说话。”

三个香客揪住他的僧袍不肯撒手，居中那个年长些的说道：“无垢法师，那日你从我家拿走的那尊北魏金佛，说是要回来替我开光。这都两个月了，我天天来问，总说还没有开。现下我们也不求开光了，那是先人遗物，就请法师今日赐还吧。”

无垢法师瞥他一眼，傲然道：“原来是这件事！你当佛像开光是随时都可以的吗？要等机缘！懂吧？入了佛门圣地的佛像，不开光又拿出去，显得你们多不诚心！你们对佛祖如此不敬，就不怕给自己招来灾祸吗？”

年长的香客道：“有什么灾祸，我一人承受就是。请法师今日务必赐还佛像！”

无垢法师冷笑道：“你一人承受？你承受得起吗？”

三名香客互视一眼，齐声说道：“无论什么灾祸，我们一家人都愿意承受，请法师今日务必赐还佛像！”

那法师冷笑道：“也罢，你们不敬佛，要拿，拿走便是。少时到后院去找我徒弟取。”说罢拂袖要走。

三名香客不舍，齐声追问道：“法师，我们该去找你哪个徒弟？”

“空觉。”言罢，无垢向身旁众僧使个眼色，几人合力推开三名香客，径直出了山门而去。

君怜等人面面相觑。君贵顺手拉过一名看热闹的香客问道：“这位老兄，适才那大和尚是这里的什么人？”

那香客本待要走，见发问者衣饰华丽、器宇不凡，便乐得停下来回答：“他嘛，是这里住持的师弟。”

“他这样行事，住持都不管吗？”

“管什么？保庙护寺，全靠他和他训练出来的那一帮徒弟，还勾着外头的不知什么人，住持怎么会严管他？上个月，外头的一帮流民想要侵占庙里的地产来种，就是这无垢法师带人打架打赢了抢回来的。”

君贵众人听了，愈发稀奇：“出家人公然与人打架？岂不有损这万佛寺的名声吗？”

“那倒不会。这万佛寺好几百年了，历朝历代都在修缮，佛像恁地精美，殿堂恁地壮观，没事来逛逛就挺惬意的。何况庙里菩萨多，求的签又灵验，这么大的名声，可不是一个无垢所能折损的。其实啊说穿了，万佛寺在这种时局下还能经营得这么香火鼎盛，还不是靠住持跟这无垢两人一个文一个武、一个软一个硬、一个说一个做嘛。”

君贵笑道：“兄台倒是个明白人。”放开手谢了，让他自去。

当下君贵微皱眉头看看君怜，显见得对这佛寺已没了多大兴致。君怜迎着他的眼神，淡淡笑道：“荣兄，咱们进去吧。”君贵不忍拂了她兴致，只得点点头，引君怜等进了山门。

刚过了人流最拥挤的门口，原本盯在外围的曹瀚忽然紧走两步，贴近君贵身边低声道：“大将军，适才那和尚，卑职认得。”

君贵诧异地看着曹瀚。曹瀚点头道：“他原先是禁军步军里的一个伍长，在街市上醉酒打死了几个无辜路人，依军纪肯定是要杀头的，他就跑了。卑职那年在京中与有司协商锻甲的事，与步军司打了些交道，无意中见过他几面，后来就赶上他这档子事发作。”

君贵冷笑道：“他既是这种来历，难怪做出那等事。”略一沉吟，吩咐，“你去跟着适才那几个香客，看看他们的佛像是否要回来了。”曹瀚领命，闪身迅疾离开。

一一　万佛古寺

入得寺中，更是一番壮观气象，真真金花映日，宝盖浮云，幡幢若林，梵呗动天。

弥勒殿内外簇拥了许多人，来来往往。殿前两只大铁香炉，信众轮番燃香点蜡，拥挤嘈杂。不少信众更是从殿外就开始膜拜，满面虔诚。

旁边香客在兴奋地议论："快，快拜完这个殿，里面还有几重呢。""可不，咱们赶紧挤过去把香上了，再到门口给弥勒佛磕两个头就走。大雄宝殿今日要剃度好几十个人，千万别错过了，上次我就没瞧见。"

众军士耳听着这番喧闹，环顾着这番拥挤，不知该向哪里走，齐齐看向大将军。

现在，他们这群人之间经常呈现出这样的一个视线多边形：军士看向君贵，君贵看向君怜，君怜看向朱雀。而朱雀呢，就像她的名儿所指称的鸟族神物一样，常常把眼看天。偶尔她也将视线往廷献和承璋那里扫扫，廷献和承璋再把视线带回到众人各处，这样才能勉强形成一个视线的闭合。

这次君怜自然而然地又瞥向了朱雀，这是自小养成的习惯，她对朱雀从来都是迁就和忍让的。朱雀回答她的表情传达了这样一个意思：看，我说找个偏僻的道观清静游一游吧，你非要到这种人头攒动的俗地方来。

君怜心里暗嗔一声可恶。好在，对于那些泥胎木塑，自己也没有非拜不可的心意。便对君贵道："没想到人潮拥挤竟至如此地步，那咱们不进去了，礼佛也未必拜殿啊。听闻万佛寺有数千尊北朝佛像，极是精妙，咱们不如去后面探访一番。哥哥意下如何？"

君贵原本打算命众军士替君怜吆喝出一条路来直上弥勒殿，因想起她适才说过要低调的意思，才停下来等她的态度。现下听说不拜殿了，心下顿感轻松，忙点头道："走。"

北朝崇奉佛教，临漳一带香火尤甚。万佛寺曾得北魏一位宰相供养，就此声名鹊起。宰相雅好石雕艺术，从深山中开采了大量洁白晶莹的石料运来，又延请邻近数州的数十名顶级工匠同时开凿，发愿要在人间还原一个极乐世界。这项浩大的工程一直持续了几十年时间，直到宰相去世也没有完成。宰相的子孙还继续供养了一些年头，直到家道中落，无力为继。好在庙宇格局已成，后世又小心维护，添砖加瓦，遂令盛名至今不衰。有好事者耐心数过，万佛寺石雕的大小佛像，总共超过一万躯，而稍微大些、面目身躯都清晰可辨、值得玩味的，也有数千之多。

经过历代增改扩建，万佛寺的格局与其时的大多数庙宇都不相同。在毗卢殿和大悲殿之间，有一处独立阔大的院落，悬葛垂萝，嵚崟[1]相属，暗涧流曲。居中一座轩敞的万佛堂，雕梁粉壁，松椿拂檐，画彩仙灵。在万佛堂与巨树山石之外，是两圈巨大的回廊地带。所有北朝幸存至今的石雕佛像，无论完整还是残破，都被整齐地收集起来，安放到回廊中供人瞻仰。

与外间的人潮涌动不同，回廊中一派清凉世界。因回廊不设香炉，造像繁多又容易让人迷惑，信众们到此大多匆匆浏览而过，很少祈愿膜拜、逗留不去。何况，万佛寺可去之处甚多，除

① 嵚崟（qīn yín）：山势高险的样子。

了诸殿的金身佛像和时常举办的法事道场足供观瞻，还可以去观音桥上用铜钱试击池上悬挂的铜鱼，或者到放生池看人往里面投入乌龟和游鱼，或者到菩提堂去请一些开过光的宝物带回家。这些饶有兴味的活动，可比看几百年前的灰白石头让人们开心多了。

今日因正殿有正经佛事，前来造访回廊的信众更少，倒像是事先替君贵一行清了场一般。当下军士们四散开去警戒，君贵带领二三亲随陪着君怜、朱雀沿回廊细瞻诸佛石像，逐一辨识。承璋知道廷献多识诸佛之名相，便也拉着他低声要求解说。

毗卢遮那佛、释迦如来、卢舍那佛、文殊师利、普贤菩萨、水月观音、大势至菩萨、接引佛、药师佛、弥勒佛、日光菩萨、月光菩萨、摩诃迦叶、阿难陀、广目天王、多闻天王、金刚力士……一尊尊佛像虽然历经数百年风雨汰涤，依然光相具足，端严殊特，瞻之不忍瞬目。

君贵见君怜与朱雀看得入神，便笑道："京中有座大相国寺，妹妹想必去过吧？"

君怜点头："有一年爹爹进京述职，我和榷娘也跟去了。那时候我十三四岁，已经看了几本经卷，就求爹爹带我们去了大相国寺一游。"

君贵问："比这万佛寺如何？"

君怜道："若论景致，两座梵宫不相上下，一般的须弥宝殿，辉赫丽华；一般的高林巨树，云气深锁。若论镇寺之宝，大相国寺虽然没有万躯石佛，可是陈思王曹植留下的那七宝琉璃塔，却足以以一当万，文华不输此刹。"

朱雀忽然哼了一声："依我看，大相国寺比这里好。"

众人闻言，齐齐转脸看她。

朱雀正色道："至少，没有在大相国寺的山门碰到那样恶僧。"

君贵一笑："那倒是。"因又问，"你们去游访是五六年前，应该是在前朝少帝的……开运年间吧。你们可知道，大相国寺是谁的庙产吗？”君怜摇头。朱雀却转了头，又不理他了。

君贵道：“五台山真容院有个会讲《华严经》的大和尚继颙法师，曾经多次到东京游历，与京中权贵交接甚密。晋少帝嗣位后，便将大相国寺赐给了他。本朝先帝建鼎之后，对他恩遇不改，因他俗家本姓刘，还与他连了宗，赏赐巨万。因此，大相国寺虽然在京中，一应庙产出息却归五台山真容院所有。”

君怜奇道：“如此说来，这万佛寺虽然信者甚众，却并不能与有着皇家背景的大相国寺相提并论了？”

君贵点头：“想必如此。据我看，万佛寺应该是禅院与此间乡豪的共同私产，在邺都一带虽然久负盛名，却未必与京中权贵有多少关联。今日我正好要拜望相州刺史，倒是可以问他一问。”

君怜又问：“适才荣哥哥说那位继颙法师会讲《华严经》，荣哥哥亲耳听过吗？”

君贵笑道：“没有。继颙法师的法场从来人满为患，便是为京中显贵特设的专场，也须提前多日约席。我于佛经也就是随手翻阅而已，并未认真研读，所以也不去凑那个热闹。倒是黄老经籍，我还略读了几本，也略见过几个人。”

朱雀听了这话，佯装没留意，拉着承璋往前踱开几步，预防君贵借谈经说道来跟自己攀谈。

君怜正要说话，却见曹瀚匆匆赶来，对君贵揖道：“大将军。”

君贵知他查访山门那档子事来回报，便问：“那户人家拿回金佛像了吗？”

曹瀚道：“没有。那个什么空觉，给了他们一个假的。”

“什么？！”这下子，众人全都惊讶地看着曹瀚。

曹瀚向君贵解释道：“属下去找到他们的时候，那个老者正捧着一尊佛像哭呢。原来那恶僧师徒竟然趁着这两个月的时间，找人仿制了一尊几乎一模一样的镏金铜像来。属下亲眼瞧见，那铜像的做旧工艺十分纯熟，乍一看足可乱真。”

“可是人家认得自己的东西，对吧？”

“是，那老者说，佛像上有他们自己的暗号，而且分量也不对。可是空觉当然不会承认，只说他们胡搅蛮缠，呵斥威胁一番，将他们赶出山门，便扬长而去了。”

“岂有此理！”君贵怒气上来，向诸人道，“走，跟我去，拿了这帮没脸没皮的东西，替他们释家清理清理门户！”众军士一听兴奋起来，轰然应喏。

“荣哥哥！”君怜忙叫道，“事出突然，不要莽撞的好。”

“我怕什么？”君贵道，“先拿了他们，他敢不交出原物，归还原主？”

君怜笑道：“荣哥哥要在这里审案吗？若是公堂开审，这必定是相州今年的大案了。想那恶僧跋扈也非一朝一夕，这一审，难免有别的苦主出头举告，说不定还会牵连出他们住持。如此说来，此案恐怕十天半月也审不利落。哥哥是打算自己审呢，还是打算移交给相州刺史呢？”

君贵默然。管闲事需要有闲工夫，可他现在不得闲。他须得早日将君怜送到目的地，然后返还父亲身边，帮助平叛。

“可否想个别的法子，既帮了那老者，又不至于……”君怜道。

众人尽皆低头想办法。廷献目光闪烁，正想向君怜说什么，忽听曹瀚道：“大将军，属下倒有一个主意。”因附耳向君贵轻声说了几句。

只见君贵皱眉听罢，略一沉吟，展颜笑道：“那好，你尽速去办。”曹瀚便叫上两个人，再次领命而去。

游罢回廊，承璋过来报告：“姐儿，小人听说大雄宝殿那边的剃度仪式马上就要开始了，大将军和姐儿要不要去观礼？”

君贵问君怜：“羣妹妹要去看吗？”

君怜道:“略看看也好，反正也要等曹瀚办事回来。”一行人便离了回廊向主殿而去。

大雄宝殿外人声嘈杂，几个小沙弥站在高高的台阶上维持秩序。观礼的人们已经拥至两只铜狻猊跟前，只将白石台阶空了出来。这些见多识广的信众很懂规矩，知道待会儿典礼完毕后，班首与执事会将新受戒的沙弥们领出来，在这里向众人亮相，宣告圆顶方袍僧相现，法王座下又添孙。

君贵一行没有往前挤，占据了一个离狻猊稍远的旁侧地方静静看着。

殿门洞开。两个小沙弥庄严地走出来，各往狻猊中添了一把檀香。香风漫散，白烟升腾，惹得信众群情激动，羡慕赞叹之声不绝于耳。

君怜等众人正翘首观望时，忽听得近旁传来一阵压抑的小儿哭泣声。循声看去，却是一个粗服妇人，满脸焦急，右手拧了一个七八岁小儿的耳朵，强行向正殿方向拖去。一面拖，那妇人口中便一面训斥:“……怎的不去？为了让你能入这寺院有口饭吃，我和你爹费了多少心血、使了多少贿赂？好不容易今日要剃了，你怎的反而打起了退堂鼓?”

那小儿拿手护住耳朵，脸上挂着泪珠，嘴里呜咽着:“我不想离开家，我不想念经……”

妇人红着眼睛，仍旧边走边数落:“念经有什么不好？光是张张嘴，就有人白供着你吃吃喝喝，还不必缴税！家里养不活你了，进了庙总还能见上面，不比卖给别人强吗?”

那小儿仍旧哭拒:“他们说庙里干活又累又苦，还要挨打挨骂……反正都是一样，我宁可在家里干活，宁可被你们打骂……”

妇人跺脚道:“胡说八道，胡说八道！万佛寺香火这么旺，你进去就是进了福窝，早晚有你出息的时候。家里朝不保夕的，留下来有什么用!”一面说，一面拖着儿子加快脚步往殿门去了。

众人尽皆默然。君怜眼圈发红，看向廷献。廷献忙近前道：“姐儿的意思怎样？小人去办。”

君怜道：“给那妇人一些银子，别教他们骨肉分离的好。”廷献应喏。

君贵见惯生离死别，原不打算管这起闲事。听了君怜的话，忙将手一抬道：“且慢，还是让我来吧。”廷献止住脚步看向君怜，君怜颔首。君贵回身吩咐邓锦，“去截住那对母子。私下给他们十两银子做个小买卖，不许她再送孩子入庙。”邓锦领命而去。

君贵至此对一应法事兴致全无，又怕那母子俩回来道谢，叹口气向君怜道：“要不，咱们还是别观礼了?”君怜默然点头。君贵使个眼色，众人便簇拥着他们转身，逆着人流向外殿走去。

刚出到钟楼旁，曹瀚寻了过来。君贵停步看着他。曹瀚低声道：“大将军，成了，我把真的佛像还给了那家人，教他们赶紧离开了。”君贵点头，向众人道：“走，咱们也赶紧离开这里。时候不早了，我还要去趟相州府衙。”

一二　有尘无垢

众人回到寺外树林处，各自寻了兵器坐骑，踹镫上马，向官道奔去。

其时日头尚挂中天，大约刚到申时。众人奔驰一阵，看看万佛寺已被甩得影儿都不见，便到附近的河沟里饮了马，改为缓辔徐行。

君怜问君贵：“荣哥哥，你们刚才使个什么法子办了那桩事？”

君贵笑笑，低声道：“说来惭愧，偷。”

君怜失笑道：“偷？”

君贵点头：“偷梁换柱。他拿假的换了真的，咱就拿走真的，还他假的。”

君怜惊讶道：“曹瀚他们找到了真的佛像藏在哪里？”

君贵道：“那还不简单？肯定在那恶僧所居的僧房里呗。他们几个只需找个不相干的小沙弥问清所在，趁人不注意开了锁进去，径往那隐秘处一翻，就翻到了。”

说话间来到一处山坳。一阵风起，将君怜和朱雀的风帽掀翻。君贵忽然一激灵，猛地将手一抬，下令全体勒马停步。

“全体持械！”他忽然大声命令，“曹瀚，将你的人集中过来，护住中心。林远，带十五骑突出左翼呼应。邓锦，带十五骑突出右翼呼应。”众人尽皆面色肃然，立即应喏执行。

君贵策马向前，对着前方山坡上的丛莽喝道：“偷偷摸摸躲在那里做什么？都给我出来！”只听得从莽中一阵呼啸，呼啦啦立起一片人影来，粗略看去，竟有上百人之多。

曹瀚突出君贵马前，喝道：“青天白日的，相州辖境内难道还有剪径的强盗吗？究竟是什么人？报上名来！”

只听丛莽中有人大声道：“师父，就是他！就是他从那张七手里要过了佛像去看！”“对对，就是他向空挂师弟打听了师父的住所！”

听到这几句对话，君贵顿时心下雪亮，不由冷笑了一声。

只见从林中走出了刚才在万佛寺山门处所见的无垢法师，举着一根铁棍喝道：“徒儿们，兄弟们，抢人财物的强盗在这里，佛像一定在他们行囊中，给我冲上去，把佛像夺回来！”林中众人发一声喊，举着棍棒刀枪就冲下坡来。君贵这才看清无垢的队伍规模不小，适才估算是上百人，现下竟有漫山遍野之感，大约两百人总是有的。而且大多数汉子须发俱全，布衣短褐，根本就不是庙里的沙弥。

君贵暗暗心惊：这无垢，大约连自己带来的人马数目都探查清楚了，不然，区区一尊佛像，何至于调动这么多人来抢？转念一想，这也说明无垢一定还不知道自己的身份，如果他真知道自己是谁，也就不可能追来了。

廷献与承璋也是一惊，赶紧催马挡在君怜与朱雀的身前。君贵回首向君怜一笑：“翚妹妹害怕吗？”

君怜浅笑摇头：“不怕。”

“不怕就好。一群乌合之众，瞧我怎么收拾他们！”

君贵拔出腰间的“惊风”宝剑，向军士们吩咐道：“你们听好：第一，这场架要打，但绝不能泄露了咱们的身份；第二，可以打伤，不能打死。”原本摩拳擦掌的众军士似乎有些失望，但仍旧齐声应喏。

说话间，恶僧徒众已经冲到近前，将中心的马队团团围住，举棒就往马腿横扫。马军将士立刻挥械相迎，战斗在马队外围展开。

君贵注意到他们没有使用弓箭这种远攻战具，却选择了与马军相比并不占优势的近身肉搏。这说明无垢心中非常清楚：棍棒只是防身工具，真有官府追究起来，这场架最多算持械斗殴；可是如果使用了弓箭这类军械，事情的性质就会转变，打架变成了打仗——哪个官府也不可能容忍自己辖区内有一支敌对武装力量存在，那么，他们就会派遣大军来剿灭悍匪。

君贵知道那无垢的意图不外是仗着人多来场混战，以便寻机抢回佛像撤退。适才将左右翼的林远和邓锦派出后，中心圈只剩了二十来人，无垢他们十个打一个，甚是嚣张。君贵立马冷眼看着双方枪来棍往，静静等待战机。

“曹瀚，鸣哨!”忽然，他大声喊道。曹瀚立即从怀中掏出一个铁笛模样的金色物件，放在嘴里吹了起来。金哨发出尖锐的三声长啸，响遏行云。林远和邓锦听到命令，立刻指挥小队从外围包抄回来。

“保护好两位娘子!”君贵向曹瀚交代一声，将惊风剑还入鞘中，突然掣缰夹镫，擎枪一马跃了出去。

无垢带着七八个人，正站在外围的山坡上指点议论，忽见对方阵中那个首领模样的青年突出重围，单枪匹马，直直向自己奔驰而来。“快快，给我弓箭，再把我的马牵来!”无垢疾呼。他的马拴在坡上林中，一时难得，但旁边立刻有人递上一柄强弓。

无垢过去在军中就以膂力奇大著称，如今混迹丛林，这拉弓挽强更是他时常拿出来炫耀的本事。当下他抽出一支羽箭，扣在强弓上，对准来人猛力一射。

然而往常百发百中的箭头这次失了准，那青年不知怎么闪过了这一箭，转瞬就来到了他跟前。“给我打!”无垢忙向周围徒众喝道。

下一瞬间，无垢已经被一枪搠倒在地，他的所有徒众也都倒在地上，呻吟不已。那青年将枪尖用力点在他心口，冷冷道：“叫他们住手。”

“你敢打出家人，会有报应的！”无垢咬牙切齿道。

君贵将长枪往下一戳，枪尖刺破僧袍，入肉半分，无垢咧嘴低声呼号。“你身为出家人却巧取豪夺，现在就是报应。”君贵冷笑道，“还不叫他们住手吗？”

无垢倒在地上，只得向身旁试图爬起身的徒众喝道：“住手！住手！叫他们住手！”

战斗尚未完全展开就结束了。

清点战场。短暂休整。马军将士没人受到像样的伤害，无垢的徒众则多有断臂折腿的。

君贵命人将无垢及为首的五个小头目捆起来，其余的放还。当下一众悍徒屁滚尿流，须臾走了个干净。

曹瀚悄声问：“大将军，这几个人怎么办？”

君贵沉吟片刻：“派十个人，今晚在西城门外找个地方看押着，明日等我命令。别忘了将他们眼睛蒙起来，不能暴露了咱们的身份。”

曹瀚领命而去。

君贵将目光转向在一旁休息的君怜，温言道：“翚妹妹受惊了。”

君怜忙道：“没有。荣哥哥好快的身手。”

君贵展颜一笑：“这几个蟊贼，不算什么。”

君怜这时意识到，君贵犯了一个统帅绝不该犯的错误：离开指挥位置，将自己变成一个普通的战斗者。然而他的笑容却似乎表明这错误是他特意为她而犯的。他想在她面前炫耀？一念至此，君怜的脸微微红了。

君贵并未察觉异样：“妹妹若休息好了，咱们便即刻出发。少时天就会黑下来了。”君怜点头。君贵又望向她身旁，“権娘子还好吗？”

出乎他的意料，朱雀居然回看他一眼，一本正经答道：“我很好。”

君怜微笑道：“権娘会一点儿功夫，临阵，胆气还是有的。”

君贵奇道：“権娘子会功夫？”

朱雀淡淡道：“不过是练气所需的养息功夫，花拳绣腿，不堪大用。”

君贵知她不肯多说，当下也不再问，转身吩咐曹瀚、林远等整队出发。

数十骑骏马在官道上奔驰，不多时入了相州城。大部队早已在城中等候。当下君贵命林远与邓锦去武成王庙检视队伍，自己则亲自率人将君怜与朱雀等送到相州衙署。相州李刺史早已等候多时，忙命衙中女眷将君怜等迎入后院安置。

彼时这相州是个小州，军政大事上还是隶属于天雄军。天雄军历来为军事重镇，尤其唐末魏博割据以来更成为北方巨藩。此后，轮换甚勤的历代天子或诸侯，无不以其为兵家要害、建鼎根据。由于种种复杂的历史沿革关系，该地带名称繁多，所辖地域交叉重叠。简单说起来，大名府、广晋府、天雄军、邺都、魏博……指的大致都是这一带地方。

其实，相州的故称就是邺都，它发端于曹魏建安年间，曾是六朝都城。后来被焚了城，名称却保留下来。再后来，邺都渐渐等同于魏博、天雄军等更大的地域概念，若不是还有万佛寺，相州这地方大约也被人遗忘了。

李刺史在正厅设下盛宴，为君贵及其主要部下接风洗尘。君贵原不喜官场上这一套迎来送往的过场，因想着临来前与父亲的谈话，少不得打起精神来，与李刺史好颜接谈。

闲谈间说起相州风物，李刺史首推铜雀台，说那是魏武气象，非看不可，热心表示明日要专程陪郭大公子登台凭吊。又命人拿来曹子建的《铜雀台赋》给君贵看，以助谈兴。众人见李刺史如此热情，便尽皆看着君贵，心想今日已经折腾得够呛，明日大将军想必要安稳赶路，未必肯去的。不料，君贵略加思忖，竟一口答应下来。

因又说起临漳的万佛寺，君贵问："万佛寺久负盛名，非年非节也是人潮涌动，寻常人若非磨耗个半天时日，怕是也难以一窥佛像金身的吧？"

李刺史哈哈笑道："那打什么紧！大公子又不是寻常人！卑职这就安排，明日索性关了山门，只请大公子一行进去慢慢礼拜如何？不瞒大公子说，万佛寺那方丈与卑职是多年旧交，卑职的薄面他不敢不给。何况还是郭枢密的大公子到来，他上哪儿求这缘分去！"

君贵笑道："在下不过随便问问。在下于释家佛法，素来不通得很，何况明日还要去铜雀台，时间紧急，就不冒昧叨扰佛寺了。使君的好意，容我下次再领。"

散了席，君贵悄声对曹瀚道："无垢那几个人不能交给这李刺史处置。明日加派十个人，将他们押解到魏博，找个地方藏起来。待我看看高节度是个什么情形，再做决定。"

次日一早，君贵另叫了五十个军使扈从，由李刺史一路陪护去游访铜雀台。

铜雀台起于曹魏时期，如今虽说"建高门之嵯峨兮，浮双阙乎太清"的情形不再，但登临高台遗址，听风辨日，却让人蓦然而起"同天地之规量兮，齐日月之晖光"的豪情。

君贵与君怜并肩立于铜雀台上，相顾不语，面目清朗。

一三　魏博节钺

这一日申正时分，一百来人的车马队抵达天雄军治。天雄军节度使高行周得到消息，亲到治所大门迎接。君贵少年时曾经见过高行周一两面，这次路过魏博，于公于私，自然都是要来拜见的。

高行周是累朝勋旧，早在石敬瑭时代就加了同平章事，有了使相之衔。进入刘知远时代又加了太傅兼中书令，到如今刘承祐的少帝朝，更是加守太尉，封为邺王。高行周时年六十有四，比郭枢密几乎年长二十岁。

高行周有个儿子叫作高怀德，高怀德有个儿子叫作高君保。这是后话。

天雄军治所旌旗招展。君贵滚鞍下马，见高行周率领高怀德及一众将领含笑相待，忙过去恭敬下拜："高太尉安好，家父嘱愚侄竭致慺诚[①]。"

高行周将他搀起，笑道："不敢当。郭枢密与老夫，一别七八年没见面了。庶务操劳，无暇常致问候，老夫倒着实想念他。便是大哥儿你，当年老夫看在眼中就爱不自胜，何况如今长而益壮，又钦加了大将军，更是生龙活虎，威风八面！你们父子在朝野声名煊赫，那也不必说了。"

---

① 慺（lóu）诚：恭敬，恭谨。

君贵谦逊几句，又与高怀德及高行周的几个主要部将互相见了礼。君贵因笑道："好教世伯得知，此次愚侄过境，原是要将魏国公符节度的长女护送回兖州。符家小娘子正在后面相候，愚侄教她过来拜见世伯可好？"

高行周自然知道郭荣过境所为何事。他与符彦卿也是多年旧识，早听说过符氏对这长女颇为爱重，当年在一众大藩的适龄子弟中千挑万选，才择了李守贞之子李崇训为婿。碍于身份，高行周不便表现出自己对符家长女的好奇，现下听君贵如此说，自然乐得一见，便笑道："早知道，就让你们到内堂再见礼了。"可是人已在营门，总不能转身退到内堂去，因又向君贵道，"那就有请符家小娘子屈尊过来吧。"

未几，曹瀚前引，廷献与采儿在后，君怜从后方车马长队处款款而来。到高行周跟前，君怜恭敬深深一福："愚侄女羣娘拜见高世伯。车马过境，冒昧叨扰，还请世伯见谅。"

其实单就年龄看，君贵和君怜在高行周面前都可以执孙辈之礼。不过，这种年龄差距往往很难直接与复杂的辈分论定挂钩。比如在本朝，郭威、符彦卿与高行周同朝为重臣，常以平辈晚进之姿相待高氏，可是在前朝，郭威的父亲郭简、符彦卿的父亲符存审（李存审）又常以看待小兄弟的眼光来看待高行周。所以辈分难断，个中细节，也不必一一纠缠。

高行周伸手示意君怜的仆从将她搀住，满面堆笑道："贤侄女何必客气！老夫与符魏公是多年旧友，前朝庄宗同光年间还一起打过契丹番子呢。"

君怜掀起帷帽的面纱，笑道："家父曾向愚侄女提起世伯当年雄风，说是单枪匹马犯险深入幽州境内，待随从追及，却见世伯提了几个北胡首级，一人在风里仰天长啸……"

高行周哈哈大笑起来："哎呀，这些轻狂往事，亏他还到处讲！——走，咱们别在这大门口吹风了，到里面去吧。"说罢，他便携了君贵的手，引着君怜，带头转身向军衙内府而去。

治所轩敞的客堂，又是一场盛宴。高行周及君贵麾下偏裨将校尽皆在席。君怜、朱雀等已由高府使女引入内室，交给高夫人等女眷作陪。

酒酣。心热。觥觞滚烫。

君贵牢记自己此来的使命是善结名藩，着实虚下心来，听高老爷子大讲从前驰骋北疆的故事，不时应和几句，将他哄得分外开心。君贵其实有些话想问，可是当着众人的面，又是这样一种宾主尽欢的场合，不能说出口。

羹残。炙冷。杯盘狼藉。

席终人散。

君贵见高行周略有不胜酒力之态，便起身道："今日得蒙世伯赐宴，愚侄不胜感激。时候也不早了，世伯请尽快回到内室歇息，不要过于劳累。愚侄明日过来辞行。"

高行周将手一摆："不妨事。荣哥儿，你跟我来，咱爷儿俩多叙几句，教他们都散了。散了。"

君贵跟着高行周走入他的指挥室。早有侍从将灯烛点得雪亮。君贵见室内陈设讲究，桌椅柜橱焕然有光，宝剑硬弓赫然在壁。西面墙上更悬挂着一幅精致的羊皮大地图，大汉境内各道府州郡军县历历在图。单就这地图而论，高氏的气派不像一个藩镇，倒像是全国兵总一般。

高行周挥手命所有从人退出。室门关闭。

高行周携了君贵的手来到那大地图前，却不看地图，反而将眼睛盯住君贵，慢慢道："贤侄，老夫有一句话问你，不知你能否据实回答？"

君贵压下疑惑，笑道："世伯有何见教，但请赐闻。"

"先帝崩逝，主少臣疑，佞妄在朝，四藩惶恐，枢密有何打算啊？"

君贵心下大惊。高行周不错眼地盯着他。

“世伯，愚侄……愚侄不明白……”

高行周嘿嘿一笑：“老夫与枢密忘年相知，贤侄跟老夫就不必打诳语了。去岁河中乱起，官家明明知道能以威势收服三镇者，朝中只有郭枢密一人而已，为何却舍枢密而用他人，迟至白文珂等连连败退，朝野上下焦灼恐惧，才仓皇遣枢密出兵相援？再者，枢密到了河中府，明明可以强攻夺城，为何偏要构筑长堑连栅，拖耗经年才发动总攻？”

“世伯，家父之所以采用栅营战术，是为了抵折李氏及城中军民坚拒之心，减少禁军士卒的无谓损耗……”

“要抵折城中坚拒之心，用不着一年，半年、三个月，足够了。须知永兴、凤翔虽然起兵呼应，也不过是婴城自守，根本无力派兵解围。河中孤城无援，何用经年围而不攻？”

“世伯……”君贵的额角渗出了细密的汗珠。

“贤侄，你还是先回答老夫的前一个问题吧：为何一开始官家不派遣郭枢密平叛呢？”

“……世伯，官家的心思，愚侄不敢妄测。”

“呵呵，我听说，后来官家在李太后的授意下亲临郭府，去请求令尊出征。官家似乎是这么说的：我想麻烦枢密去替我办事，可以吗？——那么，枢密是怎么回答的呢？”

“……愚侄……愚侄当时离得较远……”

“郭枢密当时回答说：臣不敢请，亦不敢辞，唯陛下命。对吧？”

君贵心惊肉跳。当时小皇帝与父亲彼此近在咫尺，这番对话声量不高，即便退在六尺之外的自己，也只是刚刚能听清而已。高太尉是怎么知道的呢？难道他在小皇帝身边伏有谍线？那么，他在父亲和自己身边也使用了类似的手段吗？

高行周坦然一笑：“贤侄不必惊慌。这番对话，经由内侍之口，朝野早已传开，官家也并未加以禁绝。你们父子不知道它传得有多远，只是因为身在其中罢了。”

君贵不语，不知如何作答。

“荣哥儿，我且问你，令尊这句话是什么意思？你如实讲给我听，好吗？”

君贵掂量着高太尉的语意。他如此犀利不留余地，想必心中对诸事早有计较。话既至此，遮遮掩掩恐怕不是上策。

君贵揖道：“世伯，家父手握禁军，官家骤登大位，对家父难免忌惮。家父此言，无非是表明心迹，一切都依陛下旨意行事，求得陛下放心。”

高行周点点头：“你说对了，就是‘求放心’这三个字。这跟孟夫子的‘求放心’不是一回事，却同样艰难。杨邠、史弘肇、苏逢吉诸人在朝堂上鼓噪不已，苏禹珪、王章等也常得接近圣躬，还有郭允明那帮侍卫……每日里，可不知有多少言语在官家耳朵边飞来飞去。官家的心思，只怕难得淡定。——荣哥儿，我再问你，如果官家仍旧不放心，郭枢密又当如何呢？”

君贵心一动，想起了临来前父亲的话：官家也许会削藩。看来，不仅官家“不放心”，高太尉也“不放心”。只不过，高太尉不放心的对象，显然却并不是郭枢密。

一念至此，已被高行周接连的进攻逼到死角的君贵忽然有了底气，不再退缩。

“世伯，官家年少，根基尚浅，心志不定，不仅忌惮家父，只怕对境内诸藩，也是多存疑惑的。”君贵应道。

高行周深深地看着他，良久，缓缓点头：“依贤侄看，枢密会如何应对？”

君贵不答，却笑了一下，缓缓道：“愚侄可否问一句，如果官家疑惑不解，世伯将如何应对？”高行周眼神中似有一道隐隐的光芒闪烁，久久凝视君贵不语。君贵含笑迎着他的目光，毫不躲闪。

良久，高行周拉住君贵的手："老夫只有这一句话，望贤侄你转达令尊：我与枢密是忘年相知。"

君贵面色凝重："世伯放心，愚侄懂了。"

高行周将君贵送到门口。

君贵揖别罢，高行周忽然没头没脑感叹了一句："唉，符魏公雄镇一方，历代天子对他家多有倚重，但愿本朝也继续深信不疑。……符家小娘子是个人物，只是，可惜了……"君贵明白他是指李家颠覆对君怜此后人生的影响，心头不由一紧。

次日旦明，君贵来到君怜、朱雀等借寓的客苑外相候，预备与君怜一起去向高行周辞行。君怜穿戴整齐出来，见君贵与曹瀚站在院中，脸上颇有些犹疑不定的神色。

几人互相见了礼。君怜问道："怎么了，荣哥哥？"

"咳，也没什么。适才曹瀚与我商议，万佛寺抓到的那几个人，到底怎么处置。"

"嗯。荣哥哥打算如何处置？"

君贵挠头笑道："不是正在犹豫嘛。杀了，没这道理；放了，也莫名其妙；可是交给高邺王，似乎更不是办法。万佛寺在本地算是大有根基的伽蓝古刹了，方丈的师弟犯法受审，自然会招来八方耳目。倘若处置不好，保不齐那些信徒会聚众闹事。高世伯军机烦冗，咱们平白将这么一桩麻烦事丢给他，可不是什么得体的做法。"

君怜不语，用眼神表示理解，可是君贵看出了她藏着的意思：这种尴尬情形，我不是早就说过了吗？君贵不由一笑："我知道。"君怜亦莞尔。

"那么依犁妹妹看，此事如今该当如何处置呢？"

"荣哥哥真肯听我的吗？"

"是啊，说说看。"

"放了。"

“放了？”

“是。”

“打一顿，放了？”

“不打，吓唬一顿，带回山门前，放了。”

君贵略一沉吟，将手一拍：“说得对。曹瀚，你领二十骑，将无垢那一干人带回万佛寺，狠狠吓唬几句再释放。可是你得注意，第一，仍旧不能泄露咱们的身份；第二，一定要亲眼见他们走入山门才能回来。”

曹瀚笑道：“大将军放心。卑职弄个简陋大车，将他们眼睛蒙了，一股脑儿锁进去，飞驰回万佛寺。这几日他们已经心虚恐惧得很了，再这么一阵瞎眼狂奔，管保吓得魂不守舍。届时卑职再跟他们说什么，他们哪里还敢回半个不字？”

君贵点头：“对，这可比打一顿管用。——大车不必带回来了，就送给万佛寺吧。哈哈。”

君贵与君怜来到治所堂前向高行周等告辞。高府女眷也出来相送君怜等，少不得互相惜别一番。因君贵率领众军士穿州过县，常在野外扎营，高行周便问他，下次借住衙廨将选在何处。君贵答道：“齐州驿馆。”

一四　齐州分道

早两日，齐州防御使田训文就得到了郭枢密大公子将会擦境而过的消息。魏博、齐州与兖州呈三角鼎立之势，原本君贵可以走南路从魏博直入兖州的，因要替张永德给父亲送药，故此略微向北绕道，这才进入齐州地界。

齐州田防御自然乐得借此结交郭枢密公子。原本他是要亲自去驿馆接待的，探哨来回报郭荣今日将会抵达州界的消息时，他却恰好有急务在身走不脱，于是便命手下马军都虞候韩令坤去驿馆以西的郊亭迎候。

韩令坤点齐二十人，一路飞骑来到三州交界附近的第一大长亭。长亭自古为官民迎来送往的必经之所，就修建在驿路左近，所谓“十里一长亭，五里一短亭”是也。韩令坤远远看见亭中已有一干人在内，却既不闻分别的感泣，也不闻相见的笑语，心下不禁暗暗纳罕。

近了，看清亭内正中坐着一个锦衣人，身旁环立着五六个侍从，亭外还有数人看守车马。这一干人显见得是在等候着远人，却静悄悄的没有半分声响。

长亭与官道间还有些距离。韩令坤滚鞍下马，将缰绳交给扈从，带两三人向亭内走去。却见亭中坐着那锦衣人站起身来，含笑看着他。

韩令坤揖道：“在下齐州马军都虞候韩令坤，敢问尊驾是？”

锦衣人笑道："在下兖州衙内指挥使符昭信。舍妹过境返家，冒昧叨扰贵方了。"

韩令坤一怔，忙笑着再揖道："哎呀，原来是符家二公子驾临！既然来到敝境，怎的不着人去跟在下打个招呼呢？"

原来，这锦衣人竟是符彦卿的次子、君怜的二哥。齐州与兖州距离虽然近，这两人却从未见过面。一则因为符家此前也是从别州移镇过来的，二则韩令坤来到齐州做马军都虞候的日子尚短。不过符家是世族显宦，朝臣对他家的子弟一向多有耳闻，是以韩令坤一听他报出名号，就能立刻反应过来他在家中的排行。

符昭信步出长亭与韩令坤见礼。两人职位高低相若，虽说韩令坤的职衔里有个"都"字，但兖州是节度州，齐州却是低一级的防御州，何况符昭信领的是自家数代久练的牙兵，分量轻重又自不同。

符昭信邀韩令坤进入长亭同坐，解释道："不是胆敢轻忽贵衙，实在因为在下也是刚刚赶到。家父接郭大将军报信，知道舍妹不日将会抵达贵境，便命在下携了车马前来迎接，也是不敢再劳烦郭家大公子远送的意思。"

韩令坤道："既如此，少时接到令妹，二公子一行便同去驿馆下榻吧。"

符昭信笑道："那自然是要叨扰的。"

亭外树影轻摇，天穹薄布阴霾。未时已过，空气中仍旧有着挥之不去的燠热。

君贵的车队在驿路上快速行进。跟他日久的人都知道他是个急性子，既然符娘子和杜娘子都骑在马上，那么，驾车人就不必刻意放慢车辆的速度来确保乘坐者的舒适了。所以，车厢里坐着的唐氏、远山、秋池、采儿、五两等，都不得不忍受那种加倍的颠簸。

远山和秋池这几年随侍大将军的时间长，多有锻炼，原本是可以骑马对付行程的，但是大将军要她们在车内相伴符娘子的使从，她们无奈，只得陪着颠一路。

忽然一个大颠簸，车中几人被筛起来，头差点儿碰到车顶。远山见唐氏拍着胸口，脸色苍白，忍不住向秋池抱怨道："大将军手下这些人也真是太不像话了！唐妈妈在这里呢，这么莽撞！"

秋池道："待会儿下了车，你去跟大将军说说，不能再跑这么快了。"

远山道："我去说？我可不敢。要说你去。"

秋池道："我的胆儿还没你大呢，我敢去说？"

远山道："要不就跟符娘子说，让她跟大将军说，这样可好？"

唐氏一听，接连摆手："罢了罢了，你们可千万别跟翚娘提这件事。我一个老婆子，颠簸点就颠簸点吧，何苦教她为难？"

此时，君贵打头，十几匹马远远地跑在了大队伍的前面。君贵勒马，抬鞭指着远处，向众人说道："转过那道山坳，就能看见驿馆了。驿馆外不远处有一座很大的郊亭，以前我曾经路过。咱们赛马，看谁先跑到那里，可好？"

君怜看看朱雀，向君贵笑道："好啊。"朱雀回她一瞥，不置可否。

廷献在旁悄声道："姐儿，你体力弱，吃亏，这么跑是比不过的。"

君贵听见了，笑道："那我让你们二里，如何？"

君怜冲朱雀、承璋和廷献挤挤眼睛，干脆答道："好！"也不管众人，将马鞭一挥，马腹一夹，猛地冲了出去。"哎哎哎！"廷献和承璋一着急，忙策马去追。朱雀见剩了自己夹在郭荣的亲从队里，顿感老大不自在，也只得一踹镫追将上去。

曹瀚等众军士饶有兴味地看着符娘子一行跑远，都有心延迟出发，好让他们获胜。不想君贵却看准距离，估摸着隔了二里，便将手一挥道:“走!”

又是一串嘚嘚蹄声，又是一溜滚地烟尘。

君贵在距离长亭三里处追上了君怜一行。大家嬉笑一阵，放缓马速，径向长亭而去。

临近长亭，大家都看见了亭外站着一些人。朱雀、廷献和承璋目露惊喜，全转头瞧向君怜。

君怜已经跑得满额是汗，早将面纱掀起别在帷帽顶上。此时，她伸袖将额头汗水擦去，顺手也放下了面纱。廷献注意到，她的脸色忽然由欢欣变得沉重。

她显然看见了含笑迎候于亭外的那个人。

这些日子走在回家的路上，君怜几乎忘掉了自己的过去，也不去想今后的命运。她强迫自己安于路途，强迫自己直到进入家门的那一刻再去承受那些应该承受的东西。然而二哥来了，家自己跑到了她的眼前，她的后半生也就提前到来了。

她当然知道，分离原本就不可避免。

廷献与承璋先行下了马，赶着去将君怜和朱雀分别接下来。

朱雀见有许多外人在前，早放下了帷帽的面纱，也不待君怜，自己先上前去向符昭信施了一礼:“二哥，你怎么来了?”

昭信笑道:“爹命我来接你们。榷娘，你还好吗?”

朱雀道:“我一向都好，二哥知道的。”

昭信看向君怜。君怜慢慢走过来。昭信赶上前几步，拦住她不教行礼，温言道:“君怜，父亲和母亲知道你回来的消息，特意命我前来迎你。你……你还好吗?”

君怜在面纱下努力展开一个笑容:“我还好。有劳二哥远来。”

当下众人互相见礼。君贵与昭信虽然久闻对方之名，却是第一次见面。昭信拉着君贵的手，言辞中自然满是感激:“舍妹此次能于必死中求得活路，全赖郭枢密及大将军恩德。家父家母严命在下多多拜上枢密及大将军，相救符门骨肉之情，符家上下结草衔环，不足以报。”说着，就要下拜。

君贵连忙搀住：“这绝不敢当。相救令妹是家父的功德，令妹早已拜谢过了，二公子不必再多礼。”昭信不肯罢礼，坚说是父母之意，执意要拜了才能复命。君贵笑道：“实在要拜，咱俩就叙叙年齿，行兄弟之礼。你还不知道吧，家父已经认了令妹为义女。”昭信喜道：“真的？那我可真是有幸沾光了。”当下叙了生辰，昭信比君贵小两岁，便呼君贵为兄，以弟礼重新见过。

等他们啰唆完，韩令坤过来与君贵见礼。说完了初见的客套话，韩令坤道：“好教大将军得知，家父目下也在贵乡邢州长居。”君贵一愣。韩令坤又道，“家父与尊舅，还是常来常往的好友呢。”韩令坤口中的“尊舅”，就是指君贵名义上的舅舅、实际上的生父柴守礼。

君贵虽然戎马多年，与生父生母没有太多往来，但心里还是时常惦记他们的。听韩令坤如此说，心中立时便对他亲近了几分，笑道：“那可太巧了，少时得闲，还请韩都虞候给我讲讲他们的近况。”

韩令坤道：“这个自然。不过大将军，可巧的还不仅止于此。拙荆与符娘子，竟然也是旧日相识呢。”

闻言，君怜方面的一干人等全感意外。君怜也起了好奇心：“韩都虞候的娘子跟我认识？”

韩令坤道：“是。符娘子可还记得，以前令尊镇守武宁军时，有位姓秋的琴师曾经去府上教授娘子抚琴？拙荆就是那琴师的女儿。”

君怜与朱雀相视惊讶道：“木香阿姊？”

韩令坤笑道：“是。我因快马赶路，不便携她一同到此，只教她去驿馆守候。此时，她应该已将一切打点妥当，就等着贵客们驾临了。”

三州交界处的这个驿馆是个大驿馆，平素就迎来送往，颇有兴旺气象。这日，因有三方人马交会，显得比之前更加热闹。君怜、朱雀与韩令坤娘子秋木香旧年曾经有过数月交谊，此番相见，自然格外亲切，在内室殷勤叙谈燕饮不提。剩下一众大男人尽情欢宴，旧知新交，劝觞斗酒，行令投壶，闹了个不亦乐乎。

宴罢，君贵叫上曹瀚、张美、林远等一同回到自己暂寓的房间议事。君怜的二哥既然来接，他就没必要再继续往下送，可以迅速返回永兴、凤翔助战了。因此，齐州驿馆就成了他们此行的终点站。他们需要规划一下返程的行军方案。

正谈着，有人敲门。林远去打开来瞧，原来是韩令坤。适才席间韩令坤向君贵讲了许多邢州家乡事，聊得甚是投契，君贵对他也颇有好感。

韩令坤见室内人多，也不进来，只在门口笑道："大将军，可否借一步说话？"君贵便同他来到庭中。

韩令坤比君贵略小两岁，有心呼他为兄，又自忖不比符昭信显贵，不好攀附，何况郭大公子看起来也不是随和之人，何苦讨那没趣。因此，韩令坤只是恭敬地礼道："大将军明日就要回转，在下有一事冒昧相求，不知大将军可愿一听？"

君贵道："韩都虞候有何事，但说无妨。"

韩令坤道："卑职在这齐州时间不长，原本是从别处转调过来的，并非田防御的亲信。卑职素来仰慕郭枢密和大将军，倘若有机会，大将军可否在郭枢密驾前提携一句，将卑职召至二位麾下效力？"

通常而言，从藩镇手下调将是个忌讳。好在齐州只是防御州，比节度州等级低，目下的齐州防御使也不是什么名将，郭枢密的面子，要个人还是可以的。君贵略一沉吟，便点头道："好，我记着了。待机缘到了，我自会替你办这件事。"韩令坤感激而去。

君贵回到屋内，与曹瀚等继续议事，未几，又有人敲门。林远再去打开来瞧，赫然却是符昭信。昭信向屋内众人略行注目礼，便向君贵笑道："荣兄，难得有缘相聚，适才席上人多，没机会与兄长多亲近。可惜，明日就要分离……"

君贵知他前来必定有事，笑答道："我也正是这句话，原说少时就要过去找兄弟叙谈叙谈的，不想兄弟倒自己来了。"当下便将曹瀚等人全部遣出，这才对昭信道，"兄弟请坐。"

昭信并不着急坐下，却从腰间解下佩剑来，双手递给君贵："荣兄，这是家父收藏多年的长剑，嘱我务必献于令尊座前。"

剑鞘镶牙嵌贝，雕骨勾金，单看装饰，就知道它必定名贵。

人家既是送给父亲的，君贵倒不便做主推辞，忙恭敬致了谢，双手接过。掣开来看，只见剑锋冰刃耀目，剑身镌着两个篆字：斫雪。

"斫雪？"君贵笑道，"这名字可太别致了。雪乃极绵软、极柔弱的物事，反而要以利剑去用力砍斫，这其中，想来大有深意。"

昭信也笑道："依荣兄所见，这名字里头有什么深意？"

君贵沉吟道："《淮南子》有云，'积于柔则刚，积于弱则强'。魏国公以'斫雪'为此剑赋名，莫非是想说'柔弱胜刚强'的意思吗？"

昭信笑道："兄长高见。'柔弱胜刚强'的确是一层意思。"

"还有别的意思？"

"依愚弟拙见，还有一层意思。"

"愚兄驽钝，是什么意思？"

"是李太白的《雪谗》——此雪更胜彼雪。"

君贵于诗文上记诵不多，最根本的底子，是少年时母亲亲授的《诗经》及若干首乐府和李杜。昭信所说的李白四言诗《雪谗诗赠友人》，他却恰好曾经熟读。当下便沉吟道："……'白璧何辜，青蝇屡前。群轻折轴，下沉黄泉。'……照这诗意，'斫'和'雪'都要作同一个意思解，'雪谗'就是'斫谗'。令尊的意思，是让我们警惕谗言、去除谗言？"

昭信颔首微笑："荣兄无论怎么解释，都是对的。"

君贵看他眉眼神态，与君怜颇有几分相似，一般的高深莫测、从容淡定，不由笑道："尊兄妹倒都是制谜解谜的高手。"

昭信一哂，又道："荣兄，你们有年余不在京中了，京中最近出了一桩小事，不知你可听说了没有？"

"什么事？"

"史太师杀了一个小人物。"

昭信口中的史太师，就是时任侍卫亲军马步军都指挥使、加了检校太师并侍中荣衔的史弘肇，是朝廷带军职者中权势仅次于枢密使郭威的第二人。史弘肇自己是武人，蛮横暴虐，说一不二，对文官素来恣意蔑辱，官家跟前的红人苏逢吉、苏禹珪都不在他眼里。当朝权显中，他独独对郭枢密颇有好感、加意交结，算是郭威在顾命大臣中的盟友。

"小人物？"

"是的，小人物，小到完全可以不在意他的姓名。"

"可是……？"

"可是，此人却是李太后的故人之子。官家为表孝道，推恩母家，大赏外戚，一些不知来路的闲杂人等便趁机走太后和国舅的路子，向朝廷请求补任军职。那人就这么求到了太后名下。没想到，史太师看到那人的关说折子后，勃然大怒，立刻教人出去，当场砍掉了那人的脑袋。"

"啊？！"

"那人名义上是太后故人之子，其实与国舅李业更是关系深厚。李业原本早许了给他谋个官职，没想到求官不成反教他丢了性命，也是怒极，在朝堂上就与史弘肇吵了起来。"

"官家怎么说？"

"官家什么都没说，可是，推恩母族原本就是官家的主意。"

"那……太后有什么表示？"

“太后也没有任何公开的表示。”

君贵皱起了眉头。父亲跟史弘肇这个屠夫同朝为官，想不受他连累都难。

“后来呢？这事儿怎么了的？”

“不了了之，没有后来了。”

“嗯。”君贵沉吟半晌，“那么……京中还发生了什么别的事吗？”

“值得特意向荣兄一说的，没有了。”

两人在门口揖别。月亮的清辉洒进廊檐，将昭信的衣服照得雪白。再过几日，月亮就要圆满了，月轮将会光华灿然。君贵送走昭信，仰望月色，心里想的却是另外一句话。

月满则亏，水满则溢。

次日一大早，君贵率曹瀚等几个亲随先去寻访到张永德之父张颖，当面将张永德所托的治疗湿痹的丸药交给他。张颖力留君贵聚宴，君贵因有行程计划，到底婉辞了，相陪着叙了些人事寒温，喝了几盏茶水后告辞。张颖又托君贵给郭威夫妇及张永德带上些风物土产，君贵也一一收下。

回到州界驿馆，日已当空。君贵知道自己若不回来，大家都不会离开，便先来向君怜辞行。

走到君怜寓处的庭院中，却见朱雀正独自向树而立，踮足伸手去揭树上的藓皮。君贵与她相处了这些日子，几乎没正面交谈过，如今要分别了，想起君怜以前说过她慕道的话，不由好奇心起，便笑道：“榷娘子要取什么，在下可以效劳吗？”

朱雀听出是郭荣的声音，没有回头。经过一路同行，朱雀心中对他其实已经没有恶感了，却不得不努力保持最初那种厌恶，否则，就好似背叛了自己的家族一般。有时候，她甚至希望郭荣显露出本来的恶少面目，不要像现在这样谦恭虚己、斯文有礼。因为这是深具欺骗性的模样，抵抗起来颇费心神。

“不劳郭公子，我在采药。”朱雀转过身来，淡淡道。

“采药？难怪翚娘说你是神仙人物。”君贵笑道。在她面前，君贵不知为何总是赔着小心。也许因为这两年来旁人待他都太客气了，而朱雀却从第一面起就没给他好脸瞧，他忍不住想要翻盘，想要让朱雀看到那个真实的、其实还算很不错的自己。

或者，也有可能，这是一种连他自己都不曾清醒意识到的征服人心的欲望。这潜隐的欲望是那样不可遏制，因为他的目标根本不在一人一事、一城一池，他的目标是：所有人。

听了他的恭维，朱雀仍旧不改其淡：“不敢当，我不过闲着没事时配药练练手而已。”

“听闻権娘子时常随性云游，俯仰天地，于道法多有妙悟。在下有个问题，不知能否向権娘子请教一二？”

“请教之言更不敢当，切磋而已。请讲。”

“《老子五千言》说‘俗人昭昭，我独昏昏；俗人察察，我独闷闷’，似乎昏昏闷闷才能体‘道’，而昭昭察察，反而距‘道’越来越远。在下自忖是个俗人，却对乾坤至道有所企慕，百思不解，难免深自烦恼。権娘子专于道法，想必对此别有解说。那么依権娘子看，在下是该当继续用力求索呢，还是浑然放开，等待如佛家所谓的顿悟之机呢？”

朱雀顿了片刻，似笑非笑道：“郭公子既然提到《五千言》，就该记得那里面还有一句话：‘知人者智，自知者明。’郭公子想要求索的是什么，我不知道，你自己知道就足够了，不必告诉外人，更不必求得外人理解。‘以其终不自为大，故能成其大’，昏昏闷闷，大约就是这个意思吧。”

“所以昏即是明，明即是昏？”

“聪明人的困惑，往往失之于过察，或者说，求索得太过用力。”

“……権娘子可否详说其中玄机？”

“哪有什么玄机。”朱雀忽然不耐烦起来，态度也由平和转为冷淡，“我既不修内丹，又不服外丹，只是喜欢炼药而已，何况我本自昏昧不明，郭公子拿这么大的话题来问我，可真是问错人了。”

君贵意犹未尽，还待追问，见朱雀那意思，已是不想再答。将眼一错，却见君怜不知何时已经站在了门口，正静静地看着他们。

“‘有匪君子，如切如磋，如琢如磨。’你们俩在切磋什么？说得好热闹。”君怜开口问。

“我们在说‘不可说’。‘不可言说不可说，充满一切不可说’……”朱雀带点戏谑地诵念着，看她一眼，也不再理君贵，自己款款进了屋。

君贵笑道：“适才榷娘子说我求索诸事用力太过，似乎颇中肯綮。”

“呵，朱雀出言往往直率不羁，若是哪句不入耳，荣哥哥别太放在心上。”

“怎么会？她说得有理。”

君怜淡然一笑。

君贵看着君怜，想起自己的来意，语声不由变得低缓：“犟妹妹，今日昭信就要接你返家，咱们也要就此别过了。这一路有什么照顾不周的地方……”

“荣哥哥……”

“嗯？”

君怜沉默片刻，方道：“……宝树生碧海，暗月不相临。谓有菩提心，终放大光明。[①]……从今往后，我必每日为你及义父祈

---

① 《宝树偈》。偈语又作偈子、偈颂等，常用以表达学佛感悟，或诠释佛教经义。偈语具有口语化的特点，以阐发意义为主，并不刻意强调诗歌技法。本书代拟。

祝，望哥哥以尘世苍生为念，不要忘了你我的约定。”

“不会。”

“回到京中，请代我向嫂子致诚。异日若有机缘，我定当亲自到府上拜望她。”

“好。”

两个人的心里似乎都尚有千言万语要说，却再不知还有什么可以出口。所谓命运，大约就是这么回事吧。克制是对命运最大的尊重。

庭树摇摇，树身被朱雀揭掉的那块苔藓痕迹显得异常扎眼。君贵与君怜并肩而立，默默看着那处遗痕。遗痕就像往事的伤疤，可是，假以时日，终归还是可以长好的。

他们都有一种感觉，在伤疤被掩埋的地方，从今而后，世界将会疯狂生长。

一五　枢密班师

乾祐二年八月二十七日，后汉枢密使郭威率领包括长子郭荣在内的一众部将及平叛大军回到汴京。官家降旨在崇元殿接见。崇元殿是举行朝贺大典的地方，为人臣者能在此处得到皇帝召见，自然备极荣耀。

大汉的茂材良将伏了一殿堂。皇帝刘承祐降阶，亲手将郭威搀扶起来，温言笑道："郭枢密这一年为国讨贼，栉风沐雨、夙兴夜寐，着实辛苦了。荡叛平逆，四海畏服，郭枢密功莫大焉。"

郭威谦卑道："古人说，王事靡盬[①]，不遑启处，微臣不过略尽职分而已，岂敢言劳？叛逆得扫，全凭陛下威名，微臣更不敢居功。"

刘承祐是个十九岁的青年，面色白皙，目光闪烁而游移。他两眼间的距离以及眼睛和眉毛之间的距离，都离得比较开，这让他的神情看上去总是带着种对一切都不以为然的、属于青春期的叛逆和幼稚。他是先帝刘知远的次子。

如果要历数五代时期最工于心计、最擅长权谋的枭雄的话，刘知远绝对能站头排。他本来是石敬瑭的亲信部将，与石敬瑭一

① 出自《诗经·唐风·鸨羽》。王事：国家的大事，这里指战争；靡：没有；盬（gǔ）：停止。王事靡盬：国家的战争没有停止。

样，也是假托汉族的沙陀人。石敬瑭是后唐明宗李嗣源的女婿，为了跟后唐末帝打仗争帝位，便向契丹人求援，承诺自称“儿皇帝”，并附送幽云十六州。刘知远劝谏说，这样的条件太过屈辱，其实只要称臣、多进贡就可以了，没必要当儿子、割土地。虽然石敬瑭没有听他的，但刘知远曾进谏劝止割土称儿的事情却在坊间流传开来。后来，晋少帝继位，刘知远据守河东，再不朝贡。晋少帝年轻气盛，对于“孙皇帝”的屈辱地位十分恼火，言行间多忤辽主之意，最终招致耶律德光带着契丹兵打进汴京、入主中原。其时，刘知远一面派王峻入汴向耶律德光朝贺，一面却隔岸观火，加紧厉兵秣马，静待天下反辽义军烧起燎原大火。耶律德光被逼走后，天下人急需新的领袖，曾经有过反辽事迹的刘知远趁机带兵入汴，不费一枪一箭，简直是在一种众望所归的形势下自立为皇帝，建立了后汉。

这不过是两三年前的事情。当时劝进有功的郭威、杨邠、史弘肇等，现在都成了刘知远托孤的重臣。

刘承祐是次子，本来这皇位轮不到他。他的长兄刘承训品貌双全，立国之初就封了开封尹，也就是立为储君的意思。没想到刘承训无福，建鼎之初就薨逝了，年纪轻轻的，才二十五六岁。刘知远大恸不豫，过了一个月，也跟着驾崩了。世人大多感叹刘知远有运无命，帝位得手得快，撒手得也快，这中间的因果，一时半会儿也算不清楚。

刘承祐是李皇后所出，他继位为帝，自然没有任何悬念。

平心而论，刘承祐的皇帝当得并不顺意。从太后到朝臣，谁都拿他当小孩子，谁都想管着他，尤其是先帝的几个顾命大臣，骄横跋扈，作威作福，眼睛里哪有他这个官家！他只有回到后宫，在妃嫔、内官和侍卫们的环绕中，才能找到一点君临天下的感觉。

在所有的顾命大臣中，眼前这个郭威对他是最讲礼数的，每次说话都小心翼翼，做出谦恭的顺臣模样，比起史弘肇那类莽夫，不知要稳重多少倍。可是唯其如此，在刘承祐的心目中，这个郭威才最是可怕——他把所有的念头都藏得纹丝不露，谁知道他到底有多少心思！刘承祐深知，父皇留给自己的这些老油子都会演戏，都憋着坏要将自己和自己继承的江山玩弄于股掌之间。可是，焉知自己不会反过来玩弄玩弄他们呢？

刘承祐对郭威说完刚才那几句文绉绉的话，肚子里就没什么雅词了，于是换了副更让自己舒服的白话腔调，对内侍大声道："来啊，给朕把御酒端上来！"一面携了郭威的手登上御阶，满面春风道，"郭枢密，来，坐到朕旁边，咱们君臣共饮一杯庆功酒！"

走到皇帝宝座前，小皇帝拉着郭威，非要他跟自己一起入座。殿堂下平身站立的一众军将面面相觑，郭威更是惊出一头汗，坚辞不就。刘承祐从内侍跪进的托盘中拿起一杯酒递到郭威手里，笑道："枢密，不要见外，坐下喝。"他那两只离得很远的眼睛同时闪烁出异样的光芒，又热情，又偏执，又似乎带着些调弄和玩笑。郭威忙跪下双手接了酒，一仰脖子喝了，叩谢道："微臣恭祝陛下千秋万寿。"

小皇帝满意地笑道："哎，郭枢密，不要拘束，起来说话。朕不仅要赐酒，朕还要大大地赏你呢！"说罢，他挥挥手，一队内侍从殿侧鱼贯而出，每人手里都捧着金锭、银锭、绢帛、珠玉等物事，打头的，是一件内府织造的华美大氅。

刘承祐亲手替郭威披上大氅，退后一步观赏着，赞叹道："这件大氅，只有郭枢密才配穿！"

郭威笑道："陛下抬爱，微臣惶恐。微臣也有礼物，要献于陛下面前。"

刘承祐好奇道："哦？是什么？快让朕瞧瞧。"

郭威向御阶下的长子使个眼色。君贵转身，向崇元殿大门外一挥手。只听得殿外一阵脚步声，未几，两个士兵带着四个青壮汉子进来，向殿上颂词叩首行礼。

“这是什么人?”刘承祐问道。

“回陛下，微臣剿灭河中、永兴、凤翔三镇之叛后，从俘获的牙兵中精选出来七十三名顺服、精壮之士，编为厅子都。这是他们的几个都头。微臣将这一都人马献予陛下，陛下可交予禁卫军都指挥使从严训练，或可充为……”

不等他说完，刘承祐打断问道:“七十三个?其他的人呢?”

“都在殿外候着了。”

“好。郭枢密有这番忠心，朕很欣慰。”刘承祐笑嘻嘻道，“郭枢密是将他们都交予朕处置了吗?”

“陛下这话，臣都不敢答了。”郭威也笑道，“天下四众，都是陛下的子民。臣只有献礼之说，岂敢交予处置?”

“那好，听枢密的，朕就做主处置处置。”刘承祐正色道，“他们既然都是叛军余孽，朕也实在不敢留。来呀!将这七十三人押到外面，就地斩首!”

以郭允明、聂文进为首的侍卫们轰然应喏而去，铁甲铿锵之声与兵士呼冤之声登时响彻殿门内外。立于殿堂中的众将尽皆相顾失色。

刘承祐对一切充耳不闻，向身旁的内侍叮嘱道:“少时冲洗殿外之地时，你可得让他们干仔细了，那些石头缝里的血迹都得给朕打扫干净，不可留一丝一毫。”然后，他转向郭威，又恢复了温和的笑模样，“朕这样处置，枢密有没有异议?”

郭威忍住心惊，低头道:“臣……绝无异议。”

刘承祐点点头，拉着郭威的手恳切道:“枢密连日辛劳，今日领了赏赐，就回府与家小团聚吧。明日，朕再为你议勋。”

汴京城中的郭府。帘幕重重，庭院深深，花木灿灿。

府内四处披红挂绿，呈现出年节时才有的火热景象。郭威的继室吴国夫人张氏和妾室董氏，以及君贵的发妻彭城县君刘氏，早领着仆从们将家宅拾掇得焕然一新。府中未成年的男女子侄，算算竟有九人之多，各个帮忙的帮忙，添乱的添乱。十五岁的四姐儿鹭娘也一早归宁，帮助继母和嫂子打理家宴，等待父兄归来。

人喧，马嘶。家院一迭声回报："来了，来了，他们回来了!"

张氏未及发令，一众小儿已尖叫着奔向大门外。连董氏只有半岁的小女雁儿，也被乳母抱着加入这热烈的欢迎队伍。张氏与董氏、刘氏紧跟着来到大门外，只见郭威、君贵与张永德已经下了马，被一众闹喳喳的男孩子缠住了。

"爹爹抱!""爹爹抱!""爹爹抱!"争着毫不脸红地提出这项要求的，是郭威的三子意哥儿，和君贵的次子喜哥儿、三子三哥儿。这几个娃儿，依次只有五岁、四岁和两岁，在年余没见过父亲之后要求这样的特殊待遇，绝对是理直气壮得很的。

"嘁，真是小娃儿!"对此，郭威的次子青哥儿、君贵的长子宜哥儿，都从鼻子里发出了不屑的声音。他们分别是八岁和六岁，已经长大了，对于这种向大人死缠烂打的幼稚把戏，表现出一种"成熟者"的鄙夷。

然而比他们更"成熟"的那几个——郭威二弟之子、十三岁的守筠，郭威三弟之子、十二岁的奉超以及九岁的定哥儿，却已经懂得了热情之外的礼数。他们站得像杨树那么笔直，纷纷举手作揖："大伯""荣哥哥""四姐夫"。

最小的已经被父兄一把搂起来，不服气的还在奋力往父兄身上靠，鹭娘却抱着雁儿挤过来了："去去，你们这些小黏糕，都让一让，最该先教爹爹和哥哥抱抱的，是这个呢。"说着，一把将雁儿递到郭威怀中，"爹爹，给!"

郭威惊喜地接住这个娇小的女儿："这……这就是雁儿?"

"对啊，董小孃说，这个乳名还是您出兵之前顺口给起的呢，是不是?"

“对，对。”

“呀，我也看看！”君贵任由喜哥儿和三哥儿挂在自己身上，也将目光转向了父亲怀中这团粉妆玉琢的小东西。彼时家中已经多年没有见过小女儿了，自从三姐儿去世，四姐儿也长大出阁，家中就被乱哄哄的小子们完全占领，再没有人来负责乖巧了。

说起来，四姐儿出嫁也是早了些，郭威和张氏、董氏原本都不舍，多留在家中几年，岂不更好？可是一则郭威觉得张永德家世、品貌难得，想尽快做成这门亲，不愿让他家久等；二则，他有个不敢说破的隐秘心思：他之前的女儿们，全都活不长，英娘所生的长女和次女不用说了，便是三女鹂娘，好不容易活到十三岁，却因突如其来的一场大病归了西。四女鹭娘虽然看上去身强体健，可是，谁知道将来会不会有什么意外呢？不如让她早些于归，早些与有情郎享受人生的欢愉，也不枉来了这人世一遭。

此时，郭威看着怀抱里的雁儿，想起早夭的女儿们，不由将鹭娘的肩膀重重一抚，慈爱一笑。

雁儿不认生，在父亲怀中只管笑。郭威和君贵轮番逗弄着她，所有的忧思与烦懑都抛诸脑后。所谓征夫归来，最美满的情形，也不过就是如此了吧。

张氏、董氏与刘氏站在孩子们的外围，含着笑，远远看着这热闹的场景，也插不上一句嘴。

想象中的夫妻相见、执手凝注的场景不可能出现。他们之间的关系早已超越了夫妻，他们是孩子们的父母、伯父伯母、兄嫂，他们是同甘苦、共患难的家人，他们是多年生丧乱离的遭遇所锻造出来的命运共同体。

只有鹭娘，趁隙悄悄走到一旁，向张永德挑了挑眉毛。

张永德早自向岳母、小孃和嫂子见了礼，此时见妻子召唤，便走到她跟前，轻轻唤道：“四姐儿。”

鹭娘上下打量着他，忽地抿嘴一笑，满脸不脱稚气。

张永德奇道："怎么了？"

"你黑了。"

"那……那也是自然的。"

"这回你跟着出去，爹爹训你了吗？"

"没有啊。我好好的，岳父为什么要训我？"

"那荣哥哥呢，他训你没有？"

"也没有啊，荣兄待我可好呢。"

"哼，你毛手毛脚的，保不齐办坏什么事呢，他们不训你？"

"哎，你这话我就不爱听了。你丈夫也是个经天纬地的大男子，怎的在你心中，就只有挨你爹你哥训的份儿呢？"

"那好。他们不训你，一定是看我颜面，不好意思。等回家，我自己来收拾你。"

提到他们俩的小家庭，张永德的心怦然一跳。彼时他的父亲和继母都在齐州乡间休养，东京家中，只剩了他们两人主事。没有了长辈的监管和拘束，那是一个充满欢爱、柔情与蜜意的小乾坤。爱情在每一卷帘栊、每一缕香烟、每一寸花叶、每一声丝竹处浓烈弥漫。

张永德忍不住将嘴凑到鹭娘耳边，轻声说了两句体己话。鹭娘红了脸，咬牙笑道："看来你真是欠人收拾，好好的，还会不会说话了？"

这日的家宴特别漫长，饭菜也特别香。

一天的欢闹与忙碌在掌灯之后渐渐结束。月如玉钩。孩儿们都被赶上了卧榻睡觉。做夫妻的，终于有机会静静地坐下来，仔细观察对方的模样，闲话几句体己家常。

梅娘拍哄着三哥儿，若有若无地哼着曲儿。君贵坐到她身旁，轻声问道："还没睡踏实？"

梅娘摇摇头，微笑道："这孩子警醒，常常要拍足半个时辰，才不会半途醒转。”

君贵道：“每日如此，你也真是够辛苦了。乳母呢？”

“我让她们去管大哥儿和二哥儿了，那两个睡觉也不老实。”

“好。那你歇歇，让我来吧。”

梅娘起身：“也好，你先拍着，我去替你准备宁神的汤水，少时好好睡一觉。”

君贵拉住她的手：“别忙啦，坐下，歇歇。我又不是小孩子，他们三个还没够你团团转的？何苦为我再出去忙乎一番？”

梅娘看着他：“我乐意为你忙乎。”语声未落，眼中已有泪光闪烁。

“你看看，老夫老妻的了……”君贵笑道，自己鼻子也有些发酸，“这次出去，时间是长了些。”

“唉，你一走，我这日子，就像过的不是自己的日子，全是孩儿们的日子。你回来了，我才想起来，原来我还有个自己……”梅娘低声说着，将手在腮边轻轻一抹，“适才瞧见四妹妹跟抱一他们小两口儿，那神情态度，一下子教我想起咱们刚刚成亲那阵子的光阴了。”

君贵露出了怀想的表情：“是啊，日子过得可真快，那时候咱俩多爽利，没有这些小家伙拖累着。梅娘，咱们成亲也有……有八年了吧？”

“是，八年了，还是杨孃孃操持的婚事呢。没想到咱们成亲次年，她就没了……她是多好的人哪，我到现在都记得她是多疼咱们俩……过一年，服丧期满，父亲才续娶了张孃孃，宜哥儿就是那年生的……再往后，日子就像装了轱辘，自己飞快地往前跑……我的父母先后过世……后来，又有了喜哥儿……到如今，不知不觉，连三郎都满地撒欢了……”

君贵叹口气，伸手搂住妻子：“梅娘，你跟了我，没享到什么福，日子里全是辛苦。这么一大家子人，上有父母要事奉，下有子弟要照顾；更兼我常年在外，夫妻间聚少离多……也真是难为你了。”

梅娘笑道：“这是什么话！我也是将门之女，从小看着我父亲跟母亲的日子就是这么过来的，有什么难为不难为的。我只是……”她的眼中又闪烁出泪光，“我只是舍不得你。”

君贵默然片刻，心意涌动：“……我知道。我也是。”

一六　天阙议勋

次日一早，郭威父子便应召来到皇宫中的滋德殿。

杨邠、史弘肇、苏逢吉等比他们先一步到了，也在御阶下候着。杨邠与史弘肇打着哈哈互相寒暄，剩苏逢吉一人铁青着脸站在旁边，不言不语。史弘肇是武人出身，杨邠是小吏出身，他俩虽然平时也多有彼此看不顺眼的地方，但却有个最大的共同点：都看不起书生。苏逢吉，包括跟他同期为相的苏禹珪，就是书生出身。

然而郭威对苏逢吉却很有礼貌，与对史弘肇和杨邠一样礼貌。见面先揖："史太师""杨尚书""苏中书"。尽管以前苏逢吉对他做过很多阴事，甚至害得他的枢密使一职也险些被罢掉，但是，他仍然礼数周全。

朝臣对郭威有两种截然相反的印象：一些人认为他胆小怕事，一些人认为他深不可测。但无论如何，在政事的处置上，郭威看起来是一个比较好说话的同僚。从刘知远事奉晋祖石敬瑭时期就开始共事的这帮子河东旧人里，他还算比较顾念老交情的。

在河东旧属之外，朝臣中其实还有另一帮势力，看起来不扎眼，却牵连着朝局的细节和根本，那就是以冯道、窦贞固为代表的前朝老臣群体。冯道本人从后唐庄宗时期就在这汴京朝廷中供职，迄今历仕三朝八帝，多次为相，对朝政庶务比苏逢吉等新晋文官近宠不知要熟悉多少倍，朝堂多少政令方略，都出自他和他的门生。真所谓铁打的朝臣流水的君，不管皇帝姓什么，都少不了他们这群干事的人。

新朝宠幸与旧朝遗老自然是很难契合到一起的。好在旧朝遗老们也知趣，习惯了默默地退到一边，不在新皇帝跟前争宠。可是一旦新宠们放松警惕，保不齐这些油滑的老家伙就会使劲钻到新皇帝那里去卖弄些什么呢。基于这样的担心，原本斗得不亦乐乎的新宠们偶尔也会团结起来，共同努力去排斥和打压遗老们的嚣张气焰。

郭威对冯道却非常尊敬，出征河中平叛之前，甚至亲自跑到冯府去请教剿灭叛军的方法。天知道，郭威打了几十年的仗，有什么必要去向一个只会耍笔杆子的老头儿咨询呢？可是他偏偏去了，大张旗鼓，郑重其事。冯道也心领神会，拿出诸葛孔明的派头，不紧不慢、大大咧咧给他出了主意：“李守贞仗着在军中资格老，以为士卒都只认他，不认朝廷，更不会卖你的面子。其实依老夫看来，这帮当兵的有何忠诚可言？你只要别吝啬，多多拿财物赏赐他们，他们的心，自然就归向你这边了。”说实话，军中的这个现实，还能有谁比郭威更明白的吗？可是他照样把它当成冯道的独特建言，恭恭敬敬地践行着，并且有意让冯道知道自己在遵嘱办事。

郭威的心中，冯道是事实上的文官之首，是旧臣心态的晴雨表，是前朝遗老的代言人。

不过今日御殿议勋，官家并没有叫冯道一起来掺和。官家叫来的都是先帝的顾命大臣，可见官家认为这是他们新阵营内部的事情，没必要在乎旧臣的意见。

官家还没有升座，滋德殿暂时由顾命大臣们主宰着。见郭威父子先施礼了，几位顾命大臣便也向郭威一礼：“郭枢密。”

他们并没有向郭荣打招呼，最多拿眼皮子夹他一夹，算是给了面子。对此，君贵不以为意。比起王峻、王殷等父亲在军中的结义旧友，金殿上的这帮顾命大臣是些更难相与的老家伙。君贵想起符昭信在齐州驿馆讲过的故事，不由得多向史弘肇打量了几眼。

史弘肇时任侍卫亲军都指挥使，也是刘知远的旧属，比郭威发迹得早。他身材高大，脾性简单粗暴，无论治军、治国，乃至治“君”，都是个不肯通融的强硬派。君贵不由想到，对于自己心中深埋的那个重整乾坤的大志，此人一定也是块巨大的绊脚石。好在，还有别的老家伙在对付他。就算到最后别的老家伙对付不了，还有父亲呢——史弘肇对父亲到底是客气和敬重的，这其中或许还有大能者之间惺惺相惜的成分在吧。

至于苏逢吉等谄臣，君贵则根本就没放在心上。

说起来，自从在河中府与君怜订约之后，君贵对于自己的理想，算是有了比较明确的意识。可是到底如何实现，这其间具体的行动路线，却不是他目前能够想象得出的。他只是有种强烈的感觉：目前的这一切都是不对的，是不可能长久的，只要他准备好，早晚都会有一个机缘到来，让他和父亲可以将一切推翻重建。

然而，他的理想是绝对的禁区，就算其时雄悍的大藩之主多少都会做这样的梦，但梦境本身绝对是可触不可说的。他不知道父亲是否也做过类似的梦，他一直没有机缘与父亲探讨这种违禁的话题。但凭着二十多年建立起来的默契和信任，他感到，如果条件允许，父亲应该会和自己做出同样的选择。

父亲生性俭素，克己自律，待属下却一向慷慨大方。他本可以随时随地享受名利的丰厚馈偿，却始终对此置若罔闻。很显然，他志不在此。那么，他志在何方？他在为谁而俭素，他在为谁而克制，他又在为谁而慷慨？

君贵不敢细想。对父亲的心思妄加揣测，是不敬和不孝的。何况现在坊间已经有不利于父亲的传言，这更令他不敢拿这些意思去向父亲求证，去加重父亲的精神负担。他现在时常陷入一种短暂的迷茫状态，只能紧紧跟随自己的感觉，努力去体会风潮的变幻，去把握这个时代最主要的那一条脉动。

要想成为弄潮儿，知道潮头在哪里至关重要。

内侍通报官家驾到。

殿中众臣依礼整理衣衫，站立作揖，颂陛见之词。非重大场合免行跪拜之礼，是小皇帝登基伊始对诸位顾命大臣的宠遇，据说是李太后的意思。

刘承祐款款走到御座处坐下，笑眯眯地等他们揖足工夫，才亲切地、满不在乎地降旨道："哎，众卿免礼，免礼吧。"其实，免了跪拜，也就没有什么可免的了。可是形式上他总得说点什么。他不想给他们赐座，就只能顺口打发一句。

近臣们都发觉，迩来官家的脸上，越来越经常地表现出一种介于在乎和不在乎之间的神情，不仅是对事，尤其是对人。

当然，官家是个未及弱冠的少年人，他在乎谁不在乎谁，带有很大的随意性。所谓随意，就是顺遂他的心意：他喜欢的物事——比如娇媵、娈童，如果臣下也赞成，那么这个臣下就是好臣下，苏逢吉、李业之谓也；他喜欢的物事——比如伶乐、荒游，如果臣下不赞成，那么这个臣下就是坏臣下，史弘肇、杨邠之谓也。现在的问题是，好臣下他在乎，坏臣下他也得在乎，甚至得更在乎。这让他很不爽。

不爽、憋气，却挣扎不动、无法出气，他只能表现得满不在乎。这几乎是他最后的屏障了。

"列位卿家，今日召你们来，是要为郭枢密议议勋。平定河中、永兴、凤翔三镇之乱，郭枢密居功至伟，朕要好好赏他。你们议议，咱们给他加个什么恩赏比较好啊？"

"依臣看，应加三师之衔。"杨邠看郭威一眼，奏道。所谓三师，是太师、太傅和太保的合称，居正一品，在当时是用以加赐给有功权臣的高阶荣衔。其时，杨邠已经与苏逢吉等斗了几个回合，终于拿个错、借助李太后力量将他们挤到一旁，自己爬到了首相的位置，掌管着吏部这个最重要的中枢机构。同时他还以文官身份兼任枢密使，掣肘着郭威的部分兵权。所以对于郭威的晋升，他并不觉得会对自己造成什么威胁。

“三师岂足犒赏郭枢密的功劳？以臣之见，当于三师之外，再加侍中之衔。”史弘肇奏道。

“呃……”苏逢吉小心地观察着官家的脸色，虽然官家现在越来越会打哈哈掩饰真心了，但他还是从官家的眼神中，发现了一丝不满。他立刻说道，“郭枢密劳苦功高，加三师自然是有必要的，不过，再加侍中的话……臣以为有些过重了，还是等郭枢密再立下一桩大功劳再加，也不为迟啊。”

“苏中书这话我就不懂了。”史弘肇不屑地瞥苏逢吉一眼，“三镇叛乱一起，举国惶恐，多少心存异志的外藩蠢蠢欲动！倘若不是郭枢密出马，又花了一年半的时间勉力将三乱平定，今日大汉的天下，还不知会陷入怎样的危殆中呢！郭枢密巩固国本，力挽狂澜，这份战功，与开创基业也相差不远了，岂是那些在朝内随便张张嘴、写写字就可享受高官厚禄的人所能比拟的？依我说，便是于三师之外再封国公，只怕也不足以褒扬其功！”……

当着准备受勋的人议勋，这是刘承祐的小把戏。他不会觉得尴尬，反正总有人会尴尬的。他喜欢这些素日不可一世的臣下彼此让对方尴尬难受。

“陛下，非是微臣对郭枢密的战功有何异议，实在是朝廷法度，什么功劳，什么赏赐，已经有现成的规矩放在那里，倘若贸然超逾，只怕难以服众……”苏逢吉气得红了脸，向上坚持道。

“陛下，可否容臣说一句？”这个时候，郭威不得不站出来了。

“哦，郭卿有话说？好好，郭卿请讲。”刘承祐说道，小心翼翼地做了个让别人都闭嘴的手势。

“臣此次有幸受命率领禁军出征，完全是仰仗我大汉天子的威名才得以破贼奏凯，岂是微臣自己的功劳？何况领兵在外，一应军旅所需粮草消耗，全仗朝中各位大臣谋划支持，做到馈饷以时，臣才能专事征伐，不为余务分心。现在叛乱侥幸平定，臣不敢独擅其美，倘若陛下真的要赏赐臣，臣恳请陛下先赏赐朝中坐镇的诸位大臣。”

这个回答显然出乎小皇帝和几位顾命大臣的预料。郭枢密不专美，不夸功，这是个新情况，让他们一时不知如何应对了。

“那么……郭卿的意思是？”刘承祐掂量着，缓缓问道。

“请陛下先赏赐为国事日夜操劳、为平叛提供完善保障的殿中大臣们，然后再赏赐微臣。”郭威恳切道。

“嗯……诸位卿家以为如何？”小皇帝将视线转向史弘肇等，似笑非笑问道。

“郭枢密的话有道理，”杨邠道，“兵事兵事，一半是领兵，一半是用事。所谓兵马未动，粮草先行，倘若没有殿中大臣们为这场旷日持久的战事运作筹划，三镇的仗只怕也没有这么容易打下来。”

“是啊，郭枢密不专功，这很好。单凭这一点，也可以看出他对官家当真是忠心耿耿，官家可要再多降恩宠才是。”史弘肇以一贯的教训口吻对小皇帝说道。小皇帝脸上挂着笑，似乎表示听见了，眼睛却并不看他。

“臣……臣也赞同郭枢密的想法。”苏逢吉从旁笑道。

刘承祐点点头：“好啊，就依众卿所言。不过，赏了你们，会不会有人说朕太偏心啊？诸卿都是平日在朕左右事奉的亲近之臣，获得赏赐，自然比那些离朕较远的外藩和宗室要便当得多了。”

“陛下所虑甚是。”苏逢吉道，“我等虽然时常接近圣躬，但治理国政、安定四方，到底离不开一众宗室和四方侯伯的襄助与支持。依臣所见，此番也应对他们有所加恩才是。”

“史太师，杨尚书，你们二位的意思呢？”

史、杨二人相互看看，迟疑片刻，拿着架子表了态：“也行。”“可以。”

“郭枢密，你的意思呢？”

“臣赞同殿上诸位同僚的意见。”

“好，那就不必在这里多说了。苏中书，你少时命他们将该赏的逐一写了来呈给朕批阅就是。”刘承祐扫视着这几个三言两语就替自家谋到了加恩的臣下，又将目光在他最琢磨不透的郭威身上逗留少许，最后停在郭荣身上，带着点笑意道，“郭大公子扈从郭枢密，鞍前马后奔波劳苦，朕也是要加恩的。”

君贵看一眼父亲，不便说话，只低头揖礼。对于这个两眼分得很开的小官家，他一向有种滑稽的观感。

刘承祐的长兄、皇储刘承训骤然薨逝，刘知远沉浸在失去长子的哀恸中，直到自己身体垮掉、分知必死之际才匆忙指定刘承祐为继承人。父子二人离世的时间距离太近，刘承祐几乎没有经过备位东宫的时间，就直接登了大宝。在那之前，刘承祐只是刘知远几个儿子中不起眼的一个，从来没有按照继承人的标准接受过培养。无论是他先前做公子，还是后来为皇子，君贵与他见面的次数都不多，话也没有说过几句。但就这寥寥数面，刘承祐却给君贵留下了不省世事的纨绔子弟的印象。尤其昨日他在崇元殿外当场斩杀七十三名厅子都士卒，更是让君贵清晰感受到了他内心那压抑已久的控制欲，那无法遏制的破坏欲，以及那胡冲乱撞的爆发力。对比其父兄，君贵心里有个强烈的疑惑：偌大的锦绣江山，恁多的黔首生民，就交到这样一个不久前还在吸溜鼻涕的愣头青手中，将来会面临什么呢？

郭威见官家转向儿子，忙抢着道：“陛下，这可使不得。犬子随从出征，那是他分当尽忠尽孝之事。便有尺寸微功，也是赖陛下恩德所赐。昨日陛下赐过金帛茶药等物，已经足够犒劳他们的，不宜再过骄纵。倘若连他都要加恩，那微臣军中部属便人人皆可加官晋爵了。如此，则朝廷爵衔，还有何庄重可言？臣恳请陛下三思。”

刘承祐哈哈笑起来：“郭枢密，你这也不要，那也推托，当真好教朕为难啊。这样吧，昨日太后给朕看了一样东西，朕觉得很好，正适合赏给你。”他向殿侧招招手，“来呀，把玉带呈上来。”

一名中官捧着个绢缎铺垫的木托盘，快步从殿侧走过来，看来是早就候在那里的。殿中众臣皆看到，托盘上盘踞着一条柔润如雾的玉带，双鞓裹着红锦，鞓上密密缀着一排精雕的神兽玉銙，后面两片圭形大铊尾，分外洁白耀眼。不必近前细观，众臣便知道这必是一件价值连城的宝贝。

其时后汉建鼎不过两三年，即便高阶大臣的朝觐服饰也不过沿袭着“衣紫腰金”的老传统，并没有玉带加身一说。只有此时不在现场的冯道等前朝或前前朝旧臣，倒还见过天子特许、满堂玉带的排场。

“这是庄宗宫中旧物，前朝高祖赏赐给了先帝。昨日得太后懿旨，朕就将它赏赐给郭卿吧。”刘承祐亲切地笑道。说实话，拿这条玉带来赏赐郭威，小皇帝心里面是有些舍不得的。可是李太后赏识郭威，觉得他是自己人，跟随着先帝从东京开封辗转邺都，再回东京，再出镇北京[①]，一直忠心耿耿，现下又出马平叛立了大功，必须要有些与众不同的赏赐才显得亲厚。于是亲自从后宫的秘库中挑了这条玉带出来，再三嘱咐小皇帝，一定要“满面春风”地赐给郭枢密才行。

其他朝臣听了官家此言，不由都露出了不甘与不服的神情，拿眼睛睥睨着郭氏父子。就连适才将郭威的战功捧到天上的史弘

① 当时的北京指太原。

肇，此时也蓦然变了脸色。

郭威见状，立刻伏地向上拜道：“陛下与太后恩德，臣粉身难报。可是臣要斗胆恳请陛下收回此宝。臣事奉先帝多年，无数次见到先帝赏赐有功的臣属，可是没有哪回曾赐以如此珍贵的玉带。目下殿中诸位顾命大臣，也都不曾得到腰悬玉带的殊荣。倘若朝堂上唯有微臣一人腰玉而立，臣将会羞惭汗颜，无以自处，请陛下垂谅。”

刘承祐似乎有些被郭威的恭谨和谦退打动了。这个郭枢密倒是挺会做人，也难怪先帝倚重他。

“郭卿，不必思虑过多。”小皇帝漫不经心似的开口道，“你的心意，朕明白了。你先将这条玉带接下。这是太后的意思，你不要，就是拂了太后的颜面，朕回到后面也不好交代。明日朕再从内库取出几条玉带，将它们赏赐给所有的顾命和股肱之臣，你看如何啊？”

郭威忙叩首道：“陛下待臣恩深似海，臣唯有恭顺拜谢而已。”

刘承祐扫视着余下的权臣，高深莫测地笑道：“你们也都有玉带，明日朕就着内侍赏给你们，啊。”

一七　藏锋守志

数日之后，内中高品来到郭府宣谕：枢密使郭威加检校太师、兼侍中。同时，果然应郭威之请，没有给郭荣升职。

中官走后，郭威叫上君贵回到内室。郭威开言道："荣哥儿，此番爹不让官家给你加恩，你大概觉得委屈吧？"

君贵一怔，忙笑道："怎么会！"

"怎么不会？"郭威叹道，"你跟着我冲锋陷阵，出的力不比王峻他们小。"他拿起桌案上的几份朝报，一面翻，一面念，一面评论，"……王峻加检校太傅，这就跟我差不远了。白文珂为西京留守、加兼侍中，常思加检校太师，郭从义加同平章事，吴虔裕加检校太傅……这些还都是去打了仗的。在京城中枢待着没动的这些，史弘肇加兼中书令，窦贞固加守司徒，苏逢吉加守司空，苏禹珪加左仆射，杨邠加右仆射……谁也没落下。还有王章，他是三司使管着钱财，若说后勤支持得好，他自然有几分功劳，所以也加了邑封……至于宗亲、外戚、亲信，就更不用说了：北京刘崇加兼了中书令，李洪信升了陕州节度，李洪义出镇澶州，刘信、慕容彦超都加兼了侍中……此外我听说，几个大藩主如高行周、安审琦等，也都会有爵赏……嘿嘿，真是好大一串加恩的名录。"他抬眼看着儿子，"这么多与战事无关的人，都平白无故得到了封赏，可是荣哥儿，名录里却没有你。当日你也在场，你听到的，官家原本要给你加恩，是爹一力拦住了……你就真的一点不怨吗？"

君贵心情复杂地一笑："儿子不敢。"

"你可明白爹为何要这样做？"

"儿子驽钝，是不是要藏愚守拙的意思？"

郭威拍拍君贵的肩："大哥儿啊，不是藏愚守拙，是藏锋守志。挫其锐，解其纷，和其光，同其尘……不就是自折锋芒、泯然众人、明哲远祸的意思吗？目下朝野人心不太平，官家就像个拿着弓箭四处寻找目标的猎人，咱们呢，就像南郊猎场的獐子麂子。倘若只有咱们一家身肥体壮，自然那箭就射到咱们身上来了。只有当别的獐子麂子都是肥肥的时，官家那箭才有可能射往别处，咱们才有可能保全自己啊。"

君贵点头道："儿子明白了。"虽然在内心深处，他并不很认同父亲的谨小慎微，可是……怎么说呢，这朝堂中已经有了一个史弘肇，有了一个苏逢吉，父亲不可能成为跟他们相类的人。父亲有父亲的行事风格，父亲有父亲的心思。

适才父亲提到了藏锋，可是后面还有一个词：守志。不是守身，是守志。守身才是想方设法保全自己，但守志呢？守志可不是苟且求存。父亲要守的是什么志？君贵明白，父亲不会完全说出来那个心思，他只能猜。

"……那么依父亲看，官家早晚是要射出那一箭的了？"

"对。"

"会射向何方呢？"

"走着瞧吧。"

六百里外的兖州，符府。雕梁画栋，佳木葱茏，鸟兽交语，仆从井然。

符氏是当时最显赫的世族之一。早在唐后期魏博节度使田氏之乱中，符家远祖符令奇、符璘父子就以舍命义附朝廷而闻名诸侯。其后，符氏子孙历仕各朝为诸节度、将官，武勋卓著。到了符彦卿的父亲存审，更是被晋王李克用收为义子，赐名李存审。李克用是后唐的实际开创者，后来被尊为武皇。李存审就此进入皇家的外围序列，与李克用的长子、后唐庄宗李存勖辈分相同，典掌着一支由李克用数量可观的养子们为主将的“义儿军”。李存审在李克用麾下以骁勇忠诚得到重用，死后被庄宗追赠为尚书令、秦王。

李存审前后共有九个儿子，在改朝换代后都复归了符姓，从军各领武职，符彦卿是他的第四子，江湖雅号“符第四”。其时符彦卿的三个兄长皆已战殁，符彦卿在剩下的诸兄弟中居长，勇武谋略又在诸子之上，故而目下世人一提起符氏，首先想到的就是魏国公符彦卿。

符彦卿少年时即成为庄宗侍从，历仕后唐、后晋，不仅先后出镇各藩，在对抗契丹的战争中亦多有建树。到了刘知远朝，符氏一门归附后汉，自徐州移镇兖州。

刘氏建鼎日短，符氏来到兖州也不过两三年。可饶是时日尚浅，偌大一个家宅也已整饬有序了。符彦卿的元配张氏其时获封祁国夫人，昭信、君怜与四姐儿君爱便是张氏所出。另有妾室金氏数人相助张氏持家，内外交谐。

符府内堂，芝兰吐蕊，古画悬墙。张夫人和金氏正在商量家政。诸妾之中，金氏性情和顺，说话得体，最得张夫人欢心。两人先议罢如何替三房孟氏一岁半的儿子换个更强壮的乳母，又缓缓商议着给府中婢仆添置冬衣的事情。府中旧例，中等以上婢仆每两年发放寒暑新衣各一身。前日田庄送上了租佃，倒是可以拨出一笔来支应此事。

明年初就会出嫁的二姐儿君珍在一旁做针黹，十三岁的三姐儿君宜在念《女则》，不时竖起耳朵听听母亲们的闲话。

“你好生念着！”金氏轻轻敲敲女儿的脑袋，“少时夫人考问你。”

三姐儿君宜不满地嘟囔:“不是正在念吗?你们说话这么大声,还不许人家听见吗?”

“你这丫头,怎么说话呢?”金氏嗔道,“你看二姊,老老实实绣了好几天了,也没说累,也没怪别人打扰。”

“她是替她夫婿绣的,自然尽心,怎么会累?”君宜调皮道。

二姐儿君珍拿起绣花绷子,作势在君宜头顶虚晃一下,方向嫡母和自己母亲金氏道:“母亲和嬢嬢不管管三姐儿?恁小的年纪,什么事都打听,什么事都知道!”

张夫人笑着轻抚三姐儿君宜的背,向金氏道:“她是调皮些。调皮些也好,咱们内闱有个假小子,也可领着兄弟们耍子。昭序、昭信他们大了,自己都成了家,谁还乐意替咱们调理小子们?我们四姐儿倒是不怎么爱说话,我还嫌她太静了呢。”

金氏笑道:“四姐儿的脾性,倒是跟大姐儿相仿佛。”

提到君怜,张氏不由皱了皱眉头。金氏小心翼翼道:“大姐儿回来也有些日子了,也不怎么见她出来聚谈闲坐。……还是在抄经吗?”

“可不是还在抄经!”张氏叹口气,“适才我遣人叫了采儿来问,说是连日来除了晨昏定省、三餐睡眠,竟是手不释管翰,像有多少字要写似的!出阁之前,她不过闲时略翻看翻看佛经而已,此番回来,倒像是入了道,真心痴迷了。”

金氏赔笑道:“抄抄经也好,有助于平复心绪。大姐儿为人温婉持重,有事从来藏在心里,对谁也不说。此番遇到如此大事,倘若不抄经纾解,岂不是会憋坏了她吗?”

“这个李郎……”张氏一言至此及时打住,看看君珍和君宜,“你们俩先出去逛逛,我跟你们嬢嬢说几句话。”

姐妹俩眼珠子骨碌碌来回看看两个母亲,乖巧应道:“好的。”起身行了便礼,怀着心照不宣的默契相跟着出了室门。

“这个李郎,真是害死我们了!”张氏凑近金氏,咬牙怒道,

“好端端的谋什么反？连同他那老子，也不看看自己是块什么料，皇帝是谁都当得起的吗？仗着有点积财，杀头夷族的勾当都敢干！当初国公爷挑了他家，我还说过，那李守贞是个狠悍之人，怕家风不正。你看我说得对不对！”

金氏劝解道：“夫人也别怪国公爷了，国公爷当初择定李家时，李家正在势头上，谁看着都羡慕啊。他若不反，想必官家待他也会恩宠日隆的。”

张氏向她一瞥，语气中添了两分酸意：“哼，你倒是会护着他！”

金氏赔笑道：“妾是护着夫人，怕夫人气坏了身子。”

张氏叹口气：“……唉，你说现在咱们拿她怎么办？怎么办！”

金氏和婉道：“夫人也不必过于担心。待姐儿在府中好生将养个一年半载，把身子调强壮了，气儿调顺了，再替她挑个好女婿嫁了就是。”

“嘿，你说得轻巧！”张氏皱眉道，“她的元夫是犯了大逆罪自燔而死的，她身上沾着他们李氏的晦气，还有哪个有头有脸的藩镇子弟敢要她?!便是想给年纪大些的藩镇填房，只怕也没几个有胆量敢跟逆属有所牵扯吧？天下底细清白的女子有的是，人家再想结交国公爷，也未必肯搭上自己半截子婚姻……”

金氏听张氏越说越来气，忙柔声劝道：“夫人快别气恼了，咱们管自在这里为大姐儿的将来发着愁，大姐儿自己的意思如何，夫人可知道吗?”

张氏沉吟道：“你说得对，我问问她去。回来这么些天，我也该找她好好说说话了。”

一八　一念清凉

君怜居处，帘栊清幽，香篆细细。

君怜和朱雀俱在这若有若无的香篆笼罩中专心做自己的事。书桌很大，大得像是画案，两人共享也不显得拥挤。这是君怜出阁前的旧物，她们从小便在这桌前共习，历次移镇搬家时都仔细携带着，不舍得扔掉。此番回来，在这桌前重拾旧忆，倍觉亲切，也倍觉伤感。

朱雀那堆炼药的家什，牢牢地占据了书桌一隅。此时她正参照着一本古书，在石臼里舂了各种药粉，挨个儿称量，然后往一个小钵中添加。她准备新配制一种蜜丸。

君怜在细心抄录《无量寿经》，松墨雪笺，工笔小楷，笔意缓慢而柔韧。既拥挤又孤独的光阴变得绵长隽永，饱含深意。

朱雀停下鼓捣，合上书，望着空中发起呆来。君怜余光看到，也不理会，直到朱雀“唉”了一声，才不抬眼问道：“怎么了？”

“我在想，能不能加点黄精进去？”朱雀道，“我以前在师父那里看到过一个古方，说是华佗留下的，叫作‘漆叶青黏散’。我不知道青黏是什么，师父说，他猜就是指黄精。”

君怜停下笔问道：“你这次是要配什么药？”

“还是养生丸。上次照师父的方子配了五十丸，交十丸给师父验了，说是不错。我自己亲身试了月余，总感觉力道还是弱些。我想，黄精补中益气，甘平无毒，连神医都以之增寿，拿来做佐使，于药效应该是大有帮助的。”

君怜笑道：“你最近怎的迷上养生丸了？以前你常替你师父研制的，不都是些舒筋活络、健脾养胃的药吗？”

“我是替你制的。”朱雀淡淡道。

君怜惊讶道：“替我制的？我又没病，平白无故吃什么药？”

“你的身子根基不够强壮，每日里思虑又多，何妨吃点进补的药丸益气固本？”

“朱雀，我真的没……”

“怎么啦，嫌我没招牌？这又不是我第一次创新方子了。上次进给义母的香砂养胃丸，我就根据她的脉象改了方子，添减了好几味呢。”朱雀道。

君怜笑了起来：“这么着好不好，廷献和承璋就在外面侍弄那几株海棠树呢，要不，少时将他们叫进来给你试药？”

朱雀不高兴了：“哼，你信不过我？我的黄精养生丸，偏要拿你试药！”

君怜无奈道：“你几时才能不闹腾我呀？”

朱雀立刻反驳道：“我何尝闹腾你了？”

君怜不再纠缠，低头继续抄经。朱雀忽又想起一事：“哎，对了，你可还记得你出阁之前，咱们一起赏过的那幅青绿山水，就是盛唐小李将军李昭道的那幅真迹？”

“记得。《春山行旅图》，是不是？”

“是。我记得义父给了你做嫁妆，对不对？河中那场大火，这画儿是不是给烧没了？”

“没有，抢出来了。怎么啦？”

“我想再看看。”

“怎的平白无故想起它来了？”

“反正就是想看看。犟娘子可舍得赐我一观呢？”

“哪敢舍不得？”君怜笑道，“椎娘子从来说一不二。椎娘子但有吩咐，我谨遵芳命就是了。”

因叫了采儿进来，从书箧里找出《春山行旅图》的画轴，展开了与朱雀一同观瞧。

“问余何意栖碧山，笑而不答心自闲。”朱雀看着画儿，不由吟诵道。

君怜笑着接下去：“桃花流水窅然去，别有天地非人间。”

两人相视一笑。

朱雀细看着画中的苍崖青峰，轻声感叹道：“要是咱们能住到这画儿里去，该多好！”

君怜看着她，若有所思：“你第一次看这画儿的时候，就说了同样的话。”

朱雀笑道：“那么你当时是怎么回答我的，你还记得吗？”

“我说，是啊，真想咱俩一块儿住进去。”

朱雀点头：“对。那时候咱们还小，以为这样的山水，只在画中才有。及至我云游过一些地方之后，我才知道，想住到这样的地方去，也不是没有可能。”

君怜没作声，静静地听她说下去。

“君怜，你现在是自由之身了，不如跟我走吧！咱们一起四处云游散心，遍访名山古刹，多么逍遥自在。‘摆脱尘机上钓船，免教荣辱有流年’，乱世惊涛中，总有你我的兰舟。”

“……走？”

“是啊。其实旅途中诸事可繁可简，不必定像你素日出门那么啰唆。只要盘缠足够，什么问题都可以解决。叫上廷献和承璋一起，也不必担心安全，多好啊！倘若你惦记家里，咱们出去逛他一年半载就回来，顺便给义父义母献上我采制的仙药，也算师出有名，没有白跑这一遭。倘若遇到合适的地方，咱们索性就住下来。反正外面的世界乱糟糟的，咱们也没什么法子去改变，把自己的日子过好就行了呗。实在无聊，或者没钱了，我还可以卖药丸为生呢！——怎么样，我这主意好不好？你跟我一起走吧！”

君怜沉默良久，温柔地一笑：“朱雀，我也想陪你出去走走，可是我现在不能离开。”

“为什么？你现在又没有家室之累了，就算父母跟前，家里那么多兄妹呢，也不必非得你来尽孝，你有什么割舍不下的？”

“朱雀……”君怜深深叹了口气。

朱雀沉下脸道：“你……你不会是急着想再把自己嫁出去吧？”

“朱雀！”君怜气道，“你怎么说话呢？”

正在此时，听得屋外采儿、廷献、承璋等一迭声致礼：“夫人。”君怜知道母亲来了，忙收敛了怒容，略整衣衫。朱雀也闭了嘴。

采儿早掀起帘栊，引张氏迈步入内。君怜与朱雀忙上前行礼道：“母亲来了。”

“翚娘，”张氏温言笑道，“你在做什么呢？”

君怜亦微笑回道：“女儿在抄经。”

“榷娘，你呢？”

“我……我在调制一味新药丸。”

“哦，调制新药啦？好，好。你那天进给我的香砂养胃丸，我吃了几日，果真觉得有奇效，比你之前托人带回来的蜜膏还好。看来这一年余，你的医术又长进了呢。”

“母亲感觉有益，那就最好。女儿也谈不上有什么医术，不过是捡拾些他们炼丹熬药的微末技艺而已。”

“医家常怀慈悲之心，济世以方，制药术也不算末技了。像经常来往咱们家的徐医正，我看他门户就很正大，跟你的师父相比，怕是也不输几分。”张氏对这个脾气有些古怪的义女素来客气，一则因她原本出身尚书门第，看父祖辈的情面上，上宾的礼遇总还是要的；二则虽也从小教导，却并不了解她的内心所想，出言轻重也就越发谨慎。以前还张罗过送她出阁，不想她一心慕道，竟当着自己夫妻双方的面坚拒了，倒弄出不大不小一场尴尬来。现下她既然随君怜归来，只好图她不顶不撞，两下相安无事便罢。好在这孩子也还算明事理，虽说在婚姻大事上不附俗情，到底是知恩图报的，因自己学到些调汁弄药的本事，便时常亲自做了丸膏来献予养父母，也是报答自小收养她的一番恩德了。

朱雀听了养母的话，只是一笑。养母拿刚告老的御前红人徐医正来比拟她师父——前朝医正高家，意思是夸她技艺所出有门有派，非是江湖郎中可比。然而这种比照实际上是令朱雀难堪的。朱雀之所以坚持不肯出头行医瞧病，坚持只在私下替师父和亲友配药，就是因为她不愿被人归入医卜之流。别说现在还饿不死，便是到了要饿死的那一天，她也不肯放下自己尚书之后的架子。在她心中，自己能向无辜被夷灭的家族表达无尽追怀和永久忠诚的方式不多，这是其中之一。在衣裳和腰带上镶绲紫边与金边，以纪念“衣紫腰金”的父祖，也是方式之一。当然，保持对郭荣的仇视，就更是方式之一了。

张氏与朱雀寒暄已毕，这才在桌案边坐下，伸手拿起君怜正抄录的经书来看。

“《无量寿经》……嗯，抄了也有好些天了吧？”

“是，反正也不急，女儿慢慢读，慢慢抄着。”

张氏小心地观察着君怜的神情，从她淡淡的面目上，看不出她心中是否还有波澜。君怜归来后，张氏和符魏公对于河中的事情还一句都没提过，心中纵有万千疑问，也顾念着君怜的心绪，害怕引她伤心。现在看来，君怜似乎已经放下了，那么有些话，就不妨打开天窗亮亮堂堂说一说了。

“君怜，我有些话，想私下里跟你叙叙。”张氏说着，扫了朱雀一眼。朱雀明白她的意思，忙道：“我正好要出去寻承璋和五两做事，母亲请宽坐着。”张氏与君怜俱点头。

待屋内旁人都退出了，张氏方清清嗓子，向君怜低声道：“大姐儿，我且问你，李郎他们家这事儿，到底……到底是怎么搞的？怎么就会到了这个地步？”

君怜变了脸色：“女儿……不清楚。”

“事先就一点行迹都没有吗？你就不能劝止吗？”

“女儿竭力劝过李郎几次，他不肯听。漫说女儿，便是婆母，也是劝过的。他们父子一意孤行，连自己的部将，一开始真有死谏的，竟真的不眨眼就杀了，说是怕泄露事机。”

张氏沉默良久，方道：“唉，那就罢了。总是有了些根基，就不知道自己几斤几两了，好好的封个鲁国公还嫌不够，也做那不该做的梦！要都像他们这样瞎起念头……”她左右看看，愈发压低了声音，“若论家底，咱们符家不比他们李家更为根深叶茂？你祖父在前前朝还是皇义子呢！想做什么不比他李家便宜？咱们为什么不做那事儿？咱们为什么附了刘氏、巴巴地从徐州过来？还不是认得清自己的命数罢了。”

君怜垂首，尚未过去的往事又沉沉压回心头。十七岁出阁，两三年的少年夫妻，也曾经有过美好的时刻……可是，再柔软的过往都敌不过那一颗狂妄的野心。既然生在这个群雄蜂起、皇位频迭的混乱时代，谁能说有野心就是错的呢？他们只是没有驾驭并实现野心的能力而已。

“自作孽，不可活。”张氏叹道，“翚娘，到了今日，你不会还在惦记着李郎吧？”

君怜再次感受到了心里的隐痛，目光渐渐湿润，语音却低沉而坚决：“女儿与李郎的往昔情分，在河中那日他提着剑到处找我、想要杀掉我的时候，就已经了断了。女儿不肯随他去死，就是因为女儿自忖无辜，不必为他们的狂妄殉葬。何况，女儿纵然一死，也无法减轻他的罪愆。……夫妻一场，李郎待我无情至此，女儿待他无义至此，纵到黄泉，恐怕彼此都难以面对，也无须枉然辩解了。所以……从此两不相干，也就是了。”

张氏抚慰道："对，是这个话，两不相干就是了。翚娘，你好生将养着，待事情彻底消停了，过去了，我与你父亲再慢慢替你留心个好人家，可好？"

君怜猛然抬起头："不必了。"

"怎么呢？"

君怜缓缓道："佛语有云，人在荆棘丛，不动即不伤。又说，一念放下，顿得清凉。女儿此番全身而归，已是天赐侥幸。此后每日抄抄经、看看书就很好，无拘无碍，思接八荒……母亲不必再为女儿的将来劳神了。"

张氏沉吟道："这话也有道理。我本来也想着，此番李氏合族被夷，单单你却从兵刃中逃出性命，这恐怕既是你消受不起的福运，也是你承受不了的业报……翚娘，你既然心志坚定，何不索性出家、舍身事佛？这也是个彻底消业的法子啊，还省得将来官家或是别的什么人拐弯抹角来找你麻烦了。"

君怜以佛经的义理照耀心灵，却并不是个迷信或避世的人。听了母亲的话，君怜心下又是失望，又是懊恼，头脑中还不由自主闪过当日万佛寺大雄宝殿前万人争看剃度的滑稽场景。母亲是心疼自己的，但她完全不能理解自己的心志和意愿。她所看到的，只是眼前这一场无妄之灾。

平心而论，这不能怪张氏，她以为君怜一心向佛，为了让女儿彻底远祸，才提出了出家的建议。她不知道君怜心里真实的想法也属自然。君怜怎么可能向她兜底说出自己心里的那个志向？连朱雀都是靠自己猜度的。

君怜站起身，因为气恼而红了脸："死生有命，此是天意。女儿潜心求索至道，便是对天意之善的回报。天若有知，想来也会嘉许女儿的慺诚。女儿以为，这就是天人两相安的法门了。何须妄自毁损自己的形貌发肤，去图个形式上的度厄解脱呢？"

张氏愕然看着君怜，半晌不语。这个闺女，自己一向是爱重的，却总感觉看不透她。她跟她爹反而更有话说，好些事，他还非常乐意听取她的意见。当年她出阁，她爹自己在家难受了好久，连着一个月，酒都喝得比平日多了两三倍。所谓父女连心，指的大概就是他们这种情形吧。

罢了，罢了。

张氏叹息一声，带着些赌气道：“阿孃不过说说而已，你何须如此着急？我这就去跟你父亲说，你想怎样，就怎样好了。”

君怜懊悔自己将话说得太生硬，忙扶住母亲：“阿孃，请恕女儿……”只说了半句，忽然哽咽难续，竟忍不住落下泪来。

张氏叹口气，拍拍她的手：“行了，不必说了。”

母女间一阵长长的沉默。

这当儿忽听得门外有人大声说话：“四姐儿，夫人正跟大姐儿叙谈呢，你先不要进去。”“四姐儿且慢，待小人通报一声再进去吧。”

却有个脆生生的声音回答道：“不必了，你们忙你们的。母亲在？那更好了。”

房门轻轻打开，帘栊晃处，符家的四女儿君爱轻快地迈步进来。她今年十一岁，也是张氏所出，是君怜的胞妹，素日虽然话不多，但行事娇憨率真，颇得父母和君怜的喜爱。

“阿孃，你到大姊这儿来啦？”君爱行了便礼，笑嘻嘻道。

张氏摸着她的两个鬟髻：“我来看看你阿姊。你跑来做什么？”

“我来找大姊借书看。阿孃，你们刚刚在说什么？”

“也没什么，就是家常而已。”

“你今日这发髻梳得松，好看。”君怜也抚摸着她的鬟髻，笑道，“这次要借什么书？”

“随便什么书都行，大姊觉得好，就给我看看。”君爱道。

君怜一笑：“行。”一面就去壁上书橱中翻找。

“四姐儿，你从哪里来？”张氏问道。

“从爹爹那里呀，我原本是去找他给我拿书看的。”

“那你怎的又过来了？”

“爹爹带着哥哥们接旨去了，我就过来啦。”

“什么？接旨?！什么旨？谁来传的？”

“我哪儿知道是什么旨啊，反正就是个京城的中官来传的呗。”

“嗐，你这孩子！这么大的事儿你不早说！我得赶紧过去了。接旨……什么旨啊？平白无故的来什么旨呢？——这么大的事儿，你这孩子当玩笑似的，爱提不提的！”张氏一面嗔怪着，一面迅速起身出门，叫上自己的使女，急急往前面去了。

这里君怜拧着君爱的脸蛋，笑道：“你看看你，教阿孃着的这急！怎的痴长了几年，竟然越变越傻了呢？”

一九　分论英雄

朝廷对于几个大藩普惠加恩的圣旨终于传到了兖州：兖州节度使、检校太师、中书令、侍中、魏国公符彦卿加守太保。

符彦卿领旨谢完恩，将前来传旨的内中高品王景通请入客室，好生寒暄了一番，又苦留王高品燕饮。王高品回说圣命在身，不敢妄为，符彦卿便命人携了数个礼盒，殷勤将王高品一行送回驿馆休息。

这里符魏公便将年纪稍长的几个儿子昭序、昭信、昭愿等叫到一处议论。对于朝廷的恩赏，他们家早已见惯不惊，可是目前没头没脑地忽然又加封，倒有点出乎意料。兄弟几人想起早两日见到的朝报，推论此番加恩必与郭枢密平叛有关。七嘴八舌议了一番，也议不出更新鲜的说法来，符魏公便让他们散了。

符魏公时年五十出头，身强体壮，精力十足，便是常年征战中落下的那几处好不了的伤，也没让他在不经意间显露出任何疲态。打发走了儿子们，他心念一转，又派人去内宅将长女叫到书房叙话。

符魏公由客堂回转到书房时，夫人张氏已经等候在那里了。

符魏公见她神色不安，知她所为何来，便笑一笑，向随从使个眼色。随从忙将手捧的圣旨拿给她看。看罢，张氏吐出一口气，以手拊胸道："哎，原来是这事，倒吓了我一跳！"

符彦卿笑道："夫人怕的是什么？"

张氏道：“君怜的事啊！李氏满门都烧了，就剩她一个跑脱，那小官家脾气古怪，万一不依不饶呢？”

符彦卿揶揄道：“夫人也忒小心了！君怜一个女娃儿家，跑脱了又如何，还能再为亡夫报仇、拉一票人马造他的反不成？”

张氏恨不得立刻去捂住丈夫的嘴巴，左右看看，低声急道：“你、你，你这说的什么话！还说我忒小心？我看你也忒不小心了！”

符彦卿哈哈笑起来：“夫人放心，我心里有数。”

不多时仆从通报大姐儿来到。张氏略有些纳罕，符彦卿道：“是我叫她来问些事。”

张氏点头道：“若是河中的事，适才我已经问过了，还没来得及跟公爷说。这丫头气儿还没顺，公爷可掂量着问话，省得惹急了不好下台。”

符彦卿笑道：“夫人不放心，就一起听听吧？”

张氏嗔道：“不就是想我走吗？哼，我还真不稀罕听你们爷儿俩瞎聊！”

说着君怜已经被引入屋内，见父母俱在，先上前行了便礼。张氏应了礼，起身笑道：“好了，你们父女叙着，我先回后头去了。”

君怜忙道：“母亲再多坐一会儿。”

张氏道：“我还有事。你父亲叫你，也有他的事。你管自叙你们的，不必拘礼了。”

张夫人走后，君怜看向父亲：“爹爹……”

符彦卿笑笑没说话，先将圣旨给她看了，方问道：“咱们家在兖州待着寸功未立，却平白无故又加一荣衔，这里头的意思，丫头，你是怎么看的？”

君怜未出阁之前，符彦卿就喜欢跟这个长女探讨一些大话题，比跟儿子们探讨的兴趣还大。虽说君怜阅历尚浅，但父女俩在许多问题上都有着浑然天成的很深的默契。君怜嫁人，符魏公仿佛被剜却心头肉，数月食不甘味；君怜回归，符魏公虽然怜悯她的不幸，心底却又难免暗藏一丝欢喜，为的就是遇事又可以叫她来一起痛痛快快高论畅谈了。

君怜非常喜欢与父亲的这种对谈，也很享受这种被需要、被肯定的时刻。她直济沧海的大志，虽然从未向父亲明白说出，但父亲显然是懂得的，或者说，是可以猜到的。时代的形格势禁之下，这种事关民生经营的大梦，女人只能通过男人来实现：他若为藩主，她当努力令一方安宁；他若为宰辅，她当努力让百郡沾恩。……只要她有心，她可以做的，实在很多。

父亲当初替她择李守贞之子李崇训为婿，未始没有替她圆梦的意思。

所托非人，并不是父亲的错。毕竟，野心与能力的差距，只有在野心暴露之际才能被衡量。

她的大志，难道不也是种野心吗？至少，是一个闺阁女子所不宜具有的野心。因为李氏的骄狂，她一度心灰意冷，放弃了这个志向。然而另一个人的出现，却让那梦想死灰复燃了。虽然那个人的梦想尖锐巨大到可怕的地步，但她的心志却从没像现在这样坚决。她为了实现大志所意欲付诸的行动，岂止是抄抄经、念念佛、祷祝祷祝而已？

“此番无功被加恩的，也不止爹爹一人吧？”君怜沉吟道。

“对。此番加恩，可谓泽被百官。不过加恩的多是中枢京官和宗室、戚里，前两日的朝报中，列了一大堆他们的姓名。至于外藩，今日我问了王高品，却只有邺都的高王高行周、襄州的齐国公安审琦和你爹等数人而已。”

君怜道：“这几藩都是累朝勋旧，既然泽被百官，那么适当加恩于大藩，似乎也说得过去。”

符魏公道：“你是说，官家以我们数藩为代表，来传达对外藩的恩宠？”

君怜微微一笑：“依女儿看，不仅是恩宠，还是警告吧。”

“说说看。”

君怜低声道：“先帝建鼎不过两三年，虽说是在契丹人败退之后顺应时势入主中原的，毕竟人心未附，朝野不平。就算禁军有郭枢密统率，但外藩势力又岂容官家小觑？我想，在官家眼中，有实力步河中李氏后尘起兵的外藩，大概首推高邺王、安齐公和爹爹了。”

符魏公一笑：“你在河中，那李家父子当时是个什么情形？怎么就决定反了呢？”

“依女儿事后推想，他们父子怕是久蓄异志。与咱们符氏联姻，应该也是壮大势力之一环吧。爹爹，李氏家财巨硕，行事狠辣，在筹措军资、调兵遣将、鼓荡士气诸事上，都有一套独出之法。倘若没有郭枢密阻遏，他们三镇合兵，联络的藩镇将会越来越多，战火将会越烧越大，半个中原说不定就落入他们手中了。倘若到了那个时候，女儿就是他们手中的人质，他们拿女儿来跟爹爹讨价还价，希望爹爹一同起兵，爹爹是答应还是不答应呢？”

“哼，就凭他李氏的来头？还差得远！爹怎么可能跟随他们起兵？”

“那么，如果仅仅是要求爹爹按兵不动、静观其变呢？”

“那……就不一样了。为着你的安危，爹也势必不能轻举妄动。那年讨杨光远，李守贞是主帅，我为副贰，我知道他统军行事的风格：干脆利落，有情无情全在一念之间，也算是枭雄路数吧。”

“这就是了。女儿以为，李氏起兵肆无忌惮，就是因为他的子侄与外藩联姻者众多。他算准了姻亲们会投鼠忌器，就算接到朝廷围剿的命令，也不敢下狠心与他死战。据女儿日常听他们言语，在他们父子眼中，能与河中相抗衡的藩镇，除了宗室河东王[①]刘崇刘中书，大概就只有咱们兖州了吧。至于郭枢密统领的禁军，他们是不放在眼里的。”

“哼，那他可真是聪明一辈子、糊涂肯綮时了。郭雀儿是什么人哪？杨光远权倾朝野最鼎盛的时候，郭雀儿不过是个二十来岁的小年轻，就没把杨氏放在眼里，就敢公开拒绝跟随他去讨邺都范延光之乱。李守贞居然不拿郭雀儿当盘菜？难怪他此番会死在郭氏手里了。”

“河中城将破之时，李氏父子一直在感叹：时也，命也，运也。其实据女儿看，便是时运再好些，他们恐怕也不能成功。”

“嗯？此话怎讲？”

君怜轻轻叹口气：“女儿以为，李氏父子虽有三分英雄气，到底器局狭窄，心中装不下乾坤，就算侥幸成事，僭称天命于一时，也终将与桀燕相类，如同过眼烟云，转瞬消散。”

符魏公点头，沉吟片刻，问道：“依你看，三藩比河中如何？官家收拾了李氏之后，会动外藩吗？”

君怜思索道：“安齐公，女儿没见过，不知端详；高邺王呢，女儿此番回来经过天雄军时拜会过他。女儿以为，他风格豪健，整军井然，所据之地又为军事要津，的确不可小觑。可是他并没有反迹，官家有什么必要自找麻烦呢？”

符魏公冷笑一声：“像安齐公、高邺王和你爹这样的，在刘氏官家那里都是前朝外臣，不是河东股肱心腹。倘若是老皇帝御宇，自己弹压得住，当然可以放宽心。现下是小皇帝在位，许多外藩旧臣，他怕是连见都没见过，怎么可能放心？”

君怜道：“所以他才更得倚重郭枢密等先帝心腹的力量，来震慑外臣吧？”

---

① 河东王：民间对刘崇的俗称，不是正式封位。

符魏公笑了起来：“嘿嘿，倘若小官家对先帝的心腹也不放心呢？”

君怜沉吟道：“早前留意李郎他们的言谈，似乎军中的确有着对郭枢密不利的说法。爹爹也听到了什么吗？”

“这还用听别人说吗？郭枢密到了目下的地位，这类流言，早该被人放出来了。”

“那么……郭枢密的日子怕是也不好过了。”

符魏公笑道：“不是还有契丹人吗？契丹人在一日，他的位置就在一日，这倒是不必担心的。丫头，此番你蒙郭氏相救，还拜了郭枢密为义父，得他多方庇护，爹对他父子很是感激，那也不必说了。你与他们相处有日，对他们应该有所了解，跟爹说说，你对他们父子怎么看？”

君怜知道，关键的时刻到来了。她对郭氏父子的判断，或许将影响到兖州符氏将来对郭氏的态度和行动。她掂量着缓缓道：“女儿以为，郭枢密满腹韬略，进退有度；郭大公子果敢勇毅，光明磊落，父子二人俱是人中龙凤。”

“哦？”符魏公显然注意到了君怜罕见的措辞，“你对他们的评价如此之高？”

“女儿见识有限，能够拿来对比的，不过是曾经有缘一面的其他藩主而已。”

“那好，你就把你见过的这几个大员都给爹评评。郭威父子、高行周父子、刘崇父子、史弘肇父子……倘若李氏父子为三分英雄，其他那些人又是怎样？”

君怜笑道：“爹爹在考我功课了。”

符魏公道：“不考你，爹真心想听你的意见。”

“那女儿可就大胆妄言了。说得不对的，请爹爹指点。”

“无妨，尽管说吧。”

“女儿以为，史氏原也只值三分，可是他有个不错的儿子德统。爹爹可还记得，那年咱们几家相约春猎，女儿在猎场见过史公子一面，感觉他为人明睿，比他父亲倒更有人望。所以加起来，史氏父子值得四分。”

“……嗯，接着说。”

“刘氏父子以宗室据守河东，家底深厚，甲兵充足；河东王本人豪侠仗义，可是又难免刚愎自用；世子赟，为人行事中规中矩。他们父子，可算五分英雄。”

“嗯。”

“高氏父子靠战勋获得历朝官家推重，目今据守魏博，治民有德，治军有方，部曲忠勇效力，一呼百应，可算七分英雄。”

“嗯。那么郭枢密呢？”

“郭氏父子，心胸气概均在众人之上，算得九分英雄。”

符魏公呵呵笑了起来：“好个九分英雄！从李守贞、史弘肇到刘崇、高行周，天下不知有多少人仰慕敬畏的这些个人物，在我们大姐儿口中，竟不过是些成色高低不齐的半拉子英雄而已。便是当朝炙手可热的郭枢密，也不过混得九分成色！那我倒要问问你，照你这么臧否下来，这天下还有谁算得上是十分英雄呢？”

君怜红着脸笑道：“十分英雄，自然是爹爹了。”

“好，受用！受用！”符魏公拊掌道，“管他世人如何评论，我的闺女说我是十分英雄，那就比受了朝廷诰封还要笃定，还要荣耀！”

父女俩会心而笑。这是他们打从君怜小时候起就达成的一个默契，也是他们互相拍马屁的一个小把戏：无论是佳物还是美名，最好的，总是给对方留着。

“丫头啊，今日你这番话，让爹深受触动。”良久，符魏公恢复了深思的表情，“据我看来，朝廷近期对方镇是一定会有所动作的。你臧否了他们，也就等于臧否了朝政。如今，郭枢密、史中书在朝廷，刘中书、高邺王、安齐公、你爹等人在藩阃，两下制衡之际，有了你这番话，爹该怎么做，心里可就更有数了。”

君怜微笑道：“女儿的愚见倘若能对爹爹有所助益，那真是再好也没有了。总之，女儿以为，今日之时势下，与郭枢密保持默契、行动一致，对于咱们符氏而言就是上策。”

二〇　所谓移镇

冬十月，契丹入寇。这一次契丹的来势很凶猛，数日之内，邢州、洺州、贝州、魏州全线告急，南至邺都北境，西北至南宫、堂阳等地都遭到劫掠，官吏居民大被其苦。各藩郡的守将紧闭城门，各自为政，只求本城不失，已经完全顾不上广大的乡野及邻近州郡。

方镇抵抗不了，就只能依靠中央禁军来支持。告急文书如流星火箭，一道道发往帝都。

彼时契丹之主为耶律阮，又名兀欲，是曾经入主中原的辽太宗耶律德光的侄子。耶律德光暴亡之后，兀欲被部将拥立为帝，囚禁了政敌祖母述律太后和叔叔耶律李胡，开始了自己的统治。

当时中原与契丹的关系，虽然有过石敬瑭时代短暂的一边倒，但已逐渐恢复了对等。两国一方面互相承认、互致国书，在大事件上互通使节；一方面又不断在边界上摩擦生事，打打停停。

自从石敬瑭将幽云十六州割让给契丹，导致北方门户大开，中原北面的防务就变得异常艰难。契丹人对边境军民的小规模袭扰早已成为常态，遇到水草亏歉的坏年成，或者契丹上层各派系争斗激烈难以分解时，南下中原“打草谷”便成了他们纾解内部生存压力与政治压力的最佳途径。因此，即便在石敬瑭父子向契丹称儿、称孙的时代，中原边境对于契丹也不是一味恭顺的，刘知远和郭威就曾经担负过抗辽的任务。不仅他们，在其时次第更迭的各中原朝代中数得上的彪悍之将，大都曾在与契丹的某场战役中扬名立万。

总体而言，在其时的中原人眼中，契丹人既是可怕的，又是可以战胜的；既是不讲理的，又是可以被打服的。只要有人肯豁出命去跟契丹人打。

北上救援御敌的重任，毫无意外地落在了侍中枢密使郭威的身上。这一次，郭侍中仍旧带上了自己的长子郭荣，并仍旧以宣徽南院使王峻为监军。布兵遣将之际，郭荣向父亲提到了齐州马军都虞候韩令坤，郭威便将他调至麾下。

讨北的战争持续了五个月。乾祐三年二月，寇情平定，郭侍中巡边归来。

当然，郭侍中在这个时间归朝，并不仅仅是回来汇报军情。其时，他正准备再次越过定州和镇州，直压契丹边境，也给北番制造些兵临城下的恐慌。御旨来了，官家命他即刻返京，参与嘉庆节的庆典。

嘉庆节，就是本朝的“圣诞节”。这个“圣”，是皇帝的意思，具体地说，就是小皇帝刘承祐的生日。循例，许多藩镇都要进京朝贺。当然，谁来谁不来，最后要听官家的意思。官家既可以借此召回那些自己略不放心的，来一番耳提面命、轻敲重打；也可以借此屏蔽掉那些气焰太盛、可能对皇帝威仪造成影响的，让他们体会一下坐冷板凳的滋味。

时间回到十天以前。

禁中飞英阁，官家的御前秘密会议正在进行。除了小皇帝刘承祐，参与者还有司空苏逢吉、左仆射苏禹珪、国舅李业，以及提前回来贺圣寿的青州节度使、检校太尉、同平章事、侍中刘铢，旁听的则是刘承祐的贴身侍卫郭允明、聂文进、后匡赞等人。

刘承祐半倚在软软的宝座上，神情已经颇有些不耐烦：“……你们议来议去，到底有没有个结果？反正，这些外藩个个拥兵自重，经常不把我放在眼里，谁敢担保他们之中没有将来的杜重威、李守贞、赵思绾、王景崇?！趁着这次嘉庆节，必须得给他们点教训。我说挑两个出头的，拿个错失杀鸡儆猴，你们又觉得不妥。那你们说怎么办吧？”

与亲信们在一起，小皇帝还是比较放松的，比如在自称的问题上，他就经常放弃那个需要端着架子的“朕”，而直接说“我”。虽然李太后经常教育他，要牢记自己的皇帝身份，处处按照规矩来，尤其不要对亲信太随便，教他们小瞧了自己，但他觉得母亲太啰唆：当了皇帝，可不就是怎么高兴怎么来吗？他已经够忍让的了！

“官家说得对。目下这些方镇守将，真是尸位素餐，朝廷白养着他们了！”苏逢吉忙道，“就说北方这几个军州，本就是为巩固边防而设的，可是契丹人来了，他们又干了什么好事？就知道把城门一关，向朝廷讨要救兵！”

苏禹珪有一副忠厚长者的模样，在议政时尽量持中庸的论调，哪边都不得罪。不过大家都看得出，他常常更有意识地与苏逢吉保持意见一致。比如此刻听了苏逢吉的话，他便立即附和道：“司空说得是。陛下，不如削了这几藩，朝廷从禁军中另派忠勇之将镇守。”

“削藩？好啊。我看这些藩镇互相勾连，早晚要起异心。趁他们还没成势头，削了也好。”国舅李业沉吟道，“只是削了他们，要拿谁去替补，这还得想周全了。最好是咱们自己人去把守，才是妥当。”

“官家，不如听臣说两句。”刘铢扫视着众人，带着点不屑开了口，“臣一向领着方镇，知道他们那些藩主都是怎生一番心思。”

刘铢其实不算刘承祐亲信，他是先帝刘知远的心腹之一。刘知远喜欢他的原因很奇特：因为他生性残忍好杀戮。在刘知远看来，这是有勇有断的表现，所谓同类相惜。刘承祐继位之后，对于这个刚戾难制的悍将其实是颇为忌惮的。这次嘉庆节前不知为什么，刘铢忽然起了忠顺之心，巴巴地从青州带了几件宝贝来献寿。刘承祐正因对付方镇的事不得要领，便临时召了他来参与“机要”。

众人安静下来，一齐等着刘铢说下去。毕竟，无论苏逢吉、苏禹珪还是李业，都没有实际领兵、镇守一方的经验。有些话，说起来容易，具体该怎么做，他们心中却含混不清。

“依臣看，藩主们心里最不情愿的，就是移镇。”刘铢得意道，“除非是小镇移大镇，那是升官，他们当然高兴。这些将领，每到一个州郡，无不巧取豪夺压榨地方，殚精竭虑培植势力。若是平移，甚至大镇移成小镇，他们的势头就必定会大受打击。陛下请细想，要是正在热腾腾生根发芽之际，冷不丁给他们拔了出来，换个别的地方栽种，他们不得乖乖缩一阵子脑袋吗？待到立足安稳了，他们又要生根发芽了，咱们就再给他们拔了！……”

刘铢所说的，正是一个被过往几朝频繁使用、屡试不爽的办法。确切地说，这种性质的移镇，很大程度上就等同于削藩，在阻遏地方军镇势力膨胀方面，的确起到过不错的作用。

他尚未说完，群僚已开始附和：“刘侍中言之有理！臣看前朝也都是这么对付方镇的，管用！”

“对，老规矩，过段时间就给他们动一动，谁也别抱怨。”

“这法子妙！比杀人、贬官之类的好多了！还教他们有苦说不出来，也怨不到咱们头上！”

小官家治下的朝廷新贵们终于发现了节制外藩的“移镇”妙计。至于刘铢身为方镇却出主意对付方镇是个什么心思，他们暂时还无暇去计较。

刘承祐也兴奋起来：“好，那就移镇！叫他们挨个儿给我搬家，看他们还能折腾出什么来!”他在软榻上坐直了身子，“不过，到底该怎么移呢？你们快议议。”

几人面面相觑。刚抓到的法宝，哪可能上手就会用呢？还是苏逢吉脑子灵活，愣一愣便笑道：“咳，官家，有现成的枢密院在那儿摆着呢，咱们着什么急？这得罪人的事，咱们教枢密院干去！陛下只需下道旨意给郭威，还有那个杨邠，他们就得乖乖把名单和方案报上来。到时候，陛下看着顺眼的，就许了，看着不顺眼的，就驳回去，或者御笔一挥改了，这不是挺好吗？哪家方镇要是心里别扭、不服气，让他找郭侍中算账去呀！跟陛下和咱们有什么关系!”

众人纷纷附和：“对对，即刻将郭威召回来，这烫手的火钵儿，得教他接着!”

春三月是个好季节，东京汴梁气息和暖，草长莺飞；农人们赶在节候里播种，没有时间抱怨政务的得失；连盗匪在这个季节都不大活跃，大约也是敬惜农时、给大家都留口饭吃的意思。官家在这个时候降生，简直像是顺应万物更始、气象一新的天意。

而对于外藩节钺们来说，在这个时候进京欢度嘉庆节，却是各有怀抱，心事重重。

京城的枢密院、中书省、三司乃至吏部、兵部等各大衙署门前，人流如织，车马堵塞了原本就不宽敞的道路。嘉庆节是一年中最令某些衙门口的京官们开心的节日，他们在这个“节令”的收获，比元旦、中秋和冬至都要丰盛和实惠得多。外地大员们络绎到来，纷纷赶着到有权势的京城官员那里孝敬、打听消息。一名藩主派出去打探联络的人，就从上到下分了好几个层次。这里外一算，衙署里的大小人物就有不下十顿饭可吃，或者不下十份礼物可以收。要是十几二十几名藩主同时在奔走呢？

苏逢吉的私宅前来了一辆青棚素车。

苏逢吉正在后院与姬妾玩鱼，手下一个孔目官匆匆走来，附在他耳边小声说了两句话。苏逢吉皱眉道："李晖？教他到书房等着吧。"

良久，苏逢吉才离了鱼池，慢慢踱回书房。

李晖早已坐得不耐烦，见苏逢吉进来，立马满脸堆笑，站起身迎过去："苏司空！"走近几步，纳头便拜，"卑职叩请苏司空金安！"

苏逢吉伸手作势扶道："李节度何须如此客气？免礼，免礼。"

李晖素知苏逢吉不耐烦闲聊，因此也不胡乱寒暄，只殷勤笑道："向来多蒙司空照拂，此番进京，卑职原也没有什么好孝敬的，恰好日前得了一件唐宫旧物，看着还成个模样。想来，将它献给司空，当不至于辱没了司空的清赏。"说罢，他向身旁的随从使个眼色，随从们便将地上放着的一个大漆盒子抬过来，轻轻打开。

苏逢吉的眼睛一亮。漆盒子里的物事，即便饱赏世间宝物如他者，也不能不怦然心动。

"这尊纯金普贤菩萨，是当年明皇宠姬梅妃宫中珍藏。卑职亲自数了，上面镶有各种琥珀、珍珠、珊瑚、砗磲、水精、琉璃等饰物共计八十一颗，都是唐宫原物，一点儿没有损毁过。这件宝贝原本流传到了杨光远手中，杨光远被围剿之际，他家的下仆设计偷了出来，埋在城里一口枯井内，后来便流落民间，辗转多名商贾之手。卑职费尽心机，终于重金购得，但愿司空不要嫌弃，好歹收下才是。"

苏逢吉伸手轻轻摩挲着菩萨像，笑逐颜开："李节度说话也忒客气了！这么贵重的宝物，鄙人有缘亲睹，应该感谢李节度才对，哪有嫌弃一说？"

两人对视大笑，心下都感到如同猫尾挠过痒处一般的振奋和蠢蠢欲动。

“李节度此次进京贺圣寿，有什么念想，不妨跟鄙人说说。”苏逢吉和善地邀请李晖入座，大咧咧问道。

“司空这么不见外，那……那卑职就直说了。”李晖喜道，“卑职在河阳那小地方待得也够了，想着，镇国军是个不错的去处……”河阳当然并不是小地方，但这要看跟哪里相比，更要看讨官者的胃口如何。

“知道了。”苏逢吉淡淡颔首，“这有何难？你尽管回驿馆去，这些时日在京城，该干什么还干什么，不必着急，慢慢等我的信儿。”

“卑职拜谢司空！”

与此同时，在数条街道之外，郭威从枢密院回到了自己的府邸。

他已经为移镇的事情头疼了好几天，官家把最得罪人的移镇方案交给他做，摆明了是拿他当刀子，来割方镇的肉。虽然他早已料定有这么一天，但事到临头，还是少不得要提起一万个小心来。何况又是在嘉庆节这种理当喜气洋洋的日子里，但凡哪家方镇不服，闹出乱子来，屎盆子肯定往他郭侍中头上扣，屁股也肯定得由他郭侍中去擦。

他需要有人帮他分担这个巨大的风险。问题是，在这件事上，杨邠和史弘肇都不足以替代他出来挑头。杨邠虽然以首相兼职枢密院，其实权势重在文官系统的官吏任免，对于军政合一的外藩，他的辖制力并不够用。而一向嚣张跋扈的史弘肇管的是禁军，在方镇事务上说话，名不正，言不顺。

他当然知道，苏逢吉、李业、王章等人，也会在背后想方设法影响此事的结果。人事变动从来都是朝务的重中之重，他们会拆他的台、搅他的局，想方设法把自己的人安置到肥美的州郡去，但这些动作只会在背后偷偷进行，明面上，他们将会摆出公事公办的面孔来，冷眼观瞧。

想把他郭侍中一人放到火上烤，他们全都作壁上观？这如意算盘未免打得太好了。

郭威在堂屋坐定，因为走得急，出了一头汗。夫人张氏和侧室董氏忙过来替他张罗茶水。郭威摆摆手，问道："荣哥儿呢？把荣哥儿给我叫来。"

张夫人道："他去西校场了，说是训兵。太师不是知道吗？"虽然在加衔之后，朝堂中人常称郭威为"侍中"，但家里人和底下亲随们倒还是喜欢原来"太师"这个称号多一些。

"还没回来？"

"没有。荣哥儿去训兵，哪次不是训到天黑才回家？依我说，你们爷儿俩刚在北边打了几个月的仗，还忙着训什么兵哪？就算你们不累，那兵士也得好好休息几天不是？"张氏嗔道。

"咳，"郭威一面从董氏手中接过雁儿来抱在怀里逗弄，一面道，"此番与契丹对阵，咱们的骑兵还是显出了弱势。无论是禁军，还是牙兵，在技法、战术、胆略上都有颇多亟须敲打之处。荣哥儿是个急性子，眼睛里揉不得这些沙子，着急忙慌地要革除弊端，在返京的路上就跟我说了，要想法子整改。他还拉上了抱一，天天带着他谋划来谋划去的，嘿！"

"既如此，何不将李三郎也叫上？三郎年长两岁，阅历多，人也沉稳，他们姑表、姻亲兄弟在一处研磨，不是更多一分把握？"董氏从旁道。

"不必去管他们的事啦。"郭威摆摆手，"荣哥儿愿意怎么调遣，那是他的事，只要他觉着顺手，就随他安排吧。你们跟我说说青哥儿，昨日替他延请了刀枪师傅，可好生照着师傅的教导练习了？"

张氏叹了口气："练习是自然的。不过旁边一堆小的看着，意哥儿，宜哥儿，还有喜哥儿，都闹着要学，也不得安宁。尤其是喜哥儿，乳母好歹抱走了，还哭了一回才罢！"

正说着话，一个家院从外头进来，行礼禀报道：“太师爷，有客人到访。”

郭威暗中叹口气，无可奈何道：“是何人哪？”

家院双手递上名刺：“兖州节度使，符魏公。”

二一　枢密名单

听闻来访者竟然是符彦卿，郭威急忙撇下妻儿，整理衣衫，直出堂外去迎接。

符彦卿与长子昭序、次子昭信带领着五六个随从在郭府大门口端肃而立。郭威快步走去，离了老远就笑道："哎呀呀，魏国公，你何时到京的，怎的不着人知会一声，好教下官前去拜会才是啊！"

符彦卿父子满面堆笑。符彦卿先致揖礼道："侍中说哪里话来！下官父子今日抵京，第一件事，必定是亲来府上拜望侍中才对啊。"

当下符家兄弟上来拜见了郭威，符昭信并代妹子翚娘转达了对义父的问候，又献上兖州风物为礼。互相寒暄一番后，郭威将众人引入客堂，又一迭声差使家院："去，将荣哥儿给我叫回来，告诉他符魏公来了。"

分宾主落座。看罢茶水，符彦卿便擎了一只瓷杯，站起身向郭威道："去岁侍中父子相救小女之恩，下官全家感铭肺腑。客中礼数不备，请侍中容下官借一杯茶，当面再致谢意。"

郭威忙也擎了瓷杯起身道："没有提早救出令爱，反教令爱受了惊吓，下官已是深怀愧疚了。致谢的话，请国公休要再提。"当下两人以茶代酒，对饮一杯，昭序与昭信从旁陪了。

于是叙些路途风霜及别后境况。郭威与符彦卿此前略打过几次交道，却并非交情深厚的密友，故而彼此言谈间还是非常客气。两人上次见面是在五六年前。那时候，天下还是石氏的天下，郭威扈从刘知远镇守太原，虽然在军中已是声名显赫，官职地位却远比早已节钺一方的符彦卿为低。谁承想时移世易，如今郭威雄踞皇朝军将权力榜首，符彦卿入京后占卜前程的第一卦，就问到了他的门前。

话题渐渐转入朝政。符彦卿虽然在京中自有密谍往来传递消息，但毕竟是隔靴搔痒。因此，听郭威闲闲一说京中各衙署这些大事小情，留意其语气轻重、设辞长短、亲疏远近，话里话外便获得不少讯息。

叙至半酣，郭威忽然笑道："倒忘了一事。上次承蒙国公惠赐'斫雪'宝剑，还没有当面谢过呢。下官这里也有几件兵器，虽不能与国公的宝剑相比，大略还算件物事，国公可愿品评一下吗？"

符彦卿一听，心知他有意私谈，立马笑道："侍中肯赐宝物给下官一观，那真是再好也没有了。"

郭威于是起身，亲自引符彦卿走向客堂屏风后的一间小书房。左右仆从明白他的意思，并不跟随。

所谓小书房，其实是间密室。两人入内后，郭威关上门，冲符彦卿淡淡一笑。符彦卿见书房壁上只挂着自己那把"斫雪"剑，却不见更多兵器，不由笑道："区区三尺，不成敬意，侍中倒如此爱惜，真是好教下官感动。"

郭威笑道："国公赠剑的深意，下官岂敢不精心领会？下官相邀国公入内密谈，是想问国公一句话。"

符彦卿忙道："侍中请问。"

"国公可知道，此次嘉庆节，官家召诸藩进京，背后预备了一个大动作吗？"郭威平和说道。

符彦卿看定郭威，缓缓道："官家是不是要移藩？"

“魏国公果然老到。”郭威赞赏地点点头，“官家对境内诸藩的布局久存不满，令下官尽速拟出移镇之策，要趁藩主们进京之机来个大挪移。对于不少藩主而言，此番动作，名为移镇，实质就是削藩了。”

“官家是指明了要移下官吗？”

“符魏公威势煊赫，为避免官家徒生疑虑，移镇势在必行。”

“那么，官家指明要将下官移往何处了吗？”

“暂且没有。这就是下官想要跟国公探讨的：移，是一定要移的，问题是，往哪里移？下官想听听国公的意思。”

符彦卿沉吟道：“下官这些年从徐州到兖州，一直在东面镇守。倘若移镇不可避免，可否仍旧选在东面？”

“那么……青州可好？”郭威道。

“青州？！”符彦卿略感吃惊，“青州毗邻东海，人口繁盛，地方富庶，又有渔盐之利，自然是个好去处。可是，青州目下不是刘铢刘侍中在镇守吗？”

“跟国公说句实话，官家对刘侍中颇存疑虑，前日特意对下官说，要下官想个法子将他召回京中，看管在眼皮子底下。刘侍中的去向咱们且不去管他，下官的想法是：如若国公愿意，倒正好可趁此机会移到青州去，不是吗？”

符彦卿心头一热，举手郑重揖道：“下官何德何能，承蒙侍中如此照拂，实在感激不尽！”

郭威摇头笑道：“国公德高望重，原该得到朝廷厚待，岂是出于下官的照拂？国公如若真的肯加青眼于下官，那就不要拘礼，你我索性兄弟相称便了。”

“如此甚好！愚兄可多承贤弟抬举了。”

两人在密室内又说了些要紧话，方开了门步出。却见君贵已经回来，正与昭序、昭信哥儿两个坐着叙谈。

见父亲辈出来，几个年轻人纷纷起身示礼。

郭威向儿子道："荣哥儿回来了？甚好。快过来见过魏国公吧。"

君贵忙趋前尊呼下拜，符彦卿死活拦住了道："贤侄快快免礼！伯父还没谢过你早前相送君怜的一番厚意呢。"

郭威笑道："跟孩儿家说什么谢，符兄莫要折杀了他。"

当下符彦卿拉着君贵的手，上下打量着赞叹道："上次伯父与你父亲在晋阳匆匆一晤，哥儿因出门勾当军务，竟无缘得见。伯父心中，还存着你之前十七八岁时的模样。如今一见，比当年那个清瘦的少年人可是强壮、老练多了，真真担得起栋梁了！——郭贤弟果然会调教儿子，有这么一个君贵，顶我家里一大帮小子使唤！"

君贵因刚才已向昭信问过君怜近况，知她在家一切安好，这当儿听了符魏公的话，也不待父亲回答，忙笑道："伯父谬赞愚侄了。伯父有翚妹妹，那才是谁都比不上的。"

郭威一听，也欣然应道："对对，符兄的女公子，那可真是闺阁中少见的人物。愚弟抢了来做义女，符兄该不会舍不得吧？"

符彦卿哈哈笑道："贤弟恁大的颜面，愚兄哪敢有什么舍不得？便是换了给你做女儿，给我做义女，也是使得的。"

三日后。枢密院议事厅。

天气晴好，庭中的桧树寒色尽退，翠云渐堆。间有鸟鸣。

这是侍中郭枢密主持召开的会议，与会人员由他精心挑选确定，除了他本人，还有杨邠、史弘肇、苏逢吉、苏禹珪、王章。会议的主题是讨论移镇之策。

郭侍中的办法简单有效：他先圈出八个待移镇的州名，然后请与会者分别将自己认为合适的替换者写到州名下，再教书吏将所有的方案誊抄、归并到一起，这样，就得出了一份复杂的、每个州都有多名候选人的名单。

这份誊抄好的大名单悬挂在枢密院的墙壁上，正好覆盖了墙上的一张军事地图。会议的下半段内容，便是围绕这份名单进行议论。

所有人都瞪着这份杂凑的名单，脸上隐隐露出了气恼的神色。郭威早已料定他们会有这个反应，也不多话，静静等待他们相互发难。

不满先是从侧面发起的。

“……折从阮在府州待得太久了，早该移了，为什么名单上没有他?”

府州是北境与契丹的接壤地带，与麟州毗邻，守将折氏出自鲜卑族，是当地的军政世家。由于府州特殊的地理位置和对抗契丹的需要，折从阮打从后唐庄宗同光年间起就镇守府州，一直没有移过。现在被人拿出来质问，倒也不出情理。有意思的是，其时谁也想不到，一年之后，府、麟两州就会陷入生存的夹缝，在三方势力的角力与撕扯下艰难摇摆——那，就不是移镇能解决的问题了。

折从阮有个儿子叫作折德扆，折德扆有个女儿，叫作折赛花①。至于麟州呢，它的守将叫作杨弘信。杨弘信的长子叫作杨重贵②，次子叫作杨重训。当然，这些都是后话了。

对于墙上的这份移镇候选大名单，权臣们还有更多的不满:“安州的杨信才去不久，移他做什么?”或者:“贝州刚刚被契丹人侵扰过，谁肯从自己好端端的辖地移过去收拾那个烂摊子啊?”……

说着说着，问话开始指向要害:“郭侍中，邺都怎的不在这

---

① 折（shé）赛花:《杨家将》中的佘太君。

② 杨重贵:入事刘崇后被改名为刘继业，入宋后又复本姓改作杨业，后世所谓“杨家将”第二代“金刀杨令公”是也。第一代就是“火山王”杨弘信。

移镇的名单上呢?”以及,“刘铢从晋昌军移到青州,也快三年了吧?为何待移的方镇里没有青州?诸位可别忘了,青州是当年杨光远据守谋反的地方,在那儿待长了,难保不生出什么好事来!”“对啊,无论如何,此番青州非移不可。”……

就这个问题两相应和的,是素来与刘铢不睦的杨邠和王章。

郭威原本就在等他们发问,闻言趁机轻描淡写地答道:“邺都、青州,官家特意嘱咐过下官,都另有安排,因此不在今日议论的范围之内。诸公议议别的吧。”

于是权臣们围绕着同一个州的不同候选人展开了争论。郭威并不参与他们的争论,只在他们吵得不可开交的时候,堆下半副笑脸来,从旁劝阻两句。

渐渐地,矛盾集中在了这个问题上:华州。

华州,亦即镇国军,前据华山之峻,后有泾渭之深,左控潼关之险,右阻蓝田之危,自古为关中军事重地。对于藩主,尤其是西部藩主而言,能够去镇守皇朝西部的这个大军州,自然是一桩相当有颜面的美差。

苏逢吉认为,河阳节度使李晖温良恭俭、治理有方,颇受百姓爱戴,非常适合移镇华州,扼守西部门户。而史弘肇则认为,李晖在任上向无政绩,根本不配去管理华州这样的大州。倒是现任鄜州留后[1]王饶,在鄜州节度使焦继勋出征期间履行统摄军民的职责,勤政爱民、兢兢业业,不久前朝廷还给他加了检校太傅以示赞赏。因此,镇国军那么重的担子,非交给王饶去担当不可。

两个人在议事厅中吵了起来。很快,苏禹珪和杨邠也加入发言者的行列。苏禹珪居中劝架,偶尔也帮着苏逢吉说两句王饶的不足,杨邠则旗帜鲜明地站在史弘肇的阵营挤对李晖。最后,一

① 留后:节度使的代理官,在节度使遥领、出征、朝阙等情况下代替管理藩务。

直在旁边沉默不语、暗打算盘的王章加入战斗，他提出了一个别人很难反驳的理由：王饶在鄜州留后任上向朝廷进的贡，比李晖在正职上一年交付的都多。因此，他支持把王饶移镇到华州。

再吵。再妥协。华州节镇人选落定王饶。

其他的问题也逐渐吵出了答案。

最后，郭侍中总结陈词。他对今天的议事结果感到满意，感谢同僚们各抒己见畅所欲言，既对全国藩镇的重新布局提出了卓有见地的新设想，又帮助他完成了官家交代的重大任务。他表示，他会将今日的议事结果汇总，作为大家共同的意见奏报给官家。

二二　嘉庆之节

郭府书房。郭威将一张写满字的纸递给长子："荣哥儿，你看看这个。"

君贵忙接过来，只扫一眼，便道："这是……那个名单？"

郭威点头："对，吵了半日，最终拟出这么个移镇名单。你看看，能看出门道来吗？"

"王令温……杨信……王饶……刘词……高邺王……慕容侍中……符魏公……"君贵仔细研究，思索着慢慢道，"这好像是两条线？"

"不错，我特意叫他们打乱了誊写的，难为你竟看出来了。"郭威笑道，"其实这里面爹想要保的，只有三个人。最后能够如愿保下来，也算是险胜。"

"三个人？……儿子瞎猜猜，应该有高邺王和符魏公，是不是？"

"对。符魏公且不说了，前日高邺王到咱们家，我也是当面答应了他的。"

"还有一个人是谁呢？"

"刘词。"

"刘节度？儿子不知他竟能得爹如此青眼。"

"此人骁勇坚毅，勤勉温厚，在藩主中也算是难得了。去年平定河中之乱，他从同州西来策应我，助益良多，你可还记得？"

“自然记得，城破后宴饮庆功时，爹还教儿子去向他敬了酒的。——不过，恕儿子驽钝，爹究竟是怎么保下这三个人来的呢?”

“你刚才已经看出来，爹用了两条线来设计这个移镇之策。原本，我想将这三个人都放在同一条线中，然后以官家之名将这条线抓在自己手里，只教他们去议论另一条线。可是实际运作的时候遇到了麻烦，所以爹只能先将高邺王和符魏公放到我要力保的这条线中，刘词的位置，则靠随机应变了。”

郭威指点着这份名单：“邺都留守身份极高，历朝都留着它用以奖励大勋。便是先帝，当年也是做过魏博之主的。后来，邺都留守杜重威叛乱，高老爷子受命平定，进而取代杜氏得到了这个位置。如今好几年过去了，小官家要重新布局，势必要动他。前日我当面跟高邺王也是这么说的。所以，高邺王的问题不是如何保住魏博，而是离了魏博，选哪个去处才大致相当、不失颜面。郓州是个大州，守着巨野泽，人民富庶，战事又少。高邺王去郓州，也可以算是得失相当了。我问他移到那里去可好，他没有异议。而符魏公呢，我替他选了青州，因为青州的刘铢是必须离开的……”

“所以在邺都和青州之间，爹安排了两个州来做中转?”

“对。这条线上的人物，分量要大致相等，否则就转不下去。慕容彦超是先帝同母异父的兄弟，颇得官家倚重，将他纳入这条线，官家是不会有意见的。”

“儿子明白了，掐住头尾两个州之后，在中间进行运筹。如此，邺都的高邺王移到郓州，郓州的慕容氏移到兖州，兖州的符魏公移到青州，一条线就理顺了。可问题是，青州的刘侍中何去何从? 邺都空出来的位置，又由谁去填补呢?”

郭威高深莫测地笑了：“这种难题，咱们就交给官家好了。官家自己回答不了，自然会叫上他那个御前小班子商量。嘿嘿，爹正等着看他们能商量出个什么结果来呢。”

“那么另外一条线呢？爹是怎么运筹的？”

“所谓另外一条线，说白了就是刘词的线。我之所以将刘词另置一线，是因为刘词目前在华州领着镇国军，而镇国军节度使的位置，却被史弘肇和苏逢吉同时盯上了。为了保证高邺王和符魏公的去处不被搅和，我只能将刘词单拿出来，再去跟他们慢慢推挡。”

“这么说，苏氏和史氏都有各自的人想塞到镇国军去，对吗？”

“对。河阳李晖，胆小贪财，苏逢吉却把他捧成万民爱戴的良臣，说是堪当西部门户。鄜州留后王饶就更离奇了，他那个检校太傅，原本就是花银子买的。此番也不知给史弘肇送了多少孝敬，史弘肇竟将他夸赞成军政奇才，似乎连鄜州正职焦继勋都比不上他的治理之功。杨邠和王章也帮着史弘肇，所以，最后镇国军的位置，就给了王饶。”

君贵皱眉道：“爹就由着他们胡来吗？”

郭威淡淡一笑：“史弘肇虽然跋扈，咱们平定河中之乱时，若没有他都辖禁军、警卫都邑，禁绝流言虚语，咱们哪能成事？何况先帝建鼎之初，京城民力疲敝，他曾与我一同尽心王事，多方筹划，知无不为，共度时艰。我与他的同僚之谊，比旁人要深上两分。是以，史太师的面子，爹一向不驳。”

君贵不作声了，心下大不以为然。郭威看出他的心思，拍拍他的肩：“小子，别忘了在这条线上，驳史太师是次要的，保刘词才是主要的。他们拿王饶把刘词给挤走了，总得容我替刘词安排一个合适的去处吧？刘词又没有过失，总不能给下放到一个小州去吧？所以我拿邢州安顿刘词，他们也无话可说。甚至，他们都察觉不出来我究竟有没有想保谁。”

君贵再次仔细琢磨那份名单：“贝州王令温移到安州，安州杨信移到鄜州，鄜州留后王饶移到华州，华州刘词移到邢州，邢州薛怀让移到同州……”看似简单的一份名单，其中却暗含着轻重缓急，包裹着进退得失，平衡着各方利益，可谓布局缜密，一丝不乱。君贵心里不由深深佩服父亲的手段：“爹这份运筹帷幄的深思熟虑，儿子当真是望尘莫及。”

郭威摇头笑道：“荣哥儿，莫轻看了自己。所谓不在其位不谋其政，这些本事，只要机缘到了，你早晚都会具备。不过话说回来，这次移镇，倒真教爹长了见识。你也清楚，爹自跟随先帝以来，一直在中央与魏博、河东来回移动，却从未有节钺藩镇的经验。此番日日思索移镇之策，又与各大藩主多方交谈，爹对于中枢如何软硬兼施统领方镇，算是了然于胸了……只是，爹对于藩镇在其中的得失，尚未有切肤的体会。”

听到这里，君贵冷不丁问道：“爹，你说这次官家会派谁取代高邺王出镇魏博呢？”

郭威目光一闪，稍顿，淡淡笑道：“嘿，走着瞧吧。”

嘉庆节的正日子终于到了。

官家刘承祐在永福殿大宴群臣，新朝宠幸、前朝勋旧、中枢精英、外藩权臣谀辞如潮，就连一向硬邦邦的史弘肇、杨邠等人，也笑模笑样地带头举杯向小官家祝寿。官家的兴致很高，因为这是打从先帝驾崩以来，他首次可以依从礼仪、名正言顺地举乐尽兴。虽然国丧期早已过去，但是李太后要求他做一个孝顺的儿子给天下人看，所以去年他的寿诞便没有举乐，只是在内廷摆了顿寿宴，叫上宗室、戚里一起来走了走过场而已。虽然回到后宫，他瞒着李太后与妃嫔们好好地玩乐了一番，但那毕竟是担惊受怕的。母后总是有那么多大道理，可以随时拎出一条来教训他，让他不敢反驳。

然而现下不同了。今天，他二十岁了。二十岁是弱冠之年，他已经是个成年人。随着嘉庆节的到来，孝期的禁令解除了，他可以尽情欢笑，尽情地享受他的青春、他的生命、他脑子里和身体内的各种冲动，包括与他心爱的耿妃和其他宠嬖在御苑中公开狎玩。道理上，他可以做一切自己想做的事，并且不做一切自己不想做的事。便是母后，也不能把他怎么样，至少不能再像训斥幼儿那样训斥他。

道理上，他还应该获得亲政的资格。

可是他也知道，他离实现这一步还差着好几个人。虽然这些人今日装模作样地对他表示了恭敬，可是他们翻脸比翻书还快，下次议论朝政的时候，指不定碰到什么细节，就会激发出他们那种顾命大臣以江山社稷的名义睥睨天地的姿态。所以，当那几个人举杯向他祝寿的时候，他虽然在脸上挂出了和善、亲切的笑容，心里却忍不住骂了一句：你们这帮老匹夫！还不麻溜地把朕的江山交还到朕手里？再这么嚣张不已，几时教你们知道朕的厉害！

君贵随从父亲，也参与了今日的寿宴。他叨陪末座，并没有很多的礼节要尽，因此得以有暇细观今日场面。小官家跟他离得比较远，自然是很难注意到群臣中的这个小武官的，但是从君贵的角度，却可以将宝座上的小官家看得很清楚。

在这一片弦乐与交语声中，君贵再次感到了滑稽。不光小官家的说话行事滑稽，便是永福殿中的大多数人，也是滑稽的；御座上下的关系，就更滑稽了。君臣之间、群臣之间明明各怀心事斗着心眼，表面上却互相恭维互相吹捧：御座上的是富于春秋、圣明雅量，玉堂下的全都尽忠护国，堪称中流砥柱。

越是这样捂着、围着、憋着，君贵就越能感到一种即将失衡的危险。

也许因为同是年轻人，君贵对于官家的心态有着超越身份地位的感知。不需要啰唆的揣摩分析，他便能洞悉官家内心狂烈的躁动。毕竟，他也曾有过那样内心满是冲突的少年时代。何况，官家的心思又并不深。

局势似乎是胶着绵密的，又似乎是吹弹即破的。

嘉庆节后数日，朝廷陆续颁降御旨。移镇的方案大体按照郭侍中向君贵出示的那份名单进行，外加多少年不移的府州折从阮移镇邓州这类补充小条款。在枢密院议事时没有达到目的的几个方镇，比如苏逢吉支持的河阳李晖，或者王章支持的相州郭谨，最终得到了加进邑封的奖赏。尤其李晖，在苏逢吉那里使了那么大的劲儿，最后却被王饶给挤落，自然不能甘心。此番能得加邑封来做安慰，苏逢吉也是替他费了一番心思的。

邑封是一种古老的天子赏赐手段，最初是实地相许，后来就变成臣子待遇等级的一种表达方式。天下郡县数目有限，天子的府库也有限，于是受封者便有名义上的封户数与实际封户数的区别。此番给李晖等加邑封，除了虚名，也等于增加了他们的俸禄。话又说回来，李晖这样的搂钱人才倒也不缺天家那几个虚钱补贴花销，重要的还是封邑数目好看。

当然，更重要的人事变动，并不是郭谨、李晖等人进加封邑这样的小打小闹。青州节度使之位被符彦卿取代后，刘铢得到了一个看起来不错的任命：权开封府尹。开封府尹，简称开封尹，是后汉首都东京的行政长官，加个“权”字，就是权且担任，有临时、试用的意思。其时的开封尹为前前朝老臣侯益，属于朝代更迭之际投诚留用的老家伙一派。侯益年纪已经六十有五，虽然自己还很想干下去，但各方面都觉得他该把这个位置让一让了。刘铢就是在这样的情况下，被降旨“权”了开封尹的。

最初得到这个职位的时候，刘铢还是比较满意的。他跑到官家和他的御前小集团跟前献诚，原本就是想回到中枢捞个好位置。当然，他瞄准的是枢密院，可是枢密使、名誉枢密使们怒眼圆睁地杵在那里守护着地盘，一时半会儿他显然没有什么机会。何况，开封尹是个规格很高的职位，天子脚下，资财声娱四方辐辏，那还能不好吗?

刘铢踌躇满志地开始了履新之旅。侯益处于半致仕状态，虽然在很多问题上都不肯放权，可刘铢是什么人哪?你不给，我还不会抢吗?何况刘铢知道，侯益也清楚，侯某人早晚都是要为国荣休的，刘某人早晚都是要改授正职的，斗起来不能太过分。

没想到，过了一段时间，正式任命的旨意下达：先帝幼子、原遥领兴元尹、检校太尉、同平章事、侍中刘勋正授开封府尹。

刘勋原名刘承勋，兄长刘承祐继位后，他避讳改名。其时，刘勋远未成年。

刘铢发现自己被人摆了一道。他丢失了自己在青州的地盘，却没能回到中枢获得更大的权势。朝廷将开封府尹的正职授给了一个未成年的皇弟，而他刘铢，仍然是替别人跑腿辅佐的、名不正言不顺的“权”。

“好好，郭侍中，史太师，杨尚书，你们有本事耍弄我刘某人，咱们不急，慢慢走着瞧!”在东京新置的宅邸中，刘铢拍烂桌案，发出了这样的宣言。

夏四月，比青州和开封尹更重要的、真正的人事安排重头戏终于在御前上演。原邺都留守高行周移镇郓州已经月余，邺都的军政大事一直由留后承担着，现在，魏博的新藩主之位，已经到了非确定不可的时候了。

与会者仍旧是这班顾命老权臣：郭威、杨邠、史弘肇、苏逢吉、王章、苏禹珪。

此时在滋德殿中的所有人心里都清楚，出镇魏博的最佳人选，其实是不二的，是唯一的，是毋庸置疑的，是毫无争议的。只有那个人才可以。

恁大个情面，官家不打算假手于人，他要自己来卖。

“郭卿，”自觉已然成年，举止变得更加刻意、讲究，说话更会拿腔捏调的官家刘承祐温言道，“契丹久为我朝祸患，河朔内外，军民仰首祈盼天家派出威高德重之勋帅久驻，以此震慑北兵。卿自去岁至今年初在北线与契丹抵战良久，战功彪炳，足以令北番闻名胆寒。”他换了个更加亮堂的嗓门，“魏博名藩乃社稷之珍，藩守之位自从高邺王移出之后，空悬已久。依朕看来，邺都留守，舍卿其谁？朕决意要将此大任委命于卿，万望卿勿以身体为由推辞！”

说罢，他遍视阶下众臣。众臣有一阵非常短暂的沉默，然后，纷纷颔首，附和。

郭威不动声色，只恭谨向上揖道：“臣资质驽钝，过往纵有微功，也是托赖陛下洪福。如今边患不息，北面诸郡当其冲要，稍有懈怠，便易为番人所乘。为人臣者，理当为社稷分忧。今陛下有旨，臣敢不应命！”官家微笑。

这当儿史弘肇揖道：“陛下，郭侍中既然总摄北面防务之重，那么就不只是魏博节度这么简单的事。臣以为，河朔诸州的兵甲、钱帛、粮草都应该归属郭侍中节制，才方便统一部署兵力、调动人马，备战迎敌。”

史弘肇说这个话其实有他的务实依据。郭威返京后，在私下晤面的场合，曾经向他提到过，此番北上迎击契丹，之所以一开始步履艰难，就是因为河朔诸州各自为政，只图关起门来保存实力，以致贻误军机，令战火迁延。

杨邠、王章也附议。刘承祐便点头道：“朕也早有此意。那就从卿等所言，着郭侍中统摄河北军政，河朔诸州，凡事全听郭侍中节度。”

其实，对刘承祐而言，把这个令他捉摸不透的郭侍中外放出去，也是件能让他松一口气的事。勒在自己心上的羁绊，少一道是一道。先把郭氏放出去，剩下这几个再慢慢应付。

总之，朕都快被你们憋死了，朕要伸伸腰、透口气，给自己松绑。

二三　统摄河朔

接下来的讨论，触碰到了一个敏感而微妙的问题：郭侍中出镇邺都为藩守了，那他的枢密使之位怎么办？是留着，还是撤了？

留着，就意味着郭侍中在执掌中枢核心军事权力之外，又分得了一片外郡作为势力范围，京城里外都有了照应；撤了，就意味着郭侍中从朝廷核心权臣，变成了区区一隅的地方大员，听起来，这不像是升迁，反而削弱了权势，好像郭侍中在天子跟前略有些失宠的样子。

苏逢吉道："官家，非是臣有意为难郭侍中，可是历来藩臣没有兼任枢密使的先例。漫说是本朝，便是先帝在时，甚或石家坐天下、李家坐天下时，也没有这样的事。臣恳请陛下三思，邺都节度与枢密使，只能授给郭侍中一个。"

他余音未落，史弘肇就怒道："苏中书哪来的这许多先例！苏中书成日价在朝堂上摆弄毛锥子，却从来未曾抓过刀把子、舞过枪杆子。如何才能击退契丹这种事，苏中书便是再凑一百个脑袋也想不出来！将领御敌在外，最怕的就是令不行，禁不止。如果郭侍中不兼着枢密使的位子，统摄河北诸州的职能如何体现？敌袭当头，他只能以一藩主位向河朔诸州打商量，到时候有人找出理由来拒挡怎么办？有人阳奉阴违、拖拉观望怎么办？官家，臣不得不提醒苏中书，郭侍中只有以枢密使之职兼领魏博，才能便宜从事，再立战功，报效朝廷。”

毛锥子，毛笔也。枪杆子瞧不起笔杆子，在五代时期，乃至在一切纲悖伦毁、治乱交嬗的非常时期，都是铁律。

苏禹珪早瞧见苏逢吉气得满脸通红，嘴唇直哆嗦，本待当场打断史弘肇的，但看他那横蛮的样子，毕竟不敢。好歹史弘肇说话告一段落，苏禹珪忙插言道：“史太师这是什么话！苏中书此言完全是为朝廷尽忠，史太师有何异议，尽管提出来商议就是，何苦说话夹枪带棒！”

“苏左相，”杨邠冷冷开口道，“若论政务，阁下与苏中书尚可置喙一二，若论统军这种你们压根儿就不懂的事务，还请少出狂言，闭嘴自重。”

“杨尚书，你、你不要欺人太甚！”苏逢吉怒道。苏逢吉和苏禹珪的首相位置，原本就是被杨邠先后排挤掉的，此时见杨邠如此出言不逊，两人不觉气冲颅顶，有心与史、杨二人大吵一架，又碍着在御前，不好太过无礼，因此齐齐换了委屈的眼神，看向官家。

刘承祐皱着眉头，以眼神示意王章出来拉架。王章是三司使，是朝廷的财神爷，大家平常一般不与他当面发生冲突。同时，王章还是杨邠的同郡老乡，关系素来亲密。

“陛下，”王章揖道，“臣以为，也不必再争了。若论管政庶，苏中书是一把好手；若论拨弄算盘珠子，臣是一把好手；若论领兵，那么郭侍中、史太师、杨尚书都是好手。现在既然是议论领兵的事，臣以为，就听从他们会领兵的人的意思吧。”说着，他瞥二苏一眼，“毕竟，契丹人来袭的时候，是他们替陛下和百官臣僚挡在前面。”

众人皆不语了。刘承祐两只分得很开的眼睛里透露出稀薄的笑意：“众卿不必怄气了，朕觉得王三司这个说法很有意思。朕做主，就让郭侍中出镇魏博，并仍旧兼着枢密使吧。”

在群臣争吵之时，引发这场争吵的核心——郭威却静静站立一旁，保持着一脸谦卑的笑容和仿佛事不关己的态度，洗耳恭听各方高见。现在官家拍了板，他便收敛了微笑，向上拜道："微臣不才，唯有谨遵圣命而已。"

苏逢吉心中还有一事，见官家话说得简单，生怕他忘掉，忙左右顾盼，正看到御阶外侧侍立的侍卫郭允明，急切向他使个眼色。郭允明会意，低低咳嗽两声。他这咳嗽的音量拿捏得恰到好处，臣下听着若有若无，传到官家耳朵里，却讯号清晰。

刘承祐暗暗数落自己一声：嘿，险些忘了这件事！

他向郭威笑道："前线劳苦，居家度日诸事不备，郭侍中和大公子的家眷，就不必随军了，留在京中好生享受吧。魏博军州，哪里比得上东京的繁华！"

此言一出，郭威的脸色不禁微微一变。就是史弘肇、杨邠等听了，也略感不安。

可是皇帝说得入情入理。从皇帝的角度看，你郭侍中领着外藩大镇，还兼着中枢要职，什么都便宜了你行事，要是你哪天起意造反，朕不是吃不了兜着走吗？所以，权势，朕给你，可是人质，你得给朕留下，这是咱们君臣两下相安的法子。

殿中沉默片刻。杨邠道："陛下，郭侍中年纪也不小了，起居需要贴心人照顾。依臣看，妾室还是可以带上一两个的。"

"那是自然。"刘承祐微笑道，"郭侍中到了魏博，可得好生保养，不要太过操劳才是。"

郭威出镇天雄军、仍兼枢密使的御旨当天就颁布了，随着这项任命一起颁布的，还有郭威长子郭荣授检校右仆射，遥领贵州刺史、实任天雄军牙内都指挥使的诏令。当然，牙内都指挥使这个职位其实算藩帅的内务，并不一定需要朝命。官家将它连同检校右仆射这个荣衔和贵州刺史这个遥郡官一同写在诏书里，只是表示一种来自朝廷的认可和重视。

出发的日子定在五日后。

出发当天一大早，郭威父子尚未来得及入朝辞行，太后的懿旨到了：禁中后苑的四五十株蔷薇一夜盛开，太后请吴国夫人张氏和彭城县君刘氏进宫赏花。宫车在府外立等接入。

郭府夫妻父子面面相觑。

本来早已商议好了，张夫人与梅娘是要率领府中一众子弟相送郭威与君贵到城外长亭的。夫人还准备了酒食，要在长亭与丈夫、继子对饮，从容话别。虽说此番有董氏和雁儿陪伴他父子去赴任，但毕竟不能放心，有许多叮嘱的话，也要攒到最后一刻再重新交代一遍。

可是君命难违，这道懿旨，很难说是太后的意思还是官家的主意。总之，长亭话别是不可能了，所有与依依惜别相关的、柔软缠绵的想法都泡了汤。

张夫人与梅娘怏怏地回到各自屋中更换礼衣。君贵跟随梅娘入内。

侍女们忙着开箱箧找礼衣，夫妻二人没有说话，都看着使女们忙乎。

他们的心突然空了。

良久，梅娘开口道："你这一去，几时才能回来？"一言未毕，泪落如雨。

本来，她已经接受了夫妻不能同赴驻地、必须长久分开的命运，决心平静地告别，让丈夫安心离开。可是突然被剥夺了送行的权利，痛苦和委屈就翻了倍，像排山倒海怒奔而来的晚潮，猛烈地淹没了她。

孩儿们围在母亲的身前，原本不知烦忧，却被母亲的泪水所惊动，纷纷叫道："孃孃！爹爹！"梅娘不说话，只拿手抚弄着孩儿们的头。

君贵看着她，低声唤道："梅娘。"他的心里也堵着一块大石头，可是，他不想再增添妻子的愁思。“日常起居有远山和秋池，你不必为我担忧。”

“我宁可自己是远山和秋池！”梅娘气道。她的心意，君贵难道真的不懂？她所烦恼的又何止是他的起居！他竟然以为，拿出远山和秋池来说话，她的烦忧就可以稍减了吗？他错了，那只会让她更加烦忧。

当此之时，她真的希望自己是远山，是秋池，是别的什么不打紧的人，可以抛下孩儿们，跟着他奔波到天涯。吃苦受累，又有什么关系呢，只要两个人可以长相厮守，苦的也是甜的。

“梅娘，”他伸手试图抹去她的泪水，可是越抹越多，“每年总有述职的时候，又或者官家临时召见，又或者嘉庆节，又或者有什么急事朝阙，回来的机会还是不少的。”

“每年？！”

“对，每年。”君贵不忍心这样说，却又不愿妻子空怀期待。妻子是个坚强的人，他应该告诉她实话。

“每年？！每年？每年……”梅娘的拳头一下下砸在他的胸口，继而，又伏在自己砸过的地方，哽咽不能成言。

“君贵，君贵，我想去长亭送你，我想去送你……”

君贵的眼中也起了厚厚的一层水雾。他勉力克制，却难以自持。

很多年以后，君贵还是会回想起这告别的一幕。梅娘的拳头在他的心上砸开了一个洞，一个大大的洞，从二十岁成亲至今八九年的记忆，就在那个时候、从那个地方，一点一点地漏了出来。只有这告别的一幕，无论他如何想躲避，却始终都无法忘记。

她的拳头砸得他好痛。直到他告别这个世界的那天，那个地方仍旧隐隐作痛。

梅娘，我真的该让你去长亭送我的。

装束整齐的郭侍中领着长子郭荣，入滋德殿向官家拜辞。并非出征打仗，所以他们不着甲胄，而代之以锦衣轻袍。

刘承祐从御座款步降阶而下，双手扶起郭侍中，又向郭荣示意起身。官家两只眼睛炯炯有神，温言道："此番又劳动郭侍中出马为国镇北，朕心中着实感慰。郭侍中是朝廷柱石，大将军又为军中栋梁，有你们坐镇魏博，朕就放心了。"不待郭威答言，他向内侍一抬颌，"拿酒来。"

内侍端上早就预备好的木食盘。刘承祐亲手将两杯酒递到郭氏父子手中，自己又拿起一杯："来，满饮此杯，朕为两位壮行!"郭威父子逊谢两句。三人将杯中酒一饮而尽。

官家将酒樽放回托盘，笑道："爱卿父子尽管放心去履职，两位的家眷，内廷会负责照顾，朕担保荣华富贵，教他们享用不尽。"

郭威与君贵也放回酒杯，默然揖谢。

官家微笑。

郭威道："陛下，临拜退之前，臣还有一言启奏，不知陛下可愿一听?"

刘承祐温言道："侍中有什么话，但讲无妨。"

郭威看着官家，恳切道："陛下年轻，富于春秋，朝堂的大事，还是要审慎地听取各位大臣的意见再做判断为好。殿中文武顾命，皆是跟随先帝多年的旧部，就算互相间难免有不睦的言论，但他们对朝廷是忠诚的，也不失勤勉。陛下凡事多咨询他们的意见，为政就不会有大的失误。"他说着说着，不由动容，"……先帝驾崩前，将陛下交托给臣以及几位勋旧。臣履职以来，虽愚钝不敏，却不敢不尽心竭力，唯求不负顾命之托。如今陛下已经行过冠礼，这些话，原本不该再由臣来啰唆了，可是臣今日就要离京常驻外藩，不能再随侍陛下左右，思之再三，唯有将这个意思面启陛下，方是臣的本分。也许忠言逆耳，但请陛下三思。"

刘承祐有些感动，他觉得这个时刻的郭侍中是真诚的。到底有几分真诚，他不好判断，但是郭侍中传达出了一个意思：希望自己离京之后，殿中君臣能够和睦融洽。刘承祐不由想到，素日在御前，在顾命大臣们的各种争执中，果然是郭侍中充当居中调和者的时候比较多。他甚至对郭侍中产生了两分不舍。他小的时候，郭威还抱过他呢。

他又将视线转向郭荣。他们并没有在一起玩耍的童年。第一次见面应该是在东京，当时先帝还在石氏手下为侍卫马步军都指挥使，郭荣从军未久，是禁军中一个小小的指挥。郭威有事入刘府禀报，带上了这个长子。走在府中石板小路上，刘承祐的蹴鞠从园中飞出，将这位少年军将冷不丁撞了个趔趄。刘承祐并没有道歉，反倒是郭荣站定身子，对匆匆前来捡球的刘府二公子说了句："对不住了。"

呵，时间过得好快，世事变化得也好快。当年不被众人看重的蹴鞠少年，现在居然阴差阳错成了天下之主，居然可以驱遣当初看起来高大精悍的那些赳赳武将了——包括眼前这个不喜多言却据传骁勇善战的郭家大公子。

"郭侍中的话，朕记住了。"刘承祐收起了惯常的玩世不恭的笑容，正色道。然后他转向郭荣，温言道，"郭大公子此番领天雄军牙内都指挥使，可得好好相助侍中，立一番功业啊。"

君贵揖道："臣谨遵圣命。"

虽然有过之前太后宣召吴国夫人张氏和彭城县君刘氏入宫赏花的恼人插曲，但总的来说，滋德殿中的这次君臣晤别还是愉快的，大体上也是心无芥蒂的。这个时候，殿堂中的三个人谁也不会想到，这将是他们君臣间的最后一面。

郭威父子率领一众部将和牙兵风光启程，不日抵达邺都。郭威的同袍旧友、宣徽南院使王峻作为监军，也一同常驻此地。王峻的妻儿同样遵皇命留在了帝都。

这是郭威第一次出任藩主，第一次将一个地方的军政大权全部掌握在自己手里。在他过往急速上升的、辉煌的履历中，唯独欠缺这一环。现在，官家，以及东京殿堂中的同僚们，集体为他补上了。他是感恩的。

事实证明，郭侍中在治理方镇方面也是一把好手，他的阅历和智慧帮助他迅速度过了最初的适应期。长子郭荣日日事奉父亲跟前，耳提面命之下，也学到不少理政方略。

郭侍中的治理业绩很快体现出来。数月之内，阃政井然有序，地方平安晏服，魏博达到了它理应具有的最佳状态。

得到奏报的官家龙颜大悦，下达了褒美的圣旨，并号召其他的方镇都向郭侍中学习。

明君有付，忠臣有报，上下交谐，一派和乐。

二四　青州习射

青州符府。早在嘉庆节后便从兖州搬来的符氏一家，已经适应了当地的生活。

临近五月节，府中众人都在履行节令的一套烦琐而有趣的程序。君怜在绘五毒图，朱雀在用染色的豆珠编制护身手链，二姐儿君珍已经出阁，三姐儿君宜和四姐儿君爱跑到君怜的书房中来，抄写道家祛魅驱邪的经文。姊妹几个说说笑笑，好不热闹。

仆从们更是忙忙碌碌。有的在厨下预备粽子、方糕等食物，有的忙着打扫房舍各处旮旯，有的穿梭往来、运送什物。

君怜的使女采儿与朱雀的使女五两，正坐在花圃石台上一起编菖蒲辫子。采儿与五两都是符府的家生婢仆。五两原本叫胜儿，朱雀来了之后，张氏夫人将她派给朱雀支使，允许她自行为胜儿改名。朱雀因一路过来曾经乘船，想起船夫反复吟唱的一首小曲中有“五两竿头风欲平”之句，便替她定了“五两”为名。这自然也暗含着她不欲为人知晓的纪念自己家族的意思。

当时因朱雀尚幼，诸事有乳母打点，一个使女已经够用。朱雀长大后，张夫人曾打算再多派一两个使女给她，朱雀却说有五两足够了，不必再添。因她素日常与君怜在一处，君怜的仆从也供她差遣，张夫人便没坚持。

采儿问五两：“王妈妈的祭仪可备好了？”王妈妈就是朱雀的乳母王氏，当年她孤身带着朱雀逃出生天，在高医正的帮助下投奔了同州符节度。本想着替杜府罹祸的主家肩负起责任，精心照料姐儿成人的，不料只三四年光景，她竟不幸染病，在当年端午节后去世了。朱雀一度痛不欲生，每年在家族的祭奠日之外，也会在她的忌日备上酒食，私下祭奠。

五两笑道："早备好了，还待你问？不过今年我们姐儿心绪倒还好，不像往年，一到这几个日子脾气就大。"

采儿道："哎，榷娘子好久没出去云游了吧？打从去年河中归来，到现在，还一步都没离开过呢。"

"可不，"五两左右看看，悄声道，"你不知道，我们姐儿很不喜欢李郎，所以在河中时才会每年都出去云游，说是透透气。我也乐得跟着她出去四处转转，长长见识。要我说，若不是看在大姐儿面上，她根本就不会去河中李家待着。"

"可是，不去河中待着，那就得在这边府里待着。她待得住吗？"采儿道。

五两点头道："也是，她又不肯嫁。大姐儿不在时，她自己一个人留在夫人和国公爷跟前，似乎总有些尴尬。何况，她们俩从小相伴相处，走了一个，另一个也不习惯。"

"榷娘子出去不是为了跟着高师父采药吗？往年一开春就要去采一回的，怎的今年不提这事儿了？"采儿问。

五两又左右看看，将嘴凑近采儿耳旁："告诉你吧，高医正那里，有两个师兄，都喜欢我们姐儿。"

采儿一愣，瞬即笑道："啊，那是好事呀！"

"好什么呀？我们姐儿不耐烦，想躲着他们。今年立春前，原本高师父也是捎了信儿来邀约我们姐儿进山的，可是其时大姐儿刚刚遭遇变故归家不久，姐儿要留在府里陪着她，趁机推了没去。——其实依我看哪，那俩师兄都挺好的，一个敦厚，一个高挑，都是好人家子弟，言谈举止，一点不输咱们府里往来的这些世家公子。他们家里也都是有功业的，每年只数月前来跟着高医正修习养生吐纳之道。"

“那……権娘子怎么就不能从中挑一个呢？”

“唉，我们姐儿早就说过，要为杜家合族终生守孝。——别问我，我也不懂她为什么会这样想。采儿，咱们都是几代在符家生长的人，别管时世多艰难，仗着符家庇护，父母亲戚到底没遭过什么了不得的大罪。咱们大概是不能体会権姐儿心里的苦痛的吧。”

两个人都沉默了，长长地叹口气。

采儿忽又问道：“对了，早几年権娘子不是还说要出去寻访妹子的吗，到底有没有一点信儿了？”

“你说青鸾啊？别提了。起初也不知道是谁传来的消息，非说当年抄家灭门的时候，她这个妹子也不在府中，也被人给救走了。结果我们姐儿就托人满江湖打探，大小寺庙道观也去过不少，什么成衣铺、琴行，都去过……折腾了这么几年，一丝有用的信儿也没有！倒叫她心心念念的，吃不香睡不好，空欢喜一场！还不如不提呢。”五两摇头道。

“青鸾……朱雀……唉，権娘子也真够可怜的。看她平时冷冷的，脾气又古怪，谁知道心里这么多苦楚！”采儿又是一阵长叹。

五两忽然拉拉她的衣袖：“嘘嘘，别说了，她过来了……”

果然，朱雀手里提着一把剑从房中出来，正四下张望。五两与采儿忙站起身礼道：“権娘子。”“姐儿。”

朱雀兴致正好，笑着问道：“哎，你们看见廷献了吗？”

“廷献啊？刚刚被人叫去帮着淘井了。姐儿要叫他来吗？”五两忙答道。

“既然是淘井这种正事，那就先让他干着吧。少时他得了空回来，我再找他给我喂招。”朱雀道。

采儿奇道：“喂招？娘子要练剑？”

“对啊，高师父教我的剑舞，只是养息之用，挡不得敌手。廷献幼时不是习过武吗？我要看看他能不能教我两招对敌。”

五两与采儿都咘咘笑了起来："守着这么多家院牙兵，何尝需要娘子亲身去对敌了？"

"哼，"朱雀道，"我出了门去，总得自己会照顾自己，方是便宜。老要人跟着我、保护我，也不是什么长久之计。"

"姐儿不是还有奴婢我吗？"五两笑道，"姐儿无论到哪儿，奴婢都跟着就是了。"

"嘿，你那身子骨，哪里抵挡得了什么？"朱雀道，"要不咱们就把廷献带着。可是廷献老不离翚娘左右。咱们除非把翚娘邀约着一块儿走，否则就别想能用上廷献。所以，还是自己能保护自己的好啊。"

"怎么，娘子又要出门了吗？"采儿道。

朱雀一笑："没那么急，下次进山要到入秋了。要不，你们也劝劝翚娘，让她届时跟着我出门去散散心？"

五两与采儿都垂下视线不作声了。这种事岂是她们能够置喙的？何况在翚娘子跟前说话，其实远没有在这个看起来冷淡高傲的榷娘子跟前说话来得轻松。

这时传来一阵轻快的脚步声。朱雀循声看去，不由笑道："真是说曹操，曹操到。"

廷献一入庭院，便瞧见了朱雀和采儿、五两在说话，忙过来揖道："榷娘子。"

朱雀振振手中的剑，笑道："廷献，这剑你识得吗？"

廷献向剑身上一看，回道："小人看着，似乎是'侵霜'？"

"对。"

"榷娘子又要舞剑吗？"

"不，我要你教我剑击。"

"剑击？"

"对，要教那些能对敌的招数。"

"榷娘子，小人……小人于剑击上，并没有什么心得啊。"

朱雀皱眉看着他：“你小时候不是跟师傅习过武的吗？你夜里不是常常偷空在院子里练趟子吗？”

“小人……小人最初学的是射箭和棍棒。”廷献谨慎地回答。

“射箭和棍棒？射箭嘛，还行；棍棒？到底粗鲁了些。”朱雀思忖着，“那你教我射箭吧。”

“这……”廷献迟疑道。

朱雀不悦：“这什么？院子这么大，靠墙放一排垛子能碍着什么？国公和夫人也不会有异议的。你若心里打不定主意是不是该听我的，我教你主子来跟你说，可好？”

“小人不是那个意思……”廷献哭笑不得。

五两和采儿都掩口偷偷笑了起来。

“那你什么意思？非得我拜你为师，你才肯教不成？”朱雀乜斜着他。

“権娘子，射箭是军中技艺，又或者去猎场才用得着……”廷献道，“娘子为何……”

“为何？别人学得，为何我就学不得？难道你见我资质薄弱，便料定我学不会吗？”

“権娘子……”廷献被挤对得没办法，求助地看向采儿和五两。

“廷献，你就大方点，教教権娘子吧。”君怜不知何时出来了，身后跟着忍俊不禁的三妹君宜和四妹君爱。君怜想必已经知悉前因后果，因此见了廷献的窘态，也不由暗自感到好笑。

朱雀素日最喜欢“欺负”廷献，皆因廷献性情拘谨压抑，有事、有话都习惯了曲曲折折藏在心中，不肯向人直说。每当被朱雀逼到死角，就期期艾艾，呈现出与他素日爽快干练风格完全不相符的手足无措。看着朱雀与廷献旗鼓不相当地打嘴仗，多年来也是君怜主仆的一大乐事。

与廷献的隐忍不同，承璋的妙处却在一个“呆”字，或者说，在“混沌”两字。承璋心思单纯，又是个圆脸，所以虽然实际上只比廷献小一岁，感觉上却像差着好几岁似的。他既不喜欢琢磨事情，也不易为外物所扰乱。似乎每日干活、吃饭（尤其是那些美味的糕点、肉食）、休息，便是对他容身天地间最好的安排。君怜有一次对朱雀议论,《神异经》里有一头混沌兽，浑浑噩噩，天真可爱，说的大概就是承璋。

可惜，这当儿承璋受命去采办沉香，却不在府中。不然，看到廷献的这番狼狈情形，晚间又不知会怎样没心没肺地嘲笑半天了。

廷献见君怜出来，忙向她施礼，急急解释道：“姐儿，非是小人不肯教习，实在射箭之术不同于器械防守，乃是最典型的攻击之术。榷娘子平白无故的，做什么要先去攻击别人？须知你射了别人，别人必然会射你做还击，这岂不是引火烧身吗？”他在朱雀面前半天说不出个子丑寅卯，到了君怜跟前却口若悬河、侃侃而谈，在不知道的外人看来，就好像朱雀是个不讲理的人，所以廷献跟她讲不出什么道理，而君怜冷静有理性，所以就可以认真掰扯一下似的。

不知朱雀是否注意到了这微妙的差异，只听她懊恼地争辩道：“我只远远地射他，他还没回过神来，我就跑了，烧什么身？”

君怜起了警惕心：“榷娘，你想拿箭射谁啊？”

“我谁也不想射！我就是想学技击之术防身！”朱雀气道，“我原本是要你家廷献教我剑击的，他说他不擅长那个，说打小学的是射箭和棍棒，我才要他教我射箭的。你刚才不是听到了吗？”

君怜心里一松，忙笑道：“是是，我听到了。你不必生气，廷献也是挂心你的安危，生怕你有什么闪失。是不是，廷献？”

廷献垂目道：“是，小人言辞失当，请榷娘子恕小人冒犯。”

朱雀不说话了，只拿眼睛盯着廷献，等待他的下文。

廷献看看君怜，再看看朱雀，终于无可奈何地叹了口气：

“是，小人这就去扎垛子，教権娘子习射。”

廷献扎了三个垛靶子，安置在了院中墙边。垛靶子均用树木桩子做胎，外面裹上厚厚的稻草。他还很讲究地在桩子上加了道横木，这样就将垛靶子缠绕成了人的形状，表示这些垛靶子都可以充当朱雀心中的假想敌了；而两根木头十字交叉的地方呢，则被染上了鸡蛋大的一个红圈圈，表示假想敌的心脏。

朱雀的臂力并不够强，廷献先让她举石锁，再拿轻弓教她练习站姿、开弓和瞄准。朱雀耐着性子忍了十天，一支羽箭也不得发出，终于急了。

“我要射箭，我不要干瞄着。”她尽量用一种冷静的、讲道理的语气对廷献说。

廷献拿出了师傅的态度：“没有学会瞄准，是不可学射箭的。”

“一点射箭的感觉都没有，怎么知道瞄得对不对?”朱雀坚持道。

“権娘子臂力不够。原本石锁应该先举一个月，然后才可以试行拉弓，小人已经提前了。”廷献解释。

“谁规定石锁就得举一个月？你分明就是借故推托。”朱雀不依不饶地说。

廷献耐心道：“小人从前学的时候，师傅就是这么教的。而且，就算到了学习击发的那一步之后，石锁也得天天举，一天也不可中断。”

“嘁，我可不愿意天天拎那个大石头坨子耍子。”朱雀撇嘴道。

“那么権娘子还是不要学射箭了。”廷献罕见地露出了冷肃的表情。

朱雀打量着廷献：“你乐得我不学是吧？哼，我偏要学，你呢，就得教。”

廷献正色道：“那么就请権娘子听从小人的安排，不要跳过应有的步骤。”

朱雀眼珠子骨碌碌转："你这套法子到底灵不灵啊？你射一箭给我看看。"

廷献二话不说，擎过一支羽箭来，搭箭，扣弦，拉弓，"嗖"的一声向着垛靶子射出。朱雀定睛看时，羽箭稳稳地扎在了垛子的十字红心部位，三片羽毛轻轻颤动。

廷献在朱雀心目中的形象，顿时高大了几分。看来这个廷献还是有两把刷子的，难怪没事半夜在后院里走趟子，倒不是虚张声势。

"好吧，我听你的，老老实实跟你学。"朱雀道。

"多谢権娘子抬举。"廷献露出一丝微笑。

"哎，廷献，我有个问题：从来也没见过你摸弓箭啊，你这技艺，平时是在哪里练习的呢？"

"……回権娘子的话，在小人的心里。"

邺都。天雄军治所旁的树林。

夕阳西下，归鸦开始聒噪，然而天光还是亮的。

君贵掂着个素色鞠球走出后院门。今日公务结束得早，他打算叫上自己的亲随们蹴鞠放松一番。素常曹瀚、林远等都不离他左右，只要见他从家中出来，就会自动跟过来，不想此番他不过回到内室换身衣裳、取个鞠球这么短的工夫，他们就全都没了踪影。

"哎，人呢？"他四下张望着，大声道。

"大将军，这里！"季飞卫的声音从不远处传来。君贵循声望去，见飞卫和林远从一排灌木丛后面站起了身，挥手道，"我们在这里！都在！"

君贵素知他们爱玩耍，不由嗔道："都鬼鬼祟祟躲在那里做什么？莫非弄了什么新玩意儿来耍子？"一面说，一面便快步向他们走去。

灌木丛在一棵大榆树附近。君贵绕过灌木丛，见曹瀚、林远、邓锦、孙璘、季飞卫全都蹲在树下，正围着不知什么物事窃窃私语。见君贵近前，他们闪开一道缝，指着中间道："大将军，看!"

君贵探头观瞧，原来他们所围着的，是一只跌落在地面的鸟巢。鸟巢左近散着三只死去的黄毛雏鸟，鸟巢中却侥幸剩了一只，依旧活着，伸长脖子啾啾叫个不停。

"许是晌后的那阵大风给刮下来的。"

"这只雀儿可真幸运，这么震都没给震出来!"

"可怜，还这么小，叫声这么弱!"

"唉，真是，这若是教母雀儿看见了，心里可怎么过得去?"

…………

他们一面归拢着有些散架的鸟巢，一面七嘴八舌地谈论。这帮素日舞枪弄棒、张牙舞爪、嘻嘻哈哈的虎虎青年，在一只小雀儿面前忽然变得多愁善感起来。

君贵也忍不住伸出手指去抚摸那雏鸟，问道："什么时候发现的?"

大家抢着道："就刚刚啊。"

这时，飞卫忽然指着一旁说道："看，看，那是不是它的阿孃来了? 是不是?"众人忙顺着他的手指看过去，果然见一只灰褐色的雀儿在不远处的地上着急地蹦蹦跳跳，不时冲着这边发出尖厉的鸣叫声。

"哎，你放心!"林远忙向那灰雀儿大声解释道，"我们不会伤害你的孩儿的!"

"嘿，咱们光这么用嘴说，它能相信吗?"君贵笑道，"一群大男人围着它的孩儿，就像要烤了吃的样子，它能不担心吗?"他站起身，"罢了，咱们做个好事，替它将这窝放回树上去吧。"

众人闻言，纷纷跟着起身，踊跃道："我去!""我去!"

君贵挥挥手，也不理他们，自己拾起鸟巢，再次简单拢了拢：

“都别争了，我去吧。”说着，他便将雏鸟小心取出，交到曹瀚手里，然后将鸟巢轻轻揣入自己怀中，纵身一跃，爬上了树。

“大将军，当心哪!”众人忙说道。

君贵三两下爬到高处，挑选了一个三重枝丫的交会处，将鸟巢牢牢安置好，然后又下来取了雏鸟兜入怀中，再次爬上去，将它轻轻放回鸟巢。雏鸟在巢中不安地啾啾鸣叫着。未几，只听扑棱棱一阵拍翅声，想是灰雀儿追踪过来了。

君贵跳下树，与亲随们一起退开几步，仰望树杈。众人想象着灰雀儿母子重聚的场面，不由都在嘴角露出了浅浅的笑意。

二五　帝阙惊变

这一年闰在五月。闰五月，帝都反常地刮起了大风，下起了暴雨。狂风暴雨摧毁了兵营的房舍，甚至将皇城西门郑门的门扉刮到天上，直飞了十数米才骤然坠落下来；数十株粗壮的大树被连根拔起；六七人被这场暴风刮起的物事砸中死去——坊间甚至直接将他们说成是被大风刮死的；连绵不绝的暴雨肆虐，人们无法进行户外生产与活动；大街上积水逾尺，持续不落；深广的护城河也消化不了这么些大水，污浊的池水溢向郊野。

在这样的鬼天气中，皇宫里出现了一只怪物。谁也没有看清楚它真正的模样，它似乎蹲在宫殿的屋顶上，专门瞄准下面的窗户和门扉投掷瓦石。内侍和宫人们想尽办法，却既不能轰走它，也不能制止它这种莫名其妙的行为。幸好，过了一段时间，它又自己消失了。

六月，黄河在原武县境内决口了。数日后，司天台奏报镇星逆行入东垣，至左掖门。

秋七月，外郡大水泛滥：河阳段的黄河涨到了三丈五尺高，大大超过警戒线；沧州积雨深达一丈二尺；安州沟河泛滥，州城之内，水深七尺。

八月，在各种常规的祷祝无效之后，官家寄望于新神灵的力量。听说湖南蒙州的城隍神很灵，便着人将其胎身从蒙州请来，封为灵感王，以期为境内生民消灾解难。

九月，湖南马楚内乱，朗州节度使马希萼与潭州节度使马希广兄弟阋墙。马希萼请求在帝都另置府邸与马希广抗衡，官家刘承祐不允，降诏让两兄弟和解。未几，马希萼转而向南唐皇帝李璟称臣。

冬十月，马希广奏报，荆南高氏、江南李氏、广南刘氏三家合谋，妄图联兵瓜分湖湘，请求朝廷发兵援助。朝廷议论此事，准备发兵，但终未实行。丁未日，朝廷降诏为地处两浙的钱氏钱弘俶加了诸道兵马元帅之衔，以示对他一直臣服中原的表彰。钱氏素来是中原外围武装势力效诚的表率，尤其在湖南马氏首鼠两端的情况下，这个诏令的含义就显得意味深长。辛酉日，月犯心大星。

十一月初一是个甲子日，这天有日食。按照旧礼，天子着素服避开正殿，素食。百官也素服守司。

初六，冬至，皇帝刘承祐在崇元殿接受百官的朝贺，仗卫如仪。

初八，诏命原侍卫步军都指挥使王殷率兵出京屯守澶州，襄助澶州节度使李洪义施行州郡防务。

十一月十四日，澶州节度副使陈光穗突然造访邺都。

陈光穗的出现实在太出人意料了。当时郭威正在衙署中与王峻坐论边事，听到侍从回报澶州陈副使已经来到大门口的消息，竟然突如其来地一阵心慌。

“快，快请！”郭威说着，向王峻使个眼色，两人站起身亲自到门口去迎接。

“侍中！侍中！”风尘仆仆的陈光穗一路踉跄过来，几乎是扑到郭威跟前倒身便拜，“大事……大事不好了！”

郭威一把抓牢陈光穗的手将他扶起，用眼神制止了他下面的话：“陈副使，别着急，来，随我入屋内，有什么事，慢慢说。”

关上门，屋内只剩郭威、王峻与陈光穗。

在郭威的坚持下，陈光穗喝了一口茶水。放下茶碗，不待将气喘匀，陈光穗又仓皇道：“侍中，昨日，官家在广政殿侧伏下甲兵，趁着杨枢密、史太师、王三司赴朝的机会，一通乱刀，将他们全都杀死了！”

“什么?!”郭威与王峻顿时脸色大变。

“不仅如此，官家还宣布他们犯了谋逆大罪，将他们的家眷、部曲全数斩首！之后，连同杨枢密在内的十数人，尽皆曝尸于南市北市！当此大变，京中军民人情惴恐，恐怕大乱将至了！”

“……”郭威与王峻愕然相顾，半晌，竟一个字也说不出来。

“不仅如此！”陈光穗愈发急切道，“侍中，官家在夷灭杨、史、王三族的同时，又差心腹赍着密诏到了澶州，令李节度见旨即杀掉侍卫步军都指挥使王殷。李节度思量王步帅无辜，不忍下手，反将密诏给王步帅看了。他们两个商量之下，方教卑职火速来此向侍中报信。”

郭威不语，他感到自己的手在微微发抖。

“我们推估，官家既然动了王步帅，则今番祸事必定会殃及侍中。一日之内，或早或晚，官家遣来执行绝杀令的人必到。侍中须得早做打算！”

郭威的心中压上了一座大山。以前再是提着脑袋在沙场出生入死，也从来不曾有过这样窒息欲死的感觉。

京中到底发生了什么事？上次得到诏令褒赞他治邺政绩的时候，一切不都还是挺正常的吗?!

时间流转回距今四个月前。禁中滋德殿。

官家刘承祐在跟宰臣们探讨他个人的大事。

当然，皇帝无小事，皇帝的个人大事，就更是国家的大政了。

官家提出的这件大事果然很大：他要立皇后。他年已弱冠，应该有自己的皇后来母仪天下，而不仅仅是些相伴后宫的嫔御。

何况，为先帝的服丧期早已满数，弦乐重张，朝廷可以办办喜事了。他带着些强硬说道：“耿氏聪慧贤淑，一向深得朕的宠爱。朕决意立她为后，诸卿该不会有什么异议吧？”

苏逢吉将眼珠子左右一扫，忙揖道：“陛下立后，既是国之大事，又是皇帝家事，只要太后点头，微臣等哪敢有什么异议？”

杨邠对苏逢吉的话感到恼火。皇帝的正室婚姻，从来都是朝廷对重臣家族的奖励，是政治角力的筹码，是多方势力博弈的结果，哪能由着他小儿家喜好胡来？皇后这个位置，事关国之大体，岂是随便一个歌舞出身的姬妾可以窃据的？

“官家，”杨邠正色道，“臣以为不妥。”

刘承祐在御座上翻个白眼，紧紧闭上了嘴。朕就知道你们这帮老匹夫要来插手！你想朕问你原因？朕偏不问！无论你说什么，朕都不听！皇后是朕的，朕爱立谁就立谁！你，们，管，不，着！

杨邠被皇帝那副无赖样子气到了，与史弘肇交换个眼神，语气也强硬起来：“官家刚刚弱冠，立后之事，须当从长计议。臣以为，应从朝廷忠厚勋旧家中，挑选贤德端庄的适龄女儿，交由太后与顾命等合议确定。仓促以旧日嫔御为后，失之轻佻，有违祖宗家法。”

刘承祐被“轻佻”这个词激怒了，而且，动辄抬出祖宗家法来，更让他难以忍耐。他爹刘知远四十年前不过是个卖苦力的孤身穷娃，哪来的什么祖宗、什么家法？

“杨尚书！”他加重了语气喝道。他几乎是在瞪着杨邠了，同时，他的眼风也向其他大臣扫了扫。

“臣千真万确是为陛下的千秋大计打算。”杨邠一步不让，“臣在陛下跟前是这么说，少时到了太后跟前，也还是这么说。”

立后的事就这么拖了下来。耿氏的怨恨和失落，让后宫在很长一段时间内都失去了颜色。

距今三个月前。永福殿。

皇帝在殿内结束了与后妃们的燕饮，乐班伶人辞出，鱼贯而行。在殿外过廊，领头的教坊使迎面碰上了正来找寻官家奏对的史弘肇。伶人们纷纷止步躬身示礼。教坊使殷勤揖道："史太师。"

教坊伶人身份卑贱，若是在外面遇见史弘肇这样身份的权臣，照例是应该跪拜的。现今同在天子屋檐下，天子为大，是以教坊使只行揖礼。

史弘肇鼻子里"嗯"一声，眼睛却一下子看见了教坊使腰间的物事。他伸手一指："这是什么？"

"回太师的话，因卑职们进的新乐合了圣心，这是适才官家赏赐给卑职的玉带。"教坊使谨小慎微地答道。

玉带？玉带?！玉带!!

一年以前，因为郭枢密谦让推功，他功勋卓著的史太师才有缘第一次得到条御赐的珍贵玉带。可是现在！

史弘肇大怒："解下来！"

"什……什么？"

"我叫你解下来！"史弘肇又指着其他乐工，"你们手里捧的又是什么？"

"回……回太师的话，锦袍，也是适才官家赏赐的。"

"都给我拿来！"

"太师……"

"哼，军中健儿们为国戍边，个个忍寒冒暑，风餐露宿，能够得到玉带锦袍赏赐的有几人？你们不过是些下贱的倡优之属，何尝对朝廷大事有过半分贡献，居然也敢觍着脸领取这样的赏赐?！"他瞪着吓得不知所措的伶人们，"都给我滚！"

气冲冲的史太师亲自挟着玉带和锦袍直入永福殿门。皇帝还在殿中狎玩。史弘肇几乎是将玉带和锦袍掼在了他面前的地板上。

“官家，玉带是朝廷赏赐给大功之臣的宝物，你这样随随便便就将它挂到乐工的腰上去，到底要置我等顾命的颜面于何地?!”

虽然史弘肇在官家跟前说话经常没轻没重，但如此出言不逊，却也是很少见的。当着众嫔御的面，刘承祐的脸皮烧得火烫，一时竟不敢与他当面顶撞。

转回后宫，第一次亲眼见识到史弘肇厉害的嫔御们纷纷替皇帝鸣不平:“那姓史的以为自己是什么人啊!”近卫郭允明、后匡赞等也从旁应和:“陛下，咱们不能教这帮老匹夫欺负到头上还不还手啊!”

回答他们的，是官家一个久久的、怨毒的眼神。

距今半个月前。皇帝寝宫。

刘承祐在御榻上辗转反侧，原本身体就不适的耿氏被吵得无法入睡，探起身看他:“官家，这是怎么了?”

官家眉头紧锁，瞪着帐顶，叹了口气。“还在想着日间国舅说的话吗?”耿氏道。国舅李业日间入宫探视姐姐李太后，又顺便到官家的起居处走了一遭。

“哼，他那些个意思，朕早就知道了，也不必等到今日再来想。”刘承祐闷闷道，“朕为了这个睡不着觉，也不是一天两天了。”

“也是，日间臣妾还替官家拔了两根白头发呢!”耿氏道，“官家，史弘肇、杨邠等人专权震主是真，可是，他们将来真的敢像国舅说的那样，寻机为乱吗?”耿氏说着说着，语气露出了几分怯懦。

“哼，还用得着等到将来?他们现在就已经把朝政搞得乱七八糟了!我是皇帝，我已经行过冠礼了，可是我自己什么都做不了主!什么都得听他们的!吃什么，穿什么，玩什么，赏什么，人马钱粮，哪样我说了算过?你的皇后之位，我刚一出口，他们立马就给我驳了回来!我赏赐给乐工的玉带锦袍，他们敢抢回来摔到我的眼前！这不是坏乱君臣之伦是什么？一步一步，他们现在已经将我逼得无处容身了，谁敢说他们不会很快兴起谋逆之心？难道非要等到他们把我彻底逼疯、逼死，自己登上了大宝，才能看出来他们到底有没有谋逆之心吗？！”

“官家，那……那得赶紧想个办法啊。”

“你以为我睡不着，满脑子里都在想什么？”

“官家，你想出办法了吗？”

刘承祐没有回答，却忽然警惕地竖起了耳朵：“嘘……别说话，听，什么声音？叮叮当当的。你听到了吗，这是什么声音？”

“没……没有啊。”

“你再仔细听！叮叮！咣！当！你听啊！这是打铁的声音啊！这么近！”

“官家……臣妾没有听到……”

“他们在锻造铠甲？他们在打制兵器？他们到底要干什么？要谋反吗？！”

“官家！想是官家近日思虑过重，心神疲惫，所以才会……”

“来人，来人！去，出去给朕看看，谁在打铁？谁在谋反？叫郭允明，叫聂文进，叫他们带上侍卫，去把那些谋反的人统统给朕抓起来！等天亮了，朕要亲自审问！”

皇帝刘承祐闹腾了一宿，直到天亮，才喝了太医进献的宁神汤水，昏昏睡去。耿氏陪着他折腾一宿，又额外着了凉，病情转沉，被御医隔离静养，次日不再与他同宿。

距今两天前。日间。飞英阁。

刘铢应召急急忙忙入宫陛见。

一入飞英阁中，他就发现所有原本应该摆放在桌面上的物事，现在都被摔成碎片，撒了一地。官家面墙叉腰而立，苏逢吉和李业陪在一旁，脸上都是一副极其古怪的神情。

听到刘铢入内告礼，官家转过身，将桌案一拍，厉声道：“活着，不让朕立她为后；死了，不让朕以皇后之礼葬她！”他想起了与耿氏的过往欢悦，想起了她健康时的千般爱娇，想起了她病逝前含恨的眼神，泪水不断地滚落下来。

“朕枉为皇帝，自己心爱的女人，无论死活，都给不了她应得的名分……刘卿，你告诉朕，这片江山，到底谁是皇帝？到底是朕，还是他们?!”

刘铢原本行礼尚未起身，此时仔细仰观皇帝神情，猛然意识到为自己痛失青州算账的时机就在眼前。他将心一横，再叩了个头，方直身大声答道：“这片江山自然是陛下的，谁敢忤逆，臣就跟他们拼了！”

听了刘铢此言，皇帝的反应先不论，李业和苏逢吉都松了口气，露出了欣喜的神情。他们与杨邠、史弘肇等早已势同水火：远的，新君继位不久，苏逢吉的首相就被杨邠夺了，太后故人托李业求官，却被史弘肇杀了；近的，苏逢吉答应了李晖的华州节度，却被史弘肇硬生生以王饶挤下；数月前在窦贞固的酒席上，苏逢吉跟史弘肇大吵，被史弘肇追打，险些丧命……以至于后来在朝堂上，苏、李二人见了史、杨的身影都会绕着走。他们之间的关系早已断了，有我没你、有你没我。

今日借耿氏丧礼之由，苏、李二人在官家耳边煽风点火，意欲设计将杨、史等人一举拿下。可是他们也知道，单靠郭允明那一帮子御前侍卫，是不足以办此大事的。史弘肇掌管着京城巡检，郭威出镇后，东京的禁军都听他指挥。如果没有一个在经验、资历、胆识等各方面大致与史弘肇相当的武将来挑大梁，他们即使成功地伏兵将史氏杀了，也还是不能将禁军接管过来，牢牢掌握在自己一党手中。

想来想去，卸去青州节度之职、权知开封府的刘铢，应该就是这个角色的最佳人选了。因此刘铢才会被急召入宫。

此番议论机密，苏逢吉原本说还要叫上苏禹珪的，李业没有同意。他认为苏禹珪习惯把自己装扮成老好人，两面讨巧，这种人不可靠，不能够叫他与闻如此大事。

听了刘铢干脆的回答，官家刘承祐的目光中露出了腾腾的杀气："好，朕要的就是卿这句话！……朕要将他们全部干掉，朕要挺直腰杆、堂堂正正地做皇帝！"

二六　兵起邺都

乾祐三年十一月十二日。暮。庆寿宫。李太后寝殿外殿。

刘承祐和李业向李太后汇报了打算剪除史弘肇、杨邠等人的计划。

李太后，坊间俗称李三娘，其时年龄将近四十，比郭威还小几岁。虽然入汴后注意了保养，但年轻时的操劳还是在她的眉梢眼角留下了抹不去的痕迹。李太后与刘知远结姻于微时，为人称得上贤德。大前年河东兵进入汴京时，刘知远原本照例是要允许剽掠三日来犒赏士卒的。李三娘苦劝道："如今咱们刚起事，对外好歹号称抗辽的义兵。既然是义兵，就要有个义兵的样子。倘若老百姓还没得到咱们的好处，倒先要被掳去自家可怜巴巴的那点钱财，这哪里还有半分新天子拯救黎民于水火的意思呢？要犒军，就把前朝后宫里所有的财物都拿出来犒军。我也知道仍旧不够，但咱们的意思到了，无论是对老百姓还是对兵将们就都交代得过去了。想来，兵将们是不会怨恨的。"刘知远听从了她的话，东京城的老百姓躲过了一场劫难，自然交口称颂皇后的贤德。

李太后在朝政上比较开明，对待先帝的顾命大臣也多加优礼，尤其对郭威。她是亲眼看着郭威在刘知远手下一路驱驰、一路发迹的，一直把郭威当作自家人看待。郭威对她，也有一种对亲嫂子般的尊重。至于其他顾命大臣，他们只要好好替朝廷干活，言行上跋扈一点，她也可以容忍。去年她替故人之子求官，却反被史弘肇毫不讲情面地溅了一脸血，她气急怒极，却硬生生将愤怒忍回了肚子里，再也没有多说一个字。

她心里很清楚，她的儿子还太单薄，而国境四面都是豪强——北边，是老对手契丹；西北有善变的羌人（党项）和偶尔与中原通好的回鹘；西南是富庶的蜀国孟氏、大理段氏；中南有荆南高氏，以及刚刚发生内乱、去向不定的湖湘马氏；东南有与中原旗鼓相当、针锋相对的南唐李氏，以及表面上臣服中原、其实割据自强的吴越钱氏；再南边，还有南平刘氏、泉漳留氏……大汉的江山虎狼环伺，必须要靠这些作风横蛮的带兵权臣去帮她固守。该退让的时候，哪怕撅了胳膊折了腿，她也得毫不犹豫地退让。

现在，儿子告诉他，他们决意诛杀史弘肇，替她出掉胸中那口恶气。

儿子是站在她的立场上来谈这件事的，可是李太后听后，却勃然变色。

“先帝历经多少磨难，才得来这片江山？你继位以来，天灾频仍，叛乱迭起，朝野惶惑，勋旧效命，实指望平平安安度过这几年，待你对政务更熟悉些，再来好好整顿朝堂。你却要在此时突兴波澜？诛杀权臣是何等大事，岂可轻易发动?!”她厉声道。

“儿子已有成竹在胸。”小皇帝显然对太后的担心不以为然。

李太后默然片刻。儿子这副轻佻的模样让她倍感焦虑，可是她熟知儿子的脾性，心知此时对他来硬的绝不会奏效，便放缓语速，改换成一种苦口婆心的语气：“……官家，你如果真的想做这件事，须得将苏逢吉、苏禹珪等宰臣都叫在一处，从长计议才是。否则，一丁点的不周全，就可能丢掉身家性命啊。”

站在一旁的李业听到太后想让苏禹珪与闻此事，立刻说道：“阿姊，苏逢吉已经知道此事了，他也赞同。至于苏禹珪，这家伙首鼠两端的，是个典型的老措大[1]。先帝早就说过，朝廷大事，不要去同这种老措大商量。”

“谁是老措大?!”李太后见自己兄弟使劲煽风点火，一下子又怒了，“他们都是跟随先帝多年的亲旧，处理政务一向勤谨，你红口白牙的，就胡乱编派起大臣来！我看官家这么轻浮不稳重，恁大的事情三言两语就敢做决定，一定是你在旁边挑唆的！”

李业见太后严厉，忙闭了嘴，低下头，不敢申辩了。刘承祐本来指望小舅能帮助自己说服母亲，没想到李业被太后一训斥，立马变成锯了嘴的葫芦，心下不由大为窝火。

眼见得母亲的眼风又向自己这里扫来，刘承祐将心一横，一不做二不休，豁出去顶撞道：“哼，闺门妇人，懂什么国家大事！朕是成了年的皇帝，朕要办什么大事，朕自己说了算，用不着别人管！”

说罢，他将衣袖一拂，愤然疾步离去。李业见状，忙向李太后告了礼，也相跟着退出。李太后气得愣在当场，半晌，才想起来在李业身后追了一句：“六哥儿，你，你给我好好劝劝官家！”

入夜。飞英阁。御前机要会议。李业、苏逢吉、刘铢、郭允明等均在座。

要杀的目标已经锁定：史弘肇为京中最高军权的执掌者，必须杀；杨邠为首相，必须杀；王章管着钱，跟杨邠又有同乡之谊，也必须杀。杀了这三个人，他们的部曲家眷要一并夷灭，斩草除根，免留后患。

然后，他们又很快议定了明晨执行细节：什么时机、谁、率领多少人、什么地点、以什么方式动手。

议完了，几个近臣互相交换着深沉的眼神。现在，该讨论他们一直悬心的另外一个问题了。

---

① 措大：五代时对贫寒读书人的蔑称。

“官家，其实最危险的，倒还不是京中这三个人。”刘铢咬着牙，故意只讲半句。

刘承祐瞪着他：“有话直说。”

“官家难道忘了郭威父子？郭威手握重兵，深藏不露，郭荣御军有方，锐武善战，他们爷儿俩原本就有随时反叛的实力。郭氏素来与史、杨等辈交好，闻听他们被诛灭，岂有不起兵替他们报仇之理？于今之计，只有抢在郭威动手之前将他父子杀掉，方能长保平安。”

“对，还有王峻。王峻与郭威是一伙的，杀了郭威，须得将王峻一并杀了，方是干净。”

“还有王殷！王殷也是郭威旧年的结义兄弟。所幸上月已经将他派到澶州去，此番正好命李洪义秘密杀掉他。”

“还有李重进！他是郭威外甥，军阶虽然不高，却骁勇有人望。目下他正在魏博军中，杀了郭威父子，须得连他一同铲除。”

“还有张永德！他是郭威女婿，这一向被派出押解生辰纲，正在常思的营中。须得下诏命常思动手将他除掉。”

…………

外围歼灭目标确认之后，经过反复推敲，又定下了执行这些密杀任务的最佳人员。戌亥之交，御前枢机会议散会，所有与会者都强抑着兴奋离去，立即着手安排自己所负责的那一部分工作。

这一夜，缺月高悬，朔风呼啸，无数的人戴月顶风，在为同一桩秘事奔走。

其中有个人的奔走尤为急切。他是内客省使阎晋卿，因与李业等素来走得近，知道了他们在安排埋伏刀斧手的事。但阎晋卿与史弘肇也是有交情的，反复思量之下，他决定去找史弘肇。其时已是深夜，在被窝里已经睡着的史弘肇被仆从怯怯地轻声唤醒，很不耐烦，呵斥道：“有什么大不了的急事？叫他明日一早再来说！”阎晋卿见不到史弘肇，在史府外急得团团转。他又转而求见史弘肇那个颇有贤名的儿子史德统。可是很不巧，史德统两日前就离京办事去了。阎晋卿没有办法，又怕被李业的人发现，只得赶紧摸黑回家。他心中忧急，取出高祖刘知远的画像来挂在墙上，哭了又哭，拜了又拜，茫然失措地祷祝了一宿。

然而刘知远的亡灵没能够保佑得了他的顾命大臣。史弘肇的命运，从他在被窝里斥退仆从的那一刻起，就已经注定了。

十一月十三日，广政殿事变爆发。当天晚间，距离东京较近的澶州李洪义接到了立即杀掉王殷的密诏。李洪义和李业一样，也是太后的兄弟，可是他比李业成熟，比李业会斟酌局势。他思来想去，认为凭借小皇帝那些着三不着两的亲信，根本不可能把包括郭枢密在内的禁军重将打倒。何况，就算侥幸杀了郭枢密，郭氏在外藩还有无数旧友，这些剽悍的方镇未必不会打着替他报仇的旗号，起来造朝廷的反。为了避免祸及自身，他向王殷出示了密诏。

十一月十四日，陈光穗疾驰邺都向郭威报信。

这几个月京中到底发生了什么事？陈光穗说不清楚，没有人说得清楚。对于大多数人而言，帝都发生的这场巨变是突如其来的，事先毫无征兆。灭门夷族，这得是多大的仇啊？小皇帝事先居然一点儿不漏，心机当真了得！

“去，去营里找到荣哥儿，叫他立刻回来见我！”郭威打开屋门，对一名亲随吩咐道。亲随看到，郭侍中的脸上笼罩着一层可怕的寒霜。

一定有什么大事发生了！军中人对于统帅的神情举止是异常敏感的，尤其是亲随，他们最善于解读主公的面部表情。一定，有什么大事发生了！

君贵尚未回转，又有两个不速之客来到了郭威的衙署中。

他们是屯驻在邺都的禁军护圣左厢都指挥使郭崇威和禁军奉

国左厢都指挥使曹英。其时在重要的藩镇，常常有藩镇军和禁军两种武装力量同时存在。郭威统领的天雄军算藩镇军，郭崇威和曹英统领的就是禁军。

郭崇威和曹英赍来了官家的密诏。

当君贵急匆匆赶回、疾步迈入议事厅大门的时候，他发现，父亲的所有心腹将领，包括王峻、李重进、郑仁诲、向训、韩通、韩令坤等都聚在了这里。他见过数面的禁军驻邺将领郭崇威、曹英也在座。没有人说话，每个人都心事重重。

“父亲。”君贵面色凝重地向上一揖，又将眼风向四面诸将扫了扫。

郭威向门口的士卒做个手势，厅门从外面关上了。郭威拿起一张内府帛书模样的物事递给君贵：“你看看吧。”

君贵双手接过，一目十行。看到一半，他无法抑制自己的惊愕，猛地抬起头问道：“这，是官家的旨意？”

“对。荣哥儿，昨日，史太师、杨尚书、王三司他们，已经在京城……被满门诛杀了。”郭威说到这里停顿了一下，留给君贵一点接受和反应的时间。

官家那双分得很开的眼睛浮现在君贵眼前，那是一双似笑非笑、高深莫测的眼睛。去岁河中奏凯议勋那日，官家在滋德殿上亲口对史、杨等宰臣说过的话犹在耳边，“你们也都有玉带，明日朕就着内侍赏给你们，啊。”

不看他的眼睛，单听这两句话，原是再正常不过的官家口吻，再正常不过的君臣关系。

可是，他竟然一口气把史弘肇他们三人都诛杀了？他?!

那双眼睛在君贵脑中晃来晃去。去岁父亲献给他的厅子都七十三名士卒，他眼睛都不眨就随手诛杀了！他所关心的，只是这七十三人的血迹冲洗得干净不干净，会不会污损了崇元殿外的青石地面。是的，君贵毫不怀疑，官家那双眼睛里面，潜藏着一种自己早就意识到了的难以控制的疯狂。他到底知道自己做了什么吗?!

“在诛杀史、杨、王三家的同时，”郭威冷静地看着儿子的脸，将手向郭崇威等一指，“他们又派了郭左厢和曹左厢前来诛杀我们父子和王监军、重进等人，并接管邺都军务。”

官家那双怪异的眼睛消失了，君贵的耳朵里插进了一把刀子。密诏文字是从君臣大义讲起的，不如亲耳听到这干脆直接的解说来得振聋发聩。

君贵凌厉的目光猛然射向郭崇威和曹英。郭、曹二人承受不住，忙起身道：“大将军息怒！卑职既然将密诏向侍中出示了，就绝没有遵旨执行的意思。”

郭威以手势安抚住长子，长叹一声，含泪环顾左右道：“郭某从不名一文的小卒，到如今担当辅国重任，二十余年一直忠心耿耿追随刘氏，从无半分异心。先帝登遐，我与杨、史诸公一起领受顾命，弹压经谋，废寝忘食，岂敢有片刻忘记自己的职责！没想到一旦在官家跟前失去信任，竟然遭到诛身夷族的命运！今日既有密诏，你们尽可以奉行诏旨，取我父子的首级去回复天子，各图功业吧！不要教我连累了诸公的前程……”

从最初的震惊中恢复理智，郭侍中并没有花费太多的时间。他不知道是什么事件导致小皇帝决定与自己撕破脸皮，但是他似乎又早就知道，不管出于什么缘由，其实他们君臣之间，早晚都会有这么一天。

度过了二十多年的军旅生活，他早就将自己的生死置之度外了。甚至，他也不惧怕背负叛逆的罪名，去与东京那个不谙人事的小官家来一场大仗。可是，他并非孤身一人。他的家眷在官家手里做人质！他不怕死，却怕他们因他而死。眼睁睁看着他们毫无还手之力地陷入绝境，是他内心深处最黑暗最痛切的恐惧。

还有荣哥儿，他花费了无数心血培养出来的家业接班人，他器貌英奇的长子，他的发妻英娘临去之前殷殷嘱咐过要他好生看顾的爱儿，他也不能让儿子就这样不明不白地送掉性命。

软肋彻底暴露在对手面前，死穴被对方下手点住，他其实没有选择。他自问没有汉高祖刘邦当年在项羽面前笑言烹父分羹的淡定，他只能激励将士，起兵围逼京城。

但凡官家还有些微理智，但凡官家身边的人稍稍懂得权衡利弊得失，他们就会省得：跟他这个平定了李守贞等三藩，打退了契丹人，又北镇邺都的皇朝勋宿郭侍中打仗，他们是没有半分胜算的；他们只有善待他的家眷，才可能为自己换来比较有利的谈判条件，最终获取一些好处。

现在，他面临的问题是：如何才能驱策将士，让他们心甘情愿地跟随自己去兵围帝都？凭着直觉，他采取了一向的策略：以退为进，欲擒故纵。

其实，郭侍中有些过于谨慎了。他担心自己总执皇朝兵机的时间太短没来得及收服大部军心，他担心以自己一家的私事遭遇不能有效激发将士们的抗议热情，他担心那个时代频繁造反的斗狠风气到自己这里突然就不灵了，他担心世人会以那种“早就说过他会反，他果然反了”的论调来否定他过往的忠诚……他却忘了，其实，东京的小皇帝对于自己跟前的这些亲将而言，是没有任何感召力的。

果然，听了郭侍中这一番惨恻之言，座下诸将义愤填膺，眼中都不禁流出了同情与悲愤的热泪。天哪，京中那些混账干的都叫什么事！将领们人人皆有满腹的话想说，人人想说的话里都同时含有七八个意思，这些意思在他们心中争先恐后、左冲右突着，叫他们一时反而不知如何起头为好了。

还是郭崇威开了口，语气中带着安抚，也含着不平：“侍中稍安，此事必定不是出于圣意，必定是官家左右的小人进了谗言。如果任由这种鼠辈执掌政柄，国家岂得安宁？侍中，依卑职之见，于今之计应当直入京师！应当与那些小人当面锣、对面鼓地辩难以判忠佞！侍中怎么能够仅凭一纸密诏就自弃于世呢？卑职等甘冒天下之大不韪将官家密诏出示给侍中，难道就是为了让侍中俯首自裁的吗？”

邺都都押衙郑仁诲激愤道：“便是侍中委屈自己遵了旨，千载之下，也不过空担了一个叛逆未果、畏罪伏法的恶名而已，于事何补？”

兵房主事魏仁浦道：“侍中握强兵临重镇，有功于朝廷，官家却相信谗言图害忠良，当此之时，侍中便是割心自明也不可得。不如激发全军怒气，进京清理君侧！如此，不仅侍中能够自免，也可为杨、史等人雪冤了！”……

郭崇威、郑仁诲和魏仁浦一面说，众人一面频频点头。魏仁浦尚未说完，众人便齐声应和：“我等不才，愿意跟随明公入朝面圣！”

“剪除君侧之奸恶，洗雪不白之冤屈，安定天下万民之心！”

“侍中，赶紧拿个主意吧！”

…………

对他们而言，事情其实很简单。不就是起兵清君侧吗？清君侧，这是历朝历代最完美、最能占据道德制高点的起兵理由。

忽然之间，他们看到了一个完全不一样的未来。他们的脑袋原本就是挂在腰带上的，谁更爱重他们，他们就把脑袋卖给谁。

其实，郭侍中的确不必那么担心，他们就算真的扯旗造反了，也并非与整个皇朝军界作对。别忘了，皇朝除去禁军，还有许多强大的外藩呢。官家滥杀功臣不得人心，大义上就站不住脚，外藩未必都会向着官家。何况，藩主们都久经变乱、老谋深算，他们最懂得这两个字的含义：值得。当然，还有它的反义词：不值得。他们比郭侍中的部将亲旧更会掂量实力、权衡利弊。如果非要卖脑袋的话，保不齐他们也同样宁可卖给郭侍中呢。毕竟，郭侍中素来手面阔绰，他肯出的价钱，必定低不了。

“侍中，别再犹豫了！于今之计，必须马上集合三军，向他们晓以利害。”王峻站了起来，高声道，“要教他们知道，如果连郭侍中和我都平白被诬、性命难保的话，他们岂不全是附逆为奸之徒？他们的小命，岂不是顷刻间就会被碾作齑粉？要教他们看清楚，只有回到东京去，清除皇帝身边的那些奸佞，我们这些辛辛苦苦为国征战的人，才可能安心尽责、恪守岗职！”

郭威咬紧槽牙，眼神中闪过一道犀利的光芒。

进京动员令几乎是立刻就向魏博全军发布了。王峻义不容辞地担当了主事者的角色。天雄军广阔的校场上，三军将士群情激愤，要求杀回京城去清除奸贼、还他们自身清白的呼声，在邺都的上空连绵横亘为一大团厚重、冷肃、几可摧城的乌云。

郭威站在高台上，面色冷静，稳如山岳。再也没有什么可迟疑的了，全家几十口子都被官家攥在手心里，他这边多耗一分，他们那边就多一分凶险。

旌旗如云，气概如虎。将帅怒发冲冠，健儿跃马持戈。

叛逆是英雄的特权。

郭侍中拔出宝剑，面色严峻地下达了他军事生涯中的第一个叛逆命令。

目标京师，全军出发！

二七　人在荆棘

一刻钟以前。

大军已经在整备调动中，中军指挥室内，郭威父子正在抓紧时间进行最后的密谈。

君贵虽已身着甲胄，却单膝跪于郭威身前，揖礼坚持着自己的请求：“……爹，就让儿子随您一同回去吧！张嬢嬢、梅娘和家中子弟们全部陷于危境，儿子怎么可能安坐后方?!”

“荣哥儿!”郭威严肃道，“我留你在这里，不是教你安坐后方，是有更重要的事情交给你做!”

“冲锋陷阵，救出家人，就是儿子目下最重要的事情!”

“胡说八道!”郭威怒不可遏，“爹手下能冲锋陷阵的军将多得是，少了你一个就打不了仗吗？魏博是咱们立身的根本，你走了，谁来守?”

君贵的气势稍弱：“王监军他们……可以守。”

“你说什么？你再说一遍?”郭威面沉如墨，“你给我想清楚了再回话!”

“爹……”君贵语结，心念百转。

也只是刹那之间，他强行忍住了心头的汹涌之气，咬牙道：“儿子……儿子明白了。”

郭威叹息一声，将他拉起来，和缓了语气：“荣哥儿，除了务必守住魏博根本之地，爹还有一件大事要交给你办。”

“请爹吩咐。”

“即刻派出心腹之人，联络那几个素与咱们交好的巨藩。只要他们拿出了态度，其他方镇必然窥伺风向，不会轻举妄动。”

君贵抬首，双目炯炯地看着父亲。父子俩的眼神里交流着对当下局势的充分理解，对未来行动的高度认同，不需要任何多余的话语。

这回，真的必须豁出去了。

君贵容色一振，郑重揖道：“请爹放心，儿子知道该怎么做。”

乾祐三年十一月十五日，天雄军全军从邺都出发，昼夜兼程，挥师东京。

十一月十六日，郭威率天雄军人马抵达澶州，王殷及李洪义远远出迎于城门之外。王殷执郭威的手拜于马前，尚未开言，便放声恸哭。

十六日晌后，澶州的侦候抓到一个奸细。审问之下，发现他是皇帝刘承祐派出来打探消息的谍者，名叫鸗[1]脱。怎么处置鸗脱？一众将领都在等郭侍中的示下。郭威屏退所有的追随者，将自己关在室内，沉思良久，提笔亲自书写了一份奏表。

“臣发迹寒微，遭遇圣明，既富且贵，实过平生之望。唯思报国，敢有他图？……诸军……言致有此事，必是陛下左右谮臣耳。……臣……三五日当及阙朝陛下。若以臣有欺天之罪，臣岂敢惜死；若实有谮臣者，乞陛下缚送军前，以快三军之意，则臣虽死无恨……”

他必须在局势还没有发展到不可收拾的时候跟小皇帝启动一个换命的谈判，他必须拿三军将士的不平之心来加重对皇帝的心理压迫，但他也必须表明自己忠诚不贰的心迹，他更必须控制住

① 鸗，音lóng。

小皇帝嗜血的冲动。根据鸯脱的消息，东京城中，他的府宅在广政殿事变当天，就已经被刘铢率领的军士重重包围，滴水不漏。他的夫人，他的子侄，他的儿媳，他的所有家院仆从，没有一个人走脱。此外，王峻的家宅也由刘铢的手下包围已定。而王殷的家宅，则由李业之兄李洪建率兵包围。

人为刀俎，我为鱼肉。现在的重中之重，就是稳住局面，稳住局面，稳住局面。千方百计，披肝沥胆，掏心掏肺，做小伏低，唯求稳住局面。

他只能寄希望于小皇帝尚存一丝理智，只能寄希望于李太后对小皇帝尚存几分影响力。

郭威将这封密奏妥帖地缝藏在鸯脱的衣领中，然后安排一匹快马，放他尽速返京面圣。临行之前，郭侍中破例对这个身无品级的小竖揖了又揖，再三低声嘱咐他："务必要趁着无人处，亲手当面呈进于御前，务必要向圣上多多转致我等的心意。事情若有转机，你就是我郭氏合族的大恩人，一应报偿，不过倾我所有而已。"

另一方面，留在魏博的天雄军牙内都指挥使郭荣没有丝毫耽误，派出了几路心腹，马如流星，向青州、郓州、襄州等地出发。

十五日当天，郭荣派出的林远一行秘密抵达郓州，谒见郓州节度使、守太师、兼中书令、齐王高行周——齐王是在他移镇之后进封的。

十六日，郭荣派出的曹瀚一行秘密抵达青州，谒见青州节度使、检校太师、守太保、兼中书令、魏国公符彦卿。

曹瀚是以求见二公子符昭信为名直接来到符府外让阍者传语的。当符昭信在府内客堂中见到来访的所谓故旧竟然是曹瀚时，立刻就明白了他的来意。

"二公子！"曹瀚抢上一步，拜倒为礼，声音有些颤抖。

"曹押衙！"昭信忙不迭扶起他，一面还礼，一面问道，

"是……郭大公子派你来的?"

"是。"

昭信顿了一顿，斟酌道:"听闻……京中事变后，郭太师已经率兵离了邺都……荣兄他……他还好吗?"

"不太好。"曹瀚并不打算委婉下去，"……二公子，我家大将军命我火速前来青州，务必求见魏国公一面，还请二公子成全!"

"我明白了。曹押衙，你且在这里稍候，我先去向家父禀报一声。"昭信说着，吩咐从人看了茶，自己快步离去。

未几，脚步声又匆匆而回。昭信进得门来，走近曹瀚低声道:"曹押衙，此处不是说话的地方，家父让你到里面去。请跟我来。"

昭信引着曹瀚七弯八拐，进入一间书房后的密室，魏国公符彦卿已经在室内默然相待。曹瀚见了符魏公，赶紧趋前下拜，刚尊了一声:"国公爷!"眼中便忍不住涌出热泪。

"快快免礼!"符魏公忙亲自过来搀扶，"曹押衙远路驰来，昼夜兼程，真是辛苦了!"一面将他让到座中，一面使眼色命昭信待茶。

"卑职不辛苦，卑职只怕来得晚了，误了我们太师的大事。"曹瀚抹一抹眼角，戚然道，"京中的事情，国公爷想必已经听说了?"

"是的，前日惊闻广政殿之变，我们父子尽皆愕然。昨日又道听途说，说是郭太师尽数点起魏博兵马，进京为史、杨、王三人报仇去了……我们正在不明所以，妄加揣测，押衙你就来了。"

其实，符氏在魏博一带派驻有常规的谍者，只是尚未及赶回报告具体情况而已，郭氏起兵的消息是由距离青州更近的驻齐州谍者传回来的。符魏公说自己父子"道听途说"，是不欲曹瀚多心。当然，作为君贵的亲随，曹瀚不可能不明白这种秘事，他们魏博同样在各大要藩密布谍网。不过，隐蔽的事情不要放到台面上来说，这也是心照不宣的老规矩。

曹瀚愤然道："回国公爷的话，我们太师不是去为史、杨、王三人报仇的，我们太师是进京去辩明冤屈的。国公爷大概不知道，前日，官家下了一道密诏，要郭崇威和曹英来诛杀我们太师和大公子！"

"什么?!"符氏父子闻言，虽然早已有所猜测，还是不禁脸色大变。没想到，东京那个小官家还真敢走到这一步！

"国公爷，"曹瀚忍不住又涌上热泪，"卑职追随郭太师和大将军七八年，郭太师父子的一言一行、一举一动，卑职都看在眼里、记在心里。郭太师追随先帝二十余年，太师父子对他们刘氏素来忠心耿耿！每次出去打仗，太师和大将军都亲冒矢石、冲在士卒的最前面，吃了多少辛苦，才替他们刘家打下这片江山！金殿议勋的时候，太师父子又推赏他人，从不居功。河中奏凯，像苏逢吉那种从来不曾领兵的人都加了勋衔，我们大将军却一无所获！如此不公，连我们这些部将都看不过眼、为他抱屈，可是他们父子何尝有过半句埋怨？一旦契丹入寇，二话不说，立马又抛家别子、为国御敌去了！郭太师父子的忠诚耿直，卑职可以拍着胸口，拿自己合家的身家性命来为他们担保！可是谁承想，如今因了小人谗言，他们无端被官家猜忌，竟招致诛灭之祸！国公爷，请您和二公子来评评这个理，我们太师到底委屈不委屈、寒心不寒心！"

"曹押衙，别着急，来，喝口茶，缓一缓。"昭信见曹瀚情绪激动，忙端起自己的茶盏向他示意。

符魏公看着曹瀚，万千感慨，叹息道："曹押衙对郭太师父子，当真是赤胆忠心哪。"

曹瀚道："回国公爷的话，郭太师和大将军待卑职，那才真是恩深义重。卑职曾在混战之中遭受重创，分知必死无疑了，大将军却执意亲自将卑职抢出来，挖脓敷药，精心医治；每次战捷论赏，太师与大将军总是推功于下，教部将有更多晋身机会；知道底下人家中度日艰难，凡有赉赐，都尽数分给我等近从，让我们拿回去贴补家用……国公爷，漫说卑职此番只是来回两千里传个口信，便是为他们满天下跑断了腿，也是心甘情愿的。”

符魏公与儿子交换了一个感佩的眼神。符魏公向曹瀚点头道：“曹押衙的心意，老夫明白了。适才曹押衙说到口信，郭太师和大将军，是有口信要托押衙带给老夫吗？”

“是。”曹瀚站起身来，郑重揖道，“郭太师和大将军命我上禀国公爷：太师此番率兵入京清君侧，实在是为宵小所迫，不得已而为之。倘若朝廷因此对国公爷有所命令，万望国公爷看在素日交谊上，给太师留出面圣的时间来。”说罢，他便再次向符魏公下拜。

“郭太师的意思，倘若朝廷诏命青州兵马入京勤王，便要我们暂缓出兵，是也不是？”符魏公问道。

“是！”曹瀚坚决道，“郭太师父子，绝不愿意与国公爷父子京畿对阵，自相残杀。”

“明白了，曹押衙放心……”符魏公点点头，示意昭信将曹瀚搀起。

正在此时，忽然密室门被轻轻叩了几叩。昭信看一眼父亲，忙起身去到门口，将房门打开一条缝。只见一个亲随附着昭信的耳朵说了两句话后迅疾离开。密室的门又关上了。

昭信回到父亲身旁，也对父亲附耳低声说了两句。符魏公不动声色听罢，忽然鼻子里笑一声，向曹瀚道：“说天使，天使到。不瞒押衙，官家遣来传旨的使臣，目下已经来到了我符府的门外。”

曹瀚闻言点点头，并不接腔，只静静地看着符魏公。符魏公默然看着半空中不知什么地方，片刻，忽然轻轻一笑：“老夫说过了，曹押衙尽管放心。”

符魏公父子匆匆出去接旨，曹瀚连同他的随从被请到书房后面一处僻静的客室休息。曹瀚心中有事，无法安坐，起身踱出房门，到院中逡巡。

这是一处荒凉的院落，人迹罕至，只一个月亮门与外界相通；加之季节在冬令，云霾低悬，树木凋敝，观之更觉惨淡。曹瀚正自心神不定，忽然一错眼，似乎有个熟悉的身影从月亮门外一晃而过。

"陈总管!"曹瀚不禁出声招呼，又往月亮门那里紧走几步，"陈总管，是你吗?"

廷献停下了脚步，回头往这边张望。当然，陈廷献在符府中还远远够不上总管的位置，不过言谈交往间抬称对方，也是人之常情。何况当初曹瀚他们跟随君贵一路护送君怜返家时，的确注意到廷献在君怜房中的地位举足轻重，说他是符娘子房中的庶务"总管"，倒也距事实不远。

"曹押衙?!"廷献认出了向自己打招呼的人，忙折过来。到了近前施罢礼，他方带着些惊讶问道，"曹押衙，恁怎的来了? 几时来的?"

曹瀚忙还了礼："大将军差我来办事，刚到，已经见过了国公爷。"因又问道，"符娘子好吗? 大将军托我向她致意。"

廷献道："我们姐儿自己倒还好。只是听说了京城的事，昨日又听说郭太师起兵了……唉，她心中忧急，昨儿一宿没能睡着。——押衙既然来了，索性我去回禀一声，倘若押衙能与我们姐儿见一面，说说魏博的实情，我们姐儿心里，兴许能松一松。"

曹瀚忙道："那敢情好，我也想见符娘子一面。那就劳烦陈总管通报了。"

廷献去后，约过了一炷香工夫，曹瀚听见一阵脚步声急促而来。透过月亮门抬眼望去，只见廷献前引，后面竟赫然走来了符娘子本人。

曹瀚急忙抢出去见礼："符娘子金安。符娘子召唤在下过去拜见就是，何须亲自过来！"

君怜神情中有一丝掩盖不住的倦色。她向曹瀚还了礼，淡淡一笑："不妨事，还是这里人少。曹押衙风尘仆仆赶路，又与家父相谈有时，想必疲乏得很了。只是我牵挂义父与义兄安危，少不得还要请押衙就魏博之事多告知几句。累押衙不得休息，实在于心不忍，容我预先告罪。"

曹瀚忙道："符娘子说哪里话来！不向娘子详细禀报邺都状况，在下也不可能有心思去想什么休息不休息。"

一路说着，一路在廷献的引领下来到了左近另一间客室。两人分宾主落座后，廷献关上门，静静站到君怜身旁。

"曹押衙，"君怜道，"十一月十三日广政殿惊变，十一月十五日义父起兵，这两日之间，在邺都到底发生了什么事，可否请你一一讲给我听？"

二八　阖府蒙难

乾祐三年十一月十六日。黄昏。邺都。天雄军治所。

君贵对着墙上的地图默思。他其实并没有看地图，他在等人。室外往来的随从部将都轻手轻脚，尽量不发出大的声音。

天空是一片铅色，冬月的风隐隐呼啸，无边的寒意压在每个人心头。

“大将军，他回来了。”孙璘走到他的身后，轻声禀报。

“叫他进来。”君贵回过头。

未几，一个貌不惊人的精壮汉子喘着粗气疾步入内，抬手礼道：“大将军。”

“不必多礼，”君贵道，“重霸，你坐下说话。此番探知到了什么，如实全部报与我知晓。”

这汉子名叫田重霸，是郭威和君贵手下负责京畿线的一个得力密谍头目。田重霸叉手告了无礼喏，依言落座，稍自调匀了气息说道：“回大将军，昨日一入京，卑职便率两个手下先去了府上。果然如郭左厢所言，府邸完全被刘铢的人马包围，没有一丝一毫的疏漏。卑职无能，虽然想尽办法欲入府与夫人通个消息，但始终无法实现。”

“刘铢是个老辣的人，你能想到的漏洞，他一定早就想到了，进不去也不奇怪。”君贵宽和道。

田重霸道：“卑职无法可想，只得写了个纸条封在泥丸里，隔着两条街远远弹射了进去，也不知他们能不能发现得了。”

“泥丸上有记号吗？”

“插了三根短短的鸡毛。”

“嗯。纸条上写的什么？”

“写的是太师正领兵前来面见官家辩明冤屈，请夫人放宽心，不要太过着急。”

“嗯。”

“卑职怕这泥丸落入水中，或者他们注意不到，后来又冒险弹射了四粒进去。”

君贵点头，田重霸果然是个缜密的人。因又问他：“府里有刘铢的人吗？”

“应该是没有。”

“怎么知道没有？”

“卑职偷偷观察了半天，没人往里面送饭。”

“嗯。”

“后来，卑职怕在四围待得太久，招致他们的疑心，只得离开了。”

“嗯。你听到过里面有任何声响动静吗？有没有小儿哭闹？”

“没有，什么动静都没传出来。大将军，他们一定都好好地在家里待着呢。卑职看着，刘铢的军士只是围住府邸，并没敢冲进去有什么动作。”

君贵长出一口气，眼睛盯着半空出神。田重霸的情报似乎包含着让他稍微安心的内容，又似乎让他更加不安了。

与刘承祐相似，刘铢的骨子里也住着一个疯子，而且是个酷毒狠辣、老谋深算的疯子。

他在藩镇时，曾为犯事者备下两个著名的杖刑名目：一个叫“合欢杖”，就是双杖对下，判二十实挨四十；另一个叫“随年杖”，就是说犯事者年龄有多少岁，就打多少下。单这两项杖刑，就让治下吏民闻之胆寒。

又，青州产盐，盐是官营紧俏之物，后汉的盐曲法规定，私自贩盐，无论斤两多少，一律处以极刑。在这样的苛法背景之下，刘铢镇守青州期间竟为自己积攒了好几屋子的私盐。及至从青州仓促移回京师，几屋子的私盐带不走，刘铢将心一横，下令部从拿粪秽掺杂其中，然后统统埋到各口井里，再用泥土将这些粪盐井填平。

总之，他得不到的好处，绝不可能让旁人得到；而如果他在某事上吃了亏，则一定衔恨不释、睚眦必报。

君贵深深地呼吸几口从房门缝隙处漏进来的冷空气，让自己的心慌稍稍平息。“还有什么？太师的大军到哪儿了？”他问。

“回大将军，卑职日间从东京折返途中，看到太师军马已经抵达澶州。卑职去向太师禀报了东京府上的情况，然后就赶回来了。”

“知道了。你辛苦了，下去好好吃顿饭，睡两三个时辰，然后再赴东京，继续打探消息。”

“喏。”田重霸一礼，又恳切道，“大将军，卑职不需要睡那么久，卑职只需吃点东西，眯个盹儿就可以重新出发了。”

君贵温和而疲惫地看着他：“重霸，你还是好好睡一觉吧。你们这条线最熟悉京畿情况，往后几天都得靠你们来回跑，没准你就睡不成了呢。”

十一月十七日。晨。东京大内。皇帝寝宫。

憋了一旬的寒冷空气终于凝结，时届旦明，天空细细地飘起了小雪花。

刘承祐披着头发，裹着裘氅，睡意蒙眬地从寝殿内门走出，来到暖阁中。

候在一旁的鸾脱急忙趋前跪礼：“陛下，微臣回来了。”

“怎么样？混到郭威军中去了没有？打探到了什么？”刘承祐立时兴奋起来，睡意尽退。这是他第一次指挥“打仗”，他很关心前军的情报。

“回陛下的话，微臣不仅混到郭威军中去了，微臣还见到了郭威，还跟他说了话。”

“是吗？”刘承祐坐到椅上，皱起眉头，“你们说了些什么？”

“陛下，郭威的话，无非是表明忠心罢了。他还托微臣将这个呈上。”鸯脱说着，脱下外衣，手脚利索地撕开衣领，取出了封藏其中的郭威奏表，双手递给官家。刘承祐接过来看罢，默然无语。鸯脱小心窥伺他的脸色，也不敢贸然开口。

“你看着他军中是个什么情形？”刘承祐将奏表敛成长条，在手上敲打着。

“倒也没什么特别的。他们那些将领，就是觉得委屈呗，就是反复跟微臣说，他们对陛下绝对是忠心耿耿的。”

“哼！”刘承祐鼻子里冷笑一声，“忠心耿耿？忠心耿耿为什么朕让他死他不死？为什么还要领着大军来攻打京城？”

“呃……”鸯脱的鼻尖冒出了几滴细密的汗珠。在替郭侍中说话和保全自己小命之间，他当然得选择后者。官家的脾气是说翻脸就翻脸的，谁知道官家心里是什么打算。“……陛下，微臣也是稀里糊涂被他们带到军中的，他们到底忠心不忠心，全凭圣断，微臣可不敢胡乱伸舌头。”

刘承祐站起身：“传朕口谕，立召苏逢吉、李业、刘铢到飞英阁议事！”

刘承祐返回寝殿，急命宫人梳头。正梳着，忽听得外间一阵唱礼之声，刘承祐转头一看，李太后匆匆走了进来。他只得站起来行礼：“母后。”

自打广政殿事变之后，刘承祐对李太后都避而不见。实在躲不过见到了，也不行跪拜，而只以揖礼替代。他用这样的方式来暗示和警告母亲：我现在是个成年人了，我的江山，我的臣属，我有权自己做决定，请你闭嘴。

“官家，”李太后无暇计较他的礼数，急切道，“鸯脱回来了，说了什么？”

刘承祐有点恼火。太后连鸯脱的进出都知道，她到底在自己周围布了几个眼线？“没说什么有用的。郭威的兵马到了澶州，再两三日就当抵京了。”刘承祐敷衍道。

“郭威是个什么情形？”

“他？自然是鼓噪军心，想跟朕较劲了。”他并不如从前那样，遵礼自称更显孝道的“儿臣”，而是刻意用上了皇帝专用的“朕”，来向母亲强调自己的身份。

“官家，郭威没做什么对不起咱们的事，你无缘无故派人去诛杀他，他自然觉得冤枉。”李太后正色道，“趁着现在还来得及，官家赶紧给他下一道诏令，好生安抚一番，事情就过去了。他必不会为了史、杨等人的事再跟官家横生枝节。”

“知道了。”刘承祐忍住心头的不耐烦，敷衍道，“朕这就去跟宰臣们商量商量。”

两刻钟后。飞英阁。官家已经简单地束了发，穿上了燕服。

郭威的奏表在苏、李、刘三人之间传了个遍。

“哼，郭威说朕身边有谮臣，有小人。这说的是谁啊？”刘承祐看着他们，冷冷问道。他其实有些心虚。他本来觉得杀了史、杨、王等人就够了，郭威一向懂得夹起尾巴做人，未必不能留；是他们多事，非要派人去杀他，结果惹出他带兵攻打京城的大乱子来。现下，看他们如何收场！

苏、李、刘三人快速地交换着眼神。郭威奏表的意思很明确：他不打算造反，他想跟皇帝谈判，只要皇帝把说他坏话的人绑了，交给他们天雄军处置，就算对这些造反成瘾的臭大兵有了交代，这事儿就平了。

开什么玩笑?！这么一来，小皇帝也许暂时安全了，他们三个人的脑袋可就必然会搬家了。

“陛下，切切不可听信那郭贼胡言妄语!”苏逢吉忙道，“他上这奏表不过是缓兵之计，好教咱们麻痹大意，不去积极调动军队，加强京城防务。这样他才能轻易率兵入京，一举篡鼎!”

李业附和道:“苏中书说得对极了。郭威原本就是乱臣贼子，如今他反迹已现，却还假惺惺地来这番剖白，可真是把官家当成小孩子，随意耍弄于股掌之中了!”

刘承祐的双眼射出了恼怒的凶光:“那要依着你们的意思，如今朕该怎样?”

“陛下，郭威之所以敢写这种东西来蒙蔽天听，不过因为他的一家老小都攥在咱们手里，他怕，所以不敢暴露出恶贼的本来面目。”刘铢的眼中射出寒光，“于今之计，他怕什么，咱们就给他什么！咱们杀了他一家子，看他还是不是自己所说的那种忠臣!”

“对，忠臣是什么？忠臣就是：君要臣死，臣不得不死；君要臣一家子死，臣的一家子就麻利痛快地滚去受死！要是杀了他一家他还对官家俯首帖耳，那才真叫忠臣呢!”李业道。

“你们不是说要拿他们几家的老小做人质吗?”刘承祐道。

刘铢狠狠道:“需要他们做人质，那是前几日！如今几路勤王诏都已经下发到各大藩镇去了，兖州慕容彦超、郑州吴虔裕都已应诏在火速赴京途中；郓州高行周、青州符彦卿、永兴郭从义、同州薛怀让、陈州李榖，不日也会起兵勤王。有了这些人马，官家还怕他郭威怎的？哼，他郭威自以为统摄河朔就了不得了？以为官家年纪小，没有经过阵仗，就必定会慑服于他的军威？就必定不敢拿他的家小衅旗?!”

“岂有此理!”刘承祐拍案大怒，“这天底下，没有朕不敢杀的人，没有朕不敢做的事!”

他猛然站起身:“传我谕旨：着刘铢立刻诛杀郭威和王峻全家，

着李洪建立刻诛杀王殷全家，一个不留！”

刘铢肃然跪拜：“臣领旨！”

现在，他们终于跟小皇帝成了拴在一根线上的蚂蚱、坐在一条船上的渡客，小皇帝不可能再把他们卖出去、单保自家平安了。

刘铢站起身，又说道：“官家尽管放宽心，剿灭郭、王两家人口后，臣立马就以官家的名义诏令侯益、张彦超、阎晋卿等率禁军赶赴澶州，去把郭威和王峻给您捉拿回来！”

雪花越来越大，东京城逐渐笼罩在一片素净中。

虽是日间，却万籁俱寂。只有一丝细细的歌声从白雪中拔起，高遏天穹。

雪让整个世界都变得单纯了。

可是，那一蓬蓬溅放在白雪之上的鲜血之花，却热腾腾地将这洁白单纯的幻境融塌了，露出了刀山地狱那触目惊心的丑陋底色。

十一月十七日。午间。滑州行营。

天雄军在这里得到了郭侍中和王监军全家被戮的噩耗。王殷家小的消息尚不明确。

郭威呆坐中军帐内，双眼通红。王峻站在他的左侧，双目似要喷出血来。李重进站在他的右侧，脸色铁青，犹有泪痕。一众部将围在他们身边，人人按剑而立，欲言又止。刻意的忍耐不语快把他们逼疯了。

“罢了，”良久，郭侍中嗓音嘶哑地开了口，“诸位皆有家小，不必再追随我赴此劫难……不如我一死以谢天子！”

众皆拜倒，群情激愤。

“太师！”

“侍中！”

“太师！”

“太师何出此言！”

“国家负公，公不负国！”

“安邦雪怨，正在此时！”

“请侍中统率三军全速前行，直入帝都！”

“我等同心同德，皆愿为太师拼死效力！”

…………

一刻钟后。行营点兵台上。

王峻眼含冷泪，厉声向底下黑压压的人群发出了成军以来最大手笔、最富诱惑力的动员令：“诸位将士，我得郭公处分，只要平定了京城，允许你们剽掠一旬！”

三军闻言，惊喜过望，激愤踊跃。

惊天动地的欢呼声，将原本散漫飘落在空中的雪花激荡出了巨大的旋涡。

旋涡越来越大，越来越尖，直指穹顶。

旋涡直指被阴霾的坏天气遮蔽不见的紫微垣。

隐隐地，地已动，山已摇。

二九　仗剑云霓

乾祐三年十一月十七日。晡时。邺都天雄军衙署。指挥室。

君贵仍旧站在那张大地图前。外间地面上的积雪透过窗纸映进来，让这个心神不宁的时刻显出了诡异的光亮。

素日片刻不离君贵身边的所有亲随似乎都隐形了，没有动静，没有声响。

在一片寂静无声中，忽然起了一阵轻微的喧哗。有纷繁的人声在轻轻问答，随即有嘈杂的脚步声迅疾而至。

孙璘、季飞卫、张美等簇拥着田重霸在门口告进。未待君贵发话，他们已经拥了进来。

君贵转身看着他们。

田重霸热泪汩汩，一拜到地："大将军，卑职去晚了……没了，他们全都……没了！"

君贵不动如山。

有那么一瞬间，他的部将们以为他已经没有了呼吸，以为他已经变成了一尊雕像，或是别的什么被抽取了灵魂的东西。没有人胆敢发出一丝声响。世界又恢复了几乎是一瞬间之前的诡异的宁静。

好像过了一千年，一万年，千千万万年，君贵抬起手，发出了一个声音。这个声音听上去非常遥远，似乎来自另一个缥缈的世界："你们都下去吧。"这声音平静得不像是人的嗓音。

众人轻轻鱼贯而出。君贵转回身去，仍旧看着那张地图。

良久，他不再看地图了，他走到书桌边，拿起了纸和笔。这时他发现自己的手抖动得很厉害，根本写不了字。

他走到门边："叫王溥来。"原本守候在近处的判官王溥疾步回到指挥室。

"替我给父亲写信，请求他允许我带上牙兵，跟随他杀进帝都。"君贵平静地说。

十一月十八日。黄昏。青州符府。

郭太师阖府遇难的消息，昨夜经由符氏在京畿的谍者传回了青州。曹瀚已经在昨日上午折返，并没有与这个噩耗迎面相撞。

君怜的房中，仆从环立。张夫人皱着眉头，一筹莫展。朱雀默默陪在一旁。屋内独独没有君怜。

"都一整天了，她这样不吃不喝，把自己关在里面礼佛，也不是个办法啊……"张夫人叹息道。

"母亲，"朱雀安慰道，"不必过于担心，诵诵经，她心里会好受些。"

"你要劝她进食！"张氏道，"哪怕喝点汤水、进点稀粥也好。她身子骨本来就不够壮实，再这么熬着，能熬几天不病倒?!"

"是，我少时一定让她多少吃点什么。"朱雀道。

张氏流下泪来："她元夫家是那种情形，好不容易自己被义父义兄搭救出来了，她义父家又突然遭此大难！我知道，她心里憋着痛！翚娘这个孩子，从来不会大声哭，她要是能大哭一场，就不会那么难受了！"

朱雀也滑下泪来："母亲切莫过于伤感，君怜这里有我呢，我会照料她的。"

将张夫人等送至院门口，朱雀回到房中，默默地看着唐氏命人添加的烛火。新增的烛火从纱罩中透出稀薄的光与热，将冬月的寒气映衬得越发深重了。

“榷娘子，要不小人进去看看姐儿吧？”廷献试探道。

“……你想跟她说什么呢？”朱雀低声道。

“小人……什么都不说。”

廷献轻轻推开佛堂的门走进去。那本是君怜卧室内的一小间暖阁，她从河中回来后，将其改造成了一间简朴的佛堂。每日看书抄经之余，君怜都会在这里消磨一小段光阴，为她心中的光明之境默默祷祝。

君怜正跪在一尊文殊师利菩萨玉雕像跟前。但她显然并没有在祷祝，她微微抬起下颌，似乎在看着文殊菩萨所看向的某个地方。

廷献轻轻走到她身后三尺远之处，默默看她半晌，然后学着她，也在文殊师利菩萨跟前轻轻地跪了下来。

君怜转过头，泪痕犹在，形容憔悴。她自己的痛苦，叠加上她所感受到的别人的痛苦，翻了番地摧折着她。廷献从没见过她这般模样，即便是河中事变后，她也不曾如此失魂落魄。廷献的心一阵揪痛。

“廷献，”君怜轻声道，“你告诉我，愿力到底是什么？愿力到底能有多强大？”廷献不语。

“都是我的错……我每天在这里祷祝，我竟忘了，如此大的愿力，可以化作多大的杀伤之力；我竟忘了，宝树之所以能够大放光明，是因为它必须孕生在无边无际的黑暗之中；我竟忘了，我所希求的如此巨大的成就，如果不付出惨痛的代价，又怎么会有丝毫可能获得？……”

“姐儿，不是你的错，你没有错……”廷献轻声道。

“是我的错。以我之微眇，本不该有这样的愿望。”君怜戚然摇头，“如果非要有果报，我原该提前祈求它着落在我的身上。我可以承担，我必须承担。”

“姐儿……有情众生，离苦涅槃。因果已就，不必再执着于责己了。”廷献静静地看着她。

轻烟上袅，一室漫长的、幽微的沉默。

沉默是对黑暗的献诚，正如鲜血是对光明的献祭。

可是于她，如何排遣，如何解脱，如何救赎？

“……廷献。”

“在。”

“……去替我找一篇《往生咒》来。”

十一月十八日。夜。邺都。

天雄军衙署后营。董氏、远山、秋池等人聚在屋内，相对相扶，低声哭泣。压抑的抽噎声仿佛是一串震得人心碎的铅锤。雁儿也不时发出一两声尖锐的哭闹。

衙署前院院中。君贵全身甲胄，仗剑望天。剑是“斫雪”，临行前，父亲将符魏公赠予的这把宝剑送给了他。

雪后的夜空晴朗甘洌，群星出没。

星光凄迷，仿佛整个宇宙在冥冥中伸出手来，拥抱着寒风中的未亡之人。

一众部将亲随远远陪在外围，忧心忡忡地看着他。

“都一天一夜了，大将军滴水未进，就那么一直站着，便是个金刚也撑不住啊。”

“倘若太师那边的回复不来，大将军难道就要这样子站下去吗？”

…………

他们说得很小声，君贵听不见。当然，即使他们说得很大声，君贵也照样听不见。他的耳畔，一直回响着大半年前分别那日，梅娘的语声。

“君贵，君贵，我想去长亭送你，我想去送你……”

她想去送他。之前，他们说好要在长亭分别的。她为他准备了许多吃食、许多体己话，原本都要在长亭、在最后的时刻，一股脑儿全塞给他。

他拿右手按住了心口。那是梅娘捶打过的地方。不，她的捶打没有停，她还在那里，一下一下，死命地捶着他。捶着他。捶着他。

痛。剧痛。无法承受的剧痛。

梅娘，梅娘，不要原谅我。永远也不要原谅我。

“爹爹抱!”“爹爹抱!”四岁的喜哥儿和两岁的三哥儿缠到他的身上。他不是一个好父亲，他带给他们的最好游戏，也不过是一手架着一个，在原地转上十几圈而已。

六岁的宜哥儿额角不知碰到什么渗出了血，哭着来找他。他竟然没有替宜哥儿擦一擦，只是向他的伤处吹了一口气，骗他说这样好得快。

还有弟弟和堂弟们，十三岁的守筠、十二岁的奉超，十岁的青哥儿、九岁的定哥儿、七岁的意哥儿，他们爱戴他、崇拜他，盼望着早日长大，跟随他到军中去历练。他们无数次请求他教授武艺，他却一次都没有完整地教授过。

还有张嬢嬢。每次他们几兄弟在家中教练切磋时，张嬢嬢在一旁看着，都笑得那么满足。张嬢嬢眼角的纹路已经开始明显了，她为这个家、为他和爹操碎了心。

…………

他无法推知，田重霸弹射进去的那几粒插着鸡毛的泥丸，是不是曾经在他们的心中升起过短暂的希望；他更无法想象，在生命的最后一瞬，瞳孔中映射着急速逼近的刀光，他们心中曾经体验过怎样的恐惧……

此时此刻，刚刚停歇的那场大雪，一定正覆盖在他们的身上。

他们会冷吧。

他们冷。

午夜的寒气在君贵身上凝出一层霜。他成了一个霜人了。

“大将军!”“大将军!”“大将军!”

韩通带回了郭太师的口谕。

“大将军，请进屋听太师口谕。”韩通搀住他的胳膊。他的鞋似乎粘在了地上，他浑身发僵，有点动弹不得。“大将军，走，咱们进屋去说!”韩通使劲拖拽他。从来没有哪个军将敢这样待他，可这是韩通，韩通刚刚从父亲身边赶回来。

三个时辰以前。郭侍中行营。

郭威怒火大盛，一把将君贵的来信拍在桌案上:“血气之勇，颠倒轻重，荒唐至极!”

他环顾众将，挑中了韩通。“韩通，你速回邺都，替我当面传达对郭荣的申斥。”他面笼霜雪，声色俱厉，“魏博乃我军根本之地，我将它全部交托给你……”

邺都衙署。指挥室。

所有的人都站得笔直。君贵与韩通面对面站着。韩通在复述郭威的口谕，但语气显然温和了许多:“……我将它全部交托给你，实指望你养精蓄锐，拯济颠危，以为将来铲除奸小之策应。你若如此轻重不分、妄言冒进，随随便便就弃守万金之基业，你置全军将士身家性命于何地?置我于何地?你的大局观何在?……

“……来信所请，一概不允。你须深刻内省，好自为之。”

“还有吗?”

“没有了。”韩通放松了表情，温言道，“大将军，依卑职看来，其实太师的意思……”

“不必说了。”

君贵再次来到院中。星光荒凉。宇宙从未像今夜这般寒冷，寒冷而又清明。

君贵拔出“斫雪”宝剑，扬手将剑鞘扔给已于昨夜赶回的曹瀚。君贵的手脚不再僵硬了，他在星空下舞起剑来。剑锋所过，地面的积雪腾起，贴地飘摇。剑气将雪地犁出了纵横交错的深深沟壑。

原来，这就叫“斫雪”。

五丁仗剑决云霓，直取天河下帝畿。

战罢玉龙三百万，败鳞残甲满天飞。

高亢的歌声从他的心头拔起。

长风破浪会有时，直挂云帆济沧海！

一曲舞罢，他提起“斫雪”剑向庭中古树狠命一掷。剑入树身，没至剑柄。

乾祐三年十一月十九日，在李业的请求下，刘承祐拿出帑藏的绢帛激励军士抵抗北军：侍卫军每人二十缗，下军每人十缗。

十一月二十日，君贵派出的邓锦一行终于抵达襄州，谒见襄州节度使、检校太师、守太傅、兼中书令、齐国公安审琦。郭氏满门蒙难的消息在半路追上了他。

十一月二十日，郭威率领的北军，与慕容彦超率领的勤王军和刘重进、侯益等率领的禁军，在开封以北数十里的刘子陂对阵。刘承祐在侍卫郭允明、聂文进等的护卫下“御驾亲征”，到前线慰问。

十一月二十一日，南北两军交战。郭威派遣何福进、王彦超、李筠合围慕容彦超。慕容军死百余人，慕容彦超领十数骑败走兖州。不少南军将士投奔北军。是夜，刘承祐与苏逢吉等宰臣宿营于郊野。是夜，侯益、焦继勋从南军投奔郭威。

十一月二十二日晨，郭威望见官家旌旗在高坡之上，不顾众将的劝阻，免胄下马，执意前去参谒。及至到了坡下，刘承祐已经离开。

十一月二十二日上午，刘承祐与苏逢吉、郭允明逃到京城西北方的村庄。郭允明知道大势已去，拔刀砍死了刘承祐。二十岁的后汉皇帝刘承祐的性命终结在他一直信任的侍卫手中。稍后，苏逢吉、郭允明自杀。

十一月二十二日上午，郭威率领大军策马至东京元化门，遭到刘铢的箭雨抵抗。郭威率部转至迎春门顺利进入京城。刘铢、李业、李洪建等被擒获。

王峻曾经向三军许下的诺言终于到了兑现的时候。

诸军大掠，烟火四发。古老的东京城瞬间沦为阿鼻地狱。

郭太师没有去理会这满城的混乱。他策马狂奔，一直奔回到家宅的大门口。

在那里，他停下了自己的脚步，卸下了所有的担子。但他不敢再往前一步。

大门为他敞开着，仿佛正是为了迎接他的归来。

他长久地伫立在门外，冷泪纵横。他已经无法说出任何一个字了。

三〇　太后临朝

乾祐三年十一月二十三日。晨。

王殷和郭崇威急匆匆赶到郭威的府邸。他们看到，在郭府大开的宅门正中央，郭太师面向人烟稀落的街市按剑直立，仿佛在守卫着自己的家园。他的眼睛看着空中的某个地方，仿佛在跟什么人用目光进行交流。

郭太师的亲随牙兵们在宅门内外进进出出，清理着打从六日前血光暴起后就再没人动过的家难现场。他们每次都会小心翼翼地从郭太师身旁数尺远的地方绕过，并且尽量不发出任何足以惊动他的声响。

“太师！”“侍中！”王殷和郭崇威却顾不得这许多了，他们匆匆施礼，神色中有掩饰不住的焦急。郭威的目光转向他们。

“太师，再不停止剽掠，等不到日落，汴京就要变成一座空城了！”

“太师，他们抢得太狠了！而且，为了不让好物事落到别人手里，已经有好些军厢之间相互打起来了！”

郭太师在一瞬间还了魂。

“传我的命令，全军立刻停止剽掠！谁敢不遵，就地正法！你们两人监督执行，先抓几个不听话的杀鸡儆猴！”王殷和郭崇威应喏而去。

纵容野蛮大兵剽掠自己国都十日的承诺，就这样在执行次日被迫中止了。然而，京城已经千疮百孔、奄奄一息。

郭威看着自己的亲随郑仁诲、魏仁浦、韩通、向训等，语声平静："走，该进宫了。"

一行人在皇宫南门明德楼前遇到了冯道率领的文官们，苏禹珪、窦贞固等也都在列。杨邠、苏逢吉死后，原本苏禹珪可以挑头迎谒的，但他担心因自己与苏逢吉等的密切关系而遭到郭威记恨，所以只是缩在人群中，任凭前朝老臣们率队来履行场面上的义务。

郭威下了马，视线与冯道的视线相遇。两个人都有片刻的沉默，两个人都在心中掂量着。

而后，郭威向冯道一揖："冯太师。"

冯道老辣地还了礼，不卑不亢道："郭侍中一路南来，辛苦了。"

冯道措辞里的含混和倨傲有些出乎郭威的意料。当然，冯道这个老头儿见过很多次改朝换代，他是政坛不倒翁，心如止水，波澜不惊。他有底气睥睨任何天翻地覆。

郭威的目光往他身后的群官一扫，又向众人行礼道："有劳众位相候了。"众人纷纷还礼，逊让的声音显得有些低沉。在这种微妙的时刻，谁也不愿意因为声音过高而成为出头鸟。

"下官先入宫去谒见太后，朝政大事，容稍后再与诸位相商。"郭威说罢，率领手下穿过明德门直向宫城后苑走去。

庆寿殿。李太后素衣坐在大堂上，妆容一丝不苟，神情哀戚。

郭威在殿外告了名。"宣郭威。"李太后低沉的声音直入他耳中。他整理衣衫，在内侍的引领下急步走入殿内。

坐在宝座上的那个人，是他二十年来视为嫂子的人，虽然比他小几岁，却一直看重他、信任他、爱护他，当他偶有过犯时，总会替他在先帝跟前掩饰回护。她从未做过任何对不起他的事，他也从来没有对不起她。

“太后！”郭威来到宝座跟前，如礼下拜，只唤得这一声，便泪如雨下，“臣罪该万死！”

李太后嘴唇颤抖，满面泪痕。

“卿无罪。是我没有教好儿子，是我对不起先帝！”

十一月二十四日，太后旨令下。经与百官商议，择定高祖刘知远之侄、河东王刘崇世子、徐州节度使刘赟为嗣君。“河东王”是民间俗称，刘崇的正式职务是北京（太原）留守，最高封衔是中书令。本来，刘知远除了刘承祐之外还有一个儿子，就是目前正拜开封府尹的刘勋，可是他羸弱有病，李太后直接否决了他的继承权。郭威执意率领诸将去向刘勋问候起居，亲眼看到了刘勋的模样，这才相信他的确不适合担当皇帝大任。

十一月二十五日，刘铢伏诛，连同已经自杀的苏逢吉、郭允明、阎晋卿、聂文进、后匡赞等，一起被枭首于南北两市。已经自杀的李业，因系戚里之故，允许收殓尸骨。李业的兄长、另一位国舅李洪建，允许自裁。

李洪建之前是受命诛灭王殷一家的，但他与王殷原来有过交情，便没有立即执行，因此王殷一家在最后的时刻逃出了性命。入汴后，王殷感念李洪建，向郭威请求饶恕李洪建的性命。但因在诛杀史、杨、王三族之事上，李洪建出力甚多，最终不得赦免。

十一月二十六日。晨。枢密院议事厅。

郭威默坐桌案前沉思，裨将通报冯太师来访。郭威忙出外亲迎，两人揖礼，相互客气逊让着，一前一后进入室内。

“冯太师今日便要出发前往徐州迎接新君，适才在下已经召见过扈随的护圣指挥使张令超，命他严饬禁军，务必保证嗣君及太师安全。”郭威谦恭道，“在下原拟少时就要去中书省拜望太师，并亲自送太师出城的，不意太师倒先来了。”

“老夫今日来，”冯道似笑非笑，“就想问侍中一句话。”

郭威目光跳跃：“太师请问。”

“侍中主张迎接河东世子刘赟继承大位，是由衷的吗？”冯道盯着郭威的眼睛，不紧不慢地说道。

郭威一愣。这个冯道，眼神和口吻都太过锋利了！

但也只是一刹那的愣神儿，郭威立马回视着冯道的眼睛，诚恳道：“在下自然是由衷的。”他拍着自己右侧脖颈上那只雕青的雀儿，那是自己少年时从隶马直的卑贱标记，“请问太师，自古难道有过雕青天子吗？请太师不要怀疑在下的诚意，务必尽速将新君迎接过来继承汉祚。你我一文一武，共扶新君，也是天大的一桩功业。”

冯道点点头：“老夫知道了。”

郭威将冯道直送出枢密院的大门。

冯道上了车，对着自己的亲从长叹一口气：“唉，老夫平生不发谬语，此番却不得不做一回谬语人了！”

十一月二十七日，因新君尚未到位，郭威率百官恭请太后临朝。

十一月二十八日。滋德殿。李太后垂帘听政。

李太后一临朝就遇到件大事，镇州与定州遣流星快马呈来急报：契丹人趁着中原内乱发兵来犯，请求朝廷火速派兵支援。

抵抗契丹入侵，从来都是枢密使郭威的事。李太后在帘后发了话：“郭侍中，就请你尽速领兵迎击，可以吗？”

帘外的郭威恭敬一礼：“臣谨遵太后懿旨。”

乾祐三年十二月一日，郭威率领的十数万天雄军将士兵发京师，取道滑州，北上御敌。王峻兼领枢密使之职，负责京城巡防警戒，没有跟随出征。

十二月三日。邺都衙署。节度使后营。

时令进入腊月，室内生了火盆。往年每到这个时候，张夫人就该与董氏商量过年的诸般事宜了。可是现在却进入丧期，他们都穿上了素服，灵堂的白幡像一束束冰挂扎刺着他们的眼睛，任何喜庆的话语和色彩都成了禁忌——除了用以取暖的火盆。

董氏盯着盆中明灭不定的炭火，心里空空落落，甚至提不起过日子的兴趣来。

日子是家庭对人的恩赏。为了让这么大个家庭的日子正常运转起来，她与张夫人素日相互商量、相互扶持，虽然难免偶有龃龉，但感情还是很深厚的。但现在，家呢？家里那些活蹦乱跳的人儿呢？她和雁儿本来是家里放出来的风筝，陪着丈夫、父亲在外郡飞。可是突然之间，线被剪断了，放风筝的人全都没了，那么，他们这几只在乱风中挣扎的风筝，离成为孤魂野鬼也就不远了。

雁儿总往火盆这边跑，乳母和使女们不得不频繁地阻拦她，雁儿急得哇哇大叫。

“你们拿几个糖渍果子哄着她些！”董氏愠恼道。使女们忙应声去办。

远山与秋池陪着董氏围在火盆旁，一面做些针黹。董氏看着远山手里的衣衫，疑惑道：“这是荣哥儿的？怎的破这么大个洞？”

远山叹口气：“大将军那日到山上去跑马，被荆棘剐的。”

“怎的跑到荆棘丛里去了？”董氏诧异道。

“我们也不知道。”

“小夫人还没看到他的膝盖呢，也是跑马的时候摔的。”秋池说。

“什么？荣哥儿从马上摔下来了?!”董氏愈发诧异。在她的认知中，荣哥儿的马术很好，而且是出奇地好，根本不可能会有摔下马这种事发生。

“他不让说。”远山低声道，“自从那件事发生，大将军一直不怎么说话。以前回到屋里，我们去服侍他，他还常跟我们说笑两句，这一向却跟庙里的金刚天王似的，脸色吓人得很，我们俩一句话都不敢多问。”

董氏长叹一声：“唉，这爷儿俩倒是一个脾气。太师心里若有事时，也这么不言不语的，也不教我问他！”

正说着，忽听得有人在门外发话：“小孃，在屋里吗？”

“是荣哥儿吗？我们都在呢，你快进来！”董氏扬声答道。

远山和秋池忙起身到门口相迎。

君贵掀开厚厚的毡门帘，先扫一眼，迎着远山和秋池关切的目光点点头，再迈步进来，问候董氏道：“小孃。”

雁儿见君贵进来，咯咯笑着往屋角跑。董氏走过去捉住了雁儿，抱到君贵跟前：“来，荣哥哥来了，雁儿叫荣哥哥。”

雁儿不肯叫，只是笑。君贵也对她浅浅一笑，将手中一个树根削磨出的小木羊递给她：“给你的，玩吧。”

雁儿一把抓过小木羊，挥舞摆弄。董氏顺势将雁儿塞到君贵手里：“正好我哄了她这半日也乏了，荣哥儿替我抱抱她。”

君贵便接过雁儿抱在怀里。董氏走回火盆前坐着，又招呼君贵：“荣哥儿，来，别站着，过来烤烤火。外面那么冷的天儿！”

君贵便坐到火盆旁，一面约束着雁儿不要伸手向火，一面说道：“小孃，适才接到军报，契丹南侵，爹率领着禁军，已经离京北上了。”

“是吗？”董氏淡淡道，她早已习惯了丈夫出征的消息，“这帮契丹番子，真是讨人厌。趁着人家国内有事，就跑过来捞好处！”

“我已经派人去联络咱们在北线的密谍，看看这次契丹人来的是个什么阵势。不过想来也不怎么打紧，契丹自己朝内也乱着呢，派不出多少正经人马来。小孃倒不必担心。”

“嗯。”董氏漫应一声，盯着他关切道，“荣哥儿，你身上的伤好些没有？”

“伤？”

“呃……”

董氏偷眼看看远山和秋池，急急刹住：“你……以前打仗落下的伤。”

“没什么伤，”君贵不动声色道，“小孃不必担忧我。”

“那就好，那就好。”董氏讷讷道，“荣哥儿，我正想跟你商量，眼看就要过年了，这年，咱们怎么打发的好？”

君贵道：“依我的意思，服丧期间，年就不必过了，只是到了年根儿底下，教家里这些仆从吃两顿好的，也就是了。”

“我也是这个意思。你爹既然要往北边去，那我再替他备两件厚氅，少时你着人送到他手里，也就算咱们为他备办的年货了。”

“好。”

这当儿，雁儿在君贵的怀里扭着，忽然揪住他的头发，奶声奶气地叫了一声：“荣——哥——哥！”

董氏惊喜道：“你听！你听她叫你了！这是她第一次叫你呢！”

君贵眼内一酸，不欲她们瞧见，忙站起身将雁儿塞到远山怀里，向董氏道：“听到了。小孃，若没别的吩咐我就先走了。”说着，他也不待董氏回答，便急匆匆逃出门去。

十二月四日，晌后，君贵再次来到董氏的房中。

彼时远山和秋池不在，屋内除了董氏，只有雁儿的乳母和另两个使女。

“你们带雁儿出去玩玩，我跟小夫人说两句话。”君贵入门之后，也不与董氏商量，直截了当就对乳母等吩咐道。仆从们见他脸色凝重，急急依言抱了雁儿出去。

董氏心下诧异，待从人散尽，忙问道："荣哥儿，怎么了？"

"小孃，"君贵低声道，"适才谍者回报，镇州和定州，并没有契丹人入侵。"

三一　澶州拥立

邺都衙署指挥室。君贵独自在室内徘徊沉思。室门紧闭。

这次契丹入寇的消息，是镇、定两州驰报朝廷的。镇州节度使林世图、定州节度使孙方简，都是曾在父亲麾下效命的旧部。……他走到地图前，再次仔细地查看，甚至伸出手衡量。

没有疑问了。他明白了。

君贵打开房门："曹瀚！"守候在室外的曹瀚立刻应答。他示意曹瀚进来，关上了门。

"大将军？"

"你明日带上小夫人为太师准备的大氅，南下伐辽禁军行营，去找太师。"

"是。见了太师，卑职说什么？"

"你不必说什么。你要留心看，看太师在做什么；你要留心听，听太师在说什么。"

"喏，卑职明白了。"

乾祐三年十二月六日，曹瀚抵达滑州行营。郭太师率领的北伐禁军已经在这里停驻休整了一天半，但并没有走的意思。

曹瀚直入中军帐谒见郭威，呈上董氏为郭威此次北上抗辽所准备的两件厚氅：一件是当时比较稀罕的绵袍，由高昌回鹘榷来的绵绒絮成，一件是加了貂领的厚毛毡氅。她知道郭威素来不事奢华，因此特意嘱咐曹瀚转告他：加貂领不是为了体面，而是为了护住他的肩颈——他一直说那里酸痛，贴了膏药也不见好。

郭威点头，命亲随收下。董氏的关怀是琐碎的，她很会贴骨贴肉地心疼人。如今，他也只剩下她了。

交付完大氅，曹瀚谨慎地站在原地，等待郭太师发话。郭威问道："大将军遣你来，还有别的事吗？"

"没有了。大将军教卑职一切听从太师吩咐。"

郭威沉吟片刻，说道："你既然来了，就先跟着我，待几日再走吧。"

十二月八日，抗辽大军仍旧在滑州整顿。据军士们私下分析，这是因为要避开契丹人的锋芒。将士们遵命每日操练骑射之术，以期在与契丹对阵时能够占到上风，减少己方的伤亡。

郭侍中的这个延时对阵策略，的确有些让全军不解，可是在平定河中的时候，郭侍中也曾经使用过同样让全军不解的栅营战术，最终却取得了胜利。因此大家尽管不解，却还是照样执行不误。

与平定河中那时不同的是，他们在遵命延迟北上的同时，却怀着一颗颗惴惴不安的心。

郭侍中的行帐中，除了亲随部将每日进出，这几天还穿梭往来了许多陌生的军校，有几个甚至是蒙面求谒的。底下人大体也能猜到，凡是这种蒙面求谒的，应该都是郭侍中撒在各线上的最隐秘的谍者。

十二月九日，一个特殊的访客抵达郭侍中的行帐。

这位衣冠楚楚的访客是个天使，不，准确地说，是个准天使。他是即将继位的新天子刘赟在知道契丹入寇的消息后，从徐州派出的使臣。使臣带来了准新君丰厚的金帛礼物，预备犒劳三军——毕竟，他们为了他的江山社稷，还不及从京城的狂风骤雨中缓过劲儿来，就又出去拼命了。

三军的主要将领被召集到了中军帐外，整齐地向北而列。

刘赟尚未受符宝登位，之前又没有履行过任何确认皇嗣身份的正式程序，因此不好发布书面谕旨，只让准天使带来了口谕。准天使容光焕发，郑重其事地捧出一张礼品单来，向众将笑道："此番嗣帝命我前来犒赏诸位，少时将向各位遍示赏赉之物，并按名单逐一发放。嗣帝教曰：诸将为国退贼，披肝沥胆，忠心可鉴。异日功成还师帝都之日，寡人还有重赏及显爵相报。万望诸将勠力向前，早日为国扫清边患！"

准天使说完，含笑看着下方将领。让他感到尴尬的是，这些原本应该对金帛之赏欢呼雀跃的粗壮汉子却面面相觑，没有一个人想起来要跪拜表达感激。

"诸位可以谢恩了。"准天使保持着笑容，说道。

还是没有人动。将领们眼神中的迟疑更明显了。

郭侍中并不在听谕的人群中。之前与准天使简单接谈时他已经表示，嗣帝的所有赏赐都应该分给他手下的将士，他本人原是负罪之身，不受责罚已是感激不尽，至于财物，他一丝一毫都不敢领受。因此，这次宣赏请恕他不参加。

"我们知道了。"半晌，李重进打破了营外的沉默，不冷不热地说道，"礼单和礼物都留下吧。天使一路辛苦，请早自歇息。"

这一夜对于准天使，对于北伐军的众将士，都是难熬的一夜。

十二月十日。

日间。郭侍中陪同嗣帝的使臣检阅了正在操练的三军。准天使对这支军队拥有如此高的骑射水平感到惊喜，并代替嗣帝表达了欣慰之情。他小心翼翼地询问郭侍中，这支精锐之师打算在什么时候北上去解除镇州和定州的危机呢？郭侍中答道，他一直与镇、定两州通着消息，知道他们尚能抵抗。因此他在等待一个战机，准备趁契丹人不备来个里应外合的大围歼。估摸着再过两三天，大军就会继续北上了。

晌后。准天使踏上了返还复命的路程。

入夜。郭威的宿营帐。闲人尽出，帐内灯火昏暗，只有郭威和一个军校。

军校贴近郭威的耳朵，低声禀报："……他们还说，我们都是攻陷了京师、逼死了少帝，又大掠了官民的人，每个人身上都背着不知多少罪过，便是赦十次，只怕也赦免不了。如今我们离了京城，刘氏的新君却马上就要进去继位了。别看他现在派人来犒军，等他真正进到皇宫里头，坐上了那个位置，他还会对我们这么客气吗？他难道不会替他们刘家的兄弟报仇、来跟我们算总账吗？到那个时候，我们这些人，有哪一个逃得掉灭门夷族的下场？……"

郭侍中不动声色地听着，待他说完，点点头："还有吗？"

"属下在营中，听到的大致都是这类话语，也没有更多的新意思了。"

"知道了，你下去吧。有了新的动静，再速来报我。"

军校应喏，从脖领处拉起面幕遮挡住口鼻："属下告退。"

十二月十一日。晨。

郭太师将曹瀚召至中军帐："今日大军就要开拔，继续北上。你可以回邺都去复命了。"

曹瀚揖道："喏。卑职回去见了大将军，会如实禀报太师这边的情况。太师有什么话要卑职带给大将军吗？"

郭威沉吟片刻："回去告诉荣哥儿，牢牢守住魏博，不要弃巢出动。无论发生什么，都不要弃巢出动。只要他不动，我就是安全的。倘若别有差遣，我会派人专程传令于他。"

"是，卑职明白。"

"还有，天气寒冷，教他当心身子。训兵跑马出了汗，不要在风里吹着。"

"喏。"

"告诉小夫人，我好着呢，不必为我担心……"

十二月十一日。夜。邺都。节度使后营。董氏房中。

一众家人围在火盆旁听曹瀚汇报。他们特意为曹瀚留出了一个缺口，曹瀚也蹲了下来，一边说话，一边向火烤手。经过热空气一熏，他身上被夜露打湿的衣服冒出丝丝雾气。

“……太师还说，让小夫人好生照看雁儿，把自己的日子过好，不要过于哀恸。”

“知道了。你瞧着太师的身子骨如何？肺疾犯了吗？有没有咳嗽？有没有说脖颈难受？有没有说身上哪里不适？”董氏问道。

“没有。卑职在旁的时候，太师一直都好好的，未见有恙。太师的神色也算安泰，并没有忧急的形状。”

“你把大氅给了他，他到底穿没穿？”

“穿了，第二天就穿了那件高昌绵的。”

董氏长出一口气。“那我就放心了。”她看着君贵道，“荣哥儿，你别笑话小孃啰唆，虽说你爹身旁现有两个使女，到底不如我亲自盯着他来得稳当。”

君贵淡淡一笑：“小孃为爹操心，那是天经地义的事，我怎敢笑话？”因又道，“曹瀚既然汇报完了爹的近况，我就同他到前面去议事了。小孃早点歇息。”

董氏点头道：“好。你也别熬着。目下还能有多少事？明日一早再议，也是一样的。”

指挥室。两支蜡烛的烛火跳跃。

君贵用手指敲着桌案，沉吟道：“……军心动摇？你是说天使一来，居然军心动摇了？”

“是。原本他们就有些心慌慌的，也说不出到底为什么。等那天使一宣谕，大家就像忽然明白了似的，都感觉大祸临头了，全军上下，议论纷纷。似乎仗都不想去打了，就想赶紧把眼前这桩祸事给解决掉……”

君贵点头，沉默不语。

水斗宫初毁，风变鼎将迁。形势即将面临另一个吹弹可破的关口，任谁也阻挡不了了。

十二月十六日，抗辽大军抵达澶州，驻马整备。

三军将士的骑射演练变得十分松懈，他们将更多的时间用来小声议论、聚众打探、暗地谋划。他们在各个营帐之间串来串去，越来越像热锅上的蚂蚁。

郭侍中的中军指挥室设在澶州驿馆。现在，进出郭侍中指挥室的人反而没有前些日子那么多了。李重进改变了过往按部就班入帐禀事的习惯，成天守在郭侍中身旁。而且，从抵达澶州的当晚起，他就索性搬到郭侍中的下榻处，打了个地铺。

十二月十九日，统帅令下，全军明日开拔，直赴镇、定前线。

乾祐三年十二月二十日。旦明。

郭侍中被一阵可怕的嘈杂声惊醒了。和衣而睡的重进早已一跃而起，伸手拿过靠在墙上的长枪，开门厉声问道："出了什么事?!"

门外负责警戒的亲随军校仓皇答道："好多……好多军士……他，他们想要进来面见侍中!"

"把大门关上!"

"关上了，可是挡不住，他们已经开始翻墙了!"

郭侍中不知何时已经穿戴整齐，疾步走过来对军校道："把房门关上，你们全都守在外面!"

"喏!"重进忙闪身退在屋内，锁死了房门。

未几，无数军士拥进了澶州驿馆中郭侍中指挥室所在的院落。

呼喝如雷。他们像暴发的山洪，像受惊的野马，他们肆无忌惮地奔涌进来，来到了郭侍中的居所前面。他们登上台阶，爬上窗棂，攀上树枝，他们踩在任何高出地面的石头或枯桩等物事上向紧闭的房内张望。他们异口同声，发出了震天动地的呼喊："请郭公出来做我们的天子!""请郭公出来做我们的天子!"

军情哗变。局面失控。

能够成功拥入这窄小驿馆的只是少数，在驿馆外面，超过一万名军士摩肩接踵，项背相连。他们挥舞着各色旌旗，响应着驿馆内的喧哗大声呼吁：“请郭公出来做我们的天子！”“请郭公出来做我们的天子！”

一个年轻的军校被兴奋的人群推搡着，不小心绊了一跤摔倒下去。眼看着他马上就会被人群胡乱踩踏送掉性命，身边的另一名军校不顾一切撞开了旁人，死命将他拽了起来。

还有更多狂热的军士正在向驿馆赶来。

郭威和李重进并肩站在室内，眼睁睁看着门窗被疯狂的士卒们捶打，砸破，眼睁睁看着房门被哐当撞开，眼睁睁看着窗棂崩飞，眼睁睁看着乱军的洪流冲到身边。

他们终于来到了郭侍中面前。他们即将亲眼目睹一个新天子的诞生。他们错过了之前那么多次新朝代的拥戴之功，他们不可以再错过这一次。

李重进以手指着他们怒斥道：“你们到底想干什么?!”可是在这样的山呼海啸中，他的声音几乎是听不到的。

“你们给我出去！”郭侍中怒喝道。但此时此刻，他的声音同样是无效的。

“请郭公出来做我们的天子！”

“我们只想请郭公出来做天子！”

…………

转瞬之间，李重进就被这股洪流卷走了，冲挤得不知去向。

转瞬之间，郭威就被这些乱军扶着、抱着、托着、拽着，扯着衣袖，拉着前襟，裹挟着脚不沾地地离开了居所的房门。密不透风的人墙将郭侍中闷得透不过气来，好几次几乎晕倒。当然，他不可能倒下去，无数双手在支撑着他的身体。

这股乱军的洪流卷裹着郭侍中登上了驿馆的望楼。有人遥遥地扯下一面黄色的旌旗，一路从无数双手中传递过来。然后，这面黄旗被七手八脚地裹在了望楼里的郭侍中身上。

“万岁！”

“万岁！”

“新皇帝万岁！”

“郭家天子万岁！”

…………

汹涌的乱流低矮下去，跪拜成一片顺服的海浪。

乾祐三年十二月二十日。晌后。郭威率领的伐辽军掉转方向，全速返京。

十二月二十一日，留守京城的枢密使王峻得到澶州事变的消息，立刻派遣郭崇威率领七百骑前往宋州，那是汉家嗣君刘赟走到半路的歇脚处。郭崇威的任务是“保卫”刘赟，以及与他一同返京的冯道等人。

十二月二十五日，郭威大军抵达七里店，扎营于皋门村。一个月以前，南北两军曾在这附近的刘子陂对阵，郭威曾经在这附近的山坡上望见过小官家刘承祐的帝王旌旗。

当日，东京城中的文武大臣纷纷前来谒见，并充当郭侍中返京主持大局的前引。

十二月二十七日，太后旨下，以侍中枢密使郭威为监国。刘赟降授开府仪同三司、检校太师、上柱国，封湘阴公。

三二　大周建鼎

乾祐三年十二月二十八日。晌后。

邺都。演兵场。

君贵扬鞭跃马，奔驰于校场之上。牙兵将士一队队，一行行，或立或走，或穿梭或奔驰，紧张有序地进行着骑射训练。

曹瀚急急来到他的左近："大将军！"君贵闻声，勒马止步，等曹瀚说话。

曹瀚低声道："田重霸回来了。"

"好，"君贵看向远处的峰峦，深吸一口气，沉声道，"去指挥室。"

指挥室。房门紧闭。只有君贵、曹瀚与田重霸在内。

虽是隆冬，田重霸却满头大汗。他放下水碗，抹了抹嘴角的水痕："……前日晨间太后令一下……"

"喝完再说话，不急。"君贵坐到指挥座上，又向田重霸打个手势，"你坐。"

田重霸便又喝了两口水，这才缓一缓，坐了下来："……太后令一下，王峻为首，文武百官就纷纷上书劝进了。"

"都有谁上书了？"

"卑职在监国那屋的里间听着，最早的是枢密院和马步军司那帮人，由王峻领头，紧接着，跟着监国大军北上又回来的王殷、博州李筠、曹州何福进、复州王彦超，都抢着上了书。连王峻派去宋州保护河东世子刘赟的郭崇威，也遣部将将他的署名上书递了上来，倒像是早就备好的一般。而且，他为了避监国的讳，在上书中就直接请求将姓名改成了郭崇……

“到了次日晚间，外郡如澶州李洪义、青州符彦卿、郓州高行周、滑州宋延渥、齐州田训文等处的劝进书，也纷纷到了。”

“文官呢？”

“窦贞固、苏禹珪等，也都上了书。他们文官上书都是一个衙门口一个衙门口的，集体联名签署，好像这样更足以表达诚意似的。”

“哦？苏禹珪也上书了？”

“是。他是文官里面最积极的。”

“嗯。”

“卑职今日一早离京的时候，听说又有新的劝进书送到……”

“监国本人是什么态度？”

“监国没怎么说话，就听得王峻、王殷他们几个在监国跟前商议。”

“怎么商议的？”

“王峻说，距离元旦[①]还有几天，过新年换个新朝代，正好。立时着手，虽说有些赶，但也算来得及。

“王殷却说，元旦未必是好日子，得命钦天监看星象选择吉日吉时。而且，还要起国号，起年号，制冕服，事情多着呢。这两三日间，哪里办得完？

“王峻又说，国号、年号都好说，冕服要做，至少也得花费好几个月上半年时间，一时半会儿可得不了。他说可以拿刘氏高祖的冕服改改用。监国追随高祖半生，现在穿他的冕服，也不算委屈。何况，高祖的冕服其实也不是自己做的，也是打从前朝石

① 指农历大年初一。

氏，再往前唐明宗、庄宗那么一直传下来的，也可算是国之重宝了。

“还有，向训说，光咱们自己定日子也不行，监国既然不愿有负于刘氏，那就还得看太后什么时候发话。郑仁诲和魏仁浦就说，这打什么紧？现如今，文武百官、内外将帅、藩臣郡守，都在纷纷上表劝进。太后是个聪明人，拦不住的事情，她是不会故意往后拖的。目下两方面不过都是在等待局面大定、瓜熟蒂落罢了……”

“嗯。”

这时曹瀚迟疑着问道：“大将军，若果如此，咱们邺都留后，是不是也该上书呢？”

“不可以。”君贵坚决道，“谁上都可以，就是咱们不能上。”

“对，卑职觉着，监国心里，大约也不愿大将军掺和进来。”田重霸道。

“怎么讲？”

“卑职就是这么一说啊，因为卑职发现，李重进和张永德，监国都没让他们参加昨日的枢要会议。这岂不是为了避嫌吗？

“监国还严令，此事只限于少数心腹知晓和议论，下级军校不得公开谈及，不得串联鼓动，更不得再闹出哗变逼迫的局面来。违者，斩无赦。”

君贵和曹瀚交换了一个严肃的眼神。

乾祐三年十二月三十日。日间。

邺都派出的南线谍者回报，郭崇在宋州已经收服了宿卫湘阴公刘赟的禁军护圣指挥使张令超，刘赟被软禁起来。与此同时，接伴的冯道接到监国书信召还，奉命即刻起身返京。

冯道临行前，湘阴公刘赟盯着他责备道：“寡人此来，是看在你冯公三十年旧相的名声信用上，所以毫无怀疑。可是现在成了什么局面?!”冯道低头，无言以对。他到底还是成了自己口中的谬语人。

返回途中，冯道的劝进书也派人急送京师。

乾祐三年十二月三十日。夜。

西北御营一个步军将校喝醉了酒，在营里公开鼓动:“前日是澶州的马军扶策拥立，立下大功；今日，咱们步军也要扶策，立下天大一件功劳才是!”

昧旦，这个因酒壮胆的狂徒被斩于三军之前。

乾祐四年正月初一，元旦。监国郭威率百官赴庆寿宫，问候太后起居。

“宣郭威。其他百官在殿外行礼即可。”李太后的声音仍旧那么平静。

郭威步入庆寿殿，拜礼如仪:“臣郭威恭请太后圣安!”

“监国请起，”李太后说着，又向下方已经预设好的座椅示意，“监国请坐。”

郭威告了座，谦恭道:“臣这几日忙于处理前朝政务，未曾前来向太后问安，请太后恕罪。”

李太后淡淡一笑:“监国，大事准备得如何了?”郭威脸色微微一变。

李太后不动声色:“昨日我问过钦天监，正月初五是个大吉大利之日。我无能，到了那一天，社稷江山的万斤担子，就正式交给监国你吧!”

“太后……”

“……文仲，”李太后并没有看他，而是看向了从紧闭着的大门的窗棂处透过来的阳光，声音变得柔缓，“不知你是否还记得，咱们第一天相识的情形?

“那天，你带着一彪人马前来投奔先帝。你没有去衙署，却直接来到了我家。我打开房门，你仿佛愣了一下，然后对我施礼。

你说，不敢请问娘子，这里是刘都虞候的家吗？

“那个时候，我们的家还是那么简陋，先帝的俸禄一多半贴补给了军中部属，拿回来给我的少得可怜。那时家里除了我，只有一粗一细两个仆从。我回答你说是，可是刘都虞候不在。你看见我手里拿着扫磨盘的小笤帚，你不相信我是他的娘子。

“我说是的，我就是他娘子，如果你有公事，请去衙署找他，如果是私事，我可以帮你传话。你听了，二话没说，招呼着你的兄弟们就进来帮我干活。你们推磨，淘井，舂谷子，编荆篱，还搭着梯子爬上去，帮我把屋顶缮葺一新……”李太后的泪水流下来。

“先帝从来没有帮我干过这些繁重的家务活儿，先帝的心，从来不在这些地方。没想到，你一眼就看到了我的难处，第一次见面，你就肯这样主动地、不计劳烦地帮助我。……文仲，那个时候的你，是那么年轻、强壮，是那么聪明、上进。从那个时候起，我就知道，你将来必定大有出息……”

“太后……”郭威双唇颤抖，热泪盈眶。

“我是你的嫂子，我一直拿你当自家人看待，视你如同亲兄弟……即便先帝驾崩，少帝继位，你在我心目中，也还是如自家兄弟一般……

“文仲，你追随、事奉刘氏二十余年，劳苦功高……我原想着，先帝留下的江山社稷，有你帮着料理，我就能把这抚民兴邦的职责扛下去。可是今天，我累了，我实在太累了，我不想扛了，我要将它彻底地交给你。

“本月初五，我会下令，宣布刘氏禅位，并将皇帝符宝正式交授予你。只求你不要辜负我的信任……

“大行皇帝刘承祐，梓宫已经停于太平宫，如何处置，听凭你与众宰臣商议。皇弟刘勋，素有体疾，时日无多，望你善待他……

“至于我……做一个皇嫂隐身于后宫也罢，出宫别居也罢，也听凭你处置。”

汉庭幽邃，宫人隐形，一切寂静无声。

庆寿宫的铜狻猊喷出浓烈的香气，仿佛在掩饰这一刻那逼临人心的无助与凄惶。

良久，郭威起身走到李太后身前跪下，脸上泪痕未干：“太后，长嫂如母。臣愿奉太后为母，让太后在这皇宫之中颐养天年，永享福寿。”

乾祐四年元月二日，宰臣来报，经过籍经考证，他们认为，郭姓乃姬室之远裔，虢叔之后昆；他们建议，新的皇朝宜遥续姬姓遗脉，以大周为号。监国郭威表示同意。

宰臣们又说，关于新的年号，他们草拟了九个，请监国定夺。说着，他们恭敬地呈上一张写满墨字的素笺。

监国郭威并没有接，他抬起右手道：“不必看了，年号我已有计较，就用‘广顺’二字。”

时间回到二十五年前。

公元926年，后唐明宗天成元年六月十七日，雨。

汴京城外。广顺客栈。

年轻的马步军使郭雀儿在檐下避雨。他不打算进入广顺客栈，因为他身上剩下的钱，刚刚在樗蒱中输光了，他甚至烫不起一壶最廉价的酒来抵御寒冷。他相信自己是有本事的，他为自己的不遇而心里烦懑，可是又不甘心投效那些他瞧不上的权贵。

他一直在自己的困境中挣扎，左冲右突，无法可想。

忽然，小二哥来请他进去喝酒吃肉。忽然，他被带到了一个陌生的娘子面前。

他永远记得缓缓在自己眼前转过来的那张脸，如此明亮，如此娇艳，如此青春洋溢，如此让人心荡神驰。有一刹那，他不相信自己是在人间，他以为那样的邂逅只可能发生在梦中——是广顺客栈檐下的滴雨模糊了他的心志，给了他这短暂的梦境。

他何德何能，她竟然选择了他；他何德何能，她竟然倾己所有，只为了让他追逐理想、成就功业；他何德何能，她甘愿替他守望家园，为他带来了长子荣哥儿和三个娇女……

他今天的一切，都从她那里发轫。

他平步青云，她却凋谢于华年。

广顺客栈见证了他和她刻骨铭心的爱情。他要让他们的这场爱情，与这个年号一起流传后世。一千年。一万年。千千万万年。

公元951年，后汉乾祐四年。正月初五，太后旨令下，代表刘氏家族奉符宝授监国郭威，正式禅让江山。其时，岁在辛亥，月在庚寅，日在丁卯。

是日，郭威服衮冕，自皋门进入皇宫大内，御崇元殿，即皇帝位。文武百官参拜如仪。

皇帝制下：新皇朝建号大周，以木德代水，改乾祐四年为广顺元年。

结束了庄严繁复的登基大典，大周启祚之君郭威迈步进入空旷的后宫。陌生的宫人和内侍，远远跪倒一片。他孤身站在滋德殿中，身边无一亲爱。

他冕旒未除，走入一间僻静的内室，吩咐备香。他拿出一大早就藏在怀里的英娘的画像小卷轴，吩咐将它挂到墙上去。

时隔二十五年，英娘再次回到了她曾度过数年青春岁月的地方，以另一种方式，另一重身份。

香烟袅袅直入华丽的藻井，他默默向她祝祷。英娘明媚的笑容绽放在空中。

“郭郎，你必成大事，我不会看错。只管往前走，走到头，大胆，小心，留神左右。事成那日，不要忘记燃一炷香告诉我。”

英娘的明媚消融了此刻后宫孤独的坚冰。
她曾经嫁过一个皇帝，现在，她却亲手缔造出了一个皇帝。
她的笑，倾国倾城。

弯弯的新月升了起来。

皇朝的历史，翻开了新的一页。

图书在版编目（CIP）数据

后周纪．第一卷，潜龙 / 严优著．— 北京：北京十月文艺出版社，2022.5
ISBN 978-7-5302-2220-1

Ⅰ．①后… Ⅱ．①严… Ⅲ．①长篇历史小说—中国—当代 Ⅳ．①I247.5

中国版本图书馆 CIP 数据核字（2021）第 277752 号

后周纪　第一卷　潜龙
HOUZHOU JI　DI-YI JUAN　QIANLONG
严优 著

出　　版　北 京 出 版 集 团
　　　　　北京十月文艺出版社
地　　址　北京北三环中路 6 号
邮　　编　100120
网　　址　www.bph.com.cn
发　　行　新经典发行有限公司
　　　　　电话（010）68423599
经　　销　新华书店
印　　刷　北京盛通印刷股份有限公司
版　　次　2022 年 5 月第 1 版
　　　　　2022 年 5 月第 1 次印刷
开　　本　880 毫米 ×1230 毫米　1/32
印　　张　8.5
字　　数　210 千字
书　　号　ISBN 978-7-5302-2220-1
定　　价　239.00 元（全 5 册）
质量监督电话　010-58572393
如有印装质量问题，由本社负责调换。

后周纪

青宫

第二卷

严优 著

北京出版集团
北京十月文艺出版社

一世光阴如锦水东逝，滚滚有涯。站在入海口回望，也许人生不过是：相信有意义，学会不失望……

——题记

目录

开卷曲

狮子无畏[1]

我生之初不知愁，拚却酡颜，豪气度春秋。
虎伴罴党，豹朋螭友，又几个鲲鹏交游。
飒踏层云，踢转星车，一身倜傥风流。
天将相问来者谁？噫，
青海头，曾记否，文殊座下牛马走。

我生之初无畏惮，悬崖绝境，几番重登临。
沉香宝匣，凤鸣龙吟，凭一副剑胆琴心。
笑长非短，说古论今，手足原来知音。
知音光景当如何？看，
狻猊炉，饕餮鼎，十样文章百段锦。

既然托生天地间，暖衣足食，逍遥复何求。
上天入地，追日逐月，偏惊起风雷不休。
听烦恼音，问有情事，痴绝不堪回首。
智慧精进意何在？咄，
莲子肥，海棠瘦，请君听我狮子吼。

天地生我不为多，铁骨钢脊，勇猛执干戈。
玉鞍金甲，轻弓良箭，一战神州妖氛破。
南吸长虹，北饮大泽，换取妙舞清歌。
一世功业值几何？喏，
金刚杵，力士锁，当年万里渡劫波。

注：
1. 此为本书“吴钩十三曲”之第二曲，分写四人。

三三　广顺元年

公元951年。广顺元年正月初十。大晴。

邺都节度使衙署。后营。

家里众人在忙乎着，人人脸上都有了喜色。院中两株粗壮的杨树间连起了一根长绳，几张厚厚的羊毛毡毯与裘皮搭在长绳上晒太阳。远山与秋池拿着小竹拍子，轻轻地拍打这些御寒的宝贝。董氏抱着雁儿，进进出出，指挥仆从收拾箱笼。

既然大事已定，他们应该很快就可以回到京师去了。

“远山，荣哥儿的物事收拾好了没有？晒毡毯一个人就够了，怎么你们俩都在那儿拍个没完？”董氏嗔怪着，脸上却是和煦的。

“小夫人，大将军……呃，我也不知道现在该叫他什么……他的物事原本不多，昨日我问要不要提前打包，他不让，说到时候卷一卷就可以走，着那个急做什么。”远山笑道。

“他说不让，你们就真的不做呀？”董氏嗔道，“朝堂上那么多事，眼看着他爹就会遣人来召他回去，到时候说走就走了，他粗心大意的，丢了要紧物事，都没工夫再回来取！”

秋池笑了起来：“瞧小夫人说的！我跟远山两个人四只眼睛呢，大将军的物事，有我们盯着，丢不了。倘若真的落下一两件，小夫人就罚我们从京城走回来取，好不好？”

“你这丫头，还学会说笑话哄人了！”董氏嗔着，将雁儿放到地下。

雁儿得了自由，忽然蹒跚着向外面跑，一面脆声叫道："荣哥哥！"

众人闻言皆循声看去，果然见君贵绕过院廊走了过来。

"荣哥儿，你来得好，我正跟她们说……"

"小孃，"君贵笑道，"适才得到快马前报，父亲派出的使臣少时就要抵达宣旨，你们赶紧准备一下吧。"

"啊，真的呀？我说什么来着！"董氏大喜，向众人道，"快快，你们快去换身整齐的衣裳。这是太师——哦不，官家——给咱们发的第一道圣旨，你们都去听，全都去！——哎对了，荣哥儿，你以后得称父皇，不能再只称父亲啦。"

"是是。"君贵微笑道。

未几，果然远远一阵马蹄声传来。君贵早已率众在衙署门外恭迎，却见一行人到了衙署门口勒住缰绳，领头的天使原来是郑仁诲。

故人相见，分外亲热。郑仁诲跳下马，君贵忙一步上前。

"都押衙！"

"大皇子！"

因为本来就是郭氏亲随，君贵又新膺皇族身份，郑仁诲欲下拜行礼。君贵忙拦住道："这可使不得，都押衙是天使，天使为大。"

互相揖罢，郑仁诲又向董氏见礼："夫人金安！"他很乖觉，主动将董氏的称呼由原来的"小夫人"改成了"夫人"。

董氏忙也还礼："都押衙一路辛苦！"

郑仁诲笑道："夫人的封诰尚未诏示，请恕臣暂时还依原来的称呼。"

董氏笑道："都听天使的。"

郑仁诲这才换了副一本正经的表情道："夫人，大皇子，臣此来，首先是来宣谕的。"

“对对，咱们先接旨，少时再与都押衙寒暄。”董氏忙道，“请天使入正堂。”

衙署正堂。郑仁诲面南背北而立，董氏、君贵率领一众仆从尽皆跪拜于地，连雁儿也被母亲按在了地上，好奇地东张西望。

郑仁诲展开一卷绫旨，朗声道：“朕初登大宝，百事匆遽，身侧空虚。兹命郑仁诲即刻接取董氏及皇女雁儿入宫陪伴。着皇子荣以礼祭慰亡母柴氏。又，皇子荣落邺都留后，着以侄礼为大行皇帝守孝。”

这是郭威登基后发布给家人的第一道圣旨。圣旨的前半截是让人欢欣的，可是听完后半截，所有的人面面相觑，都感到难以理解。

“夫人，大皇子，领旨谢恩。”郑仁诲低声提醒。

“臣妾领旨谢恩。”

“臣领旨谢恩。”

“大皇子，是‘儿臣’。”郑仁诲又低声道。

“儿臣领旨谢恩。”君贵便依言重复道。

大家都站了起来。君贵看着郑仁诲：“郑天使，父亲……父皇这道旨意，我不太明白。”

郑仁诲笑道：“大皇子有什么不明白的，尽管问臣。臣但凡知道的，一定如实相告。”

“第一，撤了我的邺都留后，为何不提让我回去的话？第二，为何要我以侄礼为大行皇帝守孝？”说到第二条，君贵的脸色已经变得非常难看。

“大皇子莫要着急，”郑仁诲看出他的恼怒，忙安抚道，“落职一是因为要全心尽孝；二则，臣以为，很快就会有新的人事任免，这个地盘，想必有别人来接手。”

君贵虚起了眼睛：“谁啊？”

“这个……都在官家的筹划调度中，臣岂敢妄言？”

“我呢？别人来了，不召我回去吗?!”

“臣以为，到时候就会对大皇子有所安排了。”

“落职为继母守孝是理所当然的，可凭什么我要以侄礼为刘家皇帝守孝?!”君贵终于发出火来，“他杀了我全家，我恨不得……”话到嘴边，他到底硬生生咽了回去，“……就算教我以臣礼向他致哀，我尚且不肯，何况以侄礼尽孝?!”

“荣哥儿，荣哥儿!”董氏忙拦阻道，“当着天使的面，不可如此说话!”又向郑仁诲道，“郑押衙，你回去不得向他父皇禀报此节!”

郑仁诲笑道：“是。夫人放心，臣还不知道大皇子的脾气秉性吗?”又转对君贵，“大皇子，官家为了感念李太后主动禅位的恩德，已经奉她为母，上尊号为昭圣皇太后。那么昭圣皇太后的儿子，自然就是大皇子的叔辈了。前日又下诏，以‘隐’字为大行皇帝的谥号，并命百官服缟素为故主举哀。臣以为，官家一定是哀怜隐帝年纪轻轻就被近臣坏了性命，哀怜他没有子嗣在灵前事奉香火，故此才教大皇子以侄礼为他尽孝的。”

君贵冷冷道：“我身上，已经服着一重家丧了。”

“大皇子，先服国丧，再服家丧。”

“服国丧可以，让我替‘他’服家丧，不行!”

郑仁诲不再多说，麻利地从袖中摸索出一个密封的信函：“大皇子，官家早就料知你未必肯奉这道旨意，特意给你写了这个。”

君贵接过来，将信函撕开，站到一旁观看。信函里有两张纸，每张纸上俱各只有一个字：

“忍”。

“成”。

君贵叠起信纸，转身看着室外的天空，努力压抑自己激荡的呼吸。是的，满朝文武都在看着，看爹，看他。看他们如何对待故主，看他们如何对待功臣。承受这样的奇耻大辱，其实是一种仁义的宣言，一种必要的表演。而这种宣言与表演，是要写进朝报传递到全国的。

人心未附，任重道远。

他收回了自己的目光。“我知道了，你们放心。”他冷冷地对郑仁诲和董氏说道。

广顺元年正月十一日，董氏携雁儿及仆从随郑仁诲返京。君贵身着朝服，在衙署正堂隆重地举行了祭告亡母柴氏的仪式。之后，开始缟素衰绖，定时拜祭于为隐帝所设置的灵堂。

所有的部从都看得出，大皇子在拜祭中的脸色是十分吓人的。

同日，北京留守刘崇派遣其押衙巩廷美致书新帝郭威，请求让刘赟归藩。新帝报曰：“……朕在澶州军情拥戴之际，湘阴公正在宋州驻泊。……朕当立刻着人接取他赴京。……请不要忧疑，如果公能够同力扶持新朝，则封以王爵，永镇北门，铁券丹书，必无爱惜……”

正月十二，戊寅日。前朝高祖刘知远之弟、原北京留守刘崇在明白索回儿子刘赟绝无可能之后，为了与郭威的大周政权对抗，在晋阳自行即皇帝位，延续汉祚，史称北汉。晋阳又称太原，迄至当时，其历史已经超过一千四百年。北汉仍旧沿用乾祐年号，版图中仅有并、汾、忻、代、麟、石等十州之地。

正月十三日至月底，一系列有关重大人事任免的朝报递送到邺都。

首先是立下克难战功的官家密从：官家多年密友、拔拥立首功的枢密使、检校太傅王峻加同平章事；率先出首密杀令的前国舅李洪义加同平章事，从澶州移镇宋州；跟随官家与慕容彦超战于刘子陂的前博州刺史李筠权滑州节度使；夔州节度使、侍卫亲军马步军都指挥使、检校太傅王殷加同平章事，充邺都留守，典军如故；侍卫马军都指挥使郭崇迁洋州节度使，加检校太傅，典军如故；侍卫步军都指挥使曹英迁利州节度使，加检校太傅，典军如故；以官家元从都押衙郑仁诲为内客省使；以知客押衙向训为宫苑使；以兵房主事魏仁浦为枢密副承旨……

还有劝进拥戴的大藩：郓州节度使、守太师、兼中书令、齐王高行周加尚书令；襄州节度使、检校太师、守太傅、兼中书令、齐国公安审琦进封南阳王；青州节度使、检校太师、守太保、兼中书令、魏国公符彦卿进封淮阳王……

文官方面：以前太师、齐国公冯道为中书令、弘文馆大学士；以司徒兼门下侍郎、同平章事、弘文馆大学士窦贞固为侍中，监修国史；以左仆射、平章事、集贤殿大学士苏禹珪为守司空、平章事；以邺都留守判官王溥为左谏议大夫，并充枢密院直学士……

皇亲方面：以原禁军右厢五军指挥使、领左班殿直李重进为小底都指挥使，领汉州刺史；以原禁军左厢五军指挥使、领东头供奉官张永德为左卫将军、内殿直都知……

边境大镇：夏州节度使李彝殷进封陇西郡王，荆南高保融进封渤海郡王，灵武冯晖进封陈留郡王；西京白文珂、兖州慕容彦超、凤翔赵晖并加兼中书令……其中，慕容彦超在刘子陂一战后逃往兖州，郭威监国后曾下教旨招抚，此番再加荣衔，以图两下相安。

其他武将节钺，如潞州常思、永兴郭从义、定州孙方简、华州王饶、河中扈彦珂、邓州折从阮、邢州刘词、镇州武行德、晋州王晏、相州张彦成等，也都各有进封。

此外，也少不了追封被隐帝诛杀的几位高祖顾命大臣：

故宋州节度使兼侍卫亲军都指挥使史弘肇追封郑王；故枢密使、左仆射、平章事杨邠追封恒农郡王；故三司使、检校太尉、平章事王章追封瑯琊郡王。

所有人都从这道诏命中体会到了官家与史弘肇的亲密关系，以及官家对史氏独具的痛惜之情——史氏被赠予的是一字国王，而杨邠与王章，都是两字郡王。

正月十六日，王殷率领亲随牙军抵达天雄军，正式接手邺都军政。皇子荣仍依前命在邺都为隐帝守孝，并不起复召还。

交割完军政庶务，君贵平静地对王殷说道："王节度，少时我便收拾好行李，搬去驿馆居住。"

王殷笑道："大皇子，何须搬走？邺都衙署这么大，就请大皇子依旧住在此地，臣也用不了这许多地方。"

君贵道："不必了，我更用不了此地。"

王殷道："这也是官家的意思。官家教你就在这衙署中，将该守的孝守完。"

君贵沉默良久，方答道："……知道了。"

对于王殷等人而言，目下他们在大皇子郭荣面前，占据了相当的心理优势。因为他们是克难之战的功臣，官家改朝建鼎，他们居功至伟。而这个大皇子在此期间什么也没有做，只是固守着邺都，击退南军没有他，攻陷京城没有他，澶州拥立没有他，帝都劝进没有他，连立朝大典，他都没有参加。虽然他是奉命留守，但战将都是拿战功说话的，说白了，在他们眼里，郭氏皇权的取得，郭荣基本上寸力未出、寸功未建。现在大局已定，剩下唯一还能让他掺和上的事，也就是以皇族后代的身份，为前朝皇帝尽尽孝而已了。

因此他们对于郭荣，不屑之中，又难免会带上一丝怜悯。

东京汴梁。皇宫大内。福宁殿。

董氏在替郭威换穿常服。雁儿在殿中跑来跑去，咯咯直笑，宫人和内侍笑嘻嘻地团团围着她，以防跌倒。

"都准备好了？"郭威问董氏。

"嗯，官家放心，臣妾忙乎了两三日，可不是白忙乎的。"董氏笑道。

"重进小两口，抱一小两口，都来了？"

“已经在宝慈殿外候着了。”

“温玉和国华他们也到了？”

“都到啦。”

“好，那咱们就走吧，也别教他们等太久。”

“等等，这里还没扯平呢。”董氏拽着他的衣角。

“好啦好啦，这点不平算什么，一走路还不都变样了？”郭威说着，慈爱地向雁儿伸出双手，“雁儿，来，爹爹抱你去吃饭啰。”

宝慈殿外。李重进夫妇携七岁的长子延福和四岁的次子延寿，与张永德夫妇并排恭立守候。与他们在一起的，还有皇亲杨廷璋、曹彬及其家眷。

李重进在此番改朝建鼎的过程中始终扈从郭威左右，有护卫拥立之功，因此升了小底都指挥使，专门负责统领禁军中的少年军士，又遥领汉州刺史，品级上总算是名副其实了。他的发妻罗氏，原先并未居于京师，而是在家乡鞠养幼子，国朝建鼎之后她才奉召入京，统共来了也没几天时间，连新宅都尚未收拾利落。

李重进的兄弟们也多在禁军中供职，只是别有外任，故此，今日重进不仅是自己来，更是代表李氏家族的兄弟们来的。

张永德原本被列在汉隐帝刘承祐的诛杀名单中，但当时他为朝廷筹办生辰纲，正在潞州常思的营中经停。常思接到诛杀密诏，有些犯愁。因为他跟前国舅李洪义一样，不大相信小皇帝凭几个侍卫和宠臣，可以办了郭威这样的典军权勋。

张永德得到谍报，已经揣知了密诏内容，索性自己去找常思：“节度是在为杀不杀下官而犹豫吗？”

常思默然。

“节度认为郭侍中和李业他们那帮人，究竟谁会赢呢？”

常思还是不说话。

张永德道：“下官劝节度略等一等，不妨先将下官看守起来。倘若李业他们胜了，节度再杀下官也不迟。倘若郭侍中胜了，常节度，您可就因此保全了自己的身家性命啊。”

常思听从了张永德的话——因为这个功劳，此番开国进封，常思还得以加兼侍中。

其时，鹭娘因年少玩心盛，不愿独守空闺，也吵嚷着跟了张永德同去游历山水，因此竟也侥幸躲过了灭门之祸。

张永德与君贵相似，没有参与击退南军、攻陷京城、澶州拥立的诸般过程，但好歹参加了开国大典。此番进封，他也升了职，为内殿直都知。当然，比起李重进的小底都指挥使和遥郡刺史，就要低一些了。

张永德素来不惬李重进气色霸道，再加上他现在官衔已在自己之上，怕他拿架子对自己爱答不理，因此两人简单寒暄几句之后，就没有更多的话说了。倒是鹭娘与罗氏，还低声闲聊开来。

在张永德身旁的是杨廷璋。杨廷璋字温玉，是郭威第二任妻子杨珍娘的兄弟，一直追随在郭威左右，目下在禁军中任内职。当年郭威听闻寡居京师的珍娘贤德，托媒求婚，言辞间大约霸道强硬了些，珍娘很不乐意，就告诉了廷璋。廷璋便亲自去见郭威，回来却说郭威姿貌异常，力主阿姊答应。若不是他这番话，珍娘是不会成为郭威的继室的。

站在杨廷璋及其妻儿身旁的，是曹彬。曹彬字国华，是郭威第三任妻子张文娘的侄子，目下二十岁出头，刚刚成亲。他原本在成德军为牙将，郭威受禅后，将他召至身边，在禁军中任内职。

除了上述诸人，大周还有一些此时没有到场的皇亲，例如君贵的生父柴守礼及其儿子们，董氏的兄长董璃、董珏等，他们都在外郡。有了地方上这些外戚势力的支撑，新兴的大周的皇室关系似乎就显得不那么单薄了。

“皇帝驾到——”不远处，响起了内中高品王景通悠长的声音。

三四　渌水波澜

听闻宣唱，殿外的皇亲们立刻跪伏于地，行礼如仪，口颂陛见之词。

“都起来吧，今日是家宴，还依原来家内的称呼就可以了。”郭威抱着雁儿，偕董氏款步来到他们身前，温言道。

“爹爹，雁儿给我抱!”鹭娘第一个站起身，笑嘻嘻贴到郭威身边，伸出手来。

“好。你可得把爹的小宝贝抱紧了。”郭威笑着将雁儿递给鹭娘，带头往殿内走，众人忙紧紧跟随。

只有鹭娘落在了最后，“小宝贝”这个称呼让她有些酸溜溜的。“雁儿，叫鹭姊，快叫呀。上次不是叫得挺好听吗?告诉你，鹭姊可是爹的大宝贝哦。小宝贝要向大宝贝行礼的，知道不?”她忍住笑，悄悄对雁儿说。

这是郭威登基之后的第一顿正式家宴。南北风味，水陆毕陈，董氏的巧思果然令人赏心悦目。美味抚慰了大家的心，却也堵住了大家的嘴。——因为不适应彼此的双重身份，一开始，大家尽管享用着美味，言语上还是有些拘谨。

“三郎，宋州那边有消息了吗?”郭威开口问李重进。说好的家宴，话题却先落到了朝政上。

“有了。”李重进起身道，“臣……呃……正想私下禀告官家。”

“坐下坐下。不是说了嘛，今日依家人称呼，没有君臣。你有什么消息就说吧，他们都可以听，但说无妨。”

重进便依言坐下，环顾左右，低声道：“舅舅，适才接小底谍报，湘阴公刘赟薨了。”

所有人都没有说话，齐齐看向郭威。郭威默然片刻，轻声道：“知道了。”见重进面色凝重，便鼓励地笑了一下，“你做得很好，没想到你手下的少年军士，已经可堪派遣做此正经勾当了。你记住，以后也同样不要公开去问，不要公开去听，就用谍线，把具体情形了解清楚。郭崇这个人很聪明，该做什么，不该做什么，他还是有分寸的。”重进点头称是。因又问张永德，“抱一呢，你有什么消息要告诉我吗？”

张永德在座位上揖道：“岳丈，也没什么大消息。只是适才来宫中的路上碰到朱宪，他说明日就要相伴契丹使臣北归，官家赠予契丹主兀欲的金酒器和玉带，已经从内府领了，可宰臣还没有将国书交付于他。”

“无妨，适才苏禹珪他们在我跟前议过此事，今日国书必定会下到朱宪那里。嘿，此番兀欲还挺懂规矩，新朝建鼎，倒晓得派个使臣来下国书打招呼。我跟苏禹珪说了，将咱们这里发生的事情，如实略告兀欲知晓，省得他以为我又是一个贪残之辈，也省得他以为我基业未稳，软弱可欺，早晚又发兵来挑衅。”

“我也有消息，爹爹愿不愿意听？”鹭娘抢道。

“哦？好，你说，爹爹愿意听。”郭威鼓励地点点头。

“昨日减停各地土产贡奉的诏令一下，我就听见有人说，哎哟，咱们御库里存着的那些食馔细物，什么两浙的姜瓜啦，湖湘的橄榄啦，华州的獭肝啦，襄州的新笋啦，青州的水梨啦，安州的糟味啦，怀州的杏仁啦——总之他们杂七杂八说了一大堆，说这些物事可得省着点用了。以后这些物事都停贡了，御膳可怎么做呀？哈哈。”鹭娘笑道。

“咦，你到哪里能听到这些话？”身旁的张永德不由奇道。

“我也是爹爹的女儿，我就不可以进皇宫跑跑吗？”鹭娘瞥他一眼，嗔道。

“可以可以，”郭威笑道，“爹爹的家也是你的家，你随时可以回来。”

鹭娘得意地向不远处董氏身旁的雁儿一挤眼：“雁儿，听到没有？爹爹的家也是鹭姊的家，鹭姊也是爹爹的宝贝。”

郭威不由一乐，刮着雁儿的鼻头逗弄道：“雁儿，还有谁是爹爹的宝贝呀？”

“荣——哥——哥——”雁儿玩着自己的手指头，眼也不抬，字正腔圆地说道。

宝慈殿沉静了下来。

郭威忽觉一阵心痛，虚着眼睛看向远方，轻轻叹了口气。

半晌，董氏开口道：“臣妾正想问呢，官家打算几时将荣哥儿召回来呢？”

郭威听她语气板正，知道她隐隐在表达一种不满，便淡淡答道：“如今朝政大事，我都交予枢密院和宰臣们做主呢。”

“枢密院和宰臣们做主，那不就等于是王峻在做主吗？”董氏愤然道，“难道咱们荣哥儿的安排，也要由他来做主吗？”

“就让他做一回主，又能如何？”郭威平静道，“他敢把荣哥儿怎么样？”

众人尽皆疑惑地看着郭威，很快，又都收回了眼神。

宝慈殿又是一殿沉静，只有雁儿咿呀念叨着：“荣哥哥，荣哥哥……”

青州。节度使衙署后院。

已是二月初，春阳渐暖。微风拂过，院中枝头有春意闹起，星星点点，斑斓活泼。

一帮身着春装的年轻人在嘻嘻哈哈地蹴鞠，有君宜、君爱、朱雀、采儿、五两、承璋。虽然季节还没有来到可以长久穿着夹衣的时候，但他们显然已经迫不及待了。

因为这批衣裳是在符公由魏国公进封淮阳王之际，家里特意发付的。虽然本来每年春后也会有制新衣的计划，但因了家主封王的由头，这身衣裳就变得别具纪念意义，值得一穿再穿。

何况，蹴鞠这项运动本身就是激情洋溢的，是充满对抗性与炫耀性的，他们浑身上下热气腾腾，不再需要臃肿的冬衣了。他们甚至将春装外袍的前摆撩起来塞进了腰带里，或者用任何别的方式把衣饰中碍事的部分临时处理掉，以便更加契合这早春的气息。

彼时蹴鞠的玩法多种多样，既可以对抗，也可以表演。对抗赛球门的设置也有中央一门和两头两门等不同花样。今日他们虽分作两队，在院中树木砖瓦与栏杆中虚拟出了两道门，但真正踢起来时，却并没有什么章法，也不讲什么规则，简直就是一片混战。

君怜、唐氏，连同九岁的六妹君若和另几个仆从，远远站在栏杆内观战，不时发出喝彩声。符家的五妹几年前夭折，因此姐妹的排序上，四妹君爱下来就是六妹君若了。

君宜向侧面抢着踢球，一脚失衡，重重摔倒在地。众人惊呼一声，忙围过去看。君宜揉着脚踝，摇着手道："不妨事的，我没什么大碍。"她在众人的搀扶下慢慢站起，呼唤君怜，"大姊，我要歇歇，该你下场了。"

君怜笑道："你们自己耍子吧，我明日再下场。"

朱雀一听不干了，抱着鞠球走过来："早上起来，你哄我开场蹴鞠，那时不是说好你今日必定下场的？"

君宜和君爱随声附和："是啊大姊，来跟我们玩一场吧。"连君若也拍手："对，大姊下场，大姊下场！"

君怜无奈道："那么我晚些时候再下场，现在却还有些事未了。"

朱雀“哼”了一声：“你可想好了，此时我有兴致同你蹴鞠玩耍，晚些时候却未必还有这闲工夫。过几日我出了门，你再想跟我蹴鞠时，可是找不着我了。”

君怜惊讶道：“你要出门？什么时候？”

朱雀道：“三两日之内吧。已经开了春，师父遣人来问过我。之前一直不出去，是因为家事国事两不定，你又是那个样子。现下尘埃落定了，我也该出去透口气了。……我且问你，现下你可愿跟我出去了吗？”

君怜默然。

朱雀点头，带着一丝嘲笑：“知道了，随你吧。”

君怜道：“你非要现在出去吗？”

朱雀似笑非笑看着她：“我有什么理由现在不出去吗？”

君怜垂目半晌，叹口气道：“那么，倘若家里有事，现如今又该去哪里找你呢？”

朱雀看着君怜，欲言又止。君怜也静静看着她。

良久，朱雀方答道：“青州城内王母宫街有个张七爹药铺，他家父子与我师父一向过从甚密。若真有事，你遣人找这药铺问，必定能知道我们的行踪。……”说罢，她将鞠球递给身旁的君爱，“你们玩吧。”自己进屋去了。

君爱莫名所以，眨巴着眼睛问君怜：“犟姊，怎么権姊要走吗？”

君怜勉强一笑，并不回答。

君宜道：“是不是采药去？我听五两说过，你们在河中的时候，権姊曾经出去访名山、炼仙丹呢。”

“哪里是炼什么仙丹，”君怜道，“就是跟着她师父出去认认草药、游山玩水而已。你们别瞎起哄。”

“哼，我们才没有瞎起哄呢，母亲就吃过権姊制的丹药，是不是，君爱？”君宜道。

君爱点头："对。那丹药我尝了尝，很好吃，是甜的。"

身侧的君若跟着点头："我也尝了。"

君怜扑哧一笑："你们怎么就知道吃？连丹药也偷吃？"一错眼，看见承璋不声不响站在旁边，还兀自抹着脑门上的汗，遂想起一事，"对了承璋，我书桌上有盘糖渍梨片，是给你留着的，少时你干完活，就取去吧。"

青州特产水梨是当时的贡品，糖渍梨片更是当地老少咸宜的风味小吃。自打移镇到青州后，承璋就爱上了这样新鲜物事，只可惜不能常常一饱口福。听了君怜此言，承璋大喜，正要谢领，唐氏在一旁说道："翚娘，先不急着给他。我让他将这院中的杂草拔了，他好几天没动静。今日若还不干完，那糖渍梨片可就没他的份儿了。"

承璋苦着脸道："唐妈妈，恁怎么不心疼我了呢？这几日我都在屋里屋外地忙，又要把年节时挂的灯笼取下来，又要帮着厨下置办王爷进封的谢客宴，又要替権娘子把射箭的垛子重新绑上稻草……我何尝有一时得闲？唐妈妈何至于一盘梨片都不舍得赏给我吃？"

唐氏听他说得可怜，点头道："这倒也不是虚言。你这孩子，卖力气的活计上倒比廷献勤谨些。"

正说着，却见廷献匆匆从前面走来。唐氏向承璋使个眼色，不由笑了："果然背后是说不得人的！走，咱们走吧。"说着向君怜点点头，拉着承璋离去。君宜姐妹见众人散了，知道这蹴鞠已然蹴不下去，也拉扯着跑开。采儿、五两等见状，更是自去干活。

廷献来到君怜近前："姐儿，今日有朝报到了。"

君怜看着他："有什么消息？"

"有与诸外国使臣往来的消息，有命文武臣僚上书益国利民之事的诏令，也有方镇的任免消息。"

“有大皇子的消息吗？”

“没有——跟王枢密相关的倒是有好几条。”

君怜蹙眉不语。

廷献斟酌道：“小人也觉得奇怪，新朝建鼎一个月了，臣下们该封的、该赏的、该追赠的，都封赏追赠了一大圈，怎么大皇子的任命，倒毫无迹象呢……”

君怜沉吟道：“此番立朝克难，义兄并没有参与……义父又是一个谦抑的人……”

廷献道：“说不定，关于大皇子的消息，就在咱们漏掉的那两张朝报里。我听他们别院的仆从说，那两日因二公子外出勾当，王爷让大公子将朝报捎去给二公子看了。姐儿，要不我去向二公子讨过来？”

“不必了。”

“那么姐儿何妨自己问一问王爷呢？”廷献又道。

君怜摇摇头。良久，方道：“……我这里无事了，你去吧。”

廷献走后，君怜本待进屋，可是想想进屋就要面对朱雀的离开，心中难免烦乱，索性倚在栏杆处，怔怔望着晴空中的云丝，发起呆来。

长相思，在长安。……美人如花隔云端。
上有青冥之长天，下有渌水之波澜。……
长，相，思，
摧，心，肝。

三五　出镇澶州

广顺元年二月初二。是日，角星初现，苍龙抬头。

一道诏令抵达邺都衙署，命皇子荣即刻放下为隐帝守孝的一应事宜，返京面圣待命。

二月初四，丙申日，君贵驰返京师，依皇命直入宫城。

滋德殿。雕楹玉碣，绣栭云楣。氤氲的香篆在空中书写着大大的迷离文章。

君贵步入这间他曾数次拜谒过的殿堂，一直走到御阶之下。上次他来到这里是将近一年以前。那时，就是在这御阶下，前朝官家刘承祐为他和父亲满斟一杯壮行酒，祝他们北去邺都，成就功业。

回首之间，天翻地覆。今日，端坐御阶上宝座中的人，已经换成了自己的父亲。

从君贵的角度仰望上去，御阶很长，御座很高。登上了皇帝宝座的父亲，变成了云彩里的神。父子之间，一刹那杳隔层云。

帝乡白云起，飞盖上天衢。……因风望既远，安得久踟蹰？

君贵伏身下拜："儿臣荣叩见父皇。"

"儿臣"与"父皇"这两个称呼，当着父亲的面说出来，有一种出乎意料的、奇怪的陌生感。他们成了陌生人了。以臣下的身份觐见父亲，这是第一次，他很不熟练，不知道该怎样开头，万岁万万岁之类颂圣的谀辞，他说不出口。他索性简洁。

父亲没有回答。他听到脚步声。他保持着陛见的姿势，没有抬头。

脚步声自御阶而下。天子的衣裾出现在他的眼前，天子的声音也降临到他的耳中。

“……荣哥儿，咱们爷儿俩，有多长时间没见面了？”

他仰起头。父亲的脸是慈祥的。

“……八十……八十一天。”君贵答道。他不会错，他是数着日子过来的。

“嗯，八十一天。”父亲轻声重复，“这八十一天，你辛苦了。”

君贵的眼中有泪缓缓盈眶。

但他看到父亲轻轻摇了摇头，仿佛在示意他不要让泪水涌出来。那么，就是还没到哭的时候，就得忍回去。他眨眨眼睛，勉力将泪水抑制了。

父亲向他伸出了一只手，父亲需要他的手。他将自己的手交到父亲手中。

“起来。”父亲一把拉起他。

“接到诏令即时就起身了？”父亲问。

“是，没有一刻耽搁。”他回答。

“孝守过了？”

“是，守过了。”

“好。……小嬢她们，着实惦记你。”

“儿子……儿臣也惦记她们。”

“你是已经成年的皇子，没有在宫中居住的道理。这次回来，还是住到驿馆里吧。……咱们家的旧宅，你就不要去住了。”

君贵一怔，父亲的话让他倍觉伤感。也就是说，他从此没有家了?！他喉头紧涩，心如刀绞。

父亲在看着他，等待他的回答。

“……喏。”他迟疑而勉强。他宁可住回旧宅去，与那些冤魂为伴。至少，他们会张开怀抱欢迎他的归来，他们会让他尽情倾诉生离死别的伤恸。

“少时你留下来吃顿饭，小孃替你张罗了好几天。”

“喏。”

“雁儿天天念‘荣哥哥’，少时你抱抱她。”

“好。”

“鹭娘也一直吵嚷着要来看你……”

“喏。”

“还有抱一、重进、温玉、国华他们，少时家宴上，你都见见。”

“喏。”

“荣哥儿，”父亲语调一转，脸色变得严肃，“此番召你回来，爹是有任命给你。”

君贵精神一振，刚刚的恍惚之态消失了。

“我把李洪义加了同平章事，移到宋州去了。他原来镇守的澶州，爹留给你。”父亲说道，“澶州与京师的距离，在邺都和滑州之间。驻澶州的镇宁军，北上可以呼应河朔边防，南下可以拱卫京城。爹把你放到那里去，你可明白爹的意思？”

“儿臣明白。”

“你从未有过独立治理州郡的经验，担任邺都留后的时间毕竟太短，算不得数。此番爹不仅会任命你为镇宁军节度，还会任命你为澶州刺史。这里头的意思，你可明白？”

“儿臣明白。”

“最重要的，荣哥儿，澶州是我大周龙兴之地，众将在那里拥立了我，第一声‘万岁’是在那里喊出来的。我要你到那里去……你明白了吗？”

君贵静静地看着父亲：“儿臣……完全明白了。”

父亲点头：“你还有什么问题要问爹吗？”

君贵摇头："没有了。"新使命冲淡了适才浓厚的伤感，他终于有正经委派了，他甚至感到了一点欢欣。"……请爹放心，儿子必不会辜负爹的信任。"

"还有一事，"父亲深深地看着他，"王峻现下掌典全国兵机，你既出任藩主，就归他辖制。明日，你去拜谒他一下。"

君贵有刹那的沉默，然后答道："……喏。"

二月初五，丁酉日，天子诏下：原天雄军牙内都指挥使、检校右仆射、贵州刺史皇子荣起复，为澶州刺史、镇宁军节度使，加检校太保。

接到起复的诏命后，君贵去枢密院参谒王峻。

听闻部从回报来访者姓名，王峻说声"有请"，便站起身，从枢密院的议事堂缓缓迎出来。君贵疾步走至王峻近前，依礼下拜道："卑职参见王枢密。"

王峻满脸堆笑，伸手扶起："大皇子快快免礼。大皇子是皇族，新除[①]藩职，又恩加太保，这可教臣不敢当啊。"

君贵便也笑道："卑职既领受外镇军职，就当听命于王枢密。下属拜谒主官，乃是天经地义的事，王枢密何来不敢当之说？"

"好，荣哥儿经过这数月的磨砺，果然又老练了许多！"王峻笑道，"荣哥儿啊，此番你守卫邺都，就算没有功劳，也是有苦劳的。让你出镇澶州，官家问我的意见，王伯父我可是好好地将你夸赞了一番。"

君贵勉强笑道："那么，愚侄要多谢王伯父提携之情。"

"可惜呀，你没赶上立朝大典的盛事！唉，官家的威仪之盛，臣僚们的拥戴之诚，庶民们的期盼之切，在王伯父看来，那也算是百年不遇的了……"

君贵脸色微变，王峻戳到了他的痛处。王峻的趾高气扬是有

① 除：除职，拜受官职。

底气的，王峻是拥立新帝第一人。而他自己呢？他隐于后方，殊无军功，在他们面前相形见绌。无论怎么不甘，这个铁一般的事实他改变不了，同为父亲的臣属，他将永远在他们面前低此一等。除非……除非他别有重大建树。

“王枢密，”他改了口，不冷不热道，“卑职此去澶州，一定恪尽职守，抚民安军。倘若国朝有事，卑职愿提枪走马以为差遣，争取早日建功立业，报答官家——还有王枢密——对卑职的一番信任。”

“呵，好，好！太保有这番心思，那当真再好也没有了，我替官家先嘉许你一番。”王峻也跟着改了口，“异日功成名就，少不得还要加衔晋爵，为群臣表率的。”王峻保持着笑容，眼神复杂起来。

广顺元年二月初十，君贵拜别父皇与小孃董氏，北赴澶州之任。

从滋德殿中望去，君贵的身影在坚硬洁白的御道上越来越小，越来越远，终至不见。

既冰心兮皎洁，上问天兮胡不闻。

天不闻，神莫睹，若云冥冥兮雷霆怒，萧条杳眇兮馀草莽。

他没有回头，在离去的整个过程中，始终身板挺直，只有绣袍飘摇。

福宁殿。夜。烛影摇红。

雁儿已经睡熟，董氏命宫人将她从御榻抱到内殿一侧的小暖间中安睡。郭威在灯下看《太白阴经》。《太白阴经》是唐代兵家兼道士李筌所作，郭威与君贵父子二十余年前共读的《阃外春秋》，也出自李筌的机杼。

董氏走过去，在他身边坐下。她拿起一把小剪子，揭开纱罩，轻轻剪去所有烧黑的烛芯，然后放下剪子，盯着跳动的烛焰出神。

郭威看她一眼，又接着看书。董氏叹了口气，那音量，显然是故意要引起丈夫的注意。

“这是怎么了？”郭威不由笑道。

“……今日看着荣哥儿离宫，就那么一个人，孤苦伶仃的，臣妾的眼泪都下来了……”

“他是去赴任，又不是去征战，何须如此伤感？”

“这才回来几日，就又急急忙忙将他打发出去了。宫里不让住，旧宅也不让住，爹当了皇帝，儿子倒要去驿馆窝着！就不能另派一所宅院给他吗？”董氏的不平之色溢于言表，“官家现在就剩……官家……何必对他如此狠心？”她自悔失言，埋怨的意味稍微减弱了。

郭威挥手让室内的宫人和内侍全部退出，然后不动声色地看着董氏：“荣哥儿立时外放，要一所宅院来做什么？几时他回来了，几时再赏给他也不迟。”

“那……那官家也可以待他更亲厚些啊。既然外任，为何不给个大些的地方教他管？澶州毕竟还是小了些。荣哥儿原本是官家钦命的邺都留后，官家就将邺都给了他，又有何不可呢？”

“把邺都给他?！王殷是第一个遣人来向我出首李业他们的密谋的，我若将邺都给了荣哥儿，拿什么来报赏王殷？王峻已经领了枢职，王殷若不领个巨藩，他怎能意平？国中这几个巨藩都有勋旧把守，我刚登大位，给他们加恩晋衔还来不及，我动他们哪个合适？……我只能动荣哥儿。”

董氏沉默了。体会着丈夫和继子双方的难处，她的脸上浮起了悲伤：“只是……如此处置，太委屈荣哥儿了。”

“宝剑锋从磨砺出。委屈？不见得吧。”郭威道，“此番克难，他险些不顾大局，冲动离巢，可见涵养功夫还差着些火候。教他多受点磨砺，对他只有好处。”

“这能怨他吗？”董氏蓦然涌上泪来，“那种情形下，谁能保证不会发疯？臣妾可是亲眼瞧见荣哥儿是怎么一天一天熬过来的！满心窝的痛没有人可以说，打落牙齿往肚子里吞！那么冷的风，他自己到野地里去跑马，任凭荆棘把衣裳剐出一尺长的口子！素日那么高的骑术，居然会从马上摔下来，把膝盖摔得又青又肿！后来官家一句话，他又规规矩矩以侄礼替仇家守丧！……官家还要怪他不够隐忍？还要嫌他受的委屈不够？真真没见过你这样狠心的父亲！”

郭威的眼中也闪起了泪光。沉默半晌，他将手放到董氏的手上，叹息道：“……荣哥儿有福啊，他母亲自不必说了，前后这几位孃孃，竟都这么众口一声地护着他。”

董氏拭去腮边的泪水：“荣哥儿心眼实在，为人磊落，是个难得的好孩子，教人怎么不心疼他？”

郭威点头，缓缓道：“裕娘，我把他放到冰里去冻着，我把他放到火上去烤着，就是因为……我比任何人都心疼他。”

三六　深心纷纭

两天以前。

广顺元年二月初八日，天子诰下：追封故吴国夫人张氏为贵妃；故第二子青哥儿赠太保，赐名侗；第三子意哥儿赠司空，赐名信；追封故长妇刘氏为彭城郡夫人。故皇侄三人：守筠赠左领军将军，因“筠”与皇子“荣”音近，改名为守愿；奉超赠左监门将军；定哥儿赠左千牛卫将军，赐名逊。故皇孙三人：宜哥儿赠左骁卫大将军，赐名谊；喜哥儿赠武卫大将军，赐名诚；三哥儿赠左领卫大将军，赐名諴。

君贵是在京城驿馆领受的这道旨意。而后，他率领部从驰赴旧宅，在灵堂燃香祭拜，并将绫旨烧化，以期它能抵达仙乡，抚慰亡灵。

鸟无声兮山寂寂，夜正长兮风淅淅。
魂魄结兮天沉沉，鬼神聚兮云幂幂。①

再不忍割舍的也割舍了，再不能了断的也了断了，他必须凭自己的力量拔出深渊，重新上路。

广顺元年二月十二日，皇子荣率一众牙兵亲随抵达澶州，正

① 唐·李华《吊古战场文》。

式出镇为藩主。跟随他一同抵藩的，有曹瀚、林远、邓锦等亲将，王朴、张美、曹彬、王著、王赞等属官，以及远山、秋池等仆从。

澶州位于魏博以南约百里处，辖顿丘、临黄、观城、清丰四县，唐时屡置屡废，最近的一次是唐末魏博节度使田承嗣奏请复置的。澶州治所一度在顿丘，后来又迁移到卧虎城。顿丘是个古老的地名，《诗经·氓》里那句“送子涉淇，至于顿丘”，指的就是这个地方。君贵从小跟着母亲学过《诗》，早就知道顿丘之名。巧的是，那卧虎城又是君怜的祖父李存审（符存审）在三十多年前为军事防御的目的而修筑的。因此对于澶州，君贵尚未到任，便预先有了些亲切感。

对君贵而言，出任澶州刺史兼镇宁军节度使，是个全新的挑战。他将在一方土地上独当一面，军事、政治两手抓。之前他虽然担任过邺都留后，但毕竟是在父亲治理业绩的基础上守成，并没有真正作为父母官为当地军民生计与安全从头谋划。好在跟随父亲镇守邺都那大半年，每日有父亲的耳提面命，他潜心学到了不少本事，积攒了不少为政心得，还有过不少未曾付诸实践的想法，如今正好放手一搏、大胆一试。

第一眼见到澶州刺史公署，君贵和部众们都感到惊讶。他们以前不是没有到过澶州，但一般都在节度治所交接公事，很少与地方政务衙门打交道。现下呈现在他们眼前的，是一所破破烂烂的大房子，像个香火不再鼎盛的旧庙，屋瓦缺漏，门漆斑驳，柱础偏移，石兽残损，连门楣上的牌匾都略有些歪斜。

几个孔目官、书记官之类的属吏在门口下拜，齐声见礼：“卑职恭迎太保大皇子。”

就当时皇属的实际情况来看，其实君贵就是唯一的皇子，本不必特意别之以“大”的序号。不过一来皇属们刚刚遇难，旁人何必替皇家去强调他们的序号损失，二来众人习惯了原先叫他

“大将军”，加个“大”字更顺口，也更显出他的成熟威仪，因此，从朝堂到郡县，从衙署到私宅，不约而同地，大家都采取了爵衔加“大皇子”的叫法。

原来的刺史已经别有调任，早几日匆匆走了，不及当面交接。不过大家都知道，太保大皇子此来，是要连刺史带节度使一块儿做的，所以什么交接不交接的也不是很要紧——以前的条款账目自有孔目官报上，当着太保大皇子，前任也不敢露出贪墨的尾巴；而以后的一切，反正都随太保大皇子调度安排就是了。

君贵巡视完公署，带着曹瀚、林远、张美、王著等又去街巷视察。转过公署前那条相对宽阔的大街，眼前的景象再次让他们愕然。

这是纵贯澶州城南北向的主要街道，道旁店铺林立。原本应该车水马龙的街面，现在却积满污水，除了被人临时垫在路中浅水处的碎砖石，完全无处下脚。污水持续散发出臭气，路过行人，无不掩鼻提裳，小心翼翼。

君贵询问身旁的衙吏：“这是怎么回事？”

“回太保，前阵子下了两场春雨，雨水都积在路面上没处去，就成这样子了。”

“雨水没处去？这街道难道没有下水处吗？”君贵奇道，“倘若下场雨就变成这样，全年下雨的日子多了去了，你们就不过了？”

“回太保，我们澶州的街面窄小，下水沟也是当初匆忙凑合着挖的。若下小雨，那水还勉强流得走，下大雨排不及，淹滞了路面也是没办法。这条街还算是好的呢，恁没瞧见那些更低洼狭窄的地方，家家户户都拿防堤的麻袋装沙土堵着门，堵了得有半人高，不然，污水就漫进家里头啦……”

君贵皱眉道：“大州小州都是州郡，小州的日子也是日子，怎么能这样胡乱凑合？”他回视部从，看到了张美和王朴，“少时你们来找我，咱们议议这件事。”

本州刺史招募役夫修挖下水沟、扩建街肆的布告，在半个月之后面向全体州民发出了。这是第一期工程，要赶在春季农事开启之前办，否则节令一到，成丁们全去侍弄土地，这种非军事的民用工程就会面临几乎无人可募的局面。虽然按照太保大皇子的意思，恨不得到任三天后就开始实施改造计划，但张美筹措钱粮物资需要时间，王朴对城市的街道改建进行初步规划也需要时间，几方面协商下来，就变成了目下的情形。

第一期工程募到了五千人，执行了两旬，顺利完工。澶州最主要的南北大街有了加深加宽的下水暗道，从此雨水流入下水沟后可迅疾排走，向南直入数十里外的黄河。

太保大皇子的澶州城改造计划当然不止这么一点点，第二期、第三期直至第九期工程也在后来的岁月中随着季节的交替次第上了马。这些工程除了整修这个城市的下水管道，还包括修缮州治、文庙、武庙、公学、驿馆等公署廨宇，以及植榆种柳，拓宽店肆榷场，增益吏民谋生商贸之所等。

东京皇宫。日光充盈。群鸟飞过青绿相间的琉璃庑顶。万物生机勃勃。

广德殿。早朝。

郭威着视朝服御龙座，百官分班站立，恭肃聆旨。

郭威的声音平缓而富有穿透力：“……朕生长军旅，不亲学问，并不懂得治理天下之道。朕之前就说过，在朝的文武诸卿，凡有益国利民之事、益国利民之术，须尽速上封事以闻。所措文句，宜直书其事，不要在辞藻上浪费精力……”

百官恭肃俯首：“臣等遵旨。”

东京大内。日间。

时令进入四月，已经是初夏了。

宫中人对于节令的感受与宫外人不同。他们不事生产，日子对于他们而言，更多地体现在目下能穿着什么服饰、能赏鉴什么花树、能吃到什么蔬果，以及要对什么神灵做礼拜之类的程序细节上。

董氏穿上了轻俏的绸衣，绸衣之外又加了披帛防冷。她带着雁儿在后苑的花树间玩耍，可是她兴致不高，追了雁儿一小会儿，就让宫人小心看护着，自己到旁边的流风亭中坐下。

内中高品王景通走过来，轻声道："夫人，官家回来了，在福宁殿。"

到现在为止，她还是"夫人"，而且这个"夫人"也不过是便宜行事，她其实是"小夫人"。不对，连"小夫人"也是便宜行事，因为之前只有张氏封过吴国夫人，她是妾室，哪可能有夫人的名号。

她不知道官家心里是怎么想的，难道要让她一直"夫人"乃至"小夫人""如夫人"下去吗？她也不算青春年少了，官家是九五之尊，早晚是要另纳妃嫔的，到时候将她置于何地？她没有儿子，只有个雁儿，虽说官家一直拿雁儿当心肝宝贝，但万一别的妃嫔替他生了儿子呢？她很快就会老去的，她不得不防着这一天。

她低郁地叹口气。几天前，刚刚在旧宫（郭府旧宅）为张贵妃和一众遇难皇属发哀。这是她返京后第一次获准回到旧宅，以前与张姐姐相帮相扶、共同料理家政的涓滴往事一齐涌回心间，她哭得不能自已。那时候，她们为了照料一大家子人忙得团团转，很少有闲工夫争风吃醋。那时候，她并不曾有过现在这般的惶惑心事。人爬到了云彩上，要担心的事情反而简单了——简单而要命：她不知道自己什么时候会从云彩里跌下来。

她起身往福宁殿去。官家刚刚下了早朝，也许会有话想跟她闲聊几句。官家对她还是依赖的，毕竟相伴四五年了，又一起从那场天大的劫难中挣扎过来。即使他将来再纳别的妃嫔，应该也不会有这种患难夫妻的感觉吧？

她心事纷纭，柔肠百转，不停地拿后一个念头来否定前一个念头，把自己搞得心乱如麻。她不由得有些怨恨官家了：他不让她心安。

福宁殿。官家已经在宫人的服侍下换了燕服，正坐在窗前品一盏茶。

官家是喜欢自在随便的人，场面上的讲究之外，他并不愿时刻去强调那个皇帝身份。在后宫，他很少褒衣博带，常常仅着细布襕衫，打扮得就像朝中那些高谈阔论的士大夫。到了舒展身体演习拳脚的时候，他又幅巾短后，不脱武人的架子。他对她，也常如以前那样“你”啊“我”的，很少用“朕”这个字眼。

董氏上前行过便礼，打点起精神笑道：“官家今日下来得倒早，想来朝中无甚大事？”

郭威道：“今日事不多。就是窦贞固奏说淮南闹饥荒，李伯玉那边好些百姓冒险渡过淮河来籴粮[①]，问我准不准。”李伯玉就是目下的江南皇帝李璟。因避官家郭威之高祖父郭璟的讳，大周上下人等在说到李璟时，都不会呼其姓名，而代之以字号等别的称谓。

“那么，官家准不准呢？”

“准哪。天下人都是父母所生，都要吃饭。他们饿了，李皇帝给不了他们吃食，就想起来找我，这不是好事吗？我已诏令沿淮诸县，准许淮南人就淮北籴易糇粮，不可借故推拒。”

“官家真是菩萨心肠。”

“……对了，你还记得前些时日我跟你说想改禁军的名号吗？今日王峻拿来他们议出的几个方案呈给我，我选了‘龙捷’做马军名号，‘虎捷’做步军名号，你觉得好不好听？”

---

① 籴（dí）粮：买进粮食。

“好听。”

郭威看出董氏有点儿没精打采的，忽然神秘一笑，从怀中摸出一物，向她招手道：“裕娘，你过来，我给你看样物事。”

“什么呀？”裕娘好奇近前。只见郭威手掌中托着块鹅卵大小的温润白玉，白玉上以极精细的雕工雕了一只振翅欢歌的鸣蝉。

裕娘忍不住酸道：“自打官家二月下了《禁贡奢华诏》，又把宫里好些玉器精瓷、犀牙宝装之类臣妾都来不及一见的宝贝拿到殿庭里去砸碎了，臣妾还以为，以后宫中都不可能再有这种物事了呢。”

说起来，这《禁贡奢华诏》也是朝野前所未闻的。天子乃天下之主，天下的好物事按理说都得天子先行享受才是。历朝历代的天子只有收集、接纳天下珍宝的，哪有禁止外藩进贡珍宝的？而且，不要别人献来的也就罢了，原先宫里那么些光彩熠耀的宝贝，居然二话不说就给砸了，多么可惜！当时可真是砸在宝贝身上，痛在围观众人的心上。其中有件宝器砸了好几次都不碎，王峻看得实在心痒，便说道：“陛下，看来是天意不忍损毁此物，既然陛下不要它，不如就将它赏赐给微臣吧？”皇帝郭威一笑，真的将那物件赏给了王峻。于是，此事也随之在宫内外传开了。

此时郭威听裕娘借机揶揄，心下并不介意，反而含笑道：“拿着，这是给你的。”

“给我？为何？”裕娘接过来，奇道。

“过几日就是你的生辰了，”郭威道，“我特意问过词臣，他们告诉我，蝉，寓意高洁，又借指婵娟。高洁，婵娟，意思都是极好的。”

裕娘眼中蓦然泛起泪光：“官家……”

“玉是回鹘进贡的，咱们的诏令，可禁不到他们头上。”郭威笑道，“既然已经贡来了，我就为你挑选了一块最好的，命李琼拿了去，教将作监细细雕成件绝好的器物。”其时制度不严，将作监的职司与少府监的职司并没有那么严格的区分，李琼是官家布衣契友，时任将作监之首，因此官家就将这件体己事儿交给了将作监负责。

裕娘的泪水滑落面颊："臣妾……"

郭威拉着裕娘的手，叹了口气，温言道："裕娘，你的心思，我多少知道一些。早就追封了亡者，却迟迟未封你，不是我忍心煎熬你，实在是机务繁忙，何必急着议论此事。所谓事急则方，事缓则圆，就是这个道理。而且，与亡者所遭受的大难相比，咱们这点延宕委屈又算得了什么呢？"

裕娘连连点头，哽咽难言。

"我是个没福的人。自英娘以来，珍娘、文娘，那么好的女子们，一个个来到我的身边，又一个个先我而去……如今，我的中帷里只剩下你了。我已经上了年纪，不准备再纳妃嫔，就跟你厮守着过完这下半生，如何？你总不会觉得委屈了吧？"

裕娘双唇颤抖，泪下如雨。

郭威拉裕娘坐到自己身旁："翌日我会下诏，正式封你为德妃，垂范六宫。"

他望向殿中飞过的轻尘，眼神伤感："也不只是你。建鼎数月了，却迟迟未封四姐儿，她至今仍只是皇女，心里想必也会觉得委屈吧？……她的封号我已经想好了，就把'寿安'给她，你意下如何？"他的嗓音里有隐隐的哽阻，"身为爹，我只愿她长命百岁，好好活着……"

"……'寿安'好。"裕娘泪眼蒙眬，轻声道。

"鹭娘加封寿安公主，相应地，抱一便加封为驸马都尉。……至于雁儿，目下年纪还太小，魂魄未全，骤然加了公主封号怕她承受不起，反而于她不利。故此，还是待她长大一些再议吧。"

裕娘抹去泪水，微笑道："一切都听你的。"因又想起一事，"那么荣哥儿呢，官家几时会给他封王？哪怕先封个郡王呢？"

郭威摇头："现下不能给他封王，荣哥儿资历不够，谦抑些没坏处。执意封了，王峻他们那帮人，心里也不服气，过几日怕不找个由头问我索要更大的封赏吗？……目今已是满朝的相臣、侍中、三公了，再进封，你说该往哪里去？哼，我不封荣哥儿，他们谁也别想闹腾。"

"那荣哥儿现下到底是个什么情形？你前些日子不是打发郑仁诲去澶州看视了吗？怎么样，郑仁诲回来了没有？"

郭威叹口气："这也正是我要跟你念叨的呢。郑仁诲回来了，今日我特意在御书房单独召见了他。据他说，荣哥儿将澶州治理得井井有条，吏民都称善他的功德。"

"这……这不是挺好的吗？官家叹什么气呢？"

"只是他自己……郑仁诲说，荣哥儿不怎么爱说话，没人注意的时候，面容总是很沉郁……"

裕娘黯然道："他孤身一人在外漂泊，自然甚少欢娱。"忽然眉间一挑，"官家，何不为荣哥儿配一门亲事呢？他若有了娘子照顾，情形必定大不一样。"

郭威精神一振："对啊！……裕娘，你怎么不早提醒我！"

"都是臣妾思虑不周。"裕娘笑道，"那么官家赶紧想一想，目下这些大藩中，哪家有适龄的女儿，能够配得上咱们君贵的？"

郭威的脸上浮起了深远的微笑："不必想了，我的心中早埋下了一个人选。宽而静，柔而正，除了她，还有谁配得上这样的煌煌断语，还有谁配得上来做咱们的儿媳妇？"

他喜上眉梢，大声向殿侧的内侍吩咐："来人，即刻，宣冯道入宫！"

三七　朝朝暮暮

青州。符府。火轮高吐，群山如碧。

喜色从东京禁中的官家那里，也传递到了符府众人的眉梢上。官家委托前来提亲的冯道冯中书在符府受到了隆重的招待。说是提亲，其实是宣旨；说是宣旨，其实是赐婚。官家先让冯道以私人口吻征求了淮阳王符彦卿夫妇的意见，在得到惊喜而肯定的回答后，冯道拿出绫旨来，宣布官家赐符氏长女翚娘与太保大皇子荣即成婚配，并颁赐了聘礼单。

官家的意思，冯道就在青州等候，待符府将出嫁的一应事宜准备停当，便接了君怜，亲自护送到澶州去与荣哥儿完婚。冯道一生替历朝皇帝办过很多事，有公家的，也有私人的。如今这趟差遣，算是他接受得最为欣然的皇家私事。

君怜的房中，一众仆从穿梭往来。

张氏夫人率众到来，群仆唱礼。张氏见采儿候在佛堂外面，便问道："怎么，姐儿还在礼佛？"

"是，都进去两个时辰了。"

张氏原待自己进去看视，想了一想，环顾找到了廷献："廷献，你进去看看，姐儿拜完了没有。怎的这么长时间不出来，别是拜久了累着了，又或者还有其他心思？"说着自己又笑了，"咳，我这说的是什么话！官家赐婚，高兴是有的——这种恩典，真是做梦都想不到！……"

廷献依命轻轻推开佛堂的门进去。在他的身后门又轻轻合上，隔断了门外痴心的母亲和好奇的仆从。

君怜并没有礼佛，正站在窗前向外看，那情形，似乎已经在那里看了很久。

廷献走到她的身后："姐儿，夫人来了，在外间呢。"

君怜转过头来，面容平静："知道了。"

廷献笑道："那么我陪姐儿出去？"

君怜不答，沉吟片刻道："廷献，有件事，我想差你立即去办。"

廷献忙正色道："请姐儿吩咐。"

"你今日就出发，去找到権娘，让她马上回来。你可以在王母宫街的张七爹药铺打听到她的行踪。"

"喏。小人见了権娘子，要怎么跟她说呢？"

君怜思忖着，半晌不语。

"……小人是不是据实相告，就说姐儿要出嫁了？"

"不，"君怜断然摇头，"倘若你如实告诉她，也许她就永远也不会回来了。"

"怎么……？"廷献愕然，"姐儿出嫁，権娘子仍旧可以跟去的啊，反正是别院居住，太保大皇子不会介意吧？"

君怜叹口气："廷献，有件事，我本来不当说，可现下要你去把她找回来，怕你不明白这其中的关节，少不得还是要告诉你。"廷献点头，静静等待她的下文。"権娘与大皇子之间……有些心结。当年她家被抄，大皇子也是带队的指挥使之一。故此，她始终认为，是大皇子教她家破人亡的……"

廷献容色一动，神情变得黯淡。

"如今我要远去澶州嫁与大皇子，留她一人在家，她不会习惯，我也难以放心。可是让她寄寓大皇子家中，于她也是千难万难。権娘是极聪明、极倔强之人，但凡走漏一丝我将出嫁的消息，她必定会猜知端的。那么，她最可能做出的选择，就是跟随她的师父离去，永远也不再回来了……

“廷献，榷娘身世凄凉，好不容易逃出性命来投奔我家，与我自小相伴长大，我怎么忍心让她重归飘零，孤孤单单一人在这世上终老？何况这次他们走得远，她又跟我赌气，连五两也没有带上。她若就此自去，将来谁能知道她的饥饱寒温？我思来想去，哪怕是骗，也得先将她骗回来。到时候，我会再与她深谈，劝说她答应随我同去澶州……”

廷献沉默良久，方道：“姐儿有命，小人披肝沥胆，敢不尽力？可是适才听王爷和夫人他们说，十日之内就会备好一应婚礼所需物事，送冯中书和姐儿出发。江湖茫茫，十日之内，小人未必能够找到榷娘子，或者就算找到了，尚未及返家，姐儿却已经离开，那又当如何处置？届时，榷娘子只要一看，一问，就会明白一切……”

君怜静静地看向空中的香篆，良久，将视线转回到廷献身上，语意变得坚定：“廷献，倘若时日迁延，找到她时我已出发，我允许你用你自己认为最恰当的方式，将她带回到我的身边。……她或许会怨你，但她最终会感谢你。……因为，只有她知道我对她不放手，她才会对自己不放手。……你明白我的意思吗？”

“……小人完全明白。”

“少时我会去请求父亲，请他同意将魏青谍线的联络方式告诉你。这样你在找寻榷娘的途中，就可以随时得知我的行程，以利你方便行事。”

“明白。姐儿放心，小人必定不辱使命。”

十日之后。青州城外。长亭。古道。

符府阖族亲眷倾巢而出，父母，小孃，兄弟，姐妹尽皆鹄列于亭中，相送君怜再次于归。亭外，部将环卫，仆从恭立，送亲的车马辎重蟒伏于路。冯道含笑站在一旁，看君怜与家人一一礼别。

母亲张氏泪眼模糊，抚着君怜的肩臂，几度哽咽难言。又反复为她整理发髻，为她拂去衣领上沾惹的飘絮。亲结其褵，九十其仪。

诸妹一一拥泣过，诸兄、诸弟一一叮嘱过，诸小孃一一握别过，最后，轮到了父亲。

君怜走到父亲身前，款款下拜。淮阳王符彦卿殷殷搀起爱女。四目相对，满心满眼的不舍与期许。

良久，淮阳王符彦卿温言道："去吧，好孩子，带上你心中的那些愿望，带上你从小的那些志向，去吧，去到他的身边，成为你渴望成为的那种人，成就你渴望成就的那些事吧……"

又十日之后。

澶州。镇宁军治所。指挥室。

君贵在处理军务。军将们进进出出，汇报各种情况。他近来扩充了军队，新招募的士卒，正从头演练步射骑术。他虽已将这项重任委派给了林远和孙璘，但自己还是少不了要随时关注。此外，军中一批马匹老迈，早该淘换，但因契丹人关闭了与中原的马匹交易市场，他派出贩马的人迟迟采购不到足数的好马以充军用，也需要他调动资源，另想办法。

军政上都有无穷的事情要他操心，他虽然身强体壮、精力充沛，虽然喜欢巨细靡遗、穷究物理，却也常常被繁重的工作量压得头晕脑涨。亲随们劝他不要太过操劳，他说道："这些事情，倘若我自己都不明白其中的肯綮，又怎能去要求你们？一时的劳累是难免的，总得我自己想透了，才可以让你们跟着我往前走。"

在这一系列匆遽的晕眩中，只有父皇的那道诏令，带给了他特殊的清朗光芒。

曹瀚从外面匆匆进入屋内，见君贵在忙，便候在一旁。君贵抬眼看见他，向他投来一个询问的眼神。曹瀚走近君贵跟前，含笑禀报："太保，符娘子她们已经到达本州驿馆了。"

“给我备马！”君贵腾地站起身来，“我立时就要去驿馆见她！”

“呃……太保，太保……”曹瀚急忙劝阻道，“成亲之前，未婚夫妻是不能相见的啊。”

“我不管。”君贵说着，大踏步走了出去。

澶州驿馆。

天空宁静，两幅纵贯天际的轻薄云丝，像两片巨大的羽毛，又像上苍赐予人间遮挡仲夏热气的凉爽羽翼。羽翼之下，一株高大的合欢树栉叶如翠。满树花朵香气悠长，绚烂得如同被朝霞浸透的马缨，在不知何处所起的远笛声中轻摇。帘栊苍黄。帘中人心意缱绻。

“姐儿，姐儿，大皇子……大皇子来了！”忽然，几个使女跑进来，一迭声地报告，语气既惊喜又讶异。

君怜忙望向庭院。君贵已经疾步来到院中。

她走出门去。

羽云之下，帘栊之外，合欢之间，他们互相看见了。

他们彼此凝视，视线逐渐模糊。

他们曾经靠得那么近，河中府旱亭外啁啾的秋虫可为证明；他们又曾经离得那么远，就算跋涉过千山万水，也不可能走到彼此身边。

他曾经在最痛苦的深渊里想到过她，也曾经在最难忍的屈辱中念到过她。

她曾经是他最后的光芒，正如他曾经是她最后的希望。

他们曾经互相等待，他们始终互相明白。

命运的巨手翻云覆雨。天崩地裂，血流成河……

今日，仿佛就为了验证那缥缈不可究及的、上天注定的因缘，他们蹚过万千血海，终于伤痕累累地来到了对方的面前。

“……荣哥哥，你还好吗？”

不知过了多久，她听到自己在问。

他透过浓厚的水雾看着她的眼睛，仿佛要看到她的灵魂里去，仿佛要将此时的她永远铭刻在自己心中，一千年，一万年，千千万万年。

“……你未来时，失魂落魄，肝摧胆裂；你既来了，魂归魄还，肝胆复生……”

不知过了多久，她听到了他的回答。

他向她伸出双手。

她将自己的双手交到他的手里。

他们紧紧相拥，泪如决堤，惊涛骇浪般淹没了彼此的身体。

妙音从天穹降临，喜悦自心底升起。

在这个光芒万丈的时刻，他们终于彻底向过去告别，他们终于真正与命运达成和解。

广顺元年五月吉日，郭荣与符翚成婚于澶州镇宁军治所。中书令冯道为他们主持了婚礼，并郑重传达了来自皇帝郭威及德妃董氏的祝福。

同日，天子诰下：进封皇子荣为太原郡侯，皇子妇符氏为太原郡夫人。太原郡为郭氏最古老的郡望，皇帝郭威以此号封子，是对君贵作为皇家胤嗣地位的认可和强调。

是夜，君贵与君怜并坐衙署院中，默默依偎，仰望满天星斗。宇宙在这一刻恢复了创世以来的温存与美丽，毫无保留地展示出它亘古不变的悲悯和包容。它用人间不可企及的深邃笼罩了他们，它在黑暗中给他们以力量，护佑他们执着坚定，一往无悔。

他们愿意就这样在一起，朝朝暮暮，暮暮朝朝，直至时间的尽头。

风竹松烟昼掩关，意中长似在深山。
无人不怪长安住，何独朝朝暮暮间。①

---

① 唐·白居易《长安闲居》。

三八　琊琊推诚

密州诸城县。瑯琊山大乐观。日暮时分。

瑯琊山在古瑯琊国境内，东临大海，景色秀美。山上有当年秦始皇灭齐后登临所筑的瑯琊台遗迹，也有后人隐居清修所筑的道观。

晚霞将瑯琊山的山峦晕染出千百层血红。暮色如酒。如血酒。

大乐观灵宫殿前高台上，一个须发花白的老者在炼气。高台下十数个青年弟子跟着他一起舒臂展胸，深吸长出，负阴抱阳，俯仰天地。

一个身着夜行服的矫健身影沿着山道疾速爬上来，未几，来到大乐观之外，略一观望，轻轻推开了大乐观未曾锁上的大门。

正在炼气的众人并没被这陌生的闯入者惊扰到，只有距离影壁最近的修习者发现了他的到来，遂停下运息，低声喝道："什么人?"

"在下……"闯入者的声音带着歉意，"在下是从青州张七爹那里来的……"

"哦，张七爹……"发问者点点头，"有什么事吗?"

"是，在下来找一个人。"闯入者道。

"你找谁啊?"

他们的这番对答引起了众人的注意，舞蹈般的动作纷纷停下。

"不必问了，他定是上来找我的。"少年郎装扮的朱雀不知何时走了过来，“对吗，廷献？”

廷献忙揖礼道：“是的。小人见过榷娘子。”

朱雀向台上的高医正揖道：“师父，这是我家亲从，他来找我，想必有事，请恕弟子暂离，带他到一旁问话。”

高医正笑道：“无妨，姐儿请自便。”

朱雀点点头，便径直往灵宫殿后而去。廷献忙向高医正及众人施个便礼，匆匆跟上她的步伐。

“怎么了？”来到一处僻静的松柏下，朱雀止步回身，直截了当地问道，“我出门云游不下五六次了，家里遣人来找，这还是头一回。出了什么事？”

“也没什么事，”廷献笑道，“只是打从榷娘子出门之后，姐儿就想念得紧，好似心绪还没从以前的事中缓过来似的，觉也睡不踏实，胃口也不怎么好……”

“所以她就打发你出来找我？”

“也不是。还是小人自己想着，姐儿与榷娘子最要好，倘若有榷娘子在身边，或许姐儿心里就会感觉好些。”

“所以你就劝她，把我找回去陪她？”

廷献感到，自己琢磨了好几天的谎言大概很难在朱雀跟前说得圆了，额上出了一点儿汗：“……不是，姐儿知道榷娘子一心想出来透气，所以，无论多么想念，也是不会逼着娘子回去的……”

朱雀挑起了眉毛：“你是说，你是偷偷跑出来找我的？”

“小人……小人原本有别的事出来办，可是小人实在放心不下姐儿，就想着，或许找到榷娘子，跟娘子说说姐儿的情形，娘子自己会愿意回去……”

“廷献，你出来原本是要到哪里，要办什么事？”

“回榷娘子的话，原本是王爷交代小人，来莒县找贩牛皮的严二郎。”

"王爷手下有那么多军将，为何会派你出来经办此事？"

"只因严二郎与小人是同乡，目今牛皮越发紧俏了，王爷要小人去找他，就是要他将好货色都给咱们军中尽数尽快发来。"

"……你不是十一岁就到符家来了吗，怎的会认识这种贩卖牛皮的买卖人？"

"回榷娘子，之前严二郎拉了牛皮来营中时，我听他一口临朐话，与他略攀谈了几句，因此认识了。"

朱雀默然片刻，忽然冷笑一声："廷献，你为你主子，倒真是殚精竭虑。可惜，就算你编排得再滴水不漏，我也不信。你说实话吧，犟娘到底出了什么事？"

自打教授朱雀射箭之后，廷献已经很久没有这样被朱雀逼迫到穷途末路了。他打起精神，勉力笑道："榷娘子这话从何说起？小人对榷娘子、对姐儿都是一片忠心，为何要编排出这些事来？"

"哼，张七爹的门路，是我告诉犟娘的。她若不告诉你，你怎么可能知道？又怎么可能借什么贩牛皮的机会拐弯到这里来见我？"

廷献的汗又出了一层，好在夜色四合，轻易是瞧不出来的了："……榷娘子，这话真是难以启齿……可是，小人就不可能偷听到吗？又或者，姐儿就不可能在哪天闲谈的时候顺便告诉小人吗？小人不过一番赤诚而已，榷娘子这样苦苦疑我，又是何必呢？"

朱雀乜斜着他："看来，你是真的不打算告诉我了。"

廷献默然片刻，语气恢复了平静："小人是个无足轻重的人，榷娘子倘若不乐意回去，不回去就是了。姐儿从来不会勉强娘子做自己不愿做的事，小人更无权请求娘子这么做。……姐儿性情内敛又坚忍，心里便有再大的难处，轻易也不肯向旁人露出来。就这么忍着，忍着，想来早晚有一天，那些难处就都会忍过去了吧。……小人这番不自量力的心怀，原也该叫榷娘子笑话……"

朱雀不语。半晌，长叹一口气："……罢了，你不必再说，我跟你回去就是了。"

翌日清晨。两个年轻的身影一前一后走下瑯琊山崎岖的山道。须发花白的高医正站在山顶望着他们逐渐小如虫蚁，直至隐去，仿佛一个历经沧桑的智者在俯瞰人间。

密州官道。两匹骏马奔驰而过，马上之人轻衣如飞蓬。

又是新的一日。城外潍河边。马在饮水，人在树荫下歇息。

朱雀拿衣袖扇着风，盯着廷献道："……跑得这么急，到底为了什么事，现在可以告诉我了吗？"

廷献无奈苦笑："榷娘子……"

诸葛镇。富安客栈。夜。

廷献轻轻从自己的房间内走出，轻轻关上门，下楼。朱雀也在楼上居住，房间内灯烛尽灭。朱雀站在翕开的窗户后，静静看着廷献步履匆匆离开客栈大门，隐没于街巷。

大通估衣铺内室。夜。

廷献与铺中一个掌柜模样的人低声接谈一番，然后告辞出门。他的眉头皱紧了。

上西街药铺。夜在继续。

廷献敲开药铺的值夜窗口，与睡眼惺忪的伙计交谈几句。伙计不耐烦地上下打量他。他又作揖请求，伙计仍旧推挡。他掏出一小块碎银。伙计收下碎银，懒得再与他纠缠，进去片刻，拿出一小包药来扔给他。廷献将药揣入怀中，匆匆离去。

富安客栈。廷献大睁着眼睛躺在榻上。明晃晃的月光透过客栈窗棂的格子筛进来，扰人清眠。

翌日清晨。市声尚未生发，廷献去敲朱雀的门。

"榷娘子，起来了吗？小人去叫些饭菜来吃了，早些赶路吧？"

房门猛地打开。朱雀穿戴整齐立在门口，似笑非笑看着他："你倒起得早。……昨儿忙乎了一宿，廷献，你辛苦了。"

廷献暗暗心惊，赔笑道：“榷娘子这话，小人听不明白。”

“这话你听不明白？好，那我就说句你听得明白的。”朱雀冷冷道，“今日，我不打算跟你走了，咱俩各干各的事去吧。你该办牛皮，还去办你的牛皮；我呢，还回去找我师父，养息炼气，俯仰天地。”

“榷娘子！”廷献求恳道。

“廷献，咱们也是从小一块儿长大的，可是，在你的心里，恐怕我始终只是个外人吧？”朱雀傲然道，“你什么都不必说了，我也不想再听。咱们就此别过，我到了该回去的那一天，自然就会回去了。”说罢，她决然退身进屋。

房门在廷献面前訇然关闭。

廷献在朱雀的房门外坐了下来。他坐了很久，一直看着半空发呆。客栈的伙计和客人来来往往，都奇怪地看他，他也不以为意。他只知道，自己要把事情办砸了。

廷献回到自己房中，将地下的水罐拎起来，往架上木盆中倒满冷水，然后吸一口气，猛地将自己的脸沉了进去。冷水刺激着他汗热的肌肤，他清醒了。

他抹干脸，下定决心，又去敲朱雀的门。

良久，朱雀将门打开巴掌宽的一道缝：“还有什么事吗？”

“可否容小人进去说话？”

“你能跟我说的，不是早就说完了吗？”

“……小人还没说呢，怎么会说完？”

朱雀定定看他片刻，将身子一退：“进来可以。若还是那几句，就不必说了。”

廷献进了屋，关上房门，不发一言，便向朱雀下拜。朱雀灵巧地将身子闪在一旁，不肯受他这一拜，只冷冷道：“廷献，你若这样来求我跟你回去，是没用的。我不是翚娘，我不吃你那一套。”

“姐儿……”廷献开口道。

“我不是你的姐儿，你的姐儿是翚娘。”

“你是小人的姐儿。小人原本在夫人那边听用，因为你来到符家，王爷和夫人认为大姐儿房中事务多了，需要加派小子服侍，才将小人和承璋调过去的。所以，从你到来的第一天起，你就是小人的姐儿。”

“哼，不敢当，我有五两叫我姐儿就够了。”朱雀仍旧语声如冰。

“姐儿，都是小人素日无心怠慢，才教姐儿心头委屈难过。今日小人就原原本本把什么都告诉姐儿，以期求得姐儿饶恕，这样可以吗?”

“把什么都告诉我?!”朱雀不由奇道，“你到底有多少事在我跟前糊弄着?”

廷献从怀中拿出一个小纸包，双手呈给朱雀：“首先第一桩，是这个。”

朱雀不接，只问：“这是什么?”

廷献低头道：“虽然难以启齿，小人还是要说出来，请姐儿随意责罚。这是……这是蒙汗药。”

“什么?!”朱雀不由变了脸色。

“小人昨夜去药铺买的，推说自己失眠，其实，小人是打算……打算下到姐儿的饭食里。……当然，姐儿雅擅制药，小人使这种下三烂手段，完全是班门弄斧，自知也没有任何胜算……”

朱雀从震惊中恢复过来：“……廷献，你为何想要对我下药?”

廷献坦然道：“因为……因为如果今日姐儿执意不跟小人回去的话，小人实在也没有更好的办法了。”

朱雀警觉道：“你怎么会预料到我今日不肯与你同归的?”

“因为咱们今日所走的路线，将会改变。咱们不再回青州了，姐儿。”

朱雀头皮发麻，不由将拳头捏紧：“廷献，到底发生了什么事？咱们要去哪儿？”

“姐儿，咱们要去澶州。官家下旨赐婚，大姐儿已经出发去澶州与大皇子成亲了。”

一阵令人窒息的沉默。许久许久，朱雀都没有任何动静。

廷献慢慢将头抬起来，发现朱雀的脸上挂着两道泪痕。

“廷献，你吓死我了！”朱雀突然抓起桌上的一个瓷碟，用力砸在廷献身前的地上。破碎的瓷片飞溅起来，扎向廷献的前襟。廷献没有躲避。“我以为她病了，我以为她病重，我以为她要死了，我以为她已经死了！……”她掩面痛哭起来，“廷献，你怎能这样待我……”

朱雀的反应出乎廷献的意料。他之前都想了些什么、做了些什么？他真是多虑了。

“姐儿，”廷献忙站起身，走到她的身边安慰道，“姐儿，都是小人愚钝，枉费心机，遮遮掩掩。早知道姐儿是这样，小人一开始就会对姐儿说真话。小人还以为，姐儿会不愿意去澶州呢……”

朱雀抹着眼泪怒道：“你没想错，便是这样，我也不去澶州！”

“姐儿……”廷献再次气短。

“……你，你还有什么要交代的吗？”

“没有了。小人瞒着姐儿的事，已经全都说出来了。”

朱雀略一沉吟：“好吧，我知道了。既然如此，廷献，你可以回去复命了。她要嫁人随她嫁去，我自过我的世外逍遥日子。”

“小人不回去。姐儿在哪儿，小人就在哪儿。”

“哼，得了吧，犟娘那里少得了你？你这里又少得了她？”

“是大姐儿派小人来请姐儿回去的。大姐儿说，如果姐儿不回去，小人也就不必回去了。”

“那么随你。反正我还有好几座山要去游，你愿意跟着，你就跟着。每座山我都要细细地看，慢慢地住，兴许住个十年八载的，兴许就住一辈子了……哼，廷献，你等得了吗？”

廷献脸上不由微微泛起了笑意：“姐儿，小人等得了。”

三九　蓝田性急

已是初秋七月，暑热未退，节令中盘踞着一只顽固凶猛的老虎。

君贵带着几个随从，从澶州城内整饬一新的南北主街上不紧不慢地驰过。在他成亲之后，就下令将这条街改名为“迎福街”了。此刻，迎福街两旁商肆栉列，市声充盈，一派兴旺景象。在君贵听来看来，尤觉赏心悦目。

镇宁军治所内院。

君贵回到家中。远山正搬了架凉榻在厅堂中缝制秋季薄被，见他进门，忙迎上来致礼服侍。君贵自行松了腰带，顺手递给远山，一面问道：“夫人呢？”

“在书房呢。”远山回答着，替他将外袍脱下，挂在门口衣钩上。

君贵迈步向内走，一路问：“今日我让人给家里送了一篮襄州的柑橘来，夫人吃了吗？”

“尝了一两瓣。”

“她怎么说？爱吃吗？”

“夫人说好吃，要留着给太保做汤水用。”

君贵笑了起来：“呵，空口吃了不好？通共没几个，何必做什么汤水……”

一路说着，已来到书房外。君贵示意远山自去忙乎，自己轻手轻脚进到门内。

他们的书房陈设清雅简洁，最显眼的，是正对书桌墙上挂着的一双宝剑：左为“斫雪”，右为“侵霜”。君贵常用的“惊风”剑不在这里，它通常挂在客堂。

君怜正独自端坐在书案前，面前铺了纸笔，另有芙蓉冻石虎镇纸压着一本书。她似乎已经写了几行字，可是又停了笔，对着那字发呆。

“君怜，又在抄经？”君贵好奇道。

“没有，抄的不是经。”君怜见他进来，脸上添了欢喜，微笑道。

“那抄的是什么？”

“我见你的《阃外春秋》破旧了，就想替你再抄一本。以前，母亲不是也为你抄过一本吗？”

“真的呀？是给我抄的？”君贵闻言甚是欣喜，忙走近书案，“我看看！”

君怜用手捂住纸：“才刚抄了几行，实在不成气候，哥哥先别看了。”

“要看，就算只抄了两个字也要看。”君贵笑道。君怜执意不肯。两人耳鬓厮磨，亲昵争闹半晌，君贵作好作歹将她手指移开了，探头一瞧，不由嘲笑道：“你抄了一天，就真的只抄了这么两句？”

君怜红了脸道：“我原本是想多抄快抄的，可是才刚抄了个开头，就觉得此书颇有玄机，竟顾自看起来，忘了继续替你抄了。”

君贵来了兴趣：“此书有什么玄机？你说给我听听。”

“刚看，还说不好。你总得容我先看完。”

“那你可得快点看，我已经等不及要与你探讨了。”

君怜笑道：“好好的，我就不该预先教你知道，竟平白替你添了个牵挂。你就当我没说过这话吧，成不成？”

君贵不肯放弃，摇头笑道："不成。"

君怜不理他，站起身，去一旁倒了盏冰糖柑橘汤来递到他手中，因说道："前日咱们去郊外猎场跑马射来的那十几只野雉，我教唐妈妈安排厨下腌起来了。唐妈妈制腌物是一绝，少时制好了，你拿去分给曹瀚、林远他们吧，我听说，曹瀚的母亲喜好腌食。"

君贵奇道："怎的你连这个都知道？曹瀚跟了我这许多年，我就不知道他母亲喜好这一口。"

君怜笑道："哥哥心中装的都是大事，不知道这个打什么紧？"

君贵也笑道："既如此，届时你就自己分送去。主官娘子出面打的赏，可比主官亲自打的赏金贵多了。"

君怜一笑，因问道："今日可有什么事吗？"

君贵笑道："有桩大事。今日父皇下诏褒扬我了。"

"真的？褒扬哥哥什么？"

君贵从怀中掏出一张朝报："前些日子我不是上疏，请求将属州内那些大户影占的什么羊、猪、纸、炭、红花、紫草等贫下户的差役都放免为散户吗，父皇下诏允可了，诏令里夸我体恤民力。"

"那好呀，哥哥这些日子在州衙里没白忙乎，可以歇息歇息了。"

君贵叹口气，坐下来道："今日在州衙接到朝报，原本我也是这么想。可是后来王朴来找我，又说了一堆烦琐的公事……"

君怜奇道："怎么了？"

"……我将王朴升作节度掌书记后，原先拖延不决的许多政事，就纷纷提到了议事日程上来。可是也不知怎么回事，提出来得越快，后面牵扯出来的事情反而越多。我们俩议了大半日，从征税的量斗怎么统一，议到张美提过的雀鼠耗的计算，又议到州境内的盗匪如何剿复，又议到王赞上旬查办的一桩银楼杀人案，又议到州南永平寺报官挂失的前朝御赐七宝袈裟，又议到城外秋山上新建那两所没有敕额的寺院……总之没完没了，就没一桩是能麻利处置完毕的。也真是奇怪了，在我看来明明简单直接的一些事，为何交予底下人后，要么就延宕着不去办，要么办是办了，却办得不成样子，成事不足，败事有余。……嘿，我与王朴说得口干舌燥，倒有一多半的时间都是在为人手而发愁……”

君怜抿嘴一笑，神色中大有不以为然之意。

君贵奇道：“你笑什么？”

君怜道：“我笑哥哥可算遇到个跟自己一样的急性子了。你们这般声气相投，相见恨晚，天下的痴顽之辈哪里还能容在你们眼里呢？”

君贵语塞：“那……要依着你，我该怎样？”

“聪明人往往见不得笨人，急性子往往见不得慢性子，”君怜笑道，“总以为别人说话、做事，都该像他们自己那么聪明、那么快才对。……可是，聪明与愚钝、迅捷与舒缓，都是人情的应有之态，上苍将它们生在这世间，岂能没有道理？哥哥总不能为此跟老天爷怄气吧？”

君贵笑道：“我不过性急一些，你就抬出老天爷来批驳我？”

君怜也笑道：“岂敢？……我给哥哥讲个故事吧，哥哥愿不愿意听？”

君贵道：“好啊，你快讲，我就爱听你讲故事。”

“晋朝有一个人叫王述，因他袭了祖上蓝田侯的爵位，时人便又叫他王蓝田。《世说新语》里记载说，王蓝田性子很急。有一次吃鸡子，夹不起来，他就索性用筷子去戳。可是，戳也戳不住。王蓝田于是大怒，一把将鸡子摔到地下。没想到，这鸡子掉到地下竟不碎，还滴溜溜原地转个没完。王蓝田便离席下地，以木屐的屐齿去踩碾它。可是这鸡子就像成心跟他作对似的，他气急败坏踩了半天，居然踩不到。王蓝田气得瞪圆了眼睛，一把将鸡子捡起来放到嘴里，猛一口咬破了，然后吐到地下……”

君怜说罢，忍住笑，也不看君贵，望空说道：“……就是这么个故事，哥哥，我讲完了。”

君贵哭笑不得：“你讲这故事，是用王蓝田来比我吗？”

“不是。”君怜含笑摇头，“我只是在想，要治住那只鸡子，原本有好些法子，何必非得用筷子、屐齿这类最不合用的工具呢？你看，王蓝田性急成那个样子，最后就忘了自己的初衷，鸡子拿到手里，也赌气不吃了……”

君贵目光灼灼地看着君怜，片刻，拉过她的手，轻声道：“……知道了。我听你的还不成？”

君怜温柔一笑：“嗯。‘胜人者有力，自胜者强。’这个道理，哥哥比我明白。”

君贵不由笑道：“我还道你只是多记释家典语，却原来对道家真言也是张口就来呢。”

君怜道：“不过恰好记得这一句罢了。”因又想起一事，便笑道，“对了，哥哥既爱黄老，朱雀那里还有几本外间少见的道家经籍，待她来了，我向她要了过来，也慢慢抄给你。”

一句话提醒了君贵。君贵道：“正是呢，说到榷娘子，她每次出游时间都这么久长吗？她如今到哪儿了，你们竟也放得下心来？”

君怜道：“有廷献在，一切无妨。前日得到廷献传回来的消息，他们目下到了崆峒山，或许再有两旬一月的，也就该来了。届时有了明确的信儿，我就遣承璋去将五两和她的一应书籍、瑶琴及其他细软物事接取了来。”

君贵不由笑道：“呵，你家榷娘子真是散仙做派，浊世之中，如此自在。”

君怜道：“我也正要跟哥哥说一说她呢。朱雀天性傲物不羁，若果真来到咱们家长居，日常相处，难免会哪句话高低不当得罪了你，届时，求哥哥务必看在我的颜面上，不要计较才好。朱雀是个极聪明的人，你若真心待她好，她自然心里雪亮，早晚会跟你熟络起来。到时候，她就不会像以前那样，对你爱答不理的了。”

君贵不由哭笑不得：“你这可真是看扁我了，你荣哥哥是会计较那种小节的人吗？”

“不是不是，”君怜忙道，“是我说错了，我原不该以小人之心，度君子之腹。”

君贵含笑看着她：“……嗯，知道错，就好办了。”

东京。皇宫。滋德殿内。日间。

官家郭威与众枢臣议事。

不久前，刚刚进行了一轮人事调整：以枢密使王峻为尚书左仆射兼门下侍郎、同平章事、监修国史，充枢密使；以枢密副使、尚书兵部侍郎范质为中书侍郎、同平章事，充集贤殿大学士；以户部侍郎、判三司李榖为中书侍郎、同平章事，判三司。后来，又诏宰臣范质参知枢密院事。而原来的司徒兼侍中、监修国史窦贞固，以及司空兼中书侍郎、同平章事、集贤殿大学士苏禹珪，都被罢了相，依旧守其本官。经过这次换血，所有中枢要职上的人就都是官家郭威的亲信了，旧朝遗老们被排挤出了核心权力圈。

关于河东刘崇的话题，已经议到了尾声。刘崇正月在晋阳自立为帝后，便循后晋石敬瑭故事投靠了辽廷，奉辽主兀欲为叔皇帝。而后，便有好几次河东与契丹联兵进攻汉周交界一带的城池。晋州、隰州、潞州，都是刘氏攻击的重点。

在如何对待刘崇的问题上，官家郭威与枢密使王峻有过分歧。王峻原本主张趁着新朝开创之威势，一鼓作气打到晋阳去，彻底解决掉这个隐患。郭威不赞成。他认为皇朝刚刚建鼎，人心虚浮，而河东实力雄厚，又有契丹做后台，恐一时半会儿难以攻下。倘若局面成骑虎难下之势，反倒会催生国中外藩的妄念。倘若刘崇再越过中原国土结交西蜀、南唐等边国，则大周势必陷入腹背受敌的困境。新朝的重中之重，是安定民心，抚平藩情。所以在对待刘崇的问题上，要以守为攻，待国朝根基深厚、时机成熟，再寻求一战除患。

今日关于河东的议题，其实是这个大背景下的一个小话题。日前潞州来报，在涉县与河东军的交战中，擒获了两百个河东军士。今日，负责献俘的潞州军将入朝递表，战俘已经解到，请求官家下旨发落。

王峻的意见是全部杀掉，因为这些人久在刘崇统御下，必怀异志，对于中原官家没有归诚之心，不可能编入禁军或乡军以供驱遣，而倘若放归，日后又是侵扰中原的生力。大内都点检郑仁诲、中书侍郎李穀和参知枢密院事范质均不赞成，说天朝新立，正要行几件得人心的仁政来教世人感戴天子的胸怀，主张将河东俘虏编入下军，以观后效。

郭威耐心听他们争执半晌，方发话道："卿等先不要争了，传朕旨意，宣几个俘虏的头目入殿来见。"

未几，六个绑得严严实实的战俘被推入殿中，按倒朝上跪拜。只见他们面目肮脏，衣衫褴褛，浑身上下只有眼睛里头还有两块白的地方。

"哼，一群悍匪！"王峻冷笑道，"若非助纣为虐，原本何尝有资格朝阙面君？倒脏了这金殿的地面！"

郭威俯瞰着这些浑浊不堪的俘虏。两年之前，也在这里，他曾经向当时的皇帝刘承祐敬献过一批战俘。当时，刘承祐二话不说，命侍卫立时将他们全数斩首于金殿之外。那原本是他精挑细选的顺服、强壮之士，他一片赤诚，亲自调教，要献给刘家小皇帝以充卫跸之数……

"你们都是河东人氏吗？"郭威问道，声调平平。

众俘惶恐相顾，不敢作答。押解他们入殿的禁军指挥踢了其中一人一脚："回答陛下的问话！"

"回陛下，我们……臣等……都是。"其中一个鼓起勇气答道。

"刘崇素日待你们，想必也是有恩义的。"郭威又道。

"不，不，没有……不是……臣等早几年便在晋阳从军为国征战，并非刘主私人。"俘虏又答。

"哼，不承认他的好处，岂非忘恩负义？"王峻冷笑道。

"陛下，臣等军阶低微，刘主的恩义，尚落不到臣等身上。"又有俘虏回答。

郭威叹了口气："两军对阵，各为其主，你们替刘主与大周打仗，朕不怨你们。朕且问你们，倘若今日朕将你们放还河东，你们有何打算啊？"

众俘喜出望外，频频相顾后，便七嘴八舌道：

"倘若真能放还，臣等必定归乡务农，再也不出来替刘主卖命了！"

"臣等回去，一定大力宣扬陛下的仁德，教乡邻都知道郭家天子的好处！"

"臣等天天往汴梁方向拜八拜，求老君保佑陛下万寿无疆！"

…………

郭威颔首，对郑仁诲道："两百俘虏，每人发一套衣衫鞋袜，再送回潞州放还。这事你来监督。"郑仁诲领命。郭威又向押解他们的禁军指挥道，"将他们领出去，全都松了绑，给顿饱饭吃，不可打骂。"指挥也肃然领命。一众河东战俘千恩万谢，行礼退出。

一时献俘事毕。李穀上前奏道："陛下，马彦的案子，已经拖了很久了，百官都在观望，御史台那边恭请从速圣裁。"见官家在勉力回想，李穀便提醒道，"考城县巡检、供奉官马彦，公然藏匿皇朝建鼎大赦令，对天家浩荡恩德置若罔闻，私自决杀狱囚……"

郭威点点头，问道："御史大夫怎么断？"

李穀揖道："欺君矫诏，欺公罔法，律当弃市。"

弃市就是在闹市公开处决犯人并将尸体弃置街头示众。新皇帝要示恩，广施阳光雨露，有人偏撑起一把黑伞拦着，不让阳光雨露降下来，这是对新皇权的公开藐视。

郭威淡淡答道："准。"

范质又奏道："陛下，臣也有一事。上月已经奏准，以七月二十八圣诞日为永寿节。目下永寿节将近，外藩刺史与节度诸人，纷纷请求入京朝贺。谁可允，谁不允，请陛下示下。"

郭威沉吟不语。永寿节朝贺的事，范质不是第一次在御前提，名单也早就汇总到了枢密院。王峻迟迟不把名单呈给他批阅，不知有何用意。他不动声色看向王峻。

王峻揖道："陛下，此事臣早有计较，皆因这几日忙着稽核各州制造呈贡的军械，还没来得及禀告。少时……"

"不必少时了。秀峰，你现在就将你的计较大致给朕说一说，"也许发现自己的语气有些强硬，他又和缓道，"让朕心中也先有个计较啊。"

王峻忙道："臣以为，这是皇朝建鼎后第一次恭贺永寿节，东南西北中五方大藩必须到场，因此，青州符彦卿、河中扈彦珂、邺都王殷、郓州高行周，这几个人的奏请是应当允许的。其他的嘛，定州孙方简、洋州郭崇，素有功劳，也当允奏。"

郭威点头："还有吗？"

"没了。臣以为，有这些就足够了，这么些大藩名臣齐聚，已是前朝也不曾有过的鼎盛之态，再多，京城也容不下。其他外郡，教他们斋戒礼拜，遥表忠心就可以了。"

"……澶州上表奏请来朝贺了吗？"

"澶州嘛……表倒是上了，不过臣以为，澶州是个小州，近月也没有什么大的功绩，不足以列入允朝的名单之中。"

“……便是荣哥儿以皇子身份来朝也不行吗?”

“但荣哥儿现在首先是皇朝的藩守!”王峻严肃道,“倘若允了澶州所请,其他比澶州等级高、功劳大却不能来朝的外郡难免心生怨望,以为陛下偏私自己儿子,不以皇朝法度规矩为重,随意破例……届时,荣哥儿朝圣的一番忠孝之心可就适得其反了。”

郭威沉默良久。

李穀等心中不忍,也不理王峻,向上揖道:“陛下,其实允许太原郡侯来朝,也不是什么大不了的事……”“陛下圣诞,皇子亲贺,原本就是天经地义的……”

王峻怒道:“你们这话什么意思?陛下难道……”

郭威摆摆手,淡淡道:“不必再争了。澶州的奏请,不允就不允吧。”

四〇　冰糖柑橘

崆峒山山脚下。豆腐镇。

廷献跟随朱雀从一间挂着“生风阁”字号的成衣铺中走出。朱雀放下面纱遮住脸，步履匆匆。

“姐儿，”廷献紧走几步，追到她身侧，“咱们还是先回客栈去歇歇吧。兴许歇过晌午，掌柜的就回来了呢？”

朱雀停步蹙眉道：“怎么这家掌柜的天天往外跑，自己的店铺，自己倒不看着？”

廷献解释道：“他家伙计不是说了吗，再有十日就是永寿节了，他们掌柜的到县城衙门里头替县令改制礼服呢。”

“朝服难道不是朝廷发放吗？”朱雀疑惑道。

“兴许是旧的已经有了破损，要等新朝服发放却等不起，只得自己想法子补缀吧。”

朱雀点点头：“也对，穿着破损朝服为官家圣诞斋戒礼拜，那是大不敬的。”

廷献又道：“姐儿真的认为他家那花纹，与姐儿要找的是同一个样式吗？”

“管他是不是，总要当面问他一问，我心里才放得下。”

“可是，那日姐儿当街将那郎君拦下时，小人看他衣衫上绣的鸟纹，却与姐儿之前给我看的画样不大一样。”

朱雀道：“你觉得不像，原也正常。因为我画样上的鸟纹，只是我自己凭记忆学下来的其中一幅而已。青鸾当年绘制时，喜欢随性更改，有时候鸟尾巴上翘，她便说是朱雀，有时候鸟脖子长些，她便说是青鸾。唯一不变的是翅膀。她画的所有鸟纹，每只翅膀上永远都是三根羽毛，在每根羽毛的根部，一定还会有三根绒毛。那日，那人衣衫上的鸟纹，就符合这两个特点。”

“所以姐儿就认为，或许他这衣衫的纹样，跟青鸾有些关系？”

“嗯。青鸾自小心灵手巧，又会画画，又会针黹，又会抚琴。尤其是画画，别看她年纪小，以前我母亲的好几幅手绢，上面的牡丹绣球，都是她画了再亲自绣成的。我想着，倘若她真的逃出命来了，嫁给裁缝，也算是顺理成章的一个选择吧。”

“青鸾当年是八岁？”

“对。”

“……到如今二十，也合该嫁人了……”

“嗯。”

廷献掂量着，好声好气道：“……不过，倘若晌后问了掌柜的，问不出端的，姐儿也别难过才是。”

朱雀瞥他一眼：“那何须你来说？本来就是大海捞针，希望渺茫的。”

“是是……”

两个人没再说话，脚步倒是放缓了，沿着街道向镇外走去。

晌后，朱雀与廷献再次从生风阁内走出。

廷献小心翼翼地看着朱雀。朱雀整整帷帽，放下面纱，潇洒地一笑：“哈，不是就不是，有什么大不了的？”

廷献不敢接话。

“走吧，”朱雀打起精神道，“崆峒山没什么好游的了，咱们去下一座山。”

廷献站着没动，满脸为难的情状。

朱雀重又掀起面纱，奇道：“怎么了？是我没找到妹子，你苦着脸沮丧什么？”

廷献道：“姐儿，小人不是沮丧，小人是有一桩极为难的事情，不知如何说与姐儿知道……”

“怎么了，你主子捎信来催你回去了吧？”朱雀道，“无妨，你尽管回去好了。我还没逛够呢，我可不跟你走。”

“不是。”廷献抿起嘴唇，欲言又止。

“那是什么事，值得你这样吞吞吐吐的？”朱雀瞪着他。

“姐儿，咱们没钱了。”廷献鼓起勇气，小声说道。

“啊？怎么会？”朱雀惊讶道，“我这次带出来五十两银子，二十两照例孝敬给了师父略表心意——虽说师父总是不肯收，可是食宿车马，总不能老让师父为我破费吧？剩下的三十两，我原封不动都给了你啊。我听五两说过，三十两银子，都够他们乡间亲戚一大家子过一年了。此外，你出来办事，也总得在身上带些银钱吧？把咱俩的银钱加起来，难道还不够用的吗？”

廷献苦笑道：“姐儿，你知道咱们已经在外面晃荡多久了吗？”

“多久？”朱雀仰首望天，快速心算，“打从你找到我，约莫……两个月吧……”

廷献点头：“嗯，两个月。这两个月，咱们每天都要住店，要吃饭。小人为了不委屈姐儿，每次住店都给姐儿要的是最好的客房，吃的也是最精细的食物……”

“可是……”

“……咱们还有两匹马儿要养护……有时候，咱们还要雇车、雇船；此外，今年天气太热，姐儿带出来的夏衣穿不住，又替姐儿添了几身更薄、更凉快的夏衣；有时候，姐儿看中了街市上的好玩意儿，小人不敢有二话，自然立马就去替姐儿买下来；姐儿请人雕那块奇石，也费了不少工钱；还有，为了教姐儿巩固射术，又替姐儿买了辽邦出产的良弓和无数的羽箭来练习……这些，不都得花钱吗？”

“那咱们现在到底还剩多少钱啊？”

“不瞒姐儿说，咱们的银子早半个月前就用光了。”

“早就用光了？那为何……”朱雀板起了脸，“廷献，你这话什么意思？我听不懂。”

“实话报知姐儿听，小人已经向王爷在北线的密使要过三次银子了。”

“啊？你去问别人要钱？!”

“是啊，小人也是没法子才出此下策的。小人的脸皮就算比城砖还要厚，可以死皮赖脸再要去，但姐儿和大姐儿面上须不好看。故此，今后姐儿你就是打死小人，小人也决不再去要了……”

朱雀一时语塞。顿了片刻，忽然眼睛一亮：“那咱们采了草药制成药丸卖！师父说过，这也是江湖上的一门大营生呢。”

“可是咱们没有工具啊……”

“那你赶紧到外头买去呀！”

“可是咱们没有银子啊……”

朱雀的脸像是被冻住了，使劲敲的话，能敲下一串冰凌子来。

“那你什么意思？你到底想要我怎样？”

廷献低眉顺眼，小声道：“小人想要姐儿怎样，姐儿还用问吗？”

朱雀怒道：“廷献，你是不是故意这么快就将钱全部花光的？”

“小人不敢。”

“住店住店，也用不着每次都住最好的客房嘛……”

“可是姐儿每次都宾至如归，很满意啊。”

“那吃饭也用不着吃那么精细那么好呀……”

“姐儿知道的，小人又不是承璋，小人于吃食上向来要求简单，都是为了不委屈姐儿，才坚持着每餐四菜一汤的标准的……”

朱雀气为之沮。

“姐儿，小人还有最后一招。”廷献见她即将大不怿，忙又殷勤献计道。

“说!”

“小人每天去街市上打把式练拳！这也是江湖上的一门正经营生。小人坚持每天出街练，风雨无阻，应该多少能挣出替姐儿糊口的钱。……只要姐儿能温饱，小人便两天吃一顿，也是没有关系的……”

朱雀又气又恼，哭笑不得：“廷献，真有你的，还会使苦肉计了。”

“小人都是一片忠心……”

“我呸!”

“姐儿息怒。请姐儿体谅小人的难处，小人已经走投无路了。实在不行，就只能把小人卖了，兴许还能换两个钱。可是把小人卖了，谁来照顾姐儿呢……”

“廷献!”

廷献收敛面容，郑重下拜道：“求姐儿看在小人这两个月尽心事奉的劳苦上，跟随小人回到大姐儿身边去吧。大姐儿着实想念姐儿得紧，难道姐儿就一点也不记挂大姐儿吗?”

朱雀不语。半晌，长长叹口气：“……罢了，那我就再投奔她一次吧。”

廷献闻言，喜不自胜，再拜道：“小人叩谢姐儿垂怜。”

“少来。”朱雀不屑道，“哼，廷献，你耍的花样，桩桩件件，都逃不过我的眼睛。你可记着，咱俩没完。”

廷献勉力忍住嘴角的笑意，肃然道：“是是，姐儿只要留着小人这条命，回去之后，姐儿尽管天天跟小人没完都行。”

澶州。镇宁军治所后营。

厢房内，庭院中，承璋和五两等仆从进进出出，抓紧时间收拾打理从青州带来的朱雀的一应细软，替她布置房间。

书房。君怜在抄写《阃外春秋》。君贵在她身旁踱来踱去，面色不怿。君怜停下笔，抬起脸看着他："哥哥有心事？"君贵"嗯"了一声。君怜点头不语，只默默看着他。

君贵蹙眉道："马上就是永寿节了，我上表申请回京朝贺，竟然被枢密院给驳了回来。你说，这是什么意思？"

"没有说理由吗？"

"没有。我想着，咱俩新婚两月余了，尚未拜见过父皇和德妃孃孃，这次正好趁着祝贺永寿节回去一趟。……我可实在想不出来，他们有什么理由不让我回去。"

君怜沉吟道："王枢密主理全国军机，不让你回去，想必是他的主意。"

君贵道："自然是他的主意！父皇什么都迁就他，他就越发跋扈了。我真是不懂，父皇为什么听凭他左右朝局……"

君怜忙劝慰道："哥哥何必气恼？父皇是什么人，岂是区区一个王枢密左右得了的？父皇迁就他，想必有父皇非迁就不可的道理。难道父皇还会真的被他辖制住不成？不允朝贺，这必定也是父皇的意思，咱们只管听父皇的，也就是了。"

君贵不忿道："我与父皇，既是君臣，又是父子，君臣有大义，父子有天伦，他王枢密凭什么……"

君怜将一沓抄好的书页放进君贵手里："好啦，哥哥别生气了。来，看我抄得如何？有没有什么错漏之处？"

君贵便收敛了怒气，与君怜并坐于书桌前，细看那些书页。"你这一笔好字，当真字如其人。"君贵翻阅着，不由赞道。

君怜偏头看看他，略一思索，挪走自己的字纸，将一张四尺宣重新铺在案上，又拿一支狼毫斗笔饱蘸了浓墨，含笑递到君贵跟前："哥哥，你也写几个字给我看。"

君贵接过笔来，笑道："这是为何？"

“不为何，就想看看。”

君贵捋好衣袖，悬笔道：“写什么好呢？”

君怜道：“什么都行，我还没见过你正经写字呢。”

君贵笑道：“你这是在考我？”

君怜含笑不语。

君贵略为沉吟，悬腕挥毫，提气写就一行墨书。君怜看时，是“风入四蹄轻”几字。“这是杜工部写名马的诗，”君贵道，“这句我尤其喜欢。怎么样？”

君怜抿嘴一笑，背诵道：“‘竹批双耳峻，风入四蹄轻’，‘骁腾有如此，万里可横行’，好诗。”又指着这刚写的墨迹评道，“劲瘦狂放，意深力厚，好字。”

君贵笑道：“我这考试，看来是通过了？”

君怜不搭这茬，却揶揄道：“这么说来，当年母亲为了教导你，真不知付出了多少辛苦……”

君贵笑道：“这是什么话？我有那么顽劣不受教吗？”

两人正说笑着，采儿欢喜地跑进来禀告：“姐儿，朱雀……権娘子回来了！”采儿之所以半截改口，是因为君怜前几日特意严肃地吩咐过，此番待朱雀归来，他们必须时刻事她以主家之礼，以前没大没小时叫过的闺名“朱雀”，从此不许再称。

君怜一听朱雀来了，忙起身拉了君贵道：“走，咱们快去门口迎她！”

治所的前后院之间，只有一道月亮门相通，前院是衙署，后院是家室。廷献便陪朱雀站在这月亮门门口，等待此间的主人相邀。

君怜拉着君贵快步奔出，来到朱雀跟前，先伸手去拉她的手，笑道：“権娘，你回来了！”

朱雀原本垂着面纱，此时便掀起来，堆起一个僵硬的笑容道：“犟娘，恭喜你。”

若依她性子，她本不肯向君贵致礼，可是既然投奔到人家屋檐下，不理睬主人家却是无论如何也说不过去的。因此，她便维持着这僵硬的笑容又转向君贵，勉强道：“大皇子，也恭喜你。”

君贵忙笑道：“榷娘子一路舟马劳顿，快请进来再叙吧。”

这里廷献便向君贵和君怜下拜：“小人见过太保大皇子，见过夫人。”

君贵点头。

君怜温言道：“起来吧。廷献，你辛苦了。”

廷献道：“小人应该的。”说着站起身，发现君怜正含笑看着自己。两人默默交换了一个眼神，君怜微微颔首，廷献如释重负。

当下君怜与君贵将朱雀引入内院。君怜拖着朱雀的手，一路走，一路告诉她衙署内院各间房屋的用途，走至东厢房门口，君怜笑道：“朱雀，以后你就住这里好不好？澶州衙署后苑小，不能单独给你一个小院。可是这里离正房近啊，有事，咱们俩推开窗户就能互相见到。你看可以吗？”

朱雀道：“嗯。”

欲待进屋，君怜拉着她道：“先别急着进去，让她们再拾掇拾掇，咱们去堂屋坐坐，大家叙叙别后的情形，可好？”说着，她又瞥君贵一眼，“哥哥，咱们走吧。”

三人便到堂屋去坐下。五两等仆从上来向朱雀行了礼。朱雀对五两道：“五两，去找廷献要我的包袱，把里面那件礼物拿过来。另有几支泌州珠花钗，是给你们几个的。还有一包安州的糟鹅掌，是给承璋的。你都拿了去吧。”五两欢喜地致了谢，出门去了。

未几，五两捧了一只红漆木匣子来。打开看，里面是一座精工镂雕的玉石小房子，白腻油润，水光清透。朱雀将玉石小房子的屋顶整个儿拿起，对君怜道：“这是我在独山采到的奇石，请当地名匠雕刻而成。我名之曰‘玉巢’，又名之曰‘文房’，你正可拿它来放置文房四宝。……‘之子于归，宜其室家’，就以此物，祝你们琴瑟百年吧。”

君怜大为惊喜，看君贵一眼，欢然道：“亲采美玉，已是难得；赋形具器，更显情笃；最难得的，是你命以佳名的这番用心。‘玉巢’二字最妙，真真我所大爱。”于是忙与君贵一起将“玉巢”取出，捧在手中细细把玩。

正赏着，采儿端了几盏汤水上来。君怜放下“玉巢”，邀道：“朱雀，你尝尝我这冰糖柑橘汤如何？我原本不会做，依稀记得你以前说过的方子，每样配料的数量也不知对不对，就等着你回来指教我呢。”

朱雀便端起来呷了一口，放下，蹙眉道：“冰糖放多了，香叶也放多了。”

君怜道：“难怪我觉着有些腻，喝不下去。”

君贵笑道：“我尝着却挺好啊。”

朱雀道：“大皇子或许是偏好甜口的。”

君贵道：“也不尽然，糖渍的果子我就吃不下去。”

朱雀淡淡道：“那么必定因为这是君怜制的，所以你爱屋及乌，觉着怎样都好。”

君怜红了脸，瞥一眼君贵，轻声止道：“朱雀……”

君贵却不以为意，反而笑起来：“権娘子说得对！我就是因为是君怜制的，所以才觉得分外好喝呢。”

朱雀想起上次他们分别时，这人还只是君怜的义兄，自己与君怜同进同出，他不过在外围护卫一番。如今他俩成了一家人，自己倒多余靠边站了——他还要故意显得他跟君怜更亲密些！朱雀心下顿时老大不痛快，不由冷淡道：“调制汤水也是一门技艺，好不好，是有定准的。”

对于朱雀，君怜不知为何原本有些歉然，似乎自己不在闺中陪着她，却急急忙忙又嫁了出去，对她们的金兰之情是一种背弃。因此之前廷献托人回报说朱雀不肯即来，君怜是早在意料之中的——朱雀必定憋了满腔的恼怒，怎肯轻易妥协呢。及至今日见了朱雀的礼物，君怜才相信朱雀已经接受事实，并且准备跟自己修复关系了。万万没想到，朱雀只与君贵略交谈几句，就变了辞色……

君怜心中感到不妙，忙道："你们先别评了，容我再尝尝，或许果然是太甜了，那就改改方子。早说过，我原本就不会调制，都是胡乱对付的……"说着，她便端起面前的杯盏喝了一口。

朱雀与君贵都看着她，等她的下文。君怜将那汤水含在口中细细品味，久久不咽。朱雀不由笑道："一口柑橘汤而已，何至如此？"却见君怜眉头一皱，忽然伸手挡住嘴，将刚入口的汤水全数吐到了地上。

"君怜，你怎么了？"君贵和朱雀见状，脸色大变，忙上前扶住君怜，"哪里不舒服？"

君怜摇摇头："不知道，就是忽然……觉得难受。"

"怎么难受？"

"头晕，肠胃也不适……"

"瞧你这身子骨，还不肯继续吃我的养生丸！"朱雀不屑地数落两句，拉过君怜的手来把脉。

君贵便忙着试君怜的额头烫不烫。

朱雀把了片刻脉，疑惑道："你这脉象好奇怪，也不像是有什么病，怎么会……"

这当儿，君贵忽地释然一笑："不必悬心了，我知道是怎么回事了。"他大声向门外吩咐，"来人，去将吴医正请来！"

广顺元年七月二十七日，作为皇子荣一家敬献给父皇郭威寿诞的最好礼物，皇子妇符氏有喜的急报抵达东京禁中。

七月二十八日永寿节，天子特使郑仁诲驰赴澶州，赐皇子荣及皇子妇符氏内府金银锞子二十匣、福禄寿喜纹样彩缎二十匹、虎头鞋十双，并特谕皇子妇、太原郡夫人符氏宽心保养，万事以皇族后嗣为重，府内外大小事务，能交托的尽量交托旁人，不可过于操劳。

四一　义深追崇

东京大内。一队内侍与宫人簇拥着皇帝的御辇在空旷的御道上行走。上午的阳光将这支服色鲜明的队伍的影子投在灰白的石板上。人影斜斜，随御辇的起伏节奏而整齐摇荡。

官家郭威在福宁宫宫门前下了辇，迎候在门前的德妃董氏赶紧带着雁儿上来致福。他们天天在一起，日常的礼节是简单的，并不需要像前朝那些久旷的后妃般，对好不容易守到的车驾郑重其事地进行跪拜。

郭威欣然抱起雁儿，迎着德妃关切的目光点点头，示意她跟随自己进去再说话。

福宁宫是德妃的居所，呈“工”字形建筑格局，有庭苑，有围墙，其主殿就叫福宁殿。郭威平时退朝回到内苑，在自己的正居滋德殿养息的时候少，反而是到福宁殿来的时候多。

雁儿已经一岁半，不耐烦被人久抱，在郭威怀中挣扎着要下地。郭威笑着哄道：“雁儿不要闹，都要做姑姑了，可得学些规矩才行啊。”雁儿置若罔闻，叫唤两声“爹爹”，只拿手拨拉郭威的眉毛胡子玩。

德妃笑道：“雁儿才多大点小人儿，官家跟她说这些，她哪里听得懂？”

郭威道：“待皇孙诞下来，雁儿就听得懂了。”

德妃嗔道：“官家也未免太性急了！君怜那边有动静还得大

半年呢，生下来再教都来得及。雁儿又不记事，早上教了晚间就忘，管什么用？”

郭威忽然不说话了，片刻，自嘲着叹道：“唉，许是忽然觉着自己老了吧，膝下没有孙辈，心里实在发慌，所以着急。”

德妃听他语意低沉，怕他伤怀往事，忙笑道：“都是臣妾的不是，把话给引岔了。官家如今正当其年，身强体健，精神头比谁都好，哪里有丝毫与‘老’字沾边处？将来儿孙满堂，只怕官家还逗弄不过来呢。……对了，臣妾还没问正事，今日官家去太平宫问候李太后，太后一切都好吧？”

郭威点头：“太后日子过得淡，起居倒是正常，跟上次见着没什么两样。”

德妃笑道：“臣妾定期省视，有什么不周到的、短缺的，臣妾必定会想着料理，官家可以放心。”

郭威叹道：“我看太后守着个病恹恹的刘勋，日子多少还有些内容。异日倘若……她怕是也……”

德妃听他话题又往伤感了去，忙命宫人将雁儿领走，又命点了细茶呈上。打了一回岔，方才笑道：“这几个月，咱们皇家的几件大事一办，臣妾的心头松了不少，官家也该好好缓一缓了。”郭威点头不语。德妃继续说道，“……尤其上个月，冯道领受了太庙四室的宝册出发去西京行礼，太常寺又改定了郊庙的乐舞之名，更是让人觉得蔚为大观。宗庙一旦立起来，咱们大周的运祚昌盛繁荣，那还用多说吗？”

郭威沉吟道：“你说得对，宗庙是一朝血脉之根本。寻根溯源，追尊皇祖，也是皇室自固的大义。不过，宗庙之外，其实还有一件皇家大事，你想到了吗？”

德妃心念急转，努力检讨自己不周到的地方，一时不敢作答。

郭威淡淡一笑：“还有英娘。”

德妃猛然醒悟。柴氏英娘是官家的元妻，又是荣哥儿的母亲，官家封了遇难的张氏为贵妃，封了自己为德妃，那么，他会将什么样的位置留给英娘，不是显而易见的吗？

德妃起身敛衽，惶然答道："臣妾愚钝，皇后之位空虚已久，臣妾没能早日敦请陛下追封柴姐姐，是臣妾疏漏，请陛下降罪。"

郭威摇摇头："你不必自责。我说过，事缓则圆。追封英娘的事，无须你提醒，我时刻不忘。可是此事并非急事。我须得将之前那些急切的事先办了，才能妥妥办成此事。"

德妃心中愧疚惶恐，不由垂泪道："只是……臣妾疏漏至此，有负陛下交予的六宫重托。"

郭威叹息道："裕娘，你以德妃之名，行六宫统领之实，原该在心里对这些大节有过计较才是。恐怕是因你不知我的心意，所以不敢胡乱开口吧？"

董德妃越发伤感泪下："陛下，臣妾的德行鄙陋，原本是不配居首的……"

郭威笑道："好了好了，我又没说什么，怎么还哭个没完了？……我且问你，珍娘是你的乡姊，当年她在世时，还曾再三向我荐你来帮忙持家。如今我也要追封她，你看封什么为好？"

珍娘就是郭威在柴英娘之后的继室杨氏，与董氏原是同乡。提起杨珍娘，德妃更是难过："没有杨姐姐向官家力荐，官家不会巴巴跑到洛阳来寻访臣妾，也就不会有臣妾的今日。官家追封她什么，全凭官家做主，臣妾顺序原本在她们几位之后，绝不敢对此轻置一言。"

郭威苦涩地一笑："你不愿说，就罢了，我自为之吧。对于故去的人，再高再多的封号也于事无补，不过是教活着的人心安罢了。只是她的墓冢陷于太原刘氏境内，要迁葬回来，却难了……"

德妃道："先追封，待将来收复河东之后再迁葬，也是一样的。"

郭威点点头，停顿片刻，又道："三姐儿是英娘所出，此番我也要随着英娘的封赠一并封她为公主，你看好吗？"

董氏抹去泪水道："早该如此，都是臣妾不周到。"因又说道，"其实，臣妾心中还有一事，久想与官家商议，不知官家能否一听……"

郭威道："好，你说说看。"

德妃道："那日官家对臣妾说，不准备再纳妃嫔，就与臣妾相守着过一辈子……"说到这里，她的泪水又汩汩而下，"臣妾心中对此万般感念，多余的话，臣妾也就不说了。可是，官家是天子，后宫稀薄，恐怕对天子的威仪、对子嗣的兴旺都有所损伤，臣妾怕是也没有这个福分独擅天恩。……因此，臣妾恳请官家稍广宫闱，以杜绝外间物议。"

"你怎么知道外间有物议？"

"实话回禀官家，那日臣妾的嫂子入宫来看望，稍稍提及世人言语，虽说都是羡慕惊奇的话，可是听在臣妾耳中，却也明白人家背后的意思。"

"不相干的人的言语，你何必在意？"

"官家，臣妾细想过，想嫁女儿到皇家的股肱大臣，不知有多少，为社稷稳泰计，臣妾不能以一己之私，曲意阻拦……"

"唉，裕娘，正是因为此事烦琐，稍不留神便极易失去旧有的平衡，我才不兴此议的。"

德妃默然半晌，又道："……倘如此，那么，以前跟随官家转战多年、贴身伺候官家的使女，官家能否纳一两人为嫔御呢？"

"我说过，我上了年纪，不以后宫充盈为傲，不想再在此事上劳心费神……"说到这里，郭威的神情变得严肃，"裕娘，你不明白吗，我的心中装着很多大事要做。在朝堂上，为了平衡文武大臣的权力，好教他们按照我的想法去改革政务，我已经费尽了心机；回到后宫，我就不想再为平衡宫帷之间的关系而伤脑筋了……"

德妃默然片刻，恭敬礼道："臣妾完全明白了。……那么，以前服侍官家的使女，现下年龄也渐渐大了，该嫁人了，如果官家不纳她们，臣妾就放她们出宫自便去，可以吗？"

"可以。"

"此外，臣妾见之前官家曾经将前唐庄宗、明宗，晋高祖的守陵宫人放去自便，臣妾想着，这宫中现还有好些前朝的年长宫官，包括前朝官家的乳母等长者，臣妾也令她们自便，可以吗？"

"好，这是你的正务，你做主吧。"

翌日，德妃向官家郭威回禀，她原打算放出宫的内人，包括郭府带来的和宫中旧有的，倒有一半不愿出宫，宁可终身在宫中服侍天家。因此，她的想法是，应该对这些放弃婚姻、忠于皇室的宫官进行封赏，不仅进位，而且加封号。

广顺元年八月，天子敕下：郭氏旧属、尚食李氏等宫官八人并封县君；累朝操劳宫室的旧官、司记刘氏等六人并封郡夫人；原刘氏皇族旧属，包括刘承祐、刘勋的乳母尚宫皇甫氏等三人并封国夫人。

为宫中的女官加郡国封号，这并不是历代旧规。五代在法度上多承袭唐制，但也有所改动。乱世之中，无论赏罚，都好用重典，必过其常度方显分量，此事便是一例。之前满朝三师、侍中的加衔晋爵，也是一例。

义之深无先于作配，礼之重莫大于追崇。在这桩关于宫官的进封令之后数日，天子诰下，故夫人柴氏，"懿范尚留于闺阃，昌言有助于箴规……将开宝祚，俄谢璧台。宜正号于轩宫，俾潜耀于坤象，可追命为皇后"。

不日，有司为柴皇后上尊号曰圣穆皇后，并备礼册命。

未几，又下诏追封已故皇三女为乐安公主，追立故夫人杨氏为淑妃，并备礼册命。又擢杨廷璋为右飞龙使。杨廷璋固辞不受，希望能将此恩典转推给父亲杨洪裕。官家郭威便召杨洪裕赴阙，拜金紫光禄大夫、真定少尹。拜杨廷璋皇城使、昭义兵马都监。

十月朔日。秋已深，落叶飘摇。日间。薄有阴云。

禁中。滋德殿前南北向御道。

滋德殿原名明德殿，因为与宫城南大门明德门重名，在后晋高祖天福年间改为现名。大周建鼎后，郭威诸事谦抑，于宫殿名目上大多沿袭旧称，不欲更换张扬。其时，文武百官的日朝设在广德殿，滋德殿原本是后廷中皇帝的正居。可是皇帝不一定在滋德殿长住，为方便公事起见，滋德殿便又兼着召对臣属、议论枢机、接见外使以及披阅奏章等功能，有时候，皇帝甚至会在滋德殿设宴款待群臣。

东京皇宫面积原本不很广大，是后梁朱温在原汴州衙城的基础上改建的，后来虽经累朝重修扩建，也难以与长安旧唐宫的恢宏阔大相比。郭威登基后，臣属曾建议增饰扩建，被他否决。其时，后汉内库已在刘子陂战役前被刘承祐尽出以赏军，国家内外帑藏[①]空虚，财力疲敝，若要重修宫殿，势必会向民间加征税赋。

郭威爱惜民力，不仅不同意即时重修宫殿，连同各州郡进献宝物珍品之举，也因其难免逼迫民情而一并禁绝。他对左右说道："凡为帝王，当以天下为珍宝，哪里用得到这些物事！"因此才会有之前的《禁贡奢华诏》，以及将内廷的几十件金银结缕、宝装床几、饮食之具尽数砸碎在殿庭的惊世之举。

饶是当朝皇帝俭素如此，历经五代迄今四十余年十几任皇帝的经营建造，汴京皇宫仍然显示出了辉煌的气象，尤其是崇元殿、滋德殿等皇帝大典或常驻之所，更是重檐庑顶、黄绿琉璃、粉额红柱、彩绘间金，仰之肃穆庄严。

---

① 帑（tǎng）藏：储藏财币的府库，通常指国库。

御道上，范质与李縠一路以中速前行，同往滋德殿殿门而去。两人的视线远接着滋德殿的流溢玉光，正襟端步，嘴里却在低声交谈。

范质道：“……我听说他早将移镇的名单拟好了，叫我们来官家跟前议，不过是走走过场罢了。”

李縠道：“那他总得听官家的吧？移镇这么大的事，也不是他想怎么调动，就能怎么调动的。”

范质叹了口气：“官家……官家处处纵容他，你没瞧见把他惯成什么样子了吗？”

李縠微微摇头：“唉，官家顾念与他昔年的义社旧情，不肯对他稍稍假以辞色，他就得寸进尺，反而动不动甩脸子给官家看。那日你有事不在，你没瞧见官家说要给李琼升职、让李琼出知外州时，他立马就不高兴，顶撞说官家太心软，李琼又没有多少军功，从大名府少尹升将作监，已经够抬举的了，平白无故的，为何还要给他升职，外放刺史……”

范质奇道：“可是……这李琼不也是他们义社十兄弟之一吗？”

李縠道：“可不是吗？官家一听也不高兴了，说，秀峰，若不是当年子玉借我《阃外春秋》看，到现在我还不知道打仗是怎么回事呢。王峻说，那就赐他个银青光禄大夫……总而言之，死活就是不同意让李琼出去做刺史……”

范质冷笑道：“哼，李琼算什么？之前永寿节，大皇子要来朝贺，他都敢拦着不让！”

李縠道：“对啊，大皇子是官家家里人，他不许人家回来见爹！可是他自家宅邸落成，却非求着官家去临幸。官家在他家欢宴整日，好大一番热闹……这不就等于告诉百官，官家宠幸他，比宠幸自家儿子更胜一筹吗……”

范质道：“他不会是真想将大皇子排除在外，自己做官家之外第一人吧？哼，官家素来知道他的脾性，所以宽宥他，可是他究竟有几斤几两，自己不知道吗？”

李縠沉吟道：“说句公道话，这个王枢密，还是肯干事的，军事方面也算一把好手。可是政务方面……”他摇摇头，“那次议论如何给各郡守准定俸禄，他就胡说八道一番，什么但分等级，各凭州情酌兑。要不是郑仁诲绷着脸罗列历朝法度与实例跟他力辩，他怕不是会坚持到底？后来王溥拟旨的时候，想起他的话，还忍不住偷笑呢。”

范质苦笑摇头。

李縠道：“文素，官家既着你参知枢密院事，今日若王峻独断专行，借移镇之机挟私弄权，有违圣意，你可得带头据理力争啊。我定会从旁助言，不教他一人乱了朝纲。”

范质点头道：“嗯，惟珍兄尽管放心，你我皆为宰臣，秉公行政，防止公器私用，正是你我职守中应有之义。”

说话间来到滋德殿下，两人忙息了声响，收敛了面容，端端正正迈步升阶，直入殿中。王峻、郑仁诲等已经候在那里了。同僚见面，少不得互相致礼寒暄一番。

未几，内侍唱报皇帝升座，殿中众枢臣忙整衣下拜，齐声颂念陛见之辞。

四二　大宝箴图

大周立朝已有大半年了，国家大事，多半由皇帝郭威与王峻、李穀、范质、郑仁诲等亲随旧部出身的枢臣在此殿内商议而定。前朝遗臣中，冯道其时已有六十九岁，虽然仍是百官之首，但官职以荣衔居多，差遣也多是类似为皇子主婚、迎奉太庙神主之类的荣差，已不怎么实际经手政事庶务了。窦贞固和苏禹珪在大周建鼎后升过职，后来又被罢了相，仍守本官，也不再能参与枢机核心了。

今日的议题主要是移镇。

皇朝在建鼎之初，曾经有过一次大的人事部署。当时，伴随着大面积的加官晋爵，不仅中枢要职重新进行了安排，方镇藩守也有过一次大轮换。后来数月，方镇的任命上便只有小调整，没有大动作。如今，建国初期的藩镇地图试行了大半年，哪里合适，哪里不合适，何人该升，何人该降，何人该转出，已经到了一个需要进行阶段性统筹计较的时候。

此次移镇的方案，王峻事先并没有奏报给官家，更加不会拿给同侪们看。他打算就在今日当场议论敲定，省得白纸黑字地让人斟酌久了，徒增口舌。

官家郭威给各位宰臣赐了座，并兼赐了茶。这是累朝旧例，天子与宰臣坐而议政，以示优宠。御阶下早由内臣竖了架檀木屏风，一幅精致的羊皮大地图便牢牢悬挂在屏风之上。

这张地图，就是君贵曾经在高邮王指挥室中见到过的那幅大汉全境道府州县图，图中州郡位置、山川走向准确清晰，是高邮王倾高氏牙军精粹谍线及侦罗之力绘制而成。大周建鼎之后，高行周将它作为高氏阖族的第一份礼物，进献于新皇帝郭威驾前。

王峻首先说了自己的想法：河朔诸州当契丹与刘崇的攻击之重，晋州、贝州、定州等守将早已疲惫，应当换守；中线的同州、华州、陕州、许州、徐州、宋州等，俱为关节，不宜让守将驻扎过久，也该来个大移换；东线的沧州、兖州、青州，有河海富庶之利，可挪出来奖励勋臣。至于移镇方式，他具体地指出了将北线、中线和东线全部打通的路径，认为应当基本按照大回环的方式挪动，让方镇们摸不着头脑，倘若之前有人心存妄念，也可趁机将此打消。

出乎范质和李穀的意料，他们没有从王峻的方案中看出什么挟私的成分。而且平心而论，王峻说得有道理，只是具体方案尚需斟酌。

接下来，宰臣们围着地图，就具体移镇方式提出了自己的疑问或建言。

官家郭威也降阶来到地图前，不动声色听他们议论。议了半晌，待众人语声渐停，郭威方缓缓说道："诸卿所言，皆有可取。朕听了半日，有了计较：先说东线。"他以手指图，"东线之中，青州符淮王不必动，兖州慕容彦超不必动，沧州放到北线中来移。……再说北线。北线的晋州王晏与中线的徐州王彦超对调即可，这两个人，一个抗辽劳苦，一个跃跃欲试，换换位置，皆大欢喜……

"……其他的，将北线与中线诸节度混合做一大圈顺移：定州孙方简移镇华州，华州王饶移镇贝州，贝州王继宏移镇河阳，河阳李晖移镇沧州，沧州王景移镇河中，河中扈彦珂移镇滑州，滑州折从阮移镇陕州，陕州李洪信移镇永兴，永兴郭从义移镇许州，最后，许州武行德移作西京留守……”

他说完自己的方案，温和地看着他的臣属：“朕这个方案，诸卿有没有异议？”他的表情是那么平静，臣属们根本不可能从他脸上看出他心里在想什么。但显然，他并不同意王峻的基本构想。

王峻这个人，也不知道在犯什么糊涂，有时候脑子里似乎多了点儿什么，有时候又似乎少了点儿什么。淮阳王符彦卿是他郭天子的儿女亲家，在青州待得好好的，没有他本人的授意，外人胡乱去动符淮王做什么？能讨到什么好处？

慕容彦超是刘氏的皇亲，刘子陂战役的敌方主力。对于周家政权，慕容氏绝不可能心悦诚服，换言之，他的起兵可以说是早晚的事。若果如此，现在动他岂不等于逼他造反吗？当然，对外藩，逼反必反者也是一个策略。问题是，目下四境未定，民力也在休养生息中，大周准备好去打这一仗了吗？

邺都的王殷，他其实很想动一动。可是不能动。王殷在拥立上是立了大功的，对他也忠诚，在邺都多待几年，才足够表达荣宠。王殷去邺都接替君贵的时候，他特意让侍卫司兵马局从赴镇，又诏令河北戍兵诸镇全部归其辖制。这种统摄河朔的派头，是比照着当年自己在汉隐帝治下的安排来的。他要借此让天下人明白，他对忠于自己的功臣的报偿是非常慷慨、无所爱惜的。

何况，王殷的才能不如王峻，中枢的要害位置没有适合他的，若贸然调他回来，对磨合了大半年的现有官僚构架，会是一种伤害。两害相权取其轻，他也只能继续让王殷占据魏博要津。

王殷的问题在于贪婪不知收敛。他从不止一个渠道听说了王殷在邺都多方聚敛的事，心里很恼火，又不便明着下诏申斥，还曾特意将王溥叫过来，不冷不热道：“你去一趟邺都，替朕给王殷捎一句话：朕离开邺都的时候，牙库和帑廪所储备的钱财物资还颇为可观。卿是朝廷派去镇守河北的大员，与国家同体，但凡想要什么，随时就库中取用就是，何患无财？”据王溥回报，王殷听了宣谕，面有惭色，只讷讷施礼。他知道他们这些旧将的习性，当此之时，也不想更多降罪。敲打敲打就够了，移镇是万万不可的。

孙方简在澶州拥立前的谎报契丹军情上立了大功，一直没有在守地上对他有所报赏，他想必早在肚皮里犯嘀咕了。何不趁着此番移镇将华州给了他，也算是天恩落定、有信有义了。王饶当年是史弘肇吃了孝敬硬塞到华州去的，现在挪出来，他岂敢有任何异议？

扈彦珂、郭从义，这都是平定李守贞等三藩之乱后就地任职的，现在动一动，正当其时；折从阮自从离了府州，已经在中线及南线兜了一圈，现在将陕州给他，扼潼关与黄河咽喉，正好显出朝廷对他的推重。别忘了，他的儿子折德扆还在担当着府州的防御使呢。府州现在是大周置于刘崇背后的一颗棋子，还掣肘着已经归附河东的麟州。对折氏父子加恩的惠泽所及，应当一直持续到大周与刘氏未来的决战之时。

…………

当然，以上这些复杂曲折的心思，官家并没有明确说出来，他只是摆出了自己思索的结果。

枢臣们听了官家的方案，咂摸良久，都想不出有什么需要补充或调整的地方。王峻似乎有话想说，但他在地图前面愣了半天神，将自己的方案与官家的方案进行了对比，也感到官家的方案要更加周到完备些。

“怎么？众卿有言，尽管开口。”郭威看着他们，再次鼓励道。

王峻破天荒地拊掌赞叹起来：“官家此策，据臣看来，一时竟是找不出破绽来啊！”

范质、郑仁诲、李榖等互视一眼，立马说道：

“岂止一时找不出破绽？”

“是无懈可击。”

“天衣无缝!”

“皆大欢喜!”

郭威呵呵笑起来:“倘若朕的移镇之策诸卿觉得可行，那么，就照此部署，尽快下诏吧。”

众人齐声应喏:“臣等遵旨。”

郭威停顿片刻，又问李穀等:“日前朕对你们说过要改牛租，改牛皮禁，改铜禁、盐禁诸事，这些改革之法，你们议过了没有?”

李穀等忙揖道:“臣等得了圣谕，连日在为此事筹划，已经派出多路执事去核实各州郡县乡的相应状况，待各地的回报汇总齐了，就可拿出一个大致的改革之策来奏禀陛下。”

郭威点头:“好。”

这时王峻便笑道:“陛下，今日是十月初一寒衣节，例为备冬之首日。臣不才，有礼物要献于陛下，为陛下暖冬。”他今日的和煦表现真是出乎殿中君臣的意料，众人皆不知他为何忽然转了性。

郭威不由得欣然道:“王枢密有礼物献给朕? 那太好了。在哪儿? 呈上来吧。”

郭威君臣议论枢机的时候，滋德殿中照例是不许宫人与内臣伺候的。王峻听了官家的话，便走到滋德殿门口，自行打开门，招呼守候在外面的亲随。未几，他又亲自捧了两个卷轴，回到了郭威面前。

“陛下，这是臣让宫外的名画师绘制的两幅图。”他招呼着同僚们帮忙，众人一齐将两幅卷轴凌空展开，呈现在郭威面前。“这一幅，是《大宝箴图》，全文尽录唐时文臣张蕴古进献给唐太宗的文赋《大宝箴》，配以写意人物……”

范质一见此文，便点头道:“嗯,《大宝箴》，是篇大好文章，是劝诫帝王为君之道的。”

郭威细看画面上端的文字，念道：“……故以圣人受命，拯溺亨屯，归罪于己，推恩于民。大明无偏照，至公无私亲。故以一人治天下，不以天下奉一人……”不由喜道，“说得好，说得好！”

王峻又指着另一幅图道：“这篇《惟皇诫德赋》，也是当年进献给唐太宗的，时弘文馆直学士谢偃所撰。”

郭威移步细看，一眼看到了赋的末尾，念道：“……常惧颠而惧覆，必思足而思止。勿忘潜龙之初，常怀布衣之始。……得必有兆，失必有因。一替一立，或周或秦。既承前代，当思后人。唯德可以久，天道无常亲……”赋文中提到了东“周”末年与秦的换代更迭，他一时沉默了。

“陛下，”李縠见郭威不语，瞥了王峻一眼，忙道，“大周遥承姬虢之遗泽，顺应天命而兴，恰正符合替立之道。陛下圣德泽被四方，天下四民莫不感戴，这正是‘唯德可以久，天道无常亲’的正解。陛下切莫以前朝文赋中的片段辞句为意啊。”

“是啊，陛下，这两篇文章，原是臣下讽劝君王的名篇，如我等科举出身者，都是要熟习以备将来咨君所用的。这里面所说的，无非是一些大道理，陛下寻常听听，就可以了。”范质也忙劝解道。

王峻行伍多年，并不以为文赋中这些字眼有什么犯忌讳的，也不认为官家会在意这种小节。他原本是有心邀宠，听了幕僚的献计，将这两部劝君名篇当作宝贝似的献上来，要教导他的文仲兄弟如何做皇帝。听了李縠和范质的话，他登时垮下脸来：“你们什么意思？我给官家献图，不外是一片忠诚，提醒官家为君之道。被你们七说八说，倒像是我故意拿这些文字来惹官家生气似的！你们不是说了吗，这些文章你们都曾经熟读，以备帝王咨询所用的。怎么，你们咨得君，我就咨不得君？你们献这些文章就是正当应分，我献这些图就是居心叵测？！”

“秀峰……”郭威忙摆摆手安抚道，“朕何尝生气？朕见到这两幅图，心里有所感动，所以才沉思不语的。你的忠心，朕知道了，朕很欣慰。”他又转向李縠等人，“卿等的忠心，朕也都知道了。”

他大声向殿外道：“来人！”

王景通应声推门入内，弓身礼道：“陛下。”

“将这两幅画给朕挂到后殿起居处的显眼位置，朕要日日研习，”他含笑看向他的枢臣们，“……方不负众卿的心意。”

滋德殿。晚间，殿中灯烛通明。

《大宝箴图》与《惟皇诫德赋图》分别悬挂在殿中两根两人合抱粗的红漆大柱上。

内侍举灯，郭威站在《大宝箴图》前仔细阅读。德妃董氏在他身旁陪着他。

德妃见官家弓着背、虚着眼睛读得费力，忍不住揶揄道：“这个王峻，什么都管，现在又来教官家怎么做皇帝，真是够操心的……”

郭威眼睛不离《大宝箴图》，随口答道：“他这也算是应我的诏吧。我之前不是下过诏，但凡益国利民之事，让文武臣僚尽速奏报吗？”

德妃道：“那他该自己写奏啊，借花献佛，算什么本事！”

郭威站直身子，冲德妃一笑：“说到应这道诏，倒有个小趣事可以告诉你。之前我说过，写这种封奏，无须讲究辞藻。昨日就有一封外郡奏报，说的是核定诸道各级官员所配置的当差人数的事，文辞果然粗陋得很，什么‘节度推官摆排场，老鬼小鬼齐跳梁’，连我看着都觉得可笑，更不用说范质、王溥他们那种进士出身的人，胡子都气歪了，简直忍无可忍……呵呵。”

德妃也笑了起来：“这……这不是跟乡间傩社里的曲文相似了吗？”

郭威道："但这封奏报里的意思，倒的确是好的……"

德妃叹道："官家宽厚，实乃天下人之幸。"

郭威目光转回《大宝箴图》，轻声重复道："……故以一人治天下，不以天下奉一人……故以一人治天下，不以天下奉一人……"他含笑看向德妃，"裕娘，此言深得我心。"

德妃笑道："可不是吗？'壮九重于内，所居不过容膝'，'罗八珍于前，所食不过适口'……这不简直就是素日从官家口中说出来的话吗？这个什么张蕴古倒真是奇了，隔着三百年光阴，居然预先将官家的话给说出来了！"

郭威被德妃逗笑了，拉起她的手道："裕娘，天下的有道之君，心里的念头都是相似的。张蕴古希望唐太宗做个好皇帝，所以就拿这些话来劝诫他。至于我呢……"

"哎哟，官家已经是个好皇帝了！"德妃忙笑道，"官家可别再苛刻自己了。再这么苛刻下去，底下的大臣们只好穿补丁、咽糟糠过日子了……人家跟着咱们打下江山，难道连口肉汤都不许喝吗？"

郭威道："我何尝不许他们喝肉汤了？我不过不喜他们奢侈。"

德妃嗔道："好好，不要奢侈。那官家素有肺疾，脖颈又怕冷，穿件貂领厚氅保暖护胸，总不算过奢吧？臣妾辛辛苦苦，亲自缝了多少天才成，官家到现在都不肯穿！"

郭威无奈道："好，我穿，我穿。我不仅自己穿，还给我的雁儿穿，这样行了吧？"

德妃喜道："那么，臣妾就谢谢官家赏脸了。"

郭威叹息笑道："在外边，有个王峻管着我；在内里，有个你管着我。我若不按你们的意思办，这日子只怕就过不安生……"

德妃嗔道："这是什么话？臣妾这都是心疼官家。王峻嘛，就会横行霸道，欺负欺负同僚大臣，有时候还欺负欺负官家！他是能知冷还是能知热啊？"

郭威叹了口气："唉，你们都对他不满意……其实，平心而论，秀峰这个人还是很能干的。建鼎前后那阵子商议军机，他天天陪着我熬夜，倘若我乏了，他就让我先去休息，自己接着谋划。皇朝初建，军力财力处处捉襟见肘，他以天下事为己任，为我左右盘算，夙夜奉事，何尝不是尽心竭力？他是为我出了很多好点子、下了死力的……

"我跟他二十多年的兄弟了，我知道他。他心高，处处掐尖儿要强。当年我们结义之初，他最爱唱李贺的《南园》，尤其是这一首：'男儿何不带吴钩，收取关山五十州。请君暂上凌烟阁，若个书生万户侯？'他家本是乐营使出身，你可没见识过他当年那副好嗓子！"

"以前随军时听他说话，的确声如洪钟，"德妃笑道，"尤其跟别人争论的时候，震得人耳朵嗡嗡的，怨不得别人常躲着他……"

"唉，他脾气大，好揽权，举措轻率，在前朝就难以跟同僚相处。不为现在的侪辈所喜，也在人意料之中。"

德妃道："那他岂不是跟前朝的史弘肇差不多？"

郭威淡淡一笑："就算他是史弘肇，我却不是刘承祐。他在我跟前蛮横些，不过是为了邀宠。——值得宠，就宠一宠，打什么紧？"

德妃道："官家就不怕他恃宠而骄，将来难以辖制？"

郭威把眼看向半空，幽幽道："……裕娘，我且问你，如果群臣中非要有一只猛虎才能协力向前的话，我让这只猛虎是谁比较好？我让他待在哪里比较好？"

翌日，天子诏下，盛赞王枢密献图之忠，自谦生长军戎，无暇《诗》《书》，无处讨寻先贤圣君的前言往行，而王枢密有佐命立国之勋，居代天调鼎之任，又替自己查究为君治国之源，审修己御人之要，用心可嘉。"其所进图，已令于行坐处张悬，所冀出入看读，用为鉴戒。”

诏命原文抄录入朝报，随着驿使的马蹄，嘚嗒嘚嗒，迅速传遍全国。王枢密所得到的隆厚圣眷，也随着诏报一起，传播到了大周皇朝的各级官衙，传播到了皇朝大小官员属吏的心目中。

四三　知白守黑

澶州。镇宁军军治后苑。君怜书房。日间。

君怜穿着和暖的冬衣，腹部隆起并不明显，可是精神上略显松乏。她坐在临窗的软榻上，靠着矮几读《太白阴经》。朱雀坐在矮几另一侧，拿把蓍草在几上摆来摆去。那只玲珑水润的“玉巢”也被她搬了来这里镇儿。摆了一会儿，她抬头看看君怜，撇嘴道：“哎，你不是一直偏好佛经的吗，怎么这阵子又迷上道经了？”

君怜道：“我素来也读道经的呀。葛稚川的《神仙传》、陶华阳的《隐居集》[①]，咱俩都是一起首读的呢，是不是？”

朱雀不接她虚晃这一枪，偏要往坐实里去：“哼，依我看，你是因为你家君贵才改了口味的。”

君怜辩道：“我何尝改了口味？我原本就不挑食、不忌口的。……其实，你不也读佛经吗？我看你于《华严经》上就颇为津津乐道。有一次给我背‘不可言说不可说，充满一切不可说’，倒是流畅得很呢。”

朱雀带着一丝调谑道：“‘知其白，守其黑’，许你读道经，就不许我略翻翻佛典吗？”

君怜浑不介意她的揶揄，顾自悠悠感慨道：“……朱雀，你觉

---

① 葛稚川，即葛洪，东晋人，字稚川，号抱朴子，道教代表人物之一；陶华阳，即陶弘景，南朝梁时人，号华阳隐居，道教代表人物之一。两人在医药、炼丹术、文学等方面均卓有建树。

不觉得，其实道家和释家的许多道理都是相通的？道化有无，因缘和合；劫运演化，成住坏空；大道无极，法界无尽；真炁散聚，性体本空；息心除妄，六根常寂；出有入无，出生入死；得道解脱，究竟涅槃……细细想来，两家的义理竟是十分接近呢。”

朱雀笑了起来：“君怜，其实你进儒退佛，又何必精研佛道义理之异同？别人不知道你，我还不知道吗？你根本就是儒家的底子，佛家的面子。”

君怜倒也不反驳，只歪着头问她：“那你呢？”

“我嘛……我是道家的底子，道家的面子。”

“……嘿，我适才不是说过了？释道一体，殊途同归。”

“呵，那你家君贵是什么路数？兵家？道家？法家？墨家？”

“他嘛……黄老和兵家的底子，还掺了点法家，实际上大概可算是杂家吧。那日他与我议论《阃外春秋》，还引了《庄子》、《韩非子》和《淮南子》的话呢。”

“前几日我看你在抄这本《太白阴经》，是他教你替他抄的？”

“那倒不是，是我自己要抄的。此书和《阃外春秋》都是他的宝贝，原来的破旧了，一时又没处购置去，索性我替他抄一本。”说到这里，她怕引朱雀不悦，忙向朱雀一笑，“那年高帅父给你的《本草经注》破了，我也替你抄过的，是不是？”

朱雀瞥她一眼：“你都替他抄两本了。”

君怜笑道：“那我再抄一本《太白阴经》送你，可好？”

朱雀将脸转向一旁：“哼，我才不要呢。”

君怜笑道：“这可是你自己说的。那我若问你借几本你的宝贝道经抄，你给不给呢？”

“你又要抄给他？”

“是啊。——只要你要，我也可以抄给你呀。”

朱雀没脾气了。默然片刻，嘟囔道：“自己有了身子，也不知道爱惜！抄书最劳神了，你不知道累吗？”

“只要你肯借，我就不觉得累。”君怜仍旧笑道。

朱雀无奈：“你到底看上了我的哪些书？”

“我听你的。你说哪几本好，就借给我哪几本。”

“嗯……”朱雀沉吟道，“《大有经》《小有经》就挺好，虽涉鬼神，实多趣致，又不长。……其实，听我师父说，有本弥合系仙道派的奇书《清虚经》很高妙，可惜深藏勾岐山中，又是秘而不传的。倘若我能得到此经，我也不用你来抄，必定亲自抄了送给你。”

君怜将身子向后一靠，微笑道：“这才是我家朱雀嘛！”

朱雀见她有些神乏之态，忽然想起一事，便道：“把你的手给我。”

君怜慵懒道：“做什么？又把脉啊？”

“嗯。我从来没摸过人的喜脉，全靠在你这里实践了。”朱雀道。

“好好地守着高医正，你不去将医术学透了，非要自恃聪明，胡乱琢磨。”君怜嗔道。

“我就是喜欢自己琢磨，怎样？”朱雀说着，自行拉过君怜的手腕来，闭目切诊。

五两进来替她们添茶水，说道：“唐妈妈在厨下张罗替大姐儿炖鸽子汤呢，遣我来说，请大姐儿别老窝在屋里劳神看书，出去走动走动。”

君怜点头，指指朱雀，小声说：“嗯，知道了。”

五两见朱雀一本正经把脉的模样，扑哧一笑。

朱雀睁开眼睛：“你笑什么？”

“我笑姐儿认真要做起女郎中来了。”

“我才不做女郎中呢，就研习一下不行吗？”朱雀说着放开君怜的手腕，又向五两伸出手去，“你过来，让我搭一搭脉，对比一下。”

五两便将手搁在几上，挽起袖子让朱雀摸脉。

朱雀摸了片刻，得意道："知道了。你去吧。"

君怜好奇道："你知道了什么？"

朱雀道："脉象的差异啊。"

君怜懒得细问，顾自又拿起经书来欲看。朱雀关切道："你近日意态慵懒得很，连之前绣了一多半的百福锦，这几日也停工了，可是身子有什么不适吗？"

君怜摇头。

"你若是不嫌弃，我倒是可以帮你绣完。反正我也没什么好物事可以送给孩儿的，正好借你的光。"朱雀道。

"嗯。"君怜点头。

朱雀看她不想说话，便道："哎，我来帮你算算这一胎是男是女吧，如何？"

君怜果然来了点精神："你什么时候还学会这一手了？"

"这你不必管。你就说，你究竟想不想算呢？"

"其实……我也不是很想知道……"君怜笑道。

"我才不信呢。"朱雀翻她一个白眼。

"好吧，我想知道，你就替我算算看。"君怜说。

"那你得先告诉我日子。"朱雀一言既出，立马觉得有些不妥。

"什么日子？"君怜眨巴着眼睛问。

朱雀红了脸，支吾起来："那个……你说什么日子？……"其实朱雀于夫妻之事并不真的懂得，只是对阴阳交合这种术语有概念而已。听了君怜反问，自己先窘起来，一时竟问不下去了。

君怜笑道："我听唐妈妈说起过，难道不是问癸水的日子？"

朱雀这才知道还有问癸水一说，愈发觉得此事超出了自己的知识范围，悔不该瞎揽了这个差事。

君怜早看出她的尴尬，忍笑道："我看朱雀大仙于此术上学艺未精，就不必勉强了吧？"

朱雀恨恨道："你别以为我不懂你们的事就算不出来，哼，我有我的法子！五九四十五，东方甲乙木，我从回来那天往前推日子就行了。"说着，她口中便念念有词，将蓍草重新在几案上摆弄开来。

摆弄半晌，念叨半晌，她将双手一合，看着君怜，肯定地说道："犟娘，你会生个闺女。"

"真的？"君怜疑惑道。

"……谁会生个闺女？"君贵恰在此时进了屋，听到朱雀的话，便接言问道。

"你说呢？"朱雀对君贵的出现倒也不感意外，瞥他一眼，似笑非笑。

君贵便看向君怜。君怜听了朱雀的断言，心中本自五味杂陈，此时见君贵盯着她，鼻子一酸，眼中竟泛出泪光来，忙将脸转向一旁。

君贵见状，赶紧坐到她身边，拉着她的手笑道："这是怎么了？好好的委屈什么？"

朱雀道："哼，这还看不出来？她想给你生儿子。现下天家最需要的，不就是一个皇孙吗？"

君怜闻言，原本勉力忍住的泪水竟滑下脸颊。君贵怕朱雀再说，忙冲她使个眼色。朱雀不肯接他这眼色，立时便转了眼珠看向半空。

君贵对君怜笑道："闺女也很好啊，有什么可委屈的？'好'字怎么写的，不就是先生闺女，再生小子吗？何况我之前……之前都是小子，还没养过闺女呢。闺女好，我喜欢闺女……"

君怜抹泪道："真的？可是……父皇一定会失望吧……"

"你过虑了，父皇不会失望的，父皇也喜欢小丫头。"君贵哄逗道，"咱们说好了，你这胎必须生闺女，要是生个小子，咱们还不要了，就送给朱雀吧，怎么样？"

“呸。”君怜破涕为笑。

朱雀实在看不入眼了，连连摇头：“犟娘，不是我说你，自打你有了喜，就跟变了个人似的，懒懒散散，腻腻歪歪，缠缠绵绵。你这是怎么了？怎么连心性都改了？以前你会为这种小事哭吗？”

君怜将眼睛一揉：“就知道你看不惯我，哼。”她向君贵伸出手，“拿来吧。”

“什么呀？”

“朝报啊。”

君贵从怀中掏出一沓公文纸，不由揶揄道：“犟娘子这么快心绪就转好了？就要批阅公文了？”

君怜嗔道：“……省得被你们俩联手笑话啊。”

“这是什么话？我笑话你是笑话你，我可没跟你家君贵联手笑话你。”朱雀说着，收起蓍草起身往外去，“不碍你们的眼，我走了。”

“哎，你不必……”君贵阻拦不及，朱雀已经离开。

君贵看着君怜，摇头苦笑道：“怎么相处了好几个月，你家朱雀还是一副看不惯我的样子？”

君怜道：“哼，她现在连我都看不惯了，我看她是要飞上天了。”

君贵忍笑道：“经你这么一说，我心里总算觉着好受些。”

君怜说：“呸。”

两人说笑着，将朝报展开来看。

“吴越国王钱弘俶，敕加天下兵马大元帅……”君怜念道。

“呵，周边诸国里，最会做人的就数他们钱家了，”君贵哼了一声，“谨奉正朔，据国自守，倒也是个明哲远祸的法子。”

君怜忽地想起一事：“对了，上月有张朝报里，不是说契丹主兀欲被部属所杀吗？新辽主即位后，父皇派出过使臣，怎的到现在还没见回音呢?”

“朝报里是没有。田重霸那边的谍报说，辽邦继位的这个皇帝叫述律，既爱喝酒，又爱睡觉，还要忙着镇压国内各色势力的反抗，大约一时半会儿是抽不出空来跟咱们交换国书的吧……”

君怜翻过一页朝报，忽然指着纸面笑道:“哎，今日的诏令里又有王枢密呢。”

“那是，他给父皇献图了嘛。——君怜，我正要问你呢，这《大宝箴》和《惟皇诫德赋》是什么文章，你读过吗?”

“唔……《大宝箴》我读过，有些印象。”君怜沉吟道，“……是臣下劝诫唐太宗的进言，大概是收录在《贞观政要》这类书里的吧。爹爹那里有《贞观政要》，明日我遣承璋回一趟青州，替你抄了来可好?想必《惟皇诫德赋》家里也有，也可教承璋一并抄来。”

君贵道:“澶州与青州相距千里，这一来一回的，还得算上抄书的时间，最快也得用上旬日半月的吧?”

君怜道:“专程派人去抄、多花点时间，这都不打什么紧。这是父皇郑重其事下诏嘉许的书文，又是专讲帝王之道的，别人不在意还则罢了，哥哥作为皇子，怎能不看、不学?倘若没有别的法子借到书，哪怕这样花费上旬日再看到，也总比不看的强啊。”

君贵忽然灵机一动:“哎，咱们问王朴啊!王朴是前朝进士，博闻强识，像这种劝诫君王的名篇，他必定知道。”

君怜也喜道:“对，这可比回青州抄书便宜多了。”

四四　对论公器

两日后。澶州军治后苑。君怜正房。

君怜在检视居室的器物，一时又怔怔地发会儿呆，脑中不知在想些什么。采儿轻轻走进来，回报道：“姐儿，衙署的王管记在外面求见呢。”

“王管记？啊，快请到客堂去！”

澶州军治不大，君贵的部属与家眷素日常在衙署前后出入，抬头不见低头见；何况五代秉承有唐遗风，人情开放；君贵、君怜又都是将家出身，素性疏阔，因此，衙署内外人等之间，互相并不特别需要回避。君怜之前就跟王朴见过面，只是尚未好生接谈过，此番听说他来谒，自然也不会感到有任何突兀之处。

客堂中，王朴已经等在那里。见君怜一行款款而来，先恭敬揖道：“下官见过夫人。”

君怜笑道：“王管记多礼了。”

王朴道：“太保带着曹瀚、林远他们，随河工视察河堤去了。临行前嘱下官直接到后苑来，将这个交给夫人。”说着，他便从怀中掏出一个树皮色的簿子，双手呈给君怜。

君怜接了簿子，请王朴入座，自己也坐下来，翻开那簿子看。果如所料，是《大宝箴》与《惟皇诫德赋》的原文。

君怜见满篇墨书龙飞凤舞，不由赞道：“王管记好俊的书法。”

王朴笑道：“夫人谬赞，下官愧不敢当。”

君怜因又问道："这两篇文章，王管记是抄的，还是默的？"

王朴道："下官自己默的。下官反复回忆、核实了好几遍，应该不会有一个字的错漏。"

君怜听他口气好大，不由笑道："王管记好强的记性！我听说，王管记在前朝故宰臣、恒农郡王杨邠幕下时，有一次被遣去与故三司使、瑯琊郡王王章核对米面账。王管记不靠一纸一字，生生将数十州的米面产出数目报了一遍，而且半个数也没错，将王三司那里的孔目官惊掉了幞头，是不是？"

王朴有点儿不好意思了："夫人居然连下官的这件小事都知道……"

君怜笑而不语。

王朴何等聪明，一下子就明白了郡侯夫人提及此事的婉转善意，便在座中揖道："下官自认默写的这两篇文章不会出错，一则因为下官记性尚可；二则这两篇文章，下官曾经反复熟读。所谓学成文武艺，货与帝王家，佐政咨君，素来是下官等科场出身者的宏愿。将资政文章背得一字不差，也算是我等的基本功了。"

君怜点头。便一面翻看着文章，一面说道："王管记既然曾经熟读此文，可否为我大略讲解其中精要呢？"

王朴稍微一愣。他早知道这位郡侯夫人出身不凡，经历传奇，气魄见识与寻常贵妇颇为不同，却不意她会当场考校自己。不过王朴满腹才华，在阐发文章义理之事上更是从不怯场，今日既有这样的机会展露经纶，又何乐而不为呢？

当下他便站起身一揖，谦逊道："夫人垂问，下官不敢不答。下官才疏学浅，只能就见识所及有所议论，不当不到之处，还请夫人指正。"

王朴此时的谦逊表现，倘若被了解他平常秉性做派的同侪看见了，恐怕是要张口愕然的。王管记是什么人哪，又懂法理，又通音律，又晓阴阳，又知星历，更兼受着太保大皇子的倚重，素日里那份狂！

君怜笑道："王管记，你是前朝进士，我诚心向你请教，你若过谦，我可就不敢说话了。还是请大方赐教吧！"

王朴点头道："好，如此下官就大胆妄言了。据下官所见，这两篇文章，其实不外讲了这么几层意思：首先是讲君王所处位置的微妙，'一动而八方乱，一言而天下安'，所以为君实难；又讲了君王与天道的关系，皇位得自天道因果，'既承前代，当思后人'，兴替代迭，不离君王的德操；又讲了君王与天下的关系，'故以一人治天下，不以天下奉一人'；又讲了君王与臣下的关系，'举君过者为忠，述主美者为佞'，'苟承颜以顺旨，必蔽视而掩听'；又讲了君王之所当为与所不当为……"

说到这里，他停顿了一下，以便聆听郡侯夫人的反馈。君怜见状，便点头道："这两篇文章，洋洋洒洒上千言，还骈四俪六的，文辞漫漶，被王管记这么条分缕析、提纲挈领一讲，顿觉清爽透亮。适才王管记说到君王与天下的关系，挑出'故以一人治天下，不以天下奉一人'这句话来，我以为尤为精绝。所谓'天下为公，一人有庆'，君王既膺天命，便当以公器自视，归罪于己，推恩于民，岂可暗怀偏私，纵欲求利……"

王朴喜道："夫人此言极是。'四时不言而代序，万物无为而受成'，'唯德可以久，天道无常亲'。故此，这两篇文章里又讲到，君王要常怀公正之心、戒惧之心、追初之心、慎终之心，战战栗栗，居高听卑，守勤守俭，授贤恤人……不可偏私，不可奢逸，不可乐极，不可纵欲……"

君怜道："所谓去除我执心、我慢心，也正是这个意思了……"

两人越说越投机，又将簿子摊在中间，逐句评议生发。不知不觉，竟谈了一个时辰有余。唐妈妈屡次来到堂屋门口逡巡，想让君怜出来休息，君怜视若无睹。直到廷献大胆进来，作势要点上灯烛，君怜才意识到，天色已渐渐沉下来了。

君怜站起身，忽觉有些头晕，身子一晃。廷献敏捷地过来搀扶住她，低声问道："姐儿有何不适吗？"

王朴虽然早听说过郡侯夫人有喜的消息，今日却完全忘诸脑后，直到无意间触及廷献含蓄谴责的目光，才想起这茬儿来，忙不迭自责道："哎呀下官该死，光顾着说话，却忘了请夫人及早回去休息！"

廷献语意平平道："那么我们就走了。王管记也请早些回家去，别让自家娘子久等。"

君怜听出廷献语气中隐含的不满，警告地扫他一眼。廷献便不作声了，搀着君怜径往外走。君怜见他护得严实，不由笑道："何须如此谨慎搀扶，我哪有那么娇气？"

廷献闷闷道："反正唐妈妈吩咐了，就是拖，就是抱，也要把姐儿带回家去，小人只是照办而已。"

君怜见他神色十分不爽，便不忍拂了他的意思，只得由着他一路裹挟，迤逦回去。

时间来到十月底。

禁中。广德殿。日间，薄有阴霾。

早朝进行中。君臣都有些忧心忡忡。三件军政大事一齐堆到了面前。

首先是河东。月初，刘崇曾派兵攻击潞州，被巡检使陈思让、监军向训在虒亭击破；十八日，刘崇军队又攻击晋州，扎营于州北；二十三日，再次攻击潞州。晋、潞二州地当河东与大周接壤的最南线，一直都是刘崇攻击的重点。刘氏的战术就是在接壤线上对更多州郡发动攻势，令大周顾此失彼，捉襟见肘，以伺机大规模反扑。河东军队原本实力雄厚，又时常去向契丹请兵助阵，而大周天下初定，不可能倾力与战，因此年来双方虽然打了大小许多仗，却一直未能达到一个相对稳定的均衡态势，陷入河东攻—大周守—大周反攻—河东败退—河东再攻的恶性循环。据两州报告，这次河东来犯的阵仗比之前要大，当地守军独力难挡，前线频繁告急，请求朝廷迅疾援兵。

其次是湖南。自打马氏兄弟内讧，湖南就一直不得安宁。本月中更是大乱，大将军陆孟俊强立马希萼之弟马希崇为留后，原衙署库藏被焚烧殆尽，将吏一千余人遇害。二十五日，江南李璟趁着湖南大乱，派遣鄂州节度使刘仁赡率二百艘战船直入岳州。

最后是西凉。河西走廊素来艰苦，西接回鹘、党项诸羌，战事不断。月余前凉州节度使、当地土豪折逋嘉施遣人到京中贩马，趁机请求朝廷派出边帅坐镇。朝廷便下诏招募自愿前往的供奉官，历经月余，一直无人应募。

众臣议论纷纷。御座上的官家郭威眉头紧皱，看来也深感不安。

西凉的问题还算好办。虽说目下将吏们都往后躲，谁也不想出头去那偏远荒凉的所在，但只要加重官爵与赏赉，合适的边帅总还是找得到的。

湖南虽然是大事，但好在南唐只是趁乱过来抢地盘占便宜，一应军事行动，并不针对大周，那么大周就还没有与之对阵的迫切性。

最棘手的就是河东。郭氏与刘氏有血海之仇，刘崇的儿子刘赟又死在大周手里，脸面早已撕破。刘崇不惜投靠契丹称侄来换取军援，为的就是推翻大周政权，卷土重回中原。他们的矛盾是尖锐的、绝对的、迫在眉睫的、你死我活的。无论大周目下各处方镇是否顺服，国库是否充足，军力是否恢复，一场大仗，都是非打不可了。

郭威戎马一生，从来不怕打仗。可是兵者国之大事，死生之地，存亡之道。打大仗，就意味着下大赌注，就意味着得大结果。出动大军，自然是期望一劳永逸地解决掉这个心腹大患。刘崇老辣，一般的大将制服不了他。与刘崇对阵，他自己是有把握打胜仗的，实在不行，他就亲自走一趟，或者遣君贵出征，想必也能奏凯。

“陛下，”王峻排众而出，在御阶下朗声揖道，“河东贼寇猖獗，大周务必要与之打一大仗，以换取长久的安宁。臣愿领兵出征，为主尽忠，为国讨贼！”

郭威感到一阵安慰。秀峰与自己毕竟是布衣之契：必须来一场大仗的想法，与自己不谋而合；在挂帅的人选上，他又看懂自己所思所虑，主动请缨为自己分忧。虽然他的目的是希求更大的功业、更大的权势、更大的恩宠，但对于一名将帅而言，这原也无可厚非。至于秀峰能否彻底打赢这场仗……他反复揣想着……有自己做后盾，以大周的实力，应该没有问题。

“准了。”郭威欣然道，“……着枢密使王峻即刻调兵遣将，着兵部侍郎颜衎即刻着手筹措军械车马，着中书侍郎、判三司李穀即刻着手筹措粮草给养，准定于下月初七一切就位，全师向晋州出发！”

被官家点名的三位臣属尽皆恭敬应喏。

王峻意犹未尽，又奏道：“陛下，关于河西遣吏一事，臣思之再三，有一个合适的人选保奏。”

“谁？”

“左卫将军申师厚。”

申师厚是王峻的故人。王峻发达了，申师厚却依旧羁旅无依、生计艰难。他日日守候于王峻府宅前，有一天见王峻出来，便冲到他马前，在尘埃中伏地便拜。王峻不是不念旧情的人，尤其当故人以如此凄惶、如此卑微的姿态求到自己跟前时。这次河西择帅，京中这些享惯了福的将佐，没有一个愿意出头领差的，王峻将这机会与申师厚说了，申师厚却欣然求往，王峻便寻机先给了他一个左卫将军的职衔。今日殿堂上，趁着官家情绪高，王峻便将申师厚荐为出镇西凉的首选。

当然，他本来是可以在滋德殿的小规模枢机会议上再提的，这样可以避免被百官议论他推荐私人。不过一来他并不在乎百官同僚的看法；二来他也怕殿中有人抢先另荐他人，而官家又答应了，那他相助故人的一番美意可就泡了汤。

官家郭威简单听取了王峻对申师厚的介绍——这种介绍里自然有很多浮夸的成分，沉吟片刻，同意派遣申师厚出抚边陲，并授予检校工部尚书的荣衔。不日，朝廷诏下，以左卫将军申师厚为河西军节度使、检校太保，赐旌节、驼马、缯帛以遣。

申师厚到达西凉后，以自己的衙署部随、中国[①]留人子孙和当地酋豪并用，搭建起了代表中原政权进行统治的军政班子，并自安国镇至凉州设立三州，以控扼诸羌。但是凉州夷夏杂处，情况之复杂超出了申师厚的掌控能力。几年之后，申师厚将自己的儿子撇在凉州做留后，只身逃归中原，凉州与中国的联系从此断绝。当然，这是后话了。

退朝之后，官家郭威并没有立即返回后廷，而是登上了宫城的宽仁门眺望城中景象。对于迎战河东，他虽择定了王峻挂帅，心中却还有一些顾虑，他需要高处的凉风醒醒脑子。他在城楼上踱了几步，看着宫城西南那一片高宅大院区，想起枢密副承旨魏仁浦就住在附近。其时魏仁浦因母丧，正在家中丁忧。官家便秘密派遣小黄门将魏仁浦宣入宫内，就王峻挂帅是否妥当、晋州征战方略、后勤保障等诸多问题征询他的意见。魏仁浦自是知无不言，言无不尽。

与魏仁浦长久计议之后，官家感到心里踏实多了。翌日，他

① 本书中根据上下文，笼统地指中原王朝政权、中原统治疆域或汉境等。中国留人，这里指从中原王朝统治疆域去到西凉并因各种原因而留在当地的人。

便命魏仁浦夺情起复，赶紧回到枢密院来为国办公。

十月三十日，天子诏下，以王峻为晋州行营都部署，随行将吏听凭调遣；诏以徐州节度使王彦超为王峻之副；又诏北线诸军并归王峻节度，许王峻以军机为上，便宜从事。

十一月初一，荆南节度使高保融奏来有关湖南的最新情况：江南大将边镐进入潭州，马希崇合族献纳牌印、器仗投降，与将吏千余人一同迁往金陵。潭州改为江南李璟治下的武安军，边镐称武安军节度使。

建立了五十五年的湖南马楚政权，就此为南唐所灭。

马楚原本是臣服中原的方国，边镐入湘，等于将中原的版图割走了一块送给南唐。汴京群臣议及此事，尽皆扼腕叹息。唯独官家郭威不动声色：他不信江南人可以在湖南长久待下去。

十一月初六，皇帝郭威在滋德殿为王峻设宴，并命宫廷女乐出演以示恩宠。

十一月初七，天色既明。出征晋州的一应人马军资整备待发。

西庄校场。万幅旌旗冻不翻。甲光向日金鳞开。三军祭旗已毕。

军乐大振，铙吹二部以笛箫、觱篥、铙鼓等迭奏《秦王破阵乐》。六十名高大雄健的武士，持戈掌戟，大声齐唱着："受律辞元首，相将讨叛臣。咸歌《破阵乐》，共赏太平人……"

皇帝郭威亲幸西庄，为王峻饯行。在十数万将士面前，皇帝满斟一杯壮行酒，亲自递到王峻的手中。皇帝的声音激昂又深沉："秀峰兄，此番出征，朕将北线军事全权委托于卿，朕对卿寄望至高，卿自深知。卿身当锋阵，只管放手一搏；所需军行资用，朕一力为卿保障。愿卿此去旗开得胜！凯旋之日，朕当再斟美酒，与卿同庆终朝！"

王峻将酒一饮而尽，奋然揖道："官家尽管放心！官家的叮嘱，秀峰铭记于心，时刻不忘！请官家静候臣的捷报！"

郭威向旁边一招手，一名近臣捧上一个木盘，木盘中，一条晶莹洁白的玉带。郭威亲手将玉带交到王峻手中，在王峻围系玉带的时候，甚至亲自帮他整理了一下。然后他又一招手，另一名近臣牵着匹枣红色的高头大马来到眼前。

郭威接过御马的缰绳，亲自交到王峻手中，就势拉着王峻的手，语声因为动情而有些走样："朕祝卿马到成功！去吧！"

王峻也紧紧握住了官家的手，语声洪亮，中气十足："谨遵圣命！臣告辞！"

他放开官家的手，以自己这个年龄少有的矫健飞身上马，向着栉列的龙虎将士们发出了号令："全军出发——！"

十一月初八。澶州镇宁军治所。日间。

君贵一把将朝报拍在桌案上，怒火大盛："……为什么我连申请出征的机会都没有?!"

曹瀚、林远、邓锦、孙璘、季飞卫等部将面面相觑，谁也不敢出声劝解。

四五　寸心出鞘

对于视军戎为荣业的人而言，号角声起，鼙鼓雷动，便会热血偾张汗出如蒸；兵刃在手，铁甲在身，便会焕发一往无前的虎虎生气；哪怕不能亲临锋阵，仅仅想象战斗的惊险和刺激，也会燃烧起本能的渴盼与兴奋。金戈铁马的生涯培养了他们的处世方式，锻造了他们的胆魄体质，雕塑了他们的人格秉性，赋予了他们刀枪不入的外壳，以及坚硬自守的内心。

后方的安稳不是没诱惑，不是不眷恋，然而对他们而言，安稳似乎只是战斗的间歇。每隔一段时间，如果还不去驰骋沙场的话，他们就会怀疑自己髀肉复生、肱肌塌软，他们就会发现自己的手指在莫名其妙地颤动，他们甚至会发现自己的脚步不老实，似乎老在按照一种起伏的韵律，跳一种只在马背上才能呈现出最佳视觉效果的舞蹈……

曹瀚、林远、邓锦、孙璘、季飞卫他们，都是这样的人。

而君贵，在这方面是双倍、五倍、十倍于他们的人。

宝剑久未开，踯躅复自哀！尤其当他发现这种与强敌较量的机会，竟然不容争抢地就落入素来跟自己不对付的竞争者手中时。

君贵在镇宁军治的指挥室内焦躁地来回踱步，犹如一头困兽。上次他将自己独自关在指挥室中，还是父亲从邺都起兵、情势千钧一发的那几天。那时候面临生死存亡，他表现得却远比现在冷静淡定。许是因为最危险的时刻已经过去，目下，他不再需要那样去刻意压抑自己的本心。

他渴望强敌，渴望战斗，渴望回到属于自己的战场，渴望率领千军万马征服敌人，更重要的，他渴望建功立业——他必须再次以煊赫的战功来证明自己，来弥补自己未能在立朝建鼎上对皇权有实质贡献的缺憾。刘崇是个强大的对手，刘崇的分量，足以让他有所成就，让他可以在王峻、王殷等父皇的旧部眼中翻过身来。

太宗十八举义兵，白旄黄钺定两京。……二十有九即帝位，三十有五致太平。……秦王李世民年纪轻轻纵横四海，后来成为一代英主唐太宗。他，也要成为那样伟大的人。

今年九月，他实岁届满三十，虚岁便是三十一。三十而立，他的功业在哪里？君怜知道他素来景仰唐太宗、爱听《秦王破阵曲》，便亲手抄写了这首他素日最乐于吟唱的白居易的《七德舞》为他庆贺生辰。

七德舞，七德歌，传自武德至元和。
元和小臣白居易，观舞听歌知乐意，乐终稽首陈其事。
太宗十八举义兵，白旄黄钺定两京。
擒充戮窦四海清，二十有四功业成。
二十有九即帝位，三十有五致太平。
功成理定何神速，速在推心置人腹。
亡卒遗骸散帛收，饥人卖子分金赎。
魏徵梦见子夜泣，张谨哀闻辰日哭。
怨女三千放出宫，死囚四百来归狱。
剪须烧药赐功臣，李勣呜咽思杀身。
含血吮疮抚战士，思摩奋呼乞效死。
则知不独善战善乘时，以心感人人心归。

尔来一百九十载，天下至今歌舞之。
歌七德，舞七德，圣人有祚垂无极。
岂徒耀神武，岂徒夸圣文。
太宗意在陈王业，王业艰难示子孙。

他虽贵为皇子，却偏居于帝都东北方之一隅，统领着小小的一支镇宁军，暌隔帝枢。从军十五年来，他原本一直紧紧追随在父亲身边，亲身经历了父亲所参与、指挥的每一场战役。可是目下，皇朝在迎战迄今最大的敌人，那么多父亲的僚属旧部在为王事奔走，他却只能置身事外，无法与闻。

男儿何不带吴钩？收取关山五十州！他岂能枯守南山空踟蹰，等闲白了少年头？

他的抱负，看似施展在即，又似乎遥遥无期。倘若不能辅佐朝政于君侧，运筹帷幄于中央，他如何将自己的壮志融入父亲的壮志中？就算一时回不到父亲身边，他至少应该在外郡扩大政绩、成就功业吧？澶州太小了，他哪怕将之治理成天下第一州，那点成就，也不值得向人夸矜，也无法镇住枢密院和三省那帮指天画地、纵横捭阖的老家伙。

他不能被他们困在这里，他必须向父亲请缨出战，哪怕王枢密已经奔赴前线。他要为自己争取机会，他知道，如果他不去抢夺，他们将永远不会让他得到这样的机会。

一念既定，他不再徘徊，拉开指挥室的门，昂然走了出去。曹瀚等忙跟上来。他摆摆手。众人见他向后苑的方向走去，也就不再跟随。

宝剑久未开，踯躅复自哀。岂独惜微躯？寸心出鞘来！[1]

① 《剑心》，“吴钩十三曲”之一，本书代拟。

君贵疾步来到书房中。君怜不在。他走向墙上挂着的宝剑。

“侵霜”“斫雪”。这一对宝剑都来自符家，一把是君怜的嫁妆，一把是符淮王赠送给父亲、父亲又转送给自己的。他尤其珍视“斫雪”，爱惜程度甚至等同于自己原来的佩剑“惊风”。每次去校场操练士兵的时候，都会佩带上它。当然，他更渴望佩带着它奔赴的地方，是久违的、真正的沙场。

他将斫雪剑取下来，拔出剑身，反复端详，又就手拿起君怜遗留在书案边的一块绢帕，仔细擦拭。剑身反射着室外的日光，晶莹耀目。他的双眼中居然起了一点水雾。

“哥哥，这么早就回来了？”君怜不知何时进得门中，轻声招呼他。

他回头看着她，脸色因为想象中的纵横驰骋而微微泛红：“君怜，你替我给父皇写一道表。请求他也派我北上晋州，去为江山社稷拔掉刘崇这颗大钉子！”

君怜微笑着点点头，她自然知道他这些天心中有多煎熬。但她并没有去研墨提笔，而是和婉地问道：“在哥哥心目中，刘崇这颗钉子，果然有这么大吗？”

“当然。刘氏虽然只据有十州之地，但他的背后是契丹人。你知道的，契丹领主素来反复无常，今日跟你互致国书通好，明日却可以纵容底下人来劫掠你的城池。跟他们，除了用武力说话，是没有什么道理可讲的。”

“这次刘氏发兵，契丹出动了多少人马？”

“这个……据北线谍者回报，此番主要由刘崇及其次子刘承钧挂帅领河东兵出击，契丹新主述律忙着镇压国内的反抗，倒是没派出什么像样的阵仗来。”

“嗯……”君怜含笑看着君贵。

君贵看出她的意思，理直气壮地坚持道：“那他也仍然是颗大钉子！”

“哥哥，目前国境内这些州郡是个什么状况，哪些是小钉子，哪些是大钉子……你给我讲解一下，好不好?”君怜道。

“好啊。不过，地图只在我的指挥室里才有。——哎，也不必找地图了，就用这个!”君贵说着，动手将桌案上的“玉巢”挪开，清理出一片空旷地方来，拿起桌案上的一只冻柿子。其时，君怜容易感到饥饿，厨下便时常为君怜送上些冻脯、坚果、腌渍果子之类的备食。

君贵将红澄澄的冻柿子放在空处中央:“这是京师。”然后他抓起一把沾裹着盐霜的果子，一面摆放，一面解说，“先看北面。镇州何福进，这是跟随父皇入京平难的人；定州孙行友也早就投效父皇麾下，忠心无疑；府州折德扆是折从阮的儿子，建鼎之初就上表效诚于我大周。这些都是忠顺者。

“不过，与府州毗邻的麟州杨弘信却被刘崇收入囊中。据闻杨弘信诨号‘火山王’，秉性刚烈，勇猛过人。他有两个儿子，长子杨重贵，次子杨重训。那杨重贵尤其少年英悍，已经入事太原，做了刘崇的义孙。异日攻破河东时，杨氏父子势必成为刘氏布下的大钉子……”说到钉子，他就改用一颗花生来替代。

“与河东接壤的晋州、绛州、潞州诸州，都是父皇派遣旧部坚守，不必多说……

“西部：华州孙方简不必说了，原先就是在定州抗辽的，是父皇旧部；永兴李洪信虽说是原刘氏皇亲，但并未跟着李业作乱，建鼎后一直战战兢兢，不成其为钉子；此外，陕州有折从阮，河中府有王景，西京有武行德，这一方也就足够安镇了……

“自北线往下：邢州刘词，父皇素来器重的老将；邺都王殷，虽然跟王峻一样跋扈，但对父皇的忠心倒是不用质疑；澶州是我；滑州扈彦珂，平定三藩之乱时就在父皇麾下效力；贝州王饶，一心做太平官，让他造反是不可能的……

“再往南，许州郭从义在讨永兴时就归父皇节制了；宋州李洪义跟李洪信一样，都是李太后的兄弟，入周后小心谨慎，更兼他在出首李业等人的密谋上立了大功，是不会有问题的；襄州安审琦，素来与父皇还算亲善，有他坐镇，南线想来也出不了什么大钉子……

“至于东线，青州有岳丈坐镇，不必说了；东北方的沧州是李晖，此人唯唯诺诺，不成气候；郓州是高行周高老爷子，也不必说了；兖州是慕容彦超……”

说到这里，他自己意识到了一个问题：“兖州?!”

君怜微笑：“……对，兖州。”

君贵的眼神深邃起来：“你是说……慕容彦超很有可能会成为一颗大钉子?”

“是。我在青州家中时，曾与父亲议论此事。”君怜点点头，将一颗花生放在了兖州的位置，“慕容氏的脾性，父亲原本有所了解。父亲的看法也是如此：慕容氏或许忍得了一时，但绝对忍不了一世。”

君贵沉吟道：“如果你想得到这一点，岳丈想得到这一点，那么，父皇就一定想得到这一点。……如此说来，晋州有王峻去对付就够了，我现在就要开始在人马军资上做好准备，只待慕容氏一反，我就请命出征!”

君怜点头道：“还有二十来日就是元旦了，哥哥不妨向父皇上一道表请求入京朝觐。届时见到父皇，哥哥就可当面将自己的想法和盘托出，预先请求父皇：在未来战事发生之时，指派哥哥挂帅出征。”

君贵一拍巴掌：“对呀，元日例该允许外藩入京朝觐，王峻又不在，难道还有谁能拦着不让我回去吗?”

君怜扶着桌案坐下来，笑道：“……现在，太保大皇子可以将那只柿子给我吃了吗?”

君贵这才想起她原本可能是回书房来取零食的。更兼她腹部隆起，不耐久立，适才却站在桌案前陪自己议论了半天全国军政，不由感到一丝歉意，忙将冻柿子递给她，关切道："你今日胃口可好些了？"

君怜微笑道："胃口好不好打什么紧？好歹能吃下去不吐出来，不就行了？"

多日之后，一路向西的王峻大军抵达陕州。

出乎所有人的意料，王枢密在陕州停下了脚步。一连数日，他稳稳地在陕州休养生息，并不继续北上驰援晋州史彦超。将佐们心存疑虑，纷纷请教主帅意图。王峻冷然扫视众人，让他们安心听令，不必多问。

这情形让许多将领感到似曾相识。一年以前，当时的枢密使、现今的天子郭威北上抗辽，就是这样先在滑州、后在澶州暂停了脚步，而那之后发生了什么，全天下人都心知肚明。王枢密这是怎么了？他不赶着去救火，却在这里端起了架子，他到底想做什么？

来自前线的各路报告，公开的和秘密的，都迅速汇集到了官家郭威的面前。

官家沉默了。几天以前，他刚殷殷切切、风风光光地为王峻饯过行。临别时王峻以他那浑厚嗓音做出的响亮承诺，言犹在耳。他不知道王峻葫芦里卖的是什么药，谁也不知道。可是，现在没有闲工夫跟他猜谜了。晋州被围困得很苦，眼看着就要陷落，每天都有求告文书十万火急地递送到京师。王峻不急，官家也急了。

好，你拿架子不出动，朕就亲自出动。

十二月初一戊子日，天子诏下，准定于本月初三暂幸西京洛阳。他向陕州王峻的行营派出了使臣："传朕口谕，朕将在西京北上，取道泽州与王峻会合，共同击退晋州之寇！"

使臣星夜赶路，在第二天抵达陕州，向王峻宣示了官家的旨意。王峻领旨完毕，并不谢恩，却拉着使臣的手说道："天使，你随我来。"

天使与王峻共入营帐，屏退旁人。王峻换了副严肃的表情："有劳天使急速驰还，为我奏报陛下：臣之所以驻兵于此，并非胆怯畏战。晋州城坚池深，刘崇轻易是攻不破的；而河东大军初来，兵锋方锐，我军不宜与之力争。臣的意图是避其锋芒，待其气衰之后再一举击溃。……最重要的是，陛下即位未久，车驾怎能轻易发动？别忘了，在兖州还有一个蠢蠢欲动的慕容彦超呢！如今朝中深受陛下知遇的，不过是李穀、范质、郑仁诲他们几个而已。其他人都是墙头草，临事必然采取观望之策。臣斗胆妄测：陛下的车驾一旦越过汜水，慕容彦超必定会率军入汴，到那个时候，则大势去矣！……"

听了王峻的话，起先神色中还含着不满的天使悚然而惊。他顾不上七百里奔波的劳累，只略进饮食，稍事休息，便打马急返京城。

禁中。滋德殿。

冬日难得的清透阳光让这宏伟的殿宇显得比素日敞亮了几分。

天使带回的王峻口头奏报让官家郭威惊出了一身冷汗。他素来自命稳重，即便在改朝换代的危难关头也没有丢失那份深谋远虑，没想到一时大意，竟被一个小小的晋州乱了方寸！

也许，这里面还隐藏着他对王峻无法完全信任的心思。

他在殿中走来走去，为自己几乎犯下不可饶恕的过错而后怕不已。此时，他多么希望有个人来呵斥他，来责罚他啊。在他童年时就殁于战乱的父母也好，亲自抚养他们姐弟长大的姨母也好，保护着他和弟弟逃出生天的四姐也好，以身家性命成全了他今日功业的发妻英娘也好……他希望他们狠狠地训斥他，骂醒他，告诫他不要忘了自己所坐的这个位置是多么危险，就好比一只金盘顶在一根银针上，需要赔上多少谨小慎微，付出多少精思细量，才能稍微打点均衡，不至于旦夕倾覆。

可是，有权力教训他的亲人们，早已全都不在这个世界上了。

最后，他用力提起自己的耳朵，就像小时候犯了错被父亲、母亲、姨母和四姐提耳教训那样，他低声狠狠地呵斥自己："你险些坏了我的大事！"

十二月初三，天子诏下，巡幸西京之事宜停。

十二月十五日，王峻大军北上。

十二月二十日，王师一过绛州，河东军就焚烧了营寨，狼狈而退。

十二月二十二日，王峻奏报，刘崇逃遁，王师进入晋州城。

而在王峻喜报抵京的前一天，已有另一条来自郓州高行周的奏报震惊了朝野：

慕容彦超据兖州反了！

一波未平，一波又起。

时光的洪流裹挟着人们的一切喜怒哀乐，无情地流向未知的宇宙荒野。

大周广顺元年，就在这样的仓促、混乱中过去了。

四六　宫墙有隔

广顺二年春正月，戊午朔日。阴天。

早几日前已有诏下，因宿兵在外，而兵事乃国家之凶事，故而皇帝谦抑，在新年元日不接受百官朝贺。

这道诏令让君贵好生失望。不过，他随即就振作了精神。自己不能亲见父皇没有关系，自己的奏表送呈到父皇面前，也是一样的。他让王朴执笔，写了一道言辞恳切的奏表，请求为国为君，出讨兖州。

然而，他的奏表没有得到回应。

正月初七，天子诏下，以侍卫步军都指挥使曹英为兖州行营都部署，以齐州防御使史延韬为副都部署，以皇城使向训为兵马都监，以陈州防御使药元福为马步军都虞候，率大军征讨慕容彦超。

慕容彦超的起兵，其实并不是突如其来的。

去年十二月初八，慕容彦超向朝廷上表，请求朝觐。官家郭威下诏应允。可是不几日，慕容彦超又上表称兖州境内起了草寇，自己不敢离镇了。

上表乞朝又撤表，这可不是一件简单的小事。

对于兖州慕容氏这样的大藩而言，没有朝廷诏令，根本不允许进京。而朝廷是否允许一个藩主入京朝贺，又涉及多方面的考虑。首先，允朝一定是种恩宠，表示皇帝很愿意看到这个藩主，聊聊地方军政、叙叙旧，甚至赐宴、赐物以示荣典；其次，有些藩主财大气粗、气焰很高，受到朝野忌惮，倘若贸然允许入朝，由着他们及其亲随队伍在京城的大街小巷耀武扬威，则有可能给天子威仪带来负面影响——因此，对这些藩主要经常弹压，弹压的方式之一，就是在他们乞朝的时候偏偏不允他们入朝；再次，有些藩主可能无意间暴露过目无朝纲的言行，或者有什么不宜诏示惩处的过犯把柄被朝廷抓在手里，那么这些藩主也有可能被朝廷趁着大贺之机点名入觐，进行一番敲打，更极端的，就地解职囚禁，交由法司论罪，也不是没有可能。

总体说来，上表乞朝，是外藩表达对官家忠心的方式之一。

慕容彦超乞朝，便是打出了一张忠心牌，以此试探朝廷心意，看官家如何接招。官家下诏允朝，是表明朕知道卿的忠心了，既然卿那么想来，朕也不忌惮卿，卿就来吧。

如果官家不允朝，慕容彦超可以借此怨怼，表示自己受到朝廷猜忌，委屈难申，为起兵寻找理由；可是现下官家允了，鞠球便踢到了他自己脚下。他该怎么办呢？

真的入朝吗？开玩笑！一年前，他在刘子陂打了败仗，狼狈逃到兖州去，全靠婴城自固才苟全性命。大周建鼎后，郭天子大赦天下，又对他加官晋爵重重抚慰，他才一直没有动静。郭家天子一定很想及早拔掉他这颗坚硬的前朝大钉子。倘若他真的入朝，岂不正给了郭某人瓮中捉鳖的机会？

他上表乞朝，却不能真的入朝，所以，他只能找借口不去朝觐。

然而这样，也就将他的假意完全暴露了。汴京与兖州之间，其实再也没有任何苟且相安的余地。他起兵的决心，在第二道不能入朝的奏表呈上的时候，就已经下定了。

为此，慕容彦超迅速联络了江南李皇帝，请求军援。于是，十二月二十一日他据城起兵，与此同时，江南李璟遣大将燕敬权兵发下邳。

趁着晋州有事，再在兖州、徐州各放一把火，给郭家天子来个东西包抄、南北夹击，让他顾此失彼、捉襟见肘……打下中原江山的好处，大家可以坐下来分。在刘崇、慕容彦超与李璟之间，无须更多的言语，自然而然已经形成了这样的默契。而这三者，正是大周建鼎以来最强大的三个敌人。

如今，最强的三方敌人联手了。

澶州。镇宁军治。前院庭院中。

春寒料峭。虽说已经开了春，气候还像隆冬。也许因为过早舍弃了厚厚的冬衣，早春的寒气渗进了人的心里。

君贵站在庭院中的石几旁，默然良久。石几旁有配套的石凳，但他并没有坐。石几与石凳设在一棵高大的榆树之下。气候干冷，榆树仍旧只剩枝丫，没有树叶。他仰望着细枝如织的树梢，心中感到荒凉。

这是似曾相识的感觉。年余以前，他也曾在邺都衙署的庭院中仰首向天，感受着一颗心被寸寸割裂与片片撕碎的痛苦，无处可逃。如今早已日异月殊，过去的痛苦被深深掩埋，可为什么自己又重新陷入莫可名状的痛苦中了呢？

父皇似乎将他遗忘了。父皇将他抛弃在距离帝都三百多里外东北方的一座小城池中，让他自生自灭，然后，父皇就顾自带领着一班旧部，开始了建设全新皇朝的伟大工程。他不知道为什么会变成这样，他在京中的耳目不够。过去，即便在父亲留他镇守邺都、自己南下克难那种万机待理的情形下，他们父子都保持了频繁的密谍往来，都能够充分地互通声息。可是后来，随着局势渐渐平定，他离父亲却渐渐远了。

父亲入主东京皇宫后，宫墙阻隔，人事间碍，他们父子之间的往来交流再也不像以前那样便利通畅。无论是出于情感，还是出于法度，他都不应该也不可能派遣密谍私下打探父皇的行止。那样不仅不忠，更兼不孝，在他自己心里就说过不去。他只能从公开的朝报中得知父皇的言行，或者偶有使臣往来，带来一点京中的消息。如此一来，他就变得与父皇那帮臣属一样了，甚至，还不如他们距离父皇近。

他自问在澶州任上，无论治军，还是治民，都兢兢业业、勤勤恳恳、唯允唯诺、诚惶诚恐，真正做到了车马整饬、甲兵精良，为政清肃、盗不犯境。他并没有做任何有违圣谕、有违法度的事情，为什么会受到这样的冷落？单单解释为王峻的离间阻隔，似乎是说不通的。比如这次请求出征讨伐慕容彦超，王峻不在京中，不可能反对，父皇为何对自己的请求置之不理？父皇难道不知道自己现在尤其需要建立一场硕大的军功以服众吗？就算父皇不认同派遣他出征，为何连一句话都不肯给他，就好像压根儿没有看见他的奏表一样？

他们做了二十多年的父子，一直相知甚深。他在父亲膝下，龆龀承欢，冲龄辅家，十三奔走于江湖，十五扈随于军旅。当年母亲去世后，杨孃孃继任照顾他和三姐儿鹂娘，后来又添了四姐儿鹭娘。天灾人祸，赋税繁重，家中境况一度变得非常艰难。十三岁的弦歌少年，为了帮助杨孃孃养家，跟随乡邻投奔到邺中大贾颉跌氏商队中，往来江陵贩卖茶货求利。辛苦奔波年余，好歹维持住了家中生计，让全家人熬过了最难的阶段。为此，杨孃孃不止一次拉着他的手感泣不已。父亲回来休沐时，也一再夸赞他的谨厚与担当。

可是为什么一路追随、接踵同行至今，他与父亲却越来越远？难道父亲在登基之后变了心思、改了心意，不再信任他、依赖他了？……他是在父亲跟前失宠了吗？……但父亲已经没有别的儿子了，他就是唯一的胤嗣。父亲不宠爱他，又能去宠爱谁？……难道是小孃德妃董氏又有了新的身孕？可是，是男是女还不一定呢，哪至于为了肚子里的而疏远他？何况，又根本没听说有这回事……

君怜抱着一件厚氅，轻轻走过来。他感觉到了君怜的脚步，却没有回头，也没有动。君贵身材高大，君怜靠近他，将厚氅展开，勉力披到他的肩上，柔声道："哥哥，外面风大，咱们进屋去吧？"

君贵转过头来，一手揪住大氅的系领，一手拉住了君怜。君怜近来愈发重心不稳了，他怕她因勉力向上举氅而摔倒。君怜自己穿得也不够厚，庭院中的大风，将她吹得瑟缩起来，眯缝上了眼睛。

"好，咱们进屋去。"君贵张开大氅，将君怜一同裹在里面，然后搂着她往屋内走。君怜笨拙地依偎着他，让他的心一阵柔软，一阵怜惜，不知为何还有点难过。

进到内室，采儿替他们除下大氅，唐妈妈赶紧过来为他们盛汤，一面絮叨着："不是我说啊，这么冷的天儿，大皇子老在外面冻着可不行。这个参鸡汤，是专门煲了暖身子的，你们俩都喝一碗！快，姐儿先来，谁也不许不喝！"说完，她不容分说，就往君怜和君贵手中各塞了一碗。

君怜每天被唐妈妈逼着喝各种热汤，以往总是会小小抗拒一番。可是今日她立意要带个好头，便顺从地捧起碗来，拿调羹往嘴里送了两勺。

"好喝！"她看着君贵，"真的很好喝呢。妈妈熬了一早上，哥哥好歹也喝一碗。"

君贵无奈，端起碗一饮而尽。君怜知他不会再饮第二碗，便也不劝。这里采儿忙端了茶水来给君贵漱口。

"你们都出去吧，我跟你们姐儿说几句话。"君贵漱完口，对众人说。想了想又道，"把汤再给姐儿多留一碗。"

众人答应着，君怜忙追了一句："妈妈，去逼着榷娘也喝一碗！"

众人退尽，室内夫妻相对。君贵恢复了深思的神情。

“哥哥还在为父皇不批复奏表的事情费思量吗？”良久，君怜问道。

“嗯。”君贵点头。他原本不想说的，可是一旦开了口，他却忽然兴起了说下去的愿望——在君怜面前，他总是会有这种诉说的冲动，“我实在想不通，父皇为什么对我不满意？我到底是哪里做得不够好？就算我有不足之处，难道不能容我更正吗？哪怕父皇下诏申斥我，也比现在这样被闷在葫芦里强啊……”

君怜微微蹙起了眉头：“……是啊，我也想不出来，会是什么地方出了问题。不过，如今父皇和哥哥的位置都不比从前了，就算为了哥哥的颜面计，哥哥有了小错失，父皇大概也是不会轻易申斥的。”

君贵苦笑道：“那教我怎么办？我该怎么做才是对的？”

“会不会……父皇已经有过暗示，可是哥哥没有留心到？”

“……我想不出来。”

君怜沉吟半日，方问道：“……最近朝廷对澶州的人事方面有任何调动吗？”

“……军将方面，将杨氏舅舅从昭义调过来做了本州的巡检使，帮着我训练甲兵、捍御盗贼。”

“嗯。”

“文吏方面，就是把张美调到濮州去了，此外也没有别的动作。”

“张美？”

“对，就是本州的粮料使，你见过两三次的。”

“哦，他！我记得，很干练。”

“对啊，他是非常能干的后勤主官。我将士卒拉到顿丘去训练山林野战，拉到临黄去强化骑射技能，派人去清丰和观城缉捕盗匪……诸如此类的军务，全靠他一力保障后勤。每次只要提出需求，不管有多麻烦，难为他都能替我周转开来。”

君怜默然片刻：“……调他去濮州是做粮料使吗？”

“不是。是去做马步军都虞候。”

“张美更擅长做什么呢？后勤还是领兵？”

“依我看，自然是后勤。不知道父皇为什么要让他移岗。”

“诏令是怎么说的？”

“诏令没说原因。”

君怜抬眼看着君贵：“好好的，父皇为什么要将你得力的人抽调走？而且，是调去一个他并不见得更得心应手的位置？”

君贵蹙眉道：“是啊，我也有些不解。”

“哥哥觉不觉得，这其中会有些原因呢？”

君贵沉默了。张美是管钱粮的人，如果他的调动背后另有原因，那就一定是与钱粮有关了。

他蓦然感到一阵寒意。君怜握住了他的手。

“我大意了。”他站起身来，“我立刻就让王朴去查，看看此事背后有没有什么隐情。”

数日过去。晌后。朱雀房中。

君怜倚在朱雀榻头的软垫上，陪她一起调弄瑶琴。君怜身子沉，已经不方便抚琴了，只是坐在一旁看着朱雀摆弄。琴名“九烛”，是一张流传有序的古琴，朱雀及笄那年高医正所赠，恰巧与君怜的瑶琴名“三辰”相映成趣。朱雀后来请名匠用螺钿在琴头镶嵌了一只朱雀图案，其纹样用的就是青鸾当年常绘的三羽九绒翘尾款式。

朱雀来到澶州已近半年，还是第一次将“九烛”拿出来。光是擦拭，就慢慢擦拭了半天；然后正音，又慢慢正了半天。好不容易一切就绪，朱雀又去重新焚了香、洗了手，这才安安静静坐下来，抚了一曲《渔樵问答》。

曲罢，君怜拊掌赞道：“竟比上次抚得更好了呢！”

朱雀笑道："不能算好。若论抚琴，还是青鸾最擅长，她八岁就能抚《幽兰操》。我嘛，我就是《沧浪》[1]抚得最惬意，别的也不肯深学了。"

君怜道："你可还记得前年咱们在齐州见到木香阿姊？那次席间，她校试你我身手……"

朱雀道："自然记得。那时你抚的是《秋浦》，我抚的就是《沧浪》。"

君怜笑道："……木香阿姊夸你琴艺有进益，要你继续找师傅学，可是你懒，你不肯。"

朱雀道："哼，'绝圣去智，大盗乃止'。陶渊明还'好读书不求甚解'呢。学那么精专，不就辜负了大道混元之意吗？何况，天赋有异，我无论怎么学琴，也不可能比青鸾抚得更好；就像她无论怎么学，都不可能比我更会研制丸药，更会术数演算一般……"

君怜嘲笑道："总之都是你有理！等几时得了空，我去教会廷献抚《沧浪》，那时看你还进学不进学？"

朱雀不屑道："廷献每天忙得团团转，哪有工夫学琴？你若是能教会他抚《沧浪》，我就去学《潇湘神》，怎么样？"

君怜道："你别太骄妄，欺负人家不得闲。廷献会抚《酒狂》，你知道吗？"

"真的？没听他抚过啊。"

"我猜的。有一次我以'三辰'抚《酒狂》，他在旁边听着，情不自禁就拿手轻轻比画起来了。我瞥见他的拍子和手势，明显是会家子呢。"

"……嘿，这个廷献，还真是你家捡到的宝贝。"朱雀含着一

[1] 《沧浪》，是本书专为朱雀所拟之琴曲。下文《潇湘神》，是本书专为君怜所拟之琴曲。

丝调谑道，“又会干活，又会武艺，又会抄经，现在居然还会抚琴？他十一岁就到你家来了，这些杂七杂八的本事，他都是打哪儿学的呢……”

“唉，我也不知道。”君怜叹了口气，“廷献那个样子，你最清楚了，别人便问，他也不肯多说——最多就说是小时候见识过。”

朱雀道：“若是你问，没准他就说了呢？”

君怜摇摇头。

两人正闲聊着，忽然房门被轻轻推开，廷献赫然出现在门口，就好像他一直在外面偷听她们谈话，直到听不下去了，才毅然闯进来打岔似的。君怜和朱雀对视一眼，忍住笑互相挤了挤眼睛。

廷献不明所以，恭谨地向两人施个便礼：“大姐儿。姐儿。”然后方向君怜道，“太保回来了，请大姐儿尽速过去。”

四七　沉香剑匣

君怜回到正屋，君贵已经等在那里，脸色铁青。

“哥哥……”君怜急忙趋前安抚，“别生气，有事慢慢说。”一面说，一面便拉着君贵坐于桌前。

“王朴查出来了，”君贵缓了一缓，沉声道，“张美在钱粮之事上，果然做了不少手脚。”

“嗯？”

“我因训战犒赏所需，多次问他要过谷粮。他为了应付我，不仅挪用了政署衙门口的俸银、拖欠官吏薪俸，还报吃了军队空饷……”

君怜默然半晌：“……张美所挪用和吃空饷得来的钱粮，与哥哥犒赏所需的钱粮，数目上可有出入？”

“数目上倒大致相当。哼，他素日知道我的脾性，他若是为自己贪墨，一旦被我发现，还能有活路吗？”

“嗯。”君怜点点头，不动声色地看着君贵。

“就因为他是为我这么做的，我才更加不能原谅！”君贵恼怒道，“我要的数目他做不到，他就不能拒绝我吗？现在倒好，他打着供我军需的旗号拖欠官吏的薪俸！人家都指望着那点谷粮养家糊口呢，他这么做，怎能不闹得怨气如沸？他还去吃空饷！吃空饷是什么罪名，他不清楚吗？他是我的粮料使，别人会认为是我在指使他贪墨……”

君贵越说越气，心中却越来越沮丧惶恐，难以自安。父亲一生俭素，最鄙薄骄奢贪渎。发现张美所做的手脚后，父亲会不会认为这是自己的意思？父亲会不会认为自己背叛了他们十多年来共同的志向？父亲会不会认为自己二十余年来一直在示他以假象，一旦独当一面、掌握权力与财富，就露出了贪婪浅薄的本色？

被别人误解，他完全不在乎。可是倘若被父亲误解……

他感到了一种生不如死的痛苦。

君怜替他斟上一盏罗汉汤来："哥哥，先喝点汤水。"

君贵接过来一饮而尽。君怜看着他，掂量着，欲言又止。

君贵便也看着她："怎么？"

"我在想，上次咱们议论《阃外春秋》时说到，'邪正由人，吉凶是命'，"君怜刻意放缓了语速，"素日哥哥办事，总是雷厉风行的做派，御下也很严苛，故此，但凡哥哥提出什么要求，底下的人审安危、择去就，恐怕是很难开口拒绝的吧？"

"那也不能成为他欺骗我、欺骗朝廷的理由啊！"君贵愤然道，"他能在这件事上骗我，就可以在别的事情上骗我；他能在这件事上骗朝廷，就可以在别的事情上骗朝廷！如此一来，主从之间信任何在？朝廷法度尊严何在？"

君怜点头："嗯。……那么，哥哥现下打算怎么办？"

"我也不知道。"君贵懊丧地摇头，"……至少，要给父皇上一道表，自责请罪吧？"

"我以为不妥。"君怜断然道，"如果张美真的是因为此事被调走的，那么父皇就已经借此给了你暗示和警告。明摆着的，父皇不希望此事被拿出来公开议论。何况，据我看，父皇不批复你的奏表，很可能与张美之事并无多大关系。"

"怎么呢？"

"比如说，对于一件已经处置过的事，哥哥难道还会再处置第二遍吗？"

君贵一时语塞。片刻，方道："……那，父皇到底是什么心思？被你一说，我愈发摸不透了。"

君怜沉思片刻，忽然笑起来："咱们管自在这里胡乱揣摩，有什么用？父皇是什么心思，咱们问问不就知道了？"

"你刚才不是说不能上表吗？"

"可是咱们还有德妃孃孃呀。不好问父皇，难道还不能问问德妃孃孃吗？"君怜道，"日前父皇赐下年节例赏来，里面不是有德妃孃孃替孩儿去大相国寺祈来的一串檀木数珠，以及龙虎山天师庙的一对金锁吗？虽说澶州早已上了例贡，可是咱们作为晚辈，也理应有私礼孝敬父亲和小孃才是啊。都怨我，我原本早想着要预备此事，每日间身子懒怠，精神一短，竟混过去了……"

"你说得对，"君贵精神一振，"那么，你尽速备下回礼，我即日就遣曹瀚带人跑一趟腿，将礼物送到禁中德妃孃孃跟前，顺便打探一下父皇对我的态度吧。"

翌日。晌后。澶州军治后苑。

曹瀚由廷献领着来到客堂前告进。君怜在内说道："请曹押衙进来。"

廷献打起厚厚的毡门帘，曹瀚快步入内，来到君怜跟前，下拜道："卑职见过夫人。"

君怜笑道："曹押衙快请起。私人场合，曹押衙何必如此多礼？"

曹瀚起身笑道："这是家母让卑职拜上夫人的。夫人赐下的腌雉鸡肉，家母吃了一回，赞不绝口，嘱卑职务必再三谢过夫人的恩典。剩下的那些，家母舍不得吃了，恨不能供起来呢。"

君怜笑道："不过是一点儿腌物，打什么紧！令堂爱吃，以后我再教唐妈妈做。"

曹瀚忙道："那可不敢了。"

君怜道："说到这腌雉鸡，正好我这里还有几只要让你带到京师去，献给德妃娘子。太保跟你细说过派去东京的事了吧?”

曹瀚道:“太保略说了说，命卑职过来听夫人吩咐。”

君怜点头:“太保与我备下了一点儿新春的薄礼，要劳你专程跑一趟，去禁中献给父皇和德妃娘子。到了京城，找谁才能入内求见，你可知道?”

“卑职去找郑团练，他必定能将卑职带到德妃娘子跟前。”

“嗯。见到德妃娘子之后，该说些什么，该问些什么，曹押衙心中可有数?”

“卑职……要着意传达太保和夫人对官家和德妃娘子的孝心，还要替太保和夫人问候官家和德妃娘子的起居，尤其问候身体康健……哦，还有小皇女的康健……”

君怜笑道:“对。此外还有一事，你要想法子婉转地问一问德妃娘子：太保请求征讨兖州，官家大略是怎么想的？倘若官家不允，是不是官家对太保有别的打算，或者太保有什么做得不足之处？我们年轻愚钝，不能自知，要恳请德妃孃孃念在室亲之情上，及时帮扶勘正……”

曹瀚的面色凝重起来，郑重揖道:“是，卑职明白了。”

东京。宫城。右掖门外，禁卫森严。

曹瀚锦衣轻装，带着两名随从在距离宫墙两丈开外处安静等待。两名随从手中，各提着一个箧匣。

右掖门打开，郑仁诲在门口现身，略一张望。曹瀚急忙趋前拜道:“卑职恭请郑尊使金安!”

其时，郑仁诲官拜内客省使，领恩州团练使，日日事奉于官家左右，是令朝野上下艳羡的官家近臣。曹瀚与郑仁诲都是郭氏父子元随，共事多年，彼此很是相熟。郑仁诲原本年纪大着一辈，更兼如今身份高了，曹瀚将见面的礼节由揖礼改为跪拜，也是见机乖觉之处。

“哎呀曹押衙!”郑仁诲笑容可掬搀起他,“过礼了，下官可不敢当。太保大皇子一切可好？郡侯夫人一切可好？”

“太保和夫人一切都好。”曹瀚笑道，“太保和夫人嘱我问候郑尊使阖府安好，还让我带了罐宅内秘制的胭脂柿子膏来送给尊使——尊使素日不是好吃柿子吗？”

“哎呀呀，这怎么敢当？卑职多谢太保和夫人！”郑仁诲忙望空一揖。

“郑尊使，太保和夫人遣卑职来，是要呈上备给官家和德妃的家人节礼。”曹瀚道，“还请尊使代为通报一声，并请德妃娘子示下：何时得闲可以接见卑职，好教卑职当面呈达太保夫妇对官家和德妃娘子的孝敬之意。”

郑仁诲抬头看看天色：“这时候应该就不晚。押衙在此稍等，下官进去请一请德妃娘子的时间，顺便给你们寻几个腰牌来。”

福宁殿。夜色四合，灯烛通明。黑暗被暖炕产生的热气隔挡在外面了。

雁儿在炕上的被窝里闹觉，折腾着，又被宫人拍哄着，渐渐睡熟。

德妃坐到雁儿身旁，示意宫人不要停下对皇女的拍哄，又拿起手边的一张锦帔轻抚着，对官家感叹：“……好巧的手儿！难为她，身子那么沉，精神也该短了不少，却还给我绣百福锦做环帔……”

官家郭威笑道：“君怜原本就是个好孩子。”

德妃道：“君怜好，荣哥儿好不好？顿丘腌雉鸡肉、淇河缠丝咸鸭蛋、澶渊胭脂柿子膏……这些个御厨做不出来的土产风物，人家全想着献给你这个爹呢。”

郭威笑道：“荣哥儿自然也是好孩子。”

“既然是好孩子，”德妃向四围看了一眼，低声道，“官家为何这阵子冷落了他？”

郭威转过脸，挥手屏退所有的内侍与宫人，方回答道：“我何尝冷落了他？”

“既然没有冷落，为何荣哥儿上表请战，官家却不理不睬呢？”

“他是请求立马就出战，我还没到要用他的时候呢。”

德妃喜道：“这么说，官家原本是打算用他的了？”

“……要看情势发展。慕容氏虽然麻烦，却并不是多么可怕的对手。还有刘崇、李伯玉这些人，都虎视眈眈地盯着咱们呢。哪有下棋的一上来，先把仕相给支出去的道理？”

“如此说来，官家是等着拿荣哥儿去定局吗？”

郭威摇头：“我说了，未必。荣哥儿这孩子，办事还是不够稳重，还需要再受些挤压，才能去除心中那股子浮躁之气。上次张美弄鬼的事，就是一个明例。”

“张美臣妾知道，素日就会精打细算，他想出那些法子来替荣哥儿筹措，也不能不说是曲尽忠心吧？”

“哼，往好处使劲儿，可以这么看，万一哪天他要往坏处使劲儿了呢？因此，他去濮州赴任前，我特意教向训敲打过他。他和向训都是多年跟随我的，彼此交好，我也算给他留了颜面了。”

“不过官家，这事儿臣妾敢打包票，绝不会是荣哥儿指使的。”

“当然不是他指使的！荣哥儿是什么秉性，我还不清楚吗？”

“依臣妾看，荣哥儿都未必知道此事……”

“他当然不知道。他若知道，是绝不会允许底下人这么干的。”

德妃笑道：“那官家还责备荣哥儿做什么？”

郭威严肃道：“问题就在这里：底下人如此胡来，他居然一点儿不知道！还被别人抓住了把柄，通过吏部告到了中书省，最后落到了枢密院眼中！若认真追究起来，他至少也得问个失察之责吧？我为着他的颜面，只把张美调走，已经很留情了。”

德妃叹道：“官家近来待荣哥儿，是愈发苛刻了。就算他有不足，官家是爹，总还是要教导才是。人家上的折子你不批复，人家的请求你不理睬……瞧瞧你把荣哥儿都吓成了什么样子！……今日曹瀚在臣妾跟前，说得那叫一个可怜巴巴！什么‘太保说了，儿子和儿媳年轻愚钝，有什么不足之处也不能自知，还请德妃孃孃念在室亲之情上，及时帮扶勘正才好……’哎哟，说得臣妾眼泪都快下来了。臣妾想着，作为小孃，我何尝帮到过他什么？素来倒是他顾念臣妾和雁儿的时候多。如今他遭到父皇冷淡，惶恐失措，不得安生，臣妾真是想安慰他，都找不出合适的话来说……”

郭威笑了起来：“他知道来迂回找你诉情，倒也算是有所进益了。”

德妃不满道：“亏官家还笑得出来！官家要磨炼他，为何不说明白？只管教人家一头闷葫芦猜来猜去。那孩子心实，官家老这么不明不白的，他早晚会被你煎熬死。”

“我这是成就他。就说张美这件事，难道荣哥儿就一点儿过错都没有吗？若不是他逼得那么急，张美何至于出此下策？他身为主官，要求下属去做做不到的事，难道就不能预料到会有什么后果吗？他在治政上不成熟，皆因所受的磨砺还不够。除了我，谁还会这样给他机会、这样狠狠地磨砺他？”

德妃愣了一下，随即答道：“……王峻啊。王峻素日专门跟荣哥儿不对付，难道荣哥儿在他那儿受的折磨和委屈还不够？”

“王峻？要依我说，王峻还不够狠。”

“啊？王峻都不算狠？官家到底要把荣哥儿逼到什么地步才是个头啊……”

“裕娘，现在我只剩荣哥儿这一个儿子了，我这位子，迟早是要传给他的。”郭威叹息一声，动容道，“我把天大的委屈塞进他的心里，就是把天大的器局放进他的心里。宰相肚里尚且能撑船，要做皇帝，肚子里至少该装得下九层龙舟吧？你以为宰相的心胸都是天生那么大的吗？那是为了平衡朝局、左支右绌地撑船给撑大的！那么皇帝的心胸，又该用什么来撑开呢？——我告诉你，要用更棘手的局面，要用更大的委屈！身为天子，天下的一草一木、一人一马、一喜一怒都得在他的心里，他要是忍不了、容不下、撑不住、解决不掉，他就不配做这个皇帝！

“你常常说我太能忍，你以为我这‘忍’字当头的功夫，是一天练出来的吗？我年轻的时候是个什么暴脾气？十八岁投到李继韬麾下，当时街市上有个屠夫横行霸道，我一刀就捅翻了他！遇到英娘那年，我宁可天天樗蒲饿肚子，也不肯去投奔杨光远！……可是后来呢？人家杀了我全家，我还要让我儿子去给他披麻戴孝！……裕娘，我曾经忍耐了常人所不能忍耐的，才得到了常人所不能得到的。现在，我要让荣哥儿也经历这样的成长。他只有承受住了最不堪承受的，又坚守住了最需要坚守的，才算是通过了我的考验……”

德妃默然。半晌，她叹口气，轻声道：“……臣妾明白了。……那么，曹瀚还想请求面圣呢，官家是见还是不见呢？”

“不见。”

“……官家倘若执意不见，好歹赐荣哥儿一样东西，成不成？也算是略示父子之情、抚慰之意了。”

郭威沉吟良久：“也罢，就将我那个沉香木拼镶的剑匣交给曹瀚带回去吧。”

“好。这是个什么说法？”

“由他自行体会去吧。你就让曹瀚问问荣哥儿，前年平定河中之乱后、出发去兖州送君怜之前，爹曾经跟他说过一番话，问他还记得记不得。”

“好。”

澶州军治后苑。日间。

曹瀚向君贵和君怜呈上从京中带回的沉香木剑匣。

君贵接过来，却不打开，急切问道："父皇有没有赐见你？"

"没有。就是德妃娘子赐见了两次，教卑职给太保带回来这个。"

君贵忙打开剑匣，惊讶地发现里面竟是空的。

他蹙眉看向君怜："这是什么意思？……马放南山，刀枪入库？父皇要我把刀剑都收藏起来？他再也用不着我为他沙场拼杀了？"

曹瀚忙道："德妃娘子说，陛下问大皇子，前年从河中出发相送符娘子回兖州之前，陛下曾经跟大皇子说过一番话，大皇子是否还记得？"

"前年……河中……"君贵迟疑地看向君怜。

"父皇当时单独跟哥哥谈过什么呢？"

"嗯……父皇跟我讲了李氏财产是怎么滚雪球得来的故事。"

"还有吗？"

"还有……还有当时的官家的心思……"

"还有吗？"

"还有，还有削藩……"

君贵猛然顿住。当年父亲那句曾经让他热血沸腾的话，再次回荡在耳边。

"君贵，爹最锋利的宝剑，就着落在你的身上了！"

他激动地看着君怜："我就是那把剑！君怜，我就是父皇最锋利的宝剑！"

君怜恍然道："原来如此！……利剑配香匣，哥哥，父皇是要你以国器自视，好自珍重……"

"我明白了！"君贵决然道，"君怜，你立即再替我拟表上奏，我要继续请求出征兖州！"

四八　观音降世

兖州之叛已经如火燎栗，而在晋州这边，事情也还没有完。

当时王峻进入晋州城后，部将纷纷请求立即趁势追击刘崇军队，认为必能获得大利。但是王峻犹豫了，他担心撤退是刘崇的计谋，自己贸然追击，正好中计。他这一犹豫就犹豫了一天，直到次日，他才下了决心，命令部将出动。

刘崇跑得很快，河东原境内的防守又很坚固。追击部队追了两天，寸功未建，悻悻返回。

这个局面让王峻感到非常尴尬。他兴师动众地来了，可是却没有一场像样的交战，更没有抓获多少俘虏好献给官家。相比官家驾幸西庄饯行的隆厚眷顾，他的成果实在拿不出手。因此他做了一个决定：征集附近的丁夫两万人，来加筑在刘氏的猛攻下遭到局部毁坏的晋州城。

正月初三，王峻起丁筑城的奏报抵达汴京。

官家对王峻没能一鼓作气拿下刘崇稍微感到有些憋气，但那是他发兵前最高的期望，王峻实现不了，也在意料之中。既然王峻自己已经感到惭愧，急于修城来弥补，他也就不准备再多说什么了。

王峻筑城的奏报还引动了官家自己筑城的心思。因为东京城经过这么多年战火，也已经很不像样子了。何况最近的一次破坏，还是自己带领北兵克难时造成的。于是他下诏征发五万五千名丁夫，重新修筑东京外围的罗城。后来，这个工程持续了两旬宣告暂时竣工。

刘崇回到太原之后，实在不能甘心。二月又袭击府州，被府州防御使折德扆斩首两千级。折德扆趁势追击，甚至收复了河东界内的岢岚军。这是后话。

慕容彦超所求来的江南援军也没有讨到便宜，被徐州巡检供给官张令彬破于沭阳，淮将燕敬权被生擒，士卒斩首千余级。正月二十二日，燕敬权等淮将四人被押至京师，献于阙下。

官家郭威在广德殿接受献俘。

他看着这些五花大绑、衣衫破烂的淮南俘虏，面色平静，甚至内心也是平静的。就像面对在过去的一年中他多次接受过的河东献俘一样，他下诏赐给他们衣服和盘缠。他坐在高高的御座上，深沉的嗓音在大殿中回荡：“惩罚凶邪、奖励忠顺，全天下都是一样的。朕治下的贼臣扰乱国法，婴城作逆，殃及无辜生灵，朕自然要讨伐他。没想到你们吴人竟然助滋凶恶，这恐怕不是什么好算盘吧？你回去，把朕这句话拿去问问你们主上。”

燕敬权得了衣服金帛，得了放归本土的赦令，又得了大周皇帝这番话，伏地感泣，谢罪不已。

到了三月，久拖不决的兖州战事像皇朝躯体上的牛皮癣，成了一个大问题。

兖州城坚池深，曹英、史延韬、向训、药元福率领的东征禁军遭到了慕容氏的顽强抵抗，数月无功。

当此之时，王峻早已修完晋州城返回京师，并获得了官家的优厚赏赐；而君贵的请战表也已经上到了第三道。

三月中，天子诏下，检校太保、太原郡侯、澶州节度使皇子荣累表请征，忠孝可鉴，特此嘉许。又诏以枢密院直学士、左谏议大夫王溥为中书舍人，充翰林学士；以内客省使、恩州团练使郑仁诲为枢密副使。

官家对皇子的嘉许，以及对王溥和郑仁诲的提拔，都让王峻深感不满。可是他自己在晋州问题上并未建立什么大功，官家反而给予厚赐，他就不好像素日那样，公然站出来对此指手画脚。现在最要紧的是，他应该抓住兖州叛乱未平的机会，为自己找回在朝政上说话的资本。

四月初。禁中滋德殿。

枢臣会议接近尾声。在众人议完了西京的宫室停废、京师大旱百官祈雨等事宜之后，王峻站起身向上揖道："官家，兖州之乱数月未平，臣忧思重重，不敢稍有懈怠。臣以为，慕容氏太过奸狡，曹英等人很难是他的对手啊……"

这不是他第一次表达这个意思。以往他说过类似的话，但总是来不及等到官家回答，就被别的什么人、什么事岔开了。今天他专门等到议事最后郑重其事地提出这个话题，就是想真正引起官家的重视。他期待着官家顺势问他："曹英等人不是慕容氏的对手，那么谁是他的对手啊？"这样他就可以昂然回答："当然是臣啦。"接下来他就可以请求出征，去替官家剿灭叛逆，平息祸乱。

没想到，官家沉默片刻，只说了一句："知道了，朕自有计较。"

四月五日，一封来自澶州的急报，快马加鞭抵达京城，又健步如飞递入禁中：皇子妇、太原郡夫人符氏于昨日在澶州府宅诞下一名皇孙女，母女平安。皇子夫妇恳请陛下为皇孙女赐名添福。

官家得了喜报，手舞足蹈，十分欣慰。虽说是皇孙女，将来无法继承大统，但毕竟皇家的后嗣又开始延续了；何况皇子君贵夫妇如此年轻，只要事实证明了君怜能够生养，将来皇家子嗣兴旺绵延，还不是指日可待的事嘛。

官家郭威身着一袭淡色襕衫，在福宁殿中搓着手，兴奋得来回踱步，与寻常士族家新添爱孙的快活祖父毫无二致。德妃董氏也笑得合不拢嘴："恭喜官家又要抱孙了！待君怜调养好了身子，官家就诏他们将小孙女抱回京来给咱们看看。要是看入了眼舍不得放手，咱们就把小孙女扣下来养在宫中，不还给荣哥儿他们了，好不好？"

郭威笑道："这种话，亏你这个当小孃的说得出口！……不过，好，就依着你，回头咱们就把大孙女留下来给雁儿做伴。他们想要孩儿？教他们再生去呀！几时给咱们生个孙子，几时咱们才把大孙女还给他们，如何？"

德妃笑道："就依官家的主意。不过官家可别忘了正事，人家小两口儿眼巴巴等着皇祖父给孩儿赐名呢，这可马虎不得……"

郭威迟疑道："一生下来就起名儿，是不是早了些？"

德妃忙道："不早不早。皇家的孩儿，不比寻常人家的丫头小子，多少路神仙大士保佑着都不嫌多！尤其是由官家赐名，这可是增福添寿的关键一步啊。"

郭威点头："你说得对。嗯……这是皇朝建鼎以来咱们家添的第一个孩儿，我可得好好想想，怎么着赐个最得体、最妥当的名儿，方惬我意。这事急不得，改日我命词臣上来，教他们给我找些美字待选。……呵，那就不忙在这一时了，教荣哥儿他们自己先给孩儿起了小名儿叫着，待我腾出工夫，精挑细选一番才好。"

德妃笑道："好好，就听听词臣们怎么说。——对了，少时鹭娘小两口儿、重进小两口儿就要进宫来贺喜了，官家要不要换身衣裳？"

澶州镇宁军治所。后苑。正房。

天气和暖，榆树成荫。论节令已入初夏，但春天的尾巴还为人们遗留下串串青翠的榆钱，在和风中舒然摇曳。

家中仿佛忽然间多了好些仆从似的，进进出出，喜气洋洋。

君怜躺在榻上，盖着一床薄被。她全然不施脂粉，面色虽然还显得疲惫，但神情倒是轻松了许多。朱雀坐在榻边的杌凳上相陪。看着婢仆们一会儿拿来河鱼细羹，一会儿奉上热水巾帕，一会儿端上人参鸡汤，一会儿捧来粳米蔬饭……流水一般运转个不歇。

朱雀不由皱眉道："怎的生完了还这么麻烦，就不能让你消停会儿？"

君怜苦笑道："我也是这个话。……我一早就跟唐妈妈说过要见见孩儿，今日到这会儿了，还不让我见一面！"

"好像你是替她们生了个孩儿似的，生完就归她们了。"朱雀嘲笑道，"不过这样也不赖，你只管吃好睡好，早日变回原来那个模样才好呢。实话跟你说，我可早就不耐烦你的大变样了，你最好是立马把我原来的羣娘还给我。"

君怜道："我又何尝想那样掣手掣脚的呢？你等着，等我能起来了，我同你到顿丘的猎场跑马去！"

朱雀喜道："好啊！最好你跟着我再走远一些。咱们把孩儿交给她们，自己去外面游山玩水一番，好生透口气，如何？哼，我为着陪你，可是有好久都没出去了，我反正是憋坏了。"

君怜笑道："好。到时候如果孩儿抛得脱手，我就跟你出去。"

朱雀道："这可是你说的！"

君怜道："咱们先别说那么远的事儿啦，还是说说孩儿这名儿吧。父皇口谕，教我和君贵自行给她起小名儿。你说，咱们叫她什么好？"

朱雀道："让我想想。……她是四月初四生的，正好是释家的文殊师利菩萨诞生日，你又常常拜文殊……"

君怜失笑道："那我也不能叫她文殊呀，难不成以后要天天拜她了？"

"那就叫观音吧，如何？"朱雀说，神情带上了两分得意，"……其实你发现没有，我的话都挺能兑现的，是不是？先前我说过会是闺女吧？那日生下来一瞧，怎么样！把唐妈妈惊得……都快当场向我拜倒啦。所以呢，现下我亲口说了她是观音，那她这一辈子，必定事事顺遂、逢凶化吉……”

“好好，”君怜喜道，“那可要借你朱雀大师的吉言了。少时我跟君贵说，这孩儿就叫观音，想来他也不会反对。”

“哼，你目下刚替他生了孩儿，鬼门关里挣扎了一趟回来，他哪敢驳你一个字？”朱雀道，“照我看，你要有什么素日他不肯的事，都趁着这几天说，管保全都成了。”

“朱雀！”君怜嗔道，“你这说的是什么话？我与君贵之间素来坦诚，便是有难事相商，也是直言即可，何需如此大费周折？”

这当儿，乳母东方氏抱着孩儿进来了。东方氏是唐妈妈早几个月前就替君怜物色好的澶州本地乳母。当时她刚生完第二个孩儿三个月，奶水壮得很。唐妈妈将东方氏和她自己的儿子一并领来让君怜看，君怜见东方氏服容整齐干净，又将自己的儿子喂养得白白胖胖，立马就点了头：“好，就用这位妈妈吧。”

“快将孩儿抱来我看看。”君怜在床上欠起身来。

“夫人快请躺下！”东方氏忙趋前道，“这才几日？可别劳动了身子！”说着，她便将皇孙女轻轻放到君怜身侧。

君怜见孩儿紧闭双眼，皱着一张小脸，神情大不耐烦，不禁对朱雀笑道：“你看看她！还是对我这个阿孃不理不睬的！”朱雀摇头嘲笑一声，俯身与君怜一同来拨弄孩儿，摸摸脸蛋，点点鼻头，拉拉足爪……急得唐妈妈在一旁纵容也不是，劝阻也不是，哭笑不得地说道：“哎哟两位小祖宗，刚落地的小儿家，魂儿还没定呢，哪里经得起你们这么折腾！”

“怕什么的？你不折腾她，她也不知道自己降落到人世间了啊！”朱雀理直气壮地说。

正热闹间，君贵含着满面笑意走进屋来。

君怜奇道：“哥哥今日怎的回家这么早？”

君贵笑道："放心不下，回来看看你。再说，军中和衙门也没有什么事非要我去管的……"说着便走到榻边，俯身去看孩儿。

听了君贵这话，君怜还没怎样，朱雀忍不住，先不以为然地撇撇嘴角，却恰好落在了君贵眼里。君怜知道朱雀的意思，笑着替她说出来："哥哥这话，连我听着也觉得太阳从西边出来了呢。军中和衙门的诸般庶务，哪样你不是事必躬亲的？尤其是张美那事之后。……照我看，教你管，你不会畏惧艰难；要教你不去管，只怕才是千难万难的。"

君贵见君怜和朱雀联手奚落自己，不由也笑起来："怎么我好心回来看看你，倒有了不是了？这几日她们旦夕不停地围着你转，连我都不得常常近前。我想着今日怕是消停些了，所以回来陪你说几句话。……再说了，就算你嫌我啰唆不让我看视，难道我还不能看看自己闺女吗？"

君怜笑道："谁嫌你啰唆了？不过是要你心口一致，别嘴上说着没什么事要管，心里却始终放不下……"

朱雀从杌凳上站起身，对君怜道："好了，既然有人回来看你，我也该走了。"又对君贵道，"你娘子有正事要跟你商量呢。"说罢，也不待君贵、君怜两人回答，自己便施施然出了门去。仆从们见状，知道太保与夫人有体己话要说，便也施礼退出。

君贵早已习惯朱雀对自己忽冷忽热、爱答不理的做派，当下也不以为意。正好众人走散，他忙自己坐到杌凳上，向君怜问道："嗯？有什么正事？"

"也没多大的事，就是孩儿的小名儿，我想叫她观音，你看可好？"

"观音？"

"嗯。她是四月初四生的，正好是文殊师利菩萨的生日，原本叫她文殊也不错，可是我又时不时拜拜文殊，何必两相冲突？因此想着，改叫观音也挺好的。……哥哥意下如何？"

君贵且不答，俯身细观孩儿的面容。皱巴巴的小脸蛋，比粉红更深的肉红色皮肤，勉强睁开又随即合上的眼睛……还有，柔柔伸展的小胳膊，不时猛蹬一下的小腿儿……

过往多少美好的记忆，霎时都回到他的眼前。在他的感觉中，新生儿长得几乎都一样，他端详着她，似乎又回到了从前那些年里，一个接一个端详着自己新生的三个儿子的时刻……

他猛一摇头。必须立即将那些念头赶走。不能想的，永远都不要主动去想。

他伸手轻触孩儿的脸颊。孩儿的嘴巴寻着他的手找过来，要吃。

君怜道："刚才我和朱雀这样拨弄孩儿，还被唐妈妈数落了一番呢，你又来？"

君贵微笑道："你看，她饿了，想吃我的手呢。"说着，竟真的将手指放到孩儿嘴前，轻轻逗引着。

君怜恨得去拍他的手背："孩儿饿了，你还逗她，你这当的是什么阿爹！"

君贵应声揶揄道："孩儿饿了，你不喂她，你这当的是什么阿孃！"

一句话说得君怜发起愁来："她们不让我喂，我也没有奶水可以喂她，可怎么好……"

君贵忙笑道："好了好了，我不过逗你玩儿呢。哪有咱们这样的人家自己喂养孩儿的？便是你想喂，她们也不能答应！你就赶紧将自己调养好是正经。我有多少大事，还等着跟你商量呢。"

听了这话，君怜脸上浮现出了微笑："目下就商量也可以。我躺在这里，反正也没事干，正好闷得慌。"

"目下？目下你还是多吃多睡、养养精神吧。可别月子中调理不当，教闺女将来长大了笑话你容色不振。"

这当儿，一直闭目睡觉的孩儿忽然睁开眼睛，向着爹爹、孃嬢投来好奇的一瞥。那模样，那感觉，就像整日在莲台上垂目趺坐的观自在菩萨忽然张开法眼，向人世间打了一个观照。

君贵笑了起来："这孩儿将来长开了，一定是个惊世绝俗的小美人，像你一样。……我听你的，就叫她观音吧。"

四九　斟酌命将

夏四月初八，天子诏下，削夺慕容彦超一应在身官爵，令曹英等加速进剿。原本虽然讨伐他，却给他留着官爵，是以备将来有招抚的回圜空间。现下削夺爵位，表明官家的态度彻底强硬，不再留有丝毫余地。

四月十三日，官家郭威派出的慰亲使郑仁诲抵达澶州，带来了官家的口谕：君贵、君怜是朕的一双俊儿女，皇长孙女是这一对玉人遭逢所诞养出来的玉孩儿，特赐嘉名为瑽。

一张内用描金云凤粉蜡笺斗方上，端端正正御书着一个“瑽”字。

瑽，音聪，玉佩相击之妙音也。

君贵与君怜闻听这个嘉名，惊喜相顾，再三叩谢父恩。

四月十五日、二十五日，兖州行营两次回报：慕容氏知道自己被褫夺官爵，愈发拼死反抗，王师一时不能奏凯，正在加紧整备人马、修缮兵戈，以图再次发动大的攻势。

四月二十六日。福宁殿。黄昏。

暮色原本还带着日入前的光辉，可是被福宁殿中如时掌起的一片灯烛对比着，就显得昏黄伶仃了。官家自殿外匆匆而入，身后跟着王景通等几个常侍。殿前与殿内的宫人与内侍行礼如仪。

官家对于慕容彦超和兖州行营的容忍已经到了极限。就算兖州变成了皇朝的牛皮癣，他也决意要将这癣症连根铲除，哪怕揭皮带肉，哪怕伤筋动骨。不是他没有耐心，而是这样耗下去，对境内诸多尚未安分的方镇而言，将会是一个极坏的示范。纵然他深谋远略、威震四境，也不敢继续冒这个险。

德妃近日偶感风寒，正在内殿榻上卧疾，面色无华。见官家回来，挣扎着要起身见礼。

“你躺着吧。”郭威说着走到榻边坐下，“今日可觉着好些？御医来瞧过了吗？”

“似乎好些。”德妃勉力笑道，由宫人搀扶着坐起身来。宫人又替她在左右掖了几个靠垫，方才退开。“御医院来了好几个人，刘孝能、杨士潜等，轮番上来搭脉，商量着又给臣妾换了个方子煎药吃……”

“到底是什么病？怎的几天了不见好转？”

“说是节候变换引发的伤寒之症。”德妃道，“咳，官家怎么也跟荣哥儿似的，犯起性急来了！病来如山倒，病去如抽丝。好歹算是场不大不小的应季之疾呢，哪有才几天就好没影儿了的？”

“总之你还是要多休养。宫里的事，我看你素日管得挺好，就教他们自己照着规矩办，先不要操心了。——雁儿呢？”

“在我跟前玩了一会儿，刚抱出去。——好教官家得知，雁儿今日识得几个字了。”德妃笑道。

“是吗？好啊！”

“来人，去将小皇女领回来，告诉她爹爹回来了。”

未几，宫人领着雁儿回来，向父皇见礼。雁儿三岁了，愈发粉妆玉琢，乖巧可爱。郭威伸手将她抱起：“听说雁儿今日识了几个字，告诉爹爹，是什么字呀？”

雁儿显然已经将那几个墨团忘掉了，听爹爹考问，便左顾右盼，不想回答。

郭威笑起来：“那雁儿今日吃了什么好吃的呀？这总可以告诉爹爹吧？”

“雁儿吃了腌雉鸡炒饭!”雁儿口齿伶俐地汇报,“还喝了百岁汤!”

郭威笑向德妃道:“昨日就跟我说吃了腌雉鸡炒饭,怎的今日还是这个?”

“荣哥哥送的雉鸡肉,雁儿就爱吃;李胖哥拿来的兔子肉,雁儿就不爱吃。”雁儿又摇头晃脑地汇报。

郭威疑惑地看向德妃。德妃笑道:“重进家的二郎延寿,还有郑仁诲的小孙女,臣妾今日又教他们的母亲领着入宫来玩了。延寿虽说辈分上比雁儿低,年龄上却比雁儿大着几岁,雁儿分不清,只管叫他胖哥哥。罗氏还拿了他们家自己做的烟熏兔子肉来。以前雁儿是爱吃的,今日跟胖哥哥起了争执,就赌气说再也不吃了……”

郭威不由搂着雁儿笑道:“好有气性的小雁儿!赶明儿你荣哥哥的小闺女得罪了你,你又该不吃荣哥哥家的雉鸡肉了。”

“荣哥哥的,雁儿就吃。”雁儿见爹爹不明白自己的意思,便认真强调道。

郭威向德妃笑道:“咱们雁儿也真是怪了,跟荣哥儿相处的日子也不算久,怎的对她荣哥哥这么心心念念的?鹭娘时常入宫来哄逗她,她也没这么在意人家。”

“哎,荣哥儿总是会护着她;鹭娘嘛,难免还是孩子气……”

“说到这儿我倒想起一事来:鹭娘跟抱一成亲也好几年了,怎的一直都没有生养呢?少年夫妻,又常在一处的……倘若养下个一男半女来,雁儿岂不是就有更多玩伴了吗?”

德妃笑道:“官家这个爹,还真是够操心的。人家驸马张家现有翁姑在上,都没有说什么,官家着什么急!鹭娘年轻,身子骨架都没长全,一时不生养倒还好了。几时长足了,自然几时就会生养了。”

皇帝夫妇又说了一会儿家事闲话,见雁儿早不耐烦,便打发宫人将雁儿领出去玩。郭威这才挥退一应近侍，清清嗓子，向德妃正色道：“裕娘，现如今你病着，有件事我原本不该拿来烦扰你，可是不跟你说，又绕不过去，少不得还是要告诉你。”

德妃的神情紧张起来，惶然问道：“官家想要跟臣妾说什么？”

“兖州之事，久拖不决，我打算亲征了。”

“什么?!”德妃果然大惊失色，“皇朝新立，车驾出动是何等大事！上次官家想亲征晋州，王峻不是也教使臣紧赶慢赶回来这么禀报的吗？”

郭威叹口气：“此一时，彼一时。晋州那边，当时我对王峻取胜还是有把握的，我只是受不了他拖延。兖州就不同了，曹英、向训他们一直努力在攻打，就是打不下来，这不是态度问题，这是能力问题，是统帅的号召力问题。事机不可耽搁。兖州久拖下去，必成皇朝溃痈，导致众心叛离。现在，已经到了必须快刀斩乱麻的时候。”

“难道除了官家，就没有别人能够出征了吗？……王峻呢？”

郭威眼神闪烁，默默摇摇头。

“那为何不遣荣哥儿出战呢？荣哥儿武艺高强，骁勇无畏，又善于指挥谋断，早年在官家麾下就战功卓著，岂不是此番领兵的最佳人选？更兼他忠孝之心甚诚，一直上表请战，官家何不索性成就了他呢？”

郭威又叹口气：“荣哥儿的胆略武艺与指挥才能均属上乘，这的确不假，可是让他统领禁军援鲁，却有可能面临一个最大的问题……”

“什么问题？”

“军心不附。”郭威道，“荣哥儿从来没有直接指挥过中央禁军，他统率的一直都是咱们郭氏多年汰递而出的牙军。可是牙军就那么一两万人，当初还分了一半随我入京平难，现下已经编入殿前军，做了我的禁卫。虽说年余以来，他已将驻澶州的禁军与咱们的牙军进行了混营操练，可以说将他们都变成了他的人吧，但那也不过就是恢复到了当初他统率的牙军的数目。现下就算他置澶州的治安与军防于不顾，点起全部澶州军马出征，也只不过能占据征鲁援军的小头；大头，还得是京中和京畿抽调的禁军……”

“那能有什么问题呢？哪个统帅麾下会全都是自己的亲信呢？”

“哼，禁军中那些骄兵悍将素日什么模样，你是知道的。曹英他们久战无功，不是因为指挥无能，而是因为禁军人马各自为政，不肯全然听命、忘我勠力……”

“也许，曹英他们人望不够……”

“倘若荣哥儿出战，很可能也会面临同样的局面。你知道的，克难之战，他奉我的命令留守魏博，虽然恪尽职守，却也造成了无功于建鼎的尴尬，由此颇受军中一些勋宿的轻慢。眼下贸然派他出马御众，只怕诸将不服，反而愈发被动，贻误战机……”

德妃沉吟道：“……可是，如今局面毕竟不同了。荣哥儿已经做了藩主，军功、政绩都有了；何况，他将来必定是要重归中枢的，谁还好意思执意与他为难？”

郭威默然半晌，点头道：“明日我会与百官商议此事，倘若时机成熟、众臣拥戴，也不是不能遣荣哥儿挂帅出征……走着瞧吧。”

四月二十九日。广德殿。早朝。

在例行的政情奏报和庶事商议之后，官家郭威缓缓说道：“列位卿家，朕今日有一大事，要与你们相商。”众臣一听这话音不同以往，立即端肃站立，洗耳恭听。

“兖州慕容氏作乱已逾三月，曹英、向训等率领禁军平贼，却久攻不下，以致朝野上下人心惶惶，境内军民忧思难安。因此，朕立意下月亲征，以图从速削平此患。……不知众位卿家意下如何？”

听了官家的话，群臣面面相觑，脸上尽皆露出了惊讶和疑虑的表情。

“众卿有何疑虑，尽可当面奏来。”官家郭威鼓励道。

枢密使王峻尚在沉吟中，殿中众臣都看向首相冯道，希望他能够带头站出来，把大家的担心表达一下。

“陛下，”冯道从众之意出列，恭敬揖道，“来月正当仲夏，气候渐次酷毒，车驾出行难免冲冒，臣以为，不宜亲征呀……”

皇帝的语声变得严肃：“兖州贼寇容不得轻忽。倘若朕不宜亲行，那么就让朕的澶州儿子出征击贼，方能办了朕的这件大事。”

听闻此言，王峻偷偷向身旁的樊爱能、何徽等几员武将使个眼色，急急出列揖道：“陛下，臣以为不妥。”

“怎么不妥？”

“皇子毕竟年轻，经验短少。那慕容氏乃前朝皇亲，财力雄厚，自打刘子陂败退后便窃据兖州，多方聚敛，缮完甲兵，图谋不轨，准备不可谓不充分。而且慕容氏领兵超过三十年，经验丰富，老谋深算，不然，也不可能以孤城坚持三月，却没让禁军讨到丝毫便宜。臣以为，此贼连曹英、药元福等军中勋宿尚且不能收服，皇子出马，也根本难有胜算……”

樊爱能、何徽等禁军将领也纷纷出列附议：“是啊，陛下，倘若皇子不能奏凯，岂不是更增添了贼寇的嚣张气焰？”

“……也会让天下军民更加惶恐不安哪，陛下……”

“还请陛下慎重遣将……”

王峻偷眼向上看，发现官家的眉头皱了起来。这是个好现象。根据他对官家的了解，官家皱了眉头之后，就会向底下人发问：“……那么你们认为怎样才好？”这个时候，他在殿中的盟友就会趁势保举他出马挂帅。通常情况下，官家就会顺水推舟，满足臣下所请，来个上下同心、皆大欢喜。官家是个比较好说话的人。

没想到，官家郭威鼻子里轻轻“哼”了一声，沉声道：“既然皇子不可行，那么就由朕御驾亲征吧。着枢密院与兵部征调兵马、完备器械，着户部三司筹措粮草委积，不得有误！”

“陛下……”

“陛下……”

“陛下……”

“朕意已决，众卿不必多言了。退朝。”

四月三十日，天子诏下，准定于来月五日亲征兖海，慰劳讨贼将士。又诏以枢密副使郑仁诲为右卫大将军，依前充职，兼权大内都点检；诏以中书侍郎、平章事、判三司李榖为权东京留守，兼判开封府事；诏以枢密使王峻为随驾一行都部署，扈从出征。并特遣枢密院直学士陈观祭尧庙，遣翰林学士窦仪祭东岳庙。

五〇　亲征兖海

禁中。福宁殿。日光透过窗棂的薄纱，在殿中地上投下一些朦胧的光斑。药气深浓。宫人内侍轻手轻脚服侍着，几乎悄不闻声。

德妃仍旧卧病在榻，离光斑很远，而且还放下了帐子。以刘医正为首的御医再三叮嘱了，德妃娘子原是虚寒之症，不可再受了风，因此虽然节候越来越热，她反而捂得越来越严实了。

宫官咸阳县君尚食李氏自殿外直入德妃榻前，在纱帐外轻声说道："启禀德妃娘子，一应随驾典事者，均已按照娘子的吩咐安排妥当了。"

咸阳县君名叫彤云，原本是郭威家宅中多年的使女，由郭威的继室张夫人指派，经常随军伺候家主的起居。郭威登基后，德妃曾经请求郭威将旧日几个近侍纳为嫔御，其中就包括彤云。郭威专意朝政，不愿纠缠宫闱情事，没有答应。彤云又誓死追随，不愿出宫嫁人，因此，在德妃的请求下，彤云等八人以内职获得封君之号，也算是备极荣宠，光耀门楣了。

德妃在纱帐中点点头，说了一声："好。"

咸阳县君见德妃容色不振，便掀开纱帐，轻轻探了一探她的额头，方柔声道："娘子不发烧了，头还觉得沉吗？"

德妃道："似乎好些。"因又叹了口气，"此番官家亲征，我总是不能放心。官家不甚留心自己的身子，你要提防着他肺疾复发；还有，他的脖颈便不犯疼时，每日也想着多替他捏揉捏揉……”

咸阳县君笑道：“娘子放心，官家日常起居需要当心的大事小情，卑职都一一记在心里。娘子昨日让替官家带上的活络膏，卑职也着御药局制备去了。”

德妃微微点头：“你素日精细，我自然知道。此番司药、司服、司簿三人各带一名典记跟去，连同内常侍六人，一总由你管辖。官家不比潜龙时了，不宜随意与部将通宵饮宴，你务必精心。”

咸阳县君礼道：“卑职明白。”

“你去将她们几个叫来。少时官家下来，我要当面托付一番。”

咸阳县君应喏，快速离去。德妃问过铜漏刻度，知道时辰不早，便命宫人添一把檀香，去去殿中浓重的药气。然后，她由人扶着下了榻，换上燕服，又到软椅上坐着，简单地拢了头发。这样她看起来就比先前要有精神多了。

未几，清河县君司药傅氏、成纪县君司服田氏、陇西县君司簿崔氏在咸阳县君的带领下一起来到德妃跟前致礼。这几个都是郭府旧人，与咸阳县君是同一批受敕加封的，因此对德妃都很感恩戴德。这一向德妃病着，她们没少了跑前跑后伺候，如今德妃又安排她们随驾出征侍御，她们更是打点起一万个小心来，不敢有半点行差踏错。

德妃少不得又对她们叮嘱一番，众人一一答应了。忽听得门外唱报“皇帝驾到”，众人纷纷整顿衣衫，下拜见礼。

官家郭威入了殿门，示意众人平身。忽见德妃已经下地活动，也在拜见之列，很是惊讶：“裕娘，怎么你起来了？今日大好了吗？”

德妃勉力笑道：“臣妾想来是好些了。官家不日就要东征，忙得脚不沾地，臣妾怎敢还顾自病着？”

郭威笑道:“这是什么话?有病就养病,我不是教你好好将息的吗?起来劳碌什么?”

德妃道:“节令将当暑毒大盛之际,陛下却因国事劳动省巡,每日里辛苦奔波,这里里外外,须得有内人精心供侍才好。臣妾已经安排妥当,自尚食以下的典事者……”她向咸阳县君等一指,“……均是陛下用惯了的旧人。臣妾教她们各带一名从员跟随陛下出巡,各司其职,务必保证陛下起居便利,一如禁中。”随着她的语声,咸阳县君等便一齐向官家致礼。

官家郭威叹了口气:“裕娘,你的病,御医数次前来诊视却仍未痊愈,你还是好生保养吧,不要替我操心了。此次东征,距离京师算不得遥远,起居上也没什么不方便的,我有两个中官在左右足矣,不必那么麻烦地派遣内人随侍了。”

“陛下……”听了他的话,四位县君都试图出言相劝。

“行了,你们的好意朕心领了,先下去吧。”郭威怕她们啰唆,忙说道。四人无奈,只得行礼退出。

这里德妃含了一大泡眼泪,见宫官一走,立刻扑簌簌落下来。郭威拉着她的手笑道:“你看看,我说是病中思虑多吧!不过少几个人团团跟着,哪里就委屈我了,何至于此!”

德妃没来由地愈发伤感:“官家,臣妾……臣妾打从住进这个皇宫,还没有跟官家分离过呢……”

他们曾经有过那么壮观的一大家子眷属,如今只剩了两大一小三个人亲亲热热在这幽深的宫禁中朝夕相伴,她实在舍不得让他离开。何况,她怕。她的心中有隐隐的不安。

“好了好了。”郭威拉了德妃去床榻边坐下,温言道,“裕娘,跟你说实话,我的心中,对这次东征有必胜的把握,而且,还会是速胜。所以我出去的时间不会很长。你就把心放在肚子里,踏踏实实在家把病养好。等我回来,带你和雁儿去南庄猎麑子,如何?”

“嗯，好……”德妃抹着腮边的泪水，勉力一笑。

广顺二年五月初一。皇帝御崇元殿接受百官朝贺，仗卫如仪。

五月初五。端午节下，衅鼓祭旗，车驾发离京师。德妃穿戴一新，携带雁儿，并率六宫主官数十人，亲出城东，与百官一道为皇帝送行。

元首辞帝都，率将讨叛臣。
咸歌《破阵乐》，共赏太平人……

皇帝车驾由汴京到兖州路途中，邺都王殷、郓州高行周、青州符彦卿等勋旧藩主，纷纷奉迎于道，与官家欢聚燕饮，并献上大量本州军械、马匹、锦彩、粮草等物，为平叛之助。

五月十三日，皇帝车驾来到兖州城下。三军欢呼雀跃，士气大振。

官家郭威携王峻等部随登上高台，对将士们进行慰问。

王峻进行了简单的阵前动员，然后恭请官家训话。这一天官家的训话并不长，其中最令军心激动的，其实只有这两句：“……你们只管奋勇向前，朕在这里亲眼看着。总有一些人的功名，会出自朕的这双眼睛。——你们有谁愿意位列其中?!”

回答他这铿锵激越的问话的，是三军将士山呼海啸般的高喊。

“臣愿意!”

“臣愿意!”

“臣愿意!”

…………

五月十四日，十数万壮士前赴后继，攻城甚急。

五月十五日，董德妃派遣的慰问中使刘奉武抵达兖州前线，赍来了德妃给官家的一封短信。德妃在信中说，近日暑热急升，百毒滋孽，官家驻跸炎蒸之地，她实在放心不下官家的康健，想派遣内人驰赴行营伺候，请官家允许。

官家郭威且不回复信中的意思，只问刘奉武德妃的近况。刘奉武道："德妃娘子的情形好多了。"

官家虚着眼睛沉吟片刻，又问："这话究竟是实情，还是德妃教你如此回报的？"

刘奉武一愣，忽觉心慌，忙伏地拜道："德妃娘子教臣如此回报，臣看着，实情也差不多……"

郭威不语。他曾经多次告别裕娘出征在外，裕娘的反应从来没有像此番这样缠绵、这样执拗，倘若不是她病中多思多虑，何至于此？

他向刘奉武说道："你立即回去告诉德妃娘子，朕的身子好得很，内侍们伺候得也周到得很，她无须为朕担忧。朕要她在宫中好生调养，安心等待朕平贼凯旋。"

刘奉武恭谨应喏，拜礼告退。

五月十七日，兖州罗城告破。三军争先恐后冲到子城城墙处，冒死蚁附于子城云梯之上，奋力为自己求取官家御目亲证下的功名。

五月十八日，中使刘奉武第二次来到兖州行营，赍来了德妃的又一封短信并一瓶祛毒散。德妃在信中说，她的病的确大安了，请官家放心督阵，不必为她的康健悬心。读到这里，官家郭威心意稍宽。德妃又说，祛毒散是御医根据古方所制，验有良效，请官家好歹每日按时按量服用。信的末尾，德妃说道，她也知道官家于服药进食这类小事上素来不经意，官家每日思虑的都是大事，这些小节原该由她来打点。因此她思虑再三，还是决意派遣几名宫官驰赴行营，替她照料官家的起居。

官家郭威默然良久。而后，命人铺设笔墨，给郑仁诲写了一封手敕。

“德妃娘子因朕在军旅行营中，以为起居必不能周到，故此再三发信来，意欲派遣内人承侍……然朕久经沙场，原是摔打惯了的，无须他人如此小心伺候。更何况，诸军在野，正当发奋破城之际，朕若排场开来，教诸军看在眼里难免分心，有伤同仇敌忾之意，朕也不能自安。……

“故此，朕特命你专心体候德妃之意。倘若德妃娘子要派遣内人东来，你务必好言劝阻；倘若德妃娘子向你索取鞍马，你不得供应；倘若德妃娘子的意思十分坚决，你无法进言，就向她出示朕的这封手敕……”

顾盼命使。中使刘奉武赍着官家手敕即时出发，驰返京师。

五月二十一日，兖州城拔。

其时，王峻在城南督军，他的部众率先登上兖州内城。王峻颜面大光，在众将面前颇有得意之色。

从五月十三日抵达兖州城下，至五月二十一日城拔，皇帝郭威驻跸九日便夷平叛逆。近代亲征克捷的战役，没有哪一次像此番这般神速的。由此，三军将士愈发仰慕敬重皇帝郭威的威仪，效死者众。

五月二十二日，诏斩慕容彦超，夷其族。

同日，在枢密使王峻的建议下，诏以端明殿学士颜衎权知兖州军州事。

五月二十七日，大赦令下：兖州境管内所有罪人，取本日以前所犯之罪，除大辟罪[①]外，一概赦除；慕容彦超麾下逃避潜窜的徒党，以及城内原听命于慕容氏的将吏人等，一并赦罪开释；自从慕容彦超叛命以来，为他提供资助及其他方便的为非者，一概不问。

又诏赏赐：三军将士各按军功报赏；在此战中殁于王事者，

① 即死刑。

各与赙赠；都头以上的给予赠官。

又诏免税：兖州城内及官军下寨的四面、距离州城五里之内，今年的夏秋税及沿征的钱物一并免除；距州十里之内，免夏税；一州管界之内，今年的夏苗税三分免一分。

又诏抚民：城内百姓因战事屋舍遭到毁拆乃至焚烧的，官府给赐材木重修；被慕容彦超征发做民夫而被王师矢石射死、打死的，每人发给绢三匹，并免除其户下三年徭役……

五月二十八日，诏降兖州为防御州，但仍为望州，属于上州中的第三等。

五月三十日，皇帝大致结束了在兖州的征程，向近臣询问：返京之前，还有什么事值得车驾启动去做的。近臣回答：儒学圣人孔子的故乡曲阜与兖州近在咫尺，陛下若有兴致，不妨去巡幸一番。

六月初一，皇帝仪队启动，幸曲阜谒孔子祠。

来到孔子祠外，皇帝郭威亲致奠仪已毕，又准备拜礼，左右忙劝阻道："仲尼先师不过是人臣而已，陛下是天子，天子不拜人臣。"

郭威正色道："文宣王乃百代帝王之师，岂可不致以敬意！"于是恭敬拜奠于祠前。

致礼毕，皇帝谕曰：今日一应所奠之酒器、银炉诸物，全都留给祠所。于是又幸孔林，拜孔子墓，并召见仲尼第四十三代孙、前曲阜县令、袭文宣公孔仁玉，以及仲尼弟子颜渊的后裔颜涉。皇帝赐仁玉服绯①，官同四品，口授曲阜县令；授颜涉主簿之职，即时上任视事。

离开曲阜前，皇帝又向兖州下了一道敕令：大修孔子祠宇；孔子之墓周围，禁止樵采。

---

① 唐制，四五品官员穿绯色官服，绯色即红色。五代因袭。

皇帝郭威在曲阜的所言所为，通过朝报迅速传送到了全国各州郡县乡。皇帝尊崇儒学、以仁爱治国的意思，通过这一事件得到了最具象征性的传达。

六月初二，皇帝车驾在全体援鲁禁军的扈从下，自兖州出发，向京师还转。至晚间，抵达中都县，驻跸。

这日兖州界内下起了大雨。后军军士回报：陛下离去后，兖州城下的天子行宫逐渐被淹没，水深数尺。郭威听闻此讯，哈哈笑了起来，对王峻、曹英等臣属说道："看看咱们走得是不是时候！今日倘若不离兖州城下，咱们都得变成鱼虾啦……"

六月初十，中官刘奉武突然急赴皇帝行营，满面仓皇地带来了德妃董氏的口讯：皇女雁儿病重，请陛下尽速返京。

五一　再失邦媛

听了刘奉武的报告，皇帝郭威面色大变，盯着刘奉武喝问道：“究竟怎么回事?!”

刘奉武勉力镇定心神，回禀道：“小皇女……小皇女在月初不慎感染暑毒，虽经御医多方医治，始终难以奏效……”

“现下是个什么情形?”

“现下……现下只怕……”刘奉武含泪再拜叩首，不忍继续说下去。

“德妃呢?!”

“德妃娘子忧思过度，好几日无法起身正常进食了……”

官家郭威感到自己的心在猛烈地颤抖。他勉力稳定心神，向臣属们厉声道：“传我谕令，全军立刻出发，昼夜兼程，返回京师!”

禁中。福宁殿。

纱帐挂起。德妃董氏与皇女雁儿并排躺在榻上。鹭娘焦虑不安，守在床边。内侍与宫人环侍。几名御医面色凝重，勉强压抑着内心的焦灼，不停地以药石、冷水巾帕等物替皇女治疗。

可是，与其说他们在治疗，不如说他们在宽德妃的心，在给予德妃最后的希望。早几日雁儿初初染病时，他们还在德妃母女间执行过严格的隔离措施。现下，隔离已经没有什么意义了。德妃要守着爱女，一时一刻也不愿离开。

六月十四日。皇城东华门。

城门破例大开，数百甲士持械以身躯守卫于前。远远传来迅疾的马蹄声。跑到最前面做前引的殿前军亲将携黄旗而来，大声喝道："陛下有令，闪开城门！"

皇城巡检官遵诏下令，数百甲士迅速分撤两旁。

未几，十几骑人马护卫着皇帝郭威穿过东华门，径直向内宫驰去。东华门厚重的城门在他们的身后缓缓关闭。

禁中。御道。

皇帝郭威纵马飞驰。亲将们已经留在了重重宫门之外，现在接替着亲将护卫的，是两队相随皇帝奔跑的内侍。

禁中。福宁宫外。

郭威在宫门前下马，停步，收束心神，平息呼吸。他知道，无论出现什么局面，他不能倒，他必须挺住。片刻，他迈步进去，穿前殿、经过廊，去往福宁殿后殿。

早已听到动静的咸阳县君等人在德妃榻前激动禀报："娘子，陛下回来了！"

郭威迈步入殿，众人齐齐下拜见礼。鹭娘轻声叫道："爹爹！"郭威挥挥手，又拍了拍鹭娘的肩膀，便几步走到德妃榻前，俯身探望。

"官家……"德妃形容憔悴，起不了身，只勉力发出声音来。郭威忙握住她的手，又把眼睛看向她身侧的雁儿。雁儿双目半闭，奄奄一息，幼小的身体在榻上一动不动。

郭威抱起爱女，急切唤道："雁儿！"

"官家……臣妾没有把雁儿照顾好，臣妾对不起你！"德妃泪水纵横。郭威用手势制止了德妃下面的自责。

"……雁儿，我是爹爹！爹爹回来了，雁儿醒过来，跟爹爹说句话，好不好？"郭威紧紧搂着爱女，再三呼唤，忍不住泪落如雨。

“官家……雁儿是个孝顺的好孩子……她早就熬不住了……可是，臣妾让她等着爹爹回来……她就……她就一直没有走……”

“裕娘，不要说了，不要过于伤恸……”郭威声音颤抖。德妃放声大哭。

郭威猛然向外大声道：“来人，传我口谕，即封皇女雁儿为永宁公主。命有司立刻备礼册命！”内侍迅疾应喏而去。

他转回脸看着怀里的雁儿，柔声道：“雁儿，小雁儿，好雁儿，爹爹今天封你为永宁公主，好不好听？阿孃说你会认字了，‘永宁’这两个字，你认得吗？……倘若你不认得，爹爹写了教给你，好不好？”说着，他踉跄抱起雁儿，来到桌案边。

早有宫人替他备下笔墨纸砚。他左手抱着雁儿，深吸一口气，右手执笔在纸上飞速写下“永宁”两字。然后，他将墨书拿到雁儿眼前，用自己满是泪痕的脸挨蹭着雁儿的小脸蛋，柔声说道：“看见了吗，就是这两个字，永……宁……”

雁儿微微睁开了眼睛，似乎向爹爹赐予的封号看了一眼。“雁儿！你醒了雁儿！”郭威惊喜地唤道。雁儿似乎又向爹爹笑了一下，然后，永远地垂下了脑袋。

“雁儿……”郭威抱紧爱女小小的身躯，放声大哭。

“德妃娘子！”“德妃娘子！”“德妃娘子！”……身后传来宫官们的一片惊呼。德妃已经昏厥了过去。

滋德殿。日间。虽是在酷暑时节，殿中气氛却呈现出从未有过的肃杀。

御医们惶恐地跪了一地。皇帝郭威的怒气中更多的是焦躁：“……德妃到底是什么病？你们治了一个多月，越治越严重！你们的医术都是用来骗取俸禄的吗？”御医们面面相觑，不敢答言。

“你们谁来给朕一个回答？！”

“陛下……”片刻，年长些的医正刘孝能战战兢兢开口道，“德妃娘子是寒暑往来之际感了外邪，臣等原本已经替娘子调理得差不多了……”他不敢说下去。德妃病势急遽转沉，是因为皇女忽然罹患重病。没治好皇女的病，更是他们的罪责。宫里谁不知道，乖巧聪慧的小皇女是官家和德妃的掌中宝、心头肉。

郭威咬牙冷笑道:“不必再找理由了。你们都给朕听着，治不好德妃的病，朕就治你们的罪!”

福宁殿。夜。

明亮的烛光透过纱罩轻颤着，映照在德妃惨淡的面容上，也映照出官家可怕的沉默。偌大的殿室中只剩下他们夫妇两个，宫人早已遵命退隐。

官家郭威紧紧拉着德妃的手，陪她挨过一次次的昏迷，又陪她一次次从昏迷中苏醒过来。

德妃又睁开了眼睛。她的眼中已经没有泪水了。尽管她想哭的心情比任何时候都强烈，可是，泪水却先于她的心志而消失了。

“官家……”她轻轻缓缓地开口道，声音反而比近日的任何时候都清晰，神志似乎也比近日的任何时候都清醒，“……臣妾福薄……遇到官家这么好的男人，臣妾原想着可以相伴到老的……”

“裕娘……不要多想，不要去想那些不该想的……”

“……死生有命，连同雁儿的事，官家不要迁怒于御医……世上能治好的大病，是少数……”

“裕娘，会好的，你不过偶感外邪……”

“……是臣妾的心病了，累了，缓不过来了……”

“别说了，你会好起来的……”

“……官家上了年纪，尤其需要贴心人照料……彤云、仙草她们，都是跟随官家多年、汰递而出的妥帖旧人……我走之后，官家好歹从中挑选一两个封为嫔御，也算后宫不虚……”

官家郭威沉默良久。“……不了，裕娘，不了……我的命太硬……是我害了你们，我不想再害任何人……”

德妃无力再劝，只能赶着将想说的话尽可能地都说出来：“……官家，荣哥儿和君怜都是好孩子，请早早将他们召回来守在官家身边，如此，臣妾也好放心……可惜，臣妾还没有见过君怜……皇孙女琮儿，臣妾也还来不及见到，求官家将来替我多抱抱她……还有，最要紧的，琮儿魂魄未全，不要教她见到丧色，以防冲撞……

“……鹭娘和抱一，还有重进他们小两口儿，都是好孩子，官家烦闷之时，多召他们进宫来叙谈，必能纾解心怀……”

“裕娘，你累了，来，喝口水，歇会儿再说吧……”

“……官家……”裕娘眼眶酸涩，只想伏在丈夫怀中大哭一场。可是她哭不出来，她没有泪水，更没有体力了。“……官家，你自己多保重，我就要走了，我要去找她们，柴姐姐，杨姐姐，张姐姐，孩子们……我的雁儿……”

广顺二年六月十九日，德妃董氏薨逝于福宁殿。时年虚岁三十八岁。

大周皇帝郭威自圣穆皇后柴氏、淑妃杨氏、贵妃张氏之后，再次痛失邦媛。所有的近侍都发现，官家的胡须由原来的黑亮突然变得灰白，仿佛在一夜之间老了十岁。

全宫缟素，为德妃董氏和永宁公主雁儿致哀。皇帝辍朝三日。

寿安公主鹭娘在德妃薨逝当天便回宫居住，以陪伴照料父亲。

两个噩耗传至澶州，君贵、君怜、远山、秋池等尽皆望西南方痛哭。

不日，皇帝特遣使臣郑仁诲抵达澶州传旨：皇子荣落澶州节度之职，别院居住，为德妃服丧，澶州军政大事暂时交予留后处置；皇子妇心中哀思即可，不必服丧，居处也不必挂丧。

君贵夫妇含泪接了这道旨意，对其后半截感到不解。郑仁诲道："陛下另有口谕。陛下说，倘若大皇子问及缘由，便可宣示口谕。"

"好，郑天使请宣谕。"君贵说着，便与君怜又跪下听谕。

"……荣哥儿，君怜，你们的孝诚，爹和小嬢都知道。但皇孙女瑽儿新诞，身气娇弱，不宜在家院中见到丧色，以防冲撞。荣哥儿祭奠服丧，也须在别院安排，一切以保佑皇孙女康健为上。这是爹的意思，更是小嬢生前的交代，你们不可违拗……"

君贵与君怜听罢父皇口谕，愈发伤恸感怀，哽咽难言。半晌，君贵向郑仁诲道："那么，郑天使可否替我请求父皇，允许我自己回京探视陪伴？"

"关于这一点，陛下也有示下。"郑仁诲叹了口气说道，"陛下说，倘若父子相见，忆及家人往事，将会更增彼此伤痛，因此，暂且不忍相见……"

仿佛父亲已显苍老的声音自空中传来："……当初天大的痛苦，你都可以独自承受，难道今日之痛，爹就不能独自承受吗？……你放心，有鹭娘朝夕陪伴，有抱一、重进他们日日入宫问候，爹的身子不会有问题……你只需照管好藩镇军政，照管好妻儿……等待时机成熟，爹自会召唤你回到爹的身边……"

君贵与君怜听了口谕，含泪沉默良久。

终于，君怜向郑仁诲说道："那么，我要以我们夫妻的名义给父亲写一封家书，烦请郑天使带回去，呈于父亲座前。"

君怜的信经郑仁诲之手来到了郭威手中。君怜在信中海阔山高，风轻云淡，柔柔婉婉、娓娓切切，对父亲曲尽慰问安抚之意。

官家的近侍们注意到，每晚就寝之前，官家都会将皇子妇这封家书拿出来，在灯下细细默读几遍，方能宁心静神，安然归榻。

五二　借道重逢

广顺二年六月三十日，官家郭威幸旧宫，为德妃举哀。德妃与永宁公主雁儿的神主现在已经按礼序安放在了一众遇难皇属的神主之中。与亲人们睽违两年有余，德妃真的又重新与他们在一起了。

七月底将迎来建鼎之后的第二个永寿节。因为德妃新丧，官家郭威诏示一切从简，只点了几位大藩入京朝觐，略示故旧叙情之意。又下诏说：以前永寿节，内外臣僚全都设置斋供，过于排场。今后中书门下与文武百官共设一斋，侍卫亲军都指挥使以下共设一斋，枢密使、内诸司使以下共设一斋就可以了，其余的官员及诸司执掌，不得开设道场及设斋。

百官知道官家秉性，也不再上表力劝恭请，纷纷依诏而行。

澶州军治后苑。日间。

暑热蒸腾，人人身着轻薄夏衣，仍旧难免额角出汗。

虽说父皇有谕，不要在家宅中见丧色以避免冲撞皇孙女，整个家宅的色彩还是变得素淡了。一应沾带喜色的物事都被收了起来。

堂屋中，君怜早已恢复了旧日身量，正坐在几案旁展读一封家书。一名符氏亲兵站在她的身前。君怜读完信，脸上有了喜色："王爷他们现下到了哪里？几时会到澶州？"

亲兵答道："回大姐儿的话，卑职出发时，车马已出了齐州境，想来再有个六七日，就能抵达澶州境了。"

“好。你且下去歇息，我自会安排。”

君怜想了想，拿着家信起身往别院而去。

君贵奉命单独为德妃守丧，在澶州军治后苑一处偏僻的小院落中。此时院中白幡飘动，君贵依礼身着丧服，正在院中树荫下与王朴、林远等议事。

他虽名义上落了澶州节度之职，事实上一应大小事务，部属们仍旧短不了每日向他汇报。他只是不公开出现办公，并且不以节度和刺史之名发布公告而已。

见君怜进入别院的月亮门，王朴等忙起身见礼。君贵也起身奇道：“君怜，你怎么过来了？”

君怜向众人示意回礼，方轻轻晃了晃手中家书，向君贵答道：“我父亲来了封信，他们已经从青州动身进京，途中顺便借道澶州，来看看咱们。”

君贵一愣，随即恍然：“哦，是为永寿节的事吗？”

“是。此番圣诞，父皇只诏了几家大藩朝阙叙旧，我父亲便在入觐之列。因观音初诞，我父母也想要看看外孙女，便决定绕道澶州，在咱们这儿略盘桓几日。除了我二哥，我家四弟、五弟，还有四妹、六妹，此番也一并跟了入京开开眼界……”

君贵笑道：“那好啊，咱们成亲年余了，我还没有拜见过岳父岳母呢；我跟昭信也有……有两年不见了；还有你弟弟妹妹来，届时咱们这里可就该热闹了。我就喜欢一大家子人在一起！少时我教他们多收拾出几间客房来，该添置的添置一番，好教岳父岳母、弟弟妹妹们住得舒适些。”

君怜笑道：“何须你来劳神？你只管忙你的州务，一切有我呢。——呵，爱聒噪的丫头小子们就要来烦扰人了，我这就告诉朱雀去！”

七月二十日，天子诏下，皇子荣夺情起复，仍旧节度澶州军政。原本在服的家丧不解，一以仍之。

七月二十一日，淮阳王符彦卿及家眷一行抵达澶州。

君怜、朱雀并曹瀚等君贵近随，相率十数名家院，早早地出澶州城东，相迎符淮王于长亭。日过晌午，远远见一队车马拖着一尾风尘迤逦而来。曹瀚等忙策马过去迎候，并为车队前引。

君怜和朱雀早已率众站到长亭外等候。符淮王骑马稳居牙兵队伍之首，到长亭外下了马。君怜两人忙上前拜礼："女儿翚娘见过爹爹。""女儿榷娘见过爹爹。"

符淮王一手搀起一个，笑道："天气酷热，辛苦两个好孩儿在此迎候了。"

两人尽皆一笑："爹爹说笑了。爹爹远道赶路，女儿们安坐守候，岂敢言及辛苦。"

符淮王来不及与爱女多说，后随的家眷车辆已经来到跟前停毂。君怜与朱雀忙迎上去。仆从掀开车帘，扶着夫人张氏和君爱、君若下来。君怜与朱雀忙向母亲拜礼。张夫人笑道："快快免礼。天气这么热，你又没完全复原，还用劳动你们两个亲候着？叫廷献、承璋他们来接不就行了？"

君怜笑道："母亲这是怜惜女儿。可是女儿不能归省，反而劳动父母远来探望，原已深感汗颜，倘若还不亲迎于郊亭，只怕就再也无地自容了。"因又向父母解释道，"原本君贵也是要来亲迎的。可是近来澶州境内河水暴涨，昨日他接诏起复原职，今日便急急赶去视察河堤了，因此不得前来。他嘱我向父亲和母亲多多告罪呢。"

符淮王和张夫人忙都笑道："告什么罪！大皇子忙公务是正事，原不该教他为我们分心的。"

当下君爱、君若等也分别来与君怜、朱雀见了礼。君爱十四岁了，出落成了一个袅袅婷婷的文雅少女。君若十岁，还是一脸的稚气未脱。而三姐儿君宜上个月刚刚出阁，所以此番不在入京之列。

骑马扈从在车队旁边的二哥昭信也率四弟昭寿、五弟昭远上前来，与君怜、朱雀互致问候。之后，符府旧仆廷献、承璋、采儿、五两等便一起上来向主家拜礼。

其时有左近农人荷锄从郊亭外远远路过，见了这婢仆环绕、人马喧腾的王侯排场，不禁暗自咂舌。

君怜因问父亲："此番进京队伍中不见大哥，是留在青州了吗？"

符淮王道："对，我让你大哥做留后了。原想教你二哥看家的，他说两年不见君贵，想念得紧，非跟着一起来。我只好让昭愿陪着你大哥留守尽责。还有你们下面这几个略懂了事的丫头小子，也闹着要出来见见世面。"

君怜笑着点头。

符氏一门执礼甚严。君怜见父母一行全部身着素淡衣衫，知道他们是因为德妃的丧期未过，避免冲犯，今日一早便预先换上素服，心中深为感念，忙道："家中早已备下消暑的汤水与瓜果，就请父亲母亲随女儿回去，洗去旅尘，好生休息。"

澶州军治后苑。

别院。符氏家眷上下和主要部将到灵堂如礼祭奠德妃和永宁公主。

客堂。从青州带来的土产风物，满满堆了一角。符氏亲眷济济坐了一室。几案上茶水见底，瓜果狼藉，仆从们赶着收拾了，又续上新的来。

张夫人怀中抱着三个月大的皇孙女观音，与丈夫小声而热烈地议论着，两个人都笑得合不拢嘴。君爱、君若、昭寿、昭远也围在他们身侧看热闹。张夫人认为观音长得跟君怜初生时一模一样；符淮王说，你没见过女婿，其实观音长得更像君贵一些。张夫人嗔道："可是怎么话说的！我闺女嫁人一年有余，连外孙女都生了，我这个丈母娘还没见过女婿！”

君爱、昭寿等弟妹一起帮腔：“对呀，娶了我们大姊，我们却从来没见过姐夫！”

符淮王笑道：“少时君贵回来，你们不就见到了？”

君怜也笑道：“少时让他领罚，好好向母亲和弟弟妹妹们敬一圈茶才算完，成不成？”

张夫人笑道：“领罚可不敢说。你们这是官家赐婚，自然是官家为大。总之早晚教我们还能见上女儿女婿的面，也就是了。”

昭信笑道：“我倒是跟君贵相熟。呵，也不知一会儿见了面，是他依着君怜叫我二哥好呢，还是我依着原来的称呼叫他荣兄好呢？”

君爱轻轻拿手刮着自己的脸：“二哥好大的口气，做了我们这许多人的二哥还不够呢？”

众人又是一番轻声的哄笑。

朱雀叨陪末座，也不时微笑着与义亲们相谈两句。

申正刚过，廷献进来回报：太保大皇子已经进了治所大门。

君怜忙起身到门口相迎。这里昭信、君爱等兄弟姐妹便也站起身来相候，屋内顿时安静无声。

未几，只见帘栊掀起，一个高大矫健的身影入得门来。他向内一张望，与君怜略一交流眼神，便带了满脸的笑意，径向客堂的主位趋来，近前俯身拜道：“小婿君贵，见过岳父、岳母两位老大人。”

因君贵是皇子，又是家主，符淮王和张夫人便都站起身来应礼。符淮王伸手搀起他，朗声笑道：“好个荣哥儿，做了藩主之后，愈发威风有度了！”

张夫人上上下下仔细打量着君贵，摇头笑道：“素来听闻我这个女婿乃人中龙凤，我心中久已存下好大期望，今日一见，竟然远过所望！我可真不知要怎么感谢苍天和官家的厚待了！”

符淮王不禁笑道："夫人是丈母娘看女婿，越看越欢喜，哪里还有别的话说？"

君贵微笑道："岳父岳母谬爱，小婿愧不敢当。"

这里昭信忙上来与君贵见礼。一个呼"二哥"一个呼"荣兄"，旁边的弟妹们听了，忍不住轰然一笑。昭信便又向君贵一一介绍自己的弟妹："这是我家四弟昭寿……这是五弟昭远……这是我家四妹君爱……"

彼此见礼。君贵走到君爱跟前时，君爱先敛衽一福："姐夫金安。"

君贵忙揖道："四妹妹一路辛苦。"

君爱见他身形高拔，面容俊朗，目光明亮，笑容亲切，不由将脸一红，垂目道："跟随父母，不敢言辛苦。"

这里昭信又介绍了君若。君若尚是孩童心性，不怯生，笑嘻嘻道："姐夫，适才我们在说，观音到底长得像你，还是像大姊……"

君贵笑道："可有论断了吗？"

君若道："他们各说各的，都等着见了你才有论断呢。如今要依我看，观音谁也不像，就像个观音！"

众人皆笑。张夫人嗔道："这孩子，怎么张口就来！"

坐下来叙话。君贵先问候了岳家旅途劳累，又叙了些年节气候以及亲戚间的人事短长，不免就说到德妃和永宁公主的骤然薨逝上。符淮王夫妇嗟叹伤感良久。仆从上来添了茶水与果子，话题渐渐转向了州政。

君贵便说起自己今日去视察的河堤。黄河河水泥沙俱下，每每抬高河床，旧有的堤坝不足以抵挡汹涌水势，尤其是汛期，更容易酿成溃堤淹田、吞噬人户的惨剧。君贵为此多次与河工商讨对策，又抓紧固旧筑新，唯恐有失。符淮王道，自己从前认识一个专擅水利的河务行家，如果君贵需要，可以替他找了来，帮助解决眼前的问题。君贵喜道，那就太感谢岳父了。

因澶州这两年在朝中有了盗不犯境的美名，符淮王便问君贵，是如何做到这一点的。君贵为他详细讲述了自己一手缉捕剿灭盗匪，一手激励开荒、化盗为民的方略。讲到在顿丘训练巡捕，讲到在清丰和观城缉盗的几场战斗，爷儿俩眉飞色舞、挥斥方遒，昭信也欣然加入他们的议论。

话题自然也少不了落到朝政上。可是双方都很小心，因为这个朝是郭家的朝，说不定哪句话轻了重了，就会造成尴尬。所以到最后也只是泛泛议了议王峻讨晋州的得失，以及李穀、范质、王溥等为官家筹划的一些新条令的实施前景就作罢。

整个叙话过程中，君爱都静静地坐在椅子上倾听着。这些以前从未留心过的新鲜话题把她迷住了。

符氏一行在澶州盘桓了三日。君怜相机与父母、兄长畅谈了别后一年来的诸般大事小情。昭信尤其说到五月御驾亲征慕容氏期间，父亲亲自率领青州车队迎谒官家于途，以大量绢帛、粮草、军械等物相助朝廷平叛，两亲家燕饮叙谈，十分痛快。青州符氏在国朝众藩中的地位，比从前自然更进了一步。

父女、兄妹之间也交换了对于官家逐渐实施的一些新政令的看法。他们都认为官家目前所做的，和即将去做的，是一些对国计民生大有裨益的事；而官家对累世勋旧、皇亲符氏一族又如此信赖，因此，在未来的改革中，符氏应当承担起更加重要的角色，以垂范天下藩镇。

符彦卿夫妇又留给君怜金珠十数斛、银两五十封，以充实女儿和养女的妆奁。君怜辞道："嫁妆尚丰，家中每月又有俸禄，女儿目下的资财已经花不完了，无须爹爹和阿孃再留。"

张夫人道："女婿交付的薪俸，你的诰命秩禄，那都是别人给你的钱；现下这些，是爹爹孃孃给你的私房体己，你好生收着就是。"

符淮王笑道："咱们这样的家世，闺女哪怕嫁了皇子，也得有母家的资财撑腰，才愈显尊贵。你家中仆从只会越来越多，多留些钱财给你，你管教也罢，打赏也罢，就可尽情周转了。"

张夫人又道："……何况还有朱雀。朱雀是个苦孩子，好歹在我们膝下这么些年。虽说她素日俭淡，不怎么花销，吃穿用度上，也别委屈了她。"

君怜一一点头，含泪而拜。

离开那日，君贵、君怜与朱雀率众人相送于郊亭。亲眷执手，依依惜别。看着符门车马渐渐去远，君怜念及今日与父母一别，下次见面又不知要到何时，不禁怔怔地流下泪来。君贵与朱雀一左一右拉拉她的手，微笑以示抚慰。

五三　进退枢衡

七月二十二日，永寿节前夕，也许是为了奖赏近臣们在德妃治丧期间的体贴和勤谨，官家颁布了一次晋升令：以小底都指挥使、汉州刺史李重进为大内都点检兼马步都军头，领恩州团练使；以左卫将军、内殿直都知、驸马都尉张永德领和州刺史，充小底第一军都指挥使。

这个晋升令，将李重进由禁军少年军士的统领，升格为禁军正编军士的统领，行政级别则由刺史升格为团练使；而张永德则接手了禁军少年军士的第一军部分，有了直属于自己的队伍，并且第一次挂上了刺史这一外郡政务官职。当然，恩州与和州，他们都是遥领，并不需要赴任，他们的实际差遣还是在京城禁军中。

这一晋升令也再现了李重进与张永德之间的差距：从军务上说，张永德差李重进几个正编军；从政务上说，张永德差李重进一个团练使。

重进形貌桀骜威严，原本就让人难以亲近，升职之后更显得傲然不群，不爱主动搭理旁人。其实重进心气虽高，为人还是很实在的。可是别人误解他，他也不屑于辩解，这就愈发显得他睥睨天下，愈发会加重别人的误解了。但是他浑不在乎，只有身为皇帝的舅舅偶尔提醒他一两句，他才会稍稍谦和那么几天。

永德就不同了。永德虽以道味十足的“抱一”为表字，但同时幼受儒教，以忠孝、礼义、谦恭为纲，难免看不惯重进的张狂。加上他人缘好，在禁军中很快相熟了一帮小兄弟，而这帮小兄弟私下都对重进又敬又怕、略有微词，捎带得永德对重进也愈发敬而远之。

在官家兼岳父或者舅舅跟前，他俩倒是一直维持着一种友好的局面。尤其德妃与永宁公主前后薨逝，官家身心两伤，他俩天天入宫问候，事奉起居，不知不觉间又添了一分亲戚兄弟间的情谊。

总而言之，李重进与张永德从相识的第一天起，就形成了一种微妙的关系，时松时紧，亦张亦弛，既因秉性迥异而互斥，又因姻亲关系而互联。在大周目今所剩不多的皇属中，他们就像官家郭威的左膀右臂，支撑着长子远睽的官家打起精神来，将大周的军政按照自己理想的方向继续料理下去。

李重进和张永德的进用引起了枢密使王峻的不满。他认为他们破格了：他们近期并没有军功，也没有政绩，仅仅是往宫里走动得勤一些，就一下子被抬到禁军要职上，实在不妥。他王枢密好歹跟着官家去打下了慕容彦超，最先登上兖州南城的还是他的部下呢！可是，官家并没有对他有特别的进封与赏赉。更可气的是，先前那些打了三个多月都没打下兖州的将领曹英、药元福等，战后居然升了节度使。

七月二十八日，因了为德妃存哀的缘故，永寿节在简朴、清淡的气氛中度过了。青州节度使符彦卿、郓州节度使高行周、邺都留守王殷等大藩勋旧，以及李重进、张永德、王峻、李穀、郑仁诲等中枢近臣，相陪着官家在滋德殿纵情聚谈，并享用了德妃生前亲自安排过的、以自家方法来烹制的皇帝家宴。皇亲杨廷璋、董玮、曹彬等因外放不在京师，就没有参与聚宴。这一天，皇帝郭威圣寿虚岁四十九岁。

八月初二，一封奏表呈送到了皇帝郭威面前：枢密使王峻自感才疏识浅，不能担负起陛下交予的军国重任，请求解除枢密使之职。

“王峻人呢?”

“回陛下，他递完这道表，就立刻回私宅去了。”

官家独坐滋德殿偏殿几案前，看着这道奏表，良久不语。

到目前为止，官家郭威对大周中枢的政治军事格局基本满意。王峻虽然有种种不足，但他在枢密使之位上尽心竭力，也为朝廷做出了不少贡献。他的年资深，目今的天下方镇大多服气，有事情他还是可以出面镇一镇的。

枢密使这个位置，不适宜由单有政治才能的文官担当，至少目前不适宜。乱世用重典，乱世中的枢衡，也必须放一头猛虎。官家郭威的亲随郑仁诲虽说早前升了枢密副使，但资历与王峻相比，毕竟差了一大截。倘若允许王峻辞官，郭威一时还想不出有谁适合接替他。

何况，王峻的意思很明显，他并不是真的要辞官，他不过又是在向自己邀宠、要权。或者说得准确一点，他是在以此表达对自己未与他充分商议就擢升近臣的不满，他是在试探自己对他的信任和依赖是否还一如当初。

官家郭威叹了口气。这个秀峰啊，都什么岁数了，老哥儿俩之间还玩这一套。糊涂。

他召来王景通：“你去王峻家中，传朕的口谕。就说朕看到他的奏表，十分惊诧。建鼎不过一年半，四野未平，朝廷正是用人之际，朕尚有多少大事等着他替朕办，断不能允许他辞位。……不管他说什么，你都要替朕好生抚慰一番，务必教他撤回此表。”王景通恭肃领命而去。

然而不多时，王景通灰头土脸地回来了，带回了王枢密的回答：臣素无学识，又进出无功，实在有愧枢衡要职，恳请陛下解除臣的枢职，另委贤良。

第二天，几道来自外郡的奏表呈送到了皇帝面前。在奏表中，这几位外郡节度使、防御使或者刺史、权知异口同声地表示，听闻枢密使王峻自请解除枢职，深感震惊。这怎么可以呢？枢密使王峻见识卓绝、精明干练、忠心事主，本来就是建鼎元勋；担当枢衡要职后，又为朝廷军政里外操持，劳苦功高。倘若离了枢密使王峻，他们不知道还有哪个大臣能够将朝政料理得如此周到。他们隐晦地表示，他们只服气王峻一个人，换了别的谁来，都休想让他们听他的指挥。

官家郭威反复阅读这几份奏表，鼻子里哼了几声。咸阳县君彤云轻轻地走到他的身侧，为他递上一盏新点的建州北苑玉龙团茶。“裕娘，你看这几个人……”官家郭威随口说着，忽然往旁边一瞥，住了嘴，“……彤云，是你。”

“是臣妾，陛下。”彤云忙一福，“陛下想是批阅得太入神了，喝点茶水解解渴吧。”

“好。”郭威从彤云手中接过茶水来一饮而尽。他本想问问雁儿到哪儿玩去了，刚一张嘴，发现自己又错了。他还没有完全从痛失亲爱的恍惚中缓过神来。

“你下去吧，有事朕自会叫你。”他平息了心境，淡淡道。彤云施礼而退。

第三天，王峻的第二道辞官表递到了皇帝座前。皇帝郭威再遣中使王景通赴王宅宣谕抚慰。王峻再次拒绝复出。

与此同时，外郡驰呈帝都的进纳王峻之奏疏却源源不断地到来。王枢密的人望如此之高，威力如此之大，朝野内外听闻此事的人无不感到惊惴。官家郭威的面色日渐凝重。

翌日，他启动了自己培植多年的谍线。

十日之内，王峻共上了三道奏表请辞，而外郡呼吁挽留枢密使王峻的奏表也达到了十数份之多。王峻每上一道辞呈，官家郭威就派中使去宣谕抚慰一次。王峻连贡三章，中使就去了王枢密府三次。

王景通第三次去到王枢密府时，是这么对王峻说的："陛下说了，现下政务堆积，如果你还不出来处理，朕就只好亲自上门去请你了。"

王峻听了，对王景通说："怎么能让陛下亲自来呢？那样臣就无以自处了。中使可得拼命劝住陛下啊。"

郭威听了王景通的回报，耐着性子等了一天。可是，王峻丝毫没有复出的迹象，他似乎就打算老死在自己的私宅里了。官家郭威在滋德殿中踱来踱去，然后叫来了枢密直学士陈同。

"朕听闻你与王枢密素来交好，是吗？"

陈同揖道："回陛下的话，臣与王峻不敢说十分交好，但臣的话，王峻倒是也听得进一两句。"

"那好。朕已经派中使去召了他三次，他不肯回来。现下朕派你去。朕不管你用什么法子劝，总之你要将他召回来。你告诉他，他的办事能力，朕很清楚。他完全能够担当枢密使这个职位，教他不要再一味谦逊下去。目下枢密院的公事已经堆积如山了，请他赶紧出来，为国理政。"

陈同去了半日，回宫复命。

官家见陈同仍旧是一个人，眉头皱了起来，可语调还是保持了平静："怎么样？"

"回陛下，依臣看，王峻被臣说动心了。"

"嗯。那他人呢？"

"还……还在私宅中呢。不过陛下，臣以为，王峻目下心意已经回转，只是碍于颜面，不愿出尔反尔，教天下人笑话。"

"那依你看，要怎样才好？"

"臣以为，陛下只要宣称整备车马，做出打算亲幸他府邸的样子，他一定不好意思再推辞，应该就会立马出来视事了……"

官家郭威沉默良久。王峻要的并不仅仅是面子。

“陛下，臣以为，事已至此，索性给他一个台阶下。这事儿已经拖了旬日，群臣惊诧猜疑，不如早日解决的好啊……”

官家郭威再次沉默。良久，他脸上的表情渐渐淡了，直至再也看不出内心有什么波澜。

“来人，传朕旨意，”他大声向殿侧吩咐道，“整备车马，朕要亲幸王枢密府！”然后，他将视线转回陈同脸上，目光变得深不可测，“现在，你可以去告诉王峻这个消息了。”

陈同的额角微微有些出汗，忙向官家一拜：“喏。臣这就去为陛下办这件事。”

王枢密府。客堂。只有陈同与王峻。

陈同的语声带着一点畏怯：“……成了。当着卑职的面，官家已经命备车马，枢密可以入宫了。……再不出去，卑职以为……就过头了。”

王峻淡然一笑：“瞧把你吓得！陛下与我是什么交情？”他大声向外喊道，“来人，备马！”

禁中滋德殿。

王峻疾步入宫，在殿外告进。官家郭威平静道：“宣。”

王峻直入殿中，伏地拜道：“臣王峻参见陛下。”

官家郭威满面含笑，趋前亲自搀起他，温言道：“秀峰兄，怎的忽然谦逊起来了？你是朝廷的顶梁柱，多少大事，需要你替朕去办，你怎么能辞官呢？”

王峻一改往日张扬跋扈的作风，谦恭地揖道：“陛下，非是臣谦逊。皇鼎已立，兖州贼寇已平，枢衡之位，原需要一个更能替陛下周全筹划的人来担当。臣不比李榖、范质他们那种进士出身的人，不曾饱读诗书、深研经略，臣不过是军戎出身的行伍粗人……”

“这是什么话！”郭威笑道，“朕也是军戎出身的行伍粗人。照你这么说，朕这个皇帝也当不得了，也该让贤了？”说着，他示意王峻坐在早已设好的座位上，自己也在御座上落座。

“……臣不是那个意思。臣是深感才德不足以久据要位，唯恐辜负陛下信任。”

“你的才德很好，也适合这个位置，朕一直很信任你。以后，朕还会更信任你。”

“平定兖州，臣也没有出什么大力……”

郭威叹了口气：“秀峰，慕容之乱，你扈从朕速战灭贼，功不可没。可是你已经是枢密使了，还挂着尚书左仆射兼门下侍郎、同平章事、监修国史的荣职，曹英、向训他们不过在禁军里领着中级武职，怎能与你相比？平定兖州，他们也是奋勇忠心，为朕立下了汗马功劳的，是以这次朕就决定先升他们。……你是枢密使，你的心宽，就将功劳让一让，想来不会有意见吧？”

王峻张了张嘴，欲言又止。郭威仍旧温言道：“怎么？”

王峻迅速放弃了对兖州军功的纠缠，转而道：“……在京城中枢的人事安排上，臣也经常出错，总是不能上合圣意……像李毅、郑仁诲他们……”

“秀峰兄，”郭威打断了他，“你可还记得当年，咱们这一帮子兄弟结义时，彼此何等相知相惜？布衣之契，富贵不忘。你是拥立首功，建鼎后又殚精竭虑、助益良多，你的诸般功绩，朕一时一刻都没有忘怀。……你素来了解朕，朕的心思你也能明白，再也不要妄自猜疑了。”

“陛下……”

“好啦，”郭威示意宫人添上新茶，然后端起自己的茶杯，起身走到王峻身边，“朕该说的话，你该说的话，都说过了。彼此心里透亮了，以后也就没有芥蒂了。来，咱们对饮了这杯茶，你就赶紧出来为国视事吧。朕这里，一天也少不了你。今后，还有更多的事需要你去替朕筹划……”

王峻知道，轰轰烈烈的辞官事件到了该告一段落的时候。他一扫刚才的阴郁纠结，端起茶杯，欣然道：“是，臣谨遵圣命！”

滋德殿外殿。黄昏，殿内灯烛明亮。

田重霸轻身入内，从怀中掏出几张写满字的信纸，跪呈皇帝郭威。

郭威显然已经等待多时，接过信纸问道：“重霸，此番你打探到了什么？”

“臣获取的就是这几封密信，是王峻之前遣人递送给不同州郡外藩的。”田重霸道。

郭威示意他起身，自己凑近纱灯看信。尚未看到半截，他脸色已变得十分难看：“这是哪儿来的？”

“臣想方设法，让人悄悄从收信者的文书私档里偷出来的。”

“只有这么几家外藩接到了他的密信吗？”

“想来不是。臣无能，目下只能获取这么几封。但臣以为，这已经足以说明问题了。从落款日期上看，王峻在自请解除枢职之前，已经先给诸道发送亲笔密信，要求他们在自己的请辞表递上后，立马上表挽留截镫，营造他深孚人望的表象，造成朝政大局非他操持不可的局面。……陛下，请恕臣多嘴，王峻此举，不可谓不处心积虑……”

郭威皱紧眉头，沉默不语。

“中枢各紧要岗职，也有王峻的亲信。此番他请辞期间，中枢的许多庶务难以运转，恐怕也与他们刻意推诿拖延有关……”

郭威默然半晌，恼怒地将信件向桌案上一摔，冷笑道：“何至于此！何至于此！”

五四　革故启新

让官家郭威头疼的人事问题，其实也不只是王峻一人。

七月里，李穀走路时不小心摔倒，伤了胳膊，无法视事，向官家告了数旬的病假。李穀是宰臣，在征兖州前就以中书侍郎、平章事兼判三司，征兖州时又权充东京留守，兼判开封府事，是官家郭威在政事上的一个得力助手。他胳膊伤了，自然需要休养，可是许多国事也离不开他。于是官家便特许李穀不来朝参，只在家扶持三司的诸般庶务，并且可以用盖名印的方式来替代亲笔签署衙署政令。八月里，又赐给李穀一架白藤肩舆，以示抚慰。

八月十九日，郓州奏报：节度使、守太师、守尚书令、齐王高行周以疾病薨逝于任上，享年虚岁六十八岁。

官家郭威接到这个奏报，愈动伤怀。官家与高齐王是忘年相知，过去在军事上的交谊且不说了，前年从邺都起兵时，高齐王原本接到了汉隐帝的勤王诏，却顾及与自己的情谊，故意拖延不出，为自己赢得了掌控大局的时间；今年五月自己亲征兖州时，高齐王从郓州出发，半途迎候銮驾，奉觞进俎，君臣相接甚欢；高齐王深知慕容氏实力雄厚，唯恐府库所备未足，又倾身家资财赞助王师军用；上个月永寿节，他应诏进京贺圣寿，知道官家不事奢华，特意带来了精选的郓州风物土产……

失去高行周，官家郭威失去了一个重要的外藩支柱。

不日，天子诏下，册赠高行周为尚书令，追封秦王，谥曰武懿。

三个月后，青州节度使符彦卿移镇郓州。这是后话。

九月，还有一项重要的追赠令昭示天下：皇帝郭威已故的姨母韩氏被追封为楚国夫人；已故第四姊被追封为福庆长公主。当年顺州之乱，如果没有尚未成年的四姊拼死带着郭威和两个兄弟逃出城去投奔姨母，郭威一定早就死于乱刀之下了；而如果没有姨母的鞠养与庇护，郭威就算逃脱了刀枪，也不可能逃脱饥寒贫病的侵害。这两位亲人，早已逝去多年，丝毫没有分享到他发迹后的荣耀，他能够借以略表心意的，也不过是赠予她们一个风光的虚名而已。

李重进是四姊的儿子，官家追赠四姊，当然也是昭示对于重进的恩宠和抚慰。

从八月到十一月，一系列重要的政军诏令先后发布。

首先是盐禁的改革。其时禁止贩售私盐，在后汉朝，无论贩售私盐的斤两多少，一经查获，并处极刑。这是典型的苛法。因为这道禁令对于权贵们几乎没有约束力，比如之前的刘铢，就视禁令如无物，为自己囤积了几屋子的私盐。但是对于许多小民而言，在艰难的世道下，他们为了家小的衣食、为了禁令所滋生出来的利润空间而甘冒其险。一旦被抓获，自己身死，家小生计也难以维持，往往相继变成饿殍。此番改革，规定盐禁犯五斤以上才处死，而煎制碱盐的，犯一斤以上处死，相比从前，也算是相当宽厚了。

其次是酒禁的改革。酒禁又称曲禁，往往与盐禁连在一起，合称盐曲之禁。后汉的酒禁也十分严厉，犯私曲者，涓滴皆死。现在改为犯五斤方死，松动了一大步。

最后是牛皮禁的改革。牛皮是极其重要的军事物资，盔甲、盾牌、绞索、韇韫等都少不了它。累朝用兵不息，对于牛皮的需求量巨大，因此在征收和交易牛皮方面的法令尤其严峻，犯私牛皮，一寸抵死。多少人假此峻法之名生事，陷害谋夺他人财产性命；多少人又钻这峻法的空子来为自己谋取利益。因此，朝廷定下新规：今后天下该纳的牛皮数目减去三分之二，剩下那三分之一，按照人户苗亩配定；十顷地缴纳连角牛皮一张，如果是黄牛，缴纳干筋四两，如果是水牛，缴纳干筋半斤；牛马驴骡的皮、筋和角，今后允许民间贸易，只不许带出化外敌境……

与此同时，军事方面，诏停诸州向中央进贡器械，禁军的器械，改由中央统一制造。其时，兵器的锻造并没有统一的制作处所，各道府州郡都有自己的作院，每月课造军器，每季向京师纳送一部分为贡。问题是，诸州所贡的器甲品质并不精良，因为诸州常常将劣质器甲上缴充贡，却将优质器甲留作自用。与此同时，因了进贡的名头，诸州每年都要占留不少钱帛甲料，并且顺带向民间征收数倍于供纳的土产；甚至节度使、刺史私造的器甲，也要算在进贡的名义下，数倍取之于民。

取消了诸州进贡军器后，诏改为从诸道中选取工艺精湛的工匠，赴京重组作坊，以备役使。朝廷此令，一举三得：对中央，是以技术力量强化了禁军的实力；对方镇，是釜底抽薪，将最优秀的军工技术人才收归国有；对民众，则大大减轻了额外的负担。经此一革，大周禁军力量得到加强，兵器制造技术也得到了巨大的发展。此是后话。

与此同时，法制方面，敕令民间诉讼程序，先由县州及观察使处理决定，县州及观察使不能决，再听讼于台省；而且但凡有诉，原则上应呈递书牒状纸，即便是请别人写的，也要注明诉讼人的姓名、居处等。这一规定，强调地方官吏必须依凭据断案，减少随意妄行，也遏制了讼棍之类讹诈勒索事件的发生。

九月二十四日，君贵实岁年满三十一岁。若按照其时人们以虚岁计生的方式，则为三十二岁。

去年君怜为他贺生行书的白居易《七德舞》仍悬于书房壁上：“太宗十八举义兵，白旄黄钺定两京……功成理定何神速，速在推心置人腹。……歌七德，舞七德，圣人有祚垂无极。岂徒耀神武，岂徒夸圣文，太宗意在陈王业……”

今岁，为了平抑君贵的焦躁，君怜用以贺生的，是南朝著名诗人谢朓的《入朝曲》：

江南佳丽地，金陵帝王州。
逶迤带绿水，迢递起朱楼。
飞甍夹驰道，垂杨荫御沟。
凝笳翼高盖，叠鼓送华辀[①]。
献纳云台表，功名良可收。

君贵自与君怜成亲后，得闲常翻君怜的藏书来看，于文章辞赋上广益涉猎，这《入朝曲》也曾深入眼中。此番见君怜以一笔峻拔字体将其铺陈于五尺雪笺之上、绫罗裱褙之中，自然立时便明白了她的安抚体慰之意。

夜深人静，子睡仆息，两人对饮美酒至于微醺，携手星幕之下，忽觉人生要义，更在“清明”二字。

冬十月十四，丁酉日。德妃入葬，皇帝废朝一日。次月，诏以在京潜龙旧宅为天圣禅寺。

十七日庚子日。滋德殿。枢臣御前会议。王峻、范质、郑仁诲等在座，李縠因臂伤未愈，仍旧在家办理公事。

有几个重要的人事任免安排在君臣间讨论。

---

① 辀（zhōu）：泛指车。

晋州节度使王彦超是跟随官家克难的功臣，在王峻出讨刘崇时，又曾担当晋绛行营马军都虞候。虽说刘崇跑脱，但军功还是有的。众人议论，建议将他移镇河阳。河阳是个好地方，背倚太行山，面临黄河水，早在周代便立城，足以作为对他的奖励了。

又，前日永兴军奏报，宣徽北院使、知永兴军府事翟光邺卒于任上。宣徽北院使与知永兴军府事都是要职，不宜空悬太久，因此，要尽速选择合适的人去接任。

官家郭威的意思，翟光邺以勋旧兼领两职，倘若一时没有与他相匹的继任者，那么就将这两个职司分开了任命也是可以的。众臣皆以为然。

范质道："陛下，臣以为，宣徽南院使袁鳷忠顺勤恳，多积军功，可以权知永兴军府事。"翟光邺与袁鳷资历相若，对此，众臣倒是没有什么异议。

不过，袁鳷原来的职务是判开封府事，如果外放去知永兴军，该让谁来接替他呢？

开封府主官这个位置的正职是开封府尹，也就是帝都的最高行政长官。在前朝隐帝治下，这一职位原本由累朝老臣侯益担任。后来侯益致仕，刘铢权知开封府事，正式的府尹授给了当时的皇弟刘勋。大周建鼎之初，即以袁鳷任权知；官家亲征兖海，改以李毂为权东京留守，兼判[1]开封府事；官家平定兖州，复以袁鳷判开封府事。

王峻道："陛下，臣以为，枢密直学士、工部侍郎陈观政务练达、沉毅能断，最适合接替袁鳷判开封府事。"

自从辞官事件之后，王峻说话行事越发骄矜，越发喜欢提拔依附自己的官员，座中枢臣轻易都不敢招惹他。比如今日他举荐的陈观，就素来与他交好。八月份，陈观以枢密直学士、左散骑

---

① 判：以中央官兼地方官的意思。

常侍升为工部侍郎，就是王峻力举而成。现下又以陈观判开封府，是不是有点太快了？

枢臣们都表示了疑虑和反对。

“陛下，陈观升迁过快，恐群臣议论，臣以为不妥。”

“判开封府事乃要职，陈观年资稍轻，只怕弹压不住。”

“陈观行事好观望，但有议论，私下便犹疑不决，恐怕不宜位居帝阙之守。”

…………

官家郭威尚未答言，王峻已经微怒：“陈观有什么不好？你们说的这些都不成其为理由！群臣议论有什么大不了的？换个人不是照样议论？年纪稍轻算什么过错？谁生下来就是耆老？遇事多思多虑就更应该了，倘若他贸然专断，你们又该说他生性浮躁、难当大事了！”

范质道：“王枢密，话不是这么说的。臣属在陛下面前议论人事进退，不过知无不言、言无不尽，竭忠尽力而已，何用如此意气？”

“哼，你们众口一词，胡乱拿人短处，还不许我说吗？”王峻冷笑道。

“王枢密，我们并没有胡乱拿人短处。陈观自有他的长处，他任工部侍郎也有两月了，好与不好，陛下自有圣断。”郑仁诲淡淡说罢，向官家看了一眼。

官家郭威不动声色地听着，此时清了清嗓子，举起一只手：“众位卿家，不必争执了。陈观在工部侍郎任上两月，也为朕办了几件事，能力还是有的。既是王枢密全力所荐，不妨权且让他到开封府的位置上试试。……袁鳷既然要调任，总得有个人接替。陈观是否适任，咱们权他几个月，也就知道了。”

说着，官家郭威换了个更郑重的语气：“此事今日不必再议了。朕还有一事，翟卿一殁，宣徽北院使的位置也空了出来。朕以为，枢密副使郑仁诲端厚谦逊，孜孜接物，可以为宣徽北院使。诸位有什么异议吗？”

王峻张了张嘴，欲言又止。除了郑仁诲外，其他臣属互相交换一个眼神，立即揖道：“臣等没有异议。”“郑公履职宣徽使，甚是妥当。”

郑仁诲便即离座，向上拜道：“微臣叩谢陛下信任眷顾之恩！微臣一定披肝沥胆，夙兴夜寐，以不负陛下厚望！”

官家郭威笑道：“卿的忠心，朕知道了。政事固然要紧，卿等也都要保重身子，可别像李穀似的，病得出不了门，反倒无法替朝廷办事了。”

王峻见事情已成定局，就收起了自己的心思，转而道：“陛下说得极是，臣等都是陛下座前供驱遣的，把自己照管好了，才能替陛下好生奔走。……”说着，他向上一揖，“陛下，臣另有一个不情之请，要求陛下恩准。”

“哦？何事？说说看。”官家郭威含笑问道。

“早前臣奏报过要扩建枢密院，在原来的院子东面新建一片公署。昨日，新署的土木之功已毕。臣以为，枢密院乃全国政军之中枢，枢密新署落成，须得有天子仪仗临幸御鉴，方能显示我大朝枢衡的威风。”

官家郭威欣然道：“好啊。朕在宫里闷得久了，也正想出去逛逛呢。走，今日朕就得闲，咱们今日就去！”

王峻喜道：“臣立刻就教左右为陛下准备仪仗护卫！”

枢密院。日间。

阳光将新署的廓庑厅堂照得熠熠生辉。屋檐上、墙壁上、雕窗上装饰的各种飞禽走兽鲜艳灵动，栩栩如生，仿佛要飞出来护卫大周皇朝的启祚之君。

官家郭威见枢密院新署堂厅高广，比自己执掌时雄伟了许多，又见构件饰料无不华侈，虽说与自己素日志趣大异，毕竟位当国之枢纽，也是替皇朝光彩了颜面，因此欣然赞道："好！枢密院新署甚是宏伟气派。拿笔墨来，朕要赐额！"

官家郭威虽说生长军戎，但自少年时期便多识书文，练得一笔好字。当下悬腕挥毫，亲笔御书"帝京枢衡"四字赐作匾额，又令内侍速取内府绢帛数十匹、金珠数十斛，赏赐给枢密使及以下佐官属吏。

王峻高高兴兴谢了恩，陪郭威在枢密院各处盘桓良久，不仅遍视新署规造，又特意到旧署中郭威曾经办公与休憩的房厅亭阁居留。君臣二人饮酒品茗，抚今追昔，尽欢而散。

回到皇宫中已近黄昏，夕阳将满天云层渲染出深红与暗金交融的壮景。官家郭威坐在肩舆上，看见广德殿顶破旧的鸱吻被落日镀上一层金光，显得煞是壮丽。靠着这层光芒的加持，饱经风雨的宫城似乎也勉强可以与王峻的新衙署匹艳了。

他忽然想起了德妃生前跟自己说过的话："……官家可别再苛刻自己了……"

他的眼中蓦地涌上一层泪水。他苛刻的岂止自己？他苛刻了她，这么多年他用心为她打造的，不过只有一只玉蝉而已；他苛刻了自己的女儿，直到她临薨前才赐给她公主的封号；他也苛刻了自己的儿子，让他吃尽千般苦头，却不让他葆有任何可能惑乱心志的五色之物，甚至连个像样的封号都不肯给他，至今他不过是一个郡侯，连郡王都不是……甚至，再往前，对于珍娘、文娘，他也一直是苛刻的。这世上他触手可及的佳物原本甚多，但他除了要她们安心履行各自的人生职责，何尝让她们像普通的大员家眷那样纵情享受过佳物带来的欢悦？身外之物终须还归身外，他一直是这么想的，所以，倘若自己或家人随俗纵情享受这一切，他便不能心安理得。

他立即命人传来宫苑使："朕要在坤宁宫与福宁宫之间别筑一间小殿，以精巧韵雅为上，你等速为朕谋划图纸，待朕阅定，便尽快开工营造。”

坤宁宫是皇后的正居，但他现在没有皇后；福宁宫是德妃的正居，但他现在也没有德妃了。他还有过贵妃、淑妃，有过乐安公主、永宁公主，有过那么多生龙活虎的皇子、皇侄……他们都活在他的心里。他要为他们造一座新殿，在殿中布置上他们应该会喜爱的各种美好之物。

他要将这间小殿命名为“思存殿”，他要把以前欠他们的一起还。

不日，新殿在逐渐荒凉下来的初冬景象中热腾腾地开工了。

枢密使王峻在入宫奏对之时，发现了官家的这个小秘密。本来，小殿的位置居于内苑，外臣一般难以看到。但王峻是官家宠幸的近臣，原本在大内行走就比旁人自由，再加上现在已经没有了德妃，也不用太在意回避皇帝内眷这档子事了，因此，听到叮叮当当的声音之后，王峻就叫内侍领着，去施工现场看了看。

一见之下，王枢密就感到官家做得太过分了。《大宝箴图》和《惟皇诫德赋》不是号称日夜悬挂于滋德殿内殿大柱之上的吗？“壮九重于内，所居不过容膝”，“夏桀以瑶台琼室为丽，而不悟鸣条南巢之祸”……官家即位不过第二年，怎么就放纵享受起来了？前车之鉴明明摆在那里呢。

于是，当政事奏对完毕，王枢密提到了刚才在内苑所见，严肃地质问道：“陛下宫室已多，为何还要新建？岂不闻，天子当‘守勤守俭，去奢去逸，外无荒禽，内无荒色’……”

官家郭威闻言，神色略变，慢慢看王峻一眼，平静地反问道：“枢密院舍宇也不少，卿却自行兴造扩建，这又是为何呢？”

王峻一愣，面皮顿时有些发红。片刻，惭默而退。

五五　不见长安

十月下旬，李彀因臂伤久拖不愈，不愿忝居相位招致外间尸位素餐的物议，三次上表请求辞去相位。皇帝郭威坚决不允，并且在诏报中重申了对李彀忠心国事的嘉许，要李彀安心养伤，他原来的位置会一直给他留着，等待他回来。李彀接到诏报，感念万千，热泪盈眶。

十一月，因接近遇难皇属的祭日，官家郭威与枢密使王峻在私下的谈话中偶尔触及这个话题。王峻的家小也是在同一天遇难的，想到丧妻失子的惨痛，王峻悲从中来，在官家面前忍不住放声大哭。官家的心被他悲怆的哭声泡软了，跟他一起老泪纵横。

翌日，天子诏下，追封枢密使王峻的亡妻为赵国夫人。

这个追赠无成章可依、无旧例可循，是官家郭威对王峻的特别恩典。王峻受诏，率继室、妾室与仆从祭奠于亡妻灵前，倍感安慰与荣耀。

十一月十五日，澶州节度使皇子荣的奏表呈递于皇帝案前。因本月二十七日乃冬至日，循礼皇帝要在这一天御崇元殿接受百官朝贺，因此，皇子请求入觐，参与朝贺大典。

“陛下，臣以为不妥。”官家尚未开言询问，枢密使王峻已经抢着发表意见，“冬至朝贺，陛下因克行节俭以养福，故诏令不许诸州入朝。诏令已下，倘若单为皇子破例，各地方镇必然以为陛下处事不公，不顾念勋旧老臣颜面，一味偏私……”

“……嗯，知道了。”郭威淡淡道。

“那么臣就教枢密院执事回复澶州，依例不允。”王峻追道。

郭威默然片刻，点点头。

澶州镇宁军治。日间。重重阴霾。

君贵从曹瀚手中接过朝廷的批复，急切打开来看。上面只有四个字：依例不允。字体陌生，肯定不是父皇写的；也没有用朱批，而是替之以枢密院的印章。

“枢密院传递过来的？”他不动声色地问道。

“是。”曹瀚小心翼翼地回答。

“哼。”君贵鼻子里冷笑一声。总为浮云能蔽日，长安不见使人愁。他与父皇之间，隔着这个王枢密和他的党羽，竟然三番五次不能见面。当然，他也知道，有时候不见面是出于王峻的阻挠，有时候，却是出于父亲的意思。他分辨得出。比如这一次，显然就是王峻在从中作梗。

父子天伦。天家的父子关系，也许比寻常人家要复杂一些，围绕着他们父子的是不同的人群，这些人为了自己的地位，必然会想尽办法避免因他们父子过度靠近而带来剧烈的人事变迁。可是，凡事总得有个度。他王枢密自己也有庶子幸存于世，教他们父子经年累月不能相见试试？

在郭家，君贵从来没有以养子自视。他是幼年时代从柴家正式过继来的，在郭家诸子女中位次居长，父母、继母、小孃待他，以及他待他们，都是这个家庭真正的长子所应有的样子。皇朝初立，他被外放到澶州后，一度怀疑过父亲对自己的宠爱是不是衰减了，但是父亲让曹瀚带回的沉香木剑匣解除了他的疑虑。他仍旧是父亲的爱子，是父亲最珍爱的那把宝剑。这个体认，比任何公开的、明白的承诺都更让他踏实心安。

德妃薨逝后，父亲还让郑仁诲带来口讯，传达了最直接的信号。

“你只需照管好藩镇军政，照管好妻儿……等待时机成熟，爹自会召唤你回到爹的身边……”

父亲还是那个父亲。在心中，君贵更愿意称呼他为“爹”，而不是稍显疏远的“父亲”，以及更显疏远的“父皇”。他深信，无论有没有那个“皇”字，他们都同属于一个亲密的家族，同属于一个伟大的事业，他们心意相通、骨肉相连。

王枢密管天管地，还管得了他们父子之间的感情如何吗？

只是，父亲对王峻，始终太过容让、太过软弱。这样下去，自己到底要被王峻压制到几时才得舒展襟抱呢？

腰间箭，匣中剑，已是空惹埃蠹了；时易失，心徒壮，他的手脚，仍旧被羁系在澶州这片小小的皇朝龙兴之地。父亲所着手进行的朝政改革，他潜思细会，心有戚戚，却始终未能稍有置喙，未能居中贡献自己的涓滴力量。

他是真的意难平。

后苑。正房。

君怜正跟朱雀在一起，逗弄着女儿观音。观音已经七个月大了，被唐氏、东方氏、采儿等人合力喂养得胖乎乎的，能够稳稳地坐在榻上玩耍。朱雀经常管她叫“胖观音”。

朱雀将胖观音端端正正摆了个坐姿，然后将一块绢帕塞进她的小胖手里，嘴里娓娓地劝导着：“来，好孩子，这是你的净瓶，还有你的杨柳枝，你拿着它，就这么一挥……”

君怜笑着推朱雀：“这个雀姨，好生可恶，没事就折腾我们！就不能教她点正经的吗？”

朱雀正色道：“我教了呀。昨日你没听见我教她说阿孃？她不肯，反倒是把姨叫了几声，看来，我跟她真是有缘。”

君怜笑道：“那是叫你吗？明明是她偶然发出的声音罢了。照你这么说，她跟廷献才是有缘呢。那日廷献抱她，她嘴里咿咿呀呀的，不知怎么就发出了一个声音，听起来就像是在叫廷献、廷献……”

朱雀笑道：“这可奇了，‘廷献’这两个字的音，对观音这么点儿大的小家伙来说，挺难发出来的呀，她是怎么做到的？”

君怜道：“我也不知道。我就知道把廷献欢喜得什么似的，像真的听到了纶音佛语一般。后来将承璋也招来了，抢过来抱着她，非要教她说承璋、承璋……”

朱雀道：“想来没有成功。‘承璋’这两个字，也不好发音。”

“是没有成功，还吃了唐妈妈一顿数落。”两个人想着唐妈妈素日管教承璋的样子，不禁相视而乐。

朱雀便揶揄道：“这个唐妈妈，自己的闺女嫁了不管，倒把承璋管得像亲儿子似的！”

君怜也不接腔，只是一笑。

正闲聊着，君贵走进屋来。君怜忙指着君贵对观音说：“观音，叫爹爹、爹爹……”观音见了君贵，欢喜地挥舞着绢帕，嘴里啊啊叫唤起来。

君贵便走到榻边抱起她，问君怜：“观音吃了不曾？”

君怜道：“才睡醒，适才乳母喂了奶，她们说少时再喂些蒸果肉羹。”

君贵点点头，又转向朱雀：“榷娘今日又教了观音些什么？”

“没什么，”朱雀道，“我不过对着她念了片刻驱邪除病咒，将她的打呃给治好了。”

“真的？”君贵惊讶道。

“这有什么好新鲜的？念完咒，我顺便喂她喝了点热水。”朱雀一本正经地说。

君怜拿手捂着嘴偷笑起来。朱雀站起身：“你们说话吧，我回去再找找看还有没有什么管用的咒语，下次遇到了，好再替她治疗。”说罢，就如以往每次一样，她也不待两人回答，便径自出门离去。

君怜咯咯笑出声来，顺势伏到榻中软垫上。君贵被她的笑意所感染，又待笑，又不甘心，奇道：“有什么好笑的，何至于此？”

君怜勉力忍住了笑：“听闻有句话叫作‘一物降一物’，恕我驽钝，不明白那是什么意思，哥哥明白不明白？”

君贵知道君怜又借朱雀奚落自己，可想想竟无从还击，只得轻哼一声，无可奈何转向观音道：“闺女，你看看你阿孃，什么样子！”

君怜偏还要解说：“我笑的是，我竟不知，朱雀大师除了会算命打卦、采药炼丹这类江湖奇术，居然还专门会降人。任凭在外间多厉害的角色，到了她跟前竟然都没了脾气！依我看，她才该改叫观音呢，降妖伏魔，所向披靡……”

听到这里，君贵急忙拿手捂住了观音的耳朵：“嘘，听不得，听不得。好好的闺女，别教你们给带坏了。观音是我的，才不跟你们家朱雀换呢。”

观音不耐烦被爹爹捂住耳朵，左右摇晃着脑袋挣脱了束缚，忽然嘟囔了一声：“爹……爹……”

君贵登时愣住了。

“……君怜……你听到了吗？”

君怜收敛了笑容，静静地看着他：“……听到了。”

“她是在叫我，对吧？”

“嗯，是……”

“……”

“这是怎么了，哥哥……”

“没怎么，只是……高兴。”

君怜将观音手中的巾帕抽出来，靠近君贵，温柔地替他擦去不小心滑下来的两行浅泪。

正屋里的亲子时光持续了一刻钟。这是难得的、没有外人在场的一刻钟。乳子的馨香弥漫，夫妻相依，万物静谧。

末几，东方氏进来，说要将观音抱到暖阁喂些蒸果肉羹吃，君怜便让她们去了。因皇孙女幼小，为了平安好养活，君贵和君怜要全家上下都以小名观音呼之，而不必刻意尊称姐儿、小姐儿、皇孙女之类。有时候，君贵夫妻也呼之为音儿、瑽儿。

观音离开后，屋里就剩下夫妻两个人。

君怜这才想起来问：“哥哥今日怎的又提早回来了？”

君贵也才想起来答：“不为早些回来，是为了有事跟你说。”

“好，什么事？我听着呢。”

“我请求入觐的奏表又被驳回了。”

“是枢密院驳的？”

“嗯。”

君怜淡淡一笑：“那么，哥哥，咱们就耐心些，把眼下的事做好，继续等待吧。”

“还等？还要等到什么时候？”君贵苦笑道，“君怜，你知道吗，近日我老是反复做同一个梦……”

“嗯？什么梦？”

“我总是梦见我来到一条河边……应该就是同一条河……也许是黄河……可是，却没有浮梁，没有船筏，没有艄翁，什么都没有，一片荒凉，我无论如何也不得渡过……”

君怜顿了片刻，方笑道：“哥哥，李太白也反复做过同一个梦呢。”

“什么梦？”

“‘闲来垂钓碧溪上，忽复乘舟梦日边’。他梦见自己乘着船，去到了太阳之侧。……哥哥再读读李太白，兴许做的梦就不同了。”

君贵知她曲意安慰自己，不由叹道：“若论寻章摘句，我自然说不过你。不过那日我翻你的书，看到两句诗，颇有戚戚。你若不嫌我驽钝，就给解解？”

“哥哥居然学会拿诗句来考校我了？好呀，请说。”

“‘三尺龙泉剑，匣里无人见。’——你倒是说说，当此之时，这把剑又该如何是好？”

君贵所引的，是当时流传的一首教坊曲的曲词：“三尺龙泉剑，匣里无人见。一张落雁弓，百支金花箭。为国竭忠贞，苦处曾征战。先望立功勋，后见君王面。”

君怜略一垂目，便抬眼笑道：“这有何难？那最后不是还有两句吗？‘先望立功勋，后见君王面。’这说的岂不就是哥哥？哥哥渴望建立功勋，眼巴巴望了这么两年，就和那把龙泉剑是一样的。”

“然后呢？”

“……‘后见君王面’。”

君贵叹口气，自嘲地一笑：“你说得对。也许……是我太急躁了。”

“也不是。”君怜摇头沉吟道，“‘匣中宝剑作雷吼，神物那得终摧藏。’既然是宝剑，岂能久置匣中？哪怕那剑匣是沉香木做的。哥哥，依我看，咱们还是要继续循礼上表，请求入觐。”

君贵目光灼灼地看着她，欣然道：“嗯。宝剑长鸣，声震苍穹，浮云驱尽，便见长安。”

十二月十五日丁酉日，君贵为德妃的服丧期正式结束。天子诏下，皇子澶州节度使荣落起复，加同平章事、检校太傅。因为他之前恢复视事属于夺情起复，此番正式服阙，故有落起复之说。历朝旧例，藩主落起复，如果之前已经是一品阶的，就给予加爵，如果不是一品阶的，就加阶，以示朝廷对藩主丧亲之痛的抚慰。君贵原先为检校太保，因此便升一位为检校太傅，并恩加同平章事这一使相之衔。

领受进位诏书的次日，澶州节度使皇子荣上表感谢父皇的恩典，并请求在来年元日朝觐。

意料之中的，他再次遭到了拒绝。

君贵与君怜便在方镇的年节例贡之外，又差林远等送去一大堆澶州风物，以为皇子阖家敬献给父皇的贺岁私礼。父皇赏赐给他们三人的年节礼物，则是两大一小三串火红的东海珊瑚珠串。这些亲族之间的馈礼往来，总是王枢密管不着的了。

十二月下旬，一些获准朝贺的外藩陆续进京。前朝旧例，诸侯朝阙时常向皇帝、皇后贡献钱帛，谓之"买宴钱"。意思是说，皇帝向臣下赐宴也是好大一笔花销呢，总不能让皇帝拿内府银子出来办吧，你们这些诸侯想求皇帝赐宴，就得自备费用。这实际上是诸侯与皇帝之间打着"买宴"旗号进行的一种利益交换。比如这次获准入朝的前静难节度使侯章，便循例向皇帝进献了买宴绢千匹、银五百两。

没想到皇帝郭威并不接受，蹙眉道："诸侯入觐，天子原本该有宴犒，岂能教诸侯自己掏钱买呢！"于是下诏命令：今后诸侯入朝，不得再进奉买宴钱。

此诏一下，天下诸侯的心中也是五味杂陈，不能简单以感动或沮丧言之。

岁阴穷暮纪，献节启新芳。
坐到四更后，身添一岁来。[①]

广顺三年的新岁钟声，就在朝廷内外的种种微妙局面中，远远地响了起来。

① 第一联出自唐·李世民《除夜》，第二联出自唐·尚颜（僧人）《栖蟾诗》。

五六　弦喑九烛

广顺三年的元日是个壬子日，天空还算晴朗。皇帝郭威在这一天服冕旒，御崇元殿接受百官朝贺，之后，又去太平宫问候了李太后的起居。

李太后早就吃起了长斋。前皇弟刘勋病体仍旧支离，御医得了官家的命令，隔三岔五过去看视，故此一直保养拖延着，也不见得立时就会怎样。

郭威在李太后那里居停的时间不长。德妃去世后，这是他们第二次见面，彼此都有非常浓厚的伤感，话反而说不了几句。

官家郭威如礼向李太后跪拜告辞时，太后沉默了一下，没有立刻作答。郭威疑惑地抬眼看着太后，太后勉强一笑："官家，还是再纳个人在身边吧，到底体己些。你的年纪……也不小了。"

郭威也勉强一笑："太后，臣身边有的是人伺候。"

太后不再劝，只点点头。郭威便再拜辞出。

坐到肩舆上，他的心情变得低落。虽说破了春，天气却寒冷，他的脖颈和肩背处都有些发僵。风像刀子一样刮到脸上，他将厚毡大氅的貂领竖起来抵挡。这件大氅还是克难之战时，裕娘亲手制备了，遣曹瀚替他送到军中的。最冷的时候，他就叫人拿出来披裹上，感觉其中犹存裕娘的体温。

皇宫大内空旷而荒凉，除了他的仪仗一行，极目远处也见不到一个活人。他感到刺骨的寒冷。

回到滋德殿外，内侍替他打起厚厚的丝绵门帘。他迈步进去，一阵和暖的气息扑面而来。咸阳县君彤云和清河县君仙草等人早行了礼，赶上来事奉：“官家，今日又是大朝，又去了太平宫，实在劳累了，快坐下来喝杯热茶吧。”

郭威点点头，由她们帮着脱了大氅，一面往内走，一面问道：“彤云，你点了火盆？”

“是。虽说官家不喜过热，可是臣妾想着，今日天寒，又好歹是元日，还是该红红火火，取个吉利。”彤云柔和地答道。

郭威的心一酸。红红火火，取个吉利，这是旧日府邸中每到年关时都会挂在文娘、裕娘她们口中的话，想是早已作为信条嵌入婢仆们的心中，因而此时才会如此顺畅地说出来。可是，说出与当年一模一样的话，岂不更加令人伤感？

大概是又老了一岁的缘故，他发现自己近来意志有了软弱的迹象。光阴如梭，年矢每催。想做的事情还那么多，一大半连头儿都没有开，可是……不知为什么，他却感到自己有些心有余而力不足了。

他是一棵参天巨树，他的养分原本来自家族的滋养。也许太后说得对，他的心，没有体己的人来慰藉，容易枯萎。

“官家，是不是脖颈又觉得僵了？臣妾备下了热敷的药袋。”仙草关切地问道。

“好，敷吧。”他说着，在其他宫人的搀扶下，疲惫地趴到了榻上。

彤云、仙草……这些都是好孩子，在家里服役十来年，现在又跟着入宫做了宫官。他已经用内职封诰犒赏了她们的忠诚。他反复思量过，发现自己无意也无力再与她们发生情感纠缠。迄今为止，凡是他的女人，都会比他先走，他不是无情的人，他再也经受不起了。

还是维持现状吧。

“官家，官家……”不知过了多久，他听见她们唤他，“皮肤已经敷红了，想来热热的药气已经透进去了，官家可感觉好些？”

“嗯。”

“那么官家喝点润肺汤吧？刘医正新开的方子熬制的，他嘱我们，每次为官家热敷过之后，就喝一碗。”彤云柔声道。

仙草又像哄小孩似的追加了一句：“不苦，是甜的。”

“好。”他笑了起来。她们也学会了裕娘待他的那种贴骨贴肉的琐碎。

他接过汤碗喝了两口，却不小心呛到了，引发了一阵猛烈的咳嗽。彤云和仙草连忙上来替他拍背。

官家郭威的这场咳嗽持续了很长的时间。原本是由呛到汤水引起的，后来却诱发了肺部的宿疾，咳得满脸通红也止不住，还造成了憋气的症状。所有的宫人和内侍都吓得手忙脚乱，彤云和仙草一迭声让人去传御医。官家郭威痛苦地伏在御榻上，勉力抑制着不听话的病理反应，直到咳出了满脸的泪水。

在这一片混乱中，彤云仿佛听到官家喉咙的嘶鸣中混合了一声悲伤的呼唤：“……荣……哥儿……”

荣哥儿。

澶州军治后苑。春寒料峭。

因有了观音，家中各处房间的火盆都烧得旺旺的。冬令中，观音无法在室外玩耍，便常闹着要人抱到各间房里转圈圈。

此时，东方氏正在厨下为观音准备今日的第四顿食物——天知道她一天要吃多少顿，反正在君怜和朱雀的眼中，观音只要醒着，似乎一天到晚都在被喂食。君怜有一次对唐妈妈说：“何必老哄着她吃？她明明不想吃了。以后让她爱吃就吃，不必逼她。”没想到唐妈妈不依，振振有词地说：“那可不行！姐儿你小时候就是不爱吃，我由着姐儿的性子来，结果弄得现在身子骨不壮实！逢着换季、出汗、吹风、劳累……稍不留心就招了外邪，一年总要小灾小病闹几场才算完。现下我可不能再教人这么带观音了。姐儿，你听妈妈的，小儿家，多吃些没坏处!”

君怜正在想话反驳，朱雀却冲她坏笑一下。君怜顿时泄了气，只得咽回已到嘴边的话，胡乱含混过去。下次再看见她们追着观音喂食，君怜索性托着腮将脸转到一旁，眼不见心不烦。

倒是君贵有一次也看不过去了，问她：“怎的她们每日喂观音吃那么多？你不管管？”

君怜挑着眉毛一笑：“我等着观音自己造反呢。”

“怎么？”

“我记得，我六妹君若小时候，很不爱吃饭，她乳母就老这么追着她喂。后来突然有一天，君若发脾气把碗给推到地下了，她阿嬢生了气，要大家都别理她，饿着她……”

“然后呢？”

“然后人家饿透了，自己就乖乖吃去了，吃了好多。后来，她在吃饭的问题上就好多了。”

“那你何不现在就让大家都别理观音，让她也饿透了？”

“着什么急呀？你现在跟她们说这个道理，她们也听不进耳朵里，背着我照样追着喂。”

“你是想等着她们自己明白？”

“嗯。”

“这……这得猴年马月啊？”

“急什么呢？别忘了观音会长大呀，她自己有主意，自己会说的。”

“天哪，你还真有耐心。”

“呵，也不需要太多耐心吧？我看着，观音的性子倒更像你，也许很快就会急了……”

…………

两口子间的这番讨论以君怜的忍俊不禁和君贵的哑口无语结束，随后不了了之。

此时，观音正由廷献带着，在朱雀的房中玩耍。廷献是被唐妈妈临时抓的差。唐妈妈原本想让他去帮着烘烤底下人刚替观音洗好的衣物，一转念又嫌小子们干活不细致，怕烘不透穿了反而招病，索性让他看一会儿观音，自己去各处巡视监督。廷献也乐得接这差使。要知道，这当儿承璋可是在厨下帮着劈柴呢，要是拿照看观音的活儿跟承璋换，承璋可不知道会高兴成什么样子。

观音还不会独立行走，但已经很喜欢被人扶着四处攀爬，尤其是往大人们宽敞的卧榻上爬。朱雀便将卧榻让给她，自己与君怜坐到窗边椅子上，一起研究蔡邕的《琴操》。《琴操》记述了许多古琴曲的来源和流传经历，是朱雀上次出游时从高师父那里得来的，一直都没有看。今日想到了，就叫五两翻出来，与君怜一人一卷，当故事来读。

因是侍弄琴事，朱雀的那张“九烛”古琴便也从墙上被摘了下来，细心擦拭了，调了弦，放置于檀木琴桌之上。

观音一遍又一遍地从卧榻这头爬上、那头爬下，廷献见她已经累出了一头汗，便抱起她，哄道：“小观音，咱们歇会儿再爬，成不成?”观音不干，全身都朝向卧榻的方向，啊啊叫唤。廷献道，“那你叫我一声儿，叫对了，我就让你下去。你听，这么叫：廷——献——，廷——献——……”

观音认真地盯住廷献，似乎在研究他的口形。君怜与朱雀闻言，也从《琴操》上抬起头来，颇有兴味地打算看看热闹。

廷献孜孜不倦地又教了许多遍，观音似乎听清楚、看明白了，将头一扭，大声道：“焰!”

三人都笑了起来。廷献边笑边对观音说道：“叫得对极了，小观音，就是这么叫的。”说着，便遵守承诺将观音放到地上，任凭她开始新的爬榻征程。

未几，唐氏与东方氏都来到朱雀房中。唐氏已经巡视完了各处的家事，过来瞧瞧，东方氏则端来了一碗新熬好的肉糜粥。“小观音，咱们有好吃的啰！”东方氏走到观音身边，柔声哄道。观音并不理会，只管玩。

“又吃啊？她怕是还没饿吧。”君怜微微蹙起了眉头。

“小儿家哪里知道饿？不妨事，喂点儿总比不喂强。”唐氏说道。

“是啊夫人，观音是没尝到这粥的味道，若是尝到了，定然会爱吃的。——恁想啊，若不是素日吃得多，她哪里长得了这么好！”东方氏说着，轻轻刮出半勺，追着喂到观音口中，“来，小观音，咱们吃一点！”观音躲不过，便将这一口粥含在嘴里，又急急转回榻前攀爬。

朱雀向君怜微微做个鬼脸，君怜不悦地瞪她一眼。

东方氏又追着观音喂了几口，观音颇不耐烦，从榻前离开又想往别处去。唐氏便让东方氏将碗交给廷献：“教廷献喂！观音似乎还肯听他的话。”

廷献略一迟疑，便接过碗勺，也学东方氏的样子，刮了半勺，追着喂到观音嘴里：“小观音，乖，再吃一口……”观音依言含了这一口，手脚不停，又改往屋中央迈步。东方氏牵着她的手跟上她的步伐，一面向廷献示意，要他找准机会再喂。

“小观音，咱们再来……”廷献勉力履行职责，寻机又成功向观音口中输送肉糜粥一勺。

君怜皱眉看着他们，脸色越来越沉。

观音在屋子中央挥舞着手，蹒跚演化成了笨拙可爱的舞蹈。她想去爬更新奇的地方，但是被拉扯住了，动弹不得。

“乖，咱们再……”廷献说。

“咣”的一声，整碗肉糜粥连带勺子，被观音的小胖手猛地挥舞开去，不偏不倚，砸在了“九烛”的七根弦上。众仆从顿时傻了眼。满室无声。

“我是不是说过，不要追着观音喂食?!”君怜蓦然怒道。

唐氏不敢答言。东方氏自打进入太傅府，还从未见过主母发火，当下忙战战兢兢道：“夫人，都是奴婢……”

“你不必说话。”君怜瞥她一眼，转向廷献，“这张琴对権娘子有多重要，你不知道吗?!”

廷献涨红了脸，忙跪下请罪：“都是小人的过错，请夫人责罚!”

君怜站起身，勉力抑制着自己的怒气：“你们把观音带到别处玩去。从今以后，没我发话，谁也不许再逼着她吃东西。”唐氏和东方氏答应一声，急急抱着观音走向门口。君怜看着垂头的廷献，冷冷道，“琴不是我的，你毁了谁的琴，自己想法子向谁赔罪。”

朱雀见君怜动了真气，忙拉着她劝道：“犟娘，不必如此……”

君怜哼一声，不再说话，自行出门向书房而去。

廷献默然转向朱雀磕个头，站起身，急急去到“九烛”处，将粥碗和勺子拿开，又将“九烛”翻过来抱起，好教上面沾染的粥能尽快脱离琴身与琴弦。

朱雀坐在原来的座位上没动，一言不发，看着廷献忙乎。轩敞的东厢内室，一应陈设器物色调清淡，两个人衣着一深一浅、行为一动一静，恰形成鲜明对比。

琴身上的粥大致滴完后，廷献脱下自己的外衣，掩在地面的粥迹上，又惶然四顾。

“壁龛那里有几条丝绢。”朱雀淡淡道。廷献忙去取了来，小心地用它擦去琴身和琴弦上的残粥。

他果然是个会家子。他拭琴、捋弦的手法都很熟练，他还有着只以丝绢拭琴的讲究。

“廷献，这张琴……”良久，朱雀开口道。

“榷娘子，都是小人大意，”廷献再次涨红了脸，放下琴，转向朱雀下拜道，“毁了榷娘子心爱之物，实在罪无可恕……”

朱雀叹口气：“廷献，此事怨不得你。……琴嘛，不过是身外之物，就算毁了，也不打紧……”

廷献抬头看着她，心情复杂：“姐儿……”

朱雀带点嘲笑与自嘲道：“天下不如意之事甚多，毁掉区区一张琴又算得了什么？我都不介怀，你就更不必介怀了。何况，它也未必就真的毁了呢。”

“小人多谢姐儿宽宥。”廷献低声道，语含感念。

朱雀又一笑：“我宽宥不宽宥你，打什么紧？只是你主子待你也未免太苛刻些。……嘿，一个周瑜，一个黄盖。”

廷献的脸愈发红涨了，垂目不敢接言。

澶州后苑。书房。夜色四合，灯烛通明。

君怜站在书案前默思。范承璋抱着两刀整齐的宣纸进来：“姐儿，库房里就只有‘长安白’和‘秋叶’这两种纸了。若是都不合用，姐儿要哪种纸，小人明日再买去。”

“嗯，放下吧，替我铺好一张‘长安白’。——问过牙兵了吗，太傅去哪儿了，什么时候回来？”

“问过了，说是为了元宵放灯的事，带着曹瀚他们巡城呢，就快巡完了。”

“好。……廷献在做什么？”

“他？好像在那边树下发呆吧。”

“你去把廷献叫过来，给我磨墨。”

“磨墨呀，”承璋笑道，“小人也能磨，何须专门找他？”

“他磨得比你匀。”

“这……”承璋看君怜脸上似笑非笑的，未知语意真假，不敢再多嘴，忙道，“是，小人这就去。”

未几，廷献告进，拜礼如仪。

君怜从“玉巢”中挑选着松烟墨条，并不抬头，只淡淡问道：“榷娘的琴，收拾好了？”

“是。不敢用水，小人以丝绢仔细擦拭了五六遍，又试了音，勉强算是收拾好了。”

“好。”君怜点点头，“你且起来。”

廷献并不起身，似乎执意请罪。

君怜默然片刻，温言道：“……廷献，日间的事，委屈你了。”

“……夫人斥责得是，小人不委屈。”

“你叫我什么？”君怜目光一闪，不动声色地看着廷献。

廷献眼神躲闪：“夫……姐儿……”

君怜看向院中的漆黑树影，良久，叹了口气：“……廷献，我的本意不是斥责你。”

片刻后，廷献答道：“……小人知道。”

“你知道？”

“……唐妈妈是老人，东方氏是新来的，今日之事，姐儿自然是斥责我比较好。”

君怜轻轻一笑，不置可否。因又道：“……我要写几个字，你来为我磨墨。”

“喏。”廷献面色和缓过来，依言起身，到书案边取过墨条，边以水注子加水调磨，边问道，“姐儿要写什么？”

“我要默一篇王摩诘的《少年行》。——《少年行》你也读过吧？最喜欢哪一句？”

廷献脸色微微一变：“……小人……都喜欢。”

“说两句你最喜欢的。”

“……小人不记得了。”

“那就使劲想。”

“……‘偏坐金鞍调白羽，纷纷射杀五单于。’”

君怜深深看他一眼。

廷献的额角微微渗出一点汗来。他低头不再说话，只加快了磨墨的速度。

五七　丹墀希进

正月十六日，元宵已过。中书省。政事堂。

今岁的科举选士之事临近尾声，新科进士榜单已出，及第众人将在今日经中书省判定过后，再呈报给皇帝待敕。目下权知贡举的，是户部侍郎赵上交。

赵上交是累朝旧臣，在后汉隐帝治下就做过户部侍郎，还拜过御史中丞，专门负责弹举官员，行监察之责，在任上有过不阿谀、不避忌的名声。后来转做秘书监。那年冯道去徐州迎接汉隐帝的嗣君河东世子刘赟，赵上交就以秘书监身份做他的副官同行。冯道和赵上交，都是李太后和当时的枢密使郭威议定派出的，可见朝廷对他还是颇为看重的。

大周皇朝建鼎后，赵上交以秘书监拜礼部侍郎。常例，贡试多由礼部侍郎主管。赵上交便考察贡试章程办法，向皇帝郭威上疏申明条制，列出了改革考试科目的具体条款，帮助朝廷擢取到了梁周翰、董淳等人才，皇帝郭威甚是嘉许。去年八月，赵上交从礼部侍郎转户部侍郎，位置更具实权，也算是朝廷对他用心贡举改革的报偿。因为他熟悉贡试条例，于制度上又多有创见，皇帝郭威便命他以户部侍郎之职仍旧权知贡举。

今年开试前，赵上交又上疏，请求将考试进士的科目去掉帖经二十帖和对义五通，而在诗赋各一首之外，别试杂文两篇、试策一道。这项举措，旨在去除贡试文章中的浮华成分，而向资国、实用方向引导。这道奏疏很符合皇帝郭威的追求和风格，于是下诏允之。

在这样的背景之下，广顺三年皇朝的第一件大事——青年文官人才的选拔和储备——就将如期收尾了。

王峻执掌枢密院，以其受宠程度，实权在中书省之上，判定的日子便是由他决定的。

此时，枢密院正副两使，中书省、门下省的诸相、诸执事都齐聚政事厅内，等待过堂。

亲事官在堂下告进，赵上交微笑道："将他们领进来。"未几，一队素衣青年士子便排作一行鱼贯入内，在堂下向诸长官行礼。

礼毕起身，依序各自唱名，自报家门。待这十几个青年报完姓名，赵上交正要开口，忽听得主座上的王枢密冷笑一声，厉声道："科举选士，是为朝廷选拔可用之才，将来是要将他们派遣到全境各地，代表朝廷执行政令的！赵侍郎，瞧瞧你们选出来的都是些什么人！身形卑琐、形容不整的歪瓜裂枣，也好意思混在进士里头滥竽充数吗？今岁选士不公，必须要重新考试！"

此言一出，堂上众官尽皆神色大变。

选进士重在才学，又不是选美，岂能要求个个貌如潘安？才如宋玉就够了嘛。何况，今日堂下所站的青年士子们，也没有谁的长相特别让人不能忍受，最多不过是有人身材矮短些，有人习惯性地佝着背，有人脸上痘痕多些，有人五官搭配得差一些……这些都无伤大雅。选士事关国政之大体，王枢密何必在外貌上吹毛求疵呢？

十天以前。枢密院。

新权知贡举、户部侍郎赵上交谒见枢密使王峻。

赵上交汇报了今年开科取士的大势，应王枢密要求，还对众多士子的情况进行了大致点评。王枢密心不在焉地听着，待赵侍郎说完了，他点点头："开科取士，为国纳贤，马虎不得。适才赵侍郎提到的士子中，有几个鄙人曾经听说过，想来此番会有优异表现。鄙人还听闻相州有个童生叫刘子乔的，经义诗赋俱佳，此番，赵侍郎不妨好生留意一下他的应试文章……”赵上交一一应着。

数日后，考试完毕，录中的进士名单呈上来，刘子乔并不在其中。

王峻是相州人，刘子乔是他乡梓旧友之子。他得旧友再三托付，拍胸脯打过包票——没想到，这个赵上交，如此不上道！

谁没有几个需要照顾的特殊故旧关系呢？偏这赵侍郎就是孤身只影活在空气中的吗？敢不卖他王枢密的面子，是以为自己在皇帝跟前的面子，会比王枢密更大吗？是以为自己做过几天御史台的职务，就真的可以变成铁面人了？是以为自己这么铁面就是在秉公选士，就真的可以名垂青史？

哼哼，太幼稚了，太可笑了。

“今岁选士不公，务必复试！”政事堂上，王峻毫不容情地强调着。

诸相如郑仁诲等，纷纷起身劝解：“王枢密，王枢密！选士大事经各司连日多方筹划安排，已经进行到这一步，陛下正等着呢，事到临头，这名单是必定来不及改移了……”

“何况，陛下尚未御览，未知圣意如何。倘若真有士子的应试文章不合圣意，待陛下敕下，再让贡院重新安排考试，也不算晚。”

…………

王峻愈发恼怒，并不理会众人的劝解，愈发大声斥责赵上交。政事堂外的一众属吏都吓得偷眼互视，一声也不敢吭。最后，座中诸相加起来也没有拗过王枢密，所有的青年士子都被带了下去。今日的过堂，就算白过了。

王峻气呼呼回了枢密院。

赵上交虽说在前朝做过监察御史，毕竟不是铜心铁肺，何况他现下是户部侍郎，管着全国的钱粮，更是一个需要不断与各部司妥协的位置。因此王枢密一走，他也坐不住了。提心吊胆了半天，他又亲赴枢密院，去向王枢密检讨工作的失误。王峻正在院中饮酒，见赵上交前来服软，便邀他一起对酌，两人各怀心事，皮笑肉不笑地喝了一顿方罢。

次日，枢密使王峻在枢机会议上向皇帝郭威奏报赵上交知贡举不公，请求致之以法。郭威沉默着，没有立刻答言。

“陛下，兹事体大，贡举乃为朝廷选拔人才的良途，他赵上交占据着这个位置，不说为国忠心尽职，却结党弄权，培植私人。陛下，朝廷绝不能纵容他这种欺君之举！”王峻强调道。

片刻，郭威微微颔首道：“知道了。”

“那么陛下，臣就尽速派人将赵上交拿了，交法司审核议罪。”

郭威轻轻叹口气：“王枢密，法办朝廷大员，要有确凿的证据才行。”

“证据好说，臣这就派人去查。臣早就听人举报过他的不法行为了！”

郭威闭目，良久，微微点了下头。

数日之后。

工部奏报，黄河春汛期即将到来，河堤使用年久，往年都是随漏随堵，勉强应付，终究不是长久之计。工部请求趁着目前开了春却尚未进入播种季节，广泛征发民夫，对河堤进行大修。

河患一直是历朝历代的大烦恼。皇帝郭威听了奏报，立即批准，准备择人挂帅监督实行。枢密使王峻自请担当监修河堤之职，为官家分忧。

官家郭威犹豫了片刻。倘若所有的大功劳都是枢密使去摘取的，不仅别的官员无法累积资历进阶，而且，自己还得再给他加官晋爵才行。国朝建鼎不过两年，王峻已经挂完了尚书、门下两省的主事官职，还是同平章事，又监修国史，最重要的枢职也掌握在他手里，再加封，就只能往尚书令、中书令、侍中上加职，或者往检校太尉、检校太师上加衔，或者往特进、开府仪同三司上加品阶，或者往柱国、上柱国上加勋，或者往郡侯、郡公、国公、郡王上加爵[①]……五代制度乱，君主为了笼络权臣，可以封异姓为王，像符彦卿、安审琦、李彝殷、高保融等就是郡王；而耆老如高行周者，甚至在后汉朝就封了国王（齐王），入本朝薨逝后又进位秦王，宠极人臣。

王峻本人，一定是希望尽快地爬完人臣的这些台阶的。可是，他一骑绝尘，让别的臣工如何心服？倘若他们无论如何争取功勋也难以望其项背，无论如何卖力都永远要被他踩在脚下恣意蹂躏，他们又怎么可能兢兢业业、任劳任怨地为朝廷尽忠呢？

“陛下，”王峻见官家犹豫，忙坚持奏道，“臣恳请陛下派遣臣去监督修堤，此工程所需协调之事甚多，能够征用民力的工期有限，只有臣亲自出马，才能尽速筹措好各方人财物，抢在春耕启动前竣工。”

郭威默然半晌，终于点了头：“好，卿既然主动请缨，朕就下诏，着卿主理此事吧。”

王峻受诏，立即发布公文征发民夫，又组织工部规划修堤大计，并亲赴黄河前线视察监督。一场黄河边的民事战役轰轰烈烈拉开了架势。

澶州衙署。刺史理政室。

王朴将属吏新送达的朝报呈交给君贵。君贵迅速翻看：“……诏命枢密使王峻检校修整河堤，兴利土功，即日启动……”君贵

① 五代时，官员的头衔一大堆，分为官职、荣衔、品阶、勋转等各种类别，极为烦琐。文中择要略提。

抬眼看着王朴，“这么说，王峻这些日子都会在黄河边巡查，不在京师啰？”

王朴点头道：“对！”

两个人的眼神里都有一点兴奋，一点期待。他们想到了同一件事：再次请求入觐的好机会到来了。

“文伯，你立刻拟表……”君贵刚开了个头，随即否定了自己的想法，“不，不能公开上表，王峻在京中耳目甚多……”

“要不然……太傅差曹瀚跑一趟，面见陛下请求朝阙如何？”

“……也不好。曹瀚必定是去找郑仁诲的路子，可郑仁诲如今是枢密副使了，他的一举一动，哪里逃得过王峻一党的眼睛？”

“曹瀚也可以去找李团练和张驸马——咳，这两位周围，肯定也少不了王峻的眼线……”

“算了，还是启动谍线吧。”君贵沉吟道，“我让澶州的密谍去联络田重霸，这条线是安全的。”

镇宁军治。后苑。客堂。

君怜坐在靠墙的座椅上，一面翻看《无量寿经》，一面瞧着朱雀制药。朱雀正在制的是蜜丸，因为所需的家什甚多，药臼、捣杵、铜锅、石灶、甑子、筛子、碗碟、签勺……自己的东厢房铺排不开，因此叫仆从在宽敞的客堂搭了大桌案，好从容制来。

四五样药粉已经舂细磨好，朱雀正在点了炭火的小石炉上，以一口小铁锅炼制蜂蜜。未几，中蜜炼成，朱雀开始一面用木勺缓缓搅弄着，一面将中蜜倒入盛有药粉的铜盆里去。

“这次我的方子里，将黄精又加了两分，”朱雀对君怜说，“上次你吃了不是说感觉还好吗？我反复查证过，黄精的量，多加些倒也无妨，总之对你是大有裨益的。”

君怜无奈地笑道：“怎么你就认定了我非得服食药丸不可呢？上次勉强服了一个月，好不容易才吃光的。要不你替自己制一些吧，就别再让我吃了。”

“难不成你也跟观音一样，死活不肯被别人逼着吃东西？”朱雀嘲笑道。

“我又没生病……”

“哼，我不是替你治病，我是还要拿你试药。想我朱雀大师的医术，总得有个去处来落实吧？”

“那就吃十天成不成？——最多半个月，成不成？”

听了君怜近乎央求的话，朱雀不禁笑了：“十天半个月？这么短的日子能见出什么成效？”说到这里她忽然想起一事，眼睛一亮，“对了，目下已经开了春，我估摸着，再过十天半个月，高师父就该遣人来问我要不要进山了。上次你说过的，待生产完、调养好，就将观音交给她们，跟我一起出门去透口气。……怎么样，这次总没有什么会羁绊着你了吧？”

药粉与中蜜已经充分地搅和均匀了，朱雀再次取水净了手，拍些胡麻油，开始团捏药丸。

“嗯……让我想想……”君怜思索道，“观音这里，倒的确可以脱手。我看唐妈妈跟东方氏两个人将她照顾得挺尽责，便是我不在家期间，她们也未必敢使劲喂她吃东西了。”朱雀会心一笑。

“……君贵这边，政务有王朴、王著等人，军事有曹瀚、杨廷璋等人辅佐，倒也不必操心。至于京师那边……”君怜的眉头微微蹙起，现在最难以捉摸的就是京师的动静。君贵一直在期待京师的召唤，新春伊始，谁知道父皇那边会不会有什么新的诏命下来呢？

“京师那边有什么好担心的？”朱雀道，“你跟着我出去，不过两旬个把月工夫，必定惦记这个、惦记那个，吵着要回来。到那时咱们就回来呗。你想想，在这里两年都过了，什么事都没有，难道偏偏咱们出去这二十来天，就会有什么大不了的事发生吗？”

“说得也是。”君怜笑道，“我没那么重要，便是有什么动静，我也难得出上力。就依着你，咱们同去拜拜山、看看水，开阔开阔胸襟，也不枉了这如诗的江山、如水的流年……”

朱雀喜道：“是这个话。那咱们就说好了！”

正说着，君贵走进屋来。见了铺排着的这一片药具，不禁笑道：“榷娘这是在做什么？”

朱雀因与君怜敲定了出行之事，心情大好，破例举起手中的药丸对君贵微笑道：“我在替你娘子制蜜丸呢。”

君贵很少得她这般亲切相待，简直有点受宠若惊，一时也不明缘由，只得笑道：“榷娘的制药术越发高妙了，连蜜丸都制得了，不简单。”

君怜见他行色匆匆，便问道：“怎么了哥哥，找我有事吗？”

“嗯。”君贵点头，虽是议论军政大事，也并不避开朱雀，“适才看到朝报，王峻受诏检校黄河修堤工程去了。这次的朝报来得迟，算来王峻已经去了将近十日。虽然工地离京师不远，毕竟不在中枢。我与王朴商议过，决定派密谍入京联络田重霸，暗地向父皇请求入觐。……你意下如何？”

“好啊，”君怜点头道，“这是一个好机会。王枢密监修河堤，不会老在外面待着，顶多也就是十天半月的时间，巡视完了，就该往回转了。事机稍纵即逝，哥哥应当立即将人派出去才是。”

“嗯。我就是等与你商议过之后，立马就要派的。”

这当儿朱雀一手拿起一颗蜜丸，笑道：“我做好了，你们俩要不要一人尝一颗？”

君怜与君贵互看一眼，不知如何回答。

朱雀鼓励道：“尝尝吧，我可是费了好大劲儿才做好的。养生丸，甜的，可好吃呢。”

君贵虽不知道朱雀的兴致从何而来，但毕竟不忍拂了她的好意，便欣然接过来咬了一口。君怜老大不乐意地接过另一颗，放到鼻子边闻了闻。

“要吃下去！光靠闻，是养不了生的。”朱雀揶揄道。

君怜忽然现出一个难受的表情，又勉力忍住。

“没有那么难闻吧？何至如此？”朱雀不满道。

君贵起了疑心：“君怜，你怎么啦？”

“我……我……”君怜说着，猛地抄起几案上的绢帕捂住嘴，皱紧了眉头。

“翚娘？”

“君怜！”

很快，君怜的表情缓和过来。她从嘴边移走绢帕，看着君贵，缓缓眨巴了两下眼睛。

朱雀皱着眉头看他俩。

“君怜，你……你是不是……”君贵的脸上渐渐浮现出了惊喜。

君怜微笑着点点头。

朱雀的脸色一沉：“翚娘，你怎么了？”

“我……我怕是有喜了。”君怜不知为何有点不好意思，轻声回答道。

朱雀顿时面沉如水。

君怜复又看向君贵，两人顾自交流着喜出望外的眼神。

默然片刻，朱雀终于向君怜发作：“这才消停多久，你就又有喜了？！翚娘，你是专门用来生孩子的吗？”她转向君贵，冷嘲的话还是忍不住说出了口，“大皇子，你就不能让她休息休息，将身子调养好了再生吗？”

君贵伸手搂住了君怜，理直气壮地反驳朱雀：“我们这是为国孕孙，何错之有？”

朱雀眼看着说好的同游之旅又泡汤了，气得冷笑道：“哼，好个为国孕孙！我说不过你们。也罢，你们孕你们的，我走我的！”说罢，她也不再理会一屋子的制药工具，气恼地拂袖而去。

“榷娘！”君怜在她背后叫了一声。

君贵莫名其妙看着君怜："朱雀这是怎么了？咱们添个孩儿，她应该替咱们高兴才是啊。"

君怜叹了口气："她呀，原本是想拉我一起出去游山玩水的……"

君贵恍然，颔首道："你有了身子，肯定是不能出门了。"继而，他抬高了语气，"这回我更得加紧请求入觐了。我要将这个好消息，亲口告诉父皇知晓。"他走到客堂门口，欢欣地大声吩咐，"来人，去将吴医正请来！"

五八　父子君臣

黄昏。大内滋德殿。

皇帝郭威坐在书案前看奏疏。新春伊始，臣属所上的奏疏以歌颂天子恩德和问候请安的内容居多。对这类奏疏，郭威只是扫一眼，淡淡一笑，就放到旁边。不过也有不少论事的奏疏，尤其是关于地方政务得失的，他便看得特别仔细。

彤云和仙草等默默陪在近处，不时替他添换滚热的汤水、剪剪灯花。

“提醒得好!”忽然，官家郭威自言自语了一句。他将一张奏表拿在手心里拍打拍打，脸上露出了笑容，“朕早有此意!”他转向立在身侧的彤云，“这个什么牛租，不讲理得很，早就该废了。朕在民间的时候就知道，不知有多少恶吏拿此事来害人，哼！——彤云，你家人也在乡里务农，听说过牛租这回事没有?”

彤云脸色一变，低头道:“听……听说过。”

所谓牛租，是当时一项特别的税收条目。朱温（后梁太祖）当年攻打淮南时，抢回了数以千计万计的耕牛。他把耕牛租借给本国东南诸郡的百姓，同时向他们收取沉重的租税。如今六十余年过去了，当年抢回来的那批牛，早变作了牛鬼，可是这项租子，还在没完没了地收着。因为官府说了，牛也可能下犊子啊。

郭威笑道:“朕从此将它废了，再不教它祸害百姓，如何?”

彤云的眼中忽然充满了泪水。她整顿衣衫，跪地向郭威叩首道："若果真如此，臣妾要替父老乡亲、替天下农夫农妇感谢官家的恩德！"

彤云的这个反应出乎官家郭威的意料，他疑惑道："怎么？"

彤云垂泪道："回官家的话，当年，臣妾家里就是因为再也交不起这个牛租，才将臣妾卖给人牙经纪的。……自然，最终能够到官家府上服役，是臣妾几世修来的福报，臣妾感激不尽；可是，天下不知还有多少人家的幼年儿女，就因为这可恶的牛租而被迫与父母分离，或遭打杀，或辗转天涯，最终过早凄凉地结束掉生命……"

郭威默然片刻，长叹一口气："唉，彤云，朕应该早些废掉它的。以后再有这种事，你，还有仙草，你们要早些提醒朕才是啊。"

彤云与仙草忙施礼应喏。

这一年闰在正月。

广顺三年闰正月十四日。日间。大内滋德殿。

田重霸将皇子荣请求入觐的手书跪呈于皇帝郭威座前。

皇帝看罢儿子的家信，略一思索，便低声对田重霸说道："你即刻去到澶州，传朕口谕，命荣哥儿立时入京，待明日朕散了早朝后，到滋德殿见朕。"

闰正月十四日。夜。澶州镇宁军治后苑。客堂。

田重霸向皇子传达皇帝口谕。皇子跪受已毕，难以抑制激动的心情。

闰正月十四日。深夜。澶州通往汴京的官道。

暗沉沉的大路上，几个光点由远及近，一晃，再由近及远。人与马的影子倏忽如电。光点是御马者手中所擎的火炬。马蹄声疾。

闰正月十五日。晨。大内。

几只飞鸟掠过御殿的黄绿琉璃瓦，在空中盘旋两圈，又落回庑顶的鸱吻上歇息。从鸱吻处向下望去，此时走在御道上的那一行人小如虫蚁。

一身锦袍轻装的皇子荣便是急急行走在晨曦中的这行人之一员。他的身前，是前引的内侍；他的身后，是曹瀚和林远等几员部将。

御道干净、洁白、坚硬，一直延伸到父皇所在的宫殿深处。

也许意识到自己走得过急，有些气喘，他稍微缓下了脚步，以便将自己调整得更加从容。

未几，君贵来到滋德殿外告进。内侍进去禀报，旋即出来朗声道："宣皇子荣。"

君贵迈步进入殿中。

御阶上，御座中，远远地，他终于看见了父亲的身影。初春的朝气和芳馨瞬间在金红交织的宝殿中弥漫开来。

他急急趋至御阶下，跪拜如仪："儿臣荣，给父皇请安。"

多么熟悉的情境，上次到这里拜见父皇，也是在父子暌隔多时之后。当时的情形，包括那时候挣扎于深渊的心情，似乎还历历在目。

同样地，父皇从御座降阶，来到了他的眼前。同样地，父皇的语声传入他的耳中："荣哥儿，这一次，咱们爷儿俩又是多久没有见面了？"

他仰起头："两年……零九天。"

父亲点点头，轻声重复道："嗯，两年零九天。"

他凝视着父亲。父亲的两鬓花白了，额头又添了皱纹，眼里的精光似乎也不再如以前那样凌厉逼人。仅仅两年不见，爹已经老了如许！

他感到自己的心在颤抖，颤抖得慌；在抽搐，抽搐得痛。他满怀酸楚，热泪盈眶："爹……"

父亲一如既往地向他伸出了手，父亲的手上青筋暴突，皮色苍劲。“起来说话吧。”父亲拉了他一把。他感到，父亲的力道没有以前饱满充沛了。他的泪水滴落到滋德殿的地板上。

“傻儿子，傻儿子！”父亲淡淡一笑，拍了拍他的肩，“不是见到了吗，哭什么？”

他哽咽难言。

“两年没让你入京，没让你来见我，觉得自己受到了冷落，是吗？觉得委屈，是吗？”父亲轻声道。

“以前有过，现在不是了。”他勉力调整着情绪，“儿子只是想念得紧，儿子不知道爹过得好不好……”

父亲的眼中也有泪花滚动，可是父亲比他控制得好，没有让眼泪流出来。

“‘太华生长松，亭亭凌霜雪。’……‘受屈不改心，然后知君子。’荣哥儿，爹不让你来，自有爹的道理……”

他默然片刻，忽然跪地请罪道：“……爹，张美的事，是儿子做错了。”

父亲看着他：“嗯？说说看。”

“张美之所以那样做，完全是被儿子逼迫得走投无路，才出此下策。儿子强求不可行之事，此罪一也；属下弄虚作假，儿子却一无所知，连爹为何将他调走，一开始都没有弄明白，身为主官，失察至此，此罪二也……”

父亲淡淡一笑：“你能明白这两条，就够了。此事今后不必说了。起来吧。”

君贵依言起身，看着父亲，斟酌道：“这两年来，爹做了不少大事。儿子在藩，虽不能接近帝枢，但对于爹的思虑谋略，也多少有所感悟……”

父亲在上座坐下，示意君贵也入座。父亲目光炯炯：“荣哥儿，爹正想要你跟爹说说这些话呢。不必说你体会到的爹的意思，就说你自己的意思。天下大小事，无不可谈。”

君贵沉吟道:“好，儿子就把自己想到的都说出来，请爹指点。……儿子以为，皇朝新立，军事安全当为第一要务，所以平慕容、讨河东，都是为了稳固既有基业，平息纷争，阻断藩镇妄念；而一旦四野初定，就要转向民生养息……两百年的战乱，皇朝境内疮痍满目，民力唯艰，良田荒芜，所以爹下诏招抚流亡，奖励耕殖；……另一方面，虽然苍生困窘至此，豪强们却大肆掠夺聚敛，恣意剥削，所以爹厉行节俭，又下诏禁止地方利用羡余扰民，这是以天子垂范臣僚，带头返利于民。一开源，一节流，则皇朝肌体可望恢复，中原重获生机，也可以期待……

“不过，因战事连年，生民死亡过多，便是再三劝勉农事，一时也难以获得足够的劳力。那年平定三藩后，据儿子所知，由寺院僧侣敛聚起来的骸骨，就达二十万之数，这还只是河中一带的数字。儿子在澶州，曾数次征发民夫修城治河，王朴、张美等绞尽脑汁，也常常难以征集到应有的人数……

“与此同时，寺院却占有大量农田和人口。庙田的出产不纳税，出家的僧尼不事生产、不服徭役。……不少庶民看到天下有如此好事，纷纷谋求藏身伽蓝。对于地方豪强而言，既然修寺盖庙是一桩大大有利可图的生意，便乐得为之提供钱财资助。于是，没有朝廷发放的度牒，也敢私下度人；一间庙装不下，便易地再起新宇。……儿子在澶州，就取缔过两家未经朝廷注册在籍的新庙。庙中私度的僧尼，不过是为一口饭吃，哪里谈得上什么修行。甚至，儿子还亲眼见过作奸犯科者隐匿于庙宇，这些人，根本就不是什么佛法的信徒……

“此外，国中法度也显得混乱。目今法令多因循前朝，但执行起来，各地、各部司又号令不一。同一桩事，常常有不同的人拿着不同条款来互相批驳，最后只能靠主官自行分析，难免顾此失彼，恣意妄断。儿子手下的王赞，判冤决狱，辨析引据律令，算是十分中肯的了，仍旧不免为乱法所困扰。倘若其他州郡的执事做不到王赞这样呢？倘若有人故意利用律令的漏洞和冲突来营私牟利呢？……

“再说中国故地。河东、江南、西蜀、岭南、幽燕……大片的土地与生民割裂在外，尚未纳入皇朝治下，倘若放任不管，异日必为大患。故此，一旦民力和缓下来，资财积聚充足，就该谋求统一……”

君贵在滔滔不绝地说，父亲一直用心在听。听到这里，父亲打断了他：“哦？你认为这些中国故地都应当尽速收回？”

君贵有点疑惑：“难道爹认为不应该吗？”

“爹与朝臣们早就议过此事，诸臣的意见，还是保守现有疆土为主，徐谋扩展。”

“目下自然是如此。可是爹，天下不统一，最受困扰的还是九州生民。且不说幽燕一带被强行划归契丹治下的百姓有着怎样的故国之思，便是江南这种汉人主君统辖之地，因为与中原强行分隔，于民生也有诸多不便：商贸不便往来，行旅需要借道，有人还难免骨肉离散……前年江南闹饥荒，江南人冒死过江籴粮，倘若不是父皇开恩，允许国朝米粮商贩售予粮食，江南还不知要新添多少饿殍。……而江南、西蜀等地的丝绢、细布，也因政权分裂之故，被中原商贩囤积居奇，平白无故推高行市，浮躁人心……”

父亲点点头：“……荣哥儿，你之所虑极是。你随我来。”

父子俩来到滋德殿的后殿。后殿的一面墙上悬挂着一张羊皮大地图。

君贵只看一眼，便疑惑道：“这是不是……秦王高武懿公[①]的……”

父亲点点头，叹了口气：“对，建鼎伊始，他就将这张前朝全

① 即高行周。秦王是他的追赠，武懿是他的谥号，公是尊称。

境内的道府州郡地图献给了我。……可惜啊，斯人已逝，名将难再，爹也只能加恩于他的儿子，以稍示恩宠了。”

君贵对高武懿也颇有好感，对他的薨逝感到十分痛惋。可是当此之时，他不愿增加父亲的伤感，便没有接腔，只是点点头。

父亲首先指着地图外围那些细节不甚明晰的地方，说道：“中国既称中国，自然是与四夷相对而言的。怀柔四夷，抚绥远国，自古是天子之责。……北辽不必说了。吐蕃、回鹘称臣于中原，不外乎谋求通商之利与军事安全，增加他们酋首在部族中的地位。如今只要我朝军威不减，他们暂时就不会构成威胁。……西边，党项人反复无常，府、麟两州常与之交兵，今年庆州的野鸡族掠夺商旅，事情都闹到中枢来了。唉，目下麟州被刘崇拉了过去，咱们对西羌的边境形势就更要特别留心……东北方向，高丽代国王王昭一直向我中国纳表进贡，今年又下诏正式封他为国王，咱们与他们的关系还是很稳定的，倒不必过多费神。……至于渤海国，已经到了北辽手里，暂时就不去管他了。……”

父亲又指着地图中细节丰富的中部区域：“再说内部。中国自然不仅仅是指中原黄河故地而已。在历朝历代君主与将士的开拓与守护之下，生民祖祖辈辈繁衍垦荒，才拥有了如许广袤的领土，才融合了南北东西习俗迥异的人民。……可是，经过安史之乱后两百年的纷争，尤其是朱温篡唐以来，汉武、唐宗所画下的中国轮廓早已四分五裂。如今我大周所能葆有的疆域，不过盛唐时十成中的三成而已。……荣哥儿，你说得很对，一个中国的正朔皇朝，是不可能守着半壁江山就安心过自己的小日子的。就算皇帝自己愿意，老百姓也不会答应……三国统一于司马，南北朝统一于隋文，天下大势，分久必合。这件事，就算咱们不去做，别人也会去做的。而这个最终的统合，这个最终的和平，只能以战争求得……

“可是，荣哥儿啊，在去做这一切之前，咱们要有人，要有钱，要有粮草，要有对未来的通盘筹划……如此，方能以己之不败，待敌之可乘哪……

“去年诏改了盐曲禁和牛皮禁，今年开年下诏革除了营田，又正在废除牛租。有大臣劝爹，说像营田这种事，不应当放归，应当遣卖，至少能卖出几十万缗钱以资国用。哼，爹对他们说，苟利于民，与资国何异？……荣哥儿，你记着，藏富于民，民富则国富。倘若老百姓过的都是穷日子，爹这个皇帝又怎么可能当得安稳？……总之，这些措施不消说，是恢复民生、积蓄财富的开始……

“此外，爹修补了东京罗城，停罢了诸州上贡器甲，这是改革军事的开始；爹亲自去祭拜孔祠，又命冯道雕印九经，还陆续派出了一些文臣去管理方镇，这是提倡文教和文治的开始；诏令军政分工，不允许将校以军务为名扰民，并惩治贪浊、对弄虚作假者进行法办，这是澄清吏治的开始；特赦犯官、慎刑狱、禁酷法、明诉讼，是改革刑律的开始；下诏求言求谏，整顿科举，是广开言路、储备人才的开始……”

父亲转眼盯着君贵：“荣哥儿，爹为什么要做这些事，你都明白吗？”

君贵兴奋道：“儿子完全明白。”

父亲点点头：“主君想做大事，底下就需要配备能做大事的人才。目前爹手下诸相辅，李穀、郑仁诲、范质等，各有所长，爹颇得其佐助之力；包括王峻……”

提到王峻，君贵的面色略微一变。心中有太多疑问，可是略一思忖，还是将话忍了回去。

父亲鼻子里一笑：“怎么？你对王枢密有腹诽？”

君贵率直道：“不是腹诽，儿子是光明正大地不满。”

父亲笑了：“呵，不满，咱们大哥儿难得跟爹说出‘不满’两个字啊。……大哥儿，爹跟你说，用人，是门大学问。《太白阴经》

有言：能柔能刚，能翕能张，英而有勇，雄而有谋，圆而能转，是为通才；英不能果敢，雄不能智谋，是为偏才。拿这话观照观照，你是什么？他又是什么？”

君贵脸一红：“儿子过刚不柔、张弛无度、不善圆转，其实无才……”

“呵呵，”父亲笑着拍拍他的肩膀，“好个‘其实无才’！这是太谦逊，还是太倨傲？——大哥儿，爹告诉你，在爹的心目中，你聪明英果，是个通才……”

君贵的眼圈一红：“爹真是这么想的？”

“嗯。”父亲认真地点点头，“少壮之人有点火气打什么紧？谁不是从青春年少、血气方刚过来的？你骨头硬，精气足，这靠的是百炼成钢。可是话又说回来，并不是每个人都能百炼成钢的。有些人略炼炼就化了，不过白糟蹋火炭。你胸怀大局，敏于思而勇于行，治军敢为，治政有方，近年来行事愈发懂得拿捏分寸，爹的那些臣属中，已经很少有人能够与你相匹的了。……

“至于王峻，他是个偏才，锋芒锐利，某些事交给他做，可以放心，但也仅限于某些事而已。李穀、范质等跟他相比，没有他雷厉风行，却显得更‘通’些。武职里如郑仁诲，才干不如王峻突出，却比王峻练达，善于措处同僚关系。王峻虽然跋扈，有这几个人平衡着，朝局没有大碍。是以，李穀伤了胳膊，再三请辞相位，爹都没有允许。……

“经事还谙事，阅人如阅川。荣哥儿，你的性子比起前几年来，已然有了改进，显得圆融了些。嘿，其实‘圆融’并不是一项多么好的特质，不过是一种处世技巧。以前爹老是跟你说，要忍耐，要忍耐，就是这个意思。……爹觉着，有了君怜在你身边，你已经逐渐掌握了这门技巧。”

提到君怜，君贵想起自己此行的另一个重要目的。他含着笑，向父亲说道：“爹，还有一桩大事，儿子要上禀爹知晓。”

父亲略一愣，近来他的心思愈发敏感了。见君贵面色柔和，知道不是坏事，方笑道：“什么事？”

“君怜……又有喜了。”

“啊？真的?!”父亲顿时绽开了满脸的笑容，“你这小子，真行啊你！这回……得给咱们皇家添个孙子了吧？”

君贵笑道：“爹也太性急了。倘若这回还不是孙子，儿子岂不是只能以头抢地了？”

“不必抢地，还得留着你的颜面教养瑽儿，并且继续为国添孙呢。”

君贵不由苦笑道：“唉，一提起孙辈，儿子在爹心目中就没了分量……”

父亲哈哈笑起来：“瞧你！瞧你！多大的人了，还跟自己儿女争宠……”笑着笑着，也许气没有喘匀，父亲爆发出一阵剧烈的咳嗽。

咳嗽让父亲的背佝起来，显得一下子老了十岁。

君贵忙上前扶着父亲，替他轻轻拍背。早已退开的内侍与宫人也闻声进来，一阵忙乱。待父亲的咳嗽大体止住，君贵关切道：“怎么样，爹，现在好些了吗？”

父亲扶着他摆摆手：“没什么大碍。”又继续小咳几声，方笑道，“……放心，爹还壮实着呢。上个月，爹带着群臣到南庄郊猎，在水亭边看到双凫在池上嬉戏。爹二话没说，引弓射去，一箭就贯穿了那两只水鸟！还有，那日爹让侍卫们在内鞠场开场蹴鞠，自己也下场踢了一会儿，众臣纷纷称贺，都说爹雄风不减当年呢！”

君贵见爹不肯服老，心下感佩，忙也笑着应和称贺两句。可是刚一转过脸，他又不由自主恢复了忧心忡忡的神情。

父亲重新安坐，接过内侍送来的热汤水喝了几口，又将内侍们屏退了。

“爹……”君贵斟酌着开口道，“儿子想求爹一件事。”

“嗯？说说看。”

君贵略一停顿，下定决心，退后一步跪下礼道：“……求爹让儿子回到爹的身边！”

“……怎么？”

“爹已经有了春秋，儿子想陪伴着爹，旦夕事奉。”

“就为这个？”

“还有……儿子想跟随在爹的身边，旦夕进学。”

父亲轻轻一笑：“怎么，澶州太小，装不下你的心了？”

君贵仰头坦承：“是。……爹明察秋毫，儿子的心思，瞒不过爹。”

父亲沉吟良久：“……知道了。爹也很想见到君怜、抱抱瑽儿呢。待王峻回来，爹跟他说说。他是枢密使，方镇的调动，还是要知会他的。”

君贵急道：“倘若他从中作梗呢？”

父亲不悦地扫他一眼：“着什么急？爹刚才跟你说的什么，这么快就忘了？”

“是，”君贵深吸一口气，“……要忍耐。”

这当儿，内侍入内通报：寿安公主进宫来给父皇请安，正在殿外候召。父亲舒眉展目，向内侍微笑道：“宣她进来。”

五九　枢臣怀忌

一阵轻快的脚步声响。寿安公主鹭娘走进殿来，向父皇行礼问安如仪。她是得到父亲知会，知道今日长兄要入宫觐见，所以特意赶来的。

向父亲行完礼起身，鹭娘偏着头看向君贵："荣哥哥，你这是犯什么事了？怎么一回来就被爹爹罚跪呢？"

"爹爹可没罚他跪，是他自己向爹爹求事呢。"郭威笑道。

"荣哥哥，你求的什么事？爹爹准没准？"鹭娘走到君贵身边，笑嘻嘻问道。

君贵尴尬道："我求爹让我回来，爹说要跟王峻商量，也不知算是准了还是没准。"

鹭娘一听是这事，忙道："对啊爹爹，赶紧让荣哥哥回来吧。荣哥哥是你的儿子，是我的兄长，我替爹爹做主，就让他回来了，做什么还要听王峻的！王峻若不服，教他上公主府找我理论去呀！"

"小丫头不要胡说，"郭威慈爱地嗔怪道，"爹爹自有主张。"

"得了荣哥哥，快起来吧。"鹭娘伸手将君贵拉起，"爹爹这么说，就是答应了。"

君贵笑笑起身，看着鹭娘道："咱们四姐儿好像又长高了些。"

鹭娘笑道："荣哥哥好眼力。"

"怎么就你一个人来了，抱一人在哪儿呢？"

“他呀，目下肯定在禁军小底营里。他知道我今日进宫，也知道你入觐，少时一定会来的。”

“好啊，我有两年没见他了，甚是想念。”

鹭娘忽地转向郭威：“对了爹爹，今日荣哥哥可以住到我府里去吗？正好我们兄妹、他们兄弟也可好好叙叙。反正，他又不能住在宫里陪着您。”

“呵，可以。少时就让荣哥儿跟着你们去吧，明日再见李三郎也无妨。左右三郎今日被我派了差遣，也不得闲。”

未几，果然张永德入殿觐见。君贵与他暌违日久，少不得有一番亲热。三个人陪着父皇用过午膳，就同往寿安公主府去了。公主府是鹭娘获封公主称号之时得到的赏赐，比张家在京中的宅邸略大些。张永德的父亲张颖已经由齐州乡间养病归来，永德小两口儿便两边宅邸住着，来回跑。

次日，皇子荣再次入宫觐见父皇。这次他是自己一个人来的，他给部从们全都放了假，让他们趁机在久违的京城走亲访友一番。

君贵向父皇详细汇报了自己在澶州刺史和镇宁军节度使任上对军队和政务进行的改革。官家郭威仔细听着，时不时出言点评两句。父子二人相谈得甚是透彻。眼看日已当空，郭威便让君贵去禁军营中会一会李重进，一来表兄弟好歹该见一面，二来也可沟通彼此情况，三来也可看看重进这两年操练禁军的成果。

君贵向父皇如礼告辞，大步离开滋德殿。却见御道上远远一个人影疾步而来。君贵不慌不忙继续往前走，很快看清：那人竟然是王峻。

君贵有些发愣。王枢密不是该在治河的工地现场吗？王峻显然也看到了君贵。两人保持着原来的步速迎面而行。在相距一丈之地，两人都停下了脚步，一言不发彼此打量。

从官阶和职务上说，君贵应当向王枢密行礼，因为王枢密是他的顶头上司。可是君贵不想向他行礼。父亲谆谆告诫过的什么忍耐，什么圆融，此时统统被他抛到了九霄云外。他无法忘记，就是这个人，让他们父子两年都没能见上面。

王峻显然在等待君贵的礼数。君贵睥睨他片刻，只冷淡揖道：“王枢密。”王峻便也冷冷一笑：“大皇子。”打完这个招呼，两人之间便再也没有别的话，各自沿着既定的路线，一个离宫，一个入殿。

在得到眼线报告皇子荣悄悄入京觐见的消息时，王峻感到很震惊，因此天一亮，便急急从修堤现场赶了回来。这么重要的事，官家不与自己商量就做了，说明官家不像以前那样事事依从自己了。

王峻与皇子荣素来不睦。在所有朝臣中，王峻忌惮最深的就是皇子荣。不光是因为他会动摇自己“天子之下第一人”的地位，而且一旦他返回京师，就势必会在帝枢谋求一个贴近官家的要职。他是皇子，他很容易办到这一点。这样一来，自己在京城中苦心经营的势力网络就会被打破。势必会有人选择依附于他，从而助长他的势力；而自己那些忠诚的党羽，就会遭到皇子一党的挤压、打击，并被逐渐排除到权力核心圈之外。

故此，皇子荣是个巨大的威胁，他的出现，影响的将不仅是王峻一个人，而是王党一大票人。一念至此，王枢密甚至有点气急败坏了。

“臣王峻叩见陛下。”告进入得殿中，王峻向官家郭威行礼如仪。

“秀峰，你不是在修堤吗？怎的忽然回来了？”官家不动声色问道。

片刻之前，在听到内侍报名告进的那个瞬间，官家是惊讶的：没想到王峻的眼线办事效率如此之高！……可是，又似乎在自己意料之中。上次的辞官事件，已经让他充分领教了王峻党羽的手段。

王峻不待官家示意，自己站起身来，语气中带上了点儿兴师问罪的意思：“陛下，臣听闻，大皇子回来了？”

“嗯。”

“大皇子是外藩，非年非节的，突然得到返京朝阙的恩典，陛下教别的藩守怎么想？”

官家郭威瞥他一眼：“荣哥儿有事想当面跟朕说，朕就让他回来了。秀峰兄觉得有什么不妥吗？”

王峻勉力忍住了反驳的冲动：“荣哥儿……荣哥儿想跟官家说什么事？”

“荣哥儿想回到京师来。澶州对他而言，实在太小了，无法施展拳脚。王枢密以为如何？”

“哼……臣以为，不妥。”

“哦？”

“……荣哥儿虽然追随陛下多年，但毕竟只是陛下的养子。义儿养子之患，陛下自己早已听过、见过太多，也不必臣来提醒了吧？臣敢担保自己对陛下忠心耿耿、绝无二心，但荣哥儿就未必了。……陛下试想，张美在澶州挪用俸银、吃空饷，犯下那么大一桩贪渎的案子，背后不正是荣哥儿招兵买马、谋求独立扩张的野心所致吗？……俗话说，纵虎贻患，陛下难道忘了十三太保李存孝的故事？……”

十三太保李存孝，是六十年前中朝最负盛名的猛将，是后唐的实际开创者李克用（被追尊为武皇）的养子，与后唐庄宗李存勖，以及君怜的祖父李存审（符存审）辈分相同。李存孝幼能搏虎，少年时代便追随在武皇身边，一度极受武皇李克用的宠信。可是他不善于与人相处，武皇的宠信更替他招来了其他养子和部将的嫉妒。后来，因为别人的谗言，十三太保李存孝被迫起兵反叛，最终被武皇平定。武皇盛怒之下，判李存孝车裂之刑。他其实是舍不得这个十三太保的，原等着部将们来求情，自己好顺势饶过李存孝的性命。没想到，直至行刑时刻到来，都没有人帮十三太保说句话。

李存孝的故事，是中朝数十年间不断产生的英雄传说中最为凄绝的一段。

听了王峻的话，官家沉默了，脸色变得极其难看。荣哥儿的确是有野心的，他知道，王峻也看出来了。可是，在前朝那叫野心，到了当朝，应该说那是雄心。

“……你的意思，荣哥儿不能回来?”半晌，官家问道，语调平平。

“绝不能回来！不仅如此，陛下还应当命他尽速返回。倘若只在外藩，他再有野心，也掀不起什么大浪。可是回到中枢就不一样了。京师乃万方辐辏之地，他要是有意兴风作浪，哼，岂不是大得便利吗……便是为荣哥儿的将来考虑，陛下也不该给他留出这个痴心妄想、酿出大祸的余地啊……”

“……知道了。你下去吧。”

滋德殿后殿。

官家郭威脸色铁青地从外殿走回来。彤云、仙草等行罢便礼正待上前服侍，官家忽然一拍桌案，勃然怒道：“这个王峻，离间我父子，着实可恶!”

禁军营房。

君贵与李重进在一起进用午食。

午宴的气氛是平和的。平和，但也许有那么一点点不轻松。

李重进现在身居禁军要职，任大内都点检兼马步都军头。皇朝建鼎之初，他先是担任了小底都指挥使，管理禁军中的少年军士，后来才转为正编军统领，成了禁军中举足轻重的人物。

这两年，重进在官家兼舅舅郭威身边的地位愈发重要了。克难之战中，重进率兵迎敌攻城，居功甚巨；澶州拥立时，他一直陪护在官家身旁，贴身保护着他的安全；皇子外放，他便时常出入宫禁拜望、陪伴，聊解亲长膝下之荒；德妃薨逝后，又是他携罗氏与鹭娘、抱一夫妻每日入宫慰问，帮助官家度过最艰难的新丧期……总而言之，克难以来，凡是君贵错过了的重大时刻，重进全部在现场；凡是君贵没有办法尽到的人子之责，他作为外甥全都替他一一尽了。

重进在君贵面前，现在拥有了巨大的心理优势。而这种微妙的变化，两个人心里尽皆雪亮。因此，君贵第一次在重进面前感到了尴尬。他是皇子不假，但他这个皇子，现在反而不如重进这个皇甥来得像模像样，来得理直气壮了。

这一顿饭，两个人都勉力做出若无其事的样子，尽量自如地谈笑着。席间他们叙及了重进下辖马步军的整编和训练，叙及了德妃与雁儿的病，也叙及了官家的身体状况。两个人都不是很会谈笑风生的人，因此无论谈什么，都是短短几个回合就结束了。当然，这种情况也说明，这两个人都是作风简洁、不尚空谈的聪明人，什么话只需点到即止，没必要啰唆。

除了一个话题：王峻。

重进久被王峻压制，目下这个大内都点检兼马步都军头，还是舅舅不惜黑脸才替他争下来的。因此，一提到王峻，重进就是满脸的不忿："……哼，王峻只手遮天，军内上下、京中官场上下，都是党羽密布、得意得很哪……官员的升降任免，几乎都是他说了算，吏部、中书、门下都不过是摆设。我看，那些人全都是替他王枢密办事的，何尝知道自己是该为天子办事的？！……"

"……三哥，"君贵沉吟道，"这些话，你对父皇说过吗？"

"我……暗示过。"

"暗示？"

"对。我也不懂舅舅为何那么宠幸王峻，每次有人表达对王峻的不满，舅舅都会维护他。连郑仁诲、向训他们屡次被王峻挤对，气不过去舅舅跟前告状，舅舅也只是笑笑，让他们不要跟王枢密较真。……我知道舅舅跟他当年是义社兄弟，大约也算过命的交情了吧，所以我也不好说得太直，只能暗示。”

“嗯。依三哥看，父皇对王峻所搞的结党营私的把戏究竟知情不知情呢？”

“若说一点儿不知情，恐怕也不至于。我猜舅舅多少知道一些，可是又不愿据此就罢黜他的枢臣之位，所以就一直容忍着。”

“三哥你自己，想必也在王峻手下吃了不少挤压吧？”

“哼，那是自然的。一开始为何派我去管小底们，为何不直接让我统领禁军？就是王峻从中岔了话。不过我反正乐得去调教小底们，这些少年军士，还没学会那么多坏毛病，好好管教，都是能教好的。你知道吗，我训练了一支小底谍兵，已经替舅舅办过几件事了，倒是颇得舅舅喜爱。”

“少年谍兵？好呀！只是……他们年纪尚幼，心志未坚，倘若被敌方抓获，能够耐受得住毒刑拷打不吐露我方机密吗？”

“这个我也有疑虑，所以太核心的机密，暂且还不能让他们参与。……后来我转而执掌正编军，这支谍兵我舍不得放手，也坚持带了过来，为此还得罪了枢密院。”

“抱一不是在掌管小底第一军吗？三哥将小底谍兵转交给他，枢密院必定就没话说了。”

“给抱一？嘿！”重进轻轻一笑。

君贵知道他与抱一年龄差距大，互相也不是很投契，故此，他不肯交托部下倒也在情理之中，便不再追问。

重进又道：“王峻还想问我要呢，哼，做梦！”

君贵沉吟道：“王峻在京城内外已经是眼线密布了，倘若再要了小底谍兵去，真不知他打算做些什么……”

重进看着他，意味深长地说道：“君贵，你要当心这个人。”

君贵也看着重进，心事重重地点点头。霎时，他们找回了在河中郡共同反对老家伙们虐杀俘虏时那种同仇敌忾的感觉。

闰正月十七日，天子口谕下达，命皇子荣即日返藩守职。

君贵接到这个口谕，心知又是王峻在从中捣鬼，欲待发作，想起父亲再三叮嘱的话，只得长吸一口气，狠狠命令自己：要忍耐。

六〇　我执难破

广顺三年闰正月二十日。御前枢机会议。

枢密使王峻奏报了关于户部侍郎兼权知贡举赵上交在选士中营私舞弊的核查结果：赵上交表面上标举公正，实质上却结党营私，偏袒故旧裙带，乃至售卖进士之额。今岁所选进士中，有李观、侯璨者，所作诗赋中有多处不合韵部，足证其人学艺未精，做不得天下士子表率，赵上交却因为得这两人贿赂，便放他们及第。尤其是李观，家中有钱，为了中进士，竟然送给赵上交一座花园做别墅。如此欺君枉法之人，岂可再听凭他统辖士林、玷污朝廷开科取士的初衷？

官家郭威听了王峻的奏报，十分震惊。对于赵上交，他一直是十分信任的，赵上交之前所倡议的科举改革条款，乃至所选拔的人才如梁周翰、董淳等，也相当符合自己心意。怎么到了今年，他就如此恣意妄为了呢？

官家将眼睛看向吏部侍郎于德辰。于德辰忙揖道："陛下，此事已经查实，赵上交本人也承认了。"

官家郭威虚起了眼睛，冷言道："未经朕的允许，你们就制狱锻炼他了?!"

"没有没有，臣等岂敢?"于德辰忙道，"是侍卫司起获了李观赠予赵上交的房契，御史台以之质问赵上交，他无可推托，只得认罪。请陛下放心，并没有任何人将他下狱，更没有动刑讯鞫。"

侍卫司就是侍卫亲军司，是禁军的统率机构，李重进、张永德他们，原都隶属这个机构。侍卫司设有侍卫狱，原本是用于侦办、审讯、处置犯法将卒的部门。但自后晋石氏时代起，侍卫狱就将手从军事领域伸到了民事领域；到了前朝史弘肇手里，侍卫狱更是随意决断朝堂大事，任情专杀，无所顾忌；大周建鼎后，侍卫狱的权力虽然有所遏制，但仍然遗风未除。于德辰说是侍卫司起获的房契，那就意味着，此事已由侍卫狱插手。

官家郭威沉默良久。侍卫司起获证据，御史台进行审问，枢密使亲自奏报，吏部进行补充说明……问题变得复杂起来。当此之时，赵上交是否徇私贪墨，倒显得不那么重要了。

王峻见官家不语，向御史中丞张煦使个眼色。张煦从袖中取出一张纸呈给郭威："陛下请看，这就是那张房契。"

官家郭威示意内侍取过来。他展开房契，看了片刻，不动声色地问道："依你们的意思，这事当如何处置？"

"臣以为，赵上交目无王法、徇私舞弊，宜褫落现职，然后或远贬，或流放，二者必居其一。"张煦道。

此言一出，堂上诸近臣如范质、郑仁诲等尽皆哗然。

"贬官，贬到哪里？流放，流到何处？"

"前朝有先例，营私舞弊者，贬就贬到偏远州县，流就流放沙门岛。"

"赵上交对朝廷贡举改革还是有过不小功劳的，如此处置，未免过重了吧？"

"他便有些微功劳，也是拜陛下恩德所赐。他渎职的时候，怎么就不想着素日陛下对他的信赖倚重呢？"

"此事不可仓促处置，还需慎重核查才是。"

"哼，随你怎么查，房契现摆在这里，他逃得了吗？"

…………

堂上的议论，很快变成了两派之间的唇枪舌剑。官家郭威不发一言，只面无表情地看着他们争吵。

枢密使王峻抬起手来，强行制止了争辩。他整顿辞色，向上揖道："陛下，臣以为，也不必流放沙门岛，将赵上交贬为商州司马，就足以惩戒他了。"他又转向同僚们，"赵上交既然为陛下立过功劳，咱们做枢臣的，也得替陛下给他留些余地，是不是?"

州司马是当时的散官低等阶，为九品。赵上交是朝廷三品大员，倘若将他贬任商州司马，可以说他的政治生涯就算完了，这将是极其严厉的惩处。

官家郭威扫视群臣，并未答复王峻的建言，倒是笑了一下："此事朕知道了。如何处置，容朕再思量思量，卿等不必争吵了。倘若没有别的事，就退下吧。"

众臣行礼而退，只有王峻留在原地。

"秀峰，还有事吗?"官家郭威本来已经起身准备往后殿去，见王峻没动，只得停下来问他。

"是。"王峻笑道，"臣有个不情之请，想要求得陛下的恩准。"

"哦？说说看。"

"陛下，臣忝居枢职，日夜苦思如何报答官家的信任，如何为朝廷尽忠，不敢有丝毫懈怠。臣反躬自省，以为臣的阅历与经验尚有不足……"

"哦？是吗?"突然从王峻的口中说出自谦的话来，让官家郭威很不习惯。当然，官家也可以想象，王峻不会白白自谦，上次他自谦做不了枢密使，就闹了出十几家外藩联名请求进纳的好戏。

"……是。尤其是此番巡视河工，谋划周转间让臣省得，臣对于地方政务与藩阃军务，颇有许多不明、未通之处。臣总执全国军机，又兼摄政务，倘若长久如此不通不明下去，岂不教藩守们暗地里笑话吗?"

"……那也不至于。"

“陛下，臣斗胆请求，教臣遥领一个方镇，也好熟悉藩务，知其冷暖高低，以便在枢职上更好地为陛下出谋划策啊。”

官家郭威沉默了。王峻的意思很明白，他在索要一个节度使之位。以王峻的资历，担任一个大藩节度绰绰有余，可问题是，与此同时，他也不肯放弃枢密使的地位。

以枢密使而兼节度的人不是没有过，上一次，那个人就是官家郭威本人。

这个王峻，到底想做什么？！

“陛下？”

“……嗯？”

“陛下，臣恳请陛下给臣一个熟悉阃政的机会！”

“……你……想要哪里呀？”

“臣想请领青州。”

“青州？”青州是皇朝东部重镇，镇上有平卢军。上一位青州之主，是官家郭威的儿女亲家符彦卿。再上一位，是杀害了官家在京全部眷属的刘铢。

“是。臣以为，青州自从符淮王移出之后，三个月没有正职赴任，军事一直由留后代领，政务由知州张凝处理，着实不妥。臣知道青州之主难定，臣恳请为陛下分忧！”

官家郭威叹了口气：“秀峰啊，你在京中踏踏实实做你的枢密使，不是挺好的吗？”

“陛下，臣在处理全国军政事务时，发现有许多不明白之处，任凭幕僚说破了嘴皮子，臣没有切身经历，也很难体会方镇的处境。臣之所以求领青州，实在是为了补阙进学啊……臣与陛下有二十多年的生死交情，难道陛下还信不过臣吗？臣但凡有二心，又岂敢在陛下跟前直言不讳地提出请求呢？恳请陛下务必成全臣的忠义尽职之心！”说着，王峻就跪了下来，叩首行礼。

王峻突然放出此招，并不是狂妄到不知天高地厚，事实上，他是经过一番谋划与思索的。皇子郭荣对他而言，始终是个巨大的威胁。郭荣早晚是要回到中枢的，这个变化他阻挡不了，而且，近在眼前。既然多年以来，郭荣与自己之间从来没有达成过和谐与谅解，那么，倘若郭荣回阙执掌权位，想方设法对自己进行排挤与打压就是一定的了。如何与皇子抗衡，避免他取代自己“天子之下第一人”的位置？他必须谋求外放，必须要在外藩有自己的独立天地，与此同时，他还必须仍旧葆有中枢之位。如果单单谋求外放，郭荣在中枢要对付他还不是易如反掌吗？他为此寝食难安。

官家郭威愣愣地看着他，在心里反复掂量着。王峻的脾性官家很了解，他已经坚持求恳到了这个地步，如果不答应，就得准备当场跟他撕破脸皮；换言之，如果没准备当场跟他撕破脸皮，就只能答应他。二者必居其一，没有第三个选择。

不得已。很多时候，都是不得已。

“好了，你起来吧。”官家郭威淡淡道，“既然你如此忠心为朕效劳，朕就答应你。”

王峻喜形于色，再拜叩首道：“臣谢过陛下的恩典！”

翌日，天子诏下，以枢密使、尚书左仆射、同平章事、监修国史王峻兼青州节度使，王峻的其他职守不变如故。

数日后。王峻向皇帝请求暂时前去青州赴任，视察辖地军政，皇帝允之；王峻又请求从国库之一的左藏库借出绫绢万匹以备新官上任申令明赏之用，皇帝再允之。

对于王峻的特殊恩遇引发了一系列连锁反应。从闰正月二十三日至二月初，为了平息其他建鼎功臣的不满，天子诏下：邺都留守王殷加检校太尉，依前同平章事不变；镇州节度使何福进、河阳节度使王彦超并加检校太尉；潞州节度使李筠加检校太傅；安州节度使李洪义、侍卫马军都指挥使郭崇、侍卫步军都指挥使曹英，并加检校太尉……

不得已。很多时候都是不得已。官家郭威在心里问自己：这样做，到底对不对？顾全大局的隐忍与保守怕事的软弱之间，究竟有多远的距离？这一盘棋，是不是已经到了必须收官的时候？

……否则，大概就真的会下成烂棋了。

澶州。军治后苑。朱雀房中。

君怜坐在靠墙的椅子里，看朱雀收拾自己的书籍。自打知道君怜再次有孕，故而无法与自己一同出游之后，朱雀的心情就很不好，一直都没怎么正眼瞧过君怜。君怜天天变着法子哄逗她说话，她也不搭理。今日高医正遣人捎了信来，问她是否愿意在三日后进山采药炼气，朱雀立马答应了。现下，她就是在检点自己需要带走的书卷。

“榷娘……”君怜叹口气，“你就不能让五两帮你收拾，自己停下来跟我说两句话吗？”

“有什么好说的？”也许是因为去意已定，朱雀破例搭了腔，“你们为国孕孙，那是正事。且孕你们的去，不必管我，也不必再来找我说话了。”

“朱雀……”君怜的眼中泛起了泪水，“我做错了什么，就如此不能得你原谅吗？”

“你没做错什么。”朱雀停下手中的事，看君怜一眼，冷淡道，“你，你们，做的都是对的，本来就是我不对。”

“榷娘，我知道是我食言了，是我对不住你，你要怎样才能消气？你告诉我，我为你去做，这样可以吗？”君怜拂去滑落腮边的泪水，低婉道。

朱雀难以抑制心中的烦躁。

立身天地间，她从来都是一个多余的人。她恨自己枉然修道多年，却始终放不下“我执”，始终不能摆脱“有身”之困，不能超越“有待”的羁绊，进入“无待”的境界。而见到君怜曲意俯就，朱雀就更烦躁。既烦躁，又不忍。

“我用不着你做什么，你也为我做不了什么。”朱雀愈发冷淡道，“今后，就更不需要你再为我做什么了。”

君怜的泪水再次顺颊而下。朱雀的话深深地伤害了她。自小相伴十几年，多少大风大浪都一起经历了，就算偶生龃龉，何至于绝情至此？

看到君怜的样子，朱雀的心顿时便软了。本来已经打定主意，再也不受她羁绊的。终究不能不食人间烟火，终究只是一个凡人。

“羣娘，我不是生你的气。”半晌，她和缓了语气，“我每年都要进山，你知道的。而且，我有我的正事要办，我要找人。”

君怜不语，伤心未平。

“好啦好啦，有你家君贵哄你还不够？非得要我也来哄着你？”朱雀走过去推她一下，“我说话一向如此没遮没拦的，脾气上来了口不择言，你又不是不知道，跟我计较什么？”她又从壁龛处的藤盘中扽过一条巾帕，“给！这是你家廷献上次擦琴用的丝绢，洗过了。羣娘子别觉得委屈，我这张‘九烛’的颜面，比起羣娘子来也差不到哪里去呢。”

“呸！”君怜被她气笑了，“依我看，你的脸才该被糊一锅粥呢。”

“嘁，现在笑了吧？有本事你刚才别哭啊。”朱雀揶揄道。

君怜复归默然，又笑不出来了。朱雀便也笑不出来了。

半晌，君怜低低问道：“……朱雀，这次出去，你打算去多久？”

“不知道。……我说过了，我还要找人。”

君怜长叹一口气：“……找一个找不到的人，想一件想不透的事，榷娘……何必自苦如此？江湖荒凉，她或许早已仙逝，或许还在这世上的某个角落活着。可是，就算她还活着，没有你的这么些年，她也过来了，你何不放下？世间万事，总有定数，无须强求。相信我，若真有缘，上苍早晚会赐予你们一个再次相见的机会的。”

“翚娘，你不是我，我也不是你。”朱雀看着她，神情萧索，“我执难破，就不破也罢。我是一个冥顽不悟的愚人，翚娘，你不必再劝了。”

君怜无奈，缓缓点头：“……知道了。……那么，带上银子，带上五两，带上廷献。”

“五两我带上，廷献你就自己留着吧。”

“不行。廷献必须跟着你。”

“为什么？好教他又将我骗回来一次？”

“对。”

一言既毕，两个人都互相瞪着对方，两个人的眼睛里都有着不可抗拒的意志。

这回，是朱雀首先扛不住投降，她的眼圈红了。她并不知道江湖上有何处可以让她容身，她也不知道自己离了所依附的人家，又有什么本事可以独自谋生。她只知道，她在这里已经待不住了。可是君怜……君怜却还在千方百计想要她回来。

是夕，君怜将廷献叫到房中，叮咛复叮咛，嘱咐又嘱咐。廷献郑重领命，叩首而去。

三日后，朱雀再次“离家出走”。

六一　商州司马

广顺三年二月十一日。东京。大内滋德殿。

枢密使王峻因为将作监李琼的外任问题，与范质在御前争吵了起来。李琼也是官家郭威少壮时代的结义兄弟，建鼎后一直被王峻压制，官家几次想给他加官，都不得实行。此番官家想让李琼去知陕州，先叫了范质来问过，范质认为李琼累有军功，办事勤谨，完全可以胜任陕州知州。官家点头。因此，在今日的枢机会议上，范质便体会圣意，以自己建言的方式，提出了李琼的外放一事。

然而王峻不同意。

没有人知道王峻为什么老是跟李琼过不去，包括官家郭威，也不能理解。当年他们的感情原本不错。也许是因为王峻地位日高、凌驾朝臣之后，李琼自恃与官家有旧，并不像旁人那样依附、奉承于他，也许李琼在背后跟人开玩笑地提到过他微贱时的往事，也许李琼当面某句无心的话怠慢、得罪了他……总而言之，王峻就像跟李琼有几辈子仇怨似的，凡是对李琼有利的事，他一概不答应。他似乎在拿李琼当一个活例子，好教同僚们知道，他王枢密是惹不得的，一旦得罪，就别想翻身，连官家也拢护不住他们。

以往范质并不愿意当面与王峻发生激烈冲突。范质毕竟是文士，知道秀才遇到兵，有理说不清，所以就懒得跟他辩，最多寻机另求奏对，将自己的主张当面再跟官家说一遍。可是今日范质知道自己不能退让：给李琼加官，这是官家的意思。而且，官家还有另一层意思：官家自己不想出面跟王峻撕破脸，这个脸皮，只好由范质来撕。

今日枢机会议，李榖也在场。李榖的臂伤并未痊愈，可是尸位素餐不能心安，因此勉力来了，也是向官家表明自己的忠诚尽职之意。见王峻与范质争吵，李榖先是劝架，后来便站到范质一边，力劝王峻放宽度量，让李琼也有机会为朝廷在外藩效力。

官家郭威不动声色地看着他们吵了一会儿，见王峻仍旧不退让，便又向郑仁诲使个眼色。于是，局面演变成了三英战王峻的架势。

王峻越战越勇，怒气几乎要冲破滋德殿的藻井，直往九重苍穹而去。

官家眼见局面即将失控，只得清清嗓子，沉声道："好了，诸卿不要争辩了。朕看李琼颇有才干，何妨就依范卿所奏，教他暂且到陕州去试试？王枢密所担心的，不外乎是他能否适应西部大镇的复杂环境，这个嘛，毕竟要他上任之后才知端的。朕做主，就将李琼外放了。倘有不妥，还可以改任嘛。……王枢密，你看如何啊？"

王峻感到了莫大的委屈。全国方镇的调动安排是他的本职，官家的三个近臣却一齐跟他作对，连官家都帮着他们。他欲待反驳，可是官家的神色已经颇有些不耐烦，语调也变得不冷不热的，加上那三个人还随时准备帮腔……他恐怕很难拧转官家的这个决定了。

他决定暂时退一步。先依他们的，待自己积聚好力量后再反攻，将新账老账一齐算。

二月十三日上午。大内。晴朗，风微凉。

一连多日的大太阳，让春天的活泼新意，逐渐显露了出来。

明日就是寒食节了。寒食节是一个除旧布新的节日，在纪念古早贤人介之推的含义之外，人们需要通过饮食的特殊仪式，来明确季节的更替，来安排日常生活方式的应时变化。经过千百年的变迁发展，寒食节与清明节逐渐合而为一。每到这一季节，人们心中的思念、追怀与向往、希望交织，情绪就会变得尤其敏感而丰富。

官家郭威为纪念诸皇属而增建的小殿思存殿早已于年前竣工，咸阳县君彤云、清河县君仙草等早奉命将思存殿布置装饰得既庄严又华丽，既清静又温暖。得闲的时候，官家常常去思存殿里小坐。伴随着铜狻猊中散发出的若有若无的瑞脑之香，官家有时候淡淡品两盏茶，有时候慢慢看一卷书。

思存殿侧的一面墙上，挂着建鼎当日官家所怀揣的那幅圣穆皇后小像，另一面墙上则是画工遵命绘制的大幅壁画《皇属游乐图》。在这幅臆想的游乐图中，官家郭威与他的亲人们在锦绣江山间尽情嬉戏，人人喜笑颜开。官家诸妻辈——从圣穆皇后以下，贵妃张氏、淑妃杨氏直至德妃董氏；官家诸子侄媳婿甥辈——从荣哥儿、君怜、梅娘、鹂娘、鹭娘、抱一、青哥儿、意哥儿直至雁儿，从守愿、奉超、定哥儿直至重进全家，连同未满周岁即夭折的长女和次女；官家诸孙辈——从宜哥儿、喜哥儿到三哥儿、璇儿，一个不落，全都被画在了这青山绿水之中、繁花细柳之下。

《皇属游乐图》构图活泼，着色明快，冲淡了怀旧伤逝的色彩，为思存殿带来欢欣宁和的气息。官家郭威每次看着这幅画，脸上都会浮现出恬淡的微笑。

思存殿外的老玉兰树已经吐出了第一批新蕾，旁边的老槐树，槐吊子落了一地。官家从思存殿中走出来，看着内侍们拾掇槐树，忽然想起了很久很久以前的一个场景。

那时候，他与英娘成亲不过几年，荣哥儿成为他的儿子刚刚一年。他趁着寒食与清明之机回家休沐，发现荣哥儿又长高了，手脚也更有力量了。他决定开始教授荣哥儿武艺，其中一项是射箭之术。

他在家门外的一株槐树上，用细绳悬了一个铜钱。他教荣哥儿如何瞄准那个钱眼儿。

那也是一个春阳融融的上午，枝干皴裂的老槐树在料峭的春风中微微摇摆。槐树叶尚未抽芽，槐吊子落了满地。荣哥儿认真地擎着羽箭一支支射去，好几次，将槐吊子射落下来，“噗噗”地坠落到地下那一片灰索索的枯吊子中。

忽然，他听到轻微的一声“叮”。他急忙转过头。

“爹爹，你看我！”荣哥儿满脸的兴奋，“我射到铜钱啦！”

“嘿！我儿子真有本事！”他由衷地夸赞道。荣哥儿的脸愈发兴奋得通红。

打小，荣哥儿最喜欢得到自己的肯定。

他的心毫无预兆地疼痛起来。他忽然迫不及待地想再次见到荣哥儿，想看到他那张英气蓬勃的脸因为做成了自己想做的事而熠熠发光，想听他再跟自己说：“爹爹，你看我！”……他的心被铺天盖地的思念所笼罩，幸福与温暖混合着苦涩与酸楚，让他心思荡漾，热泪盈眶。

他压抑了自己太久。这是他唯一的儿子了，他庆幸自己还拥有他。

无论如何，他要将荣哥儿召回自己身边。是时候了。

王景通轻轻走过来，禀告说王峻在滋德殿外，请求入对[①]。

官家郭威叹了口气。这个秀峰，不是刚刚下了早朝嘛。御前枢机会议通常是两三天一次，理论上今天可以开一次，不过，明

---

① 请求入对，或简略为“求对”。入对，指臣下进入皇宫当面向皇帝进言或回答皇帝提出的问题、质询。

天就是寒食节了，该给大家都放放假，所以他就下旨罢了今日的枢机会议。不知道王峻单独请求入对，又有什么要啰唆。

“宣。”官家说着，动身向滋德殿走去。

官家郭威步入滋德殿前殿的时候，王峻已经等在那里了。

“臣王峻叩见陛下。”王峻行礼。

“起来吧。”官家郭威温言道，“秀峰，才退了早朝又来请求入对，有什么事吗？”

“有。”王峻起身，“臣有要事回禀陛下。”

“哦？说说看。”

“臣蒙陛下信任，无时无刻不想着替朝廷甄别、拔举人才，以备顺时大用。因此，臣得了闲，便将朝中这些文武大臣铺排开来反复衡量。……综观群僚，尤其是诸相，臣发现其中蒙混苟且、尸位素餐的大有人在。”

“嗯？”

“比如说范质。范质位列中书侍郎，不学无术，不知人，乱用人。前日荐李琼出知陕州且不提了；再往前，赵上交以户部权知贡举就是他推荐的，结果闹出那么大一桩贪渎案子来……”

“吔……让赵上交权知贡举，是朕的意思……”

王峻稍停，不以为意，又接上自己的思路：“……前左谏议大夫李知损出任两浙吊祭使也是范质推荐的，结果李知损沿路巧立名目，向藩郡索取无度，最终被人奏告而贬官……依臣看，范质见识有限，不适宜继续担任宰臣……”

官家不语。

“又比如李榖。借口臂伤，多日不来上朝面君，不去坐堂办公，致使三司事务堆积如山。而且他不干正事吧，还想方设法沽名钓誉，前一阵子，居然唆使陈州吏民上奏为他请立祠堂，简直是荒唐至极！”

“陈州吏民的奏表，并不是李榖唆使的。而且李榖知道此事后，再三再四地推辞掉了，所以此事并没有真正实行啊。”

“哼，官家被李穀给骗了！他一面让人上表夸善，一面又假作谦逊，都是为了在陛下跟前卖弄德行，好教陛下以为他深孚民望，从而更加重用他！如此欺上瞒下之人，怎能再忝居相位，蒙蔽天听呢！”

官家郭威皱着眉头叹口气：“秀峰，他们也不是你所想的那样吧……”

“官家！臣作为枢密使，有责任为官家清除身边的奸佞，举荐更适宜的人才！”

“哦？”官家郭威眼神一跳，停顿了一下，“……你想举荐谁啊？”

“端明殿学士颜衎，以前任职兵部侍郎，后来跟随官家出征兖海，平定了慕容之乱，并被官家钦命权知兖州军州事。臣以为，颜衎的资历、才干、胆识都在范质之上，由他出任中书侍郎，是最合适不过的。”

“……是吗？”

“还有，枢密直学士、判开封府事陈观，此人忠恳勤勉，原来做工部侍郎时就卓有政绩，判开封府以来，更是将京师政务料理得周全顺遂。臣以为，这样的人才，才有资格在官家身边资政辅弼！是以，臣恳请官家以颜衎代替范质，以陈观代替李穀，别教范、李二人再待在宰臣位置上混饭吃了。”

官家的眉头皱得更紧了。范质和李穀，都是自己用得很顺手、很称心的人。他们的才干，朝廷上下有目共睹。王峻的手伸得太长了，伸到了官家的股肱之上。

见官家默然不语，王峻催促道：“官家，良药苦口利于病，忠言逆耳利于行！范质、李穀之辈，素常在官家跟前花言巧语惯了，哪像臣一心为官家着想，有话直说，不怕得罪官家。”

官家沉吟道：“进退宰辅是国之大事，不可仓促进行，还是慢慢思量吧。”

王峻不肯让步，又固执地列举出范质与李穀的诸多不是之处，反复陈述他们的确已经不再适合待在宰臣的位置上了。

官家愣愣地看着王峻。

一开始，他还听得见王峻在说什么，后来就只看见王峻的嘴了。

王峻。峻兄。秀峰。

秀峰。峻兄。王峻。

他的心渐渐凉了。

冷了。

冻结了。

僵硬了。

他知道，不管他愿意不愿意，舍得不舍得，这一盘棋，都到了必须有个了断的时候。

他想起了思存殿外的那株槐树，以及适才在那株槐树下所忆起的遥远旧事。他感到一阵彻骨的悲哀，并对自己起了一种深刻的怜悯之心。他那么渴望重温家庭的温暖，那么渴望将唯一的儿子留在身边，可是眼前这个人却拼命阻挠。他曾经不惜放低身段再三试探，不惜和婉到近乎哀求，但这个人强硬到底，让他的愿望彻底无从实现。

这个人的手伸得太长了，不仅伸到了他的股肱之上，而且抠到了他的眼珠子上。

他已经别无选择。

午间的日光透过滋德殿的窗棂晃花了他的眼睛，他感到双目干涩，使劲地眨了眨。

王景通轻轻走过来，低声禀报：“陛下，该用午膳了。”王景通一定是故意的。王峻在御前争论了太长的时间，又没有别的枢臣来打岔，官家一个人在这里直面他的汹汹攻势，连王景通都看不下去了。

“知道了。”郭威看了王峻一眼。王峻没有停下来的意思。官家郭威轻轻摇了摇头。

为什么？为什么情势会演变成眼下这样？为什么非要走到这一步？

他希望他闭嘴。这是最后的机会。

“陛下该用午膳了。”这一次，王景通是对王峻说的。然而王峻仍旧没有停下来的意思，甚至还瞪了王景通一眼。

“……好了，朕知道了。”良久，官家终于淡淡地开了口，“明日就是寒食节，节假之内，卿之所奏，不便即行。待节假一开，就依卿所奏，施行卿所建言的用人方案，好吧？”

王峻脸上有了一点儿笑容，揖道：“陛下虚心纳谏，从善如流，真是臣等的福分！”

王峻如礼告退，往中书省去，办公。

官家面沉如铁，低声对王景通道：“立刻，宣李重进进宫！”

壮士断腕，英雄断肠，帝王……断情。

广顺三年二月十四日。寒食节。

临近午时，正在各自私宅过节的枢密正副使、自冯道以下的新老宰臣们，忽然接到了官家的谕旨：着立即进宫觐见。有人疑惑地向前来宣旨的内侍询问，得到了笑眯眯的回答：“官家想与枢臣们一起过这个节。”

枢密使王峻进入右掖门后，王景通笑容可掬地迎了上去。王峻问官家召他什么事，王景通说，官家念及枢密使及众宰臣素日劳苦，特地赐下寒食宴，在宝慈殿相候。王峻点点头。宝慈殿是经常举行宫廷燕饮的地方。

未几，两人走至宝慈殿前。宝慈殿的大门敞开着，殿内深处不时有内侍走动，隐隐传来调试丝竹的声音。

王景通在殿门口做出恭请的姿势，王峻大模大样地迈步而入。王景通并没有跟入，麻利地在他身后关上了门，然后静静候在殿外。

王峻一愣神，忽然眼前一花，又闻一阵军械相碰之声，不知从何处出现的十数个全副武装的禁卫军士兵团团围住了他。

在禁卫军士兵的后方，李重进浑身甲胄的身影赫然出现。

滋德殿。

官家郭威没有坐在御阶上的御座中，而是坐在了殿中为宰臣所设的座椅的上位。当然，官家坐在这里，宰臣们就不敢坐了。官家的脸色让他们感到不安，可是官家没有说话。

王景通自殿外入内，快步走到官家身边，附耳轻声道："陛下，成了。"

官家郭威点点头，扫视群臣，说道："众位卿家，今日命你们过来，朕有一桩大事要与你们商议。"众臣悄然互视，揖礼待谕。官家的眼中泛起了泪光，"枢密使王峻，已经被朕囚禁于别所了！"

众臣震惊。

官家看着离自己最近的冯道："王峻欺凌朕颇甚，无礼太过！……朕的儿子在外藩镇守，他专意阻隔，想出种种理由反对皇子入觐，害得朕父子两年都见不上一面！……朕对儿子实在想念得紧，暂令皇子到阙，他就心怀怨望，加倍离间！……"说到这里，官家的眼泪滑下脸颊。官家现在只是一个可怜巴巴的父亲了。

冯道忙趋前一步，加意抚慰道："官家切莫伤怀！当爹的想见儿子，那是天下第一大理所当然正经事，他王峻凭什么阻拦！"

官家抹去眼泪，又诉苦道："素日王峻的做派，你们也都看到了。朝廷的官位，原本是国家公器，他却大包大揽，恨不得尽入自己私囊中！历朝历代，岂有像他这样既总枢机，又兼宰相的？不仅如此，他以枢密使之位，又坚持求守重镇！朕被他逼迫不过，不得已将青州授给了他，他又非要从左藏库借出巨量绢帛赴任！虽是前所未闻之事，朕也答应了他。……朕念及布衣旧情，一直任其襟怀，可他仍不餍足，还想一手遮天，独断朝纲！昨日，他又谋求将朕左右臣僚全数替换，以剪去朕的羽翼。……如此目无君主，谁能甘心忍受！……”

众臣听了官家这一番剖白，尽皆愤怒不已，尤其听到王峻竟然暗中运作要替换掉自己的位置，更是心惊后怕，纷纷大骂王峻。他们与王峻积怨已久，素日总是被官家压制着，不许他们太过计较。现下好了，官家带头控诉王峻的跋扈，他们终于可以痛痛快快地翻身了。

接下来，官家命众臣商议如何处置王峻。众臣努力揣摩官家的意思，不知道该让王峻死还是该让他活，生怕轻重高低没有拿捏好，反而得罪了官家。在这样的情形下，有人灵机一动，提到了不久前王峻对赵上交的处置意见：贬为商州司马。

官家默许。

这真是个滑稽的结果。

于是即召翰林学士徐台符等起草制书。未几，制书在御前写就。又着王景通即赴宝慈殿宣制：枢密使、平卢军节度使、尚书左仆射、平章事、监修国史王峻褫落现职并一应爵衔，责授商州司马，员外置。着供奉官蒋光远即时援送赴商州。

坚硬洁白的御道上，一群士兵挟持、推搡着王峻，将他押解离宫。王峻一路挣扎，一路大声呼喊：“我要见官家！我要见官家！你们放开手，让我去见官家一面！”

王峻的嗓音异常响亮，是那种撕裂了的响亮，里面饱含着无法遏制的苍凉和惊恐。

官家郭威默默站在滋德殿大门的雕棂之后，眼看着王峻远去，眼看着他就此从自己的视线里、从大周的政治格局中彻底消失。

他的心被越来越浓重的愤怒、悲哀和失望吞没了。

他试图闭上眼睛，不去看那个挣扎的背影。可是他立刻又睁开了。

这是最后的告别。看一眼，少一眼。

时间回到将近三十年前的那一天。

几个年轻的士卒在草地上嬉戏。他们都只有二十岁上下，人人自命不凡，却又不知如何才能成就功名。他们一会儿樗蒲吆喝，一会儿互相扑打，一会儿又跳起军舞来。在内中最擅长诵唱的王峻的带领下，他们还齐声唱起了洪亮激越的歌儿：

“男儿何不带吴钩，收取关山五十州。请君暂上凌烟阁，若个书生万户侯?”……

玩累了，他们团团坐下来，喝粗淡的水酒。

李琼爱读书,《阃外春秋》就是他借给郭威并担任讲解的。新近他又号称从相书里学会了给人算命。那天，他将在场的十个人都仔细看了一遍。看到郭威的时候，他的目光里闪过了短暂的惊愕。

然后，李琼举起了酒杯：“咱们结义吧！咱们这十个人，前途难料，将来不管是谁富贵了，都千万不要忘了今日的兄弟啊！”

大家都很兴奋，争先恐后拔出匕首刺臂出血，滴入酒中。他们在草地上跪作一圈，齐声向大盟誓道：“苟富贵，毋相忘！若渝此言，神降之罚！”然后，纷纷将这简淡的誓约血酒仰头喝了。

少年侠气纵，交结五都雄。立谈死生同，一诺千金重。

大周皇帝郭威没有忘记草地上的那场盟誓。

然而今天，大周枢衡的王峻时代结束了。

两日之后，官家郭威派遣王殷的儿子、飞龙使王承诲驰赴邺都，向王殷面谕王峻所犯下的罪过及处置结果，以安抚王殷之心，避免他因此受到过强的震荡和惊吓。

当然，这同时也是官家一个隐约的、巧妙的警告。当年草地盟誓的十人之中，有王殷一个。

六二　仙室草庐

广顺三年二月二十三日。仙室山。

仙室山又叫武当山，是均州境内的第一名山，自古为道教福地。仙室山连绵多峰，其中武曲峰的峰腰间有一座草庐，据传乃数十年前一个叫蓝采和的人在此修道时所建，如今被归入七星观产业。

朱雀与廷献、五两一行自澶州离开，已有月余。最初的半个月，他们跟随着高师父及一众师门兄弟姐妹一路南下，边采药，边炼气，历滑州楚丘、卫州朝歌，到达登封县嵩山山脉的南麓太室山，游访了中岳庙。后半个月，因师父要东去访友，而朱雀想南下寻人，故此他们告别高师父，迤逦往西南而至仙室山。他们租赁下了武曲峰中的这座草庐，已经在此居住了四五日。

有了廷献与五两，朱雀的生活方便了许多。其实她从来没有独自出过门，即便上次没带五两，至少也是跟师门众人在一起的。有师父率领，有诸师兄师姐安排，她于行程食宿上全不必操心，只不过生活起居无人服侍、全靠自己而已。

朱雀幼失怙恃寄人篱下，心灵惶恐不安，随时准备着失去眼前的一切。故此，无论物质方面还是精神方面，她从不敢纵容自己奢侈享受，不仅在用度上一向俭克，连婢仆也只用了五两一个。她不敢再拥有，是因为她不愿再失去。而且，她总是想，如果只用一个五两，自己的生活起居就不成问题的话，那么有天即便没有五两了，她也可以一个人过下去——准确地说，是独自生存于江湖。

上次，廷献在瑯琊山大乐观找到她后，他们两人曾在江湖上晃荡了两个月。廷献办事极为勤谨周到，朱雀有了他，就好像有了一整个亲从团。连师门带五两的功能，廷献一个人都兼了，既不觉吃力，也没有任何困扰。故此虽然朱雀偶尔冲廷献发发脾气，其实两人相处甚安。

此番出门，在君怜的再三坚持下，朱雀带上了五两与廷献两个人。这是一个加强的亲从团的规格。排除掉君贵那一大家宅上下人等的干扰，五两与廷献专意事奉朱雀一人，一切唯朱雀马首是瞻，加上又是游山玩水，又不缺川资，这主仆三人的日子居然过得有声有色，似乎回不回到澶州去，倒还真无所谓了。

原本五两就算柔和懂事的，对朱雀身世也十分同情怜惜，主仆二人相处多年，甚是相得。没想到此番廷献比五两更柔和，不仅对朱雀千依百顺，再不忤逆她的意思，而且事事想在她之前，有时候甚至朱雀尚未动念，廷献已经筹划到了。比如这间草庐，原本是三人游山路过，临时起意想入住的。没想到朱雀只露了一句，廷献就告诉她，这是七星观的产业，目前恰好无人赁居，姐儿要住，立时可以去办。

刚出来的时候，朱雀原本还防着廷献，怕他寻机替他主子劝说自己回到澶州去。月余相处下来，却发现他似乎并没有这个意思，似乎自己在外面晃多久，他就打算跟多久，自己如果晃一辈子，他也会没有怨言地跟一辈子。

哼，既然他不露，那他们就不妨继续走下去；几时他忍不住露出了马脚，那他就可以离开自行回去了。

此时，日光圆耀，因有薄云遮挡，在人的感受中只觉和暖，并不刺眼。

朱雀站在草庐附近一片密林外习射，五两在草庐内忙乎家务，廷献一大早下山采买去了。朱雀打从习射以来，总是有一搭没一搭的，并没有按照廷献之前所说，用日日举石锁、每天引射一百支之类的方式进行练习。在家时廷献就不好多管，如今出来了，更不能多说什么。

朱雀刚离开师父那几日，寻人的兴致高涨，每日去街市上、商肆中搜寻青鸾的线索。数日之后，一无所获，情绪便渐渐低落了。及至上了仙室山，日常无事，朱雀便兴起了恢复习射的念头，已经好几日未曾下山游荡了。

“嗖——笃！”朱雀的羽箭射到了远处的一株辛夷树身上。几日练习下来，她的射术似乎有了长进。

“姐儿好箭法！”有人在身后喝彩。不必回头，这是廷献从山下回来了。

朱雀从箭囊中掣出另一支羽箭，也不看他，只淡淡笑道：“是吗？难得陈师傅夸赞我一句。”心情还算好的时候，朱雀会开玩笑地管廷献叫“师傅”，大约是夸赞他有名匠的技艺和精神。廷献听在耳中，却有些哭笑不得。

“姐儿的手腕……”廷献见朱雀摆好姿势，忙过来道，“再往回扣一点……这边……再正一点……还有这几根手指……”廷献认真地指点着朱雀的姿势，纠正她的偏差。

朱雀却不耐烦起来，蓦地将弓箭放下垂到身前，冷淡道：“行了，我知道了。”

“姐儿……”廷献不知自己哪里又得罪了她，小心翼翼地看她一眼，说道，“姐儿想必是练习累了，歇息一下可好？”

朱雀瞥廷献一眼，走到一旁的山石上坐下：“我渴了。”

“小人去给姐儿取水来喝。”廷献说着，忙向草庐门口走去。

朱雀盯着他的背影，若有所思。

“姐儿，给，温热的。”未几，廷献小心翼翼捧着个大陶碗出来，“幸亏五两刚刚烧了水存着，不然喝凉的就不好了。”朱雀不说话，接过水碗来喝了两口。廷献见她没有再喝的意思，忙又接过去，“姐儿还是回屋歇息一下吧？射箭费了力，出了汗，山上风又野……”

“你可真够婆婆妈妈的。”朱雀不由冷笑道，“我看你待你主子，也没这么细致、这么啰唆。……廷献，我说得对吧？”

廷献一愣：“……姐儿这话，小人不知道该怎么回答……”

“好，又装傻。……是你主子教你这样待我的吧？”

“姐儿这是什么话？姐儿也是小人的主子，难道没有大姐儿吩咐，小人便不会好好事奉姐儿了吗？”

“哼，不必强自解释了。我知道是你主子吩咐的，要你万事顺遂我的意思。如此这般，你宠坏了我，我就离不开你了；她宠坏了我，我就离不开她了。是不是？”

廷献默然片刻，低声道：“……姐儿何必做如此想？”

朱雀不语，心虚而烦躁。因为，她发现自己已经着了他们的道儿。如果现在廷献离她而去，她已不可能再像以往那样事不关己、无动于衷了。

有待是对清修最大的羁絷。一招不慎，就会破了修为。

她的防御本来就不够坚实。她的心被十几年的姐妹之情泡得太软，还来不及生出坚甲来抵挡和抗拒。从前，她以为她只需抵挡君贵一个人就够了，现在才知道，连君怜，她也是要一并加以抗拒的。时移世易，不知不觉间，她已经被抛在了——准确地说，是自我放逐到了——君怜的世界的边缘，可笑她还一直以为情势不至于发展到这个地步。

他们的世界，她无法融入。他们的家，不可能同时也是她的家。以往那样美好酣畅、交付全部心灵的金兰时光，是永远不可能再有了。这不是君怜的错，甚至也不是君贵的错，她不知道是谁的错，所以只能是自己的错。

她不附俗情，不肯被纳入世间规则为她预造好的窠臼与轨道中。她知道自己所选择的，是一种孤绝的命运。她理当承受。

但最要命的问题不在这里。最要命的问题是：已经到了这个地步，她竟然还是无法离开。

只不过赌气出来了一个多月，只不过想想那种就此远别的可能性，她就慌了神。她的心，惶恐到紧缩，痛苦到抽搐。她甚至没有勇气去面对余生。所以，廷献尚且不动声色，她却先自乱了阵脚。她知道自己已然输了。

“姐儿，”廷献见她久久不语，小心问道，“姐儿是不是感到不适？小人扶姐儿回去歇着吧？”

“不必了。”朱雀勉力平静了心神，语调平平，“廷献，我且问你，你下山去这一趟，得着了些什么？”

“小人……去买了些米面蔬果、油盐酱醋，还买了一斤茶叶，买了几匹细布——五两说，要将屋内的床榻重新铺设一番……”

“嗯。”朱雀不错眼地看着他，“除了这些，你就没有别的什么跟我说吗？”

“别的？”廷献垂目，轻声重复。

朱雀似笑非笑：“澶州在此地的密谍……难道没有告诉你什么新的消息？”

廷献一愣。默然片刻，他方道：“姐儿既然问到，其实，的确有个消息，小人应当上禀姐儿。”

“嗯，说吧。”

“最新的朝报上说，原枢密使王峻被贬了官，远远地外放了。”

朱雀陷入沉默。

出乎意料地，廷献没有看她，也跟着陷入沉默。

良久，朱雀轻轻叹口气：“……廷献，你想过吗，翚娘将来会去到哪里，会成为什么人？……”

廷献看着朱雀，欲言又止。

朱雀自嘲地一笑：“呵，我以为我能与她相伴一生的……现在才明白，这种痴顽念头，终究会是一场空。……廷献，我要学会独自生活。”

廷献心下大惊，忙安慰道：“姐儿何出此言？大姐儿无论去到哪里，日常总归是要跟姐儿在一处做伴的。”

朱雀的眼中泛起了泪光：“‘吾所以有大患者，为吾有身。及吾无身，吾有何患？’……廷献，她要去的地方我不想去，她终究会成为的那个人，与我相距太远……”

“……姐儿……这是什么话……”

“王峻已经被扳倒，我能与她相处的日子，也不多了……”朱雀看着廷献，终于下定了决心，“廷献，走吧，咱们立刻回澶州去。”

生别离，生别离，别离就在前方活生生地等着她们。悲莫悲兮生别离。

只一瞬间，她的孤独，以及对于孤独的彻骨恐惧就压倒了她。她不顾一切地想要回去，回到君怜的身边。就算这样的回归不啻于飞蛾扑火、饮鸩止渴，她也宁可在火焰中尽情地燃烧成一堆灰烬，在剧毒中爽快地溶化掉一腔肝胆。

至少，这样就不必去面对下半生的孤苦了。

翌日，三匹快马从均州的官道上向北疾驰而去。

澶州镇宁军治所。后苑。晌后。

君怜坐在院中特地为她搬来的软椅上，看东方氏等带着观音在花树间玩耍。观音已经十一个月了，能够轻而易举地叫出妈妈，还会叫几声阿孃、阿爹，偶尔还能独立走出几步。

观音的涓滴成长都令君贵夫妇喜不自胜。

春日迟迟，卉木萋萋。芍药与蔷薇竞相怒放，将观音的小脸蛋映照得分外娇嫩。

采儿从外间急急跑过来：“夫人，夫人……”

大约是在诞下观音后，君怜从符家带来的那些元随，也渐渐跟着大伙儿一起改口管君怜叫“夫人”了。君怜花了一点儿时间来适应这个变化。她原不欲他们改口，可她是这个家宅的主母，主母要有主母的仪度。倘若坚持让元从们与别的婢仆区分开了称呼自己，这对后者是不公平的。再说又有了观音，“姐儿”这个位置，总得为观音腾出来。至于朱雀，称呼她“姐儿”的人本来就少，就算在一段时间内继续称呼下去，也不打什么紧。

君怜微微蹙起眉头看着采儿。采儿久在她的治下，如此不从容，倒也少见。“怎么了？”

“廷献……廷献回来了！”采儿带着点笑意回报道，微微喘了两口气。

“什么？”这下轮到君怜惊讶了。廷献跟着朱雀出去，才不过月余啊。君怜本来早做好了心理准备，没个三月半年，他们是回不来的。“……他人呢？”

一语未了，廷献已经匆匆步入院中。

“廷献……”君怜站起身，不由自主紧张起来。

廷献忙向君怜下拜礼道：“小人见过姐儿。”

“你怎么回来了？権娘呢？”

“権娘子和五两都在后面，小人马快，先回来报个信儿。”

“怎么……这次怎么这么快……”君怜疑惑道。

“姐儿，権娘子说，要回来与姐儿多多相处。”廷献努力带上了一点儿笑意。

君怜的心“咯噔”一下，这句话背后的意思让她心惊。她看着廷献，廷献也看着她。他们都明白对方意识到了什么。

“廷献，少时你再向我细细回报这是怎么回事、権娘到底跟你说了些什么。”君怜整顿辞色道，“目下，咱们先去治所门口迎她。”

军治大门口。君怜率廷献、承璋等数人候在此处。

马蹄声近，朱雀与五两来到眼前。“榷娘!”君怜绽开笑容，迎上前去。廷献、承璋忙将朱雀接下马来。

朱雀站定，掀起帷帽的面纱看着君怜，浮起一个平静的微笑：“翚娘，你还好吗?”

君怜拉着她的手：“我很好，只是着实挂念你。榷娘，你去了这么久，可曾挂念我吗?”

朱雀轻轻一笑：“这问的是什么傻话?”

君怜自嘲道：“本来我就是个傻子。走，咱们进去说话，我亲自给你点两盏茶喝。”

朱雀跟着她往里走，忽然没头没脑来了一句：“翚娘，这次我没有给你带礼物回来，真是对不住了。”

“啊……没有礼物呀？连观音也没有礼物吗?”

“嗯，没有，对不住。”

“那么君贵就更没有礼物啰?”

“嗯。”

“连好诗、长短句、曲文之类的，都没有替我抄回一些来吗?”

“嗯，没有。”

君怜不说话了。她不是为了没有礼物而失望，她只是感受到了某种东西，某种非常要紧的东西。朱雀其实是个周到的人，大节上从来不会失误。她没有带礼物回来，只能说明她没有时间准备礼物。她的决定做出得太突然、太迅速了。

片刻，君怜温言道：“朱雀，没有礼物也无妨，谢谢你肯回来。”

六三　尺牍存想

东京。大内滋德殿。

官家郭威轻松坐在御阶下座椅中，正欣赏着两枚国宝玉玺。冯道、郑仁诲等三四个近臣围坐在一旁相陪。

传国玉玺这个物事，最初起自秦始皇。当年他命丞相李斯以和氏璧制作而成，篆书“受命于天，既寿永昌”几字，以后历朝历代颠沛传承，尊为国之至宝。尤其改朝换代时，凡欲登大位君临天下者，在登基前必然千方百计寻获此宝以为加持，否则就有符应未显、神器未授、君位不定的遗憾和隐忧。汉末，东吴孙坚在洛阳皇宫建章殿侧的深井中打捞出传国玉玺私藏，为此得罪天下讨董诸侯，并与诸侯盟主袁绍撕破脸皮，最后也因这玉玺而亡。

后世史家之所以认定五代为正朔皇朝，而十国（或曰十一国）均为僭伪，除了因为五代的都城和领土所据的是中原故地外，还有很重要的一个原因就是：玉玺是在这条线上传承的。

然而到了后唐末期，石敬瑭争位，许地称儿，引契丹兵直入洛阳。后唐末帝李从珂（清泰帝）知道大势已去，便怀揣国宝，与皇太后曹氏等一起举族自焚于元武楼，传国玉玺从此消失。

石敬瑭建立后晋，让人重制了一枚玉玺充作国宝。开运末年，契丹人直犯京师，后晋少帝（晋出帝）石重贵无奈将这枚新的国宝献给契丹主耶律德光。耶律德光拿到玉玺后，发现它与典籍所载的秦始皇玉玺相差甚远，愤怒质疑，晋少帝吓得上表好一通解释，还拉来左右臣属做证，说明自己不敢欺骗“祖父皇帝”。于是，这枚新国宝便被契丹人带走，流落草原，入了异族之手。

取代后晋而起的后汉刘知远、刘承祐两帝，御宇时间都很短，都来不及别制国宝。

大周皇帝郭威接受汉禅，名义上是受“符宝”登基，实际上并没有传国玉玺，只有命册。郭威登基后发布的包括追封圣穆皇后在内的诸多重大封诰，也无法加盖国宝之印。因此，大周的国宝问题，目下已经是一个亟待解决的大问题了。

早前因有臣属提出，清泰帝自燔时，传国玉玺有可能并未烧化，尚在人间，郭威便也曾命人四处征索。自然没有任何结果。皇帝郭威心知秦皇御玺不毁的可能性几乎为零，便也不再执着于此，亲自挑选了内库中两块顶级美玉，诏命中书令冯道亲书宝文两则，一曰“皇帝承天受命之宝”，一曰“皇帝神宝”，并监制完工。

今日，冯道呈上了新制的国宝，皇帝郭威便拉了几个近臣一起观赏。

新国宝一枚以和田玉雕成，螭虎纽；一枚以蓝田玉雕成，蟠龙纽。玺身四寸见方，温润透糯，篆文格峻锋敏。官家摩挲良久，甚惬心意，又递给群臣传观。群臣赏罢，也是一片颂赞之声。官家大悦，命内侍备好朱泥与御笺，自己饱压丹脂，亲自在御笺上启动了新国宝的首次正用。

“皇帝承天受命之宝”。“皇帝神宝”。两个鲜红的大印稳稳烙压在两张空白的白麻御笺[1]上。

殿中群臣再次称道赞叹。官家郭威笑逐颜开，命内侍呈上茶水与细点。君臣又相叙些朝内朝外闲杂琐事，尽欢而散。

---

① 其时，白麻纸是用以书写重大诏命的专用纸张。

只有郑仁诲，被官家的一个眼神留了下来。

“陛下？”待众人走散，郑仁诲忙近前揖礼询问。

“日新啊，”官家郭威含笑开口道，“这大宝盖上了，又是启用的第一道印，咱们总得拿它颁布点什么吧？”

“陛下说得极是。”郑仁诲忙笑道，“这是国宝，可不是说盖就盖的。——陛下要下什么诏？臣不才，愿斗胆替陛下拟文。”

“呵，不必你来拟文，朕亲自写。”郭威说着，走到桌案前，意味深长地看他一眼，“朕要你即刻去宫城左近寻一处大宅院，重新修整装饰，以备大用……”

郑仁诲目光一闪，肃然应喏：“臣遵旨！”

官家郭威提笔，迅速在盖有“皇帝神宝”的那张御笺上写下两行字。写罢，自己看着诏书笑了起来：“只是寻一所宅院，却动用了朕的第一个宝印。你说，朕是不是过于小题大做了？”

郑仁诲心下雪亮，含笑道：“那要看这宅院是为谁而寻的。倘若是为值得的人，那就不仅不是小题大做，反而是恰如其分了。”

郭威瞥他一眼，颔首道：“聪明。”

他将写好的诏书递给郑仁诲，又指着剩下那张加盖了“皇帝承天受命之宝”的空白御笺笑道：“这张也得教他们收起来，朕将来也有大用……”

澶州。军治后苑。夜。

君怜与君贵在灯下相伴闲话。君贵逐一擦拭着“惊风”、“斫雪”与“侵霜”三把宝剑；君怜则在亲手替观音绣件新的小肚兜，以备今夏穿用。

自从王峻被扳倒后，君贵的心情就好了很多。虽然十几天过去了，京师那边并没有更多的动静，但君贵却并不着急。该知道的，他都已经知道了。现下他所能做的，就是耐心等待。

君怜这次妊娠，仍旧有些害喜，但因为有了孕育观音的经验，知道该选用什么，该避开什么，该当心什么，所以情形比上次有了些改观。比如此时，她蹙眉犯恶心，君贵便立刻叫人给她端了盏酸梅汤来，喝一口压压。

君怜喝罢酸梅汤，君贵关切问道："怎么样？好些了吗？"

君怜点头，微笑道："果然还是朱雀调制的汤水更可口些。"

君贵道："你们多年姐妹，她自然熟知你的口味。"

君怜道："也不尽然。唐妈妈比朱雀跟我在一起的年头更长，她调制的汤水就没有朱雀的适口。依我看，还是朱雀本身有种奇特的本事。"

"哦，什么本事？"

"我也说不上来，我只是觉着，她就像是我的福星一般。你看，她出门去了一个月，我的身子就有各种不适；待她一回来，我头也不晕了，肠胃也不怎么难受了……还有，上次她说头胎会生闺女，说得多准啊。她似乎知道好多事情……"

君贵点头笑道："那倒是，上次我只当她是玩笑，没想到竟然真的算对了。——这次你没再让她算算吗？"

"还没来得及呢。"

"那你可想着此事。"

"嗯。"

君怜因又笑道："哥哥，我有一件事要跟你商量。"

"好啊，什么事？"

"我想让朱雀做咱们孩儿们的义母，你看可好？"

"义母？"君贵一愣，"可是……可是朱雀还没出阁呢。"

"那打什么紧？对外只称'姨'就好了嘛。她若是一辈子不出阁呢？有晚辈总归不是坏事。何况她慧心别具、法眼独张，用来保佑保佑咱们孩儿，也是美事一桩。"君怜笑道。

"好吧，你若是觉得可以，就可以呗。不过……朱雀自己会答应吗？"

“嗯……哥哥去跟她说，她想必就答应了。”

“什么，我去说？”

“对啊。”

“她一向不爱搭理我，我才不去碰这软钉子呢。”

“碰钉子也得由你去说啊。你是家主，又是孩儿们的爹，你求她做孩儿们的义母，她不好意思拒绝的。”

“未必吧？你家朱雀是什么人哪，何尝把我这所谓的家主放在眼里过？”君贵不免自嘲道，“她若是偏要拒绝我呢？”

“你就诚心诚意再求她，她总不好意思拒绝你两次嘛。”君怜仍旧笑意盈盈。

君贵奇道：“为什么非要我去求她？她若不愿意做就算了，何必勉强？何况，要求，也是你去求更合适。就算她拒绝你，你们是金兰姐妹，总不至于伤了颜面。”

君怜笑道：“原来哥哥自己的颜面，比孩儿们的福佑来得更要紧些……”

君贵不服道：“这是什么话？你知道我自来不爱求人，何况是去求你的姐妹……”

君怜微微叹口气：“你们两个……真是教人头疼。哥哥，我且问你，倘若我想让朱雀永远住在咱们家里，你会不乐意吗？”

君贵不假思索道：“不会啊，一切随你的意思。”

君怜点头：“这就是了。哥哥，朱雀的脾性，你也知道，现下她大概觉得自己在咱们家不受待见，所以，想走呢……”

君贵惊讶道：“这是从何说起？我……我没有说过什么吧？”

君怜含笑不语。

君贵愈发百口莫辩：“……她跟你说的？说我不待见她？……苍天有眼，我……我几时正经跟她说过什么话啊……君怜，素日她怎么欺负我、怎么甩脸子给我瞧，你都看到的啊……”

君怜“扑哧”一声笑出来：“知道知道，朱雀就是那样的，哥哥受委屈了。可是，她面上冷，心里软，脸皮尤其薄。现下她认定咱们不待见她了，你说这可怎么办呢？”

“……所以，你就要我去请她给孩儿们做义母？”

“对啊。”君怜恢复了谈正事的表情，“我想让她感到自己是这个家真正的一员；我要在这个家中，再多给她一重身份。……哥哥，你仔细想想，这事儿究竟咱俩谁出面去说，会比较好呢？”

君贵略一沉吟，点点头：“噢，这我就明白了。”

见君怜仍旧一副正儿八经的模样，他不禁揶揄道：“得了，快别一脸官司了，松松心吧。既然夫人有命，在下敢不鞍前马后，舍了脸皮去为夫人办吗？”

君怜得他爽快应喏，心下大慰，便也开起了玩笑：“那么就有劳太傅大皇子屈尊俯就了。异日事成，小可另当拜谢。”

君贵含笑道：“拜就不必了，谢点别的吧。”

翌日。日昳光阴。治所后苑。

君怜与朱雀在蔷薇花树下赶围棋。君贵从衙署归来，径入院中来看她们。

君怜含笑道：“哥哥今日回家这么早？”

君贵点头：“今日前头没什么大事。”说罢，悄悄向君怜使个眼色。

君怜会意，起身道：“正好我要回屋一趟，哥哥来替我下几手，好不好？”说罢，也不待他们回答，径向内室而去。

这里朱雀便也掷棋站起身来：“我也回屋去。”

“呃……権娘子请留步。”君贵忙说道。

朱雀一愣，果然停下：“……大皇子有事？”

“呵，听说这次権娘子出游，又拜访了不少道家宫观。我正想着，几时请権娘子给讲讲沿途见闻呢……”君贵笨拙地绕起了圈子。其实，之前他与朱雀之间，一度也曾接近到可以当面称呼她闺名的程度，可是听了君怜说她想走的话，君贵便不敢简慢，少不得又把从前的敬称拾起来，以免朱雀多心，感到自己“不受待见”。

朱雀一脸疑惑：“大皇子想听哪间宫观的情形？想听什么事？”

“呃……都行，随你。”

朱雀收起疑惑，静静地看着他：“……大皇子是有别的事吧？”

“呵，”君贵尴尬地笑了笑，“的确也是有点别的事……”

“大皇子有何事，请但讲无妨。”

“呃，是这样的……権娘子一向妙悟法理，参得透世间诸多玄机，所以，我想着，不知道你能否……呃……能否做观音的……义母……？”虽然已经放在心里斟酌良久，可是话由自己嘴里这样说出来，还是显得非常突兀。妙悟法理跟做别人的义母之间，到底哪里有半分关系？话音未落，他已经为自己的词不达意而汗颜了。

朱雀果然感到了惊讶：“什么……你让我做什么……”

“嗯……观音的……义母。”他愈发尴尬，不由挠了挠头。朱雀毕竟是未出阁的女儿家。

朱雀饶有兴味地看着他：“大皇子这话，当真教我不知该如何回答才是。”

“观音喜欢你……最初她是男是女，还是你判定的呢……你若肯做她的义母，她想必能够长得十分健壮，长命百岁……”君贵颠三倒四地解释。

“……观音喜欢我？”

“对啊，她都已经会叫‘姨’了，你出游期间，她天天叫你好几次呢。”

朱雀不由一哂：“呵，君怜教她的吧？”

君贵见朱雀并未像自己臆想中那样冷着脸断然拒绝，心下大宽，言行便渐归自然，笑道：“对对，君怜常常教她念叨‘雀姨’。”

“哦……这做义母什么的，也是君怜的意思吧？”朱雀挂上了似笑非笑的表情。

君贵本不打算遮掩，听朱雀直言，便坦承道：“是君怜的意思，也是我的意思。”

朱雀不语，转目看向正房的大门。也许，君怜正在屋内，透过窗格看着自己。

君怜真是苦心孤诣。其实何必呢？应该早点儿看开些。无为，则无败；无执，则无失。

各种彼此矛盾的念头在朱雀的内心激烈交锋。既想靠近，又想逃避；既想回来，又想远去……一切的一切，皆因她无处亦无法安顿自己这颗永恒孤独的心。

“真是有劳你们……用心良苦。”片刻，朱雀勉力露出了一个微笑。

“那么你是答应了？”君贵追问道。

朱雀举步向自己的东厢房而去，留在身后一句话：“……好，我答应。”

晨间，日中，后晌。客堂，院中，东厢房。

朱雀与东方氏等几个仆从一起用各种小玩意儿逗观音玩耍……朱雀牵着观音的手，让她走得更顺利、更稳当……朱雀将观音拘在一张圈椅中喂她吃饭，观音略作反抗便罢休，挥舞着手中的拨浪鼓，对朱雀笑了一笑，咿呀几声……

经过几天的实践，朱雀看起来已经颇有“义母”的风范，而不仅仅是“雀姨”了。朱雀发现，原来自己并不讨厌小孩子，也不讨厌带小孩子。

这让她感到一点点惊讶。从前在符府，君怜的那些弟弟妹妹，她就完全没有兴趣去照顾和教导。所以，在他们眼中，她是一个高傲古怪的义姊，有的时候显得和气，有的时候呢，唉，还是躲她远些的好。

广顺三年三月初三，上巳节，女儿节。

从前在闺中做女儿时，君怜常与朱雀等众姐妹在这一天结伴去城郊踏青游玩。目下因君怜有孕未久，担心胎气不稳，便放弃了郊游的计划，改为在家静养，只教唐氏、东方氏、廷献等将观音带到淇河边去，看别人家小女儿嬉戏。

上巳节踏青是古俗，君贵从俗因循之，也给衙署众人放了假，让他们各陪家属自便。然而他自己并不休息，衙署总有各种事情等待他处理。为公事而忙碌让他感到充实。

晌后，一道诏令抵达澶州。

镇宁军军治后苑。

晌后的阳光带着晚春的香味。院中所有的叶片与花萼上都闪着细碎的光芒，与高空的骄阳遥相呼应，是一派万佛朝宗的景象。

书房中，君怜与朱雀似乎已经恢复了关系。如同过往十几年中无数次出现过的情形那样，她们并肩坐在书案前。今日，她们研究的是几张行书尺牍。

符氏一门雅好行书，府藏晋代瑯琊王氏真迹多幅。君怜与君贵成亲之际，淮阳王符彦卿将其中几幅重宝赠予爱女作为嫁妆。此刻君怜与朱雀共赏的王羲之《平安帖》《姨母帖》《快雪时晴帖》，王珣《伯远帖》等，便都是随嫁而来的。

仆从尽退，趁着君怜潜心向学不会召唤，自己到外边候着，好寻机眯个盹儿。君怜与朱雀两人赏玩、议论了一会儿，便对坐下来，各取一帖，铺陈了笔墨纸砚，加意小心临摹。

《姨母帖》是王羲之惊闻自幼敬爱的姨母去世噩耗时所写的短信:“十一月十三日，羲之顿首、顿首。顷遘姨母哀，哀痛摧剥，情不自胜。奈何、奈何！因反惨塞，不次。王羲之顿首、顿首。”朱雀喜欢它行中有隶的古拙，大约也喜欢其哀矜忍痛的语意，便选了它反复临摹。

君怜则选了《平安帖》。《平安帖》也是王羲之的短信，可是内容要轻灵得多，只讲文士雅集：“此粗平安，修载来十余日，诸人近集，存想明日当复悉来，无由同，增慨。”君怜将这短短二十来字临摹了一遍又一遍，渐得其妙。

正临着，君贵脚步轻快地走进来。君怜与朱雀均转头看看，以眼神打个招呼，又顾自埋首临帖。君贵见无人理睬自己，便径走到君怜身后，轻声问道：“君怜，你在写什么？”

“临帖。”君怜停下笔，微笑着指给他看，“王右军的行书尺牍，哥哥看看，我临得可有一两分个中滋味了？”

君贵随便一瞧，便笑着摇头道：“还不够好。”

“哦？是哪里不好，哥哥指给我看。”君怜忙道。

“这里。”君贵说着，便俯下身来，左手撑着书案，右手连君怜的手带毛笔一同握了，重新去临“存想”二字。

因朱雀就在对面，君怜有些尴尬，略挣了一挣：“哥哥，我让你坐在这里好不好，你好生写……”

君贵不理，认真握住她的手临了两遍“存想”，方道：“这两个字，要略有些刀剑之气才好，你写得太柔了。”

“那么我再琢磨琢磨……”君怜试图将自己的手抽出来。

君贵不放，反而笑一笑，握得更紧了：“你不习武，我来教你如何写出刀剑之气……”说着，便不由分说，握着君怜的手又写那“存想”二字。君怜挣扎不脱，只得由着他。

两三遍写过，两人耳鬓厮磨，当丈夫的，态度不免就狎昵起来。

“哎哎，朱雀在呢……”君怜红了脸，小声嗔道。

君贵看朱雀一眼，一本正经向君怜道：“打什么紧？朱雀又不是外人。”

朱雀停了笔，又是好气，又是好笑。有心嘲讽几句，可这是在人家内宅，不能说人家言行有什么失当，总是自己多余罢了，便板起脸道："可我也不是你们的内人。"说罢放下笔，也不再看他俩，起身拂袖，径自走出门去。

"你瞧瞧你……把人家给臊走了……"君怜嗔道。

"谁教她素日老是欺负我？哼，咱们气气她。"君贵理直气壮地说着，一面便又握住君怜的手，忍笑在纸上空白处写下拳头大的一串字：咱每氣氣他[①]。

大约是被欺负太久，胸臆中积蕴的气势太足，这几个字写得简直金钩银画，气吞万里如虎。写罢，君贵停笔悬翰，自己细细欣赏，赞叹不已。

君怜哭笑不得，着恼道："看看！我临了半天的一篇字，原说尚有几个可取，值得留存下来的，生生被你给毁了……"

君贵笑道："打什么紧？大不了，改日我临一篇还你就是了。"

君怜扭过脸细看君贵："我明白了，你今日就是故意来捣乱的……瞧这满脸的坏笑……我来猜猜，是前头有什么好事吗？"

"猜对了。"君贵含笑道，"父皇有诏令到了。"

君怜的双目欣然一闪，也不说话，只等待他的下文。

"……父皇诏我后日抵京，直入宫城觐见。"

---

① "咱每"即"咱们"。又，其时，"他"字指代的对象男女皆可。

六四　晋王殿下

广顺三年三月四日，皇子荣率部从驰抵京城。是夜，歇宿于东京驿馆。

三月五日，晨。皇子荣依皇命直入大内，于滋德殿外告进。

这是皇朝建鼎以来他第三次入觐朝阙。第一次，他结束了为后汉隐帝的服丧，在经历了八十一天的暌隔后见到父亲之面，领受了镇宁军节度使并澶州刺史的职位；第二次，他趁着王峻出京巡视河工之机请求入觐成功，在两年零九天之后见到父亲，与父亲纵论天下大事，并郑重提出了回到京师、回到帝枢、回到父亲身边的请求。

五十天之后，今日，他第三次归来。

他又激动，又冷静。

滋德殿的大门为他打开，王景通恭敬礼道："大皇子，请。"他点头，稳重地迈过门槛向殿内走去。

出乎意料地，这次父亲没有在御座上等他，父亲就在御阶之下，负手长身站立。父亲双鬓斑白，容颜沉着，像一尊经年累月伫立山巅、望儿归来的石像。

"父皇！"尚未走至父亲跟前，他已经心酸不已，忙下拜道，"儿臣叩见父皇。"

"起来。"父亲平静地说道。

他依言起身，勉力压制住心中的狂潮，凝视父亲。出乎意料的是，父亲的眼中泪光晶莹："荣哥儿，爹为你……铲除了一块大石头。"

"……儿子明白。"君贵的心头一紧，"儿子……儿子不知该怎么感谢爹的恩德……"

"回到爹身边就好。不要辜负爹的信任，不要辜负……这块被铲除的石头……"

他认真看着父亲，感受到了父亲对于王峻深久的痛惜。他肃然应道："遵命！"

父亲展颜一笑："……荣哥儿，不光是爹，整个皇族，整个帝枢，整个臣班，整个京师，整个大周皇朝……都在欢迎你的归来……"

一刹那，他热泪盈眶。

他终于回到了父亲身边，他终于进入父亲所着手进行的这个伟大事业的核心部分。

是日，天子诏下：以皇子澶州节度使荣为开封尹兼功德使，封晋王；又，进封皇子妇太原郡夫人符氏为蔡国夫人。仍令所司择日备礼册命。

这道诏令很特别，它由皇帝本人亲自书写在事先盖有"皇帝承天受命之宝"玺文的空白麻笺上，再交由中官以内府绫缎裱褙。在皇朝所诰敕的所有绫旨中，它是独一无二的。

翌日。风和日丽。

宫城左掖门外。报慈寺街。晋王府。

宣徽北院使兼枢密副使郑仁诲引君贵一行在晋王府门前下马。这就是他之前奉命找寻并重新整饰一新的大宅院。这座宅院的旧主是国朝初期以太子太师致仕、进封为左卫上将军的前朝老将宋彦筠。三个月前，宋彦筠举家离京返乡安度晚年，将这大宅放给经纪牙人出售。此宅占地甚广，宅中建筑园林颇费过功夫，因此售价不菲，一时半会儿也没找到合适的买家。正好郑仁诲奉命购宅，一眼便相中了它。

一应购宅整修所费，官家降谕由内库支付，不花国帑。郑仁诲对这宅子的新主人将会是谁心知肚明，接了这道谕旨，体会出官家决意用私房钱为唯一的儿子置办宅邸的心意，愈发上心。宅院接手之后，他在整饰上运足了心思，既要符合皇族的仪度，又不能过奢招致官家反感。权衡设计之下，便呈现出了今日这般既雍容又疏阔的景象。

曹瀚、林远等部从早已纷纷从马上跳下，好奇地看着眼前这座朱门髹金、壮丽恢宏的大宅院。宅院门楣上的匾额是新挂上去的，匾上“御锡晋王府”几个大小金字，是官家指定由冯道秘密手书、由郑仁诲秘密督造的——在进封的诰命正式下达之前，有关皇子的人事安排属于皇朝机密。用“御锡”二字，而不用“诏建”“诏造”之类的字眼，也体现了这座王府所独受的恩宠。

“殿下，请随臣进来，慢慢从细观看。”郑仁诲满面笑容，恭敬地示意道。

自从进封的诰命公诸世间，所有的臣僚部从便都改口管君贵叫“殿下”了。事实上，并非所有的皇子都有资格被称呼为“殿下”。历朝惯例，能够被称呼为“殿下”的只有三个（类）人：皇太后（含太皇太后）、皇后、皇太子。也就是说，皇子之中，只有太子才能被称作“殿下”。大周的臣属们以“殿下”称呼君贵，意味着他们已经将君贵视为皇太子、视为官方认定的储君了。

君贵并没有被正式册立为东宫，臣属们这么看，除了因为大周的皇嗣之位根本没有别的竞争者之外，更重要的，是因为“晋”这个封号的含义非同小可。

在五代时期，“晋王”不是一个会被随便赐封的王位。

理论上，王号中常以“秦”居首，在多数朝代“秦”的位次都比“晋”靠前，因为秦国是最终统一中国、建立大一统皇朝的战国七雄之最强者。而且，五代军阀普遍崇拜的唐太宗在继位前也是“秦王”。不过，具体到当时的政治、文化语境中，“晋”却有着比“秦”更特殊、更靠前的地位。

这是因为，五代时获封“晋王”的几个人都是当时的大能者，远比同时代获封“秦王”者的名声、功业要强大得多，所以在当时朝野心目中，“晋王”就逐渐具有了神圣的强悍意味。比如，后唐的实际开创者、后来被追封为武皇的李克用就是“晋王”；他的军神儿子、后唐庄宗李存勖也是“晋王”；再后来，石敬瑭也是先被辽人封为“晋王”，再进封“大晋皇帝”的。

另一方面，从皇位的实际传承情形也可以看出，获封“晋王”的，后来都成了皇帝（或者被追尊为皇帝）。所以，“晋王”同时又兼具了皇储的尊贵意味。

强悍而尊贵，这就是皇子郭荣被加封的王号为“晋”的原因。

早前齐王高行周薨逝，朝廷为他议赠，官家郭威把理论上居首的“秦”王给了他，而刻意留下了“晋”王之号。那时朝野上下就心知肚明，“晋”这个王号官家是给谁留着的。

以最重要的皇子出任开封尹，也是五代时期的一个传统。这就等于将帝都政务大权交到嗣君手中，算是皇帝对嗣君在继位之前的栽培锻造和实政演练。比如后梁太祖朱温登基之初，就以皇子朱友文为开封尹；后晋高祖石敬瑭，以皇义子石重贵（后来继位）出任开封尹；后汉高祖刘知远将此位授给了长子刘承训；即便在汉隐帝刘承祐时期，刘承祐虽年轻无子，却也将开封尹之职正授给了皇弟刘勋。只有在皇家子嗣实在不成熟、无人可担当开封尹大任的时候，这个职务才会由外臣如王瓒、桑维翰、侯益等担当——而且到了后来，外臣就不再能除授开封府尹的正职，而是挂以“权知”之名。

所以，皇子荣此番返京后被任命为开封尹，符合五代时期的这个传统，没有任何悬念。

至于功德使，这是一个荣衔。功德使本身是宗教方面的主官，总管僧尼、道士、女冠等的名籍和功役。其时佛道并行，信徒甚众，宗教具有令朝廷不可小觑的精神力量。以皇子兼任功德使，不仅是从朝廷正命的角度肯定宗教的存在意义，确保宗教的发展不与皇权发生冲突，也有以宗教为皇家求得福佑的意思。

今日，郑仁诲引领着君贵主从在晋王府中转了一大圈，将房屋园林逐一看过，又回到客堂中，方笑道："臣见识有限，即便竭尽全力，也只能将王府修整到这个模样了。倘若有哪里不周到、不合殿下的心意，还请殿下示下。趁着蔡国夫人和皇孙女尚未迎接到府，臣立时叫工匠们整治，完全来得及。"

君贵笑道："郑北院说哪里话来！这座府宅恢宏壮丽，远过所期，我只恐它过于奢侈，伤了朝廷俭素之德，岂有不周到之议？郑北院用心至殷，用力至勤，也真是辛苦了。"

两个人又客气几句，郑仁诲见晋王再没有别的话说，便道："倘若殿下没有更多吩咐，臣就先告辞了，好教殿下在府宅内歇息歇息。"

将郑仁诲直送出大门口后，君贵走入影壁内。面对着花树繁生的庭院，他深吸口气，在石阶上坐了下来。

曹瀚等互相看看，上前道："殿下想是累了？臣等替殿下搬了杌凳出来坐着晒晒太阳可好？"

君贵摇摇头。见部从们全都侍立一侧，个个摩拳擦掌、面带兴奋，便笑道："这里没外人，你们也不用站着了，都坐下吧。大好的府宅，大好的花木，大好的天气，你们也享受享受……"

孙璘原本是个爱玩耍的，见主官倡言"享受"，正合己意，忙笑道："殿下如此好兴致，要不臣去叫些酒菜到这里来用？也算是我们哥儿几个替殿下暖宅了。"

林远听孙璘如此说，便嘲笑道："嘿，瞧你出的这是什么馊主意！晋王府第一宴，还号称暖宅呢，却放着屋里好好的桌椅不用，反而要在这里野餐？倘若日后被夫人知道宅子就这么马马虎虎地给‘暖’了，怕不会着恼吗?”

君贵不禁一笑:“夫人不会着恼的！孙璘说得对，新宅第一宴，咱们就在这里吹着风，赏着花，吃着肉，喝着酒，岂不是最好？孙璘，这事儿就交给你，好酒好肉，尽速去置办。对了，钱可够吗……”

曹瀚、邓锦俱欢快道:“够，够，臣等这里还有!”“有的是呢，殿下不必操心。”

君贵的俸禄，常年放了一部分在亲随部将手中，以备他们腹心小集团的各种私下用度。曹瀚、邓锦都会算账，便担当起了管理的责任。君贵自己是不操心的，只是偶尔问问还有没有，还够不够。

这也算是历代名将带兵的一个传统。好的统帅，总要将俸禄薪资的一部分甚至大部分贴补给部下将卒。远的不说，后汉启祚之君刘知远、后周启祚之君郭威，都是这样做的。当然，像君贵这样建立一个亲随小金库，则是更进一步的做法。

晋王府的暖宅第一宴，就这样以大皇子及其左右部将在宅院中野餐的方式举行了。有酒，有肉，有菜蔬，有果子，有军歌，有嬉舞，有投壶，有相扑，有欢声笑语，还有酒酣之后，大家没上没下搂抱在一起、莫名其妙的号啕大哭……

跟对一个主官，对任何一个需要在官场中打滚的人而言都是那么重要；而对于一员战将，这样的机缘就显得尤其珍贵。那是运数，是性命，是生死相托的豪赌。跟对了，赌对了，纵死也值得。

当年官家郭威基于自己的意志毅然选择追随刘知远，就是这样的一场豪赌。目今国朝的一切政军局面，都是那场豪赌衍生出的结果。

而君贵的亲随们，也早已为自己下过注了。现在，他们正目睹这一赌局开始缓缓显现结果。

澶州。镇宁军军治后苑。朱雀房中。

君怜与朱雀在几案两侧枯坐着，一言不发，已经持续了一段时间。

她们并没有拿本书来看看，或者拿支笔来摆弄摆弄，以掩饰这种微妙的紧张气氛。两个人彼此既然熟悉到那样的程度，任何掩饰就都是无效的了。

这种僵持的局面并不是由谁的哪句话或者哪个行为引发的。事实上，君怜来到朱雀房中后，两人只简单地用眼神互相打了个招呼。形势之箭已在弦上，弦越来越紧，将断未断。她们都欲言又止，心照不宣。

对朱雀而言，目下的局面很清楚：君贵和君怜的封诰已经诏示，东京的晋王府已经落成，很快就会有人来迎接晋王家眷入京。君怜他们肯定要准备搬家了——搬到天子脚下去，搬到他们的皇族身份里去。

她不喜欢京城，那是她梦碎心伤之地；她喜欢自由，而皇族注定不自由；她属于孤独，虽然畏惧却乐意葆有这种天马行空的孤独，而君怜则属于人群，属于家族，终有一日，君怜还会属于全天下。众声喧哗。何况，还有自己与君贵的心结，哪可能那么容易就解开。

个性与情谊的撕裂现在成了问题的肯綮，弦在这个意义上绷紧了。

然而就君怜这方面而言，她不可能让弦断掉。君怜的意愿其实远比朱雀的单纯，她心中没有朱雀那样的纠结。不纠结，处理起问题来就会冷静、爽利得多。

“……榷娘，我看这些日子以来，观音似乎很听你的话呢……”良久，君怜柔和地开口道。

朱雀不能装没听见，只得无可无不可地一笑。

君怜恳切地看着她：“榷娘，我想请你帮我一个忙，好不好？”

朱雀默然片刻，无奈应了一声："……什么忙？"

"我估摸着，大约再过几日，父皇和君贵遣来接取咱们的人就会到了，咱们就得带上仆从和细软辎重大搬家。我身子不便、精神短，管不了太多的事；唐妈妈和廷献他们，又要负责行李和一应杂事；东方氏性子柔，降不住音儿，一路上，你就替我管着音儿吧，好不好？"

朱雀不语，垂目思索应对之辞。

"也无须你亲自看顾，你只需管好东方氏，替她拿主意就行了，她自会遵你的嘱咐照料音儿的。只是委屈了你，不能经常骑马，要陪我们在车里窝着了。……"

朱雀仍旧不语。

君怜起身来到朱雀身边，拉着她的手道："朱雀，我知道你不爱坐车，本不该这样委屈你。连我自己，有时候也更乐意骑马。可是我现在身子不适，常常头晕难受，长途旅行，怕是勉强只够自保，难以顾及更多。搬家事大，千头万绪的，倘若你不来帮我，我真不知怎样才能支应得开……"

君怜的话语音调婉切，如同山泉般一字不漏渗入朱雀耳中，让她感到非常、非常难过。在她心目中，天底下没有君怜支应不开的事；何况，君怜手下还有那么多得力的人。可是，君怜却以这样的方式对自己曲尽挽留之意。

这是她们十几年的相处中从未有过的交流方式，表面亲热，其实疏远，表面轻松，其实痛苦。说的人还没有怎样，听的人已经受不了了。

"犁娘……"她叹口气，试图制止君怜。

君怜沉静地看着她，眼睛里却泛起了一层泪光："……凡事都要我拿主意，实在太劳神了……権娘，你来帮我拿主意吧，你总得帮我……"

朱雀知道再抵抗下去已经没有意义了。反正只是回京城而已，有什么大不了的？岁月有隙，还没有到最后的时刻。

一念既定，她恢复了惯常的嘲笑态度："……哼，犟娘子可真会使唤人哪。适才不是说过只需我照料观音吗？怎么三说两说的，又给我加派了这许多活儿？……你若再这么着，我可就不干了啊。"

君怜惊喜道："这么说，你答应了？"

"……哼，说得这么可怜，我敢不答应吗？"

"好呀，那咱们就这么说定了！"君怜容色大振，揉着太阳穴缓缓站起身，"事不宜迟，榷娘，你左右无事，索性现在就开始替我筹划吧？……我干坐了这半日，实在乏得很，可要好生歇着了。"说着，她便走向榻边，去找软垫来倚靠。

"好好，犟娘子辛苦了，赶紧歇着你的去。"朱雀忙过去帮她，一面忍不住发牢骚，"唉，我真是受不了，这才正常了多久，你就又变成这种娇滴滴的模样了？——真不知道你家君贵这些日子是怎么惯着你的！"

君怜见朱雀恢复了往日任性不羁的辞色，心下大慰，也不反驳，在被褥堆和软垫上靠舒服了，方悠悠笑道："何须别人惯着？我又不是铁打的，累了还不许叫唤一声吗？"

五日之后，郑仁诲率部从抵达澶州，奉旨护送晋王家小入京。由于搬家行动早已在朱雀和廷献等的计划筹备中，所以只用了三天时间，军治后苑中的一应人员和物事就全都整备待发了。

与此同时，另一道有关人事安排的诏令发布，接任澶州节度使的人选，正是郑仁诲。由于郑仁诲原来是郭氏亲随，官家便谕令将郭氏牙兵留一半在澶州继续镇守。与郑仁诲一起回到澶州的还有曹瀚和孙璘。按照皇子的调派，辅助郑仁诲担任留驻澶州的郭氏牙兵统领的，正是曹瀚。

从以上两道人事安排可以看出，大周的龙兴之地，被官家父子托付给了最信任的亲旧故将。

因皇子妇蔡国夫人符氏身子不便，返京车队的行进速度相当缓慢，日均行程也被刻意缩短了。每天总是辰时后才发车，酉时之前就停毂入住驿馆。

又七日之后，皇子妇蔡国夫人符氏一行抵达京师，皇子荣率部亲迎于城外郊亭。稍事休整之后，皇子荣携妻女直入宫城，拜谒父皇。

六五　扫地之宴

大内御道。日光漫洒在洁白的石路上。群鸟高飞，浅淡到近乎于无的影子倏忽从御道上掠过。

一支壮观的队伍在御道上不疾不徐地前进。这支队伍有两个核心。居后的核心是一乘八抬的朱漆肩舆。这是因皇子妇蔡国夫人有喜，而皇孙女璇儿幼小，由官家特谕批给她们乘坐的。居前的核心，则是骑在马上的皇子。在宫城内可以视事情的疾缓程度便宜骑马，这是官家对皇子的特恩。皇子对此一直敬谢推辞，不肯骄纵张狂，今日因要相伴妻女前行，这才第一次骑在马上。

滋德殿。殿门大开，金碧辉煌，瑞香扑鼻。

皇子大妇告进。官家宣谕入内。

君贵与君怜双双迈入殿堂。观音已经可以稳稳地行走，此时，东方氏将观音从怀中放到地下交给君怜，君怜便携了观音的手，跟在君贵身后，庄重地向前走去。

他们的父皇或皇祖父、官家郭威正在御阶之下等待着他们，满面含笑。

“儿臣叩见父皇。”“臣妾叩见父皇。”

小小的观音，还不会跪拜，也被引领着，向皇祖父鞠躬行礼。

“免礼免礼。君怜，你有了身子，更不要拜了，快起来！”官家一迭声制止，旁边的宫人忙过去搀扶皇子妇。君贵也笑着牵起观音的手。

君怜笑道：“多谢父皇顾念。”起身从容站好，又敛衽一福道，“河中一别，倏忽三年有余，女儿心中着实牵挂义父康健。这一礼，是女儿见过父亲的家礼。”

官家端详着君怜，温言道：“好，好。君怜，爹也甚是挂念你。连同小孃，虽说没有见过你，也是……”

他蓦然停了下来。今日应该尽享天伦，不要把话题往伤感了带。可是，德妃的缺位，让这天伦之乐无论如何掩饰，也不得圆满。伤感是不可避免的。

君贵和君怜都没有说话，小心地保持着脸上的笑意。笑意有些发僵。

“啊，璇儿来了，翁翁可算见到璇儿了……”官家自己转换了话题，向儿子儿媳笑道。又蹲下身子，冲着观音张开双臂，“来，璇儿，让翁翁抱抱！”君贵忙将女儿交到父亲手里。

官家一把将观音抱起来，仔细看着她：“好孩子，不要怕，第一次来见翁翁……翁翁可是着实惦记你呢……”他勉力抑制着心潮的涌动。曾几何时，他也是这样抱着雁儿，第一次端详那个小小的、娇嫩的、活泼的生命……至于再往前的，他就不敢想了。

也许真的是上了年纪了，伤感一次比一次来得快，来得密，来得让人猝不及防了。

情绪的骤然低郁甚至让他不禁咳嗽了几声。君贵、君怜两人忙上前道：“爹，要紧不要紧？喝口水吗？要不……璇儿还是给我们抱着？”

官家连连摇手，笑道：“不妨事，不要水。春日来了，不过偶尔发作片刻，不打紧。——呵，别想跟爹抢璇儿，爹刚抱上，不舍得还给你们哪。”说着，他又慈祥地看着观音。

观音从未进入过这种庄严空旷的殿宇，可是并不怯场，由得祖父抱着，也拿一双水灵灵的大眼睛静静看着他。那模样，好像她早就认识眼前这个翁翁、早就熟悉眼前这间庙堂似的。

“璁儿，叫翁翁，问翁翁好。”君怜小声教着女儿。

观音真的学着叫了一声：“翁翁……”

官家大喜：“好，好！我的小孙女嘴巴真甜！翁翁刚才太高兴了，没听清楚，你再叫一声？”

观音果然又娇柔地叫了声：“翁……翁……”

“好孩子，好孩子！”官家喜不自胜，转向儿子和儿媳问道，“璁儿小名是叫观音吧？”在得到肯定的答复后，他抚着观音的小脑袋瓜，爱怜道，“难怪叫观音，果然生得长眼妙目、锦心绣口，一派天外气象！——来，小观音，你等着啊，翁翁有好玩意儿给你！”他向身旁的咸阳县君彤云示意。彤云含笑点点头，命两个内侍抬上来一个锦绫覆盖的木盘。

官家拉着观音的手去揭开那锦绫。锦绫既开，观音的反应且不论，君贵和君怜都发出了低声的赞叹。原来这木盘里是一台精致的傀儡人偶，居中的正是一尊持净瓶与杨柳枝的白衣观音，旁边有龙女与善财童子相侍，观音脚下又有几个正在被降服的牛鬼蛇神。整台傀儡人物造型生动，表情逼真，衣饰华丽，连牛鬼蛇神也只显得可爱而不可怕。每个人偶的关节处以牛筋相连，使得手足均可活动，尤显机巧。至于花草亭台、山石流水、瑞云莲座等景致，更是竭尽奇思，无不惟妙惟肖。

观音见了这台好玩意儿大为欢喜，毫不客气地伸出小手，一把将盘内最漂亮的观音人偶拿了起来玩耍。

官家笑问君贵：“璁儿月初满周岁时，爹赐下的那几样抓周的物事，她抓了哪样啊？”

“她抓了那把剑。”君贵答道。

“好！好！抓得好！”官家不由大喜，将观音抱得更紧，笑着哄逗道，“前日抓了剑，今日抓了观音，咱们家的小菩萨要出门降妖伏魔去啰……”

光阴流转。崇元殿前日晷的影子一点点短了。

东京的空气变得热烘烘的，夹杂着迟开的夏花的慵懒味道，加上街肆上驴的喷嚏声、马的慢蹄声、手推车的吱呀声、黔首百姓的喧哗声……皇朝的繁华与兴旺呈现出麻布与丝帛混搭的丰富质感来。

美丽与鄙陋、欢欣与哀愁、恣纵与隐忍、幸福与痛苦……各式各样的人生，在这里毫无差别地同步上演着。汴梁越来越像一座梦幻的都城了。

时令进入夏五月。

五月节过后，百虫繁孽。新除的开封府尹晋王荣甚至发布了一道公文，要求东京市民一起来清扫并深埋各自住屋周边的垃圾，以治理使害虫滋生的环境。

开封府政事厅。晌后。

君贵合上手里的公文，示意身前的王朴可以退出了。到任后不久，他就将王朴从澶州调了过来，升右拾遗，担任开封府推官。王朴是一个博学多才的人，而且抱负远大、思虑深远，做事又爽脆干练，从不拖泥带水，这很投君贵的脾气，让君贵颇有些离不开他。

除了王朴，王赞、王著等也跟随他从澶州归来，在开封府内任职。而一同归来的皇亲杨廷璋，则被父皇迁了客省使，派到河阳巡检兼知州事去了。曹彬补了供奉官，仍旧在内禁军供职。

相比外郡澶州，皇城的政事庶务要复杂、烦琐、紧要、微妙得多。好在有了澶州两年的底子，君贵处理起来上手很快；而一些事关王公贵族利益的政策，或与之有涉的事务，他也能较为灵活、妥当地处理——皇子的身份帮了他很大的忙，由他出面推进或弹压，阻力不是没有，但总归比外臣担当这个职务时要小一些了。

父皇对待前朝耆老和国朝功臣的态度一直都很小心谨慎，他也应该遵循这样的原则。即便他们偶尔在他面前摆摆谱、不甚合作，他也只能忍耐和承受。有的时候，他甚至亲自造访耆老如冯道、苏禹珪，枢臣如李榖、范质等的府第，请教政务。在朝臣们看来，皇子这种降贵纡尊的态度，表明了对他们的尊重，他们心里自然是受用的，因此少不得也要拿出更加积极的态度来，以示回应。

不过，也有一些事情，虽然微小，却不是那么好办。东京城以及东京城里的人们有着自己的一套生活习惯。

比如对于住屋周边垃圾的处理，即便高官府邸，他们的家院也是习惯将垃圾运到府邸外一定距离的某个犄角旮旯处就不管了，任由乞丐翻拣，以为好比随缘施舍。被乞丐翻拣过的垃圾堆，又会被野狗之类的再翻拣一遍，最后搞得一地狼藉。其中那些轻质的物事，也许某日会被一阵大风卷到天上，飘飘悠悠，不知去向。

在刚刚过去的春季，一场漫天大风中，甚至有根沾满血迹的布腰带，不知怎的飞进了大内，挂在了后苑的花树枝头，落到了官家眼里。

那天，君贵例行去宫中向父皇问安。父皇脸色很不好看，命王景通将“飞到宫里的一样民间物事”拿给他瞧。当他见到内侍托在木盘里呈上来的这条血污布带时，顿时目瞪口呆。

他们都是见惯血腥的人，可是以如此方式突兀地出现在如此场所的血污，却不能不让他们感到惊心动魄。几千年传承下来，天子家有许多规矩、许多迷信、许多不能触碰的禁区。

他冷汗涔涔，连忙跪地请罪。父皇默然良久，方说道：“该怎么整治，你自己想法子去。爹以后再也不想在宫中看到这样的物事了！”

回到开封府衙署，他紧急将一众属吏找来。大家七嘴八舌，都说得是多大多邪乎的风才能将一条布带刮到禁中去啊。商议半日，最后确定了两条基本的方案：第一，多植树，以阻挡大风，减少沙尘侵袭；第二，立即清理皇城街道巷陌中大大小小的秽积。

“除五害”的政令，就是在这样的背景下发布的。

在许多朝廷高官看来，这是一道可笑的政令。历朝历代的开封尹，哪有专门跟秽积过不去的？上千年的秽积都在这座城市里消化掉了，难不成到了本朝，不清除秽积，日子就过不下去了吗？大皇子真是有点不务正业。所以，他们尽管也接收到了这道政令，却根本没有放在心上，更不会专门安排人员去执行。他们理所当然地认为，这道政令是面向黎民百姓发布的，与深宅大院无关。

君贵感到挠头，回家与君怜商议对策。君怜笑道：“若依我看，也不难办，只不知晋王殿下舍不舍得拉下面皮、放下架子呢？”

君贵苦笑道：“事到如今，还谈什么面皮不面皮、架子不架子？父皇在诸多问题上都很宽宥，此番倘若不是心中十分恼怒，怎么会跟我计较这种细节？何况，就算父皇不发话，或者没有看到那条布带，听凭这种事发生，也是我的失职啊。如今我决意要大力整改，漫说自己的颜面豁得出去，便是打折胳膊摔断腿，也是不能爱惜的。——你有什么主意，就直接说出来吧。”

“呵，谁敢打折哥哥的胳膊、摔断哥哥的腿了？”君怜笑道，“我这么想着，咱们不妨挑选几家主要的王公大臣，邀请他们携夫人到家中来宴饮。届时，也无须哥哥在席上开口，我自会找机会向他们的夫人表明这个意思。”

君贵想了想，豁然一笑：“邀宴倒是个好主意。既如此，也无须你来委婉暗示，我偏要在席间明明白白说清楚，看他们有什么理由不支持我。”

晋王府向外邀约的第一场宴饮，在五日后如愿举行了。受邀的有李重进、张永德这样的平辈皇亲，以及向训、王溥、魏仁浦、徐台符等十数家国朝新要。由于宴饮主题所限，资格太老、位份太高的枢臣不在被邀请之列，以免显得对他们不够尊重。

被邀请到皇子府邸中赏花吃酒，让这些朝臣感到惊喜，即便如皇亲李重进、张永德，也多少有些意外——他们深知君贵素日是个不喜欢喧闹、不热衷于交游宴饮的人。席间，男女分坐，君贵、君怜各主一方局面，众人交互畅叙，还有伶人鼓吹助兴，气氛十分融洽。酒酣耳热之后，皇子向这些大宅的家主说出了自己的要求：请他们带头响应开封府政令，清理秽积，去除五害。

这场宴饮后来被一些朝臣私下笑称为“扫地宴”。当事人虽然对皇子的要求感到有些惊讶，有些尴尬，可是宴席之上，人家以皇子身份，为了一堆秽积这样费尽心机、抹下颜面相商，还是让他们心生感慨，甚至略微感到了一点儿惭愧。于是他们不好意思再有二话，纷纷应喏，并且回家后吩咐家院认真执行起来。

话又说回来，能够被储君点名相邀参与“扫地宴”，说明这些朝臣身份够高、德行够好，堪为大臣表率。于是，曾经受邀去赴“扫地宴”又成了一种荣耀，暗示着自己在储君心目中具有特殊的分量。曾经与宴的臣僚间，也建立起了一种类似“扫地班成员”的默契。而自忖有资格“扫地”却没能去“扫地”的，心里难免感到酸溜溜的，甚至略有不平之意。

当然，另外还有一些人，他们并没有参与“扫地宴”，却是理所当然的“扫地班成员”，比如皇子镇守澶州时的藩邸故人王朴、王著、王赞等，自不必细说。

总而言之，君贵在开封尹任上处理人事羁绊的情形，大致如此。王峻这座人山都翻过来了，剩下的人事难题，在他眼里就像是丘陵了。他开始感谢王峻这么多年来——无论在军中还是朝堂上——对他的苛刻和折磨。

皇宫大内。滋德殿与思存殿之间的小空场。

官家郭威幅巾短后，在挥舞一柄大刀耍子。平定兖州之后，他已经一整年没有亲临战场了，刀法箭法的精劣对他而言更是早就无关紧要，他只是例常地进行健身。

破春之后，他的肺疾发作过一阵子。去南庄郊猎的时候，脖颈还疼痛过，经御医们协力调治，总算好转。发病期间他暂停了一应拳脚演练。汉末的刘玄德曾经慨叹久不骑马征战，“髀肉复生”，现在他感同身受了。进入五月以来，天地间阳气上升，他的身体也感到轻快，便决定恢复练习。

彤云与仙草等宫人侍立一旁，眼睛一眨不眨地看着官家舞动的身影，神情略显紧张。

官家郭威练了一会儿，停下来拄着刀歇息。彤云等见官家喘息不匀，忙上前殷勤服侍。“官家，喝口水。”“官家，坐下歇歇。”

郭威摆摆手，不要她们搀扶，顽强地扶着大刀喘气。待缓过来，方自嘲道：“哎呀，这才几日没练，动一动就显着累，气都快喘不上来了！真是老了……”

“官家一点儿也不老，官家只是累了。”

“官家还没有大好呢，可别太过劳动了身子！”

“待完全愈可了，再好好练也不迟啊。”

“官家还是坐着歇歇吧。”

…………

衣不如新，人不如故。她们都是由衷心疼他的。跟随他这么多年，她们已经成了他生活的一部分，成了他的家人、他的手足，知冷知热，贴心贴肠。她们素日看向他的眼神中，又何尝不是深藏盼望呢？

他的心咯噔一动，他的确需要一个完整的家。德妃在世的时候，他们俩还商量过，打算把皇孙女接到大内，与雁儿一起抚养呢。倘若他有一个女人，他仍然可以实现这个愿望，将皇孙女养在宫中。反正君怜现在有孕在身、自顾不暇，反正君贵每天都要来宫中请安，他们想见女儿，还不是随时的事？这样，当他回到后宫，就会有一团暖烘烘、热乎乎的家庭气息在等待着他、安慰着他、温暖着他了。甚至，他的女人还可以为他增添新的子嗣，让这个空荒的宫廷变得叽叽喳喳、吵吵嚷嚷。

可是，他未必能摆脱魔咒般的克妻怪圈。

他感到了突如其来的痛苦。他仿佛看到自己的心被再次撕裂时，那鲜血淋漓的惨状。就算不替她们着想，单是想想自己可能会经历的那种心理历程，也让他不寒而栗。虽然必要的时候，他可以扮作铁石心肠的冷血皇帝，他可以杀掉违抗自己命令的人（即便他们原本罪不至死），他可以夷掉叛逆者的族众（即便这里面包括未成年的孩子），但是，他的心归根结底也是肉做的。他不可能没有感情，他不可能对他未来的女人不付出感情。所以，真到了咒语再次应验的那一天，他就必须再次承受失去她们的痛苦。

可是他不确信自己还能不能再次忍受那样的痛苦。

他是越来越迷信了，他自己也知道。可是，身为帝王，最重要的不就是看清天命、敬重天命吗？他在对完整家庭生活的渴望和对失妻之痛的畏惧中纠结、挣扎，进退维谷。

“陛下，晋王在殿外求见。”王景通从一旁走过来，轻声禀报道。

“……宣他到这里来见我吧。”官家郭威从自己的郁思中回过神来，说道。

未几，君贵来到小空场，如礼下拜问安。郭威仍旧拄着大刀，轻“嗯”一声示意儿子起身。君贵见父皇一身短衣打扮，面色又有些不同平时，便关切问道：“爹，想是习武累了？儿子陪爹回到殿中去可好？”

“不必啦。”官家摇摇头，“你在府衙里的公事都办完了？这时候来见我，是有什么事吗？”

君贵迟疑了一下。

“说吧，爹听着呢。”

“爹，商州那边……有消息传回来了。”

六六　海棠别院

听了君贵的回报，官家郭威一怔。商州是王峻被贬谪之所。

王峻被发遣到贬所之后，曾经上表请罪。由于王峻目下的官阶太低，他的奏表根本无法直达御前。当然，中枢大臣们知道王峻与官家旧日的关系，并不敢真正扣押王峻的奏表。他们只是将奏表上报的时间往后拖延了很久，拖延到他们认为官家对王峻的感情已经淡化到不足以重新起用他的时候，才隐隐约约、含含糊糊地试探官家的意思，说到商州王峻有表，但所言无关朝事，不知陛下是否有兴趣一阅。

官家郭威沉默良久。然后问郑仁诲，奏表里写的是什么。郑仁诲说，不外是请罪而已。官家想了想："将商州的奏表放到一旁，小心保管。"他并没有看。

帝枢的门已经对王峻彻底关死了，他不想让自己耽于旧情，心意动摇。他知道自己已经做出了最好的、最妥当的选择，他不后悔。何况，虽然暂时没有任命新的枢密使，但王峻留下的权力真空已经被迫不及待的枢臣们迅速地填满了。他们也不可能支持王峻回来。

说来凄凉，虽然极盛之时王峻似乎掌握着号令天下的权柄，但一朝失势，竟落至风流云散的境地。王峻在京中和外藩的爪牙早被官家以迅雷不及掩耳之势迅速拔除：端明殿学士、尚书兵部侍郎、曾经的权知兖州事颜衎落职守本官；秘书监陈观责授左赞善大夫，被发配到西京充职；在中枢各机构中的其他王党成员也纷纷被调任……而外郡那些以前依附王峻的藩守则经历了一次雷厉风行的移镇，他们在藩地的大小等级变化中感受到了官家无言的愤怒，纷纷夹起尾巴做人，与王峻彻底断绝了关系。

王峻是绝无可能东山再起了。

至于因贡举贪墨一事被王峻揭发的赵上交，他被叫到御前与有司当面对质后，贬为太子詹事，远离了为朝廷进行青年政治人才储备的人事核心岗位。

王峻离京之后，官家一直用谍线来了解其真实情况。官家知道罪臣的奏表不能说明任何问题，商州刺史的报告也并不那么符合他的心意，他最信任的还是郭氏旧属的谍线。

上月谍者回报，王峻在商州每日郁郁寡言，十分潦倒。近日又染了腹疾，一病不起。

穷途末路的王峻给官家上了最后一道表。这道表被及时地呈送到了官家面前。官家郭威看了奏表，沉默良久，然后遣内侍去京中王宅传旨，让王峻的继室立即出发去商州照料他。

君贵重返帝枢之后，受命重新掌握了郭氏旧日的谍线网络。因此，今日君贵得到商州谍报，才会急忙入宫来向父皇汇报。

“父亲……”君贵看着父亲的脸，放慢了语速，斟酌道，“王峻……殁了……”

父亲不语。看上去就像并未听到这句话似的，没有任何反应。

“父亲……爹……”君贵有点心慌。

官家郭威摇摇手，身体一动不动。

“爹，儿子扶您回殿中休息。”君贵伸手搀扶他。

官家郭威想说话，刚一张口，却猛烈地咳嗽起来。“父亲!”“官家!”君贵与彤云等忙左右扶牢他，一面替他拍背，一面又拿出绢帕替他擦拭口角。

郭威不欲他们搀扶，不欲他们问话，不欲他们拍背，不欲他们擦拭，却无力也无暇表达，只顾着咳嗽，将一张脸憋得通红。

良久，官家的咳嗽渐渐平息。彤云移走擦拭的绢帕，忽然惊恐地睁大了眼睛。彤云的异常神情没有逃过君贵的视线，他往她手中的绢帕上一扫，心里猛地一沉。

绢帕上有一道暗红的痕迹。父亲咳出血来了。

“赶紧，传御医来！”君贵低声对彤云说。

滋德殿后殿。御榻侧。

几名御医在诊断施治后告退，下去开方子煎药。君贵上前，在榻前跪下来，握住了父亲的手。他想安慰父亲，却找不到恰当的言辞。

他感到非常内疚。父亲这次犯病，完全是自己带来的消息引发的。他只把它当成一个战略情报来回禀，却忽略了王峻在父亲心目中的情感分量。何况，父亲之所以忍痛铲除王峻，完全是为了自己。

“爹……对不起……”他小声说道。

“荣哥儿，这是我跟他……之间的事，不是……你跟他的事，你没有什么……好内疚的……”父亲疲惫地看着他，挣扎着缓缓道，“你回去吧，去陪陪君怜……和观音。爹无妨，躺一躺……就好了。”

“儿子不走，儿子就在这里陪着爹。”

“让爹……一个人静静。”

“爹……”

“对了，四姐儿……原说今日……要入宫省视的，你给她捎个话儿，教她别来了。可是……不要告诉她……我病了。”

“爹……”君贵求恳道，“不要儿子陪，连女儿也不能陪吗？”

“说过了……爹想一个人静静。走吧，走。”

君贵无奈，默然片刻，不情愿地答道：“……喏。”

君贵走后，郭威召来王景通：“你去……枢密院，把之前王峻……从商州上的……那几道表……取来给朕看。”

王景通感到为难。官家就是被王峻的死讯刺激而蓦然气血上涌竟至咳血的，倘若看了王峻的告罪表，岂不是更会牵动心怀、愈发加重病情吗？他赔笑劝阻道：“陛下……陛下圣体不豫，看奏表劳心费神的，还是待大好时再看吧？”

官家郭威不想回答，闭上了眼睛：“赶紧去！”

王景通无奈，只得答道：“……喏。”

听着王景通的脚步声急急远去，官家郭威的心中，忽然响起了一个青年嘹亮的歌声。

歌声是从时光之河的上游飘过来的。

歌声是从三十年前虎豹儿郎们缔结盟约的那片草地上空飘荡过来的。

男儿何不带吴钩，收取关山五十州。请君暂上凌烟阁，若个书生万户侯？

请君暂上凌烟阁……

凌烟阁……

大周皇朝的凌烟阁里，永远也不会有当初那个踌躇满志的狂歌青年的位置了。连追赠也不可能给他。因为追赠意味着平反，意味着官家认为自己做错了。而铲除王峻是为了扶持君贵，传递给天下人的这个信号，绝不能改！

官家郭威呼吸紧促，急痛掠过心扉，不由又是一阵猛烈的咳嗽。彤云与仙草等忙过来，百般安抚伺候。

俱往矣。俱往矣。

满载人间忧与乐的时光小船在历史的江河之中顺流而下，来到了五月中旬。

骄阳。微风拂面。晋王府禁卫森严。

晋王府贵为皇储宅邸，面积阔大、建筑复杂、房间众多。宅中所具装饰，除花木山石外，还有池塘溪流这样的大型水系。这导致府内事务骤增，所需服役人数远非澶州时期能比。因此，府中新进了一批男女仆从。勾当皇子府宅事这一职责，君怜派给了唐妈妈总管，由远山、秋池和廷献辅佐。

唐妈妈的丈夫前些年去世，自己的女儿又早出嫁了，她孤身在符家，一直将廷献、承璋等自己从小看着长大的仆从视为亲生孩子般看待。家中众仆从中，廷献虽然听话，心思她却摸不透，所以她虽然也护着廷献，心底却更偏爱承璋。她知道承璋在君怜跟前不如廷献得用，少不得更要加意照拂他。另一方面，她又不愿让君怜看出自己偏心，惹君怜不高兴，因此有时候表面上反而显得待承璋更苛刻些。

返京后，君怜将自己所居主院旁的一个多植海棠树的中型别院安排给了朱雀居住，又从府中新进的粗细仆从中，拨了赤珠、绿罗等五六人在这院中听用。朱雀自小与君怜起居在一处，只有在河中借寓那两三年，因河中军治后苑地方广大，她曾在君怜夫妇居所旁的附园中分得两三间独立的房间别居。不过，其时君怜不过是家主李守贞的儿媳，上面有翁姑监管，身旁多是别人家仆从，行动哪得自专。朱雀是在君怜出嫁半年后以亲戚姐妹身份过去拜访的，原也没打算长住，可是君怜苦留，朱雀自己也深知回到符家太过孤独空虚，便应了下来。如此客居李家，她难免感到不自在，所以每年必要出去云游透气。哪像如今，整个晋王府内宅的事都是君怜说了算，上面不再有长辈监管，而且君怜的现任丈夫呢，也比李崇训顺眼了不少。

是的，即便不能彻底放下旧怨，朱雀也不得不承认，君贵大多数时候是个可爱可敬的人。据说他有时脾气像火炭一样，急躁冒失，可是……有君怜时不时冰镇着，那火炭也从没在自己跟前爆裂过。何况，朱雀从来就不怕火炭。

君怜为朱雀安排的这个别院，综合了距离、环境、装修等各方面考虑，在她看来是最适宜朱雀的居所。朱雀本人也没有意见——她本来就不打算发表意见。从这天起，在晋王府众仆从眼中，朱雀也单独成“房”了，她的起居不再附着于君怜，而成了在家主、主母、小姐儿起居之外的另一大事项。

在安排别院人手的时候，唐妈妈问过君怜的意思，将承璋升作了朱雀房中的庶务总管。承璋虽然看上去似乎挺会来事儿，也比廷献说话开朗爽快，但其实很怕出头管人——他习惯听命于人，习惯自己把自己的活儿干好。唐妈妈便私下里戳着他的脑门，嗔道：“白长了这么大！你看看人家廷献，多会顺着夫人的心意和眼色办事！夫人各处用得着他，好处自然也少不了他的。……如今家里添了这么些人，不比从前只有你和廷献两个小子在大姐儿跟前事奉的时候了。这种风头，你不争，别人会让着你吗？在夫人跟前听用，将来会是什么出息，就算你不想，别人难道也不想吗？你倒是乐意看着这些后来的人爬到你头顶上去?!”

承璋受不住唐妈妈这些话，心里感到了很大的压力，苦着脸唯唯诺诺道：“谁爱爬谁就爬呗……我反正就是听话好好干活，夫人和妈妈总不会亏待我……”

唐妈妈叹口气：“呆子，呆子！夫人将来会是什么人，你不知道吗？……罢了，我也不跟你多说了。去，你就给我在这个位置上待着，有什么不懂的来问唐妈妈就是。好好干，别教妈妈白心疼了你！”

别院。

海棠花尽，满树枝繁叶茂，舒展如伞。也许是晋王府地理位置独特的缘故，府中的海棠开得较晚，入住之初，她们甚至赶上了海棠花季的尾声。晚唐诗僧齐己曾经咏海棠曰：“繁于桃李盛于梅，寒食旬前社后开。半月暄和留艳态，两时风雨免伤摧。人怜格异诗重赋，蝶恋香多夜更来。犹得残红向春暮，牡丹相继发池台。”朱雀为此特意邀请君怜来院中一同观赏过满树残红，感叹

“半月暄和留艳态”，期待“蝶恋香多夜更来”。

除了海棠，院中另有槐树、桧树、芍药、迎春等错落相间，是一个动静相宜、幽静雅致的所在。

朱雀将院中主居旁的一间小屋设为书房兼琴房。原先在澶州时因为地方不够而收起来的种种字画、书卷、珍器等藏品，全都敞敞亮亮在房中陈设开来。君怜见了她这阵势，笑话她铺排奢侈，朱雀哼了一声：“也不能总委屈着我这些宝贝呀。”那语气，倒像是要永永远远在这里住下去了似的。

打从进入晋王府后，朱雀的辞色一直比较散淡，常常待在自己院中看书、写字、抚琴、打卦，不大往君怜那里去。倒是君怜，虽然腹身不便，每日却常借活动身子骨之机，来到这里探视她。

当然，她的访客中还有小小的观音。因君怜身子不便，观音经常被四姑寿安公主带入宫去探视翁翁，有时候甚至要陪翁翁用了晚膳才会回来。除了这样的时候，观音每天总会由东方氏甚至君怜亲自带过来一两趟，找榷姨玩耍。

朱雀虽说答应了做观音义母，但毕竟自己没出阁，家里人不好教观音呼她为母，只能是叫榷姨，或者雀姨，反正发音都一样。朱雀常跟观音玩些瓶瓶罐罐的游戏，这算是她几乎雷打不动的一项生活内容。她不怎么喜欢小孩子，观音是个例外。可也不能玩太久，会烦。朱雀最常对观音说的一句话是：“你快些长大吧，待大一些，雀姨教你捏药丸、数草棍。”

此时，朱雀正在书房看书。她的笔墨，以前是由五两伺候的，现下五两改为居内主管，与承璋分掌本房内外事宜，又兼具体司掌她的衣物器具，而将书房的一应事宜分给了新来的使女赤珠。不过承璋得闲的时候，也很乐意自己亲自来伺候一番。比如此时，承璋拎着一壶新的茯苓汤进来，见赤珠正在慢慢擦拭一只半人高的青瓷花瓶，便自己将茯苓汤注入汤盏中，然后亲自捧到朱雀跟前。

“娘子，用点汤水吧？”他探头看看朱雀的书，贴心地说，“娘子写不写字？小人来为娘子磨墨。”

朱雀瞥他一眼：“暂时不必。……对了，我教你帮我新制两副牛骨板来，可得了吗？”牛骨板以牛的肩胛骨制成，是用来占卜的，朱雀新从书上看到些上古占卜之法，想要实践一番。

“就快了。小人昨日还问过，说是找到了两副薄的，刮削好了就送进府里来。”承璋利落答着，一面又向朱雀的书看上一眼。

朱雀索性将书的封面翻过来给他看：《大有经》，一面笑道：“怎么，你对这书感兴趣？我借给你抄一遍，如何？”

承璋吓得忙吐吐舌头：“罢了罢了。小人不过发现娘子这一向都只看这一本书，跟以往的看书习惯很不同。小人心说，也不知什么书魔性这么大，白好奇一下。小人可绝没有要抄要看的意思！”

朱雀一笑：“嘁，傻子，这书是宝贝！我只被翚娘磨不过时，才借她抄给你家晋王看过，今日又起意借给你……别人想看吗？门儿都没有。”

承璋忙笑道：“是是。小人是个榆木脑袋，这么金贵的书，小人看了也开不了窍。娘子倘若舍得，倒是可以借给廷献。”

“哼，他？他可不稀罕我的物事。”

正说着，忽听得廷献的声音在书房外响起：“姐儿，在里面吗？”

朱雀向承璋挤挤眼睛：“廷献这厮，怎么就像空气一样，无孔不入，无处不在……但凡我一开始在背后说他点儿坏话，他准到！”她向门口抬抬下颌，承璋会意，走过去打开了书房的门：“廷献？権娘子叫你进来。”

廷献向承璋点点头，走到朱雀跟前如礼下拜：“小人见过姐儿。”

朱雀向承璋漫笑道:“承璋，你瞧瞧人家廷献的礼数！无论内外场合，准保一丝不苟！以前我管不着你，现下你既为我房中庶务总管，我少不得要替你寻个周到的榜样，好教你将来有条进身之路啊。”

廷献不知朱雀这话是不是在暗示或者嘲笑什么，略微红了脸道:“姐儿……姐儿何苦笑话小人……”

自打君怜再次成家后，承璋就很少与廷献一起在朱雀跟前事奉，更不知从什么时候起，廷献已经改口管朱雀叫“姐儿”了——便是在朱雀成年前，他们通常也是管她叫“榷姐儿”，以区分于他们自家的大姐儿的。成年后，“榷姐儿”这称呼大家都很少用了，偶一呼之，也是为了表示一种念旧的意思。

听了朱雀和廷献的话，承璋眼珠子一转，忙也跪下行礼道:“姐儿责备得是。小人打小木讷，原就不如廷献乖觉见机。从今日起，小人也管姐儿叫姐儿了——小人既然分派到了姐儿房中，原本早就该改口的，请姐儿恕小人脑瓜子不够用。”

听了承璋的话，廷献哭笑不得:“哎哎，我对姐儿原本一片赤诚，怎么在你口中就只是乖觉见机了?”

承璋理直气壮道:“我也是一片赤诚啊。我一片赤诚地乖觉见机，有何不妥吗?”

朱雀鼻子里一笑，将眼睛望向别处，轻声自语道:“妥，都妥。我在一日，自然会罩着你一日。有我点拨，你只需好好向别人学着，将来想必也差不到哪里去……”

廷献和承璋并没听清她在说什么，见她反正也没有让人明白的意思，便互相看一眼，耐着性子等她念叨完。

朱雀望空发了片刻呆，转回眼看着他们，脸上已经殊无笑意。抬手示意他们起身，又淡淡向廷献问道:“你来找我，有事?”

“是。大姐儿遣小人来问问姐儿：姐儿院中这些处所，是否都已经起好了名目？若是起好了，就告诉小人知晓，小人好去外面制作匾额。”

因晋王府新装成，府内各处院落屋宇、亭台楼阁都尚未命名。君怜妊娠期间有闲，正好琢磨此事，便吩咐了廷献，先来问朱雀讨要她这别院中各处的命名。

承璋发现自己又学到了一招：原来，不仅権娘子可以依前称呼，便是大姐儿，虽然愈发显贵了，但亲旧们仍然可以叫她大姐儿的，不必非跟着别人叫夫人——这样才显得自己是元从、自己人，才显得跟她亲近啊。廷献的心眼儿当真玲珑剔透，难怪那么得宠。其实大家打小一起长大，谁是什么心思，有什么不知道的呢？廷献内心未必像他表现出来的那样死心塌地地忠诚、俯首帖耳地恭顺吧？承璋不是没有想过，只是他大大咧咧、浑不介意罢了。

朱雀听了廷献的来意，蹙眉道：“你是说要就要，我却不能说有就有啊。”

廷献忙道：“不妨事，姐儿且想一想，待有了好名儿，再告诉小人就是。”

朱雀问：“你最晚几时要？”

廷献说：“小人想着，先汇集第一批名目，待大皇子和大姐儿核准了，做出匾额来看。总得五六天的时间才用得到，姐儿可慢慢想。”

朱雀道：“就五六天？那何必长考？不如我现在就写给你。”

廷献忙道：“那么我替姐儿磨墨。”

承璋不服气，抢道：“我来我来，我替姐儿铺纸。”

朱雀不禁一笑，向承璋道：“你要向人家学，也不在今日。你且去吧，教赤珠也别在这里了，都出去忙你们的。我这里有廷献就够了。”

承璋无奈，悻悻向廷献做个鬼脸，招呼赤珠一起退出门去。这里廷献忍住笑，保持着平静的表情，忙忙替朱雀铺了纸、磨了墨，等着她为自己院中的处所当场命名。

朱雀沉吟片刻，悬腕挥毫，唰唰在纸上写下一串大字来：“给你吧，就这些。”

廷献展眼看时，那上面写的是：别院、此岸、争渡、大象。

六七　此岸八分

廷献赔笑道："姐儿拟的这几个名目好高致，小人有些看不懂。……分别是要用在什么地方的呢？"

朱雀眉毛一挑："以你的聪明，有什么看不懂的？'别院'就是我这所小院落的名目啊。"

"呃……这别院就叫'别院'啊？不在前面加点儿什么缀一缀？依小人陋见，此院中海棠甚多，何不就叫作'海棠别院'呢？"

朱雀摇头道："别院就是别院。此处无名胜有名，何须前缀，反落了言筌？何况，你若加了海棠，芍药怎么肯答应？你若加了芍药，迎春怎么肯答应？须知万物皆是有情的，你待它们不公允，它们自然会想法甩脸子给你瞧。不如不着一字，反而尽得风流。"

廷献点点头："呃……好。"又一本正经道，"不过……依小人看，姐儿倘若真欲其'无名'，又何必标注出这个'无名'呢……"

朱雀瞥他一眼："所以你是要跟我辩一辩名相虚实之理啰？"

"这……小人不敢。"

朱雀默然观看自己的手书，片刻，还是给了廷献一个解释："……你听说过属文、绘图都有所谓'不着痕迹'之法吗？我这个呢，反其道而行之，偏偏要着痕迹，所以叫作'偏着痕迹'之法。"

廷献决定放弃追问，否则，就像是专门要跟榷娘子抬杠了。他提醒自己：他是来干活的，不是来辩理的。就算之前靠着死磨硬泡，好歹跟榷娘子有了些许与众不同的交情，也千万不要越过她所能容忍的玩笑底线——何况，榷娘子的心绪一日九变，天知道她的底线到底伏在哪里啊。

“那么……另外这几个名字呢？姐儿可否告诉小人，准备将它们用到什么地方？”

“嗯。这个‘此岸’，是指院中这片花树小园；‘争渡’，是指书房；至于‘大象’嘛，就是我的起居室了。”

“呃……好，好。不过……花园的名字……唔……‘此岸’……也要做成牌匾吗？”

“谁教你做牌匾了？”

“那么……是刻在山石上？”

“不用啊。你既来问我，我就告诉你这片小园的名字，我又没说让你把名字刻上去。”

“呃……好吧，小人明白了。那么，小人就把‘争渡’和‘大象’做出来吧？”

朱雀撇嘴一笑：“廷献，我看你素常挺讲究的啊，今日你满肚皮的讲究都到哪儿去了？若说替书房做个牌匾，虽未能免俗，也就罢了。起居室要什么牌匾呢？何况你没留心看吗，它叫‘大象’[①]啊，‘大象无形’，你还非得给它赋形不可？”

廷献哭笑不得：“是是，小人愚钝，不能理解姐儿高妙的意思。”

朱雀道：“得了，我也不跟你饶舌了。你要的就是这些，你可以回去复命了。”

---

① 大象是一个道家概念，指宇宙至道，或万物的本原。下文的“此岸”“彼岸”“渡口”“争渡”等，也是佛道两家常用的概念。

廷献走后三四盏茶的工夫，君怜独自来了，步履略显迟缓。候在外间的赤珠行罢便礼，想上前搀扶，君怜摆摆手；赤珠意欲进去通报，也被君怜制止了。君怜径直走入书房中，见朱雀还在书案前盯着空白的“秋叶”纸发呆，便轻轻咳嗽一声。

朱雀抬头见是她来了，淡淡一笑。

君怜走到书案跟前：“怎么了，朱雀大师这是在跟谁‘争渡’呢？”

朱雀道：“你身子日渐沉重，不乖乖去歇午，跑我这里来做什么？”

“廷献将你拟的名目给我看了。我只觉得高深莫测，值得苦苦思索、反复咂摸，哪里还睡得着觉？”

朱雀的嘴角牵起了笑意：“怎么样，我这几个名目起得好不好？”

“好。”君怜点头，似笑非笑的，“这几个名目串起来是什么意思，我且胡乱一猜：我所居兮在‘别’处，是故身虽栖息于‘此岸’，心却‘争渡’向彼岸，是故要摆脱尘机上钓船，终究以无形‘大象’为己身之归所……大致是这个意思吗？”

朱雀不动声色地看着君怜：“……‘谁谓河广，一苇可航’，‘嘉彼钓翁，得鱼忘筌’，正解。”

“不过有一处我不明白，正要请教你：既然曰‘争’，总得有‘争’的对象吧。朱雀大师这是在跟谁争渡呢？”

“……跟我自己。不行吗？”

“行。”君怜又点头，“所以，这里所‘争’的不是渡船上有限的位置，而是在争执：到底是上船还是不上船，是吗？”

“嗯。”

“书房里会有答案？”

“也许吧。就算书房的书中没有答案，可是书房里还有琴啊，也许答案就在琴声里。”

“何以见得?”

“……譬如《沧浪》。沧浪之水清兮，可以濯我缨；沧浪之水浊兮，可以濯我足。”

君怜微微一笑:“幸好是《沧浪》——沧浪亦有岸啊。”

“沧浪有此岸，也有彼岸。”

“此岸风光大好、变化万千。朱雀大师既来之，何不索性安之？常驻此岸，不是照样可以探得大象之妙吗?”

朱雀好笑地看着她:“你这是……专程来劝我‘不渡’的?”

“不完全是。”君怜从袖中取出折叠着的一张纸来递给朱雀，“我见了你起的那几个名儿，心有所动，特意为你写了字来，不知你会不会喜欢。”

朱雀展开看时，原来是斗大的“此岸”二字。君怜素来很少写大字，这两字以八分体[①]写成，俊逸典雅，意味醇厚。朱雀不由赞道:“好标致的字儿!”瞥她一眼，又道,“何必巴巴地劳这个神？我自己不是已经写好给廷献了吗?”

君怜淡淡笑道:“你写的是你的，我写的，是我的心意。有个细节，我本想遣廷献再来问，可又担心你再把他欺负得说不出囫囵话来，少不得自己亲自过来问一声：书房的名儿，你是愿意做成匾额挂在门楣上呢，还是装裱了挂在墙上？或者‘不着痕迹’，就放在自己心里算了?”

很显然，廷献将刚才他们对话的每一个字都详细汇报给了君怜听。这不出朱雀的意料。

搬入阔大的晋王府后，他们之间多年习惯的小范围、近距离的相处模式被打破了，更多的人挤入他们的关系网链中、挤入他们的生活空间里。不仅是君怜与朱雀，君怜与君贵、朱雀与君贵、朱雀与廷献、君贵与廷献……他们之间的距离都需要重新调

① 八分体是隶书的一种字体形态，宏大健拔，气势非凡。

整，他们之间的关系也需要进一步打磨。大家都在勉力适应这个新变化。

只有君怜与廷献之间那种微妙而坚韧的关系，倒像是丝毫不受外界影响一般，颠沛匪亏。

朱雀忽然感到了一阵强烈的嫉妒。她甚至说不清这嫉妒是针对谁的，好像并不具体针对他们中的哪一个，而是针对一种状态，一种她自己绝不可能拥有的稳定状态。

她露出了一个无所谓的笑容："你觉着怎样好，就是怎样吧。"

"好，那么'争渡'挂在门楣上，把墙留给'此岸'好了。"君怜直盯着她的眼睛，平静道，"还得问你一句，'此岸'二字，你是愿意用我这两个拙迹呢，还是用你自己刚才所写的手书？"

朱雀又感到了难过，君怜的措辞和语气让她心中无端发慌。君怜的身份地位日渐不同了，两个人起居不在一处了，是不是她们之间相处就一定要变得这么生疏、这么客气、这么小心翼翼的？她当初决定尽速从仙室山回到君怜身边，可不是为了让君怜像待客一样地跟自己相处啊。

她也知道，其实，明明是自己一直在远着君怜。可是在她的心底总有那么一丝傻念头，以为君怜理当一如既往，理当恒定不变。

僵持片刻，朱雀冷淡道："这是你的家，随你。"

君怜默然，倔强地抿起了嘴唇。朱雀看到君怜的眼中升起了一层水雾，她后悔失言了。

"我是说，随你的意思……"朱雀讷讷道，试图找补，却越描越黑。

君怜看定朱雀，慢慢拿过自己刚刚写就的那幅八分体大字，慢慢抬起双手，一条一条，将它撕碎了。她的泪水也随着纸屑，倔强地滑落下来。

朱雀阻拦不及，眼睁睁看着"此岸"在君怜手中土崩瓦解、碾作齑粉。她的呼吸仿佛停滞了，她的心防也随之崩塌，化作一地深滑黏滞的泥淖。

究竟是怎么回事？为什么事情会演变成目下这种局面？这些日子以来两个人所有重新走向对方的努力，就是为了在此刻这样互相伤害吗？

君怜抹去泪水，一言不发转身就走。朱雀看她虽步履蹒跚，却勉力维持着应有的风仪，不肯低头萎靡，心中大痛不已，捂着脸哭出了声。

罢了罢了，既然早晚都是要分道扬镳的，不如就趁现在吧。吵了嘴，不正是分手的最好时机吗？道不同不相为谋，她们的关系，已经走到了尽头。

夜。别院。朱雀的卧室内亮着一盏孤灯。屋内仆从尽出，朱雀一人守着灯烛，沉思不语。

卧室就是朱雀的小宇宙，是她的“大象”。孤灯则是“大象”的心脏。烛火跳跃着，是“大象”的心脏在有力地搏动。至于灯下人的心脏，却跳得非常缓慢，几近停滞。

五两和赤珠进来好几次，敦请她早些安歇，她始终无动于衷。这个时刻，她真的在“争渡”了。渡，还是不渡？不渡，还是渡？

难以割舍，不忍放弃。是业障，也是因缘。

她永远记得十四年前的那个午后，她们俩如何第一次相见。那时候，她在高师父和王妈妈的护送下，经过漫长的船程与车程，终于抵达同州符府。高师父事先已派儿子打前站去符府求告过事由，也得到了符节度的同意。因此，当她进入符府客堂，向符节度夫妇行过礼、彼此简单寒暄几句之后，一直站在他们身旁的那个端庄小女孩就走到她的跟前，含笑向她伸出了双手：“早就想要有个同龄的伴儿，等了你好些天了！我是君怜，你叫什么名字?”

她勉力驱除着陌生感带来的心理不适，由君怜拉着双手，又勉力向她笑了一下:“我叫……杜榷。”

那一天，她恰好十岁。

九岁这个灾难的年份以及九岁以前的所有记忆，就在那一天打了结；所有属于她的个体历史，就在那一天更新了。

从那个时候开始，她们就长在了一起。像两棵不同的树被移植在同一个树坑中，朝夕相处，形影不离。君怜的存在安慰着她的存在，并成为她继续存在于这世间的理由。

她执迷不悟，孤独而深情。她所拥有的孤独是如此巨大而独特，连浩渺无垠的宇宙也容纳不下。她原本两手空空，一无所有，她原本可以沿着孤独所昭示的道路走下去，走入旁人难以企及的宇宙幽微之处，探知“大象”深藏的奥秘。可是，深情却勒在孤独的心口，成为她最大的羁绊。

别人的羁绊是名缰利锁，她的羁绊，只是有心，有身。她孽障深重，必得被迫尝尽有情众生的诸苦，爱别离，求不得，怨憎会。

早知如此绊人心，何如当初不相识?迷障重重，她难以逃避，亦无处逃避。

当断则断。这一点，她其实远不如君怜果决。也许，君怜摧毁“此岸”，便已是替她下了这个决心。

可是……君怜怎么能够如此狠心?

不，君怜当然可以。君怜拥有一个女人可能拥有的一切，便是自己离开，于她也不过是桌案缺了一角而已。假以时日，缺失那角所形成的棱角被磨光滑了，她的一切仍旧花好月圆……

应当祝福她，并向上苍祈求她永远葆有这样花好月圆的人生。自己即便远遁江湖、隐于蓬蒿，忍受命运加倍的折磨与刁难，也要感激她曾经在那么漫长的岁月中收留过自己的心，也希望……

纵然众生皆苦，至少她的一切是甜的，是圆满的。

…………

晨明。薄薄的朝晖透进卧室。罗帐低垂。

朱雀大睁着眼睛，一宿的辗转反侧让她头疼欲裂。种种念头在脑中翻江倒海，将她折磨得快要疯掉了。现在她只知道，自己要赶紧行动，要趁着这股子气势，赶紧了断。

可是熬夜的疲劳与焦虑击垮了她。她想要坐起来，蓦然发现自己竟手脚瘫软，挣扎无力。她被自己气得笑了。

五两听到动静，赶紧前来服侍。她让五两去拿一粒安神丸来。她说，她感到身子不适，要再睡一会儿，不要打扰她。

朱雀醒过来的时候，已是晌后。

五两和赤珠在房中不远处做事，听到她动静都过来看，喜道："姐儿，你总算醒了！现下身子可觉着好些了吗？"朱雀心事重重，不想说话，只勉强"嗯"了一声。

"姐儿大半天没有进食，现下奴婢去拿些吃食来吧？"五两问道。

"不必了，我还要接着睡。"朱雀说完，又疲倦地闭上了眼睛。

朱雀再次醒来的时候，日已黄昏。

她动动眼皮，翻了个身。"醒了……醒了……"有人在小声说，是承璋。然后她听到脚步声过来，有人在榻前六尺处低声问候："姐儿，好些了吗？"是廷献。

她睁开眼睛，隔着罗帐审视他模糊的身影片刻，方问道："你来做什么？"

"小人听说姐儿身子不适，特地过来探视。"廷献谦卑地回答。

"你用不着这么周到。"朱雀坐起身来，问道，"是你主子叫你来的吗？"

"不是，大姐儿并不知道姐儿这边的情形。"廷献还是一副不动声色的腔调。朱雀真想给他一巴掌。

“所以你想要我问你，为什么你主子不知道我这边的情形，是吧?”朱雀冷笑道，“我是这么想的：既然她一向什么都知道，所以倘若她不知道什么，那就是她不想知道。……廷献，不妨跟你直说，她之所以不想知道，是因……”

“姐儿，”廷献蓦然打断她，“大姐儿昨日不知为何忽然动了胎气，回房后就病倒了。叫了御医来看过，也不得要领，只是开了方子煎药。晋王殿下着急，今日连衙署也没有去……”

朱雀愣住了，脸色顿时变得煞白。君怜动了胎气?！倘若君怜有个闪失，皇孙有个闪失，她就是那个罪魁祸首！廷献想必猜到了一些原因，所以才急急打断自己的话，不让自己当着别人的面直承其事。

廷献是细致的，但她从廷献的话语中感受到了无声的责备。她知道，自己理应受到更大的责备。

“五两，”她仓皇道，“尽速给我梳洗，我要去看望她！”

主院。正房。暮色渐浓。

为了避免光线刺眼，君贵吩咐只掌上了靠窗的那一排灯。房间大，灯烛远，光线摇曳而昏暗。绛纱挂起，细纱反射着烛光，碎芒星星点点。

君怜躺在榻上，似睡非睡，容色忧戚。君贵陪坐一旁，尽量保持着淡定，不时俯身查看一番，偶尔也低低柔声说两句安慰的话。

廷献入内，低声向君贵禀告権娘子前来探望。君贵点头。

朱雀走到君怜榻前，与君贵彼此以眼神致意。君贵起身将自己所坐的杌凳让给她。朱雀摇摇头，在榻边坐下，伸手拉过了君怜的手腕。君怜略微睁了睁眼，没有反对。

切脉。脉象混乱。这是朱雀从未见识过更无从把握的混乱。朱雀犹豫片刻，将手伸向君怜隆起的腹部。虽然隔着薄衾，隔着衣裳，她却立刻得到了一种强烈的感应：胎息还在，虽然弱，还在。

她如释重负，蓦然滑下一行浅泪：“……都是我的错……”

君怜抓住了她的手。

“都怨我……”她无所顾忌，只想忏悔。君怜使劲地握住她，想要制止她。她一愣，注意到了君怜的眼神——那眼神里的意思异常坚定。她忽然省得：倘若自己当着君贵的面直承其事，一旦皇孙真的有什么闪失，自己就无法继续在这个家里待下去了，就真的可以不“争”而“渡”了。退一步说，就算皇孙安然无恙，此事也必定会在她与君贵之间又添一个心结，导致两人日后再难平安相处。而这，是君怜最不愿意看到的事情。

所以，有些话，无论如何，也不可以说出口。

即便病倒床榻，君怜也熨帖如斯，体情如斯，用心良苦如斯。

只是，君怜想得太天真了。倘若君怜真的有什么闪失，她又怎么可能独善其身，怎么可能继续在此停留？

她热泪长流：“……都怨我……没有照顾好你……”

君怜叹了口气：“不怨你，是我太过娇气。……唉，我从来不知道，自己竟是这样娇气的人！”

君贵怕朱雀引动得君怜愈发伤怀，忙笑道：“瞧你们俩，都说些什么傻话呢！适才御医不是说了嘛，只要过了今晚，就不妨事了。……又没什么大碍，朱雀，你就别对着她哭了。倘若惹得她再哭起来，可怎么好？你原本是通医术的，又懂得养息之道，现下该想个法子，怎么教她高兴一些才是啊。”

朱雀点点头，抹去泪水，向君怜道：“你还是松松心，快些好起来吧。我有两个字，自己始终写不好，还等着你写呢。……你可要写得大大的，我教承璋拿去宝文堂装裱起来，挂在书房的墙上，天天看着。”

君怜眨眨眼睛，破颜一笑：“……嗯，好。”

君贵好奇道：“朱雀，你想要什么大字？”

“此岸。”

“此岸？”君贵复述着，换了一种商量的语气，“……朱雀，你看啊，君怜正病着呢，咱们还是让她多将养几日好不好？这写字劳神的事，暂时就别惦记她了吧？实在要得急，我可以代劳吗？”

朱雀与君怜闻言，尽皆一笑：“不用你。”

六八　有卜有兆

别院。朱雀书房。夜。

书案上铺着的“长安白”上写满了字，都是“此岸”。有的大，有的小。朱雀在练笔，希望借此将所有的心事都纾散到笔下。她跟君怜一样，很少写大字，此番试着写出斗大的字体来，颇不自信，歪着脑袋鉴定半天。

承璋告进：“姐儿，找我？”

“嗯。我教你找的牛骨板呢？什么时候能拿到手？我有急用。”

“总是这两日吧，小人想着……”

“不必再想了。你问谁要的，明日一早去找到他，立刻买了拿回来给我。”

“可是，倘若……”

“倘若？倘若他还是没有，从此你就不必跟他做生意了。总之，明日午时之前，我务必要拿到牛骨板。哪怕你现宰一头合适的牛，也得给我弄回来。明白了吗？”

承璋很少见朱雀如此执着地索要什么，心知此事非同寻常，也不敢细问，忙应道：“是是，小人一定办到。”

翌日。别院书房。日间。

房门紧闭，朱雀一人在房中。

书房已经被重新布置过，靠东的墙边设了一张高脚香案，案上一只鼓腹的铜香炉，一把檀香。承璋取回来的一副牛胛骨板也放在一旁。案前，是一个火盆，盆边有一些截短的、干燥的神桑树细枝。

朱雀早沐浴已毕，更换了素色的袍服。她焚香祷祝，然后轻轻拿起一块牛骨板观察着。这块骨板平、薄、均匀，是理想的占卜之材。

她按照卜书里的指示，在牛骨板的背面小心地钻凿出十三个浅坑。浅坑的位置并不很整齐，可是大致聚作一处，隐约布出一只神龟的形状，这也是她从卜书中得到的暗示。她点燃一截神桑树枝。火焰发出诡异的红黄蓝三色光，火苗猛烈跳动。待跳动稳定了，她手持神桑树枝，缓缓靠近牛骨板。来自远古的艳丽诡异的巫火灼烧着骨板背面那些刚刚凿出的浅坑。

未几，牛胛骨发出了轻微的“毕剥”声。

朱雀不错眼地盯着牛骨板的正面。裂纹次第出现了，“毕剥”“毕剥”，美妙得如同骨纹的舞蹈。朱雀冷静地看着它们，直到裂纹完全清晰。

牛骨板的正面，烧灼而得的裂缝呈现出一个大大的、规整的“王”字。这是上天降下的最明显、最慷慨的昭示。

主院。院落中。几乎在占卜仪式结束即时。

朱雀长袍飞扬，如同一只展翅飞翔的白鸟，一路匆匆掠过主院中的小路与回廊。身后的承璋与五两几乎要一溜小跑才能跟上她的脚步。主院中的仆从们见了她纷纷致礼，另有人急忙进去通报。

朱雀走到上房门口，并不待主人相邀，便毫不犹豫地迈步入内，就像返巢的白鸟收翅滑入窠臼。

不意君贵也在房中，正扭头看着她。想来，午后衙署事务少，他放心不下君怜，就提前回来了。

朱雀自忖失礼，却也顾不了许多，一直不停步来到君怜榻前，左右看看她和君贵，方舒口气，微笑道：“有个好消息，你们想不想听？”

“什么好消息？”坐着的君贵和躺着的君怜异口同声好奇地问。

“这一次，你们将会生个儿子。”朱雀像个真正的巫师那样，郑重其事地宣布道。

六月。晌后。大内滋德殿。

官家郭威与皇子晋王荣在议事。这并不是晋王例行的问候时间——晋王通常是在结束衙署一天的公事后、回府之前来省视父皇，并顺便汇报一下当日京师大事。其实，晋王因为身份特殊，序班在诸宰臣之上，不仅会参加百官列席的日朝，也会参加隔两三日在御前举行的枢机会议，官家父子见面的机会是很多的。不过，那些场合他们谈的都是军政大事，家常话几乎没有机会说。他们都觉得，单独辟出一段父子相处的时间是很有必要的。

尤其是君贵，他对于父皇的身体状况和孤寂的深宫生活感到担忧，除了让四妹鹭娘和女儿观音经常入宫探视、承欢膝前外，深感自己也有义务经常与父皇叙叙闲话，让父皇感受到家庭的温暖。他不知道父皇有没有再纳嫔御，至少从公开的诏令中没有发现痕迹；每次来，他都看到彤云、仙草等旧从还是以宫官的身份侍立一侧；从内侍们的言谈间，他也没有发现任何新人存在的信息。但是他不敢问，也不能问。君臣之间、父子之间都存在着严肃的禁忌。他只好希望父皇能从与家族成员的聚谈中得到足够的安慰。

但今日父皇将君贵召来，与闲话家常无关。父皇给君贵看了一道奏章。

奏章是镇州何福进所上，奏报的是王殷在邺都的种种劣迹。父皇一面让君贵看着，一面说道：“何福进打从建鼎后就在镇州，爹一直教他留心王殷的言行。此番入觐，他请求单独入对，爹就知道他有话不想让旁人听到。给你看的这个，不是他公开的奏章，而是他入对之后爹让他写下来的，只有咱们爷儿俩能看到。”

他略咳嗽一声，忽然有些激动：“荣哥儿，你看看王殷在邺都都做了些什么！聚敛无度不说，言语行动也颇多僭越之处！人家说他日常出行的动静，比爹当年出镇邺都时还排场！……”

君贵道：“爹当年可是以枢密使之位统摄河朔的……”

郭威冷笑道：“是啊，爹当年以枢密使兼河朔统帅，尚且谦抑俭素；他不是枢密使，只是以侍卫亲军都帅之位统帅河朔，可是出入的仪仗甲卫、旌旗车马，倒像是他王殷加上以前王峻的总和！”

君贵再次看着手里的密奏：“……何福进还说，王殷在邺都招兵买马、私造器械……”

“招兵买马，原是藩镇的常规举措。便是你在澶州时，不也照样扩充军队吗？私造器械其实也不算什么。自打下了《禁贡军械诏》，爹将各地的上等兵器匠人都集中到京中来开作坊供给国用了，他们藩守打造再多器械，爹也不在乎。关键是，他以此为借口拼命加重百姓的赋税，还谎称是朝廷的意思，这里头的问题就大了……”

君贵感到头皮发紧：“爹，难道王殷真的会生出反心来吗？”

郭威哼了一声：“他征伐一生，叛乱与平叛的事经历得太多了。打从清泰年间跟着范延光讨张令昭之叛起，到随我平定河中三镇，一直到去年讨慕容彦超，那些人是怎么败的，他应该看得很清楚。他但凡聪明些，就不会走那些叛臣的老路。”

“可是，也不得不防。否则纵容过度……”君贵咽下了后半句话。他本来想说，王峻就是一个活生生的先例。但王峻现在成了父亲心上的一道疤、一个禁忌，他不敢触碰。

“哼，爹叫你来，就是要跟你商议，咱们拿王殷怎么办。跟爹说说，倘若是奏报给你，你怎么处置？”

君贵严肃道：“爹，儿子以为，为了避免养成尾大不掉之势威胁朝廷，对王殷，要尽早削权。”

“怎么削？”

“移镇。”

“移到哪里？”

“从北线撤往东线，选一个中等大小的州给他，算是警告。”

“为什么是东线？”

“东线有好几个咱们的亲旧大藩，足以牵制他了。”

郭威叹口气：“唉，王殷原本就是爹的亲旧大藩哪，爹放他到邺都，原本就是为了牵制别人的啊……没想到，他如此让爹失望！”

“……爹，无须难过。儿子以为，只要牵制得当，王殷还是可以继续为朝廷所用的。”

“你的意思，他非移不可？”

“这只是儿子的浅见。据以往田重霸方面的谍报，北线诸镇，已经半数为王殷所笼络。故此，咱们倘若想通过北线诸镇来牵制他，已经比较困难了。即便有何福进这样忠于朝廷、不肯附从他的节度在，只怕也不足以实现意图。”

“嗯……你说的不是没有道理，让爹琢磨琢磨。不过，动邺都留守，素来都是国家的军政大事，不到万不得已，绝不能以贬斥的方式移走他们。否则定会激起藩守怨望，朝廷将得不偿失。”

“是，邺都巨藩所遏制的，是国朝四面敌手中最凶悍的一个；邺都留守人选，牵一发而动全身，不能掉以轻心。”

“唉，王殷是累朝宿将，在打仗方面还是很得力的。爹用他守北，这两年在跟契丹人的交锋中，没有吃过什么大亏，爹是真心想继续留用他啊。上次贬逐王峻，爹怕他多心，还专程谕令他儿子去安抚他。何况，他又是爹的义社旧友……”

君贵将父亲搀扶到椅中坐下，他感受到了父亲内心的挣扎和犹豫。想了想，他又道：“爹必定是想保住王殷的。倘如此，儿子以为，就更应当早些移动他，早些给他这个警告。趁他羽翼未丰，趁他还没有真正生出反心，将一切妄念扼杀于将萌未萌之际。”

官家郭威默然。君贵的犀利和强硬让他欣慰，可是君贵所说的法子未必适合王殷。贬斥王殷，有可能让他知道收敛，也有可能刺激他生出真正的反意。对付老家伙，或许还是应该采用老办法。官家的行事风格是老成持重的，不到迫不得已，他不愿意撕破脸皮。

半晌，他叹了口气：“移镇的事，先缓一缓，爹再观察观察他吧。”

君贵欲言又止。

父亲瞥了他一眼，“你的意思，爹知道了。不必说了。”

君贵点点头，转而道：“爹这几日似乎咳得好些了？朝政的事，能交给儿子或者宰臣代劳的，爹就不要自己操心了。天气炎热，爹还是小心保养为上。”

郭威笑道：“保养？你教人多把瑬儿领到宫里来让翁翁逗一逗、抱一抱，对爹而言就是最好的保养了。前日我还跟鹭娘说了，爹不仅想抱孙子孙女，爹还想抱外孙呢！她玩耍了这么几年，也该耍够了，别再闲着了。”

君贵失笑道：“爹对四姐儿说得这么直白？”

郭威笑道：“那怎么了？那日抱一入宫问安，爹跟他说得更直白呢。”

“……爹怎么说的？”

“爹对抱一说，你得加把劲儿啊！学学你荣兄，一年一个！这种勇往直前的劲头，才真正是为天家尽孝、为朝廷尽忠呢！”

君贵被父皇善意的玩笑搞得不好意思起来，罕见地红了脸含笑不语。郭威似乎为自己这番玩笑话的效果感到得意，也心照不宣地微笑看着他。夏日宫殿深处吹来的凉风很快将这轻微的尴尬一冲而散，皇族子嗣未来的辉煌景象让他们的心中充满期待。他们神情松快，亲密无间。

在他们父子间，这是一幅时隔多年之后才好不容易重现的画面。

片刻，郭威欣然道："荣哥儿，随爹来，爹带你去思存殿看一幅壁画。"

禁军营房。晌后。

辞别父亲出宫后，君贵见时间还早，便带领亲随驰去禁军营地，想去探望张永德或者李重进。

适才在思存殿，他看到了母亲的小画像，虽然那与他记忆中的母亲不大一样，却仍然让他热泪盈眶。他还看到了那幅臆想而绘的《皇属游乐图》。他的梅娘和儿子们、他的兄弟们、他的几个孃孃，全在上面。他心绪激动，久久难平。

与壁画中浩浩荡荡的大家族相比，大周现存的皇家成员太少了，加上皇近亲，也就十来口子人。他应当珍惜他们，不该只顾着埋首于开封府的军政庶务。父亲说得对，他的表亲、姻亲们是皇族借以自固的左膀右臂，他要多跟他们走动亲近才是。

一行人刚刚驰入龙捷军营房，忽听得有人远远呼唤："晋王殿下！晋王殿下！"君贵等勒缰止马，循着声音的方向看去，只见一人远远驰来，到了跟前滚鞍下马，跪拜行礼："微臣参见晋王殿下。"

君贵看清来人是韩令坤，也很高兴，忙道："韩都校快快免礼！"自己跳下马来，执手问道，"你怎么在这里？"韩令坤自打从齐州被调到郭氏父子麾下后，又转了几次职，国朝建鼎后从铁骑散员都虞候转控鹤[1]右军第一军都校，领和州刺史，君贵与他，

① 铁骑、控鹤，都是禁军番号。控鹤之名不晚于后梁初期，铁骑之名不晚于后周初期。

也是两年不见了。

韩令坤笑道：“臣要去张驸马那里公干。这还没见到张驸马呢，倒先见着殿下了，也合是臣与殿下有缘。”又向君贵身后亲从众将们遍视致礼。林远等与韩令坤也是熟识，见晋王下马，早跟着下了马，一齐笑嘻嘻跟他打招呼。

韩令坤因问道：“怎么不见曹押衙呢？”

君贵道：“我派他和孙璘去澶州领兵了。”

韩令坤点头道：“难怪。……不过，少了他们两个，殿下身后，就好像少了多少人似的！”

君贵道：“你说对了，少了他们两个，我还真是不习惯。近日我正想扩充近卫，你若有合适的人选，倒是不妨推荐给我。”

韩令坤忙道：“这个自然。臣还真的知道几个好小子，改日臣领着到殿下那里，殿下挑挑？”

君贵笑道：“好。——你不是要去张驸马那里嘛，正好我也要看他去，咱们一路吧。”

因又上了马，一行人在营中缓辔前行，不时闲聊几句。拐过一排营房，不提防岔路上走过来两个人。见了君贵等，两人忙在道边下拜行礼道：“微臣参见晋王殿下。”

非战时，军中普通军士近距离见了君贵，基本的礼节是停步跪礼，如果着甲胄，可以只行揖礼。只有具备一定军阶的将领或者旧识，才有资格颂词参谒。当然，参谒时，原则上应当自报姓名，可是有时候施礼仓促，也会简略行事。君贵见对方着将领服色，又听得出言参拜，心知多半是认识的。可是适才没留意，现下对方低着头，他骑在马上一时又看不清，不免将目光转向韩令坤询问。

“殿下不认识他？”韩令坤忙道，“这是铁骑第一军都指挥使赵弘殷啊。”

“哦，原来是马军的赵都军。”君贵恍然。他与赵弘殷没有打过什么交道，但名字还是知道的，“赵都军请起——都起来吧。”

赵弘殷连忙致谢，然后由身边人搭扶一下站起身来。

君贵注意到了赵弘殷身边的青年，看上去二十五六岁，浓眉大眼，筋强体壮，好个生龙活虎的模样。“赵都军，这是？”他好奇问道。

“这是犬子，臣家的二郎，草名匡胤。”赵弘殷忙介绍道，又拉拉儿子衣衫，“二郎，还不快拜见殿下！”

那赵匡胤听了此言，忙再次恭敬跪拜道：“微臣赵匡胤见过晋王殿下。”

君贵点点头：“嗯，起来吧。”

韩令坤与林远等早下了马，韩令坤见晋王对赵匡胤颇为留意，便笑道：“殿下看赵都军家这二郎如何？臣适才所言要推荐的人中，就有他一个哪。”

君贵听韩令坤如此说，越发来了兴趣，上下打量着赵匡胤：“嗯……赵二郎……好……”因和言问他，“二郎从军多久了？”

赵匡胤忙答道：“微臣是在陛下讨河中那年应募从军的，有五年了。”

“这么说，你一直都在我们军中啰？”

“是。后来陛下转守河北，又南下克难，微臣都一直追随着。”

“嗯。你如今所属何处？所任何职？”

“微臣刚从滑州副指挥任上调回京师，依旧补的是禁军西班行首。”

君贵点头，再上下打量他两眼，笑道：“愿意到我那里去，做个马直军使吗？”

做马直军使不算美差，但那要看是做谁的马直军使。皇储相召意味着什么，常年在功名圈中打滚的人都很清楚，尤其当这个被召者原本就锐意求进、自视不弱时。

听了晋王此言，赵匡胤一阵惊喜，忙再次下拜道：“微臣何德何能，竟能求得殿下青眼？只要殿下吩咐，无论要微臣去做什么勾当，微臣都是绝无二话的！”

“呵，赵都军，你家二郎好俊的一张嘴！”君贵示意赵匡胤起身，又向赵弘殷笑道。

赵弘殷万万没想到走在路上，老天竟凭空给儿子掉下来一个大好前程，当下喜不自胜，也忙下拜道：“殿下错爱犬子，微臣感激不尽！犬子愚昧无知，在殿下跟前事奉时有什么不当的地方，求殿下狠狠管教，好教他早日明白事理。”

韩令坤依君贵之命拉起赵弘殷，不由笑道：“赵都军也是好俊的一张嘴！你放心，你儿子交到殿下手里，便是有了什么过犯，也不必等殿下管教，这些哥哥……”他指指林远、季飞卫等，“管保早就给他教饱了！”

林远等听了，都哄然大笑：“韩都校只管糟蹋我等的名声！”“想是往日被我等管教过头了？”“怎么，还记仇呢？”……

君贵知道他们与韩令坤混得熟，彼此玩笑惯了，也不深管，只作势训道：“哎，你们这是哪来的规矩？怎么跟韩都校这般没上没下的？”

“殿下别恼，臣等见了韩都校心里欢喜，一欢喜，就变得没上没下了……”林远等嬉皮笑脸地回答道。

君贵笑着摇摇头，又对赵匡胤道：“这帮哥哥，一个比一个浑，你还是不要学他们的样子才好。不过，明日你到开封府来，还是得找这个林哥哥……”他向林远一指，“我会告诉他如何安置你，你一切听他安排。”

赵匡胤忙揖道：“喏。”

韩令坤因问赵弘殷：“你们这是从哪儿来？怎的父子两个还在营中碰上了？”

赵弘殷道：“我们是一同去张驸马的小底营探望我家三郎回转。”

君贵不由向林远一笑:“今日可真是奇了，怎么咱们一路上遇到的人，个个都跟抱一有关系?”

林远笑道:“殿下，看来就算为了应景，咱们今日也得先去探望了张驸马再说。至于李防御那里，倒要往后排排了。”李防御就是指李重进。君贵加封亲王之后，有一批勋旧同时升迁，比如:郑仁诲升了澶州节度使；张永德由和州刺史升为恩州团练使；李重进呢，实职升为殿前都指挥使，遥郡官则由恩州团练使迁作泗州防御使。因此军中人便又叫他李殿帅、李防御。

君贵含笑点头，又问赵弘殷:“你家三郎在小底营?”

“是。臣的第三子，年龄比二郎要小上一轮。”

“嗯，既是小底，我就不多问了。”君贵笑道,“小底的人，暂且就留给抱一和重进调教去吧。待几时调教妥当了，我再抢几个好的过来用。”他回头看看众部将,“那帮孩儿，比你们这些家伙还爱闹。尤其是抱一，嫩口嫩面的，自己长得就像个小底!哈哈!”说罢，他一抖缰绳，朗声道,“走，咱们就找驸马爷这个小底头儿去!”

六九　七月流火

小底营校场。呼喊连天。无数耀眼的光点在校场上有规律地起伏跳动，那是日头在小底们所持甲兵的锋刃上反射出的。

两千少年军士排成若干方阵，正由教头们教习着不同的武艺：刀枪剑戟、攀爬骑射……君贵一行驻马校场之外，远远地观看他们操练。看到精彩处，忍不住出声喝彩。

“荣兄！”张永德得到通报，急急带领几名部从由指挥台驰来，到跟前下了马，亲热地揖礼招呼。“难得荣兄大驾亲临！荣兄一向忙于机务，怎的此时有闲过来视察？”永德礼罢，笑嘻嘻又道，“……且慢且慢，先别回答，让愚弟想想，该不是愚弟又有了什么过犯，荣兄是来教训愚弟的吧？”

“你这小子！怎的接了小底军的统领，自己果然也变成痴顽小底了？”君贵也早下了马答礼，一面笑道，“我还没开口呢，你里里外外把话都说了，教我还能说什么？”

张永德笑道：“看我说对了吧，荣兄果然是来教训愚弟的。”

“嘿，人家韩都校才找你有事呢。我没什么事，只是过来看看你。”

张永德这才正经下来：“真的？荣兄就是白来看看愚弟？这可太教愚弟受宠若惊了。走走，随愚弟到指挥室去，愚弟陪荣兄好好叙叙话！——韩都校、林押衙、季押衙，你们也请吧。”

小底第一军指挥室。

韩令坤已经办完公事离开，林远等也都被放到室外歇息，屋内只剩了君贵与张永德两个人。

张永德亲自慢悠悠替君贵点了一盏茶，双手奉给他，笑道：“愚弟新近向一个专会斗茶的茶博士学了几招，自觉点出来的茶更香了。荣兄尝尝，看愚弟的茶技有没有长进？”

君贵接过来，慢慢品一口，不由嘲笑道：“你这驸马都尉当得还真是风流，还有闲工夫去找茶博士学斗茶？难怪四姐儿玩心不止，原来都是你带的。”

张永德道：“荣兄这话可就冤枉我了，四姐儿是什么顽童心性，荣兄还不清楚吗？愚弟才是天天被她带的呢。那日，我们俩微服去大相国寺游玩，她挤到人堆里看大和尚给一尊新捐来的玉佛开光，就险些掉到水里去。”

“啊?!”

“她非要站在桥上看嘛。那么多人挤着挤着，就把她给挤到了桥边。她站立不稳，半截身子都出去了，若不是愚弟轻舒猿臂、兔起鹘举拉拽回来，她肯定掉下去了啊。——嘿嘿，愚弟这身功夫，好歹在公主身上派了一次用场！”

君贵笑了起来：“嘿，瞧你这张嘴现在学得这乖！生死攸关救人之际呢，还兔起鹘举的掉什么文？不过，你说得对，你的功夫首先得用来保护公主，不然要你做什么？我就这么一个妹子了，你可给我看顾好，危险的事情别再纵容她去做。若是她有什么三长两短，父皇那里且不说，我就跟你没完，揭皮至少得揭三道。”

“是是，愚弟谨记内兄教诲。异日内兄有用得着愚弟保护之时，愚弟必定也兔起鹘举、不惜性命往前冲。”张永德笑嘻嘻道。

“记着我的话就行。至于兔起鹘举嘛，我身边会这招的人挺多，还真不敢劳烦驸马。驸马还是干点大事吧。”

“嘿嘿。”张永德笑着又斟上一盏茶，“今日荣兄来，到底有没有事，总不会就为了跟我聊聊四姐儿吧？”

“有事嘛也可算有事。……我问你，李三哥那里也有一支小底军，跟你这边有没有关联？他的人员若有损耗时，会不会从你这里补充？”君贵道。

“李三哥啊？愚弟跟他没什么关联。听说他的小底备员都是从小底第四军那边要的。”

“他怎么不跟你要啊？”

“这……荣兄还是去问问他比较好吧？反正……李三哥老成持重，跟我们这帮人混不到一块儿，他不要我训出来的人，也不奇怪啊。”

“怎么，你们俩发生争执了？”

“争执倒没有。不过前些日子，他教手下人把右金吾卫上将军张从恩底下的人打了，张从恩来找我诉过苦。”

“他打张从恩的人做什么？”

“咳，总是他们在背后说了李三哥什么坏话，传到他耳朵里了呗。李三哥是个听不得这种话的人，立马火冒三丈，仗着位高权重，直接教部下冲到金吾卫营房去拿人。张从恩底下的人也不是吃素的，招呼着一大堆人拿家伙，两下里就这么打起来了。”

“结果李三哥打赢了？”

“是啊，张从恩虽说装作不知情，悄悄躲得远远的，毕竟不敢深得罪李三哥。听说打得狠了，赶紧叫副将回来制止。结果他的手下收手了，李三哥的人还追着打，好多人都破了头，一脸一身的血。”

“呵，李三哥剽悍至此！……不过，张从恩底下的人没事说李三哥坏话做什么？”

“其实也不算是什么坏话，就是一些玩笑话。李三哥跟小底第四军的头儿王怀远交情匪浅，张从恩偏偏跟王怀远有过节儿，算是死对头吧。所以张从恩底下的人背后骂王怀远时，言语间难免就捎带着对李三哥有不恭敬之处——也不知道是谁去李三哥那里嚼的舌头。”

君贵若有所思，看着张永德道：“那么……你跟张从恩的交情有多好？”

张永德略显尴尬：“我？我跟张从恩也没多好啊……不过酒宴上见过几次。他大约想着我也是皇亲，所以意思里教我帮忙回旋一下吧。”

“你帮忙回旋了没有？”

“还……还没有。李三哥眼高，等闲不搭理我们这种年纪轻的。何况他又刚升了防御使，做了殿帅。如今人家在禁军中呼风唤雨，愚弟轻易也不敢找他说话去了，嘿嘿。”

“你也不是吃素的，别装得这么老实。”君贵鼻子里笑了一下，教训道。不过话说回来，李重进的桀骜劲儿，他自己心里也很清楚。便又询问道，“……需要我帮你们回旋吗？”

“哎，不用不用。”张永德忙道，“这点小事，哪敢劳动晋王殿下您的大驾？还是改日愚弟自己去帮他们调和好了。”

君贵点点头：“嗯，驸马的面子也很大，李三哥也罢，张从恩也罢，不能不卖你这个面子。……不过，禁军自己人之间，这样打来打去的，像什么样子！你能居中调和，就是最好。以前你跟着我训兵的时候，我不是给你讲过该怎么掌控他们吗？”

张永德见他神情变得严肃，自己也自然而然恢复到以前聆听他教训的状态中，忙答应道：“是是，荣兄教给愚弟的，愚弟一刻也不敢忘记。愚弟明日就去将这事儿了了，再禀报荣兄知晓，成不成？”

“嗯，你自己就更别掺和进去了。”君贵满意道。因又想起一事，问道，“对了，铁骑第一军的赵弘殷，是不是有个儿子在你这里？”

“啊……对，他家的三郎赵匡义在。怎么？”

“没怎么。刚刚在路上要了他家二郎去我那里，顺便想起来问问你：他家子弟到底如何？”

“哦，依我看不错。那赵二郎我也认识，挺机灵一个小子，很会在他那帮禁军兄弟里混。有一次陪着他的长官跟我同席，还向我敬过酒呢。”

君贵点点头：“嗯。……得了，时候不早了，我还得回衙署一趟，告辞。”

七月流火，深穹之上，大火星开始向西而行。时令进入秋天，天气总算要开始凉爽了。

滋德殿。御前枢机会议。

永寿节快要到了，按照常例，外藩们纷纷上表请求入觐朝贺。今日的议题，首先就是允朝的名单。别的外藩都好说，邺都的王殷到底要不要允其所请呢？

按照官家的本意，他并不想让王殷入朝。他对于王殷在邺都的所作所为已经生疑，已经颇不耐烦，他要借着不允朝觐的表态，给王殷施加压力，让他知道有所收敛。可是王殷很执着，在前两道请求入觐的奏表没有得到回应的情况下，又上了第三道奏表。

那么，他对于官家，还是尚怀忠爱之心的吧？

官家郭威将这个难题交给枢臣们议论。大家议来议去，最后逐渐取得一致：应当准许王殷入觐。因为，倘若朝廷三番五次拒绝一个像邺都这样的巨藩献诚，是需要给出正当的、冠冕堂皇的理由的。天下的方镇都在盯着邺都，邺都留守的宠辱升降，是朝廷用人方略的风向标。如果官家不打算马上换一个邺帅，就不要给别人留出胡乱动心思的余地。

官家沉吟良久，默许了枢臣们的说法，诏允王殷入觐。他心里有了计较，打算趁机免掉王殷的魏博藩主之位，在中枢给他另找个地方待着。至于邺都留守的位置，他准备让自己的儿女亲家符彦卿去接手。

然而第二天，两封来自镇州和定州的军报让官家改变了主意。契丹人犯边甚紧，两州请求朝廷支援。官家思忖良久，将另一道与之前允朝内容相反的诏令下达到邺都天雄军治：邺都留守王殷宜以边事为上，留镇河北指挥调度抗辽事宜，不必进京。

朝廷的出尔反尔让王殷感到十分恼火。他在邺都日久，久违帝枢，他需要得到官家的定期召见，来向同僚和部属证明落在自己身上的天家恩宠不衰。他如果想升职，甚至想填补王峻留下的位置一跃而成为大周的枢密使，就更得为自己营造出众望所归的态势。而官家对自己的信任，以及将这种信任遍示天下，就是造势中必不可少的一环。

藩守权威的建立和保持是一个非常复杂的系统工程，与其能力、财富、人脉等都有关系，但尤为重要的，是天子的宠信程度。藩守被天子召见的次数多少、被赐予的物事的品种与数量，都是会被私下拿来比较的话题。王殷虽然统摄河朔，也将不少方镇节度纳入了自己的势力范围，但毕竟能力有欠，未能完全服众。所以，他急需天子亲召的加持。

出尔反尔的朝廷诏令，将他的这个计划打乱了，他难免心怀怨望。

王峻已经独断朝纲好几年，现下王峻好不容易倒了，难道还不该轮到他出头吗？枢密使的位置已经空出来了，综观朝里这些人，有哪个比他王殷跟官家关系更近、对皇朝贡献更大、资历更老呢？官家如果没有意识到这一点，他很乐意帮助官家意识到这一点。他们是多少年的结义兄弟啊。

可是，官家现在对他的态度显然有了变化，也许自己在吃王峻的挂落。他反复安慰着自己。好在，他并不像王峻那样强硬跋扈，他待官家，也绝不会像之前的王峻那样不客气。官家不允他在永寿节朝觐，他没有别的办法，只能等待。反正朝觐的机会还有的是。

这一年的永寿节过得比去年热闹。得到允朝恩典的外藩们在例贡和巧妙有分寸的寿礼之外，纷纷以自己的政绩向官家献礼（虽然这些表现他们为万民所拥戴的事迹中难免含着不少虚夸的成分），让官家龙颜大悦。去岁永寿节正值德妃丧期，未举歌舞，今年便一一恢复。宫廷乐工舞伎献上新排的《永寿曲》与《万岁舞》，此二曲于舞姬的柔美中增添了军旅的刚劲，大得君臣上下赞赏。

皇子晋王荣甚至当场舞剑以为父皇献寿之礼，更是令寿宴的热烈气氛达到高潮。

寿宴上的群臣也注意到了，官家的旧疾有迁延加重的趋势。作为对官家忠心的体现，翌日，钦天监呈上了最近的星占结果："臣等夜观天象，见镇星在氐宿和房宿之间，其所对应的分野乃郑、卫之地，正是京师所在。更兼氐宿主帝王所居正殿，故此犯冲。当此之际，陛下或者散财以致福，或者离开宫室迁幸别处暂避，应该就可以收到驱禳的效果了。"

官家对着钦天监的奏表琢磨了片刻。天子迁幸他处是件大事，所需的人力物力财力太过烦费，并不是个好办法。至于散财致福，当然比迁幸要简单。不过出于驱禳目的的散财，并不是随随便便赏赐臣下乃至平民一些钱财就可以作数的，应当有个更加得体妥当的名目才是。官家一时却想不出合适的名目来。罢了，且放一放，待有了上佳的由头再去施散吧。

八月初，两则不同滋味的消息让宫禁中人们的情绪如同荡在了秋千上，一忽儿低，一忽儿高，起伏不已。

先是李太后崩了。李太后的过世其实不算突然，自打她的幼子、后汉隐帝的皇弟刘勋病势越来越沉，宫人们就很少看到她面容舒畅过了。刘勋病殁，她的精神世界轰然倒塌，不过拖得几日，便撒手人寰。李太后病倒之初，永寿节刚过，官家郭威的肺疾因群臣贺寿好不容易有所好转，宫官们怕太后病情牵动官家伤怀，并未上报。直到李太后弥留，官家才得到禀报，匆匆赶往太平宫。

李太后并没有什么遗言，只是挣扎着将手伸给了官家，含着泪，微微点了点头。

太后崩，官家感怀悲伤，下令遵制举丧。宫中如礼缟素。秋意黯淡。

然而八月初四日，来自晋王府的一匹快马冲破了包裹着宫城的这种普遍的压抑。骑在马上的，正是晋王本人。

君贵策马直入宫门，在御道中疾驰，直到来在滋德殿前，才止步下马，急急整理衣衫。沿途的宫人内侍全被他这非同寻常的举动惊呆了，在白幡缟素间愕然相顾，如仪致礼，却不敢上前询问。

一定是发生了什么紧急的事，难道契丹人再次入侵？可是看晋王殿下的脸上，又不像。

君贵问行礼的内侍："陛下在哪里？"

"回殿下，陛下在后殿批阅奏表呢。"

"好。你先去禀报一声我来了。"

君贵迈步入殿。殿中的物事流光溢彩，似乎因为他的到来而纷纷后退避让。他直入后殿，见父亲正在几案前，手里提着一管朱笔。听到他的脚步声，父亲从奏表中抬起头，从容看向他。

"爹，"君贵疾步上前，匆匆拜礼，激动道，"君怜……生了！"

父亲的眼睛闪出一道强烈的光芒，却并不答话，只在眼神中充满询问之意。

"是儿子。"君贵大声道，"皇孙！"

"好孩子！好孩子！"父亲大喜，从座位上站了起来，"母子平安？"

"平安！"

父亲满面春风，搓着手在殿中走来走去。他似乎忘了还有别的什么话可以表达他的欣慰和激动，只翻来覆去不停地说着：“好……好……好……”

天家的这则喜讯以狂烈的力量席卷了宫禁，然后沿着各种说不清道不明的渠道飞至京城的各犄角旮旯，再急速飞向全国各道府州郡的里巷阡陌。官家立时吩咐：在宫中张灯结彩以示庆贺，将原来为李太后的服丧范围缩小回太平宫，并缩短丧期。

翌日，天子诏下，皇子妇符氏由蔡国夫人进封卫国夫人。令所司早备仪礼，待皇子妇将养稍息后便择日册命。这个卫国夫人与先前的蔡国夫人相似，是一个独立的封号，并不依附于丈夫的官阶爵衔。

官家又为新生的皇孙赐名宗训，取顺承天意、敬受祖宗教训之意。

晋王府。正房。时间流回一日前。八月四日当天。

年余前主母生产之后仆从穿梭往来的热闹景象，在晋王府中再次上演。君怜躺在榻上，犹有满头大汗，犹有一身疲惫，脸上却浮起了如释重负的笑容，明媚荡漾不已。

朱雀稳坐在仆从们川流不息的榻侧，仿佛稳坐烟波钓舟中，静看满目繁华如流云般翻卷而来，心中片澜不惊，一派静寂。可是，当她将目光转向君怜，当她回想起君怜拼命尽责完成人生任务的样子时，她的心中便五味杂陈，再也无法保持平静。

她知道君怜做到了该做的事。她满怀着心痛与怜惜，隐藏着不忍与嗟叹，竟至热泪盈眶。

七〇　桑榆顾情

广顺三年九月底，太常寺上奏，请于来年正月初一在南郊举行禋祀大典。

郊禋[1]，是从上古流传至今的盛大国家祭典。南郊祭天，北郊祭地，宗庙祭祖，太常寺请求“有事于南郊”，就是请求祭祀上天。通常情况下，除了自认为功德圆满的皇帝敢于去泰山封禅外，郊禋祭天就是和平时期皇家最大的祭典了。郊禋祭天的日子以冬至居多，但也有另择吉日的例子，比如目下。

太常寺之所以认为时机成熟，建议举行郊禋，是基于以下两个理由：

第一，皇家到了与天意进行一次沟通的时候：皇朝建鼎三年了，基业初定，四方畏服，百废俱兴，渐至小康，应当通过郊祭大典将这些禀报上天知晓；而且，皇位的受命、阶段性的邦定民安，也是上苍恩佑的结果，承天事地，礼尚两仪，皇帝应当对天意的眷顾表达感激；再者，通过与上天的沟通，皇权获得天意的加持，可再次确认皇帝“天之子”的身份，借此巩固皇朝的正统性，与江南、西蜀、南平、北汉等僭伪政权相区别——当然，其实这些政权也常自认为正统，也可能会祭天。

第二，为皇族的胤嗣昌盛而祈福：皇孙诞生，而且是嫡孙，

---

① 禋（yīn）：古代祭天的祭名。

这毫无疑问意味着本朝的皇位传续已经搭建起了两代继承人的阶梯体制。皇族的血脉在重新流动了，皇祚存续的大问题得到了解决。这，需要禀告上天知道，并且获得上天的祝福与恩佑。关于之前因没有皇孙曾经让众臣担过心的这层意思，太常寺虽然没有明说，但各方面都领会得一清二楚。

滋德殿中的官家郭威，虽然素来谦抑俭素，不欲张扬，却对太常寺的奏请感到正惬己意。大周的天下来之不易。三年以前，他接受上天的指示，忍下妻子家眷尽被夷灭的惨痛，创立了大周皇朝。应运开基，子民育物，付出了如此巨大的代价，才取得眼下这一点点成就，他很应该向天地汇报一次。他要同时祭天祭地。他要站在天地的面前，将自己的心愿与祈求倾诚托出。

而且，他还想到了永寿节之后钦天监根据星占结果提出的“散财致福”的建议。郊禋不就是最妥当、最堂皇的“散财”之道吗？原来星占所埋下的伏线要在郊禋提起。这，应该正是上天的旨意吧。

在命有司进行了郊卜之后，十月初一戊申日，天子诏下，自谓受命三载，典礼未展于二仪，心中愧畏，不敢遑宁，故此定于来年正月初一日皇帝亲往东京南郊进行天地合祀。又诏所司整备仪注时务从省约，凡有供需，一律采用官物，不得差配百姓。尤其提醒诸道府州郡，不得以进奉南郊为名，向民间进行各种征敛。

不日，太常寺又上奏，请求比照仪典章程与前朝旧例，修奉郊庙社稷坛位制度。官家下诏允之。

朝臣上下，无数的人开始为了这件国之大事而辛苦筹备、夙夜奔波。

在接下来的日子里，围绕着郊禋进行了一系列的人事调整和安排。

唐制，在进行南郊大典之际，要任命“五使”——大礼使、礼仪使、卤簿使、仪仗使和桥道顿递使。其中，大礼使由宰相担任，礼仪使和卤簿使由学士担任，仪仗使由御史中丞担任，而桥道顿递使，由开封知府担任。

这五使是非常荣耀的差遣，官家理应指派给自己最想抬举的人。

为此，在任命五使之前，官家将现有的官员职司做了一些小小的调整——尚书左丞兼判国子监田敏权判太常卿，礼部尚书王易权任兵部尚书。

未几，五使的任命诏示：以中书令冯道为南郊大礼使，以权判太常卿田敏为礼仪使，以权兵部尚书王易为卤簿使，以御史中丞张煦为仪仗使，以开封尹晋王荣为桥道顿递使。

又以前颍州防御使郭琼为权宗正卿；以前光禄卿丁知浚复为光禄卿；以前翰林学士、工部侍郎鱼崇谅为礼部侍郎，充翰林学士；以太子宾客张昭为户部尚书；以太子宾客李涛为刑部尚书。

至此，围绕郊禋所进行的一系列人事变动基本完成，群臣在其间俯仰进退，沉浮自知。

冯道以其累朝宰臣的资历，毫无疑义地荣膺大礼使之位；皇子荣以开封尹担任顿递使，虽位不及宰臣，却合乎旧制；一心想在官家跟前邀宠的王殷没有得到五使中的任何差遣，反而眼睁睁看着旧时自己瞧不上的几个文臣获此殊荣，心中不免又添了一层不痛快。

为了郊禋，还有一项重要的礼仪任务需要完成，那就是为皇帝上尊号。十月十七日早朝，中书令冯道率百官向官家上尊号曰“圣明文武仁德皇帝”，官家答诏：不允。

上尊号，是必须的；答诏不允，也是必须的；在不允之后坚持请求，更是必须的。上千年以儒家教义治国的传统延续下来，逊让谦退成了一个好君主的行为准则，尤其在大节上，如果不谦退、不逊抑，会让天下人耻笑。

中书令冯道早在后唐时期就担任过郊禋的大礼使，专精此道，自然锲而不舍，率领百官又上了两道奏表。三道奏表上完，官家不能再拂逆群臣的意思，于是答诏允之，待郊礼完毕之后方可施行。

五代承有唐旧制，诸如正月祈谷、孟夏雩祀、冬至祭天、夏至祀地等祭祀大典，必以祖宗配享。所谓祖宗，主要就是皇家的高、曾、祖、祢[①]四庙。大周建鼎之初，皇朝在西京立了太庙四室，并郑重地派遣冯道去奉册行过礼。如今既然要举行祭天大典，当然就需要将四庙的神主从西京请回来，以便在未来的各种大祀中进行配享。

不日，中书令冯道受诏赴西京洛阳，迎奉太庙神主。

与此同时，在东京城又修建了新的太庙，比照洛京制度，左宗庙，右社稷，别置斋宫。

又诏太常有司据礼制设计郊庙圜丘、社稷坛等建筑的规制，讨论祝版、珪璧等法物的材质、尺寸，并神厨、斋院、祭服、牺牲、馔料等一应祭典细节。

广顺三年十一月乙酉日。冬至。

太阳直射在这个星球的南回归线上，一年之中，这天的白昼最短、黑夜最长。在这个日子里，太阳的慈悲似乎隐遁了，又似乎更慷慨了——即便隔着重重阴霾，也要奋力施予光和热。

昏淡恍惚的日头照在人间宫廷青绿相间的琉璃庑顶上。中原这座历经十一位天子接踵入主的皇宫，在冬之至日这个时间点上，竟也显得卑微渺小了。

因为筹备郊祀的缘故，皇帝事先下诏，本日不接受群臣朝贺。

时过晌午，东京城的人们匆匆奔波在惨淡的日光中，辛勤而

---

① 祢（mí）：指宗庙中的亡父。

毫无怨尤，如同负重归穴的蝼蚁。阴霾的天空，原本是很容易让人兴起“天地玄黄，宇宙洪荒”之类旷远绵渺的思虑的，可是奔波的蝼蚁不会发出这些华而不实的慨叹，对他们而言，生存是远比宇宙更宏大的主题。

与上天、与宇宙的沟通，只能是天子家的事。

禁中。滋德殿后殿。

官家郭威与君贵父子议事。天寒地冻，虽说殿内生了几处火盆，空气中仍旧流转着丝丝寒气。官家在座中咳嗽不止，刚刚开了个头的话题被迫中断了好几次。君贵不停地替父亲轻拍后背，又让彤云等速取汤药。

彤云和仙草将新熬好的汤药端上来，又忙忙地伺候巾帕。郭威喘气稍定，看着那碗药，皱着眉摇摇头。

“官家，早起杨士潜说了，这是新改的方子，没有以前那么苦了，请官家务必如时服用才好。”仙草轻声劝道。

“不想喝啊。”官家疲乏地叹口气。

“官家这说的是什么话……”彤云的眼中有了泪光，不由埋怨道，“上次御医院开了方子煎了药，官家就任性不肯喝，还老是哄我们说好多了，好多了。若不是耽搁了这么几天，何至于又加重至此呢?”

官家像个做错事的小孩子，不去看彤云和仙草，却把眼睛看向君贵，像是要求得他的同情和理解：“总是喝药，天天喝，太苦了，又不见得好……”

君贵从来没有见过父亲这样示弱的神态，心中一阵难过，不由恨道：“必定是那杨士潜医术不佳！儿子这就去御医院一趟，务必替爹另外挑个好的来诊治。”

官家摇摇头：“你不要去。这么急吼吼地去了，除了把他们吓得话都说不出半句来，又有什么用？杨士潜家祖传的医术，看肺疾是拿手的，连刘孝能也推重他，你说他不行，一时也找不到比他更好的来替。”

君贵道：“儿子不管他什么祖传不祖传。他是瞧病的，他瞧了爹的病这么久，一点好转都没有，儿子自然要问他！”

官家又咳了两声，方缓缓道：“有用还是有用的，只是药太苦，爹不知怎的，就是不想……”

君贵端起药碗尝了一口，勉强笑道：“这次的药，倒还真的不是很难喝，依儿子看，爹不妨一试。”他向彤云道，“再替官家倒一碗来。”

彤云忙又捧来一碗。君贵对父亲说：“爹，儿子陪您喝。您一碗，儿子一碗。儿子先喝了。”说罢，他一仰头，将手里那碗苦涩的药汁喝了下去。

官家郭威怔怔看着君贵，眼中泛起了一点泪光。彤云与仙草也为皇子的举止所动，上前向官家柔声劝道：“官家，您看皇子都喝了……”

“好，我喝。”官家郭威接过药碗，一闭眼，也喝了下去。彤云和仙草忙替他送水漱口、擦拭嘴角与衣襟，就像在照顾一个好不容易听话顺从的幼童。

官家歇了歇，气色逐渐恢复正常，仿佛君贵陪着喝下的这碗药汤真有奇效似的。

宫人退去。父子相对，彼此都有一种深刻的感动。一时无话。

良久，官家调整了情绪，接续起适才所谈的话题：“刚刚说到湖南……”

湖南马楚自打被江南李氏派遣边镐占领后，去年底又由周将刘言、王进逵等率兵收复。官家便以刘言为朗州大都督，充武平军节度兼三司水路转运等使，以王进逵为潭州刺史，充武安军节度使。于是，刘言成为湖南之主，湖南将校尽为刘言部下。但今年八月，王进逵奏报刘言与江南私通，被诸军所废，自己接手了朗州军政。官家知道王进逵一直不忿刘言掌握湖南大局，所谓

“刘言被诸军所废”，说不定是王进逵自己策划的兵变。可是国内多事，湖湘一向难缠，更兼木已成舟，多说无益，官家便顺势将湖南大事委派给了王进逵，诏刘言勒归私邸。

不过，王进逵的统治，也不是那么顺利。

“……集州刺史周行逢密告王进逵苛政、暴敛、僭越……郑仁诲问爹如何处置。爹想问问你，此事你怎么看？”

君贵沉吟道：“儿子以为，对湖南，首先是要保证它在大周版图中不失。就像对待吴越钱弘俶那样，只要踏踏实实顺服朝廷，便是割据一时、狂妄一时也不怕。中央足够强大，外藩就不敢胡为。目下湖湘军政全由他们那帮军中故友掌握，朝廷很难插入手去，也没有余力派兵干涉。儿子以为，父亲只需遣使观察即可，他们自然知道朝廷耳目在彼，知道有所收敛。……何况，周行逢密告王进逵，未必不是怀着当初王进逵奏告刘言一般的心思。朝廷褒扬他、斥责他，都不妥当，不如装聋作哑……”

“哼，螳螂捕蝉，黄雀在后。有这么个人盯在王进逵后面，倒是替咱们省了不少力……好，爹就听你的，不批复周行逢的折子，可是派个人去教王进逵难受难受……”

“好。……爹，刚服了药，还是不要说这么多话了吧？”

“无妨。……邺都、邢州、洺州的地震奏报，你也看过了。尤其是邺都，王殷奏报说震感尤强，灾情尤重，说他已经拿出牙库里的财物来赈灾。嘿嘿，儿子，他这是什么意思？”

“这……这怕是明着要爹奖赏和补贴的意思吧……”

“他库中从民间所敛的财物原本不少，目今治下军民遭了灾，他就拿些出来回报百姓，又能如何？”

君贵不语。对待父亲的义社旧友，他现下变得很谨慎。尤其是当他发现一向飞扬跋扈的王峻，在父亲心目中竟然占据着那么重要的地位时。

“唉，王殷这个人哪……”官家摇头叹息，“哼，他爱怎么折腾，就怎么折腾吧。爹倒要睁大了眼睛看看，当此之时，他心里装的到底是什么……”他顿了顿，忽又笑道，“罢了，不说他了，你还是跟爹说说，训哥儿这几日情形如何？”

“他呀？现在都被喂成一个小胖子了。琔儿像他这么大的时候，都没他胖。……儿子想着，训哥儿已经满了百日，待哪天太阳和暖些，就教君怜带他进宫来，让翁翁抱抱呢。”

“哎，这么冷的天，小儿家不要出门！连同君怜，身子骨不强壮的，都别出门！爹又不是没见过他，上两次到你府中，不是还抱了一小会儿？爹不着急，你可别折腾他！”

君贵笑道：“那好吧。这几日天寒，爹连琔儿也不教入宫了，儿子不是怕爹这里冷清嘛。”

官家郭威笑了一下：“有你天天来，还好。爹上次抱着训哥儿的时候还想，他要是能快快长到你七岁时候的样子，就好了……”

君贵七岁时，是他们正式成为父子的那一年。

那时候，英娘还是那么年轻美丽、充满活力；那时候，刚刚建立数年的小家庭中只有他们三个人；那时候，父母所有的宠爱，都集中在他这个养子身上……

父子两人都沉默了。好好的一个话题，竟然引得大家都难过起来。

而君贵的难过是双倍的。对往事的追怀固然让人怅惘，父亲近来越来越频繁的忆旧和伤感，更加让他感到心惊肉跳。

父亲似乎服老了。愈来愈凶顽的病痛似乎摧毁了父亲对于自己身体和精神的信心，他变得脆弱，变得敏感，变得顺从命运，变得时常回头望，去向往昔的时光中寻找宁静和安慰。

君贵记得，年初自己趁王峻外出治河之机回来入觐时，父亲虽然间或咳嗽，却还向自己炫耀在南庄一箭穿双凫和在宫中下场蹴鞠的雄风，言辞间颇为得意，完全是一副不服老的派头。

不过一年光景，随着肺疾的加重，父亲的言辞，已经如此萧索！

“爹……”君贵强笑道，“儿子那时候淘气顽劣，没少教爹和阿孃劳神。训哥儿不一样，从襁褓中就有翁翁旦夕教诲着，待他长到那么大时，必定会比儿子强多了。”

“不对，”父亲摇摇头，“我们家大哥儿是个好孩子。第一次见面的时候，我就知道，他是个最好最好的孩子……”

“爹……”

父亲咳了几声，揉着自己酸痛的脖颈：“好了，爹乏了，要歇歇，你去吧。”

“好，”君贵跪拜行礼，“爹多多休息。朝廷的事，有宰臣们奔走，爹就不要太过操劳了。儿子拜辞，明日再来问安。”

他起身倒退三步，再转身慢慢走出殿门。他本来想向彤云、仙草等叮嘱两句的，可是他做不到。因为，他的泪水已经不知不觉挂了满脸。

> 抚我畜我，长我育我，顾我复我，出入腹我。
> 欲报之德，昊天罔极！①

晋王府。主院内堂。

入冬之后，主院内堂成了观音最常光顾的室内游乐室。为此，君怜特意命人将内堂中央一应桌椅摆设全部撤到靠墙溜边儿，为观音留出一个足够奔跑的宽敞场地。又在边角处添置了摇椅、木马之类的玩意儿，好教她自在地爬上爬下。随着天气愈发寒冷，还点起了两个带防护铜罩的火盆，火盆四周又围上一圈木栅栏，阻隔小儿可能的接近。

---

① 出自《诗经·蓼莪》。

此时，君怜与朱雀便溜边儿坐着，一面守着摇车中的宗训，一面看东方氏等拿个鞠球教观音玩耍，一面叙些闲话。观音只有一岁半，自然还不可能学习蹴鞠。但是她对鞠球发生了兴趣，抱着球跑来跑去。东方氏在后面追着，她就愈发感到有趣，开心得咯咯直笑。

小小的皇孙宗训躺在摇车中，乳母刘氏守在一旁，轻轻摇晃着朱红描金的吊厢。摇车是官家命少府监为皇孙特制的，在他降生之前就下赐到了晋王府上。在摇车的起伏中，宗训本来已经快要睡着了，却又被观音的笑声所吸引，迷糊着眼睛左右张望。

仆从掀起毡门帘，君贵大步入内，众仆致便礼。君贵见了一屋子的人，微笑道："你们都在这里。"

"嘘……"君怜轻声示意，"小声些，训哥儿就快睡着了。"

"好。"君贵点头，来到摇车前看看儿子。

就这么两三句话的工夫，宗训已经闭眼睡了过去。君怜笑道："你一说话，倒给他催眠了。"

观音见了爹爹进屋，早咯咯笑着向他扑过来。君贵抱起闺女，不由满脸笑意，柔声问道："音儿在玩什么呀？"

"坃球球。"观音答道。

"好玩吗？"

"好玩。……爹爹玩。"

"爹爹待会儿再跟音儿玩，现下爹爹要做点别的事。"

君贵转向朱雀，神色变得有些严肃："榷娘，我能否问你个事儿？"

"……嗯？"朱雀感到惊讶，君贵很少有什么话题直接与自己相关。他们之间有限的对话，一般都是通过君怜或者观音的由头而辗转开启的。

"你的师父高医正，曾经做过御医，对吗？"

"对，我师父出身御医世家。"

“这样问很失礼，请不要介意——尊师的医术究竟如何？”

“嗯……我以为，是很高妙的。”

“后来为何离开了呢？”

“宫廷隐事，受人连累吧。”

“那么，尊师最擅长治什么病？肺疾可以吗？”

朱雀尚未回答，君怜紧张起来：“怎么了哥哥？难道父皇的病……”

君贵看她一眼，沉着脸点头道：“是，吃了多少药，总不见好转。御医院那帮人担着天大的干系，大概也不敢破胆用些奇方。我想在宫外替父皇延请一个医术精湛的可靠名医，想来想去，就想到了榷娘的师父身上。”

朱雀沉吟道：“我师父最擅长的是调理养生，又或者湿痹杂症、外伤正骨，都是招牌。至于肺疾嘛……倒是也治过。我记得那年襄州有个致仕的员外郎患了很重的肺疾，延请师父医治，最后也给治好了……”

君贵与君怜相视，目中似有惊喜。

君贵道：“如此甚好。榷娘，我知道你师父早已退隐江湖，不知你可否暂且将他请出山，前来为官家诊治一番试试？”

朱雀默然良久。高师父与她一样，曾经与皇家有过极不愉快的往事纠葛。高师父当初决定弃品职而去，就是因为再也不想深陷宫廷泥淖，忍受身心的煎熬。何况，这次要请他出山前来诊治的，是一个别的御医难以医治的病者；更何况，这位病者，就是官家本人。稍有差池，令名不保倒在其次，甚至可能会送掉性命——即便这位官家是君怜的翁爹，但官家就是官家，身份不变，事情的结果就很难改变。

“朱雀……”见她久久不语，君怜轻轻唤了她一声。

朱雀转过眼，看到了君怜和君贵满目的期待。“好吧，”朱雀的面色罕见地凝重起来，“师父方便不方便出山我不知道，但我会尽力为你们一试。”

“太好了！”君怜感激地拉着她的手，“这次让廷献、五两和承璋都扈从你出门，返回的时候好教有人事奉高师父。”

翌日，朱雀偕廷献、五两和承璋三人匆匆出发去寻访远人。冒着漫天扑面而来的细小雪珠，他们穿过东京高大的城门，一径往南飞驰而去。

七一　奇香蜜丸

十二月初二，戊申日，这是三九的第七天。俗语有云，三九四九，冻死猪狗。

这天下了一场冻雨，雨水挂在树上，还没等落到地面就冻成了冰。在这样恶劣的天气中，中书令冯道从西京迎奉郭氏自高祖以下四庙的神主返回，到达西郊。

皇帝应当着常服出城亲迎神主，这是经太常礼院诸臣反复引经据典讨论之后得出的结论。于是，尽管天气酷寒，接到冯道先遣奏报的官家郭威还是勉力遵从礼制，率领皇子晋王荣以及王公大臣们，亲往西郊迎接宗庙神主。在凛冽的寒风中，官家亲自路迎奠飨，并奉皇家祖先之灵位入于太庙，设奠安神而退。

官家郭威原本是骑马出于西郊的，君贵担心恶劣的天气会加重父皇的病情，坚持让御辇跟随出城。果然在行礼完毕之后，君贵发现父皇面色有异，便立即扶着他登入有暖帷严密遮挡的御辇返宫，自己驭马从旁扈随。

回到滋德殿，君贵与内侍们一起将父皇扶到御榻上躺下。官家喘息不定，勉力抑制着想要大咳特咳的冲动，将脸都憋得紫了。彤云等吓得脸色煞白，一边服侍，一边偷偷抹泪。未几，御医传到，几个人手忙脚乱地施治，药石针砭，多管齐下。

殿中人仰马翻折腾了半日，官家好歹平静下来，躺在榻上昏昏睡去。君贵退到外殿，心中一片沉沉阴云，压得他窒息欲狂。

好在翌日，官家的病情有了好转。君贵、君怜、鹭娘、永德、重进、罗氏等晚辈日日入内探视，轮番事奉汤药。往后几日，官家在众人的悉心调养下颇有恢复，又能勉力视朝了。

视朝的一个主要内容，是处理臣属上奏的各类文书。郊禋在即，外藩们纷纷乞朝。能够参与国朝这一重大礼仪盛典，是莫大的光荣，可是能够获准躬逢其盛的外藩屈指可数。谁将会得到这样的恩宠呢？

十二月十八日，曾经三上乞朝奏表的镇州节度使何福进获准来朝。

十九日，同样曾经多次上表乞朝的邺都留守王殷获准率牙部来朝，官家命他仍旧如先前在京时一般，掌京城内外巡警。群臣侧目。

二十日，权判太常卿田敏以礼仪使的身份上奏："皇帝郊庙行事，请以晋王荣为亚献，通摄终献行事。"郊禋时的祭酒必献爵三遍，亚献，就是献第二遍，终献，就是献第三遍。唐代旧制，南郊享太庙时，例以亲王充亚献、终献行事。如今的官家只有一个皇子，皇室只有一个亲王，所以亚献、终献，都将由晋王来担当。考虑到官家的健康情况，这也意味着以晋王为仅次于主献者皇帝的副祭，意味着晋王必要时可以代替主祭者皇帝完成所有的献祭仪式。官家依从了礼仪使田敏的建议。

东京。御街。日间。

一大队衣甲鲜明的人马从南而来。仪仗旗帜高耸整齐，在寒风中猎猎翻卷；几百甲士，无论骑在马上还是徒步行进，无不体格壮硕、神情倨傲。被这一队浩大的仗卫所簇拥着的，正是邺都留守王殷。他原本身材高大，骑在璎珞艳丽、腿长臀圆的枣红马上，愈发显得仪形魁伟、威风震烁。

非皇家人马却以如此铺张的排场耀武扬威地行进，自本朝建鼎以来还是比较罕见的，即便王峻势盛之时也少有如此阵仗。这不寻常的现象自然引起了沿途百姓的侧目乃至围观，纷纷猜测这个看似大有来头的人物究竟是谁。有聪明人从仪仗号旗上找出了答案：“啊，是邺都的王节度！”

冬日街面上往来的人原本不多，可是这么庞大鲜明的仪仗队伍经过，倒把好些人从家中召唤出来看热闹了，拥挤着阻碍了队伍前进的速度。为此，有四个骑士突出前阵，挥舞着马鞭在前面不停喝道：“奉旨巡城，无关人等回避！奉旨巡城，无关人等回避！”

那些不识趣、不知道赶紧闪避的好事者，难免会挨上一两鞭，御寒的衣物也被抽出了口子来。更不凑巧的，鞭子落到脸上或者露出的手上，立马皮开肉绽，惨呼连连，观者无不耸然。

晋王府。外堂。房门紧闭。

田重霸在向君贵密报情况，低语良久。

有人叩门，连叩不止，君贵示意田重霸去开门。门开，林远入内，揖道：“殿下，杜娘子回来了。”杜娘子自然是指朱雀。

君贵问：“就她一个人？”

“还有位老者。”

君贵一喜：“快快请他们入内！”又吩咐，“去请夫人过来。”

田重霸见状，便向君贵施个便礼，悄然告退。

未几，廷献和承璋前引，朱雀陪着一位须发花白的老者并两个僮仆入内。

君贵忙上前揖礼道：“这位想必就是高医正高老先生了？”

高医正微笑回礼：“山野之人，见过晋王殿下。”

君贵将高医正延入座中，又向朱雀笑道：“榷娘子一路辛苦，也请赶紧坐下歇息吧。”

朱雀淡淡一笑：“大皇子所托之事，我已向师父粗略提及，大皇子可细述其详。”

君贵点头。

这当儿君怜也闻讯赶来，众人互相致礼。

十五年前在同州节度宅，高医正见过君怜一面，其时君怜尚是孩童。此番是他们第二次相见。一见之下，高医正惊异于当年那个娇柔的小姐儿今日已拥有了如此的容貌与气度；而君怜则伤感地发现：高医正满鬓添霜，不复是当年那个义气激荡的壮年医官了。

分宾主落座后，君贵向高医正详述了官家症状与病程。高医正听罢，默然良久，方道："依殿下所言症候，老朽不敢说有无把握的话，只能当面问诊试试。"

君贵道："好。高老先生已有了年岁，连日赶路辛苦，请先用些茶水点心，略歇一歇。少时，咱们就进宫去吧？"

高医正捋捋花白的胡须："问诊之事，宜早不宜迟，老朽无须歇息，现在就可以入宫探视。"

当下君贵、君怜便吩咐备衣备马备轿，要亲自引领高医正入宫。君怜寻机私下询问朱雀是否愿意陪同入宫，朱雀连连摇头。君怜知道她心里一向远着皇家，远着宫廷，也不勉强，便嘱朱雀回到别院调养歇息，又吩咐廷献、承璋等好生服侍。

大内。滋德殿后殿。

官家静静躺于御榻，闭目养神，锦被厚厚堆积在他身上。这阵子他的病势似乎又转沉些，已经好几日不能视朝了。

高医正坐在榻旁机凳上，望闻问切诊视半日，方离了御榻，由君贵引着，来到外间。早有宫人备下笔墨纸砚候着，可是高医正摆摆手，并不打算去桌案前开方子。君贵与君怜不便发问，只强抑着紧张，不安地看着他，等他说话。

"殿下，夫人，"良久，高医正温和地开口道，"老朽才疏学浅，不敢对陛下不豫之事胡乱置喙。不过，倒是有一种丸药，可以稍微缓解陛下的症状，教陛下感到舒适一些。"说着，他向随从的僮仆一招手。僮仆忙递过来一个粗嘴的中号葫芦。

高医正从宫人处要过来一只秘瓷大碗，拔开葫芦嘴，向碗中一气倾倒出十几粒药丸来。君贵两人仔细看时，见是些中等大小的褐色蜜丸，隐隐散发出一种幽远的清香。高医正解释道："这叫'奇香润肺丸'，是老朽两三年前按照家传的方子制备的。如今统共剩下五十来粒，全都呈献给殿下吧。"

他将盛装了香丸的秘色瓷碗递到君贵面前："殿下，请从中任取一丸。"君贵依言捏起一粒香丸。高医正从君贵手中接过那粒香丸，忽然放进自己口中，三嚼两嚼咽了下去。

君贵与君怜都对他的举动感到惊异，愕然道："高医正，这是为何？"

高医正笑道："天家至尊，本不应该服食来历不明的外路药丸。可是老朽的这种'奇香润肺丸'炼制起来颇费工夫，倘若到京城现开方子检药炼制，一时半会儿却是得不了的。老朽以身试药，不过略表诚意而已。用或者不用，还是要请陛下与殿下定夺。"

君贵想起朱雀所言高医正因受宫廷隐事牵连而弃官远遁的事，对他目下这种超乎寻常的谨慎便有了体谅，此外，还稍微感到了一丝尴尬，不由讷讷道："用自然是要用的。高医正可否详告药理及服用之法？"

高医正点点头："这个自然。"于是坐下来，将这润肺香丸的配方、制法与服法详解一番。

君贵听罢，沉吟片刻，问道："那么，官家服了这药丸，会有什么效果呢？"

"咳嗽或喘息稍缓后服食，可以感觉到喉管以下一片清凉……"

君贵与君怜对视一眼。君贵道："光是清凉，又有什么用呢？"

高医正道："殿下可别小看了这清凉。有了这片清凉，才可以安然入睡；睡得好些，来日精神也会好些；精神一好，整个人言谈举止便大不一样了……”

君贵与君怜又默然对视一眼。

晋王府。客房。

高医正与朱雀在房中相叙，旁人尽出。

奇香润肺丸已经由皇子说动官家服用，高医正本心是想离京的，可是又知道不能走。他侍御的经验很丰富，知道在皇帝服药期间，提供方子的大夫和提供药材的药商都得随时候命，说得好听些叫作备咨询，说得直白点，就是押在这里做人质了。服了药病情倘不能好转，已经够让人提心吊胆的；倘若竟因此恶化，那么十有八九，这罪责就得向大夫和药商那里去问了。何况，这次他是连大夫带药商的职责一并担过，他怎么可能离开？他必须坦然地陪着，面对结果。

师徒两人叙的话，其实与官家的病情无关，大部分都是家常。进京途中因忙着赶路，两人并没有什么时间闲叙。目下客居晋王府，倒是真正有了余暇。

师母，师兄，师姐，师弟，师妹……有与朱雀相熟的，也有只见过一两面的，闲闲聊一遍近况；朱雀最近自制的丸约，拿出来请师父品评指教；师父新发现的古代医书，或者从古代医书中发现的奇方妙理，也值得细细一说；还有师父新编的另一套养生吐息之法，也都当场教习演示一番……

数日之后，话题枯竭，再没有心思去搜肠刮肚。毕竟都为一件事悬着心，躲不过，还是回到了最根本、最敏感的话题。

朱雀斟酌片刻，终于问道：“……师父，官家的病……”

高医正一阵沉默，叹口气，方低郁道：“……姐儿，师父无能，无力回天……”

“……那么，师父所献的药丸？”

“治标不治本，只不过教病者稍感舒适而已。官家的病根儿在药石所不能及之处，师父没有别的办法了……”

朱雀默然片刻，又问：“听闻……官家的脖颈也常常犯疼，那个要紧不要紧？”

高医正摇摇头：“……不甚要紧，也许，等不到脖颈的病发作……”

朱雀神情黯淡。皇朝建鼎后她曾两次外出游历，她知道如今的官家是个百姓口中称颂的好皇帝；何况，他还是君贵和君怜的父皇；更何况，自己还一直寄寓在皇子家。无论从哪个角度看，她都对师父暗示的这个结果感到悲伤。

更让她心惊胆怯的是，倘若官家寝疾不起，一切将会发生巨大的变化……对于她，那个变化虽然早就在预料之中，却是来得越迟越好的啊。

一直纠结在自己心中的问题像拔不尽的藤蔓，再次顽强地攀缘上来。她决心从师父那里获得一些精神力量：“师父……师父历事过好几任官家，弟子想请教师父：目下的天子，可是其中的大有为者？”

高医正若有所思地看着她：“自然是的。师父亲眼见过的天子中，目下这家是最好的了。”

“那么，倘若天子要师父重新进入内廷为御医，师父是否会答应呢？”

高医正连连摇头：“师父不会答应的，即便以天子之威逼迫，师父也不会答应……师父会赶紧跑掉。”

“……为什么？”

高医正叹了口气：“姐儿，师父问你：倘若一只鸟儿已经见识过天空的广阔，它还会甘心被困在笼子里吗？”

朱雀不语。师父的话振聋发聩，她在心中反复琢磨。

她是朱雀，她也是一只不肯收起翅膀的鸟儿。

滋德殿。日间。

每日按时服用奇香润肺丸的官家精神果然好转，今日虽然没有视朝，却破例召开了御前枢机会议。

这个会议是在李穀、范质等人的再三请求下召集的。臣属们如果总是见不到皇帝的面，心中就会惶恐不安，而且，朝野内外就会有流言兴起。虽然多日以来，枢臣们与官家通过奏表往返的方式保持着联系，可是官家不让他们入内探病，这教他们心中没底，不知道官家的健康现在到底是个什么情形。

往大了说，皇帝的身体并不是他一个人的，而是全天下的。一动而八方乱，一言而天下安。皇帝的身体健康出了问题，天下的运转就会跟着出问题，原先好不容易稳定下来的政权结构，就有可能发生剧烈的动荡。枢臣们关心皇帝的健康，也就是关心皇朝的未来政局。

官家郭威自然明白枢臣们越来越迫切的忧急，今日他下令召集枢机会议，就是要给他们一个交代，让他们安心。

众枢臣行过礼起身，见高高坐在御座上的官家神色安定，言谈平缓而正常，个个激动得热泪盈眶。“陛下果然大好了！”“多日不见陛下之面，臣等惶恐不安哪！”“臣观陛下精神，比不豫之前还要好上几分，真是皇天眷顾、万民之福！”“臣恭祝陛下万寿无疆！”“万寿无疆！”……

官家郭威有点感动，微笑着摆摆手：“朕不过略微抱恙几日，瞧把卿等吓得……行了，既然见到朕的面了，卿等有什么事，就赶紧奏报吧。”

李穀在众臣中年龄较长，他与群僚们交换个眼色，便毅然出头，向上揖道：“喏。臣等岂敢过劳陛下。倘若是别的事，臣等自己公议出个处置办法，呈给陛下批复就是了。可是今日臣等请求入对，是有一桩臣等无法处置的棘手之事……”

“嗯？”

“邺都留守王殷，自从入觐之后，天天带着数百随从，在京城的大街小巷呼啸而过，耀武扬威……军民见之，无不咋舌惊异……”

“……嗯……”

“陛下，王殷以侍卫亲军都帅之位领邺都留守，不说谨守规矩为藩镇表率，反而刻意铺排，出行仪仗浩大浮夸、麾下军士欺民霸路，惹得坊间怨气冲冲，百官们议论纷纷，臣等实在是看不过眼了。朝中比他品级高的大臣多了，没有哪个像他这样跋扈的；更不用说晋王了。晋王是皇子，是亲王，是开封尹兼功德使，又早加了检校太傅和同平章事，论阶序不知比他高出多少，可是晋王出入刻意低调谦抑，从来没有摆过王殷这样的排场。臣等以为，王殷僭越太过，倘若再不加以制止，则皇朝仪规将成空文；倘若因此引发外藩竞相效仿，则天子威严何在？朝廷颜面何在？……”

官家微微蹙起眉：“……王殷如此行事，就没有人警告过他吗？”

众臣沉默。王殷的跋扈有与官家的旧谊做底气；而且，王殷在兵部和禁军中都是有盟友的，他张狂妄行之际，有一大帮禁军亲旧与他遥相应和。五代传统，武将根本不会将文臣放在眼里。他们这些文臣，并没有什么机会与王殷当面交锋。

“王殷每日四处巡治，臣等……臣等便是想面斥他，也抓不住他的行踪……”李榖说道。

“嗯……那么，卿等以为应当如何处置？”官家向宰臣询问对自己义社旧友的处置意见，这是罕见的。之前让李琼出知陕州，或者果断处置王峻，官家都是自己做出决定之后再知会宰臣，事先并没有让他们掺和的意思。

众枢臣掂量着官家的语意，更掂量着官家的真实心意。

良久，范质揖道：“陛下，臣以为，法度就是法度。王殷目无朝廷，僭越震主，按照国法，应当撤职查办。否则，异日必成大患。”

官家询问的目光看向其他宰臣。群臣附和：“臣赞同范质的意见。”“法办王殷，也是给别的外藩一个警告。”“王殷不办，只怕朝中大臣也会不服。”……

议论纷纷间，忽然殿门轻轻开启。王景通躬身入内，匆匆来到官家郭威跟前，向他附耳说了几句话。官家不动声色地听罢，沉吟片刻，向御阶下诸臣问道：“卿等还有别的事要奏报吗？”

“臣等没有了。”

“好。卿等从后殿退走，由王景通带领出去吧。不妨告诉众卿，王殷此刻正在宫外请求入对。这次他回来，除了返京当日，朕都没再召见过他。今日既然他来了，朕倒要好好地听他说几句话才是。”众枢臣行礼告退。

未几，王殷在内侍的引领下来到滋德殿外告进，又直趋御阶下，拜礼如仪：“臣王殷叩见陛下。”

“平身。”官家郭威的脸上似有笑意，“……仲良啊，今日来求见朕，有什么事吗？”

“是，臣有一桩小事，要请陛下恩准。”

“哦？说说看。”

王殷揖道：“臣奉圣命在城周巡防警戒，每日殚精竭虑，不敢稍怠。眼看着郊礼在近，城里城外，兵民大集，难免会有不法之徒混迹其中，妄图寻机作乱。臣唯恐届时安防有失，多日来悉心谋划，寝食难安。……臣思来想去，不如请求陛下酌情给付一些天子仪仗，这样必要时臣可以布出疑阵，教不法之徒摸不清天子的真正所在，臣等便可趁机将之一网打尽……”

官家郭威默然。王殷所提出的，是一个闻所未闻的建议。向臣下给付天子仪仗意味着什么，难道他真的不明白？往好了想，他是鲁莽惯了，一心只想守护天子周全，忘了这些举动背后的含义；往坏了想……

如果他不知道自己的言行僭越，他是可恨的，当臣下最重要的就是将朝廷法度、天家规矩烂熟于心。但如果他明知僭越却故意僭越……那就太可怕了。

官家郭威露出了为难的神色："仲良，将天子仗卫给付于臣下，这恐怕不妥吧？朝中宰臣们，一定会据理力谏的……"

"咳，那帮耍笔头的老家伙！"王殷不以为然笑道，"他们成天在朝堂上指手画脚，哪里知道我们耍刀枪的要面对多么危险的局面！事急从权嘛，曹魏武逃命的时候，还连胡子都不要了呢……"

"呵呵。"官家郭威被王殷的比方气得一笑。是有多狂妄、多无知、多愚蠢，才敢将皇朝的郊禋大礼牵扯到曹操的战败逃命上去？以前，自己只以为王殷觊觎枢密使之位；现在看来，他居然还觊觎天子之位！

退一步说，就算王殷尚未到觊觎天子之位的地步，但一步步发展下去，谁敢担保他将来没有那个心呢？王峻已经给出了一个坏先例。被架空的天子还是天子吗？他们都当他郭威是什么人?!

但他真正的纠结还不在此。他真正的纠结在于：王殷目前只是即将失控，离真正的失控，还有一点距离；他原本完全可以吸取王峻的前车之鉴，花更多力气在王殷身上，狠狠给他一些教训，将他重新纳入自己的掌控中。可问题是，自己好像已经没有足够的时间和精力，来将王殷拉回轨道了……

弓将折，弦将崩，他必须迅速做个决断。

当断不断，反受其乱。

官家郭威一念既定，便向王殷点头微笑道："……卿说得也有道理，万事有备，方是周全。这样吧，朕来安排。明日卿再入宫来，朕让人带卿去领甲仗。"

王殷喜道："臣领旨谢恩。"

王殷离去后，官家郭威在御座上怔忡半日，然后叫过了王景通："即刻，宣李重进来见朕。"

这一晚，官家郭威在御榻上辗转反侧，无论如何努力也难以入眠。奇香润肺丸带来的清凉解决不了他的问题，他破格在一宿之间连服三粒。虽然他知道高医正说过，不可过量。

翌日，王殷入宫问候皇帝起居。

官家郭威勉力端坐在滋德殿御座之上，待王殷跪拜行礼毕、将起未起之时，忽地沉下脸来，将手边的茶盏投掷于地。殿侧，李重进率领甲兵迅捷扑出，不费吹灰之力便将王殷拿下。内班都知王景通于御阶上当场宣诏：王殷目无王法，在镇贪敛虐民，进京僭越欺君，着即褫夺在身官爵，流窜登州。

王殷在御阶之下，挣扎呼冤不已。官家一言不发，别过了脸不去看他。有侍卫遵李重进暗示，从王殷衣衫上撕下一块布，塞进了他的嘴里。

午后，一名中使在京城东北郊追上了押解王殷的车队。中使给王殷带来了一壶鸩酒。

王殷的死讯被李重进报回了禁中。王殷的尸首也带回，依皇命赐还给王殷在京的长子、飞龙使王承诲。官家闻讯，只微微颔首。三郎办事坚决果断毫不留情，一天之内干脆了账，特别适合担当辅佐之任。

与此同时，一道密令抵达澶州，官家命澶帅郑仁诲立即赶往邺都收拾局面。

王殷的次子为邺都衙内指挥使，知道父亲的死讯后，畏惧惊恐，坚守城中，拒不出来候谒听命。郑仁诲便挥师诛杀之，接手了邺都的全部人事物资。

郑仁诲的奏报呈送到官家手中，官家默然良久。他的本心并不打算清算王殷的家族。王殷次子之死是郑仁诲自作主张。他知道，邺都的牙库实在太过诱惑，即便亲旧如郑仁诲，也难保断绝得了某些念头。这是目前无法摆到台面上申斥的事。

他下诏将王殷的其他家属迁到登州去，不再问罪。

三十年前那群青年人结盟的草地，像一片残缺的暧暧绿云，倏忽掠过官家的心头，便轰然坠毁在人世间。

草枯花萎。心境空荒。天地苍茫。

也许，以前都是他错了，纵容至今，只能以这样决绝的方式来收拾残局。

他们都为此付出了巨大的代价。

滋德殿后殿。御榻前。

彤云和仙草从御榻前退去，手中巾帕上的污痕触目惊心。官家郭威从刚刚那阵猛烈的发作中渐渐缓了过来，喘着气，看向了侍立一侧的君贵。

“爹……”君贵忙近前跪下，拉住了父皇的手，“缓过气来了，要不要服一粒润肺丸？”

官家郭威点点头，接过药丸送入口中，慢慢咀嚼了咽下。又缓了片刻，方勉力说道：“……这件事，爹不后悔……王殷必除……三郎是把好刀……王峻、王殷，爹就不劳烦两个人了……”

君贵强笑道：“爹，先歇歇气，不要说话了……”

“王殷必除，可是……不能由你来除……所以……爹来替你脏这个手……”

“爹……”

“大哥儿……将来……你需要一个干干净净的开始……”

七二　国之大事

国之大事，唯祀与戎。

祀，尤指祭天、祭地、祭谷（稷）等大祭。戎，兵戎也。迩来皇朝境内安定，连四边也暂时没有上规模的局部战事，在这样的太平氛围下，皇帝亲自主持的祭祀就成了京中群臣和外镇官吏们最为关注的头等大事。

当然对于黎民百姓而言，这件大事太过高渺，除了偶尔走在路上要被喝道声惊起、连滚带爬地给不知什么官员让路之外，剩下的，也就是议论议论到时候官家可能会有怎样的仪仗，以及互相比试自己迄今见到过的最威风的出巡排场是什么样了。还别说，侥幸活得久的人中，见识过好几任天子车驾的也大有人在呢。——当然，所谓见识过天子车驾，就是真的指见到过天子的车轱辘，那是他们视线的上限。天子们的御容，凡人哪里那么容易就能一睹呢。

光阴如织，郊禋的大日子渐渐迫近。一切都在按部就班进行。

十二月二十七日，癸酉。谨遵旧制，皇帝宿斋于崇元殿，皇子晋王荣陪侍。

二十八日，甲戌，皇帝宿于太庙斋宫，皇子晋王荣陪侍。

二十九日，乙亥。天刚质明，皇帝郭威身着衮冕，自斋宫乘步辇到达太庙的庙庭，举行太庙祭飨大典，祭祀皇家先祖。

庙庭台阶既长且高，两个内侍翼侍于官家之侧，一左一右相助皇帝慢慢登上了庙阶。皇子晋王荣紧紧跟随在官家身后。

登阶的辛苦让皇帝郭威好一阵气喘。他勉力抑制着咳嗽的冲动，调整了自己的呼吸，挥去了内侍的搀扶，然后庄重地步入主殿。

祭祀天地之前先祭祖，这也是李唐开元旧制。皇帝郭威在正殿中如礼焚香，奠酒，献牲，叩拜……一套程序履行下来，他呼吸发颤，面色发白。皇子晋王荣在一旁发现，不动声色靠近父亲身侧，悄悄问道："父皇，以下仪程，就让儿臣代行，可以吗？"

皇帝郭威默然看皇子一眼，点点头。于是皇帝面对宗庙神主俯首而退，至斋宫暂歇，皇子晋王荣率有司终其礼。

晌后，皇帝车驾赴南郊郊宫，驻跸。皇子晋王荣及百官庄肃扈从，皇亲张永德也在其中。禁军浩大护卫。而李重进以殿前都指挥使之职统率禁军，与韩通等亲旧将领一起负责全城内外警戒，并不参与郊礼仪程。

这一年没有大年三十，十二月二十九日就是旧年的最后一天了。夜色晦暗，无月，寥有星光几点，闪烁乏力。

为了保障明日盛典过程中皇帝的龙体有一个稳定的状态，御医院一众医官以及高医正奉晋王命随侍郊宫，为皇帝进行温和的施治调理。同时，皇帝屏绝了一应政事，不再召见大臣，安心为次日的大典养精蓄锐。进出服侍的皆为中官，宫人全部留守大内。

这个除夕夜有着大事来临之前的平静，人人尽皆很少说话。皇子晋王荣入郊宫寝殿陪伴皇帝良久，直到皇帝睡熟后方退出，独自栖宿于侧殿暖阁中。

次日，新年正月初一元旦，丙子日。昧旦。

天空仍旧是黑沉沉的，不只因为时辰尚早，而且因为天气阴霾。东京的隆冬时节，破晓前的天空经常呈现出这种不透明的阴暗。联系到今日即将进行的是祭天祭地的大典，这种荒远的感觉在人们的意识里就很自然地与崇高神秘的皇天后土联系了起来，变成了宇宙之思不可分割的一部分。

人总得有所敬畏，才能心地踏实地过自己的日子。

皇朝祭天的圜丘，由太常礼院依据典载及旧制报准敕定修筑而成。圜丘的四层汉白玉圆形高台，每层高八尺一寸，逐层缩小直径，直至第四层呈一个径广五丈的中心圆坛。此外，由于此次祭祀钦定为天地合祀，有司又在圜丘四围各十丈外，修筑了俯观呈正方形的、覆盖了琉璃瓦的垣墙。圜丘象征着重重苍穹，方墙象征着浩莽大地。天圆地方。

此时，从圜丘的中心坛向下延伸到登坛的石阶上，再延伸到圜丘通往郊宫的道路上，早已铺设好了红底绣金龙的毡毯，标识出了祭典的神圣区域。整个祭典区内高悬无数蟠龙宫灯，形成一片明亮的灯带，打破了阴沉天色给人们心灵上带来的压抑感。

寒风呼啸，左右金吾、左右屯卫等仪仗队卤簿高举、旗伞如林，龙捷、虎捷、铁骑、控鹤等禁军将士刀戟琳琅，锦甲森然。在这样肃穆而热烈的气氛中，寒冷不再是个困扰，人人的心头都热起来。国之大祀对于禁军、对于朝臣而言，都有可以预见的恩赏将会降下来。

吉时已到。

暧昧天色的背景中，灿烂宫灯的照耀下，皇帝郭威身着衮冕大服，由皇子晋王荣与一众近臣拱卫着步出郊宫，穿过琉璃垣墙的南门，庄严而缓慢地走向圜丘。百官拜迎。

此时，皇帝的脸上有一种淡定的自信。他服了药，休息了一整夜，而且睡得很安稳，他相信以自己的意志力，坚持进行完整个大典不是问题。皇子亦步亦趋的扈从也让他感到安慰。他知道，即便自己在某个环节感到体力难支，皇子也会及时替补上来完成任务。之前，礼官们已经专程向他们父子二人详细说明了整个天地合祀典礼的仪程细节，他们对于自己在今日要做些什么了然于胸。

事久相沿，礼从顺变。因皇帝不豫已久，经太常礼院及宰臣们商议并奏准，对大典的仪程进行了简化。比如，本来应当祭天于圜丘、祭地于方泽，可是考虑到不能让皇帝在祭坛之间走来走去太过劳累，就省去了方泽环节，改为在圜丘一并向天帝与地祇奉祭。至于传统的三牲八簋之制、五礼六乐之文，但凡需要皇帝亲为的，也一并简化。

今日行事的基本原则也已经确定下来：皇帝所承担的主祭职责，主要体现在迎神、酹酒等关键环节；而一旦皇帝感到体力不支，剩下的其他环节，就由皇子代行，皇帝只需稍稍让到一旁，行监督之责即可。这样，皇帝就可以在祭典的过程中得到多次短暂的休息，不至于因为太过劳累而加重病情。

皇帝郭威缓缓地沿着圜丘南侧铺设着金龙红毡的台阶拾级而上。

他已经做了三年皇帝，三年期间大位稳定，政令改革得到初步推行，生民渐次安顺，国库逐年丰盈，军队愈益强大，境内外征伐诸役有惊无险……这些都是天地的恩德，他对此深怀感激。仰瞻云汉，寔铭大造，俯惟寡薄，弥增寅惧，他祭祀天地的心是赤诚的，绝不仅仅是为了做样子给臣民看。

庄重富丽的冕旒祭服十分厚重而拘束，穿戴着它们昂首挺胸走了一段路之后，皇帝郭威感到辛苦。为了预防万一，王景通与刘奉武两名中官仍旧一左一右翼侍。一开始，皇帝本不欲他们贴得如此近，可到底还是默许了。他有些气喘，胸部隐隐透出拉风箱一般沉重的呼吸声；他的腿也发软，不是因为腿部肌肉失去了力量，而是因为呼吸效率低下导致新鲜之气不能及时输送到四肢百骸。

王景通和刘奉武见状，立即一左一右伸出了自己的胳膊。当此之时，他们主动搀扶皇帝显得不好看，落在群臣眼中，难免留下一个“皇帝病势沉重不能自己行走”的印象。而皇帝将手搭在他们胳膊上，就是另外一种感觉了。尤其远远看去，那只会增加皇帝的威仪与气度。

皇帝郭威果然将手分别搭在了内侍的胳膊上。

“父皇，请走慢一些。”皇子晋王荣趋前半步，紧贴在皇帝身后，轻声提醒道。行进在去往圜丘的红毡大道上，虽然不能停步，但将脚步放缓，有助于父皇调整呼吸，尽快平缓过来。皇帝的脚步果然更慢、更庄严了。

天空云雾晦冥。皇帝终于升坛，立于拜坛上天地诸神的神幄之前。

群臣就位。钟磬齐鸣，礼乐大作。

燃柴行燎礼，青烟直达苍穹。皇帝亲自上香，虔诚地三叩九拜。众臣随拜。这是迎神降神的仪式，因了这燎祭的青烟，昊天上帝在虚空中降临到圜丘上方，聆听世音，垂目八荒。

皇帝郭威心情激动，默默祷祝于心。这是他第一次作为主祭人站到昊天上帝的面前，很有可能，也是最后一次。

烟氛四散后，郊坛附近的视野变得清朗，景物昭映，天际甚至出现了几丝晴光。燎祭之时天气状况的好转，通常意味着天帝与天子沟通的达成，意味着天子的德行受到了天帝的赞许，意味着天帝承诺将会向天子和他的子民降下更多的福祉。

群臣见此情形，欣喜相顾，无不敬畏感念。天帝是疼爱祂的这个儿子的，天帝是眷顾他们的天子的。

因为这迎神环节的几起几跪，皇帝郭威感到胸口憋闷，有一种以猛烈的咳嗽来扩张胸廓、换取更多空气的冲动。但是他勉力抑制住了。咳嗽就像战端，是不可以轻启的。在天帝面前咳嗽，也是不敬的。

皇子晋王荣一直留心观察父皇的神情举止，见状忙上前一步，轻轻唤了一声：“父皇？”

皇帝郭威只略一怔，便下了决心，微微点头道：“你来替朕。”

皇子晋王荣忙应命：“喏。”

王景通等会意，搀扶着皇帝郭威往一侧挪动两步。皇帝整顿颜色，依旧端肃而立，带着遗憾与欣慰混杂的感情，看着他的儿子替自己将任务逐一完成。

郊禋大典继续进行。众臣在皇子晋王荣的率领下行礼如仪。

奠献玉帛。以苍璧与青帛献给上帝，苍青色是呼应天的颜色；以黄琮与黄帛献给地祇，黄色是呼应土地的颜色。玉与帛，罗列于圜丘层台之上，光华夺目。玉长一尺二寸四，帛长一丈八尺，以应乎天地之数。

献俎。红绸缚扎的太牢[①]毕陈于贡案。正如皇帝在之前的诏令中所强调的，牺牲牢馔，尽皆丰盛清洁。不如此，不足以彰显精诚之心。

进爵。进爵，又称进觞、献觞，是以酒酹祀天地。献酒要三献，皇帝应该为首献。皇子晋王荣看向父皇，以眼神征求他的意见。皇帝郭威点头。于是晋王退后，皇帝正位。上香。三叩九拜。举觞敬呈。酹酒于地。

祀舞兴起。司祝秉持祝版，跪诵敬谢天地的瑞文。礼毕，祀乐再起，内侍扶起皇帝，皇子晋王荣进行亚献及终献。

清冽的酒浆荐酹于坚实的青石地面，沿着细微的石缝浸润入地。地面反射出一点难得的晴光，像是拱卫昊天上帝的诸神无所不在的目光。

饮福。礼官将祭神的余酒敬献给皇帝郭威，以便天子接受上天的赐福。皇帝接过酒觞，饮了一半停下来，转身将酒觞递给皇子。这是仪程之外的举动，皇子晋王荣一愣。皇帝郭威表情严肃，可是眼神里含着微笑，鼓励地看着他。皇子目光闪烁，慨然

---

① 太牢：即牛羊豕三牲。豕即猪。

接过酒觞，将余酒一饮而尽。

父子同饮一爵祭酒，意味着父子同福，皇子也是得到天帝赐福的人了。

受胙。撤馔。送神。皇帝郭威在贡案前长跪，皇子晋王荣代率百官行三叩九拜。

望燎。望瘗[1]。撤下来的牢馔一半送至燎炉，焚烧后献给昊天上帝，皇帝在圜丘上特定位置观看这一仪式过程，此为望燎。另一半牢馔送到专门挖成的瘗坑处掩埋，以献给地祇后土，皇帝在特定位置观看这一仪式过程，此为望瘗。

皇帝站在望位之上，身姿挺拔地坚持完了两望之礼。

燎毕，瘗毕。

祀舞停。礼乐息。

郊禋礼成。

所有的近臣都松了一口气。皇子晋王荣见父皇面色平和，便亲为前导，缓缓引父皇回郊宫暂歇。百官跟随圣驾，至郊宫称贺。皇帝郭威面含微笑，欣然受贺。

未几，车驾发离郊宫，返回禁中。皇帝御明德楼，遣使宣制：改广顺四年为显德元年。大赦天下。文武职官并与加恩，内外命妇并与进封。……而后，皇帝又御崇元殿，接受群臣先前所上的“圣明文武仁德皇帝”尊号，受册礼毕，再次接受群臣朝贺。

至此，轰轰烈烈的郊禋大典的一应程序终于全部完成。

皇帝郭威以天子身份与天帝完成沟通，为他的生民祈得福祉，并获得了天地诸神的加持与福佑。如今，郭氏的皇位正统性再也不容置疑，履行过郊禋大典手续的大周皇朝，将可以千秋万代地存续下去了。

---

① 瘗（yì）：掩埋之义。

晋王府。日暮。

作为皇子的家属及部从，晋王府邸内的所有人员依从皇家礼法，在皇帝亲飨太庙之前就开始了斋戒，直至今日禋天礼成。而作为家主的皇子君贵，也已经有四五天没在家中出现了。

君怜披一领白狐裘氅站在主院厅堂外廊下，望着深重的暮色。

“现在是什么时辰了？”她问身边的采儿。

采儿忙回屋看了铜漏，出来答道：“回夫人，酉正一刻了。”

“殿下还不回来，想来宫中之事未了……”君怜喃喃自语。

“今日大礼告成，想必陛下还要留殿下在宫中饮宴吧？不过，林远他们也真是的，殿下不得闲，他们就不能遣人来回禀夫人一声吗？”采儿半是安慰，半是替君怜埋怨着。

君怜淡然一笑，她的担忧不便明言。父皇的健康状况不好，经过这么几天的折腾，但愿不要变糟。她知道，今日的一切仪程与诏命下达事宜，早在晌时之前就已经全部完成，可是目下天幕已降，君贵还不归来，难道有什么事滞留宫中了吗？

“……观音和训哥儿呢？”

“观音在榷娘子那里，训哥儿好像已经睡了。”

“观音几时跑到榷娘那里去了？”

“适才榷娘子不是过来陪着夫人晚餐嘛，用完餐，廷献带着那几个人来向夫人禀事的时候，榷娘子就回她的别院去了。观音吵着跟了过去。”

君怜点头：“既如此，我也看看她们去。”

抬脚刚要走，却听得外面一迭声唱礼：殿下。殿下。殿下。君怜忙迎出去。只见君贵绕过一重回廊，沿宅中主路急急走来，一面走，一面将身披的玄狐大氅解下，顺手递给了离他最近的秋池。

“哥哥……”君怜止步而待，眼神中满是疑问。

“你怎么出来待着了？不冷吗？”君贵携起她的手，“走吧，回屋去。”

进了屋，屏退众人，君怜方问道：“哥哥这早晚才回来，是有什么事耽搁了吗？”

君贵点头：“嗯。”

君怜迟疑道：“那么父皇……父皇还好吧？”

“还好。”君贵笑道，“我跟你一样，这几日一直提心吊胆，唯恐父皇撑不住，郊禋大礼一折腾，肺疾更添重几分。没想到父皇回宫降旨受贺之后，病势倒减轻了不少，还特意召了几个近臣到跟前叙了两句话，有说有笑的……”

君怜松了口气，也笑道：“所谓人逢喜事精神爽，大概就是这个意思吧。”

“嗯。陪父皇用过午膳，我本来想着告退，让父皇好好歇午的，父皇却嘱我不要走，说只略歇歇就会唤我。我就到御书房去等着……”

“嗯，后来呢？”

“后来父皇却睡着了，睡了好大一觉，我在御书房把《贞观政要》都看了三本，父皇才遣刘奉武来召我。”

“嗯。父皇跟你说了些什么？”

“今日不是宣制说，郊禋之后一应文武大臣都要加恩吗？宰臣们早拟了名单呈给父皇，父皇就与我议论这件事呢。”

“议出结果了吗？”

“差不多吧。文臣武将，两方面都有一系列的升迁任免需要考虑，单是核定批次名单，就斟酌了许久。该给谁迁什么官，把谁移镇到哪里，又是大问题。父皇总是让我先说自己的意见，然后再指点、校正，一来二去的，就说到了天黑。后来，王景通来请父皇用膳，御医也来请脉了，父皇才停下来，说明日再议。”

“哥哥怎么不陪着父皇用晚膳呢？”

“我原是这么说的，不过四姐儿已经早来候着了，就等着陪爹进膳呢。父皇就教我回来看视你们，说好几日没着家，君怜该担心了……”

君怜笑道：“多谢父皇惦记我。”

君贵笑道：“对了，父皇要给你加邑封，还有好物事赏赐给你们呢。我原本交给林远他们拿着，在门口下了马就一径回来找你，倒把这事给忘了。想必这会儿他们已经放到堂屋里去了。”

君怜欢欣道：“是什么好物事？”

“一个内府精雕的玉蝉把件，是德妃孃孃生前的爱物，父皇说替小孃赏给儿媳妇了；两块观音玉佩，是给闺女的，爹说让她轻轻敲着听声儿，就知道自己那个‘瑽’字是什么意思了；还有一条可以吊提游动的金丝盘龙，爹赏给训哥儿玩。”

君怜喜道：“好好，我这就教人去取过来。”

显德元年春正月初五，天子制下：皇子开封尹、晋王荣加开府仪同三司、检校太尉、兼侍中，行开封尹、功德使，判内外兵马事。

这是祭天之后的第一道人事任命，关乎皇储。在皇子郭荣的头衔中，开封府尹、晋王、功德使是旧有的，开府仪同三司、检校太尉、侍中则是新增的。开府仪同三司，字面上的意思是指可以按照三司（即司马、司徒、司空，后总指三公）的正一品规格单独建衙开府，设置自己的政事运作班子，但在实际运用中，这个头衔仍是虚衔，主要体现在俸禄和出入的仪仗级别上。检校太尉和侍中也都是加衔。五代武职显赫，代表武职最高阶的太尉，其阶序在太傅之上、太师之下。之前皇子曾由检校太保进位检校太傅，此番加封检校太尉，等于又进了一位。侍中是门下省的长官，当时并不设为实职，也是加官所用。

皇子荣所执掌权力的实质性变化，体现在“判内外兵马事”这个差遣上。“判”是以高位兼低职，或以中央兼地方；“内外兵马事”，总指大周国境内的全部兵权，既包括禁军的指挥权，也包括对方镇的统率权。以皇子荣判内外兵马事，意味着让皇储总执大周的全部兵权。

与此同时，皇子荣仍旧担任开封尹和功德使，掌握着皇城的政令实权，掌握着对全国的宗教管辖权。

经过这样的安排，军事、政治、宗教三个方面的权柄，顺理成章地汇集到了皇储郭荣一人手中。以其时武将权力凌驾于文臣之上的现实来看，这就几乎等同于让皇子监国了。

而之所以不明令监国，一则，因为皇子在中枢的治政经验尚欠，需要与宰臣们协商国是；二则，委托监国之制是不能轻易发出的，除非御驾出征在外，或者出现像前朝官家刘承祐被弑、国中无君那种特殊情形。目今皇帝的病情还没有发展到那个地步，皇储还不能完全接过权力，要避免下制监国引发官民惶恐，更要预防有人心怀不轨，趁机作乱。

东京城。宫门外。

一群黔首百姓挤在告示墙前，争看最新贴出的制令。有人要炫耀自己识得字，义务为大家大声朗读。众人指点议论，眉飞色舞。

各处进奏院厅房。

负责抄录朝报的书吏进进出出，将手里刚刚抄好的这条制令当作大新闻互相讲述着、评论着，兴奋莫名。

各道府州郡驿馆。

驿使们落鞍、换马，坐下喝茶吃饭歇息。彼此毗邻坐着，他们忍不住拍拍自己腰上所挎的信筒，小声交换起京中消息来。

滋德殿外。御道。

李穀、范质并肩行走着，神色轻松，略带欣喜。皇帝不豫，皇朝那些势力强大的外藩让他们深感不安。王殷的先例摆在前头，谁知道还有哪些人跃跃欲试、打算挑战一下天家权威呢？他们为此已经寝食难安很久了。

“……晋王英武，多谋略，善杀伐，处置起某些事来，比陛下还不留情面。如今内外兵柄全归于晋王一人，内有殿帅李重进等襄助，外有皇亲符淮王、杨巡检等扶持，依下官看，那些张狂不驯的家伙，一时半会儿，怕是没谁敢出头来惹事了……”李穀看着范质，含笑说道。

七三　勋旧番迁

紧随着皇子新差衔制令发布的，是一系列勋旧的升迁诏令。

襄州安审琦进封陈王；荆南高保融进封南平王；夏州李彝殷进封西平王……这其中最重要的，是将皇帝的儿女亲家、郓州符彦卿进封卫王，并移镇天雄军。

天雄军就是原来的邺都。王殷获罪之后，官家有感于魏博一地实力太过强悍，将来难保再有邺帅据此作乱，便下诏废除了邺都留守，将其军事功能归于天雄军，政事功能归于大名府，并将大名府置于京兆府的管辖之下。虽然如此，魏博仍然是一个军事重镇，他必须要交到最可靠的人手中，因此他便按照早前的打算，将符彦卿移镇此处。

对于符氏而言，由淮阳郡王进封卫王，与出任天雄军节度使，是双喜临门，阖府上下尽皆喜不自胜。他们也非常清楚，如果没有君怜的关系，官家未必会独独对符氏有如此隆厚的眷顾。

晋王府。客房。

朱雀陪着师父品茶。高医正点得一手好茶，手法娴熟。朱雀从他闲适恬淡的意态上，从他对炉火温度的精确掌控上，从他对山泉水悉心掬倾的动作上，都能感受到他出离尘世的悟真之心。

朱雀之于高医正，是半徒半女的存在，这不仅基于高医正对朱雀命运的怜惜，更基于对她逸脱性情的喜爱。而高医正之于朱雀，也是半师半父的存在。虽然日常并不生活在一处，但只要相聚之时，高医正对朱雀生活起居的照拂，对她在术数、医术、琴艺、茶艺等各方面的指点和教导，都让朱雀感到如仰山岳，值得依赖。

君怜与高医正，构成了朱雀情感归依的两极。当她在其中一极感到拘束与压抑、进退维谷无法自处时，她就想要逃向另外一极寻求抚慰。遗憾的是，她却无法在任何一极永久安顿自己的灵魂。如今这两极居然能够汇集到一起与她同时相处，也只能是特殊情势下形成的特殊局面罢了。

此时此刻，高医正已炙烤并碾筛好了一小块茶饼，烧了沙瓶，可他的神色中却没有闲适，只有沉重。师徒两人相对枯坐了半日，静静等待沙瓶中的水泡从无到有，从蟹目变若涌泉，再连绎进跃，腾波鼓浪，然后注水、调膏，击拂已过，点出两盏热腾腾的茶来。师徒二人各自双手捧起，缓缓地品一小口。微苦的茶水在两人闷闭的话葫芦上浸润出了一个口子。

"师父……"朱雀缓缓道，"今日从宫中回来，师父就没怎么说话……"

"唉，是啊。我还以为陛下会让我留在宫里伺候，没想到倒教我回来了。"

"怎么了呢？"

"也没怎么。御医院那几位御医，现下都不敢出头，正好我自己撞上去了，他们乐得让我拿主意，师父毕竟是晋王请来的人……"高医正绕了一个弯子，不肯正面回答。

朱雀却不放弃，穷追不舍："师父，弟子的意思是：官家为何教师父先回来了？官家想让御医们再试试吗？"

"那倒不是。官家将我们都挥退了，说要自己躺着养神。官家这几日精神短，郊禋刚过那两天，我还以为官家好转一些了呢……"高医正的话头，仍旧含了一半在心里。

朱雀了解师父的秉性，知道如果自己不说破，他是永远不会说到正题上的。默然良久，朱雀下决心问道："师父，这话太过不敬，我原本也不该问……可是，官家……官家还能坚持多久？……"

话音未落，两个人都仿佛被这样的问话惊吓到了，脸上的神情在瞬间凝固不动。

室内恢复了沉默，只有红泥小火炉上的沙瓶微微作响。

良久，高医正长叹一口气，摇了摇头。

正月初九甲申日，天子诏下，又一批勋旧如宋州赵晖、青州常思、徐州王晏、邓州侯章、西京武行德、凤翔王景、华州孙方简等，都进封为国公，并加开府仪同三司。

滋德殿后殿。皇帝父子二人叙谈国事。

官家郭威斜躺在靠窗火盆边的软椅中，身上盖着德妃所亲制的那件大氅。君贵挨着他，坐在一只杌凳上，距火盆稍远。因不时勉力调整呼吸之故，官家的语速比较缓慢，有时候还会停下来，暂时喘一喘气。

"……黄河年年泛滥，哀民生之多艰哪。爹当初让王峻去治河，也只管得了一时……"

"爹，这件事，儿子再去想想办法。"

官家很有节制地轻咳两声。"……嗯，要多想，要好好想。……去岁年成不好，郊禋之前就有饥荒的奏报，可是他们瞒着我，以为大典前说这个不吉……现下郊禋礼成了，各地闹饥荒的奏报一下子多起来。儿子，'奉天竭诚敬，临民思惠养'，那么些皇朝的子民，都饿得皮包骨头，张着嘴等吃的，教咱们坐在深宫里怎能心安……"

"儿子已经教户部和三司等筹划开仓放赈的事了，请爹不要担心。"

"……已经下了那么大的力气，营田革除了，牛租废了，可是还有一些地荒着，还有一些人流亡在外。耕殖人口数不够，饥馑怎么可能避免，国力怎么可能增长？……除了减免赋税，还要另想办法……”

“爹，关于此事，儿子倒有一个想法。儿子以前在藩时，觉察到各地寺院经济因免税之利，十分繁盛。回到京师兼行功德使后，更发现朝廷在对僧尼道冠的管理上存在极大漏洞，致使方外世界几乎独立成国，原本可壮国力的巨额财富，就这样被各地丛林轻而易举纳入私囊……”

官家郭威叹口气：“这件事，你以前提过，爹也早就注意到了。不光爹注意到了，早在前朝时就有朝臣注意到了。可是荣哥儿，对待僧尼道冠之事，要务必小心。去岁春，爹下诏废除了京城左近没有敕额的僧尼寺院五十八所，就激起了不少反对，说什么的都有，甚至还有僧尼到鸿胪寺前默坐参禅。……荣哥儿，这些反应，爹可以不在乎，但你现在是功德使，你要当心。”

“是，儿子明白。”

“呵，咱们父子俱好黄老，对待道冠，心下难免偏私些。可是，若论治理国家，还是要儒术第一。爹在兖海之战后亲谒孔祠，这里头的深意，你可明白？”

“儿子明白。朝中这些科举出身的宰臣，也都是孔门信徒。爹重用他们，就是给全天下的读书人一个远大前程的念想。”

“对……”官家郭威似乎还想就此多说几句，可是却不知被什么所刺激，咳嗽起来。

君贵忙去帮着拍痰：“……爹，服粒润肺丸，歇歇再说吧？”

官家郭威很快平息下来，摇摇手：“先不急，趁着目下尚有两分精神，多跟你说几句。”

“……好。”

“皇朝建鼎三年，爹于国家制度章法上，就马不停蹄地改了三年……经验固然有，教训却更多。儿子，明正刑法，惩治贪残，澄清吏治，这一类历朝历代开基后必做之事，目下才刚开了个头……

“……还有，朝中那些勋旧，跟着爹打下了这片江山，难免恃功而骄，坏毛病一大堆。是人都会有过失，对待他们，还是要以优抚安置为主……不能因为出过王峻、王殷的事，就对他们全都失去信任……比如，安审琦、安审信这样的老将，虽说上了年纪，可是威望很高，关键时刻能帮咱们顶住一片天……”

“是。”

“当然，优抚归优抚，却不能被他们所辖制。还得选拔人才，扶植后进，培养新锐势力以为羽翼。爹在侍卫亲军之外别设殿前军，又以李三郎都率的用意，你明白吗?”

“……儿子明白。”

“对了，枢密承旨魏仁浦是个人才，虽说不是科第出身，难免受他们正科的人排挤，也别教他离了枢密院……”

“是。”

官家将目光看向半空，在脑海中搜索、分析着天下的地图。“……目下周边诸国，契丹、党项，不可不防；尤其往契丹处，宜多用谍者，更务必精细……回鹘、吐蕃，隔山隔水，暂且没有可能直接交战，多留心就是了。……高丽王昭，前年诏封为国王，他屡表入贡，与中原当可得久安。……渤海在契丹手中，一时难下，也没什么大不了的。……荆南就教高保融闹去，我不信他能怎么样。至于湖南……”他将目光转向儿子，“荣哥儿，昨日枢密院再奏湖南的事，你怎么看?朗州与潭州之争，依你要如何处置?扬哪个，抑哪个?”

湖南的事总是难了。朗州就是常德，潭州就是长沙。刘言、王进逵等从江南李氏手中收复湖南后，广顺三年初，朝廷诏升朗州为大都督府，在潭州之上。去年秋，潭州王进逵兴兵废掉朗州刘言，朝廷顺势让他接管了湖南军政大局。可是两州将领之间的派系争斗还在，而且潭州由都督府降格到原来的属州朗州治下，又十分不服，故此湖南局势变得极其动荡，到了朝廷必须出手的时候了。

“爹，儿子以为，长沙建城上千年，为历代郡治、首府之所在，这有它相沿已久的地利、历史、人文原因。去年初贬抑长沙而抬升朗州，是为了去除李氏占据湖南之后的凶顽之气。如今时过境迁，倘若让它们复归本来的秩序，或可一顺百顺……”

“……王进逵的势力在长沙，让他去朗州都督全湘，他自然会有诸多不便。哼，他一再请求复升潭州之位，表面上说得好听，其实不过是为自己打算……”

“……那么，爹是不打算理睬他了？”

“不，”官家郭威摇摇头，“这件事可以允奏……就像你说的，长沙久抑……必致诸事不顺。爹放心得很，有周行逢在暗处盯着，王进逵……折腾不到天上去……”

君贵见父皇颇有力弱神疲之态，便起身替他从炉上砂壶中倒了盏热汤来：“爹，还是缓一缓吧。”

官家接过汤水，慢慢啜饮而尽。说了许久的话，他渐感呼吸艰难，心跳也有些异常，他急需得到休息。“好，爹是要歇着了。……至于吴越、西蜀、南唐、大理、闽中等地……还是老样子，就按照既定的方略办吧……”

正月初十乙酉日，两道诏令下达有司：诏命尚书户部及三司数名朝臣即日出发，去往遭受饥荒的各州开仓，减价出粜备荒粮食，以赈济饥民；诏潭州依旧为大都督府，在朗州、桂州之上。

开封府。衙署正厅。

皇子晋王荣在埋首处理公务。禀事者如同潮水，一拨接着一拨，他甚至没有时间停下来稍事休息。

候在过厅中的除了开封府吏，还有枢密院的执事官。自打王峻贬死之后，枢密使之位一直空悬。枢密副使郑仁诲又出镇澶州，故此日常办事的，都是下面的判官等从吏。皇子既然总判内外兵马事，枢密院的一应军务自然要向他汇报。

除此之外，宰臣等中央政务官也会前来议事。三省六部的庶务，日常的确是由宰臣们商议料理，但最终的决定权，却被皇帝委托给了皇子。他们遇到大节来请示皇子，是正当应分的事。虽说道理上议论中央大事应该在枢衙，但皇子现在分身乏术，不可能要求他每日到开封府、枢密院与政事堂几处轮流办公，只能是大家就乎他。开封府既然是皇子的正衙，现在就不应仅仅视为京城一地的政务中心，而应当视为皇储的办事班子运作处，也就相当于青宫太子署了。

暴增的工作量已经让皇子晋王荣连轴转了好几天。皇子重返中枢已经大半年，虽然皇城的权力已如涓涓细流般逐渐分出了一部分到他手里，但在皇帝寝疾不起的背景下，一场猛烈的权力转移运动还是以超过人们预料的方式骤然发生了。所有的人都能感觉到这一过程的迅疾猛烈与间不容缓。皇子荣身在旋涡的中心，所受到的冲击，自然是最大的。

但是他可以承受，哪怕废寝忘食，殚精竭虑，他也必须咬牙扛下去。他不能让父皇失望。他不能让所有人失望。

禁中。滋德殿后殿。

君怜与鹭娘进奉汤药罢。官家郭威半躺在御榻上，闭目养神，呼吸沉重。君怜与鹭娘默默对视一眼。鹭娘轻声道：“爹爹，御医说淡远的丝竹可以清心。要不要叫乐工来，奏一支宁神的曲子听？”

官家郭威半睁开眼睛看看鹭娘，体会着女儿的心意，片刻，勉强一笑：“也好。”

“好，我去传。”鹭娘忙起身。

“等一下。”君怜轻轻拉了拉鹭娘衣裾，转头向官家道，“父皇，君怜不才，愿为父皇抚一曲瑶琴，父皇愿意听吗？”

官家郭威略一顿，点点头。

“父皇想听什么曲子呢？”

“……随你。”

“那么……《欸乃》可以吗？”

“……好。”

未几，乐工捧琴至外殿，敷座设案。君怜出外殿，焚香净手，然后端端正正坐下来，慢慢抚了三遍《欸乃》。“欸乃”是划桨或船歌之声，取自唐代柳宗元《渔翁》诗句“欸乃一声山水绿”，曲谱据说也是柳翁亲传。君怜知道父皇与君贵一样偏好道家意境，《欸乃》之曲淡远清幽，寓云冷山空、江寒月白之境，正好适合颐养至静，乐守天真。

三遍抚罢，君怜入内探视，见父皇已然闭目入睡，呼吸比适才平缓了许多。鹭娘悄声道：“爹爹听得惬意，点了好几下头呢。”

未几，内侍入报，驸马都尉张永德前来问候官家起居。鹭娘出殿门将他引至外间，与君怜互相见了礼。君怜便向鹭娘夫妻叮咛几句，又嘱咐了彤云等宫官，方自己回府去了。

张永德原本有事奏报，便也不走，与鹭娘一起在外间守着。约莫过了大半个时辰，内事奉官家之命召他进去。张永德入内，见官家犹自躺在榻上，忙趋过去跪礼问安。

“抱一，你来了……”官家郭威的精神似乎好了些，脸上带着一点笑意，“平身吧。坐。你是有什么话要说吗？”

“是，臣有一事要禀报陛下。……原本陛下正将养着，臣不该说这个的，可是不说，又没有尽到忠君的本分……”张永德起身坐在杌凳上，犹自迟疑。

“嗯，说吧。”

“臣在军营间，听到了一些流言。他们……他们议论说……”

张永德小心翼翼地看着官家的脸。

“但说无妨。”

“他们说，这次郊禋的赏赉，似乎比唐明宗时的那次郊禋赏赉……薄了许多……”张永德见官家面无表情，便愤然道，“臣以为，军中有这种流言，十分不利于军心安定。朝廷以祭天之机，好心普降恩泽，他们不思感激，反倒拿来与前朝故事对比，这背后的意思……”唐明宗，指后唐明宗李嗣源，他所主持的郊禋在天成五年，距今约二十四年，一些有了年纪的禁军将士，对此还颇有记忆。

官家的呼吸明显急促起来。鹭娘是跟张永德一起进来的，见状忙上前安抚父亲，又向丈夫恼怒道：“有什么话，不知道慢慢吐口，要你说得这么急！”

“抱一说得对……”良久，官家调匀气息，冷笑道，“这帮骄狂之徒，不给他们点颜色看看，他们就不知道自己是谁了！”

翌日。滋德殿后殿。日间。

官家郭威早让宫人给自己穿上了常服，勉力端坐于御榻上，服容整洁。他事先服食了两粒奇香丸，现在胸肺间的感觉不错——除了被那些不知餍足的部下刺激出来的气。

皇子晋王荣被特召入宫来，侍立于御榻之侧。

禁军正副都虞候以上的一应高级将领，全数受命身着朝服入皇帝寝殿，在御榻前向官家跪礼问安。这其中也包括李重进和张永德。他们在军中位置日高，受赏也罢，挨批也罢，只要是集体行动，就已经少不了他们了。

跪礼罢，官家并不赐他们平身，默然遍视众人，方冷冷道：“朕听说，目下军中有一些怪话在传，不知你们听到没有？倘若没听到，今日朕说给你们听听。”

除了张永德，众将原本就对今日突兀的召见感到忐忑，听了官家这语意，不由偷偷互视。

“有人说，此番郊禋的赏赉，不如前唐明宗时的那次丰厚！”官家提高了嗓门，“……还要多少才算丰厚？还要怎样才能餍足?！……朕自即位以来，为了让百姓休养生息，一再下诏轻徭薄赋。为此，朕自己带头，只穿朴素的衣裳，只吃简单的食物，所有收上来的税赋，首先以赡养军队为念！……国家的府库积蓄，藩镇四方的贡献，在赡军之外少有盈余，这种状况，你们难道不知道吗?！”

官家的语意罕见地严厉。饶是天寒，众将额头上还是冒出了冷汗。

“今日，你们纵容部下凶徒胡说八道，全不顾念人主的勤俭，全不体察国家的贫乏，全不去想想自己到底有什么功劳，足以获得巨大的赏赐……如此只知怨望，不知感恩，你们难道就能够自安吗?！”

“陛下息怒！”“陛下息怒！”“臣等知罪了！”“臣等回去之后立刻彻查，看看究竟是哪些凶顽之徒敢于出此狂言！”……众将叩首不迭，纷纷汗颜请罪。

皇子晋王荣不动声色。

官家冷冷地扫视着众将：“好，朕倒要看看，你们怎么彻查，怎么处置！”

翌日，众将回报，查出曾对郊禋赏赉有过不满言论的军士十数人，尽皆戮于三军之前。于是，军中流言息止，无人再敢抱怨。

正月十一丙戌日，郊禋之后的第三轮人事升迁令下达。

以澶州节度使郑仁诲为枢密使，加同平章事；鄜州杨信、邠州折从阮并加开府仪同三司，进封国公；安州李洪义加检校太师；河阳刘词、沧州李晖、贝州王饶并加检校太尉；潭州王进逵加特进、兼侍中；河中王彦超、潞州李筠并加同平章事……

将枢密副使郑仁诲进位为枢密使，这在许多人的意料之中。

郑仁诲是官家最亲近的几员部随之一，又很会做人，对侪僚们总是谦恭和气。由他担任枢密使辅政，绝不会再发生王峻那时的状况。

而这批升迁令中另一引人注目之处，是对郭崇、曹英和何福进的安置。郭崇和曹英都是跟随官家郭威打下江山的建鼎功臣，一直在侍卫亲军中担任要职。此番，官家将两人都加了同平章事，将郭崇由侍卫军马帅的实职和陈州节度使的遥郡官，外放到澶州做节度使；将曹英由侍卫军步帅的实职和曹州节度使的遥郡官，外放到镇州做节度使。这就意味着，官家决定在禁军中降低勋旧宿将的权力和影响力。

很明显，这是在为皇嗣的继位扫清可能的障碍。

而对于郭崇与曹英两人来说，得到这道升迁令也是高兴的。正授为藩主外放，意味着成为皇朝的封疆大吏。到地方上享受权势与财富，也是官家亲随们梦寐以求的前程之一。

至于何福进，他在举报王殷贪渎与僭越一事上立过功，官家将曹英派到镇州去顶替了他的位置，相应地，就要给他换个好地方。皇亲符卫王刚刚从郓州移出去了天雄军，官家便将郓州奖励给了何福进。

开封府。衙署正厅。暮色四合。

禀事者已经渐次散去，君贵还在处理公事。君贵整天整天地耗在衙署中，急于早日将这个权力过渡时期的混乱状态廓清理顺。现在他每天只能睡两三个时辰。昧旦起身，朝食之后便匆匆赶到开封府衙署。经常，他还没有到衙，外厅便已经有人候着了。众人都知道晋王如今事务繁剧，要想得到禀事的机会，就得趁早，趁他还没有忙得团团转的时候。于是前来排队的人就越到越早，有些人甚至卯初就到了。每日最后一个禀事者离去之后，君贵还需要审阅他们在这一天中给他留下的文书，给出对诸事的批示——是的，这就相当于批奏了。

他天天披星而出，戴月而归，既没有时间好好吃一顿饭，也没有时间与儿女们见面。他每日唯一的放松，不过是回到家中与君怜在灯下略叙几句而已。君怜知道他顶着多大的压力在忙碌，便也不问公事，只拿家常闲话来松他的心。

烛火在纱罩中突突而跳。想来是烧黑的灯芯长了，需要剪一剪了。他刚刚将手放到纱罩上一弹，就有人走过来揭起纱罩，拿剪刀将灯芯剪短。他的部下们还是很细致周到的。

他继续阅读公文，无意间抬眼扫了桌案旁侍立的人一眼，登时愣住了："曹瀚?!"

七四　天涯归人

适才替君贵剪去灯芯的，正是曾经跟随他多年的心腹部将曹瀚。

曹瀚见晋王终于注意到自己，心情一阵激动，忙整衣下拜道："臣曹瀚恭请殿下金安。"

君贵出座拉起他，既意外又惊喜："你什么时候来的？你不是在澶州吗，怎的跑回来了？"

曹瀚笑道："臣来了有一会儿了，见殿下在忙，不敢打扰，就一直候在旁边。……臣要恳请殿下恕罪，殿下没有召还，臣原本是不该自己回来的……"

君贵闻言，微微蹙起了眉头："怎么，澶州那边发生了什么事吗？"

"没有没有。郭崇率部抵达澶州后，跟郑枢密做了交接，郑枢密就返京了。臣便央求跟随他一起回来看看，留孙璘仍旧在澶州统军。"

"郑仁诲已经抵达京城？"

"是，郑枢密入宫问候陛下起居去了，这会儿只怕还在宫里。臣没有得到圣命，原本回来得就不够理直气壮，怕惹陛下生气，就没敢跟进宫去。"

"嗯。"君贵沉吟着，"你别声张，明日就说是我教你回来的，你就可以入宫面圣了。”

“喏。臣多谢殿下不责之恩。”曹瀚动情道，“臣在澶州，日夜思念殿下和林远等兄弟们……”

君贵含笑点头：“我也很想你们。你们……都还好吧？”

“好，都好。只是，我们都不知道，什么时候才能再见殿下一面。……殿下跟前来往的人多，说不定把我们兄弟俩往那儿一扔，就忘了……”

君贵有些难过：“瞧你说的！我何尝忘了你们？你这不就见到我了吗？”

曹瀚百感交集，一时也不知该说什么好，顿了片刻，方道：“今日一见，殿下似乎瘦了。”

君贵叹口气：“呵，也许吧，近日我实在太忙了。”

曹瀚追问道：“殿下在忙什么？”

“忙什么？”君贵苦笑道，“你看看我眼前这一堆公文！我忙的就是这些朝务啊。”

“……殿下，臣有几句话，不知当讲不当讲？”

“嗯？跟我你兜什么圈子？有什么话，赶紧说吧。”

“臣以为，朝务固然重要，可是与圣躬相比，却又微不足道了。陛下的龙体才是一朝的根本。臣听闻陛下病重有日，为何殿下还只管在府衙中料理政务呢？”

君贵怔怔道：“可是……这些政务就是父皇交给我的啊，我必须要如时完成的。”

曹瀚正色道：“殿下，臣以为，前年陛下亲祀孔祠，就是告诉世人：本朝皇帝是以仁孝治天下的。殿下是皇朝的冢嗣，当此皇帝病重之时，如果殿下不去陛下身边事奉汤药，殿下将何以孚天下人之所望？天下人又将如何评论殿下的所作所为？”

君贵愕然。沉默良久，方问道：“你……是不是听到了什么？”

“殿下，臣听到什么，没听到什么，都无关紧要。臣以为，也许殿下并不在乎天下人的误解，可是，天下人却不能接受他们所误解的事啊……”

“所以你的意思是……”

“殿下，把手里的政务统统放下吧。有什么大不了的事，教他们自己先琢磨着干去。殿下应当日夜守护在陛下身边，把陛下所希望的儿子给陛下，把天下所希望的嗣君给天下！”

君贵疲惫地苦笑一下：“曹瀚，我事奉父皇一片赤诚，被你这么一说，倒像是作伪了……”

“殿下！就算殿下为了完成陛下所交予的任务，甘愿承受天下人的误解，可是殿下想过吗，天下人将来也会是殿下的子民。顺应民心、以德服人，这恐怕才是陛下最希望殿下做到的事吧？”

君贵默然，心中阵阵感动。曹瀚不愧是自己的心腹亲随，什么都替自己想到了。而且，为了这一番进言，居然几百里单枪匹马跑回来。

“……我明白了，”他揉揉自己的眉头，“难为你替我想得周全。明日我就入宫陪伴父皇，开封府中一应庶务，就交予你和王朴处置吧。”

禁中。滋德殿后殿。日间。

刘医正和另一位御医将不多的几枚银针从官家身上撤下。这几日，官家的痰常常卡在嗓子眼儿里，宫官和内侍拍很久也拍不出来。御医们商量着采用了一种新的透刺针法，情形似乎有所改善。

君贵从彤云手中接过一盏清水，扶起父亲的身子道：“爹，好不容易咳出来了，漱漱口吧。”父亲点头。漱罢口，父亲指指自己身侧，君贵便在榻边坐下，“爹？”

“荣哥儿，爹这病，倘若好不了……”

“爹，这说的是什么话！”君贵忙道，“天气很快就和暖过来了。儿子听说，肺疾在天冷的时候是很难熬，可是一旦……”

父亲摇摇头：“傻儿子，到了这个地步，你我父子之间还需要什么忌讳？爹的身子是什么状况，爹自己最清楚。……以下爹要说的话，你听着就是了，不要反驳。”

君贵垂头。片刻，他答道：“……喏。请爹吩咐。”

“倘若爹这一病不起了，你要从速治山陵，梓宫不得久留殿内……陵所的一应事务，以俭素为准则……修筑山陵的役夫要好生雇用，不得差配百姓……陵寝之中不修下宫，不须用石柱，石柱太费人工了，以砖砌成柱子就可以……儿子，人死如灯灭，万事皆不知，徒留一具躯壳而已……爹不要重重棺椁，也不要华贵殓服……瓦棺纸衣，就足够了……”

君贵听爹开始交代自己的后事，心里有一种烧灼般的煎熬。及至听到殡葬的极简规格，君贵到底忍不住涌上了泪水：“爹……”

“……不要劝阻，爹这么吩咐，是有道理的。……那年平定河中府的时候，爹亲眼见过李唐十八帝的陵园被人盗发后的惨状……当年花费了那样多的人力物力，又有什么用呢？反倒是汉文帝因力行俭素，他在霸陵原的陵所至今保存完好。

“……儿子，你在爹的陵所附近，征召三十户人家做守陵户，临入陵之时，揭开瓦棺，并让他们遍视陵内，知晓端的，杜绝外间奸徒兴起歹念……你记着，切不可为山陵之事伤他人性命……也不得用石人石兽……就在陵外立个石碑，上面刻这么几句话：‘大周天子临晏驾，与嗣帝约，缘平生好俭素，只令着瓦棺纸衣葬。’……儿子，这是爹真心的希望，你务必照着爹的话办，否则，爹在九泉之下也难以瞑目……”

君贵紧握着父亲的手，心痛如裂，泪水滴落到父亲手背上：“爹……不要说了……”

“……无须宫人守陵，都放她们自便……每年寒食节，朝中若无事，你差人去洒扫一番即可……倘若人不去，遥祭也是可以的……

“爹……”君贵将头埋在父亲的手掌中，泣不成声。

父亲伸出另一只手抚摸着他的头，慈爱地安慰道：“不要哭，好孩子，不要哭，爹还没说完呢……”

君贵抬起头，泪眼模糊地看着父亲：“爹还有什么话？儿子听着。”

“爹这一生，南征北战，有几个地方，爹最有感情……河中府和魏博，是爹成就大功之处，这两地，你各葬爹的一副剑甲……澶州是大周的龙兴之地，你要葬一顶通天冠、一件绛纱袍……东京是帝都，你葬一副平天冠、一件衮龙服……如此，爹归去之后，爹的精魂也会在这些地方保佑你，保佑我大周的江山社稷……”他盯着君贵的眼睛，“儿子，爹说的话，你全都记住了吗？”

君贵在依从情感与遵奉皇命的激烈冲撞中艰难挣扎着，半晌，方勉强答道：“……儿子……记住了……”

正月十三戊子日，第四轮人事升迁诏令下达。晋州药元福、滑州白重赞、相州王进、同州张铎并加检校太傅；延州节度使索万进移镇曹州，加检校太傅；定州留后孙行友、邢州留后田景咸、陕州留后韩通、灵武留后冯继业全部正授节度使。

正月十五庚寅日。深夜，东北天空有大星坠落，其声如雷。朝野惊恐，无人敢言。

正月十七壬辰日。天空昏晦，日有晕。

卯时，第五轮人事升迁诏令下达。这批一大早发布的升迁令包括文武两个方面。

文官方面：宰臣冯道加守太师；范质加尚书左仆射；监修国史李穀加右仆射、集贤殿大学士；又以端明殿学士、尚书户部侍郎王溥为中书侍郎、平章事；前朝老臣窦贞固、苏禹珪都进封国公，并加开府仪同三司。

这其中最引人注目的，是王溥进相，入主中书省，与冯道、范质、李穀等共担宰辅之任。在官家看来，这是他能留给皇子的最佳治政班底，几个人的秉性与特长搭配恰到好处，并且经过了三年的实践检验与磨合。

武官方面：以枢密承旨魏仁浦为枢密副使；将宣徽南院使、知永兴军府事袁鳷移镇延州；将宣徽北院使兼枢密副使王仁镐外放为永兴军节度使；以安州节度使王令温移镇陈州；以殿前都指挥使、泗州防御使李重进为武信军节度使，典军如故；以龙捷左厢都指挥使、睦州防御使樊爱能为侍卫马军都指挥使、洋州节度使；以虎捷左厢都指挥使、果州防御使何徽为侍卫步军都指挥使、利州节度使；李重进以下三人并加检校太保。又升张永德为殿前都虞候、泗州防御使。

这其中最重要的，是李重进的升职。

当此之时，中央禁军已由原来的两部分扩充成了三部分：六军、侍卫亲军和殿前军。六军虽承袭唐代余绪，但已渐渐只具有仪仗性质。侍卫亲军原本是禁军主体，包括马军和步军，其体制、官职历代传承有序。但因侍卫亲军骄兵难制，故而官家郭威别设殿前军，并逐渐抬升其地位。朝中旧例，马帅和步帅向为节度使等级。此番殿帅李重进由防御使诏升节度使，等于是将殿前军放到了与侍卫马军和侍卫步军平起平坐的地位。

由此，禁军三大主体军事力量鼎立，既可互相牵制，又对天子形成稳定的拱卫之势。

之前在第三轮人事任免中因郭崇和曹英的迁出而空缺的侍卫军马帅和步帅位置，今日也诏示了继任者：樊爱能、何徽。他们的资历没有郭、曹二人那么深，李重进以建鼎功臣加皇亲的身份，足可以压他们一头。

而李重进能够压制他们，就代表嗣君能够控制他们——只要确保李重进是忠于嗣君的。

至于张永德，他的升职，是对李重进的补充和支持。

至此，殿前军的都指挥使和都虞候都由皇家至亲骨肉担任，意味着殿前军将成为嗣君能够直接指挥的武装。

这一系列安排是如此完美，如此周密，如此滴水不漏，凡是明白其中关窍的人，无不感叹官家为嗣君继位而殚精竭虑谋划、呕心沥血铺路的良苦用心。

皇子自己，更是心中雪亮，深刻感铭，无以言表。

滋德殿后殿。仍旧是晨间。

皇子晋王荣率国朝近臣跪侍于御榻前。寿安公主鹭娘以及郊禋后进封的咸阳郡夫人彤云等宫官内侍跪奉于榻后。因皇孙及皇孙女年幼，官家不愿让他们亲眼见丧，因此特谕皇子妇兼皇义女君怜在晋王府中看顾，不令入宫。

官家郭威自昨日晚间起已经不能进食了。今早宣制之后昏迷了一阵子，现下又清醒了过来。君贵见父亲睁开眼睛，便紧紧拉着父亲的手，轻声道："爹，他们都来了。"

官家勉力看向御榻之外。

他的目光扫视过冯道、郑仁诲、范质、李穀、魏仁浦和王溥等人。这是他精心留给君贵的最佳中央治政组合。他试图向这些股肱重臣笑一下，但是这个笑容却无力展开到能被他们察觉的程度。他勉力道："……有你们……尽心……辅佐……嗣君，朕……没有……遗憾了……"

"陛下……""陛下！""臣等谨受顾命！"……宰臣们回想着皇帝过往对自己的隆厚眷顾，知道这是皇帝对自己的最后嘱托，不禁痛哭失声，纷纷俯拜于地。

他又看到了跪于宰臣之后的李重进，向他略微一指。

重进忙擦一把满面泪痕，近前在御榻边跪下："陛下。"

官家颤动着手指，示意着，重进忙握住了官家的手。官家的气息很弱，说话断断续续，可是他的手却还有一些力量。“三郎……你一直……都是……好孩子……舅舅……要把……君贵的……安危……托付……给你……”他看向皇子，“君贵……重进是兄长……你向三哥……行家礼……”

君贵与重进原本都跪于榻前，闻听官家如此吩咐，两人便都站起身。君贵当即向重进深深一揖：“三哥。”

“好……”官家艰难地倒着气，“重进……君贵……是嗣君……你向他……行国礼……”

重进闻言，便在君贵面前跪下来，叩首道：“臣李重进见过嗣君。”

官家的眼睛扫向榻前所有余下的臣属，包括更远处的张永德：“你们……也都拜……嗣君……”

众臣遵旨，向君贵行礼如仪。君贵沉默以答。

“好……君臣……名分已定……”官家勉力露出了微笑，“各尽……其职吧。”

他将手伸向君贵：“勿浑浑……而浊……勿察察……而明……大哥儿……爹相信……你会是个……好皇帝……”

君贵握住父亲的手跪于榻侧，泪下如雨：“请爹放心，儿子绝不会辜负爹的期望！”

官家点头，极度疲惫地闭上了眼睛。可是，还有心愿未了。

片刻，他又挣扎着睁开眼睛，慈爱地看向榻后的女儿鹭娘：“四姐儿……早些生养吧……”

鹭娘闻言，拉着父亲的手放声大哭。

官家无力安慰女儿，再次转向儿子君贵：“让君怜……照顾好……自己……和一家子……”

君贵含泪点头：“喏。”

官家最后叹了一口气：“……走之前……爹想去……思存

殿……看看……他们……”

“儿子立刻传肩舆来!”君贵忙应道。

然而，官家没有等到内侍们扛着肩舆飞奔进殿的时刻。

他太累了，他的体力已经不足以支撑他的呼吸，他的呼吸已经不足以支撑他的生命。他已经尽到了责任，他终于可以交卸掉万斤重担。他的灵魂迫不及待地进到《皇属游乐图》中，去往仙乡与他过世的亲人们相聚了。

显德元年正月十七，壬辰日，大周启祚之君郭威崩于滋德殿，圣寿虚岁五十一。

金阶玉为堂，芝草生殿旁。

天涯终究有归人。

君贵长跪于父亲离去的榻前，在婆娑泪眼中祈愿父亲的灵魂早登瑶台，从此再不为病痛所折磨，与天地同寿，与日月齐福，在另一个世界获得永生。

稍后，嗣君旨下。锁宫。秘不发丧。

宰臣即时商议后事。

李重进奉嗣君命令，指挥殿前军将士四出宫城，严防死守京师内外各大要津，执行最高级别的警戒。

正月二十，乙未日。迁大行皇帝神柩于万岁殿。

正月二十一，丙申日。召百官入朝。宣遗制:“晋王荣可于柩前即皇帝位。”

已在心中存了好几天猜疑的群臣闻知确讯，尽皆痛哭号啕。

而后，在宰臣冯道的带领下，群臣行参拜新君之礼，奉大行皇帝皇子晋王荣为新君。

当此之时，郭荣虚龄三十三岁有余。

新帝不改元，服纪月日一如旧制。

自打郊禋以前就昏晦不明的天气，在嗣君即位这一日蓦然晴朗。臣民为之肃然。

天帝收回了一个儿子，又派下了另一个儿子。

天帝会将大任委派给那些承受得起这种命运的人。

祂选中他们，磨砺他们，成就他们……只是因为，祂宠爱他们。

是夜，月光微倾。万籁俱寂。

满宫素幡在春寒中静默轻颤。

皇朝的历史，又翻开了新的一页。

图书在版编目 (CIP) 数据

后周纪．第二卷，青宫 / 严优著．— 北京：北京十月文艺出版社，2022.5
ISBN 978-7-5302-2220-1

Ⅰ. ①后… Ⅱ. ①严… Ⅲ. ①长篇历史小说—中国—当代 Ⅳ. ①I247.5

中国版本图书馆 CIP 数据核字 (2021) 第 277747 号

后周纪 第二卷 青宫
HOUZHOU JI DI-ER JUAN QINGGONG
严优 著

出　　版　北 京 出 版 集 团
　　　　　北京十月文艺出版社
地　　址　北京北三环中路 6 号
邮　　编　100120
网　　址　www.bph.com.cn
发　　行　新经典发行有限公司
　　　　　电话（010）68423599
经　　销　新华书店
印　　刷　北京盛通印刷股份有限公司
版　　次　2022 年 5 月第 1 版
　　　　　2022 年 5 月第 1 次印刷
开　　本　880 毫米 ×1230 毫米 1/32
印　　张　12.5
字　　数　310 千字
书　　号　ISBN 978-7-5302-2220-1
定　　价　239.00 元（全 5 册）
质量监督电话　010-58572393
如有印装质量问题，由本社负责调换。

后周纪

长风

第三卷

严优 著

北京出版集团
北京十月文艺出版社

一世光阴如锦水东逝，滚滚有涯。站在入海口回望，也许人生不过是：相信有意义，学会不失望……

——题记

目录

开卷曲

君不见[1]

君不见，霹雳划得苍穹破，冲天剑气震星河。
君不见，迢递高楼飞羽檄，百万天兵下殿阁。
秦王破阵留舞乐，周宗麾师动娑婆。[2]
君不见，少年头，发未白；
君不见，少年血，至死热。
临轩何必说当年，当年即眼前。
烈士肝胆，金刚心肠。

十五从军渡河梁，十八南北试啼声。二十有六拜环卫，坐拥牙兵十千人。
二十有九守魏博，吊孤忍愤保根本。三十而立镇澶渊，盗不犯境清政声。
三十有三封晋王，祀天监朝摄国器。三十有四承大统，提携玉龙战高平。
三十有五收秦陇，斩却孟蜀觊觎心。三十有六下江南，楼船如山划江盟。
三十有九复三关，恒念为国补金瓯。

君不见，白鹿吴刀耀长虹，侵霜斫雪惊狂风。[3]
君不见，古来英雄皆尘土，当年愁杀昆仑奴。
宜将弧矢射天狼，直取北斗挹酒浆。
君不见，行路难，发狂歌；
君不见，发狂歌，归去来。
纵为万古留遗恨，遗恨慰平生。
光华日月，锦绣江山。

注：
1. 此为全书之第一主题曲，“火焰二曲”之一。词中所示周世宗年龄均为虚岁。
2. 秦王，指唐太宗李世民；周宗，指周世宗郭荣。娑婆，娑婆世界，佛语指我们所居住的三千大千世界之总名。
3. 白鹿、吴刀，皆古之名刀也；侵霜、斫雪、惊风，皆本书所示世宗家之宝剑也。

七五　天命显德

显德元年正月二十五，庚子日。

皇朝全境缟素。

汴京。禁中。万岁殿。仗卫森然，白盔白甲。

释道两路法坛并起，尽斋醮超荐之功。幢幡重重密布，羽盖对对高张。花果毕呈，素馔罗列。香烟如雾，纸马如云。一应醮器，无不清肃光洁。九百支白蜡与九百盏银灯将森严的万岁殿照耀得如同瑞霭仙境。从境内名刹古观中延请而来的高僧与天师们，轮番率领其上百弟子徒众，为大行皇帝拜忏超度。

鼓乐如诉，钟磬如泣。梵呗与道经之声次第不绝于耳。

释道诸伽蓝、诸揭谛、诸功曹、诸神将、诸星官、诸真宰，一时毕集于万岁殿上方的虚空中，护佑大周启祚之君郭威的英灵起驾。

君贵服斩衰，端肃祭奠于大行皇帝灵前。焚香、化纸，叩拜如仪。随着他的祭拜，梓宫后宫人内侍们的哭灵之声便一再兴起。

祭拜完毕，君贵起身，缓缓后退数步，再转身走向殿侧。

内班院都知王景通轻手轻脚走过来，手里捧着一个折册，回禀道："陛下，冯道他们又来上表了。"

君贵不语。先帝崩逝三日后，内出先帝遗制，他被百官遵制奉为新君，继位登基。天命显德，他皇位的合法性与正统性得到了保障和朝臣的拥护。但按照儒家礼制，父母丧，子女须居丧三年。他遵礼应该屏绝所有外务，将一应政事委托给朝臣料理，专心为父亲服孝祭奠。因此，他虽然继承了皇位，几天来却一直深居禁中，率领着群臣祭拜先帝。

然而，国不可一日无君，皇朝的权柄，需要新君尽快全面掌握，以便安定朝野之心。循汉文帝以来故事，天子居丧，以日易月，即将服丧三十六月变易为三十六日。后来又常缩短取便，视进入第三年为服满第三年，即服满第二十五个月可视为服阕。实际操作中，一般是二十五日释服，二十七日禫除[①]毕，改服吉服，而在心中守丧终制。

但服丧是一回事，听政又是另一回事。在他继位次日，老宰臣冯道就率领百官上表，请求新君尽快御殿听政。这是旧例。今日冯道率众上表，仍然是请求听政，这是第二道表。

"知道了。"君贵只点了点头，示意王景通退下。王景通刚后退一两步，君贵又叫住了他，"等等，传李重进到偏殿见朕。"

未几，服齐衰罩白甲的李重进来到偏殿告进，如礼叩拜："臣李重进，见过陛下。"

"三哥，免礼。"君贵温言道，"……昨日让你察看侍卫军动静，结果如何？"

当此之时，重进是君贵最可堪倚重的武装力量。君贵深居皇宫，自打放下开封府衙署公事入内事奉父皇汤药以来，已经连续十数日没有回过晋王府。而正位之后，他就更不可能回去了。皇帝的正居在皇宫中，如果要回晋王府，那是幸外第，是需要仪仗和护卫的大事。值此新旧皇位交替之际，他的车驾哪里可能轻易离开重重宫墙的保护、出动在外呢？因此，此时重进就是他的股肱、他的耳目。

---

① 禫（dàn）除：古代除去孝服时举行的祭祀。

除了重进，他还命林远和季飞卫等几员亲随旧将从原来晋王府的牙兵中挑了五百精壮之士，入宫担负近身护卫之责，剩下的由曹瀚统领，留在晋王府中保护君怜和儿女。

在重进的殿前军和晋王府牙兵之外，还有张永德带过来的小底军。这些日益强壮、跃跃欲试的少年军士也奉命在皇宫内外担负部分巡逻警戒的职责。

说起来，君贵已经是大周天子，可是能够直接控制的，就是这么点儿人马。局面远远称不上得到了完全控制，他不是没有被颠覆的可能的。

重进见君贵使用了家内的称呼，但问的又是国事，明白他这是特意表达倚重、善待自己的心意，便不改礼节，郑重揖道："回陛下，臣着人细细打探过，侍卫诸军虽说因先帝崩逝有些军心慌乱，但大体是安定的，也没有人敢胡乱说话，更没有人敢走动串联。"

重进一向是桀骜不驯的，何况，对于皇朝他有着巨大的贡献：他在皇朝初建的若干关键时刻都替代君贵履行了子侄辈在先帝跟前的职责，挡在君贵道路上最大的两块顽石——王峻和王殷，也是由重进受命亲自铲除的。因此，以往君贵在他面前，多少有些不够气壮。

重进虽说是皇亲，是禁军的少壮派，所属阵营与历朝侍卫军勋旧如王峻、王殷、郭崇、曹英等不同，但他对君贵隐隐的不服，倒多少可以代表侍卫亲军旧将们的心态。

直至君贵应召返京，正位开封府尹，又在官家的大力抬举下迅速升职、升阶、升衔，在朝廷军政大事上掌握越来越重的发言权，重进对君贵的态度，才逐渐增添了些许敬重之意。君贵以皇储身份代行郊禋大礼、判内外兵马事，并进而行摄政监国之实后，短短数日就表现出了惊人的治政能力与卓越的意志力，群臣忧心稍安，重进也为之侧目。

先帝临驾崩之际，当着顾命群臣的面，以舅舅身份将君贵的安危全数托付与他一人，这份倚重与信赖，让重进深受感动。君贵继位后，谕令重进总领皇城内外警戒，一应大小关节听凭他便宜裁夺，并且将自己的家小安全也交予他保障，可以说对他毫无猜疑。

当此之时，最有机会谋私篡逆的近臣，就是重进。可是，君贵选择了信任他，而且一旦决定了，就毫无保留。命数在天，他不信爹和自己的眼光会错。何况，他其实别无选择，只能豁出去江山性命一赌。

此时君贵听了重进的奏报，点头“嗯”了一声，又问:“樊爱能、何徽他们新接手了马、步军都指挥权，可还能够胜任吗?”

“这两个人，都是从侍卫军两厢提拔上来的，跟禁军原来的人马混得很熟，士卒们倒都肯听他们的话。”

“嗯。……晋王府那边的护卫情况如何?”

“遵陛下口谕，晋王府诸门皆从里面牢牢锁闭，每日由臣委派专人送入食物与其他日用物资。一应王府牙兵，全部退入府中护卫坚守。臣派去的一厢兵马驻扎在外围，将晋王府守得铁桶似的，管保不会有任何差池!”

“好。夫人如何?”

“夫人领着阖府上下在宅中依礼追奠先帝。夫人命臣回禀陛下，府内庶务有她料理，一切妥当，请陛下不必分心。”

君贵颔首。这种时候，家中有君怜挑大梁，他放心得很。

“如此甚好。我昨日已命宫苑使去将延福殿暂且拾掇了出来。我继位数日了，宫内外一应祭奠礼仪之事已经步入正轨，老让他们在宫外住着，一则我不放心，二则也会另耗人力物力，毕竟不是办法。你今日去一趟晋王府，教夫人收拾收拾。明日，你亲自接取夫人及皇子皇女，搬入宫中居住。”

重进忙揖道:“是。”

正要领命而去，君贵又叫住他："三哥少待。"然后向殿侧的内侍刘奉武示意道，"拿过来。"刘奉武忙从靠墙的木架上取下一把大刀，小心捧来。"这是先帝生前的爱物，三哥留下吧。"君贵拿起刀，双手递给重进。

重进大出意料，看着君贵，一时愣怔。

君贵诚恳道："先帝生前极为看重三哥。我的心思，与先帝一样。"

重进眼中有了泪光，忙跪下来，双手接过大刀："多谢官家恩典，臣愧领了。"

重进如今位高权重责任大，已经成为大周皇权的顶梁柱之一。官家赐刀之举，更让他认清了自己肩负的使命，也明白了只有表兄弟同心同德，才可能安然渡过皇位交接期的种种暗礁险滩，令大周这艘龙舟稳稳地继续向前航行，将先帝托付的江山社稷妥当地传承下去。

他慨然道："臣虽不才，必忠心事君，纵然粉身碎骨，亦在所不辞！"

君贵笑了一下："我相信三哥。"

李重进退下后，君贵又命王景通："传张永德。"

晋王府。

王府内外禁卫森严。从府门处那块"御赐晋王府"的巨大匾额开始往里去，府内一片白色。所有沾红带喜的地方都蒙上了白布，像是下过一场透彻的春雪。灵幡低垂，像是融化中的春雪被更深的寒意冻住，凝成了冰凌。

正堂。先帝灵位高高设在北面正中的几案上。香烟缭绕。纸钱烧余的白灰轻轻飘扬到半空。铜磬悠长。仆从中专门遴选出的十二个哭灵者，整齐地跪在灵堂两侧尽心履行职责。

君怜率众进行完今日的第二次祭奠，站起身来。

廷献从堂外入内。打从晋王入宫事奉先帝疾病以来，廷献帮着君怜料理府邸内务，出力甚勤。先帝的丧事一出，不仅有诸般礼仪琐务需要操持，更兼要熬夜守灵行礼，廷献人已经瘦了一圈。

但饶是廷献如此尽心协助，君怜的担子也依然没有减轻多少。只要看看这几日君怜的饭量和面色，就知道她在暗暗操着多少心了。

廷献来到君怜跟前，轻声道："夫人，李都帅在府外求见。"自从晋王继位之后，府中所有的仆从都不敢称呼君怜为"姐儿"了，包括唐氏、廷献和承璋。新逢国丧，君怜每日面色凝重，他们事主的诸般细节，还是正式一点比较好。

"快请李都帅进来。"君怜忙道。

未几，在曹瀚前引下，李重进入内参谒。重进先到先帝灵前拈香化纸，祭拜已毕，方起身过来向君怜拜礼："臣李重进，见过卫国夫人。"

君怜在他祭奠期间，一直相陪于堂内旁侧。此时见他行礼谦逊，忙道："三哥过礼了。"伸手示意他起来，然后自己也回了一福，"有劳三哥前来看视。"

此时君怜的身份，名义上仍然是先帝在她诞下儿子宗训后诰封的卫国夫人，因此，人们待她仍以夫人之礼。不过，大家都知道君怜将来的身份是什么，因此在她面前又都不约而同地以臣下自称。这就造成了一点名实上的小小混乱。李重进其时为检校太保，品级上虽比君怜略低，但揖礼即可，并不需要下拜。重进刻意行过大礼，正是以臣下身份表达对她未来地位的认可和尊重。而君怜知道重进手握殿前军，是此时君贵最该依靠的京城武装力量首领，因此也加意礼遇他。

两人互相行罢礼，君怜便请重进到旁边的小会客室相叙。

重进跟着过去，落座接了茶，方道："好教夫人得知，臣此来，是奉官家口谕，请夫人即时收拾准备。明日，臣亲自护送夫人及皇子皇女入宫，与官家团聚。”

君怜听了重进的话，沉吟不语。重进原以为她至少会露出一点欣喜之色，没想到她竟怔怔地发起呆来。重进也不便询问，待了片刻，又试探道：“……夫人可需要臣遣人来帮忙收拾吗？”

君怜回过神来，摇摇头：“不必了。我府中仆从甚多，何况还有曹瀚，一切可以自理。”

重进点头道：“好。那么倘若夫人少时有任何用得着臣之处，请尽管开口，臣随时听凭夫人差遣。”

几乎在同时。晋王府客房。

高医正与朱雀也依礼着了丧服，坐着叙话。适才在外堂进行完今日的第二次祭奠之后，高医正回到客房，朱雀便也跟了过来。

高医正早就想走了，但是仍然不能走。先帝因病崩逝，这笔账要不要算到医者头上，得听新君的。可新君正在深宫忙着接手皇权，忙着处理继位之后最要紧的军政大事，一时半会儿还顾不上对这件事发话，因此他就只得等着。何况，现下晋王府重门紧闭，禁卫森严，他想走也走不掉。

当然，君怜和朱雀都曾委婉地表达过绝不可能让他承担责任的意思，但她们毕竟不是新君本人，她们的话当不得他离开皇城的通行令。不过高医正并不担心。自己原本退隐山中，是新君非要通过自己徒弟的关系邀请自己出山的，诊的又是不治之症，现下人没了，新君不可能那么不讲理，非要他偿命。

朱雀见高医正带来的两个僮仆似乎在收拾行李，不由奇道：“师父，这是做什么？”

高医正淡淡一笑：“准备离京啊。”

“离京？”朱雀惊讶道，“师父已经得到官家的口谕了吗？”

“那倒没有。不过……”高医正沉吟道，“官家正位已经数日，我估摸着，应该很快就会遣人来接取夫人母子入宫。到那个时候，晋王府的侍卫撤掉，师父也就自由了。——照我看，官家当是不会因先帝崩逝而找我麻烦的。”

“可是……师父现在就教他们收拾行李，也未免太早了吧？”

高医正叹口气：“师父在京师待得太久了，浑身不自在，巴不得官家一声令下后，立马就卷包袱离开呢。”说着，他看了朱雀一眼，欲言又止。

朱雀敏锐地感受到了师父的意思：“怎么了，师父？”

高医正迟疑道：“……姐儿呢？姐儿什么打算？”

“我？……”朱雀一时慌乱了。

“姐儿若留在京师，是要跟他们一起入宫的吧？……也好，宫苑深深，护卫周全，多少人想瞧还瞧不上一眼呢。姐儿若能住到宫里去，倒也不失为一个好的去处……”高医正缓缓道。

朱雀无言以对。师父说到了她的痛处。若是留在京师，她似乎只有入宫这一条路走。倘若不入宫，独自带几个仆从留在晋王府替他们看家，有没有可能呢？不是不可能，但那样又有什么意义？倒不如离开京师，至少还能相跟在师父门下。

君怜或师父，她两头儿总得占上一头儿。

“师父，弟子想跟着您离开这里！”朱雀冲口而出。

高医正并不感到惊讶，他很了解朱雀的脾气秉性。不过，他垂目想了一想，还是劝道：“姐儿先不必说跟我走的话。依我看，倘若能够入宫与夫人相伴，对姐儿而言，应该算是最好的安排了。师父毕竟在江湖上漂泊，行踪不定，日子不安稳。姐儿……姐儿应该过安稳的生活……”

“师父，皇宫是个大笼子……弟子是朱雀，是鸟儿，鸟儿不想入笼子……”朱雀黯然道。

高医正叹了口气：“姐儿，当年师父和师母千斟万酌，才最终决定将你送到符家去，实指望你依附着他们高门大户，能够不受委屈地长大，风风光光地嫁人，有个正常的日子过，也不负杜尚书当年待我们的恩德了。可是你为何……为何……”

“师父，弟子愚昧执拗，让师父和师母失望了……”朱雀垂目低声道。

“不说了，不说了……”高医正拿手指抹了抹湿润的眼眶，“师父知道，符王夫妇，还有符家大姐儿都待你不错。尤其是符家大姐儿……当初谁能想得到，她会有现在这样的际遇！她是个和善宽容的人，便是做了国朝最尊贵的女人，必定还是会善待你的。你跟她在一起，应该是最好的安排……”

朱雀苦笑着轻轻摇头。君怜做了国朝最尊贵的女人，只会离她越来越远。宫廷礼制的繁文缛节，势必将慢慢消耗掉两人在过往十几年间积累起来的深情厚谊。那不是她想要的。她宁可在怀念中将彼此的心贴得更近。

许多个夜阑时分，她在挣扎不能成眠中反复思量过，她感到自己其实已经不怕孤独了。

七六　庙堂江湖

别院。同一日。

初春的萧索是一种暗藏生机的萧索，表面上空荒，细看却有无数新季节的足爪在萌芽，在试图突破滞留不去的寒气的封锁。忍了一冬的忍冬，在寒气的尾巴中没来由地摇晃起来。这样的一个新春，也许昭示着一个特别的年份。至少对于朱雀，这是一个绝对特别的年份。

书房内只有朱雀一个人，五两、赤珠、承璋他们，都被她打发开了。一幅以八分体书写的“此岸”横批，高高悬挂在书房墙上。

朱雀在慢慢拾掇自己的东西。跟随君怜辗转搬迁这么些年，她已经将自己舍不下的物事压缩到了最基本的数量。说白了，也就是一点点诗书琴画而已。实在带不走，便将这些都抛下也是可以的，不过是身外之物。

其实，真到了那一刻，连这肉身不也是可以抛下的吗？她从来不觉得性命是多么要紧的东西。

外间几声唱礼。夫人。夫人。夫人。是君怜来了。

朱雀从桌案上摊开的种种经卷中抬起头来，看向门口。厚厚的丝绵门帘掀起，君怜将婢仆留在屋外，独自走了进来。朱雀冲着她略一笑，又顾自埋首翻拣。君怜慢慢走近书桌，看着朱雀身前铺排开的这一堆物事。

此岸风平浪静。静水流深，所有的波澜都藏在最底层。

君怜在书桌旁的椅子上坐下来，托了腮看着朱雀，若有所思。

朱雀拿起一本手抄的卷册，对君怜轻轻挥了挥，笑道："这是我刚刚抄好要送给你的。……《华严经》实在太长了，一时半会儿可抄不完，我就把里面的颂偈，拣自己喜欢的抄了下来……"她将卷册递给君怜，"给你吧，别嫌弃。"

"榷娘，"君怜并不伸手接，只静静地看着她，"不要走。"

朱雀一愣，也不接言，只将眼睛转向一旁。

"榷娘，相信我，无论我到哪里去，咱们都是可以在一起的。"

朱雀回视着她，似笑非笑："……犟娘，我知道，你希望众人都围在你身边，常聚不散……"

君怜摇头道："此事与众人无关。"

"犟娘，请你体谅：我的家是皇帝抄的，我要过的日子，注定与皇室无缘。"

"……可是君贵不一样，他一定可以成为一个好皇帝。"

"他是不是好皇帝，与我有什么关系呢？便是在最圣明的君主统治下，我总也还有不合作的自由吧？岂不闻武王平殷，天下宗周，可伯夷、叔齐却采薇首阳山，义不食周粟……"

朱雀口无遮拦，完全不避忌谈论古人抗拒大"周"的往事。她不是想不到，她是不在乎。幸好左右无人。君怜深吸一口气：朱雀是故意的，自己不能被她带着走。

"榷娘，皇宫生活，并不是你想象的那样可怕。"

"不得自由，就最是可怕。皇宫是个大笼子，将人圈在里面飞不出来，还不可怕吗？'寓形宇内复几时，曷不委心任去留'？"

"照你这么说，天地才是最大的牢笼，天就是笼顶，地就是笼底。咱们这些生长在天地间的生灵，不过是祭祀所用的刍狗罢了，又何必在乎往哪里措置自己的形体呢？"

"哼，天地的笼子大，皇宫的笼子小。"

“皇宫的笼子再小，安顿你我这样的素淡之人，总还是够了。”

“……此言差矣。岂不闻，‘富贵非吾愿，帝乡不可期’？要想素淡，到哪里不可以素淡，何必非到那种地方去……”

君怜暂时停止了辩论，改变策略，保持平和，静静地看着朱雀：“所以……你是什么意思呢？要像伯夷、叔齐那样隐居于深山，是吗？”

“‘摆脱尘机上钓船，免教荣辱有流年。’翚娘，你就安心进你那小笼子，我呢，逃回大笼子去，就此逍遥于江湖，不是也挺好吗？”

君怜叹了口气：“榷娘，孤身一人在山野间漂泊，难道内心真的可以获得宁静吗？”

“我可以的。”朱雀回答。

她所说的并非虚言。过往的那些苍茫岁月中，当她在山间缥缈的晨岚中极目远眺时，当她在鸟儿暂停歌唱的午后将赤足浸泡到溪流里时，当她在没有月亮的夜晚仰望满天碎银般的星辰时，当她怀着一种半明半昧的心情用蓍草和甲骨卜算时，当她像摆宴席般以各种家什研磨药物时，当她专心于探究自己感兴趣的其他事理时，她都曾经一再获得过内心的满足与宁静。这是她唯一推知自己可以直面孤独的依据。当然，也是脆弱的、未经检验的依据。

“翚娘，你大概很难想象，我并非一定要生活在人群中的，我是可以遗世独立的。‘俛仰慷慨，优游容与’，我应该做得到。”

“……你想去跟着高师父？”

“也未必。我想好了，有时候我也可以自己出门云游，去采采药、炼炼丹什么的。”

“嗯。天子呼来不上船，自称臣是‘药’中仙。……是吗？”

“对。天子的船不好上，翚娘，归隐者要上的是钓船，不是御舫龙舟。”

"那也未必。岂不闻，'小隐隐陵薮，大隐隐朝市'？榷娘，你若执意隐逸，没有什么地方比内廷、比禁中更理想的了。"

"隐于禁中？……哼，倒是好大一座须弥山。"

"对真正的求道者而言，红尘遍是修炼处，又何须专门择山而入？"

"……皇宫却算不得红尘。"

"是你不悟。"

朱雀沉默了。君怜说得都对，她无言以答。因为她真正的理由根本不在那里。

"……佛是过来人，人是未来佛。榷娘，放下我执，立地成佛。"

"嘿，翚娘，你总说我的我执太重；可你这样一味地劝我，你又在执着什么？"

"……你说呢？"

朱雀垂目沉默半晌，再抬眼，语声中多了一丝哀伤："翚娘，庙堂与江湖终究殊途，你我何不就此相忘于岁月榛莽之处？"

君怜勉力抑制着心底的难过，神情却柔和下来，适才那种辩难到底的锐气消失了："榷娘，你想过没有，倘若这次咱们分开，你归于山林，我归于深宫，此生咱们也许就……就再也见不上面了……"

"……想过。"

"想过……你仍然要离开吗？难道你不知道，我在里面担心你却得不到你的任何消息，会是怎样的一种煎熬？"

"翚娘，真的不必担心我。如果你要求，我可以定期托人捎信给你。"

"……那么我呢？你就不担心我？你就不怕我在那里面太过孤独？"

"你怎么会孤独？你家君贵待你，如捧凤凰一般……"

"榷娘，君贵登上至尊之位后，一切都会不一样了。我的心底，其实是有恐惧的。"

朱雀有些意外，略一顿，轻轻去拉君怜的手，抚慰道："不要恐惧……犟娘，这是你前行的方向，你的愿望之所在，没有什么好恐惧的。"

"榷娘，咱们十岁就在一起了。如果以前我不恐惧，是因为我知道你总会在我身边……"

朱雀默然片刻，苦笑道："可是犟娘，皇家规矩太大，你看我这样的人，是能乐意受那种拘束的吗？何况……唉……算了……"

"何况什么？"

"……嘿，你家君贵与我有难解的旧怨，我却跑到宫里去天天拜他，这岂不是太可笑了吗？"

"榷娘，你是为这个才不肯留下来的吗？"

"……就算是吧。"

"如果我想法子让你不必天天拜他呢？"

"这……开玩笑吧？"

"这你不必管。我只问你，如果这样，你是不是就可以留下来了？"

朱雀苦笑着摇摇头："犟娘，拜不拜他，不过小节一桩。我也不只是为这个……"

"我不管。……榷娘，我会为你尽力去促成此事。如果实在不能成……"君怜停顿片刻，下定了决心，"你就走吧，我也不再拦着你了。"

"犟娘……"

"我去做一切我能做的，这是我的心意，也是我的本分。但最终你的去留，在缘，不在心；在你，不在我。榷娘，你是自由的。"君怜站起身来，"明日他们就会来接我入宫。榷娘，如果你愿意，先不要着急走，就在府里等着，我会遣人给你一个答复。”

“哎……”朱雀还待辩诘，君怜已经走向了门口。

“……至少，把我替你抄的偈语拿上吧？”朱雀向着君怜的背影说道。

“今日不拿了。如果你最终决定走，把它交给我派来答复你的人带回就是。”君怜停住脚步，头也不回地答道。

翌日。禁中万岁殿。日光漫漶。

卫国夫人符氏携皇女郭瑽、皇子郭宗训及远山、秋池、唐氏、廷献、采儿等旧从依礼祭奠于大行皇帝灵前。所有人皆身着重孝。寿安公主鹭娘、驸马都尉张永德、李重进妻罗氏等皇亲，咸阳郡夫人彤云等大行皇帝亲旧宫人依礼跪奉于殿侧。君怜泪如泉涌。殿中哭声震天。

礼毕。起身。君怜接过采儿递来的绢帕拭去泪水。内侍刘奉武趋前施礼，低声道：“启禀夫人，陛下已在延福殿等候多时，请夫人携皇子、皇女随臣来。”君怜点头。

未几，一行人来到延福殿外。早有内侍入内禀报。刘奉武推开门，躬身请君怜入内。君怜率众迈过门槛，只见君贵浑身缟素站在殿堂正中，正静静地看着他们。

君怜缓缓走到君贵近前，敛衽端肃下拜道：“臣妾见过陛下。”

这是在他们之间第一次产生的礼节，很显然，这也将是未来他们之间经常的、场面上的礼节。陌生的宫殿，陌生的侍从，陌生的礼节，让他们之间感到前所未有地生疏，甚至有些心慌了。

君贵伸出双手扶起君怜，略牵动嘴角，给了她一个鼓励的表情。四目相视，但也仅仅是相视而已，这样的场合，什么话都不便多说。

子女及仆从们依礼下拜。平身。观音早迫不及待地叫：“爹爹……”

君贵俯身抱起观音：“音儿，想爹爹了没有？”

"想了。"小小的观音娇柔地回答。

"好，爹爹也想音儿。爹爹抱抱你，啊。"他又看了看抱在乳母刘氏怀中的宗训——宗训的眼皮半开半合，已经困倦得仿佛立刻就要睡着了。

他紧绷多日的心突然变得很柔软。柔软又无力。他一时不知该说什么好。君怜也不说话，只静静地等他开口。

片刻，君贵整顿辞色，向君怜道："……你带着孩儿们，暂且就住在这里吧。你随我到后殿来。"

君怜应道："好。"

后殿即是起居处。延福殿原设有火炕，此时又生了几处火盆，屋内暖融融的。因皇子皇女幼小，他们的起居处都设在殿中主居室旁的暖阁中，方便君怜随时照应。

君贵带着妻儿，一径来到炕上坐下。观音见了新天地，闹着从君贵身上下来，由仆从们带着在殿内好奇地逡巡。刘氏则在火盆左近缓缓走动，有节奏地摇晃着宗训，以便让他尽快入睡。君贵看着眼前这新增的活泼热闹，适才柔软无力的心渐渐找回了力量。

"……天寒，仍旧教他们烧了炕，别冻着你和孩儿们。"君贵说道。

"好。"君怜答。

"我的正居在滋德殿，守孝期间，住在万岁殿侧……"君贵顿了顿，又道。

"嗯。"

"居丧期间，我不能过来居住，你也不能过去住。"

"明白，当然。"

"每日，咱们分别忙完前面的事之后，我会到延福殿来看望你和音儿、训哥儿。"

"好。"

"还有，延福殿的宫人和内侍……"

“陛下……”君怜柔和地打断他。

君贵听了她这称呼，愣了愣，叹口气拉起她的手：“君怜，没有外臣的时候，咱们还是依家内的称呼吧。我已经在这里冷冰冰地待了十几日，每个人跟我说话都是这么一本正经的，好不容易盼到你来了，若你跟我还这么生分，我可真是要憋闷死了。”

君怜不由短暂一笑：“好的。……这十几日，着实难为哥哥了。”

“嗯。你适才要跟我说什么？”

“哥哥连日在先帝灵前尽孝，又要挂心军政要务，实在辛苦。既然我来了，就请哥哥好生歇息。像宫人和内侍这样的小事，哥哥就不必为我操心了。”

“……那好吧。”君贵疲惫地揉揉眼睛，转向众人道，“你们且下去，把皇子和皇女抱到外面，另找暖和的地方玩。”众人忙应喏退出。

殿内终于只剩下他们两个人了。父皇崩逝的伤恸、权力过渡敏感期的劳心费神、十几日无法相见造成的思念……这一切都堵在心口，似乎要喷薄而出，一时却又难以爆发。君贵伸手搂住君怜，他们默默依偎在一起。

良久，君贵开口道：“君怜，你知道吗，我这几日脑子里，翻来覆去只有一个念头。”

“什么念头？”

“我一直在想：以前，万事都有爹顶着，爹就是天，就是太阳；现在，爹走了，头上没有了天，没有了太阳，我就得是那片天、那个太阳了……”

“哥哥……会有一点害怕吗？”

“会。……非常害怕，非常孤独。”

“哥哥，不要害怕，我总是在你身边的。”

“……嗯，幸亏你在我身边。”君贵一笑，打起精神道，“我跟你说实话，目下，朝廷的政务我并不担心；禁军有李三哥的殿前军弹压，不会出大的纰漏；境内诸藩，有岳丈、安审琦等勋旧坐镇监管，暂时也不会起太大的风浪；现下最可能出问题的，是在边境……”

“哥哥是说河东、江南这样的地方？”

君贵深吸一口气：“对。”

“……有任何奏报了吗？”

“军报、谍线，两头儿都正在查探，我在等。已经谕令边线各镇加强防备。”

“明白……”

与此同时。延福殿外。

刘奉武与一众宫官内侍侍立在殿外廊下。廷献随远山、秋池等仆众退出来。殿门关闭。廷献也侍立在殿门一侧。

刘奉武向廷献走近一步，上下打量他。廷献也静静地看着刘奉武。

“你是……你是陈廷献？！”刘奉武惊讶道。

“对。”廷献面无表情地答道。

“廷献，你还记得我吗？你看看我的脸，你想想！”刘奉武指着自己，小声地热切道。

“自然记得。——刘奉武，是不是？”廷献仍旧不动声色。

“对啊！廷献，你的模样有些变了，可是这眼睛……一点儿都没变！还跟小时候一模一样！真没想到，咱们还能在这儿碰上！……哎，你当时……”

廷献抬手打断他，正色道：“奉武，主上和夫人的耳音都很灵，咱们在这里说话会妨碍他们，还是改日再叙旧吧。”

刘奉武不意廷献全无故人重逢的欣喜，反而摆出一副公事公办的样子来，满腔热情登时被泼了一瓢冷水。可是很显然，陈廷献是皇帝夫妇身边的亲信，刘奉武却也不敢得罪，只得讷讷道：“那是，那是。”

七七　黄铜药秤

万岁殿。夜降临了。

君怜率众行完今日的最后一次祭奠之礼，起身。王景通上前致礼道："启禀夫人，陛下在偏殿等候，请夫人过去一叙。"

君怜跟随王景通来到万岁殿的偏殿中。虽说滋德殿是皇帝正居，但君贵因要日日守孝，便在偏殿安设了临时的榻席，日常起居乃至接见臣属，都在万岁殿偏殿进行。

君贵正坐在几案前阅览奏疏，灯烛明亮。君怜入内，正待整衣下拜，君贵先开口道："日常相见，都免礼吧。"

君怜便也不多言，福了一福，缓步走到几案前，轻声问道："哥哥找我？"

君贵放下奏疏，示意君怜在几案旁椅子上坐下，方道："累了吧？喝点汤水。"他向不远处的远山略一抬下颌，远山忙捧了一只瓷盅上前："夫人，请用宁神汤。"

君怜接过来，慢慢品尝两口，见君贵一直看着她，不由笑道："哥哥别只管监督着，我会喝光的。"

君贵叹口气："宫中事杂，听闻你一下午都在忙着料理延福殿的事情，着什么急呢？也不在这一时半会儿的。"

君怜道："我不过安置孩儿们，并没有多着急，哥哥不必为我操心了。"

"观音和训哥儿都睡了？"

“睡了。原是想带观音来晚祭翁翁的，她折腾了一日，扛不住困，晚饭后就到炕上趴着了。”

“嗯。孩儿们都太小，不必让他们来尽礼数，咱们当爹孃的多替他们拜拜就行了。”

“好。”

君贵挥手屏退了所有的宫官与内侍，又问道：“今日你们进宫，是人进来了，咱们府里的物事，还有多少是需要带过来的?”

“今日略带了十数个箱箧来。我想着，也不急，倘若日后有需要，再着人去取用吧。”

“嗯。明日，我就会让李三哥将晋王府外的禁卫撤了，曹瀚也要撤回来，换成别的人领兵守卫。你再想想，还有没有什么要紧的物事，需要特别保护的？若有，明日你就差人取到宫里来。”

“特别的物事倒没什么了。哥哥之前的开封府尹官印，此番我也带来了，明日就交还官中。不过哥哥既然问到，我倒正好有家里的事，要问哥哥的意思呢。”

“好，什么事?”

君怜道：“父皇登仙，事奉过父皇的御医们，哥哥打算如何处置呢?”

君贵一愣，随即叹口气：“我应当如何处置才好？革他们的职？罚俸？打一顿?”

君怜摇头道：“我不是这个意思。我这么想着，父皇的病过于凶险，他们大概……”

“我知道，你是想教我放他们一马，是不是?”

“哥哥的意思呢?”

“父皇生前，也曾教我不要责罚他们……我听你们的，也为孩儿们积点福。”

“好。那么，高医正……”

“哦，他呀，他原本就是咱们请来的，为父皇治了这些日子，也算尽心竭力了。你放心，我更加不会治他的罪。”

“那太好了。高医正家里还有些事，倘若哥哥不责罚他，我就让他回去了吧？”

“嗯。明日从内府拨些金帛赏他，你来安排吧。赏什么，赏多少，你定就行了。”

“好的。”

君贵忽地想起一事：“对了，怎的今日朱雀没有跟随你进宫来呢？”

君怜斟酌着，迟疑道：“唉，她呀……”

“怎么？”

“……哥哥是愿意让她入宫的，是吗？”

“当然。她是你的姐妹，她的安排，你做主就好了。”

君怜站起身面向君贵，郑重道：“那么，我想替朱雀向哥哥求个恩典，不知可不可以？”

君贵诧异道：“嗯？什么恩典？”

“朱雀的秉性，哥哥也知道，骨子里的魏晋风流，无拘无束自在惯了，受不了宫中规矩大，说是言语行动，都要加一万个小心。她早透露过心思，待咱们一搬进宫城，她就出没江湖入道去。可是……我习惯了有她相伴，希望能将她留在身边。”

“嗯。所以呢？”

“……我……我有个痴顽念头，不知哥哥能否赐她以后面圣时只礼不拜？这样，她或许会觉得自在些，也就不那么急着离开了……”

其时，面圣时只礼不拜，通常是皇帝赐给老迈勋贵或者方外大师的特权。君贵默然。

君怜忙解释道：“我说的这个只礼不拜，自然是日常非正式的场合……”

“……她不拜我，就自在了吗？”

“这都是我的痴念头，哥哥请别生气。我不过是要教她感到，宫里并没有她想象的那么拘束，宫里的日子，跟以前的日子相差也不大。省得她又跑到山里去，再也不理我了……”

君贵蹙眉道：“你家権娘，有时候也太任性了些。”

君怜见他辞色颇有可以回旋之意，忙道：“哥哥别恼她，都是我的不是。是我一番私心，撂不下十几年的金兰之情，舍不得放她到江湖上逍遥自在。我这个请求，说是为她求的恩典，其实是为我自己求的恩典。倘若哥哥因此生气，也是理所当然的。我这里先替她拜过，可好？”说着，君怜便正色敛衽，端肃下拜。

君贵嗔道：“君怜，你这是做什么？”

“我多拜几拜，先存在哥哥这里，以后不够了，我再替她拜。”君怜含着一点笑意回答。

君贵拉起她，为难道：“君怜，不是我非要驳你的面子，宫中自有宫中的规矩。朱雀虽说慕道，却并不是真正注册过的、有道籍有符牒的女冠，难以比照皇家外延的道观仙师对待。我新承大统，平白颁赐这个恩赏，典出无名，只怕会招惹外间物议……”

君怜淡淡道：“我以为，这不过是宫闱之内的家里事，官家允许就可以了，与外间何干？”

君贵心念一动。“宫闱之内的家里事”，正当应分的管理者，可不是官家本人。君贵沉默片刻，再开口，语声中有了歉意：“君怜，你说得对，这不是朝政，这是皇宫里的家务事。你将来会是六宫之主，我不该干涉你行权。”

“哥哥，我不是那个意思……”

君贵一笑：“你所求的恩典，我准了。朱雀这个家伙，一向都太过任性，咱们先将她诓进宫里，再慢慢教训……呵呵，这件事就交给你了。”

君怜见他开起玩笑来，心下大松，也笑道：“如此就多谢哥哥宽宏大量了。”

翌日。晋王府。

被李重进派来保护晋王府的殿前军军士正在整齐有序地撤离。原先守卫晋王府的郭氏牙兵，在曹瀚的指挥下，披甲持械，从府中列队出到府外，依旧按照原来的位置与职司四下警戒。

廷献率领两名内侍驰至，在府门口下马。守门的仆役上前，一一接过缰绳，将马匹牵引到一旁。他们的身后，两辆黑漆轿厢的马车也紧跟着在府门前停毂。

主院堂屋。廷献站立在屋内等待。承璋绕过外廊走来，见到廷献，不由嘟囔道："什么事啊，鬼鬼祟祟的，非把我叫到这里来说？"

"嘘……"廷献警告地瞪他一眼，"小点声儿。你现在去别院陪着榷娘子，别教她出来。"

"我……我怎么陪啊？"承璋顿时满脸的官司，"榷娘子不喜欢别人没事跟她说话。再说了，她要去哪儿，什么时候听过我的？"

"你也不用刻意去跟娘子说话，就是在旁边盯着。若是她想出院走走，你就想法子拿些事缠住她——就一小会儿。"

"不是……你要做什么呀？"

"少时再跟你细解释。我现在要将高医正请走，你别让娘子跟他见面就可以了。"

"这……这是夫人的意思？"

"你别管了，照做就行，错不了。"

"哦……"承璋若有所悟地点点头，"那你快点儿啊，我可对付不了多久。"

"知道了。"

客房。廷献率领两名内侍入内。高医正见他面色凝重，忙起身迎接。廷献温言道："高师父，在下是奉夫人之命来转达官家口谕的。"

高医正忙整衣跪下道："请尊使宣谕。"

廷献正色道："官家对夫人说，高医正不远千里专赴京师为先帝治病，虽未奏功，也有苦劳；特赐内府绢帛五十匹，金珠十斛；领赏之后，可即归乡。"

高医正欣然道："老朽领旨谢恩。"

廷献放下宣谕的架子，近前笑道："高师父，恭喜您立马可以如愿回家了。收拾行李要多长时间？需不需要在下帮忙？"

"啊，不必不必。不瞒尊使说，老朽早将行李收拾妥当了，就等着陛下的这声令下，立马就要走人呢。"

"既如此，在下已经备好快马轩车，陛下所赏赐之物也尽皆装在了车上。趁着天光大好，在下这就亲自送高师父出城吧。"

"那怎么敢当呢？尊使是陛下和夫人跟前事奉的人，尽管忙大事去，不必为老朽费心了。"

廷献笑道："送是一定要送的。否则，少时夫人问起来，在下无法交代。"

高医正道："那么，我去向……"

廷献保持着笑容："高师父，赶路要紧，别的事就不必多想了……"

高医正忽然明白了什么，一时怔住了。片刻，他叹口气："……可是，倘若我就这样走掉，连道别都……"

"高师父可以留一样物事，也是个念想。"廷献和缓地提醒道。

"也罢。"高师父叫僮仆拿过捆好的包袱来，重又打开。可巧面上正放着一杆黄铜小药秤。这小药秤是配制精细药方时用得到的上佳工具，做工十分精巧，刻度精准，刻痕内填朱砂，大小两个秤砣都以黄金制成。

高医正将黄铜小秤端端正正放到几案上："……那就将这个留给姐儿吧。烦请尊使对她说：师父归心似箭，不忍与她当面告别，只能将此物留给她。望她保重，平心如秤，常得安稳。请她恕师父简慢，后会有期。"

“好的，在下一定原话转达。”廷献谦恭道。

高医正挎起自己的褡裢，又招呼两个僮仆：“拿上包袱，走，咱们回去啦！”

别院。书房。

朱雀在摆弄着算筹，口中念念有词。府里的人一下子走了好多，尤其是主人家全数入宫，让她这个客居者顿时感到心里荒凉。荒凉之上，还有惆怅。算数或者制药，都可以帮助她克服这种荒凉惆怅的感觉，变得超脱一些。

锦绣文章芳菲口，神仙人物自风流。
贵揖草莽能倾心，平交王侯不低头。①

可是，她的超脱，又何尝是真正的超脱呢？

承璋在擦拭着书房中的一应陈设。通常这是赤珠的活儿，可是今日承璋让赤珠去干别的，他自己来伺候书房。

“哎……”朱雀对着承璋的背影，唤道。

承璋正自提心吊胆，冷不丁被朱雀一唤，倒吓一哆嗦：“姐……姐儿……叫我？”

朱雀蹙眉道：“你这是怎么了？发什么呆呢？”

“没有啊。小人在细看这瓷瓶上的纹路，心里正说，怎么能做得这么好看，姐儿就叫我了……”

“嘁，呆子！”朱雀嘲笑道，“……哎，你说，犨娘她们这会儿在宫里做什么呢？”

承璋苦着脸道：“小人哪里知道？小人对宫里的规矩又不熟。不过小人想着，左不过就是在祭奠先帝吧？目下宫里最大的事，也就是这一件了。”

---

① 《锦绣》，本书代拟。

“唉……”朱雀叹口气，怔怔道，“廷献已经跟着犟娘去了，你呢？承璋，你想进宫吗？”

“小人？小人伺候姐儿呗。姐儿进宫，小人就进宫；姐儿在府里，小人就跟着在府里好了。”

朱雀奇道：“你愿意跟着我？为什么？跟着我能有什么前途？跟着犟娘不是更好？”

“那……话也不是这么说的。左右小人都是被分派到姐儿房里了，自然要以忠心事奉姐儿为上。何况，跟着姐儿，其实还自在些呢。大姐儿那里，总归规矩要严整些。”

朱雀看着承璋，眼中有了一点泪光：“承璋，荣华富贵，对你都不重要吗？”

“咳，姐儿这话……小人活在这世上，不过就是图个温饱安稳罢了。什么荣华富贵，那不是小人应该希求的，小人也没那福分消受……”

两人正说着，廷献在门口告进，拜礼如仪。

朱雀不由揶揄道：“哟，瞧瞧这是谁回来了？……廷献，如今你也是宫里的大执事了，快起来吧，别拜我了，我可当不起。”

“姐儿……”廷献苦笑道。

朱雀收起了玩笑，淡然道：“你不好好在宫里伺候着犟娘他们，怎的又回来了？”

“姐儿，是夫人遣小人回来见姐儿的。”

“……她让你见我做什么？”

“夫人命小人传语姐儿：日常只礼不拜，夫人已经请下了恩典，剩下的请姐儿自行定夺。”

这当儿承璋插话了：“廷献，你这话什么意思，我怎的听不懂啊？”

“这是夫人的原话，我也不懂。夫人说，姐儿懂就行。”

“那……夫人要姐儿定夺什么？”

廷献不理承璋，转向朱雀道：“姐儿，小人已经备好了车马，何时动身入宫，待姐儿示下。”

朱雀默然良久。君怜居然真的可以为了她去做如此为难自己、为难官家的一件事！君怜居然做到了！君怜到底是怎么做到的？

“姐儿？……”廷献见她不语，便小声试探道。

“廷献，你不用老在这儿跪着逼迫我，先起来吧。不是说由我定夺吗？你总得容我再想一想。”朱雀竭力镇定道。

“喏。”廷献依言起身，又画蛇添足地分辩道，“……不过，小人并没有逼迫姐儿的意思。”

朱雀不接这茬，瞥他一眼：“我要去看看我师父。”

“小人陪姐儿去。”

“我也陪着去！”

客房。人去室空。空气中尚留有丝丝缕缕的药香。

朱雀呆呆看着桌上的黄铜小秤，不敢相信师父已经不辞而别。

“这是怎么回事？我师父是什么时候离去的？没有人看见吗？！”

廷献的内心在剧烈地挣扎。自打送高师父出城至郊亭，他已经挣扎了一路，可是却没挣扎出个结果。从理智上，他知道自己什么都不说是最好的，高师父留下黄铜小秤不辞而别，这就是对朱雀最大的暗示；可是从情感上，他知道自己至少应当将高师父的临别赠言转告朱雀。

由于他的暗中阻挠，害得他们师徒二人没能当面辞别，他是有愧的。何况，很有可能，这就是他们师徒今生最后一次相见的机会——最后的机会，他却生生破坏了它，他更是有罪的。但他不恨自己的愧和罪，他恨自己的无情。他不该这样对待榷娘子。

可是，在他的心中，却有着比这更重要的事。他为了达成那件更重要的事，只能牺牲掉别的——别的人，别的事，如果有必要，也可以包括他自己。

“姐儿，眼下府里人手少，我们……我们都没看见……”承璋嗫嚅道。

朱雀以手捂着脸大哭起来。

廷献与承璋对视一眼，脸上尽皆变色。承璋的眼神中带着责备，很显然，承璋已经明白了一切。廷献头皮发紧，受托需要转告的那些话，这下更是无论如何也说不出口了。

“姐儿……”“姐儿……”两个人忙上前安抚。

朱雀痛哭一回，忽然收敛声气，将泪水一抹，抬眼问道：“我师父离开，一定是得到了官家的口谕。是谁负责回来宣谕的？你们把他给我找过来。”

廷献忙道：“是小人。”

“那你怎么会不知道我师父何时走掉的？！”

“小人……小人是不知道……小人先去的姐儿那里……”廷献垂目，低声道。

“你是说，我师父没有得到官家的口谕，就自己偷偷跑掉了？”

“小人不敢这么说。”

朱雀抹着不断涌出的泪水，勉力控制着情绪：“你们出去，我要自己一个人在这里待会儿。”

“是。小人就在外面候着。”

“小人也在外面。姐儿有事，呼唤一声小人就进来。”

两人退出。房门紧闭。忽然传出一阵伤心的哭声。

良久。哭声渐歇，转为呜咽。

良久。呜咽渐歇，不闻声响。

良久。良久。良久。

房门“吱呀”一声打开。

朱雀现身，眼鼻尚余红肿，但容色平静，面上已毫无泪痕。

廷献与承璋忙趋前候命。朱雀也不看他俩，只向院中一展眼，冷然吩咐道：“收拾行李，入宫。”

七八　遐迩客来

万岁殿。日间的祭奠礼仪在按部就班地进行。

朱雀一身缟素，在廷献和承璋等随从的陪伴下，郑重其事步入殿内祭奠先帝。执礼如仪。君怜提前得到禀报，早率众来到殿中，在一旁相陪为礼。

礼毕，兴。朱雀从灵前躬身后退几步，然后缓步走到君怜跟前。梵呗与道经交融，钟磬绵长，殿内除了哭灵声，不闻人语。

四目相接，两人尽皆面容平静。君怜轻声道："咱们少时再叙，先去见官家。"朱雀点头。

未几，一行人来到偏殿告进。刘奉武入屏风禀报后出来，躬身道："陛下宣召，夫人请，娘子请。"

君怜引朱雀入内。朱雀见君贵在几案前正襟端坐相待，便款步走上前去，垂目敛衽下拜道："见过陛下。"

朱雀其实是个周到的人。来宫中的路上她已经想过，第一次以臣下身份见君贵，她是应该礼拜的，她必须维护君怜的颜面。不过她终究感到别扭，所以她出言简略，不肯颂陛见之辞，也不肯完整地向官家报上自己的名号。

"呵，榷娘来了，免礼吧。"君贵带上一点笑意，像是对她说，更像是对众人声明道，"榷娘是夫人的姊妹，是家里人，将要长居宫中，以后日常见我，就与夫人一样，只行便礼即可，不必下拜了。"说罢，他看了君怜一眼，君怜感激地回以一笑。

朱雀亲耳听到君贵发话，这才最终相信君怜的承诺并非虚言，心下难免叹息感慨。不过当此之时，拜不拜君贵，对她而言已经不再重要了。“多谢陛下恩典。”她恭敬地回答后，站起身来。

“你们都坐吧。”君贵说着，又特意转向朱雀，语声中增添了几分亲切，“昨日我跟君怜说了，宫中有几间阁子很不错，教君怜精心挑选一间，好安置你入住……”他向君怜投去询问的眼神。

君怜笑道：“选定了，就是紫烟阁，又清幽，距离延福殿又近，已经着人拾掇好了。”

“距离延福殿近？”君贵问道。延福殿不过是君怜暂时居住的地方，她将来是要搬家的。

君怜明白他的意思，笑着补充道：“距离几大主殿都不远。”

几个人又坐着说了些家常闲话。新的身份压抑着他们，尤其是朱雀，素日的伶牙俐齿无可发挥，她如坐针毡，几乎只是沉默地听着皇帝夫妇相叙。君怜见状，便向君贵道：“官家机务繁忙，我还是先带朱雀去紫烟阁看看吧？”君贵点头。于是众人施礼辞出。

出了殿门，君怜对朱雀道：“看阁子也不急在这一时，咱们还是先去延福殿品一盏茶的好。”朱雀应道：“嗯。”于是在内侍与宫人前引下来到延福殿，一路无话。

到得延福殿门前，君怜向众人吩咐：“承璋、五两、赤珠，你们拿上从府里带来的箱箧，跟着这几位中常侍到紫烟阁去铺设権娘子的日用物事；廷献，你进来侍茶；其他的人不必进来，各做自家勾当去吧。”众人应喏。

银瓶咕嘟咕嘟，水声美妙如同吐泉。刚刚烘焙过的北苑茶饼异香弥漫。廷献熟练地碾茶、筛淘、注水、调膏、击拂，君怜与朱雀专注地看着廷献操作，长久不语。

与其时一般世人习惯不同，符门历来传统，亲近的人之间会分尝同一道茶。廷献遵家中旧习，将新点的热茶从一只中盏分到两只秘色小茶盏内，以长盘进奉于两人面前。

君怜擎起其中一只秘色盏递到朱雀手中，平静道：“虽说只分开了一天，咱们今日却要算是故人重逢。”

朱雀接过茶盏，轻轻一笑：“‘悲莫悲兮生别离，乐莫乐兮新相知。’‘莫愁前路无知己，天下谁人不识君？’”

君怜也不多言，又擎起剩下那只秘色盏来。两人举盏互相致礼，然后小口小口，慢慢品掉这盏来之不易的香茗。

又是默然半晌。

还是君怜发了话：“榷娘，你能入宫，我很欣慰。我想知道，这是你自己选的吗？”

朱雀怔了片刻，回答道：“……对，是我自己选的，与他人无关。”

廷献心中抱愧，默默垂头侍弄茶事，不出一丝声响。这世上大概只有他最清楚，朱雀的选择，并不完全是自愿的。是他做了一个局，让朱雀别无选择。他这样究竟是做对了，还是做错了？他无法回答自己的问题。

而且，他忽然怀疑朱雀其实已经知道了真相。他想起来，自己在朱雀跟前要弄的所有花样，其实从来没有逃过她的眼睛。朱雀却在君怜跟前一力维护他，替他遮掩。

朱雀真是个好人。那么，他自己就是个坏人。

黄铜小药秤也许启示了朱雀的安稳，却让他的心骤然失衡了。他向银瓶中添加了更多的山泉水，又将炉火缓缓扇旺。

水与火，都是煎熬。

显德元年正月二十七，壬寅日。

宰臣冯道率百僚第三次上表，恭请嗣君听政。

嗣君继位之后的这几日，一直在先帝灵前守孝，朝廷庶务，都交予枢密使和宰臣们处置。遇有紧急或重大的事情，枢臣们只能请求短暂入对，或者以奏疏的方式请旨。也就是说，嗣君至今并未正式出现在整个大周的政坛上。

可是，不能再谦逊下去。群臣的奏表已经三上，群臣履行完了敦请的义务。现在，是嗣君履行顺应民心的义务的时候了。这，也是历朝旧例。

辰时，大周第二任皇帝郭荣出万岁殿，在东庑下接见群臣。群臣拜倒，山呼万岁，当面再次吁请新君听政。郭荣颔首，答允每日在万岁殿偏殿接见枢臣，商议朝政。至于日朝、常朝，则暂时仍旧罢停。他嘉勉众臣，希望他们于为先帝服丧守灵之余尽心职守，上下同心，共度时艰。

二月初五，庚戌日。

回鹘遣使者来吊贺，有司接待答礼如仪。

同日，一封来自北线潞州的奏报呈送御前：河东刘崇趁着中原国丧，向契丹请兵，契丹大将军杨衮率辽援军与刘崇十万大军合兵南指，战事将起！

汴京城中的文武群臣，闻听此报，尽皆相顾惶然。

十日以前。

河东太原。北汉小朝廷。以太原衙署简单改造成的汉宫正殿。

后汉高祖刘知远的兄弟、自立大汉皇帝刘旻召集文武议事。刘崇在太原自立为帝的同时奉契丹主为叔皇帝，叔皇帝便赐他改名为刘旻。不过在郭周境内，人们还依原来姓名称呼他。

郭威病逝的消息两天前传到了太原，刘旻大喜过望，一颗心中如同奔驰过万千战马，片刻不得稍歇。他知道，光复大汉社稷的时机终于到来了。

刘旻是驰骋沙场的宿将，军政经验丰富，手下人才济济。当年，兄长刘知远入汴为帝后，他便担负起了镇守河东基业之地的重任。他在军中的影响力，虽说不能与郭威相匹，但对付逆周那些方镇，总还是绰绰有余的吧？何况，还有契丹的叔皇帝撑腰。

“……郭威病死，这是上天赐给我大汉复兴的最佳时机！”

“整个逆周境内，除了郭威本人，哪有一个像样的统帅能与陛下对阵？”

“此时不出兵，更待何时？”

…………

殿中质疑的声音不是没有，但最终被淹没在以上这类摩拳擦掌、踌躇满志的鼓噪中了。

刘旻满意地点点头：“众卿所言极是。那郭荣小儿，我也曾见过几面。一个毛小子而已，哪有什么真正的战功？不过是仗着郭威荫庇，提拔得快。逆周那些禁军将士，哪个是真心服气他的？趁他刚接手大局，正在顾头不顾尾之际，咱们去打他个措手不及，他必定吓都要被吓死了！逆周一触即溃，大汉河山光复，那还不是指日可待的事吗？！”

众臣称贺，以为主上说得十分在理。刘旻龙颜大悦，即日下令，一面遣使入辽请兵，一面整备国中兵马，待援军到来，便南下收复刘氏江山。他所选择的方向，仍旧是几年来他不断攻打过的潞州一带。

东京大内，延福殿。夜色已深。

一日的祭礼已毕，皇帝夫妇对坐灯下。皇子皇女早已熟睡。宫人尽退。

“……北人此来，野心不小啊。不过，既然对外号称十万，就势必到不了这个数目。”向君怜简单说完了潞州军报之事后，君贵冷笑道。

君怜沉吟良久：“哥哥，潞州说这次是刘崇率军亲征，依你看，会是真的吗？”

“必定是真的。”君贵肯定道。

“为什么？”

“哼，会领兵的君主，大约都有相似的心思吧。倘若换了是我，刘崇死了，他儿子继位，我也会亲自出动，力争毕其功于一役的。刘崇领兵数十年，河东军将均出自他的麾下，遇到这么好的机会，又有契丹人撑腰，他能不来吗？”

“……那么，哥哥打算如何应对？”

“如何应对？……我还没有想好。”

君怜思忖着，掂量着，又道：“哥哥，我父亲所统领的魏博天雄军，是皇朝最重要、最得力的军事力量之一，加上我们符家的万余牙兵……我想，如果让我父亲出马挂帅，应当可以击退刘崇的攻势，保卫我大周江山社稷稳固周全。”

君贵笑了一下：“当此国难之际，我自然是要仰仗岳丈军威的。不过岳丈毕竟有了春秋，不到万不得已……”

“哥哥多虑了。”君怜忙道，“我父亲健硕得很，得闲时架鹰走犬出猎，比少年人兴致还高。之前有几年仗少，父亲实在闷得慌，还自己写了本兵书《人事军律》，总结我家包括祖父在内的几代治军经验，又严令：凡我家子弟，年纪稍长便要学习……”

君贵奇道：“哦？岳丈竟还有这等雅好？此书你见过吗？”

“粗粗看过。”

“你还看兵书？!”

“呵，看是看，光知道原理，没有经过实战，毕竟不大懂。”

“那打什么紧，打仗这件事，你们闺阁中人没必要懂啊。”

“嗯。我的意思是，我们家人久谙兵事，不仅我父亲，包括我大哥、二哥、三弟等，其能力忠诚，都是可以信托的。值此危难之际，哥哥不必因我而惜忍岳家，尽管派遣他们出力，方是最好。”

“嗯，你的意思，我明白了。不过，究竟如何排布阵容，这是后话，要等待前线进一步的回报。……你先不必担心了。”

君怜看着君贵的面色，欲言又止。她察觉到了君贵心中某种难以遏制的激情。她既感安慰，又感不安。

夜交子时。皇帝夫妇叙完话，君贵起身告辞。君怜相送君贵至延福殿门口。一众宫人与内侍前后随行。

“你留步吧，不要再送了。早点歇息。”君贵止步回头，对君怜说道。

“……我想送哥哥到延福宫的宫门外。”君怜道。

“不必了，回去吧，夜里冷。”君贵执意不允。

君怜不答，只是目不转睛地看着他，目光变得忧伤。心里纵有千言万语，在这样的场合，却也无法说出口。皇宫冰冷的建筑和规矩将他们隔离开来。即使见了面，即使说上话，也还是不能相伴在一起取暖。

涉江采芙蓉。同心而离居。离居让人分外惆怅，煎熬似乎遥遥无期。

万岁殿偏殿。又一个夜晚。

已经薨逝的秦王高行周献给先帝的那张羊皮大地图，悬挂在一架紫檀木屏风上。

君贵在地图前来回踱步。北线传来的进一步的军事情报让他夜不能寐。刘崇此番借兵南下，明摆着是欺负他新立为人主，根基浅、底子薄，想要过来捞五六个州的好处——甚至，未始没有寻机吞灭大周的意图。

君贵感到自己的胸中有一股热血在奔涌。

被人所轻视的愤怒，有，但更多的，竟是驰骋沙场建功立业的渴盼。他从一个没什么机会树立朝野人望的皇储变成新君，只不过经历了短短九个月的时间。人心未附，如何服众？刘崇的大胆进犯给了他机会。刘崇及其背后的契丹一直是皇朝最大的敌人，现在，又成了他继位后的第一个敌人。

他听到惊涛如怒，马蹄如雷。敌人自己送上门来了，他要亲率大军去消灭他们！他要以此告慰父皇的在天之灵！他要让大周的臣民们看到，他们的新君，绝不是一个仅仅依靠父亲的荫庇而上位的平庸之辈！自己扫平天下、廓清寰宇的壮志，就从击败刘崇这里开始去逐步实现吧。

虽然大周并不承认北汉政权，可是，僭伪的皇帝好歹也算半个皇帝。既然刘崇亲自杀过来了，那何妨给他来个……皇帝对皇帝？

万岁殿偏殿。御前枢机会议。外间隐隐传来正殿的诵经与哭灵之声。

皇帝郭荣与郑仁诲、李重进、张永德等近臣商议北线军情。羊皮地图依然高悬。

偏殿中的几人，在皇帝的引导下，已经对目下的形势达成了一致的看法。虽然太原在近年与大周的交战中吃过不少亏，但并不意味着刘崇是一个可以轻忽的人。刘崇敢亲征，是有底气的。此番十万汉辽合兵来势汹汹，绝不再是过去三年里的小打小闹了。

国内方镇，不是没有会打仗的藩主，可是，谁也不具备振臂一呼、号令天下的统率力——以前曾经接近过这一境界的、极其强势的王峻、王殷，已经先后被先帝给清除掉了。现下的枢密使郑仁诲素日是个讲究和气的老好人，在打仗上分量不够。所以，直面刘崇的挑战这件事，只有皇帝亲自办，才有可能一呼百应、事半功倍。

李重进和张永德都是少壮派，他们非常认同君贵的观点。然而，郑仁诲对此稍有异议。郑仁诲知道官家的脾气秉性，并不摆出抗颜直谏的面孔，而是和颜悦色地劝解道："陛下，兹事体大。便是先帝当年对付晋州之危，虽焦急万分、诏令已下，但最终为了国本，还是放弃了亲征。臣恳请陛下暂且不要着急，更不要轻易将陛下的念头告知其他臣下。再等等前方军报，也再反复思量思量，还是寻思个万全之策为好啊……"

君贵见他说得恳切，不忍拂了他的颜面，便颔首道："好，朕知道了。"

七九　新君御殿

大内后苑。天光大亮。

君贵在高大的桑榆与低矮的忍冬间徘徊、沉思。料峭春风拂面寒，但他毫无察觉。

想打仗，需要统帅，需要大将，也需要猛士。统帅，可以是他自己；大将，必须是可靠的亲旧，光有李重进和张永德还不够；至于猛士……禁军里的那些骄兵悍将，是能够为他所用的合格猛士吗？

刘奉武轻手轻脚走过来，禀报李重进、张永德告进。“宣。”李重进与张永德双双来到后苑花树间，下拜见礼。

“免礼，”君贵道，“正等着你们呢。你们都坐。”说着，他率先在石凳上坐下来。日前，他给他们下了命令：对各自所辖禁军将卒的现状进行一番检视，以便对将来战争中我军的有生力量做到心中有数。“说说看，你们检视军队的结果如何？”

李重进道：“官家，臣的殿前军原本就是一两年间从侍卫军和咱们牙兵中择选精锐组成的，间或有懒怠不长进的，已经被汰退了。臣昨日又教他们到校场演试武艺，亲自检阅过。臣以为，殿前军两万余人尽皆可用。”

“好！”君贵喜道，又转向张永德，“抱一，你的看法呢？”

“官家，殿前军的情况，臣同意重进的观点。此外，小底军的小底们长大了，依臣看，至少有四五千人已经可以充入正军，这又是一支不容小觑的力量。至于侍卫军那边……”

“怎样?”

“呃……侍卫马军、步军都有自己的都帅，臣等不便随意置喙，只能从旁观察。”

“你们不便置喙?是不敢得罪侍卫军那些人吗?”

“不是臣等不敢得罪，是名不正言不顺，人家死捂着自己的摊子，不教我们插手啊。”

君贵看着张永德，若有所思。片刻方道:“……好，那你观察的结论是什么?”

“不容乐观。不过至少有半数人马还是可用的。”

君贵微微蹙起眉头。侍卫马步两军骄狂惯了，目下与殿前军呈鼎立之势。殿前军两万人不可能全数派出作战，侍卫亲军也不可能全数派出，因此，如果侍卫军只有半数可用，那么三支正编军连同小底军，能冲锋陷阵的，加起来也不到三万人。这么点人马，怎么跟刘崇的汉辽联军对阵?……当然，方镇的军队肯定是要调动的。符彦卿、王彦超、向训、韩通等亲旧的藩兵以及布置在当地的中央军，都是王师最好的助力。……不过，禁军中最好能招募一批新鲜血液，以便与原来的郭氏牙兵合一，由他本人直接指挥。

猛士之外，更难得的是良将。千军易得，一将难求。为了保险起见，原来禁军中的宿将，有不少在皇位交替的过渡期都被外派到方镇去了。目下禁军三军中又有哪些将领是合用的呢?

“樊爱能、何徽都是老将，指挥作战的能力还是不错的。樊、何二人手下一批都虞候、指挥使，能力参差不齐，不可一概而论……不过，素日臣与他们的接触不算很多，一时不好下断语。”李重进沉吟道。

“官家，关于禁军将领的底细，臣倒略知一二。有能力的不是没有，但更多的人秉性却是难调。总是浮躁骄狂的多，听话可靠、敢于拼杀的少。依臣看，若想能敷北上之用，还是要提拔一批新人……”张永德道。

君贵沉吟道：“嗯，我也正有此意。你们有什么人值得推荐吗？”

“……臣手下倒是有几个不错的，少时，臣将他们的姓名及可能提升到的位置列出来，请官家考校定夺。”李重进道。

张永德忽然想起一事：“去岁韩令坤不是向官家推荐过几人到晋王府入侍？官家觉得他们中间有可用的吗？”

“……你是说钱延环、赵匡胤、潘美他们那几个？当时他们入府后，我教林远将他们都纳入我的近卫中了。听林远说，刀枪骑射诸般武艺，都不错。尤其那赵匡胤，有一次我临时抓他的差去办件事，他办得很利索，显见得头脑很是灵活。明日待我再考校他们一番，挑几个提拔起来，对你们也是个助力。”

“官家所言极是。”

“全凭官家圣断。”

不日，新君诏下，对禁军顶层人事进行了重新部署：以殿前都指挥使、武信军节度使李重进为侍卫马步军都虞候，以泗州防御使、殿前都虞候张永德为殿前都指挥使。

其时，李重进虚岁三十六，张永德虚岁二十六。

将李重进由殿前军调任侍卫亲军，意味着新君开始向侍卫军伸手，夺取直接控制权。侍卫马步军都虞候兼辖马军和步军，官职在侍卫军马帅樊爱能和步帅何徽之上。原本，在侍卫马步军都虞候之上还应有侍卫马步军都指挥使一职，但原来的都指挥使王殷获罪后，该职位一直空悬，因此，李重进就成了侍卫亲军事实上的最高统帅。与此同时，李氏家族诸兄弟李重兴、李重赞等也被委以军职，成为他的辅佐。

而张永德升职为殿前都指挥使，就成为殿前军的最高统帅。

如此，禁军三军中具有作战实力的侍卫亲军、殿前军两军，便都归于皇帝之手控制。当然，这种控制，尤其是对侍卫亲军的控制，暂时还只是表面的、浮浅的。

又诏以韩令坤、曹瀚、林远、季飞卫、邓锦、李继勋、钱延环、赵匡胤、石守信、潘美等年轻军将为殿前都虞候、东西头供奉官、内殿直都知、诸直指挥使等职，分别充入殿前军和侍卫亲军，为重进、永德之翼助，或为皇帝与两帅间之机要联络官。另有官家少年时代的西班故旧齐藏珍等人，也在此时获得不同任命。

不日，官家在内校场召集禁卫军校，考校骑射等诸般武艺。内殿直马仁瑀以弓力最劲、发矢所中最多，获得锦袍、银带之赏，其银带上还镶嵌了一小块美玉。马仁瑀从小不读书，头脑简单，就喜欢打架闯祸，可是他射得一手好箭，是以在这次选拔中脱颖而出。内殿直赵匡胤以马上格斗技艺上佳，殿前右番行首马全义以步下格斗技艺上佳，亦获锦袍与镶玉银带之赏。

显德元年二月十五，庚申日。

依照天子服丧“以日易月”的古礼，至今日，新君郭荣为先帝的服丧期满，可以禫除服吉，改服心丧。

二月十七，壬戌日。

老太师冯道率领百官上表请求皇帝御殿。这是第三道表。

与请求听政一样，请求新君御殿也是臣下必须履行的程序。常例，也是三遍。相应地，前两遍，官家依礼逊让。最终，皇帝郭荣接受了第三道奏表，同意御殿。

辰正，皇帝郭荣御广德殿接见百官，举行新君继位后的第一次文武大朝。百官执礼如仪。大周皇朝的行政制度终于恢复到正常的轨道上了。

散朝后，皇帝郭荣特意将宰臣冯道、太常卿田敏、枢密使郑仁诲等老臣留了下来。他需要与他们讨论一个极其重大的问题：

如何执行大行皇帝关于起治山陵的遗命。

父亲生前特意对他交代：要纸衣瓦棺薄葬，要建四处衣冠冢，要和雇守陵户，不要宫人守陵。衣冠冢、守陵户、宫人等事宜都好说，关键是，纸衣瓦棺怎么办？当着父亲的面，他是被迫答应了的。

其时，起居注制度荒废已久，皇帝在内廷的言行甚少有正式渠道流传到外间，老臣们都是第一次从新君口中听到先帝关于自己后事的交代。其中的纸衣瓦棺之托，让他们相顾失色。

君贵平静地看着他们：“你们议议。”

老臣们立刻引经据典，七嘴八舌地说起了自己的意见。虽说先帝的遗命应当遵守，可是纸衣瓦棺太过简陋，太过离经叛道，太不符合礼制，虽匹夫野民尚且不为，怎么可能在大周的启祚之君身上实行呢？最终，他们认为，朝廷礼制大于先帝的个人意志，纸衣瓦棺是万万不可的。不过，先帝俭素的美德也应当得到尊重和发扬。有鉴于此，他们建议，为先帝治山陵的各项规格，应当按照历朝历代流传下来的皇家规范减等，选择其中较为朴素的标准执行即可。具体地说，因为先帝的遗命中提到了汉文帝，所以，就比照汉文帝的丧葬标准来好了。至于千余年前汉文帝的山陵之事到底是个什么规格，有司自然会去查找古籍，查不到，也会想办法在汉晋隋唐的通例中找到合适条款的。

君贵松了口气。他要的就是臣下们这句话。臣下们以礼制替他承担了违背先帝遗命的道德责任，他不必再在执行遗命和向先父竭尽孝诚之间纠结了。

二月十九，甲子日。太常卿田敏奏报，经群臣商议，请为大行皇帝上尊谥曰圣神恭肃文武孝皇帝，庙号太祖。皇帝郭荣诏允。

二月二十二，丁卯日。天子诏下，以中书令冯道充太祖山陵使，以太常卿田敏充礼仪使，以兵部尚书张昭充卤簿使，以御史中丞张煦充仪仗使，以开封少尹、权判府事王敏充桥道顿递使。

不日，山陵使冯道撰进大行皇帝陵名曰嵩陵，天子诏从之。宰臣李穀撰谥册文，王溥撰哀册文。

滋德殿偏殿。

君贵与君怜一起阅览奏疏。皇帝正式御殿听政之后，臣属们进呈的奏疏骤增。君贵是个勤政的人，枢密院又换了随和的郑仁诲主事，因此，一应奏疏在枢密院只是过一下，略分分类、写上几句建议，便都呈送到了新君的面前。郑仁诲这么做，一方面是投合新君好管事的脾性，另一方面，也是表明自己涓滴不敢隐瞒的意思。在他的心中，宁可被新君责备不肯替主上分忧然后再将事情揽过来，也千万不能自作聪明地将百官与主上之间的沟通渠道先行阻断。

君贵方面，对郑仁诲的这种态度倒是没有什么意见。他本来就喜欢巨细靡遗地穷究物理，如今骤然面对全国的政军大局，自然很希望能够尽快将它们都纳入自己的掌控之中。郑仁诲及其执掌的枢密院给了他充分了解各部门、各州郡现状的机会。

便是君怜，虽然不赞成君贵这么昼夜辛劳，可是她明白，当此之时，皇权宜收不宜放，君贵的做法是正确的。她便帮助他一起处理奏疏、与他白天黑夜地议论军机。繁重的公务将他们重新拉近了，宫禁不再显得寒冷。

王景通入内行礼，禀报咸阳郡夫人、清河郡夫人、成纪郡夫人、陇西郡夫人等八位宫官请求陛见。君贵与君怜略感意外，对视一眼，点头宣召。

未几，咸阳郡夫人彤云、清河郡夫人仙草等八人入内，行礼如仪。她们都是在郊禋大典之后，借由内外命妇普遍加恩的机会，由县君进封郡夫人的。君贵因她们是父亲近侍，便特意叫她们平身赐座，温言道：“彤云，你们一起来求见朕，是有什么事吗？”

“是，臣妾等有一事，要请求陛下恩准。”彤云等并不起身，仍旧跪于地上答道。

“嗯，说说看。”

彤云含泪道：“臣妾等请求陛下同意，让臣妾等八人去为太祖皇帝守陵。”

君贵不语。父亲有遗命，不需要宫人守陵，一律放她们自便。片刻，他温言道：“先帝嘱咐过，山陵自有陵户伺候，无须你们专意去守陵。”

“陛下！”彤云答道，“先帝放臣妾等自便，是先帝的仁德；臣妾等自愿赴陵所守护，是臣妾等的心意。先帝已经对臣妾等仁至，现在，是臣妾等对先帝尽义的时候了。倘若陛下执意不允，臣妾等就只能追随先帝于地下了……”

君贵为之动容，转眼看向君怜。君怜面色凝重，轻轻颔首。君贵叹了口气：“知道了。既然如此，朕就答允你们。朕会加派禁军护卫你们的安全。”彤云、仙草等八人闻言，一起含泪再拜称谢。

王景通引彤云等出殿，正巧廷献急急沿殿廊走来，要拐弯进殿，两人险些在殿门口撞个满怀。廷献挺身站定，看清是王景通。王景通也看清了他。廷献神情平平地一笑：“得罪了。”王景通呵呵一声：“不敢不敢。”便各自走开。

王景通遵命率两个内侍将彤云等送至下处，自己反身回来。见滋德殿殿门已闭，刘奉武正候在殿门外。王景通以眼色向刘奉武询问，刘奉武低声道：“干爹，先别进去。陈廷献在里面禀事呢，官家和夫人将人都轰出来了。”

其时，王景通官居内班院都知，是一众内侍的头领。他少年时便被选入禁中，在这皇宫里已经经历过好几朝皇帝了。国朝太祖率北军克难时，那些带着汉隐帝刘承祐荒嬉的宠宦几乎被全数杀光，王景通因德行庶几端正被提拔起来，随侍太祖，由内中高班升为内中高品，直至内班院都知。虽说太祖不像汉隐帝那样宠信内侍，但王景通毕竟时常得以接近圣躬，其所执掌的内权不可小觑。因此宫中年轻内侍有不少投效到他门下，其中乖觉得用的几个，便被他收为义子。刘奉武，就算是他比较可心的义子之一。

刘奉武在王景通的提拔下，由黄门小底渐次升至内中高班，指派到德妃的福宁殿侍候。新君继位后，王景通精心揣摩圣意，意识到新君更喜欢少壮派，便将刘奉武、苏安山等年轻一辈推到御前随侍，自己退后一步尽监管之责。

听了刘奉武的报告，王景通道：“哦，那好啊，咱就在这里歇歇气儿。”

刘奉武便拿袖子将滋德殿的门槛擦干净，笑道：“干爹请坐着歇息。”依礼，宫殿的门槛是不能坐的，不过王景通品阶高，谁也不可能揪着这个错去告发他。

王景通坐到门槛上，一面就问：“你说……那陈廷献是个什么来历？我怎的倒像在哪儿见过他似的？瞧他在夫人跟前走动的情形，这跟随的日子也不是一天两天了吧？”

刘奉武笑道：“怎么，干爹不记得他了？他不就是当年我们那拨里头那个‘陈哑儿’吗？”

王景通眯起眼睛使劲回想：“……哦……就是……就是很不爱说话那个？”

“是啊，就是他。”

王景通若有所思地一笑：“……就记得绰号，倒把本名给忘了。嘿，谁承想当年那么不起眼的一个呆小子，如今倒发达了。看模样，像是受宠得很哪。”

“咳，是啊，也不知他是怎么修炼的。不过依儿子看，他目下还有些当年的脾性，还是不怎么爱说话。那日儿子想跟他叙叙旧，他三言两语就把儿子给挡回来了。”

王景通长叹一声："唉，你也不想想人家现在是什么人？夫人的元随！你不过是依序递进到官家跟前的人。远近亲疏分明，人家能轻易跟你搭话吗？"

刘奉武撇撇嘴："那……那他也不敢在干爹面前摆谱。"

王景通摇摇手："罢了罢了，快别这么说。干爹在这宫里待了大半辈子，什么事没见过？依我说，为你打算，以后，你倒是应该把伺候干爹的这份小心，放到他身上去一些为好啊……"

刘奉武讷讷道："干爹这是什么话？儿子是那样的人吗？"

王景通鼻子里轻轻一笑，没有答言。

八〇　廷议亲征

显德元年二月二十三，戊辰日。滋德殿。早朝。

内侍刘奉武受命宣读来自北线的军情奏报：河东汉辽联军的前锋由贼将张晖率领，自团柏谷入寇大周边境。

团柏谷在太原正南方约一百五十里，扼晋阳与大周之间的军事要冲。汉辽联军越过团柏谷，就意味着越过了两方交界处的第一重山险。团柏谷距离大周北边的军事重镇潞州，只不过四百里路程。四百里，如果是平路马军疾行的话，一两天就赶到了。就算有山路，就算连马军带步军，十余日也是足够了。

殿下群臣面面相觑。从二月初五潞州奏报河东动向后，一直没有更具体的军情公布，许多大臣都心怀侥幸，以为河东会不会只是雷声大、雨点小，吓唬吓唬大周的新君。现下他们却突然越过了团柏谷！看来，这十余日间，河东一直在整备军马粮草，在等待契丹援军的到来，一旦筹措停当，他们立刻就发师南下了。

一场大战真的要启动了吗？群臣议论纷纷。

君贵看到了他们的慌乱，他不打算跟他们兜圈子：“列位卿家，刘氏既然亲自率领汉辽联军来了，朕也不必跟他客气。朕打算亲征，到潞州去会一会他！”

一言既出，廷下的慌乱变成了恐慌。

新君继位不过一个月，车驾就要离京出动，导致黼座空虚，这是何等大事！搞不好，是会颠覆掉大周皇朝的啊。新君年纪轻轻，连南下克难的战争都没有参与过，不懂得祖宗基业创建有多么艰难，贸然做出亲征的决定，实在太轻率了。

群臣的目光一齐看向老太师冯道。当此之时，还是这个皇朝耆老，最适合出面来劝止新君的鲁莽。

就如同以往多次被百官推出作为代言人一样，宰臣冯道义不容辞出列上揖，缓缓道："陛下，切莫轻言亲征哪。想那刘崇，自打晋州一战被我大周打得狼狈溃逃之后，气势已夺，实力已弱，根本没有再次振作的道理。此番他扬言亲自率军前来，想必是故意放出烟雾来迷惑、欺骗我军，好教陛下不能安坐后方。倘若陛下亲自出动，岂不就正好着了他们的道儿了吗？"

君贵冷笑一声："刘崇那老贼，欺负朕新逢大丧神思不振，欺负朕一个新立之君于朝廷内外事务处处不熟习，以为天赐良机，遂发狂谋！他们的狂谋是什么？那就是合力向南，取天下，夺神器！否则他向契丹借兵，拿什么来还？契丹肯借给他兵马，贪图的又是什么？为着达成这个目标，刘崇此际必来，断无疑惑！"

听了官家这一番分析，群臣暂时都沉默了，官家说得有道理。可是，就算刘崇亲自来了，也不成其为新君亲自出马迎击的理由啊。

冯道向身旁的兵部尚书张昭使个眼色。张昭会意，出列奏道："陛下，就算刘崇亲来，也不打紧。朝中自有兵部与枢密院加紧会商，筹措军马粮草。陛下只需安坐御殿，调兵遣将，静候前方捷报即可。"

君贵道："哼，刘崇欺人太甚，朕不亲自去会他，他必定以为朕怕了他！倘若他据此鼓噪军队，难道不会大损我军士气、助长他人威风吗？若果如此，则贼军事半功倍，而我军事倍功半，这个仗，还怎么打？"

太常卿田敏出列奏道："臣也恳请陛下三思。陛下嗣纂之初，正该按日接见百官于朝堂，渐次熟习政务于宫禁，以令四方之心，早日安定。何须提枪催马，亲自奔波于沙场，而令朝野人心摇动？何况，先帝山陵有日，此是皇朝大事，陛下素来对太祖一片孝诚，当此之际，又怎能不亲全其礼？”

君贵道：“卿此言说到了肯綮上。先帝寝疾之际，将江山社稷郑重其事交托与朕，朕身上担着万斤重的担子！此番贼军倾其国力而来，朕若不倾尽全力去抗击，去保卫先帝留下的江山，朕怎么算得上是大周的嗣位之君？！倘若社稷因此有半点闪失，朕又有何面目到先帝灵前去燃香祭拜？！”

群臣蹙眉相顾，没想到新君亲征的决心如此之大！

片刻，御史中丞张煦出列奏道：“陛下，历来天子亲征，皆有迫不得已的原因。臣以为，陛下不妨先遣骁勇将领率军迎战，倘若不能奏效，再议亲征不迟。如此，则可避免无谓的损伤。毕竟，目下保重陛下御体的安全，才是皇朝最重要的事啊。”

君贵慨然道：“朕知道，你们都在担心朕遭遇危险。可是，昔日唐太宗创业之时，所经大小数百战无不亲征，哪有躲在后方遥控指挥的道理？既然唐太宗能够不惧危险亲冒矢石，朕又怎么敢迟疑畏缩、偷安不前呢？”

老宰臣冯道对于这个年轻人的固执早已暗暗摇头了，此时听他抬出唐太宗来，忍不住便回道：“旧朝固然有此先例，只不知……陛下做得了唐太宗吗？”

君贵一愣，冯道语气中的嘲讽意味简直毫无遮拦。在群臣心目中，开创了大唐基业的太宗李世民是何等伟大的人物，而他不过是一个刚刚接手了半壁河山、殊无建树的继位之君，竟敢将自己与唐太宗放到一起来比，未免也太自不量力了。

君贵无从反驳，转而又道：“卿等所虑，不过唯恐王师败绩而已。其实不必悬心，那刘崇所率不过一帮乌合之众，倘若朕亲自统领王师迎击，必定如泰山压卵一般，教他顷刻即溃。”

冯道捻着灰白的胡须笑了一下：“只是……不知陛下做得了泰山吗？”

君贵的脸色顿时凝固了，心里的怒气在迅速聚集。可是，不能发作，千万不能发作。这个冯道，是可以视作自己祖父辈的皤皤国老。父皇在世时就一直很倚仗他，尊他为百官之首，认为他的意见就代表了百官的公议；反过来说，如果想要拿下群臣的心，就必须先拿下他的心。冯道素来视父亲都如同晚学后辈，那么自己在他眼里又算得了什么呢？何况，冯道还是自己与君怜的主婚人和证婚人，自己潜龙时期家宅的匾额"御赐晋王府"那几个字，也是冯道手书。……故此，但凡在朝政上君臣起了争执，自己是必须要卖他的老脸的。无论他对自己怎样摆谱，怎样出言讥刺，自己都只能听着、受着，别无他法。

何况，冯道对自己的轻慢，其实就代表了此时大多数臣属对自己的真实态度。

朝堂上下一片沉默。

今日，深知官家心思的李重进与张永德受命忙碌军务，并未与朝，朝臣乍闻皇帝亲征之意，一时回不过神来，没人愿意带头表示支持。现在，冯道冯中书等耆老重臣又摆出了坚决谏阻的态度，满堂文武便再无一人敢站出来多言了。

片刻，君贵强忍怒气，竭力平静道："……散朝。"

延福殿。日间。

仍在服孝期，延福殿一应陈设服饰，尽皆素淡。宗训被侍从们带着在外殿溜达，观音去紫烟阁找朱雀玩了。

君怜从万岁殿祭奠回来，稍事休息后，便来到偏殿的起居间。以前太后宫的知客夫人刘氏已经候在那里，要向她讲解宫廷礼仪。

太后宫知客刘氏是先帝在国朝初加恩的前朝内官之一，封遂宁郡夫人，年近四十岁。刘氏十六岁入宫，事奉过几朝后妃，在前朝又事奉隐帝的母亲李太后，长于宫中礼仪。君怜见她思路清晰、口齿敏捷，便从一众故老宫官中挑选了她来授课。

刘氏的课已经授了四次，今日是第五次。君怜原本是打算叫上朱雀一起听的，想了想，还是不要在朱雀刚来的时候给她太大压力，便作罢了。君怜命刘氏事先准备了手册，每次都是一面听她讲，一面便翻了来对照着看。其时，唐宫传下的宫廷礼仪多有荒废，后代诸朝的主事者又曾多次加以调整、改革，因此整体上来看，有不少条文冲突、不合情理之处。

君怜一面听着讲解，一面就将自己的存疑之处在册页上标画出来。她知道自己任重道远。学完礼仪，还有一大套宫官和内侍制度要学。而学习这些，是为了掌握和运用，与个人好恶无关。

刘氏刚讲了一刻钟，就听见外殿一迭声的唱礼。君怜知道是君贵退了朝过来看视，忙起身迎出去。

君贵沉着脸走进殿中。众人拜礼。君怜趋前福了一福，含笑道:“官家下来了?”君贵点点头，也不多言，先挥手屏退了所有宫人与内侍。

君怜见他面色不怿，便上前拉着他的手:“哥哥上了半日的朝，想必累了。快来这边坐着，我替哥哥倒一盏罗汉汤喝。”

“哼，”君贵忽然气呼呼说道，“他们胆小怕事，死劝活劝，就不让我出动！我偏要御驾亲征，去把刘崇打个一败涂地来给他们看！”

君怜暗暗心惊。虽然早已猜测过君贵的真实心意，但是“御驾亲征”这几个字，还是第一次听他亲口说出来。若说君贵御驾亲征对哪个人的影响最大，那自然是她。可是，这个决定，君贵事先并没有与自己商量过，就拿到早朝上去交予群臣议论了。君怜一时不知如何应对。默然片刻，去桌案上取了汤壶，倒了一盏罗汉汤，默默递到君贵手里。

君贵察觉了她的不悦，接过杯盏，尴尬道:“本来，是想先跟你商量的……”君怜勉强一笑，仍旧不语。君贵叹口气，拉着她的手道，“君怜，我知道我不该事先不跟你说，就将此事交予朝臣议论。可是……我有我的道理，你肯不肯听我将理由说完？”

君怜陪他在几案边坐下，点点头：“好，我愿意听，哥哥请讲。”

“我打算亲征，不是莽撞，也不是逞血气之勇。做出这个决定，是我多日以来深思熟虑之后的结果。咱们就拿国朝建鼎之后的两次大战来说吧。

“第一次，刘崇大军侵犯晋州，王峻出师久拖不战，父皇原本打算亲征，却在最后一刻放弃，这是有原因的。其时建鼎不久，境内四方藩镇并未完全顺服，尤其慕容彦超在刘子陂战役后败守兖州，他的眼睛，时刻都紧盯着东京。父皇车驾一旦往西北方出动，就等于为他腾出了位置，他必定会从东方西进，直扑京师攫取神器。因此父皇听从王峻劝阻，放弃亲征，坚守中枢。

“第二次，是慕容彦超叛乱，曹英等讨伐不利，父皇亲自出马，驻跸九日而城下。这次亲征之所以得以成功，是因为其时境内大局已定，各藩经过多次移镇换防，已经尽在中央的掌控之中。而且，包括岳丈在内的各大藩主献粮献军资，齐心支持朝廷平叛，所以才能够速战速决，建立大功……”

君怜道：“那么这一次，哥哥以为应当同哪一次相比拟呢？”

“这一次，其凶险程度，介于上两次大战之间。我新承大位，根基未稳，在各大藩主那里的威望与号召力也不如父皇，这是本战不如平兖之战的地方。可是，与晋州之战时相比，形势却又要好一些：经过父皇三年的养民改革，目下朝廷小有积蓄，支撑半年的战争也不成问题；中枢安稳，有可能对我怀有异心的权臣已经被铲除；国境内，并没有近在咫尺的死敌觊觎一侧；人力上，殿前军崛起，与侍卫两军呈鼎立之势。而且，我刚刚让李三哥接掌了侍卫军的统帅之职，最重要的禁军军事指挥权已经拿到了我的手里，我还会加紧招募勇士，来充实禁军的有生力量；再者，正如你所言，以岳丈为代表的国中各大藩，也会给我充分的支持……”

“……哥哥所言，固然不错。可是，哥哥光说了此战的有利之处。凡事都不会只有一面，那么，此战的不利之处又在哪里呢?”

君贵沉吟道：“……不利之处有二：河东联合契丹来犯，一旦河东不利，也许辽人会加派援军支持，此是第一个不利；然而最要紧的却是第二个不利，那就是，他们是由刘崇亲自出马挂帅的！……主君亲征的号召力对于战场上的将士影响有多大，君怜，你只要想想上次兖海之征父亲所取得的速胜之功就知道了。”

君怜缓缓道：“可是，哥哥毕竟刚刚继位，人心未附，群臣所虑，也属……”

君贵摇摇头：“君怜，我告诉你，人心附不附，只能靠功业说话！所谓明君，不外是‘文治武功’四个字。若论文治，自然要慢慢来；若论武功，那就没有二话，只能是带着他们去打一仗！只要打赢这一仗，不管文臣武将，就统统心悦诚服了！我为什么力主亲自出马？一则是因为，只有我出马才能与刘崇的号召力相抗衡，才有可能缩短战程、从速赢得胜利，并尽可能扩大战果；二则也是因为我需要这样的机会来为自己正名，来得到文武大臣的衷心拥护和支持；第三更是因为，我要借此仗之机，让军队归心！”说到这里，他的面容已经变得凝重，“你知道的，禁军中那帮骄兵悍将，倘若没有非常手段，着实难以驾驭……”

君怜的眼中泛起了泪光：“哥哥所言，句句是理。可是，一想到你要亲冒矢石，身陷那样危险的敌阵之中……”

君贵握紧她的手，笑了一下：“傻丫头，不要起那些傻念头。你荣哥哥十五岁就从军了，迄今身经大小上百战，不是一直活得好好的吗？何况，我作为统帅，担负的是指挥之责，并不直接与对方交战，刘崇想要我死，却也没那么容易……”

君怜变了脸色，嗔道：“平白无故死啊活的，你这说的是什么话！”

君贵笑道：“好好，是我说错了成不成？你是亲眼见过我怎么以寡敌众收拾万佛寺那帮恶徒的，你总该相信我的指挥能力啊……”

“那……那你为何事先不跟我通个消息，就直接将此事拿到朝堂上去商议呢？”

“……你想听真话？”

“嗯。”

“我怕你反对。”

“怕我反对？”

“嗯。如果你反对，我折了锐气，跟朝臣们去说的时候底气就不足了。”

“……哼，你怎么知道我会反对？”

君贵欣然道：“这么说……你不反对啰？”

君怜揶揄道：“我不反对又能怎样？哥哥锐气十足地去舌战群臣，还不是被人家三言两语就给顶撞回来了？”

君贵再次握住君怜的手，恳切道：“可是，如果你支持我，那就大不一样了。只要有你支持，哪怕朝臣们说破了天，我也能将此事进行下去！”

君怜看着他热切的眼神，既难过，又感动：“哥哥，就我本心而言，我是绝不愿意你亲征的。……可是，当此江山危难之际，只要你决定了，我就毫无保留地支持你！”

君贵绽开笑容，一把将她揽在怀中：“有你这句话，我的心就踏实了。”

八一　招募亡命

滋德殿偏殿。御前军机会议。

官家郭荣与枢密使郑仁诲、枢密副使魏仁浦、侍卫亲军马步都虞候李重进、殿前军都指挥使张永德商议扩充禁军的问题。这次会议并未涉及皇帝亲征的可能性，官家只是对目前禁军的素质和数量表示了担忧。他让掌管军机的这几位大臣来出出主意，怎样才能迅速获得一批骁勇的猛士，以应对河东来势汹汹的攻击。

募兵有募兵的惯例，然而当此敌军迫境之际，按照惯例做事，并不能得到官家的认同。在几位臣属还没有将话题拉开了议论的时候，君贵就直截了当提出了自己的意见："朕在藩阃时，曾经多次率兵士去缉拿观城等地的盗匪。朕发现群盗之中，竟然隐藏着许多矫健勇猛之士。这些盗匪，原本也是皇朝的子民，众卿试想，好端端的谁肯去做那种混账营生？左不过是被情势所迫，逼不得已罢了。当年朕剿匪完毕，曾经许之以荒田，又曾将其中的有为者招入军中充役。朕留神观察，似乎颇有成效。如今朕也想照此办理，从群盗中招募孔武有力、愿献忠诚者充入禁军，个中翘楚，甚至可以直接充作朕的禁卫。各位卿家，你们意下如何？"

郑仁诲看看众人，谨慎地回答道："陛下，这个办法未尝不可。只是……那些盗匪原本都是犯了王法的罪人，他们对躲罪倍罚的规矩也心知肚明。陛下倘若招募了来，打算如何处置他们以前所犯的罪过呢？"

“这个嘛……只要合用，不妨赦免他们的罪过。”

“陛下的意思是，尽皆赦免?”李重进追问道。

“对。朕要招募死士，不给出上好的条件，谁肯来?”君贵道。

“不过陛下，那里头，可有很多都是犯了杀人越货等重罪的……”魏仁浦强调道。

张永德见官家微微蹙起了眉头，便向同僚们笑道：“犯了重罪打什么紧?咱们禁军里头剽掠成性的多了，他们哪个没干过杀人越货的勾当?便是民间的作奸犯科者，遇到皇朝大赦，不也还是会被放免吗?”

李重进见张永德一味顺着官家意思，处处逞舌讨巧，心下不爽，面色不由一沉。

君贵却颇感惬意，向永德颔首道：“是这个话。朕的意思，教各道各州先将人尽速招募上来，咱们再过他几道筛子，可赦不可赦，一见便知。这样，不也能聊解眼下的燃眉之急吗?”

众人无从反驳，只得点头称是。

显德元年二月二十四日，天子诏下：令诸道从隐藏于其辖区山林间的亡命之徒中招募有勇力者送到京城，以备选拔。

日禺。禁中紫烟阁。烟直室静。

朱雀一身素袍端坐书案前，在抄写《玄女授永命更生经》。旧日的仆从与新配的宫人内侍远远退在室外，只留了五两、赤珠在门口候召。饶是如此，她还是感到拥挤，甚至有一点窒息。

入住紫烟阁后，她就一直身着素色的袍服，没有再着女儿装。一来，是在先帝的丧期，素衣孝带原是必须的；二来，袍服配玉冠隐约是半个女冠的打扮，这将她与普通的宫官区分开来，让她在自己的周围竖起了一道屏障，借以更好地保护自己。

《玄女授永命更生经》是为先帝抄的，这是她的心意。这些天来，她已经抄过《吉祥如意咒》和《太洞往生经》两本经咒，她发愿要抄足七本经咒，再一起焚化于先帝灵前。她这么做，一是出于对这个大周启祚之君的敬意，二是出于对君贵的礼节，三是出于对君怜的情谊。虽然她从未与先帝正式照过面，可是她很清楚，自己目下的生活状况，与先帝当初的一应作为息息相关。

君怜知道她在做这件事，心下惊喜而感动，还将她已经抄好的两册经咒拿去给君贵看了。君贵也感到欣慰，特意让君怜带了一匣沉香给她，以备清心之用。

当然，朱雀抄经还有一个更隐秘的原因，那就是，她可以借此冠冕堂皇地让自己躲在紫烟阁中闭门不出，屏蔽掉除祭礼之外的诸多日常宫廷礼节——那些礼节，她尚未学习，就已经感到了巨大的压力。与君怜不同，陌生的处所、陌生的环境、陌生的侍从、陌生的人际关系模式没有激起她的斗志，反而让她只想逃避。

每天，皇女瑽儿依旧会由乳母东方氏带着来找她玩耍一会儿。现在，围绕着皇女的人也变成了一大堆。想来也是，皇帝家就这么四口人，宫里的内侍女官加起来可有将近两千人（这已经是先帝缩减再缩减之后的数目了），大家不围着她们转，光去管管伙食房屋车马花树，能有什么前途？

瑽儿十分喜欢翁翁送她的那台傀儡人偶，每次来紫烟阁，内侍们都会替她捧着带来。朱雀在晋王府时便教会了瑽儿拿瓶瓶罐罐过家家，入宫后，又亲手做了两个绢人娃娃送她。因此很快，瑽儿和朱雀在紫烟阁的游戏就变成了一台内容丰富的小型社戏，朱雀管它叫《观自在菩萨显灵降魔行善七十二变文》。而每一个“变文”故事，总是以绢人娃娃被坏蛋欺负开始，以观自在菩萨除掉坏蛋、为绢人娃娃做饭吃结束。于是借着这个伟大的故事结局，瑽儿高高兴兴吃掉乳母等人早准备好的点心，再心不甘情不愿地向雀姨告别，一行人浩浩荡荡回到延福殿去。

君怜日常事多，又要照料皇子宗训，并不经常来紫烟阁看她，朱雀自己除了去万岁殿拜祭又几乎不出门，更懒怠着不主动去延福殿，因此，入宫后，她们俩三两天不见一面也是常有的事。也因此，瑽儿就是她最要紧、最殷勤的访客了。

朱雀由此对瑽儿愈发有了一种特殊的关爱之情。

不过，即便淡漠如朱雀也察觉到，迩来皇宫上下，在为先帝服丧的肃穆凝重之外，渐渐增添了一种紧张敏感的气氛。她便向君怜求证。君怜告诉她，君贵决意亲征，与朝臣们虽未完全达成一致，但其实此事已经箭在弦上了。

朱雀默然。打不打仗，她并不在乎。战争的结果，也不是她所能揣度的。但她看出了君怜隐隐的担忧和焦虑，她不知道怎样来安慰君怜。

正午。禁军营。校场。

上千名从各地报送上来的山林亡命之徒排成队列接受检阅。十数个军官手持火棍在行列间巡视，逐一验看这些昔日盗匪的头脸手脚。当然，火棍不是用来打人的，而是用来指点、检视的。倘若发现有特别高、特别壮、胳膊特别粗、精气特别足的人，这些军官就会拿火棍杵一杵他们的身子，或者猛地给他们一棍子，作为对其下盘功夫、反应速度、身手灵活性以及抗击打能力等身体素质的试探。然后，军官们会根据后者的反应，将其中条件特优的人唤出站到前排去。

外观的鉴别只是第一步，后面还有武艺考校。因外形条件好而被挑出来的人，也可能会因武艺不佳而被刷下去；而那些外形不够好但武艺突出的，也有可以后来居上，为自己赢得晋身的机会。至于人品和性格，那是最后才会考虑的问题。

李重进率近随站在高台之上，监看整个选检过程。皇帝郭荣将这件事交给了侍卫亲军主办，殿前军协办。

对于官家的这着险棋，一开始重进是有疑虑的，但很快他又认同了。亡命之徒未必不能成为好的军人，上阵要的是那股子狠劲儿。他们从污泥浊水里打滚磨炼出来的身手和反应，漫说小底营那些娃娃兵，便是禁军中的大多数士卒，也都远远不如。他们最知道如何在战斗的危急时刻保全自己、歼灭敌人。要去对付刘崇那个老狐狸以及奸诈的契丹兵，自己不狠辣又怎么行？皇朝的禁军中多掺入几个这样的狠辣角色，就能够带动一大批人的士气不倒。官家的思虑是有道理的。

未几，进入武艺考校环节。因不是武举科试，不需要体现庄严、顾惜与周密，这个环节的设置显得极为简单粗暴、直截了当。大致说来，就是让外形相当的人徒手捉对厮杀，打赢了的，再进入下一场厮杀，直到剩下两百人左右。

一时间，校场上烟尘四起，喊声震天，拳花腿影，兔起鹘落，杀气腾腾，斗志昂扬。

李重进满意地看向站在自己左侧的曹瀚。皇帝正式御殿后，为了对付刘崇、储备武将人才，提拔了一批旧属到禁军中担任中级职务，其中就有曹瀚。目下曹瀚虽挂职禁军供奉官，但仍担任官家近卫头领，今日他便是替官家来监场的。

“曹供奉，看来各州府主军事的那帮人还真是领赏心切啊，什么人都敢往御前送。”重进笑道。曹瀚是官家元从，今日又代表官家，他待他自然分外客气。

“嘿，卑职也是这个话，”曹瀚也笑道，“满校场五花八门，鱼目混珠的不在少数。”

李重进又看向右侧的赵匡胤。赵匡胤是跟在曹瀚后面同批升职的，目下是殿前军的左班殿直，隶张永德麾下。因殿前军担负协助侍卫亲军招募亡命之责，张永德今日又另受要事差遣不得过来，便派了近日自己用着颇感得力的新人赵匡胤前来襄助李重进检选。

“你觉得这些人如何？”重进问赵匡胤。赵匡胤只代表张永德，重进没必要跟他们讲究什么礼数，因此不仅问得直白，索性连称呼都免了。

“李都帅，卑职以为，这批山林强人中，拳脚胆气俱佳者还是有不少的。”赵匡胤揖道。

“何以见得？”

“适才传令让他们各寻对手后，令旗一挥，场中便形成乱战局面，这说明他们当中好勇斗狠的多，做事干脆莽撞、不计后果的多，甚至，欺软怕硬、下手先拣软柿子捏的多；可是未几，乱战渐息，逐渐变为两两交手的局面，可见其中善于审时度势者也不少，有头脑、能克制，混乱之中想得起还有军令这回事；至于目下……”他着意看了看场中的情景，“已经围出了若干观战圈，想来，武艺真正高强的那些人就要决出了……”

“嗯，”李重进略点点头，不置可否，“今日你回去后，向你们殿帅详细回报检选山林亡命的过程，并请他明日巳正与我一同入内，向陛下禀报结果。”

“是。”赵匡胤忙应喏，又迟疑道，“不过李都帅，今日选定之人，要不要请张殿帅过来看一看？好教他心里也有个数。”

李重进瞥他一眼：“张殿帅若要来验视检选结果，自然是最好。我今日就在侍卫亲军营中，他若愿来，随时可以来。”

赵匡胤感到自己可能多言了。他忙笑着揖道：“是。卑职一定遵命转达。”

大内，广德殿前。

禁军校场热腾腾的气氛也传递到了宫苑中。

很显然，皇帝无视朝臣们的劝阻，在没有明令诏示的情况下，开始了对中央禁军的整备和调遣。前朝广德殿前的空场上，无数的军校与车马来往穿梭。有司考虑到皇帝日理万机，难得亲临军中诸核心机构视察，故此不仅将新收编的军校送过来，甚至连各色军械、旌旗、服装等物资的样本，也都拿到禁中来请御目核准。

他们现在都逐渐知道了，他们的新皇帝喜欢事必躬亲。他们乐得接受他无微不至的指示。

即便在后朝，内侍们也将这种“要打仗了——要打大仗了——官家要亲自挂帅去打大仗了”的兴奋和喧哗，迅速传递渗透到了宫闱的每个角落。宫廷是幽深和寂寞的，在千篇一律的生活中，好不容易有件大事可以议论，且不去管结果会如何，也不必管与自己有什么干系，大家似乎又有了新的期待。宫人们还好，尤其内侍们，稍有空闲便聚在一起窃窃私语。他们都清楚地记得，上次先帝御驾亲征的阵势，是多么地雷霆万钧。

不知道新皇帝御军，又会有怎样的表现呢？

大内。万岁殿。

君怜在先帝灵前进行完上午的奠仪退出，来到偏殿。她知道君贵不在，君贵此时正在滋德殿召开枢机会议。她只是来君贵的起居处看看，顺便问问远山、秋池等，昨日官家是几时睡的、临睡前进没进用宁神汤、睡得好不好，今晨又是几时起身练习拳脚的……

问完话，她走到偏殿的窗前。

万岁殿与广德殿相距不算太远，广德殿前广场上刻意压低了声音的那番热闹，此刻就透过窗棂，清清楚楚地呈现在君怜眼前。对于军将而言，战事似乎总是让他们兴奋。

君怜心情复杂地苦笑一下。

这时她发现十数步开外，有个熟悉的身影站在万岁殿外的廊柱边，也正看向远处那一片热闹。

是廷献。廷献身板笔直，不知看了多久，已经看得痴了。君怜凝神观察着他的背影。良久，廷献望空长长地叹了口气。君怜默然不语，归座沉吟。

夜。亥正时分。

整个宫廷安静下来。除了各殿檐下照路的灯笼，只有少数几盏灯火，还透过窗户纸在隐隐摇晃。稀有的光亮让这春寒之夜显得愈发冷清而深沉。

万岁殿偏殿。官家破例预备提早歇息了。他今日做了太多的事，有些头昏脑涨。幸亏有君怜帮忙，得以快速批阅完了臣属们的奏章。君怜见他力疲，也就不再如往日那样陪他多说话，嘱咐过远山与秋池等人当心事奉后，便起身告辞。

君贵将君怜送到殿门口，虽是心中不舍，却也无可奈何，只能拉拉她的手。君怜笑道："哥哥快回屋歇着去吧，我明日一早就来了。"君贵苦笑。君怜见他颇有留恋之意，便敛衽一福："臣妾告退，官家好觉。"说罢，含笑将君贵轻轻向门内一推，自己毅然转身向过廊而去。延福殿的侍从们忙也向官家施个便礼，急急跟上夫人的步伐。

君贵站在原地看着君怜离去的背影，不知为何心中起了一片怅惘。怅惘良久。

十数个内侍与宫人远远陪着他，呼吸不闻，寂静无声，仿佛他们并不存在。

皇宫就是这样一个奇特而诡异的地方，虽然大，但其实谁也无所遁形。就连皇帝夫妇的爱情，也是明明白白暴露在众人目光中的。而那些目光的主人，那一颗颗镶嵌了这些眼珠子的脑袋，则理应习惯于将皇帝及其亲眷的一切视为秘密，理应对这一切秘密守口如瓶。否则，说不定什么时候，就会有意想不到的灾祸降临到自己身上。按照王景通教导干儿子们的说法："把嘴巴缝起来还有祸事呢，何况听到点什么就到处说去？"

可是，正常长着一张嘴和两只耳朵的人类，又有谁真的甘心违背自己的生理和心理本能，去当一个聋子和哑巴呢？何况，呆板寂寞的宫禁生活，全靠咂摸别人的喜怒哀乐为消遣乃至营生。

每个人都活在小道消息的网络中。宫禁因此变得深不可测。

亥正二刻。延福殿。

熏歇烬灭，光沉响绝。殿内一片暗寂，只有殿外檐下，还高高地悬挂着几盏素色宫灯。君怜及一众侍从也都安歇了。

延福殿偏殿之后。

没有灯笼照耀的、黑漆漆的廊柱间，一个深色的剪影坐在栏杆之下，仰头看着弯曲如钩、光芒黯淡的残月，默然无声。

下房的门打开，承璋揉着眼睛趿着鞋出来，一面系着衣裳，一面顺着屋檐向后苑更远处的茅房而去。因紫烟阁房间有限，夜间只留了宫官值宿，一应内侍都安排在内班院的宿房内歇息。承璋便求了君怜的恩典，夜里仍旧回到延福宫来住，与廷献打挤。

未几，承璋又原路回来，正要拐回屋，一错眼，看见了栏杆下的望月人。

夜色昏暗，可是，简直不用细看就知道是谁。承璋慢慢走过去，低声道："哎，哎，这是怎么了，好好的大半夜不睡觉，只管望着月钩做什么？"见廷献不语，承璋便去踢他的屁股，"说你呢廷献，二月天儿，凉不凉啊坐地上？"

廷献轻巧地跃起身，闪开承璋的轻踢："成成，知道了，睡你的去吧。"

"怎么了你？"承璋皱眉打量着他，"我看你这几日老是没精打采的，在夫人跟前也偶尔犯恍惚，还有，晚间索性连趟子也不练了。我说怎么回事呢，原来改成跟这儿望月了！好嘛，恁这是要变貂蝉哪？"

廷献苦笑了一下："我想变个吕奉先，我变得了吗？"

承璋默然。廷献再次仰首向月，不由长长地嘘出一口气来。承璋便也看向月钩，良久，再看向他，欲言又止。

廷献转回脸，静静道："想说什么？说吧。"

承璋叹息着，轻轻摇摇头：“廷献，依我说，像咱们这样的人，哪有资格逞什么男儿意气呢？”

廷献心下一惊，将视线转向深黑的庭苑，默然不语，头皮却阵阵发紧。

“廷献，你知道咱俩的区别在哪儿吗？”

“……在哪儿？”

“我自从事奉了姐儿，心里眼里就只有姐儿，别管是大姐儿还是榷姐儿，都一样，所以我过得简单、快活；而你的心里，始终还有你自己……”

八二　烽火遥望

显德元年三月初三，丁丑日。晴朗有云。

昭义节度使潞州李筠急报：刘崇大军入寇，我兵马监押穆令均所部军士为河东贼军张元徽部所袭击，穆令均战殁，官军不利。

滋德殿。御前枢机会议。

郑仁诲、魏仁浦、李穀、李重进、张永德等在座，每个人的面容都很严肃。羊皮地图仍旧悬在那架紫檀屏风上。

君贵在地图前沉思。汉辽联军突出团柏谷到达潞州，只花了十天工夫，在他的预估中这属于偏快的行军速度，可见刘氏南下的急迫心情。而且，他们没有止于潞州。数万汉辽联军的主力掠过了潞州的州境直接南下，只分兵少部围住潞州城，以阻断潞州与周境内其他州郡的联系。穆令均部的损失，只不过是汉辽联军掠境时的附带剐擦而已。这说明，他们不再像过往那样，满足于仅将周室的几个城池纳入囊中了。

潞州的军报彻底暴露了刘氏的野心。

“这一次，刘崇是直冲着汴京、直冲着大周神器、直冲着朕而来的！”君贵看向他的枢臣们，冷笑道。刘崇要的是他的天下，是他的性命，他已经不能再忍耐。

“好，既然他敢来，朕就敢去。朕要多路发兵北上，给他来个当头痛击！”他指着地图说道，“东线，调天雄军和镇宁军，以符卫王为统帅；西线，调河中与陕州藩军，以王彦超为统帅；中线，朕自率禁军出动，而以河阳、郑州、滑州之军为辅。哼，朕倒是要看看，是他刘崇的乌合之众厉害，还是我大周的兵马精强！”

出于礼貌，他想起来征询一下枢臣们的意见：“诸卿的意思如何？”

李重进和张永德原本就跟君贵一起筹划着亲征，自然不会有异议；郑仁诲和魏仁浦分任正副枢密使，知道全国的兵马状况，也深知皇帝亲征的决心不可动摇，因此，也没出言反对；只有李穀，微微叹了口气。

“李三司有什么话，但讲无妨。”君贵柔缓了语气。三司使是朝廷的财神爷兼大管家，历朝历代的皇帝，对他们都颇为客气。

“臣别的不担心，只担心军械和粮草委积等军资的储备数目，不足以支撑太久的时日。所以臣斗胆请问陛下，对于此次亲征，在时间上有何筹划呢？”

君贵一时语塞。他原可以回答“朕当然是要速战速决”，可这种回答对于三司使的提问是没有意义的。应该说，他比较了解李穀。李穀是一个务实的人，从来有一说一，不喜欢打诳语。李穀此问，是真的在谋划财政预算，并不是要跟他抬杠。《孙子》有云，“十万之师，日费千金”，那还是在遥远的古代。上千年的仗打下来，刀枪弓箭、金鼓火器、旌旗帐幕、将士衣食、役夫招募、长途运输、骡马粮草……种种内外之费，早不知比孙武的时代翻了多少倍。之前君贵自己不是没有估算过，但总归算得不精，经不起人家刨根问底。

“朕只管向前，只管尽速克敌，却没有精算过时间。”片刻，君贵坦言道，“那么就请卿来告诉朕，卿的一应军械粮草委积等储备，可以给朕支撑多少时间？”

“两个月。”李穀冷静地伸出了两根手指，“以陛下打算动员的王师与藩镇军队数目，最多两个月。就算藩镇军队会自带一部分粮草辎重，也仍旧需要中央的通盘调度支持。所以，两个月。届时，无论战况实情如何，臣都恳请陛下回兵京师，以定朝野之心。”

君贵看着他，明白了他没有说出来的意思。粮草军械尚且好说，人心的极限，也就是两个月而已。一个刚嗣位的新君，两个月奔波于沙场，两个月不在禁中料理朝政，对他的子民而言，似乎有些说不过去，更难免为皇帝在中枢的权力布局埋下隐患。虽然在君贵自己的构想中，此番亲征一定会很快大奏其功，然而，万事都有“然而”两字——万一战况出乎意料呢？万一汉辽联军竟意外地坚韧难克呢？

“好，两个月。”君贵正色道，“朕记着卿的话了。两个月不奏功，朕一定还师，朕答应你。”

翌日，天子诏下。

诏令天雄军节度使卫王符彦卿领兵，自磁州固镇路由东向西奔赴潞州（自从王殷被铲除、废掉邺都留守之后，天雄军的治所也发生了移动），以澶州节度使郭崇副之。

又诏河中节度使王彦超领兵，取晋州路由西向东奔赴潞州，以陕州节度使韩通副之。

又诏宣徽使向训、侍卫马军都指挥使樊爱能、侍卫步军都指挥使何徽率禁军先头部队，出京师先赴泽州。

又诏滑州节度使白重赞、郑州防御使史彦超、前耀州团练使符彦能等，也领兵自东、南等方向先赴泽州。其中，符彦能是卫王符彦卿的五弟，卫国夫人符君怜的五叔。

具体作战及行军方案，交由枢密院、侍卫司、殿前司、兵部、三司共同商议筹划后，报皇帝批准。

皇帝亲征，终于成了板上钉钉的事实。一直试图谏阻的臣下们闭了嘴，却难免忧心忡忡。

随着朝报的飞速递送，以及比朝报速递更快的口耳相传，两三天之中，全境内外、朝野上下，就已全部获知了这个消息。对于大多数不知情者而言，这条消息是让人震惊的，也是让人兴奋的。谁都想看看大周的新皇帝能够折腾出个什么动静来。其中，除了旁观的冷眼，也不乏等着看笑话，甚至等着看这个新皇帝倒大霉的冷口冷心。

这是个你方唱罢我登场的乱世。乱世里，人们是可以有很多选择的。这，不以皇帝个人的意志为转移。

古老的东京城在安逸日久后，重新忙碌起来。车如流水马如龙。黔首黎民们也指点着，议论着，期待着。他们有了一个少壮派的皇帝，他们不知道这对他们的命运而言究竟意味着什么。

羽檄起边亭，烽火入咸阳。
天子按剑怒，使者遥相望。

三月的空气被提前催热了，催熟了，散发出一种跃跃欲试的莽撞味道。

不日，向训、樊爱能、何徽率禁军先头部队出发，皇帝郭荣亲出城北，赠酒壮行。

东京中瓦子，石二爹包子铺。晡时。

石二爹家的包子皮儿薄馅儿大、油多香足，远近闻名，是传了数十年的看家手艺。打从后梁太祖朱温时代起，石家包子就已经在这汴城中闯出了招牌。经过三代人的经营，包子铺如今扩建成了两开的门面、三层的小楼，也是好一副旺相了。

虽说是下午光景，包子铺底楼却也坐了一多半人。东京城是个花花世界，万方水陆货色辐辏，因此街面上总少不了闲逛的市民。逛累了，石家包子铺正好解饿解乏。

三个禁军军校一路大摇大摆，走到了包子铺门前。

“军爷来了？军爷里面请！”店小二热情地招呼。

“请个屁！”几人中居左的一名军校喝道，“把你们掌柜的叫出来！”

“呃……”店小二也是见过世面的，什么人要见自家掌柜，就算他不敢拦着，总得问个明白才好去回报啊。他赔笑道，“不敢请问，恁几位找我家掌柜的是有什么事啊？”

居中那个满脸胡须的粗壮军校闻言大怒，一巴掌将店小二扇到地下，从腰间抽出朴刀，“噗”地插在矮柜台上：“叫他来，还是你来？”

店小二连滚带爬跑向店后。未几，掌柜石二爹在五六个青壮伙计的护卫下走了出来。店中所有的顾客都转过头来看热闹。

石二爹整顿辞色走至那几个军校身前，赔笑揖道：“几位军爷，找小店什么事儿啊？”

居中那军校冷笑一声：“怎么，石掌柜生意发达、日进斗金，不记得洒家了？”

石二爹仔细地看看他，又赔笑道：“呃，似乎有些面熟，请恕小店老眼昏花，不能记得那么分明了。军爷有何吩咐，就请但讲无妨吧！”

“哼，十年之前，洒家饿了到你这儿来吃几个包子，没钱付你，你教人将洒家打了几棍子，叉了出去！”居中的军校愤然道，“怎么，石掌柜每日往外叉的人太多，自己都搞混了？！”

石二爹忽然想起来了。当年，是有那么一个人，进门要了一桌酒菜、十屉包子。他的衣衫不算破烂，店小二没看出他没钱，殷勤地如数上齐酒食。那人吃完把嘴一抹，说道：“将你们掌柜的叫过来！”

十年前，石二爹正当壮年，处世的做派还比较泼辣，不像今日这么稳重。他压抑着不耐烦走到了那人跟前：“这位客官，有什么事儿吗？”那人拍拍肚皮，蛮横地说道：“明了告诉你知道，洒家没钱，洒家先欠着你的，几时有了，洒家再来还你。”石二爹很愤怒。他的包子铺不是不可以做慈善，盂兰盆节他施过粥，紫微大帝诞辰他施过包子……可是，这么硬抢，他决不答应！要是人人都来吃霸王餐，他这生意就不用做了。他使个眼色，店中几个伙计拿着烧火棍过来，一顿棍棒，将这蛮横的白食者教训一番，撵了出去。

没想到，十年之后，这泼皮无赖找上门报仇来了。

石二爹看他们身穿禁军服色，连忙赔笑道："军爷！军爷宽宏大量！小店当年不懂事，还请军爷不要跟小店一般见识！"

"哼！"那军校倨傲道，"现在知道求饶，可是晚了！知道洒家是什么人吗？告诉你记住了：吃你包子那会儿，洒家将人打成重伤，正要往外地逃命去；后来在沧州、曹州、陈州，洒家杀死了几个不中用的窝囊货，又到好几间庙观里躲了几年；再后来，洒家在汝州进了山，做了打家劫舍的强盗！"

他虬髯横飞的脸逼近石二爹："嘿嘿，怕了吗？想告官吗？洒家再告诉你个事儿，你可站稳听清楚了：洒家现在无罪了！前日官家在皇宫金銮殿里亲自召见了洒家！金銮殿，懂吗？金碧辉煌！一应桌椅器物，全是金子做成的！官家见洒家一身本事，欢喜得不得了，不但赦免了洒家的一切旧罪，还亲自赏了洒家一个官儿做！"

他从柜台上拔下朴刀，一把薅过石二爹，将刀逼到他脖子上："洒家就要跟着官家出去打仗、替朝廷卖命了！你信不信，就算今日洒家割了你这势利眼的狗头，官家仍旧会赦免了洒家的罪过？谁教官家正用得着咱呢！"说着，他便将朴刀向下沉了沉。

众人一阵惊呼。与他同来的军校忙拉拉他的衣角，低声道："宋七哥！留条命！"

石二爹早已吓得浑身瘫软，跪在地上，哆哆嗦嗦揖道："军爷，军爷！小人有眼不识泰山，军爷打还小人一顿，小人绝无怨言！今后……今后，军爷和这几位弟兄的酒菜包子，小店都包了！军爷想什么时候来，就什么时候来！想吃多少，就吃多少！求军爷饶小的一命！”

围观的人也七嘴八舌，好言劝解：“是啊是啊，军爷宽宏大量，饶他一命！”“军爷莫要跟他计较才是！”“军爷消消气，消消气！”……

那宋七得了面子，心下大惬，丢开朴刀，抬手猛扇了石二爹七八个大嘴巴子，又照着他身上猛踢七八脚，直打得他一佛出世二佛升天，方喝道：“洒家来吃你，是看得起你！今日看在众人颜面上，洒家就饶了你这条狗命！凡此时在你店中这些客人的饭钱，你都不许要了，听见没有?!”

“是是，都不要钱了！”石二爹由伙计搀扶着，艰难地从地下爬起来，向众人团团作揖不止，“各位客官帮小的讨回这条命，小的哪里还敢收钱？都请吧，吃吧……”众人大喜。在他们心中，这就算是正义得伸了。毕竟，皇帝亲自赦免加恩的人，谁还惹得起呢？

宋七向同来的军校使个眼色：“吃！”大大咧咧走到居中的一张桌子前坐下，“上菜！洒家是皇帝亲自赐了官的人，洒家就不信你敢下毒！”

这里石二爹一口血憋在心里，忍气吞声，小心收拾了残局，又捂着青肿的脸一瘸一拐，到后头安排厨下整治酒食去了。

显德元年三月初七。辛巳日。

为了一揽子解决新招募的众多山林盗匪之徒从军的合法性，也为了替皇帝的亲征求得上天的福佑，进一步的大赦令与加恩令颁敕下来。

天子宣布：大赦天下，连那些常规的赦令所不原宥的罪名，也一并赦除；以前贬降责授的那些官员，视情况给予升陟叙用；原本应当被刺配流徒服劳役的罪人，并放逐便……

又，诸道府州郡所欠纳的去年夏秋租税，一概放免……

又，内外文武职官，无论是现任的还是前任的，并与加恩：父母健在的，加封其父母；父母亡殁的，给予封赠；其母、其妻尚未叙封的，特予叙封……

这是新帝继位以来的第一次普惠加恩，涉及面之广、力度之强，历朝鲜有。这也从侧面说明了新帝亲征奏功的决心有多大。所有这道诏令的受惠者都喜出望外，纷纷敬谢皇恩，对皇帝与刘崇的战争表示了由衷的支持。

三月初九，癸未日。

天子诏下，定于今月十一日车驾亲征。

对于皇帝郭荣而言，此战的意义早已超越了局部的得失。这将是他的立威之战、树信之战、生死存亡之战。他心志坚决，意念顽强，厉兵秣马，破釜沉舟。

万岁殿偏殿。黄昏后。

君贵与君怜、朱雀带着皇子皇女一起在太祖灵前进行完了今日的最后一道奠仪。众人又陪君贵进了晚膳。朱雀施礼告辞，君怜示意侍从们将观音和训哥儿带离。

殿中只剩下了他们两个人，这是难得的夫妻时光。

晚霞还大泼大洒地铺在天空，夕阳虽然已经暗了，但仍旧执着地吐出最后那点光亮。君贵携君怜之手立于窗前，透过薄纱看那烘烘如焰的晚霞。

后天。后天是他出征的日子。他是皇帝，他是统帅，但他更是个战士。他的沙场在声嘶力竭地呼唤他，将他的一腔热血给唤醒了，唤沸腾了。

君怜依偎在他身前，心中柔肠百结。自从成亲以来，他还没有离开她出征过。临时出去几天缉盗、训兵是有的，那都算不得什么。这一次，她心里很清楚，她的荣哥哥是在以自己的性命博皇朝的未来。

她抬眼看着他，视线渐渐为一层水雾所遮挡。

君贵叹息着笑了一下："又犯傻了吧？说过了，无须那样担心。我势必凯旋，君怜，你要相信我。"

"嗯。"君怜点头，"我有一事相求，请哥哥答应我。"

"好，我答应你。"君贵说。

"都不问问是什么事就答应？"君怜嗔道。

"不必问，什么事都可以答应。"君贵笑道。

"好。我要哥哥将廷献带在身边。"君怜道，"廷献有身手，会服侍，有他在哥哥身边，就如同我在哥哥身边了。"

君贵笑了起来："君怜，我身边有身手、会服侍的人多了，你还担心没人照顾我吗？廷献从没上过阵，你让他跟着去，那不是送死吗？"

"廷献很聪明，不会送死的。而且，我要他贴身事奉哥哥。他无须杀敌，无须走动，他所应该在的位置，只是哥哥的身边。他会成为保护哥哥的最后一道屏障，无论是刀、是枪，还是冷箭，他都会为哥哥挡掉的。"

君贵惊讶地看着她："君怜，何必如此？我自有我的近侍护卫。廷献跟随你这么多年，你怎么忍心……"

君怜倏地滑下泪来："……如果我身怀武艺，如果我可以跟随你奔赴沙场，我也会的。我会为你挡掉一切明枪暗箭，只求你能活着回来。……哥哥，大周可以没有我，但绝不能没有你。……把廷献送到哥哥身边护卫是我的心愿，廷献必定万死不辞！"

君贵心潮涌动，将君怜轻轻搂进怀里，动容道："知道了。……都听你的就是。"

八三　当年霹雳

显德元年三月初十，甲申日。

天子诏下。以枢密使郑仁诲为东京留守，一应政务，听凭郑仁诲决断。

禁中。滋德殿。日间。

皇帝郭荣与留守的全体枢臣的会议结束了。所有接受重托的人都表情凝重地向官家拜礼告退。皇帝温言道："朕将朝廷一应日常庶务全部交与诸卿，望诸卿以社稷为念，精诚协力，勤于政事，不要辜负朕的信任。"

众人端肃应喏，退出。只有郑仁诲主动留了下来。

"郑枢密？"君贵向他投去一个询问的眼神。

"官家，臣……臣……"郑仁诲眼中闪着泪光，刚开了个头，忽然哽咽难言。郑仁诲是先帝郭威的元随，论年龄，算是君贵的父执辈，君贵对他，一向也是尊重的。见他突然动情，君贵忙上前道："郑枢密有什么话，尽管对朕说就是。"

郑仁诲忽地跪了下来："臣此番不能跟随官家出征，臣只求官家……千万保重龙体！"

君贵忙将他搀起来，温言道："朕知道，枢密不必担忧。"

郑仁诲抹着泪水道："先帝临终顾命，将陛下和社稷交托给臣等，臣……臣不能教陛下有任何闪失……"

君贵心下感动，抬手抹抹眼角，勉力笑道："枢密的叮嘱，朕必定时刻牢记，枢密尽管放心。朝中大事，但有不决，可与夫人商量，必得圆满。”

郑仁诲点头道：“陛下的吩咐，臣谨记在心。也请陛下放心出征，臣在京师，会将朝政料理得顺顺当当的，等着陛下早日回来。”

几乎同时。延福殿。

靠墙的香案上是一只高高的镏金飞凤香座，飞凤口中衔了条银链，银链底端，坠着个秋梨大小的三层铜熏球。

廷献往铜熏球中添了一小块龙涎香。虽说延福殿宫官众多，但他总是习惯自己来做这些事。此时廷献并没有内侍品级，也没有固定的职司，但宫官们知道他是夫人元随，也就不与他争抢活计。

君怜正在案前翻一本书，不时又停下来沉思，似乎看得也不怎么专心。廷献走近她问道：“夫人，要不要臣给夫人点一盏茶来用？”

君怜看看他：“好。”又向远远侍立的众人说道，“你们都出去吧，将门关上。”众人应喏，施礼而退。

廷献暗暗打量君怜一眼。他从君怜的话语中感受到了一种特殊的意味，仿佛剑将拔弩将张，他的心无端紧张得怦怦直跳。

廷献竭力保持着平静，往风炉里添了几块松花炭，向银壶中加了水，再以竹夹从贮罐中取了一小块建州北苑茶饼，在火旁反复烘焙了，细细敲过、碾过、筛过，拨入一只兔毫毕现的黑釉中盏内。候汤至三沸之初，开始点注调膏，运筅击拂。君怜早放下书，看着他行云流水般的动作，默然不语。

廷献点好一盏茶，按家内旧习分在一只琉璃盏中，托在木盘上呈给君怜：“夫人请用。”

君怜道：“你也品一盏。”

廷献一愣。其实以前他为君怜点茶时，君怜也经常让他一起品尝，可是不知为什么，同样的话在今天说出来，让他感到别具含意。

“怎么？”君怜问道。

“臣……臣不必……”

“品吧。”

“……喏。”

两个人，一个站着，一个坐着，品完了杯盏中的北苑茶。这是个奇怪的场面，站着品茶哪得从容？杯盏小，品完放下，又是一阵沉默。

良久，君怜开了口。

“……大战在即，廷献，你一定很羡慕那些能够出征的将士吧？”

廷献的心吓得漏跳了一拍，姐儿将他的心思猜得这么准！他忽然有一种所有的秘密即将被看穿的恐惧，仿佛石上苔、沙上蚌，光焰之下，无所遁形。

他垂目掩饰自己的惊慌：“夫人，臣没有……”

“我让你跟着出征去，好吗？”

“啊？！”

“啊什么？”

“难道……夫人不要臣在身边事奉了吗？”

君怜静静地看着他：“你人大心大，不安于我的身侧，我有什么法子？”

廷献的额角渗出冷汗来。他自知一紧张就会如此，无法自控。他诚惶诚恐地在君怜面前跪了下来：“夫人……夫人何出此言？臣绝不敢有这样的心思！”

“‘一身能擘两雕弧，虏骑千群只似无。偏坐金鞍调白羽，纷纷射杀五单于。’有着这样雄心壮志的人，心底所企望的，难道不正是‘天子临轩赐侯印，将军佩出明光宫’吗？”

“夫人，臣不过……一介家奴，岂敢有那样的奢望？”

君怜摇了摇头：“何必妄自菲薄？你心有长虹，我素来知道。以内臣担任外职而有所建树者，历朝也有过先例。我已替你求得官家恩准，你现下就去到官家身边，准备明日扈随出征吧。”

“夫人……”

“不必多言了。我已将你交与了官家，你的前程，尽在官家掌握之中。……机缘不再，望你好自为之。”

廷献仿佛被人当头棒击，只一怔忡，便猛然落下泪来：“夫人……夫人为何如此绝情？”

君怜保持着平静：“……此话怎讲？”

廷献仰首道：“臣对夫人，素来赤胆忠心。臣……臣就算是动过别的心思，可是臣什么都没说过，臣更没敢做什么……夫人如此处置臣，臣……臣便是死了，也不能瞑目……”

君怜勉力抑制着心里的难过，仍旧平静地看着他：“你动过什么心思，你想说什么，你想做什么，我都不问。……廷献，你来到我的身边，也快十五年了吧？既然今日你要离开我了，你可不可以回答我两个问题？”

“什……什么问题……”

“你究竟从哪里来？你到底是什么人？”

廷献的心中炸开一道霹雳。他立即低下头去。

“你可以不回答我。但是，如果你选择回答，就看着我的眼睛再说话。”

“夫人，臣……臣不是胆敢隐瞒……”廷献痛苦地挣扎道。

君怜长叹一口气：“还要躲到什么时候？如果你愿意跟我说，这是你最后的机会。如果你不肯说，我不会逼你，你现在就可以走了。”

廷献走投无路，不由泪流满面：“夫人，臣的家世……其实很简单，非常简单……”

“嗯，我在听……”

“前前朝天福年间，杨光远据青州叛乱。臣的父亲，就是杨光远的都押衙，是他的股肱心腹；臣的兄长，是他的衙内指挥使……”

君怜愣住了。后晋中晚期，富甲天下的寿王杨光远据青州叛乱，是当时国中的一件大事。

如果当年杨光远造反成功当了皇帝，廷献的父亲就会是建鼎功臣，地位堪比当年的郭枢密；而廷献，就会是开国元勋之子，地位直追当年的郭大公子……

当时受命挂帅平定杨光远的，是后来君怜的第一任翁爹、兖州节度使兼侍卫都虞候李守贞；而青州讨逆军的副帅，正是君怜的父亲符彦卿。……廷献的家，说有一半是毁于君怜父亲之手，并不为过。

真是造化弄人。

君怜强忍住心头的震惊，颤声问道：“听说，当年……当年不是赦免了一批吗……”

“是。杨光远的儿子们为了自保，率先投降，后来都赦了，还封了官。杨光远的部将们，被杨光远的儿子杀了几个向皇帝献首。家父警惕，躲过了他们的暗杀，后来平叛大军到来，才被夷族……”

“那么你……你是怎么……”

“那时候，恰逢王景通到山东一带替朝廷采买小黄门。因知道青州已平，王景通便特意来到平叛军行营，看有没有合适的罪人之子可供选用。其时，臣阖家已经下在死牢中，次日便要到东市枭首示众。王景通看中了臣，不由分说便将臣带走了……

“臣并不知道他会将臣带到哪里去，可是臣不想离开父母兄长，决意与他们死在一处。臣偷跑了一次，被他的手下抓回去，挨了一顿好打。当时，王景通已经凑齐了五十个男童。为了防止再有人逃跑，他便在大慈悲寺中借了一个单独的院落，给我们都……

“臣醒过来之后，很快就明白发生了什么事。臣再也不想活了。一连几天，臣不吃不喝，不说话，也不睁眼……臣知道，臣的家人都已伏诛，臣只愿早些追随他们于地下……

“臣差一点就达成了愿望。臣已经极度衰弱，仿佛看到他们就在前方向臣招手……这个时候，臣听到有人在臣的耳边说道：有情众生，离苦涅槃，放下我执，终得解脱，无量寿佛……

“不知道为什么，臣从这个声音里得到了极大的安慰。这个声音继续跟臣说话，继续安慰臣……不知不觉地，臣已经完全被它所引领。臣睁开眼睛，看到了寺里大和尚的脸……臣听从了他的话，决定留在人世，忍受一切苦难活下去……因为，臣的父母兄长，必定希望臣能苟全性命于乱世……

“臣在寺中养护期间，大和尚给臣约略讲解了两本经书。尤当听到《金刚经》说，‘一切有为法，如梦幻泡影，如露亦如电’时，臣如同醍醐灌顶，痛哭流涕，万念俱灰……”

说到这里，廷献抹着频繁涌出的泪水，哽咽难以继续。

君怜泪光晶莹。默然良久，方轻声道：“难怪……当年我第一次见你读佛经，读的就是《金刚经》。”

“……是。那一本是大和尚所赠。”

“承璋……也是杨光远的部将之子吗？”

“不是。承璋家穷，揭不开锅了，别人骗他爹孃说带他到大户人家做僮仆，天天都能吃饱，他爹孃就哭着将他卖了……”

“你们后来被带回了京城，对吧？”

“是。王景通将臣等带回皇宫的那天，当时的符节度……”

“我知道了。那天，正好我父亲进京，入宫去向官家回报平叛经过。官家非常高兴，跟我父亲叙起了先祖的往事，又命人将新入内的小黄门带了六个出来，当场赏给了我父亲……”

“是。臣和承璋，便在这六人之中。”

“你们到了我家，一开始是在我母亲和小孃那边伺候，对不对？”

“对，先在夫人那里学了半年规矩。承璋的名字，也是夫人起的。承璋不识字，从‘一二三’学起，天天挨罚，臣常偷偷帮他做功课。后来，榷姐儿来了，夫人就将臣和承璋派到了大姐儿您的房里……”

君怜点点头：“……我父亲在青州做节度使那阵子，咱们所住的衙署后院，对你来说，其实是很熟悉的吧？”

“是，臣幼时在那里出入好几年，一草一木，一砖一瓦，都曾熟悉。”

君怜叹息道：“廷献，你既是都押衙之子，你的父亲，想必曾经对你寄予厚望。”

廷献黯然：“……从小，臣就与杨光远的子侄一同学文习武。家父对臣要求极严。事发当年，臣虽然只十岁有余，可光是‘六艺’之中，礼就已经学完了《三礼》；乐中先学了琴；射箭、御马，每日都有师傅督导；至于书法，则以抄写为主；算术也略有涉猎……”

“小小年纪，功课如此沉重，足可见父母琢玉之心……”君怜沉吟道，“适才说到抚琴……琴曲之中，你都会哪些？”

“臣现在……只会《酒狂》了。”

《酒狂》乃魏晋时期“竹林七贤”之一的阮籍所制琴曲。阮籍身当朝代嬗替之际，为了远祸常常借酒佯狂，因作《酒狂》。该曲若以急指抚奏时，铿锵激烈，恰似酒醉后心动神摇、肝摧胆伤之态。曲末以“长锁”指法模拟“仙人吐酒”，又有无尽慵懒惆怅之意。

“可以为我抚一曲吗？”

廷献略微迟疑了一下，方答道：“……是。”

"取我的'三辰'来吧。"

廷献取下悬挂在殿壁上的瑶琴设于琴案，以丝绢擦拭过，又以清水净手，方坐下来转轸正音，提气飞指，按徽促弦，酣畅淋漓抚了一曲《酒狂》。

曲罢，君怜默然。良久，问道："你多年没有摸琴，竟还有这样的技艺，如何做到的？"

"臣每夜健身之余，都会在栏杆上抚几遍，就当那栏杆是琴了……"

"……让我看看你的手指。"

廷献便走过来，依旧在君怜跟前跪下，伸出一双手。君怜见他手茧甚多，不仅指头上，掌内及掌缘也有厚厚的茧皮，不由蹙眉道："这不是栏杆上磨的，这是从小习武习得太狠了吧？"

廷献垂目道："家父雄心勃勃，立志要将臣培养成文武全才。因此无论是寒冬腊月还是酷暑三伏，每日功课，绝不能中断。家父常以祖逖故事，教训臣要有闻鸡起舞之志；又常吟哦'宁知班定远，独是一书生'，让臣牢记文武不可偏废的道理。臣虽年幼，但受家父严训，只得日夜用功，不敢稍有懈怠……"

言及于此，廷献看着君怜，含泪苦笑了一下："所以，夫人请看，倘若没有杨光远之乱，臣原本……也可以成为一个大好男儿的……"

君怜拿手按住心口的疼痛，不知何时已经泪流满面。

廷献勉力想要对君怜露出一个微笑，可是做不到。他已经应她的要求，将自己深藏了十几年的伤口全部袒露在了她的面前，要怎么处置，要怎么收场，他实在无能为力，只能彻底交给她了。他仿佛被抽去了三魂七魄，浑身发冷，眼前模糊一片。

良久，君怜的声音自这一片模糊之外轻轻传来："廷献，在我的心目中，你从来都是一个大好男儿……"

廷献一愣。君怜的话击溃了他最后的防线。

“姐儿……”他匍匐于地，忽然间痛哭失声。

君怜流着泪伸出手去，轻轻抚摸廷献的头发：“哭吧，我陪着你……”

廷献浑身颤抖，哭声愈发难以抑制。

不知过了多久。

廷献哭声消歇，慢慢直起了身子，以袖拭泪。君怜也拭去泪水，静静地看着他。

四目相对，廷献难得地没有躲闪。十几年的担子，似乎卸下来了。心里似乎有什么东西清亮了。两个人从来没有离得这样近。

良久，君怜深吸一口气，温言道：“……廷献，让你去到官家身边，不是我对你的什么处置，而是……是我交给你的使命，或者说，是我对你的请求。”

廷献打起精神来，静静等待下文。

“我将官家的安危交给你，我要你保证他的安全。……你明白我的意思吗？”

廷献感到惊讶：“交给臣？！”

“对，交给你。别人怎样我不管，你是替我去的，你要尽责。”

廷献肃然一揖：“是，臣明白了。姐儿如此信任臣，臣便是拼掉性命，也要保证主上周全！”

君怜一笑：“……廷献，答应我一件事。”

“请姐儿吩咐。”

“活着回来见我。”

廷献的心头掀起一阵汹涌的热浪。他可以为她而死的，她却如此在乎他的活。人生太苦了，没想到还能尝到一点甜。廷献感受到了一种巨大的幸福，再度浑身战栗：“……喏。”

“好。你还有什么话要对我说吗？”

廷献沉吟片刻：“……没什么要紧的了，只有两句闲话。”

“闲话也可以说。”

“……对于王景通，很长时间内，臣都不知道该痛恨他还是该感激他。痛恨他，是因为他让臣遭受了这样的苦难；感激他，是因为他保全了臣的性命。……可是，从此刻起，臣对他将只有感激了。”

“为什么？”

廷献不语。

“因为你活了下来，今日才有机会实现征战沙场的夙愿，是吗？”

廷献一笑。

“……还有别的话吗？”

“没有了。”

“……那你去吧。”

“喏，臣告退。姐儿千万珍重。”

廷献庄重地向君怜再三叩拜，然后起身退了三步，方转身开门离去。

君怜听到他的脚步声出了延福殿大门，急急走到窗前去看。

廷献一路昂首阔步，走得异常坚决。投躯报明主……视死忽如归。黄沙百战穿金甲，不破楼兰终不还。君怜从没见过廷献这样意气风发。

两行浅泪滑下她的脸庞。

在君怜所看不见的另一面，廷献的脸上渐渐露出了微笑。

东海有蛟奴，破浪出玉壶。挥剑夜叉杀，振鳞魔王屠。
皮肉皆不存，唯余心如故。在天如明月，在海如骊珠。
不知世代移，但知觅旧主。短歌且为泣，长歌直当哭。
天地闻所歌，霹雳透悬圃。霹雳手段长，菩萨心肠苦。
心苦欲弃捐，明月不移轮。身苦欲堕海，沉沙不骊珠。

蛟意自骁腾，心共尘与土。辗转几万世，只向一人呼。[1]

他一无所有，只有一颗心，只要她肯要，他就毫无保留地掏出来献给她，在天如明月，在海如骊珠。十五年的葳蕤岁月纠结成一曲虚妄颠倒的《酒狂》，在他的心中急弦如珠落。他本来是有可能成为一个满怀仇恨的孩子的，但他终究得到了安宁。

“……因为，他让我可以遇见你。”

① 《心蛟行》，“颠倒四曲”之一，本书代拟。

八四　兵至泽州

显德元年三月十一，乙酉日。

东京城北。旌旗蔽日，军乐横吹。皇帝郭荣的仪仗伞举盖张，铠甲炫目，车马如云。扈随皇帝出征的文武官员雁行鹄列。卫国夫人符氏率上百宫官、内臣，宰相冯道率领全体留京百官，出北郊为皇帝饯行。

轩辕黄帝的神位与皇旗巨纛前，牛、羊、豕太牢三牲俱备，皇帝郭荣身着戎装，亲致三献。以血衅鼓。焚币。

祃[1]祭已毕。鼓噪如雷，铙钹齐鸣。

君怜亲捧美酒献于御前，慨然道：“臣妾祝陛下马到功成，早日凯旋！”

君贵微微一笑：“好。”接过来满饮一杯，掷杯于地。

冯道也随之奉酒为贺：“臣谨代表百官，祝陛下攻无不克、战无不胜！”

自从冯道在朝堂上以讥讽的方式谏阻亲征后，君贵一直没有单独召对过他。君贵并不记恨冯道，但是冯道的轻慢刺激了他的骄傲，他早在心中下定决心：此番定要打个漂亮的大仗，教你们这帮老家伙知道朕有没有资格遥望唐太宗，做不做得碾压累卵的泰山！

此时见老太师冯道颤巍巍前来奉酒饯行，君贵的心里颇有点

① 祃（mà）：古代在军队驻扎的地方举行的祭祀。

感动。箭已在弦，无论如何，在这个关键时刻冯道还是说了该说的话，没有再拐着弯儿打击自己。冯太师是个老练的人，对先帝与自己父子俩，终归还是有情谊的。

君贵接过冯道的献酒，仍旧一饮而尽，掷杯于地，方温言道:“朕为了社稷亲征，无暇他顾，先帝的山陵大事，就交托给太师了!”

“陛下放心。”冯道泰然道,“一切有老臣办理。凡重大关节，臣自会着人向陛下禀报。”

君贵自擎一杯，遍示文武百官:“有劳众卿相送。京师内外国事，全都仰仗众卿了!”说罢，再次将酒一饮而尽，掷杯于地。众人一齐肃然下拜，恭祝新君旗开得胜。

君贵蹑镫上马，拔剑向北。随着他的这一指令，不远处的阵地外围，三声号砲轰然如雷响。鼓乐再次大作，壮逢隆之势，彰震天之威。行伍旌动旗摇，甲履震地。

大周皇朝的禁军如同一架闪着冷光的钢铁机器，辚辚开动了。

显德元年三月十六，庚寅日。

皇帝郭荣率领的亲征部队抵达东京西北方三百里的怀州。

这里是河阳节度所辖之地。河阳节度使刘词依皇命，早早率领藩军从治所赶到皇帝驻跸之处觐见，并与王师合兵。

五天，马步兼程，王师走了三百里，平均一天合六十里。除了行军，还有埋锅造饭、安营歇息的时间。这个速度，对于一支步兵和骑兵的混合部队来说，已经称得上迅捷了。

然而皇帝不满意。兵贵神速。派出去的侦候回来报告，刘崇绕过潞州后，南下的速度非常快，看样子，三两日就会抵达泽州。泽州有皇帝派出的先头部队，正在翘首等待他的到来。他现在只想赶紧冲到刘崇的面前，跟他痛痛快快来个对决。

倘若与敌帅遭遇的时候己方主帅却没有到位，这个仗该怎么打？何况，他还有一重担心：担心刘崇不敢深入周境，担心他撤得太快。好不容易蛇出了洞，他必须抓住它，不能让它缩回去。

日间。皇帝行在。羊皮地图摊在桌案上。君贵居中，文武诸臣尽皆环绕侍立。

君贵环顾左右："这张地图不够细致，朕要的怀、泽、潞、沁一带的地图呢，准备好了吗？"

兵部职方司随员忙揖道："已经找来了沿途各州县的十几个乡导，正着人参详绘制。"

"什么时候能好？今日能吗？"

职方司随员一咬牙："能。"

君贵指着大地图："各位卿家，刘氏南下太过迅猛。符卫王、郭崇、王彦超、韩通所部正在接近潞州以解李筠之围；白重赞、向训、樊爱能、何徽、史彦超、符彦能所部，已经抵达泽州；朕要率军日夜兼程、倍速行进，争取早日与泽州的先锋会合。"

众人交头接耳，大多数军将面有难色。

君贵知道他们在为难什么。目前的快速行军，已经拖乏了禁军中的一些老弱之卒（他的队伍中竟然有老弱之卒，这让他感到难以忍受），倘若再加速，就会将紧凑的队伍拉成一把长长的面条，失去集中作战的能力。何况，还有很难加速的粮草辎重呢。

"怎么了？你们以为朕做不到吗？"君贵不悦。

众人仍旧迟疑，互相低声交换意见。

就在这一片窃窃私语中，一个声音忽地在近前冒出："陛下，请恕臣斗胆替诸位文武进一言。"君贵转头看时，是中书省一个负责传递诏命奏章的通事舍人郑好谦。

"说。"君贵面无表情道。

"依臣等所见，陛下不宜加速行军。贼军南下，气势正盛，我军宜持重缓进，以逸待劳，挫其锋芒，以保君上周全。"郑好谦揖道。

君贵大怒："一个通事舍人，从不知打仗为何物，也敢妄言军机！"他睥睨着这个大胆的臣下，"……你自己想不出这样的话来，一定是有人教你的。谁在背后指使你？说！"

郑好谦吓得结巴起来："臣……臣只是……"

君贵冷笑道："说出背后的人，你可以活命；否则，朕拿你祭朕的剑！"

郑好谦大为恐惧，忙跪地叩头不已："陛下息怒！陛下饶命！是……是控鹤都指挥使赵晁教臣相机在御前进谏的。"

控鹤，是禁军殿前军的番号之一。这让君贵感到意外。本来，他以为会是侍卫亲军的人在暗中拖后腿。君贵冷然看向张永德："你们殿前军中有人是这个意思，你知道吗？"

"陛下请息怒！"张永德忙揖道，"殿前军全军悉听陛下指挥，这绝不是殿前军本部的意思！"

"赵晁目下在哪里？"

"当是在营中检视队伍。"张永德答道，小心地看着君贵的脸色，"陛下，臣有句话，不知当讲不当讲。"

"讲。"

"臣以为，赵晁死读兵书，不知机变，不考虑全局就大胆妄言，着实可恶！……不过，他这番话，倒也含有几分关心圣躬安危的忠心……"

"哼，当敌之际，胡言乱语，蛊惑军心，谈什么忠心不忠心！"君贵明白，张永德曲意替赵晁说话，是不愿战事未启先折了己方将领。他遍视群臣，恼怒不解。他知道军中对他用兵方略和指挥能力的疑虑一直都存在，无论是侍卫亲军还是殿前军。赵晁是禁军旧将，嘴上一向没有把门儿的，于是够胆做了他们的代表。自己不可能真的因为这句话而杀掉他，就像自己不可能以皇帝的威权来压服众人一样。让他们服气，只有一个办法，那就是尽快打一场胜仗！

“来人！”他冷冷命令道，“去将赵晁锁了，枷囚于怀州州狱！待朕讨贼回来，再跟他慢慢算这笔账！”

近卫应喏而去。张永德松了一口气。

君贵重新指着地图，向众将说道：“朕决意分军两部：前军，只要一万精锐骑兵，由朕亲自率领，李重进、张永德、韩令坤扈从，晌后出发，尽速抵达泽州与先头部队会合；后军，”他看向刘词，“是余下的马军和步军，由刘节度率领，在前军出发后，以你们所能达到的最高速度追赶主力，以为王师之后援与呼应。——关于这一安排，众卿有没有异议？”

“没有！”“没有！”“没有！”……众将明白他的意志不可更改，尽皆痛快表态。

“李三司，”他看向李穀，“前军粮草，立刻出发！”李穀郑重应喏。

显德元年三月十八，壬辰日。

高速前进的皇帝亲御部队，只用了一天半时间就奔驰过一百二十里路程，抵达泽州。

皇帝在泽州城东北方十五里的保安村驻跸，先期到达附近整备的滑州白重赞，郑州史彦超，禁军向训、樊爱能、何徽、符彦能等将领，纷纷率部前来行在陛见。

根据侦候的报告，贼军就在不远的前方，很有可能明日就会遭逢。大家的心既紧张，又激动。

既晡，日头西斜。

残余日光中，皇帝郭荣在保安村前平场检阅自己的军队。现在，王师几个方面的马步军士加起来，大约有两万人。刘崇亲率的汉辽联军号称十万，实际上肯定要大打折扣，两军数目上不可能悬殊至此。皇帝已经派出多路侦候去探查，应该很快就会有相对准确的数目报告回来。他仔细评估过，就算刘氏的人马是自己的两倍，他也有信心打胜这一仗。

在两万军士的仰望下，皇帝郭荣御戎服，登高岗，慷慨激昂地发表了保卫江山、歼灭北贼、驱逐契丹的战前动员。曹瀚、林远、季飞卫等近卫随侍身侧，陈廷献、刘奉武等内官随侍岗下，李重进、张永德、韩令坤、白重赞、史彦超、向训、樊爱能、何徽、符彦能等将领各率部众阵列于平场。

大周的军队旌旗招展，甲光连片，大周的战士喊声雄壮、斗志昂扬。这将是一支钢铁之师，一支虎狼之师，一支由皇帝亲自指挥的，摧枯拉朽、所向披靡的军队。

是夜。保安村被临时征用的某阔大村舍。皇帝驻跸之处。

皇帝已经安歇。禁卫森严。星月不明。四野安静，有狗吠远远传来。

下房。这是官家的近卫们所居的房间之一，简陋的房间里挤了十几个人，都在灯下检视盔甲与器械。

廷献也在其中。一副镔铁盔甲、一把朴刀、一张硬弓、两筒羽箭，都是出发前一天官家让他到军械司去领的，这就是他的全部装备了。

刘奉武每日须在御前值宿，所以并不与他们在一处。此次随行，刘奉武与廷献的职责不同，刘奉武并不上阵，只是与别的中官一起内奉起居。廷献原也请示过是否侍御，但官家表示无须啰唆，有刘奉武他们几个就够了，因此廷献就回来做战前准备。

众近卫中，曹瀚、林远、季飞卫、邓锦等都是廷献在官家潜龙时期的旧识。这几日扈随官家，廷献又与后来新补的其他人如安弘道、薛有光、康保裔等朝夕相处，也渐渐相熟了。

最早跟随君贵的一批部从，经过汰递，剩下六人常侍他左右，郭氏牙军内部号称“六大元随”，即曹瀚、许怀信、林远、孙璘、邓锦、季飞卫，而以曹瀚居首。其中许怀信在先帝讨河中之前就已经战殁；而孙璘在君贵封王后与曹瀚一同到澶州协领镇宁军，转隶郭崇麾下，此番虽随郭崇一同领兵来到泽州，但已不再担任近卫之职。

于是“六大元随”变成“四大近卫”：曹瀚、林远、邓锦、季飞卫。其后，尽管官家跟前又替补走马多人，但这四人在近卫班直中的地位始终不可动摇。

四大近卫忠诚勇武，却又秉性各异：曹瀚谨慎多思，办事周全；林远随和，喜好乐歌；邓锦细致，雅擅算术；季飞卫最年轻，心思单纯易冲动。

曹瀚自从不待宣召自行返京之后，一直在开封府做管内军都押衙。晋王继位为君，他升为殿前军东头供奉官，仍旧常侍御前。

曹瀚眼下的工作，首先是擦拭官家的甲与剑，然后才是检视自己的装备。但凡事关官家，他从不假手下属，总是亲力亲为。官家此次亲征，带了两把剑，一把是“惊风”，一把是“斫雪”。曹瀚麻利地清理着御剑的血槽，见廷献在拿眼睛一支支瞄着羽箭的轴线，不禁笑道：“陈高班倒真是个会家子！明日沙场斩将杀敌，想来是最早报赏的人了。”

廷献并没有正式的内职，他管廷献叫“陈高班”，只是表示尊敬和客气。

对于廷献目下的身份和职责，官家的近卫们多少是有些好奇的。尤其是见他此番竟披甲随征，这中间的原因，他们想不透。他们猜来猜去，逐渐统一了意见：陈廷献可能身怀绝技。这让廷献在他们的心目中显得愈发神秘了。他们原本个个都有几把刷子，否则，怎么可能跟随官家这么久不被汰递掉。他们都很希望找机会将陈廷献深藏的绝技给挑逗出来。前几日急行军不得闲，今夜难得有大战之前的短暂空当，他们的心痒了。

他们素日在官家跟前，原本也是得着宠、玩耍惯了的，他们饶得过谁？

“曹供奉说哪里话来，”廷献听曹瀚如此说，便笑了一下，“在下初上战场，一切应变机窍，还要请曹供奉教导才是。”

“不像不像。”林远默契地接过了话茬，摇头笑道，“陈高班这沉稳的气度，哪里是初上战场的模样？兄弟们看着，倒是老练得很哪。”

“陈高班，接一招！”正说话间，曹瀚忽然举起手中的御剑，向廷献面前劈去。廷献不提防有此一变，情急之下抓起手边的朴刀便上架格挡。曹瀚怕刀剑相击出声，是以剑并未触及朴刀便改了方向，又向廷献右肩劈去。廷献敏捷地向左侧贴地一滚，然后跃起身来，轻声叫道：“曹供奉，不要玩笑了！”

曹瀚素来以手快著称，不想连攻两招，竟丝毫不能沾到廷献衣角，不由大感兴趣地“咦”了一声。不仅他自己，连林远等众人也都大为惊奇，纷纷低声鼓动：“陈高班接一招！”“接一招！”……

廷献不肯接招，见曹瀚不依不饶地追过来，便犹如飞猱起落，满屋子轻巧地东躲西闪，一面有些着急道：“曹供奉，陛下歇息了，不可闹出动静来！”

众人当然知道不能惊扰官家歇息，可是隔着好几间屋子，关起门来的这点轻微动静，想来也不至于传到官家耳朵里。众人又怕官家责备，又想逼出廷献本事，便纷纷说道：“陈高班别躲了，总得想法子教我们弟兄见识一下你的身手，不然这一宿也睡不着啊。”

廷献无奈道：“在下真的没有什么身手，只会东躲西藏而已。”他看到了屋角的米面缸，“诸位指挥实在要考校，就用面粉囊来试试吧。”说着，他就拿过曹瀚擦剑的布巾去包了一些面粉，扎成拳头大的一个球。

“在下站在这里，让各位指挥打五下，成不成？”

“你躲吗？”

“躲啊。”

“哎，有意思！”

“有意思有意思……”

“那就来吧。”

“我先来我先来！”……

五下打完，廷献的深色衣衫保持着原色，一点儿面粉球的白灰都没沾上。众人相顾惊讶。

“五下不够！”

“对啊，五下哪够？”

“我们这里的每个人都得上来试试才算数。”

…………

十几下打完，廷献身上还是没有丝毫白灰。众人有些呆了。手快还是身子快？一般而言，自然是手快。可是这么多御前快手，打不着一个左右腾挪的身子！

“陈高班这身轻功是跟谁学的呀？”众人纷纷发问。

廷献忍笑道：“各位指挥别笑话在下，这是在下小时候躲父亲和师傅的棍子躲出来的。”

“啊？！”

“小时候，在下一犯错就要被罚挨棍子。可是家父和家师允许在下躲——不能跑，就在原地躲，躲过的都算数。就这么着，在下别的本事没学会，东躲西藏倒成了看家本领了。”

众人恍然大悟，全都悄悄笑起来：陈高班家传的习武法子可真太有效了。同时，他们也感到自己与这个神秘的陈高班在感情上亲近了几分。

尤其曹瀚。当年从河中府护送君怜与朱雀回家，他与廷献曾一路同行将近两千里，直到齐州才分手。如果说廷献是君怜最信任的亲随的话，曹瀚就可说是君贵最信任的亲随。因此日常君贵、君怜两兄妹间往来传语，常通过他二人进行，也因此他们之间的接触比别人要多许多。前朝末年，先帝郭威从邺都南下京城克难时，君贵派遣到君怜的父亲魏国公符彦卿处请求支持的人，正是曹瀚。其时，曹瀚还通过廷献的关系，设法与君怜见了一面，详细通报了邺都的情况。

君贵与君怜在澶州成婚后，廷献居于内室打理家宅庶务，与曹瀚的接触就没那么多了。及至回到京师入住晋王府，有事传语常要经过好几张嘴，内外亲随间仍旧短于直接亲近。加上后来曹瀚又北赴澶州，两人更是暌违已久。所以，这几日的密切相处，让他们又想起了当年同路赛马嬉戏的时光，不由得分外惬怀。

当夜检视完甲兵，因确知廷献并没有沙场临阵经验，曹瀚便将廷献叫到一旁，细细传授自己多年对敌心得。廷献用心记忆，倍长见识。

八五　右军失魂

显德元年三月十九，癸巳日。阴。

破晓，大周皇帝郭荣派出的前锋部队出发，继续向北，搜索敌军之所在。

早食后，车驾启动，皇帝亲御大军离开泽州保安村，踌躇满志，志在必得。王师离开数日后，为了纪念大周皇帝郭荣驾临此地，保安村被永久地改名为临泽村。这是后话。

春天的乱风刮到每个大周军士的脸上。与皇帝不同，他们中的不少人心里是忐忑的。汉辽联军掠过潞州的时候，大周折损了潞州兵马监押穆令均。穆令均原本不是弱手，却死在了河东武宁节度使张元徽所设的埋伏中。

张元徽，是此番扈随刘崇亲征的河东第一猛将。大周军士原本久闻其名，甚至一些在前朝就从军的旧人还与他共事过，亲眼见识过他的刚猛。此番他首战就斩将立功，自然让他们更感畏惧。

其时，河东还有另外一位广为人知的少年猛将，那就是原名杨重贵的刘崇义孙刘继业，年方二十岁。刘继业本是麟州刺史火山王杨弘信长子，在汉周嬗代之际被刘崇召到太原，认为义孙，归入其次子刘承钧名下做义子。刘承钧是刘承赟（刘赟）的兄弟，当年，刘赟被郭威骗去汴梁继位，半路被杀，刘崇怒而起兵自立为帝，刘承钧便被目为后汉储君。

刘继业的发妻折赛花，乃府州防御使折德扆之女，文武双全，是当时少见的女将。府州是在郭威建鼎之初就易帜效命于周的，折氏父女因此分属了周汉两个敌对的阵营。刘继业在刘崇与刘承钧手下，一方面以勇武颇受爱重，一方面又难免因妻族折氏阵营之故受些猜疑。王峻讨晋州之后，这对小夫妻被刘家皇帝父子派到代州驻防，以对付契丹叔皇帝手下那帮没事就来“亲戚”家“打草谷”的辽兵。此番刘崇发难讨周，继业夫妇仍旧在代州履职，并未随行。

可是大周皇帝手下的军士们并不清楚刘崇的战将安排。他们只知道，张元徽是明明白白地来了；至于刘继业来没来，尚有待证实，但那一定得是拿不知多少条人命才能证实的。

皇帝郭荣车驾出发后不到半个时辰，前锋部队遣人回报：已经与汉辽联军遭遇，地点是泽州以北、高平县以南的巴公原。

“他们有多少人？”官家问道。

“回陛下，刘崇自己率领的骑兵大约三万人，契丹杨衮率领的辽骑大约一万人。”侦候回答。

“哼，所谓十万，不过是这么个家底！”皇帝郭荣冷笑道，又问，“现下是什么情况？”

“刘氏在巴公原摆开了架势，正严阵以待官军！”

皇帝郭荣立即下令：全军以最快速度前进，直扑高平巴公原！

巴公原。乱风让人眯起了眼睛。

汉辽联军面南而阵。左军是张元徽所部，居东；右军是契丹援军杨衮部，居西；刘崇自居中军。阵形严整，旌旗猎猎，四万将士以逸待劳，悠闲地等待着郭家新君的到来。

未几，周军大部队驰抵巴公原，停马，原地待命。皇帝郭荣率部从登高岗，细观敌阵。

他只有两万人，对方有四万人。但是，他相信哀兵必胜。在刘崇方面，打不赢这一仗，大不了跑回太原去，接着在叔皇帝的保护下偷安一隅；但周军不同，他们是保家卫国之战，打不赢这一仗，他们的国土就会逐步沦陷，他们的皇帝说不定会命丧敌手……敌人趁着他们先帝新丧，拿起一把利刃直接往他们心口插，他们的心中是有哀痛、有悲愤的。

皇帝郭荣在高岗上以剑画地，排兵布阵。对应着北军的布局，王师亦分为三部：以侍卫亲军马步都虞候李重进、滑州节度使白重赞统领左军，马军四千步军两千，居西，对付杨衮；以侍卫马军都指挥使樊爱能、侍卫步军都指挥使何徽统领右军，马军两千步军四千，居东，对付张元徽；以宣徽使向训、郑州防御使史彦超率精骑居中央，马军三千步军三千，对付刘崇。

“……至于朕，朕将自居中军督阵。——张永德！”

“臣在！”

“率近卫及余下马步精兵卫跸！”

“是！”

布阵已毕，君贵遍视众将：“诸卿有没有异议？”

众将互视。樊爱能揖道：“陛下，刘词后军尚未到来，目下官军人数比贼军少一半，形势于我方不利，咱们还是等一等再与贼军接战吧？”

“不等了。”君贵果断道，“朕已着人飞骑去催促刘词。如今我军一路奔驰而来，气势正盛，合该一鼓作气与贼军厮杀。哼，贼军倒是巴不得避开我军锋芒，巴不得咱们自己泄了气才好呢。”他抬头冷然道，“列阵！”

两军对峙，战场呈现出了从未有过的清晰结构，齐整的左、中、右三军对垒。

乱风从北方刮来，细小的沙石打在迎风而立的周军脸上。风向不利，周军将士的心揪紧了。

与此同时，在战场的另一端，刘崇也正率部与援军首领杨衮一起在高岗上观阵。尽管有旌旗遮挡，周军可怜的人马还是被他看了个七七八八。

自己果然没有说错！郭荣这小子，不过是仗着郭威的抬举一路往上爬，会打什么仗？瞧他这点可怜的家底！瞧他这稀薄的布局！三军相对，每军他不过能划拨出数千人相抗而已。既然知道自己人马少，就应该集中兵力攻击一点啊！充什么面子、拉什么长线？阵势这么薄，大汉的军队数目，足够在每个方面将他击穿三次有余！

刘崇不屑地冷笑一声，后悔向契丹请援了——他们势必要瓜分掉很大一部分战果。他看一眼远处的杨衮，低声向众将道："郭荣的人马这么少，以咱们汉家兵就能击退，何用契丹？今日，咱们不仅能攻克姓郭的逆贼小子，也能教契丹人看看咱们的军威，教他们彻底服了气，省却日后扰境的多少麻烦！——众卿以为如何？"

"陛下说得对！"

"郭家小子今日死定了！"

"他这么点人马不经打，确实没必要借助契丹之力。"

…………

刘崇满意颔首。他对于自己，对于手下的张元徽、张晖、陈驳等爱将，都是很有信心的。

这当儿杨衮走了过来："刘皇帝，我看这郭荣是个强敌，咱们可不要轻敌冒进啊！"杨衮是契丹武将，契丹名耶律敌禄。他对中原汉人的礼仪不熟，同许多契丹武将一样，他不知道该怎么称呼自家皇帝耶律述律的这个侄皇帝才好，所以索性直呼为"刘皇帝"。

"嗳，"刘崇大不以为然，慷慨激昂道，"机不可失，朕已有必胜韬略在胸。请公不必多言，也不必出手，就在一旁观战，瞧瞧朕怎么收拾郭逆这小子！"

杨衮虽然是契丹人，刘崇的意思他还是听得很明白的：刘皇帝不需要自己的建言，甚至不需要自己帮忙了。这分明是刘皇帝省钱赖账的小算盘！

杨衮面色一沉，又不便发作，只在心里冷笑一声。下得山岗，他果然提领了自己带来的一万骑兵，找了远离战场的一个山皋待着，静观战局。

“旗鼓准备！”“旗鼓准备！”“旗鼓准备！”两军阵中，这道军令都以最快的速度传递开去。

甲兵肃然，战场在一瞬间静寂无声。双方都在蓄势，战事一触即发。

春天的乱风忽然转变了方向，刚刚的东北风变成了南风。周军将士里的草根气象学家们松了口气，一直紧绷的神经稍稍缓和。

然而在另一边，一直在望风的北汉司天监李义突然向刘崇揖道：“正是此刻，陛下，可以出战了！”

司天监是能够上领天意的人，顺风作战未必是好事，何况风向一直在变。此时的气象优势，很可能在下一瞬间变成劣势，所以风向并不是第一位的，临战心理才是第一位的。于风势陡转之际出兵，在周军松懈之时发动突然袭击，这要靠对军士心理的恰当把握。在这方面，刘崇自信有充分的经验。

刘崇立刻下达了军令：“擂鼓！东军先进！”

适才将杨衮请走之后，他立即重新布局了左、中、右三军。曾教周军吃过大亏的张元徽在左军，擂鼓第一通，自然要求左军先行发动。

张元徽得令，亲自率领一千精骑突出阵地，直向周军右军樊爱能、何徽所部扑去，汉军后军马步军立即跟进。

周军令砲响，青旗挥舞，鼓声大作：“右军迎击！右军迎击！”樊爱能、何徽应旗受命。

汉军的第二通鼓声起。“右军前进!”汉将张晖领命，麾军而前。

周军擂鼓传令，白旗挥舞：“左军进击！左军进击!”李重进、白重赞应旗受命。

两军相接。喊杀震天。鼓声如同惊雷般震耳欲聋，驱使着将士们忘命往前冲。

汉军的第三通鼓响：“中军进发，直取郭荣!”刘崇将最厚重的兵力留在了中路。中路的先锋名叫陈驳，也是近年在他跟前崛起的一个年轻将领。刘继业小两口儿离开晋阳北赴代州之后，陈驳以其勇猛常在御前侍卫，短短两三年间便从禁军东西班行首晋升至侍卫马军副都虞候之位。

周军鼓声愈急，黄旗直指北方：“中军进击！中军进击!”向训、史彦超应旗受命。

汉将张元徽和陈驳等的进攻迅猛强烈。周军以稍薄的阵势迎击，一开始取守势以稳住阵脚。长距离远攻，矢石交坠。不同服色与分属的军士就像对冲的几股洪流，很快撞到了一起。于是短兵相接。

周军中军指挥位设在一个可以观看全局的小山坡上，巨大的飞龙纛旗标识着大周皇帝之所在。纛旗猎猎而展，在一片席卷战场的狂呼乱啸中稳如中流砥石。两名彪悍的纛旗旗手牢牢守护着它。他们的身旁，还有四名持青、红、白、黄不同颜色令旗的旗手高高骑在马上，随时准备以挥旗的方式传达皇帝军令。纛旗下，立着两面巨大的皮鼓，四名膀大腰圆的军士，正铆足了劲儿将战鼓擂得震天响。

旗鼓旁不远处，君贵勒马居于指挥位的中心位置，按剑观阵。张永德卫蹕在侧。十数禁卫指挥使各自持械团团围着他们，形成了一圈全方位的人盾。曹瀚持长枪，林远持双斧，季飞卫持长槊，邓锦持大刀，其麾下人等，亦各持尖兵。

廷献张弓搭箭垂于身前，双眼遍扫远近各处，警戒索敌。

这一圈近侍的外围，是衣甲鲜明的重重殿前军将士。

在季春的乱风中，他们所身处其中的巴公原已经血肉横飞。操吴戈兮被犀甲，车错毂兮短兵接。旌蔽日兮敌若云，矢交坠兮士争先。

君贵的面容平静如水。只要己方士气不堕，汉军就算冲过来了又如何？他的将士，也可以直接杀到刘崇的面前。他要的正是这种尖锐。虽然禁军士卒并不普遍具备这样的特质，但之前他赦免提拔的那些罪徒，却都是具备这种锐气的人。一个可以带动十个。只要坚持冲杀过去，就不怕己方人少阵势薄。这样，当敌人回马的时候，他的兵士应该已经冲到刘崇的面前、有所斩获了。这是平原阵地战的好处。

四面传来各种声音，丰富而混乱。

兵器交击的声音，壮士怒喝的声音，坚甲破碎的声音，坠马落地的声音，马蹄踏过肉体的声音，皮肉撕裂的声音，锐器刺入内脏的声音，血液从血管中破壁而出的声音，轻伤者的叫喊，重伤者的呻吟，垂死者的叹息……这一切混合成战争的声音，每一种声音都极大，每一种声音又都极小，身处其中的人，一时竟有失聪的错觉。

大音希声。

变化是突然发生的。

从战场的东面传来一阵异常的喧哗，一阵迥异于上述标准的战争之声的喧哗。

君贵东向而望，侧耳细听。

“万岁！”“万岁！”“大汉天子万岁！”……

右军！那是侍卫亲军马帅樊爱能、步帅何徽率领的右军士卒发出的呼喊声。

“大汉天子万岁！”他们在宣布向大汉天子刘崇效忠！他们的

阵线被冲散了，他们亲眼见到张元徽率领的河东骑兵一路滚瓜切菜般砍杀过来。樊爱能、何徽几乎是在第一时间领着自己的亲随骑兵率先向南逃遁而去。跑不掉的上千步兵魂飞魄散，为了保命，立刻在战场上向张元徽投降，解下盔甲，高呼万岁。

一刹那，君贵以为自己在做梦。

噩梦。醒不过来的噩梦。

这就是他在战前所寄予厚望的大周皇朝的钢铁之师、虎狼之师！刚一交战，钢铁之师就锈蚀成了一堆破铜烂铁，虎狼之师就怯懦成了一群獐头鼠辈！

“再擂进军鼓！全力摇动青旗！”君贵厉声道。

“擂鼓！擂鼓！摇旗！摇旗！”身侧的张永德急忙领命，大声向鼓手与旗手重复。

然而，擂鼓与摇旗都没有用，丧失斗志的右军一溃如沙。已经投降的，被轰赶着奔向了汉军后方；没有投降的，丢盔弃甲，抱头跟随主帅的方向往南而逃。

“还击！还击！命令他们还击！”君贵大怒，转脸看见了曹瀚。

“曹瀚！”

“臣在！”

“你举着青旗，立刻去制止他们！让他们就地还击，不准逃跑！”

“得令！”曹瀚领命，从旗手处接过青旗，向东飞驰而去。

君贵转向西面。李重进和白重赞所部与汉军右军的近身肉搏进入胶着。汉军在人数上占着优势，但李重进、白重赞都是征战多年的宿将，勇猛刚毅，胆气十足，不仅指挥周军左军兵士奋力拼杀，甚至在近从被冲散时亲身迎敌。两帅麾下有石守信等年轻裨将，正当追逐功名的盛年，有着旺盛的求胜心与战斗力。应该说，西面的战况尚在周军的控制中。

君贵看向中军。张元徽在东线的胜利显然让刘崇军威大振，上千周军降卒被驱赶到他面前献诚，想必会让他更加志得意满。远远地，君贵依稀看到刘崇那边甚至搭起了仪仗、支起了桌椅。看来，刘崇准备安坐中军，慢慢观赏战役如何最终走向己方的胜利。

君贵被他的倨傲气得面如黑铁。

正在此时，周军中路一阵动摇。陈驳率领的汉军中军已经一路断杀，冲破了周军中军的前方防线，直奔大周皇帝而来。

情势危急，军心骚乱。负责卫跸的禁卫纷纷持械突出前方。

君贵岿然不动。己方中军的力量最厚，汉军不可能那么容易就冲到自己面前。

他再次看向东面。曹瀚驰去传令之后，东面的溃败丝毫没有得到遏制，数千军士如同海潮一般，仍旧以意想不到的速度向后方退去。张元徽率部追杀不止。

临阵的怯懦就像瘟疫，一旦有人沾染，就很容易蔓延至全军。右军的溃败直接影响到了距离他们最近的中军。周军的中军站不稳阵脚了，渐有退却之势。

八六　鏖战高平

在君贵的记忆中，自己从未打过这样的窝囊仗。

甫一接战，手下就降的降，溃的溃，作为军人所应有的血性在哪里？作为同袍所应有的信任在哪里？作为臣下所应有的忠诚在哪里？

敌人就要逼到他鼻子底下来了。他森然拔出了“斫雪”剑。

“陛下！”一直戍卫在侧的殿前右番行首马全义大声道，“陛下不必担心！贼军的气势已经到头了，请陛下按辔勿动，静观诸将破敌！”君贵颔首。马全义一礼，大声呼喝鼓动，引领数百骑向敌阵冲去。林远、邓锦等近卫也纷纷跃马向前，率众为皇帝隔离出更宽阔的安全距离。

东面传来更大的喧嚣。张元徽的骑兵追杀得痛快，溃逃的周军愈发鬼哭狼嚎。

君贵顾盼左右，看到了廷献。“陈廷献！”他大声道。

“臣在！”

“拿着朕的剑，去将樊爱能和何徽追回来！传谕右军：不准再逃，就地还击！必须还击！只要还击，就赦免他们逃跑的罪过！”君贵将“斫雪”递到廷献手里，“谁敢再逃，无论官职大小，直接用朕的剑，杀无赦！”

廷献双手接过“斫雪”剑，稍微犹豫了一下——他的使命是在皇帝身边护卫，须臾不离。

君贵厉声道:“快去！再晚，右军就都跑光了!”

“得令!”廷献没有时间再想，挎好弓，右手持剑，飞速向东面驰去。

越来越多的汉军骑兵冲过周军前军阻拦，向着大周皇帝的纛旗奔驰而来。他们要拿郭荣的头颅来换一世英名，换一生的荣华富贵。

周军的中军将士也开始有人主动引退。

张永德纵马腾跃于阵前，执剑喝叱，排兵布阵，急急加强皇帝身前的护卫。

局面如沸。君贵仍旧岿然不动。

不久前因弓力强劲获得过皇帝锦袍银带之赏的内殿直马仁瑀，控弦跃马，对左右同列大呼:“主辱臣死！倘若陛下遭到贼军的攻击，还要我辈做什么用!”他挺身出阵，向着驰来的敌骑连发数十箭，一箭一中，连毙数十人。周军士气顿时大振，发喊连天，纷纷跟随着马仁瑀等向前迎敌。

君贵将目光从中军撤回，再次转向东面。东军的溃败让君贵怒不可遏，气冲斗牛。从军将近二十年，他面对过无数的危局，从最初的忐忑自疑，到后来的果敢镇定，他自信没有他应付不了的场面。这一次，敌人对他嚣张的蔑视将他的自尊和自傲挤压到了爆炸的临界点。

射人先射马，擒贼先擒王。对刘崇，他必须针尖对麦芒。

他眼中的火焰变成了冷火。他不是意气用事，但他又的确激情澎湃，跃跃欲试。在对形势的冷静判断之下，他原本就难以遏制的战斗冲动已经被召唤得离了魂、出了壳。

“林远!”

“臣在!”

“季飞卫!”

“臣在!”

“邓锦！”

“臣在！”

“各率五十精骑，随朕往前冲！”

众皆愕然。“陛下！”“陛下！”“陛下！”

“张永德！”

“臣在！”

“侧面呼应！后续接应！”

张永德心惊肉跳：“陛下！”

君贵扫视群佐，厉声道：“你们要抗命吗？”

短暂的沉默。然后，他们选择了相信。相信眼前这个英锐的统帅，相信自己年轻的皇帝。他们齐声应道：“得令！”

仿佛一支愤怒的金鈚箭，君贵催策战马，毫不迟疑地向着远处敌方中军帐的方向冲了出去。他以最快的速度在春意零乱的高平巴公原上飞翔，耳旁只有呼啸不已的风声一路送行。他是如此英勇无畏，他将一切危险困难都抛诸脑后。此时他的目标只有一个，那就是正稳坐汉军后方、怀着最大的轻蔑张乐饮酒以示闲暇的汉主刘崇。

这是一场豪赌，皇帝对皇帝。赌注，是两个人的命。

他是天子，他是真龙，他更是父亲口中那把天地之间的宝剑。

至宝有本性，精刚无与俦。可使寸寸折，不能绕指柔！[①]

负责纛旗的两个力士旗手一时蒙了。原则上，他们必须时刻紧随皇帝，以纛旗标识出最高统帅的位置。可是皇帝如此不顾性命，只带少量精骑就往前冲，他们如果举纛跟随，那不等于向敌人昭示自家皇帝的位置，引来最多的攻击吗？他们疾呼：“张殿

① 出自唐·白居易《李都尉古剑》。

帅！跟不跟？跟不跟？”

张永德只一愣，便果断道：“跟！快快，跟上！跟上！”不仅敌人，己方也需要时刻了解皇帝的位置，以便施以最完备的保护。

“得令！”一名旗手先腾身上马，另一人拔纛而起，将巨大的沉重纛旗交给他，随后也纵身上马。两人并辔齐驱，向着皇帝的背影急速追赶而去。

林远、季飞卫、邓锦等早已率众骑奋力赶上，并很快环布御驾周遭，以为突击队之锋刃，以为皇帝之护翼。

汉军中军帐。汉主刘崇得到了周帝亲率精骑冲锋的报告。他毫不犹豫地向传令兵下达命令：“谕令张元徽，改变方向，攻击郭荣！倘若他能直取郭逆人头，立即封王！”

与此同时，留在中军对阵厮杀中的张永德正在急速思忖应对之策。皇帝驰去之后，他已经火速派人传令马仁瑀、马全义等人，率所部急速追赶，不计杀伤贼军多少，而以护卫皇帝安全为上。现在他的问题是，皇帝临走时命令他做侧面和后方的策应，他要怎么做才能奏效，并且让效果最大化？他将各种可能性放在心中迅速斟酌。

“殿帅！”一直在阵前跃马驰杀的殿前军左班殿直赵匡胤忽然从远处冲回他的身边，“贼军虽众，骄兵必败！以卑职愚见，我军只需力战，必可破敌！”

“如何力战？近身肉搏？”张永德反问道。

“若以高效杀伤敌人计，自然是弓箭最好。但两军交接，弓箭便一无用处。贼军料定我军不敢放箭，因此骄气大盛，全然不防。”赵匡胤指着不远处的小丘，“卑职以为，于今之计，殿帅不妨引两千人登此小丘，射杀汉军后续跟来的左翼。汉军后军左翼一乱，势必波及右翼及前军。卑职请另引两千人伏于战场右侧，待其左翼被箭雨射溃，军心慌乱之际，便掩兵而出击杀其右翼，以为配合！”

赵匡胤这个想法，与张永德正在思索的其中一种破敌之法不谋而合。赵匡胤凭借直觉，替他从各种可能性中挑选出了最高效的一种。

张永德立刻道："好，就是如此！"他从旗手手中拿过两面黄底镶白牙、绣有不同灵兽花纹的令旗交给赵匡胤，"控鹤、虎捷，分两千人给你指挥！"他看向其余部将，大声道，"龙捷、散员，率两千人随我侧出！其他人，仍旧原地抗击！"众人领命。

战场的东线。

张元徽接到刘崇杀掉周帝就封王的口令，大受激励，忙命麾下部将继续追杀周军右军，自己率领亲随百骑，转而向周帝郭荣追去。十数面红底蓝牙的张字号旗随之改向而驰，如同一股新流于洪浪惊涛中蓦然翻起，在纷乱的战场上显得分外惹眼。

张元徽所部一路跑，一路杀，放倒无数周兵。河东第一猛将绝非浪得虚名。

正在急速追赶自家皇帝的马仁瑀、马全义所部，遭遇到了横插过来的张元徽所部。虽然殿帅张永德对他们下达的命令是不要缠斗，以尽速追上、护卫皇帝为要旨，但对张元徽则理当不同。张元徽是河东骁将，张元徽追击的目标，就是他们的皇帝。

马仁瑀拉过一名周军小校，大声道："传语马全义指挥，教他速速追赶陛下，张元徽交给我对付！"小校领命而去。

马仁瑀抖擞精神，向手下军士大喝："走！杀死张元徽！向官家领赏！"

众人十分清楚张元徽在敌军阵营中的分量，更知道倘若杀了他必定会得到重赏，闻听马指挥此言，哄然响应，纷纷跃马持兵，向张元徽所部围拢。

一场混战。

此刻马仁瑀所能带动的人数，至少双倍于张元徽所部。张元徽在掉转攻击方向的时候，因己方的追击战线已经拉长，来不及重新召集整顿，只尽可能带走了附近的部从。他为周军右军的怯懦表现所迷惑，以为周军中军、左军也不过如此，便恃勇托大，并未多加考虑敌我力量的对比，更没有想到这支敌军保卫自家皇帝的意志是那么坚决。

张元徽所部虽然彪悍，却很快便陷入同样彪悍的马仁瑀所部的围击中。

激战惨烈，血肉横飞。

曾在京师石二爹处白食包子的宋七恰好隶属马仁瑀麾下。他是步军，混战之中，他率领几个手下看准张元徽的号旗一路砍杀而去。他挥舞着一把长柄大斧，气势强劲，动作麻利，最终成功欺近张元徽身边，一斧子砍断了张元徽的马腿。

张元徽正四面迎战，不提防有此一变，大叫一声，轰然坠地。他的部从施救不及，只一分神，便纷纷倒伏于周军砍杀之下。周军众将士踩着敌军的尸体围合而来，一齐向地上的张元徽挥出了兵刃。

张元徽的身上顿时冒出数十个血窟窿。他伸手向天，瞬息而亡，口不及言，目不能瞑。

汉军第一猛将张元徽被阵斩的消息，随着高平战场上方向越来越稳定、力量越来越猛烈的南风，迅速刮向了汉军后军。汉军哗然。

西面战场。周军的左军与汉军的右军仍旧陷入胶着的厮杀中。然而大形势的变化影响了小形势，不知不觉中，李重进和白重赞所部渐渐占据了上风。

与此同时，整个巴公原战场的中线上。

君贵带着他这支锐不可当的飞骑，挟着雷霆万钧的怒火，一路掠过众多惊诧的汉军将士无力的格挡，在距离汉主行帐还有一里左右路程的时候，遭遇到了巨大的阻遏。

阻遏来自陈驳所部。陈驳原本在汉军中军督阵，指挥手下部将冲击周军中区防线。周帝的发难事出突然，汉军诸将一时都没反应过来，只有陈驳最先明白了周帝的目标。他立即率领一队亲随，自战场一侧迅速后撤，绕回中军本部前端，为自家皇帝构筑起一道坚固的防线。

君贵凌厉的势头被羁留在了陈驳所部的纠缠下，明明已经看到了汉主的行帐，可是眼前的壁垒却越增越厚，让他一时无法逾越。他怒气愈盛，一面环视诸将如何迎敌，一面发现了在不远处指挥的陈驳。

“林远，带上人马跟我来！”君贵大喊一声，拨转马头，向着陈驳疾驰而去。

正在指挥构筑本军防线的陈驳看到了疾驰而来的周帝。他抖擞精神，急忙呼喝士兵迎战。没想到周帝来得太快，他的士兵还来不及布好阵势，周帝已经逼近他的身前。

二马交错，陈驳挺枪急刺，忽然眼前一弧白光闪过。

一道巨大的伤口斜过他右肩的坚甲指向左腹。随后，更多的刀口、枪口和不知道什么兵器制造出的奇怪裂口在他的身体上次第出现。鲜血喷涌。陈驳颓然堕于马下，瞬息而亡，和他的同僚张元徽一样，口不及言，目不能瞑。

两员主将相继战殁，原本一直嚣张骄妄的汉军军士蓦然没了主心骨，血气尽失，斗志全无。不知谁发一声喊，汉军顿时仓皇沙溃，四下逃窜。

汉主刘崇见状，立即从行帐中奔出，跨上契丹叔皇帝钦赐的黄骝马，亲自举红旗聚集溃兵，又着战鼓加急擂响，命令部众迎击。

然而兵败如山倒，即便他以主君之尊，也无法阻止得了。战场的局面已经完全逆转。

“撤！撤！撤！”刘崇知道大势已去，立刻率领残部，毫不犹豫地向北奔逃而去。臣属中，只有近在身旁的大将张晖、枢密副使王延嗣、枢密直学士王得中等跟随护卫。至于留在战场上的人，就让他们自己逃命回晋阳吧，假如他们还能保下命来的话。

当君贵率领越来越多追随而至的部众冲到东倒西歪的汉主行帐时，早已人去帐空。

君贵冷笑一声，四顾众将士，下达了新的命令："全军全速追击，不要教汉主跑了！抓到汉主的，赏千金！封开国侯！"众将士得令，尽皆踊跃。

丈夫誓许国，愤惋复何有。功名图麒麟，战骨当速朽。①

陆续汇集到皇帝郭荣身边的大周主力部队如同生饮了鹿血，齐齐奋不顾身地启动了高速追击模式。现在，他们血性暴涨，他们的战斗力堪称以一当百了。

晓战随金鼓，宵眠抱玉鞍。愿将腰下剑，直为斩楼兰。②

现在，他们的志向也突然变得宏阔远大了。

巴公原一隅，远离战场的一个山皋上。

契丹皇帝——"睡王"耶律述律派来增援汉家侄皇帝的大将杨衮，目睹了战役的全部过程。

他有一点犹豫。汉主兵溃，作为援军，论理他是应该施以援手的。可是……没想到周军这么强！他只有一万骑兵，去跟这么强大并且数目远远多于自己的周军拼杀，那不是找死吗？他是受命提供军援不假，可是……反正他们契丹人在河东人跟前，又不是以讲信义著称的；他便不救，汉主若有命逃回去，也未必敢去

① 出自唐·杜甫《前出塞九首》(其三)。

② 出自唐·李白《塞下曲》。

找他自家的大辽皇帝告状；汉主就算告了状，他自家的大辽皇帝也未必会放在心上，乃至责罚自己。大辽皇帝也知道心疼自家契丹人呢，这次又没捞到好处，管他们刘家那么多闲事做什么？

河东不过仰大辽鼻息苟存的蝼蚁而已，不救就不救了，又能怎样？何况，之前他好心提醒过刘皇帝，周帝是个强敌，大意不得，那刘皇帝是怎么回答的？“请公不必多言，也不必出手，就在一旁观战，瞧瞧朕怎么收拾郭逆这小子！”好啊，这下好啊，他没瞧见刘皇帝怎么收拾郭逆那小子，倒是全程见证了刘皇帝是怎么被郭逆那小子收拾的。哼，当他是傻子吗，打仗不让他插手，分明就是想让他少分一杯羹。

好，现下他也不稀罕刘皇帝的羹了，但他也没必要救他。把自家军队全须全尾地带回草原去，才是他的职责。契丹名耶律敌禄、汉名杨衮的大胡子辽将确信，如此安排，才是对自家大辽皇帝最好的交代。

计议已定，杨衮冷冷地向一万辽骑下达了命令：“走，回家！”

八七　残阳如血

半个时辰以前。东线战场。

来自北面的追喊之声震天响。周军右军兵溃如流沙，丢盔弃甲，连滚带爬，惊恐万状，慌不择路。各部旗帜沿途抛撒。

廷献从西面绕过重重羁绊驰至溃兵的洪流前，立于马上振剑大呼："陛下有令，不准逃跑，就地还击！就地还击！"可是，在这样惊恐的溃兵潮中，他的呼喊是徒劳的，他所传达的皇命也是无效的。

"就地还击！就地还击！就地还击！"他冲过去阻拦他们，却被他们轻易绕过，络绎跑了。他们甚至没有兴趣知道他究竟是代表谁在说话。

逃跑是被敌军追杀而死，还击却有可能生还，就算战死也能拿到抚恤——这个道理，他们不是不明白，但是当此之时，所有的道理都敌不过这样一个事实：只要跑得比同袍快，他们就不会成为最先死的那批人。

廷献急速思考。他应该拿御剑劈几个人，兴许能镇一镇他们。可是，又能管多久的用？他孤立无援，靠一把剑敌得过数千人如此顽强的逃生意志吗？何况，剑术并不是他的所长。更何况，他还身在马上，剑的攻击距离太短了。

廷献试图拿弓箭射击他们的头目，但立刻又放弃了。他没有剑鞘，无法放下御剑，只能将之牢牢擎在手中。为了专一持有这把剑，他早将自己的朴刀抛弃在了战场上。此时，他手中的御剑就好比统帅的纛旗，是必须誓死守卫、绝不能放弃的东西。但擎着剑的手很难拉弓射中目标。而且，丢盔弃旗的乱军之中，头目的目标也并不明显。

不行，一定要找到樊爱能和何徽，只有他们能够指挥自己的部众听令，只有他们，或许还可以遏制住这种颓势，避免王师在东侧战场的失利变成全局溃败的导火线。廷献略一张望，便纵马向着右军逃窜的方向追去。

溃军的洪流源源不绝。廷献在溃军奔去的路途上左右奔驰，不停地大声向自己掠过的周军士卒们发问："看到樊马帅了吗？看到何步帅了吗？"大多数人都回答："没有！""没有！"也有少数人仓皇指向前方："前面！前面！"

樊爱能和何徽所骑的都是军中一等一的良马，他们跑得快，也是理所当然的。

又往前奔了两三里路，廷献忽然看到一个熟悉的身影。他心中一喜，急忙奔过去叫道："曹供奉！曹供奉！"

曹瀚正立马站在一个小山坡上观望，发现廷献之后，也非常高兴，连连向他招手："陈高班！陈高班！"

待两人聚到一处，曹瀚先嘘了一口气："哎哟，我可算见到一个自己人了！"

廷献见曹瀚手里拿着好几支令旗，忙问："曹供奉，你在这里做什么？"

曹瀚向着山坡下奔逃的溃军猛啐了一口："我拿着令旗来阻止这帮混账，不管用！我又在他们逃跑的路上来回拦挡，命令他们还击，也不管用！哼，刚刚，我一怒之下，枪挑了十几个人……"

廷献道："……还是不管用？"

"还是不管用！"曹瀚怒道，"当此之时，这帮混账东西眼睛里只有自己那条不值两个钱的狗命，哪里还有军令，哪里还有皇命，哪里还知道自己到底是谁?!”

“曹供奉为何不去追赶他们的主帅樊爱能、何徽呢?”

“这两个贪生怕死之徒，我追了半日了，还是不见踪影！这个人跟我说他们往这个方向跑了，那个人又说往那个方向跑了，我累个半死，连他们的影子都没扫到半个!”曹瀚晃着手里多出来的那几支令旗，愤然道，“你看看，马军和步军的应旗，全都丢弃在了半道上，被我给捡起来了！一军主将，临阵丢旗，这干的都是些什么混账事!”

“曹供奉，形势危急，”廷献道，“当此之时，咱俩合力一起去追樊、何二人，或许还能阻止他们，完成陛下交予的使命!”

“说得是！两个人可比一个人管用多了。走!”曹瀚欣然道。于是两人并辔齐驱，一路喝斥着挡道的溃兵，向着南方疾驰而去。

又不知向前探寻着奔驰了多少里，忽然看见前方不远处一队人马正在一个矮坡上歇息，身旁数辆辎重大车。

“陈高班，快看！他们二人在一起!”曹瀚首先认出了他们。

“这都什么时候了，还顾得上剽掠后军的辎重!”廷献恨道。

“快快，咱们快过去，别教他们溜了!”

两人忙飞驰而去。曹瀚一面跑，一面便高声叫道：“樊马帅，何步帅！陛下有令！陛下有令!”

樊爱能、何徽果然惊起，敏捷地翻身跨上了马。他们身边尚有跟随奔逃的上百部从，听到远处的喊声，立刻全体持械警戒，神情紧张地看向来人。

曹瀚举着令旗，廷献擎着御剑，疾驰至矮坡前，勒马止步。曹瀚正色道：“陛下谕令：樊爱能、何徽，立即率领部众就地还击！就地还击!”

樊爱能与何徽互视一眼。樊爱能冷笑道：“曹供奉，契丹兵这么强，还击也打不过，咱们还是替朝廷保留一点军力，慢慢再跟他们算后账吧。”

“樊马帅!”曹瀚怒道,“战场上的进退行止，必须听命于主帅。陛下亲口谕令你们停止奔逃，率众抵抗，难道你要抗命吗?!”

“少拿这种话来吓唬我们!”何徽怒道,“我们哥儿俩驰骋沙场的时候，你还连屁都不是呢！朝廷将来用得着我们的时候多得很，你这话，只合给那些头次上阵的雏儿们听个响儿!”

廷献见他们嚣张至此，便擎着“斫雪”剑上前，厉声道:“这是陛下的御剑！见此剑，便如同见到陛下本人一般！陛下口谕：凡是不从圣命者，当场斩杀无赦!”

樊爱能与何徽轻蔑地大笑起来:“哎哟喂，又来一个吓唬我们兄弟耍子的！这位中贵人是打哪儿冒出来的？御前经常行走的那几位都知、副都知、押班，我们兄弟熟识得很，独独没见过恁这一号啊!”“想随随便便捡把兵刃就来练我们兄弟？恁还差得远呢！就算我们兄弟乐意陪恁耍子，我们手下这些壮士也不乐意啊!”

听了此言，他们身旁的军士们全都振动兵刃，发喊鼓噪起来。

廷献心念急转。当此之时，必须痛下决心，或可侥幸扭转局面，助挽狂澜。无论如何，擒贼得先擒王。他向曹瀚使个眼色，忽然跃马向前，举剑照着樊爱能劈去。

曹瀚没想到他有此一举，心下大惊，不由自主夹马追上一步。

众皆哗然。反应快的，立即振兵相救自己的统帅。

前几支羽箭袭来的时候，廷献眼角的余光都迅速地捕捉到并敏捷地挥剑避开了。但是他不愿顾及更多。他头脑清醒，目标专一，意志坚定，无所畏惧。他催策着战马，毫不迟疑地跃至樊爱能身前。他挥舞着御剑，决意要取下大周侍卫马军都指挥使的项上人头，完成皇帝交予的使命。

他差一点就成功了。然而最终，他的剑没能击中樊爱能。又几支羽箭穿透了他的铁甲，从不同角度射入他的身体。若不是曹瀚替他挑开了更多的羽箭，他将会变成一只刺猬。

剧痛引发的痉挛让廷献无法自控，他轰然坠下马来。他的体重压折了插在身上的几支羽箭的箭杆。

他听到曹瀚在大声詈骂。他听到曹瀚在呼唤他。

此时突然起了一阵喧哗，新一拨从巴公原上败退的周军右军，带来了最新的战场消息。

“契丹人杀过来了！”“皇帝已经被他们围上啦！”“都投降啦！都投降啦！皇帝身边已经没人啦！”……

樊爱能和何徽大惊，再也无暇顾及皇帝派来的这两个使者，急急吆喝道：“撤！撤！赶紧给我撤！”

血液似乎流向了廷献的头部，从里面粘裹住了他，世界的声音被隔离在这血囊之外，变得遥远了。一切嗡嗡轰鸣。廷献的双耳在轰鸣中勉力捕捉到一阵急速而杂乱的脚步声、马蹄声，以及兵刃与护甲相击的声音，也隐隐听到了曹瀚愤怒的呼喝声。不知是谁经过他身旁时，又往他身上踩了几脚，戳了几下。

杀伐之声在廷献的耳边呼啸着，忽然失了音。他陷入一个声音的真空中。

他的身体、他的灵魂在这声音的真空中颓然塌陷下来，就像一滴雨水陷入干涸的沙地，就像一朵雪花暴露在了春日的第一道阳光中，就像平原上的一蓬蒲公英，遭逢到了漫天卷地而来的大风……

他似乎是幸福的，却又无暇去感受那种幸福。

他想要归去，却被几支本军的羽箭钉在了一个陌生的异乡，无力返航。

“姐儿，今日我魂将不归了，请恕我失约……”

闭上眼睛之前，这是廷献想到的最后一句话。

黄昏。残阳如血。

位于南面的巴公原与位于北面的高平县城之间，一条宽阔山涧旁。

拼杀、追击了一个白昼的周军，与拼杀、奔逃了一个白昼的汉军隔涧对峙。连续四五个时辰不吃不喝，连续四五个时辰不得休息，他们每个人的体力都早已透支。疲惫到了极限，一闭眼就可以睡着，但饥饿却顽强地刺激了他们，让他们始终保持着清醒。

山涧给了他们一个休整的理由。先行过涧的汉主刘崇整顿了身边的一万人马，在涧北结阵而待。逃跑的人是最需要喘息的。

君贵下令全军就地休整，因地制宜，取便烧水造饭。

周军士卒到涧边取水的时候，遭到了躲在涧北灌木丛中的汉军的箭雨攻击。作为报复，君贵下令往涧北密林中发射了一通火箭。涧北“轰”地燃起了一些火光烟雾，想来是火箭起了作用。于是两岸消停了，彼此都给对方，也给自己留出一点时间，以便缓过劲儿来再战。

大周皇帝行帐。帐内灯烛摇曳。

行帐是匆促搭起的，十分简陋，只有潦草的四围，连帐顶都免了。帐外禁卫森严。皇帝郭荣和李重进、张永德、白重赞、向训、史彦超等众将尽皆瘫在行军交椅上养息，几个军医在为他们中的某些人处理身上的伤口。侍从轻轻出入，递送水食。

一名传令军校匆匆入帐，兴奋地施礼：“陛下，刘词到了！”

君贵原本正疲乏地闭着眼睛，让刘奉武替自己揉太阳穴，听闻此讯，精神一振，忙挥退刘奉武，直身坐起：“快宣他进来！”众将也都面露欣喜，纷纷坐直了身子。

浑身甲胄、一脸尘土的刘词入帐，急趋到君贵身前，惶恐揖道：“陛下，请恕臣率部来迟！”

“呵，不怨你，是朕跑得太快了！”君贵道，“说说你部的情况。”

“臣自河阳与陛下分兵后，便催促车马步骑，且行夜宿，拼命追赶陛下的脚步。今日臣所部在巴公原以南，碰到了樊爱能与何徽……”

“哦，是吗?”君贵的目光一闪，不动声色道。

“是。他们对臣说……说……”刘词有些迟疑。

“说什么？——他们说什么都与你无关，刘卿，你尽管告诉朕知晓。”

“他们说，契丹兵已经迅猛地掩杀过来，王师大败，让臣跟他们一起向南逃窜。臣没有理会。臣原本应该阻止他们的，可是臣也没有这么做，请陛下恕罪。因为臣斟酌之后，以为率领马步后军迅速支援陛下，才是第一要紧的事。”

君贵看着眼前这位须发花白的老将，深受感动。这是一个在父亲口中“骁勇坚毅，勤勉温厚”的人，当年父亲尚为前朝枢密使之时，在某次移镇名单的讨论中，曾经为了保住这个人的等级位置而狠狠费了一番思量。看来父亲的眼光没有错，这是一员思虑周密、内心坚定、值得信赖的大将，幸亏自己将后援的任务交给了他。

君贵温言道:“刘节度，你做得很对！从朕身边逃走的臣下，朕自有办法惩治。可是从朕手里逃走的敌人，朕却必须要借助你的力量才能够战胜。”他指着行帐昏黄烛火中一脸菜色的部将们，笑了一下,“你瞧瞧，我们都累成了什么样子！倘若你不及时赶到，夜里要想对贼军发动越涧袭营，我们可都打不动了。何况，兵马数目上不占绝对优势，又哪有可能剿灭他们!”

刘词为皇帝语意中的真诚所动，愈发愧疚:“让主上遭受这样的劳苦，是臣下的失职。臣……臣应该更快赶到才是!”

“哈哈，不说了，不说了。”君贵摇手笑道,“少时就要开饭，你们奔跑了一整天，也好好吃一顿、缓一缓。待全军吃饱饭，咱们……就送给涧沟对面的刘氏一份大礼!”

听闻皇帝此言，李重进、张永德、史彦超等众将一扫疲惫，全都露出了兴奋的表情。

亲眼目睹了自家年轻的皇帝在巴公原上那英锐无匹的冲锋之后，亲眼目睹了不可一世的强敌在瞬间土崩瓦解、屁滚尿流之后，亲身追随着皇帝一路滚瓜切菜般追剿贼军残部之后，现在，他们对于自己的君上已经有了真正的敬服。

从此刻起，一应战事，无论他说什么、无论他怎么指挥，他们都将毫不犹豫地执行，不再怀疑。他们开始相信，只要紧紧追随着他，就会走向最终的胜利。

君贵忽又想起一事，转头问侍从道："找到李榖了吗?"

"回陛下的话，还没有。倒是找到他们后军的几个士兵，说是东线溃败的时候，溃兵动手抢了粮草辎重。李榖指挥手下人护卫不及，反而被乱军裹挟着一路向南，不知道去了哪里……"

"哼，"君贵皱眉道，"这帮不知廉耻的混账东西！传朕谕令，要侦候们加大范围继续找，尽快给朕把李三司好端端找回来！——还有，林远、邓锦他们带出去的人回来没有？找到曹瀚和陈廷献了吗?"

"回陛下的话，已经派人出去再探，暂时还没有回报。"

"若是天黑了就难寻了！赶紧加派人手，继续探查！"

"得令！"

日入后，数万周军忽然越过山涧，向涧北的北汉军队发动了突然袭击。

汉军再次崩溃，大将张晖及北汉枢密副使王延嗣被阵斩。大周皇帝指挥部将分兵追袭不已，汉军丢盔弃甲，尸体填满了山谷。周军所缴获的汉军辎重、兵器、驼马、乘舆器服等不可胜数。数千汉兵投降，向大周皇帝山呼万岁。

是夜，樊爱能、何徽听闻官军大捷，率领属下部分将卒返回，在中军帐外请求拜见皇帝。君贵大怒，不允入谒，喝令将樊、何二人及其所部军将七十余人尽皆严密囚系于后营，等待战后发落。至于陆续跑回来的两部其他低级士卒，则别押一处，同样等待战后发落。

是夜，周军火速进行了第一次清算。两千投降之意不诚的汉兵被斩杀，弃尸荒野。先前在巴公原战场曾向汉军投降、向汉主山呼万岁的周军降卒也一个不留，全部诛戮。

北汉主刘崇凭借数十年征战磨炼出的应变经验，在周军袭来、分知难挡的第一时间换了装。他穿上了平民的粗布衣裳，戴上了乡民的斗笠，骑上契丹人所赠的黄骝马，率领着一百余骑冲进了北方的迷茫黑夜。他们闯入雕窠岭，次日又在日光下迷了路。他们抓了个村民来做向导。没想到，深恨刘氏苛税的村民猜出了他的身份，故意给了他错误的信息。他没有奔向太原方向，倒误入晋州，直走了百余里才发觉。愤怒的刘崇杀掉了村民向导，日夜兼程往北逃归。

整个归途中，老皇帝刘崇如同惊弓之鸟，草木皆兵，经常是拿起筷子还没来得及进食，一听说周军追来了，就仓皇上马而去。经过昼夜不息的奔驰，在体力差一点就再也支撑不下去的情况下，刘崇终于回到了晋阳。

晋阳，这座千年古城张开怀抱接纳了他。

晋阳见证了刘氏家族的崛起，晋阳也包容了刘崇在迟暮之年的失败。

晋阳，是一座极其美丽而又异常坚韧的城市。

八八　有赏有罚

显德元年三月二十，甲午日。大雨。

皇帝郭荣率领大军抵达高平县，全军休整。

在杀掉了降卒中最凶悍的两千人之后，剩下的数目庞大的河东降卒仍旧是一个必须解决的问题。经与侍卫亲军、殿前军两帅及几位勋旧宿将商议，天子诏下：将河东降卒一分为二，选其中精壮帖服的数千人编为效顺指挥，命前武胜军行军司马唐景思统领，远赴淮上戍卫边境，应对南唐；剩下的两千余人属于老弱病残，皇朝无可征用，便赐予衣服川资遣散。降卒的大包袱甩掉了，周军继续北上。

三月二十四，戊戌日。皇帝郭荣抵达潞州，驻跸州城。

早前被派遣来援助李筠的符彦卿、郭崇、王彦超、韩通等将领，连同本地的李筠及其部将，纷纷率部到行在觐见。皇帝特谕符卫王免礼，其余众将参拜如仪。礼罢，作为对援潞诸将尽到了职责的褒赏，皇帝向众将赐座。

符卫王首先代表众将恭贺皇帝取得了高平大捷，颂赞皇帝英锐神武，令全军心折，麾下士卒尽皆感奋，愿意誓死效命。皇帝微笑。符卫王又代表援潞诸军向皇帝郭荣汇报了为潞州解围、杀退汉辽联军的过程。皇帝嘉许。

稍后，皇帝留诸将在行在共进晚餐，特意将符卫王安排在自己近前。席间，符卫王起身举杯向皇帝敬贺，君贵受贺。君贵又起身，亲自斟了一杯酒向符卫王祝寿，符卫王连忙起身，再三谦辞。

君贵笑道："这一杯，是女婿敬奉岳丈的，请卫王不要推辞。"符卫王闻言欣然，忙双手接了，一饮而尽。君贵看着符卫王，目光温和："君怜与观音、训哥儿一切都好，请岳丈不必挂怀。战事结束后，岳丈和岳母倒是不妨寻机入京，去看看君怜和那两个小家伙。"

符卫王喜道："有陛下这道谕令，臣自然是要去看望的！"

是夜。行在，皇帝居室。

君贵在灯下看着军报。奏报是李縠上呈的，关于车马、辎重、粮草等的数额和调动情况。李縠为乱兵所迫，带领几个亲兵逃到山谷里躲了几天，见局面平息，才一路找寻过来。君贵虽然对他消失多日有些恼火，但并没有出言责备，只是面无表情，不肯加意抚慰他。李縠出了一头冷汗，小心翼翼地请了罪，回去立刻召集手下核对了一应数字与实物，写成奏表呈报上来。

君贵看了片刻，放下了李縠的军报。军资并不是什么大问题，这次高平之战最初的溃败，与军资没有任何关系。现在萦绕在他头脑中的，只有一个越来越要紧的问题：怎么处置背叛了他的樊爱能、何徽等人？

这一夜，君贵在行榻上久久难以成眠。

五日前巴公原上生死悬于一线的惊险场面再次回到他的脑海中。其时的战场面临太多变数，他的成功未必不是侥幸。局面瞬息变幻间隐藏的残酷真相，让他不寒而栗。

他从戎将近二十年，一向知道禁军的骄兵悍将难治。这次他们胆敢如此毫不犹豫地背叛他，在他再三遣使的情况下，依然无视皇命与军令的双重羁勒，决然弃他而去，正是其历年恶习积重难返的表现。而在战局反转之后还敢觍着脸回来，更充分暴露出他们多年以来养成了怎样一种可怕的投机心态。

即便那些没有投降敌人的军士，大多数人在面临强敌时也心存怯懦。他再三驱策，都无法阻遏他们的失志，都无法刺激出他们应有的血性。非要等到他亲自出马冲锋，才能给他们做出示范，才能让他们醒悟：一个军人临阵之时究竟应该秉持怎样的行为准则。

可是，难道以后每次战争都需要他这个皇帝去亲自厮杀吗？

皇朝建鼎进入第四年，禁军，已经到了非整治不可的时候。

他需要一个契机。契机就在眼前。

高平之战已经结束了五天，群臣都在观望，众将都在等待，士卒都在猜测。再不处置那些逃跑了又回来的溃将，他们会以为他在为未来战争的万全而怯懦、犹豫和权衡，他们会以为他这个新继位的皇帝不敢动前朝的旧臣。他亲冒矢石好不容易得来的威信，将会在他们茶余饭后的闲谈揣测中逐渐轻如鸿毛。

那么，究竟该如何处置？是一杀了之，还是褫夺现任官职、罚以俸禄、责以军棍，允其戴罪立功、将功赎罪？之前在晋州守卫战中，何徽也是立过功劳的。

这事若放在以前，他只是统帅，他会毫不犹豫地以军法杀之；但现在他是皇帝了，皇帝要考虑的，除了军事，还有政治。樊、何二人是父亲为了他而特意提拔的，这里头有父亲待他的情分在；而且，父亲生前一直力践宽容仁爱的驭下之道；更何况，禁军三军统帅之职，樊、何位占其二，他们在禁军中混迹日久，军内外关系盘根错节，处理起来，容易牵一发而动全身……

将溃将全体斩决，在政治上是利大于弊，还是弊大于利呢？

三月二十五，己亥日。天朗气清。

皇帝行在。晌后。

君贵躺在榻上歇午，昨夜一宿没睡好，让他有些头疼。不过此时他仍旧不可能睡着，今日必须要了结的事，还被他放在心头反复掂量。

张永德在门外告进。“宣。”君贵向刘奉武道。这次在巴公原，张永德尽心卫跸，与他进退共命，姻亲兄弟两个之间自然又增添了几分情谊。

张永德入内行礼。“罢了，免礼，也没有外人。”君贵淡淡笑道，仍旧躺着并未起身。因与张永德的关系非同旁人，君贵便懒得讲究君臣间惯常的礼数。这在张永德看来，自然更是官家不跟自己见外的表现。

“多谢官家。”张永德笑道。

“什么事儿啊，抱一？”君贵问。

“官家，臣是来请旨的。”张永德道。

“请什么旨？”

“樊爱能、何徽那帮人被关了好几天了，官家打算怎么处置呢？”

君贵来了兴趣，定睛看着他：“我正想着这事呢，你倒来问了！你有什么想法？”

“臣以为，该了断了，群臣都在观望呢。”

“嗯。若论军法，临阵不战而逃，是要斩首的。不过，樊爱能、何徽之辈，都是先帝在登遐之前着意提拔的宿将，位居节钺之重，何徽在晋州之战中还立过功。你觉得，能不能以爵禄和战功来抵折他们的一些罪责呢？”君贵平和地问道。

张永德冷笑一声：“樊爱能素无大功，不过是累积资历而已；何徽在晋州的战功，也多由冒领手下功劳而来。这样的人忝冒节钺，原本不过是出自先帝的宽大与栽培。一员大将临阵，刚望见敌军，还没交手，自己倒先跑了，这种败类，便是死了也不足以免责！”

“……照你这么说，他们是再无可用之处啰？”

“官家在犹豫什么？难道官家担心杀了他们，便没人肯替朝廷冲锋陷阵了吗？”张永德笑道，“依臣看，此次巴公原上冒出了好些个人才，官家提拔提拔他们，比起继续留用樊、何等人，好处不知要高出多少倍去呢！”

“哦？都有什么人的作为落入咱们驸马爷眼睛里了？跟我说说看。”君贵愈发来了兴趣，坐直了身子。

“……像马仁瑀、马全乂这样的，官家亲眼看见了他们的表现，臣就不多说了。臣倒是要向官家着力推荐推荐赵匡胤，那小子在巴公原上的作为，依臣看，也可以当得上‘智勇’二字了。”其实张永德比赵匡胤还小一两岁，但张永德位高权重，自然要托大，何况赵匡胤素日生龙活虎的，也的确是一副小子模样。当下张永德便将巴公原上赵匡胤的建言、行动和成效，向君贵略述一遍。

君贵听罢，心下欢喜。难怪那天自己冲锋之后，所受羁绊没有想象中大，原来有他们设计实施了大面积阻击。那赵匡胤在晋王府做马直军使时，自己对他的印象就不错；继位后为了备战，又将他擢为殿前军左班殿直。据说，在李重进、张永德等主持的从亡命中选拔骁勇的事情中，他也出了不少力。

君贵现在需要的，正是这种身家清白、忠勇敢为的年轻人，以荡涤禁军中积年难除的旧习、恶习、陋习。

君贵不由笑道：“所以你的意思，有了马仁瑀、赵匡胤等人做后备，樊、何二人及以下的偏裨军将，都该依照军法处置啰？”

张永德意味深长地笑了一下：“……那要看陛下的心志如何了。”

“此话怎讲？”君贵目光闪烁，不错眼地看着张永德。

张永德正色道：“倘若陛下只打算做个守成之君，那么樊、何这样的宿将不妨留着，指不定将来哪一天，他们也能为陛下做点分内的事情；倘若陛下意欲开疆拓宇、削平四海，那么如果军法不正，就算手下有熊罴之士、百万之众，又怎能为陛下所用呢？”

“好！”君贵拊掌大喜，“就是这个话！”一不留神，榻上的瓷枕被挥到地下摔个粉碎。君臣二人都笑起来。抱一说到了君贵的心坎上。没想到这个嫩口嫩面的年轻人，竟能一眼洞悉自己的壮志，并在众臣属中第一个表现出了积极的支持。

君贵朝向门外，大声吩咐："来人，宣诸将到指挥室见朕！将樊爱能和何徽等人押到指挥室来！"

未几。行在指挥室。

皇帝郭荣南向坐在中央，面沉如铁。李重进、张永德等诸将肃立两侧。樊爱能、何徽及其十数偏裨将校被推搡进来，在皇帝面前跪作几排。

皇帝睥睨着这些垂头丧气的溃将，语意森冷："……不服朕，可以，朕会做到让你们心服口服。不服军法，不行！军法如山，临阵怯逃，决斩不贷。……当此之时，你们还有什么话说吗？"

原本心存侥幸的溃将们脸色大变。"陛下，臣等知罪了，求陛下饶命！""臣等糊涂，见契丹厉害、刘氏厉害，就想先为王师保存了实力，再图反攻……""臣等愿意在下一战为陛下充作前锋，斩将杀敌，将功赎罪！"……明知无望，溃将们还是做着最后的挣扎与乞求。

皇帝冷笑道："你们都是累朝宿将，不是不会打仗的人。之所以望风奔遁，没有别的原因，不过是要以朕为奇货，好拿到刘崇那里去卖个好价钱罢了！你们推说刘崇厉害、契丹人厉害，为何朕亲自出战，他们就败了呢？可见全是借口！"

他不再看他们，转向近侍的林远、邓锦等，厉声吩咐："将樊爱能、何徽推出去，教刀斧手在三军面前斩了！樊、何二人旧部，自军使以上至监押使臣共七十六人，一并全数正法！你们监刑！"近卫哄然领命。

旁立的众将尽皆面色凝重，按剑恭肃而立，帐内不闻一丝声响。

远远地，传来三军集合的脚步声、军校整顿队伍的叱令声、监刑者的口令声和唱名声……以及，临刑者的呼号声。

顷刻，刀斧手捧樊、何二人首级来献。

皇帝心如铁石，扫视诸将平静道："念在樊爱能、何徽曾为节钺，对朝廷有过些许微功，特赐给槥车收殓尸骨，交予家眷归葬。……至于樊、何二部归来的溃兵步骑三千人，念在是从犯，且又主动归队，就交予刘词，待战后隶配雒州驻屯。……朕这样处置高平溃军，众卿有没有异议？"

"臣等绝无异议！""陛下英明！""军声不振，陛下早该如此！"……众将忙不迭表达了绝对的支持。

这个没有历史包袱、毫不姑息的年轻君主，与心机深沉、行事稳重的先帝是多么不同啊。两颗血淋淋的头颅没有吓倒众将，皇帝最后的一番话反倒让他们心胆俱颤了。杀了你，还赐给你归葬的恩典；作恶的主犯必死，跟随的从人却得到免死的宽赦……这份快刀斩乱麻的英果，这种恩威并施的手段，令所有的人敬畏折服。

让士兵在无所畏惧的同时又有所畏惧，是统治军队的最佳手段。他们这位年轻的皇帝，显然对此已经深有造诣。

天子尊大、皇权尊大、朝廷尊大的概念，就此在军中上下真正树立。

惩罚之后，该是奖赏了。有赏有罚，赏罚分明，方是治军治国的正道。

显德元年三月二十六，庚子日。

天子诏下。

在高平之战中表现卓越的主将们全都就地升迁：侍卫马步都虞候李重进转为许州节度使，宣徽南院使向训授滑州节度使，殿前都指挥使张永德升为武信军节度使，职并如故。又以原滑州节度使白重赞为鄜州节度使，以原郑州防御使史彦超为华州节度使。

同时，皇帝没有忘记战前因谏阻急行军被关押在怀州的赵晁，下诏宽赦了他的过错，立时释囚，复职。

又诏令详细登记所有在高平之役中为国捐躯的将士名录，从厚抚恤。指挥以上武官，赠赙加等。

又诏示了一系列重大的人事变动：以晋州节度使药元福为同州节度使，以皇舅宣徽北院使杨廷璋为晋州节度使，以同州节度使张铎为彰义军节度使，以客省使吴延祚为宣徽北院使，以龙捷左厢都指挥使李千为蔡州防御使，以龙捷右厢都指挥使田中为密州防御使，以虎捷右厢都指挥使张顺为登州防御使，以龙捷左第二军都指挥使孙延进为郑州防御使，以前耀州团练使符彦能为泽州防御使，以散员都指挥使李继勋为殿前都虞候，以殿前都虞候韩令坤为龙捷左厢都指挥使，以铁骑第一军都指挥使赵弘殷为龙捷右厢都指挥使，以散员都指挥使慕容延钊为虎捷左厢都指挥使，以控鹤第一军都指挥使赵鼎为虎捷右厢都指挥使，并遥授团练使。其余改转有差。

这个新的人事布局突出了两个宗旨：第一，将一大批原禁军将领外放，削弱积习难改的累朝宿将在中央的影响力；第二，从禁军中大量提拔有胆有识、肯干会干的新人或中级将领，委以重任。

至此，依靠自己在高平之战后获得的巨大影响力，大周新君郭荣真正按照自己的意志而进行的第一次军事人才布局完成。

布局完成，该做事了。

一往无前、不达目的不肯罢休的年轻皇帝，将眼光望向了北面的晋阳。

在那里，郭家两代世仇河东刘氏已经收散卒、缮甲兵、完城堑，正静静地等待着他。

他要杀到晋阳去会他。皇帝对皇帝，正统对僭伪。他敬重河东刘氏是个强敌，愿意彼此以最高身份进行对决。

三月二十八，壬寅日。天大晴。

关于北伐晋阳、直取河东的军事部署令下达。

诏以天雄军节度使、卫王符彦卿为河东行营都部署，知太原行府事；以澶州节度使郭崇为行营副部署；以宣徽南院使向训为行营兵马都监；以侍卫亲军都虞候李重进为行营都虞候。

又诏以华州节度使史彦超为先锋都指挥使，领步骑二万，进讨河东。

又诏河中节度使王彦超、陕府节度使韩通，率兵自阴地关讨贼。

又以河阳节度使刘词为随驾都部署，以鄜州节度使白重赞为随驾副部署。

军令既下，除了皇帝本人及其随驾，其余受命众将尽皆整备，即时出发，麾师北往。

八九　泰山一掷

潞州军营。行军医帐。

廷献醒过来的时候，大约是晡时。

廷献感到浑身麻木，麻木中又有各种难以描述的疼痛，像虫蚁啮噬着他的筋肉。这种疼痛的感觉不是来自某一处，而似乎是弥漫全身、无可躲避的。既然无可躲避，那就只能承受了。疼痛让他渐渐苏醒。

他挣扎着睁开眼睛，发现自己正躺在一顶阔大的军帐中，他的脸所在的位置，距离帐顶中心垂线不远。他一时心志迷糊，叹口气，奋力转了转脑袋，向两侧略一张望。这简单的动作让他痛彻筋骨。

但他还是有所发现。至少他看到两侧架起的行军榻上也躺着人，不知面目。看来也是伤员。

他忽然想起来了。

他想起了自己是怎样扎着一身的羽箭坠马，是怎样在一片耳鸣中最后一次听到了曹瀚的声音，想起了自己最后感知到的世界是怎样的空荒寂静……随后的记忆，就是一片空白了。

分知必死的，没想到还能活。是谁救了自己？

不知过了多久，帐内光线变化，脚步声响，有人入帐了。廷献勉力移动着视线，只听得有人“咦”了一声，快步走了过来。

一张脸出现在廷献视线中。“陈高班，你醒啦?!”那人惊喜道。廷献定睛辨认，原来是林远。廷献勉力一笑，张了张嘴。“快快，叫医官来，陈高班醒了！”林远忙向一旁说道。有脚步声急速离去。

林远拉着廷献的手，热切道：“还好你没伤到要害。医官说了，也亏得射箭的人仓促，力道没有完全使出来；还有些射偏了，入肉没那么深。可饶是如此，这些箭伤、刀伤还有不知什么伤还是化脓了，你高烧昏迷了五六天，每天只能靠灌米汤续命，我们都不知道你能不能熬过来呢。现下好了，你就好好养着吧。医官说，你可能还有一些内伤瘀血，只得慢慢调理了……”

廷献口唇干涩，想问的话一大堆，发声却很吃力。正无可奈何间，两个医官匆匆进来，见林远拉着廷献说个没完，忙过来道：“哎哟林供奉，恁快别教他说话了，这好不容易才醒过来，仔细累着他！来来，且站到一旁，让我等喂些汤水吧。”

林远依言往旁边一闪：“行行，你们喂，我去回禀官家去！”正要离开，廷献忽然一伸手拉住了他的衣襟。林远回眼，疑惑地看着他。

廷献勉力道：“曹……曹供奉……？”

林远面色一暗，拍拍廷献的手，也不答言，急欲离去。廷献不放手，眼睛死死地盯住他。

林远望空吸了口气，再看向他时已是满目晶莹：“曹瀚……战殁了。”

廷献的头脑中轰然一响。

“……我们找到他的时候，他身被数创倒在地上，还没有断气，手里牢牢握着官家的御剑。他的马也死在旁边了。我们再三呼唤他，他竟转了转眼珠子……”

时间流回六日前。巴公原以南若干里的矮坡。

陈廷献突然向樊爱能发难，曹瀚追马上前护卫，一面晃动长枪替他挡开更多的来箭。但一杆枪到底敌不过众人的进攻，也就一刹那，廷献身中数箭，颓然坠马。

好在众军将都认识曹瀚，知道他是官家亲随，一时并没敢将攻击焦点对准他。恰在此时，新的溃军一路嚷嚷着辽军掩杀过来、王师全线溃散的假消息，樊、何立马率部继续南逃。待到他二人醒悟过来不该留曹瀚活口时，已经跑出一里地了。

曹瀚焦急地向主阵地张望。远远地，他似乎看见皇帝的纛旗在移动。可是，是在往北方移动！究竟发生了什么事？他绝不相信那是汉辽联军已经夺取了周军的帅旗。

他急忙检视廷献状况，发现廷献已重伤昏迷。曹瀚不敢拔箭，那样会加速廷献失血。他将廷献挪到矮坡后的隐蔽处，撕开战袍，简单地勒堵了几个别的伤口。为了事后能够找回来，他将手中的青旗及其应旗全数插在了矮坡上作为标识。

然后，曹瀚拿过“斫雪”剑，提起长枪，催策战马向着纛旗所在的方向驰去。他的皇帝正在陷入可怕的危险中，他必须立刻回到他的身边，去保卫他！

很快，曹瀚遭遇到了正奉刘崇命令改变攻击方向的汉军左军张元徽所部。所有的人都在追逐大周天子的纛旗，张元徽及其部下一面追逐，还一面放箭。干掉大周皇帝所能带来的名声、权势和财富的诱惑太大了，谁都希望自己是那个幸运儿。

曹瀚准确地找出了这支攻击队伍的首领，他毫不犹豫地向张元徽冲了过去。

力战十数个回合后，张元徽意识到自己遇到了劲敌。他不愿被任何旁的人阻挡了追击的脚步，腾马跃开，疾呼手下放箭。

曹瀚身中数箭坠于马下。跟随他多年的战马，也中箭倾倒。张元徽跃前，狠狠往曹瀚身上补了一刀，然后马不停蹄，继续向着周军的纛旗追去。

视野忽然变得广阔了，头顶就是一片春季的天空。大风过后，天空湛蓝，万里如碧，带给人最深厚的安慰。但与此同时，视野又变得前所未有地狭窄了，他只能看到天，周遭的人马战况全都变成了一片噪杂无序的声音。偶尔，会有某个仓促的身影闯入他视野的边角，又倏忽消失，甚至来不及看清他们是敌军还是我军。

可是，能看到天就是最大的安慰。天，让他想到天子。那是他的天子，他的皇帝，他追随了十年的主官。

他的主官曾经救过他的命，从死人堆里将他刨出来，无论他的伤势如何让人绝望，也不肯放弃他。

他的主官一直都很照顾他，他的家小经常得到主官的赏赐。他的儿子有一次得急病快不行了，还是主官指定了御医来给治愈的。

他的主官一直都很信任他，会将自己最体己的要务交给他办，会把自己的兵器盔甲全数交给他掌管。甚至，共同战斗的时候，他的主官也常常只管往前冲，而将己身的安全护卫全都信托给他。

无论他的主官是不是皇帝，他都同样崇拜他、敬重他、爱戴他。

感君恩重许君命，太山一掷轻鸿毛！①

他是战将，马革裹尸是他的光荣。为了这样的一个人而死，他没有遗憾了。

至于自己的老母妻儿……他知道，他的主君会替他妥善地照顾他们一生。

天空在曹瀚的眼里渐渐变得模糊，带着一丝虚无缥缈的血红色。可是曹瀚努力地睁大眼睛看着祂，就像在看着祂的儿子。

---

① 出自唐·李白《结袜子》。

医帐中。

林远哽咽不已，讲述时断时续。

“……我们知道他可能不行了，但看他还能醒过来，便又存着一点希望，七手八脚要抬他回来。……他拉住我们，拿手往南边一指，口内说：陈高班，青旗，青旗……说完这几个字，他才咽了气。……看来，他一直熬着不走，就是为了等到自己人，好交代出这几个字……”

找到青旗所在的地方，就能找到陈高班。曹瀚最后的遗言，清晰地传达出了这个信息。

廷献的泪水滑下干枯的脸庞。

他忽然想起了第一次与曹瀚搭话时的情形。

五年前。后汉乾祐二年七月。

河中城破，官军纵火剽掠，一片乱象。他混入城中，四处打听，终于找到了姐儿的所在。姐儿要到一处人家去借寓，他奉命与唐妈妈等仆从一起，在这个曹押衙的带领下去打前站。

曹押衙找了一辆车给曹妈妈和采儿等女仆乘坐，他和承璋都走路跟随。一路上，他心事重重，默然不语。与他们同行的，还有两辆车。一车装的是大将军拨给他们的粮食蔬肉等什物，另一车装的是刚刚从火里抢出来的几只箱箧。

到了地方，曹押衙跳下马，指挥着手下兵士搬东西。眼风扫到他身上，便叫道：“喂，兄弟，你来点个数！”

廷献一呆。这个曹押衙管他叫兄弟！他身着中官服色——即便独自在外时不穿，但回来见姐儿，他必须服饰以礼。这身衣服虽然旧，甚至有了破损，但曹押衙应当看得很清楚。可他还是管他叫兄弟。杨光远之乱后，几乎再没人管他叫过兄弟。中官之间，通常也是不叫兄弟的。

“哦……好。”他赶紧走过去。

曹押衙笑道：“兄弟，看看这车物事够你们食用几日的？日常还短些什么，也劳烦兄弟记下来告诉一声。倘若在下不得闲过来，兄弟尽管去大将军营中找我就是——我叫曹瀚。”

他叫曹瀚。

曹瀚在临死之前的最后一句话，救回了他的命。

廷献泪如泉涌。

医官过来给廷献喂服别的汤水，一面责备林远：“林供奉，还是不要再教病人伤神了！”

林远抹干眼泪，向廷献道：“好，我不说了。官家一直惦记你，你醒过来了，我得去向官家禀报一声。”

未几，一片脚步声由远及近，皇帝陛下亲自过来探视病人。皇帝入帐，众人致便礼。

廷献挣扎着要起身，君贵几步走到医榻前按住他，温言道：“廷献，你不要动。——幸亏你醒转来了，否则，朕怎么向夫人交代……”

廷献满脸泪痕：“陛下，臣……没能尽责……”

君贵连连摇头，动容道：“廷献，你临危受命，战斗到了最后一刻，你无愧于朕的信任！那些敢于攻击你的人，昨日朕已经把他们全都给杀了，也算是替你和曹瀚报了仇。”

听到皇帝提及曹瀚，廷献的心一阵大痛：“陛下，曹瀚他……”

君贵忍住难过，问道：“从曹瀚拿走了御剑，以及他临死前指示出了你的位置这两点看，他在战殁之前，应该曾跟你在一起过。廷献，你有体力吗？倘若能够支撑，就跟朕说说你们当时的情形。”

“臣有体力。”廷献勉力道，“那日，臣碰到曹瀚的时候，他已经来来回回找了樊爱能和何徽很久。樊、何二人逃跑的时候，把号旗和应旗都丢弃了，曹瀚就将应旗捡了起来……”廷献向官家缓慢地、细细地回顾了六天以前在巴公原以南那个矮坡附近发生的事情。

君贵听着廷献的讲述，自己还原出了后来的情况："……他听说朕陷入危险，便安置好了你，反身去找朕……可是，他在路上跟汉军打起来了……他孤身一人，他们人多势众……他真傻，他怎么可能打得过！他为什么不绕过来找朕?!"

他喃喃自语，泪落纷纷："……他从来都是快手，手快，脚力也快，他完全可以不跟他们打，迅速从侧翼绕过来跟朕会合！他为什么那么傻！……难道他一个人，就能替朕把汉军的所有攻击都挡掉吗……"

六天以前，日暮。宽涧边，皇帝行帐。

安静的帐外忽然起了一片喧哗。

林远和邓锦急急入内禀报："陛下，曹瀚找到了！""陛下，我们把曹瀚带回来了！"

原本躺靠在行军交椅上养息的君贵闻声而起："人呢？还活着吗？"

"陛……陛下……"他们不忍回答，却又不得不回答，"曹瀚战殁，请陛下节哀！"

君贵疾步向帐外走，正碰到兵士们以担架将曹瀚抬了进来。"曹瀚！"君贵急忙扑过去拉住他的手，"曹瀚！"

担架上的曹瀚，浑身血污，面无人色，唯有一双眼睛半睁着。

"谁说他死了？他还睁着眼睛呢！"君贵向身边的近卫们嚷道，"传医官来！传医官来！"林远等不敢再劝。

担架应君贵的要求被放到了皇帝的行榻上，君贵将手指伸到曹瀚的鼻前探他的鼻息，又拉起他的手腕找他的脉。医官急急跑来，也是探鼻息，搭脉。但医官比皇帝多做了一件事：检查曹瀚的眼睛。即便在昏黄的灯火下也看得很清楚，那双眼睛内容空洞，瞳孔已经散了。

“陛下……”医官低声道，“人已经……没了……请陛下节哀。”

君贵勉力控制着感情，咬牙再看曹瀚。

曹瀚……死不瞑目。

君贵抬手，轻轻去抚曹瀚的眼皮，那双眼睛仍然无法闭上。君贵将曹瀚的手在身侧放好，这才注意到季春暮间的阵风已经将曹瀚吹得浑身冰凉。

君贵脱下身上的战袍，轻轻盖在曹瀚身上，盖住了他满身的血污，让他不再感到寒冷。君贵流着泪，凑近曹瀚的耳边，轻轻对他说道：“岂曰无衣？与子同袍！”

当时团团围在皇帝行榻旁的所有人都看到，皇帝陛下说完这句话之后，曹瀚早已僵硬的眼皮，就缓缓地闭上了。

翌日，皇帝特诏下，故禁军东头供奉官曹瀚赠上护军之勋，赏赐家眷千金，归葬故乡。其母其妻，并获郡夫人与县君诰封。其子，准于成年后从军袭父职。

时间流回十年前。

晋阳。太原刘氏牙军营房。

郭威扈从后晋重将刘知远移镇北京太原，已将近两年了。这些年他随刘知远南征北战，立功无数，在军中声名日隆，不少年轻人纷纷前来投效。

这一天，二十二岁的曹瀚，也成了主动投效者中的一员。

郭威接见了曹瀚，对他从外貌到武艺都感到满意，愿意把他留在身边。可是，他身边的随从已经太多了，再多，就该逼近刘知远的排场了。那就成了僭越。

这时，营房外传来一串蹄响，两声马嘶。郭威透过大开的营房门看出去，忽然笑了起来。他指着室外刚刚下马的那个人，向曹瀚道：“我身边没有位置给你了。让你去跟着我的儿子，你愿意吗？”

曹瀚忙随着郭威所指往外看。

他看到了一个光芒四射的青年。他的心中突然升起一片热望。

“在下愿意!”曹瀚激动地回答道。

他于是成了那个青年的第一个亲从。不仅仅是部下，是元随。

九〇　紫烟阁中

东京，禁中滋德殿。晌前。

枢密使郑仁诲与中书令冯道一起在殿堂中等候卫国夫人的到来。官家出征之前向他们交代过，倘若遇到大事不能决断，便来找夫人商量。现下，他们就是遇到了不能决断的大事。

未几，君怜在一众内侍宫官的簇拥下从后殿出现，款步走至御阶前。见郑仁诲和冯道欲下拜，君怜先笑道："郑枢密、冯中书，揖礼即可，请勿过礼。"这两人位极人臣，一举一动都引动众臣耳目，君怜目下的身份尚在过渡期，不欲因礼制问题惹外间物议，故此刻意谦抑。

当下郑、冯二人也不坚持，依言揖礼过。为示对宰辅的尊重，君怜便还了他们一福。

"听闻冯中书近日抱恙，不知可好些了吗？"礼罢，君怜温言问候道。

"有劳夫人记挂，臣还好，"冯道说话略有点气喘，"不过偶尔头疼脑热而已。"

君怜点头，又转向郑仁诲："郑枢密呢，前日听说贵府小孙子骑马摔了，可好些吗？"

"有劳夫人动问，那小子不过摔了胳膊，没什么大碍。"郑仁诲笑答。

“那就好。”君怜微笑着转入正题，“两位今日前来，是有什么事呢？”

“启禀夫人，是这样的：太祖皇帝的山陵工程已经接近完工了。陛下出征之前，有司议过先帝山陵的陪祔之事。体先帝与陛下之意，先帝一后三妃，皆应陪葬于嵩陵……”郑仁诲说道。

君怜点头。先帝与圣穆皇后柴氏、贵妃张氏、淑妃杨氏、德妃董氏皆有极深的感情，包括君贵对她们，也常深自追怀。嵩陵就掩，以一后三妃迁祔，是理所应当的事。

“可是，杨淑妃是在先帝随汉祖镇守太原时薨逝的，”冯道补充道，“当时葬在了太原近郊，后来刘崇自立，墓所便陷入贼境。目今嵩陵将成，杨淑妃之墓一时却不得迁回。陛下出征之前，军务烦冗，有司来不及就此事请旨，故此我等前来请问夫人……”

“那么，两位为何不速速遣人去潞州行营向陛下请旨呢？”君怜问道。

“臣等是要去请旨的，可是陛下戎马倥偬……臣等想在请旨之前，先向夫人讨个主意。如此，多少可替陛下省却一些精神。”郑仁诲解释道。

“明白了。”君怜沉吟道，“……既如此，可否先在嵩陵旁预留一冢，虚位以待将来？”

“臣等也是这个话。”郑仁诲与冯道尽皆心头一松，笑道，“否则届时就得重启陵门，那干系可就太大了……”

数日后，远在潞州行营的官家果然如言下诏：预营虚冢，待太原贼平，再议襄事。

显德元年夏四月初二，乙巳日。大周太祖圣神恭肃文武孝皇帝郭威灵驾发于东京。四月十二，乙卯日，葬太祖皇帝于嵩陵。太祖圣穆皇后、张贵妃、董德妃也迁葬陪祔。以冯道为代表的太祖山陵五使率有司致礼如仪。

先帝宫官咸阳郡夫人彤云、清河郡夫人仙草等八人，全程扶卫灵驾。当陵门闭锁的时刻到来，她们忍不住放声痛哭。她们自愿在这里守陵，用她们的后半生来陪伴她们前半生所事奉过的这个男人。她们久被荒旷了的青春与爱情，也随着这个男人一同被闭锁入永恒的幽暗之中，再也回不来了。

怨不怨？怨。悔不悔？不悔。

远在潞州行营的新君郭荣为此特意斋戒服素，以表哀思。不久，太祖皇帝的四处衣冠冢也遵太祖遗命，在河中、魏博、澶州、京师分别建立。

东京，禁中延福殿。

已经是夏初了，皇宫中草木欣欣，万物闪耀着昂扬的生命之光。延福殿外，丁香胜雪。

太祖皇帝山陵事了，宫中素幡尽去，君怜及皇子皇女除服，换上了轻软的夏季燕服。其时，观音的生日刚过，小小的观音，虚岁也有三岁了。

观音已长得十分健壮活泼，奔跑起来如同脱兔，常教宫人们好一阵追逐才能捉到。唐妈妈、东方氏及其他负责皇女起居的侍从，为此特意给她穿上小号长裾，希望能稍稍收束一下她的心性。没想到观音对此很不耐烦，经常抗拒不穿，嘴里直嚷嚷："不要这件，不要这件……"

君怜见状，便叫宫人将所有的薄长裾都拿到眼前，牵了观音的手，要她自己挑选一件。观音对于新被赋予的选择权显然感到开心，在宫人们手举的成排长裾前走来走去，用手指点着，嘴里念叨"这一件……这一件……这一件……"倒像在点兵点将一般。最后，观音在一件淡绿色的长裾前面停下了脚步，抬眼看着阿孃，笃定地说："音儿要这件！"

君怜笑着抱起她："好的。音儿自己挑的，音儿自己要愿意穿哦。"

“嗯！”观音认真地点头。

训哥儿已经出生八个月，耳聪目明，结实得像头小牛犊，正被乳母刘氏抱在怀中，呆呆看着阿姊行使自己的权利。观音挑完长裾，咯咯笑着抓起来，让乳母东方氏帮自己穿上。训哥儿见状，便向那长裾伸出了手：“啊，啊……”

众人都笑了起来。刘氏哄道：“训哥儿不眼红阿姊的衣裳，好不好？咱们是皇子，咱们有自己的衣裳呢。”

君怜放开观音，将宗训索要过来亲自抱着，摸着他的薄夹裤，含笑问他：“训哥儿喜欢长衫吗？待哥儿长大些，阿孃亲手给哥儿做，好不好？”

宗训闻言，便不闹了，似懂非懂地点点头。

君怜不由自言自语笑道：“咱们训哥儿倒是个听话的好孩子，比你阿姊要乖多了。”因又想起一事，便向采儿问道，“紫烟阁那边的夏装，给送过去了吗？”

采儿忙答道：“回夫人的话，已经送过去了。可是……可是又被还回来了。”

君怜微微蹙起了眉头：“怎么？”

采儿看着君怜的脸，小心斟酌道：“大约……権娘子不想换装吧……”

君怜并不看她，虚着眼看着半空的轻尘，一字一句道：“……之前送到紫烟阁的内府新制被褥，给退回来了；后来送过去的簪环冠子，也给退回来了；问阁中还缺什么，也没有任何答复……紫烟阁的人都是干什么吃的？権娘不要，他们不会劝吗？権娘想不到的，他们不该替她想到吗？権娘不发话，他们就当阁子里没事了吗？”

采儿见夫人有些动怒，忙赔笑道：“是是，奴婢少时便去跟紫烟阁的侍从们说。”

“不必了。”君怜沉吟道，“我现在就亲自过去看看権娘。你不要声张，教他们也都别声张。”

紫烟阁。

紫烟阁名为阁子，其实也是一套完整的建筑体系，虽没有一宫的格局大，也同样有院门，有围墙，有庭苑。与晋王府中别院最相似之处，是院中多植海棠。紫烟阁地利上占据宫城阳气之先，其时海棠早开，满院绿萼错落，红蕊娇嫩，观之令人心醉。就中更有数株自西蜀移植过来的嘉州海棠，在满目缬晕胭脂色中，兀自发出不易被觉察的脉脉幽香。

君怜悄然缓步进入院门，只有四五个侍从依命轻轻跟随在身后。正对着院门，是一座千窍百孔的太湖石假山，能起到照壁的作用，却比呆板的照壁灵动有趣得多。君怜在太湖石后稍停，听到院中传来不大的嬉笑声。君怜慢慢转过太湖石去，看到紫烟阁的十数名宫官内侍坐的坐，躺的躺，跑的跑，追的追，都在海棠花树下玩耍，却不见朱雀的身影。

君怜的面色顿时沉了下来。

紫烟阁的侍从们很快发现夫人降临，全都吓得变了脸色，急急趋过来，整装下拜，低头颂词。君怜不语，只静静扫视着他们。旧属里，五两、赤珠、绿罗等从晋王府带进宫的人都在，独独不见承璋。

“承璋呢?”君怜不动声色地向五两问道。

“回……回夫人的话，他似乎……出去了。”五两小心翼翼答道。

“去哪儿了?”

“……不知道。”

“出去做什么?権娘子交代给他什么事了吗?”

“……不知道。”

“権娘子呢?”

“在书房里呢，不让我们候着。”

有个念头在君怜心中一闪而过，她来不及抓住，便消失了。君怜再次扫视紫烟阁众人，并不命他们起身，只语意平平地吩咐道：“你们全都在这里，原地等着。”说罢，便径向书房而去。采儿等人意欲跟随，也被她以手势制止了。

紫烟阁书房。

环境陈设得比晋王府别院更清幽。一缕嘉州海棠的幽香，在初夏的薄淡光线中缭绕变化，若有若无。幽香来自一只落地的青瓷大瓶，瓶中斜插着若干连花带叶的海棠鲜枝。

朱雀依旧一身淡色素袍、绲金腰带，戴一顶青玉冠子，恰半个男儿装扮，正坐在书案前看书。

君怜的身影在书房门口一晃，朱雀立马察觉到了。朱雀并不抬眼，只淡淡笑道：“君怜，是你来了吗？怎么走路无声无息的，倒像只猫儿一般。”

君怜笑着向朱雀走近：“是我。権娘，你在做什么？怎么非得我过来看你，你就不肯勤往我那里走走？……你也实在太懒了些。”

朱雀从书上抬起眼，微微一哂：“你那么忙，我没事过去打扰你做什么？”

“我何尝忙了？君贵出征之后，我愈发无事可做了，就盼着你来陪我呢。你倒好，架子愈发大了。”君怜说着走到朱雀身侧，探头看她的书。

朱雀便将封面翻给她看：《本草经注》。

“咦，这是我替你抄的那本吗？”君怜有些欣喜。

“嗯，是呀。除了你，还有谁肯替我抄呢？”朱雀似笑非笑地答道。

“竟是又有些破了，要不要……我再替你抄一本？”君怜问。

朱雀揶揄道：“怎么，卫国夫人今日不看公文了？”

“没什么可看的，宰臣们将政务处理得很好，我不过知晓一下。”君怜笑答。

“那么，卫国夫人今日不研究、整治内廷条规了？”

“嗯。那些条规太多太复杂，一时半会儿也整治不完，还不够我累的。”君怜说着，叹口气，在书案旁坐下，“索性你与我一起来研究吧，好不好？”

“不好。”朱雀断然道，说完又感觉太生硬，便又补了一个笑容，“我原本就不爱受规矩约束，你知道的，你倒教我去研究怎么管别人的规矩？这不是要难为死我了吗？”

“哼，我倒是希望能有几条什么规矩，专门来治你的任性。”君怜嗔道，“我问你，今日我差人专程给你送过来的夏装，你为何不要？”

“我又不穿，要来做什么？”

“为何不穿？入宫以来，你总是这个打扮。早前在先帝的丧期也就罢了，目下先帝山陵之事已成，你也早该除服了，为何不换回原来的女儿打扮？”

“我这么穿着自在呀。”朱雀笑道，“宫里的女子都是那样，我打扮得稍有不同，你才好在人堆里一眼将我认出来啊。”

君怜心念一动，顿时默然不语。朱雀虽然是在开玩笑，但其实话语里隐藏着真意。适才在君怜心中一闪而过的念头又回来了，这次，君怜清晰而准确地抓住了它。

朱雀在宫里没有名分。

“……承璋呢？”

“不知道啊。”

“你没打发他出去办什么事？”

“没有。”

“别的人呢？为什么不教他们来伺候着？”

“我也没什么事，何苦劳烦他们？他们愿意玩，愿意闹，就让他们玩去闹去吧，我又不介意。”

“朱雀！他们的职责是事奉你。如果你不要他们事奉，就等于他们没有用，那他们就没必要留在这里了。”

“那也行，你看哪里需要他们，就把他们调过去用好了。”

“朱雀，我不是这个意思……”

“那你什么意思?!”朱雀忽然有了气，瞪着君怜恼怒道，“我做什么不对，不做什么也不对，你到底要我怎么样?!”

君怜愣住了：“朱雀，我何尝说过你有什么不对?”

朱雀眼中有了泪光：“……我不知道我还能怎么做，君怜，我已经快到头儿了……我已经快把自己憋死了……”

君怜怔怔看着朱雀，真切地感受到了她目下的痛苦。

朱雀在宫里没有名分。她不是宫官，不是后妃，不是公主，她勉强算是一个亲戚，却又不是那么理直气壮的亲戚。她不知道如何安放自己，她不知道如何自处。她之所以刻意着半副男儿装，或者半副女冠装，只是为了将自己与宫里的其他人区分开来。可是，她又并不是男儿或者真正的女冠。

她的处境很尴尬，非常尴尬。

这种尴尬，不仅她自己感觉得到，事奉她的人也同样感觉得到。也正因此，她不能坦然接受宫人对她的事奉。她对周遭的一切，便都持之以越来越无所谓的态度。

朱雀对自身的无所谓已经够让君怜头疼的了，而宫人内侍对朱雀的顺势轻慢，就更让君怜感到难以忍受——甚至，现在竟然连承璋也学会了偷懒耍滑！

必须给朱雀一个身份，必须给她一个营生，给她一个在宫中理直气壮生活的理由。

君怜拉着朱雀的手，笑了一下：“好了好了，什么大不了的事儿啊，又快把自己给憋死了？权娘子有什么委屈，跟我说说可好?”

“嘁，少来!”朱雀甩开她的手，抹掉眼泪，恼怒道，“我要出去逛逛透口气，行吗？”

“那有何难？后苑开了满苑的蔷薇，早就想拉你赏花去，你偏生好几天拿架子不理我。走，咱们现下就去，好不好？”

朱雀无可奈何瞪君怜一眼：“哼，后苑算什么大地方了？”

“别嫌弃嘛，心大自然天地宽。”

“呸。”

“好了好了，権娘子就赏个脸，陪我赏花去，成不成？”

朱雀被君怜磨得发不出脾气了：“……得了，依你，去就去呗。”

君怜携朱雀之手出书房来到院中，一众侍从还保持着刚才的情状。朱雀看见自己阁中的所有侍从全都诚惶诚恐地跪拜在地，不由瞥君怜一眼。

君怜也不回视朱雀，只不动声色向仆从们道：“都起来吧。我与権娘子要去后苑赏花。采儿，你带人回延福殿，将观音和训哥儿接过去。五两，你带些人去后苑打前站。”众人忙领命而去。

这里君怜勉力收束了心思，仍旧与朱雀挽着手，一路闲叙着家常，迤逦走向后苑。

九一　箪食壶浆

显德元年四月十四，丁巳日。是日小满，麦子开始灌浆，籽粒稍稍鼓饱起来。对于农人而言，这是个让人满怀希望的节气。对于君贵，这种充满希望的感觉就尤为强烈。

早前来自北方前线的报告让他振奋：卫王符彦卿耀兵于晋阳城下；河东刘氏治下的盂县、汾州、辽州已经以城归顺。与此同时，密谍关于北汉与契丹动态的报告也呈上御前。契丹主耶律述律派遣南院大王耶律挞烈率领的数万辽援，已经距离忻口不远。

是日，皇帝车驾幸团柏谷佛寺，赐住持紫衣。团柏谷在汉周交界靠汉一边，车驾幸团柏谷，就算进入河东刘氏的地盘了。沿途百姓听说大周天子驾临，激动万分，纷纷自远方赶来拜于道路，箪食壶浆以迎周师。

距离柏谷寺不远的山道中。

周师的马步军以常速行进着。路旁闻讯络绎赶来的老百姓绵延数里，欢呼雀跃，不停地将食篮中的干粮、果子等塞到周军军士的手里。周军军士对此并不感到惊讶。据早前从符卫王等将领处派回来报信的同袍说，在他们初入汉境时，也出现过汉民夹道欢迎的热烈场面。

周军军士笑逐颜开，欣然接过百姓的犒赏，一改往日的彪悍粗豪作风，向他们回以或温和，或热情的笑容。骁勇善战、和煦亲民，这是一支多么优秀的王牌军队啊。

前军忽然起了一阵喧哗。喧哗传到了队伍中部、一众禁卫环绕的皇帝耳中。

君贵勒马。队伍停了下来。林远等向前喝问道："怎么了？"

有前军传令兵远远跑过来，至君贵近前施礼道："回陛下，前面来了十七八个河东的老人，拦着道，说有话想跟陛下说，请求陛下赐见！"

"河东的老人？"君贵看向林远。

林远揖道："臣过去看看是怎么回事。"

"不必了。"君贵道，"十几个老人有什么可怕的？你去直接将他们带过来，朕亲自问话。"

林远领命而去。未几，十数个衣衫俭素的老翁、老妪，在林远的带领下，相携着来到君贵眼前。他们向一众持械立马警戒的禁卫丛中张望、辨认，很快认定居中这个衣甲鲜明的年轻人就是他们所要找的人，便一起颤巍巍跪下来磕头，口中纷纷说道："小民等见过周家大皇帝！""大皇帝一路辛苦！""小民等盼着大皇帝来，可是盼了好久了！"……

君贵跳下马来。近卫们跟着一起跳下马。君贵往前走一步，近卫们便跟上围拢一步。

林远在君贵身后低声道："陛下，小心有诈。"君贵不置可否，又往前走了一步。

"陛下，此是贼境，不可不防！"

"陛下，小心刺客！"邓锦等也低声提醒道，不免就将自己身子挡在了君贵身前。

君贵伸手轻轻拨开他们，鼻子里笑了一下："老得快走不动路了，还刺客？"一面便向来人温言道，"老人家，都平身吧，来找朕有什么事啊？"

一众老人并不起身，只激动地看着君贵。君贵便笑着再问道："怎么了？诸位有何事，尽管说吧。"

居中领头那个老者胡子几乎全白了，抖抖索索叉手作揖道："周家大皇帝，小民等都是这左近的山民，能够见到陛下御容，三生有幸哪！……这个……"说着，他就从旁边搀扶他的壮年人手中要过包袱，当面打开来。

林远等紧张得握紧兵刃，不由自主又挡在了君贵身前。

包袱里，是一只婴儿拳头大小的金龟。"小民祖上原本也是读过书、略有积蓄的，只是连年兵马盗匪闹得太厉害……目下就剩这个值钱了。小民将它献给大皇帝，请大皇帝赶紧带兵打过来解救我们吧！我们……我们实在是过不下去了啊……"老人说着说着，忽然泣不成声。

君贵忙伸手扶起他："老人家，起来说话。大家都起来说话。"

一众老翁、老妪站起身，不顾禁卫们的阻拦，立即团团围住了君贵，拉着他的衣裳，抓着他的手，纷纷诉苦不迭，浑浊的老泪从他们饱阅人世的双眼中不断涌出。"刘家的赋税太重了，我孙子去年在地里累吐了血，还不够交他们一次夏粮的……""一年四季，各种劳役差配不得闲……我两个儿子躲到深山里，都躲不掉……""原本抽一份租税就累死人了，他们抽两份！还得给契丹番子备一份！""小民们一年做到头，自己种的粮食自己吃不到嘴里，全家等着饿死！""请大皇帝快些打过来吧，我等小民全都愿意将棺材钱拿出来助军！""有人出人，有粮出粮，有钱出钱！""大皇帝是全天下的大皇帝，总得救救我们哪！"……

在这一片急切而焦灼的吁请声中，君贵渐至热泪盈眶。

五年前在河中府旱亭与君怜订约时的情形回到眼前，当时君怜的话还如在耳边。"……安史之乱迄今已近两百年，娑婆世界，众生颠倒，其苦何如！黎民百姓祖祖辈辈祈盼圣贤出世以解倒悬，其愿心之切，几曾有一日停歇？……"他只是一个刚刚继位的新君，他只是一个刚刚打了场胜仗的统帅，可是，敌境的百姓，竟对他寄予了如此大的希望！与黔首黎民的衷心拥戴相比，沙场上的那点胜利算得了什么?!这才是他梦寐以求的理想之所在，这才是他前行的真正方向!

父亲曾说过，哀民生之多艰，他又何尝不是如此?他要攻下晋阳城，摧毁刘氏和异族势力盘踞的最后基地，为河东的黎民百姓拔掉这颗让他们泣血愤恨的大钉子!

理想在熊熊燃烧，他壮怀激烈，意气凌云。

“父老乡亲们!”他高声道,“你们的心意，朕全都明白了!朕不要你们的棺材钱，你们拿回去，好生过自己的日子。你们放心，朕既然来了，就理当解救你们的苦难!朕就是为你们而来的!”

如果说之前遣军北上还是试探和耀兵成分居多的话，从这一刻开始，君贵调整了自己此番亲征的目标：拿下太原，消灭刘氏。

他立即分遣使臣驰往诸军行营，与符彦卿、郭崇、向训、李重进、史彦超、韩通等各路统领商议他最新的军事计划。

晋阳城下，周军河东行营。

诸将参谒行营都部署卫王符彦卿。

符卫王传达了刚刚接到的命令：即刻商议如何部署围攻晋阳。众将迟疑了。迟疑的原因很简单，担心粮草委积不够。晋阳是刘氏大本营，刘氏自打刘知远起在此经营了十数年，城坚池深，储备充分，人心胶固，一时半会儿是难下的。他们不是怯懦，他们都很想立功。但他们已经在城下观察了十几天，可以很笃定地说：晋阳，只会比传说中的更加易守难攻。

他们此次出征，原本是为了抗击汉辽联军的入侵，把敌人赶跑就算达到目的。从军资上，他们并没有准备好去端掉敌人的老巢，没有准备好来一场持久战。何况，据侦候报告，在杨衮回去之后，契丹之主派出的第二批援军已经出发了。届时，他们将对刘氏和契丹两面作战。稍有不慎，就会陷入被动，丢失掉在高平之战中好不容易取得的战果。

诸将议论的结果，是集体向皇帝呈上了自己的军事意见：刍粮不足，请求暂且班师，待准备充分后再来讨伐河东。

潞州皇帝行营。

君贵听完使臣对诸军意见的回报，默然良久。他出征不过一月出头，他记得很清楚，当初李穀对他说过，军粮可以支撑两个月。他的军队已经追到了晋阳城下，要攻破它，难道再花一个月还不够吗？

他随即下诏，命河东行营开始攻城，又命已在河东境内汾、辽等州奏凯的各路军马加紧向太原集结。

河东太原城外。矢石交集。太原攻防战拉开了帷幕。

从不同方向赶来的大周马步军队，源源不断地汇集到晋阳的深池坚城之外。旌旗招摇，营帐连绵成城。营帐之间，兵戈甲履相错，号角呼喝相闻，牛马嘶唤从无间断，畜粪车辙随处可见。

日暮，各处营帐外炊烟袅袅。整个营城淹没在饭食浓重的香气中。

四月十八，辛酉日。皇帝行营。

军校将一封军报跪呈君贵。军报来自他的岳丈符卫王。符卫王报告说，河东治下的岚州、宪州在日前向大周河东行营投降归顺。君贵展读罢，大喜。河东不过十州之地，如果河东的州郡都能像汾、辽、岚、宪这样，在巨大的军事压力之下主动以城归顺，那他的河东之役还怕不能从速奏功吗？

他知道，要让这些刘氏之臣归顺是不容易的。之前他调遣莱州防御使康延沼攻打辽州就久攻不下，还是供备库副使李谦溥单骑入城去游说其刺史张汉超，辽州才投降的。而沁州……密州防御使田琼一直在攻打，至今未下。可是，符卫王却一下子拿下了两座城！

符卫王不愧是符卫王，不愧是自己的岳丈。

想到岳丈，他就想到了君怜。他的心中涌过一阵绵长的柔情与暖意。他忽然记起，今天是四月十八，再过一个月，就是君怜二十四岁的芳诞了。先帝的山陵之事已了，他现在可以合乎礼法、名正言顺、堂堂正正地恩宠她，恩宠他们。

他要送给符门一份大礼。

翌日，天子制下，立卫国夫人符氏为皇后，仍令有司择日备礼册命。鉴于皇帝现在亲征在外，无法举行册命大典，他又特别诏示有司，先将金册宝玺及一应礼服礼器准备妥当，待他返回京师，就补行仪式。

远在晋阳城下的符彦卿接到制令，虽早在意料之中，但仍旧激动万分。让他激动的是制令颁布的时机。家里人都以为那将是皇帝班师之后的事，没想到皇帝在征战途中，一俟先帝山陵事毕就立后，且选在自己报功之际宣制，这自然是向全体朝臣昭示对他符门的特别眷顾。

他再三对使臣拜谢了皇帝的恩典，又立刻上了一道谢恩表，表达对隆厚圣眷的感铭之意。

诸将闻听此信，纷纷赶往行营中军帐拜贺。于是宴设帐中，觥筹交错，主客尽欢而散。

河东营城军士闻听此信，亦为之沸腾。作为这一喜讯的受主兼行营都部署符卫王，为此特意打赏三军一顿大肉。军士们眉飞色舞，纷纷山呼万岁。

有唐以来习俗，人们日常惯呼皇帝为官家，呼皇后为圣人。现在，他们终于有了自己的圣人！而且，还那么年轻美丽！此番出征之际，他们在京师北郊的校场上，是远远望见过她的面目身影的。在他们的心目中，她尊贵慈悲，宛若元君圣母，宛若观音文殊，宛若他们在寺观中见过的一切庄严女神。她既然亲出宫禁为他们送行，那么，他们也是在为她而战。

为圣人而战这个说法，比为官家而战更让他们感到兴奋莫名。

京师。禁中延福殿。日间。

中使王景通宣制已毕，君怜拜谢圣恩，含笑起身。

王景通及一众宫官内侍立即在她面前齐齐下拜，颂词称贺，人人笑逐颜开。东方氏和刘氏紧着将观音和训哥儿抱到君怜跟前，教他们拜母后。皇帝正居滋德殿宫人，郭氏旧属远山、秋池等，亦急忙赶过来，再三拜贺不已。

更多闻讯的宫人内侍，包括前朝乃至前前朝的旧人，也络绎不绝赶往延福殿。

很快，有宫人将此喜讯报给了紫烟阁。大周新君的后宫实在太过简单，没有太后，没有四妃，没有嫔御……她们的这番热闹，根本就没有别处可上报，只能报给杜娘子。

乍听到这个消息的时候，朱雀并没有什么反应。羣娘会成为皇后，这是所有人都早知道的事。今日，这个预期落到了纸面上，加盖了御玺宝印，于是成了事实。对于朱雀，这个事实已经不能撼动她，也不会再对她的人生产生任何影响，因为她已经选择过了。所以，她只是从擦拭“九烛”的工作中抬起了头，淡淡地应了一声：“啊……是吗？”

所有的侍从都热切地看着她。这是怎样的一个消息啊！他们应该赶紧去向圣人拜贺才是。而且，既然他们与别处的宫人内侍不同，他们是有主人的，他们就不能自己结伴去，而应当由主人率领着去，方合礼仪。

朱雀压根儿就没学习过宫廷礼仪，一时并未多想，听完回报，便又低头拭琴。众侍从面面相觑，不明所以，热情的笑容几乎凝固。最后，还是承璋近前赔笑道：“姐儿，依礼，咱们得去向圣人拜贺才是。”

朱雀抬头看一眼承璋，又看了看满面期待的侍从们，不由笑了一下：“你们这是……在等着我？”

“是啊。”

“是啊。”

“依礼，杜娘子应当亲自带着奴婢们前去拜贺才是。”有人强调道。

朱雀眼见得是推不掉，只得叹口气：“那……好吧。”

延福殿。

朱雀率紫烟阁诸人出现在殿堂门口。在他们前方，是满殿正在向皇后行礼拜贺的人群。紫烟阁的侍从们见状，也纷纷原地拜了下去。“恭喜圣人！”“贺喜圣人！”

朱雀犹豫了一下。

君怜原本坐在殿中鸾椅上受贺，见朱雀现身，忙抢先说道：“権娘，免礼。”一面说，她就一面起身离了座，径向朱雀走来。殿中众人纷纷闪开道路，略带惊讶地看着她们。

君怜走到朱雀面前，含笑道：“日常相见，免礼。今日相见，也免礼。”

朱雀看着她，略顿了顿，容色平静地深深一福：“翚娘，恭喜你。”

君怜拉起她的手，恳切道：“少时，京中三品以上王公大臣家的外命妇就会入宫称贺。権娘，你陪着我，一起跟她们叙叙，好不好？御厨正在治备进贺宴，少时需要宴请她们，我一个人精力有限，你也来作陪，好不好？”

朱雀不语。

“……你如果愿意着袍服出席，也是可以的。”君怜不动声色地补充道。

既然君怜肯妥协，朱雀也就没有理由再推辞。她只得从自己的立场上退了一步：“那……好吧。”

于是，在这一天的进贺宴上，所有的外命妇都注意到了皇后身边那个面目清俊、神色淡泊、沉默寡言的神秘袍服娘子。她看上去似乎是女冠，可是却不着缁衣、不持麈尾；她又似乎是女侍卫，就像隋唐时那些黑裳襐衣、佩刀持剑的“刀人”那样，可是却坦然坐在席中，并不侍立一旁。最让她们感到不解的是，皇后明明看出了她们的疑惑，却并没有向大家介绍她的身份。

君怜之所以不介绍朱雀，当然有她的原因：她还没有想好该给予朱雀怎样的名分和位置，才最为妥当。

两日之后，与皇家有关的另一道制令颁布：皇妹寿安公主进封晋国长公主。

皇妹在皇兄登基后改封长公主，这是理所当然的；但公主封号由美名晋为国号，个中讲究可就大了。可供选择的大国、次国、小国国名很多，君贵却一下子就把自己曾经获封的、在皇朝最为尊贵的“晋国”之号给了四姐儿鹭娘，这不仅是因为他与妹子感情深厚，更是为了奖赏妹夫张永德在高平之役的卫跸之功。

张永德接到制令，喜出望外，在君贵面前拜谢不已，激动得流出了热泪。

九二　符王密码

潞州。皇帝行营。日间。

君贵阅罢符彦卿和君怜分别呈上的谢恩表，微笑着出了会儿神，方交给刘奉武收起来。

数日之间，河东又有石、沁两州以城归顺。他距离目标已经越来越近了。他胸胆舒张，心情畅快。

一名精悍的军校入帐，高高的脖围子拉到鼻子以上，遮挡了一半的面目。他不待禀报便来到君贵身前，不出一声，默然单膝下拜，叉手施礼。君贵瞥他一眼，先挥手屏退了帐内所有的侍从。

“平身。什么事，十三？”君贵问道。西乞十三是田重霸的得力手下，此番负责太原谍线的密谍之一。必要时遮蔽本来面目、不轻易在人前出声等等，都是一线密谍的基本自我防护手段，尤其出入御前时。御前人多眼杂，他们更得分外小心，连走路的姿态都要刻意变换。稍不留神，有性命之虞倒在其次，事机泄露，会坏了人主的满盘大事。

西乞十三拉下脖围子，叉手不离方寸：“陛下，适才得到太原消息……”

君贵精神一振。难道太原城已经撕开了口子？不，应该没有这么快。他跟随父亲在刘知远手下驻防过晋阳，他知道晋阳的城墙有多厚多结实，城壕的水有多深多宽。而且，如果城已下，那该是军报的内容，谍线没必要报告这些显而易见的事。他压制了自己的兴奋，平静地看着西乞十三，等他继续往下说。

“呃……陛下……”西乞十三仍旧迟疑。

作为一个密谍，很少有什么事值得他这样吞吞吐吐的。西乞十三这罕见的表现让君贵微微蹙起了眉头：“嗯？”

“王师诸军十数万人聚集于太原城下，粮草委积虽尚可维持，却已经有人开始向附近乡民强征租税，甚至……剽掠……”西乞十三小心翼翼地说道。

君贵的心猛地一沉。又是剽掠！距离汉民箪食壶浆迎谒他这个大周皇帝于道，还不到十日。他刚刚让那些苦难无告的汉民领略过骁勇善战、和煦亲民的天子王牌军的风采！

“……那么，汉家的百姓目下是什么情形？”君贵问道。

“回陛下，汉家百姓都躲起来了。一听闻咱们的军将上门收租、催讨甚至强抢东西，就举家跑到深山里去了，再也没有人拿出自家吃食来劳军了。”

君贵面黑如铁。大战刚刚开启，原先对王师朝夕企盼的河东百姓就已经失望了。他自己的军队，在他的脸上猛扇了一巴掌。

他羞愧难当，肝火大盛，立即诏命右仆射、平章事、判三司李榖赶赴河东太原城下，计度军粮。又命中使火速驰往太原行营，诏令以符卫王、郭崇、向训、李重进为首的城下诸将招抚人户，禁止侵掠。租税征纳只许止于今年，不可过征。对于缴纳粮草的大户也有奖励：入粟五百斛、草五百围的，赐出身；入粟千斛、草千围的，授州县官。又诏发泽、潞、晋、绛、慈、隰各地及山东近便诸州的丁夫数万帮忙运送官粮，以保障军队所需。

四月二十二，乙丑日。东京奏报，太师、中书令冯道因病骤逝。

冯道的犯病没有任何先兆，走在家中庭院小路上，突然就倒了下去，再也不省人事，挨到晚间，人就去了。君贵听完东京详报，心中非常难过——他没想到自己会这么难过。冯道虽然政治上油滑，为人倒是一个忠厚长者，也是为他们郭家、为朝廷、为百姓做过很多好事的。如果国朝是一杆秤的话，冯道就像是可以保持秤杆平衡的秤砣。现在，秤砣没了，他感到一种失重的空落，要想稳定群臣之心，他得加倍努力。他立即诏令有司议谥。

不日，天子诏下，冯道追封瀛王，谥号文懿。

四月二十三，丙寅日，太祖皇帝的神主升祔于太庙。君贵着衮冕遥拜。至此，父亲的一应后事全部料理完毕。君贵心中再无牵挂，他要亲自杀到太原去了。

四月二十七，庚午日，在下达了对潞州管内罪人的赦免令之后，皇帝车驾发离潞州，亲征晋阳。高平之战的重伤员，包括廷献和小腿筋骨被砍断的季飞卫等，全部留在潞州养护。

五月三日，丙子日，车驾抵达太原城下，皇帝郭荣不顾旅途疲劳检阅军队。三军欢呼，万岁之声如雷。皇帝郭荣亲自对攻城的将士进行慰勉，按照他们不同的功劳给予赏赐。三军愈发振奋。

晋阳城下。皇帝行营。夜。

诸将在汇报完军情之后尽皆散去，只有国丈符卫王和国舅符昭信遵命留了下来。

皇帝与卫王父子的兴致都很高，这是一个私人场合，在座的三个人不再是君臣上下，而是翁婿，是姻亲兄弟了。君贵想起了军中高层将领中流传已久的一个传说，他好奇心起，决意将它探究个明白。

“……我听闻，岳丈早年曾自创了一套用以传递军情的军中密码，这是真的吗？”他一面将内侍呈上的茶汤亲奉于符卫王跟前，一面笑问。

符卫王笑了起来：“是真的。这套密码，又唤作‘字验’，老夫的军中至今也还在用。”

君贵满目期待地看着老岳丈，心痒而不得挠。每个名将治军都有自己的诀窍和秘密。既曰军中密码，那就是人家符家军的用间之宝、治军之秘，人家未必舍得告诉他。他呢，也不好意思以皇帝之尊强求——虽然，他这么突兀地开口，又用这种眼神巴巴地看着，其实已经让人家没的选择了。

“呵呵，官家有兴趣知道老夫这点小把戏吗?”符卫王本自对君贵立后之事心存感激，又早看出君贵的意思，更兼颇喜欢他这年轻人心性，不由忍笑问道。

“嘿,”君贵尴尬地笑了一下,“倘若能蒙岳丈赐教，那自然是感激不尽的了。”

符卫王瞥昭信一眼。昭信看看君贵，又看看四围。君贵会意，忙向侍从们挥手道:“你们都出去，替朕把守好帐门。没有朕的召唤，谁也不许进来。”

侍从们致礼告退。符卫王向昭信颔首微笑:“二哥儿，你言辞便捷，你给官家讲解讲解。”

昭信道:“是。”因向君贵笑道,“官家，我家这套传密的法子若说穿了，其实一点也不神秘。”

“嗯，快说说看。”君贵热切道。

“军中最常需要互相传递的消息，其实并不多，父亲删繁就简，将它们归纳成了四十条，比如请弓、请箭、请移营、请退军、贼添兵、贼固守、战大捷、士卒病，等等。设立密码之初，便是先将这四十条军事情报，按照固定的顺序编排起来，比如请弓是一，请箭是二，请移营是十五，请退军是十七……如此类推。父亲与麾下裨将，事先均熟记这四十个情报的代码顺序，也有代码核验单备查。——当然，此代码核验单为军中核心机密，只能由被授权的裨将本人掌握，倘若遗失泄露，便要以军法从事……”

这当儿君贵插言问道："……那么，此单遗失泄露过吗？"

昭信笑道："军法严峻，从来没有。"

"嗯，"君贵点头，"你接着说。"

"每次遣将出征，父亲会与被遣裨将约好，以一首五言律诗为本次的'字验'……"

"五言律诗？……哦……四十个字？"

"对，要找那种没有重复字的诗才行。该诗每一个字在诗中的顺序，就等同于代码核验单中军事情报的顺序。当裨将有重大军情回报主将时，就会写一封普通的信，而将代表情报的字夹糅其中，并在一旁加小点标注出来。如此，主将接到来信，将标注出的字在字验诗中的顺序与代码核验单一对照，就立刻知道前线的情况了……"

见君贵皱眉在思索，昭信便笑道："臣试举一例。比如某年臣被父亲派遣讨贼，事先约以李太白《渡荆门送别》为字验：'渡远荆门外，来从楚国游。山随平野尽，江入大荒流。月下飞天镜，云生结海楼。仍怜故乡水，万里送行舟。'……

"臣到了前线，发现贼军固守城池，并且还有援军到来。臣便向父亲请求追加攻城用具，并请求添兵。在代码核验单中，请攻城守具的代码是十三，请添兵是十四，贼添兵是二十四，贼固守是二十八，臣便从《渡荆门送别》中找出第十三、十四、二十四、二十八字，分别是平、野、天、结……

"于是臣给父亲写了一封信，大意是此地多为平原，天气晴好时可猎获不少野物，常见猎户结绳悬狐兔而售云云，而将平、野、天、结四字以不易引外人注意的小黑点标出。父亲接到臣的信，与李太白原诗字序一核对，再对照代码核验单，便知道臣的情报到底说的是什么意思了……"

君贵听罢昭信的解说，拊掌笑道："这法子可太妙了！代码排序是一重机密，字验诗又是一重机密，有了这两重加密保护，便是再要紧的军事情报，也可安然以书信传递了……”咂摸良久，又向符卫王由衷赞道，“岳丈真不愧是同光年间便已蜚声诸军的名将！……我还听闻，岳丈以数十年将兵经验写成了一本《人事军律》。这四十字验之法，是不是就收录在《军律》一书中？”

符卫王欣然道：“官家真不愧是眼观六路、耳听八方的圣主！连老夫私下的这点小小文字，都知道得一清二楚。……正如官家所言，《军律》之中，就有这四十字验之法。”

君贵被老岳丈夸得有点不好意思：“是君怜有次跟我提过，说此书是家内秘传，家中一众兄弟，年纪稍长便要学习。连她自己，也是看过的。又说，其中诸多实战经验，还是来自祖父的亲传呢。”

符卫王笑道：“一点家传教训而已，不论阴阳，但述人事。官家若不嫌老夫学识浅薄，老夫即刻差得力私密人回趟邺都，命昭序封取一本新的《军律》来献与官家，如何？”

君贵喜道：“那可太好了！待书到手，我一定好生研习，有不懂的，再向岳丈讨教。尤其不知岳丈将如此繁杂的军情究竟归纳成了哪四十条要目，真是好生好奇……”

“这有何难？”符卫王知他年轻人心性，哪里等得及来回取了书再看，便笑向儿子吩咐道，“昭信，你即刻就为官家将那代码核验单一一默出来，请官家御目亲览指正。”

昭信答应着，自去行帐内设书案前剔亮了灯烛，铺纸磨墨，按序默写那四十条军情。这里君贵便向符卫王笑道：“听闻岳丈酷好鹰犬，宫中后苑内养有数只苍隼，其中一只名唤‘连背青’，凶猛异常，是夏州进贡给先帝的。先帝每出南庄狩猎时，必带此隼为助。岳丈与先帝情笃，待我返回京中，便着人给岳丈送去。”

符卫王一听，虽不免心花怒放，却仍旧辞道：“这可使不得，老夫岂敢夺皇家所爱呢？”

君贵恳切道：“无妨，这是我的心意，请岳丈不要推辞。”

符卫王颔首，也不再虚让。因想起一事，又向君贵笑道：“说起狩猎……官家可知道，其实老夫早年……是在南庄猎场见过先帝圣穆皇后一面的。”

先帝圣穆皇后，就是君贵的母亲柴英娘。君贵惊讶道：“啊?！……当年相见是个什么情形，请岳丈细细告诉我可好?”

符卫王缓缓捋须追想道：“老夫少年时便入事唐庄宗了，成年后，就做了庄宗的近卫指挥使。……那一年，庄宗率从臣狩猎于南庄，老夫自然是随从之一。庄宗那时候已经十分宠幸伶人，随猎的部从中，军将只占一小部分，后妃与伶人倒占了一大半。……其时，庄宗颁下大赏格，要众臣争猎。……老夫射中了一只锦鸡，猎物抬过来，却发现它身上还有另一支箭……”

君贵冷不丁插言道：“这必定是一个伶人射中的。”

符卫王甚感惊讶，赞叹道：“官家真是圣明！……经查，的确是一个伶官射的。”

君贵微微一笑：“可是射中要害的，必定是岳丈那支箭。”

“呵呵，官家如此料事如神，老夫这故事，可讲不下去了……”符卫王不由笑道。

君贵这才有点不好意思：“啊，是我逞能多言了，岳丈请继续讲才好。”

“……好。虽说老夫射中的是要害，可是庄宗正偏宠那伶官，就说武将会射箭不算什么，伶官会射箭才是稀罕呢……老夫那时候不过二十六七岁，年轻气壮，既好飞鹰走犬，也好争强斗胜，仗着素日庄宗宠爱，便不肯依从，死赖活赖，就是不放手。庄宗也不便呵责。……正在没奈何时，旁边有位骑在马上的年轻娘子说话了……”

君贵双目炯炯地看着符卫王，忍住了没出言相询。符卫王点头笑道：“是的，她就是先帝的圣穆皇后、官家的母亲了。”

“我母亲当时说了什么?”君贵压抑着激动问道。

“圣穆皇后说，这只锦鸡，应当赏给武将。庄宗问为什么。圣穆皇后笑道，野鸡翎子从来都是武将的好彩头，便是伶官在台上装扮用得着那翎子，也还是学的武将旧俗。倘若官家将武将的好彩头给抹了去，以后还教人家怎么上阵杀敌、怎么保卫圣躬？……庄宗一听有理，哈哈大笑一番，便将那锦鸡判给了我。……后来，我打听到，这位出来为我说话的娘子，就是庄宗的柴昭仪。”

君贵眼睛湿润，动情道：“我母亲那时候，一定非常年轻……”

“是。圣穆皇后当年大概不到二十岁，人人都说她艳绝宫闱却被刘皇后排挤，埋没在了庄宗的众多嫔妃之中；可是在我看来，她的智慧才是真正冠绝宫闱，无人能出其右的。”

“……这是哪一年的事？”

“同光三年。……次年，庄宗便因郭从谦之乱而遇难。……当时，庄宗左右尽皆奔逃，我独自力战不敌，眼睁睁看着他的乘舆箭矢密集，只得恸哭而去……好在，圣穆皇后当时没有与他在一起……我感念圣穆皇后待我的恩德，怕她遭遇不测，还去宫中打听过，知道她安然无恙才放心……之后不久，圣穆皇后就被明宗遣归故乡了……”

君贵点头。默然片刻，又笑道：“后来，我母亲就遇到了先帝……”

符卫王也点头，叹息道：“造化之巧思，当真不是我等凡人所能够参透的啊。”

翁婿相对，感慨万千。

倘若庄宗在后期不那么宠幸伶人、沉迷宫闱，丧失了早年的斗志与警觉，就不会有郭从谦之祸；倘若没有郭从谦之祸，庄宗就不会死，柴英娘就不会被遣归故乡；倘若不被遣归，柴英娘就不会在逆旅中邂逅先帝郭威，并果断结为伉俪；倘若他们不能邂逅，就不会有先帝后来的功业，也就不会有君贵的今日……

而倘若没有君贵的今日，也就没有君怜的今日，更没有符门的今日……

行帐中一时静默了。冥冥之中，总有些什么，值得让人深刻敬畏。

一时昭信将四十字代码单写好，拿过来给君贵看。

君贵收束了神思，快速扫视代码单。见其中囊括从请弓箭刀甲，到请粮草车牛，到己方进退军的行动，到敌军数目多寡，到双方交战结果等重要军情条目，果然所涉方面周全，条理清晰。君贵深知，没有多年实战经验与潜心揣摩，断乎不能将军务归纳到如此精要的地步，不由连声称赞。符卫王只是谦逊一笑。

君贵研究半晌，因又问道："这四十条，固然精到，不过军情复杂，瞬时变化万千，倘若所需传递的事情在这四十字之外，岳丈又当如何处置呢？"

"那就得另外想法子了。……官家自然想得到，这套密码，原本也没必要用到普通的侦候事宜与军情往来上，而是与用间之事息息相关。他们做密谍的，脑袋瓜子好用得很，便是被逼到绝境，也总能想出各种出人意表的法子来传递消息。……先帝在时，有一次与老夫叙及用间之事，也很是惊叹谍者的本事呢。什么身藏蜡丸之类，也亏他们想得出来！呵呵。"

君贵听着老岳丈这番话，连连点头，默然沉思。他们郭氏谍线发展了这么些年，有不少经验，也有颇多值得改进之处。以秘密暗语联系是用谍之常法，他听到符王密码之后的第一反应，正是想参考这原理来改进密谍联络的保密性和效率。没想到符卫王倒一眼看穿了他的心思，替他说了出来。他不由笑道："岳丈说得极是。临事机变，正是谍者所应具备的要质之一。"

国朝四周强敌环伺，父亲生前就说过，往契丹处要精心用间。其实又何止契丹？在河东刘崇、江南李伯玉等地，也必须强化谍线的工作。

等着他去做的事情，实在太多太多。

九三　晋阳攻伐

太原城下。日间。

李重进、张永德、史彦超、向训、郭从义等率兵西面攻城甚急。城内汉兵胸有成竹地守卫，有条不紊地还击，丝毫没有显露出疲弱之态。与从高平战场上溃退的残兵败将相比，守护晋阳城的简直像是另外一支军队。毕竟，这是刘氏的河东旧窠，出了名的易守难攻，汉军上下都仿佛吃过了定心丸。

皇帝行帐外。

攻城杀伐之声远远传来，不时还间杂着火砲的巨响。火砲车是新从附近藩镇调来的，每面城墙都配备了两辆。晋阳城正承受着大周军队的四面攻击。

君贵站在原地，遥望远处巍峨的晋阳城墙。火石砲在古城的城墙上不断啃噬，溅出一朵一朵黑烟，黑烟中又迸出金红的火花。但是虽然火砲威力巨大，能被火砲啃下来的墙砖却很浅，坚韧的晋阳城墙就像里面长着牛皮筋似的，小小的外伤并不能撼动肌理的根本。

李重进匆匆赶回，满脸烟火之色，到君贵跟前揖道："陛下。"

"怎么样？南城门有松动了吗？"君贵忙问道。

重进摇摇头："很难。城壕太宽了，寻常的壕桥根本够不着岸。臣指挥他们想法子架浮桥，已经放了十几只竹筏子下去，还没来得及连起来。城上的弓箭太猛，稍不留神，筏子上的人就全都被射翻了……”

“到现在为止一个人都没渡过去?”

“渡过去了一些，已经架起云梯爬城了。但是后面的军士跟不上，先过去的挡不住上面的弓箭和滚石，伤亡惨重，只能暂且退回羊马城外躲避，等待后援。”重进道。

“那为何不多扎些竹筏，抓紧渡人抢过护城河去?”君贵急道。

“扎了，原本扎了不少。城上射下来的是火箭，箭头裹上的麻布似乎还浸了猛火油，一沾着咱们的筏子，就轰地烧起来了……”

“如果游过去呢?”

“已经游过去少数人。不过咱们军中水性好的军士并不多，原本都是要抱着浮木之类的物事才能过去的。但这里的护城河又宽又深，城上火箭又射得猛，好些军士被逼得撒手离了浮木，心慌之下，来不及刨到对岸就沉底了……如今，护城河上已经漂满了咱们周军的尸首……”

君贵皱紧了眉头。军士的这种伤亡，是最没有意义的伤亡。

“知道了，你且喝点水再回去。教他们先别急着过壕沟了，火砲停止攻击城墙和城门，改向城里面打。把城里烧起来，看他刘崇慌不慌!”

“遵命!”

李重进走后不久，向训、史彦超、张永德、刘词、韩通、药元福等，也陆续过来汇报战况。情况不容乐观。尤其是负责攻击北城的史彦超报告说，北面的周军士卒在登上云梯、快要接近城墙垛口的时候，遭遇到了一种钉板的袭击。这种钉板十分沉重，连在一个辘轳上，原本隐藏在垛口之内，待周军接近时，被汉军以机关弹出来悬在周军头顶，然后猛地放松绳索往下一拍。凡是被拍到的周军军士，无不立刻落梯坠亡。而钉板会被汉军迅速收回去，等待下一次使用。北城的进攻速度是四城中最快的，北城军士既然遭遇到了钉板，可以想象其他方向也会有同样的东西在等待着他们。

史彦超是一员悍将。当初，晋州在河东的围攻下危在旦夕，王峻却驻兵陕州迟迟不救，是史彦超等率领城中军民死扛了三个月，才终于换来最佳战机，一举向汉军反扑成功。高平之战中，他又与向训率领中路军迎击河东陈驳部，战后因功授镇国军节度使。

君贵对史彦超的勇猛一向欣赏，现在听闻他的部从无法克服钉板的攻击，心里难免感到沮丧：局面陷入胶着，自己在旦夕之间攻取晋阳的想法，看来注定是无法实现了。

不过，也并非只有坏消息。

早几日，刘氏治下的石州、忻州、代州已经跟风归顺，今日，麟州的归顺表也呈送到了御前。

麟州守将，是大名鼎鼎的“火山王”杨弘信。大周建鼎后，麟州被刘崇拉到了汉家阵营，火山王还将自己的长子杨重贵送到晋阳去保卫刘崇，给他做了义孙。杨氏一门抗辽多年，在边境一带声名显赫。知道他们入了刘氏阵营，君贵原本是很头疼的，没想到此番杨弘信竟能主动改效，君贵不由大喜。当即下诏褒扬，遣使赏赉甚厚。

麟州既然归顺，杨重贵夫妇的归顺也就指日可待了。听说他们原本在代州驻防，前日代州归顺时，君贵特意着人问过原代州刺史郑处谦，却得知这两个小夫妻在代州献城前已经带着五千人马过来驰援刘崇了。君贵为此还特地派遣侦候出去打探过他们的踪迹。

他要招降他们。火山王既然归顺，他们没理由不跟随父辈的方向。

晡时后。所有的攻城暂停，周军后退休整。

皇帝行营。君贵向诸将通报了来自北线的最新消息：契丹南院大王耶律挞烈，都统着辽国西南道数万骑兵，取岚州一线南下，已经逼近忻州。为此，他决意分兵北上阻遏。诸将赞同。

翌日，天子诏下：遣符彦卿、郭从义、向训、白重赞、史彦超、李筠等将，先率领步骑两万人北赴忻州，阻挡辽军南下。

太原城下。日间。

周军攻城愈急。皇帝临东门战阵，在箭程之外的一处高地上远远督战。

又有一些敢死的周军将士强渡过城壕，冒着箭雨冲到了城门下。忽然，南城门前浓烟滚滚，有周军士兵点了一把火，焚门。

君贵稍感振奋。浓烟大火中，军士们在一旁不远处架起云梯，迅速向上攀爬。箭如雨下。爬得最快的那个军士左臂中箭，坠落云梯。更多的军士顶着盾牌继续仰攻。未几，刚才那个坠地的军士竟带着箭跑过来，又要往上爬。

“那是谁呀？”君贵为他的勇猛所动，遥遥指着他询问左右。

左右仔细辨认片刻，答道：“……回陛下，那是左班殿直赵匡胤。”

赵匡胤。他的父亲赵弘殷在高平之役后调任龙捷右厢都指挥使，他本人经张永德大力推荐，已经进入君贵预备重用的人才名录中。

“传朕口谕，”君贵忙道，“命赵匡胤即刻退下来，拔箭裹伤！不得有误！”

侍从领命，飞奔而去。

攻城之战进入白热化阶段。

李重进、韩通先后亲自过来向君贵汇报战况，两人尽皆气急败坏：

“陛下，晋人太狠了！”

“他们从城墙上往下倒粪罐子！”

“粪罐子?!”

“不是普通的粪便，不知道那里面有什么……都烘干了，全是粉末，一撒一大片。”

“沾到咱们军士身上，人就全身溃烂，十个里面至少死八个！让医官来看了，说里面除了粪便，肯定还有砒霜!”

君贵大怒，一拳捣折了身旁的号旗旗杆。

战争，就是一群人与另一群人之间互相无所不用其极的残害。可是……若换了是他自己守城，也是什么招有效就使用什么招，绝不会去管它是不是阴损。

敌人使出这种招数，可见已经被逼到了什么地步。若说他们的三魂七魄之中已经出窍了一半，并不为过。问题是，敌人剩下的那一半魂魄，还需要磨耗多久时日才能被逼出窍来？他不是勇气与耐心不够，他是时间不够。形势快要迫近临界点了，他必须未雨绸缪。

是夜大风。发屋拔树。

忻北。符卫王所率步骑军与耶律挞烈的先锋部队遭遇。战斗激烈。

太原。大雨——未曾绸缪到的瓢泼大雨。

护城河河水暴涨。流经晋阳的晋水与汾水暴涨。周军营城被淹没，军士叫苦不迭。部分粮草委积被水泡坏，本来就紧张的后勤状况雪上加霜。吃不饱，劳役重，数万丁夫中，不断有人出逃。

搬到高处的皇帝行营。

君贵召见张永德。符彦卿从忻口送来急报，辽军势众，请求支援。君贵决定遣张永德执行这个任务。张永德慨然领命。君贵想起一事，又嘱咐张永德，倘若在路上碰到杨重贵夫妇，务必替他招降过来。

张永德走后两日，麟州急报送至御前：麟州杨弘信突然病殁，次子杨重训依旧制接掌州事，请求朝廷允许。君贵得报，叹惋不已，诏允之，又遣中使慰问。

忻北。周辽两军隔着数里对峙，都在等待后援军的到来。入夜后，辽营吃肉歌舞的声音传到周营。周军军士愤怒，窃窃私语。

太原。皇帝郭荣急召的府州、怀州等地援军陆续抵达。连续数日，集合新旧部队，又对老牛皮一样的晋阳城墙发动一拨急攻。仍旧不能奏凯。

此时，距离皇帝郭荣下令符卫王攻城，已有月余；距离皇帝亲自来到太原城下督战，也将近一月了。出征前与李穀商定的两月之期，已经期满。军资的匮乏倒在其次，军心士气，已经快撑到了尽头。

皇朝不是只有这一处坚垒需要攻克，皇朝有漫长的国境线，四面强敌环伺；皇朝也不是只有战争这一件事，皇朝的生民还得吃饭，得穿衣裳，得做生意，得过日子，需要皇帝操心的事务很多很多；皇帝的臣下更不是只有军将士卒，东京的满朝文臣，已经有两个月没有见到他们的新君了。

皇帝行帐。雨夜。

君贵大睁着眼睛躺在行军榻上，听着雨点打在帐顶的声音，辗转反侧，难以入眠。刘奉武等过来伺候，被他摇手挥退。

忻北。石岭关。周辽两军激烈交战。史彦超恃勇轻进，因寡不敌众，死在了耶律挞烈的埋伏中。

皇帝行营。君贵接到史彦超战殁的报告，面色如铁，长久沉默。

太原城下。水仍旧没有完全退去。潮湿闷热。周军军士患疾者众，医官手忙脚乱。

各个方向攻城的声势都渐渐弱了，周军已经如强弩之末。

皇帝行帐外，李重进等诸将面色凝重地聚集在一处。皇帝为了史彦超战殁的事，已经好几天不怎么吃得下东西了。前两日，皇帝还坚持听他们报告战况。今日他们来求见，皇帝却不宣召。他们问刘奉武皇帝健康如何，得到的回答是陛下身体无妨，只是睡不好觉，所以没有精神，需要歇歇。

皇帝行帐内，君贵仍旧躺在行军榻上沉思。

对他而言，晋阳如今像是一个裹着钢铁硬壳的、易守难攻的噩梦。一个多月，他用尽他的心血、力量和手段，一次次无限地接近它，却一次次无功而返，始终不得其门而入。随着时日的延宕，坚闭的城门外一切都变了模样：天气恶劣，连日大雨，士卒疲惫，病羸渐多，兵力捉襟见肘，渐渐不堪驱使；民夫开始频繁出逃，诸多军事工程难以为继；粮草不济，士卒剽掠难断，百姓坚壁清野，王师渐失民心……

另一方面，河东的强援契丹还在源源不断地增兵。先期抵达的辽兵在耶律挞烈的指挥下不断与周军发生小规模交锋。事实上，辽军现在如同一群期待腐尸的兀鹫，只等周军疲惫到头，就要扑过来尽收渔翁之利。更危险的可能性是，倘若他们抛开晋阳，乘虚南下入汴呢？

高平之战后迅速赢得了无上人望、素来不知退缩的年轻皇帝阴沉着脸，撇下群臣久久独处，不发一言。连续几个不眠之夜将他的眼睛熬得通红。被胶着的战事折磨到极致的自尊心，被疲沓的现状拉伸到极致的报复欲，与多年来赖以立足成事的洞察力和克制力，在他年轻骄傲的心中反复拉锯。

王师现在像是一头病骆驼，又像是一个溺水者。史彦超的战殁，成了压垮骆驼的最后那根稻草，也成了溺水者手中所能够抓住的最后那根稻草。

新的晨曦降临了。

君贵步出帐门，看到了一大早就过来守候在外面、忧心忡忡的李重进。两人眼神交会的一刹那，君贵坚定了最后的决心。

必须缩回征服的喙爪了，必须收起翱翔的翅膀了。最后，必须隐藏蚀心的痛苦。

他容色平静地向他的表兄说出了自己的决定：放弃晋阳，全军引还。

九四　亲祭嵩陵

撤军的决定一旦做出，君贵就不打算再拖延了。京师还有那么多重要的事情等着他去做，他没必要再为一座已经吓破了胆儿、全靠异族支援才能勉强活下去的坚城浪费自己的时间。他只等忻口前军稍稍撤回。

最先从北面撤回来的是张永德。

太原城下。皇帝行帐。日间的御前会议。

皇帝就撤军事宜，冷静地向诸文武臣属做最后的垂询。群臣也早有撤退之意，遂各自简明应答。君贵颔首。这个时候，军事已经不再是会议的主要内容。

“先帝故淑妃的迁葬事宜办好了吗？”他看向随征的礼院和工部执事官。杨孃孃丧在晋阳刘氏治境内，国朝定鼎以来始终无法迁窆。他少年时曾辅佐杨孃孃持家，两人感情甚深，此番亲征，他早立志要将杨孃孃迎回，陪祔于父亲陵侧。

“回陛下，故淑妃灵驾已经备车待发。”有司执事官回答。

“好。”他又转向李重进和张永德，“昨日司天监跟朕说，班师途中，应当稍稍绕道，去拜祭一下盂县水神山上的水神庙。卿等以为如何？”

盂县距离晋阳不远。其水神山上有水神庙，供奉的是远古水神共工，因其灵验，远近闻名。本地百姓每逢旱灾都要到那里祈雨，往往可奏良效。

按照司天监随员的暗示，王师攻晋，直入水神共工的地盘，事先却并没有去拜祭水神，这有可能引起了水神的愤怒。这次晋阳的大雨来得这么猛烈、这么持久、这么不依不饶，并最终导致王师的攻势无法继续，不就是现世报？所以，王师回转之际去向水神略表敬意和悔悟，也不失为一种弥补。

李重进礼道："既是司天监的建言，又不远，便去拜祭一番也无妨。"

张永德也表示认同。

君贵道："好，那么全军绕道盂县。大军在山下驻守，你们俩率少数禁卫，随朕登临拜祭。"

"是。"

"是。"

君贵转向奉召赶到晋阳城外支援攻城的各路藩镇："府州、怀州诸军，远道支援王师，与朕同甘共苦，朕心感铭。王师南撤，诸卿即日便可率部归藩。赏赉犒劳，朕绝无爱惜。尤其府州折卿……"他转向折德扆，温言道，"竭忠尽智，勇武敢战，堪为一众边藩之表率。朕今特升府州为节镇，以永安军为军额，以卿为本州节度使……"府州以前是防御州，现下升成节度州，待遇将大不相同。

听了皇帝亲谕，折德扆心情激动，忙俯身拜道："微臣叩谢陛下恩典！"

"平身吧。"君贵笑了一下，又遍视群臣，"……众卿还有什么要说的吗？"

众臣各自思量。

药元福出列礼道："陛下，臣有一言。"

药元福是累朝宿将，一向颇受先帝信赖。君贵见是他，便温言道："药节度请讲。"

"自来进军甚易，而退军甚难。进军之际，将士同心，目标专一，行伍气势如虎，局面一顺百顺；退军之际，风气往往沮丧，军士疲惫仓皇……倘若再被敌军追赶，那么稍不留神，便会形成溃散之势……陛下不可不预作防范啊。”

君贵颔首，沉吟道：“卿之所言极是。既如此，退军之事，朕一以委卿。朕的前军，卒伍分列而南，卿以麾下所部，为全军后殿。”

药元福肃然揖道：“臣遵旨！”

会议结束，众臣告退，君贵单独留下了折德扆。

“陛下？”折德扆压下心头疑惑，看着这个年轻的君主，恭敬礼道。

君贵思考着，缓缓道：“……听闻，卿与麟州杨弘信是儿女亲家？”

折德扆面色略转黯淡，点头道：“是，臣的小女赛花，嫁与了麟州长子重贵。”

君贵叹了口气：“可惜杨卿突然病殁……朕原本召他来援，还想着此番总算能够一睹‘火山王’真容了呢。……折卿，麟州之丧，朕虽已遣过中使慰问，但卿回去之后，倒不妨再替朕去看看他的次子杨重训，也是朕的一番惋惜英雄之意。”

“是，陛下放心，臣自然是要去看望的。”折德扆答道。

君贵颔首，略顿了顿，又斟酌道：“听闻令爱与麟州长子，尽皆效命于太原刘氏……朕固然知道，此事有其渊源，可是，既然杨卿已然改效，父辈与子辈再分属两端，岂不有违人伦吗？……”

折德扆心情复杂地应道：“陛下说得是。”

“折卿，”君贵看着他，语气郑重，“你能否替朕招降杨重贵与令爱？”

折德扆略一迟疑，便即垂目致礼，答道：“臣不敢说必成，但臣一定尽力而为。”

君贵若有所思地看他片刻，方笑了一下：“好。朕希望能早日得到卿的好消息。”

显德元年六月朔日，癸卯。车驾发离太原。

皇帝是个急性子，一俟自己的禁卫部队集合完毕便麾师出发，径往水神山而去。剩下的禁军，只受命加速追赶圣驾。

药元福所担心的混乱退军场面到底成了事实。王师受挫，不胜而言退，已经将军队的精气神卸掉了一多半；起拔营寨、罗列队伍期间指挥匆遽，旌旗倒伏，人马纷乱，王师军容不复严整；在军中从来就没有禁绝过的流言迅速传播，众心惶恐，几乎瞬间回到了巴公原那个右军败退的时刻……在这一片混乱中，又有人趁机抽取随军资用据为己有……

苦苦守候在晋阳城墙上的刘崇没有放过这个好机会，立刻命将出城追击。药元福指挥若定，以麾下后军勇猛抗击，刘氏兵马见讨不到好处，便又退回城中固守。

周军原本有数十万粮草辎重堆积在晋阳城下，退军仓促，车务迟缓，尚来不及撤走。药元福见了汉军追击的架势，又见了王师慌乱奔逃的架势，知道这些粮草委积无论如何是带不走的了，不愿便宜了刘崇，便下令一把火将其尽数焚毁。

至此，大周新君郭荣征讨太原的战役便在一片惊恐匆遽的呼喊与炽热燎城的火海中落下帷幕。

盂县。水神山山麓。

经过之前的一阵子快速驰行之后，皇帝亲军改为缓辔徐行。李重进打头，韩通押后，督率着全军的行程。皇帝被簇拥在队伍的中段，林远等侍卫在他外围合成一圈拱卫。张永德伴骑在君贵身侧。

君臣二人聊到了此番张永德北上忻口的情形。

“……耶律挞烈不愧是契丹南院大王，用兵诡异，常有巧谋，王师不可不防。”在稍稍回顾了史彦超中计战殁过程之后，张永德提醒道。

“嗯。”君贵沉默片刻，“这次命你们撤回，忻州、代州等好不容易归顺过来的河东州郡，肯定也是保不住的了——嘿，能够保住禁军本军不再损伤人马，就已经不错了。对此，符卫王可有计较?”

“陛下放心，符卫王已经制订了分期分批撤离的计划，即便那耶律挞烈趁势追掩过来，也讨不了好去。”

“好。……你临去之前，我命你查访杨重贵夫妇的下落，此番你可得到了关于他们的任何消息吗?”

“这正是臣要向陛下禀报的。”张永德道，“臣在忻州以南的黑风岭，遇到了驰援晋阳的代州军，领头的，正是他们小两口儿。”

“是吗?”君贵眼睛一亮，“怎么样?招降了吗?”

张永德面有愧色：“臣无能，招是招了，却没有降。”

“嗯?说说看。”君贵愈发来了兴趣。

“臣……臣费尽口舌，那杨重贵只是不松口，尽说些受刘氏大恩、只能忠君效死的话，臣一时也没有更多的理由反驳他。因他们急着赶赴太原，臣急着赶赴忻口，臣便留了信物给他们，教他们到了太原城下，若改变心意，可持信物直接求见陛下。……臣没有使劲拦着他们，是因为臣想着，陛下曾说过，要召府州折德扆和麟州杨弘信前来助攻晋阳……”

“嗯，知道了，你想让他们的父亲招降他们。”君贵沉吟道，“可是他们并没有到太原来。我问过诸将，没有哪方面的军队与他们遭遇过。……抱一，你觉不觉得，此事有些蹊跷?”

“陛下的意思是?”

君贵摇摇头：“我只是一种感觉。那日我教折德扆招降他女儿，他言辞间也有些躲躲闪闪的。”

“许是他女儿已经出嫁，他这个当爹的管不了女婿家的事?”

张永德笑了一下。

“……且不去管他了。我问你，你既然遭遇到他们，可曾考校过他们的武艺？”

“臣教手下最勇悍的军将去单挑过杨重贵。”

“怎么样，传闻可值得一信吗？”

“臣以为传闻不假。那杨重贵果然好生骁勇，足可以一当百。连同其妻折赛花，据说也不知会什么养军奇术，神秘得很。符卫王后来跟臣说，这两人在忻州城下还摆过战阵呢，变幻莫测的，一时半会儿根本看不透。……总之，依臣看来，这小两口儿都是军中少见的人物。”

“哦？”君贵的眼睛中有了兴奋之色，“这样的人物，不正是国朝急需的俊才吗？哼，刘崇也配用他们？我早晚得想个法子，教他们全都为我所用才好……”

张永德笑道：“陛下爱才心切，求贤若渴，我若是那个贤才，可不知会感激成什么样子。”

君贵瞥他一眼，似笑非笑道：“这是什么话？难不成，驸马爷是嫌我待你还不够好吗？要不要回去找四姐儿来评评理？”

“不敢不敢！”张永德忙讨饶，“有四姐儿一人旦夕管束着，就已经够臣受的了，哪敢有劳陛下兄妹联手来教训臣？”

君贵的心情终于从连日阴郁中稍微提亮，不由笑道：“呵，现在也就是你小子，还能这么跟我说话了！”

是日，皇帝郭荣幸水神山，登临凭吊古迹，又向庙中供奉的一尊水神共工石像亲致祭仪。礼毕而退。

显德元年六月初三，乙巳日，皇帝车驾南回至潞州。原地整备，等待后军。

六月十日，符彦卿率领的忻口军南撤赶到，全军备集。皇帝训辞勉励，赏赐甚厚。六月十一日，皇帝车驾从潞州出发南下。

随征诸节度率部各归本藩。

继位后出去兜了一大圈，现在要返回京师了。返京之前，君贵还有最后一个目的地要去，还有最后一件事要做，那就是，到京师以西二百里的新郑县，祭拜父亲的嵩陵。

他的心重新变得沉痛。他其实没脸去见父亲。

六月二十三日，皇帝车驾抵达新郑县。沐浴斋戒。

六月二十四，丙寅日。晴。

大周新君郭荣身着祭服，乘车从行宫出发，亲往嵩陵祭奠太祖皇帝。

在神道的入口处，他下了车，改为步行。众臣随行，禁军浩大拱卫。

嵩陵就在正前方远处，静静地等待着他，盼望着他，俯视着他。

陵就是山。父亲于他，无论生前身后，都是泰山一般的存在。作为人子，父亲入陵时他远行在外，他的心里是有亏欠的。可是他告诉自己，他是为了父亲留下的江山社稷在以命相搏，父亲的在天之灵一定会体谅他、鼓励他，乃至赞赏他。他甚至想过，他要拿下晋阳城，作为亲祭嵩陵的献礼。

父亲登仙了，他知道自己的责任所在。他试图成为山，甚至成为泰山，他还向朝臣们夸过口，要像泰山压卵一般地干掉刘崇。

可是，他没有成功。他的第一场亲征，被清晰地分成了两个部分。虽然他的臣民们现在都只愿意提及其中的第一个部分——高平巴公原，虽然随征军将和臣僚势必会将他的亲征描绘成一场伟大的胜利，但是他自己清楚，在后一个部分，他输了。

如果说高平之战是他从未体验过的胜利，那么晋阳攻伐战，就是他从未体验过的失败。堆积了那么多的尸骨，耗费了那么多的人财物力，最终却止步于晋阳城下，寸功未建。经历了那么大的周折才到手的河东八州，却因本军后继乏力而难以葆有，无奈全部迅速放弃，最终又还给了刘崇。他输了，输在天不时，输在地不利，输在人不和，输在筹备不足，输在盲目自信，输在莽不知敌，输在很多地方……如果要检讨的话，三天三夜也检讨不完。

巨大的成果终究变为无果，往极致了说，一切都枉费了。

如果爹还在，绝对不会让这样的事发生。爹会约束着他的冲动，让他见好就收，让胜利在即将抵达巅峰时戛然而止，让高平之战的影响力和效果最大化。

可是，爹已经不在了……

自责与怀念的泪水在他的脸上纵横恣肆，他不知道自己是怎样一路走过去的。他只知道，连神道两侧松柏枝上的宿鸟，都被他的哭声惊起，在苍茫的天空中扑棱棱画过几道灰色的痕迹。

案几高陈，香烟袅袅，火烛熊熊。无数巴掌大的纸钱在空中旋磨翻飞，如同陵所的一场晴雪，如同与父亲的归魂相遇相接……他亲拈香烛，祭酒跪拜已毕，伏拜在地，涕泗横流，哀恸难以自持。

他不委屈，是他自己的错。太宗十八举义兵……三十有五致太平。自己太想成为唐太宗那样伟大的人，太渴望建立功业了。爹生前再三谆谆告诫过他，无论是面临巨大的诱惑，还是面临巨大的压力，都要学会忍耐，要谋定而后动，要以己之不败，待敌之可乘。仗可以打，但是在打仗之前要准备好一切：人、钱、粮草，以及对未来的通盘筹划……他听进去了，记住了，却忘得那么快。尤其在面临重大决断之机，他将爹的金玉良言完全抛在了脑后。

他活该雄心勃勃而来，铩羽丧气而归。他其实是输给了自己。

“……勿浑浑而浊，勿察察而明。……大哥儿，爹相信你会是个好皇帝……”

他愧对父亲的期望，他根本就没有脸面来见父亲。他痛哭失声。

“陛下。”“陛下。”“陛下。”

他听到了熟悉的声音。有人在搀扶他。透过蒙眬的泪眼，他看到了彤云、仙草等守陵宫人熟悉的身影。有她们这些故人陪伴着爹，爹应该不会寂寞。

“陛下，请千万节哀。”彤云流泪道，“陛下事奉先帝的孝诚之义，天下人都看到了。先帝的在天之灵必定大得安慰，先帝……也必定希望陛下珍重龙体，不要过于悲恸。”

耳中传来群臣的号哭声。他一阵愣怔。原来，还有这么多的人在跟他一起怀念着爹。他险些忘了，爹走之后，自己就是他们的主心骨了。

他缓缓站起身，接过彤云递来的丝绢，缓缓擦拭掉泪水。

在爹面前，该哭的已经哭过了，该忏悔的已经忏悔过了，该说的，也在心里悄悄说给爹听过了……现在他应该听爹的话，回去，做一个好皇帝。

未几，有司禀报礼仪兼备，皇帝亲自主持了杨淑妃的迁祔仪式。

既晌，在赏赐过守陵宫人、将吏及陵户诸人不同数额的绢帛、宝器之后，大周新君郭荣车驾再度启程，东归京师。

显德元年六月二十八，庚午日。

京师，城西门外。宫旗招展，凯乐鼓吹，仗卫如仪。

皇后符氏身着盛装，率领皇女皇子、留京文武百官及数百侍从肃立于城门外，亲迎圣驾。连朱雀也身着吉色袍服，站在了距她不远的身后。君怜虽已诏立为后，但因未行典礼，便仍旧谦抑，只着一品内命妇朝服，不肯着皇后礼服。朱雀没有品级，穿内外命妇的朝服都不合适，君怜便答应她仍旧着半副男子装束，只是颜色不可过于素淡。

皇帝仪仗队伍先导而至，旌旗如林。紧接着是侍卫队伍驰至，斧钺刀戟。未几，皇帝车驾到来，五色炫目。

皇帝戎装早除，因要接受皇后和群臣迎贺，特意如礼身着衮冕以示庄严。皇后率众人跪礼，颂词陛见。

君贵下了銮舆，赐众人平身，又含笑伸手扶起君怜。

四目相接，身外时光顿如深溪缓流。

片刻，君怜从身侧宫官手捧的桐木盘中擎过一只金酒爵，凝视着君贵，满面抑制不住的欢欣："恭迎陛下奏凯旋师！"

君贵回视着她，百感交集，一时无语。

出发之际，他的胸怀间满是青年人的万丈豪情；如今在世人眼中奏凯归来，他的心却被一种少年般的柔软情怀突袭了。

他仿佛又看到了十几岁时的那个自己，渴望一酬壮志，渴望得到别人的理解和认可，却在制度与能力的掣肘中一筹莫展，内心满是冲突，焦躁不安。他原以为那个少年早已离他远去，不想今日再见君怜，他才发现，那少年已经恒常驻留在了他的心中。

他对这样的自己有了怜悯。

后世的人们将会发现，终其一生，他始终在自己的精神世界中葆有了这个少年——葆有了这颗少年心，这副少年意。

现在，那个奋进不休、获胜又挫败、跌倒又爬起的少年，终于回家了。

她所在的地方，就是他的家。

他像是御风而行的纸鸢终于回到放飞者的手中，他像是缆绳松弛的竹筏终于抵靠停泊的沙岸。他迫不及待地想要奔回她的怀抱。他想要得到她的安慰，得到她的肯定，得到她的赞赏，甚至，得到她的批评。

他相信她会透过纷繁的表象看懂他的一切，正如他相信他们终将沐浴理想的光芒获得最后的幸福；正如他相信，在幸福降临的妙音中，花长开，月长圆，披花戴月，大家长少年。

默然凝视她片刻，他接过酒爵一饮而尽，温言道："……有劳圣人亲迎……"

君怜不语，眼中泪光闪烁。她感受到了他收翼归巢的激动。她的激动不亚于他。可惜此时难以相拥。

满场文武，上下将士，尽皆静默。

鸟过无影。风过无声。

片刻，君怜转头，再向身后示意。宫官们捧出十数只青铜酒爵。君怜含笑问道："这些酒，是否赐给从征的诸位大将？请陛下示下。"

"好，就依圣人所言。——赐诸将酒！"君贵亦微笑回答。

九五　正位轩宫

禁中滋德殿。日间。

皇帝夫妇携皇子皇女返回宫城，到皇帝正居稍歇。

诸人正服未除，依序行内礼参拜皇帝。君贵特赐君怜与朱雀免礼、就座。

观音与训哥儿被乳母领着，齐齐来向父皇行礼。虽然适才在城西门外已经行过礼，毕竟人多声杂，父子父女，未得亲近。训哥儿出生仅十个月，走尚且不会，只由乳母刘氏抱着拜了三拜，算是全礼。君贵便从刘氏手里索过儿子来，抱在怀里逗弄。

观音已经学会了跪拜，当下认真地趴到地下，向爹爹叩了三个头。君怜见女儿已忘了早前所教，便笑着提醒道："音儿，要说恭贺爹爹凯旋呢！"

观音嗓音原本清脆，此时便字正腔圆地学了一回舌，喜得君贵忙道："乖孩子，快过来教爹爹抱！"

这里君贵将子女一左一右抱在自己身前看个没完，因问观音："爹爹出去这么久，音儿想爹爹了没有？"

观音拨弄着爹爹前襟绣龙上的珍珠眼睛，认真点头道："想了。……爹爹做什么去了？"

君贵略一思忖，笑道："爹爹……拜水神去了。水神，音儿知道吗？就是管天底下所有的水的神。"

观音显然听明白了，追问道："……爹爹拜水神做什么呢？"

“求祂保佑咱们大周呀。”

观音眨巴着眼睛想了想，说道：“音儿也要拜水神。”

“啊……那好呀！待音儿长大几岁，爹爹和孃孃带着音儿、训哥儿一起去拜，好不好？”

“好！”有着胖乎乎脸蛋的小小观音，绽开了一个大大的娇憨笑容。

君贵转向朱雀，笑道：“権娘，你还好吗？”

朱雀淡淡一笑：“还好，有劳官家动问。倒是官家辛苦，既回来了，就请多多保养为上。”君贵颔首。

一时，帝后两宫主要侍从都齐来拜贺，皇帝勉励赏赉有差，又是好一番热闹。直喧腾过半晌，众人方遵命施礼而退。

君贵忽地想起一事，因对侍立身侧的刘奉武道：“你赶紧去太常礼院，传朕口谕：就近速择吉日，朕要为圣人补行册立大典。——等等！……皇后的袆衣宝册等物，想必是早就备好了，你也督问一下。……还有，”他转向君怜，“你目下还是住在延福宫吧？”君怜含笑点头。君贵顾盼找到了王景通，又向他吩咐，“你速去将作监传谕：即刻将坤宁宫拾掇出来，一应装饰，以雅韵为上，务必精心。朕要亲自审验。”

王景通、刘奉武忙应喏而去。其实早在立后制下次日，有司就已经将坤宁宫拾掇整齐了，是君怜谦抑不肯入住。不过，此刻官家谕旨降得这么急切，谁也不敢拂逆他的意思，故此也当作首办去传旨了。

待君贵一迭声吩咐完，君怜方含笑嗔道：“官家刚刚回銮，且好好歇息几日再议此事，这着的是什么急？”

君贵笑道：“你是不急，我急。”

君怜一笑，捧起几案上的一只琉璃汤盏：“多谢官家如此为我费心。官家还是先用些消暑汤吧。”

早有宫人上来，从官家手中接过皇子皇女，领到一旁玩耍。

君贵接了汤盏，笑道：“在外面三个月，一直惦记家里的汤水，今日可算喝到了。”

君怜微笑道：“这是榷娘下的功夫。”

君贵愈发高兴，向朱雀道：“难怪我尝着这么适口，榷娘到底是个中高手。”

朱雀一笑：“官家过奖了。”

君怜视线早向君贵身后搜索过，此刻又向殿中众近侍遍视一圈，却没有看到自己想找的人，心下颇存疑虑。可是因君贵方回家来，家内气氛正热烈，她也不便发问，遂忍下心慌，欲言又止。

君贵却看出她心思，不由笑道：“你在找什么？是找廷献吧？”

君怜见了他态度，心下略松，笑了一下：“是啊。官家将他安置到何处去了？”

“他嘛，一直在后军。”见君怜眨着眼睛表示不解，君贵又笑道，“略受了些伤，养了三个月，应该差不多痊愈了。我教他来见你。”

君怜忙道：“既受了伤，官家就别教他走动了。”

君贵一笑：“军旅之人，哪有那么娇气？三个月还不够他恢复的？”因向一旁的内侍苏安山吩咐道，“你去医官营，着陈廷献即刻来见。”苏安山领命而去。

这里君怜便忙着亲自替君贵除衮冕、换常服，又是好一通嘘寒问暖，极尽夫妻家人之亲情蜜意。

约莫过了四五盏茶工夫，廷献在殿外告名。官家宣进。

未几，就见廷献出现在殿中，倒换了身新的内侍常服，趋前向君贵拜礼道：“微臣陈廷献，拜见陛下。”

君贵笑道：“拜朕倒不必了，你还是快拜拜圣人的好，圣人着实记挂你。”

廷献便稍向君怜转身，叩首道：“微臣陈廷献，拜见皇后殿下。”

君怜面上带着笑，宁和道：“平身。”又向身边的采儿吩咐，“搬个杌凳来。”

廷献谢恩起身，静静垂手而立。君怜温言道：“听闻你受伤了？坐下说话。”

廷献垂目道：“多谢圣人赐座，臣的伤早已无碍了，不敢领座。”

这当儿在一旁由东方氏陪着玩耍的观音注意到了廷献，立即眉花眼笑，跌跌撞撞向他扑来，一面欢叫道：“廷献！廷献！”

廷献忙跪下来，满面笑意，向观音揖道：“微臣叩问小皇女金安。”

观音跑到他身前，伸手让他抱，一面老气横秋地问：“这些日子，你去哪儿了？”

廷献抱着她，笑道：“臣……臣跟随陛下出去，办了点事。”

“……是去拜水神了吗？”

“呃……对。”

“爹爹说，以后也要带音儿去拜！”

“那太好了。”

“廷献也陪音儿去！”

“好好，臣遵命。”

见观音与廷献热络着，君怜便看向君贵：“今日哥哥归来，我本不当问这不吉的话，可是……适才说到廷献受伤，他是贴身保护哥哥的人，哥哥……哥哥一定没有伤到过龙体吧？”

君贵摇头，笑道：“没有，你别胡乱担心了。我遣廷献去向败退的战将传谕，廷献英勇得很，在阵前要拿御剑斩了他们。可惜人家人多势众，他险些就……”说到这里，君贵收敛了话头。沙场是男人的天堂，但沙场更是男人的地狱，何必将地狱的残酷情状描摹给君怜听呢。他站起身，“具体怎么回事，我也不很清楚，还是让廷献自己向你回禀吧，你们好好叙叙。——音儿，训哥儿，走，爹爹带你们出去玩耍。”

官家率众而出后，朱雀略问候了廷献两句，也即告辞。君怜屏退了一众侍从，室内只剩她和廷献两个人了。

正是莲事繁盛的季节，庭苑小池中清淡的菡萏香气透过窗棂飘入殿中，如同一带薄纱悬在半空，萦绕不去。很长一段时间，两个人就在这花香中默然相伴，一句话都没有说。

良久，廷献笑道：“圣人吃茶吗？臣为圣人点一盏来尝如何？”

“……伤到哪儿了？”君怜不答，却突兀地问道，“需要养三个月还未必痊愈的伤，绝不是什么小伤。”

廷献忙道：“不过是皮肉伤。臣自小生长于圣人家，多得庇护，从未受过兵刃侵害，是以好得慢。请圣人不必悬心。”

君怜看着他的眼睛，缓缓道：“寡不敌众，险些就……就回不来了，是不是？”

廷献镇定地一笑：“怎么会？臣……臣不是答应过圣人会活着回来吗？”

“……还能习武吗？”

“可以的，臣每日都在恢复练习。”

“真没伤到筋骨内脏？”

“没有。”

君怜默然。廷献亦默然。

良久，君怜勉力露出一个笑容：“适才官家夸赞你英勇，看来……官家很赏识你。”

廷献垂目不语。

君怜不易为人察觉地轻轻叹口气：“如此甚好……甚好……”

廷献抬眼看着她，欲言又止。君怜鼓励地笑道：“既然已经过去跟了官家，就好生干，谋个大前程吧。官家必不会亏待你。”

又是一阵漫长的沉默。廷献终究没有回答这句话。

五日后。大吉。

皇后册立大典定在今日补行。

头三天，皇帝夫妇已经双双斋戒。头天，沐浴。当然，皇帝的斋戒不是必须的，不过君贵为显重视，执意要相陪，君怜只得由他。

李唐开元旧制，以太尉为皇后册礼正使，以司徒为副使。五代制度乱，高官满朝，名实也常不相副，君贵便指定宰臣李穀为册立正使，而以兵部尚书张昭为副使。

因君怜是由原卫国夫人进立为皇后，而非由皇帝纳娶为皇后，在典礼的仪程方面，经太常礼院等有司讨论并上报皇帝批准，便做了相应调整。

旦明。晨光粲然，天清气朗。

浩大的皇后卤簿仪仗队伍，在延福宫外整齐排列。

左右金吾卫、左右卫、左右威卫、左右武卫、左右骁卫、左右领军卫六卫仪仗军士举绛引幡，并带横刀、分执稍弩，各携弓箭、长槊、长刀等黄麾仗兵警跸；内仆令、书令史等骑从，各执短戟、戈镗、五色氅、五色绣幡、孔雀扇、雉尾扇、团雉尾扇、小雉尾扇、朱画团扇、偏扇、方扇、大伞、锦花盖、锦曲盖、锦六柱、香蹬等伞盖铺陈；内班院都知、押班、高品、高班、内品、黄门小底，及内省各司、典、掌宫官及无品女史宫人，各服吉裳，同样各执伞盖，在皇后稍后将会乘坐的重翟车旁，步骑候卫。

尚宫、尚服、尚仪等六尚及其下属内省女官，早入皇后寝殿，奉袆衣首饰。袆衣又作翚衣，是皇后受册、助祭、朝会大典时所穿着的礼服。这个“翚”字，恰好就是君怜的正名。

君怜今日所服的袆衣来自前朝，是一件流传有序的皇后礼服。被先帝郭威奉为太后的前朝汉高祖刘知远的李皇后，当年就是穿着这件袆衣受册的。而李太后的袆衣也并非自制，与刘知远的衮冕一样，是来自更早前的皇朝。帝后礼服的清洁与保管，是一项非常专业的工作。

本朝太祖郭威登基时，沿用了刘知远的衮冕大服；君贵继位，又沿用了父亲的践祚礼服；那么相应地，君怜册立，就因袭旧例，不肯别制礼服。君贵倒是在出征之前就提过，是不是让文思院赶制袆衣，被君怜婉拒了。

袆衣严格遵循古制，以庄重的深青为底色，绣十二行翚翟之纹。翚翟即野雉、锦鸡，循旧制为白腹，五色羽毛，翅张尾扬。其余素纱中单、黼领、朱色罗縠褾襈、与裳同色的蔽膝、青衣、革带、大带、裨、纽约、白玉双佩、玄组双大绶、青袜搭配加金饰的青舄等，其章采尺寸，也遵循唐制。

尚宫、尚服等女官为皇后戴上了缀满二十四株大小花钗的双博鬓凤冠，并在她的额头、太阳穴和两颊贴上了鹅黄的花钿。

崇元殿。吉时。

文武百官着礼服就位。皇帝郭荣服衮冕升御座。

礼乐大兴。其鼓吹、羽葆、铙吹、大小横吹诸曲，并依古礼。

百官参拜皇帝已毕，礼官经请示圣意后，宣布册后大典开始。

礼官宣制，册立卫王符彦卿之长女、原卫国夫人符氏为皇后。正副册礼使李縠、张昭跪拜接制，受命持节展礼。

皇帝郭荣降座，亲自将皇后金册放到执事官所捧檀案中，执事官再辗转交予册立正使李縠，李縠跪接。皇帝郭荣又将皇后符宝金印放到执事官所捧檀案中，执事官辗转交予册立副使张昭，张昭跪接。正副册礼使拜皇帝已毕，起身，恭退，出殿。一众司仪仗卫前引后随。礼乐奏新曲。

延福宫。

正副册礼使李縠、张昭升阶进入宫门内，向内禀告受制命授皇后册宝事由。礼乐大作。

在尚宫以下宫官并皇后傅姆唐氏的导引下，头戴后冠、身着袆衣的皇后符翚在众人簇拥下缓缓步出，降于殿庭中，面北而立。

李穀与张昭分别持皇后金册、宝玺进前，将册宝郑重交予内班院都知王景通，王景通跪受。随后，王景通捧册宝案进于皇后符翚面前。原本站在皇后身边的尚宫前出，跪取命册，尚服亦前出，跪取宝绶。

尚宫与尚服退回到皇后符翚身左，面东而立。尚宫宣布皇帝有制，尚仪颂赞辞，皇后符翚面北端肃两拜。尚宫宣读册文。尚仪再颂赞。皇后符翚复两拜。

尚宫与尚服将册书与宝绶进授于皇后。皇后符翚接过来，分别交给身旁的宫官司言和司宝。尚仪颂赞辞。

皇后符翚升座，面向南方。一众掌赞承传内官尽皆立于殿庭，向皇后两拜。礼毕，诸应侍卫者尽皆升立于侍位。

尚仪上前，跪奏册礼完毕。皇后符翚微笑颔首。

于是皇后降座，出于延福宫宫门，登上早就守候在宫门外的重翟车。重翟车是皇后受册或跟随皇帝祭享宗庙等重大典礼时的专用车，依然是庄重的深青色底，朱里紫帷，镂锡鞶缨，饰重金，绣八鸾，树翟羽，驾四马，驾士二十四人。礼乐大兴。辉煌浩大的皇后卤簿仗卫宛如游龙彩凤，开始以中速从延福宫向崇元殿移动。正副册礼使李穀、张昭及一众礼官前导后随。

未几，重翟车至崇元殿，皇后符翚下车，沿丹陛升阶。前引的正副册礼使先行入殿，向皇帝郭荣禀告皇后册宝授受完毕。皇帝郭荣降座，率群臣含笑亲迎皇后符翚于崇元殿殿门。群臣拜贺。礼乐奏新章。

皇帝亲迎皇后于殿门，这是很重的礼节，即便在前朝，也引发过礼官和朝臣们的诸多讨论。但是皇帝郭荣执意如此，礼官们也就依从。

于是皇帝郭荣携皇后符翚之手，登上早已候在崇元殿外的天子玉辂，去往郊禋前在京城中新建的太庙祭告祖先。百官拜礼送行。有司扈随。玉辂是皇帝在祭祀或纳后时所乘的专用车，也是深青色底，重舆，黄里，饰以青龙白虎、鸾凤鸟兽等纹，配以纛旗垂铃、黻文闟戟等物，极尽华美威武、庄严宝重之相。玉辂驾六马，驾士三十二人。

册后祭告宗庙，并不一定需要天子亲自出动，皇后可以单独前去。庙见的日期，也可与册礼之日分开别定。目下这样的仪程，完全是皇帝郭荣的意思。而且，他携皇后同乘玉辂，则帝后出行合以天子的大驾卤簿护卫，这与皇后单独庙见的仪仗，分量又大不相同了。

这一日，皇帝夫妇同赴太庙，向先帝及皇室祖宗汇报了册立皇后的大事。而后，皇帝夫妇率正副册礼使及一众扈随礼官同回宫城，御崇元殿。皇帝郭荣升御座，皇后符翚端肃四拜，向皇帝行谢恩礼，并呈上谢恩表。皇帝笑纳之。

至此，大周皇朝第二任皇后的册封仪典才算彻底礼成。

九六　两个预言

坤宁宫。夜。

后殿中那座巧夺天工的太湖石九十九头烛台，在暮色降临前全部破例点上了红烛。殿内灯火通明，魅声恍惚，人影轻曼。

然而这样的喧哗也就是一刹那的事。飞舞的瞌睡虫早早将皇子皇女带入梦乡，宫廷变得悄然沉寂。夜华如水，香销烛短，红红的烛泪逐渐堆积在每一头小小的台基上。

劳累了一天的皇帝夫妇，身着简淡燕服，怡然相守。

累了，却又不肯睡，两人携手走出殿门，来到庭苑中。侍从们已经遵命在苑中铺陈了凉榻软垫，备设了美酒小食。

清风徐来，星移斗转，夜渐渐深了。君贵与君怜对酌良久，却渐渐兴奋。

五年前，在河中府旱亭的花木间，他们曾经第一次互相倾吐心曲，彼时彼情还历历在目。那时候怎么可能想象得到，短短五年，他们竟会经历这样的天翻地覆，而一步步走到今天！

上天似乎在弈一盘棋，一盘很大很大的棋。他们，都不过是天帝巨掌中的一枚棋子。哪怕是金的、玉的、玛瑙的、琉璃的，仍旧是天帝的棋子，仍旧逃不脱被拨弄的命运。可是，天帝赋予了他们更多的权利、更大的责任。天帝允许他们替祂进行手谈，天帝甚至允许他们自弈。

夜空中的紫微垣，在穿过宫苑的凉风中微微发出淡红的光芒。

紫微垣，是天帝驻跸之所。紫微垣的明暗，对应着人间帝王的兴衰。天帝的棋局或许就是从那里发始的。满天星斗，就是亘古以来祂所布出的、重重叠叠的新局与旧局。

扶头酒醉。话越说越多。

君贵看着君怜，微笑道："有个故事，发生在我少年时，我从没有告诉过任何人。今天，我要告诉你……"

君怜点头："好。"

时间流回二十年前。汉水。

宽阔的汉水航道上，大小商船往来如凫。虚岁未满十四的少年君贵，钻出其中一艘大型商船的船舱，走向船头。他是跟随邺中大商人颉跌氏去往江陵贩卖茶叶的。

年成不好，家中生计难以维系。父亲常年在军中奔波，能拿回来的俸禄十分有限。杨孃孃带着年幼的三妹鹂姐儿和四妹鹭姐儿，还要照顾已经染病在身的姨祖母韩氏，日子过得捉襟见肘，十分艰难。君贵身为长子，眼睁睁看着家中窘境日迫，却除了去地里帮帮忙之外别无助益。他为此焦急难安，四处找人问计设法。正好春茶季节到来，乡邻中有人要去投奔旧识邺中大贾颉跌氏，跟着出门贩茶，赚些脚力银子。君贵听说了这个门路，便好歹求了乡邻，将他一同带去做活。

一开始，杨孃孃坚决不同意君贵出远门。到目前为止，君贵是家里唯一的儿子，丈夫离家前郑重地将他托付给了自己。他若跟随别人去江上漂泊，万一有个三长两短，她怎么向丈夫交代？她抹着眼泪道："荣哥儿，你年纪尚小，在家里帮忙就可以了。出远门太危险，杨孃孃不能让你受那种苦。生计的事，孃孃自会想办法。"君贵坚决地摇头道："我是长子，一家子的衣食，怎能教孃孃一人操劳？倘若不能帮助家里熬过眼下难关，要我这个儿子又有何用呢？"

杨孃孃没有办法，亲自替君贵整理了行装。到了出门那日，又领着他走了十里路，亲自将他交到颉跌氏的手中，告知了郭威的军职，再三拜托：“我家荣哥儿，人虽然小，却最是机灵能干。求大掌柜多多看顾他、庇护他，异日他爹回来知道了，必定也会大大感激的。”

因了杨氏的嘱托，更兼相处后发现了他的种种长处，颉跌氏对君贵颇加青眼，搬货搭板之类的体力活都不用他做，只留他在自己身边写字、计数、算账。商队中的伙计见掌柜加意照拂他，也就不好意思欺负他。更兼日常相处中发现他谈吐不凡、见识过人，甚至身怀武艺，渐渐便都对他另眼相看，不敢小觑了。

君贵从船舱里钻出来，是想去船头吹吹风。此时船正逆风而行，大多数伙计都在舱内休息，或者樗蒲耍子，没人会在船头待着。可是君贵出了舱，却瞧见船头正站着一个人。

君贵只能看到他的背影。此人身着青袍，高高的发髻上插着一支油光水亮的荆簪。他所站立的位置非常靠外，看上去很危险，可是他浑不在意，反而将双手有节奏地挥舞比画着，嘴里低声自语，念念有词。

船在瑟瑟江风中破浪而行。两岸山崖峻拔，树木森郁，江中白光粼粼，波纹如缕。不时有游鲤的亮脊与短尾在船头和船侧破水露出，又倏忽消失，它们金黄与火红间杂的绚丽鳞片在水中筛出万千细碎金银，光彩夺目。

君贵想起来，此人是在前一个渡口上来搭船的，上船之后就独自待在一旁，没怎么跟船上的人说过话。这艘商船大，租船的不止颉跌氏一家，船家还顺便做些散客生意。

君贵站在青袍人身后不远处，默默地观察他。虽然听不清他嘴里在念叨什么，但能感觉到似乎是一些奇怪的咒语。那人的动作也有着特殊的韵律，倒像是在与天地间的某种力量进行着交流一般。他是个修道的人吧。

忽然，那青袍人停止了念叨，转过头来，双眼将他一扫，面色突地一变。君贵不明所以，不好意思地笑了笑，低声道：“打搅了。”

青袍人上下打量着他，面容舒展开来：“无妨。”向自己身边一指，“来，小兄弟，你过来，到我这里来。”

君贵满腹疑惑地走上前去。青袍人指着自己附近的船板位置说：“小兄弟，站到这里来。怕不怕？”

君贵道：“不怕。”

青袍人颔首：“好。你知道我在做什么吗？”

君贵摇头：“不知道。”

青袍人笑了起来：“别说话，你看着江里啊。”

说着，青袍人重新开始了念叨，手也继续大开大合地比画起来。

君贵凝神观察江水。一开始，除了早就见惯的那些翻腾的鲤鱼，并没发现什么异常。但突然，君贵惊讶地睁大了眼睛。他发现江中鱼群的行动并不是随意的，它们像是受到了某种召唤，不仅紧紧地围拢在商船的周围，而且还随着青袍人的指挥而快速地变换队形。它们就像是传说中水龙王的千军万马，倏尔聚拢，倏尔分散，精气十足地充当着水龙王出行的耀目仪仗与威武警卫。

“这……这是……”君贵目瞪口呆。

“这是我的鱼。”青袍人笑道，“春夏之际，我常常驱赶着鱼群，到各处水草丰茂的江河中吃食、游历，将它们养得又肥又大，然后卖个好价钱。”

“它们……它们都听你的？！”

青袍人摊开自己的掌心。掌心里有一块奇怪的石头模样的物事，黑白花纹，一条红丝绦穿过它边缘的孔眼，套在了青袍人的中指上。“我是牧鱼人，我用这个牧鱼。”他微笑道，“这叫乾坤眼，你可不要告诉别人哟。”

船到下个码头，青袍人离船。临走前，君贵拉着他，不舍地问道："有缘相逢，不敢请问高人尊姓大名？何处才能再见？"

青袍人笑道："道法不二，山人无名。小兄弟若想再见我，到了江陵，坊间打听一个算命的王处士便知。"

多日之后，君贵跟随颉跌氏商队抵达江陵，办好了一应茶货事宜。君贵惦记着青袍人的话，便跟颉跌氏告个小假，说要去坊间寻一个奇人。颉跌氏早知君贵见识不凡，听他此言，不由好奇心大起，便笑道："寻什么奇人？我跟你一起去开开眼界。"

两人来到江陵闹市中三打听两打听，果然打听出算命的王处士住在高脚巷。颉跌氏掏出几个铜钱，央人领他们前去。到了高脚巷深处一所住宅前，两人打门良久。一个童子出来开了门，引进到里间。君贵定睛一看，所谓算命的王处士，正是那日船上牧鱼的青袍人。

君贵惊喜道："先生，果然是你！"

王处士淡淡一笑："小兄弟果然寻来了。"

君贵向他介绍了颉跌氏。王处士颔首道："两位请坐，童儿看茶。"

分宾主落座，略叙了两句后，王处士笑道："……既然两位来了，我就给两位打个卦吧。"

颉跌氏先占。蓍草在筮筒中摇晃，撒出来，布出复杂的图形。经过分草、折算、合卦、变位、推演等一通烦琐的手续，王处士向颉跌氏笑道："水火既济，金运常亨。客人一路正道求财，慎戒过贪，则必得善果。"

颉跌氏大喜，连声称谢不已。因又向王处士道："先生再替我们这位小哥儿算算，看他将来能做什么，发达不发达？"

王处士便布好了蓍草，让君贵摇动筮筒。只见数十根颀长的蓍草在筮筒中如同活了一般，争相跳跃着、推挤着、扑打着……忽然，一根蓍草从筮筒中跃出，跌到桌面上，笔直而立，卓然不倒。

王处士大惊。颉跌氏和君贵也愕然看着他："怎么？"

王处士起身离了座，沉吟道："鄗门十几代传下的筮法有示，凡卜筮而蓍草自行跃出者，其人贵不可言……何况，此草竟屹立不倒……"颉跌氏和君贵面面相觑。

"船上一见，便知哥儿不凡，"王处士蓦然正色道，"难道哥儿将来竟会是天下之主吗?!"说罢，他便郑重地跪下来，向着君贵拜了下去。

君贵被他吓了一跳，忙不迭搀起他，笑道："先生切莫折杀小子了！……先生好意鼓励前程，小子心领就是。……这种大逆不道、招灾惹祸之言，请先生切莫再对任何人提起！"

离了王处士家，颉跌氏心中高兴，拉着君贵去一处酒肆，要了雅间喝酒吃肉，预祝今年茶叶行市好，自己真如王处士所言，回到邺中能赚个盆满钵满。君贵在家虽不敢饮酒，出来跑江湖，却早已被众人催逼着开了戒，当下也不推辞。一个玉树临风郎当少年，相陪着饱经世路风霜的颉跌氏，尽情喝了个爽快。

酒酣心热，口无遮拦。颉跌氏想起了王处士的惊人之语，笑道："王处士说你将来能做天子……哥儿要是做了天子，可别忘了老伯我呀！"

君贵脸喝得红红的，不觉大咧咧笑道："好，不会忘。……呵，一旦我到了那个地步，老伯想要什么？且说来听听。"

颉跌氏认真地想了一想："老伯我做买卖三十年了，每每从京洛路过，看见那些税官坐而获利，一日所入，抵得过我们商贾数月的金额，私心羡慕不已。哥儿倘若做了天子，派我去主管京洛税院，老伯我就了无遗憾了。"

君贵哈哈笑起来："好，就依老伯所言。可是……老伯的愿望，怎的如此卑小啊！……"

算命者的话不可全部当真，这是古今世人的共识。于是，拣合心意的听一听，权当是句吉祥话，也成了古今世人的共识。只是，当年王处士关于君贵前程的那句吉祥话说得也太过火了，无论是颉跌氏还是君贵，事后都没敢再对人提起。

时移世易。群雄争胜。朝代频迭。

也许，当年那句看似戏谑的预言，却在少年君贵的心中指出了一个前进的方向，埋下了一颗改变命运的种子。也许，当他渐渐长大，当他在军中百炼成钢，当他对自己的胸襟与意志有了清晰的认识，当他对自己的智识和力量渐渐充满信心时，“彼可取而代之”的念头，就被早年的那句狂言催生出来了。

时光一晃二十年。王处士家那支屹立不倒的颀长蓍草，化成了君怜眼前这个活生生的高大青年，大周皇朝的第二代皇帝。

夜风微凉，心旌摇动。星空如洗，神思迷醉。

听完了君贵的故事，君怜久久不语。

君贵拉过她的手，笑道：“你在想什么？”

君怜沉吟道：“……当年哥哥在船上问这位王处士的姓名时，他是怎么回答的，‘道法不二，山人无名’，是吗？”

君贵点头：“是。”

“他长得是何样貌？”

“……他嘛，比较瘦，比较高，眼睛长长的，神情清奇……哦对了，似乎左边脸颊那里，还有花生大小的一个红记。”

“……果然。”

“怎么了？”

“哥哥，说不定，这位王处士，我也是见过的呢。”

“你也见过？！”

君怜微笑道：“其实，我也有一个故事，从来没有告诉过别人，今日，我也要告诉哥哥。”君贵颔首。

时间倒回六年以前。

河中府。节度使李守贞宅邸，客堂。

河中城近日来了一位会相面算命的魏道长，据说尤其擅长给女眷相面。坊间女客但凡找他算过的，无不交口称赞其神机。有好事者故意拿些真真假假的事情掺杂到一起去请教，也被他一一说破。于是这位魏道长三五日内便名噪河中城，直至惊动了河中府的最高军政长官李守贞。

李守贞其时正在筹划大事，本自迷信重重，心中常存各种疑虑。听说有这么个奇士，便命人将他请到了家宅中。他怕这道长真有本事，将自己的野心看破，并不请他为自己父子相面，只命家中一众妻妾、子媳侄媳等女眷通通聚到客堂来，让道长都给相一相。

君怜其时是李崇训之妻、李门长媳，自然也遵命来到客堂，静静置身一众女眷之中。

道士属于方外之人，在世人眼中一般不以普通外男看待。因此李门众女眷虽然对被外人审视一事感到别扭，倒也不觉得在礼俗上有什么不妥。

魏道长从一众敛声屏息的女眷身前五尺处缓缓走过，眼光快速扫过她们姹紫嫣红的面容，也不多言，一路只微微颔首。

走到君怜面前时，魏道长停下了脚步，神情大变。他左颊那块小小的红记，甚至隐隐发出一点光来。满堂李氏族人，从李守贞、李崇训到诸女眷，全都齐刷刷看着他。

魏道长独向君怜一人深深打个稽首，曼声道："无量寿福！道法不二，山人无名。贫道魏不二，又号魏无名，恭敬见过娘子。"

君怜不明所以，忙敛衽还以一福："不敢当。道长广法仙寿！"

魏道长微笑颔首，缓缓退回李守贞身边。

李守贞满面疑惑："道长，这是……"

魏道长低声道："国公，此女贵不可言，将来会成为天下之母！"他的声音虽然低，但因离得不远，倒清清楚楚传入君怜耳中。

李守贞闻言，大喜过望。他们父子原本正在谋划夺取天下，有了魏道长这句话，李守贞便吃下了一颗定心丸。他私下对儿子李崇训说道："我的儿媳妇将来尚且会是天下之母，那我还犹疑什么呢?!"

于是，李氏父子反志益坚。

光阴荏苒，年矢无情。当年狂妄无边的几颗野心，早已化作了河中子城内可怖的一堆焦炭，并最终灰飞烟灭。然而神秘算命者的预言，却全都一一兑现了。

夜色恬谧。夫妻静默。

良久，君贵方笑道："原来冥冥之中，造化早有安排。……今日你立后礼成，咱们也算是敬遵天意了。"

君怜低缓道："可是……我不知怎的，却总有些惶恐忐忑，只怕自己德行不够，辜负了上天的垂青。"

君贵注视着她，眼中尽是温柔与鼓励："光焰巍巍，雍容慈悲。含笑垂目，为天下母。……你的德行不够坐到这个位置上，谁的德行还够？何况，今日局面虽曰天命，明日成就却尚需人为。只要你我尽了全力，又何须惶恐？……你还记不记得，在河中府咱俩订约的时候说过，从此只管向前，无论成败，不许回头?"

君怜目光闪烁，默默点头。

"好!"君贵笑道，"……后来咱们又一起登临了铜雀台，那时的情形，你还记得吗?"

"自然记得。"

"那时，你心里都想了些什么?"

"我？我只想到了曹子建《铜雀台赋》里的几句话。"

"哪几句话?"

"'……俯皇都之宏丽兮，瞰云霞之浮动。欣群才之来萃兮，协飞熊之吉梦。'……"

君贵拊掌道："那可巧极了!"

君怜奇道："什么巧极了?"

"因为当时我心中所想的，也是《铜雀台赋》的几句话。——不过，是另外几句话。"

"哪几句话?"

"……'休矣！美矣！惠泽远扬。翼佐我皇家兮，宁彼四方。同天地之规量兮，齐日月之辉光。'……"

他热烈地看着她："君怜，所谓天降大任，不过就是如此吧?我这辈子最大的愿望，就是做一个像唐太宗那样的好皇帝！你呢，就做一个像长孙皇后那样的好皇后吧！担子再重，咱俩一起扛，那就什么都不怕了。"

君怜点点头，满目晶莹，静静依偎向他。

既然祂选择了由他们来承担使命，那么，毫不退缩、勇敢向前，就是对祂的信任的最好回报了。

无所不在、无所不知的天帝，从深空中伸出了无形的双手，化作柔和的夜风拥抱着他们的身体，挹掬着他们奔涌热情的血，抚摸着他们年轻上进的心。

神思优容兮，天地清明。

九七　归牧中壶[①]

显德元年秋七月初三日。暑气蒸腾。

为了奖赏从征太原之功，皇帝郭荣下达了返京之后的第一批人事升迁令。

首先是天雄军节度使、卫王符彦卿进守太傅，由卫王改封魏王。卫国是次国，而魏国是大国，符彦卿曾经获封魏国公之号，加上符氏如今镇守魏博，他进封魏王是理所当然的事。

高平之战中率领后军及时赶到、彻底巩固胜局的河阳节度使刘词移镇长安永兴军。长安是唐代国都、皇朝西面重镇，其地位与重要性，与河阳不可同日而语。

李重进由许州移镇宋州，由侍卫亲军都虞候升为侍卫亲军都指挥使，加同平章事，正式执掌了自王殷之后一直空悬的侍卫亲军最高指挥官之位。

张永德由武信军节度改滑州节度，加检校太傅，原殿前都指挥使之位不变，典军如故。

其他有功战将也各有进封：郓州郭从义加兼中书令；潞州李筠加兼侍中；河中王彦超移镇许州，加兼侍中；同州药元福移镇陕州，加检校太尉；鄜州白重赞移镇河阳，加检校太尉；陕州韩

---

① 中壶，皇后代称之一。牧，治理，管理。归牧中壶，即归牧于中壶，归来为中壶所牧。

通移镇曹州，加检校太傅。

在忻口以北石岭关中了耶律挞烈的埋伏、因寡不敌众而战殁的大将史彦超，赠太师，优恤其家。

皇帝近卫林远、邓锦以下十数人，均由诸直指挥使迁了班直都虞候或都知等职。皇帝元随季飞卫因在高平巴公原激战中被贼军砍中小腿筋骨重伤，特授轻车都尉之勋。

数十名在高平表现突出的中下级军校也得到了升迁。其中，殿前军左班殿直赵匡胤的跃升幅度最大。因为张永德的大力推荐，他被直接擢为殿前都虞候，领严州刺史。其余勇武敢拼者如马仁瑀，升为控鹤弓箭直指挥使；马全义，则升为散员指挥使；西军李重进手下的石守信，升为亲卫左第一军都校……就连那个砍断了张元徽马腿的宋七，也由伍长擢升为班直指挥使。

从七月初四到七月十三，前后十天，一系列有关其他藩守升迁和移镇的诏令也接连下达。

边境方国或大镇：吴越国王钱弘俶由天下兵马元帅加天下兵马都元帅；襄州节度使、陈王安审琦加守太尉；荆南节度使、南平王高保融加守中书令；夏州节度使、西平王李彝殷加守太保。

境内诸藩：西京留守武行德、徐州王晏、邓州侯章、湖南王进逵并加兼中书令；天德军节度使郭勋、邠州折从阮、安州李洪义、沧州李晖、贝州王饶、镇州曹英并加兼侍中；泾州张铎、相州王进、延州袁鸩并加检校太尉；孙方简由华州移镇同州，加兼中书令；王仁镐由永兴军移镇河中，加检校太尉；皇亲曹彬也由供奉官擢升河中府都监，到王仁镐手下任职去了。

经过这样一番安排，君贵布出了继位后的第一张全局性藩镇形势图。对待边境方国或大镇，他仍然遵循父亲在世时的既定方针，只加恩，不移动，也不轻易干涉其内部事务；而其他方镇，只要有必要的就都动一动，以平衡各藩势力，并彰显中央对他们的控制权。

禁中。滋德殿偏殿。日间。

君贵身着轻薄的夏季燕服，对着桌案上的公文沉思。他刚刚散了早朝从广德殿回来，本想去坤宁宫看看，但手里要忙的公务太多，就决定还是先料理国事。

天气虽然热。殿堂的深邃结构却起到了很好的避暑作用。从殿堂深处自然生发出的凉气，借着瑞脑的香气飘过来。在四五个执扇宫人的不停扇动中，偏殿有了一种暗香微凉的舒适感。

全国的藩镇大局已定，他该将注意力转移到军队的问题上了。

高平之战、晋阳之战，暴露出了目下这批禁军士卒的致命缺陷。就算剔除了那些溃逃不忠的士卒，在军中混吃混喝的老弱无勇者也仍旧大量存在。他一直想整军，在后汉时代就想整军，父亲在位时也想整军，自己继位后更想整军……经过一步步的人事替换，经过连续的战略布局，加上拥有了高平之战后积累起来的崇高声望，现在，他已经到了可以大刀阔斧着手进行军队改革的时候。

目下他最需要的，是人。所幸，他已经有了一些可用的骨干。

李重进、张永德，这两个皇亲兄弟不必说了，他们与他是紧紧捆绑在一起的一家人，国鼎的存亡兴衰，与他们自身的命运密切相连。如今，他们俩一人担任了侍卫亲军的最高首长，一人担任了殿前军的最高首长，一左一右成为他的臂膀，将禁军控制权牢牢掌握在了天子手中。此外，皇舅杨廷璋被他留在晋州镇守，对付刘崇；皇亲曹彬被他派去河中府做了兵马都监；皇舅董瑀兄弟，也各据其能，分驻外郡。至于邢州家乡的生父柴守礼家族，则以荣职为主。

近卫之中，原本留着准备担负禁军检选汰递大任的曹瀚没了，这是他此次亲征最大的损失。好在林远、邓锦等也颇有才干，虽说卫跸需要他们，但下面若实在缺人，也未尝不可以放他们去独当一面。之前孙璘被放出去隶属郭崇麾下，做了澶州衙内都指挥使，其表现就可圈可点。此次他也在获得升职赏赉的将领名录之中。

此外还有一大损失：季飞卫在巴公原激战中不慎被欺近的贼兵砍断小腿筋骨，伤情严重，显然无法再担任军职。季飞卫是四大近卫中年纪最小的，十六七岁就跟了他，目下不过二十六七岁，正是大有可为的年纪。作为自己的心腹，他原本可以在即将到来的整军行动中充当旗手，没想到却要因伤早早离开一线。这个折损，也让君贵深感痛心。

在李重进、张永德之下，韩令坤、李继勋、赵匡胤、石守信、马仁瑀、马全义等，皆是有胆有为的青壮将领，在此番征战中又均有不俗表现，正足担当整军之后各部的栋梁角色。尤其那赵匡胤，高平之战中表现智勇，攻打晋阳时敢闯敢拼，此番被君贵超擢为殿前都虞候。他本人踌躇满志、跃跃欲试，君贵也有意进一步考校他训兵领军的本事，于是将原本打算交给曹瀚去做的某些事转交给了他。

除了军事，朝政方面的改革也要继续下去，这是父亲的遗志，也是真正的治国目标。父亲生前下了那么大的力气，替他开了一个好头、打下了一个好基础：奖励耕殖，崇本抑末，合理赋税，纾解民困，兴修水利，发展商贸，澄清吏治，核定刑统，崇奉文教，扭转世风……要做个好皇帝，疆土与军功只是其中一部分，政绩是围绕“人”而治而建的，他明白。

好在文官方面也有不少人才。除了父亲留下的治政班底，还有“扫地班”中那些比较年轻的文臣，包括自己从澶州带来的衙署旧部如王著、王赞等。下一步，需要从细考校他们的才能政绩，将他们重新布局。

不过，光有领头的那几个也不行。文武两方面的人才层次都还欠丰富，真正做起事来，一定会有很大的人才缺口。不够用时，还得向中下层和民间去找寻、擢拔……

内职方面也有了得力的人。刘奉武由王景通指派长侍御前，日常相当善于伺候君贵的眉高眼低，与远山、秋池等旧属的老成谨慎相比，别有一种机灵。

陈廷献更是君贵近期的一大收获。君怜将他推荐给自己之初，君贵并不在意，以为他不过因是君怜亲旧，想趁机跟着出去历练一番，混个赏赐，谋个出身。虽说早前护送君怜从河中返回兖州时，君贵对廷献的干练原本有些认识，但没想到他还有上阵拼杀的胆色。及至廷献为了完成皇命不惜以寡敌众，差点丢掉性命，君贵才发现廷献竟是个不可多得的人才。

这样的人，日常可以放在自己身边事奉笔墨，遇有大事可以派到方镇传达谕旨，战时甚至可以循前朝故事，作为皇帝特使派到前线去做监军……国政改革待做的事那么多，有了人才，还怕找不到给他们发挥才能的地方吗？因人设事也是可以的。

君怜已经正式册立，可以名正言顺地以皇后身份行权了。那日她还与君贵提过，要尽快给这些担任内职的亲旧侍从勘定品级。以廷献在此番高平之战中的表现，君贵认为，直接将他定为内中高品甚至内班院押班，也是没问题的。

只不过，君怜将得力的亲随送到自己身边听用，固然是一番体己的美意，但她那边也正需要称手的人，自己若真的占用了廷献不还，可不知道她到底方便不方便，舍得不舍得。

恰在这当儿，廷献抱着一沓书册从外入内。刘奉武见状，忙上前欲帮着搭把手。廷献笑了一下，摇摇头，径直走到皇帝御案前，躬身施个便礼，回禀道：“陛下，臣将书取回来了。”

因谋划军政经济各方面的改革，适才君贵遣廷献去弘文馆找几本书来参看，没想到他回来得这么快。君贵问道：“都找了些什么？”

廷献道：“回陛下的话，除了适才陛下口谕的《贞观政要》那几本，还有《韩非子》《长短经》，臣想着或许有用，也一并带了回来。”

君贵颔首：“好，就放到这张桌案上吧。”想了想又道，“你替朕将这些书中有关变革和用间的部分用小纸条标示出来。”

廷献忙道：“喏。”又问，“臣到那边去做吧？”

君贵摇头：“就在这里无妨，朕也顺便翻翻书。”

廷献于是将书放下，自己去一旁裁了纸条、备了笔墨，方站在桌案边细细查阅起来。

一时殿中静寂无声，君贵与廷献在御案前各自忙乎。刘奉武过来替官家换了茶，远山和秋池嘱咐了宫人好生执扇，又添了瑞脑香，也各自退去做事。

不知过了多久，忽听得外面一迭声唱礼。君贵稍微抬眼。远山快步进来一福，轻声禀告道：“官家，圣人来了。”

君贵欣然道：“快请。”

未几，只见君怜在众侍从簇拥下款步入内，来到御案前一福，含笑道：“臣妾见过官家。”众侍从也纷纷拜礼如仪。

君贵笑道：“天儿这么热，圣人怎么倒自己过来了？”

君怜道：“听闻官家散了朝不得闲，我来看看官家。”

君贵站起身：“你来得正好，我看了半日公文正头疼呢，你快来替我看看。”

君怜笑道：“好。”

君贵拉她在御案前同坐，指着满桌子的公文说道：“这些全是今日新送入内的奏表，这堆我已经看过了，那边的是还没看过的，你都替我看了才好呢。”君怜一笑。

君怜早瞧见廷献在桌案旁肃立示礼，便向他问道：“廷献，你这是在做什么呢？”

因在御前祗应，这种情境下廷献事先并不需要特别向君怜见礼。此时听了君怜动问，廷献忙揖道：“回殿下的话，臣在标书。”

“……标书？”

“就是替陛下将书中的某些内容标识出来。”

“哦，好，”君怜顿了一下，微笑鼓励道，“……那你做吧。”

“喏。”

君怜拿起奏表来看。今日奏表的数量其实不算很多，枢密院已经给分了类：有各藩镇汇报夏税征收情况的，有州郡汇报当地旱涝灾情的，有京官告老请求致仕返乡的，有刚去世的中央某大员家眷上表报哀的，有监察御史弹劾官员的，有地方官吏互相告状的……不一而足。

君贵将奏表交托给君怜，自己仍旧转头思考军政革新的事，又拿了廷献标好的书来看。

殿中又是一阵安静，只有宫人执扇扇出的风声，咝咝如水。庭院中古树上传来阵阵悠长的蝉鸣，让此间的人们偶尔察觉到光阴的流逝。

经君怜提醒，目下枢密院在呈交所有奏表时，都会附上自己的处置建议，不像在君贵继位初期那样不敢表达意见了。君贵是个凡事喜欢亲力亲为的人，天分既高，为政又勤，所以一开始并不认为自己直接下达命令或者给出处置意见有什么不妥。君怜委婉地劝了几次：君臣还是要各司其职，皇帝在很多问题上，应该学会隐藏自己的聪明，学会装聋作哑。君贵知道她说得在理，加上自己出门征战三月，国事被枢密院和三省料理得也不错，才渐渐有意识地去遏制自己凡事大包大揽的心性。

未几，君怜看完了所有奏表，分门别类放作两堆。

君贵转头看着她：“怎么样？”

君怜道：“我以为，大多数的奏表，照着枢密院的意思处置即可。需要官家亲自拿主意的，就这么三件事比较要紧。”

君贵点头：“嗯。哪三件事？”

君怜道：“头一件，是今夏遭受水灾的十几个州县夏税的减免事宜；第二件，是黄河大堤的补修事宜；第三件，是致仕勋旧如相州王进、同州孙方简等的优抚事宜。”

君贵道："这么多奏表，就这三件需要我亲自定夺？"

君怜郑重点头："嗯。别的事，枢密院的建议就很好。但免税与修堤，事关民生大计，老百姓这一年剩下的日子过得如何，都与这两件事密切相关。目下枢密院提出的处置方法，不过是常例。我看今岁情形与去年大不相同，官家还是应该派使臣去当地查访一番再做定夺为是。……至于致仕勋旧的优抚，看似有旧章可循，我倒以为，当此之时，不妨加重赏赉。毕竟，只有将他们安顿好，才堪为他人示范，也才有可能顺利进行下面的那些事……"

君贵目光闪烁："你是说……"

君怜看着他，缓缓点头。

他们的默契是整军。整顿禁军如同驾驶大船经过险滩，稍不留意，累朝勋旧们就可能变作险滩激流下隐藏的大石头。多花些钱财将他们安然搬走，让他们优哉游哉地颐养天年，为年轻敢为的新一代腾出位置来，是整军迈向成功的关键一步。

君贵颔首道："知道了，少时我就下旨安排。"忽又想起一事，"……对了，你这几日一直在忙宫闱内政，怎么样了？"

君怜微笑道："大致有了眉目，待晚间再与官家细说吧。目下，官家且忙朝政大事要紧。"

君贵笑道："好。你也别累着。——对了，我想着，过几日待天气凉快些，咱们去南庄狩猎，好不好？"南庄，是母亲早年曾经跟随后唐庄宗狩猎的地方，也是父亲登基后曾经游猎的地方。纵然难以见到父母游兴的遗痕，但故地重游，也足以寄托对他们的思慕与追怀了。

"好啊！"君怜欢欣道，"自打入了宫，我就一直没有出去过。不光是我，观音、训哥儿、朱雀他们，想必也都闷坏了，巴不得出去透口气呢。"

皇帝夫妇又叙了几句话，君怜告辞。

殿中皇帝众侍从依礼拜送。君怜回身瞥一眼廷献，欲言又止。

君贵察觉了君怜的逡留之意，问道："怎么？"

君怜笑道："没什么。天气酷热，官家千万记得进用消暑汤。还有，建州北苑的团茶，上次我特意挑了两饼最好的放在这边，又嘱了远山她们好生候意，就怕官家忙得顾不上用。廷献素常点得一手好茶，官家不妨尝尝他的手艺。"

君贵笑道："好，知道了。"

君怜走后，殿内又恢复了安静。

君贵将君怜摘出的几本奏表拿过来细看。看到王进和孙方简致仕的事，想要向廷献取《贞观政要》来翻。一错眼，却瞥见廷献正停了手里的活计，呆呆看着殿门的方向，神情颇有些恍惚。

"书？"君贵道。

廷献……没有听见。

君贵默然。略一沉吟，自己取了书拿在手中，慢条斯理地翻看。廷献吓了一跳，登时回过神来，偷偷看一眼官家脸色无异，忙埋首继续标书。

秋池过来进消暑汤，君贵摇摇手。廷献见状，忙道："臣给官家点盏茶来用吧？"

君贵不置可否，看他一眼，忽然道："廷献，你此番随朕出征，表现不错，朕和圣人都很满意。现下，朕给你一个机会来选：你是愿意在朕跟前事奉，还是回到圣人那里去？选吧。"

廷献的额角登时渗出了冷汗。皇宫如同丛林，廷献保持着丛林动物本能的警觉。来自皇帝的突兀试探让他心惊肉跳，他感到了恐惧，不由汗湿层衫。

他忙跪了下来，强笑道："陛下，臣……臣的一应行止但凭陛下调遣，岂敢自专？"

君贵沉默片刻，鼻子里笑了一声，点头道："嗯，你这么回答，朕就明白了。"他顿了一顿，迅速做出了取舍，"……那好，今日你就回到圣人那里去吧。”

廷献惊愕道：“陛下？”

“……就说朕说的，朕不能为了自己方便，就将她最好用的人据为己有。”君贵保持着平静，甚至鼓励地笑了一下，“朕没别的话了，你这就去吧。”

廷献忽然如释重负。

所有的迟疑都不必再迟疑了，所有的挣扎都不必再挣扎了。皇帝给了自己一个选择的机会，自己那样回答，就等于做出了选择。

皇帝是个明察秋毫的人。

“微臣谢过陛下的恩典。”廷献毫不犹豫地叩首道，“曾经扈随陛下于疆场，微臣三生有幸；若能再次效命陛下于危时，微臣万死不辞。”

“嗯。”君贵不动声色。廷献此时再表忠心，只不过是一种弥补，或者说一个台阶，两人心里都已雪亮。“朕没有什么要赏你的，回到圣人那里，圣人自会赏你。”他语调平平。

廷献如此干脆地谢恩领旨，让他心里颇有些不是滋味。晋阳回来后，他还没来得及打赏从征的内职。原本在这几日就要颁赏的，但他现在决定不赏他了。不是廷献不够格领赏，而是要借此表明自己的一种态度。该赏而不赏，就说明了一切。

终究是君怜的颜面，他才会如此宽容。

“微臣忝随御驾，寸功未建，不死已是天恩，岂敢求赏？”廷献毕恭毕敬道。君臣间暗藏玄机的对话已经渐渐逼近核心，他如履薄冰，小心翼翼，务求有惊无险，安然过关。

“知道就好。”君贵不愿再纠缠此事，挥手道，“去吧，小心伺候圣人。”

“喏。微臣告退。”廷献松了口气，郑重地向皇帝磕了三个头，方起身退步，慢慢离去。

君贵拿过一卷《贞观政要》，翻到廷献刚刚标出的一页，认真看了起来。

与此同时，侍立在殿内一侧的刘奉武，也悄悄松了口气。陈廷献是刘奉武在御前晋身的最大竞争对手，没想到，他会以这种方式如此干脆利落地退开。

九八　彤管有炜

坤宁宫。阔大的宫苑中拥红拢翠，一派夏秋之交的繁华。

合欢树花期早过，高大的树冠枝叶繁茂，在庭苑西角撑起一把大伞。树影投到庭苑的小池中，一群金红鲤鱼从池中太湖石石根处游弋过来，扎在树影下躲清凉，又倏尔惊散，远遁莲底。

池上有小木桥。桥下，左边右边，远处近处，几朵水莲花恬静照影，莲香清淡。

坤宁宫的主殿是坤宁殿。靠近主殿有几株石榴树。石榴多籽，隐喻生养，自古是内闱爱物。石榴果累累结在枝头，个中有熟极而裂的，露出整齐的红籽。仍有几颗晚熟的留在仓促光阴里，将醒未醒，被骄阳一照，又打起了瞌睡。

沿廊几丛芭蕉，浓荫如盖。蕉叶舒展，宛若聚拢的柄柄长扇。这是夏神欲行不行之际的羽旄仪仗。

浓荫外，廊道中，画檐下，宫官内侍人影绰绰，却悄不闻声，只有蝉鸣如笛哨。蝉鸣就是坤宁殿的丝竹之音了。

依古礼，父母过世应服丧三年，其间不能举乐。虽说近世丧期多取便缩短，更兼嗣君因身负社稷重任，又实行以日代月制计算服丧期，愈发不能完尽古礼，但是，在相当长的一段时期内禁乐，则是必须的。身为天子，更须在此孝义大节上垂范天下。因此，即便荒嬉如前朝隐帝刘承祐，在父亲后汉高祖刘知远过世后，于公开场合中也禁了两年的音乐。

没有丝竹之声并不影响君怜的生活，观音和训哥儿的笑闹声已足够充实她的清赏。此时，君怜正在正殿接见礼仪宫官。观音和训哥儿则由各自的乳母、侍从带领着，在离她不远处玩耍，咯咯的笑声不时传到她的耳中，让她会心而笑。观音和训哥儿都不是爱哭的孩子，这真让人省心。

采儿两边照顾着，一时看看圣人有没有什么需要，一时又去瞧瞧皇子皇女那边是个什么情形，以备随时回答圣人的询问。采儿其时将近二十五岁，倘若在民间，早该配了丈夫，儿女绕膝了。可是这些年君怜的生活大起大落，采儿跟随着辗转迁移，既不得心闲，又有繁杂的家事萦身，只能将自己的终身大事暂抛脑后。如今进了宫，婚配的希望愈发渺茫，她索性断了念头，心里反倒安定了。从君怜这方面来说，采儿为人颇识大体，干活又灵巧利索，自己是离不了她的。便是将她配人，也必定要在身边择选。既然一时没有合适的，那就不着急，且放一放再论。

尚仪遂宁郡夫人刘氏率属下司籍、司赞女官，正在向皇后汇报宫规整改计划。刘氏原是前太后宫知客，不久前被君怜任命为现职，接替因病过世的老尚仪，掌后宫礼仪、起居诸事。

这是她们关于宫规改革的第三次汇报了。君怜有感于累朝宫规迭设，条款太多，彼此又颇多冲突，常常让内人们无所适从，便决意将其中的繁文缛节去掉，务求简明扼要，让所有宫人内侍都能记得清晰、行得准确。

君怜照例赐了刘尚仪座，自己一面拿了她们新报上的宫规条制册子翻看，一面听刘尚仪汇报这一次与上一次的改动在何处。

应该没有问题了。一次次改动下来，大处的原则、小处的细节都已经照顾均衡。过细的地方并不需要去规定，人的言行进止已经被框定在了覆盖面足够广泛的大原则里，这就可以了。君怜并不要求宫规面面俱到，能够约束十之八九，就是了不得的进步。剩下的一两成，是她为人的弱点留出的余地。

“我看可以了。”君怜合上册子，向刘尚仪微笑道，“你即刻找人抄录若干份，分发到内省六尚和内班院各班去，着他们立刻组织讲习。十日之后，我要着人抽查考校。誊录的人手倘若不够，我教林尚宫将她手下司记、典记和司簿、典簿等宫人借给你。内班院也有不少笔墨好手，可一并差王都知借调给你。”

刘尚仪忙起身应答道：“多谢殿下费心。臣妾手下四司配员原本不齐，正担心不能尽快完成誊抄呢。殿下如此安排，臣妾就可以督促他们快录、多录，以便尽快分发各处讲习背诵了。”

“好。少时我会遣人去向林尚宫和王都知传旨，你着人交接即可。……你还有什么事吗？”

“臣妾尚有一事，想要请示殿下。”刘尚仪恭谨道。

这当儿，采儿轻轻走近君怜身侧，福了一福，低声道：“启禀圣人，廷献在殿外求见。”

君怜一愣。略一沉吟，方道：“宣他进来。”

未几，廷献入内，趋至君怜近前，如礼下拜：“臣陈廷献，见过皇后殿下。”

“平身，”君怜不动声色道，“廷献，陛下有事吗？”

“回殿下的话，没有。”

“你有急事吗？”

“没有。”

“好。你且在旁边等着。”

“喏。”

廷献早瞧见观音在不远处玩耍，怕她看见自己要过来，忙悄悄退到一众侍从身后。正巧东方氏转头往这边看，似乎打算让他过去讨皇女欢喜，他便悄悄向她摆了摆手。

这里君怜转向刘尚仪，接续上刚才的话题，温言道：“你还要禀什么事，说吧。”

“喏。启禀殿下：臣妾所辖司赞之下，唐制原有彤史女官之职，专掌司赞所领职事的文书记录。但近代此职多空悬不置。臣妾想请殿下的示下，是不是仍旧恢复此彤史之设？”

“彤史？是彤管的彤吗？”

“是。《诗经》有‘静女其娈，贻我彤管，彤管有炜，说怿女美’[①]之句，《毛传》就此生发说，古者，后、夫人，必有女史彤管之法，事无大小，记以成法。后来便相沿成习，以彤史女官记录后宫重要事宜。”

君怜沉吟道：“你是说，司赞与其他二十三司不同，在诸女史之外，还应另设彤史一职？”

刘尚仪答：“是。因司赞掌礼仪班序、设版赞拜，关乎宫闱大体、内廷秩序，因此特设彤史记录其所领之事，以备检验与查询。”

“唐制彤史几人？”

“回殿下，两人。”

“好。你且去物色，有了合适人选，带来我检阅。若得用，即可恢复此职。”

“喏。”

“还有事吗？”

“回殿下，没有了。”

“那你退下吧。”

于是刘尚仪率司籍、司赞等宫官如礼拜辞：“臣妾等告退，殿下万福。”而后慢慢退出。

采儿奉上新茶。君怜端起来喝了一口，然后将视线转向默然侍立一侧的廷献。廷献忙过来一揖。君怜问道：“廷献，是陛下遣你来的吗？”

---

① 彤管：香茅草的红色芽心，或者红色营草，后来代指笔杆漆红的毛笔，专指女史记事之笔。

适才廷献从滋德殿拜辞皇帝出来之后，并没有直接走向坤宁宫。本来帝后的两处正居距离并不远，他却特意绕道后苑，到御池边慢慢走了一圈。他思虑重重，忐忑了半日，这才鼓起勇气回到坤宁宫来。

听了君怜的问话，廷献忙恭敬答道："是。"

"嗯。遣你来做什么？"

"……陛下让臣回来事奉殿下。"

君怜目光一闪。她顿了顿，向身侧的采儿略一示意。采儿会意，忙招呼众侍从簇拥着皇子皇女退出。殿门关闭，室内只剩了他们两人。

君怜默然良久，方缓缓道："说吧，怎么回事？……你对陛下说了什么？"

"臣什么都没说。"廷献平静道，"殿下离了滋德殿后，陛下忽然让臣选，是要留在御前，还是回到圣人身边……"

君怜不动声色地看着他："所以……你选了回到我这里？"

"不是。臣只说，一切但凭陛下做主，不敢自专。"

"……陛下怎么说的？"

"陛下……陛下就让臣回来了。"

"原话？""陛下说……不能为了自己方便，就将圣人得用的人据为己有。"

"还有吗？"

"还有……还有……"廷献略一斟酌，还是决定实话实说，"陛下说，他不赏臣了，对臣的处置由圣人决定。"

君怜默然。

她感受到了君贵心中隐隐的恼怒，而廷献为了她不惜得罪皇帝的勇气更让她惊讶。左右相顾，她有了隐隐的不安。

良久，她开了口："知道了。……那么，你有什么要对我说的吗？"

廷献抬眼看着君怜，平静道：“臣只求圣人千万不要对臣有任何赏赐或加恩。”

翌日，天子诏书与皇后教旨内外并下。

原宫官尚宫林氏等五十余人，依其意愿遣放出宫自便，赏赉各异；

皇帝旧属孙氏（远山）封陈留县君，判尚食之职；章氏（秋池）封武都县君，判尚寝之职；

皇后旧属唐氏封晋昌郡夫人，判皇后宫尚宫之职[①]；

又郑氏（采儿）、周氏（五两）、东方氏（皇女乳母）、刘氏（皇子乳母）等十余人，分别充任司宝、司籍、司闱、司膳、司制、司宾、知客、出使、左右御正等职；

内侍陈廷献、范承璋并为内中高班，分别管勾坤宁宫和紫烟阁内外庶务；随征侍御的内侍自刘奉武、苏安山以下六人，也各有品级升迁及金帛之赏。

其时，后宫一应为皇家服役的人员，主要分属两大机构：内省和内侍省。

其中负责管理后宫宫人事务的，是内省。内省的女官制度与外朝诸多礼仪制度一样，也多承唐制。但因连年祸乱，朝代承平日短，旧制便有颇多荒废之处。更兼后宫制度不过是皇帝家制，虽说原也有内闱辅政之功能，实施起来却忽松忽紧，与外朝国政的关系并不稳定，所以就由得这宫中历届“家长”——通常是皇后、太后，有时也是权妃——来掌握，其间不乏随心所欲、朝令夕改之例。

在大的格局上，内省实行以六尚二十四司、二十四典、

① 晋昌是唐氏郡望之一，陈留是孙氏郡望之一，武都是章氏郡望之一，故书中拟为人物封号，以增阅读之乐。实际上，当时诰封时，受封者封号往往并不必然与其姓氏郡望相关联。

二十四掌为中心的宫官体制，其下还有无品阶的女史等祗应人。但实施起来，人与职很难一一对应。故此，常有位号空悬无人或编制不满情形，也常有位号在彼而具体职司在此的情形，也常有兼职状况出现——比如这次君怜对旧属们的安置便是如此。

尚宫、尚食、尚寝，都是内省女官“六尚”之一，职品为正五品。唐氏为皇后傅姆，故得封三品郡夫人，判尚宫，为“六尚”之首。远山、秋池因勤谨事奉君贵多年，故得封五品县君，充尚食尚寝，品职相当，在唐氏之下。采儿、五两等以皇后近从，各充二十四司之一，居正七品，在“六尚”之下，并统领本司下辖的诸典掌女史及无品宫人。不过，她们虽然在内省有了固定位号，却并未彻底脱离原先的职守，因此都算是兼职。

而负责管理内廷宦者事务的，是内侍省，又称内班院。

中晚唐时期，内臣一度权力过炽，后梁太祖朱温便大力砍削内臣权力。其后各朝，内臣权限多有上下反复，数十年演变下来，内臣机构、职务设置及权势，相比中晚唐时期已经有了很大的变化。因五代以武人为重，内班院的阶职名号中便也带上了武职色彩。

廷献与承璋以皇后亲旧故，从无品黄门直接定级为内中高班，位在诸黄门小底及内品之上，而在诸内中高品之下。内中高品再往上，还有内班院几个老押班，以及都知王景通。像押班、都知这种位号，就是从武职位号中借过来的。

原本，皇帝旋师之初与皇后论及廷献功绩时，曾说过可以将廷献直接定为内中高品，甚至押班。然而经过廷献重返坤宁宫这么一折腾，皇后便刻意将廷献定低一阶，至与承璋平级，取功过相抵、无功无过的意思，以求各方能够相安。

承璋对这一旨意感到十分不解，也替廷献不平，私下对廷献道：“我可真是看不懂，官家和圣人葫芦里到底卖的是什么药啊？你差点儿死在外头了！虽说没立下什么惊天的功劳，总算有大大的苦劳吧？我还以为怎么着也能赏你个高品呢，没想到，到头来，品阶竟跟我这个舒舒服服躲在宫里享清闲的人一样！而且，品阶不副也就罢了，怎么竟连一丁点儿的赏赐都没见着呢？刘奉武他们不是都赏了吗？他们不过梳头、捧茶、递帕子、端盘子，论功劳，能有什么功劳？怎么能跟你相比？……依我说，就算不想惹外人议论偏私亲随，官家和圣人也不至于谦抑到这个地步吧……”

廷献警惕地左右看看，一面低声道：“嘘——别说啦。怎么定品阶，官家和圣人自有道理，咱们做内臣的，遵旨就是。再说我也没干成什么事，第一仗就受伤了，还得劳烦别人照顾我，添多少麻烦。你仔细想想，那么多人倒在荒野里官家都没顾上管，偏生遣人四处找我、救我，这是多大的恩典？我感激都来不及，哪里还有半句话说？”

承璋不甘心地撇撇嘴：“理是这个理没错，可是……”他压低声音道，“你是圣人的人，圣人怎的也不帮你说句话呢？”

廷献一笑：“你以为，要是没有圣人庇佑，我能活着回来吗？我在医帐里醒过来时，官家第一句话就说，要是我死了，他没法子向圣人交代……承璋，咱们不过是草芥一般的性命，死不死，活不活，谁会在乎呢？官家肯救我，全是看在圣人的颜面上。”

承璋点点头：“那倒是。哎，圣人毕竟是离不了你的，刚打完仗，又把你从官家手里要回来了。”

廷献摇头道：“不是圣人要的，是官家打发我回来的。”

承璋惊讶道：“怎么了？”

廷献淡淡道：“我笨手笨脚的，在官家跟前老是犯错，实在难当大用。官家仁慈，也不责骂我，索性将我还回来，依旧受圣人教训。”

承璋深深看他一眼，也不说话了，转而望空发起呆来。

片刻，承璋悠悠叹了口气。

九九　射鹿南庄

数日之后。京郊。南庄皇家猎场。

猎场地形丰富多样，山地崎岖，树林茂密，草场开阔，方圆十数里野物出没，杳无人烟。刚刚下过一场雨，热毒尽退，天气显得分外凉爽。野物们纷纷趁机出窝觅食，正是郊猎的大好时机。

官家郭荣携皇后与皇子皇女一同游幸南庄。陪猎的，有皇妹晋国长公主鹭娘、驸马都尉兼殿前都指挥使张永德，还有侍卫亲军都指挥使李重进全家，以及枢密使郑仁诲、判三司李毂、门下侍郎范质、中书侍郎王溥等中枢重臣及其家小。当然，也有朱雀。

郊猎以活动筋骨、锻炼体魄、开阔胸襟为上，因此帝后舍弃了烦琐的卤簿仪仗，只由禁军步骑加少数内侍护卫事奉。除了林远、邓锦等率殿前近侍班直扈随，禁军龙捷左右厢都指挥使韩令坤及夫人秋木香、副使赵弘殷，虎捷左右厢都指挥使慕容延钊、赵鼎，以及殿前都虞候李继勋、赵匡胤等将领，亦各率部从浩大卫跸。皇苑中豢养的数只苍背鹰隼与十数只彪悍猎犬，也由牧兵们牵擎而出，让这郊猎的队伍愈发显得威风凛凛、声势迫人。

君怜命东方氏等傅姆带领观音和训哥儿乘舆跟随，自己则与君贵并骑而行。

风吹草低，马蹄过处，零散的水洼镜面上映射出的青天白云次第破碎，又渐渐复现。

皇帝夫妇并肩纵情跑了一阵子，改为以中速在草场上散步。朱雀身着骑装，策马跟在君怜身后也跑了一段，现下缓辔降速，她便向远处的景物极目张望，面色欣然。一应陪猎官员眷属及内外侍从将他们簇拥在中心，却又不很靠近，给他们留出了闲话体己的空间。

雨过天青，万物皆是新晴之姿，风华美如微醺。君贵见君怜骑在马上衣袂飘扬、神清气爽、容光焕发，不由笑道："看来你真是在宫里憋闷坏了，原该早些带你出来跑跑才是。"

君怜笑着向身后的朱雀回看一眼，小声道："嘘，哥哥快别提这事啦。这里头最感憋闷的人，可不是我啊。"

君贵不由也往身后瞥去，含笑小声道："怎么，朱雀跟你抱怨什么了吗？"

"呵，她的心性，哥哥又不是不知道，装在天地这个大笼子里都嫌小，何须再亲口来向我抱怨？"君怜笑道。

"难怪我看她近日总是懒洋洋的，以前那种精气神，可是少见了。"君贵不免叹息道，"其实你们何必等我？我不在京中时，你们自己出来郊猎也是可以的啊。"

"朱雀的事，以后我再跟哥哥细说。现下咱们先不提她，省得被她听见。"君怜笑道。

"好好。"君贵也笑了起来。因想起一事，君贵又道，"对了，昨日少府监来请旨，说是陶工正在研制一批全新的御瓷，问我想要什么颜色。——现下我来问你，你想要什么颜色？"

君怜好奇心起："什么颜色都行吗？"

君贵点头："那是自然。圣人想要的颜色，他们必定会千方百计做出来的。"

君怜不假思索地指指头顶的天空："那么，我想要这个颜色：雨过天青。"

君贵虚着眼睛看向天空，不由开怀："好，就是这个颜色，我也想要！"

两人正说笑着，忽见前方远处草丛中扑簌簌一阵动静。

"官家，麂子！麂子！""圣人，麂子！还有兔子！"从臣们纷纷围拢过来，低声提醒道。

君贵点点头，向林远等吩咐："去将皇子和皇女接过来。"

未几，观音和宗训被乳母们从乘舆中抱出，护卫至御前。君贵自马上伸手，将训哥儿接过来，搂在自己鞍前。正要将观音安排给李重进，观音却先在东方氏怀中闹了起来："爹爹抱！爹爹抱！"

君贵忙俯下身，轻拍着她的小脸蛋，柔声道："好闺女，爹爹骑在马上，只能抱一个。阿弟小，爹爹抱他，让伯伯抱你，好不好？"

"不好！不好！"观音说着已经带上了哭腔，攀着君贵的手就要往他身上爬。

君怜忙伸手道："音儿，来阿孃这里，阿孃抱你。"

"音儿也要爹爹抱！音儿也要爹爹抱！"观音不干，蓦然哭闹起来，在东方氏怀中拼命扭动。君怜赶紧由廷献扶助着跳下马，将观音接过来，抱在怀里百般诓哄。君贵与一众从臣也跳下马来，围着君怜母女。

无奈观音实岁尚不到两岁半，哪里讲得通道理？眼见得爹爹明明有两只手，却不肯像以往那样将自己和弟弟一左一右搂在怀中，实在气噎难平，执着地将手伸向爹爹的方向，大哭大闹着，泪水四迸，只是不依。

皇帝夫妇的心被她给哭软了。

见观音死活不退让，君贵只得叹口气，对怀中的儿子柔声道："咱们训哥儿最是听话，训哥儿去让伯伯抱着骑马看射兔子，好不好？"宗训实岁将近一周岁了，似懂非懂地点点头。

重进忙近前伸出双手，君贵小心地将儿子递给他。重进将宗训搂在怀里，对他笑道：“训哥儿来伯伯这里，伯伯的马儿也很快。少时伯伯带训哥儿在草上飞起来，好不好？”

宗训已经会说简单的几个字，欣然道：“好。”

君臣上下尽皆松了一口气。这里观音见爹爹腾出了手，忙攀着他的胳膊爬到他怀中。早有乳母上来，赶着将观音的鼻涕眼泪擦了个干净。

君贵左手紧紧兜着观音，右手点着她的小鼻头，笑道：“好了，有爹爹抱着，这下不哭了吧？”观音见爹爹投降，小小的心眼儿中警戒尽去，登时破涕为笑。

一时众人重新上了马。君贵示意狩猎开始。皇亲与陪猎从臣们一字排开。

司祝念了一小篇祝祷词，表明生灵有序、此消彼长，今日之猎是谨遵上苍生克之意而为，非敢擅启杀端，又祈愿收获丰厚，以昌皇朝之武运。最后，司祝张开双臂祈祷：“四方生物，欲左左去，欲右右往，不用其命，乃入吾网！”

最后这句祷词，是借用成汤“网开三面”的典故。君王出猎，不能给生民一个天子好杀的印象，所以要祝祷。一则表明自己是在履行天意，二则表明会以天子之仁慈对待四方生物，让它们能跑的跑掉，能躲的躲掉，只有命该如此的，才成为今日收获的猎物。

司祝祷罢，早有许多禁军士卒跑到远处，将藏在草丛、灌木丛、林间的野物轰起来，在长茎短草间突突乱窜。

晋国长公主鹭娘位在君贵之侧，见状笑道：“荣哥哥，看起来今日野物真个好多。可是你抱着观音，要怎么来开这第一箭呢？”

君贵看看怀里的皇女，向妹子笑道：“无妨，就请你嫂子来开箭，也是一样的。”说着便向君怜示意。

君怜笑道：“教我来？我臂力不够，从小就没学过。……我让榷娘替我，可不可以？”

君贵不知朱雀习过射艺，奇道："榷娘会吗？"

君怜点头："嗯，她学过一点。"

君贵便扭头看向君怜身侧的朱雀，鼓励道："榷娘，你来替朕开这一箭。"

朱雀不意这事竟落到自己头上，心下登时老大不乐意。可是当着这么多人的面，却又不好找借口婉拒，略一顿，只得应承道："好，我试试看。"

当下廷献与承璋等都上来伺候开箭。承璋赶着用软布将朱雀以前使惯的牙角雕弓擦两擦，小心递给朱雀。廷献从林远手里接过御用的金铍箭，双手交给朱雀，又低声对她道："姐儿，虽说马上不稳，但屏住呼吸，手就不容易发抖。"朱雀点点头。

既称开箭，自然讲究以有所斩获为上。可是历来帝王郊猎，第一箭就能射中猎物的却少之又少。众人都知道开箭不过取个吉利而已，射得远就已是出彩了，没人指望真的射中什么，所以开箭的压力并不大。

一时众人都将视线集中到宫中这位神秘低调的骑装杜娘子身上，且看她如何出手。君贵与君怜亦含笑相视，旁观不语。

众军士又从远处轰起几只活物乱窜，长茎短草迁延倒伏一片。"是麂子！""是兔子！""獐子吧？""好几只呢！"众人小声议论纷纷。

朱雀静静骑在马上，搭上箭、拉满弓，瞄准一处动静，随着它稳稳移动上身，忽一松弦，沉着地一箭射去。

随着弓弦声响，皇苑所豢养的鹰犬尽数由牧兵手中放开，齐向箭落之处扑出。一时猎场苍翼翱翔，黑龙狂吠，天上地下热闹非凡。两支禁军小队在各自将领的带领下，马卒纵骑，步卒健步，亦向远方急速奔去。

君贵向君怜悄声笑道："朱雀这一箭，射得好远。"君怜微笑点头。

未几，只见殿前都虞候赵匡胤率数骑迅疾驰回，到皇帝跟前带笑揖道：“启禀官家，射中了！射中了！”

君贵大为惊讶，忙问：“娘子射中的是什么？”

“回官家，娘子射中了一头黑麂子！”

君贵大喜：“赶紧，把猎物给抬回来！”

“已经在抬了。”

未几，众军卒以木杠子吊抬着一头体形偏大的黑麂子回到御前，黑麂子脖子上，正插着适才那支金钺箭。因是放松的场合，军卒们也不像素日在御前那么谨小慎微，纷纷笑道：“官家，今日好强的运气！”“一箭就倒地了，根本没力气站起来再跑！”“好久没见过这么肥的猎物了！”“这么大的个头儿，怕不是能喂饱五十条壮汉吗！”……

君贵和众人皆下了马，围到猎物跟前来看。君贵喜不自胜，笑向君怜和朱雀道：“朕继位后第一次郊猎，居然开箭奏功，这一定是国朝武运大昌之兆！……権娘，你……呃……回宫后朕要大大地赏你！”朱雀微笑，只点头回应。陪猎众臣见杜娘子一箭射中这大黑物儿，也深感稀奇，纷纷向官家称贺不已。

君贵一手抱着观音，俯身验视了麂子的伤口，又亲自将那支金钺箭拔出，查看箭头。只见锋镝仍利，残留的血痕鲜红，显然箭枝是以极快的速度直穿麂子颈脉，致其封颈而亡的。君贵不由对朱雀更添一分惊异，将箭递给她，笑道：“権娘，目下先将这支御箭赏给你。”

君怜满目欣喜，连连点头。朱雀略感不好意思，接过箭淡淡一笑：“多谢官家。”承璋忙上前从朱雀手中将金钺箭接过来，擦拭了血迹，小心以软布裹了，放入自己身负的箭囊中。

君贵看向陪猎众臣，笑道：“武运既开，今日诸卿也可大显身手了！凡是射中的，无论猎物大小，朕都有赏！”又向赵匡胤道，“传朕口谕到各禁卫班直，待皇家和王公大臣们收猎，朕会专门留出一炷香工夫给他们试试身手，但有斩获者，均可获得金鈚箭一支为赏。倘若技能出彩，赏格还可再升。”

赵匡胤忙应道：“遵命！”急急领旨而去。

君贵又指着黑麂子向林远吩咐道：“少时命人将这首猎的吉物烧烤好了，分给今日随猎的众人，人人有份！”他低头看着怀中睁大眼睛左顾右盼的闺女，温言道，“咱们的小观音和小皇子，虽说牙口还撕不动鹿肉，也是有份的！”

林远笑道：“是，臣教人专门给皇子和皇女做成肉糜吃。”

君贵忽又想起一事：“对了，给王著也留一小块带回去。谁教他昨夜喝疯了，今日骑不了马，还巴巴地教仆从送个私帖来，求我赏他个好彩头，哈哈！”

一时军士们又在远处轰起猎物来，众人重新上马备猎。君贵心痒手痒，意欲亲射几箭过瘾，奈何观音死活不肯离身。君贵只得作罢，依序让君怜和鹭娘试射。君怜不忍拂了君贵之意，便勉力掣箭引弓，往草丛中随意发了一箭。鹭娘自小学过射箭，倒是跃跃欲试，但毕竟年轻力弱，一向又疏于演练，数箭射出，毫无斩获。

然后是枢密使郑仁诲、三司使李穀等枢臣发箭。再接下来是侍卫亲军都指挥使李重进、殿前军都指挥使张永德试射，两人均有斩获。李重进因抱护着皇子，原是逊谢说不射了的，君贵不欲众人皆乐而独他今日无功，便让君怜暂时将训哥儿抱过来，待他射完再还回去。重进射艺颇佳，一箭便射中一只獐子。永德也不甘示弱，紧随其后，射中了一只锦鸡。

再往后，诸枢臣家的子侄孙辈，重进的儿子延福、延寿，扈随出猎的韩令坤、李继勋、赵弘殷赵匡胤父子等禁军各部帅，官家贴身近卫林远、邓锦等诸直都虞候，也都得官家赐射，颇有收获。尤其那赵匡胤，连珠三箭射倒一只惊逃的狍子，官家一高兴，顺手便将御箭囊赏给了他。

观音稳稳倚靠在爹爹怀中，直如端坐莲台一般，睁大了眼睛看着热闹。眼见得一派鹰飞狗跳，众人呼喝不已，热烈非凡，便也闹着要射箭。君贵就握了她的小手分执弓羽，往近处草场放了一箭，欢喜得观音咯咯直笑。

君怜见状，连声夸赞观音有出息，又转头向重进笑道："既如此，就有劳伯伯，也带着训哥儿放一箭。"

重进笑道："好。"便也如法砲制，教皇子宗训射出了人生第一箭。

而后众陪臣散开，各取其便，纵享奔驰狩猎之乐。

这一日，官家君臣在南庄皇家猎场耍了个痛快。玩耍累了，又在行帐外席地而坐，烤肉行觞。猎中者各得赏赉有差，笑语相连，上下尽欢而归。

禁中。滋德殿移花堂。日暮时分，晚霞如燃。

皇帝夫妇带着皇子皇女共进晚膳，朱雀也在一旁作陪。

朱雀每日在哪里进餐，全看君怜是否邀约。常理，朱雀是在自己的紫烟阁中进餐的。但君贵出征期间，君怜只要无事，常会遣人来请她去延福殿一起用食。君贵返朝后，帝后常在一处，君怜关于共餐的邀约就少了一多半。其实君贵早将朱雀视为家中一员，已经习惯了两口子吃饭时有朱雀在旁，可是君怜发觉朱雀总是闷闷不乐，不愿君贵察觉后多心，便刻意减少了朱雀在君贵面前出现的次数。

今日猎场丰收，陪膳的邀约，是君贵本人主动发出的。君贵本以为自己已经很了解朱雀，不意共同生活三年后，竟又发现了她的新本事，惊喜之余，愈发觉得她神秘莫测。

席间，君贵不免细细询问朱雀的射艺是何人所授，日常是如何练习的，今日又是如何操控的云云。朱雀知道廷献已从滋德殿返回坤宁宫，虽从未向君怜主仆问过任何一句，却敏感地察觉到了一些端倪，便不欲直言廷献教授自己射术之事。更兼她嫌君贵问得啰唆，刨根究底，全不容人隐瞒一般，便淡淡笑道：“有劳官家动问。可是臣妾并没有什么射艺，不过是以前家中师傅教授过一阵子……后来习射，也是断断续续，马虎得很。……今日那一箭究竟是怎么射中猎物的，臣妾自己并不知道。想来是上天保佑官家武运昌盛，借臣妾之手降福而已。……官家倘若再让臣妾射一箭，臣妾可再也不能射中什么了……”

君贵没有得到自己想要的答案，心中不甘。他知道实情绝不像朱雀所说的那么轻描淡写，他检查过伤口和箭头，他能推想出那一箭的速度和力道。正中麂子的颈脉或许是碰巧，箭速和力道却是碰不出巧来的。可是朱雀不愿说，他也毫无办法。朱雀的婉拒冠冕堂皇，让他连气都不好意思生。

晚膳之后，用了茶，朱雀就告辞返阁了。未几，训哥儿犯困闹觉，君怜便也告辞，要带皇子皇女回坤宁宫去安歇。临走之前，君贵拉着她，笑道：“我这里还要处理些公事。晚间，是你来我这里，还是我过去你那边？”

君怜微笑道：“哥哥想在哪里安歇？我都听你的便是。”

君贵道：“那么我先忙一阵子再说。倘若我过不去，便遣人去召你。”

君怜含笑点头：“好。哥哥别太累着，早些开歇，我还有事要跟哥哥商量呢。”

一〇〇　蟾影嘉香

坤宁宫。坤宁殿后殿。

灯影摇曳，连殿堂也困了。四下静寂。

观音与训哥儿早已在暖阁中各自睡着。君怜在灯下翻看朱雀给她抄的那本《大方广佛华严经》中的颂偈集。廷献来进宁神汤。

君怜问："什么时候了？"

廷献去看了铜漏刻度，答道："回圣人，时过亥初，已是人定之中了。"

君怜放下经卷，轻叹道："这么晚了，官家难道还在忙？"

廷献迟疑道："要不要……去问一声？"

君怜摇摇头。

两人正说着，忽闻殿外一阵次第唱礼之声。君怜忙站起身迎出去。只见君贵大步走来，后面跟着刘奉武和一个内品，内品手里捧着一沓奏表。

君怜福了一福，嗔道："这么晚了，官家怎的还没忙完？"

君贵苦笑道："咱们给臣下放假，带出去玩了一日，可是，没人给咱们放假。今日送入内的奏表出奇地多，回来就看见御案上堆了一大堆。若是不处理完，堆积到明日，岂不是多上加多？"

君怜笑道："谁规定奏表就得当日处理完了？"

君贵道："我自己啊。……可是我一面看着奏表，一面又走神想别的事，结果看来看去，总也看不完，还是你来帮我看吧。”

君怜示意刘奉武和那内品将奏表放到自己书案上，又将君贵拉到榻旁坐下，笑道：“好，我帮哥哥看。可是今日太累，咱们都不看了，早些安歇，明日再处置，好不好？”

君贵犹豫了一下，略有些不甘心：“……也行。不过，你不是说还有事商量？”

“嗯。那也不用正襟危坐地商量啊，一面歇息一面叙谈，也是一样的。”

一时侍从们分别上前，服侍帝后洗漱已毕，各自换了中衣就榻。

众人退出。殿门紧闭。夜色空明，月光如侵，蟾影迷离。

殿中暗香袭人，纱帐低垂。门口两盏长明灯，在琉璃罩下发出柔和的暖光。

月光与灯光同时映照在榻前不远处的木衣架上。衣架做成了背对背的两个仕女形状，仕女的手臂可以调节高低。手臂上，搭着皇帝夫妇的常服，平展低垂。这仕女衣架是晚唐宫廷旧物，据说是当时的文思院根据开元时期遗存的图画仿制的。

君贵在枕上支颐看着君怜，眼巴巴等她开头。君怜见他认真的模样，不禁笑道：“从滋德殿带过来的一沓奏表没有处理，已成哥哥的一重牵挂了；倘若我想叙的事推到明日再叙，哥哥是不是会一宿都睡不着觉？”

君贵闻言，也不答话，探身乔张作势向她胳肢一番，方恨恨道：“知道我性急，你还逗我？”

君怜笑着躲闪不迭，一面连声讨饶：“……好了好了，臣妾这不是怕累着官家吗？”

君贵绷着脸道：“放心，官家累不死。圣人有事待说不说的，才会把官家急死。”

“好好，我说就是，哥哥别起急。”君怜忙安抚道，“……今日朱雀开箭开得好，哥哥说了要赏她。我想问问，哥哥打算赏她什么？”

现下朱雀成了君贵很愿意讨论的一个话题。君贵看着君怜，顿了一顿，似笑非笑道：“你这么问，必定是自己有了主意。我且听听看，你有什么好主意？”

“是我先问的！我要先听哥哥的主意。”

“我正是因为没主意，才说回宫再赏她的。……依我看，朱雀这么古怪，无论赏什么，只怕她都不稀罕。”

“说得也是。”君怜笑道，“哥哥知道吗，今日在猎场，我可很是提心吊胆了一番。”

“啊？这是为何？”

“我很怕你当场问她，想要什么赏赐。然后她呢，当场就说，想要出宫去……”

君贵得意地笑了起来：“哈，我差点儿就那么问了！幸亏我及时醒悟，生生把要出口的话给拉了回来！”

君怜拍了拍心口：“无量寿佛！哥哥真是越来越了解朱雀了。”

君贵道：“现下你可以说了吧，你希望我赏她什么——不仅她乐意接受，还能留下来陪你不走？”

君怜沉吟道：“……赏她一个封号怎么样？”

“那有何难？圣人的姐妹有封号，还不是天经地义的事吗？可是，这样她就会惬意了吗？”

“再给她一个内职，让她有个营生、有点事做，怎么样？”

君贵奇道：“朱雀会想要个差遣将自己羁勒起来？这不大可能吧？”

君怜道：“那要看是什么差遣、什么营生了。”

君贵想了想道：“你若真想让她有个营生，宫里原有玉虚观，她又慕道……索性就教她去那里主事，如何？”

君怜连连摇头：“不好。”

“为何？”

“朱雀的慕道与别人不同，并非为了求仙长寿之类的目的。她慕道，只是因为道中有助她解脱的东西。她的心里不太平，倘若真的入观修行，孤立于人世，只怕会更添烦恼。”

君贵默然。片刻，方问道：“那你想署她一个什么内职？她本以外戚之故为一阁之主，你反倒让她去做宫官，这会不会低了她的身份？”

君怜笑道：“那要看让她做什么了。我想在六尚和内班院之上为她特设一个位置，叫作司宫令。”

“司宫令？”

“嗯。总掌宫内各格各式，辅佐中宫，裁判法度，戒令纠违，比原先的宫正权力更大，地位更高。”

君贵失笑道：“以朱雀自在无碍的心性，她会想要这样一个专门管束别人的职位？”

“那打什么紧？朱雀所求的，不过是自在。倘若让她做了司宫令，名义上，这宫闱中都是她在管别人，除了我没人能管她，她不就自由自在了吗？反正她是个素淡无欲的人，绝不会借此权势去做什么出格的事。”

“嗯，也有道理。……那么，品级呢？”

“唐妈妈是家仆，已经封了正三品。朱雀是主子，那就从二品，哥哥看可以吗？”

“她是你的姐妹，猎场又立了首开武运之功，便是品级再定高些也无妨。……封号呢？”

“要么……封个郡夫人吧？选个头等的郡名给她？”

君贵摇头道：“我看不妥。唐妈妈封郡夫人，朱雀也封郡夫人？主仆混同一级，你教朱雀的颜面怎么过得去？”

“那哥哥的意思呢？”

“既是内职，何妨定高一些？封个次国或小国夫人又打什么紧？就像你之前说过的，这不过是天子家事，外人岂敢有什么话说？”

君怜感激道：“小国就可以了！哥哥如此慷慨大度，我先替朱雀谢过哥哥的恩典。”

君贵笑道：“你且不必谢我。只怕你费心费力替她讨了封赏，人家却并不稀罕呢。尤其是司宫令这种内职，十有八九，人家根本就不肯接受。”

君怜躺平身子，悠悠叹了口气：“唉，想法子教她接受这个营生，那就是我的事了……”

滋德殿。日禺。

皇帝郭荣与枢臣们坐论枢机。

十数日之间，在调整方镇与中央武职的同时，君贵也对枢臣的职守进行了调整和加恩：以前礼部侍郎边光范为刑部侍郎，权判开封府事，接手自己以前尹京时的工作；以左仆射兼门下侍郎、平章事、监修国史范质为守司徒兼门下侍郎、平章事、弘文馆大学士；以左仆射兼中书侍郎、平章事、集贤殿大学士、判三司李穀为守司徒兼门下侍郎、平章事，监修国史；以中书侍郎、平章事王溥为中书侍郎兼礼部尚书、平章事、集贤殿大学士；以枢密院学士、工部侍郎景范为中书侍郎、平章事，判三司；枢密使、检校太保、同平章事郑仁诲加兼侍中。

经过这一连串的诏令，现在皇朝的中枢人事有了新的布局：

宰臣调整为首相范质、亚相李穀、末相王溥。原来的首相是冯道，冯道去世后此位空悬，至此才将亚相范质升级而任；李穀原来是以末相兼判三司，现升级为亚相，一则因李穀功高，二则李穀上了年纪，多病，担任三司使实在太过操劳，三则监修国史是重任，将此职交给李穀，也是礼重老臣之意；王溥由端明殿大学士转集贤殿大学士，也是进了一步，以美其文治。此外，代理帝都最高行政长官（权判开封府事）人选落定老臣边光范；三司使由李毅改为景范——景范在皇帝亲征期间辅佐郑仁诲为东京副留守，治饷有功，得到皇帝赏识。

至于枢密使郑仁诲，他担任东京留守期间兢兢业业、勤于政务，又倾力筹度军需，保障国用无阙，功莫大焉。不过他已经位极人臣，也无职可升，就循历朝故事在太保之外加兼侍中，以示恩宠。

此时在座的，主要就是这几位刚刚获得了加恩的枢臣。枢密副使魏仁浦日前被派赴黄河视察河工，并不在场。

议完了赈灾，议完了修堤，议完了六部的人事更新方案，君贵估摸着今日议题已毕，打算散会，便循例问道："诸卿还有什么事吗?"

"陛下，臣尚有一事。"郑仁诲郑重其事地开口道，随即起身离座，从袖中取出一个奏册，双手呈给官家。

君贵接过来，看了几行，惊讶道："郑枢密筋骨尚健，如何竟要请辞枢职呢?"

"唉，"郑仁诲叹口气，"陛下，臣倘若身子尚可，绝不敢上表言及此事。只是，今岁春末之后，臣不知怎的突然添了头风病，虽经治疗，仍旧不时发作，令臣痛苦不堪，难以视事。……枢密使乃是皇朝第一要职，臣不敢贪恋权位，以病羸之躯窃居此职，贻误朝廷的大事啊……"

"卿的病，是教谁看的? 御医院去人了吗?"君贵关切道。

"来了。刘孝能、曹保义、马道元等人，都替臣看过了，也服了药……"郑仁诲答道。

"郑枢密，些许疾病，好好服药，安心养着就是，不必心忧，也不必提什么辞位的话。"君贵温言道，"枢密院的事，有同僚们帮着料理，有朕亲自看视着，不会出什么大纰漏。"

"陛下……"郑仁诲坚持道，"陛下日理万机，更需要有得力的人替陛下分忧！臣做不到的，自有他人做得到。陛下万不可自己过于操劳！”

君贵看向座中其他人，他们也都默默看着这君臣二人。枢密使之位太重，在大周官场牵一发而动全身，当此敏感之时，谁也不好胡乱置喙。

“卿的忠心，朕知道了。辞位的奏表，朕不允。”君贵毫不犹豫地回答道。

紫烟阁书房。日间。

君怜与朱雀一起弄茶。朱雀仍旧玉冠素袍，是半副男儿装扮。君怜知她固执，日常居家的场合，也就不再劝说。

屋内只有她们两个人，连跟随君怜而来的廷献也被打发到外面去了。这是朱雀的主意。

君贵还师之后，君怜变得忙碌，不仅要管理后宫，还需时常帮助君贵处理前朝的军政大事。所以君怜到紫烟阁来的次数，明显减少了很多。朱雀独居寂寞，除了观音也鲜有访客，虽不免盼着君怜来相伴一二，却又不肯主动到中宫去探望。

矜持是容易的，坚守是困难的。日子一天天熬下来，她的心气已渐有干枯之势。好在南郊猎场一天的跑马射箭及时纾解了她的郁闷，一连两三天，她都能够平心静气地读书与抄写，不那么心烦意乱了。

今日难得君怜来访，朱雀一时兴起，便决意亲自侍弄茶事、香事与花事，与君怜一同缓缓消磨掉这后晌的金兰光阴，就如同不太遥远的从前那样。

候水的时候，君怜问朱雀这几日在做什么。朱雀说，在重温《世说新语》。

君怜笑道：“重温到哪一节了？”

朱雀看她一眼，淡淡道：“任诞。”

“任诞？”

“嗯，其中阮籍与嫂子告别那一段。”

君怜默然。打小她就知道，“任诞”是《世说新语》里最为朱雀所喜爱的章节，记录的全是魏晋之际名士们放任不羁的言行。朱雀所说的故事很简单：阮籍的嫂子有一次要回娘家去，阮籍专门跟她告别。因《曲礼》有云“叔嫂不通问”，当时的人们知道此事后，全都笑话他。

不过，朱雀的重点显然不在阮籍和他嫂子这档子事，朱雀的重点在于阮籍回答别人嘲笑时的那句话：“礼岂为我辈设也？”对此，君怜心知肚明。

君怜看着朱雀，掂量着，最终决定不接她的话茬。朱雀自己倒一笑。

茶行过三道，两人放下琉璃杯盏。朱雀从壁龛旁取过一只扁扁的银匣子递给君怜。君怜打开来看，是一匣微带粉色的香粉，其香气极淡，非将鼻尖凑过去才闻得到。

“这是什么香？”

“是我采集了院中那些嘉州海棠制成的，我管它叫‘嘉香’。”

“‘嘉香’？好名字！香气也雅致。”君怜笑道。

“一个春天，满院子的嘉州海棠，我亲自挑取、炼制，总共就得了这么一匣子。你若喜欢，就分走一半吧。”朱雀说。

君怜欢喜道：“好呀。……哎，其实宫苑中别处还有不少嘉州海棠，早知道你在制这种‘嘉香’，就都取了来，又有何妨？”

朱雀鼻子里一笑：“何必制那么多？况且，我也懒怠出门取去。”

君怜见她神色疏慵，知她心绪不畅，便也不再招惹她，默默掂起香匣来嗅。良久，想起一事，随口笑问：“承璋呢？我适才入阁子，似乎没瞧见他。”

朱雀漫不经心道：“他呀？我也不知道。倘若你没瞧见，那就是没在阁子里呗。”

“嗯。”君怜不动声色点点头，“……想来是不在了。……朱雀，你还是应当管管承璋的。”

“嗯？管他做什么呀？他不是挺好的吗？”

君怜耐心道：“宫里人这么多，若都像他这样，去哪儿了连主子也不知道，谁还遵守规矩？我刚刚革新了宫规，正着人教习背诵呢。他是咱们自家带来的人，总得先替我撑住场面吧？”

朱雀闻言，细细打量君怜片刻，叹了口气：“君怜，我知道做圣人是件很辛苦的事。倘若累了，你可随时到我这里来叙叙，或能稍有纾解。”

君怜笑道：“既然体谅我辛苦，何不帮帮我，让我松快松快呢？”

朱雀撇嘴道：“我可没看出来我有什么能够帮到你的地方。”

君怜从袖中取出一个海棠文鸟五彩锦囊放在案几上，推到朱雀面前：“你可以帮我的，看看这个。”

朱雀好奇地拿过锦囊，入手沉甸甸颇有些分量。将所装之物取出来看，原来是一枚比巴掌略小、比手指厚度略薄的圭形镶金牙牌，牙牌两侧从肩脊至下端浮雕着一对神雀，牌身正反面中央都镶有镌了字的金版，牌头缀着一把火红的流苏。

朱雀细看牌身金版上的镌文，只见正面是一溜四个秦篆大字：“司宫之令”，下面雕一个圆章“杜”字；翻过来，背面是两行小字：“总掌宫格，统领内事，裁判法度，戒令纠违”，下面又有“大周显德元年敕造”字样。

朱雀放下牙牌，面无表情：“这是什么意思？我看不懂。”

“司宫令，”君怜镇定地微笑道，“这是我和君贵特意为你所设的位置，好和我一起管理内廷。……朱雀，看在我每日辛苦操劳的面上，你就出来帮帮我，好不好？”

朱雀沉下脸道：“君怜，你明明知道我不爱受这拘束。”

"知道。我不是拘束你，是教你拘束别人。"

"我也不爱拘束别人。"

"……你不必管太多事，只是遇到我忙不过来的时候，临时帮个忙就可以。"

"君怜，你手下能做这件事的人一大把，何必非要我帮你？"

"……你最合适呀。"

"我不合适。我不喜欢这些俗务。"

"……难道你就乐意成天闷在这阁子里吗？"

"闷在阁子里也挺好的——至少，比去给你做这个什么司宫令强。"

"……你若不乐意管事，不管也行，有这个名分就够了。"

朱雀一愣，不由失笑道："既然不管事，要这名分做什么？何必多此一举？"

君怜忍耐地抿起了嘴。朱雀太任性了，全然不体察自己待她的一番苦心。——不，不，朱雀本来就是这样的人，也许是自己失策，有些操之过急了。

朱雀看出君怜不悦，却不肯退缩，理直气壮道："怎么了？你突如其来给我派个我不喜欢的活儿，还不许我拒绝吗？"

君怜和婉地解释道："……我只是不愿意你老闷在阁子里。你看看你现在憋闷成了什么样子，都懒怠出门、懒怠与旁人说话了！"

朱雀哼了一声："你想我出去走动，那还不简单？"

君怜起了警惕心，默默瞪着她。

朱雀知道她在担心什么，不屑地一笑："……宫里不是有玉虚观吗？你跟你家君贵说说，放我到那里去修道如何？你们再召一批女冠入内来，日日与我一同诵经打坐。这样，你也不必担心我不与旁人说话了。"

君怜不语，眼眶渐渐湿润。朱雀明明知道自己素来不赞成她出家修道，却偏偏挑出这个话茬来，难道她是在刻意刺伤自己，以此报复自己将她拖入宫禁的深渊？

好端端的晌后金兰时光，好端端的一腔良愿，为何局面竟突然走到了失控的边缘？君怜没想到会与朱雀认真龃龉起来。

她站起身，勉力忍耐着心中的恼怒："玉虚观荒废已久，你就不必想了。中宫事杂，我先回去，得闲再来瞧你。"

朱雀乜斜着她："就知道你舍不得把玉虚观给我！"

君怜拂袖向门而去，到门口停步，也不回头，沉声道："朱雀，谢谢你为我点的茶。"

"不谢。"朱雀得胜不饶人，冲着她的背影大声回答道。

帘晃影动，脚步声远。书房中一时又恢复了沉寂。

朱雀收敛了适才在君怜跟前的气焰，呆呆地看着窗外的日影。良久，忽然趴到桌案上，深深埋下头去。

一〇一　司宫之令

紫烟阁与中宫之间的回廊。

君怜沉着脸往回走，一面深深呼吸，试图平衡自己的心绪，抑制自己在朱雀那里遭受到的挫败感。侍从们紧随其后，一声也不敢出，只偷偷面面相觑。圣人素日总是那么淡定沉稳，他们中的大多数人，从来没有见过圣人失去镇静的模样。

拐过红漆栏杆的廊角，一个身影突兀出现。见了君怜一行，他立刻如礼在道旁下拜。

君怜停下了脚步："承璋。"

"……臣、臣在。"承璋的声音里有一丝慌乱。

君怜缓缓踱到他跟前："你去哪儿了？"

"臣……榷娘子派臣去办点事……"承璋垂头，含混道。

"你再说一遍？"君怜的语意忽然显得寒冷。

承璋抬头看一眼君怜。圣人罕见的严厉让他心惊肉跳，他不由结巴起来："臣……臣……"他求救地望向君怜身后的廷献。廷献皱着眉，悄悄向他摇头。承璋一时有些发蒙，不知道这摇头的意思是让他别说话了，还是让他别说谎了。

"怀里揣的是什么东西？掏出来。"君怜冷冷地垂目看着他。

承璋无可奈何，可怜巴巴地将手伸进怀中，掏出一个油乎乎的纸包，双手呈给君怜。

"打开。"

纸包打开，是一大块油汪汪的烧猪肉。

“这是什么？哪儿来的？”

“臣……臣去御厨房，他们知道臣爱吃肉，就……就给臣包了一块……”

“去御厨房了？去过几次？”

“没……没几次……三次，好像是三次……不是，五次……”承璋越发心虚，低声道。

“上次我到紫烟阁你不在，也是讨肉吃去了，是吗？”

“……是。”

“哼，派你事奉権娘子，你就是这么事奉的吗？油都浸到衣面儿上了！你是管勾紫烟阁内外庶务的人，你不要体面，紫烟阁还要不要体面?!”

“圣人，臣知罪了！请圣人息怒！”承璋眼见今日这光景与素日大不相同，也慌了神，连忙磕头认罪不迭。

君怜冷笑道：“先跟我回中宫去，再问你的罪。”说罢，也不再看承璋，自己率先迈步走了，侍从们忙追随而去。

承璋急得忙将眼睛锁住了廷献，低声求恳道：“哎哎，救我！快救我！”

廷献也不说话，只向他使个含意不明的眼色，摆了摆手，便急急跟上了君怜的脚步。

承璋跪在当地，越发急得抓耳挠腮，一把抓住了走在最后的一个小黄门，低声道：“你你，赶紧去紫烟阁找杜娘子，请她来救我！”

小黄门被他拽得蹲到地下，为难道：“这……”

承璋央告道：“好兄弟，明日我一定重重地谢你。你快找杜娘子去，不然我今日可就死在中宫了！”

小黄门苦着脸道：“那好吧。倘若报信的事给圣人发现，小的被打死了，范高班可要记得年年给小的坟头多化些纸钱啊！”

承璋急得直推他："放心去吧你，我犯的事儿我了，你死什么死？赶紧找杜娘子来救我是正经！"

小黄门应声而去。

承璋爬起来，看看君怜一行已经快走入宫门，忙拔足向中宫方向追去。

中宫偏殿。

君怜坐在案几旁，并不说话，只翻来覆去细看自己的手指。侍从们远远站了一殿，只有承璋垂头丧气地跪在她面前。

廷献小心翼翼走近君怜身边，问道："圣人，日头毒，走得又急，臣为圣人点一盏茶来败败火吧？"

君怜瞥他一眼："我刚在紫烟阁用过茶，你不知道吗？"

"是是。"廷献听她语气不善，忙垂头答应着退到一侧。承璋偷偷与他交换一个眼神，愈发心神不宁。

"你们都出去。"君怜向众人道，见廷献也欲动身，又向他道，"你留下。"

屋里只剩他们三个人了。

承璋偷偷舒了一口气。好歹都是打小儿一起长大的自己人，有什么话应该好说了吧？

承璋乖觉地向上磕了几个头，求恳道："圣人，臣知罪了，求圣人看在臣多年服侍的情分上，饶过臣这一次！"

君怜默然，拿起案几上的一个蛋青石山把玩着，良久，方哼了一声："你知罪了？你有什么罪？"

"臣不该去偷吃……臣不该不得榷娘子的允可就自己跑出去……"

"你倒是挺会轻描淡写的。"君怜沉着脸道，"你自己犯的事到底有多大，你就没想过吗？"

"臣没……没想过……"承璋察觉势头不妙，登时又出了一头汗，话声变得战战兢兢。

君怜睥睨着他:“没想过?哼,那你可得好好想想了。……依我看,光是待在这里想,你是想不明白的!”

承璋抬头看着君怜,揣摩着她的语意,忽然感到事情似乎颇可回转,忙乖觉道:“那……那臣换个地方想去?”他扭头看着窗外的日光,“臣去跪在墙根下想,成不成?……不成……那……臣去跪在庭苑里,教大日头晒着想,成不成?”见君怜仍旧没有回答,他起了一种可怕的担心,忙膝行两步,抱着君怜的腿哭丧着脸道,“……姐儿,臣从小最怕挨打!臣的皮肉松,一打特别疼!而且伤老也不好,挨了打,躺都躺不住!臣宁可罚跪,罚多久都行!求姐儿看在……”

“罢了,别说了,”君怜将脸转向一旁,冷冷道,“出去,照你自己说的做吧。没有我的允可,你不准起来。”

“是是,臣恭谢圣人恩典!”承璋向君怜磕个头站起身,本想使眼色让廷献记得替自己求饶,见君怜正瞪着自己,毕竟不敢拖延,只瞥了廷献一眼,便急急退步出了殿门。

恰是日头正毒的时候,满苑都是炫目的阳光。承璋走到庭苑居中处,在荷花池前的太阳地拣了块最晒的地方,端端正正跪了下来。

殿中。君怜面无表情地看向廷献:“……承璋挺会说话的啊,‘姐儿’,‘多年服侍的情分’,哼!”

廷献赔笑道:“圣人今日是怎么了,这么大的火气……”

“你说呢?”

“臣……臣不明白啊……”

“你不明白?一会儿你就明白了。”

“是是。……依臣看,无论什么缘故,圣人先消消气,别自己气坏了身子才好……”廷献小心翼翼地看着她的脸色,又试探道,“承璋犯了事,的确该罚。不过,圣人不会真的……”

“哼,这么快就要替他求情了?”君怜瞥他一眼,缓缓道,

“……河中府的大火里，承璋曾经手无寸铁挡在我的身前，要为了我与追兵拼命。……这件事，我永远不会忘。”

廷献松了口气，同时面上有了愧色。往事离得并不遥远。那时挡在姐儿身前的人，本来应该是他自己。姐儿虽然早已原谅了他，他自己却耿耿于怀，无论何时想起来，都不免一阵心惊，一阵后怕。

这当儿，采儿匆匆入内禀报：“回圣人，榷娘子求见。”

君怜看着廷献：“少时该说什么，不该说什么，你自己心里要有数。”

廷献一愣，不觉结巴道：“啊？这……臣……臣不明……”

君怜不理他，向采儿道：“请。”

片刻，朱雀直入偏殿。见殿内都是符府旧人，便立即恼火地大声道：“君怜，你这是什么意思?!”

“什么什么意思?”

“我得罪了你，你就整治我的人来整治我，是吗?”

“朱雀，你怎么说话呢?!”君怜微怒道，“我惩罚承璋是因为他犯了宫规，与你有什么关系?”

“他想出去玩就出去玩呗，他不是我的人吗，我乐意让他玩！他何尝犯了什么宫规?”

“他是你的人，他更是宫里的人！当值之时不在岗，反而恣纵闲逛，这是什么罪？御厨房供御的吃食，官家没尝他先尝，他又不是司膳试毒的，这又是什么罪?”

朱雀一时语塞。转脸看看室外的毒日头，稍稍和缓了语气：“好，就照你说的，他的确有了不是。可他好歹是个高班，这么热的天儿，他穿着好几层衣裳在外面烤着，就算烤不出病来，叫他底下的人看了怎么笑话他？你总得给他留些颜面吧?”

“有家法，就要执行家法；有宫规，就要执行宫规。既然犯了事，还讲什么颜面?”

朱雀气为之结。片刻，又忍一口气道："……君怜，承璋事奉我一向很忠心，这次你能不能饶过他？回到阁子后，我一定好好管教，不许他再犯了。"

"怎么，不过罚他跪了一下，你就看不过眼了？……看不过眼，你可以做司宫令，自己来决定怎么责罚他。"

朱雀大为恼怒，咬牙冷笑道："……哼，就知道你在这儿等着我呢！"

君怜看着朱雀，不疾不徐地说道："如果你不肯管，那就只能由我来管。我正在大力整顿宫纪之际，他不说倾力为我支撑门面，反而带头不守规矩，丢尽了一众符府元随的脸。我现在看他气儿不顺，这样责罚他，已经算是轻的了。"

"哼，多大点事儿啊，你有必要这么小题大做吗？"

"小题大做？"君怜瞥她一眼，转向廷献，语气变得森严，"玩忽职守应当如何惩处？欺君罔上又应当如何惩处？宫规里是怎么说的，権娘子不知道，廷献，你来告诉権娘子！"

廷献为难地看向君怜："圣人……这……"

"说！"君怜瞪着他。

廷献只得转向朱雀，解释道："権娘子，承璋他的确……"

然而朱雀也正狠狠地瞪着他。廷献同样惹不起朱雀，后面关于宫规的解释，就只能硬生生憋了回去。

廷献暗自嘘口气，想了想，又转向君怜，赔笑劝解道："圣人，以臣的愚见，承璋绝不是故意惹您生气的！他只是管不住自己的嘴，一时糊涂罢了。要不……就依権娘子说的，暂且饶过承璋这一回，成不成？两位何必为了小小一个承璋，吵得如此天翻地覆呢……"

君怜没想到廷献居中和起了稀泥，不由冷笑道："有人犯了事，就得有人受罚。饶过了他，难道你来受罚吗？"

廷献毫不犹豫地答道："臣愿意受罚，只要两位姐儿别再争吵了！"

说罢，他也不待君怜发话，就自己奔出殿门来到承璋身旁，依样面向殿门，直直跪了下去。泼天的热浪一下子包裹住了他，庭苑的石板反射着白晃晃的日光，让他虚起了眼睛。

殿内。君怜与朱雀僵持不下，两人都没有说话，只齐刷刷将视线投向庭苑中。

殿外。满头大汗的承璋惊讶地一瞥廷献，悄声道："咦，这可奇了！我一个人没脸没皮也就罢了，你有头有脸的，你又犯了什么事，怎的这么快就跑来跟我做伴了？"

廷献低着头，尽量让自己的嘴唇没有明显的动作，低声道："嘘……别这么大声，别让她们看见你的嘴在动。她们俩吵起来了，把我夹在中间，实在为难。我没办法，索性自告奋勇过来陪着你。"

"她们……她们俩吵个什么？"

"不知道。圣人今日怪得很，莫名其妙好大的火气，我完全摸不着头脑……"

"一点头绪也没有？"

"呃，我想想……后来好像提到过什么'司宫令'的事……"

"敢情不是为我的事儿啊？"

"据我看，你这事儿就是个由头罢了。我怎么觉着，她们俩好像就是憋着要吵一架似的……"

"啊？那咱们岂不是'神仙打架，凡人遭殃'了吗？"

"没错啊。你记不记得小时候有一次，也是她们俩吵了一场大架，拿咱们撒性子？"

"……哦……对对，是有那么一次。"

"……那年大姐儿是十三岁吧，莫名其妙的，她们俩就冲咱们发了火……"

"对啊，还把砚台给摔了……"

廷献心中涌起一阵柔软的悸动，眼神不由放得又虚又远。往事扑面而至，纤毫毕现，栩栩如生。那是来自多么遥远的少年时代的回响啊。

> 卑如园中草，本拟园中老。不意沐清晖，方知春来早。
> 离羔倦知返，孤燕终有巢。从此执一念，只愿君安好。
> 君喜我先知，琴事更茶事。君忧不成诵，我亦与君同。
> 谁言草无心，心事难自禁。唯将一阕梦，托付晚来风。①

承璋见他不说话了，忙悄悄拿胳膊肘碰碰他："哎，哎，接着说呀，那年吵架摔了砚台，跟今日有什么关系？"

廷献回过神来，低声道："我是说，看今日这阵仗，跟当年那次就挺像的。"

"啊？那……那咱们现在怎么办？"

"怎么办？好好跪咱们的呗。最好你尽快晕倒过去，这事儿没准还能快些了结……"

"那我现在就倒地上怎么样？"

"谁让你装了？你得真晕啊，最好口吐白沫，教権娘子看着越惨越好……"

"不用装，我已经快受不了了，一憋气就能立马晕死过去……"

殿内。朱雀终于开了口："翚娘，你太过分了！"

"我怎么过分了？"

"廷献犯了什么错？就因为他帮我替承璋求情，就也得去毒日头底下跪着？"

"我没有让他去，是他自己去的。"

"哼，你是皇后，你不吐口，谁敢驳你的意思？你说有人犯

---

① 《少年心事》，"吴钩十三曲"之一，本书代拟。

事就得有人受罚，那谁敢不领罚？你说要别人死，别人哪里敢活着？”

“榷娘，我只不过是在严肃家法，我没有要谁死，”说到这里君怜微微加强了语气，“只要他没到非死不可的地步。”

朱雀明知君怜是在故意气自己，还是被她最后这句话气得七窍生烟：“好好，这是你的内廷，这是你的家法。我不管了，你爱怎么罚就怎么罚！今日他们若是被晒死了，那是他们自己活该遇上了你这么个主子！”

君怜看着她，和缓了语气：“榷娘，你可以来执掌这一切的。只要你一声令下，他们可以立刻回到殿中来。”

“我就不！”朱雀愤怒不减，转身拂袖而去。

时光流逝。日影渐渐移了位置。

忽然，殿外静静侍立的宫官与内侍们一阵轻声惊呼。未几，采儿匆匆入内来，察言观色着，小声汇报道：“圣人，承璋……晕倒了。”

君怜忙走到窗格边向外看。只见承璋颓然倒在地上，廷献正伸手替他挡住射到脸上的日光，又拿手指探他的鼻息。众内侍远远看着，也不敢过去。采儿忍住心中的疑惑看着圣人，想问，又不敢问。

“……此事榷娘子知道了吗？”

“还没有，臣妾先来请圣人的示下。”

“承璋是紫烟阁的人，此事理当告知紫烟阁。”

“喏。”

“还有，叫廷献进来。”

“喏。”

未几，廷献入内拜礼。君怜看着他，不动声色：“承璋怎么了？”

廷献镇定应道：“回圣人的话，承璋晕倒了。”

“说实话。”

“是……是实话。承璋胖，许是不经晒。臣已经将他胸口的衣裳全都敞开了。”

君怜沉吟片刻：“那么依你看，要紧吗？”

廷献的眼神有些躲闪：“不……不怎么要紧。”

“不怎么要紧？”君怜意味深长地点点头，“……那就好。我只问你一句，倘若不理他，他会怎么样？”

廷献抬眼看着君怜，君怜也看着他。一刹那，廷献明白了君怜的意思。

“回圣人的话，一时不理他倒也无妨。臣会一直在他身边看护着。”

“如此甚好。照你说的做去吧。”

殿外。日光漫漶。

朱雀携紫烟阁众侍从匆匆而来，直奔躺在庭苑地上的承璋。承璋闭着双眼，满面通红。廷献在一旁用自己的衣衫替他扇风。

“承璋！”朱雀蹲下来，轻声唤他。承璋没有反应。朱雀急切问廷献：“他怎么样了？”

“回榷娘子的话，承璋许是中暑了。小人已经在替他通风散热，又掐了人中。想来，再扇会儿，他就能醒过来了。”

“叫御医了吗？”

“没有。”

“为什么不……”朱雀忽地停顿下来，“她不让你们叫御医，是吗？”

“不是不是，”廷献忙赔笑道，“榷娘子，宫人和内侍生病，没有叫御医的……”

朱雀哼了一声：“不叫御医也行。你们将他抬到廊下，我来替他施治。”

廷献苦着脸道：“榷娘子，没有圣人的口谕，谁也不敢动他。”

朱雀蓦然站起身："好，你们不敢，我找她去！"

朱雀气呼呼走到紧闭的殿门前，正待推门而入，忽然停下脚步，转身看着庭苑中央。

她的脑子里闪过一个念头，她蓦然意识到了什么。

这绿意森森的中宫庭苑里有那么多的阴凉地儿可以躲避烈日的炙烤，便是容纳一百个承璋都绰绰有余，可是现在没有人挪得了他。就算她，也挪不了他。她眼睁睁看着他受苦却保护不了他，就像当年她眼睁睁看着自己的父母亲族被押上囚车，却不但救不了他们，反而被火速带走，就此离他们远去……

她忽然感到自己是那么无能，那么无力，那么渺小不堪，卑微如同尘埃。

朱雀就这样呆立在廊下，越来越浓重的无奈和悲哀让她寸步难行。她泪眼模糊成一片，却终于看清了这一切。

良久，朱雀再次转身，毅然向紫烟阁而去。

殿内。窗格后的君怜侧耳倾听着朱雀离去的脚步声，垂目深思。

庭苑中。廷献目送朱雀离去，又向殿内的方向看了一眼，不由忧心忡忡。只有躺在地上的承璋仍旧闭着眼，脸上汗水不断。

未几，朱雀一行重返中宫。朱雀将众人留在殿外，径直走入门内。君怜正在偏殿的案几旁端坐，似乎已经等了她很久。

"我答应你。"朱雀举起手中的司宫令牌，面无表情，"我答应你，做你的司宫令。你把承璋他们放回来吧。"

君怜起身走到朱雀跟前，拉住她的手，叹了口气："朱雀，我知道这件事是我为难了你；你答应我，你也是在为难你自己。可是，宫廷是个弱肉强食的地方，你要说话，你得有身份；你要自在，你更得有身份。你不能毫无防护地一头扎进人堆里，你会被人浪活活吞没的。我……要用这个令牌来保护你……"

"不必说了，"朱雀也叹口气，黯然道，"总之都是你对。你所做的，也都是为了我好。……呵，从小到大，我欠你的情，也不知道欠了多少……我要怎么还，才还得完……”

“朱雀！”君怜眼眶湿润了，勉力忍耐道，“我也是人，我的心也是肉做的！你说这样的话，是嫌今天伤我还没伤够吗？”

朱雀不答，到底收敛了气恼，将脸转向室外：“我已经答应了你，那么，你什么时候放承璋他们进来？”

“现在，你可以自己决定了。”

“好。”朱雀步出殿门，将司宫令牌一展，向侍从们平静吩咐道，“将承璋抬回紫烟阁，我亲自来治疗。”她回头看着站立在殿门内的君怜，又不咸不淡地补充一句，“我也会亲自来管教。”

翌日，天子诏令与皇后教旨内外并下：诰封皇后义姊、内廷紫烟阁阁主杜氏为滕国夫人，居从一品，判司宫令之职，辅佐皇后总执宫内法度，统领内事。

对于朱雀的封诰比照的是内命妇的规格。滕国虽然是个小国，但在所有小国国号的排序中，却位居前端。这是君贵对朱雀特意的关照。

“司宫令”这个名号具有天然的庄重与威严，原就容易让人心生畏惧；加上朱雀素常不苟言笑，不了解她的人都对她敬而远之，这就更为此职增添了肃穆端凝的风格。

从这天起，大周内廷一众宫官与内侍便称呼朱雀为“令主”了。

一〇二　水澹秋明

进入八月，训哥儿实岁满了周岁，宫里为他举行了隆重的抓周仪式。训哥儿所抓取的，是一支狼毫斗笔。君贵见状欣然道："好，祖辈父辈以马上得天下，社稷传到他手中时，自然要下马治天下才是正理。训哥儿此取，正是国朝大兴文治的先兆！"当即赐一众到场观礼的皇亲和大臣内制文房四宝，以示庆贺。

大内，滋德殿御阶外。禁卫森严。

中秋在即，空气中有了一种润泽的水汽，和着刚刚起来的秋风，驱散了不久前令人焦躁的暑热。可是，浮躁了一春一夏的人心，还远未获得宁静。

林远身着甲胄，率领一队全副武装的禁兵从远处徒步巡视过来，与从另一侧率部巡视而至的邓锦相遇。两人互相使个眼色，留下部从原地待命，自己则踱到丹墀旁的那尊石狮子身侧，悄声说起了话。两人都蹙着眉头，一面说，一面忍不住唉声叹气。

御道上，一个身影远远走来，甲胄铿锵。走至林远和邓锦近前，他站定，笑着揖道："林都知，邓都知，卑职有礼了。"

林、邓两人早听见脚步声，余光里也早瞥见是谁，只是懒得理会。听他开口，少不得转过身来，漫不经心揶揄道："哟，原来是赵都虞候。"

赵都虞候，就是晋阳归来后被破格擢升为殿前军都虞候的赵匡胤。此时的赵匡胤还遥领着严州刺史，论理，无论官品还是军阶都比他俩为高，他们应当先向他致礼才是。可他们是官家元随，素日最得官家亲信，怎会将他放在眼里？何况赵匡胤原本年资浅，最初归隶晋王麾下时又是他们调教的，一年前还赶着他们叫哥哥呢。如今因官家的特宠，他一下子得到这样的地位，倒把他们甩到后面去了，他们不气恼、不愤懑才怪。

而且，他们对他的不满和排斥，还有更深的原因。

“两位都知，陛下可在殿中？”赵匡胤赔笑道。

林远乜斜着他：“在。”

“那……卑职去求见陛下了。”赵匡胤知道他们的心思，不愿得罪他们，小心翼翼点点头。

“轮不到你。”邓锦冷冷道，“李都帅和张殿帅在呢，你进不去。”

“呃……李都帅他们进去多久了？”

“刚进去，早着呢，没一个时辰出不来。”林远道，“你愿意等，就去那边石阶底下等着。”

赵匡胤看看他们，笑了一下：“那么卑职少时再过来求见。”他转身离开，面色登时沉了下去。

眼瞅着赵匡胤渐渐远去，林远和邓锦狠狠地向他的背影啐了一口。他们的心中有太多的委屈，他们原本就有迁怒于人的迫切性，何况这个人做的事又那么招人厌烦，还那么不合时宜地撞了上来。

“忘恩负义的混账！”

“曹瀚当初待他多好，咱们兄弟当初待他多好！曹瀚没了，咱们还没哭够呢，他倒挺高兴，迫不及待就想爬上来取代曹瀚的位置了！”

“哼，官家早就对咱们说过，整顿禁军的差事，要交给曹瀚领衔，教咱们兄弟襄助。如今倒好，他不要命似的主动请缨！官家也不知道怎么想的，居然就真的将这差事交给了他！”

“他爬得太快，在如今这位置上待得不心安，自然急着要多立些功业。”

“依我说，他如今这位置，不过是靠着拍张殿帅的马屁混到的。张殿帅在官家心中是什么分量？张殿帅说句话，官家能不听吗！”

“对啊，真不知道官家看上了他什么！高平之战，多少人浴血拼杀，飞卫连一条腿都撂那儿了！没想到，最后最得利的居然是他！”

“……飞卫，飞卫……唉……”

提到季飞卫，两人的面色都沉下来。适才他们在石狮子旁嘀咕的，正是季飞卫的事。季飞卫是他们情同手足的小兄弟。官家的六大元随早已减员到四大近卫，随着曹瀚的战殁，四大近卫只剩了三大。然而如今，就连这硕果仅存的三大也保不住了。日前官家诏令已下，对季飞卫赏赐甚厚，又加授轻车都尉之勋，命他解甲返乡，荣养终身。

官家身边的能人如同走马灯一般穿梭不停，官家也许不会在乎谁是元随，谁是后来补员的，可是，他们在乎！他们永远记得自己当初的那个小团体。那个小团体日久年深，是用青春时代里无数分不清彼此的血汗黏合而成的，是无比荣耀的，也是绝对排他的。

然而现在，他们对于官家的影响力似乎在减弱，他们在官家心目中的地位似乎也没有以前那么重要了。他们不甘心，他们很伤心。要是孙璘在就好了，他们可以与孙璘抱头痛哭一番。这样的痛苦，只靠他们两个人承受不了。孙璘一向会插科打诨说笑话让大家开心，哭过之后，说不定他能想出什么好话来宽解大家。可惜，孙璘自打去了澶州就再也回不来了。出征太原时，孙璘跟随郭崇率军过来助战，还曾申请回到近卫班直跟兄弟们厮混一阵子呢，官家也没有答应。官家……好狠的心。

滋德殿内。

羊皮大地图仍旧悬挂在屏风之上。地图上不同等级的重要军事目标如晋阳、金陵、成都、辽上京等地，被画上了颜色不同的红圈圈、蓝三角等标志。地图中关于大周境内的州郡情况还是比较详细的，但涉及境外的江南、西蜀、契丹等地，就显得相当粗疏了。

不过，今日最高军事会议议论的重点，并不在这张地图上。关于对禁军进行扩充、汰递，并从严训演的话题，今日已经完全形成了结论。鉴于李重进和张永德在侍卫军和殿前军中都有繁重军务需要处理，无法专一执行如此重大的使命，皇帝打算将此事单独拿出来，交予他最近颇为青睐的赵匡胤负责。他召对过赵匡胤一次，赵匡胤的一些想法让他感到振奋。他相信赵匡胤可以干好。

此前，李重进已经多次表达了不同意见：他希望由自己来负责此事。一方面，他认为整军事大，稍有不慎则贻患大矣，以自己的位置和实权，显然更具号召力和把控力；另一方面，他深知谁掌握了未来的军队，谁就掌握了在官家面前的话语权，而赵匡胤是张永德的人，他不愿意张永德借此占了自己的上风。

李重进的提议自然遭到了张永德的反对。两人多次在御前争吵，以致此事久拖不决。然而近日，皇帝下定了最后的决心：赵匡胤是一个合适的人，年轻，有想法，有能力，应该放手让他一试。倘若事情出了岔子，再由李重进接手。

“呵，三哥，敢接手一个烂摊子并将它治理好，那才叫本事呢！”君贵半开玩笑地说道。

李重进尚未答话，张永德抢道：“官家过虑了，赵匡胤绝不会将整军这件事变成一个烂摊子的！”

重进重重地哼了一声：“抱一，你这么急着替他打包票，未免有点太不得体了吧？”

“三哥，都是为朝廷效力！在官家面前，兄弟我想到什么就说什么了，别的可没有多想。”张永德不冷不热地回答道。

越是剑拔弩张的场合，他们彼此越使用着原本显得亲昵的家内称呼。毕竟都是皇亲，还得靠这称呼来维系关系，不至于因为见解不合而立马撕破脸皮。

“罢了，你们别争了，这件事就这么定了，照我说的办吧。”君贵摇摇手，语气和缓地稍稍安抚两句，但意思却非常坚决。李、张二人便不好再斗嘴了。君贵忽然又想到一事，“对了，你们俩手底下都有小底兵，回去好好替我挑挑，每人挑十个最机灵、最好用的小底给我送来。”

两人忙答应着，不免发问：“官家想要什么样的小底？”

君贵略想一想，说道：“人一定要忠诚可靠，脑子一定要好用，身手武艺要过硬。至于长相嘛，越普通越好；身高和肥瘦也是，中不溜儿的最好。”

李、张二人答应了，张永德又问道：“不知官家要拿他们派什么用场？臣也好知道挑的人合适不合适。”

君贵微微一笑：“这你们就别管了。”

李、张二人走后不久，赵匡胤再次前来求见。

其时，经过高平、晋阳之役后的一系列走马换将，皇朝禁军原先一度离散的军心，已经大半顺服于皇帝。但问题依然存在。首要的，并不是忠诚的问题，而是年龄和身体素质的问题。君贵是一个充满魄力的统帅，也有绝对的信心让军队最终真正服从自己，但他不需要老弱病残。他的禁军急需一场暴风骤雨般的汰练：他要把所有的军士都过一遍筛子，身体好、有能力的留下来，次一等的退居二线，再次的淘汰出行伍；同时，从各州郡广泛招募勇士，为禁军补充新鲜血液……以此，让他的军队保持活力。

只有把禁军盘活了，有了一支绝对支持和服从他的核心队伍，他才敢对藩镇的军力下手，他才有把握真正控制那些比禁军更难统御的藩镇。总让藩镇葆有足以与中央抗衡的兵力，绝对不是一个长久之计。对于藩镇，他最基本的要求是不捣乱、不造反，然后才是忠于朝廷、肯听自己调遣。要做到这两条，他自己的禁军实力必须过硬，必须是国朝所有兵力中的佼佼者。

而只有在禁军与藩军全部归心、悉数听命的前提下，他才能踏踏实实放手去实施下一步的军事计划：一统江山。他要做个唐太宗那样的好皇帝，其中一个重要指标就是大致恢复唐太宗时期的版图。这一点，甚至在爹生前，他们父子就已经讨论并达成一致了。

国朝的军事结构是一架规模庞大的钢铁机器，现在，他要进行第一步：为这台机器除除锈，润滑润滑，修补修补。赵匡胤，就是他斟酌之后确定的除锈人、润滑工、修补者。

"元朗，"在示意对方平身之后，君贵和言问道，"朕不日就将下达新的征兵令，从各州郡中直接拔选武备人才。上次朕教你回去琢磨琢磨，新兵选上来，有没有什么更有效的法子去快速地训练他们，你可有想法了？"

"回陛下，臣回去琢磨了几日，想来想去，倒是有个法子，应该能奏奇效……"赵匡胤忙揖道。君贵闻言一喜，目光灼灼地看着他，示意他继续。

"马步骑射、诸般兵器的日常操练，那是不用说的了。据臣看来，操练之余，军士们的闲暇时间也不少，不妨利用起来……"见官家露出了疑惑的神情，赵匡胤进一步解释道，"他们没事总爱樗蒲、喝酒耍子，赌输了钱大家扯皮，喝醉了酒又爱闹事，实在不成样子。可是不教他们樗蒲、喝酒，他们也不知道该做什么。臣想着，不妨将蹴鞠和相扑诸戏引入军中。闲暇时，在各军营、班直之间展开蹴鞠赛、相扑赛，一来填满了他们的时间，可以抑制樗蒲、酗酒之风；二来，蹴鞠与相扑都是极需体力与技巧之事，官家只需颁下足够的诱人赏格，他们自然会奋力争夺，不知不觉间强身健体，岂不比天天吆喝着让他们操练要有成效多了吗？”

君贵思忖片刻，点头微笑道：“嗯，听着倒是个好主意。你既如此说，不妨试试看。呵，张殿帅可是在朕跟前替你打了包票的，朕就等着看你的作为了。”

赵匡胤满目欣喜，忙揖道：“是，臣必定不会让陛下失望！”

多日后，城西校场。

新一轮征兵令下达之后，络绎不绝的新兵抵达京师。无数的军校穿梭往来，或骑或步，或跑或走，车马喧嚣。

历来朝廷向州郡征兵，州郡总爱在兵源上做做文章，将勇武之士留在当地，而将次等之人送往中央。这一次，朝廷是越过藩镇面向个人和家庭招募天下豪杰，“不以草泽为阻”，即不计较其人是否白丁，有没有出身。而且在各地闹市要津直接张榜募贤，又派出多名招募使前往各地监督收征。慑于官家的高平军威，各州郡襄助得力，少有人敢于私下做手脚了。

从百姓方面说，尚无军籍的青壮豪杰之士中，当今皇帝的仰慕者原本就很多。见此番官家亲自募兵，都纷纷动了入京去谋个前程的念头。何况之前朝廷已有过特赦亡命的先例，他们也从各种渠道听闻了那些亡命之徒在立功后获取了怎样的赏赐。一番对比之下，均感到自己不输于人，自然踊跃感奋，报名者众。

赵匡胤率几名校佐立于校场点兵台上，观看着逐渐汇集到眼前的虎虎新丁，面上不由露出微笑。

禁中御苑。天气逐日凉爽下来，秋意愈发明显了。

君贵与君怜在园中散步。花树灿烂，小路蜿蜒，一众侍从离他们稍有距离，前导后随。皇女观音和皇子训哥儿在各自傅姆的带领下，欢笑着跑在他们前面不远处。

这是难得的天伦时光，然而两个人的话题，暂时却与家事无关，他们不过是将滋德殿中的谈话搬到了散步的小径上。

“……枢院所拟的天清节入阙朝贺名单，我已经看过了，大致不差。哥哥今日得闲再瞧瞧，倘有不妥，该勾落谁，该补进谁，就一并示下，早些让各郡都安了心吧。”君怜微笑道。

天清节，是上月群臣奏请为君贵圣诞日所定的节名，即夏历九月二十四日。这是君贵登基后第一次庆寿，朝堂上下、京城内外都极为重视。各地藩镇一俟节名确定，便纷纷上表力请，希望能获准入觐朝贺。君贵因父亲登遐尚未满周年，原本不愿过寿节，有司据理委婉相劝，君贵方同意低调办理：只召少数大藩入京相叙，以进一步掌控藩主之心，并昭示朝廷恩宠之意。

“不是还有月余吗，着什么急？”听了君怜的话，君贵道。

“哥哥是官家，自然不急。”君怜嗔道，“可是也得替外郡的藩主们想想，倘若获允入京觐见，还不知有多少事要预先安排呢。”

“好。”君贵颔首，又看着她笑道，“此番别的州郡来不来倒无关紧要，岳丈岳母是必定要请入京中，与你一聚的。”

君怜喜道：“好啊！如此，我可就替父亲和母亲多谢哥哥恩典了！”说罢，便欲敛衽致福。

“罢了，你我之间何必拘礼。”君贵忙拉着她，“再说，早前岳丈命人封了他所著的《军律》送我，我反复看了许多遍，自谓颇有心得，正要再向他老人家请教呢。索性，就请岳母等一应女眷住在宫里好了。这样，岳丈也有由头多向宫里走几遭。”

君怜迟疑道：“这……会不会有些过宠了？依我看，请父亲母亲他们去咱们旧宅暂居就挺好的。虽然哥哥说过要将晋王府改成皇建禅院，毕竟尚未下旨。待天清节后再改，也是一样的。”

天子登基之前的旧宅，俗称为“潜龙宫”。五代惯例，潜龙宫在天子登基后便不再让别人居住，而是依天子偏好，改建为道教宫观或佛教寺院，以增天家福祉。先帝郭威御宇后，尤因郭氏旧宅是全体皇属遇难的血光之地，特诏改为天圣禅寺，又多请高僧大德轮流驻锡，正信比丘日日诵经，以转祸为福，庇佑郭氏，并荫及国朝万姓。

君贵登基，君怜及子女、朱雀等陆续入宫后，晋王府便只留了少数仆从及禁军看守。君贵征太原返京后，因晋王府空置已久，曾对君怜提过，要循例降旨给鸿胪寺和将作监，将它改为禅院，就以“皇建”为名。

其实君贵与父亲俱偏好黄老，此番之所以打算将晋王府改为禅寺而非道观，只是为了遵循父亲的旧例，不肯显得与父亲意思相左。而父亲当年之所以将郭氏旧宅改为天圣禅寺，则是因为最初被他的部将们仓促找来为遇难者招魂荐亡、护送往生的，是一批城破之后来不及跑掉的僧众。

此时君贵听了君怜的话，便笑道：“皇宫也是家，既然母亲来了，你们自然要住在一起图个近便，有什么过宠不过宠的？我看她们就住到延福殿好了。至于岳丈，西华门外原有都亭驿旧衙，宽敞舒适，一应陈设俱全，距离宫门又最近，不比住咱们晋王府旧宅更便当？”见君怜仍有迟疑之色，他便果断道，“好了，你无须多虑，宫里我说住得就住得，不必去什么外宅了。”

君怜不再推辞，感激颔首。脑中忽地闪过一事，因又问道：“说到外宅，倒教我想起了昨日将作监的奏表。那里面说，哥哥谕令整治的一所宅子落成，不知道……”

“哦，那个啊，是我打算赏给范质的。”君贵道，“我在晋王位上时，有次奉父亲之命亲访其宅。当时我是乘车前往的，没想到他家位置太过偏僻，宅地又局促，车至里巷口根本无法入内，最后只得弃车走进去。唉，想想武职高官们入京后所抢占或新建的那些豪宅，再看看堂堂大周的文臣宰相，住得却是如此寒酸！当时我的心里就很不是滋味。范质是个廉洁耿介的人，身无余财，不肯为了自己外置产业。此番我教人替他新置府宅，赶在明日中秋之际赐给他，也算是稍示我对他和一众顾命文臣的嘉勉之意了。”

“哥哥思虑真是周详！”君怜由衷赞道，“我看这新宅位置很好，距宫城西掖门不过两里之地。……若是我没记错，三五里巷之外，应该就是郑仁诲郑枢密家吧？”

“对，这原是刚刚致仕返乡的王进家旧宅。当年郑仁诲、王进他们选宅子，都相约选在左近做邻居的。”提到郑仁诲，君贵想到一事，眉头不由微微皱了起来，“……对了，郑仁诲请辞的奏表，又上了一道，怎么办？”

君怜沉吟着：“郑枢密患病日久，常不在枢密院中视事，于心不安，上表辞位，原属情理之中。”

“我早已多次抚慰过他，教他在家安心养病的话，也并非虚言。他是我家亲旧，又是爹的顾命大臣，难道不知道我素来心口一致，不喜拐弯抹角？我不过需要他在那个位置给我镇堂，臣属们迟疑不定的事，请他拿个主意而已。他既卧病，便一年不去趟枢府，谁又敢多说一句，他何须如此谨小慎微？”

君怜笑道：“瞧哥哥这是着的什么急？想来，正因为郑枢密是爹的顾命大臣，才会更加顾及朝廷纲纪，不愿带头坏了法度吧。”

“哼，这么一来，他的名头倒好了，我成了什么人？何况他这么一撂挑子，仓促间又教我找谁来替他？”君贵道。

“难道哥哥从来没有考虑过郑枢密的继任者人选？他有辞位的念头，可不是一天两天了……”君怜带着一丝抚慰之意笑道。

君贵一时语塞。返京以来，他天天忙得团团转，可是盘踞在脑海主体位置的，还是军事整改的事宜。大臣的调整，先动了六部的几个首脑和三司使，其他职位在计划中要往后放一放。他的路线是先筛出一个足以成为他变革智囊和支撑的稳定班子，最后才考虑最关键的枢位。他总认为郑仁诲还可以替他再扛一阵子的。

“呃……他的病，我教御医们见天儿瞧着，回说是一时无碍。我原想着，他在枢密使任上做完今年，总是可以的……”

“月初训哥儿行抓周之礼时，他不是遣儿子儿媳入宫来贺吗，有关他的情形，我那时私下问过他儿媳，回说是时好时坏，不很稳定。但凡好些时，就想勉力乘轿去枢密院看看。去不了时，还偷偷对着爹的遗像流过泪呢。”

君贵停下了脚步：“啊?!”他默然片刻，伤感地摇摇头，“……真想不到，我的挽留，竟会让他如此痛苦！……君怜，你怎么不早告诉我?”

“呵，哥哥别着急。我听闻此事，早遣人去瞧过他，又多次让他儿媳转致了我的问候之意。想来，郑枢密对于哥哥的心意，当是十分明白的了。他这次辞位，必定是真心所驱使，绝没有别的意思。”

“……那，依你的意思，我该准了他?”

君怜点头：“嗯。”顿了片刻，又道，“国朝鼎新革故之际，居治政核心的大臣，也该有一番彻底的新气象。……我想，这也是郑枢密主动让位、垂范耆老的心意吧。”

君贵沉吟片刻，嘘了口气：“好，若依他所奏，你认为我该找谁来替他?”

“枢密副使魏仁浦如何?”

“魏仁浦?”魏仁浦其时虽说只比郑仁诲差着一个“副”字，但这正副之间的分量大有不同。副使只是正使的辅佐，却未必是正式的接班人。五代历朝，也没有形成枢密副使必定接替正使职位的规矩。

“嗯。哥哥不是时常赞他头脑清醒、手腕灵活、处事得体吗?在郑枢密抱病期间，政令的处置意见，也多出于他的谋划。倘若郑枢密辞位，他接替上位，岂非顺理成章?”

“呃……”君贵迟疑道，“魏仁浦其人甚堪大用，爹生前也对我说过，要留他在枢密院不走。不过，他是刀笔吏出身，蓦然将他推到枢密院主位，只怕那帮顾命大臣不服啊。”君怜不语，只含笑看着他。君贵一愣，随即笑道，“……好吧，我知道了。”

枢臣不和，自古皆然。帝王之术，常要利用臣属之间的这种不和，令其分列山头，形成鼎立之势，以安社稷之鼎彝。何况，常言道，英雄不问出身。没有显赫家世，没有科举背景，都不是什么大不了的问题。否则，武将中获得超擢的赵匡胤又当作何论呢？文武各有人才并获特擢，如此，传递给天下人的意思，才是全面的、周详的、不带偏私的。

皇帝夫妇相视而笑。于是一面叙着话，一面沿着后苑的甬道走出丛丛花树，向御池方向迤逦而去。

未几，皇帝夫妇一行到得一片绿树葱茏、杂草与野花混生的绵延树坡。十数名原本在此处做事的宫人内侍，远远见到官家、圣人过来，早齐齐在道旁如礼跪拜。君怜见他们每人身侧都有一只竹篮子，篮内盛着些花草之类的物事，不由与君贵对视一眼，向他们发问道：“你们这是在做什么呢？”

一〇三　青铜玄武

“回圣人的话，臣妾等奉令主之命，在此地相帮着采些草药。”内中一位宫人忙恭敬答道。她是紫烟阁的知客官赤珠。

“令主？”君怜不由笑道，“她教你们帮她采药？”

“是。令主说，宫禁金秋多佳物，命臣妾等照着她给的样子，赶在中秋佳节前后，多采些草木秋实备用。”

“朕看看，都采了些什么？”君贵笑道。

赤珠便双手将竹篮举起，一面说道：“回官家，臣妾已经采到的，有苦斋菜、龙芽草、车前子、石胡荽等物。”

“嗯。令主目下人在哪里？”君贵又问。

“一刻钟以前还到这里来巡视过。目下……想来是去树坡那面的小空坪练剑了吧……”赤珠说着，将手指向树坡的背面。

听闻宫官此言，皇帝夫妇好奇心大起。当下示意侍从们一律噤声，两人也不要人跟随，相携着手，悄悄爬上树坡。

树坡背后有一片与庄户人家场院大小相似的空坪，空坪四周围合着树坡与草地果林，令它看上去像个小小的盆地，或者一个不易为外人发现的世外桃源。坪上以立式墁铺了青砖，尘土不生，落雨不积，是个理想的健身之地。故此，历朝历代都有隐身于大内的高人来此练习身手。坪边有石桌石椅，可放置水食杂物。

此时，朱雀果然正在空坪上舞剑。苍蓝天空与丝绒白云之下，她身着素色袍服，配合着吐纳持剑挥洒，动作优美缓慢，进退自如，似乎正深自陶醉于自己的世界之中。承璋与五两远远侍立在空坪的边缘，只管呆呆看着她。

悄悄躲在树坡上的皇帝夫妇也默然观瞧着，久久不语。

良久，朱雀合剑还于怀，做个收势，缓缓吐出一口气来。“好！好！”承璋与五两都鼓掌欢呼起来，“令主这个收势，练得真是一日比一日更好看了！”

朱雀微微一笑，拂去颊边一两滴汗水，扬手将剑向承璋一抛：“接着！”承璋忙不迭跑两步来迎，踉踉跄跄，左躲右闪，好歹狼狈不堪地抓住了剑柄，没让长剑摔到地下去。朱雀也不管他，一面走向石桌去取水喝，一面嗔道，“这个收势叫作‘还纳乾坤’，说了多少遍了，怎的还记不住！”

君贵与君怜见了朱雀的气势，不由相视而笑。

君贵低声向君怜道：“朱雀总算是活过来了。”

君怜笑道：“可是我说过的？朱雀打小虽说任性，却并不骄狂。要对付她，只能先顺着她。她爱自在，就先将她置于没人管的位置，一切都可以由着她性子来。如此，她任性够了，气儿顺了，身心自在了，往下就什么都好说了。”

君贵看君怜一眼，不由点头笑道：“圣人不愧是圣人，凭他是谁，都降服得了。”

君怜嗔道：“哥哥这话是什么意思？”

“什么意思？”君贵依旧低声笑道，“圣人作战手段甚是高明，连我带朱雀在内，都是你的手下败将啊……”

次日。滋德殿前殿。

皇帝召对吏部诸职官，议论魏仁浦继任枢密使之事。果然，吏部侍郎质疑魏仁浦没有显赫背景和业绩，难以服众。魏仁浦虽是先帝旧部，但先帝旧部又不止他一个。他是从下面提拔到枢院的，吏部按照程序勘核他背景，且不论有没有私心，至少是遵章循例的。

皇帝便淡淡一笑："魏仁浦一直以才干著称，倘若给予他更多机会，他不就能够更有建树了吗？"

于是天子诏下，准许原枢密使郑仁诲致仕，以原枢密副使魏仁浦为枢密使。

侍卫营。

秋光正好，可是营区里活动的人不多，当值的当值去了，轮休的似乎多在室内闲待着。

门窗紧闭的某间营房内，传出一阵压抑的哭声。哭声来自季飞卫和林远、邓锦，以及虽非官家元随，却与他们混得友契的其他近卫头目。季飞卫就要被迫离开禁军了，这让他们极度伤感。互相几句衷肠一诉，便至抱头痛哭，涕泗滂沱。

良久，哭声消歇。却有一阵歌声兴起，渐渐越来越大，直至冲上云霄。林远嗓子好，歌声是他起的头。他们所唱的，是打从他们少年时代就喜欢的歌儿，根据唐代刘禹锡的诗谱曲的《浪淘沙》。

九曲黄河万里沙，浪淘风簸自天涯。
如今直上银河去，同到牵牛织女家。

九曲黄河万里沙……那个时候，他们是那么骄傲和自信。他们知道大河会淘去泥沙，他们相信，埋藏在沙底、渺小却含有金子般才华的自己，终究会有出头之日。……然而今日再唱此歌，他们才恍然惊觉：自己，也终将会是被大浪淘去的那一层泥沙。

可是，为什么？为什么会是他们？为什么会是现在？

官家硕果仅存的三大近卫一荣俱荣，一损俱损。季飞卫的今天，很有可能就是他们的明天。他们已经将最美好的青春年华消磨在了军中，他们真的不愿离开。

如今直上银河去，同到牵牛织女家！

坤宁宫。夜色渐起。

君怜在灯下看书，心思却并不在书上，看两行，又盯着纱灯上的淡彩仕女画发呆。尚宫唐氏轻轻走过来，回报观音和训哥儿已经睡熟，东方氏和刘氏等侍从各自如常相陪。君怜颔首。

未几，廷献入内，回报道："圣人，臣问过刘奉武，官家仍在忙公事，还没有开始夜练呢。估摸着，官家还得一阵子才能过来……"君怜颔首。君贵一向有晨练和夜练的习惯，每天两次舞剑或打拳，可以健身，可以清心，甚至可以排忧解烦。新婚初期，君贵练习时君怜总是在一旁相陪的；有了儿女之后，这种陪伴难以坚持，就只能偶尔为之了。

"知道了。"君怜示意采儿屏退旁人，方看向廷献。

廷献忙过来躬身问道："圣人？"

君怜略一思忖，沉声道："廷献，我要遣你出宫，为我办两件事。"

廷献肃然一揖："请圣人吩咐。"

"头一件，你尽速回到邺都家里拜上王爷，禀告他下月的天清节，符氏定会被允许入京觐见。届时进献给官家的寿礼，土产风物之类，略有些即可，不必过多；最重要的，是请王爷立即倾符氏满门之力，绘制一张全天下的地图。你记着，不光是大周目下的州郡布局、山岭江河、道路要津等情况要详细，江南、西蜀，乃至契丹、岭南，能做到多详细，就做到多详细。尤其江南。……你明白我的意思吗？"

廷献表情凝重："臣明白。"

"第二件，你对我说过，幼年时曾得到青州大慈悲寺方丈的指引。此番你从邺都出来，便去趟青州，私下打探打探这位方丈的近况，回来详细禀报我。"

“是。”廷献答应着，疑惑地抬眼看了看君怜，欲言又止。

“不必问为什么，此人倘若一切安好，我要派他个大用场。所以，你务必将他的端的探查精细。”

“明白。圣人放心，即便方丈移驻别寺，臣也必定找到他，才敢回宫禀报圣人。”

“好，此事不能拖延，办得越快越好。明日我会给你出宫的令牌。收拾妥当之后，立刻动身吧，多带些银两。”

“喏。”

这当儿采儿入内，到君怜身旁轻声道：“圣人，刘奉武来传官家口谕。”君怜忙说请，一面站了起来。

一时刘奉武入内，见了君怜，忙笑容可掬地疾步趋前揖道：“圣人请别拘礼，官家说了，不是谕旨，就是命臣前来传个口讯，说今晚不来了，请圣人过滋德殿。”

君怜微笑道：“好。”

翌日。滋德殿前殿。

君贵坐在高高御阶上的宝座中，李重进、张永德在御阶下北向而立，二十名少年军士排成两排，以军礼北向半跪在阶下，神情略显紧张。君贵审视着这些少年，片刻，温言道：“平身吧。”

少年军士们站起身，默然侍立。君贵见他们果然如自己先前嘱咐过的，面容寻常，身高寻常，连身量的厚薄也寻常，不由向李重进和张永德笑道：“这是从多少人里头筛出来的？”

“回陛下，臣这边，百里挑一吧。”李重进揖道。

“回陛下，臣这边是将所有的小底都亲自过了一遍。”张永德揖道。

“好，辛苦你们了。”君贵赞许地点点头，“人留下，你们去吧。”

李重进和张永德忙向上拜礼：“喏。臣告退。”

一时殿中只剩了皇帝和这二十个少年，所有内臣早退到了殿外。君贵在这两排少年面前缓缓走过，不时简短发问。

“你多大了？”

“回陛下，臣今年十三岁。”

“你呢？”

“回陛下，臣今年十四岁。”

……

“会什么技艺？”

“回陛下，臣学的链锤。”

“回陛下，臣会翻墙。”

“回陛下，臣身子轻，几乎能爬到树梢那里。”

……

“家里还有什么人？”

“回陛下，臣家里无人了。”

“回陛下，臣家姊已经出嫁。”

……

“到军中几年了？”

“回陛下，臣六岁被军中指挥收养。”

“回陛下，臣十岁入军中做的马童。”

……

“上过阵吗？”

“回陛下，没有。”

“回陛下，没有。”

“回陛下，臣到过巴公原。”

君贵一愣，定睛看着眼前这个孩子：“你到过巴公原？”

那孩子忙道：“是，臣帮着李都帅的传令兵扛过小旗。”

“哦，”君贵颔首，“这么小上阵还能活着回来，不易了。……你叫什么名字？”

“回陛下，臣没有名字，他们都管臣叫戴五，诨名‘追着电’，因为臣跑得快。”

“呵，‘追着电’，好！”君贵鼓励地笑道，“将来若是立了功，朕会赐给你一个正名。”

那孩子一听，大喜过望，忙伏地拜道：“臣先谢过陛下的金口！”

此时，殿门被轻轻推开，一个壮实的身影出现在门口。殿中人纷纷向门口看去。因为逆着光，来人几乎只是一个黑黑的剪影。林远扶着门，向来人做了一个请的手势。那人迈过门槛入内，殿门便即关上了。他急急前趋几步，向着皇帝的方向单膝跪地叉手施礼。殿中少年们这才看清他戴着普通的黑幞头，又以高高的脖围子遮住了半张脸，面目十分模糊。

君贵向来人招了招手，来人便起身，走到官家近旁，躬身叉手候旨。君贵微笑道：“十三，除下面幕吧，这里没有外人。这些小底，”他指向少年们，“从今日开始，就都是你的手下了。”

西乞十三拉下脖围子，道声“喏”，神情平淡地看向一众少年。

作为御前谍者，西乞十三们的说话行事，有一套特殊的规制和礼节，这既是辨明身份的需要，也是隐藏身份的需要。

比如，通过刻意的情绪控制训练，他们要做到处变不惊，无论看到什么、听到什么，在身体反应上都尽量不能有大的起伏。像此刻，官家突然扔给他二十个少年手下，西乞十三心中是颇感意外的，但面容上却丝毫不露。

又比如，谍者向官家和长官施礼也有特定的方式。他们会通过头部与手部、腿部的不同组合，来体现自己的不同身份等级，乃至即将汇报的情报的不同等级。西乞十三是田重霸的爱徒，田系是郭氏潜龙时期的旧部，他们向郭氏父子施见面礼，不管是叩头还是不叩头，是立定还是跪拜，是单膝跪还是双膝跪，手部永远是叉手，而以单膝跪配叉手最为常见。叉手是一种双手拇指以特定方式交叉、辅以其余四指抱扣的动作，自唐代以来便很流行。[①]此礼通常在站立时施行，相比抱拳、作揖等手部动作，叉手时双手锁扣更紧，约束自己的诚意更甚；叉手于胸前，更有一种向对方扪心致敬的意思。田系谍者将叉手与单膝跪结合，后来便成为他们陛见的专门礼节。紧急情况下，即便不认识来人，郭氏父子也可从礼节上一见而知他们所属。郭氏麾下还有王系、白系、孟系等多条谍线，其陛见之礼又另有奥妙，不必一一尽述。

不过，一般的谍者入大内行走，绝无可能遮蔽面目，他们只能将自己化装成普通禁卫军士，尽量不引人注目而已。像西乞十三这样能够蔽面直达御前是十分罕见的，这缘于他们师徒在郭氏潜龙时期得到的绝对信任。他随身藏有一枚御赐的青铜玄武符，比巴掌略小。所有盘查的禁卫见到这枚青铜玄武符，就会默默一揖，退开为他放行。最初这枚玄武符仅由田重霸持有，一年前才传给了他。适才在殿门口，林远等虽说熟悉他的身形，但也是验过玄武符才放他入内的。

君贵看着少年军士们，向西乞十三温言道："这些都是朕命人从小底军中精选出的好苗子，朕要你将他们带回去，交给你师父，秘密从严训练，以当未来之大用。"

"臣遵旨。"西乞十三叉手不离方寸，恭谨应道。

"你师父……还在那里养伤？"君贵顿了顿，又问。年余以前，田重霸在执行使命时不慎跌落山涧，腰部严重受损，无法再亲自奔走于江湖，于是一直奉命隐居养伤，只通过三两个心腹弟子遥

① 南宋陈元靓《事林广记》："凡叉手之法，以左手紧把右手拇指，其左手小指则向右手腕，右手四指皆直，以左手大指向上。如以右手掩其胸，手不可太着胸，须令稍去二三寸，方为叉手法也。"据流传后世的各种当时图像看，叉手之法也有个流变的过程，并不总是如上文所述那么刻板地一成不变的。但要旨似乎离不开左右拇指的交叉。

控指挥自己的谍网。西乞十三便是因此契机而得以被推到御前的。所谓“那里”，是一个故意含糊的说法，连官家也只知道大概的方位却不知其详。田重霸了解的国朝机密太多了，一旦敌人知道他藏匿的地方，必定会掘地三尺将他挖出来，想方设法逼他吐口。以他目下的身体状况，显然很难麻利地逃脱追捕。故此，官家对他施加了严密的保护。

“是，还在那里。”

“能走动了吗？”

西乞十三犹豫了一下。君贵无语地盯着他。

“呃……臣此来之前，师父嘱臣回禀陛下，他的身子正在恢复，请陛下放宽心。”

“……是实情吗？”

西乞十三看了官家一眼：“……不……不是。”

“实情如何？”

“实情……实情是，”西乞十三的眼中忽然闪起两点泪光，“我师父……恐怕这辈子都不能行走了。”

君贵黯然。田重霸追随郭氏二十年，立功无数，尤其在大周建鼎之际，他的谍网传递了许多非常重要的消息。可是，因其工作的特殊隐蔽性质，他一直无法获得公开的勋衔爵位。父亲生前曾说过，待田重霸致仕后，要尽可能地厚赐厚养，以报赏他一生的忠勇与辛劳。没想到，如今他正当壮年，却不慎摔成了这个样子……君贵的眼眶湿润了。

所有的小底见状，面面相觑，不敢发出一点声响。

“陛下，”西乞十三忙收敛了情绪，安慰道，“陛下请勿过于伤感。我师父虽说不能以脚行走，却自己发明了一种带轱辘的椅子，日常坐在上面，可以由人推着走，或者自己以双杖拄地滑行。……我师父常说，自己走不动了，这一身本事，要多传授些弟子以报答朝廷。倘若师父知道陛下亲自选送了这些小底去让他训练，可不知道会有多高兴呢。”

君贵叹口气，颔首道：“知道了。……你回去后，好生向他转达朕的问候。朕要赏赐他一条玉带，少时命人拿进来给你。至于对你们的其他赏赉，仍旧会有专人送到老地方。”他又看向那两排稚嫩的面孔，“这些孩子，你现下就带走。怎么交通，怎么安置，凭你妥帖计划。需要协助，自己去找林远。朕只希望，今日交给你的，是一群愣小子；明日回来时，个个都能成为忠勇无畏、独当一面的好手。”

西乞十三隐藏着内心的激动，肃然拜道：“臣谨遵圣旨，请陛下放心！”

滋德殿后殿。

西乞十三领着小底们离开后，君贵回到后殿休息，却发现君怜带着采儿等几个宫官已经等候在那里，见他过来，一齐施礼。君贵顺手拉了君怜入座，奇道：“你几时过来的？怎的不着人通报我一声？”

君怜道：“也不过刚来。听闻前殿殿门紧闭，连王景通、刘奉武都不教入内，又听闻有一批小底在内，我想着，这一定是你之前跟我提过的与用间有关的那件事了，便没教他们到前头去。”

“嗯。”君贵颔首，因又问道，“瑽儿和训哥儿去哪儿了？半晌没听见他们的动静了。”

君怜不由笑了起来：“瑽儿到紫烟阁找朱雀玩傀儡人偶去了，训哥儿在后苑玩泥巴呢。秋高气爽的，他们俩在屋里可待不住，打从起来就一趟趟往外跑，这半日工夫，也不知来回疯了有多少次了。”

“呵，小儿家，跑跑跳跳是好事。”

远山和秋池上来致茶，君贵接过杯盏递给君怜，自己再擎一杯来品。一面又问：“你适才是在看今日的奏表吗？看了几本了？”

“看了五六本。”

“有什么要紧的吗？”

“有。有一件事，中书门下是当作寻常渎职处置，我倒觉得哥哥应该多加留意。”

“嗯？”

君怜从书案上拿过一本奏表，翻给他看：“御史台弹劾羽林大将军孟汉卿，说他在监督收纳夏税之时，从重收取耗余。生民不堪其扰，慑于他手握军队，又不敢当面反对，家家苦不堪言……”

耗余，又称羡余，是指每年夏秋征收粮食之际，收税官以运输折损、鼠雀偷食等为名，在正税之外向百姓额外征收的部分。比如原该缴粮一石的，实际却需要在一石之外多缴几斗，以充耗余。

君贵皱起了眉头。巧立名目、耗余扰民，这不仅是近几朝，而是唐后期以来的一大弊病。他与父亲都生长于民间，曾亲身经历过家道艰难、挣扎糊口的时期，对于当权者这套苛虐百姓的所谓制度深恶痛绝。因此父亲登基之初就敕令停罢羡余，天下仓场、库务，由各地节度使命专人按照朝廷章法管理纳税之事，不得别纳斗余、秤耗。后来又进一步改革税制，三令五申减轻民间负担的决心。

君怜继续道：“……更可怕的是，这些人打着替朝廷征收耗余的旗号，其实上缴朝廷的，不过所征耗余的十之一二，剩下的，全都中饱私囊……”

“哼，骂名教我替他们背着，好处全由他们自己得了。天底下竟然有这样的好事！”君贵冷笑道。

“厚取耗余，在国朝一直都未能禁绝，难怪中书门下只以常规处置。可是，孟汉卿的身份不同。”君怜和婉地提醒道，“他是羽林军将领，不是地方藩镇。羽林军是天子的禁军之一，他榨取百姓时，倚仗的是天子的威风……”

君贵的脸色变得铁青:“天子的亲军去压榨天子的子民！天子的手在打自己的脸！哼，如此寡廉鲜耻，我这张脸还要来做什么!”他看着君怜,“查，我立刻派人查！查出证据来，我剁下他的狗头示众，看谁还敢再阳奉阴违!”

君怜见他动了怒，忙安抚道:“哥哥先别生气，待查出来再议论怎么处置也不迟。天子脚下，像他这样借着皇家威风欺凌百姓的，想来不在少数。还是要想个法子，教他们知道遵守法度，不敢再犯的好。”

这当儿，王景通入内禀报，近卫林远、邓锦和季飞卫在外求见。

君贵稍微一愣。通常，这几个贴身的近卫是有特权的，遇事可以直接入内陛见，不需要通过内侍告名请示。但他随即便想明白了他们的来意，对君怜道:“这一定是飞卫来向我辞行了。”

他向王景通点点头:“宣。”

一〇四　肘腋坚甲

屏风后人影闪过，季飞卫、林远、邓锦同时入内，人人俱是轻装，手中未持武器。

季飞卫其时二十六岁，原本身形高拔，其身高在君贵的所有近卫中也是数一数二的。少年时代初到君贵身边那会儿，他就已经跟君贵差不多高了。看着他在场中持槊飞舞、浑身是胆的模样，君贵当场就决定留下他。后来他又长了几年，长成了一根旗杆，反而显得单薄。君贵总让他多吃肉，少喝酒，以令筋骨强健、身板厚实。飞卫能够有后来的大块头，确实得益于君贵的督促。

因为在一众官家元随中年龄最小，得到的照拂最多，飞卫一直都保持着一种孩子气的直率。即使后来成了亲，也还是执拗冲动的时候多，稳重踏实的时候少。此番受伤致残对他来说是个巨大的打击，他已经许久许久没有笑过了。

上一次君贵见到飞卫，还是晋阳归来颁赏之际。那时飞卫仍旧躺在医官营中养伤，君贵亲幸医官营去看望他，当面特授他轻车都尉的勋衔，以及一大堆茶药金帛等物资。又过了这么些日子，飞卫已经能够下地走移，只是左腿膝盖以下，变成了半截木腿，又在左胳膊下架起了一支木拐，方便助行。他站定之后身子有些打晃，面色也十分憔悴。

虽然早有心理准备，但亲眼目睹了季飞卫的现状后，君贵心中仍是一颤。

三大近卫口颂陛见之辞，如礼下拜。君贵忙道：“飞卫，免礼。”

季飞卫不听，执意要拜下去，拄着木拐艰难地努力。君贵向林远和邓锦使个眼色，两人忙一左一右搀扶住他。不想飞卫将他两人向旁边一推，怒道：“别管我！”林、邓二人只得罢手。

飞卫这出人意料的反应让殿中人全都愣住了，君贵和君怜也只得无声地看着他。

飞卫好不容易将双膝都接触了地面，已经疼得龇牙咧嘴，再没能力将头叩下去，只能扶着木拐垂头示礼。君贵温言道：“飞卫，今日是来向朕辞行的吧？行李都收拾好了？什么时候动身，朕让林远他们送你。”

“官家，臣根本就没让他们收拾行李。”沉默片刻，飞卫闷闷地答道。

君贵脸色微微一变：“为什么？”

“臣不想走。”飞卫抬头看着官家，满面倔强，“臣请求过多次，官家幸医官营的时候臣就当面求过，后来又让他们代臣上奏过：臣不想回去。求官家让臣留下来！”

“不行，你必须回去！”君贵沉下脸来，“林远或者邓锦，你选一个，朕允许他们直将你送到家乡才回来。”

“为什么？！”飞卫大声问道，脸登时就涨红了。林远和邓锦吓得忙拉他衣裳。

君贵看着他的脸，和缓了语气：“你且起来，坐着说话。”

“今日官家不给臣一个答案，臣就不起来。”飞卫倔强道。

“起来！”君贵喝道，“这么简单的命令你都不听，还指望朕给你什么答案？少了一条腿，能跪多久？话说到一半就栽个嘴啃泥，很好看吗？！”君怜见状，忙轻轻走到君贵身后，拉了拉他的后襟。

飞卫见官家语气严厉，心中愈发委屈，不由倏然滑下泪来。

林远和邓锦忙上来搀扶他。飞卫拧不过，终究站直了身子，抹了把颊边的泪水。

君贵向刘奉武道：“给他搬个杌凳来。”杌凳搬到飞卫身后，君贵向他示意，“坐下说话吧。”

飞卫仍旧一脸固执：“谢官家赐座。可是臣还剩了一条腿，又有木腿和木拐架着，臣站得稳，不会栽个嘴啃泥。”

“好，你乐意站，你就站着！”君贵气得笑了，“……朕把你们都宠坏了，惯坏了……”

“官家恩宠我们，不过是在我们尚能为牛马驱遣的时候吧？一旦沦为老弱病残，丢了官家的体面，即便还有满腔忠心，却连在官家身边待下去的资格也没有了……”飞卫气呼呼地顶撞道。

殿中众臣尽皆大惊失色。

“飞卫！你怎么说话呢！”林远忙呵斥道，邓锦更吓得立即去捂他的嘴。飞卫挣扎着，奋力推开邓锦，一脸不忿。

林、邓二人满头冷汗，一齐伏地向官家拜道：“官家！官家息怒！飞卫年轻，又变成了这个样子，他心里难受，说话一时不知深浅，求官家不要降罪于他！要怪，就怪我们两个做兄长的没有将他带好，求官家责罚臣等就是！”

君贵勉力收敛着怒气：“你们都给我站起来！他心里不服，你们替他认罪管用吗？教他说，你们都别拦着！”他挥手屏退一应内侍宫官，踱到挺得笔直的季飞卫身前，看着他的眼睛冷静道，“说吧，把心里的话都说出来。当着朕和圣人的面，有什么都可以说。……朕保证，今日此殿中，无论谁说过什么话，朕都一律不予追究。”

季飞卫双眼泪光闪烁，咬牙道：“十六岁，臣就跟了官家。……官家那时候还不是官家，不是晋王，不是大将军，甚至，连将军都不是……那时候，官家是指挥使，又非常年轻，我们几个一度还跟着郭府中人的称呼，管官家叫过‘哥儿’……

“也就一两年的工夫吧，我们最初汇集到哥儿身边的那班人就固定下来了。曹大哥，许大哥，林哥哥，邓哥哥，孙哥哥……臣是最小的，那时候，他们都管臣叫‘卫小子’……

“臣来的时候，除了有一身武艺和一副傻大个子，别的什么都不懂。哥儿不仅叫曹大哥他们照顾臣，还亲自教臣如何妥帖办事。野营睡觉的时候，他们永远让臣睡在哥儿身边，睡在最里面，因为那是最安全的地方。……臣的爹孃死得早，臣早已忘记了被人宝贝是什么滋味。可是，来到哥儿身边之后，臣很快就想起来了……

“有件事，官家也许不记得，可是臣一辈子都忘不了。那是在晋北跟契丹人打完一场大仗之后，臣没受什么大伤，可是臣太累了，竟一下子瘫倒在地睡着了。等醒来，臣已经躺在了营房中。曹大哥他们告诉臣，是哥儿让出了自己的马，将臣绑在鞍子上驮回来的。……臣去向哥儿请罪，哥儿……哥儿当时说了什么，自己可还记得吗？”

众人无语地看着他。

季飞卫继续说道：“……哥儿当时对我说：‘战场再大，咱们只有彼此；天地再大，咱们只有彼此。我把你们带出去打仗，就得把你们带回来，不管是抬在担架上，还是驮在马背上。飞卫，刀箭无情，可咱们要生死与共，不离不弃。’……臣不知道哥儿有没有对别的部下说过这样的话，反正，臣是第一次从主官那里听到这样的话……从哥儿那里离开之后，臣哭了好久……

“哥儿升将军那年，许怀信大哥在一场激战中负责断后，结果被贼军砍死了。后来哥儿疯了一样，带领我们冲回去抢他的尸首……说来好笑，那时候，臣居然希望死的是自己。臣简直是迫不及待地想去死，只为了自己死后，留下的这具不值钱的躯壳，能够得到主官和一群弟兄这么不要命的保护……

“官家，臣是个直肠子，大喜大悲，大哭大笑，从来没有瞒过谁。臣原本一直以为，官家身边，就是臣此生的归宿了。……臣怎么也想不到，臣废了一条腿后，官家就不再要臣了！臣固然知道，官家要整顿禁军，要遴选新锐，要汰退老弱病残。臣不幸变成了这个样子，官家推行新规，自然会先拿身边的人下手，好就势堵上别人的嘴。……可是，官家难道就一点都不顾念咱们君臣的往昔情分吗？官家以前说过的话就都不算数了吗？对于跟随了这么多年的弟兄，官家为何如此狠得下心来?！……”

季飞卫一面说着，泪水就一面毫无顾忌地流了满脸。林远、邓锦听了他的哭诉，也禁不住悲从中来，相陪着流泪不止，哽咽难言。

君贵伫立原地，勉力抑制着自己的情绪，含泪默然良久。

他是要整军不假，他是要放季飞卫回归原籍不假，可是，这并不意味着他打算背弃从前的誓言，打算抹杀这么多年的兄弟之情。——是的，他们是君臣，他们是主从，但他们也是兄弟。他虽然登上了帝位，但在他心中，始终对他们存着超越一般部下的亲密感情。

君贵抬起手，轻轻去抹季飞卫脸上的泪水，叹息道：“……身为武将，沙场受伤势所难免。能够抢半条命活着回来，不是挺好吗？飞卫，你已经为朝廷、为我尽了忠，带着捡回来的半条命，回乡去过你的快活日子，不是挺好吗？”

“可是，臣还有一条腿，臣还有两只手！臣再恢复些时日，仍旧骑得马、耍得动长槊。臣不是一个废人！”

“没人说你是废人。飞卫，我让你回去，也不是那个意思。”君贵温言安抚道，“我记得，你的浑家去年病故，到如今，也该满周年了吧？此番回到家乡，你再讨个好浑家，往后多生几个儿女，靠着我赐给你的良田，过上美美的小日子，岂不比在军中延挨时日的强？”

季飞卫的泪水再次涌出，摇头道：“讨浑家在哪里不能讨，官家为何一定要苦苦将臣撵走？难道官家有了新宠，就视臣等旧人为碍眼之物了？官家是在为新人清理道路吗？今日清理了臣，明日是不是就轮到林远、邓锦他们了？”

君贵不意他竟说出这样的话来，气血上涌，脸色大变，登时扬起手来，猛地扇了他一嘴巴。飞卫被打得一个趔趄，幸亏林远和邓锦及时搀扶住了，他才没有颓然摔倒在地。

“陛下息怒！”

“陛下息怒！”

“飞卫有口无心的，陛下！”

“陛下，飞卫素来是孩子脾气，说了什么自己都不知道，求陛下饶过他！”

林远、邓锦两人大惊失色，仓皇跪拜于地，急切地替季飞卫辩解求情。

一直默然旁观的君怜见状，忙走到君贵身后，再次拉拉他的衣角，又轻轻拍抚他的后背。

飞卫见皇后上前，忽然将木拐一拄，借力“扑通”一声跪在了她面前。双膝猛然撞击地面引发伤腿剧烈疼痛，让他险些晕厥过去。他颤声道：“圣人！求圣人替臣说句话！除了这里，臣早已没有别的家了，如果官家非要将臣从家里赶走，臣宁可去死！反正……反正臣现在也是生不如死了。”他含泪回看一眼林远和邓锦，“届时，我的尸骨，就有劳林哥哥和邓哥哥收殓收殓……”

君怜伸手去扶季飞卫，面上带着镇定的笑容，和言道：“飞卫，飞卫，瞧你这说的都是什么话！早成了家的人，不是孩子了，怎的还这么轻一句重一句的！自古战将卸甲荣归，颐养天年，都被目为最圆满的归宿……”见飞卫不肯起身，她又转向君贵，“官家并没有赶飞卫走的意思，对吧？”

“我不是赶他走，但他必须走，必须回乡去休养，这没的商量！”君贵冷着脸，硬起心肠回答道。

听了此话，林远与邓锦对视一眼，忽然齐齐向他一拜。林远含泪道：“既然如此，臣等也愿意走……就请官家将臣等一齐打发了吧……最初追随官家的那班人，目下只剩了我们三个。臣等斗胆求官家一个恩典：念在多年鞍前马后相跟的情分上，归乡也罢，流放也罢，好歹让我们弟兄三个还在一处……”

君怜不意林、邓二人也相继做此决绝表态，顿时感到事态严重。但她暂且也不便说话，只紧张地思忖对策。

殿中一时静寂无声，空气中有根弦惊险地绷紧了。官家似乎突然到了众叛亲离的边缘。

良久，君贵叹口气，自嘲地笑了一下：“呵，咱们十年主从，我的所作所为，就这么招你们误解吗？”他矮下身子，一屁股坐到了三人面前，“我若此时叫你们起身，你们自然是不肯的了？好，那我就坐下来跟你们说话。飞卫，你也别硬撑着，坐。你们都坐。”

他反手撑地，仰头望向大殿的藻井，半晌，嘘口长气，看回他的元随们：“此事，与什么新人旧人的无关，不要再往那方面去想。……你们跟了我这么久，一直都很好，很好……好到我没有别的话说，好到我挑不出毛病。十年以来，你们唯我马首是瞻，我说什么就是什么，我说怎么做，你们就怎么做。天底下还有比咱们感情更好的主官与部将吗？或许有，但那必定是凤毛麟角……

“可是，正因为你们如此信服我、听从我，你们也就没有了自己，对吧？我御下一直严苛，不许剽掠，不许压榨，不许这样，不许那样……别人的部将跟着主官，走在街上吆五喝六、威风八面，回到家里金银财宝、山珍海味。可是这一切你们都没有，因为你们的主官不允许！从前你们的主官位置低，所以你们俸禄微薄；可是，后来你们的主官继位为君了，你们的俸禄仍旧高不到哪里去。因为，你们的主君要让天下的军队知道餍足，只能拿自己人做示范……

“以前，我从来没有想过这些问题。我认为你们既然选择跟定了我，这一切就是你们必须要承受的。可是，突然之间，曹瀚战死了！……他死后好一阵子，我一闭上眼睛，就忍不住去回想他跟我这十年是怎么过来的，到底有什么好处落到过他身上……我细细地想了半天，什么都想不起来，因为，没有！我几乎什么也没给过他！……他还那么年轻，他有老母，有娇妻，有幼儿，但他大部分的时间都将他们抛在一旁，而待在了我的身边！……可是，待在我身边，不过是职责，是使命；待在父母妻儿身边，那才是日子，是生活！……以前怀信死的时候我还没有醒悟，直到曹瀚死的那天，我才明白，我给了你们太多的使命，却夺走了你们享受好日子的机会……

“其实，不必你们提醒，我自己天天在心里数：怀信战死了；孙璘走了；曹瀚战死了；重霸瘫了；飞卫你，变成了这样……我身边的亲信元随，有的凋零，有的离去，我纵然再是不舍，除了承受，又能有什么法子？……飞卫，你比他们都年轻，‘振鳞方跃浪，骋翼正凌风’，你的人生，才刚开了个头。我已经夺走了你的一条腿，我不能再夺走你生命中应该享受的好日子。你为我做的已经足够了，从今而后，你可以过另外一种生活。

“……放你走，是我一再狠心才能做出的决定。希望你不要辜负我的心意。”

君贵说罢，虽脸上犹有泪痕，却勉力露出了一个微笑。

林远等三人早已听得呆了，只默默流泪不已。

良久，季飞卫忽然将泪一抹，说道：“官家的心意，臣等已经尽知。可是，臣还有最后一言，不知官家肯不肯听？”

“说吧……”

“臣如今是个一无所有的人，没有父母，没有妻儿，没有健全的身子，便是回乡，也没什么现成日子等着臣去过。官家适才说到要享受好日子，可是官家知道吗，只有在官家身边、与多年弟兄们在一起度过的那些日子，对臣来说才是最好的日子。……臣早已把家安在了这里，官家让臣走，就是让臣变成一个孤苦无依、无家可归的流浪儿。”他抬眼恳切地看着官家，“……倘若是这样的情形，官家……还忍心坚持要臣离开吗？”

君贵抹抹眼睛，默然片刻，叹息道：“……看来，是我自以为是、强人所难了。”

邓锦与林远对视一眼，不由满面欣喜：“官家既有此言，是不是飞卫就不必走了？!”

“不走就不走吧……”君贵以手撑地站起身来，略一沉吟，对飞卫道，“军器监少监是禁军要职，又不必太过奔波。现任少监不合用，我原打算给监正换个副手，你既留下，就派你去吧。”

季飞卫破涕为笑，喜出望外，忙朗声答应：“臣遵旨！”抬眼见官家一脸萧索，回想起自己刚才咄咄逼人的一番顶撞，他不由又红了脸，垂首低声道，“臣适才昏了头，失态失言，伤了官家的心，臣……臣不知该如何请罪才是，只求官家狠狠责罚，否则，臣寝食难安……”

君贵鼻子里笑了一声：“罢了，你们不再抱怨什么新人旧人的话，我已经很知足了。少了一条腿还这么拼命，我哪里还敢治你的罪？”

三大近卫听了官家此言，回想起官家素日对自己的种种恩遇，都感到了一阵揪心的愧怍，齐齐低下了头。

这里君怜见君臣几人间的战火消歇，忙示意林远、邓锦二人将季飞卫搀起，一面向君贵微笑道：“官家，飞卫留在你身边，也还是有好日子可以过的。……日子里有了好事，那就是好日子。”

众人听着话里有话，尽皆一愣，疑惑地看向圣人。

君怜迎着君贵询问的目光，柔和道：“过两日，我要为飞卫赐一门婚事。”

一〇五　郊道斜阳

坤宁宫后殿。入夜了，灯烛摇曳。

君怜坐在榻上，采儿在榻前站着，默默流泪，又不断默默以丝帕将泪水拭去。

君怜拉着采儿的一只手，柔声缓缓："……你跟着我常在御前走动，他的模样，你素日也是见过很多次的。如今虽说少了一条腿，却仍旧是威风凛凛的一条汉子！你该不会因为他瘸了，就嫌弃他吧？"

采儿忙摇头，更多的泪水从她的眼眶中涌出来。她的心里有太多感触，酸甜苦辣，难以向人诉说。跟着君怜这样的一个主子，多年以来，她早已养成沉默是金的习惯，泪水就是她唯一的情感表达。

"他的脾气秉性，我和官家都很清楚，心直口快，坦坦荡荡，待人是极好的……"说到这里，君怜稍微停顿下来，等待采儿的反应。采儿仍旧擦拭着泪水，不发一言。

"你嫁给他做继室，虽不是元配，你们却必定会跟元配一样，过得和和美美的。……他是官家亲随，自来得宠，又新除要职，你嫁了他，前途无须担忧；他身有残疾，你以女儿之身配他，他必定会格外心疼你、爱护你，不肯教你受了委屈；何况，还有我为你撑腰。我这里就是你的母家，便是到了小两口儿吵架拌嘴的时候，他也绝不敢欺负你……"说到这里，君怜拍拍采儿的手，

“好了，别光顾着哭了，你心里到底是怎么想的，不妨实话说给我听。倘若实在看他不上，也可……”

“不，不是，”采儿忙道，“圣人，臣妾岂敢有看不上别人的意思……”只分辩了这一句，她又低头垂泪。

“那你哭得这么厉害，究竟是为什么呢？”

“臣妾……臣妾是舍不得离开圣人……”采儿哽咽道。

君怜长长地叹息一声。“有什么舍不得的！你嫁了他，仍旧可以回来看我，只是日常精力，要更多地放在照料自己的家事上了。日后……有了儿女，也可常常带入宫中来，陪伴观音和训哥儿玩耍……”她以丝帕替采儿擦着眼泪，自己却逐渐泪光晶莹，“采儿，你在我身边这么多年，晨起夜眠、端茶倒水，百事不离左右，一直非常辛苦。原本早该让你出嫁的，我舍不得你，也离不开你，就一直拖着，白耽误了你这么些年！这，是我对不住你的地方……”

采儿忙道：“圣人说的是什么话！臣妾活在这世间，原本就是为了服侍圣人的。嫁不嫁，嫁给谁，听凭圣人做主。臣妾自小受圣人家深恩，并未报答万一，此番又蒙圣人亲赐姻缘，臣妾感激还来不及，岂敢再有一言半语的抱怨？”

君怜鼓励地一笑：“你不觉得委屈，就是最好。……有了自己的家，就用心经营吧。就像今日官家对飞卫说的，好好享受一下自己的日子。”采儿连连点头。

“此外，让你嫁给飞卫，也包含着我交给你的一项使命。”君怜转而正色道。

采儿闻言，忙肃然道：“请圣人吩咐。”

“你是我的亲从，飞卫是官家的元随，将你们撮合到一起，是希望你起到抚镇的作用，稳定官家的肘腋之地。……倘若将来遇到事，无论是看到什么，还是听到什么，无论自己能否处置得了，都要及时来向我汇报。……你明白我的意思吗？”

采儿一愣。

君怜淡淡一笑："这只是打个比方。我希望你们安安稳稳的，我希望朝廷安安稳稳的，我希望整个大周都安安稳稳的……可是，想要安稳，就得老睁着一只眼睛哪……"

"臣妾明白了，"采儿躬身道，"请圣人放心，臣妾知道该怎么做。"

数日之后，皇后教旨下，原皇后宫司宝郑氏进封为荥阳县君，以内命妇身份赐与新除的军器监少监、轻车都尉季飞卫成婚。

婚礼设在近卫营的老营房。一对新人的全部聘礼、嫁妆，皆由皇帝夫妇赏赐。近卫营一众兄弟及其家眷张罗着忙乎完婚礼的仪程，又在院中广铺筵席，夹肉吃菜，猜拳行酒。更有不少幼儿间杂其中，嬉戏玩耍，随哭随笑，鸡飞狗跳。

众人热闹了一整天，直到深夜才罢休。

坤宁宫。日间。

君怜立于坤宁殿的廊檐下，眼睛望向近卫营的方向。碧空高远。宫禁深深。隔着重重高墙与郁郁林木，近卫营的喧嚣传不到大内的核心位置来。可是她坚持倾听着，在那里站了好久。

新授的司宝女官、比采儿她们要小两茬的原晋王府旧属芦笛默默侍立在她身后。不远处，还有更多的宫官和内侍肃然而待。

采儿嫁人了，廷献出宫了，原本最得力、最亲近的两个侍从，目下都不在自己身边。秋风掠过，廊檐下宫灯摇晃不已。虽是在人群簇拥之中，君怜却忽然起了一种萧索之感。

片刻，她对芦笛轻声道："走，去紫烟阁。"

数日后。南庄猎场。

天清节前，皇帝抓紧时间批准了一批老臣如颜衎、宋彦筠、景初等人的致仕，厚加赏赉之余，又走马灯般提拔了一批更年轻的人充职，有文有武。他并没奢望所有的职守都能一步到位。到目前为止，他的许多任命都带有试探的性质。他急于找到最适合那些岗位的那些人。

心里总算有了点空闲后，他决定给自己放个假。

秋猎是应张永德和鹭娘所请而实行的。在凉爽的秋风中追逐行猎，是一件十分让人惬意的事。因此张永德甫一动念，就得到了晋国长公主鹭娘的热烈响应，当天，她就拉着张永德急急忙忙入宫来找她的荣哥哥了。距离上次郊猎不过月余，可是君贵自己天天在宫中埋首案牍，不得纵马驰骋，早已浑身发痒。鹭娘撒个娇，他便就势痛快应承，而且说走就走，次日，便带了妻儿和一众皇亲、近臣，又热腾腾奔到了南郊猎场。

这一次，君贵将观音、训哥儿交给了君怜、朱雀、重进等，自己和张永德率领部骑在草场上痛痛快快跑了一通，方缓辔而行。两人尽皆满头是汗，不断以衣袖擦拭。

君贵想起整军的事，问张永德，赵匡胤那边的进展如何。张永德忙笑道："臣前几日刚去验视过，他在营里昼夜不得闲地检选、操练，甚是用心呢。"

"嗯。此是军中大事，待检练完毕，我要亲自到校场阅兵。你不妨先告诉他，阅兵的日子我已经定了，就在十月十八日。他有什么好本事、好法子，趁着还有些时日，就赶紧使出来吧。"

"是是，臣今日回去就向他传谕。"

"选他主理此事，不知让多少人眼红怀嫉，也不知有多少人等着看他的笑话。他是你举荐的人，又在你殿前军的治下，这里头的斤两分量，你想必比谁都清楚。倘或此事有了任何闪失……"

"官家放心，绝不会有任何闪失！臣一定不错眼地督着他。"

"嗯……对你，我倒一直都是放心的。"君贵颔首笑道。见张永德衣襟内露出一角不知什么物事，便向他胸前一指，"这是什么？难道怀里还揣着只雀儿不成？在马上颠簸一通，都快飞出来了！"

张永德低头一看，忙笑道："得亏官家提醒得好，不然臣倒给忘了。"他从怀里掏出那物事，原来是本树皮色封面的老书。他双手递给君贵，笑道，"这是臣日前得到的奇书，《太白万胜诀》，书中教人以观日度月、推星望云之法占测运机。不怕官家笑臣狂妄，这类书，臣原也见过几本，大多胡吹海说一通，因此臣一开始也没太在意。那日兴起，臣拿几件事小试了一试，没想到，竟严丝合缝，着实灵验。臣想着官家一向偏好黄老，因此打算将它献给官家。"

君贵接过《太白万胜诀》，饶有兴味地看着他："哦？你试了什么事，说来我听听。"

张永德脸微微一红："左不过……左不过是些家里的事。"

君贵奇道："有什么不好意思的？你的家里事就是我妹子的家里事，我妹子的家里事，那就是我的家里事了。这里又没外人，快说，你试了什么？"

"咳咳，"张永德道，"那日，长公主与臣发生了一些小口角，长公主一怒之下，就将臣赶出了居室。……臣低声下气前去哄了两次，她都不理臣。臣百无聊赖，只好拿出这书算了算……"

君贵失笑道："算什么？算她什么时候理你？"

"是啊。"

"算出什么来了？"

"说是静伏勿动，须臾自有转机。"

"然后呢？"

"果然……半个时辰之后，长公主自己传出话来了，召臣过去，伴她进用晚食……"

君贵哈哈笑了起来："多大点事啊，也要拿什么奇书来算？堂堂大周殿帅，何至于此！"

张永德笑道："臣是大周殿帅不假，可臣更是晋国长公主的驸马都尉，是官家的妹夫。臣以《太白万胜诀》来推算长公主的眉高眼低，那可绝不是小事。”

“得了，就你这张嘴会说话！”君贵揶揄道，“还拿它算过什么？你接着说。”

“别的……就真没什么上得了台盘的事了，左不过是斗鸡走狗的输赢而已，说出来白惹官家生气。”张永德笑道。其实，这本书他并不是刚刚到手的，之前他以此书算准过的最重要的事，是他的妻子将会得到最尊贵的国号“晋”作为进位长公主的封号。不过，这种事，怎么好告诉官家呢？

“好。”君贵将那书放在手掌上拍拍，笑着塞进自己怀中，“这书你抄了一本没有？”

“实话回官家，抄了。”

“呵，好在下次她将你赶出房门的时候再算，是吗？”

“嘿嘿，是。”

“那我就留下，”君贵意味深长地瞥他一眼，“倘若哪天圣人将我赶出了坤宁宫，我也拿它算算，哈哈。”

两人相视大笑，策马奔向行营。

回到猎场行营，却见李重进正领着皇子宗训和他自己的儿子延寿、延福，在帐外掰弄着几张小弓耍子。见君贵下了马，重进便抱起皇子走过来。君贵略与他叙谈几句，问过皇后与皇女动静，发现他虽勉力振作，实则对今日的郊猎兴致不高，不由心念一动。

郊道。晡时已过，斜阳西挂远树。

浩大的禁卫军，簇拥着皇家车马行进在返回皇宫的路途中。

前军忽然一阵骚动，车队逐渐停了下来。没有皇帝的允许，这样的突然停毂是违禁的，除非发生了什么特殊的事件。君贵勒马止步，看向林远。林远在马上一礼，迅速向前方驰去。

未几，林远驰回，至君贵跟前揖道：“陛下，前面有个人，带着十几个百姓，拦断了道路跪在那里，说是要求见皇后殿下。”

“见我?”君怜原本与朱雀、唐氏等一起在銮舆中陪着儿女,隔窗听见了林远的话,不由撩开车帘,与君贵交换了一个疑惑的眼神。

林远忙下马过来,在銮舆前施礼道:“回殿下,他说是殿下旧识,为民间生计之事斗胆求见。”

君怜沉吟道:“他有没有报上姓名?”

“报了,他说他叫史德统。”

史德统……君怜回味着这个名字,缓缓颔首。

史德统是先帝郭威在汉隐帝朝的旧盟友——后汉侍卫亲军都帅史弘肇的儿子。当年汉隐帝派郭允明等在广政殿屠杀几大枢臣,又命刘铢屠灭其全家,其时因史德统正在外郡办事,侥幸逃过一劫。先帝郭威登基后,着实厚抚过史家遗族。又因久知史家这个儿子有贤名,打算对他委以要职。但史德统经历家破人亡之后心灰意冷,竟坚辞不就,自己遁向江湖,不知所终。

君贵与史德统是见过面的,但并不很熟。君怜尚未出阁时,也曾在父亲与几家王公大臣的邀约会猎时见过他,略微叙谈过一番,交情并不深。此番史德统有正事不求见皇帝,反求到皇后名下,倒也真是新鲜。

君怜以眼神征求君贵的意见。君贵一笑:“既是求见圣人,那就圣人做主,不必问我了。”

君怜斟酌道:“他声称是为了民间生计之事而来,咱们就召见一下吧?官家允可吗?”

“好。”

未几,林远领着一个青衫白面的文士走近。邓锦等一众近卫尽皆持兵警戒。在距离御驾和銮舆一丈开外,那文士下拜施礼道:“草民史德统,拜见陛下,拜见殿下。”

君贵并不答话,向君怜使个眼色,自己只冷眼旁观。君怜早戴了帷帽蔽住面目,仍旧只在车窗处开言道:“史德统……是前朝史都帅家的大公子吗？”

那文士恭谨道：“草民是。”

“嗯。近卫回报说你有民生之事求告。既是民生之事，为何不循常途上书三省或者枢密院？”

“回殿下，草民目下乃一介布衣，除了去开封府外敲敲登闻鼓，没有资格上奏。臣所诉之事，根本无由抵达天听。”

“你怎么知道圣驾会从这里经过的？”

“回殿下，草民并不知道。只是草民早年曾经数次扈从前朝皇帝郊猎，知道圣驾回宫时，常会取此道而行。今日圣驾幸南庄，街面上众人都在议论，是以草民也得知了此讯。草民想着，以草民之白身，素日想要面圣那是绝无可能，唯有候在不远处碰碰运气，见圣驾回銮时拦道一求，或许还有机会。”

君怜掀起了面幕，正色道：“聚众拦道告御状可不是什么好法子，倘若惊了圣驾，那罪过就大了。德统，你是王公之后，以后万不可再有此莽撞之举，知道了吗？”

“喏，草民谨遵殿下教旨。”史德统镇定道。

“好。我再问你，你说你有民生之事上奏，为何不直接求见陛下，而要求见我呢？”

“这不过是草民的小心思罢了。若说求见陛下，必定会被禁卫们直接阻拦；改称求见殿下，或许禁卫们难以判断，此事还能呈报御前。……所幸，草民与殿下的确是旧识，草民并没有妄言欺君。”

君贵见君怜三言两语问清个中肯綮，解开了自己心头疑问，不由向她看一眼，微微点了点头。

君怜便向史德统道：“平身吧。你有何事，陛下在这里，尽管说吧。”

史德统依言站起身，向两人礼道：“回陛下和殿下：草民于去岁返京，在京郊族茔附近购得数间瓦屋存身，耕读为业。草民今日领着冒死前来拦道之十数人，皆为草民家附近村民。……皇朝建鼎以来，先帝及陛下一再下诏减税，小民等尽皆感戴。可是，陛下可知道，从州郡县乡层层落到庄户人家的赋税数目，却并没有什么变化！说起来，他们念在草民是王公之后，催逼之时还留有余地，可是对其他村民，就没有任何宽容，动辄呼喝打骂，毫不容情……

“不过，倘若仅仅为了这等苛敛之事，草民等忍忍也就罢了，并不敢前来拦驾吁请。今夏初，忽然又来了一队人马，说是禁军右屯卫的，要强征了草民家及附近十数家村民之地，兴建一座寺院。

“草民等皆不愿搬移，请求他们另行择地建寺。他们却说此寺乃官府指定兴建，没有商量余地。他们并未出示任何官押文书，只扔给每户很少的一点银钱，便强行将人都轰了出去，圈起了数十亩好地……

“草民曾经忝列官场，知道像这种架势的所谓官府征地，多半都是矫令谋私。草民便带着那些被赶离家园的村民四处申诉，却没有一个衙门肯接草民的状子……

“陛下，殿下，非是草民胆敢率众与朝廷为难，实在是民间像这等矫诏强征之事太多，黎民百姓流离失所，心怀怨望，于陛下的圣明与声威也是巨大的损害啊……”言及此处，史德统的语声显得十分苍凉。

君贵沉着脸，看向林远：“右屯卫的头目是谁？”

“回陛下，是薛训。他是在陛下晋阳回銮之后新升的右屯卫将军。”

君贵问史德统：“派人强拆你们房子的，是叫薛训吗？”

“是。那些军士口中总说‘我们薛将军’云云，草民便去打探到了他的姓名。”

“征了你们的地、拆了你们的房子去盖寺院，他有什么说法？”

“回陛下，他没有任何说法。就草民所知，他手里有不少空白度牒。草民不敢说他一定会怎么做，但草民在外藩时看到的通常做法是：军将、土豪交互勾连占地建庙，又私下交通中央有司拿到庙观度额。他们以这些度牒度了人入寺耕种庙田，不仅不必缴纳赋税，更可广设功德箱，领受八方布施。只要经营得法，香火渐旺，其敛财速度，简直堪与抢掠相媲美……”

君贵冷笑道：“哼，拿着朝廷颁发的敕额赚钱自肥，这倒真是个一本万利的好生意!”他打量着史德统，沉声道，“朕答应你，必定着人彻查此事。……你既熟知官场与民间两头的内情，可愿跟了朕回去，仍旧在朝中为朕出力？”

史德统迟疑道：“陛下，草民已经……退隐……”

“年纪轻轻退什么隐？难道是信不过朕拯济天下的决心吗？”

“草民不敢。”

“朕要干大事，需要很多人才。明日你到御史台去找张煦，先将薛训圈地建庙之事从细报了。待此事了断后，朕给你派个职司，好生为国出力。”

“……喏。草民……臣……谢过陛下和殿下的恩典。”史德统重新下拜，长叩不起。

一〇六　皇建禅院

坤宁宫。夜浓了。

皇帝夫妇躺在榻上叙谈，话题围绕着日间郊猎的事。议过了史德统路谒所揭发的禁军苛敛圈地之弊，君贵想起了重进的古怪。

"……我与抱一跑马那会儿，李三哥在做什么？没去活动活动？"

"没有啊。三哥只管领着训哥儿玩，琁儿也去找他们闹了一回。怎么了？"

"三哥是个闲不住的人，素日没事时，自己还带着从人飞鹰走狗的，今日如此沉着，你不觉得，有些不寻常吗？"

"哥哥这么一说，我也觉得有些蹊跷了。"君怜沉吟道，"莫不是他有了什么心事？"

"问题是，他能有什么心事呢？他已经是侍卫亲军的都帅了，地地道道的禁军第一人，手握万千军士生杀予夺的重权。我对他，又一向十分倚重。抱一年资比不上他，各式荣衔爵位，都是跟在他后头而比他下一等的。……就算我最近重用的赵匡胤是抱一的人，没用他的人，可是，凭自己的意思任免提拔大臣是为君的根本，他就算肚子里不乐意，却是绝不敢摆到明面上来让我发现的。"

"……那么，哥哥近来打赏，会有什么让人误会为不公允之处吗？"

“近来我赏过不少下面的人，倒还真没有打赏他们。他和抱一，高平战后就曾原地升职一次，打从晋阳返京后，又升迁了一次。目今他是都帅兼宋州节度使，加同平章事；抱一是殿帅兼滑州节度使，加检校太傅，鹭娘还进封了晋国长公主……”

说到这里，君贵蓦然惊觉。君怜显然也意识到了什么，无语地看着他。

都是皇亲，都是自己的臂膀股肱，抱一因妻子之故由寿安公主驸马都尉进位晋国长公主驸马都尉，在皇家身份上又上了一个台阶，但是，重进却于此一无所获。

鸟重其羽，人重其名。

这是个巨大的漏洞，是又一个发生在肘腋间的情感之结，他们俩竟然全都疏略至此！

君贵坐起身来：“是我粗忽了。爹曾经说过，当初如果没有四姑，他和二叔、三叔根本不可能逃出顺州的兵祸，苟全性命。……如今我光是进封了鹭娘，却忽略了过世的四姑，难怪三哥心里不痛快。”

君怜亦随之起身，轻抚着他的后背：“是我的疏漏。哥哥在外朝日理万机，这样的事情，原该我替哥哥想着才对。哥哥继位之后，姑母封号随之迁转，原本是理所当然之事。李三哥事母至孝，母亲的名分不正，他自然心中难安。……哥哥也不必多虑，明日赶紧替他补上，也就是了。”

宫禁无小事，皇家无小事。饶是两人心思细致如丝，仍旧百密一疏。

他们默然。前有近卫的委屈，后有重将的不满，肘腋不安，何以安社稷？心腹不平，何以平天下？天子的重担，真不是那么好扛的。环绕着御榻的氛围一时变得凝重了。

不日，天子诏下。追封故皇姑福庆长公主为燕国大长公主，厚赍其子孙。其他在外郡的李氏家族兄弟，职位也各有迁转。

李重进从内班院都知王景通手中接过诏令，热泪汩汩无声。

与此同时，另一道加恩诏令也下达到了西京洛阳：皇帝元舅、银青光禄大夫、检校吏部尚书兼御史大夫柴守礼，加金紫光禄大夫；故舅母王氏追赠中山郡夫人。

柴守礼是君贵的生父，王氏是君贵的生母。自从七岁过继给郭威之后，君贵便以舅舅、舅母称呼他们。王氏在郭威建鼎前便已去世，柴守礼倒是身板硬朗，健康没有大碍。建鼎后，郭威以后族（皇后柴氏的亲族）加封柴守礼为银青光禄大夫，将他从邢州挪到西京洛阳做官。后来，又加封他为检校吏部尚书，兼御史大夫。

君贵戎马倥偬，与亲生父母一向没有太多往来。尤其备位东宫期间，为避免惹动外间物议，他愈发谨言慎行，很少与柴家互通消息。当然，逢年过节，互相间遣人馈赠佳物、致意问候还是有的。君贵继位后，本家家族中亲长除了生父已尽数逝去，君贵自然对生父更添了一丝牵挂之情。但他却不便骤然加恩，因为，他必须杜绝泱泱众人之口，防止外间胡乱猜测。

直至今日，皇家亲族中，皇妹、皇姑均已获得进封，此时再加恩于皇舅、追封皇舅母，就显得顺理成章，再无不妥了。在君怜的提醒下，这一加封得以果断施行。

柴守礼在洛阳接旨，心下大慰，当日便筵设柴府。城中新朋旧交齐聚一堂，推杯换盏、猜拳行令，恭贺皇舅身加金紫、富贵又上一层楼。

紧跟着这道堂皇的诏令抵达洛阳的，还有一道虽不起眼却足够分量的人事任命：以郧中人颉跌氏管勾京洛税院事务。洛阳官场中，谁也不知道这位颉跌氏的来历，只隐约打探到他是官家钦点的，如此而已。颉跌氏据说从来没有做过官，可是在经济上却是一把好手。他到任一个月之后，西京税院的所有人就再也不敢小觑他的才干了。

京师大内。御池边。日间。

君怜与朱雀在流风亭中赶围棋。观音与训哥儿由宫人带领着在附近玩耍。亭中侍从只剩了承璋和芦笛，别的人，连坤宁宫的在内，都被朱雀支使着替她找寻草药去了。

一个身影远远走来，至流风亭外立定，稍停，拜礼道："见过皇后殿下，见过令主。"

承璋"咦"了一声。

君怜闻声转过头，目光一亮，欣然道："廷献，这么快就回来了？"

廷献笑道："是。"

朱雀以手指拈着枚黑子，一面放在自己颊边摩挲，一面笑道："这一趟出去才不过半个月呢，依我说，你何妨在外面多玩耍些时日？这么急着赶回来做什么？"

廷献笑道："卑职是出去办事，岂敢贪玩？令主说笑了。"

"平身吧。"君怜向廷献道，"事情办得如何了？这里没有外人，但说无妨。"

"回殿下，王爷那边，臣已将殿下的话如数转达。王爷说，请殿下放心，他会立即安排，务令周全。"

"嗯。别的呢？"

"当日青州大慈悲寺的方丈清兴法师，如今已经驻锡于沧州开元寺。臣以香客身份拜庙，亲眼见到他面色从容、嗓音清亮，健康如昔。臣又从旁打听，人人皆称颂法师和蔼慈悲，是目今难得的高僧大德。"

"那太好了！我可算找到个合适的人了！"君怜欣喜道。

朱雀偏着头看她，奇道："你找个大和尚做什么用？难不成你竟要在皇宫里拜师修行起来？"她又转向廷献，"既然如此，陈高班，索性劳你再替我走一趟，也去什么大山里寻个老道来，为我指点迷津好了……"

君怜一拍朱雀的手背，嗔道：“我们说正事呢，你又来胡搅？——廷献，别理她。”

廷献与承璋会心莞尔。一刹那，他们仿佛回到了少年时光。两个姐儿有一句没一句地斗嘴，他们俩陪在一旁，偷偷发笑。

“那你倒是说说，要给这大和尚派个什么用场？”朱雀追问道。

“晋王府旧宅要改造成皇建禅院，我得替禅院找个妥当的住持啊。”君怜道，“你知道的，近世僧众，多有迫于生计而出家者，心志不坚，菩提难证，岂足承担大任？皇建禅院寄托着皇家福祉，非得有高僧大德主持局面不可。这位清兴法师，昔年廷献曾听他讲过经，颇受教化，目下廷献又打听到他现状颇佳，是以我想将他举荐给官家。”

朱雀点点头，一本正经道：“倘若下次再有这种出门寻人的活计，就请圣人委派给臣妾吧。臣妾虽不才，出门逛逛倒是在行的。”

君怜懒得理她，不屑地翻个白眼。这是一个圣人只在家内人面前才会出现的表情，这可爱而亲切的表情让廷献和承璋相视偷笑了。

滋德殿前殿。

一对真人大小的男女木人立在殿堂的醒目处，男的正躬身挥锄，女的正挽篮举手。入内参与枢机会议的枢臣魏仁浦、李榖、范质、景范、王溥等一进来就看到了这样新物事，不由小声议论起来。

魏仁浦新除枢密使之职，取代了郑仁诲，这在朝臣中引发了不小的震动。魏仁浦早年不过是一介刀笔吏，追随先帝郭威帐下十数年，尤其在先帝南下克难之际出过不少主意，得到先帝信任，才能跻身枢密院。有了王峻的教训，官家在枢密使的人选上降低了对于战功的考量，之前郑仁诲就不算宿将，魏仁浦更只是文吏而已。五代传统一向是武将瞧不起文臣，而在文臣内部，科举出身的瞧不起刀笔小吏，也是常例。

魏仁浦处世早，十几岁就到处给人做小吏糊口了，养成了周密的头脑和谦谨的性情。因此，对于同僚们的嫉妒和不满，他心知肚明，却毫不介意，登上枢位之后，反而愈发谦和。便是在官家跟前，也是替同僚说好话的时候多，有什么过错，常常归于自己。这一点，比脾性比较随和的前枢密使郑仁诲尤有过之。

故而此时的大周朝堂中，众宰臣们虽难免各自怀揣一些小心思，但总体上仍旧呈现出了和衷共济、同谋国是的局面。

一时枢臣到齐，官家自殿后步出，升座。群臣颂词拜礼。

礼毕起身，循例赐座。君贵见他们都拿眼睛扫那两个新设的木人，不由笑道："你们瞧瞧，朕着人雕刻的这一对耕夫、蚕妇，可还有些真人的神采吗？"众人见那雕像神情活泼，体态生动，忙齐声赞了一回。魏仁浦又笑道："不知陛下立此二木人于殿中，是什么典故？"

君贵正色道："那日史德统拦道求告民生艰难，令朕回宫之后辗转反侧、寝食难安。农桑是国朝之根本，先帝建鼎以来，曾多次下诏奖励耕殖；朕继位以后，也一再颁布旨意。可是，目下国境中还有很多人流离失所。……更可怕的是，一面是朝廷在鼓励那些为躲避战乱跑到深山老林里的百姓出来劳作，一面却又因圈地、兼并之故，在不断制造新的流民！……出现这种状况，首先是朕这个皇帝没有做好，其次，恐怕在座的诸卿也难脱干系吧？"

众枢臣面有愧怍之色，一齐起身揖道："陛下，是臣等失职了。"

"朕自知德行尚有不足，因此命人雕刻耕夫、蚕妇之像置于殿庭，好教朕时时想着民间的疾苦，时时不要忘记稳固国朝的根本之业。……朕希望你们也记着，不将天底下的黎民百姓安顿好，不能教他们安居乐业、顺顺当当地过日子，朕就不配当这个皇帝，你们，就不配当国朝的重臣！”

众臣见他神情严峻，忙一起下拜：“臣等谨记陛下教诲！”

“平身吧。”君贵道，“魏枢密，天下各州郡农桑赋税的实情千差万别，朕要有司再查核一遍全貌，以备下一步深入改革条规制度之用。此事由你来主理，要用什么人，要如何安排，你尽速报来方案。”

“臣谨遵圣旨！”

“改革和推行新规制，需要起用很多能人。目下朝中各级，尤其是中下级官吏中，堪当其用的人仍旧太少。”君贵扫视着群臣，“朕决意再次下诏求贤。以前招的是武职，这一次，朕要招文职。不拘是在京城或是外藩，不拘低品还是白身，只要有才能，都可以自荐或他荐。一旦勘定合格，便可赐予适当职司试用，并备有司考核。……范司徒，这个求贤诏，不必命翰林待诏来了，你亲自替朕拟写，少时便呈上。”

“臣谨遵圣旨！”

“……好。今日你们有什么事要说的，现下可以开始了。”

一时，众枢臣将近日诸般国是拿出来娓娓议论罢，见官家再无话说，齐齐欲施礼告退。君贵却抬手道：“且慢。”

他转头看向殿侧侍立的刘奉武：“去将昨日少府监新进的御窑茶盏拿几只来。”先帝郭威朝时，御前枢机会议一律不允许内臣在侧。君贵继位后，因国鼎渐稳，更兼没有侍从毕竟不方便，故此倘若没有特别机要的事宜，寻常召对枢臣时，仍旧会保留一两个内侍在殿内听用。

少时，刘奉武率五名内品，捧着五只木匣子入内。匣子放到枢臣们座椅旁的高几上，又恭谨地打开。只见每只木匣的深紫色锦缎堆中，端端正正陷着一只拳头大小的瓷茶盏。

“这是昨日呈上的御窑新色新品，朕特意赐给诸卿每人一只，拿起来看看吧。”君贵微笑道。

枢臣们忙将茶盏取出，托在手掌上细细观赏。

新盏的瓷色犹如万里晴空，是一种透亮的、温润的青色，带着似有若无的水汽，乍看非常单纯、一览无余、一无所有，细观却发现它细腻至极却又开阔至极，似乎包容了一切，涵盖了一切，孕生了一切。这份独具的天外气象，竟无任何他物可以比拟。

有人以手轻轻叩击茶盏的边缘，茶盏发出悠远如磬的清响，一层一层，如同水波荡开，前声叠加着后声，本声叠加着回声。

诸臣都是见多识广的人，打从汉唐以来的珍器细瓷，包括唐宫秘色釉，也不知见过多少，可几曾见过如此神仙一般的品相？众人越品赏越觉说不出话来，不由得齐齐呆住了。

良久，李穀谨慎地问道：“陛下，此御窑新色可有名目吗？”

“呵，‘雨过天青云破处，者般颜色做将来’。御窑新色，就叫作‘雨过天青’。”

大周显德元年九月壬申，朔日。

天子诏下，以官家潜龙宫东京晋王府旧宅为皇建禅院，以沧州开元寺僧清兴担任皇建禅院住持，又以持戒清净之比丘八十一人入寺修行。

皇建禅院主供文殊师利菩萨，为此，清兴法师特意请人绘制了沧州唐代开元古寺前的文殊立狮子像进呈于御前。

开元寺原名大云寺，乃则天女皇登基当年首建，至唐玄宗开元年间改称开元寺。其香火数百年常盛，据传乡民但有求告，必显灵验。去岁，沧州乡民苦于临海多风波，生计难继，便集资在寺前铸了尊文殊立狮像镇海。文殊师利菩萨像由汉白玉雕成，身高一丈五尺，左手持如意，右手持慧剑，脚踩铁莲座。莲座安放于一尊大铁狮子背上，铁狮子有一丈七尺高，外貌极其威严雄伟。菩萨像落成之后，清兴法师率领门下弟子日夜诵经祷祝，沧州沿海风波果然大减。乡民喜不自胜，都说清兴法师福田广种，文殊菩萨功德无量。

君怜见了清兴法师呈上的文殊立狮子绘像，十分喜悦，便召他入宫，细细询问了此画的由来，以及沧州沿海的民情典故。清兴一一从容作答。

君怜命清兴在禅院中单辟一室供奉此画，临去，又赐清兴一柄内府玉如意作为镇寺法器。

数日后，皇帝夫妇率皇子皇女、司宫令滕国夫人杜氏及一众旧从亲幸皇建禅院，一则故地重游，二则也以此确认其皇家寺院的地位。

观音与训哥儿对于旧家的孩提记忆未必明晰，但一入禅院山门，却有种天然的如鱼得水之感。于是不顾傅姆们的牵绊，无拘无束将旧时家园钻了个遍。

至于朱雀呢，她默默回到自己一度寓居的海棠别院中，在师父曾经留下黄铜药秤的案几旁坐了下来。禅院中的知客僧告诉她，过不了多久，这里将会被改建成藏经阁。

天高，影淡，光阴如水。

正殿中的铜磬之声悠悠传来。

一切皆如梦幻。

一〇七　天清风熏

临近天清节，帝都的空气中有了活泼的骚动。

盼望着一睹帝后卤簿仪仗在皇城大街上游幸盛况的京师老百姓有些失望：官家颁下旨意，因了为先帝存哀故，不举行全国性的庆祝活动，民间自发的贺寿聚会也在禁止之列。除了允许少数大藩入京朝阙、在宫中与帝后共宴叙旧抒怀之外，其余百官藩镇，循先帝朝惯例，只按衙司等级合设斋戒遥祝即可。

然而这禁令挡不住民间的热情。尤其是东京城的老百姓，他们是见惯世面的，他们中的半数人已经活着经历了好几个朝代，早将人世变迁看得淡了，活一日就要想方设法痛快一日，什么也阻挡不了他们借机寻乐子的旺盛需求。

于是出现了滑稽的场面：皇帝圣诞在即，官身人家老老实实低调而行，平头百姓倒喜颠颠张灯结彩，忙着采购酒肉果子、斑衣彩袖等物，就待正日子一到，好拉上狐朋狗友们耍闹一场，以实际行动襄助皇帝的福寿，襄助大周的国运。

对于这个继位不过大半年的新官家，他们现在寄予了很多的希望：关于国朝强盛、不再被异族欺负的希望，关于自己从此过上好日子的希望，关于子孙瓜瓞绵绵、兴旺发达的希望……

禁中思存殿。

皇帝夫妇双双立于《皇属游乐图》大壁画前。距离壁画不远处，两侧各蹲着一只硕大的铜狻猊。淡淡的青烟从铜狻猊口中吐出，袅袅散入殿内半明半昧的天光中。

暗香流转，是君贵和君怜亲手点起的龙涎香。

思存殿不设香案，这是先帝的意思。祭拜自有太庙和天圣禅寺，这里，是逝去的亲人们在皇宫大内的居所。

殿中有一种柔软而绵长的温暖气氛，却又带着挥之不去的心酸和伤感。

抚我畜我，长我育我，顾我复我，出入腹我……

年矢迭发，昔日脚步蹀躞的幼儿，已到了风华正茂的盛年。

虽非亲生，却胜似亲生。正是由于自幼得到了太祖皇帝和圣穆皇后贴骨贴肉的教诲和疼爱，他才会成长为现在这样一个光明磊落、果敢勇毅、昂扬奋进、内心坚定的人。

他无以表达自己的感激于万一。唯一可报答的，只能是努力去做个好皇帝。

良久，皇帝夫妇携手走出思存殿，徒步穿过小殿前的空场。那是先帝生前经常习练大刀的地方，古老的大槐树在风里沙沙作响。长长的侍从队伍，刻意与他们保持着一点距离，在他们身后形成了一条蜿蜒的尾巴。

“今日原定的枢机会议，我已经降旨免了。”君贵笑道，“林远和邓锦他们一大早就到郊亭去候着岳丈岳母一行，现下只怕已经接到了。我想，少时就会有前报回来。”

“嗯，好。”君怜亦微笑道。

“今日奏表不多，适才到思存殿来之前，你似乎抽空看了一些？有什么要紧的吗？”君贵问。

“……别的倒没什么，就是吏部的奏表里说，那个徒步上书的赵守微，已经署了他一个右拾遗之职，这是哥哥的意思？”

赵守微是京畿附近的一个村民，识文字，知晓往古来今的许多历史掌故。朝廷下达求贤诏后不久，他便捧着自己写就的治国方略，徒步两百里入京，直接到宫城明德门外求见皇帝。守门的禁军指挥使知道官家目下求贤若渴，正是大力倡导在野贤达出来为朝廷效力之际，便也不敢如惯例将他轰走了事，而是接过他的上书，去向魏仁浦请示。魏仁浦看了赵守微的上书，没觉得有什么过人之处，可是想了想，仍旧同意亲自将这上书呈送到御前。

上书内容如何是次要的，目下，在野遗贤们需要一个献诚的榜样，官家需要一个活生生的纳贤例子。赵守微的出现正当其时。

果然，皇帝看过赵守微的上书后，立刻同意在滋德殿接见他。赵守微倒不怯生，在皇帝面前侃侃而谈，将唐尧虞舜以来上下四千年的君主帝王们批评了个痛快，又提出了自己认为国定民安的几项标准。虽说他的侃侃高论中空话、大话比较多，但毕竟开了个野贤们积极为朝廷献计献策的好头。君贵大喜之下，转头便命吏部给他安排个职位。

对于这种毛遂自荐的草泽白身，署什么职具有很大的随意性。吏部侍郎司徒诩亲自拟了四个职位报上来，君贵都觉不妥，最后索性当面谕知司徒诩，就让赵守微做个右拾遗好了。今日吏部的奏表，就是报知任命已下达、赵守微已上任的消息。

右拾遗是唐朝则天武后时代所创设的谏官，其后时存时废，至当时已陆续有了两百多年的历史。右拾遗的职责，大致不离针砭皇帝为政得失，乃至向皇帝举荐人才之类，官居“从八品上”。

其时，一个赤县（指京师所治县城）的主簿也不过从八品上，禁军东西头供奉官也是从八品。从草泽白身到从八品上的官员，大多数人劳苦一辈子也不可能跨越的这道身份鸿沟，赵守微却因一篇上书之故轻易做到了，是以君怜有此问。

“呵，是我的意思。”君贵道，“他敢想敢说，在殿堂上连我的权威也不怕，对于历朝君王的得失毫不讳言。当此之际，我需要这样的文臣来大胆地提醒我、监督我。……怎么，你觉得有何不妥吗？”

君怜掂量着，缓缓道："哥哥的意思是好的，他的意思，也不坏。不过，朝廷的官职是社稷公器，是官家用以驾驭群臣的法宝。仅凭一纸上书就得到这样的位置，会不会惹来朝野汹汹物议？会不会教天下人将我大周的官职都看轻了？"

君贵摇摇头："何必多虑？这就好比战场上的赏格，我不将赏格定大、定高一点，哪能招来真正的敢死之士？商鞅变法，立木取信，赵守微至少可以充作那个搬走木柱的人啊。何况，适才我说过了，他看着倒是个可用之才。"

君怜微蹙着眉，抿起嘴唇，欲言又止。

"好了，不说这个人了。小小一个从八品右拾遗，哪里值得圣人的眉头皱成这个样子？"君贵笑道，"今日的奏表里，难道就没什么教你欣然的事吗？"

"倒也有一桩。"君怜整顿了辞色，浅浅笑道，"齐州开元寺的义楚法师，倾十年之功，撰成了一部《释氏六帖》[①]，共三十卷，赶在天清节之前献了上来。目下此书已经在鸿胪寺了。鸿胪卿知道哥哥更好黄老，因此上表请问哥哥是否愿意一观此书。"

齐州开元寺与沧州开元寺相似，都是女帝武则天登基时首建、至唐玄宗开元年间改为现名的。凡是能在开元寺担任住持的僧人，一定都是堪称"和尚"[②]的高僧大德。

君贵沉吟道："十年……那得是从……从晋开运二年就开始动笔了。这份坚持与毅力，倒着实不易。书里写的是什么？"

"据奏，义楚此书是仿照白乐天的《六帖》[③]体例，博采释门众家经论乃至儒道之长，将诸佛经中所阐释的义理及典故分门别类辑录而出，文辞颇为华美流畅……"

---

① 义楚的《释氏六帖》，是我国最早的佛学典故辞典。

② 和尚，指德高望重的出家人。又作和上、和阇等，意为大众之师。

③ 白乐天，即唐代文学家白居易。《白氏六帖》是一部涉猎广泛的文学辞典。

君贵沉吟片刻，叹了口气："释门中人，真真是龙蛇混杂，良莠不齐。……你看义楚、清兴等，皆是灵台清亮、心志坚定的有道高僧；可是世间伽蓝之中，又另藏有万佛寺的无垢那群恶僧，或者薛训所拉拢经营的那起贪财之徒……哼，此事他们释家的世尊管不了，几时我来替他清理清理门户才好……"

君怜笑道："好了好了，人家辛辛苦苦进献一部书，倒招起了哥哥清理门户的念头！释门徒众甚多，咱们可别轻举妄动。……此书我是要看的，哥哥看不看？倘若不看，就直接教鸿胪寺送到中宫好了。"

"当然要看。"君贵笑道，"不过，命他们先送到中宫也好。你先替我看一遍，有什么好处，讲给我听听。若果如鸿胪寺所奏，我再看也不迟。"

禁中，明德门内。日昳。

皇帝夫妇并肩立于宫城南门广场石阶之上。司宫令滕国夫人杜氏率帝后两殿宫官侍立于石阶之下。从石阶下直至明德门内外，内侍夹道鳞次，禁卫环列森严。

宫门大开，魏王符彦卿携家眷仆从数十人，在门外下了车马，徒步穿过此门，来到石阶之下。守门的数十军士一阵整齐急速的步履声，明德门在他们的身后隆隆关闭。

帝后双双亲迎臣属于宫城正门，这是历朝从来没有过的事。君怜以其礼太过，坚辞再三，君贵不理，执意要迎接岳家。君怜到底拗不过他。

符魏王率众向帝后端肃下拜行国礼，口颂陛见之辞："臣符彦卿携家眷拜见陛下、殿下，恭祝陛下万寿无疆，恭祝殿下福运亘永！"

君怜将身子略微侧向一旁，不肯正面接受父母兄长这一礼。

君贵朗声笑道："岳丈、岳母请起！——都平身吧。在岳丈、岳母面前，我的生辰不过是家事，咱们都是家人。此后日常相见，只执家礼即可，不必拘束了。”

君怜也忙道：“父亲，母亲，大哥，弟弟妹妹们，快快请起。”

一时符门众人如言起身毕，王景通等引符彦卿、张氏和符昭序步上石阶。张氏在符彦卿进封魏王之后，也随之进封为魏国夫人。昭序是符门长子，今日第一次见到君贵。符魏王因次子昭信早已与君贵熟络，而长子昭序、三子昭愿却从未有机会引荐到御前，此番便将昭信留在魏博做留后，而携长子昭序、三子昭愿、四子昭寿、五子昭远并四女君爱、六女君若一同前来朝觐。

待符魏王夫妇登阶站定，君怜忙过来欲行家礼。符魏王夫妇好歹扶住了，不肯教她真的拜下去。一时君贵也上来向岳父、岳母作揖还礼，符魏王夫妇又是一番拦阻。接着，昭序、君怜、君贵三人互相厮见过，朱雀便也登阶，向义父、义母和义兄致礼问候，少不得又是一番嘘寒问暖。

这里符魏王将目光投向石阶下面，微微示意。于是昭愿、昭寿、昭远、君爱、君若便列队而上，到君贵夫妇跟前向大姊和姐夫重施家礼。

昭愿以下三兄弟皆是十几二十岁的年轻人，个个腰身挺拔、执礼端正。君贵特意拉着昭愿与昭序的手，左右看看，笑向符魏王道：“岳丈好大的福气！以前我只知道昭信器貌不凡，今日见了大哥、三弟的模样，又见昭寿、昭远转眼由小苗长成大树，方知符门后生尽皆俊彦。看来，我天雄军中人才济济，不愧是镇定国朝的虎狼之师啊！”

符魏王笑道：“官家谬赞了。老夫早就跟先帝说过，老夫所有的儿子加在一起，也比不上官家一个人的英雄气象！”

另一边，君爱和君若也被君怜拉到眼前。

君爱已经十六岁，恰是少女最娇美的年纪，娉娉婷婷，粉妆玉琢，却又十分羞涩。适才只匆匆向大姊、姐夫一福，便红了脸躲到母亲身旁。君怜捉住她，上下打量着，爱怜道：“让我瞧瞧，咱们家四丫头长成大人啦！——怎的又长高了好多？前年见你时，尚不到我的肩膀呢，嘿，这下子可是快跟我一样高了。”

君若年方十二，闻言便也凑到君怜跟前：“那我呢，大姊？你看我长得多不多？”

君怜含笑抚摸着她的鬟髻：“你也长高了，可是还不够。目下一顿能吃多少饭食？小孃一定没少催逼着你多吃吧？”

君若扮个鬼脸道：“哎呀，大姊真是大姊，一见面就问人家吃饭的事，比我阿孃还操心！”

一时君贵见亲眷间尽数叙过见面之礼，便向君怜微微颔首，君怜会意。两人于是率领众人分别登车，向宫廷深处的永福殿驰去。在那里，君怜亲自核定过菜单的接风家宴早已准备妥当，宫人内侍正眼巴巴地等待着他们入席。

符魏王少年时曾为后唐庄宗近卫，有特权进出宫禁，对于前朝和后宫的格局都相当熟悉。此番他以国丈身份获许再次进入后宫，心中不免暗自感慨万端。魏国夫人张氏在前朝也曾以要臣元妻身份在年节时入宫事奉过礼仪，但哪里比得上此番以皇帝岳母身份入宫这般尊贵？不由愈发端庄矜持。其他如昭愿兄弟、君爱姐妹都是初次入宫，心中自然少不了新鲜好奇，当下坐在车中不发一言，只管撩起窗帘将宫禁中人员事物看了个饱。

显德元年九月二十四日。天清节，天清如洗。

整个宫廷被装扮得花团锦簇。

百官依礼着朝服到滋德殿拜贺。祝寿的颂词如同山呼海啸。王景通出殿传旨，赏百官官服各一身，即时命内侍分别发放。百官欣然拜谢。

宝慈殿。官家的寿宴设于此处。筵席盛大。

特赐入宫与宴的一应皇亲国戚、王公大臣、亲旧外藩及其家眷悉数着朝服出席。硕人如流。拜礼如仪。

间错缀饰的丝花绢鹤、犀牙宝瓷等物默默散发出质感独特的微芒，让整个宫殿显得流光溢彩、富有朝气。这其中最引人注目的，是前排几案上那十数只“雨过天青”色的御窑瓷盏。在大周重臣们看来，先帝朝所力倡的俭素、包容、谦退、隐忍之德，至目下似乎都凝结在了这不同凡响的御窑新色上。

其时犹有盛唐遗风，人情开放，君贵特意嘱咐以家族为单位设置座席，让各重臣家男女老幼杂坐一处，以增天伦之乐。他自己带着君怜与璇儿、训哥儿坐于上首，丝毫没有君主的架子，不时主动举觞，回应群臣热烈的祝寿。君怜则像个普通的殷勤主妇，为了回报远道而来的客人的心意，频繁遣人关照诸臣家小的饮食起坐等诸般细节。

滋德殿前殿。夜深了，万籁俱寂。

殿角处的防风长明灯发出昏暗的光芒。

殿侧的紫檀屏风上换了一幅新的羊皮大地图，其中北辽、西蜀、江南等地的诸般细节，都较前一版地图详细了许多。灯光映在新地图上，那些墨笔勾画的江河与山脉尽皆活了，生动地轻轻呼吸起来。

这一日，君贵虚岁三十四岁。

抽思滋泉侧，飞想傅岩中。已获千箱庆，何以继熏风。

一〇八　开元通宝

坤宁宫后殿。晌后。

若在素日，此时的坤宁宫应该是白昼里最宁静的时候，因为折腾了一上午的皇子皇女都倦了，会由各自的傅姆们陪伴着，去暖阁中午睡。可是今日不同，从殿阁的窗棂内传来一阵簸钱声，以及少女的娇笑声，间杂还有幼儿的嘎嘎欢叫。

殿内，君怜与母亲魏国夫人张氏并坐案几旁，正在细细检看母亲给孩儿们带来的各色衣物。衣物是符府自制的，为了体现心意，上面的图案有的是母亲手绣，有的是君爱姐妹手绣，左一针右一针，不拘手艺精粗，都是工夫。

君爱与君若正在榻上簸钱。

簸钱是唐代以来闺中非常流行的一种游戏。参与者轮流将同一把铜钱抓在手中，轻轻颠簸着，然后猛地向地下或桌面上一掷，计其带字的正面朝上的数目，以多者为胜。昔年君怜在家做女儿时，这也是她与朱雀、君珍、君宜等常玩的游戏之一。

君爱她们手里的铜钱一看就是经常用来簸着玩的，尽皆磨出了亮铿铿的黄铜原色。两人一面簸钱，一面就着输赢斗嘴打闹，满室笑语盈盈。

君怜不由向母亲笑道："四姐儿果然长大了，一言一语，一颦一笑，都是个大丫头模样了。去年及笄之后，阿孃和爹爹有没有给她留心个好人家？"

张夫人叹口气，低声道："你爹倒是提过一次，可是我舍不得呀！你嫁了之后，我所亲出的闺女，就剩她在身边了。今岁我又从旁试探过她的意思，我看她倒是真不着急出阁，还跟我说就陪着我到老，不走了呢。"

"小丫头倒是挺会讨阿孃欢心！"君怜笑道。

榻边传来观音的笑声。观音一直认真地趴在一旁看热闹，虽不很明白规则，手小也抓不住钱，却被两个小姨的鼓掌欢笑声感染得很兴奋，执着地要求加入游戏，又拉了廷献陪在旁边为她助战。训哥儿也不肯去睡，由乳母刘氏牵着在榻前来回逡巡，不时伸出手往榻上撒开的铜钱上薅一把，表示自己也参与到了这个游戏之中。

"哎呀，你这个小捣蛋！不许又将铜钱抢走！"君若笑着一把捉住了训哥儿，要从他手里将铜钱抠出来。训哥儿咯咯笑着挣扎开，蹒跚向君怜跑去。

"你这孩子，左不过一个铜钱，就让训哥儿拿走又何妨！"魏国夫人张氏嗔道，"还好意思抢回来！"

"母亲不知道，他都抢走好几个了！也不知扔哪儿去了，害得我们手里的铜钱越来越少！"君若答道。

"我再给你几个好不好？"君怜笑道。

"不要。"君若道，"我们这把钱可是玩了好久的，都磨亮了。大姊给的钱，肯定没这么好看。"

"这种铜子你们之前不是有好多的吗，怎的目下就剩这么点儿了？"张夫人探头向她手里看了看，奇道。

"临出门之前，召儿和小桂求我赏了些给她们。说是目下铜钱越来越少，市面上好些买卖都改用铁钱了，要寻几个漂亮完整的铜钱可是不易呢。"君爱回答。

张夫人点点头，不免叹道："也不知道前朝铸钱的时候怎么不多铸些铜的，铁的怎么好用？放久了还生锈呢。"其时，大周尚未铸造自己的铜钱，市面上流通的货币，仍旧是后汉刘氏的“汉元通宝”。

君怜微微蹙起了眉头。由于铸钱所需量大，铜成了稀缺资源，朝廷一直在闹铜荒。这不是本朝才出现的现象，早从前前前朝起，朝廷就不断颁布过铜禁，禁止民间私自熔销铜钱并重铸成其他器物牟利。

正闲话着，忽然外间一阵次第致礼之声。君怜等方站起身来，君贵已经轻步入内，满面春风道：“这屋里好热闹呀，你们在做什么？”

众人忙向君贵致便礼。君怜笑答：“我和母亲在看衣裳，君爱她们在簸钱耍子。”

“簸钱？”君贵奇道，“怎么簸钱？”

“哥哥从来没有见过簸钱吗？”君怜也奇道，“闺中的小丫头最爱玩这个了，鹂娘和鹭娘她们没玩过？”

“没有啊。”君贵认真答道，“以前我在邢州家乡尚未从军时，她们俩还太小，不会玩。后来我从军了，她们在家里玩什么，我就看不到了。再后来鹂娘没了，鹭娘跟着张孃孃到了父亲身边，又是个淘气的性子，也不怎么玩女儿家的游戏……”

“哈，姐夫居然连簸钱都没见过！”君若带着点嘲笑道，“四姊，咱们簸给姐夫看！来，我先！”说着，她就抓了那些亮闪闪的铜子，双手合拢兜住颠簸片刻，“哗”地撒在榻上。

众人见君若口无遮拦、活泼可爱，全都感到有趣，便也不多言，只笑眯眯看着她玩耍。

“我有十个字儿！十全十美！”君若点过数，立时拍着巴掌欢叫道，“四姊，该你了，快快，快簸给姐夫看呀！”

君爱红了脸道：“你别闹，姐夫是大丈夫，哪里要看咱们这种小儿家游戏了？”

君贵鼓励道：“我要看的，我从来没见识过，怎的不看？四妹妹尽管簸吧。”

君爱听了，只得将榻上散乱的铜子收起来，合拢双手使劲颠簸几下，又向手指缝儿里轻轻吹口气，方猛地撒开手。

“一、二、三……十、十一，十一个字儿！呀，四姊你比我还多一个呢！”君若不甘心地叫起来。

“十个是十全十美，十一个又是什么说法？”君贵笑容可掬地问道。

君爱低着头，只是微笑不答。

君若道：“十一没什么说法，若是再多一个，到了十二，那就是‘月月花开’了。”

“是吗？”君贵听了，笑着从袖中摸索出一样物事，“那我就替你们加一枚，凑个整数，好不好？”

君若忙接过来，自己看一眼，又拿到母亲跟前。张夫人识得那是一枚古钱，摩挲得亮锃锃的，钱面上端端正正铸着四个大字：开元通宝。从字体笔画上看，应该是初唐开元钱币，或许便是从唐太宗时代流传下来的也未可知。有多股黄色丝线穿过方正的钱孔，向上结成一个麻花状的细纽，向下结出一个马尾穗子，十分精致可爱。

君怜一见便笑道：“呵，这是你们姐夫素日看书惯用的古钱书签，今日居然舍得拿出来打赏凑趣，也是难得了。”

张夫人忙道：“既是官家用惯了的，倒别给小孩儿们玩的好，白糟践了。”

君贵含笑向张夫人道：“不妨事。”又转向君若，“这枚古钱你们拿去玩吧，穗子碍事，就剪了也好。”

君若将开元通宝交到君爱手里，豪爽道：“四姊，此番是你赢了，姐夫是替你凑的‘月月花开’，这个就给你吧。”

君爱接过古钱书签来，也不好意思看君贵，红着脸仓促一福：“多谢姐夫赏赐。”

十日之后，符魏王一行启程返回魏博。

君贵亲自将岳丈全家送到宫城明德门外，嘱符魏王有空时打发昭信入京一叙，符魏王忙答应了。君怜心中难舍父母与兄弟姐妹，又不知下次见面还待几时，便执意与朱雀一起相送至东郊长亭。为此动用了皇后卤簿仪仗，倒教沿途市民又开了一番眼界。

滋德殿前殿。

官家郭荣单独召对兵部尚书张昭。

张昭是后唐庄宗时期的旧臣，博通学术，兼善天文、风角、太一、卜相、兵法、释老之说，家中藏书高达数万卷。历后唐、后晋、后汉至后周，均以才学而担任史馆的修撰。君贵因他年岁与德望俱高，对他颇为尊重，还曾钦点他为君怜册后大典上的册礼副使。

兵部尚书并不是张昭的实职，而是荣衔。广顺初年先帝拜他户部尚书，到了显德元年，便迁转一级，为兵部尚书。张昭的实际职责，仍旧是史料修撰。

君贵赐张昭免礼，入座，然后笑道："张尚书，今日召卿来，是有一桩大事要交给卿办。"

张昭忙在座中揖道："请陛下吩咐。"

"卿久在帷幄，国丈符魏王著有《人事军律》一书，卿想必听说过?"在得到肯定的回答后，君贵又道，"此书以符氏先祖至今数十年征战沙场的经验为本，阐明了许多治军、领军之道，是一本难得的用兵好书。此番符魏王进京，朕又与他多次深入探讨，于书中要义，更是颇有心得。……朕想着，符魏公以一藩之守，尚且能够引古据今、自成一说，堂堂的大周天子军，难道就不该有一部囊括往贤韬略与现时经验的官修《兵法》吗?"

"陛下的意思……是要集撰一部古今《兵法》?"

"对。此事由卿主理，该设置什么章节构架，该选什么人员执笔，该用什么书籍参考，该要什么物资支持，卿筹划妥当后，报来朕批复。”

“喏。”张昭答应着，又迟疑道，“古代部分，臣自会着人详细查核古籍；陛下适才说到，还有现时经验的部分，那又该……”

君贵慨然道：“这一部分，朕来告诉卿。先帝统军大半生，朕统军十数年，其间经验教训无数，正该好生整理总结一番。届时卿遣人来，朕细细口述与卿就是。”

张昭不由喜道：“如此臣心里就踏实了！”

君贵笑了一下：“日前，朕为齐州开元寺的义楚大和尚加号‘明教大师’，又赐了紫衣给他，卿可知道其中缘由吗？”

“臣听说是……这位大和尚献了一部书为陛下贺寿？”

“不为他献书给朕，”君贵道，“为的是他勇猛精进、身心无倦，凭一己之力，穷十年心血，写出这三十卷七十余万言的《释氏六帖》来，替天下伽蓝僧众做了个表率。”他认真地看着张昭，“张尚书，一名枯居远寺的僧侣尚且能有如此成就，朕举大周朝堂之力修撰兵法，只有做得比他更好才是……”

张昭忙肃然揖道：“请陛下放心，臣必定呕心沥血、殚精竭虑以成此事！”

张昭走后，君贵正要退回后殿去，李榖前来请求入对。

今日并不是枢机会议的日子，李榖近来腿脚又不很灵便，想来若非有急事，也不至于巴巴地专程跑来。君贵忙命宣召进内，特谕免礼，坐下说话。

李榖从三司使的位置退下来之后，转而担任史馆相，负责监修国史。其时，监修国史通常是亚相的职责；更重要的是，能够监修国史是一个很大的荣宠，只有皇帝极其信任的耆老或心腹重臣才有资格担任。太祖朝时，王峻便长期兼任此职，后来王峻倒台，先帝对他失去信任，还专门遣人将王峻监修的国史拿过来亲自逐页检查，唯恐有差。

君贵以李毅监修国史，就像之前以郑仁诲担任枢密使一样，是对父亲留给自己的班底重臣表达尊重和依赖之意。

李毅的奏对果然与监修国史有关。监修国史，他的职责在于一个“监”字，行监管、督促之事，至于“修”，自然有下面的史馆修撰人员去具体完成。然而昨日，史馆修撰将修好的部分实录上交给他看，他却发现了问题：大多数关于国朝建鼎三年以来的记录都太空洞、太含糊了，几乎就是照直将某些公文或诏书抄了一遍而已。他责问起来，却得到了修撰人员们无可奈何的回答：巧妇难为无米之炊，他们没有别的资料可用。

历朝历代设立史官，都要详细地记录君臣之间关于社稷大事的各种献替谋断，以备查核史实、检讨家国安危之道。而史料的来源，除了各衙门机构的报状，枢密院、中书省拟下的制书等文件外，很重要的一个部分是皇帝的起居注。负责记录起居注的史官，尤当朝会或小会之时，会立于殿阶螭头之下，如实记录君主的言语行动和辅相们的经纶策谋，按日整理成日历，定期送到史馆，以备未来修撰国史之用。

然而，从先帝开运以来，直至今上嗣位丕基，偌大的一个宫廷中，却并没有委派专人记录皇帝的起居言行。这是国朝目前制度上的又一个大漏洞。李毅思虑及此，便再也等不得下一次枢机会议，急急忙忙来找皇帝进言了。

“……近朝以来，制度紊乱，起居注也废了，可是官名还留着，左右起居郎这个职位，原本就是专门负责此事的。”怕官家嫌此事啰唆，李毅耐心解释道，“丹禁森严，陛下的神谋睿略，倘若没有翔实记录，外臣无从知晓，又不敢胡乱揣度，就只能干巴巴照抄朝廷文书。如此一来，陛下千秋万代的子孙在史书中看到的，便只有某事结果如何，却不知某事为何如此，也就无法从陛下言行中学会如何处理政事……”

“呵，”君贵笑了起来，“朕明白了，卿是想找几个人来监督朕的言行，对不对？倘若说句话、抬个手都有人记录的话，朕就不敢恣意妄为了，是不是？”

“陛下，臣不是那个意思……”李毅尴尬道。

“好，听你的，就恢复起居注制度吧。”君贵坦然一笑，“朕要做个好皇帝，就不怕人来监督。何况，圣人告诉我，连内廷都依旧制设置了‘彤史’一职来记录后宫言行呢。朕作为皇帝，更应当以德行垂范天下，岂有不受拘束之理？”

李毅赞赏地一揖：“陛下如此圣明，真乃史官之福、万民之福、后世之福。”

“传我谕旨，即刻恢复此制。应当怎么做，卿自己斟酌妥当了报来。”

一〇九　亲阅貔武

天清节前后，一系列针对违法乱纪者的惩处令颁布：右屯卫将军薛训因纵容吏卒搜刮百姓、巧名聚敛而被除名，流放沙门岛；宋州巡检供奉官竹奉璘因坐视盗贼劫掠商船不去追捕，被斩于宁陵县；左羽林大将军孟汉卿因厚取耗余，被赐死于家宅；供奉官郝光庭因在叶县巡检的时候挟私断案杀死无辜者，被斩首于闹市……

其中，对于孟汉卿，君贵最初也是要将他斩于闹市以儆效尤的。但孟汉卿以前颇有军功，也曾跟随太祖东平兖海慕容彦超之乱。禁军中不少将领闻听他惹下大祸，便来到御前婉转为他求情。君贵深知禁军将校多有掊敛劣迹，他们替孟汉卿求情，也是在为自己将来事发留条后路。斟酌之下，君贵决定卖个让他们胆战心惊的人情：不免孟氏之死，但恩准留其全尸，改为赐以鸩酒。

再说薛训，他的罪过比孟汉卿一点不小，便是判以弃市也不为过。但薛训圈地建寺，手里拿着有司的僧侣剃度敕额和征地令，要深查的话，会牵扯起中央一大串复杂人事。光是复杂倒也不怕，君贵相信，只要派遣得力的人，多费些精神，想必也能查个清楚明白。问题是，他们的做法居然有制度可依，他们可以说是在照章办事。故此，凌虐百姓的账，要算，先得算到国朝章法上面——这也是君贵痛感必须尽快深入改革制度的原因。所以最后，薛训是以纵容手下搜刮百姓的罪名被处置的。

京城与地方几个犯臣流罢杀罢，大周的官场刮起了继先帝广顺三年初整顿以来的第二阵整肃之风，一时间内外贪浊噤声收手，不敢再像往日那样张狂无度了。

不知是否为了与此呼应，皇帝在藩镇方面也进行了一系列调整：李洪义从安州移镇青州，王饶从贝州移镇相州，王晏从徐州移镇西京，武行德从西京移镇徐州。

对一向难缠的湖南也有所动作：原武安军节度副使、知潭州军府事周行逢，现在被任命为遥领鄂州节度使，仍旧知潭州军府事，并加检校太尉。相比潭州原刺史王进逵，周行逢算是一个比较体恤民情的人。他起于寒微，了解民间的疾苦，在原武安军节度副使任上也做过一些安抚百姓的好事。

在对待湖南的方略上，君贵延续了父亲的老办法：保持控制，静观其变，以谍线掌控其人员动向，必要时，也以谍线策动事态向自己需要的方向发展。王进逵原本是靠鼓动部下哗变取代刘言掌管湖南军政大局的，周行逢私下对王进逵非常不满，曾经向先帝郭威密告王进逵的劣迹。君贵继位后，周行逢又向他效诚，继续汇报王进逵的情况。此番君贵将周行逢升为节度使级别，也算是对他的一个报偿了。

同样延续了太祖朝方针的还有吴越。应吴越国王钱弘俶的请求，吴越国内外都指挥使吴延福被任命为宁国军节度使、加检校太尉。甚至，君贵还遣使携赏前往钱塘，去对钱氏的忠顺表示了嘉许。

此外，侍卫亲军方面：

原龙捷左厢都指挥使韩令坤由泗州防御使升为洋州节度使，充侍卫马军都指挥使；原虎捷右厢都指挥使李继勋由永州防御使升为利州节度使，充侍卫步军都指挥使。韩令坤和李继勋都是君贵新近重用的青壮将领，将他们由防御使升为节度使，一左一右置于侍卫亲军都帅李重进之下，接替了在高平之战后被斩决的樊爱能、何徽之位，这无疑为侍卫亲军注入一股强劲的新鲜血液，巩固了少壮派在侍卫亲军领军层中的力量。

至于殿前军方面，最近重要的人事升迁只有一条：原遥领严州刺史的赵匡胤升职为永州防御使，依旧充殿前都虞候之职。

给赵匡胤升职，是君贵思忖再三的决定。即将到来的阅兵是国朝军政大变革的起点，提升其主理者的等级，也就提升了此事的重要等级。而且，他要让所有的军队将领看到：只要尽心为国朝效力，他绝不会吝惜赐予各种他们所希求的勋爵和荣耀。

显德元年十月十七日。滋德殿前殿。

禁军三军都虞候以上将领尽数在场，满堂肃立。紫檀屏风和悬挂于其上的新羊皮地图，被从偏殿挪到了前殿的殿堂一侧。两名起居郎一左一右侍立于御阶之侧。

皇帝郭荣自御阶缓缓而下，在距离殿堂地面还差三级台阶之处停下。他扫视群雄，开始对他麾下的高级将领进行阅兵前夕的训话。他的声音不大，却具有一种特殊的穿透力，在滋德殿的雕梁藻井间冲击回荡，震得殿中一应鼎彝漆柱嗡嗡作响。

“……禁军兵士的名额，由历朝历代累积传承下来，风吹不散，雨打不坏。谁都知道入了禁军，就是捧上了铁饭碗，故此，谁也不肯轻易丢了这份好差事，谁也不敢轻易打破了别人的铁饭碗。几十年因袭下来，军中各派势力盘根错节，各层上下人情胶固，彼此间不是叔侄兄弟，就是乡邻连襟……哼，故此，御座上的皇帝变了又变，禁军中的士卒倒可以不变。一个人十来岁入禁军，纵然没有本事、晋升缓慢，只要不战殁或伤退，姑息到五六十岁，仍旧可以在下面支领粮饷，混吃混喝……

“朕观今日禁军之概貌，老少相半、强懦不分，骄蹇狂妄、难以用命，一旦面临大敌，则非走即降，这就是因循人情、不能选练的结果。今春朕在高平对战刘崇，临阵的形势有多么险恶，就不必由朕再向诸卿一一回忆了吧？……”

众皆噤声。

“凡兵，务精不务多。倘若果为精兵，临阵则足可以一当十；倘为乌合之众，纵然徒有庞大数目，临阵却一击即溃，比无兵还要糟糕！诸卿早年多来自乡里，你们应该知道，以一百个农夫，也未必能够养活一名甲士。既然如此，为什么还要白白榨取民脂民膏，来养活一些无用之物！……

“此番朕广募天下壮士入阙投军，又命赵匡胤主持、诸将襄助操练新丁、简选旧人，就是要革除禁军此前的积弊，将精锐者升至上军，而将羸弱者斥退行伍，或归乡务农，或赏钱做个小买卖，听其自便。如此汰练出一支精兵，到了战时才有人可用，而又不虚费民力与军资……

“明日就是检阅新军的日子。你们都是朕的股肱干将，旧人汰递得合理不合理、新人挑选得可用不可用，朕要你们与朕一同验视分明。朕需要一支全新的军队，你们，要为朕将这支全新的军队磨砺成敢拼敢闯、百战百胜的天子之师、虎狼之师！”

“臣等谨遵圣命！”殿堂之中，一直屏声静气聆听圣训的大周禁军将领们齐声恭肃应喏。

君贵的目光扫到殿侧的羊皮大地图上，众将的目光亦随之转向。

羊皮大地图再一次活了。君贵的目光如燃。

显德元年十月十八，己未日。近郊禁军校场。

场外。鼓乐大兴，军歌高奏。阅兵貔武振，听乐凤凰来。

场内。旌旗蔽日，车马栉列。所有将佐军士甲光耀天，兵刃炫日。

高高的阅兵台上，皇帝郭荣坐于中央，李重进、张永德等禁军高级统帅站立在他身旁，林远、邓锦等率近卫森然拱立。

阅兵台下，殿前都虞候、领永州防御使赵匡胤自马步队列一端飞骑而来，下马，致礼，高声请旨。皇帝郭荣朗声道："启！"赵匡胤得令驰去，至指挥位，挥旗下达指示。

砲声隆隆，鼓乐齐鸣。阅兵式启动，拉开皇帝亲自拔粹序贤的大幕。

首先列队经过阅兵台的是马军。马军列成方阵，每个方阵担负不同的演示任务。马军受阅，一方面要展示骑兵的驭马术、骑射术、马上格斗术等技艺，另一方面也要展示战马的强壮和驯服程度。军中一向以龙师喻马军，像侍卫亲军马军中就有"龙捷"之号。

风引龙虎旗，歌钟催追攀。在皇帝的御目亲检之下，一队队马军军士精神百倍，使出浑身解数在马上腾挪，真真当得上"矫若游龙"这几个字。

因此番阅兵是以对人的检阅为主，像战车、弩床等战略装备的检阅便从略，只以少量出场，牵引带过。

接下来是步军。对步军方阵，主要检阅其操练行列是否整齐划一，其坐卧跪起、进退擢收是否做得到坚决干脆、令行禁止，其步下格斗术是否精强到位。为了体现步军训练的成果，又特意安排了百步固定垛射箭表演，以及赤手空拳的角抵表演。步军常被喻为虎师，侍卫亲军步军中有"虎捷"之号。今日这支新旅在阅兵场上步履如雷，身手矫健，甲兵铿锵，果然"虎虎生风"，令台上的皇帝、禁军两帅及其佐将精神为之一振。

在高平之役后获得提拔的马全义、马仁瑀等将佐，此番也担负着辅助赵匡胤训练马步军士的职责，因此也作为阅兵的指挥使之一，各执令旗与赵匡胤遥相呼应，挥指遒劲。

阅兵台上。

皇帝的视线一刻也没有离开过场下刚出炉的这支禁军新旅。他们人数众多，甲服整肃；他们远远向他走来，在他眼前进行或长或短的停留，又向远处走去，转入自己本队的站位；他们尽皆年轻气壮，斗志昂扬，几乎恰好就是皇帝本人所期望的那样。

皇帝郭荣心中欢喜。他始终留心着他们的表现，为了看得更加清楚，有好几次还从御座上站起身来。一旦发现其中有武艺超绝者，他就遣身边近从去问其姓名，立时记录在册。

待所有队伍检阅完毕，皇帝按捺不住内心的激动，将赵匡胤等人召上了阅兵台。他早已为禁军新旅拟定了一些番号（这些番号有些是新起的，有些则沿用了旧名），只待阅兵结果。既然今日事实可证，赵匡胤对禁军的检选训练任务已经圆满完成，他便当场下令，将这些新旅归为殿前诸班，分别署以散员左右班、散指挥左右班、内殿直左右班、散都头左右班、铁骑左右厢、控鹤左右厢等名号。因原有的小底军士已基本长大，皇帝不欲再另设小底军，便将其归入“铁骑”番号之下。

他又命林远将册中记录下的所有佼佼者召至御前，询问了他们的来历与专长，当场署以供奉官、指挥使等职位，令其分领殿前诸班，在张永德的统辖之下。

所有被皇帝当场钦点授命的军将无不感奋踊跃，齐声应喏，表示愿效死命。

与皇帝郭荣的龙颜大悦相应，殿前都指挥使张永德也是一派容光焕发。赵匡胤是他的手下，赵匡胤干得好，等同于他本人干得好。在赵匡胤检选新丁、汰递老兵的过程中，他没少行提点、监督之责，许多赵匡胤摆不平的事情，他都亲自出马一一解决。因此，今日这份功劳，理所当然有他的一大半。皇帝对赵匡胤的褒扬和肯定，也就是对他的褒扬和肯定。何况，今日校场所检阅的新旅全数归入殿前军治下，对他的势力而言，不啻如虎添翼，他怎能不欣喜、不激动？

立在皇帝左侧的李重进几乎面无表情，除了在回应皇帝的激动时报以合乎礼数的笑容。

事实上，形势从一开始就是清楚的。

张永德或者说赵匡胤此番从皇帝那里抢到的任务分为两个部分，其一是招募、培训新兵，其二是汰递老兵。新兵是谁训的，训成之后自然归谁统领，这几乎是军中一个不争的事实。很少有人愿意将自己训好的兵交给别人带，所以上位者从选择训兵人之始，就会考虑到最后这些兵的去向，从而派出未来最有可能统领这支军队的人来出任训兵人。李重进在御前争夺招募新兵的任务失败，他就知道这些人不会归隶到自己麾下了。

至于汰递老兵方面，赵匡胤所进行的这类汰递工作，全在殿前军内部进行，几乎与侍卫亲军无涉。事实上，殿前军中那些军士最初多担任仪仗、近卫的职能，直到先帝朝，为了与骄横不羁的侍卫亲军相抗衡，才被大力发展为一支能够外战的武装。李重进本人就是殿前军的第一任都指挥使。所以，在这样的背景下，殿前军的军士原本就比较年轻有活力，并没有太多需要淘汰的。要汰退，李重进所辖的侍卫亲军才真的值得大汰特汰一番。但是张永德指示赵匡胤将老兵的汰递工作严格限制在殿前军内部，没有试图去向侍卫亲军伸手。

这算是两位皇亲统帅之间的一种默契，同时，也是一种清晰的势力范围宣示。借由此番阅兵之事，殿前军的军事力量在历史上第一次发展壮大到几乎可以与侍卫亲军相匹敌的地步，侍卫亲军与殿前军之间的边界凸显得愈发明确，那么界限两边，也就愈发壁垒森严了。

李重进明白，这是官家的均衡战略。张永德不可能永远只是那个跟在自己屁股后面爬升的姻亲小兄弟。官家扶植张永德，帮助其势力迅速膨胀，是为了让自己的左膀和右臂一样粗壮，可以真正互相制衡，如此，使用起来才能不偏不倚，随心所欲。

只是，官家将新鲜血液都给了张永德，却让自己去统辖积重难返的侍卫亲军旧旅，这到底是表明官家对张永德更偏心，还是表明官家对自己更器重？往好处想，张永德年轻，不一定能镇得住侍卫亲军里那些老油子，所以，官家有意将棘手的部分留给了自己。

李重进冷眼旁观着眼前这番穿梭热闹，虽思虑万千，心潮起伏，却是紧抿着嘴不发一言，只在脸上显出了一点冷淡和倨傲来。

“三哥。”皇帝忽然转向他，语声亲切地唤他。重进注意到，此时张永德正领了赵匡胤到一旁，对着台下的新旅指指点点。林远他们又持械侍立于台侧，官家近前除了自己，一时没有旁人了。李重进忙一揖：“臣在。”如此庄严的场合皇帝却对他使用了家内的称呼，这让他有点突如其来的心酸。

“今日殿前军所选练的这些军士，你以为如何？”皇帝问道。

“臣以为，很好。”李重进简要地回答。

“嗯。侍卫亲军的将校士卒，也要经过这样的汰练才是。”皇帝看向他的目光里有一丝严肃，“自今日始，你便着手谋划此事。侍卫军从龙捷、虎捷以下诸班直人员，必须逐一过筛子，凡是老弱病羸的尽皆汰退。……此事，无论你着谁辅佐施行，最后你要亲自过眼，再报我检核。你记着，我只要精兵。……汰退之后定员不满了，朝廷可以再次下诏征募民间勇士入阙。”说到这里，皇帝笑了一下，“下次召来的人，我全部给你。”

李重进眼神一闪，略感心惊。皇帝的目光太过犀利了，什么都瞒不过去。他忙揖道：“是，臣返营后便即刻筹划此事！”

皇帝顿了顿，又不动声色低声道：“赵弘殷在你麾下任龙捷右厢都指挥使，该怎么待他，你自己心里有数吧？”

赵弘殷就是赵匡胤的父亲，其时隶属侍卫亲军，领岳州防御使，与他儿子的品阶相若。

李重进听了官家此言，心念急转。将赵弘殷放在侍卫亲军，一定有皇帝照顾他们父子颜面的原因。大约赵匡胤升职太快，早晚有一天其品阶会在父亲之上，皇帝不欲他们父子因此尴尬，所以将他们分置于不同军中。可是另一方面，官家又未始没有制衡之意。张永德与赵匡胤皆是禁军少壮新锐，又素来投契。尤其此番阅兵事成，两人上下合力，其势力发展难免过快，说不定会迅速将侍卫亲军甩到身后，打破官家的精心布局，造成新的骄狂之师。以赵弘殷置于李重进麾下，就像在热局中投下一枚冷子，能够随时奏牵掣之功，遏制赵匡胤未来可能的骄横。

李重进一念及此，对官家思虑之缜密愈发心生畏惧，默然片刻，方郑重答道："臣明白。请陛下放心，臣必定会不偏不倚。"

一一〇　人间四月

秋去，冬来。冬尽，春归。

暮景斜芳殿，年华丽绮宫。寒辞去冬雪，暖带入春风。

显德二年春正月元旦，辛未日。

惯例，百官应当在元日入宫朝贺。因先帝登遐周年祭在即，君贵特旨免去此礼。他与君怜率皇子皇女及一众皇族去拜祭了太庙与社坛，而后，在内廷向诸皇亲赐以家宴。

正月十三是朱雀生辰，以尚宫唐氏为首的内省诸宫官，以及以王景通为首的内侍省诸内臣，准备为令主好好庆贺一番以表心意。但朱雀天性不喜这样的热闹，便也因先帝周年祭在即故，执意免去。该日，君怜陪伴她在大内散淡清游一日，重拾旧日金兰情怀，甚惬她意。

至正月十七先帝忌日，朝廷内外举行了隆重的追奠仪式。君贵着衮冕，君怜着翟衣，以大驾卤簿护至太庙。皇帝夫妇亲献牲礼并祭酒，又亲燃香烛向父亲祭告，汇报新君继位一年以来的军政得失，于冥冥中感受父亲的评点与指示。

春阳令一切都神采奕奕。从父亲的神庙中出来，君贵感到有一种饱满的热情即将冲破自己的身体。

禁军殿前、侍卫两军经过之前一系列的汰递，又由新上任的诸班直指挥悉心调教演练，已经逐渐演变为一支精锐的天子之师，初步达到他梦想多年的整军目标。现在，君贵目光的焦点，转到了文事上。

两三个月内，皇帝接连下达了几道关于文事的重要诏令。

先是举贤诏。命在朝的文臣各自推举得用的人才，不避亲族嫌疑，以贤能为上。为了让这样的举荐落到实处，不沦为过场，他特意颁布了连坐的办法：被举荐人在授官当日，有司要将他们的举荐人姓名一并记录在案，倘若将来被举荐人犯了贪浊之罪，或者才不胜任，举荐人也要一并受到惩罚。

后来又是求谏诏。皇帝自谓涉道犹浅，经事未深，很怕自己在国家大政上犯糊涂，因此鼓励内外臣僚上章直言论谏。皇帝反省说，继位周年以来，在治政上有许多不足，连自己都察觉到了，可是却没有一个臣属向他指出，这是因为自己太过寡昧不足与言吗？或者是臣下对自己有所畏惧而不敢言吗？良药苦口利于病，忠言逆耳利于行，今后，臣下们无论发现皇帝本人的阙失还是时政的瑕疵，都可以上书直陈其事，不必讲究文采。如果怕所言得罪旁人，皇帝会将奏表留中，不教当事人看到，以此解除大家的顾虑。此外，皇帝还鼓励臣僚们出外时，将察知到的黎庶利病、官吏优劣据实奏闻，以增广自己的听闻，避免自己成为幽居深宫的孤家寡人。皇帝特别指出，像翰林学士、两省侍从这种兼职谏官，以及御史台里的台官，原本就肩负着纠弹皇帝与大臣得失的职责，如果他们在任内就此做出了贡献的话，到了任职期满应该迁转时，会优先考虑将他们吸纳到中书门下这样的政枢机构中。

然后又有科举选士诏。针对近年来科试存在的徇情滥进的现象，皇帝亲自对今岁的贡举结果进行了复核，发现尚书礼部贡院所进的十六人中，只有四个合格，可以放其及第，其余十二人艺学未精，勾落名字，命回去苦学再来。负责此事的礼部侍郎刘温叟由此获罪，责授太子詹事。

京城内外的臣属们都感知到，皇帝的心思中，有一种他们尚不能完全摸透的东西在突突萌动。

滋德殿前殿。日间。

曹州节度使韩通从北线外郡回京述职，官家亲自单独召见于内廷。

日光透进殿堂，在滋德殿的地面和韩通的身上打下一些模糊的光斑。韩通行罢礼，君贵温言赐座。这是一种特殊的恩宠，通常只赐给参与机要会议的枢臣。韩通是先帝倚重的旧部，又曾跟随君贵出征高平、奋战晋阳，君贵对于他，自然会有超越普通将领的礼遇。韩通的脾性刚烈急躁，遇事容易跟人起争执，人送绰号“韩瞠眼”。但他忠诚可靠，执行能力很强，完成使命绝不惜力，因此无论是先帝还是今上，对他都十分倚重。

“胡卢河、李晏口目下情形如何？跟契丹那一仗是怎么打的，给朕详细说说。”君贵命人看了茶，和悦地问道。

李晏口在贝州、冀州一带，夹胡卢河而与契丹边境接壤。胡卢河容易泥沙淤积，导致河水漫漶，河道宽而浅，于是北骑得以经常涉河南下“打草谷”，剽掠骚扰周境内的百姓。这是昔年石敬瑭将幽云十六州送给契丹后造成的恶果之一。失去了燕北一带崇山峻岭及构筑其上的长城堡垒的保护，辽人进入汉人的家园，就像只需翻过一道低矮的土墙。而李晏口，则是这道土墙上破缺的豁口，是整个大周北线上最为薄弱的环节之一。

“回陛下，自打正月受命疏浚了胡卢河后，臣与王彦超便率领所部军士及招募的民夫，在李晏口抓紧筑城，夹河为垒，以防止番子们卷土重来。”韩通叉手答道，“没想到，城还没筑好，他们就跟闻到味儿了似的，呼啦啦来了一大帮。……臣听闻探马来报之后，便与王彦超相商，由他和部将领两支人马远去设伏，臣则在城堡的工地处发动所有士卒和民夫，拿起弓箭和石块，严防死守在各段已经筑好的城墙之后。……番子们撒马冲来之际，臣先下令射箭掷石，眼看着他们有一半人受伤落马之后，再率领麾下马军冲出去与他们缠斗。此时王彦超也率伏兵从背面掩杀过来，番子们腹背受敌，支撑不了多时，只得狼狈逃了……”

君贵欣然点头：“看来，朕特意将你和王彦超从曹州、许州调过去筑城堡，并没有选错人。……目下堡垒已成，又在李晏口设了静安军，边防情形可有好转？”

“回陛下，大有好转！李晏口的堡垒夹河而立，扼北辽南下要冲，规模又大，构造又坚固。自打堡垒筑成之后，番子们从北边跑到堡垒底下，就不敢再走了，更不敢涉河往南来。哈哈，他们怕被河两岸堡垒里的羽箭南北夹击，下到胡卢河里成了带刺的馄饨！”韩通笑道。

“好！太好了！”君贵兴奋地站起身，走到殿侧的羊皮地图前。韩通便也随之站起，远远看着皇帝的背影。

定州，镇州，冀州，深州，颍州，莫州……尽管深弯到中原故土内，大周的北线边境，好歹算是有了一个相对密合的防卫体系。根据北面谍线的报告，当今的契丹皇帝“睡王”耶律述律并不是一个积极进取的人，他对于中原的野心，不过是扶植着河东傀儡刘氏给中原添添乱，借机谋求些贡赋好处而已；直接面对大周的时候，他们仍旧沿袭了“打草谷”模式，以不时占些小便宜为主。

契丹暂且不足为虑，河东就更不值一提。刘崇被他打回晋阳，病病歪歪，只剩了喘息的力气，再也不可能折腾出什么大动静了。完全没必要专门为他费思量。

君贵的目光快速地掠过北线，扫视着地图上周境的其他边线地带。这是一大片不连贯的、残破的边疆区域。打从晚唐以来，中朝的土地就逐渐分裂、割据，以至于形成今日这般支离破碎的局面。

难看。实在是太难看了。

而且，不光是难看。这不是历代各中央皇朝所应该拥有的疆域：秦，还有幽并、辽东、江南、西蜀、滇越、夜郎和岭南等地；

汉，在秦的基础上增加了高句丽、河西走廊、西域和交趾等地；西晋，相比前朝几乎只丢了洛水以北、河套以南一带；隋，滇濮收缩，却拓展了西线至且末郡、伊吾郡（今新疆哈密），南线至朱崖三郡（今海南岛）；至于初唐，其幅员在囊括前朝核心疆域之外又极力向外拓展，其辽阔就更不必说了……

所谓“应该”，就意味着一种稳定态，是上千年来这片疆域中各种势力全方位角力结果的总和，也是一个随着时代发展而不断调适、不断变迁的状态；“不应该”，就意味着不稳定。在上述具有稳定态的时代之外，是战乱频仍的不稳定态时代。各种势力争夺的目标，就是那些曾经来回扯牛皮的地域板块的主导权、统治权。

当下的各国疆域，也处于一种不稳定状态之中。参之以三国时代，君贵所据的中原好比曹氏的魏；其东南方有金陵李氏，好比孙权的吴；其西南方有成都孟氏，好比刘备的蜀。曹刘孙、魏蜀吴三方都想一统天下，恢复中央皇朝的稳定态。而比三国时代更为棘手的是，君贵所面临的敌手，远不止吴、蜀两家。幽（幽云十六州）、并（河东十州）、湘（今湖南一带）、荆（荆南，今湖北一带）、桂（南汉，辖今广西、广东部分地区）等，也是他必须解决的领土问题。

有道是，“近古之无王者久矣”，“强凌弱，众暴寡，兵革不休，士民罢弊”。对于居统治地位的君主而言，努力去恢复被历史反复证明过的稳定态，去实现江山大一统，是一个不需要置疑、不需要辩解、不需要论证的问题。

苟无济代心，独善亦何益？

这并不是奋发进取如君贵者一个人的执念。根据谍报，即便是在自己的富庶小王国中过着舒服偏安日子的江南李伯玉（李璟）、西蜀孟保元（孟昶），也在加紧对其他各方势力搞种种小动作。所谓“汉贼不两立，王业不偏安”，“（我）不伐贼，王业亦亡。惟坐而待亡，孰与伐之”？中央皇朝的传统疆域内，天下共主只能有一个。我不犯人，人就要犯我。

先发制人是有优势的，可是，该如何先发制人？

目标已经明确了，路线又在哪里？如何筹划这漫长的征途？

当阵斯杀于沙场，是武将们的本分，但全盘运筹于帷幄，就该是文臣们的职责了。

大内御池边，流风亭内。

正是人间四月天，日光如媚，草长莺飞。紫苑兰场之中，瀑流回响，山石应声，远观有早荷叶卷，近看则长杨影舒。君怜与朱雀对坐流风亭中，面前分别敷设了琴案。流风亭虽名曰“亭”，其实内部空间颇大，类似于“榭”，便再多些人，也丝毫不觉拥挤。“三辰”与“九烛”静陈于亭中琴案之上，琴身古漆发出柔和暗雅的光芒，根根丝弦仍旧微微震荡。

朱雀新近命教坊使找了个司琴的女乐来，教自己习熟了《潇湘神》。今日她忽起兴致，便率众携琴过坤宁宫，要当面抚奏给君怜听。君怜一见之下也来了兴致，索性命宫人将自己的“三辰”一并捧了，携儿将女，同到御池旁抚琴为乐。

一曲抚罢，众人尽皆静默。

片刻，君怜颔首道：“七丝细弦，一川逝水，哀而不伤，怨而不怒，没想到你短短时间便尽得其妙，好！”

朱雀淡淡一笑：“我于琴艺上毕竟有限，并不总能有如此表现。”

一时，侍从们上来撤去瑶琴，进奉新茶。君怜命人将正在池边喂鱼的皇女观音带回来。本月初四，观音虚岁刚刚满了四岁，君怜认为，可以让她稍微见识一下茶事了。

观音不情不愿地被东方氏抱回来，嘴里只管嘟囔：“喂鱼！我要喂鱼！”

廷献忙上前去迎着，牵了她的手道：“小观音，咱们来做一件比喂鱼更好玩的事情，好不好？”

观音闻言大感兴趣，忙点头道：“好。”

廷献引观音到流风亭侧的风炉架子边，示意东方氏留心护卫，又对观音耐心解释道：“少时臣要用这个瓶子烧水，给小观音点一盏香香的茶来吃。小观音将手背在身后，在一旁看着就好了，千万不要伸手，好吗？倘若伸手的话，臣就不敢让小观音在旁边待着了。”观音点头，果然将双手背在身后，认真观瞧起来。

不多时，淡淡的茶香在亭间袅起。

廷献将新点好的一盏淡茶放到观音嘴边，教她微微抿一口。观音如言尝试，皱着眉头感受良久，方吧嗒着嘴，露出了微笑。

“茶好吃吗，小观音？”

“嗯，好吃！”

“臣就知道，咱们的小观音果然是个大大的雅人！”

“雅人是什么？”

“呃……”

……

君怜与朱雀相视而笑。

亭中众人正得其韵，亭外不远处曲径间一阵致礼之声。君怜将眼向外一张，便站起身。

只见君贵负着手，微蹙着眉慢慢走来。君怜率众人致了便礼，迎上前笑道：“官家这是怎么了？满脑门子的官司！”君贵尚未答话，观音早欢叫着扑到他怀里：“爹爹！爹爹！”君贵一把将闺女抱起，团团兜在怀中，眉头立时便舒展开了。

“也没什么，听到几个令人不快的消息。”君贵回答着，坐到君怜身旁的杌凳上。君怜向亭内众侍从稍稍示意，众人致礼而退。

朱雀见状，便说道：“我去池边转转。”

“榷娘不必回避，留下听听吧。”君贵道，“也不是什么机密大事。”

朱雀并没兴趣听他的国家大事，可是他既然发了话，自己也不便就走，只得点点头，依旧坐回原位。

君贵看向君怜：“你还记得我跟你提过的府州折德扆吗？攻取晋阳时，我曾经让他率部助战。”

“记得，他怎么了？”

“他倒没什么。我旋师前不是将他升为府州节度使了嘛，没想到邻近的夏州定难军节度使李彝殷不干了，居然拒绝与朝廷通使往来！”

“李彝殷不干？折德扆升职，关他何事？”

“哼，李彝殷是累朝勋旧耆老，清泰年间就授了节度的人，这么甩脸子给我看，无非是表明他耻于与后进同列呗。”

“李彝殷不是早封了西平王，又加守了太保嘛，还不够？”

“这些归化的鲜卑人……哼，他们知道朝廷要靠他们抵挡党项人，难免骄纵不羁、欺压同僚。”

“宰臣们如何说？”

“范质进言道，夏州地当边境要冲，朝廷历来都是优待有加的，府州偏小，与夏州相比轻重悬殊，建议我宣抚夏州，复降府州为原级，不要因小失大。”

“……哥哥是如何处置的？”

“我对他们说，德扆数年来对我尽忠勠力以拒刘氏，我怎能一朝事过，便抛弃了他？而且，夏州所出产的不过牛马而已，其他贸易百货，全部仰仗我中国，我若是断绝了他的商路，他还能做什么？”

“哥哥所言极是。”

“哼，我已经派遣供奉官齐藏珍赍着诏书去申斥他，倘若他还敢继续狂妄，我就给他点颜色看看！”

君怜不由笑道：“这不是挺好的吗？哥哥既然已经降旨处置，就不必再生气了。”

“还有别的事呢。”君贵道，“府州旁边，就是麟州。你可还记得我跟你提过的‘火山王’杨弘信？他在我征高平那阵子舍弃刘崇投奔了我，可是改效过来没多久，就在我攻打晋阳期间过世了。”

“记得。”君怜道，“哥哥回来后提过好几次呢。他的长子杨重贵在晋阳刘氏那里效命，所以麟州刺史的位子传给了他的次子杨重训，对不对？”

“对。”君贵蹙眉道，“可是我今日得到奏报，杨重训这小子不知为何，居然又改投回晋阳了！”

目下大周与河东的力量对比，便是个瞎子都能看出来有多么悬殊。麟州次子的这个举动，超出了人们能够正常理解的范围。

“我待他不薄啊：年节时赐给他的赏赉，比与他同等级的州郡都丰厚；西羌骚扰其州境时，又命邻近的府州折氏支援他粮草兵马。真不知道河东刘氏待那小子有什么殊恩，竟值得那小子为了他反我的水！……莫不是我有什么事不公允，有失人心，教他瞧不过眼了吗？”

君怜笑了起来：“哥哥这说的是什么话！哥哥为了做个好皇帝，见天儿的，求贤诏、求谏诏下个不停，每日又对着《贞观政要》自己查缺补漏，比曾子‘一日三省吾身’还要再多三省！当皇帝当到这个地步，还待如何呢？快别为了个小小麟州就妄自菲薄了。”

朱雀也听得笑了起来：“……麟州吗？我倒是听我师父提到过。”

“嗯？”君贵与君怜尽皆好奇起来，“高师父说了什么？”

“我师父说，麟州、府州一带深山中，隐藏着好些个得道的高人呢。”

君贵一听得道高人云云，愈发来了兴趣：“什么高人？有什么事迹？”

“我师父知道得也不详。我就记得师父提到过一个白眉仙长，说是一般世人都没听说过他的名号，实际上本事却很大，会一些奇术。——哎，别问我是什么奇术，我师父都不知道，也是道听途说而已。”

君贵沉吟片刻，鼻子里笑了一下：“既是道听途说，只怕也当不得真了。如今见于世面的什么奇术仙法，我看多半是哗众取宠、骗人财货的。你们没听说前几日在大相国寺门口烧臂炼指的那档子事吗？”

“我们幽居深宫，上哪里听说这等奇闻去？”君怜揶揄道，“哥哥还是快些告诉我们的好。”

“哦，我倒忘了跟你说。”君贵摇摇头，看了看怀里的观音，就手拿个茶筅塞给她玩，吸引开她的注意，方说道，“也没什么，就是有个不知哪里来的什么僧人，号称得了异传，能够金刚护体，跑到大相国寺外面拉了个场子，点起一盏灯，将自己的胳膊手指放到火上去烧。众人一看果然没烧坏，便当作菩萨真神，当场拜个不停，手里有什么都捐给了他，求他摩顶赐福……”

君怜听了，蹙起眉头，默然不语。

朱雀奇道：“民间的这种热闹事，官家如何知道得如此生动详细？”

“嘿，他跑到大相国寺门口做生意，大相国寺的方丈澄楚和尚是什么人，能答应吗？念在同为释门中人，也没当场戳穿他那灯是特制的，还预先在手指、胳膊上涂了特殊药膏的把戏，只是遣人轰走了事。没想到，那人因大相国寺门口人密，生意好做，一连几日仍带了弟子去那里出摊，聚得信徒越来越多。澄楚方丈不干了，告到鸿胪寺。鸿胪寺因释道之事难缠，人又堆在那里不散，便径入内廷来求对请旨。我细问了他事情经过，是以知道了当日的情形。”

君怜淡淡道：“如今佛门难得清净，这种拿佛法当买卖之事，不说也罢……哥哥是如何处置此事的？”

“如何处置？”君贵道，“我命韩令坤带了一队人马，直接将他们抓到刑部交给王朴了。王朴现下不是在比部任郎中嘛，这事合该他管。”比部是刑部下辖四司之一，君贵由晋王继位为君后，王朴便由开封府推官迁至中央，出任此职。君贵知道王朴一向不喜欢怪力乱神，尤其痛恨有人打着教门的旗帜坑蒙拐骗。将这些人交到王朴手里，就已经表明了君贵自己对此事的态度。

君怜沉吟良久，终究既没有对此表示赞成，也没有表示反对。

一一一　平边之策

广德殿。晨间。

殿门开启，早朝散退。身着紫衣或绯衣、腰佩金鱼袋的群臣鱼贯而出，沿着丹墀逐级而下。翰林学士承旨徐台符紧走几步，赶上了比部郎中王朴的步伐。

“文伯！”徐台符叫道。他和王朴都是先时晋王“扫地班”的成员，彼此间是比较熟悉的。

“啊，从远。”王朴回头看看，便停下等他，两人一齐往下走。

“陛下适才降谕的事，依你看，到底是什么来路？”徐台符问道。

“哪件事？陛下适才降谕的事可不少。”王朴笑道。

“就是钦点咱们二十人撰写文章那事啊。”徐台符道，“每人写一篇《为君难为臣不易论》，以及一篇《平边策》。这两篇文章的主旨，谁跟谁也挨不上，突如其来一起交代下来，倒教我一时摸不清官家到底是什么心思了。”

“呵，这有什么难解的？”王朴道，“官家适才不是说了嘛，目下中原甫定，而吴蜀幽并未平，是以让咱们这些文学之士出谋划策，议议该如何平定这些边患啊。”

“可是，议论为君之难与为臣之不易，跟平边有什么关系呢……”

王朴笑了一下：“你想想这两三个月来，官家一直挂心的是什么事？——求贤、求谏啊。官家爱拔奇选俊，底下便冒出了各色奇人怪才。官家鼓励臣工指摘为政得失，底下便应和旨意纷纷上表评点朝堂人事。据说这类奏表中，有切中肯綮的，也有溜须拍马的，有借机抱怨的，也有相互攻讦的……”

徐台符点头道：“可不是嘛！就连皇舅柴守礼，前些日子也给人告了，说是横行乡里，以细故杀人……”

王朴道：“皇舅那事我私下问过，多半倒不是诬告。不过这帮人也真是欠思量，这种事告上来，他们教官家怎么处？皇舅跟官家是什么关系，他们又不是不知道！有道是‘亲亲相隐，直在其中’，难道官家还能将皇舅系狱不成？”

徐台符道：“是啊，所以官家也只能来个置若罔闻，束之高阁。”

王朴道：“嘿嘿，数月以来，因了求贤求谏诏之故，朝堂上下，京师内外，七嘴八舌闹了个不亦乐乎。据我看，此事目下也到了该消歇消歇、收收口子的时候了。”

“哦……”徐台符恍然道，“官家是要通过咱们的文章，来平定朝堂内外臣工们的心思，去消歇那些不该有的念头，滤除那些乱七八糟的杂音……”

“对，官家不过是要大家将心都收回来，踏踏实实的，将目光转回到大事上。”

“大事？朝堂之上，哪件不是大事？”

王朴顿了一顿，看向晨光大亮的远方：“据我看，官家眼下所关注的最大的大事，就在这‘平边’二字上。”

滋德殿偏殿。午前。

书案上公文堆积，要是依着君贵往常的速度，此时他应该已经将奏表处理了一多半了。可是今日有些不同。他没有看那些奏表，他的目光，始终在手中的几卷手书上来回逗留。

平边策。平边策。平边策。

古之圣王，欲使四境平靖、海内宾服，最正确、最合乎王道的方式，便是修治自己的文德，以德行感化四夷，令他们主动前来朝贡拜服……

这样的陈词滥调，在二十份答卷中居多，君贵匆匆扫一眼便将它们丢在了一旁。目下他手里剩下的，是礼部侍郎窦仪、御史中丞杨昭俭、翰林学士陶穀和比部侍郎王朴的文章。这几个人关于平边之策的核心只有一个字：战。

战。这与君贵自己的志向和方略不谋而合。

好，战。

那么，怎么战？需要攻取的边国那么多，先打哪个，然后打哪个，接着打哪个，最后打哪个？换言之，一统江山的路线构想是怎样的？每个人都给出了不同的路线图。

最后，剩在君贵手里被反复阅读的，是王朴的文章。王朴花了很大的篇幅论述了一件事：应当首先攻取江南，以及如何攻取江南。

江南。

在君贵自己的攻取优先级链条上，它同样排序第一。沉吟良久，他看向侍立殿侧的刘奉武："宣王朴进宫。"

滋德殿偏殿。晌后。

匆匆由刑部衙署赶来的王朴获得了官家的赐座，君贵甚至命侍从奉上了新茶与果子点心，准备与他长谈久叙。自打君贵入主皇宫以来，他们君臣还没有这样单独促膝相对的机会，两人上一次相谈甚欢，得追溯到晋王初尹开封府的时候了。

然而，新茶与果子点心却几乎没有用上，他们大部分的时间，都站着围在御案前。御案上，满铺着从前殿取来的符氏新进羊皮大地图。他们谈话的全过程，一直围绕这张大地图展开。

"……你文中说，要先易后难，而以攻取江南为易？"

“是。综观周边各区，西蜀道路险峻，岭南远隔崇山，幽州契丹铁骑凶猛，都是些难啃的骨头，实在不宜贸然进攻。而江南富庶，人情软懦，现主李伯玉耽于游冶，整天风花雪月，不思进取。这样的国家，简直就是放在咱们嘴边的大肥肉，以国朝目前实力，取之不难，且有大利。……”

“江南是块大肥肉不假，可是，这块肥肉太大了，倘若取之不当，也许会噎着咱们自己。你以为应当如何攻取？”

“江南与国朝紧密接壤，边境线东至大海，南至大江，绵延长达两千里。在如此漫长的接壤线上，难道他们的防卫能够做到滴水不漏吗？以臣愚见，咱们就从其防卫最薄弱的地方入手，像挠痒痒一般，先以少量轻兵进行挠击。……”

“如何知道他们的薄弱之处在哪里？”

“除了探马谍报，还可以不断实地试探。他们是重兵固守，行动受到的牵掣大；咱们是轻兵挠击，进退灵活，攻错了也不怕。……”

“如何进行挠击？”

“择定薄弱处后，攻其不备。一处受到攻击，他们必定会从别处调集援兵来固守。咱们逗引得他们大军出来，却不与他们认真作战，只留心观察其调兵的动向、多寡，以推断他们在某个区域的兵力布置。如此多挠些地方，整个江南边境线上兵力的虚实强弱，便将尽在我军的掌握之中……”

“挠击之后，又待如何？”

“既然探知了敌方满盘虚实，我军便当集中兵力，攻虚击弱。吴人担心我军攻入其地，必定会大举来应。我军攻击多少次，他们必定会大举应战多少次。连番大举应付下来，他们必将民困而国竭。……”

“倘若他们识破我军计谋，不再大举应战呢？”

“他们不大举应战，咱们就趁机攻进去，仍旧是我方得利。彼竭而我利，则江北诸州，尽为国朝所有。……”

“江南诸州如何攻取？”

“既得江北，便用他们的人来供养咱们的兵，令军力整备，粮草充足，则江南也顺乎可下。所谓四两拨千斤，用力少而收功大……”

“南唐既灭，又当如何？”

“岭南在南唐以南，全因南唐从中阻隔，才敢抗拒王命。南唐覆灭，岭南再无屏障，全境顺势可下。”

“岭南之后，又当如何？”

“岭南既下，咱们便以国朝军威相迫，飞书召岷蜀臣服，效吴越钱氏榜样。”

“倘飞书召蜀而蜀不至，又当如何？”

“书召不至，则四面并进入蜀，挟南面大胜之势动摇其军民人心，孟氏可平。”

“平蜀之后，又待如何？”

“平蜀之后，则国朝南面、西南面再无牵掣，此时向北面用兵，幽燕故地可望风而下。”

“你将河东放到了最后？”

“是。河东与大周是血仇，刘氏是必死之寇，不可能也没必要以恩信诱之，而必须以强兵攻克。然而，经过陛下去春晋阳之役，河东元气已丧，国力已失，他之所以不死，不过是仗着契丹扶持，苟延残喘罢了。既然他再难构成国朝重患，陛下不妨将其放到一旁，待最后全局功成，顺手削平就可以了。……”

君贵从羊皮大地图上抬眼看着王朴，目光冷静：“文伯，在你看来，这一整套计划，应当从什么时候开始执行？”

王朴揖道：“经过陛下在军政两方面一连串的革新，如今国朝兵力精练，器用具备，臣民知法，诸将用命。臣以为，”他决然道，“一年之后，便可启动平边大计！”

“一年之后就可以？！”

“是。臣以为，一年的筹备期足矣！今岁夏秋之时，就可以沿着国朝与南唐的边境线储备军资了。”

“好！”君贵大喜，拍案道，“朕遍观诸臣平边之策，无一人像你这样深明事机，分辨得出轻重缓急；遍观诸臣之性情，无一人像你这样神劲气峻，刚决有断。……文伯，你今日所言，正惬朕意！”

王朴心意激动，却一脸肃然：“陛下，臣是个书生，未曾戎装亲征沙场。臣之建言，不过上取先贤经验，下察边国形势，依据事理而论。尤其臣所建议的挠击战术，到底是否适合临战，全凭陛下圣断。”

“呵，文伯素来以襟怀与才气自负，今日怎的忽然谦逊起来？倒教朕不习惯了。”君贵不由揶揄道。

“陛下圣德昭昭，尚且下诏求谏；臣是何人，岂敢不随时反躬自省，以求有所进益？”王朴也带着笑意答道。

“嗯，好个反躬自省、以求进益！”君贵的欣赏之意溢于言表，“文伯，明日你就不要到刑部去了，朕给你派个新差事：来给朕做个谏官吧。”

王朴忙伏地拜道：“是。臣恭谢陛下恩典！”

“平身吧。”君贵想了想，又道：“且慢，还有一件大事，也得交给你。”

“请陛下降旨。”

“东京罗城，在先帝朝时曾修补过一次，但仍旧远远没有达到应有的标准。朕想着，数年前朕出守澶渊之时，修整城市的事情，都是交给你进行规划的，修好之后，百姓交口称赞，至今颇得其利。目前的开封府知事边光范干这个不在行，是以扩修、整治东京罗城的大事，朕也要交给你。你先筹划筹划，待明年开春之后，便即实施。”

“是，请陛下放心，臣一定不负重托！”

君贵安排下缠绕心间的两个大事，心情极为舒畅，春风满面道：“文伯，咱们君臣可是好久没说过这么多话了，倒说得我口干舌燥的。来来，咱们坐下用些汤水，再吃块点心。御厨房刚做好一种芝麻烧，很是酥脆，连圣人也爱吃呢。”

说着话，他目光一扫，不由指着王朴绯色官服的前胸笑了起来：“怎么，点心还没挨着手，倒先有芝麻沾衣服上了？”

王朴低头一看，也笑了：“回陛下，这不是芝麻，这是臣的官服被火星燎了个小洞，家里拿线给补的。”

“这补得也太明显了吧？”君贵揶揄道，“倒不像是遮掩，反而要特地显出来似的。”

“咳，”王朴尴尬道，“这都是臣那侄女的主意。家里一时找不到同样绯色的丝线，她说浅些也不打紧，索性绣片小叶子。说罢，她也不管臣答应不答应，抢过去就绣了。”

“呵，这倒是个好侄女，来探望叔伯，还不忘替叔伯做女红。”君贵笑道。

“啊，她倒不是来探望臣的，臣的兄嫂死得早，她打小就在臣家长大。臣没有闺女，只有四个儿子，难免娇纵了她，十七岁了还是个小孩子脾气，倒教陛下笑话臣没有家教了。”

“呵，朕没有那个意思。”君贵忍住笑，指着内侍新奉上的芝麻烧道，“那一碟点心，就赏给你，带回家给孩子们吃去吧。”

王朴忙揖道：“多谢陛下赏赐。……适才陛下提到了圣人，臣斗胆请陛下向圣人转致臣的诚敬。臣生平很少服人，可是臣对圣人佩服得紧，几时有机会，臣还想再次聆听圣人教训呢。”

“好好，”君贵笑道，“朕一定原话转达。圣人也一直赏识你，待到年节下宫内举宴时，朕让圣人专程赐见你就是。”

翌日，天子诏下，原比部郎中王朴迁左谏议大夫，并知开封府事。

滋德殿前殿，殿门紧闭，宫官内侍尽出。

西乞十三率十六名少年军士，叉手单膝跪拜于殿堂之下。君贵自御阶而降，缓步走至西乞十三跟前，温言道：“你们都起来吧。”

众人应喏平身。西乞十三叉手不离方寸：“陛下，臣来交差。”

“嗯。”君贵看这些小底比上次见到时似乎长了不少个头儿，深感欣慰，颔首道，“当初你带他们走时，与朕相约一年为期。如今期满，你一刻不差地将他们带了回来，很好。……怎么样，这些孩子都训练好了吗？”

“回陛下，”西乞十三道，“这些孩子由我师父亲自训练，臣从旁襄助，历经体能、武艺、文字、意志等诸般考核，算是基本合格，可以放到实战中磨炼了。”

“带走二十个，回来十六个，剩下那四个呢？”

“回陛下，那四个尚未出师。”

“尚未出师？”

“是，就像臣当初一样。臣驽钝，是师父那一批弟子里最晚出师的几个人之一。”西乞十三别有意味说道。

君贵立时便明白了他的意思。西乞十三当年出师晚，是因为田重霸精挑了几人留下来深入培养，甚至教给了易容术、暗器法等只有高级谍者才会掌握的偏僻技艺。

君贵逐一扫视着那些精神十足的少年，忽又向西乞十三道：“朕记得有个叫戴五、诨名‘追着电’的孩子，他也没出师？”

“是。”

“知道了。”君贵颔首，“你出去将林远叫进来。”

“喏。”西乞十三将脖围子拉到眼睛以下，敏捷地走到殿门处，将门打开条半人宽的缝，闪身走出去。未几，林远随他入殿施礼。

“将这些孩子领到一旁，找间空屋子等着。再给他们些好吃好喝的，犒赏一下。不过，就不要再与别的禁军士卒打照面了。”君贵低声向林远吩咐道。林远忙揖礼应喏。

林远带着小底们离开后，君贵看向西乞十三：“上次我跟你说的事，你和你师父有什么研究结果了吗？”

“回陛下，有了。”西乞十三说着，从怀中取出两个薄薄的册子，双手呈给君贵，“师父带着臣日夜琢磨，将谍者素日秘密联络之法总结出来，在十二门常法之外又有六门偏法，合为‘青鸟十八法’。每门大法之下，又有多种变法，少则三五变，多则八九变，不一而足。……”

青鸟是传说中西王母的信使，青鸟十八法，显然是指这些法门都是用来刺探或交通消息的。

“……这十八法中，又以陛下创制的密文编码圣法最为机密严缜。上次陛下向臣面授此法后，臣回去与师父旦夕揣摩，目下已尽数掌握。”

密文编码法是君贵受符魏王字验法原理启发而创制出来的，田重霸他们因是皇帝所创，便尊为圣法。符魏王原将军中常用情报归纳为四十条目，君贵考虑到谍者所需传递信息的特殊性，往往很难以常情归纳，就变查核条目为查核单字，以便将情报中的每个字都逐一翻译出来。编码的时候，先设一底本为验册。编时以五字或七字为一句，两句一联。以上联每字的笔画数索之于底本的页码，以下联对应位置每字的笔画数索之于该页的字序，于是得到谍报的前五或前七个字。后文以此类推。当然，如此精确到字之后，编码译码的工作量就会大增。

西乞十三指着君贵手里的册子：“陛下请看这两本阴阳宝册。阳册是验册，暂以广顺元年宝文堂通印的《白氏长庆集》为底本；阴册是此次臣等敬献的谍报字册，‘青鸟十八法’便以圣法写就，全部隐藏在这本字册中了。”

君贵翻看那字册，见满篇都是些似诗非诗的通俗句子，什么

“故人游山河，舟小经洪波。花开且折枝，田间飞麻雀”之类，知道这是他们好不容易拼凑出来的结果，颇有些感动。原本字册不必形成文句，散字也可以，但形成文句后显然更便于记忆，而且也能起到更好的障眼作用，故此田氏师徒不计辛劳，勉力成章。

他拿字册里的句子向验册里查核两句，果然得出了一条密谍联络常法，不禁叹道：“传递情报，自然以简明精准为要旨。要给这么一大篇‘青鸟十八法’全都编出笔画契合的顺口溜来，也真是难为你们师徒了。”

西乞十三恭敬道：“圣法高妙，臣等膜拜之余，深感唯有将‘青鸟十八法’全数以圣法写出，方能表达臣等的景仰之情。”

作为皇朝密谍，尤其是御前谍者，西乞十三们对自己的职业怀着一种特殊的神圣感，对于他们所事奉的官家，也有一种特殊的忠诚。联结他们君臣之间的纽带，除了责任和使命，更有共享和保守国朝机密所带来的高压重荷感和心腹信赖感。但他们习惯了不苟言笑，习惯了将自己的感情与想法深埋。将篇幅较长的“青鸟十八法”全部以圣法进行编码并传递到御前，大概是他们职业生涯中所做过的最带感情色彩的事了。

西乞十三是田重霸的爱徒。谍者虽说是官养，带着军职，但因其职业的特殊性和高危性，其人员的储备、培养和组织、差遣，从来都采取了家族或师徒相传的方式。尤其像田系这么高等级的御前谍线，其内部组织极其严密，门规甚是严苛，谍者彼此之间的关系，经常会被提炼到一种极为单纯的绝对服从、绝对信任、生死相依的状态。谍者内部的淘汰率是相当高的，出卖情报、贪生怕死、意志软弱，甚至迟钝笨拙，都可能成为被淘汰的理由。而与一般军士的汰递不同，谍者所谓的淘汰，就是处决，没有第二条路。

饶是残酷如此，一旦走上这条路成为一名合格的谍者，他们便都义无反顾。尤其是那些被作为高级谍者培养、授予了诸如易容术之类的内部技艺、承担着更为复杂艰巨使命的人，尽皆感觉无比崇高、无比荣耀，并做好了随时为国朝江山、为皇帝大业捐躯的准备。也正因此，他们大多没有家室，萍踪浪影，随遇而安，只偶尔向花街柳巷寻求暂时的放松和安慰。田重霸和西乞十三，便都是这样的人。

听了西乞十三的话，君贵笑起来："呵，这个马屁就不必拍了。你们做得甚好，册子留下，朕自己慢慢译看。今日你带回来朝阙的小底，就放他们下去吧。五个入江南线，五个入北辽线，三个入魏青线，三个入荆湘线。该怎么分人，你自己安排。"

"臣谨遵圣旨。"西乞十三叉手肃然应道。

一一二　情到深处

滋德殿前殿。

君贵与众枢臣议论平边大计，王朴也在其中。羊皮大地图成为众人目光的焦点。起居郎肃然侍立。

王朴在地图前口若悬河，挥斥激扬。君贵不时微笑颔首。众臣严肃地洗耳恭听，从他们的表情上，看不出他们内心对这一方略到底是赞成，还是不赞成，是有一点赞成，还是全部赞成。但他们的关注显然是真诚的，他们的眉头不由自主地蹙起了。

开封府衙署。入夜了。

王朴仍旧在秉烛办公。桌案上铺着开封府的地图。地图中央是开封府的旧城，旧城外围，有墨色深浅不一的罗城轮廓。墨色深的是在先帝朝修建的，墨色浅的，是规划中预备新建的。几名属吏围着桌案，拿着尺子、炭条、墨笔，商议着，斟酌着，慢慢添画，又不时抬头征询王朴的意见。王朴思索着，指点着，逐一与属吏们商讨具体方案。

广德殿。

早朝散朝，百官鹄列而出。至丹墀前，他们逐渐分散开来，三三两两，照例就适才所议的国事小声交换着看法。朝晖为他们身着的或紫或绯的朝服镀上一层浅浅的金光。

一大群飞鸟掠过宫殿黄绿相间的琉璃庑顶。鸟儿飞得高远，地上的人们愈发显得渺小了。

大周朝又迎来了忙忙碌碌的一天。

坤宁宫后殿。

君怜、朱雀隔几并坐在窗前椅上，采儿坐在君怜身侧的一只杌凳上，芦笛、五两等旧从，司言、彤史等宫官侍立在侧。主从们品茶叙谈着，空气中有一种浓浓的亲切。

采儿婚后，多次专程回宫拜望圣人。第一次是婚后三朝回门，第二次是新婚满月后，后来每月至少回来一两次，至于年节下帝后贴身近卫携家眷来拜礼，尚不算在此列。君怜给了采儿一个特权，可以凭大内腰牌随时入宫，不必等待自己召唤，也不必事先请示。因此采儿今日入宫，君怜和朱雀事先并不知道。采儿熟门熟路地回到坤宁殿，在殿门外恰好碰到朱雀携五两一行过来探望君怜。采儿特意赶上几步，向朱雀致礼。朱雀见了她宫外人的服饰，蓦然想到她已嫁人半年有余，心下不免一阵怅惘。

因采儿如今身份不同，君怜特意给她赐了座。廷献陪着观音去后苑游玩了，点茶的事交到五两手里。五两从朱雀那里学得不少点茶之术，如今在圣人跟前操持起来，一般地行云流水，分毫不差。

叙了些宫里与禁军营的家常，君怜问采儿："……对了，飞卫腿上的伤口还疼吗？"

"多谢圣人记挂着。"采儿欠身，微笑答道，"据臣妾想，必定还是疼的。臣妾每次替他换衣裳，他总不让臣妾触碰那里。问他，他偏又硬撑着，咬牙死活说不疼。好像在臣妾跟前，也非得要争个英雄豪杰的面子似的！"屋内众人都笑起来。

君怜道："可不，飞卫就是这么个性子！"

采儿告状道："飞卫性子太倔。那天忽地起了心思，非要试着骑马。结果上去一颠就摔下来了，若不是旁边有底下人接着，必定就摔坏了。"

室内众人闻言，尽皆发出轻轻的惊叹。

君怜蹙眉道：“这事儿你可不能由着他。他总还是听你的话的吧？”

采儿微笑道：“圣人放心，他不敢不听。那日他摔下马后，臣妾又惊又吓，气得半天都没有理他。他赔了好久的不是，又赌咒发誓说以后再不做这等危险事了，才算过去。之后，他就再没犯险了。”

“如此甚好。”君怜含笑点头道，“他肯听你的，我就踏实了。”

一时又叙了些家务琐碎，君怜见时候不早，便命采儿自便，尽管找五两等旧友相叙去。采儿巴不得这一声，忙与五两挽着手出了殿门，不知到哪里说体己话去了。

这里朱雀便看着君怜叹了口气。君怜奇道：“好好的，叹息什么？”

朱雀道：“五两与采儿是同年的吧？采儿嫁了半年有余，五两却至今没有得到于归的恩典，这怎么好？”

君怜沉吟道：“你舍得五两嫁走吗？”

朱雀黯然一笑：“有什么舍得舍不得？她早已过了嫁时，再继续跟着我，能有什么前途？我一辈子不嫁，岂不是白耽误她一辈子？我纵然再丢不开手，也得为她考虑才是。”

君怜道：“五两自己有这个意思了吗？”

朱雀道：“嘿，她们敢有什么意思？不光五两，后来的赤珠、绿罗，也都老大不小的了，谁又曾有一言半语漏到咱们跟前来？便是采儿，若不是你主张，她能说什么？”

君怜叹口气：“前朝的宫人，惯例是到岁数放出宫，回归父母族人，嫁娶听便。采儿、五两等都是我们符家家生的婢仆，放出去，也不过再回到我父母手下，那倒不如在宫里了。是以之前我一直没有主张此事。今日你既提及，少时你问问五两的意思，看她意愿如何。”

朱雀摇头道："我不问，你问吧。"

君怜道："她是你的人，怎的你不去问？"

朱雀道："我问她，她不忍撇下我，便是思嫁，或者思念父母，也必定不肯说实话。何如你切实问她，只怕她还肯露点心思。她想必是早含了委屈的，哪里经得起采儿三番五次地回来，跟她叙及家室之乐？若她不想回去，索性你也给她赐门好亲事，也不枉了她事奉我这么些年。"

君怜颔首："好，待我试探了她的心思再说。"见朱雀眼中颇有苍凉之意，便拍拍她的手，柔声道，"権娘，不必难过，便是五两走了，你不是还有我吗？"

正说着，只见承璋在门口探了探脑袋，又倏地缩了回去。

"承璋！"朱雀叫道，"鬼鬼祟祟的做什么？"

承璋闻言，只得从门侧闪出来，趋到两人跟前问候，施礼如仪。

朱雀乜斜着他道："你这是从哪里学来的坏毛病，既然找过来了，怎的不来圣人跟前问安，倒想含混过去？"

承璋赔笑道："卑职这不是见圣人和令主叙得正欢，怕过来白打搅了两位主子的雅兴吗？"

君怜忍笑道："难得你如此知进识退，倒比先前长进了许多，看来令主没少费心管教你。"

承璋尴尬道："圣人，臣便是个榆木脑袋，该长的记性还是会长的。"

朱雀带着点揶揄，似笑非笑道："我可没管教他，不过无为而治罢了。还是圣人的规制定得好，他有了以前的教训，自然知道上进了。"君怜只一笑。

朱雀因又问承璋："瞧你这猴三猴四的动静，你是来找廷献的吗？"

"呃……是。"

“他此时不在这里。你找他有何事？”

“嘿嘿，也没什么事……”

“有事便是有事，没事便是没事，什么叫没什么事？”

“这……”

“说。”

“左不过……找他说几句没头没尾的顽劣闲话罢了。”

“哼，不像。”

承璋苦着脸道：“卑职今日在令主跟前事奉没犯错啊，令主……令主何苦挑剔卑职？”

朱雀漫不经心道：“我不过看你奇怪，多问两句罢了。你若不肯说，也由得你。”

君怜瞥朱雀一眼，这才引起兴趣，盯着承璋正色道：“承璋？”

“是是，也没什么大不了的，臣说就是了。”承璋无可奈何道，“昨日圣人携令主巡视观稼台时的训话，彤史广明没有记全，跑来问臣。臣在这方面的记性也不好，想着廷献于这类事上从来用心，便答应了替她找廷献问个清楚。”

“哦，原来是这事。”君怜点头，不经意瞥了侍立在不远处的彤史永光一眼。永光忙低头示礼，面上显出一丝愧怍。彤史一职是君怜下旨恢复的内廷史官，广明、永光便是她亲自检阅核准的第一批两名彤史，秉性良，笔头好，记性佳，连名字也是她亲改的。两人平时轮值跟随在皇后身边，除了被屏退的情况，都用心记录后宫言行，退下后便写成日志存档。遇到重大场合，她们甚至与前殿记录帝王起居注的起居郎一样，当场执笔书于册簿上，以防遗忘。

“既如此，广明为何不直接找廷献问呢？”朱雀道。

“咳，想来因廷献素日常在圣人跟前伺候，广明……广明自己没记清楚，怕来找廷献问时被圣人发现，引致责备吧……”承璋赔笑解释道。

君怜看向永光，温言道：“此后倘若再遇到这种情形，你们直接问我就行了。”

永光忙红着脸上前一福：“臣妾谨遵皇后教旨。”

滋德殿偏殿，前半夜的光景。

殿内灯烛通明，御案上公文堆积，君贵仍旧在灯下处理朝务。

殿外一阵低低的次第致礼之声。陈留县君孙氏远山入内禀道：“官家，圣人来了。”

“好。”君贵颔首，抬眼看向门口。帘栊掀起，君怜率几个侍从出现，轻盈地入内向他问候致礼。

“孩儿们都安顿好了吗，圣人怎的这么早就过来了？”君贵放下手中的朱笔，笑道。

“嗯。观音和训哥儿今日也不知为何那么乖，晚食后回坤宁殿洗漱罢，不过在榻上玩耍了一小会儿，便三下两下，呼呼地都睡过去了。我在殿中左右无事，看书看了几页，又看不下去了。没来由心慌慌的，坐也不是，站也不是，说替他们绣个小肚兜吧，刚动几针，倒笨得扎了手。唉，真是，好久不做女红，倒将这门技艺荒疏了……”君怜自嘲道。

“扎了手吗？我看看。”君贵说着，便拉了她的手凑近宫灯细看，果然见她左手食指尖上一个小红点，在葱根般洁白的手指上格外醒目。

君怜笑道：“不必看了，按压了一会儿，早好了。”

君贵不由揶揄道：“圣人只管母仪天下就够了，针凿这种活计，何须亲自动手？……还疼吗？我给你吹吹。”说着，便向君怜的手指伤处吹了几口气。这亲昵的举止让君怜心满意足地微微一笑：“官家今日格外体贴呢。早知还有这等慰劳，倒该将十个手指头都扎一遍才好。”

一句话说得侍立在殿侧的陈留县君远山，武都县君秋池，皇后宫司宝芦笛，内侍高班刘奉武、陈廷献等人都偷偷笑了。

君贵笑着将君怜拉到一旁坐下，向秋池等道：“去取宁神汤来。”不多时宁神汤呈上，君贵端一盏给君怜，自己也取过一盏，含笑道，“趁热喝吧。倘若圣人将十个手指头都扎了，该喝的就不是宁神汤，而是生肌止血十全大补汤了。”

君怜正要喝汤，闻言忍不住扑哧一笑，险些将汤水溅洒一身，不由嗔道：“你还让不让我喝了？”

“好好，不逗你笑了，赶紧喝吧。”君贵说着，自己先几口将汤水喝光。君怜便也如言喝了汤，将汤盏放回秋池等人手捧的盘子中。秋池等方才退下。

君怜就势依偎在君贵身侧，笑道：“时候也不早了，哥哥还不收工歇息去吗？”

君贵哄道：“还有一点公事，做完就去，你先回后殿去等着我吧。”

君怜道：“我帮哥哥快些看完，好不好？”

“不必劳动你啦，也没多少了。”君贵忙道，“你且回去，我少时就来。”

“不想一个人回去，”君怜不免带上了一点撒娇，“我就在这里陪着哥哥，如何？”

“还是去后殿等着吧。”君贵笑道，“不是扎了手吗，还不好好养养？我这里只要没人打扰，很快就完事了。”君怜闻言，也不便再劝，只得点头答允。

君贵便回到御案旁坐下，依旧看他的奏表。君怜不肯就走，踱到御案边，看着小山般的几堆奏表，问道：“哪些是没看过的？”说着，就手拿起一本来翻。

“回去等我。”君贵见状，忙将几本奏表往君怜适才拿取的那堆奏表上一放，正色道。

君怜一愣。

“回去等我。”君贵再次温言道，在脸上绽开了一个刻意的笑容。

“那是什么?”君怜警觉地问道，“哥哥刚才遮挡的是什么?”

“没什么。”君贵镇定道。

“给我看看。”君怜说着，便去翻找适才被君贵压住的那几本奏表，“既然没什么，就让我看看。”

“你们都出去。”君贵转头向侍从们道。众人忙致礼告退。殿门关闭。

君怜竭力平静地看着君贵。君贵也不动声色地看着她。僵持片刻，君贵叹口气，从奏表堆里找出一本来，递给君怜。君怜疑虑重重地接过，默默打开来读。

奏表是太常礼院所上。在奏表中，他们引经据典、郑重其事地提醒官家，太祖皇帝周年祭日已过，为了皇嗣广大计，为了江山社稷稳固计，正当盛年的官家应该如礼完备六宫了。

君怜读罢，放下奏表，垂目久久不语。

君贵留心观察着她的神情，淡淡道:“呵，六宫不敷，有人着急了。”君怜仍旧不语，只将脸侧向一旁。

君贵笑了一下:“不过是历朝旧例……”忽然发现君怜眼中似有泪光闪动，他便起身走到她跟前，看着她，斟酌片刻，叹息道，“君怜，何必如此?你知道的，我一向无意于纠缠内闱……”

“臣妾……臣妾身子有些不适，先回坤宁宫歇息了。”君怜忽然开口道，“陛下公务劳累，也请早点歇息。”说罢，她匆匆向君贵一福，决然转身向殿门口走去。

“君怜……”君贵看着她的背影，叫了一声。君怜没有理会，自己掀起帘栊，打开殿门，迈步走了出去。

殿外传来轻轻的致礼声。君贵望着倏尔垂下的帘栊，蹙眉良久。立时便有滋德殿侍从急急入内来听用。君贵心烦意乱，挥手将他们又赶了出去。

大内，宫殿之间的廊道和御道上。

夜色深重，一行人缓缓向坤宁宫走去。他们的移动速度，全由居中的皇后的行走速度决定。

廷献等内侍提着防风的宫灯，半侧着身子走在队伍前端，以便让宫灯发出的亮光能够照清皇后脚下的道路。芦笛等意欲搀扶皇后，被皇后抬手断然拒绝了。坤宁宫的一众侍从早看出皇后面色不怿，却全都摸不着头脑。

几乎就在一刻钟以前，他们还亲眼瞧见皇帝夫妇亲怜密爱，浓情厚意，情笃得完全不避旁人。到底是什么人所上的奏表里的什么事，能够教圣人的脸色一下子变成现在这个样子，能够教圣人几乎是摔门离官家而去，教他们俩的关系一下子紧张到这个程度呢？

众人尽皆在心中默默猜测着，但除了脚步声，谁也不敢再发出任何别的声响。

在夜色的遮掩下，君怜一面走，一面默默流泪不已。

她知道自己很失态，她几乎从来没有这样失态过。适才急急从滋德殿逃开，是为了遮掩这种失态；现下慢慢往坤宁宫走去，也是为了遮掩这种失态。

可是在这一刻，她不打算责备自己的失态。

这一刻她不打算替官家着想，不打算替皇朝未来着想，不打算替太常礼院、祖宗章法着想，替外朝的那些王公大臣着想，替内廷的宫人侍御们着想，替普天下对皇家暗存渴望的女子们着想，替所有别的不知什么人着想……

这一刻，她只想替自己着想。

她为的是她的心。

是的，这是历朝旧例，对天家而言，是再正常不过的一件事。便是在民间，也是极稀松平常的。王公自然会娶侧室，富户自然会纳媵妾，占有更多财富与权势的男子，必然去占有更多的女人，这不仅是他们自己的意愿，简直可以说是社会对他们的要求。打小自己家中就有好几个小孃，男子三妻四妾，她原是见惯了的。便是前夫李崇训，当年也曾蓄有姬妾数名……可是，轮到自己和君贵这里，她却感到异常难以忍受。

如果不爱，就不会感到伤害。如果爱得不深，或许也可以做到泰然。

任何感情到了深处，都是排他的，容不下第三方存在。她知道，她一直都知道。

她从来不提醒君贵设立六宫，在这个问题上，她一点都不肯贤惠。因为，有些事，一旦说破，就会成为事实。

之前不是没有想过，早晚会有这么一天。她想到过好几次，但每次都让思绪极快地掠过了。即便在自己心里，她也不肯去触碰这个敏感的话题。所以，她一直都没有准备好。

便是君贵自己，难道就没有想过此事吗？先帝不纳嫔御，是因为先帝有了春秋，也是因为先帝患有肺疾，刻意清淡寡欲。可是君贵正当盛年，身子骨又那么强健，他有什么道理不广大宫闱呢？

她不知道君贵对此事的真心如何，她从来不忍去试探，那样对自己、对君贵都显得太残酷了。或许君贵跟她一样，只是一再拖延着、推迟着直面此事；又或许君贵对她其实是有不满的，因为她那样霸道地占据了他的心，不让他腾出精力去享受他应有的帝王之乐。适才君贵说“不过是历朝旧例”，又劝她“何必如此”，未始不是在传递一种信号。君贵或许早已暗存怨恨。

一念及此，君怜不禁又是泪如泉涌。

然而她却握紧拳头，坚持着不让自己哭出声来。

坤宁殿偏殿。

君怜径直走到了偏殿门口。芦笛等忙替她打起帘栊，推开殿门。她立在门口，并不回头，只沉声道：“你们都候在外面，廷献进来。”

偏殿是君怜书房所在，素日到了这个时候，是没有人候着，也不点灯烛的。廷献闻言，忙挑着宫灯先行入内，去到桌案旁将纱灯点亮，这才到门口来搀君怜。君怜不要他搀，自己走至书案前坐下。廷献便向芦笛等使个眼色，自己从内轻轻关闭了殿门。

廷献走到书案边，赔笑道："圣人，还是先将袍子脱去吧？"君怜不答。廷献一错眼瞧见她眼中泪光闪烁，面上犹有泪痕，不由心下大惊。

"圣人……"迟疑片刻，廷献去一旁柜橱上的夹瓶里倒了盏茯苓汤端过来，小心翼翼道，"先喝口温汤，臣这就去将风炉点着了，替圣人热热地点盏茶来吃。"

"不必了。"君怜说着站起身，自己去解袍子的系带。廷献忙过来替她解开，将袍子搭在一旁。

"备香。"君怜说着，走到北墙壁龛中所供奉的文殊师利菩萨玉雕像前。自打入主中宫后，她便将自己素日供奉的这尊菩萨像安置在了此处，不时礼拜。廷献听了她吩咐，忙答应一声，从壁龛下的香匣中取出三支檀香递到君怜手里，一面又去将雕像前香炉旁的两支蜡烛点起。

君怜点燃檀香，端端插入香炉，然后退后两步，在文殊师利菩萨像前的蒲团上跪了下来，双手合十，闭目不语。廷献侍立在一旁，默默看着她，也不知道该做什么才好。

良久，君怜祷祝完毕，睁开眼睛。廷献忙上前搀扶她起身，赔笑道："圣人忙了一日，适才又吹了夜风，不如就早些歇息了吧？"

"替我将《金刚经》拿来，再将屋里的灯烛都点亮。"君怜不接他的话茬，只看着静置桌案上的"玉巢"，淡淡道。

"这么晚了，圣人难道还要在这里看经吗？"廷献不由又劝阻道。

"我要抄经。"君怜看着他，"你来为我磨墨。"

“圣人……”廷献想了想，勉力笑道，“虽然臣不知道圣人为了什么如此难过，可是……圣人心里若有委屈，也不必老憋着，不如索性大哭一场。臣退到门外去候着，将他们都轰得远远的。几时圣人哭够了，召唤一声，臣再进来。”

君怜倏地滑下泪来。

廷献默默一礼，转身向门口走去。

“廷献……”君怜叫道。

“臣在。”廷献停下脚步，回身看着她。

君怜又是一阵长长的沉默。廷献便也默然无语，静静等待。

“……为我磨墨。”良久，君怜再次吩咐道。

滋德殿偏殿。夜已交子时。

君贵早处理完了公事，独坐御案前沉思。

秋池匆匆进来，到他跟前一福。他不动声色地问道：“怎么样，圣人在做什么?”

“回官家，据中宫内侍说，圣人在抄经。”

“抄经?”君贵沉吟道，“知道了。”

他步出滋德后殿的殿门，一众侍从急忙跟随过来。他穿过殿中回廊，一直走出后门，在高高的台阶上止住了脚步。滋德殿与坤宁殿隔着福宁殿和思存殿遥遥相对，因为都是大型建筑群，故此，从他所在的位置，能够清楚地看到坤宁殿偏殿中透出来的明亮的灯光。

他可以想象，此时灯下的抄经人会是怎样地专注凝神。

默然遥望良久，他深深地叹了口气。

情到深处人孤独。

一一三　僭上贵戚

皇宫后苑。翠林花余，夏枝招摇，有蜂蝶飞舞。

君怜与朱雀在花树下闲坐，皇子皇女照例由傅姆们领着，在她们周围跑来跑去。

朱雀手里捧着一只雨过天青釉的香炉反复把玩鉴赏，不时向君怜评说两句。君怜只含笑应和，也不多言。朱雀早察觉君怜有点没精打采的，却又问不出所为何事，一时便也不深究，只加意将这香炉的种种妙处说给她听，勾得她偶尔搭几句话，也算破了破她的闷葫芦。

观音和训哥儿不时跑回来，向君怜和朱雀身上扑耍一回。幼儿的咯咯笑声到底是教人惬怀的，君怜的眉头也不禁为之一舒。

正热闹着，不远处一阵次第致礼之声，原来是君贵下了早朝寻过来了。君怜与朱雀便起身致礼。君贵笑道："你们好兴致，一大早就跑到这里来玩耍，倒叫我一通好找。"君怜一笑。

朱雀没想到君怜今日待君贵如此冷淡，心下愈发感到奇怪。眼见得君贵有些尴尬，朱雀只得自己向君贵应了一声："官家也是好兴致。"

一时，乳母们领着观音和训哥儿过来见爹爹。君贵一手抱起一个，又向君怜笑道："孩儿们睡了一宿，倒像长了多少分量似的，压得我手沉了。"君怜仍旧一笑。

君贵主动前来示好，是不易的。然而此时她没有余绪去感激这份不易，她只觉心痛。

她仍旧不知道该怎样面对此事，面对自己，面对他。她的内心很少这样张皇失措，意乱情迷。如果不是囿于礼制，她甚至希望与君贵分开几日，独自安静地待在坤宁宫才好。她希望君贵不要来理睬她，哪怕他与自己冷战几日，至少表明他与她一样，也在为此事所困扰。君贵这么快就过来谋求和解，只能说明此事在他心中不过是个无足轻重的小插曲，他只想快速翻过。

可是，她只有一次失态的机会；哭，也只能有一个晚上而已。

她后悔没有听廷献的话，昨晚，她实在应该痛痛快快大哭一场的。她用《金刚经》把自己的痛苦都封锁进了心里。她以为自己可以如常以经书化解掉内心的块垒，她真是高估了自己。《金刚经》也许解决了表面的问题，没准却造成了内伤。那样，只会伤得更久，伤得更深。可是，她已经没有机会再为自己痛哭了。

君贵这么快就出了招，这想必是他一夜思虑的结果。她只能应招。

“……小儿家，吃得好，睡得好，自然长得好。”片刻，君怜淡淡应道。

“爹爹，去桥上喂大鱼。”观音揪着君贵的衣领，指着御池的方向提议道。

“好啊，爹爹和你一起喂鱼，再给你讲个牧鱼人的故事。”君贵答应着，满目慈爱。

宗训闻言，忙道：“训哥儿也要听。”

君贵便对儿子笑道：“好，爹爹再给哥儿也讲一个……就讲……讲当年爹爹推车经过汶河上的一座古代石桥时，一努劲儿将桥面碾轧出了车辙来的故事，怎么样？”

两个小儿都欢快道：“好！好！”

君贵这才转向君怜：“那咱们领着孩儿们过去吧？”

君怜淡淡点头道：“好。”

君贵一面又问朱雀：“榷娘，你也来吗?”

朱雀早看出他俩之间不对劲，心知君贵想与君怜独处，便辞道：“臣妾早起有一幅字尚未写完，请官家恕臣妾告退，回去侍弄了文字再来。”

果然君贵颔首道：“好，那你去吧。”

朱雀不动声色地看了看君怜，简单向两人一福，便即带着侍从们往紫烟阁而去。走在路上，毕竟不能放心，又叫过承璋来，让他去向廷献寻机打探打探圣人到底是怎么了。

这里皇帝夫妇便领着儿女到御池边喂了一回鱼。皇子皇女欢天喜地，皇帝夫妇却没说什么话。便是有限的几句，也不过是你有来言、我有去语，更像是基于礼貌的应酬而已。

到了午时，皇帝一家又回到滋德殿，在后殿暖阁闷闷地共进了午膳。晌后，两口子各自回到自己的正居去歇午。下午便各自待着，看书的看书，做事的做事。到了晚间，又聚到滋德殿，照旧闷闷地共进了晚膳。而后，又各自回到自己的正居，没人主动提及晚间在哪里歇息的事。于是这个晚间，君怜抄了一晚的《般若波罗蜜多心经》，君贵批了一晚的奏表。至人定之初，各自闷闷睡去。

次日又是如此。

第三日，仍旧如此。

帝后生隙，宫中所有的人都看出来了。无缘亲证的，也借由宫内各种隐秘半隐秘的信息渠道，前脚跟着后脚地得知了此事。这几乎是官家继位以来禁中最重大的新闻，带着天然的小道要素，搅动起人们刻意压抑的好奇心与窥探欲，丰富着人们茶余饭后、耳语闲叙的素材，并很快又通过不知什么渠道，从密不透风的宫禁之内，传到了蠢蠢欲动的宫禁之外。

所有得知此事的人都在拭目以待。皇后擅恩专宠已经太久了，不少人都很有兴趣知道，那封太常礼院的奏表将会带来怎样的结果。

皇帝方面。君贵虽急于打破僵局，奈何君怜情绪低落，心意消沉，待他总是彬彬有礼不冷不热。两人间原先的那些缠绵娇嗔不知去向，相处之中平白添了尴尬。君贵知道此事强求不得，便也只能由着她。可毕竟心中懊恼，偶尔便向侍从们迁怒一番，带累得远山、秋池、王景通、刘奉武等吃了不少挂落，整日心惊胆战，敛声静气，不敢行差踏错半步。

第四日。滋德殿偏殿。

君贵在御案前批阅公文，一面看，一面又想到别处，停下笔只管发呆。日光透过窗纱，在御案上筛出一层茸茸的微芒。

外间响起次第唱礼之声，滋德殿的侍从们显然用了比素日更大的音量来向室内的皇帝传递这个消息，君贵甚至能听出他们语声中包含的惊喜。毕竟，这种声音已经好几天不曾在这里出现了。君贵忙看向殿门口。

果然帘栊掀起，君怜独自款款入内，将侍从们都留在了殿外。

“君怜，你来了。”君贵欣然道。

君怜向他致便礼：“陛下万福。”

君贵听她语气还是那么生疏，心中一凉，勉强笑了笑：“嗯。圣人也万福。”

君贵看向殿侧侍立的几个滋德殿侍从：“你们都出去。”众人忙致礼退出。

一时两人都没有说话。君贵仍旧坐在书案前，目不转睛地看着她。君怜站在原地，也静静看着他。他们已经很久没有这样长时间的眼神接触了。到底有多久？几天？几十个时辰？无暇去细算。可是，在他们的感觉中，似乎已经过了半辈子。

“君怜，咱们不会就一直这样下去了吧？”良久，君贵苦笑道。

君怜眼中蓦然泛起一点泪光，又勉力忍住，摇头道：“不会。……我今日过来，就是要了结此事的。”

“哦？好啊。”君贵振作起精神，鼓励道，“如何了结，你尽管说，我听着。”

“……我想过了，设立六宫既然是天家规制，到了你我这里，又岂能违背？倘若哥哥信得过我，就让我来替哥哥办这件事吧。”君怜努力带上一点笑意，缓缓说道。

“……君怜，何必如此？”君贵好容易听到她对自己恢复了家内称呼，却没有欣慰，反而感到了难过，默然片刻，劝阻道，“此事你心中不痛快也是自然的，我自会交给有司去办，你就别再搅和进来了。”

“我愿意为哥哥做这件事。”君怜冷静地看着他的眼睛，“这是我应该做的。”

君贵久久凝视着她，揣摩着她的心思，体会着她的痛苦，以及她克服这种痛苦所需要的勇气和意志力，不由眼圈一红：“好，你既如此说，就由你来办吧。”

君怜一福：“谢谢哥哥的信任。”

“你……打算如何办？”稍顿，君贵问道。

“……宫中侍御诸人，尤其远山、秋池她们两个，贴身事奉哥哥多年，素来勤谨忠顺，哥哥有意将她们升为嫔御吗？”君怜平静道。

君贵略一沉吟：“……可以。”

“好。”君怜颔首，“此外，京中的王公大臣，外藩的方镇节钺，哥哥目下有意加恩哪家呢？”

“呃……我一时还没去想……”

“那么，我替哥哥查访查访，好不好？倘若哥哥想到了谁家，也请随时告诉我。我可与哥哥一同议论甄选，务求得其人、利其事。”

君贵默然片刻，叹了口气：“君怜，太难为你了。”

君怜勉力一笑：“我不是应当母仪天下吗？这么点小事都处置不了，还谈什么母仪天下？”

君贵向自己座前示意，温言道：“过来，坐到我身边。”君怜如言走近御案。君贵拉了君怜的手，让她在身旁落座，加意抚慰道，“你看看，你这几日煎熬得……人都瘦了。”

君怜努力控制住自己的情绪，打起精神道：“我瘦些打什么紧？倒是这几日劳累了哥哥，一个人处理那么多的政务。”

“呵，还好。”君贵笑道，“这几日，大事倒是不多。”

“请哥哥恕我前几日偷懒，”君怜道，“从今日起，我依旧来帮哥哥看奏表。”说着，她便伸手去取就近的奏表。

君贵忽然伸出手，轻轻按住了那沓奏表。

君怜面色大变。

君贵无语地看着她，心念急转。

君怜的泪水猛地涌出眼眶。她迅速缩回手，站起身，从御案前退开。

“君怜！”君贵忙叫道，“不要走。”

“既是机务不便示人，臣妾就先告退。”君怜一面说着，一面也顾不得礼节，转身离开。

见君怜没有停步的意思，君贵忙站起身，几步追到她身后，拉住了她的手。

君怜此番受这一重打击非同小可，再也难以强自镇定，不由泪落纷纷，心痛如裂：“……是我僭越了。哥哥既然已经不再信任我，我何必留下，自取其辱……”

“我不是那个意思。”君贵摇头，轻声道，“有份奏表，我不想让你看到，是因为我不想让你再受到伤害……”

君怜骤然停止了流泪，惊愕地看着他。君贵默然无语。

“是什么奏表？我要看。请哥哥给我看，好吗？”君怜振作了辞色，坚决地说。

君贵斟酌良久，回到御案处取了那奏表来递给君怜，平静道：“看就看吧，你也不必当真，更不必往心里去。”

君怜急急将这薄薄的折册展开来。奏表是去岁超擢的右拾遗赵守微所上。他在奏表里检举弹劾天雄军主将魏王符彦卿，列出其三条罪状：

第一，倚仗外戚身份逾制僭越——去岁天清节，受帝后亲迎于宫门之厚恩，不思逊谢坚辞，反而坦然纵容家眷外妇留居大内，及至离京，又劳动皇后大驾远送于郊亭，其擅宠妄行，违礼太过，惹动群臣议论纷纷，朝野不安；

第二，勾连京官，结党营私——以国丈身份寄住都亭驿旧衙期间，每日与京中百官迎来送往，宴饮无度，馈赠无算，违背了国朝藩镇不得私下交结京官的禁令；

第三，刻剥乡民，收取贿赂——符氏牙军进京、返藩这一来一回两番行程，沿路各州郡主事者纷纷携金帛物资款待逢迎，其中更不乏为此刻剥乡民、向百姓加征赋税之例。

符彦卿身为国丈，不思以俭德正行垂范诸镇，为皇帝增福添寿，反而如此大张旗鼓地不检点，实在难以教天下人心服。故此，赵守微以谏官身份行台官之职，对他进行严词弹劾。

君怜看罢奏表，默然不语，手指却止不住微微颤抖。

“恩生于害，害生于恩”，本来以为自己已经抵达黑暗的尽头，没想到，还有更大的黑暗在前方等着她。而这，才是更致命的黑暗。

君贵亦无语，凝神观察着她的反应。

片刻，君怜抬眼看向半空的烟篆，黯然道：“……既是弹劾臣妾的父亲，臣妾的确应该回避。”

“呵，不用回避了。”君贵笑了一下，“亲迎岳家于宫门是我的意思，岳母和妹妹们入住禁中也罢，你亲送他们至郊亭也罢，也都出于我的授意，或至少经过了我的允可。以此指责僭越，甚是无理。……至于交结京官、收取贿赂云云，以岳丈目今的身份地位，不知道有多少人打着灯笼寻找门路扑上去巴结，就算行止间稍有违制之处，也不能全算到岳丈头上。何况，宴饮叙谈、馈赠往来，都不是什么大不了的事情……”

君怜默然不语。

“赵守微这个人，的确喜欢哗众取宠、小题大做。”君贵进一步安抚道，“那日王朴也被他无端告了一状。王朴倒是剽悍，径直跑到我跟前来辩，还劝我当心被这种人混淆了视听。君怜，你放心，我不会被赵守微牵着鼻子走的。”他看着君怜，试探道，“……倘若你心气难平，我就替你将他杀了，如何？”

“不可以！”君怜闻言，忙正色道，“陛下心意，臣妾尽知，这就够了。”

“那……依你的意思，对此事该当如何处置？”君贵仍旧试探道。

“此事如何处置，全凭圣断，臣妾绝不会乱置一言。”君怜恢复了冷静的辞色，“臣妾只求陛下，千万不要在此时对赵守微进行任何贬斥。”

“明白了。”君贵颔首，“……兹事体大，就依你所言吧。”

两人交换了一个眼神，他们都同时意识到了一些更要紧的东西。

赵守微一个小小的从八品上芝麻官，就算愣头愣脑急着往上爬，也未必敢去招惹像符魏王这样手握重兵、雄霸一方的正一品外戚权贵。他多半是受人指使。他的背后，应该还有别的人，甚至是别的不少人。

将近来这两件事联系起来，藏在背后的某种不安定局面隐然浮现。

默然良久，君怜向君贵一福：“陛下且忙政务，臣妾告退，回去替陛下筹划太常礼院所奏之事。”

“嗯，好。”君贵颔首道，“内廷之事也疏忽不得，你且去料理料理。待晌后你再来，帮我将这些奏表看完。”

“好。”君怜郑重应道，转身欲去。

“呃……”君贵忽又开了口，见君怜回眼看他，便掂量着，缓缓道，“如果非要恩宠外臣的话，就将这恩宠落到王朴家吧。我听说，他有个侄女，年龄是合适的。”

君怜稍一愣，深深地看君贵一眼：“好。”

不日，经查实，天子诏下，以借天清节对乡里进行滋扰之罪名，对赵守微奏表中所提及的几个逢迎符彦卿的外郡主官进行申斥，但文辞间丝毫未涉及符魏王本人。至于一心盼望以此获得褒赏的赵守微，则遭遇了皇帝多日的冷脸。在此期间他所上的奏表，皇帝一律不看，原样打回中书省，谕令搁置不理。

一一四　六宫始敷

坤宁殿偏殿。

君怜坐在窗前圈椅上沉思。身旁几案上，是当年廷献替她手抄的《佛说无量寿经》。

“无量寿佛……诸佛光明所不能及，或照百佛世界，或千佛世界，取要言之，乃照东方恒沙佛刹，南西北方，四维上下，亦复如是……”

光明，是一种巨大的安慰。

芦笛轻轻入内，禀报陈留县君远山、武都县君秋池奉召来到殿外求见。

“宣。”君怜道。

远山与秋池入内，趋至君怜近前，如礼下拜问安。君怜笑道：“平身。”又向芦笛等侍从道，“搬过杌凳来，与两位娘子坐。”

这不同寻常的待遇和称呼，让远山、秋池相顾微微一愣，忙辞道：“臣妾不敢领座，圣人但有吩咐，请即降旨便是。”

“坐下吧，”君怜含笑道，“今后不必如此拘束了。”见两人仍旧迟疑，便向芦笛等人微微示意。芦笛等忙过来，将远山和秋池搀至杌凳前。两人只得告了罪，忐忑坐下。

“你们事奉官家，有多久了？”君怜温言问道。

“回圣人的话，臣妾是奉先帝杨淑妃派遣来事奉官家起居的，迄今十四年了。”远山恭谨答道。

“回圣人的话，臣妾是由先帝张贵妃所派遣，迄今九年了。”秋池亦恭谨答道。

“那么，你们的年纪是？”

“回圣人，臣妾二十八岁。”远山道。

“回圣人，臣妾二十六岁。”秋池道。

“嗯。”君怜颔首，斟酌片刻，又道，“这里没有外人，我要问你们一句话：之前，官家曾经……宠幸过你们吗？”两人闻言，尽皆将脸一红，垂目不语。

君怜观察着她们的反应，点头道：“不必说了，我明白了。”因又温言道，“你们尽心事奉官家多年，官家与我，都是感念的。如今官家从群臣所请，要增广宫闱，念你们多年勤谨服侍、任劳任怨的辛苦，决意将你们升为嫔御。”

远山与秋池站起身来，因为震惊，一时竟说不出话。

“今日我会下旨给宫苑使，尽速为你们拾掇出两处阁子来。你们的位分，待我与官家议定，也会下诏宣布。诏下之后，你们就是一阁之主了，一应侍从随员、服饰用度，自然遵制而行。……日后，望你们更加用心体候官家心意，加意服侍，务令圣躬康健，圣心舒展。”

远山、秋池热泪盈眶，忙跪地拜谢官家与圣人的恩德不已。

廷献从殿外入内，见状，默默侍立在侧。君怜看他一眼，向远山、秋池道：“好了，这是官家的美意，回去好好谢谢官家吧，倒不必如此谢我。”两人忙连声答应。

远山两人走后，君怜屏退了旁人，将廷献唤至身前。

“圣人？”廷献知她有命，便躬身问道。

“王朴家有个侄女，我要将她接进宫来。你替我……去查查她的底细。”沉吟片刻，君怜平静道。

“圣人！”廷献愕然道，“这种事自有别人去做，圣人何必自苦如此？”

“我不明白你的意思。”君怜冷冷道。

“那日圣人从官家处回来，难过成了什么样子，臣是亲眼看见的。”廷献力劝道，“圣人性韧如竹，心慧似兰，臣原本不该多言，可是……可是圣人何苦勉强自己，亲自去做这种令人心伤神劳之事呢？”

君怜不由怒道：“此事我不去做，难道要教别人替我去做吗？宠极则辱，难道我还要继续独擅天恩，为符氏满门招来灾祸吗？或者依你的意思，我竟该关起门来，听凭别人将这里闹得乌烟瘴气的才是？”

廷献知她在迁怒，也不辩解，只垂目躬身，默然承受。

“……你今日就出宫去，想法子替我办这件事。”君怜见他不语，自己也觉过了头，便勉力平息着心头积郁的委屈与恼怒，和缓了辞色。

“臣听说……王朴家的侄女……有些任性娇纵……”廷献见她气平，又小声提醒道。

“你上哪里听说的这种话？”君怜瞥他一眼。

“呃……中官之间，偶尔也传些道听途说的闲话……”廷献垂目道。

“廷献，你听着，”君怜正色道，“恩宠王朴家，是官家的意思，也是我的意思。不管好不好，他家的侄女，我们是要定了。是以，我教你去查，不是让你查出她有什么不好，就可以不教她入宫。你明白我的意思了吗？”

“臣……明白。”

“我只要如实地了解她的状况，好的，不那么好的，都要，不可隐瞒。”

“臣明白。”

“不要捣鬼。”

廷献默然，额角有了一点微汗：“……臣不敢。”

“不敢就好。”

“那么……臣告退。”廷献揖道。

君怜不答，凝视着他，半晌，叹口气，声音忽然变得柔缓：“廷献，你是为了我，我心里都知道。”

廷献不语，一阵突如其来的难过让他的眼睛红了。

君怜轻轻道：“你去吧。”

东京城内，得胜桥侧。

美禄正店是得胜桥附近最大的一间酒肆，其彩楼欢门上装饰着红蓝布匹，高高挑起的幌子上，绣着两个大字：“雅酒”。

此时，美禄正店的二楼单间雅座内，正有一个人坐在临窗的座位上，凭栏望着跨桥对面一个小巷口的方向。他身后侍立着的两个人，也无声望向同样的方向。店小二推开门进来，招呼一声“客官，罗汉汤来了恁哪”，将一窠子汤水送在饭桌上，然后向三个人的背影看一眼，摆出副见惯了怪客的模样扁扁嘴，又快速离开。

得胜桥上，人来人往。美禄楼下，车水马龙。

未几，雅间的门被轻轻推开，两个人快速走入，又立即关上门。临窗的三人回过头来。这时看清坐着的那人一身淡雅的文士襕衫，戴着精致的黑色短翅幞头，二十六七岁年纪，神情平淡镇定，原来是陈廷献。在他身旁侍立的二人，自然便是他从宫中带出的黄门内品了。

进来的两人走至廷献跟前施礼。其中一人指着另一人向廷献道：“陈大官人，这便是小人的同乡徐二了。他有个妹子在王宅娘子跟前伺候，后来荐得他也到王宅里头做活计。王宅里大小事，大官人尽管问他，他都清楚得很。”

廷献点头微笑，沉声道：“好，有劳你了，罗五哥。”

他身侧的一个内品便向那徐二道：“我们陈大官人因要与你家

主人和娘子牵线做个好事，故此问你些相干的话，你不必顾虑，知道什么，尽管如实说与陈大官人知道，亏待不了你。”说着，他拿眼睛看向廷献。廷献点点头。内品便从怀中掏出一小块碎银子，交到罗五手中，“罗五哥，且出去吃盅酒。”

那罗五惊喜地接过碎银，千恩万谢离开。内品又向怀中一摸，这回却摸出个一两的银锞子，端端放到了徐二的面前：“徐二哥，这是给你的。”

徐二瞠目结舌，片刻，方胆战心惊道：“陈……陈大官人，恁到底……到底想知道什么呀？”

廷献向两名内品使个眼色，两人会意，躬身一礼，快步走出雅间，关上了房门。廷献这才向徐二和蔼地一笑：“不必害怕，我绝没有加害你家主人的心。这个银锞子，一来是要你开口，二来却是要你闭嘴。开口，是说凡我所问你的话，望你知无不言，言无不尽；闭嘴，是希望今日之事，无论是你到这里来见过我，还是你我之间的问答，都不要教你家任何别人知道。好不好？”

“陈……陈大官人，小人对我家主人忠心耿耿……”徐二迟疑道。

“我知道。焉知我对你家主人又不是一番好意呢？”廷献笑道。

徐二不由闭了嘴，仔细打量这陈大官人气象。虽说一进来就看出他不是寻常人等，可是听了他这番话之后再仔细咂摸，更觉得他大有来头，其背后隐然藏着个大势力，似乎连他家主人、新除的开封府知事王朴都比不上。

徐二便将心一横，赔笑道：“小人明白了。大官人要问什么事？”

“你家主人宅内，是有个十七八岁的侄女儿吗？”廷献含笑道。

禁中紫烟阁。晌后。

君怜携侍从出现在紫烟阁院门口。

圣人的突然降临，让紫烟阁内一众散漫的侍从吓了一大跳。

跟随令主日久，他们都传染上了令主的散漫习性。最初杜娘子刚来时，他们的散漫体现为寻机偷懒，因为他们发现杜娘子根本就懒得管人，所以他们诸事只要面上过得去，其他时候便纷纷给自己放假；后来，经过圣人大力整顿宫规，又惩戒了承璋，他们便规矩了许多；再加上杜娘子做了司宫令，他们在言行上更是不敢怠慢了。可是，散漫却通过令主的亲身示范与带动，逐渐浸润到了他们的骨子里。私下里，他们开始往风雅里去，往任性里去，往品味挑剔里去，往漫不经心里去。倘若哪个人在他们最放松、最闲散的时候看到他们的模样，简直会以为碰到了一群以风流自任的竹林十八贤呢。

此时，圣人突然出现在太湖石山影壁旁的身影，让十八贤们的散漫登时凝成了一股紧张的旋风。于是众人齐齐趋过来，拜礼颂词如仪。

君怜也不多言，径直向阁中去，一面问："令主在做什么？"

"回圣人的话，令主在炼药房制药。"紫烟阁知客赤珠忙答道。

君怜便转往紫烟阁内特设的炼药房去。未至房门口，承璋已经闻声带领几个宫人内侍飞奔出来致礼问安。君怜方问了一句"令主人在哪里"，却见朱雀已经迎到了炼药房门口，远远向她一福。

"呵，"君怜道，"令主今日又起兴炼药了？"

"嗯。圣人歇午怎的不多歇一会儿，倒巴巴跑我这里来了？"朱雀奇道。

"两个孩儿还在睡，就教他们再睡一会儿吧。我原说晌后去御书房的，岂知午膳之后，官家临时应李重进之请，亲幸禁军营视察去了。我白坐在坤宁宫里，突然没了做事的兴致，只能来找你。"君怜一面走近她，一面淡淡答道。

朱雀一笑："你来得好，我正在制一种新的药丸，你来帮我吧。”说着，她便挽了君怜的手，一同进入炼药房。

室内药香弥漫，各色各式瓶瓶罐罐琳琅满目，高高低低摆满了墙边的多层大木头架子。上百种草木的花叶、果实、根茎、动物甲壳，乃至矿物等药材，也分门别类装入大小不等的竹筐中，一一罗列其上。每样又以墨字木牌标注了名目，逐一对应，分毫不爽。

君怜的目光扫过那些木牌，忽然笑道：“怎么你又新进了一些药材？上次来，我可不记得有何首乌和半夏这几样。”

“那还不简单？”朱雀笑道，“我向御医院借了些古医书来看，见到上面的某个古方想配来试试时，就顺便将我这里没有的药材也一并要了少许过来。”

“也是，令主威重令行，漫说区区草药，便是虎心豹胆，谁敢不给？”君怜揶揄道。

“我可没有逼迫他们。”朱雀道，“我不过问问，他们说有，就自己送来了。”

因见到屋内大大的药案上摆着个小铁碾子，还有高师父留下的那杆黄铜小药秤并一些小罐子，君怜便问：“这是要做什么药？”

朱雀拿起黄铜药秤交到君怜手里，一面继续用小铁碾子碾药，一面答道：“消食丸。我看观音和训哥儿近日有些积食，御医院进的汤水他们又不爱喝，不如雀姨来替他们配个香香甜甜的药丸，或许他们还愿意吃些呢。……你这个当阿孃的既然来了，也别闲着，替我照着单子称药吧。”

君怜如言，参看着方子，向某个罐子里抓了把山楂干来称，一面笑道：“这些活计，你别都自己干呀，也教承璋他们搭把手，帮帮你。”

“嘁，这么有趣的事，我怎么舍得交给别人做？”朱雀正色道，“承璋摩拳擦掌十次，我也不过教他上手一次而已。今日是你来了，我才将这等好事让给你做的。”

“好好，如此就多谢令主的青眼了。”君怜无奈道。

一时两人都没有别的话，便称药的称药，碾药的碾药，默默侍弄眼前这堆草叶果实。那黄铜小秤十分灵敏，君怜投下的药材分量若是多一毫、少一毫，就无法令其达到一个相对平稳的状态。君怜试了几试都不成功，忽然怔怔地停下来看着它，叹了口气。

黄铜小秤寓意心平气和、常得安稳，她目下显然很难做到平心如秤。秤是不会撒谎的。

朱雀瞥她一眼，也停下了碾轮。“君怜，倘若心里有事，这里没外人，不妨一吐为快。……”斟酌片刻，她又道，“实不相瞒，君贵那边的事，我已经知道了。”

君怜闻言一愣，却并不意外。她也不看朱雀，管自继续发了会儿怔，方摇头叹道：“大势已成，顺之未必昌，逆之则必然亡，多说无益。何况，你已经知道了，那就更加没什么可说的了。”

坤宁宫后殿。黄昏将临，廷献赶在宫门锁闭之前回来向君怜复命。

“……那位王家小娘子，闺名唤作菁娘，今年一十七岁，是王朴的兄嫂之女。大约五六岁时，她父母双双过世，便被王朴收养至身边。”

“嗯。”

“王朴自己没闺女，自王侁以下，四个都是儿子，自然稀罕她些；又怜她幼失怙恃，因此对她格外疼爱，倒比亲生的还亲两分，娇纵得颇有些脾气。王朴的娘子有时教训她几句，王朴反过来数落娘子心不宽，一来二去的，王朴娘子也懒怠多言了。因此她得了叔父撑腰，愈发任性。”

“任性？呵，任性有什么大不了的？她再任性，能任性过榷娘吗？我最不怕任性的人了。”君怜淡淡一笑。

“呃……据臣体会，王家这小娘子的任性与令主不同，她是……”

“是什么？”

“大约可以说是……不懂事吧。”

“呵，十七岁，原本也算是个孩子。孩子不懂事，成人还能跟她计较？”

“是是。圣人心胸宽广，如同大海汪洋，请恕臣多嘴了。”

“还有别的吗？你问了半天，就没问出她有什么好处？”

“呃，也有。……据说她……生得很标致……”廷献小心翼翼地回答道。

一时两人都沉默了。现在，他们隐约感受到了这个尚未谋面的小娘子的分量。十七岁、美貌而又任性的少女，那几乎是任何男人都无法抵御的魅惑。

良久，君怜镇定自若地笑了一下：“我说过，不管她是什么样的人，我和官家都要定她了。”

数日之后，天子诏令与皇后教旨内外并下，原内省尚食、陈留县君孙氏（远山）与原内省尚寝、武都县君章氏（秋池）同时进封昭容，分别入主丛玉阁、瑶碧阁，正式进入皇帝的嫔御序列。

坤宁宫前殿。远山与秋池长跪于君怜面前，流泪拜谢不已。

她们亲眼所见，皇帝对皇后宠爱甚专甚深，多年没有动过别的念头。她们本以为，随着年岁渐长，此生都休想从皇帝那里得到任何名分了。是以那日皇后召见她们，说打算给她们加封时，她们委实惊喜万分。

以婢仆进位嫔御，她们原本想着能够封个正五品的才人，或者正四品的美人就不错了，最多最多，如果官家大发慈悲的话，她们会有幸得到正三品的婕妤封号。没想到诏令下达，位分竟然高至昭容！

昭容是正二品的内命妇，在嫔御等级中仅次于昭仪。

她们可以想象，之所以会得到如此远过所望的名位，一定是圣人大力促成的结果。否则，她们事奉官家这么些年，官家为何从来没想到要给她们一个名分呢?

现在，她们比任何时候都感念圣人的圣德。

君怜亲自扶起远山与秋池，又为她们赐座，好言嘉勉一番。

玉楼天半起笙歌，风送宫嫔笑语和。

从这天起，大周第二任天子的六宫，就算是开始建立了。

一一五　良宵酒狂

滋德殿偏殿。

王朴第二次向官家汇报东京罗城扩修规划。由于目前东京城的街道太过狭窄，越来越难以满足日益繁华的都城在各方面不断滋长的需求，所以罗城的扩修又与旧城的改造连接在了一起。根据官家的指示，王朴明确了新罗城应当拓展至的边界，打算先在各界线处竖起旗标。官家说，暂且不着急动工，待到冬天农闲时再召集民夫兴建版筑。目今先命有司在旗标以内的地方分画出街衢、仓场、营廨需占之地，其余地面则听凭百姓取便筑室。王朴又提醒道，还要提前告谕市民，但凡死了人要到郊外埋葬，必须距离旗标以外七里才可以。官家深表认可。

就旧城改造扩建之事生发开，君臣两人信马由缰，随想随说：又讨论了汴河的疏浚问题，因为对于京师忙碌的水道运输而言，无论是粮草还是别的物资，汴河目前的运送能力显然遇到了瓶颈；又跳到了漕运的斗耗问题，以及盐运和禁私盐的问题；又跳到了铜钱的短缺问题，以及铜都到哪里去了的问题；又跳到了当今的伽蓝乱象；又跳到了监狱里囚犯的人道待遇问题——因为王朴亲眼看见许多久关不审的囚犯饿成了一副骨架子，身上烂得长出了蛆；又跳到了大周急需一部新刑法的问题；又跳到了佛道经书的搜集问题，以及前瀛王冯道主持雕印的《九经》的保管问题，以及去年学馆主持校勘的《经典释文》等书的印制问题……

君臣二人就像回到了当年镇守澶州的时期，上下古今，纵横捭阖，说了个酣畅淋漓。当然，这些问题素日并不是没人跟君贵谈，只不过它们都归属于专门的机构，臣属们人人各管一摊，井水不犯河水，谈也只谈自己那口井里的事。哪像王朴这样才高人胆大，敢说敢想，无论什么事都不忌讳发表意见，更不在乎会不会引发其正官的不满。

君贵看重王朴的，也正是这种以天下为己任的气魄和胸怀。何况，王朴并不是一个光说不练的人，王朴的实干能力非常惊人。

今日的对谈，坚定了君贵将恩宠降到王朴家的决心。

君臣俩聊了半日，王朴见官家再没什么话说，便致礼告退。官家却叫住了他。王朴揖道：“官家还有什么吩咐？”

君贵笑了一下：“你有个侄女尚未出嫁，对吧？”

“是。”王朴应答一声，心下纳罕。

“明日，朕会颁赏给你一个恩典。”君贵看着他，笑意更深了，“你只管好好接住就是。”

显德二年四月底，内班院都知王景通赍着一道旨意，率领一班表情严肃的内侍，来到东京得胜桥侧的开封府知事王朴家宅，宣诏王朴侄女菁娘于次日入宫。

这道诏令好似一声炸雷，将大周官场上下、东京城内城外、民间街坊里巷惊了个遍。

皇帝要扩充后宫，这是他们经由各种途径已经得知了的消息。日前宫官陈留、武都二县君进封为昭容，更让他们坐实了这一消息的可靠性。他们都在猜测，官家第一次对外臣的联姻恩典，将会落在谁的身上。

没想到是王朴！

相较于先帝的顾命大臣班底，相较于禁军勋旧和诸藩大员，王朴在大周官场还是一个太过轻量的人物。不过，今上办事往往出人意表、说一不二，他这种雷厉风行的做派，大周臣民们也算是很熟悉了。

好消息是，有一就有二。开了这个头，他们符氏擅恩专宠的时代就告结束，那么多有资格角逐宫闱宠幸的王公大臣，就都可以考虑将自己的妹妹、闺女、侄女或者孙女拾掇拾掇，争取送到皇帝身边去了。

禁中。坤宁宫正殿。

皇后端坐鸾座之上，华扇张举。司宫令滕国夫人杜氏打横陪坐于鸾座侧旁的锦椅上。孙昭容远山、章昭容秋池打横陪坐于另一侧锦椅上。内省六尚及以下宫官，连同皇后宫高班及以下内侍，全体在殿侧侍卫。

迎接王菁娘的宫车进入皇城南面右掖门。头戴帷帽的王菁娘在右掖门内的小广场下了车，在几个内侍和宫官的引导下，徒步穿过重重宫阙间的道路，走到坤宁宫的门口。内侍告进。

“宣。”君怜语意平平。

王菁娘由宫官引导着步入坤宁殿殿堂，在距离皇后鸾座尚有两丈之处停下来，拜礼如仪。

“平身。”君怜温言道。

宫官将王菁娘搀起，替她取下帷帽，露出了一直遮蔽在面纱后的那张脸。

所有的人都看着那张脸。君怜也看着她，一时没有说话。

俏丽是俏丽的，还残留着些许稚气，一双眼睛惊疑不定地骨碌碌转。果然还是个孩子。

“呵，”君怜温言道，“宫里地方大，一路走进来，累了吧？”

菁娘略微嘟起嘴来：“嗯，走得我脚疼。这么远的路，还以为会有肩舆呢。”

朱雀与君怜交换了一个匪夷所思的眼神。王朴那么博古通今的一个人，怎么教出的侄女如此……如此……

“脚疼，少时去到住处，教人打了热水来给你泡泡、揉揉就好了。”君怜仍旧温言道。

“好吧，我知道了。”菁娘点头。

这下，连远山、秋池、唐氏、廷献等也都面面相觑，纷纷皱起了眉头。在圣人跟前，应当自称“臣妾”，圣人吩咐，应当回答“喏”“遵旨”，这么简单的规矩，她怎么就不知道呢？

君怜也不与她计较，又问：“你叫菁娘，对吗？”

“对。”

“十七岁？”

“对。”

“你的乳母跟入宫了吗？”

“嗯，跟入宫了。”

“素日贴身服侍你的使女，带来了几个？”

“两个。”

“好。”君怜颔首，“我命宫苑使将景福宫拾掇出来了，你就住到那里去吧。宫里的内侍，我会先分派四个入景福宫服侍。稍后，还会命尚仪派遣司赞典赞等对你进行教导，帮你尽快熟悉宫中仪轨。你今日刚来，暂且也不必管太多。以后，该知道的你都会知道。”

菁娘微微蹙起眉头：“好吧。”

君怜一笑：“你还有什么要问我的吗？”

“有。”菁娘立刻答道，“官家什么时候……”也许意识到不妥，她的话出口一半便打住了，脸上泛起了好看的红晕。

君怜一阵心悸。菁娘居然是个对官家暗怀憧憬的少女！

“你且去景福宫住着，官家什么时候召幸你，是官家的事。”她忍住不悦，淡淡道，“在那之前，你就不要随便出来乱跑了。内廷广大，跑多了也脚疼。”

菁娘失望地轻轻叹口气："……那好吧。"

滋德殿移花堂。

皇帝夫妇与皇子皇女一起共进午膳，还特召了朱雀作陪。

略叙了几句闲话，君贵转口问道："……菁娘这个人你们检视过了？怎么样啊？"听得出，他在隐藏着好奇，尽量让语气显得平淡。君怜一笑。

倒是朱雀不屑地发了话："哼，像只小野猫。"

"小野猫？"君贵奇道。

"王朴这个人看着挺讲究的啊，在澶州的时候，我还听过他议论儒家教义与佛道义理呢。今日这菁娘的家教，可不像是他王朴家出来的人。"朱雀毫不忌讳地批评道。

"朱雀！"君怜忙制止道，"她一个小孩子，该教，咱们教教就是了。"

"呵，"君贵不知为何感到了一点尴尬，就好像菁娘的家教、王朴的家风跟他有什么关系似的，不由自主便替他们辩护道，"你们出自符魏王那样的累世王侯名门，家教自然是打小严整的。王朴是苦学考中的进士，没有你们那么深的家世……"

"我不是这个意思，"朱雀道，"使是常人，也……"

"朱雀！"君怜带上了一点恼怒，"别说了。"

朱雀瞪她片刻，哼了一声："不说就不说！"

"哎哎，你们尝尝今日这竹荪汤，挺好喝的。"眼见得两人要起争执，君贵忙打岔道。又见观音与训哥儿都闹着要下桌了，便向侍从们吩咐，"皇子和皇女吃完了，就带他们出去玩会儿。"

不多时屋内人走了一半。君贵带上点笑意，又问君怜："那么，你打算怎么安置菁娘？"

"她刚来，人生地不熟的，我想，先学几天宫规，熟悉熟悉环境吧。"君怜沉吟道。君贵尚未答言，君怜看他一眼，又不动声色加了一句，"官家若是急着见她，我就安排在今夜如何？"

“我不是那个意思。”君贵尴尬道，“学几天宫规的好。”

“三天吧。”君怜想了想，又道，“倘若官家允可，三天之后让她侍御，可以吗？”

“……可以。”君贵愈发尴尬了。

朱雀冷冷看着这两个人一本正经地虚与委蛇，绷着脸一言不发。

三日后的黄昏。景福殿。殿内堆锦簇绣，流光溢彩。

宫人内侍早换了吉服，静静等候在各自的位置上。

后殿，菁娘坐在榻上，身着喜服，头上梳了个高高的巫山堆云髻，环翠琳琅。她满怀期待，又是兴奋，又是紧张，一张脸因为曾经的奢望就要变成现实而显得红扑扑的。

在榻上坐了会儿之后她又坐不住了，起身到桌案前，打开梳妆匣，拿起铜镜来照。

镜中，是个浓妆的少女。从来没有这样好看过。

“这里，头发毛了，再给我拢拢。这里，妆有些花了，再给我补补。”她仔细挑剔着自己身上不尽如人意的部分，急切地对侍立在身旁的乳母和使女吩咐道。

晚霞烧透，烧完，天边显出余烬的颜色。

景福殿的特制红烛堆下了瓜棱般的烛泪。官家还没有来。

菁娘在镜前苦苦等待。

滋德殿偏殿，君贵仍旧在批阅奏表。

并不是有什么重要的奏表非要在这个时候批阅，而是……他不想显得那么着急。他好奇，但是他不急。他的一举一动，无论通过什么渠道，君怜肯定都会知道，他不想让君怜感到他很着急。

最好，让这一夜显得就是稀松平常的一夜。他如常办完了公事，如常回到他的女人身边，如常歇息。如此而已。

这世上恨不得有成千上万只眼睛在盯着他：观察他的一切，分析他的眉眼高低、语气轻重、出入久暂，并由此探索隐藏在所有表象背后的他的真实心意。恩宠王朴，是他对臣属们发出的一个清晰信号：他鼓励这样的人积极为国朝贡献力量。这个信号已经足够简单干脆，他没必要通过特别的举动去加重它的强度，为它增添一些额外的枝枝蔓蔓。

应化之道，平衡而止。天家做事讲究均衡。均衡，火候很重要。符魏王的例子是个警示。

这一刻，他不是男人，不是丈夫，他只是帝王。

从玉阁。

远山与秋池并肩倚靠在阁楼栏杆上，看着远处晚霞的余烬。三两个宫人远远退在后面。

从玉阁是远山的阁子，秋池晚来无事，过来串门。进封之后，她们经常这样互相探视。在过往的九年之中，她们已经习惯了相伴在一起做事，乍让她们分开，还真不适应。尤其到了夜间，华灯初上，总会无端感到孤独。

有风吹过栏杆，吹动了她们的簪环坠子，在暮光中一闪一闪，像是冥冥中不知谁的灼灼目光。

远山叹了口气："今日……是官家始幸王菁娘的日子。"

秋池道："知道。日间景福殿那边折腾了一天，那动静……"

远山转过脸看着秋池："我问你，可不许打诳语：进封之后，官家召幸过你几回？"

秋池红了脸："就那一回，不是告诉你了吗？官家忙着安抚圣人呢，哪有工夫顾咱们？依我看，若不是圣人提醒，官家怕是连这一回也不会降召的。"

远山又叹口气："我也一样。圣人真是个好人，不仅顾念着咱们这样的老人，便是对新人……那日，王菁娘那么无礼，她也没说什么。"

秋池道："唉，走着瞧吧，这王菁娘，可不是什么省油的灯，只怕从此够圣人烦心的了。"

坤宁宫偏殿。夜色迷离，殿内灯烛通明。

三张琴案琴凳呈半口字形铺设在殿内，琴案上瑶琴反射出柔和的烛光。放在上首琴案上的是君怜的"三辰"，放在左侧琴案上的是朱雀的"九烛"，放在右侧琴案上的瑶琴名叫"六羽"，是内府新从民间搜集上来的古琴，造型雅致，琴底雁足根部有三条红色的短曲线，既像兰草，又像绒毛。

君怜与朱雀到坤宁宫后殿探视完早早入睡的观音和训哥儿，相伴来到偏殿。十几个侍从前导后随。君怜见殿内已经按照自己的吩咐布置好，便向众人道："芦笛、五两、承璋留下听用，廷献进来侍琴，其他人到殿外候着吧。"

龙涎香盛，满殿淡淡的芬芳。

廷献净了手，逐一拿丝绢擦拭毕三张琴，又正了音，方向正在品茶的君怜和朱雀禀道："回圣人、令主，可以抚琴了。"

君怜颔首，对廷献道："你去坐到'六羽'那里。"

廷献一愣："臣去？"

"嗯。三张琴，咱们三个一人一张，今夜索性抚一宿，抚到抚不动了为止，好不好？"君怜淡淡道。

朱雀和廷献知她此时心里不好受，也不驳她，均附和道："好！"

朱雀又道："索性咱们今日来个'琴宵'，要是有酒，就更好了。弹指琴迷，扶头酒醉，岂不美哉？"

"那有何难？"君怜转向芦笛，"去教御厨房送两大罐'麻姑酿'来，并腌雉鸡肉、胭脂柿子膏、芝麻烧等诸样小食、果子、点心十二种，参差着搭配齐了才好。省得夜深我们饿了，再将他们从被窝里叫起来伺候。"芦笛领命而去。

一时三人净了手，清雅而坐。

君怜道："熏风如沐，星辉似霰，好个熠熠良宵，我先来一曲吧。"说罢，她便屏息静气，按徽揉弦，抚了一曲《良宵引》。

《良宵引》据传是隋代名将贺若弼所作的琴曲，以宁和曲风吟咏良宵，原本就引人遐思，此番更是被君怜抚得雍容淡远、委婉清恬，一派缥缈高致气象。

然而，朱雀和廷献却忧心忡忡地看着她。

景福殿后殿。

菁娘还在等待，可是显然已经感到了焦躁。她不停地站起身，又坐下，反复催促乳母万氏和使女桐华等："去看看，再去看看！"

"菁娘，虽说今日是你的好日子，但也别太着急……"乳母万氏劝道，"官家降了旨要来，就一定会来的。你急成这样，叫宫里人瞧见了，可不知怎么笑话你呢！"

"哼，谁敢笑话我？"菁娘红了脸道，"官家英雄威武，高平之战以一己之力挽狂澜于既倒，赢得世人多少仰慕！世间未出阁的年轻女子，谁不想嫁给官家？她们若笑话我，只不过因为官家不要她们罢了。"

"好好，你快坐下，已过戌正，依我看，官家就快要来了。"万氏忙哄道。

正说话间，忽听外间一阵唱礼之声。菁娘抿住嘴，一颗心登时狂跳起来。万氏忙将她扶到榻边坐下，想替她搭上障面盖头，菁娘却伸手将盖头挡开，只拿眼睛痴痴看向殿门。

未几，只见帘栊掀起，几名内侍入内，躬身打着帘子，一个高大的身影走入殿中。

菁娘站了起来，满面通红。可是她只略一垂目，却又重新抬眼，大胆地看向官家。

万氏与殿中的其他宫人跪了下去："拜见陛下。"

菁娘不拜，亦不言，仍旧看着官家。已经看得呆了。

君贵走近她，迎着她的目光打量着她，不由笑道："呵，你就是菁娘吧？”

跪拜于地的万氏着急地拉拉菁娘的衣角。菁娘回过神来，红着脸仓促应道：“是。”

君贵四下看看殿中张灯结彩的热烈氛围，对众人道：“你们都平身，出去吧。”众人急忙应喏退出。君贵走至榻边坐下，看着菁娘发呆的模样，忍笑道，“你学过宫规吧？见了朕，为何不行礼呢？你是不怕朕呢，还是太怕朕了呢？”

“臣妾不怕陛下。”菁娘忽然展颜一笑，“陛下有什么可怕的？”

君贵来了兴趣：“朕不可怕吗？”

“不可怕。”菁娘含笑道，“臣妾在家里的时候，早听说过陛下的战功。臣妾那时就想，要是能够见陛下一面就好了。臣妾一定要亲眼看看，将刘崇打得屁滚尿流的皇帝，到底长什么模样！”

君贵笑道：“今日你见到了，怎么样？”

“要说真话吗？”

“当然。”

“臣妾只有一个念头。”

“什么念头？”

“为什么不早一点见到陛下，为什么不早一点嫁给陛下！”

“呵，”君贵为她的孩子气感到好笑，“早一点，就不一定会有今天了。”

“不是的！”菁娘激动道，“陛下当年镇守澶州的时候，臣妾跟随着叔父也在那里。叔父那时经常出入陛下左右，竟没有一次将臣妾带到澶州衙署的后苑去拜见主官。倘若那时候臣妾就见到陛下，臣妾岂不是可以提早好几年来到陛下身边吗？”

君贵看着她，笑容渐渐凝固。

“……上次陛下让叔父赐给臣妾的芝麻烧，臣妾一直都没舍得吃完。臣妾想，要是什么时候，陛下能亲自赐给臣妾芝麻烧就好了……”

君贵怦然心动。

这一刻，他不再是帝王，他只是个男人。一个被野猫样的少女所热烈仰慕以及为这样无保留的仰慕而情迷的男人。

坤宁宫偏殿。

君怜仍旧在抚《良宵引》。原曲本来不长，可是她一遍接一遍地抚奏，这已经是第三遍了。

桃之夭夭，灼灼其华[1]。对于菁娘，对于君贵，这当然是一个良宵。小山重叠金明灭，鬓云欲度香腮雪。

她也曾经有过那么多的良宵。凤凰于飞，翙翙其羽。凤凰于飞，和鸣锵锵[2]。

正是因为知道自己曾经怎样被他爱过，一想到今夜他将要以那样的爱去爱别人，她才愈发感到难以忍受。

《良宵引》并不是对别人的祝福，而是对自己生命中那些美好光阴的纪念。

一曲终了。君怜抬手离弦，久久不语。

龙涎香销，烛泪堆积，真是个难耐的良宵。

终究是朱雀潇洒，笑道："如此良夜，老抚这软绵绵的曲子做什么？来来来，听我抚一曲《沧浪》。"

沧浪之水清兮，可以濯我缨；沧浪之水浊兮，可以濯我足。浪高浪低，浪缓浪急，激清扬浊之际，一切看得分明，没什么大不了的。

轮到廷献。廷献说："我为圣人抚一曲《酒狂》。"

朱雀道："且慢，酒来！"

---

① "桃之夭夭，灼灼其华"，出自《诗经·桃夭》，是贺新嫁娘的诗歌，后半句是"之子于归，宜其室家"。

② "凤凰于飞，翙翙其羽"，出自《诗经·大雅·卷阿》，意思是凤与凰相偕而飞，羽声相闻，比喻夫妻相亲相爱。"凤凰于飞，和鸣锵锵"，出自《左传·庄公二十二年》，意思是凤与凰相偕而飞，互相和鸣，声音嘹亮，比喻夫妻情感和谐。

君怜道：“好，咱们就尽情饮酒。”

三人共饮，连饮，至于微醺，至于沉醉。酒入柔肠，初始千回百转；酒上颅顶，转而意气飞扬。

廷献真的醉抚《酒狂》，弦声愈来愈急，愈来愈狂，愈来愈不可遏制。

他们都醉了。每个人心里，各有各的苦。泪水流了一脸。

这也是他们的良宵。

一一六　景福承欢

滋德殿前殿。御前枢机会议。

魏仁浦、范质、王溥、景范等诸臣在列。左右起居郎肃然侍立。这次会议的议题只有一个：如何回应秦州和凤州的请求。

早在后晋石重贵时代末期，因为契丹皇帝耶律德光率兵直捣东京，当时原本归属中原的秦州节度使何建不肯将州土人民出卖给异族，便带着秦州、成州、阶州三州投靠了蜀主孟昶。后来，孟昶又遣将攻取了凤州。所以，原本归属中原的秦、凤、阶、成四州，便成了孟蜀的囊中之物。

可是孟蜀近年渐行苛政，百姓不堪凌虐，又见郭周二君一再下诏减轻赋税，是以民间便纷纷起了回归中原的心思。上月，已有秦州百姓不远两千里赶赴东京大梁，至枢密院外向朝廷吁请恢复旧疆；近日，又有凤州来的几位乡民代表献上攻疆夺土之策，奏表通过枢密院递到了御前。

在君贵和王朴等商议过的平边路线图上，西蜀原本是排在江南、岭南顺序之后的收取目标。

可是，善战者因其势而利导之。秦、凤目下民心思归，可以推知阶、成两个中原故州情形应该与此相类。权衡之下，官家决定接受秦、凤之民的请求，发兵先从孟蜀手中收复旧地。

这是平边大计的第一次实战调整。

“诸卿以为，谁可担当此番讨伐秦、凤的统帅呢？”计议已定，官家向群臣问道。

众臣思索。片刻，中书侍郎兼礼部尚书王溥揖道："臣以为，宣徽南院使、镇安节度使向训勇毅廉肃，凤翔节度使王景领军有方，可互为配合，担当此任。"

官家沉吟片刻："如卿所言，就以向训为主帅，领禁军西进，而以王景率部副之。"

滋德殿偏殿。日禺时分。

君贵在御案前处理公务。四下里很安静，铜漏的水滴声清晰可闻。

忽然外间一阵小声的对话。继而，刘奉武入内，近前施个便礼，吞吞吐吐道："陛下……王娘子来了。"

君贵抬起头，尚未答言，菁娘已经迈步进了殿门，笑嘻嘻远远向君贵一福："陛下万福！"

"菁娘，你怎的来了？"君贵奇道，"去向圣人请过安了吗？"

"还没有。"菁娘微微嘟起嘴道，"晨明陛下去上早朝之后，臣妾怎么也睡不着了，索性起来，一直在景福殿里等着。朝食之后又挨了一阵子，估摸着陛下早已经下了朝，眼见得还不回来，这才问清了地方过来的。"

"晨起之后，你就应该去向圣人请安的。"君贵耐心道。

"知道了，少时就去。"菁娘走到他身旁，娇笑道，"陛下一个人闷不闷，臣妾来替陛下磨墨，好不好？"

"菁娘，这里不是你应该来的地方，以后没有我的召唤，不可以过来，知道吗？"君贵温言道。

菁娘眼中泛起了泪水："臣妾不过是想念陛下得紧……"

"好了好了，我又没多说什么……"君贵不由哄道，"怎么还哭上了？"伸手替她擦一把眼泪，又道，"我这里侍从挺多的，也用不着你磨墨，你还是去圣人那里吧。"

“臣妾就想伺候陛下，陛下不让臣妾伺候，臣妾就不走！”菁娘倔强道。

君贵无奈道：“那么你替我端一盏千金汤来喝。坐了这半日，这会儿觉着渴了。”

菁娘破涕为笑，忙去旁边内侍手里接了壶盏，亲自倒了一盏捧过来：“陛下，给！”一面亲亲热热坐到他身边，倚靠着他，“陛下快喝呀！”

君贵笑道：“你把着我胳膊呢，教我怎么喝？”

“好好，”菁娘忙让开一点，“这下子可以喝了吧？”忽地眼珠子一转，“不如……我来喂陛下喝，好不好？”

君贵略显尴尬，拿眼睛一扫殿侧的刘奉武等侍从：“你们都出去。”

刘奉武率众出了滋德殿偏殿，将殿门紧紧关上，自己侍立一旁。见身边的内品、宫人有侧耳偷听或窃窃私语之意，便沉下脸来对他们道：“你们都退到廊外去。”

他自己牢牢把守着殿门，殿中的动静隐约地、断续地传到他耳中。他暗暗叹息一声，神情愈发严肃了。

滋德殿移花堂。今日陪伴官家共进午膳的队伍显得很庞大。

官家端坐膳桌上位正中央，左侧是圣人带着皇女观音，右侧是皇子，其乳母刘氏及其他宫人立于身后照料。圣人左侧，是司宫令滕国夫人杜氏。皇子右侧，是孙昭容远山。司宫令左侧，是章昭容秋池。孙昭容右侧，是新来的身份待定的王菁娘。

君贵神采飞扬，这众星拱月的场面让他感到前所未有地富足。

寻常官宦人家男子所追逐的，不过是黄金屋，不过是颜如玉。如今他小有天下，又有娇后美嫔相伴，才忽然体会到了寻常人的志向是怎么回事。尤其菁娘，娇俏黏人，岂是老实木讷的远山、秋池所能比的？

他不由得有些沉醉了。

膳桌上的气氛不是很轻松，女人们都不怎么说话，只管闷头吃自己的。所有的宫官内侍上下传菜，也都一声不吭，手脚麻利。幸亏有观音和训哥儿一面被喂食着，一面拿木勺之类的物事耍闹，才让这顿饭有了些生动的内容。

君怜不时帮着东方氏照料观音，又小声地隔桌吩咐刘氏照料训哥儿，自己倒吃得少。朱雀原本就不喜欢这种场合，无端被拉来作陪，愈觉憋闷。尤其斜对面那王菁娘时不时向官家所在的位置飞一眼，更让她无名火起。

滋德殿外。廊下。

刘奉武与陈廷献在廊柱后低声说话，离所有殿外的侍从都远远的。

其实，主要是奉武在说，廷献在听。

听着听着，廷献的脸色变得很不好看，简直有点气不打一处来了。

移花堂。午膳在继续。

“……圣人上午做了什么?”君贵力图打破膳桌上的闷葫芦，便没话找话，笑着向君怜问道。

“没做什么要紧的事，不过与两位昭容娘子叙了叙闲话。”君怜勉力带上一点笑意答道。

“呵，都叙了些什么?”

君怜瞥他一眼：“两位娘子晨起后就到中宫了，我留她们在我那里用了朝食，直叙到午膳前，才与我一同过来。这期间所叙的话也不知有多少，官家问起来，我得好好想一下，才能理出个头绪来回答。”

君贵知道她在拐弯指责菁娘没有如礼去中宫问候起居的事，话里话外，似乎也有埋怨自己纵容的意思，不由脸微微一红。可是他既不便当场申斥菁娘，也不好替菁娘开脱，索性装作不知，向君怜笑道："不必理什么头绪了，我不过白问问。……晌后，我想去后苑走走，圣人也一起去吗?"

君怜略顿，微微一笑："好啊。"

君贵颔首，又道："远山、秋池，你们也都去吧。"

两人忙答应了。

君贵这才转向菁娘："菁娘也去。你来了几日，还没到后苑逛过吧？绕过花园有御池，池里有锦鲤，鹤庄有仙鹤，鹿寨有各色花鹿，茅栅有孔雀、雉鸡，猎房还有鹰隼、猎犬……我们都带着你转转。"

菁娘兴奋地应道："好呀!"

"榷娘也……"

"我不去。"朱雀不待他问完，便断然道，"我要回去抄经。"

"好吧。"君贵知道她脾性，也不勉强。因又向众人道，"都吃完了吗？吃完了，就各自回去歇歇午，我动身时，自会遣人去召你们。"

众人答应着起身。趁众人没留神，菁娘悄悄向君贵飞了一个眼神。君贵见状，便也笑着冲她挤了挤眼睛。

不巧，这两个小动作，都落在了朱雀的眼里。

朱雀面色一沉，冷冷向身后的承璋道："承璋，走，回去给我找《顺气诀》来抄!"

次日晨间。坤宁殿万春堂。

天色尚未大明，殿中留着些灯烛没有熄灭。室内有一种含混的昏黄感。

远山、秋池早梳洗打扮停当，各自从阁子过来候在殿外。君怜升鸾座，命宣召，两人便进来，施礼问安如仪。君怜温言命她们起身，赐了座，又命芦笛等奉茶来。

正叙着寒温，内侍来报，王娘子前来向圣人请安。"宣。"君怜答道。

未几，梳着个高高巫云髻的菁娘入内，来到鸾座之前跪拜施礼："臣妾拜见圣人。"

"平身吧。"君怜说道，却并不给她赐座。

菁娘依言起身，因皇后没有别的吩咐，便只好站在原地。见远山、秋池等都坦然坐在一旁看着她，不由微微嘟起了嘴。

"昨日……你身子没什么不适吧？"君怜问道。

"啊？昨日吗？没有啊。晌后不是跟着陛下和圣人在后苑玩得挺好的吗？"

"昨日晨间呢？"

菁娘不说话了。昨日晨起没有来向皇后问安，皇后这是在找后账。

君怜也不说话，只是在等待她回答。坤宁殿内出现了短暂的声音真空，每个侍从都感受到了一种紧张的气氛。

良久，谁都没有发出一点声响。在这场沉默的对峙中，先开口就意味着认输。

到底还是君怜笑了一下："菁娘，少时我会命尚宫、尚仪携司言、司记、司赞、典赞过景福殿。你用完朝食之后，就在景福殿中等着，不要出去了。"

"圣人派她们去做什么？"菁娘流露出了明显的不满。

"宫中日长，左右无事，给你派个活计。"君怜淡淡一笑。

"臣妾知道，圣人是嫌臣妾宫规没记牢，又让她们去教臣妾宫规，对吧？"菁娘道，"臣妾少时还要去伺候官家呢，臣妾日间可没工夫学。"

"日间没工夫，晚间学也是一样的。"君怜道，"那么我晚间再遣尚宫和尚仪她们去。"

"圣人！"菁娘气呼呼道，"晚间遣她们去，岂不是会打扰官家休息吗？"

远山和秋池闻言大惊，忙偷偷去探查圣人的面色。

君怜却似并未着恼，默然看她片刻，只叹口气：“……那么，依你该当如何？”

“臣妾也不知该当如何，请圣人容臣妾少时去问过官家之后，再来向圣人作答。”菁娘理直气壮道。

君怜颔首：“……既如此，我这里无事了，你去吧。”

菁娘一福：“臣妾告退。”

殿内剩下了一片寂静。香浓烟直。

良久，远山讷讷道：“圣人，这王娘子仗着新承官家恩泽，无礼至此。圣人竟不依宫规追究，也太过宽让了……”

君怜一笑，笑中却有隐藏不住的苦涩。

至少，是投鼠忌器吧。

她知道，她应当习惯于将菁娘视为一枚破局的棋子，如此而已。毕竟，菁娘分走了集中到她和符门身上的压力。她甚至应当感激她。可是，她仍然很难不介怀。理论上，她还应当找更多的人，一起来分担、抵御、重构、制衡。万事都有一个均衡态，既然局已破，那么，就亟须重新找到那个均衡态。

可是，那样就成了彻底的宫廷权谋。

他与她之间的关系，不应该是这个样子的。

一连七夜，官家都驾幸景福殿。那是一个让他沉醉又迷惑的新天地。他几乎流连忘返。

菁娘脸上的红润与笑容长久不退，那是一个初次遭遇爱情的少女所呈现出来的最没有防备的状态。而与笑容相伴的，还有她常常嘟起的嘴，以及渐渐生出的不满。

坤宁宫殿廊。庭苑内的花木反射着淡淡的日光。

君怜站在廊柱旁，手里轻轻握着先帝德妃留下的玉鸣蝉把件。蝉，寓意婵娟。婵娟，形容女子姿容态度极优雅、极曼妙之意。温润无瑕的白玉鸣蝉，让她再次感受到了德妃孃孃生前的贤德。

坤宁宫庭苑中的合欢树粉缨如霞，石榴树在春风中摇曳，婆娑不已。遥望着云霞般的合欢花与翠羽般的石榴叶，她不由又想起了很久很久以前那个光芒万丈的午后。

因为那个午后的光芒，她可以原谅现在的一切。

一连七日，君怜没有去滋德殿的御书房。

那里有很多奏表，她乐意去看，也很想去看，但是她没有去。除了一起用膳时有一搭没一搭地闲叙，她与君贵也没有私下的交流。

她不希望君贵将菁娘的事理解为他们之间的一个交换：她支持他增广宫闱，作为报答，他则同意她继续参与政务。

他们之间的关系，不应该是这个样子的。

问世间，情为何物，引动痴狂无数。
千年难修共枕眠，上苑巫云夜渡。
不思量，终有日，回文心字竟辜负。
孤灯只影，添恨箸两支，愁盏三杯，烫痴酒四壶。

君共我，曾切深衷，画眉并衔牙梳。
如今朝夕难有信，共谁听取鹧鸪。
求一醉，君莫扶，爱深恐惹天来妒。
且去逍遥，待四时轮罢，三光老去，知两人亲疏。[①]

不日，天子诏下，诰封王氏菁娘为昭仪。昭仪，其时品阶为正二品上。

与此同时，左谏议大夫、知开封府事王朴迁为左散骑常侍，充端明殿学士。

由是，王朴所承担的谏议规劝、顾问扈从之职更进一步，并

① 《摸鱼儿·问情》，“吴钩十三曲”之一，本书代拟。

且正式进入大学士的序列，可以接手更大、更多的事了。

众臣侧目。然而君贵根本不在乎朝臣们的眼光和私语。

是的，他迫不及待要重用王朴。恩宠他的侄女，升迁他的职位，都是为了更快速、更名正言顺地让他成为自己治政班底的中流砥柱。

他们君臣，心意相通。他们的征途前方，有万丈高山，有一马平川。

一一七　太白万胜

滋德殿前殿。御前枢机会议。

今日的议题，是一个让朝廷焦头烂额的老大难问题：朝廷没有铜铸钱，市面上流通的铜钱越来越少，货币已经快无法应对贸易支付了。

“说是缺铜，国境中也开发了不少铜冶，可每每过问起来，又总说在采炼着。”官家蹙着眉，语气严肃，“一面在不停采炼，一面却闹着缺铜。老百姓没有铜钱，怎么过日子？难道要他们把家当全换成金子、银子、绢帛背在身上？原来的铜钱都到哪儿去了？后来炼出来的铜都到哪儿去了？……你们议议。”

“陛下，近世战乱频繁，军械方面，用铜尤多。那日军器监少监季飞卫还来找过臣，询问铸造甲兵的资费问题，尤其说到铜价暴涨，原先的预算，已经显得不足了……”三司使景范揖道。

“民间如今也偏好铜器，尤其富户大室。”魏仁浦揖道，“烛台面盆等日用什物，钟鼓铙钹等乐器，托盘酒樽等餐具，都好用铜制。有些明明可以用别的材质替代的，也常以铜制为气派讲究……”

“正是因为如今铜器价钱高，是以民间便有不法之人，大量将铜钱收去，私下里偷偷熔铸了，再打造成各种时兴的铜器出售。就这么一转手之间，获利数倍乃至十数倍。故此，虽然朝廷三令五申禁止销钱，也总有人铤而走险，谋求重利！”范质道。

“哼，铜钱的去处还有一个最大的大头。”一直默然不语的王朴忽然开了口。见众人都齐齐看向他，便正色道，“那就是佛门寺院！诸位试想，如今天下有多少寺院？哪一州、哪一县、哪一乡没有几个菩萨如来供着？哪一尊菩萨如来，不以铜铸为尊、不以体大型高为贵？那么，铸成每尊佛像需要花费掉多少斤铜料？那是多少人家几辈子都挣不到的钱！如今寺院将铜钱都熔了去打造成佛像，不外乎是希图借着这佛像，再吸引得更多布施，招来更多老百姓的铜钱罢了！若不趁早遏制，如此恶性循环下去，佛像越铸越多、越铸越高，被吸过去的铜钱也越来越多，终有一日，国朝的铜钱要被他们吸光，全都变成一尊尊毫无用处的塑像摆在那里给人看！”

“哎，王学士未免言过其实、危言耸听了。”王溥听他言辞激烈，便反驳道，“信佛、拜佛，不过是民间崇奉、心念有所皈依而已，便是铸了大佛，也是有人发愿行善，朝廷倒不便过多干涉。何况，天下佛寺虽多，天下的道观也不少。道观中也有以铜铸像的，倘若依王学士的意思，难道要将道观里的铜像也一并遏制了吗？”

“道观中的塑像多以泥胎木塑为主，铜像有限，遏制不遏制他们，对结果影响不大。”王朴沉声道。

“呃……”李穀缓缓道，“释道两门，信徒众多，处置起来稍有差池，便容易引发聚众抗辩的事件。何况，释门素来以铜像为上，要想遏制他们化铜塑像之势，还是要另想个法子，慢慢来的好……”

王朴还待再辩，官家抬手制止了他：“不必说了，卿等的意思，朕已经都知道了。如今市面交易，钱不敷用，朕决意为民铸钱，而且是易保存、好携带、便流通、品相端正的铜钱。至于铜从哪里来，卿等回去后再想想法子。下次，咱们再议。”

滋德殿后殿。

君贵刚踏入寝殿的大门，一个娇俏的身影就急切地迎过来向他一福："陛下，您可算回来了！"

君贵没料到殿中早有旁人等着，略感吃惊，向侍从们一瞥。侍从们尽皆惶恐地低下了头。

君贵问道："菁娘，你怎么在这里？"

"陛下不教臣妾到御书房去，臣妾就不去。可是臣妾着急见到陛下，只好到这里来了。"菁娘看看他的脸色，撒娇道，"陛下该不会因此责备臣妾吧？"

君贵看着她仰起的脸，叹了口气："菁娘，这里没有我的宣召，你也是不可以自己来的。"

"那谁可以自己来？圣人可以吗？"

"可以。"

菁娘嘟起了嘴。君贵拉起她的手，温言道："今日就罢了，以后，切莫再犯这种错了。"

菁娘的眼中泪光晶莹："他们都欺负臣妾！臣妾无依无靠，只能来找陛下！只要在陛下身边，臣妾就没什么可担心的了……"

君贵好笑地看着她："谁欺负你了？"

"他们！孙昭容、章昭容……就连，就连……"

"就连什么？"

"就连坤宁宫的内侍，那个叫什么陈廷献的，都甩脸子给臣妾看！"

"呵，你过虑了，你是主子，他不敢甩脸子给你看的。"

"我又不是他的主子。"

君贵略一顿："……好吧，那么回头我告诉圣人，让圣人过问一下此事。"

"还有……"

"还有什么？"

“司宫令……”

朱雀虽然不是后妃，内职品级却居从一品，比菁娘的正二品高，是以菁娘在向官家告她的状时，有了一点犹豫。

“是吗？令主又怎么你了？”君贵不由笑了一下。朱雀甩脸子给人看，那还不是常事？自己就经常被她甩脸子，几时又曾经奈何得了她？

“她……她出言讥刺臣妾，说臣妾什么‘放犯留绰’，还老翻臣妾的白眼。”菁娘委屈道。

君贵愈发感到好笑：“令主说你什么？”

“臣妾……臣妾也没听真，反正不是什么好话。”菁娘气鼓鼓地皱着眉。

“放饭流歠”是《孟子·尽心上》里的话，指没有礼貌地大口吃饭、喝汤，进而指人没有教养。这个词，君贵自己也没有听说过。朱雀特意挑了一个相对生僻的词说出来，让菁娘明明知道自己在挤对她，却又搞不清楚具体的意思，也就无从反驳。即便菁娘学舌给官家听，官家再召词臣来问明了含义，也不能说她批评得有什么错。王娘子的无礼疏慢，宫里已经尽人皆知了。

至于翻白眼，那更是地道的名士做派，有竹林七贤之一阮籍的“青白眼”典故作注脚，朱雀的白眼素来翻得理直气壮得很。

君贵顿了顿，决定吓唬菁娘一下，便似笑非笑道：“哎，你可别得罪令主。你知道司宫令是做什么的吗？”

“不就是……不就是帮着圣人管理后宫吗？”

“呵，哪有那么简单？我来告诉你。”君贵和言道，“司者，主事也；令者，发号也。司宫令，总掌宫格，统领内事，裁判法度，戒令纠违。是以，倘若你做错了什么，令主是可以依据宫规直接责罚你的，明白了吗？”

菁娘愣住了：“她凭什么……她，她又不是官家的……”

“菁娘！”君贵正色道，“别再说了。有些话，不该出口的，永远也别出口。”

“好吧，”菁娘噘起了嘴，“臣妾以后留心就是了。”

看看官家面色略显不怿，她又撒娇道：“陛下适才回来时皱着眉头，是在为什么事发愁呢？说出来，臣妾替陛下宽宽心好吗？”

君贵一哂：“说了你也不懂。铜钱都被人熔了去铸造佛像了，老百姓没有铜钱用，你说，这事能不教人发愁吗？”

“这有何难？”菁娘道，“陛下是天下之主，只需下个命令，将那些铜像都收回来重新铸成钱，不就完了？谁敢不遵，就抓起来关着！”

君贵感到惊讶，菁娘的处事方式，与王朴的处事方式竟有那样大的相似。也许自小生活在叔父身边，她耳濡目染，在脾气秉性上也习得了不少他的风格吧。可是，王朴是个大男人，那样剽悍硬朗也就罢了，菁娘只是个小女子……若把她比作小王朴，确实有点滑稽。是，她略显刁蛮，但也不乏可爱——莽撞幼稚的可爱。

君贵不由笑道：“好了，这种事你就不必操心了。你替我取盏茶来喝，然后就回去吧。”

“臣妾不想……”

“回去吧。”

“那……陛下什么时候会到景福殿来？臣妾等着陛下。”

“不必等我，该吃饭你就吃，该歇息，你就歇息。”

“陛下……”

“我还有很多事要做，听话，好吗？”

“那……臣妾回去等着，一直等着，陛下早一点来啊！”

“知道了，回去吧。”

菁娘走后，君贵来到偏殿。

御案上还堆着那么多奏表，君怜已经好几天没有过来帮他处理了。他有点心烦，却不想就此开始干活，索性去架上取书来翻。一错眼，瞧见了浅摆浮搁在上面的《太白万胜诀》。

那是抱一在南庄猎场献给他的，当时他们之间的玩笑话，也还如在耳边。抱一说拿这书算过与鹭娘之间的小口角什么时候过去。他收下这本书的时候，还曾笑着说倘若哪天圣人将他赶出坤宁宫，自己便也拿它算算。

他已经好多天没去君怜那里了。这在几年以前是不可想象的事，没想到实际发生的时候，竟如此自然而然，没有任何异样的感觉。

可是，他不去，君怜也不来。君怜待他的冷淡是不言而喻的，她倒真像是以这种方式将他赶出了坤宁宫。这算是自己“一语成谶”吗？果然这些异书都是轻易招惹不得的。

就着这念头，君贵打算拿《太白万胜诀》测算一番，想想，又作罢了。对于天命，他的态度在笃信和怀疑之间游移。他总归是相信自己力量的时候更多些。

他屏退所有的侍从，在一侧的罗汉榻上躺了下来。罗汉榻上的瓷枕是御窑新制的，呈跪马状，马背上的锦袱有些薄了，坚硬地硌着他的脖颈。他将手垫在颈后，侧眼看着铜狻猊头上袅起的香烟。铜狻猊，也是铜制的。

他想跟君怜商量一下铜佛的事。而且，佛门乱象丛生，如果要下手整顿，又不仅仅是销熔佛像那么简单，他需要与她充分探讨各种可能性。

此外，还要跟她念叨几句向训他们西攻秦、凤的进展。王景已经从散关出兵了，战事在即，他虽不怎么担心，还是十分牵挂。

还要聊聊近期李三哥和抱一麾下禁军的训练事宜。军中蹴鞠赛赛出了几个马步尖子，很得他欢心，那日去禁军校场，自己一时兴起，还下场与他们玩耍了一番。

还要讨论一下罗城的扩建和旧城改造问题。王朴遣人去竖立界线旗标时，不是没有遇到阻力的，老百姓中，有人将这种钦定扩城与打着官方旗号进行的田地兼并混为一谈了。

还要问问她对于制定一部大周刑法的想法。此事刑部呼吁已久，他也知道各州郡县乡的判案标准不统一，而且普遍存在着冤狱。父亲在位时，就一直想整治，奈何时机却并不成熟，目下，此事似乎可以提上议事日程了。

还有，弘文馆那边就搜集古籍之事来请旨，他也想听听她的意思……

千头万绪。

想做个好皇帝，就得有精神去从容应付这千头万绪。以前有君怜陪着，他总是精神百倍的。他原本是个不畏艰难的人。

午膳时，君贵破天荒地没有宣召任何人作陪，连观音和训哥儿也没叫来，就一个人闷闷地在后殿暖阁草草用了。膳后，他回到寝殿去歇午，又破天荒地一觉睡到了申初。桌上的奏表堆积如山，他忽然感到很累，没有心思去处理。到了晚膳时分，他遣王景通去坤宁宫，请圣人带着皇子皇女过来陪膳。

有观音和训哥儿的地方，就有笑闹声。两个孩儿好几天没得着机会跟爹爹好生玩耍了，今日见爹爹似乎没有摆出那种急匆匆的辞色，便争相猴到君贵身上来索要自己正当应分的宠爱。君怜见状，忙轻声叫孩儿们下来，不可扰了爹爹清静。君贵连声说无妨，纵容两个孩儿挂在自己身上，左一口右一口由乳母喂食。侍从们想帮忙又无从帮起，全部拿眼神请示圣人。君怜便摇摇头让他们退下，尽着君贵乱宠孩子。

晚膳毕，君怜起身告辞，带领孩儿们回坤宁宫去安歇。君贵也站起身，看着君怜殊无亲昵之意的脸，讪讪笑道："那好……你们就先回去吧……"

他还有话想说，可是含在嘴里，憋在心里，欲言又止。

"臣妾告退，官家请早些安歇。"君怜简单一福，转身带着孩儿们和一众侍从离去。

君贵呆立原地，默然良久。

坤宁宫后殿。入夜了。

君怜在灯下看《释氏六帖》，孩儿们在暖阁中各自睡熟后，她有了空闲。廷献、芦笛等人轻手轻脚在殿中照料庶务，不时为她送上一些茶水点心之类的东西。

殿外一阵次第致礼声，君怜从书上抬起头。帘栊摇晃，殿门开启，君贵迈步进来。

君怜并没有过多的惊讶，站起身远远一福，淡淡道："官家来了。"

君贵笑道："嗯，给你送本书看。"他走近她，从怀中取出《太白万胜诀》递过去，"这是以前抱一给我的书，原本早想着要给你看的，结果往我那里一放，倒忘了。今日翻书架想起，赶紧给你拿过来。"

君怜接过书一笑："多谢官家想着。这本书讲的是什么？"

"观日度月、推星望云，据说用来推演测算诸事的运机，是极准的。我想研究，又少有空闲，索性你先替我琢磨琢磨吧。"

"官家好兴致，"君怜道，"好，那么我替官家先看看。"

君贵走至榻边坐下，温言问道："我来之前，你在做什么？"

"也是看书。"

"看的什么书？"

"《释氏六帖》。"君怜说着，翻过封面给他看。

"哦，是这书。你看到第几册了？也给我看看。"君怜便将折册书递给他。

君贵拿在手里略翻一翻，看了两页，放下经书叹口气："释门之事，殊为棘手，关窍倒不在经文上。如今天下缺铜，民间商贸所需货币不足，我想将寺院里的铜佛像收了上来铸钱，你的意下如何？"

君怜惊讶地看着他："官家想将那些铜佛像都销熔了？"

"对。不是全都销熔，大部分吧。"

"如果这样做，势必会引起佛家僧团和众多在家居士、信徒的反对啊，这种后果，官家想不到吗？"

"想得到。……但是无论如何，这件事我一定要做。"

"佛门徒众人数广大，任何一地起来反对，势必会带动得别处也有样学样，最终，反对之声将连接成片。倘若有人再趁机作乱为祸，则难免会动摇国本。这种后果……"

"君怜，你多虑了。谁敢出头为祸？难道国朝养的禁军都是白吃饭的吗？"

"对待僧道之事，官家就不能用更讲情理的方式解决吗？又不是打仗，何须出动禁军？"

"断了他们的生财之道，他们还会讲什么情理？他们私自熔了铜钱铸像，已是作奸犯科在先，何须再由着他们啰唆？"

"释门中人的确龙蛇混杂，良莠不齐。有人巧立名目、贪财聚敛，也有人救灾济贫、施药治病，官家何必以偏概全？"

"我要做的，就是拔除莠草，替释家清理门户啊。收回佛像销毁铸钱只是第一步，接下来，我还要……"

"官家的意思，我自然知道，可是天下人未必知道。"

"天下人不知道，我做给他们看，他们就知道了。"

"只怕官家刚做了第一步，还没来得及做第二步，物议就已经沸腾，局面难以收拾。"

"我所要做的，乃是于国于民有大益之事，怕什么物议？……君怜，在这件事上你应当支持我！"

"《惟皇诚德赋》说，天子'一动而八方乱，一言而天下安'。官家，在这件事上，请恕我很难支持如此莽撞的想法。"

话不投机。两个人都沉默了。

一种前所未有的难过充满了他们的心。

良久，君贵疲惫地说道：“既如此，我也没什么话说了。……我走了。”

君怜黯然不语，也不向他致礼。

君贵走几步，又回过头来，眼神里有几分萧索：“有件事，还是要烦请圣人办一办。”

“……请官家吩咐。”

“从明日起，再派遣尚宫、尚仪她们按日到景福殿去，直到……我说不用去了为止。”

君怜深深看着他，片刻，答道：“好。”

“有劳圣人了。”

君贵说罢，转身大步离去。滋德殿的侍从们偷偷交换着复杂的眼神，急急追上他的脚步。

君怜伫立原地，默然良久。

廷献从拜送官家离去的致礼中站起身来，忧心忡忡地看着圣人。

这一夜，滋德殿、坤宁殿、景福殿里的几个人都在自己正居的睡榻上辗转反侧，同时陷入深深的孤独之中。

一一八　上下求铜

禁中。紫烟阁。

用过朝食后，君怜便携儿带女过来找朱雀闲叙。她的心里有隐隐的不安，紫烟阁那种闲适的氛围，朱雀那副散淡的模样，似乎能让她暂时放下，不再那么纠结在意。

朱雀早看出君怜心中有事。当然，君怜心中有事，也不是什么新状况，自打王菁娘横空插了一杠子进来，君怜便常常是那种勉力保持平静的样子了。不过今日君怜的心事，似乎却在王菁娘之外。

朱雀也不开口问，只让承璋和廷献等由着观音、训哥儿的兴致领了他们去阁内各处玩耍，自己却单携了君怜之手，来到书房亲自侍弄茶事。

五两替她们盥洗了茶具，又问熏什么香。朱雀道："就是清明节后新制的那批'嘉香'香饼，拿一只出来熏上吧。"五两应喏，从橱柜的香匣里取出银锞子大小的一只香饼来，点燃了放入博山炉中，守着细细的白烟袅起，方施礼退出，带上房门。

朱雀看着紧闭的房门，忽然向君怜道："问过五两了吗？"

君怜一愣："问过什么？"

"她的心思啊。到底是想回归父母，还是就在京中嫁人，之前咱们不是说好由你来问的吗？那日我特地遣五两给你送'嘉香'香饼去，好半天她才回来，想来，你是趁机问过她了？"

君怜颔首：“问倒是问过了。”

“嗯。”朱雀不动声色地看着她，也不催促。

君怜叹口气：“朱雀，你到底是怎么想的？五两之事，哪有那么急……”

朱雀琢磨着君怜的话：“哪有那么急？”

君怜道：“我是说……”

“……不必说了，我听懂了。”朱雀默然片刻，抬首笑了一下，“那么，求你也替她许个好人家吧。”

“不是你想的那样，她不过有些挂心她阿孃。”君怜忙道。

“她阿孃？”

“她爹不是两年前过世了吗？去岁我遣廷献去邺中回来之后，五两特意找廷献问过她阿孃的状况。廷献说她阿孃身上添了些病，从府中转到田庄里去做活计了，或可借机休养。”

彼时大户豪门的家生奴仆，其生老病死皆在府内解决。五两阿孃由体面的府内细仆转到卑下的庄园粗仆，其工作轻省或劳苦先不论，地位与给养肯定是不如从前了。五两的哥哥一直贴身事奉昭信，不可能去照顾自己的阿孃。虽说符府会安排别的下仆看顾她，毕竟难以周到，五两的牵挂是可以理解的。然而，身为奴仆，自己的一丝一缕、一血一脉连同性命在内都归主家所有，她哪敢在主子面前提自己的什么骨肉亲情呢？

“难怪，这一年以来，我就觉着她心里有事似的。问她，她又不说。”

“……她原也不肯对我说的，我再三打消她顾虑，她才吐了一句。”君怜缓缓又道，“我又问过廷献，方知她阿孃去了田庄。”

朱雀沉吟道：“既如此，就教五两回到符府去吧。她是司籍，以皇家内职风风光光回去，她阿孃脸上多好看。之后，她若留在符府中，父亲和母亲势必会重用她；便是嫁人，也可许嫁给正经官身人家。如此，她便能将她阿孃接到身边奉养，也算尽了她的孝心。”

“可是朱雀，”君怜劝道，“十几年来你就这么一个左右服侍的人，贴心贴肺、知冷知热的，你怎么舍得……”

“呵，聚散皆是缘，岂能遂人愿？”朱雀道，“我是个不合时宜的命，她跟着我，难道也要孤身一辈子？何况，我早已骨肉散尽，怎么好教她因为我的缘故反而抛散了现成的骨肉之情？”

“……这样好不好，我命人将她阿孃接到京中宫外住着，日常找人照料，她得闲时便可出去探视。如此两不耽误，她也可以继续长久地服侍你。”

“不必了，”朱雀断然摇头，“‘天地所以能长且久者，以其不自生，故能长生’，人非天地，岂敢奢望长久？早晚都是要散的，何须如此婆婆妈妈？”

君怜默然片刻，叹道：“朱雀，你若心里难受，不必非如此忍着的。”

朱雀道：“那你呢？别人往你的心上扎刺，你不也忍着吗？不仅忍着，恨不能还要说声扎得好、扎得妙，难道不是吗？”

“朱雀！”

“君怜，你看看你把自己憋屈成了什么样子？你到底还要忍到什么时候？！”

君怜再次默然。半晌，低声道：“……既然手捧国器，岂有余裕去纠结儿女情长？家国之间孰轻孰重，不是很分明吗？”

朱雀冷笑道：“在我跟前，你就不必再如此贤德了吧？”

滋德殿。御前枢机会议，关于销熔铜佛的争论升级了。

王朴道：“……臣退而思之，如今各寺院中不仅铜佛，铜钟、铜磬、铜炉、铜鱼等也占用着大量的铜料，若是销熔铜佛，须得将铜钟之类的物事一并销熔了，方是干净……”

王溥道：“那些寺庙的僧尼，素日全靠着这些法物念经做法事过日子，你将他们的家什全毁了，他们怕不会成群结队跑到衙门口去讨生计吗？”

皇帝道：“那打什么紧？凡是进寺院就为了混日子的人，教他们通通还俗。自打先帝时便一再颁布过废除营田、奖励耕殖的诏令，朕继位以来也复如此，今年初还专诏奖励开垦荒田。僧尼还了俗，天下有的是田地与他们耕作，有的是作坊与他们忙碌。他们闹，无外乎是担心不能糊口。有了正经营生，能过上顺当和美的日子，谁还会去衙门口胡闹呢？……”

魏仁浦道：“陛下，唐武宗时代，乃至往前追溯到北周武帝、北魏太武帝时代，都曾下诏销毁佛像、僧尼还俗，可是事后……又迫于四方压力，不得不下旨恢复。可见，此事不宜操之过急啊。”

皇帝道：“三武灭佛之事，朕已遍阅史籍，也咨询过史馆、翰林院。卿等放心，前朝得失，朕已经知道了，该怎么做，朕心中有数。”

范质道：“目今国朝四方未定，人心不一，佛道之徒，各持一端，彼此抗诘。倘若朝廷单单针对释门有所行动，会不会由此引发僧尼不平，并进而导致怨谤滋生？……”

这当儿王朴抢道：“要为国家、为生民做大事，怕什么怨谤？道家传自黄帝老庄，是中土自家渊源。佛家原非我中华旧物，不过是异方外道，其说其俗，与中土迥异。比方说，咱们历来是身体发肤受之父母不可损毁，他们却要人剃发易服以别身份；咱们讲究奉亲孝顺，他们却要人抛亲别戚离家聚居；咱们尊崇君臣大义，他们却背弃纲常名教……是以，韩昌黎在一百多年前就说过，‘举夷狄之法，而加之先王之教之上，几何其不胥而为夷也？’……如今举国遍地浮图，依臣看，大有抗衡往圣先贤儒教、凌驾本土黄老道传之势。何况，他们还掌握着那么多庙产，蓄养着那么多青壮人口！倘若再不遏制他们这种嚣张势头，只怕佛门会彻底成为治外之地，最终连朝廷也很难对他们进行管辖了！”

李榖道：“……倒也的确有此隐忧。唐末以来，不少佛寺中人与朝中权贵勾结，势力逐步壮大。便是唐武宗灭佛时期，也有不少藩镇拒不执行命令，可见其渗入军政两界的筋脉之深。不过……”

景范道：“依臣看，崇信不可怕，可怕的是失控。所谓‘普天之下，莫非王土，率土之滨，莫非王臣’，陛下只要令他们收缩到一个陛下可控的范围之内，也就……”

皇帝道：“哼，朕岂是为朕一人行此事？寺院不纳赋税、不服徭役，动不动私度、圈养数百上千人为他们使役劳作，连强盗逃犯也隐身其中，倒像一个个割据自足的藩镇一般，这是国朝安全的重大隐患；他们又开设碾坊、油坊、茶坊等一应手工作坊，私置旅舍店铺，总之市面上什么紧俏他们就做什么，铆足了劲儿与民争利；他们还私自冶铁、冶银、冶铜，严重干扰国朝经济；尤为卑劣的是，他们将四方布施而来的财货，以长生库为名大放高利贷，反过来榨取民脂民膏！……遍观今日释门中人的所作所为，早已越过了国朝能够容忍的底线。是以，朕要替释门清理门户，就索性来一个干脆彻底！”

魏仁浦道：“可是，陛下……请恕臣直言，释门中也有纯良精进之人。所谓城门失火，殃及池鱼，陛下倘若效前朝行事，那些释门中的高僧大德，难免会受到影响，于朝廷声望和陛下的圣德……”

皇帝道：“朕从来没有说过要针对真正的学佛者。恰恰相反，朕要对他们进行保护。朕之前以晋王府旧宅为皇建禅院，又加恩清兴和尚、义楚和尚等高僧大德，难道还不能表明朕的意思吗？……”

众皆默然。除了王朴那样的鹰隼派，他们多数人心里还有很多的疑虑，可是在皇帝这样强硬的高压之下，他们又找不到合适的言辞来反驳，以尽到诤谏的义务。

“今日就议到这里吧。范中书，魏枢密，卿等回去后，详细议出一个方案来，尽速呈交朕审阅。”

“臣等……遵旨。”

滋德殿偏殿。近午时分。

君贵放下朱笔，从御案上的奏表中抬起头来。他有些头疼，一上午与群臣的议论耗费了太多的心力，这影响了他后来的工作进度。他双手揉着太阳穴，缓步踱到窗前。

远山托着一盏新茶，近前柔声问道：“陛下，公事办累了，用点茶水吧？”君贵摇摇手。

晨明，他就将远山和秋池召回来服侍起居了。他为一种久违的孤独感所折磨，亟须旧人们淹然若化的熟悉和亲切来慰藉心灵。这于远山和秋池，自然是天外之喜。她们自从身份提升之后，近身事奉官家的机会反而大幅减少，变得连滋德殿新晋的司设还不如。

浓荫掩映的漆柱回廊间，君贵看到了一行人熟悉的衣裾。

外间一阵次第唱礼之声。君贵心上一阵软弱，她终究还是来了。

他将眼睛看向殿门。帘栊掀起，果然君怜入内，远远一福：“臣妾见过陛下。”

君贵尚未答言，君怜已经看见了远山和秋池，不由一愣。远山和秋池忙趋前向君怜致礼：“臣妾见过殿下。”

“呵，圣人来了。”君贵整顿了辞色，平静道，“请过来坐。”又向秋池道，“给圣人奉茶。”又似乎向君怜解释，“我还是习惯她们伺候。”

“不劳章娘子，”君怜温言道，“叫内侍们去做就可以了。”一面依言走过来，在窗前圈椅上坐下。

“无妨。”君贵说着，向秋池使个眼色。

秋池原不知帝后之间目下是什么状况，正在默默察言观色，闻言，忙去托了一盏茶来，躬身道：“圣人请用。”

君怜从紫烟阁出来后，一路反思昨日言行，渐感自己在谏阻毁佛一事上设辞过于刚硬，反而很难遏制君贵的莽撞。回到中宫后，她坐立难安，思忖半日，决定亲自来一趟滋德殿。

君贵见君怜接了茶，便也从远山手中接过茶来，顺口向侍从们吩咐：“你们全都出去。”忽然想起远山和秋池已经不再是宫官身份，又带点歉意道，“你们两个，也先回自己阁子去吧，少时再来。”众人应喏，施礼而退。

殿内只剩了帝后两人。

两个人都在慢慢品茶，都在掂量着打从昨夜争执之后的第一次正经交谈该怎么开头。良久，君贵放下茶盏，看向君怜，眼睛里满是询问。

君怜便也放下茶盏，带着一点笑意，柔和道：“听说官家下朝后又一直在前殿议事？劳累了半日，午后就别看书了，还是闭上眼睛好好歇歇吧。”

“嗯。”君贵心中忽地一痛，颔首道，“我的确觉得好累……”

正在此时，忽然殿外一阵小小的喧哗，依稀还有王景通求恳的声音：“长公主请少待！陛下和殿下正在议事，请容臣先进去禀报一声！”紧接着，鹭娘的声音传了进来：“圣人也在？那太好了！让开，我要进去见他们，用不着你禀报。”

“让长公主进来。”君贵向殿外大声道。

未几，殿门打开，鹭娘气呼呼闯了进来，拿眼往内一张，便直奔君贵跟前：“荣哥哥，你到底管不管？你管不管！”

君怜忙起身迎着鹭娘，拉了她的手安抚道：“怎么了鹭娘？别着急，来，坐着慢慢说。”

“嫂子，你给评评理！”鹭娘眼泪汪汪地看着她，又看向君贵。

君贵也起身走到她跟前，关切道：“鹭娘，这么大动静，什么事啊？”

“你自己问张永德这个大混蛋去!”鹭娘委屈道。

“抱一?抱一怎么了?我看他素日待你挺好的呀。”君贵笑道。

“假的,都是骗人的!”鹭娘哭道,“假惺惺,装模作样,阳奉阴违,当面一套、背后一套……哼,总之他就是个大骗子!大骗子!”

“到底怎么了,跟嫂子说说,好不好?”君怜忙拿绢帕替她擦拭眼泪,柔声哄道。

君贵隔窗向殿外张望一下,问道:“你是自己跑回来的吧?抱一他人在哪儿呢?”

“我管他在哪儿呢?总之我再也不想见到他!我要将他赶出公主府,教他睡大马路去!荣哥哥,你不许教他另外买宅子!也不许他回他爹孃家去住!”

“呵,看来是小两口儿又吵架了……”君贵不由笑道,“鹭娘,先喝口汤水,慢慢说,好吗?”

这当儿刘奉武入内,禀报殿帅张永德在滋德殿外求见。

“宣宣宣,教他赶紧进来。”君贵忙道。

“不许他进来!”鹭娘叫道。君贵与君怜尽皆一笑。

少时张永德入内,见帝后俱在,忙跪下行礼:“臣张永德叩请陛下、殿下圣安。”

君贵似笑非笑看着鹭娘。鹭娘将脸别向一旁,不去看张永德,只恨恨道:“荣哥哥,你不许教他平身!”

君贵暗暗发笑,果然不让张永德平身,只问道:“抱一,这是怎么回事啊?”

张永德红了脸揖道:“臣奉主无状,竟至搅扰御前清静,实在该死!”

“没让你请罪,让你说事儿。说说吧,你们小两口儿又怎么了?”

张永德嗫嚅道:“臣……臣驽钝,不小心说话得罪了长公主,臣这就在陛下和殿下跟前向长公主赔不是。”说着,他就挪向鹭娘的方向，端正对她一揖。

“哼，避重就轻！什么说话不小心？那是说话不小心的事儿吗?”鹭娘气哼哼道。

“那你倒是说说看啊。”君贵道。

“哼，他……他竟然要纳妾!”鹭娘怒道。

殿内一时沉默了。

虽说驸马都尉肩负着好好事奉公主的责任，但从来没有哪条王法规定，驸马都尉不可以纳妾。张永德是一个成熟的大男人，又位居堂堂大周禁军殿帅之尊，想要给自己纳个妾，似乎没有什么错。他迟至今日才想要纳妾，反而是件奇怪的事。

可是另一方面，鹭娘作为金枝玉叶的长公主、先帝硕果仅存的爱女、今上唯一的妹妹，要求丈夫对自己感情专一，似乎也没有什么错。

这类口角倘若放在以前，君贵假意数落张永德几句，哄得鹭娘高兴，小两口儿一起回家也就罢了。可是如今，君贵自己刚刚增广了宫闱，在这方面再去要求妹夫，就不是那么理直气壮了。

君怜平静地看着君贵与张永德两人面上的尴尬，心下虽自有评论，也不便多置一言。

还是君贵笑了一下:“原来是为了这件事。四姐儿，按说啊，驸马有这个念头，也没……”一面说着，一面接触到了鹭娘满是哀怨的泪眼。他心中一软，便又改了口，“呃……驸马有这个念头，也许……也许有他不得已的理由。”他看着跪在地下的张永德，话里话外满是暗示，“抱一，你有什么理由，你就说说吧。我和圣人都在这里，倘若你说得在理，我们还能替你向长公主分辩清楚。”

张永德忙揖道:“是是。回官家和圣人，臣这也是迫不得已啊。长公主总是不生养……臣……臣也老大不小的了，总得为家族后嗣着想吧。纳了妾，倘若诞下个一男半女，那也是长公主的孩儿不是?”

“哼！明明是你先看中了别人，才想出这个借口来的！”鹭娘怒道。

“臣真的没有！长公主冤枉臣了！”张永德急忙分辩道。

“知道了。抱一这个理由，也算合情合理。四姐儿，这事儿没什么大不了的，”君贵安抚地拍拍鹭娘的肩膀，又求救似的向君怜示意，“还是……还是教你嫂子宽解你吧。”

君怜瞥他一眼，不得已，转向鹭娘，和缓道：“四姐儿，男人们要做什么事，嘴里是怎么说，心里到底又怎么想，咱们管不了。自古以来，谁又管得了谁的心呢？……”

听到这里，君贵神情略显尴尬。君怜恍若不觉，只是抚摸着小姑子的头发继续安慰：“……不过，嫂子跟你说，女人也有女人自己的要紧事。对于女人，孩儿是极要紧的。你若早日有了自己的孩儿，他就不那么容易伤到你了。便是小两口儿再起争执，斗完嘴，他气呼呼往外边一站，你呢，在屋里热乎乎搂着孩儿，不比他开解得快?”鹭娘不由扑哧一笑。

“你总不生养，想来是气血不足，调养不得其法。今日嫂子再召几个御医来替你瞧瞧，给你好生补补。”

“可是……可是倘若我还是生养不了呢?”鹭娘道，“我先时也曾叫几个御医来瞧过，药也换着方子吃过一些。”

“那……那也无妨。便是他纳的妾生了孩儿，你不还是孩儿的嫡母吗？或者，就从亲戚间领养一个到你膝下鞠养，也可如亲子一般看待啊。”君怜和言道。

鹭娘停止了哭泣。她从君怜凝重的神色中明白了孩儿对于一个女人的重要意义。夫妻之间爱再浓，情再深，也有变化的时候，孩儿却真真切切活在那里，爱着她，被她所爱，永不会变。孩儿是她的未来，是他们的未来，是家族的未来。

孩儿成了她的软肋，即便贵为公主，也无法摆脱此事的烦恼。

只一瞬间，她就从一个玩心不已的少女真正变成了满怀苿苢之思的少妇。

鹭娘小两口儿连同御医一起退走后，王景通来请帝后进用午膳，君贵便命人去带了皇子皇女来。

午膳期间，观音与训哥儿如常热闹不已，君怜却忽然变得怏怏的，提不起兴致来说话。膳后，君怜告辞，带孩儿们回去歇午。君贵原本想留她继续适才尚未展开的谈话，见她意兴阑珊，只得道："也好，你们先去吧。"

君贵回到自己的寝殿，正打算躺到榻上歇息，刘奉武进来回报说，景福殿的知客官桐华求见。君贵想了想道："宣她进来。"

桐华入殿内施礼问安。君贵直接问道："何事？"

"回陛下的话，王娘子遣臣妾前来，请陛下得闲过景福殿一叙。"桐华恭谨道。

"嗯，知道了。……王娘子上午做了什么？"

"回陛下，朝食之后，尚宫和尚仪带着三五个人到了景福殿，说是奉皇后之命来的。是以，娘子上午一直在学宫规。"

"哦，是朕让她们去的。"他不动声色道，"……你还有事吗？"

"没什么了，"桐华忙应道，"只是……只是娘子想念陛下，教臣妾来问问，倘若陛下不得闲过去，娘子能否自己过来探望？"

君贵想了想："晌后朕要去远香榭透口气，届时教王娘子一起去吧。"

桐华喜道："遵旨！臣妾这就回去禀知娘子！娘子一定会早早地去远香榭候着陛下的。"

数日之后，皇后教旨下，进封紫烟阁宫官、司籍周氏（五两）为永安县君，令返回邺中事奉符氏旧主。

五两接到旨令后，跪在地上发了很久的愣。然后，在紫烟阁众侍从惊讶目光的追随下，她径直到书房来找朱雀。

朱雀正在抚琴，琴声铿锵。五两走到朱雀跟前，默默向地下一跪，流泪不已。

朱雀显然早已知道这个结果，面上没有现出丝毫的惊讶。看五两如此模样，她忍住难过，勉力笑道：“傻丫头，离了这笼子回家是好事，哭什么？……你我自小相伴，名为主仆，情同姐妹，我还没有谢谢你十几年来悉心照顾我的情分呢。……”

五两仍旧不说话，愈发哭泣难抑。朱雀长久地看着她，直看到自己的心也终于绷不住那层悲伤了。

“也罢，今日我就为你抚一曲《折杨柳》，算作为你送别吧……”

> 巫山巫峡长，垂柳复垂杨。同心且同折，故人怀故乡。
> 山似莲花艳，流如明月光。寒夜猿声彻，游子泪沾裳。[1]

有母亲可以回去奉养是多么好啊，她才是那个无家可归、无乡可往的永远的游子。

① 南朝梁·萧绎《折杨柳》。

一一九　芝麻烧饼

滋德殿前殿。御前枢机会议。

所有别的朝事都议过之后，又轮到了放僧熔佛之事。

枢臣们提前一天呈上了初案，皇帝已经看过了。

太温和，不满意。

这么大的事，没有暴风骤雨的劲头，没有摧枯拉朽的勇气，怎么可能办得利索？

皇帝将初案拿在手中拍了拍，又扔到御案上。他从御阶缓缓而下，扫视着他的枢臣们。原本被赐座议政的枢臣们坐不住了，纷纷站了起来。

“……这方案，有鸿胪寺和礼部的意见在里头吧？”片刻，皇帝问道。

“是。”魏仁浦揖道，“遵陛下吩咐，臣等回去将有司都召集了来，充分地听取了他们各方的意见。”

“他们怎么说？”

“呃……他们说……他们说，陛下想要灭法，时机还须……”

“错了！”皇帝将脸一沉，“朕不是灭法，朕是灭不法！这个意思，你们真的听不懂吗？”

“是是，陛下息怒，陛下的意思，臣等都明白。”范质忙道，“臣等只是怕天下人一时还不能明白……”

“天下人不能明白，就告诉他们，教他们明白！”皇帝冷然道，

"所谓'甚爱必大费，多藏必厚亡'，朝廷需要教他们知道，朕需要教他们知道：崇佛，可以；佞佛，不行！无论什么人，无论什么事，信过了头，就走向了愚妄。……"

"是是，臣等明白。"

"这个初案不行，朕来告诉你们该怎么做。"皇帝正色道，"回去之后，先不必大肆声张，遣人在十日内逐一查实所有州郡军县乡的佛寺数量、僧尼人数姓名、寺院产业诸事。尤其铜佛铜钟等铜器的大小、数量这类事项，以往总是被隐匿不报，此番一定要查知详情，将数目、斤两迅速汇总到中枢。再比照着鸿胪寺的登记册簿，将所有不在籍的人、寺通通标出，为下一步动作做好准备。"

"十日？"枢臣们面面相觑。

"怎么，是嫌时间太长了还是太短了？"皇帝蹙眉道。

这当儿王朴出前揖道："不短也不长！陛下请放心，此事必定可于十日之内办好。"他左右看看同僚们，"诸位同侪，此事虽非作战，却难似作战，宜当瞅准战机，迅猛出击。倘若一味畏难，再拖延得五六日，却又会有意想不到的变数了。"

"那就先这么定了。文伯，此事你来挑头。……诸卿还有异议吗？"皇帝和缓了语气，定睛看着他们。

"没有了。""没有了。""没有了。"……

大内后苑，晌后。

紫苑夏晖，兰场淑景，满苑草木芬芳交绕。流风亭中一张长方的几案，摆上了十数只大小不等的黑地勾金螺钿食盒。亭侧，风炉已经点燃，银瓶、水瓯、茶篋等物码列整齐。廷献坐在台阶上，默然等候。

午膳之际，官家召诸后妃申初到流风亭赏花小聚，他奉圣人之命提前来到这里布置。距离申初还差一刻，他们想是快到了。

忽听得不远处几声笑语，廷献不必抬眼，便知道是王昭仪来了。

果然，花影摇动处，王菁娘在万氏、桐华等人的陪侍下转出甬道，来到流风亭外。廷献起身揖礼：“王娘子。”

“嗯。”菁娘眼角扫他一扫，向万氏、桐华等笑道，“原来这里没人，咱们倒成第一个来的了！”

廷献闻言，登时皱紧了眉头。

菁娘叹口气：“人家架子大，咱们没架子，先来就先来，等着就等着吧。”说着，她便拣了长案旁的一张圈椅坐下。

“王娘子，”廷献见状，立刻面无表情地说道，“请王娘子移座。”

“他……他什么意思？”菁娘一愣，蹙眉向桐华问道。

“那不是王娘子应该坐的地方，请王娘子移座。”廷献冷冷道。

“谁规定了王娘子不能坐这儿？素日我们来，娘子就是坐在这个位置的！”桐华忙道。

“素日是素日。今日皇帝陛下和皇后殿下都会驾到，这个位置，是皇后殿下的。”廷献看着桐华，仍旧不动声色。

菁娘气得站起身来：“好，好，我让开！原来我到这里来，就是来受坤宁宫宫奴的气的！皇后可真会管教下人啊，少时，我就请陛下给评评这个理！”

“卑职不过依据宫规提醒王娘子。”廷献不卑不亢道，“王娘子也尽可以坐在这里不让，少时陛下来了，看陛下怎么说。”

“宫规，宫规！好，你们都会拿宫规来压人！”菁娘怒道，“万妈妈，桐华，咱们走！”说着，自己就往亭外迈步。

桐华等急得正要劝阻，却见人影一闪，孙昭容、章昭容陪伴着官家一行走来了。

“菁娘，你要去哪儿啊？”君贵步入流风亭，径直坐到适才菁娘座位的上首，似笑非笑问道。

“陛下！”菁娘见了君贵，忙欢喜地迎上来，“臣妾哪儿也不去，臣妾就想去迎一迎陛下！”

“嗯，好。”君贵向远山、秋池示意，“你们都坐吧。”

“圣人呢？”菁娘向亭外看看，又道，“怎的圣人架子这么大，反倒要教陛下等着她？”

“我一时兴起，想要赏一幅画，圣人亲去紫烟阁问令主借去了。”君贵道。

“陛下要看什么画，传谕教令主送来不就得了吗？何须一个‘借’字？又何须圣人亲自去‘借’这一趟？”菁娘嘟嘴道，“难不成这个令主，竟比圣人的架子还要大？”

“呵，菁娘，你这宫规学得……你还是要好好继续学才行啊。”君贵瞥她一眼。想了想，又耐下心来，对她附耳道，“我不是告诉过你吗，不该说的话，永远也不要说。”菁娘讷讷，只得连连点头。

未几，君怜与朱雀相伴而来。身后侍从手中，果然捧着一个卷轴。

两人向君贵施了便礼。君贵笑道：“找着了吗？”

“嗯，”君怜颔首道，“李昭道的《春山行旅图》，那年権娘生辰，我转送给她了，是以收在她那里。官家要看，権娘便将箱底都翻了出来。”

君贵看向朱雀：“有劳令主了。”

朱雀只一笑。

于是廷献、承璋、奉武等七手八脚将这古画小心固定在流风亭的柱子上。君贵率众人近前细细品赏、感叹一番，方重新归座。一时廷献点上茶来，将第一道与官家、圣人和令主分了，第二道才奉与远山、秋池和菁娘。

君怜因问道：“官家今日为何有此雅兴，指名要品赏小李将军这幅画呢？”

君贵道："我听说，小李将军此画所本的，原是蜀山。你知道的，蜀地自古易守难攻。今日我得到报告，向训、王景攻蜀顺利，已经连续拔下了黄牛寨等八个寨子！我就忽然很想看看，蜀地的高山，在画中到底是什么样子的。"

君怜不由温柔一笑："辛苦官家为国操劳了，便是雅赏书画之际，想的也还是国事。"

君贵便也一笑："应该的，不辛苦。"

侍从们早将点心、果子等从食盒中取出摆好，一时众人纷纷取食。其中一碟芝麻烧，黄脆酥皮上漫裹着一层黑白双色芝麻。君贵与菁娘同时向它伸出了手。

菁娘见官家要取，忙又缩回手来。君贵向菁娘一笑。菁娘脸一红：官家知道自己一直在等待他亲赐芝麻烧，官家初幸景福殿那夜，自己告诉过他。菁娘满怀期盼，垂目默默等待。

不想官家拿起这碟芝麻烧，放到了皇后面前："圣人爱吃这个，圣人多吃一些。"

君怜余光中早瞧见了适才那一幕，也瞧见了菁娘的神情，便淡淡一笑："不必给我，王娘子爱吃，还是让王娘子多吃吧。"

菁娘的面色，早在官家转手递碟子之际已变得苍白。此时见圣人得了便宜还卖乖，装腔作势假意推辞，愈发恼怒，便直率道："多谢圣人，臣妾并不爱吃这个。不过几块点心，圣人就请不必这么大度地推来让去了。"

众人面面相觑。君贵蹙起了眉头。一直默然旁观的朱雀忍不住重重哼一声，冷冷翻了个白眼。

东京大相国寺。镇州广惠寺。西京白马寺。……

渐渐有僧尼云集到这些名城名寺的山门前。数人，十数人，数十人……他们有的惶惶不安，有的恼怒满面，有的默默无语。

后来，有人带头趺坐下来，低声念起了佛号。

于是更多的僧尼趺坐下来，念经，默坐，或者交头接耳。

禁中，滋德殿前殿。

一个禁军士卒模样的人在皇帝跟前低声汇报情况。这是一个不常在禁中出现的人，事实上，几乎目下所有的禁军士卒都不认识他。但是林远和邓锦认识，是林远将他直接引到御前的。他是皇家密谍，但不属于田系。

广德殿。早朝中，文武群臣窃窃私语。

有人出班，向皇帝汇报了各大寺院山门前出现的状况。皇帝蹙眉不语。众臣各自发表意见。皇帝耐着性子听了片刻，挥手制止了他们进一步的讨论。然后，皇帝给出了自己的解决办法：派遣禁军或藩兵将聚集的僧尼驱散。

坤宁宫万春堂。近午时分。

明日就是五月节了，内廷所有后妃外加司宫令都聚集到这里来，听从皇后对明日宫内祈禳活动的安排。几处殿阁的众多宫官、内侍环立。

艾草、菖蒲、豆珠、五毒酒、五毒荷包、五色剪纸、粽子、方糕之类的节令物事，是不需要她们亲自准备的。她们所要做的，是分别率领宫官们，拿着备好的祭品，到皇苑中各处驱禳，祛除五毒。这件事，去年是由君怜和朱雀领着观音、训哥儿完成的，她们几乎将它操作成了皇苑内一次有趣的驱虫游冶。今岁官家增广了宫闱，后妃人数增多了，驱除五毒神的仪式自然就要更加庄严肃穆才是。

事情并不多，君怜吩咐完毕，见距离午膳还有些时间，索性命宫人拿了彩纸和剪子来，让大家剪些虫蛇花样备用。朱雀不剪纸，却让芦笛另取了纸笔，顾自写画些道家祛魅驱邪的符咒经文来备着。菁娘不愿意剪纸，也不愿意干别的，在座位上拿个小剪子塞责，一面左顾右盼，如坐针毡。

未几，忽听得万春堂外一阵次第致礼之声。菁娘喜得双眼放光，忙从座位中站起身，抢在众人之前迎到门口。果然帘栊一掀，官家迈步进来。

菁娘忙一福："臣妾见过陛下。"

"呵，菁娘。"君贵点点头。见室内诸人一齐向自己致礼，便笑了一下："我听王景通说了，你们果然都在这里。"

君怜迎过来几步："官家不会现在才下朝吧？"

"嗯，就是刚下朝。"

君怜观察着他的脸色："怎么……有什么事吗？"

君贵蹙着眉，斟酌道："倒也没什么大不了的事，不过是几个州的兰若大寺外面，聚了些僧尼杂人，坐在那里不走……"

君怜立刻警觉："官家的诏书尚未颁布，他们怎么会聚起来……"

"许是因为我遣人去重新登记各地寺庙的人口、土地、铜像等数目，引起了一些人的警惕吧。风言风语一传，难免有人恐慌了，想提前造点是非出来，好教朝廷有所顾忌，不敢进行下一步的行动而已。"君贵淡淡答道。

君怜默然。她所担心的事，在诏令还没下达之前，居然就已经发生了！她面色凝重，沉吟片刻，又问道："那么……官家是如何处置的呢？"

君贵显然不想当着众人回答这个问题，敷衍道："如何处置？不过是遣禁军、藩军去，将他们驱走了事。"

君怜的眉头不由皱得更紧了："能够这么容易就驱走吗？"

这当儿菁娘插言道："可不是这个话嘛！刁民闹事，合该杀无赦。就算不杀，也该抓起来都打一顿才好呢！陛下光是驱散，可不管什么用。今日驱散了，明日又来了，朝廷的好意会被当作软弱，他们会变本加厉地闹腾的……"

所有人都看着她。

尤其远山、秋池，她们原本胆子小，听到菁娘肆无忌惮地指点朝政，早惊得呆了。可是官家除了刚才就皱起的眉头，面色上看不出更多态度，官家没有阻止，似乎仍旧在等她说完。

君怜转身盯着菁娘，一字一句道：“王娘子，那些聚到寺院前的僧尼信众，都是皇朝的子民。无论出家、在家，他们都是皇朝百姓中的一员。他们所做的，不过是坐在那里而已，他们并没有干杀人放火、伤天害理的勾当，不是冥顽不化、罪不容赦的凶徒。他们倘若有了过错，朝廷首先应当教导、纠正，而不是动辄赶尽杀绝……”她说得很慢，似乎不光是说给菁娘一人听的。

菁娘道：“刁民愚昧无知，教导纠正，那得花费多少工夫？不如先抓起来打了再说！”

君怜正色道：“王娘子！朝政都是大事，不是幼稚儿戏。不便置喙的时候，还是不要胡乱置喙的好。”

菁娘不忿道：“圣人教臣妾不要对朝政置喙，可是圣人自己，不也在对朝政置喙吗？”

朱雀勃然大怒。菁娘频繁顶撞君怜，已经让她十分恼火，更可气的是君贵居然不出面阻止，反而一味纵容包庇，以至于王菁娘说话越来越出格，终于让她忍无可忍。

“王昭仪！”她冷冷道，“你年轻无知，不经世事，不懂民间疾苦，侈谈什么朝政，侈谈什么治人之策？！你自幼生长于你叔父的庇护之下，任性骄纵，岂知这世间有多少穷乏之人，低声下气、颠沛挣扎，想尽千方百计仍旧哀苦无告，这才被迫抛家别友、遁入空门？！你根本不知道那些聚集的僧尼都有什么诉求，就敢在这里妄断他们的生死，试问，你哪里还有半分皇朝后妃所应有的爱民利民的仁心？！”

菁娘不意素日冷口冷面的令主会一下子对自己发动如此猛烈的攻击，登时涨红了脸，愣了一愣，反驳道：“我不过直率些，说出了大家心里想着又不好意思说出来的话罢了！试问这里的各位，谁不希望陛下赶紧将那些人了断了，别教他们碍着自己过舒坦日子？我就是学不会拐弯抹角罢了！你嫌我直率，你不是司宫令嘛，你来罚我呀！”

朱雀怒极反笑：“哼，你激我是吧？我告诉你，利用权势压人，不是我愿意做的事情。我便不是司宫令，我也照样治你！”

君怜见两人真的吵起来，早连声劝止：“朱雀，别再说了！”朱雀只是不理。

而君贵仍旧不语，仍旧皱眉看着眼前这番剑拔弩张。外朝与内廷的两团乱麻让他头昏脑涨。在某种意义上，菁娘此时似乎是在代替他与君怜的保守和瞻顾进行争辩，尽管他绝不愿意承认这一点。有那么一刹那，他恨不得放纵事情就此发展下去，看看到底会有个什么结果。

菁娘见官家没有表态，知道今日有人撑腰，愈发气盛，大声道：“好，你来治我！有本事你现在就治我！”

朱雀拍案而起、怒不可遏：“真是豕性唐突，蠢尔难制！”

“豕之性唐突难制禁”是东汉学者郑玄在笺注《毛诗》[①]时说的话，意思是猪的天性爱生抵触，不易受人控制。朱雀借这典故，不拐弯地骂菁娘是猪，不服管束，喜欢与人冲突，并且，还有捎带着骂她没教养、没品位、没脑子的意思。

君贵少年时代是由母亲教授过《诗经》的，恰好又知道郑玄的这句解释，因此朱雀话一出口，他便立刻明白了她的意思。

毫无疑问，这话太过火了。菁娘如果是猪，那王朴成了什么，自己又成了什么？朱雀一竿子打倒了一船客，包括君贵本人。

君贵不由怒道：“朱雀！你到底怎么回事？!”

自打入宫以来，朱雀不羁的性子这是第一次得到畅快爆发。她就像饥饿已久的猎豹终于嗅到了獐子的味道，就像已经杀红了眼的将军拖着长刀在沙场上寻找着下一个目标。听闻君贵指

---

① 《毛诗》：西汉毛苌父子辑注版《诗经》。

责，她猛地转向君贵，咬牙冷笑道：“我这人就这么回事！你看不惯，就再来杀我一次好了！反正，你不是早就已经去杀过我一次了吗？”

君贵愕然。

君怜愕然。

所有人都愕然。

“……好，你现在不杀是吧？”朱雀保持着嘴角的冷笑，“我回到紫烟阁去等着，等你遣人来发落我。事先说好：要认错，没门儿；要命，就一条，你想要，随时奉上！”说罢，朱雀再也不理旁人，拂袖径直离去。

承璋、赤珠等早已吓傻了，见她走远，也不敢去追，只偷偷窥伺着官家和圣人的面色。

良久，良久，万春堂里没有人发出任何声音。

一二〇　浊世清芬

大周建鼎以来，这是在禁中爆发的最大规模、最高等级的争吵，也是让人不敢想象的争吵。来自各处殿阁的侍从们无论如何也不能理解，为何司宫令跟王昭仪吵着吵着，最后却突然跟官家翻了脸？她连官家的后妃都不是，她有什么底气来翻这个脸？她又有什么把握来翻这个盘呢？

在众人茫然而惊恐的目光中，君怜整顿衣襟，沉重地在君贵面前跪了下来，含泪求恳道："権娘失言，是臣妾的错，是臣妾素日没有切实羁勒她。请官家息怒，倘若要责罚，就请责罚臣妾，不要跟她过多计较。"

君贵不语。他还没有从震惊中恢复过来。

远山、秋池，以及坤宁宫、丛玉阁、瑶碧阁乃至滋德殿的一众侍从，也都纷纷跪了下来，默默帮着求恳。

只有菁娘和景福殿的侍从们还站在原地，但他们也被事态的发展给完全弄蒙了。

良久，君贵嘘出一口气，向君怜道："你且起来吧。"他又看向众人，"你们全都回到自己的地方去。今日之事，谁也不许向外透露半句。——陈廷献，传我口谕，叫皇子皇女的乳母带他们去用午食，用完食，带着别处玩去，不要来闹母亲。"

众人应喏，须臾散退。剩下坤宁宫的侍从们纷纷跪在原地，大气也不敢出。

“君怜，你随我来。”说罢，君贵便带头向坤宁殿后殿走去。君怜忙跟上他的脚步。他们二人身后，是一队长长的、迟疑的侍从尾巴。

坤宁殿后殿。午间的日光将后殿分割出清晰的明暗界限。

帝后进了殿，关了门，屏退众人。

君贵在窗前的湘妃榻上坐下，向君怜示意：“你也坐下说话。”

君怜辞道：“臣妾就不坐了，官家有什么话，请尽管吩咐。”

“我想知道榷娘那句话是什么意思。”君贵深深地看着她，“她说我去杀过她，可是，我是在河中城破之后第一次见到她的。我当时虽然奉命跟随父亲平叛，却并不是针对她，说是针对你都更贴切一些。何况，她当时又并不在城中。……后来，我一直待她如你的亲姐妹般礼遇有加，甚至封她为从一品的司宫令，除了你，这后宫就数她地位最高了。日常相处中，便是她有时候甩脸子给我瞧，我也总是忍让着，连计较都从来没有计较过，遑论其他？……是以，你能不能告诉我，她为什么这么说？我到底什么时候、因为什么事曾经伤害过她？”

君怜知道此事再也没必要隐瞒下去，便掂量着，缓缓道：“榷娘这话，是言过其实了，官家不必当真。那一年……”

紫烟阁书房。

朱雀将所有侍从留在室外，独自慢条斯理地点茶。

她为自己适才的失态感到惊讶，可是，并不后悔。她早就憋够了、憋疯了，索性痛快发作一场。管他是死是活，都不是什么要紧的事。反正她早就看淡了生死，她这条性命，也没有那么重要。

承璋和赤珠跌跌撞撞跑回紫烟阁，闯入书房，往她面前一跪，便哭了起来。

“你看看你们，哭什么？有什么好哭的？”朱雀嘲笑道，“我还没死呢。”

“令主目下是还没死，可是好好的，令主为何要找死呢？”承璋难过地抽噎道，“王娘子跋扈，就教她跋扈几日好了。官家的脾性，咱们也都知道，心里主意笃定得很，岂是小小一个王娘子就能牵着鼻子走的？令主看不惯王娘子，背地里怎么骂她都没关系，做什么要当着官家的面骂她？当着官家的面骂她也就罢了，怎么骂着骂着，竟直接骂起官家来了？……”

朱雀笑道：“我没骂他呀，是他先骂我的。”

赤珠拭泪道：“令主骂到官家头上去，圣人便是想救令主，都不知道该怎么办了。令主骂完倒是痛快了，一甩衣袖就走人，留下圣人在那里，圣人该有多为难啊……”

朱雀勉力抑制着难过，强笑道：“没关系，她以后也用不着为难了。我早就说过我不喜欢皇宫，这下子，不管活着还是死了，我可真要出去了。哈，你们放心，我走了之后，没人再差遣你们，你们就自在了。”

“令主！”

“令主这说的是什么话！”

“卑职们都吓成这样了，令主为何还笑得出来！”

“令主不替自己着想，不替卑职们着想，难道也不替圣人着想吗？”

…………

坤宁殿后殿。

君贵听君怜讲完朱雀的身世，默然不语。

朱雀的不幸，虽非他所造成，却很难说与他没有任何关系。难怪，难怪她从见自己第一面起就甩脸子给自己看，难怪她对自己忽冷忽热、若即若离，难怪她以前不时出言挤对自己，难怪她每过一段时间就闹腾着要离开……

知道了这件往事，从前许许多多的疑惑，便都解释得通了。

君贵伤感地向君怜伸出手：“过来，坐到我身边。”君怜由着他拉到身边坐下，默然看着他。君贵苦笑片刻，忽又问道，“朱雀家是为什么被抄的，你知道吗？”

君怜摇头：“不知道。当年的石氏朝廷对此事一直讳莫如深。人杀得很快，杀完之后也没有补一道诏令来声明罪状，连个‘以儆效尤’的意思都没有。……榷娘到我家后，我父亲曾经遣人到京中探访此事，居然访不出个端倪。后来还待再查，又怕榷娘知道了原因更加伤心，索性不了了之。”

“……那么我告诉你，我知道。”

“官家知道？！”

“对。那是我第一次去抄别人的家，印象太深刻了，想忘掉都难。只不过抄家的当时，我的确既不知道抄的是谁，也不知道抄的原因。后来，父亲私下告诉我，礼部杜尚书之所以遭到灭门之祸，是因他书呆子气太重，上表反对石敬瑭称‘儿’于辽。你知道吧，杜尚书是后唐旧臣留用的，并不是石氏自己的班底。结果，那道奏表递上，当场触怒了石氏……”

君怜心惊肉跳。

“当时朝旨十万火急地下到金吾卫，恰巧我正在金吾卫公干。金吾卫在营的人手不够，便临时拉了我去凑数指挥。石氏不欲杀杜家于闹市，怕招来满城探问议论，故此，是将他们押解到城郊，找个僻静无人处全体戮决的。”

君怜颤声问道：“那么，官家……官家也在动手杀人者之列吗？”

“没有。”君贵摇头道，“我虽不知他们获罪的原因，心里却有个感觉，觉得他们是无辜的。何况，就算真有家主犯了罪，又关全家老小什么事？为何一定要将妇孺老弱都杀了示威泄愤？我不愿做这种事，于是帮着他们将人押解到地方，便找个由头走了。”

君怜松了口气，不由抚着胸口道：“无量寿佛！”

君贵看她一眼，笑了一下：“你在担心什么？担心我真的成了朱雀的杀父仇人，是吗？”

“是。”

君贵沉吟道：“其实，我应该是见过朱雀的父母的。”

“啊?！怎么会……杜府那么多人，官家怎么知道谁是谁？”

“你不是说朱雀父亲是杜府长子吗？杜尚书的儿女家眷虽多，有长子派头的人还是能看出来的吧？我负责解送的其中一辆囚车里关押着一对夫妇，当时便觉得他们不同寻常，现在想来，从年龄、穿着、气度上，大致就该是朱雀的父母了。”

“那……那官家跟他们说过话吗？”

“说过。我很同情他们，问他们有没有什么挂心的后事要交代，我可以替他们去办。”

“他们说了什么？”

“他们说，没有。”

君怜一愣。沉吟半晌，又问道：“后来呢？”

“后来，我将他们送到地方，就只能跟他们告别了。他们最后对我说的是：保重！也没有别的话，只反复地说：保重，保重，保重……”

君怜的泪水长流下来。

君贵长叹一口气：“今日我终于明白，朱雀的性子，原来竟是家传的风骨……”

君怜含泪道：“那么，官家可以饶恕她今日的冲犯之罪了吗？”

“唉，她有什么罪？”君贵摇头，伤感道，“君怜，其实咱们……咱们都是家破人亡的未亡之人哪。朱雀为了家族之事迁怒于我，完全可以理解，她们家原本就是无辜的。……说来惭愧，当初，石氏的逆鳞，连我们这些提着脑袋进出沙场的武将都不敢触犯，她祖父不过一个文弱老者，却敢豁出性命去当面辩诘！这份大魄力、大勇气，今日再思，仍旧羞杀我等后生啊！”

“官家能够不怨朱雀，臣妾感激不尽。官家今日所为，比起当年的杜尚书尤需百倍勇气，官家没有什么可惭愧的。”

君贵拉起君怜的手，诚恳道：“君怜，我知道，你对于熔佛之事有异议。我不是不尊重你的意见，适才你和榷娘对菁娘所说的话——话里面的意思，我也听明白了……”

君怜忙道：“适才榷娘对菁娘所说的都是气话，请官家不要当真。”

“呵，朱雀训菁娘的话，别的倒还罢了，独独有一句，我记得最清楚。”

“哪句？”

“利用权势压人，不是她愿做的事。”

“……嗯，这的确是朱雀一贯的风格。”

君贵叹道：“在这个人人追名逐利、拿一分权势当两分用的浑浊世间，朱雀能葆有这份清旷心性，当真难得。”

“呵，朱雀素性不羁，便是今日事了，日后相处，难免还有触怒官家的地方。官家既觉她心性难得，日后的过犯，也预先一并原宥了吧？”君怜不由微笑道。

“好，听你的。”君贵也笑了起来，“以后凡是她得罪了我，我都不理会。倘若实在憋屈得紧了，我就来找你撒气，好不好？”

“好。”君怜毫不犹豫地答道。

两人相视而笑。阻隔在两颗心之间多日的冰雪，这回似乎真的开始融化了。

君贵将君怜的手握在自己掌中，温言道：“现在，且不去管别人了，还是说回咱们自己的正事吧。关于释门整顿的大策，我一直想好好跟你说说，以得到你的理解和支持。”

“好，官家请说，我听着。”

“我做这件事，上为国，下为民，并非出于扬道抑佛的私心，这你能明白吧？”

“明白。官家遵循先帝遗策，儒道释三教并尊，以儒为治国育民之本，而以释、道为劝导人心积德向善之辅，从未以一己所好而偏向哪方。这一点，不仅我明白，满朝文武大臣、天下藩镇节钺也都明白。”

“嗯。其实，说一千道一万，我做这件事想要达到的现实目的，只有七个字。”

“哪七个字？”

“要人、要钱、除隐患。”

“……嗯。”

“先说人。耕地没有人，作坊没有人，徭役没有人，打仗没有人……人都到哪儿去了？大批正当年的青壮男女，藏在伽蓝丛林里！有的念经，有的替寺院劳作。如果大家都张张嘴就能过日子，谁还愿意出力干活？如果大批劳力都被寺院拘作私家奴仆，国朝所需的人力上哪里去找？

“再说钱。治河缺钱，修城缺钱，打仗缺钱，应收的赋税哪儿去了？有一半都因是寺院所出产而被免去了。可是，免了他们的，就要加重寻常百姓的！寻常百姓受不了压榨，索性也投身到寺院去。如此恶性循环，国朝会连人带钱都所剩无几。‘聚僧不如聚兵，僧富不如民富’，这个道理，你应该最能明白。

“钱的另一重意思，是铜钱，是货币。民间商贸没有足够的钱流通，朝廷想铸钱却没有铜料。铜料都到哪儿去了？被他们铸成越来越多、越来越大的铜佛了！目下的事实是，倘若不毁了大批佛像，朝廷根本就不可能铸出钱来！

“再说隐患。如今天下佛寺私度的状况愈演愈烈，尤其那些亡命凶徒，其藏身的首选便是伽蓝丛林。咱们在相州万佛寺亲见过那个什么无垢的恶行，就不必我多说了吧。他所聚集的数百恶徒，便是当今伽蓝隐患的缩影。这样的状况，就算别人不担忧，咱们作为一国之父母，能不担忧吗？能不放眼将来，为社稷生民谋划远略吗？……

“故此，要人、要钱、除隐患，就是咱们办这件大事所能够收到的最基本的功效。君怜，你说，我之所思所虑，难道不对吗？我之所作所为，难道不是必须的吗？”

“官家的意思，我全都明白。官家所担忧的，也正是我所担忧的。在这一点上，我与官家，并没有任何分歧。”

“好。……不过，你的话后面还藏着话呢。后面的话是什么？”君贵笑道。

君怜沉吟良久，方道：“我对官家的释门整顿大策，完全理解，也绝对支持。基于此种体认，我想就具体的执行方式，向官家提出三个请求，可以吗？”

“好，你说。”

“第一，来日就此事所颁下的正式诏令中，请官家开宗明义亮出朝廷对待佛教，以及对待高僧大德和诚心求法者的态度，不给世人以误解的余地，可以吗？”

“好。”

“第二，放僧熔佛宜分步骤进行。先放僧尼，将没有度牒或者犯戒违规者遣散，妥善安置到各地田庄、作坊等处，解决了他们的生计问题，然后再收佛熔毁。千万不要由着底下人立功心切、操之过急，而将顺序反过来，可以吗？”

“……好。”

“第三，不要杀人。”

“这……万一……却是难免……”

“不要在释门整顿的大策下杀人。不管在这个过程中滋生了多少罪过，不要以维护大策的名义杀掉他们。尤其，不要杀掉那些抗旨不肯还俗的僧尼，哪怕他们弄不到朝廷的度牒。”

“……好。这三点，我向你保证，我一定做到。”思忖片刻，君贵承诺道。

君怜含泪注视君贵：“若果如此，我替天下真心向法的僧尼多谢官家的仁慈厚德。”

广德殿。晨曦透进宽敞的殿堂。

群臣鳞次栉比而列，紫衣绯裳罗陈，金鱼锦袋交映。

林远、邓锦等近卫戎装持械，肃穆拱跸。

今日的皇帝是温和的，他耐心向群臣明确了自己释门整顿的大策，召翰林待诏拟旨。

群臣中仍旧有人忧心忡忡，窃窃私语。

有人大胆替同僚们说出了疑虑：“陛下，佛像乃是久承香火、屡有灵验之物，素日连用手随意指点都是不逊、不吉之举，如今却要贸然损毁，这……这恐怕对国朝将有大不利啊。臣等再次恳请陛下三思！”

皇帝抬起手，慨然道：“诸卿不必再为收佛熔毁而疑虑重重了。佛陀以善道教化世人，世人有志于向善，所以才奉佛。那些铜像岂是真正的佛陀呢？朕听说，佛陀以肉身尘世为虚妄，而以利人助悟为急务。倘若佛陀真身尚在，只要能造福世人，想来他便是连自己的头颅眼睛都可以割舍了布施，又怎会吝惜这些铜像？便是朕自己，倘若朕的身体可以利济百姓，朕也乐意捐弃，绝无爱惜！”

殿宇静默，只有皇帝的声音在雕梁藻井间久久回荡。

群臣为皇帝的言辞所震撼，再无多言。

一道光芒飞掠过滋德殿的上空。

苍穹如歌。

东京城门处告示墙。各州郡治所城门外告示墙。各地大小佛寺山门外。

一群群布衣百姓、僧尼、居士拥挤着，争看敕令。

有人在念：“释氏贞宗，圣人妙道，助世劝善，其利甚优。前代以来，累有条贯，近年已降，颇紊规绳。……”有人解释：“这是说，佛家劝人向善，原本是好的，可是近世以来坏了规矩，出了种种弊病……”

某官员府内厅堂。

众人转述诏令内容：“有敕额的寺院一切照旧，没有敕额私建的，都得停废……”

某寺院。某庵。

僧/尼议论：“男子十五岁，女子十三岁，才许志愿出家。”“光自己想出家不行，还必须经过父母家长同意，还得能够念得几十纸经文，经本地差官考试合格，才发给敕额，准许剃头。”“私剃的，要治罪流配……”“罪犯、逃亡奴婢、奸人细作等，都不许剃头出家……”“没有敕额的，或者没有经过念经考试的，一律还俗……”

某文士家宅院中。众人议论。

“……我早说过，那些妖僧异人最爱耍弄的什么烧臂、炼指之类毁坏身体的把戏，都是些左道妖术，看看，这回朝廷也发话了吧……”“烧臂炼指还不算什么，你没见到，还有往自己手脚上打钉子的、带铃挂灯的，很得外面一般流俗追捧羡慕呢。这回都给禁了，太好了！”“说是再被抓到，就要递配边远地区，那罚得也真够狠的呀……”

…………

皇帝整顿释门的诏令，像一道飓风，迅速在大周境内造成了强烈的震荡。

一大批没有敕额的私建寺庙，牌匾被摘了下来。

一群群没有官方度牒的僧尼恢复了俗服，顶着苍青色的头皮，夹着简单的行李，鱼贯迁出旧日寓居的庙宇。

隐身在庙宇中的山林豪强之徒，纷纷作鸟兽散。

许多祭坛被拆除，宝盖、幡幢被拽下来烧掉，香案、柜橱等物搬作他用。

各地农庄、大贾、大作坊等处的总管们，忙着验视、挑拣那些被领到他们跟前来的新劳力。……

宝刹伽蓝为俗宅，沙门释种作白衣。

南朝四百八十寺，多少楼台烟雨中。

禁中。紫烟阁书房。

朱雀在读《世说新语》。她已经好几天足不出阁了，就等着官家遣人来发落她。可是，官家那边一直没什么动静。君怜这几日也很忙，只在那日争吵事件后匆匆来看了她一看，之后便只是遣廷献过来例行问候。倒是观音和训哥儿，每天都会来晃一晃、闹一闹，带给她日子还会继续过下去的错觉。

但是她知道，以前的日子肯定是难以为继了。

忽然阁外一阵动静，有次第致礼之声传来。朱雀呆了一呆，又继续看书。

承璋猛地推开了书房房门。她为这样的莽撞感到一点恼怒，正要责备，承璋却结结巴巴道："令……令主，官家，官家驾幸紫烟阁！"

朱雀的心咯噔一跳，还以为是君怜呢。这么说，该来的终归还是来了。

她淡淡应道："知道了。"

正待起身，门口人影一晃，君贵已经走进了书房。这是他第一次到紫烟阁来。他一直将紫烟阁视为朱雀的清修之地，因此，从不曾上门打扰。

朱雀缓缓站起身，既不致礼，也不说话，只平静地看着他。

"你们都出去。"君贵向众侍从道。

众人施礼而退。书房里只剩下他们两个。海棠香淡，铜漏声长。

这是从未有过的情形，朱雀并不感到畏惧，只觉得尴尬，还有一种即将剑拔弩张的紧迫感。

君贵却露出了和气的笑容，说道："権娘，正月里你的生辰，正赶上那几天筹备先帝周年忌日祭礼，我没有赐你礼物，今日补给你，好吗？"

朱雀这才注意到他的手中拿着一样物事。递过来，是一个内府锦绫装裱的卷轴。朱雀不语，迟疑不接。

"来，帮我打开吧。"君贵也不计较她的怠慢，将卷轴的一头递到她手中，自己缓缓展开全幅。

原来是四个遒劲狂放、意深力厚的大字：浊世清芬。

朱雀抬眼，疑惑地看着他。君贵一笑："献丑了。好歹是我亲笔所写，收下吧。"

"我不明白。"朱雀冷淡道，"为什么那日我触犯了官家，官家反而要赐我礼物？"

"因为……君怜告诉了我当年的事。"君贵自己卷起手书，诚恳道，"朱雀，我已经知道你刻意疏远我的原因了。我今日来，除了赐你这幅字，还想……想告诉你两件当年你所不知道的事。"

朱雀的身子有些打晃："官家……官家想告诉我什么？"

"你们家的事。也许会让你感到痛苦，你……你想听吗？倘若你没有准备好，我就以后再说。"

朱雀伸出一只手扶住了书案。她怎么可能准备好？关于自己家族的悲惨往事，她永远都不可能准备好去听。可是，她却迫不及待想知道，哪怕是伤了自己，她也想知道。

"好，我想听，请官家告诉我。"她勉力镇定道。

"嗯，也不长。第一件，是关于……你们家被灭门的原因。"君贵看着她的神情，小心翼翼地说道，"当年，石敬瑭借助契丹的力量入汴建鼎，被册立为'大晋皇帝'。你的祖父杜尚书在一次朝会之后，留下来请求单独入对。石氏便在偏殿接见了他。杜尚书拿出自己所写的奏表进谏，申明夷夏之辨，主张坚持中朝气节，反对石氏遵照先前的约定，对异族自称‘儿皇帝’。他的进言触怒了当时处于极度敏感中的石氏。石氏当场命人将他拿下推出，又命金吾卫火速去缉拿你们全家……”

朱雀的脸色一片苍白。原来，这就是自己家破人亡的原因！多年来她百思不得其解的谜底，竟然联系着当年那一幕千夫所指的历史丑剧！

她至今仍然清楚地记得，那天祖父上朝前说过，让她从高师父家玩罢之后，回家去陪他用午餐。祖父当时肯定想不到，自己一封基于职守的奏表，竟匆匆断送了全家人的性命。

如果事先知道，祖父还会这么做吗？

“……我不是金吾卫的人，但当时恰好在金吾卫公干，便被他们叫去帮忙。朱雀，你在杜府外面看到了我，是因为当时我所领受的命令，就是接纳并押解囚徒……”

十几年前亲眼目睹自己的父母、族人被推搡着跌出府门的那一幕情景，又闪回到朱雀眼前，她顿时泪水盈眶。

君贵温言道：“朱雀，我要告诉你的第二件事就是，我见过你的父母，在他们临去之前，我是唯一跟他们说过话的外人。”

朱雀不敢相信地看着君贵：“你……你怎么会认识我的父母?!”

“我后来猜的。一大家子人里头，长子长媳总是很显眼。当时，他们正好关在我所负责押解的其中一辆囚车中。”

“我父母有没有受苦？还有我的祖父，我的叔婶、小姑、哥哥、弟弟妹妹们……他们……他们有没有受苦？”

“没受什么苦，因为……因为整个过程很短，就是从杜府到荒郊的路程。”

“那么，你有没有见到一个七八岁的小丫头？眉目跟我有点像……啊，不，你并不知道当年的我是什么模样……”

“朱雀，贵府的小姐儿不少，很抱歉，我没有特别留意……”

“……明白了……你……你刚才说，你跟我父母说过话？”

“是的。我很同情他们无辜遭此大难，也知道到了荒郊之后，他们就活不成了。于是途中我就悄悄问你父母，有没有什么事、什么话需要交代的，我可以帮忙。”

朱雀拂落眼中的泪水，满怀期待地看着君贵：“他们怎么说？”

“他们互相看了看，犹豫了片刻，然后很坚定地告诉我：没有。”

朱雀痛苦地闭上了眼睛。

“朱雀，不要难过，这正是我要告诉你的：你知道你的父母有多疼爱你吗？你知道他们有多希望你能从这场灭顶之灾中幸存吗？他们明明知道我是最后一个跟他们说话的外人，他们明明知道，如果想留什么话给你，我就是唯一的途径。可是他们不敢，他们不相信我。我是去抓捕他们的人，不管表面上看起来多和善，也有可能是个诱惑他们的陷阱。他们怕让人察觉到，他们还有个女儿漂在外面，没有被抓来一起受戮。……朱雀，他们太想留话给你了，他们有千言万语要叮嘱你，可是他们不敢！所以他们才会在犹豫之后又断然否定。他们知道，与其冒险将赌注押在一个陌生人身上，不如相信高医正会主动承担起保护你的责任，会带着你远走高飞……”

朱雀泪水长流。

君贵的眼中也泪光晶莹：“……将他们送到地方后，我就离开了。临走之前，他们流着泪，反复对我说：保重……他们是看着我说的，可是看的又分明不是我。朱雀，如今我才明白，他们其实是对你说的！也许，他们希望我真的是一个好人，希望我最终能想明白他们的意思，那么，倘若有一天我遇到你，我就可以将这句最要紧的话，原封不动地转达给你……”

朱雀一阵晕眩，身子软了下去。君贵忙抢前一步托住她，将她扶到椅子上坐好。朱雀连连摆手，泪如雨下，哽咽难言。

书房内只剩下巨大的、厚重的、深不可测的沉默。

迟了十几年才得到的父母遗言，让朱雀的心痛得裂出血来。

保重……保重……保重……

没办法说更多的话，所以只有这一句：保重。

寄人篱下十几年，她一直轻慢着自己的生命，一直不肯真正保重。因为，她以为自己不值得保重。他们都死了，她却苟活着，还能为谁而保重呢？如果没有君怜的情谊，如果没有青鸾可能幸存于世的念想，她原是连活也不必再活的。

良久，朱雀转过头，透过蒙眬的泪眼看着父母遗言的这个忠实信托者，轻声道：“君贵，谢谢你……”

一二一　烈焰焚佛

东京，大相国寺山门前广场。

一堆木柴整齐地搭成了一个半人高的台子，台子上铺着一张旧竹席。竹席上，垂目趺坐着一个身着素朴僧袍的中年和尚。台子周边，围了一圈僧人，人人双手合十，表情凝重，望着柴火台上的和尚，又似保护，又似等待。他们中偶尔有人因为拥挤而踉跄几步，又很快站直，竭力恢复刚才的样子。

往外，是重重叠叠戎装持械的禁军，一部分面向内圈的僧人，一部分面向更外圈如潮涌至的黎民百姓。这些百姓拥挤着，推搡着，观望着，等待着，跂踵翘首，神情十分复杂。

木柴上已经被浇了猛火油，只要有任何一点火星，就会轰地燃烧起来。现场禁军的职责，就是确保这把火不会真的燃起。

人声如沸。群情激动。大家都在等待，包括柴火台上趺坐的和尚。

忽然远远传来喝道声。两队禁卫马兵持着斧钺旗幡疾驰而来，沿路驱散人群，清出一条两丈宽的道路。众人纷纷退到这条道路的两旁，望向禁卫兵驰来的方向。

“啊，是圣人！”

“看，看，圣人的卤簿来了！”

“真不敢想，此番居然将圣人惊动了！”

…………

有见多识广的人认出了皇后的仪仗，惊讶地宣布着。人群一阵巨大的骚动。

未几，皇后在相对简单的卤簿仪仗的护卫下，来到距离柴火台三丈之外停毂。黄旄警跸，伞盖飘举，现场突然一片静默。

从皇后车舆后随的一辆油篷车中，下来了一位壮年和尚并两名释门护持。壮年和尚走到皇后车舆前，施礼道：“殿下，贫僧候旨。”

宫官掀开金根车的帘幕，只见皇后着钿钗襢衣，从容地端坐在车厢内，沉声道：“清兴法师，有劳前去一问究竟。”

清兴法师领旨，率领两名护持径直走到柴火台前。垂目趺坐其上的和尚睁开了双眼。

“无量寿佛，敢问上坐是曹州保宁寺的圆照法兄吗？”清兴朗声开言道。

“无量寿佛，末学正是。来者是皇建禅院的清兴法兄吧？”

“末学正是。……圆照法兄端坐枯枝槁木之上，胸中却似有一片清凉世界。末学不敢请教法兄，此举意欲何为？”

“柴堆犹如莲台，火焰即为三昧。而今朝廷颁下灭法诏令，强行遣散僧众，摧毁兰若，末学要舍身护法。”

“如何舍身？如何护法？”

“末学与徒众不辞辛劳徒步进京，来到这大相国寺前架起自燔台，以此吁请朝廷收回成命，停止毁寺驱僧。倘若朝廷置之不理，末学已经做好了为护法献身的准备。”

“身为佛门弟子，虔心学法，赤诚护法，皆是你我良愿。倘若佛法真的遭受劫难，末学也愿与法兄一样，舍身护法。”

“难道清兴法兄以为如今国境内佛门所遭受的，还不是劫难吗?!”

“圆照法兄是智慧高深的大德，末学想请教法兄，是否法难，应当如何评断？”

“毁坏佛像、轻慢佛法、驱逐僧众，我佛门中的佛、法、僧三宝尽被破坏，这就是法难！”

这时候，忽然一个柔和的声音传来：“圆照法师，可否也容我请教一二？”清兴回头看时，原来皇后不知何时已经下了鸾舆，在一众侍从和近卫的拱跸下，站在了自己身后不远处。

自燔台上的圆照迟疑了一下，方道：“圣人有何见教，就请示下。”

皇后缓缓走近清兴身旁，止步，向圆照问道：“我听闻，《摩诃僧祇律》有沙弥十戒，请问法师，是哪十戒？”

“一离杀生，二离不与取，三离非梵行，四离妄语，五离饮酒，六离处高广大床，七离着华鬘璎珞涂身熏衣，八离作歌舞及往观听蓄种种乐器，九离蓄金银钱宝，十离非时食。”[①]圆照少入释门，自然早将这些戒律背得滚瓜烂熟。

“多谢法师解答。那么我想请教法师，倘若佛门中人不持戒，佛门法规可以容忍吗？”

“自然不可以。”

“倘若佛门中不持戒者众多，对于佛法的广大与庄严，会有损伤吗？”

“自然有损伤。”

“倘若诸多外道邪徒混迹丛林，借助寺院的庇护恣意妄为，污损佛弟子的声誉，对于佛家的僧宝而言，会是劫难吗？”

“自然……是劫难。”

“多谢法师解答。……我还要请教法师，佛身住于何处？”

“我佛以无上智慧与悲愿，而成法身、报身、应身三身。其中，为了教化三界六道众生，应众生之根机而随类变化显现之

① 沙弥十戒，翻译成白话就是：不杀生、不偷盗、不邪淫、不胡说八道、不饮酒、不用舒服的椅子卧具、不化妆修饰、不歌舞或视听歌舞、不储蓄金银财宝、不在不该进食的时候吃东西。

身，谓之应身。故此，佛无所不在，十方三世一切诸佛，均可在一刹那示现光明，引领众生觉悟。”

“那么，世间未觉悟的凡人，可以凭一己之力对佛身造成伤害吗?”

“我佛具无量不思议之神通，岂是众生之微眇所能垢污的?”

“既然佛陀有着如同恒河沙数般的应身，既然以凡俗之力根本无法对佛之神通产生任何影响，那么，损毁铜像，并不能对佛本身造成任何伤害，是不是?”

“可是……”

“佛门三宝中的佛宝，仍旧是完好地受人尊奉着，对吗?”

“圣人，佛像乃是佛在娑婆世界的示现之一……”

“法师，我还想请教一个问题，可以吗?”

“请圣人示下。”

“我听闻，波罗蜜多之法门有六度，请问，是哪六度?”

“曰布施度，曰持戒度，曰忍辱度，曰精进度，曰禅定度，曰智慧度。”

“多谢法师解答。”

“……圣人秉上上根器，何须贫僧解答?”

“法师谬赞，愧不敢当。适才，我向法师请教了佛宝和僧宝的问题，想必法师与我一样，已经悟到朝廷此番整顿释门的大策，并未损及佛宝的庄严，而且，还在力图维护僧宝的真性。适才法师又开示了佛家的六道法宝。我想，真正的学佛之人，应当习闻思修，借助此六种波罗蜜，度生死之海，抵涅槃之岸。法师，朝廷诏令中说，‘释氏贞宗，圣人妙道，助世劝善，其利甚优’，这不正是朝廷弘扬佛法的一番美意吗……”

柴火台四周彻底地安静下来。

轻风拂过，猛火油发出浓烈的、独特的危险味道。皇后、圆照和清兴都没有说话。

良久，皇后看着圆照，恳切道：“倘若适才我之所言，在圆照法师听来尚有一二可取之处，可否请法师移动法驾，与清兴法师一同回到皇建禅院，再详细探讨个中义理？倘若之后法师有任何建言，我也愿闻其详。”

圆照闭目片刻，再睁开时，低低叹了口气：“圣人所言，贫僧细思，竟无从反驳。也许，是贫僧的我执太重了吧……”

皇后向清兴稍稍示意。清兴合十道：“无量寿佛！圆照法兄，既有所悟，就请从护法台上下来，与我一同回禅院去切磋吧。”

圆照默然颔首。围在柴火台边他的徒众们，忙急切地趋上来搀扶他。

护法台终究回归为一片清凉之地。

从那之后，国境内各大寺庙前，再无僧人以自燔或其他极端方式示威的一幕上演。

坤宁宫后殿。夜深人寂，光沉响绝。整个大内似乎都睡着了。

御榻上的皇帝和皇后仍旧睁着眼睛。不远处长明灯的昏暗光芒中，有一种熟悉的温暖和暧昧。

君贵以手支颐架在枕上，只侧身含笑看着君怜，并不说话。君怜不由嗔道：“这可奇了，官家自打来了我这里，寒暄的话通共没说上十句，然后就变了个笑面哑儿一般，这是什么道理？”

“你叫我什么？”君贵故意沉下脸来。

“……官家啊。”

“不对。”

君怜不语了，索性转过脸去。

君贵见她不怿，忙笑道：“哎哎，别不理我了呀。你不是问我在笑什么吗，我告诉你，好不好？”

君怜便又转回头来，似笑非笑：“好啊。”

“我在笑，我这么个逞枪弄刀的粗人，看着你这么个风一吹就会倒的雅人，想着日间的事，心里居然浮起几句极斯文、极高逸的诗来。”

“是吗？什么诗呀？”

“‘空山新雨后，天气晚来秋。明月松间照，清泉石上流。’……”

“嗯，王摩诘的《山居秋暝》。”

“想着这几句诗，我一面又想到了朱雀……”

“怎么还有朱雀的事？”

“嗯，有她。……‘明月松间照，清泉石上流。’呵，以前我可从来没发觉，这首诗怎么写得这么好。”他认真地看着她，“……君怜，在我看来，你就是‘明月松间照’，朱雀呢，就是‘清泉石上流’。”

多日以后。

在前一阶段放僧毁寺结果的基础上，国朝有关进一步禁铜的诏令敕下，所涉及的范围，扩大至全体国人。

朝廷敕立专监，负责开采铜矿和铸钱事宜。所有铜器、铜料，除了官方的法物、军器，以及有敕额的寺观内的钟磬钹铎之类的可以留下，其余一应私建庙宇中的铜佛像，民间自制的铜器、铜像等，必须在五十日之内全部上缴官府，由官府按照其价值购买并支付报酬。五十日之后，凡是查到有隐匿不缴的铜器，五斤以上，其罪抵死，不及五斤者，按照其铜器的斤两分别论罪。

一时之间，大周境内响起了没日没夜砸毁铜器的声音。

与此同时，尚书水部员外郎韩彦卿奉命携数千匹锦帛去往高丽，购买铜料。

各州郡。城市。乡镇。

城门口。城隍庙前广场。乡里祠堂前。

无数大大小小的铜铙钹、铜磬、铜钟、铜相轮、铜火珠、铜铃铎、铜灯台、铜佛像、铜盆、铜盂、铜缸、铜碗……被扔进了小山一样的铜器堆里。

有人将舍不得上缴的铜器在自家房前屋后挖坑深埋。

有人私携铜器逃向远山。

一大队一大队的军士守护着铜器的小山。

一小队一小队的军士分别在各处巡逻，防止逃匿和私藏事件发生。

有人被抓获，被处罚。有人为了五斤铜器丢掉了性命。

东京铜器监。主事的官员、属吏们在谋划、商议。他们的面前，有纸笔，有各种草图、模具。

禁中。内苑空场上。

数十只巨型熔炉错落排列。炉前，有一只只大型的人力鼓风机，以及一大车一大车的散碎铜料。有司官员在现场忙碌指挥。大批冶炼工在炉前劳作。大批禁军将冶铜现场重重围住，严防死守。

皇帝与皇后并肩站在冶炼场内高台上，默观这一片繁忙景象。一众内侍近卫扈从拱跸。

炉火兴旺。无数的铜器被投入熔炉。

熔炉中，橙中带绿的艳丽火焰在跳着狂乱的舞蹈。重重叠叠的火焰里，铜器变形了，佛像变形了。佛像的脸微笑着熔化，与娑婆世界中的外物化作一体。

佛像也入灭了。

镇州。某间已经被摘下牌匾的私建寺庙。

邓锦指挥大批禁军戎装持械，神情严厉地扼守在庙门口。

退到远处围观的众多乡民议论纷纷。

“不能拆啊，这尊观世音最灵验了！”

“自打建起来后，咱们捐了多少功德，它又给咱们托庇了多少好事！”

“啧啧，拆了怕是不吉。”

“住持都跑了，那个乡军指挥不是也没敢动手吗?”

“官家难道真的要亲手拆了它吗?”

…………

寺庙正殿前。

皇帝在林远等近卫的警跸下，默观殿门内的这尊观世音菩萨铜像。这是各地报上来的最难啃的一块硬骨头。不是因为有人阻拦，而是因为传说中的灵验。笼罩在这间私建小庙和这尊私铸铜像上的，是无数令人眩晕的光环。

殿中所有别的泥胎木塑、经幢宝盖全都被拆除了，只余这尊铜像。铜像面前，仍旧有零星的香火、花果供奉。

片刻，他向林远伸出手:“斧子。”

林远隐藏着自己的忧虑，劝阻道:“陛下，还是让臣来吧。”

皇帝看他一眼，坚定地命令道:“斧子!”

林远不再多言，双手将自己随身携带的长斧举起，慎重地递给皇帝。皇帝握紧长斧，大步迈入殿堂。菩萨像坐落在半人高的石台上，倘若抡斧，只能够到其腿部。

皇帝毫不犹豫，奋力将长斧向铜像当胸掷去。

“咣”的一声巨响，斧刃撞击到佛像，没有被弹开，反而深嵌进去，将铜像前胸咬出一个大口子。

皇帝转身面向他的臣属们，正色道:“朕早就说过，铜像不是菩萨本身，毁损铜像不等于毁损菩萨。可是，有人想不明白这个道理，怕遭到报应，不敢动手!没关系，他们不敢动手，朕来动手!倘若有什么报应，就由朕一人担当!……现在，你们可以将它拆除了。”

众皆肃然。寺庙外亲耳听到这声巨响的乡民，也尽皆瞠目结舌。

未几，庙内的皇帝当场下旨，负责此事的镇州亲事官吏五人即时降职或解职，罚俸半年。

从那之后，国境内各处私建的寺庙中，再也没有了因灵验而不可触动的铜像。

东京禁中。滋德殿偏殿。正是日间的大好光阴。

君贵入内，已经等在那里的君怜迎了过来：“怎么样，有了吗？”

“有了！”君贵笑着从怀中掏出一枚簇新的铜钱递给她，“适才铜钱监主事呈上来的，改了三次模具，终于像它应有的样子了！”

君怜将这新出炉的铜钱托在手中细观。铜钱黄澄澄、亮闪闪的，入手有分量，直径为一寸，重量为五铢，与李唐开元钱相同。铜钱正面，规规整整的方孔周围，是四个笔画清晰精细的篆隶阳字：周元通宝。铜钱背面，有简单的一星一月，这是其所出之御炉的标记。铜钱边缘圆润，厚薄均匀，形制精妙，成色十足。与它相比，前面几朝那些掺杂了铁、铅等杂物，大小厚薄不均、分量成色不足的私钱、恶钱，简直就是一堆提不起来的破烂。

君贵带着点小小的得意看着君怜，问道：“怎么样？”

君怜微微一笑：“没想到，哥哥的字，铸在铜钱上竟这么好看！”

君贵柔声道：“明日是你的生辰，这枚小小的‘周元通宝’，就是我送给你的寿礼。”

圆光流转。梵音清响。

烈焰中，庄严微笑的佛头、肃穆趺坐的佛身，化作亿万利民钱流向世间。

皇帝的御迹，在万千百姓手指的摩挲下，熠熠生辉。

从显德二年五月甲戌日下诏，到本年年末，大周全境僧尼籍账数目汇总出来：轰轰烈烈的释门整顿运动共废掉天下佛寺三万零三百三十六座，留存下来的为二千六百九十四座；现存的比丘为四万二千四百四十四人，现存的比丘尼为一万八千七百五十六人——僧尼相加，大周国境内有度牒的出家佛教徒总数剩下为六万一千二百人。

据不完全估计，当时还俗的僧尼人数，大约不低于其剩余人数的十倍。也就是说，这场运动为大周释放出了至少六十万名劳动力。

这场运动的另一个成果，是铸成了形制精美、均匀耐用、容易流通的“周元通宝”，其数量与质量，均为五代十国之冠。

直至千年之后，娑婆世间仍有凡尘众生延续着当年留下的传统，以这“化佛钱”为神圣之物，为一家老幼祈求平安。

一二二　内苑蹴鞠

禁中广德殿。清晨。

刑部侍郎边光范出班跪拜于地，领取皇帝的旨意。

“汝州晋京来告状的那个马遇，昨日朕已经在内苑将案子问明白了。他爹马温和他兄弟马福超，就是被当地镇将史彦铎冤死在狱中的！你们查来查去，居然辨不清真相！狱司的人都是干什么吃的？”

边光范惶恐叩首道：“陛下，是臣失职了！臣回去就立刻彻查此事的按鞠过程！”

皇帝冷笑一声：“朕岂是要你查一事一例？自有唐失序以来，律令条目繁杂、文意费解，又有贪猾之徒，借此徇私，不知造成了多少冤狱。哼，年初朕下旨对那些勾结权势、诬陷讹诈的讼棍进行严查，似乎也收效不大。朕就不明白了，这里头究竟有什么是碰不得的！——王朴！”

“臣在！”

“即日起，你就与边光范他们一起着手查核近三年的冤狱！你主理，边光范等襄助。”

“臣遵旨！”

“臣遵旨！”

两人起身退回原位。边光范满头冷汗地偷偷瞥了王朴一眼。王朴原本在刑部做他的手下，后来被提拔到官家身边常备顾问，还取代了他开封府知事的位置。如今，王朴又被钦定主理近年冤狱的清查，自己反而成了他在此事上的助手。看来，官家对于王朴的重用真是没有限度的。将来，自己这个位置还能不能保住，也要两说着了。

“三司使景范在哪里？”

“回陛下，景范受了些风邪，连日卧床，已经提前告过假了。”

“哦，对。”皇帝不易为人察觉地叹了口气，“那么，诸卿还有什么要奏报的吗？”

“陛下，臣礼部侍郎窦仪有奏。”窦仪出班跪奏道。

“窦侍郎，何事？”

“臣奏请废掉目下科举考试中的童子、明经两科及条贯考试次第诸事，奏表在这里。”窦仪说着，双手捧出奏表。王景通忙上前接过奏表，转呈御前。

“好，奏表留下，朕少时再看。”皇帝颔首。科举选士关乎大周文官人才的选拔和储备，其制度在先帝朝时依赵上交建言改革过，后来赵上交得罪王峻，被王峻翻出贪墨案子遭到贬谪，之后，礼部那边就没再呈交此类奏表了。

滋德殿偏殿。

退朝之后，君贵便回到这里批阅奏表。远山、秋池默默陪坐在殿侧椅上，如同未进封前一样，手里做些家常针凿活计。王景通也如常侍立一侧。刘奉武入内，轻手轻脚走近官家身边，犹豫不语。

“怎么了？”片刻，君贵看他一眼。

刘奉武忙礼道：“陛下，景福殿遣人来问候……”

君贵略一沉吟：“宣吧。”

未几，桐华入内，拜礼如仪。见官家神情自若，桐华便乖巧道：“陛下，我们娘子遣臣妾来向陛下叩头。娘子已经亲手缝制好了新的鞠球，请问陛下可愿午后一起到后苑去蹴鞠？娘子说，上次与官家踢了个五比四，她心里不服，今日想再试试自己的技艺，请陛下品评品评，是否有了长进。”

听闻菁娘邀蹴鞠，君贵来了兴趣。之前某次闲叙中，他得知菁娘会蹴鞠，顿时心痒脚痒，拉着菁娘到后苑去，叫上几个宫官内侍一起耍了一场。当然，若论过瘾，肯定是与近卫如林远等一起蹴鞠更过瘾，冲突激烈，很考校体能和功夫。不过菁娘是女子，原本风格就绵软得多，也不可能与近卫们混到一起玩耍，故此只能拉宫官内侍作陪。好在绵软风格也有其好处，更考校人的技巧。君贵长久地闷在宫中处理各种繁杂的军政事务，浑身筋骨早就腻得不耐烦，便是加长晨练时间也不能尽兴。菁娘是个娇俏活泼的玩伴，蹴鞠时常常异想天开，胡踢乱踹，各种趣味，岂是林远、邓锦等大男人所能比的？因此，每过几日，君贵便惦记着与菁娘下场玩耍一番，以为深宫颐养身心之娱乐。

君贵看了看自己御案上奏表堆积而成的小山，忽然笑道：“不必午后，朕这就找王娘子蹴鞠去！你教她带上鞠球，先去后苑等着朕。”

桐华喜得忙应道：“遵旨，臣妾立时去向娘子传达陛下的口谕！”

桐华走后，君贵让远山、秋池给自己找出素日习武的衣裳来换。一面换，一面又不由看向御案上的奏表。

一旁的刘奉武偷偷问王景通：“干爹，圣人是不是说过少时会过来？”

王景通看看官家心痒难耐的模样，向刘奉武瞪一眼，悄声道：“怎么，你还想拦着呀？”

“不是不是。儿子不是怕官家忘了吗？干爹好歹提醒一声呗，官家留不留下是官家的事，至少咱们不必等到官家事后想起来时，又落不是了。”

王景通上下打量着刘奉武："嘿嘿，你这心，也算操得是地方。"

王景通说罢，便走近皇帝赔笑道："官家，倘若少时圣人过来……"

君贵看他一眼，指着御案上其中一堆奏表说道："圣人过来，就请她先替朕将那堆奏表看了，说朕少时就回来。"他扫视一下屋内众人，又笑着追加了一句，"你们可别告诉圣人朕蹴鞠去了啊。"

"那……那说什么……"刘奉武不由问道。

王景通忙偷偷拉他衣角。君贵一瞥刘奉武，也不回答，只整整穿好的习武服，迈步往殿外走。见远山和秋池眼巴巴看着自己，便顺口道："没事你们就自在自在去吧。"两人忙答应了，偷偷互视一眼，也不好说话。

君贵走至殿门口，回头对刘奉武嗔道："还愣着做什么？跟着朕去呀！"

"喏。"刘奉武回过神来，忙几步追上去。

这里王景通愣愣留在殿中，看看御案，再看看依旧发呆的两位昭容娘子和她们手中官家换下来的衣裳，偷偷吐了口气。

皇帝走后两炷香工夫，皇后携侍从来到滋德殿偏殿。

一切都是工作进行中的模样，可是官家不在。

"官家呢？"君怜问王景通。

"啊，回圣人的话，官家前头有点事，略去一去就回来。"王景通忙赔笑道，"官家说，这堆奏表还没看呢，请圣人先帮着看一看。"

"嗯。"君怜点点头，坐到了御案前，又问，"今日孙昭容和章昭容没有过来？"

"回圣人，两位昭容来了一阵子，见官家走了，就又回去了。"

"嗯。今日王昭仪没有遣人过来？"

"呃……"王景通赔笑道，"圣人，臣没有看见，臣被官家遣去前朝办事，刚回来。”

君怜看着他，微笑道：“官家信任王都知，前朝有事，总是遣王都知亲自来回奔波，王都知辛苦了。”

王景通尴尬道：“圣人此言，臣怎么敢当！这原本是臣分内的事……”

这当儿廷献忙笑着过来打岔：“圣人既要开始办公，臣就替圣人点盏茶来用吧？”

君怜瞥他一眼，并不理会，又向王景通道：“近日天气渐热，官家脾性，总喜欢早早穿上薄单衫，图个痛快。昨日我嘱咐过你们，一早一晚，要想着为官家换上夹衫，以免招了外邪。今日尤其天阴，不比昨日太阳大，官家穿什么出去的？”

王景通的心怦怦直跳：“臣……臣适才来回匆忙，忘了替官家换上夹衫，臣实在该死！”

君怜点点头，起身踱到偏殿窗侧的柜橱前，回头示意廷献打开。廷献与王景通交换一个复杂的眼神，只得走过来，缓缓拉开柜门。柜门里，整整齐齐叠着官家适才换下的那身燕服，平时放在这里的习武服却不见了。这里是御书房，官家的大多数衣裳并不放在此处，只留了少数几身图个方便，是以其中若短了什么，是一目了然的。

“官家到底去哪儿了？”君怜不动声色地看着王景通。

王景通忙跪了下来：“圣人请息怒！臣是唯恐圣人生气伤了身子，不是有意隐瞒。官家……官家看奏表看得累了，就……就蹴鞠去了。”

“官家公事累了去蹴鞠，这很正常啊，有什么必要隐瞒呢？”君怜道，“是王娘子来请的，是吗？”

“……是。”

“出不了三天就必定要拉官家下场蹴鞠一次，每次不要上一两个时辰就不算完……王都知，你能不能告诉我，殿前都虞候赵匡胤那里的蹴鞠好手，每天会花多少工夫在鞠场里？”

“圣人，臣……臣不知道。圣人既然动问，臣就去找他弄个明白。”王景通低眉顺目，小心翼翼地答道。

大内后苑鞠场。

踢完又一场蹴鞠的官家和王昭仪坐在场边交椅上休息。菁娘也是一身小衣襟，短打扮，十分干脆利落。他们满脸通红，汗水涔涔，神情却很兴奋。有内侍在他们身后不断摇晃着巨大的羽扇。有内事奉上汤水。陪着他们下场的刘奉武、苏安山等侍从，也一齐坐在石头上、台阶上歇息、喝水。

菁娘喘着气，笑嗔道：“……陛下欺负臣妾力弱，适才那一脚，一点都不肯让着！”

君贵调匀气息，笑道：“我已经让你好几次啦，自己学艺不精，可别再赖我。”

菁娘道：“臣妾不服，再来！”

君贵向身旁的刘奉武问道：“什么时候了？”

刘奉武忙道：“臣这就去看看最近的铜漏。”一时回来报告，“回官家，快到午初了。”

君贵叹口气：“唉，玩耍了这许久，我该回去啦。”

菁娘一把拉住他，撒娇道：“陛下，别着急走，咱们再踢一场好不好？”

“下次再说吧。”

“下次？臣妾要见陛下一面多难啊，除了蹴鞠，就只能等着陛下召唤！平素陛下老在滋德殿待着，可是偏又不教臣妾去。陛下，臣妾不明白，那地方圣人能去，连孙昭容、章昭容都能去，为何就不教臣妾去？”

“两位昭容是去伺候我的日常起居的，这么多年，我习惯了她们，换别人总是别扭。”

“那么陛下也教臣妾去伺候起居！陛下很快也会习惯臣妾的。

那些事，臣妾都会做!”

君贵笑了:“呵，不用你，你就乖乖在景福殿待着玩你的吧。”说着，他便欲站起身来。

菁娘不肯放手:“陛下，再踢一场，就一场，好不好?”

君贵摇摇头:“不踢了。少时给圣人知道，该怪我不务正业、玩物丧志了。”

“那么，咱们晌后再悄悄过来踢一场，好不好？圣人不会知道的。”

君贵不由笑了:“圣人耳目甚广，这种事，瞒不过她的。”

菁娘沉下脸嘟起了嘴:“圣人为何什么都要管，宫里的人事都归她管也就罢了，连官家她也要管!”

君贵似笑非笑地看着她:“依我看，此事圣人管得甚好啊。”他站起身,“你再玩耍一会儿，午时过来陪我和圣人一起用膳吧。我走了。”说罢，他便头也不回地大步离开。

“陛下！陛下!”菁娘在他身后连唤两声，见他没有停下的意思，忍不住倏地滑下泪来。

滋德殿。后门。

君贵率众侍从急急走到门口，突然停了下来，低声询问如礼跪拜于地的宫官:“圣人在吗?”

“回陛下，在。”

“在哪儿?”

“回陛下，御书房。”

君贵悄声向刘奉武道:“咱们先去寝殿换衣裳。”刘奉武点头答应着，急急引了君贵径往后殿而去。沿路，宫官内侍们如同往常一样跪拜致意，达到一定品阶的还次第唱礼：陛下……陛下……陛下……急得君贵一路摆手，也急得刘奉武一路低声制止着:“嘘！嘘！都别出声！都别说话!”

到了寝殿，两人急急忙忙找了燕服单衫换上。宫人又捧上热水来，刘奉武拧了巾帕给君贵擦脸。上下一通忙乎，好歹有了个正常的模样。君贵向铜镜中照了一照，自感形容无异，这才整顿辞色，往前头的偏殿而去。

偏殿。君怜坐在御案前看奏表。外间次第致礼之声传进来，她抬起头。帘栊掀起，君贵迈步进来。君怜起身致礼："官家回来了。"

"圣人来了很久了吧?"君贵难免有点心虚，忙笑道，"奏表看得如何了?"

君怜瞥一眼他身上的衣裳，也带着笑意应道："来了也不很久。官家交代的这些奏表，看了一半了。"

"好好，圣人辛苦了，快过来歇歇。"君贵说着走至罗汉榻上坐下，又看向廷献，"去替圣人点盏茶来。"

"喏。"廷献忙将视线从官家单衫上移开，答应着去旁边干活。

"前朝有什么事，官家急急忙忙地去了?"君怜如言坐到君贵身边，漫不经心问道。

"也没什么大不了的，"君贵灵机一动，想到了一件不大不小，而且恰好还没让君怜知道的事情，"……不过是张昭、田敏他们来求对，念叨念叨祭祀的事。"

君怜闻到了一股尚未完全消退的热汗的味道，君贵显然在打诳语。

她不动声色："噢，……想来，是到了该祭祀宫所山川的时候了。"

"对对。他们说，以往祭祀所用的牺牲数目太费，不分大祭小祭，常一律用太牢，有伤国朝俭素之德，故此奏请减减。"君贵应道，"……圣人的意下如何?"

"嗯，张昭、田敏所言有理。官家是如何处置的?"

"我允可了。以后，除了祭祀天地和太庙，其他的都只用羊。"

"好。不过，减少牲牢是彰显天子体恤生灵、戒奢俭素的美德，可不是表示天子轻忽祭祀，这个意思，请官家务必在诏令里说明白。”

“嗯，好。”

“此外，牲牢虽说减了，香币、馔料、供具等事却务必要更加精心，连同各处祠祭的礼乐，也要在祀前反复教习，不可轻率怠慢。这个意思，也请官家务必向太常礼院申令清楚，并教太常博士和监察御史用心点检、监督为是。”

“好好，我会依圣人所言降旨的。”

这当儿廷献点好了茶，分在两只雨过天青釉的斗笠盏中呈上来。君贵与君怜便互相笑笑，一人擎了一只茶盏，慢慢品尝。

殿中剩下了心照不宣的沉默。

现在，他们之间相处时常有一种微妙的小心翼翼，一面努力想向对方释放自己的善意，一面又带着谨细，唯恐一言不慎，就让关系回到之前那种尴尬和疏远的境地中去。

两宫侍从们不由得都提起一颗心来，悄悄互视着，纷纷猜想官家的这个谎言会不会以及会以什么方式被戳破。

良久，君怜放下茶盏，看着君贵。

君贵再也受不了了，缴械投降：“好吧好吧，我……”

“哥哥，”君怜忽然柔和道，“虽说近来天气愈发热了，但早晚之间还是凉的。该添加衣裳的时候，就教他们给你添加一件，别由着自己性子来。出汗吹风伤了龙体，可不是玩笑。”

“哦哦，好，好，我知道了。”君贵讷讷答应着，不由稍微有些脸红。那神情，就像捂了一个大谎在心间的孩子。

又一日。滋德殿前殿。御前军机会议。

紫檀屏风上仍旧悬挂着符氏羊皮大地图。皇帝、魏仁浦、李重进、张永德等围在地图前。话题主要关于攻取西蜀秦、凤诸州的战事。

张永德道：“……之前自请前来抵御王师的蜀将赵季札，因为被王师逼得不战而退，已经被蜀主给杀了。”

李重进道：“蜀主此番派出的迎战者，以李廷珪为首，又有高彦俦、吕彦珂、赵崇韬等宿将。据臣接到的西线战报，我军排阵使、濮州刺史胡立，便是为李廷珪所擒。”

皇帝道：“胡立目下是死是活？”

李重进道：“据报，已经殉国。”

皇帝默然片刻，沉声道：“……厚恤其家！”他看向羊皮地图中那几个红圈，面色阴冷，“看来，蜀中那几个中原故州，并没有想象中的好下，需要给向训和王景增派援手了！”

蜀中资州。富春江酒楼。

富春江酒楼原来是茶肆，布局清雅。后来市面不好，光卖清茶日子难过，便改了酒楼，不仅提供住宿，也兼卖大菜小食以维持生意。

一个相貌平平的客人走进店堂，似乎要寻个清静座位。他前后左右巡视着，趁店中别的客人没注意，七弯八拐，拐入店后的一个小间。等在小间中的店主警惕地看着来人，站起身来。

来人揭下腮帮子和鼻尖上几块乔装的义肉，原来是西乞十三。

西乞十三并不与店主寒暄，只点点头算作招呼，便直接问道：“你传信来说有重要军机报告？”

“是。师兄请看。”店主从柜橱脚下隐蔽处掏出一个小竹管，拔开管口塞子，倒出两个小纸卷，“这是蜀主派遣的谍者身上携带的蜡丸书。”

“派向哪里的谍者？”

“一个去往河东刘氏处，一个去往江南李氏处。”

西乞十三急忙展开纸卷看内容，原来是蜀主孟昶致刘崇和李璟的密信，约他们一起发兵，牵制大周对秦、凤诸州的进攻。

“你是怎么得到的？”

“那两人从成都出发，路经资州尚未分手，结伴投到愚弟这里来住宿。他们的外貌、行止在常人眼里也许看不出什么问题，但愚弟总觉得他们鬼鬼祟祟的，夜里便吹了迷魂散，进去查他们行李。结果，在他们身上极隐秘处分别找到了一个蜡丸。”

“你就化了他们的蜡丸、抄了密信？”

“是。”

“再封回去的时候，有破绽吗？蜡丸上的封记，你能确保跟孟氏宫中的原样相同吗？……你以前封蜡这招学得可不怎么样。”

“师兄放心，妥妥的，管保他们看不出来。”

“这是什么时候的事？”

“昨日。愚弟本来要循例派人送到师父那里去的，可是兹事体大，怕递送不及给耽误了。又听说师兄最近正在蜀境，想着师兄常在御前行走，因此惊动师兄亲自跑来一趟。”

“你做得很对，这事我得立马向官家汇报。”

“呃……师兄吃点什么？”

“赶路，给我带上两斤包子、一壶罗汉汤吧。”

“师兄先坐下吃喝，我另去将要带走的吃食包上。”

“不必坐下吃了，刘崇、李伯玉全都是老滑头，接到孟昶密信立刻就会有所动作。这事儿，半刻钟也耽搁不得。”

滋德殿。前殿之外。

枢机会议散会，枢臣们走出。魏仁浦、范质和李榖走在一起。

范质向魏仁浦埋怨道：“魏枢密，适才你怎的不寻机帮陈渥说句话！陈渥为人清苦，为官一向有担当，仅仅因为监察齐州民田之事失实就被赐死，也太冤枉了！”

魏仁浦叹道：“下官怎的没说话？下官为了保陈渥，之前还专门向官家求对了两次。可是你们也知道，官家最在意民生耕殖之事，殿堂里还立了耕夫蚕妇木像作为警示。是以，一听说有人仗势抢占民田、欺压良善，官家就上了火。下官辩道，抢占民田的并非陈渥，陈渥只是失察。官家说，失察就是渎职，渎职就应当与被告的同罪。没有斩首于闹市，而是赐死于家宅，已经很给他留脸了。唉，官家的性子……你们也都知道……”

李毅苦笑了一下：“这个下官倒是明白，官家认定了的事，哪个拉得回来？……不过，依下官说，官家这性子也有大大的妙处。两位想想，各藩镇重要佐官的任免权，那天官家说收回中枢就收回中枢了，哪个藩主敢出头来反对一声？”

范质点头道：“是啊，像留守判官、两使判官、少尹这类职务，以前藩主们常常是自己定了，再向朝廷报一报，走个过场。便是先帝在时，也顾忌重重，不好轻易褫夺了他们的权柄。没想到到了今上这里，可就动了真格的了。”

魏仁浦叹道：“官家神通，无人能及。自打官家亲审了马遇那案子之后，据下官所知，如今藩主们都跑到监狱里去亲自过问诉讼的事了。……呵，历来遵谕效行，哪有这么快的？”

三人一面心情复杂地感叹着官家的犀利无匹，一面缓步经过丹墀，转上御道，向着远处巍峨的宫门走去。

宏阔的宫廷广场上，人影寥寥，宫门处禁卫们手持的兵刃尖上光芒闪耀。

一二三　两阁有娠

紫烟阁书房。

几案上的铜博山炉里袅出云雾般的烟篆，依旧“嘉香”淡淡。墙上挂着君贵手书的那幅大字：浊世清芬。

君怜携子女来找朱雀闲叙。观音与训哥儿趴在一旁的地上，各拿一支墨笔在纸上乱画。侍从们围在旁边，说是陪伴，其实更多的是防范他们以墨笔破坏屋内这些典雅的家具。

朱雀笑道：“昨日我教会观音写了一个‘音’字，她回去有没有告诉你？”

“没有啊。”君怜喜道，“观音真的会写字了吗？”

“那是自然，也不看看是谁在教她！”朱雀得意道，一面呼唤观音，“音儿，来，到雀姨这里来好不好？”

观音闻言，果然乖乖地慢慢走过来：“雀姨叫我做什么？”

“昨日雀姨教你写的那个‘音’字，你还记得吗？”朱雀拉着她的小手，温言问道。

“记得。”观音眨巴着眼睛，认真地点点头。

“真的？！”朱雀惊喜道，“那你写给你阿孃看看，好不好？”说着，她就将观音抱到书桌前的椅子上，一面保护着她，一面拿走她手上已经搅作蓬头鬼般的旧笔，替她蘸了支新笔交到手里。

这里刘氏也抱了训哥儿凑过来，说道：“哥儿，咱们看阿姊写字！阿姊快写吧，弟弟要学呢！”

观音呆呆看着朱雀，使劲回想着，一脸茫然。朱雀便自己先在纸上写了个“音”字给她看：“喏，是这个字，观音的‘音’。——咱们这么聪明的小音儿，昨日一学就会的，现下该不会告诉雀姨已经忘了吧？”

“音儿没有忘！”观音不满地说着，横抓笔管，果然照虎画猫，在纸上写下了歪歪扭扭、比托盘还大的一个“音”字。

众人尽皆鼓起掌来。朱雀笑道：“好厉害的小音儿！”

君怜似乎也深感欣慰，满面笑意，颔首不语。朱雀不由揶揄道：“人家是世尊拈花，迦叶微笑。你们呢，是观音拈笔，圣人微笑！”

一时训哥儿也闹着要写字，朱雀便又教他画“川”字，画完，她在左边加个言字旁，算是训哥儿自己写的名字。众人在书房中嘈嘈切切，热闹了好半天。直待孩儿们兴尽，君怜方命侍从替他们洗了手，带去庭苑中玩耍。

这里朱雀看君怜似有心事萦怀，便屏退了众人问她。君怜想了想，遂将君贵多日沉迷与王菁娘蹴鞠之事说了。

“哼，她会蹴鞠有什么大不了的？我也会啊。你以前在家时，不是偶尔也能下场耍一耍吗？”朱雀大大咧咧道。

“呵，咱们会不会蹴鞠，跟我说的这事完全是两回事。难不成因为咱们也会耍，便要组一个队跟他们比赛不成？”

“比就比，那怕什么的呀？”

“唉，你别闹了。”君怜蹙眉道，“朱雀，我总在想，菁娘拿蹴鞠勾着他，也许……也许会比拿别的什么勾着他好些吧……”

“拿什么别的勾着他？美色吗？哼，你自己就是个大美人儿，菁娘那种单薄的样子，哪有半分能跟你相比的？”

君怜不由哂道：“呵，你这话好偏心！”

朱雀拍拍她的手：“依我看，你也不必太多虑，你家君贵倒不是那种缺乏意志、没有定力的人。什么事的尺度在哪里，他是有数的。”

“嗯，也是。”君怜苦笑道，“真是难为他了，因为自己偷着跑去找宠姬要了场蹴鞠，还巴巴撒个谎来诓哄我……”

朱雀好奇道：“哦，撒谎了？那谎撒得可圆吗？”

“……其实吧，还挺圆的。”

滋德殿偏殿。殿门紧闭。

西乞十三肃立于地。官家坐在御案前展读资州谍者截获的孟昶密信。

为了便于隐匿和传输，密信还是最初被抄写过来时的样子，并没有换字号重抄，因此纸卷很小，字也很小，君贵颇费了一点工夫才将它读完。

西乞十三见官家读罢放下纸卷，便揖道：“官家，蜀中密谍的行脚功夫甚是了得，只怕此时，这两封信已经到了刘崇和李伯玉的手里了。”

“朕知道了。”君贵冷笑道，“孟昶、刘崇、李伯玉这几个人，从来沆瀣一气！从先帝朝到如今，晋州之役、兖海之役、太原之役，哪一仗少得了他们几个的四面呼应？他们是想做个大口袋，将我大周收在里头，一点一点憋死了才肯罢休。哼，走着瞧，早晚，朕要一个一个收拾掉他们！”

君臣二人谋划半晌。

计议已定，君贵向西乞十三道：“得了，去将那四个小底带进来吧。”

一时西乞十三蔽面而出，领回了候在别处的四个少年军士。四人一齐向皇帝行叉手单膝拜礼。这就是上次被田重霸留下着意培养的那几个孩子了。

君贵温言命他们平身，走到跟前一一细看，认出了戴五。“你就是‘追着电’，对吗？”他笑道。

“回陛下，微臣是。”戴五激动应答道。

“你果然是个好的，不然，你师父不会将你留下来。”君贵含笑道，“你可还记得，上次朕说过，待你立了功，朕要亲赐你一个名字？”

“记得，记得，微臣死都记得！”

“……今日，朕改主意了。”

闻言，殿中的大小五个臣属全都眼含惊讶地看着官家。

“朕决意不必等到立功了，现下就赐给你名字！你不是说你跑得快吗，朕想好了，你就叫‘飞菟’吧。飞菟是一种上古神马的名字，能日行三万里呢。戴飞菟，你觉得好听吗？”

“好听！好听！微臣叩谢陛下的恩典！”戴五热泪盈眶，立时跪下去，郑重其事地叩了三个头。

其他三个孩子眼巴巴看着他，满目遮掩不住的艳羡。

君贵注意到了他们的眼神，他的心上顿时袭来一阵强烈的爱惜和不忍之情。他自己最初从军的时候，就是十五岁的少年。飞卫最初跟随他的时候，也不过十六岁，与这些满怀憧憬的孩子并没有什么区别。看着他们，君贵就好似看到了遥远的从前。

“呵，你们也想要朕赐名，是吗？”

“是！”“是！”“是！”三个少年军士挺直了身子，异口同声响亮地回答道。

“好，既如此，朕就为你们赐名。”君贵到书架上拿过一本书，略翻了翻，然后回到御案前坐下。他铺开一张内用描金祥龙粉蜡笺，正待提笔，又立刻意识到不妥，便左顾右盼，找到了四张竹牌。

竹牌每张大约一寸半长、一寸宽，是内侍们削给皇子皇女玩的，上面没有任何内廷标记，素日被他们带着到处玩，难免在各间屋子里都有遗留。

他提起笔来，思索着，在竹牌的净白面写下四个名字，然后走到他们跟前，逐个递给他们：“来，飞菟，这是你的。……这个乘黄，赐给你。……这个吉良，赐给你。……这个英招，赐给你。……飞菟、乘黄、吉良、英招，都是上古神兽，个个天赋异禀，神通广大。”他温和地看着他们，嘉勉道，“朕要你们记着，朕钦赐你们以神兽之名，是因为在朕的眼里心中，你们就将是守护国之神器的神兽！你们的人生还很长，你们承担的使命将会很艰巨，朕相信你们，希望你们今后能够不畏凶险，尽忠报国！”

飞菟、乘黄、吉良、英招四人激动得热泪盈眶，纷纷伏地拜谢官家的恩典。一向不轻易表达感情的西乞十三，也露出了少见的笑容。

众人临走前，君贵将西乞十三叫到身边，低声道：“替朕好生看顾、栽培这四个孩子，朕赐了他们名字，朕与他们就有情分了，他们便如同朕的门生一般。回去之后，将飞菟派到麟、府、银州一线去；其他三个，一个派到江南线，一个派到西蜀线，一个派到幽云线。先教他们熟悉环境，将来，朕有大用。”

西乞十三郑重叉手应喏：“请陛下放心，臣完全明白！”

不日，天子诏下，以彰信节度使韩通充西南行营马步军都虞候。未几，又以王景兼西南行营都招讨使，向训兼行营兵马都监。

枢臣们见皇帝意欲加强对西南蜀地的攻势，委婉地表达了自己的疑虑。蜀地多山，王师对地形不熟，粮草馈运又不继，加上之前大军受到孟蜀李廷珪等部的打击，损失了胡立等部将，西军士气低落。他们认为，攻打秦、凤诸州的时机并不成熟，还是先罢兵，待瓜熟蒂落的好。

皇帝听了枢臣们的意见，并没有直接反驳。他思来想去，在滋德殿前殿单独召见了赵匡胤，命他前往西南前线进行实地考察。赵匡胤是目前能派出承担此任务的最佳人选，李重进和张永德位置太高了，不可能去搞侦察，他们倘若出动，那就是大动作。而且，皇帝对赵匡胤的军事才能和战争直觉一直很欣赏，尤其相信他的战略谋划能力。先咬西蜀一口，原本是调整后的平边策的第一个动作，可是，目下秦、凤到底可取不可取呢，王师到底该不该从那里退兵呢？皇帝说："元朗，朕需要你的判断。"

七月中旬，肩负着皇帝殷切期望的赵匡胤带领少数亲随，向秦、凤一带出发了。

坤宁宫前殿。皇后正与两位昭容坐而闲叙。

虽说入了秋，"秋老虎"还盘踞着，天气有时是燠热的。羽扇尚未被弃捐，宫人执扇轻摇。君怜留意着昭容们的身子，命廷献、芦笛等加意照拂。

从七月初到八月初，宫里先后确认了两个消息：先是丛玉阁孙昭容远山有娠；今日，瑶碧阁章昭容秋池有喜的消息也由刘医正在皇后面前进行了证实。

对于远山和秋池，这当然是天外之喜，又激动，又难免担忧，不知如何是好。她们的父母家人早已亡散于兵荒马乱中，她们没有本家可以倚靠，因此便先后到皇后这里来献诚，寻求皇后的接纳。

其实，她们是郭氏旧属，按理说应该以郭氏为母家。不过君贵现在成了丈夫，郭氏成了夫家，也就不可能再承担起母家的责任。她们为了腹中的孩儿争取其嫡母的庇护，自然是宫廷生存的上上策。

君怜倒是真心为此高兴的，她一直认为，每个女人都应该拥有自己的孩子。她自己有了观音和训哥儿，享受到多少天伦之乐；远山和秋池事奉帝后一向勤谨，拥有一个皇儿，似乎正是对她们辛苦工作的报偿。同时，后妃各擅其子，也是内廷相安的门道。

何况，她们的孩儿们之间，是不可能有储位之争的。

在得知远山有娠后，君怜命御医院专门开了保养安胎的方子，天天熬汤制水，先喝三个月再说。今日既然秋池有喜，君怜索性命御医院从此后多煎一份，让她们姐妹俩做伴喝，一起经历这个苦乐参半的过程。

一时朱雀也闻讯赶来，向秋池道喜，又问候远山的身子近况。因又拉了两人的手腕来切脉，笑道："上次我摸到喜脉，还是在圣人怀训哥儿的时候。得亏你们两人有喜了，否则，我那点心得都快忘光了。"

未几，景福殿宫官桐华请求入见，回报说王娘子身子不适，不能应圣人之召过来叙谈。君怜不动声色点点头："知道了。"

景福殿。菁娘趴在睡榻上，放声大哭。万氏和桐华等试图上来劝解，菁娘愈发恼怒，将榻上的瓷枕、被褥等物通通扫落到地下。

"一个人有喜也就罢了，你们糊弄我，说多哄得官家来几次，我自己也会有！我辛辛苦苦哄得官家来了，又怎么样？喜还是人家的！她们成天出双入对地在官家面前晃来晃去，自然得利，有喜也是成双地有！我呢？我呢？将来她们都生了孩儿，围着官家叫爹爹，就我没有！官家成天逗弄她们的孩儿玩，哪里还有心思到景福殿里来……"菁娘越说越悲伤，号哭变成了呜咽。

"哎哎，姐儿，快别只管哭了！"万氏见她气焰渐低，便坐到榻上，轻轻拍抚她，"谁先生，谁后生，打什么紧！要紧的是看谁生的！圣人的孩儿咱们没法比，孙昭容和章昭容的孩儿咱们还比不了吗？她们是什么人，姐儿你是什么人？于今之计，还是先时我那句话，先哄得官家多到景福殿来再说。"她放低了声音，"其实姐儿这么年轻，一时不要孩儿又打什么紧？她们有了喜，大好的机会不正给姐儿留出来了吗？依我说，有了孩儿的女人跟没有孩儿的女人大不一样，官家天天看着她们，能不腻吗？"

菁娘坐起身子，泪眼蒙眬地看着乳母："真的？"

"真的呀！姐儿想想，这么多人里头，就数姐儿年纪轻。官家不宠爱你，还能宠爱谁？”

滋德殿偏殿。君贵在看书。殿外起了一阵小小的喧哗。

“让我进去！闪开！别拦着我！”菁娘的声音放大了。

君贵蹙起了眉，想了想，对身边的刘奉武道：“让王娘子进来。”

“陛下！”菁娘进得殿内，扑到御案前，眼泪汪汪就是一跪，“陛下好几日不驾幸景福殿了，臣妾又亲手新缝了几个鞠球，陛下也不来跟臣妾一起踢！臣妾天天想念陛下，手指头把卧榻的褥子都抠出洞来了！陛下，臣妾是不是做错了什么？臣妾年轻无知，倘若做错了，就请陛下教导臣妾，千万不要不理臣妾……”

君贵起身过来拉起她，笑道：“你看看你，说些什么呢？快别胡思乱想了。”

菁娘一头扎进君贵怀里，涕泗滂沱：“陛下，她们都有的，臣妾也要……”

“……你要什么呀？”

“孩儿呀！”菁娘抬起泪眼看着他，“陛下，臣妾就在这里，现在就来宠幸臣妾吧，好不好？臣妾天天在景福殿等着，盼着，陛下总也不来！想念陛下的时候，臣妾就只能哭！臣妾吃不下饭，睡不着觉，景福殿冷得就像深井似的，臣妾盖多少床被子都暖和不过来……”

君贵为之动容，轻抚着她的头发，哄道：“好了，别哭了，你在景福殿要好好过自己的日子啊，别老等着我。我不去的时候，你给自己找点事儿干。像圣人那样看看书，或者像孙娘子和章娘子那样，做做针凿。”

“那些事我都不喜欢，我就喜欢跟陛下待在一起！蹴鞠也好，躺着说话也好，我就想在陛下身边！陛下，来，快来，臣妾不想再等了，臣妾再也受不了一个人像傻子那样哭了！”

君贵看看殿侧低头侍立的宫官们，尴尬地笑了一下：“好了好了，菁娘，你的心思我知道了。今晚我去景福殿，行了吧？有什么话，咱们晚间再说。目下我要处理公事，你先回去，听话。”

菁娘不肯走，求恳道：“臣妾在这里陪陛下一会儿，行吗？孙昭容和章昭容她们不是回阁子保养去了吗，臣妾来伺候陛下。”

“……还是回去吧。”

“陛下，臣妾就陪一小会儿，一小会儿……”

君贵无可奈何地叹口气：“好好，你去那边坐着，别跟我说话。还有，下不为例。”

菁娘破涕为笑，忙坐到罗汉榻上去，抹干了眼泪，托着腮看着君贵发呆。君贵余光中见她一动不动的，也忍下心来不去理会，只管继续看书想事情。

一时刘奉武上来进茶，君贵接过杯盏，一错眼看见了菁娘脸上痴迷的笑容，不由哭笑不得：“菁娘！”

菁娘吓了一跳，骤然醒过来：“啊？”

“哎哎，回去吧，回去吧，你这样，还教我怎么看书？”君贵嗔道。

“怎么了？陛下看见臣妾，就心猿意马了，对不对？”菁娘坏笑道。

“你这小野猫！”君贵低声抱怨着，不由含上了笑意。

菁娘起身走到他身边，搂着他附耳轻声道：“其实，臣妾也心猿意马好久了……”

正在此时，殿外响起了次第致礼之声，王景通入内报告：“陛下，圣人来了。”君贵“哦”一声，来不及叫菁娘退远，君怜已经率侍从入了殿门。

殿内顿时鸦雀无声。三个人的表情都有些凝固。

良久，君怜平静向君贵一福：“官家圣安。”

君贵忙道：“啊，圣人来了。”说着，又看向菁娘。

菁娘便也向君怜一福："圣人金安。"

"呃……菁娘她……"君贵试图解释。

"官家在做什么？看奏表，还是看书？"君怜并不理会这茬，走近御案，带着一点笑问道。

"看书。批奏表批得累了，看看书。"君贵忙笑道。

"既然累了，官家就歇歇，我来替官家看奏表吧。"

"好，你来看。"君贵说着，便将身子往旁边挪挪，给君怜让地方。

君怜从容坐下，拿起一本奏表来，又看向菁娘："王娘子呢，在做什么？"

"臣妾在陪伴官家！"菁娘理直气壮道。

君怜不动声色地看着君贵。

"呃……她……"君贵尴尬道，"她有点事儿要说，就来了……"

"事儿说完了吗？"君怜看向菁娘。

"还没。"菁娘带上了顶撞的语气。

君怜站起身，冷下脸来："还没说完，就现在说，我替陛下听着。倘若陛下不得闲，就由我来替陛下处置。御书房是陛下办公与进学的地方，后宫嫔御不得陛下召唤，一律不许以私事到这里来打扰，这是明明白白写在宫规里的。你学过很长时间的宫规，倘若违规该怎么处罚，你比谁都清楚。今日你既然来了，想必为的不是私情私事。"

菁娘愣住了，求救地看向君贵。

"呃，圣人……"君贵也站起身，向君怜劝解道。

"官家以为我说得在理吗？"君怜正色道。

君贵看向菁娘："你先出去。"菁娘忙一福，低头匆匆离去。君贵又向刘奉武、陈廷献等使眼色，一众侍从也全部施礼退出。

君贵向君怜靠近一些，看着她的面色，赔笑道："君怜，你今日怎么恁大的气性？菁娘她不过是小孩子脾性，一个人待着寂寞，就跑过来了……”

君怜面无表情地看着她：“她小孩子，她寂寞，哥哥呢？哥哥也是小孩子吗？哥哥也寂寞吗？……御书房，应该是个清静养心的地方。”

君贵讪讪道：“君怜，今日之事，我容许菁娘在此淹留不去，的确有不妥之处。可是，我也的确没做什么，你何必如此猜疑？”

“哥哥以为我是在猜疑，在争风吃醋？”

“……那你生这么大的气，到底为的是什么呢？”

“哥哥爱看《贞观政要》，有一个问题，我想请教哥哥。”君怜和缓了颜色，“贞观年间，有一次台使想让凉州都督李大亮向唐太宗献名鹰，李大亮为何不肯献？唐太宗知道了此事，为何反而下诏褒扬李大亮呢？”

君贵默然。

君怜温言道：“是因为献鹰与之前唐太宗下达的绝畋猎诏令相违背，对吗？可是，唐太宗戎马半生，原本酷爱畋猎，为何却主动表示不再畋猎了呢？”

“……他也是体恤生灵、垂范天下诸侯的意思。”

“对。天道对于天子的约束，原本就比对常人要多得多。‘守勤守俭，去奢去逸，外无荒禽，内无荒色’，这些事一个大臣都很难做到，遑论手握万方财富、天下任我裁度的天子？《贞观政要》一书，花了很大的篇幅来提醒帝王慎所好、勿奢纵、善纳谏，不就是这个意思吗？”

“可是……君怜，我并没有要纵所欲的意思啊……”

“我知道。哥哥政务繁忙，忙累了，去找人蹴鞠，找人说话，这有什么错呢？我所想提醒的不过是，凡事都要有个度。倘若哥哥不介意，我想问哥哥一句：哥哥如今的志向，是做一个普通的好皇帝就够了呢，还是仍旧想成为唐太宗那样伟大的皇帝呢？”

君贵看着她，眼中射出了异样的光芒：“太宗十八举义兵……功成理定致太平。”

君怜颔首：“好。要想成人所不能成之事，就要忍人所不能忍之苦，受人所不能受之累，不为小利所诱，不为外物所动。……哥哥，当年在河中与你的旱亭之约，我始终记得。”

一二四　彤史青编

明日就是八月节了，帝后将在万岁殿向百官赐宴，共庆中秋团圆佳期。禁中的宫人、内侍们，都在为此而忙碌。

然而坤宁宫还是保持了一贯的宁静，负责替宫室张灯结彩的人动作都很轻。除了皇子训哥儿和皇女观音将一两只灯笼在地上推着玩时发出的笑声，就只有尚宫唐氏轻声招呼宫人看顾他们的声音了。

前殿。君怜坐于鸾座之上，只留了三两侍从在侧。

彤史广明和永光入内行礼，君怜温言命她们起身。两人向圣人呈上两本册子："启禀圣人，这便是自本年四月以来的彤史日志了。"廷献忙接过日志册，进呈于君怜之前。

君怜翻到五月节前那日的记录，菁娘与朱雀争执的言辞赫然在目。

君怜合上折册，温言道："你们记录得很好。"向廷献道，"赐座。"廷献和芦笛忙替她们搬了杌凳来，两人受宠若惊地告了罪，端正坐下。君怜又向廷献道，"赐茶。"廷献依言去点了茶来，分与广明和永光。两人又受宠若惊地领了，也不知圣人葫芦里卖的是什么药，便静静品尝不语。

这里君怜也慢慢品完自己的茶，放下茶盏，微笑道："彤史虽是内廷后妃起居言行的记录，但也属史家一派，自当秉笔直书，向后人起到警示与劝诫的功用。我中华自古以来就称赞良史，故此，齐国太史世家舍命记录崔杼弑君之事，晋国太史董狐坚持书写赵盾逆君之事，才会千百年来为人所传颂和景仰。”

广明笑道：“圣人说得极是。臣妾等幼受圣教，也知道以良史之心，如实记录所见所闻。”

永光笑道：“昔者唐太宗调阅本朝实录，还为后人诟病良久呢。”

君怜一笑：“不过，内廷之事隐秘，有些言行可传，有些言行不过出于一时激愤，并无深意，传之却无益。故此，彤史倒不必完全与外朝实录一般看待。你们两位素有学养，尤其尽职秉笔的操守，我是十分尊重的。但今日，我想请你们为我做一件事……”

广明与永光心知有异，都站起身来：“请圣人吩咐。”

“五月节前一日，王昭仪与令主在万春堂就驱散聚集僧众一事发生争执，两人都说了一些不当的话，事后也都悔悟了。我想，这些话就没有必要教旁人知道了。你们以为呢？”

广明与永光互视一眼，略一迟疑，方道：“臣妾等……认同圣人的说法。”

“那么，你们可不可以为我将彤史的这一部分内容删掉呢？……呵，也许教你们为难了，我很抱歉。”

“……圣人既然有旨，臣妾等以为也未尝不可。只是，圣人希望臣妾等如何做？”

君怜将日志册递给廷献，示意他交给两位彤史：“将相关的册页剪裁下来，留在我这里就可以了。”广明、永光两人便接过日志折册，向芦笛讨了剪子，当场将当日相关记录剪下来，呈交给圣人。

君怜接了残页，又问：“还有副本吗？”

两人摇头道：“没有了。”

君怜再次宁和而抱歉地一笑：“真是难为你们了。”

翌日。万岁殿。晡时。

天色尚明，灯烛未燃，但华彩纷呈的殿堂，已经很让人遐想它在黄昏之后的绚丽迷幻了。

百官宴还有半个时辰开始，筵席所需器具什物早已敷设完毕，宫官和内侍们仍旧在穿梭来往，将一道道果子点心次第端上来。

已经到来的文武大臣们，候在殿廊外的庭苑间，提前欣赏着彩画宫灯，有的坐，有的站，有的品茶，有的交头接耳闲叙。桂香浓郁。佳节之际，人人都显得闲适。

万岁殿东偏殿。

从西蜀秦、凤前线赶回来的赵匡胤，向皇帝汇报完了自己的实地考察结果。他的结论很简单：彼地可以攻取，王师不应放弃。因为：第一，其地势虽然险峻，却在我军马步军移动和作战能力范围之内，粮草委积的运送困难可以克服；第二，将帅向训、王景、韩通等求胜心很强，又一直在积极谋划，颇见成效；第三，王师军士士气并未如传说中低落，反而有着很强的攻战欲望。

君贵听了汇报，大喜道："好，元朗，此事你办得很好。有了你的话，朕就吃了定心丸了！秦、凤、阶、成之事，就安心交给向训、王景他们办去！"

赵匡胤笑着揖道："正是这个话，陛下请尽管安心。"

赵匡胤走后，张美应召入内拜见。

君贵以太保大皇子身份出镇澶州的时候，张美原本是澶州的粮料使，因为替君贵筹划军粮物资时偷偷摸摸做了些手脚被先帝发现，就此调离了君贵身边。而君贵因对张美舞弊之事失察，也受到父亲的冷遇，一度感到十分痛苦。

后来张美的职位迁转了几次。君贵继位后，张美归于中枢，任枢密院承旨，但君贵一直没有单独召见过他。君臣二人对于澶州之事，私下都感到十分尴尬。

君贵看着诚惶诚恐伏拜于地的张美，默然半晌，方淡淡道：

“玄圭，你近来还好吧？”

“托赖陛下洪福，臣还好。”张美小心回答。

君贵道：“平身吧。你我君臣二人自打澶州分开之后，也有好几年没有单独叙过话了。”

张美不由赧然，依言起身，垂目揖道：“是。臣……臣心中愧疚，故此虽一直怀念当年在太保大皇子治下的日子，却不敢有片言只语说给陛下听。”

君贵叹口气：“澶州之事，不全是你的错，朕也有过失。”

“陛下！”张美抬头看着他，眼中一阵酸涩，“都是臣的罪过，陛下没有任何错失！”

“呵，别争了，咱们各自承担各自的责任吧。”君贵道，“朕也很怀念当初的日子，你与王朴，一左一右为朕的辅佐，短短时间便将州郡内政治理得井井有条……那是朕独立治军、治政的起点，朕很庆幸得到了你们。有时候，闭上眼睛，朕就感觉自己还在澶州军治似的，厅堂草木，活生生就在眼前。”

张美感动道：“臣心中又何尝不是如此！”

“……朕以为，在朕所亲见的官吏中，还没有谁的治财能力比你更精敏的。……现任三司使景范有了春秋，身子不好，时常犯病，无法支撑三司繁重的工作，玄圭，你来为朕权理三司吧。”

张美震惊而感动：“陛下！臣何德何能，岂敢当此重任？”

“不必辞让了，朕相信你。”君贵鼓励地一笑。

张美眼中泪光闪动：“陛下不以臣过往的污点为意，反而肯将国朝如此重任交托给臣，臣敢不披肝沥胆，尽心竭力！”

与此同时。万岁殿西殿。

皇后专门赐见左散骑常侍、端明殿学士王朴。殿内，只有廷献和芦笛侍立在侧。

关于澶州时期美好往事的回忆，也在皇后和大学士之间展开着。当年，他们可不止一次就儒道释三家的义理话题交换过意见。叙完旧，他们又愉快地谈起了最近皇帝下赐的建州北苑团茶，谈起了词臣们在中秋节前夕献上的贺诗，谈起了弘文馆最近向民间搜集古籍的成果，谈起了先瀛王冯道主持雕印的《九经》，谈起了僧义楚进献的《释氏六帖》，谈起了最近民间盛行的吕洞宾金丹道，乃至朝臣间近期的家长里短……

弥漫在殿中的气氛是平和而亲切的。

聊到口干舌燥之前，廷献上来添了茶水。王朴呷了口茶，笑道："还有一事，臣想要请教圣人。臣的侄女入宫也有三月了，她打小骄纵缺少教训，不知在宫中的处事行为还能稍稍顺遂主上和圣人之意吗？"

君怜看着他，保持着温婉的表情，却抿起了嘴。这是一个很明显的否定信号，王朴的心咯噔一跳："怎么……"

君怜略顿了顿，向廷献稍稍示意。廷献从一旁几案上取过几页纸张，呈给圣人。君怜摇头，说道："既然王学士问及，不妨请王学士自己看看吧。——王学士，这是我从彤史中删掉的日志。"

王朴闻言，忙接过来急急阅读。刚读了开头几句，他的脸色就变得极其苍白。

……皇朝的后妃，最要紧的是过自己的舒坦日子……刁民闹事，打扰了这种舒坦日子，合该杀无赦，至少痛打一顿，叫他们再也不敢闹……圣人忧心国事，就是在干预朝政……司宫令不该出面管她王菁娘……

从彤史残页的字里行间，王朴看到了这样的心思。他不敢相信，这竟是自己素来视如掌上明珠的侄女所言！

王朴是进士出身的孔门信徒，儒家礼教是他安身立命的根本。记录在彤史中的菁娘言论，处处与这一礼教精神相违背，反仁，反义，反礼，反智，反信。

他羞耻到无以复加。

王朴双手颤抖着看完彤史残页，立刻在圣人面前跪了下来，面色紫涨，痛心疾首："圣人！蠢侄无知，是臣疏于管教了！她素日在家中时，虽然任性，总还是有个限度，臣……臣没想到，她竟敢有如此大悖礼义的言行！"他稽首于地，几颗泪珠滴落到了西殿那有着依稀划痕的黑漆地板上。

"王学士不必过于自责，"君怜叹口气，"你将自己心爱的侄女交托给我，是我有所辜负，没能好好地教导她。"

"圣人此言，真真教臣无地自容！"王朴直起身子，含着泪沉痛道，"侄女愚蠢，身处宫闱这等居高临深之处却不知谨言慎行，若不是圣人慈悲宽容，她早已不知被贬谪到何处苟且偷生去了！"

君怜平静道："期望太高，难免失望。念头太多，宫里的日子就不是那么好过了。倘若她总是心意难平，我怕她会发疯。"

王朴揖道："臣恳求圣人，倘若此后她再有任何过犯，请务必及时教训她、责罚她，绝不能再让她骄纵下去，滋生出不该有的念头！"

"也许是我失职，顾念着王学士的颜面，在今日之前从未责罚过她。王学士既有所托，日后她若再有过犯，我会斟酌行事的。……王学士，少时开宴后，待酒过三巡，我会命菁娘到这里来，有什么话，你们叔侄二人自己叙吧。"

"遵旨！臣一定好好教训她。"王朴再次叩首，含泪道，"圣人将蠢侄妄言从彤史中删去的恩德，臣没齿难忘！"

万岁殿。黄昏降临了。灯烛通明，内外流光溢彩。

数十盆菊花名品，高低错落地摆放在殿中特制的长脚木头花架上。佛头、白衣、东篱、九华、如墨、喜容、鸳鸯、珠子……各式各样珍相毕呈，不一而足。

庭外传来月桂树浓郁的芳香，与菊花的淡香和内府精致食物的香味混杂在了一起。

因先帝三年丧期未过，官家仍旧谕令宫中不可大动丝竹，因此，今日的百官宴，是以清赏各色秋日花草为主。在众人的热情品评下，殿内外愈发菊桂吐艳，芷若争芳。

帝后并居主位，兴致高昂，频频向群臣赐酒。众皇亲与群臣也频向帝后进觞祝酒。文臣们纷纷以诗词相贺，武臣如张永德、李重进等，还亲自下场为帝后舞剑为贺。诸臣僚之间也十分放松，推杯换盏，言笑晏晏。就等月到中天，君臣再一同出去庭苑中赏月。

君怜眼看时间差不多了，便低声向侍立身侧的廷献吩咐几句。廷献领命而去。一直勉强压抑着重重心事的王朴注意到了陈高班的离开，看向圣人。圣人微微颔首。

万岁殿西殿。灯烛点起，烛影微微摇曳。

王朴在殿中伫立，努力平息胸臆。门外，有中宫内侍把守。

未几，桐华和万氏前引，几名内侍相随，菁娘款款入了殿门。

见了王朴的身影，菁娘喜道："叔父！"又深深一福，"侄女恭请叔父金安！"

王朴并不理睬她，却向跟随她一起致礼的侍从们正色道："你们都出去。"众人见王学士面色有异，忙再施一礼退出，关上了殿门。

菁娘不由奇道："叔父这是怎么了？侄女经历数月时日，好不容易才再次见到叔父，叔父怎么竟气呼呼的呢？"

"哼，怎么，昭仪娘子是在跟下官说话吗？不敢当，下官可没有昭仪娘子这样的侄女！"王朴冷笑道。

"叔父……"菁娘愣住了，眼中顿时泛起了泪光。

在王家，菁娘谁都不怕，只怕叔父一人。因她少失怙恃，又是女儿家，王朴对她甚为疼爱，即便在他尚未发达时，其衣食供应，也比自己的儿子们要高一等。菁娘初时任性，是为了发泄失去父母的伤悲，王朴便不许仆从违逆她的意思，便是自家娘子要管，也总被他拦着。慢慢地成了常例，菁娘渐长，要扳可就扳不回来了。菁娘骄纵得实在不像话时，王朴便亲自出头来管，也没少了严厉呵责。菁娘在王家，原本就仗着叔父一人疼爱得以跋扈，为了不失去这种疼爱，自然对叔父敬畏有加，这就与她今日在宫中只倚仗官家一人的宠爱是一样的。故此，但凡叔父动了真格的，她便收敛一阵子，乖巧事上，以期求得叔父对自己疼爱依然。

不过，以往叔父再怎么呵责，可从来没说过不认她。没想到，入宫三个月后第一面，叔父却莫名其妙、劈头盖脸砸过来了这么严厉的话。菁娘又是委屈，又是惊讶，泪珠子转眼成了串。

王朴痛心地看着她："哭什么？你有什么可委屈的？"

"菁儿……菁儿不明白，菁儿到底做错了什么，引动了叔父如此怒火？"

"素日我教你的道理，素日我在你身上所倾注的心血，难道都白扔到水里去了吗？你在内廷为所欲为，胡说八道，司宫令你敢顶撞，连圣人你都敢冲犯，你到底还知不知道自己是谁?!"

菁娘一听是这个由头，恍然大悟，立刻不忿道："原来叔父为的是这个。……叔父不知道，圣人太跋扈了，宫里全都是她的人，谁不看她脸色行事？她管天管地，连官家也要管！官家在外面那么威风的一个人，回到后朝居然怕她！菁儿就是替官家不平！"

王朴怒极反笑："官家是谁？圣人是谁？他们之间的关系，用得着你来操心吗？"

"菁儿满心里爱慕官家，为何不能替官家出头？"

"菁娘！"王朴加重了语气，有点恨铁不成钢，"他们是夫妻，圣人能管住官家，那是因为官家乐意被她管束！圣人眼界高远，襟怀广阔，叔父在圣人面前，也常为她的气度所折服。由此推知，官家爱重圣人，那更是理所当然的事了。你是何人？你怎么敢如此无知莽撞？"

"官家又不是她一个人的！"菁娘嘟囔道，"官家明明喜欢菁儿，她非要拦着，不让官家老见我！”

“倘若不是官家有意加恩于叔父，你有什么机缘能教官家看上？帝后一向和谐，你不过是嫔御，你凭什么能够插到他们中间去？这么简单的道理，你就想不明白吗？”

“可是，官家是真心宠爱菁儿的！”

“哼，以色事人者，色衰而爱弛，爱弛则恩绝，能得几时好？你不好生修养自己的德行，只仗着年纪轻就去争宠，早晚会有比你更年轻的人出现在主上跟前，到那时，你还能以何物事主上？长门夕照之际，你如何自处？只怕届时你再跑到圣人跟前去哭，求圣人看顾你一些，也是来不及了！”

“叔父……”

“还有，国朝从先帝建鼎之初，便以仁爱为本，一再下诏体恤民情，纾解民困。你是何人，竟敢当着官家的面指斥他的子民是刁民?！还说什么都给拉出去、非杀即打?！你这些狂妄的言行，都被人原原本本给记录到了彤史里，你知道不知道?！”

“菁儿本心不是那个意思！她们总是一副假仁假义的模样，时时刻刻端着活菩萨的架子，菁儿看不惯！菁儿那么说，不过是故意气她们的！”

王朴怒极，一巴掌扇到菁娘脸上：“因为人家说了该说的话，你就要说你不该说的话！你是这个意思吗?！彤史是专门记录后妃言行流传后世的，你想要遗臭万年吗?！”

菁娘被打傻了，捂着脸泪眼汪汪看着叔父，喉头哽咽，却不敢哭出声来。叔父素来是疼爱她的，她金枝玉叶一般长大，从没被弹过一根手指头。

王朴瞪视她良久，红了眼圈，长叹一声：“菁娘，是叔父惯坏了你！后宫深不可测，倘若你再如此恣意妄为下去，叔父担心你日后死无葬身之地啊！不如叔父去求了主上和圣人的恩典，将你遣放还家，就算不能再嫁人，至少，你还能平安活过这一辈子去……”

“不要，叔父，不要！”菁娘大惊，立刻在王朴面前跪下来，拉住他的衣襟，仰面求恳道，“叔父千万不要去将侄女求遣回家！侄女的人、侄女的心都已经是官家的，叔父倘若让侄女从官家身边离开，侄女就真的活不成了！”她痛苦欲狂，泪如雨下。

王朴也流下泪来，垂目审视她良久，伤感道：“菁娘，你入了宫，虽说只隔着一道宫墙，却像隔山隔水一般，叔父再想帮你，再想管你，却是帮不到、管不着了。一切都只能靠你自己。你……你既不肯回家，那就潜心修养、好自为之吧……”

昏黄的烛光在叔侄二人的脸上、身上打下浓厚的阴影。

月华透过西殿的窗棂照进来，在烛色的背面为叔侄二人的身影补上一层清冷的光芒。

从窗棂望出去，那可真是一个圆润如玉的满月。

满月，是蟾宫的最丰饶相。

蟾宫中的桂枝影影绰绰，为这个佳节平添了些许神秘悲哀的气息。

一二五　金蟾献珠

八月节后不久，天子诏下，枢臣景范罢判三司，加银青光禄大夫，原中书侍郎、平章事不变，进封开国伯。原枢密院承旨张美权判三司。于是，又一名官家藩邸旧部正式进入中枢核心，并执掌了中央财政大权。未几，景范之父、以太仆卿致仕的老臣景初病重，景范以尽孝之故请求解除枢职、返乡事父，官家无奈诏允。

除此之外，还有小范围的藩主移镇和文官升黜诏令下达。国朝政情平稳，民生繁荣，一切都在按部就班运转。

天清节之前，作为西南面行营向皇帝贺寿的礼物，王景遣人将西军俘虏的蜀中将校姜晖等三百人押送至京城，敬献于宫阙之下。

与此同时，作为北线边镇向皇帝贺寿的礼物，潞州李筠遣人将俘虏的河东兵马监押程支等二百人押解到京城，敬献于宫阙之下。

皇帝大喜，下诏在广德殿接受献俘。

广德殿。宫门大开，殿堂宏深。

皇帝端坐御座，禁军两帅及以下主要将领肃立于殿堂内两侧。林远、邓锦等近卫率部持械拱踤，衣甲鲜明的禁军士卒，从殿堂中重重叠叠一直站到了殿前广场。

广场上，数百名来自西川和河东的俘虏衣衫褴褛跪伏在地，他们被皮鞭和刀枪驱赶着，经过漫长艰苦的跋涉来到中朝天子脚下，等待对自己命运的最后审判。为了防止逃跑，他们被长绳绑缚成一串一串的蚂蚱，只要谁稍微有反抗或出格的动作，就会被不知从何处飞来的皮鞭抽打，皮开肉绽。有的时候，皮鞭的落点并不是那么有准头，往往是冲着甲去，结果却落到了乙、丙、丁身上。吃到这种挂落的俘虏兵们会十分愤怒，当然他们的愤怒不敢朝向俘获者，而只会针对同为俘虏的身边人，他们会找机会狠狠教训出格者。于是，这种不明言的连坐法就在事实上保证了作为皇帝寿礼的献俘们没有一个在中途逃跑，全都归了包堆成为今日皇帝砧板上的肉。

西川军校姜晖、河东兵马监押程支等头目被押解上殿，推搡着在殿堂下跪成两排。

皇帝将会如何处置这两批俘虏，不仅俘虏们自己，便是大周的将帅们，大多数人心里也是没数的。先帝生前多次接受过献俘，无论是河东的，或者江南的，还是兖州的，对于普通士卒，先帝的做法通常都是赏赐衣物并释放还乡。但是今上的风格不一样。大家都清楚地记得，高平之役后，今上曾经在一夕之间毫不犹豫地杀掉了最凶悍的两千降卒。尤其这次，西蜀让王师折损了胡立等将，而被晋阳之役打得一蹶不振的河东呢，居然趁乱出来瞎起哄。今上很有可能要狠狠给他们一点颜色看看。

皇帝面无表情地俯视着殿堂下这几个佝偻狼狈的人形。这些人，是殿外广场上那五百余人的代表，而殿外广场上那五百余人，则是西蜀和河东的数万、数十万与王师针锋相对于沙场的军士的代表。对待他们，并不是一时喜怒的问题，背后涉及对待这两方独立政权的根本策略。

皇帝的眼神深不可测。

李重进向上一揖，低声提醒道："陛下？"

皇帝点点头，沉声道："西川、河东之主，倒行逆施，与北境勾结，屡屡侵我中朝领土，伤我中朝百姓，着实罪不容赦！……

可是，你等身为军中将卒，久离中原熏风教化，行动听命于人，便是率部顽拒皇朝，也不过是尽忠职守，故此，罪不至死。”他看向李重进，“李都帅，所有西川、河东俘虏，择其精壮，编入沿淮守军中，其余的，尽皆释放归乡务农！你将他们领出去，教他们洗个澡，吃顿饱饭，每个人赏一身衣裳，按军阶赐以钱帛，作为返乡和日后生计的花销。”言毕，他又不为人注意地使了一个眼色。

李重进会意，朗声应道：“遵旨！”又转向姜晖、程支等人，冷冷道，“陛下适才的口谕，你们可都听清楚了？尤其那些将会返乡的，放你们回去做什么，有谁不明白吗？不明白的，现在就问！”他刻意顿了一顿，又道，“……好，没人问，那就都明白。你们的一应姓名、乡贯诸项，已经由我大周登记在册。今日陛下饶了你们的性命，至于你们饶不饶得过自己，是不是非要再回去替刘崇和李伯玉卖命，日后战场上，咱们自然见分晓！听明白了吗？”

“明白了！”

“明白了！”

“多谢陛下的仁慈圣德！”

“臣等归乡后，一定专意务农，再不从军了！”

“陛下万岁！”

“陛下万岁！”

…………

死里逃生的俘虏们惊喜不已，纷纷大声应答着，磕头如同捣蒜。

颂圣的声音飘出广德殿的殿堂，传到殿外广场上五百俘虏的耳中，他们敏锐地察觉到了其中蕴含的生机，不由骚动起来，纷纷露出惊喜的表情，左顾右盼，窃窃私语。有皮鞭甩到他们的身上，他们忍耐着，顺服着，低下头收回了视线，闭上嘴收回了私语，却在心中升起了生还的希望。

在他们的头顶上，晴空万里，丽日辉耀。

翌日。大周显德二年九月二十四日，天清节。

这是国朝的第二个天清节。

整个东京城，呈现出一种欢乐无边的氛围。民间的庆贺活动，早在七日前就已经开始了。原本，他们中的许多人对于放僧毁寺是有保留意见的，对于禁铜令，也有颇多腹诽。可是，随着周元通宝的铸成，他们逐渐体会到拥有了大周正统货币的好处。而且，一想到自己手里的铜钱是官家顶着天下僧俗两界的压力，凭一己意志强行熔了佛身化成，拥有别国货币所不可能拥有的庇佑众生的灵力，他们更是对通宝和官家平添了无上敬畏之情。

今岁官家恪行俭约，诏令外藩一律不必入京致贺，各处呈上的寿礼也以乡土风物为宜，不可奢侈。西京及诸道州府仍循先帝朝旧例，按衙司等级合设斋戒遥祝。至于京官，则如礼入朝拜贺即可。

禁中。崇元殿庄严肃穆。

皇帝着衮冕，端坐御座。文武百官着朝服，鹄列于殿堂之上，整齐拜贺如仪。礼官唱礼。

礼毕，皇帝温言降谕，感谢百官为国朝殚精竭虑操劳的辛苦，赐百官衣服，并以之为今后常例。

滋德殿后殿。气氛和乐。

皇帝端坐御座。皇后向皇帝拜礼贺寿。皇子皇女向父皇拜礼贺寿。司宫令、一众嫔御向皇帝拜礼贺寿。两宫侍从向皇帝拜礼贺寿。内省全体宫官、内侍省全体内侍向皇帝拜礼贺寿。

皇帝分别向众人颁下各色精巧物件或绢帛等作为赏赐。

思存殿。

帝后率众属入殿，至《皇属游乐图》前熏香致礼。

皇帝与皇后跪拜如仪，礼毕，兴。皇女瑽儿与皇子训哥儿跪拜如仪，礼毕，兴。司宫令与王昭仪、孙昭容、章昭容跪拜如仪，礼毕，兴。

帝后率众人默观壁画。皇子皇女略有些闹腾，皇帝抱起皇女，皇后抱起皇子，走至壁画近前，指着画中人物，逐一向他们俩解释。

君贵问观音：“琮儿，还记得翁翁吧？你的名字，就是翁翁亲自起的。”

观音仔细观看着壁画正中央褒衣博带的硕人，认真地点点头：“记得。”

“真的?!”君贵和君怜惊喜地交换了一个眼神。

“嗯，翁翁给了琮儿两块玉，还有娃娃。”观音解释道。

君贵又转向儿子：“训哥儿呢，训哥儿记得翁翁吗?”

宗训想了想，也点点头：“记得，翁翁给了龙。”

其实先帝登遐时观音实岁不足两岁，训哥儿不足半岁，根本不可能记得那些细节。两个小儿之所以能够说出玉、娃娃和龙来，全亏了长辈、傅姆们平日多次指物提及。

“好孩子！翁翁没有白疼你们!”君贵深感欣慰，不禁抱紧闺女，又揽过儿子来，一左一右着实地亲吻两下。

宝慈殿。午间。

帝后向皇亲及亲旧近臣赐宴。除了鹭娘张永德全家、李重进全家，枢臣魏仁浦、李穀、范质、王溥，旧属王朴、张美、王著等携家眷，近卫林远、邓锦、季飞卫等携家眷，也一同与座。众臣深知皇帝脾性，只敬献家宅自制或收藏的绣品、灯台、雕弓、鞍鞯等为礼，帝后回赐众臣御瓷、内制文房四宝、香药、剑匣、箭囊等物。君臣尽欢而散。

流风亭。晡时。

筵席散后，君贵兴致甚高，拉着君怜及众人游幸后苑。依着君贵本心，他恨不得去南庄猎场撒欢狂奔一番才好。但诞庆节礼仪事务繁多，内廷实在无法为他安排出专门去南庄的时间，因此君怜便劝他在内苑先将就逛逛，过几日再去南庄松散筋骨也不迟。

众人一路有说有笑，游至流风亭。君贵见一应风炉、茶篚、提篮、食盒等茶饮小食器具均已备好，便命入内暂歇。一时大家纷纷按序坐了，廷献忙与芦笛等张罗茶水。

银瓶尚未水响，承璋抱着个斗大的黑陶罐子寻了过来，见亭内正在待茶，便与诸宫阁侍从站到一起，默默候在亭外。君贵的位置好，最先看见他，便和言笑道："承璋，你怀里抱的是什么物事，怎么黑乎乎的？"

承璋忙上前来，将黑陶罐子放到地面，自己跪下礼道："回官家的话，这是令主教臣拿来的玩意儿。"

众人闻言，全好奇地拿眼睛看着朱雀。君贵笑向朱雀道："哦？令主有什么好玩意儿，能教我们大家看看吗？"

朱雀笑道："一点雕虫小技，本来就是拿来在官家、圣人和各位娘子面前献丑的。承璋，抱过来吧。"

承璋依言起身，将黑陶罐子抱到亭中桌上，移开盖在罐口的木盘，翻过来放好。观音和训哥儿见状，都伸手去够木盘。朱雀捉住他们俩的小手，笑道："小家伙不许捣乱！若是将罐子打翻了，里面的好玩意儿跑了，雀姨可不答应。"

见众人眼巴巴地看着罐口，朱雀又道："先说好，可别吓着。谁要是胆小，谁离远些。"

听闻此言，君怜只一笑。远山、秋池知她素来古怪，她既有此言，指不定往罐子里装了什么，登时将身子往后退一退，笑道："令主到底在要弄什么，我们就是胆小的，还是躲远些的好。"菁娘却不怕，只不满道："令主有什么吓人的玩意儿，非要在官家跟前要弄吗？"

朱雀瞥她一眼，也不答言，又看向君贵："官家怕不怕？"

君贵笑道："你几时见我怕过？"

朱雀点头道："那好。我这玩意儿虽然不好看，却是有来历的。官家不嫌弃，我可就献丑了。承璋。"

承璋便将陶罐的口子冲着木盘的方向慢慢倾斜了，一只手还轻轻拍打罐底，口中嘘嘘有声。未几，只见从陶罐中慢吞吞爬出一个拳头大小、浑身淡绿的物事来，蹲在木盘中间不动，只缓缓一鼓一鼓。

菁娘一见，立刻“啊”的一声，皱眉挡住了嘴。围观众人也纷纷发出低呼。菁娘恼火道：“吓人倒是不吓人，可官家生辰，令主做什么弄个蟾蜍来恶心大家？”

原来那物事是一只蟾蜍样的动物，模样介于蛙和蟾之间，背上隐隐有三条淡黄色的纵线。

君贵没有作声，却好奇地看着朱雀，目光中满是疑问。

朱雀鼻子里笑了一下：“这可不是普通的蟾蜍，这叫金蟾，似蛙似蟾，非蛙非蟾，是个仙物。昔年汉钟离未成仙之前，在崆峒山的紫金四皓峰听道，听着听着，若有所悟，便用手指在身旁地下一划，不想其时他身旁正伏着一只蟾蜍，也在听道，汉钟离这么一划，正划到了它的脊背中央，它那背上便添了一道金线。汉钟离后来成了仙，那蟾蜍便也成了精，唤作一线金蟾。”

君怜看着木盘中那只金蟾，笑道：“好吧，别跟我们卖关子了，快说说，两线金蟾又是怎么来的？”

朱雀道：“有一年，道祖老君在仙室山上召开法会。赤脚大仙也来到山下，正要悠然登山，旁边出现了那只一线金蟾。金蟾说，大仙虽说惯打赤脚，好歹道祖跟前要讲究些才是。赤脚大仙说，我没有鞋，一时半会儿的，教我上哪里找鞋去？金蟾说，我愿意化为大仙脚下的鞋。说着，它就真的变成了两只鞋，罗陈在大仙脚前。赤脚大仙穿着它平步青云，瞬间就到了仙室山顶。后来法会散了，金蟾又变回原形，因为它曾经得接仙体，背上的金线便多了一条，是为两线金蟾。”

远山、秋池都听得呆了，咋舌笑道：“令主不说，我们也不知道，原来小小一只蟾蜍，还有这等传说呢。”

君贵含笑道："三线又是怎么个说法？"

"这金蟾修道十分勤奋，日日夜夜，从未间断。那一日西王母寿诞，在瑶池大会群仙，琼浆玉液、蟠桃仙果从昆仑山摆到了青要山，情形之盛，也不必说了。众仙向西王母祝寿，西王母拿起酒觞来饮罢，恰好杯中剩了一滴，不小心洒落下凡间。那金蟾正在望天祷祝呢，见了这一滴金露落下，立马蹦起身子这么一接……"

"所以它的背上就有了三条金线，是不是？"君贵道。

"是。"朱雀笑着颔首道，"因它接的是西王母的寿酒，它自己便也得到了永寿。世间有传，凡是能见到三线金蟾的人，必定也能沾了西王母的光，长寿无疆呢。"

"这些传说，你都是从哪里得知的啊？怎么以前也没听你说起过？"君怜笑道。

"《众仙录》里说的呀。我从弘文馆借来的书，你那么忙，我还没机会跟你谈及呢。"

秋池笑道："说是金蟾、金蟾，谁承想，就只有背上三条线是金的！"

朱雀道："可不是嘛。不知道的，必定以为它浑身都是金灿灿的，是以，世人便是见了此物，也不识得它的奥妙。"

远山道："令主真是有心了。这么祥瑞的物儿，令主是怎么得来的呢？"

朱雀一笑："这我可得说实话，这并不是现成的祥瑞。我在御池边捉到它的时候，它背上只有一条隐隐约约的淡线。我想起了三线金蟾的传说，就决定自己用药养养，看能不能再养出另外两条金线来。"

君贵惊讶道："这是你自己养的？！"

"嗯。我仔细看过，它的背脊上有三条筋脉，金线便从这筋脉中出现。是以我揣摩良久，专门配了药料来喂它，前后添减了几次方子，终于令它的三条筋脉全部变色。不过，目下变色的时日尚短，倘若再养养，那金线还会更深，到时候，‘闻道则喜’‘平步青云’‘长寿无疆’三线光相具足，那就更合乎仙蟾之说了。”

“这金蟾养了有多久呀？”菁娘问。

“三月有余。”朱雀淡淡道。

君贵与君怜互视一眼。三个多月前，正是君贵向朱雀告知其家族遇难原因和父母遗言的时间。也就是说，从那时起，朱雀就为了天清节，开始了寻找和培养三线金蟾的历程。

君贵有一种异样的感动。

“朱雀，谢谢你。”君贵看着她，温言道。

“先别急着谢，还没完呢。”朱雀微笑道。

“还有什么呀？难不成还有一只银蟾？”菁娘奇道。

朱雀向承璋示意。承璋从怀中掏出一个小布囊，拿手指从囊中捏出些黑乎乎的物事。众人忙定睛看时，却是几只怪模怪样的虫蚁。承璋将这些虫蚁捏至那三线金蟾脑袋前方，一松手，虫蚁坠落，原本呆呆的金蟾忽然一动，众人眼花之间，那些虫蚁已经被它卷入腹中。

未几，金蟾身子忽然一阵颤抖，淡绿的肚皮剧烈收缩着，猛然张开大嘴，吐出核桃大小圆溜溜一颗明珠来。

众人全都看呆了。便是观音与训哥儿，也不再闹腾，直盯着金蟾的大嘴发呆。

“这才是我要给官家贺寿的玩意儿，叫作‘金蟾献珠’。以三线金蟾口吐宝珠，取个吉祥的意思。”朱雀含笑道。

这下子，不仅亭中的诸宫阁主人，便是旁观的侍从们，也一起鼓掌叫好起来。君贵与君怜更是惊喜相顾，含笑不语。

远山赞道：“原本只道令主会侍弄花儿草叶，没想到，令主连调教虫蚁这么匪夷所思的技艺都会！想当年我们在街肆看见那几个撂地调教虫蚁的，哪个不是神气十足，半天就赚个盆满钵满？各处大户人家，争相延请到家宅中去表演。可是啊，依我看，他们的虫儿再巧，都没有令主今日这般神乎其技呢。”

朱雀只是微笑。

秋池也笑道：“到底令主心思灵巧，又有典故，又有机窍，这样的寿礼，我等是万万想不出来的。官家今日看了这金蟾献珠，回去可别嫌弃了臣妾等为献寿绣的枕袱才好。”

君贵笑道：“瞧你这说的是什么话！你们俩绣的那几样物事，我也甚是喜欢。”

“那臣妾的寿礼呢?”菁娘忙道，“臣妾进献的《皇甫氏蹴鞠三十六图》，那可是臣妾照着原书亲手摹画的!”

“好，好，我都喜欢。你们的心意，我都知道了。”君贵含笑道。

滋德殿寝殿。夜阑。帝后已经安歇了。

长明灯照在寝殿墙上新增的一幅横披上。

那是今岁皇后向皇帝进献的寿礼——皇后手书的一幅汉隶：宝树偈。

> 宝树生碧海，暗月不相临。谓有菩提心，终放大光明。

殿静香浮。秋虫长鸣。

赠偈人与受赠人依偎着，均已进入梦乡。梦乡黑甜。

这一日，君贵虚岁三十五岁。

而往前四个月零六天，君怜虚岁二十五岁。

当此之时，他们的人生正是：

> 长安白日照春空，绿杨结烟垂袅风。
> 披香殿前花始红，流芳发色绣户中。[1]

---

[1] 出自唐·李白《阳春歌》。

一二六　始议南征

这一年闰在九月。

闰九月壬子日，京师接西南面招讨使王景奏报，王师大破西川贼军于凤州北面之黄花谷，擒获其伪命都监王峦、孙韬及以下军校三千人。凤州下。秦州守将韩继勋弃城奔回成都，秦州举城投降。受此带动，未几，阶州也以城投降。于是，早前被孟蜀趁乱吞占的原中朝故地四州中，秦、凤、阶皆回归大周，只剩成州了。蜀人震恐。

滋德殿前殿。御前军机会议。

魏仁浦、李重进、张永德、范质、李继勋、韩令坤、赵匡胤等与会。君臣尽皆立于羊皮大地图前。

李重进在地图前指点解说："蜀将李廷珪以高彦俦、吕彦珂为副，北上抗拒王师，在凤州以西，分兵据马岭寨、斜谷、白涧；在凤州以北，分兵出唐仓镇及黄花谷，意欲断绝王师的粮道。王景便遣张建雄等分兵抵黄花、唐仓两地，从背后扼断蜀军归路。张建雄先在黄花谷与蜀将王峦交战，王峦战败被擒。其残部逃到唐仓，又被王师所击，俘获将士三千人。……与此同时，屯驻于马岭寨和白涧的蜀兵也被王师击溃。到戊申日，王师克凤州，擒获其守将王环及赵崇溥以下将士五千人。……蜀军主帅李廷珪、高彦俦退却，率残部退守青泥岭。……"

君贵点头，问道："凤州赵崇溥绝食而死，是吗？"

“是。”

“嗯。倒是条汉子。”他回视众臣，“秦州伪观察判官赵玭懂得审时度势，韩继勋跑回成都去了，他就带着全州文武投降，也算是善保生民的法子。他熟悉秦州军政，朕想以他为国朝的秦州节度使，诸卿以为如何？”

“……陛下，臣以为不妥。”范质道。

“怎么？”

“赵玭或许熟悉治政之道，却不会打仗，其才能不足以担当藩主，此其一；他率城投降，不过是去危就安的权宜之计，归服国朝的心志不坚，倘若蜀军反攻，他难免要做墙头草，此其二；历来攻下敌城，都要拔除原来的文武根系，代之以国朝心腹将吏，方是长久之计，陛下虽然襟怀宽广，用人不疑，也不必为他冒险，此其三。”

“嗯，有理。”君贵审视着地图，“那咱们就将他派远一些，派到一个他怎么也不可能捣鬼的地方，如何？”他的手指从地图上划过，在荆湘一带的某个点上停留下来。他向范质笑了一下，“郢州刺史告老，那日你们在商议继任者的事，要不，就将赵玭安置到这个位置上吧。范卿以为如何？”

“好！”范质也笑了，“臣遵旨。”

君贵的目光从荆湘再往东南方移动，在广大的南唐地区长久地停驻下来。众人随着他的目光看去，谁都没有说话。

南庄猎场。

皇帝终于偷出空来给自己放假，率一众皇属和近臣到皇家猎场行猎。

秋高气爽。旌旗在秋风中如同醉舞。

君怜和朱雀携皇子皇女出车舆，已有廷献、承璋等牵了她们的马来。菁娘是第一次跟随出猎，很是兴奋。她原本也是会骑马的，虽说骑术平平，小跑倒没什么问题。君贵着人替她挑了匹性子温和的牝马来。远山和秋池有孕在身，自然不能在马背上颠簸。下了车，君贵便吩咐她们到行帐中休息。两人答应着，连说在帐外坐着看看官家和圣人跑马就挺好，好不容易出宫来了，待在帐子里多没意思。

经过多次行猎之后，观音已经渐能说通道理，同意在爹爹开箭时，先由阿孃或者雀姨抱着也可以。因此年来的每次开箭便仍旧由君贵施行。

于是司祝祝祷毕，皇帝远开一箭，射中了一只灰白的大肥野兔。

兔子被拎回来，犹自徒劳蹬腿，众人下马围观。皇女观音和皇子宗训都兴奋得叫唤起来，连连伸手要摸。可是一错眼看到兔子伤口中涌出的鲜血，两个小娃又畏惧地缩回了手。

“阿孃，我怕。”训哥儿将头埋到君怜身上。

“嗯，怕就别看了，好孩子。”君怜忙柔声哄道。

君贵摸摸儿子的头以示抚慰，又问怀里的闺女：“音儿呢？音儿若是怕的话，爹爹替你捂着眼睛，好不好？”

“不好。”观音连忙推开爹爹的手，又是好奇又是畏惧地再次偷偷打量那只兔子。

素常惯例，开箭之后，君贵抱着皇女观音，李重进抱着皇子训哥儿缓辔在草场上遛一圈，然后将皇子皇女交给他们的傅姆们，帝后、君臣再一起放马出去尽兴。可是今日，君贵抱着观音遛了一圈回到行帐，观音却提出了一个新要求：“爹爹，我要骑马。”

“嗯？”君贵笑道，“爹爹不是刚刚抱着你骑了一圈吗？”

“音儿要自己骑马。”小小的观音认真解释道。

“啊，音儿太小了，还不会骑，长大些爹爹教你，好吗？”

“音儿会骑的！音儿已经会骑了！”观音坚持道。

君贵知道闺女的执拗脾气又犯了，求助地看向君怜。君怜忙过来哄道：“阿孃知道音儿会骑了，但那得是跟爹爹在一起才可以，音儿若自己一个人骑，就不行。音儿看弟弟也回来了，咱们让爹爹和伯伯先走，阿孃和雀姨带你们俩去拔草玩，好不好？”

“不好，音儿要自己骑马。”观音一步不让。

君贵故意沉下脸道：“不行，音儿不会骑。”

“那么爹爹教我。”观音也沉下脸，嘟着嘴道。

君贵笑了起来：“教你？可以。”于是他向君怜使个眼色，又抱着观音向御马走去。

远山与秋池相顾惊讶道：“官家要做什么，教观音骑马？！观音才多大呀，万一有个闪失，可怎么了得？圣人，您倒是拦着点啊。”菁娘早骑在自己马上，就等着随官家行猎，见状也瞪大了眼睛。君怜与朱雀交换一个眼神，也没有话，又转眼紧紧盯着那父女俩。

君贵将观音一个人抱上鞍子，教她抓牢鞍桥，自己则一手扶着她，一手牵着缰绳，引她慢慢往前走了一个大圈。众人看那小小的身子在御马上一起一伏，都替他们父女悬着一颗心。不想一圈走下来，倒稳稳的毫无差池。

君怜松了口气，不由嘲笑道：“原来咱们堂堂周家天子，也不过是儿女牵马之人。”

朱雀也揶揄道：“今日我才知道，官家的御马竟不是凡品，而是观音的坐骑朝天犼呢。”

君贵目下的坐骑唤作“入风赤”，仿唐太宗昭陵六骏之一“什伐赤”之名，是一匹额头有颗白星的高头大红马。君怜听了，也笑道：“嗯，你说得很有道理。少时他们父女回来，咱们就让他将马名改成‘入风犼’好了。”

父女俩走完一圈，观音意犹未尽：“音儿还要骑！”

君贵翻身骑上马，将闺女紧紧揽在身前，说道：“那么爹爹带你跑马，好不好？”

“好！”观音兴奋道。

“来，音儿的小手抓紧缰绳，爹爹的手抓紧音儿的手，咱们走！”君贵说着，将马鞭轻轻往后一甩。御马撒开蹄子，向着茫茫草场深处奔去。

张永德见状，忙招呼着林远等，一起策马去追。

这里君怜便抱了儿子坐到毡毯上，笑向朱雀道：“阿姊又抢了爹爹去，咱们训哥儿居然不哭不闹，倒是个好性儿的孩子。”

朱雀道：“训哥儿脾性像你。观音呢，更像她爹，难怪官家偏宠着她。”

君怜笑道：“也不算偏宠吧，男人对儿子，总归要求多一些。那日他还跟我说，希望训哥儿快快长大，他自己有好些本事急着要教给他呢。”

朱雀道：“训哥儿才多大，他着这急做什么？”

君怜一笑：“谁知道呢？不过，眼见着又有新的孩儿要降生，他心中得意，想来是难免的。”

朱雀看看不远处的众人，尤其看着下了马来无聊等待着的菁娘，撇嘴道：“哼，有人得意，就有人失意。待到远山、秋池的孩儿落了地，你家君贵再宠宠新生的，有人该哭着喊着找碴闹了。”

君怜叹口气，嗔道：“唉，你就少说几句吧。”

未几，只见君贵一行远远策马回来。君怜忙站起身。君贵到行帐门口下了马，又将观音抱下来，向君怜笑道：“这回闺女可是玩够了，在马上咯咯笑个不停。她说想要自己的马，几时我教马军送几匹好的来，亲自挑一匹，作为她的专骑。”

君怜嗔道：“才跟朱雀笑言，要请官家将御马改名‘入风犽’呢。官家倒好，居然要专门给她配一匹。怎么闺女随便说句话，官家还当了真了！”

君贵笑道：“皇女说的话，怎么不该当真？……‘入风犽’吗？倒是个好名字。”他又摸摸儿子的头，对他道，“几时皇子问爹爹要什么，爹爹也当真，好不好？”

“好。”训哥儿温和地答道。

一时皇帝安置了皇子皇女，带领群臣去行猎。君贵见群马矫健昂扬、鞍鞯鲜明的情状，忽然向身旁的李重进问道：“三哥，素日禁军中那些战马，跟随着咱们辛辛苦苦征战沙场，所得犒赏不过是些精料而已。它们伤了、老了以后，都是如何处置的？”

李重进想了一下，笑道：“还能如何处置？伤了就养着，养不好的，只能趁早了断，以节省草料。老了的战马也是如此，该杀，就杀了……”

君贵蹙起了眉头。

“官家的意思是……”李重进试探道。

“三哥，战马虽说是牲畜，可在沙场上与咱们同生共死、同进共退，也算有同袍之谊，一旦老病，咱们岂能无情抛弃？”君贵正色道，“回去后传我谕旨，今后所有老弱病患之战马，一律送到同州的沙苑监、卫州的牧马监去，就教它们在那里享受水草，以尽天年吧。”

“臣遵旨。”李重进忙答道。

冬十月，辛未日，天突寒。

在万物逐渐凋敝下来的初冬，有一则喜讯传入宫阙：成州归顺。至此，西军从孟蜀手中收复了秦、凤、阶、成四州故地，完成了平边之战第一阶段的战略目标。

禁中万岁殿。群臣入贺。皇帝欣然设宴以答。殿中弥漫着暖烘烘、喜洋洋的氛围。

此番西征奏凯的主将向训、王景、韩通等尚未返阙。皇帝记得当初决定西征时众臣的建言，特意向王溥赐酒，举杯道：“成就朕的边功，卿择帅之力也！”王溥忙捧觞逊谢。恭敬饮毕，群臣赞和。

有属官给枢密使魏仁浦送来一卷帛书。魏仁浦展开快速阅毕，起身走近皇帝，奏道：“陛下，西蜀孟昶的国书到了。”

皇帝不动声色：“他说了什么？”

“回陛下，蜀主被陛下的雄师吓破了胆，是来上书请和的。”

皇帝将帛书索要过来，亲自展读。读毕，冷笑道：“哼，大蜀皇帝?！战败之国主，不知自己僭伪，还敢与朕并称皇帝、分庭抗礼不成？魏枢密，将这国书拿回去！”

“喏。……那么陛下，该当如何回复孟氏呢？”

“还用回复？不理他就完了！表面请和，背后却耍小把戏。耍把戏还耍不伶俐，偏又被朕识透！哼，这种人，不足为虑。”皇帝顿了顿，又正色道，“倒是秦、凤、阶、成四州百姓，应该从回归之事中得到国朝的好处。魏枢密，回去后替朕拟旨，四州之民除了两税的征科外，孟氏给他们规定的其他各色科徭，今后一律免除！”

“是！”“吾皇圣明！”“陛下仁德！”“陛下慈悲，百姓之福！”宽广的殿堂中，响起了群臣整齐而响亮的颂贺之声。

皇帝并没有为这快要冲破藻井的颂圣之声所迷惑。他看着桌案上的酒食，叹了口气：“朕有什么仁德？近日天气大寒，多少百姓又在冒着苦寒为生计奔波。朕坐在宫中吃着这些美味珍馐，喝着这些好酒佳酿，却对百姓没有半分功劳，朕实在惭愧！”他注视着他的臣属们，慨然道，“既然不能躬耕而食，朕就应当亲冒矢石为民除害，如此，朕心才能稍稍自安！”

群臣闻言，尽皆动容。有人激动。有人沉默。有人面面相觑。片刻，万岁殿中爆发出一阵更加猛烈的颂赞之声。

侍立在皇帝身后的刘奉武，轻轻抿起了自己的嘴。

坤宁宫后殿。黄昏。

殿中只有君怜与廷献两人。殿门关闭。

廷献低声道：“……官家就是这么说的。”

君怜皱起了眉头："亲冒矢石?!"

"是。官家说，不如此，他就不能心安。"君怜定睛看着廷献，廷献愈发肯定地点点头。

君怜沉默了，望着殿内半空的香烟愣怔起来。

滋德殿偏殿。官家单独召见王朴。君臣议论热烈。羊皮地图摊在御案上。

滋德殿前殿。御前枢机会议。君臣议论热烈。羊皮地图挂在紫檀屏风上。

滋德殿前殿。御前军机会议。君臣议论热烈。紫檀屏风上换了一幅更详细的淮南地图。

显德二年十一月初一，乙未日。

广德殿。日朝。

皇帝制下：以宰臣李榖为淮南道前军行营都部署，知庐州、寿州等州行府事；以许州节度使王彦超为行营副都部署；命侍卫马军都指挥使韩令坤等十二员将领，各率所部以从。

李榖是国朝枢臣耆老之一，守司徒兼门下侍郎，平章事，监修国史。以李榖出马挂帅，以在高平、晋阳之战后迅速上升的王彦超、韩令坤等国朝重将副之，说明了此番战事的等级有多高。

而这样的阵容，不过是前军。

庐州、寿州等目前都是南唐治下州郡，大周设这几州的行府，则说明此番战事的首要目标就在这一带。

十一月初五，己亥日，大周皇帝郭荣向李氏治下的淮南州县降下诏谕。

在诏书中，皇帝首先说明，自己继位以来一直注重修治文德，此番动兵，并不是为了夸耀武功，而是为了吊民伐罪的大义。

接着，皇帝历数了江南李氏的种种罪过：趁着唐末内乱窃据一方，僭称皇帝；勾结北境契丹人和晋阳刘氏不断挑起战事，凌虐汉人百姓，为中朝制造边患；唯恐天下不乱，为中原历代叛逆势力如李金全、李守贞、慕容彦超等提供军事和物资支持；迫夺原中朝治下闽、越、湘、潭疆域，以扩大自己地盘……

皇帝还回顾了大周对江南李氏的仁义：当年淮扬连年闹饥荒，先帝为了淮南百姓不饿死，特地允许他们渡河到淮北来买米买粮；历次边境摩擦俘虏的南唐将士，大周一律赏赐衣物放还，只希望他们不要再来侵扰……

因此，大周从未有负于江南，而江南屡屡背信弃义，实在太过奸猾，“罪恶难名，人神共愤”。

皇帝告谕淮南军士百姓人等，国朝此番出师，“东西合势，水陆齐攻”，势难阻挡。皇帝相信，他们虽然久隔皇朝声教，心里还是向往中原正朔的华风的。皇帝希望他们看清形势，“善择安危，早图去就”。对于主动献郡投诚者，皇帝说，绝不会吝惜高封厚赏。

在诏谕的末尾，皇帝承诺，王师军政严明，禁止剽掠焚烧，此番征讨对百姓一定秋毫无犯，希望百姓父老不要担心。

这封大周天子对淮南百姓的公开信，火速被传达到了国朝的每个角落。又火速越过淮河，飞到了江南军民的口耳之间，飞到了宴坐于金陵锦绣宫城中的李璟李伯玉君臣眼里。

大周国民兴奋莫名。

李氏震动。江南震恐。

沿淮一线，在天寒地冻中抱怨着补给不足的唐军将士紧张起来。

冬日的淮水浅涸，有沙洲露出水面。

沙洲上，丛丛枯草在寒风中瑟缩。

天地肃杀。

久经沙场的宿将们并不屑于去回答，冬季，到底是不是一个适合杀伐的季节。

千里之外的东京大内，寒风从滋德殿的黄绿琉璃庑顶呼啸而过。

厚厚的棉纸糊住了殿宇的窗棂，均匀分布在各处的铜火盆让殿内保持着宜人的温暖。

火盆就好似殿宇的心脏。

铜罩之内，橙光烈烈，火焰熊熊。

无数颗心脏，正跳跃若狂。

皇朝的历史，又翻开了新的一页。

图书在版编目（CIP）数据

后周纪．第三卷，长风 / 严优著．— 北京：北京十月文艺出版社，2022.5
ISBN 978-7-5302-2220-1

Ⅰ.①后… Ⅱ.①严… Ⅲ.①长篇历史小说—中国—当代 Ⅳ.①I247.5

中国版本图书馆 CIP 数据核字（2021）第 277748 号

后周纪　第三卷　长风
HOUZHOU JI　DI-SAN JUAN　CHANGFENG
严优 著

出　　版　北 京 出 版 集 团
　　　　　北京十月文艺出版社
地　　址　北京北三环中路 6 号
邮　　编　100120
网　　址　www.bph.com.cn
发　　行　新经典发行有限公司
　　　　　电话（010）68423599
经　　销　新华书店
印　　刷　北京盛通印刷股份有限公司
版　　次　2022 年 5 月第 1 版
　　　　　2022 年 5 月第 1 次印刷
开　　本　880 毫米 × 1230 毫米　1/32
印　　张　16.5
字　　数　410 千字
书　　号　ISBN 978-7-5302-2220-1
定　　价　239.00 元（全 5 册）
质量监督电话　010-58572393
如有印装质量问题，由本社负责调换。

后周纪

紫微

第四卷

严优 著

北京出版集团
北京十月文艺出版社

一世光阴如锦水东逝，滚滚有涯。站在入海口回望，也许人生不过是：相信有意义，学会不失望……

——题记

目录

开卷曲

帝后三叠[1]

忆昔初见君，火焰为幕死为邻。不思量，何缘相识，何由相知。
东风一度天涯阔，心事浮云寄托。
（自古来，荣辱与共，生死难同；便纵有，千般誓言、万般不舍，
终究是，将奈天何，无可奈何。）

后来相伴君，君有长剑我有琴。问世间，谁堪孤独，谁解寂寞。
七年携手画江山，青春几曾蹉跎？
（自古来，荣辱与共，生死难同；便纵有，千般誓言、万般不舍，
终究是，将奈天何，无可奈何。）

最后与君别，紫微黯淡映残月。从今后，勿复相忆，勿复相思。
为我殷勤嘱长风，山高水远珍重。
（自古来，荣辱与共，生死难同；便纵有，千般誓言、万般不舍，
终究是，将奈天何，无可奈何。）

君以一身担天下，我亦全心献此生。
钟鼓馔玉岂足贵，帝业功在四海平。
固知君心似我心，人间天上守清明。
我今为君重叮咛，请君为我倾耳听：
须怜良辰、惜光景，振长缨、纵名马，高放歌、狂进酒，
方不负少年头，方不负英雄意，方不负佳人心。

注：
1. 此为全书第二主题曲，“火焰二曲”之一。

一二七　淮南江北

在北方广袤的土地上，最著名的大河是黄河。后周京城大梁（开封府）便位于黄河下游的一个水路交汇点上。

大梁也称东京，因境内有汴水，又称汴梁，或汴京。大梁往西四百里，是西京洛阳（河南府）。

东与西的位置是相对的。有唐一代，洛阳并非西京，而是东都。因为唐代的京师在长安，位于洛阳以西八百里，故此唐代的西都是长安，洛阳是东都。到了朱温篡唐，以自己的宣武节度使治所大梁为新朝代的都城。此后几个朝代次第继承，便都沿用了大梁为首都。于是国朝的东西两都位置发生变化，洛阳成为西京，大梁成为东京。至于李唐都城长安，则降格为永兴军（京兆府）。郭威为后汉枢密使时，曾讨伐李守贞、赵思绾、王景崇三镇叛乱，其中赵思绾就是在永兴起兵的。

由永兴、洛阳、大梁，向东偏北延伸到兖州、青州，这是大周目前的腹心一线。

从东京大梁所傍的黄河垂直往南约八百里，便是淮河。淮河是一条非常古老的河流，与长江、黄河、济水并称“四渎”，享受历朝的国家祭祀。

淮河发源于桐柏山（在今河南省南阳市），在五代时有自己的入海口，东流至云梯关（在今江苏省涟水县）入海。

沿淮一线，从西到东偏东北，有光州、寿州、濠州、泗州、楚州诸淮上重镇。

从寿州所傍的淮河垂直往南约六百里，就是长江（亦称江、大江）。

南唐境内，沿江一线，从西往东有黄州、蕲州、舒州、和州、扬州、泰州诸江上重镇。

在江、淮之间的中部腹部地带，又有庐州、滁州两大古州。

淮河以南、长江以北的这一带地区，就称作“淮南”，或者更具体地说，是“淮南江北”。这一区域所辖的土地，便是上述光、寿、濠、泗、楚、海、庐、滁、黄、蕲、舒、和、扬、泰十四州，共计约六十县。

其时，淮河是后周与南唐的自然国界。淮南，加上楚州往北约三百里的海州，都在南唐治下。这就是王朴《平边策》中所说的漫长的两千里接壤线，是可以进行“挠击”以试探其薄弱处的地方。

那么，南唐的历史由来怎样？统治南唐的是什么人？

公元902年，唐朝大将杨行密受封吴王，割据淮南。唐朝为朱温所灭后，公元919年，杨氏自立为吴国国王，史称杨吴，或南吴。937年，吴国权臣徐知诰夺杨氏之位，建立齐国。次年，徐知诰改名李昪，以唐室后人自居，改国号为唐，史称“南唐”。李昪死后谥号烈祖，如今的南唐国主李璟（字伯玉），就是烈祖李昪之子。因南唐的都城金陵（江宁府，今江苏省南京市）在长江之南，故此这一政权也被人称作“江南李氏”。

南唐疆域有多大？

其时，江南李氏几乎占据了古中国版图的半壁江山。

从淮河南岸往下，南唐西面在洞庭湖一带与湖南接壤，东面在苏杭一带与吴越（两浙钱氏）接壤，南面在虔州以南与南汉接壤。十一年前，东南面的闽已为李氏所灭，故此李氏辖域往东南一直扩展到了海边。本来，楚国（湖南马氏）也是被南唐灭掉的，但后来湖南几经折腾，又回到了后周太祖郭威手里，所以湖南就不能算在江南李氏囊中了。

因此，目下江南是三面接壤后周的势力范围，北有中原，西有湖南，东有吴越。

而这三面敌境的核心首脑，自然是北面的中原天子郭荣。为了与郭周的夹围相抗衡，李氏曾派遣谍者越过淮河，乃至浮舟海上，与西蜀孟氏、河东刘氏、契丹耶律氏相交通。

说回后周、南唐两国的交界淮河。

无论对于哪一方，这条河都具有极其重要的战略地位。于南唐，目下是战略防守；于后周，目下则被纳入战略进攻的考虑。

淮上诸镇中，历来有几个重中之重的通衢要塞，比如寿州、濠州。它们居水路交通枢纽之地，拿下它们，后周就能迅速突破南唐的淮河防线。寿州往上游的光州，不如寿、濠二州交通便利；濠州往下游的泗州，距离后周京师的位置稍远，补给线稍长，很难选择它作为从东京出发的主帅驻营点兼破击点。

至于楚州（今江苏省淮安市），它的确也是淮上要塞，但它远在临近淮河入海口的下游位置，它的重要性在于运河——拿下楚州，则水路可以从淮河经运河抵达大江。这显然不在后周夺淮战争第一阶段选点的考虑范围之内。

于是剩了寿州和濠州。寿州的治所在寿春（今安徽省寿县），濠州的治所在凤阳（今安徽省凤阳县）。如果在大周的京师汴梁与南唐的京师金陵之间连一条直线的话，凤阳几乎就在这条直线上，寿春偏离得也不远。这两个州都具有绝佳的战略地位，一旦占领，便可成为王师往下推进战事的大本营和据点。历史上，寿州的重要性等级要高于濠州，但相应地，其防务的坚实程度也必定非同寻常。

那么，对王师的此番战略规划而言，选择何地作为首轮攻击点更有利呢？王朴曾经建议进行“挠击”以确定其薄弱可趁处。

挠击，建立在中原皇朝与南唐长年没有发生大规模战事、对南唐沿淮布防不很熟悉的事实基础上。

不过，挠击并不是唯一探知战略情报的方法。

四十天前。寿州城外。淮河南岸。

冬季的淮水变浅了，尤其在寿州段，许多地方露出了干涸的河床。与变浅相应的，是河面变窄。河对岸在丰水季节看起来十分遥远的大周城郭，此时变得如在眼前。向河心绵延而去的衰草与沙洲拉近了两个同文同种的国家之间的距离。

然而，这样的拉近，也让河岸变得危险了。尤其对南唐人而言，淮河的天堑之利削减，一向不习水战的周军越淮南下的可能性便骤然上升了。因此，每年冬天枯水季节到来之时，南唐都会在沿淮浅涸地带派驻军士戍守，这叫作“把浅”，就是把守浅滩的意思。

今冬似乎比往年更冷些。这一日，天空混沌不清，冬阳躲在厚厚的云层之中，隐约有光溢出，又几乎被捂得严严实实，不能为寒风笼罩的淮岸增添一丝的暖意。

四五个南唐士兵，手里拖着铁枪、刀械，懒懒散散地从岸边走过。为了避免冰凉的兜鍪冻伤脸庞，他们还以麻布挡护在脸部与兜鍪的接合处。更有甚者，直接用麻布遮蔽了整张脸，这让他们看起来愈发面目模糊。带着明显淮南腔调的交谈声，就从这些面幕后传出来。

“……瞧瞧，去年扎营后扔掉的破铁锅，又露出来了。”

“真是嘿！这么个破锅，泡了一年的水，倒没给冲走？”

“冲不走。这一带浪小，他们特意在破锅里装了石头，埋在下面做地标的。”

“哎，我说，往年还不到立冬，上面就部署下‘把浅’之事了。怎么今年都立冬好些时日了，倒没见丝毫动静？”

“嘁，这你就不知道了吧？今年啊，不‘把浅’啦！”

“啊?！不‘把浅’了？周军趁着水浅过来怎么办？若不能赶在他们上岸之前挡住，他们一旦登陆，那可就直接扑到水寨边去了！到时候把咱们寿州围起来，不就麻烦了吗？”

“咳，你操这个心！本州吴监军上报朝廷说，多年来淮岸边没有战事，可是年年‘把浅’，劳军伤财，不如停废了的好。朝廷一听有理，今年就停了。”这位军士所说的吴监军，是指当时的寿州监军吴廷绍。

“这……这……怎知不是因为年年‘把浅’，周军才不敢过来的呢？”

“呵，你这个话……刘节度上表力辩的时候，也是这么说的。可是朝廷觉得吴监军说得更有理。天这么冷，转眼就到年根儿底下了，谁没事愿意出来打仗啊？北人又不会水战，就算来了，咱们大唐接到探报后出城迎击，打他个立足未稳，也完全来得及嘛。”这位军士所说的刘节度，指的是当时的寿州清淮军节度使刘仁赡。

“……我还是心里不踏实，我觉得刘节度担忧的总是没错。”

“得啦，喝汤的还操吃肉的心？不‘把浅’倒好了，扎营在淮水边，那叫一个冷！柴火也不够用，还是在城里的好。”

“就是，你有什么不踏实的？不是还有侦候和巡逻吗？放心，误不了事！”

东京大内。

一个普通打扮的禁军士卒匆匆行走在御道上。他的面幕是在进入宫门之后才拉起的。在经过东西横街的时候，一队巡逻的禁卫军拦住了他。能够蔽面进入大内是一个很高的特权，他们需要验证他的身份。

独行的蔽面军士从怀中摸出了一枚青铜白虎符。白虎符比巴掌略小，背面有精铸的“敕造”二字，是内府秘艺。别的记号且不论，单验这两个字的字形结构、笔画深浅、做工精粗，就已经能将铜符的真假判断个八九不离十了。

带队的禁军殿直薛有光接过青铜白虎符仔细查验一番，又看了看面幕上方露出来的那双冷静的眼睛，方后退一步，恭敬一揖：“得罪了！”做个手势放行。

滋德殿。前殿的殿门紧闭，殿内只有皇帝和适才持符的那名谍者。

御前白虎密谍已经除下面幕，正在向皇帝汇报江南情报。与田重霸相似，他也是一名貌不惊人的精壮汉子，无论从身材、五官、嗓音上，乍见之下都很难说有什么特点。

“……今岁寿州淮防最大的变化，是撤掉了‘把浅’。”他的声音保持着职业的沉稳。

皇帝一愣：“怎么，‘把浅’撤了？！”

“是，而且是唐主亲准的。”

“把浅……，浅……”皇帝心念一动，“朕问你，寿州辖段内的淮水，素日丰水季节会有多宽？”

“呃……回陛下，以臣目测，便是最窄处，应该也有差不多……两百丈吧。”

“那么，浅涸之后呢，剩下的淮水有多宽？”

“回陛下，以臣目测，至少，窄了一半。”

“哦……窄了一半，那就是一百丈。”皇帝沉吟良久，“一百丈……一百丈……”

“是。臣看着，两岸露出来的坡滩很多，剩下的水面，也就是一百丈左右了。”

皇帝定睛看着自己的白虎密谍：“好好的，唐主为何会将‘把浅’撤了呢？”

“回陛下：唐主对前线的将领多有牵制，吴廷绍与刘仁赡素来不和，是以吴廷绍被派来做清淮军的监军。吴廷绍来了之后最大的动作，就是上表请求将‘把浅’给撤了。刘仁赡不答应，上表力争，吴廷绍就拿刘仁赡想多吃军饷说事……”

皇帝沉吟道：“嗯。这就是说，寿州守将不能和睦协力啰？”

“是。也不光是寿州，江南朝廷里原本就不太平。唐主李伯玉打从灭了楚、闽之后，身边进用了许多阿谀之臣。伪太傅宋齐丘是前朝老臣，顺着唐主的意思提拔了一大帮善于拍马逢迎、见风使舵的人。目下伪枢密使陈觉、伪枢密副使李征古便都是宋齐丘的人。”

“宋齐丘一人吃下了正副枢密使两个位子，就没有别人与他抗争吗？”

“有。宋齐丘这帮子人，跟伪宰臣严续等颇不对付，两派常在唐主面前吵嚷个没完。”

“呵，朕听说，江宁府中爱吵嚷的，还不止这几个人？”

“是。伪左仆射冯延巳好说大话，经常撺掇唐主进取中原，与宋齐丘那一伙也常意见相左。唐主新近重用的军将如刘彦贞、皇甫晖等，又与朝中这些枢臣各有勾连……”

“呵，如此乱七八糟，还怎么治国？”皇帝不由轻蔑道。

白虎密谍揖道：“陛下说得极是。臣听闻，唐主若想发个什么政令，他们文臣武将之间常常会先脸红脖子粗地争吵一番，将唐主搞得难以决断……”

皇帝鼻子里笑了一声：“哼，当家的没主意，底下人自然就乱了。”

白虎密谍笑道：“依臣看，江南伪朝里这些人，就像是一盘散沙，便是遇到大事，也是很难捏鼓到一块儿的。”

“呵，江南建国日久，倒不可轻视。……朕问你，寿州守将除了刘仁赡，还有谁？”

“回陛下，还有高审思、胡则等，都是唐军宿将，其资历、经验、能力等各方面，倒的确是不可小觑的。”

皇帝赞许地颔首：“嗯。……那么，濠州的情形你熟悉吗？”

白虎密谍有些赧然：“回陛下，濠州那边，臣这条线尚嫌单薄。”

“无妨，”皇帝一笑，“濠州的事，朕已经知道了一些。其守将叫作郭廷谓，是吗？”

“是。据说也是个狠角色。”

“与刘仁赡相比呢，哪个更难对付？”

“……不好说，应该都很棘手。不过，若是不论守将，单论城池的话，寿州应该更难拿下。”

“嗯？为何有此一说？”

“回陛下：寿春背据八公山，自打隋文帝时起，就是作为军镇建设的，城外还有水寨，池之深，城之坚，非寻常州郡可比。尤其是淮水常常在这一带泛滥，故此，寿春的城墙修建得异常坚固。臣亲眼所见，那年春夏涨水之时，洪水围城超过一个月，寿春城墙竟然丝毫没有颓倒的迹象。若不是有那城墙阻拦，一旦淮水倒灌入城，城中漫说老幼，便是青壮也无人能够幸存！……此外，寿春下辖的正阳关是淮水、颍水、淠水三水交汇之地，水系复杂，物资辐辏，商旅往来频繁，历朝历代都在修缮，又与寿春相呼应，也是易守难攻。”

“嗯。照你所言，前人说得没错，寿春果然是沿淮诸镇里最难攻打的城池啰？”

“依臣的愚见，的确如此。臣以为，寿州居国朝与南唐交通之中间要地，倘若能攻下寿州，则其他淮南城池，尽皆不在话下。”

“……嗯，朕知道了。”

滋德殿偏殿。夜色浓重，灯烛通明。

羊皮地图铺在御案上。君贵仍旧在看地图。图中寿州、正阳、濠州、泗州、楚州、扬州等地，摆放了一些核桃、白果之类的物事做标识。一个大红冻柿子，放在京师大梁的位置。剥开的几个花生壳，被当作小船，放在了冻柿子旁边。剥出来的花生仁，是他的马步大军，也放在了冻柿子旁。君贵拿起花生壳又放下花生仁，拿起花生仁又放下花生壳，将这“花生大军”在地图上反复指挥调度着，似乎正痴迷于一场想象中的盛大战事。

滋德殿正殿。十日间，更多的几个谍者陆续单独出入御前，包括西乞十三。

又是一个夜晚。滋德殿偏殿中，原先的全境羊皮大地图换了一张，换成了更加精细的淮南局部地图。“花生大军”的调度仍在继续。君贵脸上露出了越来越多的欣然，似乎一些问题找到了答案，一些困扰得到了破解。

十日后，距今一个月前。

滋德殿前殿。皇帝召王朴单独入对，还没等王朴坐热，君贵便开门见山地向他宣布了自己的想法：准备于今冬进攻淮南。

王朴一愣，思忖片刻，方道：“可是……陛下，为何如此仓促地决定提前出兵？”

王朴是文臣，从未亲自率兵打过仗。但是就像刘备要请南阳书生诸葛亮做军师一样，以文臣参谋军事的最大好处，是他们可以跳出就战事论战事的窠臼，不为一时意气或一地得失所限，放眼更广阔的政治、经济、地理、气候乃至历史、人文等大局，冷静地以一个几乎局外人的立场，对一场战役乃至战争的走向给出自己的预判。

“呵，朕知道卿的意思。”君贵笑道，“早前咱们俩商议《平边策》时，卿曾经建议，以一年为期筹备南征。如今距离那时不过半年，是以卿有此问，对吗？”

“是。以臣看，单是粮草便未必足够，遑论军械、人心等的准备……”

“呵，文伯，如今国朝的储备其实是够用的，粮草、军械之类，有张美、季飞卫在，只要诏令下达，他们必定会如期筹措到位，这你不必担心。……至于人心嘛，江南连年苛捐杂税，百姓之心是丢得差不多了，这正是我大周施恩于彼的时机。而且，如今我大周民心顺服，百姓安居乐业，王师中多的是盼着到沙场一显身手的真正武人，‘功名只向马上取，真是英雄一丈夫’，卿还怕无人敢死向前吗？”

“可是陛下，倘若再得半年时间筹措军需，不是更为从容吗？臣不知陛下突然调整计划的缘由何在？”

“因为，”君贵意味深长地说道，“目下出现了一个战机。”

“什么战机？”

“南唐将原来沿淮一带的冬季‘把浅’撤了。淮水浅涸，而他们不守，这岂不是上苍赐予我大周的机会吗？”

“呃……陛下是打算偷袭？”

“偷袭？哼，有什么必要偷袭？江南原本就是我中朝故土，朕要祃祭誓师，正大光明地去收复它！”

“臣以为，倘若如此，则吴人尽知我意，将撤掉的‘把浅’再布防回来就行了。那么，陛下所见到的战机，也就不成其为战机了。”

“文伯，你有所不知，江南早已不是徐知诰时代的那个江南了。他们这‘把浅’不是随便撤的，背后是君臣、同僚之间的深刻龃龉。便是布防回来，龃龉仍在，说不定还会更深呢，这才是朕所谓的真正的战机！”

“不过，陛下，臣仍有疑问……”王朴一面思考着皇帝的话，一面执着地提出自己的质疑。他们君臣之间说话向来直接，没什么避讳。整个朝堂中，最敢与皇帝真刀真枪辩论的也就是他了。众人都知道皇帝因为王朴与自己性格相近而看重他，却忽略了王朴并非一味顺从之人。他有些建言曾经很明显地忤逆了皇帝的意思，但无论是否采纳，皇帝都并未对他生气发火。对于自己喜欢和欣赏的人，皇帝总是有这样的雅量的。

翌日。滋德殿前殿。御前军机扩大会议，文武并座。皇帝容色平静，将昨日自己与王朴辩论的原因和结论告诉了大家。很显然，他已经说服了王朴。

与皇帝的平静相对照的，是众臣的惊愕。这一决定不啻在他们头上掷了一记炸雷。

李重进、张永德、韩令坤、李继勋、赵匡胤等战将，尽皆难以掩饰面上的兴奋。虽然他们一直知道皇帝有南征的念头，可是绝没有想到会这么快！更没有想到，会选在今年冬天！

皇帝召大家来到紫檀大屏风前。众人注意到，屏风上原来悬挂的全境大地图上，覆盖了一张更为精细的淮南局部地图。皇帝的手指，毫不迟疑地指向地图上那个他已经斟酌了上百次的地点。

“寿州。”他看向他的臣属们，“第一仗，咱们就攻打这里！如何?”

众臣一时默然，每个人都在心里思索衡量。

枢密使魏仁浦揖道：“陛下，可否容臣问一句?”

“魏枢密有什么话，尽管问吧。”

“陛下兴起此役收复旧疆，固然是江南民众之幸。不过，臣想请教，此役的目标是什么呢？江南自杨氏自立为吴国，及至南唐李昪代吴，前后也繁盛了五十余年，根基匪浅，陛下……陛下是想一口吃掉李家人吗?”

“不。”皇帝微笑着摇摇头，“此役，朕只要淮南。”

李穀插言道：“陛下所言，是指淮南江北全局吗?”

“对。李司徒以为，朕的胃口是大了还是小了?”

李穀沉吟片刻，方谨慎答道：“倘若只是江北十四州，臣以为这个目标……目下倒也不为过。”

宰臣范质、王溥，宣徽北院使吴延祚等，也相继表达了审慎的支持。

皇帝又看向跃跃欲试的重将们："你们呢？你们也说说自己的想法。"

对于李重进、张永德等人而言，征伐江南的战役早已在自己的功名蓝图中，从来就没有肯不肯打的问题，只有自己能否参与、能在多大程度上参与，以及什么时候参与的问题。所以，与审慎的枢臣们不同，他们根本不用去考虑南征在政治、军备等方面是否存在困扰，他们的兴趣直接跳到了战术层面怎么打的问题上。这也是皇帝非常喜欢讨论的话题。

接下来，君臣几人就南征的具体日期、军力配比、行军路线、进攻方式、战役纵深发展等具体细节展开了兴致勃勃的争论，而且特别就皇帝将首战目标选在寿州是否恰当一事，畅快地各抒己见。

御前军机会议已经很久没有这么热火朝天了。

一二八　绾发围炉

大周显德二年十一月初六。

昨日官家亲幸南郊，送李穀率王彦超、韩令坤三万前军出征，并颁下《谕淮南州县诏》。这一大事件，也在内廷引起了议论纷纷。

君贵与诸臣、众将轰轰烈烈地热闹了这么些天，直至正式下诏遣将南征，却并没有时间好好与君怜谈过自己的想法。当然，出征打仗历来是男人们的事，不让闺中的妇孺因为兵事兴起而受到惊吓，也是有担当的男人们的责任和义务。君贵在这方面，倒是恪守了这个古老的传统。

可是，在君贵自己的潜意识里，他又未尝不是在逃避。如果说战争是男人所能操作的最庞大的游戏，如果说这个游戏因其是对男人力量最全面的展示和角逐从而带着致命的危险因素，那么它就天然地将女人排除在外，并且，很有可能会顺理成章地招致女人的反对。

当他抛开理想的光环、出师的大义，而仅仅从自己内心对这一游戏的渴望、冲动和需求的角度来思量时，他意识到，战争的话题在他与君怜之间其实是微妙而敏感的。即便高平之战前君怜曾经毫不犹豫地支持过他，可时移世易，目下国朝各方面的情形都发生了变化，人心里的想法也会随之改变。

尤其是此番贸然将南征日期提前了半年，他自己的心里，似乎也并不是那么有底气。

滋德殿移花堂。

君怜携皇子皇女陪着君贵用午膳，朱雀、菁娘、远山、秋池等，也都在场作陪。这个全家福级别的用膳规模，已经有好些日子没出现过了。

膳桌上的气氛基本是和乐的。现在他们的座位跟最初相比有了调整。皇子皇女分别紧挨在阿孃和爹爹的身边，训哥儿早已学会不再与阿姊抢爹爹，因此观音跟着君贵坐在上座，训哥儿跟着君怜坐在君贵左手侧位。君怜左手是菁娘，对面是朱雀。朱雀右手，是远山，然后是秋池。

午膳的菜品次第端上来。因为天冷，许多餐具底下都架了个烧兽炭的小火炉子保温。君贵见一盘黄澄澄的芝麻烧也架在小炉子上，便夹了一个到君怜盘中，笑道："趁着刚出炉，圣人赶紧吃吧。若真是再烤会儿，烤硬了，反而不好吃了。"

君怜笑道："好。"

这里观音也伸出手来："音儿也要饼子！"

君怜还未开口，东方氏已拿了竹箸过来要替她夹。观音不答应："音儿要爹爹拿。"

君怜看着君贵，揶揄道："这可怎么好？你闺女吃定了你。"

君贵早替观音夹了一个芝麻烧塞到她手中，闻言不由笑道："吃定就吃定吧，当爹的被闺女吃定，有什么大不了的？"他看着观音，温言道，"爹爹宠爱音儿，因为音儿是个孝顺的好孩子，对不对？"

"对。"观音将芝麻糊了一脸，认真点头道。

一直默默无语的训哥儿，这时也向那小炉上的盘子伸出了手："训哥儿也要饼子。"很显然，阿姊的风头太健，让他感到了不平与不安。君怜忍笑看着君贵，也不说话。桌边坐着的余人，连同桌后站立的侍从们，也表情各异地看着官家，看他如何应对。

“好好，爹爹给你。”君贵觉察到了自己明显的偏心与众人暗暗的观望，忙用手拿个芝麻烧递给训哥儿，“儿子，将手摊开，接着。……好，拿好啊，吃吧。”想了想，他又笑着找补道，“训哥儿也是个仁孝的好孩子，爹爹也很宠爱训哥儿的。”训哥儿满意地点点头，芝麻也糊到了脸上。

既然已经开了头，君贵索性又夹起一个，隔着君怜向菁娘道：“菁娘，你不是爱吃芝麻烧吗？你也来一个。”显然，此时菁娘也被君贵归入了小孩子争宠一流。

菁娘心中不甘，也不爽，一转念，有赏总比没赏好，便又欣然应道：“好呀！”站起身，托过盘子去接了。

“令主也……”君贵又道。

朱雀原本正坐山观虎斗，岂能被他顺手拉入抢食虎一流？便连连摆手：“罢了罢了，我不要。官家留着赏别人吧。”

君贵一笑，回头对刘奉武道：“将这盘子端到孙娘子和章娘子那里，替朕为她们一人夹一个。”远山和秋池忙要起身致谢，君贵摆手道：“罢了，你们身子不方便，就别站起来了。”

好不容易搞完膳桌平衡，众人接着吃饭，膳桌上的气氛比先时活跃了许多。

菁娘想起昨日的诏谕，忍不住发问道：“陛下，听说昨日李榖他们已经下江南了，咱们大周是要跟江南李家好好打一大仗了吗？”

“呵，对啊，差不多吧。”君贵一笑，急着将话题岔开，“哎，你的芝麻烧吃完了？再来一个要不要？”

“不要了。陛下，他们要去……”

这当儿君怜插话道：“昨日天寒，李榖是顾命大臣，也有了年纪，可别冻病了才好。”

“哎，怎么会冻着？我赐了他一件裘衣，管保将他裹得严严实实的，放心吧。”他转头向廷献，“你替圣人热热地盛一碗鸽子汤，天寒，别冻着圣人才是正经。”又向诸人道，“你们也都喝点汤，多吃饭，自己保养着，啊。”众人忙答应了。

这里菁娘趁空又绕回到自己的话题：“陛下，您刚才还没有说完呢，李縠他们这次要去打哪儿啊？”

君贵看着她，淡淡一笑：“吃饭的时候谈家事，就不要谈国事了。”

菁娘“哦”一声，忍下疑问，微微嘟起了嘴。

君怜不动声色拿起君贵的汤碗：“还说要我们保养呢，官家自己碗里的汤都凉了，也不知道用一点。——奉武，将这碗汤拿下去，另换一只碗来，我亲自替官家盛鸽子汤。”

军器监后营，季飞卫家。

季飞卫与林远、邓锦各据胡床，围坐在一个旺旺的火盆前，拿铁扦子穿着几只拾掇干净的野雀儿在火上烤。因在轮休中，喝酒也无妨，他们又特意要了壶酒放在火旁温着，一面叙话，一面喝几口御寒。

荥阳县君郑采儿领两个军士进门，为他们送来汤窠子和细果盒。因采儿是皇后驾前的内职封君，林远与邓锦照例起身辞谢，笑道：“不敢劳动县君亲手治备，这些物事，叫小子们送来就是了。”

采儿笑道：“两位都知大哥快别客气了，你们且与飞卫多叙叙，剩下的琐事交给我。倘若有什么别的需要，随时唤我添加就是。”

飞卫也笑道：“两位哥哥只管坐着安飨，只怕她还自在些。来了多少次了，还推让些什么！”

林远笑叹道：“唉，弟妹这份贤惠，放眼禁军将领的这些夫人娘子里头，也是难得的！咱们卫小子也不知几世修来的福气！”

邓锦笑道：“可是咱俩以前说过的？到底卫小子会撒娇，到圣人跟前鼻涕眼泪一抹，就骗得这么好的一个弟妹回家来！”

采儿与飞卫都红了脸。采儿忸怩道：“两位大哥说笑了。”

飞卫啐道：“两位哥哥放着自己家里的好嫂子不夸，倒过来挤对我们？莫不是平日里被嫂子们管束得紧了，也想求官家、圣人赐个新人回来尝尝鲜不成？”

“嘿，你小子，三天不打，就上房揭瓦！”邓锦闻言，扔下手中穿着野雀儿烧烤的铁扦子，一步蹿到飞卫身后，将左臂内肘弯勒住他脖子，右手揪下他幞头来，作势就往他头上一阵猛打。采儿见惯了他们打闹，早笑着闪开。

林远拊掌道：“哎，对喽，给我打狠些，再狠些！这小子这么会说话，咱们还有什么可客气的！”

飞卫因木腿不便，原本在胡床上坐得就不甚稳，需要自己不时调整坐姿。此时被邓锦这么抱头一闹，身子顿时失去平衡，眼见得立马就有栽倒之虞，忙反手抱住他胳膊，连声求饶：“哎哟，哥，哥！卫小子错了！卫小子再也不敢胡说了！快放了兄弟吧，哥哥！”

邓锦与林远得意地交换个眼神，又尽情蹂躏几下，方放了手，将飞卫小心地扶回胡床上坐好。

邓锦不由笑骂道：“你小子现在好金贵！每次收拾完你，还得劳动洒家将你捧回来接着供着！”

飞卫嬉皮笑脸道：“要不怎么你们是哥哥，我是跟屁小子呢？”

林远见他头发被邓锦揉得散乱不堪，便起身过来替他抓拢头发，重新以铜簪绾好。绾着绾着，林远不由叹了口气。

飞卫这方面却敏感，觉察出他这一叹不像玩笑，忙问道：“怎么了，林哥哥？”

“没什么。”林远替他戴好幞头，回到自己胡床上坐好，遮掩道。

飞卫看看林远，又询问地看向邓锦：“到底怎么了？……邓哥哥？”

邓锦摇摇头，拿下巴一指林远。

林远目下是君贵身边的第一侍卫，是所有近卫班直的头领。有什么话，邓锦习惯让他出头发言。林远本性比较谦和，虽处在最接近圣躬的位置，却并不倚势欺人，反而常常与人为善，寻机在官家跟前替同僚说一两句好话是常有的事。林远爱唱歌，歌喉好，据军中老人说，其歌技甚至与年轻时的王峻不相上下。林远带队伍、鼓舞士气的绝招就是领着大家唱军歌。坊间要是流行什么新曲子，人家回来学给他，他只需听个两三遍就能复唱，常常将手下军士惊得呆住。以前众人跟着君贵喝酒叙谈时，林远还常与孙璘搭手表演歌舞，滑稽娱众。

邓锦为人可谓细中有粗，粗中有细。其粗，体现在他喜欢憋着坏跟人动手，欺负飞卫这样的后生更是家常便饭。其细，体现在他擅长算术——先前曹瀚在时，君贵小金库的账就是他们俩在管。可是，会算账并不等于他是个善于算计的人——君贵最讨厌那样的人，不可能将其长久留在自己身边。邓锦的计算能力只用在算账的时候，账本之外的事他往往稀里糊涂、大而化之。邓锦内心其实比较脆弱，又不好意思像飞卫那样理直气壮地表现出来，日常反而要愈发装出硬朗汉子的模样。

目下，官家的三大近卫散落两处，邓锦总与林远厮混在一起，有兵同带，有歌同唱，有什么心事，也说与他知晓。邓锦与林远同年而只略小几个月，但他显然将以前对曹瀚的依赖转移到了林远身上。飞卫又是个依恋旧情的，有事无事常邀约了他们一处玩耍，以继续体会当小兄弟的乐趣。

这里林远见飞卫刨根究底问个不休，便正色道："真要我说？"

飞卫道："是啊，话露了个头又咽回去，不是要急死人吗？"

"好，我若说了，你可不许难过，更不许发脾气。"

"……成成。什么事？说吧。"

"昨日官家讨伐淮南的诏令，你想必看过了吧？"

“嗯，看啦。”

“唉，我吧……我替你绾着绾着头发，忽然想起去岁咱们跟着官家出征打刘崇的时候，有一次你的头发散乱了，我也是这么拿手胡乱替你抓拢的……”

“这……这什么意思？”飞卫的脑子一时转不过弯来，茫然道，“绾头发跟讨淮南有什么关系？讨淮南又跟打刘崇有什么关系？哥哥叹的什么气？”不待林远回答，他忽然睁大了眼睛，“你是说……你是说讨淮南官家也要去？！可是……可是昨日不是已经派遣李穀、韩令坤他们南下了吗？”

“那只是前军。”

“挂帅后军的也有人啊，禁军中名号响当当的将领一大堆，未必是官家亲征吧？”

“这你就不知道了。先时议论前军主帅人选之际，李都帅和张殿帅在官家跟前争得那叫一个厉害！平时觉得张殿帅性子挺温和的吧？可是为了抢这前军主帅，跟李都帅俩人车轮似的、一人一句在官家跟前说话，直说得脸红脖子粗的。偏还有个赵匡胤，在旁边帮张殿帅的腔，想把这好事往殿前军揽。李都帅是什么人哪？一见这阵仗，更是一步都不肯退让了……”

邓锦撇嘴道：“这赵匡胤也忒能搅和了！人家李都帅跟张殿帅角力呢，他一个殿前都虞侯，跟着瞎起什么哄！要我说，侍卫军那边的部将也真够尿的，马帅韩令坤、步帅李继勋都在一旁，按理就该帮着李都帅打压赵匡胤吧，可是你猜怎么着？人家愣是不发一言！”

林远沉吟道：“韩令坤与赵匡胤是早年旧友，自然不肯轻易翻脸。你们还记得吧，最初不是他向官家推荐的赵匡胤吗？”

邓锦冷笑道：“那还能忘得了？咱们看韩令坤面子，可没少厚待这赵家小子！”他摇了摇脑袋，又疑惑道，“可是……李继勋为何也不出头帮李都帅说话呢？”

飞卫略一思忖，说道：“我知道为什么了。我听下面人传，说李继勋跟赵匡胤、石守信他们早前结拜过义社兄弟。照这么看，赵匡胤与李继勋的关系，想来比跟韩令坤更近。是以，李继勋作为步帅，见马帅韩令坤不出头，自己也不便当面与赵匡胤发生冲突。”

林远冷笑道：“哼，放着自己的主官不帮，倒顾及着什么旧识、什么义社兄弟的情分？韩令坤、李继勋这俩人，也真是忒有些公私不分了。”

邓锦皱眉道：“依我看，还是那赵匡胤心眼儿忒多！他人在张殿帅麾下，倒能将李都帅麾下比他军阶高的两大副帅都给笼络了！这样一来，无论张殿帅、李都帅两人谁在官家那里更得势，都少不了他的好处。哼，倒是要得好一手稳赚不赔的买卖！……要我说，咱们得防着点这人，不然，只怕早晚着了他的道儿。”

林远鼻子里一笑：“咳，那也不至于！咱们是官家的嫡系，咱们怕过谁来？只要提着小心，坐山观虎斗就是了。”

飞卫盯着炭火，思忖着：“平心而论，那赵匡胤倒也的确有些才干。可是军中这么多有才干的人，官家为何偏宠着他？还不是因为张殿帅一再地推荐和提拔！官家一手扶植张殿帅，一手拉着李都帅，两边都不想松劲儿……”

林远见话题甩到皇帝身上，忙摆手道：“得啦得啦，咱们也别把话题扯太远了。官家的心思，咱们还是不要妄测的好。”

“对对，那……林哥哥接着适才的话茬说。”

“我说到哪儿了？”

“呃……刚刚说到张、李二帅争抢前军主帅。”

“是啊，争了这么半天，转日里官家一拍板，嘿，谁都不是！却定了资历比他俩都老的李榖。”

“嗯，这我知道。然后呢？”

“你还没看出来？这就是事情的肯綮了：倘若派了张、李二帅中的任何一人领前军，剩下那个就必定会做后军统帅，对不对？可是现下这俩人谁也没争着前军统帅，那么，倘若派他们中任何一人做后军统帅，必定会引起另一人的不满，对不对？”

“那是肯定的。两边军中都有不少不省油的灯呢，哪经得起这么一挑？到时候，还管什么糖甜饼咸，自己势必先窝里打起来了。”

“所以啊！……”

“哦……所以哥哥认为官家要自己出马？”

“对。”

“不过……也不见得吧？难道除了李、张二帅，就真没有别人能行吗……”

“你别犯傻了。淮南这骨头不好啃，除了官家，禁军中就数李、张二帅会打仗，人望又深，支使得动众将，别人谁还能拿得下来？”

“比如……比如向南院啊。”

“向训？向训这会儿还在西蜀扫尾呢！待他返阙，不该歇歇啊？何况，一再派他出征，难道皇朝无人了吗？也不可能什么机会全都给他留着啊。”

飞卫吁出一口气：“这么说……官家是真的要亲征的了？”言及于此，他心念一转，忽然定睛看着林、邓两人，急道，“这么说你们也是要去的啰？那我……那我……我这次去不了了?！你适才说什么缩头发，就是知道这次替我缩不了头发的意思啰？”

“嘿，这孩子！怎么这半天才明白过来！”林远哭笑不得，还待再挤对他一句，细瞧他模样，忙又安抚道，“哎哎，飞卫，别上火，别上火啊，咱们事先不是说好了不急的吗？”

飞卫的双眼发红，已经泛起了泪光。

“哎哟哎哟，不至于嘛……”林远凑近拍拍他的肩膀，温言道，“飞卫，你是管军械的，就算不上战场，对官家、对我们而言，你都是极重要的。我们在前方每射一箭，每发一砲，每挡一刀，我们都会想着，这是卫小子的功劳……”

飞卫垂头不语，泪水落到了地上。

邓锦也忙搂着他的肩膀哄道：“好了，别难过啦。都说江南是锦绣世界，赶明日我们从江南回来，给你带些中原从没见过的花花好物事，如何？或者你想要什么，弟妹想要什么，只管跟哥哥们说！哥哥们就是跑折了腿，也务必替你弄来！”

飞卫恼火道：“嘁，真拿我当小孩子哄呢。”自己抹了抹眼睛，勉力平静下来，“那……你们什么时候出发？”

“不知道，八字还没一撇呢。官家打算亲征的意思，不过是我们哥儿俩私下揣度了，白跟你嚼嚼舌头的，官家自己可没漏口风。”

飞卫忽地想起一事，猛然变色道：“不行！依我看，官家还是不要亲征的好！”

“怎么了？”林、邓两人同时惊讶道。

“咱们没有水战器械！就连李縠他们带走用作浮梁的小船，都是向民间征集的。”浮梁就是浮桥，准确地说，是若干只可以牢固地组合在一起的小船，跨河而列，上面铺上木板，便能容千军万马渡河了。“……我以前听人说过水战的事，别是一番战法，还有他们专用的什么钩子、链子、拍子、牛皮棚子等等，杂七杂八一大套工具。这些，目下咱们军中都没有。”

“你是军器监少监，你怎的不去筹备这些物事呢？”

“我向官家请过旨。官家说，咱们哪能跟南人去比水战？咱们的目标是想法子将水战都变成陆战。我听着也在理。加上又不是官家亲征，我想着，教别人携带陆战器械去探探路也好。是以，前期我的重点，一是在征小船，二就是筹备攻城器械了。”

“那么……倘若官家亲征使用目下这些军器，又有何不妥呢？”

飞卫摇头道：“唐人若知道官家亲征，势必会将他们最具优势的水军派遣出来。我听说，江南的战船很是厉害，并排在江河上行驶时，就像移动的城堡一般，又能发箭袭敌，又能抵挡远攻。届时，倘若咱们没有水战工具，不能在江面上进行阻击，就只能固定在岸上打。人家坐着船，想来就来，想走就走，咱们不就受制得很了吗?”

林远与邓锦紧张起来:“那……飞卫，你能不能不待官家吩咐，尽速先去准备一些水战器具备用?”

一二九　王顾左右

坤宁殿后殿。

采儿与圣人私下相叙已毕，向圣人拜别。唐氏、廷献、芦笛等送至殿门。以前探望完了圣人，采儿常留下来与五两等一起吃顿饭。目下五两早已返回魏博符家旧主处，采儿意下难免伤感，与别人的话也不多，更兼今日心中有事忐忑不安，索性辞了挽留，自己回家去。

廷献一路将采儿送出坤宁宫宫门。采儿止步道："就到这里吧，我走了。"

廷献道："圣人嘱我多送送你，我将你送到右掖门内吧。"

采儿道："太远了，何必呢？圣人那里也离不了你。"

廷献道："不打紧，走吧。"

两人一路默然无语，走至右掖门内，止步。

采儿看他一眼，欲言又止。

廷献问道："怎么？"

采儿轻轻叹口气："圣人近日似乎清减了不少。适才唐妈妈和芦笛跟我说，这一向圣人进食有所减少，睡得也不好……"

廷献垂目无语，片刻，方赧然道："……是我没有伺候好圣人。"

采儿道："我不是那个意思。"

廷献苦笑一下。

“廷献，得空你还是要劝劝圣人，以多多保重圣体为上。”采儿道，“宫里宫外那么多事，都忧心的话，哪里忧心得过来？不如松了心，且享受眼前的好。”

“是啊，我也是这个话。”

“皇子皇女那么可爱，圣人每日看着他们，不也足够开怀的吗？”

“是啊。”

“何况，还有令主陪着叙话……”

“是啊。”

采儿定睛看着他，终究还是道出了心底的不安：“廷献，我今日是不是多言了？”

廷献一愣，随即抿嘴不语。

“我明明看到圣人清减了，我不应该说的！官家在外朝的军政大事，哪里轮得到咱们插嘴？可是，我既然听到了，又不能不向圣人禀报……”

“你做得对，”廷献勉力一笑，劝慰道，“这么要紧的细节，自然要报知圣人。……放心吧，倘若圣人因此增添思虑，我会想法子替圣人开解的。”

滋德殿后殿。晌后。

君贵躺在罗汉榻上，盖着一床高昌绵的软被，睁着眼睛想事情。火盆光亮，龙涎香软。殿内没有旁人。

殿外一阵次第致礼之声，君贵慢慢将视线转向殿门。未几，果然君怜入内，将侍从们都留在了殿外。

君贵并没起身。君怜走至榻前一福：“官家圣安。”

君贵向她伸出手，笑道：“圣人怎么来了？孩儿们都睡着了吗？”

“嗯，都睡着了。”

“那么，圣人为何不自己歇歇午？”

“睡不着，过来看看官家。”

“嗯，好。”君贵顿了一顿，拉她在榻前坐下，笑道，“天儿这么冷，多生几个火盆，将屋子里弄得暖和些，你不就睡得着了？”

君怜看着他，微微一笑：“哥哥殿中的火盆不少，哥哥不是也没睡着？”

君贵道：“我还没睡呢，你怎么知道我睡不着？这下好了，有你来陪着我，我可一闭眼就睡过去了。”说着，他就真的闭上了眼睛。

君怜哭笑不得：“哎哎，人家巴巴走来看你，你倒一见面就闭上眼睛？你若是见不得我，我可走了啊。”

君贵仍旧不睁眼，却拉着她的手不放，只忍笑道：“行，走吧。”

君怜俯身细看他闭上的眼睛，只见他眼珠子在眼皮底下乱转，便嗔道：“哎，别闹了，我有正经事要问你呢。你睁开眼睛，成不成？”

君贵无可奈何地睁开眼，面色逐渐正经下来：“嗯。……什么事？问吧。”

“淮南的事。”

“淮南怎么了？”

“原本不是计划明年才发动战事的吗？”

“嗯，计划之外，总有变数嘛。就算明年发动，也得是冬日水浅的时候。可是目下他们内斗得厉害，对咱们是个好时机。倘若再拖一年，情势又会发生变化，到时候却未必适合下手了。所谓‘以己之不败，待敌之可乘’，战机稍纵即逝，我思来想去，只能现在发动。”

“那么，哥哥这次将李穀、韩令坤他们派出去，三万禁军浩浩荡荡地走了，究竟是什么打算呢？”

“……什么打算？”

“目标是什么?”

“目标?……目标嘛,淮南十四州。”

君怜沉默了。淮南十四州,那绝不是靠李毅加王彦超加韩令坤的组合就可以拿下来的。西蜀的秦、凤、阶、成四州可以遣将攻取,至于淮南十四州……她感受到了他平静表面下激荡的内心。她知道,他厌恶战争,却又渴望战争,他的志向从来都是以战争消灭战争。淮南十四州是一个极具诱惑力的战争标的,她相信他不会放过。

她并未就事论事,而是迂回开去,问了一个更加长远的问题:“拿下淮南十四州之后,哥哥又有什么打算呢?是不是就照着王朴《平边策》所规划,再拿下全江南,进而拿下闽南等地,一步步打下去?”

“不。君怜,我的计划有变,我只告诉你一个人。”君贵低声道,“咱们以前不是议论过吗,国朝的心腹之患在北不在南,收复幽云十六州对中原之利,优先于吞并江南。因此,一旦拿下淮南,打得他们再无还手之力,我就要划江为界,然后养军士、富人民,准备北伐!”

君怜心念急转:“所以……哥哥打淮南只是为北伐奠定基础,避免李氏与契丹形成互相勾结之势?”

“对。”

“是我目光短浅了。”君怜颔首道,“不过,所谓北人擅马,南人擅舟,咱们去跟江南人打仗,大江大河里头翻腾,军士的水性势必是个大大的劣势……”

“不必担心。”君贵笑了一下,“此番我教李毅带了浮梁去。”

“可是,单靠浮梁,能解决多大的问题?”

“哎,你可别小看浮梁。有了它,咱们就能越过唐军的淮上防线,将水战变成陆战。陆战是咱们擅长的呀,你有什么好担心的?”

“淮水宽广，就算冬季河道变窄，也难免有浮梁不济的时候。倘若不能成功将水战变成陆战的话……”

“呵，何须如此担忧？君怜，倘若你真的对战法感兴趣，我就告诉你我的方略。”

“好，我感兴趣，请哥哥告诉我吧。”

君贵坐起身，拉着她走到桌前：“你过来看。”桌上，由冻柿子、白果等筑起的城池和由花生仁与花生壳组成的水陆大军仍旧铺排成一片。“这是东京。这是淮水。这是此战的第一个大目标：寿春。寿春城西南方不远处，有正阳关。正阳关是三水交汇之处，中间的这条，就是淮水。你大概想不到，正阳关的淮水，在这个季节，不仅水流缓，水位浅，而且，最窄处只有一百丈宽。”

“只有一百丈？”

“对。君怜，你知道百丈意味着什么吗？倘若咱们以一丈宽的小船做底，每只小船间留出一丈距离，再往上面满铺长板固定住，那么，总共只需要五十余只小船，就可以将这浮梁从淮水北岸一直架到南岸去！”

“……嗯！”

“正阳还有两条水，南边这条暂且不必管，北边这条，是颍水。——颍水，你明白我的意思吗？”

“……嗯……颍水整个水系几乎都在国朝境内，是不是？我跟着父亲到过颍州，还听说过临颍、颍上等城镇的名字。”

“对。颍水深入大周腹地，而南边又连接着正阳关，正是京师通往淮水的水路要道。我让张美和飞卫将征集到的一百五十只小船会集到临颍。李毅大军分兵一支，护送这些小船顺流而下，到正阳附近停泊。其余马步军走旱路，也到正阳附近与船队会合。届时，小船全体由颍水进入淮水，一部分用作搭建浮梁，剩下的用作攻战。拿下正阳关，王师进攻寿春就有了一个稳稳的据点。往后的粮草委积，也可源源不断地由中原运输到此地，再供给王师将士。”

“啊，好吧。”君怜吁了口气，“不过，我听说，寿春是个非常难攻的城池，昔年淝水之战……”

“放心吧，攻城略地，王师可比打水战在行多了。寿春就像个磁石一般，一旦被围攻，他处的唐军必定会来救，这不就将他们的兵力部署全都暴露出来了吗？是以，咱们拿寿春为饵，将他们附近的军队逗引得出了巢，正好挨个儿收拾，水里来的水里去，陆上来的陆上去。这与王朴所谓的‘挠击’，意思也差不多。”

“……那么，攻下寿春之后呢？”

“攻下寿春之后，沿着淮水东下，封锁南唐的淮水航道，断其补给，挨个儿拿下濠、泗、楚、海等地，淮水便彻底成为王师之利了。”

“然后呢？”

“然后再取淮南中腹二郡，取沿江诸郡……”

君怜沉吟良久，斟酌道：“这么大的地面，一时半会儿，这仗是打不完的啰？”

君贵目光闪烁：“一时打不完，就慢慢打，你不必担心。”

君怜又斟酌片刻，终于下定决心问道：“后面这些仗，单靠李榖、王彦超、韩令坤他们，恐怕也是打不下来的吧？”

“哎哟，”君贵不答，却忽然扶住了自己的头，皱眉咧嘴道，“哎哟……好疼……”

“怎么了，哥哥？”君怜吓一跳，忙凑过来，掰着他的手指细看，“是头疼吗？”

“是。不知怎么的，脑袋里面有根筋脉突地一蹿！”君贵皱眉道，“一定是我昨夜没睡好的缘故。”

“那……那赶紧歇着吧。”君怜一面说，一面将他扶到罗汉榻上依旧躺下，关切道，“躺着会好些吗？”

君贵闭上眼睛：“嗯，似乎好些。”又指指自己的太阳穴，“你替我揉揉。”

君怜忙依言伸出两手，以手指在他两侧太阳穴处画圈按摩，又缓缓替他括开微皱的眉头。君贵将眼睛闭得紧紧的，眼珠子在眼皮下骨碌乱转。

按着，揉着，君怜的动作缓慢下来。

“嗯……别停啊，接着揉。”君贵仍旧不肯睁眼，含混道。

君怜已经看穿了他的把戏，不由哭笑不得。顾自瞪他几眼，知道他也看不见，只得含嗔长叹一口气：“好，知道了，不停。不停就不停。”

景福殿后殿。夜来临了。

君贵坐在榻边，手里把玩着一只五色斑斓的鞠球。几个侍从在屋内往来穿梭，备上青盐、口盂、铜面盆、大木盆、热水、巾帕之类的物事。

桐华从门外入内，手里托着一只木盘，盘中一只汤盏。菁娘招手叫桐华过来，自己亲自从木盘中端起碗盏，坐到君贵身边，笑道：“陛下，该喝宁神汤啦。”

“嗯。”君贵放下鞠球，接过汤盏。

菁娘娇笑道：“怎么样，臣妾缝制鞠球的手艺又有进益了吧？”

“有吗？”君贵几口喝罢汤水，将汤盏还到她手中，笑道。

菁娘嗔道：“陛下就不肯给人一句好听的！倘若没有进益，陛下怎的看了这半天却不撒手？”

“呵，我看着它是在想，可惜目下太忙，没有以前那种工夫，能常常与你一起蹴鞠耍子，好好地松松筋骨。”

菁娘将汤盏顺手递给桐华，自己倚靠到君贵肩头：“陛下在前朝都忙些什么呀？跟臣妾说说好吗？”

君贵一笑：“能忙什么？还不就是打淮南的事。你们大概私下里都议论过好多次了吧？”

菁娘一听兴奋起来，歪头看着他：“是呀！知道陛下在遣将出兵，臣妾高兴得不得了呢！”

“嗯？你高兴什么？”

“臣妾替陛下高兴啊！早日把江南打下来，咱们大周的疆域不就早日扩大了吗？陛下治下的百姓、土地，不就更多了吗？陛下这么圣明，他们早日归附皇朝，也是他们的福气啊。”

君贵来了兴趣：“你也觉得早日打这一仗是件好事？”

“那是自然！我家陛下是谁呀？去岁高平之战陛下亲征，指挥着手下将士将刘崇打得狼狈逃窜，那是有多么英雄，多么威风！天底下谁不知道，只要陛下出马，一定旗开得胜、所向披靡。这种大胜仗，自然是来得越早越好！”

君贵笑道：“是吗？”心里一阵鼓荡，又一阵迟疑，终究是忍不住，便向她耳边低声道，“那么我告诉你，这一次，我也仍旧打算亲征！”

“啊?!”菁娘惊喜地看着他，不由鼓起掌来，“那太好了！陛下必定会比高平之战更厉害，必定会打更多的大胜仗的！”

君贵心花怒放：“嗯……你这话我爱听。”

菁娘紧紧挽住他的胳膊，热烈道：“那臣妾再说给陛下听！陛下要听多少遍，臣妾就说多少遍！”

君贵笑道：“好好，少时躺下再说吧。”他很清楚，菁娘对自己有一种盲目的崇拜，她喜欢在想象中将自己的本事无限夸大。君贵虽然很受用这样无条件的崇拜，但还是有起码的清醒的，知道自身短长所在，不至于自己给自己瞎灌迷魂汤。君怜在这方面就比菁娘成熟冷静得多。君怜那里没有迷魂汤，如果有的话，也只可能是一盆冷水。不过，目下寒风凛冽的，冷水可不是什么养生延年的好物事。

想到这里，君贵追了一句：“对了，我这打算，你可先别漏给圣人去啊。”

菁娘大感受到重视，忙心有灵犀地点点头：“陛下请放心，绝对漏不了！陛下跟臣妾说的悄悄话，臣妾才不会向任何人讲去呢。”

南唐。江宁府宫城。

这是一个忧心忡忡的日朝。李氏君臣议论纷纷。

周师南侵的消息令他们寝食难安。他们知道周帝郭荣在高平亲率禁军冲锋获胜的传说，也知道他曾经摆出一副不达目的誓不罢休的架势围攻晋阳两个月，还知道他花了很大的功夫汰递、演练出了一支新的军队。他们没想到，这支军队训练出来就是为了攻打他们江南人的。他们感到了畏惧。

难道淮河天堑已经不足为凭了吗？倘若周军越过淮水，大唐的军队足以抵挡其锋芒吗？以及，能够抵挡多久呢？

清淮军节度使刘仁赡派人送回的奏表在相当程度上安抚了他们的心。刘仁赡出身军将世家，其父刘金乃是吴国时期的宿将。由吴入唐以后，刘仁赡历任黄州、袁州刺史，颇有政绩，又为今上所重用，迁为武昌军节度使，转迁为今日的清淮军节度使。奏表中，刘仁赡表示，自己父子受国朝大恩，誓必忠于职守，为报国不惜流尽最后一滴鲜血；又说大唐的淮河防线固若金汤，自己有信心守住寿春，将周师拒挡在国门之外，请陛下和同僚们放心。南唐皇帝李璟龙颜大悦，立马批复表彰了刘仁赡的忠心与必胜信念，并且表示，朝廷绝不会坐视淮水防线（尤其是寿春）遭受敌人的攻击，一旦有需要，朝廷就会派出水陆大军，全力支持前线。

寿春。淮水岸边。“把浅”恢复了。淮河南岸每隔一定距离便设立了营帐，不时有一小队一小队的士兵往来巡逻，监视着淮河北岸以及河面上游、下游的情况。

寿春城头。刘仁赡镇定自若地指挥守城军士分别驻守在各大要害，轮班严明。城内厉兵秣马、调集粮食，又征发民夫，加紧修整城墙和水寨，全心全意筹备未来可能的守城之战。

与此同时，大周天子的征淮诏所刺激的，不仅是江南君臣。

作为汴梁死敌、金陵盟友，太原刘氏在周帝此诏发出后不久，就派遣军队袭击了潞州。这是刘崇（虽然称帝后他被辽人赐名刘旻，但周人仍旧呼他旧名）在其病榻上勉力发出的最后一道战斗指令。然而仅仅坚持了十数日，汉军就被后周潞州节度使李筠击破于祁县。

显德二年十一月底，这位曾经被郭荣直围到晋阳城下的北汉之主在饱受惊吓之后，含着忧恐寿终正寝，其“皇位”经上报契丹批准，传给了他的次子刘承钧。有意思的是，耶律述律一开始也呼刘承钧为“儿皇帝”，并不在乎这会造成刘氏父子辈分混同的问题。刘承钧性子比他爹温和，并没有穷兵黩武抢回汉家江山的野心。何况，那点微薄的家底还要供奉契丹，他能够保住境内百姓不造反，就已经很不容易了。因此，大周与北汉的关系，进入一个新时期。

以后的事实将会表明，在这个新时期里，周帝郭荣最关心的不是刘承钧的外交内政，而是北汉重将杨重贵夫妇什么时候能够放弃刘氏，投效到自己麾下。除此之外，北汉境内的一切，对大周而言，已经无关肯綮。

十一月二十八日，大周淮南前军都部署李穀的奏报传回了东京：前军先锋、都指挥使白延遇成功搭起浮梁，渡过淮水，在来远镇击破淮贼，一举拿下了正阳关。副都部署王彦超进击寿春，在寿春城下击败南唐负责“把浅”的军士两千余人。

首战告捷。

一三〇　殿帅家难

东京。滋德殿前殿。皇帝与众将的军机会议。室外的雪光让殿堂内显得比平日更加明亮，每个人脸上都发着光。

刚刚从秦、凤诸州返京的宣徽南院使向训也参与了此次会议。向训是郭氏旧属，有一张稳重深沉、让人信赖的脸，以及一副厚实的身板。他治军有方，多谋善战，为人朴素务实，不事奢华，在行事作风上有着寻常行伍将领少有的洁癖——这一点尤其受到先帝赏识。当年张美在澶州舞弊案发，先帝就是派向训去对张美进行敲打的。

皇帝表彰了向训等伐蜀诸将的功勋，颁下丰厚的赏赐。接着，又让他对目下的南征计划发表看法。对于皇帝的征淮方略，向训表达了支持。虽然并不狂热，但是从他认同首先攻占寿春、之后迅速东下夺取南唐沿淮防线、提高陆战比重等细节看，他的支持并不是为了讨得皇帝欢心的泛泛而论。

军机会议散后，武宁节度使武行德入对。不久以前，武行德奉命疏浚汴河东南方向河段，今日他是来向皇帝汇报中期进展的。

汴河打从唐末溃决后，已将东京城埇桥东南面的广大地域变成了一大片污秽的泥淖。直至当朝，情形不仅没有丝毫改善，反而愈演愈烈。皇帝命令武行德趁冬季休耕期间征发民夫，沿着原来的河堤清理淤泥，疏通河渠，让汴水经陈留一路奔向东南，汇入泗水。

然而疏通淤积的旧渠谈何容易！武行德禀报说，河道淤泥太多，原来的旧堤大半都被埋没，清挖进度十分缓慢。天气严寒，加上给养不足，民夫中时有冻病发生。有司认为这项工程难度太大，建议暂时放弃。

皇帝听罢沉吟片刻，摇了摇头：“汴水南接泗水，泗水下接淮水，淮水在楚州以运河连接扬州，从而直通大江，这是一条古老的水路。中原与江南的各种物资，以前就是经过这样的水路互通有无的。只是因为数十年天灾人祸，南北间的水路堵塞，不曾修复，才变成了今日这种局面。且不说如今朕正在南面用兵，需要另开水路以运送军需，便是没有征淮之战，汴水的清淤疏通也是利国利民的必为之事。而且，也只有选择这种农闲季节，才能征集到足够的民夫。……”

“陛下所言极是。”武行德为难道，“然而，眼下清挖困难也的确是事实。臣想请陛下的旨……”

皇帝打断了他：“朕知道你想说什么。眼下的困难，朕让有司再拨一笔款银，你们想法子克服吧。……这件事必做，卿也罢，有司也罢，民夫也罢，此时或许甚感艰难，但数年之后，国与民，都必将从中获得大利。”

武行德不得不承认，皇帝比他们所有人都站得高、看得远、想得深。而且后来的事实也证明，皇帝所说的话是对的。

武行德退出后，皇帝打算回到后廷休息一会儿，不意工部、户部与礼部属官又联名来求对。皇帝叹了口气。刘奉武见状，忙道：“官家忙乎了半日，实在太辛苦了，要不，臣教他们换个时间再来吧？”

皇帝揉着太阳穴摇摇头：“不必了。替朕倒一盏汤水。宣他们进来。”

这一次，工部、户部与礼部乌泱泱来了七八个人，他们的话题主要围绕近日京城的拆迁工作展开。之前皇帝交给王朴都领进行的京师城市规划工作包括两个部分：内城街道的改造，以及外城罗城的修筑。目下，这两方面都遇到了麻烦。

内城方面，由于历朝缺乏有效管制，京师居民在自家房屋不够用时，习惯侵占街道去扩建。长年累月下来，原本还算宽阔的京师道路变得又窄又弯，能够通行大车的道路少得可怜。倘若直而广之，就等于要去拆居民的房子。

外城方面，在新罗城的规划范围之内，有许多以前的坟茔，要将其地圈入罗城内，就只能将这些坟茔迁往更外围的郊野。然而，迁坟动土是一件了不得的大事，大多数百姓都不愿意惊扰先人，因此，拆迁工作遇到了非常大的阻力。工部不知如何掌握处理此事的轻重，拉着户部和礼部议了好些天，还是议不出个一致结果，只能来向皇帝请旨。

皇帝听完工部侍郎对情形的陈述，没有说话，端起汤盏来喝了一口。群臣忧心忡忡地注视着他。片刻，皇帝放下汤盏，清了清嗓子："近日因为修扩京城的事，对于老百姓，无论活着的，还是亡故的，的确有颇多扰动。老百姓对朝廷、对卿等，势必会有许多怨谤之语，这一点，朕心知肚明。"

众臣尴尬道："百姓骂骂臣等，倒是没什么……"

皇帝笑了一下："朕生长于民间，老百姓嘴里难听的骂人话，别管是关乎天王老子，还是关乎祖宗十八代之类的，朕都见识过，没什么大不了的。你们放心，要骂，就教他们骂朕，朕来替你们担着就是了！"

"陛下，那怎么可以！"

"任由百姓诽谤陛下，那就是臣等的死罪了！"

"呵，你们多是孔门信徒，进士出身。朕问你们，《孟子·公孙丑》里谈到勇气时说，若是反省自己所为，确定是理直气壮的，那应当如何？"

众臣齐声道：“‘虽千万人，吾往矣！’”

皇帝露出一个坦荡的微笑：“对！各位卿家，朕做的这件事，就如同之前熔毁佛像一样，是反复思量之后确认的理直气壮、利国利民之事。是以，‘虽千万人，吾往矣！’……新城修好之后，朕在其中能跑几趟车马？得利的终究还是日日生活其间的京师百姓和他们的子孙后代。到时候，他们就会明白朕的深意了。”

三部臣工多是官场老手，个别人甚至经历了前朝、前前朝乃至前前前朝的动荡。他们所看到和接触到的皇帝，乖戾狂妄者有之，荒淫恣纵者有之，因循苟且者有之，却很少有人具有如此的远见和胸怀，宁愿自己背负不解和骂名，也要为国为民进行长久利益的打算。

他们不由真心感佩，纷纷揖道：“陛下圣明！”“陛下如此有胸怀、有担当，臣等敢不尽心竭力以成此事！”……

皇帝颔首，要求两部再去精细核准所需拆迁的房屋数量、存殁人户数量，并增加财物补偿额度，以尽快平复民心，取得百姓对新城扩建工程的支持。

好不容易将所有的政务都处理掉，君贵站起身往殿外走。刘奉武忙过来替他披上大氅，问道：“官家准备去何处？”

“嗯……去圣人那里吧，也瞧瞧观音和训哥儿。”

刘奉武答应着，率一众宫官内侍跟上了他的脚步。

出至连廊，见天空中正飘洒着细细的雪花。君贵忽地想起一事，又拐向偏殿，打算顺便去御书房查个资料。他近日常常翻阅各地的方舆志，适才武行德和三部诸臣的奏对，让他想到有些地理细节，诸如山道水路、大小城镇地名等，在自己心中尚有不少模糊处，需要再核实一下。

入得偏殿，君贵一眼瞧见御案上已经堆了小山似的数十份奏表。这些都是今日早朝之后，从枢密院那边新转呈上来的。君贵叹口气：皇帝的公务真是没完没了啊。

君怜好几天不来帮他了，他自己不知道为什么，就是不想主动开口请她来帮忙。这种心思从何而来，连他自己也感到奇怪。他与君怜之间似乎正在进行一场微妙的角力，他像有点赌着气，不愿服管、不肯认输似的，非得她上赶着来帮他，才觉得没有丢掉颜面。

唉，不来就不来吧。

他顺手抽出一份奏表来看。刚看了个开头，他就呆住了。奏表是安州刺史所上，奏表里说，安州防御使张颖被歹徒给杀害了。

张颖，是张永德的父亲。当年君贵送君怜从河中府返回兖州符府途中，曾经替张永德给在齐州乡间养病的张颖送过药。后来，张颖病愈返回京师。再后来，因身为国朝戚里之故，又被升为安州防御使，常年在驻地生活。

张永德事亲至孝，君贵不仅久有耳闻，而且是有亲身感受的。目下他的父亲死于非命，这对他而言，必定不啻于晴天霹雳。君贵在御案前坐下来，看着奏表里的文字，默然沉思。雪天寒冷，火盆的热力也显得不足了。

殿外起了一阵小小的骚动。王景通入内禀告，殿帅张永德求见。君贵见王景通的神色有些不对劲，心知有异，忙道："快宣。"

张永德几乎是跌跌撞撞地扑进了御书房，满头满肩白色的雪花。远远望见君贵，他就往地下一跪，只叫了声"官家"，便放声大哭起来。滋德殿的侍从们不知道发生了什么事，惊讶地观望着，都等待官家的示下。君贵忙挥手让他们退出。

君贵快步走到永德面前，俯身去扶他："抱一！"

永德抱着君贵的胳膊，浑身颤抖，泣不成声："官家！荣兄！我爹……我爹……"

君贵作好作歹将他搀起，拍掉他身上残存的雪花，温言道："抱一，令尊的事，我已经知道了。你先节哀……"他向旁边寻了条丝帕递给永德，又关切道，“安州的奏表到了，我刚看见，我也很难过。这到底是怎么回事，你那边有什么消息？”

永德接了丝帕，也不擦拭，仍旧涕泗滂沱，哽咽难言。君贵便将他拉到罗汉榻上坐下。见他哭得像个孩子一般，满面红紫，眼鼻肿胀，早没了素日叱咤风云的青年殿帅风仪，君贵颇感心痛，便搂着他的肩膀，温言安抚道：“抱一，你是个大孝子，令尊出了这样的事，你必定感到钻心般疼痛。别说是你，连我心里也过不去。你就在我这里痛哭一场，将该流的眼泪都流够，然后咱们一起来善后，好不好？”

永德抬起头，泪眼模糊地看着君贵，咬牙切齿道：“荣兄，我要报仇！”

“当然要报仇！可是，咱们先得弄清楚原委。安州刺史的奏报上只说，你父亲的部曲曹澄伙同数名歹徒逞凶后逃逸，却没说明原因，你知道是怎么回事吗？”

“荣兄，他们半夜闯入我父亲的内寝，这明摆着就是谋财害命啊！”永德哭道。张家祖孙数代雅擅经营，家财丰厚。当初先帝肯将鹭娘嫁给永德，张家的家境好也是很重要的一个原因。后来张家因永德之故位列皇亲，势力日盛，更成一方富豪，由此招致旁人乃至部曲眼红起了歹意，也是可以想象的。

“嗯，我明白。……凶徒逃到哪儿去了，你们家有线索了吗？”

“我父亲的部曲来报，凶徒曹澄等逃入江南李氏境内！”永德说着，突然起身离榻，就势跪到君贵跟前，红着眼睛求恳道，“官家，请允许臣即刻带人杀入南唐境内，将这几个恶贼抓回来正法！”话音未了，他便猛地磕下头去。君贵一愣，没有立刻回答。

永德直身悲愤地看着君贵，涕泪双流：“官家！臣的父亲遭此大难，臣身为人子，不能为父报仇，还有什么面目活在这个世上！”说着，又重重地接连磕下头去。

“好了好了！抱一，我明白你的心思。”君贵忙拉住他，见他额头已经磕得红肿，不由动容道，“你先别着急，这个仇，我一定替你报！……目下前军刚刚出动，后军诸事未备，不便贸然派兵。可是我答应你，待到我亲征的时候，我一定带上你！”

永德愕然道：“官家……官家真的打算亲征?!”

“对。”君贵平静道，“先时你和重进争当前军统帅，我没有答应，是因为我留着你有大用。——届时，我要你仍旧担负卫跸之责，好吗?”

永德愣怔道：“……好。”

“你放心，王师压境之下，李氏绝不会傻到去保护这种凶徒。别管他们藏在哪里，一定会被交出来的。届时，我给你机会，让你亲手复仇，好吗?”

永德闻言，精神一振，跪地肃然揖道：“遵旨!”还待要叩谢，君贵拦着道：“别磕了，脑门都破了。就算你不心疼，我不心疼，鹭娘看了能不心疼吗？起来吧。”

侍卫军营，都帅营房。

昏暗的暮色中，房门“吱呀”一声开了。李重进与一个脸生的精壮青年从中走出来。那青年在门口向李重进揖别。李重进点点头，又嘱咐几句保重的话，那青年答应了，再揖而去。

营房外雪地扫净，支起了一个高高的柴火堆，火堆上方悬着一只拾掇干净的肥羊。终于等到雪停了，李重进的亲随部将徐令则等人在肥羊旁或坐或站，挤挤挨挨围了一两圈。众人嘻嘻哈哈叙谈着，鼓捣着，等待羊肉烤熟。京中禁军营里常见的是取暖的小火堆，这种大篝火一般只在野营时才会支起。但李都帅喜欢大气象，何况又招呼了一众亲将来吃烤全羊驱寒，自然排场要大些才过瘾。

李重进送走那精壮青年后，过来与部将们坐到一起。外层的羊肉已经熟了，香气四溢。众人拿匕首一绺一绺切割下来，蘸了作料享用。早有侍卫军小校们送上酒食。大家借酒蒙脸，抢夺着，又推让着，闲聊着，又争论着，没上没下玩耍得好不热闹。

他们聊天的内容，除了坊间奇闻，自然少不了军中闲话。目下军中最大的闲话，就是殿帅张永德之父被凶徒刺杀一事了。

“……你们可是没瞧见，殿前军那帮人，这两天就跟丢了魂儿似的，放屁都不敢太响！”

“嘿，他们的主帅成天脸黑得雷公一般，他们还敢放屁？现在是：说话，恨不得含在舌头根儿底下当蚊子哼哼！走路，鞋底儿碰了地面都不敢出声儿！”

“不过，张殿帅也真够可怜的，青天白日的，家里遭这么大个事儿……”

“要我说，这事蹊跷啊……张防御也不是普通人，怎的这么轻易就遭了毒手……”

“可不是吗？要说这盗贼胆子也忒大了，谋财就谋财吧，害什么命！也不看看害的是谁！”

“怎么没看啊？不是说是他们家部曲干的吗？那就是冲着张防御去的！”

“哎哟，是吗，部曲干的?！若果如此，那可真是……真是大逆不道啊……”

“哎，听说那天，这事儿一出来，张殿帅就进宫去对着官家哭了一大场。官家好意抚慰半天，说是要让他挂帅后军入唐，亲手抓了凶徒为父报仇呢！”

这当儿，一直沉默不语的李重进不屑地“哼”了一声，冷笑道：“什么大逆不道？依我看，这事儿也不全怨别人，他爹真是有点自作自受！”

此言一出，众人尽皆一呆。片刻，纷纷好奇怂恿道：“怎么回事？怎么回事？都帅，给属下们讲讲！讲讲呗！”

李重进再喝口酒，睥睨道：“你们哪里知道，是他爹看上了那部曲曹澄的黄花小闺女，非逼着收到自己屋里做了妾侍。曹澄气不过，伙同几人半夜摸到他爹房里，手起刀落，把人给杀了，这才逃到江南去的！”

众皆愕然。

两日后，殿前军帅营内。

屋内只有身着重孝的张永德和一名军校。军校对张永德附耳说了几句，张永德震惊地瞪大了眼睛。军校肯定地点点头。

张永德大怒，顺手抓起桌案上的一个瓷壶猛摔到地下，咬牙道：“李重进，你欺人太甚！”

军校忙劝道：“殿帅息怒！息怒！”

张永德在屋内愤怒地来回走动，走了好几圈，忽然停下脚步看着军校：“这种事，他怎么会知道?！……他跟江南人到底有什么关系?”

“殿帅，这个……属下还真不知道。”

“那还不快给我查？查去呀！”

一三一　郑相遗表

大内。坤宁宫偏殿。

屋中央放了个巨大的矮瓦缸。观音与训哥儿由傅姆们带领着，在瓦缸边玩耍。君怜与朱雀坐在靠墙的圈椅中，一面看着孩子们，一面叙些闲话。

瓦缸内生机盎然，十数条大个头的七彩锦鲤游来游去。一把新鲜采下的忍冬叶子浮在水面上，为这瓦缸增添了些绿意。说起来，冬日对于皇宫中的幼儿而言是枯燥的。室外寒冷，不再是可以尽情奔跑的乐园；鹿、孔雀之类的动物大都窝在棚子里打蔫儿不理人；连御池边也不让去了，因为那里结了薄冰，最容易出事。皇子皇女闲极无聊，每日里不安地闹腾。君怜便让人从御池里捞些打盹的锦鲤到室内养着。借着室内火盆的热乎气儿，锦鲤们又活泼地游动起来。观音与训哥儿拿树叶到瓦缸的水中搅和着，与鱼儿打成一片，兴奋得咯咯直笑。

远山与秋池身子渐沉，懒怠走动，加之天冷，君怜索性降旨免了她们的每日定省，让她们有精神就出来转转，没精神就在阁子里各自保养。菁娘在众人跟前一向不自在，因此每日只是例行在君怜这里晨昏定省而已。她是很难与众人共起同坐的，除非帝后相召。

一时间，坤宁宫倒仿佛回到了从前的晋王府，家中上下人等虽然多，一起消磨光阴的却只有他们长幼、主仆几个。当然，还包括此时不在场的君贵。

此时，君贵正默默行走在滋德殿通向坤宁宫的道路上。天空仍旧是阴霾的。侍从们在君贵前后拱卫着，有人牵着御马，以备官家随时呼用。寒冷将他们的呼吸变成了白色的雾气。

即便在冬天，君贵也不大喜欢乘坐肩舆，他不喜欢那种懒洋洋的节奏，更不喜欢由别人来掌控自己的行进速度。原本还可以骑马，可是他也不喜欢总是缓辔而行。禁中的地面毕竟有限，倘若骑在马上奔驰，几乎是一扬鞭就会掠过目的地。何况，他一骑绝尘，丢下没资格骑马的侍从们怎么办？至于车，那是出宫才用得着的，而且除非必要，他也不喜欢将自己关在一个狭小的空间内。他喜欢快速，喜欢敞亮，喜欢开阔，喜欢壮美。于是多数情形下，他在大内都是走着来、走着去，以自己的脚步反复丈量着这座已经有数十年历史的宫城。

适才，御前军机会议刚刚确定，征伐淮南的后军将由皇帝统帅亲征，于下月初八出发。

下月，就是显德三年的正月。而现在已到了十二月的月底，再过几天就是元日了。宫廷中早已铺排开了节庆的花团锦簇。

已经到了必须告诉君怜这个决定的时候，不能再拖了，该面对的总要去面对。君贵在心里斟酌着，掂量着，构想着少时的叙谈该如何以一种和缓的、云淡风轻的方式开头，该如何平滑地导向自己想要的结果，而不致引发她太大的反弹。

坤宁宫偏殿。室内的众人听到了殿外的致礼声，纷纷站起身望向门口，只有皇子和皇女还在拿着树叶搅瓦缸中的水。君贵入内，众人致礼。观音扭过头看见爹爹，欢快地奔了过去："爹爹，来看大鱼！"宗训跑不过阿姊，索性不跑，只在原地手舞足蹈表示欢迎。

君贵笑着抱起观音，问君怜："怎的屋里还有大鱼了？"

君怜微笑道："天冷难得出房门，他们俩没得耍子，我教人捞了鱼养在殿中，省得他们闹腾。"

君贵点点头，忽然触到观音的袖口，忙拿起来看，皱眉道：“哎哟，搅水搅得，这儿都湿了！”

尚宫唐氏与乳母东方氏一听，忙上前看视，赧然道：“都是臣妾等没有留神！”

君怜见君贵心疼闺女，忙向两人道：“快替皇女将湿衣裳换下来。”

君贵沉着脸道：“不必了。这么冷的天儿，这么小的孩子，衣裳一脱一穿的，没病都弄出病来了！”

两人见官家面色大为不怿，心中忐忑，忙跪地请罪道：“官家息怒，都是臣妾等思虑不周！”

君贵抱着观音走近火盆坐下，示意内侍揭了铜罩，一面又看向宗训，问其乳母刘氏道：“皇子的袖子湿没湿？倘若朕不问，你们就不知道看看吗？”

刘氏早搂过宗训来细细看过了，此时见官家动问，也感惶恐，忙跪地请罪道：“臣妾疏忽了……皇子的袖子……的确湿了一些。”

君怜闻言，过来从刘氏手中抱过儿子，坐到火盆旁另一只杌凳上，勉强笑道：“官家请别生气，是臣妾的错。先时她们的确一直拽着的，臣妾看孩儿们玩得正酣，恐被她们掣手掣脚，不得自在，这才教她们放了手……”

君贵不答言，只护牢观音的小手，捋着她袖子的湿处，翻过来向火旁烘烤。君怜便也忙着烘烤训哥儿的袖口。君贵瞥她一眼，方说道：“这么小的孩子懂得什么？你一放手，他们还不尽兴玩个痛快？立秋时训哥儿生那场病，不就是因为着凉吗？何况，冬日的水，到哪儿都是冰凉冰凉的。你就这么放心？”

君怜默然，垂目不语。众人见官家因心疼儿女，便当众连圣人一起责备，都深感尴尬与愧疚，可是当此之时，又没有他们上前多嘴的余地。他们已经觉察出来，今日帝后之间的气氛有些不同寻常。尤其官家的话语中，似乎带上了一点找碴儿的意味。当然，也可能官家并不是要找碴儿，官家心里对某事不痛快却又不便直说时，也常常会有类似的情绪反应。有眼色的都知道，此时最好的应对方式就是装傻，避免将官家的火力吸引到自己身上。

片刻，还是朱雀开了口："官家，此事也怨不得圣人，原是臣妾嫌傅姆们频繁打扰皇子皇女，才跟圣人说，教他们别多管的……"君贵不便向朱雀发火，只点了一下头。

君怜仍旧不语，因摸着儿子小手冰凉，便且不管他衣袖，先就着火盆的热气，轻轻搓揉儿子的手。搓着搓着，两滴泪水滴落到训哥儿手上。殿中的气氛一时凝滞了。

观音呆呆看看阿孃，又扭头看看将自己抱在怀中的爹爹，眨巴着眼睛，伸手去摸阿孃的脸。"别动，袖子还没烤干呢。"君贵不动声色地对闺女说道。

良久，君贵将闺女两处的袖口摸索检查过，确定湿的都已大致干了，这才对众人道："你们都退下，将皇子皇女抱到别处玩去。衣裳倘若还有没烤干的地方，就再替他们烤一烤。"

众人答应着，致礼而退。朱雀走到门边又回头看了两人一眼，终究无话可说，默然去了。

殿内只剩了帝后两个人。两个人都不语，心事重重。红澄澄的火光映到他们勉力保持平静的脸上。

"君怜，适才我有些……唉，我不该……"片刻，君贵叹口气，为自己没有顾及她的颜面而致歉。

"是臣妾思虑不周，官家责备得对……"君怜勉强应道。

这当儿殿门忽然开启，内班院都知王景通轻手轻脚走进来。君贵闻声，回头看着他，皱起了眉头。

王景通趋近皇帝，赔着小心道："陛下，枢密院有表要奏。"

"什么表非要现在上奏？放到御书房去等着不好吗？"君贵恼火道。

"陛下，"王景通在他身前跪下，双手呈上一个折奏，"郑枢密……"

“郑枢密怎么了？”

“郑枢密殁了！这是他的……临终遗表。”

“什么？！”君贵与君怜尽皆一惊。郑仁诲身子不大好，从枢密使之位退下后一直在家休养。月初君贵问起时，他家里人还回报说他近来有所好转了。

君贵忙接过郑仁诲的临终遗表来看。尚未看完，眼中已涌起了泪水。

郑仁诲是郭氏亲旧，一直深受父亲倚重。父亲登基后颁布给君贵的第一道谕旨，便是由郑仁诲从京师赍往邺都传达的。君贵青宫时期的晋王府，也是由郑仁诲亲自挑选、擘画、修整的。郑仁诲脾性比较中庸，父亲临终前将他升为枢密使，以期在他的带领下，朝中文武能够一改王峻时期的矛盾重重局面，和衷共济辅佐嗣君，共图中朝振兴大业。郑仁诲上任后果然不负顾命，兢兢业业为国操劳。尤其在君贵出征高平、北伐晋阳期间，他殚精竭虑保证朝政正常运转，为君贵解除了后顾之忧；君贵返京后陆续进行的各项政令改革举措，他都领着范质、王溥、魏仁浦、景范等人出谋划策，呕心沥血保障推行。

郑仁诲比先帝小不了几岁，于君贵算是父兄辈。君贵对于郑仁诲，是有一种深切的信任和依赖的。

君贵放下遗表，红着眼睛站起身来，吩咐王景通：“立刻传礼部侍郎到御书房，传有司备仪礼，朕要亲自去往郑宅临奠致哀！”

王景通应声“喏”，又迟疑道：“不过……陛下，时日已近新春，此时临丧，难免冲犯，对圣躬恐有不便啊！”

“有什么不便的？”君贵怒道，“朕与郑枢密之间君臣义重，朕要去哭他，哪里还管得了什么吉利不吉利、冲犯不冲犯？！”

君贵带着王景通匆匆离去之后，君怜拿起郑仁诲所上的遗表，仔细看了起来。

郑仁诲在遗表中自承僻陋，回顾了自己追随先帝与今上的过往历程，感谢先帝与今上对自己的隆厚恩宠，也表达了自己对郭氏、对大周的至死忠诚。最后，在遗言部分，郑仁诲的话落到了皇帝的亲征事宜上。

“……听闻陛下意欲亲征淮南，臣思谋浅薄，不能尽知其利弊，伏惟陛下暂缓车驾，谋定而后动……”君怜久久地看着这句话，陷入越来越深的思虑中。

不日，天子诏下，故枢密使郑仁诲赠中书令，追封韩国公，谥号中正。

显德三年正月初一。天空在连日阴霾之后放晴，被清扫到御道旁堆拢的积雪，结出了一层冰壳子，变得坚硬，并反射出刺目的光芒。

因筹备战事之故，皇帝特旨免去例行的群臣新春大朝贺。

皇帝亲征的诏令虽然还没有正式下达，可是皇帝亲征的阵容已经排定，在众口纷传之下，成了禁军中公开的秘密。大家了解到，此番，禁军两大统帅李重进、张永德全部扈随，李重进很有可能会充当后军的先锋，而张永德，则将仍旧担负他例常的卫跸职责。据说张永德曾力求担任后军先锋，以便先入淮南寻获仇家，但皇帝以他热孝在身、不宜冲动为由婉拒了。文臣方面，据说将会带范质、王溥、窦仪等一套政令班子随军办公。至于谁会担任东京正副留守，皇帝还没有吐口。

京中各处禁军营、各处校场，众军士列队操练。各级将领披甲指挥。两军统帅李重进、张永德各登阅兵台验视。无数运送粮草、军械、冬衣、营帐等辎重的车辆，络绎不绝地会集到几大校场边侧。

禁中滋德殿，移花堂一派热闹景象。

虽说免了群臣的朝贺，元日的家宴还是要有的。移花堂再次铺排开了全家福规模的午筵。帝后与子女、令主、各宫阁嫔御齐聚一处。宫廷脂粉的味道、折枝蜡梅的味道、兽形瑞炭燃烧后的味道、铜狻猊中冷寂沉烟的味道、御厨房年节特品的味道……种种丰富而复杂的味道让移花堂原本阔大的空间显得挤挤挨挨，似乎倒有万千隐形的人马在空中潜藏、游荡着似的。

热腾腾的小火炉烹煮着热腾腾的菜肴，然而筵席上的气氛不足，有点冷场。

帝后都不怎么说话。司宫令原本是不喜热闹的，别人不张罗，她也懒得起头。两位昭容一向沉默，更兼身子沉，精神短，不说话倒正好。菁娘年轻活泼，几次三番想开口，见大家都端庄着，也只得作罢。

尚宫唐氏见不得这低抑的调子，便借故在餐桌左右往来，指挥着东方氏和刘氏照顾皇子皇女，好歹从两个小娃那里弄出了些许声响动静。

有一道清蒸鱼似乎特别受欢迎，就连训哥儿吃了也表示满意，一再说道：“我还要大鱼。”刘氏见那鱼朝上的一面已经所剩不多，便笑着向帝后请示道：“要不……臣妾将鱼翻过来？底下的鱼肉多些。”

“哎，那可使不得！”尚宫唐氏忙道。那是一个古老的迷信：在水上行船的人，吃鱼的时候不能翻面，否则就会翻船。官家即将出去与江南人水战，是以唐氏有此一说。

帝后闻言，目光均是一闪。唐氏忽然意识到此事在帝后之间似乎尚未挑明，忙岔开话题，向训哥儿哄道：“哥儿别急，阿姥来替哥儿取鱼肉吃，啊。”

刘氏来自山村，从不知道翻船的迷信，心下大感疑惑，轻声问道：“为何不能翻鱼呢？”

菁娘眼珠子一转，拊掌笑了起来：“我知道为何不能翻鱼了！”她一脸崇拜地看向君贵，“因为陛下要坐船出征去，对不对？”

君贵略显尴尬，笑了一下：“嗯，对。”

菁娘欢喜地站起身，亲自斟了一杯酒，走至君贵身前道："陛下英勇无匹，臣妾不才，要借今日元旦家宴之机敬陛下一杯酒，恭祝陛下旗开得胜、所向披靡！"

君贵接过酒杯，笑道："好，借你吉言。我干了！"说罢一饮而尽。

君怜并不看他们，只勉力保持着脸上的笑容。朱雀皱起了眉头。

筵席上下，余众面面相觑。王娘子此举太僭越了。要向官家祝酒，自然该由圣人开头。别管是贺寿、贺春，还是贺胜，圣人不发话，她一个昭仪凭什么迈过秩序去当先？可是，官家对此竟坦然接受了，并没有想着顾及圣人的颜面。而圣人呢……圣人为什么延宕着迟迟不向官家祝酒，以至于给了王昭仪这个邀宠的机会？

菁娘见官家饮罢酒，忙就着那酒杯自斟一杯，笑道："臣妾陪陛下干一杯！"说毕，也是一饮而尽。

君贵笑道："好了好了，慢点喝，别呛着！"

菁娘一展酒杯："没呛着，陛下请看，臣妾的杯中涓滴不剩！陛下再来一杯，好不好？"

朱雀忍无可忍，哼了一声，冷笑道："王昭仪，你也太性急了吧？圣人这里早就准备好了酒壶和酒杯，原本只待替皇子夹了鱼肉，就要向官家祝酒的。你倒好！不瞒你说，我也是个性急的，我也想向官家祝酒，可是，我就知道排队……"

菁娘嘟起了嘴，看向君贵。

君贵默然片刻，到底笑了一下："好啊，原来你们都想来向我祝酒，那好啊。我正想喝呢，你们谁来？我等着。"

朱雀不动声色看向君怜。

君怜只得整顿辞色站起身。廷献早替她递过一只空酒杯。君怜满斟一杯酒，双手捧到君贵跟前，勉力笑道："岁岁新春，今又新春，臣妾祝官家明如春阳，万寿无疆！”

君贵接过一饮而尽，又起身亲自斟了一杯回赠给她，温言道：“多谢圣人的酒。我也祝圣人母仪端焕，福寿绵长！”君怜避开他的直视，接过酒杯，照样饮尽。

于是众人依序都来向官家祝酒。便是皇子皇女，也由傅姆们教导着向爹爹敬了一杯。君贵高兴起来，次第抱过闺女和儿子，就在他们的手上喝这一杯。摇晃之间，酒水洒了好些在礼服的前襟上，他也浑不在意，反倒哈哈大笑。

新春家宴的气氛总算活跃了。

翌日。滋德殿偏殿。

君贵坐在御案前默思，刘奉武入内禀报，枢密使魏仁浦求对。君贵示意宣入。

魏仁浦入内跪礼，先向官家贺春。君贵笑道：“平身。魏枢密也新春大吉！魏枢密此时不在家过节，反倒巴巴入宫来求对，是有什么要事吗？”

魏仁浦起身恭敬道：“臣的确有要事。”

君贵指着旁边的椅子示意道：“坐下说吧。”一面又向刘奉武道，“热热地点了茶来。”

魏仁浦谢领圣恩，却并不坐，稍一斟酌，揖道：“陛下，臣思之再三，有句话，臣不得不说，否则，便是失职……”

君贵继位至今，历郑仁诲、魏仁浦两任枢密使，君臣之间相处十分和谐。君贵尊重郑仁诲自不必说了，对魏仁浦也一直优礼有加。在预备提拔魏仁浦为枢密使之前，赶上魏仁浦过寿，君贵与君怜相商，将常例只赐予宰相生辰的器币鞍马赐给魏仁浦为贺，令他万分感动。魏仁浦为人高瞻远瞩，气量宽宏，上任后努力与诸相协力国事，不计较他人对自己并非科班出身的嘲笑，颇得君贵之心。君贵对于他的建言，素来十分重视。

听了他的来意，君贵双目炯炯地看着他：“魏枢密有什么话，但说无妨。”

魏仁浦恭谨道：“臣恳请陛下暂时不要亲征。”

君贵脸色一沉：“为什么？”郑仁诲遗表劝阻他亲征已经够让他挠头的了，没想到魏仁浦还来个新年当面进谏。

“陛下，臣以为，国朝建鼎以来没有与江南打过大仗，咱们并不很熟悉江南人作战的路数。国中骁勇之将甚多，既然李毅前军首胜，陛下不妨再遣大将率军支持即可。待他们摸清江南人路数，并拿下多座江南城池之后，陛下再亲征也不迟。”

“卿是说，要朕抢夺臣属的战果以为自己的战果吗？”

“陛下何出此言！天下都是陛下的，无论谁的战果，最后都是陛下的战果，这难道还有什么值得分说的吗？”

“……既然都是朕的战果，朕现在就去摘取它，又有何不可呢？”

“可是陛下，据臣所知，此番陛下亲征，咱们除了有前军用作浮梁的小船，以及运输粮草委积的货船，却没有一艘适合作战的战船。江南水网密布，行路、作战，都难免要用到水路，咱们没有自己的战船，陛下的指挥将大受制约。倘若被唐军抓住机会聚兵反扑，臣恐圣安有虞啊！”

君贵不以为然地一笑：“没有自己的战船打什么紧？需要的时候，咱们就跟南唐的水军打一仗，将他们的战船抢过来就是了！”

“陛下！”魏仁浦不肯让步，坚持道，“臣固知陛下深谋远虑，英勇无匹，可是，光抢了李氏的战船有什么用?！咱们的军士都是北人，水性好的原本就不多，在战船上打过仗的，就更没有几个了！舟船终究是承载于风之下、水之上的物事，倘若临战时赶上狂风一吹、大浪一涌，谁敢担保届时国朝的军士们不晕船，不乱了方寸呢？”

刘奉武适时地轻轻走过来，向君贵奉上一盏茶，又替魏仁浦端来一盏。茶水盛在一只“雨过天青”斗笠盏中，挂壁的泡沫轻轻摇晃。

君贵喝了口茶，放下茶盏，垂目默然片刻，抬眼一笑：“魏卿多虑了。朕的大军受得了马上的颠簸，就受得了水上的颠簸。不习风浪的，在船上多晃几日，也就习惯了。”

“可是陛下，先时陛下命殿前、侍卫两军检练马步军士，尚且耗费了半年时间才有今日成果。何况水军与陆军是两个不同军种，短短时日，恐怕难以自行磨炼成才啊！”

“水战不是朕的目的。朕要以浮梁跨过那些水网，然后在陆地上歼灭唐军！兵书有云，善战者，要‘以己之不败，待敌之可乘’。如今江南朝堂不睦，政令不畅，军令难行，这正是我大周久等方得的可乘之机。机不可失，失不再来……”见魏仁浦还待再谏，他果断道，“卿的意思，朕已经完全明白。卿之所虑，朕均已有所计较。”

“陛下……”

“卿不必多言了，放心就是。……还有别的事吗？没有就退下吧。”

魏仁浦无可奈何，只得施礼退出。刘奉武替他掀起帘栊。

魏仁浦走出殿门外，悄悄吁出一口气。刘奉武看着他的背影，眉头也不由微微皱了起来。

一三二　麟州有间

正月初三。晴。万岁殿偏殿人头攒动，殿内四壁由七色珠花绢绒点染出新春的朝气，与诸王公与夫人朝服上的黼黻与绣翟交相辉映。

虽说皇帝降旨免了百官到崇元殿的大礼朝贺，但为了体现对要臣的重视，还是让皇后小范围召见了一些亲近臣属家的外命妇，并赐以节礼。君怜以韩令坤夫人秋木香也在入觐之列为由，强拉朱雀作陪。

此时，集体的召见已经结束，朱雀也早携了秋木香的手回紫烟阁叙谈去了。但是，皇后另有特旨的赐见才刚开始。

皇后特旨赐见枢密使魏仁浦及其夫人。

在各种礼仪、寒暄及家常闲话之后，君怜表示要赏赐魏夫人一枝御苑梅花，让尚宫唐氏带魏夫人自己去选好，再由内侍现从梅树上斫下。

魏氏夫妇对于皇后这一安排的用意心知肚明，否则，为何别人家都只是命妇入觐，偏偏他们家夫妻双双都能获得皇后赐见呢？待魏夫人走后，魏仁浦整顿辞色，准备好面对来自皇后的垂问。

君怜面色严肃、单刀直入："魏枢密，我听说昨日你曾经向官家进谏，请求官家暂缓亲征，是吗？"

"是。"魏仁浦揖道，露出了遗憾的神色，"……可是，官家并没有采纳臣的谏言。”

“我知道。我想请魏枢密也为我陈述一下官家不宜亲征的理由，好吗？”

“臣谨遵殿下教旨。”……

笼罩在万岁殿偏殿上空的新春气息，在皇后与枢密使的深入交谈中变得凝重了。

魏仁浦夫妇离去后，端明殿大学士王朴夫妇受到了皇后的特旨赐见。

他们之间的话题自然少不了菁娘。王朴夫妇原以为今日能见到菁娘，但君怜心中有事，并没有为他们安排这次见面，只是告诉他们菁娘在宫中过得还不错，改日会另赐他们亲眷相见的机会。

王夫人与菁娘感情并不深，听皇后如此说，忙向皇后致谢，感谢皇后殿下在管理内廷的纷繁事务之余还想着他们家，表示会回家耐心等待与侄女相见的教旨下达。王朴却有些遗憾。自打中秋节教训过菁娘之后，他很关心菁娘目下的状况如何，有没有在内廷生活的约束下变得乖巧一些、收敛一些，从而更善于自保一些。但是皇后不安排，他也无话可说。自己毕竟只是叔父，倘若婶子偏疼侄女，或者菁娘的母亲尚在，入宫探望也许会方便一些。

王夫人也跟随尚宫唐氏去御苑挑选特赐的梅花之后，君怜没有绕弯子，直接向王朴道：“王学士，今日特召你来，是因为我需要你的一句真话。”

王朴对皇后的措辞稍感意外，但随即起身肃然揖道：“殿下有何见教，就请赐下。”

君怜示意王朴落座，问道：“讨淮南，官家想要亲征。这件事，郑枢密临终遗表反对，魏枢密也明确表示了反对，那么你呢？你的意见如何？如果我没有记错，早前你提出的《平边策》

中，征讨淮南的时间比现在至少晚了半年。……”

“呃……殿下，臣的《平边策》只是略陈要旨，并不是不可改变的……”

君怜笑了一下：“王学士，官家一直最信赖你，所有的国朝大计都与你商议。我也信赖你，相信你的判断。是以，今日我想请教学士：在你看来，官家意欲尽速亲征，究竟妥当不妥当呢？”

王朴捻须沉吟，在心中斟酌答语。君怜耐心地等待着他。半晌，王朴在座中揖道：“殿下，官家英武善战，国朝兵力强盛，这些，是无须担心的。”

“嗯。……王学士话里有话。那么，王学士所担心的是什么？”

“臣所担心的，只有一条。”

“哪一条？”

“江南不好打，倘若战事迁延，臣恐粮草储备不足。”

“可否说得详细一些？”

“殿下，去岁不能算个丰年，国土内三成州郡都报了天灾，陛下宽慈抚减，国库收上来的租税，不过是应收的十之七八。何况去岁又选练了军队，加造了军械，还做了整顿释门的大事，这些都费去不少国帑与积存，其中尤以米粮为多。沿淮一线原本在为征南专门储备粮草，但因歉收，也并未储到预期的数目。”

“也就是说，目下兴战，不仅是少了半年的粮草储备？”

“可以这么说。前日我听张美说，为了替官家亲征筹措粮草委积，他已经快到茶饭不思、焦头烂额的地步了……”

“有这么困难？！”

“目下倒未必困难。张美想得远，他是连春税、秋税一起算过了。”

“结果如何？能撑多久？”

“据他说，坚持大半年总还是没问题的。”

“大半年？！”

“是，连秋税都算上。”

“你们俩的意思是，淮南土地广大，即便官家亲征，花费大半年时间也未必拿得下来，是吗？”

“殿下，臣不敢这么说，不过，的确有这个担忧。”

“那么大半年之后呢？倘若战事未了，粮草委积如何解决？”

王朴斟酌着，慰解道：“……殿下……殿下还是放宽心吧，将此事交给张美，他一定会想出法子的。依臣看，倘若到了那个时候，淮南府库中的存粮也可以取用。”

君怜沉吟半晌，方缓缓道：“所谓取用淮南府库中的存粮，那得是打下城池之后的事了。否则，就只能向城外的淮南百姓去征收，对吗？倘若征收不上来，就会变成硬行的剽掠，是不是？……如此一来，朝廷在淮南百姓中就会失去威信，统一天下、造福苍生的义战将难以得到他们的支持，是不是？”

王朴默然不语。

“王学士，倘若官家暂缓亲征，战事的规模就会小得多吧？”

“是，若官家不出动，动静自然会小得多了。”

“那么，以上这些困扰是不是就不会出现，或者不会那么快出现了呢？事情会不会有了回旋的余地呢？”

“……或如殿下所言吧。”

“好。王学士，现在请明白告诉我你的判断：官家现在亲征，到底是利大于弊，还是弊大于利呢？”

王朴满心纠结，站起身来，肃然揖道：“殿下，臣心中也正迟疑不定，请恕臣……不能回答这个问题。”

君怜不再看他，长久地注视着窗棂处透进来的缕缕日光，低低叹了口气：“不必回答了，我明白了。”

显德三年正月初四是个阴天。

是日，天子诏下，征发开封府、曹州、滑州、郑州的十余万民夫，趁气温向暖而土地尚无法耕作的农闲之机，修筑京师大梁的外城。与此同时，内城的改造拆迁工作，也在加紧进行。在朝廷的多方努力下，来自民间的怨谤声小了许多。

是日，皇帝又召来宫苑使，当面降下了另一道旨意：将禁中原有的一处和阳阁，改建为功臣阁。

自去岁末至今岁初，国朝老旧之臣接连亡故。在郑仁诲之前，原三司使景范病故——景范是个孝子，原本是回故乡看护重病的父亲景初的，父亲亡故后他太过伤恸，旧病不治，很快便撒手人寰。景范之后，右金吾卫上将军王守恩亡故。然后是安州防御使张颖被部曲杀害。然后是翰林学士承旨徐台符病卒——徐台符经常为皇帝草拟圣旨，是深得皇帝倚重的词臣，也是之前指定进献《平边策》的二十人之一。

在郑仁诲病殁之前最让君贵痛心的，是永兴军节度使刘词病卒。刘词是累朝勋旧，高平之战中，正是由于他率领后军及时赶到，才帮助自己巩固了巴公原的胜利。刘词卒年六十五岁，倒也不算早逝。君贵降旨特赠他中书令，谥号忠惠。

郑仁诲之后，又有后汉隐帝朝的司空苏禹珪等故老病卒。

君贵因刘词和郑仁诲之丧，想到了唐太宗的凌烟阁。凌烟阁是唐太宗为了纪念一同打天下的二十四位功臣所建。父亲生前曾经说过，日后，也要在禁中为大周的立朝功臣建立一个专门纪念的处所，就叫作功臣阁。王峻、王殷原本都是有机会位居功臣阁榜首的，可是他们因飞扬跋扈被父亲亲手剪除，永久地被排除在了功臣阁的名录之外。

君贵决定，让郑仁诲和刘词成为第一批入主功臣阁的立朝勋故。

滋德殿偏殿。

殿门关闭。皇帝与林远及一名蔽面禁军军士在内。

林远按剑守卫在皇帝身旁，警惕地看着那名军士，显然对这人的身份并不放心。军士见殿内没有了旁人，便除下面幕，趋至御前单膝跪地，向皇帝叉手行礼：“臣戴飞菟叩见陛下。”

君贵看着眼前这个少年人，欣喜道：“飞菟，怎么是你？适才林远进来禀报说来人持的是青铜玄武符时，朕还以为是西乞十三来了呢。他却说不是，说身形陌生。”说着，君贵起身踱到飞菟面前，“来，平身，让朕看看，是又长高、长壮实了吗？林远可是有名的火眼金睛，连他都没认出你来，可见你又变了。”说着，君贵嘲笑地看林远一眼。林远见了飞菟面目早放了心，便挠挠头，不好意思地一笑。

飞菟自打成为天子门生后，在皇帝跟前有了种天然的亲切和自信，不再像以前那样敬畏不敢多言了。因此他谢恩起了身，便笑道：“回陛下的话，不怨林都知没认出臣来，臣遵师父教导，特意穿得厚实些，将身形一体掩盖了。先时林都知没有正眼看过臣的眼睛，是以难以确认臣是谁。”

“哈哈，好个小子，好张利口！”君贵向林远笑道，“他这是在埋怨你，以前从来不拿正眼瞧他们这种小家伙呢！”

林远作势向飞菟虎下脸来：“是吗？”

君贵看他拿出了当初教训季飞卫的架势，便嗔怪地推他一把：“去去，别吓唬小孩子。——呵，真要吓唬也可以，别当着朕的面就成。不然，你说朕是救还是不救呢？”

林远听官家开玩笑，便收起金刚恶相，却走过去笑嘻嘻拍拍飞菟的肩膀，再加力一捏。飞菟在他的指爪力钳之下，不禁咧了咧嘴，站姿也扭曲了。

君贵浑似没看见，只向飞菟道：“朕之前赐过你名牌，你为何不将那名牌给林都知看？如此也可省得他疑心你身份啊。”

飞菟奋力摆脱了林远的指钳，叉手正色道：“回陛下，那牌子如臣的命根子一般，不到极险恶、极必要的时候，臣是不会向旁人露出来的！”

君贵赞许地点点头，因又问他：“你十三师兄呢？这次怎的派你来了？”

“陛下，这次要回报的是河东及麟、府、银一带的事，因臣在这条线上，师兄说，索性让臣入京来报。师兄说……兴许陛下乐意见见臣呢。”

“你师兄说得对！朕的确惦记你们几个。”君贵温言道，“好，说吧，这条线上有什么事？”

飞菟迟疑了一下。君贵笑道：“无妨，尽管说，林都知可以听。”

“喏。麟州刺史杨重训去岁不是叛了我大周投奔太原了吗，谁承想，今年刚一开年，他又投回来了！就是臣出发之前的事。”

“嗯？又投回来了?！麟州那边出了什么事？”

“西羌大举进攻麟州，他抵挡不住，只得向府州求救。府州节度使折德扆说，若要我救你，你得改效汴京，否则我无法向皇帝陛下交代。杨重训就答应了改效回来。臣估摸着，再过两日，府州禀告此事的奏表就该到了。”

“哼，既然改效了刘氏，羌人入侵，杨家这小子怎的不去向太原求救？”

“咳，陛下，麟州与太原隔着老远，太原自己兵力都不足，哪可能远道支持他？”

“知道了，过几日看折德扆的奏表来了怎么说吧。不过，飞菟，你巴巴跑来，不会就为了报告这个吧？”

“不是不是。臣要报告的是另一件事：那杨重训的兄长杨重贵，如今在刘氏那里似乎受到了一些猜疑。”

提到自己一直在设法收降的杨重贵，君贵来了兴趣：“嗯？快说说，怎么回事？”

“喏。那杨重贵原本是刘崇的义孙，刘崇一死，他儿子刘承钧成了太原新主，杨重贵就成了伪皇义子。可是太原伪朝中那些臣属不乐意杨重贵受重视，总在想法子排挤他。加上刘承钧生性原本爱生疑惑，是以目下杨重贵受到上下猜疑，日子颇有些不好过了。”飞菟虽说是入行不久的少年人，这一番情报却说得清晰流畅，显示出了良好的谍者素质。

君贵和林远听得连连点头。君贵又道：“好端端的，他们为何疑他？——哦，朕明白了，因为他爹火山王之前改效了朕，是吗？”

“是。而且陛下，这次他兄弟麟州杨重训又投效回皇朝，是以他所受的猜疑，只怕会更深了。”

君贵沉吟片刻，问道：“杨重贵入事太原之后改了名字，对不对？”

“是，如今他不叫杨重贵，叫刘继业了。”

“刘继业……刘继业……刘继业……”君贵看向林远，“朕一定要趁早将他招降过来！将来咱们收复太原之时，朕希望他是与你们并肩作战的杨重贵，而不是与你们对阵鏖战的刘继业。你知道吗，此人的本事张殿帅亲自验过，赞不绝口呢！”

林远不由笑道：“陛下当真深谋远虑。”

君贵向飞菟道：“你回去之后，密切监视杨重贵的一切。既然太原上下对他有了猜疑，那么咱们就不妨想想法子，教他们更加猜疑他，教他生出思归天朝之心来！”他踱了几步，又正色道，“可是有一条，飞菟，你去对你师父和师兄说：朕要你们寻机挑拨离间不假，但最要紧的，朕要你们保证他的安全，不要教他为太原那帮宵小所害。”

“臣谨遵圣旨！”飞菟肃然叉手应喏。

林远叹道：“陛下爱惜人才之诚，真是好教人感动。那杨重贵如今明珠投暗，岂不自知？陛下放心，他早晚必定会感顺于陛下的声教的！”

君贵轻轻叹口气：“呵，但愿如你所言吧。”

显德三年正月初五。

阴霾多日的天空放了晴，露出苍茫的青色，仿佛可以寄托人类对于宇宙最遥远、最宏阔的想象。绵延的云丝横过天际。

禁中，广德殿前广场车水马龙，一队队禁军车辆川流不息，络绎不绝的军将疾驰往来。自从皇帝下诏调动后军之后，不仅皇帝本人行动多改为骑马，便是往来传递消息的军士，也有多人获得了可以暂时在前半个宫城骑马的特权。

军车由驴骡拉动，上面装的多半是备战的军用物资样品。临近出发，皇帝万事萦身，抽不出空亲幸禁军营，故此有司便奉命将这些物事专程送到内廷来，请皇帝最后检视。有些驾车的军士办事谨慎，会在驴骡屁股下方张着麻布兜片，以免不知何时会产生的牲口粪便弄脏了宫城神圣的地面。

然而，既然已经允许牲口入内，粪便这类物事怎么可能禁绝呢？御道上，成排的内侍正在打扫着零星的驴骡粪球。它们散落在洁白的御道上，非常扎眼，并且散发出特有的臭烘烘的味道。干冷的天气中，这些原本冒着热气的玩意儿很快就冷了，硬了，像是谁在巨大的棋格线上不按规矩摆放的乱棋杂子。这种脏、乱和臭原本与皇宫的庄严整洁格格不入，可是放到此时，却有效地烘托出了一种大战在即、全军动员的紧张气氛。

一三三　帝后干戈

坤宁殿。君怜长身伫立于正殿外的廊柱之间，侧耳倾听着远处传来的隐隐喧嚣，心事重重。连日展不开的眉头，让她的脸显得更加清瘦了。

廷献默默走近她身后，将一件裘氅披到她肩上。君怜并不回头，只是顺手扶住了大氅的衣领。廷献替她将带子系好，见穿廊风紧，又想替她兜上大氅的帽子。君怜摇头。廷献看着她的面色，赔笑道："圣人，站了这半日，该进屋歇歇了。唐妈妈教御厨房专门吊了龙凤滋补汤，已经送到了，臣陪着圣人回去，好歹用一些吧？"

君怜看他一眼，淡淡道："不想喝，喝不下。"

"圣人何必如此任性呢？"廷献不由急道，"听芦笛说，圣人这一向都睡不踏实。臣自己也亲眼所见，这些日子，圣人总是吃得那么少！唐妈妈想方设法替圣人进补，圣人为何丝毫不能体谅唐妈妈的一番苦心，反而一再拒绝？"

君怜再看他一眼，默然不语。

虽然至今没有明确的诏令发布，但根据她得到的消息，再过几天，就该是君贵亲征的出发日了。然而，君贵却一直回避与她正面讨论这个话题。或许在君贵那里，这个话题是不需要讨论的。尤其，不愿意跟她讨论。可是，她又怎能不关心，怎能不与他说个明白？

“圣人，回去吧，回去用点滋补汤，好不好？”廷献再次劝道。君怜不答，却似乎带着点赌气一般，转身往殿门回转。廷献忙抢过去，在她前面掀起了厚厚的锦面絮绵门帘。

一阵鲜香的龙凤滋补汤气息，暖暖地扑面而来。尚宫唐氏迎上来笑道：“犟娘，快来，咱们趁热喝了这一盏，连里头的好东西一并吃了，听话，啊！”

滋德殿偏殿，时已黄昏。

君贵在抓紧时间处理政务，侍从们都远远退在壁下。他刚刚批复了刑部对于几桩案子的意见。国朝刑法不完善，许多事情的处置轻重，还需要他亲自把握、示范。他并不因此责怪刑部不尽职，用刑深浅是国之大计，他愿意自己来掌控这一切。

殿内很安静，铜漏的声音清晰可闻。从唐宫传下来的这架古老铜漏，就是光阴在这座宫城中所走过的脚步。光阴大步如飞。

一年过去，父亲的忌日又将到来，而他继位也快满两年了。年矢每催，天下分裂，人民离散，功业何在？再不振鞭跃马，少年人将转瞬老于深宫。

悠长的暮鼓声，从鼓楼那里穿越禁中冷寂的空间传到他耳中。明明很远很远的声音，却似乎将人的耳朵震得嗡嗡作响。

君贵忽然放下公文，望空发起呆来。他原本踌躇满志，此刻却突如其来感到了一种孤独。帝心不可测，譬如千丈潭。

深潭中的那条巨龙就要再次腾空而起了，此时他不希望有一个驭龙者，更不希望这个驭龙者试图阻遏他即将沸腾和爆裂的战斗冲动。可是，他又不得不面对驭龙者的存在。

没有得到最需要的支持，他的踌躇满志是不完满的。他似乎走得太快了，将一些要紧的东西远远扔在了身后。在内心深处的某个地方，他有一种隐隐的不安。他蓦然站起身：“奉武，备马！”

御道。夜色一下子就浓了。

君贵在暮色中策马小跑，身后七八个内侍拔腿狂追。刘奉武一面跑，一面从身边并排奔跑的内品手中接过一件大氅，向着皇帝的背影喊道：“陛下，慢着点！风大，还是先披上大氅！”皇帝没有理会他，也许压根儿就没听到。

思存殿殿侧小道，一队侍从快步从坤宁宫方向过来。他们步伐整齐，起伏有致。被他们簇拥在中间的，是皇后取便出行的八抬肩舆。黄昏的风将肩舆不算厚重的帷幕吹开，露出了皇后略显焦灼的脸。

宫灯昏暗。两宫队伍在思存殿侧的小道两端彼此看见了。人列影影绰绰，但从气势上却足以让人一望而知来者身份。

君贵一愣，勒马减速。君怜也忙吩咐道：“快停下。”

君贵策马缓缓靠近君怜。君怜下了肩舆，敛衽恭敬一福：“官家圣安。”

君贵点点头，跳下马问道：“圣人这是要去哪儿呀？”

君怜含笑道：“臣妾正要去看望官家。”

“看我？好啊。”君贵笑道，“正好我也要去看望圣人。”他左右看看，“……此处风大，走，咱们先进思存殿说话。”说着，他便将缰绳与马鞭全都交给刘奉武，自己携了君怜的手，迈步往思存殿而去。

早有侍从抢在前头推开殿门，点亮了灯烛。未几，又从就近的守卫室移来了火盆。在暮色、烛光与火光的明暗分割中，思存殿显得分外宁静。

两人先到《皇属游乐图》前熏香致礼，然后到殿侧几案旁就座。君贵屏退了众人。

一时，谁也没有说话。殿内的宁静更深了。这将是帝后间一次早该进行却故意延宕至今的正式谈话，多日以来萦绕在他们心间的疑惑与思虑，都等着通过这次交谈得到解决或沟通。基于这一共同的认识，殿中的气氛自然而然变得凝重甚至沉滞了。两个人都在等待捅破窗户纸的那一刻到来。

片刻，君贵堆下一点笑来，开口道：“圣人适才说，要去滋德殿找我？”

“是。”君怜也勉力露出了笑容。

“什么事？”

“……官家不是也要去找臣妾吗？官家又为的什么事？”

君贵看着她，笑意有点发僵：“咱们为的是同一件事，对吧？”

“也许吧。”

“好。既如此，圣人请先说。”

君怜略一斟酌，平静道：“承蒙官家允让，那么臣妾就不拐弯了。臣妾……臣妾想请官家收回成命，这次不要亲征。”

君贵勉力保持着笑容，默然片刻，方道：“……我已经猜到了。”

君怜看着他的眼睛，耐心等待他下面的话。可是，君贵并没有接着说下去，而是静静地回视着她。君贵的眼神里似乎有一个坚硬的、难以融化的内核。火盆虽然旺，君怜却感到了冷意，不由拉了拉裘氅的衣领。也许因为瑞炭火气的刺激，君贵眨了眨眼睛。

良久，君怜问道：“……那么，官家可以不去吗？”

君贵笑了一下：“圣人明明知道我已经向禁军高层将领宣布了这一决定，为何还要这么问？”

“官家明明知道臣妾一直担心圣躬的安危，为何事先没有只言片语跟臣妾商量，就向臣属们宣布此事？”

君贵叹口气：“有什么好担心的？去岁，在那样窘迫的情形下我领兵亲征，不也安然无恙地回来了？如今国力充沛，王师雄壮，圣人的担心从何而来？”

“官家，江南李氏有国将近二十年，加上吴国时期的根基，积势超过五十年。其国军备充足，军力强盛，岂是依靠契丹偏安一隅的河东刘氏所能比拟的？如今国朝百废初兴，官家的圣躬是国朝根本，倘若因亲冒矢石而受到哪怕丝毫伤害，也必定会令宫廷内外、朝堂上下惶恐不安……”

“唉，我哪有那么娇气？再说了，便是伤点皮毛，也不打紧的。”

君怜正色道：“刀箭无情，倘若能够伤到皮毛，就说明圣躬已经处于极度危险之中了。”

君贵抚慰地一笑：“圣人放心吧，那么多大将随我出战，又有林远、邓锦他们日夜护卫着，安全上是不会有任何问题的。我向你保证，我一定会平安回来。”

君怜微微摇头道：“没有像样的战船，没有水战工具，军士不识水性，将领不谙水战之法，王师与江南人在水上交手居大不利之势，官家拿什么保证？”

“那些物事，不需要咱们自己造，抢了江南战船，就什么都有了。待到咱们的人上了战船，摸到了他们的器械，自然也就知道该怎么打了。圣人，咱们的军队是经过一年汰练的雄师，些许困难根本不在话下。何况，我早就跟圣人说过，既然王师弱于水战，那我就要尽量将水战变成陆战。到了陆地上，咱们还怕什么？……这难道不是最好的保证？”

君怜默然片刻，再开口，声音柔和了一些：“官家亲征的好处，想必诸将都已说过太多，臣妾就不应和了。臣妾的父亲在《人事军律》中曾经说过，凡用兵，未思胜，先思败。臣妾以此言处世，获益良多。是以臣妾今日所思所虑，均是从不利处设想，必得排除了不利，方敢言及胜果。请官家恕臣妾言辞间或涉不吉。”

君贵点头：“好，我明白了。圣人请说，我听着。”

“淮南陆地辽阔，水网密布，官家认为，以王师目下的战力，多久可以拿下淮南、达到目的呢？”

“大概半年吧。”

“半年？”

“对。江南人情软懦，不仅士大夫官宦之家，便是普通布衣平民，也多喜欢吟咏风花雪月，没什么斗志。尤其有他们国主李伯玉带头，成天沉湎于温柔富贵之乡，听凭朝中佞臣弄权，搞得文武不谐，内斗频繁。他们那里有个大臣叫作韩熙载，与李榖原本是旧交。这人你知道吗？”

“嗯，听说过，说是颇有才华。”

“我问过李榖，李榖说，韩熙载在江南受到猜疑，颇不得志。据我的谍报，连韩熙载晚间在家邀朋聚宴享乐，也被人绘了图形去向唐主汇报[①]。哼，南唐君臣之间离心离德至此，还有什么可畏惧的？他们也就是靠着淮水天堑暂保富贵平安罢了。一旦王师越过淮水，这样一个朝廷能组织起什么像样的反抗？”

“……官家说的，固然有理。不过，关于江南人情软懦一说，请恕臣妾不能同意。据臣妾所知，江南颇有些臣工刚硬得很，‘文死谏，武死战’的传统，更是牢牢根植于他们心中。昔年孙吴对抗曹魏，江东豪杰毕现；谢玄击破苻坚，小儿辈独树功勋。如今的南唐李氏，在其父李昪保境安民的根基上，先灭亡马楚，后攻取闽国，又远结契丹、勾连西蜀、私通河东，如此种种，皆暴露出其一统中原的野心，岂能以‘软懦’二字概之？官家切莫轻敌。”

君贵隐藏着自己的不悦：“……我没有轻敌，我只是请圣人放宽心。”

“官家提兵仓促，臣妾实在没办法放宽心。”

“圣人还有什么不放心的？”

“据臣妾所知，国中粮草储备并没有达到丰足任给的地步，倘若战事迁延，敌城未下，而我军存粮耗尽，官家要从何处补充？

① 《韩熙载夜宴图》，五代十国时期南唐画家顾闳中代表作。

一旦自给困难，难道要纵容军士在淮南剽掠以自肥吗?”

君贵勉力笑了一下:“圣人多虑了吧? 便是国库不够，藩镇还可以捐助啊。”

“届时，藩镇都已经向朝廷缴纳过税贡了。让他们再捐粮，就意味着让他们再向百姓抽取一次，是不是?”

“……筹措粮草委积有许多法子，藩镇捐助不过是我略举一例而已。有张美掌三司，这些困难都不在话下。我还是那句话，圣人尽管放心。”

“还有……”

“还有?”

“是，还有。臣妾可以说吗?”

“……说吧。”

“目下刚刚开春，仍旧是天寒地冻的。江南之地素来湿冷，官家远征到那里，出汗吹风，再被冰凉的水气侵害，极易患病。官家为何一定要选择这么苦寒的时机出征呢?”

“呵，天冷，多穿点就是了。我打小走南闯北的，身子骨强健得很，圣人几曾见我生过病来?”

“便是官家强健无恙，底下的将士们却未必抵抗得住这种湿寒。何况，江南的食物也与中朝大不相同。自古北兵南下，南兵北上，都会面临一个水土不服、疫病流行的问题。”

君贵的脸色沉下来:“自古征战无论冬夏。哪个季节能保证士兵都不生病? 要依圣人所言，此时不便出征，那到底何时方便出征? 冬季湿寒，春季涨水，夏季溽暑，更兼淮河泛滥，秋季风大浪急，那么，一年中还剩下什么日子，是适宜咱们出兵去攻打他们的?”

君怜克制着自己逐渐明显起来的急躁:“……官家，这个问题，不应该由臣妾来回答。淮水四季的水文状况，淮南四季的气候状况，应该有专人记录汇总，以便官家分析决策。”

君贵看着她，也在勉力忍耐着自己的懊恼：“我现在有点搞不明白了：圣人究竟是反对我打这场仗，还是反对我亲征？”

君怜迎着他的目光，并不退缩：“臣妾反对官家亲征。”

“……适才圣人问了那么多，我也一一解答了，圣人还不能改变想法吗？”

“可是官家，并不是我一个人反对御驾亲征啊。韩中正公郑仁诲临终呈上的遗表中，并没有交托自己家事，只是恳请官家‘暂缓亲征，谋定而后动’，可谓含泪和血，其情至真。官家读着他的遗表，体会着他的忠诚，不是也再三泪下吗？”

“……郑韩公说得原本没错。但此事我已经谋划了大半年，已经谋定了。”

“不只是郑韩公，枢密使魏仁浦也向官家谏阻过亲征的，对不对？魏仁浦久经历练，谋深思远，倘若不是反复斟酌过，他怎会贸然反对官家的决定？”

君贵不语，暗暗咬牙，眼风不由向紧闭的殿门外一扫。魏仁浦的谏阻是当面口头进行的，并没有奏表呈上。君怜不愧耳目广明！只怕自己身边的人，已经全都甘心为她所驱遣了。这一刻，他因为没有掌握更多的信息，而在君怜面前感到了难堪的被动。他愈发恼火了。

君怜见他不语，又恳切道：“既然有那么多的异议，官家为何就不能再听一听、再想一想呢？克己求谏，制怒求言，这不正是官家自己所倡导的吗？”

“圣人，此事已是箭在弦上，不得不发。”君贵沉着脸道，“全军都已知道了我要亲征的消息，诏令已经拟好，明日就会正式下达。”

“官家是怕丢了颜面吗？可是，官家亲征与否，这绝不是一个单以颜面来衡量的问题啊。那年晋州之役，先帝已经发出了亲幸西京的诏令，最终却审时度势，及时撤回了。对此，臣属们都齐声称颂先帝的明智……”

君贵一口气憋在胸中难以尽吐，不由冷冷道：“我真是不明白，圣人如此反复劝阻，到底为的是什么？我寝殿中所悬挂的《宝树偈》，是圣人亲手所书；我每日所面对的地图，包含着江南、西蜀、幽燕等中朝故疆，是圣人家所绘所献；我但凡有半点偷懒松懈时，也是圣人一再拿河中旱亭之约来提醒我，每每令我羞愧，无地自容。如今我正如圣人所愿，扬鞭奋进以图统一大业，拔救天下百姓于水火，圣人为何又千方百计地加以阻拦？难道圣人素日的激励都是假意？难道咱们的壮志不必伸展了？难道咱们以前说过的话，都可以不算数了吗？”

君怜站起身来，忍住心头的激荡，勉力冷静道：“官家，臣妾不是那个意思。”

“圣人不是那个意思，那么圣人是哪个意思？”

“臣妾的意思是：南征刚刚开始，李穀前军才抵达第一个战略要地，国朝又有那么多大将在列，此时正该是诸将效命之际，官家何必急着亲提桴鼓？何必一开场就向敌人亮出我军王玉，不为将来的战事留出余地？臣妾想知道，在官家已经出动的情形下，倘若战事有所不利，届时又有什么举措可以作为震慑敌军的后手呢？……”

听到这里，君贵再也不能忍耐，站起身来，望空深吸一口气，冷冷道：“出征打仗不是圣人所擅长的事，就请圣人不要再置喙了！”说罢，他也不看她，拂袖便向殿门走去。

君怜呆立原地，脑中一片嗡嗡杂响。直至君贵快走到殿门口，她才想起来唤了一声：“官家，请留步！”

君贵果然止步，回过头面无表情地看着她：“圣人还有什么话吗？”

君怜恳切道：“倘若……倘若官家非要亲征不可，那么，还像上次那样，把廷献带上以贴身护卫，可以吗？”

君贵鼻子里冷笑了一下："不必了。这么好的亲随，圣人还是留着自己用吧。"

御道上，夜色如墨。

君贵策马奔回滋德殿。内侍们撒腿狂追，手中的宫灯摇晃成一条杂乱的光带。与来时不同的是，这次，他们追不上皇帝了。

思存殿中灯烛摇曳。火盆中兽炭的光芒转为暗淡。

君怜仍旧站在原地。烛光透过纱罩，在她的脸部投下厚重的阴影。

她感觉到了嘴角的咸味。可是，并没有太多。她其实很想大哭一场，但泪水的泉眼像是被堵住了，连带着将她的所有痛苦与焦虑都憋回了心里。她脸上挂着的两道泪痕，于是就在烛光下慢慢干了。

廷献等轻轻入内，默然观望。廷献走至她的身前，轻声唤道："圣人？"圣人脸上的恍惚让廷献感到心惊。从官家怒气冲冲走掉的情形看，圣人与官家在思存殿中的谈话，显然并没有一个好的结果。

"圣人，肩舆已经备好，咱们回宫去吧？"廷献勉力堆下笑意来，温言道。

圣人无力地看他一眼，露出了一抹廷献从未见过的、异常苦涩的微笑。她已经摇摇欲坠。

滋德殿。

皇帝在宫门外跳下马，穿过连廊，一路黑着脸向后殿走去。原本候在殿廊中的王景通急忙上前迎接。皇帝抬手止住，径自走入寝殿。急匆匆跟着跑回来的刘奉武等人，追随着他的背影进了门。

殿内，皇帝背对殿门站在几案前，后背起伏不定。

刘奉武在门口斟酌片刻，也不敢擅自退出，便使眼色叫宫人从橱上汤窠子里倒出一盏热热的宁神汤，自己双手捧了，小心翼翼地近前试探道：“官家，说了半晌的话，喝口汤水吧？”

皇帝忽然回过身，手中的马鞭猛地一抖，准确地抽在刘奉武手捧的汤盏上。汤盏裂作两半，掉下地摔得粉碎，刘奉武的手上顿时出现了一道开裂的血印。

刘奉武大惊，莫名所以，也不敢呼痛，忙就地跪了下来，惶恐叩头不已：“陛下息怒，臣失手打碎杯盏惊了圣驾，臣实在该死！”

皇帝冷笑一声，皮鞭毫不留情地继续落到刘奉武身上：“朕为何打你你不知道？！不知道你就继续受着吧！”

寝殿中的侍从们全都吓呆了，没想到皇帝的怒火来得如此突兀，如此猛烈。他们不敢出声，纷纷跪下垂目待罪，唯恐多言引祸。王景通闻声入内，见了这阵势，也忙在一旁跪下，不敢解劝。

刘奉武被打得皮开肉绽，抱着头哭求道：“陛下，臣知道了！臣知罪了！臣再也不敢了！”

皇帝又抽了他几鞭子，这才住了手，扫视着侍从们冷冷道：“朕有什么话，自己会跟圣人说，用不着你们搬弄是非！以后再被朕抓到，哪条舌头说的，抽烂哪条舌头，哪张嘴说的，朕就亲手抽烂哪张嘴！”

一三四　快雪时晴

正月初六，庚子日。天子诏下：定于今月八日幸淮南。

一些小范围的人事升黜任免诏令也随后下达了。总体而言，中央官员不过是依序递补；地方上，各藩主仍守旧域。皇帝亲征在即，藩镇的稳定很重要，所以皇帝没有大规模移镇的计划。藩主们因此感到心安，纷纷上表对皇帝的亲征表达了热烈的支持，同时也争先恐后地表示，一旦皇帝需要，只要一声召唤，他们就会带上藩兵去淮南助战。对此，皇帝表示了恰到好处的嘉许。他要的就是他们这个态度。至于实际操作时需要动用哪些地方武装力量，他已经有了计较与安排。

对于大的藩属国或者相对独立的地区，皇帝只做了三件事：其一，将高丽国王王昭加开府仪同三司、检校太尉，以稳定国朝的东北边域；其二，让吴越王派来入贡的元帅府判官陈彦禧，给钱弘俶带回了一道诏谕——陈彦禧原本是在上个天清节替钱弘俶送寿礼来的，皇帝对吴越的诚意很赞赏，便连同那五千两白金、一万匹绫、一千五百两金花银器和使臣一起留下了，此番正好遣了原使回去传谕，也算他没白来；其三，向湖南的朗州节度使王进逵下达了一道旨意。

与此同时，皇帝的密使也向邺都、镇定、西京、华州等多路方向派出，向符魏王等国朝重藩传达加意边事、照应京师的圣谕。

正月初七辛丑日，皇帝公布了东京留守的任命：以宣徽南院使、镇安节度使向训为权东京留守，以端明殿学士王朴为副留守，并以彰信节度使韩通权点检侍卫司及在京内外都巡检，也即暂且担负起留京侍卫亲军司禁军的统领和京城防卫工作。

又命侍卫亲军都指挥使、归德节度使李重进率五千禁军为后军先锋，即刻奔赴正阳关。

又遣河阳节度使白重赞，率领亲兵三千屯驻于颍上，以待王师后军。

在军事安排之外，皇帝还布置了一件重要的民生大事：鉴于国朝目前所用的历法在严密性上还存在诸多漏洞，不能准确地预测节候，为兵事与农事提供更有价值的参考，皇帝向博学多才的东京副留守王朴下旨：尽速着手为大周拟定一部新的历法。

滋德殿寝殿。夜静如深潭。

君贵在御榻上独眠，却难以入眠。辗转反侧良久，叫过值夜的内侍苏安山来问，方知已经子正三刻了。

他体质热，不喜欢睡火炕，滋德殿从不烧炕，隆冬也只靠火盆取暖。有内品掀开榻侧两个火盆的铜火罩，拿长长的铜钳子拨了拨炭火通气，又往上添加了一层兽炭。滋德殿专用的兽炭通常做成麒麟或虎、罴的模样，炭中混有瑞脑香料，可以取代熏香。因此，每年到了点火盆的季节，铜狻猊中的香烟就基本停止了。

君贵不让内品将铜火罩盖回去，而且，命他们挂起了御榻前的纱帐。他要看着盆里的火。一只只黑漆漆的小麒麟被底层的炭火点燃，身体逐渐透红，飘出了柔软的淡香。此时，小麒麟们必定是暖和的。

但他的被窝冰凉。

他睡不着，想来就是因为被窝冰凉。当然因果关系也可能是反过来的：因为睡不着，所以感到被窝冰凉。他有些愤怒，又有些沮丧。他不知道该向谁去发泄这无名火。刘奉武被他一顿鞭子后，已经斥退到内班院去了，他总不能再找个人来无端鞭一顿。

后妃之中，只有菁娘对他的亲征是彻底赞成、热烈支持的。菁娘也很会说话，说他爱听的话。可惜菁娘的支持没有力度，无法熨平他心中的块垒。不然这么冷的夜，她完全可以成为他怀中的热源。

也许，是他自己需要这种彻底的冰凉来冷静，是他需要独处。君怜至今不肯对他的亲征表示支持，无论是私下里还是公开场合。他不甘心，却又无可奈何。

他回想着自己与君怜在思存殿中的争执。他不是不肯听纳别人的谏言，可是作为一名沙场宿将，有时候他更相信自己对一场战事的直觉，相信自己在未经任何啰唆繁复的理性分析时的最初判断。他经常说不清某种判断从何而来，因此，得到一种直觉后，他也需要回过头去分析，到底是什么原因导致自己产生了这样的判断。君怜此次的强烈反对刺激了他，他必须给自己一个非如此不可的理由。

他顺着自己的思路慢慢回溯，一一质疑，又一一排除，最后，他在一个问题上停了下来：军队。

他发现，自己心中有个根深蒂固的执念：这支刚刚训好的军队，必须由自己亲自带出去打这一仗才行。御驾亲征的必要性不是出于意气用事，而是被高平之战及其后血淋淋的事实所证明了的。对于军队的实际控制权，是他建立并葆有帝王权威的基石。她那么聪明，难道就真的意识不到其中的关窍吗？

翌日，坤宁殿偏殿。

前几日的积雪堆在庭苑的旮旯处，反射着漫散的日光。雪已经脏了，零碎的杂物混间在不再松软的雪堆里。

与外朝和各处校场的紧张迥异，此时的坤宁殿显得非常安静。

君怜正与朱雀一起，在书房中慢慢地临摹字帖。

朱雀临的是王羲之的《平安帖》。君怜临的是王羲之的《快雪时晴帖》：“羲之顿首：快雪时晴，佳。想安善。未果为结，力不次。王羲之顿首。”

君怜临得很快，一遍又一遍，一页又一页。朱雀将她所临写的其中一张字笺拿过来看，见上面翻来覆去只有开头那两句：“快雪时晴，佳。想安善。……”适才下了一阵雪，转眼天又晴了，真好。想来，您那里也是一切都好吧……

朱雀默然看着她。君怜浑似不觉，依旧走笔不已。

朱雀已经听说他们之间发生过不愉快，也猜到两人之间的心结至今未解，便缓缓劝道：“君怜，雨过天青，雪过天霁，都是大好风光。他此去一定安善，你不必太过忧心了。……倘若心中实在牵挂，趁着他还没走，何不再找他一叙？”

君怜不语，心中突地一痛。黄沙百战穿金甲，不破楼兰终不还。她知道君贵心中那个根深蒂固的执念。他喜欢战斗，他渴望战斗，他是为了战斗而生的。

不破楼兰终不还。可是他们心里都明白，自古楼兰非等闲。

不知道为什么，她有一种深刻的惶恐。君问归期未有期……

内班院宿房，屋里只有刘奉武、陈廷献、范承璋三个人。

奉武趴在榻上，光着上身，鞭痕赫然。廷献和承璋在给他上药。虽然动作很轻，奉武也不时吸着冷气呼痛。榻边，一个没有罩子的火盆烧得正旺。

草药是王景通按照土方从御医院替他寻来的，由小黄门洗净舂碎了，调成糊糊。由于经常遭受到各种匪夷所思的体罚，历朝的内侍们口耳相传着各种疗伤偏方，其所用材料从唾沫、鸡蛋壳、花根到鸟粪、人血不等。不过在王景通看来，这次奉武所受的鞭伤并不是什么疑难杂症，用不着那些怪异的偏方，老老实实敷点草药，早晚会好。

奉武被从滋德殿斥退回来后，在内班院哭了一宿。但他更多的不是因为疼痛，而是出于一种复杂的心思，混合了庆幸、委屈、后怕、忧急等情绪在内，而又以庆幸为主——他庆幸在皇帝盛怒之下自己还能留出命来。

虽然这座皇宫的历史只有几十年，但打从后梁时代起，第一批内侍中就有一半是来自唐宫的旧人。他们不仅带来了那个繁华旧朝的规矩和沉疴，也带来了已经口耳相传上千年的历朝内廷故事。在这部不为外人所知、连续性远远超过每代正朔皇朝的、悠长而晦暗的历史中，人身紧密依附于皇家的这群宫奴，极个别者有了权倾朝野的地位，但更多的却死于算不上过错的小节，甚至仅仅因别人一个眼神的连累。

奉武知道，自己的脖子已经在刀锋上惊险地过了一遭。

廷献默默替奉武涂抹着草药糊，承璋却忍不住唉声叹气："……隔着衣裳还鞭了这么深！这得使多大的劲儿啊！……天儿又这么冷，敷了药还得捂着。要是能敞开，兴许好得快些……"

奉武苦笑道："我都没哭疼，承璋你就别唠叨了。我在这宫里的时间可比你们长久多了，挨过的打也不知道有多少次，你们看看我身上的旧伤，一层一层的有多少？……官家打我……打我是应该的，原本是我自己讨打。官家素日待我宽和，自打递进到官家跟前，我还是……还是第一次挨打呢……"虽是努力安慰着自己，他却忍不住鼻子一酸，落下泪来。

廷献眼睛一红："奉武，是我带累的你，我对不住你。"

"嘿，我自己要嚼舌根子，怨得着谁！"奉武咧嘴说道，又似哭，又似笑，"干爹要我学会把嘴巴缝起来，我没听他的。我自己犯贱，心里存不住事，你一问，我就想说！我自找的我！漫说官家抽我，我自己都想拿大嘴巴抽死我自己！我……我抽死我自己！"说着，他真的不顾鞭伤疼痛，抬手往自己脸上猛扇起来。

“奉武!”“奉武!”“你疯啦?!”“干什么这样作践自己!”承璋和廷献急忙去拉他的手，一面呵责道。

奉武号啕大哭起来:“承璋啊……廷献啊……我刘奉武从小没人要啊……我在这里低三下四，赔尽小心，好不容易才递进到御前啊……皇帝贴身高班！走在内廷里谁敢不高看我一眼，啊?!这个差遣是我干爹让给我的，他说我年轻，应当求上进，干爹他成全我啊！……官家待我真好，真的，官家待别人挺威严的，可是私下里常对我笑，还让我陪着他玩。有什么好吃的，也经常赏给我。官家知道我掏心窝子地伺候他，便是我有了错失，也从来没打过我……从来没有……”他拿手捂住脸，泪水透过指缝流下来，“这下我回不去了，回不去了……”

听着他的哭诉，廷献咬牙道:“奉武，是我对不住你，可是，你没有做错，我也没有做错!”他忽然冲动起来，“你心里恨，你来抽我，你抽我！你抽死我我不怨你！你抽死我我也不后悔！……”说着，廷献一把拉过奉武的手，照着自己脸上就是一通凶狠的左右开弓。

奉武呆住了，忘记反抗，任由廷献扯着自己的手掌扇得噼啪作响。他感到自己手掌所触及的，不像是活的肉体的一部分，而像是一个紧绷的、坚硬的、不知郁结了什么在内的皮囊。

“廷献，你又作什么死!”承璋大惊，忙奋力将他俩分开，喝道，“一个奉武要死不活的还不够？你来凑什么热闹？你想找抽还不容易，等着，回头我来抽你！我替奉武抽你，我替官家抽你，我替圣人抽你……”

廷献流下泪来，拿一只手捂住了眼睛。承璋怜悯地看着他，良久，叹了口气，凑近他的耳边低声道:“廷献，你心里苦，我都知道。”

正闹得不可开交时，房门忽然推开，王景通走了进来。室内的三人忙抹擦了面目，整顿辞色向他施礼。

王景通一眼扫遍房中的情形，叹道："吵吵什么？挨几鞭子就委屈了？"他看向廷献和承璋，"你们两个在这儿挑什么？不好好劝他认罪反省，倒勾得他哭天抹泪的，是替他不服官家的处置吗？"

"属下不敢。"廷献与承璋皆低声道。

王景通将一只瓷罐子放到榻边："这是官家赐下的药膏，你们赶紧替他抹上。奉武，收拾收拾，少时就回滋德殿去，官家指名明日要带你出征！"

三名年轻的内侍尽皆呆了。未几，刘奉武爆发出了一阵惊天动地的哭声。

显德三年正月初八，壬寅日。

壬在十天干中居奇数位，属性阳刚，壬寅日是个刚日。今日是皇帝亲征的日子，出征之前必有祃祭。兵事之祭，自然要选择在刚日。

时已卯正，破晓前的天空仍旧是一片沉沉黑暗。

坤宁宫寝殿，君怜洗漱已毕，端正坐在了梳妆台前。她并不是起得太早，准确地说，她是一宿未眠。宁神汤不起作用了，她努力闭着眼想要入睡，可是她做不到，她的意识并不服从她的意志。有时她以为自己迷糊着睡了过去，却在下一个瞬间清晰地意识到自己其实正在想：现在是什么时候了？她睁开眼，夜明灯的光影一如当初。她闭上眼，那光影直追到她眼皮里来。她在榻上辗转反侧，头疼欲裂，最后是睁着眼睛、数着滴漏到了此时。

然而一坐到梳妆台前，她就打起了精神，强迫自己振作起来。今天君贵出征，她要亲出南郊为他饯行。一宿在卧榻上与失眠斗争耗费了她大量的体力，她的面色很不好看，精神也很糟糕，她必须严妆来掩盖这种憔悴。

尚宫唐氏和司宝芦笛、司饰桃根等团团围着她忙乎。她们手脚麻利，而且应君怜的要求加快了速度，但也足足花了半个时辰，才为她装扮精致。在这漫长装扮工事的末尾环节，司饰桃根排出十几种花钿来请圣人挑选。君怜只扫了一眼，说道：“就是芙蓉钿吧。”

接下来，宫人们又花了半个时辰来为她穿上袆衣，戴上双博鬓凤冠等一应配饰。深青底绣翚翟的袆衣是皇后受册、助祭等大事之服。天子出征是国之大事，更是她的大事，只有深青色才配得上这种端凝和庄重。

然而，在极其华丽、极其庄严的深青色礼服的包裹下，她显得愈发柔弱瘦小了，就像这场国事的一个忧郁的内核。

辰初，盛装的皇后登上了四马驾驶的重翟车，二十四名衣甲鲜亮的驾士早已守候多时。因皇子皇女尚幼，其时仍在酣睡中，皇后斟酌之后，没有叫醒他们起来送别父皇。

辰初一刻，皇后的车驾发离坤宁宫，迤逦向南郊校场出发，华盖，警跸，仗卫如仪。浩大的卤簿队伍经过的街市早已被提前清道，然而，还是有远远退到道边匍匐的东京好奇民众偷窥到了皇后亲随宫人的一丝半缕，并且为自己所偷窥到的衣香鬓影而浮想联翩。至于皇后的真容，他们中很少有人有幸瞻仰过。但那张脸庞哪怕只存在于他们的传说和想象中，也足以让他们激动万分了。

皇帝并不与皇后同行。卯正，皇帝在滋德殿前殿召集随行文武官员进行了出发前的最后一次高层会议。辰初，皇帝命百官立即出发。稍后，他自己也戎装骑马，在近卫营的拱跸下驰向南郊校场。

此番跟随皇帝出征的御用战马一共有四匹，其中“入风犼”是由原来的“入风赤”改名而来，另外三匹白、黑、棕色战马，分别名为“塞上霜”、“油滴子”和“云间豹”。皇帝历来爱惜马匹，在过往二十年的军事生涯里，即便在最高强度的作战条件下他也十分注重马匹休养的需要，尽量做到定期换骑，精细护理。

辰初二刻，皇帝及随员驰抵南郊校场，登台检阅早已整齐列队等候多时的五万禁军马步军将士及随军物资。

辰正，皇后卤簿抵达南郊校场。皇后降车，率侍从等候于台下。邓锦依皇命率麾下禁卫部从到皇后身边警跸。

旌旗如云。鼓乐横吹。这是一个朝气蓬勃的清晨，战争的画卷即将在皇帝亲御部队眼前展开。

今日的祃祭祭坛设立在阅兵台上正北方。祭坛上供奉着兵主轩辕黄帝的位版，以及军牙六纛的位版。兵主与军旗神位之侧陈列着甲胄、弓矢，后方竖立着一支长槊。祭案上，笾、豆、簠、簋等祭祀礼器盛满了清洁的供馔；祭案中部，太牢恭呈，洗剥一新的牛羊猪三牲身上披扎了耀眼的红色锦缎。祭坛旁边矗立着两面巨大的战鼓。阅兵台侧，象征皇帝的龙旗，以及象征三军的各色帅旗、令旗在风中猎猎招展。

祃祭是男人出兵前对兵主的求告和祈祷，历来，女人不参与此祭。当然，极个别时期中参与作战的女性主将除外。

油灯闪烁，香烟升腾，兵神降临。兵部尚书致祃辞。以皇帝为首献、殿前军都指挥使张永德为亚献、侍卫亲军步军都指挥使李继勋为终献，奠币，酹酒，三献三拜。台下的众将士跟随致礼膜拜。

辰正二刻，拜献已毕。

两个牧兵牵上一头来自御苑的雄健公鹿，这是皇帝特意挑选的衅鼓之物。在众目睽睽之下，皇帝抽出自己的惊风宝剑麻利地割开了公鹿的喉咙。鹿血滴进地上预先放置的一只酒缸里。公鹿狂野挣扎，六名军士拼命按住。皇帝以净绢拭剑，厚重的鹿血挂在绢帕的纹理上，触目惊心。皇帝还剑入鞘，亲自将绢帕上的鹿血涂抹到战鼓的鼓面上。尚未完全死透的公鹿全身抽搐着，被七手八脚地抬离。

鼓乐大起，全军呐喊。司礼官奏请皇帝望燎。于是焚币，烟火升腾。在鼓乐声中，军歌四起，送兵神归天。

皇帝向身旁示意。刘奉武急匆匆跑下阅兵台施礼，恭请皇后登台向皇帝献壮行之酒。

在数万道目光的注视下，君怜来到了君贵的面前。两人相视。自从思存殿不欢而散后，二人再没有与对方的视线正面接触过。因出行前君贵军政事务繁忙，他们甚至再没一起正式用过膳。

过了元日，风该算春风了。凌厉的春风将他们的脸吹得生疼，他们的面容都露出了休息不足的痕迹。他们之间多日的生分，令眼前的相视带上了一些尴尬。

君怜面颊上绯红的芙蓉钿映在君贵晶亮的头盔上。

君怜发现君贵的头盔非常干净，显然被近卫们仔细擦拭过——昨日，她本来是打算由自己来做这件事的，可是最终却难以向他开这个口。头盔反射着晨间的日光，在君贵的脸上映出一层淡淡的微芒，这让他虽然短于休息，却仍旧显得容光焕发，神气十足。然而，这样的昂扬与信心并非出于他们的共识。君怜感到异常难过，却又勉力露出一丝笑容。

君贵静静地看着君怜，芙蓉钿增添了她的妩媚，但她的眼神是忧郁的。空气中还残留着被祃祭与鼓乐激发出来的豪情。他浑身发热，他很想对她说一些话，他希望她能理解他此刻的激动。

王景通呈上一只檀木托盘，托盘中一只瓷酒杯，酒杯里，是刚刚滴入鹿血的烈酒。

君怜捧起酒杯，努力展开一个柔和的微笑，说出自己在此刻应该说而不是最想说的话：“有劳陛下再次为国出征。臣妾恭祝陛下旗开得胜，诚愿陛下早日凯旋！”

君贵接过鹿血酒一饮而尽，然后掷杯于地。瓷杯粉碎，似乎正象征着他征服强敌的决心。

君怜保持着微笑，笑意有些僵硬。酒让君贵的心变得火热，他的眼神中流露出了一种坚持，一种祈愿，甚至一种热望。沉默片刻，他忽然将脸凑近她，几乎是附耳向她低声道：“君怜，这是一支新的军队，我必须亲自带着他们去打仗，而且必须打胜仗，他们才会真正属于我……请你体谅。”

君怜回视着他，心浪汹涌，苍茫浩渺，如同大海汪洋。该说的都已经说过了，还有太多想说，却不知怎么才能出口。也许他知道，也许他不知道。他说得没错，这仍是一个乱世，他不是太平天子。历朝禁军骄兵悍将所酿成的苦果他们都已知道太多，高平巴公原的教训仍在眼前，成就一支真正的天子之师，仍然需要天子自己以命相搏。掌握了军队才能掌握一切，除此之外，所有关于权力的说法都是虚言。他们的理想，正是要结束一个打仗必须由皇帝亲征的乱世，开创一个天子垂拱而治的盛世。君贵是在践行自己的理想，践行他们俩共同的理想。

努力去践行理想，有什么错呢？这一刻，他们是彼此明白的。

可是……为什么她会那样地不安？

他们深深地凝视对方。他们的对视中有一种忘我的况味，不舍和体谅在一瞬间回到了他们的关系中，让他们暂时达成了一种和解——即便这种和解并不彻底，却给彼此的心灵带来了极大的慰藉。

台上台下的将士对于帝后之间超出常规时间的祝酒仪式和私语感到了疑惑。鸦雀无声的行伍间有小小的晃动，那是他们在交换着询问的眼神。然而天地间仍旧是安静的，这毕竟是一个庄严的时刻。

片刻，帝后两人从彼此眼中移开了视线。君怜结束了自己的仪式，整顿衣衫，让到台侧。

未几，枢密使魏仁浦上前，代表百官向皇帝祝酒饯行。皇帝接过饮罢，百官跪拜颂词。

号砲如雷，鼓乐震天，旌旗狂舞，甲兵如怒。所有人都在期待即将到来的国朝外部军政格局的变化。

全部仪程完毕之后，君贵默默看君怜一眼，面向三军再次拔出了宝剑。

全军出发！

时隔将近两年之后，大周皇朝的钢铁机器再次开动了，这一次，他们是一支经过了残酷汰练的、全新的虎狼之师，他们必将摧枯拉朽、所向披靡！

君怜站在阅兵台上，目送君贵在众人簇拥中下了高台，飞身骑上入风犼。她看到君贵最后向台上望了一眼，然后一踹马镫，绝尘而去。

各色旌旗在她眼前退去，五万马步军将士追随着皇帝的身影急速向南，在她眼前渐渐变小，变小，直至消失。雪暗凋旗画，风多杂鼓声。

大内，空旷的御道上。

众多内侍和宫人簇拥着皇后的重翟车急急行进。进入大内之后，近卫解严，现在剩下的是可以在禁中行走的仪仗。重翟车一直行驶到思存殿门口，四匹黄金装辔笼的高头大白马鼻子里喷着热气，被驾士们精准地勒停了。身着翚衣大礼服的皇后在侍从的搀扶下缓缓降车，缓缓步入殿门。

因为此殿素日无人，宫中厉行俭约，殿中的火盆并不常生起，只有铜狻猊中保存着微弱的炭火以备添香之用。此时的思存殿是寒冷的。按照皇后的示意，大多数侍从在殿门口止住了脚步。

君怜走至《皇属游乐图》前。芦笛捧过香盒来，君怜亲自拣了两块龙涎香，轻轻放入左右铜狻猊的腹中。香烟如丝如缕缓缓袅起，渐次充盈了壁画前的空间，像是从冷寂中孕育出的难得的热力。

廷献扶正壁画前的锦衬蒲团。君怜跪在了锦衬蒲团上，双手合十，仰头看着画中先帝的绘影。画中的先帝慈眉善目，脸上挂着洞察一切的微笑，就像她在河中府死里逃生后第一次见到他时那般温暖而亲切。先帝虽然没有开口，却已经胜过万千言说。她的泪水长流下来。

父亲，对不起，我没能拦住他……我也不知道，我究竟该不该这样做……

她素来有着超强的政治敏感，在许多问题的处置上，仅仅凭借直觉就可以做出最正确的选择。可是，这一次，她的直觉变得迟疑不定。她惶恐而茫然，不知道自己做得对不对，也不知道他做得对不对。她只知道，这件事在某些方面已经大大超过了应有的边界。

她无法控制自己的忧虑。两年前他以热孝在身的嗣君身份去跟河东刘崇以命搏江山时，她也不曾如此不安。她不敢纵容自己去想那些不吉的念头。

她希望是自己彻头彻尾地错了。她愿意他用事实来纠正她，她愿意在看到结果之后向他认错。在国朝大计跟前，她的颜面打什么紧。

画中的父亲怜悯地俯视着她，似乎在安慰她，又似乎听到了她的心声，也感受到了与她一样的焦虑。

皇后长久地跪在壁画前不起，也不动，重重围在殿门内外的坤宁宫侍从们有些犯嘀咕了。尚宫唐氏走到皇后的身后，轻声道：“圣人，咱们拜够了，还是回宫吧，好吗？”

皇后没有回答，仍旧保持着刚才的姿势。

“翚娘，今日太过劳累了，这里又不暖和，回宫吧，听话……”唐氏换了更亲切的方式，再次劝着，伸手去搀她，又向廷献使个眼色。廷献会意，走过来从另一侧搀住皇后。皇后的双眼是闭上的，似乎深深沉浸在自己的世界里，只有睫毛在微微颤动。但皇后的脸上出现了反常的红晕。

唐氏和廷献几乎同时低声轻呼起来。唐氏以手探向皇后的额头和脸颊，面色立时大变:“怎的这么烫！你发烧了？……圣人！犁娘！”

皇后像一片燃烧的羽毛，轻飘飘软了下去，倒在了乳母唐氏的怀中。

一三五　退保浮梁

淮水南岸，寿春城下。

李穀帅帐中，王彦超、韩令坤、白延遇、赵弘殷等战将尽皆在列。这是攻城战的一个短暂间歇，众将围在一起磋商军事。行军桌上，有简易的作战沙盘，画沙聚米，模拟着目下寿春城的攻防状态。

寿春是一座古老的淮上名城，历史上多次成为国都：战国时一度成为楚都；西汉时为淮南王的国都；东汉末，袁术更是据此城称了帝。因其位于淮河西段，又号称淮西重镇。

寿春之所以重要，是因为它处在水路交通枢纽位置，占据了绝佳地利，所谓“控扼淮颍，襟带江洛”：往上游方向可控扼正阳关，截住从颍水汇入淮水的兵力；往下游方向可控扼濠、泗诸镇，截住从涡水、泗水汇入淮水的兵力。“南引荆汝之利，东连三吴之富”，“外有江湖之阻，内有淮淝之固”。加之土地肥沃，水利灌溉系统发达，无论是淮北的政权想南征，还是淮南的政权想北伐，都会以它为军事基地，以及屯田备战的粮仓。

对于大周而言，打下寿春，则解开了淮上的一个死结，淮东诸镇可望风而下，一顺百顺；打不下寿春，大军即便往东往南推进，也等于留了一把尖刀在自己腹心，随时有被对手翻盘的可能性。

对于南唐而言，淮西是金陵的屏障，而寿春是淮西的根本。

倘若寿春有失，则淮西屏障尽失，淮东危殆，南唐都城金陵将寝食难安。

故此，无论对于大周，还是对于南唐，寿春都是必争、必保之地，无论付出什么样的代价。

寿春城是皇帝军事计划中的第一个战略目标，前军的首要任务，就是在排除周边障碍的前提下拿下寿春城，为王师的战线向淮南纵深推进建立大本营。

目前寿春城周边的障碍已经基本扫清，西南面距离寿春一百里的正阳关已牢牢把握在王师手中。正阳关又名来远镇，在淮河南岸，防备松懈。发现周军在架设浮桥后，守卫此地的唐军也曾奋力发矢阻挠，甚至派出小船拦袭，但终究力弱，无力阻挡周师大部队的步伐。周军从浮桥渡淮之后，以很小的代价就攻下了正阳关。而后，李穀留一部分军队把守正阳及浮桥，大部分取陆路至寿春城下，开始了攻城之战。

目下，李穀前军已经连续攻打寿春将近一月，可是除了最初抵达寿春附近的山口镇时曾经歼灭出迎的淮敌千余人，对于寿春城本身的攻击，却没有任何进展。

周军众将佐、参谋围在简易沙盘前，指点着、分析着目下的攻守形势，对于胶着的战况都感到头疼。

有军校匆匆入内，来到李穀面前一礼："都部署，紧急军报。"

"说。"

"往江宁府一线的侦候传信来报，唐主听闻寿春被围，已经派遣多路援军北上。"

"哪几路？"

"以刘彦贞为北面行营都部署，率兵两万直奔寿春；以皇甫晖为应援使，率兵三万奔向定远；又以何延锡率两百艘战船沿河逆上，向正阳出发！"

众将面面相觑。王师前军一共三万人，在人家地盘上作战，本来就居客势。南唐的援军光陆军就是五万，还有城内的守军，还有庞大的水军……王师虽然精锐，但如果硬拼，可未必能占什么上风。

“不好，浮梁！”李穀想到一事，忽然面色大变，“淮敌逆水而上，直奔正阳。他们的战船在河中央行进，我军无论是发弩，还是发砲，都很难阻拦他们的移动。正阳咱们留下的守卫力量弱，一旦被他们冲过去夺取了浮梁，咱们就会孤悬南岸，腹背受敌，死无葬身之地！”他看向自己的裨将，“你们以为如何？”

“是有这个担忧！”

“我军水性不好，又没有战船，一旦浮梁被毁，就只能靠陆战。可是以目下咱们的兵马数量，陆战也不占优势。”

“倘若分兵一半回去保守浮梁呢？”

“当此之时，唯有集中力量以歼来敌才有可能获胜，分兵绝非良策。”

“对，兵少，应当集中兵力！”

“浮梁是我军跨淮征唐的根本，一旦丢失，再想架设可就难了，唐人大军已至，绝不会再给咱们这样的机会。”

“开了春，淮水眼看着会一日比一日往上涨，倘若浮梁失守，便是咱们在这里能扛着跟他们打，粮道断绝，也难以为继。”

“对，陛下派咱们打前站，浮梁作为前期战果之一，不容丢失！”

“还是全军退回去，等待陛下后军到来吧。”

“不必等到陛下车驾亲至，李重进不是后军先锋吗，只要他来了，两下里一合兵，就好办了。”

……将佐们纷纷发表着自己的看法。

李穀听着将佐们的议论，沉吟良久，下了决心。他向身旁的小校说道：“立刻磨墨，我要亲自向陛下上表，请求全军退守正阳浮梁！”

东京大内，坤宁殿寝殿。

君怜躺在榻上，盖着厚厚的衾被，闭目养神。她的面色仍旧有着一点异常的潮红。榻前纱幕低垂。尚宫唐氏和司宝芦笛等忧心忡忡地守在旁边。

朱雀入内，廷献和承璋跟在身后。唐氏迎上去，拧着眉头问道：“榷娘，曹医正怎么说？”

“风寒之毒尚未去尽，继续服药，继续发汗，总是要将招的那些外邪都拔出来，就好了。”朱雀轻声答道。

唐氏小声道：“可是，也服了两三日的药了，怎的还烧呢？”她转头看着自己从小奶大的这个孩子，泪水在眼眶中打转，“她那么娇弱一个人儿，哪能老这么烧着！再烧，还不给烧糊涂了……”

朱雀忙将她拉到外间，低声劝慰道：“妈妈想得也忒多了！我搭过她的脉，经过这两日的调理，比先时要好些，烧得也没那么厉害了。再安心静养些时日，总会好的。……妈妈快别这样了，给她瞧见，她本来就心思重，会怎么想！”

唐氏抹着泪水：“我就是忍不住……看见她难受，我就心疼……”

朱雀忙道：“妈妈听我的，她是自己多思，心里放不下，身子上的病倒没什么。妈妈且去看顾看顾观音和训哥儿，这里有我呢，我来劝慰她。”

唐氏走后，芦笛等将纱幕挂起，朱雀坐到君怜的榻边，屏退了众人。朱雀先将自己的双手搓热，然后从被子边找到君怜的手，拿出来又自己把了一回脉，再塞回被中。君怜的脉象让她发了会儿呆。

未几，她感到君怜在榻上动了动，余光中发现君怜睁开了眼睛。

“你醒了?”朱雀俯身看看她，加意温和地微笑道。

“……没睡着。”君怜微弱地答道。

“得了，没力气就别说话了。”朱雀依旧保持着笑容，并且带上了一点嘲笑的语气，“你瞧瞧你，没事去那么冷的殿里冻着，这回把自己冻出病来了吧?——哎哎别反驳，天冷，还不知道多穿些?就算要穿大礼服，里衣加厚总没错吧?还有，明知道第二天要早起给他饯行，头天偏不好生歇息!这下病了，怨得了谁?”

“……怨我。”君怜有气无力地笑了一下。

“前两日看你烧得稀里糊涂的，我就忍住了没说你。今日你显见得是好些了，我可要念叨你几句了。……你听不听?”

“听。……令主训话，不敢不听。”君怜仍旧勉力笑答道，“若是将我训哭了，你可得负责哄我。”

朱雀见她还有余裕开玩笑，总算放下一点心，便温言道：“他不过出去打一仗，又不是没去过，你有什么好担心的?他是皇帝，大周精兵的几万双眼睛全盯着他一个人，倘若遇到危险，几万双套着钢铁护甲的手臂都会伸出来保护他，世上还有比这更可靠的屏障吗?”

君怜道：“可是朱雀，不知道为什么，这件事里，我总觉得有什么地方不对劲。”

“什么地方不对劲?”

“我……我一时说不上来。”

“你呀，就爱多想，有什么放不下的呀?倘若他从未上过阵，你担心担心，倒也在情理之中。偏偏他纵横沙场二十年，从少年时代起就战功赫赫。国朝那么多宿将都服他，你却执意怀疑他，他气不过，跟你吵几句，也说得过去啊。”

“我们没有吵……”

“哼，当我傻吗?你把他气成了什么样子，我可是听说了;他把你气成了什么样子，我也是亲眼见到了。”

“他……他很生我的气吗？他气成了什么样子？……”

朱雀笑了起来：“快别在意了，就气气他也好！他素来说一不二，没人敢忤逆他的意思。依我看，被你这么气气，没准他以后行事前还会多想想呢。”

“……朱雀，也许是我失策了。我明知道他是个火炭性子，我还那样跟他说话，难怪他起急。我……我心里也怕，所以，我拖到最后才去面对……我不该这样……”

“好了好了，我数落你，不过是要你放宽心，没什么大不了的。谁教你自责了？”

“……如果早一点跟他谈，如果多谈几次，慢慢地谈几次，也许，我的话他会更容易听进去……也许，他会改主意的……”

朱雀无可奈何地叹口气：“好了，何必一定要他改主意？你就放手让他按照自己的意思去拼一场，又能如何？”

君怜不语，缠绕在她心间的惶恐又清晰地回来了：她感知到了某种危险的存在，却并不知道那究竟是什么，也不知它到底躲藏在何处。那是一种身入战阵却发现强大的对手已经隐形的惶恐。

良久，她低低说道：“……我要喝水。”

东京东南约两百里，圉镇[①]。

皇帝亲率的征淮后军在这里暂歇。所有的马步军士都原地坐下休整，进些冷水和干粮。如果有飞鸟从他们上空掠过，会看到这支队伍迤逦成了一条漫长十数里的灰线，灰线中又有无数彩色的小点缀饰其中，那是王师绵延不绝、数量惊人的华丽旌旗。

今日的计划行程尚未完成，也还不到扎营的时间，因此，打前站的先头部队只为皇帝支起了围帐。

---

① 圉（yǔ）镇：今隶属河南省开封市。

此时，全军的高层将领如张永德、李继勋、赵匡胤等，高级文官如范质、王溥、窦仪等，便都聚集在皇帝行帐中歇息。张永德父亲新丧，正值热孝期间。按理说兵事乃国之凶事，任何个人的凶事都该为此让道，不能再去冲犯，可是皇帝体谅他的心境，特许他全身缟素。故此，他连同几名亲随如张孝贤等，从里到外都是白衣白裳，连铠甲也是银色的。众人知道皇帝偏宠他，也知道他心中悲痛，骨子里透着杀气，都不大敢与他寒暄闲话。

侍从们为皇帝呈上了简单的暖身汤，皇帝端了一盏，又命分赐诸将。行军桌上铺开了地图，众人一面喝着汤，一面便聚集到地图前，衡量着未来的行程。

帐门掀起，一名军校急急入内，来到皇帝跟前一礼："启禀陛下，前军急报。"说罢，他双手呈上一个小小的密封银信筒，筒外插着三支羽毛。皇帝亲自接过银信筒来打开，展读李毅的军报。看到半截，皇帝脸色大变。一直留心观察皇帝面色的众臣不明所以，面面相觑。

"这个李毅，当真糊涂至极！"皇帝将奏表重重拍到桌案上，怒道，"唐人援军来了，他就打算从寿春城下撤回正阳关去保浮梁！岂不知目下正值两军争势之际，尚未见到贼军的影子便撤退，如此示弱，我军还能有什么士气与信心?！我后军须臾便至，他只需坚守几日，必能教寿春城内守军心惊胆战，纵然不能瓦解其士气，至少教他们不敢有别的动作。他若一退，王师形势大衰，贼军必定趁机追迫，届时漫说浮梁，整个前军都会陷入危险之中！"

众人听了皇帝此言，面色也凝重起来。

皇帝顾盼找到了刘奉武，大声道："刘奉武！"

奉武忙过来一礼："臣在！"

"你即刻与这军校一同出发，拿着金腰牌，驿站专马护送，去向李毅传达朕的口谕！"

“喏！”

“你告诉他，朕要他坚守在寿春城下，不许撤退！”

“遵旨！”

然而，尽管刘奉武不顾未愈的鞭伤紧赶慢赶，还是没有赶上李榖的行动。当他抵达淮水前线之时，李榖因南唐援军迫近，唯恐浮梁有失，在没有等到皇帝回复的情况下，已经急急忙忙焚毁了寿春城下的粮草，全军退到了正阳。

焚烧粮草，是因为退军的决定匆忙，粗笨的粮草辎重车跟不上马步军的撤退速度，却又不能留在原地便宜了敌军。在粮草燃烧的熊熊火光中，在士卒慌乱的奔跑呼号中，王师此番撤军看上去就像一次狼狈仓皇的败退。虽然寿春城内的刘仁赡很谨慎，并没有乘机追出来，王师的军容却不复严整，公私物资多有遗失，甚至在军中服役的民夫也有好些连同粮草一起被丢落在敌境，顾不上带回来了。

正月十三日，行进到陈州的皇帝接到了李榖已经退兵的奏表，大为恼火。他推想唐军援军必定会追击李榖，便命人立即传谕先锋李重进：加速行军，急赴正阳，迎击淮军援军。

与此同时。由南面通往正阳的大道上，南唐刘彦贞所率的两万马步援军正在大路上疾行。得知李榖撤退的消息之后，刘彦贞感知到了周军的胆怯，认为追击可以获得大利，因此不顾少数部将劝阻，驱策士卒，加速北上。

骑在马上的刘彦贞尤为骄傲，这是他第一次被主上钦点了挂帅，他一定要打个漂亮的大仗。刘彦贞善于射箭，随同唐主郊猎时曾多次表演，颇得唐主赏识。他在朝廷中有很多朋友，这些朋友喜欢他多次馈赠的好物事，在主上面前夸他是韩信再世，用兵如神，他不能辜负了这样的美誉。

远远地，一骑驰来，马屁股后面腾起一串烟尘。那人显然是直奔着他的帅旗而来的，到跟前就勒了马大声问道：“是刘都部署吗？”

刘彦贞抬手止住队伍，上下打量着来人的本军装束，倨傲不语。他的裨将咸师朗上前道：“你是何人？所为何事？”

来人在马上礼道：“卑职是寿州刘节度仁赡公手下牙校。刘节度闻听都部署打算追击周师至正阳，特命卑职前来传个话。”

“什么话，说吧。”

“刘节度说：‘都部署远来赴援，尚未交战敌人就撤退了，这其中一定有诈，请切莫追击为上。’”

“怎么，不去追击，难道竟要我眼睁睁看着敌人跑掉吗？”

“刘节度说，都部署是国朝大将，倘若不利，则大事去矣。”

刘彦贞冷笑一声：“昨日有个前军的张全约拦着，今日又有你们刘节度拦着！”他疑心别人腹诽他素无显赫战功却挂此帅职，特意寻机羞辱他，不由愈发恼火了，“我是北面行营都部署，要怎么用兵，用不着别人多言！再有敢前来阻挠我大事者，斩！”

又一日。接到皇帝加速前进迎击敌援指令的李重进，正率领先锋马军五千人疾驰在周境通往正阳的官道上。他们每人只携带了少量的干粮和水，将原本先发的辎重部队远远甩在了后面。

这是一支斗志昂扬的骑兵部队。每名马军手里另牵着一匹备用马。一万匹战马亢奋激进，口鼻喷出冲天的热气，将寒春的空气搅得火热。四万只铁蹄腾起滚滚尘埃，将原本冻结的土地捣得沙土飞扬。

正月十七日，正阳附近的淮河北岸，李重进所部驰至。李榖所架设的浮梁安然无恙。北岸奉命紧守这一王师生命线的上千军士见到他们，爆发出一阵热烈的欢呼，纷纷摇旗举械表达久盼之情。其指挥使立即上前，向李重进见礼。

李重进点点头，下马，在北岸指挥使的引领下，率亲随将佐徐令则等登河埠，略微观望了一番淮河两岸的态势，便挥挥手，大声下达了命令：“全军下马，尽速过桥！”

在裨将徐令则等的前引下，李重进大步流星走上了浮梁。亲随们牵着他常骑的三匹坐骑和自己的战马，紧紧跟随在他的身后。

浮梁有两丈宽，足供四五个士兵并排通过而不致拥挤。架在小船上的每块木板都有一寸厚，以木条和铁钉固定在小船上。个别地方的木板似乎钉得不够牢固，踩上去会翻动一下，让人担心有松散之虞。木板与木板之间露出了寸把宽的缝隙，淮水的滚滚波涛就在这缝隙下不远处翻腾。随着淮水的流动和军将们的走动，浮梁不断摇晃着，偶尔显得富有节奏，但下一瞬间这节奏又被别的因素所干扰，引出一种没有章法的颤动。

不过，虽说浮梁不能让人完全安心，但这种长板相连的实路，至少比泅水或者乘小船摆渡要快捷和稳妥多了。

为了安全起见，李重进命令手下军士分散队形，不要再保持成整齐的一块铁板模样，以免浮梁受力过猛或受力不均，引发危险。他特别嘱咐，在浮梁上行走时，横向不能超过二人四马。

于是，大周征淮后军的前锋骑兵排成两条相错的长线，每人牵着自己的两匹马，紧跟在统帅和指挥使的身后，以从容不迫的速度，络绎不绝走过浮梁。他们就像是从北岸大周的疆土上延伸过来的一支藤蔓，将一股生生不息的力量传递到了淮水南岸的前军心中。

李穀早得到北岸旗语报告，此时正列队在南岸浮梁的那一头河埠上等待着李重进。李穀麾下将领如韩令坤、王彦超、白延遇等，也遵命会集到了浮梁左近。

一三六　正阳大捷

李重进上岸，徐令则等紧紧扈从。李榖早走下河埠迎过来。李重进面无表情，与李榖、韩令坤、王彦超、白延遇、赵弘殷等互相见礼。

李重进素来不是一个随和的人，尤其在军中公事情境下，他往往板着脸，显得冷淡、桀骜，让人难以亲近。当他军阶尚低时，这是他一个颇遭人诟病的特点；但当他已经成为大周禁军第一人之后，这就是他令人畏惧的威猛特质了——当然，他到底算不算大周禁军第一人，现在他自己颇有些怀疑，毕竟，还有殿帅张永德在那里摆着呢。

他与张永德之间的明争暗斗，早已成为朝堂上下、禁军内外公开的秘密。

官家为了搞平衡，大力抬举殿前军，将张永德提升到可以与李重进媲美的地位，他们俩目下在禁军中谁是第一，谁是第二，是军士们闲聊时最喜欢议论的话题。侍卫亲军的人会说，李都帅执掌着禁军历朝的根基，侍卫亲军还分为马、步两部，军将人数差不多是殿前军的两倍，自然李都帅是禁军第一人；殿前军的人会说，张殿帅执掌的军队没有老旧包袱，全是最新选递、汰练出来的精锐，而且，张殿帅不仅时常与官家商讨军机大事，更时常应诏在各种私下场合陪侍官家，与官家的关系更为亲密，自然张殿帅是禁军第一人。更有甚者，说官家十分喜爱张殿帅，此番御驾亲征，就誓言要亲自为张殿帅报父仇。这不正是官家偏心张殿帅的证明吗？

这一类的议论，李重进自然会有所耳闻。他对于自己在官家心目中的分量原本是很有把握的，可是，自从张永德像乘着东风似的青云直上之后，他的确经常感到疑惑，还有一些时轻时重的煎熬。官家的心思难猜，一些蛛丝马迹似乎表明军中对官家更偏重张永德的猜测不无道理；但另外的一些蛛丝马迹，又让他愿意相信自己仍旧是禁军第一人，是官家最依赖的股肱心腹，这会教他心里感到好受些。他比官家和张永德都年长，受舅舅的顾命担负起保障国朝和官家安全的重任。他曾在舅舅弥留的御榻前以跪拜之礼宣誓顺服于嗣君，他也遵守了这个誓言。但是，他没有打算再服从于任何别的人。

此番御驾亲征，官家仍旧延续了前年迎战河东的阵容配置原则，以张永德卫跸，而以他为一部统领。自打确定官家要亲幸淮南后，他与张永德的争夺目标，就从后军都部署这个位置，转到了后军先锋上。在张永德抵死要报父仇的重大理由下，官家却最终将先锋之位派给了自己，这似乎说明官家对自己在指挥作战上的决断和担当，要更加看重一些。

张永德更亲近，但自己更能担大事，也许，这就是目下官家对他们两人的心思吧。

淮水南岸，后军先锋五千马军仍在陆续登岸，上了岸的，已经在徐令则等人的指挥下逐渐排列成了像样的阵容。一面面绣着睚眦图案与“李”字的大旗，在河风吹拂之下猎猎而展。睚眦是龙子之一，以其秉性刚烈、嗜杀好战、有仇必报而闻名天下。睚眦旗是禁军都帅的帅旗。

李縠引李重进等人来到河埠上，以便取高处地利观望周边环境。

大周前军，除了留守北岸的和在前期的战斗中折损的，余下主力两万余人绵延分布在正阳关内外和沿淮浮梁一带，营帐相望，旌旗相蔽，甲兵相连，将好不容易夺来的这个征淮桥头堡、这条进军生命线守得如同铁桶一般。

面对秉承官家旨意、挟狂飙之势疾驰而来的李重进，李榖面上难掩一丝愧色。他是先帝顾命大臣，他还是前三司使，先帝和今上在朝政上都非常倚重他。他思虑多，用兵谨慎，但不愿让别人误会为怯懦。他认为扼守正阳浮梁是目下的重中之重，自己所做的绝对有道理，虽然不符合官家急进奏凯的风格。

可是，官家显然已经不太信任他了。在自己第二道关于已经撤军的奏表呈上之后，官家再没给他下达新的旨意，而是直接催促李重进倍速前来实施后续的军事计划。他很忐忑，再次派急马上表解释了自己的行动计划，官家不答。于今之计，他只能寄望于与李重进联手打个漂亮仗，未来好向官家交代。他知道李重进的秉性与官家更接近，李重进能够完全领会官家的意思，紧跟官家的步伐。自己虽然品阶、职位上比李重进高，实际却是惹不起也没必要招惹他的。

李重进看出了李榖的尴尬，脸色和缓了一些。李榖是个沉稳的人，以前当三司使时也很会处理与自己这样的国朝重将的关系，他对李榖素有敬意。

李重进也不多言，只问道："李都部署，前方形势如何？"

李榖道："侦候来报，刘彦贞率领的南唐援军就在南面不远处，距离浮梁还有二三十里地。"

"二三十里……嗯，还来得及。"李重进沉吟着，又道，"都部署，可否跟你商量个事？"

李榖听李重进语意谦逊，大感意外，忙道："都帅既然秉承官家旨意来援，前线军事，自然一以委托给都帅。都帅有事但请吩咐，不必跟老夫客气。"李榖叫李重进不要客气，他自己倒是非常客气，痛快麻利地交出了指挥权。

“都部署言重了。”李重进笑了一下，“都部署是前军统帅，卑职来援，有事自然要与都部署相商。”

“好，都帅请讲。”

“第一，听闻刘彦贞率兵两万，但卑职只带来了五千人马，都部署手下王副都部署、白先锋人马，可否与卑职合兵，一起迎击刘彦贞？”李重进对同僚说话一向直来直去，很少这么委婉，此番设辞可算给足了李縠面子。

李縠忙道：“这是自然。他们即刻便归李都帅指挥。”

“好，多谢。”李重进颔首道，“第二，卑职为了赶路，将粮草辎重甩在了后面。目下，可否请都部署即刻安排，教所有即将迎敌的人马喝上热水、吃顿热乎乎的饱饭？”

“这个更是自然！”李縠转向身旁军校，痛快吩咐道，“传令诸军，立即生火做饭！”

接下来，几位将领就在河埠上议定了迎战唐军的策略，然后互相礼别，各自去下令安排。离开前，李重进特意走近李縠，低声道：“都部署，官家还是倚重你的，切莫多虑。”

李縠心中一跳。他没想到，素日看着粗枝大叶的李重进，也有如此细致体察人心的本事，不由感激地揖道：“多谢都帅好言相慰。”

正阳南面五里。这是通往正阳关必经之路上的一处狭口，两侧有丘陵掩蔽。丘陵上有疏落的树林与低矮的灌木。淮南冬季的绝对温度比京师高得多，树林与灌木并没有完全枯萎，仍旧保持着不景气的绿色与各种层次不同的黄褐色，足以充当必要的伪装与掩护了。

吃饱喝足、获得了宝贵休整时间的李重进部队，将与唐军的会战选择在了这个地点。旌旗招展，战鼓静默，黑压压的大军雄壮横列，好整以暇地等待着。他们心气高，胆气足，被即将到来的战斗搅得心跳血热，在正月凛冽的寒风中也不觉得冷了。除了马匹不时发出的响鼻和倒腾蹄子的动静，以及旗帜在空中飘动的劲响，这片未来的战场寂静无声。

排在最前方的是一千骑重甲马军，然后是四千骑轻装马军和两千铁甲步军，最后是一千匹备用马，由专人负责分别牵引，以便在前方有需要时及时补充。至于参战的其余马步军将士，他们早已沿着两侧的丘坡伸向了敌军前来的方向，在草木的遮掩下埋伏起来。

如果从空中往下俯瞰，大周两万王师摆出的阵势呈一个巨大的钳形。其钳嘴之尖长，钳底之厚重，足以令任何一支饱经历练的军队心惊胆战。

李重进就立马于这大钳子的钳底，稳居前排重甲马军中央。红底的“李”字睚眦大旗与两面牛皮大鼓将他衬托得十分威武，徐令则、韩令坤等亲随或部将，紧紧围绕在他身旁。

一阵急促嘈杂的马蹄声远远传来。全军精神抖擞。未几，马蹄声近。间杂以人员的喧嚣呼喝。黑压压一片人马出现在周军视线中。刘彦贞所部南唐援军终于抵达。

马嘶，蹄止，人叱，一片传令与交语声。显然，南唐援军发现了静静守候在这里的周师。

在刘彦贞所部上下军士的头脑中，他们是在追击周师逃兵，而逃兵不可能组织起像样的反抗。根据他们的情报，李穀部队听闻他们到来便吓得屁滚尿流，溃不成军，他们所要做的，就是追上去，砍死他们，教那帮贼人吓破了胆，从此再也不敢来侵犯唐境。

严阵以待的周师让他们大惊失色。

刘彦贞所部两万人像一连串高速前进的战车，腾着烟尘，喘着粗气，绷着缰绳，扭着轮毂，带着难听的刹车声，终于在距离周师一里之处勒停了。由于麾下各部速度不均，队伍被拉成了一根粗面条，旌旗辎重绵延长达上百里。

为了早立战功，他们一直在急着赶路。他们累得半死，最多喝了几口水，都来不及吃点干粮、歇个脚。他们原本是打算再往前行进一些，在靠近淮岸的时候才给自己补给补给的。

“快快快，立刻将拒马抬到前面来！厚厚地架设三层！”“将刀子、匕首，一切有锋刃的物事都给我通通绑到拒马上！密密地绑！看他们的马军怎么跳！”“把铁蒺藜都拿出来，装进口袋里扔到阵列前端去！叫他们一踩一个穿脚，一踩一个倒毙！”……在短暂的犹豫之后，刘彦贞、咸师朗等急急下达了就地防御的命令。唐军全军行动起来，要在自己与周师之间构筑起可观的障碍。

李重进远远望着他们忙乎，表情冷肃。周师的几骑侦候从前方驰回，向他汇报了唐军正在忙乎的内容，李重进鄙夷地大笑两声，正色道：“两军迎面相逢，不敢冲锋拼杀，倒摆起防守的阵仗来自折气势，如此卑弱胆怯之师，还有什么可怕的?!”他拔出自己的宝剑，“擂鼓！摇旗！传令全军，立刻进击！”

长长的钳形战场里顿时杀声震天。

一千骑重甲马军从李重进等人的身旁冲出，几乎在弹指之间就冲到了唐军的阵前。加装了尖刃的拒马与布囊伪装的铁蒺藜变成了可笑的徒劳之物。重甲马军依靠着重锤般的冲撞力揳入唐军，立即将他们的阵线撕开一个绝不可能弥合的巨口。紧随其后的轻骑兵手持枪、槊、钩链等兵器，接连向被冲撞倒地或急速退开的唐军发动致命的攻击。紧跟在轻骑兵后面，周师的铁甲步军像潮水一般涌上来，又像潮水一般淹没了更多惊慌失措的唐军士卒。

揳入敌阵的重甲马军没有任何停留，继续加速并列向前推进，转瞬间就突入到了十数里深的敌军腹心。速度与重量结合在一起爆发出的惊人势能，令他们所向披靡。无数唐军人马像纸片一样被轻飘飘碾轧在铁蹄之下，根本来不及做出任何像样的反抗。

重甲马军撕裂了唐军的阵地防线，也摧毁了唐军的心理防线。当此之时，他们的体力尚能支撑，但心理已经迅速地崩溃了。

蜿蜒在后方的唐军后部见前军势头不妙，迟疑片刻，便决定倒转旌旗，撒腿向来路逃跑。忽听得近在咫尺的几声号砲响，不知从何处传来阵阵骇人的呐喊，惊惶张望间，只见黑压压的周师马步伏兵从两侧丘陵或山势拐弯处急冲而下、急奔而出，源源不断杀至身前。

一直大张着嘴的巨钳迅速合拢了。

巨钳钳得越来越紧。唐军大势已去。

在这一片滚瓜切菜的己方优势战场上，李重进带领着数十名亲随往来奔突，寻找着唐军正副首领刘彦贞、咸师朗的旌旗。

在战场的另一处，刘彦贞旌旗已失，身边只剩下几名军校护卫。然而他仍旧挥舞着宝剑，厉声喝止着惊溃的手下："拿起兵器来，打！不准跑！"没有人再听他的。他抽出马鞭，挥向那些被吓破了胆的士卒："打！给我打！不准跑！不准跑！"数十名唐军士卒被他打得鬼哭狼嚎，抱头鼠窜。这种动静暴露了他的位置。

正在索敌的周师精锐迅速锁定了这个将军服色、统帅模样的人。不过一眨眼工夫，李重进率部驰至刘彦贞眼前。

"你是什么人？报上名来！"徐令则喝道。

"洒家行不更名，坐不改姓，大唐北面行营都部署刘彦贞是也！"刘彦贞傲然道。

"好，找的就是你！"李重进冷冷道，"我是大周马步军都指挥使李重进。你好好下马受降，免你一死。"

刘彦贞不答，忽然一夹马腹，大喝一声，挺枪直向李重进头颈刺去。李重进反应敏捷，在所有亲随出手之前，右手挥剑一挡，左手顺势将一柄长枪的枪尖送入刘彦贞腋下的铠甲缝隙中。

长枪穿透了刘彦贞的身体，逼近了他的心脏。李重进手上一加劲，刘彦贞坠下马来。徐令则等亲随扑上前去，李重进来不及喊出“留条命”，十数支兵刃已经将尚未死透的刘彦贞身上扎出了更多的窟窿。

李重进有点恼火。他深知，对于官家而言，活着的俘虏比死掉的敌将更有意义。然而事已至此，死了就死了吧。“砍下他的首级，待战后献给陛下报功！”他厉声吩咐道。

未几，一小队周军将士推搡着一个满脸满身血污的唐将寻到了李重进跟前：“李都帅！李都帅！又抓到一个贼将！”

李重进在马上睥睨着这个被紧紧捆缚住的唐将，问道：“你是什么人？”

那人看他一眼，垂头丧气道：“卑职是刘都部署的副将咸师朗。”他的淮南口音引起了一些在此役前从未南渡过的周师士卒的哄笑。

李重进也忍不住笑了一下：“好。”但他转而沉下脸来，向部下们吩咐道，“好生看顾着这咸师朗，只要他不跑不闹，就不要打他。该怎么发落，自有陛下的旨意。你们给我记着，我要将他活着献到陛下驾前！”一众周军轰然应喏。

从更广大、更纵深的战场上看，周师与唐军的这场战役已经接近尾声了。周军的钢铁之师就像一头巨大的钢铁怪兽，将越来越多的唐军囫囵吃进了肚子里，连骨头都来不及吐。

日落之前，所有的厮杀都停止了。流血漂杵。烟尘落地。

脆弱的血肉之躯被擀平了，摊薄了，在孟春的淮南山道间糊出一幅诡异而恐怖的画面。冷风将浓重的血腥味吹散到每个活着的人的鼻孔里。

重进站在夕阳的金辉中，迎着灿烂的光芒微微合上眼皮，疲惫而欣慰。他的身旁，无数周军将士正在进行每次战后最重要的一项工作：清点战场，安置己方死伤的战斗人员。

唐军真是一种奇怪的生物，明明那么怯懦，还没交战就想着防守，一开打就想跑，可是，临阵投降的却不多。两万援军中，除了在张全约的带领下逃回寿州的少数残部，只有三千人缴械，其他的都化作了无生命的血肉，填充着这幅黑色画面的无穷细节。

当然，也有可能是自己所部军马太过生猛，在唐军士卒未来得及表示降意之前，就已经将他们干掉了。三千就三千吧。三千人不是小数目，异日向官家献俘时，也会是浩浩荡荡的一大拨。

“都帅！都帅！”徐令则从远处疾驰回他的身边，远远便纵声呼唤。李重进虚着眼睛看向他，徐令则的神色有点不大对劲。

“怎么了？”

“赵晁……赵晁带着他的手下，将三千唐军降卒全都给杀了！”徐令则气喘吁吁道，“卑职根本阻拦不及，他也不听卑职的！”

“什么?!”李重进震惊地睁大了双眼，“全都杀了？三千人?!”

“是，一个不留！”徐令则肯定道。

李重进大怒，登时拧紧了眉头。

赵晁是先帝旧部，会打仗，有战功，却又骄矜、贪残，一身历朝禁军旧将的坏毛病。高平之战时，他因背后指使人出言阻拦今上急行军被枷囚，战后获赦。后来他改任虎捷左厢都指挥使、领阆州防御使，隶属李重进麾下。官家因李重进年资深，形貌威严镇得住堂，将不少难管的禁军勋旧都塞给了他。赵晁就是典型的被官家“塞”给李重进的人。此番征淮，赵晁充任前军行营步军都指挥使，原本在李榖麾下，因李重进与李榖合兵，才又归入李重进指挥。

依着李重进的脾气，他很想以违反军令为由将赵晁痛打一顿，甚至干脆一杀了事。可是他不能这么做。赵晁是在先帝出镇魏博的时候转入郭氏帐下的，曾为先帝鞍前马后殷勤奔走，大周建鼎，他也冒死卖过命。他犯了错，连官家都宽赦三分，自己怎么好全不容情？何况，赵晁所为背后是禁军旧部数十年的积习恶习；赵晁杀降，势必得到了一大票禁军老兵旧将的支持。这些老兵油子心狠手辣，能征惯战，经历了禁军严格的筛选汰递后还能安然留存，就是因为其沙场机变能力，绝非入军未久、听话顺服的新人能比。目下正是用人之际，打杀一个赵晁不打紧，只怕他的旧党不服，闹起来，影响到官家征淮的满盘大计。

那么，不打不杀，但进行口头斥责如何？很可惜，倘若没有厉害的后着，对这种人，斥责是无效的——至少，自己的斥责对他未必起作用，反而会助长他“你能奈我何”的气焰。

良久，重进忍下了这口气：“先不管了，日后再跟他算账！传令诸军，尽速收尾！咱们要赶在天黑之前回到正阳，与李都部署会合！”

正月十七，辛亥日。李重进的奏表急送至皇帝行在，奏表中详细汇报了正阳之战的过程和战果，还以木函附上了刘彦贞的首级。这一天，正好是先帝两周年忌日。皇帝在行营中设置了先帝的灵位，焚香祭拜。李重进的捷报，是对先帝在天之灵最好的慰藉。

皇帝将木函献在先帝灵前，再细细展读奏表。

正阳之役，王师斩首唐军万余级，伏尸三十里，临阵斩贼大将刘彦贞，生擒偏将咸师朗以下数十人，缴获军资器械三十余万、马五百匹，粮草无数。在奏表的末尾，李重进写道，本来还有降卒三千可献的，不过因阻拦不及，降卒已经被赵晁戮尽了。

皇帝阅读奏表的前半截时，龙颜大悦；读到末尾，立刻沉下了脸。

然而为大局计，皇帝终究和自己的表兄李重进一样，暂时压制了愤怒。随即，皇帝下令全军加速前进，早日抵达正阳与二李会合。

一三七　兵临城下

东京禁中。坤宁殿后殿。

这是一个充满阳光的晨间，万物逐渐苏醒的气息透过殿门的缝隙渗透进来，人心也变得柔软欣悦了。

君怜坐在榻上，背后和身侧倚靠着一堆软垫。尚宫唐氏捧了养生粥来，坐在榻前，拿勺子拨弄着，想要喂她。

“妈妈放下吧，我又不是小孩子了，自己会吃。”君怜哭笑不得。

“我若放下了，你准保就不吃！”唐氏嗔道，“昨晚答应我答应得好好的，结果只吃了两三口！我再也不相信你了，我得守着你吃完这一碗才算！”

“我保证自己吃完，成不成？”

“不成。好不容易退了烧，我可不能再由着你性子来了！倘若再有什么差池，教我如何向王爷和夫人交代！”唐氏坚持着，拿出了家长的态度。见君怜微微嘟起了嘴，她也觉自己过于生硬，便又柔声哄道，“翚娘，你从小最听妈妈的话，王爷夫人哄不了的，妈妈都能哄住……好孩子，妈妈这么疼你，你可不能再吓唬妈妈了……”说着她鼻子一酸，眼圈又红了。

“好了好了，我自己吃给妈妈看，这总行了吧？”君怜心里一阵难过，便顺从地接过碗，舀了粥吃起来。

唐氏殷殷看着她，又回顾殿内侍从，欣喜道：“你们瞧瞧，圣人吃得多好！……素日圣人不肯吃，都是你们不肯好好哄着！”

芦笛等都笑道：“唐妈妈，您老人家是什么人，卑职们是什么人？这件事，只有您老人家来办，才能办好啊。”

“嘿，好一张巧嘴！整天在这殿里出入，出息了，会说话了，啊？不检讨你们自己不尽责，倒嫌我拿身份！”唐氏拿手指点着她们嗔道。殿内一时充满了久违的说笑声。君怜也不由笑了。

正说笑着，廷献入内，见君怜正在进食，便垂手候在一旁。君怜看他这情形，便问道：“廷献，有事吗？”

廷献忙笑道：“啊，也没什么事。”

“几时你也学了这吞吞吐吐的毛病来？”唐氏嗔道，“有事就是有事，没事就是没事，哪里又出来个‘没什么事’？”

廷献笑道：“妈妈教训得是。今日妈妈好高的兴致，也肯替圣人管管我们了。”

唐氏隔空指点着他的面目：“这是什么话！难道素日我没有管你们吗？”

“素日妈妈的心思都在皇子皇女身上，我们便犯点小错，也侥幸逃得过妈妈的法眼呢。”

“哎，你这孩子，还学会贫嘴了！”唐氏起身赶着廷献拍打一下，又回头向君怜笑道，“翚娘，我是盯着观音和训哥儿不假，可我的心思还有一半放在你身上。这些丫头小子们跟你久了，趁着你欠安，学会了嬉皮笑脸！你看着谁该打的，自己若没力气，我来替你动手教训！”

君怜笑道：“有妈妈这句话，我就放心了。……他们看我病了这几日，心里自然是着急的。今日妈妈哄得我吃了一碗粥，他们跟着开心，说笑两句打什么紧？妈妈还是饶了他们吧。”

唐氏眼见着君怜将粥吃尽，心下大慰，便接过碗递给芦笛，自己起身道：“好好，听你的，饶了就饶了——时候不早，我得赶紧瞧瞧我们观音和训哥儿去了！”她向众人吩咐道，“你们好生候着圣人的意！还有，吴医正开的那几样补品，该怎么吃，该吃多少，你们都盯紧点，催着他们伺弄出来，一丝儿也不能少！”

“是是，我们都知道了，您老人家放心就是!”众人齐声笑答道。

唐氏走后，君怜再次看向廷献：“到底什么事？”

廷献笑道：“真没什么大事，孙娘子和章娘子过来定省而已。前几日圣人欠安，精神不济，又顾念着她们身子沉，天又冷，不教她们来探望。她们不放心，今日到底过来了，说无论如何想见圣人一面。”

“哦，这样。那就教她们略等等。芦笛，赶紧扶我起来，略微梳洗一番再宣见。”

“圣人，要不就别起来了吧？宣她们在榻前见见就是了。才缓过来些，这么折腾，倘若身子又有什么闪失，回头唐妈妈该揭了臣妾的皮了……”芦笛忙劝道。

“孙娘子和章娘子是一阁之主，待她们应有起码的尊重。”君怜正色道，“不见也就罢了，既然答应赐见，怎能如此潦草？”

众侍从不好再劝，芦笛只得将求助的眼光投向廷献。廷献悄悄摇头，又向君怜道：“那么臣出去告诉两位娘子。”君怜颔首。这里芦笛、桃根等一众宫人忙去捧了青盐、软刷、漱盂、铜盆、热水、巾帕等，次第过来伺候。

一时君怜简单梳妆毕，穿了厚厚的鹅黄底银泥芙蓉夹绵衫子，绛色底金线绣云萝夹绵裙，并平头卷云夹绵履。芦笛犹不放心，又好歹为她加上条百福锦环帔防冷。这百福锦环帔便是当年君怜和朱雀绣了献给先帝德妃的新岁贺礼。德妃薨后，先帝寻机将环帔赐还给了君怜，也含着希望她继承德妃懿范的意思。

众人簇拥着圣人出寝殿至外堂，早已候在此处的孙昭容远山与章昭容秋池忙趋过来见礼。

“免礼。”君怜和言道，“身子不便，天儿又冷，我原说过，就不必总过来了。”

“听闻圣人不豫，臣妾等心下着实惦记。虽说圣人福泽深厚，偶感风寒也不算什么，可是好几日不见圣人的面，到底教人牵挂。”远山笑道。

秋池观察着圣人的面色，也笑道：“看圣人今日面颊甚有光彩，想来已经大安了。”

“嗯，不是什么大不了的病，躺几日，养一养，自然就好了。”君怜微笑道。

当下向她两个赐了座，又命廷献点了茶来。因先帝忌日时君怜正卧床，外廷礼拜仪式由太常礼院全权办理，内廷在思存殿行了仪式，两人便先向君怜汇报了内廷祭仪的经过。之后，几人又柔柔缓缓，叙些家常寒温，话题不由就转到王昭仪身上。

远山道：“……听说那日官家出征，没有允许她去送行，她怄了好久的气，几天没好好吃饭呢。”

秋池摇头道：“王娘子也真是的，非撺掇着官家出门！真不知道她图什么？难道就图出宫去送一送？”

远山道：“嘿，这个问题，怕是连她自己都没想明白。要依我说，她就图跟咱们大家不一样罢了！”

君怜淡淡一笑。

秋池又问君怜道：“不知这几日，王娘子可曾前来拜望过圣人吗？”

君怜道：“说是来过一次。我没精神赐见，便教她同你们一样在外间行了礼，这几日就暂且不必来了。”

远山道：“今日她也该来了。圣人不教来，难道就真的不来吗？景福殿的礼仪，也不能荒疏成这样。”

秋池道：“今日我倒是遣人去想约她同来的，不过她身子似乎也有些不妥，听说桐华去叫御医了。”

君怜闻言一愣，忙问道：“王娘子怎么了？难不成像我一样，也招了风寒外邪?”

“臣妾还没打听到呢。少时臣妾教人再去问问,再来回禀圣人好了。”秋池道。

“不必了。”君怜回头找到廷献,“你这就去一趟景福殿,看看王娘子到底有没有不适,要紧不要紧。”见廷献露出颇不乐意的神情,她便正色道,“宫里后妃就数王娘子年轻,偶尔疏于保养也是有的。官家为国出征,将整个后廷全都托付给我,我不能教家里人有任何闪失。如今王娘子有恙,你不去看,倒教我亲自去不成?”

廷献无奈道:“喏,臣这就去。”一面转身,一面又忍不住嘟囔几句。

远山、秋池知道廷献素来与景福殿不睦,见了这个情形,忍不住偷偷发笑。

廷献出门不到一盏茶工夫就回转了,众人皆感纳罕。廷献容色平平,只礼道:“回圣人,御医院吴克素,以及景福殿宫人桐华求见。”

君怜从廷献面上看不出端倪,不知菁娘患了什么了不得的大病,心下愈发紧张,忙道:“快宣。”

一时两人入殿行礼。“平身。”君怜压抑着心慌,沉声道,“吴医正,王娘子怎么了?”

吴医正一改适才的严肃庄重,含笑礼道:“回圣人的话,王娘子有娠了。”

殿中众人发出一声低低的惊叹。

君怜以手抚心,深深呼出一口气:“无量寿佛,原来是这件事!”她看向桐华,温言道,“这是好事啊,王娘子目下情形如何?”

桐华苦着脸道:“回圣人的话,不太好。王娘子正躺在榻上哭呢,怎么劝都劝不住……”

两位昭容深感奇怪，面面相觑，低声道：“这么好的事儿，王娘子哭什么？”

“坐了胎，一开始是会有些难受，可也不至于……”

桐华垂目不答。

君怜只得自己问道：“王娘子怎么了，为何哭得劝不住？”

“王娘子……王娘子忽然说，想要陛下……要陛下回来……”桐华嗫嚅道。

殿中众人全都愣住了。

良久，君怜叹了口气：“罢了，还是我去看看她吧。”

“圣人！”“圣人还没有大安，就别出门了！”“圣人要见王娘子，将她宣召过来就是了！”坤宁殿的侍从们大惊，纷纷挺身而出，开言劝阻。

君怜不理，顾自站起身来。芦笛忙向廷献使眼色，意思是要他相机去找唐妈妈来阻拦。廷献来不及应答，君怜环顾众人，淡淡道：“替我备肩舆。今日谁若是去告诉了唐妈妈，我跟谁没完。”

正月二十，甲寅日。天色阴沉。皇帝亲御部队在料峭春风中抵达止阳关。

李毅、李重进率诸将以军礼迎驾于淮河北岸。皇帝点点头，跳下入风犼，到河岸上略微观望一番，就下达了全军过河的命令。

淮河南岸，早已为皇帝搭建好的行营环卫森严。

皇帝直入帐内，坐到正中的御座上。众将跟随进入，各按宝剑，分列帐下。皇帝的面色平平，心思难断，这让他们即使在打了大胜仗的情形下也不便多言，更不敢说笑。

皇帝扫视着自己的臣属们，片刻，平和地开了口：“朕将范质他们那些文官和辎重都甩到后面了，就教他们慢慢追上来吧。朕急着见到你们，是因为，正阳大捷，你们开了一个好头！朕要赏你们!”

群臣放下心来，有人悄悄交换着含意不明的眼神。

“李重进——”

“臣在!”

“重歼敌援，阵斩贼将，生擒偏禆，扬我声威，此役之首功，非你莫属！……自今日起，朕任命你为淮南道行营都招讨使!”

李重进大喜，忙揖道:“臣遵旨！谢陛下厚恩!”

准确地说,“淮南道行营都招讨使”是一个差遣，而不是一个官职，但这差遣表明他临时获得了极高的军事指挥权。“道”是打从唐朝就设置的一级行政区划，若干州为一道。五代以来各方势力割据,“州”纷纷自雄,“道”的概念弱化了很多，但仍旧存在着。此番皇帝出征的目标是李氏所辖淮南江北全境十四州，故此“淮南道”便代表了这次战争的全部战场。“行营”，这里自然是指皇帝行营。“都招讨使”，这几乎意味着他是皇帝帐下奉命讨伐贼军的第一人了。当然，将来皇帝还可能会为别的功臣也临时设置一些辉煌的称号。可是目下，只有他，只有他!

他掩藏着得意退回自己的站位，眼风一转，接触到了浑身缟素的张永德的眼神。那眼神虽一掠而过，却极其复杂。重进不免心中一凛。

“李毅!”

“臣在!”

“卿统帅前军，屡立战功，辛劳有日。从今天起，朕以卿改判寿州行府事，负责筹度寿州前线的一应政务!”

“臣遵旨谢恩!”李毅忙恭敬应喏，心里却泛起一点苦涩。

论年岁，他比皇帝长一辈；论资历，他是先帝顾命大臣，对他们郭氏也一直兢兢业业、尽心竭力。他在国朝地位尊崇。对于他的过失，皇帝根本无须多说一个字，只要摆出一张冷脸，就够让他伤心的了。他知道皇帝对于他从寿春城下撤军有多恼火，可是皇帝一个字都没说，也没有下诏申斥他。皇帝只是不理他，对他一再上表解释也不作答。就像高平之战他被溃军裹挟那次，他从战场上消失了好几天才回去，皇帝也没有多言，只是非常冷淡，让他心惊肉跳了好一阵子。

他知道，皇帝原本是个火炭脾气，今日皇帝的处置，已算是给他留了颜面。军职虽然撤了，好歹给他换了个政务的差遣——本来他干政务就比打仗更在行些，筹度军粮、安抚百姓、招募流亡等，都是他的专长……也许皇帝是对的，知人善任，用人以长，应该将最合适的人放到最合适的位置上……其实皇帝对自己还是不错的，甚至，在宣布完任免决定后，皇帝还对自己短暂地笑了一下……

尽管这么安慰着自己，李穀心里还是感到了一种深深的、难以言表的失落与难过，就好像被皇帝抛弃了似的，虽然他知道皇帝不是那个意思，也并没有那么做。

接下来，皇帝又接连降旨，对前军几次战役以及正阳大捷中的立功者给予奖赏。诸军主要将领职务有小范围的迁转，各指挥以下将士，金帛赏赉有差。

皇帝并没有提赵晁杀降的事，只是在这一系列颁赐之后，将自己的眼睛看向赵晁片刻。杀降这件事，可大可小。往大了说，这是罔顾军令，肆意妄为，可以直接砍掉脑袋；往小了说，这是歼敌余孽，避免被贼军寻机反戈，属于保全己方的举措。赵晁行事出格不是一天两天了，自己早晚一定要处置他，但不是现在。现在，为了稳定住那批最富有战斗经验的禁军老油子的心，他这个皇帝也得忍一口气。

在赵晁方面，他率众杀降的时候虽然心中感到了极大的快意，可是事后也有点心虚——他并没有十分把握皇帝会将此事小事化了。此时，他被皇帝看得发了毛，既不敢出声询问，也不敢有任何表态。众将中也有不少人替他揪起了一颗心。高平战前赵晁被枷囚于怀州州狱的往事，离得并不远。一犯圣颜可以枷囚了事，再犯，就未必还有这种好运气。

然而皇帝最终没有跟赵晁说一句话，沉着脸将视线移向了别处。赵晁出了一头冷汗。

颁赏完毕，有人请示如何处置南唐降将。大约因为刘彦贞已死，皇帝对其偏裨将佐兴趣不大，吩咐先羁押着，待异日抽空再亲自召见处置。

之后，皇帝不顾行路疲劳，招呼众将围到御案前，说大事。军校将一张详细的淮南江北地图在御案上铺开。皇帝意气风发，与众人指点着地图，开始汇总战报，研究地形，分析局势，排兵布阵。

以皇帝抵达正阳为起始，大周做出了征淮的最新战略计划：

第一步，兵分四路，围城打援。

首先，围城。必须尽快拿下征淮的第一大据点：寿州（其治所为寿春）。故此，王师主力要尽速抵达寿春城下，再次开启攻城战，集中优势兵力攻敌要害，快速破局。同时将从大周境内征发的数十万丁夫加紧输送到寿春城下，以配合王师的攻势。

同时，打援。为了支持寿春，南唐从多个方向派遣了水陆两种军队前来迎战。

其中，刘彦贞所部已经被李重进打光。

而在寿春东南方向，另有南唐皇甫晖、姚凤所部三万人。他们原本驻军定远，听闻刘彦贞被灭，退却到了滁州以北的清流关，随时可能反扑过来。

寿春西南方向，有高弼、许万等率领的一支水军沿淠河北上，驻扎于盛唐（寿州下辖的一个县），试图接近正阳关。其规模，据说战船在上百艘量级，战斗人员可能在数千量级。

寿春东北方向，有何延锡等率领的一支水军逆淮河东来，驻扎于涂山之下的涡口镇，试图寻机救援寿州。其规模，据说战船在上百艘量级，战斗人员可能接近万人量级。

对于这些南唐援军，皇帝的策略不是原地不动等待他们到来，而是主动出击，将战场的控制权掌握在自己手中。

第二步，主力沿淮东进，扫清淮上所有州郡。

第三步，主力向中腹纵深，并跃进大江。

第四步，兵压江北，以军威迫使唐主尽献淮南之土。

关于后面这三步，由于为时尚早，皇帝并没有详细说明计划，仅仅向诸将指示出了远景。其实，皇帝还有一个举动没有明说，那就是他对藩属地区吴越、湖南和荆南的诏令：他打算让他们从南唐的背面两肋发起攻击，分散南唐的军力和注意力，襄助正面战场的攻击。这让敌人“两肋插刀”的一招，因事情多少涉及用间，他在这样的军事会议上索性提也不提，只等必要时再遣人协调。

正月二十二，丙辰日。皇帝车驾抵达寿春。登高观望地形后，皇帝命令全军在城西北淝水北岸扎营。

与寿春隔淮相对的是下蔡镇。皇帝要在两岸之间建立一条新的交通线。他命原济州马军都指挥使康俨去将正阳的浮梁拆了，移至下蔡。这样，王师后续的粮草军械等补给，就将改道直接从下蔡过河输送至军中。这样做的好处是：避免了军资暴露在南岸从正阳到寿春这一段的陆路上——淮南毕竟是敌境，粮草委积在路上遭受攻击和劫夺是很有可能的。

寿春城下周军营帐森然。正月二十三至二十六日，从国境内宋、亳、陈、颍、徐、宿、许、蔡诸州征发而来的数十万丁夫，也陆续抵达战场外围。军士的营帐与民夫的营棚连成一重又一重的新城，阻断了寿春城与八公山及外界一切水路陆路的联系，栅幕层层叠叠，旌旗无边无际。

寿春城成了一座孤岛。

正月二十七，庚申日。皇帝集合诸军，亲幸前线，耀兵于寿春城下水寨之外。大周王师旌旗蔽日，甲光耀天，战马发出的嘶鸣声，军士们发出的呐喊声，似乎要将古老的寿春城直接撼倒。

对此，寿春城内的刘仁赡保持了冷淡的沉默，只是加紧做自己该做的一切应战准备，没有放出一人一马一箭一船来回应。

大周寿春行营。经过连日的商议筹备和适才的耀兵示威，皇帝下达了正式的行动命令：

命李重进、张永德、韩令坤、李继勋等将领率王师主力四面围合猛攻寿春。命从国境内诸州征发而来的数十万丁夫协助进攻，修筑工事，运送军资，供应饮食，参与实战……一应军事行动昼夜不息，务必以最快的速度拿下此城。

又命原前军先锋副都指挥使司超为庐、寿、光、黄等州巡检使，率一部兵马往盛唐迎战高弼、许万的水军。庐、寿、光、黄均属淮南十四州，目前尚在李氏手中，因此这个差遣是个前敌性质的差遣，相当于战区指挥官。

又命殿前都虞候赵匡胤率一部兵马沿淮岸东北而上，往涡口阻击何延锡的水军。

一三八　在水彼方

东京禁中。景福殿。

皇后的肩舆在殿门外停下。景福殿一众侍从急忙致礼。皇后点点头，率众直入。

后殿。菁娘躺在榻上抽泣，万氏无可奈何陪在一旁。有宫人急急入内禀报：“娘子，娘子，圣人来了！”

万氏一惊，忙过来扶她：“菁娘，快，我扶你起来，向圣人见礼。”菁娘抗拒了一下。万氏半是哄劝半是吓唬，“不舒服也得起来，目下官家不在京师，这宫里最大的就是圣人了。倘若失礼得罪了圣人，要怎么罚可都是她张张嘴的事，没人能替你撑腰了！”

菁娘听了，只得忍着不适，由乳母搀了坐起。人尚未离榻，外面一迭声致礼传来。菁娘愣怔之间，皇后已经进了殿门。

菁娘委委屈屈地跪了下来，勉强道：“臣妾见过圣人。”殿内侍从也随她一起致礼。

君怜含笑道：“平身。王娘子，听说你有喜了，恭喜你。”

万氏忙过来扶起菁娘，又请皇后上坐，软语赔笑道：“听闻圣人身子欠安，我们娘子时时惦记着，只是她自己这几日也难受，没能常过去请安，求圣人宽宥。”

君怜点点头，向菁娘道：“初次有娠，难免身子不适，过些日子就好了。”

菁娘低头不语，泪痕犹在腮边。万氏便又替她说道：“早几日她说头晕犯恶心，还以为是没睡好、没吃好呢，就一直躺在榻上养着。早想到是这个缘故，我们早些叫御医来，不就好了嘛!”

君怜又点点头，向菁娘温言道:“王娘子且来坐下吧，既然身子不适，就不必站着了。”菁娘仍旧不语。万氏替她端了个杌凳过来。君怜道，“她不舒服，坐杌凳岂不窝着她吗？别拘礼了，就坐我旁边的椅子吧。”万氏忙忙谢了恩，将菁娘扶到几案旁的另一张圈椅中坐下。菁娘还是一副丧气模样，既不拒绝，也不示谢。

君怜略一沉吟，对众人道:“替我们倒些热热的汤水来，然后你们都出去，我跟王娘子说会儿话。”众人依言而行。

热热的汤盏捧在两人手里，雾气蒸上芙蓉面。“吧嗒”一声，菁娘的泪水落入汤水中。

君怜放下汤盏，温言道:“菁娘，有喜是好事，为何哭哭啼啼的？有什么委屈，跟我说说，好吗？”

“臣妾想要陛下在臣妾身边!”菁娘忽然哭出声来,“臣妾难受的时候，想要陛下陪着!”

君怜有些哭笑不得:“……陛下为国出征，当初你不是最支持的那个人吗？”

“当初是当初，目下是目下。”

“当初怎么样，目下又怎么样呢？”

“当初臣妾不知道自己有喜，目下……目下臣妾知道了，可是陛下不知道……陛下这一走不知要多久，他不知道臣妾有喜，就不会急着回来……等他回来，没准孩儿都诞下了……”

君怜被她的逻辑弄得笑了:“那也不至于。过些日子，待你的身子状况稳定了，我派个人去淮南行在，向陛下报告这件事，不就完了吗？”

“这么要紧的事，臣妾想要陛下立刻就知道啊……”菁娘说着，又哭起来。

君怜看着她茫然无助的样子，心里起了怜悯。偌大的宫廷中，除了眼前几个祗应人，菁娘并没有别的交谊。以前她全部的靠山就是官家，目下靠山挪走了，她却骤然遇到自己人生中如此重大的一件事，难怪她感到惶恐。

“菁娘，你是不是觉得害怕？”君怜轻声问道。菁娘抬起泪眼看着圣人，缓缓点头。君怜轻轻拍拍她的肩膀，“不要怕，对咱们女人而言，这是必须要过的一道关。虽说初时有些不适，一咬牙也就过了。……官家不在家，你若是难受了，害怕了，尽管来找我。”

菁娘抹着泪水：“真的？”

“嗯。”

淮河南岸。杀声震天，烟火滚滚，箭矢如蝗。寿春陷入周师数十万人的围攻猛打之中，失去了往日的秀色。

寿春城位于淮水的一个呈“几”字形拐弯的弯内左下角。此弯的内部是著名的仙山八公山，断崖草木，遥拥峥嵘。寿春在其南麓，西距淮水约十里，可谓背靠名山，旁依大水，占据了山水地利，因此成为古代军事名镇。经过历朝历年反复加固，尤其是为了对付每年淮水涨水，城墙修筑得极其牢实。

就防守而言，寿春是一座水利之城。环绕着寿春城的水系，不仅有深深的城濠，还有西面的淮水、西北面的淝水，以及大大小小的支流、人工沟渠、自然湖泊和堰塘。南唐守将刘仁赡因势利导，将水寨重重叠叠、连栅并营地修筑于这些水面之上，形成规模宏大的外围屏障，以配合护城河的功能。为了保障水寨的水位不失以便行船，水寨周围还筑了围堰、堤坝蓄水。不拔除这些水寨，周军根本无法靠近城墙进行强攻。

正阳之役给了唐人沉重的打击，南唐已经多年没有遭受这样的败绩了。刘仁赡上次遣人劝阻刘彦贞不成，已经知道刘彦贞必败。应援的皇甫晖所部审时度势，为了保全战力，从原本屯驻的定远后撤去了滁州。刘仁赡孤城失援，知道暂时只能靠自己坚守。好在张全约率刘彦贞残部退入寿春，给他增添了一点军事力量。他向朝廷上表，请求任命张全约为马步左厢都指挥使，获得了允准。

他又发动全城军民，用糯米汁加石灰的配方粘牢了城砖之间的每一道缝隙，并且修补了被以往的战事和洪水毁坏过的每一处城墙。又以粗麻绳、竹竿、木板、牛皮等物，加固了寿春城周围的水寨，并派出更多战船和水兵把守，为他们运送了充足的弓箭、石块、猛火油等防守器械。

从正月二十七日起，大周向南唐的寿春水寨发动了猛烈的攻势，昼夜不息。几十万兵士与民夫组成的混合部队，轮番上阵，准备以最凌厉的攻势一举击垮南唐的水寨守备力量。

水寨凭借广阔的水面将周军阻隔开来，水寨的耳目位置分布着无数的刁斗望楼。周军大部队无法接近水寨进行近攻，只得用弓箭和投石器进行远攻。为了强化水寨的防守，刘仁赡甚至将数不清的楼船开出来，连成一排堵在水寨的营栅后面。周军没有战船，只能派出小舟或竹筏越过水面试着向唐军发动近攻。小船属于水军里的散兵游勇，战斗力和威慑力显然不足，还没有等他们靠近，唐军刁斗或楼船上的箭矢就密集齐发，将他们一拨又一拨的冲锋打退。

周军政务营帐。

所有随征的文臣及其属吏都聚集在这个营帐中，各据一个角落处理公务。

出门在外，皇帝都采用这样集中办公的方式，不分衙署，只分文武。大家都发现，这样解决问题的效率奇高。大约以前在京中时各有各的衙门，彼此除了开会碰头，具体执行时往往还得遣人持文牍往来，平白增加了沟通的时间成本。

一长排的桌案前，五六个书吏正奋笔往一张张大纸上抄录已经过皇帝允准的安民告示。李穀从桌案前巡视而过。

营帐的另一角，范质、王溥等人正在拆读从京中枢密院转来的一堆奏表。皇帝现在以战事为重，政务大多委托给了他们。他们需要检视枢密院对每份奏表的处置意见，如果有注明急呈皇帝的，要立刻照办；如果事情不大，有常规可循，他们中书门下与枢密院的意见又没有大冲突，那么就可以在禀告皇帝的同时直接办理；只有那些比较特殊、他们都拿不准的，才需要单独向皇帝请旨。

书吏们将抄好的告示拿给李穀看。李穀展读罢，见他们还欲再抄，就说道："罢了罢了，不必抄了。这城外的老百姓都躲到山里去了，告示贴到哪里他们才看得见？何况，以我看，偶尔有几个留下来的，也未必认得字！"

书吏唯唯道："那怎么办？"

李穀左右顾盼着差遣："你，你，还有你，分别叫上几个兵士护卫着，敲着锣往那荒僻能藏人的地方去。分开几路方向，一路走，一路就把告示上的意思，大声喊给百姓们听。明白了吗？"

"卑职明白。就是教他们别害怕，王师不会伤害他们，让他们出来继续耕种过日子呗。"

"对。告诉他们，大周皇帝是吊民伐罪来了，是解救他们的苦楚来了。在大周皇帝治下的日子，肯定比在李家治下的日子好过多了。"

"喏，卑职们这就去！"

书吏们出了帐，范质招呼李穀："李司徒，今岁科考取士的初步名单出来了，正在抄录，请移步过来看看。"李穀比范质年长不少，资历也老，虽说目前按官序而言范质是首相，李穀是亚相，王溥是末相，但范质在李穀面前却一直保持恭敬。尤其李穀刚刚被皇帝夺了军事指挥权，心里必定别扭，范质更得避免刺激他。

目下大周的中枢官员配置，达到了一种相对和谐的良性状态。在先帝和今上的持续努力下，经过反复的尝试和调整，曾经深深困扰朝堂机构运作效率的党争减少了，人员之间的摩擦也减少了。今上将性情与自己最为相似的王朴树为靶子，吸收并转化群臣中的反对意见，作为自己与群臣之间的桥梁和缓冲，而以李穀、范质、魏仁浦、王溥等作为传统体制的基石，以便国朝制度能在旧框架中稳妥地实现新突破、新变革。

范质是个圆融老到的人，守规矩，重名节，又不乏耿介与智慧，能够深深体会皇帝的心思。先帝在时，常称赞他有宰相之器。其时虽有枢密院、中书门下两府并立，但接唐末以来风气，掌军事的枢密院在朝野心目中似乎比宰相说话更有分量一些。今上以魏仁浦接替郑仁诲的枢密使之位后，有人曾替范质不平，以为魏仁浦资历不如他，而且也没什么军功，凭什么爬那么高。如果今上要将枢密使之位署以文职，那还不如提拔范质。范质本人却体会出了今上的深意：今上显然意欲纠正过去枢密使位极人臣、一官独大的局面，要并尊两府，在中书门下与枢密院之间搞平衡，就像在侍卫亲军和殿前军之间搞平衡一样。于是他反而泰然地接受了今上的安排，由衷欢迎魏仁浦的上位，并更加勤勉地尽职政事。

他对待后来者魏仁浦的态度尚且如此，对待李穀这样的老臣，自然更要容让恭谨了。

李穀听了范质的话，点点头，踱过来接了奏表看。见礼部侍郎窦仪闲立一旁，李穀又让他去帮着监核粮草委积。窦仪本来没有这样的职分，不过战时一切便宜行事，给他派别的活也不为过。只是首相在跟前，亚相却跨过首相直接下令，未免有些逾越。窦仪偷偷看范质一眼，范质微微颔首。窦仪便即应喏而行。

政务营帐外，周军的战鼓声，士兵的呐喊声，频繁拉弓的砰砰声，箭支穿破空间的咻咻声，响成混混沌沌的一片。唐军反击的声音却似乎离得很远，几乎不怎么听得到。

不提防突然一阵猛烈的响声，倒教帐内人都吓了一跳。李穀、范质等都跑出帐门去看，极目观望着，议论纷纷。

“这是又开始发砲了。”

“前日发砲，说是距离太远，投不着唐军的营寨，不知今日砲车挪到哪儿了。”

“好像没听到落点的动静。”

“那也自然，发十砲，能有一砲砸到他们寨门、栅栏上就不错了。”

“这一砲，许是又砸水里了。”

“嘿，一时砸不到也不要紧，官家点子多，总能想出法子来的，咱们就别操心了。”

…………

皇帝行帐外，绣着巨龙的大纛旗在风中飘扬。君贵正站在由一堆木箱子搭成的瞭望台上往远处观瞧。

计划中，皇帝的行宫原本应当设置在北岸淮水与淝水的交汇处。可是，那得等到浮梁从正阳移过来并重新架设好之后才行。君贵不愿退回绝对安全的正阳关，不顾众臣劝阻，暂且将自己的营帐安在了攻战前线——寿春城东面的坡地上。

林远和邓锦等担心箱子不稳，可是又拗不过他，只得紧张地守护在近旁。行帐的位置在这一带的最高处，加上木箱子之后，视野就更好了，可以将寿春城外这一面的情况看得一清二楚。

东面、南面是水寨，西北面是城濠。战场上的声音显得遥远，却仍旧带着让人牵肠挂肚的震颤尾音，在空气中飘荡，抖动，回旋。距离消弭了声音中一切残忍的细节。

数十只丈余宽的小船，每船坐了十数个会水的军士，正前仆后继地驶向唐军的东面水寨。这些船是李穀前军带过来造浮梁之余的机动船。在李重进、李继勋等人的指挥下，这些小船携带着满满的箭支，箭支上捆绑着浸润了猛火油的麻布木屑包，准备给唐军的寨门和栅栏放上一把大火。水寨的水面很宽，超过了弓箭的一般射程，加上引火物的重量，他们无法在岸边将火箭射到寨门上去，只能主动接近它。火箭之外，船上还携带了装满猛火油的密封陶罐。火箭与陶罐是组合武器，火箭可以令唐军的木麻之物燃烧，陶罐摔破之后，猛火油泄出来，遇到火会在水面上燃烧，并有可能延及唐军营栅。

还有一些周师小船承担的是另外的任务。他们携带着一卷一卷的麻绳，麻绳的一头绑着巨大的抓钩。每只船上除了划桨的普通军士，还有至少两个大力士。他们要尽量接近水寨，并相机抛出抓钩，这样，当他们携带绳索返回并固定它之后，他们会呼着号子，合力拉拽绳子，直接摺倒水寨的寨门和栅栏。

靠近水岸，可以感受到喊声震天，鼓声如雷。行驶到水面中央的周军小船，遭受到了来自唐军水寨的凶猛攻击。水寨内的楼船并列为墙，唐军居高临下，从诸多望楼、刁斗或其他不知藏在何处的小窗中射出箭雨。即使有藤甲与牛皮混制的盾牌的阻挡，也仍有不少周军被射中，或者倒在船上，或者掉入水中。最先被唐军集中力量摧毁的是携带绳索和抓钩的小船，因为带绳的抓钩对于栅栏的威胁较大，虽然唐军并不相信周军能找到受力点去拉动那些绳索。然后唐军的攻击转向了数量更为众多的火攻船。

小船上的周军纷纷以火箭还击，成千上万的火箭带着迷离的光亮和乌黑的烟尾飞向水寨的栅栏。无数的陶罐也被奋力掷向栅栏。然而，火箭加陶罐的理想组合并没有发挥太大的作用。大多数火箭在抵达目的地之前就沿着抛物线坠下，沉水熄灭；少数侥幸飞到水寨上的，竟然在接触到栅栏和船体时熄灭了——要再经过很久的实战交锋，周军才会发现其中的奥秘：经验丰富的唐兵早已用湿泥抹遍了这些竹木工事的外层。至于陶罐呢，摔碎的那部分很少能恰好碰到燃烧的火，而有些陶罐子根本就没碎，直接囫囵沉到了水底。

这就是小船能够接近水寨的最大极限了。即便是水寨攻防战，船小的劣势也一览无余。周师没有大战船，皇帝的计划本来就是抢敌军的战船来用。可是唐军水寨里的防守者很精明，他们牢牢把住了各处寨门，只守不攻，根本就不给周师接触到唐军战船的机会。

四面岸边，在攻击部队的稍后方，数十万民夫正在奋力工作：有人将碗口粗的毛竹一捆捆运过来，有人将毛竹就地捆扎成竹筏；有人抬过从不知哪座山中采来的石头，有人挥起榔头，将石头砸成适合投石车投掷的大小；有人在砍削制作箭杆，有人在修理损毁的箭镞；有人乘上竹筏，去向水中打捞那些没有派上用场就坠落的箭支；有人在制作牛皮筋，有人在调整弓弦……

更多的竹筏下了水，更多的勇士跳上竹筏，有人拿着藤甲牛皮盾牌，有人拿着弓箭，去增援已经进入敌方射程的同袍……

更多的火箭从小船和竹筏上飞出去，本来就阴霾的天空被这些诡异的火光和难看的灰烟、黑烟割裂成不规则的碎片……

又响起了一连串的砲声，听声音是从北面张永德所部传来的。隐隐似乎还有士卒的惊呼。这串火砲大概起到了一些作用。

君贵站在瞭望台上，仔细观察着整个目力可及的战场，眉头微蹙。

任何一面都行，任何一面撕开缺口，王师都可以趁势拥入水寨、占领水寨，向寿春城逼近一步。寿春是一枚太过重要的棋子，他要尽早将它掌握在自己手中。

高平之战后，没有人再怀疑他是一名优秀的统帅。他在那场挽回了皇朝命运的大战中所显示出来的军事天赋，是他今日能够驾驭群豪的基础。然而，仅有高平之战是不够的。皇朝的稳固和发展，需要他本人付出更多的汗水，乃至血水，乃至肉体的损伤。这一点，他分知必然，他无所吝惜，也无所畏惧。

作为王师的统帅，他的军事天赋体现在很多方面，其中尤为重要的，是从纷乱的战局中迅速找出最具战略意义的那枚棋子，然后因地制宜拟定出最适合发挥己方优势的战术，并交给最合适的人执行。此时，从他所在的东坡，几乎可以看到三面战场的情形。然而，让他感到头疼的是，在这一片混战中，他一时竟然很难准确地判断出全局的肯綮究竟在哪里，很难清晰地告诉他的部下，究竟该怎么做，才能最快捷、最高效地达到目的。

《孙子兵法》有云：兵贵胜不贵久。久则钝兵挫锐，攻城则力屈，久暴师则国用不足。战斗已经进行了数日，王师几乎寸功未建，他开始体会到了李縠前军不能速战攻克的困难所在。

他低估了水在这场战争中的威力与分量。水战与陆战的差异超出了他的预计。他原想把陆战的打法搬到水战上来，可是，水隔离开了他和他的敌人。他的将士其实不是在跟敌人作战，而是在跟水作战。水导致他们的攻击在大多数时候都是徒劳的。敌人并没有出动太多的防守力量，并没有使用太多的防守办法，仅仅靠这一片水，就教他们吃了恁大一个闷亏。

军将们都在按照他的军令，攻打各处的寨门。寨门如同城门，当然是必须攻克的要冲。可是攻破之后又怎么办？谁也不知道水寨里面究竟是怎样的布局。成千上万的兵马坐着小船冲进去，会不会恰好掉进敌人的陷阱？在水中，他们以往陆战攻城的经验都不起作用了。他们也许不会去想，但他不得不想。水战能不能顺利转化成陆战，这不以他的意志为转移。

不过，他相信寿春城能够分出来防守水寨的兵力是有限的。而这有限的人，又有自己的生理极限。他们要吃喝拉撒睡，天塌下来，他们也躲不过这些需求。而大周有的是人力，士卒加上民夫，几十万人可以轮班攻打，以疲劳战术拖垮唐军。

寿州只是第一大站，还是那句话，他必须速战速决。几十万人每天消耗的粮食、兵器像一座小山，还有战服、旌旗、医药、饲料……百事百样。除了后方的调度补给，最好还有寿州的牙库来补充军需。

他已经吩咐李縠迅速拿出安民的办法来，对淮南百姓进行宣抚。到目前为止，寿州的百姓对王师还是欢迎的，已经有好几拨附近村民牵牛奉酒到营寨来慰问了。牛是庄稼人的宝贝，村民肯送牛，说明他们下了血本。李氏朝廷在淮南搞“博征”，乡民虽有茶盐之富，却被课以粟帛重税；淮南还有大片养军的营田，民众被强募耕种，付出甚多，所获甚少。如此种种，都令他们苦不堪言。听说周帝在其国境内实施轻徭薄赋的政策，是个好皇帝，他们自然盼着他来接管此地，以减轻自己的生存压力。

这很像君贵前年初入河东境内的情形。一开始，王师出兵的正义性都是不容置疑的，民众也乐意替他们生发和解释这种正义性。但是，倘若战事拖延下去，难保王师中不会出现剽掠扰民的情形。所以，必须加快战争的进程，将王师将士的士气和心志引导向积极的、正确的方向。

他看向身侧的林远和邓锦：“司超、赵匡胤有军报回来吗？”

“回陛下，暂且没有。”

“立刻派人去打探！”

“遵旨！”

“遵旨！”

“康俨将浮梁挪过来了吗？”

“臣适才去问过，正阳关浮梁的底船和面板已经全部拆开，正教人分别驾驶牵引了，陆续往下蔡而来。”

“教康俨加快速度！军中所自携的粮草本来就支撑不了多少日子，全靠从后方运输补给。沿淮屯粮处还好用水运，从陆路来的肉、盐、衣物、军械之属，没有浮梁怎么过来？你们跟他说，移过来的船，直接分一半划到南岸。教他们从南北两岸同时架设，可以缩短一半时间。”

“遵旨！”

“遵旨！”

远远一骑驰来，侦候至近前跳下马，手举一只银筒拜礼道：“陛下，西线军报！”

林远接过来打开，将军报呈给皇帝。君贵展读毕，叫声“好”，向近卫们露出一个踌躇满志的笑容：“安、随、申、蔡四州的数万州兵，已经遵令在光州附近集结完毕了。传令何超，让他立刻率领这支人马攻打光州！”

一三九　涡口之战

东京大内。坤宁殿前殿与后殿之间的穿廊中，朱雀一面向后殿走，一面与唐氏、廷献和承璋低声交谈。几个人的神情都有些不痛快。别的侍从被刻意要求落在了较远的后面。

朱雀不耐烦道："……她怎的又过来了？"

廷献皱眉道："是啊，朝食之后就过来了，一个劲儿缠着圣人陪她说话！"

朱雀道："翚娘自己本来就精神短，哪有工夫陪她费唾沫？"

"卑职也是这个话。"廷献应道。

唐氏气哼哼道："翚娘那天不顾自己身子病着去看她，又招了寒邪，一直有些咳嗽，到现在都没好！"

承璋摇头道："这王娘子也真是的，景福殿那么多人，怎的突然就跟没人说得上话了似的，非来找着圣人说？"

朱雀问："她都说些什么呀？她跟翚娘能有什么好说的？"

唐氏撇嘴道："她还能说什么？她根本就是让翚娘说话来哄她！她做出那副愁眉苦脸的样子往翚娘跟前一杵，翚娘不得问她呀？问明白了，不得劝解她呀？劝解不足，不得好言哄着她呀？依我说，她就是看现在官家不在，没人惯着她了，有娇没处撒，就在翚娘这儿找补！"

朱雀气恼地"嘁"了一声："我就不明白了，之前翚娘说话时她都敢有一句是一句地顶嘴，怎么能转弯转得这么快，忽然就跑来投诚？”

“还不是翚娘心软！她想着翚娘好欺负呗。……要像你脾气这么大，她就不敢来找你。”

朱雀冷笑道：“我倒愿意她来找我呢，看我怎么照顾她。”

“哎哎，算了，到门口了，先不说了。”唐氏向朱雀使个眼色。

众侍从打起帘栊，四人进入后殿。君怜的声音果然从里间传来，轻轻缓缓。

朱雀整顿衣襟，昂首走了进去。君怜与菁娘正隔几并排坐在靠墙的圈椅上闲叙。

君怜见朱雀来了，不由露出一丝如释重负的神情：“呵，榷娘，你来了。”

朱雀特意向君怜一福：“圣人今日可好些了？”

“嗯，似乎好些了。”君怜说着，看向菁娘。

菁娘便不情愿地站起身来向朱雀一福：“令主万福。”

朱雀似笑非笑地看着她：“王昭仪，你今日身子可好啊？”

“不怎么好，头昏脑涨，还犯恶心，吃不下东西。”菁娘怏怏答道，“我正在请教圣人，该如何应付呢。”

君怜指着自己另一侧的椅子让朱雀坐，勉力笑道：“说了半日的话，我也头昏脑涨的了。令主医术高妙，令主给王娘子支个招，也许比我说的管用呢。”

菁娘不信任地看着朱雀。朱雀心下恼火，却又不便发作，只得道：“要我支招也行，先让我把把你的脉。”菁娘犹豫一下，还是依言伸出右手腕来搁到几案上，朱雀便走过去，以三指搭上她，闭目诊断。

半晌，朱雀睁开眼，放开了手。君怜问道：“怎么样？”

“没什么啊，比你有娠那会儿强多了。”朱雀答道。

“可是我真的很不舒服啊！”菁娘见朱雀漫不经心的样子，大为不满，强调道。

“哼，依我说，你这就是……”朱雀本来想说“你就是太在意你自己了”，忽然意识到对有孕之人不宜如此刻薄，便改口道，“你……你找点别的事忙一忙，别老想着自己的肚子，就会好受些了。”

“我能找什么事忙啊？我本来就没有什么事可做。跟圣人说说话，我就感觉好很多。”菁娘道。

“圣人的身子比你弱！”朱雀忍耐着自己的恼火，“你痛快了，圣人又该卧病了。”她顾盼吩咐道，“唐妈妈，去拿几个特别好看的绣样来。芦笛，将上好的麂子皮拿来两张。”然后她再次转向菁娘，挤出了一丝笑容，“王昭仪，你且回去，照着那绣样，不拘替孩儿绣个什么，或者替官家缝个新鞠球，都行。让圣人歇息歇息。”

菁娘嘟起了嘴，恼火道：“我跟圣人的话还没有叙完呢，令主做什么要轰我走？哼，令主轰我走，不过是自己要霸占着圣人，跟圣人说话罢了！”

朱雀的眉毛竖了起来。眼见得朱雀即将发火，君怜忙向菁娘道：“令主没有那个意思，是我教令主来的，我跟她有正事要商议。菁娘，你且回去，有什么话，咱们回头再说。”

菁娘不情不愿地离开之后，朱雀瞪着君怜，正要说话，君怜举手挡住了眼睛：“好了好了，我已经够乏的了，你就别唠叨我了。”

“我不唠叨你，我就说她！”朱雀哭笑不得，“她什么意思？以前官家在时，她跟你抢官家；现在官家出征，她又跟我抢你？！她是不是非得跟人抢点什么，心里才能痛快啊？”

“唉，她一个小孩子，进到这宫里来，举目无亲的，不抢点什么，或许心里就不能踏实吧。”君怜叹道。

“她是小孩子？！那你把观音和训哥儿放在哪里？连着好几天了，她天天过来磨你！你自己的儿女倒被带得远远的，那么小的孩儿，都知道不能打扰了阿嬢休息。”

“……观音和训哥儿适才还在我跟前呢。”

“我知道。她来了，他们就被带走了。……霸道至此，亏她还好意思说是我要霸占你！”

君怜笑了：“你来了就轰她走，在她看来可不就是你在跟她抢吗？”

朱雀气得笑了：“我倒不在乎她说我争抢什么！可是君怜，你自己身子没有大好，怎能由着她折腾呢？”

君怜懒得再辩，叹口气，眨巴着眼睛看着朱雀。

朱雀无可奈何瞪她半晌，和缓了颜色：“好好，你圣人有圣德，你乐意被她折腾。可是我告诉你，我没这么好性子，可以由着她胡来。下次她再来烦你，你就教她去找我。”她加重了语气，“我最不怕折腾了。”

寿春东北两百里，淮水东南岸，涂山。

涂山又名当涂山，据说在数千年前，大禹治水至此地，娶了当地大部落涂山氏之女女娇，并劈山导淮。大禹所劈开的山，留在南岸的就是涂山，留在北岸的，叫作荆山。战国时，卞和在这里发现了和氏璧，可见这是一个宝地。荆山附近，有从西北蜿蜒而来的涡水汇入淮水之处，名为涡口。

奉唐主之命前来增援寿州的何延锡所部万余人，就驻扎在此两山两水交汇之处。

上百艘南唐的大型和中型楼船，下碇系缆于淮河南岸。其中，十数艘大型战船高达十余丈，最大的起了四层楼，饰以丹漆绿线，十分宏伟壮观。中型的也有两三层楼，用作战斗掩体的女墙、战格各各齐整，女墙中弩窗、矛穴样样俱全，又有抛石车、拍竿等大型攻击器械罗列其上。还有若干小船附属于其侧，以为战时之机动。

南唐军士们虽扎营于涂山下，仍旧列了长队，不时在陆地与战船间穿梭来往，搬运军资粮草，准备西上援寿的事宜。

淮水东南岸五十里。赵匡胤与部将张琼等隐身于一处山坡上的树林中，向远处的涂山方向张望。虽然并不能看清什么，但那连成片的战船和营帐规模还是能展现在视野中。众人窃窃私语，赵匡胤一言不发。未几，一骑侦候回来，近前致礼。

“探查清楚了吗？他们有多少人？”赵匡胤问道。

“回都虞候，属下几个观察两日，又反复数了营帐，这支唐军当在万人左右！”众人不由发出低叹。万人也不算很大的规模，但问题是，他们只有两千五百马军，如何阻遏一万人的步伐？

“统军的何延锡什么秉性？”

“伪水军都监何延锡，似乎脾气不小。就这两日，属下们已经望见他在营帐门口鞭了三次人。属下中有习得淮南口音的，扮作山民与他们军士搭上话，也说这何延锡刚愎，不容人，底下人有话都不敢实说。”

赵匡胤笑了，看着张琼等人道：“就怕他脾气小呢。他若是这等秉性，那就好办了！”

张琼疑惑道：“都虞候，你有什么主意了吗？”

赵匡胤哼了一声：“以咱们人马数目，想全歼这一万人可是做梦。”

“那怎么办？陛下交代的任务如何完成？”

“怎么办？要想以少胜多，只有一个法子：射人先射马，擒贼先擒王。”

“都虞候的意思是？”

“目下，咱们应当设计赚那何延锡出来。只要将他擒住或阵斩，他手下的人马自然也就跑的跑，散的散，必不敢再往上游去支援那刘仁赡了。如此，陛下交给咱们的任务不就完成了吗？”众人恍然，连连点头称是。

又一日，涂山下唐营。中军帐中，何延锡及其部将正在简易沙盘上商议如何进攻寿州四围的周师，以便与刘仁赡里应外合，打退来犯的敌军。军校匆匆入帐，大声报告："都监，周军前来偷营了！"

"什么?!"何延锡登时恼怒道，"有多少人？在哪里?"

"至少有一百余骑，举着长枪弓箭冲过来就杀，已经在南营那边打起来了！"

何延锡冷笑一声："一百多人马就敢来偷营？周主手下这帮人也忒不知天高地厚了！当我大唐军队都像刘彦贞那么好欺负吗?"他环顾部随，"你，你，守好大营！你，你，点起一千人跟着我，去将这帮贼军拿了，向咱们自家皇帝报赏！"

"都监！"其中一位部将忙揖道，"周人狡狯，遣一百人偷营，只怕有诈。卑职们去迎敌就可以了。"

"不必了。在大唐的地盘上，我怕他怎的？你们看好大营，我去收拾了这几个蠡贼就回来！——备马！拿我的长刀来！"

唐军南营。张琼等带领的百余骑人马三两骑一组分散开来，一面在唐营中左冲右突，躲避着唐军的围堵，一面随手放火。他们并未找到粮草所在，只是将火箭随意地射向任何可能会造成敌军混乱的地方。唐营零星地燃烧起来，在料峭春风中，逐渐有了扩散成片的趋势。烟火掩护着周骑的身影，让他们在唐军的围堵下仍旧能够灵活逃脱。

从后方传来一阵喧哗。都监何延锡引军杀到，一迭声大喝："将路口都给我堵上，休教跑脱了一个！"

张琼见势不妙，大喊道："他们援军来了，快撤！撤！"

"撤！""撤！""撤！"分散在各处的周骑一迭声响应着，拨马便往东南方逃跑。

"放了火就想跑？给我追！抓活的！"何延锡大怒，挥兵直追周骑而去。

距涂山唐营东南面两里，一处树坡夹峙的狭长弯道，赵匡胤率领伏兵已经在此等候多时。

追杀之声由远而近。张琼等一彪踹营的人马疾驰而回，人人一副狼狈不堪、丢盔弃甲的模样，一面跑，一面互相招呼："快跑啊！""别教唐军追上！"……这喊声中传递的清晰信号让赵匡胤的嘴角微微上扬了。在张琼等身后十数丈远，唐军追兵烟尘滚滚。

张琼等冲过弯道消失不见，何延锡的追兵进入周军眼皮底下。

"都虞候，那个青衣的就是何延锡本人！"伏在赵匡胤身旁的一名侦候，忽然指着唐军中的一员战将说道。

赵匡胤一拍巴掌："好！"

树坡上猛地一声号砲响，无数周军马军从两侧树坡上冲下，如同从天而降。已经转过弯道的张琼所部，又从前方杀了回来。何延锡意识到中了埋伏，立即勒转马头，大声命令："回去！回去！快回去！"然而另一彪周军人马截在了北面。归路已断。

何延锡怒气升腾，立马大喝："究竟是什么人赚我到此?！报上名来！"

只见周军中一骑排众而出，马上那人衣甲鲜明，倨傲地笑着，一字一顿道："是我，大周殿前都虞候，赵匡胤！"

何延锡怒极，目眦欲裂，往地下吐口唾沫，举刀便向赵匡胤砍去。两军混战成一片。很快，混战变成了一边倒的屠杀。两千余斗志昂扬的周军围歼一千余对形势始料未及、张皇失措的唐军，结果没有悬念。

赵匡胤原本想抓活的向皇帝献俘，不料那何延锡十分刚硬，拼死组织部随一起与他缠斗。混战中，赵匡胤将何延锡一刀斩于马下。唐军见主帅已死，斗志全无，降的降，跑的跑，转眼散了个干净。"追！追！追！别教他们坐船跑了，去抢他们的船！"赵匡胤大喊道。周军应喏，留下一小部收拾降敌，大部立马向涂山方向奔去。

涂山脚下唐营，先前逃回的唐军士卒汇报了中埋伏的消息，何延锡的部将立时点起人马要去救援。紧接着逃回来的唐军士卒，却带来了何延锡已经战亡的噩耗，部将们脸色大变。

只花费了片刻工夫，他们集体做出了决定：保存实力，向下游濠州方向退守。

“放弃营地！全体上船！”“放弃营地！全体上船！”……金锣鸣响，最新的军令在唐营中次第呼喊传递。唐兵们闻令，忙携带着基本的器械粮草，迅速奔向各自的战船。

最先出港的是上百艘小船，它们像一群受惊的鲫鱼，瞬间撒开在宽阔的河面上。紧接着，各种型号楼船的锚碇次第出水了，缆绳次第解开了，长桨次第伸出了……船上的巨帆并没有升起，因为此时风乱，如果以风为动力的话，搞不好会将船吹到上游去。楼船的启动不是简单快速的事，比起小艇不知迟缓了多少倍。在唐将再三催促之下，它们终于开始陆续驶离淮岸。

未几，赵匡胤率追兵赶到。见有数十艘战船还在启动中，河岸与船体之间长长的搭板尚在，赵匡胤忙喝道：“冲上去，将这些船都给我抢下来！”周军应喏，数十人一组冲上各艘战船，一路凶猛地砍杀。

被周师侵入的战船等不及己方尚未到岗的水军士卒，也挣扎着仓促离港了。唐军想要利用周师普遍水性不好的劣势，将这些入侵者甩到淮河里去。

侵入唐舰的周师气势如虹。在各级指挥使的带领下，一部分人直奔舵室，力图控制船向；一部分人直奔桨手、缭手、碇手，力图控制船的动力；一部分人与船上的水军攻防人员展开了搏击。

早前离岸的数十艘唐船已经顺流驶远，被周军截住的数十只楼船却在淮水中飘摇，打横，再难前进。不时有活的或者死的士卒被扔进奔流不息的淮水，如同一截枯木沉入水中，再无动静。对于淮河两岸可能的旁观者而言，发生在淮水上的这一场战斗没有硝烟，甚至也见不到血腥，听不到喊杀声，不知不觉间就无声无息地结束了。

最终，赵匡胤将唐军的五十艘楼船逼停到了淮水西北岸，涡水与淮水的交汇处——涡口。船上唐军除了各岗位的水手，战斗人员全部阵亡，尸沉故乡水。

发生在涡口的战役以周军的胜利宣告结束，赵匡胤急令部属将这一战果驰报皇帝。皇帝大喜，命赵匡胤就地驻扎待命，并立即设法将唐军楼船移动几艘到寿春外围，协助攻城。

东京大内，坤宁殿偏殿。夜色四合。

君怜独自跪于佛龛前，默默祷祝。殿内并没有旁人。文殊师利菩萨光相具足，慈悲垂目，其面容上一抹似有若无的微笑让君怜感到极大的安慰。她闭上了眼睛。

良久，她祷祝完毕，预备起身。一双手忙从后面抢过来扶起她。君怜回看一眼，奇道："廷献，你几时进来的？"

"臣刚进来。见圣人在用功，就没敢出声。"廷献笑道。

"音儿和训哥儿都已经睡下了？"

"观音还是不肯睡，东方司闱一直在拍哄着；训哥儿听话，刘司闱哄几句，就乖乖上榻躺着了。唐尚宫仍旧在那边看顾着。"

"呵，音儿这孩子！"君怜一面嗔着，一面走向书案。

廷献跟在她身后，赔笑道："依臣说，目下尚不到戌正时分，皇女生性活泼，非教她这么早就入睡，似乎也难了些。"

"晚食之后，你不是已经陪着她玩耍了半晌嘛，还不够？既然天气尚未回暖，早些去睡梦里施展她的手脚，多蓄体力以待春盛，岂不更好？"

廷献见圣人语意似有不爽，一时不好回答。愣了片刻，又赔笑劝道："宫中原本事杂，圣人还要顾念外朝政务，需要劳神之处愈发多了。既然乏累了这一日，咳嗽也没好，何苦又到书案前坐着？依臣说，早些回寝殿去，或是看书，或是抚琴，略缓一缓就安歇了的好。”

君怜不语，从桌案上的“玉巢”中取出一块内制勾金松烟墨来，只管看着发愣。廷献忙道：“圣人要写字吗？……啊，略写几个字也好。……圣人要帖子不要，平安帖？快雪帖？玄秘塔？欧阳兰亭？圣人要哪个，臣这就去取了来。”

君怜见他一个劲儿没话找话，知他防自己憋闷，索性笑道：“你别忙乎了。我且问你，日间向训、魏仁浦、王朴他们几个应召来向我通报外朝之事，你在一旁也听到了。他们说，王师连胜克捷，不日便可攻下寿州，扫荡淮南。……依你看，这话是为了哄我高兴的，还是实有把握呢？”

“呃……”廷献一愣，迟疑道，“臣乃内官，岂敢随意言及外朝军政大事？”

“无妨，我教你说的，说吧。”

廷献斟酌道：“臣以为，枢密使与两位留守所言，必定不虚。”

君怜看他一眼：“是吗？”

“李都帅正阳大捷，这是陛下早前已经下诏表彰过的；赵都虞候在涡口的胜绩，又刚由前线带回京中。这都是铁板钉钉的事实，可见王师形势大好。圣人还有什么不放心的呢？”

“……廷献，《孙膑兵法》你读过吧？里面有一句话：‘战者，以形相胜者也。’你能不能告诉我，这话是什么意思？”

廷献赔笑道：“圣人……圣人到底在担忧什么？”

“寿春就是一个大大的形胜之地，”君怜平静地看着他，“与晋阳一样。”

廷献一愣，忙宽慰道：“圣人也忒多虑了！寿春跟晋阳大不一样。寿春不过一座军镇，唐军守不了，势必会放弃；晋阳却是刘氏老巢，丢了晋阳则丢了一切，自然会殊死反抗。而且，如今陛下威势殊赫，海内叹服，远非刚嗣位时情势可比；如今的王师又是经过反复汰递演练的雄师，也与当初的王师大不一样了！”

君怜默然片刻，颔首道：“兵贵胜不贵久。陛下亲自指挥围攻寿春已逾半月，但愿陛下能够早日拿下寿春，进军江北，安抚南唐军民之心……”

一四〇　爱得浮梁

寿春城外，大周皇帝行在。帐内除了皇帝和刘奉武等几个随侍的中官，没有旁人。远远的攻伐之声从帐外传来。

君贵坐在御案旁沉思，手边是翻开的《太白阴经》以及一盏新点上的茶水。他刚刚巡视了南面的营寨回来，有些疲乏。

持续猛攻唐军水寨累日，王师伤亡不小。阵亡士卒，凡是能找到遗骸的，都在淮岸边高地掘坑掩埋，立碑为记，又命有司严密记录，以为后期追恤的依凭。阵亡的军都指挥使以上将领，循例赐以棺木装裹，石灰防腐，以备相机运回后方，交予家人安葬。

由于参战人数庞大，参战者又普遍遭受大小创伤，淮南行营不再单设医帐，而令伤者依旧住在原先的营帐中由行伍同袍照料，辅以数十名医官带着药童巡营施治。因伤病者饮食不便，君贵特意命军中每日熬制肉糜羹粥养护，又传令士卒互相照顾，留心外伤包扎处，按时服用消肿化瘀的药丸。这几日他带着医官亲自巡营，因见营地湿寒，又特意吩咐医官煮制驱寒祛湿汤，让从前线下来轮休的军士趁热取食。

“官家，用一盏驱寒祛湿汤吧。”刘奉武过来将茶盏端走，换上一个大汤盏，“这是刘医正特意为官家熬制的，说是请官家务必进用，以防圣体或小有不调。”

君贵颔首：“知道了，放这儿吧。”

浅褐色的驱寒祛湿汤，让他想起了家里的清亮汤水。手边的《太白阴经》，也让他想起了家里那些指导他经天纬地的书籍。人在沙场，家成了一个遥远而亲切的所在。

想起了家里，首先就是想起了君怜。

《太白阴经》是在澶州时君怜为他手抄的。君怜满篇精妙小楷，一起一顿，一横一竖，一撇一捺，无不章法清奇。他记起来，彼时，观音尚在君怜腹中，君怜是忍着身体的不适抄完此书的。他的心中忽然一痛。君怜与他，是贴骨抵肉的自己人。

骨肉既然相连，心意也该相通。君怜质疑他亲征的必要性，或许有她的道理。他要从速拿下寿春，拿下淮南，证明给君怜看：亲征是他一统江山的方略，并非逞一时之意气。

理想在熊熊燃烧，他胸膛滚热。

林远匆匆入帐，近前揖道："回官家，浮梁已经完全从正阳挪过来架好，淮水北岸的下蔡行营也已经设置妥当。"

"太好了！"君贵站起身来，"备马，朕要亲自去查看新的浮梁！"

他拔腿便往外走，刘奉武着急地拦了一句："官家，汤水……刘医正说了……"

君贵瞪他一眼，到底还是回身将汤盏端起来，一口气喝干了那微苦的药汁，然后塞回他手里："这下行了吧？"

刘奉武讷讷道："是是。"

君贵率林远、邓锦、康保裔、薛有光、安弘道等百余众策马绕过喧嚣的战场，径往淮岸驰去。一路旌旗张风，如同鼓帆。

尚未到浮梁处，他便看到了停泊在淮岸边的五艘南唐战船，那是赵匡胤奉命遣人呈上的涡口之役战利品的一小部分。丹漆绿线的大战船滞留在那里已经好几日了，可是，却无法开到前线去攻击唐军的水寨。原因很简单，淮河与水寨之间相连的沟渠太浅，无法承载那么大的船只。那些楼船即便停靠在淮水中，还得离岸边有相当距离才行，否则就有搁浅的危险。

他召集了臣属来商议办法。鉴于目前那些沟渠淤泥堆积，与淮水之间还有单向闸口，他提出先将沟渠水排干，再命人紧急将沟渠挖深挖宽。工部有人回答说，这个办法不可行。且不论要挖多深多宽才能浮起这样的大战船，便是真的挖成，将它们送进去了，水寨外面的水却也吃不起这些大家伙——那里的水深他们早就测量过了，淹死一个成年人绰绰有余，浮起三层楼船却远远不足。

君贵为此十分恼火，又叫过被俘的唐军水手来细问，要他们想办法。他们回说没有办法，那些大船根本不是为这种小沟渠打造的。他问，那么为何水寨里有大船？水手说，那是趁着夏天发大水的时候开进去的。水寨经过多年修挖，又有厚实的堤坝蓄水，寨内的水比寨外要深得多，浮得起大船。

所以，水寨里有大船可用，他们有了却等于没有。唐军可以在望楼上、栅栏上、战船上居高临下地防御，还可以将战船开出寨门一定距离来碾压他们，他们却只能仰攻，而且是比陆地攻城更艰难的水面仰攻。在这里，陆战的攻城器械大多派不上用场了。

得到了梦寐以求的几艘敌船做战利品，他却愈发添加了怒气和焦虑。此时一错眼又瞧见了这些大家伙，他自然气不打一处来。

他黑着脸，回头向林远等人道：“少时命李重进、张永德、韩令坤、李继勋到行营来见朕！既然不能将这些大家伙弄进去助战，就问他们有没有想出新的招数来克敌！”

“遵旨！”众人见皇帝面色难看，忙齐声响亮应道。

驰至浮梁，康俨过来跪拜见礼。君贵沉着脸道：“朕命你从速移动浮梁，为何磨费了这许多时日才成？”

康俨心情紧张，讷讷道：“回陛下，臣自接令起，一刻也没敢耽搁。只是军中水性好、会驾船的士卒不多，拆桥之际，拆下的小船不好控制，稍不留神便被冲走，虽多加绳索钩链也难以羁绊……臣不得不想方设法……到了这边，架桥时也……”

“罢了，朕不要听你啰唆。”君贵跳下“入风犼”，示意他起身，“下蔡那边堆积的粮草想必已经快成山了，你即刻教他们用车往这边运送。等等！朕听闻目下军中炊厨最缺的是盐和肉，没有这两样，士卒作战哪来的力气?！你叫他们先将这两样运十车过来，往下再运粮草。”

“遵旨！臣这就传令去!”康俨松了口气，急急领命而去。

君贵站在浮梁左近的高埠上观望。新建好的浮梁在半清不浊的淮水中起伏摇荡。时间已经进入二月，气温回暖了一些，淮水的水位似乎也比他刚来的时候高了一些。春季是涨水的季节，过不了多久，淮河河面就会加宽，也许会到现在的一倍半；而目下建在水寨四周的周军营帐，就得全部往更高的地方挪——可是，放眼望去，除了八公山，哪里还有适合扎营的高处？但倘若全军退到八公山，那不就等于撤围了吗？所以，从下蔡通往南岸的浮梁是架设好了，但解开水寨外围与寿春城之间通路死扣的“浮梁”却还远远没有着落。一念及此，君贵不禁更添一丝烦忧。

他不能被羁绊在这里，他必须进击，否则活棋走成了死棋，王师将彻底陷入久暴师而无功的泥淖中。

未几，远远瞧见北岸有满载什物的推车陆续上了浮梁，每车周围七八名士卒奋力推动着，缓缓往南岸而来。

带着士卒们出来打仗，千辛万苦，伤痕累累，至少，该让他们吃到带盐味的热食，该让他们每日见到哪怕一丁点油荤。王师的下层军士其实多是些心思单纯的人，饿了能吃上饱饭，伤了有人给医治用药，他们就感激不已了。

为了了解军队的给养和军士们的体力保养状况，君贵自己坚持隔天跟他们吃一样的饭食。巡营的时候，士卒们因为得知了皇帝如此爱民恤军的举措而群情激动，争着向他说了许多誓死效忠的话。他们中被大创的变得仿佛只受了小伤，被小创的变得仿佛根本无伤，吃饱喝足不暇多休息，便就又奋勇往前线扎去。

这样的一支军队，没道理不能攻克眼下的难关哪。

河面忽然传来一阵动静，有人在惊呼。君贵定睛看去，浮梁上似乎裂开了一个大洞，两架推车连同护送它们的军士瞬间落入水中。水中的军士在拼命挣扎。浮梁上、淮水南北两岸呼喊成一片。

“快救他们！快去救他们！”君贵大惊，急忙喝令道。当然，也不必他下令，已经有会水的士卒跳了下去，有人七手八脚拿来了绳索抛下河面，还有人跑去撑来机动的小艇。

三四个落水的士卒侥幸被人捞住，挽救回来；更多的士卒在淮水中浮沉几遭，便被滔滔河水裹挟吞没，再也不见踪影。

“命康俨立刻来见朕！”君贵大怒。

未几，康俨匆匆自北岸跑过来，到君贵跟前一跪，战战兢兢道：“陛下，浮梁架设匆忙，还来不及仔细验视。上面有几处钉楔不牢，辎重车一轧，木板翘翻……”

“朕不听你解释！”君贵面黑如铁，“桥道不谨，致使王师多名军士无辜丧命，并军资遗失，罪不容赦！”他拔出宝剑，毫不容情地向着康俨的脖颈猛然一挥。还没回过神来的康俨颓然倒地，身子徒劳地挣扎抽搐，脖颈上整齐深长的伤口鲜血如喷。

“传谕三军，再有玩忽职守者，照此治罪！”他厉声喝道。

众人肃然应喏。这是出军以来皇帝斩杀的第一员己方将领，淮岸边所有的人都心惊肉跳。

东京大内。

晌后的景福殿有一种懒洋洋的氛围。朱雀携数名侍从来到殿门外，早有景福宫人入内报信。未几，只听见里面一阵急急的脚步声，万氏带着几个宫人内侍惊讶地跑出来，手忙脚乱地下拜道："哎呀，不知令主驾临，卑职迎接来迟，还请恕罪！"

"嗯。"朱雀示意他们起身，问道，"你家王娘子可好？"

"呃……回令主的话，我家娘子还好。她原本在榻上歇息，听闻令主驾临，立马就会出来了。她身子不适，起来得慢，请令主大人大量，不要责怪。"

"罢了，别教她起来了。"朱雀迈步向寝殿中走，"原本我就是替圣人来探望她的，她若起得急了，闪了哪里，我反倒不好向圣人交代了。"万氏不知令主这话到底是真意还是含有讥刺，讷讷地不好接腔，只得赔着笑在前面引路。

到得寝殿中，菁娘刚慢条斯理地由桐华穿好鞋。桐华向令主拜礼，菁娘也欲致福，朱雀忙道："免礼吧。"一面向旁边圈椅上坐了，一面道，"王娘子请坐，我是替圣人来探望你的。圣人身子弱，宫务又多，不能亲自过来，又顾惜你的身子，不忍你天天跑那么远去定省。我看圣人着实记挂你，就替她来慰问一番。你现如今怎么样，有什么不适，有什么想要的，尽管跟我说，我回去替你安排。"

菁娘在旁边的另一只圈椅上坐了，嘟着嘴道："我能怎么样？今日和昨日一样，明日和今日一样呗。"

这当儿桐华奉上茶来。朱雀接了，呷一口，刻意和缓了辞色："王娘子这话可就差了。我听说，有了身子的人，每日都与前日不一样。想来也对啊，孩儿在腹中不停地生长呢，当阿孃的，怎么可能每天都一样呢？依我看，你先前的不适，必定会逐渐减轻乃至消失的。当年圣人妊娠之时，不也是这样的嘛！"

菁娘道："圣人也是这么跟我说的。圣人说，她有娠那会儿，也是吃不下、睡不香，是吗？"

"是啊。不过圣人不娇气，有什么不适都自己忍着，还要管理家务。官家那时候主事澶州，天天早出晚归的，也没工夫陪她。你比圣人那时候可强多了，还有这么多人相伴着!”朱雀如此说着，自己也未免觉得有些亏心。她当然记得，其实当年她一直抱怨君怜孕期变得娇滴滴的；而且，当年君贵可没出远门，几乎天天守在君怜身边，想方设法哄她开心；另外，作为挚友的自己也一直陪伴着君怜。相较之下，菁娘眼下的处境比君怜当初差远了，她的抱怨似乎并非毫无道理。

一念至此，朱雀忽然对菁娘的闹腾有了真正的理解，厌恶之情顿时消去了一半。

“我也忍了呀!”菁娘不忿道，“我忍来忍去，总得有个人知道我在忍吧？官家不知道，我就说给圣人听，这有什么错吗？”

朱雀皱起了眉头，才想着要体谅她，她就得寸进尺!“……菁娘，先前我让你缝的鞠球，你缝好了吗？”

“没有，官家不在，我哪有心思缝鞠球？”

“那……你给孩儿缝衣裳了吗？”

“也没有。”

“那你每天都做什么？”

“我？发呆想官家呗。躺在榻上想一会儿，坐在椅子里想一会儿。”

朱雀哭笑不得：“菁娘，这就是你的不对了。你一个要做阿孃的人了，怎么也得亲手替孩儿做几身衣裳吧？你不会，就让你乳母教你。再不会，你跟我说，我遣司制、司綵们来教你。你可别小看这件事，能穿到自己阿孃亲手缝制的衣裳的孩儿，日后才有福气!”

“真的？”

“自然是真的，不信你去问你婶子。”

“我问万妈妈就行。”

“依我说，这件事你可得抓点紧了。单是设计、裁制，就得好些日子，然后还要慢慢地剪，慢慢地连，慢慢地绣。你精神短，一天也不能干太多，是吧？这么一晃，一两个月就过去了。这才只是一身。好不容易养个孩儿，你不得亲手多替他置备几身？春夏秋冬，每个季节是不是都得有啊，还得能换着穿，是不是？你算算，这就多少身了？得花多少时间？缝完之后，还得洗，还得晒，这可都是工夫！……你只管在这里哭哭啼啼、腻腻歪歪的，到时候孩儿落了地，都穿不上亲孃替他缝的衣裳，你教他上哪儿寻那福气去？”

菁娘紧张起来：“是不是阿孃亲手做的衣裳孩儿穿得越多，就越有福气啊？”

朱雀忍住肚子里的笑，一本正经道：“那是自然。”

“那……那我赶紧做！”

“这就对了嘛。我就奇怪了，万妈妈也是过来人，这么要紧的事，怎么就不知道提醒你赶紧做呢！”说着，朱雀就向万氏瞥一眼。

万氏忙知趣地上前一福：“是……是卑职疏忽了，卑职这就替娘子做起来。”

“谁要你做了？”朱雀严厉地瞪着她道，“王娘子自己的事自己会做，你从旁辅佐就是。”

下蔡。新建好的皇帝行宫在黄昏中透出一片明亮的灯光。

御前军机会议正在进行，禁军一众参与寿春围攻战的高级将领尽皆在列。河对岸，对于水寨的攻击仍然在继续，却显得那么遥远，仿佛是另外一个世界的事。

行军桌上，是兵部和工部随员精心制作的淮南沙盘。以黏土和砂石模拟山脉、田地，以瓦筒模拟军镇，以竹签捆扎模拟出水寨的栅栏和建筑，以不同种类的坚果壳模拟战船，以不同颜色的小旗代表马步军力，至于水面、江河与道路，则留出宽窄不同的空隙来表示。

皇帝放弃了将缴获的唐军楼船引入前线助攻寿春水寨的想法，命令诸将集思广益、因地制宜，尽速创制出新的器械来展开进攻。久久没有实质性进展的水寨攻战，让大家普遍感到了焦躁。

幸亏，西南面的军报带来了让人兴奋的消息。庐、寿、光、黄等州巡检使司超奏报，王师在盛唐县击败唐兵三千余人，擒获都监高弼、指挥使许万等人以献，并缴获战舰四十余艘。皇帝立即下诏褒奖司超，又命他与郭令图、王审琦等将一起，率部向更南面的舒州进发。舒州与齐州、黄州都是淮南十四州中最靠南的州郡，距离大江已经不远了。

不过，司超军报能带来的欢欣是短暂的。眼前的寿春不克，王师在远方的胜利欠缺扎实的根基。皇帝在沙盘上指点着，语气依旧严肃。在军力部署上，他决定：王师的主力步军留下攻城，但马军应当派出偏师去，继续“打援”。要以精骑突袭，削弱唐军的陆上应援军力。

基于此，皇帝选定了第一个精骑突袭的陆上目标，下达了一系列相关的命令：命人去涡口接收赵匡胤缴获的全部战船；命袁彦、石守信立即率两千五百精骑自携粮草归入赵匡胤麾下；命赵匡胤会同袁彦、石守信后，率所部五千精骑取陆路倍速进逼滁州，攻击从定远退守到那里的唐军皇甫晖、姚凤所部。

赵匡胤是一个在战场上能够想出奇招的人，这种以少胜多的仗让他去打，表明了皇帝对他的高度信任。既然他能以两千五百精骑战胜何延锡的万余水军，皇帝相信他同样能找到办法以五千精骑战胜皇甫晖的三万马步军——从他们听闻刘彦贞正阳战死便后撤的表现，皇帝已经感知到了他们的怯意。

寿春，周军营寨外，无数的军士和民夫络绎不绝，从浮梁口搬运着刚刚送到的军资。上百淮南百姓聚集在一旁观看着庞大的阵势，啧啧称羡。

“这周家天子军队的气象，与咱们唐家军队果然大不一样！”

“怎么不一样?”

“你看人家的物事，样样都大，连粮草包都比咱们的大!”

“你是饿昏头了吧? 粮草包能有多大差别?”

“嘿，人家军中都是大力士，小包搬着不过瘾，是以都打大包!”

“什么大力士，也不过是咱们庄稼人投的军! 先时王家台村那个顶石六郎，收稻谷的时候，能扛的包比这大两倍呢!”

“哎哎，你们俩别吵，依我看，他们的粮草包是比咱们的大，可是有一样比咱们可不如。”

“哪一样?”

“船哪! 瞧他们带来的都是些什么船啊，那么小! 我跟我浑家笑了好半天呢!”

“嘿，我听说，他们不会弄船。”

“是不会! 早几日还在我们村招募船夫呢，三狗儿和他姐夫都去了。”

“咳，不会弄船打什么紧! 我看了这些天，依我说呀，还是周军比咱们唐军厉害。”

“怎么呢?”

“你没瞧见他们的将军们? 什么李都帅、张殿帅、韩马帅、李步帅的，出入那叫一个威风!”

“李都帅? 你是说那个‘黑大王’吗?”

“对啊对啊，就是他，脸黑黑的那个，在正阳关一下子干掉两万人呢!”

“哦哟! 照这么说，他们那个张殿帅，就该叫‘白大王’了吧?”

“‘白大王’?”

“是啊，我见过他，脸也白，穿的衣裳也白。出入好几百人跟在屁股后头，人人都跟金刚似的，又凶又狠!”

“啧啧啧！”

“他们其他那些大帅的盔甲衣裳也好看，红是红，绿是绿！”

“嘁，这是什么话？咱们的就不红是红、绿是绿？”

“咱们的太花哨，满绣的花儿朵儿的，闹眼睛！”

“那是你还没有看见他们皇帝什么样呢！”

“皇帝哪能轻易见到？”

“嘁！”

“你见过呀？”

“可不是吗？那天我远远地瞧见了，出来上千人簇拥着，镶金砌玉的一团，哎呀呀，不得了！”

“嘿嘿，长这么大，自家皇帝没见过，倒有缘见了别人家皇帝了！”

“什么自家别家的，依我说，就请他做咱们皇帝，也挺好！他免了咱们好几样杂捐杂税，不比光知道坐在金陵宫中收钱享福的李皇帝好太多了？”

“嘘嘘……别说话，有大官出来了！”

…………

只见一彪上百人的马队护着个盔甲鲜明的将领从营寨往浮梁口疾驰而去，也不知到底是传说中的“黑大王”还是他们临时封的“白大王”，或者叫作都帅、殿帅、马帅、步帅还是什么别的帅。一晃眼，啥也没看清楚，就这么过去了。

一四一　虎贲四出

又一日。水寨外。

雨水连绵。春雨令气温骤降，周军的攻势没有那么凌厉了。无数艘周军小船和竹筏拥挤着，漂荡着，显得分外无助。雨滴如同密密的针脚，仿佛要将这些船和船上的人缝牢在这片让人精疲力竭的水域上。

较高处的营帐内，雨滴打在帐顶，筛石一般错落有声。上百工匠与将士聚坐一处，手里摆弄着木竹、铁石、皮麻等物事，研制新的攻伐器械。他们有时三三两两交谈，有时又独自沉思不语。如果有人想出了什么好点子，总会吸引一群人围拢到他跟前来，看他将那些物事左摆右弄，拼出个什么新玩意儿。

下蔡皇帝行在。君贵正在看书。准确地说，是在看兵部尚书张昭遣人呈送上来的、刚刚集撰而成的《兵法》。先时，君贵命张昭主理、举朝堂之力集撰一部囊括往贤韬略与现时经验的官修兵法，其中关于现时的部分，便由他口述自己与先帝多年统军经验而成。

成书分为十卷，凡四十二门。张昭在奏表中说，此书因是奉皇命所修，所以拟叫作《制旨兵法》，是否妥当，还请陛下定夺。君贵粗阅此书，甚为满意，当即命刘奉武磨墨，自己在御笺上亲题了“制旨兵法”四字赐还。又叫来窦仪等拟诏褒美张昭等主事者，并赏以青铜礼器和币帛，命京城有司交付。

窦仪等刚刚离去，行在之外冒雨来了一个身披油毡的蒙面军士，率部守卫在外面的邓锦拦住了他。当然，此人能够通过皇帝行营外的重重关卡走到这里，说明别人早已验过了他的身份。邓锦伸出手索要凭证，并且上下打量他。从身形上看不出什么端倪，油毡斗笠和厚重宽大的衣物掩盖了他的身体轮廓。

林远闻声出帐，审视着面幕外的那双眼睛，露出了一丝笑容。来人掏出的是青铜玄武符。邓锦拿在手中，与林远仔细看过，会心点头。林远道："跟我进来吧。"

来人入内，见并无旁人，便拉下面幕，趋至皇帝前单膝下跪，叉手施礼道："微臣乘黄，叩见陛下。"

皇帝的心情显然还不错，见了他面目，露出笑容温言道："啊，乘黄，你来了，平身。"说着，皇帝向林远使个眼色。林远会意，自去行宫门口把望。

田系密谍中能在御前走动的人，以前是田重霸，后来是西乞十三，再往下的一般就不出现了。因飞菟、乘黄四人好比天子门生，故此西乞十三体贴圣意，有机会也让他们面君朝阙。

"陛下，臣有机密情报相奏。"乘黄依命起身，从怀中摸出一个布囊呈上。君贵接过，掏出布囊中的纸卷，见上面是一篇半白不文、半通不通的句子："花开江南独壹家，柔条细枝正当发。穿柳清气风也过，红争绿意雪不压……"

君贵抬眼看着乘黄。乘黄忙道："陛下，十三师兄说，余事依前所命。"

君贵微微颔首。上次西乞十三到大内呈交"密文编码圣法"时以《白氏长庆集》为验册，他觉得很好，此番出征，便与西乞十三约定仍旧以此为验。十三说"余事依前所命"，便指此事，这是一句只有君贵才听得懂的隐语。至于其他谍线，又各自另有验册，也不必细说。

君贵问乘黄："你知道这情报是什么内容吗？"

“回陛下，臣不知道。十三师兄说此事机密，不能口报。不过，他也怕臣在唐境沿路过关时被人盘查，搜了字卷去，故此教臣牢牢地将上面的句子记下来了。”

君贵感兴趣地一笑：“是吗？那么，他有没有教你，倘若被人盘问这字卷是什么意思，你揣这字卷是要做什么，又该如何回答呢？”

“教了。十三师兄说，倘若人家觉得蹊跷发问，臣就回答说这是替在外面游商的人给青楼的花娘送的信。”

“哦？”君贵不免失笑，自言自语道，“这西乞十三，什么理由不好编，偏偏编派到花街柳巷去，好好的孩子都给他带坏了！”因问乘黄，“那么，写信人在何处经商、信要送往何处青楼、收信人的名字这类细节，他都教你了吗？”

“回陛下，都教了。”

君贵叹口气：“十三果然与你师父一样，心思缜密。”他大声向帐外呼唤，“林远！”

林远忙入内礼道：“陛下。”

“给这孩子拿些好吃的来，再取些热汤，并一些散碎银子。”

“是。”林远答应着去了。

君贵转向乘黄温言道：“你辛苦了，且去那边帐角暂歇。”

这里君贵便从身后格架上取出《白氏长庆集》，对照着乘黄赍来的情报亲自译写。未几，一则完整的情报呈现在他眼前：

“扬州城防松懈，几近无备，若遣精骑速来，约期内应开门，必可速下。”

他陷入深思。

滁州以西二十五里。清流关。黄昏。

清流关是一个战略要隘，位于淮南东部腹地，背倚关山峭壁悬崖，居南唐都城江宁府与淮南寿州、濠州连线的中间，也是通行江淮的门户。从军事意义上说，它是滁州的前盾，也是保卫江宁府的锁钥之地。

唐将皇甫晖、姚凤率所部三万步骑从定远回撤后，便扼守此关，以抵挡周军可能的南侵之势。

赵匡胤与袁彦、石守信率五千精骑抵达关下，立即遣数十骑到关前搦战。皇甫晖大怒，亲率数千骑冲出，以逸待劳，以高迫低，将周师杀得四散溃逃。皇甫晖见天色向晚，也不恋战，只向远处的赵匡胤喝道："够胆别跑，咱们明日再战！"

此时，打了败仗的赵匡胤等周将，便退在清流关以北的村外商量对策。小雨一直没停，将领们聚在茅草亭中，马军军士便三三两两在树林间散开，一面放马喂料，一面躲在有遮挡处烧些热水，吃些干粮。

未几，一名军士引一个中年村民过来，揖道："都虞候，这是卑职在村中找到的赵学究，说是最懂本地的地理掌故。"

赵匡胤忙起身向那赵学究揖道："学究，在下有礼了。"

赵学究果然有几分学究风范，回礼道："山民无知，不敢当。"

"学究，南朝奸佞当道，多行暴敛，百姓苦不堪言，故此我大周天子率军前来，为的是解救这一方生灵……"赵匡胤顾虑唐民有抗拒之心，先解释道。

"呵，这个山民自然知道，都虞候不必多言。"赵学究笑道，"早听闻大周皇帝的威名与圣德。依山民看，玄德皇裔，仲谋贵胄，也终有归治于曹魏之时。倘若能早日一统江山，对我等黔首黎民也是好事一桩。……但有用得着处，山民愿献绵薄之力。"

赵匡胤不料他如此回答，大喜，揖道："如此就更得求学究相助了！"遂将自己适才与皇甫晖交手落败之事说了，请教道，这清流关如此险要，以区区数千马军，如何能够攻破关隘，并进而拿下滁州城。

"这有何难？"赵学究捻须道，"清流关下有一条溪涧，可以直接绕到滁州城下，便是守关的那些军将也不知道。滁州城守备兵力几乎全压在清流关，城中防备松懈，更加不会料到有后方来敌。如今正是溪水大涨之际，都虞候分兵一半，跨马浮溪涧水迫城，城必下。如此与关前兵马前后夹击，则大事可成……”

“太妙了！”赵匡胤压抑住心中的惊喜，略一沉吟，又笑容可掬地问道，“那么，学究可以带路吗？”

“在下义不容辞。”

又一日。下蔡皇帝行在。在对扬州情报进行过深思熟虑之后，君贵召来了韩令坤，密令他带上白延遇、赵晁等宿将，率精骑五千，兼马倍速[①]，取近道直扑扬州。

君贵向韩令坤密授了取城机宜，又特派一名中年侦候给他做向导。当然，韩令坤并不知道这侦候其实是田系密谍。而在君贵方面，原本是想将此差遣派给乘黄的，奈何乘黄太过年轻，很容易让人留意，以后无法掩饰身份行走江湖，故此才让西乞十三换了一个人来。

说完攻取扬州之计，君贵特意嘱咐了两件事：第一，王师是吊民伐罪的正义之师，离了天子的眼皮子下也得记着这一点，万万不可劫掠、伤害百姓；第二，扬州有唐主李氏的祖陵，务必遣人与李氏宗族一起好生守护，不得有任何侵扰。

韩令坤连声答应，难免心情复杂。他自己做到这些当然没问题，可是，看看皇帝派给他的白延遇、赵晁这些副将……底下人学好不容易，学坏可是快得很——他们都是些单纯的人。单纯，有时候就意味着没脑子，刀架脖子上了都不知道自己错在哪儿。

交代完扬州事宜，君贵又将韩令坤拉到沙盘前，指着淮南东部扬州以北的泰、楚、涟、海几大州郡，告诉了他自己的东线进军计划。韩令坤肃然应喏，扛着巨大的期望与由此带来的压力匆匆离去。

---

① 兼马，一人两匹马；倍速，双倍于常速。

午后，君贵处理了一会儿政务，又紧盯着沙盘琢磨破敌之法。正感困乏，林远报张永德帐外求见，君贵命宣进。

张永德仍旧一身白衣轻甲，神情寥落。进来后走至君贵跟前，向地下一跪，叩头不起。

“怎么了，抱一？”君贵看着他，不动声色道，“对岸正在攻寨，你不去好生督着，到我这里来做什么？”

“官家，韩令坤已经领命出征了，求官家也派给臣一个差遣！”张永德抬头恳切道。

“让你率领王师主力攻寨，这难道不是最要紧的差遣吗？”君贵沉下脸道，“你们攻了这么些日子寸功未建，你还想要求什么别的差遣？！”

“官家！”张永德含泪道，“已经有这么多国朝重将在率众攻城，领兵的不少臣一个。求官家派臣出去野战，臣保证，不取胜立功，臣就不回来面君！”

君贵“哼”了一声：“依我看，你这哪里是想要替我立功，分明就是憋着要杀人出气呢！”

“臣就是想杀人！求官家派臣出去杀敌！”张永德急切道，“臣已经快憋疯了，官家不教臣出去杀敌，臣都快杀了自己了！”

“攻打水寨，你们天天在杀人，难道还不够吗？”

“官家，那些唐军躲在营栅后面，躲在战船的女墙后面，就像蚂蚁似的，打掉一茬，又冒出来一茬。便是中箭、中砲、流血、伤了、死了，臣也看不见……臣看不见……”张永德哭了起来，“对于战将而言，倘若没有亲眼看见敌人的死亡，战斗又还有什么意思……”

君贵见他面色萧索，衣甲上满是尘土，不复素日倜傥洒脱玉面郎君形象，心中甚是怜惜。又见他哭得一把鼻涕一把泪，知他心中失父之痛难申，便叹口气，走过来搀他：“好了，起来吧。你以为派你出去，你就能碰到敌人痛快砍杀一番了？我告诉你，如今唐军被咱们打怕了，便是援军，也都在一座一座的城池里猫着呢。就算放你出去，也是去攻城。”

“那就派我去攻城，攻另一座城！荣兄！”张永德不肯起身，仰首求恳道，“我要一座城一座城扫过去，把唐主吓得屁滚尿流，乖乖将曹澄等凶徒交出来！”

君贵正色道：“抱一，我答应过替你报仇，我就一定会替你报仇。你相信我吗？”

张永德点点头。

“那好，你说的办法不是办法，听我的，才能最快逼得唐主献诚，交出凶徒。”君贵道，“目今战事的肯綮，仍旧是寿春。拿不下寿春，劳师袭远没有稳固的后方，一切都如同沙上之塔。若拿下寿春，唐主必定惊恐，不等咱们再拿下别的城池，他一定会来找我谈判。届时，我必会要他交出人来。”

张永德若有所思，沉默不语。

君贵放缓了语气：“抱一，我将你留在我身边，一方面是要你卫跸，另一方面也是因你机敏多思，能够很快领会我的意图，并率先执行，垂范诸臣。”

张永德站起身，擦干眼泪：“官家要臣做什么？臣立马就去做！”

“好。”君贵笑了一下，“我要你立刻去找工部的人商议，能不能赶在春水涨起来之前，将水寨外的积水全部排干。”

“啊？！”

“这是我刚刚想到的。我曾经仔细查看过寨外水域通往淮水的那些单向闸，控制水流的效果极好。倘若咱们将沟壑加宽加深，是可以将那些浮水导入淮河的。”

“可是……之前官家不是想将大船运进来对攻吗？”

“运进来既然不可行，那就反其道而行之！排空了水，先在水底淤泥上撒满干草等物，浇上猛火油烧它一番，外围营栅也就熏得差不多了吧？就算还有屹立不倒的也不打紧，至少水底淤滑的地面状况会得到改善。咱们铺上厚厚的柴草、竹排、木板等物，就可以将攻城车等大家伙推进去，一改咱们至今只能仰攻的困境！”

“那倒是！倘若能够近距离平攻甚至俯攻，唐军那些竹木架成的寨门、战船还算得了什么！”

“你现在就去找他们商议，看看我这法子到底可行不可行。倘若可行，看具体该怎么做。你们一定要快，春水已经见涨，留给咱们的时间不多了。”

“遵旨！臣这就去！”

数日后。中线军报到：赵匡胤所部破淮贼一万五千人于清流关，并乘胜攻下滁州，擒获伪命江州节度使、充行营应援使皇甫晖及伪命常州团练使、充应援都监姚凤。

这是王师继李重进正阳关大捷、司超取盛唐、赵匡胤取涡口之后的又一个重大胜利。皇帝大喜，立即下诏褒奖赏赐，并如例遣政务官去接手州务。当然，皇帝也没有忘记向赵匡胤下达一道新命令：待州情稳定，向东攻打附近州县。

不日，滁州又上了一道表。

准确地说，这是一封转呈的书信。周师连胜让江南国主李伯玉终于沉不住气了，他写了一封信，遣淮水下游泗州的牙校王知朗送到滁州，托请转致周帝。在这封信中，李璟请求息兵，愿意将大周皇帝视为兄长，“永奉邻欢”，结琼瑶之好，每年奉上山泽之利以助军费。

皇帝所计划的“逼迫”效果比预期的更早出现了。

皇帝将此信拿给宰臣们看。众人一见开头“唐皇帝奉书于大周皇帝”，就猜到了皇帝对此的态度。果然，范质请问如何答复，皇帝冷冷道：“答复什么？不理他！”

与这道奏表一同被送来的，还有赵匡胤等人在清流关生擒的唐将皇甫晖和姚凤。其中，皇甫晖是躺在担架上被抬进皇帝行宫的。他见了皇帝也无法行礼，只能勉强挣扎道：“臣乃败军之将……因伤不能跪拜陛下……失礼了……”

皇帝见他气息微弱，头上裹着厚厚的布条，布条上凝血板结，忙过来慰问道：“怎么，伤到头了？”

皇甫晖倒着气，想到一句勉力说一句：“是。臣与赵匡胤对阵……尚未开战……他跃马突入，一剑砍中了臣的头……臣从未见过如此敢拼的勇将……臣非不忠于职守……臣枉自拥兵三万……奈何两军士卒勇怯大异……臣昔年多次与契丹作战……也不曾见过陛下手下这般精兵……”

皇帝颔首，温言道：“卿已尽职，不必自责了。王师携有名医和一流的金创药，卿下去好生养护着吧。”

皇帝对待被俘唐将的政策一律是释缚—招降—留用，可是，皇甫晖没有等到伤愈为大周天子出力的那一天。数日之后，他因颅脑重伤而殁于大周寿州营帐。

又一日。寿春城外水寨西北角。大周武胜节度使侯章和右卫大将军王璨，正在指挥军士和民夫组成的联合队伍挖掘沟渠。

皇帝关于引水改排水的想法得到了工部与钦天监的局部赞成和局部修正。今岁淮河上游冻水化得早，他们很担心排水的速度赶不上涨水的速度。经过实地勘察，他们提交了一个改良方案：在淮水大涨之前挖穿水寨的西北隅堤防，利用新修筑的沟渠和单向闸，将浮水导入淝水。皇帝立刻批准了。

陷入攻城战瓶颈中的众人因为事情的这一发展变化而感到了振奋。

江宁府。

没有得到周帝答复的唐主李璟寝食难安。照周师目下的进攻速度，怕不是很快就会抵达大江，威压京师金陵了吗？

在听过了朝臣的反复争议、辩论之后，唐主决定表达更大的诚意。

一四二　江南奉礼

大周显德三年二月十九，壬午日，天放晴了。下蔡皇帝行在，皇帝与诸将在沙盘前议论整个淮南战事的进展。林远入帐，近前禀报："陛下，唐主遣使携大批礼物前来请求谒见，已经候在了行在大门外。"

皇帝不语。片刻，将眼睛从沙盘上转向林远："来的是什么人？"

林远呈上一个折册："江南伪命翰林学士、户部侍郎钟谟，以及伪命文理院学士、工部侍郎李德明。"

皇帝不接，竭力从头脑中搜索、回想、掂量着自己近卫所报上的这两个名字，嘴角逐渐牵出了笑意："呵，原来是这两个能说会道的人来了，好啊！"他转向众人，正色厉声道，"传令全军，设仪仗，陈甲兵，张旌旗！从朕的行宫到行在大门口，里外五层，行伍不留空隙！"然后，他与李重进和张永德等交换了一个意味深长的眼神，"咱们教他们好好瞧瞧，什么叫作大国威仪！"

皇帝行在外。钟谟和李德明正率领随从等候召见。南唐派出的这支献礼队伍很庞大，人人穿丝着缎，披红戴绿，衣饰鲜明：前面数十人手捧各种金银宝器、锦绮绫罗；后面数十人，拉着数十辆车，车上满满堆着药茶等什物；再后面还有数十人，赶着数百头牛。这支庞大的献礼队伍是乘着江南大船从下游的泗州、濠州方向一路逆流而来的。此时，那艘华丽的大官船就停泊在五里以外的淮水边。

从行在大门口向内看去，周帝的行营内重重旌旗飘展。通往行营深处的甬道旁，每隔两丈便对列着一组持械的威猛勇士，个个面色如铁，兵刃雪亮，铠甲鲜明，一眼望不到头。钟谟、李德明等人不禁暗暗咋舌。

忽然听到一阵整齐的呼喝声，钟、李二人尚未反应过来，无数雄壮精干的周军甲士不知从何处排列拥出，器械相碰之声铿锵如同鸣金，步履偕进之声轰隆如同震雷。他们迅速补充到甬道边原先的守卫身旁，里三层外三层，不留一丝缝隙地在甬道两侧筑起了一道坚固的人墙。

又听得一声喝令，甬道最内侧的猛士齐齐将手中的长兵向前伸出，在甬道上方架起了一道兵刃的廊顶。

钟谟、李德明被这架势吓得心惊胆战。

虽说两军交战不斩来使，但那不过是战场古礼，其实，历来临阵斩使的例子也很多。听闻这周帝年轻气盛，聪察如神却又焦躁易怒，不知他会如何对待敌国来使？何况，他雄心勃勃麾师南下却遭到寿州顽抗，想必心中窝火日久……两人尚未迈步，已经出了一身汗。

一名服饰雅致的中官从甬道深处走来，后面跟着两员战将。其中一位钟、李两人刚刚见过面，是周帝御前近卫林远。

那中官走至行在大门内，并不出门，睥睨着台阶下的唐使，朗声道：“陛下有谕，宣钟谟、李德明！”宣罢，他转身往回走。

林远与另外那将领各自侧身后退一步让出甬道。林远面无表情地说道：“钟大使，李大使，请吧。”

钟谟、李德明战战兢兢，抬步入门。行在的红漆金钉大门在他们身后迅速关闭，门上的神兽椒图鼓起大眼睛，瞪着门外剩下的南唐使队。

钟、李二人心中“咯噔”一跳，硬着头皮跟在那中官身后往周帝行在深处走去。林远与另外那将领仗剑跟在他们身后，截断了他们的归路。甬道上悬着的兵刃仿佛随时都可能因一声命令而挥落下来，夺去他们的性命。

一时来到周帝行宫外。那中官进去复命，未几返回，说道：“宣钟谟、李德明进见。”

钟、李二人忙整顿衣衫，跟随他入内。

只见帐内不事奢华，一应陈设整肃疏阔，并没有唐宫中随处可见的那些金碧耀熠的琉璃灯、玲珑架等宝物重饰增辉。然而，上午的金色阳光从帐顶的天窗洒进来，令帐内的一切都焕发出了夺目的光彩。这光彩带着一往无前、睥睨天下的气势，却是唐宫那种繁复修饰过的升平景象所万万不能及的了。

周帝戎甲盛服，端坐在上首御案后。其身前下方，站着几排冷眼冷面的重将，以及一行黼黻焕然的文臣；从身后沿帐一直排列到帐外，全是甲胄耀目的猛士。林远等入帐，按剑站在了周帝身侧。

钟谟、李德明手捧南唐国书，跪下礼道：“臣唐翰林学士、户部侍郎钟谟……臣唐文理院学士、工部侍郎李德明……叩见大周皇帝陛下！”

周帝没有答言。钟、李二人抬首，小心翼翼地看他一眼。传说中年轻英锐的大周皇帝正将身子后倚在御座上，面无表情地看着他们，眼神幽深。这雄狮候食一般的眼神让他们心中不由一阵哆嗦。

钟谟鼓起勇气，赔笑道：“陛下，敝国国主遣臣等前来奉上国书，并献上些微薄礼，慰劳天子大军的辛苦。”他不称自己的主上为皇帝，改称国主，这不是他在当下的权宜，而是整个南唐朝廷讨论之后的结果。

周帝的面色不变：“国书？……念。”

“是。”作为国使，钟谟原想站起身念国书，可周帝不表态，他也不敢提。败战国之使，有何体面可言？当下他暗地清清嗓子，展开绫册，大声然而小心地念道：“江南国主奉书于大周皇帝陛下驾前……舍短从长，乃推通理；以小事大，著在格言。伏惟皇帝陛下，体上圣之姿，膺下武之运，协一千而命世，继八百以卜年。大驾天临，六师雷动。猥以遐陬之俗，亲为跋履之行，循省伏深，兢畏无所，岂因薄质，有累蒸人？今则仰望高明，俯存亿兆，虔将下国，永附天朝。冀诏虎贲而归国，用巡雉堞以回兵。万乘千官，免驰驱于原隰，地征土贡，常奔走于岁时。质在神明，誓于天地……”念毕，他收起绫册，双手呈过头顶。

有中官过来接了国书，呈给周帝。周帝翻开绫册略一扫，转向身侧的几个文臣，似笑非笑道：“好一笔江南锦绣文章！你们也学学人家的文字！”

那几人大约是翰林待诏之属，闻言尽皆面露惭色，讷讷低头道：“喏。”

李德明又赔笑着举起另一本绫册道：“启禀陛下，我国主因感陛下亲幸淮南，还命奉上些微薄礼，并供陛下犒赏三军之物，礼单在此。”见周帝不置可否，他又试探道，“臣念出礼单，可以吗？”

“念吧。”

“喏。”李德明清了清嗓子，展册读道：“今贡上金器千两，银器五千两，缯锦二千匹，并进御服两袭，犀带两条，茶茗、药物各二百件，又进犒军牛五百头，酒二千斛。”

念完，周帝没有任何表示。李德明偷偷抬眼看，发现周帝面上挂起了一丝冷笑。行宫里出现了可怕的沉默。钟谟与李德明额上冷汗涔涔而下。

良久，周帝问道：“……你们的话说完了吗？”

“……说完了。”“说完了。”两人本来还有很多话想说，可是见了周帝这副冷脸，也不敢再多言了，忙如此答道。

“好，你们说完了，该朕说了。”周帝睥睨着他们，冷笑道，“你们国主自谓唐室苗裔，那就应该知道礼义，不能如化外方国一般愚顽不教，对吧？你们与朕只隔着一条淮水，却从未曾修书通好，反而浮舟泛海，远通契丹。试问，如此舍华事夷，礼义安在？……今日你们还想仅凭三寸不烂之舌就说动朕罢兵吗？朕并非六国愚主，难道会因你们区区口舌而改移心志?！……写信告诉你们国主：立刻前来见朕，拜谢过前罪，那么咱们之间就无事了。否则……”他瞪着他们，加重了语气，“哼，朕既然出来了，可没打算空着手回去！朕要去看看传说中的繁华古都金陵城，朕还要借用你们的府库劳军！”他猛地一拍御案，“到那个时候，你们君臣可别后悔！”

听闻皇帝此言，殿内的所有武士整齐地举起手中长兵，再重重往地下一杵。长兵的末端撞击着木板地面，发出一片巨响。

钟谟、李德明被周帝凌厉的气势彻底震服，浑身战栗起来，除了唯唯称是，再不敢言。帐中又是一片威严的沉默。

良久，周帝却又在座上笑了一下：“不过，你们二人远道而来，充为国使，倒也辛苦了。朕赐你二人锦绮绫罗二百匹，银器一百两，袭衣、金带、鞍马各一副。你二人暂且不必回去了，就在这里为朕好生效力吧！”周帝在打完之后揉的这一巴掌，让钟谟和李德明心中五味杂陈，面上酸泪盈眶。

周帝对他们的表情恍若未见，不动声色道：“还有一件事，你们替朕给唐主捎个话儿：有个叫曹澄的人，在我大周犯了重罪，前些日子带着同伙投奔到江南来，你们还真给收了！难道你们江南是个藏污纳垢之地吗？或者你们江南的朝堂是个藏污纳垢的朝堂？……你们告诉他，朕要他将这些人全都绑了交到朕面前，一个，也不能少！”

“遵旨，臣等下去之后立即修书！”

滁州城外。已是夜半，湿气开始凝聚在草木的叶片上。一队周军马军来到城门下。这是奉命南下增援韩令坤的马军副都指挥使赵弘殷所部。与他搭伴到来的，还有奉命接收滁州库藏的窦仪，以及被派来做滁州知州的原左金吾卫将军马崇祚。

他们一路紧赶慢赶，还是没能在天黑城门关闭前赶到滁州。窦仪说就在村镇扎营算了，赵弘殷却说儿子匡胤正在滁州守城，因此极力主张赶过来叩门入城，这样，至少大家都有热水热食吃，有个正经地方睡。

他们叩门良久，向守城军士报上了自己的身份和验牌。未几，只见瓮城上呼啦啦上来了十数个火把，一队军士簇拥着一个人急急登上城头观瞧。

赵弘殷见那正是儿子的身影，欢喜得大叫道："二郎，快开门，是爹来了！快放我们进去！"

"爹?!"城头上的赵匡胤大声回应着，"怎么会是您老人家?"

"是爹，真的是爹！"赵弘殷说着，从随员手中拿过火把，让光亮照在自己脸上，"看清了吗？是爹来了。"

"爹，您怎么会此时到来？出了什么事?"

"没什么事，赶路赶不及而已！二郎，快将城门打开，咱们进去再叙!"

赵匡胤沉默片刻，大声道："爹，滁州是淮南腹地要害，绝不能有失！夜半开门，是兵家大忌。父子虽是至亲，守城却是王事。儿子不孝，不敢奉命！待明旦，儿子一定陈兵列队，亲出城门迎接父亲!"

赵弘殷还欲再争取，窦仪和马崇祚都劝道："赵副帅，令郎说得在理，咱们不要教他为难了。"赵弘殷无法可想，只得与众人在城门外就地扎营，挨了一宿。

次日天明，城门洞开，赵匡胤列甲兵于城门内外，自己单骑驰至赵弘殷跟前下马，向父亲叩首请罪。赵弘殷扶起他，苦笑道："二郎，你做得没有错，难怪官家偏宠着你！"

窦仪带着属吏迅速开始了清点滁州帑藏的工作。赵匡胤遣张琼去找他，要他拿出若干库藏绢帛来，供自己向手下军士打赏。窦仪推知赵匡胤对拒绝父亲夜半入城一事心怀愧疚，其要打赏的对象，大约也包括父亲的部随。

窦仪是世家子，几代家风清肃，他自己也板正。听了张琼转述赵匡胤的要求后，他正色道："这个要求，恕下官不能从命。张指挥，请你回去转告赵都虞候：都虞候最初攻克滁州城的时候，哪怕将州库中物全都取了去打赏，也无妨。如今滁州帑藏已经籍为官物，属于朝廷了，赵都虞候就不能再来索要。除非有官家的诏书下达，否则，下官是不能私自拿出去一丝一毫的。"

张琼将窦仪的话如实报给了赵匡胤。赵匡胤沉吟片刻，笑了起来："这个窦夫子很有意思！好，不给就不给，我佩服他！"

扬州城外。兼马倍速、偃旗行军的韩令坤所部五千精骑，在黄昏时分悄悄抵达城外林野。韩令坤命令全军休息。为了避免被唐军发觉，不点火，全军食干粮、喝冷水，眠于树下。

次日平旦。扬州城北。

城门大开，清晨的阳光打在古老的扬州外城墙上，也打到瓮城中。进出经商、行旅、劳作的百姓逐渐走动起来，谷粮车、柴草车、木炭车、杂货车……络绎不绝。守在城门上下的唐军士兵打着呵欠，拖着刀兵换岗。却有一副货郎担子歇在内城门以里不远处，挑担子的汉子似乎崴了脚，蹲在地上不停地揉弄，一面把眼睛机警地看向城楼内外。

远处忽然响起一阵尖厉的呼哨，瓮城墙上一阵喧哗。数百周军骑兵不知从何处拥出，突然出现在了城外郊野，并疾速冲向瓮城的城门。

"快关城门！""关城门！"……守门的唐军一迭声嚷嚷着，有的忙着去推门，有的操起了弓箭刀枪。却见瓮城外城门之外一个推着柴草车的汉子，忽然将车一撂，从柴草下拔出一把朴刀，疾步冲向城门，三两下便将准备关门的几个唐军士卒砍翻在地，然后向远处做个手势。周骑冲入瓮城。

“关瓮城城门!”“冲进瓮城了!”“关门!”……唐军的呼喊在继续。可是呼喊声没能传开。早在运柴汉子动手时，歇在内城揉脚的货郎便将担子一拆，抽出了藏在里面的朴刀，飞身扑向城门。内门守卫军士只觉眼前一花，来不及呼喊，便被一一砍倒。

周骑就此成功地冲入扬州城，领头的，是周军韩令坤所部的先锋白延遇。

运柴汉子与货郎迎上去，沉声道:“白先锋，城楼上只有五十人，城下三十人，跑了一些。”

“目下要先去占领兵衙，兵衙在那边!”

白延遇点头，分一百骑由运柴汉子领着杀上城楼，迅速占领北门。自己则在货郎的带领下，率余部直取兵衙。蹄声聒噪，踏碎了扬州城的黎明。

附近的老百姓对这场变故感到张皇失措，纷纷躲闪到一旁，惊愕畏怯。

城门口的喧哗早已迅速向城中传递过去。那些侥幸逃脱的唐军或跑或骑，一路飞奔示警:“贼军攻进来了！贼军攻进来了!”

南唐东都（扬州）营屯使贾崇接报，立即披挂上马，组织兵力迎击。然而一彪人马刚刚冲出兵营，又有人飞骑来报:“周军后军就要冲进城了!”

贾崇急道:“有多少人?”

“漫山遍野，全是马军!”

“领军的是什么人?”

“不知道，就看见旗上绣着‘韩’字!”

“韩？韩……难道是周军的马帅韩令坤?!”

贾崇面色大变，“不好，周师主力扑过来了！咱们这么点守城的人马，哪里扛得过他?!”

他环顾四周，喝道：“快，快，放把火将官署烧了，不能教咱们的东西落到周人手里！——其他人，跟我撤！待援军来了，再作计较!”

熊熊大火从扬州衙署蔓延开来，附近的民舍跟着遭了殃。扬州街市上，百姓惊惶奔逃。原本正对周师入侵愤怒，听闻这把火是由本城守军主将所放，百姓的情绪更似火上浇油。

未几，如钢铁般挺进的周师韩令坤所部主力，来到了扬州城北门外。已经守候在城楼和城门处的周军先锋部队向他们摇旗呐喊致意。韩令坤早接到报告，知道此时的扬州在守备兵力上已经是一座空城了，不由露出了微微的笑容。

韩令坤勒马止步，命亲随举令旗示意勒兵。四千余精骑排列成了整齐的长阵。

韩令坤驻马于城门洞前，向自己的队伍训诫道：“王师兄弟们！咱们远道奔袭至此，是为了吊民伐罪，解救淮南百姓的苦难，扬我天朝威风！陛下有令，王师入城，正是宣威敌境、教化人民的最佳时机，凡我将士，于百姓秋毫不得相犯，违令者，斩！明白没有?”

“明白!”王师的精锐们声如洪钟，干脆整齐地回答道。

韩令坤率部入城，分兵接管府衙、军营和各处要害地点。一路上，遣士卒敲锣于前，大声安民。于是，扬州街市迅速恢复了秩序，该出工的照旧出工，该做买卖的照旧做买卖。对于大多数老百姓而言，只要是汉人，换谁来把控这座城池大概都一样。如果新来者能够减轻租税，良策安民，那就更值得拥戴了。

未几，军士从城中高旻寺内搜出了一个假和尚，他是东都副留守、南唐工部侍郎冯延鲁，是南唐当朝宰相左仆射冯延巳的异母兄弟。贾崇带兵撤得太急，根本就没有管他，他无处可逃，索性跑到庙中，以最快的速度剃掉了头发，乔装避祸。周军的士卒很有经验，知道寺庙是最容易藏人的处所，因此在清剿城内残余兵力的过程中，有一拨人直扑高旻寺等大庙。没想到一把就抓到这条大鱼，众人不由兴奋万分。

数日后，韩令坤夺取扬州的战报呈递于下蔡皇帝行在。皇帝大喜，当即下诏褒赏。未几，此番攻下扬州的战利品冯延鲁也被送来献俘。如同对待先前俘获的那些唐将一样，大周皇帝郭荣将他释缚，招降，留在大周为自己效力了。

似乎以王师攻克扬州为旗号，更多的喜报开始接二连三地传来。

二月二十四日，寿春城内左神卫军使徐象等一十八名将士偷偷出城，投奔大周。

又一日，湖南朗州节度使王进逵奏报，奉旨领朗州兵进入鄂州境内，攻下长山寨，杀死贼军三千余众，获其守将陈泽等以献。鄂州，是大周皇帝在南唐“两肋”上精选的“插刀”处之一。

又一日，赵匡胤奏报，攻下滁州以西的天长县，伪命天长制置使耿谦率本军投降，王师获粮草两千余万。

同日，韩令坤奏报，拔泰州，其伪命刺史方讷奔归金陵。泰州在扬州以东，看来，韩令坤占领扬州之后一点也没耽搁，立刻按照皇帝的部署开始向东线各州郡进军了。皇帝即命给事中高防权知泰州。

又一日，何超奏报，光州伪命刺史张绍弃城逃走，伪命都监张承翰以城投降。皇帝大悦，遣六宅使齐藏珍随何超一同攻打黄州。

又一日，郭令图奏报，与王审琦、司超一起拔舒州。又，唐蕲州将领李福杀其伪命知州王承巂，举州来降。

皇帝龙颜大悦，兴奋地偕众来到沙盘跟前。所有的高级将领跟随着他将目光投向了这片微缩的淮南山水。目下，在淮南境内，王师的兵力部署如下：

中点，李重进、张永德、李继勋等率主力马、步军五六万及数十万民夫持续围攻寿春；

最西线，有王进逵率领的湖南朗州军进攻鄂州，拿下了长山寨；

次西线，何超等率安、随、申、蔡四州藩镇军数万人攻下光州，并南下攻打黄州；

中线，司超、郭令图、王审琦等攻下盛唐、舒州和蕲州，几部合兵约五千人；刘重进、高怀德领命率部向庐州进发；

次东线，赵匡胤、石守信等率精骑五千从涡口下清流关，取滁州，又东取天长县；

东线，韩令坤、白延遇、赵晁等率精骑五千奇袭下扬州，并东取泰州。

众人被这大好的局面所鼓舞，议论纷纷，摩拳擦掌，面上泛起了红光。

这天半夜，有白虹自淝水升起，横亘数丈，就像一条出水的银龙，其下端一直延伸到了寿春城中。数刻之后，这条银龙才慢慢隐没。白虹的出现让周师将士想起了许多古老的传说，兴奋莫名。各种神秘的、与天意和天子圣德有关的说法在军中流传开来。

一四三　矢避胡床

东京大内。时令已经进入三月，寒食节在即。宫中万象更新，烟水初消，杏花如雪。更有金丝柳间杂着高头槐，在恻恻轻寒、翦翦微风中摇曳出一身鹅黄与嫩绿来。任谁见了这样的景象，都会露出发自肺腑的笑容。

坤宁宫偏殿。季飞卫偕妻采儿前来看望皇后。朱雀在座相陪。

因飞卫腿脚不便，皇后特赐他坐了圈椅，又命采儿坐了他旁边的杌凳，一起就着茶水、果子叙叙话。飞卫是得了前线的捷报，按捺不住心中的兴奋，非要来找圣人念叨几句。故此刚落座叙完寒温，他就急急将话题转到了前线。

“……说是官家圣谋，轻骑奇袭，八百里智取扬州，贼军还没回过神来呢，一座城就丢了！”飞卫脸上红红的，言语间羡慕向往不已。

“嗯，我知道了。昨日枢密院呈上来的军报，也提到了这事儿。”君怜含笑道。

“圣人请想想，官家才出征多少日子？淮南十四州，目下咱们已经拿下了六州！官家如此神武无敌，依臣看，用不了多久，唐主就该缴械投降，漫说淮南，整个儿江南都是咱们大周的了！”

“呵，圣人，飞卫眼红林远、邓锦他们有仗可打，有功可立，已经在家跟臣妾念叨好久了。”采儿见他孩子气地眉飞色舞，便笑向皇后解释道。

“飞卫，你在后方负责整治军械，功劳也是很大的。没有你，他们拿什么去打仗?”君怜温言安慰道。

飞卫赧然道：“这是臣的本分，岂敢侈谈功劳?”

朱雀向君怜笑道：“早就跟你说过尽管放宽心的。官家出马，必定会打胜仗。听听人家飞卫的话多笃定！这下子你不担忧了吧?”

“嗯，之前是我多虑了。”君怜微笑道，也努力说服自己真的这样去想。

“心一宽，身子不就安好了?”朱雀说着，又向采儿和飞卫揶揄道，“你们来得好，多跟圣人说些外面的好消息。圣人一高兴，咳嗽也该好了，晚间说不定能多吃半碗饭，那唐妈妈可就要疼死你们了!”

采儿笑向朱雀道：“有令主天天陪着宽圣人的心，圣人便有什么，也早就开解了。”

飞卫也向君怜笑道：“臣这里知道的，全都是些军中的小道消息。圣人若愿意听，以后臣常进宫来向圣人汇报就是。”

“好啊，我愿意听。”君怜笑答，掩着嘴轻咳几声，因又问道，“最近新发了军资往淮线去吗?”

“发了。这种远攻战，消耗最多的是箭支，臣日前刚刚又发了五百万过去。还有长枪、长刀、生牛皮、牛筋、衣甲、旌旗之属，也陆续发了好几次了。不够的，臣正教各处军械所加紧赶制。”

君怜点头：“转眼快到寒食，过了这个节，可就该换夹衣了。宫里为官家备了春夹衣、夹袍、夹履、新铠甲等物，日前也遣王景通和承璋送去了。他们走的是驿站，可不知跟你们的军械相比，究竟是谁先到官家跟前呢。”

君贵出征之际，原本是带足了衣物的，不过新春制新衣是家中旧例，也是表达家人关切的方式。此番君怜原打算遣廷献去送，斟酌良久又放弃了。廷献的确比承璋机敏、有心，能观察到许多承璋通常会忽略的现象，可是……

君怜清楚地记得与君贵吵翻那日君贵最后所说的话，也听闻了奉武曾经被鞭笞、斥逐的事。她知道，廷献目下在君贵跟前的处境已经变得非常微妙。几人间的局面处在一个脆弱的平衡点上，不能轻易去触碰。还是冷一冷，待事情彻底过去，再替廷献在君贵那里转圜吧。

几人正亲切叙谈着，廷献入内禀报，宫苑使在殿外求见。君怜道：“宣。”

宫苑使入内行礼，君怜示意他平身，问道：“什么事？”

宫苑使道：“回圣人，开了春，卑职率属吏循例检查各处宫室楼阁，发现有不少破损处。其中坤宁宫前后殿的藻井、穿廊的大柱都有多处油漆脱落。臣想请圣人的旨意，何时可以容臣遣人来修缮？”

君怜问道：“滋德殿有破损处吗？”

宫苑使忙道：“那倒没有，官家的正居是时时检修的。”

“嗯，委屈谁也不能委屈了官家。”

“圣人说笑了。原本是先帝有旨，国朝初创，俭素为上，殿阁之事可缓则缓。但德妃娘子说，滋德殿时常接见外臣，不能因瑕疵丢了天子威仪，故此滋德殿仍旧循例时时检修。”

“知道了。除了坤宁宫，还有哪些地方出现了破损？紫烟阁、景福宫、瑶碧阁、丛玉阁有吗？”

“回圣人，国朝建鼎以来，宫里这些旧殿阁，都没有大修过，若说破损的话，多少都有一些。”

“那么，这几处殿阁的破损中有没有影响使用、非修不可的？”

“据臣已经检查过的看，还没有那么严重的。”

君怜沉吟道：“知道了。国朝目下正在战事中，宫里一切不必要的开支，都要统统削减掉。坤宁宫不必修缮了，紫烟阁……”

朱雀忙道："我那里好好的，不必修。"

"嗯。"君怜颔首，"至于三位娘子处，一个刚刚有身子，两个快生养了，都闻不得大漆味儿，都不必修了。"

"喏。那么臣再看看别处……"宫苑使道。

"除非不修就会倒塌崩坏之处你再来另行请旨，其他的都不必修了。……还有别的事吗？"

"没有了。"

"那你下去吧。"

"喏。"宫苑使恭谨施礼道，"臣谨遵殿下教旨，告退。"

君怜又将眼睛转向廷献："对了，你去告诉御厨房，从今日起，我这里和紫烟阁的膳食种类减半；皇子皇女的花销本就算在我这里，每日添加的食物有唐妈妈主理，花不了几个钱，照旧。三位娘子……也减半，减掉的那一半，从坤宁宫的例份里出银子补上。"

廷献迟疑不答。君怜定睛看着他。廷献揖道："圣人近来一直吃得少，全靠菜色花样多，还能多进用些。膳食减半这件事，请恕臣不能同意，臣要先去问问唐妈妈。"

君怜微怒道："廷献！"

"臣先去了。"廷献不应，却向采儿和飞卫使个眼色道，"圣人吃得少可不行，你们也劝劝。"

淮水北岸。下蔡皇帝行在。

已过前半夜，君贵才从工地巡视回来，进帐门脱了大氅。他有一种浅浅的兴奋。

寿春水寨西北隅的排水工事已经接近尾声，现场同时有数万民夫在劳作，无数支熊熊火把将工地照得通亮。他们在勘定的水域边界以沙土包筑起了高高的壁垒，隔离出来的这一大片浮水已经被新掘的沟渠导入淝水。经过了两次焚烧，刚刚清理出来的这片平地已经颇可利用了。民夫们目下就是在往上面填土，并铺上稻草、竹木之类的杂物防滑加固。

这片清理出来的地域与寿春城之间原本并没有水寨阻隔，防御靠的是逼仄的地势和幽深的壕沟。填平之后，这片地域将可以覆盖对寿春城的西门和北门的攻击范围。

明天，他要开始攻打瓮城。明天。

灯烛摇影。几个内侍开始为皇帝歇息铺设床榻，预备洗漱用品。王景通走过来揭开御案上的灯罩，剪去了烧黑的烛芯，赔笑问道：“陛下，牛肉汤已经教厨下炖好了，何时进用呢？”

“朕什么时候让你……”君贵不悦道。

“是圣人特意嘱咐的。日间臣一来就向陛下禀报过，陛下想是太过劳累，忘了。”王景通低声平和道。

君贵一愣，随即点头道：“哦，那就端上来吧。”

王景通、范承璋一行五六人是今日午后抵达行在的。由于事先没有任何通报，这个来自家里的慰问团大大出乎了君贵的意料。故此，王景通甫一见面时说了什么，他几乎完全没有听进去。

君贵坐到御案前，再次从怀中掏出了君怜让他们捎来的短信。短信是君怜所手书。烽火连三月，家书抵万金。即便贵为帝王，家书也是珍贵的。

君怜在信中简单地叙及家里情形，包括观音和训哥儿新学会了两支童谣，并写得三两个新字，包括菁娘有娠，包括远山和秋池身子安好，包括朱雀养成了一株九头水仙，等等。

这些消息都让君贵感到欣喜，尤其菁娘有娠，这当然是家中的又一桩大事。

可君贵最想知道的是君怜的情形。信中君怜几乎没提到自己，只说平安如旧。君贵向王景通和范承璋询问，两人遵圣人严命，不敢提及她曾经发烧卧床，也说圣人一切都好。

附在短信后一起送来的，有君怜手写的一幅俊逸行书：

君怜顿首：快雪时晴，佳。想安善。仰观宇宙之大，游目骋怀，信可乐也。君怜顿首。

全帖由她从王羲之《快雪时晴帖》和欧阳询临《兰亭集序》中摘句摹写而成，只有“君怜”两个字，是她自己的笔迹。

烛光映在尺牍上，墨迹似乎散发出一种柔缓的光芒。那些字也从内用粉蜡笺上飞舞起来，在安静的行宫半空盘旋着，像一个个翩翩起舞的黑色精灵。君贵长久地凝视着这些飞舞的精灵，感受到了君怜难以尽述的心怀。

全篇临帖，是借他人酒杯以浇自己块垒；两次顿首，是她不肯明言的缠绵悱恻。

宇宙之大，足以装下他们的心志，足以让他从求索中得到至乐；然而节候变换，水土迁移，她所最为牵挂的，不过是他的安善而已。君怜是懂得他的。唯其懂得，才会再三劝他斟酌。

出征以来，他第一次陷入难以名状的自责。他应该向她和盘托出自己的打算的，应该好好向她说明，并且得到她的理解和支持，就像熔佛铸钱那次一样。他不应该从一开始就躲着她，更不应该在遭到她的劝阻时恼羞成怒，那样生硬地对待她。

他闭上眼睛，心在突突地跳，太阳穴也在突突地跳。他感到了一阵疼痛，在头，也在心。

书案上轻轻一声响，有人将牛肉汤盏放到了他跟前。香气四溢。“陛下，请趁热进用吧。”是刘奉武的声音。君贵睁开眼，直愣愣地看着他。

“陛下？”刘奉武忙道。

“伤口留下疤痕了吗？”皇帝突兀地问。家书让他的心柔软了，他想到了更多的事。

刘奉武一愣，随即明白皇帝所指，慌乱道：“呃……没有，没有。”

“好。”皇帝颔首，“去将圣人送的春衣拿过来，朕挑一身。明日，朕要穿着它攻城！”

翌日清晨。寿春城南水寨，鼓角声震耳欲聋。

李重进率李继勋、侯章、王璨、徐令则等，指挥着麾下军士对城南水寨发起了又一轮猛攻。如果将这水寨比作一头大水怪，这已经不知是它第多少次遭到迎头暴击了。然而神奇的是，这头大水怪一次又一次垮了又起来，死了又活转，仿佛具有可以无限延续的生命似的。

战争的刚性需求是军械进步的最大原动力。

为了更方便交通、运输与指挥，周军也搭建起了水寨。自岸边向水内延伸出的数十个码头，像是这头大水怪下巴上粗壮的胡须。各种刁斗、望楼、牛皮帐等物事，便附设在这种码头上。而且，还经常有人会为它们想出远远超越其设计初衷的用途来。

为了改善在岸边的砲车攻击距离不够的状况，他们发明了一种“方船”，吃水比中型船只浅，承重和占地面积却大。他们将数十辆投石车分别推上数十艘这样的方船，一字排开划到水域中央，去向水寨里砸掷石块。后来这种方船又划到了淮水和淝水中流，他们扔出的石头，甚至直接砸到了寿春城城墙上，砸进了瓮城里。

他们又发明了一种“竹龙”，本质上是一种加宽加厚加强的竹筏，以数十万竿竹子围属编扎而成，上面搭建了竹制的版屋，又蒙以生牛皮作为防护，每条竹龙上可以装载数百人。数十条竹龙密密麻麻铺满了水面。身着盔甲的猛士们藏身于版屋之中，冒着唐军的反击将竹龙划到水寨的栅栏下，然后或砍或烧，对栅栏进行破坏。

当然，这也是周军死伤最多的环节。水寨的边界早已被唐军的楼船横列挡死，就像一堵厚实的水上城墙。唐军躲藏在楼船各处，居高临下，拼命还击，箭雨、飞枪、飞镖、火弹、石灰、热油……无所不用。

营栅前，被击中倒下的周军肉体层层堆积，在震天的战鼓和火砲的轰鸣中，像粽子一样无声无息沉入水底，过了许久，又轻飘飘浮起，运气好的会在已经极其拥挤的水面上获得一小块出露的地方，向这个世界展示自己曾经卑微地存在过。

浮水早就不再是红色了，变成了一种极其混浊的颜色，几近于深不见底的黑暗。

为了防止瘟疫发生并流行，周、唐两军每天都会寻机将掉落在水中的那些肉体捞起来，或烧或埋，各自处置。

下蔡。皇帝行在。

即便在战争中，江南的春天也显示出了无限的柔媚。日出江花红胜火，春来江水绿如蓝，能不忆江南？白乐天抒写的是自己离开之后的想念。而君贵目今正身处白乐天回忆中魂牵梦萦之地。乱点碎红山杏发，平铺新绿水蘋生。水乡泽国的景象浸润了他的灵魂。

君贵披着京师家里送来的新甲，甲下一袭新衣，意气风发地率千余众随员驰出行在红漆金钉的大门。

在经过一个乱石滩的时候，他跳下腿长臂圆的爱马云间豹，抱起了一块大石头，向部从们说道：“今日要攻城墙了，咱们每人抱一块石弹过去！”

众人相顾欣然，齐声应道：“遵旨！”

于是，从下蔡通往寿春的浮梁上出现了一支豪华的抱石队伍，他们个个衣甲鲜明，武仪赳赳，许多人还牵了马，却干着通常由衣着素朴的民夫所干的搬运活儿。他们迈着乐颠颠的步伐，脸上甚至露出了傻呵呵的笑容。

寿春城北门瓮城外。在已经被填平的土地上，凶猛的攻城战又开始了。张永德等大周重将指挥着如狼似虎的军士们，恶狠狠地扑向令他们咬牙切齿的这座坚城。

十数架投石车被推到了计算好的地方，机枢频繁击发。周帝与部随们运送过来的石弹早已加入原先备好的石弹堆中。一块又一块的石弹被次第安放到击发位置，浇上了引火物，燃烧着，持续不断地砸到寿春瓮城的城墙上，或者落入寿春城中。虽然没有亲见，周军将士们也可以想见被这些石弹砸漏的屋宇和砸扁的人形。这些基于以往经验的想象画面让他们心花怒放。

在投石车的猛攻造成可观的效果后，临冲开始派上用场了。临车与冲车是一种装甲攻城塔，常造为五层，与城墙齐高乃至高过城墙，以便对城头上的敌人进行平攻或自上而下的俯攻。临冲以生牛皮做甲盾，每层都藏着十数名勇敢的周军士卒。他们拿着长兵器和弓箭，大型临冲上甚至配备了强弩，他们靠高度来压制并歼灭敌人。

数十架折叠云梯也攀附上了城墙。全副武装的士卒凭着对皇帝的忠诚，凭着渴望建立功勋的野心，成为这支敢死队的成员。

数十辆攻城的轒辒车也被推到城墙下。藏在车中的军士们开始向下挖掘，准备在城墙根部埋入火药。

城门处，一架巨大的撞车正伸出它粗长的钢铁獠牙，一口一口拼命啃噬着包裹了厚厚铜皮的大门。

唐军的还击十分毒辣。火箭、热油、毒液等物从城头滚滚而下。裹着铁头的叉杆从城墙半腰的小孔中伸出，将倚靠在城墙上的云梯猛然推倒。云梯上的周兵如同一串会发出惨叫的蚂蚁，凌空飞出。几块巨石对准轒辒车和撞车砸下，即便蒙了几层生牛皮甲盾，木结构的大车也无法抵挡巨石的强大威力。大车被砸塌，周边推车的士卒顿时成为肉饼。

所有人都在呼喊。大音希声，谁的呼喊在这修罗场中都显得不重要了。只有密集的战鼓声指引着他们。

战斗的场面显得宏大、混乱而胶着。宏大掩饰了血腥的残酷；混乱却并非真正的混乱，所有人都有自己的目标与方向；而胶着，是因为敌我双方的势均力敌。

大周皇帝郭荣坐在胡床上督战。近卫拱跸，巨大的升龙纛旗迎风猎猎。

眼前的这一切让他心旌摇荡。他激动而又冷静。他所需要的进展正呈现在眼前。破局就在顷刻间。

城墙上出现了一个指挥者的身影，那就是皇帝在这场战役中的死硬对手——南唐寿州节度使刘仁赡。他带领着包括儿子们在内的部将在女墙边来回巡视，不停地指挥手下军士调整战术，应付这座古城此起彼伏的危机。

皇帝郭荣好整以暇地远远仰观城头上的忙乱，嘴角牵出了一丝微笑。

忽然，刘仁赡停止了忙碌，叉腰向城下遥望。显然，他意识到大周皇帝已经亲自来到了城墙下。借由对旌旗的辨识，他的眼睛迅速锁定了大周皇帝的所在。

没有丝毫延宕，刘仁赡立刻从身边人手中抢过角弓，又掣过一支长箭。就在众人惊愕间，他对准周帝的位置，以迅雷不及掩耳之势射出了那支羽箭——在唐军将领中，刘仁赡是数一数二的神箭手。

带着凌厉风声的羽箭在距离周帝身前数尺处猛地坠落，箭杆完全没入地下，只剩雪白的硬羽在不住颤抖。

事出突然，皇帝的近卫们发觉不妙时，身形甫动，箭已落定。他们吓白了脸，呐喊起来，纷纷持械警戒于皇帝身前。

在场所有人都勃然失色，除了大周皇帝郭荣。

皇帝缓缓站起身，拔出惊风剑，拨开挡在身前的近卫们，镇定地看向城墙上的刘仁赡。虽然离得很远，彼此都看不清面目，但他确信，他们都真正看见了对方。

皇帝绽出了好看的笑容。

战役在一刹那变成了两个男人之间勇气与定力的较量。

“林远，将胡床挪到适才箭矢坠落的地方！”皇帝大声喝道。

“陛下！”“陛下！”“陛下！”所有的近卫闻言大惊，尽皆挺身阻止。

皇帝看着他们，淡定道：“这是命令。”

“陛下，此举太过危险，请恕臣不能从命！”林远焦急地揖道，又挡在了他的面前。

皇帝再次以剑拨开林远，自己提起胡床，往前迈进几步，将它用力蹾在了白羽露出之处。然后，皇帝稳稳地坐下来，将惊风剑还入鞘中，抬眼看向城头。

就在这一瞬间，带着所向披靡的呼啸，又一支羽箭破空飞来。与刚才一样，羽箭在距离皇帝身前数尺处再次猛地坠落。皇帝面容上的笑意更深了。

城头上的刘仁赡又惊又怒，懊恼地将角弓扔到地下，悲愤道：“难道上天真的不再庇佑我大唐了吗？倘若果然如此，我刘仁赡不过有死而已！”

鼓声骤密，响彻云霄。

受到适才坠矢事件的鼓舞，大周的攻势愈发猛烈，如同万钧雷霆。

一四四　殿帅复仇

下蔡。皇帝行宫。远远的战鼓声、火砲声如同云外传来的闷雷。周师仍旧攻城不息。范质等文臣汇报政事已毕，相继走出行宫之门。

君贵踱到沙盘前默观半晌，又命兵部随员铺开地图。这一次，他的视线没有凝注在江南，而是飞到了北边的契丹。在王师凌厉的攻势之下，唐主显然已经乱了分寸。日前接到静安军奏报，唐主派密谍身藏蜡丸书北上向契丹求救。蜡丸书被军使何继先截获，送到行在。

事实上，南唐与契丹的关系远比外人想象的复杂和微妙，绝不是南唐单纯投靠或依赖契丹那么简单。

昔年，辽太祖耶律阿保机的长子耶律倍因倾心汉化，失去母亲述律皇后欢心。阿保机死后，述律皇后扶持次子耶律德光登位，耶律倍逃亡到后唐，投奔了明宗李嗣源。耶律倍受到李嗣源的款待，却死于后唐末年石敬瑭之乱。中原的后唐灭亡次年，徐知诰在江南篡吴。再次年，徐知诰改名李昪，自称唐室后裔，建立南唐，这等于是接过了后唐所宣称继承的中原唐室皇统。

本来，李存勖的后唐、徐知诰的南唐都与李世民的唐朝毫不相关，耶律倍所投奔并埋骨的后唐，自然也与李昪的南唐毫不相关。耶律倍死了，旧事就该了了。但是没想到，接下来，契丹皇位的传续发生了突变：后晋末，耶律德光在从中原撤军途中暴毙，耶律倍的儿子耶律阮被拥立为新皇帝。耶律阮继位后追封父亲为“让国皇帝”，又追踪父亲生前行迹以寄哀思。既然曾经收留父亲的后唐已经湮灭了，那么，接过了后唐皇统的南唐也可以勉强算数。于是契丹遣使与南唐交好，以便结盟制衡中原。按照耶律倍的辈分论，契丹呼南唐为兄，自认为弟。而在此之前，中原的后晋政权是对契丹称儿的。

契丹与南唐相隔遥远，彼此连通商都困难，更不用说互相有什么军事援助了。加上南唐国力一向富强，从来也没仰过契丹鼻息。在南唐人的心目中，一则未来一统天下时可能用得着契丹助力夹攻，二则契丹仰慕中华天朝威仪（南唐认为自己才能代表中华）、主动来叙亲戚关系，也是延续了千百年来夷狄领受中朝王道教化的老传统。所以，他们愿意与契丹保持友好关系。周帝郭荣批评他们“泛海以通契丹，舍内事外”“舍华事夷”“厚起戎心，诱为边患”云云，似乎南唐一直奴颜媚骨巴结契丹，还真是有点冤枉他们了。

当然，契丹与其时并存的南北两方汉文化政权之间的关系是经过了一番波折的。南唐初，宋齐丘为了离间后晋与契丹的关系，遣刺客在淮北杀死了辽使高霸，嫁祸于后晋，于是“父子”生隙（那时候辽、晋是“父子”，但唐、辽还不是“兄弟”）。十数年后，耶律阮的继任者“睡王”耶律述律派遣自己的舅舅出使南唐，后周大将荆罕儒为了离间南唐与契丹的关系，对江南人“以彼之道，还施彼身”，遣刺客田英在清风驿取了辽使之头，嫁祸于南唐。于是“兄弟”情绝，至今两年有余。

此番后周大军压境，李璟被逼得没办法，想起了千山万水之外的这门旧“亲戚”，因此遣谍者身藏蜡丸前去交通。

君贵对于南唐会向辽、蜀等外援求救早有防备，除了遣密谍加强侦探以外，也下旨要各处边境加紧盘核过路者。果然，多留的这个心眼儿没有白费，蜡丸书被何继先截获。南唐在书信中希望契丹能在北线对郭周发动攻势，最好能吸引得周帝回兵返救，以消解江南承受的军事压力。

君贵读罢此信，愈发坚定了自己的判断，诏赏何继先之余，又向邺都、镇定、凤翔等处节度再下密旨，嘱以边事。

中原，中原，国朝被围在周边各种势力中间。君贵的视线从地图北方又跳回江淮一线。唐主有外援，他也有外援——不，准确地说是内援，也即两浙、湖南、荆南等藩属势力。他们是用来对江南“两肋插刀”的。

让人挠头的是，就在这节骨眼儿上，湖南那边出了问题。原本奉命出兵东插鄂州的南面行营都统、朗州节度使王进逵因素行苛虐，被部将潘叔嗣寻机杀死。潭州节度使周行逢又跑过去杀了潘叔嗣，并接手朗州，暂时掌握了整个湖南的军政大权。这些消息是荆南节度使高保融抢先向他汇报的——高氏从其祖辈起就特别擅长做这种事。接到奏报后，君贵只能下旨让周行逢立即弹压、整顿湖南境内的乱局。故此，也没法指望他腾出手来帮自己攻打鄂州了。

好在何超等率领的藩镇大军已经挺进西线，如果需要配合的话，也可以下诏让荆南出兵插这一刀。不过，君贵对荆南一向保持警惕。高氏祖孙、父子皆是著名的滑头，号称“高赖子”，早几十年就夹在各处势力中左右逢迎，为自己捞取好处。君贵相信，来锦上添花他们是乐意的，想让他们雪中送炭？哼，就算他们肯来，他也不敢要。

他的目光停留在吴越与南唐的交界地带，那是他“两肋插刀”之计所在的另一处——东部的肋骨。在王师的威压之下，南唐静海军制置使姚彦洪率领家属和军士一万余人投奔了吴越，这算是东肋的开门红。日前，吴越王钱弘俶向南唐李璟接连飞出了两把“刀”：其一，命其都指挥使路彦铢攻打宣州；其二，命其丞相吴程、前衢州刺史鲍修让、中直都指挥使罗晟准备出兵常州。目下，罗晟已经率领吴越水师驻于江阴，就等大周皇帝的命令了。

君贵看了林远一眼。他打算派人去向罗晟宣谕。派林远去吗？林远是个妥当人，可自己这里离不了他。邓锦呢？也不妥，邓锦与林远是上佳搭档，禁卫有他们配合，万无一失。张永德虽说有卫跸之责，毕竟主要体现在对阵的部署上，总不可能真的让一个殿帅率众执戈御前。君贵斟酌片刻，命林远将守卫在帐外的另一名近卫指挥使、殿直薛有光叫进来，派他去向罗晟宣谕进攻，并带去国朝的衣冠法物作为赏赐。

薛有光领命而去后不久，邓锦入报："官家，唐主派人缚送了一百余俘虏来，正在行在外面听候处置。"

君贵有些意外："什么俘虏？这么多？"

"有两拨。一拨是曹澄及其党羽，共三人……"

君贵听到这里，拊掌笑道："好！这李伯玉的动作倒快。"因又问，"另一拨是什么人？"

"另一拨是当初的蜀国降卒，共一百五十人。"

"蜀国降卒？王景他们伐秦、凤时所献的那批俘虏？"

"是。当初陛下赦免了他们的死罪，选其精壮屯卫于淮水北岸。没想到淮南战事一开，他们却越过淮水，投奔了江南。前些日子陛下命钟谟等致书唐主索要曹澄，唐主想来是怕了，便连同这些蜀卒一起送了过来。"

君贵露出了冷笑："朕好意替他们留下了性命，他们不领情，趁着朕兴兵伐唐，居然奔窜到敌方，以便寻机反噬！难道他们以为朕是东郭先生，还想效中山狼的故事吗?!——邓锦，率部将这一百五十人押到附近军营与村寨交接的人密之处，宣示他们的罪过，统统枭首示众！朕要杀给所有的人看，不信守诺言背叛于朕，会是什么下场!"邓锦肃然应喏，转身离去。

"林远，"君贵转向自己的另一大心腹近卫，"将曹澄等三人押了，交给张殿帅，是杀是剐，随他处置。"

“遵旨！”

张永德营帐外。五花大绑的曹澄等三人面色灰暗，跪于帐门旁侧。接到报信的张永德从寿春城下战场匆匆赶回，率一彪亲从数十人疾驰至帐外。

张永德跳下马，径直走到曹澄面前。曹澄是张家部曲，他们彼此是旧识。见张永德气势汹汹过来，曹澄咬着牙一言不发，没有任何悔愧之意。

张永德登时火冲颅顶，怒骂一声：“忘恩弑主的畜生！”一马鞭抽在曹澄身上。

曹澄吃痛，索性放声大喊道：“张殿帅，你父亲待人素来苛虐，是他不义在先！”

“放屁！放屁！放屁！”张永德大怒，又一鞭向他甩去，“十恶不赦的鼠辈，还敢满嘴胡吣！”

曹澄徒劳地躲闪着，愈发大声道：“你的父亲是父亲，我的闺女就不是闺女吗?！我闺女尚未成年，他就……”

张永德不待他说完，一鞭抽到他嘴上，曹澄的面目登时皮绽肉裂。曹澄身心交痛，涕泪双流，发出了狼一样的哭号，嘴里含混不清地吼道：“你杀了我……你快杀了我……”

“哼，狗杂种犯下如此重罪，还想速死?！”张永德怒极反笑，“我恨不得食你肉、寝你皮，将你千刀万剐，方能消我心头之恨！”他转向自己的亲随张孝贤，“速去淮水岸边高埠上设立祭台，再给我找一把铡刀来，我要将这几个畜生腰斩了，祭奠父亲的在天之灵！”

曹澄身旁的另两个人一听，登时吓得屁滚尿流，瘫软在地。曹澄分知不免，扭头向旁边一块大石撞去，当场晕厥。众人不由发出惊呼。

张永德睥睨着他们，冷冷向部下吩咐道：“拿冷水给我浇醒了，拖到祭台那边去！”说罢，他转身走入自己的营帐。

淮岸边高埠。张永德之父张颖的牌位端立于新设的祭台之上。香烟扭曲着升起，烛火似明似灭。巴掌大的纸钱在半空飞舞起来，像一场密密麻麻的春雪。更多的纸钱被扔进台前的一个大铜盆中，焚化成惨淡的白灰，风一吹又腾起，在祭台上方纠缠不去。

张永德脱去戎甲，身服重孝，庄重地叩行祭拜大礼。热泪从他的面颊上汩汩而下。二十四名张氏部曲亦身着重孝，祭拜哀哭于张颖灵前。曹澄等三人，仍旧被五花大绑了，萎靡于祭台之侧。

张孝贤匆匆登上高埠，来到张永德身前跪下，小心翼翼地附耳低声道："殿帅，属下遣人找遍了附近村寨，没有合适的铡刀……"

"怎么会?!"张永德怒道。

张孝贤忙解释道："殿帅，咱们军中并没有带铡刀出来。而村民家所有的，不过是铡草料用的寻常刀具。刀口钝，刀片薄，力道轻，用来切人，肯定不行……"

"哼，"张永德冷笑道，"没有铡刀，我就亲手腰斩了他们!"他猛地站起身，喝道，"来呀，将这几人的衣裳给我剥了，拖到祭案前来!"殿前司一众部随轰然应喏，七手八脚，就去施行。

张永德从祭台侧警戒的军士手中拿过一把大刀，试了试刃口，掂了掂分量，然后走向曹澄。曹澄光着膀子，目眦尽裂，含血带泪狠狠瞪着他，含混不清地奋力叫骂。

张永德咬紧槽牙，手起刀落。曹澄的身子从腰腹处豁然裂开。

血溅孝衣。并飞溅于孝子冰冷的面目之上。

曹澄凄厉的号叫声响彻祭台上空，声闻数里，绵延回响不绝。

越来越多、越来越厚的殷血蔓延开来，像一种具有独立生命的活物，蠕动着爬进每个人的鞋底，爬上每个人的鞋面。

皇帝行在。仍旧是日间，林远报张殿帅求见。君贵宣召。

张永德阔步入帐，至君贵跟前跪下，朗声道："臣张永德叩见陛下。"

君贵见他脱下了穿着多日的白衣，换上了一袭红袍，不由笑道："抱一，大仇得报了？"

"是，臣叩谢陛下隆恩！"张永德说罢，郑重地稽首于地。

"平身吧。"君贵温言道，"虽说大仇得报，毕竟仍在服中，素淡为宜，何必穿红？"

张永德含泪道："陛下，兵乃凶事，丧亦凶事，今当朝廷出兵之际，原该趋吉避凶，不应凶上加凶，陛下却因怜惜臣的不幸，特许臣家事不讳国事，白衣出征。臣感铭至深，无以言表。红衣谢恩，是矫正先时之凶象，表明臣对陛下的一片耿耿忠心，此其一也；另外，红色也是臣之仇人鲜血的颜色，臣以此示威于淮南贼众，明必取之志，此其二也。"

"好一片耿耿忠心！好一个必取之志！"君贵大喜，亲自扶起他，"抱一，你的心意，我完全明白。你好生督战，争取早日拿下寿春，立下攻城首功！"

"遵旨！臣必定不辜负陛下的期望！"张永德斗志昂扬，大声应道。

南面水寨。李重进营帐内。

时已黄昏，凶猛的攻防战仍然在继续，那种喧哗早已成为此间人们生活的一部分了。

李重进和徐令则等部分亲随在帐内歇息、进食，服役的军士穿梭进出。热腾腾的饭食和酒水让大家紧张了一整天的神经放松下来。

众人一面吃喝一面议论，议论的话题与攻战无关——他们已经变成了麻木而机械的战争机器，所以在战争的间歇，根本不想再触碰任何与攻战有关的话题了。他们的话题围绕着今日最大的新闻——张殿帅复仇。

“……是腰斩的，你知道吗？咔嚓一下子！”

“哎哎，说是没用铡刀，是张殿帅亲自操刀劈的！”

“啧啧啧……”

“那罪人劈成两半了，也不得速死，听说号了好半天呢……”

“哎哟哟！”

“劈完人，张殿帅那里所有的部将都改穿了红衣，又杀到城北攻城去了……”

“嘿嘿，一片红衣，那可真够显眼的！”

“我怎么听说红衣是陛下赏的？说是号称‘红衣军’，要教贼军吓破胆的意思……”

“我看不是陛下赏的，多半是他们自己弄的！”

“哼，他们那一票人还不是仗着陛下宠着惯着，先前一片白，目下又一片红，这是为拿下攻城首功作法呢吧？”

…………

听到此处，一直沉默的李重进将手中大酒碗向桌案上重重一蹾，冷笑道：“要报仇，枭首示众就够了，有必要腰斩吗？向谁示威呢？！”

众人见他不悦，忙附和道：“是啊，卑职们也是这个话！”“殿前司那帮家伙，处处想压咱们一头！”“连杀人都要换着花样来！”……

张永德营帐。

张永德结束了短暂的歇午，睁开眼，从行军榻上坐起。早已候在帐侧的一名军校走过来施礼，附耳向他说了几句。

张永德闻言，先是一怔，随即大怒，骂声“混账”，拍榻而起。在榻前来回踱几步，他猛地转身问道：“要你们查的事呢？查到了什么？”

那军校忙揖道：“回殿帅，还……还没什么有用的。”

“继续查！”张永德冷笑道，“就他手下那些大嘴巴，我就不信漏不出要紧的干货来！”

高邮县。某村寨。

韩令坤率所部精骑相继占领扬州、泰州之后，又命赵晁、白延遇等部将分兵北上，往楚州方向而去。目下，这支北上的队伍正在泰州与楚州之间的高邮县以南，强占了一大片宽阔的村舍歇脚。原屋主被他们轰到外面自寻住所，在他们离开之前不许回来。

安静的农舍外忽然一阵呼哨，白延遇带百余骑驰回，人人满载而归，手中、马上满是金银珠宝与奇货土产。

赵晁闻声，率众从农舍内迎出，笑道:“这么快就回来了？白都将和弟兄们辛苦了!”

白延遇笑道:“今日又是好大一场收获！来来来，弟兄们，将搜来的好物事都分了!”

军士们都知情识趣，忙道:“别急别急，先将最好的给白都将和赵都将留出来!”

作为一支快速移动的精骑，他们是自带粮草的。虽说出发之际上司另外给付了银两，让他们沿路购买给养，但是，银两难道是用来花销的吗？他们要吃要喝要享受，当然是以武力剽掠来得理直气壮。不仅物资，连同对女人的需求，他们都是以这样的方式获取并满足。南唐民众于他们，不过是草芥而已。

当下，周军士卒人人喜笑颜开，欢天喜地扑上来瓜分最新的物资。他们都是单纯的人，长官怎么带，他们就怎么做，甚至做得比长官期望的更好。他们顺应着自己的生理本能，觉得非常开怀惬意。

对南唐百姓的剽掠，并不仅仅发生在东线。甚至在大周天子眼皮底下的寿州，这样的剽掠也有人在悄悄地进行着。白延遇、赵晁等所代表的，并不是大周这区区数千军马，而是虽经严格汰练却仍旧顽固地保留了许多恶习的、相当数量的王师将士，或者说代表了这些虎狼英豪的某些黑暗侧面。

扬州城外。泰州城外。高邮城外。淮南东线乡野间。

更多的周骑小分队呼啸着冲入村庄，横行肆虐。

几乎在昼夜间，一队队穿着奇怪的灰白色铠甲的乡民不知从何处拥出，举着锄头、樵斧、镰刀等物冲过来，与周骑展开了殊死搏斗。

周军人马的剽掠，令原本对周帝和周军怀有憧憬与期待的江南百姓心中燃起了熊熊怒火，一批又一批乡民武装自发诞生了。他们聚集在山泽中，修筑各种堡垒坚守自固，齐心协力保卫乡土。他们以各种农器为兵刃，将陈旧的纸张叠成厚厚的方块并缀合成坚韧轻便的纸甲，对剽掠的周军发动零星而持续的游击。因纸甲呈现出一种略带灰黄的白色，他们便号为“白甲军”。

而此时，远在寿春城下的大周皇帝郭荣，对淮南这支民间义兵的存在还一无所知。

东京大内。御苑。

春风乱起，柳絮杨花在风中翻卷成团，没有规律地旋转。这场风带给人的眩晕凌乱的感觉，很像两年前在另一个地方刮起的那场乱风。

流风亭附近的一个僻静处，高高的大青石上放着一只香炉，炉中一炷新燃起的长香。廷献面向西北方跪于炉前，虔诚三拜，默默祷祝。良久，他站起身，忽然向身后说道：“回来了？出来吧。”

承璋从山石后闪出，笑道：“哪儿都找不着你，我忽然想起今天是什么日子来——三月十九！去年今日，你不就是在这里祭奠的曹供奉吗？”

廷献笑了一下：“还是你了解我。”见他已换了常服，因问，“你们什么时候到的？”

承璋道：“今日巳时入的城。回宫后，先跟着王都知去向圣人交了差，然后去向令主报了归来。”

“嗯嗯。你去到淮南前线，见官家一切可安好？在行营转了这么些天，都见着了谁？见着些什么事？快跟我说说。”

承璋笑道：“呵，你这些话，倒跟圣人问的相仿佛！”

廷献也不由笑道：“那你怎么回答圣人的呢？”

“嘿，瞧你操的这份大心！官家嘛，那么多人围着、护着、伺候着，自然是好上加好，好得不得了。依我看，官家打仗打得挺开心的，见了圣人送的春衣更开心，顺手就赏了我和王都知一人一个大银锞子呢！”说着，承璋就从怀中摸出个布囊，又将布囊兜底往掌心里倒。

“好好，不必看了。”廷献忙笑着拦他，又道，“别的还见着了谁？李都帅、张殿帅他们都好？林都知和邓都知都好？”

“都好都好，我替他们多谢陈高班惦记着。”承璋揶揄道，“不过，你猜我见到的最有意思的是什么人？”

“什么人啊？”

“江南的降将降官们！哈哈，官家将他们都留在军中，也不怕他们刺探了军情跑了！”

“……会吗？”

“我看不会。他们都降了，唐主也不会再要他们。他们目下怕是光顾着琢磨怎么能拍官家马屁了。哎，有个官儿就老拉着我问，官家到底想从江南得到什么。”

“……你怎么说的？”

“我能怎么说？我就算知道官家想要整个淮南，我也不能告诉他呀，是吧？倘若官家不肯明说，那自然有官家的道理，我做什么要多嘴？”

廷献不由笑道：“咦，你在这上头甚是聪明，我要对你刮目相看了！”

承璋不屑地撇撇嘴：“嘁，别以为只有你才什么都明白！……

我告诉你，我还知道李都帅与张殿帅甚是不睦，两边都争着想拿下攻寿春的头功呢！”

“啊，甚是不睦？到什么程度？”

“也没打起来，反正就是互相看不顺眼呗。哎，你可别向圣人学舌去。圣人本来思虑就多，要知道他们俩这样，又该发愁了。”

“这个我明白。”

“对了，今日我看着圣人精神不错，似乎身子已经大好了？”

“吃得略微多些。睡嘛，芦笛说每晚能睡三个时辰，比先时好些。不过，还是有些咳嗽。”

“还咳?!”

“嗯。御医说是春咳，过了这阵子就好了。”

“圣人以前没这症候呀。”

“哼，还不是先前去景福殿探望时留下的病根儿未除……”

“景福殿……景福殿那位最近还老过去闹腾圣人吗？”

“隔三岔五，哪里少得了她？”

“……那，近日圣人还抄经吗？”

“嗯，自打官家出征，圣人抄经、拜文殊，就没一天断过。”

承璋望空长叹：“……依我看，圣人还是放心不下……”

廷献默然。圣人有心结未解，他们都能感觉到。无论前线传来的是多好的消息，圣人始终就没有真正开怀过，好像她从心底并不相信。

片刻，廷献低沉道：“有令主天天开解，有皇子皇女爱娇于前，但愿圣怀早日舒畅吧。”

一四五　紫檀御榻

夜风透凉。一艘能装载数百人的大型江南官船正逆水上行，船舱中透出昏黄的灯光。在半明半昧月光的映照下，淮水的微波像是一片零星的碎银。岸边偶尔闪过三两点渔家灯火，但大多数时候，只是无边无际的黑暗。

南唐右仆射司空孙晟冒着夜风站在船头，沉默地看着两岸依稀的树木轮廓，心事重重。有三两仆从远远地候在一旁。礼部尚书王崇质步出船舱，走到他身后不远处招呼道："孙司空，夜已深了，怎的还不歇息？"

孙晟回头看着他，勉强一笑："王尚书不是也没睡吗？"往后退两步到王崇质身旁，又叹息道，"此时此船尚在我国土中，何不多看一眼？异日到了周营再看，想来江山也该变了模样了。"

王崇质安慰道："此番你我二人奉旨出使，只要说动周帝接受条款就算成功。至于江山，该什么模样还什么模样，司空何须想太多？"

孙晟苦笑道："此番出使，咱们恐怕是回不去了。钟谟、李德明不就被周帝扣留下来了吗？临行前下官去找过冯延巳，对他说，他是左相，这趟出使涉及割地，原本该他去的，可是主上派给了下官，下官若是推辞，对不起先帝，说不得只能硬着头皮出来。"

王崇质冷笑道："是啊，那帮人有好处都争着上，这种割地求和的丢脸事，为什么不来？”

孙晟看着王崇质叹息道：“王尚书家有百余人口，还是要好好为自己打算一下的。至于下官，下官想了很久，已经想好了。先帝在下官走投无路时赏识、收留了下官，又一路提拔至宰相。此行，下官终不负先帝永陵一抔土也就是了。至于其他事，也不是下官所能左右的。”

听了孙晟的心里话，王崇质眼神复杂，欲言又止。

下蔡。大周皇帝行宫。依旧禁卫森严，甲兵威武。

孙晟和王崇质向皇帝跪奉国书。

孙晟念道：“……今天命有归，声教远被，愿比两浙、湖南，仰奉正朔，谨守土疆。乞收薄伐之威，赦其后服之罪，首于下国，俾作外臣。则柔远之德，云谁不服！……”

王崇质又补充道：“今再献上金千两，银十万两，罗绮二千匹，江南精美器物若干……”

皇帝在御座上仔细地听完，却迟迟没有作答。

唐主在国书中请求比照两浙、湖南的例子奉大周为正朔，意思是愿意去帝号，做藩属国，这比上封信里的意思更进了一步。但这离他的目标还差得远。他相信唐主还有更具体的条款，这两位使臣显然想慢慢地放出来，一点一点地谈判。

片刻，皇帝欠了欠身子，不耐烦地问道：“……你们国主还有别的话吗？”

“有，有。”孙晟与王崇质忙答道。

皇帝猛地一拍御案，怒道：“有话就快说！兜什么圈子！”

“遵旨！”孙晟勉力镇定下来，施礼道，“敝国国主说，愿意割寿、濠、泗、楚、光、海六州之地归于大朝，乞求陛下立即罢兵。”

“……还有吗？”

“还有，每岁进贡金帛百万。”王崇质补充道。

淮南一共十四州，唐主李璟愿意割让六州土地，接近一半，也算是下了血本了。至于岁贡金帛百万，即便以江南之富庶，也不算小数目。但凡征战，不过为钱为地，割地输钱保平安的想法，很符合唐主对于这场战争的理解。

皇帝冷笑一声。孙晟和王崇质忐忑地看着他。

“两位唐使知道朕目下在淮南的进展吗？想是在金陵城里待得太舒服，都忘了四下打探打探了？那么，朕来告诉你们！”皇帝走下御座来到沙盘前，示意两人跟来。

皇帝指着这盘虚拟的山水，朗声说道：“光、舒、蕲、滁、扬、泰，已在朕的囊中；寿、黄、楚、海，指日可下；濠、泗、庐、和，朕已派兵前往。……而在你们的背后，大江之南，吴越钱氏已经奉朕之命攻克了常州，生擒了你们的刺史赵仁泽，偏将诸承、向重霸等一百余人！”皇帝的嘴角冰冷地翘了起来，“……已经到了这个时候，你们唐主竟还敢来跟朕说割六州？哼！”

孙晟和王崇质面面相觑。割六州是他们的最大权限，他们原打算到最后才亮底的，没想到被周帝逼着这么快吐口之后，竟然并不能让他满意。

皇帝将视线移向帐外，换了一种平淡的语气：“既然来了，你们就先留下吧。好好看看我大周的军威军力，也省得你们唐主再遣人来跟朕说些着三不着两的话！”

同日。周军营帐间的一块空地上，先期被羁留于此的唐使钟谟和李德明与孙晟、王崇质互相见礼。负责监视他们的几个周师军校离着两三丈远抄手站在一旁，他们并不避讳这种监视。

钟、李二人问候了孙、王二人的旅途辛劳，又问今日面见周帝的情形。孙晟皱了眉，只是唉声叹气。王崇质低声道：“主上都愿意割让六州之地了，周帝还是不允！”

钟谟默然片刻，小声道：“周帝胃口大，我们到此处恁久了，也不知道他到底想要拿到什么才算完。”

李德明沉吟道："下官每日在这营中到处转，得空就拉着人问。关于周帝的心思，下官倒是有些咂摸明白了。"

"他到底想要什么呀？"另外三人齐声问。

"他想要——整、个、淮、南！"李德明一字一顿小声道。

"啊?!"孙晟和王崇质大惊，"真会如此？"

"嘘——"李德明忙制止道，"这里每日调兵遣将、军报往来，尽是淮南各个方向的动静，谁也不知道周帝究竟往四处派了多少人马。依我看，周帝此时虽尚能满足于江北，异日也未必不会改变心意。目下寿春攻城甚急，援军又都给周军打跑了，寿春是早晚不保的。寿州一下，濠州、泗州也是顷刻间的事。怕只怕周帝打得兴起，趁势过了江，那江宁府就危殆了！到了那时候，咱们再跟他提割淮南，可就于事无补了……"

另三人相顾，尽皆变色："那……那你的意思是？"

李德明露出了深不可测的表情："主上欲割六州，是想断腕保命。可是，倘若断腕犹不足以保命，那就只能断臂了。……诸公以为呢？"

行宫皇帝寝殿。

刘奉武等七八个内侍，正好奇地看着眼前这个华丽的大家伙，啧啧连声。日头尚好，有阳光打在它身上，不知什么在一闪一闪地炫目。

这是此番南唐国主专门贡献给皇帝的江南精致物件之一——一张极其豪华的三厢式紫檀御榻。前两厢都敷设桌凳妆奁等物，供起坐梳妆，最里面的一厢才是卧榻。厢内有地板，每厢的边角俱有紫檀雕柱，雕柱上端以框架相连，框架上又覆以穹顶，这让御榻显得更像个小小的宫殿。整个厢体无一处无雕刻，勾金剔红、镶牙嵌贝，极尽江南风华；在厢壁又特地镂空出鸾凤偕翔图案，填以沉香，愈发芳气四溢。

此榻的形制北人从未见过，事实上唐人自己也没见过，因为它是唐主为取悦周帝、请求息兵而专门命人创制出来的。虽然唐主自己还没有这样的睡具，但南唐宫中奇巧奢侈的器物多了去了，也不在乎这一件。唐主知道周帝年轻，御榻对他而言自然是很重要的私人场所。推己及人，他相信自己的这件礼物一定会得到周帝的喜欢。

这架别致的御榻是分拆了运来的。向有司交割贡品的时候，因此物系为皇帝特制，有司就让王崇质带人直接将它送到了皇帝行殿。皇帝其时并不在殿内。在王崇质的监督下，十数名江南工匠花了一个多时辰才将它拼装好。周营中最先欣赏到其绝妙风姿的，自然是刘奉武他们了。

未几，君贵回来暂歇，眼前这座紫檀小宫殿让他目瞪口呆。

太奢侈了……又太局促了……这是他乍见之下的第一个念头。

君怜一定会反对的……君怜总是要他做一个善于自我约束的天子，慎所好，勿奢纵……这是他的第二个念头。

如果自己喜欢它，不，哪怕只是接受它，也势必会煽动起臣民们一股竞逐奢侈的风潮……而这种风潮对于目下百废初兴的国朝而言，是有害的……这是他的第三个念头。

王崇质观察着皇帝阴晴不定的面色，赔笑道："这是敝国国主集合江南最好的工匠专门为陛下所制的御榻，世上仅此一张。一应用料做工，俱是佳中选佳，不敢有丝毫懈怠。"

君贵淡淡笑了一下："《老子五千言》说：'五色令人目盲'，'难得之货，令人行妨'，你们国主拿这难得的五色之物来堆在朕眼前，是想教朕迷惑而目盲，进而妨碍朕的行动吗？"

王崇质的笑容僵在脸上，连声道："岂敢岂敢，敝国国主绝无此意！"见周帝不答，他的脸上又叠加了更殷勤的一层笑意，心里却越发苦涩难当。

君贵忽然注意到了最里厢御榻上方的穹顶，于是暂停揶揄，踏上底板，到第三厢前去细看。那是一个接近半椭球形的光滑穹顶，以深青色绸缎绷成，上面按照某种排列规律，缀饰着大小不等的明珠。

王崇质忙解释道：“陛下，这个穹顶是以十二条长而韧的鲸须弯曲为骨架，绷以最上等的靛青丝绸，上面以夜明珠布出全天星象图，包含紫微、太微、天市三垣，以及二十八宿。凡所当有，一应俱全。”

君贵不语，默然仰望这片人造的星空。

星空就像是整个宇宙的具象化存在，不仅囊括了他所手握的大周帝国、他所足踏的异国土地、他所渴望统一的中夏封疆，而且连同时间之河邈远苍茫的上下游，所谓往古来今、六合八荒，全都包罗其中了。

君怜一定会喜欢这个穹顶，他们曾经多少次一起仰望星空啊。“仰观宇宙之大，游目骋怀，信可乐也。”君怜在信中这样对他说。

“那是紫微垣，”跟在身后的王崇质指着穹顶中央说道，“那颗最大的是辰极，也就是陛下您了。”辰极，意指北极星。那是一颗鸡蛋大小、浑圆而洁白的珠子，即便在白昼，也能感受到它隐隐的光芒。

君贵不语，视线移动到南方井宿处。天狼与弧矢诸星也赫然在目。举长矢兮射天狼。

“你们国主真是有心了。”皇帝令人意外地露出了一丝笑容，“既然送来了，就留下吧。”

次日。皇帝行宫。唐使集体来面见大周皇帝。

李德明私下谋划已定，正式向皇帝提出请大军暂缓进攻，给自己几天时间，保证回去劝动唐主尽割江北之土奉上。皇帝感了兴趣。孙晟已经下定做人质的决心，要成全同僚，便向皇帝奏道，最好让王崇质跟李德明一起回去办这趟差，因为王崇质是礼部尚书，官阶比李德明高，说话更有分量。

皇帝允可，即派供奉官安弘道送王崇质、李德明归金陵，并带回了赐给唐主李璟的诏书。

在诏书中，大周皇帝郭荣回顾了有唐以来的天下乱局，表明自己继承先训，“报累朝之宿怨，刷万姓之包羞”的志向。又说大周国力强盛，“擅一百州之富庶，握三十万之甲兵，农战交修，士卒乐用”，打完幽、并联军，收了秦、凤，仍旧“兵不告疲，民有余力”。

然后，皇帝又表明了自己不达目的誓不罢休的态度：因为此番亲征是“告于郊庙社稷，询于将相公卿”“上顺天心，下符人欲”的事，所以，如果不能“恢复内地，申画边疆”就还师，那岂不是既违天，又咈众，“直同戏剧”了吗？

皇帝还回顾了开战以来周师拉朽焚枯的胜绩，警告唐主不要心存侥幸。淮南已经落爪牙，折羽翼，溃心腹，扼吭喉，是必亡的了。

皇帝也回应了唐主罢兵的请求，表示只要淮南诸郡拿来，就立刻停战，“质于天地，信若丹青”。

最后，皇帝高傲地说道：“言尽于此，更不繁云，苟曰未然，请自兹绝。”——朕的话到这里就说完了，你们也别再废话，如果做不到，就不必再遣使来了。

与赐唐主书一起带回的，还有大周皇帝赐给南唐将相的诏书。在诏书中，皇帝再次强调江南本是“中夏之封疆”，如果失期克复，会让朝野失望。既然战争已兴，自己绝不空手回去。皇帝希望江南将佐们尽心为国家筹划，以战略眼光帮助国主选择“恒久之利”。

又一日。寿春城下。狂风暴雨般的攻城战，几乎在按照惯性继续。时间与空间的概念都模糊了，战争本身像是一个具有独立意志的怪物，沿着自己的生命逻辑在疯狂前进。

皇帝率众来到战场，命令攻击暂歇。刘仁赡的坚贞与忠毅让他起了非常的爱才之心，他打算招降。他爱才，尤其敬重那些敢于舍命尽忠职守的义士，这是有不少先例的。比如先前王师西攻凤州时，蜀将王环拼死顽抗，拒绝招抚，直至战败被献俘到京才无奈认命。皇帝赏其不降，特封为右骁卫大将军。又如河东杨重贵一直坚持事奉晋阳，在父亲和兄弟都效周的情况下也不肯改旗易帜，皇帝不但不责怪，听闻他受到猜忌，反而命密谍暗中保护。皇帝喜欢硬骨头。

皇帝从留用的江南使臣中唤出孙晟，和言道："既然你们唐主已经愿意对朕纳土称臣，寿州又在他主动割献的第一批州郡名单上，那么寿春归于天朝，就不过是旦夕之事了。刘仁赡再如此顽抗，还有什么意义呢？朕是个爱才之人，尤其爱惜忠勇之士。你上去替朕招降他，劝谕他立刻缴械献城。事成之后，你们二人的爵位封赏，朕必无爱惜！"

孙晟肃然道："臣明白。"

刘奉武等三名中使奉命陪孙晟登上高高的临车顶层，十数名兵士协力将临车推到了距离城墙三丈之处。临车的顶层与寿春城墙齐高，车上人与墙上人可以平视对话了。

皇帝坐在胡床上，静静观望。纛旗在他身后傲然飘扬。

刘仁赡率部将高审思、胡则、张全约和儿子们匆匆奔到此处垛口。刘仁赡终于见到了自己的宰相。开战数月以来，周师将他和他的城池围成了孤岛，来自四面八方的所有援军都被打退了，除了从正阳战场败溃入城的张全约所部，刘仁赡这是第一次见到自己的朝中同僚。

刘仁赡热泪如瀑。孙晟亦热泪如瀑。所有唐军尽皆动容。

刘仁赡原本身着戎服，此时他不顾铠甲坚硬，望着孙晟先揖后拜，一拜到地。所有部将也跟随拜倒。再站起时，刘仁赡泪痕犹在，哽咽难言。

刘奉武在临车上站得笔直，端肃朗声道："刘仁赡，皇帝口谕：朕知道卿忠义，可是士民何罪？何苦因战事迁延而教他们忍饥挨饿、伤残枉死？唐主已经向朕请降献土，寿春即在献土之列。卿可即刻休战。既往之事，朕绝不追究。"宣谕罢，他看向孙晟，示意他说话。

"刘节度！"孙晟忽然扬声道，"君受国朝厚恩，务必勉力坚持，万万不可开门纳寇！"身旁的刘奉武听闻此言大惊，来不及阻拦，孙晟的话已经说完。

"下官明白！"刘仁赡得到宰相的鼓励，心中激动，亦扬声作答，"下官全家都在此地，家国一体！当此国难之际，下官虽不才，也必定尽忠报国。若援尽粮绝，下官有死而已！"

临车后撤，辘轳摇动，折叠的楼板降下来，孙晟等人下了阶梯。早候在一旁的林远立刻指挥手下气势汹汹地拥上来，拿绳子将孙晟缚了，推搡到皇帝面前。

皇帝怒不可遏，拔出惊风剑指向孙晟，喝道："朕要你招降他，你说的是什么?!"

孙晟镇定道："陛下，此时大周与敝国的修好条款尚未最终达成，臣作为敝国宰相，怎能教节度使外叛呢？臣知道陛下爱才，可是，难道陛下会赏识一个没有气节的叛臣吗？"

皇帝为之语塞。是的，他渴望征服他们，但又唯恐这种征服来得太过容易。一味顺从他的降人并不能得到他真正的重视，反而有可能被视为贪生怕死而遭到厌弃。在心底最深处，他希望他的敌人与他旗鼓相当，或至少在意志上值得加以青眼。对于真正的勇猛忠义之士，他甚至可以自己做出妥协和退让。因为他的妥协和退让不是权宜之计，而是一种发自肺腑的尊重和宽容。

片刻，皇帝忍气还剑入鞘，向林远道："将他绳子解开！"

又一日。皇帝行宫。范质等人向皇帝汇报政务。

来自京师的奏表已经被宰臣们凝缩精简成了符合皇帝习惯的

形式，这毫无疑问加快了政事的批复和处理速度。有时候皇帝会将自己感兴趣的问题拿出来细问，或者交予宰臣们在御前商议，比如番汉杂居边境的安抚问题啊，藩镇之间的争斗和摩擦问题啊，致仕勋旧的优待问题啊……通常，这些大小事件都能较快找到合理的解决办法。

今日有道奏表的内容不大不小，却是枢密院和太常礼院率文武百僚联名所上，而且是第二次上，内容是请求皇帝恢复听乐。先帝登遐，今年是第三个年头了。皇帝一直谨遵父母亡故居丧三年的礼仪和孝道，在宫廷和行在禁止了丝竹享乐。按照古礼，进入第三个年头之后再过两三个月，就视为服满，可以开禁。上月百官已经上表请求听乐，皇帝没有答允。循例，百官们再次上表。这一次，皇帝诏允了。

东京大内。坤宁殿。

皇后与司宫令、尚宫、尚仪、司乐、典乐、内班院正副都知、押班、高品等数十人一路从后殿经过穿廊，慢慢向前殿走去。一面走，领头的几人便轻声交谈。

昨日刚刚举行了一年之中由皇后主持的最重要的祭祀——亲蚕礼。亲蚕礼是从周代传承下来的古礼，以皇后亲自祭祀先蚕神嫘祖，为承担了纺织重任的天下女性祈求蚕桑顺利、蚕事丰收。皇后事先斋戒三日，当日服鞠衣、乘厌翟车出北郊，华盖侍卫警跸。内外命妇，包括长公主、司宫令、昭仪、六尚以下宫官、外朝三公夫人、太夫人以下命妇，全体参加。孙、章两位昭容因身子不便，特许在宫内行礼。

连日围绕此事运转所带来的疲惫还在，众人的叙谈也没有离开祭祀亲桑的话题。尤其是唐氏，她原本出自乡间，虽说入符府服侍至今二十余年了，对桑蚕农事仍旧念念不忘。昨日亲蚕所用的金钩、御筐等物合用不合用、今年的桑树枝叶壮不壮、蚕宝宝肥不肥等，都成了她津津乐道的话题。

朱雀却向君怜抱怨道："……累了这么些日子，你也不教我好好歇歇，一大早又起兴将太常寺的人叫过来做什么！"

君怜揶揄道："你很累吗？昨日可是我操的心最多。"

朱雀翻了个白眼："我做亚献，不跟你做首献的行礼一样多吗？"

君怜瞥她一眼："人家王昭仪有了身子还坚持做终献，也没你这般唠叨。"

朱雀不屑道："我看她是爱折腾。教她不必去，她非要去。乖乖在家替孩儿缝衣裳多省心！要是我，还巴不得留下呢。"

"咳，终献原本是昭仪位的分内事，"唐氏道，"她是昭仪，自然要尽责。何况，平日都在宫里窝着，上哪里求这种风光露脸的好机会去？"

"哼，照这么说，昨日最累的该是她了。"朱雀嘲笑道，"采桑的时候，翚娘不过采了三条，我和长公主等人不过各采了五条，到她们那里呢，每人采九条——哎哟，可不得累死她了吗？"

"哎呀，咱们令主若要刻薄起人来，当真可怕得紧！"君怜不由笑叹道，"幸亏还有个王昭仪在前头顶着，不然，这满肚子的怨气还不就都撒到我头上来了？"

朱雀自己也感到了好笑，却仍旧板着脸道："谁教你非拉我掺和这些事的？折腾这么久，白白出门一趟，却又不肯放我自在逛逛！我筋骨不舒，心里头自然憋气了。"

尚宫唐氏笑道："榷娘是习武之人，身强体壮，见天儿舞剑耍子，还能筋骨不舒？"

"唐妈妈，我可不是什么习武之人！"朱雀不满地嘟囔道，"妈妈偏心翚娘，生派我个身强体壮。便是我身强体壮，连着几日天不亮就起来忙乎，今日还不该歇着？偏又被她拉来见人。依我看，妈妈你倒是说说翚娘的好，她又是什么扛折腾的人了？先前的病还没好利索呢。”

“是啊，是这个话。”唐氏被她一提，不免忧心起来，转向君怜道，“翚娘，宫里的事哪里料理得完？要不，今日还是歇着，就别教他们来了吧？咱们依旧回去跟观音和训哥儿玩去！”

君怜笑道：“官家降旨恢复听乐了，我想着命教坊司赶制几支新曲排演出来，待官家凯旋，我在宫中设宴洗尘，就让他们演舞新曲以贺。朱雀素擅乐理，妈妈又是六尚之首，你们自己说，是不是该帮着我一起出出主意？”

“若是为的这件事，你怎么不叫上木香阿姊一起来帮你？”朱雀换了正经表情，思忖道，“韩令坤现下跟着官家出征去了，左右她也闲得无聊，叫了她到教坊司帮着度曲，岂不正好？”

君怜经她提醒，点头道：“哎，说的是，素日都拿她当外命妇看，倒把她的本事给忘了。”

说话间众人来到正殿，有座的各自入座，无座的按序站立，接着适才的话题继续轻声叙谈。

未几，太常寺卿及其下属的正副教坊使告进，皇后宣召。众人入内行罢礼，皇后将事由说了。

太常卿揖道：“不知圣人是想制燕乐还是雅乐呢？”

皇后问道：“如今你们那里，燕乐水准如何，雅乐水准又如何？”

太常卿道：“若论燕乐水准，不是臣自夸，本寺司手下这些人还是相当不错的。虽说因先帝登遐停演了几年，毕竟乐工们的技艺日常都在练着，也常向民间去访求新曲。是以，无论新器、新技还是新意，都短不了什么。”

“那么雅乐呢？”

“呃……实不瞒圣人，打从唐末乱离，宫廷雅乐便日渐式微，制度凋零，器物佚散，即便郊庙祭祀之乐，也常空有其名，而以鼓吹之乐替代宫悬之乐……”

君怜默然片刻，颔首道：“我知道了。兹事体大，太常雅乐关乎国朝礼制，关乎万世太平，待官家回銮，我要好生与官家议论一番该如何重建。你们也要拿出方案，尽职建言。”

太常卿忙应喏。

君怜思忖着，又道：“既然雅乐不成，看来只有燕乐了。……燕乐也好，官家率性，教坊燕乐来得活泼，想必也能教官家抒怀。”

教坊使忙道：“圣人心中对这新曲有个大致的计较吗？”

君怜不由笑道：“我原本要问你的，你倒反过来问我？”

太常卿笑道：“圣人通晓音律，品位高致，臣自然要讨圣人的主意。”

君怜也不与他纠缠，提点道：“燕乐之中，官家爱听《秦王破阵曲》《兰陵王入阵曲》之类的曲子……我想着，这两套大曲固然是好，可也别拘束在它们的章法上头，还是要多创些新意，作成一套曲子，各部各色搭配精细才妙。”

教坊使笑道：“如此，倒要教我们太常寺少卿冯吉亲自来度曲，才是妥当呢。”

“冯吉？”君怜一愣，随即笑了起来，“哦，我想起来了，先瀛王冯道之子对吧？听闻他酷爱音乐，冯瀛王当初想教他走翰林之途，他却荒怠学业，磨抵不从。是不是？”

“是。”太常卿也笑道，“冯吉不仅善度曲，而且弹得一手好琵琶，日夜于此用功。冯瀛王当年为了羞辱他，家中有客来时，故意教他站在庭中弹奏，弹完还赏他束帛，命他像伶人那样负赏致谢。可饶是如此，也没能改了他的心志。……少时臣便教他来为圣人献奏，圣人听听，那可是当初的痴狂少年冒着冯瀛王的朝打夕骂偷练出的技艺呢！”一席话说得殿中众人相顾而乐。

“好呀，我倒要看看，诗书首相之家的田地里头，到底养出了怎样的一个艺乐种子！”君怜笑道。

一四六　少康幽兰

下蔡。皇帝行在。玄武田系密谍乘黄向皇帝报告金陵的情况。

当初，李德明和王崇质回到金陵向李璟转致了周帝的两份诏书之后，李璟曾经遣使奉表答诏，再次表达了自己对大周皇帝神威的叹服，以及请求停战、允许藩附的意思，又说还会再次派出使者，向皇帝“叙江河羡海之心，指葵藿向阳之意”。君贵看到自己的威慑产生了更大的效果，心中一度十分欢喜。

然而今日乘黄带来的消息，却让君贵皱起了眉头。

李德明被唐主斩首于市！

对于李德明得到这个下场的原因，田系密谍并不能了解得十分详细。他们寻获的信息是零碎的：李德明回朝后，向唐主盛称了周帝的威德，又描述了自己亲眼所见的大周甲兵之盛；唐主听了李德明的话，面色很不好看——这可以理解为他对皇帝的畏服，也可以理解为他对李德明向着别人说话、“胳膊肘往外拐”的不悦和恼怒；劝唐主尽献江北之地的话，李德明也说了；金陵朝中很多大臣表示不相信李德明的吹嘘……这些持怀疑态度的大臣与李德明关系复杂：比如伪太傅宋齐丘讨厌李德明，曾经公开批评他轻佻、言过其实；伪枢密使陈觉、伪枢密副使李征古与李德明和孙晟都有很深的矛盾；伪左相冯延巳又与宋齐丘、李德明、孙晟等都不对付，在辩论降周大计的时候他们一直互相拆台；而陈觉、李征古等，曾经与王崇质私下会面良久……

最后，还有一个未经证实的传言：是王崇质在唐主面前给李德明摆了一道，说李德明在周营积极为周帝谋划如何取得江北土地，卖国求利。如果传言属实，显然就是这番进言断送了李德明的脑袋。

君贵站起身，负手在沙盘前徘徊良久。乘黄的视线紧紧追随着他的身影。唐主的两面三刀早在君贵的意料之中：一面谦恭请和，上表称臣；一面却又加紧自固，迫不及待地肃清疑似亲周势力。若不这样，他就不是李伯玉了。

君贵忽然停步，向乘黄笑了一下："朕放过去的钩子，这么快就被他们给吐了，啊？"

乘黄笑着揖道："陛下，不打紧的，江南伪朝廷里七嘴八舌不太平，吐了一个钩子，咱们再放一个就是。"

"是吗？你也这样想？"君贵眼神一闪，对乘黄的应对感到惊喜，"朕且问你，目下他们李氏宗室里，伪皇弟、伪皇子一大堆，其中谁最有人望啊？"

"这……最有人望……"

"伪皇太弟李遂，据说深得唐主信任。唐主放着自己儿子不立，倒将他封了伪晋王，立为储君，太子东宫成了太弟东宫，是吗？"李遂其实名为李景遂，因郭周避讳"璟"字，对于唐主李璟改呼其字伯玉，对于唐主的兄弟景达、景遂等，便直接省掉"景"字了事。

"是。臣听说，唐主几个兄弟，当初在其父李昪灵柩前相约，要将大位在兄弟间相传。"

"嘿嘿，好个兄弟友于[①]的典范哪！……唐主的长子李弘冀也成年了，有这位红透朝廷的叔父在，他不能被立为储君，倒被

---

① 《尚书·君陈》："惟孝友于兄弟。"《论语·为政》："孝乎惟孝，友于兄弟，施于有政。"后也以"友于"代兄弟。兄弟友于，指兄弟之间感情非常深厚。

封个伪燕王，塞到宣州、润州去镇守，不知这位世子可有什么不满的言行吗？”君贵不承认李伯玉是皇帝，只肯当其是藩国看待，自然也就不承认李弘冀是皇子，所以他在话语中就给人家降了一级，只称其为世子。

乘黄道：“这个嘛……臣倒没听说。据闻李弘冀一向沉默寡言，便是心里有什么，人前也不露。”

君贵笑了起来：“沉默寡言好！有时候，不说话比说话包含的意思要多得多。”

乘黄也笑道：“陛下想是有了什么好主意了？”

“如今朕遣吴越军正在攻打宣州、常州。宣州在李弘冀治下，常州离他的润州也不远，呵，不知吴越的攻击，这位世子扛得住扛不住？若还扛得住，朕就再替他加点料。”

乘黄兴奋起来，摩拳擦掌道：“陛下要加什么料？臣立马去加！”

“着什么急！”君贵嗔道，“……唐主行大，对不对？行二的李迁死得早……李遂行三……下面还有个行四的李达，目下是江南伪兵马元帅，对吗？”

“是。不过臣听说，这李达并没有带过兵。”

“嗯，没带过兵的兵马大元帅，仗打到家门口，也该带带兵了！”君贵露出了高深莫测的笑容，向乘黄道，“少时，你替朕给你十三师兄带道密旨回去。到时候他自会告诉你们，该如何往这盘好菜里添加好料……”

翌日，乘黄带着皇帝以编码写就的密旨返谕玄武系谍网，准备在南唐的宗室关系上挑拨离间，大做一篇文章。

东京大内。宝慈殿。

皇后携司宫令、尚仪、司乐、典乐等宫官，会同庐陵郡夫人秋木香、太常少卿冯吉、教坊使听取新度曲事，另有几名乐工捧各色乐器在场。

先瀛王冯道之子冯吉，其时已不再是当初那个沉迷纵情于艺乐的痴狂少年，而是一个容貌俊逸的中年人了。当然，这是他在圣人面前表现出的模样，私下里，他更多显得洒脱不羁，随心所欲。他嗜学，能诗，会赋，工草隶，擅琵琶，爱起舞，又好喝酒，颇有些名士风流。因为父亲的影响，他早在后晋天福年间就出仕了。众人见了他的文采，都认为他将来能够掌制诰，他却不肯放弃伶人之艺，一再与中书舍人的空缺失之交臂而不以为意。冯瀛王生前曾经痛心地说过：这个儿子，官做到太常少卿也就到头了！

目下，冯吉的官职正是太常寺少卿。

冯吉酷爱音乐，接到圣人的教旨，正惬己意，自然踊跃欣然，立时就开始构思。无论日夜，也无论在官衙还是在府宅中，都见他蹙眉苦思，手里打着拍子，嘴里不停哼吟，但凡有了中意的想法，便立即记在纸上。故此，没几日他已将全曲大致度出，可以向圣人献上粗稿了。

当下行礼寒暄毕，冯吉向圣人细述了自己对于全曲的构思：仍以军乐为基调，以擂鼓开场，继之以铙吹，更加入弹拨，以笛箫、筚篥、琵琶、胡笳、拍板等乐器互相配合，轮番献演，最后，以人声合唱将全曲推向慷慨激越的高潮。圣人对这一构想表示认可。

冯吉让乐工以单件乐器向圣人演示了各部的大致曲调，又奏道：为了凸显战斗的激烈，更形象地表现阵地战的千钧一发与攻城战的胶着绵密，他特别加入一段琵琶独奏，模拟战场上的金戈铁马之声。

君怜知道冯吉是有备而来，欣然颔首道：“既如此，就请冯少卿为我们演示一番。”朱雀以下诸人也被冯吉吊起胃口，纷纷出言催促。

冯吉庄重应喏。当下有乐工捧来冯吉常用的金丝琵琶。冯吉转轴拨弦，拢捻抹挑，以急雨般指法演出，真真银瓶乍破水浆迸，铁骑突出刀枪鸣。一曲奏完，宝慈殿满殿静默。

片刻，君怜与朱雀互视一眼，带头拊掌："好！好！"众人亦兴奋随掌。

冯吉起身恭谢："臣献丑了。"

君怜温言道："此曲甚好，只是略显短了一些，似乎尚不足以表现意中各种曲折变化。"她转向秋木香，"庐陵郡夫人以为如何？"

秋木香笑道："臣妾也是这个话，美则美矣，却意犹未尽。冯少卿，此曲既然是英雄乐章，似乎还需更为酣畅，方足逞官家之志呢。"

冯吉揖道："圣人与夫人说得极是。臣度完此节乐曲，胸臆已尽，却犹觉有憾，便曾将它改成两只琵琶的合奏，反复三叠，有重奏，又有轮奏，严丝合缝，彼此配合，方感痛快淋漓。"

朱雀道："既如此，冯少卿何不为我们演示合奏呢？"

冯吉为难道："这……实不瞒令主，下官度此曲时，只想着自己尽兴，手法极密，变化又极繁复，可谓极尽刁钻之能事。待到想要找人配合时，才发觉教坊司中竟无一乐工可充为良佐。无奈，下官只能仍旧变回独奏。……倘若嫌其太短，下官可以将其三叠变化，以完足王师的英雄气象。"

朱雀向君怜道："圣人的意思如何？"

君怜沉吟道："难道整个教坊司就找不出一个能与冯少卿的琵琶技艺相仿佛的人吗？"

冯吉无奈地轻轻摇头不语。

这当儿秋木香忽然眼睛一亮："臣妾倒是知道一个人，唤作云素儿，琵琶技艺是极好的，冯少卿此曲，或许她还能配合。不过……"说到这里，她迟疑了一下，"不过她居于曲里，只是饮伎，而非宫伎……”

其时，从事歌舞演艺的女乐工，以隶属宫廷教坊、有机会侍御的宫伎为上等，至于居住于坊间曲里、可由曹署行牒随时召唤出去事奉饮宴的饮伎，自然身份卑微，等闲上不得大台面。秋木香父亲虽是乐师，她自己倒机缘巧合，侥幸没有入乐籍，后来嫁了韩令坤，追随着郭氏父子一路发达，以至如今诰命加身，也算是得天独宠了。

君怜明白秋木香的顾虑，颔首道：“乐工以技艺为上，既然她工于琵琶，又何妨暂且召入内教坊，跟随冯少卿一同排演呢？”

秋木香忙道：“圣人有旨，臣妾回去就办，请圣人放心就是。”

朱雀不由笑道：“木香阿姊神通甚是广大，但凡与奏演乐器沾边的，不拘什么人都知道。”

下蔡，寿春攻防战仍旧在继续。

谁也没想到，早已被视如死马的这座城池，竟然还留着这么长的一口气。看来那日孙晟临城慰勉之后，刘仁赡得到了强大的精神支撑，抵抗起来又平添了几分底气。

皇帝恼怒地从城下督战处回到行宫，抽空看看奏表。

林远掀开帐门，一名军校入内，近前跪礼道：“陛下，吴越军报。”

“念。”

“……唐伪右武将军柴克宏率其援军袭常州，我师大败，吴越丞相吴程仅以身免。……”

“什么?!”皇帝惊讶道，“拿来我看！”

在皇帝耳目未至、爪牙难及的地方，发生了一些意想不到的事。

吴越奉周命遣吴程、鲍修让、罗晟攻打唐之常州之际，唐主的长子李弘冀就在附近的润州。唐主因弘冀年纪轻，不习军旅事，担心他受到冲击，遣人召他还都。弘冀的部将赵鄂却力劝他留下，说元帅是众心的依恃，倘若元帅临战跑了，人心就会动摇。弘冀听了此言，便向父亲上奏，表示自己绝不逃跑，愿意以死报国。唐主很赞赏，立刻派人领兵去救援常州。

唐主派出了两员战将，一个是右武卫将军柴克宏，一个是袁州刺史陆孟俊。柴克宏是江南已故名将柴再用的儿子，平日里不谈兵事，只爱与人博弈喝酒。听闻常州危急，他主动请缨。唐主一开始很犹豫，是他母亲以性命在唐主面前担保，才派了他出战。

柴克宏到达润州之后，很不受李弘冀的副手、主事润州的南唐枢密副使李征古待见。李征古向李璟上表请求换下他，以神卫统军朱匡业代替。李弘冀人虽然年轻，眼光却老到，发现柴克宏是个人才，便上表以自身性命力保他。柴克宏因此感奋，趁着吴越军内部吴程、鲍修让、罗晟等人有矛盾，设计一鼓作气大破吴越之兵，斩首万级，俘获将佐数十人至润州。

在润州的李弘冀接收了这数十俘将，毫不犹豫地尽数戮杀于辕门之外。

大周天子郭荣皱起了眉头。看来，这个素传沉默寡言的李氏长子李弘冀果然不是个省油的灯。

不日，吴越又奏报，其都指挥使路彦铢攻宣州不克，听闻丞相吴程败退，自己也引师还都。

皇帝郭荣怒火大盛，操起一只杯盏摔到地下：“吴越之兵如此不力，要来何用?!”

数日后。东京大内，宝慈殿。

皇后与司宫令、司乐、典乐、庐陵郡夫人等再次聚集到一处，等待冯吉汇报演曲进展。

时已暮春，室外是谷莺转杨柳，榆叶簇青钱，室内是薄烟绕宏殿，馨香满明堂。宝慈殿的香炉不是铜狻猊，却是铜仙鹤。白色的香烟从铜鹤口中徐徐吐出，别有一番仙家风范。

内侍入报冯吉率乐工在殿外候旨，皇后宣入。

一行人来至御座前施礼。其中有个女工眼生，想来便是秋木香所说那位擅琵琶的饮伎了。众人不由将目光全都集中到她身上。

只见她二十来岁年纪，面目清秀，梳着一个简单的高髻，斜插一支珠花钗，身着藕荷色上襦、石榴红长裙，配豆绿绣团花丝绸披帛，怀抱一柄黑漆螺钿象牙头的琵琶。因是初来，便在随众人跪拜之后又单独颂词道："奴婢云素儿，拜见皇后殿下，拜见各位夫人。"

皇后温言道："都平身吧。……云素儿，听说你琵琶技艺极佳，不知与冯少卿将新曲操演得如何了？"

云素儿垂目道："回殿下，奴婢技艺拙薄，今日斗胆献丑，不足之处，还请殿下教训。"

当下乐工们敷设开乐器，各自排好站坐位置，以羯鼓代替大鼓开场，将一套新曲从头演练下来。其中重场的琵琶曲由冯吉与云素儿两人配合，敲珠裂帛般演将出来，果然如同齿牙啮合，天衣无缝。

全曲演罢，君怜带头拊掌道："好！果然不同凡响！"她将询问的眼光看向朱雀，却见朱雀只管在座中愣怔着，面上阴晴不定。

"令主？"君怜小声道。

朱雀恍惚地看她一眼，忽然一醒："啊？"

"令主以为，改后的曲子如何？"

"……好，非常好。"

君怜心下纳罕，略顿一顿，也不再问她，又转向秋木香征询意见。秋木香笑道："依臣妾看，添了一把琵琶，琵琶部的气势骤增，令人倍感沙场险恶。云素儿技艺精绝，也不负冯少卿的旷世才情了。”

冯吉逊谢道：“这可万不敢当。圣人，臣坐井观天，原只道自己目下的技艺是足以傲人的，那日听了云素儿演奏《骤雨打新荷》，臣方信山外有山，人外有人。臣斗胆请求由她来主演此部，以臣副之。如此，方能达到最佳效果。”

云素儿忙起身固辞道：“冯少卿切莫再有此言！奴婢厕身内教坊乐工间献演，已是僭越了。”

君怜闻言一笑，未置可否。

众人又议论了一番新曲的好处与瑕疵，冯吉命乐工一一记下。然后，冯吉向皇后献上人声部的曲词，请皇后审阅。君怜稍稍提了几处意见，冯吉一一改正。最后，君怜吩咐可以定曲了，并教歌舞部伶人据此排演歌舞，冯吉领命。

见众人再没什么话说，君怜吩咐众人退下，自己也站起身来。

这当儿朱雀忽然开口道：“且慢。”

君怜略感奇怪：“令主还有什么事吗？”

“我想请这位云素儿暂留片刻，我要向她请教一二。”朱雀道。

“哦，好。”君怜观察着朱雀的面色，颔首道，“那么我们先走了。冯少卿，云素儿，你们听从令主吩咐。”

朱雀道：“我只留云素儿一人，冯少卿请自便。”

一时众人尽皆走散，宝慈殿只剩了朱雀主仆几人和这新来的乐伎云素儿。云素儿站在原地，抱着琵琶垂目不语。

从铜仙鹤口中喷出的袅袅白烟，在半空扩散成稀薄的一片，横亘在两人之间。朱雀眼神迷离。

承璋去给铜鹤添了香，又走到朱雀跟前，低声问道：“令主，端坐了半日，乏不乏？可要用茶或是向这位乐娘赐茶吗？”

“好，奉茶。”朱雀颔首，又向赤珠道，“去将挂在宝慈殿偏殿的那张琴捧来。”

未几，承璋端上新点的春茶，呈给朱雀一盏，又捧一盏到云素儿面前。云素儿向朱雀沉着一福：“奴婢愧领了。”承璋替她拿过琵琶，她方接了茶，垂目慢慢啜了一口。朱雀不答言，只是不瞬目地盯着她。

赤珠捧了“六羽”琴来，与承璋一起敷设于琴案之上。云素儿见了此琴，微微一愣。

朱雀放下茶盏，缓缓向她道：“适才听了你演奏冯少卿的琵琶新曲，我甚是叹服。显见得你于丝弦弹拨之技艺上，造诣是极高的。”

云素儿也向承璋还了茶盏，垂目道：“令主此言，奴婢万不敢当。”

朱雀将侍从们全部遣出，默然片刻，又向云素儿问道：“你既工琵琶，想必也工琴吧？”

“若论琴……奴婢不过略微习得几支曲子而已。”云素儿应道。

朱雀颔首道：“会就好。我想请你为我演奏一曲《幽兰操》，可以吗？”

云素儿眼神似乎一颤。片刻，回答道：“《幽兰操》流派甚多，不知令主偏好哪一派所传之谱呢？”

朱雀看着她的眼睛，一字一顿道：“少康幽兰。”

少康即杜康，是上古夏后氏的国君。杜氏以少康为始祖，朱雀家祖传的《幽兰操》曲谱便叫作《少康幽兰》。此谱一向只传给自家子孙，外人不得而知。

“喏。”云素儿不动声色地一福，坐下来试琴调弦，默然开始抚弄。

> 习习谷风，以阴以雨。之子于归，远送于野。何彼苍天，不得其所。
>
> 逍遥九州，无有定处。世人暗蔽，不知贤者。年纪逝迈，一身将老。[1]

① 出自唐代韩愈《琴操十首·猗兰操》之序。此处借其意境。

杜氏幽兰传谱奇崛，初时幽咽哀愁，末尾铿锵激越。云素儿的一双纤手在丝弦上左右翻飞，越来越快，越来越急，直至进入浑然忘我之境。

临近结尾，铿然一声，琴弦断了。

四目相对。

朱雀早已泪流满面："青鸾……果然是你……"

青鸾双目含泪，却远比朱雀冷静，缓缓站起身来："阿姊……原来，你在这里……"

朱雀走到她的跟前，语声颤抖："青鸾，你怎么会……怎么会……"

"阿姊，自从那件事发生之后，我一直在找你……"青鸾迎着她的目光，泪水滑落，却竭力让语声平静，"我找了你很多年，很多年……直到我入了乐籍，我就再也不找了。"

"对不起，青鸾……"朱雀心如刀割，泪如瀑下，"当年，你那么小，我知道那有多难，我知道……对不起……"

青鸾在泪眼中苦涩地挤出一丝微笑："我应该去死的，我却选择了这样卑微可耻地活下来。阿姊，我是一个没有气节的人。"

"不是的！青鸾！"朱雀哭道，"能活下来，就是最好。不要去计较从前了，阿姊会帮你脱离乐籍。"

青鸾轻轻摇头："'钿头银篦击节碎，血色罗裙翻酒污'。……名属贱籍，辱及先人。阿姊，世上早已没有杜青鸾这个人了，我不需要别人来拯救。"

"别说傻话了！青鸾，阿姊活着的念想就是找到你。既然找到了，就不会再让你受苦。"

青鸾仍旧摇头："阿姊，我已经曳尾泥中、忍辱含垢地活了这么些年，不想再提往事了。倘若非要把我从烂泥灰烬里拔出来曝现于日光之下，难道是逼我去死吗？……"

朱雀急切道："青鸾，你怎么会这么想呢？难道咱们的姐妹之情，还不足以安慰你的心吗?”

青鸾不语，泪水滴落到“六羽”上。

片刻，她以衣袖拭去琴上泪痕，笑了一下:“阿姊，这张‘六羽’，以前是我的。”

朱雀震惊道:“这琴……真的是你的?！多年以来，我一直没断了向瑶琴上寻找你的踪迹。入宫后，内府搜罗来的每一张琴，我都要仔细查看。这张‘六羽’我曾细观，只在底下雁足附近有刻填了红漆的三根短短的曲线。虽说那很像你从前所画过的绒毛形状，可是，没有鸟雀的头身，我岂敢奢望……”

“青鸾折翼，肉身何存?阿姊，入籍以后，我画的所有鸟儿，都再也没有了头身翅爪，只剩三根从空中坠落的羽毛而已。”

朱雀默然良久，拭去脸上泪水，勉力笑道:“青鸾，我会去跟圣人说，将这张琴还给你，再替你找一处好宅子……”

“阿姊，我没有讨要‘六羽’的意思。”青鸾平静道,“难道你不问问这琴为什么离了我的手吗?”

“……为什么?”

“这是一张古琴，价值不菲。那时我为了救一个人的命，千金求药，手里的钱不够，只能将它卖了。”

朱雀愕然道:“……什么人……谁的命对你而言这么重要?”

青鸾苦笑一下:“阿姊，如果我说我不知道他是谁，听起来是不是很荒唐?可是，我真的不知道他是谁……”

从铜仙鹤口中喷出的白烟袅到她们身上，她们看上去像两个不食人间烟火的神仙了。从神仙嘴里说出的话，也显得那么虚无缥缈。

“……他偶尔会来找我，每次都来去匆匆……他很神秘，从来不肯告诉我他究竟是什么人，到底在做什么……我甚至不知道他的真实姓名……可是他对我很好，很温存……每次来，都会带些好玩意儿来取悦我……阿姊，他对我是有真心的……醉酒之后，他也向我哭过，说对不住我，他自己萍踪浪影，身无长物，不能给我一个家……有一次，他不知何故受了重伤，竟咬牙强撑着到了我楼下，说想死在我的怀里……”

青鸾泪眼蒙眬地看着朱雀：“阿姊，我身边往来的男人如同走马灯一般，原本我不该在意这样一个影子般的人的……可是……可是没想到，我对他也动了真心……我越来越渴望他的到来……我想要再见到他的模样……我想要再被他拥入怀中恣意怜爱……我想要他再哭着对我说，下辈子一定守着我，保护我，哪儿也不去了……可是，我不知道怎样才能再见到他……我只能回到老地方，去等着他……阿姊，我和他之间，至少要有一个人是不动的，否则，我们就永远也别想再见到对方了……”

朱雀抓住青鸾的手，泪如雨下，连连摇头：“等一个未必能等到的人，青鸾，你这是何苦！”

“阿姊，这是我的命。”青鸾抹去泪水，勉力平静下来，“……就让命运的烂泥潭，将幼时那些花朵般的往事都通通埋葬了吧。”

宝慈殿陷入长久的静默中。铜鹤吐出烟雾的声音，铜漏移走光阴的声音，泪水滚过面颊的声音，泪珠坠落到前襟上的声音……被这静默无限地放大了。

在这一对睽违十数年的同胞姐妹之间，隔着整个巍巍庙堂，以及整个渺渺江湖。

良久，青鸾告辞，独自抱着琵琶走向殿门。到了门口，青鸾忽然又止步，回头。

“……阿姊，祖父给你起名的那张纸笺，我可能无意中看到过。可是那时我太小了，我不认得那个字！……这些年，我一直拼命去回想那个字的笔画，却一点都想不起来。到最后，连我自己也迷惑了：我究竟是真的见过那张纸呢，还是因为当年听你念叨过几次，就在自己的想象中，以为我已经见过了……”

她的神情无限悲哀，她的声音，缥缈如同浮云。

呆立原地的朱雀，肠已断，泪如洗。

禁中御道上，青鸾抱着琵琶，在内官的引领下，向宫廷的右掖门走去。不远处，有个禁军士卒拿着不知什么物事，匆匆横过她的视线。

她忽然心一动：这份矫健轻快，多像她朝思暮想的那个身影啊。

继而，她自嘲地摇摇头。自己想到哪里去了？这里是禁卫森严、远离尘嚣的皇宫，而他此时一定正为了自己的使命而义无反顾地漂泊于苍茫天涯。

冷眼啊……热望啊……等待啊……煎熬啊……

他们之间的爱恋，过了昨日未必有今日，过了今日，未必有明日。

她只能希求于一时一刻。

然而，真正属于他们的那个时刻在哪里呢？

一四七　扬州拉锯

时间进入四月。绿遍山原白满川，子规声里雨如烟。在周师计谋百出的狂暴攻击中，寿春城和城中的军民仍旧顽强地存活着。

入夏以来下了几场雨，河水的上涨加速了。下蔡与寿春之间的浮梁，已经被加长、加固了好几次，以追赶河面拓宽的速度。寿春城墙外被排空了浮水的地域，由沙土麻袋垒砌出了越来越高的堤岸，以防止淮水和淝水回流。然而，随着上游春汛的到来，两条河逐渐被重叠的工事夹峙，成了水面高于岸边地面、全靠堤岸阻隔的悬河。沙土麻袋的壁垒经不住越来越大的压力，河水开始从各处缝隙中往岸边的地面渗透。无数民夫夜以继日轮班守在堤岸处装土加固，并随时排查险情，补遗堵漏。

天时难挡，形势越来越不利于王师了。

皇帝每日除了到城下督战，还要过来视察堤岸。寿春城如同裹了千层生牛皮一般坚韧，攻之百端而不下，可是淮水的涨势却不等人。也许，熟知本地天象水文的刘仁赡熬到现在，正是在期待这天然的水军冲走周师，帮助他们退敌吧。

皇帝的眉头锁紧了。他连下三道命令：以侍卫亲军都帅李重进为庐、寿等州招讨使。以前邓州节度使侯章为寿春城下水寨都部署，以右卫大将军王璨副之。又以徐州节度使武行德为濠州城下行营都部署。

任命李重进，是因为皇帝正在考虑再次分兵从陆路出击，将战线往淮南腹地更快推进。

任命侯章，是因为其在连月的水寨攻伐战中积累了丰富的经验和军功，这个差遣是对他的认可和奖赏，皇帝以此激励他尽快攻克水寨，为拔城再添助力。

任命武行德，是因为皇帝决定水路攻势不再等待拿下寿春，而要提前向淮水下游伸出一只脚了。

江宁府。受到强势献土压迫的南唐君臣群情激愤，不甘心就此俯首。于是，唐主一面对周帝阳奉阴违、虚与委蛇，一面调兵遣将，在各线发起了反攻。

东线，继柴克宏、陆孟俊反攻并夺回常州之后，唐主遣陆孟俊率部向泰州进发。

中线，应柴克宏之请，派他领兵去救寿州。

西线，以齐王李景达为主帅，以枢密使陈觉为监军使，又从治域招募到许文稹、陈德诚、郑彦华、林仁肇等人为将，准备过江抗周。

关于将陈觉派给李景达做监军这件事，中书舍人韩熙载上书表示了反对。他认为“信莫信于亲王，重莫重于元帅”，既然将应援的重任交给了这位皇四弟，就要彻底信任他，何必再派个人牵掣呢？韩熙载原是李穀旧友，年轻时与李穀相约各奔前途，看谁更有造化，于是过江仕唐。如今李穀被郭周倚为重臣，韩熙载在南唐却颇不得志，连邀约友人夜宴消愁都被人画了图去向唐主汇报。故此，他的谏言在唐主那里的分量也就可想而知。

韩熙载的进言在外人面前暴露出南唐宗室内部关系的微妙。唐主一向标榜亲爱友于，对自己的两个兄弟不吝封赏。他封自己的三弟景遂做了皇太弟，封四弟景达做了兵马大元帅，谁都觉得他对他们信任颇深。如今临到交付大事之际，他却突然派出监军牵掣，前后态度自相矛盾，这是为什么呢？

南唐朝野上下猜议纷纷。他们都知道陈觉及其同党曾在唐主跟前说了很多话。想来，以陈觉为监军，自然是他们枢臣间钩心斗角的结果。谁也没有去想，在这件事的背后，有没有别的什么势力在别具用心地怂恿和利用。

下蔡。皇帝行宫。这一日，大周皇帝郭荣接到了三份奏表。

第一份来自京师大梁。宗正寺奏报，孙昭容于日前诞下一名皇子，母子平安。与此表一同到来的，是皇后的手书。皇后首先恭贺皇帝又做了父亲，并对大周皇室再添麟儿表达了自己的欣喜之情，然后又请皇帝在戎机倥偬间抽空为新生儿赐名，以保佑皇家子嗣福寿绵长。

皇帝对这个消息感到欢愉，翻着书斟酌半晌，写下一个名字命寄回皇后：宗让。

另两份奏表则带来了让人情绪完全相反的内容。

其中一份是府州节度使折德扆所上，汇报麟州杨重训再次叛周返汉。杨重训不是第一次叛周了。当初，火山王杨弘信在高平之战后放弃了太原，归附汴梁。火山王病故后，其次子杨重训却投回刘崇怀抱。今年初，因不敌西羌党项人入侵，他向府州求援，于是重回大周怀抱。没想到刚刚把羌人赶跑才一两个月，他就又转回太原那边了！皇帝恼火地将奏表摔到几案上：“不到二十岁的小子，心志难定，学什么不好，非学着做一个反复小人！”不过目下，边境上的麟州小城无关大局，他也无暇深究，答诏命折德扆小心监视就是。

另一份奏表来自东线主帅韩令坤。他报告，南唐陆孟俊将兵一万余从常州迫近泰州，泰州的周军只有不到两千人，害怕被唐军里应外合全歼，便弃城而出，返回扬州。陆孟俊成功复取泰州，遣部将陈德诚戍兵守卫。

看到这里，皇帝气不打一处来。

然而坏消息还没有完。接下来，韩令坤又报告说，陆孟俊到了泰州之后没有停下脚步，又西进迫取由韩氏自己亲自防守的扬州，屯于蜀冈。自己的兵马已有部分派出北上，目前手下的兵马数额，加上泰州撤回的，实际只有不到四千人。倘若自己据守扬州，城内百姓都是唐人，不仅不一定会提供守城支持，反而可能会与城外唐军呼应破城。为了保存王师实力，经与部将们反复商议，他准备率部退出扬州，向西撤退到更可靠的地方。

皇帝看完韩令坤的奏表，勃然大怒。扬州是大周挥到南唐脸面上的一个拳头，是王师扎在南唐肚脐上的一根大刺。一旦在扬州的王师撤回，淮南战线会立时收缩一半，大周好不容易挥到李氏脸上的拳头会被人齐腕剁下，王师费尽心机扎到南唐肚脐上的大刺会被人反转成为刺向自己的匕首。累积了无数尸骨得到的东线战果将烟消云散，荡然无存。

他猛地站起身，向林远喝道："立刻，宣张永德来见朕！"

未几，张永德急急从战场赶回，入内施礼。

皇帝站在沙盘旁，面色冷峻："抱一，你过来看。"他指点着这盘已经不知看了多少次的微缩江山，"南唐陆孟俊反扑，韩令坤在扬州扛不住了，想撤。"

张永德大吃一惊："啊？！韩令坤……不至于啊……"

皇帝冷笑一声："你不是一直都向朕请求出去打野战吗？现在，朕给你这个机会！"

张永德心情激动起来，忙礼道："请官家吩咐！"

"朕命你带慕容延钊率五千精骑，兼马倍速，取陆路支援韩令坤！你的任务，就是与他合兵，保住扬州，并伺机扩大东线战果！"

"臣遵旨！"张永德斗志昂扬，肃然应喏。

张永德走后，皇帝思索良久，又先后召入两名传令军校。

考虑到韩令坤承受的压力巨大，很有可能等不到诏允便会撤兵——就像当初的李榖一样，皇帝命第一名军校带齐备员备马，昼夜兼程赶往扬州西北方一百里处的天长县，传令正驻守在那里并兼顾滁州的赵匡胤：立刻率步骑两千人向西南方移动，屯于从扬州西退滁州的必经之路六合镇，截住韩令坤的部从。他特谕赵匡胤：对于不听命令执意后撤的军士，可依军法从事，杀一儆百。

皇帝召来的第二个军校比较特殊，表面上是普通近卫，实际身份是谍者与皇帝之间的秘密联络者。皇帝命他去放出信号，召扬州一线的白虎谍者来见。

东京大内。紫烟阁。

君怜带着皇子皇女来找朱雀玩儿，一行人身着夹衣，浩浩荡荡。因国朝在战事中，今年君怜力减了新衣定额：后妃至六尚，每人只得一身；六尚以下都没有；皇子皇女每人三身；孙昭容因生养有劳，制新衣三身；新诞的皇子宗让一应衣物用度循旧例，不拘不限。

没有新衣并不影响每个人的心情，大家一路有说有笑。初夏原本是个让人身心舒畅的季节。然而，朱雀不在此列。

自打那日听完冯吉的改曲汇报，朱雀看上去就有些没精打采的。除了去丛玉阁看望过远山和新生的皇子宗让两次，便常常在阁子里发呆。君怜遣人来相邀，侍从总是回报说令主在抚琴或是弄药，不得闲。

今日君怜又遣廷献来邀朱雀游后苑，说一起带着孩儿们去逗逗孔雀、仙鹤，喂喂锦鲤、花鹿，看看苍鹰、黄犬……朱雀仍旧不肯去。君怜情知有异，便亲自带了孩儿们过来找她。

君怜领孩儿们进了书房，朱雀恰又在抚琴。见君怜进来，朱雀停下琴静静站起身。“没外人，别拘礼了。”君怜忙笑道。朱雀便又坐下。

“你在抚什么曲子？我听着不是《沧浪》啊。”君怜问道。

“《幽兰操》。”朱雀淡淡回答，“小时候没学会，这几日却又有了些心得。”

这时，观音手里拿了个鞠球，过来让朱雀陪她踢耍，训哥儿也闹着要去书案上画符写字，朱雀便舍下琴，起身一一应付。承璋、廷献、东方氏、刘氏等从旁辅助，将两个小儿哄逗得十分开心。

君怜也不多言，只在一旁含笑相陪，因春咳迁延未愈，还时不时发作两声。朱雀听见，舍了孩儿们，过来搭她的脉，恼火道：“御医院的人也不知是干什么吃的，这么点小毛病，老也治不好！还是我替你开方子调理吧。”

君怜笑道：“也好啊。”

喧腾了一会儿，君怜见朱雀闷葫芦已开，便寻机打发众人出去，自己留下相陪。一时屋内安静下来，两个人都没有说话。

朱雀自去烧了风炉，亲自点茶来两人品。君怜在一旁静静看着，直待第一盏茶入口，方笑了一下，柔缓道：“朱雀，你是不是有心事？”

朱雀神情恍惚起来，千言万语，只是难以开口。君怜以眼神进一步询问。朱雀垂目默然片刻，方道：“君怜，我找到青鸾了……”

翌日，皇后教旨下到太常寺：新制套曲中的琵琶依旧改为独奏，由少卿冯吉亲自演出。冯吉接旨，心下既纳罕，又遗憾，却不敢发问，只得仍将琵琶曲三叠，变调而演。与此同时，皇后的另一道教旨秘密下给了教坊使：即日起，勾除云素儿乐籍，恢复良人身份，此后一应曹署行牒，不得再派付到她身上。

当日午后，廷献奉命携百金至云素儿住所云仙楼，说是皇后因她技艺高超而赏赐。云素儿默然拜谢，更无多言。

下蔡，皇帝行宫。

白系白虎密谍应召而至。皇帝向他垂问，扬州到底发生了什么事，韩令坤何至于会有被唐人内外夹击的担忧。皇帝清楚地记得，在早前的奏报中，韩令坤曾经说过扬州百姓对王师的到来表现出了极大的热忱。王师入城之初，不仅市不易肆，人情甚悦，而且还有牵牛送羊犒军的，说感谢王师替他们免除了原来唐主的各种苛税。现在唐军反攻，韩令坤完全可以婴城固守以待援兵，为何他竟不敢守，而至于要急急弃城呢?

白虎密谍便向皇帝说道——本来，就算陛下不宣召，他也正打算回来报告：因王师军士在淮南多行剽掠，鱼肉百姓，目下各郡县乡间已兴起了民间反抗武装“白甲军”。他们与唐正规军配合，专门攻击王师的游骑乃至小队，并有向各处联合、蔓延之势。韩令坤不敢守城，一定是怕城内也有“白甲军”的同党，与援军里外合击，将他们做成个一口咬的夹心馅儿。

听了白虎密谍的汇报，皇帝头疼欲裂，难以抑制自己的愤怒。吊民伐罪的天子军队又往天子脸上扇了一巴掌。他感到既窝囊，又痛心。他很清楚禁军中那些经过汰递留存下来的老兵油子都是些怎样凶狠的货色。此番东师仓促西撤，说不定就是这帮人为了保命而力争的结果。看来，即便韩令坤以马帅之尊，也被逼到了无法降服他们的边缘。

没有办法，看来必须启用后手了。一念及此，皇帝立刻叫来一名传令军校，命他火速携圣旨返回京师，召宣徽南院使、东京留守向训即率禁军马步军一万人赶赴淮南行在。

江北，六合镇。

赵匡胤率领的两千余步骑，在东西道路间的一个隘口重重叠叠布好阵势，以肉身堵塞了道路。他们一律刀兵突出，面向东方而待。赵匡胤与石守信自涡口南下深入开拓淮南腹地战场时，原本只率领了五千精骑，在后来的战斗中又有所折损。占领滁州、天长等地后，皇帝从寿春大营调了若干步军给他们做补充，连同护送窦仪、马崇祚等官员来接手州务的步骑，也被编入协防军中。此时赵匡胤所率领的两千余步骑，便是从州防人马中抽调而来。

赵匡胤甲胄鲜明，按剑立马于队伍的前排中央。张琼等部随曾经劝过他，对阵时服饰不要太突出，以免被敌军轻易识别出来，他却笑道："我就是要教人识得我！"故此，无论何时临阵，他都是最先让别人注意到的人之一。

他与韩令坤交情甚笃。为了完美地执行皇帝交代的任务而又不伤及兄弟感情，他熟思之后，派遣石守信带亲信十数骑东去迎住韩令坤，告诉他自己在这里等待。

未几，数千扬州马军迤逦驰来，韩令坤及其部将居首。因已有心理准备，他们见到赵匡胤的队伍并未感到惊讶。韩令坤满面尘土之色，纵马奔到赵匡胤近前，高喊道："元朗，你是来帮着我们阻击追兵的吗？"

赵匡胤笑了一下："克功，我是奉陛下之命来向你传旨的。"他忽地将脸一沉，"韩令坤及众将下马听旨！"

韩令坤一愣，见四围赵匡胤麾下部属尽皆表情严肃、刀枪待发，心中不免忐忑，忙命众人下马站立整齐，方揖道："臣韩令坤接旨。"

为了获得高度的优势，赵匡胤并不下马，而是取便在马上大声传谕："命韩令坤及所部将士，全部杀回扬州城固守待援，但有过六合者，断两足！"

韩令坤听闻旨意严峻，面色大变，忙揖道："臣领旨……谢恩！"

赵匡胤和缓了颜色，跳下马走到韩令坤面前，推心置腹道："克功，陛下知道扬州弃城，勃然大怒。你就算西撤成功，也难逃军法惩戒。不如杀回去拼死固守，也不枉了你禁军马帅的名声。何况，不日张殿帅所率援军就会到来，你还担心什么？"

韩令坤垂目片刻，苦笑道："元朗，我知道了。"他重新跃上马，传令部卒们向全军驰谕："陛下有命，全军回扬州固守待援！有过六合者，断两足！"

人喧，马嘶，尘土滚滚，三千余韩令坤所部精骑掉转马头，飞速驰回——他们要赶在陆孟俊之前重新入城。否则，他们就会陷入扬州城内外夹击之中，变作身死异乡的游魂。

他们毕竟是大周精骑，他们的速度很快，他们跑过了陆孟俊的人马。

一日半之后，张永德率部赶到扬州，与韩令坤合兵，并暂行统帅权。

东京大内。滋德殿前殿。

皇后例行召见枢密使魏仁浦和东京正副留守向训、王朴，了解外朝军政情况。这件事，无论是枢密使、东京留守还是皇后本人，都觉得理所当然，没有任何困扰。与前年出征高平前相似，皇帝临走时特意嘱咐过枢臣们，倘若遇有急难事无法及时向淮南行在请旨，可以直接来向皇后讨主意。皇后本人谨慎而从容地行使着这一权力，每旬召见时都采取聆听汇报、了解时情的低姿态，从来没有断然干涉过宰执们的决议和行动。偶尔，她会就某些问题发表自己的建议，这些建议总是那么妥帖周到，而且因为是皇后的意思，众人接受起来也觉得分外容易，所以最后都会按照皇后的建议直接执行，或者更改上报。

枢臣们入殿行礼，皇后略感惊讶地发现，今日前来汇报的人只有枢密使魏仁浦和东京副留守王朴，东京正留守、宣徽南院使向训并没有应召而来。

"怎么，向南院今日为何……"赐座之后，皇后和婉地问道。皇后坐在御阶之下、这一圈议政座椅的上首。先帝和今上在召对近臣时，也经常从御座上下来，坐到这样的位置表示对他们的亲近和尊重。

“呃……”魏仁浦和王朴悄悄对视一眼。皇帝遣使回来传旨时，特意嘱咐过，不要用前线的消息惊扰皇后。何况他们亲眼所见，皇后的咳嗽持续了不少日子，至今未愈。皇后应该得到更好的休养，前朝的事有文臣武将在办，何必再让她操那么多心呢？

“回圣人的话，向训略有些公事，尚未办完……”魏仁浦微笑着恭谨道。

这是一个比较合理的回答，皇后一向愿意替臣属们留余地，既然臣下给出了理由，通常皇后就不会深究了。然而这一次，皇后露出了半信半疑的表情。

王朴忙补充道：“……他特意托臣等恭问殿下圣安。”

皇后的疑惑加深了，脸上含着一点笑，不动声色地看着他们，等待他们给出进一步的解释。皇后宣召而不至，这是严重违礼的——仅次于皇帝、皇太后宣召而不至，何况，这本是例行的定期宣召，并非事出突然。向训是国朝勋贵、郭氏藩邸旧属，为人一向忠悫，若非病得起不了身，就是碰到了极其紧要的国事，否则，难以解释得通。

魏仁浦和王朴都感到了尴尬。他们受命不要拿前线的消息惊扰皇后，可是，皇后如果执意追问，他们却也不好欺瞒。毕竟皇帝的谕旨降得比较委婉，并没有下死命令一定不能向皇后透露军情。

魏仁浦起身揖道：“回殿下，向训在替陛下办理军务，是以暂且无法抽身前来汇报。稍后，他会亲自来向殿下谢罪。”

皇后保持着微笑：“向南院在办理什么军务呢？”

“……调遣人马，补充军资……”王朴也起身揖道。

“嗯。”皇后颔首，“两位请坐。”

魏仁浦和王朴松了口气，刚坐下，皇后突又发问道：“是派往淮南前线吗？”

“……是。”

“要调遣什么军种？马军？步军？马步联军？”

“这……应该是马步联军吧。”

“要调遣多少？”

“……臣等不很清楚。”

“谁来做统帅呢？”

“这……臣等也不大清楚。”

皇后的表情严肃起来：“这是陛下传回来的圣旨，对吗？陛下传回来的圣旨，你们是枢臣，你们会看到，除非那是颁给向训一个人的密旨。”

魏仁浦和王朴忙再次站起身，揖道：“殿下，非是臣等胆敢隐瞒，确实关涉前线军机，有些事情，陛下没有明谕。”“请殿下放宽心，淮南战事正在稳步推进中，捷报频传。”“便是陛下对后方人马军资有所调度，那也是正常的，殿下无须多虑。”……

皇后默然片刻，平缓了语气：“好，既如此，有劳你们回去替我给向南院传个话，教他得空速来见我。……现在，咱们说说别的事吧。”

一四八　向使应诏

寿春城下。大雨如注，硕大的雨滴在黑色的水面上绽开无数黑暗的花朵。虽然是白昼，天地间却显得十分昏暗。

形势恶化得比想象中快。连日大雨将寿春城外王师的营寨所在地变成了一片泽国：由于堤岸壁垒的作用，地面积雨无处可排，全都汪在了一起；壁垒上出现了更多缝隙，根本堵塞不及，千万股小水流渗进营地；悬河直接漫过壁垒上端，如同瀑布汩汩而下。深达数尺的积水甚至没过了那些建在较低洼处营帐的帐顶。用于攻打水寨的方船和竹龙有许多漂到了南岸，被唐军一把火烧了。

所有的士卒和民夫都奉命转移到各种船上、竹筏上。勉强会水的北人相对于生长于江河的南人的水面劣势，在滂沱大雨中以一种最为残酷的方式直呈出来。对于水的恐惧要了他们的命。因为过于拥挤，许多水性不好的士卒在混乱中失足掉入积水，根本施救不及。混浊的水面上漂浮着溺亡士卒的尸体，以及浮肿的马牛羊的尸体。有人在雨中放声大哭，有人在喧哗中呼喊不已，有人徒劳地想要在这一片挤挤挨挨中撑开船、划起筏子，去打捞昨日还在并肩作战的同袍。据事后不完全估计，有三成周兵死于暴涨的淮水中。

攻城暂停了，战场也是一片混乱。无数的攻城器械被弃置原地，在各种漂浮物的撞击下相继倾倒，发出噼里啪啦的巨大动静，继而淹没在污浊的深水中。

寿春城头一片欢腾，刘仁赡带领南唐守军在大雨中唱起歌来。

孙武已斩吴宫女，琉璃池上佳人头！[1]

这是由他们的主上李璟所作之诗谱曲而来，原诗诡艳奇挑，却被他们唱得豪气冲天。

东京。坤宁殿后殿。

君怜躺在湘妃榻上歇午，宫室静谧。她已经躺了很久了，但始终无法入睡。她感到头疼，而且心慌。她有一种不太好的感觉，她极力想逃避那种感觉，却又忍不住要去抓住它。

到底是什么地方不大对劲呢？

良久，她坐起身，芦笛忙过来伺候。君怜道："你去告诉廷献，到军器监向季飞卫传我的旨，教他今日公事完毕之后，立刻入宫来见我。"

坤宁殿偏殿。

季飞卫奉命前来拜见皇后。暮色已经转深，华灯早上。飞卫这么晚才来，说明他日间公事繁重，这也让君怜感到不安。

君怜照例给飞卫赐了圈椅入座，又问他是否用过晚食。飞卫笑道："实话回圣人，臣还没有吃晚饭。忙了一整日，肚子早就咕咕叫了，手下人拿了点心在旁边备着，臣都顾不上咬一口呢！"

君怜笑道："素知你能吃，可真是难为你了。——芦笛，去教御厨房送上四色热菜并热汤热饭来。"

飞卫笑辞道："用不了那么些！臣能有几个御厨的芝麻烧吃，就美得很了。"

---

① 南唐·李璟《游后湖赏莲花》："蓼花蘸水火不灭，水鸟惊鱼银梭投。满目荷花千万顷，红碧相杂敷清流。孙武已斩吴宫女，琉璃池上佳人头。"

君怜不由一乐，便向芦笛追道：“还要两屉芝麻烧。”

飞卫因采儿之故早与芦笛等相熟了，便也向芦笛笑道：“使得使得，有劳有劳。”芦笛微笑着去了。

君怜因赐了茶，问飞卫：“在衙署忙了一整日，都在忙些什么？”

飞卫道：“臣就是在筹备向训要带走的军械。什么皮甲、头盔、角弓、羽箭、硝石、火药、牛皮、牛筋、铁角、麻绳……左不过是这些物事。”

君怜不动声色道：“是向南院亲自带走吗？”

飞卫道：“可不是嘛！目下禁军重将里面，李都帅、张殿帅、韩令坤、李继勋他们都跟着官家走了，韩通又要警卫京城，适合统率这一万人马的，除了向训，也找不出第二个人了。”

君怜颔首：“嗯，一万人马……”

飞卫兴奋道：“圣人请想想，淮南已经被王师扎出了那么多窟窿，这一万人马再齐刷刷开过去，那是何等阵势！以之前王师凭三两千精锐就能拿下一座城池的威力，只怕这一万人都能直接插到李伯玉的老巢去了！”

“啊，是吗？你这样想啊？”君怜含笑看着飞卫。

“当然啦！咱们的官家是谁啊？便是前朝唐庄宗，也比不过咱们官家的英勇神武！……”

叙了一会儿，芦笛拿来了食盒，飞卫接过，向君怜告了罪开吃。一面吃，一面又眉飞色舞地夸赞着官家的英豪和王师的威猛。按理说，在皇后面前顾自吃饭，已经够不庄重了；边吃边说，不时还有饭粒汤汁弄到前襟上，就愈发显得无礼。可是飞卫说得兴起，浑然不觉。君怜也尽着他说，丝毫不以为意，甚至，她的脸上还显出了几分通常对待皇子皇女时才有的慈爱。

待飞卫稍停，君怜道：“……官家的神武，王师的威猛，自然不必多说了。飞卫，你是极会打仗的人，又极了解官家的用兵之术，我要请教你一件事，你可否为我解答一下？”

飞卫一大口汤差点呛出来，忙拿袖子擦擦嘴，不好意思道：“圣人有何见教，尽管吩咐就是。臣驽钝顽劣，可当不起圣人的话……”

君怜笑了一下：“听说寿春是官家亲自盯着打的，可是到现在都没有拿下来。你跟我说说，寿春为何如此难攻呢？”

“这个嘛……”飞卫挠挠头，“圣人也不必过于担心。依臣看，本来寿春都快打下来了，只不过近日下了些雨，将大军营寨给淹了，是以耽搁了……”

“大军的营寨被淹了?!”君怜不由惊愕道。

“呃……”飞卫忽然意识到了什么，忙笑道，“淹了一些，正排水呢……”

君怜追问道：“淹了一些是什么意思？水有多深？淹了多少营帐？人马死伤如何？军械粮草遗失了多少？……目下正是河水上涨的季节，水都是从河里往岸上来，岸上若要排水，又是往哪里排呢？……”

飞卫赔笑道：“圣人，臣也是听他们回来的人随口说了一两句，没太听真……”

君怜道：“是谁回来报信的？你叫他来见我。”

“……圣人，报信的人已经返回了。”

君怜看着他，恳切道：“飞卫，我这么信任你，你要对我说实话。”

“臣……臣说的就是实话啊……”飞卫红了脸，避开她的目光，嗫嚅道，“圣人问的这些问题，臣并没有问过来人，如何回答得上来？再说了，官家打仗百战百胜，圣人何须如此担忧？便是营帐被淹、粮草被泡这种事，以往也遇到过多次，哪次不是一咬牙就挺过来了？……”

君怜观察着他的神情，明白他有话憋在心里不肯说。他是官家的心腹，像营寨被淹这种事，他一定会问个底儿掉才能放心；何况他目下又管着军械，攻战器具的损失，他怎么可能不闻不问？

不肯说，就说明不是好消息。要刻意隐瞒的，都不是好消息。

飞卫是个直肠子，想说却不能说或者将黑反说成白这类事情，他是不擅长的，他的内心会十分纠结，再逼他，说不定就给逼哭了，那倒不好收场了。

君怜叹口气，怜悯道："好了好了，不必说了，是我不该问，真是难为你了。"

飞卫垂目道："圣人，臣不是那个意思……"

君怜心情复杂地一笑。

飞卫告辞的时候，君怜命廷献："去叫一乘白藤肩舆来，将季少监直接送出宫门换车。"

御道上，夜色更浓了。

远远能看到附近各处殿阁外悬挂的羊角宫灯，那是一些零散的光点。为了切实节流支援前线，皇后命在战时厉行节俭，整个宫禁夜里所张点的灯烛比以前减少了一半。

飞卫坐在四人抬的白藤肩舆上沉默着，忽然抬起手来，恼火地扇了自己一巴掌。他懊悔自己今日的多言。采儿叮嘱过他，圣人思虑重，有些话要掂量着回，不要说得那么直白。适才，他显然说漏了嘴。

事实上，因大军营寨被淹，军械毁损严重，皇帝在驰召向训之后，又追发了一道旨意给他，特谕军械补充事宜。传令军校给他们详细描述的寿春城下泽国惨状，一度令他们这种沙场宿将也心惊肉跳。幸亏自己及时打住了没说，这事倘若搁在圣人心里，可不知该会作何感想了。

坤宁殿寝殿。

夜已交子，君怜仍旧大睁着眼睛。孤灯耿耿，长夜漫漫。真相就在那里摆着，可他们都在想方设法瞒着她。她心中的不安随着铜漏的走移，在一点点加深。

下蔡。

皇帝行宫建在高处，虽然附近的淮水和淝水大涨，但有工部和钦天监的随员在，行宫是不会被淹的。皇帝召集全体高级将领和文臣研究目下的局面，众人纷纷汇报自己掌握的情况，议论如沸。

江河里的“水军”真的来了，王师士卒因此死伤无算……攻械损耗得很厉害，攻城车塌了好几十辆……火药受潮，只能发石砲，不能发火砲了……泡在水中的箭头、枪头之类，一捆一捆地锈掉……因抢救不及，粮草大半被淹，无法再食用……盐也被泡了，剩下的勉强够用三五天……肉羊肥猪，损失惨重……雨大，风急，浪涌，浮梁无法使用，屯在北岸的存粮无法运送过淮水……试着用缴获的江南战船渡河去运粮，水大，早前俘获的江南水手又陆续死了一批，士卒们努力了两天，竟没能将船成功开到对岸……就算船开过去，淮北的存粮也不多了，大周境内官道泥滑，后方的粮草馈运根本跟不上……

战事陷入泥淖。

此次会议并没有就下一步的行动达成一致意见，皇帝给每个人都分派了非常具体的差遣以应急。比如，李榖和王溥要立即想办法将淮北的存粮运送过来，哪怕是用引绳一小船一小船地拖曳；范质和窦仪要立即组织医官为全军熬制防止疫病的药汤；李重进和李继勋要立即检查全军的武器，将能用的集中起来重新分配……

东京。滋德殿前殿。

向训应旨求见皇后。入殿行过礼，他便先自请罪：“前日臣本该入内汇报政务的，奈何忙于完成陛下交代的军务，误了会期，恳请殿下恕罪。”

皇后看上去神情宁和，含笑道：“向南院平身，请坐。向南院忙的是正事，何罪之有？”

向训听了魏仁浦和王朴回去的警示之后，本来担心前线军情引发皇后忧愁，也不知今日自己该如何面对可能的询问，心下颇有些忐忑。此时见皇后神色轻松如常，方放下心来，依言落座。

皇后命廷献看了茶来，一面慢慢说道：“向南院出发就在这一两天了吧？江南湿气重，家里有没有多备些祛湿丸带上？”

向训一愣，忙笑道：“啊，有，都备好了，有劳圣人动问。”

“官家一向疏于保养，向南院到了淮上见到官家，替我好好劝劝。向南院是先帝元随，向南院的话，官家一定肯听的。”

“遵旨，臣一定将这话带到。”

“呵，向南院也知道，官家素来性急，如今战事有些不如意，难免暴躁发脾气，降罪于将佐，又让你去顶替。其实，依我说，打仗哪有那么顺利的呢？哪场仗没个三波两折就能下来呢？”

向训赞同地点点头：“是啊，臣也是这个话。不过官家召臣过去，倒不是因为对扈随的将领发了脾气，请圣人放心。”

“是吗？那就好。”君怜不动声色地说，并未乘机追问，却又转而叹道，“王师雄风，真是教人惊讶！不过数月工夫，半数以上的淮南州郡都已攻下。官家以前跟我说过，人马不够用，会再回来调遣。我正想着，战线拉开之后，李穀先时带去的三万人马，加上官家后来带走的五万人马，恐怕该不够用了，可巧官家就降旨召你去了。看来，我算得还不是太不准。”

向训笑道：“圣人深谋远虑，算得自然是极准的。”

“这次调走的一万兵马，是马军，还是马步联军？”

“是马军。”

“嗯。……寿春已经有数万人在城下，还有民夫襄助，用不着你这一万。倒是外面派出去的这几条线，司超、赵匡胤、韩令坤他们，想来正盼着向南院增援助威呢。”

向训惊讶道：“圣人神机妙算！臣此去，正是要往东面增援扬州韩令坤去的。”

皇后笑了一下：“这并不是我神机妙算，官家亲征之前，将他的大致方略都与我说过。不过我记得不很清楚，时不时还犯一犯糊涂，所以还得向你请教。”

向训在座中礼道：“圣人谦逊和蔼，真教臣下感动。圣人但有所问，臣尽职作答就是。”

“嗯，也没什么。只是我有些疑惑：韩令坤办事一向精细，能征善战，手下强将众多，又兼有治政之才，怎的扬州倒有失守之虞了呢？”这句问话，其实是君怜的诱探。她并不知道扬州目下情形如何，可是，通过一步步夯实向训所携的兵马数额、军种和去向，她已经大胆地逆推出了事情的前因。“有失守之虞”是个模棱两可的说法，君怜拿不准扬州是已经失守，还是正在坚守中，只能如此试探。

可是这话在向训听来就是皇后的婉辞，显然，皇后已经掌握了基本事实，知道扬州弃守了，官家才心急火燎地将自己召过去。他没想到，皇后居于深宫，消息竟如此灵通！

“嗐，”向训苦笑道，“韩令坤所部人马毕竟有限。扬州的唐军虽说不堪一击，乡里的‘白甲军’却多，单凭韩令坤那几千军士，的确不好对付。”

“哦，‘白甲军’？这是什么军队？”

“嗐，就是些乡里匪党自己结成的杂牌队伍，身上披的都是白色的纸甲。那些匪徒冥顽不化，不肯接受我大周声教，反而四处伏击王师士卒。虽说他们的战斗力远不能与我大周精锐相比，毕竟，人数多了也是麻烦……”

皇后默然。

现在，她终于明白扬州危机乃至整个淮南战局危机的肯綮在什么地方了。“白甲军”的存在，绝不会如同己方所宣称的那样，是愚蠢乡民螳臂当车、顽拒教化的结果。民间自动结成武装进行反抗，原因只有一个，那就是被迫自卫。

他们在保卫什么？自己的家园？自己的财产？自己的家人？那么，是谁毁坏了他们的家园？是谁夺走了他们的财产？是谁伤害了他们的家人？

大周禁军士卒中都有些什么陋习，几乎在君怜与君贵相识的最初，君贵就已经告诉过她，她也亲眼见证过。因为那些恶行的存在，王师出征的正义性被消解了。得不到百姓支持的军队，是无论如何也难以长久打胜仗的。

与此相比，暴涨的淮河，寿春城下的积水，馈运不继的粮草军械，不习水战的劣势，江南潮湿天气导致的疫病……又都不算什么了。

她所担心的局面正在成为事实。

良久，皇后对向训勉力笑道：“我还是那句话，向南院见到官家后，务必替我请他多保重身子，不要为一时一地的得失而……而过于操劳。”

向训郑重揖道：“喏，臣谨遵殿下教旨。”

坤宁殿。从夜至晨，香炉消歇，铜漏滴喑，玉灯长明。

外间值宿宫人的鼻息，轻轻地此起彼伏。

月光透过窗棂洒进来，诸物的影子在缓慢地移动变换。

君怜彻底地失眠了，一夜睁着眼到了天亮。

一四九　轩龙[1]难宁

下蔡。皇帝行宫。

又一次御前会议。皇帝紧皱眉头坐在御座上，默然听着臣属们议论。在座的，是行营全体高级将领和朝廷的高级文臣。

营寨积水状况和粮草匮乏状况稍微得到了缓解，然而，重新发动的攻势显得力不从心。王师从去岁十一月底至今纠缠了四月有余的征淮突破点、进军大本营寿春，仍旧没有被成功撕破哪怕一道口子。刘仁赡所率领的南唐军民的坚韧超出了所有人的想象。

接下来的棋，该怎么走？

战将们都在拧着眉头思索，文臣们开言了。范质说，淮水一开涨，到落下就得磨耗好几个月工夫，陛下没必要在这里跟淮水纠缠，不妨先行旋师，留下一部分将领继续攻城，并继续向淮南腹地深入。李榖道，这也是个办法，陛下回到京师，还能针对前线的匮乏调度人员物资，排布出更好的方案来攻伐。王溥补充道，陛下幸淮南日久，朝中上下久违圣颜，恐怕难以心安。……

皇帝认真地听着他们的建言，并没有应答。随军的宰臣们显然私下达成了一致，希望他在战争遇到挫折之际激流勇退，将进攻型战略收缩为稳健保守型战略。关于这一点，他不是没想过，

---

① 轩龙，皇后代称之一。

但难以认同。正如他在对李伯玉的诏书中所说，他是敬告过天地祖宗、背负着朝野巨大期望而出征的。开战以来，已经填进去了那么多的人口和钱财，他不能就这样空手而归，将巨大的战争包袱扔给自己的臣属去扛。

这当儿，一直没开口的李重进揖道："官家，臣倒以为，除了寿春，濠州也可作为征淮基地。目下武行德已经在攻濠，陛下不妨东幸，对外声言寿州已破。濠州得知此消息，必定军心涣散，如此濠州可望速下。拿下濠州，再反过来逼迫寿州，应当比目下单攻的成效要大得多。"

皇帝原本打算派遣李重进南下深入淮南腹地，因局势变化，就止住了。此时听了他的建言，皇帝目光一跳，显然对这个计划大感兴趣。的确，寿春就是个无底洞，他为什么一定要生往里填呢？他为什么不能跳过它，让周边大势将它压塌呢？皇帝命李重进详细说出自己的计划，又交予大家讨论。最后，皇帝批准了这个方案，决定翌日率船队乘风扬帆，顺流东幸，留李重进等主持寿春攻战。

船，自然是各次战役缴获的江南战船。它们一直系缆沉碇在淮水边，现在大部分终于要派上用场了。至于水手，一半是被留用且还活着的江南水手，另一半则是从王师中选拔出来的士卒——他们中少数人有渔家经历，多数人则是现学现卖的。

是夜，君贵特意将李重进召到自己行宫，私下对他进行了一番嘱咐。

君贵察觉到了逐渐在军士中弥漫开的一股绝望之气，要求重进在自己移驾后及时鼓舞士卒，不要因眼前战事的迁延而气馁。君贵更体察到了李重进本人心中的疲惫，和言道："三哥，昔年先帝攻打河中府，光围城就围了一年有余。咱们这才围了几个月？寿春孤城，得不到外援，早晚兵尽粮绝，咱们便是不打，围也围死它了！"君贵如此说，不仅是给李重进打气，而且更像是给他自己打气。

李重进微微叹口气，又勉力振作道：“官家说得是，这个道理臣明白。”

“三哥，留在寿春的这些战将中，你是为首的。你要约束好他们，与他们精诚协力，同心作战。可别学金陵那帮人的样子，敌人没打成，自己内里先乱成一锅粥。”

“官家放心，臣一定会带好他们的！”

君贵诚恳地看着他：“抱一已经被我放出去打野战了，三哥，在我心里，我更希望你比他早立功勋。”

李重进的笑容带上了一点苦涩：“明白，臣必竭尽全力，争取早日拿下此城。”

寿春东南方五百余里。瓜步镇。

南唐齐王李景达和监军陈觉所率领的两万援军主力，从江宁府出发横渡过大江，抵达六合镇以南二十余里的瓜步镇。陈觉命令全军建立起营栅，在此地屯驻下来。

这个命令引起了唐军将士的窃窃私语。走得好好的，为何突然停步不前了？他们可是在自己的地盘上，而且有两万人啊！

诸道兵马大元帅、皇弟李景达也对此感到不解和不满。他虽然没有领兵的经验，毕竟是能征会战的先帝李昪的儿子，而且秉性也比较刚硬。他试图跟陈觉探讨一下此番的用兵方略，陈觉断然拒绝了他。李景达脸上挂不住，悻悻地闭上了嘴。

众人很难揣知主上遣将的决策过程。既然派了齐王挂帅，又配了几员富有经验的战将辅佐，按理说行营军事就该决于齐王了。可是主上又不顾韩熙载等人的反对，派个陈觉来监军，到底是什么意思呢？难道主上还不知道陈觉是什么秉性吗？

枢密使陈觉对于李景达的轻慢和凌蔑，已经成了全军公开的秘密。

陈觉是南唐元老宋齐丘的党羽，性情跋扈，惯会在朝中弄权。

之前，李德明从周营回来力主尽献淮南之地以保平安，就是被陈觉伙同李征古做手脚说成卖国求利而斩于市的。在陈觉看来，李景达不过是凭借宗室身份获得兵马大元帅的空衔而已，哪能跟自己这个打过仗（虽然是败仗）的堂堂枢密使相比？被主上托付军事的人是自己，遣皇弟李景达跟着出来，不过是让皇弟跟着学习、增添资历而已，他怎么可能去跟李景达打什么商量！

他准备安好营、扎好寨，建好稳固的大后方，然后再派军前进六合，去跟周师来一场野战。

六合镇。赵匡胤营帐外。

接到侦候报告之后，众将聚在一处较高的坡地上商议对策，拿些树枝、石头在地上摆弄。

在皇帝方面，对于赵匡胤这支精骑，一直都寄予轻师奇袭、以寡敌众的厚望。从涡口击退何延锡水军，到南下夺取清流关、进而攻占滁州，到东进拿下天长县，再到西下六合阻止扬州兵后撤，他们的对手都四倍六倍于自己，每次的形势都不可谓不惊险，但每次他们都取得了胜利。

然而这一次，唐军人数达到了空前的八九倍，这个仗该怎么打？

石守信、张琼等将领都主张趁着唐军新至、立足未稳发动奇袭，打他们个措手不及。赵匡胤却不同意。“二哥，那你有什么主意？”石守信是赵匡胤的义社兄弟，因赵匡胤行二，素日里石守信常叫他赵二哥。此时虽在战中，毕竟并非公开的、正式的场合，因此两人间称呼还是以自在为上。

赵匡胤听他问，便拿树枝画着地，边想边说：“唐军渡过大江却不一鼓作气往前走，反而设营栅自固，这显然是怕了咱们。咱们如果冲过去袭击，被他们看到咱们的兵力虚实，那就反而不妙了。”

“不冲过去，那就还是用将他们诱过来的法子啰？”张琼问道。

赵匡胤点点头:"于今之计，咱们应该在六合精心布下疑阵，设下伏兵等着，待他们过来，虚张声势兜底儿一阵冲杀！他们本来就胆怯，被咱们疑兵唬住，冲杀之下，势必往回跑。可是，嘿嘿，还能往哪儿跑？前头就是大江！咱们只管放马过去，滚瓜切菜般追杀就是。哼，届时他们便再多一万人，也必败无疑!"

淮水之上。

大周天子郭荣亲御的战船编队顺水迤逦而下，皇帝的临时御船被护在中心。这支船队包含数十艘江南战船、上万名周师精兵、数千民夫、数千马匹，以及从大本营库存中勉力分出、带给濠州的粮草和猪羊等食物。

淮水南岸。两名周军军校疾驰而来，麻利地跳下马。他们将一物含入口中，发出尖厉的呼哨。

哨声中，从护航行驶于御船最南侧的战船里跑出来几名军士，向岸边挥舞两面小红旗。他们的动作有节奏地重复，显然在传达一种旗语。同时，从他们的口中也传出了几声长短不一的呼哨。岸上的军校与他们对答几声。

未几，从大船中放下了一只尖头扁舟，两名军校划桨，快速向岸边驶来。另有一名军校稳稳站立于船头，观察着岸边的情况。

未几，小船靠岸，立于船上的军校下来，与岸上军校互相行礼，报暗号，验对牌，核实身份。骑马者将一个小卷交给立船者。立船者接过，放入腰上银筒中。双方礼别。尖头扁舟轻履着淮水的波涛，又快速返回船队。

临时御船。皇帝指挥室。

银筒打开了。韩令坤奏道，王师在扬州城东大败唐军，斩敌将陆孟俊，并斩士卒若干。皇帝读罢来自扬州的奏报，紧锁多日的眉头总算有所舒展。

其实，陆孟俊并不是被阵斩的。他被活捉了，韩令坤原打算枷囚了他向皇帝献俘。可是陆孟俊刚押入营房，就被帘子后面的一个美人看到了。这个美人姓杨，是马楚时期的舒州刺史杨昭恽家的女儿，后来归了马希崇。其时，马希崇居于扬州。周师入扬州后，韩令坤遵皇帝之命招抚他，马希崇很感激，便将杨氏女献给了韩令坤。韩令坤夫人秋木香心宽，韩令坤家中原本就有姬妾数人，对这杨氏女自是欣然笑纳，并且因其貌美温柔而加意宠爱。

没想到杨氏女一见陆孟俊之下，竟忍不住在帘后拊膺痛哭起来。韩令坤惊问道："这是怎么了？"杨氏女泣不成声："就是这个人，当初废马希萼立马希崇的时候，贪图我家钱财而夷灭了我全族二百口人，还将我献给了马希崇。求大帅替我申冤！"

韩令坤听了杨氏的哭诉，立刻改变了献俘的主意。他知道，倘若将陆孟俊献给皇帝，按照皇帝的秉性，一定会赦罪招降，那么此人之前的贪残暴行可就一笔勾销了。韩令坤立时喝令将陆孟俊推出，斩于营前。

后来，皇帝知道了此事，不仅没有责备，反而直夸韩令坤杀得好。谁也不知道，陆孟俊夷人全族的行为，是不是触动了皇帝内心深处的某些隐痛。

同一日，皇帝也接到了来自六合的战报。赵匡胤奏道，王师大破唐军于六合，杀获近五千人，余众万余人奔逃至江边，拥挤争上渡船，被我军追至箭射，落水溺死者甚众。

皇帝阅完两份奏表，心情大好，步出御船船头，临风远瞻青山秀水，忽然拔剑指向东方，久久不语。雄壮的歌声在他的心中响起。

君不见，白鹿吴刀耀长虹，侵霜斫雪惊狂风。
宜将弧矢射天狼，直取北斗挹酒浆！

东京大内。紫烟阁客堂。

朱雀与唐氏，御医曹保义、吴克素、马道元俱在座，每个人都面色凝重、忧心忡忡。

唐氏诉说："……这几日睡得都很差。我听芦笛说了之后，自己不放心，陪了圣人几个晚上，夜夜都是快到天亮了，圣人才能迷迷糊糊闭上会儿眼睛……"

朱雀蹙眉道："吃得也少，适才我亲自盯着，也就半碗粥，便再也吃不下去了……还有，咳嗽也没好利落，近日反有加重的迹象……"

唐氏又补充道："癸水也乱了，一月比一月晚。上上个月晚了七八天，上个月晚了十数天。来了时，也就那么一点点。这个月倒好，索性不来了……"

几位医正互视着，不约而同将眉头蹙得更紧了。

朱雀向唐氏道："适才我扶她，明显感觉她身子发软……不能吃不能睡，怎么不软！可饶是如此，她还要强挣着起来料理宫务……"

曹保义忙道："这令主可得务必劝住！圣人精神不济，原就该卧榻静养。宫务繁杂劳神，万万不可再教圣人操心了。"

朱雀颔首，又问道："你们几位适才也搭了圣人的脉，你们是什么说法？"

吴克素捻须沉吟道："据下官看，圣人的脉象，是忧思郁结之状啊。思则气结，气机郁滞，血凝不畅，在上则脾胃失调，在下则经血不行。卑职以为，于今之计，汤药自然是要用的，但还是要以宽心为上……"

朱雀叹口气，又问道："马医正呢，你怎么说？"

马道元答道："卑职的看法，与吴医正一致。圣人原本肾气不足，加上先时的伤风受寒没能断了根儿，原该舒心静养为宜。……可是……可是卑职看着，似乎圣人心中原有的郁结没有宽解，反倒又添了新的忧愁似的……”

唐氏思忖道：“官家出征之初，圣人心怀的确不舒展，发烧卧榻，想来也不光是因为招了寒邪之故。可是后来终究好多了，日常起居，也是有说有笑的。远山诞下皇子，圣人还时常带着观音跟训哥儿过去探视，又亲自将小皇子抱起来逗弄。我看着，圣人也是开心得很啊……”

马道元说：“圣人的确牵挂小皇子和两位昭容，适才还问卑职，章昭容预计何时生产。卑职回说大约就在这两日了，圣人又细细吩咐一番，要卑职命人尽心照护。依卑职看，圣人还是操劳太过，这等事，何须额外叮嘱……”

曹保义叹道：“卑职进诊之时，恰逢晋国长公主前来探望圣人。长公主还没慰问几句，圣人想起长公主的病，反问卑职给长公主调养气血的方子调了几次，有没有成效……”

朱雀道：“圣人思虑重，替别人想的时候多，替自己想的时候少，总希望处处周到。有时候表面上看着开怀了，其实心里却不知有多少块垒未平。……她此番所添心事，必定与淮南前线有关。我听廷献说，她几日里接连召见了魏仁浦、王朴、季飞卫和向训，也不教廷献在跟前听着。毕竟不知他们说了些什么，就落下了这些症候！”

唐氏不由恨道：“这几个人都是先帝和官家旧属，又不是不知道圣人的脾性，怎的就不懂要缓着些吐口！还能什么话都对圣人说吗？尤其是飞卫，素日里嘴上就没个把门的！采儿嫁了他，怎的就不知道好好管管?！晕娘这病若是再拖着不好，我就找他们两口子算账！”

朱雀见她起急，只得压下自己的不安来，劝道：“妈妈，您也别太过焦躁了。您一焦躁都露在脸上，晕娘看得出来。”

唐氏道：“唉，这世上难道就没有一种‘开怀汤’吗？教她一喝下去，便眉开眼笑，万事不萦于怀，那该多好！”

朱雀向御医们问道："依你们看，如今要怎么给圣人调治？"

几位御医商量着，一递一句道：圣人贵体娇弱，大补之物是不敢用的，还是温补、缓补为宜……气血要先通再补，如此方能固元，若是一味只补不通，怕会加重瘀滞……之前的方子要略改一改，但不宜改动太大，怕圣人受不住……当归和血归于肝经，川芎行血归于肺经，这两样正对着圣人症候，不妨加大用量……其余的几味药略微增减，请圣人吃吃看……关键还是要请令主和尚宫时时宽解圣人的心……不妨让皇子皇女更多承欢膝前，哪有做母亲的看着儿女不开怀的……

朱雀听他们说了半天，也说不出什么新意，只得道："好吧，你们且去下方子，亲自盯着熬制好了送来，咱们吃个三五七天看。若是还没有好转，给官家知道了，哼！"

几位御医忙道："令主请放心！卑职们一定尽心服侍医药，务必教圣人早日好转！"

经过六日的航行，皇帝亲御的战船队，抵达三百余里外的濠州，驻跸城下。

因是顺流东下，即便正规水手不足，船队的行驶也还算顺利，没遇到太大的问题。只不过周师士卒大半不惯长久居于浪头，即便在平稳的大船上，也有很多人呕吐头晕，短暂地丧失掉战斗力。皇帝自己少年时跟随商船队贩过茶，习惯了水面颠簸，倒没有不适的反应。但看到自己的王师表现出这副模样，也不禁有点恨铁不成钢。

在路过距濠州尚有一百里的涡口时，皇帝观察到涡水汇入淮水的河口水流比较平缓，很适合从大周境内水路运粮过来，便立刻下令在涡口的淮水上建造一座浮梁。

坤宁殿寝殿。日近黄昏。

君怜侧躺在榻上，看观音和训哥儿在跟前蹴鞠玩耍。小儿们没有力量和技巧将鞠球踢得贴身，只不过是让球在地上滚来滚去而已。侍从们从旁陪护着，知道圣人需要静养，尽量不发出太大的声音。于是殿中只有孩儿们无忧无虑的嬉笑之声。

枕着手看了一会儿，君怜示意侍立一侧的廷献近前。廷献过来，轻声道："圣人可要再吃些什么？"

君怜摇头："你去一趟瑶碧阁，看望看望章娘子，将芦笛替我绣好的三双虎头鞋也带去赏她。吴医正说她生产的日子就在这两天了，她心里必定紧张害怕。素日她原是与孙娘子做伴互相开解的，如今孙娘子生养未满月，不能出阁子，可顾不上她了。你就说我说的，要她别怕，多吃多睡，瓜熟自然蒂落，有宫里这么多人帮着，无须担忧。待我精神好些，我自会去瞧她……"君怜一面说，廷献就一面称是。

见她越说越多，廷献忙道："圣人别劳心了，臣这就去，圣人的美意，臣全都传到就是。"

君怜颔首道："嗯。出了瑶碧阁，你再替我去一趟景福殿，看望看望王娘子。她自打有了身子，一向胃口不佳，我又免了她们定省，不能及时知道诸殿阁情形。"

廷献道："桐华不是报过嘛，自打令主给她出了替孩儿做衣裳的主意，这一向她都忙乎这件事呢，倒没多少工夫闹别扭了。"

"我是问她的身子！上次她来看我，说是偶尔还会呕吐。你问问她，这几日可好些了？你跟她说，我要她多吃些饭食，就当是吃补药了。她不吃，肚子里的孩儿就没得吃。"

廷献笑道："这个道理，王娘子岂有不明白的？她们家的万妈妈天天劝导着呢，圣人就别……"

君怜瞥他一眼："她说的是她说的，我说的是我说的。王娘子任性，乳母的话常常不听。我的话，她如今倒还听得进两句了。"

廷献无奈道："是是，臣这就去说。"

"从玉阁那边，我教唐妈妈去瞧了，就不用你了。"

"喏。"

“对了，宣徽北院使吴延祚以母丧丁忧在家，你教他们别忘了替官家和我到他家吊唁、致礼去。”

“明白。”

“还有，弘文馆前日回报说，馆内藏书生了蠹虫……”

廷献不由起了急：“圣人！这些事内廷自然有人循例去做，咱们……咱们都累成这样了，就不管别人了，成不成？”

一五〇　王事靡盬

兼马倍速的宣徽南院使向训所部，终于抵达淮南前线，到濠州行宫觐见皇帝。

皇帝精神大振，立刻任命向训为权淮南节度使，充沿江招讨使；又以韩令坤副之，为沿江副招讨使。皇帝说，听闻扬州军士横暴贪滥，多行不法，大违王师出征初衷，致使乡间“白甲军”蜂起，必须严肃军纪。

随后，皇帝屏退众人，特别对向训提到了赵晁。赵晁代表着侍卫亲军中的那些老油子，他们敢拼敢杀却恣意妄为，至今仍颇有势力。皇帝要向训寻机收拾赵晁的左右一顿，杀鸡儆猴。实在不行，就直接杀了猴也是可以的。说到这里，皇帝举起右掌，化掌为刀，咬牙做了个果决的动作，表情显得冷硬无情。向训严肃受命。

休整一日后，向训率部仍旧兼马倍速，赶赴扬州。

坤宁殿偏殿。

枫胶散玉匣，蕙炉销兰炷。一脉隐约的暗香中，君怜在拜文殊，双手合十，双目微闭，口中轻轻念叨着什么。廷献率两三侍从陪于殿侧，皱着眉头一筹莫展。

芦笛捧着一只药盅，轻手轻脚入内，廷献与她交换一个眼神。芦笛将药盅放到书案上，走近廷献，悄声道：“圣人已经拜了这半天，你怎的还不去扶起来?”

“刚去过，圣人不教扶。”廷献亦悄声答道。

“素日最多三炷香而止，今日已经……五六炷香工夫都有了吧?”芦笛急道，“圣人吃得少，没力气，时间再长了怎么受得了?”

廷献解释道：“圣人心里不松快，只有在拜菩萨的时候会好些，所以我不忍……”

“廷献，你好糊涂!”芦笛性情较采儿爽利，也不管廷献年资比自己深，当下便埋怨道，“你怎的不长记性，上次在思存殿，圣人不就是拜着拜着，突然倒在唐妈妈怀里了吗?”

廷献脸色一变，也不再理芦笛，忙趋到君怜身后，低声劝道：“圣人，今日拜够了，该起来了。”君怜不理他。

廷献向芦笛使个眼色，两人执意来扶：“圣人，好歹起来歇歇吧。再这么着，教唐妈妈知道了，又该骂死我们了。”

君怜由着他们扶起，也不多言，慢慢走到书案前坐下，脚步显见得是虚浮的。

芦笛赔笑道：“圣人，该进用药汤了。”

君怜看她一眼：“好。”伸手接过药盅，也不先尝尝，一闭眼便喝了，如同寻常喝汤吃茶般从容。

廷献与芦笛看她这情形，又是放心，又是担心。伺候着漱完口，廷献问是否召皇子皇女来跟前玩耍。君怜想了想，说道：“过半个时辰，再领孩儿们到万春堂吧。”

因想起日前章昭容诞下了皇儿，君怜问道：“唐妈妈从章娘子那里回来了没有？章娘子母子一切可好？还有……”

廷献不待她问完，忙抢道：“都好得很呢。这三处殿阁、两位新皇子那里，除了唐妈妈，臣每日也都会定时替圣人去慰问的。圣人快别操心了，只等着臣回报就是。”

君怜苦笑一下：“我不为这些人、这些事操心，留着这颗心又有什么用呢？”

这当儿宫人入报，太常寺少卿冯吉求见。君怜颔首道：“宣。”

一时冯吉入内行礼。君怜打点起精神，和言道：“冯少卿，何事？”

冯吉礼道：“臣今日来，一是禀报新曲演舞初排已毕，请圣人的旨，何时观看初演，以便臣等改进；二则也是请圣人为此套曲正式命名。”

君怜以手扶额，说道：“初演的事，待我问过令主，让她和庐陵郡夫人替我去看看吧。至于曲名嘛，我现在就写给你。”

廷献闻言，忙过来铺纸设笔，滴水磨墨。

君怜思忖片刻，提笔在一张内用鹅黄笺上写道：烈焰旋师曲。写完，递给冯吉看，又微笑问道：“依冯少卿看，此名如何？”

冯吉是个性情中人，见此立即拊掌笑道：“妙！此名甚妙！不知道的外人便是未闻旋律，未看歌舞，光听这曲名，也能立刻感知到它所展示的王师神威了。难为圣人想得出这么高妙的曲名来！”君怜神情却没那么激动，只颔首一笑。

一时冯吉告退，芦笛等均建言圣人回去休息。君怜说：“我还要在这里看会儿书，你们且出去。”

廷献知道难劝，试探道：“那么我替圣人取芝麻烧来，少时圣人饿了……”

君怜扫他一眼，不置可否。廷献略一斟酌，便自去了。

侍从们退出之后，君怜来在书架前细观群书，忽然看到了以前君贵给她送来的《太白万胜诀》。君怜记得这是张永德所献，说是用来卜算事机，颇为准确。

君怜将此书取下来，坐在椅中慢慢翻阅。

淮南前线。向训率部抵达扬州。

韩令坤已提前接到皇帝命令，知道自己要改为替向训做副手。

向训资历老，战功又高，韩令坤倒不敢有什么话说，爽快率部从迎谒向训于营门，并引领至中军帐。应援的殿帅张永德与向训交情不错，也在出营门迎接之列。

禀皇帝旨意，向训不暇歇息，略叙寒温与战况后，便立刻着手整顿军纪。恰有一小队十数军士掳人妇女财货归来，不知营中如此肃穆所为何事，还在呼朋唤友，准备瓜分战果。向训正愁没人做筏子，即命亲随将士将他们一体搜拿住，发现其中恰好有赵晁的裨将。向训牢记皇帝的嘱咐，无论赵晁等人如何求情，只摆出一张铁面，不论其过往功勋，就在行帐前向诸军传达皇帝谕旨，宣示其罪名，将那十数人枭首示众了。

于是军中肃然。赵晁、白延遇等目睹向训雷厉风行的手段，意识到他这行动背后必定有皇帝的意思，各自出了一头汗，竟不敢再带头作奸犯科了。东师由此获得了难得的安宁，并且，这种安宁还将持续很长一段时间。

濠州。皇帝行宫。

夜深了，刘奉武等人轻手轻脚往来照料庶务。君贵独自在沙盘前抄手沉思。

他明白，江南有数十年积累的根基，李伯玉绝不可能轻易奉上淮南全土。他们俩之间，需要更加惨烈而残酷的战役，他必须一步一步走下去，将局面推进到决定命运的决战时刻到来。

如果能将李伯玉逗引出巢，来个一战定乾坤，那就痛快多了。或许……自己应该在这方面下下功夫，让密谍设法在背后做做小动作，鼓动南唐的一两个要害人物去撺掇唐主亲征，再来一番“皇帝对皇帝”——至少，李伯玉总比晋阳已故的刘崇更配得上这个说法。

推进吧，源源不断地推进吧，但是要快。兵贵神速，数万大军出征在外，还有数十万民夫，人马、粮草、士气……无时无刻不在变化，他拖不起。

王师东线的形势看上去正持续好转。向训抵达扬州后据州自镇，遣韩令坤率部北上，在楚州城附近的湾头堰击败唐军万余人，俘获与战的伪涟州刺史秦进崇。而张永德与韩令坤一同北上后，分兵从楚州西进，在泗州城附近的曲溪堰击败唐泗州守军万余人。这些战果让他大喜，下诏褒奖。

他原本是用向训去替下张永德的，计划在向训到达扬州、情况稳定之后，便让张永德回来。张永德不肯轻易放弃外战机会，愈发踊跃攻伐，想要多立功劳。他喜爱抱一这股生龙活虎的劲头，又兼要切实抚慰其丧父之痛，便特意遣内臣赴营赐他一条金腰带。

然而，对两个淮上重镇的进攻却仍旧难以让人满意。它们坚硬如铁，一碰就是噩梦。

牛皮城寿春不必说了，李重进、李继勋、侯章、王璨等率领王师主力，勉强克服着军中逐渐弥漫开的懈怠与失望情绪，继续发起下一阶段的进攻，却收效甚微。濠州也非常坚韧。与寿州相似，濠州也有水寨防于城墙外围。守将郭廷谓足智多谋，拒不投降。

敌援军方面倒是出现了滑稽的情形。

向唐主申请支援寿春的猛将柴克宏，辞别南唐皇子李弘冀从常州北上，不想却在半途突患急病，未至而亡。其所部人马立即南还，这支战力算是消解了。而由齐王李景达和枢密使陈觉所率领的南唐援军主力，在六合遭到赵匡胤歼击后，残部气急败坏地退回了江南。于是这支战力也算是消解了。

从敌我两方面的大局对比看，形势对王师还是有利的。可是不知为什么，君贵却突然在心底深处感到了一丝慌乱。

东京大内。紫烟阁书房。

一支新鲜的海棠花斜插在立地大花瓶中。又是海棠初蕾的季节了，书房内香炉尽灭，只有这花香点染春意。廷献向朱雀呈上一张纸，纸上是廷献写的五个字：烈焰旋师曲。

朱雀抬眼看着廷献：“这是……翚娘为新曲起的名儿？”

廷献点头：“是。”

“旋师曲……旋师……我原本还以为，翚娘会将新曲命名为某某出阵曲、某某破阵曲之类的呢。”

“卑职原也是如此想。”

朱雀的视线扫到墙上，那幅御笔横批“浊世清芬”赫然在目。官家不在的宫城，对于翚娘而言，的确显得太过枯静了。朱雀叹口气：“看来，翚娘这是在盼着官家回来啊……”

廷献默然片刻，问道：“……依令主看，官家还要多久才会回来呢？”

“我怎么知道？”朱雀苦笑道，“翚娘跟我提过，官家走之前说，这场仗，估计怎么也得打个半年、大半年呢……”

“官家是……是正月初八离京的，距今不过三月有余，离着半年、大半年的期限，还有好长的日子。可是……可是卑职看着圣人这情形，倘若官家不回来，却是不得好的意思呢。”

朱雀沉吟道：“不知前线究竟发生了什么事，我只听闻，寿州久攻不下……可是，对于打仗而言，这也是正常的啊，翚娘何至于忧急至此……”

廷献道：“令主何不找季少监来问问？兴许他还知道一些原因。”

朱雀不语。她的品级虽高，却是内职，季飞卫是外职，自己管不到他，不便传他来见。倒是采儿虽然离宫，但仍旧挂着内职，自己找她来问询，可谓名正言顺。

“……这样吧，廷献，你替我去找采儿和飞卫，请他们夫妇得闲来我阁中，叙叙家常闲话。”

廷献忙道：“遵命！”

坤宁殿寝殿。

晌后，君怜结束了睡不着的歇午，勉强从睡榻上坐起身。长期的失眠让她感到痛苦。她已经非常配合御医们的治疗了，却难以战胜顽固的心魔。目下，她每天能够入睡的时间，不足两个时辰。她知道周围的人都因此而焦虑。为了减少他们的焦虑，她又不得不打起精神来，不让自己显得那么脆弱，那么憔悴。

芦笛等过来伺候，替她垫了厚厚的软垫倚靠，又漱口、进茶，忙乎一通。总算消停后，君怜便侧倚着，拿过枕边的《太白万胜诀》，再次慢慢翻看。

她素来于这类卜算推演的书籍涉猎甚少，书中一些推演方法，也不是特别熟悉。想了想，她命芦笛："去书房中替我找些书来看。"

芦笛苦劝道："看书又费眼睛又费心力，圣人精神本来就短，何苦劳这个神呢？"

君怜不理会，吩咐得更具体了："你看看架子上与《易经》相关的书有什么，多替我拿几本来。"

芦笛求恳道："圣人……"

君怜叹口气："你去不去？你若不去，我就自己去。"

"好好，臣妾去就是了。"

未几，芦笛回转，拿了《周易卦算》《乙巳占》《青囊奥义》《三五演易法》等书来，君怜接过放在榻侧，与《太白万胜诀》互相参看，口中轻轻无声念叨着，沉思良久。

紫烟阁。黄昏，采儿与飞卫夫妇应朱雀之召来访，候在客堂中。

朱雀原本在坤宁殿陪君怜进用晚食，承璋偷偷让芦笛传话，回报说飞卫夫妇到了。朱雀守着君怜吃罢，又敷衍几句，方急急回来。

采儿与飞卫向朱雀见礼，朱雀道："罢了，不是什么正经场合，大家都别拘礼了，坐吧。"

三人因落座。采儿急切道："廷献说令主召唤我们俩，想来，是因为圣人的事吗？"

朱雀颔首："嗯。好些日子了，吃不下睡不着的。适才我陪着，也不过仍旧是半碗青菜粥。唐妈妈哄着又喝了两口鸡汤，就再也不肯吃了，说是吃多了肠胃不适，想吐出来。"

采儿道："那日卑职觐见时，已经听廷献说了这情形。令主，卑职想回宫来事奉圣人一阵子，待圣人好转再回去，成不成？"

朱雀沉吟道："你要照料飞卫的起居，若居留宫中不走，圣人必定过意不去，反而因此劳神。还是罢了，你得空回来瞧瞧就是。"

飞卫忙道："下官是无妨的，完全可以照料自己。就请令主允可采儿回来伺候，也是我们夫妇的一番心意。"

朱雀看着飞卫，斟酌道："飞卫，采儿是否回宫事奉，倒不是最要紧的事。我且问你，前些日子，官家十万火急地将向南院调了去前线，到底为的是什么？据我看，圣人病势转沉，与此有很大关系。"

飞卫道："扬州那边唐军反攻，韩令坤人马少扛不住，官家就调向南院去支援。"

"就这些？"

"嗯。本来就没什么的，打仗嘛，敌退我进，敌进我退，都很正常啊。"

"嗯……还有没有别的？"

"还有……还有就是军械粮草之类的需要补充，就算量大一些，也是正常的。"

"量很大吗？军械损耗很严重？"

"嗯，打水寨的时候遗失了不少，又泡坏了不少。"

"……那么，咱们的军士死伤多吗？"

"多。下官听说，寿春攻城战打得很惨烈，而且……官家很着急，多次亲幸前线督战。”

朱雀心中“咯噔”一下。君怜一定知道这个情形，这必然会让她感到揪心。

“官家呢？官家是否安泰如常？”

“这请令主放心，有我们近卫的弟兄们保护着，官家的安全不会有任何问题！卑职听说，官家目下已经从寿州到了濠州去督战，要将战事再往前推进一步。”

朱雀默然，心念急转。她听君怜说过，君贵以寿春为攻淮大本营。现在大本营未建，君贵却越此东巡，只能说明他心里是真的着急了。以她对君怜的了解，君贵一着急，君怜就会通过蛛丝马迹感觉到，哪怕隔着千山万水。如此，君怜便会更加忧急……

良久，她问道：“官家东去濠州的事，有人告诉过圣人吗？”

“这……应该是没有。并没有正式的通报下给枢密使和留守，下官是听往来监运军资的人说的。”

“好，封锁这条消息。”朱雀果断道，“我会告诉廷献，禁止坤宁宫所有侍从谈论淮南战事；你去告诉魏枢密和王学士，以后若有战报，不可直接报知圣人。倘若有必须要圣人知道的，可否先让我了解一下，以便斟酌如何向圣人吐口。”

“好好。”飞卫忙道，“不过令主放心，淮南战事进展不错，应该也不会有什么教圣人焦心的消息了。”

又一日。黄昏的坤宁殿掌起一片银烛，朱雀陪着君怜用膳。

观音与训哥儿早已吃完，不安分地跑到庭苑中玩水去了。君怜吃不下，可是朱雀在眼前督着，一副不吃就不让她下膳桌的架势，她只能慢慢地磨。

朱雀见君怜拿起食箸又放下，拿起羹勺又放下，就是不往自己嘴里送食，不由叹了口气：“君怜，我知道你在为淮南的战事而心忧，可是我不知道你担忧的到底是哪样？如果你不嫌我驽钝听不懂，可否明明白白说出来，或许我能为你排解一二，也未可知呢。”

君怜露出一个笑容：“朱雀，难为你了。我知道你不喜与闻这些俗务，可是近日为了医我的病，你绞尽脑汁，多方询问，给自己平白添了许多烦扰，我很过意不去。”

“这是什么话！你我之间何须有这些客套？我且问你，你是不是因为寿州难攻、扬州失守，担心君贵操劳过度，故此自己也寝食难安？”

君怜沉默片刻：“也是，也不是。”

“你就说那‘不是’的部分。”

“千头万绪，一言难尽。”

“你慢慢讲，我可以耐心听。”

“……朱雀，我知道我这样不对，可是很多时候，我都只能听从和跟随自己内心的感觉……”

“你感觉到了什么？”

“淮南的战事让我不安之处，有些说得清，有些说不清。”

“君怜，你总得试着说出来，我才能明白你的意思。”

君怜有些无助地看着她：“朱雀，这么说吧，我希望这场战争是义战，也是吉战……”

朱雀默然。君怜的意思再明白没有了，她所担心的与她所希望的恰恰相反，她担心这场战争最后变得不义，而且不吉。

确实不能再说下去了。这是一个全新的、无底洞一般的黑暗话题，难怪君怜不愿意明言。战争从来都有正义与不义的两面性，王师目下占着哪一面？将来又会不会转向糟糕的那一面？谁敢担保？而至于人事的吉与不吉……这是一个沉重到只有上苍才能回答的问题。

朱雀同时为君怜的多思和自己的无能而感到懊丧不已。

濠州。周师连绵的营帐内外，面有菜色的军士们七倒八歪。

有人发出呻吟让自己舒服一些，有人连呻吟也没有力气发出了。那些尚且健康的同袍没精打采地出入于他们脏兮兮的胳膊腿堆中，顺便有气无力地照料他们一下。很难说他们那种没精打采、有气无力是不是成心的，整个军队里弥漫着深沉的、黏滞的怠惰与疲倦。

皇帝行宫。随军的御医刘孝能与两名医官在向皇帝汇报军中疫病情况。

“……前些时日得瘟疫病倒的那一批，经过臣等的治疗，半数已有好转……可是，近日士卒间所流行的，又像是另一种疫情……据臣等切实观察，在口苦腹泻、肌肤瘙痒之外，又添了过劳倦怠之征，有人烦躁易怒，有人反应迟钝……至于手足生疮、创口难愈等外伤，倒在其次了……”刘孝能道。

皇帝蹙眉道：“便是服药也不能缓解吗？”

“呃……陛下，服药不是不能缓解，毕竟还需要时日……”一名医官道。

“朕记得，上次大飨全军一顿羊肉之后，士气高涨。如今这法子……可还管用吗？”

“陛下……为了让军士们有力气打仗，遵旨，军中隔三岔五是有肉食供应的，只是分到每人碗中的只有一小块罢了。一顿远过常例的丰盛猪羊肉，固然能令士卒们欢喜，不过……”

“不过什么？”

“……呃，臣等是医者，原该据医理直言，可是又恐触怒圣听……”

“恕你们无罪，说吧。”

“如今军中士卒之疫病，多由身疲引发神疲、心疲，从而造成机体自卫能力下降而致，不是一两顿猪羊肉所能解决的。”

“那要依你们，应当如何？”

两名医官面面相觑：“……陛下，臣等不敢说。”

皇帝忍住怒火："已经恕你们无罪了，说！"

"依臣等陋见，还是……还是要多歇息歇息，方能缓解过来啊。"医官们谨慎道。他们的本意是想说停战休兵一阵子，但他们的头颈很脆弱，承担不起阻挠皇帝军事行动的责任，只能委婉其辞。

皇帝默然，他完全明白御医们没有直说出来的意思。杀敌一千，自损八百。可是，一鼓作气、忘我猛攻的军事意义就在于不给敌人喘息之机，以尽可能短的时间消灭或者磨耗掉对方的所有战力。倘若己方暂停攻势，原本可能已被打得将死未死的敌人也会趁机缓过一口气来，重新积攒、组织力量进行反抗。那么，之前己方所死伤的那八百，可就白死白伤了。

在皇帝和医官言谈未及的另一面，这些军士的倦怠还有一个原因：他们都在皇帝的眼皮子底下战斗，受到了最严厉的监督，虽然也因被御目亲证而有机会最快地立功受赏，但毕竟不能像别的派出部队那样，可以时不时放心地搞搞小动作，用额外的掳获让自己放松下来。

良久，皇帝又问："军中出现你们所说症状的士卒，大概有多少人？"

"依臣等粗略观察，大约已过三成，直逼四成。"刘孝能掂量着答道。

皇帝沉吟片刻，向身旁的林远道："传朕谕旨，明日全军休战一日，大飨一顿好肉！"

一五一　紫微黯淡

坤宁宫寝殿。夜长更漏，万籁俱寂。窗棂将隐隐的月光筛进来，光阴的步履在窗棂上移动，显得又轻又滑。龙涎燃尽，幽殿香沉，这样的静谧安好，本该响应着睡眠的甜美气息。

君怜在榻上翻了一个身，将脸朝向内里。榻前不远处席地而眠的三两个宫人鼻息轻微。芦笛警醒，从卧铺上撑起身子，隔着纱帐静静地向榻上观察片刻，见圣人再无动静，便重又睡下。打从圣人在思存殿病倒之后，她的值宿地点就从寝殿外搬到了这里。

君怜缓缓睁开眼睛。

没完没了的失眠让她变得衰弱，她已经许久没有尝到做个美梦的滋味了。她想尽快地睡着，尽快地恢复胃口，尽快地好起来。在君贵回来之前，她应该将自己变得好好的，以便用最好的状态迎接他，与他再次彻底和解，与他平心静气地商议实现大志所应选取的最佳途径……尽管她并不知道他什么时候才会回来。

然而，越是着急，她就越睡不着，越吃不下，身体状况越来越不容乐观。她长长地叹息一声，挣扎着坐起身子，披衣下榻。

芦笛闻声，忙爬起身跟过来："圣人怎的起来了？圣人要什么，差遣臣妾去做就好了。"

君怜摇摇头："我要看看月华，你且睡去。"

芦笛暗地叹口气，忙去取了大氅来替圣人披上，又退在一旁候着。

推开不久前刚换了薄纱的窗棂，君怜注视着被宫殿建筑的轮廓切割得狭仄的夜空。月亮如半面残镜，深空中零星散布着为数不多的星辰。

这是古老中原腹心之地四月下旬的夜空。四月是孟夏之月，孟夏过完，仲夏就该到了。无论是地理方志还是亲身见闻都告诉她，仲夏，是淮水泛滥的季节。

一支以陆战见长的军队，如何在水网密布的地域、在江河泛滥的季节，对战一支以水战见长的军队，打赢那场旷日持久的大仗呢？……

牵牛烹羊、箪食壶浆迎谒王师于路，只是出征之初的短暂美景。王师中难以尽弃的恶习，以“白甲军”为代表的淮南黎民对王师的顽拒，会让这场战争变成一片广阔无边的淤泥之海。战斗从来都不可能是战争的真正目的，倘若丧失恢复中朝旧疆、一统江山、造福天下的正义性，立足百年的帝王大业，也不过是以他人的血肉填塞欲壑的污楞场而已……

君贵对于胶着战事的焦虑，势必会损害他的健康，也很可能导致他对形势的判断产生失误，从而冒进冲动，甚至失去对军事与政治的平衡把握，陷入真正的危局。

而且，君贵是跟她赌了气走的。是她错了，她那么了解他，她明明知道该用什么方式与他交流，为什么还要让他承受着那样巨大的心理压力出征？他会将那种压力转化成一往无前的动力，她所有劝阻的话语都可能只会起到反作用。不达到目的，他不会回来。……

一切的一切，都表明战争的进行将会越来越艰难，战争的结束将会遥遥无期。

她的心拧出苦汁来。知我者谓我心忧，不知我者谓我何求。上苍有知，可否明示未来的吉凶，可否给予她如何挽回正逐渐到来的危局的指示？

“芦笛，掌灯。”良久，她转过身来，毅然吩咐道。

“圣人?!”侍从们不知何时都已起来了，听闻圣人的吩咐尽皆感到惊讶，相顾迟疑。

“掌灯。”

君怜从榻侧拿过几本书、一沓字纸，坐到一张不大的几案前。明亮的多头烛光映照着摊开的书和纸，纸上有这几日她所写所绘的一些文字、卦爻和演算符号。她循着自己在《太白万胜诀》和《青囊奥义》等书中所夹的书签，将书页翻开放在一旁。她握着笔，支颐沉思。一时又再翻书，再演算，再涂抹，再思索。她的思路似乎卡住了，愣愣看着眼前这几张演算纸发呆。

濠州城下。水寨之外，高埠之上，君贵稳坐胡床督战。

他的面色中有几丝难掩的疲惫，他对于眼前的攻伐似乎有些心不在焉。

根据各处汇来的军报，他意识到，一度蓬勃发展、有所突破的战局又重新变得僵持不下了。

他想不明白，李伯玉到底有什么好，值得刘仁赡、郭廷谓这些人为他如此拼死顽抗？他自忖是一个比李伯玉更好的主上，要他们降顺于他，就如此艰难吗？

韩令坤、张永德分别攻下了楚州、泗州附近的县镇，可是对州城本身发起的攻击却毫无进展。齐藏珍攻打黄州未果。何超所拿下的光州、郭令图所拿下的舒州都遭到猛烈反攻，情况很不稳定。目下，只有向训据守的扬州和马崇祚据守、赵匡胤遥相呼应的滁州，还稍微像个样子。

“白甲军”的存在，成了王师一个巨大的噩梦。反抗变得越来越强烈，他们不满足于自卫，逐渐与唐军配合，改为主动出击。王师不得分出精力和人马来，疲于应付他们不定期的袭扰。这就意味着，在朝廷军队之外，后唐突然拥有了一支数目庞大且具备一定实战能力的民兵——这是他从国境内带来的数十万民夫所不及的。外敌让江南朝野迅速团结起来，原本腹诽朝廷的乡民与乌烟瘴气的后唐上位者之间突然达成了谅解。虽然他相信这种团结不可能是长久的，但要打破、击散这一脆弱的联合，王师却必须花费数倍于早前的力气与耐心。

而王师各军的士气与体力就像一组绷紧的牛皮筋，已经到达极限。目下他需要考虑的问题是，如何快速高效地让全军缓过劲来，安然度过所有长年累月的大仗所必经的疲劳期，不要将牛皮筋绷过了头，砰砰绷断了。

真是行到水穷处。

紫烟阁阁楼。

君怜与朱雀倚在宽厚的朱漆栏杆上，南面而望。侍从们都退在后方。宫阙重重，极骋远目，可依稀看到宫城外的市井树木，若望向天边，又有一带远山，一抹闲云。这紫烟阁取道家意境，阁楼造了三重，每重挑高倍半于寻常屋宇，因此，三重之上，视野便相当开阔了。

君怜好几日没出过坤宁宫，今日起兴亲自到紫烟阁来，倒教朱雀好一阵惊喜。朱雀问过芦笛，知道君怜昨夜睡了两个半时辰，早起吃了一碗粥，看上去，倒是个好转的兆头。不过素常君怜来都会带上观音和训哥儿，今日没带，想来是精神不佳，受不了孩儿们聒噪。

君怜说想登阁赏景，朱雀便携了她手慢慢上来。

山河满目，平原茫茫。可是她所心心念念的那个地方在哪里？楼高望不见，尽日栏杆头。天长路远魂飞苦，梦魂不到关山难。

朱雀见君怜痴痴凝望不已，想起她所定的烈焰旋师曲名和那日两人的谈话，便将手向远处一指，安慰道：“君怜，你只管往东南方望，视线飞过九百里，就是淮水了。你信吗，当此之时，他也正望向西北方的京师宫阙。你们俩的视线，终究会在半空相遇。……如此，便可一解你心头之苦了。”

“嗯。”君怜淡然一笑。朱雀明白她的心事，她明白朱雀的话。说出来的没说出来的，她都听到了。淮水梦悠悠，君愁我亦愁。

未几，两人下了阁楼，依旧回到书房闲叙。君怜问朱雀适才在做什么，朱雀说：“在替你抄《消灾解厄真言》呀。”说着便拿几页字纸给她看。

君怜接过，见满纸奇怪的符号，不由笑道：“这些交通鬼神的事情，还是你做得好，我就不会。”

朱雀道：“这都很简单，以你的聪明，有什么不会的？我也不过看书学来的，便是从前跟着高师父，他也并不教我这些。”

君怜道：“那我倒要顺便请教你一二了。”

朱雀笑道：“请教不敢当，切磋是可以的。”

“嗯……‘赤金入兑’怎么解？”

“‘赤金入兑’？让我想想……赤金……入兑……啊，赤想必是指赤星，就是破军星。此星五行属金，按照洛书的方位在兑卦上，所以叫作赤金入兑。”

“哦……是指方位呀……”

“不过这些都是会变的，尤其是入宫位的时候，一处变则处处变……”说到这里朱雀忽然警觉道，“哎，怎么了，你问这个做什么？”

“没什么，以前翻书看到过，百思不解，反而在心里存下了。今日看到你画的这些符，便又想了起来。”

“其实我也不懂。你知道的，我一向学五柳先生‘好读书不求甚解’，这些事全靠自己随意猜想，难免胡说八道，若说错了，可别怪我。”

“呵，令主几时变得如此谦逊了？你可知道在我心中，令主说的，那就必定是对的。……让我想想……有句‘旬空当运吉凶反’，又是什么意思？”

“这个我知道！”朱雀来了兴致，“天干十个，地支十二个，十日为一旬，‘旬空’的意思嘛，就是说天干和地支一一相配的时候多出来两个地支。‘旬空当运吉凶反’嘛，就是说倘若推演卜算的时候，有什么事恰算到旬空里了，那么它原来所主的吉凶就要反过来看。”

“原来如此……”君怜若有所思。

朱雀又恢复了警惕心：“哎，你不是一向以释门六波罗蜜为渡河之舟的吗，怎的忽然对仙道流的打卦卜算感兴趣了？算什么呢？算命啊？”

“我什么时候要算命了？许你观日度月、推星望云，就不许我勇猛精进、‘日知其所亡以就懿德’吗？”

“好好，你比我好学还不成？还有什么不解的？说出来咱俩一起参详吧。”

“……一时想不起来了，待想起来再请教你。”

坤宁宫偏殿。晌后。

君怜在书案前提笔演算。面前除了《太白万胜诀》《三五演易法》《青囊奥义》等书，还有钦天监送来的去岁至今的天象观测日志。

天象日志的某两页被君怜夹了纸条为记：“三年，正月戊申，月食。”“三年，正月壬戌夜，有星孛于参角，其芒指于东南。”

显德三年是今年。正月，恰恰是君贵出征的月份。

戊申月食，月食之日不宜用兵。推算起来，当天君贵正在前往正阳的途中，李重进的后军先锋部队也尚未赶到战场；而此前一日，李穀方从寿州引军退回正阳；当时在淮南境内，王师也没有别的派出部队了。总之，戊申日没有动兵戈，这是可以肯定的。君怜略松了口气。

壬戌夜，在参宿之角出现了异常明亮的大彗星，光芒直指东南。当日，王师在涡口破敌，斩敌将，并缴获敌船。彗孛主刀兵，而涡口恰在京师东南方，天之象与人间事合契如神。钦天监对此的解释是，此彗孛乘金而来，凶敌而利我。

然而光看天象不足以解释眼下的局面。以《太白万胜诀》和《三五演易法》等重新占算，加入年月之数，君怜却发现彗孛之运行正入旬空之中，“旬空当运吉凶反”。而且，这颗彗星出现的时刻，参角恰好在紫微垣的东南方。它异常明亮，一度令宸极与北斗黯淡无光。如果要“反”着看的话，它究竟是凶敌还是凶我，似乎就成了疑问……

倘若以易卦推演人事，兑上巽下，是泽风大过之卦，主事不如意而强行；若在人主，则也可主颠覆……

换成九宫法推演的话：赤金入兑，赤金为破军星，破军星主冲突、灾祸；赤金原在西方，泽风大过，移兑入巽，一变而不利东南；巽移则震偏，二变而不利春木；震偏则廉贞犯紫微，廉贞星为大煞，主死亡，最为凶险。是以，三变之后，形势大乖……

以不同方式进行的所有推算都指向了同一个结论：局面将大不利于紫微。

一团浓重的阴影遮蔽了君怜精神面目中的熠熠火光，她忽然眼前一黑，倒在座中不知人事。

濠州。周师营寨。黄昏。

攻伐之声小了。连绵不断的水寨外旱地上，周师的若干处炊烟袅上昏暗的夜空。

负责做饭、送饭的民夫们推着小车颠脚前进，车上是大桶大桶的饭食，正送往攻战前线。他们一路走，一路吆喝着：“哎……让道儿哎……让道儿哎……饭来啰……”

有士卒围过来问:“今晚吃什么?”

有人索性跟车走两步,自己揭开了笸箩的盖子查看,随即又不满地“呸”一声:“又是素蒸饼配齑菜!肉呢?!洒家嘴里都要淡出鸟来了!”

“撒几粒芝麻会不会?!”

“官家给我们的腊脯呢?都被你们偷吃了?”

…………

民夫们不敢停步,赔着笑往前走:“各位军爷,小的们哪敢偷吃?上面教做什么,小的们就送什么!”

负责押送的一个指挥使晃着手里的小旗驱散人群,一面大声道:“抱怨什么?有素蒸饼吃就不错了!这一向天上落雨、地下涨水的,国境里的粮草运不过来,再几日,只怕饼要减半,连齑菜都得省着吃了,还想吃肉?”

忽听得旁边一声断喝:“谁在那里胡说八道?!”众人闻声看时,只见御前侍卫都知林远不知何时出现在了道旁,像是巡营的模样,身侧带了十数人,齐向这边怒目而视。

那指挥使忙跑过去。见林远面色严厉,猛省得自己适才犯了极大的忌讳,搞不好,这条小命就悬了。他登时起了一头冷汗,诚惶诚恐揖道:“林都知,卑职不敢!”

林远扫视着围观的众军士,见人人面有菜色,便收敛了怒气,向那指挥使道:“你过来。”待那指挥使怯怯趋近,林远一把将他薅到自己跟前,几乎是附耳低声怒道,“军粮存量多少是你能说的事吗?扰乱军心什么罪你不知道?你有几个脑袋,不想要了?”

那指挥使听出林都知话语中的回护之意,心下一宽,忙乖觉道:“是是,卑职再也不敢了!”

“滚!”林远低喝一声。

那指挥使唯唯诺诺退几步,战战兢兢地跑开,向停下来等他的民夫们喝道:“走,走,走起来,还看什么看,赶紧送饭去!”

皇帝行营。君贵在灯下拔出自己的剑，盯着耀目的霜刃沉思。刘奉武将一个食盒放到桌案上，走近他：“陛下，该用晚膳了。”

君贵走至桌案旁，伸手揭开食盒的盖子。盖子下第一层里，是两样精致肉蔬。皇帝皱眉看向刘奉武。刘奉武忙解释道：“是……是上次王景通来时交代，说圣人吩咐的，陛下整日为国操劳，在饮食上必须保证鱼、肉和新鲜菜蔬不能断。”

知道是君怜有所吩咐，君贵便不纠缠，只问道：“不是说打不到鱼吗，这鱼哪儿来的？”

刘奉武忙道：“鱼和菜，都是他们今日去附近村里买来的。”

“为何不多买一些给大家吃？”

“陛下，咱们大军一来，附近村民都跑到山里去打……去躲起来了，就这些，还是好不容易搜到的。那户人家的所有存货，都已经给咱们买光了。”

君贵默然片刻，说道：“把今晚营中士卒的吃食给朕拿一份来，要一模一样的。”刘奉武麻利地去了，未几，将士卒的饭食送到。君贵见碗里不过是两个素蒸饼配一夹咸菜，心中不禁一酸。“叫林远来。”

一时林远入帐行礼，匆匆抹着嘴。

“你吃的是什么？”君贵问道，“吃得饱吗？”

“吃得饱，吃得饱！”林远忙答道，一眼瞥见了桌上那碗素蒸饼，神色略有不安。

“是这个吗？”君贵掂起一个素蒸饼，放到自己嘴里咬一口，“寡淡至此，你觉得好吃？”

“咳，官家，打着仗呢，能不饿肚子就不错了，”林远忙道，“臣觉得……还挺好吃的……”

君贵将自己的食盒推到林远跟前：“把这个拿去，跟下面的弟兄们分了吧。”

“官家，这万万不可！官家日理万机，龙体至关重要……”

君贵抬手制止了他，心情沉重地一擂桌案：“后方粮草馈运不继，现成的猪羊还被大水冲走了一多半！朕的士兵天天吃素，作战所需的虎虎精力从哪儿来？难怪这城久攻不下。朕倒要问问，管后勤这帮人到底是干什么吃的？……你去，现在就去，将范质、窦仪给朕叫来！”

一五二　菩提念珠

京师大内。紫烟阁书房。

书案上堆着、摊着许多本医书、药书，朱雀常用的瓶瓶罐罐、药碾子、捣臼、铜秤并草果药材，也都杂乱摆在那里。而君怜演算所用的字纸笺，赫然放在了最显眼处。朱雀默然研读那些字纸半晌，露出了懊丧和后悔的神情。

她放下字笺，又着急地翻书，一面用小纸条叠成不同形状夹在书页中做标注。承璋在一旁手忙脚乱地帮忙。令主一向逍遥洒脱，承璋很少见到她显露出这样仓皇的神色。

赤珠推门进来，轻声报告："令主，曹医正他们来了。"

"快请进来。"

一时曹保义、吴克素、马道元入内行礼，朱雀道："免礼，请坐。"也不待他们开口，便问道，"圣人素来气血不足，癸水只有少的时候，鲜有多的时候，先时还不来了呢，如今却突然经血大行。三位已经全都诊视过了，究竟有什么说法？"

御医们忧形于色，捻着胡须，斟酌着，一递一句互相补充：

"圣人原本瘀滞不通，忽然之间变为月事崩漏，依下官看，这是受了外事刺激，气血两溃啊……"

"圣人五经失调之状益甚，肝虚不能和血，肺虚不能行血，脾虚不能摄血，以致血不循经，错经妄行……"

"加上圣人进食日少，而睡眠日短，与外间的生气往来是进少出多……”

“圣人身骨原本底子薄，如此干耗着……”

“好了，不必说了，”朱雀抬手止住他们，“这些我都知道。现下，就说说你们打算怎么办吧。”

“经血妄行，损伤剧重。下官以为，当务之急，是止崩。”

“下官也是这个话。”

“脾胃调理要加强，只要圣人吃得下东西，就好办。”

“还有，风清日和的时候，请令主命人抬了圣人去后苑晒晒太阳，看看花草，接接地面的阳气，必能起到开怀散忧之功用。”

……

“除了药汤药丸之属，能不能用些外治的法子？”朱雀沉吟道，“按摩经络、针刺穴位、艾灸、石敷……有什么可能见效的，你们此刻不拿出来用，还要等到什么时候？”

“呃……令主，按摩经络是可行的，下官已经教授了两名医人一套疏通之方，原本就要向令主请示之后派过来的。”

“但针刺是万万不能的，圣人体虚气弱，贸然针刺，下官恐泄了元气。”

“以热石隔衣敷于脐下，也可试行……”

“下官还有一个法子：每日以艾条温灸足大趾内侧的隐白穴……”

“既然有这些想法，那你们就快做去呀！”朱雀有些恼火，“什么时辰用什么法子最佳，你们自去商议妥当，排开了施行，还犹豫什么？！”

三位御医告辞之后，朱雀回到书案边，翻看着夹了纸条的医药书，提笔自己开方子。刚写了几味药，她又心神不宁地放下笔，再次拿起君怜的演算笺，蹙眉细看。

她面色如墨，眉头如锁。

宫禁中的一处偏僻角落。阳光透过鲜翠的树叶，斑驳落于地面。树荫下，廷献与承璋两人蹲在地上，面色忧戚。两人手里都拿着树枝、石子之类的物事在地上画来画去。

廷献道："……昏睡了整整一天，早上醒过来，唐妈妈哄着，才勉强喝了两口稀粥。"

承璋道："稀粥？稀粥能管什么用？"

"没法子，连水都不能多喝，喝多了难受，就吐……"

"会不会因为老躺着，所以下不去吃食？若是坐起来呢？"

"躺着都喘气，坐起来能坚持多久？"

"那……那每次少吃些，多吃几次呢？"

"目下就是这样的。"

"能不能教皇子皇女多去陪陪圣人？"

"皇子皇女毕竟太过年幼，让人劳心。之前每次到圣人跟前，圣人虽然看着欢喜，事后却甚感劳累。"

"那……那怎么办？令主每日在紫烟阁，眉头也是皱得死死的。翻了也不知多少医书、药书，就没见她露个笑脸。对了，那日你给我那些圣人写的字笺，令主也翻来覆去地看呢。"

"令主有什么说法了吗？"

承璋长叹口气："不知道。反正令主没跟我说。"

坤宁殿寝殿。

君怜躺在榻上，面色苍白，眼睛轻闭，身上搭着一条薄薄的罗衾。侍从们远远退在一旁，几乎是无声地做着各自的事情。

殿内有种奇异的安静，像是人耳鸣时的那种感觉，虽然声音稀少，却并不让人感觉宁和。

为了便于侍从们随时观察圣人的状况，榻前的纱帐已经完全挂了起来。遵照御医的叮嘱，一应焚香也早已暂停，深殿之中是一派挥之不去的药气。可是身在其中久了，便感觉不到了。

君怜的睫毛颤动着，微微睁开眼，怔怔望着帐顶的龙凤团绣。她的身子比任何时候都虚弱，可是她的意志却比任何时候都坚定。卜算的结果是清楚的，她不肯全信，却不得不防。

到了这个时候，别的就显得不那么重要了，什么旧疆的土地，什么化外的生民，什么强硬的敌手，什么妄为的军士……所有这些，都敌不过他的安好。他的安好就是唯一，他的安好就是一切。只有他安然无恙，别的一切才有可能。

她并不是一味迷信的人，可是她相信天意、敬畏天意。她还相信，天人之间是可以感应的，只要人足够虔诚、足够努力，天意也可能因此改变。

那么，她所能做的就只有一件事了。

她将头转向外面，自己侧了侧身。附近侍立的芦笛立即发觉，忙过来问道：“圣人要什么？”

“扶我起来，我要拜文殊。”

“廷献已经替圣人拜过了！”芦笛忙道，“廷献知道圣人每日早中晚必拜菩萨三次，不敢断了规矩，适才已经拈香替圣人虔诚礼拜过了。”

君怜一愣，片刻又道：“我自己……要再拜拜。”

“圣人，”芦笛委婉恳切道，“圣人昨日突然晕倒座中，臣妾等吓掉魂儿就不必说了，唐妈妈哭得摘了心肝一般，也晕了一同呢……就算为了唐妈妈，圣人也得加倍爱惜身子才是啊……”

君怜怔忡半晌，勉强笑道：“也罢，诸行无常，诸法无相，便是要拜，又何须执着于一时一地？去拿我的念珠来。”

芦笛忙去橱中取出一个黑漆螺钿盒，将内盛的那串天竺菩提子念珠捧来。君怜接过念珠合在手中，躺正身子，待芦笛退下，这才闭目开始祷祝。随着她的嘴唇轻轻翕动，一粒粒菩提子便在她的指间缓缓捻转。

良久，良久，殿中恢复了先时那种耳鸣般的安静。

日影渐渐斜过窗棂，菩提子念珠也不再滑动了。君怜仍旧双手合着念珠，闭目养息。坤宁宫的所有侍从将会发现，从这一天起，无论白天还是黑夜，无论睡眠还是清醒，这串念珠再也没有离开过圣人的手。

廷献从殿外入内，轻轻走至榻前三尺处，躬身观瞧一下。君怜缓缓睁眼，见是他，眼神中便添了询问。廷献忙赔笑道：“呃……臣只是来看看圣人是否醒着，想不想见见观音和训哥儿。”君怜微微颔首。

未几，东方氏和刘氏等牵了皇女皇子入内。“阿孃！”“阿孃！”连日都只能匆匆见母亲一面的孩儿们欢叫着扑向榻前。两位乳母来不及向圣人拜礼，忙拉住孩儿们说道：“姐儿，哥儿，别着急，咱们要先拜孃孃的，记得说‘母后福寿安康’！快来，乖！”

两个孩子果然听话，乖乖在榻前跪下来向母亲磕了头，依样说道：“母后福寿安康！”“母后福寿安康！”

君怜眼中含泪，勉力微笑道：“好乖！一日说得比一日好了！快起来吧。”一面又示意芦笛扶自己坐起。训哥儿依言蹦起来，笑着，唤着，扑到母亲身边去。观音却不起来，说道：“音儿要多拜两个！”于是又磕了两个头，祝了两遍，方才起身。

君怜斜倚在靠垫上，一手牵了小小的儿子，一手伸向娇柔的闺女，软软问道：“怎么要多拜两个呢？”

观音认真道：“音儿每天只能见阿孃一面，只能拜一个‘福寿安康’，阿孃就好得慢。要是多拜两个，阿孃就能快些好起来了。”

君怜倏地滑下泪来，紧搂了女儿，满怀歉疚：“阿孃这个样子，让我的小观音和小哥儿担心了吧……”

观音对母亲的泪水一向敏感，见她泪珠流下来，便自己伸手去抹，心想阿孃必定与自己一样，怕生了病不能到处玩耍，于是体贴地安慰道：“阿孃，不要怕，乖乖吃药就好了。”

训哥儿闻言，也点头认真道：“嗯，刘妈妈说，甜的吃，苦的也吃，才好得快。”

君怜勉力笑道：“知道了，阿孃一定乖乖的。”

说着，她转向廷献：“是不是该吃药了？”

廷献忙笑道：“是。不过不急，待皇子皇女……”

“端过来吧。”

廷献一愣，随即明白过来，便去旁边几案上小心地将药盅端至榻前，隔着皇子皇女为难地看着君怜。

“来，音儿，哥儿，咱们给廷献让让，阿孃吃药给你们看，好不好？”君怜柔声向孩儿们道。“好。”“好。”两个小儿挪开一些，关切地盯住了廷献手里的药盅。廷献将托盘呈到她跟前，君怜接过药盅放到唇边，也不管那是怎样苦涩的滋味，吸口气，一饮而尽，向孩儿们笑道：“看，阿孃将药喝光了，这下你们放心了吧？”“嗯！”“嗯！”两个小儿解了一桩大心事，欢喜地拍起巴掌来。殿中众人也为他们的情绪所感染，面色一扫素日凝重。

观音与训哥儿走后不久，远山与菁娘又一齐前来探望。君怜精神不济，廷献、芦笛等力劝她降旨嘉许即可，不必亲见。可君怜听说远山抱了皇子宗让来，想菁娘又值孕期烦躁，心情时好时坏，都很有赐见的必要，便稍事洗漱，仍命她们入内至榻边坐了，略叙几句寒温。宗让在乳母怀中酣睡着，君怜召近前，细看了他近日长势，又问他每日养息情况。

远山见圣人面颊消瘦，气力不支，忙道：“圣人快别替臣妾和皇子操心了，让哥儿有臣妾和乳母、宫人照料，万无一失的。倒是圣人自己……还是少说话、少思虑、多静养的好。”

“嗯。”君怜颔首，又看向菁娘，“菁娘呢，这几日可好些？”

菁娘腹部的隆起已经明显，此刻满肚子装的不是孩儿，而是想向圣人述说的话。可偏偏当着别人的面，偏偏远山刚做了那样的表态，自己倘若再多言，就显得太不顾念圣人的身子了。因此，菁娘只得含了委屈，嘟囔道：“臣妾……臣妾总是时好时坏的，也不打紧，多谢圣人惦记。……圣人自己多多保重。”

君怜含笑颔首，又问："听闻你在替孩儿做衣裳？做了几身了？"

"还没有做好的，裁倒是裁了六七身。"

"嗯，做衣裳固然好，你也别累着。"

秋池尚在月子中，依例不能出阁走动，因此今日没来探望，只请远山转致恭问。她儿子降生之后，宗正卿上表禀报了官家，君怜本人又写了简短家书告知，仍旧请官家赐名，至今尚未得到官家回复。君怜恐秋池委屈，便让远山替自己对秋池加意安抚。远山忙笑道："圣人放心，秋池心宽，知道官家事多，哪怕回来再替孩儿起名，也不打什么紧！"

再叙了两句，远山见圣人神色倦怠不支，便向菁娘使个眼色，带头告辞，又恳切道："臣妾等以后再来探望圣人，就在殿外廊下拜一拜，圣人知道我等心意就是，切莫再强挣着召见了。"君怜再次微笑颔首。

好不容易所有人走散，君怜重又躺下，忽觉身下一热，知道是气血又溃之征，不觉心上一阵抽搐。一种从不曾清晰感知过的绝望，悄悄啃噬上了她的心。

心。心是煎熬，病是煎熬，想是煎熬，等待，更是煎熬……

一切都是煎熬。

紫烟阁客堂。

因圣人抱恙，内廷大小事务的处置权，连同外廷的某些相关事权，一体转移到了司宫令这里。内省六尚及其下司掌女官、彤史、内班院相关各级都知、押班、高品等，便依序分拨来到紫烟阁，向令主汇报内事。廷献作为管勾皇后宫庶务的总管，也奉命前来襄助令主。

尚宫唐氏领司闱来禀道："……凡大小宫门处锁匙，卑职日前遵圣人之命，带人详查过了，锈蚀无用的有一百五十三处。卑职想请令主示下：是否全数更换新锁？"

朱雀问道：“这笔费用有所出吗？”

“还没有，需要申领。”

“要多少钱？”

“宫里的锁都是特制的，加起来大致要一百七八十两银子吧。”

“……锈蚀了的这一百多处，包括库房等要紧的地方吗？”

“有三十六处是库房的锁匙。”

“目下是战时，圣人有旨，战时一切从简。虽说锁匙不值什么，却不能违了圣人的意思。你们先将这些库房的锁匙换了，别的且放一放。”

“喏。”

尚寝率司舆禀道：“……宫里的卤簿仪仗如黄旄伞扇瓜镫车舆之类，按例今年该汰旧递新了。卑职请令主示下：是否循例办理？”

“官家的卤簿有旧了的吗？”

“有，不多。”

“圣人的呢？”

“有一些。上次亲蚕礼就发现了，那时就是挑着其中好的用的。”

“官家和圣人——哦，还有长公主，他们的卤簿，该怎么汰换，还怎么汰换。其他人的仪仗，从我以下，修修就行了。该贴的贴，该补的补，该刷油，该抛光，全都拿给少府监想办法去。”

“可是令主……”

“戒奢守俭，修旧如新，垂范天下，不丢皇家的脸。”

“呃……是。”

尚食率司酝禀道：“……内制御酒，原先用着一种江南的酒曲，可是近来天气不好，储存的酒曲不慎全都长了虫。目今国朝与江南正在打仗，商贸不通，卑职等请令主的示下，酒曲是不是换成别地的？”

“嗯……内制的酒浆中，有种‘麻姑酿’味道甚好，那用的是何处的酒曲？”

“回令主，正是江南的。”

“……既然打仗，也是无可奈何，姑且换别处吧。还有什么地方产的酒曲好？”

“蜀中、河东，都是上佳酒乡，用他们的酒曲酿出酒来，也有与‘麻姑酿’相仿佛的风味……可是……可是他们都未与国朝正式通商。”

朱雀不由揶揄道：“嘿，难怪官家急着一统天下！就冲这酒曲，也值得一搏。”

尚食与司酝笑道：“令主高论。”

朱雀又问：“你们为何偏找国境外的，难道境内就没有好的酒曲了吗？”

“有倒是有，京师、陕州、齐鲁等地，也都有好酒曲，只不过内廷尝惯了‘麻姑酿’的香气，怕骤然换了……”

“无妨，换吧。待淮南事了，有多少‘麻姑酿’做不得？”

“是是。”

教坊使禀道：“……日前圣人所亲命的《烈焰旋师曲》，歌舞已初排完毕，请令主的示下，何时验视呢？”

“此事圣人提过，命我和庐陵郡夫人与冯少卿一起主理。目下圣人不豫，你们且排演着，有什么事拿捏不准的，只管向庐陵郡夫人讨主意去。待时机合适，我再陪圣人验视。”

“喏。那么乐工和歌舞伎们的服饰，是否需要另行添置呢？”

朱雀沉吟良久：“这是迎贺官家凯旋的歌舞，既要庄重得体，又不能靡费。你一并教庐陵郡夫人想办法，就说是我说的。”

“喏。”

…………

一连接见了七八拨人，朱雀的耐心已经快到头了。眼看着人员散尽，正要起身，承璋忽又入内禀道：“令主，太常卿求见。”

“怎的太常寺也来……”朱雀强抑着恼怒看向廷献。

廷献忙道：“是的，太常礼院所辖事兼涉内外礼仪，的确是常在圣人跟前汇报的。”

“好吧，见。但这是今日的最后一拨了，少时无论谁来，都教他们下次再说。”

“是是。”

太常礼院所奏的事也不大，不过是国朝一些重臣、老臣家的礼仪事，比如谁家诞下了嫡孙、谁家嗣子成亲、谁家父丧母丧之类的。按说这些事都有常例可循，但总有一些重臣老臣希望得到宫中的特别恩宠，便加意在太常礼院这里陈情，让他们别忘了提醒圣人自己家是值得在常例之外获得特赐的。

朱雀听太常卿说了几条，心下不悦，将廷献叫至身前，低声道：“既然有常例，为何他们非要谋求特别恩典？”

早在从澶州搬家回京城那时，廷献就亲身验证过朱雀虽然懒于料理庶务，其实颇有才干，如今见她杀伐决断，三下五除二将宫廷内政处置分明，足可解圣人之劳，心下更是欣喜。此时见她神色不爽，忙加意赔了小心，低声劝解道：“令主别恼了，将来比这磨烦的事还多着呢，都生气，怕不气坏了身子？卑职想着，这也是人之常情吧。做臣下的，总希望自己在帝后眼中与众不同，比旁人多得一些恩宠。”

“素日他们就这么对圣人死缠烂打的？”

“嗯，是。令主请想，倘若跟自己差不多的人家都得了特典，偏自己没有，岂不在侪僚间大失颜面吗？”

“哼，此风不可长！我偏不惯着，又待如何？”

“令主……”廷献看看太常卿，愈发低声道，“目下圣人不豫，咱们替圣人祈福消灾都来不及，何苦与人结怨呢？令主就当是收买人心，得他们私下里多替圣人念几声佛号，不也是善事一桩吗？”

朱雀定睛看着廷献，见他神情郑重，忽然一阵难过。廷献心中，显然已经有了与自己一样的隐忧。而廷献能想到的，自己居然想不到！

她叹口气，向太常卿道：“书表留下，我去请示圣人，明日再给你答复。”

坤宁殿寝殿。纱幕重重，阻隔了外间过于耀眼的日光。

君怜斜倚在软垫上，朱雀坐在榻边，看着她喝粥。见她吃了两口欲放下，便说道：“还是让我来喂你几口吧，好不好？”君怜摇头。朱雀和言道，“好歹再吃两口，也算是进补了。手里的念珠碍事，我先替你拿着，行吗？”

君怜依旧摇头，见朱雀皱眉，又改口顺从道：“好好，我吃就是。”

勉力又吃了两三口，君怜忽然放下勺子怔住，拿手捂住了胸口。“君怜？你怎么了，君怜？”朱雀一语未了，君怜随手抓过什么掩住嘴，将刚吃进去的粥“哇”地一下又吐回了碗中。

众人大惊，全扑过来唤道：“圣人！”“圣人！”

朱雀扶住君怜，冷静地将碗递给芦笛，吩咐道：“取水来漱口。”见君怜面色苍白，朱雀勉力挤出一个笑容，“唉，都怨我太贪心，非教你一下子吃太多。怨我怨我！”

君怜苦笑道：“不是我不想喝粥……可是，连喝粥都是这样……”

朱雀安慰道：“不能吃得急，就慢慢吃，打什么紧！”

君怜叹口气：“朱雀，那天我还在想，我已经很久没有尝到你点的茶了……”

朱雀哄道：“你如今吃着药呢，怎么吃茶？你快些好起来，待好了，我天天为你点茶，如何？”

“嗯。”

廷献在一旁斟酌着，小心地给出了自己的建议：“据卑职看，昨日她们来温灸之后，圣人精神还不错。令主，要不然……”

朱雀摇头：“先不用那些法子，躺下，我慢慢替圣人按摩经络，就会好些的。”

朱雀原本打算就一些内廷事务征求君怜的意见，见她衰弱至此，便打消了念头，决定自己替她处置。尤其那几个外臣家请求的特赐，为君怜祈福计，她现在准备全部满足。

一时芦笛等伺候着漱口擦洗罢，君怜躺平身子，目光不离朱雀的脸，眼圈渐渐红了。

“瞧瞧你，这犯的是什么傻？”朱雀若无其事地笑着，拉过她的胳膊，捋起袖子，慢慢沿着经络捏揉，“吃不好，睡不好，月事不正常，都不是什么大不了的事。人吃五谷杂粮，哪能不生病？生了病就治病，多养养就好了。”

“嗯。榷娘，这一向……辛苦你了。”

“我有什么辛苦！”朱雀叹道，“……君怜，我知道内廷事杂，可没想到竟如此庞杂！你每日操这么多心，怎能不劳累！将外边那些事全都放下，安心养着，一切有我呢。”

“好……多亏有你……”君怜眨眨眼，泛上一层泪水。

朱雀知道她心病难治，索性替她说破：“君怜，你是不是还在担心君贵的安危？”君怜不语。“……我看了你演算的那些纸，我就知道你又在胡思乱想。你呀……你要算什么来找我呀！你根本就不会算，我不客气地说一句，你推演出来的那些全都是错的！”君怜并不辩驳，只静静看着她。

朱雀露出温和的笑容：“此时你病着，我就不教你了，省得你劳神。待明日你精神好些，我再一一告诉你，你怎么算得不对，好吗？你的心事，皆是从这上头起来的。你是个聪明人，你听我的，你算的结果不准，我算的却是大吉大利呢。你相不相信我？”君怜默然片刻，微微颔首。

“那就好。”朱雀抚慰地笑道，“你就算不替自己想，总得替君贵想，替观音和训哥儿想，也得替我和唐妈妈想吧？我们这么在乎你，你有个风吹草动，我们就吓得茶饭不思的。你只要保重了自己，我们就都安定了。”

“嗯，我……我也很在乎你们……”君怜说着，努力想要笑笑，笑到一半却无力继续，半个笑容便僵在了脸上。

朱雀心中酸楚，只当没瞧见，仍旧保持着抚慰的笑意，替她掐捏手臂上穴位。

按摩完一侧的手臂，朱雀要换另一边，却见君怜空着的那只手仍旧无意识地捻弄着念珠，便哄道：“来，换只手。……君怜，既是静养，咱们就不念佛拜菩萨了，好吗？”说着说着，自己再也撑不住，眼圈一红，“你总是这样，叫我心里怎么能够安宁……”

君怜终于滑下泪来：“朱雀，你就让我拜一拜吧，我困于心魔，无由解脱，拜拜会好受些……”

未几，医人宫官按时辰来施以艾灸，朱雀便暂且离开，同时向廷献使个眼色。

一出殿门，朱雀的脸色立刻便沉了下来，除了承璋也不要他人跟随，一路顺着连廊走到前殿，站在殿门口怔忡不已。不多时廷献果然寻来，与承璋交换一个眼神，走到朱雀身边。见朱雀面色如铁，廷献心中一紧，半晌说不出话来。

庭苑中，合欢树叶茂花繁，夏日的气息越来越浓了。然而这欣欣向荣是孤立的、遥远的，盛开不到他们心里去。三个人就在坤宁殿的前殿门口相对默然，站了好半天。从未体验过的无助感让他们浑身冰冷。

一五三　魏博家讯

寿春。濠州。

大周军士三五聚在一起歇息，进食。肉食早已供应不上了，每个人手中不过两个素蒸饼，就着一碗加了盐的青菜汤。他们的脸上有一种麻木。他们并未过多抱怨伙食的不足，似乎对于自己能在这场旷日持久的牛皮仗中存活至今，已经感到侥幸。可是这侥幸并未给他们增添额外的活力，反而暗示给他们一种以消极懈怠来释放压力的纾解之道。

坤宁殿寝殿。日头慢慢偏了，光阴不肯驻足，铜漏飞快。

君怜仍旧躺在榻上，眼睛半开半闭，菩提念珠缠绕着手腕。芦笛近前看看她，又轻轻退开。廷献以桐木盘端着一只药盅入内，询问的目光看向芦笛。芦笛轻轻摇头。廷献放下木盘，轻手轻脚走至榻前，君怜忽然睁开了眼睛。

“圣人醒了？”廷献忙堆下满脸的笑，问候道。

“嗯。”君怜点头，“吃药，是吗？”

“是。不过，也不着急……”

君怜不答，示意芦笛等扶自己起来。坐好之后，她向众人道：“你们且出去，廷献留下。”

众人应喏，施礼而退。

廷献蓄满一脸的抚慰，试探道：“圣人，是现在吃吗？”

君怜摇头，默然片刻，看着廷献凄然一笑：“廷献，我现在……已经听不到实话了。”

廷献心中一凛，赔笑道：“圣人这话是什么意思，臣……臣不明白。”

君怜叹口气，缓缓道：“午前你也看到了，魏仁浦、王朴来向我请安，在殿外递的问安帖子……我问他们淮南战事如何，传进来的话，全都是些官样文章……”

“圣人多虑了，”廷献忙安慰道，“魏枢密他们说战况良好，那必定就是好的。”

君怜苦笑一下：“廷献，我不是小孩子，若要说服我相信，光那几句话还不行……”

廷献劝道：“圣人，就算战况一时不怎么顺利，却也坏不到哪儿去。咱们是主动进攻的，大不了还可以撤回来嘛，是不是这个道理……”

“要想安慰我……就应该让我知道前线实情。”君怜深深看着他，尽量调匀了呼吸，语气缓慢而坚决，“廷献，我是这么信任你……”

“圣人……”廷献愣住了，心里忽然非常难过。

“官家在前线亲冒矢石，我没办法不挂心，不去想。你们与其让我自己往歪处瞎想，不如跟我说实话……”

廷献意识到，圣人的话是对的，没有人比他更了解她。他揖道：“好，那么臣这就去外面替圣人打探实情！”

君怜苦笑道：“去哪个外面？朝堂上都得不到的军情，你如何得之于市井？”

“臣……臣……”廷献思忖着，掂量着，还是决定和盘托出自己的打算，“臣可以去找魏博谍者打探淮南军情，然后回来向圣人汇报。”

君怜默然良久。廷献提出的是一个极其敏感、极其危险却又极其管用的法子。虽说各大藩主都养有一批谍者撒在国境内外，但这只能是君臣间心照不宣的事。一旦君贵坐实魏博有谍者在密探淮南军情，无论出于何种理由，在他心目中对符氏一族的信任感就很可能会一落千丈；而一旦君贵发觉廷献竟也参与其中，他就会误会是君怜在暗中遣人监视、掌控他的一切。

让君贵误会的事，不可以再做了。

何况，以廷献的内臣身份，未经许可干预军政大事，是必死无疑的——任何一顶大帽子都可以轻而易举地扣死他。对此，廷献自己一定心知肚明。

思之再三，君怜摇头道："我与官家之间……理当开诚布公，何用谍者……"

"那么，圣人的意思是？"

"廷献，你替我到行营……去探望官家，看看实情。"

廷献一愣，随即肃然道："遵旨！臣……这就准备动身！"

"就说我问候圣躬安好，可是，不许提我病了。"

"臣明白。"

"你不明白！"君怜异常严肃，摇头道，"记着，关于我的病，一个字都不许提。若提了，必定会动摇圣心；动摇圣心，就是动摇军心；军心动摇，则大势去矣……"

"请圣人放心，臣牢牢记住了，绝不会说任何一个字的！"

君怜点点头，又想起一事："等等……暑热渐生，教御厨房送一包……红莲的莲子来，要带芯的，少时以锦囊盛了捎给官家，请官家清心安神……"

"喏。臣一定带到。"

坤宁宫后殿，下房。

廷献坐在几案前，麻利地将一包莲子分装入两只绣了不同鸾鸟图案的锦囊。莲子颗颗浑圆饱满，微微泛红，仿若缩小版的深海骊珠。

坤宁宫宫门外。

一身坊间轻便打扮的廷献背着个小包袱，向朱雀拜别。承璋关切地站在一旁。

朱雀示意他起身，不放心地再次叮嘱：“前些日子听闻官家去了濠州，目下不知到底在何处，你务必向季少监打探清楚了再走。”

“令主放心，卑职知道该怎么做。”

“让季少监从马军替你挑两匹好马。”

“好。”

“别一味赶路，还是要注意休息。”

“知道。”

承璋又问道：“一路过关的文牒带上了吗？”

“带上了。”

“钱呢，带够了吗？”

“足够。”

“有防身的兵刃吗？”

“带了把匕首。”

“衣裳呢？”

“呵，带了一身换的，放心吧。”

“鞋呢？有多余的吗？”

“……好好，我在路上再买一双。”

一时三人再也没有话，朱雀和承璋都深深地看着廷献。很难说他此去能奏什么功效，可到了目下，他们也不知还能怀抱什么念想了。

“那么……我走了。”廷献默然片刻，向两人一揖，转身朝宫门方向而去。夏风吹动下裳，紧紧裹住了他的腿，让他的脚步显得有些艰难。朱雀与承璋目送良久。

滑州，山间官道。日间。廷献骑着一匹马，手里又牵着一匹马，疾驰而过。

澶州，城外长亭。黄昏。廷献仍旧兼马倍速，疾驰而过。

相州，南郊某客栈。清晨。廷献走出楼门，到马厩去喂马。两匹马儿的状态都很好，没有被他累垮，这让他感到欣慰，甚至对着马儿们微笑了一下。

离京之后，他并没有径往淮南前线，他在一路向北。他就要到达目的地了。

魏博，天雄军治后院。

五月节快到了，魏国夫人张氏正带着金氏及君爱、君若等几个女儿在洗粽叶，淘选江米、红枣、花生等物事。这是符氏一门多年的传统，五月节的粽子并不假手厨下仆役，而要由主母带着家中妇孺亲手制作。

有家院从外来，到张夫人近前施礼，低声回禀两句。张夫人惊讶地睁大了眼睛："廷献?!"她当即放下粽叶，向金氏说声"我去前头看看"，也不待回答，便抹净了手，起身率人离去。金氏及女儿们不明所以，面面相觑。

客堂。上座旁的长案上陈设着几只古老的鼎彝礼器。

一直肃立等待的廷献见张夫人进来，立即如礼下拜："小人陈廷献见过夫人。"

张夫人忙过来拉住他，急切道："廷献，出了什么事，你怎的回来了?"

廷献笑道："没什么事，圣人打发小人去前线看望官家，一并看望王爷和夫人。"

张夫人将信将疑，自己去上首坐了，示意："你且坐下说话。"一面又观察着他，"……打仗在南边，你往北边来，这也不顺道啊。"

"是不顺道。圣人想念王爷、夫人和四姐儿，小人也十分想念主家，早就惦记着回来看看。素日小人难得有出宫的机会，是以，好不容易出趟远门，圣人就命小人索性先回家来致意。”廷献笑着解释道。

张夫人沉吟着:“圣人叫你回来一趟，有没有带什么话或是什么物事呢?”

“有。”廷献从怀中取出一个鼓鼓的内府织锦丝囊，起身呈给张夫人,“圣人说，魏博物产丰富，送什么都难入王爷和夫人的眼。仲夏在即，唯有将宫中御池出产的莲子呈上，聊表祈愿父母清凉无忧的一番心意。”

张夫人早接过丝囊，倒出几粒红莲子托在手中细看。听了廷献的解说，她面上露出了慈祥的微笑。莲子，亦名莲心。莲心就等同于怜心，这是君怜对远在河朔重镇的父母的一番孺慕之心。

“圣人还说了什么?”

“也没什么了。圣人闲时很思念夫人和二公子、四姐儿，常说几时若再能与夫人、兄妹们一聚就好了。皇女与皇子也十分可爱，圣人常与他们提及外祖家，他们都记得与小姨簸过钱耍子呢。”

“唉，”张夫人叹口气,“我们又何尝不思念她！只是王爷是藩主，朝廷法度摆在那里，不得圣命，哪敢擅自入京?”

廷献笑道:“朝廷法度只管得了王爷，哪条法度说了不让夫人去呢?”

“说的也是。”张夫人颔首，眼神愈发复杂了,“廷献，你什么时候走?”

“圣命在身，小人不敢耽搁，明日就得赶赴淮南。”

符府客房。暮色四合，灯烛亮起。

因廷献目下居内廷要职，符氏不再将他当作家内旧仆看待，而是十分郑重地把他安置到客房居住。廷献心中有事，不能在府中尽访旧友，日间只拉着两个主管问了几句家事，便一直留在客房中。他尤其打探了五两的消息，得知五两已经由符魏王夫妇做主，嫁与了当地一个官宦家嗣子为继室。

有人叩门。廷献敏捷地起身打开房门，昭信赫然站在外面。

“二公子，”廷献揖道，侧身示意，“请进。”

“嗯，廷献。”昭信点头，并不进屋，仍旧立在房门处，“连日赶路辛苦，目下可缓过来了？”

“不辛苦，早缓过来了。”

“那好，王爷找你问话，跟我来吧。”

“喏。”

治所小会客室。百步之间，天色从黄昏走到了黑夜。

昭信推开房门，符魏王一人独坐室中。廷献忙入内，趋前下拜：“小人陈廷献恭请王爷金安。”

符魏王起身亲自来搀他：“廷献，免礼。”

廷献站直身子看着符魏王，符魏王也看着他。昭信关上了房门。

“这里没有旁人，廷献，咱们不兜圈子。告诉我，宫里到底出了什么事？”尽管心中不安，符魏王的语气是平静的。

“喏。”廷献抿了抿嘴唇，斟酌着，“那么……小人就直说了，请王爷不要惊慌。”

“说吧。”

“圣人……寝疾。”

“寝疾?!”符氏父子同时低呼。

符魏王急切追问道：“圣人得了什么病？病得到底有多重？”

廷献眼中忽然充满泪水，嘴唇翕动半晌，只是无法说出话来。

符魏王走近一步盯着他的眼睛，心中顿时被可怕的猜想充塞，声音颤抖了：“……圣人……不行了？啊？不行了?!”

“王爷，小人不知道……”廷献一拜到地，压抑着喉头的哭声，肩膀剧烈地抽搐起来。

符魏王和昭信呆呆看着他。揣测过很多原因，这是他们最不愿相信的一个。父子俩愕然良久，潸然泪下。室内只剩下令人窒息的静默。

东京大内。坤宁殿寝殿。

这是日间，君怜仍旧平躺在榻上，闭目默默祷祝，菩提子念珠在苍白的指间缓缓地匀速捻过。

殿中满是艾条的特殊气息。两名宫官跪在榻边，替她温灸足大趾内侧的隐白穴。她的疾征仍在持续，一时有所好转，一时又更甚了。她顺从地配合着御医与医人的治疗，不管有没有疗效，都不曾责备过他们。她已将一切交给了天意。

尚宫唐氏轻轻入内，近前细细观察她一回，又默默退出。

坤宁宫下房。唐氏坐在椅上，愁眉紧锁。

除了当值的，皇后的一众近侍几乎全数被召集到了她身前。然而她尽管自己发着愁，却对众人提出了相反的要求：“你们都给我听好了、记住了：以后在圣人跟前，都给我打起精神来，谁也不许哭丧着脸！心里再难过，也要笑着，要笑给圣人看。圣人已经很难得笑一笑了，你们再不哄着些，圣人的心绪能好得了吗？有谁不会笑的，现在就说，我可以给你们换个岗位。有没有？”

众人面面相觑，低声道：“没有。”

“好。……你们若是真心心疼圣人，首先你们自己心里就得相信：圣人这病没什么大不了的，养养就好了！知道了吗？”

“知道了。”

紫烟阁书房。

朱雀在屋内踱来踱去，烦躁不安。书案上，仍旧是许多的医书，许多的药材。配了一半的药摊成一大片，占据了书案的大部分地方。

她已经翻遍了古方，已经绞尽了脑汁，却找不到好的办法。

她恨自己，以前跟着高师父学习的时候，为何总是由着自己的性子东一榔头西一棒子，为何不肯用心将医理钻研到底。美其名曰好读书不求甚解，美其名曰不偏执，美其名曰真洒脱，到了这生死攸关的肯綮上，要那些虚头巴脑的鬼名头有什么用?!

她停止踱步，看向那只亮闪闪的黄铜小药秤，那上面凝结着师父对她的所有教诲、所有期许，看着它，就如同看到了师父本人。

她在心中迅速做出了一个决定。

坤宁殿寝殿。清晨。

朱雀坐在榻前，拉着君怜的手，语声前所未有地轻柔。虽是叙话为主，朱雀手上还顺便替她按摩着臂上经络，认穴准确，手法熟练。不知道的人，准会以为她是个专业的大夫。

“……他们的法子，不是不行，可你知道我是个急性子，我嫌他们太慢！我自己的医术不过是半罐子水，毕竟不可靠。这世上的大夫里，我最信得过的就是我师父了。只是他常在各处云游，若单遣承璋去，却是找不着的。此番我去将师父寻了来，只要有他亲自为你调理，你这点小恙，管保不几日就好了……”

君怜微微点头，神情中却满是不舍：“……好吧。”

朱雀抚慰地笑道：“我很快就能回来，你在家按时吃药、治疗，什么事都不必管。内廷政务适才我已全问了一遍，他们知道我要出宫，一大堆事情，急的缓的，全兜底儿提了出来。该处置的我都替你处置过了，可也不知道对不对。若有不妥的，待你好了，再一一改回来吧。”

“……你的处置，必定是妥当的。”

朱雀停下按摩，使劲握了握君怜的手：“那我就走了。”

“嗯。”君怜勉力露出一个笑容，“……记得勤到驿站去换马。”

宫城右掖门。

一小队禁军军士护送身着男装的朱雀及随从来到宫门口。守门的军士伸手拦住，示意查验对牌。承璋出示司宫令牌。见了令牌，所有的守门军士都过来行礼。朱雀轻轻颔首。随即，右掖门开启，一行人走出去。

门外早备了四匹快马。见他们出来，忙过来迎候。朱雀、承璋、赤珠并一名禁军军校上了马。这名军校是侍卫司权点检及在京内外都巡检韩通的儿子韩铄，担任司宫令此行的保卫工作。韩通原本是主张派一队人马跟随护卫的，被朱雀坚决地拒绝了。

马嘶，蹄响，在五月的光晕中，四人的身影急速变小，逐渐融入远处市井的喧嚣。

涡口。皇帝行在。

行宫阳光充足，湿热的空气中有一种特别的紧张气氛。窦仪及数名文官诚惶诚恐伏拜于地，皇帝的震怒让他们汗湿层衫。

“……都是借口！都是借口！粮草催了多久了？迟迟不到！你去前线看看，去营帐里看看，朕的士兵们面黄肌瘦，挨着饿还在拼命打仗，你却跟朕说你已经尽力?！朕……朕没工夫跟你磨耗——来人！”林远、邓锦等忙应声上前。“将窦仪推出辕门外，绑了！”皇帝的眼中射出冷硬的光芒。

林远与邓锦愕然互视一眼，又急忙肃然答道：“遵旨！”

“陛下……”窦仪试图再辩，林远等已经走过来。

林远掩藏着心里的同情，低声对窦仪道：“窦侍郎，走吧……”向邓锦使个眼色，两人将窦仪架起拉出。

绑到辕门外待罪是极其可怕的信号，通常，接下来的旨意，就该是砍脑袋了。行宫里剩下的几名文官知道自己也难辞其咎，皆战战兢兢，无人敢于替窦仪辩解。

皇帝从御座中站起身，恼火地踱了几步，又气哼哼坐回去。粮草是军队的死穴。现在，他被点到了死穴上，计无所出。

不多时，林远绑完人回转，趋近皇帝跟前低声道：“陛下，范质在外求见。”事实上，范质正是得到他和邓锦遣人通风报信才急急赶来的。

“哼，他一定是替窦仪求情来的!”皇帝冷笑一声，起身便往御座后的屏风内走，“不见!”

“陛下!”大约已经听到了皇帝的拒绝，范质突破门口微弱的阻拦闯了进来，“陛下!”皇帝不得不停下脚步，回身瞪着他。范质趋前揖道，“陛下，窦仪是陛下近臣，纵有过犯，罪不至死啊……”

“他目下是行在三司使，粮草馈运如此不力，我不杀他杀谁?!”皇帝怒冲冲质问着，将衣袖一拂，“范卿，这件事你就不要管了!”

范质见皇帝心意坚决，唯恐他即刻下令处决罪人，忙就地跪下，双手脱去自己的漆纱幞头，叩首道：“陛下，这都是臣的过错！臣忝为宰相，不能兢兢业业完成使命，反令主上暴怒，妨害了陛下仁恕的美名；倘若主上因此杀掉近臣，又连累了同僚的性命。臣才是该死的那个人！求陛下宽赦窦仪的过错!”范质一面求着情，一面不由流下泪来。

他完全能够理解天子今日之怒。他们虽是文臣，不必上阵，却同样陷在战争的泥淖里不能自拔，同样每天吃着咸菜蒸饼——在粮草紧张的情况下，皇帝带头与士卒同甘共苦，他们也不敢僭越。因此，他们也十分渴望目下的征战条件能够得到改善。窦仪接替李穀负责行在三司事务之后，多次愁眉苦脸地与他商议粮草委积的转运办法，不可谓不尽心。也许窦仪夫子气比较重，循规蹈矩惯了，不像武将们为了达到目的可以想出许多蛮不讲理的歪办法、鲁办法来，也不像皇帝偏宠的文官王朴那样干练果断、手段辛辣，可是，那也不至于比照阵前退缩的处置，依军法砍掉他的头啊！同为文臣，兔死狐悲，唇亡齿寒，今日杀了窦仪，下次怕不是就该轮到自己了？国朝的重臣如果这么轻易就会丢掉性命，以后有才者岂不都会跑到山里去躲起来，谁还肯出来为民生大计操劳呢？

皇帝看着范质的脸，以及那张脸上的泪水，意识到自己的反应过火了，眼神渐渐软下来。他一向信任范质，晋王时期亲去范宅拜访，看到他家那么寒酸之后，他对范质更多了几分敬重。今日范质顶着他的盛怒来求情，宁可自己受罚也要救下同僚性命，也让他感佩。他并不是滥杀的暴君，他不该让臣下受到超过其罪错的责罚。

“行了范卿，收起你的头，平身吧。”他收敛了怒气坐回御座，默然片刻，又对林远道，“去将窦仪解了缚，好生带回来。”

一五四　莲红心苦

东京大内。坤宁殿。

君怜躺在榻上，静静望着帐顶，捻动着手中的菩提念珠。芦笛坐在榻侧杌凳上，轻声为她念着《无量寿经》:“……譬如大海，一人斗量，经历劫数，尚可穷底，得其妙宝。人有至心精进，求道不止，会当克果，何愿不得？……”这柔缓低沉的读经声仿佛有一种安宁和催眠的神奇功效，君怜不由微微闭上眼，苍白瘦削的面容显得异常平静。

尚宫唐氏轻轻入内，满面带笑趋至榻前，抑制不住语声中的欢喜:“圣人，圣人，咱们国夫人带了二公子和四姐儿来了！在宫城外求见呢!”

君怜惊讶地睁开眼，转向自己的乳母:“什么?!”

“是真的，夫人带着二哥儿、四姐儿来探望圣人了!”

“快……命车，妈妈你亲自去，将母亲和哥哥妹妹接进来!”君怜挣扎着欲坐起，芦笛忙扶着她，“你们赶紧替我梳妆，换衣裳。”许是受了这意外之喜的激励，君怜说话的声气顺畅、强健了许多。

两刻钟之后，内品报魏国夫人张氏在外告进。君怜已经简易妆扮停当，移坐到湘妃榻上等待着，闻报欲待起身亲迎，芦笛忙劝住了。君怜道:“你替我去请，切嘱他们免礼。”

未几，唐氏、芦笛引张夫人、昭信与君爱入内。张夫人得芦笛再三叮嘱，怕君怜过意不去，果然并不施礼，笑着径往湘妃榻边而来。这里昭信便远远一揖，君爱深深一福。

“大姐儿!”

“母亲!”

“君怜!”

“二哥!”

“大姊!”

“四姐儿!”

只唤得这么几声，各自的眼泪就都下来了。

“母亲，女儿偶感不适，请恕我不能……”

“快靠着你的，我都听你乳母说了，没什么大不了的!”张夫人拉着她的手安慰道，一面轻抚她的面颊端详，“嗯……我看着气色还好，只是瘦了……不急，大姐儿，既然阿孃来了，就亲自来给你调理!”

“嗯，好。”君怜含泪一笑，“……可是，阿孃怎的突然来了?”

“咳，这不是你教廷献去探望我们吗……我也是老糊涂了，早就想来看你又不敢擅来，若不是廷献提醒，我还等着你爹入觐的时机呢!”

“哦……”君怜若有所思，“廷献人呢?”

“从魏博离开就去淮南了。”张夫人说着，从袖中摸出一件古迹斑斑的金属物事，“你爹不能来，嘱我将他的这样宝贝送给你，你不是从小就喜欢它吗?”

“啊，汉代的那对虎符!”君怜忙接了细看，不由揶揄道，“这不是要了爹爹的心肝吗?”

“什么心肝不心肝的！你爹说，你才是他的心肝呢!”张夫人嗔道。

君怜一怔，不欲在母亲面前显得过于伤感，忙转换话题问道：“爹爹……一切都好吗?”

“好，好得很，你放心。”

“哥哥、弟弟们呢?”君怜转向昭信。

芦笛等早替昭信兄妹搬了杌凳来坐下，此时昭信见问，忙起身答道:“都好着呢，君怜，我们都很想念你。”

“妹妹们呢?”君怜颔首，又转向君爱。

君爱也起身答道:“我们都很好，多谢大姊惦记着。”

君怜见君爱已长得亭亭玉立，不由低声向母亲道:“四姐儿有没有人家了?”

张夫人将她手一捏，悄声道:“少时再跟你说她，这丫头看着不言不语的，拧着呢!”

一时几人亲亲热热叙了会儿家常，张夫人见君怜力有不胜，便道:“大姐儿，你精神短，不宜久叙，还是歇着吧，明日我们再来看你。”

侍立在旁的唐氏闻言，忙道:“圣人，依我看，还是请夫人和姐儿住到延福殿去的好，也方便随时过来探视啊。”

张夫人辞道:“不必了，我们还是住驿馆去。”

君怜摇摇头，默然片刻，方道:“这样，唐妈妈你命人去皇建禅院传我的话，从速替母亲和哥哥妹妹们拾掇出几间客房来，少时就住进去。”又向母亲笑道，“那是我们的旧居，一切方便。如今做了皇家兰若，有禁军守卫，又清静，又安全。”

坤宁宫宫门外。魏国夫人携君爱、唐氏上了车，昭信因在大内没有马骑，便坐到前面车夫身旁。张夫人一改适才的和煦，面色凝重，对唐氏道:“先不忙去皇建禅院。是哪几位御医替大姐儿瞧的病，你请他们到前边的延福殿来见我。”

曹州。五丈河畔一处中等庄院。朱雀一行在门口向庄户打探，庄户指手画脚说了几句。未几，众人转身上马离去。

济州。王屋山脚下一个老卜卦摊。朱雀一行向摊主打探，摊主简短回答。朱雀思索片刻，率众人牵马离去。

兖州驿馆。夜间。四人在院中桌椅前吃饭，室内的灯烛光透过窗户映照出来。朱雀忽然放下食箸，仰首呆呆望向夜空。

青州。王母宫街，张七爹药铺。朱雀从药铺中走出，掌柜的相送出来，又殷勤叮嘱几句。

东京大内。坤宁殿。

君怜侧躺在榻上，母亲魏国夫人张氏在杌凳上作陪。今日君怜没有妆扮，张夫人看着她苍白暗淡的面色，一阵阵心酸，却又强打起精神来，低柔地叙些家常来宽她的心。也许是见到亲人的缘故，君怜虽然精神短，说话的气息倒比前些日子好些，不那么断断续续的了。

殿内除了两三个侍从，再没有旁人。昭信和君爱奉母命在皇建禅院为君怜敬香祈福，暂且没有入宫，正好给母女俩留出说体己话的空间。可是张夫人既不好过问皇帝夫妇的生活，又不能谈论君怜的病情，只得问问皇子皇女的起居，或者拉扯些魏博家中的琐事，什么她与哪位小孃间的不愉快啊，什么弟妹们的学业进益啊，什么庄园里的收成啊，想方设法将君怜的注意力从淮南战事和她的病上拉开。

芦笛替张夫人奉上茶来。因为服药，君怜已经许久没有品茶了。见母亲端了茶盏慢品，不由叹道："唉，今岁的春茶，我竟是全都辜负了！"

张夫人安慰道："那打什么紧！待你好了，我教四姐儿替你点来。她如今也点得一手好茶了。"

君怜忽地想起一事，问道："那日我问四姐儿的亲事，阿孃为何……"

"咳，这孩子！"张夫人不由得一脸无奈，"你不问还好，这一问，可要把阿孃给愁死了！以前她不是说她不嫁吗，我想着不过是小儿家玩笑话，也没当真。没想到年初你爹认真要为她议嫁时，她竟一口回绝，还说若是我们逼她，她就出家修道去！你说说，咱们家已经有了一个不嫁的朱雀，她再这么着，可怎么好！”

君怜沉吟道：“以前也没见她于这仙道上有何痴迷啊……这里头，别是有什么隐情吧？”

“我问了，没问出来。”张夫人道，“要不哪天你单独问问她？……她不肯告诉我，没准肯跟你说呢。”

涡口。几艘载有粮草委积的中型船只，从涡水上游缓缓驶近。一队队久在岸上等候的民夫和军士不禁欢呼起来。

君贵率近卫站在河畔高埠上，专注地看着它们靠岸、下碇、系缆。待停定，民夫和军士们忙扛了竹梯、木板、扁担、抬杠、绳索等物拥上去。

君贵看向身边的林远。深知皇帝心情的林远笑道：“官家，这下好了，人的食，马的料，都能顶一阵子了！”君贵不语，露出一个轻松的表情。

邓锦笑道：“这一批里头也有军械吧？飞卫上次奏表不是说……”

君贵将视线扫向邓锦，揶揄道：“有。飞卫办事，朕都放心，你们有什么不放心的？”

林远和邓锦见皇帝终于有心情开玩笑，都咧嘴笑起来。

然而君贵的轻松没有持续多久，巨大的心事仍旧压抑着他，不过片刻工夫，阴云又重新布满他的脸庞。

没有进展，一直都没有进展，哪里都没有进展。他渴望突破，也一直在苦苦寻求突破。运来更多的粮草军械，不过意味着能支撑王师将牛皮仗拖得更久而已。可他又没打算在这濠州城下长久过日子。

接不上的给养，打不死的城中敌，连同驱不散的“白甲军”，成为他近日睡梦中甩不开的灰暗内容。如今粮草问题稍减，另两项的严峻形势就愈发凸显了。

牛皮仗蔓延成牛皮癣，战争进入凝固状态，今天是昨天的重复，明天是今天的重复，濠州是寿州的重复。倘若濠州依然久攻不下，该怎么办？难道他还要再次跳过濠州循淮而下，去攻打泗州？这么坚硬的两重大患，谁也不可能将它们坦然留在自己的后方不拔。是以，寿、濠不克，他在淮水上就将无所作为。

将士们还在不断死伤，己方的，敌方的。可是人虽然有血有肉，此时却已不像有感情的活物了，死了伤了，就像化在水里、融在土里了，马上又会有新的人苗子从那水里、土里长出来，源源不断。杀人与被杀都成为日常生活的一部分，战争在无底窟窿中越旋越深。

他不是没有打过旷日持久的大战，当年先帝平定河中府就曾经围城年余，那时，在那样的磨耗之下，他也能做到气定神闲。然而这一回情形不同。他所擘画出的战争格局数十倍于当年，但时至今日，他却并未夯实一个牢不可破的阶段性战略结果——他很明白，在扬州、六合等地的孤师远离大本营，所取得的局部胜利是极不稳定的。

他感到头有些疼，心上也有莫名的一股慌乱。他需要反思，他也一直在反思。但对于胜利的信心，绝不能动摇。

来自涡水上的喧哗将他的目光重新吸引过去。军械也开始从船上卸下了。

涡口是个好地方，两水交汇，交通便利，距离寿、濠又都有合理的军事防御距离。……自从他率军到来，这附近的淮水水域就被他肃清了，敌人龟缩回了自己的水寨、城堡中，王师通行无阻。……如果寿州、濠州短期难下，是不是也可以跳出历代用兵窠臼，在涡口建立王师的临时大本营？……啊，为什么之前没有想到这个折中的法子……

淮水像是一条要命的腰带，卡住了他攻敌下盘的途径。寿州、涡口、濠州、泗州、楚州等，便是这条腰带上的珍珠……以前自己的思路一直是先拿下这整条腰带，才好放手往下攻。可是，如果改变思路，不为淮水所囿，先跳过去踢倒下盘，再反攻腰带呢？……别急，别慌，再想想，再想想……如果自己亲自扎到扬州去布局，会产生什么效果……

翌日，天子诏下，在涡口设立镇淮军，以强化王师在淮水上的军事力量。

密州琊琊山，大乐观。

黄昏，朱雀率众沿着山路爬上来，大乐观中有铙钹钟磬之声传出。朱雀平息着自己因劳累而加重的呼吸，欣然推开大乐观的门。

眼前的景象让她立时呆住了。

门内，香烟缭绕，钟磬鸣响，一场斋醮超荐的简单法事正在进行。参与者数十人，全都穿着素朴的道服，全是高师父的弟子，有些朱雀认得，有些朱雀不认得。众人之中，唯独没有师父。

一个负责监控全场的青年发现了闯入者，正要出声劝退，却忽然愣住。此时的来人是他们万万料想不到的。他紧走几步过来，低声道：“朱雀?！你……你不是入宫了吗？怎么会这么快就得到消息赶来了?！”

朱雀的心原本已经慌乱，闻言更是“咯噔”一沉：“什……什么消息?”

师兄的声音愈发低了：“师父的消息啊……”

“师父……师父怎么了?！我不知道。师兄，你快告诉我！”

师兄见她真的不知道，便克制着自己的情绪，含泪道：“……师父在这山下治病的时候，因患者背上一种奇异的脓疮总是拔除不尽，便亲自替他吮出。没想到……没想到不慎将毒根吸到自己腹中了！那毒根在皮肤上已是大邪，进入体内更是剧毒，再三催吐也没能吐出来！师父……师父很快就毒发仙去了。……医者父母心，朱雀，师父是拿自己的命，换了别人的命……”

朱雀耳中轰鸣，不觉身子一软。“令主！”“令主！”身旁的赤珠与承璋条件反射地托住了她。一旁的韩铄也忙抢步过去看视。

身边法事仍旧进行着，法事中的人们恍惚而庄重，茫然而悲伤。

涡口。皇帝行宫。御前军事会议散会。国朝重将们纷纷步出行宫，人人面上殊无笑意。

有几人注意到了迎面走来的一个青年。他穿着普通市井服色，两手空空，行色匆匆，看上去像个不慎闯入行在的淮南乡民，当然也说不定是王师的侦候或者谍者。少数两三人因高平之战认得他，心下感到奇怪，便招呼道：“陈高班？”

来人正是廷献，他是将马和包袱交给行在守门处的兵士后独自进来的。见有人招呼，便让在路旁，含笑作揖示礼。须臾，众人走散。

林远出得门来，一眼瞧见了不远处的廷献，颇感惊喜，忙趋前拉着他，亲亲热热笑道：“陈高班，你怎的来了？”

“啊，圣人命卑职前来探望官家。”廷献见到故人也深感欢欣，忙笑答道。

“好好，快进去吧。”林远一面引路，一面又低声道，“你来得正好。官家现下心绪不佳，圣人有什么好话，你快去说了，将官家哄得开心些，也省得我们老是溜溜地挨训。”

廷献有些笑不出来了，心事重重地点点头。

一时林远入内禀报罢，出来示意，廷献忙整衣踏进门槛。

行宫内，官家正在沙盘前沉思。廷献见官家两颊略瘦，眉头紧皱，神情中透着疲乏，心中一阵难过，忙跪下礼道：“臣陈廷献恭请圣安。”

官家看向他，目光中颇有暖意："平身吧。……是圣人遣你来的？"

廷献依言起身，笑道："是。圣人说，暑热渐起，陛下征战劳苦，命臣特意送来这个。"说着，廷献就从怀中摸出一个绣着鸾鸟纹样的黄绿锦囊，双手呈上。

君贵接过来，也不问是何物，用手指隔着锦囊略一摸，便倒在手上观瞧。莲子在他的掌心挤挨着，滚落成粉红的一团，突突而跳。每颗粉红的莲子中，又通贯着碧绿的莲芯。

水下缠藕丝，舟上剥莲子。红里莲心苦，问君知不知。[1]

怜子有心，她命人将她的心捎来了。她的心苦，令他的心顿时也倍感苦涩。

君贵神情凝固，定定看着莲子默然不语。包括廷献、奉武、林远、邓锦在内的侍从无声而关切地看着他，虽然，并不是每个人都明白圣人这份礼物在清凉降暑之外还有什么别的功效。

良久，君贵将莲子装回锦囊，揣入怀中，淡淡问道："圣人还说了什么？"

"圣人……圣人说章娘子诞下了皇子，陛下想已知晓。若是得了闲，还请陛下为新生的小皇子赐名。"

"哦，这件事。"君贵笑了一下，"皇子的名儿朕已经想好，叫作宗谨——谨慎的谨，还没来得及批复给宗正寺。你既来了，少时朕写下来，你带回去给圣人和章娘子。"

"喏。"

"圣人一切都好吗？"

"呃……圣人好。"廷献掂量着答道，努力压制住心里的紧张。

---

① 《怜心》，"吴钩十三曲"之一，民歌体，本书代拟。

他已经盘算了一路，如何才能在不泄露圣人病情的前提下，充分传达出圣人对官家的思念，并且说动官家回师京城。然而直到眼下这一刻到来，他依旧没有想好任何说辞。官家聪察如神，在官家跟前禀事，说话的分寸很重要。说少了，轻描淡写，自己真成了送礼的使臣，礼至而人返，这一趟就算白来了。稍微说多了，官家又会起疑心。一旦官家起了疑心，就会刨根究底，那么，圣人寝疾的秘密就会被官家发现。

可是，当着圣人的面，自己是做出了保守秘密的承诺的，死也得守住。

君贵看着他，显然不满意他简短的回答："圣人起居如何？皇子皇女起居如何？你详细跟朕说说。"

"喏。皇子皇女都活泼可爱，十分康健，日常老念叨说，想与陛下一起玩耍。"廷献一面说，一面便小心翼翼地观察官家神情，见他面色无异，又接着说道，"圣人起居……一如既往，饮食睡眠，仍旧是依照素常规律，只是……"

"只是什么？"官家的语声中立时便多了一分警觉。

廷献勉力镇定心神："啊，只是自打官家出征以来，圣人便十分牵挂，心心念念的，就盼着陛下能早些奏凯呢。偶尔牵挂得紧了，圣人吃着饭、品着茶，似乎也觉得不香……"

君贵微微蹙起了眉头。廷献的回答里有种非常奇怪的东西，他说不清楚那是什么，但就是感觉奇怪，正常一个内侍对于皇后起居情形的汇报，好像不应该是那样子的。

一五五　棠棣鹡鸰

君贵向旁边踱出一两步，又回头看着廷献，面上没有了表情：“……你接着说。”

廷献出了一层汗。淮南的确湿热，但是没想到会这么湿热！才不过进入行营一炷香工夫，他的幞头和薄衫已经湿透了。他堆下笑意来，揖道：“官家，淮南溽暑苦夏，圣人……圣人担心官家龙体不适……”

“……所以呢？”

廷献艰难地措辞：“官家……倘能早日归朝……想来……定可免受这些外邪侵扰……”

君贵的眼神变了。君怜一直都不赞同他亲征，他以为自己出来数月，又颇有斩获，她已经改变了主意，没想到她竟然希望他半途而返！行百里者半九十，如今战事正在苦缠中，他撤回去，对于王师将士的信心、对于战局的走向将会产生多大的影响？这个后果，她就想不到吗？

“这是圣人教你说的？！”他勉强压制着恼怒，声调低沉。

“不是不是！”廷献忙道，心中一阵绝望袭来，“圣人并没有如此说。”

君贵的怒火腾地冒上来：“那你说这些话是什么意思？！”林远、邓锦、刘奉武等见状，立时都为廷献捏了一把汗。

廷献的心狂跳不已，忙在官家面前恭敬跪下，仰头分辩道：

“官家，这都是臣的蠢念头！臣想着，圣人寿诞在即，倘若官家能够在圣人寿诞之前回师京城，那么……那么对圣人而言，一定是个意外之喜……”也许，这是情急之下廷献所能想到的最好解释了，然而这个解释对君贵而言，无异于火上浇油。

行宫中的空气凝固了，有一种可怕的沉默直迫人心。

君贵俯视着廷献，感到了一阵强烈的嫉妒——这是他过往人生中从未体验过的感觉。眼下的这个人，比自己更了解君怜，比自己更接近君怜，他似乎知道她的一切，懂得她的一切。他能随时体察她的心意，然后想出各种招数来曲意逢迎。便是自己作为一个皇帝的进退行止，在他眼里，也只不过是可以取悦于圣人的工具而已！这种心思，与高平之战时那些拿自己当奇货售卖的溃将，到底有什么分别?!……

嫉妒、失落以及更多说不清、道不明的情绪让他怒不可遏。没有人可以这样无视和践踏他的尊严。如果眼前这个人不是君怜十几年的亲随，他会立刻杀了他！他的行动比言语快，甚至比思想更快。一念至此，他发现自己的惊风剑已经出鞘，架在了廷献的脖子上。

“陛下！”“陛下！”“陛下！”众人大惊失色，情急之下纷纷出声制止。

廷献惊恐地看着皇帝，身子僵了。

“陛下息怒!”林远靠近皇帝，小心翼翼地劝解道，“陈廷献无知妄言，陛下尽管吩咐臣等责罚就是，可千万别气坏了龙体……”

君贵不理林远，冷然睥睨着跪在自己眼前的这个大胆的妄言者。

行宫寒透。剑光冰凉。

廷献从最初的恐惧中迅速缓过神来。他已经绝望到了头，再大的压力也无法让他感受更多了。如果自己一死可以让事情的走向有所变化，那么，死也是可以的。他将心一横，平静地大胆回视皇帝，突然不再害怕了。

君臣二人就在众目睽睽之下对峙着，剑锋的雪刃在廷献的脖颈上映出一片薄薄的光亮。局面的脆弱平衡和廷献的区区性命，都维系在这尖利的光亮之上，维系在皇帝的一念之间。

“陛下！”“陛下息怒！”“请陛下保重龙体！”侍从们见状，纷纷跪了下来，焦急地替陈廷献求恳着。抛开他们与廷献的交情不说，皇帝亲手杀掉皇后的亲随，那是何等惊人的大事？给外人知道了会怎么想?!

君贵的怒气沉淀下去，渐渐增添了一点悲哀。

他为什么不退缩？他为什么不求饶？他为什么敢与自己硬碰硬？他为什么要摆出一副宁死不屈的架势？别人都在替他搭台阶，他为什么不肯下来？他的心里到底有什么，能够如此强大地支撑起他的精气神来？……这是一个自己征服不了的人，无论是以天子的威势、德行还是恩惠，都无法完全征服他；哪怕自己征服了江南、西蜀、南汉、北辽，征服了一切中朝旧域，征服了全天下，也无法完全征服他。

这个世界上，只有一个人能够征服他。

他们从小相伴，他之唯一忠顺于她，不是不可理解。可是，自己为什么这么在乎？自己为什么会为此感到痛苦和困扰？自己到底在为什么而愤怒？

“陛下，陈廷献不过是内臣，虽有尽忠事主之心，哪里懂得军事之要害？陛下宽宏大量，何必与无知者计较……”林远再次小心翼翼地劝解道。

君贵还剑入鞘，咬牙冷冷道：“别以为朕不敢杀你！”

话音未落，他就后悔了。这句话暴露出他内心的某种虚弱。他是帝王，却对一个微不足道的臣属发出这样的威胁，表面上凶狠无情，实际却苍白无力，这太可笑了。他可以打他，可以骂他，可以用一万种方式责罚他，就是不该自己出剑、出言去威胁他。

他这是失态，他会将自己变成一个笑话。

“朕正当鼓舞士气、奋力进击之际，你怎敢在这里胡言乱语?!”君贵勉力收敛着怒火，声音又冷又硬，“念你也是一番忠意，姑且留下你这条命。……回去告诉圣人，朕要拿下整个淮南，作为送给她寿诞的礼物!”

廷献的泪水直流下来。毫无疑问，他彻底失败了。他恨自己太过愚蠢驽钝，再也想不出任何办法来达到目的，就连适才打算的一死以谏，也变得遥不可及。

林远等心下大松，纷纷起身侍立到官家身旁，又一个劲儿向廷献使眼色，让他赶紧谢恩。可是廷献仿佛已经被吓傻了，整个人委顿在那里，就像被泄掉了精气神一般，眼神呆呆的，良久说不出一个字来。

东京大内。坤宁殿寝殿。

君爱从外入内，到榻前向君怜一福，轻声道:“大姊圣安!”

君怜原本半闭着眼，此时侧过脸来看向她，微微一笑:“嗯。”

“大姊今日可觉得好些?”

“嗯。……怎么你一个人来了?”

“母亲带着观音和训哥儿去后苑玩了，少时过来，命我先来陪大姊。二哥是外男，不得宣召，自然不便入宫。”

君怜颔首:“好，昏睡了半日，正头疼呢。你扶我起来，咱们姐儿俩叙叙也好。”

“好。”君爱应道。

芦笛等闻言，忙过来帮着一起掖了软垫。君爱触到君怜身上骨瘦如柴，不觉心惊，又待问，又不敢问，小心地替她盖了薄衾，在榻旁机凳上坐下。

君怜向芦笛等道："你们都出去吧。"

芦笛赔笑道："圣人，该用膳了。"

"好，拿过来。"芦笛忙捧了个桐木盘近前，木盘上一碗特制的稀稀的养息粥。

君爱接过木盘放到榻侧几案上："我来伺候大姊吃。"

芦笛知她们有话要叙，便笑道："那么有劳四姐儿了。"

众人施礼而退。君爱坐到榻边，端起粥碗一试："啊，这么烫！"

"烫就放下，少时再吃。"君爱点头，拿勺子在碗中缓缓搅弄，又轻轻吹气。

君怜看她如此心细体贴，心中一阵温柔，便向她伸出手："来，四姐儿，坐到阿姊身边。"

君爱放下碗，依言挪过去。见君怜菩提子念珠不离手，便笑道："大姊每日躺着还念经诵佛吗？大姊念的是什么经？我也替大姊念，好不好？"

"你素日也念经吗？"尽管有气无力，君怜的神情、语声是和煦的。

"……念过一些。"

"都念了些什么？说给我听听。"

"呃……不过是拣《心经》《金刚经》这类常见的念念罢了。"

"悟到了什么？"

"没悟到什么。大姊，我原本不通的。"

"谁说你不通？你自小聪慧。多读，多想，慢慢会明白更多道理。"

"多谢大姊鼓励。"

"我听阿孃说，你似乎对道家的经典也很感兴趣？"

"……阿孃说的吗？"

"嗯。"

“也没有，不过胡乱看看罢了。”

“喜欢哪一家、哪一派？”

“啊？”

“道家门派甚多，你偏好什么？”

“我……我没什么偏好……”

“阿孃说你痴迷道法，甚至想出家修道呢，这不是真的？”

君爱脸上变了颜色，低头不语。

君怜观察着她：“四姐儿？”

“大姊，那不过是我搪塞爹孃的话罢了……”

“你……不愿意爹孃替你议亲？”

“嗯。”

“为什么？”

君爱又垂头不语了。

连着说了这些话，君怜已然有些接不上气，加之人消瘦，在软垫上斜倚着容易累，便向下滑了滑。君爱知她精力不胜，忙帮着她躺得低些。

君怜调整着自己的气息，片刻，和言道：“傻丫头，你心里到底是怎么想的，不妨告诉阿姊，阿姊也可以替你在爹孃跟前说话啊。”

“大姊，我……我……”君爱愈发手足无措，语意仓皇。

君怜试探道：“你是……心里已经有人了吗？”

君爱蓦然红了脸，沉默片刻，点了点头。

君怜见她这情形，头皮阵阵发紧：“是谁家的公子啊？说出来又打什么紧？”

君爱默然片刻，仿佛下了决心，将手伸入袖中，慢慢取出来一个物事，垂着眼，双手呈给君怜。君怜眼睛只一扫，心便猛然一沉。

那是一枚以唐代开元古钱做成的书签，前年天清节君爱跟随父母进京为君贵贺寿时，由身为姐夫的君贵亲手赠送给她，以助她们簸钱之乐。

君爱不敢接触君怜的眼神，痛苦地在榻前跪下来，泪落如雨："大姊，对不起……对不起……我……我没有别的意思……"

也许是从十六岁得到这枚古钱书签时起，也许还要更早，早到她十四岁第一次在澶州见到姐夫，她的心中便刻下了这个人的身影。如果没有这枚古钱书签，他的形象无所附丽，她的想象无所依托，说不定那高大的身影便慢慢远了，那朦胧的感觉也慢慢淡了，她也可以慢慢坦然，终至放弃。但是他将自己素日手把之物送给了她！她握着古钱，就像握着他的手，不，就像他的手通过古钱握着她。时时歌起，月月花开。他对她的体贴和呵护之意，全都凝聚在了这枚古钱书签之上。随着岁月流转，年齿增长，她渐至情根深种，再难自拔。

她已经见过了这世上最大的英雄，别的人，就无法入她的眼了。因此，在她的痴念头里，她宁可怀揣着少女的梦想孤身终老，也不愿背叛自己对他这份最初的深情。

君怜的心中掠过一阵痛楚，泪水滑下脸颊，万千滋味聚集到方寸之间。

偌大的寝殿内呈现出一种空虚的静谧，只有君爱的啜泣声伴随着铜漏滴答作响。

良久，君怜发出一声长长的叹息。

尽管一直心存侥幸，尽管一直不愿直面，她终究知道，自己已经时日无多。君爱的表白，一面让她无比震惊和难过，一面却又让她感到一种突如其来的、意料之外的安慰。

现在，她比任何时候都更清晰地意识到，已经到了该安排后事的时候。越来越衰弱的躯壳，早晚将无力负担胸腔内这颗心脏的跳动。在最后那一刻到来之前，她必须将一切都安排妥当。这是她的责任，更是她所有情感、所有希望、所有梦想的归结之道。她必须冷静。

她伸出手，轻轻抚摩君爱低垂的头。君爱捧住她的手，泪水牵连不断。可望而不可即的爱情、长年单相思的寂寞，早已让她身陷深渊，越挣扎越无助，越绝望越孤独。“大姊，我没有别的意思……我这个傻念头，就烂在自己肚子里，绝不会告诉别人的……”

“君爱，别哭了……”君怜轻声道，“阿姊成全你。”

“阿姊？！”

“阿姊没有多少日子了，阿姊……阿姊要将姐夫和观音、训哥儿全都托付给你……”

“阿姊！你这说的是什么话！”君爱一把抱住君怜，放声大哭起来，“阿姊，你怎么能说这样的话……你怎么可以这样吓唬我……”

“听着，君爱，”君怜尽力在泪水中绽出一个笑容，“你姐夫是十分刚强、十分难得的大英雄……可是……尖峰易折，阳焱易灭……你要想法子拉着他……不要让他万事都跑得太快，用力太猛……那样，会伤着他自己……”

“阿姊，不要说了，阿姊啊……”君爱痛彻心扉。

“君爱，你要做观音和训哥儿的阿孃，而不仅仅是他们的四姨……你要比我待他们还好……”君怜紧紧拉着君爱的手，“不要哭，君爱，这是阿姊求你的事，你要答应阿姊，你要保证……一定做到……”

“……求你不要说了……阿姊……”君爱五脏如沸，痛苦到自己再也无法承受。

大周境内某处官道上。朱雀等四人打马疾驰而过。

某溪流旁。朱雀等四人饮马，歇息。朱雀一言不发，心事重重。

某驿馆大门口。是一个阴霾的清晨，朱雀等四人匆匆走出，早有人牵马等候在外。

某乡村小路上。韩铄下马向村民打听着，村民向远方指点。韩铄回转，向骑在马上的朱雀回禀几句，朱雀点头。一行人打马远去。

东京大内。坤宁殿庭苑中。

合欢树下，君怜靠在一张竹躺椅上，身上搭着一幅宽宽的丝帛。根据御医的建议，天气好的时候，侍从们将她搀扶出来晒晒太阳。她的脸隐藏在树荫下，身子沐浴在阳光中，看起来精神似乎好了一些。

君怜召昭信入宫，选择在庭苑中接见他，一方面算是遵从医嘱，另一方面也避免二哥隔帘见到自己卧榻的样子过于颓靡，引动伤心。侍从们趁着圣人离开殿宇，抓紧时间打开窗棂透气，又忙着用包括艾叶在内的混合草烟去熏炙屋子的每个角落，以杀死那些钻到宫里空气中的无名毒邪。

未几，内侍引昭信到来。昭信撩袍欲下拜，君怜忙道："二哥，免礼。"示意他在紧挨着自己身旁的椅子上落座。

昭信依言入座，小心观察着她的面色。今日君怜不施粉黛，面色苍白，让他暗暗心惊。但他仍旧含笑问候道："君怜，今日可觉着好些？"

"嗯，好些。"君怜照例答道。

芦笛为君怜捧来一盏药汤，又为昭信上了茶。昭信默默看着君怜将药汤喝光，不由问芦笛："御医多久来一次？这样的药汤，圣人一日要服多少？"

芦笛答道："御医是每日晨昏都来的。一共有三种药，汤、丸都有。这是其中一种，早晚各一碗。"

昭信又问："光吃药吗？粥饭肉蔬呢？"

"早午晚各半碗，肉蔬都熬在粥里了。"

昭信看向君怜："都能吃下吗？"

君怜笑了一下："差不多吧，二哥不必操心了。"

昭信闭了嘴，忍住担忧看着自己的胞妹。阳光透过层层交叠的合欢树叶，在君怜身上投出奇幻的光斑。昭信不由想起那年河中叛平后自己在齐州郊亭见到她时的情景。那时，她刚刚跑过马，掀起帷帽的面纱来，面色红扑扑的，阳光透过郊亭外的柳树，也在她脸上、身上打下奇异的光斑。夫家的大祸虽然让她倍受打击，却并未真正摧毁她的精神，甚至，可以说是对她的一种解脱……

他甚至想到了更早以前的少年时代，兄妹俩一起随父辈郊猎的情形。君怜从小体质不强，一应将家子女的刀枪步射功夫都不在行，唯独马术尚可，那都是他教的。母亲不放心君怜单独跑马，总是说："二哥儿，好生看着你妹妹！"他带着她在一片树林中小跑，忘了那是些什么树，记忆里就是一片青春洋溢的苍翠。那时候，他侧过头看护她，阳光通过深浅不一的绿叶洒下的光斑，随着人与马的移动，也在君怜的衣衫上快速变幻着。

重重叠叠的光斑，跨越岁月与世事的鸿沟一齐出现在昭信眼前。

昭信抬起袖子，使劲擦了擦眼睛。君怜静静地看着他。"呵，有灰尘飞到我眼睛里了。"昭信笑着找了个借口。

"'棠棣黄花发，忘忧碧叶齐。人闲微病酒，燕重远兼泥。'……"君怜心下了然，缓缓说道，"二哥，手足之情，本自难舍。昔年做女儿时二哥对我的呵护，君怜一直不敢忘记。"

昭信只得再次抬手擦了擦飞入眼中的灰尘，方强笑道："君怜，昔年二哥不过啷当少年，对你呵护不周，实在愧称兄长。……依我看，你目下虽然病着，也不必过于伤感，不是'人闲微病酒'吗？微病而已，多养养就好了。"

君怜颔首："嗯，全仗二哥吉言呵护。"

昭信轻叹一声：“‘棠棣花重发，鸰原鸟再飞。德比代云布，心如晋水清。’君怜，你明德惟馨、心志清远，二哥早已呵护不了你，倒是你护着二哥的时候多呢……”

“棠棣”自古象征兄弟间亲热友爱，所谓“常棣（棠棣）之华，鄂不韡韡。凡今之人，莫如兄弟”。“鹡鸰（脊令）”则象征兄弟间互助互救，所谓“脊令在原，兄弟急难。每有良朋，况也永叹”。[①]君怜是昭信的女弟，兄妹情深，故而两人引棠棣、鹡鸰之典比拟相互感情。君怜吟咏棠棣花发之句，是表明自己理解二哥此时心中的难过；而昭信回以棠棣重开、鹡鸰再飞之句，则表明自己对君怜的关爱一如既往，并且鼓励她不要对病情灰心失望。

君怜听了昭信的话，怔忡半晌。二哥还是那个二哥，从小到大对她的关怀始终未变。如果没有这场病夹在中间，这本该是兄妹间极其美好的夏日晌后时光。可是现在，她却不得不开启一个沉重的、让人悲伤的话题，趁着自己还有一点精力，趁自己还扛得住。

“二哥，咱们说说家里的事吧。”良久，君怜轻柔道。

“好。”昭信颔首。

“大雄军居国朝北线军镇枢纽之重，官家将此大任交给了爹爹，依我看来，非有重大别任，是不会动的。请二哥回去告诉爹爹，好生守着，慎防北辽侵扰就是。”

“我明白。”

“……未来，待官家江南事了，必定会与契丹一战，也必定会与西蜀一战，孰先孰后，目下难料，要观时势而定。……请爹爹厉兵秣马，静待战机，必能建立不朽功勋……”

“明白。”

---

① 此处所引之诗句，分别出自唐·李商隐《寄罗劭兴》、唐·李隆基《句》，及《诗经·常棣》。

“届时，二哥也可……”

“……好好，我都明白。”

“四姐儿的事，请阿爹阿孃不必着急，我会替她安排……”

“哦，知道了。……君怜，你累了，喝口水，歇歇再说吧？”

君怜摇摇头，默然良久，终于还是说出了最不忍的话：“二哥，我……我恐怕时日无多了……阿爹与阿孃，就有劳哥哥们尽孝了……”

昭信惊愕地看着她：“君怜，你想到哪里去了！”

“……爹爹身有旧伤，每年季节变换之时，请二哥务必精心事奉……”

“……”

“阿孃也有了春秋，不宜过于伤恸……倘若……倘若我……二哥要好生劝慰才是……”

昭信猛然以手挡住眼睛，使劲搓揉不已。君怜的泪水静静滑落。半晌，昭信将手从眼睛上移开，脸上泪痕已淡。他勉力露出一个和煦的笑容，在妹子手臂上拍了拍：“君怜，你打小思虑就多，不过是场小病，怕什么？官家不在，二哥在呢，二哥陪你扛过去……”

“二哥……”君怜反手握住昭信宽厚的手掌，忍不住痛哭失声。

一五六　銮舆北还

涡口镇淮军，皇帝行宫。

谍者刚刚离去，皇帝召集主要文武臣属商议下一步的行动。沙盘上，代表王师各支力量的小红旗布局已经有了变化。

综合各方面的情报和状况，皇帝已经考虑成熟，打算跳过淮水这条腰带的阻遏，亲自率军扎到扬州去，扩大中腹战果，直捣淮南下盘，阻遏南唐派遣更多援军北上，从而夯实既有战果，隔江逼金陵就范。

武将们各执一词。跟随皇帝东下而来的李继勋认为，王师在淮水上立足未稳，皇帝应该坚持坐镇后方，夯实根基，而不是将自己变作剑锋，贸然亲临最危险的前敌阵线。而从黄州撤回来的齐藏珍则比较激进，极力赞同皇帝的主张。他说，以皇帝之威势，一旦亲临江水，则王师士气必将大振，唐军必将恐慌，唐主之前上表的那些花言巧语，就该看他如何一一兑现了。

文臣们却沉默着。行军打仗不是他们擅长的，但谋略和后勤是他们的本行。在他们看来，战争进行到这个阶段，问题越来越多，困难越来越大，从节奏上来说应该有所变化了。何况，数量庞大的军队和民夫在外，粮草军资之事，左算右算下来，不光是馈运不畅的问题，而是原本的储备已经显得不够了。他们私下里交流意见时，都认为皇帝应当缓一口气，这样一味硬着头皮死打下去，实在弊大于利。

站在沙盘前的皇帝等了半天，没有等到文臣的进言。他向范质、王溥、窦仪等扫了一眼：“范卿，王卿，窦卿，你们的意见呢?”

“呃……陛下，”范质与另外两人交换了一个眼神，迟疑道，“臣有话，可是不知当讲不当讲。”

皇帝听这话音，知道范质说出来的内容不会好听。当然他可以就势说“不当讲就别讲了”，但那样有什么意义?他总该有让臣属们充分表达反面意见的雅量。他是为天下人打天下，并不是为一己一姓打天下。

他刻意柔和了面容：“当讲不当讲，都讲吧，言者无罪。”

“喏。”范质揖道，“早在陛下幸濠州之前，臣等就曾奏道，战事迁延，陛下不必纠缠于此，不妨先行旋师，留下将领继续攻战，以俟转机到来。”

“先行旋师?”

“是。陛下久幸淮南，朝中众臣睽违圣颜已逾四月，心忧圣安是必然的。而留守们施政，不过是循例或权宜而已。某些重大事由，尚需陛下明堂亲断。陛下何不暂回銮舆，以安朝野之心呢?”

皇帝皱眉道：“你的意思，扬州朕不去了?”

“陛下，扬州不是不去，而是目下暂时不去。”范质伸出了自己的拳头，“陛下请看，王师的士气与锋锐，就好比臣的这只拳头。目下王师拼命攻伐，而唐军顽拒依旧，战况相持不下，这就好比臣的拳头已经完全伸出，可是并没有将敌人打死。陛下，倘若想再给予敌人迎头重击，臣得将拳头收回来，储蓄好力量，才能再次猛地挥出去啊……”说着，范质就将拳头收回自己身前，再猛地向外一击。

皇帝沉吟不语。拿挥拳给自己打比方，范质并不是第一人。少年时代，父亲教授自己武艺与用兵之法时，就曾经让自己反复揣摩过出拳的道理。范质所言涉及战争的节奏问题，这也正是皇帝在心中反复掂量的问题。目下，一鼓作气、毕其功于一役是不可能的，他是个成熟的统帅，更兼在此地受了数月攻伐实战的教训，不可能有此奢望。

可是，现在王师也并非强弩之末。淮南战局仍旧在持续升温，也许是从大火猛烧转向了小火慢炖，可是火力仍在延续，各方面都在等待重燃大火的时机到来。这个时候，自己亲幸扬州，就会成为大火再起的由头。而再次鼓荡燃烧起来的大火，一定会比先时的大火更猛、更烈、更有成效。

皇帝看向王溥和窦仪："你们两位的意见呢？"

王溥与窦仪忙揖道："陛下，臣等与范质的意见相同。"

皇帝面无表情地转回范质："你们都商量好了？"

"陛下，臣等没有别的意思！"范质忙进一步解释道，眼中有了泪光，"陛下素来虚怀纳谏，从善如流。倘非如此，臣等也不敢一再坚持己见。淮南苦夏，陛下久冒炎暑，臣等唯恐龙体有失，辜负先帝重托。王师久出无功，师老兵疲，暑雨煎迫，病羸不绝，大伤天了惜兵爱民之德。倘若陛下能够暂且回銮，则朝廷上下、王师内外的忧愁，必定能够缓解……"

皇帝默然。良久，缓缓道："朕知道了，此事再议。你们都退下吧。"

涡口。营房工地。

打从涡口设立镇淮军之后，皇帝就下令在此地修筑永久性的营房工事，替代原先的临时营帐和土垒。此时正在工地上干活的，并不是皇帝从下蔡带走的那数千民夫——那些人已经被他划拨给了濠州城下的武行德，而是后来又从寿州增发来的数千人，以及从附近村庄召募来的乡民。涡口镇在淮水以北，这些乡民都是大周自己人，不会是潜在的"白甲军"。

晌后，皇帝率领着一众近卫，徒步视察工地现场。现场算得上是井然有序，见到皇帝亲临，更是掀起了一阵小小的热潮。皇帝和蔼可亲的慰问，让他们干劲陡增。

未几，君贵一行走回，至行在大门口停步。君贵登上台阶，站在敞开的红漆金钉门前往远处四望。涡水汤汤，淮水茫茫，周遭一派江南仲夏风光。如此江山，真值得为它热血一搏。难怪南唐君臣上到李伯玉，下至刘仁赡，都不肯轻易放手。君贵心中忽然生出无限感慨。

忽听得一阵急促的马蹄声传来，君贵的注意力被吸引过去。远远见两名禁军马军前引，后面紧跟着服色全不相同的四骑，直往行在大门驰来。

君贵心下略感诧异，林远忙道："臣去瞧瞧。"不过走出数十步，那一彪人马已到他跟前。林远看清来人，不由一愣。

前引的两名军士见了他，忙一勒马缰跳下来，施个便礼："林都知。"

林远只一点头，便向他们身后的人迎去，恭敬揖道："令主，您怎么来了？"

朱雀仍旧身着男装，在马上答道："我来看望官家。林都知，请带路吧。"

"好。令主，官家恰好在大门口呢。"林远说着，转目向行在方向示意。

朱雀展眼一望，果然见大门口禁卫们簇拥着一个身着赤黄袍衫的硕人。朱雀点头："好，走吧。"林远便替朱雀牵着马往前走。韩铄、承璋、赤珠见状忙下了马，跟着一路走过来。

走至大门近前，承璋过来扶朱雀跳下马，朱雀整衣向君贵一福："陛下圣安。"

君贵诧异道："令主……怎么到这里来了？"

"臣妾原本是出宫办别的事的。"朱雀简要答道。

"哦……那，进来说话吧。"君贵目光复杂，自己先转身带头向行宫走去。

行宫内。君贵给朱雀赐了座，又命刘奉武看了茶，然后屏退众人。

“令主此番出宫，是要办什么事？”君贵看着朱雀，直截了当地问道。朱雀不会平白无故出宫来到前线，他的心有一点慌。

“我是去找我师父。”

“去找高师父？……你找高师父做什么？”

“想请他看病。”

“给谁看病？”

“君怜。”

“君怜？！”

“是。”

君贵的心突突直跳：“君怜怎么了？患了什么病？”

“吃不下，睡不好，人没有精神，诸如此类吧。”

君贵松了口气：“哦。……高师父人呢？”

“家师……故去了。”朱雀强自平静道。

“啊？！”

两人间有一阵短暂的沉默。片刻，君贵抚慰地笑了一下：“朱雀，高师父为先帝诊治过，他所进献的药丸，曾缓解了先帝的许多病痛。我知道，高师父于你就如同父亲一般。日后，我会下诏追赏他……”

朱雀摇头：“官家，我不是那个意思。”

“呃……你不是那个意思……”君贵蹙眉重复着，不得不问出自己所担心的问题，“禁中有不少好大夫，君怜的病……难道他们不能……”

朱雀斟酌着：“不是不能，是我更信赖家师，是以专门出来寻他。”

“好。那么，你告诉我，君怜目下是什么状况？你来找我，是专为替她来探望我，还是有什么别的缘故？”

朱雀默然良久，再开口，语声里多了几分悲伤：“君贵，你要听实话吗?”

君贵强抑着心内的不安：“实话？什么实话？你说，我听着。”

“……我不是替君怜来探望你的，我是来请你为她回去的。”

“为什么?”君贵不瞬眼地盯着她，“那日廷献来，目的是请我回去；昨日范质他们，也力劝我回去；今日你来，仍旧是让我回去。……到底发生了什么事?”

“……我适才说过了，君怜不豫，心里十分惦记你。”

君贵面色一沉：“朱雀，我也惦记她。可是，难道你们以为，国朝的军政大策会因为两个人的儿女情长而随意改变吗?!”

“君贵!”朱雀蓦然站起身来，“还要我们怎么说你才听得懂?!她病了！她一次又一次遣人来看你，一次又一次希望你能感知到她的牵挂，你却一直不管不顾，不理不睬，置若罔闻！她不让你知道她的病情，你就真的没有疑心过？你就真的一点也不担心？别人告诉你圣人一切都好的时候，你从他们的眼睛里就看不到异样？你从他们的话语中就听不出深意？岂不闻，‘所求多者所得少，所见大者所知小’?你为自己的雄心壮志所蒙蔽，一意孤行，只以为是在替天下人解除大苦，却连身边人最切近的痛苦也看不到……你还要执迷不悟到什么时候?!”

君贵愕然，嗫嚅良久，语声深藏恐惧：“朱雀，她……她病得到底有多重?”

朱雀蓦然滑下泪来：“我不知道！……御医们已经使出了全部的招数，可是没有成效……我原本指望我师父能够治好她……可是，家师已经没了……君贵，目下这世上只有你，或可成为医治她的最后一剂药了……”

君贵呆坐椅中，整个世界只残留一片让人头晕目眩的混响。他的心就在这片混响中越缩越紧，越缩越小，直至再也无法感知到自己的存在。

当日，天子诏下，命所部即刻整顿兵马，准备返回京师。

与此同时，数道诏令也迅速发往位于寿春的李重进，位于泗州的张永德，位于扬州的向训、韩令坤，位于六合的赵匡胤，位于光州的何超，位于舒州的郭令图等将领驻扎处。

两天后，天子车驾从涡口出发，踏上了返回京师的漫漫长路。司宫令、全体近卫、行在文官、所有的南唐文武降臣使臣，以及上万名禁军将士，亦随皇帝归阙。十数艘从江南缴获的战船，则作为下一阶段王师所要研究、参考的样板，另取水路北归。

东京大内。坤宁殿寝殿外。

远山、秋池恭敬拜于廊下。从玉、瑶碧两阁的乳母宫人，各自抱持着皇子宗让、宗谨在身后随拜。菁娘因伏拜不便，只是深深一福。

也许是受到乳母起伏动作的打扰，襁褓中的小皇子发出了两声哭闹，慌得乳母们忙拍哄不已。小儿的哭声渐渐止歇。几人正要退出，殿门开启，帘栊摇晃，却是芦笛出来了，走至廊下低声道：“圣人问，是不是小皇子也来了。若是，就进去吧。”

远山与秋池忙答应着，急急率乳母入内。

菁娘委屈地看万氏一眼，向芦笛道：“那我呢？”

“呃……圣人尚不知王娘子来了，没有发话。”

“那你快进去问呀！”

“好吧。”

未几，芦笛再次出来：“圣人说，也宣王娘子。”

菁娘瞥芦笛一眼，向乳母道：“妈妈，走！”

入得殿内，见晋国长公主正坐在榻边，远山、秋池等也已经在圣人榻前坐了杌凳，各将自己的孩儿抱在怀内给圣人看。小皇子们发出断断续续的声音，又似哭，又似笑，又似无意义的哼唧。众人轻轻笑语。

菁娘来到挂起的纱帐前一福："臣妾叩问圣人金安。"

皇后躺在榻上，越过众人的衣衫看向她："呵，菁娘，平身。——芦笛，杌凳。"菁娘因是后来，不得已坐到了外围，见皇后眼睛直盯着远山、秋池两人的儿子看，又伸出手抚摸两个小皇子的脸蛋，不由心中妒意大盛。

"孙娘子，章娘子，圣人精神短，别教你们的孩儿哭哭闹闹的，吵了圣人清静。"她冷淡地说道。晋国长公主鹭娘瞥她一眼。

远山和秋池回头看看她，又转向皇后，柔声道："让哥儿、谨哥儿人事不通，可是吵嚷得圣人耳根不清静了？"

"无妨。"病榻上的皇后温和地笑了一下，缓缓道，"观音、训哥儿不比这哥儿俩会闹腾？我每日也必得见见才行的。……小儿的哭声好听，生气勃勃的……"

"那我呢？"菁娘忍不住嘟起了嘴，"我的孩儿尚在腹中，圣人大约不乐意看见我了？"

"王娘子！"尚宫唐氏在一旁开了口，"圣人若不愿见你，怎么会宣召你入内？圣人目下每说一句话都要耗费好大力气，你就替圣人省省吧。"

"你什么意思……"菁娘的眼中泛起了泪水，"别人说话就说得，我说话，就是耗费圣人的力气……"

"王娘子，"鹭娘与菁娘原本接触不多，此时也不耐烦道，"我们这里正齐心协力哄圣人开心呢，你倒好，进来就哭哭啼啼的，算怎么回事啊？"

皇后使劲握了一下鹭娘的手，叹口气道："菁娘，我知道，你挂心着我的病……"

菁娘忽然哭出声来："圣人总也不好……官家总也不回来……臣妾满肚子的话，都不知道说给谁听才好……"

"……宫闱寂寞，你……多与孙、章二位娘子走动走动吧。"

"臣妾就想跟圣人说话……臣妾……臣妾的心事，别人也听不懂……”

皇后眼中忽然有了泪光，怔怔看向绮丽的帐顶，半晌，收回视线，从榻前众人的脸上缓缓扫视而过，叹息道：“……我就这么一副皮囊，就这么一颗心，倘若能把我撕开了，剖开了，摊开了，化开了，教你们一人分一块去，我也是愿意的。我不为你们操心，还能为谁操心呢？……”

众人为皇后的话语所动，明明约好了要在皇后面前保持笑容的，却都在不知不觉中泪流满面了。

未几，众人告辞。退至殿外，恰见一人从远处走来，行色匆匆。众人不由停下脚步定睛观瞧，有人轻轻说道：“陈高班？”

不多时廷献走至众人面前，见众人似在等待他，便默然躬身一礼，退到路旁。远山知道他从哪里回来，以眼神询问他。廷献不敢接触她满怀期待的视线，将头垂得愈发低了。众人相顾，神情茫然。

殿内。芦笛与桃根等正扶着君怜漱口。君怜不停咳嗽，唐氏轻轻替她拍揉着后背。许是适才药汤喝得急了些，她胸口憋得难受，便全数吐了出来。众人不敢表露出任何惊慌，就当是极正常、极自然的事一样，面上都保持了非常淡定的神情。唐氏一面揉着，一面问她：“翚娘，吐出来后可好些了？”

“嗯……我……我有些心慌……”君怜有气无力道。

“心慌也没什么的，谁被水激一下不心慌呢？躺躺就缓过来了。”唐氏忙哄道，又直向芦笛使眼色，“去叫御医来。”一错眼，唐氏看到了候在不远处的人，神情顿时变得明朗，“翚娘，快看，是谁回来了！”

廷献闻言，忙走至纱帐处，下拜道：“臣陈廷献叩请殿下圣安。”

君怜果然欢喜，露出了一个笑容：“啊，廷献！平身，你几时到的？”

廷献堆下笑来，起身近前两步，回答道："臣是辰正入的罗城南城门，打马到右掖门进的宫城，然后就一路小跑着回来了。"

君怜颔首："见着官家了吗？官家那里情形如何？"

"见着官家了。官家知道圣人遣臣去看望，十分开怀，嘱臣对圣人说：宫务繁杂，请圣人务必好生保养着，别累着自己。"

"莲子……官家收下了吗？"

"收下了。"

"官家可说了什么？"

"官家什么都没说，就是捧着莲子看了好半天，后来，就收进锦囊，贴心口揣到自己怀里了。"

"哦。……前线战况如何？"

"臣不懂军务，看着却是挺好的。臣以为，虽说唐人顽固，拒不接受圣朝王教，可战事每日都有进展，一寸一寸地，早晚有拿下的一天。圣人完全不必担忧。"

"……嗯。官家目下在哪里？"

"在涡口。官家以涡口为镇淮军，似乎要将那里建成王师攻淮的一个大本营。"

"……官家有没有提到，什么时候会回来？"

"……那……倒是没有说得很明白。"

"哦……"君怜脸上现出掩藏不住的失望。

廷献心下十分不忍，忙道："不过圣人，官家可是说了一句十分暖心的话呢！"

"什么话？"

"官家一直惦记着圣人的寿诞，官家说，要打几场大胜仗，作为送给圣人寿诞的礼物！"他没有复述官家的原话，原话是打下整个淮南，可是，那个目标似乎太过遥远了。

君怜的脸上绽开短暂的一朵笑容，却又倏尔即逝。"……大胜仗……几场……"她的面容变得悲戚，"廷献，我怕我等不到那个时候了……”

“圣人!”尽管已有一点思想准备，亲耳听到这样的话从圣人口中说出来，廷献还是感到痛彻心扉。

他一咬牙，立即跪了下来：“圣人思虑太过，全是因臣无能所致。臣这就再到淮南行营去，务必替圣人将官家请回来!”说着，他便叩了一个头，转身意欲离去。

“廷献，等等!”君怜奋力叫道。

廷献忙回过身子：“圣人还有何吩咐?”

“不要去了。”君怜轻轻摇头，“我已经明白了……官家到了该回来的时候，自然会回来的……谁也不许再去了……”她看向唐氏，“放下纱帐……你们都出去……我要一个人待会儿……”

“圣人……”

君怜不答，闭目缓缓捻起了手腕上的菩提子念珠。

大化主宰着一切。肉身不过尘埃，心事终究浮云。有前因，有后果，无论放得下放不下，因缘的锁链凌驾于个人的愿望之上，谁也逃脱不了命运的安排。

她感到有一股热血从心口涌出，又透过肌肤涌向体外，如同流霞般在这三千大千世界的亿万尘埃中恣意飘散，又缓缓与之融为一体。

一五七　既见君子

东京。罗城南门外。

为了不耽误农时，京师内外城的一应修缮事宜都是趁农闲进行的。目下农事繁忙，罗城的修筑暂停，许多地方半截曝露，保留着待工的模样。但城门已经修得十分巍峨，可以想象将来完工之时的壮观。

此时，大周的黎民们驾着驴车，推着手推车，担着担子，背着筐儿，或者牵扶着老幼，络绎不绝地往来穿过罗城的这道南门，为了生活而奔忙。生活对于他们而言，虽然艰辛苦涩，还是含着很多希望的。

经过十数日的行军，皇帝亲率的王师部队抵达东京罗城南面的郊亭附近。旌旗招展，仪卫鲜明。担任侍卫司权点检及在京内外都巡检的韩通接到先导令，早率部整肃迎候在郊亭外。皇帝心绪不佳，无心履行礼仪接受百官的迎贺，因此不允许将消息透露给政事堂。

大内。一名内品从远处的御道飞奔而来，脚不沾地迈过坤宁宫宫门，一路跑向寝殿。他无视一脸恼火的中宫宫官和内侍们的警告和劝阻，来到了寝殿廊外。

“圣人，圣人，官家回来了！”他向着半开的窗棂内，大声禀报道。

霎时，再也没有人计较这只报喜的喜鹊有多么吵闹无礼了。

正在闭目接受艾灸治疗的君怜猛地睁开眼。廷献早跑出殿门，薅着那内品问道：“你说什么?!”

“官家回来了！令主也一同回来了！车驾已经过了大相国寺，特地遣人先来禀报圣人!”内品笑嘻嘻报告道，他非常高兴自己成为这只喜鹊。

君怜惊讶地自行坐起，转瞬喜形于色：“妈妈，快，赏他银锞子!”又急急吩咐芦笛、桃根等，“快扶我起来，替我梳妆、换衣裳！我要出去迎接官家！廷献，去将观音和训哥儿找回来！——不，不忙，稍等等再去!”

一时众人手忙脚乱，人人脸上皆绽开了久违的笑容。

不过一炷香工夫，忽听得外间一阵次第致礼之声。君怜尚未妆扮完毕，仍旧坐在梳妆匣前。侍从们相顾愕然，没想到官家回来得这么快!

唐氏忙亲去门口打起帘栊，君贵已经一步跨进殿中。

重幕低垂，室内光线半明半昧，五月的阳光曲曲折折地筛进来，在诸般宝瓷牙器等具陈物上孵出一层含混的微光。一股艾草熏炙的特殊气息扑鼻而来，尖锐，呛人，又含着一种驱祟辟邪的安抚意味。只有铜漏一如既往，在众人的静默中独自数着自己的心跳。

这些器物，这些微光，这些气息，这些声响，塞满了寝殿中的空间，拉伸了寝殿中的时间，让两个人之间的距离显得格外遥远。

在这样遥远的时空距离中，君怜再次看见了君贵。

他身着轻袍，戎装已除，满面征尘。连续数月的牛皮仗让他从骨子里透出疲惫。长久地曝露于淮南的季风、滥水和骄阳中，他比过去黑了，也瘦了。他的眼神里像是有一团失序的火焰，火苗子一舔一舔，焦急地烧向这间寝殿的每个角落，烧向她身上的所有细节。

在这样遥远的时空距离中，君贵也再次看见了君怜。

她由两个宫人搀扶着，站在梳妆台的杌凳前。别的宫人都如礼下拜，只有她们站立着不敢放手，可见她离不了她们的扶持。她身着清雅整洁的夏衣，发髻一丝不乱。她眉目如画，两腮有着娇艳的粉红色。可是，她的嘴唇尚未来得及涂抹脂膏，于是显出了本来的苍白与干萎。一眼看去，她就像是一个瘦骨伶仃、面部尚未完工的精致人偶。

他们隔着五个月的光阴互相凝望。凝望。笛箫和鸣，琴瑟清响。

铜漏的水滴声忽然变得急不可耐，如同江河奔流，如同飞瀑坠落。他们胶着在时空的两端，一度静止的时空开始为他们而疯狂旋转，似乎饱含深情，又更似浑然无情。

良久，他穿过这片遥远的时空走到她的身前，一把抱住她。她皮包骨头的身子和轻若束丝的体重立刻尖锐地刺痛了他。他心惊胆战，语声止不住颤抖："君怜，你……你怎么了……"

君怜微笑着，摇晃着，伸出手紧紧搂住了他："哥哥……我不过天天想你……"

侍从们知趣地施礼而退，关上了殿门。现在，整间寝殿中只剩下他们两个了。

疯狂旋转的时空安静下来，铜漏的水滴声重新变得缓慢，无比舒柔，无比悠长。

一刹那，他们获得了安宁。

隰桑有阿，其叶有难。既见君子，其乐如何？
隰桑有阿，其叶有沃。既见君子，云何不乐？

隰桑有阿，其叶有幽。既见君子，德音孔胶。
心乎爱矣，遐不谓矣？中心藏之，何日忘之！[①]

① 《诗经·小雅·隰桑》。

淮水北岸。

接到诏令的张永德，奉命率部下五千人马沿淮水北岸东来，已经入驻下蔡。

下蔡曾有皇帝行在，一大片正式砖木建筑，并非临时营帐。官家曾经在那里接见过南唐派来的李德明、王崇质、钟谟、孙晟等使臣。如今李德明已经做了无头鬼，王崇质返回了金陵，钟谟、孙晟则随官家返回东京，而江南对于大周的顽抗仍在继续。李伯玉的恭顺停留在纸面上，没有血流成河的战果威慑，江南不可能放弃淮南全部十四州。

张永德在泗州时就一直试图扩大战果，然而人马补给都有限，泗州婴城固守，他的实力不够围城，只能想方设法搦战。江南的守将也不傻，任凭他百般挑战，就是不出城，他只能徒呼奈何。此番官家命他放弃泗州，收缩回寿州，在淮水北岸的下蔡驻扎，呼应、配合李重进在南岸的进攻，争取早日拿下寿春。

皇帝的行宫是当时行在中最大的建筑，张永德选择了紧挨着行宫的次大的屋宇，作为自己的指挥室兼住所。

张永德入驻下蔡已毕，却并没有遣人到南岸向李重进打招呼。

南岸。寿春城下周军指挥帐。

李重进收到了侦候关于张永德已经驻防下蔡的报告。官家回銮之前给他下过诏令，命他统摄寿春攻伐，可是并未明确张永德归他节制。张永德不与他通报，只能说不妥，但谈不上违令。

李重进踱出帐门，蹙眉遥望北岸那一带隐约的王师营房，良久不语。

滋德殿偏殿。晌后。

君贵在御案前踱来踱去，焦急等待。随军出征的御医刘孝能皱着眉头陪侍一旁。御殿的侍从尽退，只有刘奉武一人不声不响候在一旁。

王景通入内，禀报御医曹保义等在殿外候召。君贵示意。未几，曹保义、吴克素、马道元三人入内施礼。

君贵停止了踱步，没有任何过渡，直接发问：“圣人到底是什么病？”

曹保义忐忑揖道：“陛下，圣人气溃纳差，崩漏不止，是忧恚成疾。”

“……什么时候能治好？”

三人面面相觑，不敢回答。

君贵咬着牙，一字一顿道：“究竟什么时候能治好？”

三名御医仍旧不敢回答，只是叩首不已。

君贵抄起御案上的“雨过天青”釉茶盏，猛掷于地：“回答朕的问话！”

御瓷飞迸一地，御医们的脸色变得惨白。

刘孝能见状，忙从旁劝解道：“陛下请息怒！所谓‘病来如山倒，病去如抽丝’，圣人抱恙已久，总需慢慢调养，才会痊愈。圣人此疾既因忧心陛下安危而起，依臣看，圣驾已回，圣人也就该好了。”

君贵不理他，忽然俯身直对着曹保义的脸，含着期待，又满是怀疑，声调变得很低：“是这样吗？他说的……对吗？”

“呃……陛下……对……”曹保义的汗水顺着额角滚下来。

“说实话！”君贵直起身子，勉力抑制住内心的恐惧，“说实话，恕你无罪。朕不是小孩子，朕要知道实情。”

“陛下，”曹保义忽然流下泪来，“圣人的健康……已经越过了那条线……恐怕……恐怕很难再回来了……”

君贵踉跄后退两步，颓然坐到地上，神情变得极其无助，一刹那，真的像个失魂落魄的孩子了。

众人心中不忍。刘孝能忙跪到他身旁：“陛下，臣等无能，但天下或许还有能够治愈此疾的人。请陛下广发诏书至各州郡，为圣人搜求山野良医！”君贵想起朱雀出宫寻高师父不得的事，默然不语。

王景通也跪奏道：“陛下，臣有一言，不知当否。……前前朝、前朝宫中人罹患大疾时，都会延请僧道来做法事。如今陛下何不也从各大寺庙、道观中召了高人来，为圣人进行祈禳呢？”

这番话让君贵恢复了清醒。他从地上腾身跃起，一迭声向王景通和刘奉武吩咐道：“去宣陶穀来，朕要命他拟旨征召天下名医……教林远带人去皇建禅院和天圣禅寺，请清兴法师和明净法师明日入宫来见朕……明日，还要宣鸿胪寺卿入见，命他带上天下所有道观的登录册籍……还有，命宫苑使立刻将宫中的玉虚观拾掇出来，朕要教他们在那里做法事！……”说到这里他停顿了一下，“这么多事，你们都记得住吗？”

“陛下放心，臣等全记住了，这就去办！”

坤宁殿寝殿。夜色渐渐地上来了。

朱雀坐在御榻边，守着君怜喝粥。君怜进食是一个非常缓慢的过程，吃两口便要歇一歇。朱雀喂一勺，自己想出些轻松的话题来说两句，见君怜慢慢将粥咽下了，再喂上一口。虽然吃得很痛苦，很费力，君怜却坚持着吃下去。

“……你看，你那些傻念头是不是很可笑？你家君贵好好的，汗毛都没少一根，对不对？”朱雀做出轻松的样子来，嘲笑道。

“嗯。……朱雀，谢谢你。”

“跟我客气什么？目下你就把心放到肚子里，什么也别再想了，赶紧好起来是正经。”

正说着话，殿外一阵致礼声，还伴着小儿的笑语。两人转头，帘栊掀起，君贵一手抱着闺女、一手抱着儿子迈步进来。

两个孩儿从父亲身上滑下来，扑到母亲榻边报告：“阿孃，爹爹给音儿带了一艘江南的大船！”

“大船？”

“可以放在大木盆里！”

“嗯。”

“阿孃，爹爹给了训儿一条大鱼！”

“……能吃吗？”

“不能吃，”君贵笑着解释道，“是教江南工匠用很小的铜片一片片缀成的小玩意儿，能摇头摆尾，灵活得像真的一样。”

“哦。在哪儿呢？”

“适才我带着他们用膳，交给他们的乳母收起来了。”

寝殿因孩儿们的到来有了一刻欢腾的生机。孩儿们许久没有同在父母面前玩耍了，且说且笑半晌，撒娇不肯去睡。朱雀见君怜精神不支，便向东方氏和刘氏使个眼色，又对君贵和君怜道：“我们走了，圣人快歇着吧。官家路途辛苦，也别熬着了。”

须臾，孩儿们如一团云彩卷去。

君怜怅惘回眸，默然片刻，问君贵：“哥哥……没召他们过来看看？”

“谁们？”

“三位娘子，还有新生的两个小皇子。”

“回来后一直在忙，没顾上。她们求见，我教她们先自去了，明日家宴再说吧。”

“嗯，那么，家宴我来安排。”

“你？你就别管了。”

“哥哥，让我来安排。”君贵深深地看着她，君怜的眼神中有一种求恳。

“……好吧，你只许管这一件事。”

“嗯。”

君贵想起一事，又笑道：“……君怜，你快些好起来，你的寿诞在即，届时我为你大办宴席。母亲和四妹妹不是也来了吗？我看，咱们今年这寿宴可有的热闹了。”

君怜露出一个笑容："……好的。"

这当儿芦笛过来，见榻侧几案上那粥还剩半碗，忙拿走去窠子里重新换了半碗热的来，哄道："适才用的太少，圣人好歹再吃几口，成不成？"

"放着，我来吧。"君贵接过碗，坐到榻边。自己拿勺子搅了搅粥，微微蹙眉，"会不会太稀了些？"

君怜摇头。

"官家，再稠，圣人就咽不下去了。"芦笛轻声解释道。

君贵便喂她。君怜本来早已不想再吃，此时却打起精神来，顺从地配合着。

芦笛见官家一勺接一勺喂不停，忙轻声提醒道："官家，慢些……再慢些……"

君贵尚未反应过来，君怜突然皱眉将嘴一捂。芦笛熟练地从不知何处抄过一只小漱盂，君怜便将适才吃进的粥吐了出来，一面咳嗽不已。众侍从忙上来一通伺候。

君贵被排除在这场小小的混乱之外，目瞪口呆，手足无措，心下一片惊恐。

好不容易君怜消停了，喘着气躺平了身子。君贵重新坐回榻边，拉着她的手，努力挤出一个笑容，看上去却像是要哭。

"……我不打紧的。哥哥路途辛苦，快回去歇息吧。"君怜道。

"我不走，我今晚就睡在这里。"君贵咬着牙，像是在跟谁赌气。

"不可以！"君怜正色道，"此殿病气甚重，不能教它有损龙体。"

"我不怕。我不是真龙天子吗？一切病祟邪魔都该怕我才是。我在这里替你镇一镇，你的病管保很快就好了。"

"哥哥！皇家有成例，兹事体大，不可破例。"

君贵愈发执拗了："我不管。我说要在这里，就是要在这里。"

君怜的双眼泛起泪光："哥哥！你……你教我如何心安？"

君贵见她认真着急，叹了口气："……好好，那我在湘妃榻上躺一宿，行了吧？离得这么远，什么病气都沾不到了，你放心就是。"

君怜看着他，没有再反对。她是那么需要他，可是这种需要本身却为疾病所阻隔，变成了不该触碰的禁忌，令她无法心安理得、理直气壮地索取和接受。他坚持留下来，她一面感到欣慰，一面却感到十分忐忑。

她已经这样了，他就不能再有任何闪失。现在，他的健康就是全部，只要他无恙，国朝就会无恙。那么她所承受的一切，就是值得的了。

夜深了。夏夜庭苑中的植物散发出一种特殊的馨香，透过纱窗侵入深殿。虫声如歌。

君怜已经沉沉睡去。这是很久很久以来，她入睡最快、睡得最香的一次。君贵仍旧坐在榻前，如一座石雕般安静。芦笛适才偷偷告诉过她，圣人的病情在夜间会加重，他便决定在榻边守着她，看她到底会怎么样。没想到，她在他的看护之下，竟很快睡着了。

睡着了，应该就不难受了吧。

现在，他宽大的手里握着她枯瘦的手，他的眼睛凝视着她的脸。

那张脸在沉睡中病容尽退，显得如此安详。

广德殿。早朝。

在睽隔五个月之后，以魏仁浦、王朴为代表的大周朝廷留守的文武百官终于再次见到了天子之面，人人表现出了真诚的激动与欣喜。皇帝温言将他们嘉勉一番，对他们在御驾亲征期间的尽忠职守表示认可。众人体恤皇帝刚刚回来，尚未解除征途劳累，并没有奏报什么让人伤脑筋的政事来烦扰圣心。因此，总的说来，这是一次君臣之间的“相见欢”。

在这次朝会结束时，皇帝宣布，为国朝大业祈福计，为江南战事祈福计，他要大赦京师内外目下正被羁囚的罪犯：死刑犯以下，尽数对前罪免于追究，释放返家。

皇帝并未明说此番大赦的真实目的是为圣人祈福。尽管朝廷内外早已议论纷纷，关于圣人健康问题的猜测和流言私下传布，但除非皇帝本人御口亲允，否则臣民们就不能公开谈及此事。这是一种深刻的忌讳，搞不好，是要掉脑袋的。

对作奸犯科者的感化和挽回，也是中朝熏风王教的一部分。他想，君怜一定乐见此成。而从各州郡征召民间良医的诏书已经拟好，他并不打算在朝会上与群臣探讨。

坤宁殿庭苑中。

晌后，君怜半掩在合欢树下晒太阳，微微闭着眼睛。朱雀坐在她身旁，捧着一本《世说新语》，为她念着其中的篇章：“……顾长康画谢幼舆在岩石里。人问其所以。顾曰：‘谢云：一丘一壑，自谓过之。此子宜置丘壑中。’……”

顾长康就是东晋画家顾恺之，谢幼舆是当时的豫章太守谢鲲。顾恺之为谢鲲画像，将他画在岩石之中，是因为谢鲲说自己最爱游于山水。朱雀专门挑选此书中这类隽逸高远的段落念，不过是要君怜心情舒缓、忘却烦忧而已。何况，共游国中一山一水、一丘一壑，原本也曾是两人心愿。即便无法实现，听听别人的故事，也是好的。

君怜的眉头舒展了些，面色却愈发苍白了。

魏国夫人张氏和君爱带着观音与训哥儿在一旁树下玩耍。孩儿们不时跑回阿孃和雀姨身旁，趴在她们的膝上撒娇。如果不考虑君怜的面色和身子骨的话，这原本是一幅和乐美好的后宫戏儿图。

不远处一阵致礼之声，君贵自前殿快步走来。除了君怜，众人忙向他施福致礼。两个孩子更是欢喜，争相跑过来："爹爹！爹爹！"君贵将两个孩儿抱起："昨晚不肯睡，今日起不来了吧？"一面又向众人道，"免礼。"大步走至君怜身旁，迎着她的目光一笑。

朱雀让出自己的座位："官家请坐这里吧。"

君贵依言坐下，向张夫人和言道："听闻母亲和四妹妹来了，我忙于前朝杂事，没有先去拜望，失礼了。"

张夫人忙道："官家说哪里话来！官家忙的是社稷大事，我们不过陪护君怜而已，岂敢劳动官家亲移大驾幸顾？"

君贵又看向君爱："四妹妹帮着看顾观音和训哥儿，辛苦了。"

君爱便再向他一福，红着脸垂目不语。

君贵问君怜："母亲和四妹妹现下是住在皇建禅院？"

"是。"

"太远了，每日入宫陪你，多不方便，还是依旧住进延福殿吧。"

君怜摇头："不必了，有专门的宫车接送，并不算远。"

君贵知道她因以前赵守微检举一事有所避嫌，便笑道："我说住进来就住进来，你何必多思？——廷献，传我的旨，教宫苑使即刻将延福殿拾掇好，今晚就用。你再出宫一趟，将国夫人她们留在皇建禅院的细软都取了来。"

自打涡口谒君之后，廷献知道皇帝对自己的不待见就过了明路，他无论再说什么，再做什么，都很难改变这种状态了。因此，最好的自处方式，应该是尽量不要在皇帝眼前出现，以免招惹皇帝生气。可他事奉皇后，被皇帝看到又是不可避免的。避无可避之时，他也只能硬着头皮、觍着脸侍立一旁。

皇帝从昨日回京后，还没有正眼瞧过他，这是皇帝第一次对他有所吩咐。皇帝似乎忘掉了发生在涡口行宫的事——至少，皇帝不想让皇后知道。廷献心下五味杂陈，忙答应着，急急去了。

张夫人和君爱见官家体贴，忙致福称谢。君贵笑道：“昭信也来了，是吗？我许久没见他了，倒十分想念。少时，我们哥儿俩也要好好叙叙的。”

一五八　角弓夏寒

一时众人都坐了，在树下闲闲说些家常。不过，能在他们所有人之间同时谈论的话题并不多，淮南的战事不能提，君怜的病不能提，前朝的政务不能提，宫廷的内务也不能提，就连魏博的藩阃守务也不好提，最后，话题只得集中到孩儿们身上。

张夫人直夸皇子皇女长得好，又健康，又聪明，秉性还特别纯良；朱雀也说自己不过出门不多日子，两个小儿就又学会了写几个新字，可见好学奋进，根器上佳；唐氏又夸了一番皇子皇女饮食健旺，起居规律……君怜靠在竹躺椅上，听着她们的话，眼神缓缓在她们的脸上转着圈儿，努力不让伤感弥漫。

只有君爱不说话，默默坐在母亲身旁。君怜道："君爱，你带着音儿和哥儿玩会儿蹴鞠去，别教他们缠着爹爹了。"

君爱依言起身，走到君贵身前，腼腆地伸出了手："姐夫，孩儿们给我吧。"

君贵问怀里的闺女和儿子："你们要跟四姨玩去吗？"

"好。""好。"两个小儿同声答道。

君贵便放他们下地，向君爱笑道："那就有劳四妹妹了。"

君爱垂目一笑。

张夫人又似嗔怪，又似解释，向君贵道："这孩子，就不爱多说话！在官家跟前，这样不是显得简慢无礼吗！"

君贵笑道："母亲不必怪她，依我看，这样也挺好的。"

荷花小池边，君爱带着孩儿们玩鱼的笑声传来，众人循声转过头去。君怜看看远处，又悄悄看着君贵的脸，忽然一阵急痛掠过心扉。

未几，刘奉武入内来报，说工匠来请旨，问从江南带回来那张御榻该安置在何处。君贵这才想起还有此物，向君怜解释道："这回我兵压淮水，李伯玉吓破了胆，送了些江南的奇巧物事来拍我的马屁。内中有张御榻，极为精致，我就给你带回来了。"

君怜笑道："多谢哥哥想着。"

君贵对刘奉武道："教他们装到坤宁殿里来！"

奉武露出迟疑的神色。

"怎么了？"

"官家，那御榻安装起来，乒乒砰砰一个多时辰才得好，岂不是搅扰圣人清静……"

"嗯……那就装到滋德殿去！待装好了，请圣人过去观瞧，也是一样的。"

"喏。"刘奉武答应着，急急去了。

君怜问："哥哥……"

"怎么？"

"今日的奏表都看完了？"

"看完了。你放心，我自己会处理的，你就不要再操劳这种事了，好不好？"

"好。……还有一事。"

"什么事？"

"晚间的家宴，我命他们设在滋德殿移花堂。届时，新生的两位小皇子……就能见到爹爹了，三位娘子，也可得接圣颜……"

"设在移花堂？那你怎么去？"

"我就不去了。"

"你不去，还叫什么家宴？"

“我也吃不了什么……让母亲和君爱陪我就是。”

“不行！——王景通，传朕的话，晚宴改设万春堂。”他转向张夫人，笑了一下，“母亲和四妹妹，也请一起参加吧。”

淮上，下蔡。下蔡与寿春之间的浮梁在漫漫夏水中摇晃。浮梁上人影稀少。

南北两岸的周军两帅保持着军情上老死不相往来的状态，只有后方送来的粮草军资定期通过浮梁运输到南岸。当然，军情往来并不一定要通过正式的、公开的渠道。事实上，许多肩负秘密使命的人，也在殷勤奔波于两岸之间。

下蔡指挥室中，张永德正在检视自己的一张角弓。他射术佳，这弓是他最为喜爱的私人军械之一。角弓是御赐的，弓身装饰着精雕的牙弭和玉弭，即便在炎暑中也保留着一丝寒意。官家与他感情亲厚，经常顺手赏赐他一些物件，大到角弓、鞍鞯，小到笔墨、璎珞，不一而足。如果排列开来，他收藏的御赐之物丰富到足可完整地装饰一个小院。

据他自己观察，李重进就没这么能讨官家欢心。李重进毕竟是个粗人，脾性也过于刻板刚硬，跟官家说话也往往直来直去。可是，官家已经是个刚硬的人了，怎么会喜欢有人与他硬碰硬呢？官家抬举他，想来不过因为他是姑表兄长罢了。

唯一让张永德感到不满和不安的，是每次郊猎，官家都将皇子托付给李重进，这似乎意味着他们在官家跟前的顺位状况。当然，也有可能是因为郊猎带着半私人性质，所以官家是按照皇族内他们几个姑表、姻亲兄弟的齿序来排的。

与官家的关系远近，对他们这样的人来说，是权势生涯的要害。

裨将张孝贤引一名军校告进。军校走至张永德近前，低声揖道：“殿帅，卑职查探到一条重要线索。”

张永德仍旧检视着角弓，头也不抬，淡淡道："什么线索？"

军校附耳道："在李都帅跟前出入的人里头，有江南谍者！"

"什么？！"张永德愕然，手指将弓弦弹出一声轻响。尽管他一直怀疑李重进，可那主要是怀疑李重进派人打探官家行动，想寻机邀宠，他没想到李重进竟有这种勾结敌方的反迹。他绷着脸瞥了一眼张孝贤，又向那军士道，"……这可胡言不得，你能查实吗？"

"能，是马军左五厢的宋七说的。宋七亲眼见到那人从李都帅主营走出来，穿着寻常士卒衣裳，可是先前他在陈州、颍州、庐州这一路也见过此人几次，行踪诡秘，鬼鬼祟祟的，一看就不是普通人。"

"……是吗？"张永德沉吟着，"他们做谍者的，还能教人轻易记住？"

"哎，寻常人也就罢了，殿帅不知，这宋七尤其会记人脸。谁若是二十年前在街市上搡过他一下，二十年后在别处碰上，哪怕人家已经胡子拉碴了，他都能认出来，并且报复回去呢。"

"呵，这倒也算个本事。……那你们就再好好打探打探，教那宋七也加紧盯梢。李都帅若有反迹，要亲眼落实才算！"又转向张孝贤，"你务必给我亲自督着此事。"

两人面色郑重："遵命！""遵命！"

东京大内。滋德殿偏殿。王景通领着四位民间征召而来的名医拜见皇帝。皇帝温言慰劳几句旅途辛苦，便命他们立刻去为皇后诊治。

坤宁殿寝殿。紧贴着御榻的那一重纱帐也放了下来。皇后从纱帐后面伸出了手，一张柔滑的素绢帕搭在她苍白的手腕上。来自五湖四海的名医们轮流上来把脉，人人在把脉时皆闭目沉吟不语。

良久，名医们把脉完毕，商量几句，请求斗胆一睹皇后御容。司宫令与尚宫交换一个眼神，司宫令隔帘小声向皇后说了两句，便点头向宫人示意。

纱帐挂起，围在御榻前的名医们先揖礼过，再略微上前一步观望。皇后衣着整齐躺在榻上，苍白，瘦削，沉静的目光缓缓扫过他们的脸，胸口却起伏不定。

万春堂。

司宫令与尚宫唐氏、王景通等高阶宫官内侍聚在一起，默观御医和民医们商议皇后的治疗方案。都是久负盛名的良医，原本各有一套自己的看家本事。理论上，应该挨个儿来为皇后主治，这个人治不好，再换下一个。将他们聚到一起开方子并不是最好的方式。但是皇后病势沉重，根本等不了换人轮班慢慢治。皇帝安排群医如此会诊，也是没有办法的事。

名医们发言都很谨慎。圣人寝疾如此，留给他们施展才能的空间已经非常有限了。可是司宫令和尚宫目不转睛地盯着他们，恨不得把他们说出的每句话、每个字都榨成药汁、炼成药丸拿给圣人服用。他们不得不越说越多，虽然很多都是废话，但却是必要的废话。包括判断病因，明辨医理，明辨药理，给出治疗的原则，等等。

最后，他们谁也不敢出头来挑主治的担子，商量着增减替补出一个方子呈交给司宫令，然后回到御医院备咨询去了。

大夫们走后，朱雀将这最新的方子拿在手中，沉吟不语，又似在看，又似根本没有看。属下们紧张地看着她。良久，她略带恼怒地将方子拍在桌案上，向王景通道："议了这半日，我还当有什么好法子呢！……将这方子拿到前朝，报给官家去吧。"

寿春城南，指挥室门外。

李重进身着轻袍坐在胡床上，瞪着远处的唐军水寨和城墙。

这是淮南的上午，阳光还不很强烈，有风微微吹着，坐在露天比闷在室内要让人舒适些。李重进的脸上有一种疲乏和漫不经心。徐令则等几员裨将扈随在他身边，不时低声扯些闲话。

有军士抱了个刚从京师运到营里的西瓜来，用凉凉的井水拔过，黄绿花纹上满是新鲜水珠。其时，西瓜是稀罕物，寻常人鲜能尝到。先帝郭威末年，陷虏的后晋官员胡峤回归中朝，从契丹带回了西瓜种子，国人才第一次见识了这种味道甜美的瓜果，而在京中试着有所种植。此番皇帝念前线将帅辛劳，特命粮草转运使捎来数十只西瓜，分赐几地将帅。徐令则掏出匕首切开瓜，给李重进呈上一块最大的。李重进接过，挥手道：“你们也吃。”几人笑嘻嘻围过来，一人拣一块，将西瓜分食了。

水寨前的地域仍旧淹没在夏季涨上来的淮水中。旧的攻城车被损毁之后，新制成的攻城车难以靠近城墙，无法发挥应有的作用。唐军趁机在水寨外围加设了多重尖桩、铁索，阻止周军靠近。因此，目下聚集在水寨之外的周军大小船舶，尽管铺得密密挨挨几乎见不到水面，却都与水寨隔着几丈远的距离。一旦他们试图突破尖桩和铁索的封锁，就会遭到来自唐军的猛烈攻击。

周师每天的工作，就是去攻破这重重水与铁的封锁。

然而，即便攻破了水寨，他们也并没有把握接近并攻破城墙。毕竟在平坦无水、最接近城下而且是皇帝亲御的时候，他们也没有成功。不过，这么多王师干耗在这里，总要做点什么以收束军心。否则，军不成军，该成匪了。

他们现在真正的战术是牢牢围住城，等待雨季过去、淮水落下，等待寿春城中兵尽粮绝。一句话，等待敌人的衰亡早日到来。

要做到这一点，杜绝敌人的援军靠近很重要，杜绝城中人以任何方式逃跑或与外界建立物资联系同样重要。为此，李重进特意安排了一支地听队伍——沿着寿春城外围一切可能的地方，每隔一段距离挖地埋瓮，然后遣人跳入瓮中，随时监听地下的声响。倘若唐军有挖地道的动静，他们将会较早察觉并及时阻止。

李继勋在官家北还之后，奉命从濠州撤回寿春，统领着一部分王师驻于城东，与李重进呼应。他所采用的攻伐策略，也与李重进保持一致。

李继勋不是一个尖锐的人。他素日爱看释家书籍，作战喜欢采用成熟战术，不喜欢别出心裁、冒险用奇。这一点，他与结义兄弟赵匡胤很不同。赵匡胤爬升得快，很大程度上得益于他身上那种官家十分欣赏的锐气。虽说赵匡胤目下品阶比李继勋低，可是照其发展势头看，谁都认为他早晚会有超过这位结义大哥的一天。就连李继勋自己，也是这么想的。

尽管不甘心，李继勋倒也会自我开解：他征战多年，虽说年龄不过四十出头，内心却早已疲乏不堪，难以保持武人最必要的锐气。他受佛经思想影响，也不太愿意勉强自己。国朝开疆拓土之际，官家需要的是锐利如同匕首的人，既然自己不够锐利，看着更锐利的兄弟得势，也是分所必然。他们毕竟是兄弟，将来赵匡胤上了位，就算不能拉自己一把，好歹不至于踩自己一脚吧。

李继勋为自己的胸无大志感到惭愧，可是却无力战胜那种因为看透无常、频繁嗟叹人生所带来的虚无感。

滋德殿前殿。清晨。御前枢机会议恢复了，皇帝召集近臣们讨论朝政。

皇帝离京日久，五个月间的政务，虽说有奏表往来请旨、批复，有留守们酌情处置，毕竟隔了一层，有些事，臣下们需要向皇帝当面汇报前因后果。皇帝呢，也很需要通过臣属们的述职，重新让自己回到军政两方面兼顾的平衡中来。

中枢各部事务中，吏部掌握着官员的升黜任免，是个重头衙门。在皇帝出征期间，中央官员一律原职不动，吏部只是进行了一些必要的中下层官吏的调动。现下皇帝回来了，原先一直悬停着的人事变动，就该进入议程了。这不仅包括中央官吏的任免，也包括藩镇的调动。皇帝就这个问题，与魏仁浦、范质、李穀、王溥、王朴等讨论良久。

此外，此番皇帝还带回了一些江南降臣，对于江南降臣的处置，也成为君臣探讨的重要话题。官肯定要给他们做的，不管他们好不好、得用不得用，都不能荒着。这本来就是给李伯玉的臣下们做个示范，这些人入周后的待遇如何，将会影响到以后是否有更多的人愿意投诚过来。

工部还提到了一个要紧的问题。他们在查核从民间"课户"处征收上来的布帛绢缎等物时，发现了尺寸标准不一、偷工减料的现象。坊间买卖织物时，也发现了类似投机取巧的做法。布帛匹缎应有的尺幅斤两，朝廷早就制定了统一的标准，可是他们这里掐半寸，那里短五钱，却当作足尺准两的货色交上来、卖出去，这么点点滴滴累积起来，也能偷出许多外财。这个现象历朝都有，而且很普遍，人人都想着法不责众，所以愈发变本加厉。

礼部则提到了民间各州郡申报上来的孝子、顺孙、义夫、节妇的事迹。先帝在位时，曾经两次下诏旌表当时的这些道德楷模，今上继位后也曾下诏旌表新的代表。目今距离上次旌表已经过去了两年，又有新的人、新的事发生，是时候再次降旨旌表了。

御座上的皇帝将整治织造标准作假和表彰孝义楷模这两件事结合起来，上升到了纠正世风、昌明国运的高度。经过历朝乱离，其时世风原本凉薄多于笃厚，世人多行奸猾诈伪，否则，似乎就难以在这乱世中顺利存活。从先帝开始直到今上本人，都希望扭转凉薄伪诈的世风，对百姓实施全面教化。为此，他们一直身体力行，慕仁义，行孝道，重诚信，尊儒教，崇俭素，敦和睦，以期厚人伦、励时风，让天下人有个活生生的最高榜样。

皇帝大为认可枢臣们的意见，同意朝廷应当严申法度，加强对织造物的验收管理，以免人人变成心存侥幸、轻义重利之徒，而令世风日下。同时，皇帝决定大张旗鼓地旌表本年度新近呈报上来的那些事迹昭彰的孝子、顺孙、义夫和节妇，在各州县为他们立碑竖坊，号召百姓都向他们学习。

这么降谕的时候，君贵心里想到了君怜。君怜必定乐于见到国朝人伦日厚、世风日上，见到更多的黎民百姓在王教之下舒展人生。他于是特命拟旨的中书舍人加意斟酌，务令词句华美流畅。他决定少时将圣旨底本亲自带回后朝去给君怜看，以使她心欢。

在皇帝宣布散会之后，王朴带头，众臣小心翼翼地问候皇后的圣体是否大安了。皇帝不愿多说，草草打发了一句“似乎已有起色”作罢。众臣露出释然的表情拜辞而去，只有王朴反而愈发忧心忡忡了。

寿春城下。指挥室。

这是日间，李重进却独自在帐中喝闷酒。三五个裨将偶尔进出营帐，他并不招呼他们同饮。有时候，当众独自喝闷酒是统帅的特权。享受人群簇拥中的孤独，是统帅精神生活的一部分。

战况毫无进展。他现在相信，官家早就预见到了这个局面，所以并没有死命催逼他。可是他回想起官家离开寿春去往濠州之前自己保证过的话，总觉得脸上有些挂不住。

帐门开启，一个身影走进来。“李都帅，怎的一个人喝上了？”来者是齐藏珍。

齐藏珍原本是西班六宅使，在禁军中掌一些武事。随征淮南，他起初被派去远攻黄州，打不下来，又返回涡口官家身边，官家便派了他一个行濠州刺史的临时职位。不过，既然濠州未下，他这个行刺史便没有实际工作可干。官家返阙后，他索性就近先到寿春来转转。

这个人虽然官职不高，却与官家有一段特殊的交情。官家年少在前朝做低阶小武官时，与齐藏珍同列，两人早年有同袍之谊。官家在人前常常沉默寡言，但齐藏珍特别爱说话，也特别会说话，天下大势、往古来今，无不在他的挥斥纵谈之中。官家与他每日相处，听他大大咧咧将万事万物臧否于舌尖，觉得他的话也不全是吹嘘，似乎也有一些道理。官家做晋王时，齐藏珍常到府衙拜谒，虽不能入“扫地班”成员之列，倒也成功勾起了官家的早年旧谊。官家与先帝不同，并不热衷于与人结义为兄弟，因此，像齐藏珍这样的，就得算是官家的少年故交了。

先帝广顺年间，齐藏珍奉命巡护滑州界内河堤，却因玩忽职守导致决堤，被除名发配沙门岛。官家登位后求贤若渴，齐藏珍辗转托人在官家跟前说情，官家便将他从沙门岛征还。

齐藏珍返京后，开始利用各种机会炫耀自己的“口才”和“满腹韬略”。而且，他摸准了官家的脾性，知道官家念旧，心眼儿又实在，所以他在官家跟前吸引青眼和恩宠的方法，就是保持自己打从少年时代起就表现出的大大咧咧、满不在乎的态度。越是这样，官家越觉得他身上有别处难觅的青春时代痕迹，也就越不跟他见外。

他用这种方式，成功地让大多数人摸不清他的底细，不知道他与官家的交情到底深到了什么程度。即便对于李重进、张永德等禁军高级统帅，他也经常随随便便、嘻嘻哈哈。他相信凭自己的巧舌，再加上一点点运气，他早晚会被重用、大用，乃至特用。

李重进见是齐藏珍来了，倒也有点高兴，应道：“齐刺史？来，过来坐。你怎的跑我这里来了？”

“卑职来陪都帅帐饮啊！”齐藏珍坐下，示意军校另拿一只酒盅来，笑道，“怎么，李都帅心里头有事？”

“有事？能有什么事？还不就是这战事呗！”李重进吐口气道。

“嘿，发什么愁！江南是那么好打的吗？李都帅，你听我的，这城啊，没个一年半载，肯定打不下来！寿春历朝历代都是要塞，城里单是府库，就不知道建了多少个。满车满船的金银谷米，逐年累月往里堆！据说是只见着进去的，没见着出来的！你知道人家存了多少人马、多少粮草、多少军资？人家愿意耗着，咱们也踏踏实实跟他耗着就是了。倘若一年打不下来，你还一年不过日子了？”

李重进一愣：“齐刺史这话我有点听不懂了，我这不是正过着日子呢吗？”

“咳，喝点闷酒就叫过日子了？依我说，既然来到这花花江南，李都帅就应该过过江南的日子。有什么上等的吃的、喝的、用的、耍的，都见识见识！尤其江南美人多啊，此时不享受，更待何时？”

李重进笑道：“……那要依着齐刺史，我该当如何？”

齐藏珍诡秘地挤挤眼睛：“都帅知道韩令坤在扬州得了个美人吧？人家为了美人，连降将都杀了，官家不是也没说什么？”

李重进似笑非笑地看着他：“这么说，齐刺史是得了不少江南美人了？”

齐藏珍笑了起来：“多少不敢说，见着几个好的。李都帅要不要？我立马遣人给你送过来！”

李重进笑了一下，摇头道：“多谢，心意领了。”

“咳，李都帅忒小心了！官家便知道了，也不会说什么的。”

李重进大手乱摇：“罢了罢了。先帝、今上出征，无论多久，可从来不带宫人，也从不纳取人家献上的美人。我是何人？我敢如此招摇？”

“嘿嘿，李都帅如此谨慎。人家对岸那个……可是过得好着呢！”

李重进不说话了。他不喜欢人家时时拿他与张永德对比。

东京大内。景福殿。夜上浓妆。

君贵返京后，一连三夜都在坤宁殿陪着君怜。今日，君怜以湘妃榻太过狭窄、不利他休息为由，死活不肯再让他留下了。他惶然独自回到滋德殿，面对御案上的奏表心烦意乱，无法批阅。正巧景福殿知客官桐华来请，他便来到了景福殿。

他回来后，菁娘只在家宴时匆匆见过他一面，也没有机会说说体己话。今日见他肯过来，早扑到他怀里稀里哗啦掉下眼泪，诉说自己对他的思念，以及数月以来独守空闺的苦闷。君贵心里正自烦忧，哪里经得起菁娘再添一重苦闷，耐着性子听她哭诉片刻，便托词自己还有事，拔腿要走。菁娘苦苦拉住，万氏、桐华等也帮着赔笑曲意挽留。到底万氏机敏，知道官家此时不喜欢哭丧脸，不喜欢撒娇，不喜欢一切黏黏糊糊的情感表达，便不停向菁娘使眼色。趁着官家犹豫，她还张罗着呈上官家素日爱吃的几样果子小食，又向御厨房要来酒肉候意。

君贵见此情形，不忍拂了她们的意思，便答应留下。菁娘破涕为笑，欢天喜地，虽行动不便，也围着君贵左右伺候不停。君贵不欲她累着身子，拉她在桌旁同坐，自己闷闷吃了几盅酒，夹了几口菜，也不想说话。

一同躺在榻上之后，菁娘提起了新生的皇子，想让官家高兴一些。官家那日见到让哥儿、谨哥儿两个儿子时，脸上是欢喜的，不仅抱在怀里看了半天，问了半天，还对远山和秋池体贴地慰问了几句。目下，也许只有这件家事才能让官家稍展愁眉了。

菁娘便笑道："……陛下为新皇子起的名儿起得真好，臣妾肚子里这个又该叫什么，陛下可有了主意了吗？"

然而官家似乎没有兴趣与她探讨这个问题，淡淡道："着什么急？不是还没生下来吗？待生下来，知道是男是女，自然就有名儿了。"

菁娘委屈欲哭，又不敢哭，拿手悄悄压住眼睛。官家恍若不觉，翻个身背对着她，将脸冲向卧榻内侧，叹息道：“不早了，睡吧。”

菁娘的泪水滑下脸来。

一五九　发愿于彼

下蔡。周师营帐外的一片开阔地带，四围栉列着金刀银槊，罗陈着绣旗锦幡，让这里显得气势磅礴。被围在中央的是一条宽阔的跑马道，道旁每隔一定距离悬挂着一块靶子，左边五块，右边五块，一共十块。数百军士及百姓围挤在这些华丽的仪仗下，眼睛齐齐兴奋地看向跑马道的一端。

跑马道的那端只有一个张殿帅。张殿帅一身红色轻袍，在众人殷切的目光中飞身跃上一匹大白马。他左手握着那张御赐的角弓，右手捉着一支羽箭，背上一个描金雕花的皮箭壶，箭壶中白羽丛丛。

今日，他要在这里为下蔡军民表演他神乎其技的射艺。

“快快，张殿帅要开始耍子了！”人们互相提醒着，顿时屏气息声。

张永德慢掣缰绳，轻叱着一夹马腹，大白马迈开四蹄，沿着道路小步跑起来。张永德张弓搭箭，瞄准左侧距离自己最近的那个靶子，一箭射出。大白马继续向前奔跑着，张永德迅速在马上扭转着腰身，如飞轮般间不容发地从箭壶中接连抽取九支羽箭，右，左，右，左……挨个儿射向剩下的九个靶子。

最后一支箭出，人群爆发出一阵欢呼声，如同潮水汹涌不歇。符合所有人的期望，张殿帅在快速移动中射出的十支箭，全都稳稳扎在了靶子上！他们从来没有亲眼见过这样的神箭手统帅。

张永德在跑马道的尽头勒马回转，朗声大笑，向人群挥手示意。

他今日心情大好。

让他心情大好的原因，是张孝贤他们查实了曾经出入李重进营帐的那个神秘人，就是江南密谍。他毫不犹豫，立即亲笔向官家写了封密信送出，汇报李重进的反迹。他想不明白，官家待李重进那么好，李重进为何要在背地里干这种勾当。是因为官家待自己更显亲厚，还是因为江南开出了很高的价码？无论是基于争宠还是基于贪利，都让他不齿。

他进一步想到，先帝在世时，恐怕就看出了李重进不安分，怕他谋反，于是对他有所防范。不然，先帝何以在临终之际，非逼着他向今上跪拜行礼，以定下君臣之分呢？

退一步说，就算李重进目下反心未定，但暗结江南这种行为本身就是背叛。必须防患于未然。张永德义愤填膺，又为自己的竞争对手露出这么大一个破绽而暗自庆幸。

扬州。向训率领数十部将从兵衙衙署大门走出，上马。

数百军士徒步跟随在后面，进行例常的城内巡视。街市井然，老百姓依旧过着自己的老日子。而且，大周皇帝免除了他们在唐主治下的一些苛税，他们的日子，过得似乎比原来还要好些了。

向训在扬州采取的是谨慎的出击态势。他远离大本营，绝不能收缩兵力于一城之中，那样会死得很快。因此，他调整了战略，遣韩令坤等四处出击，将扬州周遭的县乡都收入囊中，派兵驻防。目下，在泰、楚之间有韩令坤与他呼应，在六合有赵匡胤与他呼应，在滁州换了石守信保持军事压制。

南唐原来的驻军多数逃奔至大江之南，从江宁府派出的援军也被压缩了回去。只有“白甲军”作为一支隐性的军事抗争力量，还在乡间此起彼伏。向训秉承皇帝的旨意，努力约束部从，并对百姓进行尽可能的安抚。各地的行政则留用了相当数量的原江南官吏，这对保持地方稳定似乎也起了一些作用。

六合。赵匡胤整顿人马，留一千五百人固守营寨，策应滁、扬，自己带领一千人取陆路北归。

皇帝在返回京师时给他下达了旨意，让他率部归阙，并妥善安排好驻地防务。他分兵一半留驻六合扼守江南人北上要隘，是与向训商议之后的结果。他的兵马数目有限，要扼守六合，能机动出击的移动范围很小。官家召他归阙，可能有别的考虑。

东京。

皇帝发下愿心，释道两门的法事要一直做下去，直到皇后病愈为止，而他自己也开始了无限期的斋戒。皇家寺观为此安排了十分盛大而丰富的法事活动，连日累夜不休。

皇建禅院。天圣禅寺。为皇后祈福消灾的盛大法事，正分别在清兴法师和明净法师的主持下一场接一场进行着。钟磬悠长，梵呗比钟磬更加悠长。身披五色袈裟的僧众，围绕着法坛缓缓旋转。

大内玉虚观。从崂山太乙宫请来的刘大拙真人，正带领徒众进行着从祈禳疾病仪、消灾星曜仪到南北二斗延生仪、真武灵应仪等在内的一系列斋醮科仪。殿堂中道袍飘逸，香烟缭绕，符箓焚化，经咒连绵。皇帝本人在第一场斋醮开始时甚至亲临现场，站在法坛之外默然祷祝。

皇帝又命内省和内侍省诸侍从轮流排班前往两处道场助阵，识文断字的还要抄写佛道经典为皇后祈福，不拘多少，各视心意。因此，目下内廷最大的事也莫过于此了。

紫烟阁。一场小型的祈禳仪式，在朱雀这里独自进行着。

焚香，拜忏，舞剑……最后虔诚地跪在元君圣母镏金青铜立像前祈愿。虽然她经常与养母魏国夫人和义妹君爱一起去玉虚观观礼，但刘大拙真人主持的科仪并不能让她安心。她是高门弟子，她更习惯于用从高师父那里学到的方式，向浮华红尘之上的那个存在发出自己的祈求。

在仪式的后部环节，承璋、赤珠、绿罗等侍从被她屏退到了室外。目下，屋内的活物除了她，只有一枝斜插在青瓷立瓶中的嘉州海棠。优柔的芬芳化入她静默而长久的祷祝仪式中。

坤宁殿。

君怜现在睡得着觉了，但这种持续的睡眠很快变成了昏睡。她似乎时常处于一种半睡半醒的状态，侍从们总要走近榻前再三打探，才能确认她是不是已经醒了过来，正在闭目休息。也许睡过去对她的体力消耗最小，所以她的身体便让她更多保持在那个状态中。当她彻底清醒过来之后，她总有一小段时间显得精神不错，这会让她的侍从们心中重新燃起希望。

虽然大家都让她一心静养，但在她的坚持下，偶尔她也能听到一些内外政务的进展情况，甚至淮南的军事进展。她知道他们报喜不报忧，她试图从他们话语的蛛丝马迹中分析出背后隐藏的真实情形，但这种思考十分消耗她的体力和精力，很难长久地进行。她的身体独立于她的意志之外，无论意志有多坚强，也无法掌控自己的身体。

而且，君贵已经回来了，她应该完全放心才对。但她又分明不放心，她仍旧试图发挥自己对于政局的影响力。但她又悲哀地发现，她不仅被疾病包裹在了肉体的壳中，而且被众人的保护包裹在了一个思想的壳中，这个壳绝对安全却密不透风，她越来越挣扎不动了。

她的精神世界原本十分开阔，但现在正逐渐收缩、闭合，变得狭窄。她只能往自己思想的深处走，越走越远，越走越深，内心越来越清醒。她感到自己的思想深处有一个光点，有一团火焰，她确信自己是为这光点、这火焰而活着，也正在越来越快地向它走去。

滋德殿偏殿。御医刘孝能、曹保义代表朝野名医再次向皇帝汇报皇后的病情。皇帝沉着脸听完，只略吩咐两句，便挥手将他们打发走了。

暑气让他满额是汗，即便幽深的殿堂也不能改善那种燥热和憋闷。

未几，枢臣们来汇报政务。皇帝主持召开御前枢机会议。

今日最大的成果是决定了一系列人事任免，其中最重要的是藩镇人事：先前在秦、凤之战中有功的王景由凤翔移镇秦州，兼西面沿边都部署；宣徽南院使向训由原陈州节度使和权淮南节度使正授淮南节度使，加检校太尉；在官家南征期间担负京城防务的韩通由遥镇曹州改为遥镇许州，加检校太尉；王彦超由许州移镇永兴；田景咸由邓州移镇鄜州；王全斌由亳州防御使移为陇州防御使，遥领利州昭武军两使留后。

中央文臣也有少数岗位调整，比如将翰林学士陶榖由户部侍郎改为兵部侍郎，充翰林学士承旨，等等，不一而足。

一整天，皇帝都待在滋德殿偏殿处理各种军政事务，接见不同臣属。将近黄昏的时候，皇帝接见了今日的最后一个人。此人来自淮南驻军，专为呈上张永德的密信。在密信中，张永德举报李重进与江南谍者暗中勾结，妄图谋反。

皇帝看完密信，心下震动。他不愿让信使看到自己的表情，起身踱到窗前。

窗外是滋德殿的庭苑，没有坤宁宫庭苑那种小桥流水的秀婉，却有高大的槐树、杨树、榆树之属凸显雄浑。为了皇帝的安全计，这些树木间距疏朗，两人高以下的侧枝都被砍斫掉了，以免藏匿不逞之徒。这让那些树木看上去像一排忠心肃立的大头巨人。

李重进和张永德，就是位居国朝腹心之地的两个巨人，是他的左膀右臂。若说李重进会勾结江南人谋反，他无论如何也不相信。根据自己多年的了解，李重进是个鲁直性子，谋反这类大事需要很深很曲折的心思，他不大可能去做。何况，凡是江南李伯玉能够给他的东西——金银财宝、高官显爵之类，自己全都能给他；而李伯玉不能给他的东西——皇亲国戚的地位、同甘共苦的过往、亲族间的信任和感情等，自己也能给他。他谋的哪门子反？他又没有什么过不去的坎儿。更何况，他的家小都在自己手里，谋反就是夷族，他图什么？

可是，张永德密信中说得有鼻子有眼，不像是诬告。这就有问题了。张永德与李重进不睦，他是知道的。某种程度上说，他们俩之间的紧张局面还是自己有意无意间造成的。当初整军时，为了在侍卫亲军和殿前军之间形成力量平衡，他大力提升了张永德的地位，将之拉到与李重进几乎相等的高度，这势必会在原本就不投契的两人之间产生新的矛盾。

他了解他们的新旧矛盾。人与人之间有矛盾不是很正常的吗？位置越高的人，矛盾可能越复杂。他希望他们至少在表面上和睦相处，这就够了，他并不指望他们真心和睦。说句直白的，禁军两帅如果真心和睦了，皇帝这边又怎么能够心安？可是，他也不愿意他们俩闹到这样化友为敌、你死我活的地步。

张永德素日是有点小滑头，但肯定没到平白无故诬陷同僚为自己谋利的地步。他信中所说的，至少在他自己那里是当真的。那么，这所谓的真事儿到底是怎么回事？如果不是李重进和张永德所为，又会是谁所为？难道……背后有人在做手脚？就像自己也在背后对江南宗室关系做过手脚一样？更进一步说，这种手脚，是当自己在淮南前线时就已经做上了呢，还是瞅准自己返京便下一剂猛药来进行离间呢？

值此内廷多事之秋，皇后不豫这个不算秘密的秘密是不是也传到了江南？趁着他心烦意乱、无暇远顾，利用假情报拔掉他的大将，让他自毁长城……江南李伯玉他们，打的是这样的算盘吗？

他真的头疼起来。内事外事都不能安宁，真是两重煎熬。

默然良久，他对躬身等候答复的下蔡信使说道："知道了。朕没有旨意给张殿帅，你回去吧。"

翌日，接到紧急召唤的白虎谍者赶到禁中面圣。皇帝要求他立刻安排人手，去秘密探查下蔡张永德和寿春李重进的动向。白虎谍者稍微犹豫了一下，确认道："陛下的意思……是不是要对这两位统帅进行监视？"

"对。"皇帝不轻不重地答道，"朕不需要公开的军情报告。朕要知道，他们私下里见了什么人，说了什么话，做了什么事。……"

"喏。"

皇帝略顿了顿，为了防止谍者的理解有偏差，他又补充道："朕并没有怀疑谁的意思，这是例常的检核。没有可疑之处最好，若有，立刻禀报，不得遗漏。"

"喏，臣这就去安排！"白虎谍者似乎并未被皇帝的补充所迷惑，神情显得异常凝重。

坤宁殿。晌后。

蝉声高鸣，一声紧催着一声，乍闻愁北客，静听忆东京。中宫侍从们不愿这种聒噪打扰圣人的清静，几次三番搭着梯子、举着竹竿去粘过知了，可是并不能根绝。最末那次，一个内品不慎从梯子上掉下来折了腿，忍不住嗷嗷直叫。君怜隔着纱窗听见了过问，才知道有这么回事，便吩咐道："……留着这些虫儿、鸟儿吧，便是看不见，听着它们叫，我也是开怀的。"

荷香清露坠，柳动好风生。夏日的蝉声有它固定的节奏，带着安抚，带着自得，与秋蝉不同。蝉歌高一声低一声：知了……知了……知了……如果按照它自己的表白，蝉大约该算是整个宫殿中最睿智的生物了，什么都知道，什么都明了。

在这样迷魂般的节奏里，君怜再次从一场昏睡中清醒过来。入夏后，寝殿的帘幕在白昼常常是开着的，曾一度萦绕不去的艾灸气息被透过纱窗的外间空气稀释了，又混入了夏花的微弱香气。绿窗残梦迷。

宫人们伺候着她用了一些粥。君怜抚摸着自己干瘦手腕上的菩提子念珠，思绪飘摇。良久，她命人宣召廷献来见。

未几，廷献从殿外匆匆入内，来至御榻前。圣人正半倚在软垫上，看上去精神还不错。

廷献堆下笑来，躬身礼道："圣人。"

"嗯。"君怜看向别的侍从们，"你们都出去吧。"众人施礼而退。

君怜问廷献："你从哪里来？紫烟阁，还是玉虚观？"

"回圣人，臣从紫烟阁来。"

"令主……在做什么？"

"令主带着承璋、赤珠他们，还在为圣人做祈福课仪呢。"

"……嗯。"君怜不易让人察觉地叹口气，眼睛望着帐顶发呆。

廷献忙道："圣人需要什么？请吩咐，臣立即去办。"

君怜笑了一下："我一直在服药，已经许久不能吃茶了。我想……吃茶。"

廷献一愣。御医早有交代，茶有化解药效的可能，在圣人服药期间，是不能吃茶的。

"……廷献，我想吃茶。"君怜看着他，轻轻重复道，眼神里满是求恳，像个受到过多管束的、可怜巴巴的孩子。

"喏，臣这就点茶去！"廷献心中酸楚，忙转身而去，几滴泪水坠落到前襟上。

殿内袅起了建州北苑茶浓浓的茶香。廷献点好茶端过来放在几案上，扶起君怜靠好，再将桐木盘捧到她面前："圣人请用茶。"

为了防止君怜拿不稳溢出，“雨过天青”斗笠盏中的茶水只有一半。这样的体贴，君怜心甚感念。她接过斗笠盏，先深深闻了闻茶香。

“廷献，你也品一盏。”如同以往很多次那样，她向廷献发出了邀请。

“圣人，臣就不……”廷献忙道。

君怜温和地看着她：“品吧，坐下来品。”

廷献坐在杌凳上，默默陪君怜品茶。家中旧习，品茶时不说话。茶好不好，茶艺好不好，都是品完之后再议论的事。这个习惯很好地帮助他掩饰了心中的慌乱和伤感。

良久，君怜手里这半盏茶才算品完。杯盏交回廷献手中，君怜略一顿，又从枕畔取出一本书递给他：“廷献，送给你。”

廷献感到意外，忙在榻前跪下，郑重地接过来。是一本厚厚的《无量寿经》，再熟悉不过的清婉小楷。

“这是那年……从河中府回到兖州家里后我抄的……你可还记得？”

“……臣自然记得。”

“断断续续，前后抄了有月余……”

“是，臣那时替圣人磨的墨，比任何时候都多。”

“……廷献，你好好收着，日后，也是个念想……”

“圣人！”廷献愕然，“圣人何出此言？”

君怜勉力笑道：“廷献，这些年来，我一直那么、那么地依赖你、信任你……而你，也从来没有辜负过我的这种依赖和信任……你当得起这本《无量寿经》……”

廷献泪水直落：“圣人，臣不过是略尽本分而已。”

君怜轻轻叹口气：“术有‘大还’，药有‘当归’。廷献，我想来不久‘当归’了，你要好好的……”

闻听此言，廷献如同五雷轰顶，身心俱颤，半日无法言语。

君怜努力维持住一点笑意，殷切地看着他，期待他的回答。

良久，廷献勉强收束了心神，咬牙道："圣人……圣人倘若'当归'，微臣决不'独活'……"

君怜一惊："你说什么?!"

"倘若圣人有个三长两短，臣……臣会去向陛下请求，请求派遣臣到淮南前线去……对阵的时候，臣一定会拿着弓箭、举着长枪冲在最前面……臣要为国朝奋勇杀敌，多多地杀敌……直到……直到臣流尽最后一滴血，再也杀不动了为止……臣要请求将臣埋葬在自己战死的地方……那是圣人和陛下心心念念的中朝旧疆，臣的肉身要永远躺在那里替圣人守着它，臣的魂魄要永远飘在那里替圣人看着它，不教它再落到外人手中……"他说得如此顺畅，如此毫不犹豫，显见得已经计较多时，并非此刻才想及。

"廷献!"君怜再也无法抑制自己的悲伤，泪水汩汩而落，"我有重托给你，你不许这样!"

"圣人，臣卑微如同草芥，原本担不起任何重托。能够那样死去，就是臣最大的心愿，也是臣最好的归宿。臣反复思量过了，除此之外，并无他途足以苟且偷生。"

"廷献，你听我说！打仗不是你的职责，你可以做别的更大的事……"

"臣心意已决，请圣人不必再劝!"

"啪"的一声，君怜一巴掌打在廷献脸上。她已经用尽了力气，可是力量依然很弱。这种微弱让廷献心肠俱碎。廷献将头埋在榻边，失声痛哭。

君怜泪眼蒙眬地看着他："廷献，你是个明白人。……'一切有为法，如梦幻泡影，如露亦如电'，你不是从小就知道吗？……咱们来这世上一遭，长也罢，短也罢，终究是要走的。……我比你先走，是我的福气，因为，我的身后事，可以交托给你。……廷献，我这么信任你，你怎么忍心拒绝我……”

廷献抬起头来，泪痕满面，声音沙哑，失魂落魄：“圣人，不是臣执意拒绝，是臣……臣再也没有活下去的念想和勇气了……”

“发愿于彼，力精所欲。……忍力成就，不计众苦。……廷献，我要你在我面前发一个愿。发了愿，就有了念想，也就有了勇气，你就能够活下去了……”

廷献低头不答。良久，方低低问道：“圣人……圣人想要臣发什么愿？”

“我要你务必照顾好观音和训哥儿，还有榷娘和唐妈妈。我走了之后，宫里的事情不知道会变成什么样子。观音和训哥儿虽说有他们的爹爹看顾，毕竟官家事多，皇子也多……唐妈妈老了，难免精力不济，你不明里暗里护着他们，谁来护着他们？！”

廷献停止了流泪，抬起袖子擦拭眼睛：“臣明白了。”

“……榷娘任性不羁，在宫里生存，难保永远平安……承璋有时候挺明白，有时候又犯糊涂，你比承璋周到，你要保证照顾好榷娘。……此外，榷娘与青鸾之间的消息往来，只怕也少不了你……”

“喏。”

“唐妈妈一辈子用心在我身上，务必要让她安心颐养以尽天年。唐妈妈自来也心疼你和承璋，你们要替我向她尽孝……”

“喏。”

君怜以丝帕擦去泪水，渐感体力不支：“还有件事，我只告诉你一个人。……不日，我会向官家请求，将君爱接入宫中，代替我照顾孩儿们。……四姐儿性子柔，年纪又小，完全没有执掌家事的经验，难免被人欺负……廷献，你必须要保护好她……”

廷献心中一阵阵绞痛：“喏，臣都记下了！”

“最重要的……是官家……官家意志超常，执拗起来，常人是难劝的……廷献，你最明白我素日待官家的法子，你要以此道竭情尽力事奉官家……”

“圣人，臣……臣怕是难以讨得……”

“你可以的，廷献，你这么聪明，你会做到的……”

“……圣人有命，臣不敢说做得到，但臣一定披肝沥胆、呕心沥血、死而后已！”

“好。廷献，记着我跟你说的话：发愿于彼……”

“……力精所欲。忍力成就，不计众苦……”廷献含泪回应着圣人念出的偈语，感觉自己生命中最重要的部分正在被狠狠撕离这副沉重不堪的皮囊。

人生太苦了，他答应了圣人，他已经无法选择一死以避。

一六〇　两帅释嫌

寿春城南。周师营寨。

破晓，李继勋所负责的南面营寨几乎还在沉睡中。营寨外的旱地上，几处造饭的炊烟升起。攻城早就变成一种例行公事，每天出动军队去打一打，无论有无进展，到了晚上就收兵，敌我双方都喘口气，睡个好觉。不如此，又能怎样？

然而这个黎明与以往不同。寿春城下的水寨南门悄悄地打开了，上千南唐军士手持兵刃、乘着冲锋小舟悄无声息地划出来，在周军营寨附近弃舟登岸，接近了营栅人门。

在清晨还算舒适的风中，这些勇敢的南唐士兵忽然向周营发起了冲锋。他们迅速杀死了睡眼惺忪、搞不清楚状况的守门军士，七手八脚破开了大门，直奔营栅中存放的攻城器械而去。数量庞大的轒辒车、楼车、砲车、竹龙、方船等物被他们付之一炬。

营中火光烈烈，士卒们惊恐而尖锐的呼喊声惊起了李继勋和他的部下。手忙脚乱的李继勋立刻组织对抗，并遣人向东寨的李重进求救。闻讯赶去制止偷营的周军，也许是刚刚起床尚未活动开的缘故，在那些利索的偷袭者面前显得反应迟钝，常常是刚向对面的唐军发出威胁，自己就被身后绕来的唐军砍翻。顷刻之间，数百周军军士倒地而亡。这个人数，比官家回銮后的攻城总伤亡人数还要多。

待李重进率部赶到的时候，偷袭的唐师早已乘胜返回，而攻城器械已被烧毁一大半，剩下从火中抢出的，也得经过大修大补才能使用了。愤怒的李重进立刻追到了唐军的水寨门前。然而水寨里的唐军早已做好准备，迎接周军的，是一阵接一阵猛烈的火箭箭雨。李重进无奈收兵，火速上表汇报王师失利并请罪。这是王师围城以来所受到的唐军最嚣张也是最成功的反击。

皇帝接到汇报后很恼怒，然后震惊的情绪又迅速盖过了恼怒。刘仁赡的确是个人才，如此坚忍不拔，在几近窒息的围困中竟能寻出绝佳机会，成功实施反击。对于大周天子而言，这样的人才，他恨不得立刻延揽到自己麾下才好。无论刘仁赡过去杀伤了周军多少将士，给王师造成了多大的损失，他都愿意赦免他的过错，并委以重任，只要他肯投诚。皇帝召来西乞十三，让他们再想想办法，看能不能找到更可靠、更有影响力的人去游说刘仁赡。

坤宁殿寝殿。暮色浓重。

帘栊摇晃，君贵轻轻进入寝殿的殿门。众人无声致礼，采儿和芦笛迎上去。

君贵低声问道："圣人情形如何？"

采儿低声答道："适才服了药，圣人睡着了。"

"睡了有多久了？"

"大约半个时辰。"

"知道了。"

君贵轻轻走到榻前，坐在榻边仔细看视。君怜又睡着了。据侍从们说，打从自己返阙后，圣人的睡眠就大有改善。他愿意相信这个解释，可是又并不真正安心，他隐隐觉得，君怜的嗜睡未必是什么好兆头。有时候，他甚至心神不宁地怀疑她其实不是睡着，而是昏迷了。他很想去摇醒她，确认她还会像以前那样睁开眼睛，跟自己说话。

有一次，他真的忍不住那样做了。他将她抱起来，连声呼唤：“君怜！君怜！”

唐氏、芦笛等忙过来制止他：“官家，使不得！圣人一直觉得累，呼气、说话都费劲儿，好容易睡过去养养，您就让圣人蓄蓄体力吧！”

他拉起了她的手。那只手苍白，细长，枯瘦如柴，似乎比他刚回来那天又清减了一层。手腕上，缠绕着一圈圈泛着柔光的菩提子念珠。

南无无量寿佛……嗡阿喏巴札那谛……南无薄伽伐帝[1]……痛苦无告的时候颂念这些，真的管用吗？

他已经斋戒多日，求过了各路神圣仙佛，只要想得到的，有名号的，他都求了不知多少遍。他利用自己的力量，组织皇家庙观僧众与道众为她祈福设醮，人数之浩大，历代也属少见。据他所知，民间的许多庙观也在自发为皇后做法事消灾，尤其是那些在释门整顿运动中蒙受过皇后恩惠的修道者，更是昼夜不息，极其虔诚。

可是，这一切真的管用吗？

他将她的手握在自己掌中，轻轻摩挲。

这一切都是他的错。他痛心疾首地一再想着，都是他的错。

夜色昏昧。他就那样坐了很久很久，在万物喧嚣的寂寞中陪伴着她的寂寞。

下蔡。张永德指挥室。晚间。

张永德与慕容延钊、张孝贤等十数人正在一起喝酒，七八个军士在后面伺候着。下酒的有烧鸡、卤鹅、糟鱼、花生等物。南

---

① 嗡阿喏巴札那谛，《文殊智慧咒》。南无薄伽伐帝，《药师咒》的第一句。

岸李重进和李继勋的败失，他们都已经知道了，知道的时候，仗早就打完了。他们不必有任何不安，反正也没人向他们求援。他们在北岸的被窝里睡着，哪里知道河对面的事。他们的任务首先是把守好下蔡，然后才是呼应寿春。寿春不呼，他们如何应？

何况，对于李重进、李继勋而言，这又是极丢颜面的事。事情既然已经过了，难道还要专门到张殿帅面前自揭伤疤不成？

众人一面吃酒，一面自然要围绕此事议论纷纷。

“江南人真是太狡猾了，找准了王师懈怠的时机来个反击，虽说不能从根本上改变大局，但对南岸那些人精神头的打击，却不知道有多大。”

“……据说南岸将士如今个个垂头丧气，有人甚至开始议论不如退军了呢。……”

“哼，寿春这碗肉焖在王师的大锅里，已经半熟不熟的了，要是现在撤了火，那肉可就彻底废了……”

“是谁这么不开眼，抻出撤军这个话头来？若是传到官家耳朵里，他们的脑袋还要不要了？”

“……李都帅也真是的，底下人胡乱说话，不是惑乱军心嘛，难道他也不管管？”

听到这里，张永德冷笑一声。他已经喝了很多酒，虽说他的酒量比较大，但也接近醉酒的程度了。他将手一挥，指着他们大声道：“你们这些糊涂蛋！李重进肚子里有逆谋，正要军心动摇，他才好成事呢！他怎么会管？！”

众将吏一听，相顾惊骇莫名。就连知道这话底细的张孝贤也连忙赶过来，一面拉着他的衣袖，一面使着眼色，打着哈哈劝阻道：“殿帅！殿帅切莫随意说话！这可开不得玩笑！——哎哎，这是殿帅酒后的话，当不得真，你们更不可到处说去啊！”

张永德甩开张孝贤的拉扯：“我没开玩笑！你们当不当真打什么紧？就等着瞧好戏吧！”

张永德的这番话，几乎在第二天就传遍了下蔡营寨，并且越过浮梁、游过淮水，抵达寿春城下的周师营寨。

寿春驻军暗地里议论纷纷。张殿帅怎么能说出这种话来！可是……既然对岸有了这个说法，难道李都帅就真的清清白白，一点问题也没有吗？

浮梁北端，下蔡方面的把守士兵变成了素日的三倍，张永德又在渡口通向国朝腹心地带的道路、关隘旁重重布防。他们现在必须做好完全准备，一旦李重进谋反，他们的职责是将乱军阻遏在淮水中、消灭在渡口旁，绝不能让他们深入大周腹心半步。李重进的人马比自己多得多，不知道官家会不会派人来增援下蔡，张永德在焦急地等待官家的反馈。

浮梁北端的紧张气氛，迅速传递到了南端。气恼的南岸周师军士几乎是自发地有了反应，他们迅速在浮梁处集结了同等兵力的守备，以此对抗北岸的敌意。

更让他们感到恼火的是，应该定期输送到南岸的粮草军械等补给，被张殿帅以种种理由一再拖延了。

禁军两大统帅之间的关系前所未有地剑拔弩张。两岸军心动荡，人情忧恐。

事件的最相关者总是最后知道消息。李重进面黑如铁，叫了裨将入内详细盘问究竟。军中的流言让他震惊。他没有想到，情形竟然会糟糕到这个地步！张永德对于他的敌意，竟然已经演化成了真正的敌对之举。

他想起了官家临走前对自己的叮嘱。“三哥，……你要约束好他们，与他们精诚协力，同心作战。可别学金陵那帮人的样子，敌人没打成，自己内里先乱成一锅粥。”形势即将发展到内讧的地步，他该如何向张永德自证清白？他又该如何向官家交代？

江南。江宁府。

真正的江南谍者，将周军两帅不睦的消息，带回到了李璟跟前。江南谍者打探得很详细，连周军殿帅向皇帝汇报都帅私通江南、意图谋反这种细节，都打探到了。李璟大喜，立即召集近臣开会商议谋策。

打从齐王李景达自六合败退后，唐军普遍士气低落，私下里有不少长他人志气、灭自己威风的流言。李璟一直在等一个机会重整旗鼓，目下，机会就在眼前。如何利用周军这两个超重量级人物之间的矛盾获得渔翁之利呢？

有人首先提出了异议：“陛下，张永德向郭荣报告李重进谋反，郭荣未必会相信哪。李重进是皇亲，郭荣历来信任他。”

李璟冷笑道：“那打什么紧？郭荣不信，咱们就做足了料教他相信。李重进通谋江南不是真的，咱们就教它真的变成真的！不给他点颜色看看，他还真以为咱们江南开不起染坊呢！”

李璟的话有效地刺激起了臣下们对于郭周的怨恨。战事兴起以来，他们为国朝多操了多少心哪！外侮当前，江南君臣在如何算计敌人的问题上迅速达成了一致。

“陛下所言极是！那两个人的钩心斗角不是一天两天了，早该有点新意思了。”

“哼，难道只有他姓郭的会拨弄人耍子吗?!”

“李重进没有反郭荣的理由，可是却有反对张永德的十足理由。”

“李重进嫉妒张永德风头盖过自己，咱们完全可以遣谍送蜡丸书与他密谋，替他除掉这个隐患！”

“对。咱们可以跟他约期一起动手。张永德在下蔡的驻军人数少，李重进只需要在后方调度一下，假意出兵，却延缓支援，咱们就能干掉张永德。”

“最好李重进能将他们的阵地、营防、军械、粮草的情况都密报给咱们，才更利于咱们谋划。”

“妙计！如果李重进按计而行，咱们就拔除了周军的一条栋梁……”

“就算李重进不答应，咱们与他之间有过私通却成了事实。他不从，咱们就在周军中加倍散布他有不臣之心的事。证据确凿，他想洗刷，只怕郭荣也不信，这也足可起到离间他们君臣的作用。”

“倘若他将蜡丸书交给郭荣呢？”

“他傻吗？郭荣那小子精得像鬼一样，本来不疑他的，他将这蜡丸一交，等于坐实了自己曾与江南私通，那他从此可就跟蜡丸书脱不了干系了。蜡丸嘛，有第一个就有第二个、第三个……郭荣还不得老盯着他呀？可是他又交不出更多的来，你说郭荣会怎么想？”

“你是说，咱们在蜡丸书上做做手脚？”

“那当然！蜡丸书上措辞要特别亲热，感觉不是第一次通信的模样。”

“哦哦，有理……”

这当儿，一直欣然倾听群臣议论的李璟开了口：“诸卿不要忘了，咱们还有一个重要的人没有派上用场呢。”

“陛下是说……？”

“对。”

“是是！他收了咱们那么多钱财，也该起点作用了吧？”

“咱们应该指示他，教他背后鼓捣鼓捣，劝劝李重进。”

“能劝过来为咱们所用是最好，不能劝过来，就凭他那条三寸不烂之舌，挑拨挑拨他们君臣、将帅，不也是美事一桩吗？”

“哼，他们给咱们搅这么大一桩事，咱们折腾折腾他们算什么？反正看热闹不嫌事大，哈哈。”

李璟满意地颔首：“嗯，是这个意思，能够从后端砍掉郭荣的一条胳膊，可不知要保全前线多少性命。此计甚好，你们赶紧安排去吧。”

东京大内。紫烟阁卧室。

夜深了，朱雀躺在榻上，辗转反侧。她原本善于调息，多年间，除了极少数思虑最重的时候，她的起居作息算是规律的。然而数月以来，她的作息被逐渐递加的忧心打乱了。君怜的失眠症似乎传给了她，她强作镇定，一再打起精神来，努力学习如何对付长夜的纠缠，维持内心的平静。目下，君怜倒是睡得着了，她却愈发煎熬不能成眠。

月光轻冷如泼，消解了这个溽热夏夜的烦躁。朱雀索性起身，走到香案上的那尊元君圣母青铜像前。君怜的寿诞在即，她已经迫不及待了，她要为她拈香祝福，祈求神明保佑她万寿无疆。

人间此病治无药，唯有楞伽四卷经。[1]

祷祝和祭拜对她的心理的确能起到一定的安抚作用。可是，这种安抚所能维持的时间，已经越来越短了。

寿春。指挥室。

李重进在独自喝闷酒。现在，比战事更危殆的局面是张永德对他的极度不信任。北岸已经停止了向南岸输送粮草补给，军中存粮就快见底了，众人再也无心攻伐寿春。军中将士议论纷纷，性情火爆的大声嚷嚷，主张打过淮水去当面质问张殿帅：凭什么红口白牙诬蔑李都帅，凭什么这么欺负侍卫亲军的弟兄们?！李重进费了好大的劲才制止了他们的冲动，答应由自己来想办法。

现在，他就是在借着酒劲发散胸臆，思考破局之法。

齐藏珍未经通报入内，径直走到他的跟前。李重进侧头看着他。“李都帅，都什么时候了，恁还在这儿喝酒?！”

---

① 出自唐·白居易《见元九悼亡诗，因以此寄》。

齐藏珍怨道，“恁没听见，外面弟兄们都快憋屈死了！”

“憋屈？憋屈什么？我都没说憋屈，他们嚷嚷个屁！”李重进恼火道。

“哎哟，恁得想想办法呀，军中都快断顿啦！”齐藏珍露出了愤愤不平的神情，“依我说，对岸那位真是欺人太甚了！他手下那帮子人，素日就仗着官家偏宠，对咱侍卫亲军弟兄肆意凌辱！如今他们竟敢捕风捉影，对都帅恁进行污蔑构陷！这……这……”

李重进冷哼一声：“污蔑构陷我？谁有那种胆子，不想活了？！”

“哎哟，北岸那些乱七八糟的话，都传到南岸来了！恁是真没听到呀，还是装没听到呀？……”

“听到又如何？”

“我就不明白了，都是皇亲，凭什么他就那么尊贵，恁就得受着他的？！恁不憋屈，我都替恁憋屈！我都快憋屈死了我！”

“你？你又憋屈什么？”

“我替都帅不值呀！我可是知道的，官家原本最倚仗都帅，上朝下朝，诸般事务，哪一处不是将都帅恁放在最前面？对岸那位为了抢恁的风头，在官家跟前千方百计奉承，里里外外下足功夫！以至如今造谣生事、蛊惑军心！都帅想想，现在跟着都帅混的弟兄们，已经连饭都没得吃了！再这样下去，以后谁还会死心塌地跟着恁？都跟他混去得了！”

李重进愈发恼怒：“那依你的意思，我该如何？”

“要去啊！粮草他不给，恁还不能要吗？派三千人，全副武装地过去，理直气壮地要！我就不信，这么多人压在那里，他们还敢不给！”

李重进目光闪烁：“你是说……跟他们打一架？！”

“不打！打什么呀？咱们人多，他们一见这阵势，还不乖乖交出粮草来？咱们不跟他们打，拿了自己那份粮草就回来！日后就算官家知道了，咱们可一点没做错！”

指挥室里一片沉默。李重进陷入深思。

东京大内。

滋德殿寝殿中薰尽香灭，玉灯长明。君贵在孤单的御榻上辗转反侧。

未几，他从御榻上起身，走到殿侧，推开窗。窗外，星如霰，月如钩。他久久凝望着深不可测的夜空，心事如海。

寿春。指挥室。

李重进卸去戎装，幞头轻袍走出营帐。徐令则等部将紧跟着走出来，其中一人手里提着个系好麻绳的油纸包。有军士牵过李重进的马来。一行人直走到浮梁口。

“好了，不必跟了，你们都留在这里吧。”李重进回身对部从们说着，要过缰绳和油纸包，自己牵了马，又将油纸包挂到鞍鞒上。

“都帅，还是让卑职随恁一同过去吧！”徐令则忧心忡忡地恳求道。

“你怕什么？难不成张殿帅还能将我吃了？”李重进笑了一下。

“不是，都帅，那边人人都跟逗急了的蛐蛐儿似的，万一恁跟张殿帅争执起来，身边没个自己人，连个回旋的余地都没有啊！”徐令则与众人七嘴八舌，只是苦劝不已。

正说着，齐藏珍策马赶来，远远大喊：“都帅！都帅！”驰到李重进跟前跳下马，他急切道，“都帅，恁可不能一个人过去啊！对岸那位，指不定做出什么事来呢！”

“好了好了，”李重进挥挥手，扫视众人，刻意笑了一下，“不必多言，我一准平息了此事就是。你们安心在此等我，千万不可造次。”说罢，他又以眼神向徐令则强调了自己的命令。徐令则忧心忡忡地应喏。

浮梁在淮水中摇晃，越到中流，摇晃得越厉害。李重进独自牵着马，在浮梁上稳步而行，渐行渐远，终于缩成一个小小的黑点。

下蔡。守护浮梁的军士看清远来的是李都帅单人独骑，尽皆面面相觑，目瞪口呆。有人飞速跑向中军指挥室。众目睽睽之下，李重进登上淮岸，翻身上马，随便拉住一个军士，大声问道:“张殿帅在哪里？你带我找他去!”

指挥室外。接到报告的张永德率一众部从在门口仗剑而立，瞪着由远处驰至的李重进。

李重进跳下马，先自笑道:“抱一，好久不见!”

“三哥……怎的有兴致到我这里来了？”张永德冷淡地看着他，猜不透他的来意。他的眼中满是不信任，虽是故意使用着家内的称呼，却没有丝毫要与这位“三哥”亲近的意思。

李重进从鞍鞒上解下油纸包，说道:“来找你喝酒。我带了地道的江南美味糟鸡来，怎么样，抱一，舍得拿出你的好酒来吗？”

“舍得，有什么舍不得？”张永德向张孝贤吩咐道，“好酒、好肉、好菜，速速给我们拿上来!”又转向李重进，“既如此，三哥里面请吧。”

指挥室内陈设华丽。张永德是一个很会享受生活的人，战事并不能让他降低对生活品质的要求。不过这种华丽感并非来自金银珍宝的堆砌，而是来自器物的精致——无论是灯台桌椅，还是杯碗碟盏，他都毫不犹豫地采用了驻在地所能提供的最高工艺标准。

一时酒食具备。室内只设宾主两席，两席呈直角排列，相距不盈尺。李重进带来的糟鸡早被分作两份，充入花样丰富的下酒菜中，分别摆在了两位统帅跟前。

李重进先举杯:“是我邀的酒，我先干为敬!”一仰首喝了。

张永德道：“好，我奉陪！”也一仰首喝了。

两人喝过三番酒，张永德放下酒杯不再喝，只拿眼睛静静看着李重进，等他自报来意。李重进了然于心，说道：“抱一，还记得先帝尚为枢密使时，有次咱们跟随他老人家一起出去郊猎吗？那次，我急着追一只中箭逃跑的麂子，不料马在高坡上失了蹄，将我摔下来，我伤了脚，它自己也瘸了。”

“哦，那次，记得。”

“我是单独追出去的，附近根本没有伴从。猎场又大，倘若没人发现，我自己不知道怎样才能走出去。……”

张永德不语。

“正着急的时候，你从不远处驰过。我大声呼喊，你看见了我。你原本是跟他们一起去追击邀赏的，却立刻停下，跑过来检查我的伤势。后来，你将自己的马让给我，又亲自牵着我的马，一路回到大本营。……抱一，虽说咱们素来不很投脾气，但这件事，我一直不敢忘记。”

张永德笑了一下：“咳，不过举手之劳，三哥何须挂怀？”

“那时，你与四姐儿刚成亲不久吧？先帝看人的眼光很独到，我们都不及。抱一，我说句实话你别着恼：当时先帝替四姐儿择了你为婿，我们并不看好。毕竟那时你太过年轻，没有军功，人又显得单薄。我们都以为，先帝是替四姐儿选了一个文士……”

“这个‘你们’指的是谁？你和官家？”张永德敏感地问道。

“不是官家，是先帝别的近从。……官家倒是一直都挺看重你的。”李重进道。

“那是。”张永德不由有了两分得意，“我可是从小又念书，又习武。成亲前那几年，虽说没什么机会立大功，但官家考校过我的身手，知道我是什么样的。那时，官家总劝我别着急，说我早晚有出头的一天。”

“官家素来信任你，你后来果然屡立军功，也当得起官家的信任。”

张永德目光闪烁：“……三哥今日过岸来，不单是为了夸我的吧？”

李重进不动声色道：“对。抱一，官家信任你，同时官家也信任我。咱们身居禁军两帅的要职，一左一右为官家股肱，为国朝栋梁。当此用兵淮南之际，合该齐心勠力，共为国朝收疆拓土建立奇勋才是。……可是我听说，你对我抱有很深的疑惑，是吗？”

张永德冷笑一声道：“没错，我就是疑你。要想人不疑，自己做的事就不能可疑！”

“你到底疑我什么，可以说给我听听吗？倘若咱们之间有什么误会，你起码该给我一个为自己辩解的机会吧？”李重进诚恳道。

张永德打量着他：“哼，非要我说出来？也罢，我不怕得罪你。你私结江南谍者，这不是我冤枉你吧？你可别告诉我，你压根儿就不知道什么江南谍者！”

李重进蹙眉道：“我的确不知道什么江南谍者！你说的究竟是何人，能不能详细一点？”

“哼！……一个二十出头的小子，个头跟你差不多，胖瘦跟我差不多。我的人认出他经常在淮水南北各处走动打探情报，与淮南军吏人等过从甚密。可是，他悄悄出入你的营帐，起码不下三四回！你怎么解释？”

李重进略一沉吟，豁然道：“哦，你说的是他！……抱一，他不是江南谍者，他是我以前培养的小底谍兵。官家继位后，我将小底谍兵全数交给了官家，他也在内。后来他分入江南线，常在大江南北各州走动。因曾颇受我器重，故此每当有机会回来，总想着抽空去看我。”

张永德将信将疑地看着他：“就这么简单？”

“对。你若不信，几时他再来，你当面盘问他就是。”

“你们若串通好了，我能盘问出什么来？”

“那么你派人守着我，他一来，你就将他截了去问，或者你索性就直接派人找到他，如何?”

张永德不语了，略一思索，又发难道：“……哼，就算如此，他目下毕竟是直属官家的密谍，你与他过从甚密，到底安的是什么心？你想要打探什么机密?”

“抱一!”李重进正色道，“你不是没训过谍者，你应该很清楚：谍者对于自己当说什么，不当说什么，心中有一条极为明晰的界线。从前他是我的属下，他自然忠于我；现在他直属官家，他只能忠于官家！对他而言，多说一句都可能为自己招来杀身之祸！我以我们李氏阖族的性命起誓：他从未向我说过任何不该说的话，我也从未问过他任何不该问的话！我与他之间所有的，不过是旧长官与老部下的情分而已!”

张永德默不作声。

重进自己斟满一杯酒，仰首喝了，猛然掷杯于地：“抱一，我对官家的耿耿忠心，青天可鉴！我今日就在你面前立下重誓：倘若我有半分不臣之心，便教我阖家犹如这个杯子一般，立时粉身碎骨!”

“三哥……我不是非要……”张永德有些赧然了。

李重进又斟满一杯酒，向张永德道：“抱一，三哥说话做事素来简单鲁莽，定然有诸多得罪你的地方，也定然有诸多教你误会的地方，三哥借这杯酒，向你赔罪了!”他仰首再次一干而尽。“今日我单骑过淮，不带任何随从，就是为了向你表明我的诚意。抱一，你若不信我，我就在这里，你可以替官家捉拿了我，你甚至可以立刻杀了我!”

“呃……我并没有……”面对着李重进接二连三的致诚，素有辩才的张永德一时竟难以应对。

重进的眼中泛起一层泪光：“抱一，值此国朝多事之秋，你我应当精诚一致，共谋杀敌之策，以安定军心，不要教王师在折损人员之后再丧失志气，更不能陷入没完没了的内耗！我知道，因为争夺在官家跟前的恩宠，攀比在官家跟前的亲疏，咱们之间明里暗里角过力、斗过气。就算今日咱们说开了，日后也难免还会如此。这都没什么。战将之间争强斗勇，不是寻常之事吗？你若不争不斗，我还找不着对手、不习惯了呢。……但我的确没有任何反心、反意，也没有任何谋反的必要！……抱一，我话已说尽，你可以用任何方法测试我之所言是不是真的，只望你以大局为重，不要再疑我，更不要因疑我而误了国朝大事！”

张永德发了片刻呆，叹气道：“三哥，看来是做兄弟的错了。”他替自己满上一杯，“三哥既然掏了心窝子，兄弟就不能再固执己见。这杯酒，算是兄弟向三哥赔罪的，请三哥原谅做兄弟的失礼了！”说罢，他慨然一饮而尽。

“好，痛快！敞亮！……来，抱一，这杯我再敬你！咱哥儿俩，今日一醉方休！”

一六一　鹤鸣九皋

坤宁宫寝殿。阴霾的晨间。

为了庆贺圣人二十六岁的寿诞，在朱雀和唐妈妈的指导下，殿内各处都进行了精心的装饰。这种装饰以圣人最喜爱的雅致格调为主，却又刻意增添了活泼热闹的金、红色彩。其实，不止坤宁宫一处，在官家的命令下，全皇宫都被包裹在这种热烈的气氛中——这是冲喜，人人都明白，却都不敢说出来。

一大早，后宫所有嫔御、内省所有宫官、内侍省所有中官，都依序来到坤宁殿庭苑中，排列整齐，向圣人拜贺寿诞。而所有够格入贺的外命妇，都依命只在坤宁宫宫门外遥拜而已。

唐妈妈和廷献等不时出来向众人传话，并依例颁下圣人的赏赐。

寝殿内，君怜其实在昏睡。魏国夫人张氏和君爱、朱雀坐在榻侧，默然相陪。未几，君贵携观音和训哥儿入寝殿，两个孩儿在榻前向母亲跪拜贺寿。好听的话说完，他们照例想扑到母亲身上去，却被父亲拦住了，小声地教他们不要吵闹。

观音眨巴着长圆眼睛问爹爹：“阿孃还在休息吗？”

“嗯，阿孃累了，应当多休息。”

“知道，音儿生病的时候也没有力气，阿孃也教音儿多睡觉，说睡饱饱的，就有力气了。”

“对，是这个道理。”当爹的勉强露出了一丝笑意。

“阿孃什么时候会醒过来呢?”训哥儿疑惑道。

“……过一会儿就会醒的。”

“训儿学会了《月圆谣》,想唱给阿孃听。”

“音儿也有歌要唱!”

“阿孃醒了再叫你们来,好不好?”当爹的哄道。

“好。”“好。”两个小儿争相回答。

将近晌午的时候,君怜醒了过来,所有拜贺的人群早已散去。君贵忙命人重新找了皇子皇女来。两个小儿兴奋地站在母亲榻前,以稚嫩的童声摇头晃脑地献唱了两首歌。

观音献唱的是《灵鹊歌》:

翩翩灵鹊,参差其羽。我心欢怿,爰有大喜。
长乐忘忧,萱草历历。惟寿且康,永慕母仪。

训哥儿献唱的是《月圆谣》:

明月圆圆,佳梦甜甜。玉兔跳跳,麟儿笑笑。①

两支歌谣唱罢,众人皆拊掌称赞不已。君怜含泪笑道:“怎么唱得这么好!……好孩子,过来,阿孃要赏你们。”遂命廷献去取了侵霜剑与自己昔年手抄的《惟皇诫德赋》和《大宝箴》来。

君怜一手拉着观音,一手将侵霜剑交到她手里:“这是外祖父送给阿孃的礼物,现在阿孃将它传给音儿,好不好?不过,音儿目下还太小,不能用这把剑,先让爹爹替音儿收着。将来音儿长大了,到时候,爹爹再交给音儿,好不好?”

观音接过剑来,偏着头想了一想:“既然音儿目下不能用,阿

---

① 《灵鹊歌》《月圆谣》,本书代拟。

嬢何不自己收着，却要教爹爹收了去呢？”

“啊……”君怜强笑道，“这不是已经传给音儿了吗？倘若留在阿嬢这里，就像还没有给音儿一样。阿嬢才不要赖呢。”

“哦，音儿明白了。”观音认真地点点头，将剑回身交给君贵，“爹爹，给！”

君贵说不出话，勉强挤出半个笑容，接过了侵霜剑。

君怜又拉过训哥儿的手，将两本书递到他手上：“阿嬢听说，哥儿认得的字越来越多了。这两本书是阿嬢亲手抄写的，哥儿早晚用得着，阿嬢今日传给哥儿，好不好？”

“好。”训哥儿双手接过来，看着书名念道，“……皇……大……宝……阿嬢，皇字和大字，训儿都会写了！”

“好极了！……宝字呢？会认不会写，是不是？”

“是。”训哥儿老实道。

君怜宽和地一笑：“不打紧，以后就会了。”

她一手拉着一个孩子，向他们笑道：“乖孩子，阿嬢有句话要说给你们听，你们一定要牢牢记住，好不好？”

“好。阿嬢，是什么话？”

“……阿嬢……非常非常地疼爱你们。就这一句话，你们记住了吗？”

“记住了。”

“记住了。”

“说给阿嬢听听。”

“阿嬢非常非常疼爱我……还有阿姊。”

“阿嬢非常非常疼爱我们两个。……对不对，阿嬢？”

“对，对，对极了……”君怜露出了欣慰的笑容。

宫殿沉静。泪水在榻外每个人的脸上恣意漫流，无声无息，却又似惊涛骇浪，汹涌澎湃。

又一日。后苑僻静处。

高高的青石上一个简朴的香炉。廷献与承璋一起，向天焚香膜拜，口中念念有词。

坤宁宫下房。唐氏在自己的居所默默膜拜。她面前的墙上并排挂着三幅小画轴：药师菩萨，元君圣母，东华帝君。可她所祷告的对象并不限于这三位，但凡她觉得沾点边的，她都会在心里呼唤出来，向之虔诚祈祝一番。

又一日。坤宁殿寝殿。

纱幕轻垂，侍从尽退，殿中琴声悠长。朱雀在榻前为君怜抚《欸乃》：

渔翁夜傍西岩宿，晓汲清湘燃楚竹。烟销日出不见人，欸乃一声山水绿。回看天际下中流，岩上无心云相逐。

这首曲子清旷高远，当年先帝病重时，君怜曾经亲抚此曲让先帝安然入睡。如今君怜寝疾，朱雀百般求计安抚其心，思来想去，计无所出，只得仍旧着落在此曲上。

一曲抚罢，朱雀还待重复，君怜在榻上低低唤了一声："朱雀……"

"怎么?"朱雀忙起身到榻前看视。

君怜向自己榻侧示意，朱雀坐下来。君怜拉住她的手："好了，不必再抚了。你的心意，我都明白……"

朱雀见她唇色惨淡，语声飘忽，不由心如刀割。可是，不能哭，至少不能她一开口自己就哭，必须努力控制自己的情绪，避免增加君怜心上的负担。自己总该比病人坚强一些。

朱雀转过脸看向别处。筛滤了耀目日光的绿窗纱，冷清多日的镏金飞凤香座，甚至几案上那只小巧的"雨过天青"釉斗笠盏……这些物事分散了她的思绪，让她重新平静下来。

为了君怜的病，她曾经在心里怨过很多人：怨君贵一意孤行，怨御医保守无能，怨江南人冥顽不化，可是现在她谁也不怨了，她只怨自己。

君怜使劲握朱雀的手，力道很弱。朱雀回眸看着她。

“朱雀，我有两句要紧的话……”君怜艰难地调整着呼吸。

“好的，我听着。”

“……你目下无尘，却以我为友，我很是感激……”

“该感激的是我！”朱雀哑着嗓子道，“倘若没有遇到你，当年我即便侥幸不死，又当何去何从？君怜，我十数年寄人篱下，如果我的心曾经获得过安宁，那都是你对我的恩赐。”

君怜泪眼蒙眬：“……朱雀，我是死过一次的人……我的生命，原本注定连血带肉裹于尘埃，有了你，得以不时超脱凡俗，才是我的幸运。……我曾说过，要送你一个表字……早就想好了，现在给你，好不好？”

“……好。”

“鹤归。好吗？”

“鹤归？闲云野鹤的鹤？归去来兮的归？”

“不，鹤鸣九皋的鹤，万流归宗的归。”

“鹤鸣九皋……万流归宗……”

“……好听吗？”

闲云野鹤、归去来兮都是隐者的常典，而鹤鸣九皋、万流归宗则是招隐、用贤的隐喻。朱雀以“鹤归”二字指向最终的出世隐逸，君怜却以“鹤归”一语双关，最后一次劝她不要离开她所熟悉的家人，不要流浪并终老于江湖。

朱雀默然片刻，勉强一笑：“……嗯，比‘归鹤’好听。”

君怜用力捏着朱雀的手：“朱雀，倘若有天我不在了，我要你仍以禁中为家，替我看顾君贵和孩儿们。”

朱雀拼命忍住泪水，缓缓摇头道：“……君怜，我……我做不到……”

“你可以的，我相信你。”

“你相信我?!”朱雀无法压抑自己的痛苦，声音越发嘶哑了，“我有什么值得你相信的？我自负聪明，不学无术，到头来眼睁睁看着你受苦，却救不了你的性命！……一切都是我的错。我昏昧无知，却跟你妄谈什么占卜、什么命数？我执念深重，迷障重重，自己勘不破、道不明，却将你往虚诞上引！你病情加重，完全是我的失言误导造成的！……君怜，我是一个无能的人……我做不了任何有用的事，还害得你……”

君怜泪水长流：“朱雀，我的病是命数使然，与你无关，你何须自责？你若不答应我……我……怎么能安心地走……”

“谁让你走了?!”朱雀大哭起来，“谁许你走了……谁答应你走了……反正我不答应！我不答应……我就是不答应……”绝望让她的哭泣裂出无底的空洞，越大声，越虚浮。

君怜泪眼婆娑地看着朱雀耸动不已的双肩，勉力拍抚着，安慰着：“朱雀，朱雀……别难过了……有件事，我可以告诉你，可是，你得发誓不告诉别人才行……朱雀，你要听吗？”

朱雀抬头，隔着厚厚的泪幕看着君怜，因为诧异而暂时收敛了哭声。片刻，她抹去泪水，哽咽道：“你到底要说什么……好，我发誓……你说吧……”

君怜向她微微招手，朱雀凑得更近些，将耳朵贴到君怜的嘴边。君怜轻轻地说出几句话。朱雀脸色大变，愕然退开身子看着她。

“求仁得仁又何怨？”君怜点着头，露出了一丝微笑，“所以朱雀，不要怨自己，不要怨他，不要怨任何人……把我放在你的心里，我就得到永生了……”

朱雀死死拉着君怜的手，再次放声大哭。命运在这一刻突然显示出了它的刻薄和乖谬，以利爪撕碎了多日以来在她们之间勉力维持的表面宁静。自打十岁相识，无论时势的长鞭将她们驱策到何处，她们聚散离合，却始终相伴。可如今要分开她们的，是超越时势之上的另一种存在，一种永恒的存在。

深殿中的这对密友，从来没有在光阴与命运的力量面前感到如此不甘，如此无力，却又如此满怀畏惧。再多的诉说，再多的祈求，再多的挽留，都敌不过光阴的无情流逝，都敌不过命运的无情吞噬，犹如大江东去，犹如银河瀑落，犹如冰原雪崩。

十六年的相守相伴不过是一场梦。梦里梦外，海棠微醺，芙蓉沉醉，夏草低浅，蝉鸣悠扬。时间应该就此停止，这样，未来的离别就不会变成不堪承受的重荷，摧折将去者的心肠，压塌生存者的方向。

光若流沙，殿静人默。

良久。良久。良久。

君怜勉力从枕边拿过早已备好的两卷字帖："……心之所系，唯爱而已。朱雀，这个给你。"朱雀接过来，是《平安帖》和《快雪时晴帖》。"此粗平安……无由同……增慨……想安善……"君怜一生对她的用心，尽在帖辞中了。

朱雀捧着字帖，如千斤压手，疼痛难以承受。

"大化昭昭，群物所归。"君怜勉力安慰着她，"朱雀，不要再难过了。你要记得，我这样走，是心甘情愿的……"

广德殿。日朝在清晨进行着。

为了替皇后祈福，也为了争取民心，给停滞不前的淮南战事注入新的转机，皇帝颁发了新的赦免令：所有王师辖下淮南诸道州的在押罪人，自今日起，以前所有的违犯，无论轻重，一律宽赦，不再追究。

这是一道特别宽大的赦令。以往的大赦，无论波涉地域广狭，一般总会排除那些死刑犯，毕竟有些重罪如杀人奸淫等，是万夫所指、非杀不可的。但这次皇帝宣布所有犯人一律赦免，就不仅仅是网开三面，而是网开四面，是给所有的作恶者一个重新来过的机会了。这是皇帝返京后为皇后祈福而颁布的第二道大赦令，朝堂上的所有臣属都感受到了皇帝心中的忧急。

与此同时，皇帝还宣布，在王师治下的所有淮南州郡中，罢除先前江南李氏朝廷强加的非理科徭和一切巧立名目的配率。

君怜仁慈悲悯，一定会喜欢这道爱民抚民的政令。如同回銮以来每次施行仁政时一样，君贵在以御笔朱批和天子宝玺核发这些政令时，总要想象着君怜得知后的欣喜，以此让自己振奋起来。

滋德殿偏殿。

君贵在御书房中来回踱步。他头疼欲裂，办事效率极其低下，却不肯去稍事休息。王景通、刘奉武等小心翼翼地拿品茶、进汤、用点心之类的小事来分他的心，他也不理不睬。

他需要批阅奏表，他在心理上对此产生了严重的依赖。御案上的奏表堆积如山，而且枢密院和中书门下遵从他的旨意，仍旧在源源不断地将新的奏表呈交到他的面前来。目下滞积的这些奏表，已经足够他处理几天几夜的了。

只有朝务可以分散他的注意力，避免他的思绪长久地萦绕于后宫。他已经用尽了他所有的招数，他无计可施了。他不敢去面对，虽然他早就逃无可逃。

寿春。下蔡。

大周两帅之间的紧张气氛解除了，淮水两岸关系恢复正常。攻打寿春城的周师军士又回到了茫然等待、懈怠失志的老状态。李重进率领部将每日视察营帐，亲临督战，但情况并不能得到很好的改善。

战事初期从境内征发来的数十万民夫，随着战事的困顿，早已被渐次遣散。用于攻坚的洞屋、竹龙等几乎全被刘仁赡的人焚毁了，目下，周军暂停了攻城，将重点放在对这些军械的重造和修整上。李重进在工地现场巡视着，难解烦忧。

有军校飞驰而来，大声禀报："都帅，赵都虞候率部到了！"

"赵都虞候？赵匡胤？！"李重进感到惊讶，"他人在哪里？"

"已经在中军营房外，求见都帅呢。"

"教他在那里等着，不必过来了。我这就回去。"

中军帐外。李重进匆匆驰回，赵匡胤忙率部从上前揖道："卑职见过李都帅！"他是张永德属下，此番奉命归阙却先来见李重进，是因为李重进在淮水南岸，他回师途中必定先经过李重进的营寨，自然要首先拜望。

"赵都虞候，你不是在扬州一带与向南院、韩马帅他们呼应吗，怎的回来了？"李重进点点头，疑惑道。

"官家有旨，命卑职撤回京师。"

李重进来了一点精神："……官家将会有什么新动作吗？"

"这个卑职还不知道。"

"嗯，先入帐再叙吧。"

中军帐中，两人简要交流了江、淮两线的战况。赵匡胤想起自己适才一路入营，见到军士情绪低沉，便问道："都帅，恕卑职多嘴问一句，卑职看着，王师将士似乎有些没精打采的呢？"

李重进知道营寨被偷袭的事瞒不住，说不定赵匡胤便是明知故问，索性坦然道："哼，刘仁赡那厮奸猾，趁着王师疲乏，遣人偷袭东寨，又烧又杀的。王师军士们吃了恁大个闷亏，一时难以振作。我也头疼得很哪。"

"偷袭东寨？"

"对。"

"卑职多嘴问一句，东寨守将是谁啊？"

"李继勋。"

"哦，他呀。"

李重进瞥他一眼："此事我已表奏官家，我该受何处置，他该受何处置，就由官家圣断吧。……不过，少时你倒是该去探望探望他。李步帅不是你义兄吗？他打从失利之后，丧气得很，我百般激励，收效甚微。你既来了，不妨去慰问慰问。"

"都帅说得是，卑职少时去帮他出出主意。"

李重进淡淡一笑，揶揄道："张殿帅驻防于对岸，你想必也着急见他？从李步帅那里出来，你就去看看张殿帅吧，不必再来向我辞行了。"

赵匡胤有点尴尬："呃……卑职谨遵都帅钧令。"

赵匡胤辞了李重进出营后，立刻去拜访了李继勋和张永德。通过与他们的交流，他这个局外人发现了一些严重的隐患：王师将士不知该如何取胜，都在等待枯水季节的到来。全军志气丧失殆尽，满足于每日混口饱饭吃。在他看来，就算局面顶上了牛，也该顶在一个对王师更有利的形势均衡点上。而现在，形势显然是在往下滑的。旧有的优势正在一点点被吞噬，被打破，倘若还不奋起挽回，唐军反攻过来，王师损失的，就不仅仅是几百人和大部分攻城器械那么简单了。甚至，王师被人家反口吞下，连骨头渣都不吐出来，也不是没可能的。

寿春中军帐。

夜间，赵匡胤再次找到李重进，说出了自己的想法：要奏表申请在寿春暂留一阵子，帮助鼓舞王师士气，将局面扳回到对我方有利的状态再走。官家让他归阙的命令下得并不急，他相信，解决眼下的危局，是比迅速归阙更加切中要害的当务之急。

能够挽回局面当然好，李重进也很乐见其成。可是，如何做到？

"都帅，何不用卑职的人马为先锋攻打几阵，带动得众人士气涨起来！"赵匡胤道，"卑职所部人马从六合而来，在那里击溃过唐军援军主力。他们还没打够，人人都憋着劲头想要再次拼杀一番，不想却被官家命令返阙了。都帅，这些军士的士气没有被长久的围城战所磨耗，尚无疲乏之态。倘若教他们去打头阵，既满足了他们立功报国之心，又激励了城下军士的血性，岂不是一举两得吗？”

“嗯，可以一试。”李重进颔首。赵匡胤急着立功，不放过任何机会，这一点他心知肚明。可是赵匡胤说得也有道理，当此之时，不借他的人马帮着提振王师士气，又上哪里找这么一股生力军来呢？这可不是一个打压异己或竞争者的时候。

沉吟片刻，他决然道：“你说得对。新的洞屋也造好了。明日，就由你的人马带头，重新冲击唐军水寨！”

翌日，寿春城下战事再起。赵匡胤所部居先锋之位冲寨，果然生龙活虎，一度突破唐军层层尖桩的封锁，将满载火药硝石的洞屋逼近寨门大烧，多少扳回了一些被敌人偷袭暗算的颜面。

与此同时，在东南面的江宁府，唐主李璟颁布了一道新的人事任命：以驾部员外郎朱元为北上援军统帅，准备对入侵的周军重新发动反攻。

一六二　永失吾爱

滋德殿偏殿。阴霾的天空遮掩了一切暮色，只有殿内的银烛明亮。

君贵仍旧在处理奏表。他在一沓一沓的奏表中翻来拣去，手中没有一刻停歇。可是他的心并不在奏表上，他提着朱笔，却长久不能在奏表上批复下任何一个字。他似乎只是需要翻拣、打开、合上、再翻拣这一系列的动作来填充他此刻巨大的空虚和恐惧。他头疼欲裂，又放下朱笔，用力掐住自己的太阳穴。

刘奉武匆匆入内，施礼禀道："官家，中宫传讯来说，圣人醒了，请官家即过坤宁宫！"

君贵像在梦游中被蜇到一般，几乎从座椅中惊跳起来："醒了?!"他扶着御案，浑身哆嗦，比自己预料的更加语无伦次，"走……走……我去……我这就去……"

坤宁宫。所有皇后的亲眷和近从都聚集到了寝殿内外。

皇室子女自观音、宗训以下，皇亲自晋国长公主、魏国夫人以下，宫官自司宫令、唐尚宫以下，嫔御自王昭仪以下，并彤史二人，依序环侍在皇后榻周。

君怜是从又一场深久的昏睡中清醒过来的。她已经极度衰弱，迁延不愈的疾病彻底掏空了她的身体。对她而言，死亡是一个漫长的过程，她知道自己终于要抵达终点。生命的回光照耀着她精神世界中最坚韧的那一面，在她的面目上反射出了柔和而奇异的光芒。她感到自己恢复了一点体力，甚至感到了多日未有的舒畅和振作。

她的目光扫过榻前的众人，她伸出手去，一一与他们握别，轻轻说着保重的话，甚至含笑拂去他们汹涌的泪水。众人强抑悲痛，不敢哭出声来。

君怜静静地等待君贵。最后的时刻即将来临。她早就打定主意，只有在最后的时刻到来之际，才跟他说最后的话。因为在那之前，任何告别的暗示对他的心而言都将是不堪承受的负担。之前她唯一担心的，就是自己会在昏睡中离去。为此她曾犹豫了好几次，想要提前向他告别。可是她估算着自己的体力，又相信自己还没有到那一步，更坚信自己一定会在最后的时刻醒来，便一再将早已想好的话咽了回去。

现在，是时候了，向君贵告别，也就是向自己的人生告别。她已经坚持得太久，她战斗到了最后一刻，无怨亦无悔了。

殿外一阵熟悉的次第致礼之声，君怜将头转向殿门的方向。她知道，这将是她最后一次听到这样的声音了。君贵疾步入内。殿中众人自动分开道路，下拜致礼。君贵摆手示意众人平身，径直走到了君怜的榻前。

“哥哥……你来了……”君怜含笑向君贵伸出手去。君贵在榻边坐下，一握住她枯瘦的手，便泪下如瀑，不能成言。

君怜向众人示意。众人明白他们需要独处，齐齐施礼而退。只有观音和宗训预感到了不幸的降临，拉着母亲的手，哭闹着不肯离开。君怜好言安慰着，抚弄着，终于令他们平静下来，乖乖跟着乳母们离去了。

一度拥挤不堪的寝殿变得无比空旷，仿佛天地这大笼子里只剩了皇宫这只小笼子，而皇宫这只小笼子里，只剩了他们俩。他们是六合八荒、往古来今所有时空坐标里仅余的一对伤心人。

君贵的心软弱到极点，无法说话，只是用力握着君怜的手，以此来克制自己的悲恸。他就要失去她了。自从朱雀前往淮南行宫告知君怜病情后，他已经做过一万次心理准备，但他还是无法接受这个现实。即便现在，他仍然心存侥幸，他总觉得以君怜的坚韧，是可以缓过来的。他想不明白，君怜的病是因担忧自己安危而起，现在自己已经回到她的身边，为什么她竟然仍旧要舍弃他而去呢?

也许君贵握得太过用力，君怜感到了疼痛，微微蹙起眉头。但是君贵看不清君怜的表情，事实上他从坐到榻边后就一直无法看清君怜的表情。他的泪水牵连不断，拂落又升起，厚厚的水幕始终阻隔在他和君怜之间。本来他一再告诫过自己，不要在君怜面前流泪，更不能肆意流泪，那样会加重君怜的负担。他实在没想到自己会是这样地不堪一击。

君怜反而显得异常冷静，抬起另一只手去擦他的眼泪，轻声道:“哥哥……我有话跟你说……先听我说完再哭，好不好?”

君贵哭出声来。君怜怜悯地抚摸着他的脸。君贵又握住她的这只手，心中挣扎着，勉力收敛了自己的痛苦:“……好，你说吧，我听着呢。”

“我要求你一件事……”

“我答应你。”

君怜笑了一下，她想起了很久以前一个相似的瞬间。君贵从不吝惜对她的信任。

“……我走了之后，观音和训哥儿不能没有阿孃。我想求哥哥……将君爱召入宫中，代替我，做孩儿们的阿孃……”

君贵惊讶地看着她:“君爱?!”

“是。”君怜微微颔首，“君爱禀性温柔宽善，知书好学，有她在宫中照料你和孩儿们，我也就放心了。”

“可是……”

“君爱是我的胞妹，哥哥见了她，就如同见了我一般。相处之后，哥哥一定会喜欢她的。”

“……”

“君爱不是争强好胜之人，哥哥无论给她什么名位，她都不会计较的。我的一应侍从，全部转交给她就是了。”

“……”

“求哥哥一定答应我！不将你和孩儿们交托给妥当的人，我便是一口气上不来……也难以瞑目……”

“别说了，君怜，别说了……”

“那么哥哥答应我了？”

“我……我适才不是已经答应了吗？”

“好。我还要请哥哥好生看顾朱雀。”

“我知道。”

“朱雀的师父已经去世，除了咱们，她在世间无依无靠。倘若……倘若她想走，求哥哥一定设法让她留下来。”

“你尽管放心，她是你的姐妹，也就是我的姐妹，我会善待她的。”

“……鹭娘身子的调养已见成效，可她不爱吃药，治疗断断续续的，以至于事倍功半。爹将鹭娘交托给咱们……以后，哥哥要督着她。”

“好，我明白。”

“还有件事，早就该做，却一直没做，是我的错。”

“什么事？”

“嫂子。”

“嫂子？！”

“梅姐姐。”

“……”

梅娘是君贵的发妻，死于后汉乾祐末年的那场夷族之难。君贵与君怜成亲后，两人之间从未直接谈论过这段惨痛的往事，以及往事中的诸位亲人。

“我知道，哥哥心里，对无辜遇难的嫂子是有很多怀念的。可是，哥哥继位之后，顾念着我的心情，不便过早追封她。我怕勾起哥哥伤心，也不敢轻易提及……无论如何，此事是我的疏漏，我走了之后，哥哥寻机将这个疏漏补上吧。”

“……知道了。”

“……彤云、仙草她们几个先帝的旧宫人，守陵已满三年，哥哥可再遣中使去问询，依其意愿，或发遣归乡，或另作安排，方不辜负爹的宽仁之德。”

“好。”

君怜调整着自己的呼吸，语声愈发缓慢了：“还有，哥哥，我这个病，御医们医治得很尽心……”

君贵的脸登时沉下来：“尽心?!”

君怜柔婉道：“哥哥，不是他们的错，求你饶过他们。”

君贵冷笑摇头：“放任他们尸位素餐、敷衍塞责？我做不到。”

“哥哥,《抱朴子》说，‘寿命在我者也，而莫知其修短之能至焉’，我自己都不知道的事，他们又能奈几何?”

“术业有专攻，我说的是病。”

“我说的是命。此乃天命，非药石所能及。”

“我不管!”

“哥哥，就算是替观音和训哥儿积德，饶过他们，可以吗?”

“……”

“哥哥?”

“……好，那我保证不杀他们。行了吧?”

“……行。”

君怜艰难地吐出一口气。对大多数人而言，痛快地死去是上天的恩赐；可是对君怜而言，缓慢地死去，似乎也是上天的恩赐，虽然不堪其苦，却也让她有时间可以想得更多，想得更远。自从越过了绝望的深渊直面自己将会死去这个事实之后，她就一直在思考和筹划。她思考着国朝的未来，思考着儿女与亲友的未来，同时也开始筹划和托付自己的身后事。今日与君贵的告别，是这一系列安排中的最后一环。

想说的，要说的，该说的，千言万语，千头万绪。有些事很重要，可是没必要交代，比如待皇子皇女到了学龄延请宿儒对他们进行教育，比如妥善协调张永德与李重进的关系，比如对于范质、王朴等新老文臣的搭配使用不宜有所偏颇，比如务实地深化自先帝以来年年推行的奖励耕殖政策，等等。这些事天天萦绕在君贵心头，自己说与不说，他都会想到。

有些事很重要，可是不便交代，比如请求对符氏继续给予信任和倚重。将君爱纳入后宫，是一件四全其美的事：有亲人替自己照顾君贵；儿女们能得到亲近的继母；符氏得以保持与皇室的关系不断；皇室依旧得到魏博巨藩天雄军的最忠心支持。君贵答应纳娶君爱，以上这几条好处便都成立了，故此，请君贵继续倚重符氏的话就不必再说了。

君怜抓紧时间，一口气说出了自己脑中想到的这几件必须要交代的要紧事，感到心力交瘁，几近衰竭。有一阵深沉的疲累从骨子里泛到了发肤表面。可是，还有一些话，却比以上那些都更为重要。她就要走了，她应该让他知道。

君贵深深地凝视着君怜。她憔悴不堪，已经瘦得只剩一把骨头了。可是在他的眼中，她憔悴的容颜却比以往任何时候都更为美丽。皮相无关紧要，他眼中所看到的，依旧是那个打从他们见第一面起就驻扎在他心中的犨娘，像女战神那样毫无畏惧，像文殊菩萨那样智慧慈悲，像元君圣母那样内心充满力量。她的光彩，无人能匹。她怎么可能就这样离开他？他心中的暴风骤雨化作汩汩泪水，滚落两腮。

君怜再次抬起手，替他拂去泪水。君贵无助地看着她，感受着她最后的温存。她的指尖就像羽毛，像春风，轻盈，柔缓，细腻，在他的皮肤上留下特殊的触感，像是她的生命打在他生命中的独特记号。在以后的孤独岁月里，在他独自向着理想狂奔的路途中，每当和暖的春风吹起，每当羽箭横过他的眼前，他就会想起眼下这一幕，他的心里就会突如其来一阵柔软，一阵脆弱，一阵缠绵悱恻的情思，一阵势不可当的战栗，让他痛彻心扉。

“哥哥，”良久，君怜勉力开口道，“整个大周都属于你，我没有什么能留给你的，除了……那首《宝树偈》，和那袋莲子。”

君贵从怀中掏出廷献送来的锦囊，含泪向君怜笑了一下：“你是说这个？”

“对。哥哥明白不明白我的意思？”

“完全明白。”

君怜点点头：“好。……宝树生碧海，暗月不相临。谓有菩提心，终放大光明。……江山壮美，人民多难，为了他们，献上毕生心血也是义不容辞的。……哥哥，你所要去的方向没有错……你想走的道路，也没有错……可是，哥哥，不要走太快，要常常停下来，想一想，想好了再继续走……千万记着，我永远都是支持你的……”

君以一身担天下，我亦全心献此生。
钟鼓馔玉岂足贵，帝业功在四海平。
固知君心似我心，人间天上守清明。
我今为君重叮咛，请君为我倾耳听：
须怜良辰、惜光景，振长缨、纵名马，高放歌、狂进酒，
方不负少年头，方不负英雄意，方不负佳人心。

君贵频频点头，无法答言。两人过往的共同人生片段在他的眼前翻江倒海，忽而奔腾，忽而缓慢，忽而又长久地停留在某个

画面上：她在河中府的烟火中面对他掣剑当胸；她与他在齐州近郊扬鞭赛马；他们在澶州驿馆的羽云下流泪相拥；她手牵两个孩儿笑迎他从衙署归来；她缓步登上丹墀成为他的皇后；她为了他深藏痛苦敷设六宫；她在熔佛铸钱的大策上给予他最关键的支持；她为了劝阻他亲征淮南而在思存殿与他苦苦辩难……

忆昔初见君，火焰为幕死为邻……
后来相伴君，君有长剑我有琴……
最后与君别，紫微黯淡映残月……

她从遥远的往事中走过来，一路走到现在，已经极其柔弱，却又变得极其刚强。为了社稷，为了他，她耗尽了自己的皮肉、骨血，现在，又即将耗尽仅余的生命。她剩下这口气，仿佛就是为了将鼓励他的这些话说完。话说完了，她就该撒手了。

自古来，荣辱与共，生死难同；
便纵有，千般誓言、万般不舍，
终究是，将奈天何，无可奈何。

他感到自己从来没有像现在这样爱她，他确信他对她的这份爱将会一直持续下去，一千年，一万年，千千万万年，直到时间的尽头。

“君怜，咱们……咱们不说家国大事了，不说别人了，就说咱们自己的事，好不好？”君贵几乎是乞求道，“说说你，说说我，说说各自心里的话，好不好？你……你总该给我留个念想……”

君怜默然片刻。所有清醒的时间里，她都在思考。她想了很多，就是没工夫替自己哀愁。不，准确地说，她不敢往自己身上想。打从上次在二哥昭信面前痛哭过一回之后，她就再没放纵过自己的感情了。虽然是她病入膏肓，他们却都比她脆弱，他们都需要她做主心骨。她不敢再向任何人酣畅地诉说自己的心怀，她怕自己一旦开口就会彻底崩溃。

君怜双手抚摸着君贵的面颊。她原本准备坚强到底，微笑到最后一刻，给他的精神世界留下最后的支撑的。可是，君贵的话轻而易举地击溃了她的防线。

“哥哥，我舍不得你……我舍不得你啊……”她的泪水如同天崩地裂般狂涌而出。

君贵将她紧紧搂在怀中，心如刀割：“那就不要走……求你不要走……”

“哥哥，我多想与你白头偕老啊……”

“君怜……”

“人生太苦了，得遇哥哥，是我千百世才能修来的甜头……可这甜头太少了，我还没有尝够，没有尝够……”感情的闸口放开了，汪洋恣肆，澎湃激烈，再也不必抑制，也无法抑制。所有攒在心里的话，都想抢在最后一刻说给他听。然而，她最后的体力也随着泪水一泻千里。

“君怜，你听我说：遇到你，是上苍对我的恩典；爱我，是你对我的恩典……君怜，不要闭上眼睛，你看着我，君怜！以后我想你时怎么办，我该去哪里找寻你，君怜……”

“……去芙蓉池沼，海棠院落……风中林海，雨后苍穹……三五朗月，朔望星空……哥哥，我就在那里……一直在那里……永远在那里……守望着你……”君怜的声音渐渐小了，眼睛轻轻闭上了。

从今后，勿复相忆，勿复相思。
为我殷勤嘱长风，山高水远珍重。

君贵惊恐地扳着她的脸:“君怜！君怜！你醒过来，你再跟我说句话!”他猛烈摇晃着她，完全不顾她虚弱的骨架是否经得起这样大的动静。

他的执着似乎战胜了死亡。片刻，君怜缓缓睁开眼，以异于常人的坚韧将眼神重新聚拢。她想起来，她还有一桩牵挂。

“……哥哥，今夜紫微垣如何?”

“紫微垣?”君贵惶惑地看向窗外,“今日阴霾甚重，看不见星星。”

君怜失望地叹口气:“那就算了……本来……想看看它是否明亮……”

“我知道哪里可以看到!”君贵猛然想起自己从江南带回来的那个紫檀小宫殿,“走，我带你去看!”他一把将君怜抱起来，匆匆跑向殿门口。

御道上，君贵抱着君怜，几乎是在向滋德殿飞奔。一大队侍从拔腿急追。御道上响彻着杂乱的脚步声，以及零星的劝阻声。“官家，慢点！慢点!”未几，有人扛来了肩舆。然而君贵拒绝了他们的帮助，仍旧独力前行。宫灯的光影摇晃成模糊的一串。

此时的君怜在君贵的感觉中几乎没有了重量，极其轻盈，极其柔软，像一片带着最后的合欢花气息的羽毛。他抱着她行走如飞，仿佛复踏在漫长的来路上，又仿佛正去往不可知的将来。因为有了目的地，他的心甚至变得坚强些了。

君怜一直闭着眼睛，看上去像是已经没有了知觉，但他还是不停地跟她说:“再坚持一下，马上就到了，马上就到了!”

滋德殿寝殿，江南人赠送的那张华丽的三厢御榻正安静地陈设在寝殿一隅。君贵原本是为君怜将它带回来的，君怜不豫，他自己也无心独宿，因此只管白白摆在那里，并没有取代原有的御榻。

君贵跌跌撞撞跑回寝殿，一头闯入那座神秘的紫檀小宫殿。

他将君怜轻轻放到御榻上，就像往祭坛上贡献一件尊贵的祭品。君怜双目紧闭，气若游丝。君贵紧挨着她躺下来，执着地摇晃着她，就像一个不肯对心爱之人放手的孩子。他指着穹顶，挤出一丝笑意，急切地对她说：“君怜，你醒醒，你看，紫微垣就在那里！”

说不清摇晃了多久，或许只是须臾，或许长过百年，君怜再次勉力睁开了眼睛，将目光的焦点努力聚拢，聚拢到了那片光芒上。是的，紫微垣就在那里。“好……看见了……很亮……”

君贵的泪水如同一阵急雨，不曾流经面颊，便垂直地砸落到君怜脸上，就像从银河坠落凡间的星星，在她苍白而柔软的肌肤上反弹出无数星海的涟漪，细微到肉眼无法看清。

在他们上方的丝绸穹顶中，也正有一片由夜明珠缀成的人造星空。这片星空的中心，是一颗异常明亮的北极星，那是天地间的主宰，也是人间帝王的应身。北极星的周围，紫微垣众星官散发着温润的光芒。在紫微垣的周围，拥挤着更多炫丽的星宿。

北斗星……弧矢星……天狼星……举长矢兮射天狼……援北斗兮酌桂浆……

“既种因……则得果……”君怜露出了一个悲悯的笑容，“我不入地狱……谁入地狱……”

“你说什么，君怜，啊？”君贵慌乱地将耳朵贴近她的嘴唇。

“哥哥，终有一天你会发现，这一切都是值得的……不要难过，我这样走，我的心是喜悦的……”像是星辰在死亡之前的炫目爆发，君怜最后这几句话说得异常清晰而流畅。她的灵魂在缩小，缩成一粒米，缩成一颗沙，缩到无边无际的虚空里去……她的愿望却在增大，逐渐弥漫到了整个天地间……

此身当如泰华松，长立万古风雨中。

春从朝晖夏从云，忍将爱恨托飞鸿。[1]

“君怜，君怜……”因为极度恐惧，君贵浑身颤抖，手足无措，用自己的整个身体紧紧拖住她，徒劳地试图阻拦她的离去。她已经神游身外，他更是魂魄无归。这个灵魂的黑夜暗无光芒，他想在她的怀中放声大哭，却连哭泣的力量也彻底丧失了。

此时此刻，他软弱微眇，如同蝼蚁，如同尘埃。

君怜似乎叹了口气。君贵战栗着将自己的耳朵贴近她的心口。她的心还在跳动，极慢，极慢，极其极其慢……终于，停止了，没有了。

漫长而痛苦的死亡过程终于到达尽头，她真的不在了。

是彼岸。是解脱。

他拿手狠狠按住了自己的心口。那里有一种天崩地裂的剧痛。她把他的心剜走了。

魂兮……归来……

显德三年夏，后周第二位皇后符犨崩殂于东京禁中滋德殿，时年虚岁二十六岁。不日，有司上谥号曰宣懿。

满宫缟素。全国举丧。

一连数日，天空阴雨不绝。来自上苍的眼泪淹没了东京城的大街小巷，淹没了禁中的御沟金衢，淹没了坤宁宫的阆苑琼林。

东京城内，许多自认是宣懿皇后仁德受惠者的百姓自发聚集到明德门外叩头，惊天动地的哀哭之声甚至传入大内。没有人能够说清宣懿皇后的去世对于大周政权、对于大周百姓、对于中原历史的损失。要再过将近两百年，当一个纸醉金迷的时代轰然倒

---

① 《爱别离》，“吴钩十三曲”之一。“爱别离”为佛家用语，是人生诸苦之一，可理解为：明明相爱却要分开。本书代拟。

塌于北方游牧民族的无情攻击时，人们才会痛心疾首地一再假设历史，一再为他们所错过和失去的而椎心泣血不已。

从各种零碎渠道汇集起来的宣懿皇后事迹将会永久地占据他们的记忆，慈悲睿智的宣懿皇后将在未来不断的追慕与纪念中，成为他们心目中永恒的女神。

宝树生碧海，暗月不相临。
谓有菩提心，终放大光明。
北方有佳人，皎如明月光。
初出静世音，再笑照八荒。
若以佳人比宝树，光焰巍巍无穷极。
或拟宝树作佳人，雍容慈悲临凡尘。
宁不知佳人难再得，宝树空悬琉璃结。[1]

皇朝的历史，又翻开了新的一页。

① 《求大光明》，“颠倒四曲”之一，本书代拟。

图书在版编目（CIP）数据

后周纪．第四卷，紫微／严优著．—北京：北京十月文艺出版社，2022.5
ISBN 978-7-5302-2220-1

Ⅰ．①后… Ⅱ．①严… Ⅲ．①长篇历史小说—中国—当代 Ⅳ．①I247.5

中国版本图书馆CIP数据核字（2021）第277750号

后周纪　第四卷　紫微
HOUZHOU JI　DI-SI JUAN　ZIWEI
严优　著

出　　版　北京出版集团
　　　　　北京十月文艺出版社
地　　址　北京北三环中路6号
邮　　编　100120
网　　址　www.bph.com.cn
发　　行　新经典发行有限公司
　　　　　电话（010）68423599
经　　销　新华书店
印　　刷　北京盛通印刷股份有限公司
版　　次　2022年5月第1版
　　　　　2022年5月第1次印刷
开　　本　880毫米×1230毫米　1/32
印　　张　13.25
字　　数　330千字
书　　号　ISBN 978-7-5302-2220-1
定　　价　239.00元（全5册）
质量监督电话　010-58572393
如有印装质量问题，由本社负责调换。

后周纪

第五卷

阳焱

严优 著

北京出版集团
北京十月文艺出版社

一世光阴如锦水东逝，滚滚有涯。站在入海口回望，也许人生不过是：相信有意义，学会不失望……

——题记

目录

开卷曲

补金瓯[1]

燕云鼙鼓起边声，忍失北疆十六城。
贪狼噬残天狗月，玉琮撞破金瓯[2]缺。
金瓯缺，金瓯缺，
金瓯既缺人民苦，乾坤破碎何由补？
年年误屠苏。

阡陌杨柳自无定，殿阁桑梓总关情。
枪戟为锤盾砧头，壮心奋起补金瓯。
补金瓯，补金瓯，
补罢再无河山愁，血泪洗却当日羞，
赳赳猛士守。

注：
1. 此为本书“吴钩十三曲”之一。本曲曲目致敬徐兴业先生长篇历史小说《金瓯缺》。
2. 金瓯：黄金做的盆类器皿。常用以比喻国土、疆域的完整巩固。

一六三　永夜同孤

东京大内。

白幡如林，缟素如云，鼓乐钟磬悠悠鸣响，梵呗与道经之声萦绕不绝，整个宫禁沉浸在国丧的深深哀恸中。

滋德殿外，皇帝的一众常侍和近卫忧心忡忡地守在殿门和廊柱处。远处一阵轻微的骚动，有人悄声传话道："来了，来了……"

魏国夫人张氏携儿子昭信、女儿君爱，与晋国长公主鹭娘匆匆而至，他们刚刚在万岁殿进行完一次奠仪，人人眼眶泛红。林远率近卫们、王景通率内侍们迎上去。

"怎么样，官家还是……"魏国夫人关切地向林远问道。

"是，两天两夜了，还是不吃不喝，送进去的，他们又原样端了出来，换新的送进去，还是不要。"林远发愁道。

"适才卑职进去看了，官家就那么躺在御榻上，那姿势，就像两天都没变过似的。"王景通补充道。

魏国夫人与昭信暗暗叹口气。

君爱与鹭娘不由对视一眼。她们都是各自家中的四姐儿，鹭娘只比君爱年长三四岁，两人算是同龄人。不同的是：鹭娘开朗率性，而君爱文雅羞怯；鹭娘对兄长的牵挂在明里，君爱对姐夫的牵挂却只能在暗里。

"是睡着了吗？"鹭娘忙问道。

“不是。御榻太深，臣原本也看不清官家面目。可是臣刚走到御榻近前，还没踏上厢板呢，官家的手忽然轻轻挥了挥，不教臣上去。”王景通道。

“王都知，官家对你说过话吗？”君爱问道。

“什么都没说，依卑职看，官家根本就不想说话，”王景通黯然道，“自打将圣人移去万岁殿，官家就躺在那里，一个字都没说过……”

君爱流下泪来，轻声对母亲道：“阿孃，官家的心一定伤透了……”

魏国夫人的泪水也滑落面颊：“……咱们这些人，谁都安慰不了官家。”她抹着泪，将脸转向鹭娘，“要不，长公主进去看看？试着劝劝官家：圣人去了，官家还有江山社稷的万斤担子，可不能病倒了。心里难受得过不了，索性到圣人灵前去大哭一场，也能稍微纾解纾解啊。”

鹭娘点点头：“我知道。”刘奉武替她推开殿门，她迈步跨过门槛，殿门在她身后轻轻合上了。

纵然是白昼，寝殿内也光线不足。重重帘幕遮蔽之下，只有少数光斑透过窗棂，打在了寝殿的地面和桌椅器物上。那个华丽的紫檀小宫殿静静偏踞寝殿一侧。殿内幽静至极，铜漏的滴答声和缓慢的呼吸声显得异常清晰。

“荣哥哥，是我，”鹭娘一面向御榻走近，一面柔声说道，“我是四姐儿，鹭娘。”

君贵闭眼仰面躺在君怜生前所躺的位置上。这个御榻是全新的，只有君怜的气息留了下来。可是随着时间的流逝，那气息也越来越淡了，他非得闭上眼睛，全神贯注去感受，才能捕捉到她的余音，她的余温，她的余香，她所余下的一切痕迹。

天独何兮有君，君在万兮不群。她对他而言，是不可复制、再难寻觅的灵魂伴侣。

片云天共远，永夜月同孤。他们的灵魂同时飘荡在孤独的虚空中，竟因而得以交流。

有一瞬间，他出现了幻听。他听到君怜在唤他：“荣哥哥。”那该是与他初识时期的君怜。是七年前吧，那时他们刚刚认了义亲，她管他叫“荣哥哥”，他便管她叫“羣妹妹”。后来成了亲，她唤他省去了名，他则对她改呼字——这两个改动显得那么亲密，“哥哥”“君怜”，那是属于他们两个人的情感小天地，隐藏着他们夫妻关系的小秘密。所以后来他们争执得厉害的时候，彼此都不肯放下身段向对方示弱，便将昵称放到一旁，偏要冷冰冰地跟大家一样呼对方“官家”“圣人”，好像不如此，就不足以气到对方似的。啊，他们怎么会那么傻。

“荣哥哥，是我，我可以过去吗？”幻听又出现了。不，也许不是幻听，真的是君怜回来了——君怜知道他舍不得她，便回来看看他。君贵睁开眼睛，坐起身子，四下张望。

鹭娘几步走到御榻前，拉起君贵的手，语声中有两分惊喜：“荣哥哥，你起来了？”君贵看清了眼前人。原来不是君怜。他挣脱妹子的手，又缓缓躺了下去。

“荣哥哥，我替你取点水来喝，好不好？”鹭娘坐在榻边看着他，恳求道。君贵摆摆手。鹭娘还待说话，君贵闭上眼睛摇摇头，又将手向殿外示意。

他不愿让任何人来冲淡君怜的气息，连他自己也不行。他不睁眼，这样君怜最后的容颜就会一直在他眼前，他可以跟着那张脸很容易地回溯到更早的时光，回溯到他仓促返京见到骨瘦如柴的她的那一天，回溯到他祃祭出征她为他祝酒的那一天；他不说话，这样他对君怜说过的最后的话就还在他的嘴边，只要愿意，他随时可以在心里再对她说一遍；他不听别人说话，这样君怜对他所说的最后的话也还能在他耳边多停留些时候，他可以反复地再听，反复地回想；他不喝水，不进食，这样就不会有别的物事来冲淡或替代君怜的味道，他可以为她保持一种类似斋戒般的清净；他不盖衾被，这样，他的身体就还会记得君怜最后的触感，那瘦骨嶙峋却山高水长的温存与眷恋……他甚至希望能有某种方法将御榻上方的气息整体凝固封存起来，这样，当他想念到撕心裂肺、剜肠刮肚却又无可奈何的时候，他就可以随时钻回这个气息场中来找她，来得到她真切的抚慰。

鹭娘见了他失魂落魄的模样，悄悄滑下泪来，忙抹了去，愈发低柔道："那好，我出去了。荣哥哥，你好生歇着，少时，我再进来看你。"

殿门轻轻开启，廊下众人齐齐将目光看向鹭娘。

鹭娘出殿，轻轻摇头。

"怎么，官家还是不想进用点什么？"魏国夫人问道。

"何止是不想进用点什么，大哥连一个字都不肯说！"鹭娘哭起来。

"这……这可怎么好，官家老这样下去，怕是一定会病倒的啊！翚娘……翚娘若是知道……"魏国夫人抿上了嘴，不让自己的眼圈继续红下去。

"母亲，"昭信忙道，"先别难过。咱们还是想个法子，教官家先缓过来再说。"

"还能有什么法子？"魏国夫人蹙紧眉头，"连长公主都劝不了，素日官家亲近的人里头，就剩下李都帅和张殿帅了，可他们又在江南督率着禁军……"

王景通摇摇头："国夫人，就算两帅来了，只怕也劝不了。"

"那么叫其他几位娘子来呢？"

"……也劝不了。"

"……"

"哎，皇子皇女在哪里？"昭信忽然发问。

君爱道："他们原本不是在灵前尽孝吗，唐妈妈说他们太小，命廷献和承璋等领出去散心了，说是待众位娘子行完礼，再领他们回去。”

昭信道：“依我说，何不去将皇子皇女领来瞧瞧爹，只怕官家的心思会回转些呢。”

“说得也是。”魏国夫人点点头，忙向王景通吩咐，“快，王都知，你快着人去将皇子皇女找来！”

未几，观音与训哥儿在廷献等人的护持下到来，两人皆身着重孝。

魏国夫人迎上去，俯身一把搂住他们：“好孩子，你们来了！”

“阿姥，您找我们？”观音好像一下子长大了许多似的，淡定问道。看来，数日间宫中环境气氛的改变并未吓坏她。她的一只手紧紧拉着弟弟，神情中颇有保护之意。

“嗯。”魏国夫人和言道，“阿姥想要你们进去看看爹爹，对爹爹说些好听的话，最好劝得爹爹起来走动走动，吃点东西，音儿能做到吗？”

“可以。”观音答道。

“我也可以。”宗训跟着说道。

“好好，那你们就进去，轻手轻脚的，别大声嚷嚷惊扰了爹爹，好吗？”

“好。”

“好。”

殿门开启。两个小小的身影手拉手走进去。众人心事重重地看着殿门在眼前合拢。

细碎的脚步声渐渐接近御榻。脚步上了厢板，踩着木质地面来到榻边。四只小手轻轻推动君贵的胳膊：“爹爹。”“爹爹。”

君贵从昏昏沉沉、半梦半醒中睁开眼，看到了自己与君怜养育的这一双儿女。

“爹爹，你在做什么呀？”观音观察着爹爹迷茫的神情，认真问道。

“呃……”君贵清清嗓子，发现自己声音嘶哑了，“爹爹……在做梦……”

“爹爹是在梦阿孃吗？”观音又问道。

君贵侧过身看着女儿，努力让语意显得柔和：“对。音儿怎么知道的？”

“音儿也想梦到阿孃！”观音忽然委屈地一扁嘴，大颗大颗的泪珠子直滚下来，“廷献说，只要乖乖吃饭，乖乖睡觉，乖乖拜拜，阿孃就会到梦里来看音儿！”宗训见阿姊哭，勾起自己宣泄不尽的委屈，便也“哇”的一声哭起来。

君贵缓缓伸出手去抚摸两个孩子的头。他的眼睛极度酸涩，他很想与孩子们抱头痛哭一番，可是却流不出眼泪——君怜似乎将他最后的泪水也带走了。孩子这么小，他们真的明白发生了什么事吗？“呵，阿孃……阿孃出远门了，是不是？”

“不是。”观音摇头道，“阿孃登仙了。唐阿姥说，阿孃成了神仙了，就跟翁翁一样。”

“可是……我不要阿孃成神仙！”宗训的哭声高起来，“爹爹，我想要阿孃回来！”

君贵坐起身，抹着儿子的泪水：“爹爹也想要阿孃回来。”

观音拉拉宗训的手，劝慰道：“训哥儿，咱们不是答应唐阿姥不吵不闹的吗？廷献说，想阿孃的时候就多拜拜，阿孃在天上都知道。”

“我刚拜过了呀，阿孃没有来！”宗训抽噎道。

观音道：“那你去睡觉吧，阿姊替你拜。廷献说，要是做梦的时间比醒着长，咱们见到阿孃的时间，就比以前还多呢。”

宗训不哭了：“真的？”

“是啊，我昨夜就梦到阿孃了。”观音笃定道。

“阿孃……阿孃对你说了什么？”君贵抚摸着女儿的脸蛋，哑声道。

“阿孃问音儿记不记得她的话，我说，当然记得。”

“哪句话？”

“就是那句……阿孃非常疼爱我和阿弟……”

君贵一阵晕眩，颓然倒回枕上，拿胳膊挡住了脸。

观音急急摇晃他：“爹爹，你做过梦了，你该起来了。”

君贵挥挥手：“音儿，爹爹想再做一个梦，你们先出去吧。”

“爹爹，爹爹！”观音不肯走，依旧摇晃着他，“你起来，你起来！”

宗训怔怔地看着父亲和阿姊，并不很明白眼前的情形。

君贵轻轻拂开女儿的手，也不睁眼，声音嘶哑：“出去吧，让爹爹再睡一会儿。”

观音退后一步，看着父亲的脸正色道：“爹爹，阿孃成神仙了，难道爹爹就只要做梦，不要音儿和阿弟了吗？”

君贵猛地睁眼看着她，不敢相信这是从虚龄五岁的女儿口中说出来的话。

“爹爹如果不要我们，我们可就走了！”观音气呼呼道。

“要，要！爹爹怎么会不要我的小观音和小哥儿呢？”君贵坐起身子，将两个孩子紧紧揽到自己怀里，“……音儿说得对，是爹爹错了，爹爹不该只想着做梦。你们小孩子才有资格多做梦，爹爹是个大人，大人不能只做梦，大人要做自己该做的事……”他向孩子们挤出一个苦涩的笑容，“音儿，你去门口告诉王景通，给爹爹拿些吃的喝的来。……爹爹睡够了，爹爹要干活儿了。”

万岁殿。灯烛灿然，钟磬绵长。

大行皇后的灵殿庄重肃穆，各色仪仗、供奉整饬谨严。由皇建禅院清兴和尚主持的释门法事，以及由清虚观刘大拙真人主持的道家醮仪，在灵殿内昼夜不息地次第进行着。

外朝百官、命妇们分批分级络绎前来，在殿外排队等候，又入殿内端恭行礼如仪。

尚宫唐氏等众人已经将在灵前尽孝已久的观音和宗训带走，留下廷猷、芦笛、承璋、赤珠等继续轮班领祭，上香焚纸，以尽哀思。随着群臣的礼拜动作，内廷中专门选出的数十名哭灵者就在素幡之后发出一阵阵猛烈的哀哭之声。

魏国夫人张氏和符昭信率几名内侍宫人走在通往紫烟阁的御道上，两人的神情都很疲惫。

魏国夫人问儿子："官家还在批奏表？"

"是。"昭信答道，"适才我去滋德殿探望，官家就埋在奏表堆里，提着朱笔写字呢。"

"官家跟你说话没有？"

"略说了几句。我看官家急着做事，只得劝几句保重身子，自己退出来了。"

魏国夫人叹口气："官家是个实在人，心里难受，无人可说，先时不吃不喝的，这两日又疯了似的只管办公！明明宣布了辍朝，也不肯歇着，每日除了到灵殿拜祭两次，就不再踏出御书房一步。我这个失了闺女的老丈母，倒要临时替他当这个家，名不正言不顺的……"

昭信道："是啊，真是辛苦母亲了。榷娘是司宫令，当此之时，宫里的大事原该由她做主才对，可她成天只在自己的阁子里拜祭，万事都不管……"

魏国夫人不禁又红了眼圈："不能怨她，不怨她！榷娘与翚娘打小儿相伴长大，两个人形影不离，亲热得跟一个人似的。如今冷不丁走了一个，教剩下那个可怎么过得去，可怎么活着！"

昭信叹道："四姐儿也天天在紫烟阁跟着榷娘拜祭，依我看，她们俩谁也安慰不了谁，只怕朝夕相对，反而更加伤心……"

说话间来到紫烟阁。转过太湖石石山影壁，只见院内一片素白，连庭中的海棠树和芍药花枝上都系了条条白幡。几名宫人内侍看清来者，急急上来行礼。魏国夫人问明令主正在西阁设祭，便示意昭信入客室等待，自己径向西阁走去。

西阁内，是一个极其简朴素净的祭堂。供案上一个小小的黑木神牌，上面以金漆简单隶书“吾友君怜之位”几字。神牌前，清供着三支御池白莲，一盘襄州柑橘，一碟建州茶饼。青铜博山炉中焚的是朱雀今年新制的嘉香，淡淡的香气缓缓从镂空的卷云缝隙中袅出。

朱雀与君爱身着丧服，在供案之前席地而坐，相对弄琴。朱雀以“九烛”抚《潇湘神》。她以前不很喜欢这曲子，认为过于缠绵柔婉，可是因君怜喜欢，这几日，她已经将此曲练得流畅了。君爱面前的琴是“六羽”。君爱也会《潇湘神》，只是所习的传谱与君怜不同。是以朱雀抚罢，君爱又再抚一遍，然后两人就指法的异同细细切磋。朱雀告诉君爱以前碰到某段旋律时，君怜习惯用什么指法，以及为什么。君爱便在“六羽”上与自己的指法进行对比，品味不同的效果。

房门推开，宫人入内报告魏国夫人到来，两人忙站起身迎接致福。

魏国夫人进到房中，见了两人情形，温言道：“榷娘，四姐儿，抚琴呢？”

“是，抚给君怜听听，”朱雀道，“君怜爱听琴。”

魏国夫人见她们精神头还不错，也没有一味拜祭祷祝，倒放了心，颔首道：“好，抚琴好。可也别累着，抚一会儿，起来歇歇——君怜也不愿你们累着的。”

“母亲说得是，我们都知道。”君爱答道。

魏国夫人见朱雀面容清减，便问道：“榷娘这几晚可睡得好些？日间也不见你去万岁殿，想来你也是累极了。”

“累倒不觉得，”朱雀扶义母到一旁椅上坐下，答道，“日间人太多，女儿还是日暮之后再去拜祭的好。”

君爱去倒了一盏汤水来捧给母亲：“阿孃别只顾着关心我们，宫中事有唐妈妈、王都知他们操持，阿孃有了春秋，别太过劳累才是。”

魏国夫人摇头道：“唐妈妈？她这几日恍恍惚惚的，除了知道牵着观音和训哥儿，还能做什么？倒是王景通办事踏实，规规矩矩，一丝不乱。”

“既如此，母亲就多歇着，别总去万岁殿……操持了。”

“你放心，阿孃几十岁的人了，从前前前朝到当朝，什么阵仗的大事没见过？放心，阿孃不会倒！……倒是你们姐妹，唉，成天失魂落魄的，阿孃看着……看着心里太难受！”

君爱被这句话触动万千心事，不由流下泪来：“阿孃……”

朱雀强笑道：“母亲冤枉我了，我才没有失魂落魄呢，我都没怎么哭过。”

魏国夫人拿手指点着她，不由又叹口气：“権娘啊，阿孃就想要你哭出来呢。你来教我搂着痛痛快快哭一场也罢，你与四姐儿两个趁没人抱着哭一场也罢，总之，你得纾解开啊！”她抬起手，抹了抹不知何时滑到颊边的泪水，“你也是我从小养大的闺女，我怎么忍心看着你自苦……”

朱雀面色发白，头皮发紧，却仍旧强笑道：“母亲过虑了，女儿没有自苦。女儿与翚娘，该说的话都已经说过了……”

魏国夫人默然片刻，也不知还能如何劝，索性打起精神道：“好了好了，你们都跟我到客堂去，二哥在那里等着呢，你们与他叙叙话，想必心里会痛快些。”

万岁殿。入夜后，银烛焕然。

两场法事的间歇，殿内有了片刻的安静。为大行皇后守灵的诸宫官、诸内侍轮换了一拨。承璋从后门轻轻走出去。据说为所有守灵者准备的晚食已经送到了内班院下房里，他要趁这个空当去吃饭，他腹中空空，早就饿了。而且，他已经跪了很久，双膝麻木，路都不会走了。廷献原本跟他轮班带祭的，眼下不知道去了哪里。他心里慌慌的，很想尽快找到他。

走到宿房的门口，承璋看见廷献正坐在一旁的栏杆上。虽是夏夜，月光却清寒，廷献的身上有庭树浓重的阴影。

“廷献，你吃过饭了吗?”承璋忙走过去问道。

廷献摇摇头：“等着你呢。”又反过来问他，“令主已经去拜祭过了?”

“嗯。令主来的时候人少，就只四姐儿陪着。”

“令主气色如何?”

“还那样，不哭不悲的。知道的是她要强，不愿让人看见她心里有多难受。不知道的，还当她素日与圣人有隙呢。”

“呵，令主才不在乎别人怎么看呢。”

“那倒是。”

“四姐儿呢，四姐儿今日看着还好?”

“还好吧，四姐儿素日里不就那样嘛，不爱说话，人也温温柔柔，一阵清风似的。”廷献默然。

“哎，廷献，你觉出来了吗，这次有两个人的刚强最是教人想不到。”

“你指的是……”

“一个是老夫人。”

“老夫人?”

“是啊，老夫人打小儿最疼大姐儿，可是你看这回，老夫人人前人后都强撑着，几时见她号啕大哭来着?”

“老夫人原本就刚强，不然符府一大家子的内事，怎么可能打理得那么好。”

“那倒是，咱们刚到符府那会儿，我多怕她呀。……可是，眼下老夫人毕竟上了年纪，我担心她吃不消啊。”

“无妨，有二公子在呢。”

“也对，老夫人是符府内的主心骨，二公子是老夫人的主心骨。”

“你适才说有两个人，还有一个是谁?”

“小皇女啊。”

“观音?”

“对啊，你没发现吗?观音性子比官家都刚强，愣是没在圣人灵前哭闹一声。”

廷献不语。

“那么小的孩子，遇到这么大个事，竟能带着阿弟，自己慢慢去化解……”

“是，连官家过不去的坎儿，都是她劝过来的，也不知她是怎么劝的。”

承璋蹙着眉，迟疑道:“可是廷献，我看着观音的情形，心里怎么竟怪不踏实的呢?按说，不过五岁的孩子，怎么就能那样……别会在心里落下什么病根儿吧……”

廷献忽然来了气:“观音不是寻常的孩子!观音是圣人的孩子，是圣人和官家的孩子!”

承璋愕然看着他:“廷献，你怎么了?”

廷献红了眼圈，胸口剧烈起伏:“观音是世上最好的孩子!她那样刚强自有她的道理，你有什么不踏实的?”

刹那间，承璋感受到了廷献心中巨大的痛苦，自己压抑着的悲伤也被他勾起，不禁倏然滑下泪来:“是是，观音是圣人和官家的孩子，她当然是最好的孩子……还有训哥儿……训哥儿性子像圣人，训哥儿也是最好的孩子……”

一六四　天色已墨

滋德殿偏殿。天色已墨，殿中灯烛明亮，一派安宁。

御案上铺着那张全境的羊皮地图，小山样的奏表被推到了地图的外围。侍从们远远候在一旁，看皇帝在御案上支颐沉思。身着丧服的皇帝保持这个姿势已经很久了，显然在思考什么重大的问题。刘奉武过去换了一次茶，皇帝并没有理会他。

可是在君贵自己这里，他并不是一个人待着，君怜就在身边，他正与她商量各种大事小情。君怜只是不说话，含笑耐心地听他说。君怜穿着离世那日所穿的衣裳——从此之后，君贵所见到的君怜，穿的永远都会是那身衣裳了。

“……湖南那边，也只能是周行逢了。周行逢虽然心眼儿多，性情又残忍，好歹还知道留心民事，革新吏治。朝廷的话，他也不敢不听。目下朗州、潭州都在他的实际掌控之下，一时也没有合适的人替换他。过些日子，我就正式下诏任命他为朗州大都督，你看行吗？你常说要顺势而为，我先顺着他，顺着湖南的势，待以后外事了断，国朝安稳，再慢慢将他的权力收归中央，如何？……

“重进奏报说，寿春那边的粮草问题稍解，水还是很高，除了围城，王师难有什么大的作为。我想着，这话也不是虚言。重进的功名心不比抱一、赵匡胤他们弱，倘若能立功，他为何不做？……不过，重进也是个直肠子，怎么就不知道动动脑子给寿春多找些麻烦呢！我打算接着给他施压，省得再闹出李继勋被人劫寨那档子事来，你的意下如何？……抱一？抱一不必我来施压，他年轻，不安分，没事还找事呢，肯定憋足了劲头寻机杀敌立功……是，你说得对，抱一与重进的不睦是个大问题，我已经遣谍者细查去了……你说，重进真的会有反意吗？你也不信，对吧？……

“云州边界的一支鞑靼部族，一百多号人，辗转入京请求内附中朝。我留下他们了，教鸿胪寺暂且安置。不过，这些马背人不安分，既不事生产，又不懂政务，留在京中恐生事端，我想教他们帮着去边市贸易牛马——他们相马可有一套了——你看这样好吗？……此外，渤海国遣了使者来朝贡，献了五千斤铜。呵，他们的物产，倒是与高丽差不多。我想，就赏赐他们内府绢帛和笔墨之属吧，他们喜欢中朝的这些物事。这也是历朝的王化之道。……哎，你再替我想想，还该赏点什么？……

“东京内城的改造还是有不少难处的，也就亏了是王朴这样的人来规划，街道说拓宽三十步就拓宽三十步，一点不打商量……这是办大事的气度啊。小心翼翼、瞻前顾后成得了什么事？实施还是教韩通总领的。韩通办事刚猛，带着薛可信、史鐲、盖万、康彦环他们几个四面分督，进展很有力。……我知道，应当让老百姓充分明白这事的长远之利，我会再下诏说明的。对了，我打算勒紧腰带，从国库里再拿出一笔款项来补偿拆迁，你的意下如何？……是的，补偿务必到位，我着人督着呢，不能教底下执事的私吞了。放心吧，他们惯耍的那些把戏，我大致都明白……

“我听说，你将宫里的修缮和膳食都减免了？减免我的倒无所谓，怎么能减免你的呢？……啊，你的不能减，不能免，只要是你的，什么都不能动……”

一阵突然的头疼袭击了他，君贵使劲闭上眼睛。他无可奈何地想，现在“头疼”这个说法对他而言并不是个比方，“让人头疼的事”，常常会真的让他的头突然疼一下。

王景通入内禀报，太常礼院和钦天监的人求见。君贵有些诧异。因为国丧，他下令辍朝七日，这还没到日子呢！何况，天已经黑了，他们有什么大不了的急事，非要在此时来求对呢？“宣吧。”

身着素服的太常寺卿和钦天监监正入内行礼毕，君贵疲惫地问道：“这么晚了，二卿仓促求对，有什么急事吗？”

太常卿进前一步揖道：“正当国丧之期，陛下心神俱劳，需好生休养，臣等原本不该来打扰陛下清静……”

“好了，来都来了，有什么事直说吧。”

“陛下，臣等将要说的话，是依职守不得不言。倘若知而不言，是臣等失职，恐有乖国运。故此，臣等要先行请陛下恕罪，下面的话才敢说。”

君贵暗暗叹口气，面无表情地看着他们：“恕你们无罪，这下可以说了吗？”

钦天监监正上前一步，恭敬施礼：“陛下，臣昨夜细观天象，发现破军星大亮。破军星主兵灾，突然大亮，恐是凶兆。故此臣寝食难安，今夜一俟天黑，臣便再次登台观望。臣发现，破军星比昨日更亮了……”

君贵皱紧了眉头：“这是何应？”

“陛下，臣思来想去，这恐怕是人世间两凶冲犯之事，在星象上有所兆应……”

“什么两凶冲犯？”

钦天监监正向太常卿示意，太常卿忙道：“陛下，如今国朝正在淮南用兵，兵乃大事，亦乃凶事，当此凶大行之时，不宜再有其他凶事相冲犯……”说到这里，他暂停下来，小心翼翼地看了看皇帝的脸色，见并无大改，又接道，“可是，目今正值为大行皇后服丧中，庙堂上下、朝野内外一片缟素，这是国之凶事……

按理说，两凶相犯，必得有一凶避让……否则，臣恐于国运有伤啊……”

君贵沉吟片刻，问道：“你们的意思是？”

“陛下，两个大凶相冲犯，常例，是内凶避外凶。”

“大行皇后之丧，乃内凶之大者，似有不得不避之理。”

“所以呢？”

“陛下，为国朝兵事顺利、国运昌泰计，臣等斗胆来请陛下的旨，是不是杀减丧礼，将国丧的服丧期缩短，以破天象之凶局？”

君贵默然良久。心爱之人去世了，连为她服丧都不能尽礼，即便在民间，这也是极其挑战人情的艰难之事，何况君怜贵为母仪天下的皇后。然而天数叵测，事关国运，却又丝毫不敢马虎。君怜素来以社稷江山为重，任何小我的牺牲在她那里都不算什么，自己又怎能辜负了她的襟怀与懿德？想来，倘若君怜天上有知，也一定会赞同他们的提议吧。

“……朕问你们，百官为大行皇后服丧，有几日了？”

“回陛下的话，打从外仪周备，准许外臣按品级到万岁殿内外行礼，到今日是第三日。”

“知道了。回去传朕的旨：因兵事而杀丧礼，百官三日释服。”

太常卿与钦天监监正交换一个眼神，眼神中流露出明显的欣慰与感佩：“遵旨！臣等立刻去中书门下传谕。”

“嗯。”

“那么……陛下自己会当如何呢？”

“朕？”

“陛下是社稷之首，以一身担当着国朝的最大吉凶……”

“你们的意思，朕也得缩减礼仪？”

“臣等不敢强求，不过……”

“明白了。朕……七日而释服，行吗？”

“陛下顾全大局，实乃圣明之君！”“陛下圣明！社稷之幸！”

两人庄重揖礼，由衷赞颂。没想到，事先甚感艰难的一件事，竟如此轻易得到了解决。

次日，百官果然依谕命除服，改为素装示哀。皇帝与皇子皇女及诸后妃则在正式服丧七日后除服，日常换素装，改服心丧终礼。当然，这个除服是指日常除服，祭奠期内，当行祭礼之际，仍旧是要着丧服的。

又次日，钦天监再奏，天象凶兆解除，破军星恢复素常亮度。

不日，有司为大行皇后上谥号曰“宣懿”，其陵名曰“懿陵”，皇帝允准。于是命使筑陵，有司各尽其职。

滋德殿移花堂。

这是圣人去世之后的第一场内廷家宴，魏国夫人张氏携女君爱、司宫令朱雀、王昭仪菁娘、孙昭容远山携皇子宗让、章昭容秋池携皇子宗谨尽皆在座。君贵坐在上首，皇女观音与皇子宗训一左一右紧挨在他身旁。此时宗训并没有特殊身份，因此按齿序和家中惯例，在父亲身边的座位次于阿姊。左侧第一个座位原是君怜的，今空出来。朱雀坐了左首第二个位置，远山抱着儿子坐了左首第三个位置，秋池抱着儿子坐了左首第四个位置，魏国夫人偕君爱坐了右首第一、二个位置，菁娘坐了右首第三个位置。君爱没有品级，以圣人亲属身份出席，故而随母亲靠前坐。原本秋池该坐到菁娘身侧的，考虑到左首人少，君贵便教她匀到了远山旁边。

皇子宗让和宗谨不过是刚出生两三个月的婴儿，除了哼唧哭闹，便是睡觉。入座后，君贵先教远山和秋池将孩子抱过来，自己接了，略微逗弄一番。远山和秋池打从君贵返京后，私下见他的机会并不多。一则官家忧虑圣人病情，无心与她们闲叙，她们也知道自己解不了他的愁闷，索性低调不要打扰；二则她们自己生活内容充实，日夜围绕着皇儿饮食起居转，没有更多心思到御前邀宠，因此在帝后跟前都只是尽礼如仪。

她们知道自己的孩儿比不得圣人所出的嫡子，与王昭仪腹中那个也没的比，是以她们并没有任何非分之想，只盼着平平安安将孩儿养大，养好，为孩儿谋求到一个王爷、国公的前程，就是最好。圣人过世后，她们失去了靠山，心中难免仓皇。目下见官家肯对自己的孩儿加以青眼，忙左右围拥着官家，盼着官家对孩儿的小脸多加抚摸，以示父子骨肉之情。官家随口对孩儿的几句夸赞，更让她们欣喜万分。

观音与宗训因紧挨着父亲，也在这热闹的小圈子之内，两人甚至站起身，踮脚往父亲的怀里探看。

君贵便将宗让抱给观音看，问她："让哥儿胖不胖？"

观音答："胖，好胖。"

"胖了好呀，小子胖，长得壮。"君贵说着，将宗让还给远山，又接过宗谨来。见宗训好奇地看着自己，他又向宗训道："这个阿弟，咱们教训哥儿来品说。怎么样，训哥儿告诉爹爹，阿弟胖不胖？"

宗训点头："胖。"

君贵笑了一下："你们是阿姊和阿哥，你们可得乖乖的，做个好样子给他们瞧。"

"好。"

"好。"

君贵便向魏国夫人道："母亲近日见过这两个小家伙没有？"

"前些日子看视过，倒是好几天不见了。"

"……那么母亲看看吧，四妹妹也看看。"

远山和秋池忙将孩儿们抱过去给她母女瞧，众人又是一番赞叹评价。菁娘大感受到冷落，悄悄嘟着嘴一言不发。

待展示完新皇子，君贵向远山和秋池道："将五哥儿和六哥儿交给乳母，你们入座吧。"君贵与发妻梅娘原本育有三个儿子，却尽数被戮于后汉隐帝之手，因此给现在的儿子排序时，君贵是按齿序接续下来排的：宗训是四哥儿，宗让是五哥儿，宗谨是六哥儿。早前只有宗训一个在世皇子时倒无所谓齿序，如今添了两个皇儿，排行自然就很有必要了。至于观音，因为她是官家迄今为止唯一的女儿，所以也没人管她叫大姐儿，只呼皇女便是她了。

魏国夫人向君贵道：“官家好福气，皇子们一个赛一个壮实！”君贵一笑。即命王景通开宴。因在丧期，宴席很简朴，全为素食，并且一应沾带喜色之菜肴都免了。侍从们有条不紊地布菜，众人也没甚话说，膳桌上一时无声无息，沉闷压抑。

不多时，菁娘放下食箸，皱眉按住了上腹。

君贵察觉了她的异样，问道：“怎么了，菁娘？”

“臣妾不知吃了什么，忽然腹疼。”菁娘含着委屈道。

君贵向刘奉武吩咐：“替朕去为王娘子盛一碗热汤。”又转向菁娘，和言道，“腹疼，喝点热汤会好些。”

刘奉武依言而行。菁娘接过汤碗喝了两口，复又放下。

朱雀淡淡问道：“王娘子可好些了吗？”

菁娘摇头：“没有，还是疼。”

“要不就传御医来吧。”君贵道。

“哦，不必了，就一下两下，过了就好了。”菁娘忙道。

朱雀道：“若还是疼，就先别吃了。我替你把把脉，看是有哪里不调。”

菁娘最不愿被朱雀把脉，因为每次朱雀总是说她什么问题都没有。闻听朱雀此言，菁娘又按住了腹部，闭目体会一番，忽然向君贵惊喜道：“啊，不是腹疼，臣妾感觉到了，是孩儿……是孩儿在踢臣妾呢，陛下！”

“啊，是吗？”君贵笑了一下，“那很好啊，看来孩儿很康健嘛。”

菁娘很想让君贵摸摸腹中的孩儿。昨夜她第一次感受到胎动，激动了好半天，今日原就起意要尽快让官家知道的。可是当着这么多人的面，又在膳桌上，毕竟不好意思走到他身边去，只得说道："少时陛下亲自来摸摸，这孩儿踢腿的劲头可大了！"君贵颔首。

这当儿，观音忽然向君爱发问道："四姨，你怎么也不吃了？"众人的目光被观音的话语吸引，齐齐由菁娘处转向了君爱。只见君爱放下了食箸安安静静坐着，眼前盘干碗净，已是一派进食完毕的景象。

"四妹妹多吃点吧。若是嫌这桌上的不合口味，朕教他们再换些花样来。"君贵发话道。

"啊不必了，我已经吃好了。"君爱红了脸答道。

"四姐儿，这一向你吃得少，今日官家召宴，你好歹多吃些。"朱雀很乐意将话题从菁娘处转移，也帮着君贵劝道。

"呃，榷姊，我真的……"君爱原本不愿引众人注意，此时众目睽睽的，神情难免便尴尬起来。

君贵转向魏国夫人："呵，母亲劝劝四妹妹，这家宴刚开头呢，怎么就放下筷子了？在座的都不是外人，别太拘束才是。"

菁娘好不容易将官家注意力吸引到自己和腹中孩儿身上，没想到又被君爱抢了风头，气得不由又嘟起了嘴。

魏国夫人解释道："我们四姐儿在家吃得也不多，不是见外，官家可别多心。"

君贵道："宫里的厨子调味不敢放开手脚，想来四妹妹还是习惯家里的饭菜。"

魏国夫人一笑。略一斟酌，因又道："既是说到这个话头，老身倒有件事要回禀官家，请求官家允准呢。"

君贵忙道："母亲有何事，但说无妨。"

魏国夫人道："我们母女，加上昭信，离了魏博进京也有两月了。原本老身想着，要待守完君怜的七七之后再走的。可是前日昭信说，魏博家里捎信过来，他父亲因君怜的事，身子却有些不大好……”

君贵一愣，忙关切道：“岳丈怎么了？”

“说是卧病数日——倒也不是很严重，官家不必悬心。老身想着，他父亲也有了春秋，大意不得，还是早些回去料理的好，故此要请官家允准。”

君贵道：“既如此，母亲就请尽快回去照顾岳丈。我从宫里遣两个御医与母亲同去，想来能帮上些许小忙。”

“多谢官家费心。御医就不必派了，魏博有我们常用的大夫，医术还是可以的。”

“那么……母亲打算何时动身？”

“老身想着，就是后日吧。”

“好，知道了，我会遣王景通去安排相应事宜。”

“嗯……多谢官家好意。”

滋德殿寝殿。入夜了，虫鸣不已。

君贵在灯下看书，几只千方百计绕开了窗纱和帘栊阻隔的小飞蛾在半空飞舞，执着地一次次扑向灯罩。他伸手捉住一只，原想顺手捏死，可是想了想，又亲自将它带到殿门处，由宫人掀起帘子，撒手放出了殿外。

刘奉武见了，忙自请失职之罪，跟过来捉剩下的飞蛾。君贵由着他捉，只提醒道：“别伤它们性命，放了出去。”刘奉武答应了。更多的侍从跑过来，三下五除二将偷闯入殿内的飞蛾捉尽，又各处寻找，生怕有所遗漏。

君贵怔怔地看着他们，心中忽然一片荒凉。

翌日。延福殿。

魏国夫人带来的两个使女与延福殿的宫人内侍一起，在收拾行李。她们自带的箱箧原本不多，但官家为了抚慰符王夫妇失女之痛，昨日又着人送来好些内府礼物，因此行李比来时多了不少，拾掇起来就要费些工夫了。

观音与宗训在偏殿跟着君爱玩耍，唐氏、东方氏、刘氏、廷献等人陪侍一旁。自打母亲登仙之后，两个孩子已经习惯了在四姨这里寻找一些类似母爱的情感替代（他们对于乳母又是另外一种感情）。君爱自己原不过是十八九岁的大孩子，没有持家经验，更没有养育孩儿的经验，但她秉性温柔，又会从书里找故事讲给孩儿们听，故此竟颇得孩儿们喜欢。

殿外一阵次第致礼之声，众人略感惊讶。魏国夫人忙招呼君爱，两人整理着衣裾往殿门口走。廷献早已先迎了出去。

君贵在刘奉武等人簇拥下快步而来。走至殿门口，君贵看见了如礼下拜颂词的廷献，不由一愣："廷献？你怎么在这里？"

"回陛下，臣是陪皇子皇女来的。今日臣在万岁殿轮的是晚班。"廷献答道。

君贵颔首："嗯。皇子皇女都在这里？"

"是。"

正说着话，魏国夫人已经带了君爱迎出来，君贵抢道："母亲，免礼。"魏国夫人颔首，君爱向他一福。观音和宗训扑向他："爹爹！""爹爹！"

君贵一手抱起一个孩子，带着众人往殿中走，一面问观音："爹爹来之前，你们在做什么呀？"

"在跟着四姨学诗。"

"学诗？"

"人闲桂花落，夜静春山空。"

"哦，好。"君贵不由看了君爱一眼。

君爱低头道："姐夫，我不过胡乱教教的，可没什么章法。"

君贵走至椅中坐下，又示意她母女入座，因问怀中的观音：

“四姨教诗，音儿能听懂吗?”

“能呀，音儿什么都懂。”

“呵，你倒是不客气！——哥儿呢？学得会吗?”

“学得会。”

“那……你们还想让四姨教你们学诗吗?”

“想。”

“想，四姨教得可好了。”

君贵向魏国夫人一笑:“这两个孩子，跟四姨还真是有缘!”

魏国夫人应和道:“毕竟是至亲骨肉。”

君贵清了清嗓子:“呃……今日我来，是想跟母亲商量个事儿。”

“官家有事，请尽管吩咐。”

君贵略带些尴尬，却又语意坚决:“君怜刚刚仙去，既然两个孩子都喜欢四妹妹，一时半会儿也离不了她，我想……我想就请四妹妹继续留在宫中照顾他们，不知母亲意下如何?”

魏国夫人早就觉出君贵来意不寻常，听了此话，立时明白了他的意思。虽然他说得很委婉，但核心目的还是很清晰的：他要留下君爱。不过，官家的话中有一种刻意的含糊：他没有说明君爱将以什么身份留下。表面上，是以外戚身份帮着宫中带带皇儿，让他们顺利渡过眼前失母的情感难关。可情理上讲，君爱是个将逾嫁龄的闺阁女儿，她目下最要紧的，当然是自己的终身大事，而不是帮别人看孩子——官家不会想不到这一点，而非要强人所难。官家也没有说明请君爱留下的时限，如果他加了“暂且”二字，事情倒单纯了，但他只说留下来，隐隐便有永久留下之意。

六宫已经无主，君爱一个小姨子住在姐夫家里，姐姐却又不在，这算怎么回事？而且，请君爱帮忙看孩子，却又不与君爱本人商量，反而跟她这个母亲提，似乎带着点辗转回避的意思——

帮亲戚的忙需要哪门子回避呢？只有谈婚论嫁才需要回避。

联系到早前昭信向自己转述的君怜的话，“四姐儿的事，请阿爹阿孃不必着急，我会替她安排……”魏国夫人忽然意识到，君怜对君爱的安排，就是让她接替自己留在官家身边，留在孩子们身边——想必，她生前已经与君贵达成了一致。如今正在君怜的丧期中，君贵原本没必要提起此事的，是自己昨日说了要走，他才会赶在自己走之前将君爱留下。

她看向君爱。君爱早已红着脸低下了头。她的心“咯噔”一跳。难道君爱早就知道有此一说？对，她们姐妹叙谈过，君怜想必将自己的后事安排跟君爱说了，君爱想必也早已答应了。或者，君爱心里原本就有君贵？——难怪她从前死活不肯嫁！

将种种迹象联系到一起看，许多事情就说得通了……早知如此，自己这些日子以来的各种担忧又是何苦来哉？

魏国夫人万千思绪涌向心头，默然半晌，向君贵笑了一下，语声和蔼、端重又暗含矜持：“教君爱帮着姐夫看孩子，是她该尽的力，有什么不可以的呢？只要官家以为并无不妥，老身便没有话说。”她这话回答得很有技巧，也很有分量：官家既然要留下我的女儿，想必已经准备好了给她正式的名分。否则，小姨子莫名其妙住在姐夫家里不走，不是白招世人闲话吗？皇帝家事，哪里经得起伦理方面这样的行差踏错？除非好皇帝的名声你不要了。我们符门是累世王侯之家，高低轻重马虎不得，想必官家你自会妥当掂量此事的分量。

君贵完全理解了岳母的话中深意，也回给她淡淡一笑：“母亲尽管放心，总是我认为妥当的，才敢向母亲提出这个请求。”

廷献的目光悄悄在官家、老夫人和四姐儿之间来回移转。一众侍从之中，只有他才真正明白，发生在官家和魏国夫人之间的这几句简短对话，到底意味着什么。

他原本应该感到欣慰的，可是心底却忽然起了很深的惆怅。

深夜。滋德殿寝殿。

君贵躺在紫檀御榻上，君怜躺在他旁边，神色平淡。

君贵侧过身对着君怜，低声道：“我按照你的意思，将君爱留下来了，你……你是会高兴，还是不高兴？……我知道，你心里还是会难受的，对不对？……我的心里也不好受。……我们都做了自己认为正确的事，可是，我们谁也没有高兴起来。君怜，你告诉我，这是为什么呢？”

君怜不言不语，向里侧一翻身，消失了。

君贵将脸紧紧贴到君怜刚刚躺过的枕头上：“君怜，你尸骨未寒，我不该这样……你别生我的气……”锦袱慢慢被润湿了一小块，变得凉凉的。

一六五　蜡丸密书

东京罗城北门外，郊亭。

朱雀偕观音、宗训、君爱及廷献、承璋、唐氏等一众符府旧仆，相送义母魏国夫人张氏并义兄昭信返回魏博天雄军。该行的礼都行过了，该说的话，彼此也都说过了，可是，似乎还有一些尚未出口。

昭信站在母亲身旁，看着两个妹子，温言道："権娘，君爱，你们对父亲的问候，我会原话带回家里，只管放心就是。……宫廷幽深，君爱性子柔，朱雀，你还是要多照应她。"

朱雀勉强一笑。

魏国夫人抚摸着君爱的头发，眼中泛起泪花："当年在青州郊亭，阿孃送你大姊去嫁给目今的官家，没想到如今又……"

"阿孃！"君爱泪水涟涟，"不要说了，不要难过……"

"你想想，阿孃前后将两个女儿都托付给了官家，阿孃心里是什么滋味呀！四姐儿，皇宫不比寻常府宅，入了那里，咱们娘儿俩要见面可就难了。孩子，阿孃别的不盼，就盼着你平平安安的，有个好前程。"

"阿孃放心，女儿明白。"

魏国夫人叹口气，低声道："君爱，官家将如何待你，目下尚未明言，你务必沉住气，不能有丝毫着急之色。"

君爱红了脸，垂首不语。

“宫中人事，说简单也简单，说复杂，又极其复杂，你要小心应对。”

“女儿明白。”

魏国夫人看向朱雀：“榷娘，君爱没经历过什么事，她不知道的，你要多提点她才是。”

朱雀默然点头。

“四姐儿，如今你成了连接咱们符氏与郭氏皇族的关键。观音、宗训年幼，将来你就是他们的母亲了，你得承担起鞠养、教导、保护他们的担子来。他们是皇家嫡出骨肉不假，可来日方长，要想保证他们前途坦荡，离不了母族扶持。好孩子，不要怕，你记着，你们的身后，咱们整个符氏家族都在为你们撑腰呢！”

君爱流泪道：“阿孃的话，女儿牢牢记住了。”

魏国夫人将唐氏、廷献和承璋叫到身边：“四姐儿年纪轻，你们是家里的旧人，务必替我和王爷照顾好她。”

二人连声应喏。

“尤其是你，廷献。你一直跟在大姐儿身边事奉，大姐儿素日如何为人，如何处理宫中诸事，你全都看在眼里了。什么事是什么规矩，如何处置最为妥当，你要细细讲给四姐儿听。”

“小人明白。”

“好了，我将四姐儿交给你们了，四姐儿若是有什么闪失，我可拿你们是问！”

三人忙应道：“老夫人放心，我等万万不敢懈怠！”

一时皇子皇女被领着上前拜别了外祖母，魏国夫人和昭信又向众人叮嘱几句。昭信扶母亲登车，鞭响马嘶，一行人向着东北方而去。众人望车施礼。君爱泪如泉涌，无声哭泣不已。

车马渐远。朱雀默默走至郊亭一侧，看着自己身边浩大的卤簿仪仗队伍，陷入沉思中。

滋德殿前殿。日光充盈。

皇帝从后侧步出，守候在殿中的赵匡胤急忙上前下拜："臣赵匡胤见过陛下。"

"啊，元朗，你回来了。平身吧。"皇帝温言说着，自己坐到了御阶下的主座中，"天长、六合那边的事，都交托好了？"

赵匡胤礼道："是，臣将两千精骑留在当地，由石守信统领。"

"嗯。你从东线回来，向训、韩令坤他们那边，你看着情形如何？"

"向训自己固守扬州，没有听说遇到急难，想来扬州形势还好。韩令坤北上野战，臣不知其详。但淮南乡民倔强，白甲军尤其顽固，臣恐他的兵力不足。"

"……白甲军还是屡禁不绝吗？"

"是。他们采取游击之术，王师摸不准其出没规律，到底容易吃闷亏。"

"目下军中还有剽掠之事吗？"

"这个……臣不清楚。但臣所部兵马绝无此事！"

刘奉武上茶，皇帝命也赐赵匡胤一盏。因又问："你上次奏请在寿春城下停留旬日，说要帮着李都帅打一仗。据李都帅奏表，也颇有斩获，是吗？你给朕说说。"

"喏。臣看寿春驻军多显露疲惫之态，甚至还有人议论撤兵的，实在不是王师应有的气概。臣便向李都帅自请率部攻寨，杀伤寿州水寨守军逾百人，也算为提振王师士气略尽了绵薄之力吧。"

"干得好！"皇帝笑道，"元朗，朕用你偏师奇袭，屡见成效，看来，你不负朕的期望。"

赵匡胤忙笑道："臣时刻提着小心，宁可性命不要，也不敢辜负陛下的厚望。"

皇帝颔首，又向刘奉武示意。

刘奉武从旁边捧过一个木盘。盘内是一袭内府织造的战袍，赭石素色为底，金银线绣的虎兕之纹十分精致华美。“元朗，这个赐给你，奖赏你连月征战的功劳。”

赵匡胤惊喜道：“多谢陛下恩典！臣便有些许成绩，也都是仰仗陛下威德所致，岂敢居功？”一面恭敬接了。

皇帝又笑道：“数月以来，咱们在淮水上俘获了不少江南战船，这次朕返京，带了其中若干艘回来。朕仿汉代昆明池旧例，命人在城西旧水塘的基础上拓挖出一片大池。目下，那些江南战船，便都停泊在了大池中。”

“陛下，臣曾经登上江南战船细看过，其内部构造极其精巧，确实非我北人所及。”

“是这个话。朕已命工部偕兵部详细研究这些战船。江南带回来的船工水手，也统统交给他们做参谋。朕要仿效之而超越之，造出大周自己的战船，比江南战船更大，更好，更能战斗！”

赵匡胤兴奋道：“太妙了！陛下，臣于水战上些微有点经验，请陛下委派臣以训练水师之责，臣一定不负重托！”

皇帝微微摇头：“训练水师之事我已经委派给王环了，他自会从在京的禁军士兵中选拔勇卒，用那些战船，操练出咱们大周自己的水师。元朗，如今李、张、向三帅都压在了淮南，朕召你回来，是要你在京师统领留守的这些殿前军。”

赵匡胤忙道：“臣明白。”

皇帝见他神情似有不甘，笑了一下：“呵，待水师训成，朕会给你统领他们的机会的。到那个时候，王师的士兵在水面上如履平地，在水里头如鱼潜渊！别管是淮水、江水，还是天上落的大水，什么水也休想阻挡我大周铁军的脚步了！”

“陛下，臣也期待着那一天早日到来！”赵匡胤的眼中射出了向往的光芒。

寿春。中军指挥帐。

黄昏时分，李重进巡营回来，坐在胡床上，一迭声吩咐：“快拿晚食来！别忘了拿酒！”侍从们忙答应着，脚步纷沓。未几，食盒送来，几样肉菜摆在几案上，却没有酒。

“酒呢？”李重进问道。

“都帅，恁忘啦，军中存的酒，昨日就喝光了。今日遣人往正阳关那边沽买去了，还没回来呢。”一名亲兵赔笑道。

“早干什么去了！”李重进半怒半嗔道。

亲兵嘿嘿一笑：“都帅，这两日属下们不是一直在附近村里找沽酒处吗？没找到呀。”

重进无法可想，只得拉徐令则等部随一起，干干吃了晚饭。席间又叙了些闲话，至戌正，众人渐渐散去，重进便走到榻边，准备休息。

刚躺下来，伸手一拉衾被，却有个圆圆的物事滚出来，骨碌到他的腰际。重进摸了拿到眼前看，是个比干枣还小的白丸子，分量很轻，表面上似乎裹着一层蜡。

重进以前没见过这类物事，心下奇怪，起身拿到灯下细看。看了片刻，看不出所以然，放手里掂量掂量，也莫名其妙，索性一把将蜡丸捏破。原来蜡壳之中是一张薄而小的绢帛，上面布满蝇头小楷。重进就着灯烛展读帛书，才读了几句，脸色就大变。

这是以唐主李伯玉的名义给他传来的书信。信中大赞他近日顾及淮南民生，暂且偃旗息鼓，休师不攻，实在仁义。又替他不平，说他英勇威猛、战功赫赫却得不到周朝应有的尊重，反而被权臣排挤，恁大的战功算到了别人名下，别人打的败仗，倒要他来担责！为了表达对他的抚慰之情，信中说，金陵将命人随后送上五千金略表心意。最后李伯玉表示，江南物华天宝，幅员广阔，大有作为，金陵朝廷早已为他准备好了豪府，只要他一来，江南第一帅的位置就是他的，绝无二话，希望他不要犹豫，早作决断。

书信中的语气有一种半陌生人之间的亲昵——就像他们之间虽不是很熟悉却又早已互生好感似的。书信中的措辞也有一种暧昧，看上去既像是首次通信，又像是已经有过前晤。什么不要犹豫、早作决断云云，仔细品味的话，好像之前他一直在犹豫似的。

当然重进现在还品不了这么仔细。他看了蜡丸书的前几句，已经恼怒地跳起来，大声唤亲兵入帐，厉声问道："适才都有什么人到我这帐里来过？"

"呃……"亲兵看着他的脸色，不明所以，小心道，"都帅，恁不在的时候，营帐里除了我们几个收拾打扫，并没有什么别的人进来。恁回来之后，这帐里的人来来往往，才多起来。"

"都什么人在我这里来往啊？"

"都帅，禀报军情的，送饭的，送水的，送洗干净的衣裳的，找徐指挥、刘指挥他们说事的……好些人呢，我们也不一一认得。"

重进懊恼地一擂几案："哼，有人在捣鬼。走，跟我出去看看！"也不待亲兵回过神，他迈开大步就向帐外走。一掀开帐幕，差点兜头猛撞到一个人身上。

"哎哟都帅，恁这么着急忙慌的，是要去哪儿啊？"来者是齐藏珍。他扶住了李重进，大咧咧问道。

"齐刺史？"重进应了一声，极目向营帐周围张望。夜色迷离，灯火稀少，哪里能够看见什么？他只得又转向齐藏珍，"天都黑了，你怎么来了？"

"嘿，我这不是听人说，今晚都帅没有酒喝，肚子里不痛快嘛。我就赶紧将自己留着的最后一罐酒提了，来找都帅一起喝啊！"齐藏珍笑道。

重进这才看清，他手里果真拎着一个黑陶的酒罐子。"行，那咱们就进去，喝！”

一时两人回到桌案前，又叫了落花生、糟鱼两样小菜，就着烛光喝酒。齐藏珍见李重进闷闷不乐，只管一杯接一杯下肚，便试探道：“怎么，都帅像是有心事？”

重进看他一眼，略微犹豫一下，便屏退左右，从怀里掏出了那封蜡丸书：“不知谁藏到我睡榻上的，你看吧。”

齐藏珍忙接过，凑到灯下郑重其事细看一回，又将书信还给李重进，脸上满是欲说还休的表情。李重进把眼睛盯着他：“看明白了？”

“嗯。”齐藏珍点头。片刻，见李重进没有往下说的意思，便问他，“这个……都帅有何想法呀？”

“我能有什么想法？我真是没想到，李伯玉君臣能天真到这个地步！以为拿这么个破玩意儿，就能将我哄过去了？”

“嘿嘿，就是，空口许白诺，谁信他们！”

“不是这个话。他便是真拿座金山银山来，我也照样给他们叉出去！”

“嘿嘿，都帅也忒谨慎了！江南若是真有金山银山扛来，都帅何妨先收着？左右不替他们办事就是了！”

“你什么意思？”

“嗐，江南就是愁银子太多，东南西北，四面乱撒。依我说，都帅也不必跟他们客气，他们敢送，咱们就敢收！他自己送上门来的，关咱们什么事？就白花了他的，他又能怎样？”

“你胡说什么呢？吃人嘴短，拿人手软，天底下哪有白吃白拿的事！”

“怎么没有？隔着淮水，隔着大江，他们敢把都帅怎样？倘若都帅心里过意不去，不拘什么时候，还他们两句不痛不痒的好话，不就是了？”

“哼，这可不是我李重进的作为！”

“知道知道，都帅是耿直的人。不过依我看啊，这蜡丸书里的话也不全错。对岸那位气焰太盛不是真的？上次都帅单骑过淮，主动去服软，我们都替都帅不忿，凭什么呀?!”

“罢了，这事儿不是已经了了吗?”

“嘿，恁可不知道，对岸那位，目今尾巴都快翘到天上去了！他手底下那些人愈发不把咱们放在眼里，咱们自己弟兄心里憋屈呀！”

李重进黑了脸道：“说这书信呢，怎么又扯远了?”

“是是，就说回这书信。依我看，对面那位一定早接到类似的书信了。恁信吗?”

“……”

“恁猜他会怎么着?”

“怎么着?”

“他一定就像我说的那样，不声不响白接了东西，然后再不理睬他们！”

“这……不可能吧?”

“不可能？对面那位可比恁心眼儿活泛多了！只怕哪天他把恁卖了，恁还替他数钱呢！”

“好了好了，吃酒吃酒，说点别的！”

…………

帐内关于蜡丸书和张殿帅的交谈渐渐消歇了。帐外，一个其貌不扬的士卒走出角落的阴影，敏捷地消失在夜色中。

子夜降临。李重进大睁着眼睛躺在睡榻上。

他并没有喝醉，他的脑力还足够让他思考。蜡丸书来得蹊跷突兀，可见军中有江南谍者走动，并且已经到了可以进出自己中军帐的地步。蜡丸书能送来，焉知刀剑匕首不能送来呢？他得加强戒备，从明日起要安排心腹严查往来人，不能再像以往那样轻忽了。蜡丸书的内容，他自己又研究了几遍，感到里面藏着些说不清道不明的东西。

同时，齐藏珍今日的表现也有些奇怪。怎么就那么巧，蜡丸书刚送到，他就过来送酒？两人共饮时他说的话，来来回回，好像就两个意思：第一，劝自己不必死硬拒绝江南，不妨接受他们未来可能的礼物；第二，数说张永德不好。当然他知道，在京中时齐藏珍就与张永德不对付，具体原因不明，齐藏珍在自己跟前发泄对张永德的不满是家常便饭。不过，今日他将蜡丸书的事拉到一起说，好像就有点不同寻常了。到底是哪里不寻常呢？

江南人，张永德，齐藏珍……纠缠在错综复杂的关系中，自己该如何对此事做出最妥当的应对？

东京大内，御苑花林中。

几个宫人内侍陪观音和宗训闲玩。适才宗训又无端委屈哭闹了一回，廷献便抱了他与阿姊一道出来玩鞠球。观音倒还好，烦躁时，东方氏等能用别的物事转移她的注意力。宗训年纪太小，失母的痛苦说不出来，也不知如何发泄，近日变得十分闹腾，动辄发脾气大哭不已。廷献想来想去，遇到两个皇儿躁动不安之时，便带他们出来踢球发泄。也不必有什么章法，就是对着鞠球一通乱踢，往往能教他们破涕为笑，奏出奇效。

承璋从万岁殿守完灵退出，一路找过来。廷献便招呼了他，两人倚在石桌旁看众人围着皇子皇女团团转。廷献因问承璋："四姐儿还在万岁殿吗？"

"没有了。四姐儿拜完，说回延福殿给圣人抄经去。"

"四姐儿不去跟着令主私祭了吗？"

"不去了。令主这几日在圣人灵前就是早晚一炷香，然后抚两支曲子，不像前些日子那样一天到晚拜祭了。四姐儿便是去了，也没事可做。"

廷献默然片刻，又问道："令主近日哭过吗？"

“呃……反正我没看到。你知道我跟你一样领一班祭礼，也不是每时每刻都在令主跟前的。或许令主哭过，我没瞧见吧。”

“……但我也问了赤珠，她也说没瞧见。”

“……可是我早说过的？令主性子倔，不肯教人瞧见她难过。”

“承璋，令主这样子，我心里很不踏实……”

“怎么了？”

“你还记得当年高师父离开晋王府的事吗？”

“啊？”

“高师父不告而别……”说到这里，廷献抿了抿嘴，有些赧然，“令主当着咱们俩的面大哭……”

承璋看他一眼：“是啊，后来令主又将咱俩轰出去，自己一个人在屋里大哭……”

“承璋，令主跟圣人不一样。圣人遇到事不会放声大哭，可是令主会的，令主应该大哭才对……”

“廷献，你的意思是令主有些不大对劲？”

“嗯。”

“那……那怎么办？咱们得赶紧想个法子啊！”承璋起了急，“令主若要使起性子来，除了圣人可没人劝得了。如今圣人没了……怎么办……令主会不会也跟着倒下啊……”说着说着，承璋自己先哭了起来。

“哎哎，你能不能有点用？咱们不是正商量法子呢吗，你别先顾着自己哭啊。”廷献皱眉看着他。

“令主素日待我极好，我……我……”承璋抽抽噎噎道。

“好了好了，知道了，我来想法子吧。”廷献拍抚着承璋的肩膀，无可奈何道。

紫烟阁寝室。朱雀一身素衣，躺在榻上歇午。侍从尽退。

她原本闭着眼睛，不多久又睁开，怔怔盯着屋顶。她在榻上辗转反侧，不由自主发出怅然的长叹。

良久，她起身踱到几案前。几案上是打开的《平安帖》。“此粗平安，修载来十余日，诸人近集，存想明日当复悉来，无由同，增慨。”从此以后，所有的闺中雅事君怜果然“无由同”了，一个在人间，一个在天上，各自将会多么孤独！

“心之所系，唯爱而已……”君怜赠帖时所说的字字句句，言犹在耳。“大化昭昭，群物所归”，她又何尝不明白这个道理？“……死去何所道，托体同山阿……”五柳先生的诗句，她不是从小就拿来安慰自己的吗……

翚娘翚娘，君已归去，何处将是我的归所，何时又将是我的归期？

朱雀开门步出，想去书房焚香抄经，恰看见廷献迎面而来，便停了脚步，不言不语看着他。

廷献忙趋过来，躬身行礼如仪：“令主。”

“嗯。”朱雀微微颔首，“廷献，今日你怎么起兴到我这里来了？”

廷献赔笑道：“卑职连日忙碌，没有常来向令主问安，心中甚是牵挂，是以今日特地来探望令主。”

“有劳你。”朱雀说着，抬步往书房去，“我没什么不好的，你不必牵挂了。前头事杂，处处离不了你，你还是回去吧。”

“卑职哪有那么重要，倒是令主……没有令主主持宫务，王都知那里许多事都只能是勉力而为。”

“呵。”朱雀吁口气，苦笑道，“我是个最没用的，你们别指望我了。”

说话间进了书房。廷献道：“令主刚歇了午起来，卑职替令主点盏茶吧？”

朱雀顿了顿，有些悲哀地看着他：“廷献，我知道你心里不好受。若在我这里待着你心里能舒坦些，尽管待着就是，也不必非替我做什么事。”

廷献眼圈一红，声音顿时哽咽了：“令主……”

朱雀敏感地观察着他：“廷献，你来找我，是有什么事吗？”

“是。”廷献艰难地说，“令主，有件事，卑职早该告诉您，可是卑职一直不敢说……”

“……什么事？”朱雀感到了畏惧与不安，迟疑着问道。

廷献略一顿，下定决心，从怀中掏出张字笺，双手呈给朱雀。朱雀疑惑地接过来展读。

“姐儿，师父归心似箭，不忍与你当面告别，只能将此物留给你，请恕师父简慢。望你保重，平心如秤，常得安稳。后会有期。”

朱雀面色大变：“这是什么？！”

廷献跪下来，面颊苍白：“姐儿，小人……小人对不住您！”

“我问你这是什么？！”

“姐儿，这是当年高师父临走时留给姐儿的话……高师父……高师父原本是要当面跟姐儿告别的，是小人一力拦住了……”

突如其来地，朱雀一巴掌扇到廷献脸上。她所用的力道是那样大，廷献几乎被扇得趴到了地下。朱雀泪如泉涌，嘶声道：“你知不知道，我师父已经没了，那本来会是我跟师父的最后一面的！师父待我天高地厚，如同再造。廷献，我到底哪里得罪了你，你为什么要这样待我？！”

廷献涕泪交流：“姐儿，千错万错，都是小人的错！姐儿素日待小人恩深义重，小人绝不敢对姐儿有丝毫不忠之心！只是当时……当时小人怕姐儿心意动摇，不肯留下来陪伴圣人，才自作主张出此下策……高师父教小人转告姐儿的话，小人唯恐自己忘了，当天就写了下来。可是，小人心中愧疚甚深，根本不敢拿给姐儿看……后来知道高师父仙去，小人就更没有那个胆子了……”

朱雀捂着脸大哭起来：“师父……师父啊……”

廷献哭道："小人是个最没用的人，做什么都错，就没有一次是对的……小人去找板子，找鞭子，姐儿痛痛快快打小人一顿，姐儿心里的气出了，小人才能心安……小人知道，姐儿因为大姐儿的事，心里死活过不去……姐儿打小人一顿，这两道坎，就一并都过去了……"

朱雀被他勾起更大的心事，又哭着唤道："翚娘……翚娘……翚娘……"

廷献猛地起身，去大青瓷瓶中拔了斜插的海棠干枝来，塞到朱雀手中："来，姐儿，用这个打！狠狠地打！"

朱雀一把将干枝扔到地上，怒道："你走开！我偏不打！我就不打！"

廷献号啕大哭起来。朱雀也放声大哭。一时，屋内只余下两人此起彼伏的哭声。

良久。良久。良久。

廷献渐渐收住了自己的哭泣，以衣袖拭尽泪水，又去找了绢帕来递给朱雀："姐儿，擦擦眼泪吧……哭太久，别把眼睛哭肿了。"

朱雀接过绢帕掩住眼睛，又是一阵深深的抽泣。

廷献低声道："原本，小人不该在此时提起此事，增添姐儿的痛苦。可是大姐儿去了，除了高师父，没有人可以抚慰姐儿的伤恸……姐儿，高师父要您保重，平心如秤，常得安稳，这里头，字字句句都是贴心贴肺的关怀……姐儿，您可不要辜负了他老人家的心意啊……"

朱雀默然抬眼看着他，两行清泪再次急涌而出。

一六六　中元河灯

广德殿。朝参恢复了，大周文武群臣肃穆鹄立于殿堂之上。从江南带回来的降臣如钟谟、孙晟、冯延鲁等，也如常位列中书省诸官员班中。

皇帝的神情与素日并没有大的差异。皇帝在辍朝守丧期间办公效率很高，处理完了所有大大小小的奏折，一件都没有拖延。早朝结束之后，皇帝又留下枢臣，对他们说，御前枢机会议次数要增加，改为隔天召开一次。

魏仁浦劝道，陛下精神体力尚未复原，不宜操劳过度。皇帝笑了一下，怎么没有复原，朕现在不是挺好的吗。范质道，魏枢密说得对，朝政有臣等尽心，陛下还是先调养龙体要紧。皇帝又笑了一下，朝务要紧，朕又没病，不敢偷懒。王朴明白难劝，转而向同僚们道，陛下说得是，朝务要紧，陛下处置着朝务，心胸便开阔了，便有什么郁结，也纾解开了。众人知道他与皇帝最投脾气，他既然这么说了，他们便也不再多言。

禁中，飞英阁。

这是皇帝与众臣谈书论史的时间。以前皇帝习惯了在御书房看书，闲时与皇后讨论书史中的各种问题。现在，他特意辟出这么个定期讲论的时间，召集朝堂内的一批饱学之士，与自己一起谈古论今，细说各种历史掌故和现实话题，作为广益学识、自我提升之途。人多，原本觉得还挺宽敞的飞英阁显得有点拥挤了。

今日在座的除了范质、王朴、张昭等周朝大学士、宿儒之类，还有孙晟、钟谟等被扣留的南唐使臣以及左右起居郎等。孙晟等人的处境其实比较尴尬和微妙，他们并不是主动降周或者战败了被动降周的，他们明明是作为江南进奉使来向周帝下国书、送国礼的，却被周帝不讲理地扣留下来，非要给派个官职为周朝办事。

皇帝这种蛮不讲理的霸道做派，很像北方契丹人对待前朝中国使臣的做派。后晋、后汉时中原派到辽国的外交使臣，就常常被辽主扣留下来，白养着也罢，逼着给辽国当官也罢，十几年甚至终生不得回归故国的都有。

先瀛王冯道就曾有过这样的经历。后晋立国之初，冯道被晋高祖石敬瑭派到契丹为使臣。耶律德光早听说过冯道的文名和政名，便将他扣留下来，不肯放还。冯道是个老江湖，不仅坦然留下，而且慷慨地对别人说：“南朝是儿子，北朝是父亲，我在两朝都是当臣子，留在哪里又有什么分别呢？”素来狡猾多疑的耶律德光听了这话，摸不透冯道有什么诡秘莫测的打算，又下旨让冯道回去。冯道却不走，再三上折表示愿意留下。耶律德光愈发不肯留他，很强硬地下旨表示，你的心意我领了，你还是回去建设自己的故国罢。这样冯道才慢慢起身，如同狩猎凯旋般平安无恙地回到了汴京。

然而李瀚就没有这么幸运了。李瀚是现今大周的太子宾客李涛之弟。他原在后晋做中书舍人，后晋亡，耶律德光从汴京撤退时将他掳去北朝做官。李瀚心念故国，一意回归。后周建鼎后，他的兄长李涛做了翰林学士，密书召他回还。李瀚便托病换装，趁夜南逃，不料在涿州被辽人抓获遣返。遣返途中，李瀚多次自杀未遂。抵达上京后，辽主要杀了李瀚，同来的汉官高勋当时已经做了辽朝的枢密使，一力替他保下命来。李瀚无奈入仕契丹，累迁至宣政殿学士。后来，李瀚与田重霸多次暗中往来，向后周太祖郭威汇报辽朝情况，并联络辽幽州节度使萧海真[①]，期待两方一战或一和，以做了断。后来萧海真意图南奔事发，被辽主斩杀，李瀚也因此差点再次丢命。李瀚终生都在期盼回归故国，然而直到后来病死异域，他的心愿也始终无法得偿。当然，这是后话了。

总之，辽主对能干汉官的态度是：我看着你不错，我就要把你抢过来，就算你不肯好好替我出力，至少我不能让对方再用你而给我自己添麻烦。

如今大周皇帝郭荣对南唐使臣孙晟等，也是这么个心思。尤其他派孙晟在寿春城头劝降刘仁赡时，孙晟居然当着自己的面冒死鼓励刘仁赡抗战到底，这种大无畏的勇气和对故国的忠诚，既令皇帝恼火，也令他赞赏。皇帝是个极爱才的人，因四方未服，尤思牢笼英才，拔奇取俊，去岁连下求谏诏、求贤诏，鼓励布衣上书、下僚言事，像一介村民赵守微就是凭几篇评古论今的进言被超擢为右拾遗，给民间留下了皇帝求贤若渴的印象。同时，皇帝又特别看重一个人的人品。他喜欢硬骨头，尤其喜欢肚子里有才华的硬骨头，他更喜欢凭借自己的威势、才识、魅力或者别的不论什么优长去征服这些有才华的硬骨头。经过与孙晟、钟谟的多次接谈，他认为这两个人是江南饱学而富有才干的文臣的代表，他当然不能放他们回去继续事奉李伯玉。所以，他加意厚待他们，让他们住到都亭驿，命他们位列中书省，允许他们参朝，赏赐他们醇酒佳物，决心以自己的诚意和恩德感化他们，让他们最终为自己所用。

席间有茶水，有点心，有果子，内侍们往来伺候，十分殷勤周到。君臣间的话题从《左传》中的“为政者不赏私劳，不罚私怨”说起。皇帝非常认可这一观点，说刑法是社稷公器，上位者

---

① 萧海真，又名萧眉古得。

要以公平公正之心对待，又表示“朕必不因怒刑人，因喜赏人”。

后来又讨论到君臣关系。皇帝问侍臣们，近代以来君臣间多不能善始善终，这是为什么呢？侍臣们答道，这都是因为当臣子的不懂得事君之道，要么就恃宠以矜功，要么就纵欲以败度，所以他们虽然一时获得了很高的地位，但很快便又失去了一切。

皇帝默然片刻，说道：“这其实是君上的问题。为君难，为臣也不易。倘若为君者能够驾驭他们，保惜他们，不教他们陷于颠倒危险的境地，那么臣下就一定能保守其富贵。这样，君臣之间自然而然也就能有始有终了。”

众人原本以为皇帝是要借机警告众人守身、尽责，不意皇帝倒先从自己身上找原因，一时激动得纷纷从座中站起，齐声称赞皇帝见识非凡、雅量过人。

皇帝见孙晟、钟谟等也在起身赞和之列，却又赞得并不那么投入，便向他二人问道：“孙卿、钟卿，你们江宁府中君臣间是怎么个情形，也给我们说说吧。”

孙晟见问，便整顿辞色揖道：“陛下，唐主性情柔和，决策常为众臣所牵掣，不如陛下英明决断。”

皇帝若有所思，片刻，又将眼睛看向钟谟。

钟谟揖道：“陛下适才所言极是，为君者须得能驾驭臣下。唐主凡策绕不过先朝老臣宋齐丘，以致事情常有拖延难成者。”

“哦？你们的意思是唐主对老臣多有退让啰？”皇帝挑了挑眉毛，又问道，“你们是唐使，自然最了解唐主心思、最得唐主信任，才会被派到朕这里来。那么，你们给朕说说，唐主对朕又是怎样一番心思？”

孙、钟二人飞速地互视一眼。皇帝这个问题很尖锐，回答的分寸很难把握。略一思忖，孙晟揖道：“陛下英明神武，先时几番大战已教唐主对陛下彻底畏服。唐主只盼着能尽快与陛下休战，好免去两国人民的兵戎之苦呢。”

皇帝闻听此言，神情并没有变化：“既如此，为何朕的诏书降下日久，唐主却迟迟不来如命献土呢？”

“陛下，江南朝中还有宋齐丘、冯延巳那帮人争权夺利，无论献土不献土，都想借此为自己捞取好处。故此，唐主一定正在努力协调这些人的关系，教他们停止争吵，早日将淮南献给大朝呢。唐主事奉陛下绝不敢有二心，请陛下千万不要猜疑！”孙晟诚恳道。

“好啊。倘若真如卿所言，朕不妨耐下性子来，再等等看。”皇帝露出了一个短暂的笑容。

又一日。滋德殿偏殿，御书房。

君贵在批奏，一时又翻翻手边的书，一时又站起身来，踱到旁边看看羊皮地图。刘奉武在一旁，趁空替他整理奏表，又奉上罗汉汤。林远入内，礼道：“官家，淮南军报。”

“嗯？拿来我看。”君贵伸手接过银筒，启封倒出筒内的书信展读。奏报是向训写来的，向训说，陛下回銮之后，江淮间盗贼充斥，如今寿州、濠州未下，据探唐主又命曾在六合败退的李景达、陈觉等聚兵北上增援。而东线扬州、滁州等地兵力单薄，倘若南唐援军以重兵合围，不仅几城间彼此难救，且因本城中并非自己百姓，更恐有腹背受敌之虞。因此，他请求暂时弃守扬州，将王师在淮南的几处兵力收缩、合并到寿春，以期早日克城，然后再重新进取淮南腹地。

君贵看罢向训的奏表，在地图前沉默不语。他心里有数，所谓江淮间盗贼充斥云云，其实是指白甲军蜂起。事实上，形势在他回銮之前就已经处于一个微妙的临界点上。当初他打算从涡口跃进到扬州去，也是想借此动作，将形势扭转到于大周有利的方向。他回撤之后，王师士气难免受到打击，而唐人以此互相鼓舞，自然重新焕发出拼死抵抗的劲头。先时已经得到战报，王师所攻克的舒、蕲、和、泰等州，在唐江北援军统帅朱元和白甲军的联手反攻之下，又重新被唐人抢回，守将郭令图等弃城逃回，王师损失颇重。

缩回拳头……有的时候要舍得缩回拳头……他想起了父亲和范质说过的话。缩回拳头，是为了下一拳能够出得更准、更狠、更有效。如果君怜在，君怜也会这么劝他吧？

他看向林远：“向训想将东线王师全都撤回寿春，集中攻城。你觉得这个主意怎么样？”

“呃……”林远一愣。官家近来常常独自沉思，很少向他们透露自己正在琢磨什么。“可是官家，咱们不是好不容易才……”

君贵叹了口气：“可不是好不容易嘛！如今从西到东，好不容易打下来的那些州郡，又陆陆续续都丢了。郭令图、王审琦、齐藏珍、韩令坤……都挡不住唐人那些散兵游勇的反攻之势，就只有中线刘重进、高怀德所守的庐州还好些。林远，如今淮南局面已经变了，不再是当初势如破竹的形势了，当此之时，若再让向训他们在东面坚守……”

林远连连点头：“官家，臣听说，不久前淮南盗贼袭击了王师运往东线的粮草和军械补给车队，幸未得手。”

“哦，这是飞卫告诉你的吧？”

“是。……官家，臣想着，扬州的形势，的确不妙啊。”

“林远，圣人生前与朕议论朝事之时，你有时候也有缘旁听。你说，倘若圣人还在，今日向训之请，圣人会如何作答？”

“这……”林远略一思忖，“臣想着，圣人会答应吧……”

“你也这么想？”

“是。据臣素日体会，圣人治事的手腕十分灵活，想必不会劝官家拘泥死守的。”

君贵颔首：“嗯，是这个话。好，朕意已决。你去教他们拟答诏给向训，就说他的奏表，朕允准了。”

“遵旨！”

七月十五日。这一日是中元节，民间惯例拜地官，放河灯，祭祀故去的亲人。

禁中流风亭。暮色渐起。

数十盏素绢制成的莲花灯放在亭中一角，花心内置有短蜡，只是尚未点燃。倒是亭内外高悬的十数只羊角宫灯已经点亮，在初秋的晚风中轻轻摇晃。

君贵独坐亭中，盯着留在几案上的一盏莲花灯发呆。王景通、刘奉武等侍从尽皆退在亭外，默然肃立。亭外一阵脚步声走近，却是王朴到来，一身家常素衣，在台阶下一拜："陛下，臣王朴奉命觐见。"

"啊，文伯，你来了。进来吧，坐。"君贵向自己身旁示意。

王朴今日突然被召进宫，并不知所为何事。他偷偷看了看王景通和刘奉武，却发现他们表情复杂，难以描述。

王朴小心翼翼地走到君贵身旁，躬身问道："官家，正是晚膳时分，怎的一人在此独坐呢？"

君贵的神情十分寥落："适才并不是一个人。你看这些莲灯，适才，皇子皇女，还有诸位娘子都在这里，他们是跟朕一起往灯心里装好了蜡烛才走的。"

"官家这是要放河灯吗？"王朴在他身旁坐下，关切道。

君贵不置可否，却指着亭外的御池："禁中要放河灯的话，就得放入这御池里吧？御池流过去是御沟，御沟出去，是金水河……金水河有沟渠连着汴水，汴水连着泗水，泗水连着淮水，淮水……淮水直通到东海里……文伯，这个东海，就是蓬莱仙山所在的东海吗？"

王朴忙道："是，依臣看，正是那个东海。"

"文伯，今日是中元节，你家里的祭事都安排好了吗？"

"都安排好了。"

君贵叹口气："此时你本该在家领着族人焚银锭、放河灯的，朕却将你宣进宫来……”

“官家不必挂心，臣家里万事妥当。只是……官家这是怎么了？官家有什么事，尽管吩咐臣便是。”

君贵略微抬起视线，越过亭外的花树看向远方：“文伯，圣人七七将至，万岁殿里的法事，每天都没有断过。今日逢中元节，他们在例行的法事之外，又多加了几场特殊的醮仪。皇子皇女和各殿阁之主都去行了礼，哭了一场……”

王朴沉默片刻，轻声道：“……陛下也去祭奠了吗？”

“朕没有去。”君贵看着他，眼中忽然有泪光闪烁，“文伯，朕叫你进宫来，就是想问你这件事。”

王朴忙道：“陛下有什么事尽管垂问，臣就算不知道，回去也必定翻遍经籍查出答案来！”

“……文伯，世人都说，七七之前，登仙者的魂魄尚未走远，会常常回来看望亲人。朕想知道，今日她会在哪里？朕到底该以什么法子祭奠她？倘若她会回到万岁殿，朕就该去那里拜祭她。那么，这些河灯就不该放，因为她的魂魄还不肯径往蓬莱仙山去，朕急着放了灯，反倒像是催她走的意思。……可是，倘若她今日不回万岁殿，朕又没有放出河灯去，她是不是该怪朕不记挂她了？节日底下，连河灯都不肯为她点几盏，亮亮堂堂地为她照路……”君贵的泪水无声无息挂满两腮，“文伯，朕不知道如何是好，只能叫你来问。你读书多，一定能为朕解答……”

见了官家这情形，王朴自己不知不觉也泪洒前襟。他揾了一把泪，勉力安慰道：“官家，您思念圣人，思念得不得了，臣全都明白。今日之事，您唯恐有哪里做得不好，轻慢了圣人，是以您思前想后，难以抉择……官家，臣对圣人也甚是怀念……官家召臣入宫，想来就是知道臣素日对圣人极为敬重，或可值得对臣一吐胸中块垒……”

君贵被他说中心事，不禁哭出声来：“文伯，七七将近，她是不是真的要彻底远行了？近日朕能看见她的次数越来越少，有的时候，朕正跟她说着话，她忽然就不见了。朕再三呼唤，她也不肯再现身……”

“官家，何必自苦如此？圣人对您用情至深，绝不会弃您不顾的！”

“……那你告诉朕，她什么时候会回来？”

“官家，岂不闻精诚所至，金石为开？圣人知道您的牵挂，或是梦中，或是约期，精魂必定会来与您相会！”

“……你这么想？”

“是。陛下，天人相通，阴阳有度。圣人天上有知，一定盼望您保重身子，早日放下……”

君贵的情绪慢慢平复下来。刘奉武悄悄走近，递给王朴一块绢帕，示意他转给官家。王朴略一思忖，轻轻将绢帕放到官家面前的几案上，又牵起衣袖拭去自己的泪水。君贵拿起绢帕捂在自己脸上，缓缓一阵揉擦。

“官家，用点宁神汤吧……”王景通捧了汤盏到他身后，低声道。

君贵摇头，又看向王朴道：“文伯，你还没有回答朕的问题：今日，朕该如何祭奠她？是到万岁殿去燃香祭拜，还是在这里为她放河灯？”

“……官家，以臣愚见，何妨两者皆为呢？这样，圣人必定能明白您的苦心的。”

“文伯，倘若放了河灯，是不是她就会随着河灯走远了？”

“……官家，依臣看，若是不忍放河灯，又何必非要放河灯？就在后苑里为圣人焚烧了这些莲灯，岂不更好？”

君贵闻言，容色一振：“你说得对！朕要将这些莲灯都烧了给她！她素来喜欢光明，她一定会喜欢朕为她燃起的这把火！”

暮色深了，几近于黑。流风亭外地面铺上了厚厚一层库存的干燥松针，犹如一张针脚粗放飞舞的素朴地毯。松针地毯上，数十盏莲花灯流光溢彩，亮成一片小小的绚烂海洋。

恰在此时吹过一阵风，隐隐传来远处万岁殿中的梵呗或道经之声。

王朴及众侍从默立在灯海之侧。君贵擎了一截燃烧的树枝，亲手将松针地毯各处点燃。万千松针火苗蹿动着，纷纷舔上莲灯的花瓣。数十盏莲花灯烧成一片，在流风亭外空中腾起炫目的光芒，恍若赤焰莲台。

君贵含泪注视着这片光芒，感受着君怜的精魂缓缓降临于这莲台之上，感受着她的温热气息拂上他的脸颊，感受着她的低柔耳语抚慰他的心。

翌日，皇帝内命，将流风亭改名莲心亭。

宫中只有极少数知道圣人表字的人明白亭名这一改动的真正含义。为了避圣人的讳，他们不约而同地私下将莲心亭称作“圣人亭”。后来，这个非正式的亭名就在宫中流传开了，似乎众人都认为这个名称更能体现他们的心意。

扬州。府库外。

府库所有的库门都已贴了封条，封条上所署的日期是两日前。数千大周驻军集合在库外空场上，声势浩大。许多好事的扬州百姓探头探脑，满怀好奇想看看他们究竟打算做什么。

向训偕上百亲兵并数十名南唐官吏走至府库门前。向训亲自上前查看罢府库的封条，满意地一笑。他向身边的孔目官示意，孔目官从怀中掏出一本簿子。向训对南唐原来的府库主管说道：“本州的府库，两日前我命人封了，这簿中是库内物资清单。现下，你带上你的属员，与我的孔目官一起核对一遍。我们要暂时撤离了，府库仍旧交还给你。以后这库内的物资，你须按照规矩监管使用，不得有误。”

原本一头雾水的府库主管万没想到，这周将撤退时并不大抢大卷，反而肯将库中财富留给扬州官民，又是惊喜，又是感动，连连揖道：“在下一定尽职而为，方不负将军这一番公心！”

向训微微一笑，亲手撕掉府库大门的封条：“进去吧。”

一时向训又叫了原南唐扬州守军降将几人上前，叮嘱道：“我军撤离之后，城中一应巡按事宜，就交由你们负责。扬州是江北重镇，人员杂处，你们要保这一方百姓仍旧安居乐业，不可纵容不法之徒滋事搅扰。”

原扬州守将也没想到自己遇到的是这样的周将，即便对自己弃守的城池也不纵火破坏，为了百姓福祉，反而宁可亲自将城池交还到敌方手中。他心中感佩不已，当下郑重揖道：“向节度放心，周师驻城时尚且能教城中平安如昔，在下是唐人，岂有不为乡梓尽心竭力之理？”

扬州城外。向训所部轰然开拔，旌旗俨然，军容整齐。

周师游龙一般穿过城门，发现闻讯赶来相送的扬州父老在城门外形成了拥挤的夹道。向训的坐骑在城门外被拦截下来，无数淮南百姓向他献上了刚刚做成的干粮。

“向节度，一点心意，收下吧！”

“若是守城的将领都像向节度这样，我们就有福了！”

“若周师都像向节度的队伍这样得人心，谁还愿去做白甲军！”

“向节度，一路保重！”

“我们会念着向节度的好的！”

…………

向训在马上向众人致意，朗声道：“父老乡亲们，这不是我向训一人所思所为，这是我大周天子的旨意！我大周以王道一统天下，今日你们所看到的，就是我大周王师的真风采、真模样！异日，我大周王师必当再来，届时，希望还能得到你们的拥护！”

一六七　朱雀之门

禁中。思存殿前的小空场。

皇帝在练剑。这里曾经是先帝习练大刀的地方，皇帝素常是在滋德殿院中习武的，近日他不知为何忽然觉得原来的场地太小，便改到这里来了。

林远趁隙轻轻走近他："陛下，李重进遣使回来求见。"

皇帝诧异地停下来："遣使？谁啊？"

"裨将徐令则。"李重进的军报素来是派遣侦候或专门的信差传递，徐令则是他的亲随心腹，除非有重大机密情报，否则，李重进不可能让他担任这项任务。

"宣他去滋德殿前殿。"

滋德殿中，徐令则拜见已毕，皇帝问道："李都帅特地遣你回来，难道有什么大事吗？"

"是。陛下，江南人秘密投送蜡丸书给我家都帅，意图策反。我家都帅不敢隐瞒，命臣火速前来向陛下报告。"说着，徐令则就从怀中掏出一个布囊，取出囊中的帛书呈给皇帝。

皇帝接过展读罢，勃然大怒："这个李伯玉，忒不识高低轻重，连朕的股肱心腹都敢伸手！"他懊恼地在殿中踱来踱去，"亏他答表中编得一口漂亮话！亏他的进奉使还再三替他说话！他们君臣联手，只管来糊弄朕！"他停步看向林远，"去，放出信号，急召十九来见！"

又一日。御书房，御前白虎谍者悄然离去，身影迅捷如同鬼魅。

林远应召而入："陛下？"

皇帝满面怒容，向林远喝道："你立刻去将孙晟那个混账找来！朕要亲口问他！"

未几，孙晟宣到，在殿中恭敬施礼。皇帝将那日李重进密送来的蜡丸书一把摔到他身上："你打的好诳语！啊？什么叫彻底畏服？什么叫绝无二心？啊?！你们唐主对朕当面抹蜜油，背后使刀子，策反信都投送到了朕的侍卫亲军都帅手里！你说，这算哪门子的忠顺，这算哪门子的诚意？"孙晟默然。

皇帝愈发恼怒。林远见状，忙向孙晟喝道："不说话就能过关了吗？唐主狡诈无信，你也跟着他欺君？你有几个脑袋，就敢如此胡作非为？你到底知罪不知罪?！"

孙晟神色冷静，欲起身作答。一旁的邓锦忙振械喝道："谁许你起来了？你跪好了回话！"

孙晟瞪他一眼，不紧不慢向皇帝跪揖道："陛下，唐主是臣的主上。臣离开金陵之际，唐主亲口对臣说，他对陛下已经畏服，不敢有二心。主上的话，臣不得不听，不得不信。"

"哼，你们君臣是拿朕耍子吗？让朕来告诉你这是怎么回事吧！唐主派你来，教你谎称江南顺服，只待平衡好朝堂内关系便会献土，以此拖住朕的脚步，混淆朕的视听，干扰朕的判断！如此唐主就可以得到更多的时间，以便更从容地排兵布阵对抗王师！"

孙晟顿了一顿，从容道："陛下说得极是。陛下，服从主上是臣职责所在。倘若陛下的臣子出使，陛下想必也希望他处处维护陛下、忠于陛下吧？"

"唐主是你的旧主，朕才是你的新主！你一心维护旧主，又将朕置于何地?！"

“陛下，臣是唐主的使臣，臣至今仍旧在执行使命。唐主并未与臣解除君臣关系，臣如何能事二主呢？”

“孙晟你！”“大胆！”林远和邓锦闻言大惊，忙厉声喝止。皇帝的脸色青一阵白一阵，看起来像是要吃人的样子。

孙晟坦然揖道：“陛下，臣欺骗了您，犯下了重罪。臣恳请陛下赐死臣，以正大周法度，也全了臣的名节。”

皇帝握紧双手，强忍着满腹的怒气。孙晟这个混账在故意激他，孙晟想当江南的死节忠臣，却让他背上戮杀忠义的骂名。想要扛着王道、仁义的大旗一统天下，这些又臭又硬的敌臣都是轻易杀不得的。杀了他们，政治上的所失也许会远大于眼前的所得。

良久，皇帝渐渐隐去了自己的表情。他看着孙晟，语调也变得平静了：“好，你忠于旧主，朕不怪你。可是目下你们的谎言已经被朕识破了，你总该如实告诉朕，唐主心里对朕到底是什么心思了吧？”

孙晟默然。他抿紧嘴唇的样子让众人意识到他不是在思考如何作答，他是根本就不打算作答。皇帝勉强被压抑下去的怒火腾地重新点燃了。

“林远，邓锦，将他拖下去，严密关押起来！与他同来的那些人也一并押了，任何人不得探视！”

紫烟阁，晌后的秋光透薄。

君怜丧仪已经断七，宫中遵圣谕减杀丧礼避免冲犯，只在少数几个处所保留了丧色，紫烟阁便是其中之一。但庭院中的白幡也减少殆尽，只有两株最粗最大的嘉州海棠上，还飘着几条雪白的素带。

朱雀邀君爱来阁中雅叙。这并不是一次简单的两个人之间的谈艺交流，朱雀邀请的范围较广，从唐妈妈到皇子皇女，并廷献、芦笛等，都被邀了同来闲叙。

自打君怜离世，坤宁宫便遵谕封了宫，原来的中宫侍从全数到万岁殿守灵，轮空时便暂归内省和内班院宿房歇息。官家留下君爱之后，原先事奉君怜的所有侍从全数转归延福殿，连皇子皇女也正式转到延福殿跟随四姨居住。因此，今日朱雀邀请君爱时将他们一同叫来，也是顺理成章的事。

廷献点了茶奉上，朱雀道："先给四姐儿。"

君爱忙道："権姊，你齿序大，该你先才是。"

朱雀笑了一下："漫说你在我这里是客，便是咱们在别的第三处，也该先紧着你——君爱，你要习惯这一点。"

君爱一愣。

朱雀向廷献道："我的意思，你总该明白吧？"

廷献颔首道："是，卑职明白。"

朱雀加意强调道："廷献，这些小地方，四姐儿想不到，你素常事奉她，你要随时告诉她。"

廷献忙应道："是是。"

君爱见廷献略显尴尬，忙道："権姊，谁先谁后又有什么关系呢，我不爱争的。"

"错了，"朱雀正色道，"権姊也不爱争。可是你记着，到了这个地方，你就得争。你不争，观音和训哥儿怎么办？谁出头替他们争？"

君爱略有些赧然："……権姊，我知道了。"

唐氏叹道："四姐儿素来斯文，教她争，也真是难为她了。権娘，以后还是你多替四姐儿出头才是——四姐儿，你不知道，権娘虽说不替自己争，可是总在替你大姊争……若不是她，羣娘还不知受别人多少气呢。"

朱雀淡淡一笑："妈妈这话说得也过了。羣娘不争，是她自己心里原本就不在意，并不是非要忍气吞声。羣娘是谁呀？再难的局面，她也有法子翻转。——四姐儿，権姊的话你明白了吗？”

“嗯，明白了。”

一时众人分了茶，静静细品。茶尽，廷献又去烧水。朱雀见观音和宗训不愿被拘束，闹腾着要脱离傅姆们的掌控，便问君爱：“听说你在教观音和训哥儿学诗？这几日又学了新的吗？”

“嗯，学了一两首。可不知他们记得如何。”

“记不得打什么紧？你去教他们到我这里来背背看。”

君爱答应着，起身离座去牵两个小儿。宗训倒是听话，顺从地将手交到四姨手中。观音却小小抗拒了一番，只想出门去玩耍。君爱耐心哄了几句，好歹将两个小儿的手都牵了，来到朱雀面前。朱雀一直留心观察君爱如何引导，如何约束，见她成功将孩儿们牵来，不由笑道：“看来，你这亲姨也不是白当的，比我这个教了他们好几年的雀姨都管用！”

当下君爱哄他们背诗。两个小儿倒也不含糊，一首杜牧的《秋夕》，一首王维的《山中》，居然有模有样、一字不落地背了出来。朱雀欣然嘉许几句，命承璋拿几块自己新做的花瓣冻糕来给孩儿们做赏格。因宗训的口齿与记性出乎自己的期望，朱雀还特地拿出一支笔来给他，那是她以前游历江湖时好不容易寻得的斑管镶牙右军笔。观音见了也要，朱雀道：“这个笔，连雀姨也没有了。不过音儿莫急，少时雀姨有别的好物事奖赏你。”

君爱笑道：“只不过背一两首诗，就有这么重的赏，雀姨好大方！明日我若多教他们几首，怕不将雀姨这里的好宝贝都讨了出来呢。”

朱雀道：“想要宝贝还不容易？不过，孩儿们太小，艰深的句子都暂且别教。汉乐府里有几首浅白易记的，依我看，若要正经教诗，不妨从这里入手。李太白多有活泼可爱的诗作，意思又好，也不妨多讲。至于陶渊明、王摩诘……”

君爱忙道：“以后，我来教孩儿们汉乐府和李太白。陶渊明和王摩诘，还是由椎姊教来得妥当。”

朱雀微微摇头：“也不是这个话。”

一时朱雀命承璋将自己收藏的古画、名画拿出来挂在壁上，大家共赏。其中有幅吴道子的白衣观音，众人围观议论不已。

朱雀便将皇女抱了走到画前，说道：“小观音，这画的是你呢。以后雀姨就将它送给你，好不好？”

观音欣然道：“好。”

君爱见了李昭道的《春山行旅图》，说道：“啊，我想起来了，幼时我在家里见过这幅画的！”

朱雀道：“嗯，这原是父亲的收藏。后来父亲给了翚娘做嫁妆。再后来，翚娘又当作寿礼转送给我了。”

君爱讷讷道：“椎姊，我没有别的意思，这幅画俊逸空灵，合该你来收藏。”

朱雀笑道：“我岂会多你的心？便是满墙别的画我都不要、都送给你了，这幅画我也是不肯撒手的。”

赏完画，又命廷献和承璋支了“九烛”“六羽”两琴来。朱雀自己先抚了一曲《沧浪》，君爱又抚了一曲《潇湘神》。

朱雀向廷献道：“好久没听你抚琴了，你也来一曲吧。”

廷献道：“卑职只会《酒狂》。”

朱雀道：“就是要听你的《酒狂》，用我的‘九烛’吧。”

君爱奇道：“原来廷献会抚琴？”

朱雀笑了一下：“他的本事还多着呢，以后你就知道了。”

廷献便依命坐到琴桌前，屏息静气，不紧不慢抚了一曲。朱雀听罢，似乎有些不满意，斟酌片刻，却又没说什么，只云淡风轻地一笑。

于是众人静默，各怀心事，相对无语。

雅音悠远，余韵绕梁。

沧浪何其澎湃，潇湘何其浩茫，酒狂何其癫痴。

聚了，散了，来了，去了，一切皆是梦幻，一切皆如泡影。

又一日。滋德殿前殿。

今日御前枢机会议的议题十分严肃，是关于如何处置御史台近期的鞫狱失实问题。御史台又称宪司，是国朝监督官员言行的专门监察机构。御史台的言官是皇帝放置在群臣中的耳目，可以随时向皇帝举报官员的错失，提请依律处置。因此他们可以说见官大一级，手中掌握了很大的弹劾权力。也正因此，一旦他们处事不公，就容易引发整个官僚体系的反弹。

日前，有人联名奏报御史中丞杨昭俭、知杂侍御史赵砺、侍御史张纠等人在检视外州秋税状况时徇情枉法，对亲近者宽松而对疏远者苛刻，引发吏怨民谤。这引起了皇帝的高度重视。皇帝潜龙时多次见识过税官的刁难，主政澶州时又深知钦命检视者在地方上的分量，因此，他决意以此为契机，好生与枢臣们检讨检讨监察制度的漏洞，并寻找到解决的办法。

殿门紧闭。枢臣们依序坐在殿中自己的议事位上。与往常不同，皇帝没有下来与他们坐到一起，而是高高坐在御座上，蹙着眉头听他们各抒己见。

延福殿。

殿门敞开着，小儿的娇语声从内传出。

承璋匆匆跑到殿门前，见芦笛正捧了个铜水盆出来，忙低声急切问道："哎，廷献呢？"

"在里面呢。"

"你快去替我叫他出来。"

"我正要去倒掉皇子皇女的洗手水呢，你自己进去叫不就完了？"

"哎呀，我替你倒，你替我叫，悄悄地，别让别人注意到。快快快！"说着，承璋就抢过芦笛手里的铜盆。盆中水微漾出来，洒了一些在他前襟上。

芦笛无奈瞪他一眼，转身进去。承璋左右看看，见殿外的内品和宫人都离得远远的各自忙乎，无人注意自己，便将铜盆端到近旁一株梧桐树下，就手将水泼了，将铜盆放回台阶上。

未几，廷献急急出来："哎，什么事啊，这么神神秘秘的？"

承璋一把将他拉到廊下僻静无人处，表情像是要哭出来："廷献，令主……令主走了！"

廷献惊得差点跳起来："什么？！"

承璋从怀中掏出一张纸来给他看："令主将我们几个常侍的跟前人都分别打发了出去替她办事，待我回来，发现她在书房桌案上留下了这首诗，人却不见了。"

廷献抢过来，迅速扫一遍内容，问道："都……都找过了吗，各处？"

"都找了，都没有！"

"令主的物事，可短少了什么？"

"琴没了，小李将军那幅画也没了，还有，赤珠说，书少了几本，衣裳少了几身……"

"这什么时候的事？走了有多久了？"

"至少……半个时辰吧……廷献，令主有司宫令牌，拿着它随时可以出宫，怎么办……怎么办？"承璋撇着嘴，眼中已是泪光闪动。

"哎呀你！"廷献恨铁不成钢地瞪着他，"既知令主走了，咱们就赶紧追啊！"

"可是咱们没有腰牌，出不去啊！"

"你！去问王都知申领不就行了？"

"我已经报告了王都知，他正紧急向宫里人询问令主的行迹呢。"

正说着话，一个小黄门呼唤着飞奔过来："范高班！范高班！"

廷献怕殿中人听见，忙指着他低声喝道：“你给我闭嘴！”

那小黄门不敢再出声了，直跑到两人跟前，才低声急切道：“问出来了！问出来了！”

“问出什么了？”

“令主……令主命人从御马厩牵了匹马来，多半个时辰前就骑着出了右掖门！”

“就她一个人？”

“就她一个人。”

“男装女装？”

“男装。”

“有人追去了吗？”

“内班院上百人都被王都知撒出去，分几条路追了。”

“就跑着追吗？人腿怎么敌得过马腿？”

“不是，从马军借了马。”

廷献手脚发抖，一颗心狂跳不已：“不行，这事儿一定要立即报给官家知道！”

承璋道：“这……是不是待追回来再说啊，何苦教官家忧心……”

“承璋，你糊涂！”廷献咬牙道，“这么大个事儿，官家若是最后才知道，心里会怎么想！”他一把抄过承璋手中的纸，“你若害怕，我去报！”

滋德殿前殿。刘奉武率人守在殿门外，笼着手盯着远方发愣，神情百无聊赖。

廷献匆匆跑来。奉武远远认出是他，忙迎上去，低声道：“嘘——你做什么呢，别这么大动静，官家正在里头发火呢！”

廷献喘着气：“奉武，你得立即进去通报，我有急事求见官家！”

“什么事啊？官家说了，除非他召唤，谁也不许进去。”

“令主走了！”

“什么?!”

“奉武，我必须马上让官家知道这件事！”

“可是……”

“官家若早些知道此事，或许还能想出法子，下道什么旨令，将令主追回来。若是再拖，可就什么都来不及了。”

“廷献，不是我不想报，可是官家今日脾气大得很，我若是这样硬闯进去，只怕还没开口说话，就被官家呵斥出来了。搞不好，又吃一顿鞭子……”

“奉武，你不敢闯殿，我来闯！令主给官家留了话，我不能拖到最后才教官家看到。”

刘奉武想了想：“好，那你跟我来，我带你从后门进去，绕到御座侧面出现。素常我们上茶水、巾帕什么的是走这条路，只不过今日人都肃清了。”

廷献点头：“成。”

奉武不放心地又叮嘱道：“你可乖觉些，倘若官家面色难看，你可别直愣愣往上去送死！”

“知道了。”

殿中。皇帝正在向枢臣们发火：“……监察者不知自律，难道还要朕在监察者之上再设一重监察者？既然言官之间本应互相监督，他们又为何能够沆瀣一气？是不是条律设置不妥，才教他们有隙可乘？……”

后门开闭的声音传来，然后是一阵略显急促的脚步声。显然，这些声音是故意发出来的，目的是提醒皇帝有人靠近。皇帝的话声被这阵意料之外的动静打断了，殿中众臣惊讶地看向声音传来的方向。

廷献快步走到御座侧的御阶下，跪下礼道：“陛下，臣有急事禀报！”

皇帝黑脸瞪着他：“谁教你进来的？朕说过，没有朕的召唤，谁也不许进来！”

廷献勉力保持着冷静，恭敬道：“陛下，臣知罪了。可是臣的确有紧急的要事禀报！”

皇帝沉默片刻。廷献来报的，只可能是内廷家事。他实在不愿再听到任何让他不安宁的家里事了。可是，廷献是个很有分寸的人，不到万不得已，何至于走到闯殿这一步？他暗吁一口气：“过来说吧。”

“喏。”廷献敏捷地登上侧面的御阶，从怀中掏出那张字纸呈上。

皇帝接过来，纸上是一首短诗。

吾失挚友君失后，黄泉碧落又何求？
纵历人间万年春，何如散发弄扁舟！①

读罢，他猛地看向廷献，嗓音低哑：“这是什么？！”

廷献的回答近乎耳语：“这是令主留下的诗。陛下，令主不告而别，王景通已经遣人出宫去追了。”

“什么时候的事？”

“一个时辰以前。”

“你们……你们怎么竟敢让这样的事发生？！”

“陛下，是臣等失职了！”

皇帝腾地站起身，向众枢臣道：“今日的议事到此为止，你们都散了吧。”众枢臣隐藏着惊讶，齐声应喏，施礼而退。皇帝转向廷献，“立刻教他们备马！你跟着朕，咱们一起去追！”

---

① 《拂尘》，“吴钩十三曲”之一，本书代拟。

滋德殿外，廷献在焦急地等待鞍马齐备。一个内品飞驰而来，到近前跳下马，向廷献报告几句，廷献点头。

明德门内，君贵在林远、邓锦等人的护卫下，一行数十骑飞驰而至。前引的廷献等人执令旗大声喝道：“奉陛下旨，立刻开门！立刻开门！”宫城正南门手忙脚乱地打开了。

君贵率众穿过明德门恢宏的门楼洞，来至宽阔空旷的宫前广场。廷献控马踯躅，手指南方：“陛下，这边！”

一行人打马向南沿着御街疾驰，廷献始终提前一箭之地作为先导。沿途经过大相国寺、州桥等处，都有守在路口的内侍过来向他指引下面的方向。

驰过王朴刚刚拓建出的御街延长线，廷献在京师内城正南门永宁门下勒住了马。守候在那里的内品汇报完情况之后默默离去。未几，皇帝一行到来。廷献跳下马，硬着头皮迎上去。君贵无语看着他。

“陛下，”廷献的声音有些发抖，“最后的线索就到这里了。有人看见令主打马穿过了永宁门，然后，就没有了行踪……所有方向撒出去的人都回来了，永宁门外，再也没有人看见过令主的身影……”

君贵默然良久，跳下马来：“随朕上城楼去看。”

永宁门南面城楼上。君贵临垛口而立，将马鞭弯叠了拿在手中，不时捏握着，以此缓解自己的情绪。廷献站在他身旁稍后的地方。风将他们跑得有些散乱的发丝吹得飞扬起来。林远、邓锦等近卫们奉命远远退在后面。

永宁门内是旧城，永宁门外是新城，也即罗城。罗城的建设正在王朴、韩通等人的监督下逐步推进。路越拓越宽，树越植越多，帝都越来越宝相庄严，气势宏阔。从垛口往近处的罗城中俯瞰，民夫运斤抡锤，或推着小车往来如织，一派繁华忙碌的工地景象。稍远处，有屋宇高树。再极目南望，就是一片苍茫了，人已经渺小到不可见，万物行踪全掩映在烟云中。

君怜临终前的语声在他耳畔响起：“……请哥哥好生看顾朱雀……她在世间无依无靠……倘若她想走，求哥哥一定设法让她留下来……”

君贵呆呆望着那绵延横亘的烟云远方。他答应过君怜的事，他竟然办不到！

他从怀中掏出朱雀的留诗，再次展读。

吾失挚友君失后……很显然，这首诗就是写给他的……黄泉碧落又何求……她的怨恨和痛苦都在里头了吧……纵历人间万年春，何如散发弄扁舟……她不喜欢皇宫，素来都只想自由自在，君怜走了，皇宫再不值得她停留，于是她决意按照自己的本愿归隐山林……留诗明志，就是教他不要追她，不要找她。因为，追和找，都只会是徒劳而已。

君贵的手有些发抖，他曾经赠她“浊世清芬”之语，他应该想到这一点的。

诗笺从指间飘落地下，他忙伸手去够。恰一阵风吹来，诗笺忽忽飞远。廷献敏捷地追扑上去。风继续吹拂，诗笺飘摇不定。君贵定睛看着廷献追扑这张纸，他看到了一些别的东西。

廷献三下五除二将诗笺抓回手中，在手掌上捋平展了，重新呈给皇帝。君贵左手接过诗笺，右手忽然伸出，以弯叠的马鞭将廷献的下裳猛地拨开数寸。

在廷献深色的常服底下，露出了白色的丧服。

君贵的心一阵哆嗦，沉下脸问道：“……国朝上下为了避免冲犯都在减杀丧礼，你竟然偷偷服丧?!”

廷献并没表现出多少慌张，默然片刻，躬身垂目答道：“陛下，臣是内官，不管外事。为圣人服丧是臣的心意，臣跟随圣人十数年，圣人待臣恩深德厚，臣必须尽礼，否则，臣的心里过不去……臣知道这有违圣旨，臣任凭陛下处置就是。可是，就算陛下杀了臣，臣也还是要将丧服穿在里面就戮的。”

君贵怔怔地看着廷献——他分明是有所畏惧的，可他又分明无所畏惧。在这一刻，君贵忽然对廷献有了一种难以分说明白的敬意。君贵不动声色，一把撩开了自己的下裳。在他苍青色的素服底下，赫然也是一片惨白的丧色。

与廷献一样，他也悄悄将丧服穿在了外裳里面。

四目相对。一刹那，他们感受到了共同的痛苦，如同深渊，黑暗不可窥视；如同绝壁，坚硬不可触碰。

“呵，你们心里都怨朕吧……”良久，君贵哑声道，“你，令主，你们都在怨恨朕，对吧？”廷献抿住嘴，没有回答。君贵仰头向天，语声极其苦涩，“你们怨恨得对！可是廷献，你知道吗，最怨恨朕的，不是你们，是朕自己！”

廷献默然片刻，答道：“陛下，臣卑微如同草芥，无论命运如何拨弄，臣都只有忍耐而已，岂敢怨恨？而令主……令主也没有丝毫怨恨陛下的意思……”

他们都不说话了。从素服缝隙中露出的丧色在秋阳中显得十分炫目，白光漫射到他们脸上。

在这一刻，他们同时想到了一件事：圣人走了，令主也走了，一个属于他们的深情时代彻底结束了。他们不仅是在为圣人服丧，他们同时也是在为那个时代服丧。他们不仅是在向令主告别，他们同时也是在向那个时代告别。

翌日，天子诏下，改内城正南门永宁门之名为朱雀门。

后世的人们一直百思不得其解：为何东京并未以四象中的玄武、青龙、白虎命名旧城北、东、西诸门，却独独对南门赋以灵兽之名呢？只有亲历了永宁门城楼上告别一幕的人，才会明白这一命名的真正含义。

一六八　莲心观音

八月初，向训率所部扬州兵回到寿春城下，与李重进会合。滁州、天长、六合等东线兵力随之弃守，守将马崇祚、石守信等也相继撤回寿春。

周军这一系列的军事行动引发了南唐内部的激烈反应。南唐诸将，尤其是周师撤退沿线城池的守将纷纷向唐主上表，请求依凭自己的关隘险要袭击周师。太傅宋齐丘不同意，认为周师撤退是好事，何必拦截以致结怨益深，以后都不好议和了。于是唐主命令沿途诸将固守城池，不得擅自出击周兵。

看起来，太傅宋齐丘近来对周人的态度有所软化，不像最初那样一味强硬了。很少有人去想这里面有没有什么更深的原因。宋太傅在朝中根深叶茂，他说要做或不要做的事，即便有人有所怀疑，也不敢轻易公开化、明朗化。

随着周师撤退完成，唐人反攻的脚步接踵而至。李璟派出朱元为北面招讨使，率先奔赴濠州方向。又以皇弟齐王李景达为援军总帅，仍旧由枢密使陈觉监军，以永安节度使许文稹、都军使边镐副之，积极调动整备兵马、战船、粮草等物，准备浩浩荡荡开向淮河。

不日，后唐先锋朱元抵达定远县，突袭了驻扎在此负责攻打濠州的后周武行德所部。周师数百人战死。武行德从濠州城下仓皇西撤，一路退至涡口镇淮军。

与此同时，寿州以南的江北腹地，另一路唐军也正逐渐集结。

东京大内。皇帝与淮南前线的军报往来更频繁了。

皇帝在羊皮地图前长久地沉思、擘画，有时候还会将赵匡胤、韩通、袁彦等留京的禁军高级将领叫来一同讨论。皇帝认为战事进行到这一阶段，王师的策略应以收缩战线、稳固阵地为主。虽然王师在寿春城下集结的兵力相当可观，但不宜再主动四处出击，而要变回战争初期的围城打援。但是，这一阶段的围城打援绝不是第一阶段的简单重复，因为，被围的那个核心不同了，已经快成空壳了。唐军之所以急着赶来支援，正是因为形势对他们而言已经危在旦夕——丢失寿春的代价是他们无法承受的。何况，秋风四起，淮河的枯水季节很快就会到来，到时候，他们那些大战船的功用可就要大大地打个折扣了。

众人十分认可皇帝的战略思路，又各抒己见加以补充。

讨论清楚之后，皇帝便向淮南前线的李、张、向三大统帅下达了新的旨意，鼓励他们恪尽职守，做好分工，放开手脚迎战唐军。他还特别提醒李重进，唐援不会只来自一个方向，也不会只来自水路，第一阶段唐援的那些来路，都应当成为他们监控的重点。

先时徐令则给皇帝送蜡丸书后，回营向李重进传达了皇帝的口谕："三哥，我相信你!"这令李重进心下大宽，感奋不已。战将在外拼命厮杀，最怕受到朝中主上的猜忌。皇帝不受人煽动，对自己始终交托信任，这是他作战的最大动力。此番皇帝新旨又到，重进便上表说道，请陛下放心，自己明白个中肯綮，绝不敢懈怠。他还回报说，经与张、向二人联帐商议，他们做出了如下分工：向训率部继续攻城；张永德负责阻击淮水上过来的敌援；而他自己，则负责阻击淮河南岸陆地上的敌援。

这一部署表奏到滋德殿，得到了皇帝的高度认可。

大内后苑。

八月节快要到来了，六宫无主，素日由君怜主持的各种筹备事宜，现下只得由尚宫唐氏与都知王景通商量着决定。原本朱雀走了之后，内廷品阶最高的人是菁娘，但菁娘下月就该生产，目下腹身十分不便，脾气又大，自然无暇也没有意愿管这些事。

君爱仍旧以故皇后之妹的身份在延福殿居住，每日生活也以教导观音和训哥儿为主。除了在定期的家宴上与众娘子一起陪着君贵吃过饭，她与君贵并没有任何私下的交流。这让她的处境显得相当尴尬。她甚至想到，或许姐夫留下自己，真的就只是帮着带带孩子而已，姐夫本人对自己是无意的。

当她这么想的时候，她的心中充满了苦涩。可是转念间，她又会感到一丝奇怪的安慰：大姊和姐夫肯将孩儿交托给自己，这是多么深厚的信任！她劝着自己：就算只冲着这份信任留在他的身边，就算一生都不能真正靠近他，也强过当初遥远而毫无着落的思念了。

然而，人心是那样幽曲叵测，已经走了一步，难道不希望继续走下一步吗？可望而不可即的感情，真的不会将人逼疯吗？

滋德殿寝殿。晌后。

远山替君贵端了宁神汤来喝了，又服侍他在罗汉榻上躺下，替他盖上薄衾。君贵道："我这里无事了，你回去看着让哥儿吧。"

远山在榻侧收叠着他的衣物，笑道："不妨事，让哥儿有乳母哄着，这时候早睡着了。"

君贵道："那你也歇歇去。"

远山道："官家只管自己歇午，不必顾念臣妾。臣妾在旁边陪着官家，顺便将官家这件衣裳的袖口补几针。官家倘若要什么，唤一声就是。"

君贵道："也好。"

君贵闭上眼，片刻，又睁开来，问道："那日秋池说谨哥儿有些吐奶，目下可好了？”

“好了。御医去诊视过，说是无妨，就是乳母喂养得太过了……”

“呵，咱们家的孩儿们，都给你们喂成了小胖子！”

“是这个话。天底下当阿孃、当乳母的，谁不是唯恐孩儿饿着呢？”

“……菁娘腿上的浮肿可好些？那日我去景福殿瞧她，可是肿得不轻。”

“臣妾晨间刚去探望过，减轻些了。有御医和万氏他们精心照拂着，官家不必担心。”

“嗯，我明日再抽空去看看她吧。她性子急，妊娠期脾气愈发大，你们多担待她些。”

远山嗔道：“官家这话说得！臣妾等什么时候不担待她了？”

君贵笑了一下：“好好，我知道，你们从不与她计较。……其实，我也明白，我若多去几趟景福殿，她心里会好受些，身子只怕也舒泰些。可是我……前朝事忙，只好托给你。”

“官家放心，臣妾比王昭仪年长一大截子，这点道理还不明白吗？臣妾会照顾好她的。”

君贵望着殿顶的藻井，不由叹了口气：“若是圣人在，这些事也用不着我来操心……”

远山见他伤感，忙打岔道：“官家原本也不必为这些事操心！依臣妾看，秋高气爽的，官家若有闲，倒不妨出宫去跑跑马，也能松松心呢。”

“呵，跑马……观音那日还真跟我说过，想出去骑大马。”

“那么，官家出去不出去呢？”

“也好啊，待我少时安排吧。”

“啊，太好了！实话说，何止皇子皇女，臣妾等也早想跟着透透气去呢！”

君贵一笑，忽然定睛看着她：“你这儿日去过延福殿吗？”

“啊，臣妾昨日去探望过观音和训哥儿，还有符姐儿。怎么了，官家？”

“……符姐儿……在宫里还过得惯吗？”

远山一愣。符姐儿在宫里过得惯过不惯，官家应该去问符姐儿本人，问自己能得到什么真切答案？她与秋池私下里议论过，都认同符姐儿留下就是为了顶替圣人的空缺的。可是官家对符姐儿又并不亲近。若说是因为尚在圣人服中……那么，日常多去探望探望、叙叙话总是不打紧的吧？官家却很少往延福殿去。官家的心思，真有些让人摸不透。

她斟酌道：“臣妾看着，还挺好的。符姐儿素日不爱说话，可是脸上常含着笑，想来，这就是没什么不习惯的意思吧。”

君贵颔首：“嗯。……得闲，你也常替我去看看符姐儿。问问她习惯不习惯，若有什么委屈，有什么不自在，尽管跟你说，你来报知我。”

远山忙道：“臣妾明白了。”

又一日。御苑。莲心亭。

观音与宗训在亭子内外追追跑跑，东方氏、刘氏等一众宫人内侍从旁护卫不迭。君爱独坐亭中几案前，支着下巴发呆。

观音跑着跑着，忽然跑到她的跟前：“四姨，你来跟我们耍子吧。”

君爱笑道：“音儿先带着阿弟耍子，四姨有点犯困，想再迷糊一会儿。”

观音思考着，认真道：“四姨，你是在想事吗？”

“啊？”

“你是在想阿孃吗？”

君爱答不出话了，俯身抱起观音：“音儿，四姨是在想你的阿孃……”

观音定睛看着她，执着地问道：“有多想？”

“……嗯……很想，很想。”

“比音儿还想吗？”

君爱的眼圈红了：“音儿……音儿很想阿孃，是不是？”

“嗯。”观音的眼中蓦然充满泪水，委屈地撇嘴道，“可是阿弟也很想阿孃，音儿如果哭，阿弟就会跟着哭……”君爱的泪水猛地滑落下来，忙紧紧地搂住观音。她们都以为观音年纪小，失母之哀哄哄就能过去。她们没有意识到，观音已经开始了自己的情感控制，为了安抚阿弟，她居然宁可忍住自己的痛苦。

说话间宗训也跑到了君爱身前，拉扯着观音的衣襟：“阿姊，阿姊，咱们蹴鞠吧。”

廷献见状，忙上前道：“哥儿，廷献来陪你玩耍，好不好？”

宗训歪头道：“耍什么？”

“哥儿想跟阿姊耍什么，臣就陪哥儿耍什么。”

“我想蹴鞠。”

“好好，咱们就到亭外蹴鞠去。”

廷献牵着宗训的手到亭外，刚在草地上踢了几个来回，忽听不远处人语声零碎传来，又觉花树后光影变换。转眼，景福殿几名侍从扶着菁娘姗姗走至亭边。菁娘身上发胖，走路时，一手扶着后腰，一手托着下腹，显得吃力。

两下里相见，都是一愣。“呵，原来有人捷足先登了。”菁娘不悦地叹口气。

廷献对她的话浑如未闻，只躬身示礼：“王娘子。”

菁娘向亭内一张望，对桐华道：“看来，咱们要找别处去坐了。”

这当儿君爱已经抱着观音站起身，笑道：“王昭仪身子不便，快请来亭中歇息。”一面说，一面便向外迎了两步。君爱没有品级，见面先向菁娘致意也是应该的。

菁娘蹙了眉头应道："我是该歇歇了，走了这一圈，我可累得不行了。漫说我，便是她们身强体壮的，扶着我走下来，也该坐会儿了。"一面说，她便一面由侍从搀扶着登阶入了莲心亭。

君爱道："既如此，王昭仪就带着宫人们在这里稍歇，我领着孩儿们去别处玩玩。"菁娘点头。

廷献见君爱要退让，记起朱雀的叮嘱，忙上前道："姐儿何必急着走？亭子这么大，椅凳也多，素常四五处殿阁的人都装下过。姐儿尽管坐着与王娘子叙叙话，只怕王娘子还踏实些。不然，王娘子一来，倒将姐儿挤走了，王娘子心里怎么过得去？"

菁娘瞥廷献一眼，冷笑道："陈高班真会说话！我不过走累了来讨个座位，岂敢排揎符姐儿？"说着，便故意去案席上首坐了，嘟着嘴瞪着他。廷献无奈，只作不见。

这当儿，君爱怀中的观音却大声道："那是爹爹的位置！"的确，每次他们跟随爹爹和孃孃到这亭中玩耍时，爹爹都是坐在那里的。

菁娘无法与皇女斗嘴，只得将手扶着万氏和桐华，勉力站起来："好，好，是你爹爹的位置，我换个地方坐，行了吧？"

观音见状，忽然从君爱怀中扭动着跳下地，一气跑到上首左侧第一个座位，张开双臂，将整个上半身趴到椅子上，宣布道："这是阿孃的位置，你也不可以坐！"

一时，莲心亭内外众人全都呆了。

又一日。广德殿。

今日早朝，端明殿学士王朴与司天监少监王处讷，向皇帝呈上了奉命撰写的国朝新历法。

五代之初，朝廷原本因袭的是唐末的崇玄历，但崇玄历施行数十年，历数渐渐有了误差。后晋一度制定调元历为新历，但施行不过五年，误差就大到无法应用，只得又改回崇玄历。转眼又过了十几年，朝野越来越为崇玄历与实际节候之间的误差而苦恼不已。先帝广顺年间，时为国子监博士的王处讷私撰明玄历以供自家使用。同时民间又流行一种万分历，也是为了调整误差的权宜之计。但这两种历法都不具备全民通用的普遍性。

今上敏感地意识到了这个问题的严重程度。历法最能体现天人之间的关系及其变化，所谓“圣人受命，必治历数”，就是为了“五纪有常度，庶征有常应，正朔行之于天下”。故此出征淮南前，他特意降诏让王朴主理，为国朝修订新历。王朴上知天文、下晓地理，在司天监少监王处讷的协助下，“包万象以为法，齐七政以立元，测圭箭以候气，审朓朒以定朔，明九道以步月，校迟疾以推星，考黄道之斜正，辨天势之升降”，终于修成了这部历书。

新历去掉了旧历中流俗不经之处，设通、经、统三法，测岁轨离交朔望周变率策之数，以步日、步月、步星、步发敛为四篇，合计包括历经一卷、历十一卷、草三卷，以及显德三年七政细行历一卷。

王朴在上新历表中，称赞皇帝重视历法、振举坠典是尧舜之行，并建议将这部新历命名为《显德钦天历》。

皇帝大喜，诏允，嘉赏。又亲自为《显德钦天历》作序，并将其交付钦天监，命于次年元旦正式施行，以前旧历则同日废除。

皇帝之所以如此重视历法，首先自然是因为历法事关国人的实际生活。尤其农业生产，特别需要得到历法的指导。他一再推出政策奖励耕殖，自然也要拿出实际措施来帮助农人掌握天时。

其次，这也是他改革国政的应有之义。为了重塑一个繁荣昌盛的中朝，外伐僭叛是他的一只手，内修法度是他的另一只手。国朝法度百废待兴，之前让王朴主理清查冤狱，便是为重修刑法做准备。改刑法、订历法，都是他宏大政治蓝图中的一块。除此之外，还应该有更多的法度经过修订惠及天下。

淮南。

南唐齐王李景达率领的援军五万人抵达濠州。与上次一样，监军枢密使陈觉仍然是这支队伍的实际控制者。一切军政命令尽皆出于陈觉，李景达所能做的，不过是满腹怨恨地在指令末尾签署上自己的名字。

抵达濠州之后，陈觉命令，全军守好营垒，暂且不要轻举妄动。原本士气满满、鼓噪而来的唐军将士有点发蒙了：难道他们不是乘势来与周师决战的吗？可是，没人敢于当面与陈觉辩诘。

陈觉是宋齐丘的嫡系，陈觉如此剽悍，是因为背后的靠山宋齐丘。而宋齐丘是后唐的建鼎功臣，曾作为军师帮助先帝李昪（徐知诰）夺下了杨吴的江山，目今南唐朝中要职上多有他的门生。

唐主李璟对于宋齐丘的跋扈一直保持着克制。他们君臣之间的确有矛盾，但他另外扶植了冯延巳、严续等人来制衡，所以宋齐丘到不了一手遮天的地步，他可以忍耐。

关键是，他们宗室内部也有矛盾，他也需要宋齐丘的力量来帮自己平衡。

唐主与自己兄弟的关系，对外保持着友爱的态势，连储位都给了皇弟景遂，而不是自己的儿子弘冀。这是因为他嗣位时只有二十来岁，长子弘冀还很年幼。在乱世中，国有幼君而能存续的可能性为零。为了确保这半壁江山在他“万一不可讳”时能够存续，他必须指定成年的兄弟作为储君。

但问题是，迄今为止他已经做了十数年皇帝了，他本人活得好好的，当初年幼的皇长子燕王弘冀也已经长大，看起来还很有本事。先时，在弘冀的支持下，柴克宏于常州大破郭周的帮凶吴越军队，斩首万级，获得了此番兵事兴起以来江南最大的胜利，这充分说明了弘冀的才能。

军功让皇长子燕王弘冀开始拥有越来越高的人望和底气，而身居东宫十三年的皇太弟景遂却一直以善文、谦退立身。素来沉默寡言的弘冀开始变得咄咄逼人。皇太弟与燕王之间的关系越来越微妙了。将来有没有可能废掉皇太弟而改立皇太子呢？这不是李璟一个人要考虑的问题，而几乎是朝堂内所有人都在猜度、考虑甚至谋划的问题。大家的心都不得安定。

而另一位皇弟齐王李景达，原本秉承先帝的脾气，个性刚硬，最看不惯权臣冯延巳、冯延鲁、魏岑、陈觉等人在自己兄长面前放肆无礼，曾经当面与他们发生过冲突，甚至闹到了请杀冯延巳的地步。可是后来，经手下人分析利害，他感到了害怕，又收敛了锋芒，称病避祸。上次挂帅出征，原本他也是踌躇满志，想干出一番事业来，不料被陈觉掣肘，在六合让赵匡胤打得人仰马翻，他算是颜面尽失；此番再次与陈觉同出，处处受其欺凌，他感受到的，是江陵朝中那一帮权臣对自己的集体轻慢和嘲弄，心中的窝火与恼怒可想而知。

江南王朝中的这些复杂矛盾，并没有逃过周帝郭荣的耳目。两方交战，釜底抽薪永远是出奇制胜的妙招。就像唐主会对他的股肱重臣李重进投送蜡丸书一样，他又岂能放过这种背后下手搅浑水的绝佳机会？于是他对自己的御前密谍们面授机宜，排兵布阵，逐层渗透，挑拨离间，在淮南战争明局的背面又下了一局暗棋。

方方面面的因素综合起来，就出现了今日淮水战线上这种怪诞的局面。

当然，江南援军也不是一点都没出动。经陈觉部署、李景达签署命令，唐将林仁肇率领的一支水陆军，正在逐渐接近寿春。

一六九　火船反噬

淮水北岸。下蔡。

张永德率领众部将立马于浮梁边观看形势。淮水似乎落下了一些，不像先时那样张牙舞爪了，插在水边的标尺露出了更多刻度和数值。浮梁在秋水中有节奏地轻轻摇晃。自下游方向逆吹过来的秋风掀动他们的战袍。

一名侦候驰近，下马报告："殿帅，发现一支唐军，水陆并进，距离下蔡还有十里！"

张永德道："指挥的是什么人？"

"是唐主新起用的林仁肇。"

"一共有多少人？多少船？"

"水陆相加，人数估摸着大概有千余。船嘛，好几十艘。"

"好几十艘？！"张永德惊讶道，"都是大船？"

"不是，都是小船，就一艘指挥船大些。"

"小船……"张永德沉吟着，"每只小船上有多少人？吃水深不深？"

"每只小船上就看见四五个人，吃水不是很深，水面距离船舷差不多一臂半那么远吧。"

"不好！那船上装的不是给刘仁赡的粮食，一定是薪柴！"张永德悚然道，"他们要来烧浮梁！"众人闻言，尽皆大惊。张永德立刻审察风向：目下所刮的，正是于己方不利的东风。他迅速做出了决策。

“张孝贤，带两千人迎过去，在岸上设伏拦截，绝不能让他们从陆路过来！”

“遵命！”

“石守信，教之前打过水仗冲锋的军士上大战船，把船开出去，开到江中去，开到下游去，拦截他们！绝不能让他们靠近浮梁！”

“遵命！”

“马崇祚，准备咱们的小船，船上带好弓箭刀枪，军中剩下的凡是会点水的士卒，别管水性好坏，有一个算一个，全都配到船上去等着！”

“遵命！”

“慕容延钊，带一队步军上浮梁！准备一些长竹竿，越粗越长越好，教他们拿着在浮梁上等着，火船来了，就用竹竿推开它！”

“遵命！”

“还要备着桶、瓢、绳子等物，先将浮梁浇透了，若是火攻过来了就浇火，拼死也得将火浇灭了！”

“遵命！”

部将们依命离去后，张永德率众驰至北岸距离浮梁两里处的一个弯道旁，埋下一批弓弩手和砲车。然后，他从怀中掏出了一本书。

是《太白万胜诀》，他喜欢随身带着此书，日常得闲时拿出来翻阅，出征打仗更少不了以之为参考。他按照书中的指示迅速地推算，得到了一个结论：事情将会有转机。有了这句话，他的心里就踏实些了。

半个时辰之后。距离浮梁三里处的北岸，张孝贤所部与林仁肇部将所率后唐马步军发生交战，唐军溃退。紧跟着，距离浮梁两里的河流弯道处，岸上的周师伏兵向淮水上的唐军船队发起了攻击，弓箭和石弹如同飞蝗。少数唐船被击中并且破损严重，丧失了战斗力，但多数唐船凭借快速的移动逃脱了岸上的攻击。

接下来，冲破岸上伏兵阻击的唐军小船迎头碰上了周师的战船。周师的战船都是在以前的战斗中缴获的唐船，体型庞大，周师驾驭起来很难得法，愈发显得笨重。唐船凭借其个头小的优势，纷纷机动灵活地避开了周师大战船的拦截，然后以最快的速度向浮梁冲去。

此时从远处看去，淮水上密密麻麻一片黑色的唐军小船，犹如一大群江豚争先恐后露出水面的脊鳍。

“发砲！继续发砲！……船！发旗语，教大船掉头，去拦着他们！……咱们的小船呢？下水，统统下水！去跟他们打，不能教他们靠近浮梁！”张永德在岸上焦急地指挥着。眼看唐船顺着风势，在桨手的拼命划动下快速逆行，逐渐接近浮梁，他的脑门上冒出一层又一层冷汗。说好的转机呢？

距离浮梁不远处，周师的小船已经纷纷下水，奋力往江中划动，去迎击唐船。

忽然，两边军士都爆发出一阵惊呼。在距离浮梁六七丈的地方，唐军的小船陆续点着了！船上的唐兵纷纷跳下水扶着船侧，让火船凭借风势继续往前闯。他们甚至靠自己在河中划动四肢来掌控小船，以保证其前进的方向和速度。跑得最快的唐船距离浮梁仅有两三丈了。在风的助力下，唐船上的火舌长长地伸出来，眼看着马上就要舔到周船，甚至穿过周船的缝隙舔向其身后的浮梁。周师小船上的士兵害怕了，愈发大声呼喊起来。

就在这千钧一发的时刻，没想到，风向忽然变了。从下游逆吹上来的东风变成了从上游顺势而下的西风。唐船上的火舌再也无法伸向周船了。在水流和风向的共同作用下，跑得最快的那些唐军火船像是获得了独立的生命，它们疯狂地摆脱了泡在水中的唐军士兵的控制，迅速地掉头，左右斜向横漂，开始反噬自己身后陆续赶来的僚船。

从岸上一路追赶过来的张永德见状，眼睛一亮，猛地以右拳一捶自己的左掌。对啊！就该是西风！他忽然想起以前看过的《寿州地理志》，那上面也说秋季淮上常刮西风的！

一转念，他又蓦然变色：唐军中有高人哪，就这么短暂的刮东风的间隙，都被他们给算出来了！如果他们受到的阻挠更少，速度更快，就可能会抢在风向转变之前接触到浮梁，两三丈的空间距离就不会断送掉他们的进攻时机！好险好险！

唐军的火船倒给自己放了一把火，风助火势，人力完全无法控制。以善水著称的江南士卒被挤落，被夹碾，溺毙无数，水上敢死队真的死在了淮水中央。唐将林仁肇站在指挥船船头看着这一切，懊恼地大声传令："鸣金！打旗语！快撤！撤！"

这次唐军对浮梁的袭击让张永德惊出了一身冷汗。浮梁是周师的生命线，所有从周境内运来的粮草委积都要通过浮梁转给南岸。鉴于濠州为李景达大军所夺回，周师为了自保，已经将距离濠州不远的涡口镇淮军浮梁拆除，下蔡浮梁就是周师目前在淮上唯一的浮梁了，一旦被烧毁，南岸的李重进、向训所部全体将士就会陷入断炊无粮的绝境！

为了根除隐患，张永德连日冥思苦想，又叫了部将和工匠们来商讨，最终打造出了一根长达百余丈的大粗铁链。他命人将这条铁链跨过江面，横在了距离浮梁十余步的下游方向，两头在岸上打桩系死。为了不让铁链沉江，他又命人砍伐下数段巨木，将江中铁链牢牢钉在巨木之上。于是，一个专为保护浮梁的水上栏杆建起来了。即便万一的情形下唐船冲到了巨木栏杆处，十几步的距离，也足以让周军在浮梁上从容对其进行弓箭攻击。

从此，再也没有唐兵能够靠近下蔡浮梁。

京师里巷。云仙楼。

这里是青鸾的住处。之前依皇后教旨，教坊司勾除了她的乐籍，放还她良人身份。她便着人将原先的一应彩楼招牌都取了下来。

如今这里是一座朴素的两层小楼，从外面看不出任何欢楼特点。但因它位于曲里，又是为坊间所知的饮伎旧所，偶尔还是会有人找上门来——当然，他们常常会吃闭门羹，被小婢翠儿礼貌地告知主人不在。青鸾是低调的，脱籍也不值得大肆张扬。而且，她二十多年的人生经验早就教给她：不要完全指望外力的帮助，任何时候都要为自己留下谋生的活路，留下转圜的余地。

房中，朱雀与青鸾相对默坐。青鸾点得一手好茶，技艺比朱雀更胜一筹，因她为了招待客人，专门向坊间的茶博士学习过。姐妹俩品着青鸾刚点的虬青，只把眼睛盯着博山炉中袅出的香烟出神。

良久，青鸾轻声问道："……阿姊，宫禁森严，你又没带侍从，这次是怎么走出来的呢？"

朱雀从袖中摸出一个镶金牙牌递给青鸾："我有这个。拿着它，我可以自由进出宫城。"

青鸾接过牙牌两面看看，目光一闪，若有所思。又细观片刻，方还给朱雀，勉强笑道："……阿姊，你果然是个自在不羁的人，便是大内那种地方，也是说走就走了。"

朱雀放下杯盏，盯着她问道："……那么你呢，你就真的不能走吗？"

"是，"青鸾低低道，"他只会来这里找我。我若搬走，他就再也找不到我了。"

"倘若留下话，托人告知他新的住所呢？"

"阿姊，他不会相信别人的话。"

"那么等到他之后，你可以走了吗？"

"阿姊，我这么想着，对他而言，首要的应当是安全。除非他觉得安全，否则不会露面的……我若新寻住所，不知能不能合他的意……”

朱雀默然良久，方道：“如此说来，你的意思竟是要在这里跟他虚耗一辈子了？”

青鸾垂头道：“……对不起，阿姊。”

朱雀默然片刻，露出一个苦笑：“呵，人各有志，不能相强。……青鸾，我不怨你。”

青鸾流下泪来：“阿姊，我这里不是干净所在，我……我也不敢求你住下。”

朱雀叹口气：“青鸾，我没有嫌弃这里的意思。”

青鸾语意苦涩：“是我嫌弃这里，我嫌弃我自己。”

朱雀含泪一笑：“青鸾，阿姊永远是你的阿姊，阿姊永远不会嫌弃你。你既不肯走，就安心在这里住着吧，阿姊会回来看你的。”

“阿姊……阿姊目下打算去哪里呢？”

“我先去将在仙室山上租赁的庐舍退掉，然后去找师母。”

青鸾感到一丝欣慰：“阿姊要去与师母住在一起吗？”

朱雀摇头：“不，我只是去探望师母。师父离世之后，我只在瑯琊山大乐观匆匆见过师母一面，来不及多安慰叙谈，又赶往了淮南行营。我不放心师母的身子，要再去看看。”

“那……看过师母之后呢？”

朱雀将目光放得很虚：“之后，我就云游天下，走到哪儿算哪儿了……”

“那么，阿姊将何以为生？”

“这你就别管了。”

“阿姊！”

“放心吧，我饿不死的。”

青鸾站起身，往柜橱边去：“阿姊，我这里有些积蓄，你带上走！钱，我还有法子再挣……”

“青鸾！”朱雀的脸变得惨白，“阿姊能要你的血汗钱吗?！阿姊没用，保护不了你，还要将你的积蓄卷走?!”

青鸾忽然大哭起来:“阿姊，我想让你保护我的，我想跟你走、与你相依为命的……可是，我没有法子……对不起，阿姊……我让你这么失望……”

朱雀含泪不语，一种彻骨的孤独让她从里到外、从上到下都冰凉了。

九月初，王昭仪在景福殿诞下一个皇子，皇帝起名为宗诲。

不久，端明殿学士、左散骑常侍、权知开封府事王朴升尚书户部侍郎，充枢密副使。与王朴同时，还有几名武将如焦继勋、宋延渥等也得到了升迁。

今年的天清节十分低调。因故皇后尚未入陵，皇帝降旨免了一应朝臣和外藩的朝贺，就连宫中的张灯结彩也一并免了，只要素淡雅致。在晋国长公主鹭娘和尚宫唐氏的力劝下，好歹举行了一场家宴，将内廷眷属和皇亲叫到一起来吃了顿饭。因李重进和张永德都在淮南前线，杨廷璋、曹彬等又携家小远在外藩，所以前来参加家宴的除了皇帝和王朴，尽是妇孺，倒教人看着愈发感伤了。

十月，宣懿皇后的懿陵筑成，皇帝亲自主持了庄重的入陵仪式。懿陵位于京师以西二百里的新郑县大周皇陵内，距离先帝的嵩陵不远。又数日，宣懿皇后神主入庙，有司拜祭如仪。

不久之后，皇帝颁布了后宫的升迁令：王昭仪因生子宗诲迁为贤妃，孙昭容因生子宗让迁为昭仪，章昭容因生子宗谨也迁为昭仪。

君爱仍旧是“符姐儿”，居住在延福殿，照顾着大姊和姐夫的一双儿女。

秋风中，延福殿落叶满地，殿宇透凉。

滋德殿偏殿。

御书房的窗棂换上了厚厚的绵纸，虽是日间，光线也显得不那么刺目了。君贵就在这样的日光下看奏表。一封鸿胪寺卿所上的奏表引起了他的注意。

那是鸿胪寺对全国释道两教近况的报告。表中提到，华山云台观有一个叫作陈抟的老隐士，精通易理，擅长导引还丹之术，与传说中从李唐开元年间活到今日的华阴隐士李琪，以及仗剑四处云游的关西道人吕洞宾等都有交往，颇为世人所慕。陈抟于经史百家过目成诵，在后唐长兴年间曾经参加科考不第，后来就不求禄仕，纵情山水，自己著有诗文和道书多篇多卷。鸿胪卿殷勤写道，看来这陈抟倒是个道家高逸、在野遗贤呢。

君贵心动了。他一向偏好黄老，又爱拔奇取俊，臣属们都知道。因此，曾有不少人为了迎合他而表奏一些奇物、奇人、奇事。过于荒诞不经的，他一笑置之；稍微有鼻子有眼的，他就姑妄听之，但很少表现出特别的兴趣。

例如，对各州报奏本地出现“紫芝”“白兔”之类的祥瑞，他就是这个态度。连翰林学士陶穀积极拍马屁，写出了《紫芝赞》《白兔颂》以献，他也是一笑。

从统治的角度，国朝需要祥瑞，天子需要祥瑞。比如朱温篡唐后，很需要应运之兆，于是，各州郡纷纷呈上鹦鹉、白乌、白兔、并蒂白莲、嘉禾瑞麦、反季成熟的瑞橘之类的稀罕物儿来缀饰太平。

但郭氏与朱氏不同。大周建鼎，先帝所下的第一道诏令中就明确指出，“帝王之道，德化为先，崇饰虚名，朕所不取，苟致治之未洽，虽多端以奚为？今后诸道所有祥瑞，不得辄有奏献”。不许底下的州郡随随便便往上献祥瑞。君贵嗣位三年，国事更有起色，藩镇以呈献祥瑞来试探他的态度，或者说以此力图与他保持良好关系，他心中明白并且理解。故此，他并没有执意拒绝，更没有加以责备。他可以说几乎没有拿出任何态度。没有态度就是态度了。

至于奇人，自打求贤诏下达之后，中央的朝臣们，各地的藩主、官吏们陆陆续续推荐上来了许多奇才，什么十岁出头就能一字不错背下“四书”的儿童，什么九十岁还能日行百里的老樵夫，什么墨家绝学在当代的唯一传人，什么在闹市与人连辩五日三国史而不被驳倒的狂生……加上还有赵守微那种毛遂自荐的，很是热闹了一阵子。这些个奇才的涌现，的确起到了一些正面的作用，但也一度给中枢人事工作带来很大的压力。后来，君贵根据他们各自的事迹和实际才能，都想法子消化掉了。

总而言之，对于奇物、奇人与奇事，他的应对大抵如此。他很清楚，天子“一动而八方乱，一言而天下安”“上有所好，下必甚焉”，尤其是那些特别奇诞的。他不能轻易地表达出偏好。

然而对于这个陈抟，他忽然生出了浓厚的兴趣。他给华州刺史下了一道旨意，让他将这位陈道长送到宫中来见。

多日以后。滋德殿前殿。

华州云台观道长陈抟奉诏入觐。君贵端坐御座之上，命宣入。未几，只见一个须发皆白的素衣老道跟随着王景通和华州刺史迈入殿门，至御阶前立定。华州刺史如礼跪拜颂词。陈抟因是方外人，只从容打个稽首：“无量寿福！贫道华州陈抟，见过陛下。”

君贵面带微笑，命华州刺史平身，又自御座降阶而下，向陈抟温言道：“老神仙一路辛苦！快快请坐。”又向刘奉武道，“上茶。”

陈抟笑道：“多谢陛下。”

一时两人就近坐了，品着茶水，叙些旅途寒温，沿路见闻。华州刺史便立着陪在一旁。君贵见陈抟精神矍铄，谈吐清雅，心中甚喜。又问他过往经历，以及对书史的见解，留神听他对答，越觉非一般欺世盗名之徒可望其项背。接谈良久，眼见得铜漏走移，光影下斜，君贵便温言道：“道长有了春秋，今日初来，不宜过劳。宫中本有清虚观，朕已着人拾掇清净，就请道长法驾移驻观中，朕也方便得闲请教，好吗？”

陈抟淡淡笑道：“无量寿福！贫道谨遵陛下旨意。”

清虚观在君怜丧仪断七之后，于百日以及入陵之日，又做了超大醮仪荐送。在那之后，从崂山太乙宫请来的刘大拙真人就被君贵放归返山，因此目下清虚观主位空虚，正好可供陈抟居住。

时值初冬，宫景开始凋敝，似乎正适合探讨一些重大严肃的问题。君贵有时将陈抟召至御书房，有时又亲去清虚观探望。两人所谈的内容，从陈抟的见闻经历说起。因陈抟在后唐年间曾经着意科考，显见得曾有过济世之愿、功名之心，在经世济时之道上也下过苦功夫，君贵又向他请教治国之术。陈抟辞道，自己是个隐居修道的人，于时无用，岂敢轻易议论国家大策。君贵连说无妨，执意要他献策建言。陈抟则坚持说，自己当年科试不第，就是因为于此路不通，何况又从无治理民生的实践，实在不懂得治国之道，胡言乱语只会误导人君，乃至遗祸苍生，这绝非他之所愿。君贵见他语意甚诚，不是作伪虚辞，也就作罢。

后来，两人的谈话又转入对道家经籍义理的探讨。君贵拿自己素常看书时的一些疑惑来问陈抟，陈抟对此倒是侃侃而谈，还拿出自己所写的《指玄篇》八十一章送给君贵。君贵见书中颇多玄妙，除了将生涩之处摘出来请教陈抟外，又将该书拿给一向熟悉道家经籍的王溥去注释。后来，王溥呈上《指玄篇注》八十一章，对陈抟原书进行了解说。

这一日君贵得闲，亲自到清虚观探望陈抟。陈抟提前得到传报，率三两弟子肃迎于观门。相见之后，两人略叙谈几句，君贵便道：“今日，朕可不仅是来拜望真武大帝的，朕是有事特地来找老神仙。”陈抟闻言，心知有异，便将君贵奉请至道君堂内，呼徒献茶。

君贵接了茶，挥手屏退众人，屋门关闭。一时道君堂内满室虚静，只有香炉中几支瘦细长香袅出白烟，小小的香头红光闪动，一明一灭吞吐着空气。在静寂中，如此小规模的燃烧也发出了细微的嗞嗞之声。

陈抟等了片刻，见皇帝斟酌不已、欲言又止，便将手中所持的玉柄麈尾轻轻在自己衣衫上拂了拂，露出一个慈祥的微笑。

一七〇　致神之术

君贵将视线从长香的香头上收回，冲陈抟笑了一下："道长高谢人寰，栖心物外，近日得聆道长仙音，令朕颇长见识。但朕的心中仍有诸多疑惑不明，还要请道长不吝赐教才是。"

陈抟和言道："陛下有何事吩咐贫道，就请示下。"

君贵斟酌着缓缓道："今日朕所要问的，不是道学义理，而是……而是道家法术。"

陈抟容色不改，宁和道："法术？陛下是指炼丹、导引、符咒之类的技法异能吗？"

"呃……不，不是。朕要问的，是……是致神之术。"

"……致神之术？"

君贵颔首："对。朕听闻，往昔汉武帝时，有方士为他行致神之术，这样就看见了他想要看见的人。……老神仙道行深厚，造诣广大，想来也曾听闻此术吧？"

陈抟默然。汉武帝命方士致神与故人相见的故事，记载在正史《汉书》和诸多野史里，他饱读经史，自然对此有所见闻。

昔年，汉武帝有宠妃李夫人，妙丽善舞，"北方有佳人，绝世而独立，一顾倾人城，再顾倾人国，宁不知倾城与倾国，佳人难再得"，唱的就是她。可惜李夫人短寿，正青春一病而亡。汉武帝十分思念李夫人，一再期盼与她重逢。有个齐地的方士叫作少翁，报说自己会致神之术，能请回李夫人的魂魄来与皇帝相见，但皇帝只能远远观望，不可靠近惊走了魂魄。汉武帝同意了。于是少翁在夜间搭起帷帐，设置了灯烛，陈列起祭祀用的酒肉，又请汉武帝在另外一间帷帐中远远观看。少翁作法施术，等了很久，果然帷帐中出现了一名女子，“翠蛾仿佛平生貌”。汉武帝无法靠近，“魂之不来君心苦，魂之来兮君亦悲”，愈发思念悲戚，遂亲自写诗咏叹，又作了一大篇赋，以抒发自己的伤悼之情。

今日皇帝提起这段典故，又问到致神之术，显然是想效汉武故事，也通过奇术来见到自己日夜思念的人。皇帝想要见到的那个人是谁呢？即便远离尘世的方外之人如陈抟者，对此也是心知肚明的。作为一个洞悉世情的老人，他明白，牵动皇帝心思的，是一股难舍难弃的执念，“伤心不独汉武帝，自古及今皆若斯”。可是，这样的情形对皇帝、对国朝、对天下人，究竟是福还是祸呢？

沉吟片刻，陈抟答道：“陛下是四海之主，应当以天下致治为念，怎能将心思放在道家法术这种方外奇谈上呢？”

“道长……道长认为这只是方外奇谈吗？”君贵的声音含着深深的失望，视线也垂了下去。

“是的。”陈抟轻摇麈尾，颔首道，“贫道所擅，不过养息而已。陛下若问贫道的愚见，贫道以为，黄白之术不足取，符箓之术不足取，致神之术，亦不足取。”

“道长……”君贵难以置信地看着他，“先前朕与道长研讨多日，道长对于天人感应与阴阳交接的看法，颇合朕意，是以朕今日才会有此一问。道长方才这几句话，难道是要将先前咱们的接谈之语全都推翻吗？”

“陛下，天人感应，阴阳交接，不在奇术，而在内心。”

“……是，是在内心。可是，不瞒道长说，自打宣懿皇后入陵长眠于那孤冷之地后，魂魄已经很久不曾前来入朕之梦了。朕想知道她在那边过得好不好，朕想知道她的灵魂是不是已经得到安定，朕……朕想看看她现在的模样……”他说不下去了，痛苦地按揉着自己的太阳穴。

陈抟皱纹密布的老眼怜悯地看着皇帝。片刻，他站起身，去汤窠子里倒了盏清虚观自制的滚热汤水来，以一种安抚的语气轻声道：“陛下，喝口神仙汤吧。”

君贵抬眼看着他，眼神空洞：“神仙汤？既然不能致神，又哪来的神仙汤？”

陈抟缓缓道：“陛下，神仙在哪里，贫道没有见过；炼丹术、致神术究竟能否成功施行，贫道也没有亲身体验。可是，陛下知道吗，在世间百姓的眼中，却有一个活神仙，是他们实实在在看得到、听得到、感觉得到，并且能够得到他的好处的。”

君贵疑惑道：“是吗？……那是谁呀？”

陈抟殷切道：“那就是陛下您哪！陛下为了百姓广施德政，在天下人眼中就如同神仙一般。倘若他们知道这位神仙却在向我这样一个鄙陋老朽咨询方外法术，可不知心里会作何感想呢。”

“……道长是在责备朕吗？‘可怜夜半虚前席，不问苍生问鬼神’，是这个意思吗？”

“陛下，人间有痛苦，神仙就没有烦恼吗？红尘不堪纷扰，方外就真的清静吗？古往今来，有多少人能够富有江山？陛下已经富有江山，夫复何求？陛下乃不世而出的一代英主，贫道愚见，陛下之志，应在将这片江山打理得清明亮堂才是。江山之外的事物，陛下不宜过多有所求、有所念，更不宜使之成为陛下大展宏图的羁绊啊……”

滋德殿寝殿。

殿内只有君贵一人。夜的呼吸显得沉重、深长。

君贵躺在紫檀御榻上，凝望着丝绸穹顶那一片由夜明珠缀成的漫天星斗。时辰早已交子，他睡不着。他的心沉得很深，心中不是那种熟悉的痛，而是一种新滋生的空：空虚，空洞，空旷，空荒……从此忧来非一事，岂容华发待流年？

日间陈抟道长的话，浇灭了他最后的幻想与期待。他与她，难道真的只能在他自己的想象中才能相见吗？当他睁开眼睛时，真的再也不可能见到她了吗？

海客踏飞蓬，乘槎浮月东。天阙不可及，仙姝倚碧桐。
寄语痴心人，何由遣深衷？入梦，入梦，入梦便相逢。
左手右手翻执，长话短话珍重，何乃太匆匆。

我思君知否，君思我不知。颠倒同心结，相隔难为誓。
有问尚不答，岂烦托一纸？缘失，缘失，缘失如断丝。
横拈竖拈头绪，千重万重心事，永无再续时。[①]

他坐起身，披衣走至窗前推开绮扇，仰首望向被宫阙殿角切割得支离破碎的夜空。

“……君怜，以后我想你时怎么办，我该去哪里找寻你……”“……去三五朗月，朔望星空……”

偏偏这是一个阴霾的夜晚，无月，亦无星。

他知道，他只能独自去面对孤独、战胜孤独了。他再也不可能回避，他必须真正接受现实，真正振作起来。他必须独自前行，加速前行，一个人去完成他们两个人的大志，一个人去实现他们两个人的梦想。

魂兮，归来！

不日，皇帝下令任命陈抟为谏议大夫，陈抟固辞不受。皇帝依准。留其在宫中逗留月余后，放其离去，仍旧归隐华山，并诏

① 《梦中人》，“吴钩十三曲”之一，本书代拟。

令华州刺史每逢岁时以帛匹、茶叶、粮食等存问。后来，又让陶穀拟词赐书以示慰问之意。

滋德殿偏殿。

今日，枢密副使王朴与夫人一起入宫来看望菁娘和新生的皇子宗诲。王朴在景福殿探望了菁娘母子出来，留夫人继续与侄女叙话，自己便到御书房来找官家。

君臣二人对坐，从容闲叙。君贵不免与他议论一番皇子的样貌与起居，后来就转及公事，三说两说，说到了王朴不久前呈上的《显德钦天历》。

君贵道："朕日前得闲细看此历，发现卿于朔分之下，立小分谓之杪以纪时，这似乎是前代历书中所没有的？"

王朴道："是，臣因旧时成法不足以准定天时，故此增改。"

君贵颔首，又道："新历中，岁率、轨率、朔率等的算法，朕也没有看明白，越看头越大。呵，朕的学问不如卿远矣！"

王朴笑道："陛下，这些天文历法的事，就让有司和臣这样的人来做就是了。陛下的专长是做皇帝，应当将精力放在国朝军政大策上，何必以未能掌握这些微末学问为意呢？"

君贵笑了一下："文伯，朕可没有抢你们饭碗的意思啊。"

王朴诚恳道："陛下勤政好学，实乃天下人之幸。只是陛下也要爱惜龙体，不宜事必躬亲、过度操劳才是。"

"嗯。"君贵颔首，"……文伯，你精究术数，明于历算，有件事，朕一直想问你。"

王朴忙道："陛下请垂问。"

"你替朕算算，朕这皇帝，到底当得多少年？"

王朴一愣，随即笑道："陛下，运祚之事原本天意，古人云，'天意高难问'，又岂能容臣僭越偷窥？"

君贵含笑鼓励道："无妨，是朕教你'窥'的，不算'偷'。"

王朴思忖片刻，方道：“……陛下既然执意垂问，臣说不得只好勉力一试了。”

“好，你就放心大胆，好好替朕算算。无论算出什么结果，朕绝不怪你。”

“……如此，陛下请少待。”

王朴说罢，便闭目默然运算起来，两手的精瘦手指次第飞快地掐捏着，口中低声念念有词。君贵静静看着他，耐心等待。

未几，王朴睁开眼，笑道：“陛下，有了。臣算来算去，得到的都至少有五六之数！”

“五六之数？”

“是，五六三十也。陛下用心以苍生为念，天高听卑，自当蒙福。臣不揣浅陋，以所学推得之。至于三十年后的事，就不是臣所能知道的了。”

君贵大喜，从座中猛然站起身来：“倘若果真如卿之所言，朕当以十年拓天下，十年养百姓，十年致太平。……实现毕生大志，三十年，足矣！”

延福殿。书房。

君爱在抄诗。目下，观音和宗训跟着傅姆们到别处玩耍去了，她正好抽空做点功课。每次教孩儿们新诗，她都要将选好的诗单独写到一张纸上再教。这样，孩儿们跟着她指点着，朗读着，也能顺便认几个字。

她抄得很慢，心事重重。

廷献轻轻入内，在不远处停步，欲言又止。

“廷献，怎么了？”君爱抬眼看着他，问道。

“呃……四姐儿……”廷献迟疑着。

“嗯？”君爱觉得奇怪，停下笔来，“到底怎么了？”

“四姐儿，有件事，小人也是刚刚听说。想来想去，还是应当报知四姐儿。……四姐儿先不要着急，小人才敢说。”

“好，我不着急，你说吧。”

“家里的谍者传话进来，老夫人……”

“母亲……母亲怎么了？”

“老夫人染病了。”

君爱站起身来，急切道：“什么病？有多重？目下是什么情形？”

廷献忙道：“说是伤寒之症，目下正在全力调养。”

“要紧不要紧？”

“服了多日的药，病情似乎……似乎小有收敛吧……”

君爱猛然流下泪来：“母亲患病，我却……却不明不白地待在这里，不能亲奉汤药……”

廷献忙左右看看，见没有旁的侍从留意此处，方低声道：“四姐儿，这里是禁中，有些话乍听不打紧，可是，也是不能说的。”

君爱愕然看着他：“我……我说了什么？”

廷献轻轻摇头：“没关系了，不管姐儿适才说了什么，以后都不要再说了。”

君爱默然。

滋德殿偏殿。

御书房门外，一名蔽面汉子将手中的青铜赤豹符交给邓锦验视后，轻身进入屋内。

皇帝正站在紫檀屏风前，对着羊皮地图发呆。来人抹下面幕，拜礼如仪：“陛下，臣奉命觐见。”他是御前赤豹密谍，隶属孟系，主要负责河朔一带情报。陛见时并不自报其名，是他们门中谨慎的工作习惯使然。

“嗯，十七，平身。”皇帝和言道，“昨日刚发出讯号，你今日就到了，回来得好快！”

代号“赤豹十七”的谍者礼道：“回陛下，臣接到密令时，原本正在澶州观城一带勾留，是以回来得快。”

“嗯。说说河朔的情形。”

“喏。依臣所见，目今河朔藩情平稳，魏博符国丈、澶州孙璘、沧州袁鸩、邢州陈思让、相州王饶诸人，都各自埋首州治，该训兵的训兵，该催粮的催粮，该收税的收税，没什么异常动静。”

“因为淮南的兵事，各镇必定对百姓加征了赋税。民间对此可有什么怨言吗？”

“倒也没太多怨言。老百姓嘛，都想过平安日子。便是略增了些赋税，知道是为陛下用兵之故，也没得话说。就算没这兵事，往常为修河、筑城之类的事情，也加征过。只要执事的官吏和善些，他们也不爱闹。”

君贵感叹道：“我中朝多有这等良善之民，难道不值得天子和藩主们好生爱惜吗？”

“陛下说得极是，普通老百姓心思单纯，没那么多私念计较。”

“……对了，以前他们几州之间偶有摩擦，最近有过吗？”

“小摩擦应该是有过。”

“都为的是什么？”

“比如臣听说，相州府吏缉盗，将盗贼逼入磁州境内就不管了，结果害得磁州境内好几个村子遭了殃。磁州司马就带了一票人，跑到相州府衙去上门理论。”

“有结果了吗？”

“据臣所知，理论了一次没论明白，还需再理论几次。”

“呵，那就教他们自己先理论着吧。……你从澶州过来，澶州留后孙璘还好吗？”

“臣这次没来得及去见他，月余前倒是见过一面。依臣看，澶州的治理延续了陛下在藩时的政策，陛下大可放心。”

“嗯。郭崇移往镇州之后，朕就提拔孙璘做了留后，但愿他不会辜负朕的期望。”

“啊，上次与孙璘作别时，他托臣多多拜上陛下，说是牵念圣躬得紧呢。”

“好，朕知道了。……天雄军情形如何？符魏王的病彻底养好了吧？”

“回陛下，国丈的病是好了，可是，国夫人似乎病了。”

“嗯?！怎么回事?”

“臣路过仓促，听说是伤寒之症，正卧榻调养呢。臣身份隐秘，也不便前去探望。”

“……知道了，少时，朕会亲自过问的。”

滋德殿。移花堂。

君贵召皇女观音、皇子宗训过来陪用晚膳。通常，如果必要，他都会在口谕中加一句“也请符姐儿同往”，但今日他的口谕中并没有这一条，君爱便不去了，将孩儿们交托给唐氏、东方氏、刘氏等带了去。

一时观音、宗训进入移花堂内，见爹爹正笑脸相待，忙争相爬到爹爹怀中，叽叽喳喳说些今日琐事与见闻。君贵照例是一手抱一个，先与孩儿们亲热一回。

观音抢先汇报自己今日学了诗，是李太白的《月下独酌》，说着，便摇头晃脑地背完。君贵笑着夸赞一番。见宗训只管发呆，他便将儿子一搂，笑道：“哥儿呢？哥儿会不会背这首诗?”

“会!”宗训肯定道。

君贵看着他不甘心、不服气的表情，又笑道：“阿姊已经给爹爹背过了，哥儿还肯不肯背呢?”宗训果然摇头。君贵哄道，“或者哥儿学了什么新的字、见了什么新的事，要跟爹爹说说，也可以啊。”

“嗯。”宗训点头，想了想，报告道，“爹爹，今日四姨哭了。”

“啊?”君贵蓦然闻听此言，诧异地抬头看向唐氏等人，延福殿一众侍从全都垂目不语。君贵便又回脸问儿子，“怎么回事啊，四姨为什么哭了?”

“不知道。”宗训老实答道。

君贵又看向闺女：“音儿知道吗，四姨为什么哭啊?”

观音连连点头：“知道。”

“你知道?”君贵略微感到好笑，便鼓励道，“那就告诉爹爹吧。”

观音将嘴凑近爹爹的耳朵，悄声道：“四姨哭，是因为没人理她。”

君贵愕然看着女儿。女儿的眼睛如同观世音菩萨的法眼般清澈明晰，照见一切苦厄。

刹那间，他的心中似有铜锣金钟猛击，嗡地一阵乱响。

延福殿。黄昏降临了。

这是一个仲冬的黄昏，日落之后，殿外暖意全无，花草树木也早就收敛了生机，顾自将生命力缩回泥土中，缩回机体的内核里。零星的小雪珠缓缓从天幕飘洒下来。

滋德殿的侍从们簇拥着一架朱漆肩舆在延福宫宫门前停下。前杠倾斜，君贵搭着刘奉武的手跨出肩舆，步上台阶。延福宫的侍从们没想到皇帝会在此时到来，短暂一愣之后，纷纷致礼颂词如仪。

君贵摆摆手，径直往殿中走去。未几，君爱闻讯，率众匆匆迎出，远远一福。

“呵，四妹妹免礼。这么晚过来，打扰你了。孩儿们都睡了?”君贵温言道。

“啊，是。天冷，让他们早些上炕暖和些，很容易就睡着了。”

君爱答道。

君贵见君爱眼眶似乎有些微红，灯烛摇影之下，却也看不太清楚。略微沉默后，他又一笑：“四妹妹不请我进去坐坐吗？”

君爱回过神来，忙将身子一侧：“啊，姐夫请到偏殿去坐，那里有火盆，比外间暖和。”

君贵随她走入偏殿，在几案旁的圈椅上坐下。廷献忙上前进了宁神汤。君贵向众人道：“你们都退下吧，朕与你们姐儿叙几句话。”廷献隐藏着心中的猜测，垂目应喏，率众施礼而出。

“四妹妹，请坐。”君贵指向几案旁另一张圈椅。君爱红了脸推辞着，不肯过来。君贵笑了一下：“坐下吧。你站着，我都不敢说话了。”君爱这才过来侧身坐了，垂目不语。

“呃……我听观音说，四妹妹今日似乎心绪不佳？”君贵斟酌着开口道。

“我……”君爱只答了这一个字，不知如何往下接，又闭口不语了。

“……是因为魏博家里的事吗？”君贵试探道，一面观察着她的反应。君爱不语。

“母亲卧病，想来四妹妹已经知道了？”君贵又追加一句。君爱正待点头，忽然记起了廷献的叮嘱。廷献在告知她消息时，特意强调过，不能向任何人表示自己知道此事。这是因为，他获知此事的渠道是魏博谍线。

魏博仍然有谍线分布在京畿一带，这是绝不能拿到明面上来与官家说的事。虽然这只是符家军数十年来获取军政情报的传统，并不含有任何对当今天子不敬的意思，但不能说就是不能说，明示，暗示，都不可以。因为，那样就破坏了规则。

一七一　延福诉情

符家之所以不以正常家书的形式告知君爱母亲卧病，是因为他们暂时并不想让君爱知道这件事。君爱留居宫中数月，至今身份未定，这是一种非常尴尬、非常微妙的局面。大家都在观望，都在等待。倘若他们贸然告知君爱母亲患病，除了增加她的心理负担，又能起到什么作用呢？难道是要她放弃宫中的指望回家来奉亲吗？难道是要她以此事来向官家要求什么吗？不，那不是他们应当做的。当父母的，总还是要替儿女打算。任何一个不经深思熟虑的鲁莽举动都可能打破后宫如今的微妙局面。可是，谁知道局面打破之后会朝着哪个方向发展呢？谁知道君爱是否能够驾驭新的局面呢？所以，他们选择了沉默和隐瞒。

而廷献之所以决定告诉君爱，则是出于对君爱孺慕之情的体谅：万一国夫人有所不讳，四姐儿如何承受得了因封闭禁中最后才得知此事的痛苦？

可是对君爱而言，让她在君贵面前作伪却是千难万难。亲病而不能养的愧疚，爱笃而不可得的痛苦，两方面交相煎迫着她的心，她怎么可能做得到强颜欢笑呢？

听了君贵的问询，她的泪水直流下来。片刻，微微点头。

“哦，四妹妹果然知道了……”君贵颔首，沉吟着。

“是前日家中来人报知的。”君爱忙解释道。这个解释没有什么漏洞。母亲生病，魏博遣人入宫告知合情合理，并不需要特别报告官家。送信人送完信走了，官家便是起疑，也无从对证。何况，官家何至于不顾符氏颜面而去追究这种无关痛痒的细节？

“四妹妹在宫中居留数月，替我和你大姊看顾孩儿们，真是委屈了。”君贵低低叹口气，“四妹妹如此难过……是不是想回到魏博去，亲奉汤药于母亲榻前呢？”

君爱猛地抬眼看他，更多的泪水牵连不断地流下来。

君贵有点手足无措：“四妹妹……我无意增加你的忧思。我……我这个人笨嘴笨舌的，倘若哪句话说得不妥当，还望你不要跟我计较才是……”

君爱含泪点头，转而又连连摇头，愈发难以成言。

君贵揣摩着她的心思，试探道：“当初请四妹妹留下，是我在母亲面前自作主张。四妹妹在宫中住了这么几个月，可否告诉我，还住得惯吗？”

君爱以绢帕轻轻拭去颊边泪水，心中狂浪翻腾，却仍旧垂目难答。

君贵见状，只得下定决心说道：“宫中生活枯燥无味，十分磨烦。宫里的人，也不是那么容易相处的。我知道，四妹妹这几个月过得并不如意，四妹妹所受的委屈，可想而知。……当初请四妹妹留下，不仅是我的主张，也是因你大姊的托付，或许……或许是我们强人所难了。今日，四妹妹可否给我一句话：是愿意继续留下来，还是愿意回家去奉养母亲？”

君爱听了他最后这番言辞，忽然抬起头来，停止了流泪。她顿了片刻，默默将手伸入袖中，摸出一个物事，缓缓托到君贵眼前。君贵一眼认出，这正是那年自己送给她们姐妹用作簸钱的开元古钱书签。他愣怔了。

“二十六个月又两天，”君爱看着他，泪光晶莹，“这枚古钱书签，从官家手里交到我的手里，到今日是二十六个月又两天。自从我收到它那一刻起，官家，它就再也没有离开过我的手边了……”

“君爱!”君贵心中大震，不由一把握住了她的手，哑声道，“你……你竟一直收着它?”

“是。每日每夜，每时每刻……有了它，就如同官家在我身边，我做梦也是甜的……”君爱在泪光中绽开了一个苦涩的笑容，“至少，我觉得是甜的……”

君贵感动不已，将君爱轻轻拥入怀中。

如今的君爱已不再是当初那个发育未全的小丫头了，她有着与君怜相似的身高和体形，甚至，还有着与君怜相似的香粉味道。一刹那，君贵以为自己拥抱的是另一个人。“君怜！……”他不由忘情地唤道。

君爱轻轻退开一点，默默看着他。

“对不起，君爱，我不该忘了是你。”君贵脸上一阵尴尬。

君爱轻轻摇头，勉力笑道：“不妨事的，官家。如果官家能从我身上看到大姊，那是我的荣幸。只要官家愿意，就将我当作大姊的替身，我也没有怨言。”

君贵凝视着她——她的眉眼也与君怜有几分相似。君贵感到了一阵意料之外的安慰：“好，君爱，既然你愿意，我就要你留下来，永远留在我的身边，好吗?”

是夜，延福殿红烛高悬，锦衾如云。君贵仿佛流浪多日的孤雁，终于栖息到了君爱的巢窠中。他紧紧拥抱着她，就像拥抱着自己朝思暮想的那个身体。他在睡梦中也拉着她的手，仿佛唯恐自己会被惊醒后的泪水冲走，重新在一望无涯的痛苦之海上无助漂荡。

不日，天子诏下，诰封天雄军节度使魏王符彦卿第四女为贵妃，居正一品，统摄六宫。

其时后宫位号依古礼，天子四妃的排序是贵、淑、德、贤。君爱被封为贵妃，位极妃嫔，成为这个没有皇后的宫廷中最尊贵的女人。这个位份是君贵对君怜的交代，也是他对君爱的补偿，更是他送给魏博丈人家的礼物——符氏所统领的天雄军是国朝的中流砥柱，这个意思，值得他再一次申明。

五百里之外，卧病在榻的魏国夫人张氏接到这姗姗来迟的喜讯，精神大振，病也好了一半。

而身居景福殿的菁娘闻听此讯，却气得吃不下饭了。是，大家都知道，符姐儿早晚会成为官家的妃嫔，可是谁能料到，官家一下子给了她这么高的位份！菁娘自己千辛万苦诞下了皇子，位份也不过刚刚从嫔御升迁到四妃中最末位的贤妃而已。符姐儿背后有符魏王家族，她的背后也有叔父枢密副使王朴啊。官家真是太偏心、太过分了！

对君贵而言，这个决定却是经过了深思熟虑的。他要开疆拓土、改革朝政，内宫必须稳定。他不能让家内的纷争来转移和消耗掉自己的精力。他知道，他不可能再得到君怜那样的内政主事者了，他必须自己将后宫的人事局面设置妥当。王朴不可能高过符魏王，菁娘不可能高过君爱，这是明摆着的事实。他唯一的选择是扶持君爱。但是，他也熟知菁娘的霸道，了解君爱的温暾。倘若留下缝隙，天长日久，两人之间难免形成争斗的局面，那是他最不愿意看到的。他只能让后宫人事一步到位，将她们可能的竞争空间全部挤压掉。唯有如此，大家才会断绝妄念，恪守本分，相安无事。

坤宁宫重门深锁，紫烟阁帘幕低垂，在这两处被皇帝下令封存起来的殿阁中，不扫的白雪如同庑顶和苑廊不解的冬衣，经久不去。如今，统摄六宫的中心转移到了延福宫。延福宫中人才济济，君爱在廷献、唐氏、尚仪、王景通等人的辅佐下，开始学习打理内政。

不仅是内廷，在处理外朝人事安排上，君贵也是相似的思路和风格。对于自己看重的人，例如王朴、魏仁浦、范质、张永德、李重进等，他会倾力扶持，不吝惜给予他们高爵显禄，以此来奠定他们在群僚中的地位，让他们真正成为自己的助手，在各种国事行动中如臂使指。对于不合时代大势的臣属，他不姑息，不妥协，必要的时候甚至会非常强硬。但因他的强硬建立在他自己超卓的才能之上，故此朝臣们反而能在他的领导下各安其位、各尽其职，将彼此间的内耗减少到一个较低的程度。

在解决内事的同时，数月间，一系列外朝的人事调整也完成了。

首先是对前一阶段战事胜败的赏罚。

原舒州刺史郭令图因弃郡逃归，责授虢州教练使。原侍卫步军都指挥使李继勋由曹州移镇河阳，其曹州节度使和侍卫亲军步帅之位，由原内外马步军都军头袁彦接替。李继勋此次移镇的等级大致相当，倒不算什么，但步帅之位的转移，明显是对其寿春南寨之失的一个警告。皇帝对李继勋还是爱惜的，要再过大半年，才会因为群臣不满议论而在处罚公平的压力下褫夺他的节度之位。

除了对郭、李二人的罚，还有赏：赵匡胤因涡口、清流关、六合等处战功，授同州节度使，兼殿前军都指挥使。赵匡胤接到任命之后欣喜不已，又上表奏请以滑州军事判官赵普为自己的节度推官，皇帝诏允。

其时，殿前军的都指挥使原本是晋国长公主驸马都尉张永德。皇帝对赵匡胤的这个新任命，让众人大感诧异。因为皇帝的诏令说得很清楚，赵匡胤升任的就是都指挥使正职，而不是副都指挥使。那么，原殿帅张永德将何去何从呢？皇帝该不会打算将这个位置并列放两个人吧？而且，赵匡胤是有军功不假，可是在淮南之战的第一阶段中建立过可观军功的又不止他一人。李都帅也有军功啊（虽然后来被李继勋的失利给抵折了些），向南院也有军功啊（虽然目下做战略撤退，从扬州收缩到寿春城下了），韩令坤也有军功啊（虽然曾经弃守扬州，但人家后来东线反攻很强，一度打到过楚州附近呢），司超、何超、刘重进等也有军功啊（虽然目下他们都被“白甲军”纠缠得很苦）……好吧，就算以上提到的这些人的战功都有个“虽然但是”的起承转合，但人家张驸马却是战功赫赫、迄今没有“但是”啊！赵匡胤一向隶属张驸马麾下，要打赏赵匡胤，也不可能骤然将他拉到与张驸马相平的位置吧？难道皇帝对张驸马另有任命？不过，禁军除了侍卫亲军和殿前军，可就只剩仪仗性质的六军了，总不可能教张驸马去执掌仪仗吧……皇帝的心思，真是令人难以捉摸。

对此最感困惑不安的，自然是张永德本人。即便在私下里，皇帝也没有单独的口谕给他，向他解释自己的想法。张永德不知道自己是不是做错了什么，可是，他刚刚打败了唐援的先头军林仁肇所部啊！难道皇帝是在为自己错误检举了李重进而表达不满？张永德承认这件事是自己判断失误了，皇帝显然也并没有听信自己的。可是，自己也是一番忠心，并没有恶意啊！

好在目下赵匡胤在京师，张永德在淮南，两人的职掌不会发生实际的冲突。故此，尽管心里翻江倒海着，张永德并没有公开表现出来。他只是给皇帝上了一封奏表，表明了自己竭诚报君的忠心，也委婉地表达了自己的疑惑。皇帝回答说，安心尽职，争取早日奏凯，别的事不要想太多。

与此同时，皇帝又加强了王师在淮南中部的力量。新除的右神武统军宋延渥被任命为庐州行营副都部署，为刘重进之辅。

皇帝还对湖南人事做了调整。王进逵被杀后，武平军节度使周行逢基本独控了湖南局面，这不是皇帝想要看到的。十月，皇帝以原武平军节度副使、知潭州军府事宇文琼为武清军节度使，仍知潭州军府事。这是将周行逢的副手提拔上来与他并为节度使，起一个掣肘的作用。当然，周行逢同时是朗州大都督，级别比宇文琼要高。

十月里还有一件藩主级别的大事，那就是镇守汉上十余年的襄州节度使安审琦前来朝阙。其时，襄州节度使的地位比较特别，因为他实际上是山南东道节度使，因治所在襄州，故称襄州节度。山南东道始设于唐代，最初下辖十数个州，唐中后期至五代以来州郡崛起，道被打乱，道的功能逐渐减弱，故此朝廷也不以道节度使任命藩主了。但是，山南东道还保留了相对凝聚、相对割据的数州势力，有点类似荆南的情形，却没有像荆南高氏那样公然以藩属国自立。安氏在襄州根深叶茂，是以历次移镇，中央都不好动他，而总是优抚有加。十余年间，安氏虽按时保量缴纳税贡，却从未亲自入京来觐见当时的皇帝。

此番皇帝从淮南回师，深深感受到了水系在战争中的利害关系，也深深感到边境上的安宁必须委托给可靠的人，更兼想起先帝临终再三叮嘱要善待安氏兄弟这样的耆老，便赐诏慰问安审琦，语意甚是恳切。安审琦颇有些感动，也乐意得到更多圣眷，便上表请朝，试探君意。皇帝见了奏表很高兴，特许他不以年节来朝。

君臣相见，亲切叙谈，追忆先辈交情和历年往事，气氛甚是和谐。安审琦原本已经守太尉、兼中书令、封陈王，此番皇帝又特旨给他加了太师之衔，命有司好生抚问，恩宠甚厚。安氏于是彻底打消顾虑，在京师惬意逗留十数日，满载而归。

安氏离京后，皇帝问范质等宰臣："卿等去送安太师了吗？"

范质等答道："臣等送审琦至城南，审琦深感圣恩。"

皇帝颔首，不免又叹了口气："近朝对诸侯多不能待以诚信，以致诸侯中虽有欲效忠节的，也不知有什么法子可以达成。其实，为君者只要能不失信义，何患诸侯不归心呢！"

皇帝这番话表明了自己对君主与外藩关系的认识，尤其以严于律己的态度强调了君臣关系中为君者的义务，范质等闻言都衷心称善，再次对皇帝的胸怀心生敬意。

文臣方面，早前因鞫狱失实被检举的御史中丞杨昭俭，同案的知杂御史赵砺、侍御史张纠等也一并受到贬谪。

除此之外，另有一个小人物的命运，也发生了翻天覆地的变化。此人便是显德元年应诏以白身上书言政、被超擢为右拾遗的赵守微。他在职上还呈交了弹劾国丈符彦卿的奏表。今上六宫的敷设，便是在那封奏表及相关事件的综合作用下开始的。事后，应皇后的要求，皇帝并没有对赵守微进行任何处置。

然而近期，一封举报赵守微的上书经由御史台呈送到了皇帝案前。举报者是赵守微的老丈人。他说，赵守微在担任谏官之后便开始得意忘形，不仅勾连地方官吏花天酒地，收取别人的贿赂，还学富户蓄养姬妾。自己的女儿、他的元配气不过与他争吵，他就闹着要休妻。老丈人问，这样的混账，有什么资格在圣明的皇帝跟前谈论国家大事呢？这个女婿他不要了，他就请皇帝管管这个混账，不要丢了大周官员的脸。

皇帝看了老头儿这封请别人代写的、语言质朴的上书，勃然大怒，立刻命监察御史勘核此事。御史们早看不惯赵守微这种投机暴发的草泽人，接了旨意，三下五除二便查清事实，回报皇帝。皇帝见犯情核准，又想起那年皇后因为他所受的腌臜闲气，愈发懊恼，当即命杖一百，发配沙门岛去了。

此事可为皇帝狂飙般拔奇取俊、招罗英才运动中的一个不和谐的小小插曲。

此外，在此数月期间，国朝在经济方面推行了两项重大举措：一是开放了漳河以北郡县的盐禁，允许百姓以盐碱地自行炼盐，也允许盐货通商，为当地人让开一条财路；二是为了顺应百姓的生产实际，将征税时间改为夏税六月、秋税十月起征，以方便民生，得到民间认可。

大内。延福殿。

已是辰正，天光还是有些昏暗。殿外，清扫到角落的积雪显得含混阴冷，教人恨不得立即祈祷出一个猛烈的艳阳天，好将它们一口气化掉。

承璋带着几名内侍走过来，指着那些难看的积雪，让他们赶紧铲走运到别处去，不要再堆在那里碍眼。

承璋是在朱雀离去之后，求了唐妈妈和王景通被重新分配到延福宫与廷献做伴的。当时，君爱除了有原延福殿的侍从，还接手了君怜和朱雀两人的侍从，不大的延福宫变得拥挤不堪。可是，侍从们谁都不想往别处去。俗话说人往高处走，尤其跟惯了圣人和令主的中低阶侍从，更不愿意被打发到冷僻的处所去做粗重的活计。君爱原说要汰递掉一些人的，侍从们在庭苑中跪了一片，异口同声说愿意忠心耿耿事奉贵妃，请求不要将他们调走。君爱不忍拂了他们的意，对身边人说要不就都留下，延福宫也不算小，总能派出活计给他们。

唐妈妈黑了脸，拉她到一旁道："四姐儿！你才到任第一天，岂能被底下人给辖制住？不合用的不去，合用的怎么来？依我说，今日正是你立威的好机会。你别光顾着做好人，到底拿出个硬主意来，好教他们从此不敢轻看了你！"

君爱当初是仓促跟随母亲入京探望大姊的，除了一个使女，并没有自己的乳母随行，如今使女跟随母亲回了魏博，唐氏也就相当于她的乳母了。君爱听了唐氏此言，一面答应着，一面又为难地看向廷献："我不知道该怎么做呀。"

廷献忙安慰道："贵妃别着急，依卑职看，若是圣人在，定会将他们按职守分别汰选，依定额留下合用的，其他人酌情调遣到别处。"

君爱蹙眉道："难道以往这些事都要大姊亲自做的吗？"

"那倒也不一定，"廷献继续缓解着她的紧张情绪，"唐妈妈也能替你做。可是，总得贵妃先到众人面前去将这个意思宣示出来。"

“廷献，你替我去宣示吧，好不好？”君爱央求道。

“贵妃，”廷献理解地笑了一下，“一开始，还是需要贵妃自己去立威的。待众人明白分寸后，贵妃再有所命，就都交给唐妈妈或卑职去宣示，也不打紧。”

唐氏点头道：“是这个话。”

这么着，君爱才勉强到众人跟前说了几句，吩咐殿中对侍从进行汰选。

廷献如今心如止水，心劲疲弱，除了照顾皇子皇女和贵妃，凡事不愿出头，后来的汰选便都是唐氏和王景通负责的。也正因此，承璋想转到延福殿，廷献却帮不上忙，气得承璋直埋怨：“要你有什么用？打小儿朋友一场，你痛快另寻了归处，就两手一袖，不管我的死活！”这话若搁以前，廷献少不得要替自己辩白一番，可此番他只是歉然一笑，萧索道：“是我的不是，是我对你不住。”

承璋转来后不久，后廷的定省制度恢复了。

君爱受诰封之初，尚宫、尚仪来告诉她应该恢复后宫定省制度时，君爱原是谦辞说不如免了的。尚宫和尚仪都不同意，说道尊卑有序，后廷需要垂范天下内闱，行事更该合乎仪礼；何况贵妃代行统摄六宫之职权，有义务尽快恢复宣懿皇后制定的宫规，将因丧事而变得散乱无措的内廷人心恢复正常。君爱便依从了。

对此最为抵制的自然是菁娘。君爱封诰下达的最初几天，远山、秋池都如礼前来定省，偏偏菁娘对尚仪的提醒置若罔闻，每日只赌气闷在景福殿里养育儿子宗诲。君爱并不愿为难她，只想息事宁人，说道她不来就罢了，随她去吧。这个意思一出来，不仅尚宫和尚仪，连廷献和承璋都不干了。

承璋对廷献说：“王贤妃这头儿可不能开啊。以前她慢待圣人咱们不着急，是因为圣人自有法子治她。可贵妃不是圣人，贵妃治不了她啊！这样下去，没几天贵妃就得被王贤妃欺负死。”

廷献叹道:“……唉，贵妃年纪小，性子又太柔了。”

“她柔可不行啊！她手里可是圣人的孩子！圣人一个儿子，王贤妃也是一个儿子，倘若贵妃不硬气，将来……将来皇嗣的事，没准就说不定了呢……廷献，咱们得帮帮贵妃。”

“我是想帮啊，这不是正想辙呢吗？可是贵妃不想与人结怨，连话都不肯多说一句，你说怎么办？”

“以前圣人是怎么做的？派尚仪她们去给王娘子授宫规，是不是？”

“嘿，这一招目下可管不了用了。贵妃对宫规还没王贤妃熟悉呢，哪里驳得倒她？何况王贤妃有了皇子为恃，更加不会理睬这种小把戏了。”

两个人说了半天，都感到沮丧。一半是因为自己的无能，一半是因为君爱无原则的退让和温暾。

没想到这件事最后是官家解决的。

君贵诰封完君爱，便留心她如何在宫中自处。有天晚间就寝前问她:“你统摄六宫十数日了，宫中旧制想来已经恢复了吧？”

君爱道:“嗯，都大致恢复了。”

君贵便追问道:“你与几位娘子每日见面吗？见几面？”

君爱不惯撒谎，有些慌乱:“呃……一两面总还是要见的。她们……她们都有皇子，每日很忙。”

君贵察觉有异，可巧廷献拿木盆端了热水进来，便转向他问道:“廷献，后廷每日定省情形如何，你如实报与朕知晓。”廷献放下木盆，偷偷看君爱一眼。君爱露出一个为难的表情，无可无不可的。

廷献自己打定主意，恭敬答道:“回陛下的话，两位昭仪倒都是按时来的，不过，王贤妃……”

“王贤妃不来，是吗？”

“呃……是。”

“一次都没来？”

“一次都没来。”

君贵默然片刻：“知道了，她应该来。朕会提醒她。”

转天君贵到景福殿，菁娘喜不自胜，忙拉着他逗弄儿子，自己又亲亲热热依偎到他身上，与他说个没完。其时菁娘刚出月子不久，身子并未彻底恢复，又不肯将孩儿完全交给乳母抚育，自己每日管得又累又烦躁，脾气比妊娠时一点没变小。

君贵搂着她，与她闲叙片刻，见她心绪欢畅了，方问道：“菁娘，目下你每日去延福殿探望贵妃几次啊？”

菁娘一听，登时嘟起了嘴：“臣妾每日忙皇儿都忙得团团转，哪有工夫去探望别人？”

君贵笑了一下：“我让她统摄六宫，你怎好不给她颜面？”

菁娘嗔道：“陛下偏心，让忙的人去就合闲的人。”

君贵颔首道：“对，是我偏的这个心。那么，你给不给我颜面呢？”

菁娘气道：“臣妾明白了，陛下哪里是来看望臣妾和皇儿的，根本就是来教训臣妾的！”

君贵倒喜欢她的这点直率，再将她一搂，似笑非笑道：“还抱怨呢？你看你现在这样子，是不是就欠人教训啊？”

菁娘眼珠子一转：“那好，以后陛下天天来教训臣妾，臣妾就天天去看她。”

“天天？不行。”

“隔天。”

“隔天也不行。”

“三天一次。”君贵还是摇头。

菁娘嘟嘴道：“那陛下想怎样，四天？五天？”

君贵叹口气：“菁娘，我不能保证多久来看你一次。晚间我有很多事情要做。而且，很多时候，我愿意一个人待着……”

菁娘的眼中顿时充满泪水："陛下宁可一个人待着，也不到臣妾这里来吗？臣妾保证以后天天都去她那里定省，陛下可以多来了吧？"

君贵的神情变得黯淡："菁娘，我以贵妃主理后宫诸事，你去贵妃那里定省是应该的。你冲着我的颜面去，我心里会感激你。可是，我不会将你去和我来这两件事挂在一起。"

菁娘对别的话都置若罔闻，独独惊讶道："臣妾若去了，陛下……会感激臣妾？"

君贵颔首："对，就像我出征后你不再跟圣人闹了，反而顺服于她，我知道后，心里就很欢喜。现下，如果你顺服于贵妃，我不仅会欢喜，我还会感激。因为我知道，你是为了我才那样做的……"

菁娘心中激动，一头埋到君贵胸前，泪水滂沱："臣妾知道了，臣妾会为了陛下，天天去延福殿的。"

与内事的烦恼相反，从淮南前线却接连传回了王师获胜的好消息。

十月下旬，李重进奏报，麾下铁骑都指挥使王彦升在盛唐截击江南援军，斩首三千余级。盛唐正是此役之初唐人北援的节点之一，君贵之前提醒过重进，要留神唐援可能会沿旧路再来，此番果然应验了。

不日，张永德报，濠州唐军又从水路攻下蔡，被自己击溃。这一次，唐军派来的是一个船队，包括十数艘大船和他们附带的数十艘小船。船队浩浩荡荡行进到下蔡附近时天已经黑了，唐军主将便命在距离下蔡十里处下碇，全军戒严，待来日天明再开过去与周师大战。张永德得了侦候消息，便在军中募集到善于游泳的军士，命他们趁夜偷偷潜入水下，用大铁链子将唐军大船从底下系锁在一起。次日昧旦，张永德指挥周师水陆突袭唐军。唐军大船进退不得，成为废物。唐兵惊恐丧失斗志，仓皇逃生，被周师引轻舠急击，死伤甚众，巨舰数十艘也为周师截获。张永德大喜，慷慨地将御赐的金腰带奖赏给了那几个善于游泳的军士。

对于这些战绩，皇帝十分欣喜，统统下诏褒美。

当然，从淮南前线送回来的，不只有战报，还有谍报。

一七二　右军巡院

延福殿。寝殿。

夜色初浓，殿内灯烛明亮，火盆正旺。孩儿们都已去睡了，君贵倚在湘妃榻上，就着烛光览阅今日的最后几本奏表。

芦笛端进来一盏宁神汤。君爱亲自捧了来到君贵面前，轻声道：“官家，趁热喝了吧。天冷不禁放，放放可就凉了。”

“好。”君贵坐直身子，接过来喝了一口，又晃晃手中的奏表，蹙眉道，“李毂的风痹犯了，已经准了他告假十旬，他又上表坚决辞位，你说怎么办？”

李毂身子不大壮实，爱生病，又顾惜颜面，最怕别人说他尸位素餐。在先帝朝时，他就因摔伤胳膊耽误公事而再三辞过位，先帝并没有答允。淮南战役前期，他以老相挂帅前军，为保浮梁从寿春退回正阳关，结果被官家撤了前敌指挥权，改判寿州行府事，这也让他感到心绪低沉。此番随官家返阙，仍旧料理自己最擅长的中枢政务，才稍稍振奋。不想如今又因风痹无奈要告长假，他自然心中难安。之前他已经连上两表请辞，君贵一直不允。今日这是第三道表，看来，李毂辞位的意思十分坚决。

如今朝中有一批老臣都到了致仕的临界年龄，有些人，君贵可以放手让他们归乡荣养，有些人则不行。李毂是顾命大臣，是父亲留给自己的财富，君贵决不会轻易放手。郑仁诲已经薨了，朝堂的文臣班子还在不断调整、融合的过程中，留着李毂这样的老臣，就留下了中枢官僚体系的核心骨架。

可是这些前情，君爱都不知道，便是知道，也未必懂得其中的关窍。见君贵问，她便斟酌道：“听闻李毅的风痹十分严重，他坚辞相位，想来也是身子实在不能支撑之故吧？”

“可是，我并没有要求他出来办公啊。”君贵道，“他哪怕就是挂个名，替我顶在那里也行啊。”

“是是，官家别着急。”

“我一再下诏抚问，他一再上表坚辞！这都第三道表了，他到底要做什么？他的名声要紧，我的班子稳固就不要紧吗？如今我正在深入推进政事革新，朝堂上下，恨不得有一万件事要同时开做。班子里的人头一直都发愁支使不开呢，他是先帝顾命老臣，他不替我扛，谁替我扛？他就这么急着摆脱国事的负担？”

这并不是君贵第一次面对宰相坚决辞位的情形。上一次是郑仁诲，也是因病再三请辞。君贵原本也很生气，很烦躁，是君怜在一旁与他娓娓分析，慢慢出主意，才化解了当时的紧张局面。

君爱见他恼怒，便小心地抚抚他的胳膊：“官家，李毅想来也不是那个意思……翌日，官家再叫了他来，好生与他说说，他想必就能回心转意了。”

“哼，他已经卧病在榻了，我还召他来入对，岂不是会教天下人批评我这个君主毫无仁爱之心吗？”

君爱坐到他身旁，柔声道：“那么……官家就遣人去看望他，向他传话，也必能表达心意。”

君贵从半空收回视线，看着君爱关切的脸，忽然没有了讨论下去的兴趣。默然片刻，他怏怏道：“罢了，明日我再下诏抚问抚问，并且赐给他一些香药吧。刘孝能、曹保义等御医，我也教他们去诊视得更勤些。但他的辞表，我是不能允准的。”

廷献原本正轻手轻脚在一旁往火盆中添加兽炭，见了两人间的情形，不由略微忧心地蹙起眉头。

翌日。朝食之后，唐氏及承璋等领着观音姐弟出殿门去后苑玩耍了，君爱到延福殿偏殿书房消磨时光，廷献跟在身后走进来。

君爱从架上抽出一本《毛诗正义》，拿在手里翻几翻，搁到书案上，又愣怔着将手伸向笔架。廷献见状，忙问道："贵妃要写字吗？卑职来为贵妃磨墨吧。"

君爱叹口气："我也不知道我该做什么。"

廷献笑了一下："贵妃心里在为什么事烦恼呢？"

君爱摇摇头："我有什么可烦恼的？只是官家……官家在为李縠辞位之事烦恼，我又怎么可能顾自安生？"

廷献道："贵妃若是有心，也不是不能做点什么的。"

"嗯？"君爱惊讶地看向他，"我身居后宫，对这种朝政大事，我能有何作为？"

廷献道："贵妃不必自己有所作为，贵妃只需替陛下做些修修补补的事就可以了。"

"如何修修补补？"君爱奇道。

廷献道："过几日就是冬至，贵妃统摄六宫，外命妇必定会入宫来向您贺节。届时，贵妃单独留下李縠夫人叙叙话，好言慰问两句李司徒的病情，再赏他们家两本内府医书之类的物事，就可以了。"

"我……需要替陛下劝解李司徒吗？"

"不必，李司徒辞位的事，贵妃一个字也不要说。"

"那怎么……"

"单独赐见了，恩赏了，贵妃的意思也就到了。贵妃的意思到了，陛下的意思也就补齐了。多说一个字，并不能对此事有更多助益。贵人惜言如金，总是不错的。"

君爱迟疑道："倘若大姊……大姊遇到此类事情，会怎么做？"

廷献有短暂的沉默，而后笃定道："倘若圣人在，圣人便会如此处置。”

不日冬至，君贵以战事故下诏免去百官朝贺，但因君爱初封，仍特意允许外命妇入内廷贺节。君爱果然如廷献所建言，单独留李毂夫人叙谈，赠予弘文馆所摹抄《阙上千金方》和《五禽戏图谱》以示抚慰。李毂从后宫渠道接到医书，心中体察到皇帝不便明言的焦虑和求恳，也就暂时不再上表辞位了。君爱寻机将自己赐书之事告知了君贵，君贵似笑非笑点点头，既没赞许，也不像反对。君爱忐忑地看向廷献，廷献只是鼓励地一笑。

又一日。滋德殿偏殿。

天很冷，门窗紧闭的殿内很闷。御前白虎谍者进入殿门时，带进了外面的一阵冷风，搅得室内被火盆熏热的空气流通起来，皇帝反而感到舒畅了些。

白虎谍者行礼毕，皇帝也不寒暄，直接问道：“十九，李达、陈觉那边有什么新动静吗？”

“回陛下的话，陈觉还是秉承宋齐丘的意思，不想教李达立功坐大，故此全力压制。”

“嗯，目下挑拨权臣压制他们宗室是要事，可也别压制得太厉害，教宋齐丘等人的尾巴重新翘到天上去，对咱们也不是什么好事。”

“是。臣会加意盯着濠州的。”

“江宁府那边呢？李遂与李弘冀最近闹得如何了，唐主偏着谁呢？”

“这个……请陛下恕罪，臣和手下人近来都在淮上用力，于大江线上的消息，尚且欠缺。”

“嗯，知道了，朕再问别人吧。不过，朕倒是可以告诉你，唐主对他儿子有点不满意，嫌他在润州将钱弘俶的降将都杀了。”

“啊，也对，数十号将佐呢，那李弘冀也不请示唐主，眼睛都不眨就都干掉了，的确太过僭越了。”

皇帝意味深长地看他一眼：“嗯，知道了唐主父子之间这档子事，你们对李达那边下手更要注意分寸。李达会不会跟李弘冀联手啊？李遂与宋齐丘会不会翻脸啊？冯延巳与宋齐丘的关系会不会变啊？……朕可等着看他们父子、叔侄、君臣的好戏呢。”

白虎谍者笑道：“喏。臣明白了。”

“齐藏珍的事查明了吗？”皇帝又问。齐藏珍曾鼓动李重进与张永德对立，又曾力劝李重进接受江南礼物，这些情况都在早前被白虎谍者汇报给了皇帝。皇帝极为震惊，指示白虎谍者详查齐藏珍在淮上的行迹与交往情况，故而今日有此一问。

“臣查到一些。”白虎谍者郑重揖道，“陛下，齐藏珍与江南谍者有多次往来，还接受了他们至少五千金的贿赂！”

“贿赂的目的是什么？”

“据臣掌握的情报，目的就是教齐藏珍策反王师将领，或者至少教他们打仗不尽力。还有，教他在陛下面前替唐主说好话，蒙蔽陛下的视听。”

皇帝抄起御案上的湛青笔山砸向地面，怒道：“混账东西！朕待他不薄，他竟然如此吃里爬外！”

“陛下，您岂止待他不薄，您是待他太厚了。”白虎密谍也愤然道，“他得意忘了形，也忘了为臣的根本！”

皇帝心念急转：“唐主的手伸得很长啊，朕身边的人，数月间就已经动了两个！……朕用间，他也用间；朕反间，他也反间。哼，江南人果然诡计多端！不知道他还在朕身边下了什么手，安插了什么人……十九，以后你也要替朕留心此事。”

“遵旨！臣一定加意探查！”

又踱了几步，皇帝忽然惊觉：“不对，现如今就有一大群江南人混到了朕的身边！其中必定有担负着唐主秘密使命的谍者！”他冷笑一声，“……哼，手段挺老辣呀，难怪没人闹着走。朕倒要问问其中为首的那个，教他把人都给朕吐出来！”

白虎谍者闻言，不解地眨眨眼睛，却并不发问。

皇帝道：“你下去吧，齐藏珍的事，朕自会寻机处置。叫林远进来。”

侍卫亲军右军巡院。

这是国朝禁军司掌缉捕，并系囚和刑讯犯人的处所。自打南唐贿李重进蜡丸书事发，唐使孙晟、钟谟和百余名随从便都给羁押到了这里，每日有简陋饮食供应，也没人来勘鞫他们。

偏室。陈设简朴，有桌椅火盆，但并没有巡院常见的刑具。林远坐在火盆前烤火，桌上摆放着他拿来的酒肉。几名军校站在较远的地方。

房门开启，孙晟被巡卒推搡着走进来。那日皇帝虽然愤怒地将他们都系了狱，但仍旧让他们身着自己的衣裳，而不是统一换上囚服来羞辱他们。皇帝也没有吩咐给他们上镣铐，因为根本就不相信他们能逃掉。在皇帝心中，孙晟是个难得之才，皇帝一直没有放弃有日让他为己所用的念头，故此并不在细节上为难他。

林远站起身，向巡卒喝道：“哎，待孙大使岂能如此粗鲁?!”一面向孙晟笑道，“孙大使，好久不见，在下今日特意过来看你。来来，火旁坐下，咱们喝酒！”

孙晟在江南的官衔是司空，可是大周以南唐为伪命，林远自然不会叫他孙司空，而一直以使臣呼之。孙晟闻言，微微一笑：“好啊，多谢林都知惦记着。”

一时两人坐到火盆边，就着烧鸡、卤鹅，频繁举杯，大口喝酒。酒喝得酣畅了，林远和气道：“孙大使，在下今日来，是有话要问，还望孙大使如实回答。”

孙晟道：“林都知但问无妨，在下能答的，自然不会隐瞒。”

林远便问道：“你们江南宗室人众，唐主儿子多，现存还有两个兄弟。这长子弘冀与下面兄弟从嘉、从善等相处得如何呀?”

孙晟笑了一下:“唐主本人兄弟友于,儿子们自然争相效仿。”

林远笑道:“呵,孙大使这话就有些糊弄在下了。在下听闻,以前唐主第二子弘茂还活着的时候,与弘冀争宠争得可是有些厉害的。”

孙晟略感吃惊,但随即整顿辞色道:“至亲骨肉,便是有时阋墙,也能外御其侮。”

林远默然片刻,又道:“在下再问一句,弘冀与四叔李达的关系如何?”

孙晟道:“弘冀性情沉厚,事奉叔辈总是执礼谨严的。”

“……孙大使好严实的口风!”林远苦笑一下,“在下一片诚心而来,也是为了孙大使好,孙大使何必跟在下兜圈子?”

“在下不明白林都知的意思。”

“好,孙大使不明白,在下就说得直白些。蜡丸书事发,唐主阳奉阴违、在陛下面前要弄手段,已是不争的事实。孙大使只需实话实说,唐主的过错便与孙大使无关。”

孙晟不语。

林远追问道:“孙大使从江南来,暗地里究竟负有何种使命?孙大使带来的这百余号人中,还有谁,还有多少人负有唐主的秘密使命?请孙大使如实告诉在下。”

孙晟平静地看着他:“在下是唐使,所负的使命就是递送国书与国礼,与周朝媾和。除此之外,在下再无别的使命。在下带来的百余随员,除了听从在下调遣,辅助在下送书、献礼之外,也没有任何别的使命。”

林远不语了,带着一种难以描述的复杂神情久久打量着他。

孙晟为自己倒了酒,又给林远满上:“来,林都知,咱们不说这些没用的了,喝!”

林远默然良久,站起身,整理了自己的衣衫,狠下心来正色道:“相公获罪，又拒不肯向陛下献诚，陛下有旨，赐相公……自尽。”说着，他就从怀中取出一条折叠好的白绫，不轻不重放在桌案上。

孙晟似乎早就在等待这一刻，闻言也站起身，怡然道:“敢不从命!”他上下看看自己，又转向林远,“林都知，可否求你一件事?”

“请讲。”

“在下从金陵带来的笏板和官靴，在入巡院之初被没收了，可否着人拿来还给在下?”

林远犹豫了一下，方道:“……可以。”

未几，笏板与官靴取来。孙晟严肃地整理了自己的衣冠鞋履，手持笏板，面向东南方庄重地跪下来，拜了两拜，口中铿然道:“主上，臣受国朝深恩，今日以死报国!”说罢，他站起身，将白绫投到房梁上垂下，踩着杌凳上去系了个死结，然后将自己的头颈伸入白绫环中，猛然踢开了杌凳。

林远将脸转向一旁，咬着牙，尽量不让自己面上显露出任何表情。

良久，吊在白绫环中的身子不再挣扎了，变为轻轻晃荡。林远回转视线，最后看了他一眼，向远处的军士示意。

同一日，当初跟随孙晟前来的百余名南唐随员尽皆被处死于东相国寺。其时，东京知道此事的朝臣中有些人并不赞同此事，可是正赶上皇帝盛怒，没人敢去谏阻。另一个唐使钟谟也许因为性情恭顺些，倒是被皇帝留下性命来，贬为耀州司马。

不日，孙晟慷慨赴难、以身殉国的消息传回金陵江宁府，唐主李璟痛哭流涕，追赠孙晟为太傅，封鲁国公，谥文忠。又厚恤其家，擢其子为祠部郎中，赐名鲁嗣。

又一日。御苑梅苑。

符贵妃君爱、王贤妃菁娘、孙昭仪远山和章昭仪秋池围在宫苑中几株老梅四周，欣赏着，议论着。这是今日晨间定省后，众人忽然起意增加的游乐项目。

天寒地冻，正是蜡梅绽蕊、绿萼飘香的好时候，后苑中的这几树老梅得风水地利，比别处的梅花都开得旺。各殿阁侍从围在她们身后，陪着一起有说有笑。这份热闹是难得的，往常她们不过坐在一起闲叙叙，品一两盏茶，然后就各回各处去过自己的日子了。

官家志在四方，无心纠缠内闱，大周后宫一向冷清。目下，妃嫔数目虽说比先帝时期增广了些，也依旧人员精少，连民间普通富户家的内闱规模都够不上，更无法与后唐庄宗时期峨鬟如云的规模相提并论。

相比主子的数量，内廷宫官侍从的比例就显得有些高了。君怜在时，曾依旧例放了一批宫人出宫自便，对年老的内侍也赐钱放出养老。君爱接替主事后，虽对自己的延福殿侍从进行了汰选，但破例增加了其他各殿阁的宫人内侍，算是上任之初对诸位娘子的一件德政。

近日国情平稳，官家心绪尚可，禁中也没有什么大的内事需要商议。她们定省时闲谈的内容，常常围绕着各自的孩子，每日的定省变成了新阿孃交流会。远山、秋池与菁娘都有了亲生亲养的经历，彼此间在婴儿的饮食睡眠上找到许多共同话题，倒难得地能多聊几句了。菁娘虽说要强，在养育婴儿方面毕竟有诸多非常具体的疑惑，远山、秋池不计较她的态度，肯替她解惑，她自然要向她们多问几句。君爱在诸娘子中年纪最小，又没有自己生育的经验，再加上替大姊抚养的观音和训哥儿已是幼儿，起居与婴儿大不相同，因此，她与诸娘子间的共同话题显得稀少，常常只是听她们说罢了。

远山和秋池对于君爱自然是尊重的，但也只是尊重而已，远谈不上亲近。菁娘冲着君贵的面子，对君爱有所退让，但仅此而已，再要怎么着，她也做不来。于是君爱默然微笑着，在后妃间感到了孤立。

而她的孤立与菁娘不同。菁娘孤立于后妃，却会猛烈地扑向君贵去取暖。君爱孤立于后妃，但与君贵靠得也不是很近。尽管她眷慕着，隐忍着，百般委曲承意，君贵却很少敞开心扉与她聊一些深入的话题。她痛苦地感到自己是那么幼稚，那么无能，虽然靠近了他，却并不能真正抓住他的心。她的孤立于是成了真正的孤独。

这里君爱见众人在蜡梅前玩味良久，便笑道："老梅姿态，难得清劲。诸位娘子既然喜欢，何不各选一枝，少时我命人斫下，送到各位的殿阁中去呢？"

远山与秋池对视一眼。先前圣人与令主在时，一向不大主张梅枝插瓶，大约因为梅树以姿态最为要紧，随意斫枝会破坏整体的美感。是以，圣人宁可亲自到御苑赏梅，也不在殿中插梅，只偶尔以斫枝御梅赏赐过外命妇。而令主阁中也只在春季插过鲜枝海棠，其余夏之莲、秋之桂、冬之梅……却都是不忍折枝插瓶的。君爱以贵妃之位统领六宫，自然有权力分配后苑的梅枝。不过，远山和秋池出于对故圣人的尊重和少惹事的谨慎，还是决定推辞掉。于是两人都笑道："贵妃好意，我等都心领了。不过这梅花在枝头上就挺好，我等要看，自己再来看就是了，可不忍心斫了它下来呢。"

君爱微微一愣，只得笑道："两位娘子如此爱惜花儿，倒是难得。"又转向菁娘道，"那么，王娘子殿中可要两枝装点装点吗？"

菁娘见君爱宣示内事处置权，心中早已不快，偏她还要刻意问自己，更显得是在挑衅一般，便在鼻子里笑一声，不紧不慢道："多谢贵妃下问。孙娘子和章娘子都不要，我又是什么特殊的人了，要它来做甚？天寒地冻，宫中除了此地，各处都甚是无趣，我也愿意没事到梅苑来走走，省得闷出病来呢。”

君爱好心讨了一场没趣，脸上挂不住，只得尴尬地一笑。芦笛看不过眼，正待要出头呛王娘子几句，远山与秋池心思快，早拿了些别的家常话题来与君爱打岔，君爱才算下了台阶。

赏罢蜡梅，众人纷纷告辞。君爱回到延福殿内，内侍回报，观音和训哥儿正在进用早食，少时就会过来找她了。君爱颔首。她站到书案前，待要准备孩儿们今日的功课，却感到神思忐忑，忧虑重重。她对眼前的一切感到了前所未有的畏惧与疲倦。

呆立片刻，她依照着大姊先时的习惯，焚香拜起了文殊。

默默祷祝半晌后，君爱心里镇定了许多，便叫来廷献，要他以大姊更多的过往事迹来教导自己。她明白，大姊是她无法达到的高度，但她要努力学习大姊的行事做派，争取在自己身上再现一个小号的、局部的大姊。

廷献答应着她，为她的心气所感动，却又在转瞬间喉头哽塞，难过得一时说不出完整的话来。

一七三　淮上风紧

显德三年，临近年底，淮上又有更多的好消息传来。

张永德在下蔡又多次击败了唐军。寿春在周师铁桶般的围合之下就要绝粮了，已经陆续饿死了许多老百姓和孱弱的兵士，但刘仁赡仍旧斗志昂扬，多方筹划，不肯投降。张永德察觉他们有劫取周营粮草的动向，有一次故意出疲兵引诱。刘仁赡亲自率军出城，张永德北退三十里，将唐兵引入精骑伏围中痛击，只有刘仁赡奋力逃脱。又一次，濠州唐军从水路偷偷给寿春送粮，没想到被张永德侦知，出兵迎头痛击，斩杀两千人，抢走了十余艘米船。

另一方面，李重进也在塌山以北击破来援的唐军两千人，斩断寿春城南面得援的幻想。

皇帝在广德殿中命人宣读了这些捷报。大周的朝臣们为皇帝高昂的斗志所感染，也兴奋地议论纷纷。看起来，唐援军的到来，不仅没有给王师造成挫折，反而激发了王师的血性，提振了王师的士气。王师在淮上的局面终于从谷底反弹，开始持续上扬。

年底，一系列人事任免颁布，其中最重大是这几项：以右领军大将军、权判三司张美为正任三司使，这是奖励他对淮南战事的保障得力，以及作为大内部署的恪尽职守——因他的警觉，禁中曾成功地避免了一起走水；又，以许州节度使、原在京内外都巡检、权点检侍卫司韩通改侍卫马步军都虞候，这是奖励他保卫京师得力，并追叙他在秦、凤之战中的功劳；又，以滑州节度使兼殿前都指挥使、驸马都尉张永德为殿前都点检，以奖赏其淮南军功。

都点检，是禁军中一个全新的职位，可以说是皇帝专为拔擢张永德而设置的。

禁军侍卫、殿前两军中的职位设置不大一样。侍卫亲军历史悠久，等级台阶分明，最高职位是马步军都指挥使（李重进的现职），之下是其副职（目前空缺），之下是马步军都虞候（刚委派给韩通），之下是其副职（目前空缺），之下是马军都指挥使（韩令坤的现职）和步军都指挥使（不久前由袁彦取代了李继勋），之下是其副职。而殿前军是先帝新建立的军队，虽然在今上手中经过检选汰递逐步壮大，毕竟不过数年历史，军中等级设置相对简单：最高职位是殿前都指挥使（张永德的原职，赵匡胤的现职），之下是其副职（目前空缺），之下是殿前都虞候（赵匡胤的原职），之下是殿前副都虞候（慕容延钊的现职）。因此，侍卫亲军高层在理论上有“都帅—副都帅—都虞候—副都虞候—马/步帅—副马/步帅”六级，而殿前军高层在理论上只有“殿帅—副殿帅—都虞候—副都虞候”四级。

显然，殿前军将领的分量和数量，仍旧无法与侍卫亲军相匹。侍卫亲军分为马军和步军，这是客观事实，侍卫亲军多出的两个等级与这个事实相关。对于皇帝而言，如果想壮大殿前军将领队伍，那就要延长殿前军高层的等级线。既然不能向下延，那就只能向上延。这就是皇帝之前将赵匡胤擢为殿前军都指挥使，而目下又将张永德擢为殿前都点检的原因。于是，殿前军高层的职位在理论上变成了“都点检—副都点检—殿帅—副殿帅—都虞候—副都虞候”六级，层次与侍卫军相同了。

无论在李重进的问题上有过怎样的误判，张永德始终是皇帝爱重的心腹。扶持他，扶持殿前军，让殿前军真正成为可以与侍卫亲军相提并论的军事力量，是皇帝治军的根本大策。

下蔡主营中，接到任命诏令的张永德郑重叩谢圣恩，泪光晶莹。从此以后，朝野上下对张永德便由张殿帅改称张点检了。

与此同时，皇帝又给李重进下达了一道旨意：组织、监督朝廷征发的附近诸州丁夫，趁着农闲，夹淮在正阳、下蔡筑城，务令从速尽善完成。

这次征发的丁夫来自陈、蔡、宋、亳、颍、曹、单诸州，与年初带去围寿春的民夫征发地大体相同。当初那些民夫在王师转为战略收缩之后，活着的几乎都陆续返乡了——既然城不可速下，他们家中还有地要种，皇帝也不愿误了农时。正阳关原是个通衢要塞，但军备等级不高，是以当时李榖才能一战而下。而下蔡也是个小县城，城中有皇帝行宫，目今又为张永德所驻扎。丁夫们这次的工作不仅要加固原来的正阳和下蔡城墙，更要在外围重新筑出一座罗城来，将它变成一个坚不可摧的堡垒。

几乎在听完这道诏令的第一时间，李重进就猜到了皇帝此举的用意。

距离东京千余里之外，江南唐主李璟在岁末前也做了人事，两件。

第一，废除淮南营田中那些扰民害民特别厉害的田块。营田历来为百姓所苦，最初周师南征时得到百姓欢迎，就是因为他们希望周帝能够纾解自己的困难。此番唐主废营田虽然废得不彻底，但无疑也是与周帝争民心之举。

第二，唐主派遣兵部郎中陈处尧带上丰厚的礼物，坐船经海路抵达辽都，向老“亲戚”契丹搬求救兵。契丹之主“睡王”耶律璟收下了礼物，却拖延着不肯出兵，还将陈处尧扣留下了——是的，契丹人自来就有扣留汉官人才的传统。陈处尧原本性情刚直，又善于辩论，先时还耐着性子等待，时间长了，明白求援无望，返国无期，变得异常愤怒，多次当面指责耶律璟。素以脾气乖戾著称的契丹主这次忽然转了性，并不降罪于他，但就是维持原来的主意不变。于是，又一位江南的忠臣被迫在异国土地上苦苦坚守。

高轩暖春色，邃阁媚朝光。……巨川思欲济，终以寄舟航。

年矢如飞，飞到了显德四年。

正月己丑朔日，皇帝御崇元殿，接受百官朝贺，仗卫如仪。皇帝宣布了大赦令，天下被拘禁的罪人，除了死刑犯，一律释放。敏感的朝臣隐隐觉得，皇帝此举似乎不仅是应景的例赦，而且传达出了某种特别的信号。

与此同时，以宰臣范质、枢密使魏仁浦为首的大臣们上书，请求皇帝强固宗室，立诸皇子为王。皇帝笑了一下："朕大业未建，何由分封宗室？何况，朕的诸子都很年幼，着什么急？朝中那么多为国朝建立过大勋的功臣的儿子都没有加恩，却独独先加封了朕的儿子，朕于心何安！"因此不允。后来，宰臣们在枢机会议或单独入对时又向皇帝多次提请，陈明利害，皇帝仍旧坚持不允。

东京城西。大池。

大池是一个巨大的人工湖，湖面开阔，沿岸略有花木。去冬的冰期不长，甫一开春，大池上大片的薄冰就已经陆续破碎了。宽阔的池面上，数百艘新建成的大型战船一部分划到了水面中心地带，一部分仍旧靠岸不远停泊。破冰之后，水军恢复了实地训练，数千士卒在右骁卫大将军王环的指挥下登上战船，进行各种舰船运行和水上战斗的模拟。

这些大战舰，舰身漆成红色，每舰舰首无一例外都刻漆填金了两个大字：齐云。"齐云"是皇帝对大周水师首批战船的总体命名，具体到每舰，又按照船体大小、战斗职司、编组归属等而以东南西北四方、黄青赤白黑五色、天干地支、数字或灵兽名等相配，获得一个具体的编号，例如东辛巳五、南丁酉九、黑龙十二、青鹭廿三之类。

鼓声激荡，喊声震天。大周的新创舟师热情澎湃，以一种精锐部队特有的自豪和兴奋将大池上空的初春寒气逼退了。大池像活了起来，显示出了独特的粗豪气概与勃勃生机。此时池上舰中的人谁也不知道：再过二十年，大池将会得到一个新名字——金明池；再往后，它还会变幻出完全相反的另一番柔美之象。

寿春，城中一片萧索。围城超过一年，军民两方面都到了绝粮的边缘。米面库已经快空仓，在城中全男皆兵的情况下，粮食优先供给守城的兵勇和民夫。老弱病残被放弃，有人甚至主动弃生。老百姓挖光了城中可吃的野菜——事实上，入冬以后也挖不到什么野菜了。他们开始吃树皮。

寿州节度使刘仁赡忧心如焚，多次派遣水性精熟的谍者冒死潜水出城，向濠州催援。

濠州。中军帐中，南唐齐王李景达，监军陈觉，部将朱元、许文稹、边镐等在商议，以陈觉为首。寿春城中的情形他们已经很清楚，他们不是不救援，可是之前接二连三派出去的人，无论水路还是陆路，都被张永德、李重进给截了。眼下怎么办？

朱元是个有脾气的，一向看不惯陈觉对外畏缩、对内跋扈，加上他先前率兵沿江应援，接连收复了舒州、和州等地，颇有功劳，更没将陈觉放在眼里。见陈觉又在那里畏手畏脚，朱元便坚决要求由自己率军西进，营救寿春。最终，陈觉勉强同意，派许文稹、边镐与他同去，将兵三万。

朱元等溯淮而西，在距离寿春五六十里的淮水南岸紫金山驻扎，建起十八个连珠寨，与寿春城中以烽火为号，朝夕相应。同时，他们又开始秘密挖筑甬道，准备通过甬道设法连接寿春城下的暗道，好将粮食运送进去。

这条被唐军谨慎而巧妙地掩藏着施工的甬道成功挖通了几十里，在距离寿春城十里左右处转入全地下。唐军的挖掘队继续在昏暗的油灯下工作，就在快要接近寿春城的时候，他们挖到了一个硬邦邦的物事。

唐军士卒又是惊讶，又是兴奋。惊讶，是因为他们计划中的甬道路线将会直通寿春城下暗道，不应该有阻碍——不过，一群人摸黑在地下挖掘，罗盘失灵、方向不准也正常；兴奋，是因为这种物事显然不是正常土生之物，而是人为的防御工事——他们有可能已经接近城墙了！甬道内光线微弱，空气稀薄，他们观察着，摸索着，最后判定：这不是石头，而是瓦陶之类的物事。可是这物事体型比较大，他们绕不开。商量片刻，他们小心地摸到这物事上部，将它凿穿了一个洞。

很显然，那边别有洞天。

等了片刻，没有什么危险的事情发生。他们大起胆子，将这物事尽量小心地撬碎了。

现在，他们进入一个较大的空间中，能够同时容纳三四个人从容共处，呼吸也突然顺畅了。正在摸不着头脑之际，他们头上的巷顶豁然掀开，一道强烈的阳光泼射进来。他们吓得大叫几声，久在黑暗中侦探的眼睛立刻闭上了。陌生的口音与狂笑从头顶传来：“哈哈哈，李都帅神机妙算，这才真叫请君入瓮呢！”

说时迟那时快，一张大网从天而降，缠住了这些倒霉的唐兵。紧接着，他们的来路被迅速截断，甬道被挖开，尚在后面甬道中的十数人一并被拿获。朱元的挖掘军士全数覆没于李重进的地听部队。唐兵所接触到的瓦罐类物事，就是李重进在寿春城四周广泛布下的、用于监听地下动静的大瓮。

李重进乘胜追击，率军追至紫金山，大破其中两寨，斩五千人而归。不日，李重进以此战详情上闻。皇帝阅表大喜，起身走至淮南地图前观看，眼中射出了兴奋的光芒。

淮南战局真的扭转过来了，一切可以再次开始了。

翌日，天子诏下，准以来月幸淮上。

寿春城。城楼上的指挥室。

刘仁赡巡楼回来，坐到椅子上歇息。他面有菜色，体力与精力严重透支。当然，不仅是他，他的妻儿老小，他的副将高审思、胡则等，他领导的本城全体军民，也早已瘦脱了人形。濠州甬道输粮之计被挫败，让军中人刚刚燃起的希望破灭，再一次陷入绝望，而且，是比以往的绝望更深更黑的绝望。

可是还得坚持下去，还得想办法。他知道，要做江南的忠臣，这些都是不得不付出的代价。

牙兵急急入报："节度，齐王回复！"之前，他派出水性绝佳的谍者潜水出城去往濠州联络李景达和陈觉，在求粮之外，又请求换边镐来守寿春城，自己亲率数万援军与周师决战。他反复在心中盘算过，他与周师缠斗了年余，非常清楚周师的弱点和长处何在。寿春城中的病饿之军打不过他们，但人数众多、体力充沛的援军完全可以与他们放手一搏啊！他甚至与高审思他们制订好了作战计划，务求毕其功于一役，彻底解决国朝的淮上危机。

然而牙兵带来的回复是：不允。军令末尾有齐王李景达的签名，他知道，这很有可能是陈觉的意思。陈觉自己带着五万军队浩浩荡荡地赶来，先时几场小仗都败了，更不愿最后的大功被刘仁赡抢走。陈觉的打算是让寿春城内守军坚持拖住周师的兵力，自己再想办法从外围慢慢接近，最后一举歼灭来敌。这样，最大的战果才能稳稳落入自己囊中。

刘仁赡看罢濠州回复，心中大痛，眼前一黑，忽地喷出一口血来。"节度！""节度！"在众人的齐声焦急呼唤中，这个坚持了年余都不曾动摇的身躯轰然倒向地面。

东京禁中，滋德殿偏殿。夜来临了。

君贵独坐御案前，一应奏表等文牍都推得远远的，只在手里把玩着一只绣了鸾凤的锦囊。锦囊中鼓鼓囊囊装的是莲子。他将十几颗莲子倒入手里，这些浑圆而微微泛红的莲子在他宽大的掌心中显得娇小，像是一颗一颗鲛人的泪珠。

他并不是在观赏莲子，事实上，他是在心里对莲子说话。

“……我教张昭他们修撰《太祖实录》了，这是国朝修史的正事。可是爹御宇的时间只有三年，他们说，爹的言谈事迹，还有很多留在了前朝隐帝年间，因此，要修爹的实录，还得先修《隐帝实录》。……我真不情愿替那个混账修实录，可是，爹的事功不能丢，没办法，我只能答允。……我心里不舒服，你劝劝我吧？你劝我，我就会好受些，你的话我都听……

“……史馆缺书，我想了个法子，鼓励朝臣和民间进书，只要史馆没有的、不至太过荒诞不经的，都可以进。进得多的给恩泽，进得少的赏钱帛，你看我这法子妙不妙？……我又教中书省选出三十个朝官来负责校勘，谁负责的哪本，书末都得具名，不怕他们干得不仔细。……那日我见新进书目里有本《越绝书》，说是孔夫子的弟子子贡所写，还要来瞧了瞧，挺有趣的，若是朱雀看见，想必会喜欢，你们俩又可以谈论好久了……

“……民间那些无名的祠庙，我都下诏给废了。……老百姓有所崇信是好事，可是，胡乱地崇信只会坏事。什么黄大仙，什么白衣老祖，道听途说谁灵验就给谁立个庙，烧香，捐钱，夸传事迹，乃至坑蒙拐骗，乌烟瘴气……哼，百姓越拜心里越糊涂，受骗上当了还不承认，我必须得拦着他们啊……你连整顿释门都支持我，这件事，也一定会支持我，对吧……”

他坐得累了，调整一下自己的姿势，缓缓抚弄着手心微红的莲子。良久，他叹了口气。

“……其实，还有件事，我得坦白告诉你，当然，可能你也料知了……是，我下诏了，下个月，我要再到淮上去……三哥已经将下蔡和正阳的城修筑好了，还画了图给我看。这一次，我都打算好了……这次不会再像去岁那样，真的不会了……我反复研算了很久，这次时机成熟了，我必定能将寿春拿下……不，我不会恋战，我只取寿春，到手我就回来，剩下的事交给三哥和抱一他们去办，我听你的……是是，我明白，我会去征求朝中枢臣的意见，我会尊重他们的想法。倘若……倘若他们不同意，我会重新考虑的……”

他掂起其中一颗莲子，凝视着那淡绿的莲心。片刻，他缓缓将莲心挑出，放到自己嘴里，细细咀嚼。莲心异常清苦。这苦味给了他一种异样的刺激，像是她在激励他奋力向前，像是她在对他说，她愿意与他同甘共苦。

他感到一种深沉的安慰，将头埋入掌心，让自己的脸从那些莲子上轻轻滚过。那就是她的手在抚摸他了。

寿春。主将卧病，城中的气氛愈发压抑了。

某夜，再也受不了饥饿与心理压迫的刘仁赡幼子刘崇谏偷偷出城，准备划着小船奔向淮水北岸，向张永德投降。然而，他被寿春守城的小校查获，又抓回了城中。病榻上的刘仁赡大怒，命令将儿子腰斩。众部将大惊，集体求情，被刘仁赡斥退。其时城中的监军早已不是当初与刘仁赡不谐的吴廷绍，而换了后来的周廷构。周廷构闻讯，哭求于中门，刘仁赡仍旧不宽许。周廷构又去找刘夫人救人。刘夫人肃然说：“妾不是不爱崇谏，可是军法不可私，名节不可亏。倘若饶了他，刘氏便成了不忠之门，妾与节度还有何面目见众将士呢？”

于是刘崇谏被腰斩，然后按照正常仪程举行丧礼。丧礼上，寿春将士哭成一片，比少年刘崇谏获刑后那不似人声的哀号还显得凄惨。他们的心情很复杂，不仅有对刘氏夫妇的敬畏，还一眼看到了自己的结局。

随着刘崇谏断为两截，寿春守军的士气又一次得到了刺激和提升。而濠州唐军听闻刘仁赡斩子灭亲的惊世之举，也受到极大鞭策，遂摩拳擦掌，再次向西面派出更多支援。

东京。滋德殿前殿。

御前枢机会议上，枢臣们了解到了寿、濠两州最近的局面，议论纷纷。他们逐渐达成一致，认为目下淮上后唐援军的势力还很强大，皇帝不宜在此时亲征。不妨让淮上将领继续与他们磨耗，直到寿春奄奄一息、濠州士气殆尽，再出马一举奏凯。

皇帝默然片刻，对范质道："卿等的意思，朕已经明白了。李榖去岁以前军主帅出征，对淮上敌情十分了解，此事朕要问问他的意见。如今他因病在家休养，这样吧，范卿，你和王溥一起带上礼物，替朕去看望看望他，并且替朕问清楚他对此事的意见。"

又一日。范质、王溥从李榖宅邸返回禁中复命，给皇帝带回了李榖的手疏。卧病在榻的李榖完全没料到，在军事上一向持见强硬的皇帝对自己会有这样的重视与信赖，心下感动，遂与范质、王溥就皇帝亲征事宜议论良久。末了，他又挣扎着去到书案边，亲笔给皇帝写下了自己对此事的看法。

"寿春围困，破在旦夕。以臣愚见，倘若当此之机銮驾亲征，则王师将士势必奋勇争先，江南援兵势必惊恐气馁，寿春城中势必认命待亡。有此三利，陛下此番亲征，寿春必可下也！"

皇帝读罢大悦，眼中火光闪动。

似乎呼应着皇帝的决心，不日，淮南道行营都监向训奏报，王师在黄蓍寨击败江南军，斩获两千人。

显德四年二月十六，甲戌日。天子诏下，以枢密副使王朴权东京留守兼判开封府事，以三司使张美为大内都巡检，以侍卫亲军都虞候韩通为京城内外都巡检。

二月十七，乙亥日。皇帝车驾从东京大梁出发，殿前都指挥使赵匡胤、虎捷左厢都指挥使赵晁、右龙武统军赵匡赞等在京将领及万余军士扈随。与此同时，右骁卫大将军王环奉命率领数千周师水军并大量民夫，驾数百艘齐云战舰，取道闵河沿颍水向淮河进发。

十日之后，皇帝亲御部队抵达下蔡。一座全新的牢固军城早已等待着他。

全军休整。皇帝于行宫设宴，犒劳众将。特地赐给李重进戎服、玉带、金银器、缯彩和鞍勒马，以奖赏他坚持战斗在淮上第一线并取得了赫赫功劳；此外，也是对他忠于天子、将蜡丸书毅然上报之举的褒赞。

蜡丸书虽是机密事，皇帝却并未禁绝此事的私下传播，这么做，自然有他的用意。先时，国朝重将里面，赵匡胤、张永德陆续获赏，独李重进没有，军中不免隐隐有些议论。此番皇帝再度幸淮，坐下来第一件事就是专门为李重进颁赏，他所得到的绝对信任和蒙受的独特恩宠不言而喻，纷纷物议之口顿时堵闭。李重进得到好大颜面，心中感激，远胜物赏能奏之功。

宴会中，诸将轮番上来向皇帝祝酒，预祝陛下此番一举拿下寿春，进而扫清淮上敌军。唯独韩令坤上来时期期艾艾，眼神躲闪。皇帝不动声色地看着他，对他的表现丝毫不感到奇怪。

三月初一日，皇帝登上新筑罗城的校场高台阅兵，李重进、张永德、向训、赵匡胤、韩令坤、袁彦、李继勋、慕容延钊、赵晁等将领率部受阅。仲春的昂扬朝气中，周师鼓声震天，甲履如怒。全军将士群情激奋，纷纷表示愿供吊民伐罪的义战所驱驰，愿在皇帝陛下的御目亲证下为自己及家族博取功名，甚至不惜捐弃微躯。

一七四　紫金山寨

显德四年三月初二夜，皇帝在夜间经浮梁渡过淮水，抵达寿春城下，驻跸。又命高怀德趁夜率领数十骑偷偷侦察敌营，尽知敌我形势强弱。

次日旦明，皇帝率部东进，列军于紫金山十八寨南部。唐军早已战备整肃，严阵以待。

皇帝以张永德和赵匡胤领前军，命张永德据守敌寨西部的高陇，伏下劲弓强弩，命赵匡胤率部攻击唐军先锋第一寨。赵匡胤攻打片刻后，佯装不利撤退，唐军倾寨而出追击，张永德趁机在高处发伏兵攻击，又挥师驰入敌营，占据空寨。唐军无回归之处，四散而逃。

于是周师向训、袁彦等将趁势率后军齐发，经过一天激战，又陆续攻破几座唐寨，斩数千人，彻底捣毁了唐军先时几乎挖到寿春城下的甬道。

至日暮，皇帝收兵，命诸将分守紫金山诸寨，自己率亲卫近从返回下蔡行宫。

次日，同样的攻击又在别的寨前来了一遍。周师攻取了更多的唐寨，包围圈越来越紧，唐军接近窒息。为了防止唐军溃兵逃向下游，皇帝又命赵晁率水军三千人乘坐齐云舰，取水路沿淮追击。

此时在紫金山唐寨中，发生了一件大事。

因前日陈觉以齐王李景达之命，从濠州向紫金山的朱元发出了一道命令，要求他立刻返回濠州议事。朱元感觉此事蹊跷，便命亲信查访，得知是陈觉向金陵上表告状，说自己恃功骄矜，反复无常，不可领兵，唐主便以武昌节度使杨守忠前来代替他。现下杨守忠到了濠州，陈觉召朱元回去，就是准备趁其不备夺他的兵权。朱元问知端的，悲愤不已，拔剑就要自杀，被亲随们死活拦住了。门下劝说道："大丈夫去哪里不能挣得富贵，何必因为顾及妻儿被人给逼死呢？"朱元渐渐被劝住。众人商量半晌，决意率部投降周帝。

是夜，朱元与唐先锋壕使朱仁裕等部将举本寨万余人降周，裨将时厚卿不肯跟从，当场被朱元诛杀。皇帝欣然受降，好言抚慰，命有司收编处置。

三月初五，壬辰日。

旦明，皇帝依旧戎服御马，在林远、邓锦等近从的拱卫下出行宫。张永德率精骑数百扈随。一行驰至淮水北岸与紫金山位置相对的赵步村，皇帝勒马，登高埠隔淮遥望对岸情形，然后对张永德颔首道："放号砲。"

号砲既响，对岸周军战鼓齐擂，所有围困唐军的周师同时向剩余的唐寨发动了攻击。皇帝始终站在高埠上，全程观察对岸的战况。

不到两个时辰，一连串调子独特的尖厉哨声在对岸响起，这是战斗获胜的信号。皇帝凝神望去，只见淮水对岸出现了大量唐军溃兵，他们鬼哭狼嚎着，拥向停泊在岸边的数百艘大战船。正观看间，两名周军传令兵从浮梁奔下，骑上岸边备好的战马疾驰而至，下马拜奏道："陛下，向训、赵匡胤、韩令坤、袁彦等率王师大破唐军！斩获上万人，擒唐将许文稹、边镐、杨守忠等人！唐溃军散逃！"

"好！"皇帝振奋道，"传令向训诸将，立刻率步骑从南岸陆路追击余敌！传令王环，率领剩下的全部水军，驾着咱们自己的战船沿淮水追击！”传令兵应喏而去。他顾盼张永德、林远等人，大声命令：“快，咱们从北岸上追，别教他们跑到濠州去！”说罢，他一振马鞭，率先冲了出去。众将见状，立刻应喏，拍马急追。上千服饰鲜明的精骑犹如一条惊龙，沿着淮水北岸飞一般疾驰而去。

于是，在淮水寿春至涡口段上，上演了极为壮观的一幕追击战。周师兵分三路，北陆路，中水路，南陆路，对战败逃窜的唐军进行了无情追杀。

唐军一面撤退，一面还击。准确地说，他们作为平等对手的战斗时间已经结束了，此时他们的一切抗击行动，不过是出于保命的生物原始本能。

周师的追击十分凶猛。沿南岸陆路逃跑的唐兵也有投降的，但他们的投降动作常常会被疾行的周军忽略。他们中那些跑不动、来不及跑的人，即便扔下武器跪在路边，多半也仍旧会被周师马军的铁蹄撂倒、碾过，或者被周师步军的武器扫过，在弓箭、朴刀和长枪的攻击下倒地丧命。

奔向水路的唐残军，一半在拥挤上船的过程中被挤落淮水，然后在挣扎着再次靠近本军战船的过程中被追兵的羽箭射中，或者被争抢板桥的同袍砍中，甚至被附近船只的移动挤扁，再次沉浮水中，直至筋疲力尽，放弃生命。剩下侥幸上了船并且成功将船开出的那一半，则遭受到了来自周军水师的迅猛追击。相比去岁涡口之战时的现学现卖，这支经过大半年训练的周师水军显得十分专业和高效。他们的舵手和桨手在主舰战鼓和号旗的指挥下，快速地、精确地分别咬上某艘敌船，然后以拍竿、钩链等武器进行缠击。他们的勇士甚至通过绳索荡到敌船上，凌空对敌人发动打击。

至于皇帝亲御的北岸精骑，他们专门对付那些在水中被逼得走投无路、试图向北边靠岸以逃脱死亡的唐溃兵，堵死了敌军这最后一条逃生通道。他们在疾行追击途中适时地停下来，对靠向此岸的战船发动远攻，直接令其减员。后来，他们又采取了诱导战术。他们提前在某个地方埋伏下来，让敌船以为此处尚未被周师覆盖，可以弃船登陆。可是当唐军心慌意乱地泊了船、手足瘫软地下到地面，迎面而来的却是一阵接一阵猛烈的箭雨。大多数唐军根本来不及投降，就成了周师的箭下之鬼。

…………

从日旦直至晡时，皇帝率部在淮水北岸长途奔袭两百余里，不饮不食，不停不休，一直追到了荆山洪。荆山洪位于涡口北岸，与南岸的涂山相对。将近一年以前，赵匡胤在涂山附近击败过唐水军都监何延锡的援军。

涡口再往东一百里就是唐援军的大本营濠州，不能让唐溃兵冲过涡口与濠州援军会合，这是皇帝向全军下达的死命令。昨日赵晁奉命率领周师水军前军出发，此刻，他们早已在这里以数百齐云战舰横过淮水，筑起了一道密实的阻拦墙。所有从紫金山败退的唐兵都被堵在了涡口，没有一人越过皇帝划定的这条界线。在周师毫不容情的清剿下，唐军尸骨堆积，壅塞了东下的淮水。

浩大的追击战役在荆山洪结束了。此时，周师打扫战场、扼守水关的只有皇帝亲御的精骑部队以及赵晁和王环率领的水军，最大头的南岸追军还没有到来——皇帝跑得太快、太忘情了，作为一支马步混合的部队不可能追上他的脚步。事实上，要到次日晌后，这支且战且跑的步骑队伍才会越过这漫长的二百里路，气喘吁吁地再次出现在皇帝面前。

在近臣的拱跸下，皇帝登上周师水军的指挥船北甲子一号齐云舰，站在船头扫视着这片狼藉的水陆战场。河风猎猎，他的惊风剑发出低沉的回应。身边的张永德、林远、邓锦等交换着兴奋的眼神，但一错眼他们却发现，皇帝的面上居然没有一丝笑容。

是役，周师三路齐发，唐军战亡、溺死和投降者（这些都是在战斗的最后阶段投降的人，他们很幸运，他们的投降被接受了）加起来将近四万人，周师缴获的唐船、粮草和军械以十万计数。

战斗结果传到寿春城。城外，继续围守的李重进露出了一个如释重负的笑容。城内，病榻上的刘仁赡苦泪长流，叹息无语。

是夜，皇帝宿于镇淮军。次日，南岸的后军追来与皇帝会师。全军休整。

涡口的收尾工作花掉了皇帝四天时间。在此期间，他接受了献俘，对唐降将许文稹、边镐、杨守忠等及其下的一万零五百余人进行了抚问，赏赐了数目不等的钱帛。他又征发了附近县城的数千丁夫在涡口筑城，一南一北夹淮相对。他还命人将下蔡的浮梁以最快的速度移过来，以扼守濠州与寿州之间的应援之路，教所有从水上来的唐军再也无法通过涡口西进。唐濠州都监郭廷谓侦知此事，偷偷派出小船队逆淮而上，打算趁周军不备焚烧掉这座浮梁。赵匡赞接到侦候报告，伏兵邀击，郭廷谓败退。皇帝对于赵匡赞的机敏进行了当面褒赏。

将涡口的大事安排好之后，皇帝任命向训为徐州武宁军节度使，充淮南道行营都监，率部戍守涡口。然后，他率领王师精骑一路疾驰，花费一天时间返回下蔡，剩下的步军则负责押解俘虏断后返回。

五百里之外的金陵城。唐宫。

在郭廷谓的最后反击失败后，李景达、陈觉就向李璟上表告知状况，并立刻率部从濠州逃归金陵。此时，他们还在逃归的途中，但奏表已经摆到了唐主面前。

李璟的脸色沉得能够拧出黑水来。五万大军，由皇弟和枢密使亲自率领着，浩浩荡荡去救寿春，结果寿春没够着，自己反而被打出满身血窟窿，哭着号着跑回来！江南的军队，什么时候受过这样的窝囊气？他们可是烈祖带出来的军队啊，他可是烈祖的儿子啊！

淮南不能丢，这是祖宗基业。周师目前不过在淮水上扳回了一点局面，占据了一点优势而已，可是说到底，他们不是仍旧一城未下吗？本军何至于怕周师怕成这样？李璟踌躇着，试探着，向臣属们提出：要不然，就由自己亲自督军，跟郭家那小子来个皇帝对皇帝？

这一想法遭到了很多人的反对。中书舍人乔匡舜尤其上书切谏，列举了种种万一不利之弊。李璟很愤怒，这种灭自己威风的话，亏他说得出口！一怒之下，将乔匡舜流放到了抚州。

他又问神卫统军朱匡业、刘存忠，该如何守御周师的入侵。朱匡业叹了口气："陛下，钱塘罗隐有诗云，'时来天地皆同力，运去英雄不自由'啊。臣恐怕，目今这局面，就是罗诗中所言的情形了……"

李璟还未答言，刘存忠附和道："陛下，臣以为匡业所言有理。"

李璟心中大为恼怒：你们是看朕平时性子温和，好说话，就一起来胡说八道是吗？朕今日便教你们尝尝嘴巴漏风的后果！他一拍几案，立刻将朱匡业贬为抚州副使，将刘存忠流放到了饶州。

可是，在如此雷厉风行地处置了朝中的畏缩派、认命派之后，在一众文武都期待降诏实施大动作之际，李璟却再也没有了任何后续举措。他心中的畏惧比诸臣尤甚。

淮上的"皇帝对皇帝"之战终究成了空谈。

下蔡周帝行宫。

从涡口赶回的皇帝睡一觉起来就恢复了精神。唐军的援军被打成了豆腐渣，再也不可能西上对寿春进行支援了。现在，他剩下的任务就是解决掉寿春。犹如一盘已经弈了年余的棋局，对方一条大龙被批鳞斩足一路屠杀，已经没有了气口，就差最后点这一眼了。

可是，他不打算硬来。他命李重进暂时停止了一切进攻。刘仁赡是他所欣赏的硬骨头和守城奇才，他对这样的人才有执念，他要招抚他，让他为自己所用。于是他向寿春城中降下一道谕旨，令刘仁赡看清形势，深切考虑城中军民安危，自择祸福。

次日，皇帝耀兵于寿春城北，以此促使刘仁赡幡然醒悟。

此时，寿春城中的刘仁赡已经病得不省人事。众部将开会议事，迅速达成了一致：再反抗下去没有任何意义，只会让更多的军民无谓地送掉性命。于是，监军使周廷构、营田副使孙羽以节度使刘仁赡的名义写成降表，遣使呈奉于皇帝驾前。皇帝欣然接受。次日，皇帝赐刘仁赡诏书，派遣阖门使张保续入城宣谕。刘仁赡之子刘崇让出迎领旨，告知父病，并就之前的顽抗恭敬谢罪。

显德四年三月二十一，戊申日，皇帝在寿春城北大陈甲兵，以一种比当初唐使李德明、钟谟见到的更煊赫的阵仗举行受降仪式。寿春守将刘仁赡被人抬在担架上出城履行程序，所有幸存的南唐将佐和万余兵士沉默地跟在其后。

皇帝见状，从高台上下来，走到担架旁关切地问道："刘节度目下怎么样？"一旁的周廷构含泪道："回陛下，刘仁赡操劳过度染疾，已经连日不省人事了。"

皇帝凝视着这个与自己斗智斗勇超过一年的对手。他双目紧闭，双颊瘦削，饥饿和疾病将他折磨得面无人色，花白短须随着微弱的呼吸轻轻颤抖。皇帝感到了敬佩与怜悯，温和地对刘仁赡和身边人说了很多慰劳的话，又教刘奉武等捧出早已备好的金帛药茶等物进行赏赐，并命众人将刘仁赡好生送回城中养病。

历时一年又四个月，填进去无数青壮男儿的性命，花费掉无数的军资物力，南唐淮水防线上的第一块也是最大的一块硬骨头，终于被大周啃下来了。皇帝俯视着在自己眼前跪成一片的寿春残将，面色凝重，心潮起伏，手指竟然有些微微颤动。

两天之后，皇帝下诏以刘仁赡为天平军节度使兼中书令。诏令下达当日，刘仁赡病故。皇帝派遣李重进代为吊祭，遣刘奉武监护其丧事，又追封刘仁赡为彭城郡王，改其所主的清淮军之名为中正军，以表彰其节操。右羽林统军杨信被任命为新的中正军节度使，加同平章事。

远在金陵的唐主得知刘仁赡病死，伤感流泪，赠其太师。

寿春既下，皇帝此次亲征的战略目标便已达成。他不再恋战，开始着手收尾工作，并腾出手来处理连日堆积起来的政务。

首先，迁改州治。寿春的戾气太重，而且已经被王师打得千疮百孔，不再适合作为州治了。皇帝便将寿州的州治迁到了淮水北岸新加固的下蔡，将原寿春降为寿春县——至此，军中人才明白皇帝早前下令在下蔡筑城的意义。

其次，赦罪与宽仁。释放寿州管界内所有被拘禁的罪人，从皇帝受降那日起往前所有的过犯一律赦免；战时曾聚集山林反抗王师的百姓，不予追究；过往曾因此战事而互相伤害的人，令放弃仇恨，今后也不许经官论讼；用兵以来被掳掠的人口，无论远近，允许本家识认，官府资助赎回；历次战斗中阵亡者曝露的骨骸，由官府统一收埋。

再次，加恩。以唐降将朱元为蔡州防御使，以周廷构为卫尉卿，以孙羽为太仆卿，以郑牧为鸿胪卿，以许文稹为左监门卫上将军，以边镐为左千牛卫上将军。其他归顺大周的原南唐文武官吏，也各有恩赏。

最后，赈饥、免税等。命左谏议大夫尹日打开寿州粮仓赈济饥民，不足的额度则由王师后勤粢粮添补；寿州管界距离州城五十里以内的地方，今年的秋夏租税全免；以前的政令若有不合理的地方，允许本州上奏厘革。

下蔡。行宫。

皇帝又在御案前批阅奏表。一封来自殿中侍御史率汀的奏表让他火冒三丈。

先前，项城平民武都状告前许州行军司马韩伦在陈州干预郡政，假公务之名暴敛钱财，官民都以之为患，却又不敢得罪他。韩伦并不是陈州的正任官员，为何能够为患一方而州人不敢得罪呢？这是因为，他是侍卫亲军马军都指挥使韩令坤的爹。韩令坤时为权陈州节度使，自己平时身在京城，节度之职为遥领，日常郡务交托给部属。韩伦于是常住陈州，倚仗儿子的权势，成了陈州的太上皇。

皇帝便派率汀去往陈州勘查此事。率汀到了陈州，韩伦跟他嘻嘻哈哈套近乎，又谎称自己受到皇帝重视，马上就要应诏返阙面君。率汀铁着脸将粗查结果连同韩伦此言一起上报，皇帝愈发生气，命率汀从速查清全部事实。今日率汀的奏表，就是汇报自己已经查明：韩伦所犯罪过，比武都所告的有过之而无不及，韩伦自己迫于压力也承认了。依例，他将韩伦的罪状在奏表中详细地罗列了出来。

皇帝一向最恨居官贪敛，最恨仗势欺人，读罢率汀的奏表，他怒火大盛，立时便提起朱笔，批准将韩伦斩首于市。

正走笔间，林远入报，韩令坤在门外求见。

皇帝停下笔，皱起眉。他自然明白韩令坤所为何来，他在查韩伦的事也不是一天两天了，韩令坤一定收到了其父帮着求情的要求。之前韩令坤几次在自己跟前欲言又止，想来也是为的此事。有心见吧，见了就是一番啰唆；索性不见吧，韩令坤跟随自己鞍前马后这么些年，功劳苦劳一大堆，尤其此番征战紫金山，他心情沉重、不言不语，打起仗来却像在玩命……他不过求见自己一面，这个要求，怎么好不答应他？

皇帝瞥一眼林远，冷冷道：“是你告诉他的吧？”

林远赔笑道：“呃……陛下指的是什么？”

“哼，今日有一批奏表送到了，你不说，他离得老远怎么会知道？他求过你，是不是？”

林远垂目不语了。

“你们呀，少拿在朕跟前得到的恩宠去做人情！”皇帝责备着，语气却并不严厉。

林远低眉顺眼，唯唯诺诺。

“……宣他进来。”

“喏。”

未几，韩令坤入内，趋至皇帝跟前便拜下去，重重磕了三个头，声音也有些颤抖：“臣韩令坤叩见陛下！”

“嗯，起来说话。”皇帝淡淡道。

韩令坤并不起身，眼中却止不住流下泪来：“陛下，臣……臣……”

皇帝皱眉道：“这是做什么呀？有事说事，哭什么？”

韩令坤哭出声来：“陛下，求陛下开恩！”

皇帝眼见得会有一番啰唆，恼火地一拍桌案：“你又没犯事，朕开什么恩？”

韩令坤吓得一哆嗦，也不敢出声了。林远见状，忙上前对韩令坤道：“韩马帅，陛下让你有事说事……”

皇帝瞪他一眼，林远无奈，讪讪退开一步。

“陛下，臣的父亲犯了死罪，臣明白，陛下怎么惩处都不为过。可是，陛下，他毕竟是臣的父亲啊，臣怎么能够眼睁睁……求陛下看在臣这么些年苦苦跟随事奉的忠心上，免家父一死吧！”

“令坤，你父亲犯罪是他的事，与你无关。他欺君虐民，你没有欺君虐民；你忠心尽职，他没有忠心尽职！你父子二人，岂可混为一谈？”

“陛下，自古父债可以子还，臣请求替父亲还债！”

“还债？怎么还？你知道朕最痛恨巧立名目滋扰百姓以饱私欲之人，之前孟汉卿、竹奉璘之流，朕杀了多少？朕若饶了你爹，怎么教群臣心服?！以后又怎么管教他人?！”

韩令坤耳听得口风不对，忙膝行几步，抱住了皇帝的腿，仰首哭道：“陛下！臣自幼丧母，全靠父亲拉扯长大。若是没了父亲，臣家中就再无高堂了……陛下怕别人不服，臣之前因些许微功得到的官职、爵衔与诸般赏赐都不要了，臣全都还给陛下，就求换回家父一条命，可以吗？臣从此以白身鞍前马后事奉陛下，替陛下做上马的垫脚，可以吗？陛下……陛下！”

皇帝气道：“你在胡说些什么?！你的官职，是社稷的公器；你的爵衔，是国朝的荣耀；你的赏赉，是朕对你的认可。你拿朝廷的东西来与朕讨价还价，这是一个国朝重将应有的识度吗?！你给朕放开手！”

韩令坤不肯放手，愈发泪水滂沱：“陛下，倘若那些都不足以抵消家父的罪过，那么，臣还有一条命！臣愿意抵命，只求陛下饶家父不死！”说罢，他便放声大哭。

皇帝被磨得没办法，求救地看向林远。林远上前，却不去管韩令坤，反而向皇帝轻声劝解道：“陛下，人谁没有父母呢，谁能眼看着父母受戮自己却苟活呢？令坤这么说，也是救父心切，陛下千万莫要怪罪他……”

皇帝无奈，使个眼色道：“你先替朕将他拉开……”

林远便上前拉扯韩令坤：“韩马帅，起来好生说话吧。”

韩令坤一把将林远推开，自己放了手，含泪道：“陛下，那年在齐州，臣第一眼见到陛下，心中就认定了陛下是臣应当追随的人，是以臣才会不揣浅陋去求陛下进纳。后来陛下果然将臣调至麾下，陛下不知道，臣当时心里有多欢喜！家父得知后，心里有多欢喜！……陛下，对于家父今日之罪，臣也不敢再多言，唯有替家父再三叩首谢罪而已！”说着，他又向皇帝重重磕下头去。

听韩令坤提到当年送君怜返家途中的往事，皇帝的心软了下来，对韩伦非杀不可的意志减弱了。他愣怔片刻，叹口气，伸手指点着韩令坤：“你呀，你呀！……得了，起来吧，朕不杀他了，改为流放沙门岛，行了吧？”

韩令坤闻言惊喜不已，忙抹一把眼泪，正衣稽首道：“臣……臣拜谢陛下大恩！”

三月二十九日，皇帝銮舆发离下蔡北还，张永德、赵匡胤等扈随，李重进、向训、袁彦等将则留在淮南，继续开拓战场，等待淮南战事的下一个亲征战机瓜熟蒂落。

夏四月十二日，皇帝率部抵达京师。诸留守枢臣率文武百官郊迎，献酒祝贺皇帝奏功凯旋。皇帝入城，见京师内外城在王朴等人的治理下井然有序，当即下诏褒扬。

一七五　蝴蝶纸鸢

东京禁中。莲心亭。

阳光轻洒，御苑中兰芷芬芳，蔷薇盛开。观音与训哥儿牵着纸鸢的线在高树矮花中跑来跑去，笑闹不已。傅姆侍从们照例跟随、护持着他们，不时提醒："姐儿，不能再绕圈圈了，再绕，纸鸢线该缠到树枝上了！""哥儿，别跑太快，留神脚底下，仔细磕着绊着！"纸鸢是廷献、承璋为他们新制的，也不知是今春以来的第几只，因为形状图案与先时的有所区别，故此皇子皇女仍旧感到新鲜，只管拉拽着长线让其飞舞。

君贵负手站在亭口台阶上看着他们，面上含着微笑。君爱徐徐走至他身旁。君贵转向她，笑道："怎么我走了不多时，他们又长大了许多似的？"

君爱笑道："孩儿们长得快，官家忙着国朝大事，得闲看他们一眼，自然每次都有新发现。臣妾天天看着他们，就不觉得。"

君贵明白君爱是为了宽自己的心，心里却忽然有些难过，多少家庭生活的美好内容，自己似乎都错过了。

君爱见他面色暗下来，忙道："官家刚回京，也不多歇息几日就视朝。此时既然下了朝，何不坐着歇歇呢？只管站在这里，岂不累得慌？"

君贵摇头道："我不累，看着他们笑，就足以忘忧了。"

君爱依偎到他身旁，抬眼观察着他的面色，欲言又止。

君贵不动声色道："怎么了？"

君爱道："臣妾在想，官家刚打了大胜仗，怎的依旧不开怀，还有什么可担忧的呢？"

"呵，没什么。"君贵笑了一下，"不过是前朝的事，军政农商，境内境外……"

君爱恳切道："官家心中在担忧什么，臣妾驽钝，或许不懂。可是倘若说出来能够松松心，官家何不就与臣妾略叙几句呢？"

君贵看她一眼，不忍拂了她的意，便道："好，你既然想听，我就跟你说。"一面携了她的手，下台阶走至一处石桌椅前坐下。"淮上获胜，不过才下第一城，往后还有濠、泗、楚，还有淮南腹地至沿江的大仗要打，岂可轻言胜利？……群臣跟着我，出去的，留守的，都吃了不少辛苦，接下来，就该考虑怎么赏他们了。可是，要做到公平、周全、适度，谈何容易？这不值得我多费些思量吗？"

"嗯，官家所虑极是。"

"……朝中制度，还在摸索改进。像国朝刑律，目前用的是广顺初年纂集的《大周续编敕》，但《续编敕》大部分沿用的是《同光刑律统类》，其条款细目仍有颇多矛盾之处。国无常法，民何以安？昨日他们报给我几桩案子的处置，听着就颇值得商榷。中书门下也没闲着，对其中条款进行过零碎的修补，可是，又颇有朝令夕改之嫌。"

"……是，官家，我父亲以前也曾说过，法度不宜老是改动的。"

"……京中各衙署的人还是不够用，我一再下诏让他们举荐人才，还让举荐人连保，收效也不大。呵，也许之前剧可久、王敏等荐错人被贬官，教他们都怕了吧。所以我头疼啊，举荐制度要怎么调才合理，既不至于让他们徇私，又不至于束缚了手脚……"

“官家，不是还有科举可以选拔人才吗?”

“科举只是其中一个法子。很多人才没有读那么多书，考不上，没人举荐就荒废了。你看魏枢密，他就不是科试出身……”

“啊，魏枢密不是科试出身吗?”君爱惊讶道。

君贵一笑。

“还有，荒地的开垦不够多，人口不够繁盛，府库里的存粮不足，经不起大仗消耗……这些不该我发愁吗?”

“嗯。”

“国境上，番情反复。凉州回纥那边自打申师厚撂了挑子，其民与国朝断绝，导致商旅艰难；庆州境外党项野鸡族、杀牛族等与汉人相处复杂，地方官吏稍微招抚不慎，便可能酿成边患……”

“是。”

“还有麟州杨重训。哼，我实在看不懂，我待他不薄啊！去岁他求府州帮他打了西羌，上表归附于我，结果西羌人一走，他又背叛我，重新回到太原刘氏怀抱里去了！你说他到底图什么?”君贵说着说着，不免变得懊恼起来，“麟州这事儿还只是小头。太原背后是契丹，契丹不仅自己有虎狼之心，还一直与西蜀、江南相勾连，便是我不去打他们，他们早晚也会打上咱们家门来。你说，这些边事，是不是很教人头疼呢?”

君爱不知如何应答才答得到点子上，只得轻声道：“是啊，官家真是辛苦了。”

这当儿廷献替他们点了茶，轻手轻脚地呈上来放在石桌上。听到皇帝与贵妃的谈话，廷献有点发愣，唇边竟不自觉露出一丝笑意。

“廷献，你笑什么?”君贵眼尖瞥见，不悦道。

廷献回过神来，忙躬身仓皇解释道：“呃，臣……臣听到‘麟州’两个字，想起那年令主说的话来了。”

“令主?”君贵心中一凛,“令主说了什么话?”

“那年,也是这个季节,也在这亭子左近,令主与圣人和官家闲叙,说是在麟州、府州一带深山里藏着些得道高人。其中有个白眉仙长,世人不知其名,本事却很大,还会奇术。那时候,官家还与圣人议论来着,说这些道听途说的消息,只怕都不可靠……”说着说着,廷献忽然意识到什么,及时地闭上了嘴。

三个人都沉默了。

良久,君贵怅然叹道:“你的记性倒好!”

廷献讷讷道:“微臣每日饱食胡混,无所用心,只记得这种小事。”

君贵看着他,思忖片刻,淡淡道:“既知是每日饱食胡混,朕就给你派个新差遣:从今日起,你就到御书房伺候吧。”说到这里,他才转向君爱,刻意带上了一点笑意,“贵妃答应吗?”

君爱看廷献一眼,忙道:“啊,好。官家想调遣谁只管调遣谁,官家看上他,是他的福分,臣妾岂有不答应的道理?”

君贵颔首。见廷献垂目不语,一脸僵硬,他不悦道:“怎么,你倒不乐意?”

“微臣不敢。”廷献无奈,只得跪下揖道,“微臣遵旨谢恩。”

正在此时,花树间忽然传来一阵喧哗。三人转头看去,见观音拽着一根纸鸢的断线跑过来,到跟前向君贵哭诉道:“爹爹……爹爹……蝴蝶飞了!”

君贵忙抱起她,一面替她擦眼泪,一面哄着:“音儿先不哭,待爹爹看看。”他展眼一望,便指着远处的榆树梢道:“哎,蝴蝶没飞,挂在树梢上了。”

紧跟其后跑来的承璋等忙道:“小皇女别着急,臣已经教人取竹竿去了。”

“不要竹竿!”观音生气道,“上次就将大灰燕戳破了!”

君贵偏宠观音,原本就受不了她哭,更兼怜惜她没了母亲，心中对她正不知如何疼爱才好，见她委屈，愈发柔声哄道："那……爹爹亲自爬上树替音儿去取，如何?"

"好!"观音破涕为笑。

众人面面相觑，一时不知如何出言阻拦。这当儿宗训也跑到了爹爹跟前，见阿姊挂在爹爹身上，便伸手抓住了爹爹的衣裳："爹爹，抱!"

君贵弯下腰拍拍儿子的小身板，试图先将观音放下地，不料训哥儿动作快，趁势已攀上了他的胳膊。观音见阿弟来了，便不肯下去，搂紧君贵脖颈笑道："爹爹，两个一起抱!"

君贵佯嗔道："不是说好爹爹爬树去替你捡纸鸢的吗?"

君爱见状，忙道："官家可别玩笑!树那么高，树梢又细，万一有个闪失……"

君贵摇头道："哎，无妨，这点小事还能难倒我?"

君爱还待再劝，廷献忽然上前一步揖道："官家，不如让微臣去为皇女取纸鸢吧!"

君贵上下打量他一番，点头道："也好，那就你去取，记着当心脚下。"

"臣明白。"

廷献冲皇子皇女笑笑，将下裳撩起往腰带中一塞，大步向那棵榆树奔去。观音向君贵道："爹爹，咱们也去看!"

君贵笑道："好，咱们都去看看，这个廷献到底有什么本事。"说着，他便向君爱示意，然后一手抱一个孩儿，打头向那大树走去。

廷献到得树下，仰首绕树观察一番，便纵身一跃，三两下麻利爬到高处。他看准纸鸢所在位置，小心地沿着树枝横爬过去。围在树下的众人全都屏住了呼吸，只有唐氏和承璋叫道："廷献，小心啊!"

廷献停下来，骑在较粗的树枝上，摸准纸鸢所挂的细枝，在上面又是摇，又是拉，又是压，又是弹，使出了浑身解数折腾。未几，只见那只倒霉的蝴蝶颤动着翅膀离开了青翠的枝叶，翩翩向地下降落。

“干得漂亮！”众人爆发出一阵喝彩。观音与训哥儿的叫声尤其响亮：“廷献真厉害！”“真厉害！”

忽然廷献身形一晃，众人猛然发出惊呼。原来廷献爬得太过靠前，胳膊粗的树枝经不起他的体重，“咔嚓”一声折了一半。廷献拽着弯折的树枝，身子在半空挣扎。他所在之处距地面至少有两三丈高，下面又没有别的树枝格挡，倘若直摔下来，必定非死即伤。

“都闪开！”君贵反应最快，急退数步，将两个孩儿放下地，腾身准备上前搭救。不想廷献将身子在空中一腾，赶在手中断枝彻底折裂前将双腿扣回本枝，倒吊在空中打起了秋千。

“去，去将御池边小船的缆绳给朕拿来！”君贵急急向承璋吩咐着，一面又向看傻了的刘奉武等喝道，“傻愣着做什么？找家伙去呀！竹竿，马鞭，梯子，木板……什么近便拿什么！快去快去！”众人答应着，四下跑开。君贵观察着半空的险情，也等不及工具支援，一纵身上了树。众人阻拦不迭，纷纷叫道：“陛下！使不得陛下！”

廷献以双腿扣紧树枝倒挂着，控制住身子不再摇晃，开始积攒体力。君贵爬到主干与分枝的交界处，大声道：“廷献，你坚持住，不要动，朕来救你！”

廷献惊道：“陛下，不要过来！陛下，危险，快回去！”

君贵道：“你别说话，待着别动！”

廷献不语，忽然将身子猛地一起，双臂牢牢抱住了树枝。树下众人又爆发出一阵惊呼。

廷献四肢用力，拼命扭动身子，重新正骑到树枝上，慢慢爬回主干。君贵见他已经脱离危险，便自己原路退回，跳下树来。

一时众人七手八脚拿了各式工具上来请示，君贵不耐烦地摆手道：“不必了。”

未几，廷献也跳下树，面色泛红，满脸汗水，显见得也是受了些惊吓。来至君贵跟前，他伏地拜道：“适才惊动圣躬陷于危境，微臣罪该万死！”

君贵黑着脸道：“不是说过教你当心的吗？！”

“是，臣……臣……”廷献讷讷。

君贵恼怒道：“别说了。记着你的新差遣就是！”一拂衣袖，抽身而去。

刘奉武看廷献一眼，也没有话说，急急跟上皇帝步伐。这里观音挣脱唐氏的手，欢天喜地跑过来：“廷献！廷献！”承璋、芦笛等也忙围上来：“廷献，你还好吧？”

又一日。滋德殿偏殿，御书房。

绮窗大开，君贵立在窗前向外望。御案上散放着一堆奏表，合上的多，摊开的少。廷献新任御书房常侍，此时正站在距御案不远的另一张几案前，按照皇帝的要求替他查书。奉武入内禀报，集贤殿大学士李毅求见。君贵一愣，忙命宣入。

未几，李毅由从人搀扶入内，欲下拜行礼。

君贵见状忙道：“李司徒，免礼！”一面便迎过去。

李毅颤巍巍揖道：“那日陛下奏凯归来，老臣身躯衰朽，不能亲迎于城郊，伏望陛下恕罪！”

“李司徒何出此言！”君贵抚慰地笑着，示意他跟自己过来坐，“李司徒不过旧疾复发，养养就好了，何来衰朽之叹！”

李毅依命在皇帝御座旁圈椅上坐了，关切道：“陛下为国出征，着实辛苦。听闻陛下未曾休养几日便视朝了，陛下可要爱惜龙体才是！”

君贵笑道：“李司徒放心，朕自己有数。”

李毅颔首："那臣就不多言了。"

君贵关切道："朕公务繁忙，原想亲去探望司徒，却一直不得闲暇。今日司徒扶疾入宫见朕，可有什么急事吗？"

"有。陛下，臣的奏表，陛下可批阅了？"

君贵顿了一顿："看过了。朕刚刚返京数日，司徒的辞位表又已经连上了三道，司徒这是何苦呢？"

李毅恳切道："陛下，臣罹患风痹经年，治愈无望，不如让位于贤，也能替陛下分担繁重的政务。古人有言，食君之禄，忠君之事。臣卧病在榻，于国事殊无贡献，岂能尸位素餐，以一己之私带累朝事呢？"

君贵坚决道："司徒过虑了，朕心中绝无此念！便是朝中大臣如范质、王朴等人，朕敢担保，他们也绝无此念！"

"……可是，陛下虽然不究，臣白食俸禄却不能出来办公，心中万难安定！"

"司徒……"君贵抚慰地拍拍他的胳膊，和言道，"朕给卿打个比方吧。譬如一个人有四个儿子，其中一个患了病，那么当爹的应该怎么办？难道要不顾父道，将这病儿遗弃不养吗？所谓父子有恩，君臣有义，如今朕君临万方，司徒位处卿相，咱们君臣之间的大义，就与父子之间的亲情是一样的。当此之时，难道司徒要朕做那寡恩无义之人，将卿遗弃不顾吗？"

李毅心下感动，含泪讷讷道："陛下，臣不是那个意思。"

君贵叹口气："卿的忠廉，朕已尽知，朕的心意，也已尽诉。这个话题到此为止，今后，司徒就安心留在这个位置上，牢牢替朕镇住庙堂。卿在位一日，朕的心里就安定一日。再也不要拿白食俸禄来说话了。"

李毅走后，君贵坐回御案前沉思。廷献见他面色凝重，便默默替他点上一盏茶来。

说不清从什么时候起，君贵心中对于廷献微妙的排斥感消失了——也许是在莲心亭外，也许是在朱雀门楼上，也许还要更早，早到万岁殿中，早到滋德殿里，早到君怜离去的最初那段时间。取而代之的，是某种情感的投射和依赖。只不过，这情形在他心中一直混沌着，模糊着，直到那日廷献提起白眉仙长，他心中的这种感受才被突然厘清、挑明。现在，他无可奈何地发现，廷献居然是最了解自己和君怜往事的人。廷献心中装着君怜过往的音容笑貌，装着他与君怜从河中府相识至今的悲欢离合，装着有朱雀存在的那段家庭生活时光的点点滴滴……已经流逝不返的光阴中的太多共同记忆，将他们紧紧联系在了一起。

现在，当他感到孤冷彻骨之时，也许竟要从廷献的记忆中去取暖了。

那日廷献惊悬半空，他不假思索地冒险上树救他，大概就是心中感受已转变所致。他不得不承认，他已经将廷献当成了自己人，虽与林远、邓锦、季飞卫这些元随不同，却又在某些方面极为相似。

在两人关系中发生的这些微妙变化，廷献想必也同样感受到了，虽然他什么都没有说。对此，君贵不知为何感到恼火，甚至，还有些微的愤怒。

君贵接过廷献的茶盏尝一口，放下道："不够苦，重去浓浓地点一盏来。"

廷献答应着，又迟疑不去。君贵问道："怎么不去啊？"

廷献赔笑道："陛下，过浓的茶不利睡眠。陛下日理万机，晚间倘若休息不好……"

君贵不满道："朕就想喝苦一点的，你管朕睡觉做什么？"

廷献道："可是以前圣……以前不是不教陛下喝浓茶吗？"

君贵气恼道："你还什么都知道！"

廷献讪讪，垂目不语。

现在，廷献对于官家也有了新的感受。官家救过他两次。一次是在高平战场上，那时他重伤昏迷，如果不是官家派人在天黑之前寻找到他，他必死无疑。还有一次就是爬树那天。虽然事实上官家并没帮上忙，不过在他心目中，官家爬树去救他，比在高平战场救回他更让他感铭心肺。

当他仅以双腿倒吊在树枝上时，本来尚未攒够力量、调好状态，尚没有绝对把握能够起身成功，是官家冒险过来救他的意图让他豁出去一搏。只有他自己知道当时的情形有多么惊险，就差一点点，他就会头朝下摔下树去，脑浆迸裂，鲜血缓缓溢出体腔……然而，即便就那样死去，他也会很满足，至少他保全了官家。圣人用尽自己生命所要保全的，不也正是这样的官家吗？

从树上跳下来之后，廷献对于官家，有了一种崭新的忠诚，还有了一重隐秘的体贴。

君贵瞪视廷献片刻，恨道："好好，就喝淡的，行了吧？"赌气将那盏茶重新端起来一口喝光。

廷献忙赔笑道："陛下若是爱喝，臣再点一盏来可好？"

君贵尚未答言，忽听得远处一阵响动，像是什么物事从高处落下的声音。廷献忙跑出去查看。未几，又与刘奉武一起回来了。

刘奉武禀报道："陛下，是永福殿那边的屋瓦掉下来了。陛下返京后不是诏命重修永福殿嘛，这几日，孙延希带了帮役夫开了工。适才有人上殿顶查看，不小心碰落了瓦。"

君贵颔首道："嗯。人没摔着吧？"

"没有没有，都好好的。"

"没有就好。这永福殿朕是修来与大臣们讲经论学用的，可别殿没修好，反倒搭进几条人命去！就算不搭进人命，搭进去几条胳膊几条腿，朕也于心难安！"说着，他站起身，"朕要去思存殿，顺便拐到永福殿看看修缮进展。走。"

永福殿属于国朝建鼎后从来没有得到过修缮的殿阁之一，就在讲武殿的后面，距离思存殿也不远。之前君贵与众臣谈书论史是在飞英阁，可是飞英阁地方小，人多了感觉周转不开。君贵喜欢敞亮，永福殿的格局与延福殿相似，厅堂明亮，院落宽阔，他才起意修缮了使用，以替代飞英阁的功能。

一行人急急向永福殿而去。如果从空中俯瞰的话，这行人的步行速度很快，队伍的前头是众人簇拥的皇帝，队伍的后部还跟着一乘空空的十六抬肩舆——这是替皇帝备着的，以防他任何时候感到疲累需要休息。可是目前皇帝显然并没有任何疲累的迹象，他步子很大，身旁的侍从们几乎要小跑才能跟上他的步伐。

一拐弯，来至永福殿前。内供奉官孙延希等主事者见皇帝突然驾临，都是一惊，忙率众役夫齐齐拜礼颂词。君贵“嗯”了一声，示意众人平身，又问道：“听说适才有人上殿顶检查了，是谁呀？”

孙延希忙拉过一个役夫：“回陛下的话，就是他。”

君贵见那役夫战战兢兢，便和言道：“不必害怕，瓦掉下来无妨，你自己没摔着吧？”

“没……没有。”那役夫低声答道。

“嗯，”君贵观察着他破旧的衣衫，皱起了眉头，“朕来之前，你们在做什么？”

“在……在吃饭。”役夫答道。一旁的孙延希忽然渗出了冷汗。

君贵依旧和言问那役夫：“你们吃的什么饭？”那役夫向地下一指。君贵顺着他的手指看去，登时面色大变。那是一块普通的瓦片，里面盛有一些混合煮成的半稀不干的饭菜。饭菜上斜插着一根削光的短树枝，一头粗，一头细，筷子不像筷子，勺子不像勺子。君贵放眼看去，更多的役夫手边都放着这样的饭菜，这样的食具。

君贵弯腰拔起那短树枝，问那役夫：“这是什么？”

“是……是从旁边柿子树上折下来的，略削了削，能拨饭使。”

君贵踢踢那瓦片："这又是什么?"

"是拆下来没碎的瓦，洗了洗，凑合着盛饭使。"

君贵愤怒地转向孙延希，一把将短树枝摔到他脸上："勺箸呢? 碗呢? 朕拨了专款修殿，你给他们使的是什么? 你给他们吃的是什么? 猪食吗?! 朕顾惜他们，你倒敢压榨欺凌? 钱呢? 钱到哪儿去了? 落进你自己口袋里了，是不是?!"

孙延希吓得浑身筛糠，只是叩首不已："陛下，臣知罪了，臣知罪了! 求陛下开恩饶命!"

君贵对刘奉武道："立刻叫王景通来! 宫苑使在哪里? 传过来! 还有谁负责此处营建? 一并拘来! 另外，是谁做的这饭? 将他们也统统拘了来!"

未几，王景通并几名内侍押班匆匆赶到，相关执事者也一并拘到，跪作一堆。君贵冷然向王景通吩咐："你就在这里查，查出结果，立刻去报与朕知晓，朕要明正典刑!"王景通等肃然应喏。被拘传者面无人色，战栗几至瘫软。

君贵不再看他们，转身向思存殿走去。

一七六　逝水东流

思存殿，夏风穿堂，龙涎香软。

君贵走至殿门外停步，默立良久。他返京多日，一直没有来，是因为他觉得自己所取得的成绩还很小，还不到汇报的时候。可是今日他不知为何忽然心思涌动，迫切需要得到父母和君怜他们的抚慰。那么，就向他们汇报一下自己在淮上取得的进展吧。

攻克寿春毕竟是让人欣喜的消息，值得配上一张笑脸。现在，他应该隐藏起恼怒，不能这样气呼呼地进去。否则，他们看到了会难过。

廷献似乎猜到了他逡留的原因，上前低声道："陛下，要不，先去偏殿略事休息吧？"

君贵摇摇头。他深深地呼吸几次，勉力平息了自己的情绪，迈步进入殿堂。

母亲的小像悬挂在那里。都说画中人的容颜是不会变的，不对，画中人的容颜也会随着时光的流逝而改变。当初母亲去世后，父亲请人绘制的这幅小像十分白皙清秀，如今绢帛变色，母亲也仿佛憔悴了许多。

"阿孃……"他勉力露出一个笑容来，心中对母亲说道，"我打了一个小小的胜仗。那年，我没能拿下太原，可是这次，我把寿春拿下来了。……您欢喜吗？……"

壁上的英娘绽开一个慈爱的微笑，静静看着儿子，正如当年将那个焦躁的孩童抱在怀中温柔安抚时一样。“阿孃，我懂了。”

君贵在母亲小像和《皇属游乐图》前焚香拜过，站起身细观壁画。

壁画似乎比绢画经老，也可能是少府监养护得法，这一面墙的山水人物，看起来还跟六年前初见时一样。可是，却有别的东西，比绢帛的泛黄更能显示光阴的残酷无情——七八年间，他原本还尚在的一些亲人，也一个接一个真的成了画中人。君怜，是最新的那一个。

他忍住难过，伸手去抚摸君怜的脸。君怜脸上含着永恒的微笑。他的心思，他所有的欢喜与烦恼，君怜一定都知道。

在君怜身旁不远处，有梅娘。他又轻轻去触碰梅娘的脸。他二十岁与她结发成亲，共同生活将近十年，一起养育了三个儿子。这些年来，他拼命想将她忘记，拼命不去想正是因为与自己的结合，梅娘才会遭遇那样悲惨的结局。君怜在的时候，他几乎做到了。但现在君怜走了，深埋的痛又被挖出来，叠加上了更深的痛，他必须一个人扛了。

“哥哥，要记得追封无辜遇难的嫂子……”仿佛是君怜的声音，在他耳旁轻轻说道。他愕然四顾。没有人。侍从们都远远退在一旁，君怜没有来。“知道了。”他在心里回答她。

梅娘旁边，还有他的儿子们——宜哥儿、喜哥儿和三哥儿，还有他的弟妹们——青哥儿、意哥儿、鹂娘、雁儿，还有他的堂弟们——守愿、奉超、定哥儿。君贵忍下心来凝视着他们。往事与他之间已经横亘了渺渺云烟，他对他们而言，已经是陌生人了吧？

最后，他将目光落在了画面中心位置的父亲身上。父亲的目光慈祥地垂顾着他，仿佛已经了解了一切，仿佛预备包容、安慰、分享和分担他所有的喜怒哀乐。

“爹，淮南之战破局了，儿子会牢记您的教训，一步一步好好把控今后形势的发展。……您放心，开疆拓土恢复中朝，抚民兴邦开创太平，这个志愿，儿子一刻也不敢忘记!”

翌日，天子诏下，故彭城郡夫人刘氏追册为皇后，谥号贞惠。命使奉宝册至影殿行礼，又遵制告庙，卤簿仪仗如式。

次日，故皇弟赠太保侗（青哥儿）再赠太傅，追封郯王；故皇弟赠司空信（意哥儿）再赠司徒，追封杞王；故皇第三妹乐安公主（鹂娘）追册莒国长公主，故皇第五妹永宁公主（雁儿）追册梁国长公主。

稍后，再下一诏，故皇子赠左骁卫大将军谊（宜哥儿）再赠太尉，追封越王；故皇子赠左武卫大将军诚（喜哥儿）再赠太傅，追封吴王；故皇子赠左屯卫大将军諴（三哥儿）再赠太保，追封韩王。

又，故皇从弟赠左领军大将军守愿再赠左卫大将军，故皇从弟赠左监门将军奉超再赠右卫大将军，故皇从弟赠左千牛卫将军逊（定哥儿）再赠右武卫大将军。

按照太常礼院的进奏，原本是要将对遇难诸皇子的追封放在前面，然后才是对遇难诸皇弟、诸皇从弟的追封。但是君贵不同意。他要先封先帝诸子女——也就是自己的弟弟妹妹们，以此来表达对先帝的孝诚与感戴之意。

与此同时，还有一件小事也得到了处置：永福殿事件的主犯孙延希被斩于闹市以儆效尤，事件相关的其他主事者则被停罢现职。

四月底，皇帝将之前收降的江南兵士编为三十个指挥，赐号“怀德军”。同时，将秦、凤之役俘获收编的西蜀兵士“怀恩军”数千人赐予衣衫路费，放归故乡。

五月初一，皇帝循旧例，服衮冕御崇元殿受朝，仗卫如仪。大周的文武英才济济一堂，黼黻交焕。初三，永福殿修毕，降旨改名广政殿，以博采众学，广大政事听闻。原本汴京皇宫中有广政殿，后汉隐帝在那里发动了诛杀权臣的广政殿事变，后来便废弃了，此番皇帝仅仅沿用其名。初五是端午节，皇帝赐给百官新衣，喻兴利除弊、去旧焕新之意，也表达了皇帝对百官健康平安的赐福。

从五月初七日起，第二次亲征淮南之后最重要的人事任免诏令陆续正式发布：

武将方面：侍卫亲军都指挥使、宋州节度使、充淮南道行营都招讨李重进加检校太傅、兼侍中；以宣徽南院使、淮南节度使向训为徐州节度使，加检校太尉、同平章事；原滑州节度使兼殿前都点检、驸马都尉张永德移为澶州节度使，加检校太尉；以殿前都指挥使赵匡胤为滑州节度使，加检校太保；以侍卫马军都指挥使韩令坤正授陈州节度使、加检校太傅；以权侍卫步军都指挥使、岳州防御使袁彦为曹州节度使，加检校太保；以左神武统军刘重进为邓州节度使；以虎捷左厢都指挥使、阆州防御使赵晁为河阳节度使；以兖州防御使白延遇为同州节度使。皆典军如故。

经过这次调整，目下国朝最重要的中央武将及其顺位次序就一目了然了：李重进排第一，向训次之，然后是张永德，再后是赵匡胤、韩令坤、袁彦。

李重进排在第一，这是没有什么疑问的，因为他是侍卫亲军第一人，而现时侍卫亲军无论从将领数量、军士人数、建制规模上来说都比殿前军更胜一筹，故此，侍卫亲军第一人，就是禁军第一人。

向训排在张永德前面，这也没什么大不了的。向训几乎是与先帝同辈的人，身受顾命，骁勇忠诚，深得先帝和今上信任，之前扬州救火，皇帝都是派他出马的。他又是原宣徽南院使，德高望重，便是排在李重进之前也不为过。

张永德素来并不以向训为自己的竞争对手，只瞄准同为皇亲的李重进。张永德年纪轻，排在李重进后面其实并不丢脸，何况打从李重进单骑过淮之后，两人表面上关系改善了许多，因此他对于这一排序也无可抱怨。

赵匡胤之前曾经授过同州节度使，但并未正衔宣制，因而此番一步到位，从更早永州防御使的位置直接成为节钺。韩令坤马帅的位置依旧，并未因为其父韩伦事件而受到影响。原本在韩令坤之后的应该是步帅李继勋，但李继勋因寿春南寨之失受罚落职，而权步帅袁彦在紫金山战役中表现良好，此番他就被正授为步帅，是以，紧跟在韩令坤之后的人成了袁彦。

至于刘重进、赵晁、白延遇等，他们都是年资颇深的禁军将领，皇帝虽然恼怒于他们有时骄纵难管，但对于他们的作战能力还是很认可的，此番他们多有战功，该赏的自然还是要赏。

文职方面：首相范质、次相李穀、末相王溥并加爵邑，加赐功臣之号；枢密使魏仁浦加检校太傅，进封开国公；宣徽北院使吴延祚迁为宣徽南院使，权西京留守，判河南府事。其中，对卧病的耆老李穀另行赐钱百万、米麦五百斛，并刍粟薪炭等物。因之前李穀手疏力主皇帝亲征的思路正确，皇帝还特意命翰林学士陶穀为李穀的手疏作赞，然后连手疏带赞一起装入锦囊，常置御案之侧。

至于王朴，这次的升迁名单中并没有他。皇帝对他留守东京的工作很满意，此次不加恩，只能说明皇帝另有打算。群臣们私下里猜测着，却又并不公开议论。王朴是很剽悍的，还有皇帝撑腰，他们没必要闲言碎语得罪他。

现在国朝的官僚系统大体呈现出一种均衡、平稳的格局，三相加正副枢密使彼此进退咬合，这一配置很好地解决了先帝朝建鼎功臣们各霸一隅、网罗党羽以谋私利的痼疾。这也是皇帝坚决不同意李穀辞位的原因。

延福宫下房，门窗紧闭。

芒种之后下了好几场雨，最近的一场到现在还没完。已过亥初，窗外是黑漆漆一片，淅淅沥沥的雨声隐隐传入屋内。

下房内，只几案上有一盏油灯，廷献就着灯光温习《金刚经》。承璋推门进来，端着一个大木盆，热腾腾冒着水汽。到自己榻边，他放下盆，坐下除了鞋袜泡脚。

“哎哎，看够了没有？还不泡脚？”见廷献看得入神，承璋顺口向他招呼着，自己又发起感慨来，“唉，虽说入了夏，一落雨也冷，还是泡得热乎乎的，赶紧钻被窝好啊。”

廷献闻言，便放下经书，端个杌凳坐到承璋对面，也除下鞋袜，将脚伸入大木盆热水内。承璋早忙不迭推他：“去去，等我泡完你再来不行吗？回回都挤得我泡不舒坦！”

廷献笑道：“嘿，谁教你脚丫子那么大的？”

“这里面本来就不够放四只脚的嘛。”

“不是你教我来的吗？少时我去倒水还不行？”

“不行，不行，去去去……”承璋举起湿漉漉的脚丫子摇晃着，作势往廷献衣服上蹬。廷献忙不迭躲闪，又推又踢，忍着笑与承璋打作一团。不留神脚丫子撩起一大串水花来，胡乱甩了承璋一脸。

承璋忽然生了气，一脚将木盆踢翻：“好好，你不教我泡，咱俩谁也别想泡了！”

打翻的水沿着地面迅速漫延开去，热气也跟着冒了一路。两个人都不说话了。廷献皱眉看承璋片刻，自己起身去拿了扫帚和抹布来收拾。承璋就着湿脚盘腿坐在榻上，气呼呼只管向上翻白眼。

廷献收拾完，走到承璋跟前，将他一推：“怎么了你这是？莫名其妙的。”

“嘁，就你有名其妙！”承璋恼火道。

廷献坐到承璋身边，凑过去仔细观察他的面色，试探道：“怎么……日间是不是挨训了？肯定不是贵妃训的，唐妈妈训你了，是吗？”

“你才挨训了呢！我好好的，贵妃和唐妈妈做什么训我？你成天在御书房不招官家待见，你不挨训？”

“好好好，我挨训，我挨训。我就是个最笨的，做什么都入不了主子的眼，行了吧？……那你倒是跟我说说，你这气呼呼的，到底为的是什么呀？”

承璋的神情忽然委顿下来，变得悲哀了：“今日，贵妃教观音和训哥儿认字、写字，训哥儿不知为何忽然犯了拧，非说那些字雀姨都教过了，不肯再学，也不肯再写。”

“哦。观音……没帮着劝劝阿弟？”

“帮着劝？观音是帮着闹呢，还非逼着我将以前他们写过的字纸都找出来。”

“以前他们写过的字，随写就随扔了，上哪儿找去呀？”

“我也是这个话，也是这么跟哥儿姐儿解释的。可是观音不依啊，不知怎么忽然大哭起来了，说，我要雀姨，我想雀姨……”

廷献呆住了。

承璋说到这里，眼中有了泪水：“廷献，我也想令主……以前圣人不豫、令主代政时，也没见令主怎么管事，可是内务样样井然，我只觉得一切本该如此。现下令主走了，内廷人事样样不顺，我才知道有她多好……”

廷献默然片刻：“……近来延福宫出了什么事吗？贵妃怎么了？王娘子上门欺负她了？”

“那倒没有，王娘子天天哄自己的孩儿还哄不过来呢，哪有工夫生事？可是，官家不常到延福殿来，许是常去别的殿阁吧，贵妃自己又扳不住局面，还偷偷哭过。……你细想想，若是令主还在，一切何至于此？！”

“……承璋，得空你劝劝贵妃，别为这个哭。我听奉武说，官家常常自己在滋德殿里待着，去景福殿、丛玉阁和瑶碧阁的次数都是有限的。”

“可是，孙娘子和章娘子还知道常去伺候官家起居呢，王娘子还知道没事就打发桐华去请呢，咱们家贵妃就只管闷在延福殿里傻等着！依我看，若不是官家想着来探望皇子皇女，只怕他们俩十天半月不见面也是可能的。”

廷献想了想，勉力安慰道：“……承璋，贵妃来宫里的时日尚短，将来慢慢会好起来的。”

“不见得吧？你想想，宫里的日子多难熬哪。以前有你时时从旁提醒，贵妃还学得快些。现下你调走了，我又是个没用的，唐妈妈也使不上劲，我真怕……真怕贵妃哪天失了宠……”

“……唉，承璋，你这担忧得也忒过头了。贵妃只要还执掌着六宫权柄，别的就都不在话下。”

“廷献，你还不了解贵妃吗？贵妃要的不是权柄，贵妃要的是官家的心！”

廷献长叹一口气：“承璋，官家心里惦记着圣人，官家心里，进不了别人了……”

承璋撇撇嘴，像是要哭出来：“那咱们怎么办？咱们已经没有圣人，没有令主了，难道还要眼睁睁看着贵妃把日子过得这么苦吗？”

廷献拍拍他的肩，语意苦涩：“承璋，你就别搅和了，贵妃没你想的那么软弱。何况，将来贵妃也会有自己的孩儿，日子还是有盼头的。……至于咱们，咱们就慢慢在这大笼子里熬着吧……”

承璋默然片刻，怏怏道：“廷献，你有盼头吗？你过日子的盼头是什么？”

廷献望空吁道：“我？我的盼头……我的盼头就是帮着贵妃将皇子皇女慢慢养大，看着他们成年，行笄礼，行冠礼，伺候着他们成亲，生养孩儿，再伺候着他们的孩儿们长大……直到我自己再也动弹不了为止。什么时候在这宫里死了，什么时候就在犄角旮旯里烧成灰，撒进御沟，流出去，流到东海，流到再也没有人看见的地方，这一辈子也就如此交待了……”他眼眶酸涩地看向他，“承璋，你呢？”

“我？我没你想得那么远。我就盼着令主赶紧回来，或者哪天我有机缘离了宫门，到江湖上找她去！”

“你想出去？！”

“嗯。廷献，你知道我是个没主意的人，目下宫里的情形我看着难受，又使不上劲，躲远些不就看不见了？何况，令主孤零零在外面没人伺候，我也不放心。我不如去跟着令主，跟着令主我心里痛快。”

“承璋，你想过吗，令主既然决定孤身远走江湖，恐怕就不打算再让咱们找到了？”

“……找都没找，怎么知道找不到？”

“你以为官家没有找过她吗？当初，官家将城南门改作朱雀门之后，就给谍者下达了寻找令主的密令。”

“真的？！”

“嗯。林都知悄悄告诉我的。”

“那……有线索吗？”

廷献摇摇头：“承璋，我不想沮你的意。可是，令主不是寻常人，御前谍者都找她不到，你能那么容易就找到吗？”

承璋急道：“那……那咱们怎么办？难道就这样再也不管令主死活了？！”

廷献仰面倒在承璋的睡榻上，幽幽道：“等吧，等到哪天令主愿意现身的时候，没准儿，咱们就又能见到她了……”

京师曲里，云仙楼。

楼上琴声低婉，青鸾独自在抚奏《少康幽兰》，神情专注，心事重重。她的使女翠儿在楼下厨房忙乎午饭。原先侍应的左右杂人都遣散了，现在云仙楼只剩了她们两个。近来她们愈发吃得清简，不过是蔬菜米面豆脯而已，偶尔买肉，几乎无酒，故此她也不必入厨搭手。

现在，她们大多数时候是在靠她之前的积蓄生活。勾除乐籍之后，她获得了人身自由，不再应曹署行牒的召唤出去事奉饮宴，这固然令她欣喜，但同时，她也不再能得到缠头赏赐，生活来源也就断了。

她曾经攒下过还算丰厚的积蓄，却为了给心上人买药不惜一掷千金，连古琴都卖了，故此她现在的家底是比较薄的。当初君怜与朱雀原本计划遣人定期给她送去钱帛，但如今时移世易，知道内情的两位主事者都已离开，教坊衙署里谁还会记得这个曾突然得到过宣懿皇后青眼的云素儿？剩下的知情者只有廷献。但廷献没有随时出宫的自由，朱雀离去后他曾寻机去过一次云仙楼，正赶上青鸾与翠儿不在家。廷献见门窗紧闭，一应旧时招牌皆无，推测青鸾可能已经跟随阿姊远走。后来他又派小黄门来过一次，恰巧依然是寂然无人情状，廷献便确定了自己的推测，没再托人到这里设法打听她的近况。于是，青鸾的处境变得十分可笑而又尴尬。

现在，为了获得一些生活的进项，她仍旧隐瞒着自己的良人身份。她偶尔会招待几个主动找上门来的老主顾，为他们弹琵琶，唱歌，陪他们喝酒嬉戏，接受他们的金钱馈赠。她只是不肯让他们留宿。没有乐籍，她做这一切其实是不合法的，现在她倒像是私倡了。

除籍后的乐伎最好的出路是尽快嫁人，她却一直拖着。不是没人动议娶她回去做妾，但她只想等待自己真正愿嫁的那个人。她不确定他还会不会来，以及什么时候来，她也不确定他是否肯娶。但毕竟现在情形有了进展，乐籍问题不必麻烦他想法子了，自己一身轻松，随时可以跟随他去任何地方。她至少应该告诉他这个新情况，问问他的想法是否有所改变。

木楼梯上一串急促的脚步声。翠儿匆匆爬上来，尚未至她跟前便笑道：“娘子，黑郎……黑郎来了！”欢场的称谓最喜欢追仿官场，欢客与仆从称呼花娘们为娘子便是一件稀松寻常的事了。

青鸾闻言，骤然停弦，惊喜地抬眼道：“真的?!”

“真的。”一个男人的身影跟在翠儿后面出现，语声中含着难掩的喜悦，“素儿，好久不见了……”

一七七　云仙楼上

这个男人，是西乞十三。“黑郎”是他在青鸾面前的自称，因他隶玄武谍系门下，玄武在五色中属黑，故有此说。

青鸾急急起身，扑过去忘情地投入他怀中：“黑郎！黑郎！你可算来了……这年余你去了哪里？怎的竟连个信儿都不肯给我捎来？”

西乞十三紧紧拥着她，歉然道：“我……我出了趟远门。太远了，找不到人捎信。”

青鸾抬眼看着他，轻轻抚摸他的脸：“你瘦了，又是吃得少、跑得多，是不是？你们主家也太不爱惜你了……”

西乞十三笑道：“主家是爱惜我的，只是我自己是生来跑腿的命，停不下来。”

青鸾向翠儿递个眼色，拉着西乞十三向内室走：“来，快进来坐着说话。”

两人到榻前并排坐下，西乞十三从怀中摸出个半鼓的布囊交到青鸾手里：“给你，这是此番做买卖我赚到的散碎银子，你留着用吧。”

青鸾忙道：“不必了，都给了我，你自己怎么过？”

西乞十三笑道：“我还有一些。何况我跟着主家做买卖，日常用度也不需我自己操心。”

青鸾迟疑着接过布囊来，心念直转。对于黑郎的身份，她一直是有怀疑的。尤其他身负重伤回来找她那次，她发现了他随身秘藏的青铜牌子。虽然那上面只有图案没有字，但显然并非寻常物件，而像一种精密的身份辨识符。

黑郎一定有着某种特殊的身份。那么，他到底是什么人？

翠儿送上热热的罗汉汤来。青鸾从布囊中取出一块银子交给翠儿道："出去买些烧鸡、卤鹅、猪头肉，办些花生、果子，再去'老汴春'打两斤酒来。"翠儿喜滋滋接了，过节般雀跃地跑下楼去。

青鸾亲自倒了罗汉汤，捧一盏递与西乞十三："黑郎，先吃些汤水。"西乞十三接过，尝了尝有些烫，便小口啜着，含笑看着青鸾。青鸾也含笑看着他，又细心地替他掸去衣衫上的尘土飞絮。

西乞十三心下暖意融融，拉住她的手道："素儿，你还是那么美。我在外面每次想到你，心里都甜滋滋的。及至此时见到你，我还不相信是真的。"

"怎么不是真的？"青鸾嗔道，"我就在这里等着，你却只管在外面跑，总也不肯来。我只能猜想，你该不会是被别的花娘绊住了脚吧？"

西乞十三正色道："素儿，我心里只有你一人。以前我就说过，你待信不信的，今日我再说一次，你若不信，我就赌咒发个誓！"

青鸾似笑非笑地看着他："一来就发誓？好，那你就发一个，我倒要听听看。"

西乞十三见她相激，便放下汤盏，以拳眼抵心郑重道："苍天明鉴，我黑郎心里永远只有云素儿一个女人，若负此言，教我天打五雷轰，不得好死！"

青鸾眼中有了泪光。她在乐籍多年，深知欢楼中的誓言全都不该当真。可是她怎能将黑郎视为寻常恩客？黑郎醉酒之后说过的话，比眼下的更动听，也许他自己不记得了，但她相信那就是他的真心。

不过，他今日的誓言虽然诚恳，内容却很有限，他只承诺了心里有她，却没答应采取任何实质性的行动。他难道不知道花娘的生活就是外面热烈、内里煎熬的火坑吗？他就舍得仍旧将自己心爱的女人留在火坑里受苦？他到底有什么苦衷？

默然片刻，青鸾试探道：“这趟买卖跑了年余，主家总该教你好生歇息一阵子了吧？这次你在京师能停留多久？”

西乞十三叹口气：“能有多久？也就三两日工夫，又得出发。”

青鸾观察着他：“要不你就别走了，咱们在一起踏踏实实过日子，好不好？”

西乞十三面色微微一变，却又立刻赔上笑脸来：“我得出去挣钱啊，不挣钱吃什么？以后我挣的钱都交给你，好吗？”

青鸾直盯着他的眼睛：“要挣钱，京师里有的是买卖，何不换一个主家呢？你如此勤谨，哪个主家见了不爱？何况，你的吃穿用度又不大，我也不是奢侈的人。”

西乞十三目光躲闪着，摇头道：“素儿，目下的主家对我恩重如山，我是绝不能舍他而去的。”

“那么我跟你走，好吗？你到哪儿我到哪儿，不耽误你替主家跑腿。”

“素儿，你不是……不是不能……”

“这你先别管了，我自己能想出法子。既然你说心里只有我，那就带上我，这不为过吧？”

西乞十三为难道：“素儿，我们的买卖太辛苦，太颠簸，一去又是经年不回，伙计们没有人带上家室……”

“哦？你的伙计们都是有家室的吗？”

“不是……没有……”

“你的意思是，他们都没有家室？”

“对，没有。”

青鸾默然良久，叹口气：“黑郎，能告诉我这次你要去什么地方吗？”

西乞十三勉力笑了一下：“嘿，左不过天南海北，满江湖转就是了。”

青鸾沉吟道：“嗯，天南海北。我想过，天南海北又能到哪里去？北不过契丹，南不过江南、岭南，东不过高丽、渤海，西不过回纥、蜀中、大理……我所知道的，也就这些地方最远了。黑郎，你们的买卖，就是往来于这些地方吗？”

西乞十三头皮发紧。关于自己的职业和差使，玄武门中有铁律，那是一个字都不能说的，明示、暗示、正说、反说都不可以。他忙搪塞道：“咳，买卖嘛，可不就是游走四海，哪里有钱可赚就去哪里呗。”

青鸾目光闪烁：“黑郎，能告诉我你们究竟做的是什么买卖吗？”

西乞十三躲闪道：“……我不是说了吗，什么赚钱做什么，没个定准的。”

青鸾的眼中充满了泪水：“黑郎，我苦苦等了你年余，就等不到一句真话？”

“素儿……”

“就是不能说，是吗？”

西乞十三默然片刻，抬眼看着她，似乎下定了决心：“好，如果你实在要知道，我就告诉你。素儿，我是道上的人。”

“道上的人？”

“对。我们做的都是杀人越货的买卖，实在太过危险。是以，我不能带你走。”

“黑郎，你的意思是，你是个刺客？”

“……是。”

“你……你杀的都是什么人？”

西乞十三不说话了。

“谁出钱就替谁杀人是吗，不管被杀者是否无辜，为了钱，都可以……”

“不是。素儿，你放心，我……我只杀坏人。”

“只杀坏人？……在官府眼里，凭你如何任侠仗义的豪杰，一旦抓住，难道不是照样治罪……”

“唉，素儿，不必为我担心了，我跑得快，你什么时候见我被官府抓住过？”

“可是……可是杀人是何其凶险的事，对方既然是坏人，就更不会束手就擒了。难怪你会受那么重的伤！那时，你跟我说是买卖起了纷争，双方斗殴，我就不信。”

“放心吧，那次是例外，再也不会有了。我是个高明的刺客，你要相信我的本事。”

“可是……”

“素儿，这些话，我本不该说的。我是谁，你知道了并没有好处。今日我说出来，也不过要你知道，我对你并无二心，很多时候只是不得不隐瞒而已。”

“黑郎……”

“好了，素儿，不说我了，咱们说说你吧。哎，适才我来到楼下，发现你这里的招牌怎么都没有了，我还以为你搬走了呢，心一下子慌了。”

青鸾默然片刻，问道：“……黑郎，我若搬走了，你会怎样？”

“怎么，你真要搬走吗？”

“不是，我就白问问。”

“我……我肯定会去找你。可是说实话，我不知道上哪儿找你。我不能满江湖打听你，有些地方我不能去。”

“嗯。”

“素儿，你是有什么新打算吗？为什么将牌子撤了？”

“……没有，我能有什么打算？我不过嫌人来得多了烦扰，是以撤了牌子。”

西乞十三呼出一口气：“那就好。我就怕你不声不响走了，我回来之后，再也找不到你……”

青鸾凝视着他：“放心吧，我会在这里等你的。你来过的事，我绝不会告诉任何人。”

翌日凌晨，西乞十三告别青鸾，谨慎地走出云仙楼，轻身消失于茫茫市井之中。青鸾站在楼上窗前，含泪目送他的背影远去。

她没有告诉他自己已经自由了，更没有告诉他自己的身世。他既然有着重重羁绊无法挣脱，她就不能以此增加他的心理负担。替他着想，维持现状也许是最好的办法，虽然那就意味着放弃了自己的未来。不过，好在雀姊也说了会回到这里来找自己。为了他们两个人，她愿意独自留在原地守候，不做他想。

她回想着他昨日以来所说的话。她并不完全相信他的那些解释。什么人会放弃家室的安稳，常年天南海北奔走不休？什么人才会只杀所谓的坏人？什么人并不惧怕官府的追缉？他的真实身份很神秘，绝不会是拿人钱财替人消灾的刺客那么简单。

她再一次仔细地追忆他随身携带的那枚青铜符记——她曾有缘细看过它两次。不知为什么，她觉得那枚青铜符的工艺有些似曾相识。

禁中。滋德殿偏殿，御书房。

御前白虎谍者在向皇帝汇报淮上近况。

目下，淮南的李、向二帅分工合作，一面加强寿州作为王师南征堡垒的建设，一面开始筹划攻打濠州。濠州在防御的周备上一点不输寿春，皇帝最关心的，就是不要让它成为第二个磨耗人的寿春。目下适逢涨水季节，皇帝汲取教训，下令严密围城，但暂时不必轻举妄动。

另一方面，皇帝对于禁军恶习是否已得到改善并不乐观。在严命向训继续整饬军风的同时，他让张美想方设法，为前线输送了更多的粮草委积，以缓解他们的不满足，提醒他们控制自己的手痒和心痒，避免皮痒招致惩处。

此番白虎谍者来，主要就是汇报军中将士以及沿淮两岸乡间白甲军的情况。根据白虎谍者的情报，目下王师将士受到寿春胜果鼓舞，士气高涨，都在等待枯水季节到来，以在对濠州决战中建立功勋。加上向训约束得法，先时的剽掠之举颇有收敛，因此，淮上白甲军的数量和行动也明显减少了。皇帝对此表示欣慰。

此外，还有一件事也是皇帝所挂心的。

“……此番朕返京，将齐藏珍也带回来了，还没动他，就等着你的消息呢。他的事查完了吗?”

“查完了，陛下，他的事还真不少。”

“说吧。”

“是。去岁他与何超领兵攻克光州后，私占了州库中的不少物资。何超以为不可，他却说：怕什么，沙门岛已经有我的住处了，大不了再去就是。”

皇帝咬着牙，忍下恼怒：“……接着说。”

“还有，去岁陛下亲幸濠州之际，驻跸于涡口，他以行濠州刺史身份到濠州城外宣抚百姓，冒称自己的职衔是大周检校太保……”

“哼!”

“还有，他不仅收取江南贿赂，挑唆李重进与张永德的关系，还多次将王师内部兵力部署状况和将领之间的交谊状况透露给了江南谍者。”

“什么?!”

白虎谍者呈上几页纸：“陛下，臣这里有从抓获的江南谍者口中逼问出的具体条目。”

“嗯，朕少时再看。还有吗？”

“还有，据臣所知，之前濠州对寿春王师发动的多次偷袭中，至少有一次与他泄露情报有关，就是郭廷谓轻舟逆袭、被赵匡赞挫败那次。”

皇帝怒火中烧，一拍桌案：“在朕眼皮子底下，居然还敢如此妄为！他这是要亲手将朕卖给李伯玉吗？朕念着旧情，将他从流放地召回，容忍他对军政大放厥词，难道朕待他还不够宽容，还不够恩宠？！”

白虎谍者忙道：“陛下息怒，齐藏珍贪财重利，拿了江南人的钱，出卖王师密情。是他混账，与陛下的圣德无关！”

皇帝勉力收敛着怒火，沉吟片刻：“查到唐使孙晟、钟谟与齐藏珍有过什么联系吗？孙晟已经死了，还剩下钟谟，他是不是与齐藏珍串通好了要做什么事？”

“据臣所知，没有。孙晟、钟谟他们，应该就是奉命出使、献礼割地而已。臣没有查到他们与齐藏珍之间有过任何秘密交往的线索。”

皇帝的面色有所和缓：“……知道了。条目留下，此事朕会尽快亲自处置，你不必再管。”

“喏。”

“对了，放在李、张二帅身边的谍线，可以收回了。朕对他们无所猜忌，朕不希望他们知情后误会。”

“呃……陛下会不会多虑了？军将在外，山高皇帝远的，难免肆意妄为。便是陛下公开遣人监视，也是理所应当的。不然，还要监军一职何用呢？”

“呵，监军是监军，谍者是谍者，朕自有分寸。何况，朕连监军都没派，又何必……”

“臣明白了，臣回去立刻撤人。”

白虎谍者略一停顿，又揖道：“陛下，臣还听说了一件事。”

“什么事？”

“臣听闻，契丹人将幽州守将换了，换成了辽主妻族的萧思温。”

“萧思温？这是什么人？为何换成他？”

“陛下，臣在北线耳目少，内情不详。臣只知道，此人原本是辽主耶律德光的驸马，是当今辽主耶律明的堂兄辈。据说，他与辽主一样，挺喜欢咱们的蹴鞠之戏，常召养汉人蹴鞠高手。”

皇帝看着他，目光闪烁：“你的意思是……？”

白虎谍者心有灵犀地点头：“是。臣以为，这或许是咱们往北辽放钩子的一个大好机会。”

“嗯。这个萧思温什么脾性，素常行事是什么做派，上下关系如何？”

“臣尚不完全清楚。倘若陛下认可这个机会，臣立刻教手下去详查。”

皇帝斟酌着，摆摆手：“不必了。你们在北线人少，关系也浅，朕还是另外派人来做此事吧。”

“遵旨。”

枢密院，议事厅。

枢密院、中书门下两府主官之间的政务协调会议在此召开。这是常规的小型会议，循例是轮流在两府召集，这一旬轮在了枢密院。

正副枢密使魏仁浦、王朴与中书省宰相范质、王溥，还有尚书省六部主官以及三司使张美等在座。

亚相李榖仍旧在家休养。遵照皇帝的谕旨，两府会就重大政事去李宅征求他的意见，日常政策决议也会着人抄报与他知晓；

而他若对国政有任何意见或建议，可以随时以书面形式向两府甚至直接向皇帝表达。李穀不想倚老卖老，先时，就是这样的恩遇让他寝食难安，觉得整个两府官员都在背后戳他的脊梁骨，说他僭越拿份儿。经过皇帝再三慰谕，加上魏仁浦和范质体贴圣意和他的心意，亲自登门表达挽留与敬重之意，他才稍感心安自在。

两府的官员们已经习惯了李穀的遥遥在场状态，议事的时候，甚至常常有人揣测李司徒对此会有什么意见，然后拿出来辩论。

此时，议事厅内的气氛正是热烈。

范质道："……西京奏报，伊阳山谷溪流中发现了金屑，百姓一哄而上，前去淘取获利。此事该如何处置，诸位怎么看？"

工部侍郎道："矿产一向是朝廷专营，私人不得擅采。何况金子又能直接用于商贸买卖，倘若任由百姓淘取，岂不混乱？依下官看，还是尽早制止，将妄为者绳之以法的好。"

户部侍郎道："下官以为，伊阳一带民户素来不富裕，有此进项，大家哄抢，倒也情有可原，不宜用法过严。"

王溥道："溪道漫长，也不知这金子是出在某一段，还是各段都有？若各段都有，每段大致有多长？太长的话，地方官吏恐怕也难以约束。"

张美道："目下国朝打仗正需要钱，依下官之见，如若此处金沙出产丰富，便官派淘取充为国用，才是最好。"

范质道："这些情由，可以教西京详细报来，咱们再重新斟酌了报给官家。"

王朴沉吟道："据下官推想，溪谷河道里的金沙，每日被流水冲刷着，便是留得下，数量想必也少得可怜。官派淘取，费人费时费力，所获极少，倒不如允许百姓自己淘取了贴补家用的好。官家一向不赞同与民争利，先前漳河北郡的盐碱地，不是也允许百姓自行煎煮得盐获利吗？伊阳金沙之利，与漳北煮盐之利相似，于国不过是微利，于民则是大利，官家大概是会放禁的。"众人听了，不免又就他的看法再议论一番。……

之后，又议到了一直困扰朝堂上下的刑律问题。官家已经不耐烦再对现行条款进行零敲碎打的修补，要中书门下拿出整体应对之策来。

刑部侍郎道："今日所行之法的确太杂，有律十二卷、律疏三十卷、式二十卷、令三十卷以及各种格统、制敕数十卷，要改，就得建个班子来集中统一格定，否则，还会回到老问题上。"

魏仁浦道："建班子也不是想象中那么难，虽说目下事务千头万绪，但紧一紧手，咱们各司还都能抽调出懂法理的人来。"

王朴道："官家之前对下官说过，现行的刑律文辞古奥，便是专门的法司官员，也未必全部明白，何况下面州郡的执事者，更不用说老百姓了。依下官看，新的刑律应以简明易懂为上。"

范质道："下官也久有重修刑律之念，既然诸位同僚都赞成，咱们何不借机将此事彻底解决？依下官看，先从各部差官中抽调十人详定旧法：遇到难解的律令，随文训释；遇到繁杂的格敕，随事删除。而后，再由御史台、尚书省四品以上及两省五品以上官员对编集之稿进行参详，送中书门下议定后，奏报给官家取旨，方是妥当。"众人见范质提出具体做法，便也纷纷表达自己意见。

之后，工部又提到五丈河与汴水的疏浚问题，吏部又提到目下朝中文武人才的缺口问题，礼部侍郎提到今岁科举问题，诸如此类，不一而足，众人纷纷发言，热议不休。

一时说得口干，属吏送上热茶来，众人端了啜饮，语声暂歇。王朴却忽然想起一事，啜了一口便放下茶盏，向张美道："张三司，今年的夏税说话间也就该起征了吧？你可细算了数目，宁可紧些，该挪的挪，该催的催。尤其那些报灾的州郡，留神有人做手脚，届时完不了数啊。"

张美疑惑道："怎么了，王副枢密？是得到了下面的什么汇报吗?”

“那倒不是。这里没有外人，下官不妨告诉诸位：据下官推测，今冬水落之后，官家势必还会亲征淮南！届时，粮草军需的保障便是大头，容不得半点疏忽。……现下已是五月，等着瞧吧，下官估摸着，过不了几日，便会有筹备亲征军委积的谕旨降到三司了。”

众人面面相觑:“官家今岁还要亲征?!”

“下官还想着，三下淮南怎么也得到明年了。”

“二月出征，四月返还，入冬还走？又是政务，又是军事，官家的龙体经得住这样折腾吗?”

“可不是吗，官家这次回来，一天都没有休息！马不停蹄地召集咱们入对，议事，颁布各种谕令，这么下去，就算是个铁打的人也不成啊……”

“王副枢密，官家时常召对你，你得空务必好好劝劝官家，请官家爱惜龙体。官家的身子也不是自己一个人的，整个大周都仰仗着官家的德泽呢。”……

王朴叹口气:“下官知道，下官但凡有机会，一定向官家转致各位同僚的意思。可是……唉，官家目下心无旁骛，将绝大部分精力都放在江山一统和政务昌明上，无暇娱乐，不事享受。下官听说，就连素来最喜爱的蹴鞠，官家目下都很少进行了。”

众人又是一通面面相觑。范质忧心道:“据下官所见，圣人登遐之后，官家就很少抒怀大笑了。咱们做臣子的，还是要想法子教官家开心才是。”

张美思忖道:“官家爱狩猎，要不，咱们劝官家去南郊跑跑马，或许也能松松心。”

众人道:“哎，这倒是个好法子!”

不日，中书门下将所议之事上奏，皇帝逐一批示。对伊阳山谷的金沙，皇帝果然如王朴所料，不欲与民争利，诏令西京官员任由百姓淘取，无须禁止。而在勘定刑律的问题上，皇帝也赞同两级勘定的做法，先诏侍御史知杂事张湜、太子右庶子剧可久、殿中侍御史率汀等十人组成修法班子，集中到都省编集新格，勒成部帙，并命官中供给饮食。

至于到南郊郊猎的提议，皇帝却以忙碌无暇为由婉拒了。谁也猜不到，皇帝其实是因为适逢宣懿皇后冥诞，在如此明媚的天气出去跑马，更会勾起许多旧年往事。皇帝根本不敢放任自己浸入柔软的回忆中，他无法当众面对那种彻底的软弱。

一七八　风炉火旺

禁中。滋德殿前殿。

齐藏珍在林远和邓锦的引领下迈入殿门，来至御阶前下拜道："臣齐藏珍叩见陛下。"皇帝向林远、邓锦使个眼色，两人默然一揖，没有像往常那样退出殿门，而是退到御阶一侧，面无表情地按剑守候。

皇帝从御座上起身，一面往下走，一面笑道："呵，友让，你来了，平身吧。"

齐藏珍站起身，笑道："臣连日不见官家，正自想念得紧，官家就宣召臣了，看来臣与官家真是心有灵犀啊。"

皇帝随意地在议事座的首座上坐下，看着他揶揄道："这话……应该朕来说吧？"

"是是，臣又僭越了。"齐藏珍觍着脸道，"官家近日起居如何？臣看着官家为国事操劳得消瘦了，真是心疼。要不，臣陪着官家蹴鞠去？或者，就杀他一盘双陆也好啊。"

"友让，朕召你来，可不是陪朕耍子，朕是有事要问你的意见。"皇帝似笑非笑地说。

齐藏珍闻言，忙殷勤道："官家要问什么请尽管垂问，臣一直备着咨询呢。"一面说，一面不待吩咐，便隔几在皇帝身旁的椅子上坐了下来。

皇帝横他一眼，也不制止，慢吞吞道："朕二征淮上，大破紫金山寨，将吴寇追至涡口歼灭，也算打了个胜仗吧？按说，朕应该得意一番，可是朕却得意不起来，你说这是为何呢？”

齐藏珍嗔道：“官家也是忒拘谨了些！依臣看，官家的神武之功，近代无匹！打个小胜仗，就该小得意，打个大胜仗，就该大得意，方是咱们武人本色。”

“哦，照你这么说，朕有这心思是不应该的啰？”

“那倒也不是。官家虽然武功大盛，但是文德尚未光及四海，官家心怀忧思，原是再正常不过的了。”

“嗯。”皇帝颔首道，“下一步，朕想再打些大胜仗，将武功文德都泽被江南，好教自己痛快得意一番，你觉得如何？”

“啊，好啊好啊，官家下一步想打哪里？”

“扬州如何？都说扬州是淮左名都、春风十里，朕早就想亲自去看看了。去岁朕曾经派你到扬州公干，跟朕说说，扬州可取不可取？值得不值得大动干戈去抢过来？”

齐藏珍心念急转，将嘴一撇，不以为然道：“哎哟，什么淮左名都、春风十里，依臣看，咱们都上了那些舞文弄墨的诗客的当了！扬州那破地方，地势低矮，湿气又重，人们吃的东西多是些腥腐之物。去岁臣在那里时，当地官吏送给臣一种叫作鳝鱼的东西，说是好吃。那物事放在盘子里就像一条条小蛇似的，又黑又滑，还不停扭动蜷曲，倒尽了人的胃口。啧啧，像那种玩意儿，便是咱们大周的鹳雀见了都不肯吃，何况教人来吃！官家想想，这扬州是个什么所在？依臣看，不过徒有其名罢了！”

皇帝一面听，一面颔首，听完齐藏珍这一番话，他的面色已经完全变了。他顿了顿，冷笑道：“听你这么一说，扬州果然不好，嗯，不去也罢。……那么，光州好不好？光州牙库里的好物事不少，友让，你用着都可心吗？”

齐藏珍愕然：“官家……”

“友让，朕能不能问一句，你从光州牙库里侵占的那些东西，是都已经搬到沙门岛你自己那几间屋子里去了呢，还是仍旧留在京中呢？”

“官家……陛下……”齐藏珍吓出浑身冷汗，忙站起身，急切想要解释。

皇帝摆摆手，不容他插嘴：“不不，光州的物事也不算好。那么，金陵的如何？唐主先后送你那数千两银子，还有那些金陵宫中的宝玩珍器，想必是入得了你的眼的了？”

齐藏珍面皮紫涨，满头冷汗，“扑通”一声跪到地上，磕头如同捣蒜：“陛下，陛下，臣知罪了！臣收取江南人的东西，也是……也是为了迷惑他们！求陛下体谅臣的一番苦心！”

皇帝从怀中掏出一张纸，念道：“‘下蔡主将张永德，近卫三四十人，常随七八百人，好射箭，好夸饰，与李重进不睦。……寿春主将李重进，近卫常随数目与张永德同，好喝酒，酒后好议论，与张永德不睦，与麾下李继勋等亦不亲近，似可离间……’还需要朕再念吗？哼，友让，你可真是用心良苦哇！你向江南谍者通报的这些情形，不知道将唐主迷惑住了没有啊？”

齐藏珍急得双目赤红：“陛下，陛下，那不是臣说的！臣没说过！”

“要不要将人叫进来对质啊？”皇帝逼视着他，“你不服，朕就叫他进来，如何？”

“不，不……不要了……”齐藏珍两手乱摇，慌乱地左右偷觑。

“哼，这么跟你说吧：是你做的，你老老实实承认，朕就不腰斩你。”

齐藏珍冷汗流了一脸，嗫嚅着不敢说话了。

“朕在寿春时，有一阵子下蔡和寿春的水军换防，情形略有些混乱。就那么个空当，濠州郭廷谓就带人驾着小船来逆水偷袭了！这也是你通的消息，对吗？”

“陛下，臣……臣没跟他们说什么有用的！他们逼着臣，臣一时糊涂，就随口说了几句没用的话搪塞，臣绝没有别的意思！”

皇帝站起身，睥睨着这个死到临头还在狡辩的旧年同袍，微微摇头：“友让，你不该啊……”

“什……什么……”

“你不该将朕卖得这么便宜。朕的命，难道就值那几千两银子、就值那么点珍宝器物吗？朕与你好歹曾经同在西班，你就不能给朕标一个高些的价码吗？”

齐藏珍浑身战栗，面如土色，不能答言。

“……哦对了，还有一件事。去岁你奉朕之命到濠州城下抚民时，是不是对外号称自己是检校太保来着？”皇帝似笑非笑地问道。

齐藏珍惊愕地抬眼看着他，不明白皇帝在列数了自己那么多条叛逆罪状之后，为何忽然提起了这件分量上完全无法与之相匹的小事。一转念，他的心中兴起了希望：“是……陛下，臣知罪了！求陛下念在……”

“林远！邓锦！”皇帝退开一步，大声喝道。

“臣在！”“臣在！”两人赫然挺剑上前。

“齐藏珍冒称检校官，罔顾王法，误军误民。将他拖出去，宣示罪名，斩首于闹市！”

“遵旨！”

“遵旨！”

齐藏珍的喉咙里冒出一串稀奇古怪的咕噜声，似乎还想用他那张能言善道的巧嘴再为自己辩护些什么。可是，他突然发不出声了，他甚至都站不起来了。林远与邓锦架着他的胳膊将他拖了出去，像拖着一个水快漏光了的皮囊。

同日，天子诏下，原责授耀州司马钟谟升为卫尉少卿，赐穿紫衣。这件事传递出一个信号：皇帝对于先前怒杀孙晟一事感到了后悔，只能在他活着的同僚身上弥补。

光阴如水，季夏风热。

菡萏满池，腐草为萤。

这天是先皇后周年忌日，满宫素衣。一大早，在万岁殿和清虚观便开始了各种庄严而繁复的祭仪。宫中众人，自观音以下皇女皇子，自贵妃以下诸殿阁娘子，自唐尚宫以下宫官，自王景通以下内侍，全都按序到两处祭拜追念。外朝三品以上命妇请求入内祭拜，皇帝诏免，许各自到庙观上香尽心。太常礼院循例在太庙举礼如仪。

君贵是最早拜完的。他敬了香，祷祝片刻，便先行离去。君爱要跟着，他摇摇手，只吩咐她领着众娘子好生祭拜，待所有仪程结束，带众人到莲心亭去。

离了万岁殿，君贵在内廷缓步行走。奉武与廷献两人一左一右跟在他的身后，别的侍从都像是无声的尾巴。君贵沿着万岁殿侧的小路走到御池边，呆呆看了会儿池上的红莲与白莲，又信步往回走，直走到坤宁宫门口，方停住了脚步。

宫门上仍旧糊着当初封闭时盖了签押的黄纸。即便有宽檐门头遮挡阳光，黄纸还是因一年暴露于尘霜而褪色了，只有上面奉敕封存的黑字与朱章仍旧清晰可辨。

君贵久久凝视着这些墨迹，抬起手想撕，却又放下，心中迟疑不定。廷献在一旁看着，想问，又觉并无可问，只一斟酌，眼圈便不由红了。君贵瞥他一眼，暗自叹口气，再次抬手，轻轻撕下封纸。奉武见状，忙取出随身携带的宫门钥匙——自从宫门封闭之后，他就一直将这钥匙随身带着，以备官家任何时候想重启之用，没想到直至今日，官家才再次来到这里。

宫门轻轻推开，一些浮尘从门缝间洒落，像是被惊醒的一个旧梦的残痕。君贵迈过门槛走进去，头也不回地吩咐道：“奉武、廷献随朕进来，其他人在外面等候。关上门。”

坤宁宫内有一种深沉的宁静，像是仍旧沉浸在那个旧梦中。君贵三人轻手轻脚绕过前殿外的回廊，走到庭苑中。一年没有人打扫，地面落满了整整四个季节的遗物：枯萎变色的合欢花缨子、被吹落的石榴花瓣、枯蚀了一半的芭蕉叶、曾被冬雪渥压过的去岁落叶……

云丝横过晴空，小池中还残留着大半池水，太湖石矗立依旧，应季的莲花还在骄阳下开放，游鱼却不见了。木桥桥面积着的尘土上，几串杂乱而清晰的野猫脚印。

君贵看着这一切，并不觉得伤心。因为这些物事的近况显示出它们都是有灵魂的，它们的灵魂一直在陪伴着君怜的灵魂。他想起了他们告别时的约定。

“……君怜，以后我该去哪里找寻你……”

“……去芙蓉池沼……雨后苍穹……”

他走上小桥，伸手试图去够池中的红莲与白莲，却够不着。奉武试探道：“陛下，要不臣去找竹竿来？”

君贵余光一瞥廷献，廷献正抿嘴不语——他显然明白了他的心思。“不必了，朕就在这里看看吧。”他说。

红莲如醉，白莲如诉。

红里莲心苦，问君知不知？

良久，他收回目光，转身离开庭苑，登阶走入穿廊，向寝殿而去。他的耳边响起了熟悉的次第致礼之声——从前，当他每次来这里看她时，她的侍从们就是这样做的。

寝殿的门也以黄纸签押封闭着。他撕下封纸，廷献轻轻替他推开门。“你们都在外面等着。”他说罢，自己迈步进去了。

廷献替官家关上门，身子顺势一滑，坐到了地板上。他抱膝靠着墙壁，仰望着殿中熟悉的藻井与雕梁。他曾在这里度过的两年多光阴显得那么不真实，像是一本书中的一页纸，哗啦一下就翻过去了。奉武默默看着他，欲言又止。

君贵轻轻向内室走去。从前，他进到这里时，君怜无论原本在做什么，都早已站起身远远一福了，甚至她还可能已经含笑迎了上来。当然，她最后寝疾不起的那段日子除外。

殿中并不脏，门窗一直紧闭，没有尘土钻进来，坤宁殿似乎独立于光阴的脚步之外。室内有种封存已久的味道，他仔细辨别着，应该是旧时的药味仍未完全消散。他愣怔半晌，走过去坐到榻边，仰面倒在整齐堆着的靠垫与枕头上。

“君怜，我来看你了。一年没有来看你，你该怨我了吧……”他从怀中摸出那只装了莲子的锦囊来，握在掌中，按在心口，“距离咱们在河中府定约，已经八年了。可是我怎么觉着，与你相识那一幕，就像发生在昨天似的……”

莲心亭中。

诸殿阁娘子和皇子皇女们均已到齐，各自在位置上等待着。君怜固定的那个座位仍旧空了出来。在观音以那样强烈的方式强调过此座的所有权之后，便是娘子们私下单独来，也不去坐那个位置了。

她们互相逗弄着对方的孩儿，心中暗暗与自己的孩儿进行对比。她们嘴里向对方说着好听的话，却并不显得虚情假意。因为她们心里都很清楚，在她们的孩儿们之间是不存在实质上的竞争关系的。没有争斗的余地，就有和睦的基础。官家是个太过聪明的人。

君爱牵了观音和宗训的手，一一去诸娘子跟前看视弟弟们。官家命中多子，早年生养的是三个儿子，青宫时期及嗣位后生养的，除了观音，剩下四个也还是儿子。官家稀罕闺女，观音又居长，官家的偏心不言而喻。加上观音性子强，在诸弟面前从来颇有身为大姊的自傲。

目下宗让、宗谨都已过了周岁，能够满地走了。便是宗诲，也能在乳母的牵扶下蹒跚学步。观音老气横秋地逐一检视着弟弟们，随口评论道："……让哥儿，手太小……谨哥儿，脚太小……诲哥儿，嘴太小……"

远山与秋池都笑道："小娃儿可不就是什么都小吗？"

观音摇头道："太小，不好。"

菁娘不满道："那要依你说，怎么着才好？小娃儿长一张蚌壳大的嘴，就好？"

观音道："太大也不好。"

君爱怕她俩争执起来，忙嗔道："观音，你是阿姊，不要挑剔阿弟呀。"

观音正色道："我没有挑剔呀，训哥儿就好，样样都好。"说着她便向宗训伸出手，招呼道，"训哥儿，你过来，教她们看看，你的手、脚和嘴巴，是不是都不大不小？"训哥儿便依言走到她身边，淡定地看着众人。

"哎哟，我的小观音！"尚宫唐氏笑得合不拢嘴，向君爱道，"贵妃听听，观音这张嘴，真是越来越会说话了！"

远山与秋池自来知道观音脾性，也不计较，反而笑着随口附和两句。菁娘却暗自恼火，又不便对观音发作，便冷笑一声："皇女这么会说话，自然是贵妃平日教导得好。"

君爱不愿与她拌嘴，俯身拉了观音和宗训的手，笑道："你们都是爹爹的孩子，你们都长得好。音儿看着训哥儿长得尤其好，是不是？"

观音道："是啊。"

"那是因为训哥儿天天跟着音儿，最听音儿的话。……将来这些哥儿们都长大了，都听音儿的话，音儿可不要偏心呀。"

观音想了一想，大咧咧道："好吧，待他们长大了再说。"

菁娘暗自撇撇嘴。

正说话间，亭外一阵致礼声。观音立刻欢叫道："爹爹！爹爹！”撒腿便往亭外奔去。果然君贵转过花树出现。观音一头扑入爹爹怀中，君贵就势将观音抱起。众人向他致礼，他走至亭中，顾盼招呼道：“你们都来了？”

远山与秋池都牵着孩儿过来叫爹爹，菁娘从乳母手中接过宗诲，也来到君贵跟前：“七哥儿，快，叫爹爹。”宗诲张张嘴，发出声做了个样子。菁娘嗔道，“小家伙！昨日不是已经会叫了吗！”

君贵摸着宗让和宗谨的头，赞赏几句，又向菁娘道：“七哥儿才多大？你着什么急？”

菁娘急道：“不是臣妾着急，他真的会了！不信，官家抱着他，他就会叫了。”说着，她便将宗诲往君贵跟前递。

君贵尚未答话，观音在君贵怀里伸出手将菁娘胳膊一推，向宗训道：“训哥儿，你过来叫爹爹！”

众人皆是一愣。君爱原本牵着宗训，要待众孩儿都见过父亲之后再上前，听闻观音此言，忙小声嗔道：“音儿……”

宗训却肯听阿姊的话，挣开君爱的手，跑到君贵跟前叫道：“爹爹！”

观音对君贵道：“爹爹，你抱着训哥儿。”说着，她便扭动着从君贵怀中滑下地，“阿弟，我给你让地方。”

菁娘早尴尬地缩回手去，一脸不忿地看着君贵。远山和秋池眼看着要起战火，忙小心地护持了自己儿子，不声不响在一旁观望。君爱无法控制局面，也不便过来说话，暗自着急。君贵却对眼前的战火恍若未见，见宗训攀到自己衣裳上，便一把抱起了他：“好，爹爹抱抱四哥儿。”他又向别的儿子笑了一笑，“少时爹爹也抱你们。别着急，咱们按照齿序大小，一个一个来，好吗？”

众人松了口气。在一旁的君爱同时感受到了来自观音和君贵的无声压力，心中惭愧而自责，黯然垂目不语。

廷献与承璋交换一个眼神，心情复杂。很显然，观音已经敏锐地感觉到了殿阁之间的明争暗斗，以及这种争斗对她和宗训可能造成的影响。从前他们有阿孃，阿孃走了之后，他们还有义母雀姨，后来雀姨也走了，他们又转向四姨寻求依靠。可是，四姨的表现显然无法让她放心。她很焦虑，于是，她选择了自己出头，来做那些本该由母亲或义母或四姨替他们做的事。这是一个虚龄六岁的孩童吸引父爱、保护胞弟的本能。

君贵勉力向众人笑道："别愣着了，你们都坐吧。今日因圣人忌日，王朴献了一首缅怀诗入内，我觉得写得挺好，你们都传着看看吧。"说着，他便从怀中掏出一个小卷轴递给众人，又向廷献道，"替我们点上茶来。"

菁娘因诗是自己叔父所写，抢先接过来看了，默念半晌，才交给君爱。这里众娘子便都凑到一起来观看、品读。奉武、承璋等又忙着摆上了一桌子的果子、甜点。

观音见廷献在亭外扇风炉，便挣脱了唐氏的监护，摇摇摆摆走到他身边去，问道："廷献，你在烧水吗？"

廷献见她来了，满脸绽出笑意："是。小皇女要来看着臣烧吗？"

"好，我不会伸手的。"

"对对，小皇女记性真好。"廷献伸出一只手护着她，另一只手仍旧拿着扇子扇个不停。炉底的火渐渐旺了，两人便并肩相伴着等待水开。

观音安静地盯着炉火，忽然问道："廷献，阿孃目下在哪里？"

廷献一愣："啊？"

"我有好几天没有梦到阿孃了，四姨说，阿孃的仙灵今日会回来，要我在万岁殿的时候多拜拜。我拜了很多，阿孃到哪儿了？"

"呃……"廷献观察着她的表情，边想边说，"阿孃已经回来了，就在天上，正看着你呢。"

"真的？"观音将信将疑。

"嗯。今天是阿孃的日子，阿孃一定会回来看音儿的。"

“那……我刚刚替阿弟抢到了爹爹，阿孃也看见了吗?”

“……看见了。”

“阿孃会欢喜吗?”

“呃……”廷献斟酌着，轻声道，“其实，臣想着，阿孃并不希望音儿这么气呼呼的，阿孃希望音儿高高兴兴的……”

“廷献，我听不懂。”

“呵，就是……就是音儿去让爹爹抱自己，抱阿弟，这都没什么问题，只要音儿高兴就行了。音儿不必赌气非去跟别人抢爹爹，是不是？爹爹就算抱了别人，最疼爱的还是音儿，对不对?”

观音若有所思地点点头：“嗯……”

廷献左右看看，又对观音愈发轻声道：“臣听见阿孃说，她也最爱音儿。音儿保护阿弟，阿孃很欢喜。阿孃和阿爹，永远都最疼爱你们两个，音儿心里不必着急，更不必觉得委屈，好不好?”

观音被廷献说中心事，眼中泛出泪光来，心里却得到极大的安慰，点头道：“好吧……”默然片刻，忽又想起一事，“廷献，你什么时候回延福殿?”

“臣……臣每日都回延福殿歇息的，只是那时候小皇女已经睡着了。”

“你每日不能早些回来吗?”

“那……以后臣在御书房的差事若是完结得早，臣就请求早些回去陪小皇女，好吗?”

“好。”

延福宫。

夜色中，廷献匆匆由外归来，推开宫门，又回身轻轻关上，沿着回廊往下房走。

寝殿的正门忽然打开，芦笛迈出门槛至廊下，轻声唤道：“廷献!”廷献停住脚步。芦笛道，“贵妃在等你，进来吧。”

廷献随芦笛入内，礼道：“贵妃。”

君爱正在灯下盯着那枚古钱书签发呆，闻声转头看着他，问道：“怎么，这么晚了，官家才刚离开御书房？”

“是。官家这一向常在御书房看书、看地图到很晚。”

“官家看的是什么书？”

“有兵书，有政书，还有江南一带的地理方志。”

“哦。地图看的还是淮南地图？”

“是，尤其东线一带，看得格外仔细。”

“唉，不知道官家什么时候还会出门，再接着打仗去……”

“贵妃不必担忧，淮南的气数快尽了，官家将来不过看准时机出动，一举拿下而已。”

君爱不语了，向芦笛使个眼色。芦笛便将殿中侍从全部带出，自己从外面关上了殿门。

君爱看着廷献，苦笑道：“廷献，日间在莲心亭的情形你也看见了，我想尽量息事宁人，可是观音和王娘子都不是省事的，非要当着官家的面闹。我知道，是我没有做好，可是，我该怎么做才妥当？倘若大姊遇到这样的情形，她会如何处置？”

廷献想说，圣人根本不可能让局面发展到皇女与娘子相争的地步，可是他体谅着君爱的心情，便将这话吞回去，安抚地笑道：“四姐儿，观音和王娘子的性子都很强，她们要闹，是王娘子的错，不是您的错。王娘子一个做了阿孃的人，怎么能与小皇女争抢呢？”

“那当此之时，我总该做点什么、说点什么吧？……廷献，我是诚心向你请教，你有什么尽管说什么，千万不要顾忌才是。”

“呃……”廷献斟酌道，“小人以为，在官家心目中，观音的排位肯定在王娘子之前，官家也肯定不愿意那么小的皇女出头来与王娘子争抢什么。是以，日间那种情形，应当有人替观音出头才是。”

“你是说……我吗？”

“除了贵妃，还有谁能替圣人和官家的孩子出头呢？”

“可是，我天生不爱争，我总想着自己退让些，一切都过得去就好了。”

廷献正色道：“四姐儿，圣人以前交代过，令主也交代过，既然入了宫，争与不争，就由不得自己了。您难道不觉得，观音不仅是在替自己和训哥儿争，也是在替您争？您忍心让一个六岁的孩儿出头来保护您？”

君爱从未见过廷献如此严肃，愕然道：“廷献，我岂有这个意思？”

廷献笑了一下：“四姐儿，小人换句话说吧：官家将爱女交托给您，您保护好了官家的爱女，才能得到官家的心；您放任观音受别人欺负，或者教观音感到自己受了别人欺负，官家能不心疼吗？官家心里又会怎么看您呢？”

君爱的泪水在眼眶中打转：“我懂了。那……那比如今日这情形，我应该怎么做才对？”

“很简单，”廷献柔缓了语气，“您应该第一个上去迎着官家，主动将观音或者训哥儿往他怀里送。这样，官家必定欢喜，观音和训哥儿也必定欢喜。……至于别人欢喜不欢喜，四姐儿，您又何必介意呢？”

一七九　寒衣麻絮

七月底，处暑过后数日，晋国长公主鹭娘与张永德双双来到皇宫，向君贵汇报一个好消息：鹭娘终于有喜了。君贵大感欣慰，忙亲自拉着两人去思存殿向父亲和母亲、杨淑妃报告，又亲赐犀杯一对、虎头鞋十双以及玉盘、水精宝器若干，嘱张永德小心呵护鹭娘。张永德笑得合不拢嘴，连声答应。

八月初，为了储备文官人才，皇帝应兵部尚书张昭之请，下令循有唐故事，在常规的科举之外设置制举科目，由天子亲试人才；为了扩充军备人才，皇帝又诏令在朝的武官每人举荐一名武勇及胆力出众者以备选军职。同时，朝廷又进行了一些局部的人事调整。

八月节后，皇帝对南唐和西蜀的降臣颁下了特别恩赏：赐左监门上将军许文稹、右千牛卫上将军边镐、右卫大将军王环、卫尉卿周廷构、太府卿冯延鲁、太仆卿郑牧、鸿胪卿孙羽、卫尉少卿钟谟、工部郎中何幼冲等人各冬服绢二百匹、绵五百两，嘉奖他们在国朝新职上的尽责，以笼络境外未附之地的文武之心。

进入下旬，李毂因风痹之疾加剧，再次上表辞位。皇帝派中使上门慰问后，明白并认同他的苦衷，便诏允其请，罢相，而为他加守司空，并加了食邑实封，命每月以肩舆抬入便殿议事。

同日，皇帝又将枢密副使、户部侍郎王朴升为枢密使，加检校太保。于是国朝有了两个枢密使：魏仁浦和王朴。前前朝也有过双枢密使的设置，比如在汉隐帝治下时，先帝就曾与杨邠并为枢密使（虽然杨邠只是个挂名，实际军权很弱）。大周开运以来，枢密使王峻一人独大，双位设置并未延续，而是依循更早的旧例分出了正副。现下皇帝重拾双枢密的设置，也许是想让王朴的刚硬作风与魏仁浦的柔和手腕参差互补，刚柔并济，将朝政操持得更加圆融。

月底，有个意想不到的人回到了东京大梁，此人就是前濮州刺史胡立。他在前年的秦、凤之战中受伤为蜀军所俘，周师将士都以为他殉国了，皇帝还给他赠了官。其实，他后来被迫做了西蜀的梓州别驾。四月底皇帝放还的怀恩军士兵抵达成都之后，作为回报，蜀主孟昶便将胡立放了回来，并带来了给周帝的一封书信。

蜀主孟昶这封信的主要目的是表达感谢，希望与周朝通好。书信的措辞很客气，在信的末尾，孟昶还与皇帝攀老乡，说自己本来也是太原人，长到七八岁才离开的。皇帝看到这里，大光其火。攀老乡倒没关系，关键是背后隐藏的意思很让皇帝恼怒：他孟昶从太原出发，向西闯出蜀中这片天地来，这与郭氏从太原出发，后来向南做了中原之主是一样的，所以，他们都是“凤起晋阳、龙兴汾水”，是两个地位对等的皇帝，这样才“合叙乡关之分，以陈玉帛之欢”。

皇帝一向视西蜀为僭伪，而且是比南唐面积小、分量轻的僭伪。唐主在皇帝面前都得自己降称为国主，何况蜀主？大周便是与孟氏通好，也不过以藩属国待之，岂能容他与自己并驾齐驱、分庭抗礼？在皇帝的统一蓝图上，西蜀是早晚都必定要攻克的一片中朝故疆，皇帝根本不屑于拿对等关系的幌子来暂时稳住他、迷惑他。之前孟昶致书自称大蜀皇帝云云，就曾被皇帝冷下脸来不理不睬。这一次，皇帝还是采取了老办法：不答。

蜀主孟昶得知了周帝的倨傲，勃然大怒，当着花蕊夫人的面摔碎了一只精美无匹的蜀碗："郭荣小儿，朕为天子郊祀天地之时，你还不知在哪里做贼呢，你怎敢如此待朕?!"

进入九月后，虽然皇帝尚没有明确的旨意，但种种迹象表明，皇帝第三次亲征淮南的筹备工作已经进入倒计时。

左藏库使符令光受命开始置办军士越冬的袍襦。太仆寺则受命去分几批采购了数百峰骆驼回来。皇帝将这些骆驼交给富有家传驯驼经验的内殿直康保裔，命令他挑选几百军士，训为驼兵。这是皇帝在多次召见密谍之后想到的主意，虽然众人并不明白训练的驼兵到底要派什么用场。

在此期间，宰臣王溥、枢密使王朴都以母丧丁忧，然而皇帝以国事繁重故，很快又夺情起复了。其中王溥四次上表请求服完丧期，皇帝大怒。皇帝本人为了顾全大局，曾经以侄礼为仇人汉隐帝服丧，又曾听从钦天监的建言减杀了宣懿皇后的丧礼。皇帝都能委屈自己为公隐忍，他一个宰相凭什么执意顾私？便是群臣中，之前赵弘殷过世，赵匡胤回家丁父忧，皇帝一道旨意，赵匡胤二话没说就起复了。难道人家武将就没心肝，只有你们文臣知礼义?！皇帝盛怒之下要问王溥的罪，亏得范质劝解，王溥才战战兢兢入宫谢罪，再不敢说终丧的话了。

在此期间，都帅李重进移了镇，由原来的宋州移到郓州，典军如故。郓州是个大州，赋税丰厚，故秦王高行周，国丈符彦卿，勋旧何福进、郭从义都曾做过郓州之主。以李重进节度郓州，无疑是对他地位和功勋的肯定，以及对他辛苦坚守淮南前线的慰赏。

九月二十四日是天清节。今岁的天清节仍旧过得非常朴素，皇帝以筹备战事故，诏免百官朝贺，也不允外地藩镇来朝，但接受了他们进献的寿礼，并答以内府宝器和嘉勉的诏书。稍有不同的是，今岁，皇帝下令在京城内新修了四座寺庙作为纪念。

四寺修成以后，皇帝亲赐寺名：天清，天寿，显静，显宁。

臣属们知道皇帝偏好黄老，对于皇帝忽然起意修建佛寺，稍微感到意外。皇帝并不会去解释自己的行为，不过最贴身的内外近臣们，如廷献、林远等，却都不约而同地想到：圣人偏好佛理，官家修建这些寺庙，应当与圣人有关。尤其天清寺用了官家的寿节之名，那么与之匹对的天寿寺，应该就是专门修来为圣人承受民间香火的吧？后来他们得知，天寿寺中主供的神明正是文殊，这就印证了他们的推想。

滋德殿前殿。今日皇帝的召对特别频繁。

第一拨召对的是右骁卫将军王环，皇帝很关心水军补额之后重新训练的情况。二征淮南时王环率水军立下了很大功劳，得到了皇帝嘉赏。接下来还有更困难的大仗要打，皇帝对王环寄予厚望，希望他打造出一支可以完全压制唐军水师的强大作战力量。

第二拨召对的是内殿直康保裔，皇帝向他详细询问了骆驼兵的训练情况。

第三拨，皇帝同时召见了三司使张美、军器监少监季飞卫和左藏库使符令光，询问军需筹备情况。

飞卫让人给木腿底部做出了脚的形状，这样他的断腿也能穿上靴履，覆上裤袍，旁人不看步态的话，容易认为他是个正常健康人。皇帝对此表示满意，他最不希望飞卫以凄惨的形象示人。因为筹备军务召见频繁，他还特许飞卫在大内乘车，毕竟，乘坐肩舆的速度太慢了。入殿议事时，又特许飞卫坐在椅子上回答——通常，那是枢臣耆老们的特权。

三司使张美汇报了夏税征集情况和夏粮入库数目，这距离皇帝的理想还差一截。皇帝面上显示出了不经掩饰的不满。张美忙表示自己还可以再想想办法。皇帝追问十月上旬之前能否办完，张美咬牙道，臣拼命也要完成。

飞卫这边的军械筹备也还有缺口，因为此番皇帝拟定的需求量比前两次都大，不仅陆战攻具加倍，战舰上的水战攻防器具也都加倍了。为了赶制这些战备物资，不仅京畿左近官府的军器作坊早已全面开工、昼夜不歇，而且民间一些工艺过关、经过官府认证的铁作坊、皮作坊、竹木作坊等等，也都拉开了架势卖力赶制。饶是如此，满足如此庞大的需求量，毕竟还是需要时间的。飞卫试图向皇帝解释缺口存在的原因。

皇帝皱眉道："……朕不想听你的任何解释。朕从返京之后就告诉过你朕要什么。从朕那次召见你，到你第一次呈上待办的军器详单，你们花费了多少时间？从朕改定、批准详单，到你们将单子分发下去，又花费了多少时间？底下若有谁督办不力，趁早将他们换掉，改派新的得力可靠的人去做。这句话，朕是不是也早就跟你说过？"

飞卫扶着几案勉力站起身，满脸通红："是，陛下，臣……臣的确……都是臣的错……"

"飞卫，去岁军器监原监正病故后，朕就命你一力统摄监事了。朕将你放到这么重要的位置上，将这么大的国事交托给你，朕对你有多大的期许？别整大嘻嘻哈哈，光顾着跟底下人讲什么兄弟义气！义气当得了军法使吗？办不好事，兄弟还能是兄弟吗？哼，要想在底下人面前做好人，你得先看看在朕跟前做不做得了能人！"

飞卫愈发嗫嚅着，试图分辩："陛下，臣没有……臣岂敢……"

"别说了，你还有什么可说的？只能越说越不像样！"也许因为将他视为自己人，皇帝对飞卫的挑剔分外不留情面。飞卫被训斥得眼眶泛红，垂目不再言语。

皇帝隐藏着自己内心的不忍，踱过去直盯着他逼问道："飞卫，朕就要你一句话，十月上旬之前，究竟能不能办完？"

飞卫抬起眼睛，带着点赌气大声答道："能！"

皇帝知道自己激起了飞卫的倔脾气，顿了顿，稍微和缓了面容，拍一下飞卫的肩膀：“好，朕等着你如期交差。”

皇帝将目光转向符令光。之前下令赶制的冬季军服袍襦还没有如数到位，皇帝冷着脸问道：“你呢？也需要朕逼着你吗？”符令光出自勋阀之门，是魏王符彦卿的叔父家，也即符存审的兄弟家的后人。他打从前前朝起便一直在朝廷供职，为官清慎廉洁，颇有才干，尤其擅长处理千头万绪的杂务，是以，皇帝才命他督造军队冬服。

听了皇帝的问话，符令光忙礼道：“陛下，目下袍襦已经完工七成，剩下的正在全力赶制。”

“还剩三成没办完?!”皇帝恼火道，“就算没有征淮的事，军中也到了添置新服的时机。难道朕不说，你们就不办？原先就一点储备也没有？”

“陛下，原本是有数万储备的。前两次打仗，防护用的牛皮不够了，藤甲也不足，便临时从库里调了大量袍襦，改造后送到前线去充用了。”

皇帝哼了一声：“既然挪用了，就该及时补上！别的官吏想不到也就罢了，你是管袍服的，你不能想在前头吗？目下到了九月底，节气已过霜降，入夜后天气尤其寒冷。朕昨日视察禁军营，见有兵士还穿着夹衣，甚至单衣！一问方知，他们去岁的袍襦经过一冬一春打仗，已经破旧到不堪缝补，都在眼巴巴盼着新服下发呢。这些兵士马上就要出去替国朝打仗卖命，咱们待他们能不能好一些？官中为他们提供的保障，能不能及时一些？”

符令光面有愧色：“陛下，是臣思虑不周！请陛下恕罪。”

皇帝收敛着怒气：“已经做好的袍襦，你今日就交付一批给侍卫司和殿前司，解解他们的急困。”

“喏。”

“剩下的什么时候能完工？十月上旬有没有问题？”

“回陛下，臣……臣实在不敢保证。”

皇帝气为之一噎：“你到底有什么难处？”

“陛下，因军中袍襦所需填充物用量太大，府库储备不足，臣先前一直在奔走采办此物，甚至去外州商借或调用……”

“目下填塞物都齐备了吗？”

“尚未齐备，臣仍旧在想法子筹措。”

“怎么会还未齐备？！”

“回陛下：有了去岁防湿冷的经验，今冬军中指挥们对袍襦有了更新的要求，所费填充物远较往年为甚。可是，像裘皮、羊毛、丝绵这类物事，所费太过，只能供给营以上指挥官；杂毛绒、木绵这类物事，虽说保暖，数量却供不足。是以……”

“能不能加紧到境外买一批原料？”

“陛下，江南目前是不必想了；岭南太远，商旅不便；西蜀本来……呃，西蜀跟咱们也没有通商；契丹、西夏那边，只有兽皮可买，那比木绵贵多了，供不起禁军的人数；高昌倒是产绵，可是又与国朝断了往来，零星的民间货源都很贵，再说，远水也解不了近渴……”

皇帝蹙眉踱了几步，问道：“外州的州库里应该还有吧？你调过了何处的？滑州、澶州、魏博、宋州……朕立刻教他们送过来，有多少送多少，如何？”

符令光谨慎道：“陛下，滑州、曹州、郑州和宋州，臣都已经请枢密院借调过了，陛下若谕令别的州送来，自然最好。不过，臣恐怕他们的数目也不够……”

皇帝不耐烦地摆摆手：“别说了。你的物材还差多少数目，即刻报给朕，朕让王朴去调。”他瞪着符令光，“如此，十月上旬你能将东西都备齐了吧？”

符令光常年操持具体事务，遇事习惯往保守了估算，不爱虚饰说大话。见皇帝逼得紧，他只得勉强应道：“喏。臣谨遵圣旨。”

十月朝寒衣节之后，先后有两批赶制的袍襦发放到了禁军两司。十月初七立了冬，还没有领到冬服的军士们议论纷纷，营中有一种蠢蠢欲动的不满情绪。十月初十，上百个军士来到殿前军衙司求见张点检，群情激奋。半数人手里拿着新发的袍襦。

未几，张孝贤闻讯走出衙门口，在台阶上大声道："点检出城公干去了，你们有什么事？"

众人不答，反问道："那……赵殿帅在不在？"

"赵殿帅也跟着出去了，你们有什么话，先跟我说吧。"

众人急道："跟你说管用吗？他们若都不在，我们就直接求见官家去！"

张孝贤喝道："嚷嚷什么？有什么话不能好好说？你们聚众滋事，是要造反吗？"

"我们要绵袄！""我们要袍襦！"众军士并没被他的威胁吓唬住，又是一阵七嘴八舌的回复。

张孝贤一眼瞧见人群中闹得最厉害的那个人，指着他喝道："宋七！又是你在多嘴多舌？不是说过了吗，袍襦这几日就能全发到你们手里！"

宋七抖动着自己手里的袍襦，叉腰大声道："张押衙，你看清楚了，下官可不是因为没的穿才来的。下官是因为发到手里的袍襦粗制滥造才来的！"

"你这话什么意思？"张孝贤往前一步，恼火道。

宋七气势汹汹走上台阶，将袍襦往张孝贤手里一塞："你自己看！"

这件葛麻袍襦腰间的缝线已经绽开了尺许长的口子——显然是被人故意撕破的，露出了里面杂七杂八、颜色不均的填充物，黄的黄，黑的黑，白的白，又有絮，又有绒，又有绵，还有粗劣的碎布头。"不是说给我们新造绵袄吗？朝廷不是专门拨了银子来做冬服吗？"宋七拈出里面的一撮烂絮举到张孝贤眼前，气呼呼道，"这是什么，啊?！去岁扔掉的破袄烂布又给塞回来了？兄弟们在淮上为国朝出生入死、喝风吃露，你们就给我们穿这个？究竟是谁贪了兄弟们的银子？兄弟们要找官家评评这个理！”

张孝贤仔细看了那团烂絮，皱眉道：“好，你且将袍襦放下，待点检回来，我立刻上报！”

“等不了了！兄弟们都要冻死了，你们这些人天天锦衣玉食，站着说话不腰疼！”宋七怒道，“兄弟们今日就要个说法！你管不了，兄弟们就自己到宫外去敲门求见官家！官家赐见过洒家，官家认得洒家！”

“住口！你跟谁‘洒家’呢？！”张孝贤喝道。见宋七等人气咻咻的模样，他思忖片刻，又和缓了颜色安抚，“好了，你们不要闹了，绵衣给我，我替你们拿到官家那里去陈情，好吧？”

宋七等将信将疑地看着他：“真拿去还是假拿去？你若敷衍兄弟们，兄弟们可跟你没完！”

“放心吧，此事我怎敢隐瞒？你们且回去，待官家有了处置，我自会告诉你们。”

众人嚷嚷道：“我们不回去！我们跟你到宫门口守着，就等一个处置结果！”

张孝贤怒道：“你们想做什么？哗变吗？你们有几个脑袋？！”他扫视着虎视眈眈的众人，心下急速盘算着，又说道，“要等，就在殿前司门口等！谁要是敢跑到宫门口去，不必等宫外巡检动手，我先叫人把你们抓起来喂狗！听见没有？！”

众人面面相觑，只得让步：“好，那我们就在这里等！今日张押衙不向官家讨个说法回来，我们就不走！”

滋德殿前殿。

皇帝站在御阶上，看着奉武带领内侍们将原本悬在御书房的羊皮大地图挪过来，重新挂在殿侧的紫檀屏风上。内侍苏安山急急入内，到皇帝跟前礼道：“陛下，殿前司张孝贤求见。”

张孝贤是张永德的亲随，皇帝自然认得，可是，张孝贤很少以自己的名义求见。皇帝奇道：“他求见？他一个人来的？”

“是。”

“张点检派他来的？”

“不是，他说有紧急的要事，必须立刻禀报陛下。”

“宣他进来。”皇帝说着，一面挥手让正在忙乎的内侍们暂且退下。

未几，张孝贤入内颂词施礼。皇帝道：“孝贤，平身。这么急急忙忙的，什么事啊？手里拿的是什么？”

张孝贤起身，恭恭敬敬托起适才那件袍襦道：“陛下，臣是为袍襦之事来的。陛下请看，这是官中最近发下的袍襦，里面……里面竟然塞了好多脏烂破布头！”

刘奉武忙过来接了，转呈给皇帝。皇帝一看，脸登时就黑了。

“陛下，殿前司的军士们发现新袍襦里面填塞的竟是这样的物事之后，都很伤心，很愤怒。他们哭着说，陛下最是仁厚，爱兵如子，绝不会这样待他们！这一定是下面干活的人徇私舞弊，以次充好，贪渎了军银中饱私囊……陛下，目下他们好些人聚集在那里哭，臣无能，劝阻不了，只能来讨陛下的主意。”

皇帝脸色铁青，向刘奉武喝道：“从速，传符令光来见！”

未几，符令光满头大汗急急赶来，刚颂词拜礼罢，皇帝便将一件袍襦凌空扔到了他眼前。

“陛下？”符令光惊愕地看着皇帝。

皇帝快速走下御阶，冷冷站到他的面前，喝问道：“这是什么？这袍襦里面填塞的是什么乱七八糟的物事？”

符令光抓过袍襦来一扫，咽口唾沫，解释道：“陛下，之前臣就回报过，今岁冬服需求量大，袍襦所需的填充物不足，是以臣等商议之后，仍旧按照民间旧法，在毛绒、木绵之外，混合了别的絮头、碎组、枲麻之属一起填充，也能起到很好的保暖作用。”

“朕不是教王朴给你从外郡调来了新的填充物材吗？你为何不用？！为何还要使用这些乱七八糟的东西？！”

“陛下，这件袍襦应该属于较早前制造的那批，那时候外郡的物材还没有调到，臣等也是没办法……”

皇帝冷笑道：“你们拿些絮头、枲麻来填充也就罢了，像那种穿得又脏又破的烂绵，扔在污物堆里都没人要，你们也敢往里塞？！”

符令光忙道：“陛下，臣绝没有教他们将污物塞进去！臣严令他们将从民间搜集来的碎缊全都打散洗过、晒透，才许使用的。”

皇帝从葛麻衣的开缝中拽出一绺脏兮兮的黑絮来，怒道：“睁开你的眼睛好生看看，这是洗过、晒透的样子吗？给你你穿吗？！”

符令光急得冷汗涔涔而下：“陛下，是臣疏于监督了！臣的抽检还不够密！此事，臣回去之后立刻彻查！”

“彻查？哼！到了这个时候，你还要查什么？”皇帝愤怒地将手中的黑絮掼向地面。可是黑絮分量很轻，在半空不痛不痒地飘浮着，半天落不了地。皇帝的怒火更盛了。

滋德殿后门。

奉武不知何时已经悄悄溜出来，拉住守在门口的一个小黄门，急切道：“你，快去找贵妃！就说符令光要被官家法办了，请贵妃赶紧想办法救他！”

小黄门愣了一下：“什么？”

奉武踢他一脚，恨道：“这都不明白？！符令光就要没命了，这可是他们符家的人，你快去找贵妃来救！若是耽误了，看贵妃回头怎么收拾你！”

“小的……小的这就去！”小黄门见刘奉武面色严厉，吓得连滚带爬跑开了。

延福殿偏殿。

得到报信的君爱急得在殿中团团转，又像是自言自语，又像是向一旁的唐氏说道："怎么办，我能怎么办……陛下正在处置公事，难道我能闯进去阻拦吗……"

唐氏急道："哎哟，这个时候廷献怎么不在！"她看向报信的小黄门，"陈廷献在哪里？是跟在官家身边吗？"

小黄门想了想道："陈高班应该是在御书房整理书橱，官家去前殿的时候没叫上他。"

君爱忙向身旁的一个内品道："你赶紧去把陈高班给我叫过来！快去快去！"

内品走后，君爱原地转了两圈，又道："唐妈妈，我想着，还是应该去请宰臣们来劝阻。他们的话有分量，官家想必会听的。"

唐氏忙道："好，那好，咱们赶紧教王景通派人去中书省报信！"

"嗯，事不宜迟。"君爱转向报信的小黄门，"还是你去吧，赶紧去找范首相、王亚相，请他们来救人！枢密院……算了，枢密院你是来不及去了……"

报信的小黄门刚跑出延福宫，在宫门口一头撞到了匆匆赶来的廷献身上。

"做什么呢?!"廷献喝道。

"陈高班，小的正要去找范首相来救符左使……"小黄门神情张皇地汇报道。

廷献略想了想："好。你直接去中书省的政事堂，这个时间，范首相一定在那里办公。你务必将范首相拉来，给他备匹马。目下宫里筹备军事，特许在大内骑马的人多，首相骑马，不为过。"小黄门答应着去了。廷献又拉过延福殿中一个伶俐的小黄门来，先说让他去找王枢密，转念一想，王朴在这件事上说不定跟官家的态度一样强硬，还是魏仁浦更好说话，便改让他去找魏枢密。

安排完这两桩，廷献急急往里跑。君爱听到声音，已经和唐氏一起迎了出来：“廷献，你都知道了？”

“我听说了。”

“怎么办？那是我叔祖家的亲戚，自来又为官勤谨，众人都称道的。便是如今办事有了失误，可也罪不至死啊……”

“贵妃，别着急。这样，咱们先到滋德殿去候着，相机行事，好不好？”

“好好，那咱们走吧。”

滋德殿前殿。

皇帝的声音已经冷若冰霜：“……姑且不论你们往这里面塞了什么物事，朕之前说过，十月上旬之前必须将所有袍襦办齐，当时你也答应了朕。今日是十月初十，是上旬的最后一日，现在你回答朕：东西都办齐了吗？”

符令光面色苍白：“回陛下的话，还……还差一点……”

“你说什么？！”皇帝怒极反笑，“还差一点？是吗？”

符令光辩道：“陛下，臣拿到物材之后，一刻未停，一直在催办！京城所有能用的作坊都已经用上了，只要再给臣两天时间，他们就能全部赶制出来！”

“朕再也不要听你的任何辩解！”皇帝指着张孝贤对符令光道，“你问问他，是不是一大群殿前军的军士在底下哭？袍襦没到手的，身子冷；袍襦到手的，看到里面充塞的竟是这些污物，他们心里寒！他们都是国朝的士兵，他们为了国朝要出去流汗、流血，甚至留下性命！朕岂能容你如此苛刻他们，教所有禁军将士都寒了心？！”

皇帝站正了身子，对着殿外大声道：“林远！邓锦！”林、邓二人应声入内候命。“符令光违反军令，欺上瞒下，朕要将他正法，以平众军士之心。”他艰难地呼口气，下定了决心，“你们将他拉出去，斩于禁军营前！”

“陛下！”“陛下！”林、邓二人忙劝阻道，“符令光督办不力，的确该受惩处，可是，陛下何不容他两天，待他将袍襦都做好了，再好好罚他呢？”

“哼，还教他做？我大周内廷就找不到一个得力的督办了吗？”皇帝面色如铁，“今日朕若不杀他，怎么对得起跟着朕出生入死的将士们？你们也会跟着朕出去，倘若有人到期不给你们冬衣穿，或者拿这样的冬衣塞责却不受惩罚，你们心里会怎么想？！”

“可是陛下，符令光素来办事干练……”

“陛下，好歹他以前也为国朝立过不少功劳……”

“不必说了！”皇帝喝道，“立刻拉出去，到禁军营前当众斩了！朕说最后一遍！”

“陛下，陛下！”跪在地下的符令光忽然大声道，“请让臣将袍襦办完再死！陛下，臣一定可以办到……”林远和邓锦又拿恳求的眼神看着皇帝。皇帝咬牙摆摆手，转身登上御阶。

林、邓二人无奈，一左一右架起符令光，低声道：“符左使，走吧。”符令光面如土色，再也说不出一个字来。

皇帝在御阶上回转身，看着三人的背影，又厉声追了一句：“休想拖着等人来救，你们两个，从速斩了他来向朕复命！张孝贤，你去监斩！”

“遵旨！”

四人走后不久，君爱一行急匆匆赶到了滋德殿后门。廷献拉着一个小黄门打听，小黄门苦着脸道：“刚刚人已经拖出去了，说是要在禁军营前杀了，向军士们谢罪。”

君爱吓得流下泪来，颤声道：“廷献，怎么办？”

“贵妃，先别哭。”廷献勉力安慰道，“你现在就进去，一个人进去，去求官家。无论怎么哀求都行，没有人会看见。可是，要讲道理，不要光顾着哭。”

“好，好……”君爱微微发着抖，“那我进去了……”

“好，不要怕。”

君爱稳定心神，独自一人从后殿门走入前殿。君贵屏退了众侍从，正独坐在御座上收敛怒气，殿内恰好空无一人。君爱的脚步声引起了君贵的注意。君爱走到殿侧，君贵的视线投到她的身上。

“官家！”君爱跪了下来，不由泪流满颊，“求官家饶我符氏族兄一命！”

“君爱？”君贵从御座上站起身，沉着脸道，“前朝的事与你无关，也不该你管，你不要搅和进来。”

“官家，臣妾的族兄犯了罪，的确该罚，可是，求官家看在……”

“君爱，正因为他是你的族兄，禁军中无数双眼睛都在看着我！看我能不能够秉公执法！如果我包庇了他，以后谁还会好好为朝廷干活？”

“官家，再给他一点时间，他一定能将功赎罪的！”

“君爱，你不明白，我拖不起了！马上就会有一个新的战机到来，机不可失，我必须在这个时间出击，去一举拿下淮南！可是，拿下淮南靠的是谁？靠的是禁军的兵士们！你知道他给我的军士都穿什么样的袍襦吗？你知道军士们私底下怎么议论此事吗？我问你，倘若失了军心，谁还肯真正为朝廷卖命，我又该拿什么去打赢这场仗?!”

“官家，臣妾的族兄并不是一个贪佞之徒，他的过失，也不是由他一人造成……”

“军令如山，事关数万禁军，该做的事失期不能完成，他就是一个死，没有别的话！”

“官家，就暂缓两天，不，一天，成不成？臣妾求求你！”

“……君爱，回去吧，我现在心里很累。”

“可是官家……”

“别再说了，贵妃！”

这当儿，刘奉武推开紧闭的殿门进来，禀报宰臣范质、王溥求见。

君贵登时重新怒气升腾：“他们怎么知道的？是谁去通报的？！”

刘奉武想起自己挨过的那顿鞭子，吓得不敢说话了。

“去告诉他们，不见！无论谁再为此事来求情，朕都一律不见！”君贵说着，瞥一眼君爱，从另一侧的御阶走下，径自向后殿而去。奉武目瞪口呆看看君爱，身上一激灵，忙转身出殿去传谕。

殿内只剩下君爱一人了。君爱忽然身子一软，瘫坐在滋德殿黑漆漆的地板上。她的心被一阵深深的绝望淹没了。她的泪水如同急雨，纷乱洒落。

“对不起，阿姊，我太无能了，连这么一件小事都做不到……阿姊……是我不该进到这宫里来……我不该来到他的身边……得到了他的人，却得不到他的心……”

一八〇　麟州小子

延福殿寝殿。

君爱躺在榻上，唐氏、承璋等在左近伺候。芦笛捧了汤药进来，唐氏亲自接过，到榻前杌凳上坐了，堆下笑脸哄道：“来，四姐儿，咱们将这药水喝了。”芦笛和桃根上前扶起君爱，唐氏一面拿调羹搅着汤药，一面嗔道，“你说说你，有了身子，自己一点都没察觉！……不过不怕，啊，有丁点出血也不打什么紧！御医不是说了吗，吃几服药，坐稳了胎，就好了！”

君爱勉强一笑：“唐妈妈，你就像我自己的乳母一样疼我。”

“咳，这是什么话！”唐氏眼圈一红，“虽说我不是你的乳母，可也是看着你从小长大的。犨娘没了，守着你，我也就像见到了我的犨娘一样……”

君爱苦笑着摇摇头：“我哪里比得了大姊？就算妈妈看着我或能稍感开怀，在官家那里，我又算得了什么……”

“嗳，这是什么话！”唐氏忙道，“官家心里放不下犨娘，那是他有情有义，是个难得的好男人！可是，他心里也有你，不然，他怎么一下子封你做了贵妃？王娘子比你早来，还生了皇子，不也就是个贤妃吗？”

君爱叹口气道：“妈妈，你别哄我了，官家封我做贵妃，岂是因为我？那全是看在大姊和父亲的颜面上……”

两人正说着，忽然外间一阵次第致礼之声。不过一愣神工夫，君贵已经迈步进入殿内。“官家。官家。”殿内众人纷纷致礼。君爱不意他此时到来，也忙想要起身下榻。

“不要动，躺着你的。”君贵忙制止道，一面走过来，在榻前杌凳上坐下。唐氏见状，立刻招呼着一众侍从默默退出。

“官家……”君爱眼中含着泪，也来不及擦，只招呼得这一声，又不知该说什么了。

君贵笑了一下：“贵妃，听说你有喜了？这是好事啊，怎么还哭？”

君爱的泪水滑下来：“官家，臣妾并不是想哭，臣妾是禁不住……”

君贵叹口气，拉起她的手：“听说你身子不适，有些出血，是吗？不要想太多，好好养着，过几日就好了。”

“好。官家，臣妾……臣妾一定保护好官家的孩儿。”

“嗯。”君贵想了想，带上了一些歉疚，“我这个人，脾气不大好，有时候说话也不中听，你大姊都知道我这些毛病。你跟了我这么久，心里应该也有数了。倘若之前我说了什么话教你不好受，你不要往心里去。”

君爱听他说得如此客气，不由张皇道：“官家今日为何如此生分？臣妾怎么会……”

“君爱，你如今腹中有了孩儿，一切以孩儿为上，别的事也不必多管了。宫里的内务，我会教唐尚宫和王景通多替你分担的。你要学会开怀些，孩儿养下来，有你忙乎的。至于观音和训哥儿，我想还是……”

“官家！”君爱不待他说完，忙抢道，“观音和训哥儿就是臣妾自己的孩儿一般，臣妾无论是否有娠，都会好生照看他们、保护他们的，请官家不必担心！”

君贵心下有些感动，思忖片刻，说道：“好，我不日就要亲征，两个孩儿……就依旧由你教养吧。若是你精神不济，照管不过来时，不妨叫远山帮你。”

君爱听出他对自己的不放心和对远山的倚重之意，心中暗自惭愧，却又别有一层醋意升起，便怏怏道：“官家放心，臣妾知道了。”

虽然没有正式公布，但官家将会在今冬再幸淮南的事已是箭在弦上，前半个宫城早已恢复了车水马龙的沸腾景象。禁军的各个部门都在为亲征做准备。张美所负责筹措的粮草委积、季飞卫所负责督办的军械等物陆续到位。赶制冬服袍襦的事，官家交给了自己信任的近卫林远去收尾，也在数日之内得到了解决。

林远督办此事后，发觉了其中的诸多难处，私下里与邓锦感叹过符令光的不易。他能隐隐感到，官家有些为此事后悔，就像后悔当初杀了孙晟一样。可官家是个要强的人，便是后悔了，轻易也不肯对人说出来。如果圣人在就好了，圣人在的话，孙晟和符令光都不会死，而且事情还会得到圆满的解决。

除了军事，皇帝还抓紧时间下达了一道关于设立制举的旨意。先前兵部尚书张昭上疏，建议设置天子亲试的制科以擢拔人才，皇帝便命他详细拟定合行事宜。张昭回去参考唐制，结合国朝现状，斟酌良久，建议设置三科，分别为：贤良方正能直言极谏科、经学优深可为师法科、详闲吏理达于教化科。官家诏允。在诏书中，皇帝还特别提到，制科选拔不设门槛，无论是黄衣僧道还是白身草泽，无论以前有过什么资历，无论现在担任什么官职，都可以应试。此诏一下，天下踊跃，朝野又掀起一轮以才能求进身的高潮，也不必多说。

在这连番的热闹中，有一封来自府州折德扆的奏报引起了君贵的特别注意：太原治下麟州刺史杨重训，再次请求以本州归顺大周！随奏，折德扆再次附上了杨重训的降书顺表。

对于这个朝三暮四、反复无常的麟州小子，君贵产生了浓厚的兴趣。是什么原因教他理直气壮地一再叛离却又恬不知耻地一再归降呢？西乞十三已经被派出执行秘密任务，君贵传讯急召飞菟入京汇报情况，又诏令杨重训火速入京朝阙。

不日飞菟赶回。君贵问他，麟州杨重训到底怎么回事。飞菟答道，西羌又犯州境，杨重训又向府州借兵，府州便又逼他归降。君贵道，照他这路数，羌人一走，他还得反啰？朕是不是该趁机将他杀了，换个人去守麟州啊。飞菟不知皇帝此言是不是在玩笑，谨慎道，臣也不能推知这杨重训将来会如何，不过据臣在麟州民间探知的消息，他虽然年轻，却肯在军政两方面下功夫，是颇得民心的。麟州边境地方，民风与中原有些不同，臣觉得，他们似乎更认他们土生土长的首领。君贵道，如此说来，这小子朕还杀不得了？就由着他愿反就反，愿降就降？飞菟道，这个臣也不懂，不过杨重训新近成了亲，娶了娘子，不知能不能收收他的心。君贵思忖道："嗯，有了家室之累？那倒有点意思了。"

他决定趁这麟州小子入京朝阙之机，亲自判断。

禁中。滋德殿前殿。

君贵端坐御座中。殿门大开，王景通引一个锦袍年轻人入内，到御阶下拜礼道："臣麟州杨重训，叩见陛下。吾皇万岁！"年轻到稍显稚嫩的语声中有着明显的西北口音。

"平身。"君贵淡淡道。那杨重训便敏捷地站起身，垂目肃立，一声也不言语。

君贵放眼仔细打量他。是个挺精神的小子，矫健挺拔，个头可能比自己略矮，五官端正，皮肤微黑，透着饱晒太阳的健康光泽。尤为特别的是，尽管小心地遮掩着，他面上还是依稀透出一股不肯轻易服输的高傲劲头。

第一眼，君贵就对他有了好感，原本存于心中的隐隐怒气消散了。

"杨卿，你今年多大了？"片刻，君贵不咸不淡地问道。

“回陛下，臣今年二十岁。”杨重训答道。

“呵，二十岁，好，富于春秋。”君贵不由绽出了笑容。这么个二十岁的小子，竟三番五次在自己跟前出尔反尔，拿自己的藩守任命当玩耍一般，而且，最后竟还敢坦然站到自己跟前来！这份胆气，也真是非同寻常了。

思忖片刻，君贵缓缓开口道：“昔年契丹入汴，火山王为了抗辽，结寨自立为麟州刺史，真乃英雄豪杰；刘氏建鼎，火山王不愿裂土割据，毅然归附中原，可谓英雄胸襟；大周建鼎，火山王将你兄长杨重贵送入太原事奉以报刘氏厚遇，不失英雄所为；高平战后，火山王诚服于朕的声威，以州归降，不愧英雄见识；朕攻打太原期间，遣人招降你的兄长杨重贵，他不忍背弃旧主，委婉不应，朕虽抱憾，仍佩服他的英雄义气……”说到这里，君贵盯着杨重训，带着一丝揶揄道，“杨卿，朕有一事不明，要向你请教。”

杨重训有些惊讶，忙道：“陛下有何垂询，但请降言，臣必尽心奏答。”

“朕不明白，既然你的父兄都是英雄好汉，为何你却三归两叛，偏要做个反复小人呢？”

杨重训臊得面红耳赤，也无处可逃，思忖片刻，伏地拜道：“陛下，臣先时心志不定，多有反复，陛下若要降罪，臣也无话可说。只是，臣此番归顺，却是再也不会叛离的了。”

君贵观察着他，不动声色：“你且起来说话。”

杨重训咬牙道：“臣知道自己罪过不轻，臣就跪着回话吧。”

君贵从未见过这样的年轻藩主，愈发对他感到好奇。见他被自己挤对得尴尬，反而和缓了辞色，恳切道：“杨卿，麟州偏居远境，西羌滋扰频繁，中原接济不力，你年纪轻轻就担负着全州军民生死大任，遇事委曲妥协，朕不是不能理解。可是，不能轻易换主子，这也是为人臣者立身朝堂的根本。你叛一次又回归也就罢了，这降了叛、叛了降的，再三反复不定，是什么道理？你究竟有什么苦衷？”

杨重训默然片刻。眼前这位传说中的明君圣主果然威风八面，可是，单凭威风八面并不能真正令他心折，反而是皇帝刚刚这几句通情达理的话，让他决定敞开心扉。

“陛下，请容微臣申说。”他定定神，坦然开口道，“臣从小跟在家兄杨重贵身后玩耍，与他感情极深。刘氏在太原自立后，将家兄召到太原，认为义孙，命在其军中任职。陛下嗣位后，家父因陛下的英武，决定弃汉归周。同时，家父私下召家兄归藩，可是家兄不肯背弃刘氏旧主，终究弃父命于不顾。于是，臣与家兄就分属两个仇家的阵营了。……家父病逝后，臣见家兄仍不肯弃汉，为了避免将来相杀于战场，只能转投太原。……不过，臣州小力弱，西羌党项人来进犯时，臣单凭一州之力难以抵挡，不得不求救于府州。府州折氏是我嫂子的父家，与麟州素来交好，折伯父支援了臣，要臣改效陛下，臣只得答应。可是……可是羌人退却后，臣一想到就此与家兄分属对峙的敌营，心里便如同火烧油煎一般，不得安宁。是以，臣……臣就又投了回去。两次背叛陛下，都是这样的原因。……并不是臣对于陛下的威灵与圣德有何不敬，臣实在是……实在是舍不下自己的兄长，请陛下明鉴。”

君贵沉吟道：“倘若是这个缘故，那么你说的这一切情形仍旧存在着。你因西羌入侵归附了朕，目下反正西羌也退了，待你离京归藩，你就又可以投回刘承钧的怀抱了。”

“陛下，这一次不会了！臣再也不叛离了！”杨重训抬起视线看着皇帝，坚决道。

“……这是什么缘故？”君贵步下御阶，站到他身前，静静地看着他。

“家兄托人私下带话来，命臣审时度势，安心事奉英主，切莫再生是非，否则，他将以臣为耻，再也不认臣这个兄弟。还有，臣的内人也劝解臣，不能在陛下和天下藩镇那里失掉信义……”

君贵曾经多次招降杨重贵，除了一再被婉拒，从未得知他的直接反应。这是君贵第一次了解到杨重贵对时势、对自己的看法，心中不由对他又添了器重。杨重训提到他的内人云云，也与飞菟汇报的情况吻合。

君贵看着杨重训的眼睛，知道他并没有撒谎。一个二十岁的藩主，几乎还是个少年，心思单纯，性情高傲到不屑于去编造更有利于自己的谎言……原本，该是个好孩子吧？

“杨卿，你说得固然不错，可是，你教朕如何才能完全相信你呢？”

“陛下，臣以乡梓起誓！”杨重训以拳抵心，郑重道，“臣的父母坟茔、家人仆从、友朋故交都在麟州，臣以他们的名义发誓，从今往后忠诚于陛下，永不再叛。若违此言，教臣永世为乡梓所弃，生不见容于乡人，死后游魂也不能归返故土！”

君贵大喜：“好，朕相信你！”

杨重训激动道：“臣拜谢陛下不罪之恩！”

君贵看着这个生龙活虎的年轻人，抑制不住心中的喜爱之情。斟酌片刻，他笑道：“杨卿，今日你誓言归附于朕，朕没有别的好赏你的，就赐你一个新名字吧。”

杨重训一呆：“什么……什么新名字？”

“将重训改为重勋，好吗？功勋的勋。一则，朕希望卿在朕的治下能够建立不世功勋；二则，训是朕的皇子的名字……”皇帝没有将话说完，但重训已经懂了。皇子宗训虽然目下尚未封王立储，但那是早晚的事。皇帝趁此召见之机亲自给自己改了名字，避免将来冲犯，是对自己的一番爱重之心，以及不见外的亲昵之意。

“遵旨！多谢陛下赐名！”重勋忙叩首道，“从今日起，臣就叫杨重勋了。”

“好了，起来吧。……重勋，你既然跋山涉水来到朕的面前，朕就亲自交给你一项任务，如何?”

重勋站起身，满目期待：“请陛下吩咐。”

“朕要你设法替朕招降你的兄长杨重贵夫妇。不必着急，先将朕的诚心告诉他们知晓。朕可以答应他们的任何条件，他们的旧部带不过来也无妨，只要他们两人过来就好。”

“任何条件?!”

“对。朕相信他们自有分寸。”

“喏。臣回去之后，立刻想法子传递陛下这个口谕。”

“好。重勋，你随朕来。”君贵将重勋带到紫檀屏风上挂着的大地图前，“中原旧疆，尚未一统，国境以北、西北、西南、东南……有多少事情等着咱们君臣去干？年轻人，应当有大志向……”

这一日，君贵与重勋君臣相叙的时间前后超过一个时辰，君贵接见外藩很少会持续这么长的时间。从滋德殿离开之后，重勋的心如同鼓满了春风的船帆，欢腾，喜悦，踌躇满志。

翌日，天子诏下，杨重勋以举州依附之功，授麟州防御使，加检校太傅，金帛宝器赏赉甚厚。

回到麟州之后，重勋果然遣人想法子给兄长杨重贵（刘继业）夫妇送去密信，如实转达了皇帝的意思。不出意料，杨重贵夫妇再次婉拒了皇帝的好意。

不日，关于皇帝亲征的诏令正式下达，定于本月内车驾再幸淮上。

又以枢密使王朴权东京留守，而以三司使张美为大内都点检。后来，又以内客省使昝居润为宣徽北院使，与王朴并为权东京留守，政事听以便宜从事。

显德四年冬十月十九，壬申日，皇帝车驾发离京师，魏仁浦等文臣从征，赵匡胤等武将率禁军马步军数万人扈随，新训的骆驼兵、水军等亦各循其道向濠州进发。百官出南郊送行。张永德因鹭娘有娠，受命留守京师。

十日以后，皇帝在进军途中发布了一项移镇命令：前郓州节度使郭从义移镇徐州——李重进移到郓州之后，郭从义的新地方处于待定中，至此时方落定；原徐州节度使向训则移镇宋州——宋州是在东南方拱卫京师的要郡，距离京师比徐州近得多。以向训节度宋州，等于皇帝在京师南面加强了安全防护。

十一月初四，皇帝抵达涡口镇淮军，全军休整。夜里五鼓，皇帝从浮梁渡过淮水，抵达濠州城下。十一月初五，皇帝召开行帐会议，激励将领，阅兵训话。

十一月初六，戊子日。濠州东北十八里滩。

濠州与寿春相似，城周也环绕着滩涂水域。南唐人在滩上修建起一连串水寨营栅自固，为濠州架设起一道宽阔的水屏障。经淮上军报，十八里滩在这个季节滩涂最浅，皇帝将攻打外围水寨的突破口选在了这里。

冬景萧索，旌旗猎猎，皇帝率众列队于滩前。康保裔率领的数百名骆驼兵，手持兵刃骑在数百头骆驼上，赫然位于这支进攻队伍的最前端。在他们身后，是赵匡胤率领的数千马军。大周将士人人摩拳擦掌，跃跃欲试。

皇帝命击鼓，鼓声暴起，惊天动地。骆驼兵们挥舞着鞭子，牵引着，呵斥着，指挥这些高大的牲口冲入水草枯萎、淤泥湿滑的滩涂中。以骆驼对付滩涂是民间的经验与智慧，被皇帝得知，用到了此番战斗中。骆驼身量比普通的马匹高，能够蹚涉的水域更深；它们的脚掌大，使得脚底的受力面积更大，更能应付滩涂底部水草交错、泥石淤积的复杂情况；它们惊人的耐力，毫不娇气的秉性，也特别适合用作开拓条件艰苦的战场。

十八里滩上的气氛很热烈。这片滩涂大约有百丈宽，只要坚持涉过这片深浅难测的泥水抵达唐军营寨，就能上岸进行陆战。在驼峰上兵士的驱赶和激励下，数百头骆驼陆续踏入寒冷的泥水中，它们的大脚掌勇敢地踩着滩底的杂物前进，发出沉闷的水声，与兵士的呼喝和后军的呐喊相应和。它们中不时有打滑的，但很快又挣扎着站稳了身子。很快，它们走到了滩涂最深处，只剩了头颈和驼峰露在水面上，骑在骆驼上的兵士们身子也有一半没入水下。由于他们之前都在大池边的浅塘中经过了反复的训练，因此无论是人还是牲口，都没有被眼前这种情形吓倒，仍旧鼓噪着继续前进。鲜为人知的是，经过训练的骆驼是会游泳的，所以，即便水再深一些，它们也并不会被淹死。

唐军水寨中的守军被周军的进攻惊起，迅速组织起了阻击。无数箭矢破空而至。骆驼兵们举起藤甲盾牌抵挡，执着地加速前进。而作为掩护，周军的后军也向唐营回敬了密集的箭雨。

很快，骆驼兵出露于水面上的身体部分越来越多，他们的先锋走上了浅滩。紧接着，越来越多的骆驼兵冲破水的阻力快速聚集起来，在康保裔的大声指挥下，一鼓作气向唐军营寨发起了冲锋。

赵匡胤等后军将领留神观察着前军在水中的行进状况，很快确定了一条水位相对较浅的通路。皇帝默然立马于高埠上督战，见前军行进过半，便向赵匡胤发出了后军进击的指令。

“冲!”“前进!”“前进!”震天的喊杀声中，数千马军沿着骆驼兵蹚出的道路迅速冲入水里，庞大的队伍溅起连片白色的水花。如果从空中俯瞰的话，此时的十八里滩就像是一大片黑色的冻水中央忽然冲入一股白色的激流，无数的泡沫在翻涌沸腾。

水域上方的气氛愈发热烈了，箭矢往来，喊声震天。后来的马军追上了先前的骆驼兵，两军并肩作战。唐军水寨的营栅被推倒、拽倒、砍破，唐守军与周师兵刃相接，血肉横飞。原本将希望寄托在滩涂防护功能上的唐军在周军凶猛的攻击面前很快落了下风，兵士们丢盔弃甲，鬼哭狼嚎，在绝望的心情下纷纷缴械投降。

十八里寨顺利拔取，十数艘战舰成为战利品，周师的脚步推进到了濠州城下。

同一日，在濠州城南，李重进率领的步骑大军攻破南关城，同样将战阵列到了南城之下。

围绕着濠州城的最终攻取计划，周军高级将领进行了四天的讨论和推演。这一次皇帝没有着急，要想一举拿下濠州城，多花些时间在谋划上是更好的。

与此同时，唐军趁着喘息之机加固了他们的水防。他们将数百艘战舰聚集到了周帝所在的城北——因为那里显然是周师进攻的重点；他们又砍伐下无数巨木，布置在距离河岸不远处的淮水中，中间以铁链相连，以此阻遏周师战船跨淮南下。

十一月十一日，一切准备停当，皇帝亲自率军进攻濠州。从十一日至十四日，周师水军、陆军联合进攻，昼夜不息。王审琦率部拔取了城北的水寨，王环等率水军攻破淮水中的巨木阵，冲入唐军水域。周师共焚烧掉唐船七十余艘，斩首两千余级，一直攻入羊马城。

其时，一座城池从内到外的结构是牙城、内城、外城、瓮城、羊马城。除了内城，剩下几者并非每座城市必有，但像濠州这种淮上要塞，自然各层俱全。瓮城又叫月城，严格地讲不是城，而是在外城城门外附加的城墙小围合圈，侧面开门，目的是缓解城门可能受到的冲击，并能以“请君入瓮”之法全歼来敌。羊马城又叫羊马墙，是修筑在瓮城之外、城濠边上的小型墙体工事，通常高、厚各数尺，是城中人阻击城濠外来敌的第一道堡垒。周师夺取了濠州的羊马城，就等于攻到了濠州城墙根下，可以展开陆上攻城作战了。

濠州唐军失去城下防线，震恐不已。

十四日夜间，濠州团练使郭廷谓遣人向周帝呈上了陈情表，说自己家在江南，如果突然投降，怕被唐主灭族，请求皇帝允许他派人向金陵禀告之后再出降。皇帝答允了他的请求。麾下诸将议论说，这恐怕是郭廷谓的缓兵之计，他向唐主发出的，恐怕不是请降表，而是求救信。皇帝不以为意地一笑："他发什么信都无妨。朕正要以濠州为饵，引诱得唐援出来，好趁机消灭呢。他想要手腕尽管耍，朕姑且等他几日。"

一八一　秦王破阵

江宁府。南唐朝野人心惶惶，议论纷纷。

打从上次朱元叛降，寿州陷落，国中就兴起了一股悲观的论调。在此之前，无论周师如何犀利嚣张，唐人都认为：凭着江南数十年的积势，是不可能真正输给建鼎才数年的周朝的——充其量也就是暂时丢几个州，早晚有再抢回来的时候。

然而，随着周师的围堵越来越紧迫，随着周帝的战略越来越务实，战术越来越精准，他们发现己方在淮南的生存空间正逐步逼仄，渐近窒息。他们意识到，周帝这第三次亲征，似乎不只为濠州一城而来。

唐军虽盛，兵力已经遭受了重大折损。当初，陈觉与皇弟李景达率军五万援寿，与周师交手后，死亡、被俘、叛降的占了一多半。及至紫金山连珠寨被攻破，两人仓皇奔归，所携残部已不及一万。李景达羞愧难当，向皇兄李璟上交了帅印，自请处罚。李璟的长兄之风倒也并不全是做给外人看的，他怕李景达心里过不去，便拜这个兄弟为天策上将军，领浙西节度使。李景达在两次应援之战后，对自己的军事能力有了基本的认识，不敢当此要镇，又上表力辞。李璟便改授他为抚州大都督临川牧。李景达就此离京，出镇外藩。

堂堂兵马大元帅是这样，那么，一直备位东宫的李景遂又如何呢？这位以文雅著称、同样没有战斗经验的皇太弟，已经再也承受不了战功赫赫的皇长子燕王李弘冀的冷眼挤对，以及来自群臣的背后议论和对比，决意辞去储位。他连着向李璟上了几次表，李璟没有同意。

李弘冀的脸色更难看了。他知道自己还太过年轻，军功也不够厚实，赶上周帝再次南侵，他便向父亲请求挂帅出征，去与周帝决战。

李璟看着自己这个掩藏不住野心、按捺不住狂妄的儿子，心里不大痛快。一方面，周帝英武善战，他不舍得将自己的长子送到周帝嘴边，给人家喂招磨牙。陈觉和齐王景达都铩羽而归了，弘冀初掌军权，能高明到哪里去？万一有个闪失呢？另一方面，他也忘不了弘冀在润州杀降的事。数十员降将，未经请示便一口气杀了，那是多狠的心！那是多大的胆！李璟目下以风流倜傥的文士皇帝形象示人，不大希望自己的继任者是这样难以驾驭的凶悍武夫。何况，他的枢臣们对这位皇长子也不是没有意见的。

李璟没有答应李弘冀的请求，而是派遣保义节度使陈承昭为濠、泗、楚、海都应援使，率领一万五千水军，乘数百艘战船逆淮而上，进行增援。

濠州团练使郭廷谓的请援表，成了唐主君臣最新的议题。请援表写得十分悲壮。一方面，郭廷谓陈述了濠州所面临的危险形势；另一方面，他从保护生民的角度，直言自己承受不住陷州民于死地的痛苦。他请求朝廷尽速发兵来援，这样濠州还有希望，他哪怕战死，也死得其所了。

经过与诸臣讨论，唐主对郭廷谓的使者答复说，之前已经派遣陈承昭的水军出动，朝廷军尽，无法另外从陆路派出增援了。使者急道，倘若应援使在下游被周军截住，无法抵达濠州呢？唐主说，濠州要自己坚持下去，像寿春那样，咬牙坚持。朕会相机酌情再设法抽调兵力，但尚不能明确时日和数目。

濠州城下。

皇帝已经在行宫等了五日。在此期间他并没闲着，除了整备军队，就是与部将们开会研讨下一步的攻战方略。十九日，侦候来报，在泗水以东发现了数百艘敌舰，正在向西移动，准备来救濠州。皇帝脸上露出了兴奋的表情，围城打援这一招目下果然是最有效的。

是日夜里，皇帝调兵遣将，留下一部分继续围困濠州，其余水陆齐发，向下游而去。水路以王环、赵晁等为首领，陆路以赵匡胤率精骑为前锋。两天后，周师在濠、泗之间的洞口镇打败唐援军，斩首五千级，接收降卒两千余人，夺得战船三百艘。皇帝没有停歇，命令击鼓继续东行，一路砍瓜切菜，所过县镇皆下。

又两日，皇帝率部到达泗州城下，命赵匡胤率众攻其南门。泗州城南门被周军焚毁，水寨、瓮城接连告破。皇帝在泗州城下向王师将士训话，当着围观的淮南百姓的面，严令军中割草打柴不得侵犯民田。淮南百姓受到感动，次第送来柴草和粮食犒军。而后，皇帝登上瓮城城楼，亲自督军攻城。

十一月二十四，丙午日。这一天是冬至，大周群臣在攻战中不忘仪程，依礼在瓮城城楼之上向皇帝拜贺。皇帝嘉勉如故。稍后，根据研讨好的战略规划和侦候的报告，皇帝又向淮水下游和东线派出了几支远袭部队，并向吴越和荆南分别派遣使臣，传达配合作战的命令。

泗州守将范再遇的抵抗坚持了十天。十二月初三，范再遇以城投降，皇帝授之以宿州团练使之位。

然而唐援军的残部势力仍旧不可小觑，据侦候报告，数百艘战舰退在了泗州以东的清口镇，蠢蠢欲动。十二月初六，皇帝排出了在上次征淮时验证过效果的经典队形，三路齐发，自己亲率一部精骑在淮水北岸疾进，以赵匡胤率一支步骑混合部队在淮水南岸前进，其余诸将以水军在中流东进，共同追杀唐兵。

淮河之滨，蒹葭苍苍，芦苇如织，泥淖遍布，沟堑纵横。因地处界河，又适逢战事，河岸两侧久已无人行走。皇帝亲御精骑就在这样艰难的地面条件下乘胜前进，人人奋勇争先，甚至忘记了疲劳。

次日，周师在清口追上了逃窜的唐军，双方发生激烈交战，战斗鼓噪之声绵延数十里不绝。两日之后，且战且退的唐军被追到楚州西北方，交战再次爆发，唐军溃败，战船被大量焚毁，军士被杀溺，残兵从水陆两个方向四散奔逃，其中数艘残余敌舰继续顺水而东。皇帝仍旧采取三路追击策略，亲率精骑直追出六十里清剿残敌。

此役，先锋赵匡胤擒获唐江北都应援使陈承昭以献，周师缴获未被焚毁的敌船三百余艘，生擒唐军七千余人。

至此，唐军在淮水上的应援力量就全部被肃清了。

以此为节点，十二月十日，濠州团练使郭廷谓以城归顺，周师获得兵士万人，粮食数万斛。十三日，唐涟水县知事崔万迪以城归顺。二十日，铁骑左厢都指挥使武守琦奉命接管扬州，去岁向训撤军时说过的“王师必当再来”的话兑现了。二十五日，周师攻克泰州。次年元月初五，右龙武将军王汉璋攻克海州。初十，周师攻克温州。

于是，在江水上，周师得到了江北东线诸郡；而在淮水上，只剩楚州最后一个硬骨头尚未啃下。

关于濠州的投降有个插曲。当时，郭廷谓派出的使者从金陵回来，郭廷谓明白自己这座孤城再也不可能得到援助，便将心一横，命录事参军李延邹起草降表。李延邹责备郭廷谓不忠不义，不肯写。郭廷谓派兵逼着他动笔，李延邹将笔一掷，抗声道：“大丈夫绝不会做出为叛臣写降表这种有负国朝的事情来！”郭廷谓便将李延邹杀了，另找人写。降表写毕，郭廷谓拊膺大恸，面朝金陵的方向跪下来，拜了又拜，然后以城投降。

数日后，皇帝在行宫接见了郭廷谓。知道他心里难过，皇帝便安抚道：“江南将领那么多，只有卿主动出击，断我涡口浮梁，破我定远寨，卿所做的这些，足以报答唐主给卿的俸禄了！卿不必为失城而自责，朕的禁军势如破竹，便是教李伯玉自守濠上，又能怎么样呢?”郭廷谓听了，方有所释颜。于是皇帝以郭廷谓为亳州防御使，让他率领濠州兵攻打天长县。其余濠州降将，也各有安置。

关于扬州的归顺则有另外一番曲折。作为皇帝连日向淮南各路调遣中的一路，铁骑左厢都指挥使武守琦受命率领数百精骑进击扬州。与此同时，远在金陵的唐主知道濠州投降后，心知扬州绝对逃不过周帝的攻击，便下令扬州守将组织城内全体居民乘船南渡。

对于大多数扬州普通居民而言，他们本心并不愿南渡。周师以前占领过扬州，那时什么都没变坏，他们照旧过着自己的日子——甚至，受益于周朝的新政令，在某些方面过得似乎还要更好些了。周人也是汉人，并不是异族，他们没有被异族奴役的屈辱感。而且说实话，皇帝由谁来当，也不是他们能够左右的事，“肉食者谋之，又何间焉”，所以他们真的不介意。

但是唐主介意。自古，获得多少户生民都是战争的主要成果之一，地盘保不住，地盘上的活人不能白白便宜了敌方。于是城内居民被迫抛家舍业，扶老携幼，踏上重新谋生于江南的旅途。

武守琦赶到距离扬州尚有一百五十里路程的高邮之际，唐军烧光了扬州的官府民居，驱赶着最后一批城中士庶渡过了大江。当初向训为江南父老苦心护存下的这座古城，就这样毁于江南人自己的一把大火。因此，当两日后武守琦率兵抵达时，曾经风光无限的扬州城只剩下焦黑破败的断壁残垣，以及数十个衰弱得实在无法移动的老人或病人了。

另一方面，当周帝在淮南所向披靡时，契丹与太原也没有闲着。

十一月，契丹派遣其大同节度使、侍中崔勋率兵来到北汉境内，打算趁机联兵入寇中原。汉主刘承钧其实并不想惹事，他继位以来忙着安民，生产，处理境内的各种矛盾，已经焦头烂额了。他最多有余力在汉周边境上搞搞小动作，要让他长驱直入中原，他是没胆的。可是，他更不敢得罪辽主。于是他派遣忠武节度使、同平章事李存瓌率领一支军队与崔勋会合，南侵潞州。汉辽联兵一鼓作气奔到潞州城下，见了坚城深池和李筠在城头的旌旗仪仗，还没怎么着就再而衰、三而竭了，只能毫无所获地回到太原。刘承钧心知以今日契丹之力，未必还做得了自己的坚实靠山，但也不敢与之翻脸，反而厚厚地赠送了崔勋许多佳物，客气地将这位投靠了辽廷的汉人大爷送回去了。

崔勋走后，又有一个人从契丹来到了太原，他就是南唐先前派去向辽人求援的使臣陈处尧。睡王耶律璟扣留了陈处尧不放还，陈处尧说，那让臣去你的盟邦汉地看看总可以吧？辽主答应了。陈处尧来到太原，刘承钧更加热情地招待他，因为这是来自另一个汉人方国的使者，比辽人靠谱，比辽人富有，将来未必不能倚为援助。陈处尧在太原逗留数日，又被辽人监视着北还，汉主厚礼以送。无论如何都得不到逃跑机会的陈处尧郁郁寡欢，未几，竟病逝于契丹。对此，汉、唐、辽三方都感到了遗憾，或者说，痛心。

与此同时，与大周隔着整个江南的岭南（南汉）也受到了此番战事的撼动。南汉主刘晟原本是个为了争夺嗣位不惜将存世的十几个兄弟全部杀死的刚忌荒暴之人，他听说南唐屡败于周，揣想南唐命不久长，而自己就是周帝下一个要消灭的目标，于是急急忙忙遣使向周朝进贡。没想到使者走到湖南，却被守界的湘兵阻拦着过不去了，只得怏怏回朝。刘晟入贡周朝未果，心神慌乱。一开始还想着赶紧修建战舰，整治武备来应对，有天夜里，他拿本占星书观看天象，看着看着似有所悟，便将书一扔，说道：“自古有谁能不死呢？我自己不被灭掉就算幸运了，还管后世做什么！”从此，他就纵酒酣饮，破罐子破摔了。

发生在国境线内外的这些大大小小的事情，皇帝有的知道，有的不知道。无论如何，此时的契丹还不在他的近期军事行动规划中。他恢复旧疆、一统天下的大业，必须首先在淮南夯实基础。

显德五年元日，皇帝驻跸于楚州城下，从臣诣行宫拜贺如仪。

在显德四年与五年之交，皇帝折损了两员大将：白延遇和王环。他们不是战死的，而是在军旅中病死的。皇帝感念他们为国朝做出的贡献，追赠赏赐甚厚。不知是否因为折损大将的缘故，皇帝的心绪有些低沉，赐宴中与臣下们叙谈的时候，甚至有些走神。

同一日的金陵，唐主宣布改元，将年号由保大改为中兴，希望以此振兴国运，安然渡过周帝南侵这道难关。

虽然被围困得几乎风雨不透，国朝改元的敕令还是通过秘密渠道传到了楚州的江南守将张彦卿耳中。

楚州是周、唐两方的必争之地，其战略意义，与寿州、扬州在同一级别。楚州号称“淮水东南第一州”，居交通枢纽之地位，下辖淮阴、山阳、盐城、宝应等郡县。楚州的重要性，不仅在于扼守淮水下游，可控制入海方向的船只，更在于它是古邗沟的北端起点。而邗沟的南端所连接的，就是扬州。

邗沟就是运河。为了沟通江淮两大水系，最早从春秋时期起，就已经开挖人工沟渠以运输物资和人员了。后来历经战乱变迁，邗沟时塞时通，对邗沟的修治也时断时续。到了隋朝，朝廷在古邗沟基础上发动十万余民夫大力扩修，还在途中设置堰坝、闸口以调节水流，漕运变得十分兴盛。唐末至五代，兵燹连绵，邗沟虽然不如隋朝时通畅，但基本的运输能力还是保存了下来。非战时，这条运输线保证了江淮两大水系的物资商旅往来；战时，这就成了从淮水南下江水的最快捷水路。所以，各方势力对邗沟的心思，是“南必得而后进取有资，北必得而后饷运无阻”。

在皇帝的征淮战略规划中，陆路攻击水网密布的淮南并非首选之策，从寿州出发横扫至淮水下游，然后通过邗沟南达江水，再以扬州为核心辐射周边州郡，威势逼压金陵，这才是最高效的路线。所谓“射人先射马，擒贼先擒王”，只要将寿州、楚州、扬州抓在手中，淮南其他州郡的得失就都不在话下了。

楚州城内。

楚州防御使张彦卿，兵马都监郑昭业，张彦卿之子张光佐、张光佑等聚在一起商议御敌之策。

其实也没什么好议的，一座城池的防御之法就那么些，加上水寨，所有的花样都使上了。在目前孤城无援、无从补给的情形下，楚州所能坚守的时间长短，只与守将们的意志力、城中军民的人数、粮草数目和军械数量等有关。说白了，这是一场彻底的消耗战，什么时候城中的人力物力消耗光了，什么时候城就破了。人力物力配置得好，会更耐消耗，但归根结底还是消耗。

当然，信念也很重要。要坚信金陵的主上会派遣援军来，只要他们坚持得足够久，主上总会想方设法来救他们的——即便只是自欺欺人，也必须让大家这么去想。很多时候，战场上的士卒不是死于攻防不敌的力弱，而是死于绝望无援的气弱。

楚州要做另一个寿春，甚至，要比寿春更坚硬、更顽强，坚持得更久。他们早想到了最坏的结果，真的到了那一天，不过是与这座城池同归于尽而已。输人不输阵，硬碰硬的时候，头不能低，气焰不能矮。

客观地说，南唐守将中之所以会出现刘仁赡、孙晟、张彦卿这样死硬的抵抗者，除了因为唐主李璟待臣下比较宽和（虽然这往往也意味着糊涂和优柔），更是因为其时江南这片疆域政情平稳，加上杨吴时期的基础，积势已超过五十年。多年来的独立发展，王道、文化、经济的枝枝蔓蔓深入社会的各个层面，并得到身在其中者的高度认同。唐将中不少人还是从吴国平稳过渡到南唐的，对于唐主和这个国家怀有累世胶固之情。

而反观中原地区，御座自后梁以来频繁易主，臣下对主上、对国朝的忠诚，即便有，风变鼎迁之下，也很难维持。毕竟形势大于人。

对于周帝来说，最需要防范的，自然就是不要让楚州在这些不识时务的李氏死忠者的顽拒之下，变成第二个寿春。目前已经进入正月，肃清淮线后，他还要南下大江去与唐主进行最后的对决。他要避免气候与水文的变化阻挡自己前进的脚步，以致最终的战略胜利延宕不来。

楚州城外，皇帝行宫。

林远率部从在行宫周围巡视回来，走到门口侍立的邓锦身边，避开了众人，悄声说话。春寒料峭，两个人的鼻头都被冻得有些发红，说着话，不时便用手去揉，还发出吸溜吸溜的声音，一面又搓搓手、跺跺脚，以抵御淮上初春的湿寒之气。

“官家干了半日的公务，还没出来透透气？”林远问道。

邓锦摇摇头：“没有。”

“唉，午膳后刘涛带着今岁新选的十五名进士过来陛见，我就知道官家歇不成午了。”

“是啊，官家于此事又极为上心，还叫了李昉来叮嘱复试的事，试什么，怎么试，吩咐了半日。要我说，这种事交给范夫子他们去操心多好，省官家多少心力！”

“话不是这么说的。官家最看重贤才的选拔，哪次听说选到人才，官家不是亲自检视？”

“那倒也是。”

“嘿嘿，选上来的人才用着用着，发现有了问题，不是还得解决？是以打发了刘涛、李昉，官家一刻没歇，又将窦仪他们召了来。”

“哎，我听了一耳朵，是议论地方官吏定期考核那档子事，对吗？”

“是啊。好不容易窦仪走了，官家又过问新太庙的修建进度。问完了，我劝官家出门转转，官家不理，又坐下来批奏折。适才咱俩换防之前，我不是嘱你相机劝劝官家吗，你怎的不劝？”

“我劝啦，官家不理我嘛。”

“唉，官家这阵子似乎不大开怀啊，老自己闷在屋子里，也不笑。”

“嗯，我也觉着了。拿下泗州、濠州的时候，官家不是还挺高兴的吗？”

“不光那几日，后来不是遣韩令坤去权知扬州军府事吗？韩令坤来辞行的时候，官家也跟他说说笑笑的呢。”

“官家倒真是没跟韩令坤计较他爹的事了。”

“官家是谁？能将那些杂事放在心上？”

“嗯嗯，官家心里每天恨不得有一千件事在转，的确顾不上沙门岛的老韩了，哈哈。”

“哎，我觉得官家最开心的是赵匡胤上交唐主暗送的三千白金那天，官家不知跟赵匡胤说到什么，还哈哈大笑来着。”

“啊，对，我在外间也听见了。”

“那……你还回想得出吗，后来是什么时候起又沉下脸了呢？”

“许是因为楚州攻取不顺？你想想，咱们到这楚州城下也有月余了，水寨也突破了，可是打到外城下，就死活没了进展。是不是因为这个？”

“呃……打楚州的日子也不算长，不至于吧？打寿春的时候，官家那么急的性子，不也熬过了半年？”

“不一样啊。你没听见官家与李都帅议论，楚州绝不能成为第二个寿春？马上就要涨水了，要是拿不下楚州，王师岂不是又得在城外泡一年？”

“也对。目下淮上就剩这座城池没拔，像一颗钉子插在咱们肋骨上似的，搞不好，气都喘不过来！”

“所以官家笑不出来啊，元宵那夜赐宴，还差点喝醉了。”

“醉了吗？我看着挺正常的啊。”

“没有，真醉了。后来刘奉武跟我说的，回去躺在榻上自言自语了好一阵子呢。”

“官家说的是什么？”

“他也没听真，好像跟圣人有关系。”

两个人一阵心照不宣的沉默。圣人是官家心中绝不能触碰的隐痛，外人谁也不敢主动在官家面前提及。片刻，林远长长叹口气：“……圣人……圣人倘若天上有知，也该感念官家待她的耿耿长情了吧？哪怕多托个梦回来呢，官家也会开怀一些的。”

“是啊，圣人那么好，那么年轻……难怪官家死活放不下……”

两个人正低低说着话，忽然听到里面官家扬声呼唤。两人忙答应着，一齐走进去施礼。

官家正站在沙盘前观瞧，手里还拿着几张图纸。见他二人都进来了，便说道：“邓锦，你去将工部那几个人给朕叫来！教他们办点事儿，怎么就这么难？”

邓锦忙答应着去了。林远观察着官家的脸色，赔笑道：“官家别上火，有什么事，慢慢说。”

君贵瞥他一眼：“慢慢说？你倒是过来看看。”他指着沙盘上江淮东线的地域，“朕早就说过，要在江淮间通行，必须走古邗沟的水路，对吧？”

“对对。从楚州到扬州去，自然是乘船最为便利！”

“这里是古邗沟入淮的水口，北神堰。咱们想要在古邗沟通航，就得通过北神堰。”

“是。”

“问题是，古邗沟的水位比淮水高，咱们的齐云战舰太大，北神堰的闸口根本调节不了几百艘这么大的战舰通过！”

“……是啊，官家，这……这怎么办？”

君贵指点着沙盘上那道象征淮水的宽宽缝隙：“北神堰过不了，咱们就绕道啊！楚州西北有条老鹳河，原本是淮水的支流，距离邗沟也不很远。咱们取道老鹳河，不是一样可以从淮水进入邗沟吗？”

“对对。……只是，不知老鹳河的深浅如何？”

“的确有些淤塞，是以朕让工部画图纸，设法疏浚。一面疏旧，一面挖新，不就将老鹳河到邗沟的水路打通了吗？”

“是啊。那么官家，目下是出了什么问题呢？”

“什么问题？”君贵气恼地抖动着手里的图纸，“他们去实地勘察了回来，告诉朕说工程量巨大，没个一两月工夫根本完不成！”

“啊，一两个月？！”林远现在明白了官家的恼怒所为何来，“过两个月，水可就涨起来了……”

“是这个话呀。朕不日便要拿下楚州，然后亲率数万王师乘船南下，直抵扬州。他们倒敢在这里拖拖拉拉、贻误军机？！”

林远忙赔笑道：“官家先别上火，待工部随员来了问问他们，应该能想到加速的法子的。”

“哼，”君贵冷笑道，“问什么问？拿两颗脑袋摆在那里，他们就不敢拖延了，一万个法子都想出来了！”

林远听他语气不善，愈发堆下笑脸来劝慰道：“官家又在说气话了。工部都是些拿尺子圆规的人，可没扛过刀枪。官家砍了人的脑袋往那里一放，只怕他们当场吓得尿了半身，连尺子和圆规都拿不动了，愈发不知道该怎么挖沟疏浚了。”

君贵看他一眼，绷着脸道：“就你是个好人！朕还没真砍呢，你不替朕着急，倒替他们着急起来！”

林远嘿嘿一笑：“臣这不是怕官家气坏了身子吗？官家想砍人还不容易？官家说砍谁，臣立马出去砍了，拿进来给官家当鞠球踢！”

君贵忍不住一笑：“嘿，你小子，越说越不像样了，难道朕在你眼里就是这样的暴君不成？”

林远也笑起来：“臣岂敢有此意？这不是臣笨嘴笨舌的，很难哄得官家开心吗？倘若孙璘和飞卫在，随便在嘴皮子上打几个滑稽筋斗，官家只怕早就被他们给逗乐了。”

君贵体察到林远曲折规劝的心意，不由一阵感动，叹息道：“唉，朕这一向脾气不好，难为你们几个了。”

林远笑道：“官家不是这一向脾气不好，官家是一向脾气都不好，臣等早就习惯了。倘若哪日官家改了性子，变得时时和颜悦色的，臣等才该吓得心里发毛了呢。”君贵被他噎得答不上话，待要给一个警告的眼神，又再做不出恶狠狠的样子来，只得拿手指点着他，哭笑不得，却终究无可奈何。

一时邓锦领了工部二名随员入见。君贵经林远一通搅和，气恼散了大半，倒心平气和地拿了图纸，问他们缘故。他们便解释道，老鹳河至邗沟之间地形多变，开挖不易，而且河道原本有些淤塞，是以颇费人工云云。

君贵听罢，摆摆手：“罢了，不必说了。既然有这许多难处，朕就亲自去一趟沿线看看。你们领路。林远，邓锦，带上人，走！”

一八二　飞楼暗箭

东京大内。延福殿。

廷献没有跟随皇帝出征。皇帝一走，御书房再无差遣，他便依旧回到延福殿伺候。最欢迎他归来的是观音和宗训。尤其观音，她的傅姆虽然多，却对廷献最为倚赖。知道他一时不会走开后，观音每日一睁眼就找他，恨不得让他全天围着自己转，无暇腾出手去干别的事。

观音对廷献的这种依恋，自然有父母缺位状况下寻求替代满足的意味，可是，又不仅仅这么简单。她与廷献之间似乎建立了一种心灵的默契，廷献轻易就能猜出她每个表情背后的意思，他像从前事奉圣人那样全心全意地事奉她，及时地、小心翼翼地化解着她的不安与焦虑。而观音也在各个方面深受廷献的影响，如果说目前皇女的生活品位与艺术品位更多地来自他而不是来自贵妃，也并不为过。

当然，廷献既是能与圣人和令主议论文艺的人，品位可知相当不差。尤其他幼学扎实，又在圣人和令主身边多年，日常耳濡目染，言锋接谈，彼此都有很深的相知。事实上，他们三人对于这个世界的某些方面，是有着相当趋同的看法的。廷献在陪伴和引领观音姐弟的过程中，经常有意无意地回想圣人的言行，设想倘若圣人遇到此情此景该当如何处理，然后就以自己所揣想的圣人应对之法来应对他们。不知不觉中，廷献通过这种方式，点点滴滴向观音姐弟传递了许多来自他们母亲心灵的信息。这也是观音和宗训对他感到最为亲切的原因。

观音虚龄将近七岁了。君爱为她排出了正式的功课，每日总要正经写两行字、背一篇诗文、讲一两则书中故事。宗训尚幼，又是男孩子，发蒙原本晚些，故此他乐意跟着阿姊一起学就跟着，若是想另行玩耍也可以，自有傅姆们带他出去。君爱因有孕，身子不适精神短，加之孩子毕竟年幼，也不过于监督，每日做完功课，便许他们自在。此番廷献回来得是时候，正好减轻她的负担。因此，她也乐得让廷献领了他们去。

迩来观音对点茶的仪程深感兴趣，廷献知她聪慧善悟，手又灵巧，便开始零零星星教她点茶。今日，两人又在延福殿的偏殿铺排开了家伙什具，一本正经地相对席地而坐，一板一眼学将起来。宗训在庭苑中胡乱踢着鞠球，不甘心阿姊不带自己玩，也不时进来捣乱。殿内众多仆从围着皇子皇女，一派笑语融融。

因观音年幼，一应风炉这边的物事，廷献都只简述其名，并不仔细讲解，为的就是怕勾起观音兴趣，也过来玩火。观音更是牢记以前的老规矩，但凡事涉用火，无论是点火、添炭还是扇风，便将手背到身子后面观摩，做出一副“我坚决不会碰它”的表情，教廷献也忍俊不禁。

除了火，最吸引幼儿的当然还有水。廷献教观音如何优雅地以竹勺从水瓮中舀了水，倾入银瓶中。宗训见了有趣，忙过来抢竹勺，一面说道：“我来，我来！”

廷献见他抓得甚紧，唯恐他用力过猛伤到自己，当下也不敢撒手，只扶住他道：“哥儿且慢，坐好了再来，好不好？”

宗训好奇心正盛，哪里肯依，只抓住竹勺不松手：“我最会舀水了，鱼缸里的水都是我舀的！”

唐氏是跟着宗训进来的，见状便向廷献道：“你且将勺子给哥儿，何苦教他起急？”

廷献依言，正要缓缓放手，观音却开口向宗训正色道："训哥儿，阿姊这里正点茶呢，你胡搅蛮缠，阿姊可要发火了！"

宗训看她一眼，有些心怯，嘟囔道："我也要点茶……"

观音指着自己身侧，摆出了大姊的威严："你若是乖，就过来坐在这里，咱们一起点茶吃。你若是不乖，待爹爹回来，我给爹爹点茶时，可就没有你吃的份儿了。"

宗训的小脑袋瓜合计了一下，松开竹勺，爽快道："我乖。"

观音高兴地拉了他在席上坐下，又向他低声道："阿弟，你要听阿姊的，你须得很乖才行。你不乖，让哥儿、谨哥儿和诲哥儿就会比你乖，到时候爹爹就不会老抱你了。"宗训紧张地看着阿姊，心中感受到了巨大的压力。

廷献闻言忙笑道："观音不要吓唬阿弟。哥儿放心，官家最宠爱的就是你们两个，必定会常常抱你的。"

一时话题重新回到点茶上。廷献自己舀水到银瓶中烧起，教他们以竹夹夹取茶饼出来烘焙，又以茶碾子反复碾轧。观音和宗训对于碾茶这件事都表现出了浓厚的兴趣，于是这堂点茶课最终就逡留在了这个环节上。

不多时芦笛入内，对廷献说贵妃召唤，廷献便将皇子皇女交给唐氏诸人，自己急急去往正殿。君爱却不在殿中，而在殿外廊下伫立，望着庭苑中的树木发呆。她已有将近四月身孕，但腹部隆起并不很明显。

尚是初春，丁香树还没有打苞，辛夷树、石榴树与桧柏也只是刚刚有了勃发新绿之意。廷献见承璋正在君爱身后不远处侍立，还悄悄从怀中掏出几枚杏子脯来吃，便以眼色向他询问。承璋微微摇头，无可无不可地回了一个含意不明的眼色。

廷献走到君爱身边，轻声道："贵妃。"

君爱回眸静静看他一眼，笑道："我听着你们那边好热闹，音儿和哥儿还好吗？"

“啊，好得很，小人正教他们俩碾茶呢。”

“嗯。”君爱颔首，“学学碾茶，挺好的。音儿手巧自不必言，哥儿人小，难免拙些，练练手倒也罢了。只是碾子于他们有些沉，仔细别砸了手脚。”

廷献忙道：“贵妃放心，唐妈妈在那里，东方司闱和刘司闱又都是谨细的人。”

君爱又颔首，顿了片刻，说道：“官家去了也有三月了，宫中只能得些零碎消息，也不知淮上战况究竟如何。昨日，王枢密夫人入宫看望王贤妃，后来又来看我……”

廷献诧异道：“昨日王夫人来过吗，小人倒是不知道。”

“那时你带着孩儿们去了御池，是以没碰到她。”

“哦。王夫人来……都说了些什么？”

“据王枢密的消息，近日泰州、扬州都已平定。我想着，如此说来，官家的仗打得甚是顺利，没多久就该凯旋了吧？”

廷献道：“想必是如此的。”

君爱又道：“我听说，大姊在时，曾命教坊司排演了一支大型的歌舞，叫作《烈焰旋师曲》，是吗？”

廷献道：“是。后来圣人寝疾，就没演成。”

“廷献，我想教他们重新排演起来，这样待官家凯旋，好在接风宴上以此曲为贺。你的意下如何？”

廷献鼓励地笑道：“好呀，这是贵妃当做的正事。贵妃既有此意，小人明日便去将冯少卿和教坊使叫来，对了，还有韩马帅夫人，一并也叫了来，让他们听听贵妃的意见再做。”

“嗯。我想着，待初排好了，也教王贤妃和两位昭仪看看，大家都来出出主意。”

廷献见她已懂得主动去调整与宫中各殿阁的关系，不再一味羞缩，心下大慰，忙道：“贵妃说得是，她们闷在宫里光陪着孩儿也无聊，有个新营生干，想必会欢喜的。”

在君爱方面，的确发生了一些变化。也许一个准母亲对外部环境的安全度会变得分外敏感，也会更多地将自己的思虑从漫无边际的书斋，转向柴米油盐的现实。在官家远离的情况下独自承受孕期的不适并未令君爱变得黏滞，反而在她身上催生出了一丝以往没有的干练利落之气。她感觉到了这种变化，她想，这应该是一个好的开始。她终于渐渐适应宫中的生活了。未来还很长，孩儿已经在路上。

淮上。楚州城下，皇帝行宫。

从老鹳河实地考察回来当晚，君贵熬了几乎一个通宵。次日，宣工部随员来见。

当工部随员们进入皇帝行宫时，他们看到在通常悬挂地图的地方，挂起了一张全新的疏浚工程图。皇帝面色疲惫，可是精神很好，也不绕弯子，径直说道："诸卿，你们看看这张图，照着这个规划所费的工夫，比你们原来的如何？"

工部随员们忙凑近细看。刚看了一会儿，他们就惊讶地睁大了眼睛："陛下……倘若照着这个规划来，不仅可以巧妙地变地形之不利为有利，更可省下大量人工与物力呢。"

"嗯。"君贵颔首道，"你们估算一下，照这规划，需要多少民夫、多少时日？"

工部随员们在心里、口中、笔下计算着，商议片刻，答道："……依臣等看，倘若能征召到万人以上的话，旬日……旬日便可成功！"显然，他们自己也对这计算结果感到匪夷所思。"旬日"与先前所估的"一两月"相差太大了！他们好奇地问道："陛下，这图是何方高人所绘啊？这么简单的法子，臣等怎么就想不到呢！臣等真要好生向这位高人请教一番才是。"

于是他们看到，皇帝露出了孩子气的笑容，得意道："这张图嘛，是朕自己连夜画的。"

“啊?!”众人愈发惊奇了,“陛下怎么连这个都会?!”

“呵,昔年朕出镇澶州之时,曾经连年修整过辖境内的河堤。当时,符淮王推荐给朕一个颇富经验的老河工,朕跟着他学了不少有用的东西。是以昨日从老鹳河回来,朕连夜反复研究,必定要如此规划,方能化解你们的难处……”

众人心下叹服,纷纷施礼道:“陛下聪察如神,又勤勉如斯,臣等实在衷心感佩啊……”

星移斗转,淮南的春季星空迷离而魅惑。

对于楚州的进攻仍在夜以继日地持续着,现在周师将士中普遍产生了一个感觉:楚州攻城战正在逐渐陷入寿春的老路。对于上位者而言,这种思想是危险的,一旦王师咬牙攻坚的气势泄掉,懈怠之心必定大起,那么,原本他们想尽量避免的牛皮战就会真的变成牛皮战。强弩之末不能穿鲁缟。

因此君贵频繁召见李重进等人,研究如何调整攻城策略,如何改进攻城设备,以期尽早实现破局。君贵甚至与李重进彻夜研讨不休。重进将自己在寿春城下磨耗两年的经验教训悉数托出,其中,教训是他们谈论得最多的地方。他们又详细地研究了每种攻城战术的优劣,分析城中采取的应对措施在多大程度上消解了己方的进攻,讨论哪些战术和器械的组合有可能创造出更好的效果。

他们还详细地研究了目前所知的城中守将的信息。防御使张彦卿和都监郑昭业都是绝对的死硬派,君贵之前多次遣人阵前劝降,已经充分领略了他二人的风格。君贵明白,教这两个人主动投降的可能性很低,只能是待城破之后收服。到了那一日,他会比照刘仁赡、郭廷谓的待遇善待他们,既往不咎。他也想过派遣谍者做做手脚,但张彦卿素日作战身先士卒,御下恩威并施,颇得军心,裨将中没有与他矛盾深刻的,故此也不好下手挑拨离间。

倒是乘黄带来一个情报,说张彦卿也跟刘仁赡相似,带着几个儿子张光佐、张光佑等一起守城。他的儿子们年龄参差,秉性各异，个中未必没有像刘崇谏那样愿意早归天朝的。君贵便让乘黄密告其混迹楚州城中的同门谍者，寻机鼓动张氏之子，劝其父看清局势尽速投降也罢，为王师攻城做内应也罢，只要能建立功勋，有什么要求尽管提。

谍者的工作果然卓有成效，张氏长子张光佐为谍者的利害陈说所动，答应寻机劝说父亲。但他拒绝了谍者送上的重金，只要求皇帝保证张氏全家老小和一起抗击过大周的裨将们不会获罪。皇帝毫不犹豫地答应了他的要求。

次日，张彦卿率众照例登城楼巡防。城下周师旌旗漫山，营帐遍野，鼓噪之声让人心惊。周师士卒如同打不死的蝼蚁一般，粘成一个个面目模糊的黑团扑过来，向着城墙发动一轮又一轮凶猛的进击。众将忧心忡忡地看着这番景象，人人面沉如铁。他们心里很明白，自己也不过是些蝼蚁，今日站在城楼上呼吸着，明日就可能死于敌人的狂烈吞噬之下。死神对所有一线参与者一视同仁，他们中的某些人心里不是没有动摇的。

“爹，”站在张彦卿身侧的张光佐斟酌片刻开了口，“今日之势已然分明，儿子以为，是到了做最后决断的时候了。”

张彦卿按剑叉腰，回脸看着他，眼神一闪，问道：“你这话是什么意思？”

张光佐顿了顿，在心中又给自己壮了壮胆，方毅然揖道：“爹，儿子以为，当今之际，周强唐弱，国朝之势已经不足以与周朝抗衡。何况楚州被围逾月，形势危急，又断了外援，咱们就是在这里全都战死了，城池也还是会陷落。那么，咱们的死又有何意义呢？母亲体弱，弟妹年纪都还小，还有军中这些将领，也都有家小。就算咱们作为武人应当拼死力战，他们又有何辜呢？还有城里这些百姓，一旦城破，难保不被周军杀死，他们又有何辜？不如……不如咱们尽速降了周帝，也得以保全这一方生灵啊……”

张彦卿不动声色，上下打量着儿子，微微颔首道：“你说得也对，早晚都是个死。”

他将心一横，便放眼再次看向城下，指着那汹涌的铁甲黑潮对身边的诸将说道：“你们看那里！”众人急忙顺着他的指示探首打望。就在这一瞬间，张彦卿迅疾收回手，拔出腰中剑来，毫不犹豫地向儿子的脖颈间挥去。

一股热腾腾的鲜血猛地喷溅到周围众人的头脸与身子上，那浓烈的咸腥味甚至直接迸入个别人的口中。众将愕然回顾，顿时被眼前的景象吓呆了，没人敢发出一丝声音，敢做出任何动作。张光佐摇摇欲坠，双手拼命捂向脖颈的巨大裂口，以极度震惊而绝望的眼神看向父亲。张彦卿猛地将他推到地下，流着泪扫视诸将，厉声道：“彦卿受李氏厚恩，绝不投降，楚州城就是彦卿的死地！各位想投降的尽管投降，可是别劝我！谁若劝我，就与我这儿子一样！”

张彦卿手中的剑锋垂下去，一股鲜血沿着血槽飙向地面。年轻的张光佐像一头被宰杀的牺牲，兀自在城楼的腌臜尘埃中挣扎着，扭曲得越来越狰狞，蜷缩得越来越紧仄，渐至不动。众将惶恐相顾，不由为张光佐的惨状流下泪来。

从此后，楚州军中再没人敢提投降的事了。

楚州城下行宫中的皇帝闻报张光佐之死，心头震动。次日，亲自到楚州城下督战。

距离城墙三百步之处，专门为皇帝搭起了一个督战的高台，以结实的木架子为底，上面铺了地毡。今日皇帝所乘坐骑是“油滴子”。皇帝从行宫驰至督战台前，跳下“油滴子”，率近卫们登台，端坐于御座之上。

战鼓雷动。箭矢如蝗。空气中有一股浓厚的怪气味。李重进等将领率众继续着攻城之战。楚州城明明已经衰弱不堪，却仍旧顽强地反抗着，仿佛就是为了支撑唐人最后的颜面。

“能不能找到张彦卿，直接射杀了他？”皇帝问道。

“陛下，张彦卿太狡猾了，每次出现在城头都是一闪而过，还有好多护卫挡在前面，咱们的羽箭不管仰攻、平攻，都射不准他！”

“那就接着烧！烧掉他们的面子！”皇帝大声道。

林远答应一声，向传令兵喝道：“陛下命继续使用火攻！”

传令兵应喏，急急而去。

旁边有人小声向林远道：“林都知，今日天亮之后，李都帅已经教马仁瑀带人烧过三次了。”

“有成效吗？”

那人摇摇头：“还没有，唐军太狡猾了。”

林远听他话里有话，便拉着他道：“你过来向陛下禀报。”

那人便跃上督战台，到皇帝跟前行了礼。林远道：“陛下，他说今日已经火烧了三次，可是唐人狡猾，以致没有成效。”

皇帝蹙眉道：“你说说看，他们怎么狡猾了？昨日的火不是都快烧到垛口才被他们用沙土扑灭的吗？他们能有多少沙土？”

“回陛下的话，唐人今日不再用沙土了。他们调了一种稀泥，沿着垛口密密浇下来，将城墙涂了一层防护，火就烧不着墙了。”

“那就先烧泥！待泥干了剥落，不就成了吗？”

“陛下，您有所不知，唐人也不知是将粪便还是什么腌臜物儿全搅到稀泥里面去了，不烧都熏人，烧起来更是无法靠近啊……”

皇帝的眉头蹙得更紧了，冷笑着站起身：“怎么，怕臭？他们都不怕，咱们怕什么?!”他转头看着自己的近卫们，“林远，邓锦，走，咱们往前靠近，给军士们鼓鼓劲，也教唐人知道，再腌臜的物事，都阻挡不了王师的进攻！”说着，他便带头跳下督战台，大步向前走去。

林远等数十人急急跟过去，忙不迭叫道：“哎哎，陛下！不要太靠前了！陛下，危险！”

皇帝往前走了数十步。高度的优势消失了，一群人淹没在茫茫战场中，任由喊声与杀气在头顶飞过。皇帝显然很不习惯这种低矮的位置，待要吩咐牵马来，转眼看见了不远处的临冲车。五层临冲车高度与城墙垛口相齐，顶层有一个宽大的平台，栏杆粗壮牢固，足可容纳五六人站立。

皇帝指着其中一架临冲车：“往前推！推到距离城墙一百步，朕要上去看着他们！”

林远与邓锦忙劝阻道：“使不得，官家，太近了，太危险！”

皇帝瞥他们一眼：“目下正是两军较量勇气和毅力的时候，朕不亲自上去顶住这口气，王师士卒们又怎能拼死向前？怕危险，你们就不用上去了！——康保裔，带几个人，替朕将临冲车推上去，朕要亲自将张彦卿替你们逗引出来！弓弩手，准备！”说罢，自己迈步就往前走。康保裔答应着，向林、邓二人使个眼色，领几个近卫士卒去了。

林远和邓锦忙跟上皇帝的脚步，大声道：“官家，官家，臣等不怕，还是臣等护卫着陛下登车吧！”

皇帝皱眉捂捂自己的耳朵：“那么大声做什么？朕不聋，朕听得见！不怕死就跟过来吧。”

两人嘻嘻一笑：“遵旨！”“遵旨！”

未几，三辆临冲车推到前方，脚轮固定。上百近卫环绕肃立，其中数十人紧紧扶牢了车底的架子。林远率领三名士卒持盾牌率先登上其中一车，皇帝在邓锦和康保裔的护卫下，也跟着爬上去，站到了顶层的平台上。另外两辆临冲车上的弓弩与盾牌也排布妥当。

临冲车顶层视野极好，不光攻城的大形势历历在目，而且因距离不过百步，楚州城头的动静也可以看得一清二楚。大风吹动着皇帝头盔的顶缨，颇有几分高处不胜寒之感。三名持盾的御前侍卫迅速站到皇帝身前，以三面军中最高级的牛皮铜盾重叠起来，将皇帝身子朝向城头的一面严密遮挡起来。皇帝凌厉的目光看向了城头上那个指挥者，他被一群人簇拥着，身上的盔甲反射着明亮的春光，他应该就是张彦卿了。很显然，他是被周军的动作吸引过来的。他和他的部将们也一直紧盯着周帝，从他们几乎没有任何动作的反应来看，他们高度紧张，每一根神经都绷紧了。

“快，射死为首的那个人！”皇帝指着张彦卿，大声道。

邓锦应喏，来不及搭箭，忽然林远一声惊呼：“官家，当心！”说着，他便猛地跃起，扑到了皇帝身上。与此同时，一支弩箭倏然而至，它来自他们未曾留意到的远处水寨侧翼飞楼。

在君贵的一生中，还从没有如此清晰地听到过箭镝破甲穿入肉体的声音。

以往的战场上总是百音嘈杂，刀枪剑戟间的碰撞制造出了噪音中最尖锐的部分，士卒的嘶喊则是噪音的中声部，至于噪音的低声部，则主要由战鼓声、火砲声、落石声等组成，有的猛烈，有的短暂，有的沉闷……但归根结底，这些都是身体之外的声音。

而此刻，站在高达五层的临冲车上，战场百音的海洋在他的下方，他才获得了一种意外的、迟缓的安静。

于是，他听到甚至看到了：坚硬的铁甲首先阻挡了那支弩箭，甲片被锋镝顶住，向内变了形，然后被刺破，洞穿；紧接着，箭镝穿过了锦袍的纤维，像一枚长针从丝网中穿过那般肆无忌惮，行若无碍，锦袍发出嘶嘶声；箭镝穿透锦袍、绵絮及中衣构筑出的多层保暖壁垒并没有花费太多的力气，但是声音变得黏着了，因为这个保暖壁垒是吸音的，令崩裂显得柔软；紧接着，箭镝到达肉体，那是林远的后背，它飞速地在表层钻了个洞，捣毁了附近的组织结构，发出些类似水声的声音；然后它像长了眼睛一般，精准地避开了肩胛骨的下端，在肋骨间找到了缝隙，一头扎进去，发出了噗的一声；最后，箭镝抵达林远的心，发出了最后的咕咚声，像是焦渴的人咽下去一口苦泉。

林远倒在了君贵身上。君贵从箭镝制造出的那一串迷离声响中回过神来，反手抱住他，急切呼唤道：“林远！林远！林远！”

林远面色惨白，挣扎着艰难道：“官家……保重……”然后，他的头颓然垂了下去，他那颗原本负责泵送血液的心，如今已经浸泡在了鲜血中。

报君黄金台上意，提携玉龙为君死！

两面铜盾迅速围合过来，挡住了弩箭射来的方向。

邓锦扑到林远身边，疯狂摇晃着他，号啕大哭：“林远，林远……”

君贵疯了般站起身，对身旁的康保裔喝道：“射回去！射回去！给朕射回去！”

康保裔拼命将他拉回到盾牌的保护之下：“陛下！忍住！当心还会有箭射来！”

守护在临冲车下的近卫们见此情形，早齐齐推动车轮，将临冲车往后推去，同时迅速以旌旗遮蔽车身。

另外两架临冲车上的弓弩手和地面的弓箭手，在其他殿直的指挥下，齐齐向城头发出箭雨回击。楚州城头的张彦卿见状早撤到盾牌后面，只教弓箭手插空上来与城下对射。

临冲停毂，君贵在康保裔的盾牌保护下几乎是从梯级上跳下来，大声问道：“还击了吗？射中了吗？”

“回陛下，还没有射中！张彦卿躲了，飞楼里的那几个人居高临下，咱们仰射不易。”

君贵血冲颅顶，左右寻找着：“马仁瑀呢？他的箭术好，教他来射！无论他在哪里，立刻替朕将他召过来！”

未几，马仁瑀应召而至。君贵指着飞楼上仍旧在向城下射击的唐军，对马仁瑀道：“立刻干掉他们！一个不留！”马仁瑀应喏，利索地弯弓搭箭，稳稳移向目标，嗖嗖嗖连发三箭。飞楼上的唐军应声萎靡。周军爆发出一阵欢呼。

君贵又转眼看向临冲车，邓锦和另外的近卫小心地将林远抬了下来。

“御医呢？叫御医来！”君贵大声吩咐。

“陛下，没用了，”邓锦满面泪痕，声音颤抖，“他已经……没有脉了！”

一八三　楚州大劫

皇帝行宫。

林远被停放在靠近帐壁的一张罗汉榻上。皇帝坐在榻边，泪下如瀑。邓锦站在他身旁，不停拿手抹着眼睛，忍住呜咽，胸口猛烈起伏不已。

良久，皇帝站起身，解下自己身披的战袍，轻轻盖到林远身上。

行宫外，一众将领听说了临冲车上发生的事，都从前线赶回来慰问圣驾。因行宫门户紧闭，他们便全体候在门口，面色凝重。

刘奉武从外入内，走到皇帝身边，掂量片刻，轻声道："陛下，将帅们都来了。"

皇帝闻言，抹去泪水，回身走向御座，一面向刘奉武道："叫他们都进来。"

一时李重进、赵匡胤、袁彦、李继勋、赵晁等人纷纷入内施礼。皇帝的眼中射出冷硬的光芒，厉声道："朕的近卫林远，你们都认识，跟了朕十几年，今日被他们给害死了！你们的同袍将士，四十余日来，又有多少是死在楚州这群凶顽之徒手下?!"

众人一听，勾起了连月来折损自己亲随裨将的痛恨，纷纷大声附和道："陛下说得极是!""楚州这帮凶徒冥顽不化，臣恨不得将他们一锅煮了，方是干净!""陛下放心，臣等必会加紧攻打，务必早日拿下此城，出尽胸中这口恶气！”“陛下，楚州的气数已然不长了，再攻打数日，必当奏功！”……

“朕等不了了！”皇帝猛地一挥手，就像发怒的雄狮，下山的猛虎，展翅的大鹏鸟，谁也无法阻挡他的怒气，“明日，朕要亲自率众攻城，不管用什么法子，朕要在旦夕之间拿下楚州城！你们说吧，该怎么办？”

众人面面相觑。天子之怒的威力，他们心中自然明白，但楚州唐军抵抗的意志十分坚决，王师士卒连日受挫，难免有些灰心和动摇，他们也感到挠头。在没有发明新的攻城术的情形下，要想突然破局，谈何容易？

“说话呀！你们天天在城下指挥，就一点新的法子都想不出来吗？”皇帝怒道。

“陛下，臣有一个法子，不知能否奏效。”李重进揖道，“他们以湿泥浇墙，致使火攻难以奏效。明日，臣以临冲和砲车吸引他们的反击，同时多派轒辒车上阵，命敢死的勇士在墙根儿和墙体上凿洞，实以火药、硝石、薪柴，且炸且烧，必定能将城墙摧塌！”

“早几日难道没用此法吗？”

“陛下，之前他们一直往轒辒车上扔巨石，一砸一个准，接近墙根儿的军士都被砸成了肉饼，是以不敢再接近了。”

“明日为何又可以了呢？”

“臣今日留心观察到，他们扔下来的已经有磨盘、破桌椅之类的物事，可见正经的大石头已经被扔光了。臣命军士们将轒辒车多加几重防护，应该就足以抵挡了。”

“嗯，这个法子可以一试。”皇帝颔首，又转向旁人，“你们呢？有何建言？”

赵匡胤上前一步：“陛下，可否容臣说句实话？”

皇帝看着他：“说。”

“楚州攻城已经四十余日，军士们疲乏懈怠也是有的。臣以为，不妨在原来的基础上进一步加重赏格，所谓重赏之下，必有勇夫。唐人顽固，王师军士必得有极大奖赏刺激，才会愈发忘我向前。”

皇帝斩截道：“赏，没问题；重赏，也没问题！朕从不吝惜给予将士们任何恰如其分的赏赐。依你的意思，要如何提升赏格才能令他们振奋雀跃，如有神助？”

赵匡胤尚未答言，赵晁近前一步：“陛下，臣也有句话，不知当讲不当讲？”

“讲。”

“臣了解那些军士，以臣愚见，轒辒车凿穴也好，加重赏格也好，尚不是最能激发斗志、快速取胜的法子。”

“那你倒是说说，你有什么最好的法子？”

赵晁略微显出些迟疑：“陛下垂问，臣可斗胆说了，倘若不合陛下的心意，请陛下千万恕罪。否则，臣还真不敢说。”

“好，恕你无罪，说。”

赵晁道：“陛下，臣说直白些，这些军士们打仗图个什么？不就图个升官发财吗？升官，那是靠天子的恩典，大大小小，高高低低，全看个人造化。可是发财呢？发财就不一样了。天子能赏赐的物事毕竟有限，倘若允许他们自己去拿，那是多大的诱惑、多大的刺激？便是为着这个念想，他们舍生忘死的劲头，也远非寻常交战状态可以比拟！”

皇帝不动声色地看着他：“你是说……允许他们剽掠？”

旁边的众人将心提到了嗓子眼儿。禁断剽掠，这是军中铁令，皇帝在三次征淮中都一再重申。当初因为禁军剽掠导致白甲军蜂起，皇帝还特意派遣向训去整顿军纪，杀了一批人立威。现在赵晁公然提出以剽掠刺激军士作战，这不是在批龙鳞吗？

赵晁这个人，性格比较鲁直，身上有着禁军勋旧将领的骄纵不羁，当着皇帝的面也常常掩不住轻佻狂妄，什么话都敢说。之前正阳关杀降、在扬州附近率众剽掠的事，皇帝都不留情面地给过他警告。不过他的确擅长打仗，尤其在战时，他的这类过犯旋即便会被他的军功折抵。二征淮南时他与王环一起，率领王师水军在涡口追击战中完美击败曾经不可一世的南唐水军，更是大得皇帝赞赏。战后，皇帝将他以从阆州防御使升为了河阳节度使。

此时赵晁听了皇帝的反问，并不胆怯，反而理直气壮道："是。陛下，臣说句实话，禁军虽经过汰递整顿，上上下下的将士们，骨子里还是贪财好色的汉子天性。可是陛下，贪财好色不过是人之常情，也是可资利用的啊。昔年先帝平定河中府李守贞之叛，城破之后，便按旧例允许军中剽掠三日，以飨他们年余的辛劳。后来先帝率魏博军入京清君侧，仍以剽掠为号令，结果一举功成！……如今楚州城坚敌顽，陛下又想奏凯于旦夕之间，不下点猛药，怎么可能实现?!"

皇帝默然良久。重症须下猛药，这个他同意。打仗讲究气势，战机尤为重要，眼下已经到了不得不下猛药的时候，这个他也同意。可是，就一定要下这样的猛药吗？除此之外，难道就没有其他猛方了吗？楚州久拖不决，王师损耗甚巨，而剽掠招致民怨，影响王师形象，哪头都不是好果子。两害相权取其轻，问题是，孰重孰轻？哪个方略才更为正确？

他将视线投向其余诸将："你们的意思呢？有话尽管说，说实话。"众人见皇帝并没有因此震怒，都松了口气。赵晁提出的法子，他们不是没有设想过，只是谁都不像赵晁这么肆无忌惮，敢公然说出来罢了。

李重进迟疑道："官家，赵晁所言之法若真的施行，恐怕于王师的声誉有妨吧？"皇帝不语，只是眼神复杂地回视他。

赵匡胤因父亲早前与赵晁连了宗，以前就曾帮赵晁说过话，此时便揖道："陛下，臣倒以为也未尝不可。所谓以剽掠为号令，重在激励军士卖命。城既破，剽掠时间可长可短，不过视王命所出和将领掌控而已。陛下倘若不忍心，届时及时制止就是了……”皇帝仍旧不语，又看向旁人。

赵晁察觉到了皇帝心中的动摇，进一步道：“陛下试想，楚州军队刁顽不服，城中百姓给他们输送粮草物资、充作民夫，有哪个是无辜的？他们摆出拼命的架势来，杀伤咱们那么多士卒，恐怕原本也没指望城破之后还能活着吧？咱们便是多杀他们几个，也不为过……”

皇帝转向袁彦、李继勋。袁彦道：“陛下，臣是这么想的：唐军目下是殊死一搏，无所不用其极，要等他们投降是无望的。先前我大周白延遇、王环等将领，皆因战时艰苦伤病而亡；今日林都知又殉了国……再两日，不知还会有哪位将领……陛下，不如孤注一掷，尽速做个了断。”

李继勋原本是不赞成剽掠的，见诸将都表了态，便斟酌道：“能尽速了断，自然最好……不过，就怕军士们一旦开了此戒，往后便不好制约了……”

皇帝其实还想听听向训的意见，但向训此时远在五百里外的涡口镇守，无法参与进来。

众人见皇帝沉吟不语，知道他在等待大家统一思想，便纷纷畅所欲言。

“哎，有什么好不好制约？不服从军令停止剽掠，就是个死！”

“军中的确有些刁恶的人，撒开了就不好管。”

“管还是管得住的，谁的脑袋嫌多？容他们略微抢点，塞满口袋也就算了！”

“那……王师拯救江南黎民于苦厄的义旗还举不举了？”

“这个嘛……说实话，军士们在城外杀人，在城里也是杀人，杀的又都是死活不降的人，也不能说他们在城里杀人就不对……”

“关键是，倘若楚州拖成了另一个寿春，咱们军士、民夫的死伤人数，怕是会比城里的唐人还多了！有工夫心疼吴人，倒不如心疼心疼咱们自家兄弟！”

“是啊，淮水眼看着涨起来，围城的王师士卒倘若后撤不及，难免又枉作水鬼。去岁的前车之鉴不远，官家，应当早做决断！”

“依我看，楚州就是个脓血包，咱们不管再疼，也得咬牙拿根大银针给挑破了。楚州一取，往后的战争局面便呈一边倒之势，王师所过之处必定披靡！”

“倘若能以一城代价，换来战局发生根本改变，还是颇为值得的……”

…………

武将的头脑还是相对简单的，在战场上，军事胜利是他们的最终追求，至于政治上的影响，很少会放入他们的优先考量中。此时的行宫里并没有文臣，没人出来发表一些文绉绉的、道貌岸然的言论，因此，这群武将的看法很快就达成了一致。

在皇帝头脑中激烈交战着的两个声音渐渐变成了一个声音。他戎马生涯二十余年，从低级小武官做起，曾经多年浸沦下僚，非常清楚剽掠对于军士具有怎样绝对的鼓动力。他之所以在高平之战后整顿禁军，不也正是因为对禁军的这一积弊深恶痛绝吗？可是，如今到了痛下决断的时候，楚州已成溃痈之势，阻断了王师这具战争肌体的正常血脉运行。事急从权，他必须做出取舍，剜肉疗毒。否则一念之仁，王师又要多死多少人？那可都是他自己的子民！何况，楚州城中军民便是不损耗于剽掠，不也同样损耗于战斗吗？早一天晚一天又有什么分别？……思来想去，没有别的办法了。以剽掠为激励，就是王师从速夺城的最后撒手锏。

皇帝扫视着自己的将领们：“这么说，你们都赞同赵晁的意思啰？”众人默默点头，几乎所有人的眼神中都透露出了凌厉的杀气。“好！”皇帝大声道，“今日收兵，你们回去整顿自己的队伍。

教军中煮顿大肉，给他们养足力气。明日，朕要亲自监鼓攻城。倘若能在两日内拿下楚州，城破之后，允许军中剽掠一日，以慰将士们的辛苦！”大周的重将们闻谕，轰然应喏，意气风发。

一时众人拜辞退出，李重进落在了最后。待众人都出了殿门，李重进止步回身，看向君贵。

“怎么？都帅还有事吗？”君贵奇道。

“呃……”李重进斟酌道，“官家，臣思忖再三，允许军中大掠这道命令，还是不要以官家名义发出的好。”

君贵眼神一闪。不必问为什么，他完全明白李重进这句话的意思。一个以义战号召天下的皇帝竟然教唆自己的大兵去剽掠所攻占的城池，这事传出去，会对皇帝的形象造成怎样糟糕的影响？！

“那你的意思是……？”君贵不动声色问道。

“官家，这件事就由臣来做吧。”李重进诚恳道，“臣来阵前宣令，许以剽掠一日为赏格；待城破之后，再由臣来勒令他们停止剽掠，收拾残局。这样可好？”

君贵定定地看着他：“三哥，你的心意我领了。可是，这个决定是我做出的，我理当自己承担后果。”

李重进摇摇头：“官家，那么可怕的话，不应当由您说出口；那么脏的事，不应当由您来动手。就将它全部交给臣，好吗？臣来承担这一切。”

君贵的心中一阵战栗。三哥为皇室做了不少难以对外宣示的事，昔年父亲处置王峻和王殷，都是假他之手进行的。三哥的肩膀上，扛了太多的怨望与毁谤。他叹息道：“三哥，不妨事的。我做不到仁慈，还做不到坦荡吗？今日我为了减少更多牺牲而痛下决心，千载之后，知我罪我，其唯《春秋》……”

重进的眼中光点闪动：“君贵！舅舅临终顾命，将你的安危托付给了我。你安则大周安，你好则大周好。我不能教你的千秋英主之名沾染上纵兵剽掠的污点！这个命令，绝不能由你发出！到我这里就行了，成不成？”

君贵心潮汹涌，握住了重进的手：“三哥，世人若真以我为英主，便不会因为这件事而看低了我的大志。世人若执意诋毁我的用心，我又怎么可能堵得上泱泱众人之口？是我说的就是我说的，我认！三哥，你也要认。”

行宫一侧，林远仍旧静静地躺在罗汉榻上，官家表兄弟二人的这番对话似乎传入了他的耳中。当李重进开门走出去之际，殿门带出的微风将他身上盖着的御袍掀动了一个角，这让他看起来仅仅像是睡着了。覆盖在他身上的御袍仍旧保持着起初的洁净，然而在他的身下，缓慢渗出而又逐渐凝固的残血，已经将榻上的锦缎褥子与他自己的战袍粘连在一起，早就难分难解了。

东京。晋国长公主府。

虽已到了元月下旬，毕竟还是乍暖还寒的。身怀六甲的鹭娘，正在厅室内缓步闲遛，两个使女轻轻跟在她的身后。自打半年前有了娠，她就被张永德和府中众仆从当作瓷娃娃般供了起来。如今她的脸蛋明显发胖，腹部更是鼓胀凸起，让她行动颇感辛苦。

鹭娘一面踱着，一面百无聊赖地做些细碎小事：嗅嗅瓶中的插枝梅花——这只雨过天青釉大素瓶是荣哥哥在她生辰时特意赐下的御窑珍品；看看墙上挂着的名画——其中一幅是后唐名家荆浩的《楚襄王遇神女图》，他们小两口非常喜欢这个题材；摸摸条案上陈设的青铜鼎彝——当然，只有像他们这样的人家才会以礼器为寻常摆设……

有使女捧着一个木托盘进来，木托盘上一只中号汤盏。使女走至鹭娘身后，笑道：“长公主，该进用滋补汤了。先用了汤，少时点检回来，正好一起用午食。”

鹭娘蹙眉道：“什么时辰了，点检怎的还不回来呢？”

先时那两个使女都笑道：“长公主真是越来越离不开点检了！点检今日去衙署本来就晚，才不过一个时辰，能办多少事？倘若遇到公事多些，可不就拖延了吗？”

鹭娘道：“他别是今日午时不回来了吧？”

“那倒是还没有遣人回来说。”

鹭娘叹口气：“汤先放着，他不回来，我也没胃口。如今这日子是越来越难熬了，身子这么沉，走去哪里都不方便，活活在府里憋闷死算了！”

使女笑道：“要不长公主进宫里瞧瞧去？也将近十天没去了。奴婢教他们备好车，歇了午之后出发，好不好？”

鹭娘摇头道：“官家不在，宫里又没了圣人和令主，我找谁说话去？先时我若没有身子，倒还能带着观音和训哥儿闹腾闹腾。”

使女道：“不是还有贵妃吗？贵妃也有了身子，长公主正好与她叙叙。”

鹭娘笑一下：“贵妃是个闷葫芦，不爱说话。我还不如找孙昭仪和章昭仪，只怕还能嘻嘻哈哈多说笑几句。”

使女道：“那咱们就找两位昭仪去，再顺便看看贵妃和贤妃，不是挺好消磨掉这半日的吗？长公主何苦自己闷在府里唉声叹气的呢？”

几人正说着话，外间一串脚步响，有婢仆奔过来报信：“长公主，点检回来了！”

未几，张永德大步走入室内。鹭娘慵懒地迎上几步，便站在原地嗔道：“今日你可回来晚了！”

张永德走过来，看看她气色无异，便笑道：“又冤枉人！今日我在殿前司衙署，可是屁股都没坐热，就又跑回来陪你了。”

“这可奇了！”鹭娘道，“难不成我倒拖累了你办公事？谁稀罕你回来了？我自己一个人吃饭，用不着你陪！”

“哎哟祖宗！我也没得罪你呀，今日怎的恁不讲理呢？”张永德知她妊娠期脾气坏，也不计较她的态度，仍旧赔笑道。一错眼看见了使女手中的汤盏，他忙接了过来，戏谑道，“该喝汤了是不是？来来，长公主请用了这盏汤，然后臣要禀报个事儿与长公主知晓。”

鹭娘找张永德的碴儿，不过是孩子气加“孕气”，见他如常服软，便也如常满意收锋。因在张永德手上将这汤喝了，接过使女递来的绢帕，一面抹口，一面问道：“什么事？说吧。”

张永德道：“我今日得到消息，楚州守将张彦卿将自己的儿子杀了。”

“啊?!”鹭娘惊讶道，“这……这是什么意思?”

“咳，这你还觉不出来？楚州气数快尽了！一个守将连父子骨肉亲情都不要了，这说明什么？只能说明连他儿子都反对他了！你想想，是不是这个道理?”

鹭娘拊掌道：“那好呀，荣哥哥不就心心念念拿下淮线吗？楚州一完蛋，淮线全下，唐主是不是就该投降了?”

张永德摇头道：“没那么简单。从淮线到大江线，还有广阔的土地与坚硬的州郡。王师必得摧枯拉朽，直压到大江线上，这事才算落定呢。”

鹭娘看着他的脸，心念一动，缓缓试探道：“若不是受我连累，你此刻就该在前线立功了吧？现在却只能眼巴巴看着李三哥他们报赏，你是不是很羡慕啊?”

张永德略微点头，又急忙摇头，赔笑道：“那……话也不是这么说的，你的肚子，自然比我的战功重要。何况，又是官家命我留京陪着你，我岂敢有怨言?”

鹭娘哼一声，嗔道：“你们男人就是好斗！依我说，你都已经是殿前都点检，当官都当到顶了，再升，还能升到哪里去？难不成还能升格做皇帝?”

张永德吓得脸色大变，忙用手去掩她的嘴：“我的小祖宗，求求您千万别害我！玩笑不是这么开的，您是长公主，也不能恁地张口就来呀！我……我顶多就是希求个恩秩，官升不了，品阶可以升啊，爵禄可以升啊。身份高，别的大臣便都尊重我，我就不用看他们眼色；家财厚，咱们就可以收藏更多字画古器，豢养更多名马鹰犬，蓄使更多婢仆随从，将府宅扩饰得更大更漂亮……正常的男子汉大丈夫，有这种愿望不为过吧？打天下是官家的志向，我就是跟着前冲而已，岂敢有任何别的念头？”

鹭娘见他鼻尖冒出汗珠，心知自己话说秃噜了，转而心疼起丈夫来，不由将手去拂那汗珠，安慰道：“好了好了，我不过随口胡说一句，瞧你吓得！”

张永德以手抚心道：“这种玩笑，求你以后再别开了。官家是什么人，我是什么人？倘若有只言片语传到官家耳中，我还如何自处？”

鹭娘揶揄道：“喊，荣哥哥又不疑你，你何必自己吓唬自己？”

张永德不说话了。官家是不疑他，官家也不疑李重进。自己先前告过李重进的黑状，官家肯定记在了心里。不然，为何官家要将赵匡胤升职与自己并为殿前都指挥使，搞得自己在心中惶恐忐忑了数月之后，才又将自己提升为都点检呢？那自然是官家的警告方式了。

楚州城下。

大周显德五年元月二十三，乙巳日。

这是一个清朗的晨间。旌旗如海，战鼓成行，周师数万大军在四城排开了规模宏大的阵势。无数临冲车、轒辒车、石砲车、弩床、弓箭手、马步兵森然而列，等待着进攻的命令下达。经过了大肉的犒劳、早睡早起养足了精神的将士们，按捺不住决战在即的兴奋，纷纷摩拳擦掌，跃跃欲试。

当然，最让他们兴奋的，是皇帝特降的谕旨：只要能在两日内攻下楚州，允许全军大掠一日！楚州是淮上的东南明珠，城里不知藏着什么好宝贝，打进去，那些就有可能都是他们的了！他们为这个想象所鼓舞，一扫连月攻城不克带来的疲乏，焕发出了这支精锐王师应有的虎虎威风。他们特别注意到了谕旨的前提：两日内。所以要快。速度！速度就是入城大掠的通行证！

皇帝亲临城北战场，登上了高高的司令台。台上，一溜十二面巨大的牛皮战鼓，鼓面满绘龙虎纹，鼓身漆成大红色，饰以两圈镏金大圆铜钉。又有二十四名号手，各持一只弯曲的牛角号，整齐排列于鼓阵之前。邓锦、康保裔、薛有光等近卫手持全副安保军械，警惕地卫跸于皇帝身侧。

皇帝遍视自己的大军阵列，走至台前，拔出惊风剑，向数万将士发出了总攻楚州的号令：“擂鼓，鸣号，摇旗，进攻！”

鼓角齐鸣，旌旗摇动，所有大周将士舍生忘死扑到了楚州城下。矢如飞蝗，烟火四起，呼喊声震耳欲聋。数十辆轒辒车和梯冲车被推到城墙下、城门边，在己方其他力量猛烈攻击的掩护下，藏在车中的周军士卒们开始向墙根儿下和墙壁的缝隙上挖洞，以便在洞中埋入火药、薪柴。楚州城墙上原本有一些小洞，是守卫者为了方便伸出铁叉将搭上墙的云梯掀翻而设计的。现下，这些小洞也被周兵们见缝插针地塞进了各种燃烧物。有些燃烧物立刻就被唐军推出了，还附送上凶狠的铁叉头，有些则穿过坚实厚重的城墙飞入这坚壁的内部，并在那里造成了各种规模不等的破坏。

周师的进攻凶悍无情，唐军的反抗绵密坚韧，双方死伤无数，尸骨堆积如山。城墙附近，血河纵横，地面变成了黏腻的黑红色，像是死神洞开的血盆大口。

从元月二十三日至二十四日，周师自昼至夜，自夜达旦，不眠不休，狂攻不已。二十四日午前，城墙终于扛不住猛火油与薪柴的焚烧和破坏，从内部塌陷了，城门也被撕开了巨大的缺口。

周军将士踩着倾颓的城墙，打开破损的城门冲上去、冲进去，开始了天子恩许的饕餮狂欢。

楚州防御使张彦卿和属将郑昭业率领残余的部从一千余人从城头退入城中，与周师展开了巷战。战至日暮，长短兵器全数用光，张彦卿仍旧抓起身边的绳床搏斗，最终力战而殁。郑昭业及剩余的部从也相继战死，千余人无一投降。

楚州城燃起了熊熊大火，千百处庐舍衙署全都被点燃了，被追杀、被烧着的人们惊恐奔逃，凄厉的哭号声上震天际。周师各级将士在城中街巷如同狂风包卷残云，暴虐呼啸而过。他们要为城外战死的同袍兄弟报仇，他们要为自己攫取最多的好处，他们早就憋坏了！

以前，寿州是在最后关头被皇帝威压投降的，不许他们剽掠；泗州是在瓮城被夺的情况下请降的，不许他们侵扰；濠州是在获援无望的情况下归顺的，不许他们恣纵。现在好了，皇帝将一整个楚州全都赏给了他们！虽然只有一天，但是，只要动作快，总是能够捞到足够的好处的！他们可不光是为了自己，他们也是在为死去的同袍兄弟杀人、放火、抢人、抢东西。他们理直气壮。

抢光来自贪婪的天性，烧光与杀光则是入侵者的一种黑暗本能。一旦将对方（无论是军队还是老弱病残的平民）设立为敌人，那么最大限度地消耗其生命力、战斗力就成为入侵者的第一目标。见人就杀是一种虚弱的自卫，放火是为了引发敌人惶恐、断其退路，而且，还带有一种斩草除根的决绝。

失控的战争之手将人蹂躏变形了，从肉体到精神，身处其中的人会变得连自己也不认识自己。手无寸铁的敌方平民性命对他们而言，如同蝼蚁，如同草芥，如同粪土。一日之间，楚州城中有上万军民就死在了这样的荼毒之下。

这日晌后，一个年轻人被捆缚献俘于楚州城外皇帝所踞的司令台。他是张彦卿的儿子张光佑。

一八四　魂兮归来

司令台上大纛张扬。皇帝坐在胡床上，睥睨着跪在自己眼皮底下的张光佑。这个二十来岁的年轻人蓬头垢面，眼含血丝，残盔破甲之下，原本由华丽的江南锦缎制成的战袍已经被撕成了条缕。

“你是张彦卿的儿子？”皇帝冷冷问道。

“是。”张光佑坦然答道。

“第几子？”

“次子。”

“你的父亲据说战死了？”

“是。”

“你别的兄弟呢？”

“也都战死了。”

皇帝在胡床上欠欠身：“朕再三劝你们投降，你们不降。如今你既然被朕抓住，还有什么话说？”

张光佑忽然激动起来：“陛下，臣不为自己求生！既然战败，陛下要杀要剐，臣没有任何怨言。可是，臣要为城中百姓求情！求陛下放过他们！陛下攻取了楚州，楚州城中的百姓就都是陛下的子民了，陛下难道忍心眼睁睁看着自己的子民陷于水火而不救吗？”

皇帝神情复杂，咬牙道：“楚州城中居民助贼顽拒王师，这难道不是他们咎由自取吗?”

张光佑热泪汩汩而下:“陛下,您到城中走一走、转一转吧,您看看这座昔年繁华的淮东明珠、邗北重镇眼下都变成什么模样了!陛下,那就是人间地狱啊!屋子都快烧光了,城里人都快死光了,剩下的没有多少活物了。陛下,您大慈大悲、大恩大德,就饶恕了剩下的那些人吧!先前民间都传说,您在中原是个爱民如子的好皇帝啊……倘若您连眼前的人民都不爱,您还怎么爱天下人呢?!”

皇帝的头皮发紧,面上赤热如同火烧火燎一般,胸口起伏不定。

片刻,他抑制住了自己的羞恼,向张光佑道:“朕知道了。……你说得好,朕不杀你,而且,朕还要赦免你先前的罪过。今后,你就到朕这里效力吧。——邓锦,替他将绳子解开!”他顾盼着,厉声喝道,“康保裔,拿着朕的御剑去向李都帅传谕,命全军立刻停止剽掠!但有违背者,无论军阶高低,格杀勿论!”

楚州城内。

天色向晚。燃烧接近尾声了,木结构的民居和官衙烧起来很快。万千丛小规模的火苗仍旧在小声毕毕剥剥地燃烧,以继续吞噬掉城中所剩的最后一点点物料。

皇帝在邓锦、康保裔等近卫的拱跸下,缓缓从污血横流、焦炭遍地、弥漫着刺鼻气味的街道走过。纵然久历腥风血雨,纵然早已见惯生死,眼前的景象还是让他不忍卒睹。从烧残的屋宇门店遗迹上看,这里果然曾经是个异乡人梦寐以求的繁盛世界,物华天宝,画彩仙灵。可是如今这里宛如阿鼻地狱的遗迹,宛如修罗战场的故墟,无数残躯横七竖八胡乱堆积,男女老幼,官兵百姓,有头无头,缺胳膊少腿,皮开肉绽处,脂血筋骨暴露无遗。还有一些烧焦的人形散落里巷,保持着最后挣扎的惊恐姿势。整座城市失去了颜色，不，准确地说，是失去了色彩，现在剩下的，只有灰与黑两种颜色，绝望而死寂。

这是被放出囚笼的夜叉恶魔荼毒后的末世景象。

远处近处，锣声密集，伴随着周师传令兵们拖长的宣告声——他们在传达收兵的命令。无数衣甲鲜明的周师军士不知从哪里钻出来，在灰黑色的街巷间乱窜，寻找自己队伍的集结点。他们个个眉飞色舞，衣衫鼓鼓，满载而归。他们中的大多数人甚至没有注意到皇帝已经来到了这个被他们劫掠一空的城中。

皇帝怔怔地看着这似曾相识的一切，双手微颤，心绪狂乱。

驰回行宫的途中下起了雨。这是淮南春季少见的大雨，似乎上天也为楚州所遭受的劫难而伤心落泪，似乎祂也再不忍心看下去，而要急着冲刷掉这些罪恶的痕迹。皇帝冒雨在马上疾驰，近卫们追上去，想替他披上外袍，被他拒绝了。邓锦大声呼喊，请他慢一些，避免战马在湿滑的地面失蹄造成危险，他也充耳不闻。

楚州城下的皇帝行宫，灯烛亮起，从远处看，光芒微弱到可以忽略不计。黄昏因为大雨而黑成一片。

君贵在行宫门口跳下马，脸上挂满雨水，头发和衣裳都已湿透。候在行宫外檐下的刘奉武等内侍急忙迎上去。见到官家被浇得这么狼狈，他们感到心惊，不满地看向邓锦等人。邓锦神情黯淡，默然不语。

君贵对众人的反应浑然不觉，只吩咐道：“去给朕热热地烫一壶花雕来。”说罢，他便将近卫们撇在外面，独自大步走入殿门。

一时刘奉武等捧了热水巾帕来伺候，又拿了干净衣裳来换。须臾，当地花雕酒烫好，御厨使赶着又送上几道新做的小菜。君贵并不动那些小菜，坐下来只管一杯接着一杯，将整壶花雕酒全数喝了，闷闷地不发一言。刘奉武不明所以，小心地窥伺着皇帝的脸色，不敢轻易嘘寒问暖。

喝罢酒，君贵站起身，感到一阵晕眩，脚步微微一个趔趄。他迈步往寝殿而去。刘奉武知道皇帝疲惫意欲歇息，忙跟过来服侍。君贵抬手止住他："不必进来，朕要一个人待着。"

寝殿的门打开又关上了。他心事重重地走进去。

转过藤架屏风，他看到君怜正在距离御榻不远处的香案前跪拜文殊，双手合十，闭目默默颂念。

他一点也不感到惊讶。发生了今日之事，君怜一定会有话要说的。

他走过去站在她身旁，默默看着她。君怜还穿着最后那天的那身衣裳，身架依然很消瘦，可是面庞丰润些了，烛光下还有了胭脂的颜色，这让她看上去楚楚动人，就像他们最初入主皇宫那段时间的模样。香案上的文殊玉雕像在柔和的烛光映照下发出淡淡光芒，给这间寝殿带来恰到好处的神一般的光明。

"君怜，日间的事，你都知道了？"他心虚地小声问道。

君怜睁开眼，回眸看着他，眼中满是悲哀："是，我知道了。"

"穷途末路之兵，刁蛮不化之徒，偏生要负隅顽抗，任凭我如何招抚，总是不从。我是没有办法，才下令这样做的！"他焦躁地解释道。

君怜站起身，并不看他，只缓缓摇头："连月围攻，破城在即，怎能说是别无他法？"

"他们将林远杀了！林远那么机警的一个人，战场上从来没有受过大伤，他们竟然一支弩箭就夺走了他的性命！"君贵转到她的正面，含泪道，"林远跟了我十几年，鞍前马后，情若兄弟！君怜，他是替我挡的这一箭，你说，我能不为他报仇吗？"

君怜回避着他的目光："林远是个宽厚的人，不会愿意看到你用这样的方式为他报仇的。"

"我……我只同意他们抢掠，我并没有教他们滥杀！君怜，看到城里的惨状，我也很难过。可是，王师是我的珍宝，再拖下去，我的珍宝就全都碎了！不下猛药，不足以起沉疴。君怜，我是不得已而为之，你能体谅吗？”

“没有什么不得已，你只是急怒攻心、急于求成而已。”君怜正色道，“人谁无父母儿女，谁无兄弟姐妹？你这样对待他们，与那些你以前所深恶痛绝的暴君、劣豪、悍将，还有什么分别呢？！”

“君怜，我是在实现咱们共同的志向！一城的失误，不必过于计较吧？”

“可你这样做并不是在实现志向，你是在背弃咱们当初的志向！如此蛮干，就算你以武力征服了一座城池，难道你就能征服城中人的心吗？难道今后所有不能被你征服的心，你都要统统一杀了之吗？”

“君怜，我岂有那个意思？你何必定要如此误解我？你听我说，牺牲一座城池，就是为了今后别的城池不再有这样无谓的牺牲……”君贵说着，急切地伸出手，想去抱住她的胳膊。可是君怜轻轻躲开了，脸上有着拒人千里之外的生硬。

君贵心痛如裂：“君怜，君怜，我那么想你，每日每夜，每时每刻，我都将你放在我的心里。你好不容易来了，为何竟对我如此冷淡？”

君怜终于正眼看向他，眼神中满是失望：“因为你不肯承认自己错了，更不知道自己错在何处！一个不懂得反躬自省的人，能走多远？又能成什么大事？”

君贵垂下头去，痛苦地揉着自己的太阳穴。

君怜冷笑一声：“我知道你心有不忍，可是你认为自己没错。你认为楚州城里被杀掉的那一万军民，是不得不向你的统一大业献上的牺牲！”

君贵急道：“君怜，我是为天下人统一天下的，并不是为我自己！如果需要，我也可以拿自己当作牺牲，供奉于社稷的祭坛之上！”

君怜的眼神变得遥远：“呵，你不肯认错，你总是对的……好，我走了，你好自为之。”说罢，她冷淡地拂袖转身，意欲离去。

“君怜！你别走！”君贵忙一把拉住她，恳切道，“我承认……是我错了！是我急怒攻心，急于求成，才会犯下如此大错！你说得对，这样做是饮鸩止渴，虽解了一时之急，却终将遗臭万世……”

君怜的眼神柔和下来，“肯认错就好。”她回转身，关切地看着他，声音变得充满温情，“哥哥，此事太过残酷，你的心里，想必承受了太多煎熬吧……”

君贵一把抱住她，伏在她肩上放声痛哭起来。这才是他的君怜！他的君怜明白他的心志，懂得他的脆弱，了解他心底最幽暗的秘密。他的君怜会用最善解人意的话语解开他的枷锁，抚慰他的灵魂……先前跟他说话的并不是君怜，那应该只是他自己。

君怜的手指缓缓抚摸他的脸，替他抹去泪水。他抬起头贪婪地注视着她，透过那层水雾直盯到她的眼眸深处去。他向她献上自己毫无保留的渴望。她温柔地回视着他，低声娓娓安抚道：“哥哥，我不在你的身边，所有的痛苦都由你一个人承受，难为你是怎么扛过来的……你要葆有元气，涵养珍重啊……”

她的手指抚上他的鬓发、他的眉眼，她眼眸中的深情如同海浪一般荡漾回旋，她手指间的眷恋如同羽毛一般轻柔缱绻。他轻轻闭上了眼睛。皮肤的触感、耳畔的语音、鼻中的气息……一切的一切将他团团包裹，一切的一切，栩栩如生。

她的声音轻轻在他耳边回荡：“……还记得我跟你说过的话吗？你所要去的方向没有错，你想走的道路，也没有错，可是，不要走得太快了……哥哥，你应当经常停下来，想一想，想清楚了再往下走……哥哥，我知道，你很孤独，可是，不要难过，也不要害怕。你要记着，我永远都是支持你的……还是那句话：谓有菩提心，终放大光明……”

君贵躺在御榻上，这美丽的幻境让他天旋地转，心神俱醉。他闭目感受着久违的知己之爱，呼吸着来自君怜灵魂的久违的芬芳，迟迟不敢睁开眼睛。

显德五年二月初六，戊午日，皇帝安排好楚州的善后事宜，銮驾出发南巡。整个周师水军取道新浚通的老鹳河顺利进入古邗沟，沿着古老的运河水路直奔扬州。

九日之后。扬州城南郊，古邗沟南端，大江北岸。

这是一个宜人的清晨，春光萌发。早起的城郊百姓走动起来。尽管之前唐主以焚荡的方式逼着城中居民几乎全数南迁，但生活在城外的他们，很多人并不相信周帝统治下的生活会变得多糟糕，便成功躲藏起来，避免了背井离乡的命运。此时，他们荷锄的荷锄，推车的推车，撑船的撑船，开始为一天的生计而奔波。但他们很少往城里去，因为，那里现在已经是一片灰黑色的废墟，不再能交换到生活所需的柴米油盐、布帛器具之属了。

古邗沟水平静如镜，几乎没有波澜，与滔滔大江形成鲜明的对比。然而真正水上人家的生活要到大江里才讨得到，那样宽广深厚、如同母亲怀抱一样的江水里，有着多少能养活人的鱼虾鳖蟹啊。数十艘小渔船轻巧地滑入江水，开始在风波中上下腾挪，舒展它们的木头筋骨。

薄薄的晨雾中，忽然远远起了一阵喧嚣。喧嚣来自古邗沟方向，越来越近，越来越大，迅速变成了持续的、有节奏的轰隆声，像是雷神的脚步追迫而来。岸上和渔船上的人们惊异地停下了手中的活计，定定望向声音传来的方向。

蓦然，在他们的眼前出现了无数艘巨大的崭新楼船，从小渔舟上看过去，就好像一大群从天而降的巨型神凫。最先出现的这批战舰，船身都被漆成鲜亮的火红色，如同巨凫绚丽的腹身；如果视力够好并且识字的话，他们还能辨识出船帮上巨大的“齐云·赤龙”四字和旁边的编号，那就好比巨凫脖颈上的花纹；船舷以上插满高大的五彩旌旗，如同巨凫华美丰厚的羽毛。

它们有数十艘，不，上百艘，不，数百艘！它们成群结队，牵连不断而来，如同天河中的神凫偶然收翅落脚于人间的水面，如同南方流火之国的海市蜃楼浮现于青浦之上，如同熊熊燃烧的炽焰从古邗沟一直蔓延到大江之中。在它们的簇拥之中，赫然出现了一艘最大最高的旗舰，它是神凫之王，是蜃景中的殿阙，是火焰的焰尖。众舰之中，只有它的舷帮上是没有文字与编号的。它的出现，让这一片齐云之舟有了存在的理由。

这个庞大的战舰群一面迅速流动，一面发出响遏行云的巨大喧嚣，如同巨灵神正在以老雷兽的腿骨为鼓槌，击打着由夔皮绷成的神鼓。喧嚣来自它们的甲板上和腹身中。那是上千面巨鼓和数千只号角一起发出的进击的轰鸣，那是数百艘战舰上举械摇旗的兵士们的呐喊，那是成千上万人协力划桨或踩动叶轮的水声。

素来风平浪静的大江，被它们的沸热之势搅成了一片烈焰与雷霆的汪洋大海。阳焱赫赫，光芒万丈，嚣声震耳，无处遁逃。

所有的唐人都惊呆了。那是在他们印象里从来不懂得水战的周师吗？

那是天神出行的仪仗啊！

是日，周师战舰抵达扬州，皇帝驻跸，武守琦等先遣战将至行在陛见。

此时的扬州城，除了没有满地的污血残躯之外，很像刚刚被摧毁的楚州城，处处是焦黑的断壁残垣，野物杂生。这是一座被江南所放弃和自毁的城池。皇帝见了这荒凉景象，心中颇受震动，立即诏发扬州管内丁夫万余人在故城东南方别筑新城。

当然，扬州也有一些东西保留了下来，比如城外的孝先寺。

皇帝亲幸该寺，见到后唐中书舍人殷悦所撰《孝先寺碑文》，不由再次赏叹一番江南文字。因询问扬州附近是否还有文学之士留下，有人引荐当时在民间诗名大盛的孟贯。孟贯见召，献诗一卷，开篇《赠栖隐洞谭先生》诗云："先生双鬓华，深谷卧云霞。不伐有巢树，多移无主花。石泉春酿酒，松火夜煎茶。因问山中事，如君有几家。"皇帝读罢，颇为不悦："朕吊民伐罪，何来'有巢''无主'之说？"但也并未深究，赐孟贯进士而不授官。

不日，皇帝又遣使祭奠故淮南节度使杨行密、故升府节度使徐温等人之墓。

随着王师攻取楚州，大军进驻扬州，周师在各线取得了越来越多的进展：天长军守将易赟以城归顺；司超擒获伪舒州刺史施仁望……这其中尤为特别的是隰州。隰州地当周汉边境，适逢其刺史孙议过世，在来不及上报的情况下，皇舅晋州节度使杨廷璋派遣自己的监军李谦溥代领隰州州事。又设计内外夹击，大败前来攻打隰州的河东军队，斩首千余级，缴获器甲数以万计。奏报抵达淮南行在，皇帝大喜："吾舅真能御寇！"旋即下诏褒赏。

二月二十一日，皇帝驾幸扬子渡以观大江。

登上高高的埠头南望，江水浩渺，对岸的金陵城隐藏在一川烟云中，看不清任何细节。

> 长江春水绿堪染，莲叶出水大如钱。江头橘树君自种，那不长系木兰船。[①]

他已经打到了李伯玉的鼻子底下，只要越过这条大江，他就可以与李伯玉面对面进行决战了。不过，决战并不是他想要达到的目的。他花费了那么长的时间，付出了那么大的代价撒下这张

① 唐·张籍《春别曲》。

覆盖全淮南的大网，如今，他就是亲自来收网盘点战果的。他并不贪心想要大网之外的东西。

三月初一，皇帝驾幸泰州。初六，从泰州返回扬州。初十，皇帝亲幸江口——当天，这里就被地方官吏改名为迎銮口了。

对于皇帝连日的军事行动，江对面的李氏君臣至今没有任何公开的回应，尽管皇帝可以想象，他们大概早已心惊胆战了——来自乘黄的谍报也证实了这一点。皇帝决定给他们加点料。

他派遣右武卫大将军李继勋率领黑龙船三十艘横过江面，登上江中岛屿观察敌情。这个举动把江南人吓坏了。李继勋在落节钺之后，大伤颜面，常自反躬自省，加上皇帝一再激励，因此勉力纠正自己的虚无颓靡，重新鼓荡奋发。观察已毕，李继勋便麾师进击江口滩，败唐军数百人，缴获战船两艘。

两日后，皇帝临江望见对岸出动了数十艘战船，立刻命令赵匡胤率战舰追击。唐船吓得很快退回了岸边水寨中。赵匡胤不依不饶地直追到南岸，一把火烧掉了他们的营栅才回来。

与此同时，皇帝听闻数百艘唐舰集结于长江入海口东沛洲，准备泛海遏制苏杭通路，便命殿前都虞候慕容延钊率步骑、右神武统军宋延渥率水军同时追击。两日后，周师在东沛洲大败唐军。东沛洲战役成了南岸唐军反抗的绝唱。

皇帝又派遣李重进率兵赶赴庐州支援，准备夺城。

重重威压之下，三月十五日，唐主派遣陈觉奉表陈情，并进贡罗縠绸绢三千匹、乳茶三千斤以及香药犀象等物犒军。

陈觉乘船渡江至皇帝行在，见江湾停泊的周师楼船战棹绵延不断，如同从天而降的赤红宫阙连城一般坚固高耸，愕然大骇，比当初渔民们的反应有过之而无不及。他脸色惨白，即刻向皇帝奏请遣人渡江回去，向唐主取降表来献，言辞甚为哀切。皇帝不免为之动容，便同意了陈觉所请。

同一日，荆南高保融向皇帝奏报，受命遣魏璘率本道舟师到达鄂州候命；紧跟着，两浙钱弘俶奏报，吴越战将劭可迁、路彦铢率战棹四百艘、水军一万七千人已经就位于通州南岸候命。荆南与吴越切入这两个战斗位置，正是为了实现皇帝对江南的“两肋插刀”策略，让唐主再也不能挣扎。

三月十八日，赵匡胤率周师水军在瓜步击破唐战船百余只。皇帝的思路很清楚：虽然唐使陈觉前来表达了诚意，但自己绝不会再让唐人心存幻想、两面三刀。胜利，只有持续不断的胜利，才会让他们明白：他们除了束手就范，根本没有丝毫讨价还价的余地。

同一日，李璟派遣使臣刘承遇从金陵过江，诣皇帝行在，正式奉国书请降。

金陵城中这两个月也发生了一些事。其中最重要的，就发生在这几日。

三月初，唐主李璟痛感年头晦气，便将本年初刚刚启用的年号中兴废除，改元交泰，大赦境内。与此同时，唐主终于接受了皇太弟景遂的辞位表，改立皇长子燕王李弘冀为太子，参治朝政。景遂改授天策上将军、江南西道兵马元帅、洪州大都督、太尉、尚书令，封为晋王，出镇藩阃，唐主以枢密副使李征古副之。

唐军最后的反抗，很大程度上就是在新太子弘冀的坚持下组织起来的。无奈兵败如山倒，便是刚硬如弘冀，也没有办法力挽狂澜了。

刘承遇来到周帝行在献表，替唐主表达了两个意思：第一，愿意献上庐、舒、蕲、黄四州，请求与大周划江为界。其时，周师已经自行攻取了淮南光、寿、濠、泗、楚、海、滁、扬、泰十州，唐主再献四州，淮南十四州就尽数归入后周囊中了。第二，引咎责躬，请求传位于长子弘冀，让他来附庸事奉于陛下。

第一条原本就是去岁皇帝自己提出的休战条件，同意也就罢了，倒是听到这第二条请求，皇帝的眉毛跳动了一下。唐主的心思他很明白，当了十几年江南皇帝，忽然之间要向一个比自己小五岁，而且继位刚满四年的年轻人称臣低头，一定倍感屈辱。所以索性自己退隐，改让儿子事奉中原，这样各方面的颜面就都说得过去了。

但是皇帝不可能答应他这个请求。皇帝在南唐的宗室关系上暗地里下了很大的功夫，唐主与儿子弘冀的矛盾，弘冀与叔父李景遂、李景达的矛盾，弘冀与朝中权臣的矛盾，都是他拿来做文章的上好抓手。倘若允许唐主退位，这些抓手不就都不存在了吗？而且，李弘冀是个心志不定的年轻人，脾性又是武夫路数，不如李伯玉懂得权衡政治利弊。即便此后两国休兵，自己想要做的很多事情，想要达成的很多目的，还是通过李伯玉来实现更为妥帖可靠。

总之，兴起了两年半的淮上战事终于达成战略目标，皇帝便一改过去的高傲冷淡，向李伯玉答以国书，开篇说道，“皇帝恭问江南国主……”算是给了李伯玉一个好脸。在答诏中，皇帝同意了李伯玉休战的请求，允许他奉周朝为正朔，保证订约之后尽罢周师及两浙、荆南、湖南之兵，“边陲顿静于烟尘，师旅便还于京阙”。同时，皇帝不同意唐主退位，夸他“血气方刚，春秋甚富，为一方之英主，得百姓之欢心”，又说如今南北才通，疆场甫定，自己正要与他好生“玉帛交驰”一番，岂能让他“高谢君临，轻辞世务”。唐主受诏，不再坚持。于是遣使往来，议论细节，进入交割流程。

至此，淮南终于平定，后周得州十四、县六十、户二十二万六千五百七十四。鄂州的汉阳、汉川两县在江北，也同时割献。此外，依约，南唐每年要向大周进贡土产数十万。唐主又乞求保留海陵的盐监，皇帝回答说，海陵在江北，倘若给了你，周、唐之民便要杂居，不方便治理，朕另外想法子替你解决此事吧。

一八五　皇朝长女

从三月十八日至四月四日，皇帝抓紧时间处理了一系列军政杂务：对于今年贡院的选士结果进行批复，八人放予及第，七人退黜修进，知贡举、右谏议大夫刘涛因选士不当，责授右赞善大夫；诏吴越、荆南之军回归本道，赐钱弘俶犒军帛三万匹，高保融一万匹；将庐州军额改为保信军，以右龙武统军赵匡赞为节度使；提拔殿前都虞候慕容延钊为淮南节度使兼殿前副指挥使；迁李继勋为左领军卫上将军；又遣宋延渥率领三千水军沿江巡警；又命原本被俘的唐盐城监使甲盾谔作为使臣，赍国书及御马十匹、配金银马具、散马四十匹、羊千口赏赐李伯玉，作为"玉帛交驰"的开端。

作为对周帝赏赐的回报，李伯玉先派遣其宰相冯延巳献来犒军的银、绢、钱、茶、米麦共百万，后来又派遣其临汝郡公徐辽进奉买宴钱二百万，并带来江南伶官五十人，向皇帝捧酒献寿。犒军，是对周师将士的感情贿赂；买宴，是对周帝的感情贿赂。唐主如此殷勤献诚，自然是希望周帝赶紧"六师返旆，万乘还京"，不要再"亲劳玉趾"久驻他们这"东南下国"了。

夏四月初四，乙卯日，皇帝车驾从扬州率部返还，暂留李重进、向训等分镇淮南各处要塞。四月二十一，壬申日，皇帝一行回到京师。东京留守王朴偕殿前军都点检张永德，率文武百官至城郊恭迎圣驾凯旋。

同日。东京大内。

禁中又是一派孟夏风光。依微香雨青氛氲，腻叶蟠花照曲门。

符贵妃已经有娠七月，行动蹒跚，却仍旧严妆盛服，携皇女瑽儿与皇子宗训乘车至明德门内亲候。其余王贤妃、孙昭仪、章昭仪也各携子乘车到来，恭立迎候。宫官自六尚以下，内侍自都知、押班以下，纷纷站列如仪。

俄而明德门开，皇帝仪仗入内。鼓乐齐鸣，旌旗飘飞。未几，君贵御戎服，骑御马，在一众近卫的簇拥下进入宫城。众人拜迎。君贵含笑跳下马，观音、宗训早欢叫起来："爹爹！爹爹！"观音又转过头对阿弟得意道："你看，我就说爹爹必定会骑着'入风犼'回来吧，怎么样？"

观音挣脱君爱的手，撒腿便往君贵处跑。跑了几步却又想到什么，便停下来，回身等待宗训撵上自己，然后携了他的手，摇摇摆摆走到父亲面前，老成自若地开口道："爹爹，您可算回来了！"

君贵远远见了儿女，早已笑逐颜开。此时更是蹲下来，张开双臂，柔声道："好孩子，想爹爹了没有？来，爹爹抱抱！"说着，他便如往常一样，一左一右同时抱住了两个孩子。许是因为数月以来孩儿们又长了分量，许是因为蹲踞这个姿势不易发力，他稍微费了些劲，才抱着他们站直了身子。

观音双手搂住父亲的脖子，拿头抵着他的脸依依亲昵一番。忽然留意到他的唇髭，便伸手去摸，诧异道："爹爹，你怎么也跟伯伯一样长胡子了？"

君贵笑道："爹爹原本就有呀。在外面忙得很，没时间好生修理，索性蓄了起来。你觉得好看吗？"

观音将脸退开一点，仔细打量着父亲的面容，老气横秋道："嗯……也不难看。"

君贵笑道："你们小时候脸嫩怕扎，爹爹就没蓄须。从今后，爹爹就将胡子留起来，怎么样？”

观音一本正经地征询宗训的意见：“阿弟，你说呢？”

宗训便也学着观音将眼睛退开细看一番，然后点头严肃道：“那好吧。”

君贵忍俊不禁，朗声道：“好，爹爹听你们的！走，爹爹抱着你们见四姨去。”

观音却在他怀里扭动起身子：“爹爹，放我下去。”

君贵奇道：“怎么呢？音儿素来不是最愿意教爹爹抱的吗？”

观音附着他的耳朵悄声道：“爹爹刚回来，必定很累，抱不动两个人。爹爹抱训哥儿一个就行了。”

君贵呆呆看着女儿，心下感动。见观音一双妙长眼睛正忽闪闪盯着自己，便勉强笑道：“好孩子，爹爹抱得动。”

观音摇头道：“爹爹很辛苦，少时再抱音儿。”

君贵便依言放下她，右手牵了她的手，左手抱了儿子，向候在一旁的妃嫔们走去。

君爱见状，缓缓上前两步，含笑微微致福。君贵忙止住她，问道：“贵妃身子日沉，这一向起居可还如常吗？”

君爱道：“多谢官家惦记着，臣妾一切都好。”遂从旁侧芦笛手中托盘上擎过一只青铜酒爵，笑道，“辛苦官家为国出征，宵衣旰食，亲冒矢石。今日携雷霆之势凯旋，举国上下，其乐何如！请官家先饮了这杯接风酒。”

君贵便松了观音的手，笑着接过来一饮而尽。

君爱关切道：“官家征途劳累，且先回宫歇息歇息。少时，臣妾等在宝慈殿为官家设宴洗尘。”

“好，有劳贵妃。”

“还有，长公主今日原本也是要来迎驾的，奈何近日胎气频发，御医说生产就在这几日了，是以不敢胡乱走动。”

“知道了。适才抱一在南郊迎我时，我已问知，便教他早早回府陪伴鹭娘去了。”

君贵又将视线看向他人。一时菁娘、远山、秋池等尽皆抱着孩儿上来致礼。君贵仍旧单手抱着宗训不放，观音紧紧跟在他身侧，就像监督他一般。

在君贵的一众子女当中，观音是最要强的。宗训禀性像君怜，比较温和；宗让、宗谨，因素日爹爹忙碌，关照得少，习惯了不去他跟前争宠；宗诲最小，菁娘想替他争，也不得其理、其法。故此，素日在君贵跟前最有分量的子女，原本就是观音姐弟。但饶是如此，观音以一个小孩子的直觉，仍旧要不断主动排除潜在的险情。君贵隐隐感到心痛，这原本不是观音应该考虑的事啊。

他又在众人手中看了皇子们，伸出余下的右手逐个逗弄一番。菁娘一再暗示，想让君贵抱抱宗诲。君贵恍若未觉，反将手搂住菁娘的肩膀重重一捏以示抚慰。菁娘十分不甘，却又无可奈何，好在有此殊荣，终究显得她与众不同，便也不再过多纠缠。

宝慈殿。

席分左右，玉馔毕陈。君贵依家内传统，携嫡子嫡女陪他同坐上位，以观音在左首，而以宗训在右首。除了后廷妃嫔及皇子皇女，侍卫军都帅李重进的夫人罗氏及子女、枢密使王朴夫妇以皇亲故，也在受邀与宴之列。许是为了安慰心腹元随们痛失同袍旧友林远的伤悲，皇帝又特命邓锦与季飞卫携各自家眷与宴，坐于筵席末端。

两面牛皮大鼓架在殿堂后端，旁设笛箫、筚篥、胡笳、拍板等诸部乐工之坐位站位，乐队前排更为太常少卿冯吉特设了一个琵琶独奏位。又有男女歌者各三十二人，身着统一的清淡锦衣，整齐肃立于乐工队伍之侧。又有身着五彩锦装的舞伎与甲士各三十二名，立于殿侧大柱下候场。其中甲士们手持以竹木等材质髹金漆银而制成的仿真兵器，看上去分外赳赳气昂。

全体就座，各妃嫔献酒祝寿，各臣属献酒祝寿。君贵宣布开宴，君爱正待命教坊使奏乐献演，观音却说话了：“等一下，我也要给爹爹祝酒！”

君贵稍一愣，随即笑道：“哦？音儿要祝酒？好，爹爹就等着音儿来献一觞。”

观音原本双脚悬空坐在圈椅中，身后侍立的廷献听了他们父女的对话，忙上前扶持，意欲替她挪开圈椅。观音却对他说道：“廷献，抱我站到椅子上。”观音个子矮小，倘若像众人一般站地祝酒，势必会淹没在席案之下，那就没人看得见她的面目、听得清她说话了，是以她有此一说。廷献听了她吩咐，觉得她甚是聪明，当下笑着应喏，扶她在椅子上站稳，又替她递过来一只犀杯。

观音在圈椅上跪下来，自己小心翼翼斟满了一杯酒。酒不可避免地洒出来一些，这让她感到不完美，心中难免遗憾。然后，她转向父亲，双手捧了犀杯，脆声道：“爹爹请喝酒。这一杯是音儿替阿孃献给爹爹的。爹爹为了我们大家出去打仗，阿孃在天上都知道。爹爹既然回来了，阿孃必定希望爹爹好生歇息，不要再那么劳累了。”

几句话说得君贵热泪盈眶，旁边众人也无不感伤，纷纷红了眼眶。君贵抹抹眼角，笑道：“好，爹爹替阿孃谢谢音儿的代劳。”说着接过犀杯，一饮而尽。

观音拿过犀杯又斟酒。这次她汲取了刚才的教训，没有斟得那么急、那么满，所以酒几乎没有洒出来。她捧杯脆声道：“这一杯是音儿和训哥儿，还有让哥儿、谨哥儿、海哥儿孝敬爹爹的，愿爹爹既寿且康，福运绵长！”君贵含笑接过来，再次一饮而尽。

观音倒了第三杯酒。这次她倒得非常完美，一滴不洒，而酒面几近杯口。她端肃道：“这一杯是音儿自己孝敬爹爹的。爹爹放心，音儿会好生看顾阿弟们，不教爹爹为家事操劳。”

君贵见爱女小小年纪三斟三献，言谈举止劲朗清锐，尽显皇朝长女风范，心中又是欣慰，又是伤感，又是万般疼惜。三遭饮罢，他放下犀杯，看着观音小小的脸，以及那张脸上似乎洞悉一切的清明双眸，第一次像对待一个成年人那样认真地回应她道：“音儿的话，爹爹都记住了。音儿放心——音儿不该有什么不放心的，对不对？爹爹自己会好好的，音儿和阿弟们也都要好好的，好吗？”观音心中似乎有什么东西释然了，频频点头。

君贵亲自将观音抱入椅中坐好，再次吩咐开宴。君爱便向教坊使示意。众人等待乐舞上演，满堂静默，一时，宝慈殿仿若无声的深井。

忽然鼓声骤起，铿锵激越大擂三通。俄而铙吹部诸乐器进入，喧腾热烈如同天子之师的皇皇仪仗。而后忽然众音皆哑，却有几声琵琶赫然迸出，大小弦交错并进，越来越密，越来越紧……太常寺少卿冯吉将自度的这部琵琶三叠演绎得酣畅淋漓，技惊四座，其裂帛碎玉之声萦绕藻井，久久回旋不去。而后，弹拨部诸乐器全数加入，满场金戈铁马之声，如同暴风骤雨下舍生忘死厮杀的沙场。

器乐演奏的同时，六十四名舞伎与甲士次第入场，分分合合，雌雄齐舞，交错展示柔美与刚劲。与之相应，六十四名歌姬与歌者组成的人声部平地拔起，场中众舞者随着歌声飞扬腾跃，盘旋迂回，如同瑶池仙姝降凡尘，如同百万天兵下殿阁，汪洋恣肆，酣畅淋漓。无论观者、演者，皆是胸臆尽抒。

高潮之后，乐声渐渐消歇，人声渐渐低沉，舞姿渐渐端凝，仿佛大战之后的平静，仿佛曾经的沙场中人在追忆，在回想，在反思。怅惘与痛悔、牵挂与怀念之情弥漫在整个宝慈殿中，久久不散。

须臾，舞者退场，歌者缄口，乐工停手。虚拟的沙场彻底偃旗息鼓。

良久，君贵带头拊掌，众人亦轰然随掌。他们的情绪随着这支乐舞曲几起几伏，如同在风暴大作的海洋中挣扎过一回，连同生死之关也一并穿越了。邓锦、季飞卫被勾起对许怀信、曹瀚、林远等旧友的怀念，更是热泪盈眶，随曲漫揾一把英雄之泪。他们趁隙偷偷看向官家，却见官家眼中虽闪着泪光，面上却坚持着笑意，愣是没让泪水掉落下来。

太常少卿冯吉与教坊使整顿衣衫，上来致礼谢幕。君贵温言嘉勉一番，又问君爱："贵妃所排此曲大妙，叫作什么名目啊？"

君爱温婉道："回官家的话，此曲唤作《烈焰旋师曲》。这并不是臣妾命他们排演的，这原本是……是圣人生前命他们创制的。"

君贵愕然："这是圣人生前所排？！"

"是。圣人决意迎贺官家凯旋，便命冯吉创制了此曲。此番臣妾不过复排而已。"

君贵默然片刻，看向冯吉："冯少卿，与朕说说当日情景。"

冯吉揖道："回官家，当时圣人意料官家不日将奏凯旋师，为表恭贺慰问之意，便细细吩咐了此曲主旨，命臣试度。臣度罢初稿试演之后，圣人指出诸多不足，臣遵教旨一一改正。待全曲完成，圣人试听后，亲定'烈焰旋师'之名，说是倘若官家知道，必定会欢喜……"

人不在，曲尚留。万千心事难成灰，化作今日绕殿雷。君贵忍住心头的滚滚热泪，颔首喃喃道："欢喜，欢喜，朕的确欢喜……欢喜无尽……"

这当儿王朴在座中起身，含笑揖道："官家，依臣看，圣人与冯少卿于此事上造诣甚高，能将一部燕乐做到如此水准，比起《秦王破阵曲》和《兰陵王入阵曲》来，也是丝毫不差的了。"

教坊使笑道："陛下，王枢密，其实最初圣人想做的是雅乐，臣回说如今雅乐统续失传，器具与乐工都不齐备，圣人才改命制燕乐的。”

君贵忽然想起来，年前的一个黄昏，有司在广德殿为次日的仪仗设立宫悬之乐并排演，他顺道观看，发现好些钟磬之类的乐器都只是摆设，白挂在那里也不敲击。他问乐工那些乐器是用来做什么的，乐工中竟没人答得上来。看来，君怜跟自己注意到了同一件事。他微微蹙起眉，向王朴道：“王枢密，这个情形，你清楚吗？”

王朴道：“官家，教坊使所言不差。臣曾经想要查阅庄宗时期的宫悬之乐，去了教坊司才发现，雅乐乐谱自唐后期便逐渐流散失传，便是如今太常礼院所上庙堂之曲，也多有以燕乐之法替代的呢。”

君贵沉吟道：“朕听闻，雅乐事关国之礼仪，事关熏风教化。有唐失序，两百年来礼乐废弛，天下人多不知仁义谦退，悍狠之风甚嚣尘上。朕若要致天下以太平，还需恢复宫庙雅乐以正视听，是不是这个道理？”

王朴、冯吉与教坊使皆揖道：“陛下说得极是！整顿世风，非从礼乐入手不可。”

君贵道：“朕想起来了，去岁有一次在广政殿谈经论史时，中书舍人窦俨曾经跟朕提过雅乐的事，后来朕忙于军务，竟然给忘在了一旁。此番被你们一提，朕倒要正经做起来。文伯，你既通音律，又曾查找雅乐乐谱，想必对此事是了解的，来日朕将会命窦俨他们重新参定雅乐，届时，你也监督监督，出出主意。”

王朴忙道：“臣遵旨。”

君贵又想起一事，转向君爱：“训哥儿如今也发了蒙了，来日广政殿再有论经时，教哥儿也去旁听。都是名家宿儒，哪怕他只听懂三言两语，也是能大长学问的。”

君爱点头：“好的。”

观音忙道：“爹爹，我也要听！”

君贵看看她，略一迟疑，却又笑道：“好，音儿也去听。皇子听得，皇女为何听不得？不管闺女还是儿子，学问长在自己肚子里，早晚必定会有用处！”

这日晚间，君贵宿于延福殿。因征途疲惫，躺下之后很快就睡着了。君爱原本想与他好好相叙一番，见他如此劳累，便命人替他盖好薄衾。自己则在芦笛等搀扶下缓缓上了榻，轻轻依偎到他身边。

返京次日，君贵去新建成的太庙祭拜，汇报战绩，又处理了一些政务。晚间便去了景福殿。

菁娘自是欣喜，与他一起逗弄了宗诲片刻，便命人将皇子抱走，自己独占了君贵撒娇。君贵倒也开怀，躺在榻上与她闲叙别后宫中琐事。菁娘东拉西扯，想到什么说什么，左不过是关乎自己小小的委屈和大大的思念。君贵就着她的话头揶揄她，看她一时嘟嘴不满，一时又恍觉上当，一脸孩子气的不忿，不由哈哈大笑。

一时又提及长公主鹭娘。菁娘不满鹭娘说过宗诲眼睛小，便在君贵面前告状。君贵随便听听，也不以为意。他想起鹭娘生产在即，问菁娘近期可曾见过她的面，菁娘说至少十日未见了。君贵便打算明日自己亲幸长公主府，去看望这个唯一的妹子。

两人直叙到亥初已过，方洗漱了，命侍从放下纱帘，熄灯准备安歇。最后一盏桌灯吹灭，殿中只剩壁上长明灯荧然。万氏与桐华等施礼告退，关上殿门。

忽听得外间一阵喧哗，两人尽皆感到奇怪。未几，万氏又匆匆跑回，在寝殿外低声道：“陛下，宫外有急事禀报！”

君贵从榻上坐起，大声道：“进来说！”

殿门开启，一个使女扑进来，在榻前不远处跪下，开口便哭：“陛下，陛下，驸马爷遣奴婢来禀报，长公主……长公主……”

君贵头皮发紧，厉声喝问道：“长公主怎么了？”

“长公主突然临产，孩儿却是逆生，如今诞了好几个时辰都没诞下来，血却快流干了……长公主怕是……怕是不行了……”

君贵脑中嗡地一响，腾地站起身，一迭声吩咐：“把朕的衣裳拿来，备马，传近卫，通报驸马，朕即刻出宫，去长公主府！”

晋国长公主府，府门大开。

早已宵禁了，闾巷间空无一人，连更夫的身影也不得见。数十名长公主府中仆从提着灯笼沿街把守、等待着。隐隐听到府内哀声一片。

君贵一行数十骑飞驰而来，马上灯笼的光点如同流星。君贵在府门口跳下马，不待众人迎接，匆匆迈步入内。早有仆从跑进去报信，未几，张永德自后苑连奔带跑出来，扑到君贵跟前一跪，放声大哭：“荣兄……荣兄……”

“鹭娘呢？鹭娘怎么样了？啊?!”君贵焦急地抓住他，大声问道。

张永德痛哭失声：“鹭娘没了！荣兄，鹭娘没了……日间还好好的，天一黑，就这么没了……没了啊……”

君贵呆若木鸡，脸上泪水滚滚而下。他曾经有过好几个妹子，母亲所生的前两个他没见过面，姑且不论，后来的鹂娘、鹭娘、雁儿，都曾与他亲密相处，十分尊敬和依赖他这个大哥。鹂娘和雁儿不幸早夭，鹭娘就是他最后一个妹子了。不仅自己，爹对这个仅存的女儿也是疼爱有加，凡事凡物，只要她开口，从来没有回绝过。爹临崩之前将她交托给自己，再三嘱自己好生看顾她。自己和君怜不敢怠慢，对她也始终十分宠爱。她出嫁早，身子一直不壮，好不容易调理得有了孕，好不容易熬过漫长艰辛的孕期，好不容易盼着生养这一日到来……没想到，天一黑，她就没了！

他泪眼蒙眬地俯视着自己这个悲痛欲绝的妹夫。抱一幞头歪斜，鬓发凌乱，神情迷狂，比得知父丧那日有过之而无不及。他的心被拧出苦血来，他不知道如何去安慰抱一，他自己根本就不敢再次面对亲人的离去。

“孩儿……孩儿呢……”片刻，他畏怯地问道。

张永德闻言，再次爆发出哭声，摇头大恸：“没能成活，荣兄，就差一口气！……他把鹭娘带走了，他自己也没活着！”

君贵不敢再问了。整个长公主府陷入浓重的暗夜中。

良久，邓锦含泪轻声提醒道：“陛下，驸马，夜间外头凉，还是进屋里说话吧？”鹭娘于邓锦是旧识，当年鹭娘在郭府内做小女儿时，他还替她扎过纸鸢呢。

晋国长公主的丧礼成了官家奏凯返京后的第一件皇家大事。

长公主府内外一片素白，释道两家法事不断，哀哭之声不绝于耳。朝中王公大臣及外命妇纷纷如礼前来致哀。君贵见张永德失魂落魄，难以自持，特遣王景通前来襄助料理丧事。

禁中也在思存殿挂起满殿素幡，又在清虚观设立祭堂。君贵及诸嫔妃以下全数改着素服，每日到两处尽礼。君爱受此丧事影响，心绪抑郁，胎情不稳，零星出了些血，倒把唐氏、芦笛、赤珠等吓个半死。好在廷献奉命从御书房过来时时宽解，君爱总算有惊无险挺过了这一关。

鹭娘丧礼刚过头七，北境镇定诸州禀报契丹兴兵来犯。

大内。御书房。

君贵素服倚坐于御案前，手里虽拿着一本书，却看不下去，只管闷闷发呆。御案上，已经处理完的奏表早被廷献拾掇整齐，分门别类放在一旁，少时便会统一交付外朝。

殿门开启，廷献入报张永德殿外求见。君贵忙命宣召，自己也站起身来。

张永德一身白衣入内欲拜，君贵拦阻道：“抱一，免礼。”见他面容憔悴，便拉了他同坐于罗汉榻上，叹道，“抱一，连日祭礼，你也得注意休息，别拖坏了身子。”

张永德默然不语。

君贵温言道：“你今日来，是有事找我，还是心里有话想跟我说？”

张永德道：“臣有一事，求官家成全。”

君贵观察着他的神情，平静道：“什么事，说吧。”

张永德咬牙道：“官家，听闻契丹入寇，臣请求官家派遣臣北上抗辽！”

“抱一！”君贵急道，“你这又是何苦？鹭娘没了，咱们心里都过不去！你该哭哭，该拜拜，该吃吃，该睡睡，好好尽了你的心才是正经！怎的又要去杀人来泄恨?！鹭娘尸骨未寒，你怎么忍心舍了她而去？”

张永德一直紧绷着的平静在瞬间不攻自破。他捶打着自己的胸口，泪如泉涌，号啕大哭：“荣兄，我这里好痛！我这里……痛得受不了啊，我受不了啊！你让我去吧！我不能每天在家里一遍遍回想她最后哭喊着让我救她的情形……她那么年轻，我却那么无能……我们结发十年了，一直那么恩爱，我们说好要生八个孩儿的……荣兄，我已经哭不动了，我的泪水快哭干了，可是，我还有血！……荣兄，这道坎我过不去，非得流血才成！不是流我的血，就是流敌人的血……荣兄，求求你，就当是可怜我，你放我去吧！……”

不知不觉间，君贵的泪水已无声挂满一脸。抱一地动山摇般的悲伤让他感同身受。生死无常，对于自己心爱之人的离去，除了流血流泪，他们又还能有什么法子呢？

翌日，天子诏下，命殿前军都点检、澶州节度使张永德率两万禁军步骑北上，备御契丹。

一八六　锦水汤汤[1]

显德五年五月初一，皇帝如例服衮冕，御崇元殿接受群臣朝贺，仗卫如式。

从这日起至本月底，一系列的政令相继发布。

首先是对从征淮南禁军将士的奖赏和优抚，按等赏功，追赠阵亡，量才录用其子孙，救济伤残，等等；然后，对淮南诸州及支持了战争的境内徐、宿诸州，免除去岁所欠的租税。

接下来是一系列的人事调动：端明殿学士窦仪判河南府兼知西京留守事；原襄州节度使安审琦移镇青州；原许州节度使韩通移镇宋州，依前兼侍卫马步都虞候不变；原宋州节度使向训移镇襄州　　十数日后，皇帝又给襄州节度使向训派了个差遣，兼任西南面水陆发运招讨使，但这道命令被淹没在了当时的一系列任命中，谁也没有去仔细体会它背后的意思；原滑州节度使赵匡胤移镇许州，依前殿前都指挥使不变；以左武卫上将军武行德为鄜州节度使；以右神武统军宋延渥为滑州节度使；以原同州留后王晖为相州留后……

以上除了安审琦、王晖和韩通，其他人都是对从征淮南之功的奖赏。窦仪以文臣从征，为国政擘画良多，是以先前加端明殿

---

① 汤汤：大水急流状。《诗经·沔水》："沔彼流水，其流汤汤。鴥彼飞隼，载飞载扬。"

大学士，如今又兼知西京；向训镇襄州，接替安审琦的位子，肯定了他作为国朝勋旧重臣的独特分量；韩通承担保卫京师重任，又修筑罗城、疏通水道，十分辛苦，因此升格接替向训节度宋州；赵匡胤和宋延渥在此番水战中均表现上佳，故此赵匡胤接替韩通节度许州，宋延渥接替赵匡胤节度滑州；武行德先前在定远为唐援军击败，被褫落徐州节度使之位，今因战功复为藩帅，算是一雪前耻。

至于李重进和张永德，他们在禁军两军中的职位都已升无可升，而且在之前都因征淮之功得到过晋升——李重进从宋州移到了地位更高的郓州，而张永德则从滑州移到了国朝的龙兴之地澶州，故而此番没有改动。

是月，唐主上表履行奉周为正朔的仪程：正式去帝号，改称江南国主；凡旧时的天子仪制，一律降等；李璟之名改为李景，以避周信祖郭璟之讳；去交泰年号，改用周显德年号——但在其本国内部，还有很多人仍旧使用原来的年号，只是在官方文书中改用了正朔。李景因为在自己手中丢失了大片国土感到无颜面对祖先，遣官告于太庙，君臣心情沉重。

似乎为了衬托南唐君臣们这种悲凉的心境，是日，金陵大雾，通宵不散。

皇帝接到江南奏表，为了安抚李景的失落，特地以先时的江南降官冯延鲁为江南国信使，以钟谟为副使去金陵赐国书，赐李景御衣、玉带、锦绮罗縠共十万匹、金器千两、银器万两、御马五匹、金玉鞍辔若干、散马百匹、羊三百口。又赐江南世子李弘冀器币鞍马等物。从价值上衡量，这几乎是将以前李景送来的犒军之物又都还了回去。皇帝想让李景明白，自己兴战是为了社稷大计、百姓福祉，绝不是为了贪图他们江南那点花花资财。

此外，作为对江南奉行显德年号的奖赏，皇帝别赐李景一轴根据其时最先进的《显德钦天历》制定的当年历日，以帮助江南民间更好地利用天时，指导耕作和生活。

但以上这些都不算什么。最为重要的，皇帝体恤江左诸郡虽然富饶却没有盐卤之地，特谕三司每年向江南支拨食盐三十万石以赡军。李景在议和之初的请求终于得到圆满解决。

月中，王朴、韩通等上表，奏告东京罗城修筑完毕。

皇帝大喜，加意褒赏王朴、韩通等人，并亲自为罗城诸门命名：以东二门为寅宾、延春，南三门为朱明、景风、畏景，西二门为迎秋、肃政，北三门为元德、长景、爱景。又御笔亲题诸名，发付有司制作。

新筑就的东京城初步实现了皇帝对一座万国骏奔、四方繁会的梦幻帝都的设想：城内主街宽阔笔直，小巷四通八达；街道两旁人户各自种树掘井、修盖凉棚以利生活；诸司公廨衙署、军营、仓场、民宅、邸店等分布合理；允许临街开设商肆，与民居相杂，破除了唐代以来的坊市分离制度。

在邻近罗城的城外，按照皇帝的设想，还修建了几座大型的园林。城西原本已有大池，主要用于操练水军。目下水军既成，大池一方面保留着继续操练的功能，一方面也广植垂柳芳草，增修台榭，以添其景致。此外，在景风门外新建了玉津园，在东门外新建了迎春苑，以供检阅、赐宴、游兴之用。两园风光殊绝，万千旖旎，任谁见了，都会忍不住感叹其瑶池仙境般的风貌。

东京城成为当时世上最为坚固的城池之一。罗城的城墙取虎牢关之土为基壤，砌以砖石，砖缝以糯米汁加石灰和桐油调制而成的夹浆粘结。整座城墙坚密如铁，即便三百年后遭受到一支叫作蒙古的草原部族的猛烈砲击，也不过凹下一些而已。瓮城屈曲从侧面开门。城墙上每百步设马面战棚。城壕坚实，壕壁植有盘根错节的宿草，以便耐受崩塌。壕底挖暗井、设重渊，放置鹿寨，水深泥陷，彻底打消了假想敌们一切排水、涉水而过的妄想。

这将是一座能够包容天下一切至善至美之物，又能够抵挡住一切阴暗觊觎之意的城池。

对于东京新城的建设，王朴规划与监督，韩通具体实施，两人功不可没。两个人都是雷厉风行的暴脾气，尤其王朴，推行政策十分坚决，最恨人拖泥带水。于是，城还没修好，就有人将状告到了御前。

去岁冬季展拆狭隘的街巷之际，有一名乡校拖拖拉拉，十分懈怠。王朴知道后很生气，亲持马鞭在他背上抽打了数十下。那人挨了打，愤懑不平，私下里发泄道："我刚刚宣补了乡虞候，他怎么能够这样随随便便处置我?!"没想到这话又被人报到王朴耳中，王朴大怒，命左右将他抓到马前，一顿鞭子抽死了。

皇帝征淮奏凯归来，御史台那边便将此事上闻。不管怎么样，王朴一个堂堂枢密使，不经审讯宣判就当街打死人，总归有点说不过去吧？没想到皇帝听了此事，瞥他们一眼，哈哈一笑："这真是个大愚人！在王朴面前还敢夸耀自己是宣补的乡虞候，岂不是找死吗?!"御史台体会到皇帝对王朴坚决支持的态度，加之王朴以公事处罚公人，可能有轻重拿捏之误，却没有假公济私之弊，也只得无奈作罢。

在城池修缮之外，皇帝又修整了京师的水系。皇帝要将京师真正变成舟楫云集、资财繁会的富庶之都，必须要开拓四通八达的水路，让汴河水系的漕运得到充分发展。继显德二年、四年疏通汴水入五丈河、济水之后，今年三月又继续疏浚汴渠。负责疏浚汴口的周景上表说，汴河淤积已基本清除，不日便会有万国舟楫汇集于此，应当允许京师居民沿河栽榆种柳，建楼起榭，以壮都会风貌。皇帝欣然应允。

御书房。

廷献将紫檀屏风上悬挂了数年的羊皮淮南地图取了下来。他小心地卷好，收入长长的竹制封筒中，然后问道："陛下，这图要不要交与弘文馆收藏？"

君贵摇头："不必了，就放在御书房吧，说不定什么时候，朕就还想再看一眼呢。"

廷献应喏，端正将竹筒放到书架上层。皇帝刚刚与江南划江而盟，舍不得放下那片看了千万眼的土地，其心情是可想而知的。

而后廷献与奉武搭手，将一张全新的京师城郭地图替补到紫檀屏风上。该地图以墨线勾画，清晰简明，其气势之磅礴一点不输淮南地图。君贵站到地图前看了半日，视线停留在了地图的某个点上。廷献顺着他的视线看去，自己也呆了。

君贵移走视线，转头看向廷献，笑了一下："新城修筑得甚是得法，廷献，你想不想随朕出宫去亲眼看看？"

廷献一愣，赔笑道："陛下说去哪儿，臣就跟着去哪儿。臣没有什么想不想的。"

君贵叹口气："你不愿说，那就罢了。你去叫邓锦来。奉武，替朕换衣裳。"

一时君贵换了简单的燕服，邓锦告入。君贵对邓锦道："今日朕要微服出行，仪仗一概不用。你们也别张扬，就带五十个人，不要穿禁军服饰，悄悄护卫住了就是。"邓锦忙应喏。

廷献迟疑道："陛下，还是多加些人手吧？这么点护卫，臣不放心。"

君贵笑道："你有什么不放心的？街市上难道还有大虫来吃了朕不成？"

廷献想了想，坚决道："……可是，臣就是不放心。"

君贵还待笑话他，忽然发现他眼里的意思十分严肃，隐隐倒有几分君怜当日规劝、管束自己时的神情，心下不由一阵难过，便让步道："好好，听你的，那就加点人。邓锦，你去教薛有光再带五十人来。"他转向廷献，"这总行了吧？"

廷献垂目道："陛下说行就行。"

未几，车马均备，邓锦、康保裔、薛有光等上百近卫也全数整装待发。君贵踹镫上马，一骑绝尘，径往明德门而去。

东京城中。

街市上熙熙攘攘，人流如织。君贵骑在"云间豹"上，从宽阔的御街轻蹄飒踏而过，依稀回想起了自己当年节度澶州时的情形。当年，将小小的澶州城整治一新之后，他也曾经这样意气风发、踌躇满志地从新拓的主道上走过。那时候，那条主道的名字刚刚被他改成了迎福大街，以纪念他在那座新城中迎娶了符卫王的长女君怜，以感激自己从如死的深渊中重新获得了生命源泉。

东京城中真是大变样了。北阙三春晚，南荣九夏初。黄莺弄渐变，翠林花落余。从淮南返回那天他没来得及细看，后来偶尔出宫，心里也总是有事，腾不出精神来从细打量。今日处处留心，他才发现，帝都已经变成了多么美丽的一座新城啊。平民的简朴居所与富贾的华丽院落各自掩映在花树与凉棚之下，红柱绿檐交错分布，彩楼上百千酒旗迎风招展。百姓们脸上焕发着希望的光芒，路边檐下，三五成群，笑语交织，又间有争论，推搡嬉闹，热闹不已。更多市民穿梭往来于途，为了一日、一月、一岁与一生的生计而心甘情愿地忙碌奔波。

他的队伍经过勾栏瓦肆，那里有人正在为围观的市民演唱着一套慷慨激昂的大曲——如果仔细听的话，那套曲子的内容是"圣主三下江南记"。

过了大相国寺和州桥，一行人转而沿着汴河巡视。河边已是早荷向心卷，长杨就影舒。河中小舟与大船联袂翩跹，比起淮水上齐云战舰从天而降的震霆烈焰之势，别是一番美丽恬淡的人间画卷。

君贵信马由缰，沿着河岸缓辔而行，未几，来到城内汴河中腰一带。君臣正放眼向两侧欣赏帝都仲夏风光，忽然注意到前方一片嘈杂。定睛看去，原来前方有一个土木工地，巨柱乍立，桁架初起，一座楼台的轮廓已经小具规模。凿石的叮当声，锯木头的吱嘎声，斧子砍斫的砰砰声，工人干活时的吆喝声等，就是从那里传来的。

君贵大感兴趣，转向身侧的廷献道："看样子，这是要起一座高楼？"

廷献笑道："是，看那些柱子如此粗大，数量又多，定然如此。"

君贵拿鞭一指："走，咱们过去看看。"

来到工地左近，大部分近卫跳下马，散开警戒。工地上正自忙碌的众人见忽然呼啦啦来了一大帮青壮男子，人人看上去都是官身，又都很不好惹的模样，尽皆愕然停下了手中活计。其中有个年长的工头急忙趋上前来，向打头的邓锦礼道："这位大官人，敢问有何贵干哪？"

邓锦回看皇帝一眼，见他不置可否，便答道："我们没什么事，不过路过，白问问。这是谁家起的楼呀？"

工头道："回大官人，这是右龙武卫周统军周景家起的楼。官家下诏，要在汴河两岸多植榆柳、多起楼台来增添咱们京师的壮美气象。周统军立刻就应诏，赶着教小人们画图起楼了。"

君贵闻言笑道："这个周景，倒是乖觉，动作好快！……不错不错，如此美景，怎能没有高榭轩楼相衬？将来城中人到河边游玩，玩累了，总得有个敞亮地方坐下来吃吃喝喝，听听小曲吧。便是往来船家，也需要上岸歇脚打尖，是不是啊？"他转向刘奉武，"回宫去传朕的旨，取二十罐内府'麻姑酿'来，赐给这些辛苦劳作的工人！"刘奉武忙应喏而去。

那工头及手下这才知道眼前来的竟是当今天子，喜得忙跪下颂词，磕头谢恩不已。君贵笑道：“不必谢朕，记着教周景多植些榆柳。你们呢，好生将这里建造得周到、漂亮些，教开封府的男女老幼来此有个玩耍处，他们还谢你们呢。”

工头忙道：“陛下放心，周景一口气要起十二座巨楼呢，到时候，多少吃喝耍子的人，流水一般来来往往的，管保都容下了。”

离了工地，一行人继续向南。廷献原本骑马扈随在君贵身后，君贵招手让他上来，转过脸看着他道：“这周景倒是个人才，思虑周全，对朕也甚是忠心，是不是啊？”

廷献笑了一下，欲言又止。君贵一挑眉毛：“你又有什么话？有话就说，别吞吞吐吐的。”

廷献忙笑道：“臣没什么别的话，臣子对主上忠心，那还不是应该的吗？”

君贵微微一笑：“你是不是想说，他起这些楼，并不是为了表明忠心，而是为了谋利？”

廷献垂目一笑，笑容里的意思却很明显。

君贵道：“呵，朕早年曾经出没江湖替人贩运茶货，在河湖通要处建造的邸店酒楼能获大利，朕岂不知？”

“那……那陛下怎么还由着他……”

“他有眼光啊。这件事，原本就是他想在了前头。京城的水道还要进一步疏通，待一切妥当，四方舟楫必定尽汇于此，届时他能以楼获利，也不必说了。可目下河岸空空如也，有钱的，谁也没胆识往这上头下功夫。朕下了旨，周景立马就干，抢在别人前面获利，也属合情合理。朕就是要拿他做示范，教底下人知道，朕吩咐的事，谁快干、大干、好好干，谁就能有好的回报。”

“可是……他一气儿就要起十二座楼，是不是太贪心了些？”

君贵笑了起来：“汴水这么长，一个周景能占多少地方？谁有眼光、有魄力，谁可以接着修造啊，朕可没拦着他们。”

廷献道：“既如此，陛下何不命内府也在河岸划地建楼呢？但有收益进项，尽数归于内府，也可贴补内廷用度。臣听闻，自古以来，便是天子也该有自己的一亩三分私地呢。”

君贵断然摇头道：“话不是这么说的。朕富有天下，岂能与民争利？就将这些进项放出去，谁能成功，谁能获利，看他们各自造化吧。”

廷献默然片刻，点头道：“陛下说得极是，臣狭隘妄言了。”

未几，一行人来到朱雀门下。君贵跳下马，将缰绳交给近卫。众人纷纷跟着下了马，邓锦等早去肃清了登城楼的道路。君贵向廷献道：“朕要登楼看看，你也来。”

站在朱雀楼头向下望，拓展后宽阔整洁的御街仿佛从内城里长出来，穿过朱雀门一直延伸到远处的景风门脚下——再过若干年，景风门将会改为一个更为后世所熟知的名字：南薰门。其实这两个名字是同一个意思，从南面吹来的风，带着阳光与香气，带着美好的活力，所以称为薰风、景风。

在朱雀门与景风门之间，上次登临时所见到的那种巨大工地的景象消失了，街市整饬一新，熙熙攘攘，流光溢彩，说不尽的繁华兴盛。多少年间的峥嵘往事一下子涌向心头，如梦如幻，如诉如歌。

可是，光景宛然在，斯人何处寻？

君臣二人在城头默立，惆怅不已。

良久，君贵向廷献道：“你放心，朕还会命人继续寻找令主下落的。”

廷献恍惚答道：“陛下惦记令主安危，圣人天上有知，必定会欢喜的。”

芒种之后连着几个阴天，螳螂初生，伯劳始鸣。君贵因京师风光正好，阴天又正适宜出游，便准备带众人去郊猎透气。

观音、宗训闻知，自然欢喜异常，菁娘、远山、秋池等也雀跃不已。远山、秋池之子实龄都已过两岁，菁娘之子也足一岁零八月，正是活泼好动之时，却很少有机会见识宫城外的世界。当阿孃的好不容易逮着机会能带孩儿出去郊野撒欢，岂有不雀跃之理？众人纷纷撺掇着君贵尽快实行。

只是君爱方面有些困难。下个月底她就该生产了，腰腹鼓胀，御医自然不愿她出门冒风险。君贵与她相商，问她要不要留守宫中，君爱忙道："臣妾跟着官家去！一个人闷在宫里，也怪没趣的。"

君贵笑道："行，出去透透气也好。你乘不得马，我让车驾走慢些，到了南庄，就教他们陪着你走动走动罢了。"

南郊猎场。雨过天青，晴空如洗，夏花满野。

没有了厚厚云层的遮挡，天地间充满了仲夏暑气，显得很热。官家身着狩猎服素朴轻软，妃嫔及子女夏衣纤薄，宫人内侍、从臣近卫也尽皆取便简装出行。皇属中，李重进仍旧在淮南善后，只罗氏携子女跟随出游；鹭娘已故，张永德又远在北线御辽。近卫中，林远战殁，邓锦身边换上了康保裔、薛有光等人。没有了往昔这些左膀右臂、股肱心腹的陪伴，君贵颇有几分落寞。好在赵匡胤、袁彦、慕容延钊等频繁腾马于御前，放鹰走狗，又刻意命军士们大呼小叫、东奔西走，总算将气氛烘托得热闹起来。

君贵在郊猎中的惯常节目之一，是要亲自抱着观音（有时候也加上宗训）跑一圈马，这个节目是观音为自己争取来的。谁都知道官家惹不起皇长女，故此，看着官家在她面前束手无策，众人都只觉得好笑。

今日开箭已毕，君贵对廷献吩咐道："将观音抱到朕这里来吧。——音儿，爹爹带你跑马去。"

廷献原本就和承璋分别抱了观音和宗训观礼，听闻此言，忙走上前。

不想观音却答道："我让阿弟先去。爹爹，你先抱了训哥儿跑马，回来再抱音儿。然后……然后再抱别人。"

君贵见观音语意笃定，指挥自若，不由笑道：“好。音儿如今长大了，安排得甚是妥当，爹爹很欣慰。以后爹爹都会记着音儿的话，先抱训哥儿，再抱音儿，然后再论其他阿弟的——训哥儿，来。”

观音满意地转头对承璋抱着的宗训说道：“阿弟，你去吧，可千万抓好了缰绳。”

一时君贵先后带了宗训和观音跑马归来。君贵原想将他们交给君爱，观音听闻那边已经围住了两只獐子，又强烈要求跟着去看打猎。君贵想了想，两个孩子的年龄似乎已经到了开此眼界的时候，便自己抱了观音，命廷献抱了宗训，率队又往那边驰去。

这里众娘子看他们父女父子三人闹腾个不停，知道一时半会儿官家也不会招呼自己，早各自寻机耍子去了。远山与秋池有说有笑，相伴着带了孩儿去一处平整好的草坪上胡乱蹴鞠。菁娘怕晒，带了孩儿去一处高坡上的驭风亭中避暑。

就只有君爱走不动，一个人在原地呆呆看着官家与孩儿们去远，看着其他娘子走散。呆望片刻，承璋过来问她要不要入营帐歇息。君爱便由承璋扶着，缓缓进去。

备受冷落的滋味冰凉地浸没了她。许是因为接近产期，她变得敏感而脆弱，难以抑制自己内心莫名的焦躁。《烈焰旋师曲》曾一度让她靠近了他的心，但他之所以对此曲那么感兴趣，却只因为那是大姊所命创制的而已。她那么拼命地去爱他，努力向他走了一步又一步，她曾经希望自己能够替代大姊安慰他，现在看来，这个念头太可笑了。在他的心目中，大姊是不可替代的，她连大姊的影子都不是。她只是一个无足轻重的存在，如果不是因为她姓符，她在这个宫里连存在的必要都没有。

她恹恹躺在行军榻上，一行泪水横过眼角滑入鬓间。行帐中的光阴被这串泪珠悠悠地拉长了。

外间一阵喧哗，蹄响，马嘶，小儿欢笑声传入帐内，想是君贵打完猎带着孩儿们归来了。君爱忙抹抹眼角，挣扎着向承璋示意，承璋忙过来扶她坐起。帐门口一阵光影变化，宗训最先跑了进来，后面跟着的是观音、廷献和君贵等人。

“四姨，四姨!”宗训跑到她榻前，双手举起一把新采的野花，“给你!”

蓝色的小野花带着雨后新泥的气息，满满一大捧，似乎要将宗训的小手撑胀开。君爱接过来，勉力笑道：“是哥儿替四姨采的吗？多谢哥儿!”

宗训摇头道：“不是我，四姨，是爹爹给你采的。”

君爱惊讶地看向君贵。君贵笑着摸摸宗训的头：“不是跟你们说了吗，从今日起，不要叫四姨了，叫小孃。”

宗训与观音听了，便欣然大声叫道：“小孃！小孃!”

君贵转向君爱，温言道：“远处有一片蓝花好看得很，可惜你不能跑马过去看，是以我采了带给你。”

君爱定定看向君贵的眼睛深处。在那里面，她看到了一种前所未见的珍惜之情。长久以来的努力终于得到了他的承认和尊重，她的泪水倏尔滑下。

六月底，君爱诞下一名皇女，君贵为她起小名为阿姣，趁禘庙之机禀报皇室祖先知晓。

宰臣再次上表请求为四位皇子封王，为两位皇女封公主，君贵再次委婉回绝。

大约是为小皇女平安成长祈福计，君贵命内府拿出特制袍服六百余件，钱四十万，绮罗百疋，分赐给京师几大寺观，并命他们增修殿堂楼阁；又将先前俘获的江南兵士四千七百人放归本国。此外，他还命御厨房将自己常膳用料减半，而余人依前不变。这一举动被许多宫人解读为官家在不违背俭素家风的前提下，将自己所占费的膳料额度转移给了贵妃母女，是关爱之情的一种特殊表达。

一八七　率土之滨

与阿姣的诞生之喜相伴，兵部尚书张昭等人奏报《太祖实录》三十卷写成，恭呈御览。君贵特诏赏赐张昭等人器帛有差，嘉勉之意甚厚。

拿到《太祖实录》，君贵通宵达旦捧读。父亲往昔的戎马岁月在他眼前如走马灯一般掠过，这其中有他熟悉的，更有连他也不知道的，金戈铁马的壮阔篇章，让他心中波澜频涌。

不知不觉间，他继位为君已经进入第五个年头了。父亲当年对他的殷殷提携之情，谆谆教诲之景，还如在耳畔，宛在眼前。早年军旅生涯中父亲对自己的随时指点，出镇澶州后几次返阙与父亲的对谈，回归中枢后父亲对他执政开封府的指导，监国时期父亲就军政大事对他的耳提面命，弥留之际父亲对他的深切期望和再三嘱咐……父亲将他拉扯长大，又一路扶持他至于御宇。父亲筚路蓝缕，自己克绍箕裘，一直在努力进取。这五年间，他步履如飞，很少让自己闲暇下来，更难得放松身心，去获取所谓一个帝王应有的享受。一切世人眼中的锦衣玉食、珍宝器玩，都无法羁绊他的脚步，无法让他的雄心感到满足。天子当以天下为珍宝，这是父亲最要紧的教导，他扪心自问，他的确将此言铭刻于心，无日敢忘。

自从在楚州行宫那么真切地见到过君怜之后，他的心中更加感到一种难言的煎迫。父亲的遗志，君怜的愿望，也正是他的雄心。恢复被蚕食与侵吞的中朝旧疆，为战乱频仍的社会带来持续、稳定的和平，让国朝各方面得到长足发展，经济富裕、军力强盛、文化昌明，就是他来到这个世间的最根本的使命。

王朴替他算过，他有三十年的时间来达成这一使命。能有三十年固然是好，但万一少掉几年呢？命数这个东西，谁也说不准。他已经花去了五年的光阴，他必须加快进度，努力促使一切更快地运转起来。

滋德殿寝殿。夜深了。

君贵靠在御榻的软垫上，仍然就着灯烛读书。远山替他捧来宁神汤，他摇摇手，示意暂且放到一旁。远山不依，笑道："官家看的是什么书，恁地入迷？莫不是书内有什么美人逸闻，或是什么名将传说？臣妾一趟趟过来伺候，官家理都不理。再这么着，臣妾可要吃这本书的醋了。"

君贵听闻此言，便放下书，将封皮翻给她看："唐时元稹的《元氏长庆集》，我教廷献去弘文馆替我找出来的。"

远山笑道："哦，原来是这位元先生的书。臣妾虽然没学问，与白居易齐名的元稹的名头，却还是知道的。他的《莺莺传》，可不就正好写的是美人吗？"

君贵被她逗得笑起来："我看的是他在同州为官时所上的《均田状》，这里头可没有美人，你的醋，还是留着下次再吃吧。"

远山亦笑道："好，臣妾的醋留着下次吃。不过官家的汤还是得现在吃，再放可就真凉了。"

君贵听了她的话，便接过汤盏来，两口喝了。远山将汤盏放到一旁，坐到他身边，委婉劝道："劳累了一整日，看书又看到半夜，官家还是歇了吧。怎的当朝的奏表看不够，还要将一两百年前古人的奏表翻出来看呢？"说到这里，她带上了两分玩笑，"依臣妾看，元稹所奏的事，必定不是急事，官家明日再批复他，也是一样的。"

君贵却没玩笑，反而正色道："不对，元稹奏表里所上之事，便在今日也还是急事、要事，是致治的根本。——你当他说的是什么？"

远山奇道："他说的什么呀？"

"说的是为天下均定租税的事。"

"均定租税？"

"对。自我返京以来，中央朝臣和底下州郡请求核田定税的奏表，就一直没有断过。我问了张美和范质、王朴他们，知道这事历朝历代都在做，可是往往做得虎头蛇尾，早该重新核定了。"

"可是……从先帝朝到官家这里，不是一直在下诏减免租税吗？还要怎么才算彻底呢？"

"呵，那是两回事。打从有唐实施夏秋两税法以来，后面这几朝，梁唐晋汉，都是照着这制度来的。可是时移世易，动荡乱离之下，不仅人口在变，户产在变，天下可供耕殖的田亩总数也在变。若还按照原来核定的额度，穷的明明快没产业了还要照旧课税，富的明明拓展了私地偏又隐瞒不报，岂不是十分不公平？"

"也是啊，要都这么一刀切照着旧额来收取租税，可不是穷的更穷，富的更富，大家都不得安生吗？"

"对，这里头情形复杂得很，各处租税核定标准原本不一，还有因天灾人祸放免的，因累朝功勋蠲除的，更多的，却是地方官吏巧立名目强派的……力农之人不胜其扰，终年劳碌反而更加困顿，教我这个当天子的怎能自安？倘若咱们不花大力气均定清楚租税，何谈稳基固本、纾解民困呢？"

"……官家说得极是。不过，元稹的奏报还能管得到今日之事吗？"

"元稹所表奏的虽是唐事，但其中所涉摊配职田分数，田地咸卤瘠薄差异，以及折合钱、草、斛斗数等细节，与今日之状又何其相似！看着他的奏状，民间因租税不能均定而致的种种苦楚便具体可感地出现在我眼前。他提出了很好的法子，咱们可以择善而学啊。就算并不全都合用，让咱们大周的官吏们以他为忧心民事的榜样，不是也挺好?”

“嗯嗯。……官家，此事的确十分要紧。不过，目下已经快到子时了，一大早还要上朝，官家还是先歇下，待明日叫了张美他们再来议论，好不好?”

君贵正说得兴起，见远山催促，只得无奈收锋:“……好吧，听你的，歇下就歇下。”

翌日，君贵果然与张美、王朴、范质等就此事议论良久。后数日，君贵让内府画师据元稹《均田状》之意绘成《均田图》，颁赐给诸道节度使、刺史每人一幅，希望诸侯看了之后“触目警心”，明白“利国便民，无乱条制，背经合道，尽系变通”的道理，希望他们深悟此图的精神，拿出国朝勋旧的气概来，“共庇黎元”。

《均田图》并不是诏书，而是诏书之前的非正式文件。它以一种图文并茂的方式讲道理，将枯燥的文字变成可视的人物形象与场景，便于诸侯深切理解。这就跟当初王峻用《大宝箴图》来给先帝讲做皇帝的道理是一样的。

后来,《均田图》被视为大周均田运动（核田定税运动）的预热。

从这一时期起，君贵开始更加系统、深入地思考国朝的未来，思考国朝的各项制度应当如何更加妥善地设计和构架，除了如何分配土地与财富，更有如何分配权力、如何监督其使用状况等，他要在汲取前人经验与教训的基础上革故鼎新，让整个大周脱胎换骨，焕然新生。

他经常在御书房一坐就是半天，除了阅奏就是看书，或者安静地思考。偶尔，他会让近卫们在内鞠场与他一起蹴鞠，以此保持头脑的清醒和肌体的强壮。他还更加频繁地召集饱学之士到广政殿谈古论今，召集的范围除了宰臣和翰林学士，还扩大到王著这样的藩邸故人，以及李涛这样的放旷之士。

王著当年与王朴、张美、王赞等同在澶州幕中，王朴是节度掌书记，他是观察支使。是以，他虽未参与那场“扫地宴”，却是名副其实的“扫地班”成员。王著性情豁达，素有俊才，目前是翰林学士，君贵一直认为他可堪为相。但他有个缺点，爱喝酒，喝醉了常失态，是以君贵不便贸然擢拔他。倘若王著像王朴那样检点自律，以他的旧僚之亲和才学之盛，早就备位东府了。在广政殿讲论之后，君贵还曾让皇子皇女出帘向王著行礼，以示推重。

至于李涛，他眼光独到，于国事常有先见之明，张昭远曾经向君贵推荐他为相。然而他为人不拘礼法，举止轻薄，君贵认为有失大臣之体，同样不便置之中枢。李涛的兄弟李瀚被迫在契丹为官，通过李涛暗与大周交通消息，君贵对他们李氏兄弟还是颇为重视的。

这一时期，中书门下终于册定了《刑律》以献，凡二十一卷。君贵揽而粗阅之，见其参详旨要，评议精审，用律准确，注疏周到，心下十分欢喜，又因“刑名之要，尽统于兹”，便从中书门下之请，将之命名为《大周刑统》，颁行天下。又赐给亲事者侍御史知杂事张湜等九人银器、杂彩等物，以赏其劳苦。《大周刑统》的颁布施行是国朝朝野的一桩大事，无论官民的生活还是言行都深受其影响。

除此之外，六七月之间，还有一拨小范围的人事诏令和一些辅助性的政令下达，也不必尽述。

这一年闰在七月。

闰月里，黄河在河阴县决口，淹死了数十人，君贵急遣有司修堤、赈灾。

癸酉日，邢州留后陈思让奏报，在西山下击败河东贼军千余人，斩首五百级。

淮南战事的消停，让君贵得以腾出精力来进一步思考如何处置国朝与周边各国、各族、各势力的关系。但河东不在此列。河东是个不应该有的存在，它仅仅作为契丹的附庸而苟活着。以大周目前的实力，无论河东发动怎样的袭扰，都不可能对双方关系的性质和现状造成分毫撼动了。

河东诸人里，他只挂心杨重贵、折赛花夫妇。据飞菟说，这两口子受到排挤，在太原待不住，再次被刘承钧派了北上代州守边，一时并没有什么生命危险。河东所谓的守北边，就是防契丹。契丹是河东的宗主国，可是待河东又轻蔑粗暴，常常随意过界来打草谷。刘承钧不肯明受这种欺负，见河东战将对契丹多有畏怯，还是自己这对出自抗辽世家、素来看辽人不顺眼的义子夫妇胆气肥，便派了他们去替汉室看守大门。另据飞菟报告，麟州防御使杨重勋继劝降其兄嫂失败后，仍旧与他们保持着私下的联系。君贵对此表示赞同，嘱飞菟等继续暗中保护杨重贵夫妇。他相信，一切终有水到渠成的时候。

北线真正让君贵满怀警戒的势力自然是契丹。

四月里，因契丹寇边夺城，君贵遣张永德北上统御抗击。五月，成德节度使郭崇攻取契丹东城作为报复。尔后，契丹才渐渐有所收敛。江南已平，击退契丹、收复幽云十六州的事就该提上议事日程了。早前他派遣西乞十三北上，与李瀚接洽秘密使命。据英招回来面报，西乞十三已经成功潜伏到了幽州守将萧思温身边。日后该在什么时候对契丹有所动作、该有怎样的动作，要依靠西乞十三后续的情报再通盘考虑决断。

西蜀那边，也有了一些进展。

平定淮南之后，荆南高保融曾经给蜀主孟昶写信，分析天下大势，力劝他向周朝称藩。孟昶对去岁的事怀恨在心，回信说，去岁自己已经巴巴地遣胡立向周帝致过国书了，结果却是热脸贴到冷屁股上，周帝根本对自己不理不睬。既然如此，又何必自作多情？高保融一看不好劝，便反过来将这个情况向皇帝汇报了，表示自己在此事上出过力，而且以后还会继续出力。皇帝淡淡一笑，回诏嘉赏了他这种态度。

事实上，君贵并不在乎蜀主的强硬，也不指望高氏对自己取蜀能有实质性的帮助，他关注的是蜀中密谍的情报。根据吉良面报的消息，玄武系谍者已经在长安以南三百余里的蜀中归安镇埋下重线，策反工作颇有起色，异日或可为攻蜀内应。这个情报让他沉思良久。

拿西蜀与淮南的攻取相比，淮南更紧急，而西蜀更艰难。

江南李氏一向有北图之心，与大周原境又只隔着一道时宽时窄的淮水，稍不留神，他们就会过境袭扰。君贵要北图，必须让自己的南方消停，因此，必须在自己与李氏之间划出安全地带。拿下淮南，这个安全地带就已经建立起来了，大江以南的疆域不再对大周直接构成危险，江南故疆，可以放到未来徐图。

而西蜀对中原的觊觎之心更像是一句口号，时局大顺时可以喊一喊，时局对己方不利了，又改口媾和，希望大家友好不扰，维持现状。自打战国时期秦惠文王派司马错等人灭亡古蜀国之后，蜀地与中原之间的关系就基本定型了。后来即便偶尔因战乱割据，蜀地也是偏安状态，无法盘踞在那里辐射、控制全境。而且，大约因为蜀中险要天成，而天府之地的生活又颇惬人意，容易让蜀人不思进取，是以历朝历代，都没有从西蜀东图中原成功从而一统天下的先例——便是勤勉奋进如诸葛亮，六出祁山，也无法完成这个任务。

故此，对君贵而言，对西蜀的攻取将是一场艰难却不紧急的大仗，要等待最佳时机进行。倘若赶上对方有隙可乘，不妨来个“挠击”，打几仗试探实力——他在地图上仔细察看了，归安镇不失为一个好的选点，一旦突破，入蜀之路又辟新径，或可与秦、凤等方向的王师几路并下合力施压；倘若时机不合适，便维持现状也未尝不可。西蜀与南唐之间的联盟已经瓦解，西蜀与契丹、晋阳之间又从来没有过真正的联盟，他并不担心这一面会起火。

南唐方面。

金陵城中，唐主李景与世子李弘冀的矛盾终于爆发。李弘冀性情刚硬，原本就“不肖”于文雅做派的李景。他不满意父亲对朝中权臣的温暾忍让，不满意父亲风花雪月不修武治，不满意父亲对自己的不满意，故此在朝事上有着强烈的揽权愿望，处理政务也经常私下违背父亲的意思。有一次，他的忤逆终于惹得李景大怒。李景顺手操起击球杖就打他，恨道：“你如此不孝不敬，我要重新将景遂召回来为嗣！”弘冀跪在那里抱头闷声挨打，皮肉之苦还在其次，听了父亲此言，心上像被狠狠捅了几刀，脸当时就黑了。

闰七月中，南唐在东京的进奏院正式设置。这是南唐的京都办事机构，从此，京师对南唐的控制、南唐与京师的联系都加强了。不久，冯延鲁、钟谟受命自金陵出使东京，除了场面上的礼仪辞令，还带来了唐主传位于世子弘冀的再次请求——应该说，这既是李景疲累之心的真实感慨，也是他对周帝和弘冀的双重试探。皇帝闻奏，并不表态，却按下此事，留两名唐使在京师盘桓一段时间再说。

在金陵之外，原南唐皇太弟、现洪州大都督李景遂的心情也十分压抑。当初虽然是他自己请求罢储归藩的，但毕竟当了十来年皇太弟，前后待遇的差距难免让他感到失落。更糟糕的是，他与副手李征古的矛盾也终于爆发了。李征古专横恣纵，长期凌蔑景遂，景遂不能忍受，多次想杀掉他再自行向唐主请罪，都被手下死活劝住了。景遂变得烦躁易怒，有一次受人挑拨，以忤意之名杀掉了手下都押衙袁从范的儿子袁干。

金陵城中的李弘冀得到相关谍报，便派人给袁从范送去了一包鸩毒。八月初，李景遂击鞠后口渴索饮，袁从范给他端上了掺有鸩毒的水。李景遂饮水后暴薨，尚未入殓身体已经溃烂了。远在金陵的李景闻讯，只道他是急病而亡，十分悲悼，为他废朝七日，赠谥文成。

有关南唐宗室内斗的相关谍报经由乘黄报给了皇帝。君贵沉吟良久。他知道李景的世子李弘冀厉害，但没想到竟这么凶残。李景遂一死，原本江南朝臣中可以牵掣李弘冀的力量就少了一支，看来，他需要再一次暗中布局，以达成新的平衡。到九月，君贵遣钟谟返回金陵，赐江南羊万口，马三百匹，骆驼三十头。又赐书李景，明示了“未可传位”之意，李景依从。李弘冀闻知，心中虽然懊恼，却不敢有任何公开表示。

这期间，趁着南唐内讧，早前被南唐征服的原闽守将、现泉漳地区清源军节度使留从效派遣牙将化装绕道晋京，请求脱离对南唐的依附关系，直接向大周称藩。君贵默然良久，未置可否。从军事上看，能从背后消解南唐的力量固然是件好事；但从政治上看，他刚刚与李景划江而治，彼此应该建立一种互信的关系，此时在背后给李景一刀，未免显得太不厚道，也不利于给其他方国或未归之地做示范。这个口子，他不能贸然打开。

吴越方面。

闰月里，君贵派遣皇亲曹彬出使钱塘，赐吴越王钱弘俶马军钢甲二百副，步军铠甲五千副以及其他兵器。曹彬在显德三年由河中府兵马都监改任潼关监军，迁西上閤门使，至此方奉召归阙。曹彬虽然年轻，秉性却淳厚方正，去吴越办完事就直接返京，既不肯停留游冶，也不肯接受钱氏的馈礼。吴越人驾轻舟追上他，一定要送给他，他坚决拒绝。吴越人不肯放弃，前后追送了四次。曹彬无奈，说道：“贵方如此真诚，在下若执意不受，那就是为了图名而有意教贵方难堪了。”于是命人接过。

返京后，曹彬将吴越礼物全数上交。君贵很感动，叹息道：“前朝那些承担类似使命的人，大多贪得无厌，以致于四方诸侯轻视朝命。卿能做到这样，非常好。不过，那是人家送卿的物事，朕也不留着，就将它全数赐予卿，作为朕对卿的褒赏吧。”曹彬这才拜受，将吴越礼物拿回去全部分给了亲朋旧识，没有一丝半毫留给自家。

至九月，君贵又赐钱弘俶羊五千口，马二百匹，骆驼二十头。吴越上表谢恩之余，也深知皇帝为人明察秋毫，于是事奉中朝愈发勤谨，不敢稍越雷池。

南汉方面。

被大周攻唐的气势压得破罐子破摔、得过且过的南汉之主刘晟终于病逝，庙号中宗。其长子刘继兴继位，更名刘鋹，改元大宝。刘鋹只有十六岁，继承了他父亲的荒淫昏庸风格和泼皮无赖劲头，将国事尽皆委于只知纵权享乐、装神弄鬼的内侍龚澄枢、陈延寿及女侍中卢琼仙、女巫樊胡子等人，凡是不服的南汉旧将和宗室都被逐渐剪除。君贵听闻此情，知道南汉不足为虑，便不遑多顾。

一八八　宠将骄臣

广政殿。新一番谈书论史结束，一众饱学的文臣纷纷告退，王朴刻意走在了最后。

恰好君贵想起一事，便叫住他，命廷献、承璋等引观音和宗训从帘后过来，指着王朴对两个儿女说道："这是国朝的大当家王朴王枢密，学问又好，治国之术又高，可是了不起呢。今日，爹爹要你们拜王枢密为师，以后无论是看书有不懂之处，还是日常有什么问题，都可以好好向王枢密讨教。"

观音姐弟与王朴原本是见过面的，但多是在赐宴、从游或礼仪场合，彼时眼前往来的大臣多，见过就忘了，并不往心里去；便是隐约知道他们中的某人与王娘子和海哥儿有些关系，也对不上号。今日父亲郑重其事单独给他们引见，而且是为拜师这种大事，他们顿时感到自己已经长大了，表情变得严肃起来。在廷献、承璋等人的提醒下，两人整顿了衣衫，观音向王朴一福，宗训向王朴深深一揖，口中尊道："王师傅好。"

王朴忙不迭回以深揖，又向君贵道："官家，这可使不得！今日殿中在座均是饱学之士，像窦仪他们几兄弟更是五子登科[①]，家学渊源极深，臣岂敢独称'学问好'三个字？官家不如请个学问

① 窦禹钧（窦燕山）生五子：仪、俨、侃、偁、僖，相继登科，时号"窦氏五龙"。即"五子登科"典故来历。

更大的人做皇子皇女师傅的好。”

君贵笑道：“文伯，如此谦逊，可不是你素日的做派啊。你连天上的历法都能修订，人间的学问又岂在话下？这种事，你该当仁不让才是。”

王朴笑道：“替皇子皇女做师傅，兹事体大啊，臣是怕自己学养不够，可不是假意推辞。”

君贵道：“得了，皇子皇女都向你行过拜师礼了，怎么，你还想赖账不成？”

王朴忙道：“臣岂有此意？臣谨遵圣旨就是！”

这当儿观音眨巴着一双妙长眼睛，忽然开言道：“王师傅，我有个问题想请教，可以吗？”

君贵与王朴闻言，尽皆感到惊讶。王朴忙道：“皇女想问什么，请尽管垂问。”

“适才你们说到汉武帝的事，说他打退了匈奴，是个了不起的皇帝？”

“对，汉武帝是很了不起的。”

观音思索着：“那……汉武帝是在打匈奴之前就了不起呢，还是打退匈奴之后人家才说他了不起呢？”

君贵与王朴对视一眼。这个问题太刁钻了，没想到观音小小年纪，头脑中竟然已经开始思考这样的问题。君贵含笑看着王朴，那意思很明显：朕倒要看看，小皇女此问会不会难倒大枢密。

王朴微微一笑，和言道：“回皇女的话：臣以为，汉武帝年纪轻轻就胸怀大志，嗣位后内修文治，大振朝纲，便是没有攻打匈奴之前，就已经很了不起了。后来他又遣李广、卫青、霍去病等将击退匈奴，解决掉北部边患，还派张骞率队出使西域，开辟了丝绸之路，跟远国外人交换回来各种中原没有的好东西，那就更了不起了。是以，后世才将‘秦皇’与‘汉武’并称，说他们都是为我中原王朝的开疆拓土建立过宏伟功业的伟大君主。”

观音颔首："明白了，多谢师傅解答。"她转向君贵，目光闪烁，"爹爹，如今还有匈奴人吗？"

君贵含笑摇头："早就没有了。"

观音发愁道："那……爹爹怎么办呢？"

一刹那，君贵感到自己与女儿从未如此灵犀相通。幼小女儿的话语中，第一次明确地表现出了对自己建立宏大功业、成为伟大君主的期待。

他和言道："如今虽说没有了匈奴人，北面边境处却有契丹人，他们比匈奴人更危险，离咱们中朝更近……"

观音精神一振，忙道："那么爹爹，你赶紧派人去将他们赶走，这样，大家也会说你是个了不起的皇帝了！"

君贵蹲下身子，感动地搂住观音："好，爹爹听你的。……音儿知道吗，原本咱们中原王朝的疆土就像一只盛酒的大金瓯般圆满、漂亮，可是契丹人将大金瓯敲碎了一个大口子，老百姓为此吃了很大的亏。音儿，爹爹并不在意别人夸赞不夸赞，但这大金瓯的口子不能老裂开着，爹爹答应你，一定尽早将它补好！"

观音欢然拊掌道："好！好！"宗训似乎也听明白了，跟着欢呼起来。众人欣然而笑。

一时君贵再向儿女鼓励几句，便吩咐都散了。一错眼见王朴欲言又止，似乎还有话要说，忙命廷献等将皇子皇女带走，方向他问道："怎么，文伯，你还有事？"

王朴斟酌着，语意却坚决："呃……官家，有件事，臣要禀报官家知晓。"

君贵心知有异，镇定道："好，你说。"

王朴刻意放缓了语速："官家，有人举报，澶州留后孙璘在任上贪墨……"

君贵震惊道："什么？！"

孙璘自打去了澶州后就没有挪动地方，从驻澶州的郭氏牙兵副统领、正统领，到屯驻禁军都指挥使，一直做到如今的澶州节度留后。张永德遥镇澶州后，因为常侍御前难得归藩，澶州的一应军政庶务更是都交予了孙璘等人打理。对于孙璘贪墨的举报，就是在这样的背景下出现的。

“谨慎起见，臣先将此事私自压下了，经派人秘密勘核，所举报之事全都坐实，他自己也承认了，臣这才敢上报。”王朴说着，就从袖中摸出一个纸卷呈上，“官家请看，这是查实了的贪墨条目。”君贵接过纸卷，展开速看，默然不语。王朴补充道，“臣想着，孙璘本是官家元随，不同于常人。对他的处置，不宜循例，只能由官家亲自做出。”

君贵看完合上纸卷，冷下脸来：“一查就查出七八桩事，这闹得也太不像话了！朕的元随中，就放了他一人出到外藩，他不替朕撑住门面，给京中这些兄弟做个好样子，反倒恃宠贪墨，朕还拿什么来教导天下藩镇，拿什么来堵住悠悠众人之口？！”

王朴试探道：“那么……官家的意思是？”

“追缴赃款赃物，落职，罚俸，该怎么办就怎么办！文伯，你即刻去中书省，与范质合计拟了旨来。”他想了想，又命刘奉武将邓锦叫入，吩咐道，“你送王枢密出去，待他们拟好旨，你便带回来给朕看，就不劳王枢密再跑一趟了。”

王朴、邓锦二人应喏而去。

邓锦并不知拟旨所为何事，一路走，一路与王朴随口轻松说笑。过了东西横街，来至枢密院与中书省之间的一处路口时，忽听得前面闹嚷嚷一片。王朴和邓锦忙遣各自随从跑过去看，自己也加快了脚步。

未几，邓锦的部从先跑回来了，报告说：“邓都知，王枢密，是殿前军的赵殿帅和侍卫军的殿直吴世功他们起了冲突，正找魏枢密论理呢。”

邓锦愕然道：“赵匡胤？他跟吴世功能起什么冲突？”

王朴也问道："他们找魏枢密论什么理？"

近卫军校答道："说是吴世功他们骑马不慎冲撞了赵殿帅的导从，赵殿帅发怒了，碍于侍卫军不归他管，便教手下拉了人来到枢密院，要将吴世功他们降职查办。"

王朴皱眉道："吴世功他们是成心的吗？"

军校答道："吴世功他们自然说不是成心的，殿前军的人不依啊，素日他们两边就不对付。"

邓锦不由撇嘴道："嘁，觑着李都帅和张点检不在京的空子，有人的尾巴就要翘上天了！"

这当儿王朴的随从也回来了，所诉与近卫军校相同。王朴问道："……既是找魏枢密论理，距离枢密院也不远了，怎的不进去说，倒在路边嚷嚷？"

军校道："原是要进去的，路上侍卫军的人气不过，说了几句硬话，就又吵起来了。已经去报知魏枢密了。"

正说着，王朴的随从将手一指："看，魏枢密出来了。"果然远远看见魏仁浦匆忙带了随员走过去，先抬手止住了众人的喧哗，然后听众人分说一番，自己又开始发话。王朴向众人道："走，咱们过去听听，看魏枢密怎么发落。"

一时王朴率众走至那群人跟前。众人见了王朴，尽皆暂停纠缠，向他示礼。魏仁浦见他突然出现，略感惊讶，却也和气招呼道："文伯，你过来了。"魏仁浦与王朴并为枢密使，各有分工，官职上并无高下之分，但魏仁浦为人谦退周全，又深知王朴脾性，是以处处让着他。

王朴笑了一下，扫视众人道："我听说，赵殿帅与侍卫军殿直起了冲突，魏枢密在这里断公道呢，是不是？"

魏仁浦道："是啊，下官听到报告，急急就赶了过来。"

王朴将视线转向赵匡胤，又笑了一下："赵殿帅今日火气好大……"

赵匡胤忙道："不是下官火气大，他们行事鲁莽乱了章法，倘若不矫正，岂不替侍卫军丢人?"

在王朴面前，赵匡胤一向是收敛的。不仅赵匡胤，所有的禁军重将如韩通、袁彦、慕容延钊、李继勋等，外郡藩守如吴延祚、武行德、王彦超、侯章、李筠等，对王朴也都十分畏惮。便是皇亲李重进、张永德、符彦卿，勋旧向训、安审琦之类，对他也颇为尊重，从来不曾在他面前说过硬话。这一方面固然因为王朴满腹文采，性情又刚硬激烈，若是与他论辩，很少有人能占到便宜，搞不好甚至情理两输，将自己弄得灰头土脸；另一方面更因为王朴是官家藩邸故人，深受器重，数年间从刑部属官直升到枢密使，位极人臣，威势显赫。尤其重要的是，官家但凡准备对诸侯进行移镇、迁转，总要听取核心枢臣的意见，而又尤其重视王朴的话。是以，他们这些重将、外藩的仕途安危和功名前程，倒有一半掌握在王朴手中。王朴自己深知官家的这份信赖，向来坚持就事论事，无党羽、无偏私，故而，即便他辞锋所及对诸同僚有所损伤，别人也很难对他大加反诘。

这里王朴听了赵匡胤的解释，且不答言，又转向吴世功等："你们日常在两军营房出入，怎的不知那是赵殿帅的导从? 便是骑着马，就不能停下来避开吗?"

吴世功急道："王枢密，下官也想避开来着。可是突然在街口拐角处相遇，事先也没看见，我们跑得急，一时哪里勒得住缰绳? 是以不留神将他们前面打旗的两个军士撞下马来，擦破了皮。我们紧着赔不是，赵殿帅这边却不依不饶的，非说我们成心挑衅殿前军! 王枢密，您给评评理，我们虾兵蟹将的，哪家的官司不好打，做什么偏要去挑衅殿前军的高官?!"

王朴沉吟着看向魏仁浦："此事，魏枢密打算如何处置?"

魏仁浦道："无论如何，吴世功他们几个莽撞生事，以下犯上，总是不对的，下官这里正要勘诘他们。"

王朴将魏仁浦拉到一旁，低声道：“魏枢密，以下官陋见，此事按下为好，不宜深究。待下官跟赵殿帅说说，教他就此罢手，可好？”

魏仁浦自打王朴过问，便知他有意接手，听了这话，索性顺水推舟：“如此甚好，那就有劳王枢密了。”

说罢，魏仁浦向众人略一示意，转身率属官回衙继续办公去了。王朴便向赵匡胤招招手，示意他过来说话。

当下赵匡胤舍了众人，走至王朴身前道：“王枢密？”

王朴淡淡道：“今日之事，容下官插句嘴，殿帅就忍了委屈，放开过节儿，如何？”

赵匡胤不忿道：“王枢密，非是下官执拗，谁教他们闯了祸还不思悔改、出言不逊？倘若今日饶了他们，我手下弟兄们不服，教我这殿帅日后还如何约束众人？”

王朴虚起眼睛：“殿帅的意思，你的人落了马，你就要教对方落职？”

赵匡胤不语。

王朴正色道：“请恕下官直言，殿帅如今名位虽高，毕竟未加使相之衔，前头的路还长着呢。不如省些力气，为来日加官晋爵留出余地，岂不更好？何况，吴世功他们虽说官阶不如殿帅，毕竟也是陛下的廷臣，是与殿帅比肩事奉主上的人。殿帅倘若抓着他们一点小错就不依不饶，定要勘诘责罚，知道的，说是殿帅要借此事提醒侍卫军整顿风纪，不知道的，还当殿帅与侍卫军中的什么人有过节儿，以大压小，趁机报复呢……”

一席话说得赵匡胤面红耳赤，讷讷唯唯。

他在军中素来人缘不错：他本是张永德嫡系，与张永德一向亲近，自不必说了；他虽知道李重进与张永德不大对付，但明面上与李重进也能维持过得去的关系；至于两军中的其他要帅，他能结交的都尽量结交了——毕竟，他在官家跟前得宠日深，谁好意思驳他的颜面？

偏有韩通、袁彦、曹彬等将领，不肯酬答他的好意，尤其韩、袁二人居侍卫军高位，时不常摆出副“洒家就不吃你那一套”的臭脸来，的确让他窝火。韩通深受先帝、今上两朝倚重，不乐意亲近他这种后进，倒也不奇怪。曹彬是皇亲，平时跟谁都不结交，对他也不能说特别疏远。至于袁彦，首征淮南时曾与他一同攻取滁州，但最后论大功，众人却只记住了他，那时袁彦就与他有了矛盾，两边底下人寻机不大不小闹过几场。

今日这吴世功等人，便是袁彦的手下。他和部从们揪住此事不放，当然有出出往日恶气的意思在里头。

没想到，他们这个隐秘的意图却被王朴一下子点破了。王朴素日不怎么与闻军中细务，也不知哪来的这份洞察力。

当下赵匡胤听了王朴这一番言语，也不再坚持原先诉求，顺水推舟卖他一个面子，施礼率众而去。其余众人见今日事了，便也谢了王枢密，各做自家勾当去了。

未几，邓锦从王朴和范质处取了拟好的绫旨，返回滋德殿。

皇帝果然已经从广政殿回到正居，刚换了衣衫，在庭苑中舞剑。见邓锦入内，他便连舞几圈收了势，一面接过刘奉武递来的巾帕拭汗，一面问道：“取个诏书稿子，怎的竟去了这许久？”邓锦忙将适才枢密院外的事细细汇报了。

对于王朴今日的处置，邓锦是打从心眼儿里赞同并佩服的。他们几个素来就厌烦赵匡胤，以前林远在时，他俩还时常会拿出赵匡胤某日的言行来私下评论。现下林远没了，他要发牢骚，还得等轮休时专程去找季飞卫，愈发憋闷得慌。赵匡胤打从升了殿前军都指挥使后，言行愈发嚣张了，这岂不可恨？当然，便是赵匡胤不嚣张时，他们对他也没好感。至于这种感觉是否有失公允，他们才懒得理会呢，他们只是出于直觉地排斥他。

不过，邓锦深知官家偏宠赵匡胤，是以此番汇报的时候虽带着感情倾向，却并没有添油加醋，以免适得其反。

君贵听了邓锦的报告，沉吟片刻，笑道：“很好啊。王枢密果断老辣，处置得当；至于赵殿帅嘛，你也不必计较他这种小节了。他们俩都是朕的股肱之臣，位高权重，便有点脾气，又有什么大不了的？”

邓锦见官家说破自己心思，索性直言道：“不过官家，请恕臣说话僭越，您就不怕某些人恃宠而骄吗？”

君贵看着他，似笑非笑：“恃宠而骄？呵，说得好！……朕且问你，你知道朕今日教你取回的是什么诏令吗？”

邓锦茫然道：“不知道。官家，诏令是国事大体，臣岂敢随意打探？”

君贵指着他手中封好的金筒：“你打开自己看看吧。”

邓锦依命，疑惑地启了封，展卷阅读。读过几行，他的脸色蓦然变了：“官家，这……”

君贵面无表情地看着他：“是朕的失误啊。哼，恃宠而骄，你说得太好了。”

“官家！”邓锦猛地跪了下来，急切地求恳道，“这中间会不会有什么误会？陛下何不将孙璘召回来，当面责问呢？便是有什么隐情，也可容他一一申诉啊。”

“误会？王朴查的案子，你说呢？”君贵萧然道，“……朕也希望这里头有误会，有隐情。好，朕就派你去澶州宣旨，当面替朕给他带句话。你还可以告诉他，朕允许他抗辩。抗辩完了朕再命人查，如果查出抗辩属实，他是被人冤枉的，朕会亲自给他平反，为他复官，金帛宝器地抚慰他！……可是，倘若查出抗辩不实，那就没法子了，两番欺君，只能痛打一顿，直接流放沙门岛！”

澶州。节度府衙正堂。

堂内只有邓锦和孙璘两人在，这是邓锦为了照顾孙璘的颜面而刻意要求的。孙璘似乎早有心理准备，对于邓锦携旨到来并未表现出过多的惊讶。

邓锦宣读完绫旨，孙璘叩首，接旨谢恩。邓锦眼神复杂地看着他：“除了旨意，官家还有一句口谕，要我传达给你。”

孙璘黯然道：“请尊使宣谕。”

邓锦深吸一口气，大声道：“官家说：孙璘，你这个混账，朕对你很失望！”

孙璘双唇猛烈颤抖着，忽然再也绷不住，失声痛哭起来。邓锦放下宣谕的架子，上前一步急切道：“孙璘，你要抗辩吗？官家说了，允许你抗辩。你是冤枉的，是不是？你抗辩吧！”

孙璘狠狠抹去泪水，摇头道：“不，我不抗辩……我不能再丢官家的脸了……”

邓锦痛心疾首：“这么说，都是真的？啊，都是真的？！”

孙璘不语。

“孙璘，你……你难道不知道，楚州一战，连林远也打没了，当初的兄弟里头，我就剩你和飞卫了！你怎么能这样！怎么能这样……”

孙璘连连摇头，泪痕满面：“是我对不住你，是我对不住官家。邓锦，你回去替我多多拜上官家，就说孙璘是个没造化的，辜负了官家的信任。今日褫落官职，我不怨官家无情，我只怨自己没脸没皮没志气！”

邓锦含泪俯视着他，心乱如麻：“孙璘，来日方长，你……你千万好自为之……”

处暑之后，连着下了几场雨。进入八月，天气彻底清凉下来，朝廷内外诸人都换了夹衣。

今年的八月节过得比去岁热闹。内廷的节日仪式由君爱在唐氏、王景通、廷献等人的辅佐下主持，一应流程中规中矩，有模有样。君贵照例赐近臣携家眷到宝慈殿与宴，并一同赏桂玩月。

席间，君贵特意命太常寺少卿冯吉献演《烈焰旋师曲》中的琵琶三叠，博得满堂惊叹。

王朴夫妇趁机与菁娘和诲哥儿见了面，见皇子安泰活泼，都十分欣慰。又反复叮嘱侄女不要浮躁，要懂得收敛，知道惜福。菁娘垂目听了，颔首答应。

对于菁娘而言，后宫秩序早定，皇长女强悍，贵妃新近又诞下皇幼女，颇得官家偏宠，她知道自己是挣扎不动的了。好在官家待自己总有几分特殊的亲昵是旁人所不能得的。她只好满足于这种特殊，不时在官家面前强调并索要自己应有的待遇，内心也能获得一时的安定。

一八九　玉津联姻

九月初，李重进结束了在淮南的分内工作，返阙面君。君贵好言慰勉，赏赉甚厚。之前重进虽节钺藩阃却一直都是遥领，此番君贵打算让他到自己的镇所郓州去赴任，侍卫亲军都帅的官职改为遥领。君贵一则想让他切实体会成为国朝封疆大吏的滋味，二则也锻炼锻炼他军政两面抓的能力。因天清节在即，君贵命他暂且在京休养，待过了天清节，再携妻儿赴镇。

几乎与李重进同时，向训也处置完毕在淮南的后续事宜，受命直接赴襄州节度之任。

九月中，张永德完成抗辽任务，从北线回归京师。

禁中。莲心亭外。

已过重阳，万物逐渐凋敝，天空是一种含混不清的颜色。但莲心亭左近的景物显示出一种内廷独有的沉稳与宁静，深秋并不必然是哀愁的。四下有落叶的轻微簌簌声。

君贵负手立于御池边，观看一池秋水的褶皱，他的心中也泛起阵阵涟漪。刘奉武等静静站在远处陪伴他。

张永德一身素锦袍，在陈廷献的引领下来到亭外，至君贵身后数尺处停步，恭肃拜道："臣张永德，见过陛下，陛下圣安！"

君贵将视线从池水上收回，转过身，笑着亲自近前搀他起来："啊，抱一，你回来了！征途劳累，来，咱们亭子里坐着说话。"一面说，一面便携了他的手步入莲心亭。

一时廷献、奉武等过来进了茶。君贵打量着张永德，温言道：“一去数月，北境条件艰苦，驸马竟瘦了。”君贵非常清楚张永德心中在乎什么，又担心什么，此时刻意仍旧称呼他为驸马，就是表示自己待他将一如既往，他作为皇亲在群臣中的尊崇地位也将得到保留，不会因皇妹的过世而改变。

张永德闻听此言，原本平静的面目果然起了变化，黯然嗫嚅道：“官家，臣已经不是驸马了，再如此称呼，恐惹人笑话……”

君贵宽和地一笑：“这是什么话！你是我的妹夫，便是鹭娘去了，也永远都是。我说你是驸马，你就是驸马，谁敢说半个不字？”

张永德心下感激，眼中有了泪光：“官家……”

君贵拍拍他，亲切道：“抱一，不必拘束。教你到这里来见我，而不是去御书房，就是想着这里是个放松的场合，咱们哥儿俩可以好好叙叙家常。”

张永德点点头。

君贵递给他一碟素日他爱吃的杏脯，又问道：“怎么样，去了这一遭，也杀了不少敌人，你心中的伤痛可稍解了吗？”

张永德振作精神道：“荣兄，愚弟已经缓过来了。”

君贵颔首道：“缓过来了就好。抱一，鹭娘走了，你的日子还得过下去。待满了服，我看看哪家王公大臣的闺女好，给你娶个继室，好不好？你的父亲和继母都过世了，这事就由我替你主张吧。”

张永德忙道：“荣兄，臣家里还有姬妾服侍，暂时并没有续弦的心情。”

君贵说要给他续弦，原本出于真心，并非假意试探，此时见他珍视与鹭娘的旧情，心下愈觉安慰，叹道：“也罢，此事日后再说吧。”他调整了心情，拍着张永德的肩膀，“抱一，你回来得好。你是我的股肱大臣，多少大事我还等着与你商议，等着你跟我一块儿去做呢。”

张永德眼中有了喜色：“荣兄，有什么事，请尽管吩咐！”

君贵的眼神中流露出激情的火焰：“国朝的统一大业不可或停，淮南拿下了，往下就该轮到西蜀和北辽了。西蜀那边，我已经有一些计较，待明日叫了你和三哥一起来议。”

张永德忙道：“荣兄，请派遣臣去攻打西蜀吧！”

君贵笑道：“呵，着什么急！该用你的时候，我自然会用你。你今日刚回来，就给我好好歇着吧。”

张永德便也笑了：“是是，愚弟太性急了。”

君贵颔首道：“此外，幽州那边的进展也不小。你从北线回来，熟知辽境边情，回头咱们叫上三哥一起议，看哪边时机更成熟，该先打谁，该怎么打。呵，再有十来日就是天清节了，我让三哥在京过了节再走。这十来日间，咱们正好拉着他说话……”

张永德听官家一再提及李重进，心知重进虽然归藩，在攻打这两处地域的战争中却必定会承担要职，不由目光闪烁，忙应喏道：“愚弟一定与李三哥好生探讨军务。”

天清节前，几名特允进京贺寿的外藩藩守陆续抵达京城，其中就包括天雄军节度使魏王符彦卿夫妇。此番是君怜过世、君爱被封为贵妃之后符王夫妇首次入京，两年余没有见到女儿女婿的面，老两口对此行十分重视，特意带了昭信兄弟和君若一同前来。

君贵携君爱和观音、宗训、阿姣在滋德殿前殿会见了老丈人全家。符魏王见了君贵和君爱，想起自己最为爱重的长女君怜竟无福早逝，尚未开言便老泪纵横，哽咽难言。张夫人倒比丈夫坚强，大约是丧礼时已经哭祭过多次，故此虽是流着泪，反而不停劝慰丈夫。君贵泪眼婆娑，却强忍着，只命侍从们为符王夫妇送上巾帕。满堂余众尽皆悲伤流泪，连观音和宗训也受到感染，扁着嘴满腹委屈。

一时又说起朱雀的离去。君贵向符王夫妇致歉，说自己已经多次遣人寻访她的下落，却一直没有确切的音讯。自己还会再找，一直到找回来为止，请他们放心。符王夫妇情知这事怨不得他，也不便多说，只是伤感怅惘不已。

好不容易最初的情绪震荡过去，君贵便教乳母将阿姣抱与符王夫妇看。阿姣出生将近百日，与观音在襁褓中时一样唇红肤白，粉妆玉琢。符王夫妇看得赞不绝口，又知君贵偏宠闺女，便再三叮嘱君爱好生留意。君爱一一答应了，笑道："女儿明白。便是女儿有不懂的，唐妈妈在呢，出不了差错的。"

君若这一年十七岁，虽是少艾初成，仍旧不改活泼天性。她从乳母手中抢过阿姣来抱着，对观音笑道："音儿，当初你像这么小的时候，六姨也抱过你。阿姣可没你当初胖，也没你当初沉。"

观音问道："音儿这么小的时候，六姨几岁？"

"呃……应该是……十岁吧。"

观音眨巴着眼睛："六姨，那时候你是小孩子，力气也小，自然觉得音儿沉。"

众人一愣，转而尽皆笑起来。昭信指着君若笑道："素日都说你伶牙俐齿，现下可算碰到对手了吧？"

张夫人摇头笑道："观音这张嘴我可深有体会。她们俩若是拌起嘴来，六姐儿是说不过观音的！"

天清节前，君贵携君爱在景风门外新建的玉津园中赐宴，皇亲符彦卿、李重进、张永德，宰臣范质、王溥，勋旧李毂（他的病情有所好转），枢密使魏仁浦、王朴，宣徽使吴延祚、昝居润，藩帅安审琦、郭崇等人，以及其他近臣如季飞卫、邓锦、韩通、赵匡胤、袁彦等，各携家眷赴宴。其中邓锦的与宴是特赐的，君贵因他最近接连受到林远、孙璘之事的打击，特地让他放松，暂免他随行警跸的职责，转交康保裔、薛有光等替代指挥。

玉津园与迎春苑齐名，是目下帝都最美的两座园林。皇宫后苑虽美，毕竟面积较小，不像这两座新园林格局宏大，谋划布设又都极其精到讲究。其实玉津园最主要的功能是阅兵和宴射——它的校场区域占地广阔，而且十分整饬。此外，玉津园中还特意为天子开辟出了一亩三分私地，种植上麦、稻等庄稼以供天子观刈、观稼之用；还有水岛与渔区，水中植荷养藕，间以菱角翠荇，水下各色鱼虾不单是为了观赏，而是可垂钓撒网直接打来吃的；还有珍禽异兽的养殖区（皇帝将后苑放着显得拥挤的动物们挪了一半过来）……沿陆路与水滨，又有各色亭台楼阁，供君臣游冶、宴乐、歇息之用。

不仅诸皇属、诸从臣，连君贵本人都是第一次到玉津园来。看着眼前这座清朗秀丽的园林，君臣笑逐颜开，以美酒美食相佐，畅叙旧情。席间，君贵又特意提及之前颁下的《均田图》，向众人阐明重新均定天下田亩税赋的意义，强调“求木之长者，必固其根本，欲流之远者，必浚其泉源”，得到了众人完全理解、坚决支持的表态。宴后，众人四散开来，纵情游冶嬉戏。内班院和近卫军还组织了素日无暇进行的骑驴击鞠比赛助兴。君臣热闹一日，尽欢而散。

天清节当日，君贵服衮冕，御广德殿，接受群臣朝贺。来自南唐、两浙、荆南等藩属地或远国的使臣也纷纷携礼入贺。其中，占城国王释利因德漫所呈贡的方物尤为特别，乃是猛火油八十四瓶、蔷薇水十五瓶。猛火油是重要的战略物资，军中奇缺，因此大受皇帝欢迎。而蔷薇水是一种异域香水，洒在衣服上可替代熏香。皇帝将这稀罕物交给君爱，嘱她分配。君爱便给诸殿阁各送一瓶，又赠予自己母亲张夫人和王朴的夫人各一瓶。

今岁君贵送给自己的礼物，是下诏在明德门外新修一座太清观，为国朝祈福。

天清节后一日。晋国长公主府。

张永德掖了袍角，在府内空场与侍从蹴鞠，满头大汗，神情松快。家院报赵匡胤来访。张永德素日与赵匡胤交好，赵匡胤是他府上常客。当下也不以为意，只教请进来，自己却向一旁的山石上坐了，慢慢擦汗。

未几，赵匡胤一人在家院前引下快步走来，近前向张永德施礼，满脸是笑："点检好有闲工夫，又自己在家蹴鞠耍子！"

张永德笑道："怎么样，你也来踢几脚吧？"

"呵，点检才刚消耗过体力，下官安稳而来，便是胜了，也胜之不武。"

"嘁，怎么你还必胜了？我就不信！我便是踢过一场，也照样赢你！来来来，你下场，咱俩踢一局！"

赵匡胤知道他还没耍够，便欣然道："好好，说不得下官就陪点检耍一回。"

当下两人掖牢了袍角，整顿了鞋帽，对面踢起花色来。那鞠球就如粘在两人身上般，高高低低飞舞旋转，一人耍过几遭后，便勾踢给对方接着耍。当下耍了四五个来回，赵匡胤到底脚下一偏，鞠球踢飞，溜溜滚到远处。

张永德心知他多半是故意的，却照旧拊掌大笑："哈哈，可是我说的，便是下过了场，我也照样赢你！"

赵匡胤笑道："点检是什么人？下官便是再卖力些，鞠球终究还是更听点检的话！"

张永德拿手指点着他："你小子！怎么就成了鞠球的缘故了？不服就再来，我定要教你输得心服口服才罢！"

赵匡胤忙讨饶道："不来了不来了，是下官技不如人，点检放过下官吧！"

张永德这才走到一旁，接过巾帕擦着汗，乜斜着他笑问："说吧，找我什么事？总不会就为了踢这几脚来的吧？"

赵匡胤嘻嘻一笑："点检明鉴，下官的确有事来求点检。"

张永德大咧咧道："有事求我？好啊，说。"

赵匡胤殷切道："点检知道，我家三弟匡义自去岁元配娘子病故，一向心绪不佳。前日官家不是赐宴玉津园吗，下官就带了他一同去散心。结果谁承想，人家在那里看上了一位小娘子。"

"哦？哪位小娘子？"

"还能有哪位？那日去的大臣家眷多是有了春秋的夫人们，未出阁的小娘子，只有李都帅、韩通他们少数几家中的小闺女。偏符魏王家因是外藩进京贺寿，将大闺女带在身边，我家三郎，嘿，就看上人家啦……"

张永德眼神一跳："哦，符家的六姐儿？呵，你家三郎倒是好眼光啊。"符氏不是普通的皇亲，符氏在皇亲中是什么地位，张永德比谁都清楚。若是机缘合适，他自己都愿意娶了符家六姐儿。只是鹭娘刚刚过世，他那日在官家跟前又坚决表过态，是以才没动这种心思。赵匡胤今日此言，恐怕不是赵匡义的意思，倒是他自己的意思。甚至，恐怕并不是他们到玉津园后偶尔碰到人家动了心，而是赵匡胤听说符魏王带了六女进京，料知必会跟随同游，才特意带上赵匡义与宴的……赵匡胤心眼儿活，善于拉关系、处关系，在禁军高层中是有目共睹的。即便无缘直接做个皇亲，能与符氏这样分量的皇亲攀附上亲家，那他赵家的势力不也赫然大增了吗？

这里赵匡胤听了张永德的揶揄，知他洞悉了自己心中这番小算盘，索性觍颜笑道："当日点检也见了那小娘子，点检也觉得她好，是不是？"

张永德点头笑道："果然是好。当今这朝堂上下，除非是官家还有个未出阁的妹子，次之便是我或李都帅家还有未出阁的妹子，再次便是王枢密家还有未出阁的妹子、侄女之类，否则，便没有比她更好的了。"张永德绕了这一大圈，不外乎就是说，细细算起来，放眼全境，适龄的未嫁女儿中，符家六姐儿的家世应该要排在第一。

赵匡胤也不掩饰自己的意图，急切道：“既如此，点检可否替下官去向符魏王求个亲呢？点检是驸马，符魏王是国丈，你们皇亲之间好说话。下官没根没基的，哪来颜面张这个口？”

张永德听赵匡胤仍旧管自己叫驸马，心中蓦然涌起一股暖流。既然赵匡胤还当自己是皇亲，承认自己是其靠山，自己又怎好辜负这番请托？何况，赵匡胤本是他的嫡系，他既然不便自己娶了符六娘，那么倘若能成人之美、帮助赵家将她娶到手，岂不也是一番功德？张家世代饶财，他原本也是个爱结交、好仗义的人。先前赵匡胤元配过世，想续娶彰德军节度使王饶之女为继室，他不仅帮忙牵线搭桥，还慷慨地拿出过金帛数千及缗钱无算来资助其成婚呢。若说要帮他赵家增势，那时就已经帮过了，如今两番人情着落到一处，又怎么可能不帮？

张永德叹口气，挂着一分苦笑伤感道：“元朗，你不见外，三番两次将家事来求我，可见与我是真心兄弟。你既然开了这个口，我就必定要帮你。替三郎提亲的事，就包在我身上了。成不成我不敢打包票，但我一定尽力而为！”

赵匡胤大喜，立即伏地拜道：“多谢驸马的大恩大德！成不成的且不论，就凭驸马肯出这个力，我赵家上下没齿难忘！”

张永德忙扶起他，笑道：“先别急着拜谢。我且问你，你家三郎如今是个什么职务？”

“啊，是供奉官都知。”

“知道了。……得了，你们兄弟也不必着急，且安心等我的信儿吧。”

翌日，张永德果然专程造访符魏王暂居的皇建禅院，将赵氏兄弟这一番意思说了。

符魏王回内室与夫人张氏相商。张夫人听说不是做元配，便有些不乐意。不过君若并非她所亲出，她倒也不便一力阻拦。两人议论一番，逐渐统一认识，承认赵匡胤如今深受官家宠信，仕途顺遂，赵氏兄弟在朝臣中风评又不错，虽说赵氏家世欠缺，又是去填房，但放眼将来的话，倒也不失为六姐儿的一个好归宿。

便又将君若叫了出来试探她的意思。君若对当日那赵家三郎倒还有些印象——这自然是因为赵匡义刻意想博她青眼的缘故——记得那个二十来岁的年轻人容貌周正，举止彬彬有礼，当下便含羞点了头。符魏王便回复张永德，允了这门亲。

因符魏王还得返镇主持藩务，又想亲自打发闺女出嫁，符赵两家间的一应嫁娶流程就都取便加速进行。符魏王为此特意打发昭信返回魏博，去将君若的亲孃接了过来。

筹备彩礼的时候，张永德对赵匡胤说："你家原本根底薄，你虽执节钺，却未曾实地出镇过藩阃，没油水清贫惯了，符魏王家的排场，你是应酬不起的。罢了，一事不烦二主，三郎此事的一应彩礼往来、婚房修缮、嫁娶仪仗、宴客酬答之类的用度，我就都替你包了吧。"赵匡胤闻言惊喜万分，带了赵匡义来拜谢，一口一个驸马，连连叩首感激不已。

君贵得知符赵联姻也挺高兴，特许国丈延时驻留京师，又赐给双方不少内府礼物。

宫禁中因贵妃家与赵殿帅家联姻的这桩美事，着实热闹了一阵子。君若原本得了姐夫特旨与母亲寄居延福宫，故此，这桩外臣之事就变成了宫中之事。君若每日会被众亲长轮番教导如何经营婚后生活，四姊还特命尚仪来指点她礼仪。婚礼大事琐屑甚多，张夫人每日与君爱一起操持不已，唐氏、芦笛、赤珠等也少不得要来搭手帮腔。宫中日子封闭枯燥，大家好不容易有桩新鲜事干，个个都兴兴头头，连观音、宗训也穿梭其中，兴奋莫名。

只有廷献的反应显得冷淡，该干的活儿他自然也会干，可是远没有众人那么兴奋。承璋私下问他："廷献，你怎么了？这可不是外朝的事，这是咱们家里的喜事啊。便是圣人知道了也会开怀的，你怎的却只管恹恹的？”

廷献看他一眼：“圣人知道了会开怀吗？我看不见得吧。”

承璋奇道：“怎么呢？”

廷献沉吟道：“我总觉得，如果圣人在，是不会这么布排阵势的。”

“怎……怎么，有什么不对劲吗？”

“我也不知道。我就是一种感觉罢了。”

“你到底有什么感觉啊？”

“说不上来。若说这赵家三郎，我也见过面，也说不出有什么不好。包括他兄长……”

“你是说赵殿帅？”

“嘘……嗯，包括他，我也说不上来有什么不好，可就是……就是觉得心里不踏实……”

“怎么不踏实了？他不就好图个功名吗？国朝重将谁不图功名？李都帅不图吗？张点检不图吗？”

廷献摇头：“不一样。我说不上来哪里不一样，但感觉就是不一样。你知道吗，不光是我，便是林都知、邓都知他们，也有这种感觉。”

“怎么，你还跟他们叙过？”

“嗯，有一次也不知为何叙到这上头，邓都知不拿我当外人，一下子就说出来了。他还说，林都知生前也说过类似的话。”

承璋沉默片刻，忽然笑道：“咱们觉着不踏实，官家却必定觉着踏实，不然，不会恁地偏宠他。”

廷献道：“官家雄武，漫说是他，境内这些豪藩哪个不被官家镇得服服帖帖的？官家对他的感觉，自然与咱们不同。”

承璋撇了撇嘴：“咳，他再怎么不让人踏实，又能如何？仗着官家恩宠营私舞弊、贪赃枉法的，不是连孙璘也拿下了吗？他不过是个殿帅，上头有张点检压着，旁系有李都帅督着，外头有符魏王、向节度看着，三省有范中书、王中书管着，枢院还有王枢密、魏枢密弹压着，境内还有那么多勋旧外藩虎视眈眈的……他不是王公侯伯，连同平章事都没挂，他能怎么着？”

廷献笑了一下：“你说得也是。不过……反正我不喜欢他，观音也不喜欢他。”

承璋奇道：“怎么，观音也说了什么？”

廷献道：“观音小时候从不肯与他搭言，现在外事场合里若见他过来了，就非拉着我走开。你说怪不怪？”

承璋长叹一口气：“这种事，咱们真是难得看清楚。要是圣人在就好了，或者，要是令主在也好啊……”

廷献皱眉想着，忽然道：“我想起来，令主恐怕也是不喜欢赵殿帅的。”

承璋愈发惊讶：“啊？令主？令主不是一向懒得理人吗，怎么会……”

“承璋，你还记不记得那年郊猎，令主开箭，一下子射中一只黑麂子？”

“记得记得，这还能忘？”

“当时，那黑麂子就是赵殿帅派人给抬回来的。可是兴冲冲抬到跟前，令主并不理他，反而将脸转过一边。”

“呵，令主就那性子，也不见得……”

“是啊，令主不理他，也未必有什么深意。唉，几时要能再见到令主就好了，咱们也可以当面问问她那时的意思啊……”

当下两人转移了话题，猜测着朱雀如今的去向和日常起居状况。虽说两人都对朱雀有一种没来由的信心，坚信她能够在江湖中生存下来，但又担心她孤苦伶仃，无人照料起居。他们不能确知青鸾是否与朱雀在一起，可是就算姊妹俩在一起相依为命了，生活来源恐怕也成问题。于是说着说着，两人不由又变得忧心忡忡了。

一个月后，赵匡义如愿迎娶符魏王第六女君若为续弦，君贵亲赐一对雨过天青釉的御窑宝瓶及诸多其他美器为贺。婚礼设在赵殿帅府，一应礼仪流程庄重繁复，一应器物细软流光溢彩。看赵匡胤颜面上，京中大小百官多来送礼祝贺。就连李重进，虽说已经赴任，也遣人送来了早就备好的一对镶玉银鞍桥。这一日，殿前军上下兄弟在赵府喝酒吃肉，闹了个沸反盈天。大家都知道，此番他们的殿帅与皇亲符氏成功联姻，是在与勋旧王氏联姻的基础上更上了一层楼，赵殿帅在朝野的地位愈发显赫了。

符魏王夫妇待亲自将六姐儿从皇建禅院送出阁，又三朝回了门，才携儿子昭信等率部返回魏博天雄军。

未几，张永德也奉命归藩，到澶州去做正任节度使，依前殿前都点检军职不变。

一九〇　四海均田

冬十月，随着玄武田系密谍吉良带来更多的谍报，对西蜀的攻伐被提上了议事日程。

君贵曾就此事与李重进和张永德进行过一些探讨。让两位统帅感到惊讶的是，官家似乎并不打算对西蜀大动干戈。官家简单提到了王师对川北归安镇的渗透，提到了进攻的路线，又提到了西征的将领人选。李、张二人都强烈要求为国出征。君贵却笑笑说，你们刚打完淮南、辽北，就好好去自己的镇所养息养息吧，此番不用你们了。两人急切道，那么官家要用谁？君贵说，右赞善大夫李玉对长安以南的情况比较熟悉，这次我就派他去给孟昶扎个钉子。

事实上，君贵没有明说的是，西蜀这个艰难却并不紧急的硬骨头，根本就不是他的下一个攻伐目标。契丹才是。

关于这个问题，他与王朴讨论得最多。

在对所有周遭敌对势力的排位中，契丹永远是第一位的。幽云十六州的丢失，就好比社稷的金瓯被敲破了一个大口子，令山河残破，令国朝北疆无险可守，不仅北部诸州，便是京师，距离敌人重镇幽州的战略纵深也不够。他亲眼见证过后晋末年耶律德光长驱直入占领汴京的历史，他知道，只要稍不留神，京师便会直接暴露在游牧人的攻击之下。这是国朝最大的安全隐患，一思及此，他便寝食难安。

他之所以同意王朴《平边策》中先打江南的主张，并不是认为江南的警戒级别高于契丹，而是因为在攻打契丹之前，他必须为自己清扫出一片安稳的后院。所以，拿下淮南，战略目标达成，他便及时收锋，没有像王朴所建言的那样继续往南攻击，拿下江南全境并南汉等地。

他的后院不止淮南一处，西蜀也是个麻烦。鉴于蜀主以往东拉西扯、南联北合的手段，他有理由相信，一旦他北上，蜀主必定会趁机又向不知谁发出些蜡丸书，背后搞搞小动作。为了让自己的北伐没有后顾无忧，他同样需要事先稳定住西线的局面。

西蜀与江南的情形不同。大周跨过淮水直抵江水，江淮之间的广大土地就成了周、唐两方的天然缓冲区。但周、蜀之间是以大巴山为天然界山的，再往里，并没有一块相对独立的区域适合被他占了来作为大周与西蜀之间的缓冲区。所以，对西蜀，他不能采取与江南相同的“摘腰带”办法。

他的策略是“扎钉子”，主动出击，以攻为守。那年派向训攻打时已经试探过，知道从中原西进蜀中，走秦、凤是一条比较成熟的路子。但如果能在秦、凤东面的归安镇突破新路，也未尝不可。他可以拿下归安镇，在西蜀脑袋上扎一颗钉子，让他们难受，让他们有所畏惧。如果蜀人不来抢，他就以此为据点，再多钉几颗钉子；如果蜀人来抢，那就牵制了蜀人的兵力，让他们无暇东进、北上。他相信，只要他主动出击，蜀主就失去先手，就只能被他牵着鼻子走，这盘棋下在哪里就是他说了算。

这是一个四两拨千斤的招数，是以，他用不着李重进和张永德这样的重将，他只需要投下一枚值得信托的“四两”之子就够了。右赞善大夫李玉勇敢忠诚，积极请求出征，又因早年经历比较了解当地环境，是一个合适的人选。

归安镇之外，君贵还有秦、凤、阶、成四州的漫长边线可以选点扎钉子，还有新任襄州节度使向训这枚后手棋可用。襄州在国境西南部，与西蜀隔着荆南治下的一片土地。他任命向训兼西南面水陆发运招讨使，一则是为了迷惑西蜀，让他们摸不清自己进攻的首选方向；二则也不排除在时机成熟时让向训照样给西蜀扎那么一钉子。兵书有云，虚则实之，实则虚之。善用兵者，以虚为实；善破敌者，以实为虚。

于是诏令降下，以新任户部侍郎高防为西南面水陆制置使，以晋王府时期的旧从、引进使潘美去往永兴经度西事，又以右赞善大夫李玉为行军判官。

高防的主要职责是粮草转运——但更多是做样子给外人看；潘美在高平之战后以功迁西上閤门副使，后来又出为陕州监军，此番皇帝便就近调了他去永兴监护屯兵；至于李玉，他领受了秘密使命，率十数亲随向长安永兴出发了。

荆南高保融听闻周帝即将攻伐西蜀，便再次给孟昶写信，力劝他称臣于周。孟昶有些犹豫了，召集众将相来商议。宰相李昊乜斜着诸将道："倘若答应他，就是君父之辱；倘若不答应他，则周师必至。你们对付得了周师吗？"蜀将被李昊的激将法刺激出了血性，纷纷表示："咱们蜀国陛下圣明，江山险固，凭什么望风屈服！多年来厉兵秣马，不就为了今日吗？陛下，臣等请求以死保卫社稷！"孟昶一看大家这么有信心，就命李昊给高保融写信，非常坚决地拒绝了他的劝说。

高保融便将这个情况向皇帝汇报了。同时，他见大周武胜节度使宋延渥以水军在长江上巡游不已，便请求让自己也派水军赶赴三峡备战。皇帝下诏褒赏了他这个态度，但对他的请求则轻轻滑过了。

从李玉出发到下元节期间，皇帝赶在万物凋敝之前连幸迎春苑和南郊猎场，率众将宴射、跑马、狩猎。南郊狩猎时从臣的范围甚至扩大到了江南诸降将许文稹、边镐、周廷构等。皇帝见他们神情寂寥，知道他们难免有故国之思，便下诏将他们放归江南。因境内渐平，又命淮南诸州的乡军解散归农。不过，许文稹等回到金陵后，因为都是败军之俘，反被唐主李景弃用，他们的仕途就此断绝，家眷相见时倍感凄凉。此是后话。

十月二十日，皇帝正式向诸藩下达《均田诏》，并派遣左散骑常侍艾颖、户部侍郎边光范等三十四人分赴河南六十州，均定税赋。有了之前《均田图》的铺垫，这道诏令显得不是那么突兀，藩主们基本上都明白皇帝想干什么。皇帝说了，按照民户实际耕地田亩核定税赋、减轻百姓负担是治民之本，他们必须配合这些钦差使臣的工作，明示条章，“副寡昧平分之意，察乡闾治弊之原”，让老百姓感觉到公平。皇帝又特别指出，均定赋税是面向全体国民的，即便是显贵也不能例外。

不管情愿不情愿，各府道州郡都开始配合这项统计工作。在皇帝的亲自过问和枢臣范质、王朴等人的严格监督下，以艾颖为首的三十四名行田使带领当地官吏，突破重重困难，勉力按照诏令精神重新核度农田。因事关每个农户的户口生计，无论小农还是大地主对此都十分在意，不免因丈量或归属等问题而与亲事官吏发生争执；尤其当查到那些之前隐瞒不报的田亩时，现场往往更是弄得火气十足。行田使们不得不想出各种办法、借助各种力量来咬牙往下干。这中间难免有简单粗暴的，有贪功冒进的，也会招致民众反弹，向上级官员举报诉讼。事后经查实，这些被诉的官吏又会遭到谴责或罢黜。

经过四个月的折腾，至次年春，开封府的统计数据首先报上。稍后，诸州行田使返京，也纷纷奏报所核定的成果。经汇总，此番均括，共计检到人户二百三十万九千八百一十二户，核定垦田一百零八万五千八百三十四顷（当然，这些数额是不包括淮南郡县的）。皇帝甚喜，下诏褒赏行田使们的辛劳，又颁敕了租税减免办法。

这是一次相对公平的均田运动，便是那些致仕返乡的勋旧，甚至历朝都能免除庸调的曲阜孔氏后裔，此番也照样被列入编户，不再享受优待。这当然会得罪许多有权有势的豪强大地主甚至藩主（他们中的很多人曾经为国朝做出过不少贡献，他们认为自己隐瞒田产将出息归私是理所当然的），但是皇帝并不在乎。他痛下决心做这件事，是在为国朝和生民谋划长远的福祉。就像当初他愿意以一身承担毁寺熔佛、扩街迁坟等大变革所招致的诟詈一样，今日，他也愿意以一身承担均定田亩、挤压豪强财富所引发的不满。他生长于民间，亲历过升斗小民的诸般艰难，赋税公平是他从少年时代起就追求的人世间的基本公平之一，他认为自己没有做错。

均田的同时，他又下诏将诸色课户、俸户放归州县，各府幕职、州县官不再从课户、俸户获利，而是从官中支取俸钱及米麦。又在乡村以百户设为一团，每团置耆长三人，负责地方租税及安保等事宜。

关于庙堂文化的建设也在紧锣密鼓地施行。十一月初一，应窦俨之请，皇帝正式下诏命令窦俨集文学之士勘定礼乐。窦俨是窦仪的兄弟，素蕴文学，又善乐章，还会推步星历，向得皇帝看重。窦俨一直希望恢复雅乐，皇帝因皇后的遗言和王朴的建言，也将此事提上议事日程，故有此命。

滋德殿偏殿。御书房。

君贵正在埋首批阅奏折。廷献给火盆添完兽炭，看看皇帝似乎不会召唤自己，便向奉武使个眼色，自己拿了两本书准备到弘文馆去归还。刚出殿门，却见邓锦急急走来，身旁还跟着个蔽面的军士。

廷献来不及打招呼，邓锦已经开口道："陈高班，快去通报，黑使紧急求见。"

廷献听他口气急，忙转身回去，未几，又与奉武一同掀帘出来，说道：“邓都知，陛下宣见。”一面便伸手替他们掌着门。

邓锦立刻领着那军士入内。转过屏风，那军士见四下并无旁人，便抹下面幕，急趋至御案前叉手单膝拜道：“臣英招叩见陛下。”

君贵看向他，和言道：“平身。英招，怎么了？”

英招虽然出师以来多经历练，此时却也显示出了两分慌乱：“陛下，西乞十三在幽州的身份被人识破了！”

君贵一惊：“怎么回事？你师兄现状如何？快详细报来。”

英招道：“喏。陛下，原本十三师兄已经成功潜伏至幽州守将萧思温身边，不想近期从辽上京来了个使臣勃里古，也在萧思温身边争宠一般，盯上了十三师兄。此人武艺高强，眼光毒辣，十三师兄曾几次想暗自除掉他，他却十分机警，次次都逃过，看来背后也有帮手。如今勃里古对十三师兄的身份已经彻底怀疑，十三师兄判定潜伏失败，担心底下一票人马被他们连锅端，打算相机南撤，命臣先行赶回来禀报陛下，候得旨意允许。”

“这个十三！”君贵不由急道，“到了这种时候还候什么旨？该撤就赶紧撤啊！”

“陛下放心，十三师兄说，到了不得已时，他等不到旨意也会行动的。”

“你说那个什么……什么古有帮手？”

“是，勃里古肯定有一帮手下，可是素日混在辽人堆里，臣等无法一一分辨出来。”

“他是不是专门冲着你们来的？是不是萧思温找来试探你们的人？”

“那倒不是，他应该是契丹南院大王耶律挞烈派来监视萧思温的。”

“萧思温知道十三的身份了吗？”

“至少，臣走的时候还没有。”

“勃里古既然怀疑，为何不告诉萧思温呢？”

“许是……许是他连萧思温也一并怀疑吧？萧思温素日常跟咱们汉人厮混，说不定辽主对他不放心。”

“这就是说，到你回来之前，十三在萧思温面前还是安全的，甚至有可能利用萧思温来保护他自己，是吗？”

“是。”

“……英招，你从幽州回到京师，花了多长时间？”

“回陛下，臣昼夜兼程，每天最多睡两三个时辰，其间换了三匹马，饶是如此，还是花了半个月时间。”

“不好！”君贵忽然道，“朕早年跟契丹人打过交道，知道他们最是狡猾多疑。若是已经疑心上十三，恐怕等不了半个月就会动手！说不定，会连萧思温也一并办了！”

英招和邓锦闻言，尽皆变色。英招一转念，又道：“陛下，十三师兄很警觉，应该会提前察知辽人动向的吧？”

君贵点点头，看向邓锦：“你立刻挑选一百个精细可靠的近卫，带上家伙，带够食水，换成民间打扮，跟着英招去救他们！记着，兼马倍速，务必要快！还有，不要向近卫暴露英招和十三他们的身份。所有追来的辽兵，必须赶尽杀绝。放跑一个，以后这条线就不能用了！”邓锦忙答应了。君贵又转向英招，“就走你们常走的路，如果十三南撤，应该能在半路遇到。”

两人肃然应喏，施礼而去。

君贵立在御案前，看着他们离开，头脑中紧急思索。北伐契丹、收复幽州很依靠李瀚和西乞十三他们在背后的策应。幽州以北虏骑聚集甚多，倘若没有内应，北伐困难必定倍增，那就要另行谋划攻取之策了。

他的头疼起来，忙揉揉太阳穴。他在幽州所下的工夫甚是绵长，几乎早到高平之战后，他就遣人与李瀚暗自交通，开始了精心的擘画。李瀚能取得萧海真的信任，西乞十三能取得萧思温的信任，都是这些年花费无数心血的结果。萧思温是辽主的妻族，只要他地位稳定，保留着幽州之守的位置，这盘棋就是活的，大周终究有隙可乘，有利可图。没想到，辽主还没怀疑萧思温，南院大王倒先盯上他了！如果萧思温被撤回辽上京，或者被杀掉，那么大周这些年在他周围所下的工夫可就白费了。

不过，君贵在军事上素来不主张投机，不会冒险将所有的宝押到唯一的地方。倘若幽州守将不能为我所用的话，其底下的部将和士卒也是可以进行逐层渗透的，只是不如直接抓住萧思温来得高效罢了。好在，青鹏谍线尚存，那是他早就备下的后手。

与英招谍报相继，数日后，吉良也带回了西蜀的谍报。

李玉到达长安之后，与吉良等西线谍者取得了联系。按照计划，吉良等也提前与归安镇的内线接洽妥当，待李玉率人偷偷抵达，就杀掉蜀守将李承勋，开门接纳。李玉只带了少量亲兵，人马不够，便去找永兴军节度使王彦超借用二百人马。王彦超听说他要袭击归安镇，力劝他道路阻隘，不可轻行。李玉只得说："下官是奉密旨办事的。"王彦超便借给了他。

李玉率众趁夜摸到归安镇，吉良如约向城门内发出信号，城中还以信号。城门悄悄打开一条缝，李玉立刻率领部从闪了进去。没想到，他们中了李承勋的计！李承勋在前一天经人告发，挖出了周朝埋伏在身边的谍者。酷刑逼供之下，谍者吐露了李玉偷城的计划。李承勋便将计就计，在瓮城上设下伏兵，待赚得李玉等入内，就发箭如雨。李玉殉国，所部二百来人也全军覆没。吉良因负责断后，尚未来得及入城，侥幸逃过一劫。他眼见救人无望，只得连夜逃走，赶回来向皇帝报信。

吉良毕竟年轻，一面讲述李玉等被围歼的经过，一面便忍不住哭泣。君贵拍着他的肩膀安慰着，自己也不由得热泪盈眶。

归安镇一役，他折损了一名忠勇之臣、三名经验丰富的西线谍者，以及二百多名军士。而出于保密和未来征战的需要，他不能向外人说明李玉的真正使命，也无法解释为何征蜀大事竟会采用这种主将的少量亲随加藩镇借兵的奇怪军力配置。他只得由着别人误解为李玉贪功冒进，打乱了整体部署，致使王师坐失西征良机。他甚至不好公开为李玉赠官加衔，只能私下对其家属加重抚恤。

但是在他的心里，他将长久地怀念这些承受着误解、英勇殉国的皇朝功臣。

为了迷惑蜀军，君贵随即命令秦、凤沿线守将、宋延渥的长江巡航舰队以及向训的襄州军在周蜀边境上做了一系列零碎的小动作，给蜀人造成周军将会有大动作在后面的印象，避免他们发现：其实，李玉的动作就是这次“伐蜀”的全部了。

果然，蜀主孟昶受到归安镇之役的惊吓，立刻以赵崇韬为北面招讨使，以孟贻业为昭武、文州都招讨使，以赵思进为东面招讨使，以韩保贞为北面都招讨使，以高彦俦为招讨使，累计六万兵力，分别屯于边境要害以备周军。

蜀主这个应对的架势被侦候报到君贵跟前，君贵不由一笑。从西蜀的将领调遣和兵力配置就可以看出，他们被蜇了一下之后完全是在采取守势，只求不要再被蜇，根本不敢主动出击，授周以进攻口实。四两果然起到了拨千斤的效果，李玉死得其所了。

临近年底，江南李氏也有消息传来。

南唐太傅中书令宋齐丘一党素来擅权谋私，近期愈发有篡窃之嫌了。李景新近又发觉几桩他们的劣迹，感到再也不能忍受，便决意诛杀之。他派遣钟谟出使东京，向皇帝报告了自己的打算，请求允准。君贵因为宋齐丘等都是藩属国之臣，自己与唐主划江为盟，理当尊重唐主的权力不予置喙，故此只言知晓，不做表态。唐主便向朝野诏示了他们的罪过，勒令宋齐丘“归隐”九华山；将陈觉责授国子博士，贬到宣州；又赐李征古自尽。做完这些处置后，他仍旧遣使向皇帝汇报。皇帝点点头，表示朕知道了，依然既没有任何表情，也没有任何评论。没过多久，江南谍线又报，宋齐丘在九华山自缢。皇帝点头。

既然唐主已经基本顺服，皇帝就希望南唐至少在表面上维持住一个政通人和的局面，不要闹出太大的事来。不过皇帝心里也很清楚，南唐朝堂上下这一团乱麻，便是抽走几条，也仍旧够他们忙乎的。

那就让他们自己忙乎去吧，皇帝的心思，已经不在南唐了。

小年之前，邓锦和英招返回禁中，汇报增援北面谍线的结果。

他们紧赶慢赶，还是去晚了一步。在滑州附近的郊野，他们发现了刚刚结束的一场打斗的痕迹：西乞十三手下十数人尽皆战死，另有多名辽人在激战中身亡，双方的身体都还是温软的。有名谍者临死前告诉他们，对方有人活着，在听到远方大队马蹄响之后跑掉了。他们牢记皇帝之命，清点死亡人数之后立即飞马向北追索。至黄河边的一处荒郊野庙中，他们追上了勃里古，发现他受了重伤，身边只剩三名受伤的随员扶持。邓锦指挥近卫们立即拿下这四人，经过分隔审讯，确知再无旁人逃回。他们押了这四人回京，不想勃里古伤重死于途中，另一辽人自杀，其余两个伺机逃跑，被射杀。

君贵听罢汇报，急切道："十三呢？十三是死是活？"

英招从怀中掏出一个草环。草环以一种独特的方式结成，上面按照不同的距离打了若干不同的疙瘩。英招向皇帝呈上草环，含泪道："陛下请看，臣在他们激战之处发现了这个草环，上面全是我们玄武门中的暗号。这里表示重伤，这里表示中毒，这里表示死，这里是结环者的身份暗号。陛下，这是十三师兄留下的，他的意思是，他受了重伤，还中了毒，决定一死！"

“你们没在附近找找他?”君贵急道。

“陛下，当时天昏，这个草环还是因十三师兄挂在了一个醒目的树枝上，臣才发现的。臣翻遍了战死者没有找到他，发现旁边有一个很深的山谷，臣便下去数丈，又唤了半晌，也没有应答。臣原想教邓都知他们先去追逃跑者，自己再找找，可他们不认识勃里古，勃里古长得又很像汉人，臣才无奈离去的。”

君贵又问:“那么回程呢?你们回程中有没有再去找?”

邓锦忙道:“陛下，找过了。臣等回去清扫了战场，登记并埋葬了全部自己人。上百号近卫兄弟将那里翻了个遍，甚至下到了谷底，可是没有找到人。”

君贵默然片刻，对英招道:“你立马回去告诉你师父，要他在江湖上放出密讯寻找西乞十三，活要见人，死要见尸。幽州那边的情形，朕会命别的人打探。你们到底有没有在萧思温跟前暴露，萧思温这条线还能不能用，你们等朕的吩咐。”

一九一　股肱之殇

显德六年正月初一，皇帝御崇元殿接受朝贺，仗卫如仪。

高丽国国王王昭遣使进贡黄铜万斤、紫白水精两千颗，因高丽人喜读书，又进《别叙孝经》《越王新义》等阐发儒家经义的书籍若干卷。回纥又遣使献玉、硇砂并马匹等物。皇帝秉承先帝遗训，不欲国人追逐奢侈，便答曰："玉虽称宝，无益国用"，委婉回绝了美玉。对回纥所献之马，则按其品相，以赏赐金钱的方式给予回馈。此外，女真国、渤海国等亦遣使朝贺，进贡方物。至于藩属的吴越、南唐、荆南等地，还有直辖的道府州郡各处，贡贺如式，也毋庸赘言。

月初，翰林学士、判太常寺事窦俨等参详雅乐旧制，撰成《大周通礼》和《大周正乐》以献。其中《大周通礼》依据古礼和常例，规定了大周内外所应行用的标准礼仪，尤其是朝堂礼节。而《大周正乐》则是一本乐谱，凡三弦之通、七弦之琴、十二弦之筝、二十五弦之瑟、三漏之龠、七漏之笛、八漏之篪、十七管之笙、二十三管之箫皆立谱调，编于历代乐章之后。

《礼》《乐》既成，乐调的正声却还没有解决。没有黄钟律管定音，光是看着乐谱，乐工们仍旧无法演奏。皇帝熟知王朴于音乐上修养颇高，向他咨询，王朴上疏从容以答。皇帝便命他来考正雅声。

王朴受命，以汉魏以来各代的乐志记载为基础，采用"累黍之法”确定黄钟律管的长度。所谓“累黍之法”，是将黍米粒一个挨一个排起来，“一黍之广度之，九十分黄钟之长”，排九十粒黍米粒的长度，就是九寸，也就是黄钟律管的标准长度。有了长度，再按照古载以三分为直径，以及严格的铜料配比，就能造出一支标准律管。在此基础上，就可以生出十二律，分定宫调、校正丝竹钟磬之声了。

月中，王朴拿出了自己的研究成果。他在律管的基础上，独出心裁造出了一个“律准”，来解决定音时“众管互吹，用声不便”的问题。这个律准模样像一张琴，却比琴巨大，足有九尺长，设十三弦，为十一律，七律为一均，宫商角徵羽迭应不乱，成八十一调。

素来狂傲自信的王朴在此事上表现出严谨求实的治学之风。因对自己的这项发明有点心里没底，他便奏请皇帝让百官都来发表意见，校正得失。于是一群大周的饱学之士围着这个大家伙研究良久。在指出了一些无关宏旨的小问题之后，最终，大家都认为王枢密的发明很精准，很周到，很实用，他们没有什么需要补充的大项。皇帝大喜，下令校正颁行。

对君贵而言，雅乐的推行是治政之大事。因为雅乐即礼乐，雅乐的本质不是音乐，而是礼仪。所谓“礼以检形，乐以治心”，有了礼乐，教化官员和百姓时就不用板着脸，“圣人之教不肃而成，其政不严而治，用此道也”。唐太宗曾经命人考正大乐，备八十四调，但安史之乱后亡佚殆尽。君贵立志做一个像唐太宗那样的明君圣主，“白旄黄钺定两京”的武功只是一方面，“以心感人人心归”的文治却是更重要的另一方面。他在征战的间隙马不停蹄地修订刑律、颁布历法，如今又勘正雅乐，就是他向文治逐渐倾斜、逐渐加码的表现。

慨然抚长剑，济世岂邀名？劳歌大风曲，威加四海清。

元宵节前，君贵接收到了一些新的情报。让他尤感欣慰的是，西乞十三他们在萧思温和南院大王面前并没有暴露，这可能是由于勃里古贪功，想抓齐了活的一并汇报，也可能是他出于谨慎，不愿事先走漏了风声。这样，原来的一些人就仍然可以用，原来的一些谋划，就不用推翻重来。

元宵节后，君贵定下了北伐幽云的方略，这是一场硬仗，迟早要打，现在打，是最佳时机。他开始从各方面进行准备。

他对幽云和对淮南的攻取策略不同。打淮南，他事先动静很大，禁军训练，军资筹备，粮草转运，下诏声讨，前军轰轰烈烈出发……他是先从声势上压倒对方，让对方胆怯。但打幽云，他必须低调。契丹是游牧民族，作战方式与中朝很不一样。大声嚷嚷吓不倒他们，反而泄露了自己的作战意图，教对方加意提防。兵贵神速，情报贵隐秘，他要出其不意地摸到幽州去，一举拿下契丹在南线的这个最大据点，再图其他。

十九日，他召集在京诸将聚于内鞠场，赐射，行赏。三日后，又率众臣幸迎春苑，一半是观赏初春风光，一半是进行精神激励。通过射宴与迎春苑的游冶，皇帝感到禁军将领们精力旺盛，雄心勃勃，对于再立功业都跃跃欲试，心中十分欣慰。于是他嘉勉诸将，谕令他们用心操练士卒，随时备战。大多数将领并不知道皇帝的下一个目标在哪里，他们理所当然地认为是要对西蜀用兵，于是激动应喏，都想届时争得先锋出征的机会。

与此同时，张美和李飞卫分别接到命令，开始筹备下一轮征伐的粮草委积和军械事宜。

二月春分之前，皇帝又启动了一系列水利工程。

首先，派遣枢密使王朴到河阴按巡黄河河堤，并且在黄河与汴水交汇的汴口设立斗门，也即闸门，用来控制水流。其次，命侍卫亲军都虞候韩通和宣徽南院使吴延祚征发徐、宿、宋、单等州的丁夫数万人继续疏浚汴河。然后，又征发京畿和滑、亳二州的丁夫数千人，一部分给步帅袁彦疏浚五丈河，另一部分给马帅韩令坤导汴水入蔡水。

东京城中有三条河，最北面是五丈河，稍往南是流入禁中的金水河，再南边是汴河。五丈河斜着从罗城元德门附近的西北水门穿入，又从城东寅宾门以北的东北水门流出。五丈河渠的淤积十分严重，皇帝命将它疏通后，向东经过曹、济、梁山泊，以沟通青州、郓州的漕路。又命将流出城东的汴水导入不远处的蔡河，并对蔡河重加疏浚，以沟通陈州、颍州的漕路。

这些水利工程主要是围绕东京水系而为，从表面上看，仍旧是为了加强漕运，与未来的战事似乎并没有什么关系。

皇帝还抓紧时间处理了一些别的事务。

比如，为今岁的春试特地下了两道诏令，一道是关于闻喜宴的排演问题，另一道是关于放榜的问题。闻喜宴是天子对新科进士的赐宴，打从唐代建立科举制以来渐成惯例。五代制度乱，闻喜宴时有时无。皇帝决意为士子们恢复这一荣耀，下令由宣徽院负责指挥排练。至于放榜的问题，原先礼部贡院的放榜制度不严密，参试的士子们考完往往焦急难耐，四处打探、谒见，从中也造出不少弄权勾结的弊端，皇帝便重申要按照不同的科别和等第来定下中举者人数与姓名，并且要将试卷上奏，让士子们只管安心等待放榜。

又如，淮南州郡报告闹饥荒，皇帝便命有司将府库之米借给百姓。有司提醒说：“淮南民贫，恐怕还不了啊。”皇帝正色道：“百姓就如同朕的儿子一般，哪有儿子处于倒悬之境而为父不救的道理呢？朕借给他们米粮，难道就是为了责求他们必须偿还吗？！”

又如诏令诸道的应差摄官各支半俸，进行小范围的官员升职或罢黜，裁减各级官吏冗员，等等，不一而足。

最让皇帝开怀的却是去观钟。明德门外的太清观初步修成，有司奏报说就缺一口大钟，请示是不是现铸。皇帝因目下官营铜铁作坊都在赶制军械，不欲他们为此分心，便问：境内别处可有合适的大钟吗？有人奏报说，濮州有口唐代古钟很有名，皇帝便命去挪过来赐给太清观。至本月，道观涂饰完成、大钟迁徙挂装已毕，皇帝便亲幸太清观。见这口唐钟黑沉庞大，古意盎然，气势非凡，即命道士恭敬撞击。果然钟声悠远洪亮，声闻数十里。皇帝大喜，说这是王教远播之应，对相关者赏赉甚厚。

禁中。莲心亭。

已是三月中旬了，林花扫更落，径草踏还生，大内一派晚春景象。

君贵与廷献、奉武等在亭前空地上蹴鞠耍子，时不时有柳絮杨花飘飞而至，沾缠到他们的衣衫上。王景通引王朴从甬道款步走来，隔得老远停下，笑着禀报："陛下，王枢密回来了。"王朴便如礼下拜颂词。

此时鞠球正在君贵脚下。君贵闻言，用鞋尖将鞠球勾起，使个斜插花传到廷献那里，笑道："接着！"自己却趁机跳出圈外，向王朴走去，"文伯，平身，你几时到的？来，过来亭中坐！"

王朴起身跟过去，笑答道："臣刚回京，先来向官家报告。"

"呵，此番去了将近一月半，朕着实想你得紧！不过，再急也不急在这一时，你先回家瞧瞧夫人和儿子们再来也不迟啊。"君贵说着，接过奉武递来的巾帕，一面擦汗，一面便示意廷献去点茶。

"家里不急，臣先见官家要紧。汇报完按巡河堤的事，臣还得去找一趟李穀呢。"

"哦？还要找他去？"

"是。显德元年官家不是遣他去澶、郓、齐州一带主持过筑堤之事吗？那次修得甚好，这几年水患减轻了许多。臣此番巡堤遇到些问题，必得与他当面商讨，看如何解决是好。"

“好，那先说说你这次巡按的情形。”

王朴知道官家懂得水利之事，不会满足于泛泛的报告，便详细汇报了自己在河阴一带见到的堤岸现状，以及自己针对崩坏之处所采取的补救方案。他又特别汇报了如何与老河工们一起商量，在汴口设立斗门调节水流的事。因为这不仅仅关系民事水利，更关系到未来的军事行动。见官家对此细节尤感兴趣，王朴便要画图给他看。

莲心亭素常并未备有笔墨纸砚，廷献见状，忙自告奋勇就近去取。可是留在亭内的君臣二人都是急性子，连说带比画不到两句，君贵便拉着王朴走出亭子，找了根细树枝塞他手里：“文伯，不等他了，你拿这个在地下画。”

于是待廷献巴巴地将一堆御用文具取来，却见官家和王枢密已经画了满地的不知什么弯弯拐拐，并且自得其乐地拿些瓦块、石头、树枝等搭出了简陋的模型。

指指点点说完，君臣二人心满意足地站起身，俯瞰着地下的“战果”相视而笑。廷献放下文具，上前道：“陛下，说了许久，该渴了吧？是不是用点茶，也赐王枢密歇歇？”

君贵经他提醒，这才想起王朴自打来了嘴就没停过，忙笑道：“对，上茶来。文伯，咱们还是进去坐着，你也消停会儿。”

一时用了茶，君贵屏退众人，又与王朴议起北伐的事。两人也不要纸墨，也不画地了，拿果子在几案上摆开做了地图。君贵将自己的最终战略构想和盘托出，王朴对他在战争初期以谍线内应配合闪电战的打法十分认同，但在进攻路线上稍有异议。两人反复研讨、斟酌半晌，就进军大本营的选点、进攻路线、进攻节奏、各阶段战略目标等逐渐达成一致。

因李重进、张永德两人都不在京中，君贵这套思路是第一次完整地向人提及。王朴不是军人，他不需要王朴提供战术打法，他需要的是王朴的战略思想，并以此来印证自己的构想是否正确。王朴是能在折冲樽俎间制胜远敌的人，王朴的反应让他信心倍增。当初，打淮南的思路也是他们两人议过之后，才与众将商量的。这次汲取了打淮南的经验和教训，他们都有把握对形势做出更准确的判断。

君臣二人又叙了半晌，王朴看看日头偏西，便向君贵请辞。君贵笑道："文伯，你要不要去见见菁娘和诲哥儿？"

王朴犹豫了一下，方道："算了，若见了那丫头，少不得又有一番啰唆，平白耽误工夫，还是改日臣和她婶子一起再来瞧他们吧。"

君贵道："见个面能耽误多少工夫？要不，我遣人将他们叫到这里来？也省得你劳动腿脚。"

王朴摇头道："臣还是先去找李穀吧。李司徒身子骨不好，怕是天一暗下来就要歇着，臣若是去晚了，可就显得无礼了。"

君贵笑道："既如此，我就不留你了。明日你再入宫来，咱们议几项人事任免。——廷献，命肩舆，不，还是命辆车吧，跑得快一些。呵，王枢密急着走嘛。"王朴便笑着站起身向君贵揖别，由奉武引着离去。

延福殿。已是日落时分，暮鸦蹁跹，晚霞满天。

君贵与君爱携三个皇儿在滋德殿用罢晚膳，一同归来。君贵因今日手头事不多，破例不在滋德殿勾留，此举受到了观音和宗训的热烈欢迎。到得穿廊中，观音与宗训来了捉迷藏的兴致，追逐逗闹不已。君贵便从乳母手里抱过阿姣，指着他们对幼女哄逗道："阿姣看看，阿姊和阿哥淘气不淘气？阿姣将来长大了，是会像阿姊那么淘气呢，还是会像你阿孃那么安静呢？"

阿姣出生将近九个月了，脾性与观音幼时大不相同，柔柔的，颇有君爱之风。此时听了爹爹的话，阿姣便拿一双水光粼粼的长睫毛圆眼睛盯着阿姊阿哥，又回头看看阿孃。君爱知道她没听懂爹爹的话却又在努力思考，便拉着她的小手笑道："咱们告诉爹爹，阿姣谁也不像，阿姣就像自己，好不好？"阿姣说话早，此时已经会说简单的几个字，便斯文地点头道："好，姣……已。"君贵与君爱都笑起来，君贵尤其欢喜，宠溺地拿胡子楂儿轻轻在小女儿脸颊上扎了一下。

玩了不多时，三个孩儿次第由乳母领了去睡，君爱便与君贵在寝殿中坐着叙些闲话。君贵因王朴返京，日间与他议得兴奋，自己兴头也足，顺口便将自己将会北面用兵的事告诉了君爱。君爱听了，默然半晌。

现在她已经能够基本把握住君贵的心思了，北面用兵是大仗，君贵一定会亲自去打。她知道劝也劝不了，可是心中又实在不舍，只得低声道："官家才从淮上回来多久？尚不足一年工夫！回来了也没歇着，天天大事小情不得消停。便是去南郊，去玉津园、迎春苑，也是办公事的时候多，松了心游冶的时候少。前日六姐儿入宫来看我，说赵三郎他们那里天天在练兵、检阅，我就知道，准是又有战事了……"

君贵有些抱歉："是啊，我也知道忽略了你和孩儿们。何况宫里人多事杂，真是难为你了。"

君爱嗔道："我岂是为的自己？我是为了官家的身子太过劳累！"

君贵摇头笑笑，转而又眉飞色舞道："君爱，你给我十年时间，好不好？王朴替我算过，我有御宇三十年的命数。你给我十年，让我把该打的仗都打完，我就不会像如今这样老惦记着出门了。到那个时候，我就踏踏实实安坐宫中治理天下，陪着你消磨光阴，陪着孩儿们长大，如何？"

君爱不由有了泪光："十年？再过十年，观音都该嫁人了！"

君贵怦然心惊，忙道："谁说她该嫁人了？"

"官家自己算算，观音到今年六月就该八岁了，再过十年，是不是这个情形?”

君贵一愣，随即笑道:“我说错了。那……再给我五年，好不好？这不已经是显德六年了吗？我已经用了五年把河东打掉了魂儿，把淮南打下来了，往后的进展只会越来越快。再有五年，天下应该能够彻底平定。那时候，观音不过十三岁，你也才二十六七，好日子还长着呢。”

“五年就能平定整个天下?!”

“你等着看吧！今岁我会拿回幽云十六州，那本来就是咱们的地盘，辽人守卫的意志不会很坚定，吃几场败仗，他们必定会跑；然后明年，最迟打到后年，一定要平定巴蜀；然后再花一两年时间打过大江去——李景是不会主动献土的，但有了以前的经验，我知道该怎么对付他；中间顺便将湖南彻底收回，荆南也要拿回来；待江南平定，广南还能怎样？恐怕只能望风而降，也费不了什么周折。……这里外里你细算一算，可不就是大致五年的工夫吗?”

君爱看着他，疼惜道:“我并不急着要官家相陪，宁可官家慢些！大姊交代过，官家性子急，凡事只知道一个劲儿往前冲。我得替大姊拦着些，不让官家走得太快……”

君贵愣住了:“你大姊是这样说的?”

君爱轻轻点头道:“嗯，叮嘱了好几次。”

君贵长叹一口气，伸手揽过君爱:“知道了，你们放心吧。我刚才说的过程，已经算慢的了。并不是我急着要如何，打仗就是这样的，有的时候，送上门来的战机，容不得你不把握……”

君爱将脸埋入他的胸前，心意涌动:“官家，这些我都明白。可是，国事固然重要，官家还是要爱惜自己的身子啊……”

翌日清晨。

因连日劳累，君贵特谕今日免朝，以便在宁静的暮春氛围中多睡一会儿，让身子和精神都缓过来。

然而，延福殿的宁静被一阵急促的脚步声打破了。脚步声径直来到了寝殿殿门外，有零碎的几句交谈声传来。然后，殿门轻轻推开，芦笛走至榻前，隔着纱帘唤道：“陛下，陛下……”

君贵警觉，已经醒了，蹙眉问道：“怎么了？”

“王枢密府来人求见。”

“什么？”

“王枢密府来人求见。”

君贵猛地坐起：“发生了什么事？什么人来了？人在哪里？”

“是帮着王夫人管家的府内娘子，在延福宫宫门外候着呢。”

“教她到客堂去等着。快，把朕的外衫拿来。”

客堂，穿戴简单的君贵匆匆走来。王府管家娘子如礼下拜。君贵打量着她，忍下心头的不安问道：“你是王枢密府里的？发生了什么事？”

“陛下……”管家娘子一开口便流下泪来，“夫人命臣妾来报，枢密……枢密……殁了……”

“什么?!”君贵大惊，两步走到她跟前大声道，“你说什么?!”

此时君爱也已简单穿戴了跟出来，闻言忙走到君贵身边，一面向那官家娘子道：“你先别哭，起来好好说，王枢密……王枢密怎么了？”

那娘子拭着泪，起身道：“枢密昨日去李司徒家拜访，两人正叙谈着，枢密突然倒在了座中！李司徒忙请了御医诊治，又命人拿肩舆抬了归家养息。可是……可是……枢密一直没有醒过来，挨到今日凌晨，连一句话都没有留，就……就殁了……”

君贵呆若木鸡，泪水汩汩而下。

君爱也流下泪来，见君贵悲痛，又转而劝慰道：“官家，官家……不要太难过……”

君贵揾一把泪，向侍从们吩咐道：“从速给朕梳洗！备素服，备马，朕要去枢密府看他！”

王枢密府。

满府已经悬挂了素白的灵幡，全府服丧。灵堂中哀声四起，王朴的夫人和儿子们在灵前焚香烧纸，流泪痛哭不已。一旁尚有家院往来，忙碌着摆放丧事用具，安排琐事。

有家院急速入内，走至眼睛红肿的王夫人跟前禀报："夫人，官家的近卫前来报信，说官家马上就要到了！"

王夫人一听，忙扶着仆从的手挣扎着站起来，又向身旁的儿子王侁等吩咐道："你们，都出去候着……"

府门口。街禁了，街面上除了提前到来警戒的宫中侍卫，一个闲人也没有。

君贵在邓锦等人的护卫下匆匆驰来，王府众人如礼下拜。君贵跳下马，走至王夫人跟前示意免礼，急急道："王夫人，文伯他……他?"

王夫人嘴唇翕动，泪流满面，悲伤难以成言。王侁在一旁和泪揖道："回陛下的话，家父今晨不幸病故，已经入殓了。陛下……里面请！"

君贵在王府家人的前引下急急往里走。走至灵堂内，只见香烟如雾，白幡如雪，高案上供奉的灵牌墨迹未干，高案之后，赫然便是一具冰冷的黑漆棺木。

君贵心中大恸，几步抢至王朴棺前，拍棺放声大哭："文伯……文伯！昨日咱俩聊得酣畅淋漓，今日朕还等着你入宫再叙呢，你怎么……怎么突然就走了……文伯啊……你怎么能这样，朕教你好生歇着的啊……"

众人见此情形，愈发悲痛，灵堂内哀声响成一片。

君贵恸哭半晌，踉跄转至王朴的灵案前。一见灵牌上"大周枢密使王公讳朴之位"几个字，他心如刀割，忍不住扶着灵案又是一阵失声哭号。邓锦见状，怕他支撑不住，忙将从宫中带来赙赠的礼器玉钺递给他："陛下，节哀啊，陛下！"一面便替他焚香烧纸拜祭。

君贵以玉钺拄地，泪眼婆娑地看着邓锦拜祭，自己与王朴历年的交谊，一幕幕，一桩桩，全都回到了眼前。

王朴是后汉朝的进士，最初在枢密使杨邠幕下，因朝政混乱便辞官归乡，因此躲过了汉隐帝诛杀三臣及其党羽的祸事。父亲与杨邠打交道中知道王朴很有才学，登基后便将他派给自己，做了澶州的节度掌书记。

澶州两年余，文伯帮着自己打理军政方方面面的大事，所做的远远超出了一个掌书记原本的职责范围。整治澶州城的规划是他做的，化盗为民的政策也是他提的，就连当初自己和君怜要找《大宝箴》和《惟皇诫德赋》来读，也是他靠记忆一字不差地默写了拿来的……

自己回到中枢封王尹京，文伯便做了右拾遗，是“扫地班”的重要成员……

先帝驾崩，自己继位，文伯改任比部郎中，掌赃赎徒役，判冤决狱。自己整顿释门，在运动中闹事的人，便曾交给他处置……

自己志在天下，要求众文臣献《平边策》，只有文伯深合己意，提出了军事解决疆域问题的具体步骤……

自己需要他随时在身边备咨询，便将他升职做左谏议大夫，知开封府事，后来还迁左散骑常侍，充端明殿学士。自己为了恩宠他，夯实他在群臣中的地位，娶了他的侄女菁娘……

自己讨伐河东，出兵淮南，直至如今的北伐，事先都会反复跟他商议。只有与他尽量保持意见一致，自己才会感到踏实……

君怜崩逝，自己满心痛苦无人可诉，在中元节将他宣召入宫。是他充分理解自己的心意，提议为圣人燃烧河灯，以寄哀思。君怜忌日，他又主动进献悼诗来安慰自己的心……

自己几番亲征，先后以他为东京副留守、留守，又将规划东京新城的重任交托给了他。及至从淮上凯旋，东京已是百姓安居，朝政井然，道路四通八达，城池庄伟宏阔！……

文伯才华横溢，深具上辅之器。凡他所主张的事情，群臣没有能辩驳的，这不仅因为文伯深得自己的信任，更因为别人提不出比他更好的法子来。自己要正时安农，文伯便校定出了《显德钦天历》；自己要内修法度，文伯便与中书省协力监督而成《大周刑统》；自己要纾解民困，文伯便与范质等带领朝廷核心臣工监督保障艾颖诸使均定田亩；自己要考正雅乐，文伯便为窦俨的《大周正乐》研制出律准；自己要兴修水利，恢复漕运，疏通北伐水路，文伯便巡按河堤，亲自到汴口研究如何设立斗门……

自己与文伯的主从、君臣名分不过数年，可是数年之间，在文伯的鼎力辅佐之下，国朝百废俱兴，一派昌盛景象。

文伯虽然秉性刚强急躁，却从不利用名位为自己谋取私利。同僚们虽然有时候受不了他的剽悍做派，但对于他的为人和私德，却从来不曾有过微词。文伯为了国朝的前途，殚精竭虑，呕心沥血，连续奔波无暇休息，直至最后积劳身死而为国殇……

文伯享年不过五十四岁而已，难道真的是天妒英才?!

文伯是他在文臣中的股肱心腹，失去了文伯，他如断股肱，如掏心腹!

君贵以玉钺拄地恸哭再三，肝肠欲断。邓锦、刘奉武等忙上来扶住他，含泪劝解:“陛下请务必节哀！王枢密天上有知，也不愿陛下为此哭坏了龙体啊!”

祭奠已毕，君贵被众人好说歹说，搀扶着到别室暂歇。侍从们忙上来伺候巾帕与茶水。

良久，君贵情绪平复，下令赐见王朴遗孤。王夫人引着儿子们入内拜见。君贵好言抚慰一番，见其长子王侁已经成年，风姿喜人，应答得体，便将他录用为东头供奉官。

后几日，天子诏下，故枢密使王朴赠侍中，其余赏赙优抚，率有加等。又，以王朴画像入功臣阁，与郑仁诲等开国元勋并列，以为国朝永久之纪念。

菁娘得知叔父噩耗，痛哭至于病倒。又在景福宫别设灵堂祭奠，扶病亲拜，几至晕厥。

一九二　谍心如赤

禁中。滋德殿偏殿。御书房。

屏风上挂着一幅新的地图，那是中原王朝在二十年前丢失的幽云十六州。君贵一身素衣，已经在地图前站着看了很久。廷献捧了一盏茶过来，轻声道："陛下，还是歇歇吧？从殿前司视察回来到现在一直在看地图，也该歇会儿了。"

君贵将视线转向他，问道："廷献，你去过幽州吗？"

"幽州？回陛下，臣没有去过。"

"朕去过。"

"陛下去过？"

"对。朕不仅去过，而且亲眼见到过幽州城是如何被出卖给异族人的！当时的悲惨情形，朕一辈子都忘不了！"

"陛下，那是……是石氏天福年间的事吧？"

"嗯。这么些年来，朕只对圣人提到过当年那番景象，那些凄厉至极的哭号声，那些举家从城头跳下的人……"

廷献沉默片刻，方道："……陛下，圣人听闻此事后的心思，必定与陛下一样。"

君贵的眼中射出光芒来："廷献，朕很快就要出发，去为社稷、为百姓将这些丢失的土地收回来！你说好不好？"

廷献为他的神采所感染，也激动道："倘若如此，沦陷虏区的人民必定感恩泣血，圣人的在天之灵也必定大得安慰！还有令主……令主家的遭遇也与此事相关，令主若知道陛下北复幽云，也必定会为陛下祈福祷祝的！”

君贵听他提到朱雀，不由一怔，随即叹息道：“是啊，令主……朕找了她这么长时间，竟然一直不能得到丝毫消息！不过，你放心，朕还会接着找她的。”

廷献见他伤感，忙压抑了自己的伤感，反而安慰道：“陛下，以臣愚见，待陛下做成这件大事，令主想必就会现身了吧。”君贵颔首。

这当儿殿门开启，邓锦入内，趋至君贵跟前一礼，眼神中流露出罕见的兴奋：“陛下，陛下，恁可猜不到是谁回来了！”

君贵奇道：“谁啊？”

邓锦迟疑了一下。君贵道：“无妨，说吧，廷献可以听。”廷献感激地垂目后退一步。

邓锦欣然道：“陛下，是西乞十三！”

君贵一听喜出望外，忙道：“十三在哪里，快快，快宣进来见朕！”

未几，西乞十三入内，叉手单膝跪拜道：“臣西乞十三叩见陛下，陛下圣安！”

君贵伸手亲自去搀扶他，关切道：“十三，这数月你去了哪里？可教朕担心死了！”

西乞十三不肯起来，垂目沉痛道：“陛下，臣判断失误，指挥无方，致使王师谍者损失惨重，臣罪该万死！”

君贵叹道：“平身吧，不怨你。”说着，向邓锦和廷献示意，两人便上前将西乞十三死活拉了起来。君贵道，“十三，你是身受了重伤吗？当时发生了什么事？后来又发生了什么？你如实报与朕知晓。”

西乞十三道：“喏。当时，臣察觉勃里古将会对臣等采取行动，便向萧思温谎称家中老母病重，要返乡看视，萧思温没有答应。臣怕夜长梦多，当天黄昏前私自率部出城南归。没想到勃里古正在等臣逃跑好抓个现行，立时便率众来追。臣等人少，只得且躲且逃。连日逃至濮州郊野，再不见他们踪影，臣以为他们已经放弃，便找了处偏僻据点命大家安歇疗伤，自己出去找人接头。没想到，他们竟误打误撞找到据点，以毒箭发动偷袭。那时臣离去不远，感到不对劲，便急速返回，不慎也中了他们一支流箭，跌入山谷之中。待臣咬牙爬上去，发现手下尽殁，追兵也突然不见了。臣见识过辽人毒箭的厉害，知道即便一时不死，两日之内也难免致命，臣只得结环向同门报讯，然后拼命往京师赶……”

“后来呢?”

“后来……后来臣倒在了半道上，却不想偶遇一位故人将臣救起，又……又找来民间神医替臣解了毒……”

君贵虚起了眼睛。他不是不相信西乞十三所言，可是十三的经历也太离奇了。将死之时偶遇故人本来就够侥幸的，而这故人居然还可以找来恰好能解开他所中之毒的民间神医?是要有多好的运气，这两桩偶然才会同时发生在他的身上?

“十三，你伤在何处?”片刻，君贵问道。

西乞十三一把扯开自己的前襟。只见他左胸肌塌陷下一大块皮肉，显然是被人挖去了一块；皮色深褐，像是久浸药膏的颜色，边缘又略有红肿，显见得还没有痊愈。他解释道:“陛下，臣很幸运，这支毒箭没有扎中心脏。”

君贵暗感心惊，近前仔细看视，关切道:“目下养好了吗?”

“回陛下，伤处倒无甚大碍了，只是左手牵不得弓，也无法负重。”

“再养养，应该会好的。少时朕教御医来看看。”

“是，多谢陛下顾念。”

君贵掂量着，又问道:“十三，你的故人是什么人?”

西乞十三听出了官家话语中的疑惑，心中“咯噔”一跳，只得硬着头皮答道：“陛下，她……她是青楼中的一个花娘。”

君贵沉吟道：“嗯……一个花娘？恰好偶遇了你？”

“是。”

“那么，她所请来的民间神医，又是何方神圣？”

“是一个专门制毒、解毒的奇人。”

“好。那你跟朕说说，你们是怎么偶遇、怎么求医的？”

西乞十三面色一变，稍稍迟疑，忽然在君贵面前跪下：“陛下，请恕臣适才……适才打了诳语，犯了欺君之罪……”

此言一出，旁边的邓锦与廷献都绷紧了头皮，相顾惶然。君贵不动声色道：“说说看，怎么回事？”

“喏。臣……臣跟她不是偶遇的，臣是知道必死无疑，专门赶去见她最后一面的。臣本来应当赶回来向陛下汇报，死在陛下跟前，可是臣……臣忽然心志软弱。臣觉得自己跌宕一生，只对不起她一人，既然要死了，总该对她有个交代，至少，教她不要再等了……”西乞十三说着，忍不住滑下泪来，“陛下，臣是御前谍者，必须时时以君命为上，臣的门中原本也有严令，臣却罔顾社稷大业和同门生死，犯下如此重罪，臣实在是万死莫赎……”

君贵仍旧不动声色：“那么，那个神医又是怎么回事？”

“臣以前受过一次重伤，就是花娘花费千金求他治愈的。此番，她便又去找到了他。”

“又花费了千金？”

“不是……”

“嗯？”

西乞十三忽然痛哭流涕：“陛下，臣那时深陷昏迷中，她没有那么些钱，臣不知道她使了什么法子求人答应了她，可是……可是，她们花娘还能有什么法子……”他以拳捶心，变得近乎号啕，“陛下，臣是个不忠不诚、无情无义之人，臣此番回来，只求陛下按律责罚、决无宽贷，臣方能心安……”

君贵隐藏着内心的波澜，深深看着他：“十三，你既然选择了她，又为何还要回来呢？就此神不知鬼不觉隐遁，不是更好吗？”

西乞十三哽咽道：“臣能起来走动之后，放心不下幽州之事，便易容悄悄去了门中人常去的一家客栈，听到他们在以隐语说，陛下正满江湖寻找臣的下落……”说到这里，他的眼中忽然射出异样的光芒，“陛下，臣区区一命，哪里值得圣躬如此挂怀？臣想明白了，臣是御前谍者，生是玄武门中人，死是玄武门中鬼，臣必须回到陛下身边，承担幽州谍线暴露的罪责。”

“……那花娘待你情深义重，你就忍心抛下她不顾了吗？”

“臣不能对不起陛下、对不起江山社稷，就只能对不起她。花娘待臣的情义，臣只能来世再还！”

君贵默然良久。西乞十三说的必定是真话，他的眼睛表明了他的心。

父母且不顾，何言子与妻？名编壮士籍，不得中顾私。

他既然选择了自己回来，那么他为社稷江山奉献个人幸福的决心，必定会比以前更加坚定。他是值得自己信赖的。

君贵叹口气，眼中有一种混合了伤感与怜惜的复杂感情。他伸手拉起西乞十三：“十三，此次朕不罚你。幽州的谍线没有暴露，你在萧思温面前也没有暴露。朕近期便要北伐，你从速回到幽州稳住萧思温，等待王师到来……”

西乞十三原本以为自己在皇帝心目中已成弃子，不想皇帝竟对自己信任如初，不由惊喜过望，忙叉手肃然揖道：“是，臣谨遵圣命！”

而后，君贵屏退廷献与邓锦，单独对西乞十三面授机宜，详细交代了未来的行动计划。

三月十九，甲子日。天子诏下，将于本月内北幸沧州。北幸期间，以宣徽南院使吴延祚为权东京留守，判开封府事，以宣徽北院使昝居润副之；以三司使张美为大内都部署。

又以禁军马步军都虞候韩通、虎捷左厢都指挥使高怀德、张令铎为先锋，以右羽林统军李继勋为战棹左厢都部署、前泽州刺史刘洪副之，分率马步诸军及水师先赴沧州，并担负起疏浚沧州水道，补坏防、开游口，以沟通瀛州和莫州的任务。

又命禁军马军都指挥使韩令坤率龙捷、虎捷、骁武之兵先赴大名，命滑州节度观察留后陈思让先赴冀州候命。

诏令既下，大内再次沉浸在大战前夕的氛围中，紧张与兴奋交织。

滋德殿中侦候与谍者的往来变得频繁了，皇帝需要掌握国境内外方方面面的最新动态。

这当中，却有个与幽州、南唐、西蜀、吴越、湖南、荆南等都不相关的谍者也在归来之列。他就是飞菟。

飞菟是被皇帝紧急召回的。在最初派遣西乞十三长期潜伏幽州之后，鉴于人员分散，玄武令牌移交不便，皇帝便为他们四个少年谍者每人特颁了一个小令牌。此次，飞菟便是持小令牌入见的。

皇帝问过他所在的河东线的近况，便对他说道："飞菟，此番，朕有一件特殊的使命要交给你办。"

飞菟年轻好事，一听说有"特殊的使命"更是两眼放光，忙揖道："请陛下吩咐！"

彼时，不仅廷献，连承璋也遵谕在御书房中候着。皇帝向廷献示意，廷献便捧过一个木匣。打开来，里面紫色的锦缎堆里埋着一粒鸽子蛋大小滚圆的珍珠，隐隐发出一层温润的光芒，观之气象万千。皇帝道："朕要你将这颗宝珠给杨重勋带去，让他想法子送给他兄长杨重贵夫妇。"

"喏。"飞菟答应着，便伸手来接。

“别着急。”皇帝笑道，“这么罕见的宝贝，给别人搜去了可不好，你拿什么装呢？”

飞菟忙道：“臣贴身放着，时刻保护，绝对丢不了！若丢了，陛下便砍下臣的脑袋来赔！”

“呵，你有几个脑袋？朕若让你送两颗呢？全丢了，你还欠朕一个脑袋不成？”

飞菟挠挠头：“那……陛下的意思放到哪里妥当呢？”

皇帝向承璋示意。承璋便捧了个大黑罐子过来，揭开罐盖放到几案上，然后从黑罐子里往外倒东西。未几，就见三只蟾蜍慢慢爬出罐口，坐在了盖子上，瞪着眼睛，肚腹鼓动不已。

“陛下，这……？”

“嘘，你看着他做。”

承璋从怀中掏出两个布囊，一个红，一个黄。他从红布囊中捏出几条奇形怪状的虫蚁，从居中那只蟾蜍头顶往下一扔，那蟾蜍忽然伸出长长的舌头，一口将虫蚁吞进了肚子。片刻，它打哈欠似的张大了嘴，仿佛在等待什么。承璋忙从木匣中拿出宝珠往它嘴里一塞。蟾蜍一口将宝珠吞入腹中，顿时恢复了适才懒洋洋的模样。

飞菟看得目瞪口呆。

“别着急，还有呢。”承璋说着，又从黄布囊中捏出另一种虫蚁逗蟾蜍吃了。未几，那蟾蜍浑身颤抖着，又原样将宝珠吐了出来。皇帝见飞菟吃惊的模样全不似个训练有素的谍者，而是恢复了顽皮少年的本性，不由笑道：“怎么样，飞菟，好玩吗？”

飞菟以手指着这神奇的物事，有点结巴了：“陛下，这……这……”

“你就用这些金蟾来运送宝珠吧。白天行走时将宝珠装在它肚子里，夜间取出来，让它歇口气。记着，只有这只金线上加了红点的金蟾才会吞吐宝珠，另外两只是给你做掩护的。”

“臣懂了。”飞菟回答着，不由摩拳擦掌，“臣一定牢记！陛下，这法子可太妙了！您是怎么想出这么匪夷所思的法子来的呀？”

皇帝不由瞥承璋、廷献一眼。三人俱是一笑。

飞菟又道：“陛下，臣将宝珠送到了之后，可要说什么吗？”

“不必说什么，他们应该能明白。”

“可是，倘若他们不明白，非要问臣呢？”

皇帝转向廷献：“廷献，你明白不明白？你说说看。”

“呃……”廷献斟酌道，“陛下，是不是明珠暗投的意思？陛下以杨重贵夫妇为明珠，希望他们早日弃暗投明，是这个意思吗？”

“差不多吧。”皇帝颔首。想了想，又对飞菟道，“好吧，朕就给你两句话。除了适才廷献所说的，你告诉他们，朕将有事于北，教他们小心避开。”

“臣明白了。”

“嗯。你好好跟着承璋操练，务必练熟了再走。”

“喏。”

禁卫军后营。

满院的人。薛有光、安弘道等轮休的近卫们正坐在胡床上检视各自的兵器。邓锦和季飞卫坐在台阶上，位置稍高，这几级的高度差也方便了飞卫架搁木腿。飞卫一脸羡慕地看着他们忙乎，想想又不甘心，从邓锦手中抢过大刀，自己也薅块抹布使劲擦拭。

“哎哎，轻点，别将我的刀刃给掰卷了！”邓锦由着他抢去，却又嗔道。

“你的刀是纸糊的？我拿布擦擦就能卷了？”飞卫不服道。

“寻常人是擦不卷，可咱们季少监是谁呀？恁大的本事，恁大的火气，便烧也烧卷了！”

“嘁，眼巴巴看着你们又出去打仗，我又得在家里守着，还不许我有火气？”

邓锦摸摸飞卫的头，哄道：“好了好了，我们打仗的军械都得仰仗你拨付，还不够你美的？”

“哼！看着人家耍，哪有自己耍尽兴？”飞卫一面说，一面拿手试着刀刃，皱眉道，“你这刀该磨了啊。”

“知道，不是在你手里吗？本来我就要磨的。”邓锦答着，忽然降低了声音，“哎，问你个正经事。”

“什么事，问吧。”

“咱们军中现在还是很缺铜吗？”

“怎么想起来问这个？”

邓锦扑哧一笑：“前日官家降旨取消了铜鱼，我看那帮夫子老大不乐意的呢。”

彼时袭唐制，有所谓鱼袋制度，五品以上官员都有鱼符作为身份凭证，是官身人的一大荣耀。鱼符多为铜质，特别亲贵的有金质乃至玉质的；盛装鱼符的囊袋也有规格区分，五品以上饰以银，三品以上饰以金。不同装饰的鱼袋与不同品级色的官服相配，形成一套章服制度。

皇帝不是不赞同章服制度，但他是个务实的人，认为佩戴鱼袋很多余。每次官员任命都有专门的制书下达，哪里用得着鱼符来验明身份？何况铜鱼素日装在鱼袋中，别人也看不见。国朝的铜储备不富余，虽说数年前又熔佛，又买铜，解决了货币难题，但连年征战，铜作为战略物资必须得到保障。他决定：取消鱼袋制度，将官员们的铜鱼都收回来。虽然，这点铜量算不得什么，但这也是给民间做表率啊——不许百姓痴迷于铜器，那就别再让官员们拿着铜鱼津津乐道了。

皇帝这个想法遭到了大臣们的坚决反对。怎么能够将那么漂亮的金鱼袋、银鱼袋取消掉呢？“翻持象笏作三公，倒佩金鱼为两史”，这是怎样让人艳羡的庄严体面啊，怎么可以放弃呢？最终，经过不懈的抗争、辩论，君臣之间找到了妥协之道：反正皇帝就是不满意浪费铜料做了没用的铜鱼嘛，那就将铜鱼取消，但鱼袋还保留在腰带上，连带着鱼袋的装饰规格、身份等级标识也一并保留，不就上下各得其所了吗？皇帝同意了这个方案，颁布给诸道牧守的诏旨中，只要求将铜鱼都收回来。

邓锦所揶揄的，就是这件事。

飞卫听了他的话，也扑哧一笑：“我还当是什么正经事呢！要我说，官家也忒狠了些，收回来这几条小铜鱼当得什么大餐了？倒弄得大官小官们浑身不自在。”

“是该不自在。素常鱼袋里鼓鼓囊囊的，如今挂个空囊，多没分量啊。”

“我看他们不会挂空囊，必定往里头塞点别的。便是塞些香料，不也挺好吗？”

“呵，打仗用铜多，官家自己都捐了两批内府铜器了。是以，他们虽说不乐意，也不敢多言。何况，这几日官家脸色也不大好看。”

“我也发现了。哎，官家为的什么脸色不好看啊？”

“还不是淮南那边闹饥荒的事？说是钟离县报上来，已经饿死了将近六百人呢。”

“啊，这么严重！”

“想想也是，倘若淮南之民归了圣朝还会饿死，那教官家的颜面往何处放？”

“之前不是已经派员赈灾了吗？”

“赈灾不得有个过程？饿死又不等人。听说饥民哄抢赈粮，都乱了好几起了……”

“唉，官家一天到晚为这些政务劳神，还要亲临前线打仗去，看着都教人心疼！”

“……是啊，要是圣人在，或者王枢密在，只怕官家的心里会松快得多吧……”

延福殿偏殿。

君爱与一众侍从带着三个皇儿在玩耍。

阿姣坐在小车中，手里拿着些拨浪鼓之类的玩意儿咿呀不已。君爱不时与她应答几句，余光又罩向观音姐弟。

观音仍旧在跟廷献学点茶。今日御书房无事，廷献便回到延福殿。观音已经学会了碾茶和调膏，十分自得其乐。但击拂环节是她的弱项。因为她年龄小，手腕上的灵巧和力度都达不到要求，一击拂往往弄得茶汤全都溢出来，甚至飞溅到自己身上。她鼓捣几次，很是泄气。众人都安慰她，说像她这么小就掌握了这么多本事，已经很了不得了，击拂原本就不是小孩子的事。

观音不能碰的还有火炉、沸水等，不一而足。她天天盼着自己长大，为的就是能去做那些只有大人才可以做的事。

宗训对点茶并没有持续的兴趣，但对于书本显示出了特别的偏好。他尤其喜欢听君爱给他讲书中的典故，听完一遍，自己又要拿过书来，对着一个字一个字地看。他目前所识得的字比观音差不了多少，对于男童而言，已经算是惊人了。

观音碾了一回茶，问廷献：“怎的爹爹还不来？音儿今日要点茶给爹爹尝呢！”

廷献答道：“官家今日去检阅禁军了，已经去了大半天，想来很快就会回来了。”

“廷献，你再去看看，爹爹到底回来没有？若是已经回来，就告诉他音儿在等着他。”

“……那好吧。”

廷献抬脚正待要走，君爱说道：“廷献，官家近日事务繁剧，你看看就是了，可别催促。”

廷献笑道："小人明白。"

廷献走了不多时，殿中众人听得外间次第致礼之声传来。观音与宗训都从座中蹦起，欢叫着迎向殿外："爹爹！""爹爹！"君爱也忙抱起阿姣迎出去，远远一福。却见君贵大步走来，奉武、廷献等跟在他的身后。

君贵见了儿女，原本低沉的面容为之一振，便抱起宗训，迎着君爱的目光一笑，又拍拍观音的肩膀，牵着她的手往回走。观音仰首道："爹爹，音儿会点茶了，今日我要点茶请爹爹尝！"

君贵笑道："好啊，爹爹在外面跑了半日正口渴呢，一听说音儿要点茶，立刻就过来了。"

观音大受鼓舞，拉着君贵至茶案前坐下，又指定了君爱、宗训和廷献的位置，这才向廷献道："咱们开始吧。"于是廷献烧水、扇火、焙茶，观音将焙过的碎茶饼放入碾子中细细碾了一回，廷献帮着她筛好。俄而水沸，廷献注水，观音调膏，一招一式有模有样。而后，廷献击拂已毕，大黑中盏上挂壁的泡沫如雪似银。待泡沫稍下，观音依家内旧习将点好的茶小心地倒入一只雨过天青釉斗笠盏中，双手捧给君贵："爹爹尝。"

君贵忙接过来小品一口，夸张地赞道："哎呀，怎么这么好喝！没想到，咱们音儿点茶的手艺如此高明呢。"

观音的小脸蛋兴奋得红扑扑的，却又忍住得意，一本正经地再分了一盏捧给君爱，说道："小孃尝。"

君爱便也接过来细品，赞道："可不是嘛，音儿点的茶真香！"

观音便又分给了宗训。看着他有样学样地细品，观音严肃地向君贵汇报道："爹爹，训哥儿今日还算乖，写了两行字呢，是以音儿奖励他这杯茶吃。"

君贵忍笑道："好啊。音儿今日会点茶了，也很乖，音儿可要爹爹奖励什么？"

观音不答，却歪了脑袋看着他："爹爹是又要出去打仗了吗？"

“呃……是呀。”

“那什么时候回来呢？”

“说不好。不过，爹爹答应你，尽快打了胜仗回来，好吗？”

观音略有些怏怏的，想了一想，又问：“爹爹打仗会骑马吗？”

“会啊。”

“那……音儿要骑马！”

“什么？”

“音儿要爹爹奖励骑马！”

君贵笑起来：“好，骑马就骑马！明日爹爹偷个空儿，带你们去南郊猎场玩耍半日，如何？”

一九三　清心之丸

南郊猎场，草高林密，绿暗红稀，蓝紫野花漫山遍野，一派暮春郊野的宏阔景象。

因禁军主力已经出发北上沧州，剩下预备随征的又在连日操练，今日皇帝并没有带很多从臣出猎，只算是皇家的一个小型郊游活动。扈随皇帝出猎的，除了宫人内侍，便以近卫班直为主，辅以京师巡检兵将。

饶是如此，猎场的氛围还是被刻意渲染得十分热烈。牧兵们牵着猎犬，擎着苍鹰，待皇帝开箭之后便全数放开，一时人呼马啸，鹰翔犬吠，天上地下闹哄哄一片。

君贵照例抱着观音和宗训各跑了一圈马，便将孩儿们交给君爱众人看顾，自己与刘奉武等驰向远处追猎。

跑过了两道河沟、一处山梁，忽然后侧翼邓锦骑马追来，远远呼唤："官家！官家！"邓锦与诸近卫指挥原本是带队撒开警戒的，此时君贵听他语声惶急，心知有事，便勒停了马，远远看着他。邓锦奔至他身前，在马上仓促礼道，"官家，令主……"

君贵一惊："令主?!"

"是。"邓锦从怀中摸出一个物事呈上。君贵接过来，只一眼便认出这是司宫令牌，上面除了"司宫之令"几个大字，那个圆章的"杜"字更是赫然在目。

"这是怎么得来的，啊？你们在猎场捡到的?"君贵急切问道。

“不是，官家，令主回来了！”邓锦忙道。

“什么？！”君贵一阵惊喜，立刻在马上四望，“令主在哪里？哪个方向？”

“官家，令主在那边山坡上的观云亭中，说是不过来了，就请官家移步过去一见。”

“好。”君贵忙示意邓锦带路，一面又问道，“令主几时进到猎场来的？怎的没有人通报？”

邓锦道：“官家，令主应该是刚到不久。令主有司宫令牌，直接就骑马进来了，守卫的谁敢拦着？”

“嗯。令主是一个人来的，还是有随从？”

“臣看着，就一个人。”

“贵妃她们都知道了吗？令主与她们都见过面了吗？”

“没有。官家，令主进来后应该是走小路直接到了观云亭，刻意避开与任何人相见。”

君贵默然。刻意避开与任何人相见？

“……那么，你是怎么碰到令主的？”

“臣从观云亭附近经过，令主在亭上向臣发了一支响箭。臣顺着风声所来的方向看过去，就见到了令主。……”

未几，君贵一行来至观云亭所在的山坡下，见一匹眼生的玉花色骏马正在吃草。君贵抬头望，果然亭中远远一个清淡的身影，白衣飘飘，帽纱垂面，却不是朱雀是谁？

“官家，令主说只请您一人上去。您看要不要臣也……”

“不必了。令主又不是外人。你们全都退得远远的等着，不要教令主看见，也不许别人过来。”

“喏。”

君贵疾步沿着坡道拾级而上，未几，走至亭外。朱雀一直默默看着他上来，见他来到面前，便轻轻一福：“官家。”随即掀开面纱露出面目。君贵不知为何有些手足无措，只得仓皇答道：“令主，你回来了……”

在君贵眼中，朱雀仿佛又变回了他第一眼见到的那个朱雀，清冷，高傲，而又有一种难以尽述的寂寞，如同紫烟阁庭苑中的嘉州海棠，永远保留着他所珍视的那一缕浊世清芬。中间的这十年岁月似乎没有在她身上留下任何痕迹，又似乎在她的灵魂中烙下了深深的印记。当初她身上那种逼人的、桀骜的光彩隐匿了起来，取而代之的是一种“往事闲徽梦欲分”的空静。

她依旧是半副男儿装扮，可高高的帷帽却又表明了她的女儿身份。她白衣如雾，衣裾的紫边与腰带的金边都不见了，似乎显示她已经不再执着于家族的痛苦往事。

看到她，他就好像看到了君怜，看到了他们几个一起度过的那几年短暂却又漫长的光阴。

纷纭往事扑面而来，有潸泪，有欢悦，有龃龉，有谅解，那是属于家人间的共同记忆，既缱绻，又温暖。两个人眼中都有了泪光。

良久，君贵勉力笑道：“朱雀，我一直在找你，一直找不到，我还以为……你入道了呢。”

朱雀微微摇头：“君怜不喜欢的事，我是不会做的。”

君贵追问道：“那么，这几年你都去了哪里？你以何为生？”

朱雀淡淡道：“随缘际会，随遇而安，如此而已，又何必介意向哪里措置这副皮囊呢？”

君贵哑然。片刻，又问：“朱雀，你是几时回京的？你怎么知道我今日会到这里来？”

朱雀笑了一下：“君贵，何必问太多？有些事，我就是知道，如此而已。”

君贵见她不肯多说，也不好追问，略一顿，便将手中的司宫令牌递给她：“今日亏了这令牌，才没人阻拦你，快将它收好吧。”

朱雀不接，摇头道：“以后我用它不着了，还是还给你吧。”

君贵听这话说得疏远，心头一沉：“你……你不回宫和我们在一起吗？”

朱雀凄然一笑：“我没有照顾好君怜，还有什么面目留在你们身边？”

君贵忙道：“朱雀，话不是这么说的……”

朱雀看向远方的莽原，低声道：“呵，‘啼猿想带苍山雨，归鹤应和紫府云’。‘一叶舟中吟复醉’，‘此时方认自由身’。君贵，我是个受不得拘束的人，在禁中陪伴君怜的那几年，我已经将我对尘笼的耐心全都用光了。对不起，我没办法再回去了……”

君贵恳切道：“我不管什么尘笼不尘笼，我只记得古人有诗云：‘王孙兮归来，山中兮不可久留。’朱雀，君怜也不希望你久留山中。你不是说她不喜欢的你都不会做吗？那你就听我一句，归来吧，好吗？”

朱雀面容哀戚：“……君贵，很久以来，我一直在心里跟君怜说话，每天都会说，每晚都会说。我的秉性和心思，她素来明白，她会体谅的。”

君贵急道：“朱雀，就算你不看君怜的颜面、不看我的颜面，可是还有观音和训哥儿呢！他们一直很惦记你，难道你就不想他们？”

朱雀露出一丝苦笑：“想又有何用？‘三杯取醉不复论，一生长恨奈何许。’越是想留住的，越是易失去。到头来只好哄自己说，一切皆是缘法。呵。”

君贵见她执意不肯回转，不由凄然道：“朱雀，不要抛下我们不管，好吗？将这个令牌留在你的手中，就当是给我们留一个念想吧。我们是你的家人，就算你今日不肯跟随我回家，但是，有了它，你还可以随时回来看望我们，我们会一直在家里等你。你就给我们——给我，留着这个念想，好吗？”

朱雀眼中泪光闪动，却又勉力忍住了，迟疑片刻，轻轻接过司宫令牌:“……好吧。”

君贵稍感欣慰。他心中还有千言万语,一时却再不知该怎样开口了。

朱雀取下帷帽放到亭中木案之侧,君贵随着她的动作看去,这才注意到木案上敷设了一张瑶琴,瑶琴之侧,有一个广口的半大青釉瓷瓶,以及一个青花布袱。

朱雀拿过瓷瓶托在左掌中,说道:“君贵,你年年出去打仗,回京又有政务操劳,想来必定心神俱劳。我身无长技,勉强拾得些师门制药的微末手艺,便试着制了这种‘清心丸’,希望能助你常葆心境宁和,智慧清明。”说着,她就揭开了瓷瓶的盖子。只见里面满满一罐褐色的蜜丸,每颗药丸都有桂圆大小,隐隐散发出奇特的药香。“……我技艺有限,不知管不管用,你可愿一试吗?”

君贵怔住了。往事中一些似曾相识的片段闪回到他的脑海中。他心潮涌动。

朱雀见他犹豫,眼神一闪,便伸出右手随意取出一颗来,慨然放入自己口中。

几乎就在她伸手的同时,君贵也迅速伸手捻起一丸,毫不犹豫地投入自己口中。

两人都将药丸嚼碎,迅速咽了。他们为彼此的这种理解和默契而感动,相视坦然一笑。

团团此丸,九十采炼。苟无真意,何令掬成?
我见我至,南北东西。暖暖相忆,寂然欢喜。

良久,朱雀开口道:“君贵,我是替君怜为你制的这‘清心丸’。我知道,你在努力实现大志,你做的事没有错。可是,愿你心中时时记得她的话,清心宁神,常守安稳,不要走得太快了，好吗？”

君贵头皮一阵阵发紧：“朱雀，我没有一刻忘记她的话……可是，我只能不断往前走，一程又一程，我停不下来……我和她所共同期待的未来就在前方，我只要飞奔过去，就可以达到……朱雀，你一定能够明白，走多快，走多久，走多远，那并不由我做主……我所能做的，就是尽一切可能抓住眼前的机会，将它们转变成真实的胜果……”

朱雀叹口气，眼神中既有理解，又有伤感，除此之外，似乎还有一种悲悯。“君贵，有件事，我答应过君怜，不告诉你。可是，近日我思来想去……”

君贵变了脸色，急切道：“是什么事？不管什么事，既然与君怜相关，朱雀，请你一定告诉我！”

朱雀保持着平静：“……好。我告诉你。可是君贵，你得答应我，知道了这件事，不要难过，不要悲伤，不要责备自己，也不要责备任何人……”

君贵忍住心头的悸动：“我答应你！”

“……当年，你初征淮南，王师遇挫，君怜因此忧恚成疾。在病中她曾经自行占卜，却发现结果将会不利于紫微。……我再三劝她不要相信那个结果，我告诉她，她的算法不对，可是，她并没有听我的。……我们向她封锁了来自前线的一切消息，这并没有帮助她放松下来，反而令她越来越忧心。她无可排解，便一日数次向文殊菩萨祈愿。直至卧病不起，她每日里仍旧捻着佛珠，在睡榻上祷告不已……

“君怜打小就崇信文殊师利菩萨，遇有急难时向文殊祷告，是她多年的习惯。对此，我早已习以为常。她愿意祷祝，就让她祷祝好了，至少能让她心里松快一点。反正，躺着捻捻佛珠，也不费什么劲；心里念几声佛号，也不劳什么神……”

君贵沉吟道：“是，我从淮南返京之后，的确见她常常捻着手腕上那串菩提子念珠。”

“……我们都以为，君怜是在为自己的病祷祝，或者，是在为淮南的战事祷祝。可是，我们都错了。有一天，她的寝殿中只有我和她两个人，她却对我说了一番话……”

时间回到三年前。

坤宁殿寝殿。

病榻上的君怜向朱雀赠送“鹤归”为表字，又苦劝她在自己去世后仍旧以禁中为家，不要离开她所熟悉的家人，不要流浪并终老于江湖。朱雀不肯答应，痛哭流涕地自责无能，恨自己无法挽回君怜的生命。君怜安慰她说，这一切都是命数，不必怨天尤人。

然后，君怜对朱雀说，要告诉她一件事，让她发誓不许告诉别人。在得到朱雀的承诺之后，君怜向朱雀招招手，让她将耳朵凑近了自己嘴边。

君怜声若游丝，呼吸中却出现了一种如兰似蕙的芳香：“朱雀，你知道吗，愿力是管用的。”

朱雀疑惑道：“什么？”

“愿力的力量，真的很强大……既然命数昭示紫微垣危殆，我就天天祷祝，愿所有的灾祸都远离君贵，由我一人来承担……现在看来，它真的应验了，君贵果然安好如初……这一次，我总算没有做错……”

朱雀脸色大变，愕然退开身子看着她。因为过于震惊，她甚至停止了流泪。她感受到了那只拨弄命运的无形大手的存在，而君怜，一直在以自己的力量来与命运谈判，来试图改变甚至颠覆这个棋局。可是君怜没有胜着，她唯一能够拿出来交换的，就是她自己。于是她变得无所畏惧了。

“……求仁得仁又何怨？”君怜露出了深远的微笑。

君怜的笑容在朱雀眼前化开了，像是碧海上宝树的光芒，像是宝树下瑶琴的清响，像是瑶琴内梧桐的芬芳。这一切的非常感触，和着坤宁殿外的六月蝉歌笼罩着她，显得那么不真实。

“……所以朱雀，不要怨自己，不要怨他，不要怨任何人……把我放在你的心里，我就得到永生了……”

朱雀的讲述渐至无声。

君贵的世界旋转起来。他心痛如裂，肝肠如断，淹没在汹涌的泪海中。

不敢想象，那样娇弱的一个身躯，竟然试图独力承担起整个皇朝的命运！她说过，“哥哥，大周可以没有我，但绝不能没有你”，她还说过，“我会为你挡掉一切明枪暗箭”。她表面柔弱，其实内心极其强大。她从不认输，即便面对厄运，也勇敢地进行了选择。所以她才会说“我不入地狱，谁入地狱”，所以直到最后，她还安慰着他：“哥哥，不要难过，我这样走，我的心是喜悦的……”

把她放在他的心里，她就得到永生了。她将在那里绽放出永恒的微笑，一千年，一万年，千千万万年，直到时间的尽头。

观云亭内静默如同深海，只有光阴的影子在缓慢走移。

两人静若石像，任由泪水的瀑布清洗着自己久旷的心。

良久。良久。良久。

朱雀整顿容颜，在木案前的石凳上坐下，对君贵道：“我为你抚一曲《潇湘神》吧，这是君怜最爱的曲子之一。”君贵默然颔首，以手指拂去泪痕，在她对面整衣坐下。朱雀以丝绢擦拭了双手和“九烛”，慢慢地为他按轸揉弦。

杨柳丝，杨柳丝，挂上辔头君不知。
马如游龙龙如飞，倩谁牵绊做相思。

汴水流，汴水流，送君直上白云头。

蓬莱有路路无迹，终年不见使人愁。[1]

猎场中的一片平缓草地上，廷献在独自采摘野花。他是为观音采的，他要为观音编制一个漂亮的花环。远处，有禁军士卒追赶猎物所激起的烟尘。

一阵缥缈的琴声传到他的耳中。他愣住了。他以为自己出现了幻听，因为，那琴声实在是太熟悉了。他站直身子四下张望。莽原静谧。他已经走出了很远，连皇子皇女们的欢笑声也听不到了。可是，那琴声却越来越清晰，仿若就在耳畔响起。

他不由自主放下手中的野花，呆呆地循着琴声找过去。将近观云亭的时候，他发现邓锦正带领一队近卫在林中持械守卫。他茫然地看看邓锦，想继续往前走。邓锦忙伸手拦住他："陈高班，官家吩咐，谁也不许过去。"

他期期艾艾："为……为什么？我听到，有人在抚琴……"

"是。"邓锦低声道，"是令主在抚琴。"

"什么，令主?!"廷献大吃一惊。

"陈高班，官家与令主在观云亭上叙话，吩咐不教任何人靠近。"

廷献急急往林外走几步，抬眼向观云亭望去。也许因为草木遮挡，也许因为官家和令主都坐了下来，他几乎什么也看不到。但是，琴声依然直入他的耳中，凄婉如诉。

蓬莱有路路无迹，终年不见使人愁。

"……我要去见令主!"廷献忽然冲动起来，说了一声，拔腿就往外冲。

邓锦急忙伸手去拉他："陈高班，不可莽撞！陈高班!"

---

① 《潇湘神》，"吴钩十三曲"之一，本书代拟。

观云亭中。

朱雀一曲《潇湘神》抚罢。两人默然。

良久，君贵叹口气，欲言又止。朱雀看着他，眼神里有浅浅的询问。

君贵试探道：“朱雀，君爱、音儿和训哥儿一直都在盼望你归来，倘若你不肯留下，能不能见他们一面再走？”

朱雀怔忡片刻，轻轻摇摇头。

君贵急道：“就见一面，也不行吗？”

朱雀黯然道：“我怎么忍心相见？见了面却不能留下来陪伴，教君爱和孩子们心里如何过得去？”

“……那么，廷献、承璋和唐尚宫他们呢？”君贵又道，“这些都是符府旧人，一直十分牵挂你，你愿不愿见见他们？”

朱雀沉默。

正在此时，忽然听得坡底下一阵喧哗。未几，邓锦自石阶上来，趋至观云亭外，匆匆礼道：“官家，陈廷献在下面，说无论如何想求见令主一面。”

君贵看向朱雀。朱雀目光闪烁。君贵起身走到亭外往下看，朱雀也跟了出来。

山坡下。一直仰望着观云亭的廷献见到朱雀白色的身影，立刻跪了下来，视线朝向她的方向，痴痴不肯稍离。

山坡上。君贵看着朱雀，劝道：“朱雀，廷献不是小孩子，他承受得住。他既然已经到跟前了，你就见见他吧。”朱雀的眼中满是悲伤，默然颔首。君贵便向邓锦示意，邓锦领命而去。

未几，廷献匆匆爬上坡来。见朱雀静静立在亭中，白衣鼓荡，飘如飞蓬，他停下了脚步。

“那么……你们叙吧。”君贵深深看朱雀一眼，拿起瓷瓶，转身离开观云亭，大步走下坡去。朱雀目送他的身影消失不见，收敛了伤感，然后将视线转向廷献。

“令主!”廷献含泪下拜,“你回来了!”

“廷献,你……还好吗?”朱雀示意他平身,端详他片刻,缓缓问道。

“我很好。”廷献动容道,“令主,这几年,你到底……”

“嘘——,”朱雀轻轻摇头,“廷献,什么都不要问,什么都不必说……”

“姐儿……”

朱雀垂目看向跟随自己多年的“九烛”——在长久的孤独旅途中,那是她唯一不离不弃的伴侣。

“廷献,今日咱们以琴声酬答故人,好聚好散,成不成?”她保持着冷静的面容。

廷献心中一震:“好聚好散?!难道……难道姐儿还要走?”

“廷献,我一直都很惦记你们。可是,我不得不走,请你体谅。”

“姐儿!”

“廷献,别再说了。我为你抚一曲《沧浪》,你呢,就为我抚一曲《酒狂》,可以吗?”

廷献的脸上滑下两行苦泪。

良久。

两个人在琴桌前对坐下来,衣襟端正。弦声乍起。

> 沧浪之水清兮,可以濯我缨;
> 沧浪之水浊兮,可以濯我足……

孤逸的琴声在观云亭上方缭绕不绝。

良久。良久。《沧浪》归于平静,丝弦之下换了《酒狂》。

廷献第一次在君怜跟前演奏这支曲子,是在随征高平前夕那次心蛟骁腾的对谈中;第二次则是在菁娘承恩景福殿的良宵——

那时，他们三人在坤宁宫彻夜弄琴，他以急指醉抚此曲，引得圣人与令主频繁举杯，酒入愁肠，化作无边的泪雨。

可是今日，他不再以急指抚奏了，他换了平静舒缓的节奏，三叠而演。在这样的节奏之下,《酒狂》变成了一支充满怀旧气息的知音之曲。

朱雀眼中波光盈盈。

廷献的泪珠滴落丝弦，又从丝弦上弹起，碎裂成更加细微的颗粒，四下飞溅开去。

悠悠斯琴，六七其弦。指间琮琤，光阴可闻。
我见我至，南北东西。暖暖相忆，寂然欢喜。[1]

这一日既晡，朱雀携琴下坡，骑了玉花马独自翩然离去，再次揖谢庙堂之高，穿越郊野之荒，抵达江湖之远。

请为我抚一支沧浪曲，曲中有我也有你。
请再为我浅吟并低唱，长夜长长两茫茫。
锦绣文章芳菲口，神仙人物自风流。
贵揖草莽能倾心，平交王侯不低头。

谁是千古伤心人，谁是天地一沙鸥，
谁向月亮一声叹，谁将心事化成酒，
谁甘愿没于红尘，谁痴痴为谁奔走，
谁还念念唱着那首歌，谁早已勘破天长地久……[2]

---

① 《故人》,“吴钩十三曲”之一。前文为上阕，此处为下阕。本书代拟。

② 《不羁之心》,“颠倒四曲”之一，本书代拟。

一九四　北复金瓯

显德六年三月二十九，甲戌日，皇帝祃祭已毕，大步登上停泊在城西大池中的火红御船，拔出斫雪宝剑，命令后军出发。随着号角的轰然鸣唱，数百艘齐云战舰从大池和汴河沿线的深水码头出发，取道上个月刚刚疏通的汴河水路，踏上了北复金瓯的征程。

此行，皇帝以禁军殿帅赵匡胤为随征水路都部署，以邠州节度使刘重进为随征先锋都指挥使，另有凤翔节度使王晏、右龙武统军李洪信、铁骑控鹤四厢都指挥使石守信、内殿直都知马仁瑀等将领扈随。文官方面，因范质罹患急病，皇帝将他留在京师，赐钱百万，而以魏仁浦等人从征。

与此同时，数道诏令也火速发往郓州节度使李重进、澶州节度使张永德、天雄军节度使符彦卿、晋州节度使杨廷璋、镇州节度使郭崇、定州节度使孙行友等北线藩主之处。

皇帝此行第一站是沧州。

沧州位于东京开封府以北偏东一千余里之处，也是一座古城。之前清兴法师向宣懿皇后所献文殊狮子图，就是照着境内开元寺前的菩萨塑像画的。在未建水师、未浚河道之前，王师出征沧州只能走陆路。但实际上，在东京城与沧州之间是有一条古老水路的，那就是隋代开凿的京杭大运河中的一段——永济渠。永济渠南起怀州武陟县附近沁水与黄河的交汇口，向北在滑州黎阳县附近与黄河的走向分离，取更北位置一路向东北方而去，直至沧州和更远处。

皇帝之所以将诸军集结的第一站选在沧州，与沧州所处的地理位置有关。沧州是这条水路上距离周辽边境最近的一个节度州。再往北一百里，就是宁州乾宁军，但它在后晋天福年间就已经落入契丹手中了。永济渠经过沧州、乾宁军之后，继续向东北一两百里，将在独流镇（今属天津）改折向西北，并抵达它的北端末点涿郡，也就是幽州。

虽然历经数百年变迁多有淤塞，但经过近年尤其是近期的大力修浚，至少在大周境内，永济渠的这段水路已经被打通了，变得又深又宽，完全可以容纳王师宏伟的齐云战舰通航。当然，进入辽境之后水路情况复杂，尤其北段运河不会得到辽人修治，因此王师不太可能从独流镇再取水路北上幽州。但饶是如此，目前这条行军路线仍然最大限度地利用了永济渠强大的运载能力，因此，它就是王师此番北征行军的最优路线方案。

此时，军中大多数将领并不明确皇帝此番北伐的终极战略意图，皇帝也并未与他们在这个层面上进行沟通。但皇帝是冲着幽云十六州去的，这一点倒是毫无疑义。

幽云十六州又叫燕云十六州，或者幽蓟十六州，是从东到西横跨古中国北部的一大片领土。幽、云、蓟都是州名，燕是指燕山。这一地域可以大致分成东、中、西三部分。

东部以太行山余脉和燕山余脉合围出的幽州（今北京）为中心。幽州往东北方向，有燕山南麓的蓟州（今天津蓟县）、檀州（今北京密云）、顺州（今北京顺义）；幽州往北，有太行山余脉中的儒州（今北京延庆）、妫州（今河北怀来）；幽州往南，有拒马河下游的涿州（今河北涿州）、华北平原的莫州（今河北任丘北）、瀛州（今河北河间）。

中部区域是太行山北段余脉与燕山西段余脉交会处的武州

（今河北宣化）、新州（今河北涿鹿），往南还有恒山、太行山、燕山三山交会处的蔚州（今河北蔚县）。

西部是四个重镇，北边是阴山、燕山、吕梁山、太行山四大山脉交会处的云州（今山西大同），南边是毗邻雁门关的朔州。两者中间又有分据要塞的寰州（今山西朔州东）和应州（今山西应县）。

这一大片依山傍水的领土，历来都是中原王朝防备北方游牧民族侵扰的山隘险要之地，古老的燕长城、赵长城便建筑于其中。但是在二十一年前，石敬瑭履行向耶律德光借兵时的承诺，将它们全部割让给了辽国。

石敬瑭并不是汉人，而是冒称汉人的沙陀人。包括他之前所效力的后唐李克用家族，也是冒称汉人的沙陀人。对石敬瑭而言，割让汉人旧疆给北方异族并没有什么情感上的挣扎，也用不着去背负“卖国”的道德重压。只要能保障自己的利益，达到称雄的目的，连爹都可以卖，何况是别人的土地。另一方面，石氏的利益诉求又是短期的、浅见的、顾头不顾腚的。他不是不知道燕云十六州的屏障作用，他也不是不知道契丹一直有觊觎中原的虎狼之心，恰恰相反，他正是利用了这两点来达成目的。可是，当他坐上中原皇位之后，这个没有道德重压的买卖却变成了他的防务重压——辽晋“父子同心”，当爹的没事就会到儿子家随喜一番，让朝堂内外、官绅庶民苦不堪言。

而且，十六州还是重要的军马出产地，此区域接近北境草原和山地，气候、地形和水草条件能够培育出适宜持久奔驰、冲杀的战马。战马是重要的战略物资，尤其在与北人对阵时，马的好坏往往成为决定战役成败的关键因素，依靠中原内陆自然条件养育出的马匹是无法与契丹马比拼战力的。丢失十六州之后，中原只能主要向西夏去寻购现成的好战马，但一旦双边关系紧张，西夏就会禁止民间与中原贸易战马。

后晋倒台，继鼎的后汉、后周继续吃着石氏这趟大买卖的挂落。燕云十六州从中原屏障变成了辽人南下的跳板。面对契丹铁蹄，无险可守的中原变得风声鹤唳、草木皆兵，不得不植树、挖沟、构筑滩涂堡垒，以人工障碍来姑且充当原先天险的作用。

燕云十六州丢失二十一年，中间也不过一代人的时间，这片区域的中朝旧民，为什么没有组织起有效的反抗，配合王师收复故土呢？事实上，北境一带睽离中央不是二十年，而是已有两百年了。幽州是安禄山起兵叛乱时的根据地（时为范阳节镇），之后便长期割据，历经多姓藩主。后梁时甚至出了个刘守光自称皇帝，建立过大燕政权（史称桀燕）。及至被彻底划归“胡虏”，民间即便有人想组织反抗，也是心有余而力不足了。

幽州一向是“胡汉杂处”之地。被割让给契丹之后，契丹以幽州为南京，派遣大量本族人南下，又时常越过边境俘获“汉儿”为奴，“胡汉杂处”之势愈盛。汉辽两族之间通婚频繁，城中流淌两族之血的百姓越来越多；此外，契丹朝廷在经历了早期“汉化—反汉化”的激烈斗争之后，心态转变过来，进入城市的贵族开始汉化；制度上也采取了辽汉两套典章并行的方式，逐渐用汉人熟悉的方式统治汉人；辽人还广招“汉儿”服务于自己的统治，汉人能在辽廷做官，甚至好些汉人还得到了辽廷的重用……这些都让情况变得复杂起来，“故国”在许多人心目中愈发模糊不清。因此，在幽州的汉人中，既有坚持民族身份不肯为异族奴役、舍身相抗或者设法南归的人，也有默然忍受等待国运出现转机的人，还有为得到了辽人的好处而津津乐道的人，更有在汉辽政权之间首鼠两端的墙头草，甚至有许多为求晋身投靠契丹彻底背叛母国、帮助辽人攻打中朝的汉奸。

事实上，契丹建国以来的历史，就是一部不断吸纳汉文化、利用汉人的历史。

当初，契丹八部首领原本是轮流担任，耶律阿保机统一八部后攻入汉人城邑，汉人教他：“我们中朝的君主没有代立的”，于是阿保机以牛酒会盐池，伏杀诸部大人，确立专制地位。后来汉人又教阿保机学会汉语，教他以隶书偏旁增损而创契丹文字，又制定婚嫁之礼，确立耶律与萧两大姓氏，直至教他自称皇帝（天皇王），设置官号，建立年号，并建设京城……每一步都是汉人（如韩延徽等）献计献策的结果。

到了后唐末年，石敬瑭与赵延寿争相媚于耶律德光，求立自己为帝，将中原防务的诸般要害通通暴露给契丹。及至石敬瑭奉耶律德光为父，又向耶律德光及其母述律太后奉上尊号，契丹更是将中朝的礼仪讲究一并学过去，以大朝上国之姿对待中国以及女真、渤海、室韦等北方诸国族。到晋出帝时，耶律德光入主汴京，还直接对后晋君臣说道：“我本无心至此，汉兵引我来尔。”意思是说，你们沦落到这个地步怪不得我，只能怪你们自己内部出了逆贼。

终后晋和后汉之世，受中原政权不振的刺激和在辽汉官中那些“逆贼”的蛊惑，耶律德光的继任者耶律阮（“东丹王”耶律倍的长子）对中朝的大规模侵扰不断。至后周建立，耶律阮死而“睡王”耶律璟立，契丹才停止南寇，收缩为边境上的小打小闹。

“睡王”耶律璟是耶律德光的长子。后周为了避信祖郭璟的讳，呼之为耶律明。耶律明是辽代历史上最为残暴荒淫的君主之一，他平生的嗜好除了喝酒、睡觉和狩猎，就是杀人。不仅对包括宗室在内的所有反对者大开杀戒，而且对身边伺候自己的人也动辄杖杀、枭首、砲烙、铁梳、肢解、吃肉……搞得辽廷内外人心惶惶。耶律明本人并没有南下侵吞中原的野心，只想保住眼下的地位和疆域，醉生梦死过一生。在这样的情形下，辽廷的统治还能延续，得亏了朝中有南院大王耶律挞烈这样的契丹贵族和枢密使高勋这样的汉人高官帮着经营。

其时，除了高勋这种死心塌地在辽廷谋求功业的，辽廷中尚有一些像李瀚那样被掳掠到北朝无法逃归、被迫出仕的汉官，有些人甚至得到辽主信任，出任一城之守。这是除了民间忍辱望归的遗民之外，契丹庙堂内的一股向化中朝的力量。

关于契丹内部的争斗情形，以及北境一带沦陷区人心的大致状况，周帝郭荣通过各种渠道有所了解。他之所以选择目下的时机北伐，也综合考虑了多方面因素：燕云十六州之失是中朝的心腹大患，早晚都得解决，早解决比晚解决好；目下的辽主荒淫不得人心，对于中朝是件大好事，倘若哪天被人造反换个正常的君主，倒还不好办了；北地已经暌隔真正的中朝王教二百年，随着时间的流逝，沦陷区“汉儿”的心还会继续远离故国，最终死心塌地成为异族的一部分，他必须趁着辽主败政的时机扭转这个趋势；至于那些投机分子，他相信，大风所至，墙头草会选择最正确的方向倒伏；而且，他的谍线在幽州下了多年的功夫，目前正该是见到成效的时候。

因此，夺回长城内外的燕山—太行山天险，恢复自汉唐以来确认的中国旧疆，在中朝与北方草原政权之间重新构筑出辽阔的战略安全地带，让沦陷已久的中朝百姓回归故国，就是皇帝此番北伐的终极目的。

而幽州，就是皇帝此行的第一个战略目标，就像寿春是皇帝征战淮南的第一个战略目标一样。但是皇帝心里有数，幽州不会比寿春更难打。甚至很有可能，它将远比寿春好打。

从三月二十九日至夏四月十六日，王师水军出东京城西大池，沿着汴水与黄河之间的人工渠抵达河阴——在那里，包括御船在内的数百艘齐云战舰次第通过了由故枢密使王朴亲自设计并监工建成的汴口斗门；然后他们穿过黄河，再次在斗门的帮助下通过南端入口进入永济渠；接着，他们昼夜兼程沿渠而上，经过卫州、滑州、魏博、德州的广袤地带，在十八天的旅途中穿越了上千里征程，抵达沧州。泊船。

皇帝站在火红的御船船头向北望去，心潮涌动。

甲板上，虎贲如云，旌旗如燃，军士们里三层外三层整齐列队，手持的兵刃上闪耀着初夏的灵动光芒。

早已搭好的浮动埠头从沧州码头向外一直延伸到了永济渠河道浅水区与深水区的边界。边界处，碇停着一只大型渡船。王师先遣的诸军将领韩通、韩令坤、高怀德、李继勋、张令铎、刘洪、陈思让等，在水师旗号兵的引导下登上了渡船。

渡船向内河道行驶，不久，来到一艘大型战舰前，舰舷上漆刻着几个金色的大字："齐云·青鹭一"。宽大的踏板从青鹭一垂降而下，搭上了渡船的船帮。两艘船都随着渠水的微波和诸人的行动而轻轻起伏。水师士卒们麻利地将踏板固定好，再三确认不会有失之后，他们做出手势，引导一众将领通过踏板，进入青鹭一。

此番出征，水师船具中除了御船龙舟之外还有四大指挥舰，即青鹭一、白鹭一、黑龙一和赤龙一。青鹭一内部十分宽阔敞亮。为了配合其名称，船中各处还有许多与青鹭相关的装饰。目前，青鹭一是北伐水路都部署赵匡胤的旗舰。

前军将领中的大多数人都是第一次进入这艘著名的指挥舰，不由放眼仔细打量。不过，他们并没有在这艘让他们感到好奇的战舰中做任何停留。守候在那里的水军士卒引导着他们脚不停步穿过青鹭一的船身，来到了另一个更加宽大的踏板前。

这一次，踏板紧紧地与御船第一层的船帮连接在了一起。他们通过踏板进入御船。

御船让所有人感到敬畏。

船体巍峨宏大，构造精密准确，就像一座在水面上移动的天神的下宫，第一眼便足以夺人心魄。它有着火红的外表和整肃的内里。按照皇帝的要求，其内部装饰以壮阔为要旨，去除一应浮浅夸张的奢华器物，呈现出一种"雨过天青云破处"的深远，一种“大风起兮云飞扬”的宏博。但又并不是一味简素。林林总总物事间的搭配蕴藏着一种骨子里的激越与豪迈，倘若置身其中久了，人就会被这种氛围所感染，所激发，变得血脉偾张，变得信心暴涨，似乎非要做出一番功业来，才对得起自己来这世上一遭似的。

前军将领们在御船内侧宽阔而迂曲的木梯上走了好几个弯折，终于从一层爬上五层，来到甲板上，见到了自己的皇帝。猎猎旌旗之下，他们的皇帝容光焕发，周身散发出一股磅礴的气势，显得多么英武伟硕啊。

他们急趋至皇帝跟前，齐声颂念陛见之词。跟随着这样的一个皇帝去打仗，他们不由自主会产生一种被理想感召、被命运幸顾的激动。

“呵，众卿来了，朕已经等你们很久了。”一直在向北方远眺的皇帝回转身，露出一个和煦的笑容，温言道。

这一日，王师前军后军集结，文武人才、水陆将领济济一堂。皇帝在御船赐简宴，并依前期功劳向诸将分别赏赐袭衣、金带、鞍马、器帛等物。而后皇帝又宣布，下一段行程仍旧水陆齐发，而自己要亲率步骑前进。

在进行完赏赐激励和军务调整之后，各路将领回到自己的岗位上整备部队。趁着人马调动留出的空当，皇帝处理了一些军报，了解郓州、澶州、天雄军、晋州、镇州、定州等地藩镇兵力的动向。皇帝之前已经遣使召李重进从郓州率部前来助战。他所率的是马步陆军，还有粮草辎重，速度肯定比不上水军。据报，他们已经走到半路，正向北疾速追赶皇帝的脚步。皇帝给符魏王的诏令不是襄助北方军事，而是坐镇天雄军随时关注周边诸郡的动态，向北可为北伐军后盾，向南可稳定京师局面。符魏王便表奏道，请官家放心北伐就是，自己绝对能够保障后方的安定。至于张永德，他是皇帝在战争进行到相当阶段之后才会启用的后着，就如同向训当年是淮南战争的后备力量一样。

皇帝又顺便处理了一些政务，例如，接纳枢密使魏仁浦的建议，将前左谏议大夫薛居正升为刑部侍郎——之前为示恩宠，这一职务派给了南唐降臣冯延鲁，冯延鲁充任宣谕使回国与家小团聚去了，皇帝也不催他回来，索性将此职另命他人。诏令即时下达传递。

未几，韩通、赵匡胤等报告诸事齐备，皇帝一刻也没有耽搁，下令全军立即继续向北进发。按照皇帝的习惯，以马军精骑为前军，以马步联军为后军应援。

皇帝骑着爱马“云间豹”，在近卫邓锦、康保裔等人的拱跸下，亲率北伐的陆军从永济渠沧州码头出发，直奔契丹境内而去。数万王师马步军队飓风一般掠过了邻近县乡的郊野。他们的速度那样快捷，他们的行动那样低调，除了所过沿途的乡村农夫之外，民间甚至根本不知道曾经有周朝的大军取道本乡北去了。

翌日，皇帝亲御的王师陆战部队抵达百里之外契丹治下的宁州乾宁军。守城的宁州刺史是个契丹人，汉名叫王洪。王洪闻报前年以雷霆之势席卷了淮南十四州的周帝到来，急忙登上城楼观望。待看清了周帝的纛旗之后，他没有任何抵抗，立刻举城以降。无数当地百姓跟着跪拜迎接，并亲眼目睹了周帝受降的宏大排场。

皇帝嘉赏出降官吏，仍旧以乾宁军为号，并置永宁县为其军治，易将易兵而守。这是皇帝在辽境内布下的第一颗棋子。

翌日，沧州两间寺庙的住持求见。在表达了对皇帝收复失地的赞颂之后，他们请皇帝为寺庙赐名。于是皇帝欣然提笔写下两个新的寺名：迎銮、顺圣。

一九五　军神大帝

从十七日至二十二日，皇帝驻跸于乾宁军，整备军队。之前韩通已经率部将沧州水道一直修浚到了契丹境内，不仅补上了堤防的破损处，而且沿道开了三十六个游口引水以通瀛州和莫州，又在乾宁军南面结下营栅。因此，此番赵匡胤所率水师行进中没有遇到大的困难，如期赶到地方与皇帝会合了。

二十日，皇帝亲阅马步，大治水军，任命韩通为陆路都部署，以石守信副之；命赵匡胤为水路都部署，以李继勋副之。数万王师将上群情激动，跃跃欲试。

皇帝原本是准备在乾宁军打一仗的，所以才会亲率步骑取陆路进军。皇帝之前还做出了详细的攻城计划，没想到也没派上用场。他原本给乾宁军的攻取预留出了十天时间，既然取得了意外的胜果，皇帝就打算将征途停留时间压缩。不过，随征的大部分粮草由专门的粮草船运输，这些粮船因载重大而速度缓慢，远远落在了水师战舰的后面。于是皇帝催促后勤诸部加快速度，以跟上全军的进击节奏。

与此同时，皇帝再次密令晋州杨廷璋、镇州郭崇、定州孙行友等北线藩主，让他们开始行动。杨廷璋常年的职责是防范河东，郭崇、孙行友常年的职责是防范契丹。孙行友是原定州节度使孙方简的兄弟，孙方简移镇后，他便正授了定州节钺。皇帝让他们配合王师主力的攻伐路线，对辽人形成夹击之势。

二十二日，皇帝命令全军开拔，各路将领率部水陆俱下。

皇帝御龙舟船头，亲观王师出发的宏大场面。见到陆军如同虎豹出山，水军如同蛟龙破浪，皇帝的嘴角露出了一丝骄傲的笑意。眼前的壮阔让他有一种幸福的晕眩感。

堤防外，马步军所擎旌旗如同被一只无形巨手牵引的巨大彩练，在一片蹄声与步履声中没入岸边的树林，前面的早已消失不见，后来者却仍旧源源不断追随而去。

水面上，王师大小不一的齐云战舰在巨大叶轮的吱嘎声中隆隆启动，一时宽阔的永济渠上舳舻百里，浩浩荡荡。

在这一片布局分明、五彩炫目的神凫群的中央，就是作为神凫之王的皇帝御船。青鹫一、白鹫一、黑龙一、赤龙一四大旗舰率领麾下担负着防护功能的大中型战舰，将御船严密地保护在中央。在它们的身前和身后，王师数百艘分别担负攻击、掩护、巡航等不同功能的各色战舰将水面犁出无数道雪白的水痕。这些战舰首尾相连长达近百里，舰船过处，水痕久久不绝。

幽州。

夜色浓重，街道昏暗，只有道旁人家中透露出朦胧的光亮。但这光亮没有将夜照亮，反而让夜显得更黑了。幽州城在辽人的管理下原本是比较松散的，可是三天以前，城内恢复了宵禁。此刻，在宵禁的沉寂和夜幕的暗黑中，整个幽州城弥漫着一种紧张压抑的气氛。

一个身影在街道的边缘敏捷地移动，逐渐接近幽州城墙。他穿着黑色的夜行衣，面部被黑色口巾遮蔽，只留出一双机警的眼睛。他的每一步都踩在街面屋檐与凉棚之类物事投下的阴影中，因此即便是城头警戒的士卒恰好向他所经过的地方看一眼，也不会发现他。

负责城头守卫的多是汉兵，他们的长官才是契丹人。契丹人虽然善于在草原行军休憩时警戒，但仍旧不太习惯守城。最初，对于他们中的许多人而言，城市显得太憋屈了，四望都是房子和墙，让他们憋闷得想发疯。后来习惯了之后，他们又沉浸其中，进而觉得有了城墙的保护就足可高枕无忧，何必再花费过多的心思去严加防范？因此他们对于城池的守卫显得随随便便，毕竟，当时就算辽上京也并未将防御功能放在首位。是汉官纠正了他们的看法，不断给他们的思想敲警钟，告诉他们再坚韧的城墙也有可能被攻破。他们终于明白了这个道理后，索性大量选用富有守城经验的汉人士卒来干这种吃力不讨好的活儿，自己只管拿着马鞭和砍刀在背后监督。

那个黑暗中行进的身影走到城墙不远处的一个拐角站定，看了看四周的情况，然后向对面的树梢掷出了一样物事。那物事在空中飞行五丈多之后，也许是某种机关打开，开始发出一种扑棱棱的声音。这声音从对面的成排树木间穿过，弄出一连串仿佛夜鸟受惊后振起的动静。城头上的士卒被这声音所吸引，一连声吆喝着，张罗着追逐而去。

趁着这个机会，黑衣人快跑几步换了一个地方。从不知何处投过来的一道光线短暂地照亮了他的双眼。他是西乞十三。

西乞十三从怀中摸出一个特制的弹弓并几个弹丸，越过厚厚的城墙连续向城外弹射出去。这是他在向同门发送秘密相见的暗号。近日幽州城里发生了一些变化，不能说对王师的行动完全不利，但是需要重新筹划。他要想办法将这个情报传递给皇帝。

忽然，城北的军营方向起了一阵喧哗，远远地，还有火光燃起。这可能是辽营又失火了，也可能只是发生了一些营帐之间的争执，他们在用火把照明。自打乾宁军降周的消息传来，辽人就变得有些神神道道的，脾气特别大，营帐之间的争斗也变多了。且不去管他们，将来还有更教他们神神道道的事呢。

西乞十三射罢弹丸，立刻闪身重新融入幽州城的黑夜中。他一路东躲西绕，直走到城西一间普通的民房后门附近才停下来。仔细观察过周围情形之后，他推门闪了进去。

门内是个普通的小院，一堆柴火，两棵杨树，三只鸡笼，窗内还有几点烛火。西乞十三走至院中，注意到了天上的月亮。那是一个半明半昧的下弦月。西乞十三虚起眼睛，凝望着这整齐切开的半块铜镜。

在千余里之外的京师，会有同一片月光照耀在她的窗前吗？会有另外半块铜镜映照出她的面容吗？此时她的脸颊上，会挂着怨恨的泪水吗？

她会怎样不得而知，但他自己却倏然滑下两行泪来。看来，久抑的思念与歉疚将是这个未竟之夜唯一的主题了。

此刻，这动人心神的下弦月也正照在永济渠中快速行驶的御船上。

君贵从船舱的舷梯走上来，邓锦等数人跟在他的身后。甲板上一片蒙蒙月光。君贵抬头望向夜空。夜空清澈明净，半边月亮孤零零地挂在天幕上，离它较远的地方，隐约有一些絮状的云朵，更远的地方，零散着一些星粒。

这是宇宙在一瞬间呈现出的孤独状态。宇宙的孤独不是一无所有，而是深空中所仅有的那些东西，彼此之间谁跟谁都不发生关系。倘若此时月亮能够躲进云层里，或者在云层中半露出它光洁的额头，那么望月人的心中，就会得到更大的安慰吧。

刘奉武抱着一卷大氅爬上甲板，轻轻走到官家身后。“陛下，刚服了清心丸，不是该当静坐一会儿吗？”君贵不置可否。奉武又举起大氅示意：“夜里凉，甲板上风大，陛下还是披上吧？”君贵不答，仍旧仰首向月。奉武看看邓锦，邓锦忙不迭点头。奉武便将大氅打开，替官家披在身上。君贵没有拒绝，自己伸手扶了一下，奉武忙替他系上锦带。

这个极其寻常的动作让君贵有一阵恍惚。君怜以前也替他系过大氅的锦带，很多次。他记得最清楚的是在澶州时，有一次，他因久久得不到父皇召见而心情苦闷，在庭院中伫立发呆，她怕他在外面吹风受凉，不顾数月的身孕踮着脚尖勉力替他披上大氅，又亲自替他打结。连季节都相似，只是情境不同了，大氅也不再是当年的那件大氅。可是此刻，借由记忆的闪回，君怜的心和他在一起了，他不再感到孤独。

君贵大步走向船头，在极靠近外舷栏杆的地方才停下脚步。

“陛下，危险！”

“陛下当心！”

众人纷纷低呼着跟过来。

君贵摇摇手：“你们不要过来。”

他站在栏杆前，极目望向渠水的水面。甲板与水面之间的距离，仿若天与地之间的距离，遥不可及。在这遥远的时空之间，曾上演过多少惊心动魄的奇瑰画面啊。昔者，洛神乘坐装饰着彩旄与桂旗的云车出行，六龙为其车御，鸣鸾为其导引，飞鱼为其警跸，鲸鲵为其随从，无数七彩的水禽则是其连绵不断的仪仗。他虽然不是水神，但他是承载了天帝厚望的儿子，此刻，在那深广的渠水中，想必也有无数鱼龙鲸鲵踊跃警乘，坚定追随着他的脚步吧。

他向着前方的虚空伸开双手，默默祷祝，壮志在胸襟间激烈鼓荡。此行他立志北复金瓯，天若有知，想必会嘉许他追逐并实现梦想的勇气与毅力。他的双手有韵律地挥舞起来，像是在敲击着一架无形的编钟悬磬，又像在指挥着冥冥中的千军万马，就与他少年时代遇到的那位牧鱼人一样。

左十步，进！……右十步，进！……左右合，止！……前十步，进！……

莽原山野、江河湖海中的万千灵兽都汇聚到了他的身边，在他的御船上空翻云覆雨，在他的御船左近腾波倒浪。他微微闭上眼睛，握住了君怜的手。

> 补金瓯，补金瓯，
> 补罢再无河山愁，血泪洗却当日羞。
> 赳赳猛士守！

他曾经无数次在头脑中接近这个梦想，现在，他终于得以亲身去实践它了。他感到一阵突如其来的晕眩，太阳穴突突而跳。前面的征途也许不会如最初那般顺利，但胜利终究会被他收入囊中。这一点，不仅他坚信不疑，君怜也是坚信不疑的。

君怜微笑着，将自己的手指陷入他宽厚的手掌中。他们一起在虚空中擘画着节拍。这一刻的激情澎湃只属于他们两个人。

侍立在皇帝身后不远处的众人不明就里，却也为皇帝的情绪所感染，不由纷纷动容。

四月二十四日，皇帝亲御的水师抵达永济渠的大转弯处——独流口（在今天津静海），与马步军会合。从这里开始，永济渠就要由西南—东北走向转变成东南—西北走向，这之后的运河也称作北渠。北渠的末端，就是幽州。但是此时的北渠年久失修，无法通行巨型战舰。而且，即便能够通行，皇帝也不会沿着北渠继续前进。在皇帝的战略规划中，深入幽州之前，需要先“打横”，夯实前期战果。

王师已经深入敌境一百余里，虽然路上根本没有遇到任何阻拦，但唯其如此，才更没有轻敌的理由，必须稳扎稳打，一步一个脚印。皇帝任命右龙武统军李洪信为独流口都部署，率一部马步水军的混合军队驻扎此地。继乾宁军之后，这是皇帝在辽境内布下的第二颗棋子。

安排完守备人事，皇帝命剩下的马步军出发，自己率水师继续溯流西进。从独流口开始，王师水军脱离了永济渠水道，进入大清河水系航行。二十五日，王师抵达距离独流口五十里之外的淤口关。由于大清河及其支流白沟和拒马河的冲积作用，淤口关有一大片洼淀。唐朝人凭此地利，置此关作为阻挡胡骑南下的天然屏障，至今则颇为废弛，契丹也没有在此部署守备力量。皇帝任命保大军节度使田景咸为淤口关都部署，率一部混合兵种军队建寨驻守，使之成为军事要塞。这是皇帝在辽境内布下的第三颗棋子。

接下来，皇帝命陆军继续前进，自己亲率水师余部溯河西行。

拒马河畔。

庄稼稀疏的田头，一名农夫荷锄经过，四月的阳光在他闪亮的锄刃上跳跃。他刻意向垄间望，看到了正在忙碌的另一人。

“刘四哥！”他大声招呼道。

“胡九兄弟，出工啦？”刘四漫应道。

“哎哎，刘四哥，你听说了吗？”胡九急切道。

“听说什么？”刘四停下手中的活向他走几步，显然对于即将开启的话题有一点期待。

“那周家大皇帝已经快打到咱们这儿来啦！”

“啊，真的?！不是说刚到宁州吗？”

“哎哟，恁这是哪辈子的故事啦?！宁州早过啦，人家停都没停，直接坐着大船，恁地大，恁地宽……”胡九伸出手比画着。

“吹牛吧，世上哪有恁大恁宽的船？根本造不出来！”

“是真的！我浑家的三婶子昨日回乡省父母，跑来我家串门子，她说是她亲眼所见！”

“亲眼所见？”

“是，所有的兵啊，马啊，刀枪啊，粮食啊，全装在那大船肚子里！而且，可不是一艘那样的船，是好几百艘船！啧啧啧……”

刘四将信将疑了："别是看错了吧，是契丹大皇帝运粮的船吧？我小时候听说过，运粮的船就挺大。"

胡九不屑道："嘁，你多咱见过胡船运过粮来？就算要运了来打仗，那也得是从北边往南边运不是？"

"哎哟我这脑子！我怎的一下子倒混忘了，他们胡儿打仗可从来不自带粮食的！"

"嘿，可是我说的！"

"那……那目下周帝到哪儿啦？"

"我浑家的三叔家在独流口西边的凤仪村，那周帝的船自然就是过了独流口西来了呗。"

"哎哟，他会不会将咱们这里也打杀一番啊？"刘四紧张起来。

"咳，依我说，四哥恁就是忒胆小了！"胡九大咧咧道，"恁怕他怎的？周帝是汉人，咱们是不是汉人？虽说我姓胡，但我家跟胡儿可是半分关系都没有！咱们这一片原本就是汉家江山，周帝来，就是要把汉家江山抢回去嘛。你说说，抢回了汉家江山，汉家的百姓他要不要？"

"那倒是。我们家祖祖辈辈住在这里，可从来没跟胡儿婚嫁过，我肯定得算是汉家百姓啊。"

"那不就得了！"

"……可是，咱们就算被他抢回去了，又有什么好处？我现在日子也还过得去，我可不想折腾！"

"好处？好处多着呢！你想，新皇帝来了，是不是会出安民告示？是不是要减租减税？你的青苗没有胡马来踩了吧？你辛苦一年到头种出来的粮食，能多留些在自己手里了吧？这不是好处？"

"那……那我兄弟在山那边替胡人放马，他岂不是该遭殃了？我叔还在城里做官呢，会不会被周帝杀头啊？"

"投降就不杀。我浑家的三婶子说，独流口替胡儿管庶政的汉官儿，周家大皇帝就给赦免了，安民告示也贴了。"

“哦哦……那我就放心了。”

胡九拿锄头往地下使劲一杵，笑道：“依我说，咱们就只管坐在这里，等着周家大皇帝将咱们收回去吧。胡儿们的腌臜闲气，我可是受够了！”

四月二十六日，王师抵达距离淤口关五十里之外的益津关。

益津关也是唐代所置，因其北面有一条宽阔的大清河支流而占据地利。此时，辽廷派驻城中的守将是汉辽混血后代终廷晖。与乾宁军的王洪一样，终廷晖听闻周朝大军到来，便站到城头去观周师的旌旗。当确认看到了皇帝的大纛在御船上飘扬之后，他立刻决定投降，献城。

皇帝纳降，嘉许，改命凤翔节度使王晏为益津关一路马军都部署，以韩令坤副之，率一部将士留守。原辽官另行安置。这是皇帝在辽境内布下的第四颗棋子。

侦候探报，从益津关再往西，水路将会逐渐狭窄，无法承载巨舰航行了。皇帝得知此情后，毫不犹豫地说道：“那就全体下船，改走陆路！”

于是皇帝登陆，将御船和全体战舰也留在关内，余部改取陆路向西而去。皇帝是个急性子，如同以往很多次一样，他等不得步军的速度，直接率领一部精骑先行进发了。此时李重进所部马步军仍旧在循着皇帝的足迹一路追赶，率众卫跸的重任落到了韩通、赵匡胤等人的头上。

莫州。瀛州。易州。幽州。蓟州。

周帝率大军来袭的消息如同枯藤上引燃的火焰一般迅速在里巷间蔓延开来。随着城中备战的气氛日益浓厚，随着各级官老爷的脾气和呵斥声越来越大，城中的普通庶民越来越清晰地认识到，辽汉之间将必有一战。他们不要战争，他们只想要安安稳稳的日子。神仙打仗，关凡人何事？保住自己的家小和可怜的一丁点财产才是第一位的。

于是，陆续有百姓拖家带口出城，逃往山林间避祸。其中虽以汉人为主，却也包括一些契丹人、别族人或者胡汉混血家庭。

郊野。斜阳倏尔落入荒草，萧萧风声中混合着归鸦发出的嘎嘎鸣叫，以及一些来自远处的、类似马嘶与蹄响的声音。

疾速行进亲御部队停了下来，扎营休息。皇帝跑得太快了，不仅步军，就连马军的后部也被他甩得老远，看不见了踪影。当然，皇帝跑得快除了因为心气高、性子急，还因为马好——入风犼、塞上霜、云间豹和油滴子一直跟着他。邓锦、韩通、赵匡胤等人的马也得好，不好，追不上皇帝飞一般的速度。

率性猛跑的结果，是到停步时一点数，皇帝发现身边的精骑猛士只剩下不到两千人了。

夏风将模糊的声音又送近了一些，荒原不远处有窸窸窣窣的动静。邓锦、康保裔等变了脸色，忙持械团团将皇帝围了起来。其时负责携带扎营之物的车骑都未赶到，皇帝坐在荒地临时支起的胡床上进用食水，看着他们紧张的样子，不由笑道："怎么了？你们怕什么？"

康保裔忙揖道："官家，此处深入虏境，可大意不得。"

皇帝拿两个指头揉揉自己的太阳穴，鼻子里笑了一声："得了，把兵械放下歇歇，等辽人来了再打也不迟。再说了，他们敢来吗？他们若敢来，先时那几座城关怎么一声不吭就献出来了？"

邓锦急道："陛下，胡人之心变化多端，也有胆子芝麻小的，也有胆子比肝儿还肥的，臣等还是守着的好。"

正说着，赵匡胤飞骑自远处驰回，至近前跳下马施个便礼："陛下，臣已着人探明，此处附近有虏骑出没！不过请陛下放心，臣已安排人巡逻防护，务必保障万无一失！"

皇帝颔首道："好。韩通呢？"

"他……他带人往那边去了，想来也是去打探敌情吧。"

未几，韩通也带人驰回，跳下马禀道："陛下，此处有虏骑出没！"

皇帝一笑："朕知道了。"

韩通道："臣已经派人去催促后军加速前来。依臣看，在后军到来之前，陛下就在原地歇歇，用些饮食，不宜四下走动了。"

皇帝又笑了一下："成，听你们的。"

赵匡胤道："邓都知，陛下的近身护卫就靠你们了。陛下，外围的护卫交给臣……和韩通，臣等便是拼了自己性命，也必定不教番子们欺近这里一寸！"

韩通也慷慨揖道："陛下就把心踏踏实实放到肚子里，保卫陛下周全，臣等万死不辞！"

皇帝泰然颔首道："好，那么，朕这条命，就交给卿等了。"

当下众人四下散开。其时暮色昏暗，十步之内已经看不清人脸。为了避免引起辽骑的注意，皇帝四周没有举火。皇帝仍旧坐在胡床上，鲜亮的铠甲外披上了普通的战袍，大纛悄悄收了起来。邓锦派一队近卫猛士各持兵械，团团围绕皇帝外向而站。再派一队近卫在这圆圈四围无规则地转动巡视，扰乱敌人的视线，避免他们发现这里就是被保护的核心。距离他们半里至一里范围的外围地带，赵匡胤、韩通等带领人马虚张火把、故布疑阵，做出周军兵马数目庞大的样子来。各部人马频繁走动，循环不绝，仿佛在趁夜调动排布，令人眼花缭乱。

黑暗中，影影绰绰的辽骑连群结队在周军左近出没，双方心里的弦都绷紧了。一时，荒野中除了风声、蹄声、甲履与刀兵之声，竟不闻一丝人语。

然而，对峙良久，辽骑终究不敢发出一丸一箭。

至下半夜，周师后军车马赶到，立即在皇帝周围构筑出了真正坚实的壁垒。辽骑见周军大至，再不敢逼，忽忽而退。

翌日清晨。虽然只歇息了半个夜晚，皇帝的精神却非常好。

在召对过诸将之后，他派遣赵匡胤率部先赴瓦桥关。能劝降最好，劝不下来，就打他一仗——王师收复了这么多关隘，还一刀一箭都没有动过，大家筋骨不舒，早就等得不耐烦了。

与前几个城关的情形相似，瓦桥关的守将姚内斌也是汉人，昨夜，就是他派遣麾下骑兵去侦探周军营帐的。部属回报的状况让他忧心忡忡。威震天下的周帝果然勇不可当，而且，麾下的人马还那么多！倘若死命地抵挡他，除了自己身死，还会有什么别的结果吗？就算自己身死，谁又会嘉赏自己？辽人不会，汉人就更不会了。他虽然在辽为官多年，但族源和故国带给他的内心撕裂却是避免不了的。

于是，当皇帝率部赶到瓦桥关时，姚内斌已经率众出降，并跟随赵匡胤恭敬地在城外等候着了。皇帝大喜，纳降，嘉赏，以陈思让为瓦桥关都部署，以高怀德副之，而将姚内斌调任汝州刺史。这是皇帝在辽境内布下的第五颗棋子。

瓦桥关是一个重要的中间据点，从此地往西北方一百五十里有拒马河畔的易州，往南七十里是滹沱河水系的莫州，以及再往南六七十里的瀛州。要想往北方攻打幽州，易、莫、瀛这三州就必须攻取作为战略后方，否则，王师的进攻就是沙上之塔，外表壮观，内里空虚，很容易陷入腹背受敌的窘境。

皇帝决定继续向莫、瀛推进。至于易州，他已有安排。

然而事情进展得比皇帝的计划更快。四月二十九日，皇帝大军尚未启动，莫州汉人刺史刘楚信已经率部亲赴行在献城投降。皇帝欣然纳降，嘉赏如故，换将徙官。莫州成为皇帝在辽境内布下的第六颗棋子。

显德六年的四月是个小月，过了二十九日，就进了五月。

五月朔日，一路奔驰追循皇帝足迹的侍卫亲军都指挥使、郓州节度使李重进终于率部抵达行在。皇帝大喜。因李重进长子延福年满十五岁，已被带到军中历练，皇帝特命延福为尚食使。

就在这一日，还有个意想不到的人来到了行在。他是契丹瀛州刺史高彦晖，是一个出生在蓟州的汉人。高彦晖是来献城的。瀛州与莫州相距咫尺，莫州既然投降，他想不出自己还有什么理由替辽人坚守下去。

高彦晖跪伏在皇帝的面前，痛哭流涕地陈述陷虏区遗民的苦难和自己被迫在辽为官的煎熬，倒惹得行帐内一片唏嘘。皇帝温言抚慰一番，照例换将徙官，赏赐甚厚。瀛州成为皇帝在辽境内布下的第七颗棋子。

至此，关南地区悉数平定。

行在内外，旌旗如云，甲履生风，数万王师将士相拥着蹦跳摔打的欢呼声，似乎要将燕地清湛的天空震出一道裂缝来。

这一日，病愈的范质也终于赶到了行在，刚好来得及加入兴奋欢呼的人群之中。

自显德六年三月二十九日发离京师，至显德六年五月初一，皇帝郭荣在三十二日之间一鼓作气纵贯了一千五百里的征程，通过了水济渠、大清河、滹沱河三大水系，以自己的足迹像串珠般穿起了汴京、卫州、滑州、大名、德州、沧州、乾宁军、独流口、淤口关、益津关、瓦桥关、莫州和瀛州等一系列重镇。大军所过之处，辽人闻风丧胆，望风而降。王师未费一兵一卒、一刀一箭、一血一肉，便恢复了割据乃至割让出去长达两百年的燕南旧疆，得三州、十七县、一万八千三百六十户。

郭荣威震四海，成为五代最为显赫的军神大帝。

君不见，霹雳划得苍穹破，冲天剑气震星河。
君不见，迢递高楼飞羽檄，百万天兵下殿阁。

宜将弧矢射天狼，直取北斗挹酒浆！

一九六　阳焱熔金

东京。延福殿偏殿。

观音在写字，宗训在读书。君爱带着阿姣到御苑玩耍去了，室内只有廷献和承璋、芦笛等陪伴。

观音已经写了两页纸，放下笔，对着自己的作品欣赏片刻，又回头问廷献："廷献，你看我今日写的字好不好？"

廷献仔细看看，鼓励道："不错，已经初得欧体之神韵了！"

观音闻言，便立刻下了座椅，得意道："小孃也夸我写得好！我今日写够了，我要歇着！"

廷献笑道："歇息可以，够却没写够。待歇息完了，音儿还要回来再写两篇才行呢。"

观音噘起了嘴："廷献，你替我写！"

廷献点点头，忍笑道："臣可以替皇女写，但是，臣不能替皇女长大呀。写不好字的人，别人也不拿她当大人看呢。"

一句话戳中了观音的软肋。观音没脾气了，走到宗训跟前视察："阿弟，你在做什么？你怎的不写字呢？"

宗训头也不抬道："我在看书呀。"

宗训正在看的，是王著替他们编写的一本童蒙性质的简明通史。王著以浅显的白话和生动的故事将唐以前的历史掌故串联成文，还辅以图画，令宗训十分着迷。

观音道："原来是这本书呀，我都已经看完了。"

宗训这才抬头认真道："阿姊，我也看完了，我都看第三遍了！"

观音想了想："可是你若光顾着看书，适才小嬢临走时教你写的两篇字怎么办？"

经阿姊提醒，宗训想起了这回事，有点发愁了："那……怎么办？"

观音慷慨道："这样吧，阿姊替你写。阿姊多写几篇字，就能快些长大了。你多看几遍这本书，也能快些长大。廷献，是不是这个道理？"

廷献微笑道："是，是这个道理。待官家凯旋，看到音儿和哥儿比出征时长了一大截，可不知道会有多么高兴！"

辽上京。多日前。

来自幽州的急报将"睡王"耶律璟从酒醉昏睡中惊醒了。周朝侵扰我边境！乾宁军、独流口、淤口关、益津关一带相继陷落！周军仍旧在向西挺进，估计将会侵犯我瓦桥关！

辽主耶律璟感到愤怒。周朝自打他们太祖受禅以来，与大辽保持了一个基本对等的外交关系，双方互递过国书，还互送过礼物。前年周帝打淮南时，还特意遣使到上京来通报过——当然，也暗含着提醒大辽不要插手的意思。辽主本来就不喜欢江南、孟蜀式的蜡丸书外交，加上契丹朝内不太平，他更不想给自己惹那些麻烦。于是他欣然笑纳了江南的礼物，扣留了他们的使臣，却并不发兵支援，也算卖了周帝一个面子。

在耶律璟看来，辽周之间最大的纠纷在于晋阳的北汉政权。郭周建鼎以来没断了袭扰刘氏那可怜的十州领土，每年，刘旻和他的继任者刘承钧都会就周师侵袭引发的危机数次向大契丹求援。最大的危机就是高平之战那回，他派遣耶律敌禄带了一万精骑去，结果没帮上忙，又全数带了回来。为此他将耶律敌禄吊打了一番，又紧急派遣南院大王耶律挞烈前去堵漏，好不容易才控制住局面。作为宗主国主，他从每次军援中都获得了巨大的好处，比他们亲自“打草谷”的成果还要丰厚。所以他其实是欢迎郭周对后汉进行一些挠痒痒般的袭扰的。

但是从去岁开始，周人有些得寸进尺了。去岁周人攻陷了瀛州下属的束城，那可不是刘氏的地盘，那是他耶律家的地盘！他有些恼火，让附近几州的守将赶紧去帮着收复。幽州留守萧思温怕担责任，一个劲儿撺掇他亲征幽燕，他毫不犹豫地拒绝了。他有镇反、喝酒、狩猎之类的大事要干，区区一个束城的得失算个屁。

然而这次不同。周帝亲率大军冲着他来了，而且胃口好大、声势好盛，还没开打就一口气吞掉了他一条线上的数个重要关隘。他有些沉不住气了。幽云十六州是他亲爹太宗皇帝耶律德光的遗产，倘若到他手里弄丢了，在宗室那里有点说不过去。

这个郭荣，放着那么多美事不做，非要打什么仗?!

有汉官建言说，周帝如此嚣张，大辽不妨动用晋阳这颗棋子来个“围魏救赵”之计，从背后给周帝使使绊子，管保周帝折腾不了多久，就自己退兵了。辽主耶律璟深以为然，于是立遣使者日驰七百里赶赴晋阳，命北汉主刘承钧发兵袭扰郭周边境，教他们尝尝顾头不顾尾的滋味。

南院大王耶律挞烈提醒辽主不要轻忽，说当年高平战后耶律敌禄回报过，周帝郭荣用兵很厉害，是大辽多年难遇的劲敌。从目前的态势来看，大辽守军显然被周帝破高平，收秦、凤，下淮南的威名吓破了胆，完全放弃了抵抗。他认为，军中对周帝的这种恐惧会像草原上牛羊的瘟病一样，一旦蔓延开，那后果还了得？他建议皇帝立即派兵增援。

辽主耶律璟说，幽州是大辽自家的地盘，就算打赢了也榨不出什么油水，何必劳师动众白白跑一趟？而且，幽州城坚池深，比大草甸子可好守多了，难道萧思温的人马连居高临下只管放箭的本事都没有？南院大王不同意，坚持要增援幽州。耶律璟不耐烦了，顺水推舟道，行啊，那你就带着人马去吧。

幽州。留守府。

萧思温在堂屋中转来转去，焦躁不宁。幽州是燕云十六州的东部核心，肩负着总领大辽南部防务之重。周军北侵之初，他被任命为南线兵马都总管，负责组织抗击。像样的办法还没拿出来，乾宁军、独流口、淤口关、益津关已经接连陷落，辽国在幽燕一带的防务几呈土崩瓦解之势。下一步，周帝这把大火就该烧到幽州来了。幽州城内百姓已经纷纷向西山溃逃，他想补充本州防务都有些人力不足了。

他早前已经遣流星马向皇帝呈上了南线紧急态势的奏报，请求援军。时至今日，还没有得到回复。虽说他也是马背上骑战长大的，但他并不擅长打仗，蹴鞠倒还有些造诣。让他死扛周帝，他是绝对没有把握的。他知道自家皇帝的秉性，狠蛮暴虐，赏罚随性，他很怕皇帝支援不力，最后反过来跟他的脑袋算账。

他不由得唉声叹气，揪着自己的衣襟发愁。

这当儿，一个本族装束的小丫头从内屋走出来，看着他愁眉不展的样子，不由歪脑袋问道："阿爷，你为什么叹气？"

萧思温定睛看去，原来是自己五岁的女儿燕燕。在一众儿女中，他对燕燕一向比较宠爱，于是没有嫌她多嘴，而是答道："汉儿的皇帝就要打到幽州来了，幽州的兵马少，肯定抵挡不住，你说阿爷怎么能不叹气？"

萧燕燕眨眨眼睛道："既然挡不住，为何不请兵呢？"

"你阿爷还没糊涂到这个地步！"萧思温摇头道，"早就请兵了，甚至去年汉儿打束城的时候我就请过兵，请不来呀！"

"那……幽州丢掉要紧不要紧呢？"

“真是孩子话!”萧思温嗔道,“幽州是先帝留给当今皇帝的家产,你说丢掉要紧不要紧?”

萧燕燕不解道:“那么,爹爹何不请皇帝亲自来守呢?皇帝肯定会带很多人来,这样幽州不就丢不了了吗?”

萧思温眼睛一亮,将手掌一击。对呀!去岁请皇帝不来,那是因为陷落的不过是束城,于皇帝无关痛痒。如今危殆的可是幽州了,辽汉边境的第一大镇!只有皇帝亲自来,号召力才可能与周帝相抗衡,皇帝对皇帝嘛,契丹兵也需要表现给皇帝看。即便此后再打败仗,那就是皇帝自己指挥不力,与他萧思温的统筹无关了。

计较已定,萧思温立刻去书案上取了纸笔,写成一封请求皇帝亲征的加急奏报,再三陈明其中利害,交由亲信火速飞报上京。

打发了信使,萧思温拉过燕燕来问些家常闲话,逗女儿玩耍了一会儿。父女俩正享着天伦之乐,忽然手下挞马(扈从官)一溜烟跑进来,大声道:“留守,留守,南院大王来了!”

瓦桥关。大周皇帝行在。午间。

皇帝向诸将和近臣赐宴,又赏赉雕鞍、器帛不等。诸臣频频向皇帝举觞祝寿,皇帝笑纳美意。又有数名擅歌的军中健儿,在一旁轮番高唱军歌佐酒。席间欢歌笑语,不绝于耳。

酒酣。耳热。皇帝放下酒觞,清了清嗓子,对大家说道:“战机不可错失,现下,咱们来商议商议如何进取幽州的事吧。”

众将听了,互相看看,一时尽皆默不作声,行宫内出现了一种诡异的安静。

关南的收复如此顺利,让全军有一种暴涨的自豪与满足。倘若就此收官,这个胜利就会显得十分完美。他们理解皇帝意欲收复中朝全部旧疆的大志,不过他们中的多数人认为,那应该有个较长的时间表，没必要毕其功于一役。淮南的经验和教训告诉他们，适可而止、见好就收、保持战争有一个合理的节奏很重要。

诸将的这个反应有点出乎皇帝的预料。目下战争的形势这么好，他们应该很乐意趁机多立功业才是啊。转念一想，也许是因为习惯性的恐辽症？自打耶律德光入主过汴京之后，辽人在汉人心目中就固化出十分凶悍野蛮的形象，令汉人军民畏惧有加。多年以来，汉人与辽人打的基本上都是自卫反击战，很少有主动出击的，即便有，也是作为对之前战役的报复行动。如今主动深入敌境数百里，而且还要再继续往两百多里外的幽州去挑战，的确远远超出了历年汉人对辽人的军事行动极限。事到临头，诸将不敢与契丹硬碰硬，也是有可能的。

皇帝扫视着众人："怎么都不说话了？有什么想法都可以说出来，恕你们无罪。朕问你们，就是要听取你们的意见。"

此时距离皇帝比较近的，有李重进、韩通、赵匡胤、李继勋、陈思让等人，稍远的，有石守信、高怀德、刘重进、刘洪、马仁瑀等人。皇帝将询问的目光投向了远处的臣属。

众人承受不住这种审视，于是纷纷在座中礼道："呃……陛下，臣以为，陛下发离京师三十日，兵不血刃即取燕南之地，真乃不世之功也！此时收敛锋芒，转而夯实胜果，待关南稳固后再重新组织进发，当是大善之策。"

皇帝鼻子里一笑："朕趁着王师士气正盛、趁着辽人不备一鼓作气打过去，岂不是更好？"

"陛下，王师在关南打了这一圈，早已将辽人惊动。听闻最近幽州契丹兵马调动频繁，虏骑大量聚集在燕北，显见得他们守备已足。大军贸然深入，他们以逸待劳，咱们很吃亏呀。"

"辽人惯会打野战，没有太多守城的经验，守城全靠汉军。朕此番亲去教那些汉军都归化了，是不是能分解他们的守备啊？"

"陛下，关南胡汉杂处，民心未附。幽州王化声教未及，刁民尤其狡猾。收了他们来用，变数很大。倘若他们反复……”

“哼，只要王师威势如故，他们就不敢反复。”

“陛下,《孙子》有云：‘善战者先为不可胜，以待敌之可胜’；‘胜可知，而不可为。不可胜者，守也；可胜者，攻也’。请恕臣直言，辽人凶悍，此番王师并没有一击必胜的把握。王师千里袭远，倘若战事迁延，岂不骑虎难下？何妨如兵书所言，暂取守势与敌对峙，令胡虏以为我军意图止于关南，如此磨耗掉辽人的警戒之心，待时机成熟再一举拿下？”

皇帝蹙起了眉。也许因为之前喝了酒，加之行宫内人多气闷的缘故，他有一点晕眩。将领们的发言更让他感到头疼。他们似乎提前私下交流过意见，并且达成了默契。以上所说的，就是他们统一思想之后的结果。

他们振振有词的保守让他感到异常恼火。在北伐如此酣畅淋漓的开局之下，他们想的不是如何将拳头挥出去，而是将拳头收缩回来?！归根结底，他们还是怕。倘若是打淮南能有这样惊人的开局，他们恐怕早就争着建功立业了。收拳头……收拳头……他又想起了当时范质为他打的比方。可是，这次他的拳头一直紧紧攥在胸前，根本就一次都还没挥出去过啊！

皇帝的脸色沉了下来。也许，应该告诉他们幽州的内应计划，给他们增添些信心？不不，这件事关系到谍线的安危，绝不能在这种人多眼杂的饮宴场合说。

皇帝将目光扫向李重进：“都帅，你的意思呢?”

李重进昨日刚刚赶到瓦桥关，还没有与诸将就战争的未来趋势交流过意见，也并不知道军中部分将领对此已有默契。听到皇帝点名，他略一愣怔，忙道：“陛下，进取幽州，臣没有异议。臣大老远地赶过来，原本就是来打仗的。若是现下谁告诉臣仗已经打完了，没臣的份儿了，臣岂不是要憋屈死吗！”

众人听他此言，不由都哄然一笑。他们与李重进的关系有近有远，因此笑容也显得各有滋味。皇帝听他说得直白，自己的嘴角也忍不住微微翘了起来。

皇帝的目光扫到赵匡胤身上：“元朗，你是怎么想的？”

赵匡胤见皇帝适才大不怿，知道众将的建言并不合圣意，忙道：“陛下，幽州固然险固，可是有陛下神威凌驾，早晚攻取，必无疑问！臣愿率领猛士突击，作为陛下进取幽州的前驱！”

皇帝见他慷慨激昂，足可为诸将表率，面色稍解，微微颔首不语。

这当儿，邓锦急急入内，趋至皇帝身边，附耳低声汇报一番。皇帝不动声色地听完，向邓锦低声吩咐两句，邓锦急急离开。

皇帝再次扫视众将，端起了自己的酒樽：“众卿，干了这一杯！朕祝你们在日后的战事中旗开得胜、功勋卓著！”

行宫皇帝指挥室。

皇帝急急踏入指挥室，将邓锦、刘奉武等近臣都留在了门外。事先候在室内门边的两个人急忙上前，单膝跪地叉手拜道：“臣英招——臣飞菟——叩见陛下！”

皇帝摆摆手，温言道：“平身吧。你们两个怎么一起来了？”说着，见他们风尘仆仆，头发丝被汗水湿透，一绺绺胡乱贴在脑门上、面颊上，皇帝又忍不住伸手替他们整理了一下。

英招答道：“回陛下，臣和飞菟是在拒马河边饮马时遇上的。”

飞菟道：“陛下，臣等都有紧急军情汇报。陛下想先听谁的，要不要臣先回避？”

皇帝略一思忖，说道：“无妨，就在这里一起说、一起听吧。目下河东和幽燕这两条线上的事，只怕该当合到一起了。”

英招与飞菟对视一眼。出于保密的需要，他们不能与非同线的己方谍者（哪怕是同门）谈及自己的情报。但他们在相遇之后，数年谍报工作培养出的敏感让他们有了事件即将合拢的感觉。没想到，皇帝也与他们的感觉一样！

英招礼道：“陛下，契丹南院大王耶律挞烈来到了幽州城。他抵达的第一天，也就是前日，就将幽州守军与援军整备混作一处，重新操练。昨日，他忽然又对萧思温身边的汉人进行清算。十三师兄为了等待王师到来，不肯撤离，想方设法与萧思温周旋。不想那南院大王十分狠辣，认准了我们蹴鞠队这一票人都很危险，决定全部铲除。十三师兄便设计将他本人引诱出城，率领臣等与他的部下发生激战，试图同归于尽……”

皇帝脸色大变，急切道：“后来怎么样了？”

“后来……后来南院大王没死，十三师兄却在激战中……失足跌下了悬崖……”英招的眼中泪光盈盈。饶是受到过控制感情的严格训练，他仍旧无法掩饰自己的悲痛。

皇帝呆住了，太阳穴突突而跳。失足跌落悬崖……悬崖不是土坡，要有多大的幸运，十三才能够再次生还？

“去找了吗？”

“没有。陛下，臣往下看过，太深了，而且，是垂直掉下去，不是滚落下去的，恐怕，恐怕很难……臣急着赶过来报信，只能……放弃寻找……”英招声调哽咽，说不下去了。

皇帝默然半晌，勉力平抑了自己的心绪，又问道：“目下幽州贼情如何？”

英招拿衣袖揾了一把泪，答道：“目下幽州城中严防死守，凡是脸生的汉人都被抓起来了。还要民间自行检举，凡能发奸的，都重重有赏。”

“……那么，你十三师兄之前有没有跟你说过什么，比如教你传什么话，或者什么物事？”

“没有。”

“是来不及吗？”

“臣不知道。不过在幽州郊野激战时，臣有好长时间一直跟着他，他并没有说过什么。”

“嗯。”皇帝沉吟不语了。幽州还有另外一条谍线，远比西乞十三几人到达得早，也远比他们隐蔽。在幽州的玄武谍者中，只有西乞十三知道这条线的存在。十三被辽人清除，并不意味着那条线也会被发现、被清除。倘若他们有什么危险，以十三的机智和干练，一定会想方设法传递出这个信息。而且，那条线自身也很久没有消息传递到行在了，难道，是为了将自己更深地隐藏起来？

没有消息，或许就是个好消息。

“那南院大王带了多少人马来？”

“回陛下，大约一万之数总是有的。”

皇帝轻轻吐出一口气。堂堂南院大王，就只带一万人马过来增援？这只能说明他们来得很仓促。很显然，契丹人无论在物质上还是在精神上，都根本没有准备好与大周开战。看来，攻取幽州已经刻不容缓，趁着辽人军马尚未大集，一举夺城，在城内外严密布防，甚至布下诱敌深入的陷阱，待后续胡骑到来，方能内外夹击，痛快扫荡敌顽。

只是要快，务必要快。南院大王显然是个精通军事的对手，怯懦苟且的萧思温完全无法与他相比。要趁着他立足未稳、情况未熟、手段未尽时将他拿下，否则，幽州这锅稀粥被他熬成了干饭甚至锅巴，王师就该嚼不烂了。而且，此人眼光南向，心机深远，将来难免为中朝之祸，不如趁早剪除，以绝后患。

皇帝看向飞菟：“飞菟你呢，你那边有什么情报？”

飞菟忙礼道：“陛下，刘氏这一向与辽主遣使走动频繁。前几日，辽主七百里加急又给刘氏送来一道密令，之后刘氏便召集他们的主将商议，又调兵遣将，像是要干一番大事呢。”

皇帝沉吟道：“辽主对刘氏发来的密令……那还能有什么内容？必定是教他扰我边境，令我腹背受敌，首尾不能相顾呗。——飞菟，刘氏兵马调动的动静有多大？”

“看起来很大，马步军都虞候都出动了，连同晋阳的内外巡检司都拨了人，看上去不像是要给咱们找找小麻烦，倒像他们是主角，要来跟咱们实打实对着干似的。”

皇帝不语，几步走到室内藤架屏风悬挂的燕云羊皮地图前，盯着图中的山水线路琢磨。飞菟与英招紧跟着他的步伐也走到地图前。皇帝拿手指在地图上比画比画，又转头看向飞菟和英招：“倘若刘承钧派一大路人马出虒亭，做出吞并潞、泽之势，吸引得我军遣将北上抵抗，而辽人则以南院大王在幽州牵掣住我军主力，另派一军突袭镇、定，以期与我军形成犬牙交错之势……你们说，有没有这个可能？”

英招与飞菟面面相觑。战略不是他们所长，但既然皇帝垂问，他们就用自己的见识答道：“陛下，依臣所见，辽人狡猾非常，无论做事、打仗都不拘泥于章法，是有可能要这种声东击西的把戏的。”

“不过陛下，晋阳没什么像样的兵马和将领，能打的张元徽死了，杨重贵夫妇在代州呢。剩下的，郑进老了，李存环、蔚进、郝贵超勇力寻常，卫俦也不过靠所掌的吐浑军博得刘氏青眼。陛下，他们根本就不可能吞下潞州和泽州的。”

皇帝嘉许地点点头：“嗯。镇、定两州，朕早有安排，他们占不了便宜。潞、泽那边，朕倒是不能以常情度之了。至于关南，朕已经将阵线斩得齐平，他想犬牙交错？哼，朕连条缝儿都不给他留！……不过，既然他们乐意来试探，安知朕又不会揳几颗钉子给他们耍子呢？”

他转向飞菟：“晋州杨皇舅那边，有没有什么消息？”

飞菟忙答道：“并没有需要由臣禀报的消息。杨节度一直在调遣兵马，想来陛下已经知晓了？”

“嗯。”皇帝颔首，又问，“杨重贵夫妇收到朕赐下的明珠了吗?”

“收到了。”飞菟忙道。

“他们有何话说?”

“陛下，麟州防御使杨重勋托臣呈上这个，说是杨重贵夫妇口头托请转报的。杨重勋还说，余事当随后再上奏表。”

飞菟说着，就从怀中摸出一个寸把长、斗笔杆粗细的竹筒，从中倒出个裹得紧紧的小帛卷呈上。皇帝展卷观看，见上面是工工整整的八个小楷:“知不可，勉为之。拜圣。”

皇帝抬起视线看着窗外，长长叹了口气。

飞菟与英招退出之后，皇帝命邓锦召来了邠州节度使刘重进和濮州刺史张藏英。

皇帝命刘重进和张藏英为先锋都指挥使，立即率领一部人马向北出发，尽速攻取固安县，为王师大军打前站。与契丹交兵，熟悉对方的语言和习惯很重要。刘重进原本就是幽州人，会说契丹话，后晋时出使辽国，还被辽主留下来做过帐前通事。而张藏英是涿州范阳人，长期担任缘边军事指挥，多立战功，也是非常合适的人选。

固安县在辽境，几乎位于幽州与瓦桥关的连线中央，距离瓦桥关约一百五十里。从瓦桥关到固安，再到幽州，中间是平坦无险的华北大平原，王师可以一马平川，直冲而上。皇帝从三关北上的第一只脚落在固安，第二只脚，就将直接落到幽州城下。

要快，一定要快。只有抓住战机快速将兵马调动到位，对敌人形成压倒性围合，然后集中力量猛攻，才能赶在更大的敌援到来之前拿下幽州，将大周在此战中获得的先手优势发挥到极致。

刘重进、张藏英率部驰去之后，皇帝召集全体将领召开了军前会议，向众人通报了自己的进军计划，并听取了众将对操作层面的意见，讨论良久。会议结束后，皇帝命令王师余部全体休整，准备来日北上。然后，皇帝不顾自己在午宴之后又连轴转了半日没有得到丝毫休息，决定亲自去考察并选取来日大军的进军路线。

众人急忙劝阻，皇帝摇手不听。进军路线的选取事关王师主力的移动速度，刘重进虽然沿路留下了标识，他还是需要亲自看看心里才有数。他没有打算去太远，看一小段，他就知道个大概了。在邓锦、康保裔等近从和韩通、赵匡胤等重将的卫跸下，皇帝出瓦桥关，笔直地北驰而去。

一行人打马奔了十数里，被一条不大不小的河流挡住了脚步。找了当地人来问，原来这叫安阳水，是大清河的支流。河虽说不大，却无法蹚水而过，上万的军士，也不可能用渡船运送。晌后刘重进他们为此河所阻，就是向东绕道三里外的一座小桥才通过的。皇帝听完侦候汇报，命令韩通立即召集部从在此地架设浮梁。

未几，数千王师军士携带工具赶到，在五月的薄暮中热火朝天地干将起来。他们喊着号子，扛着就地砍伐的木头，拖着成卷的粗麻绳，挥舞着巨大的锤子，效率很高。

君贵登上水边的一个高埠，意气风发地看向自己的将士们。他们的激情与士气让他想起了当年自己初到淮南战线，王师万众一心、想方设法攻取寿春时的情形。

幽州将是自己收复燕云十六州之战的第一个大本营，也是王师将在北境东部所重建的第一大要塞，其战略重要性，就相当于征淮之战中的寿春。与幽州相比，淤口、益津、瓦桥三关只能算是建立补给供应的后方呼应站。

拿下幽州之后，王师主力将挟胜利之势由东往西稳步推进，到时候，这一带南有镇州郭崇、定州孙行友之师呼应（当然镇、定之上还有个易州需要先行解决），西有府州折德扆、麟州杨重勋之师呼应，三面威迫之下，让辽人吐出幽云十六州便可以期待了。至于代州杨重贵，自己笼络良久，似乎渐得其归心，就算届时河东命他出兵阻挠，问题也不大。当然，这么一大片土地的收复可能是个比较长的过程，淮南十四州他花了一年半，幽云十六州又会耗费掉多少时日呢？

好在幽州不是寿春，幽州应当比寿春容易攻取。首先，幽州没有大自然的“水”军帮忙守城。王师先时在淮南作战，大多数时候都是在跟水斗争。寿春、濠州之所以打得那么艰难，应季上涨的淮水的阻遏起了很大作用。但幽州是个陆城而非水上之城，桑干河与拒马河水系的特点并不足以在其上构筑出防护幽州的连片水寨。这无疑对王师更加有利。其次，幽云十六州多属山区，并非草原平川，辽骑在此地带作战，整体上没有优势。再次，幽云十六州原本是汉人江山、汉人城池，辽人抢到手的时间不长，真到了打不过时，他们放弃起来也容易得多。不像淮南，对于主上的数代胶固之情能让守将们不惜以身相殉。最后，辽主本人的功绩和意志实在乏善可陈，而这必将在未来遭逢的肯綮问题上决定战争的最终走向。

是的，无论从哪方面来看，此时都是收复幽云、一雪中朝前耻、拔救陷虏区百姓的最佳时机。北复金瓯是他身为中原王朝君主的使命所在，锦绣山河上的这块缺漏一旦补好，其战略意义将远远超越先将江南、西蜀、广南等地纳归国朝版图。

前进，只需前进！一往无前，就是胜利！

昭阳龙骑起烟树，排空驭气，直蹈沧海怒。
年矢如梭春何驻？满身功夫，一个头颅。

紫电青钉绕指柔，倾儿女情，翻覆乾坤手。
缱绻清夏更何求。莲心清彻，剑胆苦透。

左拥酋耳右饕餮，万里伸展，麾下尽豪杰。

秋自弘壮心自烈。雄关似铁，残霞如血。

东有启明西长庚，帝车北指，昊空乌云横。
旋钺梦不因冬冷。细数年轮，不负此生！[①]

君贵的胸中有一团阳焱在熊熊燃烧，如鼓如歌，让他热血沸腾，身心战栗。顷刻，这团阳焱又从他心头迅速蔓延开去，刺目的光芒遮天蔽日，笼罩了整个世界，只在他的眼前爆出一朵又一朵炽烈的花火。他感到晕眩，甚至感到了一丝痛苦。太阳穴的筋脉鼓胀欲裂，他急忙伸手扶住自己的头，身子不由一晃。

“官家!”“官家!”近身警跸的邓锦等人大惊，瞬间托住了他。

君贵挣扎着站直身子，勉力一笑：“……呵，不妨事，朕有些累了。走吧，咱们回行宫……”

---

① 《不负此生》，“颠倒四曲”之一，本书代拟。

一九七　进退维谷

这天夜里，皇帝发起了高烧，头痛如裂。两名随军的御医刘孝能、马道元想方设法替他退烧，但是收效甚微。皇帝好像被自己的心火点着了，嘴唇干裂，焦渴难耐，在御榻上不安地翻腾着，甚至发出了一两声谵语，连刘奉武也不能听清他说的是什么。刘奉武喂皇帝喝了很多水，水似乎比药汤管用。后来，皇帝昏沉沉地睡着了。

这一天是显德六年五月初二，丙午日。

翌日，诸文臣武将闻听皇帝突然不豫的消息，感到震惊，纷纷来到行宫外请安。刘奉武出来说，陛下正在歇息，诸位请暂回，稍后再来请旨。诸臣交换着慌乱的眼神，也不敢公然询问皇帝的病情，只得向着行宫内施礼，集体而退。

既然皇帝卧病，大军肯定无法如期向北开拔了。此时诸将中职位最高的是李重进，其次是韩通和赵匡胤。李重进不必说了。韩通是侍卫亲军马步都虞候，赵匡胤是殿帅，两人平级。但在阶秩上，韩通比赵匡胤高。韩通是检校太傅，而赵匡胤是检校太保。李重进与韩通的关系近，与赵匡胤的关系一般。韩通与赵匡胤之间呢，韩通鲁直，赵匡胤精明，关系也一直有些磕磕绊绊。

众将退至行宫不远处的树林中，将询问的目光投向了李、韩、赵三人。

李重进皱眉不语。

赵匡胤不假思索道："你们先回去各自练练兵。跑了千余里还没开仗，他们怕不是有些手生了？别教他们闲着，先操练起来。"

韩通闻言，不满道："那也别将人撒太开。官家歇一阵子准就好了，说声开拔，一时人都拢不齐！——都帅，您说是不是这个道理？"

李重进道："嗯。别撒太开，关口内那么大地方，够他们练了。官家就是歇息得太少！"

赵匡胤笑了一下："都帅、都虞候说得是。官家并无大恙，不过是连日操心，过度劳累，缓一缓就好了。哎——，你们都听都虞候的，操练时不要将手下撒太开，省得开拔时来不及收回，白惹官家生气。"

众人见他三人淡定，心下稍宽，忙应喏不迭，纷纷去了。

皇帝行宫设在瓦桥关守将的衙署，屋宇简陋，但一应必要的陈设器物，皆是从京师装车带来。这一方面是因为皇帝用着习惯，另一方面也是出于安全考虑。因此这行宫在粗犷的外表之下，又有了帝王气象的内核，显示出一种怪异的和谐。

五月的日光透过窗棂上糊着的白纸洇进内寝。通常日间到了这个时候，寝殿的窗户早都大开着透气了，可是今日门窗紧闭。皇帝仍旧高烧不退，御医一直守在外间，不时进来探视，又嘱咐内侍们，千万不要让皇帝再招风受凉。

寝殿内的气息显得沉闷。

君贵微微翻个身，忽然发出一声叹息。

他感到自己正赤足在一片激情洋溢的火焰之林中穿行，强烈的高温让他浑身燥热，从五脏到骨骼到筋肉都倍感酸疼和虚弱。火焰燎烧着他的脸颊，他眉头紧皱，无论如何舒展不开；火焰燎烧着他的头发，他的脑袋里一阵阵剧痛；火焰燎烧着他的身体、他的手脚，他难受得蜷缩起来，但立刻又因聚拢后体温更高而不得不打开四肢。他左右腾挪，却无论如何也找不出一个舒适的姿势让自己安定些。

他希望能痛快淋漓地出一身汗，可是他所有的毛孔都被这不讲情面的火焰烧得堵塞住了，他打得开四肢却打不开毛孔。奔放如怒的火焰被闭锁在他的身子里，要么，用自己的血肉之躯去为它降温，要么，自己被它所穿透、所吞噬，除此之外，别无他途。

听到皇帝的动静，守在榻侧的刘奉武忙过来看视。见皇帝似有醒转之意，便轻声唤道："陛下，陛下，进用一点温水吧？"

君贵微微睁开眼睛，燎烧的感觉稍退。

他愣怔片刻，原来，适才不过是一场高温的噩梦？

"陛下，进用一点温水吧？"刘奉武跪在榻前，再次试探道。

君贵"嗯"一声，抬手想揉揉太阳穴，手抬了几寸却颓然垂下。高烧已经迅速抽走了他的体力，他肌肉酸软，甚至无力支撑这简单的动作。这是他过往的人生中从未体验过的滋味，他的眼神变得惊恐。他再次抬手，试图撑起身子。这下他确信自己真的做不到了。

"陛下请稍安勿动！"闻讯赶来的御医们急忙制止了他。

"……朕……这是怎么了？"他困惑地问道，声音显得嘶哑。

"陛下龙体无妨，只是偶感风寒，有些发烧，请允许臣再探探陛下的体温。"刘孝能忙道。

"嗯。"君贵微微颔首。

刘奉武向一侧让开，刘孝能便跪到他适才所在的地方，将手背轻轻抵触到皇帝的额头上。片刻，收回手，又向马道元示意。马道元便也上来查探。

君贵询问的眼神看向他们。

"陛下，臣等还要请请脉。"得到允许之后，刘孝能和马道元又先后进行切脉诊断。

"……朕到底怎么了？"君贵看着他们凝重的神情，焦躁地问道。

“陛下可觉得头晕？”

“嗯，是有点晕。”

“陛下头疼吗？”

“有些疼。”

“陛下还有什么不适……胸中可觉得憋闷？想吐吗？”

“那倒没有。”

“陛下可感到饿，可想进食吗？”

“不想。”

两位御医交换了一个眼神，又转向皇帝，柔和道：“陛下想是连日操劳，身子有些吃不消了。听说昨日饮酒之后又在风里头跑马？饮酒之后，血脉偾张，再吹风，就将那些外邪招进来了……”

“陛下不必担心，好生将养几日，臣等为陛下尽心调理调理，也就好了。”

君贵默然片刻，又问：“朕烧了有多久？目下体温如何，是不是还很烫？”

“呃……陛下是昨夜烧起来的，到现在嘛，略有好转，但还是有些烧。”

“陛下千万别着急，臣等一直在为陛下调理。只是陛下睡着了，进服的药水不多，是以见效不快。此刻既然陛下醒了，臣立马将药汤端来，请陛下服用。”

未几，刘孝能从外间捧了满满一碗药汤进来：“陛下，药汤是温乎的，正好入口，请陛下务必全都用了才好。”君贵颔首。奉武与另一名内侍忙过来扶起他。这个起身的动作让君贵一阵眩晕。

刘孝能道：“臣来喂陛下服食吧？”

君贵微微摇头：“朕自己来。”

他伸手接过药盏往自己嘴边送。没想到，那药盏沉重赛过石锁，他手一颤，药盏猛然掉落。众人一片惊呼。到底奉武眼疾手快，腾出只手一把兜住了药盏。药汤洒出一半到锦衾上，可是居然还剩了一半在药盏中，汤面兀自荡漾不已。

奉武惊魂甫定，见皇帝面如土色，忙抢着请罪：“臣该死！是臣没扶稳陛下，请陛下恕罪！”

君贵不敢相信地看着身前这片狼藉：“怎么……怎么会……”

刘孝能忙道：“陛下，是臣的罪过！臣进呈药盏的时候没有端稳。”

马道元也安慰道：“陛下，发烧无力是正常的，陛下多歇歇就好了。”

内侍们忙忙换了锦衾，收拾了药汤的痕迹。马道元重又去盛了盏新的来，到底是奉武一勺一勺喂皇帝服用完了。一番忙乱之后，众人退出，君贵重又躺下，只留奉武在身边陪护。

刘孝能与马道元走出寝殿大门，一错眼看见枢密使魏仁浦与首相范质正候在殿外不远处。两人忙趋前致礼。魏仁浦向二人使个眼色，与范质一起引他们走到远离寝殿的一处偏僻地点，然后问道：“官家病情可有好转了吗？”

两位御医互视一眼，欲言又止。

“刘医正，马医正，对我和魏枢密，你们要说实话。”范质严肃道。

“喏。……范首相，魏枢密，依卑职看，官家这病有转沉之势啊。”马道元蹙眉道。

“怎么？”

“昨夜枢密来探视时，官家虽说昏沉沉的，不过额角发热。臣等熬制了药汤，又教刘奉武等喂官家服下半碗，想着今日总能缓过来一点的……”

“那今日情形如何？”

“今日官家醒倒是醒了，可适才卑职又探过，额角竟是滚烫啊！”

魏仁浦愕然：“滚烫?!”他看向刘孝能。刘孝能默默点头。

“你们用了什么法子治疗?”

“又进了一次药汤，亲眼见着官家服完了。”

“还教邓锦他们去打了附近深井里的水来，越凉越好，嘱刘奉武他们浸湿了巾帕，不停替换着敷到官家额头上。”

“还有吗?”

“还有就是将寝殿内的熏香都停了，窗户都关了。”

“还有吗?”

“没有了。魏枢密，范首相，目下只能等待药汤起效。倘若过半日不见好转，就还得再换方子。”

“……官家怎么会一下子烧得这么厉害?”

“这个……昨日官家回到寝殿倒头就睡，连晚膳也不肯用，大家以为官家精神不济需要休息，都不敢打扰。据下官此刻推想，只怕当时官家就已经发烧了。至前半夜刘奉武发觉不对劲，才叫下官等前来诊视。这中间，官家已经烧了有好几个时辰了。”

“你是说……官家的病是给耽误了?”

“下官不是那个意思。官家这病势来得如此汹汹，也不是几个时辰就能积下的。”

“我正想问呢，官家身子骨素来强壮，怎么会突然就病倒了呢?”

“……依下官看，这应当是积劳成疾啊。”

“下官也是这个话。官家虽是龙精凤魄，毕竟还要依托血肉之躯成事。枢密试想，咱们离了京师，到目下不过刚刚逾月，可是这么短的时间里，官家做成了多少大事?别人奔波官家也奔波，别人歇了官家还不歇。军政大事样样反复谋划，谁也没有官家操的心多。……长此以往，便是铁打的人也吃不消啊！”

魏仁浦与范质面色凝重，蹙眉不语。

刘孝能道："依下官说，枢密和首相得空不妨劝劝官家，趁此机会好生休养休养，将之前欠下的都给补回来。国朝大业固然重要，可是官家的龙体才是国朝的根本啊！"

魏仁浦叹口气："我知道了。官家的病情，你们不可以再对任何人说，尤其是军中将领。"

"卑职明白。"

范质补充道："动摇军心的罪，你们谁也当不起。"

"是是，枢密尽管放心。"

这一日君贵就在昏睡中过去，只在中途醒转，众人哄劝着喝了几口稀粥。一昼夜间，他的体温有过几次上下波动，至天明时，他挣扎着醒来，感到自己松快些了。

他急忙摸自己的额头，似乎不烫了。脑袋里还有个坚硬的核在隐隐作痛，但似乎也比之前缓解了许多。他一阵欣喜，立即便要起身。

刘奉武早过来看视，见他这动静，忙抢上来扶着问道："官家想要什么？"

"朕要起来。"

"臣明白。不过……御医们嘱咐了，倘若官家醒来，先用些养元汤缓缓，不要急着离榻。"

"那就拿过来。"

寝殿内一通忙乎。御医也闻讯赶来了，见皇帝好转，心下大松。

君贵喝罢养元汤要起身，御医忙道："陛下在室内略转转也好。少时，就可以进用些稠粥了。"

君贵不耐烦道："朕不饿，进食的事少时再说。朕要先去召集一个军事会议。"

众人忙劝道："官家刚有些微好转，出去操劳可使不得！官家若有所吩咐，召他们来领命就是了。"

君贵心中火烧火燎。一病就是两天，对于战争形势他等同于失明失聪，他需要立刻听取军报。战场的情况瞬息万变，不知刘重进前军的进展如何，也许遇阻，正在等待自己支援呢。也不知幽州辽人那边在清算了西乞十三整条线之后又有什么新的举动，他需要立刻放出信号召谍者来报。

见众人阻拦，他恼火道："朕已经好转了，朕要出去看看军中情势。"说罢，他便站起身来向门外走，"告诉邓锦他们，备马！"

刘奉武、刘孝能、马道元等见状，惊愕地互视一眼，忙齐齐跪下来劝阻道："陛下！""陛下留步！""请陛下珍重龙体！"

君贵怒道："军机大事，十万火急，岂容你们再三阻遏？！赶紧教他们备马！"

"陛下！"

"陛下就算要出去，也万万不可骑马！"

君贵不答，绕过他们径直向殿门走去。也许走得太急，也许吃得太少，也许高估了自己在高烧两日之后的身体状况，在迈过门槛的时候，他的脚绊在了红漆脱落的槛沿上。

他蓦然摔倒，天旋地转，头疼如炸，整个世界在他眼前颠倒过来。

在一片惊呼声中，他倒在了众人急急伸过来承托的手臂上。"陛下！""陛下！""陛下！"数不清的脸凑过来看视他。他的视线一片模糊，看不清那是谁的脸，甚至分辨不出那是谁的声音。

他被七手八脚地扶向御榻。有千万道血泉急冲向他的头脑，让他颅内如沸。"放开朕，朕可以自己走！"他努力反抗着，不仅反抗着众人的阻挠，更是反抗着时运的乖戾。可是他浑身无力，反抗无效，而且，连他自己也没能听到自己的喊声。

他终于被安置在榻上，起不来了。

"斫雪"宝剑的锋刃已经出鞘，他心中有一团野火在乱窜，可是，这团火似乎燃烧得过于猛烈，像是有什么极其重要的东西被烧熔了，烧化了，烧塌了……

他的体温蓦然又升了上去，他真的需要安安稳稳睡一大觉。

这一日君贵且醒且睡，醒时陆续服用了退烧丸、宁神汤和少量养生粥，睡时则伴随着发烧引致的沉重呼吸和潮红的面颊。遵照皇帝的命令，除了近侍和御医，其他人等尽皆不得进入寝殿。

后晌时分，定州孙行友的奏报抵达行在，他已经奉命攻取了易州。随他的军报一起到来的，还有擒获以献的易州刺史李在钦。病榻上的皇帝传谕一直守卫在行宫外的邓锦：李在钦身为汉人，卖身事敌，执迷不悟，顽拒王师，罪无可恕。即刻在闹市宣示他的罪过，枭首示众。同时，他嘉赏孙行友的战功，并换将防守易州。

端午节，皇帝仍旧卧病不出。范质、魏仁浦和李重进相商后，命令按照常例赏赐全军将士粽子、大肉、祛五毒汤过节，以稳定军心。

午间，刘重进、张藏英遣使返营回报：王师前军已经攻取了固安，斩杀辽军数百骑。李重进拿着军报找范质和魏仁浦商量，三人便一齐到寝殿外找刘奉武，让他待皇帝稍安时替自己求见，就说有重要军报。刘奉武入内禀报，未几，出来传谕他们入见。

君贵斜倚在御榻上，听罢固安的奏报，默然良久。

固安到手，下一步理应换守、固防，然后命令刘重进和张藏英继续北上。可是，自己病势凶猛，连站立都晕眩，遑论骑马打仗？眼见得这病短期之内难以好转，此番亲征幽州的愿望恐怕不易实现了。倘若自己不去，指派李重进、赵匡胤他们去呢？不，那样没有意义。北伐战争，争的不是一城一地，自己亲征并不是去指挥攻城，而是去把握战争的整体节奏，随时进行资源匹配和调整。所有的战略资源都掌握在自己手里，所有的战略构想都装在自己的头脑中，这件事除了自己，没有人能够做得到、做得好。

他相信，无论是李重进、赵匡胤还是韩通，只要自己给予足够支持，都有打下幽州的本事。可是，打下幽州之后，剩下的十五州怎么办？自己难道能够在病榻上继续指挥这场恢宏的战争吗？如果不能，那么光打下一个幽州有什么用？幽州是辽境南部的第一大镇，一旦丢失，辽人势必会组织疯狂反扑。倘若王师不能凭借先发优势一鼓作气攻城略地，将胜果连成一片，从而构筑起对辽人的坚实壁垒，单单一个孤悬敌境的幽州，如何应付得了辽人那样猛烈的反扑？双方拉锯的最终结果，只能是王师把吃到嘴里的又吐出去，还要损兵折将，得不偿失。

是以，倘若自己不能亲征，那么幽州这颗棋子，无论如何也不能急着下出去。斟酌再三，君贵吩咐李重进谕令刘重进和张藏英，防守固安，增修城池，原地待命。

另一方面，如果暂时无法将战线往北推进，那么三关一带的重要等级就蓦然上升了。忍着头疼，君贵思索良久，命范质和魏仁浦即刻拟诏：以瓦桥关为雄州，以陈思让为雄州都部署，高怀德副之；以益津关为霸州，以韩令坤为霸州都部署，张令铎副之。又因为益津关城防薄弱，命立即征召滨州、棣州的数千丁夫修筑霸州城。

两位枢臣走后，君贵转向李重进，勉力道：“三哥，原本调你来是攻打燕云的，可是……我目下……”

重进见他颇有懊丧之意，忙安慰道：“官家切莫多思！幽州之事缓一缓也不打紧，官家劳累过度，总得多歇息些日子，才能养好啊。”

君贵苦笑一下。在过往的岁月中，无论征战条件多么艰苦，他从来没有生过大病，偶有小恙，也几乎都是不医自愈了。他如今正当壮年，不过偶感风寒，怎么就那么难愈？已经连续发烧三天了，御医们百般治疗，自己也相当配合，可就是不见好转！好不容易眼巴巴退下一些，没多久又会烧上去。越着急，就烧得越猛。已经白白躺了三天，还要怎么歇息才够？

他摇摇头，命刘奉武去将北境羊皮地图取来放在榻上。他清清嗓子，让自己的声音显得精神一点："三哥，燕云暂缓，你先去对付河东。"他指着地图，"……辽主想牵制咱们侧翼，命刘氏派兵去周汉边境大动手脚，咱们不能掉以轻心。日前接报，汉将刘继钦率兵奔土门而来，我要你明日率本部兵马从速出土门，迎头痛击汉军之余，再做出取道盂县、力压晋阳的态势。……咱们倒要看看，究竟谁会心慌？"

土门就是井陉口，出了井陉口就是汉境。李重进是侍卫亲军第一人，派他出兵，阵势很大，等级很高，明摆着有先声夺人、将河东吓退的意思。重进领会君贵的意思，忙道："臣遵旨。"接着，君贵指点着地图，向重进简要阐述了自己对河东的作战思想，讲明了作战目标、进攻方向和行军路线。

重进领命，慨然道："官家放心。臣此去必定奏凯。官家安心养着，只管等待臣的捷报就是！"

君贵强笑道："三哥出马，我没什么不放心的。"

重进道："那么，臣就告退了。"

君贵颔首，重进致礼而退。

退了几步，正待转身，重进又停下来，向君贵一望，欲言又止。君贵本已由奉武服侍着闭目休息，听到脚步声停止，便睁开眼，向重进投去询问的眼光。

重进略一顿，恳切道："君贵，三哥无法在你身边看顾你，你自己务必珍重。外边政务有范质和魏仁浦督着，军事有韩通和赵匡胤督着，你就……就别太操劳了。实在不行，就先回京去养养……"

君贵听出他深切的关怀之意，动容道："我明白，三哥自己也多保重。"

从五月初二到初六，君贵一直在行宫内窝了四天，病情时好时坏。长期操劳显然让他的机体抵抗力下降了，这么个风寒之症，竟然迟迟缓不过来！他心情沮丧，除了偶尔见见范质和魏仁浦，不再接见任何外臣。

御医们急得团团转，一致认为战地的恶劣条件影响了官家的康复。他们先是小心翼翼试探，后来便在御榻前直接劝他回銮京师，毕竟，那里有更好的医治和休养条件。

君贵一直没有同意。他的体温有时候还是趋于正常的，他仍旧在期待彻底好转，他不甘心就此放弃。御医们多劝几句，他就会发火。虽然他大多数时间头脑晕眩，浑身乏力，但是发起火来依旧很刚硬，很吓人。奉武在一旁看着，心里于难过之外又有一些庆幸：毕竟，官家还有力气发火，大约离愈可也不远了。

一九八　澶州旧梦

到了初七，范质与魏仁浦一大早代表诸臣前来请安。穿过严密守护的行宫大门时，他们与带队的邓锦交换了一个眼神，几人的眼神中都藏着止不住的焦虑。走入行宫院内，魏仁浦拉着一个小黄门询问情况。听闻皇帝又烧了起来，两人面色沉郁，在行宫外的杨树下徘徊良久。

行宫的窗户轻轻推开了，刘奉武在窗边默默现身。魏仁浦和范质注意到了这个动作，将询问的目光投向他。奉武轻轻摇头。范质趋近几步，急切地向他比画、作揖。奉武默然片刻，关上窗，轻步走至御榻前。

皇帝紧紧闭着眼睛，呼吸沉重。奉武观察片刻，不敢惊动，正要退开，皇帝却突然睁开眼来。

“官家醒了?”奉武惊喜道，“官家要什么?臣为官家拿些水来喝，好吗?”

皇帝抿了抿干涸的嘴唇，嘶哑道：“好。”

奉武喂皇帝喝了几口水，又道：“少时该进药汤和早膳了，官家略醒醒再睡，成不成?”

皇帝颔首。

奉武将杯盏放下，欲言又止。

皇帝看着他，缓缓道：“怎么了?”

“呃……陛下，首相范质和枢密使魏仁浦前来请安。”

“……他们有事禀报吗？”

“没说。”

“没说……就是没有。李都帅那边，不会这么快。”

“啊，是啊。”

“心意领了，教他们下去吧。”

“呃……”

“嗯？”

“官家，他们想求见圣颜一面。说有两天没见着官家了，心里惦记得紧呢。官家看，是不是赐见一下呢？”

皇帝默然片刻，叹口气：“宣吧。”

未几，范质与魏仁浦入内，颂词拜礼如仪。皇帝在御榻上挥手，示意他们平身。

两人见皇帝面色灰暗，精神比前日似更不济，不由倏然滚下泪来：“陛下……”

皇帝叹口气：“范首相，魏枢密……”

范质颤声道：“龙体的康健已经到了如此危殆的地步，臣身为首相却仍旧由着陛下在前线躬身操劳，这是臣的失职，臣罪莫大焉！”

皇帝在枕上微微摇头：“卿无罪，是朕坚持留下的。”

魏仁浦急切道：“陛下的康健是国朝第一大事，既然龙体抱恙，臣恳请陛下即刻回銮京师！”

皇帝仍旧摇头：“再等等看吧，也许过几日就好了。”

两人见皇帝执拗，便一递一声劝解。

“陛下，不能再拖延了！征途中百事简陋，难以获得最佳调养，倘若陛下病情迁延不愈，臣等如何向贵妃、向百官交代？”

“……首相，再等等吧。”

“陛下，君君臣臣，有情有义。臣是先帝旧属，事奉先帝与陛下超过二十年。倘若臣不能全故人之情，尽臣子大义，作为国朝枢员，臣将如何自处啊陛下……”

“道济，不要想太多。再坚持几天，朕应该就缓过来了……”

“陛下为何持续发烧，两位御医至今没有查明白。找不到病因，又遑论根治？京师名医众多，回去之后，臣为陛下将他们都召来会诊，总会有几个人专长治疗此疾的。找到了病根，对症下药，吃不了几服就好了，何苦在这里不明不白地拖着？待治好了病，陛下再起驾北征，也不耽误什么啊。”

“……文素，亲征是大事，一旦撤回，再来可就难了。”

“陛下！都是臣的错！臣笨嘴拙舌，无法说动陛下回銮。倘若王枢密尚在，一定会想出法子来劝解陛下，请陛下早日返京治病的……”

听魏仁浦提到王朴，皇帝的眼中有了泪光。

“……还有，宣懿皇后登遐以前，再三嘱臣事奉好陛下。臣……臣对不起皇后的信任，以致陛下积劳成疾，圣体难安。倘若皇后殿下尚在，一定会责备臣没有尽责……”范质说着，愈发涕泪纵横。

皇帝心上像是被人打了一拳，痛苦地皱起眉头，别过脸去。

“陛下，臣等已经无计可施了，求陛下看在仙去的圣人和王枢密的面上，尽速回銮，不要耽误治疗和养息的最佳时机啊……”

皇帝转过头来，看着范质和魏仁浦泪痕斑斑的脸，又看向寝殿的半空。他不甘心，可是，他不得不做出抉择。拖下去于事无补，反而会令事情走向更加糟糕的地步。他的额头在发烧，可是脑袋得冷静。

“文素，道济，不要哭了。”良久，他叹息道，“朕答应你们，明日，全军取陆路南归。”

行宫门口。

邓锦拦住了闷头出来的范质和魏仁浦：“范首相，魏枢密，借一步说话。”

三人向门侧走几步，避开众人。邓锦急切道：“两位，官家究竟病得如何？我一个近卫首领，都好几日没见着官家的面了！底下的弟兄们，军里的弟兄们，更不知心里会怎么想了！”

“嘘……”范质严肃道，“邓都知，我跟你说实话，官家看着不大好。想是太过劳累，一时半会儿缓不过来了。我俩已经说动官家，明日全军引还。”

“啊……要回去?！这么严重?！就不能……不能将京中那些御医全都召到行营来吗?”

“回去踏实些，京中名医多，药材好，更难得的是安全、清静。目下刘孝能、马道元他们已经束手无策了，都求着我们赶紧劝官家回去呢。”魏仁浦道。

“哦哦，下官知道了……”邓锦意犹未尽，却不敢再多问。

皇帝已经无法骑马，为此军中以最快的速度为皇帝赶制了六辆大车。出于安全考虑，六辆大车做得一模一样。刘奉武亲自将每辆车内都铺设得尽量舒适。这样，皇帝哪个时候到底在哪辆车中，除了近臣没人知道。

显德六年五月初八，壬子日，皇帝留陈思让所部镇守雄州，率余部南归。

经过十四天的中速行进，五月二十二日丙寅日，皇帝大军抵达澶州。

澶州是大周龙兴之地，是先帝其中一个衣冠冢所在之地，是今上最初建节之地，也是今上与宣懿皇后成婚之地。皇帝对澶州充满了感情，特别指示要在这里停留。澶州节度使张永德接到前报，早早地率领所部恭迎于城郊。皇帝并没有当场赐见他，只是隔着车窗与他说了几句话，便命令车马入城，下榻行宫。

澶州城内。皇帝行宫。

行宫设在节度使衙署后院，其实就是当年君贵与君怜、朱雀一起生活的家。这里现在本是张永德住所，因皇帝驾临，张永德体贴皇帝可能的怀旧心意，便将后院腾了出来，并请押车先发的内侍进行了布置。

御车一直驶到后苑门口，进不去了。一路陪护而来的张永德并不知道皇帝病势究竟如何，殷勤在车前站了，恭候皇帝下车。

邓锦却凑到车窗前，低声道："官家少待，臣将这后苑的门拓宽，好教御车通过。"

皇帝在车中沉默片刻，方答道："不必了，朕自己下车。"

张永德忙整顿衣衫。只听得车内几句低低的语声，以及一阵窸窸窣窣的衣物摩擦之声。未几，刘奉武掀开车帘探出头来："邓都知，旌旗护卫！"邓锦一听，明白皇帝不欲教别人看清自己此时模样，忙答应一声，指挥康保裔等将仪仗队伍调集过来，面向外团团围住了御车。这里众内侍才挂起车帘，刘奉武与苏安山紧紧搀了皇帝的手，从车厢中欠身而出。

"臣张永德叩见陛下！"张永德立即跪伏致礼。

"啊，抱一，平身。"皇帝的声音干巴，空洞，与往常大不相同。

张永德如言起身，猛可里见皇帝脸颊瘦削，面色暗沉，不觉一阵心惊，忙近前搀扶，说道："听闻官家小有不适，既然回家了，就赶紧歇着。臣已经将行宫拾掇好了。"

皇帝颔首，委婉推却了张永德的手，仍旧由刘奉武和苏安山搀扶着，熟门熟路，缓缓向内室方向而去。张永德跟在后面，见皇帝脚步虚浮，身子摇晃，不觉回首看向门口的邓锦。而邓锦此时也回过头来，死死盯着皇帝远去的身影。两人视线一相交，又立刻转开了。

御医从别的车上下来，穿过近卫们的仪仗，也跟随而去。

行宫内。日光充盈，很像当年皇帝居住在此地时的情景。

刘奉武等将皇帝搀扶至椅上坐下，皇帝拿手扶着额头，双眉紧皱。刘孝能和马道元忙上来望诊、请脉，忙乎一通后，退去备药。张永德趁其转身时将询问的目光扫向他们，两人都低头躲开了。

因是近亲，君贵一直不忍命张永德回避。此时见众人稍退，张永德忙上前来唤道：“官家……”只唤得这一声，他的眼中已经有了泪水。

“呵，抱一……”君贵不动声色地看着他，“我没有那么糟糕吧……”

“没有，没有。只是官家，好好的，怎么就将自己累成了这个样子……”张永德拿衣袖抹着眼泪，强笑道。

君贵长叹一口气：“我也不知道怎么了。我原本是要北上幽州的，连同你，原本……”

张永德急切道：“原本什么，官家？”

君贵苦笑道：“呵，之前不是诏谕过你吗，厉兵秣马……原本，我是要你充作后军统领，适时北上支援的。”

“官家，那就仍旧派臣去吧！”张永德激动起来，“官家回到京城好生将养，让臣去攻打幽州！臣一定会为国朝收复失地，不负官家信托的！”

君贵轻轻摇头：“罢了，还是先收缩战线吧。”

“官家！您还信不过臣？”张永德说着，猛地在君贵面前跪下，求恳道，“就安心教臣去打，不建功立业，臣万万没脸回来面君！”他的眼中射出了激动的光芒。

君贵有些不悦。自己抱恙不愈，原先的规划被打破，一切都得围绕这个现实重新布局。收缩战线，强固既有战果，余军引还，是反复思考数日之后才做出的最佳战略安排，张永德作为殿前军第一人，不应该对此没有体察。自己已经说了收缩战线，他却以这种方式坚持请战？往好了说，他是立功心切，往坏了说，就是成心打乱自己的战略部署了。

可是，战将临敌不退坚决请战，自来都是值得鼓励和激赏的优良品质。过往那么多次的战役中，哪次自己不是想方设法刺激得众人热血沸腾、踊跃前进？为何到了眼下，反而对抱一的英勇心生不满呢？就算不允准他，也没必要对此耿耿于怀吧？

君贵摇摇头，甩掉自己心中刚刚浮上来的不满，换了温和的语气：“抱一，我已经决定了，你不必再请命了。”

张永德不甘心，仍旧坚持道：“陛下！战事启动不易，既然已经开头，就让臣去替陛下完成吧！”

“抱一！”君贵蓦然变色。抱一这句话戳到了他的心窝子里。战事启动不易，他何尝愿意退返？这么大的战役，自己不能亲临前线指挥，如何让臣属帮着完成？一切都是无奈的选择。抱一就不能体察自己的无奈，转而安慰自己吗？重进、道济他们都再三劝自己收拳头、收拳头，抱一就非要替自己将这拳头挥出去——哪怕力道不够、后劲不足，也要坚持挥出去？

张永德见官家似有愠色，心下不解，惊讶道：“陛下？”

君贵使劲闭闭眼睛，摇摇头。抱一不过是求战心切，自己什么时候变得如此脆弱、如此敏感了？他再次忍下心头的不悦，勉力平静道：“我没有别的话说了。我累了，抱一，你退下吧。”

“……喏。臣告退，官家万安。”张永德见官家脸上阴晴不定，也不敢再坚持，便磕了一个头，缓缓而退。

刘奉武忙上前向皇帝问道：“官家，枕衾早已铺就，还是去躺躺吧？”

行宫外。

被重重旌旗仪仗挡在外面的文武众臣正在窃窃私语。见张永德出来，性子最急的武将们忙一窝蜂上来招呼：“点检！点检！主上龙体可大安了？”

张永德皱着眉，轻轻摇头：“官家旅途疲劳，正在休息。你们也不必在这里候着了。”

赵匡胤道："点检，官家已经许久没有召见过我等了。今日也就是点检，官家才允可进去陪伴这些时候。点检看着官家面色如何，起居饮食如何，详细说出来，也好教我们大家松松心啊。"

范质瞥他一眼，向张永德道："是啊，官家并无大碍，点检将这情形说说，大家知道了，也就安心散了。"

张永德何等聪明，何况范质话里话外的暗示都快变成明示了，他有什么不懂的？当即便说道："官家无妨，命你们做好自家勾当，不要军心浮躁。得了，散了吧。"

韩通不甘心，说道："今日下官原本以为能在官家下车时见一面的，谁知旌旗遮挡太过，竟无缘得见！既然官家无妨，臣这就去向官家请安！"说着，他便要向行宫内闯。

"韩都虞候！"魏仁浦忙拦阻道。

张永德一把薅住他："慢着！"

韩通愕然道："怎么？"

"这里的战将，除了我就数你阶衔高。官家需要休息，你这一带头，大家呼啦啦全拥进院子里，官家还怎么休息?!"

韩通愣愣看着他，见他面色凝重，眼神坚决，心中不由一沉。当下也不管旁人，自己转身向外迈步，气呼呼道："好，咱们谁都别打扰官家休息。下官带头先走了！"

众人看着他远去的背影，又将视线收回，相顾茫然。

行宫寝殿内。

君贵仍旧没有遵从医嘱躺到榻上，他甚至没有让刘奉武搀扶，而是自己在室内慢慢走动，观看着这间屋子的每个角落。是的，陈设都不一样了，好些还是自己从京中带的随军的器物，可是，大的格局没有变。君贵看着它们，却又并没有看见它们，他的目光透过它们看到了八九年前那间生机勃勃的内闱。

"哥哥，你在想什么？"君怜轻轻站到了他的身旁。

他侧脸看看她，含笑牵起了她的手。“我在看这张案儿。我记得，有一次你晚间在这里看书，我催你歇息，抢你的蜡烛，结果烛油滴到书页上，毁了一大片……”

“呵，我也记得，”君怜笑道，“那是朱雀的《大有经》，我巴巴地替你借了来，原本是要替你抄一本的。你这么一闹，我只好将抄的那本还给她。”

“我后来忘了问你，她见原书被我毁了，有没有着恼呢？”

“你猜。”

“我猜？依着朱雀的性子，那必定是很恼火的了。”

“呵，你也知道呢？朱雀当时见我还她一本新书，很是奇怪，非问我要旧的。说不得我只好拿去给她看，她的脸当场就沉下来了！”

“啊，她有没有埋怨我？”

“我说是我干的——我想着，还是教她唠叨我的好。”

“真的呀？”

“是啊。哼，你闯的祸，倒要我替你担着！”

“好好，是我不对。那……你后来就没有再替我抄了，对吧？”

“后来，不就怀上训哥儿了嘛……”

两人说着走到榻前。君怜指着枕头笑道：“那时候，也是这个季节，你天天在前衙忙碌，还常常出去训兵，或是缉盗。我身子不适，观音又黏着我不肯走，在榻上爬来爬去。我就将她抱过来按在这里躺下，和我一起歇午……”

重重叠叠的光阴在榻上再现了，那是一个面颊比现在丰润的君怜，以及只有一岁多的小小的观音。两个人在榻上依偎着睡着了，呼吸轻柔，深长。午间的日光透过窗纱柔和地涂抹在她们的脸上。

君贵搂着君怜的肩，不知为何有了一点歉意：“真是难为你了。以后，我都教他们黏着我，省省你的体力，好吧？”

君怜回眸看着他，笑道："哥哥身子也不好，也省省体力吧。"

君贵面色一沉，心里咯噔一下，头脑突突而疼。他掐住太阳穴，再看旁边时，君怜已经不见了。"君怜！"他急切地向四下索找，"……你说这句话，我不怨你。你快出来吧，我有些累，头也晕，没法子到处找你。"君怜仍旧没有现身。君贵忽然想到，这次出征没有将廷献带上是个错误，廷献知道君怜的起居习惯，一定能帮自己将君怜找出来。

"官家！官家怎么了？"刘奉武和苏安山忙赶过来扶住他，刘奉武劝道，"官家旅途劳累，还是坐下来歇着吧？药汤已经熬好了，臣扇乎了半日，也不烫了，官家就赶紧用了吧？"

君贵颓然依靠在他们的臂弯中，心绪激荡，怅惘不已。刘奉武两人作好作歹将他搀至椅中坐下，又端上药盏。

东京。大内御苑。

天上云彩飘移，略有些阴，恰是户外玩耍的好时候。君爱带着观音、宗训、阿姣三个孩子到御苑散步。夏花灿然，观音拉着廷献，宗训拉着承璋，在花草中扑追蝴蝶。阿姣下月就将满周岁，走路已经比较稳健。见阿姊阿兄满地乱跑，自己也心痒难耐，吵嚷着要从乳母怀中下地。"小皇女，咱们不跟着他们跑，地里草梗多，咱们嫩胳膊嫩腿儿的，仔细扎着！"乳母急忙搂紧了她哄道。

这当儿观音和宗训嘻嘻哈哈跑回来，抓着手里的纱网争相向君爱汇报：

"小孃，小孃，看，我抓住一只黄蝴蝶！"

"小孃，我抓的蝴蝶是花的！"

"黄的好看！"

"花的也好看。"

观音沉下脸，认真教训道："训哥儿，你不懂，黄的简单大方，花的太闹了……”

宗训不说话了，似懂非懂地眨巴着眼睛。

君爱笑道：“好了好了，你们两个抓的都好看。”

宗训将自己的纱网递给阿姣：“阿姣，送给你吧。”

阿姣欢喜地一把抓来，乳母忙笑着捉住她的手：“小乖乖，这么抓，可一下子就将蝴蝶给抓死了！”

观音却盯着自己的蝴蝶，思忖道：“小孃，王先生说过，黄色是中央之色。天子居中央，是以天下贵中，贵黄。是不是这个道理？”

君爱道：“嗯，对的。”

“可是，我明明看到别的地方也用黄色呀。这是为什么？”

“那……应该是不一样的黄色吧？这些都是有规制的，什么地方用什么颜色，不能错。”君爱答道。

观音对这个答案显然不满意：“嗯……待爹爹回来，我要问问爹爹，请爹爹亲自回答。”

“啊，是啊，”君爱不由将眼光望向北方，“也不知你爹爹的战事进展如何，什么时候能回来。好一阵子了，也没有什么军报传回来。”

“爹爹当然是在打胜仗啰！”宗训与观音异口同声道，“爹爹好厉害的！”

“对对，爹爹好厉害的，爹爹出马，坏人都被打跑了！”君爱应和着他们，不由将手在阿姣脸蛋上轻轻一捏，“阿姣也知道，对不对？”

一九九　驸马点检

澶州。

皇帝已经在澶州停留了三天，丝毫没有继续南归的意思。看起来，皇帝仍旧舍不得放弃这次征伐，仍旧希望自己的病情能够好转，能够从澶州这个龙兴之地再次出发。

可是，高烧低烧仍旧困扰着他。事实上他的体温再没有一刻正常过。只不过有的时候低，有的时候高，不很稳定罢了。澶州衙署后院的井水很凉，奉武他们不断打了井水来为皇帝敷额。皇帝的额头已经被敷得冰凉了，可是皇帝的头仍旧晕，疼。而且，只要将凉水巾帕取走，不一会儿皇帝的额头就会再烫起来。

皇帝的饮食状况也很不好。连日以来，他都只能进用些养生粥。他吃不下干食，便是御厨将细饼蒸得极软，或者做些美味有营养的糕羹，他都感到没胃口，咽不下。他对肉类感到油腻，还曾经将吃下的肉糜粥吐出来过。他胸腹憋胀，身子里各种不畅。

他偶尔会起来走动，还试图料理外间军政大事。体内的不适他都可以克服，但头晕头疼是个大麻烦，他坐在桌案前坚持不了多久。好在这一向军事方面比较消停，枢臣们也没什么要紧的政务必须回报给他的。除了刚刚离开雄州那两天，泉州节度使留从效的使者王禹锡一路追到行在来上贡，并且再次表达了在东京设立进奏院、脱离南唐直隶中朝的愿望。皇帝因为李景刚刚奉国归附，不欲夺其臣，而且值此多事之秋，也特别需要南方局面保持稳定，便仍旧没有答应留从效，只是下诏褒美他远修职贡的忠勤，勉励他与旧君“笃始终之义”。

现在皇帝常常独自躺在旧时的榻上，有时闭着眼想事情，有时又睁着眼瞪着帐顶。他仍在等幽州的消息，幽州已经很久没有消息了。他让邓锦放出了召回信号，还没有得到反馈。

但他的脾气没那么大了，似乎心里的火已经将他烧得柔软了似的。刘奉武等小心翼翼地伺候着他，按时为他进奉药食，胆战心惊地看着他的体温如同坐秋千一般忽上忽下。

御医们急得抓耳挠腮。既然已经退回到澶州，距离京师也不过三百里了，不及早返回寻求会诊，还要等什么呢？为什么要延宕呢？他们委婉地，有时又是急切地规劝着皇帝，他们甚至眼含泪水，跪下来求他，可是，皇帝就像在等待着某个机会还魂似的，一再拒绝了他们。他们无奈，只得再去找范质和魏仁浦商量。

这日上午，李重进的军报抵达行在。他奏报说，自己所率的西线军在土门附近的北井打败东来的北汉兵，斩首两千余级。皇帝精神一振。李三哥果然不负自己所望。看来，西线不必担忧了。他即命下诏褒赏。

将近午时，一个蒙面人来到了皇帝行宫。在严密守护的近卫群中，蒙面人一眼看见了他们的首领邓锦。邓锦此时正坐在后苑门外的石墩子上，揪着一根草棍无聊地画地。

在众目睽睽之下，蒙面人轻身站到了邓锦跟前。“邓都知。”他轻声唤道。邓锦抬头，一愣，随即他认出，面幕上方是英招的眼睛。他站了起来。与几年前相比，英招已经长就了成人的身架，甚至比邓锦还要略高些，不再是以前那个发育未足的少年了。

邓锦拉着英招的手：“走，我带你进去，官家不赐见别人，但一定会赐见你——你的符牌给我看看。”

英招一面掏出玄武符，一面悄声问道："邓都知，官家到底怎么了？王师怎的撤军了？在下原本返回的是雄州，在那边接到新的指令，才急着赶过来的。"

"官家不豫十数日了，一向不见人。你进去后可得机警些，说话掂量掂量，别多问。"

"是是，在下明白。"

行宫寝殿内。

英招向皇帝行玄武门中的叉手单膝拜礼。

皇帝已坐起倚靠在软垫上，见状摆手道："平身。"

英招依言站起，向皇帝细看一眼。毕竟是年未弱冠的孩子，一见之下，眼圈顿时便红了，哽咽道："陛下，您……您怎么了……"

许是因为他们几个少年谍者算得自己门生的缘故，皇帝见了英招难过的模样，竟比见了别人难过的模样要伤感得多，也动容得多。当下皇帝也是眼眶一红，却又随即忍住，勉力安慰道："朕不过偶感小恙，不妨事的。你这孩子，哭什么！"

英招的泪水应声而落。忽然记起邓锦的叮嘱，忙急急擦去，堆下笑脸来道："臣自然知道陛下不妨事。是臣太过惦记陛下，今日终于见到陛下的面，高兴的……"

"好，朕也惦记你们。"皇帝点点头，自己转换了话题，"快说说，你十三师兄找到了吗？幽州那边，现下是个什么情形？"

"喏。"英招答道，"十三师兄……还没找到，不过陛下，臣一定接着找！请陛下万勿担心。"

"你师父知道此事了吗？"

"臣已经传了密讯回去，师父想必已经知道了。"

"……嗯。一定要接着找，想尽一切办法，生要见人，死要见尸。"

"喏。"

“幽州呢？”

“陛下上次告知的另一联络人，臣一直在找，放了很多次信号，一直没有联系上。直到臣离开之前头一天，他才现身。据他说，他们那条线现下已经完全分散隐蔽，轻易不再互相联络了。他也不很清楚全部人员情况，但应该没什么损失。”

“……辽军动向如何？”

“他们的南院大王正在加固城防，找了好多汉人做参谋，咱们汉地攻城战中攻防双方的招数，他们都在学。”

皇帝恼怒地皱紧了眉头，堡垒总是从内部被攻破的。但是，对于这片久睽王教的土地，出现什么状况他都不感到稀奇。他更沮丧的是，很显然，最佳战机已经渐渐错过了。如果自己不发烧卧病，雄州到幽州不过两三百里路程，王师最多三天就能赶到。那个时候契丹人还在仓促布防，他们学到的防守招数也没有这么多……如今二十天过去，幽州的坚固程度肯定今非昔比了。

“陛下，臣在回来之前还听到一件事。”

“什么事？”

“辽主……要亲自到幽州督战，就快到了。”

“……就快到了？”

“是。臣不敢确定，但这是萧思温府里的下人说的，说是萧思温再三请命促成的。”

皇帝默然良久。辽主要亲临幽州，说明之前自己的判断没有错，幽州正是北境的寿春。他完美地掐算好了一切，抢在敌人动手之前布置好了一切，他只是没有想到自己会病倒。

换言之，自己无法亲征就果断放弃幽州也是对的，因为麾下诸将再能打、对军士再有感召力，也无法与辽主对辽人的威势相匹。传闻这辽主是个底下人犯点小错就会轻易剥皮脔肉的暴君，在他的亲自监督下，幽州城的辽汉守军哪敢不拼死顽抗？王师就算打下幽州，后续也将十分吃力，搞不好，就会落个人城两空。

思谋已定，皇帝向英招吩咐了后续的工作，命他出去找邓锦安排歇息。

英招走后，君贵自己躺下来，望着半空发呆。

看来幽州是注定无法在此次北伐中攻取了。澶州不再是北伐中转站，那么，还有什么可留恋、可不舍的呢？但是，他就是不想走。这个狭窄的澶州衙署后院里有他十分柔软、十分美好的记忆，他已经伤痕累累，在这里，他似乎可以疗伤。如果观音和训哥儿能在他身边，那么他的记忆再现还会更加完美一些——不不，就算他们不来，他也可以看到他们，他们会出现在君怜的身边，会环绕在自己膝下，为他呈现一幅天伦之乐的画卷。那是他们最初的小家庭中的欢乐。

当然，他还有更多的家人，君爱，菁娘，远山，秋池，宗让，宗谨，宗诲，阿姣。他对于他们，也是想念的。

可是，既然如此想念他们，就回去拥抱着活生生的他们，岂不是更好？

他使劲地摇摇头。他怕。他已经不再是他们心目中那个高大、强壮、完美的丈夫和爹爹了。他病倒了，身体前所未有地虚弱，心理也前所未有地脆弱。他想尽千方百计，却无力战胜病魔，无力让自己变回原来的模样。没有合格的身体，他什么也做不了。他的心中深藏恐惧。

半空中的光影模糊了，他怔怔地流下泪来。

行宫外，张永德驻地。

御医、范质、魏仁浦和北伐军的高级将领尽皆聚集到了这里。刘孝能和马道元已经急成了热锅上的蚂蚁。官家的病况在恶化，上腹堵胀、恶心，偶尔呕吐，尤其厌恶油腻食物……但官家却迟迟不肯回銮。倘若官家有个三长两短，他们就是必须承担罪罚的人。他们受不了这么大的压力，向张点检通报了官家的现状。恰逢两位枢臣和诸将也次第找来，一大堆人就聚拢了。

皇帝的病况其实没什么秘密可言。从他连续十数日不召见诸将，下马时还要以旌旗遮挡等细节上，众人心里已经明白，皇帝必定是十分虚弱，才不肯教臣下见到他的模样。可是，皇帝的病到底严重到什么程度，他们并不很确定。今日御医们红红的眼眶和数次克制又数次涌出的泪水，让他们产生了可怕的联想。他们不由群情激动。

“范中书，魏枢密，你们得去劝劝啊！”

“官家这样拖下去可不行啊！”

“不差三五日就到京了，只管在澶州窝着做什么！”

“倘若外藩们知道这情形，哪个不安分的再动动歪脑筋，可怎么好？”

“是啊，这里护卫少，屋宇就这么几间，怎么妥帖保护官家？”

“官家病势如此沉重，万一……万一……那可如何是好？”

“哎，点检，您是皇亲，官家肯见您，您去劝说！”

“对对，范中书和魏枢密以前都劝过，官家也待听不听的……”

张永德蹙眉叹道：“唉，官家也有两日没赐见下官了。昨日和今晨下官去请安，官家都说知道了，教下官退下。”

范质鼓励道：“那打什么紧？至少两日前官家还赐见过点检不是？下官与魏枢密，可是打从过了邢州就再没得接天颜了。”

魏仁浦道：“岂止咱们？此番回来，官家特意吩咐不经过魏博，不去惊扰符魏王。符魏王到底耳目广，听闻官家南归，忙遣使来请求越过州境陛见于路途。结果，魏博使臣到来刚报了个名，官家就教邓锦给挡了回去。”

赵匡胤也补充道：“咱们到静安军时，镇州节度使郭崇赶过来觐见，巴巴地过了滹沱河到了李晏口行宫，还是没能亲见官家一面。官家就是给了几句嘉勉的话，给了些赏赐而已。下官可瞧见了，郭节度走的时候，眼圈都是红的。”

范质道：“唉，官家一罹疾，心思就重了。点检，这事还得您去说。您跟官家是家里人，素常就亲近。不管说什么，官家都容易听得进去。”

魏仁浦颔首道：“下官等毕竟是外臣，有些话，官家藏在心里，也不肯对我等吐露。官家有什么非在此地羁留不可的缘故，点检去探知探知，也好教大家心里有数。若是官家想办什么事，咱们赶紧替官家办，办完才好赶紧回去，是不是这个道理？”

张永德慨然道：“好，那么下官就去试试！”

众人忙道：“点检，不是试试，是非得说动官家不可啊！”

行宫寝殿。

君贵坐在靠窗的圈椅上沉思。英招走后不久，他勉力起身，甚至在刘奉武和苏安山等人的搀扶下到院中转了几圈。花草树木，廊阶石案，那些熟悉的旧物让他感到亲切，他想在走之前将它们都看个饱。可是他的体力无法支撑，只得重又回来。

他心事重重，无法安于卧榻，索性坐在椅中。他求胜的意志比以往任何时候都强烈，可他的情绪却变得比以往任何时候都容易波动，他的心理变得比以往任何时候都脆弱。这无法调和的矛盾让他痛苦，甚至让他疯狂。

刘奉武近前，低声回禀张驸马前来问安，说多日不见官家之面，十分惦念，万望官家赐见一刻。君贵揉揉太阳穴，略一思忖，说道：“让他进来吧。”

张永德入内，跪拜致礼如仪。君贵颔首道：“抱一，平身，坐吧。”

张永德起来，就近在一侧的杌凳上坐了。见皇帝面色蜡黄，不由关切道：“官家今日能够坐起，想是大好了？”

君贵苦笑道：“好什么？头晕脑涨的。实在躺不住，脊背都磨掉了一层皮，只得起来缓缓。”

张永德忙道：“既然身子不适至此，官家何不从速回銮京师，广召天下名医前来诊治呢？”

君贵瞥他一眼：“你的意思，咱们这仗真不打了？”

张永德奇道：“难道官家还想接着打去？可是之前臣再三求战，官家不是坚决不允吗？”

君贵不悦道：“你没明白我的意思！”

张永德赔笑道：“官家，臣驽钝，没能仔细体会到官家的心思，求官家明示。”

君贵暗自叹口气。从战略的层面上看，自己的进退与北伐战争的成败是一体的，自己进则北伐胜，自己退则北伐——不能说败，算是难胜吧。这么简单的道理，抱一怎么就想不明白？自己本来还想就彻底退兵的问题最后征求一下他的意见呢。

“罢了，不怨你。”君贵单手扩着自己因疼痛而皱起的眉头，勉力道，“抱一，你就说说你的意思，倘若我在这里调养一阵子，待缓过来了再继续率军北上，如何？”

“官家，不是臣斗胆妄言，可是，您真的不能再在澶州拖延下去了！”张永德忙道。

“怎么呢？”

“如今天下未定，圣驾出宫，国朝根本空虚。四方诸侯里头都有些什么人，官家您比我更清楚。国朝建鼎不过数年，天下归心未久，那些有点家底的外藩，只怕巴不得京师有什么变故，好乘机浑水摸鱼呢！”

“……你是说，有人会趁机闹事？”

“闹事不闹事的，全看官家圣驾在何处了。如今官家病体危殆至此，何不速归宫阙以安人情呢？否则……否则……”

“否则什么？”

“……否则，一旦有不可讳，将奈宗庙何啊！”

“抱一！”君贵怒火大盛。“有不可讳”指驾崩，“奈宗庙何”指嗣君未立。皇帝的命运，国朝的命运，是人君的要害，抱一一句话戳中了他的两个要害。君贵原想训斥他几句，一转念却又迅速克制住了，一字一句道，“这是你的意思，还是别的什么人的意思？”

“官家息怒，”张永德有些惶恐，“随军的这些文武大臣，都是这个意思。”

君贵面无表情地盯着张永德，猜疑如同暗夜的黑影爬上了他的心。抱一被别人当刀枪使了，他自己大约还没意识到吧？没想到，自己不过病了二十日，他们竟然想得如此遥远，连自己的身后事都想到了！宗庙……嗣君……拥戴新主……妄言废立……历朝历代的权臣，怕不都会走向这样的结局？

抱一是代表他们来说话的，这说明，他们之前已经进行了意见串通——或者，叫作通气吧。抱一在他们之中职位最高，又是皇亲，为他们所举荐、所推戴，也是顺理成章的。

此时他不过做他们的代言人前来劝解自己，可是，万一哪天自己真的“不可讳”了呢？

君贵忽然想起来，三天前自己刚到澶州赐见抱一时，抱一最初并未关心如何为自己延医治病，反而将注意力放到如何趁机建功立业上。抱一的功名心很重，自己一向都知道。当自己健壮的时候，这是自己驾驭他的法宝，可是，一旦自己虚弱到无法驾驭他了呢？他将何去何从？……自己素来信任抱一，素来厚待于他，抱一对自己的忠诚，难道不也是昭若天日的吗？为何自己此时会对他陡生猜疑？是自己太过敏感了吗？是这场病让自己变得脆弱了，还是因为这场病，才暴露出了以前自己没有留意，也没必要留意的一些东西？

张永德被君贵盯得浑身不自在，讷讷道：“官家，臣不是胆敢冒犯……常言道，忠言逆耳利于行……臣……臣不过传达众人对官家的敬爱与牵挂之情……”

君贵思潮翻涌，审视他良久，终于在鼻子里笑了一下：“我知道，你们都是这个意思，你不过在出头替他们说话。可是驸马，宗庙的事……是你能过问的吗？”

张永德的脸腾地涨红了。此刻官家称呼他“驸马”，不仅殊无亲昵之意，而且，明显是包含着讽刺的。他心中大为惊惧，立即站起身面对皇帝跪下，叩首请罪道：“陛下，臣不该妄言，臣错了！臣知罪了！求陛下宽恕臣无心之失！”

君贵忍耐着头脑中和身体内的疼痛，收敛了怒气，勉力平静道：“出去替朕传谕诸臣，朕听你们的，明日全军引还！”

二〇〇　禁中神医

延福殿书房。午后。

君爱歇午起来，打算给观音和宗训讲一首新诗，今日她选的是《木兰辞》。廷献、承璋照例替她准备好了纸笔。未几，唐氏与乳母领了皇子皇女过来，叽叽喳喳地入座。

君爱命廷献焚香，让孩子们慢慢安静下来。君爱打开书，先将《木兰辞》念了一遍，然后逐句讲解。正讲到“东市买骏马，西市买鞍鞯，南市买辔头，北市买长鞭”，阿姣的乳母急匆匆进来，神情中带着惊慌：“贵妃，小皇女……”

君爱放下书，急切道：“小皇女怎么了？”

“适才午睡起来，卑职喂她喝些消暑的汤水，不知怎的，她吃下去，却忽然将中午的吃食一并吐出来了！卑职唬得不行，摸着她额头有些烫，已经去请御医了！”

君爱脸色大变，忙对廷献道：“廷献，你先给观音和训哥儿讲书，我过去看看！”

显德六年五月三十日，又经过五日的颠簸，皇帝一行回到了东京。

遵照皇帝事先的命令，百官一律不许到郊外迎候，御车直入宫廷。

君爱、菁娘等人，几乎是在御车入了罗城北门之后，才突然得知官家因病返京、即将回宫的前报的。内廷一阵混乱，一队队宫人与内侍在其首事者的指挥下搬取仪仗，列队，小跑。沉寂已久的内廷旌旗飞扬，瓜蹬锃亮，呈现出一派紧张忙碌的景象。

宣德门。宫门紧闭。内外警卫森严。君爱率诸皇子皇女和一众妃嫔肃立于门内。阿姣因患病调养，不在迎候之列。宫官自尚宫唐氏以下，内侍自都知王景通以下按序夹峙道旁，人群如山如海，却静寂无声。

宫门徐徐打开。近卫先导入内，旌旗鲜明，禁军班直们各自在道旁布位，按序排列。宫门内，众人翘首盼望。未几，六辆一模一样的御车以中速驰入，到宣德门内广场停毂，整齐排作两排。宫门迅速隆隆关闭。

君爱等一时不明就里，站在原地愕然探顾。就见刘奉武从第一排第三辆车里跳出来，轻声提醒道："贵妃，这里！"

君爱忙抛下众人急趋过去，至车前先稳一稳心神，方轻声唤道："官家！"一面唤，一面便从半掀起的车帘处往里看。君贵早提前坐起，此时正靠在车中软垫上。光线暗，君爱不怎么看得清他面目，只听得他答道："贵妃来啦？"这语声有气无力，根本就不是平素君爱听惯的官家嗓音。

君爱的心如同被人夯了一锤，登时滑下泪来，便搭着刘奉武的手往车里去，一面低低唤道："官家，官家……"

君贵无法制止她近前，索性淡定地看着她，勉力让自己显得有精神一些。

君爱挪过去，一把抓住君贵的手，眼神痴痴打量着他，颤声道："怎的这么不当心……怎么会……"旋即，她意识到自己的反应有可能增添君贵心中的负担，便又改了口，"啊，不过，有点小恙打什么紧？回宫来就对了！臣妾亲自为官家调理，臣妾才能放心！"

君贵忍住心里的难过，笑道："是，有你照料，我还有什么好担心的？"

君爱轻抚他的脸，察觉他体温偏高，昏昧中又觉他双目暗淡，面色发黄，心中不由惊怖异常。可她狠命控制住了自己即将崩溃的情绪，用手抹去泪水，拼凑出一个笑脸来：“……观音、训哥儿他们都在那边候着呢，官家见不见？”

君贵摇摇头，将君爱的手一捏：“先回滋德殿，拾掇拾掇。”

君爱醒悟到他不愿教孩儿们看见自己如此虚弱的模样，忙道：“好，咱们先回去再说。”于是对车外的刘奉武吩咐几声。

未几，马鞭声响，御车稳稳启毂，仪仗纷纷随之移动。忽听得远处传来观音与宗训等孩子的呼唤声：“爹爹！爹爹！”君爱忙从窗帘的缝隙处向外看。只见观音不顾廷献等的拦阻，带头拔腿向御车追来。可是她人小腿短，终究跑不过御车，也终究被廷献追上抱住了。观音大哭起来，廷献忙不迭拍抚她，安慰她。

君爱放下窗帘，凄然回转视线，只见君贵已是泪流满面。

滋德殿寝殿。

君爱亲奉巾栉，替君贵洗去满面风尘，换了柔软的燕居服，甚至应君贵的要求，拿妆粉往他脸上略微敷弄了敷弄，这样，君贵看上去就精神多了。

殿外廊间。

菁娘以下诸妃嫔和观音几姐弟全都守候在此，等待召见。成年人全都被一种凝重的气氛所笼罩，人人惶然相顾，不发一言。就连素来活泼好动的皇子们，也被各自的乳母约束着，不再满地乱跑。

王景通从寝殿中出来，到众人跟前说道：“官家宣召各位娘子，各位皇子皇女。”然后他又正色向诸娘子提醒，“官家旅途劳累，进去之后，各位可别教皇子们哭闹才是。”众人见他容色淡定，举止从容，便也受到感染，整顿衣衫，打起精神来随他入内。

进得殿内，见官家正端坐椅中相待，贵妃坐在一旁相陪，众人忙如礼下拜致辞。君贵露出一个笑容，温言道：“你们都平身。”

观音第一个爬起来，直扑到君贵身上去：“爹爹，听说您病了？”

君爱忙从旁拦住她：“音儿，爹爹旅途辛苦，你轻着些。”

观音委屈地扁起嘴。

君贵忙拉她的手：“无妨。音儿，让爹爹看看，这两个月胖了没有？”

“胖了。”观音任由爹爹打量着，自己也眨巴着眼睛观察爹爹。

君贵知道自己形象欠佳，不愿她久看，忙打岔道：“听说音儿又背诵了不少诗文？少时爹爹要考你的功课。”

“好。”观音答应着，又说出了自己研究的结论，“爹爹，音儿看着您并无大恙，可是，需要好好睡一觉。”

“这孩子！”君爱忙嗔道，“爹爹可不就是睡得少嘛！”

君贵一笑，将视线移向端正立在一旁的宗训：“训哥儿呢，胖了没有？”

观音忙将阿弟拉近爹爹，抢着汇报道：“爹爹，训哥儿长高了一点点！”

宗训便拿手比画着自己的头：“爹爹，我高了这么多！”

“好，”君贵笑着摸摸他的头，“训哥儿长这么快，用不了多久，该追上阿姊了。”

一时君贵次第与诸妃嫔和其余诸子略叙过几句话，感到头脑酸涨，忍不住将手又按在眉间揉搓。

君爱见他疲惫，忙道：“官家刚回来，还是先歇歇，家事以后再叙。”

君贵却忽然想起一事：“阿姣呢？怎的没见着她？”

君爱一愣，忙强笑道：“阿姣前日偶感外邪，服了药正在睡呢，就没教她过来。”

君贵心中“咯噔”一下，忙问：“什么外邪？”

“啊，无妨的，就是略有些着凉，养养就好了。”

“嗯，待我歇歇，我去看看她。”

“官家可别累着！少时她醒了，臣妾将她抱过来就是了。”

这时刘奉武入报御医们到来，君爱忙命众人暂且退出。观音懂事，带头领着宗训跟随廷献和乳母们去了。菁娘落在最后，看着君贵，眼泪汪汪道：“官家，臣妾想陪着官家诊治。”

君贵叹口气：“菁娘，人多声杂的，你先回去，少时再召你。”

菁娘还待再要求，君贵又揉起了眉头。菁娘只得牵起宗诲的手：“那好，少时臣妾再携七哥儿来拜望爹爹。”

众人退尽，剩了君爱相陪君贵。刘孝能、马道元与曹保义、吴克素、陶魁几位御医一齐入内致礼。刘、马二人显然已经将官家的病状与余者细细讲述过了，众人行礼毕，立刻就围到官家跟前，又是请脉，又是观察五官，又是询问身子不适的具体情况。

望闻问切完毕，曹保义是最先有所反馈的。他看着众人道：“不知各位怎么断，下官看着，官家这不像是风寒，这是肝火不调啊。”

刘孝能道：“下官看着也不像风寒，可是黄疸又一直不明显，加之肠胃不舒，征候不同……毕竟不敢胡断。曹医正，你们家学擅长治肝疾，你再好好断断。”

曹保义将目光转向别人，他们也都颔首表示赞同刘孝能的话。曹保义便又看了看官家的眼睛和舌苔，果断道：“没错，官家这是劳累过度使得肝火郁积，外邪疏泄不畅，以致脾虚不运，热毒侵犯脏腑。只是官家这病来得猛烈，同时又有虚寒之征，又有肠胃之征，掩盖了肝脾的异常。下官若不是曾亲见家父诊断过一个类似患者，也决不敢下此断语。”

君爱闻言稍感欣喜，忙看向其他御医：“曹医正有此判断，你们几位怎么说？”

马道元颔首道:“曹医正之言有理。下官就是障碍在肠胃之征上,不敢放手往肝疾上调理。”

余人也都附和。

君爱道:“既如此,曹医正,想必令尊也是留有验方的了?那就赶紧开方子替官家治疗啊!”

君贵见曹保义一眼勘破自己病因,精神也为之一振,温言道:“曹卿,你尽管治疗,若能立即见效最好;便是不能立竿见影,朕也不怪你。”

曹保义深深一揖:“臣谨遵圣旨!陛下和贵妃请放心,臣既然判定病根,就必定会全力以赴,拿出最妥当的方案来为陛下治疗!”

君贵与君爱相视一笑,心下大松。

御医们退下后不多时,便熬了药汤呈上。说来也神奇,君贵服下之后,果然感到舒畅了不少。至晚间,也能吃得下些稠粥了。睡前又服了一种药丸。原本他的体温到后半夜会升起来的,这一宿君爱再三探试,似乎也没再烧。君爱衣不解带陪在榻边,心中念了不知几千声佛号,感谢世上竟有这等神医与仙药。又想着待官家痊愈,一定要建议给曹保义加个特别的恩赏,以报答他的妙手忠心。

翌日是六月初一。

清晨君贵醒来,自感身轻体健,竟自行坐了起来。君爱守了他一夜,刚迷迷糊糊睡着,被他的动作所惊醒,揉揉眼睛看清他情状,忙坐起扶着他:“官家,怎么了?”

“我好多了。”君贵的眼中射出了一些光芒,“我要去上朝!”

“什么?!”君爱简直受到了惊吓,“官家,这才刚缓过来一点,咱们就不出去折腾了,好吗?”

君贵解释道:“去见见他们就回来。百官知我归阙,今日一定如期去广德殿候朝。我离京两月有余,又病了一回,他们心里也不安。教他们见见我的面，他们就踏实了。外间有什么不好听的话，也就都止息了。——奉武，洗漱，拿药来！换衣裳！”奉武见官家蓦然恢复了原来的精气神，欣喜异常，忙答应着去安排。

君爱扳着君贵的脸细看，又劝道：“官家，不急在这一日，明日再去上朝，成不成？”

君贵不接这话茬，反握住她的手，自嘲道：“君爱，我的面色是不是不好看？你去拿了妆匣子来替我敷弄敷弄。天子风仪还是要讲究的，别教大臣们笑话。”

未几，拾掇整齐，又服了药羹。君贵在殿内走几步，身子仍旧有些摇晃，脚步仍旧有些虚浮。

君爱再行劝阻，他也不听。君爱便向奉武使眼神，叮嘱道：“官家龙体未愈，你仔细伺候着。待官家与文武们说几句话，就想着请官家回殿休养，切不可由着官家任性。若是官家回来有丝毫不适，我只跟你算账！——你可记牢了，我只跟你算账！”

君贵叹口气，不由拍拍她的手：“好了好了，你放心，我听明白了，我不会去太久的。”

这里君贵坐上肩舆走了，君爱顾不上梳洗，忙也唤了肩舆来，急急赶回延福殿去看视阿姣。

这一日的早朝果然没有持续太久。留京的文武百官见皇帝抱恙上殿，群情激动。皇帝端坐御座，在殿堂半明半昧的光线中，群臣从下方照例看不甚清楚他面目，总的来说，感觉与以往差别不大。皇帝除了声音不够洪亮，气息不够长久，精神似乎还不错，远远没有随征的那些大臣零星暗示的那样让人担忧。范质、魏仁浦等尤其激动，看来京师的水土空气果然养人，皇帝不过回来住一宿，就已经能够上朝了。当然，留京的御医也功不可没。昨日他们专程去了御医院询问，了解了曹保义诊断和施治的过程，看来，曹家的祖传秘方确实有奇效。

这次朝会以君臣相见、尽叙别情为主。东京正副留守吴延祚、昝居润简要汇报了皇帝离京期间的政务情况，三司使张美简要汇报了国朝财政情况，袁彦简要汇报了京师防务情况。当然，这些都只是大面上的口头报告，详情他们已经写成奏折，备皇帝随时取阅。

唯一具体的奏报来自枢密使魏仁浦，他刚刚收到了潞州节度使李筠的流星马传书，如果皇帝不上朝，他原本是要亲自呈送到后殿的。李筠奏道，按照皇帝之前的命令，他已经攻取了北汉的辽州，擒获其刺史张丕旦，正在押解来京的路途中。皇帝闻报大喜，在御座上露出了久违的笑容。

群臣闻听此报，也感到振奋，窃窃私语片刻。以前周汉之间不过在边境发生摩擦，周军可从来没有这样一口吞掉汉的一个州郡。这么说来，皇帝虽然抱恙逾月，却仍旧一刻不停地在排布着大局呢。他们久悬的心放了下来。

莲心亭附近僻静处。层叠的假山石间，一只青铜香炉正袅起丝丝青烟。

廷献虔诚地跪拜于香炉前，双手合十，闭目默念祷祝。可是他并不能从这祷祝中获得真正的平静：他的眼珠在眼皮下转动，显示出他内心的不安；他不时睁开眼睛，仿佛周边有什么动静值得他警醒；他口中的念叨甚至并不连续——也许因为想祈求的太多，多到来不及在他心里整理好，便都向着他的嘴边涌出，这反而让他应接不暇，不能简单清晰地说出自己的愿望了。

他是在向圣人的在天之灵祈祷。

莲心亭是圣人之亭，官家曾经在这里为圣人点燃过一片赤焰莲台，圣人的仙灵必定会常常驻跸于此的。以往，每当他心中难过无法自持时，他总是来到这片山石间焚香祈祷。看着洁白芬芳的烟气缓缓上袅，在半空中写出一个又一个旁人难解的文字，想象着它们丝丝缕缕与圣人的精魂相接，而圣人想必已经明白了自己的心意，他就会感到巨大的安慰。

“……廷献，我要你在我面前发一个愿。发了愿，就有了念想，也就有了勇气，你就能够活下去了……”圣人临去之前，是这样吩咐他的。

念想，念想……圣人似乎唯恐压给他的担子不够重，不足以拖住他向死以求解脱的步伐，一股脑儿将皇子皇女、令主、尚宫甚至官家都全托付给了他。他的使命，就是事奉好他们每一个人；他的念想，就是完成这个漫长的过程。可是，如今令主离去，小皇女病危，连官家……官家也寝疾日久，他区区草芥之躯，何尝能够稍微起到一丝作用、尽到一丝力量？他无能至此，有何面目向圣人的精魂祈求呢？

发愿于彼……力精所欲……忍力成就……不计众苦……

圣人的语声从遥远的地方传来。“廷献，记着我跟你说的话……”圣人没有责怪他，圣人反而在安慰他。

廷献双唇颤抖，面目竟至扭曲，泪水再也忍不住，漫无边际地滑落下来。多少次了，他一再想过放弃，又一再责备过自己的怯懦。他原本不愿承受，他原本也承受不起，他的心早已死了，圣人的遗命却一次次将他的心焐热，让他从绝望的深渊中活转过来。他原本以为，只要自己兢兢业业，小心谨慎，就终究能够完成使命的。毕竟，官家是泰山一般的存在，只要官家在，一切就不会太坏。可是，如今的情势却激起了他最深刻的恐惧。

人人都在为官家病情的好转而欢呼，他却愈发忧心忡忡。官家的好转是建立在他以为家中一切安好的基础上的，建立在人们对他隐瞒了小皇女病情的基础上的。御医束手，小皇女那么娇弱的身躯还能支撑多久？小皇女一旦不幸，官家又还能支撑多久？官家一旦病危，贵妃又还能支撑多久？贵妃一旦倒下，令主又不在，还有谁能够镇住内廷的局面？内廷混乱，外朝又当如何？外朝惊恐，国运又当如何？……对于可能到来的这一切，他痛心疾首，忧思焦虑，却无能为力，他恨不得立刻逃开，立刻追随圣人而去。

可是一转念，他又庆幸圣人已经升仙，庆幸圣人不必面对今日的情势。圣人已经经历过河中府那样惨痛的死别，圣人不该再面对任何痛苦了。所有的痛苦，还是由他来承担吧。他甚至后悔焚香向圣人祈祷了——不，他只是例常向圣人请安，如此而已，他并没有告诉圣人今日内朝的一切，他想说的话太多，千言万语一齐涌向他的嘴边，每个字与每个字，每句话与每句话都在打架，所以，他其实还什么都没有说……

那就好，那就好……圣人，臣只是来问候您的起居的……您在瑶台，一切都还好吧……

就在廷献闭目祷祝，心念千转万移之际，忽听得一个声音在不远处焦急地响起：“廷献，找了半天，原来你在这里！快，贵妃叫你呢，快去快去！”

是承璋。

二〇一　最小偏怜

延福殿。

阿姣躺在榻上，双目微闭，浑身发烫，呼吸急促。君爱、御医、乳母、廷献等人团团围着她。君爱坐在她身侧，满面焦急，从廷献手中接过凉水巾帕敷到她额上，又不停以别的凉水巾帕擦拭她的手心和脚心。一面擦，君爱的泪珠子一面成串往下落，擦着，看着，又轻声呼唤："阿姣……姣姣……你跟阿孃说句话……"

阿姣被高烧折磨得很痛苦，小手抓住了君爱的手，弱弱地哭泣着向母亲求助："阿孃……阿孃……疼……"

君爱俯身将耳朵贴到她嘴边，急切道："哪里疼？阿姣，告诉阿孃，到底是哪里疼？"

阿姣说不出来，只是断断续续地哭。

君爱将爱女抱起，紧紧搂在怀中，肝肠寸断，泣不成声。

一旁的廷献抹去腮边的泪水，向御医陶魁、吴克素急道："陶医正，吴医正，赶紧再想想法子啊！你们再商量商量，叫所有的御医一起会诊，总不能就靠凉水治病吧？"

陶魁与吴克素满头大汗，嗫嚅道：

"陈高班，下官等再回去想想法子！"

"只是……只是皇女幼小娇弱……"

君爱蓦然怒道："幼小娇弱又怎样？幼小娇弱，你们就不救了吗?!”

两人吓得急忙跪下来：

“贵妃息怒！卑职们岂敢有那个意思?”

“卑职们的意思是，皇女幼小娇弱，有些虎狼之药不敢用，有些过于刚猛的法子，也不敢试……”

君爱浑身颤抖，大哭起来：“两位医正，我求你们想法子救救她……救救她！陶医正，你家传不是专治儿科的吗？你救救她！她还未满周岁……她爹爹的病刚略有好转，怎么可以教他知道，小皇女病重如此……”

陶魁与吴克素脸上青一阵白一阵，急急施礼不迭：

“卑职明白！卑职回去再查查医书，会同别的御医一起商议!”

“适才的药汤小皇女只喝进去几口，可否让卑职们再来喂喂看?”

君爱闻言，忙起身将阿姣递到廷献手中。廷献将她在怀里抱牢，拨拉着她汗湿的额发，低声安抚着。这里两位御医便端了药盏来，试探着角度，拿调羹一勺一勺往她嘴里送。

滋德殿。御书房。

君贵下朝后有些体力不支，乘了肩舆回到自己正居。曹保义赶着为他上了药汤，力劝他卧榻休息。君贵答应着，说在御书房略勾留勾留就回去。

他在御案前坐下来，陷入沉思。头脑还是有些疼，有些晕，但与之前那种折磨相比，已经轻松了许多。他的健康正在恢复，他的身子底板好，是以若治疗对了症，好起来也很快。昨日至此时他不过服了三回药汤，吃了两丸药，就感觉好了很多。照这个态势，完全愈可也是指日可待的。那么，他就很有必要重新考虑北伐的事。

趁着目下敌我双方形势尚未胶固，王师再迅速打个回马枪，也不是不能奏奇功的。收复燕云十六州是个漫长的过程，之前开了个头又收缩回来，总得择机再次开始。他需要重新衡量整个战局的轻重缓急，针对辽主南下督战的事实重新擘画战争的关节点和节奏。但首先，他需要更多的情报。

他想命廷献召邓锦进来，一抬眼才发现廷献并不在殿中。这很奇怪，廷献为人勤谨，既然自己回京了，又去上了朝，他没道理不到这里来候着。“廷献呢？”他问刘奉武。

“呃……”刘奉武已经听说了小皇女病重的事，料想廷献必定正在延福殿帮着贵妃照顾小皇女，可是这事他绝不敢告诉官家，便遮掩道，“听说他近日有些伤风，想来是怕触犯圣体，故此不敢前来伺候吧。”

“呵，都六月了，怎么还有这许多人生病？”君贵嘲笑着，不免又自嘲道，“不怨你们，朕就是带头生病的，要怨，只能怨朕没带个好头！”

奉武笑道：“官家说笑了。”

“罢了，他不来就不来吧。今日邓锦当班不当班？你出去替朕将邓锦找来，就说朕有要事找他，教他速来。”

“喏。”

刘奉武出去不过一炷香工夫，就听得殿外一阵低声的笑语，又有笃笃的声音。不多时殿门开启，屏风后一个声音高叫道：“官家，官家，是臣来了！臣可以进来吗？”

君贵正揉着眉头发呆，闻声不由笑道：“飞卫？进来吧。”

刘奉武引邓锦与季飞卫一齐转过屏风来，邓锦着戎装，飞卫着锦袍。两人俱是满面笑意，趋前向君贵施个便礼，齐声道：“臣邓锦——臣季飞卫——见过官家！官家已经大安了？”

君贵笑道：“嗯。不过，飞卫也就罢了，邓锦你天天跟着我，你见的什么礼？”

邓锦笑道：“臣虽然天天跟着官家，可是见不到官家的面！适才臣跟飞卫说，飞卫还不信呢。”

君贵好奇道：“你怎么说的？”

“臣说，臣在屋子外，官家在屋子里，隔着一扇窗户，官家死活不召见臣，所以见不着面。官家您说，是不是这么个情形？”

“呵，是。”

飞卫笑道：“原来还是臣有福，没出去的跟出去的一样，那臣也没什么可抱怨的啦。”

邓锦瞥他一眼：“嘁，可不是你有福？先时官家养病不出院子，一路上又几乎不出车门，把我们吓都吓死了！你小子好，就不必担惊受怕的。”

君贵叹息道：“朕知道，朕病这一场，教你们担了不少心。说吧，要朕怎么赏你们？”

邓锦与飞卫相视着，又带笑，又扭捏道：“臣等……又没有任何功劳，岂敢讨赏？”

“得了，到底要不要？”

“要！”

“要要！”

“要什么？”

邓锦思索着：“要不……官家就给臣的大刀赐个名儿？臣拿了去镌在上面，要起来该有多威风！”

“这有何难？”君贵说着，便向刘奉武示意，奉武忙过来铺纸磨墨。君贵略一思索，便提笔写下“白鹿”二字。许久没有做案头功夫，他的手有些不稳，下笔的力道也不够，字写得有些浮。但邓锦还是如获至宝，赞叹了一回，又紧着用手掌在一旁扇风，好教墨迹快干，他才能叠起收入自己怀中。

君贵转向飞卫：“飞卫呢？想要什么？”

飞卫难为情道：“臣……臣想要个鞍鞯，可以吗？”

君贵奇道：“要鞍鞯做什么？”

飞卫眼中忽然隐隐有泪光闪动："官家知道，臣骑不了马了。倘若官家赏臣一副鞍鞯，臣天天看着它，也就如同跟随官家骑马上阵一般了……"

君贵一阵心酸，忙掩饰住，转头对奉武道："立刻去找王景通，教他从内府库存里取一副镶玉雕鞍来。对了，再取一副青铜护腕来——邓锦，这是给你的。"

邓锦惊喜道："臣也有？"

君贵揶揄道："怎能没有？光赏飞卫物事不赏你，你不会在心里抱怨朕不公平吗？"

邓锦笑嘻嘻道："臣不敢。"

君贵一哂，又看向飞卫，指点着他道："你小子……别没事儿就招朕难过！得了，也给你的鞍鞯赏个名儿吧。"

"好啊好啊，什么名儿？"

"……嗯，就叫'光景'，如何？"说着，他提起笔来，又在御笺上写下这两字。

"'光景'?!"飞卫与邓锦齐声念着，满脸疑惑，"官家为一副鞍鞯起这个名儿，是什么意思呢？"

"呵，回去自己琢磨吧。多敲敲脑袋开开窍，就想出来了。"

"哦哦……是不是'良辰美景'的意思？官家要臣看着它，就想起咱们以前的好时光，对不对？"

"官家，是不是'珍惜光景'的意思？官家在勉励飞卫抓紧时间早生儿子吧？"

君贵哈哈笑起来，笑声牵掣得胸腹间有些疼。他捂着胸腹，仍旧笑道："答得好，答得好，你们这两颗脑袋什么时候变得灵光起来了，朕还没有敲呢……"

邓锦、飞卫见皇帝开怀，自己越发咧嘴大笑起来。一旁侍立的刘奉武和苏安山等内侍，也被这笑声感染得忍俊不禁。御前的氛围已经很长时间没有如此轻松愉快了。

君臣几人热闹一回，君贵方屏退内侍，吩咐邓锦和飞卫去放出信号召谍者来见。因幽州玄武谍线覆灭，青鹏谍线隐伏，他又特意命将蓟州一线的赤豹谍线联络人召回。

午膳时，应众妃嫔之请，君贵同意他们都携子到移花堂来相陪。

君爱来时，已经再三对镜妆扮，掩饰自己哭过的痕迹。廷献又再三安慰，总算将她的心绪平复下来。因此君爱虽然坐得离君贵近，倒是没教君贵瞧出什么异样，顶多就是昨夜没有休息好，有点憔悴。可是君贵靠在椅中看着观音与诸弟笑语往来，却想起这桩要紧事，便向君爱问道："阿姣呢？怎的还没好？"

此问一出，众妃嫔面上都有些紧张。阿姣病重，她们都清楚，上午还轮番去延福殿探视过。她们之间也达成了默契：这个消息，绝对不能让官家知道。可是她们又没有想出稳妥的法子一直掩盖下去，只能拖得一时是一时。

君爱听了君贵发问，忙振作精神笑道："阿姣还睡呢。适才醒了好一阵子，告诉她爹爹回来了，她可高兴了。可是官家在议事，就没敢抱来打扰。后来吃了粥，又服了药，就睡了。"

君贵遗憾道："又睡啦？"

远山忙道："小儿家得个小病，还是多多安睡的好，可别急着抱出来走动。"

"倒是这个话。"君贵颔首道，"还是待午膳后，我亲自看看她去吧。"

"哎哟，官家忙乎了一上午，也该自己歇着了！"菁娘忙抢道，"御医可是向臣妾等再三叮嘱了，万勿教官家再行劳累。曹医正说，官家原本答应他，就在御书房勾留一小会儿，结果怎么样？一上午都埋里头了！官家再这样子，臣妾就要时时在官家身边盯着了！"

君贵只得让步："好好，我少时就歇午。歇完午再去，阿姣也该醒来了，正好与她玩耍一番，这总行了吧？”

秋池委婉道：“依臣妾说，官家的龙体刚有起色，阿姣也在病中，何苦急着凑到一起？臣妾斗胆说句犯忌讳的话，官家就不怕这两种毒邪互相冲犯吗？”

君贵默然片刻，沮丧道：“听你们这意思，我竟是不能见我的小闺女一面啰？”

众人怕他多心，忙七嘴八舌安抚道：

“我们不是那个意思！”

“臣妾等不过是想要官家多歇息，少操心！”

“曹保义是神医，官家不听臣妾等的话，曹神医的话，官家总该听吧？”

观音姐弟一直将视线在君贵和诸娘子之间转来转去，趁着他们说话的空隙，观音向君爱发问道：“小孃，阿姣几时能好？”

观音心眼儿灵，君爱原本就最怕观音此时插嘴，忙连嗔带哄应道：“多吃几服药就好了。音儿，长辈说话，小孩子不要随意插嘴。”

君贵正待开口，菁娘那边借故嚷嚷起来：“哎哟，诲哥儿这手就一刻不老实！好孩子，快别抓了，再忍忍，马上就要开饭了，啊！”

秋池也在另一侧笑嗔起来：“谨哥儿，你该有个兄长的样儿！怎么反倒学起诲哥儿来，也用手抓……”

君贵见大家等得不耐烦，只得揉揉太阳穴说道：“罢了罢了，快开膳吧，别饿着他们。”一时众人安静下来，各自持箸取食。乳母们也在后头照料皇子皇女不已。刘奉武为君贵呈上特制的药粥。君贵一看有些浓稠，顿时感到胸口憋闷吃不下去。奉武便取热水来调和了，君贵才勉强接受。

用完午膳，菁娘自告奋勇陪护君贵。于是众人散去，连宗诲也被乳母抱走。菁娘亲亲热热搀着君贵，一步一步，缓缓向滋德殿寝殿走去。

君贵花了很长时间歇午。

也许身体的康复过程会有个反复，在得到对症治疗的最初，身体的反应最明显，待体内的邪毒适应新药，又会生出新的法子来抵抗，是以君贵在操劳半日之后，疲倦顿生，服了药沉沉睡去。菁娘屏退旁人，小心陪护在侧，不时以手探查他的额头，感觉小有升温，但也算不上烫手。菁娘遣奉武去外殿唤了曹保义来询问。曹保义悄悄看视片刻，又轻轻把了脉，说道无妨，病情小有反复是正常的，坚持调理下去，终会好转。

菁娘放了心，一向不念佛拜天王的她连着颂了十几声佛号，又念了不知多少声无量天尊。曹保义告退后，她回去轻轻趴到榻侧，怔怔看着君贵的面容发呆。

大约在申时，君贵醒了过来。众人闻讯，急忙入内围拢伺候。菁娘探着他额头温度似乎正常了，欣喜道："官家可觉得身子松快些？"

君贵伸手扩一扩眉头，又略微晃晃脑袋自行感受一下，笑道："嗯，头似乎没那么晕了。"

"也不疼了吧？"

"嗯，不怎么疼了。"

"胸腹间觉得如何？还憋闷吗？"

"好些。"君贵说着，想坐起身，菁娘忙伸手帮他。

刘奉武道："官家午膳用得少，目下可觉着饿？进用一碗药粥如何？已经派人去传曹保义了，待他来了再替官家瞧瞧，官家先别急着下榻走动的好。"

君贵道："我先下地走走看。"刘奉武忙替他穿好鞋，与菁娘一起扶他起来。君贵走了几圈，自感与清晨醒来时的状态相若，心下大慰。

未几，曹保义、刘孝能等御医赶来，又是一番望闻问切。因见皇帝有急着料理国政之意，曹保义正色道：“陛下目前虽说略有好转，可药石驱退外邪毕竟有个过程。何况陛下不豫日久，外邪侵犯甚深，三五药汤、药丸之力尚十分薄弱，便是再烧起来，也是很有可能的。陛下万万不可掉以轻心，更不可龙体稍感轻松就重新操劳。一应肝疾，都是从劳累过度、神思郁结上起的，臣恳请陛下千万珍重，不可再令龙体劳乏了！”

君贵无奈道：“知道了，都听你们的就是。那……朕乘坐肩舆去看看小皇女，这总不为过吧？”

众人面面相觑。刘孝能忙道：“陛下，殿外暑热蒸腾，哪怕坐在肩舆上、御车里，也好不到哪里去。湿毒于肝脾中最难疏泄，陛下千万不可在此时出门哪！”

君贵向刘奉武道：“那就教贵妃将小皇女抱过来。”

王景通赔笑道：“官家，小皇女也在调理中，大日头底下来来去去的，岂不是也……”

君贵不悦道：“这也不是，那也不是，朕想看看自己的孩儿都不行吗？你们将朕管束得也太过了吧？”

王景通还来不及答言，菁娘忙笑道：“官家想看孩儿，那还不是天经地义的事？——你们哪，只管知道心疼官家的身子，就不知道心疼官家的心！官家，阿姣养着就教她养着，臣妾将别的皇子皇女叫来陪着爹爹，好不好？桐华，你去景福宫将诲哥儿接来！官家还想见谁？观音、训哥儿？让哥儿、谨哥儿？这几个都活蹦乱跳的，官家想见哪个，召过来就是，何苦非折腾那个最小的，太阳地里巴巴跑一趟？”

君贵被她一说，一时无可反驳，便退了一步：“那好，就叫宗诲、观音和宗训来，待日头落下，外面没那么热了，朕再去景福殿探望阿姣——曹医正，这总可以了吧？”曹保义不好再多说，只得喏喏连声。

景福殿。寝殿。

阿姣躺在君爱的卧榻上，奄奄一息。君爱紧紧守在一旁，心如刀割，只得拼命拿绢帕堵住嘴，不让自己哭得太过大声，惊走了女儿小小的魂魄。陶魁和吴克素满头大汗，脸色灰暗，在一旁递换着凉水巾帕，又替小皇女掐捏穴道经络。阿姣的乳母、廷献、芦笛等围在一旁措手无策，人人眼中泪光盈盈。因观音姐弟半大不大的未醒事，唐氏、承璋等早将他们带开到别处玩耍，不教他们知道小妹妹的状况。

殿门微启，苏安山入内，看了看殿内情形，便走至廷献身旁，低声说了几句话。廷献听罢，略一愣，又点点头，示意苏安山跟随自己出去。

莲心亭。

观音和宗训在亭周围的树荫下玩。观音坐在石桌前叠纸船，五颜六色的小船铺了满桌。唐氏和东方氏帮她码齐。宗训却拿红线拴了一只蚱蜢，蹲在地上细细地观察。蚱蜢是承璋替他捉来的，承璋自己也觉好玩，陪着他看个不休，时不时还拿草棍拨弄。

廷献急急寻来，与众人交换了一个眼神。众人眼中满是询问。廷献轻轻摇头，坐到观音身边。

“廷献，你怎么不陪着小孃和阿姣了？”观音看他一眼，问道。

“啊，阿姣在休养，小孃也需要休息。”廷献答道。

观音停下手中活计：“阿姣好些了吗？”

“嗯。观音，阿姣人小体弱，生了病需要更多的时间才会好。这个道理，观音明白不明白？”

“明白呀。可是，到底什么时候才会好呢？”

“你看，臣刚说了不能急，音儿怎么又着急了呢？音儿倘若着急，可怎么安慰爹爹呢？”

“安慰爹爹？”

“是呀。爹爹想音儿和哥儿了，召你们过去陪着呢。爹爹也在生病，音儿到了爹爹那里，是不是得好好照顾爹爹呢？倘若爹爹担心阿姣的病，音儿是不是该安慰爹爹呢？”

“……廷献，我明白了。”

“那太好了。可是光音儿一个人明白还不够，还得教会阿弟明白，音儿能做到吗？”

“好，我能做到。”

“臣就知道，音儿是世上最聪明的孩子！”

“阿弟，走，咱们看望爹爹去！”

二〇二　断骨成笛

滋德殿后殿。光阴流转，天色逐渐接近昏黄。

三个孩子在寝殿的桌椅柜橱间东躲西藏玩耍，这是爹爹纵容的结果。君贵倚靠榻上，看孩儿们嘻嘻哈哈，看傅姆们追着小的，顾着大的，好一番闹腾，不由露出微笑。菁娘陪坐榻侧，从奉武手中接过汤盏，一面吹搅，一面说道：“这不是药，是养肠胃的汤水。曹保义说了，官家进食状况不大好，需要养养脾胃。这里头都是山楂、茯苓、甘草之类的物事，一点也不苦，官家好歹喝了它。”

君贵颔首，却又问道：“贵妃呢？这许久不见她，还是在照料阿姣吗？”

菁娘道：“想是歇午睡过头了？午膳的时候看她精神不好，私下问她，说是昨夜一宿都没敢睡，一直在照料官家，是不是？”

君贵有些歉然：“她一宿都没睡吗？那……就教她好好歇着吧。”他看向女儿，唤道，“音儿，你来。”

观音忙跑到父亲身边：“爹爹，什么事？”

君贵瞥一眼众人，又将视线转回，和言道：“你来之前，小孃在延福殿里做什么？”

观音眨巴着眼睛道：“爹爹，音儿是从大亭子那里来的。”

“好吧。那你离开延福殿的时候，小孃在做什么？”

“在……在看顾阿姣啊。”

“阿姣怎样了？哭没哭？闹没闹？”

“爹爹，音儿没有听见阿姣哭。”

“没哭，那就是在玩啰？”

观音想起廷献的话，感到很有安慰爹爹的必要，便柔声认真道：“爹爹，阿姣人小，病要慢慢才会好，爹爹不必担心的。”

君贵听她答非所问，心中略感奇怪。稍一顿，又道：“音儿说得对。阿姣这么小，是不能急。那么，音儿有没有好好看顾妹妹呢？”

“有啊。我去看她好几次呢。”

众人听他父女谈话渐次逼近事情的核心，偷偷面面相觑，都在手心里捏一把冷汗。

君贵拉着闺女的手：“好。那么音儿告诉爹爹，阿姣是什么情形？脸是红的白的？热的不热的？瘦没瘦？出汗多不多？精神好不好？跟音儿说了什么话？”

观音为难地看看身侧，答道：“爹爹，音儿没太看清楚。阿姣一直在睡，小孃也没让音儿近前。——可是……可是爹爹放心，阿姣正在好转呢，音儿看见御医给她端药了。阿姣吃了药，慢慢调养，不就好了吗？”

君贵心中原本有些疑惑，众人几次三番阻拦他与阿姣相见，他的疑惑就加深了。如今听了观音的说法，他心中“咯噔”一下，不祥的感觉越来越强烈。他抬起眼睛扫视众人，咬牙问道：“你们有什么事瞒着朕？阿姣病得不轻，是不是？”他腾地离榻站起身，“朕要亲自去看她！此时黄昏降临，暑热也退了，你们再也别拿这种话来拦着朕了！王景通，命车！”说着，他趿拉上鞋，抬脚就往殿门口走。

“官家！”“官家！”“官家！”众人见状，急忙阻拦。

“官家，已到了该进膳的时辰，官家先用了膳再说！”

“官家慢着点起身！”

“官家，目下正是地热上蒸之时……”

…………

君贵再不理睬，径直往滋德殿殿门而去。

延福宫。

君爱将阿姣抱在怀中，脸抵在她的小脸上，放声大哭。旁边廷献等众人呜咽成一片。

一队人马沿着宫内道路快速奔来。在车中皇帝的催促下，驾士将御车赶得很快，车前车后的内侍们几乎要撒腿奔跑才能跟上车的速度。车至延福宫宫门，皇帝不待停稳便急急要下车，王景通、刘奉武等忙过来劝止，伸手搀扶。

守在宫门内的几名内侍见状，顾不上行礼，一溜小跑往内殿而去。进了寝殿，他们上气不接下气报告道："贵妃，贵妃，官家来了！"

君爱茫然地抬头，泪眼模糊。她已经被悲伤搅乱了心志，一时无法反应过来。

"贵妃，是官家，官家来了！"报信的内侍焦急道。

"啊？官家？官家！官家来了……怎么办……廷献……承璋……唐妈妈……"君爱惊慌失措，徒劳地向众人求助。

众人一片慌乱。

就在这慌乱中，君贵已经踏入殿门。"贵妃——君爱！阿姣！"转过屏风，他急切地开口唤道。君爱抱着阿姣茫然站起身来，正在漫流的泪水被丈夫突然到来的消息打断了，几颗泪珠子悬停在面颊中央。

君贵见了君爱的模样，心下大震，忙几步走到她跟前，伸手去触摸女儿的脸，颤声唤道："阿姣……阿姣……爹爹看你来了……"

君爱双唇颤抖，泪流如注："官家，臣妾对不住你，臣妾没有照顾好阿姣……官家，阿姣……阿姣没了啊……"

君贵眼前一黑，身子一软，天地在他的面前颠倒过来。接下来的事情，他就不知道了。

这天夜里，君贵重新发起了高烧，间伴着呕吐，谵语，病情急转直下。

翌日清晨，如常到广德殿早朝的群臣接到了王景通所传的皇帝口谕：因皇女薨逝，辍朝三日。群臣接旨，面面相觑，又默默而退。

长春殿搭起了小小的灵堂，清虚观的道士们在为小皇女招魂。延福宫的侍从轮班陪护阿姣的灵位，焚香烧纸。君爱本人两头跑，小半时间在长春殿守着爱女，大半时间回到滋德殿陪护君贵。素来坚硬如钢的丈夫倒下了，她一下子变得坚强起来。

近卫、枢臣、文武百官接连到滋德殿外拜问圣安。皇帝传出话来：朕身子尚可，众卿不必担心，各去尽责。

御医们排了班在寝殿外室守着皇帝，尤其是曹保义，几乎长在了滋德殿。

君贵是在次日苏醒过来的。他感到眼眶干热酸涩，头昏脑涨，浑身疼痛，有一种身心被掏空的感觉。他怔怔地缓了半日，才想起发生了什么事。他很想大哭一场，可是他发现自己哭不出来了。他与高烧斗争了那么久，已经心力交瘁，之前的好转给了他很大的希望，但阿姣的骤然薨逝将这脆弱的希望摧毁了。就像荡秋千，悠得越高，落下来越觉恐怖。他真实的健康状况暴露无遗，现在，他连自行坐起都变得困难。

除了君爱，菁娘、远山、秋池也全数陪护在他的病榻前，人人眼眶通红。他醒来之后，她们才松了一口气。他让她们自去照管孩儿们，她们不肯走。他说人多了感到喘不过气来，她们才答应排班来看护，慢慢散了。

君爱一夜之间变得憔悴不堪。他把手伸向君爱，君爱将脸埋在他的掌心，压抑着声音悄悄地痛哭。他抚摸着君爱的头发，想要安慰她几句，却找不出话来。他想让她节哀顺变，他想告诉她一切都是因缘，可是，为什么他的心痛到不能承受？如果说儿女与父母的相处久暂是缘分使然，那么，夫妻之间的相伴长短又是缘于什么？他与君怜之间难道是因为缘尽才永别的吗？他与君爱之间呢？他与梅娘、菁娘、远山、秋池之间呢？既然终归是要离去的，又为什么要相爱相处一场，给未亡之人带来这样深重的哀痛呢？

不能想了，这些都不能再去想了。

他前所未有地配合御医的治疗。他不是他自己的，他是整个大周的，如果他垮了，整个大周的命运就陷入不可知了。他必须要坚强，他必须要迅速地好起来。这次北伐的机会丢掉了不要紧，只要他身子强壮，只要他还能亲征，他早晚会将燕云十六州全都收回来。

辍朝期间，政务都由中书省料理，范质和王溥只就一件事前来当面请过旨：郑州回报，黄河在原武县决口了，中书省要安排补堤和赈济事宜，请问由谁来主理。河患历来是中朝大事，黄河沿线人口繁盛，修堤所涉民生事宜巨大，所需要调动的资源也很多，寻常官员没有这么大的号召力和魄力。先帝当年就曾派遣枢密使王峻去主持河工，今上继位后，也曾命宰相李穀去修堤。病榻上的皇帝想了想，回答说，那就派宣徽南院使吴延祚去主理吧，同时诏发附近郡县的民夫两万人去堵漏补堤。

三天辍朝期结束，皇帝的身体仍旧无法支撑到朝堂上去，哪怕只简单地公开露个面也做不到。群臣私下里议论汹汹。皇帝勉力穿衣坐起，分别召了韩通和赵匡胤来询问京城警卫与禁军军心状况。两人皆回答说陛下尽管放心，臣一定恪尽职守，不教发生丝毫意外。韩通还表示京城卫戍力量已经加强，防务万无一失。赵匡胤则表示自己已经严令殿前军军中禁止谈及任何与皇帝健康有关的话题，一旦发现，就会以不敬罪论处。皇帝对此表示满意。

皇帝还调整了开封府主官的人选。自打判开封府事王朴故去，这一职位原本是由吴延祚接任的。自己北伐期间，吴延祚就是东京留守，兼判开封府事，昝居润是他的副手。皇帝决定任命昝居润正判开封府，而对吴延祚另作安排。

同一日，皇舅晋州节度使杨廷璋的奏报抵达：已经依命进入北汉境内，攻取十三座堡寨，收降其巡检使靳汉晁等三人。皇帝精神稍振。

枢密院及禁军高级将领获知此讯，联系到之前派遣潞州李筠攻取辽州、都帅李重进突破土门、定州孙行友攻取易州等军报，才发觉原来皇帝的北伐计划很深远，很完备，不仅要攻辽之不备，而且要一并打击他们的帮凶河东，以便为王师将来从幽州向西拓展战线埋下伏笔。皇帝本人虽然遇疾返京，但是皇帝先前的布局正在一点一点显示出其功用。他们不由对皇帝的战略布局能力和军事指挥才能又增添了几分钦佩之情。

然而皇帝的健康状况还在恶化。无论御医们想出何种办法，无论皇帝如何顺从御医们的诊疗，皇帝的身子还是一天比一天虚弱了。他的脸色愈发蜡黄、消瘦，他胸口憋闷，腹内疼痛。他吃不下多少东西，时常犯恶心，偶尔还会呕吐。他仍旧在时断时续地发烧，头脑晕眩。他有时会因发烧而昏睡，但当清醒过来的时候，他又以最大的毅力重新抖擞精神，和言鼓励御医们放手医治，努力想要再次逆转糟糕的局面。

景福殿。瑶碧阁。丛玉阁。各皇家庙观。

君爱除了亲自照料，备极关怀，更在清虚观、皇建禅院、天圣禅寺、天清寺、太清观等各处安排下连绵不绝的法事为皇帝祈福。菁娘、远山、秋池早已吃起了长斋，每日除了轮番照料皇帝，便是向自己崇信的神明祷祝不已。唐氏、廷献等一众侍从也天天排班到清虚观祈愿。

六月八日，中书省和枢密院联名上表，说道皇帝西收秦、凤，南平淮南，北复三关，恩威惠及万千黎民百姓，获得了近世无双之人望与功业，因此，他们请求皇帝分封诸皇子，以巩固宗室、强化皇朝万年基业。

他们到底还是将心底的担忧以这种方式对他说了出来。

此时诸妃嫔都被他打发了去别处散心，殿内除了侍从并无旁人。君贵在病榻上反复看着这份奏折。他不怨他们。他们提醒得对，应该给孩子们加封了。孩子们打从降生到现在，都没有得到过任何正式的封号。他原本想着他们年纪还小，福分未深，没必要用王侯这样的大帽子来压着。可是如今情势不同，他病了，病得很重，他的儿子们如果没有封号，宗室何以建立？谁来匡扶国体？他的接班人如果没有名分，将来如何继承大统？还有他的女儿们。观音已经八岁了，还只是皇女，连个美名的公主封号都没有。而阿姣……阿姣……那个带给过他无数欢乐却从他的生命中一闪而过的娇弱小闺女，难道不值得用一个公主的封号来纪念吗？

他感到喉间出现了一丝甜味，还没等到将这不良的感觉压制下去，忽然一阵来自胸腹间的巨大压力让他猛地捂住了嘴。近旁的刘奉武赶忙操起一只漱盂过来接。皇帝吐得并不多，但是内中有几道鲜红的血丝。刘奉武的脸白了，忙将漱盂交给苏安山端走，众人又七手八脚取了水和巾帕来伺候。

然而君贵还是看见了——那血丝太多、太明显了。是的，这就是他绝不愿意让任何外臣知道的实情：他的身体状况已经如同水银泻地，一发不可收拾。今日添了血，明日，还不知道会添些什么。

他颓然地倚回软垫，万念俱灰。

现在，已经到了该考虑后事的时候了吧。

君爱还那么年轻，宗训还那么幼小，原本他是万万不能放手的。可是自己病势凶顽，说不定什么时候就会再也支撑不住倒下去。没有多少日子了，真的不能心存侥幸了，他必须抓紧时间，为他们、为国朝谋划出一个妥当的未来。断骨成笛[1]，只要能将庙堂乐章传续下去，这副骨头就算被拆散了，截断了，也还是有意义的。

他躺在榻上，直愣愣地盯着帐顶的龙凤绣花，心绪烦乱。是因为龙凤绣花让他无法思考吗？也许是，也许不是。但是他知道在哪里可以获得宁静。他命奉武将他扶到那张三厢的紫檀御榻上去。

自打从雄州南归宫阙，他还没有躺到紫檀御榻上去过。一方面固然是因为那御榻太深，位置又偏，并不适合侍从们照料他，更重要的却是因为他不敢也不忍去接近。君怜的忌日又到了，他脆弱到无法面对有关君怜的一切，包括自己对她的回忆和想象。“哥哥身子也不好，也省省体力吧……”上次在澶州见到君怜，她最后对他说的那句话，是那样深地刺痛了他。当然他也知道，那话并不是君怜说的。刺痛他的不是君怜的洞见，而是他自己心底深处的恐惧。

紫微垣在白昼也散发出迷离的微光。啊，那是他们的紫微垣，那是君怜宁可付出生命也要保卫的天子力量的源泉。仰望着那些连缀有章的大小宝珠，君贵的心绪稍稍平复了。

午膳时众妃嫔都来陪侍，至于孩儿们，因怕他们聒噪，一般只在晨昏带来定省。午膳后君贵表示想睡一会儿，让众人各回殿阁去看顾孩子，反正有御医候着，一切可以放心。众人拗不过他，只得依言散去。

没想到，众人去了不多时，廷献倒陪着观音来了。两人见了君贵，先端端正正致礼如仪。观音的声音尤其响亮：“爹爹福寿安康！”

君贵倒有两分惊喜，忙示意他们平身，问道：“音儿，你怎的

---

① 唐·段成式《酉阳杂俎》：“有人以猿臂骨为笛，吹之，其声清圆，胜于丝竹。”

不跟着小孃好生歇午呢？”

观音走上厢板，过来倚到榻侧，认真答道：“音儿来陪伴爹爹，还要为爹爹事奉汤药。”

君贵心中一暖，含笑道：“音儿的心意爹爹知道了。音儿太小，这些事让别人代做就可以了。”

观音亮晶晶的双眼中蓦地泛起一层泪水：“爹爹，《孝经》上说，事奉父母要‘病则致其忧’，爹爹病了，音儿心里很着急，爹爹……你不要成神仙……”

廷献在榻外听了，吓得忙低声道：“皇女！”

观音回视廷献一眼，意识到自己可能说错了话，泪水“吧嗒”一下滚落下来。

君贵眼眶微红，冲廷献摆摆手，拉起观音的手，悄悄转移了话题：“音儿，你听爹爹说：今岁你生辰的时候，爹爹在外面打仗，没顾得上你，是爹爹不对，爹爹一直惦记着补偿你。现下，爹爹送你一样礼物，好吗？”

观音听了爹爹的话，破涕为笑：“好呀！”

君贵挣扎着起身，廷献和奉武忙过去搀扶。君贵下了榻，一直走到桌案前，坐到椅中，吩咐廷献备纸磨墨。

观音紧紧跟过去，好奇道：“爹爹，你要送音儿什么礼物？”

君贵温言道：“音儿的正名叫郭瑽，爹爹……要封瑽儿为公主。”

“公主？”

未几，纸墨齐备，君贵稳住心神提起笔，勉力在纸上写下两个字，含笑问道：“瑽儿认识这两个字吗？”观音念道：“宁——策——”

君贵颔首：“对。历朝惯例，公主初封是赐一个美号。原本美号也是有些定例的，可是爹爹早就想好了，要给你和阿姣不一样的。你呢，就是宁策公主。”

“那阿姣呢？”

“阿姣……阿姣是宁远公主。”

“嗯，爹爹，瑽儿喜欢宁策公主这个名号！”

君贵提起笔，颤巍巍又在纸上写下一个字：“这个字呢，认识吗？”

观音偏着头念道：“秦，秦始皇的秦！”

君贵温言道：“对。公主在初封之后，再进封，就可以加国名了。爹爹决定这两步并作一步，直接封瑽儿为秦国公主。你欢喜吗？”

原以为素来争强好胜的观音听了此言，一定会欢呼雀跃，没想到，观音却将头摇得拨浪鼓相似：“不好。”

君贵奇道：“怎么呢？秦国可是国号里顶尖的了。”

“瑽儿不要秦国，瑽儿要爹爹以前的国号。”

“你是说……晋国？”

“嗯。”

君贵搂住爱女叹口气：“瑽儿，晋国这个国号，爹爹给了四姑。虽说四姑已经薨了，可他是翁翁的爱女，是爹爹的好妹子，这个位置，咱们还是给她留着吧，好吗？”

观音并不清楚鹭娘的国号，听了爹爹的解释，眨巴眨巴眼睛，便通情达理地点点头：“好，爹爹。”

君贵颔首，又道：“而且，秦国在诸国中居长，瑽儿在爹爹的孩子们中居长，所以爹爹给你这个封号。爹爹要你以长姊的身份好生看顾弟弟们，尤其是训哥儿，瑽儿能做到吗？”

“能！瑽儿能做到！”

君贵轻轻捋捋爱女的额发：“最要紧的是，瑽儿要记着，瑽儿的秦国公主是爹爹亲自封的，这比什么都强。”

观音的脸蛋红扑扑的，郑重道：“好的，爹爹放心，瑽儿记得牢牢的了！”

二〇三　光阴之外

次日上午，应两府之请，皇帝破例御滋德殿前殿处理国事。

为了恭贺天子北伐取得阶段性胜利，江南李景和吴越钱弘俶派遣了进奉使来献礼入贺。南唐和两浙是国朝重要的边域，若无特别理由，他们的使臣，皇帝是一定要见的。范质和魏仁浦并不知道皇帝近日病势如何——他们根本见不到曹保义，刘孝能等又对外守口如瓶，因此他们只能递折子候旨。皇帝明白，这两地之主想必也风闻了自己不豫的消息，遣使入京，名义上是入贡，实际上也有打探实情之意。当此之时，他很有必要打起精神来，稳定藩属国之心，不教他们滋生异念。因此，他特意郑重地穿了视朝服，还让君爱以脂粉替他敷弄了一番，以遮掩自己憔悴的面色。同时，为了保证自己在召见期间身体状态稳定，他又特意服用了朱雀为他配制的清心丸。

遵照皇帝的意思，首相范质和枢密使魏仁浦亲自引江南进奉使李从善等、两浙进奉使吴延福等入殿，拜礼致辞如仪。皇帝温言命他们平身。赐座。从堂下顺着高高的御阶看上去，皇帝面色如常，精神似乎也不错，根本没有外间传闻的那样糟糕。国朝内外使臣都嘘了口气。

李从善是李景的第七子，此番与钟谟一起出使，算是李景对他的历练。李景与世子弘冀的关系一直比较紧张，李景感到很有必要壮大宗室的旁支。

李从善与钟谟向皇帝呈上了南唐礼单，汇报了南唐军政近况。皇帝沉吟片刻，突兀地问道：“江南如今还治兵事、修守备吗？”

这话将李从善等吓了一大跳：皇帝对江南还是不放心！李从善忙道：“回陛下的话，敝国既然已经臣事大国，就不敢再修兵备了。”

原以为此言能得到皇帝赞赏，不料皇帝却摇摇头：“不对。以前周、唐为仇敌，今日则成了一家人了。朕与你国大义已定，保准不会对你们有所猜忌。……可是，人生难期，后世的事就更加不可知了，该做的还是要做。回去之后，替朕传语你们国主：为子孙后代考虑，可以像先前那样修城郭、缮甲兵，据守要害。”

李从善、钟谟不明所以，却又暗感欣喜，忙叩首谢恩。

皇帝又与吴越进奉使叙了几句话。在此次接见末尾，皇帝下令赏赐江南进奉使李从善钱二万贯、绢二万匹、银一万两，赏赐两浙进奉使吴延福钱三千贯、绢五千匹、银器三十两，酬答他们往来两国之间交通友好的辛劳。两使领恩而退。

然而今日最重要的大事并不是这一件。

唐、浙使臣退出之后，皇帝将范质和魏仁浦留了下来。两人今日得睹天颜，见御容无碍，都有些激动，便恭谨地等候皇帝降谕。皇帝笑了一下，温言道：“诸卿请求强固宗室的奏表，朕已经看了，朕以为你们说得很对。是以，今日你们就替朕拟旨吧。”

午前，天子诏下：立魏王符彦卿女贵妃符氏为皇后，令所司择日备礼册命。又以皇子宗训为特进左卫上将军，封梁王；以皇子宗让为左骁卫上将军，封燕国公；以皇子宗谨为左监门卫大将军，封太原郡公；以皇子宗诲为左千牛卫大将军，封西平郡公。加封皇长女观音为秦国公主；追封故皇幼女阿姣为宁远公主。

一众后妃携皇子皇女在内廷跪受诏命，叩首谢恩。

而后，所有妃嫔又携自己的儿子立赴延福殿，向新皇后符氏拜贺。全体宫官内侍也在唐氏和王景通的带领下，一齐列队恭贺于延福宫廊苑内外。

立皇后之事，君贵事先并没有透露给君爱。因此君爱接到这道谕旨时，内心是十分震惊的。她最清楚大姊在官家心中是什么地位。大姊登遐整整三年了，官家宁可忍受乾坤不匹的物议，也一直让中宫之位保持空悬。因为，没有人能取代大姊。如今官家忽然将自己立为皇后，这只能说明，官家是在为身后事做安排了……

君爱匆匆打发走了拜贺自己的人群，又教唐氏、廷献等领着秦国公主和梁王接受众人拜贺，自己急急到滋德殿寝殿去。

入得寝殿，君爱屏退侍从，径直踏上紫檀御榻的厢板。君贵正在榻上养息，并没有睡着，闻声睁开眼睛看着她。君爱站到君贵面前，双唇颤抖，霎时泪落如雨。

“不要哭，君爱。”君贵向她伸出手，君爱紧紧握住，就势坐在榻边。君贵柔声道，“从今日起，你就是皇后了，你应该高兴才是啊。”

“官家……”君爱泣不成声，“臣妾宁愿只做贵妃[illegible]”

君贵怜悯地看着她：“傻丫头，这说的是什么傻话？我立你为后，是有大事托给你。我已经来日无多……”

“官家!”君爱惊恐地看着他，浑身发抖，“不要说了，官家……”

君贵拍抚着她的手，等待她的情绪稍微平复，方缓缓道：“君爱，‘神龟虽寿，犹有竟时。腾蛇成雾，终为土灰’。生老病死，不是我们所能左右的。如果可能，我愿意庇护你们一生一世。可是若天不假年，我虽为天子，又能奈天何？……我已经尽我所能地挽回、安排了，真到了撒手的那天，一切不能措手不及。君爱，宗庙大事，我只能托付给你，你能接受我的托付吗？”

君爱擦掉眼泪，勉力鼓起了勇气：“官家……官家有什么托付，臣妾听着。”

“不是要听着，是要承担起责任来。”

“臣妾明白。”

君贵顶着一口气，勉力道：“训哥儿立为梁王，就是嗣君了。之所以不立他为晋王，是因他年纪幼小，晋王的帽子太大，恐折了他的福寿。……让哥儿、谨哥儿，母家并无外臣靠山，我知你素来友善，日后，也要善待他们。……诲哥儿有王枢密家支撑，王枢密虽故去，王氏诸子也是有前程的，遇事自会扶持他，你也多加关照。菁娘性子强，近来也柔软多了，小事不必跟她计较，相信你已能把握与她的相处之道。……观音已经懂事了，将来必定是你的得力帮手。至于她成年之后下降[1]何家……届时，你务必慎重把握，以她舒心畅怀为上……”

“好，官家放心。”

“倘若我不起，训哥儿继位，你要以母后身份垂帘听政，全力辅佐他……”

“可是……可是，我不懂啊。”

“无妨，要相信自己。朝中军政大事有两府料理，领兵有三衙……你所要做的，不过是行监督之责，秉公判断，避免受人蒙蔽……朝中我会重新布局，每个要职，我都会安排最忠诚、最妥帖的人把守……”

“好。”

“国朝边域未宁，四方之敌若知我不起，难免虎视眈眈。幸而内有枢密院与侍卫、殿前两司控扼，外有各强藩把守，只要内里不乱，他们要打过来也没那么容易。……

“君主的使命，是令自己的国家强大，令自己的人民富足。君爱，为了将训哥儿培养成敢担当、有谋断的天子，你要让他熟读书史、了解前朝兴亡故事，也要让他练习骑射、参知军事。……

---

① 下降：指公主出嫁。

“四敌之中，以契丹最为凶险。征伐之战，当以北线为重。幽云十六州必须要收复，这是利国利民的千秋功业。只是训哥儿尚小，无法驾驭，你要耐心辅佐他成年。一统天下的大业，只有成熟有为的君主才做得到。”……

君贵与君爱说了很多很多，直说到午膳时分方罢。罹疾以来，他还从来没有一口气说这么多话。君爱见他运息吃力，一再劝他多歇息，又端水来与他喝。君贵却似已经不再忌讳，抓住机会将自己对未来的打算与预估和盘托出，只希望君爱能够领会自己的深意。

午膳之后，君贵命令移驾坤宁宫，他要亲自打开封条，让宫苑使为新皇后拾掇正居。

坤宁宫仍旧被封存在光阴的河流之外。封条揭开之后，一切还是上次他与奉武和廷献进来时看到的模样。甚至，连野猫在小木桥上留下的爪印也没有消失。合欢树下又新增了一层落缨，曾经粉如朝霞，如今霞色减退，是一片枯粉。

君贵在奉武等人的搀扶下进入中宫寝殿。寝殿一尘不染。他坐到榻边圈椅上，命众人退出。他是来找君怜商议大事的。他闭上了眼睛。

君怜的手从几案上伸过来，握住了他的手。他睁开眼，君怜隔案坐在另一张圈椅中，含笑看着他。

“我……我将君爱立为皇后了。”他突兀地，然而忐忑地说道。

“知道，明白。”君怜淡淡一笑，从容答道。

“我……我不是不想你……”

“我懂的，哥哥。”

“我没有多少日子了，我就快去找你了，我得将这一切安排好。”

“嗯，你做得对，哥哥。”

他沉默片刻。“……有许多国朝内外大事，我想跟你商量，你看我这样安排妥当不妥当。”

“好，我听着。”

“……之前，我一直在想法降低枢密院过炽的权力，让中书省能与之相抗衡。而且，我在枢密院设立的是双使制，先时，以魏仁浦、王朴并列。可痛王朴过世了，此番我打算以吴延祚补进，你看好吗？”

“吴延祚是个合适的人选。他本是先帝老臣，为人持重，又是宣徽南院使，德望都够了。而且，似乎他与魏仁浦和众宰臣走得都不近，足可起牵掣之功。”

“中书省那边原本就是分权制，有首、亚、末三相，这个构架不必再动。只是李榖罢相之后，我将王溥升为亚相，末相便空缺了。我想让魏仁浦兼任末相，你的意下如何？”

“就是说，哥哥想让枢密院向中书省伸手？”

“对。但同时，我也要让中书省向枢密院伸手。”

“怎么伸？”

“我想让范质和王溥都参知枢密院事。如此，中书省分掌了枢密院的军权，枢密院分掌了中书省的相权，中书省与枢密院你中有我，我中有你，可以互相掣肘。”

“好主意！分权不能变成分裂，哥哥用这种办法将他们弥合起来，可以减少中枢部门很多无谓的内耗。”

“张美很有才干，目下还没发现有谁能比他做得更好的。我不打算换他，还要让他兼任宣徽北院使，你的意下如何？”

“嗯，张美还是忠心的，他本人也并不贪。宣徽南院使吴延祚迁枢密使后，昝居润由北院使迁南院使，空出来的北院使，似乎留给张美是最妥当的。”

“三司使掌管着国朝的财权，但同时又受监管于政枢，也不敢妄行胡为。……如此，国朝的政、军、财三大权力呈鼎立之势，没有任何一个人能罩住所有人，他们必须互相牵制，互相监督，就比较稳固了。……

“禁军方面，目下侍卫亲军与殿前军是并驾齐驱的，两军的建制规模、将领水平已经逐渐接近。……三哥总领侍卫亲军，我还是比较放心的。三哥为人虽说鲁莽些，心地却算得纯良。我与三哥相处时，心里总感觉踏实。……至于抱一，嗯……”

“怎么，哥哥对抱一有所猜疑？”

“也许还不到猜疑的地步，但是，我得防患于未然，让他国朝重臣的身份有始有终啊。”

“……抱一年轻，偶尔行事轻佻些、激进些，也是有的。”

“嗯，就因为他年轻，功名心也太强，将来倘若遇到大事，我怕他把持不住，为人所利用。”

“哥哥的意思是？”

“唉，国朝建鼎日短，制度未牢，外郡藩镇、禁军旧将失了约束会是什么德行，你也是知道的。抱一是皇亲，手握重兵，我走了之后，倘若有人贪图富贵拥立他，你以为他能坚心自守、抗拒这种诱惑吗？”

“……哥哥素来厚待抱一，抱一当不至于吧？”

“要他主动造反，的确不至于；可是倘若别人借他造反呢？时势逼人，抱一定力不足，哼，到时候可就由不得他了。我不能教他成为又一个王莽啊。”

“那……哥哥的意思，要如何处置抱一？”

“我要解除他在殿前军的军职，但为他加太尉衔，加同平章事，节度使不变。”

“……将抱一挪走了，拿谁来替代他呢？……赵匡胤？”

“对。元朗本来就是抱一的副手，智勇双全，战功赫赫，足以胜任这一职位。而且，他原本不过是禁军西班行首，是我在六年间将他一举提拔到目下高位的。他因此对我十分感戴，素常在我跟前说起时，也是眼圈红红的，数次动容。他再三对我表过忠心，看他打仗时奋不顾身的架势，不也正是他‘一死以报厚恩’的践行吗？”

“……可是，听闻他交游广泛，哥哥难道就不担心他会造反？”

“嘿，他根基尚浅，造的什么反？天下那么多耆老巨藩呢，谁能服气他？至于交游广泛，元朗就是那种性子，爱交朋友也不是错。”

“嗯，他们赵家喜欢联姻大族。”

“呵，王饶已经死了，元朗续娶他家闺女，不过得了个巢国公女婿的名头。他兄弟赵三郎还娶了你家六妹，你们也是亲戚了。他若想造反，顾忌太多。”

“嗯……不过，无论如何，既然哥哥对抱一都不能放心，那么对赵匡胤也不要掉以轻心才是。”

“我知道，我有掣肘他的法子。李三哥跟元朗素来不很和谐，除了李三哥，侍卫亲军的韩通跟元朗也不对付。韩通为人鲁直，却极其忠诚，我要给韩通升职加阶，让他好好镇着京中这些如狼似虎的军将。”

“嗯，韩通能吃苦，办事雷厉风行，在外屡立军功，在内改造东京城、开挖京师水系，多靠他大力推进，该赏。”

“还有，侍卫军的袁彦，也跟韩通一样看不惯元朗。”

“呵，听说袁彦的手下与赵匡胤的手下打过架？”

“对，所以我要将他们放在一起。”

“……这样的安排，很好。”

“……此外，向训虽说外放，但守的是襄州大藩，手握精兵强将，势力不可小觑。向训是先帝旧属，为人清守端正，倘若有人捣乱，他不会坐视不管。……何况，咱们还有皇亲啊，除了你父亲，杨廷璋、曹彬、董瑀等等，这些人都会睁大眼睛替君爱和训哥儿盯着京师的。所以，仅凭元朗或是谁一己之力，是吃不掉两军统帅和那么多外藩的，放心吧。”

“嗯，韩通、袁彦也都不是好相与的，有他们相互掣肘，国朝诸军各势力之间，应该能够维持一个平安的局面吧……”

“唉，国朝四面临敌，咱们对这些骁勇的将领，除了防范，该信任还得信任。否则，谁还会忠心耿耿保家卫国？”

“是。……其实，除了如此调整，哥哥也别无选择了。”

“谍线，我只能交给邓锦。原先还有林远和他一起掌控，现下林远战殁，禁中清楚国朝谍线内情的就剩了他一人。其实，田重霸如果不受伤，原本我是想让他总领谍事的。”

“我倒以为，田重霸虽已伤残，却并不妨碍他总领谍事。毕竟他的素养和忠诚无与伦比。而且，现存的四条谍线首领中，他的资历是最老的，以他为首，他们服气。”

“嗯，谍事太过复杂，太过机密，君爱和训哥儿一时是掌握不了的。只能让邓锦和田重霸一内一外辅佐，逐渐教他们明白个中关窍。”

“那么哥哥尽速向田重霸下一道暗旨，说明这个意思。邓锦这里，恐怕也得给他一些号令谍事的信物。”

“知道了，我会安排的。”……

这一日，皇帝独自在中宫寝殿待了很长时间。宫苑使领着内侍在外面收拾，都不敢弄出稍微大些的声响。刘奉武中间进来过一次，坐在圈椅上发呆的皇帝立刻挥手将他屏退了。曹保义和王景通急得在外间搓手跺脚。后来侍从们陪着君爱来了，君爱要进去，廷献说：“要不，臣先进去试探一下？”

廷献小心翼翼地进入寝殿，发现皇帝躺在御榻上，紧紧抱着以前圣人用过的一个彩缎软垫，双目轻闭。廷献大惊，忙趋前唤道：“陛下！陛下！”

没想到，皇帝缓缓睁开了眼睛，看他一眼，露出一个久违的舒畅笑容：“嘘——廷献，朕在跟圣人说话呢……”

从六月十三日至六月十六日，皇帝下达了一系列诏令。

外藩方面：青州节度使李洪义移镇永兴，永兴节度使王彦超移镇凤翔。

中央方面：以宰臣范质、王溥并参知枢密院事。同时以枢密使魏仁浦为中书侍郎、平章事、集贤殿大学士，枢密使不变；以原宣徽南院使吴延祚为枢密使，行左骁卫上将军；以原宣徽北院使、判开封事昝居润为左领军上将军，充宣徽南院使；以原三司使、左领卫大将军张美为左监门卫上将军，充宣徽北院使，判三司。

军事方面：原宋州节度使、侍卫亲军都虞候韩通升职为侍卫亲军副都指挥使，加检校太尉、同平章事；原澶州节度使兼殿前都点检、驸马都尉张永德落军职，加检校太尉、同平章事，节度如故；原殿前都指挥使、忠武军节度使赵匡胤升职为殿前都点检，加检校太傅，节度如故。

在拟诏以魏仁浦为末相的时候，皇帝的想法受到了群臣的质疑。历来宰相皆从科第选擢，魏仁浦出身刀笔吏，先时皇帝提拔他为主军事的枢密使也就罢了，还让他兼做宰臣？这教天下的读书人如何服气？他们将这个意思委托管勾御书房内侍高班陈廷献上奏，未几，皇帝遣廷献传话出来："自古用文用武，不过是用他们的才略。哪有全凭科第出身的？"于是，魏仁浦入相的障碍便扫除了。

当然，皇帝这些诏令中带给朝野最大冲击的，并不是关于魏仁浦入相的任命，而是关于驸马都尉、原殿前军都点检张永德被褫夺禁军军职这一惊天消息。

张永德是从澶州一直护送皇帝归阙的。回来之后，他就滞留在京师，并没有急着归藩，官家也没有急着让他走的意思。但是除了有限的一两次朝会和集体召见，张永德并没有得到单独面君的机会。他争取了几次，皇帝身子虚弱，精神不佳，一直没有应允。他感到自己在皇帝那里有些失宠，但并不明白为什么。是因为自己在澶州觐见时说过的那两句话吗？可那是群臣的建议，自己不过因为是近亲得以入内，就替他们转达一下罢了。自己并没有别的意思，皇帝难道会揪着那么一点点言语的冒犯而不放吗？

然而诏令下达，张永德终于发现：皇帝真的揪着自己那点小错不放了。在皇帝关于国朝权柄交接的规划中，自己被无情地抛弃了。

他羞愤难当，在群臣的窃窃私语和诧异眼神中再次冲到后殿请求面君。然而，皇帝再次拒绝了他。

他手脚冰凉，伤心透顶，万念俱灰。他一时不知道自己是谁，也不知道自己的路该怎么走下去。

二〇四　九州日落

滋德殿。

君贵躺在紫檀御榻上，缓缓睁开了眼睛。这是一场发烧的间隙，君爱不断为他换敷的凉水巾帕似乎起了一点作用。见他醒来，君爱忙喂他喝了些水，又服了药丸，方轻声对他说道："官家，李三哥有奏表来了。"

君贵微微点头，声音有些嘶哑："他说了什么？河东战况如何？"

君爱道："李三哥说战局稳固，汉人已经被击退。他在那边固防完毕，管保教汉人不敢再越界东来。"

"嗯，好。"

"他还说……"

"说什么？"

"官家，李三哥听闻你病情反复，心中十分忧急，请求立刻返京朝阙。"

君贵怔忡片刻，摇头道："不允。替我好言嘉许吧。"

君爱奇道："官家，李三哥也是一番忠爱之意，为何不允？"

"唉，他和抱一都是国朝至亲……我动了抱一却没有动他，抱一心中已是万分不平了……倘若我再允许他入见，你教抱一怎么想？"

"那……那何妨命抱一也入见呢？"

君贵不答，却将头转向外侧：“廷献回来了吗？”

侍立在外的廷献闻言，忙应道：“陛下，臣在这里。”说着，他便踏上厢板，走至君贵榻前行礼。

“张驸马目下是什么情形，你打探清楚了吗？”

廷献迟疑了一下，方徐徐道：“回陛下的话，臣已经打探清楚。张驸马连日率上百家院出门，要么去荒郊狩猎，要么去玉津园射箭……”

“回到家呢？”

“回府之后，张驸马就召众姬饮酒歌舞取乐，放浪形骸。据说……据说，张驸马每饮必醉，每醉，必痛哭不已……”

君贵默然片刻，恼怒道：“怕他会怎样，他就偏怎样！……廷献，你去替朕传谕，命他立刻进宫来见朕！……君爱，替我拾掇拾掇，换件衣裳……”

大半个时辰之后，廷献匆匆走进寝殿，回报张永德奉命入觐，正候在殿外。君贵已经拾掇好了自己，正倚着软垫坐在榻上，闻报便颔首道：“宣。”

未几，张永德入内，被引导至紫檀御榻前如礼下拜，低声道：“臣张永德，叩见陛下。”君贵向众人示意，众人默默退出。

君贵并不命张永德平身，只是打起精神，仔细观察着自己这个妹夫。张永德脸色青黄，精神不佳，一副放纵过度、睡眠不足的模样。而且，他显然在跟自己赌气，倔强地垂目抿着嘴，不肯抬眼看自己，也不肯多说一句话。君贵有些眼酸，心中五味杂陈。

良久，君贵开了口：“驸马，听说你这几日，过得很是快活？”

张永德眼中蓦然含了一包泪水，也不抬眼，气呼呼顶撞道：“官家，臣早就不是驸马了，臣也没什么可快活的。”

君贵早料到他会噎人，却没料到他噎得如此干脆，瞪他片刻，语气中颇有些恨铁不成钢：“抱一，‘宠辱不惊’这四个字怎么写，你写给我看看。”

张永德的泪水长流下来，抬头哭道：“官家，您素来宠着臣，如今臣到底做错了什么，您要这样羞辱臣？”

君贵脸色微变，叹息道：“抱一，我没有羞辱你的意思。”

“荣兄！愚弟跟着您，鞍前马后，忠心耿耿！哪次打仗，愚弟不是主动请缨冲在最前面？但凡有什么事，愚弟都先想着替您排忧解难！这些年来，您也对愚弟备极恩宠：您将最尊贵的晋国国号封给鹭娘和愚弟；您将殿前军交给愚弟，还扶持着殿前军一路壮大；您信任愚弟，常常命愚弟事奉身侧，给了愚弟说不尽的荣耀……凡此种种，愚弟心里不知有多么感激！可是，如今愚弟并没有打败仗，也没有触犯王法，不过说了两句冒失话，您就将愚弟从殿前军最高职上一落到底，这难道还不够羞辱吗？愚弟要多么没脸没皮，才会觉得这仍然是一种荣耀？”

君贵揉着眉头，调整着原本艰难的气息，抚慰道：“可是抱一，我还给你加了使相，加了太尉……你的节帅也没丢，好好地给你保留着……”

张永德膝行两步趋至君贵近前，恳切道：“荣兄，愚弟还年轻，虚衔不重要，愚弟就想实实在在做点事！愚弟到底哪里不对，您指点指点，愚弟改还不行吗？愚弟一定能改掉的，荣兄，求您给愚弟指条路啊！”

君贵沉吟片刻：“抱一，你不是素来喜好黄老吗？像《太白万胜诀》那些书，除了教你推星望月，有没有教你守本真、务虚静？回去多看看道书，你就不会这么浮躁不稳重了。”

张永德急切道：“荣兄，愚弟只是不解、难过，愚弟并没有浮躁……”

君贵冷下脸来：“哼，不过抹了你的军职，你就放纵成这个样子，还敢说不浮躁?!”

张永德气为之短。片刻，又更近前一步求恳道：“官家，臣是年轻，是不够稳重，可是，您也是从年轻爱冲动过来的呀。臣有不足，您可以打臣，骂臣，罚臣面壁思过，怎么样都行，但是您不要抛弃臣啊！古人说，‘年时俯仰过，功名宜速崇。壮士怀愤激，安能守虚冲’？官家，您再给臣一个机会！臣可以改的！臣回去一定多读书史，深刻反省，变成一个您所期望的人！荣兄！”

说了这么些时候的话，君贵已经深感身骨虚乏，体力不支。药丸的短暂功效快要过去了，他即将被打回那个萎靡衰败、虚弱不堪的原形。他以强大的意志力控制着自己，再次将自己的气息调整到一个勉强过得去的状态。他叹口气，语声中带上了怜悯与劝慰，还有一些弹压之意：“抱一，我没有抛弃你，我是在保护你，我要让你的名声与荣耀有始有终……将来，你会明白我的意思……国朝艰难，遇到肯綮时，还需要你稳定大局……望你精心体会，好自为之……好了，我没有别的话了，你下去吧。”

张永德不甘心地看着君贵，欲言又止。见君贵不再理会自己，他默然良久，终究向榻上磕了一个头，含着泪水离开了。

显德六年六月十九，癸巳日。

滋德殿。寝殿。

君贵从又一场昏睡中醒来。他已经一昼夜粒米未进了，水和药喂到口中，又顺着唇角流下来。君爱、菁娘、远山和秋池衣不解带陪侍在榻侧，早已哭得鼻眼肿胀、肝肠寸断。此时见他睁开眼，众人竟不敢相信，一时愣怔住了。

片刻，众人爆发出惊喜的呼喊：“官家！”“官家！”

君贵微微闭眼表示回应。在适才的长梦中，他一直在向一个地方走去，他看不清两边的景致，只觉得忽而热气蒸腾，忽而又冰凉彻骨。但是，在路的尽头有一些光亮，他就是在向着这光亮而去。如果一直走下去，也许他就不会回来了。但他忽然想起自己还有一些事没有完成，于是他打算往回走。可是，不知道什么力量阻碍着他，让他连转身都极其费力。他不肯妥协，凭借着坚强无匹的意志力，愣是拼命将身子扭转过来，然后向着来路狂奔……狂奔……一直奔回滋德殿，回到这个紫檀小宫殿中。

他扫视着他的女人们，他有很多话想跟她们说，可是，来不及了。当此之时，儿女情长要往后靠，他必须优先交代国朝大事。他提起一口气，直接吩咐道："快……召宰臣、枢密使、三司使。"

妃嫔回避到帘后，早已候在殿外的范质、王溥、魏仁浦、吴延祚、张美入内颂词致礼。见了皇帝的模样，他们匍匐于地，忍不住悲从中来，泪下如雨。

君贵眼眶酸涩，可是没有哭，他的体力不允许他哭。他轻轻摆手，勉力道："众卿，朕以梁王宗训……为嗣君……朕若不起，梁王继体……皇后即为太后……嗣君年幼，太后临朝称制……望卿等……和衷共济，辅佐嗣君……和太后……坚拒外敌，安养百姓……匡扶社稷江山……长久平安……"众大臣端正稽首，承受顾命。皇帝御宇期间的德政功业和往昔对自己的信任恩宠一一闪回眼前，他们不由失声痛哭。

"召皇后、梁王。"君贵对身侧的王景通说道。

王景通忙转到帘后，将君爱和宗训迎接出来。

君贵向儿子伸出手，君爱忙示意宗训上去紧紧握住。

"爹爹……"宗训刚开口呼唤父亲一声，便大哭起来。

"不要哭，好孩子……听从孃孃的教导……爹爹相信，你会是个好皇帝。"他勉力安慰着幼小的儿子，又看向众臣，"这是爹爹为你留下的顾命大臣……他们才深德劭……会倾力辅佐你……你要以他们为师……哥儿，你向他们行弟子之礼……"

宗训闻言，便抹去眼泪转向众大臣，端正一揖。众人忙回礼不迭。

待梁王礼毕，他们又正向梁王和皇后，齐齐叩首道："臣等拜见嗣君，拜见皇后!”

君爱将宗训紧紧护在身前，伸手示答。她虽然极度悲戚，神情却保持了基本的镇定。

君贵又向诸臣简要交代国事，略微提到了政务的改革、财政的运转，也提到了国朝的防务、禁军的管理，甚至提到将来可以让王著入中书省为相等细节。

对国事的嘱托耗费了他最后的体力。诸臣退出之后，菁娘等携子从帘后奔出，想要抢时间跟他说几句话，他却已经无能为力了。

“爹爹!”观音带头扑到他身边，满面焦急地看着他，哭道，“爹爹，你是要去做神仙了吗？爹爹，你不要走，你不走好不好……”

他勉力拼凑出一点笑意，伸手去抚摸她的脸颊：“音儿，好孩子……”

观音的泪珠坠落在他的胸口，好烫。更多的泪珠坠落在他的胸口，好烫，好疼。孩子们在他身前惊恐地哭成一团。他怜爱地叹息着，勉力将手抬得更高，试图去抚摸孩子们的头，又将目光扫向他们的母亲。“……你们，都要保重……君爱……瑽儿……训哥……菁娘，远山，秋池，孩子们……”他的声音越来越弱。

观音趴到他胸口，大声呼唤着他，抱着他放声大哭。君爱和菁娘等惊恐地伸过手来，紧紧拉着他的双手，拼命地呼唤他：“官家！官家!”……

他轻轻地放开她们的手，起身向外走去。有一道炫目的光芒穿透滋德殿寝殿的藻井和御榻的星空穹顶打下来，又倾转角度，向远方照射出去。这束光芒慈悲地引领着他，将他再次导向适才梦中的远方。他的身体恢复了惯常的轻快，足下生风，大步流星。

使命未达，他却要独自归去了。可是他的心中没有恐惧，甚至，也没有了怨恨。出师未捷身先死，长使英雄泪满襟。当世或者后世，会有人为他的壮志未酬英年早逝而扼腕痛惜吧？天意难问不堪问，人情易悲复自悲。可是他已经拼尽了全力，甚至为此献出了生命，他对自己、对一切还有什么可抱怨的呢？

尖锋易折，阳焱易灭。是他用力过猛、进击太快，提前耗尽了自己的生命吗？“丘墓蔽山冈，万代同一时。千秋万岁后，荣名安所之？”在死亡这个宏大的主题面前，个人的意志显得那么渺小，那么无能为力。可是，难道不正是因为这种微眇、这种无力，才让他更加敬畏天意、更要努力向前吗？面对上天赐予的机会，他所应该做的，难道不就是紧紧地抓住、不让它溜走吗？

他一生都在追逐光明，追逐理想。为了这光明和理想燃尽热血而死，而不是庸庸碌碌死于欲望的浮乐中，这难道不是一件值得庆幸和感激的事情吗？

他是天子，是上天的宠儿。今日召唤他回去，也许不是上天对他的否定和抛弃，而是上天对他的爱护和怜惜吧。自从君怜离去之后，他们共同的理想就成为他精神世界主要的支撑。他向着他们的理想义无反顾一路狂奔，没有一时一天的消歇，他太累了。现在，苍穹的怀抱向他敞开，他终于可以停下来，好好歇息了。

他是一个性情大开大合的人，坚硬似铁，却又柔情如蜜，热烈似火，却又清明如冰。他知道自己的优长，也从不讳言自己的错失。他以自己的英锐化作纛旗号令天下，驾驭群豪，令无数世人甘心追随。

十五从军渡河梁，十八南北试啼声。二十有六拜环卫，坐拥牙兵十千人。

二十有九守魏博，吊孤忍愤保根本。三十而立镇澶渊，盗不犯境清政声。

三十有三封晋王，祀天监朝摄国器。三十有四承大统，提携玉龙战高平。

三十有五收秦陇，斩却孟蜀觊觎心。三十有六下江南，楼船如山划江盟。

三十有九复三关，恒念为国补金瓯。

他向着远方的光芒越走越快，越走越急。他的身后，似有千军万马并辔联蹄；他的心中，激昂的军歌铺天盖地。

君不见，霹雳划得苍穹破，冲天剑气震星河。
君不见，迢递高楼飞羽檄，百万天兵下殿阁。
秦王破阵留舞乐，周宗麾师动娑婆……

君不见，白鹿吴刀耀长虹，侵霜斫雪惊狂风。
君不见，古来英雄皆尘土，当年愁煞昆仑奴。
宜将弧矢射天狼，直取北斗挹酒浆……

君不见，少年头，发未白；
君不见，少年血，至死热。
纵为万古留遗恨，遗恨慰平生。
光华日月，锦绣江山！

他看见苍莽的群山在迅速生长，盛夏的花朵缓缓开放，他听见江河飞速流过他的心脏，沧海的上空，神凫之王穿破云层纵情翱翔……他身轻如燕，忍不住放声歌唱。他即将获得最终的自由，青春永不凋零，灵魂永不衰老。

远处的光芒引领着他，头顶的光芒则将万物照亮，一切通透清明，触手可及。

他看见王朴、郑仁诲和刘词等人在路旁守候着他。当他大步经过时，他们向他深深施礼致敬。王朴甚至陪着他走了一段路，激动地评说着自己对北伐战争的看法。他并不能听清王朴在说什么，可是他又的的确确知道他所说的内容。他表示赞同，凡是王朴说的，他都赞同。

曹瀚、林远、许怀信等人纵马从后方追上了他，于是他也在马上了。他们像多年前那样，围着他嘻嘻哈哈打闹不已，故意想出种种比赛来让他评判输赢。他拿皮鞭轻轻抽着他们的马屁股，于是他们笑着，呼啸着，四散开去。

他看到了梅娘。梅娘从路边的凉亭中站起身，走出来迎接他。他想起来了，那是长亭。何处是归程？长亭连短亭。梅娘手里拿着一束柔软的杨柳枝，含笑放到他的手中。赠行多折取，那得到深秋。他懂。他握着她的双手，被她最后捶打过的胸口感受到了一点隐隐的痛，可是，他们的眼中终于不再有泪水。

宜哥儿、喜哥儿和三哥儿不知从何处跑到他的身边，亲热地呼唤他。他们还是当年那个稚嫩的样子，一点都没有变。他搂抱着他们，又采下路边金缕般的柳丝逐一分发给他们。

他继续向前走，青哥儿、意哥儿、守愿、奉超、定哥儿从远处的原野向他跑来，边跑边向他挥手；在路另一侧的原野间，张孃孃、杨孃孃、董小孃、鹂娘、鹭娘也提携着衣裙，满面笑容向他走来；雁儿、阿姣长声呼唤着他，跑在了她们的前头。他也向他们挥手，大声回应着他们的呼唤。

可是他没有停下脚步，他看到了母亲和父亲，他们正在前方等待着他。他快步向父母奔去，远远就向他们伸出了手。啊，母亲还是那么年轻，多年以来，他第一次看清了她的面容。她正是那个小小孩童记忆中永恒的母亲，美丽，温暖，慈祥，无条件地包容着他的一切。母亲抬手抚摸着他的头，惊讶他竟然已长得如此高大。父亲在一旁欣慰地笑了，似乎在说，英娘，你看我把荣哥儿养得有多好！他有些忐忑地看向父亲，担心自己继位几年的成绩不能让父亲满意。父亲却微微点头，拍着他的肩膀，对他露出了赞许的笑容。

远处的光团越来越近，越来越明亮，他加快速度向前奔去。

最后，他奔到了君怜的身边。

“哥哥，你来了？”君怜向他张开双臂，露出了一个无比温柔的微笑，胜于他一生所见过的任何笑容。他的心顿时感到无比柔软，无比安宁。

韶华如驶，光阴似海。他曾经在光阴的迷局中进退失据，茫然无措。是上天让她来到了他的身边，与他分享生命中最宏阔的愿望，在颠倒的光阴中做起了勇猛的梦。光阴长于一切，高于一切，又压倒一切。他和她，却勇敢地以自己的短暂生命去与永恒的光阴相抗衡。

这场战争，虽败犹荣。

来过，笑过，哭过，爱过，恨过，痴狂过，燃烧过……火尽了，他就该走了……世人或许会以他为传奇，又或许并不知道他的姓名……世人或许会因他的功业而褒美他，又或许会因他的错失而诋毁他……那，又有什么关系？至少，他们没有辜负这短暂的一生。

他牵起了君怜的手，一步走回后汉乾祐二年七月二十一日的那场大火中。

漫天的炽烈火焰颠倒过来，化作赤红的羽翼，承托着他们的灵魂向苍穹深处飞去。令人窒息的热气渐渐消退了，正常了，冰凉了，世界在他们的四周蓦然沉寂。

水终究归于水，火终究归于火。

显德六年六月十九日，后周第二任皇帝郭荣崩逝于汴京禁中滋德殿，时年虚岁三十九岁。

自嗣位至离世，他的御宇时间总共五年又六个月。

噩耗传出，远近号慕。文武百官在宫城内匍匐叩拜，涕泗滂沱。无数黎民百姓则聚集于京师明德门外，聚集于外郡市集中，捶胸顿足，失声痛哭。

他们知道他们失去了什么，可是他们并不真正明白他们失去了什么。这一损失的后果在不久之后就会显现，但要直到将近两百年后，这个后果才会被突然放大，成为整个民族在千百年后都扼腕叹息的灾难。

翌日宣遗制，梁王郭宗训于柩前继位，成为后周第三任皇帝。新君谨徇父规，服纪月日一仍旧制。

当年八月，太常寺为大行皇帝上谥号曰睿武孝文皇帝，庙号世宗，史称周世宗。

当年十一月朔日，世宗入葬，陵曰庆陵。因宣懿皇后已经入葬懿陵，以贞惠皇后刘氏陪祔。

至此，尘埃落定，后周世宗郭荣短暂而又漫长的一生事迹结束。

我本狂生也！你岂不孤独！

巫咸彭祖终一死，几曾有谁到瑶台？
生前事，身后评，世间名，扬手抛洒作粪土。
碧落无声，人生长恨，知你意者，古来英雄从头数。

皇朝的历史，又翻开了新的一页……

尾声：皇朝的背影

1

显德七年（公元960年）正月初一，镇、定两州谎报契丹、河东同时出兵入侵北境。后周军政中枢以嗣君之命遣殿前军都点检赵匡胤率兵北征。初三，禁军出发，至陈桥驿歇宿。初四，在亲旧部将的策动、支持下，赵匡胤发动陈桥兵变，黄袍加身，建立宋朝。

此时距离世宗去世，尚不到半年。

宋兴，一应政治、经济、军事、文教、律法、典章等制度，多沿袭世宗定下的框架、方略，一同继承的还有收复四海之志。但与世宗的擘画相比，赵宋统一路线的最大差异是将征辽、收复燕云十六州放到了最后。收复未果，宋从此对辽采取守势。

此外，在用人制度上，没有沿着之前文武并重、精简高效的方向摸索，而是重文抑武，在重文的基础上又过度分权、过度制衡，造成职官设置“叠床架屋”的局面。而且，由于政权的取得在道义上有亏，为了争取中央和地方各级官吏的支持，宋初对于之前已经下硬手整改的一些弊端，采取了妥协和容忍的态度，以姑息弥补人望，以纵许贪腐换取政治效忠。凡此种种，后世也不得不为之所累。

2

君爱在政变发生、京城大乱之际，仓皇带领宗训换上白衣襕衫，急赴天清寺避难。

跪在寺中文殊木塑像前，她泪流满面，在心中默默说道："阿姊，是君爱无能！如果你还在，今日之事绝不可能发生……官家，对不起，我辜负了你和阿姊的重托……"

政变军将他们从寺中搜出，送回宫廷。曾向世宗进献紫芝白兔赞颂的翰林承旨陶穀拿出早已拟好的禅位诏。赵匡胤受禅，宗训降封郑王，君爱被奉为周太后，迁居西宫，称西宫太后。三年后，母子二人及亲随被迁往房州（今湖北房县）。房州"纵横千里、山林四塞、其固高陵、如有房屋"，历来是软禁要人之地。

君爱忍下大恨，遵从君贵遗命，在房州悉心教导宗训长大。

宋开宝六年（公元973年）三月，虚岁还差五个月就弱冠成年（二十岁）的宗训突然离奇薨逝。按照公开的说法，赵匡胤"闻之震恸"，"素服发哀，辍视朝十日"，又为之上谥号曰周恭帝。恭帝陵曰顺陵，位于庆陵之侧。

君爱在宗训故去之后出家修道，于宋淳化四年（公元993年）薨逝，谥号宣慈皇后，葬于君怜的懿陵之侧。

3

东京京郊。

登位不久的赵匡胤第一次仪仗出游。车驾经过大溪桥时，忽然不知从何处飞来一支利箭。因旌旗遮蔽，又有风吹动华盖黄旄，飞箭没有射中御车，只射中了张举在御车上的黄伞。

禁卫大惊失色。赵匡胤以手拊胸，强自镇定道：让他射，让他射！（“教射，教射。”）

禁卫即时四下搜捕刺客，未果。

崆峒山顶。雾色迷离。

朱雀立于山崖边，拔下冠簪，披头散发，仰天长啸，失声痛哭。

“我有数行泪，不落十余年。今日为君尽，并洒秋风前。”[①]

后十数年，有人曾在仙室山绝壁、瑯琊山大乐观等处发现落款为“杜鹤归”的墨笔题诗。其诗云：“我是有闲云一朵，我是无心竹一棵。有闲常结无情游，无心空惹有名祸。”又云：“东来有黄鹤，西去乘紫烟。山中无岁月，对棠自成仙。”[②]其设辞时疏时近，有浓有淡，不一而足。

五两嫁人后恬淡事夫，生子，累积诰命而为夫人。有一次率家众出游，在车中偶见街市上一白衣女子身影闪过，其神貌恍若令主。五两急令家众追去，对方却再无踪迹。

青鸾在政变发生后不久离开了云仙楼，不知所终。

4

观音在政变发生、宫中惊惶大乱时独自躲了起来。君爱仓皇间找不到她，只得留下廷献与东方氏等继续搜寻，自己带宗训离宫避难。

廷献最终在重重帷幕之后找到了观音。观音不肯离开父母灵庇之地，甚至紧握母亲遗赠的“侵霜”剑准备御敌。廷献流泪苦劝，百般安慰。最终，廷献带着观音、东方氏和芦笛成功逃出宫廷，远走高飞，消失于茫茫江湖。

---

① 南朝道士陶弘景悼念好友沈约的诗《和约法师临友人诗》。

② 《不归》，“吴钩十三曲”之一，本书代拟。

活下去，是一种责任。活下去，去寻找希望。

5

宗让、宗谨、宗诲在宗训继位后改名熙让、熙谨、熙诲，获封曹王、纪王、蕲王。

政变成功后，赵匡胤入内廷，众太妃、太仪被迫携子出拜。赵匡胤命人将世宗皇子全部“提去”。据说当时因有两位将领委婉表达不忍，赵匡胤改将皇幼子分别送给他们为侄[①]。皇幼子们遂改姓，在两氏家族庇护下隐秘地长大，娶妻，生子，子孙繁衍。

菁娘怒争熙诲不得，撞柱而亡。远山，秋池哀求与子俱去不得，两人后不知下落。

熙谨卒于乾德二年（公元964年）十月，时年八岁。

唐氏、刘氏、赤珠等跟随君爱和宗训去了房州，在那里一直勤谨事奉，主仆相依为命。

承璋在随君爱、宗训从西宫迁往房州的过程中逃走，后半生一直漂泊江湖，苦苦寻找令主的行踪。

彤史广明与永光在混乱中不知所终，收藏于内廷的《大周彤史》神秘消失。

6

邓锦在显德七年元日前夕，携妻儿去往大相国寺前集市采购新春年货。

集市熙熙攘攘，热闹非凡。忽然，一个游荡而来的疯汉抢过

① 如果宋人笔记和后世相关家族族谱记载无误，两位将领是时为禁军上将军的卢琰和时为禁军引进使的潘美。此类资料中被送走皇子仅记录两人，余事不详。

旁边烧猪肉摊上的尖刀，以迅雷不及掩耳之势向着邓锦胸口猛捅几刀，又顺手杀掉了邓锦的妻儿。疯汉杀完人后扔下刀，披头散发地跑掉了。那疯汉不是本地人，没有人知道他的来历，也没人知道他为何会在那个时候出现在集市上，又恰好抢到了刀，并准确地捅翻了禁中高手邓都知。因是家常游逛，邓锦未着甲胄，更没有带上征战与警跸时须臾不离身的“白鹿”大刀，这使得他在这一猝不及防的攻击事件中丧失了及时自卫的能力。

季飞卫在政变发生时，不顾部下劝阻，亲自将世宗所赐玉雕鞍“光景”拿出来装备好，又提槊登马，命部下将自己身子牢牢绑在马上，准备指挥部众冲出去迎战叛党。

政变军派出抢控局面的其中一支先遣队径奔军器监而来。飞卫奋力与之大战，因身体无法保持平衡从“光景”上坠落，被政变军冲上来围杀，壮烈殉职。

采儿在军中友人帮助下收殓了丈夫。她在丈夫墓前撕心裂肺痛哭一场，后不知所终。

7

李重进在恭帝继位后移为淮南节度使，军职不改。

宋兴，夺李重进兵柄，加中书令，加开府阶，欲将他移镇青州。

当年四月，李筠在潞州起兵反抗赵氏，并秘密联络河东，联络契丹。李重进谋起事，遣亲吏翟守珣前往潞州联络李筠。翟守珣半道还京告密。赵匡胤问，如果我赐给重进铁券丹书，他能信我吗？翟守珣说，重进绝不可能有归顺之志。赵匡胤便厚赐翟守珣，让他劝说李重进暂缓起兵，为自己平定李筠争取时间。于是赵匡胤派陈思诲给李重进赍去铁券丹书。而李重进则听信了翟守珣的劝说，为了筹备得更充分而暂缓起事。

当年六月，李筠被镇压下去，举家赴火。七月，李重进拘系了陈思诲，治城隍，缮兵甲，在扬州起兵反抗。又秘密向南唐李景求援，李景不敢答应。

赵匡胤先期派石守信、王审琦、李处耘、宋偓等将征讨扬州不力，赵普劝其亲征。当年十月，赵匡胤率军出发，十一月，扬州被攻破。

城将破之际，李重进左右人欲杀陈思诲，重进说：“我将举族赴火而死，杀他何益？”于是慷慨自燔。临死前，重进遥向汴京方向，横剑大喊：“舅舅，君贵，重进有负重托，只能一死以谢！”

赵匡胤入扬州，杀重进家小亲旧部众数百人，包括其弟解州刺史李重赞、其子尚食使李延福等。李氏兄深州刺史李重兴闻讯，在本州自杀。

8

张永德在整个事变中保持了怪异的沉默。外人和后世很难得知他对此的态度到底是反对，是中立，是观望，还是暗中提供了帮助。

然而终赵匡胤、赵光义兄弟两世，赵宋对于张永德都给予了极其亲厚的待遇。比如赵匡胤常将他“召对后苑，道旧故，饮以巨觥，每呼驸马不名”，不知道是对他先前资助他们兄弟联姻高门的报偿，还是有其他更隐秘的缘故。

9

陈桥兵变、幼帝禅位的消息传至魏博，符彦卿蓦然病倒。

昭信怒不可遏，捶胸顿足，强烈要求父亲起兵反抗。符彦卿沉默良久，说道，中央禁军兵强马壮，又网罗诸藩势力，绝非我一镇能敌；幼帝禅位诏已下，大势已去；何况，君爱、君若和宗训都在他们手里为质啊！

赵匡胤加符彦卿守太师。宋兴第四年春，符彦卿入京朝见赵匡胤。赵匡胤赐袭衣、玉带。宴射于金凤园，赵匡胤七发皆中的，符彦卿贡名马称贺。

赵匡胤想让符彦卿总领禁军，赵普屡次谏止。赵匡胤说：你何必苦苦怀疑符魏王呢？朕如此厚待魏王，难道他会辜负朕吗？赵普回答说：那么，陛下何以能辜负周世宗呢？赵匡胤默然，从此不再提此事。

君若病故于陈桥兵变后第十六年。赵光义登位后，追封她为懿德皇后。

10

韩通在政变当日组织所部侍卫亲军奋起反抗，寡不敌众，部从战死无算。韩通本人被赵氏先遣回的散员都指挥使王彦升杀害，家小全数被夷灭。

因韩通是侍卫亲军副都帅，在禁军中职位太高，赵匡胤宣布：王彦升擅杀，终身不得授节钺（于是授他恩州团练使、铁骑左厢都指挥使）。

韩通的儿子韩铩颇有智略，预见到赵匡胤可能会有异心，曾经劝韩通早日抑制他。韩通没有做，或者没有做到。赵匡胤登位后游开宝寺，见壁上有韩通父子的画像，命人立刻去掉了。

11

田重霸在政变当年急病而亡，四大谍线飘零散乱。有谍者审时度势投靠赵宋。多数高阶谍者因为死忠于郭周，也因为掌握秘密太多，只能改头换面，就此湮没于山野。也有人尝试行刺赵匡胤，替大周复仇，未果。

西乞十三仍旧生不见人，死不见尸。

“天子门生”飞菟、乘黄、吉良、英招四人下落不明。多年以后，江湖上出现了一个神秘的帮派：天生门。世人并不知道他们的来历，也很少见过他们的主事者，只知道他们以惩恶扬善、扶弱济困、仗义行侠为宗旨，其帮众精少，行踪飘忽。

12

世宗曾遗命让王著入相，范质等顾命大臣出来后议论道：王著嗜酒，素无大臣之体，岂堪为相？这是陛下病中谵语，咱们慎勿外泄！

王著在宋初加中书舍人。政变后第四年，赵匡胤赐宴，王著乘醉喧哗。赵匡胤命人扶出，王著不肯退下，趋近屏风掩袂恸哭，左右人好不容易才将他拖走。又一夜，王著宿直禁中，醉酒，披发覆面，夜叩滋德殿殿门求见。次日有人奏报，王著夜逼宫门大恸，是因为思念世宗。赵匡胤想了想，说道：这不过是个酒徒，我在世宗幕府时跟他就熟识。何况他一个书生，就算哭世宗，又能何为？

郭崇守镇州，在宋初加兼中书令。陈桥兵变前的假军报是从镇、定发出的，但镇州不只有他，慕容延钊也在那里，军报其实是假借了他的名义。郭崇是周太祖旧属，有建鼎扶策之功，在世宗治下又颇受厚待，因此追感周室恩遇，时常至于泣下。

监军陈思诲密告郭崇有异心，赵匡胤派人侦视，确知他只是一时有所激发而已。后来郭崇入朝。赵匡胤平定李重进后，以郭崇代之为青州节度使。

13

当政变发生之时，宰臣范质、王溥等正在政事堂中办公。闻听赵匡胤黄袍加身率军返京，范质情急之间抓着王溥的手说：仓促遣将，吾辈之罪也！指甲掐入王溥的手，几乎掐出血来。

赵匡胤返京后没有入宫，而是回到殿前司衙署等候事态发展。政变军将宰臣们胁迫到衙，赵匡胤对范质呜咽流涕讲述了被众人拥逼之状，哭道：违负天地，今至于此！怎么办？宰臣们来不及答话，军校罗彦环举刀威胁说：我辈无主，今日须得天子！

这时候，王溥率先向赵匡胤下拜。范质无奈，踌躇片刻，只得跟着下拜。同时要求对幼帝不得粗鲁，要行禅让之礼。

范质在四年后罢相，当年秋病故。临死前，诫令其子不要请求谥号，不要刻墓碑。后来，天下第一“忠义”之人赵光义评范质：“循规矩，慎名器，持廉节，无出质右者。但欠世宗一死，为可惜耳。”

赵匡胤登位后将魏仁浦进位右仆射，魏仁浦称病不出。赵匡胤亲临魏府，赐黄金器二百两、钱二百万。魏仁浦不为所动，多次上表请求致仕，赵匡胤不答应。

四年后，魏仁浦罢守本官。又五年后，赵匡胤赐群臣春宴，主动对魏仁浦说：卿何不劝我一杯酒？魏仁浦无奈，只得奉觞上寿。又三年后，赵匡胤女永庆公主下降魏仁浦子魏咸信。

魏仁浦在随赵匡胤出征太原的途中病逝，谥号宣懿，史称魏宣懿。对，就是跟宣懿符皇后一模一样的宣懿。

吴延祚在宋初加同中书门下二品，为赵匡胤平定李筠出谋划策。赵匡胤亲征讨伐李筠、李重进，皆以其为东京留守，兼判开封府。

张美在宋初加检校太尉。因料知李筠难制必反，他提前在怀、盂之间积粮，因此赵匡胤十万大军出太行的后勤保障无阙。张美卒于陈桥兵变二十五年后。

李穀在恭帝继位后加开府仪同三司，进封赵国公，后致仕归洛阳。卒于陈桥兵变当年。

窦仪在恭帝继位后迁兵部侍郎。宋兴，迁工部尚书，兼判大理寺。当时翰林学士王著因醉酒贬官，赵匡胤需要宿儒处禁中，便让窦仪重入翰林为学士。窦仪卒于陈桥兵变后第七年。

14

向训在恭帝继位后避讳改名向拱。政变发生时他为河南尹、西京留守，距离东京遥远。宋兴，向拱加兼侍中。赵匡胤讨李筠，向拱迎谒至汜水，献攻打之策。向拱尹河南十余年，一改在世宗治下时清廉刚正之风，专治园林第舍，好声伎，纵酒为乐，府政废弛，群盗昼劫。搞得在“杯酒释兵权”时曾鼓励亲旧“择便好田宅……多致歌儿舞女，日饮酒相欢”的赵匡胤也看不下去了，不得不警告他。向拱卒于陈桥兵变二十六年后。

韩令坤在政变时固防于北境霸州一带，没有具体参与其事。宋兴，赵匡胤以他替代李重进成为侍卫亲军都指挥使。赵匡胤讨李筠，命韩令坤率兵屯河阳以呼应，以功加兼侍中。又从讨李重进。政变后第八年，韩令坤因发背疽而卒。某些前朝掌故的知情者由此联想到了当年他在世宗跟前为其父韩伦求情时的誓言。

袁彦在恭帝继位后改镇陕州，步军都指挥使之职由张令铎取代。政变后，袁彦蓄资财，缮甲兵，意有所动作。赵匡胤派潘美去陕州监军以图之。潘美凭自己的口才，成功劝说袁彦入朝。

慕容延钊政变时在镇州，以殿前副都点检充为北面行营马步军都虞候。赵匡胤遣使许他便宜行事。宋兴，迁殿前都点检。后与王全斌等一同讨李筠。

李继勋在政变时镇邢州。赵匡胤讨李筠，李继勋朝于行在，赵匡胤将李筠的潞州节度使授给了他。

殿前都指挥使石守信、殿前都虞候王审琦、侍卫马军都指挥使高怀德、侍卫步军都指挥使张令铎等都直接参与了陈桥兵变。

不少在后周受到世宗重用的将领都参与了对李筠的征讨，但他们中只有少数人征讨了（或者被指派征讨了）李重进。

15

世宗的生父柴守礼在恭帝继位后加封太子太保致仕。宋兴，加太傅。柴守礼卒于陈桥兵变后第八年。

晋州节度使杨廷璋在宋初加检校太尉。李筠起事，遣亲信向邻境求援，蜡丸书为杨廷璋所获，遂将信使解送京师，并进献攻取之策。又协助破李筠，仍归镇晋州。赵匡胤以荆罕儒为晋州钤辖。荆罕儒因杨廷璋的周室近亲身份怀疑他，出入随从皆持刀剑，欲借机图之。杨廷璋“推诚待之”，荆罕儒不敢发作。当年秋，杨廷璋入朝。卒于陈桥兵变九年后。

曹彬素来不与赵匡胤建立私交。政变时，曹彬在晋州为兵马都监。政变次年赵匡胤将他召回，问他：我以前常想亲近你，你为何疏远我？曹彬顿首说：臣是周室近亲，又忝居内职，靖恭守位还怕犯错，哪敢妄自交结？于是赵匡胤加意厚待他。曹彬家族在宋朝很发达，他的一个孙女后来成了宋仁宗的皇后。

后周其他皇亲如董玮等依旧在宋朝做官，董玮以左赞善大夫致仕。

16

北汉政权亡于陈桥兵变后第二十年（公元979年）。

刘继业（杨重贵）在赵光义征讨河东时力战拒宋，但同时为保生民计，又劝当时的汉主刘继元投降。入宋后，他复姓，止名杨业，即后世俗称的金刀令公杨继业。

杨业累迁右领军卫大将军、郑州刺史、代州兼三交驻泊兵马都部署、云州观察使，主要职责仍旧是捍边，应付契丹人。赵光义雍熙北伐，杨业为主帅潘美和监军王侁所迫，明知不利仍不得不出兵，孤军失援，败于陈家谷，为辽人所擒，绝食殉国。这个王侁，就是王朴之子。

杨业诸子克绍箕裘。其长子杨延昭，民间俗称为“杨六郎”，一生为国捍守三关——对，就是周世宗北伐时申画出的淤口、益津、瓦桥三关，从那个时候起，三关就是汉人与辽人的边线了，终北宋之世，再无突破。

杨重勋一生的大部分时间都在镇守麟州。后来赵宋在麟州设立建宁军，授重勋为留后，累迁至节度。后移镇宿州。卒于陈桥兵变后第十六年。

17

南唐主李景依世宗命加固金陵城，又修葺了境内不完善的城郭，加派了戍兵。显德六年世子李弘冀病死，以第六子李从嘉（李煜）入东宫。陈桥兵变次年，李景去世，李煜继位，向宋入贡。

陈桥兵变后十四年，赵匡胤派曹彬等进攻南唐。由于金陵城坚固，守将顽强，直到次年（公元975年）底才平定。李煜投降，南唐灭亡。

又一百五十二年后（公元1127年），赵光义的后代赵构凭借江南坚城建立南宋，以淮水—大散关一带与金人划界。世宗当年病重之际命江南人“为子孙计”而“完城郭，缮甲兵，据守要害”之语，至此得到了最振聋发聩的回响。

18

后蜀亡于陈桥兵变后第六年（公元965年）。

南汉亡于陈桥兵变后第十二年（公元971年）。

19

契丹人听闻周世宗崩逝，终于平复下受惊的心情，四处躲藏的军民逐渐回城。

宋兴，辽人不时在三关袭扰（以益津关为主），宋的还击，满足于曲线袭扰北汉州郡（以石州为主）。

陈桥兵变后第十年（公元969年），辽主“睡王”耶律璟被近臣刺死。侄子耶律贤继位后，励精图治。同年五月，耶律贤以贵妃萧氏（萧绰，传小名燕燕）为皇后。萧绰辅政得力。又十三年后耶律贤去世，萧绰以太后临朝称制，在韩德让（演义中俗称韩昌）、耶律斜轸、耶律休哥等名臣的辅佐下，扶助儿子耶律隆绪坐稳帝位并迅速成长。辽国在她的统治下逐步强大。

陈桥兵变后第四十五年（公元1004年），萧绰母子兵临澶州，与赵宋签订“澶渊之盟”。又一百一十六年后（公元1120年），宋人为一雪在澶渊盟约中被辽人勒索岁币的耻辱，跨海与金签订“海上之盟”，意图借助女真人的力量收回燕云十六州，却间接导致了七年后的“靖康之变”（公元1127年）。北宋亡国，金人占据秦淮线以北地区。

陈桥兵变后第三百二十年（公元1279年），蒙古灭南宋，汉人领土全部沦陷。

从世宗崩逝到耶律贤继位，历史为汉民族留出了整整十年的时间去收复燕云十六州。然而中原王朝白白错过了这个时机。于是历北宋、南宋、金、元，四百余年间，中朝北部大片疆土沦丧于游牧人之手，所谓“宫阙腥膻，衣冠沦没”。此间民众心理逐渐脱离了“遗民忍死望恢复，几处今宵垂泪痕”的悲凄，反而是“汉儿尽作胡儿语，却向城头骂汉人”成为常态。

陈桥兵变后第四百零九年，明洪武元年（公元1368年），燕云十六州复归中朝。又二百七十六年后（公元1644年），再次易手。又二百六十八年后（公元1912年），再次收回。

20

时间回到陈桥兵变那一年。

刚刚登位不久的赵匡胤从禁中功臣阁路过。风吹，门半开，阁中陈列的郑仁诲、李穀、王朴等人画像历历在目。赵匡胤所面对的，恰好是王朴的画像。

赵匡胤立即停步，端正御袍襟带，恭恭敬敬向王朴的画像鞠躬致礼。

左右人奇怪地问道：“王朴不过是前朝之臣，陛下贵为天子，何须如此过礼呢?”

赵匡胤指指自己身上，敬畏地说：“此人若在，朕是穿不上这件袍子的。”

21

时间继续溯流，回到陈桥兵变的十年前。

后汉乾祐三年十二月二十日。澶州驿馆外。

北上抗击所谓契丹入侵的后汉禁军将士为了保全自己的身家性命，要拥立枢密使郭威为新天子。军情哗变。局面失控。

郭枢密陷入上万禁军将士的包围中，一面黄旗经过无数双手传递着，几乎是向着郭枢密所在的望楼方向飞翔而去。望楼下，旌旗如林，呼声如雷。“我辈无主，请郭公出来做我们的天子！”“请郭公出来做我们的天子！”

一个年轻的军校被兴奋的人群推搡着，不小心绊了一跤摔倒下去。眼看着他马上就会被人群胡乱踩踏送掉性命，身边的另一名军校不顾一切撞开旁人，死命将他拽了起来：“元朗，当心哪！”

被拽起来的军校并没有因为刚才的惊险而感到后怕，仍旧保持着一脸兴奋，对着黄旗飞去的方向痴痴而望。身旁，又有另外的人推了他一把：“还笑呢？二郎，你小子的命可真大！”

历史教会人类很多，很多。

光阴长于一切，高于一切，又压倒一切。

历史的大波澜在光阴的巨眼中，也许只是细碎的小浪花而已。

可是，那又有什么关系？

周宋大风歌无邪，风火无尽光雨月。

故事虽已结束，传奇才刚刚开始……

2015年11月启笔

2017年5月初稿

2020年7月第七稿

代后记：给我一副有包浆的骨架

本书是笔者多年历史/传奇写作探索向读者诸君的最新汇报。难得有个机会，请容笔者在此略唠叨几句。

1

对于一个历史题材，我个人并不希望素材太多。最初对周世宗这个题材感兴趣，正是因为关于他的材料不多，但大框架又都有了。此外，关于他的不同材料中蕴含着一些矛盾，这也令我兴奋——那时我正想写一个复杂的人物，用一种接近零度的写法。那是十几年前的事了。

没想到随着研究的深入，通过辨析不同材料而逐渐接近、构建起他的精神世界，我却越来越清晰地意识到：他竟然是一个极其单纯的人，他的一切言行都有着高度的一致性，都可归因为他内心的那份执着。每个人心里都有一团火焰，他的点燃了我的。我的眼前浮现出一个百废待兴、朝气蓬勃、矛盾重重、充满可能性的时代，却又是一个人与人之间可以交付深情的时代。我放弃了完全零度写作的想法，不惮将本书写成一本理想之书——至少，对人格理想有所寄托。

于是我成了体验派，把自己搁到里头，不断地、无限地去接近每个人物的心灵，这个过程令人充实而喜悦，当然也饱含痛苦。几个主要角色逐渐凝聚出了不同的象征意义，我唯一告诫自己的是：不要变成高热写作，要时不时跳出来看。

悲剧是有力量的。高热倾向让我体验到这种力量，零度倾向让我想办法将这种力量传递出来。事后思之，这也算上天的苦心安排吧。

2

我以为，就历史小说的写作而言，史料（正史野史）提供的是骨架，而且是一副有包浆的骨架。骨架决定了你写出来的应该是恐龙还是猛犸象；而包浆久经岁月打磨，不但提供恐龙或猛犸象的基因信息，还提供历史过程的种种演变信息。有包浆的骨架，让整个历史小说的写作内核坚实不虚。

骨架是历史的主场，但骨架之外，是写作者的主场。文学讲究的是血肉，史料所不能提供的血肉，正是写作者的职责所在。好的血肉，应该贴着骨头写，所以要求写作者具有相应的“摸骨”功夫，认识题材（人物特质、历史事件因果、社会规律等）的时候最好有一双赛过X光的透视眼。

我体会，历史小说的写作，有一种难以具言的微妙。外界看来，似乎史料摆在那里，只要时间地点人物事件大差不差，其他颇可随便；然而，其内部却有着颇为精微的规律与尺度，少一分则嫌意味不足，多一分又易流为戏说。这火候上下的拿捏，便是考校手艺的肯綮。我忝习笔锋数十年，又多于古史传奇类题材上用功，逐渐悟得正是个中微妙令我流连忘返。而每当爬罗剔抉、多端尝试而小获进益时，也颇有探骊得珠的幸福感。

在我看来，历史小说应当追求丰厚的、柔韧的底层设计——包括情感架构、性格架构、心理架构、关系架构等等，应当追求一刀直中核心，笔端扎下去连皮带肉、连筋带骨；而不是像扎到一个血囊上，看上去血飙得很高动静很大，其实只是对史料的浮夸重述。前者是我努力的方向。

关于历史小说应当“以人带事”还是“以事带人”，可能不同作者会有不同答案。就我本人的倾向，历史小说应该优先写人，写人的基础上再写事，以人带事，见事更见人。写人，不外乎人情百态，写“情”，写“意”，写“心”。在这个意义上，本书也不过“大旨谈情”而已。总结历史规律是历史学家的职责，写作者则凭借情感细节穿越迷雾直抵人心。我以为，与历史对话，走进历史上曾经或可能存在过的那些人的心灵，无限接近一种或多种可能性，从一团乱麻的事件的“里面”去看待历史，这是小说写作赋予历史的意趣。

小说离不开细节。历史的逻辑是如此强大，史料（时间、空间、事件等）彼此间的逻辑关系，会引导写作者去发掘和生成无数精彩的细节。所以，血肉还是来自有包浆的骨架。

3

我以为，历史小说天然地具有双重性：对现代性的呈现和对传统的扬弃。

历史小说是汉语写作的一部分，理应追求为读者提供更“高维”、更丰厚、更有表现力的阅读体验。我以为，对于当代小说的诸般成熟写作技巧，对于其他文艺门类如诗歌、戏剧、音乐等所取得的丰硕成果，不妨大胆使用、借鉴并使之融合。这是其当代性或现代性的体现之一。本书中一些类似复调乐章的处理，或者对戏剧结构、镜头语言的借用等等，便出于此种体认。当与不当，恳请方家指正。

对于中国古文尤其古代小说的优秀传统，历史小说也理应有所继承和发展—在我看来，它甚至是最适宜去承担这一职责的文学品种。历史小说的题材、语境和体量，使得它有可能成为这样的载体，去“以韵入散”，去再现古汉语表达的优雅雍容，去承接住千百年来中国文言小说和白话小说写作实践所取得的骄人成就。此外，像“飞渡”“勾连”“大关锁”“大照应”“背面敷粉”“草蛇灰线”“横云断岭”等等千锤百炼的写作技法，除了大体量的历史小说，很难想象还有哪个文学品种能更深刻地进行理解，然后别开生面，走得更远。写作的种种可能性和充分实践的乐趣，也是我为此类题材深深着迷的原因之一。

微观而言，从具体的写作实践上，运用当代文学技巧也罢，融合古典写作技巧也罢，借鉴别种艺术门类手法也罢，其实也是笔者在努力寻找一种最合适当时情境的表达方式，试图让表达更有力量，更能“化入”。就算没有上述宏观自觉，写到临头笔端也会自己去找寻，是由不得作者的。

例如本书对诗歌的引入和运用。小时候看古典名著，动不动“有诗为证”，很不解在那里插入诗歌到底能证明什么问题。而在本书的创作实践中，由于事先有了融汇中西古今写作技巧的意识，当走笔到特定地方，我居然发现，没有比诗歌（或类似短韵文样式）更能深化情境、更能进行美学提升的方式了。诗歌曾是古典长篇小说的“规定动作”，现在至少可以作为当代历史长篇的“自选动作”。因此本书引用了许多诗句，也不揣浅陋自拟了一些诗歌曲词（如各卷开卷曲、人物主题诗词等），以壮文势。这不仅是写作探索的必然，也算是笔者追求前述跨时空同一性的尝试和努力吧。聊备读者诸君一哂。

4

本书的故事发生在一千年前。书中所涉人物的言论和想法，某些只体现当时人的思想，某些或可对今日有所启发，相信聪明的读者自会分辨。

历史小说从来都不是对历史进程的简单复述，总会融入时代及个人的史观，体现出宏观冷静的一面。但大史观之下，也要考虑到具体历史情境中人的感情和观念。比如宏观上，历朝历代草原民族不断南下运动，对中国的民族大融合、对中原的文化保持活力，起到过非常重要的、正面的、有益的作用，但是，这并不能掩盖在此过程中百姓所遭受到的真切的痛苦。那么在小说中就得适当体现。我们不应当站在今天的全球观上去责备千年前古人的家国情怀是狭隘民族观。

本书所写的对象虽然是帝王家，但无意成为帝制的颂歌——千余年前，并没有别的政体可供人们选择，帝制是唯一的可能，本书是在这个背景下书写人物、讲述传奇的，政体不在本书的讨论范围之内。

5

后周之于宋的意义，好比秦之于汉，隋之于唐，在中国历史中具有重要的奠基启业的恩惠。后三者各自几百年统序的存在与绵延，与前三者搭起、搭牢的基架密不可分。通俗点说，秦、隋、后周筚路蓝缕，播种除莠，间苗施肥，但最后长成的大瓜是由别家来摘的。对于当事人而言，自然无可奈何；对于历史本身而言，谁来摘瓜却不过小事而已。

就我个人看来，后周堪称中国古代史上最“完美”的“正朔”皇朝，没有“之一”。它一共只有两个半皇帝（那半个是不到七岁的孩子），从建鼎开始就一直忙着行“德政”，居上没有唐宗宋祖式的兄弟之祸，御下没有秦皇隋炀式的残暴苛刻，处内没有汉武明成式的宫闱之乱，对外没有南宋晚清式的羸弱卑躬……百废待兴而致力于兴，像个朝气蓬勃的青年不顾一切往前奔，全身心奔向那个“理想”社会的目标。

然而，它的奔跑却在半道戛然而止，折翅铩羽，壮志未酬身先死。今天回视这个享寿仅仅十载的朝代，会感到因其短寿，而愈显明睿；因其死于韶华，而尤显悲壮，值得人一再扼腕顿足、嗟悼哀怜。我捕捉到了这个皇朝少年态中美好的一面，这是它能够承载我的写作理想的基础。

6

书中所涉当时政治、经济、军事、礼仪、人事等各种制度规程，是笔者研习史料及后世学术论著后又适当加以敷演的结果。才疏识浅，若有疏漏谬误，恳请方家指正。

关于史料，笔者有自己的辨析，于是在写作中做出了取舍。

比如楚州之难，薛居正《旧五代史》定义为“大掠”，陆游《南唐书》定义为“屠城”，虽然客观结果相同，但主观动机表述差异很大。经过深入分析、比较当时的各种类似历史事件及陆游本人的“正朔”观等之后，我倾向于“大掠”，因为更符合逻辑。又如“韦囊木牌”的传说（世宗北伐途中拾到“点检做天子”的木牌），书中完全没有采用。再比如关于张永德与李重进的关系，周世宗之病因，宋人对后周和周世宗的看法，宋人对赵宋篡周的看法（举个例子，细心的读者研读欧阳修《新五代史》会发现有不少曲笔），赵氏对周世宗的黑化，等等等等，此处不能尽举，也无法一一尽述书中细部写作理由，但拙见在书中多少有所体现。

而类似“两个预言”章节中的奇幻情节等处，属于“传奇”写作探索的部分，不是起承转合的关键点，用之可关照宏旨，去之无伤大雅，聊添阅读趣味。

关于周世宗的姓名问题，笔者另有专文，从宗法（及宗庙）、感情、礼节、史料、避讳等几个方面详细论证了他只能叫郭荣、不能（如俗称）为柴荣，并且也推论了他为何、被谁以及何时改成俗称柴荣的问题。囿于篇幅，暂未收入本书，此处恕不赘言。

关于本书的称谓系统，是在保留下来的正野史料或文学作品的基础上，一面尽量贴近当时的称呼特点和习惯，一面与当代人的认知进行了一些融合。例如“孃”与“娘”、“咱们”与“咱每”、“您”与“恁”的区别使用等。笔者另有专文述及这一话题，此处也不赘言了。

7

本书酝酿、规划期十数年，从启笔到写成初稿花了两三年，之后全文精改七稿，又花了两三年。“发愿于彼，力精所欲……忍力成就，不计众苦”，可能就是这个意思吧。

当然，有工夫改这么多遍，也是因为在等出版。书稿初成后，曾辗转多个出版机构，得到多位友人帮助。我深深理解本书体量太大，对任何一家机构而言，出版它都需要极大的魄力与勇气。我要向在这个过程中曾给予我多方帮助的师友们表达真诚的谢意。

本书能够最终付梓，我最要感谢的是北京十月文艺出版社的总编辑韩敬群老师、副总编辑胡晓舟老师，以及本书的责任编辑张小彩女士。如果没有他们的慧眼青目，没有他们慷慨无私的帮助，没有他们持之以恒的争取，本书根本不可能与读者见面。我是多么幸运，即便历经数年，他们始终没有放弃！

当然，我也要衷心感谢我所有的家人。尤其感谢我的爱人同志杨晨先生多年以来的包容、理解、支持和陪伴；感谢小女樱桃，你永远是我作品的第一个热心读者，是我的至宝知音。

写历史小说是件自讨苦吃的事，写时极磨烦，写成后爱看的人却未必多。后记絮叨至此，能耐着性子看完的，都该算我的知音，都是作家们梦寐以求的“理想的读者”。有你们，真好。

吾道不孤。有现当代各位历史小说前辈大家的引领在先，有同辈学长或好友致力于此者珠玉在侧，随时激励，我的探索是不能停止，也没有尽头的。

荣耀归于大周，谬误归于我。深深地感谢你们。

柏梁承露，东壁悬翰。
柏梁承露，东壁操觚。

严优　谨上

2021年12月21日

图书在版编目 (CIP) 数据

后周纪．第五卷，阳焱 / 严优著．— 北京 ：北京十月文艺出版社，2022.5
ISBN 978-7-5302-2220-1

Ⅰ．①后… Ⅱ．①严… Ⅲ．①长篇历史小说—中国—当代 Ⅳ．①I247.5

中国版本图书馆 CIP 数据核字 (2021) 第 277749 号

后周纪 第五卷 阳焱
HOUZHOU JI DI-WU JUAN YANGYAN
严优 著

出　　版 北 京 出 版 集 团
　　　　 北京十月文艺出版社
地　　址 北京北三环中路 6 号
邮　　编 100120
网　　址 www.bph.com.cn
发　　行 新经典发行有限公司
　　　　 电话（010）68423599
经　　销 新华书店
印　　刷 北京盛通印刷股份有限公司
版　　次 2022 年 5 月第 1 版
　　　　 2022 年 5 月第 1 次印刷
开　　本 880 毫米 ×1230 毫米 1/32
印　　张 16.75
字　　数 420 千字
书　　号 ISBN 978-7-5302-2220-1
定　　价 239.00 元（全 5 册）
质量监督电话 010-58572393
如有印装质量问题，由本社负责调换。